Poschenrieder Das Agio im System des Kapitalschutzes der Unternehmensfinanzierung

Abhandlungen zum deutschen und europäischen Handels- und Wirtschaftsrecht

Gegründet von
Götz Hueck Marcus Lutter Wolfgang Zöllner

Herausgegeben von
Peter Hommelhoff Ulrich Noack Marc-Philippe Weller

263

Carl Heymanns Verlag 2025

Thomas Poschenrieder, M.A.

Das Agio im System des Kapitalschutzes der Unternehmensfinanzierung

Deutsches Aktien- und GmbH-Recht im Vergleich mit den Regelungen des englischen und europäischen Rechts

Carl Heymanns Verlag 2025

Zitiervorschlag: *Poschenrieder*, Das Agio im System des Kapitalschutzes der Unternehmensfinanzierung (AHW Bd. 263), S. 1

Bibliografische Information der Deutschen Nationalbibliothek
Die Deutsche Nationalbibliothek verzeichnet diese Publikation in der Deutschen Nationalbibliografie; detaillierte bibliografische Daten sind im Internet über http://dnb.d-nb.de abrufbar.

ISBN 978-3-452-30469-8

Diss., Ludwig-Maximilians-Universität München, 2023

www.wolterskluwer.com

Umschlagkonzeption: Martina Busch, Grafikdesign, Homburg-Kirrberg
Satz: R. John + W. John GbR, Köln
Druck und Weiterverarbeitung: SDK Systemdruck Köln GmbH & Co. KG

Gedruckt auf säurefreiem, alterungsbeständigem und chlorfreiem Papier.

Für Angela

Vorwort

Jenseits von richtig und falsch liegt ein Ort.
Dort treffen wir uns.
Rumi

Liebe Leserin, lieber Leser, die vorliegende Arbeit bietet eine grundlegend neue Sicht auf den Kapitalschutz des Agios und des Nominalkapitals. Das deutsche, englische und europäische Recht unterscheiden sich wesentlich in den kapitalschutzrechtlichen Regelungen, die sie für das Agio vorsehen. Die rechtsvergleichende Betrachtung bietet Anlaß und Anschauungsmaterial, Grund und Inhalt der Sonderbehandlung des Agios im System der Unternehmensfinanzierung neu zu durchdenken. Unterschiedliche teleologische Begründungsansätze (Gläubigerschutz, Minderheitsgesellschafterschutz, Kapitalmarkschutz) werden differenziert betrachtet und auf ihre Tragfähigkeit hin untersucht. Bekannte Argumente werden auf ihre Validität hin überprüft und mit neuen Gesichtspunkten ausbalanciert. Die bilanzrechtlichen Voraussetzungen werden umfassend beleuchtet und alle relevanten Finanzierungsformen außerhalb des Kernbereichs der Kapitalaufbringung werden in die systematische Analyse einbezogen. So kann diese Arbeit neue Denkanstöße für die Behandlung des Agios de lege lata und de lege ferenda geben. Ich habe mich bemüht, nicht meine Abwägungsentscheidungen als vorzugswürdig darzustellen, sondern unvoreingenommen die Aspekte und Zusammenhänge auszuleuchten, die Sie bei Ihren Abwägungsentscheidungen beachten sollten. So können Sie Ihre eigene fundierte Entscheidung treffen, wie die bestehenden Interessenskonflikte aufzulösen sind. Wenn Sie die Gesamtdarstellung des Argumentationsgangs in der Einleitung lesen, erleichtert dies sicherlich das Verständnis und die Einordnung der Abschnitte, die Sie besonders interessieren mögen.

Ich habe diese Arbeit im Dezember 2021 fertiggestellt. Sie wurde von der Juristischen Fakultät der Ludwig-Maximilians-Universität München im Dezember 2023 als Dissertation angenommen. Entwicklungen in Gesetzgebung und Rechtsprechung bis einschließlich Dezember 2023 wurden nachträglich eingearbeitet, insbesondere die relevanten Änderungen durch das Zukunftsfinanzierungsgesetz. Vereinzelt wurde dabei neuere Literatur berücksichtigt. Die Kommentarnachweise sind auf dem Stand der Fertigstellung der Arbeit.

Ich danke besonders meinem Betreuer Prof. Dr. Dr. h.c. *Wolfgang Schön*. Er gab mir die Anregung zu diesem Thema und die Freiheit, das Thema zu meinem eigenen zu machen, zudem die Gelegenheit, bei ihm am Max-Planck-Institut für Steuerrecht und Öffentliche Finanzen mit hervorragenden Kolleginnen und Kollegen unter besten Voraussetzungen zu forschen und zu arbeiten. Als die Abfassungszeit durch verschiedene Widrigkeiten in die Länge gezogen wurde, schenkte er mir geduldig weiter sein Vertrauen.

Herrn Prof. Dr. *Hans Christoph Grigoleit* danke ich für die rasche Erstellung des Zweitgutachtens, Herrn Prof. Dr. *Hans-Georg Hermann* für seine Tätigkeit als Zweitprüfer in der mündlichen Doktorprüfung und für die prägende Zeit am Leopold-Wenger-Institut für Bayerische und Deutsche Rechtsgeschichte, in der ich den Entschluß faßte, in Rechtswissenschaften zu promovieren. Den Herausgebern der Abhandlungen zum deutschen und europäischen Handels- und Wirtschaftsrecht danke ich für die Aufnahme in diese Schriftenreihe.

Von Herzen danke ich meinen Eltern Dr. *Rudolf* und *Regina Poschenrieder*. Sie haben die Grundlagen für alles gelegt und mich allzeit gefördert.

Gewidmet ist diese Arbeit meiner Frau *Angela*. Wir haben alle Schwierigkeiten gemeinsam überwunden. Danke.

München, im Dezember 2024 *Thomas Poschenrieder*

Inhaltsübersicht

Inhalt

Einleitung

A. Fragestellung und zentrale Antworten

Ein »System des Kapitalschutzes der Unternehmensfinanzierung«, wie es der Titel dieser Arbeit anklingen läßt, gibt es noch nicht. Es gibt im Kapitalgesellschaftsrecht Regeln zu Einlagen auf das Grund- und Stammkapital, allerdings schon kein klares und gemeinsames, insbesondere kein rechtsformübergreifendes Verständnis davon, was eine Einlage sei, Regeln auch zu manch anderen Eigenkapitalleistungen, Regeln zur Behandlung von Fremdkapitalbeiträgen in der Insolvenz, punktuelle Schließung verbleibender Lücken im Wege der Rechtsfortbildung, es gibt damit vielfältige Ansätze zur rechtlichen Behandlung von Kapitalbeiträgen, ein durchdachtes System der rechtlichen Behandlung all der verschiedenen Finanzierungsbeiträge gibt es jedoch noch nicht.

Betrachtet man beispielsweise nur die mannigfaltigen Unterschiede, welche im Aktienrecht die gesetzlichen Vorschriften für Finanzierungsbeiträge nach § 54 AktG (Hauptleistungen) und für Finanzierungsbeiträge nach § 55 AktG (Nebenleistungen) vorgeben, die parallele Unterscheidung von Haupt- und Nebenleistungen im GmbH-Recht mit ihren vom Aktienrecht gänzlich verschiedenen Rechtsfolgen, oder sieht man sich die verschiedenen Möglichkeiten der Bilanzierung von Eigenkapitalbeiträgen in § 272 Abs. 2 HGB an, die im Aktienrecht und im GmbH-Recht zu ganz verschiedenen Rechtsfolgen führen und selbst innerhalb des Aktienrechts unterschiedliche Auswirkungen haben, wenn über § 150 AktG die einen Formen von Einlagen (§ 272 Abs. 2 Nr. 1–3 HGB) mit einer Ausschüttungssperre belegt werden, andere Formen von Einlagen (§ 272 Abs. 2 Nr. 4 HGB) hingegen nicht, nimmt man also nur diese verschiedenen Regelungsansätze zusammen und versucht, darin eine systematische, in sich stimmige Regelung der verschiedenen Finanzierungsmöglichkeiten eines Unternehmens zu erkennen, wird man feststellen müssen, daß den verschiedenen relevanten Gesetzen kein übergreifendes System des Kapitalschutzes der Unternehmensfinanzierung zugrunde liegt.

Auf den ersten Blick erscheint einleuchtend, wenn das Gesetz zwischen Eigenkapital- und Fremdkapitalbeiträgen von Gesellschaftern differenzieren will. Aber warum sollen nicht alle Eigenkapitalbeiträge, die Gesellschafter in ihre Gesellschaft leisten, rechtlich gleich behandelt werden? Und wenn nicht alle Einlagen: Warum werden nicht einmal alle Einlagen, die bei einer Anteilsausgabe an die Gesellschaft fließen, rechtlich gleich behandelt, also die Leistungen der Gesellschafter auf das Grund- oder Stammkapital und das Agio, das an dieser Stelle vorbehaltlich einer genauen Definition verstanden werden kann als die Mehrleistungen, die anläßlich einer Anteilsausgabe über den Nominalwert der Anteile hinaus vom Anteilsübernehmer an die Gesellschaft erbracht werden?

Gerade mit Blick auf Agio einerseits und Einlagen auf das Nominalkapital andererseits wird in Deutschland bisweilen versucht, die bestehenden Unterschiede in der rechtlichen Behandlung dieser beider Finanzierungsbeiträge der Gesellschafter im Wege der Rechtsfortbildung anzugleichen, weil beide Einlagen wirtschaftlich dieselben Funktionen übernähmen und kein Grund erkennbar sei, warum der Kapitalschutz des Aktienrechts oder des GmbH-Rechts zwischen diesen beiden Einlageformen differenzieren sollte. Mit der wirtschaftlichen Vergleichbarkeit von Grund- bzw. Stammkapitaleinlagen einerseits und von Agioeinlagen andererseits wird also begründet, warum die Finanzierungsfreiheit der Gesellschafter zumindest dann eingeschränkt werden soll, wenn die Einlagen durch die Gesellschafter im Zusammenhang mit einer Anteilsausgabe erbracht werden. Wenigstens im Zusammenhang mit der Ausgabe von Gesellschaftsanteilen soll es nach dieser Ansicht den Gesellschaftern nicht freistehen, mit der Wahl einer bestimmten Einlageform über die Anwendbarkeit der Kapitalschutzvorschriften zu entscheiden.

Im Hintergrund dieser Bestrebungen nach einer umfassenden Rechtsfortbildung im Recht des Agios steht die Vorstellung, den Gesellschaftern obliege bei der Gründung einer Kapitalgesellschaft oder bei einer Kapitalerhöhung eine Finanzierungsverantwortung. Um den Anforderungen des Gläubigerschutzes zu genügen, sei sicherzustellen, daß alle Eigenkapitalbeiträge, die Gesellschafter im Rahmen einer Gründung oder Kapitalerhöhung in die Gesellschaft leisten, in gleicher Weise dem gesellschaftsrechtlichen Kapitalschutz unterstehen wie Einlagen auf das Nominalkapital. Um die richtige Ausbalancierung von Finanzierungsfreiheit und Finanzierungsverantwortung bei der Eigenkapitalfinanzierung von Unternehmen dreht sich letztlich der größte Teil der Diskussion über die Ausgestaltung des Kapitalschutzes des Agios.

Auf derselben Einschätzung wie die Angleichungsbestrebungen im deutschen Recht, beide Einlagen sollten wegen der vergleichbaren wirtschaftlichen Funktion auch rechtlich gleich behandelt werden, beruhen die englischen Regelungen zum Kapitalschutz des Agios. Das englische Recht folgt sehr weitgehend einem Grundsatz der Gleichbehandlung von Agiokapital und Nominalkapital. Die europäischen Vorschriften wiederum machen große Unterschiede zwischen verschiedenen Formen von Einlagen. Das gilt einerseits für die im Aktienrecht zu beachtenden Vorgaben der Gesellschaftsrechtsrichtlinie, andererseits auch für die im Aktienrecht wie im GmbH-Recht zu beachtenden Bilanzierungsregeln der Bilanzrichtlinie, die in dieser Frage für das Gesellschaftsrecht von entscheidender Bedeutung sind, da der vom Gesellschaftsrecht verfolgte »bilanzielle Kapitalschutz« maßgeblich von den Bilanzierungsregeln für Einlagen abhängt.

Schon dieser kurze rechtsvergleichende Seitenblick macht deutlich, daß bei der Ausbalancierung von Finanzierungsfreiheit und Finanzierungsverantwortung rechtspolitisch verschiedene Ansätze und Kompromisse denkbar sind. Die drei hier zu untersuchenden Rechtsordnungen finden denn auch ganz unterschiedliche Antworten auf die Frage, wie weit die Finanzierungsfreiheit der Gesellschafter bei der Finanzierung ihres Unternehmens durch Kapitaleinlagen reichen soll und wo die Verantwortung gegenüber den Gläubigern der Gesellschaft beginnt.

Vor diesem Hintergrund stark unterschiedlicher Regelungsansätze im deutschen, englischen und europäischen Recht sowie der Diskussion um eine weitgehende Angleichung des Kapitalschutzrechts des Agios an das Nominalkapital in deutschen Kapitalgesellschaften ergeben sich **vier Leitfragen** dieser Arbeit:

1. **Sollte man – de lege ferenda oder de lege lata über Rechtsfortbildung – das Agio möglichst weitgehend in den Kapitalschutz einbeziehen?**

   Ist das als Ergänzung zum Kapitalschutz des Nominalkapitals sinnvoll oder gar zwingend erforderlich? Gibt es Gründe, die deutlich für eine Finanzierungsverantwortung bei Agiofinanzierungen sprechen und gegen eine weitreichende Finanzierungsfreiheit der Gesellschafter bei der Eigenkapitalfinanzierung?

2. **Warum wird das Agio in Deutschland de lege lata nur im Aktienrecht in den Kapitalschutz einbezogen und dort nicht in gleicher Weise wie Einlagen auf das Nominalkapital, während im Recht der GmbH keine Einbeziehung erfolgt?**

   Kann die vom deutschen Gesetzgeber getroffene Unterscheidung zwischen den beiden Gesellschaftsformen überzeugen und sind die jeweiligen Regelungen innerhalb der jeweiligen Rechtsformen systematisch überzeugend ausgestaltet?

3. **Können etwaige systematische Lücken und Wertungswidersprüche de lege lata durch richterliche Rechtsfortbildung überwunden werden?**

   Soweit innerhalb der rechtsformspezifischen Regelungen oder hinsichtlich der unterschiedlichen Regelungen von Aktiengesellschaft und GmbH Divergenzen bestehen, lassen sich diese beseitigen?

4. **Kann de lege lata durch richterliche Rechtsfortbildung eine vollständig überzeugende Systembildung gelingen?**

   Falls nicht, empfehlen sich zumindest punktuelle Angleichungen oder bedarf es eher einer grundlegenden Reform des Kapitalschutzes?

Diese Untersuchung wird am Ende zeigen:

1. Das Agio muß de lege ferenda nicht zwingend in den Kapitalschutz einbezogen werden, um ein stimmiges und überzeugendes Kapitalschutzsystem zu erhalten. Es gibt jedoch verschiedene Gründe, warum man ein Agio in den Kapitalschutz einbeziehen kann. Insbesondere könnte eine (noch weitergehende) Gleichbehandlung von Agio und Nominalkapital im deutschen Kapitalgesellschaftsrecht den Gläubigerschutz stärken.

   Eine weitergehende Anwendung kapitalschutzrechtlicher Regelungen auf Agiokapitalbeiträge zum Zwecke eines besseren Gläubigerschutzes wäre jedoch im deutschen Recht weniger eine Ergänzung oder Stärkung des bisherigen Kapitalschutzkonzepts des Aktien- oder GmbH-Rechts als vielmehr eine Neuausrichtung. Denn der Gläubigerschutz ist für den Kapitalschutz des Agios de lege lata kein bestimmender Gedanke. Die Einbeziehung des Agios in den Kapitalschutz im Aktienrecht und die Nichteinbeziehung im GmbH-Recht erklären sich dadurch, daß das deutsche Recht die Regelung des Agiokapitals bislang an den Prinzipien des Kapitalmarktschutzes und des Mitgesellschafterschutzes ausrichtet. Gläubigerschutzgesichtspunkte spielen bislang in Deutschland eine nur untergeordnete Rolle.

2. Im Aktiengesetz und GmbH-Gesetz sind vielfältige systematische Spannungen angelegt, sowohl zwischen den jeweiligen Regelungen für eine der beiden Rechtsformen als auch im Vergleich beider Kapitalgesellschaften. Diese gründen nicht zuletzt in der historischen, nicht immer aufeinander abgestimmten Entwicklung von Handelsbilanzrecht, Aktienrecht und GmbH-Recht.

   Die Interpretation des vorliegenden Normbestands weist noch die wenigsten Schwierigkeiten auf, nimmt man an, daß die bestehenden Regelungen zur Einlagefinanzierung nach den Schutzzwecken verschiedener Einlageformen unterscheiden. Die Regelungen über Einlagen auf das Grund- oder Stammkapital sollen neben dem Investoren- und Mitgesellschafterschutz gleichermaßen dem Gläubigerschutz dienen. Die Vorschriften über weitere Einlagen dienen hingegen in erster Linie dem Investoren- und Mitgesellschafterschutz, dem Gläubigerschutzaspekt kommt nur nachrangige Bedeutung zu.

3. De lege lata ist auch über weitgehende, methodisch gerade noch zulässige Rechtsfortbildungen keine vollständig stimmige Systematisierung erreichbar, weil es sowohl im GmbH-Recht wie auch im Aktienrecht, aber auch im Handelsbilanzrecht zu unterschiedliche Regelungen gibt, die einerseits für eine Ausdehnung des Kapitalschutzrechts auf andere Einlagen als denen auf das Nominalkapital sprechen, andererseits zugleich gesetzliche Regelungen sich finden lassen, die gegen eine Ausdehnung des Kapitalschutzkonzepts auf weitere Einlagen sprechen und selbst im Fall ausgreifender Rechtsfortbildungen stets Umgehungswege offen hielten. Letztlich bedarf es für eine stimmige Systembildung einer das bisherige Gesetz ergänzenden Wertungsentscheidung, wie der Widerstreit zwischen den im Gesetz angelegten Prinzipien Gläubigerschutz, Mitgesellschafterschutz und Investorenschutz, zwischen Finanzierungsverantwortung und Finanzierungsfreiheit der Gesellschafter im System der Unternehmensfinanzierung aufgelöst werden soll.

   Bei der Frage, wie der Kapitalschutz des Agios im Vergleich zu anderen Einlagen, die bei einer Anteilsausgabe versprochen werden, auszugestalten ist, stehen die drei Prinzipien Gläubigerschutz, Mitgesellschafterschutz und

Investorenschutz notwendig im Streit, da sich das Gesetz für ein System des festen Nominalkapitals entschieden hat, in dem die Einlage einerseits wesentliche Pflicht des Gesellschafters ist, von der seine Mitgliedschaftsrechte abhängen, und andererseits wesentlicher Beitrag zur Unternehmensfinanzierung, von der das Schutzniveau der Gläubiger abhängt. Dadurch werden Innenrecht (Gesellschafter untereinander) und Außenrecht (Haftkapital für Gläubiger) gekoppelt und es sind verschiedenste, teilweise überlappende, teilweise widerstreitende Interessen zu berücksichtigen.

Die Koppelung von Innenrecht und Außenrecht, die im System des festen Nominalkapitals über die Einlagefinanzierung erfolgt, macht eine interessengerechte Regelung der Unternehmensfinanzierung so schwierig, daß bislang die rechtlichen Vorgaben für die verschiedenen Formen der Unternehmensfinanzierung noch nicht in allen Punkten überzeugend ausgestaltet werden konnten.

4. Da durch Rechtsfortbildung keine vollständige Systematisierung erreicht werden kann, stellt sich die Frage, ob wenigstens punktuelle Angleichungen vorgenommen werden sollen. Die Antwort auf diese Frage wird stark davon beeinflußt, wie »lückenhaft« und ergänzungsbedürftig man den derzeitigen Stand des bilanziellen Kapitalschutzsystems findet, und nicht zuletzt davon, welche methodische Grundeinstellung man zu einer Rechtsfortbildung hat, zu der einem das Gesetz mangels klarer Systematik keinen eindeutigen Weg weist.

   Eine systematisch möglichst stimmige Angleichung der rechtlichen Behandlung von Agioeinlagen und Einlagen auf das Grund- bzw. Stammkapital müßte jedenfalls auf eine sehr weitreichende Umgestaltung des Rechts vieler verschiedener Finanzierungsbeiträge hinauslaufen. Eine vollständig stimmige Systematik aller Finanzierungsbeiträge könnte allein durch Rechtsfortbildung dennoch nicht erreicht werden, da das Gesetz für einzelne Finanzierungsbeiträge bereits eindeutige, jedoch divergierende Vorgaben enthält. Manche denkbaren Rechtsfortbildungen dürften in jedem Fall außerhalb des methodisch Zulässigen liegen, andere Angleichungsbemühungen dürften zumindest im Grenzbereich des methodisch Umsetzbaren liegen. Angesichts dieses Befunds stellt sich die Frage, ob man nicht besser von allenfalls punktuell möglichen Rechtsfortbildungen Abstand nimmt und sich auf eine rechtspolitische Diskussion über die Weiterentwicklung des Kapitalschutzrechts konzentriert.

   Eine systematisch stimmige Ausgestaltung des Kapitalschutzrechts des Agios kann jedenfalls nicht ohne Änderung der europarechtlichen Vorgaben erreicht werden. Es sind jedoch auch bei Beachtung der europarechtlichen Vorgaben schon auf nationaler Ebene Alternativen denkbar, die im wesentlichen das mit den Angleichungsbemühungen verfolgte Ziele eines effizienteren Gläubigerschutzes erreichen können, ohne weitere Spannungen im System des Kapitalschutzes der Unternehmensfinanzierung zu erzeugen. Diese Alternativen beruhen auf einem bilanziellen Kapitalschutz, in dem über flexible, nicht an den Einlagen der Gesellschafter orientierte Ausschüttungssperren zumindest teilweise eine Entkoppelung von Innenrecht (Einlagenfinanzierung im Interesse der Gesellschafter) und Außenrecht (Haftkapital im Interesse der Gläubiger) erfolgt. Diese flexiblen Ausschüttungssperren können als zusätzliches Element den bislang praktizierten Kapitalschutz der Einlagen ergänzen und müssen ihn nicht ersetzen.

B. Stand der Diskussion zum Kapitalschutz des Agios

Diese Untersuchung zum Kapitalschutz des Agios im Aktien- und GmbH-Recht bringt einen Beitrag zu einer im geltenden Recht insbesondere seit zwanzig Jahren intensiv geführten Diskussion um die kapitalschutzrechtliche Behandlung des Agios. Sie stützt sich besonders auf folgende Vorarbeiten:

Nachdem Rechtsprechung und Literatur das Agio vor allem unter dem Blickwinkel diskutiert hatten, wer bei Kapitalerhöhungen das Agio in welchen Grenzen festsetzen darf oder muß, insbesondere wenn eine Kapitalerhöhung aus genehmigtem Kapital[1] durchzuführen ist, das Bezugsrecht ausgeschlossen wird[2] oder nur ein mittelbares Bezugsrecht[3] besteht, hat *Priester* im Jahr 2000 in einem Festschriftbeitrag für Marcus Lutter einen weiteren Bogen gespannt und die unterschiedliche Reichweite des Kapitalaufbringungsschutzes beim Agio im Aktien- und im GmbH-Recht herausgearbeitet und vor diesem Hintergrund sowohl Gestaltungsmöglichkeiten wie auch Gestaltungsgrenzen für die rechtliche Ausgestaltung von Einlageverpflichtungen hinterfragt.[4]

Eine Entscheidung des Bayerischen Obersten Landesgerichts zum Aktienrecht, BayObLG v. 27.02.2002, AG 2002, 510 ff., hat dann die Diskussion um das Agio enorm befeuert, da nach dieser Entscheidung das Registergericht bei einer Kapitalerhöhung auch das Recht haben soll, die Vorlage rein schuldrechtlicher Investorenvereinbarungen zu verlangen, um prüfen zu können, ob der gesamte Kapitalerhöhungsvorgang ordnungsgemäß erfolgt sei. Diese Entscheidung warf die Frage auf, ob die Vereinbarung eines »schuldrechtlichen Agios« im Aktienrecht überhaupt zulässig ist, und wurde daher sowohl von Befürwortern wie Kritikern einer solchen Zulässigkeit in verschiedenen Aufsätzen intensiv diskutiert.

1 Hierzu z.B. die frühe Arbeit aus dem Jahr 1968 von *Klette*, Emissionskurs beim genehmigten Kapital.

2 Hierzu z.B. Heckschen, Agio und Bezugsrechtsausschluss in Auseinandersetzung mit dem seinerzeit vieldiskutierten Urteil des OLG Stuttgart v. 1.12.1999, DB 2000, 135.

3 Zu diesen Sonderfall bereits 1979 *Wiedemann*, Ausgabekurs und Bezugskurs.

4 *Priester*, Kapitalaufbringungspflicht beim Agio.

Nach dem Denkanstoß Priesters und der intensiven Diskussion im Nachgang zu der vorgenannten Entscheidung des Bayerischen Obersten Landesgerichts faßten drei Dissertationen die Diskussion zusammen und entwickelten die bestehenden Ansätze systematisch weiter:

In seiner im Jahr 2005 erschienen Dissertation[5] »Das Agio im GmbH- und Aktienrecht« untersucht *Lüssow* das Recht des Agios in beiden Kapitalgesellschaften und legt dabei einen besonderen Schwerpunkt auf die interne Zuständigkeitsverteilung bei der Festlegung eines Agios. Daneben analysiert er einige Vorschriften des aktienrechtlichen und GmbH-rechtlichen Kapitalaufbringungsrechts, wobei er zum Aktienrecht den europäischen Vorgaben der damaligen Zweiten gesellschaftsrechtlichen Richtlinie besondere Aufmerksamkeit widmet.

Kurz vorher schon, im Jahr 2004 erschien die zeitgleich abgefaßte Arbeit[6] »Agio und verdecktes Agio im Recht der Kapitalgesellschaften« von *Herchen*. Ähnlich wie *Lüssow* untersucht *Herchen* in ihrer Dissertation verschiedene Fragen aus dem Innenrecht der Kapitalgesellschaften, wie eine Pflicht zur Festsetzung eines Agios und die Zuständigkeit zu dessen Festsetzung, und analysiert Fragestellungen aus dem Kapitalschutzrecht, wobei sie neben dem Kapitalaufbringungsrecht auch das Kapitalerhaltungsrecht in den Blick nimmt. Zudem setzt *Herchen* einen weiteren Schwerpunkt auf den Vergleich verschiedener Gestaltungsmöglichkeiten im Aktien- und im GmbH-Recht und behandelt dabei ausführlich die Gestaltungsalternativen »korporatives Agio«, »schuldrechtliche Zusatzleistungen«, »Bezugsagio«, »unterbewertete Sacheinlagen« und »Leistung nicht einlagefähiger Gegenstände«. Hier argumentiert *Herchen* auf Grundlage ihrer Überzeugung, daß zur Vermeidung einer unerwünschten »materiellen Unterfinanzierung« alle »materiellen Einlagen« möglichst weitgehend dem Kapitalschutzrecht zu unterstellen seien, für einen weitreichenden Gleichlauf zum Kapitalschutz des korporativen Agios in allen Fällen materieller Agioleistungen und für eine möglichst weitgehende Angleichung des GmbH-rechtlichen Kapitalschutzes des Agios an das strengere Kapitalschutzrecht der Aktiengesellschaft.

In entgegengesetzte Richtung wie *Herchen* argumentiert *Strehle* in seiner im Jahr 2006 abgeschlossenen Dissertation[7] »Meilenstein-basierte Venture Capital Finanzierungen«. Unter Konzentration auf das Aktienrecht zeigt *Strehle* den ökonomischen Hintergrund von sog. Meilensteinzahlungen durch Venture Capital-Investoren auf. Da solche Meilensteinzahlungen im geltenden Aktienrecht allenfalls auf schuldrechtlicher Grundlage vereinbart werden können, argumentiert *Strehle* für die Zulässigkeit schuldrechtlicher Agiovereinbarungen und zeigt die Konsequenzen auf, wenn man solche regelmäßig schuldrechtlich vereinbarten Mehrleistungen als korporative Leistungspflichten qualifizieren würde.

In etwa um dieselbe Zeit wie diese drei Dissertationen ist im Jahr 2004 in England der sogenannte Rickford-Report erschienen, der Reformvorschläge

5 *Lüssow*, Agio.
6 *Herchen*, Agio.
7 *Strehle*, Venture Capital.

zum englischen Recht der Kapitalerhaltung unterbreitet hat und in dem die europarechtlichen Vorgaben der damaligen Zweiten gesellschaftsrechtlichen Richtlinie harsch wegen ihrer vermeintlich fehlenden Systematik kritisiert werden. Die fehlende Systematik der heutigen Gesellschaftsrechtsrichtlinie (inhaltlich brachten die Neufassungen im Jahr 2017 und 2020 keine Änderungen, so daß die Kritik unverändert gelten muß) machen die Autoren des Rickford-Reports daran fest, daß die europarechtlichen Vorgaben keine vollständige Gleichbehandlung von Agio und Grundkapital verlangen.

In der deutschsprachigen Literatur sind nach den drei umfangreichen Dissertationen für einige Zeit nur wenige Spezialpublikationen zu Fragen des Kapitalschutzes des Agios veröffentlicht worden, bis die vieldiskutierte »Babcock«-Entscheidung des Bundesgerichtshofs, BGH v. 06.12.2011, BGHZ 191, 365 ff., die Diskussion wieder befeuerte. In diesem Urteil hat der BGH zum einen entschieden, daß der aktienrechtliche Differenzhaftungsanspruch bei Sacheinlagen auch das Agio nach § 9 Abs. 2 AktG erfasse, zum anderen aber auch, daß über einen solchen Differenzhaftungsanspruch ein Vergleich ohne Zustimmung der Hauptversammlung zulässig sei. Der Umfang des Differenzhaftungsanspruchs ist im Schrifttum weitgehend konsensfähig, diskutiert wird eher die Frage der Vergleichsfähigkeit über einen solchen Einlageanspruch. Vor allem aber hat das Urteil erneut auf die praktische Bedeutung von Agioleistungen aufmerksam gemacht und ähnlich wie das oben erwähnte Urteil des Bayerischen Obersten Landesgerichts eine Diskussion darüber angestoßen, inwieweit solche aus Sicht manches Investors unerfreuliche Rechtsfolgen wie eine Differenzhaftung auf »Agiosacheinlagen« durch andere Gestaltungen, insbesondere die Vereinbarung eines schuldrechtlichen Agios oder auch nur den Verzicht auf eine förmliche Festsetzung eines Mehrbetrags verhindert werden könnten.

C. Zielsetzung und Eingrenzung der vorliegenden Arbeit

Die Diskussion der BGH-Entscheidung »Babcock« zeigt, daß trotz mittlerweile einiger Vorarbeiten selbst in sehr grundlegenden Fragen wie der Zulässigkeit schuldrechtlicher Agioverpflichtungen noch keine weitgehende Übereinstimmung erreicht werden konnte. Zudem sind die umfangreichsten Arbeiten zum Recht des Agios allesamt vor dem MoMiG[8] bzw. dem ARUG[9] angefertigt worden, welche beiden Reformgesetze bedeutende Änderungen im Recht des Kapitalschutzes der GmbH und der Aktiengesellschaft vorgenommen haben. Diese Untersuchung will daher einen aktuellen Beitrag zu der noch nicht ausdiskutierten

8 Gesetz zur Modernisierung des GmbH-Rechts und zur Bekämpfung von Missbräuchen (MoMiG) vom 23. Oktober 2008, BGBl. I, 2026.

9 Gesetz zur Umsetzung der Aktionärsrechterichtlinie (ARUG) vom 30. Juli 2009, BGBl. I, 2479.

Frage nach den Grundlagen des Kapitalschutzes des Agios und damit einen Beitrag zur Systembildung im Recht der Unternehmensfinanzierung leisten.

Dabei konzentriert sich diese Arbeit ganz auf das Recht des Kapitalschutzes, wenn ein Agio an eine Kapitalgesellschaft versprochen oder geleistet wird, ohne auf Fragen der Zuständigkeit und einer eventuellen Pflicht zur Festsetzung eines Agios einzugehen, und untersucht in gleicher Weise das Kapitalaufbringungsrecht wie das Kapitalerhaltungsrecht und das Recht der Aktiengesellschaften ebenso wie das Recht der GmbH.

Das Agio wird hierbei als ein Bestandteil der Unternehmensfinanzierung betrachtet. Der Schwerpunkt der Untersuchung liegt dabei auf »Einlagen«, da das Agio in ähnlicher Weise wie das Grund- und Stammkapital als »Einlage« qualifiziert werden kann und aufgrund dieser Ähnlichkeit teilweise gefordert wird, das Agio als »materielle Einlage« rechtlich ebenso wie die »formellen Einlagen« auf das Grund- und Stammkapital zu behandeln. Im Hintergrund dieser Forderung steht die Überzeugung, daß allen »materiellen Einlagen« dieselbe Finanzierungsverantwortung wie formellen Einlagen zuzuschreiben ist, die nach Einschränkungen der Finanzierungsfreiheit der Gesellschafter verlangt.

»Materielle Einlagen« gibt es neben dem Agio noch weitere. Diese Arbeit fragt daher auch danach, inwiefern solche weiteren materiellen Einlagen aktuell schon wie Einlagen auf das Grund- und Stammkapital behandelt werden bzw. inwiefern bei einer weiteren Angleichung des Rechts des Agios an das Recht der formellen Einlagen konsequenterweise auch die Regelungen für solche weiteren Einlageformen anzupassen wären. Es wird versucht, die materiellen Einlagen umfassend in den Blick zu nehmen und nicht lediglich eine Auswahl zu untersuchen, um eine möglichst stabile Basis für die Wertungsvergleiche zu gewinnen, die für eine Systembildung im Recht der Unternehmensfinanzierung ebenso unerläßlich sind wie für die Beantwortung der Frage nach der Möglichkeit rechtsfortbildender Maßnahmen.

Neben den Einlagen werden ergänzend auch weitere Finanzierungsbestandteile in den Blick genommen, wie z.B. Gewinnthesaurierungen oder Gesellschafterdarlehen, da auch solche Finanzierungsformen Bestandteil der Unternehmensfinanzierung sind und teilweise Agioeinlagen ersetzen oder erfordern können. Die detaillierte Untersuchung beschränkt sich dabei auf Finanzierungsformen, für welche die verschiedenen Gesetze zumindest ansatzweise Regelungen enthalten, erfaßt jedoch nicht reine Rechtsprechungsfiguren, insbesondere damit nicht die sogenannten Finanzplankredite, da die Diskussion solcher ungeregelter Finanzierungsformen (und insbesondere die Diskussion einer möglichen Fortgeltung der älteren Rechtsprechung zu Finanzplankrediten nach dem MoMiG) wohl mehr von der hier versuchten Untersuchung der verschiedenen gesetzlichen Regelungen für materielle Einlagen abhängen dürfte und weniger auf diese Untersuchung ausstrahlen dürfte.

Dieser Arbeit geht es dabei nicht darum, auf Grundlage einer eigenen Voreinstellung zur Sinnhaftigkeit einer möglichst weitgehenden Einbeziehung materieller Einlagen in den Kapitalschutz des Aktien- oder des GmbH-Rechts für oder gegen eine solche Erstreckung der jeweiligen Kapitalschutzanforderungen auf materielle Einlagen zu argumentieren. Vielmehr will diese Arbeit untersuchen, inwieweit die unterschiedlichen Regelungen zum Kapitalschutz des Agios und des Nominalkapitals im Aktien und im GmbH-Recht als sinnvolle und konsequente Umsetzungen eines bestimmten Regelungszwecks verstanden werden können und inwieweit teleologisch und systematisch nicht aufklärbare Ungereimtheiten vorliegen. Von den Antworten auf diese Fragestellungen hängt ab, inwieweit eine weitere Erstreckung der Regelungen des bilanziellen Kapitalschutzes auf gesetzlich derzeit noch nicht geregelte Fallgestaltungen als notwendig und als möglich betrachtet werden kann.

Entsprechend versucht diese Arbeit erstmals eine ausführliche Herleitung des subjektiven Gesetzeszwecks des historischen Gesetzgebers bei Erlaß der Kapitalschutzregelungen des Agios. Daneben versucht diese Arbeit eine möglichst umfassende Betrachtung der Systematik des Kapitalschutzes der Einlagen, deren Kenntnis zur Bestimmung des objektiven Sinns der aktuellen Regelungen zum Kapitalschutz unerläßlich ist, wobei nicht nur die »formellen Einlagen« als Referenzpunkt gewählt werden, sondern, da Agio und formelle Einlagen, wie soeben erörtert, ihrerseits Bestandteile einer umfassenderen Unternehmensfinanzierung sind, weitere Finanzierungsbestandteile daraufhin untersucht werden, inwiefern sie in den Kapitalschutz einbezogen sind oder bei einer weiteren Angleichung des Kapitalschutzes des Agios an die formellen Einlagen konsequenterweise einzubeziehen wären.

Mit Blick auf die in der Literatur diskutierten Vorschläge einer weiteren Angleichung des Kapitalschutzes des Agios bzw. des Kapitalschutzes »materieller Einlagen« an den Kapitalschutz der Einlagen auf das Nominalkapital fragt diese Arbeit, inwiefern eine weitere Angleichung des Kapitalschutzrechts verschiedener Einlagen überhaupt systematisch stimmig erfolgen könnte. Dazu untersucht diese Arbeit erstmals systematisch alle Kapitalschutzanforderungen des Aktienrechts darauf, welche Formen materieller Einlagen tatsächlich von diesen Vorschriften erfaßt werden, welche nicht. Ferner wird umfassender als in den Vorarbeiten untersucht, welche Regelungen im Aktienrecht und im GmbH-Recht für weitere materielle Einlagen vorgesehen sind. Dadurch soll der Gestaltungsspielraum für weitere Rechtsfortbildungen abgesteckt werden und umgekehrt aufgezeigt werden, welche Unterschiede selbst bei weitestgehender Rechtsfortbildung de lege lata nicht zu beseitigen sind.

Entsprechend dieser Untersuchung der Grenzen einer weitgehenden Angleichung von Agioeinlagen und formellen Einlagen im nationalen Gesellschaftsrecht fragt diese Arbeit ebenso nach den bilanzrechtlichen Voraussetzungen und Begrenzungen einer weitgehenden Angleichung von formellen und materiellen Einlagen und stellt dabei die bilanzrechtliche Diskussion von Einlagen in den Zusammenhang der Diskussion einer gesellschaftsrechtlichen Gleichbehandlung verschiedener Einlagen, nachdem die bilanzrechtlichen Voraussetzungen in der gesellschaftsrechtlichen Diskussion bisher nur in Ansätzen bei der Bilanzierung von Sacheinlagen berücksichtigt worden sind.

Analog der Untersuchung der rechtlichen Voraussetzungen und Begrenzungen einer weiteren Angleichung des Kapitalschutzes materieller Einlagen im deutschen Recht fragt diese Arbeit weiter nach ebensolchen Voraussetzungen und Begrenzungen im europäischen Recht. Dazu werden erstmals die Vorschriften der Gesellschaftsrechtsrichtlinie (früher – in den entsprechenden Vorschriften inhaltsgleich – Zweite gesellschaftsrechtliche Richtlinie oder sogenannte Kapitalrichtlinie) zum Agio und zu weiteren materiellen Einlagen detailliert analysiert und in diesem Zuge die europarechtlichen Begriffe der ›Einlage‹ und des ›Mehrbetrags‹ definiert. Desweiteren werden die Vorgaben der Bilanzrichtlinie (früher Vierte gesellschaftsrechtliche Richtlinie) für die Bilanzierung von Einlagen ausführlich diskutiert, da von diesen Vorgaben die Reichweite des bilanziellen Kapitalschutzes entscheidend abhängt.

Die Diskussion um eine möglichst stimmige Regelung des Kapitalschutzes des Agios im deutschen Recht soll zudem durch einen rechtsvergleichenden Blick auf das englische Kapitalgesellschaftsrecht erhellt werden. Das englische Recht folgt seit langer Zeit dem Grundgedanken einer Gleichbehandlung von Agio und Nominalkapital und unterscheidet dabei nicht nach den beiden Kapitalgesellschaftsformen der Public und der Private Limited Company. Die Gründe, die zu einer weitgehenden Gleichbehandlung beider Einlageformen und beider Rechtsformen geführt haben, können ebenso studiert werden wie die Schwierigkeiten, denen sich der englische Gesetzgeber bei Umsetzung eines weitgehenden Gleichbehandlungspostulats gegenübersieht.

Das Ausscheiden des Vereinigten Königreichs aus der Europäischen Union hat keine Auswirkungen auf die hier vorliegende Untersuchung. Der Kernbestand der englischen Regelungen wurde lange vor dem Beitritt zur EWG und unabhängig von den europäischen Vorgaben entwickelt. Gerade die historischen Entwicklungslinien und der im Laufe der nationalen Diskussion gefundene Weg einer möglichst weitgehenden Gleichbehandlung von Einlagen auf das Nominalkapital und Agioeinlagen sind für den Vergleich zum deutschen und zum EU-Recht von besonderem Interesse. Der BREXIT berührt diese Erkenntnisse nicht. Natürlich ist das englische Recht als Vergleichspunkt auch deshalb interessant, weil der englische Gesetzgeber mit dem aktuell noch geltenden Normenbestand des Companies Act aus dem Jahr 2006 versucht hat, die Vorgaben der europarechtlichen Richtlinien umzusetzen. Auch insoweit kann das englische Recht weiterhin uneingeschränkt als Vergleichspunkt dienen, da bislang weder durch statute law noch durch Richterrecht eine maßgebliche Änderung des englischen Gesellschaftsrechts zum Stand vor dem 1. Februar 2020 erfolgt ist.

Nicht behandelt werden in dieser Arbeit Detailfragen des Kapitalschutzes bei Umwandlungsvorgängen aufgrund der Einschätzung, daß aus der näheren Analyse dieser besonderen Einbringungssituationen keine entscheidenden Erkenntnisse für eine systematische Behandlung des Kapitalschutzes des Agios zu erwarten sind, obschon Verschmelzungen, Ausgliederungen und Formwechsel praktisch besonders häufig vorkommende Fälle von Sacheinlagen darstellen. Aus denselben Gründen werden auch insolvenzrechtliche Sondersituationen nicht näher betrachtet. Wertungsmäßig interessant erscheint hingegen die Frage der Bilanzierung umwandlungsrechtlicher Sacheinlagen wegen der vom Gesetz ausdrücklich eröffneten Möglichkeit einer Buchwertfortführung. Auf diese Bilanzierungsmöglichkeit von Sacheinlagen wird im Rahmen der Untersuchung der Bilanzierung von Einlagen daher kurz eingegangen.

Nicht behandelt werden ferner die Einflüsse des Steuerrechts, die bei allen Entscheidungen rund um die Unternehmensfinanzierung praktisch von herausragender Bedeutung sind. Manche gesellschaftsrechtlich denkbaren Gestaltungsalternativen zur Festsetzung eines Agios werden aufgrund unerwünschter steuerlicher Auswirkungen praktisch meist ausscheiden, so z.B. der rein theoretisch denkbare Fall, bei Kapitalerhöhungen in geschlossenen Gesellschaften zum Ausgleich stiller Reserven statt eines Agios eine Direktzahlung an die Altgesellschafter zu vereinbaren, welche diese je nach Finanzierungsbedarf wieder in die Gesellschaft einlegen könnten. Die Arbeit baut auf der Prämisse auf, daß bei aller praktischen Bedeutung des Steuerrechts nach Möglichkeit das Gesellschaftsrecht aus sich heraus eine systematische Behandlung vergleichbarer Einlageformen sicherstellen sollte. Soweit ein Verständnis der steuerbilanziellen Behandlung von Einlagen hilfreich bzw. erforderlich ist für das Verständnis der handelsbilanziellen Behandlung von Einlagen, werden die entsprechenden steuerrechtlichen Vorgaben jedoch besprochen.

D. Inhalt und Aufbau der Arbeit

Entsprechend dieser Zielsetzung folgt diese Arbeit folgendem Aufbau:

Das *erste Kapitel* bringt zunächst eine präzise Definition der verschiedenen denkbaren Formen eines Agios. Es arbeitet die Gründe heraus, warum sich Gesellschafter für ein korporatives Agio, ein schuldrechtlich vereinbartes Agio oder eine andere Form eines materiellen Agios entscheiden und zeigt die Schwierigkeiten auf, die für den bilanziellen Kapitalschutz entstehen können, wenn statt einem korporativen Agio andere Formen von Einlagen gewählt werden. Bei einer freien Wahl der Einlageformen könnte vor allem die gläubigerschützende Wirkung des bilanziellen Kapitalschutzes gemindert werden, daneben könnte der Schutz von Minderheitsgesellschaftern abgeschwächt werden. Versteht man die möglichen Auswirkungen, die gesetzlich nicht geregelte Einlageformen auf den bilanziellen Kapitalschutz haben können, kann man nachvollziehen, warum ungeachtet der seit langem im Kapitalgesellschaftsrecht grundsätzlich anerkannten Zulässigkeit sogenannter satzungsbegleitender schuldrechtlicher Nebenvereinbarungen im Zusammenhang mit der Unternehmensfinanzierung diskutiert wird, ob nicht die Finanzierungsfreiheit der Gesellschafter zugunsten einer stärker gewichteten Finanzierungsverantwortung einzuschränken sein könnte, d.h. schuldrechtliche Vereinbarungen über Einlageleistungen als unzulässig anzusehen sein könnten bzw. Vorgaben des Kapitalschutzrechts auch auf schuldrechtlich vereinbarte Einlageleistungen anzuwenden sein könnten.

Damit im späteren Verlauf der Untersuchung die systematische Stimmigkeit der geltenden Regelungen sowie deren objektive Teleologie bewertet werden kann und damit die für etwaige Rechtsfortbildungen maßgeblichen Wertungsvergleiche getroffen werden können, arbeitet dieses Kapitel den Bestand der verschiedenen Finanzierungsformen heraus, die als »materielle Einlagen« dem korporativen Agio und den Leistungen auf das Nominalkapital vergleichbar sind. All diese Finanzierungsbeiträge sind im Fortgang im Blick zu behalten und etwaige Angleichungen des Kapitalschutzrechts des Agios an das Kapitalschutzrecht des Nominalkapitals sind daraufhin zu befragen, ob eine solche Angleichung wertungsstimmig mit der rechtlichen Behandlungen der anderen materiellen Einlagen erfolgen kann.

Um die verschiedenen relevanten Wertungsgesichtspunkte eindeutig beschreiben zu können, wird eine klare Begrifflichkeit für verschiedene Finanzierungsbeiträge geprägt. In diesem Zusammenhang wird der im Aktienrecht und im GmbH-Recht maßgebliche Begriff der Einlage definiert und diese Einlage wird von anderen Finanzierungsformen, für welche die Gesetze keine oder eigenständige Regelungen vorsehen, abgegrenzt. Gerade die Gesellschafterbeiträge, die das Gesetz ausdrücklich regelt und dies anders als die Leistungen auf das Nominalkapital und auf das korporative Agio, stellen wichtige Vergleichspunkte für eine Systematisierung des Rechts der Einlagefinanzierung dar.

Neben dem Aktiengesetz und dem GmbH-Gesetz werden auch die steuerbilanziellen und handelsbilanziellen Begrifflichkeiten im Kontext von Einlagen und Gesellschafterbeiträgen analysiert. Denn die in den beiden letztgenannten Rechtsgebieten gefundenen Begrifflichkeiten beeinflussen die gesellschaftsrechtliche Diskussion erheblich, können aber die notwendigen genuin gesellschaftsrechtlichen Wertungsentscheidungen nicht ersetzen und nicht präjudizieren. Da in beiden genannten Teilrechtsgebieten die Abgrenzung von Gesellschafterbeiträgen und Kapitaleinlagen seit je her eine große Rolle spielt, lassen sich aus der Betrachtung dieser Rechtsgebiete immerhin wertvolle Hinweise für die genuin gesellschaftsrechtliche Antwort auf die Frage nach einer systematischen Ordnung des Rechts der Unternehmensfinanzierung gewinnen.

Zuletzt behandelt dieses erste Kapitel noch die handelsrechtliche Bilanzierung der Einlagen. Da das deutsche Recht keine gesellschaftsrechtlichen Sonderregeln für die Bilanzierung von Einlagen enthält (zumindest keine ausdrücklich geregelten), bestimmen die allgemeinen nationalen und europäischen Bilanzierungsregeln, wie Einlagen zu bilanzieren sind. Der Umfang des bilanziellen Kapitalschutzes im Aktienrecht und im GmbH-Recht, insbesondere das aktienrechtliche Kapitalerhaltungsrecht, hängt somit teilweise von ab, wie Einlagen nach den allgemeinen Regeln zu aktivieren und zu passivieren sind. Diese Erkenntnis gilt insbesondere auch bei den Finanzierungsbeiträgen, die als rein materielle Einlagen zwar keinen ausdrücklichen gesetzlichen Regelungen unterliegen, jedoch als wichtige Vergleichspunkte für eine systematische Beurteilung des aktuellen Rechts der Unternehmensfinanzierung erkannt wurden. Eine systematische Untersuchung des Kapitalschutzes von Agioeinlagen kann daher nicht ohne vertiefte Kenntnisse des deutschen und des europäischen Bilanzrechts von Einlagen erfolgen.

Die zentralen Ergebnisse des ersten Kapitels sind:
- Das korporative Agio kann man definieren als eine einlagefähige Leistung, die ein Anteilserwerber als Entgelt für die Ausgabe junger Aktien über den Nominalbetrag der Anteile hinaus in das bilanzielle Eigenkapital der Gesellschaft erbringt und zu der sich der Erwerber als Teil des Ausgabebetrags auf korporativer Grundlage verpflichtet.
- Die einzelnen Definitionsmerkmale des korporativen Agios müßten vor dem allgemeinen Gebot, Gleiches gleich und Ungleiches ungleich zu behandeln, erklären können, warum eine solche materielle Einlage weitgehend, aber nicht vollständig wie eine Einlage auf das Nominalkapital behandelt wird. Sie müßten auch erklären können, warum das Gesetz andere materielle Einlagen, die nicht alle diese Kriterien erfüllen, anders behandelt. Es wird sich im Laufe der Arbeit zeigen, daß die Begründung von Unterschieden und Gemeinsamkeiten der gesetzlichen Regelung der verschiedenen materiellen Einlagen allein durch Rückgriff auf die Definitionsmerkmale des Agios nicht in jeder Hinsicht überzeugend gelingen kann. Selbst wenn man berücksichtigt, daß der Gesetzgeber nicht nur auf die tatbestandlichen Unterschiede der verschiedenen Einlageformen sehen kann, sondern mit den Regeln für die verschiedenen Einlageformen auch je verschiedene Schutzzwecke verfolgen kann, wird eine vollständig stimmige Erklärung der bestehenden Unterschiede und Gemeinsamkeiten nicht gelingen können.
- Die einzelnen Definitionsmerkmale müssen letztlich auch die Beantwortung der Frage entscheiden, ob andere Formen von Einlagefinanzierungen, insbesondere schuldrechtliche Nebenverpflichtungen rechtlich zulässig sind bzw. gegebenenfalls genauso behandelt werden müssen wie Leistungen auf eine korporative Agioverpflichtung. Da schuldrechtliche Vereinbarungen von Nebenverpflichtungen durch die Privatautonomie geschützt sind, liegt die Begründungslast bei dem, der eine Unzulässigkeit solcher Vereinbarungen oder eine analoge Anwendung von Kapitalschutzregeln fordert. Die Begründung muß sich aus dem Schutzzweck des Kapitalschutzes bzw. einzelner kapitalschutzrechtlicher Bestimmungen ergeben. Im Laufe der Arbeit wird sich zeigen, daß als Begründung allein die Intensität des Schutzes von Minderheitsgesellschaftern angeführt werden kann, dieser Begründungsansatz jedoch nur schwer systematisch durchgehalten werden kann.
- Die Wahl für ein Agio beruht in den meisten Fällen, jedenfalls bei allen Kapitalerhöhungen außerhalb von Einmanngesellschaften, nicht auf Beliebigkeit, sondernd dient dem Verwässerungsschutz der Bestandsgesellschafter. Die verschiedenen Formen von Agioleistungen werden regelmäßig nicht gewählt, weil die Gesellschafter ihre Finanzierungsfreiheit dazu nutzen wollen,

das strenge Kapitalschutzrecht für Nominalkapitaleinlagen zu vermeiden. In den meisten Fällen ist die Festsetzung zumindest eines korporativen Agios systematisch zwingend vorgegeben. Das System des festen Nominalwerts läßt nicht zu, daß der gesamte Wert der Gesellschaftereinlage auf das Nominalkapital erbracht wird, da in diesem Fall der Neugesellschafter zu viele Mitgliedschaftsrechte erhielte. In manchen Fällen ist selbst die Wahl eines korporativen Agios ausgeschlossen, nämlich bei nicht einlagefähigen Gesellschafterbeiträgen. In diesen Fällen muß, sollen solche Beiträge möglich sein, eine schuldrechtliche Vereinbarung gewählt werden.

- Es greift daher zu kurz, wollte man die Gleichbehandlung von Agio und Nominalkapital, wie in der Literatur allenthalben zu lesen ist, damit begründen, die Gesellschafter sollten nicht beliebig über die Höhe des zugunsten der Gläubiger vorzuhaltenden Haftkapitals entscheiden können. Eine Gleichbehandlung der beiden Einlageformen muß anders begründet werden.
- Ein materielles Agio entsteht zudem immer dann, wenn bei Sacheinlagen nicht der gesamte Zeitwert des Einlagegegenstands beziffert wird. Der Verzicht auf eine Wertangabe ist möglich, da bei Sacheinlagen die Leistungspflicht allein durch die konkrete Bezeichnung des Gegenstands ausreichend bestimmt ist. Daher ist bei Sacheinlagen zwischen dem Gegenstand und seinem Wert zu unterscheiden. Auch wenn ein Gegenstand zur Gänze Einlage im Sinne einer konkreten Norm ist, muß nicht der gesamte Wert den Einlagebestimmungen dieser Norm unterliegen. In Laufe der Arbeit wird diskutiert werden, ob es zulässig sein soll, Sacheinlagen zu vereinbaren, ohne den Zeitwert förmlich als Ausgabebetrag festzusetzen. Wer die Vereinbarung eines schuldrechtlichen Agios wegen der darin liegenden Gefahren insbesondere für den Gläubigerschutz oder den Schutz der Minderheitsgesellschafter ablehnt, muß konsequenterweise die korporative Verpflichtung auf eine Sacheinlage ohne ausdrückliche Festsetzung des Zeitwerts als Ausgabebetrag ablehnen.
- Die Begriffsbildung in den verschiedenen relevanten Rechtsgebieten, insbesondere im Handelsbilanzrecht, im Aktienrecht und im GmbH-Recht ist uneinheitlich. Die Begrifflichkeiten können nicht von einem Rechtsgebiet auf anderes Rechtsgebiet übertragen werden, da in jedem Teilrechtsgebiet hinter der Begriffsbildung eigenständige Wertungsentscheidungen stehen.
- Die aktienrechtliche Einlage meint etwas anderes als die Einlage im GmbH-Recht, denn im Aktienrecht ist das korporative Agio Teil der Einlageverpflichtung, im GmbH-Recht nicht. Bei beiden Kapitalgesellschaften erfaßt der gesellschaftsrechtliche Einlagebegriff nur eine Teilmenge dessen, was als »materielle Einlage« bezeichnet werden kann und handelsbilanziell bzw. betriebswirtschaftlich auch als Einlage angesehen wird. Bei beiden Kapitalgesellschaften ist die Einlage als zentrale mitgliedschaftliche Förderpflicht des Gesellschafters von anderen mitgliedschaftlichen Leistungspflichten des Gesellschafters abzugrenzen, die das Gesetz gänzlich anderen Regelungen unterwirft.

- Im Aktienrecht verwenden nicht alle Kapitalschutzvorschriften den Begriff der Einlage gleichlautend. Bedeutendstes Beispiel ist die zentrale Norm des Kapitalerhaltungsrechts § 57 AktG, dessen Einlagebegriff das korporative Agio nicht in derselben Weise regeln will wie die Einlagen auf das Nominalkapital. Man muß daher bei jeder konkreten Norm fragen, welche Formen von Einlage konkret wie erfaßt werden sollen. Ausgangshypothese kann bei jeder Norm sein, daß Einlage im Aktienrecht neben den Einlagen auf das Nominalkapital auch das korporative Agio meint und ebenso ein materielles Agio, das im unbezifferten Zeitwert eines Sacheinlagegegenstands liegt. Abweichungen sind aus der konkreten Norm heraus zu begründen.
- Aufgrund der unterschiedlichen Bedeutungsmöglichkeiten der Einlagebegriffe und der unterschiedlichen Regelungen für verschiedene Einlageformen in den jeweiligen Teilrechtsgebieten kann die Gleichbehandlung von Agio und Nominalkapitaleinlagen nicht damit begründet werden, daß beide Gesellschafterbeiträge (materielle) Einlagen seien. Solche Argumentation beruhte auf einer unzulässigen Äquivokation des Einlagebegriffs. Die Kernfrage des Kapitalschutzrechts des Agios lautet nicht: »Was ist wirtschaftlich betrachtet eine Einlage und daher rechtlich wie Nominalkapital zu behandeln?« Die Kernfrage des Kapitalschutzrechts lautet vielmehr: »Welche Gesellschafterbeiträge, die wirtschaftlich als Einlagen anzusehen sind, verlangen als kapitalgesellschaftsrechtliche Einlagen eine besondere rechtliche Behandlung?«
- Die bilanzielle Abbildung von Einlagen beeinflußt den Umfang des gesellschaftsrechtlichen Kapitalschutzes. Denn der bilanzielle Kapitalschutz baut auf einer Bilanzierung von Einlagen auf, nach der die betreffenden Vermögensgegenstände aktiviert werden und die Gegenbuchung auf Passivseite in einem bestimmten Eigenkapitalposten erfolgt. Dennoch können aufgrund der notwendig eigenständigen Wertungsentscheidungen in den beiden Kapitalgesellschaftsrechten weder die Bilanzgrundsätze des Vorsichtsprinzips noch des Einsichtsgebots verbindlich vorgeben, wie bestimmte Agioleistungen kapitalschutzrechtlich zu behandeln sind. Die verschiedenen Argumentationsebenen dürfen in der Diskussion nicht vermischt werden.
- Bilanziell betrachtet müssen nach nationalem Bilanzrecht Sacheinlagen, die auf das Nominalkapital oder im Aktienrecht auch auf ein korporatives Agio erbracht werden, insoweit zum Zeitwert aktiviert werden, als dieser erforderlich ist, den geschuldeten Einlagebetrag aufzubringen. Dieser Bilanzgrundsatz läßt sich gegenüber dem Vorsichtsprinzip damit begründen, daß der gesellschaftsrechtliche Kapitalaufbringungsschutz die Werthaltigkeit dieser Bilanzierung sicherstellt. Diese Begründung zeigt, daß das Kapitalerhaltungsrecht von Einlagen von dem Kapitalaufbringungsrecht dieser Einlagen abhängt.
- Außerhalb der gesellschaftsrechtlichen Einlageverpflichtung können viele Einlagen nach nationalem Bilanzrecht entweder zum Zeitwert aktiviert werden oder es können in vollem Umfang stille Reserven gelegt werden. Eine Pflicht zur Zeitwertbilanzierung besteht nach oft vertretener und dogmatisch schlüssig begründbarer Meinung im nationalen Bilanzrecht nicht. Bestimmte

Einlagen können jedoch nicht aktiviert werden. Sofern Einlagen außerhalb der gesellschaftsrechtlichen Einlageverpflichtung aktiviert werden, erfolgt die Gegenbuchung auf Passivseite regelmäßig in der freien Kapitalrücklage. Diese Buchungsgrundsätze führen auch im Aktienrecht dazu, daß solche Einlagen keine Erhöhung des ausschüttungsgesperrten Haftkapitals bewirken.

- Wer für eine weitgehende Gleichbehandlung von formellen und materiellen Einlagen eintritt, muß konsequenterweise eine Zeitwertbilanzierung von Sacheinlagen und bei allen Einlagen eine Gegenbuchung in einer ausschüttungsgesperrten Kapitalrücklage fordern. Es können jedoch schon nach nationalem Bilanzrecht nicht alle Einlagen von Gesellschaftern dem bilanziellen Kapitalschutz unterstellt werden, sondern allenfalls Einlagen, die anläßlich einer Anteilsausgabe versprochen werden und die sacheinlagefähig sind – und dies nur im Aktienrecht. Eine vollständige Gleichbehandlung aller Einlagen ist schon nach deutschem Recht nicht möglich. Diese festsitzenden Unterschiede in der rechtlichen Behandlung von verschiedenen Einlageformen erschweren die Argumentation für eine analoge Angleichung der Rechtslage bezüglich einzelner materieller Einlagen.
- Zudem gibt die Bilanzrichtlinie nach Auffassung des EuGH bindend vor, daß Vermögensgegenstände zwingend einem Aktivierungsverbot unterliegen, soweit die Gesellschaft dafür keine Gegenleistung erbringt. Damit kann der Zeitwert sehr vieler Sacheinlagen nicht zu einer Erhöhung der bilanziellen Haftkapitalziffer führen, sondern kann nur faktisch über die stillen Reserven den Schutz der Gläubiger verbessern. Die Rechtsprechung des EuGH führt also dazu, daß eine kapitalschutzrechtliche Gleichbehandlung von Einlagen in noch mehr Fällen als schon nach dem nationalen Bilanzrecht unmöglich ist. Allenfalls können nach europäischem Bilanzrecht wohl noch Sacheinlagen aktiviert und in eine ausschüttungsgesperrte Kapitalrücklage gebucht werden, soweit sie dem gesellschaftsrechtlichen Kapitalaufbringungsrecht unterliegen. Außerhalb des Kapitalaufbringungsrechts dürfte es nicht möglich sein, die vollen Zeitwerte von Sacheinlagegegenständen einer ausschüttungsgesperrten Rücklage zuzuführen. Die Rechtsprechung des EuGH läßt zwar wichtige Fragen der Bilanzierung von Sacheinlagen ungeklärt, so daß eine abschließende Beurteilung noch nicht möglich ist. Die Vorgaben des europäischen Bilanzrechts führen jedoch in jedem Fall dazu, daß nicht alle materiellen Einlagen kapitalschutzrechtlich gleich behandelt werden können und erschweren dadurch die Argumentation für weitreichende Analogiebildungen zum Recht des Nominalkapitals bei nur wenigen materiellen Einlagen.

Das *zweite Kapitel* untermauert vor dem Hintergrund der internationalen Diskussion um die Sinnhaftigkeit des Systems eines bilanziellen Kapitalschutzes die Ausgangsprämisse der gesamten Arbeit, daß der bilanzielle Kapitalschutz ein taugliches Schutzkonzept abgibt, dessen genauere Analyse lohnt. Das Kapitel bereitet die spätere Diskussion der verschiedenen einzelnen Normen des aktien- und GmbH-rechtlichen Kapitalschutzes, der Systematik des Gesamtkonzepts des Kapitalschutzes von Agioleistungen sowie der Frage der analogen Ausdehnung des Kapitalschutzes bzw. einzelner Kapitalschutzregelungen auf materielle Agioleistungen vor, in dem Sinn und Zweck des gesetzlichen Kapitalschutzkonzepts, dessen Funktionsweise und die damit verbundenen Schwierigkeiten erörtert und die möglichen positiven Auswirkungen der Einbeziehung des Agios in dieses Kapitalschutzsystem aufgezeigt werden.

Zugleich werden weitere gesetzliche Schutzmodule besprochen, die den bilanziellen Kapitalschutz ergänzen können. Im Laufe der Arbeit wird sich zeigen, daß das Gesetz teilweise bei manchen Einlagefinanzierungen bewußt auf bestimmte kapitalschutzrechtliche Sicherungsmechanismen verzichtet, weil es der Ansicht ist, die verschiedenen Schutzzwecke des Kapitalschutzes könnten in diesen Fällen von anderen Schutzmodulen ausreichend sichergestellt werden. Soweit man weitergehende Angleichungen des Schutzkonzepts von Agioleistungen an die Schutzmodule für das Nominalkapital erwägt, muß man erklären können, warum in diesen Fällen eine analoge Anwendung kapitalschutzrechtlicher Vorschriften auf materielle Einlagen zwingend erforderlich ist und die weiteren Schutzmechanismen, die das Gesetz kennt, nicht genügen können.

Die zentralen Ergebnisse des zweiten Kapitels sind:

- Der bilanzielle Kapitalschutz auf Basis von Einlagen der Gesellschafter stellt in der bekannten Form zwar kein optimales, aber ein sinnvolles Schutzkonzept dar, auf das der Gesetzgeber vernünftigerweise setzen kann. Die verschiedenen Schutzmodule des bilanziellen Kapitalschutzes sind ungeachtet der oft genannten und berechtigten Kritikpunkte insgesamt geeignet, zum Schutz der Gläubiger, der Mitgesellschafter und der Kapitalmarktinvestoren beizutragen, wie dies vom Gesetzgeber erwartet wird.
- Schwierigkeiten hat der bilanzielle Kapitalschutz von Einlagen insbesondere damit, einen ausreichend effizienten Gläubigerschutz sicherzustellen. Die Einbeziehung des Agios kann nun den Gläubigerschutz verbessern und so Schwächen des bilanziellen Kapitalschutzes der Nominalkapitaleinlagen ausgleichen. Im Laufe der Untersuchung wird sich zeigen, daß das englische Recht genau aus diesem Grund einen Grundsatz der Gleichbehandlung von Agio und gezeichnetem Kapital verfolgt. Die Bestrebungen in der deutschen Diskussion, rechtsfortbildend mehr Agioleistungen in den bilanziellen Kapitalschutz einzubeziehen, beruhen ebenfalls zu großen Teilen auf einer weit verbreiteten Unzufriedenheit mit dem Gläubigerschutzniveau des aktienrechtlichen und GmbH-rechtlichen Kapitalschutzes.
- Bilanzieller Kapitalschutz auf Basis von Einlagen bedeutet, daß das Kapitalerhaltungsrecht auf den bilanzierten Vermögenswerten aufbaut und dabei davon ausgeht, daß die Einlagen der Gesellschafter entsprechend den allgemeinen Bilanzgrundsätzen aktiviert und auf Passivseite im gezeichneten Kapital oder auch (wie im Aktienrecht) in einer ausschüttungsgesperrten Kapitalrücklage gebucht werden. Infolge des handelsrechtlichen Vorsichtprinzips können jedoch auch stille Reserven entstehen oder sogar bei Einbuchung der

Einlagen gelegt werden. Solche stillen Reserven stehen nicht im Widerspruch zum bilanziellen Kapitalschutz, sondern sind nach dessen Systematik mit in den Haftungspuffer eingerechnet, bei dem das Gesetz davon ausgeht, daß das Haftkapital faktisch immer etwas höher sein wird als die bilanziell bestimmte Haftsumme. Im Recht der GmbH, das keine ausschüttungsgesperrte gesetzliche Rücklage kennt, werden die Gläubiger bei Legung stiller Reserven sogar stärker geschützt als bei Aktivierung der Zeitwerte von Sacheinlagen.

- Selbst wenn man die Effizienz des Gläubigerschutzes trotz der systematisch einzurechnenden stillen Reserven als nicht zufriedenstellend ansieht, behält der Kapitalschutz von Einlagen einen Sinn, wenn man darin die Anforderung eines eigenen Risikobeitrags des Gesellschafters erblickt. Diese Komponente bleibt sinnvoll, auch wenn das durch Einlagen aufgebrachte Haftkapital letztlich nicht so hoch ausfällt, wie man angesichts der Höhe der Bilanzsumme eines Unternehmens als erforderlich ansehen kann. Der Gesetzgeber muß einen auf Einlagen basierenden Kapitalschutz nicht erst dann als gelungen ansehen, wenn das dadurch aufgebrachte Haftkapital die Gläubiger effizient vor Verlusten schützt, er kann dieses Schutzkonzept schon dann als hilfreich ansehen, wenn im Fall von Verlusten auch die Gesellschafter einen spürbaren Verlust erleiden und damit von den Gesellschaftern ein nach Einschätzung des Gesetzgebers ausreichend fairer Risikobeitrag erbracht wird. Ein ausreichend fairer Risikobeitrag genügt, daß der Gesetzgeber das gewährte Privileg der Beschränkung der persönlichen Haftung der Gesellschafter rechtfertigen kann.
- Das bekannte Schutzkonzept des bilanziellen Kapitalschutzes besteht aus den beiden Teilen Kapitalaufbringungsrecht und Kapitalerhaltungsrecht. Auch wenn diese beiden Teile wie untrennbare Seiten ein und derselben Medaille erscheinen, muß man beide Teile getrennt von einander betrachten. Kapitalerhaltung funktioniert auch ohne Kapitalaufbringung, da Eigenkapital auch aus Gewinnen angespart werden kann, umgekehrt geht das nicht, da eine Einlage, die sofort wieder ausgeschüttet wird, keinen Sinn machte. Kapitalaufbringung unterscheidet sich von Kapitalerhaltung insbesondere dadurch, daß Kapitalaufbringung den Gesellschaftern einen anderen Risikobeitrag abverlangt als reine Kapitalerhaltung.
- Diese Unterscheidung wird sich im Laufe der Arbeit als wichtiger erweisen, als man gemeinhin annimmt, da einem das Zusammenspiel von Kapitalerhaltung und Kapitalaufbringung so geläufig ist. Von großer Bedeutung ist es, sich vor Augen zu führen, daß die beiden Schutzkonzepte nicht den gleichen Zielgruppen dienen. Kapitalaufbringungsschutz eines Agios erfolgt sowohl im Interesse der Gläubiger, deren Haftkapital in Rede steht, wie auch im Interesse der Gesellschafter und Investoren, bei denen die Grundlagen der eigenen Investitionsentscheidung und damit das Vertrauen in die Rechtsformen der Kapitalgesellschaften gesichert werden sollen. Kapitalerhaltungsschutz des Agios hingegen hat die Interessen der Gläubiger und auch der Investoren am Kapitalmarkt im Blick, nicht aber die Interessen der Bestandsgesellschafter. Im weiteren Fortgang der Arbeit wird sich diese Unter-

scheidung als enorm wichtig erweisen: Denn unterstellt man Agioeinlagen dem gesamten Kapitalschutzsystem, bringt dies für die Mitgesellschafter nicht nur den Vorteil der Sicherung durch die kapitalaufbringungsrechtlichen Schutzmodule, sondern auch den Nachteil der kapitalerhaltungsrechtlichen Bindung der Einlagen. Diesen Nachteil muß man den Mitgesellschaftern zumuten, obwohl gerade in deren Interesse das Agio erhoben wird, durch das eben die Mitgesellschafter vor Verwässerung ihrer Anteile geschützt werden sollen.

- Man muß jedoch nicht notwendig alle Schutzmodule des Kapitalschutzes auf alle Einlagen in gleicher Weise anwenden. Der Vergleich mit dem englischen Recht wird zeigen, in welche Schwierigkeiten man bei diesem Bemühen geraten kann. Die Erörterung des europäischen Rechts wird zeigen, daß man bei der Anwendung von Schutzmodulen auf Agioeinlagen und Nominalkapitaleinlagen stimmig nach den Einlageformen differenzieren kann, wenn man nicht mit der Regelung der beiden Einlageformen dieselben Schutzzwecke verfolgen will. Für die weitere Untersuchung ist es daher wichtig, sich bewußt zu machen, daß der Kapitalschutz von Agioeinlagen zumindest theoretisch auch nach verschiedenen Schutzmodulen differenzieren könnte und man nicht zwingend *den* Kapitalschutz, d.h. alle kapitalaufbringungsrechtlichen und kapitalerhaltungsrechtlichen Vorschriften zum Schutz des Nominalkapitals in gleicher Weise auf alle Agioeinlagen anwenden muß.
- Daß der bilanzielle Kapitalschutz grundsätzlich sowohl den Schutz der Gläubiger, der Kapitalmarktinvestoren wie auch der Mitgesellschafter bezweckt, jedoch nicht alle Schutzmodule gleichermaßen zur Erreichung aller Zwecke geeignet sind, zeigt, welch schwierige Abwägungsentscheidungen die erforderliche Ausbalancierung der betroffen Schutzinteressen verlangt. Es kann nicht genügen, die Anwendung aller Schutzmodule auf alle materiellen Einlagen pauschal mit einer erhöhten Effizienz des Gläubigerschutzes zu begründen. Aufgabe einer systematisch und teleologisch überzeugenden Analyse des Kapitalschutzes des Agios ist es, bei jedem Schutzmodul angeben zu können, welche Interessen davon wie berührt werden, welche Wertungsgesichtspunkte für und gegen eine entsprechende Regelung sprechen und warum der Risikobeitrag des Einlegers nur dann als fair angesehen werden kann, wenn seine Einlage unter die entsprechende Regelung fällt. Dieser Aufgabe stellt sich diese Arbeit in den nachfolgenden Kapiteln.
- Die Regelungsalternative, die zum englischen Recht vorgeschlagen wird und gegen Ende des 4. Kapitels dieser Arbeit erörtert werden wird, soll den Kapitalaufbringungsschutz durch einen Kapitalerhaltungsschutz ersetzen, der nicht an den erbrachten Einlagen ausgerichtet ist. Im Fortgang dieser Arbeit wird sich zeigen, daß man diese andere Art von Kapitalerhaltungsschutz auch mit dem bestehenden Kapitalschutz von Einlagen kombinieren kann und daß gerade eine solche Kombination teleologisch überzeugen kann, da sie durch die teilweise Entkoppelung von Innenrecht und Außenrecht, von Kapitalaufbringungsschutz und Kapitalerhaltungsschutz einen differenzierteren Ausgleich

der Interessen von Gläubigern, Kapitalmarktinvestoren und Gesellschaftern ermöglicht, als der Gleichlauf von Kapitalaufbringung und Kapitalerhaltung, der aus dem bestehenden System des festen Nominalkapitals so vertraut ist. Solche alternativen Ausgestaltungen des Kapitalschutzes eröffnen sich nur, wenn die vertraute Kombination von Kapitalaufbringung und Kapitalerhaltung der Gesellschaftereinlagen als ein mögliches, aber nicht als das einzigmögliche Kapitalschutzkonzept verstanden wird.

Das *dritte Kapitel* arbeitet detailliert die europarechtlichen Vorgaben für die nationalen Aktienrechte heraus und beleuchtet ihre Umsetzung ins deutsche und englische Recht. Dabei versucht es, die für die nationalen Rechte maßgeblichen Begriffe der ›Einlage‹ und des ›Mehrbetrags‹ in der Gesellschaftsrechtsrichtlinie abschließend zu definieren. Es kann durch die gleichzeitige Berücksichtigung der Umsetzungsbemühungen im deutschen wie im englischen Recht aufgezeigt werden, daß die Kernbegriffe der Richtlinie in den hier untersuchten Mitgliedstaaten bis dato noch nicht ausreichend verstanden werden, da Rechtspraxis und Rechtslehre die europarechtlichen Begriffe entsprechend ihren überkommenen nationalen Vorstellungen verstehen und die gebotene autonome Auslegung des europäischen Rechts vernachlässigen.

Vor dem Hintergrund harscher Kritik aus England an den europarechtlichen Vorgaben zum Kapitalschutz des Agios hinterfragt das Kapitel die Sinnhaftigkeit des europäischen Schutzkonzepts, arbeitet den Schutzzweck der europarechtlichen Kapitalschutzregeln des Agios heraus und zeigt dadurch sowohl dessen grundsätzliche Kohärenz und Stimmigkeit auf wie auch mögliche Kritikpunkte.

Die zentralen Ergebnisse des dritten Kapitels sind:
- Die Regelungen der Gesellschaftsrechtsrichtlinie zum Agio und zum Nominalkapital ergeben ein in sich stimmiges System, versteht man die Vorgaben zum Agio so, daß damit nicht der Schutz der Gläubiger bezweckt wird, sondern allein der Schutz der Mitgesellschafter und eventueller Kapitalmarktinvestoren.
- Die unterschiedliche Teleologie der Vorschriften zu Agioeinlagen und Nominalkapitaleinlagen in der Gesellschaftsrechtsrichtlinie führt konsequenterweise dazu, daß allein die Nominalkapitaleinlagen dem Kapitalerhaltungsrecht unterstellt werden, da die Kapitalerhaltungsvorschriften allein im Interesse der Gläubiger erforderlich sind. Für die Agioeinlagen, die nicht dem Gläubigerschutz dienen sollen, enthält die Richtlinie allein kapitalaufbringungsrechtliche Vorgaben. Jedoch weichen auch die kapitalaufbringungsrechtlichen Vorgaben für Agioleistungen erheblich von den Vorgaben für Leistungen auf das Nominalkapital ab. So verlangt die Gesellschaftsrechtsrichtlinie beispielweise für Agioleistungen keine Sacheinlagefähigkeit.
- Kritisch zu bewerten ist das Fehlen einer Definition der Kernbegriffe ›Einlage‹ und ›Mehrbetrag‹. Diese Begriffe werden aufgrund des Fehlens einer klaren

europarechtlichen Definition in den einzelnen Mitgliedstaaten entsprechend der jeweiligen mitgliedstaatlichen Rechtstradition und damit sehr unterschiedlich verstanden.

- Mangels eigenständiger Definitionen der Kernbegriffe läßt sich der Tatbestand der kapitalschutzrechtlichen Normen nicht abschließend bestimmen, wenn diese die Tatbestandsmerkmale ›Einlage‹ oder ›Mehrbetrag‹ verwenden. Es bleibt unklar, ob diese Tatbestandsmerkmale wie im englischen Recht eher weit im Sinne von materiellen Einlagen zu verstehen sind oder wie im deutschen Recht eher formalrechtlich als korporatives Leistungsversprechen mit besonderen Formerfordernissen. Immerhin läßt sich feststellen, daß der ›Mehrbetrag‹ nach dem Verständnis der Gesellschaftsrechtsrichtlinie Teil der ›Einlage‹ ist.
- Der europarechtliche Einlagebegriff könnte, wenn man ihn ähnlich wie im englischen Recht materiell und damit weit versteht, der formalrechtlichen deutschen Unterscheidung in Hauptpflichten (Einlage nach deutschem und europäischen Verständnis) und Nebenpflichten (keine Einlage nach deutschem aktienrechtlichen Verständnis, jedoch wirtschaftliche Einlage und daher gegebenenfalls Einlage im Sinne der Gesellschaftsrechtsrichtlinie) entgegen stehen und daher im Aktienrecht eine weitgehende Angleichung des Rechts der Einlagen auf das Nominalkapital und des Rechts der weiteren im Zuge einer Anteilsausgabe vereinbarten materiellen Einlagen erforderlich machen. Jedoch kann man den Einlagebegriff der Gesellschaftsrechtsrichtlinie auch eng und im Sinne einer Mindestharmonisierung verstehen, so daß der enge formalrechtliche Ansatz des deutschen Aktienrechts ebenso mit der Richtlinie in Einklang zu bringen wäre wie der weite materielle Einlagebegriff des englischen Rechts.
- Die Gesellschaftsrechtsrichtlinie enthält jedenfalls nicht für alle verschiedenen Agioformen eigene Regelungen, sondern nur für betragsmäßig eindeutig bestimmte Leistungspflichten, also nicht für ein lediglich faktisches Agio, das z.B. im Zeitwert eines Sacheinlagegegenstands liegen kann.
- Eine weite Bestimmung des Einlagebegriffs der Gesellschaftsrechtsrichtlinie und damit auch des Begriffs ›Mehrbetrag‹, der u.a. auch schuldrechtlich vereinbarte Leistungspflichten erfassen könnte, wird man insbesondere dann befürworten, wenn man der Ansicht ist, die Minderheitsgesellschafter würden vor einer Wertverwässerung ihrer Anteile durch die Treuepflichten der handelnden Organe, durch die jederzeit bestehende Möglichkeit, die formalrechtlich bestimmte Einlage höher festzusetzen und damit für deren Schutzregime zu optieren, und durch die weiterhin anwendbaren Regelungen des allgemeinen Schuldrechts nicht ausreichend geschützt.
- Da in beiden (früheren) Mitgliedstaaten die Regelungen der Richtlinie häufig mehr vor dem Hintergrund der nationalen Rechtsentwicklung verstanden wurden denn europarechtlich autonom, wurden ungeachtet eines uneingeschränkten Umsetzungswillens weder im englischen noch im deutschen Recht alle Richtlinienvorgaben erkannt und umgesetzt. Ein wichtiges Bei-

spiel stellen in Deutschland die Fragenkomplexe einer Differenzhaftung für Sacheinlagen auf korporative Agiopflichten und der Möglichkeit eines Vergleichs über Einlageansprüche dar. Beide Fragen wurden vom Bundesgerichtshof in dem genannten Babcock-Urteil entschieden und werden in der gesellschaftsrechtlichen Fachliteratur besprochen, ohne zu erkennen, daß die Antworten auf beide Fragen auf Basis der Gesellschaftsrechtsrechtlinie und damit letztlich vom Europäischen Gerichtshof gefunden werden müssen.

Das *vierte Kapitel* bringt eine ausführliche Diskussion der englischen Regelungen für Agioleistungen im Recht der PLC wie im Recht der Ltd. Es begründet damit die Verständnismöglichkeit und Auslegungshilfe für die Vorgaben der Gesellschaftsrechtsrichtlinie, die im 3. Kapitel zur Definition der Kernbegriffe der Richtlinie fruchtbar gemacht worden ist, näher. Damit bietet das Kapitel zugleich eine Vergleichsmöglichkeit für ein besseres Verständnis der Behandlung der Agioleistungen im deutschen Recht de lege lata und für eine Diskussion der Ausgestaltung des Kapitalschutzes des Agios de lege ferenda. Der englische Ansatz steht beispielhaft für ein alternatives Regelungsmodell, das weitgehend dem entspricht, was in Deutschland teilweise im Analogiewege versucht wird zu erreichen und in jedem Fall rechtspolitisch erwägenswert ist.

Das englische Schutzkonzept wird in der englischen Fachliteratur seinerseits teilweise kritisch gesehen, insbesondere aus rechtsökonomischen Erwägungen heraus. Die vorgetragenen Kritikpunkte sind für die deutsche Diskussion von besonderem Interesse, da sie sich größtenteils auf die Zielvorstellung übertragen lassen, die von manchen Literaturstimmen für das deutsche Recht als erstrebenswert angegeben wird. Im Zuge der Diskussion zum englischen Recht wurde als Alternative zum bilanziellen Kapitalschutz von Einlagen eine flexible Ausschüttungssperre vorgeschlagen, die sich nicht an den Werten der erbrachten Einlagen orientiert, sondern an Mindesteigenkapitalerfordernissen. Dieser alternative Ansatz wird dargestellt und weiter entwickelt.

Die zentralen Ergebnisse des vierten Kapitels sind:

- Das englische Recht strebt ausdrücklich danach, Einlagen auf das Nominalkapital und Agioeinlagen weitestgehend gleich zu behandeln, da beide gleich bedeutsam für einen effektiven Gläubigerschutz seien. Einer beliebigen Verteilung von Einlagen entweder auf gläubigerschützende Nominalkapitaleinlagen oder auf nicht gläubigerschützende andere Einlageformen soll vorgebeugt werden.
- Damit verfolgt das englische Recht genau den Ansatz, den manche Literaturstimmen auch für Deutschland befürworten. Die in vielen Punkten stimmige Ausgestaltung des englischen Kapitalschutzsystems zeigt dabei, daß ein solcher Grundsatz der Gleichbehandlung von Einlageformen eine sinnvolle Basis für eine Systembildung im Recht der Unternehmensfinanzierung sein kann.
- Der lange Weg, der im englischen Recht zurückgelegt werden mußte, bis der Grundsatz der Gleichbehandlung der Einlagen ausdiskutiert und Gesetz

geworden war, läßt erkennen, daß dieses System nicht die einzig sinnvolle Ausgestaltung des Rechts der Unternehmensfinanzierung bedeutet. Vielmehr bedarf es bestimmter Wertungsentscheidungen, die man auch anders treffen kann, wie gerade die historische Entwicklung des englischen Rechts zeigt.

- Das Argument, eine beliebige Verteilung von Einlagen auf dem Kapitalschutz unterliegendes Nominalkapital und auf nicht dem Kapitalschutz unterliegendes Ergänzungskapital sei zu unterbinden, greift nicht durch, da ein Agio in den meisten Fällen nicht beliebig gewählt werden kann, sondern durch das System des festen Nominalkapitals bedingt ist. Auch die Argumentation, die in der deutschen Diskussion ebenfalls vorgetragen wird, nur durch eine offene Bilanzierung der Zeitwerte von Sacheinlagen könne dem bilanzrechtlichen Einsichtsgebot Genüge getan werden, kann nicht überzeugen, da sie nicht erklären kann, warum die offen bilanzierten Werte nicht später einmal ausgeschüttet werden können sollen.
- Begründet werden kann das Gleichbehandlungspostulat damit, daß der Gesetzgeber Agioeinlagen eine besondere Finanzierungsverantwortung zuschreibt, da diese Eigenkapitalbestandteile ermöglichen, das Unternehmen in Gang zu setzen, fortzuführen oder auszubauen, und eben diese Unternehmung Risiken für die Gläubiger birgt. Dieser Begründungsansatz ermöglicht jedoch nicht, zwischen Agioeinlagen, die anläßlich einer Anteilsausgabe erbracht werden, und anderen materiellen Einlagen, die das englische Recht ebenso kennt wie das deutsche, zu unterscheiden. Denn auch diese Einlagen mehren das Eigenkapital und fördern damit die Unternehmung. Da das englische Recht nicht alle materiellen Einlagen in den Kapitalschutz einbezieht, ist der als Begründung angeführte Grundsatz der Gleichbehandlung aller Einlagen indes nicht vollständig verwirklicht worden.
- Das englische Recht führt eindrücklich vor Augen, daß echte Gleichbehandlung von Agio und Nominalkapital deutlich weiter geht als in den Vorschriften des deutschen Rechts, das einen Grundsatz der Gleichbehandlung von Nominalkapital und Agio nicht kennt. Im deutschen Aktienrecht kann das Eigenkapital aus Agioeinlagen gegen Verluste verrechnet werden und muß nicht, wie das Nominalkapital, wieder aufgefüllt werden, damit Dividendenausschüttungen möglich werden. Diese Differenzierung beim Kapitalerhaltungsrecht nimmt das englische Recht nicht vor. Im englischen Recht muß das Eigenkapital aus Agioeinlagen ebenso wieder aufgefüllt werden wie das Eigenkapital aus Nominalkapitaleinlagen, bevor Dividendenausschüttungen möglich werden. Auch differenziert das englische Recht nicht nach den Rechtsformen der Public und der Private Limited, da eine solche Differenzierung mit dem Zweck eines effektiven Gläubigerschutzes nicht vereinbar wäre. Wer zum deutschen Recht eine kapitalschutzrechtliche Gleichbehandlung von Einlagen befürwortet, muß sowohl das Aktienrecht wie das GmbH-Recht erheblich anpassen, um wirklich eine solche Gleichbehandlung zu erreichen.
- Völlig konsequent kann der Gleichbehandlungsgrundsatz auch im englischen System nicht ausgestaltet werden. Das liegt insbesondere am System des festen

Nominalkapitals, in welchem dem Nominalkapital definitionsgemäß immer eine Sonderrolle zukommen wird. Durchaus konsequent fordern in der englischen Diskussion daher viele Stimmen, den Grundsatz des festen Nominalkapitals abzuschaffen. Wer den Kapitalschutz, wie in England üblich, vom Kapitalerhaltungsrecht her denkt und zugleich alle Einlagen in den Kapitalschutz einbeziehen will, der kann in der Tat leichter auf das sperrige System des festen Nennkapitals verzichten.

- Die Analyse der Details der englischen Regelung zeigt, daß das Zusammenspiel von Kapitalaufbringung und Kapitalerhaltung im System eines festen Nominalkapitals leichter abgestimmt werden kann als bei einem Postulat der gleichen rechtlichen Behandlung wirtschaftlicher Einlagen. Für die Kapitalaufbringung macht es einen erheblichen Unterschied, ob Sacheinlagen ein bestimmter Wert zugemessen wird oder nicht, die Kapitalerhaltung kann auch unbezifferte Zeitwerte erfassen, solange diese aktiviert werden. Insgesamt ist die Umsetzung des Gleichbehandlungsgrundsatzes im Kapitalerhaltungsrecht stimmiger gelungen als im Kapitalaufbringungsrecht.
- Dem englischen Recht kommt es in erster Linie auf die Gleichbehandlung bei der Kapitalerhaltung an. Dieses Ziel erreicht das englische Recht durch einen weiten, materiellen Einlagebegriff und nicht zuletzt dadurch, daß es eine besondere, im Gesellschaftsrecht geregelte Bilanzierungsregel eingeführt hat, welche die erforderliche Bilanzierung auf Aktiv- und Passivseite vorschreibt. Sollte in Deutschland de lege ferenda ebenfalls eine Gleichbehandlung der verschiedenen Einlageformen angestrebt werden, wäre sehr zu empfehlen, auch in Deutschland die dazu erforderlichen Bilanzierungsgrundsätze gesetzlich zwingend vorzugeben.
- Dieser Kapitalerhaltungsschutz der Zeitwerte von materiellen Sacheinlagen führt in England jedoch zu der Schwierigkeit, daß die in der Bilanz ausgewiesene Haftkapitalziffer nicht vollständig durch das Kapitalaufbringungsrecht abgesichert ist. Stellt sich nachträglich heraus, daß eine Sacheinlage überbewertet und daher mit einem zu hohen Zeitwert bilanziert worden ist, führt die notwendige Teilwertabschreibung nach englischem Recht zu einer nachträglichen Reduktion der Haftkapitalziffer. Dieses Ergebnis ist konsequent, doch für die Gläubiger sehr unerfreulich. Es verdeutlicht, welche Bedeutung das Zusammenspiel von Kapitalaufbringung und Kapitalerhaltung und damit die eindeutige Bezifferung eines Agios hat.
- Die Beschäftigung mit dem englischen Recht lehrt auch, daß eine Gleichbehandlung aller Einlagen erhebliche Schwierigkeiten mit sich bringt, da wirtschaftlich positive Maßnahmen erschwert werden. Gerade in den praktisch wichtigen Konzernkonstellationen hat die rigide Anwendung des Gleichbehandlungsgrundsatzes der englischen Wirtschaft erhebliche Probleme bereitet und führte dementsprechend zu massivem Druck auf den Gesetzgeber. Dieser hat bedeutende Ausnahmen vom Grundsatz der Gleichbehandlung der Einlagen eingeführt, um die nachteiligen Auswirkunken auf die Wirtschaft abzuschwächen. Die vom Gesetzgeber eingeführten Ausnahmen für bestimmte

Konzernsachverhalte haben die Unternehmen beruhigt, können dogmatisch und systematisch jedoch in keiner Weise überzeugen und stellen daher den Grundsatz der Gleichbehandlung aller Einlagen als solchen infrage. Für die Ausgestaltung des Kapitalschutzes im deutschen Recht kann man aus diesen Erfahrungen lernen und fragen, ob man hierzulande anders als in England letztlich bereit wäre, den Preis zu zahlen, den eine systematisch stimmige Gleichbehandlung von Einlagen verlangte. Wenn dies nicht der Fall ist, muß man überlegen, von der Forderung nach einer rechtlichen Gleichbehandlung wirtschaftlicher Einlagen insgesamt abzurücken.

- Die Beschäftigung mit den englischen Vorschriften lehrt, daß der Gleichbehandlungsgrundsatz zwar für die Gläubiger positiv ist, aus Sicht der Mitgesellschafter und Investoren jedoch oftmals willkürlich und unfair erscheint. Das Agio wird zum Schutz der Mitgesellschafter festgesetzt, um Wertverwässerungen durch neue Beteiligungen zu vermeiden. Diesen Mitgesellschaftern, in deren Interesse allein es zur Festsetzung eines Agios kommt, ist durch die zwingende Ausschüttungssperre des englischen Rechts gerade nicht gedient. Es greift daher zu kurz, die Gleichbehandlung von Agio- und Nominalkapital allein unter dem Gesichtspunkt des Gläubigerschutzes zu diskutieren. Die Interessen der weiteren Beteiligten sind ebenfalls in den Blick zu nehmen und zwar grundsätzlich, nicht nur bei der willkürlichen Zulassung von Ausnahmen zugunsten bestimmter Konzernstrukturierungen.
- In der englischen Diskussion wird sogar die grundsätzliche rechtsökonomische Kritik am bilanziellen Kapitalschutz auf den erweiterten Kapitalschutz des Agios erstreckt: Auch das Agio garantiere nicht, daß das ausschüttungsgesperrte Eigenkapital einer Gesellschaft dauerhaft in einem angemessenen Verhältnis zum Kapitalbedarf des Unternehmens steht. Diese Kritik verdient auch in der deutschen Diskussion Beachtung, da sie die Bestrebungen, die Kapitalschutzregeln auf weitere Einlageformen auszudehnen, grundsätzlich infrage stellt.
- Vor dem Hintergrund dieser rechtsökonomischen Kritik wird in der englischen Literatur ein Alternativvorschlag diskutiert. Anstatt den Kapitalschutz von Einlagen auszubauen, solle der Kapitalschutz umgestellt werden von einem Schutz des Kapitals aus Gesellschaftereinlagen auf den Schutz eines Mindestkapitals, das auch durch Gewinnthesaurierungen angespart werden kann. Dies könne durch eine flexible, am Verschuldungsgrad orientierte Ausschüttungssperre erreicht werden.
- Dieser Alternativvorschlag kann weitergedacht auch dogmatische Unstimmigkeiten und Fairneßprobleme abmildern, weil er zur Entkoppelung von Innenrecht und Außenrecht beiträgt. Er kann das bisherige Konzept des bilanziellen Kapitalschutzes auf Basis von Einlagen nicht nur ersetzen, sondern er kann das tradierte Schutzkonzept auch sinnvoll ergänzen. Dadurch könnten die positiven Wirkungen eines Kapitalschutzes von Einlagen, insbesondere die stärkere Betonung eines fairen Risikobeitrags, mit weiteren positiven Effekten einer ergänzenden, von den Gesellschaftereinlagen unabhängigen

Ausschüttungssperre kombiniert werden. Dieser weiterentwickelte Alternativvorschlag verdient auch in der deutschen Diskussion Berücksichtigung.

Das *fünfte Kapitel* analysiert das Telos, welches der historische Gesetzgeber verfolgte, als er im Aktienrecht verschiedene Normen des Kapitalschutzregimes auf das Agio erstreckte und fragt, inwieweit spätere Entwicklungen im Aktienrecht ein anderes, von den Vorstellungen des ersten historischen Gesetzgebers abweichendes Verständnis des aktienrechtlichen Kapitalschutzes des Agios erfordern. Dabei zeigt sich, daß der Kapitalschutz der Agioeinlagen ursprünglich im 19. Jahrhundert nicht dem Gläubigerschutz dienen sollte, wie in der modernen Literatur durchweg ohne nähere Reflexion des historischen Schutzkonzepts angenommen, sondern allein dem Schutz der Kapitalmarktinvestoren.

Dieser Befund schließt nicht aus, daß den entsprechenden Vorschriften im Laufe der Gesetzesentwicklung eine stärker gläubigerschützende Funktion zugewachsen ist. Diese Neuausrichtung des Schutzkonzepts wäre aus der detaillierten Analyse der einzelnen Normen heraus zu begründen, so daß die historische Untersuchung letztlich die Analyse des geltenden Normbestands im sechsten Kapitel vorbereitet.

Im Ergebnis wird daher nicht der Schutzzweck der aktuellen Vorschriften abschließend bestimmt, sondern eine Teloshypothese entwickelt, welchen Zweck die verschiedenen Vorgaben zum Kapitalschutz des Agios im aktuellen Recht verfolgen. Diese Hypothese wird im 6. Kapitel durch Analyse der einzelnen Vorschriften für jede Vorschrift jeweils einzeln überprüft und letztlich bestätigt werden.

Zudem soll eine methodische Reflexion über das Verhältnis subjektiver und objektiver Gesetzeszwecke verhindern, daß im weiteren Fortgang der Arbeit unbesehen die eigene rechtspolitische Überzeugung als objektiver, dem historischen Gesetzgeberwillen vermeintlich vorgehender Schutzzweck der gesetzlichen Einzelregelungen mißverstanden wird.

Die zentralen Ergebnisse des fünften Kapitels sind:

- Nach der ursprünglichen Konzeption des historischen Gesetzgebers von 1884 sollte der Kapitalschutz des Agios allein dem Investoren- und Kapitalmarktschutz dienen, nicht dem Gläubigerschutz. Ein Gleichlauf mit den Regelungen zum Grundkapital war nicht intendiert.
- Der Kapitalschutz des Agios sollte ursprünglich die sog. Agiotage vermeiden helfen, worunter nach der Vorstellung des historischen Gesetzesgebers nicht nur die Ausschüttung von Scheindividenden fiel, die heute allein mit diesem antiquierten Begriff verbunden wird, sondern ebenso verschiedene Formen von Marktmißbrauch wie Leerverkäufe und Insiderhandel und nicht zuletzt auch die ganz normale Börsenspekulation, die heute nicht mehr als anstößig angesehen wird.
- Die Aktienrechtsreform des Jahres 1965 brachte mit der Anfechtungsmöglichkeit des § 255 Abs. 2 AktG a.F. eine zusätzliche Mitgesellschafterschutzkomponente in das Recht des Agios. Dieser Schutzzweck wurde durch die

Umsetzung der Kapitalrichtlinie (heute Gesellschaftsrechtsrichtlinie) weiter aufgewertet. Seither kann nicht mehr von einem einheitlichen oder gar einzigem Schutzzweck des gesamten Regelungskomplexes zum Agio gesprochen werden, sondern es ist nach den einzelnen Regelungen zu differenzieren.

- Für die Annahme, der Kapitalschutz des aktienrechtlichen Agios diene zugleich dem Gläubigerschutz, finden sich keine sicheren Anhaltspunkte in der subjektiven Teleologie des historischen Gesetzgebers. Ein solcher Schutzzweck könnte allein objektiv teleologisch begründet werden, was konkret für jede Norm entschieden werden muß und nicht abstrakt generell für *den* Kapitalschutz behauptet werden kann.
- Der Wille des historischen Gesetzgebers ist auch heute noch verbindlich, sofern er aus den Gesetzesmaterialien sicher erschlossen werden kann und soweit er eine Norm im Zusammenhang des gesamten aktuellen Gesetzes widerspruchsfrei und ohne Verstoß gegen heute anerkannte Rechtsprinzipien erklären kann. Für den aktuellen Bestand des Kapitalschutzrechts des Agios im Aktienrecht kann die Auslegung jeder konkreten Vorschrift auf Basis der Sinnhypothese beginnen, daß der Hauptzweck des aktienrechtlichen Kapitalschutzes grundsätzlich im Schutz des Kapitalmarkts zu sehen ist und nur in bestimmten Vorschriften um weitere Schutzzwecke zu ergänzen oder durch andere Schutzzwecke zu ersetzen ist. Die detaillierte Analyse der aktienrechtlichen Vorschriften im 6. Kapitel wird diese Sinnhypothese letztlich bestätigen.

Das *sechste Kapitel* analysiert im Detail die einzelnen Kapitalschutzvorschriften des Aktienrechts und überprüft ihre Anwendbarkeit auf verschiedene Formen von Einlagen (Grundkapitaleinlagen, korporatives Agio und faktisches Agio). Auch werden weitere Fälle eines materiellen Agios, die nicht als Einlagen im aktienrechtlichen Sinn anzusehen sind, für die das Gesetz jedoch an anderer Stelle Regelungen enthält, untersucht, um zu sehen, inwieweit das Gesetz kapitalschutzrechtliche Vorgaben bei anderen materiellen Einlagen vorsieht. Dabei wird gezeigt, daß das Gesetz die verschiedenen Einlagenformen nicht in jeder Hinsicht gleich behandelt. Die gesetzlichen Differenzierungen führen dazu, daß selbst bei weitreichender Angleichung des Kapitalschutzrechts der verschiedenen Einlagen im Wege der Rechtsfortbildung nicht aufhebbare Unterschiede zwischen den verschiedenen Einlageformen verbleiben müssen.

Die genaue Kenntnis der bestehenden gesetzlichen Regelungen für Einlagen auf das Grundkapital, Einlagen auf eine korporative Agioverpflichtung und weitere materielle Agioleistungen befähigt zur Beantwortung der Frage nach der Zulässigkeit bzw. der rechtlichen Behandlung schuldrechtlicher Agiovereinbarungen. Diese Antwort wird in zwei Schritten erarbeitet. Zunächst wird gefragt, welche Folgen sich bei angenommener Zulässigkeit von schuldrechtlichen Agiovereinbarungen für Gläubiger, Gesellschafter und Kapitalmarktinvestoren ergäben. In Kenntnis der möglichen Auswirkungen auf die verschiedenen Interessensgruppen wird gefragt, ob ein Verbot schuldrechtlicher Agiovereinbarungen und damit eine Einschränkung der Finanzierungsfreiheit der Gesellschafter systematisch stimmig umgesetzt werden könnte und wertungsmäßig unabweisbar erforderlich wäre, um solche Rechtsfortbildung in methodisch zulässiger Weise begründen zu können.

Zum GmbH-Recht werden die wesentlichen Unterschiede in der Behandlung des korporativen Agios und des Stammkapitals herausgearbeitet. Auch hier werden weitere gesetzliche Regelungen für materielle Einlagen in den Blick genommen, um die systematischen Voraussetzungen und die Wertungsstimmigkeit einer möglichen Anwendung einzelner Regelungen zum Stammkapital auf das korporative Agio erörtern zu können. Damit wird zugleich der Boden bereitet für eine Antwort auf die Frage, ob schuldrechtliche Agiovereinbarungen im Recht der GmbH als zulässig anzusehen sind und wenn ja, ob eine analoge Anwendung einzelner Kapitalschutzvorschriften auf schuldrechtliche Agioeinlagen angezeigt ist.

Die zentralen Ergebnisse des sechsten Kapitels sind:

- Die Analyse der einzelnen Vorschriften des Aktiengesetzes zeigt, daß im Gesetz erhebliche Unterschiede angelegt sind zwischen Grundkapitaleinlagen, Agioeinlagen und weiteren materiellen Einlagen. Wenn das Gesetz für verschiedene materielle Einlagen verschiedene Regelungen enthält und kein übergreifendes Regelungskonzept, kein System des Kapitalschutzes der (materiellen) Einlagen erkennen läßt, ist es nicht möglich, allein mit Hinweis auf die (materielle) Einlagenqualität von Finanzierungsbeiträgen eine bestimmte rechtliche Behandlung zu begründen.
- Der systematische Ausgangspunkt des gesetzlichen Kapitalschutzes, die Unterscheidung in Einlagen auf den Nennbetrag und weiteren Einlagen verhindert eine vollständige Angleichung des Kapitalschutzes der verschiedenen Einlageformen. Im System des festen Nominalkapitals wird dem Nominalkapital immer eine besondere Rolle zukommen, die sich in speziellen Regelungen ausprägt, die nur für diese Einlageform gelten, wie z.B. die Handelsregisterpublizität des Kapitals, die ausdrücklich nur für das Grundkapital vorgesehen ist, oder die Pflicht zur Einberufung einer Hauptversammlung erst bei hälftigem Verlust des gezeichneten Kapitals, nicht schon bei Verlust des Agiokapitals. Umgekehrt kennt das Gesetz auch Sondervorschriften für das Agio, die sich nur aus der unterschiedlichen Funktion des Agios erklären lassen, wie beispielsweise die Pflicht zur vollen Einzahlung eines Baragios bei Gründung oder Kapitalerhöhung. Das Gesetz kennt keinen Grundsatz der vollständigen Gleichbehandlung aller Einlagen. Je mehr Einzelregelungen man im Aktiengesetz betrachtet, desto deutlicher werden die bestehenden Unterschiede.
- Das Aktiengesetz enthält für bestimmte materielle Einlagen, die dem korporativen Agio funktional vergleichbar sind, speziell geregelte Kapitalerhaltungsvorschriften, so z.B. für das Agio, das bei Wandelschuldverschreibungen erzielt wird, für Einlagen, die als Entgelt für Vorzugsrechte gezahlt werden,

und mit gewissen Einschränkungen auch für ein wirtschaftliches Agio, das beim Wiederverkauf selbstgehaltener Anteile erzielt wird. Mit Hinweis auf diese Vergleichsgruppen läßt sich systematisch für eine Einbeziehung materieller Einlagen in den Kapitalschutz argumentieren, allerdings nur für die Einbeziehung in den Kapitalerhaltungsschutz der gesetzlichen Rücklage, nicht auch für die Einbeziehung in das Kapitalaufbringungsrecht. Wesentliche Kapitalaufbringungsrechtliche Vorgaben wären in diesen Fällen rechtstechnisch nicht umsetzbar.

- Umgekehrt kennt das Aktiengesetz auch Finanzierungsbeiträge, für die es weder einen Kapitalaufbringungsschutz vorsieht noch kapitalerhaltungsrechtliche Anforderungen. Beispiele sind die Nebenleistungen nach § 55 AktG und bei Kapitalerhöhungen auch die Sachübernahmen und ein dabei zugeführtes faktisches Agio. Nicht sacheinlagefähige Gesellschafterbeiträge können zudem nur außerhalb des Kapitalschutzrechts erbracht werden. Außerhalb von Kapitalmaßnahmen können die Aktionäre jederzeit eine Eigenkapitalstärkung über materielle Einlagen beschließen. Solche Einlagen können nicht in den Kapitalschutz einbezogen werden. Diese Vergleichsgruppen sprechen gegen eine Ausdehnung des Kapitalschutzes auf materielle Einlagen, für die das Gesetz aktuell keine Schutzvorschriften vorsieht.
- Entscheidet man sich dennoch dafür, das Kapitalschutzrecht der materiellen Einlage möglichst an das Recht des korporativen Agios anzugleichen, bleiben jedenfalls in geschlossenen Gesellschaften stets andere Gestaltungswege offen. Das Gesetz selbst eröffnet in diesem Fall »Umgehungswege«, die auch durch Rechtsfortbildung nicht versperrt werden können. Eine systematisch stimmige Regelung aller materiellen Einlagen kann de lege lata nicht gelingen. Vor dieser Erkenntnis wird die Annahme fraglich, ob die rechtsfortbildende Ausdehnung der Kapitalschutzregeln des korporativen Agios auf andere materielle Einlagen überhaupt ein methodisch zulässiges Weiterdenken der gesetzgeberischen Entscheidungen darstellte.
- Die Annahme gleichlaufender Schutzzwecke der Regelungen über das Nominalkapital und der Regelungen über das Agiokapital kann zwar gegebenenfalls die Forderung nach weitreichenden Angleichungen der beiden Regelungskomplexe begründen, jedoch nicht die zahlreichen de lege lata bestehenden Unterschiede in der rechtlichen Behandlung der beiden Einlageformen und der Rechtsformen AG und GmbH erklären. Es ist daher davon auszugehen, daß das Gesetz auch heute noch mit den Kapitalschutzregelungen zu verschiedenen Einlageformen nicht dieselben Schutzzwecke verfolgt bzw. diese zumindest nicht in derselben Gewichtung. Bei dieser Annahme entstehen die wenigsten systematisch nicht mehr erklärbaren Schwierigkeiten. Eine teleologische Auslegung des aktuellen Normbestands spricht daher nicht eindeutig für rechtsfortbildende Einschränkungen der Finanzierungsfreiheit der Gesellschafter.
- Die Frage nach der Zulässigkeit schuldrechtlicher Agiovereinbarungen ist im Aktienrecht teleologisch und systematisch nicht eindeutig zu beantworten. Es kommt letztlich darauf an, welche Bedeutung der Rechtsanwender den ver-

schiedenen mit einander konfligierenden Schutzzwecken des Gläubigerschutzes, des Kapitalmarktschutzes und des Mitgesellschafterschutzes beimißt. Wenn man den bestmöglichen Schutz der Minderheitsgesellschafter als overruling principle versteht und diesen nicht einmal die Obliegenheit zumuten will, die Hauptversammlung zu besuchen und entsprechende Beschlüsse anzufechten, kann man für eine Unzulässigkeit schuldrechtlicher Agiovereinbarungen plädieren. Man muß sich dabei jedoch bewußt machen, daß man den Minderheitsgesellschaftern zugleich die Ausschüttungssperre des § 150 AktG aufzwingt, die nicht in ihrem Interesse ist. Diesen Nachteil dürften die Minderheitsgesellschafter nicht einmal bei Bareinlagen und Sacheinlagen ohne Bewertungsschwierigkeiten abwägen, da eine alternative Form der Einlagenzuführung in keinem Fall zulässig sein soll.

- Wenn man es für zumutbar hält, daß die Minderheitsaktionäre ihre Aktionärsrechte aktiv ausüben müssen, würde es genügen, die Berücksichtigungsfähigkeit schuldrechtlicher Vereinbarungen im Rahmen des § 255 Abs. 2 und 4 AktG abzulehnen, die Vereinbarungen als solche jedoch als zulässig anzuerkennen. Damit würden die Minderheitsgesellschafter in die Lage versetzt, selbst zu entscheiden, ob sie lieber auf die Ausschüttungssperre und damit auch den Kapitalaufbringungsschutz verzichten wollen oder um den Vorteil der Kapitalaufbringung willen den Nachteil der Kapitalerhaltung in Kauf nehmen wollen. Dieser mildere Eingriff in die Finanzierungsfreiheit der Gesellschafter wäre zum Schutz der Minderheitsgesellschafter gleich effektiv wie die Verneinung der Zulässigkeit schuldrechtlicher Nebenvereinbarungen.
- Sieht man sich einem Grundsatz methodischer Zurückhaltung verpflichtet, der Korrekturen des Gesetzes nur dann vornimmt, wenn keine Gründe für die Beibehaltung des gesetzlichen status quo sprechen, wird man von Einschränkungen der Finanzierungsfreiheit Abstand nehmen, da sich durchaus Gründe für die Zulässigkeit schuldrechtlicher Vereinbarungen angeben lassen. Ob diese Gründe den Rechtsanwender selbst überzeugen und er die gesetzliche Lösung daher als vorzugswürdig einstuft, ist nach dem Grundsatz methodischer Zurückhaltung nicht relevant. Jedenfalls steht mit der Versagung lediglich der Berücksichtigungsfähigkeit schuldrechtlicher Zusatzleistungen ein zum Schutz der Minderheitsgesellschafter gleich effektives, jedoch milderes Mittel zur Verfügung. Die Verneinung schon der Zulässigkeit schuldrechtlicher Finanzierungsvereinbarungen erscheint daher unverhältnismäßig und damit methodisch nicht mehr zulässig. Dasselbe Ergebnis ergibt sich auch aus einem Erst-recht-Schluß zur vom Gesetz ausdrücklich angeordneten Wirksamkeit schuldrechtlicher Vereinbarungen, mit denen eine unzulässige verdeckte Sacheinlage ins Werk gesetzt wird.
- Bei sogenannten gesetzesübersteigenden Rechtsfortbildungen besteht breiter Konsens, daß der Rechtsanwender Zurückhaltung üben muß, um nicht Gefahr zu laufen, sich zum Gesetzgeber aufzuschwingen. Es ist zu fragen, ob nicht doch etwas für die gesetzliche Regelung spricht und ob die Gründe für eine Korrektur des Gesetzes unabweisbar dringlich sind. Eine bloße Vorzugs-

würdigkeit der Korrektur in den Augen des Rechtsanwenders genügt nicht. Dieselbe Zurückhaltung ist auch bei sogenannter gesetzesimmanenter Rechtsfortbildung geboten, ebenso bei der teleologischen Auslegung von Rechtsnormen. Bei Beachtung dieses methodischen Grundsatzes fällt es nicht leicht, im Kapitalschutzrecht des Agios die weitgehenden Revisionen des Gesetzes zu begründen, die für eine systematisch stimmige Umsetzung eines Grundsatzes der Gleichbehandlung von materiellen Einlagen notwendig wären, insbesondere da vollständige Systemkohärenz in keinem Fall zu erreichen ist. Eher begründbar erscheinen Einzelanalogien.

- Die Frage der Zulässigkeit schuldrechtlicher Nebenvereinbarungen spielt jedenfalls in geschlossenen Gesellschaften faktisch keine Rolle. Hier erweist sich der aktienrechtliche Kapitalschutz für Einlagen als Optionsmodell, das die Gesellschafter wählen können, jedoch nicht müssen. Auch in Aktiengesellschaften mit größerem Aktionärskreis ist es möglich, den Kapitalschutz des korporativen Agios als Optionsmodell zu verstehen, das die Mehrheit der Gesellschafter bei Beschlußfassung über Kapitalmaßnahmen wählen kann, aber nicht wählen muß, wenn dies aus Sicht der Gesellschaftermehrheit nicht opportun erscheint.
- Im GmbH-Recht ist die Rechtslage eindeutiger als im Aktienrecht. Einlage im Sinne des Gesetzes sind nur die Einlagen auf das Stammkapital. Nicht einmal die Leistungen auf ein korporatives Agio sind Einlagen im Sinne der kapitalschutzrechtlichen Vorschriften. Auch für andere materielle Einlagen, insbesondere Nachschüsse und der Verkauf eigener Anteile sind hier zu nennen, kennt das GmbH-Gesetz keinerlei kapitalschutzrechtliche Vorgaben. Im GmbH-Recht sind daher auch schuldrechtliche Agiovereinbarungen eindeutig zulässig, die Finanzierungsfreiheit einschränkende Rechtsfortbildungen hingegen unzulässig. Eine Erweiterung des Kapitalschutzes der Stammeinlagen auf materielle Einlagen kann nur durch den Gesetzgeber erfolgen.

Das *siebte Kapitel* greift die Erkenntnisse der vorherigen Kapitel auf und rekapituliert auf dieser Grundlage, jedoch losgelöst von den Beschränkungen der aktuellen Regelungen in den einzelnen Rechtsordnungen die Frage, welchen Sinn die Einbeziehung des Agios in den bilanziellen Kapitalschutz haben kann und fragt weiter, welche Gründe de lege ferenda auf nationaler Ebene für und gegen eine Einbeziehung des Agios in den bilanziellen Kapitalschutz sprechen. Es wird gefragt, inwieweit die drei Leitprinzipien des bilanziellen Kapitalschutzes, Gläubigerschutz, Mitgesellschafterschutz und Kapitalmarktschutz durch die Ausdehnung des Kapitalschutzes auf Agioleistungen berührt würden, welche Vorteile eine solche Ausdehnung für die Erreichung der einzelnen Schutzzwecke hätte, aber auch welche Nachteile man in Kauf nehmen müßte und welches der Definitionsmerkmale des Agios für oder gegen eine Einbeziehung dieser Gesellschafterbeiträge in den Kapitalschutz streitet.

Angesichts der selbst bei einer weitgehenden Rechtsfortbildung notwendigerweise verbleibenden systematischen Unstimmigkeiten wird gezeigt, daß die zum englischen Recht vorgeschlagene Regelungsalternative einer flexiblen Ausschüttungssperre auch für das deutsche Recht eine mögliche Gestaltungsoption sein kann, welche mit Blick auf den Gläubigerschutz gleichviele oder mehr Vorzüge bietet wie die Einbeziehung des Agios in den bilanziellen Kapitalschutz und zugleich einige der Nachteile einer Erstreckung des Kapitalschutzes auf das Agio vermeiden kann.

Die zentralen Ergebnisse des siebten Kapitels sind:
- Die verschiedenen Schutzzwecke, die der bilanzielle Kapitalschutz zu verwirklichen sucht, widersprechen sich teilweise und können daher nicht alle vollkommen verwirklicht werden, sondern die Schutzzwecke sind untereinander auszubalancieren. Die angestrebte Balance dieser Schutzzwecke entscheidet letztlich darüber, inwieweit eine Einbeziehung des korporativen oder des nur materiellen Agios in den Kapitalschutz sinnvoll sein kann, welche kapitalaufbringungsrechtlichen und/oder kapitalerhaltungsrechtlichen Schutzmodule Anwendung finden. Die Frage nach der richtigen Balance ist rechtspolitischer Natur und mit rechtswissenschaftlichen Mitteln nicht zu entscheiden.
- Eine konsequente Umsetzung eines Kapitalschutzes des Agios verlangt eine wirtschaftliche Betrachtungsweise und muß alle materiellen Einlagen berücksichtigen. Eine weitreichende wirtschaftliche Betrachtungsweise stellt die bislang systembestimmende Grundentscheidung für ein festes Nominalkapital infrage.
- Der Kapitalmarktschutz, der historisch betrachtet den Hauptzweck der aktienrechtlichen Regelungen ausmacht, ist mittlerweile zumindest teilweise überholt. Heutzutage strebt das Gesetz nicht mehr danach, spekulativen Aktienhandel zu erschweren. Auch geht das Gesetz seit dem Bilanzrichtlinieumsetzungsgesetz von 1985 selbst davon aus, daß gesellschaftsrechtliche Ausschüttungssperren für einen effektiven Schutz vor Scheindividenden nicht erforderlich sind. Es genügt eine transparente Bilanzierung oder auch die Legung stiller Reserven. Nicht zuletzt hat sich die Regelungslandschaft seit 1884 in einem weiteren Punkt bedeutend gewandelt. Insiderhandel, Leerverkäufe und Marktmißbrauch werden mittlerweile von den Vorschriften der Marktmißbrauchsverordnung und den Prospektpflichten des Wertpapierprospektgesetzes adressiert. Gesellschaftsrechtliche Ausschüttungssperren können als zweiter oder dritter Schutzwall einen Anwendungsbereich behalten, haben jedoch an Bedeutung eingebüßt.
- Mit dem Schutzzweck des Kapitalmarktschutzes kann man keine vollständige Gleichbehandlung von Nominalkapital und Agio begründen. Mehr als eine Ausschüttungssperre von vermeintlich überschüssigem Eigenkapital ist nicht erforderlich, so daß die Verlustverrechnungsmöglichkeit beim Agiokapital konsequent ist. Sie stellt jedoch einen erheblichen Unterschied zur Wiederauffüllverpflichtung beim Nominalkapital dar.
- Umgekehrt könnte der Schutzzweck des Kapitalmarktschutzes nicht erklären, wenn man andere materielle Einlagen nicht in gleicher Weise mit einer

Ausschüttungssperre belegte. Das Definitionsmerkmal Leistung als »Entgelt bei der Ausgabe junger Anteile« hat aus der Perspektive des Kapitalmarktschutzes genauso wenig Unterscheidungskraft wie die Merkmale »über den Nominalbetrag hinaus erbracht«, »Verpflichtung auf korporativer Grundlage« und »Einlagefähigkeit«. Für den Kapitalmarktschutz kommt es auf die potentielle Täuschung über die Ertragskraft des Unternehmens an, die bei allen materiellen Einlagen in ähnlicher Weise droht. Allein aus bilanzierungstechnischen Gründen kann die Verfolgung dieses Schutzzwecks zwischen verschiedenen Formen materieller Einlagen unterscheiden, wobei jedoch auch zu fragen wäre, inwieweit die Bilanzierungsgrundsätze anzupassen sein könnten.

- Mit dem Schutzzweck des Kapitalmarktschutzes läßt sich eine Sonderbehandlung der kapitalmarktfähigen Kapitalgesellschaft erklären. Da in Deutschland auch eine GmbH kapitalmarktfähige Schuldverschreibungen begeben kann, können unter Kapitalmarktschutzgesichtspunkten auch einschränkende Regelungen für Gesellschaften mit beschränkter Haftung erwogen werden. Andererseits können bei geschlossenen Aktiengesellschaften auch großzügigere Regelungsansätze begründet werden als bei börsennotierten Aktiengesellschaften.
- Dem Mitgesellschafterschutz kommt in vorliegendem Zusammenhang so große Bedeutung zu, weil das Agio gerade bei Kapitalerhöhungen dem Verwässerungsschutz der Gesellschafter dient. Für den Mitgesellschafterschutz ist daher der Entgeltcharakter des Agios von erheblicher Bedeutung, ebenso das Definitionsmerkmal »über den Nominalbetrag hinaus erbracht«, da das System des festen Nominalkapitals dazu zwingt, den Verwässerungsschutz außerhalb des Nominalkapitals zu besorgen.
- Einem eventuellen korporativen Rechtsgrund des Agios muß man nicht dieselbe Bedeutung beimessen, denn für den Verwässerungsschutz kommt es letztlich auf den tatsächlichen Wert des zusätzlichen Finanzierungsbeitrags an, nicht ob eine formelle oder eine materielle Einlage geleistet wird. Daher ist für den Mitgesellschafterschutz auch die bilanzielle Abbildung nicht maßgeblich. Andererseits reduziert eine korporative Vereinbarung das Bestandsrisiko des Rechtsgrunds (da weniger Einwendungen erhoben werden können) sowie das Wertrisiko des Finanzierungsbeitrags (infolge des Kapitalaufbringungsrechts). Man kann daher erwägen, im Zusammenhang mit einer Anteilsausgabe nur korporativ vereinbarte Finanzierungsbeiträge zuzulassen. Diese Restriktion findet ihrerseits jedoch eine Grenze bei der Einlagefähigkeit von Sacheinlagen, da nicht einlagefähige Finanzierungsbeiträge definitionsgemäß nicht als Bestandteil der korporativen Einlage vereinbart werden können. Will man solche Finanzierungsbeiträge, die durchaus positive Wirkung auf eine Gesellschaft haben können, nicht gänzlich ausschließen, kann man den korporativen Rechtsgrund nicht als unverzichtbares Merkmal zulässiger Finanzierungsbeiträge erklären.
- Der Zusammenhang der Agioleistung mit der Anteilsausgabe hat nur begrenzte argumentative Kraft. Denn das Agio dient in den meisten Fällen gerade

zum Ausgleich von Eigenkapitalbestandteilen, die ihrerseits nicht dem Kapitalschutz unterlegen haben und deren Wert dem Investor nicht garantiert wird. Aus Sicht der neu hinzutretenden Gesellschafter erscheint es unfair, die von ihnen aufgebrachten Eigenkapitalbeiträge viel strenger zu regeln als die Bestandteile des Eigenkapitals, die dadurch ausgeglichen werden sollen.

- Der Mitgesellschafterschutz kann allein kapitalaufbringungsrechtliche Schutzmodule begründen. Die Einbeziehung in das Kapitalerhaltungsrecht ist – auch in der weniger strengen Variante mit Möglichkeit zur Verlustverrechnung – aus Sicht der Mitgesellschafter unfair. Die historische Entwicklung des englischen Rechts hat gezeigt, daß die konsequente Anwendung des Kapitalerhaltungsrechts für die Wirtschaft erhebliche Schwierigkeiten bedeuten kann, da die Bereitschaft der Bestandsgesellschafter sinkt, selbst förderlichen Kapitalmaßnahmen zuzustimmen.
- Jedenfalls bei Einigkeit aller Gesellschafter wäre eine zwingende Anwendung des Kapitalschutzrechts auf Agioleistungen weder zu begründen noch praktisch durchzuhalten. Die Kernfrage des Mitgesellschafterschutzes ist daher, wie man mit dissentierenden Minderheitsgesellschaftern verfahren will. Man kann diese maximal schützen, ihnen zumindest die Obliegenheit einer Beschlußanfechtung aufbürden oder auch für den notwendigen Verwässerungsschutz allein auf den tatsächlichen Wert der Einlagen abstellen und vor dem Hintergrund weiterer Schutzmodule wie den Organpflichten die Aufbringung der Einlagen auch außerhalb des Kapitalschutzregimes als ausreichend sicher ansehen. Bei typisierender Betrachtung lassen sich hierbei Unterschiede zwischen der Rechtsform der Aktiengesellschaft und der Rechtsform der GmbH begründen.
- Der Gläubigerschutzaspekt kann begründen, warum man Agiokapital zur Haftkapitalziffer rechnen will, mit anderen Worten, warum man es in das Kapitalerhaltungsregime einbeziehen will. Wenn man alle Eigenkapitalbeiträge als Haftkapital qualifiziert, liegt man vermutlich näher an den tatsächlichen betriebswirtschaftlichen Erfordernissen, als wenn man die Gesellschafter außerhalb der Grenzen eines Mindestkapitals beliebig über die Höhe des Haftkapitals entscheiden ließe. Mit diesem Begründungsansatz kann man indes die kleine Kapitalgesellschaft nicht weniger streng regeln als die große Kapitalgesellschaft.
- Das Beliebigkeitsargument ist allerdings nur eingeschränkt gültig, da ein Agio meist bei Kapitalerhöhungen verlangt wird und dort zum Schutz der Mitgesellschafter erforderlich ist. Der Entgeltcharakter des Agios kann nicht begründen, warum nur solche materielle Einlagen in den Kapitalschutz einbezogen werden sollten. Der mögliche korporative Rechtsgrund eines Agios kann aus Perspektive des Gläubigerschutzes ebenfalls kein Unterscheidungskriterium sein, da andernfalls die Gesellschafter zwischen formellen und materiellen Einlagen wählen könnten. Der Gläubigerschutz verlangt danach, alle materiellen Einlagen im Grundsatz gleich zu behandeln. Hierbei ist jedoch festzustellen, daß die Gläubiger schon faktisch von der günstigen Wirkung

aller Eigenkapitalbeiträge profitieren. Auch stille Reserven sind systematischer Bestandteil des bilanziellen Kapitalschutzes. Auf das Definitionsmerkmal der Bilanzierbarkeit kann es nicht entscheidend ankommen.

- Zu erwägen wäre, ähnlich wie in England bereits diskutiert wird, darauf zu verzichten, den zwingenden Kapitalschutz der Einlagen weiter auszubauen. Statt dessen könnte man über den Kapitalschutz der Nominaleinlagen einen Mindestschutz der Gläubiger besorgen, der den Gesellschaftern einen Mindestrisikobeitrag aus ihrem übrigen Vermögen abverlangt, daneben den Gesellschaftern einen vergleichbaren Kapitalschutz von korporativen Agioeinlagen als standardisiertes Optionsmodell zur Verfügung stellen, das sie ohne Rücksicht auf den Gläubigerschutz allein in ihrem eigenen Interesse wählen können, sowie in Ergänzung und weitgehend unabhängig vom Kapitalschutz dieser Einlagen einen über das absolute Mindestmaß hinausgehenden Gläubigerschutz durch eine Mindesteigenkapitalquote anstreben, die in gleicher Weise durch Einlagen wie durch Thesaurierung von Gewinnen erreicht werden kann. Auf diese Weise könnte die Verknüpfung von Innenrecht und Außenrecht, welche das System des festen Nominalkapitals bislang zwangsläufig bedeutet, gelockert werden, anstatt diese problematische Regelungstechnik weiter auszubauen.

1. Kapitel Begriffe und Problemfelder

A. Aufgabe des Kapitels

Die Untersuchung des Kapitalschutzes des Agios führt immer wieder auf die Begriffe der ›Einlage‹ und des ›Eigenkapitals‹. Die Regelungstechnik der Vorschriften des Aktiengesetzes setzt wie die Vergleichsrechtsordnungen des europäischen und englischen Rechts und rechtsfortbildende Vorschläge in der deutschen Literatur an dem Umstand an, daß das Agio der Einlage auf das Nominalkapital ähnelt: Es wird ebenso im Gegenzug für junge Anteile erbracht und mehrt das Eigenkapital der Gesellschaft. Diese Ähnlichkeit bei der Leistungserbringung spricht zumindest nicht gegen eine ähnliche rechtliche Regelung beider Leistungen.

Das deutsche Gesellschaftsrecht kennt indes auch Einlagen, für die es keine Sonderregeln vorsieht, so z.B. die freien Einlagen im Sinne von § 272 Abs. 2 Nr. 4 HGB, sowie Gegenleistungen für junge Anteile, die nicht demselben Kapitalschutz unterliegen wie die Einlagen auf das Nominalkapital, so z.B. die Nebenverpflichtungen des § 55 AktG oder die Nebenleistungen nach § 3 Abs. 2 GmbHG. Alle diese Leistungen der Gesellschafter können das Eigenkapital einer Gesellschaft mehren und sind unter dem Aspekt der Unternehmensfinanzierung miteinander vergleichbar. Eine systematische Auseinandersetzung mit dem Agio verlangt notwendig eine Auseinandersetzung mit weiteren Formen der Unternehmensfinanzierung und die Abgrenzung des Agios von anderen Formen der ›Einlage‹ und des ›Eigenkapitals‹ und deren gesetzlichen Regelungen.

Diese Arbeit untersucht de lege lata, inwieweit und aus welchen Gründen das Recht des Agios dem Recht der Einlagen auf das Nominalkapital angenähert ist und inwiefern sich das Agio dadurch von anderen Finanzierungsbeiträgen der Gesellschafter unterscheidet. Die systematische Betrachtung der bestehenden Regelungen des Agios als Teil der Unternehmensfinanzierung führt auf Unterschiede zu den Regelungen beider Vergleichsgruppen und dadurch auf eine Diskussion des Kapitalschutzes des Agios de lege ferenda. Es wird zu diskutieren sein, wie frei die Gesellschafter bei der Finanzierung ihres Unternehmens mit Einlagen außerhalb der Regeln über das Grund- bzw. Stammkapital sein sollen oder anders formuliert, ob die Finanzierungsfreiheit der Gesellschafter bei Agioleistungen aufgrund deren Einlagecharakters einzuschränken ist durch Sonderregeln, die stärker noch als im geltenden Recht den Regelungen der Einlagen auf das Grundkapital anzugleichen sind.

Um die rechtliche Behandlung des Agios im Spannungsfeld zwischen den beiden Polen eingehend geregelte Einlage auf das Nominalkapital einerseits sowie nicht besonders geregelte Gegenleistungen und Einlagen andererseits verstehen zu können, muß im Fortgang dieses Kapitels die Bedeutung auch der Begriffe ›Eigenkapital‹, ›Einlage‹, ›Haupt- und Nebenverpflichtung‹ geklärt werden. Durch die Einordnung des Agios in den Kontext von ›Einlage‹, ›Haupt- und Nebenverpflichtung‹ sowie ›Eigenkapital‹ läßt sich eine Definition des Agios gewinnen und ein Vorverständnis für die sachlichen Probleme. Auf der Grundlage einer klaren Begrifflichkeit und des dabei gewonnenen Verständnisses des geltenden Rechts können später Vorschläge zur richterlichen Rechtsfortbildung und zur Weiterentwicklung der gesetzlichen Vorschriften beurteilt werden.

Begriffe und Inhalte lassen sich nicht trennen. So wird die vorbereitende Begriffsbestimmung dieses Kapitels alsbald medias in res führen. Denn zum einen wird durch die Definition des Agios der Untersuchungsgegenstand abgegrenzt und damit zugleich festgelegt, welche Formen der Unternehmensfinanzierung zwar nicht mehr im Zentrum dieser Untersuchung stehen, jedoch unter systematischen und Wertungsgesichtspunkten als Vergleichsmaßstäbe für Agio und Einlage interessant bleiben. Zum anderen wird bei der Bestimmung des Einlagebegriffs zu klären sein, ob das Agio selbst im Rechtssinne (nicht nur wirtschaftlich betrachtet) eine Einlage ist. Die Antwort auf die Frage der Einlagequalität des Agios wird für die spätere Untersuchung von Bedeutung sein, da die Rechtsfolgen vieler Vorschriften an das Tatbestandsmerkmal der Einlage anknüpfen und nur wenige Vorschriften das Agio ausdrücklich erwähnen.

Die Entscheidung über die Bedeutung der Grundbegriffe eines Rechtsgebiets bedeutet oftmals eine Vorentscheidung über den Anwendungsbereich konkreter Normen und kann nicht ohne Blick auf die Rechtsfolgen dieser Normen erfolgen. Wo eindeutige gesetzliche Definitionen fehlen oder eine konkretisierende Auslegung notwendig wird, verlangt die Definition der Grundbegriffe mehr als eine Strukturierung von vorgegebenen Sachverhalten, sie verlangt eine das Gesetz ergänzende Wertungsentscheidung über die Reichweite der angestrebten Rechtsfolgen. In dieser Arbeit ist zudem nicht nur die Auslegung von Rechtsnormen über Einlagen zu erörtern, sondern ebenso auf rechtsfortbildende Vorschläge einzugehen, die gesetzlichen Vorschriften über formelle Einlagen auf das Nominalkapital als Ausgangspunkt für ein übergeordnetes Recht der ›Einlagen‹ zu verstehen, welches das Agio mitumfaßt. Leitet sein Verständnis der Grundbegriffe den Rechtsanwender zur Rechtsfortbildung an, erhalten die gesetzesergänzenden Wertungsentscheidungen, die bei den Definitionen getroffen werden, noch mehr Gewicht. Umso wichtiger ist es, die Begriffsbildung aufmerksam vorzunehmen, um nicht eigene Vorurteile und Wertungsentscheidungen als Ergebnis der Subsumption unter vermeintlich objektiv gewonnene Grundbegriffe oder als zwingende Analogien zu vermeintlichen gesetzgeberischen Vorgaben mißzuverstehen.

Mitten in eine Kernproblematik der vorliegenden Untersuchung führt zudem die Klärung des handelsbilanziellen Einlagebegriffs. Der gesellschaftsrechtliche Kapitalschutz ist auf das Zusammenwirken mit der handelsrechtlichen Buchführung angewiesen, da mittels der Handelsbilanz und der Gewinn- und Verlustrechnung der ausschüttungsfähige Gewinn errechnet und eine eventuelle Unterbilanz bestimmt wird. Das Gesellschaftsrecht beschränkt die Rückgewähr von

›Einlagen‹ und die Ausschüttung von Gewinnen, um der Gesellschaft und insbesondere deren Gläubigern ein bestimmtes Grundkapital zu bewahren. Dabei geht das Gesellschaftsrecht davon aus, die zu schützenden ›Einlagen‹ würden in der Bilanz aktiviert und auf der Passivseite würde ein entsprechender Betrag in einen besonderen Kapitalposten eingestellt. Der gesellschaftsrechtlich angestrebte Kapitalerhaltungsschutz kann dann einfach dadurch erreicht werden, daß Leistungen an Gesellschafter nur dann für zulässig erklärt werden, wenn die besonderen Kapitalposten nicht angegriffen werden.

Das Gesellschaftsrecht basiert mithin auf der Vorstellung, die von ihm geschützten ›Einlagen‹ würden handelsbilanziell als sogenannte ›offene Einlagen‹ behandelt. Werden ›Einlagen‹ jedoch handelsbilanziell anders ausgewiesen, hat dieser alternative Bilanzausweis Konsequenzen für den Umfang des gesellschaftsrechtlichen Kapitalschutzes. Auch wenn Kapitalschutzrecht und Handelsbilanzrecht eng verwoben sind, verfolgen sie andererseits auch wieder ihre je eigenen Zwecke und orientieren sich dabei an Prinzipien, die für den jeweils anderen Rechtsbereich nicht in gleicher Weise maßgeblich sein müssen. Aufgrund der engen Verbindung dieser Rechtsbereiche einerseits und der Eigenständigkeit der Rechtsgebiete andererseits muß man das Zusammenspiel von Handelsbilanzrecht und Kapitalschutzrecht immer wieder kritisch reflektieren. Das Verständnis der rechtlichen Behandlung des Agios im Spannungsfeld zwischen den beiden Polen eingehend geregelte Einlage auf das Nominalkapital einerseits sowie nicht besonders geregelte Gegenleistungen und Einlagen andererseits verlangt daher ein vertieftes Verständnis der bilanzrechtlichen Behandlung verschiedener Einlageformen und damit des handelsrechtlichen Einlagebegriffs.

Der Kapitalschutz der gesellschaftsrechtlichen ›Einlagen‹ hängt vom handelsbilanziellen Begriff der ›(offenen) Einlage‹ ab. Das Handelsbilanzrecht ist seinerseits stark mit dem Steuerbilanzrecht und der Betriebswirtschaftslehre verwoben und wird von den dort geübten Sprachgebräuchen beeinflußt. Die Auseinandersetzung mit den Regelungen des Agios verlangt daher, sich mit verschiedenen wissenschaftlichen Gebieten zu befassen, zuvorderst dem Gesellschaftsrecht, aber auch dem Handelsrecht, dem Steuerrecht und der Betriebswirtschaftslehre. Der Sprachgebrauch ist nun unter den Fachrichtungen nicht abgestimmt, häufig sogar innerhalb einer Fachrichtung nicht einheitlich. Die verschiedenen Teildisziplinen der Rechtswissenschaft allein verwenden die Begriffe derart unterschiedlich, daß es nicht möglich ist, das Begriffsverständnis aus einem Rechtsgebiet in ein anderes zu übertragen oder eine allgemeine, rechtsgebietsübergreifende Terminologie zu entwickeln. Es herrscht manchmal ein beinahe babylonisches Sprachgewirr. Die Zeit, die auf die Begriffsarbeit aufgewendet wird, lohnt sich, wenn sich diese Arbeit nicht in Babylon verläuft oder unbemerkt der Leser einen anderen Weg geht, weil die Kernbegriffe nicht übereinstimmend verstanden werden.[10]

10 *Hoffmann*, Einlagen in Kapitalgesellschaften, 2 stellt die Behauptung auf, infolge einer »erstaunlichen Begriffsverwirrung« führe die unbesehene Übertragung der Begriffe von einer Teildisziplin des Rechts in eine andere häufig zu falschen Schlußfolgerungen.

Den unterschiedlichen Begriffsverwendungen in den verschiedenen Disziplinen liegen auch sachliche Unterschiede zugrunde. So betrachtet beispielsweise das Gesellschaftsrecht die ›Einlage‹ vor allem aus dem Blickwinkel des Kapitalschutzes, das Steuerrecht hingegen fragt nach der richtigen Bemessung der Steuerlast, die Betriebswirtschaftslehre nach der optimalen Unternehmensfinanzierung. Selbst wenn aber sachliche Gründe eine einheitliche Begriffsverwendung ermöglichten, die lange eingeübten Sprachgebräuche werden sich kaum ändern lassen. Innerhalb der eingeübten Begrifflichkeiten ist die Begriffsbildung den Sachproblemen unterschiedlich angemessen. Ziel dieses Begriffskapitels soll sein, für die vorliegende Arbeit klare und sachgerechte Begrifflichkeiten zu entwickeln und diese den bisherigen Verwendungsweisen zuzuordnen bzw. sie davon abzugrenzen. Behandelt wird an dieser Stelle allein das deutsche Recht, das im Zentrum der gesamten Arbeit steht. Die Begriffe der beiden Vergleichsrechtsordnungen werden in den Länderkapiteln erörtert.

Die Bestimmung des Eigenkapitalbegriffs und die verschiedenen Spielarten der Einlagebegriffe werden immer wieder das bereits oben angesprochene Problem aufwerfen. Wirtschaftlich vergleichbare Formen der Unternehmensfinanzierung werden rechtlich unterschiedlich behandelt. Um dieses Problem klar und distinkt zu erfassen, müssen die wirtschaftliche Begrifflichkeit und die verschiedenen Rechtsbegriffe auseinandergehalten werden. Andernfalls läuft man Gefahr, unbesehen oder gar unzulässig die Konzepte einer Disziplin auf einer andere zu übertragen und als Subsumptionsergebnis mißzuverstehen, was nur Folge einer Analogie sein kann.

B. Das Agio in der Unternehmensfinanzierung

Bisher wurde ein Vorverständnis des ›Agios‹ als einer Leistung vorausgesetzt, die bei einem originären Erwerb von Gesellschaftsanteilen zusätzlich zum Nennbetrag der Anteile erbracht wird. Nun soll zu Beginn der detaillierten Untersuchungen zunächst der Gegenstand der vorliegenden Untersuchung exakt bestimmt werden. Dabei wird es notwendig werden, verschiedene Redeweisen vom ›Agio‹ bzw. verschiedene Erscheinungsformen zu unterscheiden.

Die verschiedenen Formen des Agios gleichen sich darin, daß sie alle als ›Einlagen‹, d.h. als bestimmte Formen von Eigenkapitalfinanzierung angesehen werden können. Sie unterscheiden sich jedoch in ihrem Rechtsgrund und ihren Rechtsfolgen. Nicht zuletzt besteht ein Unterschied auch darin, wie verschiedene Arten von ›Einlagen‹ bilanziell abgebildet werden. Unterschiede in der bilanziellen Behandlung können erhebliche Auswirkungen auf den Kapitalschutz solcher Einlagen haben, da das Kapitalerhaltungsrecht eine bestimmte bilanzielle Abbildung von Eigenkapitalleistungen voraussetzt. Um das Agio im System der Unternehmensfinanzierung vollständig verstehen zu können, wird es unerläßlich sein, die Begriffe des Eigen- und des Fremdkapitals, des Beitrags und der Einlage und das Bilanzrecht solcher Finanzierungsleistungen im Detail zu untersuchen. Zunächst aber soll an dieser Stelle eine Arbeitsdefinition des Agios entwickelt werden, für welche ein Vorverständnis der übrigen finanzierungsrechtlichen Grundbegriffe und des Bilanzrechts von Einlagen vorausgesetzt werden muß. Die Klärung der weiteren Verständnisvoraussetzungen erfolgt anschließend in Abschnitt C; auf die Einzelheiten dieser Erörterungen, die im Rahmen der Definition des Agios vorausgesetzt werden, wird an der jeweiligen Stelle in den Fußnoten verwiesen.

I. Definition des Agios und Problemstellung

Ausdrückliche Regelungen hinsichtlich des Agios finden sich nur im Aktiengesetz, nicht im GmbH-Gesetz. Die Bestimmung des Agios nimmt ihren Ausgang daher regelmäßig im Aktienrecht und man überträgt den hier gewonnenen Begriff des Agios auf das GmbH-Recht.[11] Auch an dieser Stelle soll die Begriffsbestimmung des Agios auf diesem Weg begonnen werden.

1. Das Agio im Aktienrecht

a) korporatives Agio

Das aktienrechtliche Agio meint den Differenzbetrag zwischen dem geringsten Ausgabebetrag des § 9 Abs. 1 AktG und dem nach § 9 Abs. 2 AktG ebenfalls zulässigen höheren Betrag.[12] Ein solcher Mehrbetrag ist ausweislich § 182 Abs. 3 AktG auch bei einer Kapitalerhöhung möglich. Der Ausgabebetrag wird bei der Gründung in der Satzung festgesetzt, bei einer Kapitalerhöhung (auch bei genehmigtem Kapital) im Zeichnungsschein (§ 185 Abs. 1 S. 2 Nr. 2 AktG, gegebenenfalls iVm § 203 Abs. 1 S. 1 AktG) und bei einer bedingten Kapitalerhöhung in der Bezugserklärung (§ 198 Abs. 1 S. 3 iVm § 193 Abs. 2 Nr. 3 AktG).[13] Agio in diesem Sinne meint damit nur einen Mehrbetrag, der bei einem originären Erwerb junger Aktien von einem Gesellschafter über den Nominalbetrag der Anteile hinaus auf korporativer Grundlage geschuldet wird.[14] Wegen des korporativen Rechtsgrunds für die Zahlung dieses Aufschlags auf das Nominalkapital nennt man dieses Agio ›korporatives Agio‹.

Dieser Mehrbetrag ist, wie noch zu zeigen sein wird[15], Teil der aktienrechtlichen Einlage. Deshalb finden die aktienrechtlichen Regelungen zur Einlagefähig-

11 Ausdrücklich verfährt so *Lüssow*, Agio, 22 f., implizit macht dies auch *Herchen*, Agio, 1 ff.

12 *Hüffer/Koch*, AktG § 9 Rz. 8; *Lüssow*, Agio, 22 f.; vgl. a. *Herchen*, Agio, 4.

13 *Kropff* in MüKo-BilanzR § 272, Rz. 100.

14 *Herchen*, Agio, 2 ff.

15 S. u. S. 116 ff.

keit von Sacheinlagen (§ 27 Abs. 2 AktG) auf Leistungen zur Erfüllung einer Agioverpflichtung Anwendung.[16] Als aktienrechtliches Agio kommt nur eine einlagefähige Leistung des Gesellschafters an die Gesellschaft in Betracht. Die Bestimmung des Mehrbetrags gemäß § 9 Abs. 2 AktG verlangt eine ausdrückliche Bezifferung der geschuldeten Leistung. Bei Sacheinlagen wird durch die Agiofestsetzung ein ebenso eindeutiger Mindestwert festgelegt wie durch die Festsetzung des geringsten Ausgabebetrags, weshalb im deutschen Bilanzrecht ein werthaltiger Vermögensgegenstand jedenfalls auch mit dem Wert, der zur Erfüllung der Agioschuld erforderlich ist, aktiviert werden kann. Auf der Passivseite der Bilanz wird ein ›korporatives Agio‹ in einem eigenständigen Kapitalposten nach § 272 Abs. 2 Nr. 1 HGB ausgewiesen.[17]

Das korporative Agio im Aktienrecht läßt sich zusammenfassend folgendermaßen definieren:

Eine einlagefähige Leistung des Anteilserwerbers in das bilanzielle Eigenkapital der Gesellschaft als Entgelt für die Ausgabe junger Aktien, welche über den Nominalbetrag der Anteile hinaus erbracht wird und zu der sich der Erwerber als Teil des Ausgabebetrags auf korporativer Grundlage verpflichtet.

b) schuldrechtliches Agio

Ein Aufschlag auf den Nominalwert der Anteile kann, wie noch im einzelnen zu besprechen sein wird[18], grundsätzlich auch auf schuldrechtlicher Grundlage vereinbart werden. Eine solche zusätzliche Leistung des Gesellschafters, die anläßlich des Erwerbs junger Anteile erbracht wird, wird in der Literatur häufig ›schuldrechtliches Agio‹ genannt.[19] Diese Terminologie kann die Funktionsgleichheit von ›korporativem Agio‹ und ›schuldrechtlichem Agio‹ ebenso prägnant zum Ausdruck bringen wie den wichtigsten Unterschied beider Finanzierungsformen, nämlich daß der Rechtsgrund für die Leistungspflicht einmal in der Satzung, einmal in einer rein schuldrechtlichen Zusatzvereinbarung liegt. Daher wird diese Begrifflichkeit hier übernommen.

Die schuldrechtliche Vereinbarung einer Zuzahlungspflicht kann jeden beliebigen Inhalt haben. Sacheinlagefähigkeit ist für Zuzahlungsverpflichtungen auf schuldrechtlicher Grundlage nicht erforderlich. In der Literatur wird jedoch mitunter eine eigene Fallgruppe der schuldrechtlichen Vereinbarung nicht

16 S. dazu z.B. *Lüssow*, Agio, 190 ff.; Einzelheiten u. S. 116 ff.

17 S. u. S. 122 ff.; zur Frage der europarechtlichen Zulässigkeit einer solchen Agiobilanzierung s. a. u. S. 288 ff.

18 S. u. S. 153 ff.

19 Nachweise bei *Strehle*, Venture Capital, 81 Fn. 239, der jedoch selbst diese Terminologie kritisch sieht und den Begriff des ›Agios‹ auf das korporative Agio beschränken will, im übrigen von »schuldrechtlichen Zuzahlungsvereinbarungen« spricht.

einlagefähiger Leistungen unterschieden und der Begriff des ›schuldrechtlichen Agios‹ auf Finanzierungsgestaltungen beschränkt, die ebenso gut auf korporativer Grundlage vereinbart werden könnten, deren Gegenstände mithin einlagefähig sind.[20] Diese terminologische Beschränkung ist nicht zwingend, bietet aber den Vorteil, das Grundproblem der schuldrechtlichen Vereinbarungen klar beschreiben und sachliche Differenzierungen begrifflich einfangen zu können.

Die am meisten diskutierte Rechtsfrage bei Zuzahlungen auf schuldrechtlicher Grundlage zielt darauf ab, ob die Wahlfreiheit zwischen schuldrechtlichen und korporativen Finanzierungsformen einzuschränken sei, da die Funktionsgleichheit beider Gestaltungsvarianten zu einem vom Gesetz nicht erwünschten Bedeutungsverlust der Einlagefinanzierung auf korporativer Grundlage führe. Funktionsgleichheit besteht insbesondere, soweit die zu erbringenden Leistungen in beiden Gestaltungsvarianten möglich sind. Die Problematik einer Unternehmensfinanzierung durch schuldrechtliche Agien wird leichter faßbar, wenn der Begriff des ›schuldrechtlichen Agios‹ auf Fälle beschränkt wird, in denen einlagefähige Finanzierungsleistungen erbracht werden.

Deshalb soll der Begriff ›schuldrechtliches Agio‹ in dieser Untersuchung so verwendet werden. Die Fallgruppe der schuldrechtlichen Vereinbarung nicht einlagefähiger Leistungen bleibt aus systematischen und aus Wertungsgesichtspunkten bedeutsam für das Verständnis und die Lösung der Frage der rechtlichen Behandlung des schuldrechtlichen Agios. Der notwendige systematische und Wertungsvergleich zwischen den beiden Fallgruppen läßt sich klar und distinkt durchführen, wenn der sachliche Unterschied der fehlenden Einlagefähigkeit zur einer begrifflichen Unterscheidung führt.

c) materielles Agio

Das ›korporative Agio‹ im Aktienrecht umfaßt nicht die Nebenverpflichtungen der Aktionäre nach § 55 AktG, die zwar ebenfalls einen korporativen Rechtsgrund haben, jedoch nicht durch den Ausgabebetrag bestimmt werden und in der Folge nicht Teil der aktienrechtlichen Einlage sind.[21] Da jedoch Nebenverpflichtungen vereinbart werden können, die bei einmaliger Leistung als Sacheinlage erbracht werden könnten, sind Überschneidungen zwischen den korporativen Nebenleistungen und dem korporativen wie auch dem schuldrechtlichen Agio vorstellbar.

Ebenfalls nicht als ›korporatives Agio‹ wird der Mehrwert einer Sacheinlage bezeichnet, um den der Einlagegegenstand den Ausgabebetrag überschreitet. Da ein solcher Mehrwert stets den Nominalbetrag der Anteile überschreitet (dieser Nominalwert ist der vom Gesetz in Art. 9 Abs. 1 AktG vorgegebene ›geringste Ausgabebetrag‹) und da zudem die korporative Vereinbarung über die Sachein-

20 Vgl. *Herchen*, Agio 279 ff. vs. 381 ff.
21 Ebenso *Herchen*, Agio, 19.

lage den Rechtsgrund für das Behaltendürfen dieses Mehrwertes bildet, könnte man einen solchen Mehrwert durchaus als ›korporatives Agio‹ bezeichnen.[22] Indes bestehen wichtige Unterschiede zwischen beiden Fallgruppen. Nur das ›korporative Agio‹ wird nach der Vorschrift des § 9 Abs. 2 AktG eindeutig beziffert, der Mehrwert einer Sacheinlage wird nicht beziffert.[23] Es ist zweifelhaft, ob der Mehrwert einer Sacheinlage aktiviert werden kann oder muß.[24] Wird dieser Wertanteil einer Sacheinlage nicht aktiviert, scheidet eine Einbeziehung in den Kapitalerhaltungsschutz aus.

Soweit das Gesetz in kapitalschutzrechtlichen Vorschriften das Tatbestandsmerkmal ›Einlage‹ verwendet, bedarf es einer Untersuchung der konkreten Normen, um entscheiden zu können, ob das Tatbestandsmerkmal nur die Einlage auf das Grundkapital umschreibt oder auch ein eventuelles korporatives Agio oder eben den Mehrwert einer Sacheinlage. Um diese tatsächlich oder möglicherweise bestehenden Unterschiede nicht zu überdecken, soll in dieser Untersuchung der Begriff ›korporatives Agio‹ wie beschrieben verwendet werden. Bei Sacheinlagen, deren Wert den Ausgabebetrag übersteigt, soll die Bezeichnung ›faktisches Agio‹ verwendet werden. Ein solches ›faktisches Agio‹ ist aus aktienrechtlicher Sicht unabhängig von der bilanzrechtlichen Entscheidung, ob der Mehrwert der Sacheinlage aktiviert und dann – wie ein ›korporatives Agio‹ – in § 272 Abs. 2 Nr. 1 AktG passiviert wird oder ob bei der Zugangsbewertung stille Reserven gelegt werden.

Entsprechend dem Mehrwert einer Sacheinlage wird auch ein eventueller Mehrwert bei einer nur teilentgeltlichen Sachübernahme als ›faktisches Agio‹ bezeichnet. Da Sachübernahmen trotz der Pflicht aus § 27 Abs. 1 S. 1 AktG zur Festsetzung in der Satzung schuldrechtliche Austauschgeschäfte bleiben[25], wäre hier die Bezeichnung als ›korporatives Agio‹ weniger sinnvoll. Umso mehr empfiehlt sich daher auch bei Sacheinlagen, von einem ›faktischen Agio‹ zu sprechen, da das Aktienrecht Sacheinlagen und Sachübernahmen als zwei Seiten einer Medaille versteht.

›Korporatives Agio‹ sind ferner nicht die Zusatzleistungen auf schuldrechtlicher Grundlage, also das erwähnte ›schuldrechtliche Agio‹ und die schuldrechtliche Vereinbarung nicht einlagefähiger Leistungen. Als schuldrechtliche Beitragspflichten können alle Gestaltungsformen materieller Einlage[26] vereinbart werden, unabhängig davon ob die entsprechende Leistung sacheinlagefähig wäre oder nicht. Manche materiellen Einlagen können in der Bilanz nicht

22 Zur Abgrenzung des ›korporativen Agios‹ vom Mehrwert einer Sacheinlage auch *Herchen*, Agio, 19.

23 Zur Frage der Pflicht einer ausdrücklichen Festsetzung des Mehrwerts einer Sacheinlage als ›korporatives Agio‹ s. u. S. 763 ff.

24 Zur Frage der Bilanzierung von Sacheinlagen s. u. S. 182 ff.

25 S. u. S. 131.

26 Die verschiedenen Erscheinungsformen materieller Einlagen werden bei der Besprechung des handelsbilanzrechtlichen Einlagebegriffs erörtert, s. u. S. 102 ff.

aktiviert werden und unterscheiden sich auch dadurch von dem ›korporativen Agio‹, welches in das bilanzielle Eigenkapital geleistet wird. Andere Beiträge können aktiviert werden, jedoch stellt sich bei diesen die Frage, ob sie gewinnwirksam vereinnahmt werden können oder in die Kapitalrücklage des § 272 Abs. 2 Nr. 4 HGB eingestellt werden können.[27] Passiviert man diese schuldrechtlichen Beiträge nicht wie das ›korporative Agio‹ in § 272 Abs. 2 Nr. 1 AktG, unterfallen sie nicht der Ausschüttungssperre des § 150 AktG und unterscheiden sich damit erheblich von dem ›korporativen Agio‹. Beispiele für solche schuldrechtlichen Beitragspflichten sind ein Forderungsverzicht, teilentgeltliche oder unentgeltliche Nutzungsüberlassung sowie Werk- und Dienstleistungen oder auch zinsvergünstigte Darlehen.

Nicht als ›korporatives Agio‹ anzusehen sind ferner das sog. Emissionsagio und das sog. Bezugsagio.[28] Damit meint man die in der Praxis äußerst bedeutsamen Fälle von Kapitalerhöhungen, bei denen im Rahmen eines zweistufigen Emissionsverfahrens Emissionsbanken alle Anteile zum Nennbetrag zeichnen mit der Verpflichtung, sie am Kapitalmarkt zu plazieren oder bezugsberechtigten Aktionären anzubieten (sog. mittelbares Bezugsrecht nach § 186 Abs. 5 AktG). Den Mehrerlös aus dem Verkauf der Aktien am Kapitalmarkt (Emissionsagio) bzw. aus dem Verkauf an die bezugsberechtigten Aktionäre (Bezugsagio) führen die Emissionsbanken aufgrund einer schuldvertraglichen Verpflichtung aus dem Emissionsvertrag mit der Gesellschaft an diese ab (abzüglich ihrer Provisionen). Schon weil der Rechtsgrund für die Weiterleitung des Gewinns aus den Aktienverkäufen in dem schuldrechtlichen Emissionsvertrag liegt, kann es sich bei diesen Erlösen aus Sicht der Gesellschaft nicht um ein ›korporatives Agio‹ handeln, sondern nur um ein ›wirtschaftliches Agio‹, das dem korporativen Aufschlag nach § 9 Abs. 2 AktG funktional entspricht.[29] Da es sich bei diesen Erlösen um ein ›wirtschaftliches Agio‹ handelt, sind sie nach allgemeiner Ansicht wie ein ›korporatives Agio‹ in einem Kapitalposten nach § 272 Abs. 2 Nr. 1 HGB zu verbuchen.[30]

Ebenso wie diese schuldrechtlichen Beitragspflichten sind freiwillige Beiträge, die von einem Einmanngesellschafter anläßlich einer Anteilsausgabe geleistet werden, vom ›korporativen Agio‹ zu unterscheiden.

All diese Finanzierungsbeiträge, deren Aufzählung an dieser Stelle nicht abschließend zu verstehen ist, kann man bei einer wirtschaftlichen Betrachtung als Agien verstehen, wenn man unter einem ›wirtschaftlichen Agio‹ jede bewußte Zahlung in bzw. Mehrung des Eigenkapitals durch einen Erwerber junger Anteile versteht und dabei an den weiten wirtschaftlichen bzw. handelsbilanzrechtlichen Begriff der Einlage anknüpft.[31] Man kann diese Beiträge auch als

27 Einzelheiten u. S. 182 ff.
28 *Herchen*, Agio, 257 ff.
29 *Herchen*, Agio, 257 f., *Lüssow*, Agio, 176.
30 *Herchen*, Agio, 257 m.w.N.
31 Zum handelsbilanziellen Einlagebegriff eingehend u. S. 102 ff.

›materielles Agio‹ bezeichnen. Diese Bezeichnung wird ähnlich wie der Begriff der ›materiellen Einlage‹ gerne gewählt, um die Forderung nach einer weitgehenden Gleichbehandlung dieser Finanzierungsbeiträge vorzubereiten bzw. die Forderung, manche dieser Finanzierungsvarianten als unzulässige Umgehung der Vorschriften über das ›korporative Agio‹ einzustufen.[32]

2. Problematische Systembildung angesichts unterschiedlich geregelter Erscheinungsformen

Die Frage nach der kapitalschutzrechtlichen Behandlung des Agios wird durch die Vielzahl der verschiedenen Erscheinungsformen des ›materiellen Agios‹ verkompliziert. Manche Beiträge haben einen korporativen Rechtsgrund (z.B. Nebenverpflichtungen nach § 55 AktG), die meisten basieren auf schuldrechtlichen Vereinbarungen. Manche schuldrechtliche Gestaltung hat das Aktiengesetz zumindest implizit anerkannt (so z.B. das Bezugsagio durch die Anerkennung des mittelbaren Bezugsrechts in § 186 Abs. 5 AktG), zu den meisten verhält sich das Gesetz nicht eindeutig. Bei manchen Gestaltungen ist die für den Kapitalschutz vorgreifliche Frage der Bilanzierung umstritten (z.B. die Bilanzierung des ›schuldrechtlichen Agios‹ und des ›faktischen Agios‹), bei anderen Formen des ›materiellen Agios‹ ist sie nicht umstritten, aber auch nicht einheitlich gelöst (Bezugsagio in § 272 Abs. 2 Nr. 1 HGB zu buchen, Nebenverpflichtungen in § 272 Abs. 2 Nr. 4 zu buchen oder gewinnwirksam zu vereinnahmen).

Die Rechtslage wird noch komplizierter, wenn man materielle Einlagen mit in den Blick nimmt, die nicht in unmittelbarem Zusammenhang mit der Ausgabe junger Anteile erfolgen, daher kein Agio sind, auch kein wirtschaftliches oder materielles, die Eigenkapitalausstattung der Aktiengesellschaft jedoch in vergleichbarer Weise verbessern. Einem Alleingesellschafter steht es frei, ob er eine weitere Eigenkapitalspritze zusammen mit einer Kapitalerhöhung vornimmt oder zeitlich früher oder später. Vor allem aber ist hierbei an den Verkauf von Altanteilen zu denken, welche eine Aktiengesellschaft im Rahmen der §§ 71 ff. AktG zulässiger Weise gehalten hat. Ein solcher Verkauf ist einer Kapitalmaßnahme wirtschaftlich vergleichbar und kann gegenüber dem früheren Erwerbspreis einen Mehrerlös einbringen, der einem Agio bei einer Kapitalerhöhung wirtschaftlich ähnelt.[33] Werden bei Übernahme eines anderen Unternehmens Aktien als Akquisitionswährung eingesetzt, können selbstgehaltene Altanteile ebenso verwendet werden wie junge Anteile.[34] Für einen Verkauf von

32 So z.B. bei *Herchen*, Agio, 173 ff. und 185 ff. und 257 ff. und 279 ff.

33 Vgl. *Huber*, Rückkauf eigener Aktien, 118; *Bezzenberger* in Schmidt/Lutter § 71, Rz. 6 und 79.

34 Zur Altaktie als Entgelt bei Unternehmensfinanzierungen *Dietz*, Akquisitionswährung, 17 f.

selbstgehaltenen Altanteilen kennt das Gesetz keine kapitalschutzrechtlichen Vorschriften, jedoch eine eigene Bilanzierungsvorschrift in § 272 Abs. 1b HGB.

Die Vielzahl unterschiedlicher gesetzlicher Regelungen wirtschaftlich vergleichbarer Finanzierungsformen erschwert durch die vielen Anknüpfungs- und Vergleichspunkte eine Systematisierung des Kapitalschutzes des Agios. Damit erschwert sie die objektiv-teleologische Auslegung konkreter Normen und letztlich eine durch die Teleologie einzelner Rechtsnormen sowie die Systematik des Gesetzes angeleitete Rechtsfortbildung in den vielen Fragen, welche die gesetzliche Normierung offenläßt. In dem Spannungsfeld zwischen rechtlich eingehend geregelter Einlage auf das Grundkapital und ungeregelten anderen Einlagen wird es so schwierig, für die Zwischenstufen ›korporatives Agio‹, ›schuldrechtliches Agio‹ und andere Formen des ›materiellen Agios‹ Gründe anzugeben, warum eine bestimmte Form der Unternehmensfinanzierung mit Eigenkapital strengeren Regelungen unterworfen sein soll als eine andere Finanzierungsform. Dennoch kann eine systematisch überzeugende Behandlung des Kapitalschutzes des Agios nur gelingen, wenn neben den am deutlichsten ins Auge springenden Gestaltungsvarianten des ›korporativen Agios‹ und des ›schuldrechtlichen Agios‹ die weiteren Formen eines ›materiellen Agios‹ ebenso wenig aus dem Blick geraten wie funktional vergleichbare Formen ›materieller Einlagen‹, die selbst kein Agio darstellen.

Daher versucht diese Arbeit, möglichst viele Formen materieller Einlagen bzw. eigenkapitalähnlicher Unternehmensfinanzierung in den Blick zu nehmen und Gründe anzugeben, warum das Gesetz für verschiedene Finanzierungsformen verschiedene Voraussetzungen und Rechtsfolgen vorsieht. Da das Kapitalerhaltungsrecht auf der bilanziellen Abbildung materieller und formeller Einlagen aufbaut und verschiedene Einlageformen unterschiedlichen Bilanzansätzen folgen, kann eine Systembildung im Recht des Kapitalschutzes der Unternehmensfinanzierung überdies nur gelingen, wenn die bilanzrechtlichen Voraussetzungen und damit der handelsrechtliche Einlagebegriff stärker als in der bisherigen Diskussion geschehen mitberücksichtigt werden.

3. Das Agio im GmbH-Recht

Das Agio wird im GmbH-Recht mangels jeglicher speziellen Regelung zu solchen Leistungen im GmbHG in Anlehnung an das aktienrechtliche Agio verstanden. Im Unterschied zum Aktienrecht ist jedoch der GmbH-rechtliche Einlagebegriff auf die Leistungen zur Aufbringung des Stammkapitals beschränkt. Daher ist ein ›korporatives Agio‹ im GmbH-Recht nicht als Teil der Hauptleistung des Gesellschafters, sondern allein als Nebenleistung im Sinne des § 3 Abs. 2 GmbHG zu vereinbaren.[35] Da Nebenleistungen im Sinne von § 3 Abs. 2 GmbHG mit beliebigem Inhalt festgesetzt werden können, könnte man im GmbH-Recht für den Begriff des ›korporativen Agios‹ auf das Definiens

35 Einzelheiten s. u. S. 175 ff.

der Sacheinlagefähigkeit verzichten. In dieser Arbeit soll der Begriff des ›korporativen Agios‹ auch im GmbH-Recht auf einlagefähige Gegenstände begrenzt werden, um die Funktionsgleichheit von Stammeinlage und ›korporativem Agio‹ einerseits und andererseits die Parallelität der Problematik im Aktienrecht und im GmbH-Recht zu betonen und nicht durch gleichlautende, aber unterschiedlich definierte Begriffe Verwirrung zu stiften. ›Korporatives Agio‹ meint damit im GmbH-Recht einlagefähige Nebenleistungen, die anläßlich einer Anteilsausgabe festgesetzt werden.

Das ›korporative Agio‹ ist im GmbH-Recht von den Nachschüssen gemäß §§ 26 ff. GmbHG abzugrenzen. Nachschüsse stärken das Eigenkapital der GmbH und sind wirtschaftlich betrachtet Einlagen, jedoch keine Einlagen im Sinne des GmbH-Gesetzes.[36] Sie werden im GmbH-Recht eigens geregelt. Sie müssen im Gesellschaftsvertrag bestimmt werden, was üblicherweise bei Ausgabe von Anteilen geschieht, jedoch auch später durch Satzungsänderung möglich ist, und die Einforderung eines Nachschusses muß von den Gesellschaftern beschlossen werden. Da die Möglichkeit der Beschlußfassung über Nachschüsse in aller Regel bei Ausgabe von Anteilen im Zuge der Gründung oder einer Kapitalerhöhung vorgesehen wird, ein entsprechender Beschluß hingegen später gefaßt wird, wenn ein konkreter Kapitalbedarf besteht, werden Nachschüsse teilweise auch »nachträgliches Agio« genannt.[37]

Ebenso wie im Aktienrecht können im GmbH-Recht rein schuldrechtliche Zuzahlungen vereinbart werden. Um die Parallelität der Problematik zu betonen, soll hier von einem ›schuldrechtlichen Agio‹ die Rede sein, wenn einlagefähige Leistungen vereinbart werden, im übrigen wird von einer schuldrechtlichen Vereinbarung nicht einlagefähiger Leistungen gesprochen. Wie im Aktienrecht können alle Formen materieller Einlagen zusätzlich zur Einlage auf das Stammkapital vereinbart werden, im Unterschied zum Aktienrecht können im GmbH-Recht allerdings alle materiellen Einlagen sowohl als schuldrechtlicher, wie auch als gesellschaftsrechtlicher Beitrag versprochen werden. Zudem sind freiwillige Beiträge denkbar, insbesondere von Alleingesellschaftern. Wenn solche zusätzlichen Beiträge anläßlich einer Anteilsausgabe erfolgen oder versprochen werden, können sie als ›wirtschaftliches Agio‹ oder auch als ›materielles Agio‹ bezeichnet werden.

II. Gründe für die Wahl eines korporativen oder materiellen Agios

Wenn das Agio, das korporative Agio insbesondere, doch auch das schuldrechtliche, der Einlage auf das Grund- oder Stammkapital so weitgehend gleicht, warum unterscheidet dann das Aktiengesetz überhaupt zwischen zwei Einlageformen, warum unterscheidet das GmbH-Gesetz nicht in gleicher Weise und

36 S. u. S. 952.
37 *Herchen*, Agio, 154 m.w.N.

warum entscheiden sich Gesellschafter, die Eigenkapitalfinanzierung ihrer Gesellschaft nicht durch Einlagen auf das Grund- oder Stammkapital vorzunehmen? Die Motive der gesellschaftsrechtlichen Gesetze und der Gesellschafter müssen herausgearbeitet werden, um die Frage beantworten zu können, warum und inwieweit das Gesetz zuläßt, Einlagen auf das Nominalkapital durch wirtschaftlich vergleichbare Leistungen zu ersetzen, die nicht demselben Kapitalschutz unterliegen wie die Nennkapitaleinlage.

1. Wirtschaftlicher und rechtlicher Hintergrund der Wahl eines Agios

a) Folge des festen Nennkapitals

Der rechtliche Grund für das Vorkommen korporativer Agien liegt in der Koppelung des Mitgliedschaftsrechts an eine bestimmte Summe des Nennkapitals.[38] Die Anteilsausgabe für einen geringeren Betrag als den Nennbetrag verbietet § 9 Abs. 1 AktG ausdrücklich (Verbot der Unterpariemission), Absatz 2 der Vorschrift läßt die Ausgabe für einen höheren Betrag, ein korporatives Agio, zu. Im GmbH-Recht stellt § 5 Abs. 2 S. 1 GmbHG eine zwingende Verknüpfung zwischen Geschäftsanteil und Nennbetrag her. Gäbe es keinen Nominalbetrag als besonders geschützten Festbetrag, gäbe es weder Unterpariemissionen noch Überpariemissionen.

Die Fragen, ob und warum die besonderen kapitalschützenden Regelungen für Leistungen auf den Nennbetrag der Anteile, die eine Unterpariemission verhindern sollen, auch für Überparileistungen im Zuge der Anteilsausgabe gelten sollen, stellten sich ohne die Kopplung von Anteilswert und Mitgliedschaftsrechten nicht. Nennwertlose Anteile werden in der Literatur diskutiert und wurden in manchen Gesellschaftsrechten eingeführt; die Rechtsordnungen, welche die vorliegende Untersuchung zum Gegenstand hat, setzen nach wie vor auf das tradierte System des Nennkapitals.[39] Bei der zwingenden Verknüpfung von Gesellschaftsanteilen mit einem bestimmten Nennwert geht das Gesetz von der typischen Situation aus, daß die Gesellschafter einen Gleichlauf von Rechten und Pflichten wollen. Die wichtigste mitgliedschaftliche Pflicht ist die Pflicht zur Leistung der Einlage auf das Grund- bzw. Stammkapital. Nach diesem eindeutig bestimmbaren Beitrag der Gesellschafter bestimmt das Gesetz ihre typischen Rechte, insbesondere das Stimmrecht und das Recht auf Dividenden und Liquidationserlöse.[40]

38 Zu diesem Zusammenhang *Davies/Worthington*, Principles, 258 ff., *Lutter,* Kapital in der EWG, 478 und *Klette*, Die Überpari-Emission, 2264, Fn. 55.

39 Zur Diskussion um nennwertlose Anteile im englischen Recht s. u. S. 468.

40 Zur typischen Verteilung von Rechten und Pflichten und den Abänderungsmöglichkeiten in der Satzung s. u. S. 756 ff.

b) Wirtschaftliche Bedeutung des korporativen Agios

Das korporative Agio erreicht häufig, insbesondere bei Kapitalerhöhungen, ein Vielfaches des Nennwerts der Anteile.[41] Daher überschreiten die Kapitalrücklagen der Aktiengesellschaften regelmäßig das Grundkapital.[42] Dies deutet auf ein beachtliches Interesse der Gesellschafter hin, statt höheren Einlagen auf das Grund- oder Stammkapital ein Aufgeld zu vereinbaren. Verschiedene wirtschaftliche und rechtliche Gründe lassen sich hierfür finden.

2. Gründe für die Wahl eines korporativen Agios bei der Gründung

a) Funktion der Eigenkapitalfinanzierung

Bei der Gründung einer Kapitalgesellschaft kommt dem Agio vor allem die Funktion zu, die Eigenkapitalfinanzierung der Gesellschaft zu stärken. Es kann hier darum gehen, lediglich die Gründungskosten der Gesellschaft abzudecken, auch aber darum für höhere erwartete Verluste in der Anlaufphase der Unternehmung vorzusorgen oder über die Anlaufphase hinaus einen später erwarteten Kapitalbedarf zu decken.[43] Die Gesellschafter entscheiden sich aus verschiedenen Gründen dafür, diese Eigenkapitalzufuhr nicht über Einlagen in das Grund- oder Stammkapital zu leisten, sondern als Aufgeld zum Nennwert der Gesellschaftsanteile.

b) Vermeidung des strengen Kapitalaufbringungsrechts

Das Aufgeld kann dazu gedacht sein, die strengen Anforderungen an die Kapitalaufbringung zu vermeiden. Diese Überlegung ist vor allem bei Sacheinlagen relevant, deren Leistung zur Sicherstellung der Werthaltigkeit der Einlagen besonders streng geregelt ist, deren Bewertung sich aber häufig schwierig gestaltet, von subjektiven Einschätzungen abhängig ist und daher von den Parteien ausgehandelt wird.[44] Der erste Gedanke eines Kautelarjuristen, will er einschränkende Kapitalaufbringungsregeln und Verzögerungen durch eine Sacheinlagenprüfung vermeiden, geht dahin, möglichst das notwendige Mindestkapital rechtssicher und unkompliziert in bar aufzubringen und alle weiteren Finanzierungsleistungen außerhalb des Kapitalschutzregimes abzuwickeln. Dabei macht er sich zwei Eigenschaften des Kapitalschutzrechts zunutze, erstens die Koppelung der Mitgliedschaftsrechte mit dem gesetzlichen Kapital, nach der jedem Gesellschaftsanteil ein anteiliger Betrag des Nennkapitals zugewiesen wird.

41 *Baums*, Agio und sonstige Zuzahlungen, 64; *Eberl/Hergeth*, Schuldrechtliche Zuzahlungspflichten, 1818.

42 *Baums*, Agio und sonstige Zuzahlungen, 64.

43 Vgl. *Baums*, Agios und sonstige Zuzahlungen, 62; *Strehle*, Venture Capital, 81 f.

44 *Lubberich*, Sachagio bei GmbH-Gründungen, 165 f.

Zweitens nützt man das feste Mindestkapital, das zwar ein bestimmtes Nennkapital als Mindestvoraussetzung für die Entstehung der juristischen Person und die damit ermöglichte Haftungsbeschränkung fordert, jedoch in der derzeitigen Ausgestaltung dazu führt, daß für den Vorteil der Haftungsbeschränkung auch nicht mehr als diese Mindestanforderungen zu erfüllen sind. Rechtliche Anforderungen für die Haftungsbeschränkung und betriebswirtschaftliche Anforderungen an die Unternehmensfinanzierung werden durch das feste Mindestkapital voneinander abgekoppelt. Der Kautelarjurist kann den gesetzlichen Anforderungen genügen, indem das Mindestkapital bar aufgebracht wird, und dabei die gewünschte Anteilsstruktur abbilden. Die (weitere) Unternehmensfinanzierung kann außerhalb des Nominalkapitals durchgeführt werden.

Die Gesellschafter versprechen sich von der Ersetzung einer Sacheinlage auf das Nominalkapital durch ein Sachagio insbesondere bei GmbH-Gründungen und -Kapitalerhöhungen eine erhebliche Kostenersparnis durch den Wegfall des Werthaltigkeitsnachweises in Form eines Wirtschaftsprüfergutachtens für den Sacheinlagegegenstand sowie eine deutliche Beschleunigung des Eintragungsverfahrens durch Wegfall der registergerichtlichen Prüfung des tatsächlichen Werts des Sacheinlagegegenstands. Eine Bargründung bzw. Barkapitalerhöhung mit Sachagio gilt gemeinhin als deutlich einfachere Gestaltungsalternative im Vergleich zu einer Sachgründung bzw. Sachkapitalerhöhung.[45] Dabei gilt die Gestaltung eines Sachagios als deutlich rechtssicherere Variante, da die verschiedenen Registergerichte bei der Werthaltigkeitsprüfung von Sacheinlagen eine stark unterschiedliche Praxis zeigen, so daß die registergerichtliche Kontrolle der Kautelarpraxis als schwer kalkulierbar gilt.[46]

Es wird noch zu prüfen sein, inwieweit die Ausgestaltung der Unternehmensfinanzierung über ein korporatives Agio bei der Aktiengesellschaft Erleichterungen hinsichtlich der Kapitalaufbringungsregeln bewirken kann. Bei der GmbH ist im Ausgangspunkt anzunehmen, daß die Nebenleistungen nach § 3 Abs. 2 GmbHG grundsätzlich nicht den Kapitalschutzregeln unterliegen und die angestrebte Vermeidung der strengen Regeln daher grundsätzlich möglich ist. Es stellt sich hier aber die Frage, ob die wirtschaftliche Gleichwertigkeit der Leistungen auf ein korporatives Agio und der Leistungen auf das Stammkapital dazu führen muß, die Regelungen zum gesetzlichen Kapital rechtsfortbildend auf das korporative Agio zu übertragen.

c) Ausgleich nicht einlagefähiger Gesellschafterleistungen

Der Gedanke, das gesetzliche Kapital lediglich dazu zu nutzen, die gewünschte Anteilsstruktur abzubilden, das Unternehmen im wesentlichen aber nicht über

45 Vgl. zur Motivationslage bei der GmbH *Heinze*, Vermeidung von Sachgründungen, 3768 und *Späth-Weinreich*, Das Sachagio, 99.

46 Zu diesem Aspekt der Rechtsunsicherheit durch uneinheitliche Praxis der Registergerichte *Heinze*, Vermeidung von Sachgründungen, 377.

das Nennkapital, sondern über Agioleistungen zu finanzieren, kann sogar unverzichtbar werden, wenn ein Gesellschafter ein Bar- oder Sachagio leistet, um eine Leistung eines anderen Gesellschafters auszugleichen, die zwar den Wert des Unternehmens steigert, jedoch ihrerseits nicht sacheinlagefähig[47] ist, so z.B. Dienstleistungen als Geschäftsführer.[48] Solche Beiträge von Gesellschaftern können den Wert des gemeinsamen Unternehmens ebenso steigern wie die Zufuhr von Bargeld oder einlagefähigen Gegenständen. Soweit diese persönlichen Leistungen aus Kapitalschutzgründen nicht einlagefähig sind, können sie allerdings nicht als Leistung auf das Nennkapital erbracht werden. Wirtschaftlich betrachtet sind sie deshalb jedoch nicht weniger wertvoll.

Die typische Kopplung von Mitgliedschaftsrechten und Leistungen auf das Nennkapital der Gesellschaft zwingt die Gesellschafter in diesem Fall dazu, den wirtschaftlichen Wert ihrer Finanzierungsbeiträge zwar der Verteilung des Nennkapitals zugrunde zu legen, die Beiträge selbst jedoch außerhalb des Nennkapitals und des damit verbundenen Kapitalschutzregimes einzubringen. Dabei müssen auch die einlagefähigen Bar- oder Sachleistungen als Agio neben dem Nennkapital eingebracht werden, da sie andernfalls automatisch die Mitgliedschaftsrechte dieses Gesellschafters erhöhen würden und ihn so gegenüber den Gesellschaftern, die wirtschaftlich wertvolle, rechtlich aber nicht einlagefähige Leistungen erbringen, ungerechtfertigt bevorzugten. Das korporative Agio ermöglicht die Zufuhr von Eigenkapital durch die Gesellschafter, ohne die Teilhaberechte zu verändern. Theoretisch besteht zwar auch die Möglichkeit, den wirtschaftlichen Wert der Gesellschaftsanteile abweichend von ihrem Nennbetrag zu gestalten, indem die Quoten der Stimmrechte, Gewinn- und Liquidationserlöse abweichend vereinbart werden,[49] jedoch ist diese Aufteilung kompliziert und erschwert einen Verkauf der Anteile erheblich.

d) Insbesondere bei Beteiligung von Finanzinvestoren

Häufig kommt es zu dieser Unternehmensfinanzierung durch Agioleistungen im Rahmen einer Beteiligung von Finanzinvestoren. Bei sogenannten Venture Capital-Finanzierungen wird jungen Unternehmen außerhalb der Börse Eigenkapital zur Verfügung gestellt, welches in der Anfangsphase besonders benötigt wird, da die zu erwartenden Anfangsverluste und die Unsicherheit des Geschäftserfolgs eine Fremdfinanzierung erschweren.[50] Das Agio dient hier einem Ausgleich von Beiträgen der anderen Gesellschafter, die selbst nicht einlagefähig oder schwer objektiv zu bewerten sind, jedoch für den gemeinsamen Erfolg

47 Zur Sacheinlagefähigkeit s. BH-*Fastrich* § 5, Rz. 23 ff. zur GmbH; *Hüffer/Koch*, AktG § 27, Rz. 13 ff. zum Aktienrecht.

48 Zur Funktion des Agios als Ausgleich für nicht-einlagefähige Leistungen anderer Gesellschafter s. *Weitnauer*, Beteiligungsvertrag, 1067.

49 Zu diesen Möglichkeiten und ihren Grenzen s. u. 756 ff.

50 Vgl. *Weitnauer*, Beteiligungsvertrag, 1065; *Strehle*, Venture Capital, 81.

unverzichtbar sind, wie z.B. der konkreten Geschäftsidee und der Übernahme der Geschäftsführung unter Einbringung von Know-how und Geschäftskontakten.[51] Die Höhe des Agios ist dabei abhängig von dem erwarteten zukünftigen Wert des Unternehmens, da das Unternehmen erst nach einiger Zeit Gewinne erwirtschaften und damit einen Aufpreis auf den Nennwert rechtfertigen kann.[52] Dabei haben die Geschäftspartner ein Interesse daran, die Finanzierung des jungen Unternehmens möglichst so abzusichern, daß ohne weitere Beiträge der break even erreicht werden kann, mit anderen Worten die Finanzierung frühzeitig so zu planen, daß das Unternehmen durchfinanziert ist.[53] Dies erfordert einen hohen Eigenkapitalbeitrag durch den Finanzinvestor, der nicht über das Nennkapital eingebracht werden kann, ohne dem Finanzinvestor eine Mehrheitsbeteiligung zu verschaffen, da die übrigen Gesellschafter keine entsprechenden Einlagen leisten können, da sie ja gerade wegen fehlender eigener Liquidität den Venture Capital-Geber als Partner mit ins Boot holen. Der Finanzinvestor ist aber regelmäßig nur an einer Minderheitsbeteiligung interessiert, unter anderem um angesichts der Verlustsituation des neuen Unternehmens nicht zu einer Kapitalkonsolidierung nach §§ 290, 301 HGB verpflichtet zu sein.[54] Dieser Zielkonflikt, nur eine Minderheitsbeteiligung gewähren zu wollen, aber eine hohe Eigenkapitalzufuhr zu benötigen, ist nur bei einer Eigenkapitalzufuhr außerhalb des Nennkapitals zu lösen, also z.B. über ein korporatives Agio.[55]

e) Größere Flexibilität bei späteren Kapitalmaßnahmen

Die Festsetzung eines niedrigen Nennwerts der Anteile unter gleichzeitiger Vereinbarung eines korporativen Aufgeldes kann für eine Gesellschaft auch deshalb interessant sein, weil ein hoher Nennwert in bestimmten Situationen den Handlungsspielraum einschränken kann. So kann das Verbot der Unterpariemission z.B. bei einer Kapitalerhöhung Schwierigkeiten bereiten, wenn das Unternehmen Verluste angehäuft hat und der wahre Unternehmenswert unter den Ausgabewert der bisherigen Anteile herabgesunken ist.[56] Die Kopplung von Nennwert und Mitgliedschaftsrechten wird in der Regel dazu führen, daß bei einer Kapitalerhöhung neue Anteile zu demselben Nennwert ausgegeben werden, den die Altanteile haben. Wenn die bisherigen Verluste dazu geführt haben, daß der wahre Wert der Anteile unter dem Nennwert liegt, wird eine Kapitalerhöhung am Markt erst angenommen werden, wenn durch eine vorhergehende Kapitalherabsetzung Nennwert und wahrer Wert der Anteile zur Deckung

51 *Weitnauer*, Beteiligungsvertrag, 1065; *Strehle*, Venture Capital, 81.
52 *Weitnauer*, Beteiligungsvertrag, 1066; *Strehle*, Venture Capital, 82.
53 *Weitnauer*, Beteiligungsvertrag, 1066; *Schorling/Vogel*, Schuldrechtliche Finanzierungsvereinbarungen, 86.
54 *Weitnauer*, Beteiligungsvertrag, 1066.
55 *Hermanns*, Gestaltungsmöglichkeiten, 789.
56 Vgl. dazu *Davies/Worthington*, Principles, 258.

gebracht worden sind, da die neuen Anteile sonst zu teuer sind. Diese Komplikation läßt sich vermeiden, wenn von Anfang an ein niedriger Nennwert festgesetzt und ein Aufgeld hierzu verlangt wird. Haben in einem solchen Fall die angehäuften Verluste nur den Wert des Agios aufgezehrt, aber noch nicht das Grund- oder Stammkapital angegriffen, kann bei einer Kapitalerhöhung unproblematisch ein niedrigeres oder gar kein Aufgeld verlangt werden, wenn dies dann dem wahren Wert der Anteile entspricht.

Im Recht der GmbH ermöglicht die Vereinbarung eines korporativen Agios zudem, das Eigenkapital der Gesellschaft zu reduzieren, wenn es z.B. wegen einer Änderung der Unternehmenstätigkeit nicht mehr in der bisherigen Höhe gebraucht oder zur Abfindung eines ausscheidenden Gesellschafters benötigt wird. Als Nebenleistung unterliegt das korporative Agio im GmbH-Recht grundsätzlich nicht den Regeln des Kapitalerhalts und kann an die Gesellschafter zurückgeführt werden, solange keine Unterbilanz vorliegt (§ 30 Abs. 1 GmbHG). Das Eigenkapital kann damit flexibel den tatsächlichen Bedürfnissen angepaßt werden, ohne eine förmliche Kapitalherabsetzung durchführen zu müssen.

f) Verbot der Sacheinlage in die Unternehmergesellschaft (haftungsbeschränkt)

Bei einer Unternehmergesellschaft (haftungsbeschränkt) erklärt § 5a Abs. 2 S. 2 GmbHG Sacheinlagen für unzulässig. Die Einzelheiten dieser rechtspolitisch umstrittenen Entscheidung müssen an dieser Stelle nicht weiter interessieren, da in der Literatur jedenfalls insoweit Einigkeit besteht, daß dieser Ausschluß von Sacheinlagen bei der Gründung eingreift sowie bei Kapitalerhöhungen, durch die nicht die Schwelle zur GmbH überschritten wird.[57] Die Kautelarpraxis greift in Fällen, in denen in eine UG (haftungsbeschränkt) Sacheinlagen eingebracht werden sollen, auf ein korporatives Agio als Nebenleistung im Sinne von § 3 Abs. 2 GmbHG zurück.[58] Teilweise wird darauf hingewiesen, daß das Sachagio in eine Kapitalrücklage gebucht werden könne, woraus später eine Kapitalerhöhung aus Gesellschaftsmitteln gemäß § 57c GmbHG finanziert werden könne.[59] Dieser Hinweis zeigt deutlich die Problematik möglicher Umgehungen, wenn materielle Einlagen außerhalb des Kapitalschutzrechts erfolgen und als offene Einlagen in der Handelsbilanz aktiviert werden können.

57 *Rieder* in MüKo-GmbHG § 5a, Rz. 19 ff.; *Schmidt* in Michalski § 5a, Rz. 12.; BH-*Servatius* § 5a, Rz. 11 ff.

58 *Lubberich*, Sachagio bei GmbH-Gründungen, 164; Heinze, Vermeidung von Sachgründungen, 3768; *Rieder* in MüKo-GmbHG § 5a, Rz. 19.

59 *Rieder* in MüKo-GmbHG § 5a, Rz. 19.

3. Weitere Gründe für die Wahl eines korporativen Agios bei der Kapitalerhöhung

a) Verwässerungsschutz als weitere Funktion

Bei einer Kapitalerhöhung erfüllt das Aufgeld zum einen dieselben Funktionen wie bei der Gründung. Insbesondere ergeben sich keine Unterschiede, wenn die Kapitalerhöhung bald nach der Gründung erfolgt, was sehr häufig bei der Finanzierung durch Finanzinvestoren der Fall ist, die regelmäßig erst beteiligt werden, wenn die Gründungsformalitäten schon erledigt sind und das Unternehmen auf den Weg gebracht ist.[60] Eine Besonderheit besteht jedoch, wenn die Kapitalerhöhung durchgeführt wird, nachdem das Unternehmen schon einige Zeit erfolgreich gewirtschaftet hat. Hier erfüllt das Agio zusätzlich die Funktion eines Verwässerungsschutzes.[61] Dieser ist teilweise gesetzlich gefordert[62], wird aber häufig auch ohne gesetzliches Gebot gesucht werden, da er im Interesse derer liegt, die über die Kapitalerhöhung beschließen, der Gesellschafter.

Hat das Unternehmen seinen Wert gesteigert, indem es Rücklagen oder stille Reserven gebildet hat oder sich die Aussicht auf gewinnbringende Geschäfte erarbeitet hat, liegt der wahre Wert des Unternehmens über dem Nominalwert des gesetzlichen Kapitals, der wahre Wert jedes Gesellschaftsanteils über seinem Nominalwert. Bei einer Kapitalerhöhung wird wegen der Kopplung von Mitgliedschaftsrechten und Nominalbeiträgen der Nennwert der neuen Anteile dem Nennwert der alten Anteile entsprechen, um die gleichen Mitgliedschaftsrechte zu gewähren. Würden die neuen Anteile lediglich zum Nennwert ausgegeben, würden die bisher geschaffenen Werte auf alle Anteile, alte wie neue, verteilt, da alle Anteile die gleichen Teilhaberechte verkörpern. Eine solche Verwässerung der Altanteile soll das Agio verhindern, indem der Unternehmenswert, der über den Nennwert der Anteile hinausgeht, extra abgegolten wird. Solcher Verwässerungsschutz ist insbesondere dann angezeigt, wenn bei der Kapitalerhöhung nicht alle Altgesellschafter gleichermaßen sich beteiligen oder Dritte als Neugesellschafter aufgenommen werden, um eine Vermögensverschiebung zum Nachteil der Altgesellschafter zu verhindern.[63] Dies gilt insbesondere dann, wenn die Altgesellschafter sich an der Kapitalerhöhung nicht beteiligen können, weil ihr Bezugsrecht ausgeschlossen worden ist. Eine Verschiebung des Unternehmenswerts auf andere Gesellschafter durch disquotale Einlagen kann auch schenkungssteuerrechtliche Folgen auslösen, die sich eventuell nur durch die Vereinbarung eines Agios vermeiden lassen.[64]

60 *Weitnauer*, Beteiligungsvertrag, 1068.
61 *Strehle*, Venture Capital, 82; *Baums*, Agio und sonstige Zuzahlungen, 63.
62 Vgl. § 186 Abs. 3 S. 4 AktG.
63 *Baums*, Agio und sonstige Zuzahlungen, 63.
64 Vgl. BFHE 194, 435; BFH DStR 2002, 694; Lüssow, Agio, 162 ff.; *Tolksdorf*, Schenkungssteuer, 423 ff.

b) Folge der Akquisitionsfinanzierung mit Hilfe eigener Anteile

Sehr häufig dient eine Kapitalerhöhung dem Kauf eines Unternehmens oder Unternehmensteils durch ein anderes Unternehmen im Wege der Sacheinlage. Die Einbringung eines Unternehmens ist der in der Praxis häufigste Fall einer Sacheinlage.[65] Die Anteile der übernehmenden Gesellschaft dienen dabei als Akquisitionswährung, wodurch die übernehmende Gesellschaft ihre liquiden Mittel schonen und die Aufnahme von Fremdkapital vermeiden kann.[66] Die Anteile der übernehmenden Gesellschaft werden nicht zu ihrem Nennwert eingetauscht, sondern zu ihrem wahren Wert. Wird der Mehrwert im Kapitalerhöhungsbeschluß als erhöhter Ausgabebetrag (Aktienrecht) oder als Nebenleistung (GmbH-Recht) festgesetzt, liegt ein korporatives Agio vor.

Aber auch ohne ausdrückliche gesellschaftsrechtliche Festsetzung eines Aufschlags auf das Nominalkapital kann bei einem Unternehmenskauf ein Agio in der Bilanz auszuweisen sein. Die übernehmende Gesellschaft muß die neu erhalten Anteile an dem übernommenen Unternehmen auf der Aktivseite unter Finanzanlagen aktivieren (§ 266 Abs. 2 HGB), wobei regelmäßig Anteile an verbundenen Unternehmen im Sinne des § 271 HGB auszuweisen sein werden. Die Bewertung der neuerworbenen Anteile wird in der Praxis regelmäßig zum Zeitwert des eingelegten Wirtschaftsguts vorgenommen, wenn nicht Buchwerte fortgeführt werden können.[67] Dieser Zeitwert wird regelmäßig höher sein als der Nennwert der hingegeben Aktien, jedoch durch den wahren Wert der hingegebenen Aktien abgedeckt sein. Wirtschaftlich betrachtet hat die übernehmende Gesellschaft ihre eigenen Aktien mit einem Aufpreis eingetauscht. Um einen Gewinnausweis zu vermeiden, wird der tatsächliche Mehrwert der eigenen Anteile, der sich aus der Differenz zwischen Zeitwert der erhaltenen Anteile minus Nennwert der eigenen Anteile ergibt, auf der Passivseite unter die Kapitalrücklage eingestellt. Dabei wird § 272 Abs. 2 Nr. 1 HGB meist so verstanden, daß diese Vorschrift nicht nur ein korporatives Agio erfaßt, sondern auch einen tatsächlichen Mehrwert.[68]

Unabhängig von der gesellschaftsrechtlichen Festsetzung eines Agios kann dieses daher in der Bilanz aufgedeckt werden. Im Aktienrecht setzt der Kapitalschutz des Agios über § 150 AktG an der Bilanzierung des Agios in § 272 Abs. 2 Nr. 1 HGB an. Es ist daher möglich, daß die aktienrechtlichen Kapitalerhaltungsvorschriften auch ein Agio erfassen, das nicht ausdrücklich als korporatives Agio festgesetzt worden ist. Eine alternative Gestaltung von Unternehmens-

65 *Dietz*, Akquisitionswährung, 20.

66 *Dietz*, Akquisitionswährung, 15 ff.

67 *Baetge/Kirsch/Thiele*, Bilanzen, 320 f.; *Golombek* in: Beck'sches Steuer- und Bilanzrechtslexikon, s.v. ›Beteiligungen‹, Rz. 5. und *Faber*, *aaO* s.v. ›verbundene Unternehmen‹, Rz. 6; zum Problem der Bilanzierung von Sacheinlagen s.o. S. 182 ff.

68 *Reiner* in MüKo-HGB § 272, Rz. 68 f. Zu den Fragen, ob ein Mehrwert immer ausgewiesen werden muß und evtl. auch in § 272 Abs. 2 Nr. 4 HGB ausgewiesen werden kann, s.u. 763 ff.

käufen besteht darin, Altanteile einzutauschen, die die Gesellschaft vorher im Rahmen eines Rückkaufprogramms erworben hat, was insbesondere bei Aktiengesellschaften relevant ist und sich dort nach § 71 AktG richtet.[69]

4. Sonderfall Umwandlung (Verschmelzung und Spaltung)

Zu einem Agio kann es auch im Rahmen von Verschmelzungen und Spaltungen nach dem Umwandlungsgesetz kommen. Bei Verschmelzungen und Spaltungen werden Teile des Vermögens eines übertragenden Rechtsträgers oder das gesamte Vermögen auf einen oder mehrere übernehmende Rechtsträger übertragen. Im Gegenzug werden dem übertragenden Rechtsträger oder seinen Gesellschaftern Anteile an dem oder den übernehmenden Rechtsträgern gewährt (vgl. §§ 2 und 123 UmwG). Dabei wird der übernehmende Rechtsträger entweder neu gegründet (Umwandlung zur Neugründung) oder besteht schon (Umwandlung zur Aufnahme). Besteht der übernehmende Rechtsträger schon, können die zu gewährenden Anteile durch eine Kapitalerhöhung neu geschaffen werden (im Fall einer Verschmelzung auf eine GmbH gemäß § 55 UmwG, bei Verschmelzung auf eine Aktiengesellschaft gemäß § 69 UmwG, im Fall einer Spaltung verweist § 125 UmwG auf diese Vorschriften zur Verschmelzung). Die Umwandlung kann aber auch ohne Kapitalerhöhung durchgeführt werden, wenn genug Altanteile des übernehmenden Rechtsträgers zur Verfügung stehen (vgl. § 54 und § 68 UmwG). Der Fall einer Umwandlung zur Neugründung entspricht einer Neugründung mit vereinbarter Sacheinlage, der Fall einer Umwandlung zur Aufnahme dann, wenn eine Kapitalerhöhung erforderlich ist, einer Kapitalerhöhung gegen Sacheinlagen.

Wenn bei der Vereinbarung des Umtauschverhältnisses für die Anteile am übernehmenden Rechtsträger ein Wert über dem Nennwert angenommen wird, gehen die Vertragsparteien wirtschaftlich von einem Agio aus.[70] Wenn dieses Agio bei der Neugründung oder der Kapitalerhöhung förmlich festgesetzt wird, liegt ein korporatives Agio vor. Die Möglichkeit der ausdrücklichen Festsetzung eines korporativen Agios im Rahmen einer Umwandlung wird zwar vereinzelt bestritten, da eine solche Festsetzung zur Aufdeckung von stillen Reserven führen kann.[71] Dieses Argument ist jedoch nicht stichhaltig, da die Wahlmöglichkeit des § 24 UmwG eine Aufdeckung von stillen Reserven gerade ermöglichen soll.[72] Nach § 24 UmwG kann der übernehmende Rechtsträger wählen, ob er die übertragenen Vermögenswerte in der Handelsbilanz mit den tatsächlichen Anschaffungskosten aktiviert oder die Buchwerte des übertragenden Rechtsträgers fortführt. Sofern die Summe der fortgeführten Buchwerte den Nominalwert

69 Vgl. dazu *Dietz*, Akquisitionen, 17 f. Ein Erwerb eigener Anteile richtet sich im Recht der GmbH nach § 33 GmbHG.

70 *Herchen*, Agio, 15.

71 *Naraschewski*, Stichtage und Bilanzen, 124.

72 *Herchen*, Agio, 14.

der neu ausgegebenen Anteile übersteigt, ist auch hier wieder eine passive Gegenbuchung in § 272 Abs. 2 Nr. 1 HGB erforderlich mit der Folge, daß im Aktienrecht Teile eines wirtschaftlichen Agios auch ohne Festsetzung als korporatives Agios dem Kapitalerhaltungsrecht unterfallen.

Eine Buchwertfortführung kann nach § 11 und § 20 UmwStG unter gewissen Voraussetzungen auch steuerlich anerkannt werden. Der BFH hat entschieden, daß § 20 UmwStG auch dann anwendbar ist, wenn die Vermögenswerte, deren Buchwerte fortgeführt werden sollen, im Rahmen eines Sachagios eingebracht werden und nicht als Sacheinlage auf das Grund- oder Stammkapital. Im Gegensatz zu einem Agio eröffnet nach diesem Urteil eine steuerliche verdeckte Einlage, die ohne Zusammenhang mit der Anteilsausgabe vorgenommen wird, nicht den Anwendungsbereich von § 20 UmwStG.[73] Der Entscheidung des BFH lag ein korporatives Agio in einer GmbH zugrunde. Ob eine Buchwertfortführung nach § 20 UmwStG auch bei einem schuldrechtlichen Agio möglich ist, hat der BFH nicht erörtert, so daß die Frage umstritten ist.[74] Die steuerliche Anerkennung der Buchwertfortführung spielt in der Praxis eine entscheidende Rolle bei allen Überlegungen, ob eine Sacheinlage oder ein Sachagio gewählt wird.[75]

5. Besondere Gründe für die Wahl eines schuldrechtlichen Agios

Ein schuldrechtliches Agio unterscheidet sich, so wie es in dieser Arbeit definiert worden ist,[76] von einem korporativen Agio nur in der Hinsicht, daß die Pflicht zur Zahlung eines Aufgeldes nicht in der Satzung, einem Kapitalerhöhungsbeschluß oder dem Zeichnungsschein bzw. bei bedingten Kapitalerhöhungen in der Bezugserklärung festgelegt ist, sondern in einer schuldrechtlichen Zusatzvereinbarung.

Die Anlässe für die Vereinbarung eines schuldrechtlichen Agios gleichen den Anlässen für die Festlegung eines korporativen Agios. Jedes Agio erfüllt eine Finanzierungsfunktion und dient im Falle einer Kapitalerhöhung zudem häufig dem Verwässerungsschutz zugunsten der bisherigen Gesellschafter, wenn sich nicht alle Gesellschafter an der Kapitalerhöhung quotenmäßig nach ihren Anteilen beteiligen. Der Grund, warum statt Vereinbarung eines Agios auf korporativer Grundlage eine rein schuldrechtliche Gestaltung gewählt wird, liegt in den formellen und inhaltlichen Anforderungen eines korporativen Agios.

73 BFHE 229, 518, Tz. 27 ff.; bestätigt durch BFH GmbHR 2012, 1015. Zum Begriff der steuerlichen verdeckten Einlage näher u. S. 92 ff.

74 Bejahend *Späth-Weinreich*, Das Sachagio, 99; die Frage ist umstritten, vgl. *Heinze*, Vermeidung von Sachgründungen, 3769 m.w.N.

75 *Lubberich*, Sachagio bei GmbH-Gründungen, 168 f.; *Heinze*, Vermeidung von Sachgründungen, 3768.

76 S. o. S. 41.

a) Aktienrecht

aa) Die Ausschüttungssperre des § 150 AktG

In der Aktiengesellschaft ist hier zum einen die Ausschüttungssperre zu nennen, die sich aus § 150 AktG ergibt, der an die Bilanzierungsvorschrift des § 272 Abs. 2 Nr. 1 HGB anknüpft. Um diese Konsequenz eines korporativen Agios zu vermeiden, haben beispielsweise die Parteien beim Zusammenschluß der Broadnet Deutschland GmbH und der Mediascape Communications AG, eine Barkapitalerhöhung bei der Mediascape AG und zugleich eine »Zuzahlung im Sinne des § 272 Abs. 2 Nr. 4 HGB« vereinbart.[77] Diese Zuzahlung umfaßte die Anteile der Broadnet Deutschland GmbH als Sachagio sowie eine weitere Barzuzahlung, die jedoch bedingt war auf gewisse, bei Vertragsschluß nicht sicher absehbare Ereignisse. Ob eine solche Vereinbarung über den Bilanzposten überhaupt möglich ist oder nicht viel mehr jedes Aufgeld, das im Zusammenhang mit einer Anteilsausgabe erzielt wird, egal ob schuldrechtlich oder korporativ vereinbart, in § 272 Abs. 2 Nr. 1 HGB zu buchen ist, wird später zu erörtern sein.[78] Deutlich wird jedenfalls der Wille, die aktienrechtliche Ausschüttungssperre zu vermeiden, da § 150 AktG nur die Bilanzposten des § 272 Abs. 2 Nr. 1–3 HGB sperrt. Dieses Ziel war allenfalls zu erreichen, indem die Zuzahlung nicht korporativ, sondern schuldrechtlich vereinbart wurde. Da das Kapital, welches im Wege eines Agios der Gesellschaft zugeführt wird, aber regelmäßig dazu gedacht ist, das Unternehmen dauerhaft zu finanzieren, scheint der Gesichtspunkt der Vermeidung der aktienrechtlichen Ausschüttungssperre in der Praxis weniger bedeutsam zu sein, jedenfalls finden sich in der Literatur nur selten Hinweise auf solche Überlegungen.[79]

bb) Fälligkeitsregelung und Bedingungsfeindlichkeit des korporativen Agios im Aktienrecht

Zwei der wichtigsten Gründe für die Vermeidung eines korporativen Agios und die Vereinbarung einer schuldrechtlichen Zuzahlungspflicht liegen in der sofortigen Fälligkeit eines Baragios nach § 36a Abs. 1 AktG und der Unmöglichkeit, die Einlagepflicht an Bedingungen zu knüpfen.[80] Letztere Beschränkung gilt für Bar- und Sacheinlagen gleichermaßen.

Wenn die Höhe eines Agios nicht dem Ausgleich bereits erwirtschafteter Wertsteigerungen dient, sondern im Hinblick auf zukünftige Wertsteigerungen

77 Darstellung bei *Seppelfricke/Seppelfricke*, Going Public, 367 und *Herchen*, Agio, 181.

78 S.u. 916 ff.

79 Eine spezielle Konstellation, in der ein alsbaldiger Ausschüttungswunsch gegeben sein kann, berichten noch *Seibt/Raschke/Reiche*, Haftungsbegrenzung, 263.

80 *Becker*, Aktienrechtliches und handelsrechtliches Agio, 510; *Hermanns*, Gestaltungsmöglichkeiten, 791; *Lubberich*, Sachagio bei GmbH-Gründungen, 173.

vereinbart wurde und danach bemessen worden ist, welchen Kapitalbedarf die Vertragsparten über einen längeren Zeitraum erwarten, z.B. über die gesamte verlustreiche Anlaufphase hinweg, dann ist es wirtschaftlich sinnvoll, diesen Gesamtbetrag nicht, wie es § 36a Abs. 1 AktG verlangt, sofort zu überweisen, sondern jeweils nur die tatsächlich benötigten Mittel abzurufen.[81] Dies gilt insbesondere, wenn sich der Kapitalgeber selbst refinanzieren und dabei Zinsen entrichten muß, aber auch dann, wenn ihn die Soforteinzahlung hindert, die tatsächlich noch nicht benötigten Beträge bis zu ihrer Anforderung anderweitig zu investieren. Unabhängig vom Zeitpunkt des tatsächlichen Bedarfs hat ein Kapitalgeber ein Interesse daran, hohe Summen erst einzuzahlen, wenn die Kapitalerhöhung eingetragen und seine rechtliche Position daher gesichert ist.[82]

Insbesondere bei Venture Capital-Finanzierungen kann man ferner ein großes Interesse der Kapitalgeber beobachten, ihre Zahlungen nicht nur zeitlich zu staffeln, sondern auch von dem Erreichen wirtschaftlicher Ziele, sogenannter ›Milestones‹, abhängig zu machen, rechtlich gesprochen aufschiebend zu bedingen.[83] Sie wollen auf diese Weise das schwer abschätzbare Risiko der Investition in junge Unternehmen und neue Geschäftsideen reduzieren.[84] Dabei ist zu bedenken, daß der Erfolg gerade bei Venture Capital-Finanzierungen nicht unwesentlich vom Einsatz der Unternehmensgründer abhängt, also Geschäftspartner, die der Investor oftmals noch nicht gut kennt. Das vereinbarte Agio dient, wie gesehen, unter anderem dem Ausgleich solcher Gründerleistungen. Ferner ist es bei solchen Finanzierungen nach der Annahme eines zukünftigen Unternehmenswerts bemessen worden. Ob die Unternehmensidee, Know-how und Kontakte der Gründer und vor allem deren persönlicher Einsatz, selbst wenn weder Krankheit noch andere Unglücksfälle zu beklagen sind, wirklich den erhofften Unternehmenswert erwirtschaften und die Höhe des Agios rechtfertigen können, kann im Zeitpunkt des Vertragsschlusses niemand sicher vorhersagen. Bei so vielen Unwägbarkeiten will sich ein Kapitalgeber absichern. Auf der anderen Seite ist die Kapitalgesellschaft an Planungssicherheit interessiert.[85] Sie will möglichst frühzeitig ihren gesamten Finanzbedarf abdecken und nicht in regelmäßigen Abständen neue Finanzierungsverhandlungen führen müssen.[86] Beide Seiten wollen die Finanzierung möglichst kostengünstig gestalten. Auch deshalb bietet es sich nicht an, in mehreren Finanzierungsrunden Kapitalerhöhungen zu verhandeln.[87] Das wirtschaftliche Interesse auf Seiten der Kapitalgesell-

81 *Eberl/Hergeth*, Schuldrechtliche Zuzahlungspflichten, 1818.

82 *Eberl/Hergeth*, Schuldrechtliche Zuzahlungspflichten, 1818; *Becker*, Aktienrechtliches und handelsrechtliches Agio, 510.

83 *Eberl/Hergeth*, Schuldrechtliche Zuzahlungspflichten, 1818; *Becker*, Aktienrechtliches und handelsrechtliches Agio, 510.

84 *Strehle*, Venture Capital, 61.

85 *Strehle*, Venture Capital, 61.

86 *Schorling/Vogel*, Schuldrechtliche Finanzierungsvereinbarungen, 86.

87 *Eberl/Hergeth*, Schuldrechtliche Zuzahlungspflichten, 1819.

schaft, der Altgesellschafter und des neuen Investors richtet sich auf eine Finanzierung, die zwar flexibel, aber unbedingt rechtlich abgesichert sein soll.[88]

cc) Aktienrechtliche Kapitalaufbringungsregeln

Ferner kann die schuldrechtliche Vereinbarung eines Aufgelds den Sinn haben, die Kapitalaufbringungsregeln zu vermeiden, soweit sie im Aktienrecht auch ein korporatives Agio betreffen. Auch in diesem Fall entspringt der Wunsch nach Vermeidung der gesetzlichen Regeln nicht einfach einer ausgeprägten Gesetzesfeindlichkeit und damit einhergehender Lust, lästige gesetzliche Anforderungen »zu umgehen«.[89] Bei dem praktisch häufigsten Fall der Sacheinlagen im Rahmen von Kapitalerhöhungen, der Einbringung eines ganzen Unternehmens oder eines Unternehmensteils, besteht das Sachproblem, daß der Wert des einzubringenden Unternehmens durch Verhandlungen zwischen den Parteien bestimmt wird. Nachdem sich der Sacheinleger mit den Vertretern der Aktiengesellschaft ausdrücklich auf einen bestimmten Wert geeinigt hat, sind beide Seiten daran interessiert, daß ihr Verhandlungsergebnis rechtlich Bestand hat und die Abwicklung nicht durch gerichtliche Überprüfungen verzögert und durch eine vermeintlich objektive Differenzhaftung in Frage gestellt wird. Dieses Problem gilt besonders bei Unternehmen, da hierfür oftmals kein objektiver Marktwert ermittelt werden kann, der dem vertraglich vereinbarten Unternehmenswert eindeutig vorzuziehen wäre.[90] Die Festsetzung eines korporativen Agios birgt in diesen Fällen die Gefahr, daß die Verhandlungen zwischen Aktiengesellschaft und Sacheinleger nicht zu rechtssicheren Ergebnissen führen.

dd) Registerpublizität

Einen weiteren Störfaktor der gesetzlichen Regeln zum korporativen Agio sehen viele Investoren in der unvermeidlichen Registerpublizität.[91] In die Verhandlungen eines Aufgelds fließen Informationen über viele Unternehmensgeheimnisse ein. Das Ergebnis spiegelt die Einschätzung von Gründern und Kapitalgebern über die Zukunftsaussichten und den Wert des Unternehmens wider. Daher ist die Veröffentlichung des vereinbarten Agios häufig nicht gewünscht.

88 *Eberl/Hergeth*, Schuldrechtliche Zuzahlungspflichten, 1819; *Becker*, Aktienrechtliches und handelsrechtliches Agio, 510.

89 Einen solch schiefen Eindruck erweckt die tendenziöse Darstellung bei *Herchen*, Agio, 180.

90 Zur Problematik der Sacheinlageregeln bei Einbringung von Unternehmen vgl. *Maier-Reimer*, Wert der Sacheinlage, 255 f.

91 *Hermanns*, Gestaltungsmöglichkeiten, 791; zur Bedeutung der Registerpublizität für die Verlagerung von Vereinbarungen aus der Satzung in schuldrechtliche Verträge allgemein *Dittert*, Satzungsbegleitende Aktionärsvereinbarungen, 51 f. und 58 f., *Wicke*, Schuldrechtliche Nebenvereinbarungen, 1137 und *Bayer* in Lutter/Hommelhoff, GmbHG § 3, Rz. 60.

b) Recht der GmbH

Im GmbH-Recht ist ein korporatives Agio Nebenleistung im Sinne des § 3 Abs. 2 GmbHG. Für Nebenleistungen gelten grundsätzlich keine kapitalaufbringungsrechtlichen oder kapitalerhaltungsrechtlichen Anforderungen, Bedingungen und Befristungen sind wie bei schuldrechtlichen Leistungspflichten möglich. Im GmbH-Recht gibt es daher für die Gesellschafter weniger Anlaß als im Aktienrecht, schuldrechtliche Beitragspflichten den korporativen Beitragspflichten vorzuziehen. Doch auch in der GmbH hat die schuldrechtliche Vereinbarung eines Agios den oft geschätzten Vorteil, eine unerwünschte Publizität vermeiden zu können.[92] Zudem könnte ein schuldrechtliches Agio geeignet sein, Risiken in einer eventuellen Insolvenz der Gesellschaft zu vermindern. Nach der Rechtsprechung des Bundesgerichtshofs soll ein im Insolvenzfall noch ausstehendes Agio, wenn es korporativ vereinbart worden ist, auch ohne vorherigen Gesellschafterbeschluß vom Insolvenzverwalter eingefordert werden können.[93] Es ist unklar, ob eine solche Zuständigkeit des Insolvenzverwalters bei einem schuldrechtlichen Agio überhaupt angenommen werden kann.[94] Jedenfalls wird in der Literatur diskutiert, ob bei einem schuldrechtlichen Agio Klauseln vereinbart werden können, die in der Insolvenz bei einem ausstehenden Agio eine Nachschußpflicht der Gesellschafter vermeiden können.[95] Wird eine GmbH unter Verwendung des Musterprotokolls in § 2 Abs. 1a GmbHG gegründet (praktisch nur für eine Unternehmergesellschaft (haftungsbeschränkt) interessant)[96], kann die Satzung nicht vom Musterprotokoll abweichen. In diesem Fall können die Gesellschafter zusätzliche Vereinbarungen nur schuldrechtlich treffen.[97]

III. Zusammenfassung

Ein Agio kann in einem weiten Sinn verstanden werden als der Wert, um den die Gegenleistung für Anteile, die eine Gesellschaft ausgibt, bei der Anteilsausgabe den Nominalwert dieser Anteile übersteigt. Es kann auf verschiedene Weise entstehen, aufgrund korporativer Verpflichtung zur Leistung eines solchen Mehrbetrags, aufgrund schuldrechtlicher Vereinbarungen oder auch rein faktisch durch die Regelungstechnik eines Anteilstauschs oder aufgrund (unerkannt) hoher Sachwerte. Immer dient ein solches Agio der (neben

92 Zu diesem Aspekt *Wagner*, Aufgeld, 294; *Heckschen* in Heckschen/Heidinger, Die GmbH, 277.

93 BGH GmbHR 2008, 147.

94 S. dazu u. S. 174.

95 Vgl. zu diesen Fragen *Harrer*, Konkursrisiken bei Aufgeld, 363.

96 Vgl. zu den praktischen Anwendungsfällen *Heidinger/Knaier* in Heckschen/Heidinger, Die GmbH, 93 f.

97 *Heckschen* in Heckschen/Heidinger, 277.

den Einlagen auf das Grund- bzw. Stammkapital zusätzlichen) Eigenkapitalfinanzierung des Unternehmens. Sehr oft dient ein Agio dem Schutz der Verwässerung der Anteile von Altgesellschaftern oder auch von Mitinvestoren, deren Finanzierungsbeiträge aufgrund der Kapitalschutzregelungen zur Sacheinlagefähigkeit nicht auf das Stamm- oder Grundkapital erbracht werden können.

In manchen Fällen könnte ein Agio in gleicherweise als Einlage auf das Nominalkapital der Gesellschaft erbracht werden (insbesondere in der Gründungsphase von Gesellschaften), in vielen Fällen ist dies nicht möglich, jedoch könnte ein schuldrechtliches oder faktisches Agio zumindest oft als korporatives Agio erbracht werden. Die Gesellschafter wählen in diesen Fällen dennoch ein schuldrechtliches oder faktisches Agio (bzw. teilweise auch ein korporatives Agio statt einer Nominaleinlage), da sie aus verschiedenen Gründen die strengen und starren Vorgaben des Kapitalschutzregimes, dem insbesondere die Einlagen auf das Grund- oder Stammkapital, teilweise aber auch korporative Agioeinlagen unterliegen, vermeiden wollen.

Nicht alle Beiträge von Gesellschaftern zur Stärkung des Eigenkapitals einer Gesellschaft lassen sich als Einlagen auf das Grund- oder Stammkapital erbringen. Die hier zu besprechenden Gesellschaftsrechte basieren alle auf dem System eines festen Nennkapitals von Anteilen, d.h. jedem Gesellschaftsanteil ist ein bestimmter (Nenn-)Wert zugewiesen, nach dem die Gesetze typischerweise die Rechte des Anteilsinhabers bestimmen. In diesem System des festen Nennkapitals ist das Innenrecht der Gesellschaften mit dem Außenrecht der Gesellschaften gekoppelt, da dem Nennwert der Anteile entscheidende Bedeutung zukommt für die Bestimmung der Rechte der Gesellschafter im Innenverhältnis und zugleich entscheidende Bedeutung für die Bestimmung des zum Schutz der Gläubiger vorzuhaltenden Haftkapitals im Außenverhältnis. Bei Kapitalerhöhungen und bei der Finanzierung des Unternehmens durch nicht sacheinlagefähige Beiträge der Gesellschafter ist es daher regelmäßig zwingend erforderlich, einen Teil der Eigenkapitalfinanzierung außerhalb der Einlagen auf das Grund- oder Stammkapital der Gesellschaften zu erbringen, da andernfalls die Rechte aus den neu ausgegebenen Anteilen nicht im richtigen Verhältnis zu den wirtschaftlichen Verhältnissen stünden.

Wann immer die Eigenkapitalfinanzierung des Unternehmens bei Gründungen oder Kapitalerhöhungen außerhalb der Einlagen auf das Nominalkapital der Gesellschaft im Wege eines korporativen, schuldrechtlichen oder faktischen Agios erfolgt, sei es aufgrund freier Entscheidung der Gesellschafter oder aufgrund von Sachzwängen, stellt sich die Frage, ob und inwieweit diese Finanzierungsbeiträge in Form von Agioeinlagen rechtlich ebenso behandelt werden können und sollen wie die Einlagen auf das Nominalkapital. Immerhin tragen beide Formen von Einlagen in ähnlicher Weise zur Eigenkapitalfinanzierung der Gesellschaft bei. Es ist also bei der Betrachtung des Agios im System der Unternehmensfinanzierung zu fragen, ob und inwieweit aufgrund der Einlagequalität des Agios die Finanzierungsfreiheit der Gesellschafter bei Ausgabe von

Gesellschaftsanteilen über die zwingenden Vorgaben zum Grund- oder Stammkapital hinaus dadurch eingeschränkt werden kann und soll, daß die rechtlichen Regeln für die verschiedenen Formen der Eigenkapitalfinanzierung einander angeglichen werden. Die Antwort auf diese Frage wird davon abhängen, inwieweit die rechtliche Behandlung aller denkbaren Eigenkapitalbeiträge von Gesellschaftern, nicht nur der Einlagen auf das Nominalkapital und der Agioeinlagen, in den Teilrechtsgebieten des Gesellschaftsrechts und des Handelsbilanzrechts einem stimmigen Regelungssystem zugeführt werden kann.

C. Eigenkapital, Einlage und das Bilanzrecht der Einlagen

Das formelle Agio wurde hier definiert als Einlage in das bilanzielle Eigenkapital von Gesellschaften, die zu bestimmten Anlässen auf bestimmte Weise geleistet werden. Diese Definition setzt die Bilanzierbarkeit der Finanzierungsleistung voraus. Neben diesem formellen Agio gibt es weitere Finanzierungsleistungen, die als materielle Agioleistungen verstanden werden können. Es wird in der Literatur diskutiert, ob und inwieweit solche materiellen Agioleistungen rechtlich ebenso wie ein formelles Agio zu behandeln sein sollen. Eine Beschäftigung mit dieser Frage setzt ein vertieftes Verständnis der Begriffe Eigenkapital und Fremdkapital sowie der Begriffe Beitrag und Einlage voraus, da die Eigenkapitalqualität bzw. die Einlagequalität auch der materiellen Agioleistungen als Argument angeführt wird, warum deren rechtliche Behandlung sich an den formellen Agioleistungen orientieren solle.

Die Frage nach der Angleichung der Regeln für materielle Agioleistungen an die Regeln für formelle Agioleistungen hängt unter anderem davon ab, wie das Recht andere materielle Einlagen regelt, mit denen materielle Agioleistungen ebenso verglichen werden können wie mit formellen Agioleistungen. Von besonderer Bedeutung ist hierbei die bilanzrechtliche Behandlung verschiedener Einlageleistungen, da das Kapitalerhaltungsrecht eine bestimmte bilanzielle Abbildung der Einlageleistungen voraussetzt. Daher soll an dieser Stelle nun eine Begriffsklärung der weiteren Zentralbegriffe des Beitrags und der Einlage sowie des Eigen- und Fremdkapitals erfolgen und es sollen die Grundlagen des Bilanzrechts der Einlagen dargestellt werden.

I. Eigenkapital und Fremdkapital

1. Eigenkapital, Fremdkapital und Hybridkapital

Die Finanzmittel jedes Unternehmens und damit auch der hier besonders interessierenden Gesellschaften werden ausgehend von der Unterscheidung des Handelsbilanzrechts in § 247 Abs. 1 HGB unterteilt in Eigenkapital und

Fremdkapital. Im Handelsbilanzrecht gibt es ein Drittes nicht.[98] Die handelsbilanzrechtliche Unterscheidung bildet den Ausgangspunkt für andere Rechtsgebiete. Das Kapitalgesellschaftsrecht spielt beim Kapitalschutz mit dem Handelsbilanzrecht zusammen. Das Bilanzrecht gibt dem Kapitalschutz allerdings nur vor, welche Kapitalüberlassung in der Bilanz als Fremdkapital einzustufen ist. In der Folge dieser Einordnung kann die gesellschaftsrechtlich bedeutsame Unterbilanz bestimmt werden. Welche kapitalschützenden Anforderungen wann bei welchen Eigen- oder auch Fremdkapitalfinanzierungen zu beachten sind, bestimmt grundsätzlich das Gesellschaftsrecht. Für das Steuerrecht ist die Handelsbilanz, sofern nicht steuerrechtliche Spezialvorschriften eine andere Behandlung erfordern, grundsätzlich maßgeblich.[99]

Die Unternehmensfinanzierung hat durch Kombination verschiedener Merkmale der beiden Grundformen Eigenkapital und Fremdkapital Zwischenformen entwickelt, sogenanntes ›Hybridkapital‹ oder ›Mezzanine-Kapital‹.[100] Solche hybride Finanzierungsformen dienen dazu, erstens den Unternehmen flexible und kostengünstige Finanzierungen zu ermöglichen, zweitens den Kapitalgebern an ihre individuelle Renditeerwartung und Risikobereitschaft angepaßte Investitionsmöglichkeiten zu bieten, drittens aufsichtsrechtliche und steuerrechtliche Anforderungen an die Eigenkapitalquote berücksichtigen zu können. Auf diese Weise soll den Unternehmen Kapital zufließen, das in den typischen Formen des Eigen- oder Fremdkapitals möglicherweise nicht bereit gestellt würde.[101] Beispiele für hybride Finanzierungen sind partiarische Darlehen, Nachrangdarlehen, Wandelschuldverschreibungen, die stille Beteiligung, Modifikationen einzelner Rechte aus Gesellschaftsanteilen (z.B. bei Vorzugsanteilen ohne Stimmrechte oder ohne Beteiligung am Liquidationserlös) oder die Vereinbarung eines Rückkaufs von Gesellschaftsanteilen. Für die handelsbilanzrechtliche Behandlung dieser Zwischenformen ist im Einzelfall zu entscheiden, ob das in Rede stehende Mezzanine-Kapital insgesamt Eigenkapitalcharakter oder Fremdkapitalcharakter aufweist. In anderen Rechtsbereichen ist nach deren Grundsätzen zu beurteilen, inwieweit hybrides Kapital wie Eigenkapital zu behandeln ist oder wie Fremdkapital.[102] Das Handelsbilanzrecht gibt auch in

98 *Höng*, Debt-Mezzanine-Swap, 73.

99 Zum Maßgeblichkeitsgrundsatz hinsichtlich der Abgrenzung von Fremd- und Eigenkapital in der Steuerbilanz s. *Höng*, Debt-Mezzanine-Swap, C und D, insbesondere D VI.

100 *Protz/Krome*, in: Beck'sches Handbuch GmbH, § 7 Rz. 8. Die Begriffe sind nicht eindeutig bestimmt. *Servatius*, Gläubigereinfluss durch Covenants, 27 unterscheidet beispielsweise weitergehend zwischen Mezzanine-Kapital in einem weiten Sinne (alles hybride Kapital, also Eigen- und Fremdkapital) und einem Mezzanine-Kapital im engeren Sinne (nur nachrangige Darlehen).

101 Vgl. *Parada*, Is it debt or is it equity?, 347.

102 Zu den Streitfragen der steuerlichen Behandlung von Mezzanine-Kapital s. jüngst die ausführliche Behandlung bei *Höng*, Dept-Mezzanine-Swap. Allgemein plädiert *Schön*, Distinct Equity, 494 ff. de lege ferenda in bestimmten Fällen für eine Unab-

diesen Fällen nicht vor, welche kapitalschützenden Normen auf welche Kapitalformen Anwendung finden. Dafür muß eine eigenständige gesellschaftsrechtliche Bewertung vorgenommen werden.

2. Grundformen des Eigen- und des Fremdkapitals und typische Abgrenzungskriterien

Wenngleich schon angeklungen ist, daß hybride Kapitalformen die Grenze zwischen Eigen- und Fremdkapital verwischen, so lassen sich die beiden Grundformen doch im Ausgangspunkt noch recht klar voneinander abgrenzen.[103] Beide Begriffe sind aus dem Blickwinkel der Unternehmen, insbesondere der Gesellschaften heraus entwickelt worden. *Eigen*-Kapital soll das Kapital der Gesellschaft selbst, ihr Eigenvermögen umschreiben, *Fremd*-Kapital diejenigen Kapitalmittel, welche die Gesellschaft zwar ›hat‹, die aber jemand anderem ›gehören‹. § 247 Abs. 1 HGB verwendet dementsprechend statt Fremdkapital den Begriff ›Schulden‹. Betrachtet man nun die typische Form des Fremdkapitals, die Darlehensschuld nach § 488 BGB, fällt auf, daß die Zurverfügungstellung des Geldbetrags, wie das Gesetz sich ausdrückt, eine Übereignung (bei Geldscheinen) oder die Begründung einer Forderung zugunsten des Darlehensnehmers (bei Überweisungsvorgängen) beinhaltet.[104] Die Erfüllung einer Fremdkapitalschuld unterscheidet sich hierin nicht von der Leistung von Eigenkapital. Die Hingabe des Finanzierungsmittels führt beide Male dazu, daß die Gesellschaft Eigentümerin oder Forderungsinhaberin wird. Wenn die Hingabe des Kapitals nicht das Entscheidende sein kann für die Abgrenzung von Eigen- und Fremdkapital, dann muß der maßgebliche Unterschied in den Rückgabemodalitäten liegen oder anders gewendet darin, wie lange und zu welchen Bedingungen die Gesellschaft das ihr zur Verfügung gestellte Kapital behalten darf. Eigen- und Fremdkapital unterscheiden sich im Behaltensgrund des Kapitals.

Typischerweise liegt der Überlassung von Eigenkapital ein Beteiligungsverhältnis zugrunde, der Überlassung von Fremdkapital ein Schuldverhältnis.[105] Im Rahmen des Beteiligungsverhältnisses wird Eigenkapital der Gesellschaft üblicherweise langfristig von ihren Gesellschaftern bereitgestellt; oftmals ist eine dauerhafte Kapitalüberlassung bis zur Aufgabe des Geschäfts-

hängigkeit der steuerlichen Behandlung von Eigen- und Fremdkapital von der handelsbilanziellen und gesellschaftsrechtlichen Einordnung. Eine ausführliche rechtsvergleichende und rechtsökonomische Untersuchung der gesellschaftsrechtlichen und steuerrechtlichen Behandlung von Eigenkapital und Fremdkapital findet sich in *Schön*, Eigenkapital und Fremdkapital.

103 Übersichtliche Darstellung der Merkmale der jeweiligen Kapitalformen bei *Baums*, Unternehmensfinanzierung, § 12 Tz. 1 ff.

104 Zu den Anforderungen an die Erfüllung der Darlehensschuld s. Palandt/*Weidenkaff* § 488 Rz. 5 und § 607 Rz. 6.

105 *Höng*, Debt-Mezzanine-Swap, 75.

betriebs (Liquidation) vorgesehen. Die Gesellschafter erhalten im Gegenzug Mitgliedschaftsrechte, die Stimmrechte, Informationsrechte und Erlösbeteiligungsrechte umfassen. Eigenkapital ist ergebnisabhängig, d.h. es führt bei den Gesellschaftern zu einer Beteiligung an den Gewinnen und stillen Reserven der Gesellschaft einerseits, andererseits auch an den Verlusten. Im Insolvenzfall hat Eigenkapital Nachrang hinter dem Fremdkapital, d.h. es wird nur an die Gesellschafter ausgezahlt, sofern alles Fremdkapital zurückgezahlt werden kann.[106] Durch Beteiligung der Gesellschafter an den Verlusten und durch den Nachrang des Eigenkapitals in der Insolvenz kann das Eigenkapital Verluste aus dem Geschäftsbetrieb auffangen. Diese Verlusttragungskomponente folgt nicht direkt aus der Art der Kapitalüberlassung oder der Person des Kapitalgebers, sie beruht häufig auch nicht auf vertraglichen Vereinbarungen, welche die Kapitalüberlassung regeln, sondern auf besonderen rechtlichen Vorgaben. Der Begriff des Eigenkapitals wird nicht durch betriebswirtschaftliche Erkenntnisse über die Unternehmensfinanzierung dem Recht vorgegeben, sondern hängt entscheidend von rechtlichen Wertungen ab.

Fremdkapital wird im Unterschied zum Eigenkapital der Gesellschaft in der Regel von Dritten aufgrund eines Schuldverhältnisses, typischerweise eines Darlehensvertrages, für eine bestimmte Zeit überlassen. Der Dritte erhält als Gegenleistung keine Rechte in der Gesellschaft, dafür eine vom Ergebnis unabhängige Vergütung (Zinsen). Das Fremdkapital wird regelmäßig besichert, kann nach § 489 BGB ordentlich und nach § 490 BGB außerordentlich gekündigt werden und hat keinen Anteil an den Verlusten der Gesellschaft.[107] Daher ist das Verlustrisiko für den Fremdkapitalgeber geringer als für den Eigenkapitalgeber. Fremdkapital wird entsprechend dem Nominalbetrag der Forderung zurückgezahlt.

Die Literatur zum Eigenkapitalbegriff konzentriert sich auf diese Aspekte der Kapitalüberlassung. Die gewonnenen Erkenntnisse lassen sich um drei Punkte ergänzen. Unter Eigenkapital versteht man erstens mit § 266 Abs. 3 A HGB auch Finanzmittel, welche der Gesellschaft nicht von ihren Gesellschaftern überlassen worden sind (bzw. bei einem Einzelunternehmen vom Unternehmer zu Betriebszwecken eingesetzt werden), sondern die von der Gesellschaft (respektive dem Einzelunternehmer) selbst erwirtschaftet und ihr lediglich belassen worden sind (thesaurierte Gewinne).[108] Der Behaltensgrund für diese Kapitalanteile besteht ebenso wie bei dem von den Gesellschaftern überlassenen Kapitalanteilen darin, daß sie an die Mitgliedschaft der Gesellschafter gebunden

106 Vgl. zu diesen typischen Eigenschaften des Eigenkapitals *Protz/Krome*, Beck'sches Handbuch GmbH, § 7 Rz. 2; *Schön*, Distinct Equity, 495; *Schön u.a.*, Debt and Equity, 31; *K. Schmidt*, GesR, 515 (§ 18 II 2).

107 Vgl. *Protz/Krome*, Beck'sches Handbuch GmbH, § 7 Rz. 6; *Schön*, Distinct Equity, 495; *Schön u.a.*, Debt and Equity, 31; *K. Schmidt*, GesR, 515 (§ 18 II 2.).

108 Vgl. zu diesem Bestandteil des Eigenkapitals *Thommen/Achleitner*, Allg. Betriebswirtschaftslehre, 276.

sind. Solange die Gesellschafter nicht von ihren Mitgliedschaftsrechten Gebrauch machen und keinen Gewinnverwendungsbeschluß fassen, darf die Gesellschaft die Gewinne behalten. Für die vorliegende Untersuchung über das Agio bedeutet diese Erkenntnis, daß auch ein Blick auf die rechtliche Behandlung der thesaurierten Gewinne zu verwerfen ist, wenn für eine bestimmte rechtliche Behandlung des Agiokapitals dessen Eigenkapitalcharakter als Begründung angeführt wird.

Des weiteren sollte man sich bewußt machen, daß die bisherige Darstellung vor allem aus dem Blickwinkel von Gläubigern einer Gesellschaft/eines Unternehmens vorgenommen wurde und daher die Haftungsfunktion des Eigenkapitals gegenüber dem Fremdkapital betont. Diese Betrachtung ist besonders hilfreich für das Verständnis bei Kapitalgesellschaften, da die Absicherung der Gläubigerrisiken hier wesentlich von dem eigenen Kapital der Gesellschaft abhängt. Bei Personengesellschaften verliert dieser Aspekt an Bedeutung, da die Gesellschafter einen offenen Handelsgesellschaft oder die Komplementäre einer Kommanditgesellschaft den Gesellschaftsgläubigern zusätzlich unbeschränkt haften (§ 128 HGB, bei einer Kommanditgesellschaft iVm § 161 Abs. 2 HGB). Die Regelungen für offene Handelsgesellschaften in den §§ 120 ff. HGB lenken den Blick auf die Bedeutung des gesellschaftlichen Innenrechts für das Verständnis des Eigenkapitals.

Das Gesetz nimmt in § 120 Abs. 2 HGB als Grundfall ein einheitliches Kapitalkonto an, auf dem auch Gewinnansprüche verbucht werden. In den folgenden beiden Paragraphen regelt es die Verteilung von Gewinnen und Verlusten und abgestufte Zugriffsrechte der Gesellschafter auf die Beträge, die auf dem einheitlichen Kapitalkonto verbucht werden. Die Praxis hält diese gesetzliche Regelung für wenig zweckdienlich, macht daher von der Möglichkeit abweichender gesellschaftsvertraglicher Vereinbarungen Gebrauch und unterscheidet meist zwei oder drei Konten, wobei die entnahmefähigen Gewinnanteile als Fremdkapital verstanden werden.[109]

Entscheidend ist für die Abgrenzung von Eigenkapital und Fremdkapital im Mehrkontenmodell die Intensität des Zugriffsrechts des Gesellschafters auf die Beträge, die das Gesetz in einem einheitlichen Kapitalkonto zusammenfassen würde. Gewinnforderungen, die ein Gesellschafter gegen seine Gesellschaft

109 Zum Grundmodell des HGB und den abweichenden Lösungen der Praxis vgl. *Priester* in MüKo-HGB § 120, Rz. 94 ff.; ausführlich zu den Schwierigkeiten der gesetzlichen Regelung *Blezinger*, Gewinnverteilung, 21 ff. Freilich kommen die Zweikontenmodelle in der Praxis dem gesetzlichen Modell hinsichtlich des Zugriffs der Gesellschafter auf das Eigenkapital oft recht nahe und unterscheiden sich vom gesetzlichen Modell vor allem dadurch, daß über das Kapitalkonto I eine feste, d.h. nur durch Änderung des Gesellschaftsvertrags veränderliche Beteiligungsquote festgeschrieben wird, was vor allem der Handhabung der in Konten denkenden Steuerberater entgegenkommt, rechtlich jedoch auch ohne festes, auf Euro lautendes Kapitalkonto durch Festschreibung fester Beteiligungsquoten erreicht werden könnte.

durchsetzen kann und die abgetreten werden können, werden als Fremdkapital verstanden. Da die Gesellschafter Drittgläubigern gegenüber jedoch ohnehin persönlich mit ihrem Privatvermögen haften, kann man – wie das gesetzliche Modell des § 120 Abs. 2 HGB – solche nicht bedienten Gewinnansprüche weiterhin als Kapital der Gesellschaft ansehen, solange sie nicht abgerufen worden sind. Der Grund, daß ein Gesellschafter solche Forderungen nicht abruft, und damit der Behaltensgrund für die Gesellschaft wird regelmäßig im Gesellschaftsverhältnis liegen.

Für die Abgrenzung von Eigenkapital der Gesellschaft und Fremdkapital der Gesellschafter ist aus der Innenperspektive der Gesellschaft nicht die Haftung gegenüber Gläubigern von Bedeutung, sondern ob der Gesellschafter individuell über eine Kapitalrückzahlung entscheiden kann oder ob eine gesellschaftsvertragliche Regelung vorgesehen ist, ein Gesellschafterbeschluß gefaßt werden oder gar die Mitgliedschaft gekündigt werden muß.[110] Das Stehenlassen von Gewinnen verwischt die Grenzen von Eigen- und Fremdkapital ebenso wie gewinnunabhängige gesetzliche Entnahmerechte, wie sie z.B. § 122 Abs. 1 HGB vorsieht, oder wie vertragliche Vereinbarungen über Hybridkapital.

Drittens kann man die Besonderheiten der Rückzahlung des Eigenkapitals betonen, die in der Literatur bisweilen etwas untergehen, da sich diese auf den praktisch wohl häufigeren Fall konzentriert, daß das bereitgestellte Eigenkapital für die Gesellschafter in der Insolvenz der Gesellschaft verloren ist.[111] Soll jedoch ein erfolgreiches Unternehmen liquidiert werden oder eine Rückzahlung während der werbenden Tätigkeit der Gesellschaft erfolgen, wird Eigenkapital grundsätzlich, soweit es die Forderungen der Gläubiger übersteigt, werden also thesaurierte Gewinne und überlassenes Kapital an die Gesellschafter entsprechend den Quoten ihrer Mitgliedschaftsanteile verteilt, da diese Anteile die Berechtigung am Vermögen der Gesellschaft und am Liquidationserlös mitverkörpern. *Eigen*-Kapital ist das Kapital der Gesellschaft, an dem die Gesellschafter keine Rechte direkt geltend machen können, sondern an dem sie nur mittelbar durch ihre Beteiligung an der Gesellschaft Rechte haben.[112] Die Verteilung

110 Zur Bedeutung der Rückzahlungsmodalitäten neben anderen Abgrenzungskriterien von Eigen- und Fremdkapital sowie zu möglichen Modifikationen der Vermögensrecht auch *Schön* in *ders.*, Eigenkapital und Fremdkapital, 3 ff. insbes. 9, 12 ff. und 17 ff.

111 Zur Rückzahlung als Abgrenzungskriterium von Eigen- und Fremdkapital s.a. *Baums*, Unternehmensfinanzierung, § 12 Tz. 6 ff.

112 Die quotenmäßige Berechtigung am Eigenkapital über die Rechte aus der Mitgliedschaft ist jedenfalls in den Kapitalgesellschaften der Regelfall; dort werden nur ausnahmsweise Vorzüge am Liquidationserlös eingeräumt. Bei Personengesellschaften können Bestandteile des Eigenkapitals auch einzelnen Gesellschaftern zugeordnet werden, soweit sie auf einem Gesellschafterkapitalkonto gebucht werden und nicht auf einer gesamthänderischen Rücklage (oder als stille Reserven nicht gebucht werden). Trotz der individuellen Berechtigung eines Gesellschafters an dem so gebuchten Kapital versteht man dieses meist (jedenfalls wenn auf diesem Gesellschafterkonto zugleich Verluste gebucht werden) als Teil des Eigenkapitals.

des Eigenkapitals entsprechend den Gesellschaftsanteilen hängt grundsätzlich nicht davon ab, ob das Eigenkapital früher einmal nach denselben Quoten aufgebracht worden ist.

Als die typischen Abgrenzungskriterien nennt die Literatur demnach Gesellschafterstellung/Drittbeziehung, Dauer der Kapitalüberlassung, Erfolgsabhängigkeit von Vergütung und Rückzahlung sowie Nachrangigkeit der Forderung im Insolvenzfall. Zu ergänzen ist diese Liste um die Rückzahlung entsprechend den Gesellschaftsanteilen. Zudem verdient der Aspekt besondere Beachtung, daß der Zugriff des einzelnen Gesellschafters auf überlassene Betriebsmittel bei Eigenkapitalformen in der Regel von einem Beschluß der Gesellschafter oder der zuständigen Organe abhängt, sich mit anderen Worten nach dem Innenrecht der Gesellschaft richtet. Hybride Finanzierungsinstrumente können hinsichtlich dieser Kriterien vertraglich weitgehend frei gestaltet werden und eine Abgrenzung erschweren.[113] Sicheren Stand findet man in den teils schwierigen Abgrenzungsfragen bei den beiden Finanzierungsformen, die dem Gesetz als Grundtypus vorschweben. Die Leistung des Gesellschafters auf seine nominelle Einlageschuld ist bei den hier besonders interessierenden Kapitalgesellschaften[114] die Grundform des Eigenkapitals. § 266 Abs. 3 A I HGB benennt dieses ›gezeichnete Kapital‹ ausdrücklich als einen Eigenkapitalposten. Die Grundform des Fremdkapitals ist das (Bank-)Darlehen, welches in § 266 Abs. 3 C 2 HGB ausdrücklich unter die ›Verbindlichkeiten‹, also unter Fremdkapital gezählt wird.

3. Methodische Schwierigkeiten genauerer Abgrenzung

a) Eigenkapital als wertungsabhängiger Typusbegriff

Die genaue Abgrenzung von Eigenkapital und Fremdkapital wird schon durch das Gesetz erschwert, da z.B. § 266 Abs. 3 A HGB für Kapitalgesellschaften neben dem gezeichneten Kapital ausdrücklich auch Kapital- und Gewinnrücklagen sowie den Gewinnvortrag als Eigenkapitalpositionen nennt. Das Kriterium der Dauer der Kapitalüberlassung zeigt hier eine beträchtliche Spannweite, da die Gewinnvorträge jederzeit unter die Gesellschafter verteilt werden können, das gezeichnete Kapital jedoch bis zur Liquidation der Gesellschaft grundsätzlich nicht wieder abgezogen werden kann. Die Dauer der Kapitalüberlassung stellt für sich allein kein sicheres Kriterium für die Abgrenzung von Eigenkapital und Fremdkapital dar. Die Summe der oben genannten Abgrenzungskriterien führt ebenfalls nicht notwendig zu trennscharfen Lösungen. Denn die hybriden Finanzierungsformen können sich in manchen Kriterien eher eigenkapitalähnlich, in anderen Kriterien wiederum fremdkapitalähnlich zeigen.

113 Vgl. *Schön*, Distinct Equity, 495 mit einigen Gestaltungsbeispielen. Übersicht über hybride Finanzierungsformen bei *Baums*, Unternehmensfinanzierung, § 12.

114 Die folgenden Ausführungen konzentrieren sich auf die Kapitalgesellschaften, da diese im Fokus dieser Arbeit stehen.

Dann stellt sich die Frage, wie man die Kriterien untereinander gewichtet und welcher Grad an Erfüllung verschiedener Kriterien insgesamt über die Einstufung als Eigenkapital oder Fremdkapital entscheiden soll.

Das Begriffspaar Eigenkapital und Fremdkapital erweist sich als ein Paar von Typusbegriffen. Ein Typusbegriff wird dadurch gekennzeichnet, daß seine Anwendung nicht durch eine Reihe kumulativ oder alternativ vorliegender Merkmale bestimmt wird, die zusammen notwendig oder hinreichend sind, um die Anwendung des Begriffs zu rechtfertigen. Statt dessen lassen sich verschiedene Merkmale angeben, von denen keines allein ausschlaggebend und keines unverzichtbar ist. Dem Typusbegriff läßt sich der klassifikatorische Begriff oder Definitionsbegriff gegenüberstellen, dessen Inhalt eindeutig definiert werden, d.h. von anderen Begriffsinhalten durch eindeutige Merkmale abgegrenzt werden kann. Welt und Gedanken sollen durch klassifikatorische Begriffe in klar voneinander abgegrenzte Klassen und Unterklassen eingeteilt werden.[115] Die Subsumption unter einen klassifikatorischen Begriff ist möglich, wenn dessen erforderliche Merkmale alle vorliegen. Der Typusbegriff verlangt anstelle einer solchen Entweder-Oder-Überprüfung der Begriffsmerkmale eine Mehr-oder-Weniger-Abwägung. Ein Sachverhalt fällt unter einen Typusbegriff, wenn er in ausreichend vielen Merkmalen dem Grundtypus ausreichend nahekommt. Welcher Grad an Ähnlichkeit bei wie vielen Kriterien zur Anwendung des Typusbegriffs genügt, wird bei einer abwägenden Gesamtbetrachtung entschieden. Da Eigenkapital und Fremdkapital Typusbegriffe sind, war schon mehrfach die Rede von typischen Abgrenzungskriterien und den Graden ihrer Erfüllung.

Die abwägende Gesamtbetrachtung verschiedener nicht hierarchisch geordneter Gesichtspunkte läßt bei Typusbegriffen grundsätzlich mehr Spielraum für subjektive Überzeugungen und Wertungsentscheidungen als die Überprüfung von Merkmalen bei klassifikatorischen Begriffen. Die Frage beispielsweise, ob die Merkmale eines konkreten Sachverhalts »ausreichend ähnlich« zu Finanzierungsformen sind, die alle dem Eigenkapital zuzuordnen sind, sich untereinander jedoch in den Abgrenzungskriterien stark unterscheiden, läßt sich nicht rein deskriptiv entscheiden, sondern ihre Antwort bedarf eines wertenden Vergleichs, der notwendig durch Rechtsüberzeugungen und Rechtsgefühl des Rechtsanwen-

115 Kurzer und für diesen Zusammenhang ausreichender Überblick über Typusbegriff und klassifikatorischen Begriff bei *Röhl/Röhl*, Allgemeine Rechtslehre, 616 f. (die jedoch den Typus nicht als eine Form des Begriffs verstehen, sondern als etwas Eigenständiges neben dem »Klassenbegriff«; ein im wesentlichen sprachlicher Unterschied). Die Einordnung in Klassen ist für die Abgrenzung der beiden Begriffsformen nicht das Entscheidende, da auch Typenbegriffe sich ausschließende Gruppen bilden können, allein die Zuordnung von Erscheinungen zu einem Typusbegriff ist nicht so eindeutig und damit die Einordnung in eine bestimmte Gruppe. Mehr zu Begriffen bei *Röhl/Röhl* im zweiten Kapitel ihrer Rechtslehre.

ders beeinflußt wird. Typusbegriffe beschreiben im Recht normative Typen, denen die Rechtsfolgen bestimmter Normkomplexe zugedacht werden.[116]

Normative Typusbegriffe sind Wertungsbegriffe, deren Anwendung eine eigenständige Wertungsentscheidung des Rechtsanwenders voraussetzt, ob er die Rechtsfolgen des Normkomplexes auf einen konkreten Sachverhalt angewendet wissen will oder nicht. Dann wird er »ausreichende Ähnlichkeit« mit den Grundtypen annehmen, andernfalls nicht. Für das Maß des Ausreichens gibt es keinen objektiven Standard, der subjektive Wertungen entbehrlich werden ließe. Auch klassifikatorische Begriffe können Wertungsbegriffe sein und sind es zum Beispiel immer dann, wenn ihr Begriffsinhalt durch eine objektiv-teleologische Auslegung bestimmt wird. Objektiv-teleologische Auslegung bedeutet ein Weiterdenken der gesetzgeberischen Wertungsentscheidungen, so daß die Rechtsfolgen gesetzlicher Vorschriften auf Sachverhalte Anwendung finden, die miteinander in ein stimmiges System gebracht werden können.[117]

Man kann sich idealiter Rechtsanwendung in kodifikatorischen Rechtsordnungen so denken, daß alle Wertungsentscheidungen vom Gesetzgeber getroffen und durch die Regelung bestimmter Rechtsfolgen bestimmt werden, die Rechtsanwendung hingegen durch Tatbestände angeleitet wird, deren Tatbestandsmerkmale durch eindeutige, rein deskriptive Begriffe umschrieben werden.[118] Realiter ist eine derart wertungsfreie Rechtsanwendung bekanntlich nicht möglich und eine vom Gesetz selbst angeleitete Wertungsergänzung durch den Rechtsanwender immer wieder erforderlich, worauf schon die Notwendigkeit objektiv-teleologischer Auslegung hinweist, aber eben auch die Verwendung nicht abschließend definierbarer Typusbegriffe. Bei Typusbegriffen gilt es im besonderen Maße, sich bewußt zu machen, daß ihre Anwendung stets eine Wertungsentscheidung erfordert. Bei Typusbegriffen ist der Rechtsanwender besonders gefordert, seine eigene Wertungsergänzung nicht als scheinbar deskriptiv gewonnene Erkenntnis mißzuverstehen. Bei klassifikatorischen Begriffen kann

116 *Röhl/Röhl*, Allgemeine Rechtslehre, 617.

117 Mehr zu diesem Verständnis der objektiv-teleologischen Auslegung u. S. 742 ff.

118 Diese Idealvorstellung schwingt oft auch bei Ausführungen von Autoren mit, die sich selbst durchaus bewußt sind, daß ein solches Ideal nicht erreichbar ist, vgl. z.B. *Röhl/Röhl*, Allgemeine Rechtslehre, 616, wo sie davon sprechen, mit klassifikatorischen Begriffen sollten die »Erscheinungen des Lebens in Klassen geordnet« werden. Ordnung in Klassen wolle ein Typus nicht herstellen, jedoch Schwerpunkte bilden. Die Ausführungen basieren auf der Vorstellung, auch der Typus bringe durch die Schwerpunktsetzung eine Ordnung in die »Erscheinungen des Lebens«. Darin spiegelt sich die Grundannahme der Rechtswissenschaft, der Tatbestand von Rechtsnormen knüpfe an »Erscheinungen des Lebens« an, also an dem Recht vorgegebenen Sachverhalten, welche durch das Recht nur geordnet würden, indem an die objektiv vorgegebenen Sachverhalte Rechtsfolgen geknüpft würden.

eine ergänzende Wertungsentscheidung notwendig werden, muß es hingegen nicht.[119]

Das beim Umgang mit Typusbegriffen notwendige subjektive Element des Rechtsgefühls des konkreten Rechtsanwenders läßt sich dadurch begrenzen, daß sich der Rechtsanwender soweit als möglich an erkennbaren Wertungsvorgaben des Gesetzes orientiert. In der Wertungsabhängigkeit des Typusbegriffs Eigenkapital liegt der tiefere Grund, warum eingangs gesagt worden ist, die gesellschaftsrechtlichen und steuerrechtlichen Rechtsfolgen der verschiedenen Finanzierungsformen lassen sich nicht aus der Zuordnung zum handelsbilanziellen Eigen- oder Fremdkapital ableiten. Die Maßstäbe für die notwendigen Wertungen müssen in den Teilgebieten des Rechts gefunden werden, in denen die konkreten Rechtsfolgen verhandelt werden, und können nicht unbesehen von einem Rechtsgebiet in ein anderes übertragen werden. Der handelsbilanzielle Zweck des Gläubigerschutzes durch Information über die Kapitalsituation der Gesellschaft ist für die Frage der Besteuerung nicht maßgeblich.[120] Im Gesellschaftsrecht ist indes nicht zu übersehen, daß die gesetzlichen Schutzbestimmungen schon hinsichtlich der Eigenkapitalposten des § 266 Abs. 3 A HGB weder innerhalb noch zwischen den verschiedenen Gesellschaftsformen einheitlich geregelt sind, weshalb sich aus der handelsbilanziellen Qualifikation einer

119 Beispielweise ist die ›Volljährigkeit‹ in § 2 BGB an eine eindeutig bestimmbare außerrechtliche Vorgabe geknüpft, nämlich den 18. Geburtstag. Eine Wertungsentscheidung ist für die Begriffsbestimmung nicht erforderlich. Schon anders verhält es sich bei dem Begriff der ›Sache‹ in § 90 BGB: Über das Merkmal des ›körperlichen Gegenstands‹ knüpft die Legaldefinition an objektive außerrechtliche Umstände an; allerdings nimmt man allgemein aus Wertungsgesichtspunkten den lebenden menschlichen Körper aus, der bei rein objektiver Betrachtung als ›körperlicher Gegenstand‹ erscheint, da einem die Rechtsfolgen, die sich aus dem Sachbegriff ergeben, nicht angemessen erscheinen, vgl. Palandt/*Ellenberger* § 90 BGB, Rz. 3. Die Legaldefinition der ›Fahrlässigkeit‹ in § 276 Abs. 2 BGB als »Außer-Acht-Lassen der *erforderlichen* Sorgfalt« ist gar keine Definition, sondern eine bloße Umschreibung ohne inhaltlichen Gewinn, die vom Rechtsanwender verlangt, selbst zu entscheiden, welche Umsicht das Gesetz seiner Ansicht nach fordern soll. Ob man sich bei der Rechtsanwendung gleich darüber streitet, ein bestimmtes Verhalten fahrlässig *zu nennen*, oder diesen Streit auf die Ebene verschiebt, welche Umsicht *gefordert war*, macht keinen Unterschied. Eine Subsumption im klassischen Sinn, daß ein bekannter Sachverhalt unter einen davon unabhängig definierten Rechtsbegriff gebracht wird, ist unmöglich. Der Inhalt dieses Rechtsbegriffs wird dadurch bestimmt, ob man im konkreten Fall noch bereit ist, das in der Alltagssprache damit verbundene Unwerturteil auf den Sachverhalt anzuwenden, also durch die konkrete Bewertung des jeweiligen Sachverhalts, eben eine reine Wertungsentscheidung.

120 Deshalb fordert *Schön*, Distinct Equity, 495 ff. zu Recht eine eigenständige Beurteilung für die Frage der steuerrechtlichen Behandlung von Eigenkapital- und Fremdkapitalmitteln, die an die handelsrechtliche Bewertung anknüpfen kann, aber nicht muß.

Form der Unternehmensfinanzierung als ›Eigenkapital‹ keine Folgen für Form und Intensität des gesellschaftsrechtlichen Kapitalschutzes ableiten lassen.

Die Qualifikation hybrider Finanzierungsformen als eher Eigenkapital oder doch mehr Fremdkapital ist wegen der großen Unterschiede der vom Handelsgesetzbuch als Eigenkapital verstandenen Finanzmittel schwierig. Immerhin ordnet aber das Gesetz in § 266 HGB die wichtigsten Kapitalposten von Kapitalgesellschaften eindeutig dem Eigenkapital zu, erläutert diese Posten in § 272 HGB näher und klärt damit den Eigenkapitalbegriff für viele Finanzierungsformen. Für die Frage eventueller Anforderungen an den Kapitalschutz dieser oder hybrider Kapitalposten folgt aus der handelsbilanziellen Zuordnung jedoch für sich genommen noch nichts. Die weiterhin notwendige gesellschaftsrechtliche Entscheidung wird vielmehr dadurch erschwert, daß gesellschaftsrechtlich stark unterschiedlich geregelte Formen der Unternehmensfinanzierung gleichermaßen als Eigenkapital verstanden werden können.

b) Handelsbilanzielles Verständnis

Entscheidend für die handelsbilanzielle Abgrenzung von Eigenkapital und Fremdkapital ist in den vom Gesetz nicht eindeutig zugeordneten Fällen des Hybridkapitals letztlich eine wirtschaftliche Betrachtungsweise, die von einer Funktion des Eigenkapitals ausgeht, die als Hauptfunktion verstanden wird.[121] Die wichtigste Funktion des Eigenkapitals besteht schon aus Sicht der Betriebswirtschaft darin, der Gesellschaft eine finanzielle Grundausstattung zu geben, welche potentielle Gläubiger auf die finanzielle Leistungsfähigkeit des Unternehmens vertrauen läßt und im Insolvenzfall den aktuellen Gläubigern als Haftungsmasse zur Verfügung steht.[122] Rechtlich betrachtet will die Handelsbilanz mit der Untergliederung der Passivseite in Eigenkapital und Fremdkapital den Bilanzleser nicht zuletzt über eben diese Kapitalsituation der Gesellschaft informieren und damit insbesondere zum Gläubigerschutz beitragen.[123]

Entscheidend für die Qualifikation als Eigenkapital in der Handelsbilanz ist daher, ob eine Finanzierungsleistung die Haftungsfunktion des Eigenkapitals ähnlich gut ausfüllen kann wie die vom Gesetz als Eigenkapital eingestuften Kapitalbeiträge.[124] Die genaue Zuordnung ist wertungsabhängig. Die zugrundeliegende betriebswirtschaftliche Sicht baut ihrerseits auf verschiedenen rechtlichen Regelungen zur Verlusttragung bestimmter Kapitalbeiträge auf. Die Person des Kapitalgebers, Gesellschafter oder Dritter, ist dabei weniger wichtig als die vereinbarte Art der Kapitalüberlassung. Für die Beantwortung der Frage

121 *Höng*, Dept-Mezzanine-Swap, 81.

122 *Höng*, Dept-Mezzanine-Swap, 81 m.w.N.; *K. Schmidt*, GesR, 517 (§ 18 II 2 b); zu dieser und den weiteren Funktionen des Eigenkapitals s. a. *Baums*, Eigenkapital, 164 ff. und *Thommen/Achleitner*, Allgemeine Betriebswirtschaftslehre, 292.

123 *Höng*, Dept-Mezzanine-Swap, 75 f.

124 *Höng*, aaO.

nach der Gleichwertigkeit der Haftungsfunktion ist nach handelsbilanziellem Verständnis nicht allein auf den Insolvenzfall und die Haftung in dieser besonderen Situation abzustellen. Vielmehr wird die gesamte Laufzeit der Kapitalüberlassung betrachtet und gefragt, ob ein Festanspruch auf Verzinsung auch dann besteht, wenn durch diese Verzinsung die Haftungsfunktion dieses Kapitalpostens und des übrigen Eigenkapitals zuungunsten der übrigen Gläubiger beeinträchtigt wird.[125] Ein fester Anspruch auf Zinszahlung könnte – insbesondere im Verein mit unterjährigen Tilgungsleistungen – noch vor Eröffnung des Insolvenzverfahrens das zugunsten der übrigen Gläubiger vorgehaltene Haftkapital derart schmälern, daß ein Nachrang der Rückzahlung im Insolvenzverfahren weitgehend leerliefe.

Die Betonung der Haftungsfunktion des Eigenkapitals erfolgt, wie gesehen, mit Blick auf die Kapitalgesellschaften. Für die Personengesellschaften ist dieser Aspekt auch von Bedeutung, jedoch nicht in gleichem Maße, da hier die Abgrenzung faktisch vor allem Bedeutung hat für den Anspruch eines einzelnen Gesellschafters gegenüber den übrigen Gesellschaftern auf Auszahlung des ihm zuzurechnenden Kapitals.

c) Gesellschaftsrechtliches Verständnis formellen und materiellen Eigenkapitals

Aus der Sicht des Gesellschaftsrechts, nicht nur des Personen-, sondern auch des Kapitalgesellschaftsrechts läge es nahe, bei der Bestimmung des Eigenkapitals der Gesellschaft besonderen Wert darauf zu legen, ob die Rechte an dem Kapitalposten nur über die Mitgliedschaft vermittelt werden oder von der Mitgliedschaft unabhängige Rechte auf Rückzahlung bestehen. Denn die Mitgliedschaft als Bündel von Rechten und Pflichten steht im Kern der Regelungen des Gesellschaftsrechts. Statt dessen orientiert sich das Gesellschaftsrecht im Ausgangspunkt an dem handelsbilanziellen Verständnis, dessen Gläubigerschutzmotiv es teilt, kommt jedoch gerade wegen einer anderen Betonung des Gläubigerschutzes zu einer Unterscheidung in einen formellen (handelsbilanziellen) und einen materiellen (genuin gesellschaftsrechtlichen) Eigenkapitalbegriff.

aa) Betonung des Nachrangs in der Insolvenz

Das Gesellschaftsrecht sieht bei der Bestimmung des Eigenkapitalbegriffs weniger auf die vereinbarten Zins- und Tilgungsbestimmungen vor der Insolvenz, sondern betont die Haftung des Kapitals im Insolvenzfall.[126] Diese Betonung der Haftung im Insolvenzfall ist nicht unproblematisch, da dadurch

125 Vgl. *Höng*, Dept-Mezzanine-Swap, 79 und 81 f.

126 Die Haftung im Insolvenzfall nennen als das wesentliche Kriterium für die Eigenkapitalqualifikation beispielsweise *K. Schmidt*, GesR, 515 ff. (§ 18 II 2), *Habersack*, Grundfragen von Gesellschafterkrediten, 385 und *Schön*, Distinct Equity, 496.

selbst Darlehen mit festen Zins- und Tilgungsbestimmungen als Eigenkapital zu qualifizieren sein könnten, wenn nur für den Fall einer Insolvenz ein Nachrang privatrechtlich vereinbart worden ist.[127] Ebenso könnten nach diesem Verständnis alle Gesellschafterdarlehen, für die das Gesetz durch § 39 Abs. 1 Nr. 5 InsO einen Nachrang vorsieht, als Eigenkapital bezeichnet werden. Außerhalb einer Insolvenz werden diese Darlehen jedoch von den Parteien und vom Recht über ihre gesamte Laufzeit wie Fremdkapital behandelt.

Die Betonung der Haftungsfunktion im Insolvenzfall geschieht andererseits nicht ohne Grund, da ein Schwerpunkt zumindest des Kapitalgesellschaftsrechts darin liegt, den Gläubigern als Ausgleich für die beschränkte Haftung der Gesellschafter einen Haftungsfonds der Gesellschaft zu reservieren. Da der Bedarf an Haftkapital in der Insolvenz am dringendsten ist, konzentriert sich das Gesellschaftsrecht auf diesen kritischsten Fall, nicht auf den gesamten Zeitraum der werbenden Tätigkeit der Gesellschaft. Selbst wenn das Eigenkapital aufgebraucht sein sollte, also der Wert des vorhandenen Vermögens nicht mehr genügt, alle Kapitalforderungen zu begleichen, kommt dem Nachrangkriterium noch eine Bedeutung zu, da es darüber entscheidet, welches (Eigen-)Kapital in dieser Situation nicht mehr für die Verteilung berücksichtigt wird.

Als Typusbegriff ist das Eigenkapital offen dafür, gemäß den Zwecksetzungen der jeweiligen Teilrechtsordnung konkretisiert zu werden. Im Gesellschaftsrecht sind sich Wissenschaft und Praxis der Besonderheit ihrer Sichtweise auf das Eigenkapital durchaus bewußt und sprechen in Abgrenzung zu dem als rein formell aufgefaßten Eigenkapitalbegriff des Handelsgesetzbuchs von einem materiellen Eigenkapital, auch funktionalen oder Quasi-Eigenkapital, das mehr hybride Finanzierungsformen umfaßt als das handelsbilanzielle Eigenkapital. Diese hybriden Finanzierungsformen sind in der vorliegenden Untersuchung in den Blick zu nehmen, wenn als Grund für eine bestimmte rechtliche Behandlung bestimmter Erscheinungsformen des Agios deren materielle Eigenkapitalqualität angeführt wird.

bb) Rechtsfigur des materiellen Eigenkapitals in Abgrenzung zu formellem Eigenkapitalbegriff

Der materielle Eigenkapitalbegriff hängt an der Betonung des Nachrangkriteriums. Seine Verwendung ist nicht ganz eindeutig. Da es wesentlich auf die Haftungsfunktion des Kapitalbeitrags in einer eventuellen Insolvenz der Gesellschaft ankommen soll, kann man als ›materielles Eigenkapital‹ die Summe des formellen Eigenkapitals zuzüglich des formellen Fremdkapitals verstehen, sofern der konkrete Kapitalposten in der Insolvenz nachrangig bedient wird und

127 Zu den Schwierigkeiten durch frei vereinbarte Nachrangklauseln s. *Höng*, Debt-Mezzanine-Swap, 83 ff., *Baums*, Eigenkapital, 176 ff. oder *Habersack*, Grundfragen von Gesellschafterdarlehen, 400 ff.

damit die Hauptfunktion des Eigenkapitals übernimmt.[128] Versteht man den Begriff im Gegensatz zum formellen Eigenkapital, soll er nur Fremdkapitalposten umschreiben, die im Insolvenzfall nachrangig bedient werden, also hybride Darlehensformen.[129]

In beiden Verwendungsweisen läßt sich das eigenkapitalgleiche Fremdkapital danach unterscheiden, ob die Haftungsfunktion des materiellen Eigenkapitals im Insolvenzfall aufgrund eines freiwillig vereinbarten oder aufgrund eines gesetzlich erzwungenen Nachrangs erfüllt wird.[130] Das Gesetz erzwingt den Nachrang heute nur durch § 39 Abs. 1 Nr. 5 InsO bei bestimmten Darlehen eines Gesellschafters oder Kapitalüberlassungen durch Gesellschafter, die einem Darlehen wirtschaftlich entsprechen.[131] Diese Regelung ersetzt frühere Rechtsprechung und Gesetzgebung zu sogenannten eigenkapitalersetzenden Gesellschafterdarlehen, nach denen Zins- und Tilgung von Darlehen, die Gesellschafter ihrer Gesellschaft in einer Krise gewährt haben, nur bei dauerhafter

128 So verwendet *Fleischer* in Michalski, GmbHG, Syst. Darst./Finanzierung, Rz. 122 den Begriff »(Quasi)-Eigenkapital« mit dem Adverb ›quasi‹ in Klammern. Quasieigenkapital und Eigenkapital beschreiben dabei zwei Formen eines materiellen Eigenkapitals.

129 So verwendet den Begriff »Eigenkapital in einem funktionalen oder materiellen Sinne« *Habersack*, Grundfragen von Gesellschafterkrediten, 384 f. im Gegensatz zu einem rein formellen Eigenkapital.

130 Übersicht über die verschiedenen Arten des Nachrangs von Gesellschafterdarlehen bei *Habersack*, Grundfragen von Gesellschafterkrediten, 384 ff. (auf dem Stand des Gesetzes vor Einführung des § 39 I Nr. 5 InsO durch das MoMiG, aber als Überblick über die Grundlagen unverändert wertvoll).

131 Außer acht bleibt an dieser Stelle die Rechtsfigur des ›Finanzplankredits‹, die das Richterrecht entwickelt hat, dazu näher *Habersack*, Grundfragen von Gesellschafterkrediten, 410 ff. Nach verbreiteter Ansicht (vgl. *Habersack*, aaO; *Fleischer* in Michalski, GmbHG Syst. Darst./Finanzierung, Rz. 127) soll sich der Nachrang hier aus einer freiwilligen korporationsrechtlichen Vereinbarung ergeben. Im Ausgangspunkt ist diese Überlegung richtig, jedoch zeigt die Entscheidung des BGH ZIP 1999, 1263 (1265) deutlich, daß diese Rechtsfigur Wirkungen entfalten kann (Versagung der außerordentlichen Kündigung nach (heute) § 490 BGB in der Insolvenz und damit Begründung einer Nachschußpflicht), die mit dem Willen der Gesellschafter nicht mehr erklärt werden können, sondern allein mit der Vorstellung einer Finanzierungsverantwortung von eigenkapital-*ergänzenden* Fremdkapitalbeiträgen von Gesellschaftern, die daher eigenkapital-*gleich* behandelt werden sollen. Ob die Rechtsfigur des Finanzplankredits nach dem MoMiG noch aufrecht erhalten werden kann, ist sehr fraglich, da das MoMiG mit Einführung von § 39 Abs. 1 InsO die Rechtsfolgen des Finanzplankredits weitgehend mitgeregelt hat. Ob das Gesetz die weiteren Rechtsfolgen der richterrechtlichen Figur des Finanzplankredits abschaffen oder weitergelten lassen wollte, bedarf einer intensiveren Diskussion, wie *Fleischer*, aaO zurecht verlangt. Diese intensive Diskussion kann an dieser Stelle nicht geleistet werden, weshalb die Rechtsfigur ohne weitere Beachtung bleibt.

Überwindung der Krise geleistet werden durften.[132] Der Grund für die Qualifizierung von Fremdkapital als Eigenkapital war und ist heute noch, daß man den Gesellschaftern eine besondere Verantwortung für die Finanzierung ihrer Gesellschaft zugesprochen hat, nach der sie verpflichtet seien, in bestimmten Situationen (früher: Krise und Insolvenz, heute: Insolvenz) ihre Kapitalbeiträge als Haftungsmasse für die Gläubiger vorzuhalten. Daher sollen auch Fremdkapitalbeiträge von Gesellschaftern in solchen kritischen Situationen materiell wie Eigenkapital behandelt werden. Im Zuge dieser Untersuchung wird sich zeigen, daß den Bestrebungen, materielle Agioleistungen rechtlich weitgehend wie Einlagen auf das Nominalkapital zu behandeln, ebenfalls eine bestimmte Vorstellung einer Finanzierungsverantwortung zugrunde liegt. Hier ist zu fragen, ob und inwieweit die Vorstellungen der Rechtsanwender mit den Vorstellungen des Gesetzgebers übereinstimmen.

Das Gesetz legt in § 39 Abs. 1 Nr. 5 InsO seinen Schwerpunkt auf das Abgrenzungskriterium der Gesellschafterstellung und eine daraus abgeleitete Finanzierungsverantwortung. Wegen der Person des Kapitalgebers, der die Finanzierung seines Unternehmens grundsätzlich frei durch Eigen- oder Fremdkapital vornehmen kann, ähneln Gesellschafterdarlehen in gewisser Weise dem Grundtypus des Eigenkapitals. Aus dieser Ähnlichkeit in einem Abgrenzungskriterium allein folgt jedoch nicht zwingend die Behandlung als ›materielles Eigenkapital‹. Diese läßt sich durch die Finanzierungsverantwortung begründen, die das Gesetz als Forderung aus der Gesellschafterstellung ableitet. Erst durch diese gesetzliche Forderung wird der Nachrang begründet und die Hauptfunktion des Eigenkapitals erfüllt und die Bezeichnung als materielles Eigenkapital sinnvoll. Beruht der Nachrang daher auf gesetzlichen Vorgaben für bestimmte Arten des Fremdkapitals, steckt in dem Begriff ›materielles Eigenkapital‹ keine Beschreibung der tatsächlichen Besonderheiten der Finanzierungsform, sondern eine gesetzliche Forderung. Diese Anforderung sollte nicht als deskriptiver Begriff mißverstanden werden. Im Fall eines freiwillig vereinbarten Nachrangs dient die Bezeichnung ›materielles Kapital‹ der Beschreibung des vorgefundenen Sachverhalts, der dem Grundtypus in mehr als einem Kriterium ähnelt. Der Begriff ›materielles Eigenkapital‹ kann je nach Verwendungsweise mehr ein Sachurteil oder mehr eine Forderung zum Ausdruck bringen. Die Forderung gründet in einer sachlichen Nähe, läßt sich allein dadurch jedoch nicht gänzlich begründen.

132 Überblick über die frühere Rechtslage und die Entwicklung zum jetzt geltenden § 39 InsO bei *Raiser/Veil*, Kapitalgesellschaften, 623 ff. An der sprachlichen Bezeichnung »kapitalersetzender« Darlehen statt korrekt eigenkapitalersetzender Darlehen zeigt sich, daß manche Gesellschaftsrechtler sehr fokussiert sind auf Eigenkapitalbeiträge von Gesellschaftern. Nur Eigenkapital ist in den Augen dieser Gesellschaftsrechtler ›richtiges‹ Kapital, Fremdkapital ist kein ›ordentliches‹ Kapital.

Die gesetzlichen Rechtsfolgen, die sich aus der Qualifikation als ›materielles Eigenkapital‹ im Gegensatz zum formellen Eigenkapital ergeben, sind heute im wesentlichen auf die Insolvenz beschränkt. Nachrangige Darlehen können nur getilgt werden, soweit das Vermögen nicht zur Befriedigung der übrigen Gläubiger benötigt wird (§ 39 Abs. 1 Nr. 5 und Abs. 2 InsO). Während der Insolvenz sind Zinsen aus allen Darlehen nachrangig (§ 39 Abs. 1 Nr. 1 InsO); Zinsen aus Nachrangdarlehen teilen den Rang der Hauptforderung (§ 39 Abs. 3 InsO). Anders als nach der früheren Rechtsfigur der eigenkapitalersetzenden Darlehen erstreckt sich das Verbot von Zins- und Tilgungszahlungen nicht auf den gesamten Zeitraum der Krise vor Eintritt der Insolvenz. Zu beachten ist allein die Möglichkeit der Insolvenzanfechtung. Für Tilgung und Besicherung von Gesellschafterdarlehen kennt das Gesetz in § 135 InsO einen speziellen Tatbestand, für die Zinszahlung sind die allgemeinen Anfechtungsgründe der §§ 129 InsO ff. zu beachten. Daher stand das ›materielle Eigenkapital‹ aus eigenkapitalersetzenden Gesellschafterdarlehen dem handelsbilanziellen Eigenkapitalbegriff näher als die heutigen Nachrangdarlehen, da die Haftungsfunktion des Eigenkapitals während der gesamten Krisenzeit herbeigeführt wurde. Durch weitere Vereinbarungen der Parteien des Nachrangdarlehens kann die konkrete Darlehensgewährung dem Grundtypus des Eigenkapitals noch stärker angenähert werden. So kann z.B. eine gewinnabhängige Verzinsung verabredet werden und dadurch das ›materielle Eigenkapital‹ schon vor der Insolvenz eine ähnliche Haftungsfunktion übernehmen wie das formelle Eigenkapital.[133]

d) Weitere Detailfragen für die Arbeit verzichtbar

Die weiteren Detailfragen, die sich hinsichtlich jedes der tradierten vier, nach dieser Arbeit fünf bis sechs Abgrenzungskriterien stellen,[134] müssen hier nicht im einzelnen interessieren, da die Qualifizierung von Mezzanine-Kapital als Eigen- oder Fremdkapital für diese Arbeit keine entscheidende Rolle spielen wird. Hybride Finanzierungen werden vor allem als Vergleichsmaßstäbe immer wieder von Bedeutung sein, insbesondere wenn aus ihrer Einordnung als ›materielles Eigenkapital‹ besondere gesellschaftsrechtliche Anforderungen erwachsen. Dann entsteht im Rahmen dieser Arbeit die Frage, ob dieselben oder ähnliche Anforderungen für jede Form des (materiellen) Eigenkapitals gelten sollen, also z.B. auch für (materielle) Agioleistungen. Die Systematik der kapitalschutzrechtlichen Behandlung von Agioeinlagen muß auf die kapitalschutz-

133 Nach wie vor nicht geklärt ist die mit dem Kapitalerhaltungsrecht vergleichbare Frage, ob freiwillige Nachrangvereinbarungen vor der Insolvenz aufgehoben werden können; s. dazu *Habersack*, Grundfragen von Gesellschafterkrediten, 405 ff. oder *Baums*, Eigenkapital, 176 ff.

134 Für Einzelheiten siehe die ausführliche Auseinandersetzung bei *Höng*, Dept-Mezzanine-Swap, 71 ff.

rechtlichen Anforderungen anderer Formen (materiellen) Eigenkapitals abgestimmt werden.

Für diese Arbeit genügt es dabei, im Hinterkopf zu behalten, daß die Bandbreite von Eigenkapitalformen und Fremdkapitalformen groß ist und daß sich aus der Zuordnung zu einer der beiden Kapitalformen nicht automatisch alle Rechtsfolgen ergeben. Vielmehr ist die genaue Gestaltung der Finanzierung im Einzelfall zu berücksichtigen und eine genuin gesellschaftsrechtliche Bewertung vorzunehmen, ob und aus welchen gesellschaftsrechtlichen Gründen kapitalschutzrechtliche Anforderungen an eine bestimmte Finanzierungsform zu stellen sind. Eigenkapital, auch materielles Eigenkapital, und Fremdkapital sind keine Begriffe, aus denen sich für die Frage des gesellschaftsrechtlichen Kapitalschutzes unmittelbar Rechtsfolgen ergäben.

e) Wirtschaftliches Eigenkapital größer als bilanzielles Eigenkapital

Wichtig für diese Arbeit ist ferner zu sehen, daß die bisher vorgenommene rechtliche Bestimmung des Eigenkapitals, auch wenn sie in jedem Teilrechtsgebiet selbständig erfolgen muß, immer vom Bilanzrecht her gedacht ist und nicht alles erfaßt, was man mit Blick auf die als maßgeblich erachtete Haftungsfunktion gerechtfertigt als Eigenkapital bezeichnen kann. Das Eigenkapital wird in der Handelsbilanz dadurch bestimmt, daß die Differenz aus Vermögen und Schulden errechnet wird.[135] Das Prinzip der Einzelbewertung der Wirtschaftsgüter (§ 252 Abs. 1 Nr. 3 HGB) und das Vorsichtsprinzip (§ 252 Abs. 1 Nr. 4 HGB) führen dazu, daß selbst geschaffener Geschäfts- und Firmenwert nicht erfaßt werden und weitere stille Reserven entstehen.[136] Auch diese Vermögenswerte haften den Gläubigern. Neben dem ›bilanziellen‹ Eigenkapital kennt daher die Betriebswirtschaftslehre das sogenannte ›faktische‹, ›tatsächliche‹ oder ›wirtschaftliche‹ Eigenkapital, das die stillen Reserven einschließt.[137] Die stillen Reserven haben genauso Eigenkapitalqualität wie das gezeichnete Kapital, erscheinen aber in der Bilanz als solche nicht.

Eine weitere Ergänzung zu dem bilanziellen Kapital ist wegen des Stichtagsprinzips der Handelsbilanz (§ 252 Abs. 1 Nr. 3 HGB) vorzunehmen. Die Errechnung des bilanziellen Eigenkapitals aus dem Überschuß der aktiven über die passiven Wirtschaftsgüter führt dazu, daß nur solche Eigenkapitalbeiträge in der Bilanz erfaßt werden, die am Abschlußstichtag das Vermögen der Gesellschaft noch mehren. Es gibt nun aber unterjährige Kapitalleistungen, die zwischenzeitlich verbraucht werden und in der Bilanz nicht eigenständig erfaßt werden, z.B. verlorene Zuschüsse der Gesellschafter zum Ausgleich eines Ver-

135 *Höng*, Debt-Mezzanine-Swap, 72; *Baums*, Eigenkapital, 162.
136 *Höng*, Debt-Mezzanine-Swap, 72.
137 *Thommen/Achleitner*, Allgemeine Betriebswirtschaftslehre, 292 und 277 f.

lustes.[138] Diese Leistungen der Gesellschafter, die nicht zurückgewährt werden, sind keine Leistungen in das Fremdkapital, sondern in das Eigenkapital. Sie erfüllen die Haftungsfunktion des Eigenkapitals, da sie schon mit der Zahlung haften, indem sie Verluste ausgleichen, und erhöhen das bilanzielle Eigenkapital mittelbar, weil sie den variablen Rechnungsposten ›Jahresfehlbetrag‹ (§ 266 Abs. 3 A V HGB) verringern, auch wenn sie nicht als eigenständiger Eigenkapitalposten ausgewiesen werden. Auch solche Leistungen sind als Leistungen in das wirtschaftliche Eigenkapital zu verstehen.

Bei einer Untersuchung des Agios als Bestandteil des Systems des Kapitalschutz‹ der Unternehmensfinanzierung darf die mit dem Agio vergleichbare Finanzierungsfunktion von Leistungen in das ›wirtschaftliche‹ Eigenkapital nicht übersehen werden. Wenn die rechtliche Behandlung des Agios von der Einstufung des Agios als materielles Eigenkapital abhängen soll, muß die rechtliche Behandlung von allen Leistungen, die als Leistungen in das materielle oder auch das wirtschaftliche Eigenkapital anzusehen sind, in den Blick genommen werden, da all diese Finanzierungsleistungen einen ähnlichen wirtschaftlichen Zweck erfüllen.

4. Zusammenfassung

Eine abschließende Definition der Begriffe Eigenkapital und Fremdkapital kann hier nicht erreicht werden, da dazu die Einzelheiten der Mezzanine-Finanzierungen zu behandeln wären. Für die vorliegende Arbeit ist dies indes nicht erforderlich, da das Gesetz in § 266 Abs. 3 HGB die für diese Arbeit wichtigsten Kapitalvarianten eindeutig dem Eigen- oder Fremdkapital zuordnet. Wichtig für die nachfolgende Untersuchung ist die Erkenntnis, daß viele Finanzierungsleistungen Kriterien erfüllen, die zu einer Qualifikation dieser Finanzierungsbeiträge als (materielles) Eigenkapital führen können, und daß die Grenzen fließend sind. Wenn die Eigenschaft von Agioleistungen, materielles Eigenkapital zu bilden, maßgeblich sein soll für die Einbeziehung der Agioleistungen in den gesellschaftsrechtlichen Kapitalschutz, müssen für eine systematische Ausgestaltung des Kapitalschutzes des Agios alle anderen Formen von (materiellen) Eigenkapitalleistungen in den Blick genommen werden und Gründe für eine Gleich- oder eine Unterschiedsbehandlung mit Agioleistungen angegeben werden können.

Von der Bestimmung des ›bilanziellen‹ oder ›materiellen Eigenkapitals‹ ist dabei das ›wirtschaftliche Eigenkapital‹ zu unterscheiden, das neben dem bilanziellen Eigenkapital auch die stillen Reserven und verlorene Zuschüsse erfaßt. Nicht alle Eigenkapitalbeiträge können in der Bilanz unmittelbar erkannt werden, was jedoch den Wert des Finanzierungsbeitrags für die Gesellschaft nicht

138 Zu diesen als (früher: außerordentlicher, jetzt wohl: sonstiger betrieblicher) Ertrag in der GuV und nicht eigenständig in der Bilanz zu erfassenden Sanierungszuschüssen s. *Marenbach*, Kapitalbasis, 116.

beeinträchtigen muß. Diese Erkenntnis wird für die Frage nach der richtigen Behandlung von formellen und materiellen Agioeinlagen von Bedeutung sein, da hier unter anderem zu fragen ist, ob und wie solche Finanzierungsbeiträge in der Bilanz abgebildet werden sollen, mit anderen Worten ob Agioeinlagen immer in das bilanzielle Eigenkapital erfolgen sollen. Soweit Leistungen in das wirtschaftliche Eigenkapital dieselbe wirtschaftliche Funktion erfüllen wie Agioleistungen, müssen Gründe angegeben werden, inwieweit die jeweiligen Finanzierungsbeiträge rechtlich gleich oder ungleich zu behandeln sind.

Wichtiger noch als die Zuordnung verschiedenster, auch hybrider Finanzierungsformen zu den Begriffen Eigen- oder Fremdkapital ist die Erkenntnis, daß beide Begriffe als Typusbegriffe stets einen Anteil subjektiven Rechtsgefühls des konkreten Rechtsanwenders in sich aufnehmen, da die für ihre Anwendung erforderliche Abwägung nicht vollkommen objektiv erfolgen kann, selbst wenn sich der Rechtsanwender bemüht, die Wertungsgrundsätze des jeweiligen Teilrechtsgebiets möglichst weiterzudenken. Der Begriff des Eigenkapitals ist ein Wertungsbegriff und sollte nicht als rein deskriptiver Begriff mißverstanden werden. Noch mehr gilt diese Feststellung für den Begriff des ›materiellen Eigenkapitals‹, der in manchen Verwendungen gar kein Sachbegriff mehr ist, sondern Ausdruck der Forderung, Fremdkapital wie Eigenkapital zu behandeln, die auf einer bestimmten Vorstellung von Finanzierungsverantwortung der Gesellschafter beruht.

Es besteht bei Typusbegriffen die besondere Gefahr, unbewußt eigene Vorurteile in das Gesetz hineinzulesen, wenn man die Forderung nach einer bestimmten rechtlichen Behandlung einer Finanzierungsleistung mit der rechtlichen Einordnung dieser Finanzierungsleistung verwechselt und die stets gegebene Wertungsabhängigkeit des Typusbegriffs übersieht. Im Umfeld von Typusbegriffen verlangt Systembildung besondere Vorsicht und methodische Reflexion. Dies gilt auch bei der systematischen Einordnung des Agios als Teil der Unternehmensfinanzierung, insbesondere wenn Forderungen nach einer bestimmten rechtlichen Behandlung von Agioeinlagen mit deren Qualität als Eigenkapitalbeitrag begründet werden.

II. Beitrag und Einlage

Man kann alle Unterstützungsleistungen eines Gesellschafters an seine Gesellschaft, um die es in dieser Untersuchung geht, mit den Begriffen Beitrag und Einlage erfassen. Beitrag und Einlage sind aus dem Blickwinkel des Rechts die beiden zentralen Kategorien der Unternehmensfinanzierung.

Die vorhergehende Behandlung des Begriffs vom Eigenkapital hat gezeigt, rechtliche Bestimmung und wirtschaftliche Bedeutung müssen nicht immer deckungsgleich sein, weshalb das bilanzielle Eigenkapital vom materiellen und vom wirtschaftlichen Eigenkapital zu unterscheiden ist. Beim Kapitalschutz im Gesellschaftsrecht wird häufig diskutiert, inwiefern wirtschaftliche Gleichwertigkeit von Finanzierungsleistungen eine einheitliche rechtliche Behandlung erfordert oder Ungleichheit von Finanzierungen unterschiedliche Rechtsfolgen verlangt, so zum Beispiel hinsichtlich des Nachrangs von Gesellschafterdarlehen in der Insolvenz der Gesellschaft. Die Diskussion des Kapitalschutzes des Agios wird wesentlich von der Frage bestimmt, inwieweit Agioleistungen wie Leistungen in das gezeichnete Kapital behandelt werden sollen, weil sie wirtschaftlich vergleichbar sind, mit anderen Worten weil sie ebenso Einlagen sind.

Um die wirtschaftlichen und rechtlichen Ähnlichkeiten und Unterschiede begrifflich handhabbar zu machen, werden die Kernbegriffe Beitrag und Einlage im folgenden tendenziell weit gefaßt und zur weiteren Unterscheidung mit Hilfe von konkretisierenden Adjektiven näher bestimmt. Dies entspricht nicht immer dem gewohnten juristischen Sprachgebrauch, soll aber sicherstellen, daß die jeder Begriffsverwendung zugrundeliegenden Abgrenzungen und Wertungsentscheidungen bewußt und transparent getroffen werden, wenn die rechtlich relevanten Begriffe von den allgemein wirtschaftlichen Verwendungsweisen sprachlich eindeutig unterschieden werden.

1. Beitrag

Den Begriff ›Beitrag‹ kann man als Oberbegriff verstehen.[139] Diese Terminologie wird aus dem Personengesellschaftsrecht abgeleitet, in dem das Gesetz sowohl den Begriff ›Beitrag‹ (z.B. in §§ 706, 707 BGB) als auch den Begriff ›Einlage‹ (z.B. in §§ 707, 733 BGB) verwendet.[140] Unter dem Begriff ›Beitrag‹ versteht man sowohl im Personen- wie im Kapitalgesellschaftsrecht alle Leistungen, die ein Gesellschafter zur Förderung des Gesellschaftszwecks im Gesellschaftsvertrag verspricht.[141] Dies können materielle oder immaterielle, ein-

139 *K. Schmidt*, GesR, 567. Dieses Begriffsverständnis hat sich erst allmählich entwickelt, um Unterschiede in der Sache sprachlich fassen zu können. Ursprünglich meinte der Begriff ›Beitrag‹ in Bezug auf die GbR dasselbe wie der Begriff ›Einlage‹ in Bezug auf die Handelsgesellschaften (unter diesen auch die Kapitalgesellschaften), vgl. *Brodmann*, Aktienrecht, 137.

140 Einen allgemeinen gesellschaftsrechtlichen Beitrags- und Einlagebegriff entwickelt *K. Schmidt*, GesR, 566 ff., auch er ausgehend vom Personengesellschaftsrecht. Die folgende Darstellung behandelt Beitrag und Einlage aus dem Blickwinkel des Kapitalgesellschaftsrechts und stützt sich auf die Literatur zum Personengesellschaftsrecht, soweit diese übertragbar ist.

141 Für dieses Begriffsverständnis im Personen- und im Kapitalgesellschaftsrecht z.B. *K. Schmidt*, GesR, 566 ff. und ihm folgend *Herchen*, Agio, 125; zum Personengesellschaftsrecht näher *Schäfer* in: MüKo-BGB § 706, Rz. 2 und 10. Manche, z.B. *Schäfer* aaO., Erman/*Westermann* § 706, Rz.1 unterscheiden weitergehend ›Beiträge im engeren Sinn‹, die alle vermögenswerten Leistungen umfassen, und ›Beiträge im weiteren Sinn‹, die auch nicht vermögenswerte Förderpflichten erfassen. Da die meisten Beiträge einen Vermögenswert aufweisen werden und die Unterscheidung

malige oder wiederkehrende, vermögenswerte Leistungen oder solche ohne Vermögenswert sein, wie z.B.: Geld, Sachen oder Rechte, Dienst- oder Werkleistungen, Überlassung von Know-how oder Kundenstamm, Unterlassen von Wettbewerb oder auch Stärkung des Rufs oder der Kreditwürdigkeit.[142] Möglicher Inhalt einer solchen Beitragspflicht kann auch sein, der Gesellschaft Fremdkapital bereitzustellen, z.B. als Darlehen oder im Wege der stillen Gesellschaft.[143] Die Beitragsleistung kann entgeltlich oder unentgeltlich erfolgen.[144] Sie kann bei Sachen und Rechten zu Eigentümerstellung oder Inhaberschaft der Gesellschaft führen (Leistung quoad dominium), aber auch nur zu einer Gebrauchsüberlassung (quoad usum) oder als Zwischenform zu einer Einbringung dem Werte nach (quoad sortem), bei der die Gesellschaft ohne formale Änderung der rechtlichen Inhaberschaft den wirtschaftlichen Wert einer Sache erhält.[145]

Zentral für dieses Verständnis des Beitragsbegriffs ist ein Pflichtelement, welches in dem Gesellschaftsvertrag gründet. ›Beitrag‹ ist, was im Gesellschaftsvertrag zu leisten versprochen wird. Nicht ›Beitrag‹ sind damit Aufwendungen eines Gesellschafters zugunsten der Gesellschaft, zu denen er sich nicht verpflichtet hat[146], nicht ausgeschüttete Gewinne[147], gesetzliche Leistungsanforderungen wie z.B. im Personengesellschaftsrecht die Verlustdeckungspflicht des § 735 BGB[148] oder Leistungspflichten, die nicht auf dem Gesellschaftsvertrag, sondern auf einem schuldrechtlichen Drittverhältnis beruhen[149]. Dies rechtliche Verständnis des Beitragsbegriffs stimmt mit § 706 BGB überein, entfernt sich allerdings recht weit von der alltagssprachlichen Bedeutung des Begriffs ›Beitrag‹, für den ein Pflichtelement nicht bestimmend ist. Danach kann es auch

keine weiteren Folgen nach sich zieht, wird sie aber von anderen und auch hier nicht gemacht, vgl. z.B. *K. Schmidt*, GesR, 1742 Fn. 63. Etwas anders unterscheidet *Groh*, Gesellschafterbeitrag, 71 ff. (vom Steuerrecht her denkend) den Oberbegriff ›Gesellschafterbeiträge‹ in »Erfolgsbeiträge« und »erfolgsneutrale Kapitaleinlagen«. So bedeutend diese vom Steuerrecht motivierte Unterscheidung im Handelsbilanzrecht und von diesem weiter wirkend auch im Kapitalschutzrecht ist, in der gesellschaftsrechtlichen Diskussion hat sich diese Terminologie nicht durchgesetzt (auch wenn sich der Sache nach aus der handelsbilanziellen Einordnung letztlich Rückwirkungen auf den Kapitalschutz ergeben).

142 *Schäfer* in: MüKo-BGB § 706, Rz. 10.

143 *K. Schmidt*, GesR, 571.

144 Vgl. die Beispiele bei *K. Schmidt*, GesR, 569 ff.

145 *Schäfer* in: MüKo-BGB, § 706, Rz. 11 ff.

146 Ermann/*Westermann* § 706, Rz. 1; *Schäfer* in MüKo-BGB § 707, Rz. 6; zur Möglichkeit einer nachträglichen Vereinbarung über Aufwendungen als geschuldete Beiträge Palandt/*Sprau* § 706, Rz. 1 unter Hinweis auf BGH WM 75, 196.

147 Ermann/*Westermann* § 706, Rz. 1; Palandt/*Sprau* § 706, Rz. 1.

148 Palandt/*Sprau* § 706, Rz. 1; *Schäfer* in MüKo-BGB § 707, Rz. 6.

149 Ermann/*Westermann* § 706, Rz. 2; *Schäfer* in MüKo-BGB § 707, Rz. 5; Palandt/*Sprau* § 706, Rz. 1.

freiwillige ›Beiträge‹ geben oder solche, zu deren Leistung ein Gesellschafter zwar verpflichtet ist, jedoch nicht aus dem Gesellschaftsvertrag.

In dieser Arbeit werden unter ›Beitrag‹ alle Leistungen verstanden, die ein Gesellschafter aufgrund seiner Gesellschafterstellung erbringt, um seine Gesellschaft zu fördern. Bei diesem weiten Verständnis umfaßt der Beitragsbegriff unter anderem alle Formen der Unternehmensfinanzierung durch Gesellschafter. Unter dem Aspekt der Verbesserung der Finanzlage der Gesellschaft sind all diese ›Beiträge‹ den sogleich zu erörternden ›Einlagen‹ vergleichbar. Die entscheidende Frage für die rechtliche Ausgestaltung der Unternehmensfinanzierung tritt durch den weiten Beitragsbegriff und die Abgrenzung der ›Einlagen‹ klar vor Augen: Welche ›Beiträge‹ zur Unternehmensfinanzierung verlangen als ›Einlagen‹ besondere rechtliche Beachtung?

Leistungen, die auf besondere gesellschaftsrechtliche Weise vereinbart werden (z.B. im Gesellschaftsvertrag oder einem gemäß dem Organisationsrecht der Gesellschaft gefaßten Beschluß) und wegen dieser besonderen Art der Verpflichtung die Mitgliedschaft mitbestimmen, werden in dieser Arbeit als gesellschaftsrechtliche oder korporative Beiträge bezeichnet, Leistungen, zu denen sich der Gesellschafter nicht auf derart korporativer Grundlage verpflichtet hat, als schuldrechtliche Beiträge, die letzten beiden zusammen mit den gesetzlich geforderten Beiträgen als verpflichtende Beiträge und solche Leistungen, die ein Gesellschafter ohne rechtliche Verpflichtung erbringt, als freiwillige Beiträge. Leistungen, die zwar ›Beiträge‹ im hier genannten Sinn sind, aber nicht dem – sogleich zu bestimmenden – Unterbegriff der ›Einlage‹ unterfallen, werden als Nurbeiträge bezeichnet. Nicht als ›Beiträge‹ werden Leistungen begriffen, die ein Gesellschafter im Rahmen eines schuldrechtlichen Austauschgeschäfts an die Gesellschaft erbringt, soweit die Konditionen des Austauschgeschäfts nicht durch die Gesellschafterstellung beeinflußt sind, sondern ebenso gewählt werden wie bei einem Geschäft mit Nichtgesellschaftern und der Abschluß des schuldrechtlichen Vertrages nicht als gesellschaftsrechtlicher Beitrag versprochen wird, denn solche Leistungen werden nicht aufgrund der Gesellschafterstellung erbracht.

2. Einlagen

a) Abgrenzung vom Beitragsbegriff; unterschiedliches Begriffsverständnis in verschiedenen Rechtsbereichen

Ursprünglich meinte der Begriff ›Einlage‹ im Gesellschaftsrecht dasselbe wie der Begriff ›Beitrag‹, allein daß ›Beitrag‹ in Bezug auf die Gesellschaft bürgerlichen Rechts gebraucht wurde, ›Einlage‹ in Bezug auf die Handelsgesellschaften (unter diesen auch die Kapitalgesellschaften).[150] Heute sucht man nach einer anderen Begrifflichkeit, um mit den verschiedenen Begriffen stärkere Unter-

150 Vgl. *Brodmann*, Aktienrecht, 137.

schiede in der Sache zum Ausdruck zu bringen. Als ›Einlagen‹ werden in allen Gesellschaften bestimmte Formen von ›Beiträgen‹ verstanden. ›Einlagen‹ sind ›Beiträge‹, für die das Recht besondere Rechtsfolgen vorsieht. Im Steuerrecht geht es beispielsweise um die Abgrenzung von steuerbaren Vermögensmehrungen (= Gewinne) und nicht steuerbaren Vermögensmehrungen (= ›Einlagen‹) und dabei um die Abgrenzung, welche Beiträge der Gesellschafter den steuerbaren Gewinn erhöhen und welche nicht.[151] Im Kapitalgesellschaftsrecht geht es um die für dieses Rechtsgebiet zentrale Abgrenzung von Kapitalbestandteilen, welche der Gesellschaft nicht wieder entzogen werden dürfen, und Kapitalbestandteilen, die als Gewinn an die Gesellschaft ausgekehrt werden können, und damit um die Abgrenzung von zwingend dauerhaften und möglicherweise nur vorübergehenden Beiträgen der Gesellschafter.[152]

Da die Rechtsfolgen verschiedener Teilrechtsgebiete in Rede stehen, muß die Begriffsbildung ebenso wie beim Begriff des ›Eigenkapitals‹ von dem jeweiligen Rechtsgebiet ausgehen. Vergleiche zwischen den einzelnen Rechtsgebieten sind möglich und fruchtbar, Übertragungen der Begrifflichkeiten eines Rechtsgebiets in ein anderes sind nicht möglich. Die Notwendigkeit, die Begriffsklärung in jedem Teilrechtsgebiet eigenständig vorzunehmen, erhellt zudem aus einer weitgehenden Übereinstimmung des Einlagebegriffs, die sich in den nachfolgenden Erörterungen zeigen wird. Als ›Einlage‹ wird zumeist eine Leistung in das Eigenkapital von Gesellschaften verstanden. So wie nun der Eigenkapitalbegriff in jedem Teilrechtsgebiet eigenständig bestimmt werden muß, muß auch die über den Eigenkapitalbegriff zu verstehende ›Einlage‹ eigenständig definiert werden. Immerhin kann man sagen: Die Auskehrung eines bloßen Darlehens wird in der Regel nicht ›Einlage‹ sein, allenfalls ›Beitrag‹. Da die ›Einlage‹ zudem als Leistung eines Gesellschafters in das Eigenkapital einer Gesellschaft aufgefaßt wird, umfaßt sie keine von der Gesellschaft selbst erwirtschafteten, ihr nur belassenen Gewinne. Die Einlage beschreibt mithin einen Teil des gesamten Eigenkapitals ohne die thesaurierten Gewinne, nämlich die

151 Darstellung der Diskussion unter besonderer Berücksichtigung auch des Steuerrechts bei *Groh*, Gesellschafterbeitrag, 71 ff. Vom Steuerrecht her denkend überträgt *Groh* die Unterscheidung in »erfolgswirksame Beiträge« und »nicht erfolgswirksame Einlagen« auf das Zivilrecht.

152 Vgl. *Ballerstedt*, Kapital, 41 zu diesem »Grundpfeiler des Aktienrechts«, der ebenso das GmbH-Recht trägt, und dem auf die ›Einlage‹ beschränkten Verständnis vom ›Kapital‹ in den ›Kapitalgesellschaften‹, die aus betriebswirtschaftlicher Sicht besser ›Einlagegesellschaften‹ heißen könnten, denn die Betriebswirtschaftslehre versteht alle Mittel der Unternehmensfinanzierung als ›Kapital‹, egal ob Eigen- oder Fremd-Kapital, während die Rechtswissenschaften oftmals nur die dauerhaft verbleibenden Einlagen als ›Kapital‹ begreifen. An dem rechtswissenschaftlichen Kapitalbegriff ist nichts zu bemängeln, solange dieses Verständnis vom Kapital nicht als betriebswirtschaftlicher Normalfall, nur die dauerhaft überlassenen Einlagen als ›ordentliches‹ Kapital mißverstanden werden.

Kapitalbestandteile, die der Gesellschaft von ihren Kapitalgebern überlassen worden sind.

Als eine Form der Unternehmensfinanzierung, die das Eigenkapital einer Gesellschaft stärkt, werden ›Einlagen‹ regelmäßig in der bilanziellen Übersicht über das Vermögen der Gesellschaften erfaßt. Die handelsbilanzielle Behandlung von ›Einlagen‹ ist für das Kapitalgesellschaftsrecht bedeutsam, da sich die gesellschaftsrechtliche Kapitalerhaltung der ›Einlagen‹ an der Handelsbilanz orientiert. Bei der Bestimmung des gesellschaftsrechtlichen Begriffs der ›Einlage‹ wird daher immer wieder auf bilanzrechtliche Vorstellungen über ›Einlagen‹ Bezug genommen. Die folgenden Ausführungen sollen einen Überblick über das Verständnis des Einlagebegriffs in verschiedenen Rechtsbereichen geben. Daraus wird ersichtlich, daß von einem einheitlichen Begriff der ›Einlage‹ nicht die Rede sein kann, eine einfache Übertragung des Einlagebegriffs aus einem Rechtsgebiet in ein anderes nicht statthaft ist. Die Kenntnis verschiedener Einlagebegriffe kann jedoch dazu beitragen, das Problem der Definition des Einlagebegriffs an der Schnittstelle von Handelsbilanzrecht und Kapitalgesellschaftsrecht besser zu verstehen. Die intensivsten Bemühungen um eine Klärung des Einlagebegriffs zeigt das Steuerbilanzrecht. Die steuerrechtliche Begriffsverwendung wirkt auf das Verständnis des Einlagebegriffs in der Handelsbilanz zurück, da die Handelsbilanz den Ausgangspunkt für die Bestimmung der Steuerbilanz bildet. Das Gesellschaftsrecht, insbesondere das Kapitalgesellschaftsrecht ist mit dem Handelsbilanzrecht eng verwoben, verwendet jedoch einen engeren Begriff der ›Einlage‹, an die es besondere gesellschaftsrechtliche Anforderungen stellt.

b) Einlage im Steuerrecht

Noch vergleichsweise klar definiert ist der Einlagebegriff im Steuerrecht, mit dessen Erörterung daher begonnen werden soll.

aa) Einkommensteuerrecht

Unter einer ›Einlage‹ versteht man im Einkommensteuerrecht gemäß der Legaldefinition in § 4 Abs. 1 S. 8 EStG alle Wirtschaftsgüter, die der Steuerpflichtige[153] seinem Betrieb im Laufe eines Jahres zuführt. Der Zweck dieses

153 Die weiteren Ausführungen werden zeigen, daß bei Personengesellschaften in dieser Legaldefinition eine teleologische Erweiterung um andere Mitunternehmer vorzunehmen ist. Zu Kapitalgesellschaften, die allerdings selbst Steuersubjekt sind, so daß die Legaldefinition des Einkommensteuerrechts ohnehin zu modifizieren ist (s.u. im Text), hat der BFH, DStRE 2006, 385 (386) ausdrücklich entschieden, daß auch Leistungen von (Noch-)Nicht-Gesellschaftern Einlagen im Sinne des § 4 I 8 EStG sein können (zu Entgelten für Optionsrechten). Bei Personengesellschaften muß eine Einlage durch Mitunternehmer erst recht möglich sein.

Rechtsinstituts wird darin gesehen, zusammen mit dem korrespondierenden Institut der Entnahme (§ 4 Abs. 1 S. 2 EStG) sicherzustellen, daß der zu besteuernde Gewinn umfassend, aber auch nur die betrieblichen Geschäftsvorfälle erfaßt.[154] Die Regelung der ›Einlagen‹ soll insbesondere vermeiden, daß steuerfrei gebildetes oder bereits versteuertes Vermögen nur wegen der Überführung aus der außerbetrieblichen Sphäre eines Unternehmens in ein Betriebsvermögen besteuert wird.[155] Technisch ist eine Korrektur der steuerlichen Gewinnermittlung um Einlagen und Entnahmen erforderlich, da der in § 4 Abs. 1 S. 1 EStG zur Gewinnermittlung angeordnete Betriebsvermögensvergleich durch unterjährige Vermögenszu- und -abflüsse beeinflußt wird.

Der Betriebsvermögensvergleich bedeutet vereinfacht gesagt einen Vergleich des Eigenkapitals des Betriebes zum Stichtag des Endes des Wirtschaftsjahres mit dem Eigenkapital am Anfang des Wirtschaftsjahres. Das Eigenkapital wird als Saldo der positiven und negativen Wirtschaftsgüter (die zusammen das Betriebsvermögen bilden) bestimmt. Da es dem Steuerrecht um die Besteuerung einzelner Steuersubjekte geht, setzt sich das Betriebsvermögen aus allen Wirtschaftsgütern oder bei Personengesellschaften auch Anteilen an Wirtschaftsgütern zusammen, die dem Steuerpflichtigen zuzurechnen sind. Jede Entnahme von Wirtschaftsgütern verringert das Betriebsvermögen, jede Einlage erhöht es.[156]

154 *Musil* in HHR § 4 EStG Rz. 150.

155 *Eckstein* in HHR § 6 EStG Rz. 850; *Höng*, Debt-Mezzanine-Swap, 211. Die weiteren Ausführungen werden zeigen, daß bei Personengesellschaften auch die Überführung von Wirtschaftsgütern aus einem Betriebsvermögen zu Einlagen führen. Allgemein gesprochen dient das Rechtsinstitut der Einlage der Korrektur des in der Steuerbilanz ausgewiesenen Betriebsvermögens um nicht in diesem konkreten Betrieb (enger Betriebsbegriff) erwirtschaftete Werte.

156 Zum Betriebsvermögen und Betriebsvermögensvergleich s. *Musil* in HHR § 4 EStG Rz. 30 und 20 m.w.N. Da der zu vergleichende Wert des Betriebsvermögens gleich dem Wert des gesamtes Eigenkapitals des Betriebs (als Saldo der positiven und negativen Wirtschaftsgüter) ist, kommt es für die steuerliche Gewinnermittlung nach § 4 I 1 EStG nicht darauf an, welcher Eigenkapitalposten durch eine Einlage erhöht worden ist (bei Personengesellschaften ein Gesellschaftereigenkapitalkonto oder ein gesamthänderisches Rücklagenkonto). Teilweise kann man in der Literatur lesen, offene Einlagen bedürften keiner außerbilanziellen Korrektur über den Einlagebegriff, da ihr offener Ausweis eine Erhöhung eines Aktiv- und eines Passivpostens der Bilanz bewirke und demnach den Gewinn nicht beeinflusse, verdeckte Einlagen bedürften keiner Korrektur, wenn sie nicht den Jahresüberschuß erhöht haben (so z.B. *Lahme* in Beck'sches Steuer- und Bilanzrechtslexikon s.v. ›verdeckte Einlage‹ Rz. 8 und Rz. 32). Der handelsbilanzielle Ausweis des Jahresergebnisses ist jedoch für die Gewinnermittlung nach dem steuerbilanziellen Betriebsvermögensvergleich nicht entscheidend. Das steuerliche Betriebsvermögen entspricht wertmäßig nicht dem nach steuerlichen Grundsätzen modifizierten Jahresergebnis der Handelsbilanz, sondern dem nach steuerlichen Grundsätzen modifizierten Eigenkapital der Handelsbilanz als Saldo der positiven und negativen Wirtschaftsgüter respektive der Vermögensgegenstände und Verbindlichkeiten.

Eine Gewinnerhöhung und damit eine Besteuerung wäre nur denkbar, wenn die »Zuführung des Wirtschaftsguts« nicht ohnehin durch einen Mittelabfluß kompensiert würde. Die Einlage steht im Gegensatz zu einer normalen Anschaffung eines Wirtschaftsguts, die bei einer Personengesellschaft zwischen Gesellschaft und Mitunternehmer vereinbart werden kann.[157] Die Legaldefinition ist mit Blick auf den einzelnen Steuerpflichtigen formuliert worden und bei Mitunternehmerschaften so zu lesen, daß sie nur eine Zuführung von Wirtschaftsgütern erfaßt, soweit der Wert des Wirtschaftsguts nicht im Rahmen einen normalen Austauschgeschäfts durch eine Betriebsausgabe kompensiert wird.

Mit dem Begriff ›Einlage‹ meint das Gesetz ein konkretes Wirtschaftsgut, also den Gegenstand der Einlage, nicht den Vorgang des Einlegens, der alltagssprachlich ebenfalls als ›Einlage‹ bezeichnet wird.[158] Diesen Gegenstand muß man gedanklich von seiner Bewertung trennen. Teilweise kann man lesen, ›Einlage‹ im Sinne des Gesetzes sei nur ein Wirtschaftsgut, das aus einem Privatvermögen in ein Betriebsvermögen überführt werde, nicht aber ein Wirtschaftsgut, das aus einem Betriebsvermögen in ein anderes Betriebsvermögen (auch Sonderbetriebsvermögen) überführt werde.[159]

Hintergrund dieses engen Einlagebegriffs dürfte einerseits sein, daß das Rechtsinstitut der ›Einlage‹ eine Gewinnbesteuerung von Vermögenswerten verhindern soll, die allein durch die Überführung in das Betriebsvermögen ausgelöst wird. Befindet sich ein Gegenstand schon in einem Betriebsvermögen, ist er bereits der Gewinnbesteuerung unterworfen. Es stellt sich bei einer Übertragung von Wirtschaftsgütern zwischen verschiedenen Betriebsvermögen vor allem die Frage, wann die Gewinnbesteuerung von stillen Reserven erfolgen soll: im Zeitpunkt der Übertragung oder im Fall einer späteren Aufdeckung. Diese Frage regelt das Gesetz in der speziellen Bewertungsvorschrift des § 6 Abs. 5 EStG. Dieser Bewertungsvorschrift steht die Vorschrift zur Bewertung von ›Einlagen‹ des § 6 Abs. 1 Nr. 5 EStG gegenüber. Ein zweiter Grund für den engen Einlagebegriff dürfte nun darin liegen, daß das Gesetz bei den Bewertungsvorschriften nur in § 6 Abs. 1 Nr. 5 EStG von ›Einlagen‹ spricht und dessen Anwendungsbereich durch Absatz 5 auf die Übertragung von Wirtschaftsgütern aus dem Privatvermögen beschränkt ist.

157 Zur Übertragung von Wirtschaftsgütern zwischen Personengesellschaft und Gesellschafter s. *Bode* in Blümich § 15 EStG, Rz. 468 ff. Bei einer Einzelperson hingegen wäre diese Ergänzung der Legaldefinition überflüssig, da auch bei Marktüblichkeit des Vorgangs grundsätzlich nicht von einem Austauschgeschäft wie unter Dritten auszugehen wäre, sondern von einer Sacheinlage und einer Barentnahme, deren Werte sich bei Marktüblichkeit jedoch entsprächen.

158 *Musil* in HHR § 4 EStG Rz. 151.

159 So ausdrücklich *Maier* in Beck'sches Steuer- und Bilanzrechtslexikon s.v. ›Einlagen‹ Rz. 12 (ohne Begründung). Einen strengen und weiten Sprachgebrauch unterscheidet *Gröbshäuser*, Offene und verdeckte Einlagen, 4174 (ebenfalls ohne Begründung).

Dieser Arbeit wird dennoch ein weiter Einlagebegriff zugrunde gelegt, der auch die Übertragung von einem Betriebsvermögen in ein anderes Betriebsvermögen umfaßt und in diesem Fall § 6 Abs. 5 EStG als spezielle Bewertungsvorschrift für ›Einlagen‹ versteht. Dieses weite Begriffsverständnis wird vor allem mit Blick auf die Mitunternehmerschaften gewählt. Überführt ein Mitunternehmer ein Wirtschaftsgut aus seinem alleinigen Betriebs- oder Sonderbetriebsvermögen in das gesamthänderisch gebundene Vermögen der Mitunternehmerschaft, ist die dadurch bei dem oder den übrigen Mitgesellschaftern eintretende Vermögensmehrung ebensowenig als betrieblicher Geschäftsvorfall anzusehen, wie wenn der übertragende Mitunternehmer eine Einlage aus seinem Privatvermögen in das/sein Sonder-/Betriebsvermögen getätigt hätte. Sie soll daher nicht zu einem Gewinn im Sinne des § 4 Abs. 1 S. 1 EStG führen, sondern allenfalls als schenkungssteuerpflichtiger Vorgang behandelt werden.[160] Diese rechtliche Behandlung ist zu erreichen, wenn die (anteilige) Vermögensmehrung bei jedem betroffenen Mitunternehmer aus dem Betriebsvermögensvergleich herausgerechnet und damit als ›Einlage‹ behandelt wird. Der hierbei anzusetzende und sogleich herauszurechnende Wert der Einlage ist der nach der Bewertungsvorschrift des § 6 Abs. 5 S. 3 EStG zu bestimmende Buchwert im abgebenden Betriebsvermögen.[161]

Bei einzelnen Steuerpflichtigen macht es im Ergebnis wenig Unterschied, ob ein weiter oder enger Einlagebegriff gewählt wird, da es hier nicht um die Zuordnung von Vermögenswerten geht, sondern um den Zeitpunkt der Besteuerung stiller Reserven. Wenn das Gesetz selbst jedoch in § 6 Abs. 5 S. 1 EStG zwischen verschiedenen Betriebsvermögen eines Steuerpflichtigen unterscheidet, erscheint es nicht unsinnig, die Zuführung eines Wirtschaftsguts zu einem anderen Betriebsvermögen desselben Steuerpflichtigen ebenfalls als ›Einlage‹

160 Vgl. BFHE 176, 44; dazu *Gröbshäuser*, Offene und verdeckte Einlagen, 4176.

161 Es ist nicht zu übersehen, daß die geschilderte Rechtspraxis, die unentgeltliche Übertragungen von Wirtschaftsgütern zwischen Mitunternehmern nicht als Gewinn sondern als Schenkung besteuert, mit der Legaldefinition der ›Einlage‹ in § 4 I 8 EStG nicht ohne weiteres zu vereinbaren ist, da nach dieser Definition die ›Einlage‹ vom Steuerpflichtigen selbst vorgenommen werden muß, nicht von anderen Mitunternehmern. Man kann die Rechtspraxis jedoch damit rechtfertigen, daß erstens der Gesetzgeber bei der Formulierung der Legaldefinition augenscheinlich den Fall der Mitunternehmerschaft nicht im Blick gehabt hat, da er sonst die im Text erfolgte Einschränkung vorsehen hätte müssen, daß die Zuführung des Wirtschaftsguts nicht auf einem Anschaffungsvorgang mit korrespondierender Betriebsausgabe beruht. Zudem wäre es widersinnig, in § 6 V 3 EStG die Aktivierung zu Buchwerten zuzulassen, mithin die stillen Reserven aus der sofortigen Gewinnbesteuerung auszunehmen, den (anteiligen) Buchwert bei den begünstigten Mitunternehmern jedoch sofort als Gewinn zu besteuern. Zusammengenommen rechtfertigen beide Überlegungen eine teleologische Erweiterung der Legaldefinition um Zuführungen von Wirtschaftsgütern durch andere Mitunternehmer.

in dieses Betriebsvermögen zu bezeichnen. Andernfalls fehlte ein Begriff für diesen Vorgang.[162]

bb) Körperschaftsteuerrecht

Das Körperschaftsteuerrecht kennt keinen eigenständigen Begriff der ›Einlage‹, sondern verweist in § 8 Abs. 1 S. 1 KStG auf die einkommensteuerrechtliche Behandlung.[163] Dieser gesetzliche Anwendungsbefehl ist mit der Einschränkung zu befolgen, daß eine Kapitalgesellschaft keine außerbetriebliche Sphäre aufweist.[164] Bei einer ›Einlage‹ unter dem Körperschaftsteuerrecht findet stets ein Rechtsträgerwechsel statt.[165] Die Einlagedefinition lautet im Körperschaftsteuerrecht:

›Einlage‹ ist eine »durch das Gesellschaftsverhältnis veranlaßte Zuwendung eines bilanzierungsfähigen Vermögensvorteils durch einen Gesellschafter oder eine ihm nahestehende Person.«[166] Die Zuwendung eines Vermögensvorteils kann dabei auch in einem Forderungsverzicht liegen.[167]

162 Wenn § 6 V EStG verschiedene Betriebsvermögen eines Steuerpflichtigen unterscheidet, mag diese Unterscheidung auf den ersten Blick befremden, denn bei einem weiten Betriebsbegriff könnte man alle Betriebsvermögen, die ein Steuerpflichtiger verschiedenen Unternehmungen zuordnet, zusammenfassen mit der Begründung, es werde ja der Steuerpflichtige besteuert nicht die verschiedenen Unternehmungen. *Maier* in Beck'sches Steuer- und Bilanzrechtslexikon s.v. ›Einlagen‹ Rz. 12 geht z.B. von einem solch weiten Betriebsbegriff aus. Aber selbst bei der Bestimmung des Gewinns eines Steuerpflichtigen im Rahmen von § 4 EStG kann man nicht alle Einkünfte zusammenrechnen. Die Einkünfte aus verschiedenen Einkunftsarten werden nach der Systematik des Gesetzes erst im Rahmen des § 2 EStG zusammengerechnet und mittels § 4 EStG je für sich bestimmt. Allenfalls die Betriebsvermögen ein und derselben Einkunftsart könnten bei einem weiten Betriebsbegriff im Rahmen von § 4 I 1 EStG als ein Betriebsvermögen angesehen werden. Hat ein Steuerpflichtiger Einkünfte aus mehreren Einkunftsarten, muß auch bei einzelnen Steuerpflichtigen eine Übertragung von Wirtschaftsgütern zwischen den verschiedenen Einkunftsarten zuzuordnenden Betriebsvermögen als ›Einlage‹ möglich sein.

163 *Höng*, Debt-Mezzanine-Swap, 211.

164 BFH, BB 2006, 318; *Höng*, Debt-Mezzanine-Swap, 212.

165 *Höng*, Debt-Mezzanine-Swap, 211. Nicht ausreichend beachtet wird in der Literatur teilweise der Umstand, daß ein Rechtsträgerwechsel auch im Einkommensteuerrecht stattfinden kann, wenn ein Mitunternehmer ein Wirtschaftsgut in das gesamthänderisch gebundene Vermögen einer Mitunternehmerschaft einbringt. Der Einlagebegriff des Einkommensteuerrechts umfaßt auch die Situation bei Mitunternehmerschaften, er kann sich daher von dem Einlagebegriff im Körperschaftsteuerrecht nicht wesentlich unterscheiden.

166 BFH GmbHR 1998, 750 L; BFH DStR 2005, 706 (708).

167 BFH GrS, DStR 1997, 1282 (1282); *Höng*, Debt-Mezzanine-Swap, 212. Mitunter wird zu dem Beschluß des Großen Senats des BFH kritisch angemerkt, dadurch würde auf das Merkmal der Bilanzierbarkeit verzichtet, da die eingelegte Forderung

Die Aufgabe des körperschaftsteuerlichen Einlagebegriffs besteht wie im Einkommensteuerrecht darin, nur betrieblich veranlaßte Geschäftsvorfälle der Gewinnermittlung und damit der Besteuerung zuzuführen.[168] Mit dem Definiens »durch das Gesellschaftsverhältnis veranlaßt« werden hier die Fälle ausgeschlossen, in denen der Wert des Wirtschaftsguts durch einen korrespondierenden Mittelabfluß ausgeglichen wird. Das Kriterium der Veranlassung durch das Gesellschaftsverhältnis verdeutlicht gegenüber der Einlagedefinition des Einkommensteuerrechts, daß eine bewußte Vermögensmehrung, eine bewußte Leistung an die Gesellschaft vorliegen muß. Eine unbewußte Mehrung des Betriebsvermögens, die durch ein für die Gesellschaft unerkannt besonders günstiges Austauschgeschäft mit dem Gesellschafter eintreten kann, z.B. wenn der Wert eines Kaufgegenstands von beiden Seiten unterschätzt wurde, ist keine Zuwendung, die mit Blick auf das Gesellschaftsverhältnis erfolgte. Für Austauschgeschäfte in Personengesellschaften muß entsprechendes gelten.

cc) ›Offene‹ und ›verdeckte‹ Einlage

Das Steuerrecht unterscheidet weiter zwei Formen von ›Einlagen‹, ›offene‹ und ›verdeckte‹. Diese Unterscheidung ist für die vorliegende Arbeit mittelbar von großer Bedeutung, denn die steuerliche Unterscheidung in ›offene‹ und ›verdeckte Einlagen‹ strahlt auf das Handelsbilanzrecht aus. Der Kapitalschutz im Kapitalgesellschaftsrecht setzt wiederum eine handelsbilanzielle Behandlung von Finanzierungsbeiträgen als handelsrechtlich ›offene Einlagen‹ voraus.

Unter ›offener Einlage‹ versteht man im Steuerrecht eine Einlage gegen Gewährung von Gesellschaftsrechten.[169] Im Personengesellschaftsrecht ist umstritten, was unter einer Gewährung von Gesellschaftsrechten zu verstehen ist. Der Streit ist bedeutsam, da die Rechtsprechung bei ›offenen Einlagen‹ von einem entgeltlichen Vorgang, nämlich einem Tausch Wirtschaftsgut gegen Gesellschaftsrechte ausgeht, bei dem die Bewertung grundsätzlich nach § 6 Abs. 6 EStG vorzunehmen sei, sofern nicht bei Übertragungen von Wirtschaftsgütern aus einem Betriebsvermögen § 6 Abs. 5 EStG als Spezialvorschrift zu beachten sei.[170] Nach einer Ansicht ist nur dann von einer Gewährung von Gesellschafts-

nach dem Verzicht nicht mehr existiert und nicht mehr in der Bilanz erfaßt werden kann, so z.B. *Roser* in Gosch, KStG § 8 Rz. 91. Immerhin war die Forderung jedoch bis zu ihrem Verzicht passiviert, so daß man die Bilanzierungsfähigkeit des Einlagegegenstands auch bejahen kann.

168 BFH, BB 2006, 318; *Höng*, Debt-Mezzanine-Swap, 211.

169 BFH, DStR 2011, 212 (214); *Eckstein* in: HHR § 6 EStG Rz. 852; *Höng*, Debt-Mezzanine-Swap, 241.

170 Die Einstufung der offenen Einlage als tauschähnliches Geschäft geht auf BFHE 119, 285 zurück, zum tauschähnlichen Charakter der offenen Einlage s. *Eckstein* in HHR § 6 EStG Rz. 852 und *Niehus/Wilke* in HHR § 6 EstG Rz. 1501 m.w.N. zur Kritik an dieser Einordnung. Zur Bedeutung dieser Entscheidung für die Abgrenzung von § 6 Absatz 5 und Absatz 6 EStG *Niehus/Wilke* in HHR § 6 EStG Rz. 1558.

rechten auszugehen, wenn die Stimm- und/oder Gewinnbezugsrechte des »Einlegenden« berührt werden, also eine Buchung auf einem festen Kapitalkonto (Kapitalkonto I) erfolgt, nach einer anderen Ansicht genügt die Buchung auf einem variablen Kapitalkonto (Kapitalkonto II), sofern auf diesem Konto nicht nur Gewinnbeteiligungen, sondern auch Verlustbeteiligungen verbucht werden.[171]

Besonders umstritten sind im Steuerrecht Fälle, in denen eine Buchung auf einem gesamthänderischen Rücklagenkonto der Gesellschaft erfolgt (also gerade die Fälle, die aus gesellschaftsrechtlicher Sicht typische Anwärter für ›Einlagen‹ abgäben). Zumindest wenn der Wert eines übertragenen Wirtschaftsguts teilweise auf einem Kapitalkonto des Gesellschafters verbucht wird und nur teilweise auf einem Rücklagenkonto der Gesellschaft, gehen mittlerweile Rechtsprechung und Finanzverwaltung davon aus, daß die gesamte Einbringung »gegen Gewährung von Gesellschaftsrechten« erfolgt und damit als ›offene Einlage‹ einzustufen ist.[172] Diese Rechtsprechung will die Übertragung von Wirtschaftsgütern, die bei einer Gewährung von Gesellschaftsrechten geleistet werden, um stille Reserven auszugleichen, wie ›offene Einlagen‹ behandeln. Mit anderen Worten soll das Agio, das bei der Aufnahme eines Neugesellschafters zum Ausgleich stiller Reserven geleistet wird, steuerlich genauso behandelt werden wie die Einlage auf das Kapitalkonto des Neugesellschafters.

Für diese Arbeit, die schwerpunktmäßig Kapitalgesellschaften behandelt, sind die Einzelheiten des steuerrechtlichen Streits bei Personengesellschaften entbehrlich. Schon dieser kurze Aufriß zeigt jedoch, daß die Frage, wann eine ›offene Einlage‹ anzunehmen ist, von dem Verständnis des Eigenkapitals abhängt. Der Streit, ob eine Buchung auf dem Kapitalkonto I zu fordern ist oder eine Buchung auf dem Kapitalkonto II genügt, ist ein Streit um die Eigenkapitalqualität der erbrachten Leistung: Ist von einer Leistung in das Eigenkapital nur auszugehen, wenn die Stimmrechte oder andere Mitgliedschaftsrechte berührt werden, oder genügt eine Verlustbeteiligung? Wenn die Antworten, die auf diese Fragen gefunden werden, und damit der steuerrechtliche Einlagebegriff vom Verständnis des Eigenkapitals im Steuerrecht abhängen, wird deutlich, daß der Einlagebegriff aus dem Steuerrecht nicht ohne weiteres in andere Rechtsgebiete übertragen werden kann. Bei Kapitalgesellschaften, die für diese Arbeit von größerem Interesse sind, ist eine Gewährung von Gesellschaftsrech-

171 Übersicht über die Ansichten bei *Niehus/Wilke* in HHR § 6 EStG Rz. 1559. Der BFH hat mit Urteil v. 29.07.2015 (BFH IV R 15/14, BStBl. II 2016, 593) entschieden, daß eine Buchung auf einem Kapitalkonto II auch bei Verlustverrechnung nicht genügen soll. Dem hat sich die Finanzverwaltung unter Aufgabe ihrer früheren Ansicht angeschlossen (vgl. BMF v. 26.07.2016, BStBl. I 2016, 684).

172 Vgl. BFH DStR 2008, 761, BFH DStR 2008, 2001; dazu *Niehus/Wilke* in HHR § 6 EStG Rz. 1560 m.w.N. Abweichend neuerdings wieder FG Niedersachsen v. 17.10.2019, EFG 2020, 1600 unter Hinweis auf die Entscheidung des vierten Senats v. 29.07.2015 (BFH IV R 15/14, BStBl. II 2016, 593) zur nicht ausreichenden Buchung lediglich auf einem Kapitalkonto II.

ten jedenfalls dann anzunehmen, wenn junge Anteile ausgegeben werden.[173] Zudem wird man von offenen Einlagen auch dann sprechen müssen, wenn Rechte aus alten Anteilen abgeändert werden und die zugeflossenen Mittel in der Kapitalrücklage nach § 272 Abs. 2 Nr. 3 HGB verbucht werden.[174]

Eine ›verdeckte Einlage‹ ist eine Einlage ohne Gegenleistung in Form von Gesellschaftsrechten.[175] Der Bundesfinanzhof formuliert in ständiger Rechtsprechung, eine ›verdeckte Einlage‹ liege vor, wenn ein Gesellschafter oder eine ihm nahestehende Person der Kapitalgesellschaft, ohne daß der Gesellschafter hierfür neue Gesellschaftsanteile erhält, einen einlagefähigen Vermögensvorteil zuwendet und diese Zuwendung ihre Ursache im Gesellschaftsverhältnis hat. Letztere Voraussetzung ist nach Auffassung des Gerichts immer dann gegeben, wenn ein Nichtgesellschafter der Gesellschaft den Vermögensvorteil bei Anwendung der Sorgfalt eines ordentlichen Kaufmanns nicht eingeräumt hätte.[176] Zum »Wesen jeder verdeckten Einlage« gehöre damit, daß ihr keine Gegenleistung der Gesellschaft gegenüber stehe, mit anderen Worten die Überführung des Wirtschaftsguts unentgeltlich erfolge.[177]

Die zitierten Urteile sind zu Körperschaften ergangen. Für Personengesellschaften kann nichts anderes gelten, weil die Übertragung von Wirtschaftsgütern in das gesamthänderische Vermögen von Mitunternehmerschaften der Übertragung in das Eigenvermögen von juristischen Personen vergleichbar ist. Hier findet ebenso ein Rechtsträgerwechsel statt, nicht nur ein Übergang aus der privaten in die betriebliche Sphäre.[178] Daher sind die Aussagen dieser Urteile

173 Vgl. *Gröbshäuser*, Offene und verdeckte Einlagen, 4175 m.w.N.

174 Ähnlich *Eckstein* in HHR § 6 Rz. 852 bei einer Buchung in § 272 II Nr. 4 HGB. Diese Nummer des § 272 II HGB ist vor allem dann einschlägig, wenn Gesellschaftsrechte nicht berührt werden. Würden solche Einlagen als ›offene Einlagen‹ bezeichnet, also alle in der Bilanz in einem eigenständigen Kapitalposten abgebildeten Vermögensmehrungen als ›offen‹ bezeichnet, stimmte dies nicht mehr mit dem Sprachgebrauch des Bundesfinanzhofs überein, der auf eine Gewährung von Gesellschaftsrechten abstellt. Bei einer Buchung in § 272 II Nr. 3 HGB kann man m.E. jedoch im Einklang mit dem Sprachgebrauch des BFH von einer ›offenen Einlage‹ sprechen.

175 BFH, DStR 2011, 212 (214); *Eckstein* in: HHR § 6 EStG Rz. 852; *Düen* in Blümich § 4 EStG Rz. 520 s.v. ›verdeckte Einlage‹; *Rengers* in Blümich § 8 KStG Rz. 175. Diese Definition wurde durch die Rechtsprechung entwickelt. Zu früheren Entwicklungsstufen und der etwas anderen Auffassung der Finanzverwaltung siehe *Höng*, Debt-Mezzanine-Swap, 245.

176 So z.B. BFHE 210, 345, BFH DStRE 2007, 1136.

177 So ausdrücklich BFHE 201, 345 = DStR 2005, 1723 (1742) unter Verweis auf das Grundsatzurteil BFHE 155, 52; daran anschließend BFH DStRE 2007, 1136.

178 In ähnlicher Weise wie hier verwendet *Eckstein* in HHR § 6 Rz. 852 den Begriff ›verdeckte Einlage‹ bei Personengesellschaften gleichbedeutend wie bei Kapitalgesellschaften. Nach hier vertretener Ansicht kann aus der Anwendbarkeit dieses Begriffes bei Personengesellschaften eine generelle Anwendbarkeit im Einkommensteuerrecht gefolgert werden.

auch im Einkommensteuerrecht zu beachten. Eine solche ›verdeckte Einlage‹ kann z.B. darin liegen, daß ein Mitunternehmer seiner Gesellschaft eine gegen sie gerichtete Forderung erläßt. Auch ein Sanierungszuschuß des Alleingesellschafters an seine Kapitalgesellschaft ist eine ›verdeckte Einlage‹.

dd) Bilanzielle Erfassung ›offener‹ und ›verdeckter Einlagen‹

Der Begriff der ›Einlage‹ beschreibt im Steuerrecht ein konkretes Wirtschaftsgut. Interessant ist für das Steuerrecht jedoch nicht der konkrete Gegenstand als solcher, sondern der Wert, der diesem Wirtschaftsgut zuzuschreiben ist. Denn um diesen Wert erhöht sich das Betriebsvermögen. Bei der Gewinnermittlung muß der entsprechende Betrag vom Ergebnis des Betriebsvermögensvergleichs abgezogen werden. Die Bewertung des Wirtschaftsguts ›Einlage‹ ist für die korrekte Gewinnermittlung ebenso wichtig wie die Bestimmung, daß dieser Einlagewert vom Ergebnis des Betriebsvermögensvergleichs abzuziehen ist. Die Bewertung der ›Einlage‹ legt fest, um wieviel das steuerbilanzielle Betriebsvermögen erhöht wird, und damit zugleich die Höhe der Korrektur über das Rechtsinstitut der ›Einlage‹.

Bei einer ›offenen Einlage‹ geht man im Steuerrecht davon aus, auch handelsbilanziell werde regelmäßig eine Buchung im gezeichneten Kapital bzw. auf einem Gesellschafterkapitalkonto oder in den Rücklagen der Gesellschaft erfolgen, da die Einlage als Gegenleistung für Gesellschaftsrechte erbracht wird.[179]

179 Ob diese Annahme korrekt ist, hängt von der ungeklärten Frage ab, ob das entscheidende Kriterium für die Annahme einer ›offenen Einlage‹ allein die im Gegenzug erfolgende Gewährung von Gesellschaftsrechten ist oder ob zusätzlich eine offene Abbildung des Vorgangs in der Handelsbilanz erfolgen muß. Die im Text besprochenen Urteile nennen allein die Gewährung von Gesellschaftsrechten als Kriterium, betreffen allerdings je Fälle, in denen der Vorgang in der Handelsbilanz in einem besonderen Eigenkapitalposten Niederschlag gefunden hat. Daher ist in der Rechtsprechung und in der Folge auch in der Literatur nicht geklärt worden, ob die Gewährung von Gesellschafterrechten nicht nur ein notwendiges, sondern auch ein hinreichendes Kriterium für die Annahme einer ›offenen Einlage‹ abgibt. Im Handelsbilanzrecht ist jedoch – wie im Text alsbald erörtert werden wird, nicht in allen Fällen davon auszugehen, daß eine Gegenleistung, die im Gesellschaftsvertrag für Gesellschaftsrechte versprochen wird, auch offen abgebildet wird. Das einfachste Beispiel für diese schwierige Frage stellt der Verkauf eines Gegenstands zu einem bewußt niedrigen Kaufpreis dar, der im Gesellschaftsvertrag vereinbart wird in der Absicht, die Einräumung der Gesellschaftsrechte zu entgelten, also ein Fall, der im Aktienrecht als Sachübernahme bezeichnet würde. Es ist denkbar, daß im Fall einer Sachübernahme handelsbilanziell die Aktivierung nach dem Vorsichtsprinzip entsprechend dem vereinbarten Kaufpreis als maßgebliche Anschaffungskosten vorzunehmen ist. Wenn die dadurch entstehenden stillen Reserven als Gegenleistung für Gesellschaftsrechte bestimmt sind, kann man steuerrechtlich eine ›offene Einlage‹ annehmen (gegen Gewährung von Gesellschaftsrechten), bei der die stillen Reserven aufzudecken und in einem Kapitalkonto zu buchen sind. Man kann aller-

Für den steuerrechtlichen Begriff der ›verdeckten Einlage‹ ist es unmaßgeblich, ob die ›Einlage‹ bei der Buchführung nach dem Handelsbilanzrecht über die GuV erfaßt wird (z.B. bei Sanierungszuschüssen), in der Bilanz als eigenständiger Posten abgebildet wird (z.B. bei Einlagen in die Kapitalrücklage nach § 272 Abs. 2 Nr. 4 EStG) oder handelsbilanziell zu stillen Reserven führt (z.B. bei Verkäufen von Wirtschaftsgütern an eine Gesellschaft zu einem bewußt niedrigen Preis).[180] Die Bezeichnung als ›verdeckte Einlage‹ ist im Fall einer Abbildung in der handelsrechtlichen Jahresbilanz wenig glücklich.[181] In der Steuerbilanz kommt es – wie sogleich zu zeigen ist – häufig ohnehin zur Aufdeckung stiller Reserven und damit einer offenen Abbildung der ›verdeckten Einlage‹, in welchen Fällen die Begriffsbildung noch weniger gelungen ist. Das Adjektiv ›verdeckt‹ hat im Steuerrecht keine Konnotation von ›anstößig‹ oder ›unlauter‹.

Wird die Übertragung eines Wirtschaftsguts im Steuerrecht als ›Einlage‹ verstanden, hat dieses Verständnis Auswirkungen auf die Steuerbilanz, für die Korrekturen an der handelsbilanziellen Erfassung notwendig werden können. Grundsätzlich sind Einlagen aus dem Privatvermögen in der Steuerbilanz mit ihrem vollem wirtschaftlichen Wert zu aktivieren, entweder nach § 6 Abs. 6 EStG (gemeiner Wert bei ›offenen Einlagen‹ aus dem Privatvermögen) oder nach § 6 Abs. 1 Nr. 5 EStG (Teilwert bei ›verdeckten Einlagen‹ aus dem Privatvermögen). Zu stillen Reserven kann es bei Übertragungen aus dem Privatvermögen nur ausnahmsweise kommen, z.B. wenn das Wirtschaftsgut vor weniger als drei Jahren im Privatvermögen angeschafft worden ist, da dann gemäß § 6 Abs. 1 Nr. 5 S. 1 lit. a) und S. 2 EStG die um die Afa-Beträge reduzierten Anschaffungskosten maßgeblich sind, nicht der tatsächliche Teilwert. Bei Übertragungen von Wirtschaftsgütern aus dem Betriebsvermögen in ein anderes

dings die ›offene Einlage‹ im Steuerrecht auch enger fassen und nur solche Vorgänge darunter verstehen, die auch in der Handelsbilanz offen abgebildet werden (so versteht den Begriff z.B. *Lahme* in Beck'sches Steuer- und Bilanzrechtslexikon s.v. ›verdeckte Einlage‹ Rz. 7). Sachübernahmen wären dann steuerrechtlich als ›verdeckte Einlagen‹ anzusehen. Im Steuerrecht verlangt die Bewertungsvorschrift des § 6 V EStG grundsätzlich die Einbuchung des Einlagegegenstands zum Zeitwert (gemeiner Wert) und damit eine ›offene‹ Behandlung in der Steuerbilanz. Bei Einlagen von Einzelwirtschaftsgütern aus einem anderen Betriebsvermögen schreibt der vorrangige § 6 V EStG jedoch zwingend die Bildung stiller Reserven vor, so daß die Einbringung insoweit in der Steuerbilanz ›verdeckt‹ wird. Ob die Handelsbilanz in diesen Fällen eine Buchwertfortführung zuläßt, ist im Handelsbilanzrecht umstritten (s. dazu unten im Text S. 182 ff.). Wenn selbst in der Steuerbilanz in bestimmten Fällen nicht der gesamte Wert der Einlage offen ausgewiesen wird, spricht dies dafür, das Kriterium der »Gewährung von Gesellschaftsrechten« als hinreichendes Kriterium zu verstehen.

180 *Potz/Krome* in Beck'sches Handbuch GmbH, § 7, Rz. 137; *Rengers* in Blümich § 8 KStG Rz. 175.

181 So auch *Eckstein* in HHR § 6 EStG Rz. 852.

Betriebsvermögen des Steuerpflichtigen oder einer Mitunternehmerschaft ist die Übertragung von stillen Reserven gemäß den verschiedenen Varianten des § 6 Abs. 5 EStG hingegen der Regelfall. Hierbei kommt es nicht darauf an, ob die Einlagen offen oder verdeckt erfolgen.

Für die Bewertung des eingelegten Wirtschaftsguts und die Aktivierung in der Steuerbilanz ist im Steuerrecht entscheidend, ob eine Übertragung von stillen Reserven möglich sein soll. Bei Übertragungen aus dem Privatvermögen können stille Reserven dazu führen, daß die Besteuerung von privaten Veräußerungsgewinnen geringer ausfällt und der betriebliche Gewinn (auch der eventueller Mitunternehmer) bei späterer Aufdeckung der stillen Reserven höher anzusetzen ist.[182] Bei Übertragungen zwischen Betriebsvermögen ist vor allem über den Zeitpunkt der Aufdeckung stiller Reserven und damit den Zeitpunkt der Gewinnbesteuerung zu entscheiden. Deshalb ist eine Nichtaufdeckung von stillen Reserven aus dem Privatvermögen grundsätzlich nicht erwünscht, bei Übertragungen aus einem Betriebsvermögen hingegen zulässig. In der Folge der verschiedenen Bestimmungen zur Bewertung von Einlagen kann es im Steuerrecht dazu kommen, daß eine ›Einlage‹ (das Wirtschaftsgut) möglicherweise nicht mit dem gesamten Einlagewert in der Steuerbilanz abgebildet wird.

Besonderheiten können bei teilentgeltlichen Vorgängen zu beachten sein, also z.B. wenn ein Mitunternehmer ein Grundstück zu einem bewußt niedrigen Wert an die Personengesellschaft veräußert, um die Gesellschaft zu bereichern. Denkbar wäre ein Fall, in dem ein Mitunternehmer der Gesellschaft eine Forderung in Höhe von 100 erläßt, ein weiterer Mitunternehmer ein Grundstück im Wert von 150 der Gesellschaft für 50 überläßt. Hier kann man sagen, der bewußt nicht entgoltene Mehrwert des Grundstücks werde ebenso verdeckt eingelegt wie die Forderung. Grundsätzlich ist die Übertragung des Mehrwerts als ›verdeckte Einlage‹ zu qualifizieren.[183] Im Fall des Grundstücks ist nicht das gesamte Wirtschaftsgut ›Einlage‹, sondern nur insoweit, als es nicht entgolten worden ist. Im übrigen ist es Gegenstand eines entgeltlichen Anschaffungsvorgangs. Man könnte berechtigt sagen, nur der Mehrwert des Wirtschaftsguts sei hier ›Einlage‹. Wenn eine ›Einlage‹ jedoch stets (wie oben ausgeführt) ein Wirtschaftsgut bezeichnen soll, muß man die Begriffsverwendung dahingehend präzisieren, daß das Wirtschaftsgut nur in Höhe des Mehrwerts ›verdeckte Einlage‹ ist. Ob der gesamte Mehrwert als ›Einlage‹ in der Steuerbilanz aufgedeckt werden muß, hängt wiederum von den soeben erörterten Bewertungsvorschriften ab.

182 Anschauliche Beispiele, in denen es darauf ankommt, ob stille Reserven übertragen werden, bei *Gröbshäuser*, Offene und verdeckte Einlagen, 4171 ff.

183 Sofern das (Teil-)Entgelt in Gesellschaftsrechten besteht, wurde weiter oben im Text und in Fußnote 179 schon erläutert, daß auch bei Wirtschaftsgütern, die bei Personengesellschaften nicht in einem Kapitalkonto oder bei Kapitalgesellschaften nicht im gezeichneten Kapital gebucht werden, insgesamt wohl von einer ›offenen Einlage‹ auszugehen ist.

Bei teilentgeltlichen Übertragungen von Wirtschaftsgütern aus dem Betriebsvermögen ist die rechtliche Behandlung umstritten. Nach einer Ansicht, der sogenannten ›Einheitstheorie‹, kann bei teilentgeltlichen Übertragungen von Wirtschaftsgütern in bestimmten Fällen rechtlich sogar davon auszugehen sein, daß ein vollständig entgeltlicher Vorgang vorliegt, bei dem der tatsächlich nicht entgoltene Mehrwert vollständig zu stillen Reserven führt. Wiederum ist für die steuerrechtliche Bewertung entscheidend, ob stille Reserven aufgedeckt oder übertragen werden sollen.

Die Einzelheiten der umstrittenen rechtlichen Behandlung teilentgeltlicher Anschaffungen können hier dahinstehen.[184] Es bleibt die Erkenntnis, daß die ›Einlage‹ im Steuerrecht grundsätzlich mit ihrem vollen wirtschaftlichen Wert in die Steuerbilanz aufzunehmen ist, jedoch viele Ausnahmen von dieser Regel zu beachten sind, die eine Übertragung stiller Reserven zulassen.

ee) Kriterien für Einlagen und Beispiele für Nicht-Einlagen

Im Steuerrecht umschreibt der Begriff der ›Einlage‹ mithin ein bilanzierungsfähiges Wirtschaftsgut, das von einem Unternehmer bzw. Gesellschafter oder einer diesem nahestehenden Person in ein Betriebs- respektive Gesellschaftsvermögen überführt wird, soweit für das Wirtschaftsgut bewußt kein Entgelt gezahlt wird bzw. nur Gesellschaftsrechte als Entgelt eingeräumt werden. Maßgebliche Kriterien für die ›Einlage‹ sind der steuerrechtliche Begriff des Wirtschaftsgutes und die Bilanzierungsfähigkeit. Unter einem Wirtschaftsgut versteht das Steuerrecht Gegenstände, tatsächliche Zustände und sonstige Vorteile, die für den Betrieb einen wirtschaftlichen Wert haben und selbständig bewertbar sind.[185] Bei der Bilanzierungsfähigkeit ist anzumerken, daß das konkrete Aktivierungsverbot für immaterielle Wirtschaftsgüter aus § 5 Abs. 2 EStG bei einer ›Einlage‹ nicht gilt, da auch solche immateriellen Einlagen die Gewinnermittlung nicht beeinflussen sollen.[186] ›Offene Einlagen‹ gelten im Steuer-

184 Zum Theorienstreit zwischen reiner Trennungstheorie, modifizierter Trennungstheorie und Einheitstheorie bei Wirtschaftsgütern aus dem Betriebsvermögen s. *Niehus/Wilke* in HHR § 6 EStG Rz. 1555 m.w.N. Bei Wirtschaftsgütern aus Privatvermögen ist nach der sogenannten reinen Trennungstheorie der gesamte Wert prozentual auf die entgeltliche Anschaffung und die unentgeltliche Übertragung aufzuteilen. Stille Reserven können übertragen werden, soweit sie dem entgeltlichen Anschaffungsvorgang zugeordnet werden, nicht jedoch soweit sie dem Einlagevorgang zuzuordnen sind, da sie als Einlage nach § 6 I Nr. 5 EStG mit dem Teilwert zu bewerten sind.

185 *Maier* in Beck'sches Steuer- und Bilanzrechtslexikon, s.v. »Wirtschaftsgut« Rz. 1 ff.

186 *Maier* in Beck'sches Steuer- und Bilanzrechtslexikon, s.v. »Einlagen« Rz. 4.

recht ohnehin als entgeltlicher Erwerb, so daß in diesen Fällen immaterielle Wirtschaftsgüter stets bilanzierbar sind.[187]

Nicht ›Einlage‹ sind gemäß diesen Kriterien beispielsweise bloße Nutzungen von Wirtschaftsgütern durch das Unternehmen und Leistungen, die der Unternehmer für sein Unternehmen rein tatsächlich erbringt. Denn tatsächliche Nutzungen und Leistungen sind keine selbständig bewertbaren Gegenstände und daher keine Wirtschaftsgüter.[188] Nutzungen und Leistungen werden bei Gesellschaften als gesellschaftliche Erfolgsbeiträge bezeichnet.[189] Die Kostenersparnis, die sich für das Unternehmen aus solchen Beiträgen des Steuerpflichtigen ergibt, wird nicht mit ihrem wirtschaftlichen Wert als ›Einlage‹ aktiviert, sondern erhöht mittelbar den zu versteuernden Gewinn. Im Hintergrund dieser Regelung steht die Überlegung, daß der Wert einer Nutzung im Privatvermögen regelmäßig zu Einkommen aus Kapitalüberlassung (bei Geld) oder aus Vermietung und Verpachtung (bei sonstigen Gegenständen) führen würde. Würde der Nutzungsvorteil im Betriebsvermögen als ›Einlage‹ verstanden, würde der durch Betriebsvermögensvergleich zu ermittelnde Gewinn um diesen Betrag gesenkt. Im Privatvermögen steuerbare Einkünfte würden allein durch eine Verschiebung in das Betriebsvermögen steuerfrei gestellt.[190] Würden Dienstleistungen eines Einzelunternehmers als ›Einlage‹ begriffen, würde sogar eine Hauptquelle für unternehmerische Gewinne trocken gelegt. Auch bei Dienstleistungen eines Gesellschafters würde eine Einstufung als ›Einlage‹ zu einer erheblichen Reduktion des Steueraufkommens führen, da der Gesellschafter nicht als Arbeitnehmer seiner Gesellschaft begriffen werden kann, die ihm privat zugeordneten Leistungen mithin wegen fehlender Tatbestandsmäßigkeit der Besteuerung

187 *Maier* in Beck'sches Steuer- und Bilanzrechtslexikon, s.v. »Immaterielle Wirtschaftsgüter« Rz. 10. Die Annahme von Bilanzierbarkeit immaterieller Wirtschaftsgüter, die als Sacheinlagen im Gegenzug für Gesellschaftsanteile aufgebracht werden, bedeutet, das Vorsichtsprinzip zugunsten einer Gewinnermittlung einzuschränken, aus der diese Werte herausgerechnet werden können. Die Unsicherheit bei der Bewertung nicht am Markt erworbener immaterieller Wirtschaftsgüter jedoch, auf der die Beschränkungen der Aktivierbarkeit stets beruhten und auch heute noch beruhen, wird durch die als Entgelt geleisteten Gesellschaftsanteile nicht beseitigt, da deren Wert vom Wert der Sacheinlage mitbestimmt wird. Bei Neugründungen von Gesellschaften fehlt für die Bewertung der immateriellen Wirtschaftsgüter jeder weitere Anhaltspunkt, da die Anteile der neugegründeten Gesellschaft eigenständig nicht sicher bewertet werden können.

188 BFH Beschluß vom 26.8.1987, GrS 2/86, BFHE 151, 523; dazu *Maier* in Beck'sches Steuer- und Bilanzrechtslexikon s.v. ›Einlagen‹ Rz. 5, *Roser* in Gosch KStG § 8 Rz. 90.

189 *Lahme* in Beck'sches Steuer- und Bilanzrechtslexikon s.v. ›verdeckte Einlage‹ Rz. 55, hier jedoch beschränkt auf Kapitalgesellschaften. Für Personengesellschaften muß das Gleiche gelten, da sie Kapitalgesellschaften insoweit vergleichbar sind. Zur Terminologie der ›Erfolgsbeiträge‹ auch *Groh*, Gesellschafterbeitrag, 71 und 76.

190 BFH Beschluß vom 26.8.1987, GrS 2/86, BFHE 151, 523; dazu *Maier* in Beck'sches Steuer- und Bilanzrechtslexikon s.v. ›Einlagen‹ Rz. 6.

nicht bei ihm privat als Einkünfte (aus nichtselbständiger Arbeit) besteuert werden könnten.[191] Der Einlagebegriff dient bei Nutzungen und Leistungen dazu, das Steuersubstrat zu sichern.

Wird eine Nutzung nicht nur tatsächlich geduldet, sondern ein Rechtsanspruch darauf begründet, stellt das Nutzungsrecht einen immateriellen Gegenstand dar, dessen wirtschaftlicher Wert selbständig bestimmt werden kann, indem die Kostenersparnis gegenüber einer marktkonformen Nutzung im Wege eines Mietvertrages geschätzt wird. Daher können sowohl obligatorische wie dingliche Nutzungsrechte grundsätzlich als immaterielle Wirtschaftsgüter in die Steuerbilanz aufgenommen werden. Besteht das Leistungsrecht jedoch gegenüber einem Gesellschafter, ist nach einer Entscheidung des Großen Senats des Bundesfinanzhofs für die Steuerbilanz der Wert mit null anzusetzen.[192]

Ziel dieser Entscheidung ist wiederum, das Steuersubstrat zu sichern. Die Begründung eines formellen Nutzungsrechts soll im Ergebnis nicht anders behandelt werden als eine bloß faktische Nutzung. Auch hier soll nicht allein die Begründung eines Nutzungsrechts im Betriebsvermögen eines Unternehmens dazu führen, daß im Privatvermögen steuerbare Einkünfte der Besteuerung entzogen werden. Andernfalls stünde ein Einzelunternehmer schlechter da als Mitunternehmer, da der Einzelunternehmer keine Rechte gegen sich selbst begründen kann. Zudem kann man die Situation von unentgeltlichen oder vergünstigten Nutzungsrechten, die gegen einen Gesellschafter begründet werden, mit den Vorteilen aus günstig abgeschlossenen schwebenden Geschäften mit Dritten vergleichen. Bei schwebenden Drittgeschäften kann der wirtschaftliche Vorteil, die Gewinnchance aus dem Geschäft, ebenfalls nicht in der Bilanz abgebildet werden, sondern es ist auf die Realisierung infolge einer Entgeltzahlung zu warten.[193] Bei günstigen Nutzungsüberlassungsverträgen mit Gesellschaftern erfolgt die Realisierung des wirtschaftlichen Wertes durch die infolge der Nutzung erleichterten Geschäftsabschlüsse.

Verpflichtet sich ein Gesellschafter gegenüber seiner Gesellschaft zur Erbringung von Leistungen, muß dasselbe gelten wie bei Nutzungsrechten. Wird der Gesellschaft durch den Gesellschaftsvertrag oder einen schuldrechtlichen Vertrag ein Recht auf Leistungserbringung zugestanden, kann man grundsätzlich ein immaterielles Wirtschaftsgut »Recht auf ...« annehmen. Der Wert dieses Rechts muß jedoch wie der gegen Gesellschafter gerichtete Anspruch auf Nutzungsüberlassungen mit null angesetzt werden. Ein Gesellschafter kann insoweit nicht besser stehen als ein Einzelunternehmer.

Ein Beispiel für eine bloße Nutzungsüberlassung stellt die zinslose Darlehensgewährung dar, die in dem Grundsatzbeschluß des Großen Senats verhan-

191 Zu diesem Gesichtspunkt *Groh*, Gesellschafterbeitrag, 76 ff.

192 BFH Beschluß vom 26.8.1987, GrS 2/86, BFHE 151, 523; dazu *Maier* in Beck'sches Steuer- und Bilanzrechtslexikon s.v. ›Einlagen‹ Rz. 7.

193 Zur Nichtbilanzierung schwebender Geschäfte vgl. *Krumm* in Blümich § 5 EStG Rz. 243 ff.

delt worden ist.[194] Ebenso wäre der Zinsvorteil bei vergünstigter Kapitalüberlassung zu behandeln. Der bloße Vorteil der Kostenersparnis allein stellt kein positives Wirtschaftsgut dar, das unabhängig von dem negativen Wirtschaftsgut der Darlehensvaluta aktiviert werden könnte. Ein weiteres Beispiel wäre die faktische Möglichkeit einer Gesellschaft, ihre Geschäfte in den Räumen eines Gesellschafters zu betreiben. Die Leihe eines Werkzeugs wäre ein Beispiel für ein unentgeltliches obligatorisches Nutzungsrecht, der Nießbrauch an einem Grundstück ein Beispiel für ein dingliches Nutzungsrecht. Ein Beispiel für eine nicht als Einlage zu bewertende Leistung an die Gesellschaft wäre die Übernahme der Geschäftsführung, die kein Wirtschaftsgut ist, wenn sie rein faktisch erfolgt, und ein mit null zu bewertendes immaterielles Wirtschaftsgut, wenn sie im Gesellschaftsvertrag als Beitrag versprochen wird oder schuldrechtlich vereinbart wird.

ff) Zusammenfassung

Für die gesellschaftsrechtliche Behandlung von Einlagen in Kapitalgesellschaften, die im Zentrum dieser Arbeit stehen, ist von den Erkenntnissen zum Steuerrecht besonders bemerkenswert, daß die Einschränkung des steuerrechtlichen Einlagebegriffs auf bilanzierungsfähige Wirtschaftsgüter dazu führt, daß nicht jeder Beitrag eines Gesellschafters an seine Gesellschaft als ›Einlage‹ anzusehen ist. Selbst vermögenswirksame Beiträge können steuerrechtlich nicht als ›Einlage‹ anzusehen sein, sondern als Erfolgsbeiträge, als Beiträge zur Erhöhung des Gewinns. Das Steuerrecht versteht zwar eine ›Einlage‹ als Mehrung des steuerbilanziellen Eigenkapitals (Betriebsvermögen), aber nicht jede Verbesserung der Eigenkapitalsituation einer Gesellschaft, die von den Gesellschaftern bewußt herbeigeführt wird, ist notwendig eine ›Einlage‹.

Entscheidend ist für die rechtliche Beurteilung nicht die wirtschaftliche Vergleichbarkeit verschiedener Formen der Unternehmensfinanzierung, sondern die steuerrechtliche Vergleichbarkeit. Wirtschaftlich ist die Förderung einer Gesellschaft über Kostenersparnisse bei Nutzungen und Leistungen der Förderung durch Zuführung bilanzierbarer Wirtschaftsgüter vergleichbar. Das zeigt schon der dafür verwendete Begriff der ›Nutzungseinlage‹, darüber hinaus auch der Umstand, daß der Ansatz in der Bilanz bei den als immateriellen Wirtschaftsgütern anzusehenden Nutzungsrechten erst infolge steuerrechtlicher Überlegungen versagt wird. Wirtschaftlich gesehen macht es wenig Unterschied, ob ein Gesellschafter eine Bareinlage tätigt und sich die Nutzung eines Wirtschaftsguts vergüten läßt oder die Nutzung unentgeltlich erfolgt, steuerrechtlich jedoch nicht, da die Entgelte für die Nutzung oft steuerbar sind.

Dieses Entscheidungskriterium ist in andere Rechtsbereiche nicht übertragbar, damit auch der steuerrechtliche Begriff der ›Einlage‹ nicht. Ebensowenig

194 BFH Beschluß vom 26.8.1987, GrS 2/86, BFHE 151, 523; dazu *Maier* in Beck'sches Steuer- und Bilanzrechtslexikon s.v. ›Einlagen‹ Rz. 6.

können die Grundsätze für die Bewertung von ›Einlagen‹ in der Steuerbilanz auf das Handelsrecht übertragen werden, da sie maßgeblich davon abhängen, ob und wann eine Besteuerung stiller Reserven erfolgen soll. Die Kenntnis der Fragen, die sich im Steuerrecht im Zusammenhang mit dem Begriff der ›Einlage‹ stellen, und der Antworten, die darauf gegeben werden, kann jedoch helfen, vergleichbare Problemfelder in anderen Rechtsbereichen zu erkennen und Lösungen dafür zu finden.

Bemerkenswert ist darüber hinaus, daß im Steuerrecht zwischen dem Gegenstand der Einlage und dem Wert dieses Gegenstands zu unterscheiden ist. Nicht immer ist der gesamte Wert des Einlagegegenstands steuerlich als Einlage anzusehen. Es wird sich noch zeigen, daß bei Sacheinlagen in Kapitalgesellschaften eine ähnliche Unterscheidung erforderlich sein kann.[195]

c) ›Einlage‹ im Handelsbilanzrecht

Die ›Einlage‹ im Sinne des Handelsbilanzrechts ist schwerer zu bestimmen als der steuerrechtliche Einlagebegriff, da keine Legaldefinition als Verständnishilfe dient und keine speziellen Vorschriften die Bewertung regeln. Für die Handelsbilanz stellt sich eine ähnliche Frage wie für die Steuerbilanz: Welche Finanzierungsbeiträge sind als Einlagen zu qualifizieren, welche Finanzierungsbeiträge sind anders zu qualifizieren? Anders gewendet: Wie sollen die verschiedenen Beiträge zur Unternehmensfinanzierung durch Gesellschafter respektive Unternehmer[196] in der Buchführung erfaßt werden?

Sollen alle Vermögensmehrungen und Kostenersparnisse in der Bilanz aktiviert werden oder können bestimmte Vermögensmehrungen (ähnlich den steuerlichen »Erfolgsbeiträgen«) über die GuV erfaßt werden? Wenn eine Aktivierung des Gesellschafterbeitrags vorgesehen ist, ist weiter zu fragen, mit welchem Wert der Vermögensgegenstand in die Bücher aufzunehmen ist: Soll der gesamte Zeitwert ausgewiesen werden oder kommt eine Bildung stiller Reserven schon bei der Zugangsbewertung in Betracht? Auf der Passivseite der Bilanz stellt sich die Frage, ob ein besonderer Eigenkapitalposten ausgewiesen werden soll. Alternativ können die Beiträge der Gesellschafter eben auch erfolgswirksam über die Gewinn- und Verlustrechnung erfaßt werden und das Eigenkapital der Bilanz über eine Erhöhung des Jahresergebnisses bzw. eine Absenkung des Jahresfehlbetrags mehren.

Wenn der Förderbeitrag eines Gesellschafters nicht als eigenständiger Posten aktiviert wird (denkbar z.B. bei Nutzungseinlagen), kommt nur eine mittelbare

195 S. u. S. 128 ff.

196 Die folgenden Erörterungen konzentrieren sich auf die Buchführung der Gesellschaften und insbesondere der Kapitalgesellschaften, die im Zentrum dieser Untersuchung stehen. Soweit Grundsätze ordnungsgemäßer Buchführung in Rede stehen, die für alle Kaufleute gleichermaßen gelten, sind jedoch auch Einzelunternehmer und Personengesellschaften in den Blick zu nehmen.

Erfassung über die GuV in Betracht, wenn durch den Beitrag Kosten gespart werden oder stille Reserven geschaffen werden, die später realisiert werden können.[197] Wird die Leistung eines Gesellschafters auf der Aktivseite der Bilanz abgebildet, führt im Handelsbilanzrecht anders als beim steuerrechtlichen Betriebsvermögensvergleich schon die Gegenbuchung in einem eigenständigen Eigenkapitalposten dazu, daß der Jahresüberschuß (Gewinn) durch die ›Einlage‹ nicht erhöht wird. Solche Vorgänge werden daher in der zweiten Hälfte der doppelten Buchführung, der Gewinn- und Verlustrechnung nicht mehr erfaßt. Sie berühren den Gewinn nicht. Technisch geht das Handelsrecht einen anderen Weg als das Steuerrecht, verfolgt in der Sache aber ein ähnliches Ziel: Die Bilanz soll die verschiedenen Leistungen in das Eigenkapital eines Betriebs in Kapitalbeiträge und Erfolgsbeiträge aufteilen. Durch die Trennung von Kapital und Gewinn einerseits und den Verbindlichkeiten andererseits auf der Passivseite will die Handelsbilanz dem Bilanzleser ermöglichen, sich nicht nur einen verläßlichen Überblick über das vorhandene Vermögen zu verschaffen (diesem Ziel dient vornehmlich die Aufstellung auf der Aktivseite), sondern auch über die Finanzierung des Vermögens und die Ertragskraft des Unternehmens.[198]

Die Handelsbilanz bezweckt zudem nicht nur die soeben angesprochene Information der Stakeholder einer Gesellschaft. Vielmehr dient die Handelsbilanz zugleich der Verwirklichung des kapitalgesellschaftsrechtlichen Kapitalerhaltungsschutzes, der auf der Aktivierung von Vermögensgegenständen

197 Anders verhält es sich beim Wegfall eines Passivpostens (z.B. Erlaß einer gegen die Gesellschaft gerichteten Forderung), der auch durch Erhöhung eines Kapitalpostens ausgeglichen werden kann (dept-equity-swap).

198 Erläuterung der Begriffe Vermögenslage, Finanzlage und Ertragslage besonders übersichtlich bei *Reiner* in MüKo-HGB § 264, Rz. 79 ff. Die Begriffe umschreiben letztlich Teilaspekte der gesamten wirtschaftlichen Lage des Unternehmens, und beeinflussen sich, wenn sie auch gedanklich getrennt werden können, wechselseitig. § 264 II 1 HGB nennt »ein den tatsächlichen Verhältnissen entsprechendes Bild der Vermögens-, Finanz- und Ertragslage« als ausdrückliches Ziel für den Jahresabschluß der Kapitalgesellschaften und der Personengesellschaften ohne unbeschränkt haftende natürliche Person. Letztlich soll jeder Jahresabschluß, nicht allein der Jahresabschluß von Kapitalgesellschaften, sowohl über das vorhandene Vermögen und die dazu eingegangenen Verbindlichkeiten Auskunft geben wie auch über die Erträge. Denn jeder Kaufmann muß gemäß § 242 II HGB über die GuV seine Ertragslage aufschlüsseln und gemäß § 242 I HGB nicht nur über das Vermögen, sondern auch über dessen Finanzierung mittels Schulden informieren. Dabei soll selbstredend jeder Jahresabschluß über die tatsächlichen Verhältnisse aufklären. Insoweit enthält der später eingeführte § 264 II 1 HGB eine prägnantere Formulierung als § 242 I und II HGB, aber keine wesentliche inhaltliche Neuerung. Dennoch entnimmt man § 264 II 1 HGB mit Blick auf dessen Entstehungsgeschichte eine Betonung des true and fair view-Grundsatzes in der Bilanz der Kapitalgesellschaften, dessen Verhältnis zu den übrigen GoB noch nicht restlos geklärt ist, vgl. dazu *Graf/Bisle* in MüKo-BilanzR § 264 HGB, Rz. 29 ff.

und der Bildung eines entsprechenden Passivpostens aufbaut, indem er bestimmt, welche Passivposten nicht an die Gesellschafter ausgekehrt dürfen. Läßt das Handelsbilanzrecht z.B. ähnlich wie das Steuerrecht die Behandlung von Finanzierungsleistungen als gewinnerhöhende Erfolgsbeiträge zu, werden solche Finanzierungsleistungen nicht vom Kapitalerhaltungsschutz des GmbH-Rechts oder des Aktienrechts erfaßt (beim Aktienrecht mit Ausnahme der geringen Thesaurierungsanforderungen des § 150 AktG). Aus diesem Grund kommt dem handelsbilanzrechtlichen Einlagebegriff im Rahmen der vorliegenden Untersuchung eine besondere Bedeutung zu und verlangt die Einlage im Handelsbilanzrecht nachfolgend besondere Aufmerksamkeit.

aa) Gegenstand der ›Einlage‹

Das Handelsgesetzbuch verwendet den Begriff der ›Einlage‹ in den bilanzrechtlichen Vorschriften (anders als in den Vorschriften zu den Handelsgesellschaften) nur einmal in § 272 Abs. 1 S. 3 HGB, wo es von »ausstehenden Einlagen auf das gezeichnete Kapital« spricht.[199] Hierbei knüpft es an einen kapitalgesellschaftsrechtlichen Einlagebegriff an, der an dieser Stelle nur Leistungen auf das Nominalkapital erfaßt,[200] woraus sich ersehen läßt, daß wenigstens diese ›Einlagen‹ auch ›Einlagen‹ im Sinne des Handelsbilanzrechts sein sollen. Trotz dieser nur einmaligen, wenig aussagekräftigen Begriffsverwendung in den bilanzrechtlichen Vorschriften des Handelsgesetzbuchs sprechen viele von einem ›handelsrechtlichen‹ Einlagebegriff, meinen damit einen handelsbilanziellen Einlagebegriff, der unabhängig ist von der Verwendung des Einlagebegriffs in den handelsgesellschaftsrechtlichen Vorschriften der §§ 105 ff. HGB, und verstehen darunter alle Leistungen in das wirtschaftliche Eigenkapital eines Unternehmens, die mit Blick auf die Gesellschafterstellung respektive die Unternehmereigenschaft erbracht werden und nicht als Entgelt im Rahmen eines Austauschgeschäfts.[201] Wie im Steuerrecht impliziert das Kriterium der Leistungserbringung, die mit Blick auf die Gesellschafterstellung erfolgt, eine bewußte Mehrung des Eigenkapitals, so daß beispielsweise der wirtschaftliche Vorteil aus einem unbewußten Unterwertverkauf nicht als Einlage angesehen wird. Dieser weite Einlagebegriff umfaßt demnach bei Gesellschaften alle vermögenswirksamen Beiträge eines Gesellschafters.

Auf den ersten Blick verwundert dieser ›handelsrechtliche Einlagebegriff‹, der in der Literatur über das Handelsbilanzrecht Verwendung findet, aber nicht nur Leistungen in das handelsbilanzielle Eigenkapital umfassen soll, sondern alle bewußten Mehrungen des wirtschaftlichen Eigenkapitals. Leistungen, die

199 *Marenbach*, Kapitalbasis, 63.

200 Absatz 1 des § 272 HGB befaßt sich nur mit dem gezeichneten Kapital, das Agio hingegen wird in § 272 Abs. 2 Nr. 1 HGB behandelt.

201 So verwenden den Begriff der Einlage z.B. *Höng*, Debt-Mezzanine-Swap, 236 und *Marenbach*, Kapitalbasis, 63 ff.

nicht in einem eigenständigen Kapitalposten ausgewiesen werden, sondern den Gewinn erhöhen, sind ebenso erfaßt wie die Erhöhung stiller Reserven. Der Grund für diese Begriffsverwendung ist beinahe hegelianischer Natur: Dieser weite Einlagebegriff hebt die Negation der ›Einlage‹ in einem engeren Sinn (bewußte Mehrung des handelsbilanziellen Eigenkapitals) in sich auf. Auch die Entscheidung, eine Erhöhung des wirtschaftlichen Eigenkapitals nicht (mit ihrem vollen Wert) in der Handelsbilanz abzubilden und entsprechend auf der Passivseite der Bilanz keinen Kapitalposten auszuweisen, ist eine handelsbilanzielle Entscheidung. Daher umfaßt der weite handelsbilanzielle Einlagebegriff alle Förderbeiträge, bei denen sich die Frage stellt, ob und wie sie das handelsbilanzielle Eigenkapital mehren.

Die Besprechung des steuerrechtlichen Einlagebegriffs hat vor Augen geführt, wie viele verschiedene Wege offen stehen, ein Unternehmen finanziell zu fördern. Unter dem Aspekt der Unternehmensfinanzierung sind all diese Finanzierungsformen wirtschaftlich vergleichbar. Welche Folgen die wirtschaftliche Vergleichbarkeit in einem Teilrechtsgebiet zeitigt, ist die entscheidende rechtliche Frage. Dem Handelsbilanzrecht, und insbesondere der Bilanz der hier interessierenden Kapitalgesellschaften, geht es unter anderem darum, den Bilanzleser darüber zu informieren, wieviel Vermögen (Aktiva) vorhanden ist und wie das vorhandene Vermögen finanziert worden ist, durch Fremdfinanzierung oder durch Eigenkapital.

Eigenkapital können die Unternehmer im Wege der Außenfinanzierung bereit stellen oder das Unternehmen kann es selbst aus erwirtschafteten Gewinnen aufbringen. Im Rahmen des Eigenkapitals wird daher zwischen dem Kapital als von dem Unternehmer (dauerhaft) bereitgestelltem Grundstock der Unternehmensfinanzierung und dem unter Verwendung dieses Kapitals erwirtschafteten Gewinn unterschieden.[202] Entsprechend der Unterscheidung zwischen Gewinn und Kapital werden die Leistungen der Unternehmer in Erfolgsbeiträge und

202 Der Begriff des ›Kapitals‹ wird in der gesellschaftsrechtlichen, handelsrechtlichen und betriebswirtschaftlichen Literatur in mindestens zweierlei Bedeutung gebraucht: Einerseits kann ›Kapital‹ die Gesamtheit der zur Investition zur Verfügung stehenden Finanzmittel bezeichnen (Eigen-*kapital* und Fremd-*kapital*). Andererseits kann mit dem Begriff ›Kapital‹ auch der von den Unternehmern bereitgestellte Grundstock des Eigenkapitals gemeint sein im Unterschied zu den erwirtschafteten Gewinnen als weiterem Teil des Eigenkapitals. Im Fortgang der Arbeit wird sich zeigen, daß man entweder jeden Finanzierungsbeitrag der Gesellschafter als ›Kapital‹ verstehen kann oder nur solche Beiträge, bei denen ein dauerhafter Verbleib im Unternehmen beabsichtigt ist. Dieser mögliche Unterschied im Kapitalbegriff wird häufig nicht beachtet. Im Recht der Kapitalgesellschaften findet teilweise ein noch engerer Kapitalbegriff Verwendung, der nur den Teil des Eigenkapitals umschreibt, der durch besondere Rechtsvorschriften dauerhaft dem Unternehmen zur Verfügung gehalten werden soll, jedenfalls nicht wieder an die Gesellschafter zurückgeführt werden kann (vgl. zu diesem kapitalgesellschaftsrechtlichen Begriff vom ›Kapital‹ z.B. *Ballerstedt*, Kapital, 41 ff.).

Kapitalbeiträge getrennt.[203] Bei den Kapitalbeiträgen handelt es sich, wenn man so will, um ›Einlagen‹ im engeren Sinn, die auf der Passivseite der Bilanz in einem besonderen Kapitalposten ausgewiesen werden. Der Begriff der ›Einlage‹ im weiteren Sinn umschreibt alle Finanzierungsleistungen von Gesellschaftern, da diese dafür in Frage kommen, als ›Einlage‹ im engeren Sinn in der Handelsbilanz ausgewiesen zu werden. Er enthält auch die Gesellschafterleistungen, die letztlich nicht in der Handelsbilanz als Kapitalbeitrag ausgewiesen werden.

Nur Leistungen, die das wirtschaftliche Eigenkapital eines Unternehmens mehren, kommen als ›Einlagen‹ im engeren Sinne in Betracht. Ob und wie diese Leistungen tatsächlich das handelsbilanzrechtliche Eigenkapital verändern, hängt von den Ansatz- und Bewertungsvorschriften des Handelsbilanzrechts ab. Voraussetzung für einen Ausweis in der Bilanz und damit eine ›Einlage‹ im engeren Sinn ist ähnlich wie im Steuerbilanzrecht, daß ein aktivierbarer Vermögensgegenstand im Sinne des § 246 Abs. 1 S. 1 HGB eingelegt wird.[204]

Der handelsrechtliche Begriff des Vermögensgegenstands stimmt weitgehend überein mit dem steuerrechtlichen Begriff des Wirtschaftsguts, verlangt jedoch über die selbständige Bewertbarkeit hinaus auch selbständige Verwertbarkeit.[205] Selbständige Verwertbarkeit liegt vor, wenn ein Gut in Geld umgewandelt werden kann, sei es durch Veräußerung, Einräumung eines Nutzungsrechts, bedingten Verzicht oder im Wege der Zwangsvollstreckung.[206] Die Definition des Vermögensgegenstands hängt mit einem Hauptzweck der Bilanz zusammen. Diese will darüber Auskunft geben, ob die Vermögensgegenstände eines Unternehmens dessen Schulden decken können.[207] Daher werden nur Güter, welche Gläubiger verwerten können, als Vermögensgegenstände angesehen.

Wenn die Entscheidung über die Eigenschaften Vermögensgegenstand und Bilanzierbarkeit gefallen ist, stellt sich die Frage nach der Bewertung dieses Vermögensgegenstands gemäß den Bewertungsvorschriften der §§ 253 ff. HGB.[208] Der weite Einlagebegriff umschreibt demnach alle Gesellschafterleistungen und die Aufgabe ihrer handelsbilanziellen Einordnung, der enge Einlagebegriff umschreibt als Lösung der Aufgabe die aktivierbaren Vermögensgegenstände, soweit die Ansatz- und Bewertungsvorschriften nicht zu stillen Reserven führen und keine erfolgswirksame Erfassung zulässig ist.

203 *Marenbach*, Kapitalbasis, 67.

204 *Marenbach*, Kapitalbasis, 67.

205 Zum Begriff des Vermögensgegenstands *Henrichs* in MüKo-BilanzR § 246 Rz. 21 ff., *Ballwieser* in MüKo-HGB § 246 Rz. 13 ff.

206 *Baetge/Kirsch/Thiele*, Bilanzen, 163; *ebda*, 159 ff. Diskussion der unterschiedlichen vertretenen Ansichten, die in der gewählten Definition zusammengefaßt werden.

207 *Baetge/Kirsch/Thiele*, Bilanzen, 159.

208 *Ekkenga* in KölnKomm-RL § 253 Rz. 3.

bb) Offene und verdeckte Einlage

Im Handelsbilanzrecht werden ähnlich wie im Steuerrecht sogenannte ›offene Einlagen‹ und ›verdeckte Einlagen‹ unterschieden, wobei die Bedeutung der Adjektive ›offen‹ und ›verdeckt‹ changiert. Einerseits kann ›offen‹ ausdrücken, daß die Einlageleistung aktiviert wird und auf der Passivseite der Bilanz im gezeichneten Kapital (bei Kapitalgesellschaften) bzw. in den Kapitalkonten der Gesellschafter (bei Personengesellschaften) oder in einer Kapitalrücklage gebucht wird. Die ›offene Einlage‹ ist so verstanden gleichbedeutend mit dem weiter oben verwendeten Begriff der ›Einlage im engeren Sinn‹: Der Charakter der Außenfinanzierung durch Gesellschafter wird durch eine Passivierung in einem Kapitalposten deutlich.

Im Gegensatz dazu meint ›verdeckt‹ den Umstand, daß die Einlageleistung nicht in der Bilanz unmittelbar abgebildet wird, sondern gewinnwirksam über die GuV erfaßt wird.[209] ›Verdeckt‹ wird der Charakter der Außenfinanzierung durch Gesellschafter. Wie im Steuerbilanzrecht ist auch im Handelsbilanzrecht zwischen dem Vermögensgegenstand und seinem Wert zu unterscheiden. Läßt man bei der Zugangsbewertung die Bildung stiller Reserven zu, kann auch bei einer ›offenen Einlage‹, also bei Aktivierung eines Vermögensgegenstandes mit entsprechender Passivierung als Kapitalposten, der wirtschaftliche Wert teilweise ›verdeckt‹ werden. Werden später diese stillen Reserven aufgedeckt, wird der Gewinn erhöht. Die bilanzielle Trennung von Kapital und Gewinn gelingt nur teilweise.

Andererseits kann ›offen‹ in Anlehnung an das Steuerrecht auch bezeichnen, daß die Einlageleistung gesellschaftsvertraglich geschuldet wird als Gegenleistung entweder für die Gewährung von Gesellschaftsanteilen oder auch anderen Gesellschaftsrechten. Letztere Möglichkeit einer Gegenleistung für Gesellschaftsrechte, die über den Gesellschaftsanteil hinausgehen, wird aus § 272 Abs. 2 Nr. 3 HGB abgeleitet. Diese Vorschrift legt für Kapitalgesellschaften fest, daß Zahlungen eines Gesellschafters als Gegenleistung für Vorzugsrechte in das Eigenkapital zu buchen sind, damit also nach dem handelsbilanziellen Einlageverständnis ›Einlagen‹ sein müssen. ›Verdeckt‹ meint dann im Gegensatz hierzu, die Leistung in das Eigenkapital der Gesellschaft hat einen anderen Rechtsgrund, der die Motivierung der Eigenkapitalzufuhr durch das Gesellschaftsver-

209 So verwendet den Begriff z.B. *Groh*, Verdeckte Einlage, 1686. *Protz/Krome* in: Beck'sches Handbuch GmbH, § 7 Rz. 131 haben ebenfalls diese Unterscheidung im Kopf, wenn sie davon sprechen, die offenen Einlagen würden in der Bilanz ausgewiesen, und auch die Posten des § 272 Abs. Nr. 4 HGB darunter fassen und wenn sie ebda, Rz. 132 darlegen, daß verdeckte Einlagen meist über die GuV erfaßt würden (jedoch zugleich zurecht feststellen, daß sie auch über § 272 Abs. 2 Nr. 4 HGB erfaßt werden können); ähnlich *Höng*, Debt-Mezzanine-Swap, 236 und 238. Übersicht über weitere Ansätze zum Verständnis ›offener‹ in Abgrenzung zu ›verdeckten Einlagen‹ bei *Marenbach*, Kapitalbasis, 73 ff.

hältnis nicht deutlich werden läßt.[210] Beispiele für derartige ›verdeckte Einlagen‹ sind der Verzicht auf eine Forderung, der nicht als gesellschaftsrechtlicher Beitrag geschuldet wird, die Lieferung oder Leistung an die Gesellschaft zu einem für diese günstigen Preis, Bezug von der Gesellschaft zu einem hohen Preis, unentgeltliche oder vergünstigte Nutzungsüberlassung.[211]

Regelmäßig werden beide Bedeutungen von ›offen‹ und ›verdeckt‹ zugleich zutreffen, woraus sich die doppelten Verwendungen erklären dürften. Dies stimmt jedoch nicht in allen Fällen. Eine ihrerseits offene, an dieser Stelle der Arbeit noch nicht zu entscheidende Frage, die im Fortgang Bedeutung gewinnen wird, ist darauf gerichtet, ob jede Leistung in das Eigenkapital einer Gesellschaft, die als Gegenleistung für einen Anteilserwerb erfolgt, in dem Sinne also ›offen‹ ist, auch ›offen‹ in der Bilanz abzubilden ist. Sicherlich muß nicht jede Leistung, die nicht als Entgelt für einen Gesellschaftsanteil erbracht wird, in diesem Sinne also ›verdeckt‹ ist, auch bilanziell ›verdeckt‹ sein, da gemäß § 272 Abs. 2 Nr. 4 HGB auch freiwillige Eigenkapitalleistungen in der Kapitalrücklage gebucht werden können.[212]

In dieser Arbeit soll der Ausgangspunkt dieser Begriffsbildung, die Handelsbilanz, maßgeblich sein für die Begriffsverwendung und eine Stärkung des wirtschaftlichen Eigenkapitals als ›offene Einlage‹ bezeichnet werden, wenn und soweit sie in der Bilanz in einem Kapitalposten, also nicht nur über den Jahresüberschuß/Jahresfehlbetrag, abgebildet wird; eine Eigenkapitalleistung, die über die GuV erfaßt wird oder die stillen Reserven erhöht, soll ›verdeckte Einlage‹ heißen.

Jedes Vorurteil einer vermeintlichen Unlauterkeit ›verdeckter Einlagen‹ ist dabei zu vermeiden. Sollte man zum Beispiel im Rahmen der Handelsbilanz ähnlich wie bei der Steuerbilanz Nutzungsrechte nicht für bilanzierungsfähig halten (dazu später), müßte eine Nutzungseinlage aus rechtlichen Gründen ›verdeckt‹ erfolgen. Allerdings kann die Möglichkeit ›verdeckter Einlagen‹ die Informationsfunktion der Bilanz beeinträchtigen, die auf der Aktivseite den vollständigen Ausweis des gesamten Vermögens verlangt und auf der Passivseite die Herkunft der Mittel aufschlüsseln will.[213] Mit Blick auf die Handelsbilanz ist daher zu fragen, ob ›verdeckte Einlagen‹ zulässig sein sollen oder ob jeder

210 So verwenden den Begriff im Sinne einer Definition der »handelsrechtlichen Einlage«, die jedoch nicht gänzlich mit den übrigen Ausführungen zur bilanziellen Abbildung zusammenstimmt, z.B. *Protz/Krome* in: Beck'sches Handbuch GmbH, § 7, Rz. 131 f. und *Höng*, Debt-Mezzanine-Swap, 236.

211 *Protz/Krome* in: Beck'sches Handbuch GmbH, § Rz. 132. An diesen Beispielen zeigt sich, daß der weite handelsrechtliche Einlagebegriff eine Leistung in das wirtschaftliche Eigenkapital umschreibt, denn ein bewußt günstiger Verkauf an die eigene Gesellschaft wird auch dann als ›Einlage‹ des Mehrwerts angesehen, wenn die Bewertung nach dem AK/HK-Prinzip zu stillen Reserven führt.

212 Zum Hintergrund dieser Vorschrift *Marenbach*, Kapitalbasis, 68 f.

213 Vgl. § 242 HGB und § 264 II 1 HGB. Überblick über die Zwecke und Grundsätze der handelsrechtlichen Buchführung bei *Baetge/Kirsch/Thiele*, Bilanzen, 93 ff.

Finanzierungsbeitrag durch einen Unternehmer vollständig zu aktivieren und in einem Kapitalposten auszuweisen ist.

Die Beantwortung dieser Frage hängt auch davon ab, was man unter dem ›Kapital‹ im Unterschied zum ›Gewinn‹ genau versteht. Im Fortgang wird sich zeigen, daß manche Autoren jeden Finanzierungsbeitrag eines Unternehmers als Kapitalbeitrag verstehen, andere hingegen nur solche Beiträge, die nach der Intention des Unternehmers dauerhaft das Eigenkapital des Unternehmens stärken sollen. Nach der erstgenannten Ansicht kann man davon sprechen, ›verdeckte Einlagen‹ beeinträchtigten die Informationsfunktion der Bilanz durch eine nur unzulängliche Trennung von Kapital und Gewinn. Eine Einschränkung der Informationsfunktion könnte jedoch durch andere Zwecke und Grundsätze der Bilanzierung notwendig oder zumindest gerechtfertigt werden, beispielsweise durch das Vorsichtsprinzip, das stille Reserven dem Ausweis nicht realisierter Gewinne vorzieht, und die Verwendung der Bilanz für die Kapitalerhaltung, für die der Wert einer ›Einlage‹ im weiten Sinn nur dann als eigenständiger Kapitalposten erfaßt werden muß, soweit der Kapitalposten dauerhaft erhalten werden soll. Zu beachten ist in diesem Zusammenhang, daß eine Einschränkung der Informationsfunktion der Bilanz durch ergänzende Informationen in anderen Teilen der Rechnungslegung, insbesondere in der Gewinn- und Verlustrechnung sowie dem Anhang, zumindest teilweise ausgeglichen werden kann.

Die Frage, ob handelsbilanziell ›verdeckte Einlagen‹ zulässig oder in bestimmten Fällen gar geboten sind, ist nicht nur für das Verständnis des handelsrechtlichen Einlagebegriffs von Bedeutung, sondern beeinflußt direkt die Funktionsweise des gesellschaftsrechtlichen Kapitalschutzes, der auf der Handelsbilanz aufbaut. Die große Bedeutung der Details der handelsbilanziellen Behandlung von ›Einlagen‹ auf den Kapitalschutz wird im Gesellschaftsrecht gemeinhin etwas unterschätzt. Denn die gesellschaftsrechtliche Forschung konzentriert sich auf die dogmatisch noch bedeutsameren ›Einlagen auf das Nominalkapital‹. Die weiteren ›Einlagen‹ stehen nicht im Zentrum der Bemühungen, selbst wenn das Gesetz dafür kapitalschutzrechtliche Vorschriften enthält, wie z.B. das Aktienrecht mit der ausschüttungsgesperrten Kapitalrücklage des § 150 AktG. Für den Kapitalschutz der weiteren ›Einlagen‹ und damit für diese Untersuchung ist die handelsbilanzielle Einordnung noch entscheidender als für ›Einlagen‹ auf das gezeichnete Kapital. Es wird daher für eine vollständige und systematische Betrachtung des Kapitalschutzes des Agios unerläßlich sein, die bilanzielle Abbildung von formellen und materiellen Einlagen detailliert zu untersuchen.

Weniger bedeutsam sind noch die Auswirkungen auf das Kapitalaufbringungsrecht, größer jedoch der Einfluß auf das Kapitalerhaltungsrecht. Erlaubt die Handelsbilanz beispielsweise bei ›Einlagen‹ die Bildung stiller Reserven, wird dadurch unmittelbar die ausschüttungsgesperrte Haftungsmasse erhöht, da die Berechnung des Gewinns, der für eine Ausschüttung zur Verfügung steht, von den offen abgebildeten Vermögenswerten abhängt. Mittelbar jedoch können die stillen Reserven an die Gesellschafter zurückfließen, wenn sie realisiert werden und dadurch das Jahresergebnis erhöhen. Außerdem ist bei Gegenständen des Anlagevermögens, deren Nutzung zeitlich begrenzt ist, zu beachten, daß stille Reserven bei der erstmaligen Aktivierung die notwendigen Abschreibungen in den Folgejahren reduzieren und dadurch mittelbar die Gewinne der Folgejahre erhöhen. Bei Umlaufvermögen und nicht abzuschreibendem Anlagevermögen ist dieser Aspekt jedoch wiederum unbeachtlich. Erlaubt das Handelsrecht eine erfolgswirksame Erfassung bestimmter Finanzierungen, können die entsprechenden Finanzmittel theoretisch sogleich wieder als Gewinn zurückgeführt werden. Der kapitalgesellschaftsrechtliche Schutz der ›Einlagen‹ vor Rückgewähr an die Gesellschafter geht von einer Aktivierung dieser ›Einlage‹ aus und einer korrespondierenden Passivierung in einem ausschüttungsgesperrten Kapitalposten, er baut mithin auf einer handelsbilanzrechtlichen ›offenen Einlage‹ auf.

Regelmäßig werden gesellschaftsvertraglich geschuldete Einlageleistungen daher im oben geschilderten doppelten Wortsinn ›offene Einlagen‹ sein. Dies muß jedoch nicht in allen Fällen so sein. ›Verdeckte Einlagen‹ können die Schutzintensität des Kapitalschutzes sowohl erhöhen als auch absenken. Ob ›verdeckte Einlagen‹ aus gesellschaftsrechtlicher Sicht problematisch sind, kann erst nach Klärung des gesellschaftsrechtlichen Einlagebegriffs entschieden werden, der festlegt, welche Finanzierungsleistungen durch Gesellschafter als gesellschaftsrechtliche ›Einlage‹ besonders zu schützen sind. Eventuell ist die handelsbilanzielle Behandlung von ›Einlagen‹, die grundsätzlich für alle bilanzierenden Kaufleute gleichermaßen gilt, mit Blick auf das Kapitalgesellschaftsrecht zu modifizieren. Die Problematik, die sich aus der Verwendung der Handelsbilanz für den gesellschaftsrechtlichen Schutz der ›Einlagen‹ ergibt, sollte daher schon bei der Besprechung der handelsbilanziellen Einordnung von Finanzierungsbeiträgen mit in den Blick genommen werden. Ob eine Modifikation letztlich erforderlich ist, kann indes nur entschieden werden, wenn die Details der handelsbilanziellen Behandlung von ›Einlagen‹ bekannt sind, die grundsätzlich für alle Kaufleute gelten sollen.

Ob handelsrechtlich eine offene oder eine verdeckte Einlage gegeben ist, hängt von den Ansatz- und Bewertungsvorschriften des Bilanzrechts sowie den Vorgaben über die Passivposten ab. Die Klärung des handelsbilanziellen Einlagebegriffs verlangt daher nach einer detaillierten Betrachtung des Bilanzrechts verschiedener Einlageformen. Bevor diese umfangreiche bilanzrechtliche Untersuchung unternommen wird, soll vorab der gesellschaftsrechtliche Einlagebegriff erörtert werden, der auf dem handelsrechtlichen Einlagebegriff aufbaut, jedoch aufgrund besonderer gesellschaftsrechtlicher Wertungen in Einzelheiten vom handelsrechtlichen Einlagebegriff abweicht. Für das Verständnis des gesellschaftsrechtlichen Einlagebegriffs genügt zunächst die Kenntnis der Problematik der handelsrechtlich offenen und verdeckten Einlagen ohne genauere Detailkenntnisse. Im Anschluß an die Darstellung des gesellschaftsrechtlichen Einlagebegriffs soll dann die bilanzrechtliche Untersuchung erfolgen. Im Rahmen dieser Untersuchung können eventuelle besondere Anforderungen des Gesellschaftsrechts an das Bilanzrecht, von dessen Ausgestaltung der gesellschaftsrechtliche Kapitalerhaltungsschutz entscheidend abhängt, im Zusammenhang besprochen werden.

d) Der gesellschaftsrechtliche Einlagebegriff

Sowie der steuerliche Einlagebegriff auf spezifisch steuerlichen Wertungsentscheidungen beruht und der handelsbilanzrechtliche Einlagebegriff handelsbilanzrechtlichen Zwecken angepaßt ist, so muß auch der gesellschaftsrechtliche Einlagebegriff aus genuin gesellschaftsrechtlichen Wertungen abgeleitet werden. Eine unbesehene Übernahme des handelsrechtlichen Einlagebegriffs kann ebenso wenig erfolgen, wie auch das Handelsbilanzrecht den steuerlichen Einlagebegriff nicht 1:1 übernehmen konnte.

aa) Schwierigkeit der Bestimmung eines allgemeinen gesellschaftsrechtlichen Einlagebegriffs

Welche Finanzierungsbeiträge von Gesellschaftern als ›Einlagen‹ im Sinne des Gesellschaftsrechts anzusehen sind, muß nach dem Sinn und Zweck der gesellschaftsrechtlichen Normen bestimmt werden, die für ›Einlagen‹ erlassen worden sind. Eine einheitliche und zugleich aussagekräftige Definition für das gesamte Gesellschaftsrecht erscheint dabei kaum möglich.

Im Personengesellschaftsrecht wird als ›Einlage‹ häufig der schon bewirkte gesellschaftsrechtliche Beitrag angesehen im Gegensatz zu dem noch ausstehenden Beitrag.[214] ›Beitrag‹ und ›Einlage‹ unterscheiden sich nach dieser Terminologie allein in der Erfüllung und weisen sonst keinerlei unterschiedliche Rechtsfolgen auf. Andere kritisieren, solch geringer Unterschied in der Sache rechtfertige keine verschiedenen Begriffe.[215]

Als aussagekräftigere Begriffsverwendung hat *Karsten Schmidt* vorgeschlagen, im Personengesellschaftsrecht und darüber hinaus allgemein im Gesellschaftsrecht den Begriff der Einlage so zu verstehen, daß er solche gesellschaftsrechtlichen Beiträge erfaßt, die zur Eigenkapitalbildung in das Vermögen der Gesellschaft geleistet werden und die Haftungsmasse erhöhen.[216] Zwischen den dabei verwendeten Bestimmungen ›Leistung zur Eigenkapitalbildung‹ und ›Leistung zur Erhöhung der Haftungsmasse‹ besteht an sich kein inhaltlicher Unterschied, da das Eigenkapital, wie oben gesehen[217], über die Ähnlichkeit zur Haftungsfunktion des gezeichneten Kapitals zu bestimmen ist. Alles Eigenkapital haftet den Gläubigern eines Unternehmens.

214 Erman/*Westermann* § 706 Rz. 1; Palandt/*Sprau* § 706 Rz. 1.
215 *K. Schmidt*, GesR, 567; ihm zustimmend *Wiedemann*, GesR II, 184.
216 *K. Schmidt*, GesR, 572.
217 S. o. S. 75.

Genau gesprochen haften den Gläubigern die Vermögensgegenstände, aus deren Wert sich das Eigenkapital nach Abzug der Verbindlichkeiten errechnet. Während das Vermögen gegenständlich zu denken ist, ist das Eigenkapital als Saldo von Vermögenswerten und Verbindlichkeiten ein Rechnungsposten.[218] Spricht man von dem Eigenkapital als Haftungsmasse, meint man damit vor allem den Umstand, daß in der Insolvenz nach der Verwertung der einzelnen Vermögensgegenstände oder auch des Unternehmens als Ganzem die Eigenkapitalforderungen nachrangig gegenüber den Fremdkapitalforderungen bedient werden.[219] Bei werbenden Unternehmen meint die Redeweise vom Eigenkapital als Haftkapital zum einen den Umstand, daß der Wert aller Vermögensgegenstände höher ist als die Summe der Forderungen und durch diesen rechnerischen Haftungspuffer gesichert erscheint, daß alle Forderungen pünktlich bedient werden.

Eigenkapital als Haftkapital kann zum anderen bedeuten, daß ein bestimmter Teil des Eigenkapitals nicht an die Gesellschafter verteilt werden darf. In diesem letzten Fall allein bedeuten ›Leistung zur Eigenkapitalbildung‹ und ›Leistung zur Erhöhung der Haftungsmasse‹ nicht dasselbe, da das Haftkapital auf einen Teil des Eigenkapitals begrenzt wird. Da die Leistungen in jedem Fall in das Vermögen der Gesellschaft gelangen müssen, um das Eigenkapital zu erhöhen, sollen vor allem Leistungen »quoad dominium«, also Leistungen zu Eigentum als ›Einlagen‹ in Frage kommen.[220] ›Einlage‹ wäre demnach zu definieren als eine vermögenswerte, die Haftungsmasse erhöhende Leistung in das Eigenkapital der Gesellschaft, zu der sich ein Gesellschafter im Gesellschaftsvertrag verpflichtet hat.

Auch diese allgemeine Definition eines gesellschaftsrechtlichen Einlagebegriffs hat ihre Schwierigkeiten. Sie baut auf einem handelsbilanziellen Verständnis von Eigenkapital und Vermögen auf, ohne diese ihrerseits nicht unproblematischen Anknüpfungspunkte näher zu bestimmen oder widerspruchsfrei begründen zu können. Dabei geht *Schmidt* wohl nicht von einem wirtschaftlichen Eigenkapitalbegriff aus, sondern von einem bilanziellen Eigenkapitalbegriff.[221] Demgemäß wäre eine ›Einlage‹ eine Leistung, die in der Bilanz das Eigenkapital als Saldoposten erhöht. Insbesondere handelsrechtliche ›offene Einlagen‹ wären auch ›Einlagen‹ im Sinne des Gesellschaftsrechts, jedoch kämen auch Erfolgsbeiträge als gesellschaftsrechtliche Einlagen in Betracht. Jedenfalls erscheint die Aktivierung eines Vermögensgegenstands als Voraussetzung für die Annahme einer ›Einlage‹.

Dabei ist jedoch nicht ohne weiteres einzusehen, warum einerseits die Erhöhung der Haftungsmasse betont wird und andererseits die Bestimmung des Einlagebegriffs über das bilanzielle Eigenkapital vorgenommen wird. Denn Lei-

218 *K. Schmidt*, GesR, 516.
219 S. o. S. 75.
220 *K. Schmidt*, GesR, 570.
221 Bei der Erörterung des Eigenkapitalbegriffs betont *K. Schmidt*, GesR, 516, dieses sei bilanziell zu bestimmen als Saldo von Vermögenswerten und Verbindlichkeiten.

stungen in das wirtschaftliche Eigenkapital, also handelsbilanzielle ›verdeckte Einlagen‹ können die Haftungsmasse für die Gläubiger ebenso erhöhen. Die Haftungsmasse erhöht sich insbesondere bei Übertragungen von Vermögensgegenständen, die handelsbilanziell zu stillen Reserven führen. Die Verwertbarkeit eines Vermögensgegenstands zur Befriedigung der Gläubiger hängt nicht notwendig davon ab, ob dieser Vermögensgegenstand auch konkret aktivierbar war oder einem Aktivierungsverbot unterlag. Bei einer wirtschaftlichen Betrachtung können auch Kostenersparnisse die Haftungsmasse mehren.[222] Sofern solche Kostenvorteile in der Insolvenz realisiert werden können, z.B. solange das Unternehmen weitergeführt wird, kann man diese Beiträge in das wirtschaftliche Eigenkapital auch gesellschaftsrechtlich als Eigenkapitalbeiträge verstehen. Für das gesellschaftsrechtliche Verständnis vom Eigenkapital soll es ja entscheidend auf die Verwertbarkeit zugunsten der Gläubiger in der Insolvenz ankommen.[223]

Besonders augenfällig wurden die Schwierigkeiten dieser Einlagedefinition schon immer bei Leistungen quoad sortem, die nach *Schmidt,* da sie nicht zu zivilrechtlicher Eigentümerstellung führen, nur als ›Beiträge‹ möglich sein sollen, obwohl sie bei der Gesellschaft zu aktivieren sind und in der Folge das bilanzielle Eigenkapital erhöhen, auf das *Schmidt* zur Bestimmung der Einlage zurückgreift.[224] Seit der BGH die Sacheinlagefähigkeit von obligatorischen Nutzungsrechten anerkannt hat, ohne Aktivierbarkeit nach den handelsrechtlichen GoB zu verlangen,[225] steht die Beschränkung der ›Einlagen‹ auf

222 *K. Schmidt*, GesR, 570 wehrt sich dagegen, eine »materiell-wirtschaftliche« Betrachtungsweise gegen eine vermeintlich »formal-juristische« zu stellen, weil auch die juristische Betrachtungsweise durchaus »materiell-wirtschaftlich« sei. Selbstredend sollen »formal-juristische« Betrachtungsweisen sachgemäß und damit in wirtschaftlichen Regelungsbereichen auch wirtschaftlich vernünftig sein. Die von *Schmidt* vertretene Ansicht betont zu Recht wirtschaftliche Unterschiede von Übertragungen zu Eigentum und zur Nutzung. Falsch wäre jedoch anzunehmen, nur die »formal-juristische« Betrachtung sei die wirtschaftlich einzig korrekte. Falsch wäre auch anzunehmen, eine bestimmte »formal-juristische« Betrachtung, die in einem Bereich des Zivilrechts (Sachenrecht) sinnvoll ist, sei notwendig in einem anderen Rechtsbereich (Gesellschaftsrecht) eins zu eins nachzuvollziehen. Gerade wer handelsbilanzrechtlich argumentiert, anerkennt damit die handelsbilanzielle Denkform der »wirtschaftlichen Betrachtungsweise«, die durchaus auch in Gegensatz zu einer »formal-juristischen« Betrachtungsweise stehen kann, die in einem bestimmten Rechtsgebiet sinnvoll erscheint, im Handelsbilanzrecht jedoch unter Umständen nicht, beispielweise bei der Bilanzierung »wirtschaftlichen Eigentums«.

223 S. o. S. 75.

224 Zur Qualifikation von Leistungen quoad sortem als Nurbeiträge *K. Schmidt*, GesR, 570; zur bilanziellen Behandlung ADS, Bd. 6, § 246 HGB, Rz. 439 ff.

225 Zu dieser Rechtsprechungsentwicklung s. u. S. 301. Das Urteil BGH, AG 2004, 548 ff. wurde nach Erscheinen der letzten Auflage von *K. Schmidts* Gesellschaftsrecht gefällt. *K. Schmidt* hat in seinem GesR, 575 m.w.N. schon zuvor dargelegt, warum er die Anerkennung der Sacheinlagefähigkeit obligatorischer Nutzungsrechte an unbeweglichen Vermögensgegenständen für unrichtig hält.

Leistungen quoad dominium zudem im Widerspruch zur Rechtsprechung und Rechtspraxis.

Eine entgegenstehende Rechtsprechung mindert nicht die theoretische Überzeugungskraft der *Schmidtschen* Definition. Die in Folge dieser Rechtsprechung aufgekommene Diskussion um mögliche gesellschaftsrechtliche Modifikationen der handelsrechtlichen GoB zeigt allerdings, daß die handelsrechtliche Begrifflichkeit nur bedingt als Ausgangspunkt für die gesellschaftsrechtliche Bestimmung des Einlagebegriffs dienen kann. Wenn gesellschaftsrechtliche Einlagen Modifikationen der handelsrechtlichen GoB erfordern können, müssen sie unabhängig von der handelsrechtlichen Bilanzierung von Vermögensgegenständen zu bestimmen sein.

Die zweite Schwierigkeit des *Schmidtschen* Definitionsversuchs liegt darin, daß dieser allgemein-gesellschaftsrechtliche Einlagebegriff für das Personengesellschaftsrecht weniger geeignet erscheint als für das Kapitalgesellschaftsrecht. Das Verbandsvermögen als Haftungsmasse ist für das Personengesellschaftsrecht, in dem mindestens ein Gesellschafter den Gläubigern persönlich haftet, nicht so bedeutsam wie für das Kapitalgesellschaftsrecht. Daher erscheint es zweifelhaft, ob sich diese Bestimmung zu einer allgemein-gesellschaftsrechtlichen Definition eignet.[226] *Schmidt* selbst verweist darauf, daß das Gesetz in § 236 HGB die ›Einlage‹ des stillen Gesellschafters, die das Gesetz auch als ›Einlage‹ bezeichnet, nicht als Eigenkapital behandelt, sondern als einen qualifizierten Kredit.[227] Man kann daher daran zweifeln, daß für das Personengesellschaftsrecht die Unterscheidung von ›Beitrag‹ und ›Einlage‹ überhaupt von großer Bedeutung ist, zumal die beiden Begriffe früher tatsächlich weitgehend synonym verwandt wurden.[228]

Dieser Versuch, die ›Einlage‹ für das gesamte Gesellschaftsrecht einheitlich zu bestimmen, ist eben stark beeinflußt worden von der großen Bedeutung, die dem Kapitalgesellschaftsrecht in der Praxis und der wissenschaftlichen Beschäftigung zukommt. Für das Kapitalgesellschaftsrecht verweist die *Schmidtsche* Definition auf einen wesentlichen Punkt. Das Recht der Kapitalgesellschaften basiert auf der Idee eines eigenen Kapitals der Gesellschaft, welches den Gläubigern als einziges Haftungssubstrat dient, da die Gesellschafter nicht persönlich haften. Hier kann es besonders sinnvoll sein, Leistungen, die dieses Kapital der Gesellschaft aufbauen, begrifflich eigens zu erfassen. Auch hier jedoch haftet den Gläubigern, insbesondere im kritischen Fall der Insolvenz, das gesamte Vermögen und damit das wirtschaftliche Eigenkapital, nicht allein das bilanziell abgebildete Vermögen und damit das bilanzielle Eigenkapital.

Dennoch reduziert *Schmidt*, kapitalgesellschaftsrechtliche Sonderregeln verallgemeinernd, das Definiens der Haftungsmasse auf den Teil des Eigenkapitals, der im Kapitalgesellschaftsrecht in besonderer Weise geschützt wird, weil er auf

226 Kritisch *Schäfer* in MüKo-BGB § 706 Rz. 4 m.w.N.
227 *K. Schmidt*, GesR, 517.
228 Zum historischen Sprachgebrauch s.o. S. 85.

die Einlageschuld geleistet wird. Leistung zur Erhöhung der Haftungsmasse und Leistung in das Eigenkapital bedeuten für ihn nicht dasselbe. Im Gesellschaftsrecht soll allgemein als ›Einlage‹ nur anzusehen sein, was im Kapitalgesellschaftsrecht (sach-)einlagefähig wäre und auf die durch das Recht besonders geregelte Einlageschuld geleistet wird.[229] Warum die aktienrechtliche Sacheinlagefähigkeit auch für den Einlagebegriff im Recht der Offenen Handelsgesellschaft maßgeblich sein soll, ist außer mit dem Wunsch nach einer Einheitsdefinition nicht zu begründen.

Diese Einlagedefinition muß daher jedenfalls auf das Recht der Kapitalgesellschaften beschränkt werden. Für das Kapitalgesellschaftsrecht bleibt jedoch richtig, daß § 3 GmbHG und § 54 AktG unter der ›Einlage‹ die Gegenleistung des Gesellschafters für die ausgegebenen Anteile verstehen, welche in beiden Gesetzen besonderen kapitalaufbringungsrechtlichen und kapitalerhaltungsrechtlichen Regelungen unterworfen wird. Gegenleistungen des Gesellschafters für junge Anteile bilden den Kernbestand des Einlagebegriffs im Kapitalgesellschaftsrecht. Es kann daher durchaus sinnvoll sein, den Begriff der ›Einlage‹ auf diese Finanzierungsbeiträge zu beschränken.

Auch nach dieser Konkretisierung bleibt der Begriff der Einlage im Kapitalgesellschaftsrecht jedoch schwierig. Die erste Schwierigkeit besteht darin, Einlagen abzugrenzen von anderen Leistungen der Gesellschafter, die als Gegenleistungen für junge Anteile versprochen werden, so z.B. nicht sacheinlagefähigen Leistungen (insbesondere Dienstleistungen), Nebenleistungen im Sinne von § 3 Abs. 2 GmbHG und § 55 AktG[230] und möglichen Agioleistungen. Sie führt auf die zweite Schwierigkeit, die Bestimmung der ›Einlage‹ über den Begriff der Leistung auf die Einlageschuld. Diese Definition muß nicht zirkulär sein, wenn man das Definiens ›Einlageschuld‹ nicht seinerseits vom Definiendum der ›Einlage‹ her bestimmt, sondern seine Bedeutung eigenständig dem Gesetz entnimmt. Über den Umweg der Bestimmung der ›Einlageschuld‹ gibt das Gesetz dann vor, was es als ›Einlage‹ verstanden wissen will, eben die konkrete Leistung zur Erfüllung der Einlageschuld. Die Bestimmung der gesellschaftsrechtlichen ›Einlage‹ über die Einlageschuld ist jedoch noch zu ungenau. Es stellt sich weiterhin die Frage, was die Einlageschuld denn sei. Kommt es für die Bestimmung der Einlageschuld allein auf die formalen Vereinbarungen in Satzung oder Gesellschaftsvertrag an, wie *Schmidt* meint[231], oder sind zur Bestimmung der Einlageschuld inhaltliche Kriterien heranzuziehen? Die genaue Bestimmung der Einlageschuld entscheidet beispielsweise über die Zulässigkeit des sogenannten ›schuldrechtlichen Agios‹ und seiner rechtlichen Behand-

229 *K. Schmidt*, GesR, 572.

230 Auf die notwendige Abgrenzung zu Nebenleistungen verweist *K. Schmidt*, GesR, 577 selbst.

231 *K. Schmidt*, GesR, 577.

lung. Diese Frage wird insbesondere im Zusammenhang mit Kapitalerhöhungen im Aktienrecht kontrovers diskutiert.[232]

Die Bestimmung der Einlageschuld muß zudem im Aktienrecht im Einklang mit den Vorgaben der Gesellschaftsrechtsrichtlinie (früher: Zweite gesellschaftsrechtliche Richtlinie) erfolgen. Es wird sich im Laufe der Untersuchung zeigen, daß schon die Unterscheidung des deutschen Aktienrechts in ›Einlage‹ und ›Nebenleistung‹ gegen Europarecht verstoßen könnte.[233] Ebenso könnte die Bestimmung der ›Einlage‹ allein nach dem formalen Kriterium der Vereinbarung in der Satzung europarechtlichen Anforderungen nicht genügen.

Bei der Definition der Einlageschuld besteht daher dieselbe Unsicherheit wie bei der Definition der ›Einlage‹. Die in der Satzung als Einlageschuld vereinbarte Leistungspflicht bildet den Kern der Einlageschuld. Es ist jedoch zu untersuchen, ob weitere Leistungsvereinbarungen als ›Einlagen‹ im Sinne des Gesetzes zu qualifizieren sind.

Im Laufe dieser Untersuchung wird sich eine dritte Schwierigkeit der allgemeinen gesellschaftsrechtlichen Einlagedefinition zeigen. Diese Definition unterstellt allen gesellschaftsrechtlichen Spezialgesetzen einen übereinstimmenden Einlagebegriff. Aber schon die beiden kapitalgesellschaftsrechtlichen Gesetze des Aktiengesetzes und des GmbH-Gesetzes verwenden keinen gemeinsamen Begriff der ›Einlage‹, wie sich sogleich zeigen wird. Eine bestimmte Form des Agios wird im Aktienrecht als ›Einlage‹ verstanden, im GmbH-Recht hingegen nicht.

Bei der Definition der ›Einlage‹ gilt wie bei allen anderen Definitionen im Recht: Die juristische Begriffsbildung rechtfertigt sich in erster Linie durch den Sprachgebrauch des Gesetzes, dann durch den Gleichlauf oder die Unterschiede in den Rechtsfolgen. Es empfiehlt sich, vor einer allgemeinen Bestimmung eines (kapital-)gesellschaftsrechtlichen Einlagebegriffes nah am Stier zu kämpfen und den Sprachgebrauch der einzelnen Gesetze zu untersuchen.

bb) Der Einlagebegriff im Aktienrecht

Das Aktiengesetz und das GmbH-Gesetz verwenden den Begriff der ›Einlage‹ an verschiedenen Stellen.[234] Eine Legaldefinition findet sich in keinem der Gesetze. Aus der Reihe der Vorschriften, in denen das Gesetz von ›Einlagen‹ spricht, wird deutlich, daß der Begriff ›Einlage‹ der Zentralbegriff des Kapital-

232 Zum schuldrechtlichen Agio s.u. S. 867 ff.

233 Zur Frage der Vereinbarkeit von Nebenleistungen mit dem Europarecht s. u. S. 405 f.

234 Der Begriff ›Einlage‹ findet sich allein und in Zusammensetzungen im AktG in §§ 2, 27, 31, 32, 33, 33a, 34, 36, 36a, 37a, 38, 41, 46, 47, 54, 55, 56, 57, 60, 61, 63, 66, 80, 93, 113, 134, vor 182, 182, 183, 183a, 184, 185, 186, 188, 194, 195, 198, 201, 202, 203, 204, 205, 206, 216, 225, 228, 230, 235, 237, 254, 255, 268, 271, 277, 280, 281, 286 und 399; im GmbHG in §§ 3, 5, 5a, 7, 8, 9, 9a, 9c, 14, 16, 19, 20, 21, 22, 24, 27, 28, 33, 35a, 46, 55, 55a, 56, 56a, 57, 57m, 58, 58a, 58f und 82.

schutzrechts ist. Weil die ›Einlage‹ eine besondere Leistung des Gesellschafters an die Gesellschaft darstellt, widmet ihr das Gesetz besondere Aufmerksamkeit. Der Begriff der ›Einlage‹ grenzt Gesellschafterbeiträge, die dem Kapitalschutz unterliegen, von weiteren Beiträgen ab, für die das Gesetz keine kapitalschützenden Regelungen vorsieht.

(1) Annäherung über § 54 Abs. 1 und §§ 2, 9 AktG statt Legaldefinition

(a) Inhalt der Vorschrift

Im Aktienrecht kommt die Bestimmung des § 54 Abs. 1 AktG einer Definition am nächsten. Dort wird als Hauptpflicht der Aktionäre die Verpflichtung zur Leistung der ›Einlagen‹ bestimmt und diese Pflicht der Höhe nach begrenzt durch den Ausgabebetrag. Das Gesetz geht dabei von einem traditionellen wirtschaftlichen Sprachgebrauch aus, nach dem als ›Einlagen‹ Leistungen von Gesellschaftern in das Vermögen ihrer Gesellschaft bezeichnet werden, die das Eigenkapital der Gesellschaft stärken.[235] Die Vorschrift begrenzt jedoch die Verpflichtung der Aktionäre, an die Gesellschaft etwas zu leisten, auf den Ausgabebetrag und nennt diese Leistungspflicht Hauptverpflichtung. Über ›freiwillige Einlagen‹, die nach dem traditionellen Sprachgebrauch wie nach dem heutigen handelsbilanziellen Sprachgebrauch ebenfalls als ›Einlagen‹ bezeichnet werden können, sagt das Gesetz an dieser Stelle nichts.

§ 54 Abs. 1 AktG ist dabei im Zusammenhang mit § 2 AktG zu verstehen, der davon spricht, daß die Gründer die »Aktien gegen Einlagen übernehmen«. ›Einlage‹ im Sinne des Aktiengesetzes ist nicht jede Leistung in das Vermögen einer Aktiengesellschaft, sondern die Gegenleistung des Aktionärs, für die er neue Anteile übernimmt.[236] Die Verpflichtung zur Gegenleistung für junge Aktien begrenzt § 54 Abs. 1 AktG auf den Ausgabebetrag. Die ›Einlage‹ ist der Inhalt dieser Einlagepflicht, also das, was durch den Ausgabebetrag begrenzt wird. Als Ausgabebetrag bezeichnet das Gesetz in § 9 AktG den Betrag, mit dem die Gegenleistung des Gesellschafters für die Ausgabe der Gesellschaftsanteile an ihn beziffert werden kann.[237] Dieser Betrag muß mindestens dem Nennbetrag der Aktien oder bei Stückaktien dem anteiligen Betrag am Grundkapital entsprechen (§ 9 Abs. 1 AktG), es kann aber auch ein höherer Betrag, das ist dann ein Agio[238], im Gesellschaftsvertrag festgesetzt werden (§ 9 Abs. 2 AktG). Liest man § 54 Abs. 1 mit §§ 2 und 9 AktG zusammen, umfaßt der Begriff der ›Einlage‹ die vom Gesellschafter geschuldete Gegenleistung für die Ausgabe der Anteile in Höhe des Nennbetrags und eines eventuell im Gesellschaftsvertrag

235 Vgl. zu dieser traditionellen Sichtweise *Brodmann*, Aktienrecht § 211 HGB, S. 137.
236 Für Kapitalerhöhungen gemäß §§ 182 ff. AktG gilt entsprechendes wie bei der Gründung.
237 *Hüffer/Koch*, AktG § 9, Rz. 2.
238 *Hüffer/Koch*, AktG § 9, Rz. 2.

festgesetzten Agios. So wird der Inhalt der Einlagepflicht im Aktienrecht allgemein verstanden.[239]

Dieses Verständnis der aktienrechtlichen ›Einlage‹ ist enger als der handelsbilanzielle Einlagebegriff, da nicht alle Leistungen in das Eigenkapital einer Aktiengesellschaft Einlagen dieser Art sind, nicht einmal alle ›offenen Einlagen‹. Leistungen im Sinne von § 272 Abs. 2 Nr. 3 HGB beispielsweise, die im Gegenzug für Vorzugsrechte erbracht werden, stellen keine ›Einlagen‹ im Sinne des Aktienrechts dar, obschon sie in der Bilanz offen abzubilden sind und für eine Gegenleistung der Gesellschaft (Einräumung eines Vorzugs) erfolgen.[240] Die Bestimmung des Einlagebegriffs über § 54 Abs. 1 AktG ist für Bareinlagen hinreichend genau, für Sacheinlagen bleiben jedoch, wie sich sogleich zeigen wird, Unsicherheiten.

(b) Zweck der Vorschrift

§ 54 Abs. 1 AktG dient der internen Risikoverteilung.[241] Die Begrenzung der Leistungspflicht im Innenverhältnis ergänzt die Haftungsbeschränkung im Außenverhältnis auf das Vermögen der Gesellschaft durch § 1 Abs. 1 S. 2 AktG.[242] Der Aktionär soll sich vor Erwerb der Aktie über seine Leistungspflichten und damit sein mögliches Verlustrisiko vollumfänglich informieren können. Zusammen mit § 55 AktG regelt § 54 AktG die Beitragspflichten des Aktionärs abschließend.[243]

An dieser Stelle sind zwei Gruppen von Aktionären zu unterscheiden. Auf der einen Seite stehen Aktionäre, welche an der Feststellung der Satzung (oder bei Kapitalerhöhungen an der Beschlußfassung über die Satzungsänderung) beteiligt sind und die Festsetzung der Leistungspflichten beeinflussen können, also die Gründer und bei Kapitalerhöhungen die Altaktionäre. Ihr Schutzinteresse ist vor allem darauf gerichtet, spätere Mehrheitsbeschlüsse über weitere Leistungspflichten zu verhindern. Anders als in der GmbH sollen in der Aktiengesellschaft Nachschüsse nicht zulässig sein.[244]

239 *Hüffer/Koch*, AktG § 54, Rz. 2 ff.; *Paefgen* in Henssler/Strohn, GesR § 54 AktG Rz. 13; *Götze* in MüKo-AktG § 54, Rz. 8; *Lüssow*, Agio, 28; *Herchen*, Agio, 125; *Verse*, Sacheinlagen und Befreiung, 880.

240 Daß solche späteren Zuzahlungen nicht zu den ›Einlagen‹ zählen, darauf weist schon *Brodmann*, Aktienrecht § 211 HGB, S. 137 hin.

241 *Fleischer* in Schmidt/Lutter § 54, Rz. 1; *Cahn/v. Spannenberg* in Spindler/Stilz, AktG § 54, Rz. 3; *Hüffer/Koch*, AktG § 54, Rz. 1.

242 *Götze* in MüKo-AktG § 54, Rz. 2; *Cahn/v. Spannenberg* in Spindler/Stilz, AktG § 54, Rz. 3; *Hüffer/Koch*, AktG § 54, Rz. 1.

243 *Götze* in MüKo-AktG § 54, Rz. 2.

244 Diese Gruppe der Gesellschafter hat zumeist die Literatur im Blick, s. z.B. *Cahn/v. Spannenberg* in Spindler/Stilz, AktG § 54, Rz. 3 und *Paefgen* in Henssler/Strohn, GesR § 54 AktG, Rz. 1.

Auf der anderen Seite stehen die Aktionäre, welche die konkreten Leistungspflichten nicht mit festlegen können, sondern die von anderen festgesetzten Pflichten übernehmen. Historisch betrachtet ging es dem Gesetz vor allem auch um die Zeichner junger Anteile, die bei einer Stufengründung zwar nicht als Gründer der Gesellschaft agierten, jedoch Anteile der neugegründeten Gesellschaft zeichneten und bei sogenannten Schwindelgründungen von den Gründern übervorteilt worden sind.[245] Nach Abschaffung der Stufengründung kennt das Gesetz nur noch die Einheitsgründung, bei der die Gründer selbst alle Aktien zeichnen müssen.[246] Seither sind nur mehr die Zeichner bei Kapitalerhöhungen und die derivativen Erwerber von Aktien nicht an der Beschlußfassung über die Leistungspflichten beteiligt.

Zu denken ist zudem an Minderheitsaktionäre, die zwar an der Beschlußfassung beteiligt sind, jedoch kaum Einfluß auf das Ergebnis ausüben können. Dieser Gruppe von Aktionären geht es neben dem Schutz vor späteren Nachschüssen in besonderer Weise auch um eine eindeutige Festsetzung ihrer eigenen Leistungspflicht und der Pflichten der anderen Gesellschafter, nach denen sich die Angemessenheit der eigenen Beitragsleistung bestimmt. Die Zeichner von Anteilen bei Kapitalerhöhungen übernehmen erstmals die Einlageverpflichtung als eigene Leistungspflicht, die derivativen Erwerber von Aktien übernehmen mit dem Erwerb einer Aktie eventuell noch ausstehende Leistungspflichten ihrer Vormänner.

Der starke Investorenschutz, den § 54 Abs. 1 AktG durch die eindeutige Begrenzung der Leistungspflicht des Aktionärs bezweckt, hängt mit dem Wesen der Aktiengesellschaft als anonyme, nicht personalistisch organisierte Kapitalgesellschaft zusammen. Grundform der Aktiengesellschaft ist die kapitalistische Publikumsgesellschaft.[247] In ihr sollen Kapitalgeber zusammenfinden können, deren Zusammenwirken nicht auf gegenseitiger Bekanntschaft und Vertrauen in die Person des Mitgesellschafters beruht, sondern auf den von einzelnen Individuen unabhängigen strukturellen Eigenschaften der Gesellschaft, ihrer Aktien und Organe. Die Regelungen des Aktienrechts sind darauf ausgerichtet, die Aktie zu einem weitgehend standardisierten Gegenstand zu machen, der leicht handelbar ist. Dabei orientiert sich das Gesetz an dem Grundtypus der börsennotierten Aktiengesellschaft, selbst wenn viele Aktiengesellschaften nicht börsennotiert sind und einige einen nur kleinen Gesellschafterkreis haben.[248]

Für die leichte Handelbarkeit der Aktie sind nicht nur standardisierte Organisationsstrukturen von Bedeutung, welche der Grundsatz der Satzungsstrenge

245 Zu Schwindelgründungen und den Gegenmaßnahmen des historischen Gesetzgebers mehr u. S. 710 ff.

246 *Raiser/Veil*, Kapitalgesellschaften, 84.

247 *Raiser/Veil*, Kapitalgesellschaften, 21.

248 *Raiser/Veil*, Kapitalgesellschaften, 79.

(§ 23 Abs. 5 AktG) im Auge hat.[249] Voraussetzung für die gewünschte Verkehrsfähigkeit der Aktie ist vor allem eine eindeutige Begrenzung des Investitionsrisikos. Gerade auch diese Risikobegrenzung rechtfertigt den Verzicht auf jede formelle Beschränkung der Übertragung von Geschäftsanteilen, wie sie z.B. im GmbH-Recht § 15 Abs. 3 GmbHG mit dem Erfordernis notarieller Beurkundung aufstellt. Um die Verkehrsfähigkeit der Aktie zu erhöhen, soll ein interessierter Erwerber davon ausgehen können, seine mitgliedschaftliche Leistungspflicht sei nach dem Grundsatz des § 54 Abs. 1 AktG auf die Kapitaleinlageleistung beschränkt.

Um die gewünschte Verkehrsfähigkeit der Aktie zu erreichen, begrenzt § 54 Abs. 1 AktG die mitgliedschaftliche Leistungspflicht des Aktionärs auf die über den Ausgabebetrag eindeutig definierte ›Einlage‹. Weitere Beiträge können im Aktienrecht grundsätzlich nicht als mitgliedschaftliche Pflicht versprochen werden. Die einzige Ausnahme zu dieser Grundregel bilden bestimmte Nebenverpflichtungen im Sinne von § 55 AktG, deren Inhalt beschränkt ist auf wiederkehrende, also nicht einmalige und nicht dauerhafte Sachleistungen.[250] Solche Nebenleistungen können nur bei vinkulierten Aktien vorgesehen werden, deren Verkehrsfähigkeit ohnehin beschränkt ist (§ 55 Abs. 1 AktG). Verpflichtende korporative Beiträge sind über §§ 54, 55 AktG hinaus nicht möglich.[251] Soll sich ein Gesellschafter zu weiteren Leistungen an die Gesellschaft verpflichten, kann der Verpflichtungsgrund nur außerhalb der korporativen Vereinbarungen liegen, muß also rein schuldrechtlicher Natur sein.

Das Bedürfnis zu einer flexibleren Ausgestaltung von Leistungspflichten kann namentlich in geschlossenen Aktiengesellschaften aufkommen. Durch das Gesetz für kleine Aktiengesellschaften und zur Deregulierung des Aktienrechts[252] wurde im Jahr 1994 das althergebrachte Erfordernis von fünf Gründern aufgegeben und die Einmannaktiengesellschaft ermöglicht. Auf den nunmehr noch leichter zu gestaltenden geschlossenen Aktiengesellschaften liegt, wie gesehen, nicht der Schwerpunkt des Gesetzes. Sie stehen auch nicht im Zentrum des Interesses der Rechtspraxis.[253] Gleichwohl kommen solche Aktiengesellschaften in der Praxis vor und stellen teilweise andere Anforderungen als der Grundtypus der publikumsorientierten Aktiengesellschaft. Die Interessenslage in solchen Aktiengesellschaften ist in weiten Teilen der Gesellschaft mit beschränkter Haftung vergleichbar.

249 *Raiser/Veil*, Kapitalgesellschaften, 79.

250 *Cahn/v. Spannenberg* in Spindler/Stilz, AktG § 55, Rz. 2.

251 *Götze* in MüKo-AktG § 54, Rz. 2 und 23.

252 Gesetz für kleine Aktiengesellschaften und zur Deregulierung des Aktienrechts v. 2.8.1994 (BGBl. I, S. 1961).

253 Zur Wahl der Rechtsformen in der Praxis *Raiser/Veil*, Kapitalgesellschaften, 19 ff.

(c) Einlage als mitgliedschaftliche Leistungspflicht

§ 54 Abs. 1 AktG trachtet also danach, die mitgliedschaftliche Leistungspflicht des Aktionärs eindeutig zu begrenzen, um die Verkehrsfähigkeit der Aktie zu erhöhen. Der Grund für die gewünschte Begrenzung liegt nicht zuletzt darin, daß mitgliedschaftliche Pflichten mit dem Erwerb der Mitgliedschaft auf einen Erwerber der Aktie übergehen. Der Übergang auf den Erwerber ist eines der wichtigsten Charakteristika mitgliedschaftlicher Verpflichtungen und beruht darauf, daß die Mitgliedschaft, welche durch die Aktie verkörpert wird, nichts anderes ist als ein Dauerrechtsverhältnis, das verschiedene (Mitgliedschafts-)Rechte und (Mitgliedschaft-)Pflichten in sich vereinigt.[254] Die Einlageverpflichtung kann man als die wichtigste mitgliedschaftliche Pflicht ansehen.[255] Ein weiteres wichtiges Merkmal der mitgliedschaftlichen Einlageverpflichtung besteht darin, daß das besondere aktienrechtliche Sanktionsrecht, das in der Möglichkeit zum ersatzlosen Ausschluß des Gesellschafters nach § 64 AktG besonders deutlich zum Ausdruck kommt, nur bei nicht rechtzeitiger oder nicht gehöriger Erfüllung der Einlageverpflichtung greift.[256]

Inhaltlich sind mitgliedschaftliche (gleichbedeutend: korporative) Rechte und Pflichten weitgehend durch das Gesetz vorgegeben, um die angestrebte Standardisierung der Aktie zu erreichen.[257] Soweit die gesetzlichen Vorgaben eine Konkretisierung zulassen (vgl. § 23 Abs. 5 AktG), hat diese auf eine besondere korporative Form zu erfolgen, meist direkt in der Satzung. Bei der Gründung einer Aktiengesellschaft erfolgt auch die Übernahme der konkreten Einlageverpflichtung durch die Übernahme der Aktien im Rahmen der Feststellung der Satzung (§ 23 Abs. 2 Nr. 2 AktG).[258] Bei Kapitalerhöhungen erfolgt die Übernahme der konkreten Einlageverpflichtung in dem Zeichnungsschein, der durch das Gesetz (§ 185 AktG) eigenständig als korporativer Rechtsgrund für die Übernahme der Mitgliedschaft geregelt wird.[259]

Die korporative Begründung von Rechten und Pflichten verlangt die Beachtung besonderer Formvorschriften, insbesondere die Feststellung der Satzung oder der Satzungsänderung in notariell beglaubigter Form (§ 23 Abs. 1, §§ 130 Abs. 1 iVm 179 Abs. 2, § 181 Abs. 1 S. 2, §§ 130 Abs. 1 iVm 182 Abs. 1 S. 2 AktG) und die Veröffentlichung im Handelsregister (§§ 36 iVm 37 Abs. 4 Nr. 1, §§ 181, 184, 188 AktG). Von rein schuldrechtlichen Rechten und Pflichten unterscheiden sich mitgliedschaftliche Rechte und Pflichten demnach darin, daß ihre Begründung, Änderung und Aufhebung eine Satzungsregelung verlangen. Ganz allgemein gelten nicht die Regelungen über gegenseitige Verträge, sondern

254 *Hüffer/Koch*, AktG § 54, Rz. 8; *Raiser/Veil*, Kapitalgesellschaften, 98.
255 So auch *Götze* in MüKo-AktG § 54, Rz. 6.
256 *Götze* in MüKo-AktG, § 54, Rz. 31; *Hüffer/Koch*, AktG § 54, Rz. 8.
257 *Raiser/Veil*, Kapitalgesellschaften, 98.
258 *Götze* in MüKo-AktG § 54, Rz. 4.
259 *Götze* in MüKo-AktG § 54, Rz. 5.

aktienrechtliche Sonderregelungen.[260] Die Auslegung erfolgt nicht gemäß §§ 133, 157 BGB, sondern objektiv und ist in der Revisionsinstanz vollumfänglich nachprüfbar.[261]

(d) Einlagebegriff in den kapitalschutzrechtlichen Normen des Aktiengesetzes

Die über den Ausgabebetrag definierte ›Einlage‹ steht als wichtigste mitgliedschaftliche Pflicht im Zentrum der Aufmerksamkeit des Aktiengesetzes und erfährt eine detaillierte kapitalaufbringungsrechtliche wie auch kapitalerhaltungsrechtliche Regelung. Man kann nun die methodische Vermutung anstellen, diese Definition über den Ausgabebetrag könne bei der Auslegung aller kapitalschutzrechtlichen Regelungen herangezogen werden, die das Tatbestandsmerkmal ›Einlage‹ verwenden. Als Ausgangspunkt der Auslegungsarbeit ist diese Vermutung hilfreich. Jedoch muß man sich bewußt machen, daß einzelnen Kapitalschutzvorschriften ein engeres Verständnis der ›Einlage‹ zugrunde liegt. Zwei Beispiele zeigen deutlich die Möglichkeit eines engeren Verständnisses des Einlagebegriffs.

Das erste Beispiel gibt § 60 AktG, der die Gewinnverteilung in der Aktiengesellschaft regelt. In ihrem Absatz 2 macht die Vorschrift Vorgaben für den Fall, daß die ›Einlagen‹ nicht in demselben Verhältnis geleistet worden sind, etwa weil nach § 36a AktG Bareinlagen nur anteilig, eine Sacheinlage jedoch vollständig geleistet worden ist oder weil manche Aktionäre ihre Bareinlage früher als andere eingezahlt haben. Das Gesetz sieht in solchen Fällen eine Vorabdividende vor. Der Wortlaut des § 60 Abs. 2 AktG beschränkt die gesetzliche Regelung dabei auf Fälle, in denen die »Einlagen auf das Grundkapital« nicht gleichmäßig geleistet worden sind. Die Leistung von ›Agioeinlagen‹ berücksichtigt die Vorschrift nicht. Teilweise begründet die Literatur die gesetzgeberische Entscheidung damit, daß das Agio nicht ›Einlage‹ sei.[262] Das ist unsauber formuliert, wie die obige Besprechung des Einlagebegriffs im Aktienrecht gezeigt hat, und entspricht so nicht dem üblichen Verständnis der aktienrechtlichen ›Einlage‹.[263] Richtig ist allerdings, daß das Gesetz an dieser Stelle für die unterschiedlichen Arten von ›Einlagen‹, die ›Einlagen auf das Grundkapital‹ (geringster Ausgabebetrag im Sinne von § 9 Abs. 1 AktG) und die ›Agioeinlagen‹ (höherer Ausgabebetrag im Sinne von § 9 Abs. 2 AktG), unterschiedliche Rechtsfolgen vorsieht. Dazu verwendet das Gesetz nicht einfach den Begriff

260 Vgl. *Götze* in MüKo-AktG, § 54, Rz. 6.

261 *Hüffer/Koch*, AktG § 23, Rz. 39; vgl. auch *Cahn/v. Spannenberg* in Spindler/Stilz, AktG § 54, Rz. 34.

262 So z.B. *Hüffer/Koch*, AktG § 60, Rz. 3 und 2; *Bayer* in MüKo-AktG, § 60, Rz. 8 und 10 m.w.N.

263 S. die Nachweise o. in Fn. 239 – *Hüffer/Koch*, AktG § 54, Rz. 5 selbst begreift gewöhnlich das Agio als Teil der Einlage.

›Einlagen‹, sondern konkretisiert ihn mit der Bestimmung »auf das Grundkapital«.

Dieses Beispiel zeigt, daß das Gesetz zwischen den beiden Formen von ›Einlagen‹ unterscheiden kann, und wirft zwei Fragen auf. Erstens ist bei anderen Vorschriften zu fragen, ob auch hier eine Unterscheidung zwischen den beiden Formen von ›Einlagen‹ angezeigt ist, selbst wenn der Wortlaut keine eindeutige Begrenzung des Anwendungsbereichs auf eine Form der ›Einlage‹ enthält. Zweitens kann man de lege ferenda fragen, ob die gesetzgeberische Differenzierung zu überzeugen vermag. Im Rahmen der unstrittigen Beschränkung des Anwendungsbereichs des § 60 Abs. 2 AktG auf Fälle, in denen das Grundkapital nicht gleichmäßig aufgebracht worden ist, wird immerhin diskutiert, ob nicht zumindest bei der Berechnung der Vorabdividende auch die Leistung der ›Agioeinlagen‹ zur Ermittlung der Bezugsgröße heranzuziehen sei.[264] An dieser Stelle soll auf eine weitere Diskussion dieser Problematik noch verzichtet werden.[265]

Das zweite Beispiel zeigt, daß eine Unterscheidung der beiden Formen von ›Einlagen‹ auch dann notwendig sein kann, wenn der Wortlaut des Gesetzes das Tatbestandsmerkmal ›Einlage‹ ohne weitere Bestimmungen verwendet. Bezieht man nämlich das Agio gemäß der Bestimmung der ›Einlage‹ über § 54 Abs. 1 iVm § 9 AktG in den Einlagebegriff ein, zwingt dies zu einer Differenzierung hinsichtlich der Rechtsfolgen der ›Einlagen‹ auf den Nominalbetrag des gesetzlichen Kapitals und der ›Einlagen‹ auf einen Agiobetrag. § 57 AktG legt fest, daß »die Einlagen« nicht an die Aktionäre zurückfließen dürfen. In diesem Verbot der Einlagenrückgewähr kommt der Grundsatz der Kapitalerhaltung zum Ausdruck.[266] Danach kann die Gesellschaft nur solange an ihre Gesellschafter unentgeltliche Leistungen erbringen, insbesondere Dividenden ausschütten, solange das nominelle Grundkapital der Gesellschaft wertmäßig gedeckt ist. Ist das Grundkapital durch Verluste gemindert, kann eine Ausschüttung an die Gesellschafter erst erfolgen, wenn der fehlende Nennbetrag durch entsprechend hohe Gewinne wieder gedeckt ist, da sich aus der Rechnungsanweisung des § 158 AktG nur dann ein Bilanzgewinn ergeben kann, der nach § 57 Abs. 3 AktG zur Ausschüttung zur Verfügung steht.

Diese Wiederauffüllverpflichtung umfaßt nur das gezeichnete Kapital, das durch ›Einlagen‹ auf das Grundkapital aufgebracht wird, nicht aber die Beträge eines gesellschaftsvertraglich festgesetzten Agios. Ein eventuelles Agio ist gemäß § 272 Abs. 2 Nr. 1 HGB in der Kapitalrücklage zu buchen. Hinsichtlich dieser Beträge enthält § 150 Abs. 3 und 4 AktG eine spezielle Regelung. Danach können die Erlöse aus einem Agio zwar nicht direkt an die Gesellschafter ausgeschüttet werden und ähneln insoweit dem Grundkapital, sie können jedoch, anders als das gezeichnete Kapital, zum Ausgleich eines Jahresfehlbetrags

264 Zu dieser Diskussion *Bayer* in MüKo-AktG, § 60, Rz. 10.
265 Zur Diskussion des § 60 AktG s. u. 852 f.
266 *Hüffer*/*Koch*, AktG § 57 Rz. 1.

oder eines Verlustvortrags verwendet werden (daneben noch zur Kapitalerhöhung aus Gesellschaftsmitteln). Eine Wiederauffüllverpflichtung von Rücklagen, die zum Verlustausgleich ausgebucht wurden, besteht nicht.

Wird eine Kapitalrücklage, die durch Einstellung eines Agios gebildet wurde, gegen einen Verlust gebucht, kann dies dazu führen, daß später bei einer verbesserten Gewinnsituation ein Bilanzgewinn entsteht, da die früheren Verluste nicht nochmals durch spätere Gewinne ausgeglichen werden müssen.[267] Dieser Bilanzgewinn kann nach § 57 Abs. 3 AktG unter die Anteilseigner verteilt werden.[268] Mittelbar, mag man sagen, wird dann der Wert des Agios an die Gesellschafter zurückgewährt. Eine solche mittelbare Einlagenrückgewähr hinsichtlich des Agios kann § 57 Abs. 1 S. 1 AktG nicht verbieten wollen, da andernfalls die ausdifferenzierte Regelung des § 150 AktG iVm § 272 Abs. 2 Nr. 1 HGB, die genau auf die Behandlung von Erlösen aus Agioleistungen abstellt und als Spezialregelung Vorrang genießt, überflüssig wäre.[269]

Man muß nun wegen dieses Unterschieds bei der Kapitalerhaltung nicht annehmen, das Aktiengesetz verwende in § 54 Abs. 1 und § 57 Abs. 1 S. 1 AktG zwei grundsätzlich unterschiedliche Einlagebegriffe. Denn auch hinsichtlich der Leistungen, die zur Abdeckung eines Agios erbracht werden, gilt zumindest ein Verbot einer unmittelbaren Einlagenrückgewähr an die Gesellschafter; allerdings sind Detailfragen anders ausgestaltet.[270] In neueren Kommentaren findet sich auch keine eigenständige Bestimmung des Einlagebegriffs des § 57 AktG; es wird augenscheinlich davon ausgegangen, daß der Begriff der ›Einlage‹ vom Gesetz in § 54 und § 57 AktG übereinstimmend verwendet wird, ohne auf den unterschiedlichen Anwendungsbereich des § 57 AktG einzugehen.[271] Das Gesetz formuliert hier wenig glücklich. § 54 AktG ist die Zentralnorm der Kapitalaufbringung, § 57 AktG die Zentralnorm der Kapitalerhaltung, die eine folgt unmittelbar auf die andere. Wenn das Gesetz das wichtigste Tatbestandsmerkmal, die ›Einlage‹ schon nicht definiert, hätte man inhaltlich jedenfalls soweit Übereinstimmung wünschen dürfen, daß nicht die Rechtsfolge des § 57 AktG dieser unabweisbaren Einschränkung bedürfte. Man könnte zwar in § 54 AktG die ›Einlage‹ einschränkend nur als ›Einlage auf das Nennkapital‹ verstehen wollen und damit einen einheitlichen Einlagebegriff erhalten, aus dem alle Rechtsfolgen der beiden Zentralnormen des Kapitalschutzes einschränkungs-

267 Ähnlich *Lüssow*, Agio, 30.

268 So auch *Lüssow*, Agio, 29 f.

269 Selbes Ergebnis bei *Lüssow*, Agio, 30, der seine Argumentation nicht auf die Spezialität von § 150 AktG stützt, sondern auf den Anspruch der Gesellschafter auf den Bilanzgewinn gemäß § 57 Abs. 3 AktG (damals noch § 57 Abs. 4 AktG).

270 Ähnlich *Herchen*, Agio, 138; a.A. *Lüssow*, Agio, 30, der wegen der genannten Unterschiede meint, man könne nicht mehr von einem generellen Rückgewährverbot hinsichtlich des Agios ausgehen.

271 In der 13. Auflage aus dem Jahr 1968 schreiben *Baumbach/Hueck*, AktG § 57 Rz. 3 sogar ausdrücklich, das Agio sei vom Rückgewährverbot des § 57 AktG erfaßt, ohne allerdings § 150 AktG zu thematisieren.

los gefolgert werden können, allein dieses Verständnis ist nicht möglich. § 54 Abs. 1 AktG verweist mit dem Begriff des Ausgabebetrags auf beide Absätze des § 9 AktG, obwohl mit dem Begriff des »geringsten Ausgabebetrags« die Möglichkeit zu einer genauen Einschränkung bestünde, und die Vorgängervorschriften des Art. 219 HGB 1884 und des § 211 HGB 1900 erwähnen ausdrücklich Nominalbetrag und Agio.

Der Wortlaut des Gesetzes ist, wenn es den Begriff der ›Einlage‹ ohne nähere Bestimmungen als Tatbestandsmerkmal anführt, nicht eindeutig genug, um eine Anwendung der jeweils vorgesehenen Rechtsfolgen auf beide Formen der ›Einlagen‹ hinreichend begründen zu können, sondern rechtfertigt allein eine entsprechende methodische Vermutung, die durch eine historische und systematisch-teleologische Auslegung der konkreten Vorschrift widerlegt werden kann. Die angeführten Beispiele lehren, daß das Gesetz bewußt und unbewußt verlangt, immer wieder zwischen der ›Einlage auf das Grundkapital‹ und der ›Agioeinlage‹ zu unterscheiden.

(2) Einlagedefinition bei Sacheinlagen ohne Ausgabebetrag

Ein ähnliches Problem der nicht immer eindeutigen Differenzierung der Einlagerechtsfolgen nach Einlageformen besteht bei Sacheinlagen. Das Aktiengesetz ermöglicht nicht nur bare und unbare Geldeinlagen (üblicherweise und etwas ungenau als ›Bareinlagen‹) bezeichnet, welche sich das Gesetz als Grundform der ›Einlagen‹ vorstellt. Möglich sind nach § 27 AktG auch ›Einlagen‹, die nicht in Geld erbracht werden und die das Gesetz ›Sacheinlagen‹ nennt. Der Begriff ›Sacheinlagen‹ zielt nicht allein auf ›Sachen‹ im Sinne von § 90 BGB ab, sondern umfaßt Gegenstände aller Art, sofern ihnen die durch § 27 Abs. 2 AktG vorgegebene Sacheinlagefähigkeit zugesprochen werden kann.[272] Nicht sacheinlagefähig sind insbesondere Dienstleistungen des Aktionärs und wohl auch Dienstleistungsansprüche gegenüber Dritten.[273]

272 Zu den verschiedenen Arten von Einlagen, der üblichen Terminologie und den Anforderungen an die Sacheinlagefähigkeit *K. Schmidt*, GesR, 572 ff.

273 *Pentz* in MüKo-AktG § 27, Rz. 33; *ebda* in Rz. 35 zu der nach deutschem Recht ungeklärten Frage, ob Werkleistungen sacheinlagefähig sind. Im englischen Recht, das in seinem besonderen Schuldrecht nicht in derselben Weise zwischen Werk- und Dienstleistungen unterscheidet, wird auch im Einlagerecht nicht zwischen Werk- und Dienstleistungen unterschieden. Die englische Sprachfassung der Gesellschaftsrechtsrichtlinie entscheidet dementsprechend sprachlich ebenfalls nicht zwischen Dienst- und Werkleistungen, so daß unklar ist, ob die Richtlinie (deren englische Sprachfassung ebenso verbindlich ist wie die deutsche) eine Unterscheidung in Werk- und Dienstleistungen zuläßt; s. dazu u. S. 583 f. mit Fn. 1465.

(a) Bestimmung der Leistungsschuld bei Sacheinlagen ohne Ausgabebetrag

Nach weit verbreiteter, jedoch nicht unumstrittener Ansicht verlangt die Bestimmung der Sacheinlageschuld anders als die Bestimmung der Bareinlageschuld keine Festsetzung des Ausgabebetrags.[274] Auf diesem Verständnis des Gesetzes beruht die Entscheidung des Bundesgerichtshofs in der Rechtssache Kali&Salz. Der BGH hielt bei Kapitalerhöhungen gegen Sacheinlagen die Anfechtungsvorschrift des § 255 Abs. 2 AktG a.F., die das Tatbestandsmerkmal ›Ausgabebetrag‹ enthielt, nur für analog anwendbar, weil »an die Stelle des »Ausgabebetrages« der Wert der Sacheinlage« trete.[275] Im konkreten Fall hat er das Anfechtungsrecht verneint, weil der Wert der Sacheinlage angemessen gewesen sei. Auf das Fehlen eines angemessen hohen Ausgabebetrags ist das Gericht nicht eingegangen.[276]

Begründen läßt sich der Verzicht eines eigens festgesetzten Ausgabebetrags bei Sacheinlagen mit dem Wortlaut von §§ 27 Abs. 1 S. 1, 183 Abs. 1 S. 1 AktG. Bei der Gründung wie bei der Kapitalerhöhung verlangt das Gesetz im Falle einer Sacheinlage die Festsetzung des Gegenstands der Sacheinlage, der Person des Sacheinlegers und des Nennbetrags bzw. der Anzahl der dafür auszugebenden Aktien. Die Festsetzung des Ausgabebetrags verlangt das Gesetz an dieser Stelle nicht.[277] Zudem kann man den Wortlaut der §§ 27 Abs. 1 S. 1 und 54 Abs. 2 AktG so lesen, als stünde die Festsetzung einer Sacheinlage im Gegensatz zur Festsetzung eines Ausgabebetrags. Denn § 27 Abs. 1 S. 1 AktG definiert die Sacheinlage als ›Einlage‹ (d.i. eine Gegenleistung für junge Anteile, vgl. § 2 AktG und die funktionale Äquivalenz zu Bareinlagen), »die nicht durch Einzahlung des Ausgabebetrags der Aktien zu leisten« ist. Entsprechend legt § 54 Abs. 2 AktG fest, daß die Aktionäre den Ausgabebetrag einzuzahlen haben, »soweit nicht in der Satzung Sacheinlagen festgesetzt sind«.[278]

274 Für den Verzicht auf eine Festsetzung des Ausgabebetrags z.B. *Maier-Reimer*, Wert der Sacheinlage, 257, *Baums*, Agio und sonstige Zuzahlungen, 66 und 69; kritisch die sehr umfassende Abhandlung von *Herchen*, Agio, 188 ff. (auf S. 189 und 198 mit umfangreichen Nachweisen zum Meinungsstand), kritisch auch *Schäfer*, Schuldrechtliches Agio im Aktienrecht, 955 und *ders.*, Einbeziehung des Agios, 528.

275 BGHZ 71, 40 (50) = juris Tz. 25. *Herchen*, Agio, 195 f. scheint das Urteil ebenso zu verstehen, hält die Entscheidung jedoch für falsch. *Schäfer*, Schuldrechtliches Agio im Aktienrecht, 955 (ebenso *ders.*, Einbeziehung des Agios, 529) hält es für eine Fehlvorstellung, daß sich nach der Entscheidung in Kali&Salz bei Sacheinlagen eine Festsetzung des Ausgabebetrags erübrige, bietet jedoch keine andere Lesart der Urteilsbegründung, sondern wie *Herchen* inhaltliche Überlegungen, welche der Bundesgerichtshof nicht angestellt hat.

276 BGHZ 71, 40 (50) = juris Tz. 26.

277 Ebenso *Maier-Reimer*, Wert der Sacheinlage, 257.

278 Ähnlich die Argumentation von *Maier-Reimer*, Wert der Sacheinlage, 257.

Über diese Wortlautargumente hinaus wird die Ansicht, bei der Festsetzung von Sacheinlagen sei die förmliche Festsetzung eines Ausgabebetrags verzichtbar, durch einen inhaltlichen Unterschied der Festsetzung von Bareinlagen und Sacheinlagen gestützt.[279] Barleistungen können nur über die Angabe der Höhe der Geldschuld bestimmt werden. Bei Sachleistungen verhält es sich anders. Manche Sachschulden werden über die Höhe eines Zahlbetrags bestimmt, z.B. der Erlaß einer Darlehensforderung gegen die Gesellschaft, wenn man diesen als Sacheinlage qualifiziert.[280] Andere Sachleistungen können auch durch die Vereinbarung des geschuldeten Gegenstands ausreichend bestimmt werden, manchmal können sie sogar nur so bestimmt werden. Stückschulden z.B. können nur durch die Umschreibung des geschuldeten Gegenstands bezeichnet werden, so etwa bei Übereignung eines Grundstücks, das durch seine räumliche Umgrenzung im Wortsinn »definiert« ist. Eine Vereinbarung über den angenommenen Wert des Grundstücks heftet dem geschuldeten Gegenstand ein Preisschild an, trägt aber nichts zu seiner Identifizierung bei. Gattungsschulden werden hingegen nur durch die Angabe der Gattung nicht ausreichend umschrieben, sie bedürfen zusätzlich einer Mengen- oder eben einer Wertangabe, also entweder 1 Tonne gesackte Steinkohle (Qualität Erbsenkohle) oder gesackte Steinkohle (Qualität Erbsenkohle) im Wert von Euro 270,–. Berücksichtigt man diesen notwendigen Unterschied bei der Festsetzung von Bar- und Sacheinlagen, erscheint die Lesart, nach der §§ 27 Abs. 1, 54 Abs. 2, 183 Abs. 1 S. 1 AktG bei Sacheinlagen keine förmliche Festsetzung eines Ausgabebetrag verlangen, vernünftig. Die geschuldete Leistung ist ohne Preisschild eindeutig bestimmt.

Verzichtet man auf die förmliche Festsetzung eines Ausgabebetrags für Sacheinlagen, muß man sich bewußt sein, daß man im Ergebnis nur auf die Festsetzung eines erhöhten Ausgabebetrags nach § 9 Abs. 2 AktG, also die Festsetzung eines Agios verzichten kann. Der geringste Ausgabebetrag steht immer fest, da er sich aus dem Nennbetrag oder dem Verhältnis der Stückzahl der Aktien zum Grundkapital ergibt. Die in §§ 27 Abs. 1 S. 1, 183 Abs. 1 S. 1 AktG geforderte Festsetzung von Nennbetrag bzw. Stückzahl bedeutet zugleich immer eine Festsetzung des geringsten Ausgabebetrags. Man kann daher die §§ 27 Abs. 1 S. 1, 54 Abs. 2 AktG auch so lesen, daß sie nicht von dem gänzlichen Fehlen eines Ausgabebetrags bei Sacheinlagen ausgehen, sondern allein betonen wollen, daß im Grundsatz eine »Einzahlung« im Sinne einer Geldzahlung zu erfolgen hat, soweit nicht ausdrücklich Sacheinlagen festgesetzt worden sind.[281]

279 Auf diesen Unterschied verweist schon *Ballerstedt*, Kapital, 79; später und unabhängig von ihm *Maier-Reimer*, Wert der Sacheinlage, 257.

280 Im englischen Recht wird der Erlaß einer Darlehensforderung gegen die Gesellschaft als Bareinlage qualifiziert, vgl. s. 583 (3) CA 2006.

281 Üblicherweise wird § 54 II AktG auch nur der Vorrang der Barleistungspflicht entnommen, vgl. *Hüffer/Koch*, AktG § 54, Rz. 1; *Cahn/V. Spannenberg* in Spindler/Stilz, AktG § 54, Rz. 4.

Obwohl also auch bei Sacheinlagen der geringste Ausgabebetrag stets festgelegt ist, fordern Teile der Literatur darüber hinaus die Festsetzung des Zeitwerts der Sacheinlage als erhöhten Ausgabebetrag nach § 9 Abs. 2 AktG.[282] Die wichtigste Folge einer solchen Festlegung läge darin, daß der erhöhte Ausgabebetrag eindeutig Teil der Einlage ist und damit der volle Zeitwert einer Sacheinlage wenigstens im selben Umfang dem Kapitalschutzrecht unterläge wie erhöhte Bareinlagen. Wenn man bedenkt, daß Sacheinlagen dieselbe Erfüllungswirkung hinsichtlich der Einlageverpflichtung haben wie Bareinlagen, kann man den Wunsch nach einer weitgehenden Gleichbehandlung beider Einlageformen auf den ersten Blick ohne weiteres nachvollziehen. Ob der Wunsch nach Gleichbehandlung dieser Einlageformen bei der Auslegung des Aktiengesetzes schwerer wiegen muß als die notwendigen Unterschiede bei der Festsetzung von Bar- und Sacheinlagen und der Wortlaut der zitierten Normen, kann an dieser Stelle nicht weiter diskutiert werden. Die Erörterung führt tief in die Problematik der kapitalschutzrechtlichen Behandlung verschiedener Einlageformen.[283]

Die Frage nach dem Einlageverständnis bei Sacheinlagen könnte aber ohnehin durch die Anforderung einer förmlichen Festsetzung des geschätzten Zeitwerts nicht gänzlich beantwortet werden. Denn wie im Bilanzrecht würde man sich wohl mit einer vorsichtigen Schätzung des Zeitwerts von Sacheinlagen begnügen müssen, so daß stets die mehr als nur theoretische Möglichkeit verbliebe, der »wahre« wahre Wert läge doch noch etwas höher als der vorsichtig geschätzte wahre Wert. In diesem Fall wäre die Problematik entschärft, aber nicht beseitigt. Selbst wenn man daher nicht der überwiegend vertretenen Auffassung folgt, bei Sacheinlagen könne auf die Festsetzung eines (erhöhten) Ausgabebetrags verzichtet werden, muß man sich bei Sacheinlagen mit der Problematik der Differenzierung der Einlagerechtsfolgen auseinandersetzen.

(b) Schwierigkeiten bei der Festsetzung von Sacheinlagen ohne Ausgabebetrag

Bei Sacheinlagen, die ohne (erhöhten) Ausgabebetrag festgesetzt worden sind, muß man mit Blick auf den gesellschaftsrechtlichen Kapitalschutz in ähnlicher Weise wie im Handels- und Steuerbilanzrecht zwischen dem Gegenstand der Einlage und ihrem Wert unterscheiden. Denn § 54 Abs. 1 AktG unterscheidet nicht zwischen Bar- und Sacheinlagen und beansprucht daher Geltung für jede Form der ›Einlage‹.[284] Man könnte daher formulieren, eine Sacheinlage sei nur insoweit ›Einlage‹, als ihr Wert dazu bestimmt ist, die durch den Ausgabebetrag bezifferte Gegenleistungspflicht zu erfüllen.

282 *Ballerstedt*, Kapital, 75 ff.; *Herchen*, Agio, 188 ff. m.w.N.; aus jüngster Zeit *Schäfer*, Schuldrechtliches Agio im Aktienrecht, 955 und *ders.*, Einbeziehung des Agios, 528 ff.

283 S. dazu u. S. 763 ff.

284 *Götze* in MüKo-AktG, § 54, Rz. 2.

Andererseits wird durch die besonderen Festsetzungen gemäß §§ 27 Abs. 1 S. 1, 183 Abs. 1 S. 1 AktG der gesamte Gegenstand umschrieben, nicht nur ein Teil davon. Wenn diese Festsetzungen festlegen, was als Sacheinlage geschuldet ist, scheint man den gesamten Gegenstand als ›Einlage‹ ansehen zu müssen. Die gemäß §§ 27, 183 AktG festgelegte Einlageverpflichtung bildet jedenfalls den Rechtsgrund, warum die Gesellschaft den geleisteten Sacheinlagegegenstand behalten darf und mit ihm einen eventuellen Mehrwert, um den der Zeitwert des Einlagegegenstands den Ausgabebetrag übersteigen mag. Nach allgemeiner Meinung bekommt der Sacheinleger nichts zurück, wenn der Zeitwert der ›Einlage‹ den Ausgabebetrag übersteigt.[285] Diese allgemeine Ansicht setzt voraus, daß die Leistungspflicht nicht auf den Ausgabebetrag beschränkt ist.

Möglich ist jedoch nach ebenfalls allgemeiner Ansicht, daß ein eventuell höherer Wert des Sacheinlagegegenstands von der Gesellschaft anderweitig (meist in Geld) abgegolten wird. Man spricht in diesem Fall von einer gemischten Sacheinlage.[286] Die Gesellschaft erwirbt das Alleineigentum an dem Vermögensgegenstand, erhält jedoch nicht den vollen Zeitwert. Ein solches Vorgehen kann beispielsweise dann angezeigt sein, wenn von mehreren Gründern nur einer eine Sacheinlage einbringen soll, deren Zeitwert höher ist als die Bareinlagen der übrigen Aktionäre. Um eine wertgleiche und damit gleichwertige Einlagepflicht zu erreichen, muß dem Sacheinleger der Mehrwert erstattet werden. Die Geldzahlung an den Aktionär, die den Mehrwert des Einlagegegenstands ausgleichen soll, ist keine Rückgewähr der ›Einlage‹ im Sinne von § 57 Abs. 1 AktG, da der Mehrwert aufgrund der gesonderten Festlegungen über den Ausgleich durch Barzahlung nicht als Teil der ›Einlage‹ anzusehen ist. Notwendig ist allerdings eine ausdrückliche Festsetzung des Barausgleichs in der Satzung. Das bloße Überschreiten des (geringsten) Ausgabebetrags durch den Zeitwert des Einlagegegenstands begründet keine Ausgleichsansprüche des Aktionärs.

Bei gemischten Sacheinlagen wird teilweise (jedenfalls bei Kapitalerhöhungen) zwischen teilbaren und unteilbaren Leistungen unterschieden.[287] Unteilbare Leistungen sollen in vollem Umfang den für Sacheinlagen geltenden Regeln unterliegen. Bei teilbaren Leistungen hat der Bundesgerichtshof im Fall einer Kapitalerhöhung entschieden, daß die versprochenen Leistungen nur insoweit ein Sacheinlageelement aufweisen, für das die §§ 183 ff. AktG zu beachten sind, als das Entgelt in der Ausgabe von jungen Aktien besteht. Hinsichtlich eines eventuellen Mehrwerts, der durch eine Geldzahlung abgegolten werden soll, kann ein Sachübernahmeelement vorliegen, für das allein der

285 *Hüffer/Koch*, AktG § 54, Rz. 5 m.w.N.; *Götze* in MüKo-AktG, § 54, Rz. 9 m.w.N.
286 *Hüffer/Koch*, AktG § 27, Rz. 8 m.w.N.
287 *Hüffer/Koch*, AktG § 27, Rz. 8a und § 183, Rz. 3; kritisch *Pentz* in MüKo-AktG § 27, Rz. 70.

kapitalerhaltungsrechtliche Schutz des § 57 AktG zu beachten ist.[288] Ob eine Leistung teilbar ist, soll dabei teilweise vom Willen der Parteien abhängen, da diese kraft Parteivereinbarung auch bei nach allgemeinen Regeln teilbaren Leistungen inter partes Unteilbarkeit sollen bestimmen können.

Die Sachübernahme ist an sich ein Rechtsinstitut aus dem Gründungsrecht und bezeichnet den Umstand, daß im Zuge der Gründung die Gründer untereinander absprechen, die Gesellschaft solle einen bestimmten Gegenstand gegen eine Vergütung, die nicht in Aktien besteht, übernehmen.[289] Eine vergleichbare Absprache kann natürlich auch bei einer Kapitalerhöhung getroffen werden. Im Gründungsrecht wird eine solche Abrede ähnlichen Einschränkungen unterworfen wie eine Sacheinlage, da sich solche Sachübernahmen in ihrem wirtschaftlichen Ergebnis kaum von einer Sacheinlage unterscheiden und sehr ähnliche Gefahren für die reale Kapitalaufbringung bestehen. Insbesondere verlangt das Aktiengesetz Satzungspublizität (§ 27 Abs. 1 S. 1 AktG), Sacheinlagefähigkeit (§ 27 Abs. 2 AktG) und eine Gründungsprüfung (§ 33 Abs. 2 Nr. 4 AktG).[290] Im Recht der Kapitalaufbringung kennt das Aktiengesetz keine derartigen Einschränkungen für Sachübernahmen, obwohl die wirtschaftliche Vergleichbarkeit mit der Sacheinlage auch hier gegeben ist.[291] Das Gesetz vertraut auf das Pflichtbewußtsein des Vorstandes, der im Interesse der Gesellschaft handeln muß und bei einer werbenden Gesellschaft unabhängiger von den Interessen der Aktionäre agieren kann als bei einer Gesellschaft in Gründung.

Gerade weil das Gesetz bei Kapitalerhöhungen Sonderregeln nur für Sacheinlagen kennt, nicht auch für Sachübernahmen, will der Bundesgerichtshof in der zitierten Entscheidung bei teilbaren gemischten Sacheinlagen zulassen, daß diese nur insoweit als Sacheinlagen behandelt werden müssen, als sie in Aktien entgolten werden (also jedenfalls bis zur Höhe des (geringsten) Ausgabebetrags). Darüber hinaus können gemischte Sacheinlagen als Sachübernahmen vereinbart werden.[292] Ob diese Unterscheidung des BGH auch für Gründungsfälle zu übernehmen ist, ist umstritten.[293] Da das Aktiengesetz bei Gründungen Sachübernahmen teilweise ausdrücklich denselben Regelungen wie Sacheinlagen unterstellt, geht es bei dem Streit vor allem um die Frage, ob mangelhafte

288 BGHZ 191, 364, Tz. 49 = AG 2012, 17 (Babcock); dazu *Hüffer/Koch*, AktG § 183, Rz. 3 m.w.N.

289 *Hüffer/Koch*, AktG § 27, Rz. 5; *Pentz* in MüKo-AktG § 27, Rz. 61.

290 Auflistung der Normen, die für Sacheinlagen und Sachübernahmen gleichermaßen gelten, bei *Pentz* in MüKo-AktG § 27, Rz. 62.

291 *Hüffer/Koch*, AktG § 27, Rz. 8a und § 183, Rz. 3 m.w.N.

292 BGHZ 191, 364, Tz. 49 = AG 2012, 17.

293 Für eine Gleichbehandlung von Gründung und Kapitalerhöhung *Hüffer/Koch*, AktG § 27, Rz. 8a und *Verse,* Sacheinlagen und Vergleich, 898; dagegen *Pentz* in MüKo-AktG § 27, Rz. 70; der Bundesgerichtshof scheint dazu zu neigen, in Gründungsfällen auch bei teilbaren Leistungen von einer einheitlichen Sacheinlagevereinbarung auszugehen, s. BGHZ 191, 364, Tz. 49 = AG 2012, 17.

gemischte Sacheinlagen teilweise nach Kaufrecht zu beurteilen sind oder vollständig dem Recht für Sacheinlagen unterstehen sollen.[294] Sachübernahmen werden nämlich trotz der aktienrechtlichen Sonderregeln über die Pflicht zur Satzungspublizität der Vereinbarungen und der Pflicht zur Gründungsprüfung nicht als korporative Rechtspflichten verstanden, sondern als schuldrechtliche Verträge (meist Kaufverträge), die nicht die Einlagepflicht umschreiben, sondern eine Regelung über die Verwendung der Bareinlage treffen.[295] Nur wenn das Kaufgeschäft noch enger an die Einlageverpflichtung gekoppelt wird, indem vereinbart wird, den Kaufpreis auf die Bareinlageverpflichtung anzurechnen, fingiert das Gesetz in § 27 Abs. 1 S. 2 AktG eine Sacheinlage.[296]

Ein bedeutender Unterschied zwischen Sacheinlagen und Sachübernahmen besteht darin, daß nur Sacheinlagen unter § 36a Abs. 2 AktG subsumiert werden können und daher nur für diese eine sofortige Leistungspflicht angeordnet wird.[297] Auch gilt für Sachübernahmen die Vorschrift des § 27 Abs. 3 AktG über verdeckte Sacheinlagen allenfalls analog.[298] Wegen dieser Unterschiede kann man sich in dieser Frage nicht auf den Standpunkt zurückziehen, die Unterscheidung in Sacheinlageelement und Sachübernahmeelement sei im Fall der Gründung weniger bedeutsam als bei Kapitalerhöhungen.[299] Nicht richtig wäre es auch anzunehmen, wie es der BGH in der zitierten Entscheidung in einem obiter dictum zum Gründungsszenario getan hat, wegen der Sonderregeln zu Sachübernahmen im Gründungsrecht läge es nahe, bei einer bereits vereinbarten Sachübernahme von einer kraft Parteivereinbarung unteilbaren Leistung auszugehen.[300] Der Bundesgerichtshof hat hier die auch im Gründungsrecht bestehenden Unterschiede zwischen Sacheinlagen und Sachübernahmen nicht bedacht. Wenn auch im Gründungsrecht verschiedene Wege zur Verfügung stehen, auf denen die Gesellschaft einen Vermögensgegenstand erwerben kann, und nicht alle Rechtsfolgen gleich sind, kann hier ebensowenig wie im Fall einer Kapitalerhöhung angenommen werden, daß »alle Leistungen, die in einem Vertrag vereinbart werden, zur Sacheinlage zusammengefaßt« werden sollen.[301]

294 Vgl. *Pentz* in MüKo-AktG § 27, Rz. 70.

295 Hüffer/*Koch*, AktG § 27, Rz. 6; *Pentz* in MüKo-AktG § 27, Rz. 66 m.w.N. Diese Ansicht hat eine lange Tradition und wird schon von *Ballerstedt*, Kapital, 81 als selbstverständlich betrachtet.

296 Hüffer/*Koch*, AktG § 27, Rz. 6 – der selbst in diesem Fall das Verpflichtungsgeschäft als schuldrechtlich qualifizieren will und nur der Verrechnungsabrede korporativen Charakter zuspricht (in gewissem Widerspruch zu den Ausführungen in Rz. 7); *Pentz* in MüKo-AktG, § 27, Rz. 62 und 68 qualifiziert die gesamte Vereinbarung als korporativ.

297 *Pentz* in MüKo-AktG § 27, Rz. 68; ihm zustimmend Hüffer/*Koch*, AktG § 27, Rz. 7.

298 *Pentz* in MüKo-AktG § 27, Rz. 90 (es ist danach zu unterscheiden, ob das Geschäft mit einem Gründer oder mit einem Dritten abgeschlossen wird).

299 So aber Hüffer/*Koch*, AktG § 27, Rz. 81.

300 So BGHZ 191, 364, Tz. 49 = AG 2012, 17.

301 Zitat aus BGHZ 191, 364, Tz. 50 = AG 2012, 17.

Die Begründung, mit der der BGH bei Kapitalerhöhungen eine Aufteilung in Sacheinlageelement und Sachübernahmeelement zugelassen hat, läßt sich daher auf den Fall der Gesellschaftsgründung übertragen. Konsequenterweise muß man daher auch im Fall der Gesellschaftsgründung bei teilbaren gemischten Sacheinlagen zwischen einem Sacheinlageelement und einem Sachübernahmeelement unterscheiden oder die Unterscheidung im Fall der Kapitalerhöhung aufgeben.[302] Auf dem Boden der Rechtsprechung des Bundesgerichtshofs kann man daher formulieren, bei teilbaren gemischten Sacheinlagen sind die eingebrachten Vermögensgegenstände nur insoweit Sacheinlage, als sie nicht gemäß ausdrücklicher Vereinbarung anderweitig als durch Aktien entgolten werden sollen. Sacheinlage sind die zu leistenden Gegenstände mithin in Höhe des Ausgabebetrags und eines eventuellen Mehrwerts, der nicht abgegolten werden soll.

In ähnlicher Weise, wie man bei teilbaren gemischten Sacheinlagen zwischen einem Sacheinlageelement und einem Sachübernahmeelement unterscheiden muß, kann man bei allen Sacheinlagen, deren Wert den Ausgabebetrag übersteigt, jedoch nicht anderweitig als durch die ausgegebenen Aktien abgegolten wird, zwischen einem Sacheinlageelement in Höhe des Ausgabebetrags und einem weiteren Mehrwertelement unterscheiden. Will man aber den Gegenstand in Höhe seines Mehrwerts nicht als ›Einlage‹ begreifen, kommt man nicht umhin, die Vereinbarung in der Satzung zur Leistung des Gegenstands (was auch immer sein Wert genau sei) als Rechtsgrund für das Behaltendürfen dieses Mehrwerts anzusehen. Bei teilbaren Sachleistungen könnte man zwar von einer in die Satzung aufgenommenen schuldrechtlichen Vereinbarung ausgehen[303], ähnlich wie der Bundesgerichtshof bei gemischten Sacheinlagen von einem schuldrechtlichen Sachübernahmeelement ausgegangen ist, und insofern einen schuldrechtlichen Rechtsgrund für das Behaltendürfen der teilbaren Gegenstände annehmen, sofern ihr Wert den Ausgabebetrag übersteigt. Bei unteilbaren Gegenständen kommt jedoch eine solche Aufteilung nicht in Betracht.

Man kann daher auch bei teilbaren Gegenständen auf eine teilweise schuldrechtliche Qualifikation des Behaltensgrundes verzichten, zumal durch eine Einordnung als schuldrechtliches Leistungsversprechen hinsichtlich der Rechtsfolgen nichts Wesentliches gewonnen wird. Denn wenn man den gesamten Gegenstand als ›Sacheinlage‹ versteht, muß man eben zwischen verschiedenen Rechtsfolgen bezüglich verschiedener Wertanteile des einen Einlagegegenstands unterscheiden, ebenso wie bei unteilbaren gemischten Sacheinlagen zwar

302 Ähnlich plädiert Hüffer/*Koch*, AktG § 27, Rz. 8a »aus Gründen systematischer Geschlossenheit« bei der Gesellschaftsgründung für eine Aufteilung einer teilbaren gemischten Sacheinlage in Sacheinlagen und Sachübernahmen. *Verse*, Sacheinlagen und Befreiung, 898 kann ebenfalls keine »wirklich zwingenden Gründe« für die Annahme des BGH erkennen.

303 Zu dieser Möglichkeit, in die Satzung auch nicht-korporative Bestandteile aufzunehmen, sogleich u. S. 161.

eine einheitliche Behandlung des gesamten Gegenstands als Sacheinlage vorzunehmen ist, jedoch hinsichtlich des Werts jenseits des Ausgabebetrags eine Vereinbarung über eine bare Abgeltung getroffen werden kann. Nimmt man als Behaltensgrund für die versprochenen teilbaren Leistungen jenseits des Ausgabebetrags eine schuldrechtliche Grundlage an, muß man sich fragen, inwieweit trotz schuldrechtlicher Grundlage aktienrechtliche Vorschriften gelten sollen. Die ausdrücklichen Sonderregeln des Aktiengesetzes für schuldrechtliche Sachübernahmen sind das beste Beispiel dafür, daß die Regelungen des Aktiengesetzes nicht stets auf die korporativen ›Einlagen‹ beschränkt sind, die durch den formalen Ausgabebetrag eindeutig bestimmt sind.

Einige Beispiele sollen verdeutlichen, daß auch bei Qualifikation einer Sachleistung als Sach-›Einlage‹ andere Rechtsfolgen als bei anderen ›Einlagen‹ eintreten können. Der vielleicht markanteste Unterschied von Sacheinlagen zu Bareinlagen besteht darin, daß die Sachleistungsverpflichtung nicht auf den Erwerber der Anteile übergeht.[304] Den derivativen Erwerber einer Aktie trifft nur eine subsidiäre Barleistungsverpflichtung, sofern der Zeichner der Aktie die versprochene Sachleistung nicht erbringt. Obwohl damit auf Sacheinlagepflichten gerade das markanteste Charakteristikum von mitgliedschaftlichen Leistungspflichten nicht zutrifft, zweifelt niemand an dem korporativen Charakter von Sacheinlagen. Dieses Beispiel zeigt abermals, daß man bei Sacheinlagen den Einlagebegriff nicht auf die Höhe des Ausgabebetrags beschränken muß, sondern notwendige Differenzierungen auch bei den Rechtsfolgen dieser Einlageform vornehmen kann.

Ein weiterer Unterschied läßt sich bei der Kapitalerhaltung festmachen. Der Mehrwert einer Sacheinlage kann, sofern er überhaupt aktiviert werden darf,[305] nicht als gezeichnetes Kapital ausgewiesen werden, sondern muß entweder als Agio im Sinne von § 272 Abs. 2 Nr. 1 HGB oder als sonstige Zuzahlung im Sinne von § 272 Abs. 2 Nr. 4 HGB gebucht werden. Die Kapitalerhaltung kann daher jedenfalls nicht so streng ausgestaltet werden wie bei Einlagen auf das Grundkapital, sondern allenfalls so streng wie bei einem nach § 9 Abs. 2 AktG bezifferten Agio. Eventuell unterliegt der Mehrwert eines Sacheinlagegegenstands auch keinerlei kapitalerhaltungsrechtlichen Anforderungen, wenn er entweder nicht aktiviert werden darf oder im Falle einer Aktivierung unter § 272 Abs. 2 Nr. 4 HGB zu buchen ist.

Auch im Rahmen der Kapitalaufbringung macht es einen Unterschied, inwieweit bei einer Sacheinlage die gegenständliche Leistungsverpflichtung von der förmlichen Festsetzung eines Ausgabebetrags begleitet wird. Scheitert nämlich die Sacheinlage ganz oder teilweise, richtet sich die subsidiäre Barleistungspflicht

304 *Fleischer* in Schmidt/Lutter § 54, Rz. 13 m.w.N.; *Cahn/v. Spannenberg* in Spindler/Stilz, AktG § 54, Rz. 15 m.w.N. (mit Hinweis darauf, daß bei Gesamtrechtsnachfolge auch die Sachleistungsverpflichtung übernommen wird).

305 Zur Frage der Aktivierung von Vermögensgegenständen, sofern ihr Wert den Ausgabebetrag überschreitet, s. u. S. 325.

nicht nach dem Zeitwert des versprochenen Einlagegegenstands, sondern gemäß § 54 Abs. 1 AktG nach dem festgesetzten Ausgabebetrag.[306] Sofern der Gesellschaft jedoch wegen des Scheiterns der Sacheinlage neben dem subsidiären Bareinlageanspruch weitere Schadensersatzansprüche zustehen, wird teilweise vertreten, die Gesellschaft solle über diese nicht wie über normale schuldrechtliche Schadensersatzansprüche verfügen können, sondern es seien insoweit die Beschränkungen des § 66 Abs. 2 AktG zu beachten.[307] Die letztgenannte Ansicht behandelt den tatsächlichen Mehrwert eines Sacheinlagegegenstands teils nicht als ›Einlage‹ (im Sinne von § 54 Abs. 1 AktG), teils doch als ›Einlage‹ (im Sinne des § 66 Abs. 2 AktG).

Diese Fragen sollen an dieser Stelle nicht weiter diskutiert werden. Im Rahmen der Klärung des Einlagebegriffs kommt es allein darauf an zu sehen, daß mit dem Begriff der ›Einlage‹ noch nicht über alle Rechtsfolgen entschieden ist. Manche Einlagerechtsfolgen sind auf die ›Einlagen‹ zu beschränken, die auf das Grundkapital erbracht werden, andere Rechtsfolgen gelten für alle Formen von ›Einlagen‹ und manche Rechtsfolgen sind sogar auf schuldrechtliche Leistungspflichten anzuwenden, die in einem bestimmten Zusammenhang mit der Erbringung von ›Einlagen‹ stehen. Entscheidend ist vor allem die historische und systematisch-teleologische Auslegung der konkreten Norm, in der eine bestimmte Rechtsfolge bestimmt wird, weniger der Wortlaut des Tatbestandsmerkmals (Sach-)›Einlage‹.

(3) Abgrenzung von anderen mitgliedschaftlichen Leistungspflichten

Neben der bisher erörterten Differenzierung verschiedener Einlageformen, die alle zur Hauptverpflichtung des Aktionärs zählen, verlangt das Gesetz noch eine Abgrenzung dieser ›Einlagen‹ von mitgliedschaftlichen Nebenleistungsverpflichtungen. Handelsrechtlich betrachtet können auch Nebenleistungen ›Einlagen‹ sein, wenn sie das wirtschaftliche Eigenkapital mehren. Der aktienrechtliche Einlagebegriff ist jedoch, wie gesehen, enger als der handelsrechtliche.

(a) Nebenverpflichtungen des § 55 AktG

(aa) Einzige zulässige Ausnahme von § 54 Abs. 1 AktG für korporative Leistungspflichten

§ 55 AktG bestimmt ausdrücklich die Zulässigkeit von Nebenleistungen. Es handelt sich bei den Nebenverpflichtungen um die einzige Ausnahme von der Beschränkung der mitgliedschaftlichen Leistungspflicht auf die durch § 54 AktG

306 *Fleischer* in Schmidt/Lutter § 54, Rz. 7; Hüffer/*Koch*, AktG § 54, Rz. 5; *Cahn/ v. Spannenberg* in Spindler/Stilz, AktG § 54, Rz. 27.

307 *Bayer* in MüKo-AktG, § 66, Rz. 78; dagegen *Fleischer* in Schmidt/Lutter § 66, Rz. 20, *Cahn* in Spindler/Stilz, AktG § 66, Rz. 7.

bestimmte ›Einlage‹.[308] Auch wenn der aktienrechtliche Begriff der ›Einlage‹ nur die Hauptverpflichtung der Aktionäre umfaßt, handelt es sich bei den Nebenverpflichtungen in gleicher Weise um mitgliedschaftliche Leistungspflichten.[309] Der Charakter der Nebenverpflichtung wird daran deutlich, daß die Bestimmung einer Nebenleistung fakultativ ist, eine Hauptverpflichtung hingegen stets festgelegt werden muß. Nebenverpflichtungen sind nur neben der ›Einlage‹ als Hauptverpflichtung zulässig und können diese nicht ersetzen.[310]

Auch wenn das Aktiengesetz Nebenverpflichtungen ausdrücklich zuläßt, ist nicht eindeutig zu sagen, ob § 55 AktG nicht teilweise gegen europäisches Recht verstößt. Die Vereinbarkeit von § 55 AktG mit dem Europarecht hängt davon ab, wie man den Einlagebegriff der Gesellschaftsrechtsrichtlinie versteht.[311] Denkbar ist sowohl, daß die Gesellschaftsrechtsrichtlinie wie das deutsche Aktienrecht nur solche Gegenleistungen als ›Einlagen‹ ansieht, die auf eine besondere Weise in der Satzung festgesetzt sind, denkbar ist aber auch, daß der Einlagebegriff der Richtlinie wie im angelsächsischen Gesellschaftsrecht alle Leistungen erfaßt, die eine Gesellschaft mit dem Zeichner von Aktien als Gegenleistung vereinbart, das wären dann nach deutschem Sprachgebrauch alle wirtschaftlichen (oder handelsrechtlichen) ›Einlagen‹, die der Gesellschaft im Gegenzug für die Anteilsausgabe versprochen werden. Nach dem zweiten Verständnis wären Sonderregeln für bestimmte Gegenleistungen nicht zulässig, sofern sie hinter den Anforderungen der Gesellschaftsrechtsrichtlinie zurückblieben, weshalb der Anwendungsbereich von § 55 AktG auf Nebenverpflichtungen zu beschränken wäre, die ohne Zusammenhang mit einer Anteilsausgabe durch Satzungsänderung vereinbart werden.

(bb) Historische Gründe

Die Ausnahmeregelung des § 55 AktG wurde vom historischen Gesetzgeber durch die HGB-Novelle von 1900 eingeführt und war vor allem auf die Bedürfnisse der Rübenzuckerindustrie zugeschnitten.[312] Zuckerrübenbauern hatten sich in Aktiengesellschaften zusammengeschlossen, die ihre Erzeugnisse weiterverarbeiten sollten. Zu diesem Behufe sollten die Aktionäre verpflichtet werden, an die Gesellschaft jährlich Zuckerrüben zu liefern. Das Reichsgericht hat unter Geltung des ADHGB mitgliedschaftliche Lieferpflichten nicht als wirksame

308 *Fleischer* in Schmidt/Lutter § 55, Rz. 1; *Cahn/v. Spannenberg* in Spindler/Stilz, AktG § 55, Rz. 2.

309 *Fleischer* in Schmidt/Lutter § 55, Rz. 23; *Götze* in MüKo-AktG § 55, Rz. 20.

310 *Fleischer* in Schmidt/Lutter § 55, Rz. 10; *Cahn/v. Spannenberg* in Spindler/Stilz, AktG § 55, Rz. 2.

311 Zu dieser Schwierigkeit bei der Auslegung des Gesellschaftsrechtsrichtlinie, die in der deutschen Literatur bisher noch keine Beachtung gefunden hat, s. u. S. 390 ff.

312 *Brodmann*, Aktienrecht § 211, S. 136 und § 212, S. 138; *Fleischer* in Schmidt/Lutter § 55, Rz. 3; *Cahn/v. Spannenberg* in Spindler/Stilz, AktG § 55, Rz. 3.

Satzungsbestandteile anerkannt, weil die früheren § 219 Abs. 1 HGB (1884) und § 211 HGB (1897) (wie heute § 54 AktG) die Beitragspflicht der Aktionäre auf die ›Einlage‹ beschränkten.[313] So konnten die Lieferpflichten nur als rein schuldrechtliche Verpflichtung vereinbart werden. Mit diesem rein schuldrechtlichen Verständnis der vereinbarten Nebenleistungen hatte das Reichsgericht ursprünglich versucht, den Interessen der Rübenzuckerindustrie soweit entgegen zu kommen, wie es ihm nach dem damaligen Recht möglich erschien.[314]

Eine mitgliedschaftliche Leistungspflicht hätte unter der Rechtsform der Genossenschaft vereinbart werden können, welche sich typischerweise für einen Zusammenschluß von Produzenten zur gemeinsamen Verarbeitung ihrer Produkte anbietet.[315] Die Genossenschaft hat gegenüber der Aktiengesellschaft jedoch den Nachteil, daß das Austrittsrecht nach § 65 GenG nicht ausgeschlossen werden kann und daher die Planungssicherheit gefährdet.[316] In der Literatur ist regelmäßig zu lesen, die Nebenleistungs-AG sei wegen ihres personalistischen, genossenschaftlichen Einschlags ein Fremdkörper im Aktienrecht.[317] Mit diesem Urteil sollte man vorsichtig sein und berücksichtigen, daß die Rechtsordnung damals keine Rechtsform enthalten hat und heute immer noch keine Rechtsform anbietet, mit welcher den Interessen der Rübenzuckerindustrie besser gedient werden könnte. Ebenso wie die Nebenleistungsaktiengesellschaft weisen die heute noch und seit jeher praktisch häufiger anzutreffenden schuldrechtlichen Nebenabreden, in denen das Reichsgerichts die Lösung des bestehenden Interessenskonflikts suchte, auf ein Bedürfnis der Wirtschaft, ergänzend zu den starren Regelungen der Aktiengesellschaft weitere Abreden rechtssicher treffen zu können.[318] Praktische Bedeutung hat die Nebenleistungs-AG über die Rübenzuckerindustrie hinaus nicht erlangt, obwohl sie auch anderen verarbeitenden Betrieben gemeinschaftlich erzeugter Produkte (z.B. Molkereien oder Brennereien) offensteht. Trotz ihrer geringen praktischen Bedeutung ist die Nebenleistungsaktiengesellschaft von großem dogmatischen Interesse.[319]

313 Vgl. RG v. 26.11.1886 – III 153/86, RGZ 17, 5, 14; RG v. 21.6.1887 – II 48/87, RGZ 19, 108, 109 f.

314 Vgl. *Brodmann*, Aktienrecht § 212, S. 138.

315 *Brodmann*, Aktienrecht § 211, S. 136 und § 212, S. 138; *Fleischer* in Schmidt/Lutter § 55, Rz. 2; *Cahn/v. Spannenberg* in Spindler/Stilz, AktG § 55, Rz. 3.

316 *Brodmann*, Aktienrecht § 211, S. 136 und § 212, S. 138; *Cahn/v. Spannenberg* in Spindler/Stilz, AktG § 55, Rz. 2.

317 *Brodmann*, Aktienrecht § 211, S. 136 und § 212, S. 138; *Cahn/v. Spannenberg* in Spindler/Stilz, AktG § 55, Rz. 2; *Götze* in MüKo-AktG § 55, Rz. 3.

318 Vorsichtiger in seinem Urteil über die Nebenleistungsgesellschaft daher *Fleischer* in Schmidt/Lutter § 55, Rz. 2.

319 So auch *Fleischer* in Schmidt/Lutter § 55, Rz. 3.

(cc) Begründung und Ausgestaltung der Nebenleistungsverpflichtung

Voraussetzung für die Begründung einer Nebenleistungsverpflichtung ist nach § 55 Abs. 1 S. 1 AktG eine entsprechende Satzungsregelung. Das Gesetz will auf diese Weise die Transparenz herstellen, die für mitgliedschaftliche Leistungspflichten unabdingbar ist. Eine solche Regelung muß nicht notwendig im Zusammenhang mit einer Anteilsausgabe getroffen werden, auch eine spätere Satzungsänderung ist denkbar.[320]

Diese Möglichkeit, die mitgliedschaftlichen Leistungspflichten nachträglich zu erweitern, birgt eine gewisse Gefahr in sich, daß die Aktionäre entgegen der Intention des § 54 Abs. 1 AktG zu Nachschüssen verpflichtet werden. Dieser Gefahr begegnet das Aktiengesetz mit der Zustimmungspflicht aller betroffenen Aktionäre, die § 180 Abs. 1 AktG zur Wirksamkeit der notwendigen Satzungsänderung voraussetzt. Das Zustimmungserfordernis des § 180 Abs. 1 AktG gilt ebenso für eine nachteilige Änderung einer schon bestehenden Nebenleistungsverpflichtung, beispielsweise durch eine Erhöhung der Liefermenge oder eine Herabsetzung des Entgelts.[321]

Die Satzung muß jedoch die Nebenverpflichtung nicht in allen Einzelheiten regeln, sondern kann sich auf die Regelung von Inhalt und Umfang der Leistungspflicht beschränken und die Festlegung von Details dem billigen Ermessen von Vorstand, Aufsichtsrat, Hauptversammlung oder auch außenstehenden Dritten überlassen.[322]

Voraussetzung für die Verknüpfung einer Nebenverpflichtung mit der Mitgliedschaft ist nach § 55 Abs. 1 S. 1 AktG weiterhin, daß die Aktie als vinkulierte Namensaktie im Sinne von § 68 Abs. 2 AktG ausgestaltet wird. So kann die Gesellschaft sicherstellen, daß nur leistungsfähige Personen die Nebenleistungsaktie erwerben.[323] Da die Nebenverpflichtung eine Ausnahme zur grundsätzlichen Beschränkung der Beitragspflichten auf die ›Einlage‹ darstellt, sollen die Erwerber der Aktien durch größtmögliche Transparenz der Leistungspflicht geschützt werden. Zu diesem Zweck ist die Nebenleistungsverpflichtung gemäß § 55 Abs. 1 S. 3 AktG in der Aktie und in Zwischenscheinen anzugeben.[324]

Gegenstand der Nebenverpflichtung können gemäß § 55 Abs. 1 S. 1 AktG nur wiederkehrende, nicht in Geld bestehende Leistungen sein. Ausgeschlossen sind nicht nur unmittelbare Geldzahlungen, sondern auch mittelbare Geldleistungen, wie sie z.B. in einer entgeltlichen Abnahmepflicht von Waren oder Dienstleistungen liegen können. Ausnahmsweise können jedoch entgeltliche Abnahmepflichten anzuerkennen sein, wenn sie der Sicherung der Leistungs-

320 *Fleischer* in Schmidt/Lutter § 55, Rz. 9.
321 *Fleischer* in Schmidt/Lutter § 55, Rz. 9.
322 *Fleischer* in Schmidt/Lutter § 55, Rz. 8 m.w.N.
323 *Fleischer* in Schmidt/Lutter § 55, Rz. 7; *Götze* in MüKo-AktG § 55, Rz. 30.
324 *Fleischer* in Schmidt/Lutter § 55, Rz. 1 und 19.

erbringung dienen und von geringem Umfang sind.[325] Bei der Bestimmung der zulässigen gegenständlichen Leistungen ist ein weiter Leistungsbegriff zugrunde zu legen, der Handlungen und Unterlassungen aller Art umfaßt und auch Leistungen ohne Vermögenswert einschließt.[326]

Es muß allerdings nach dem eindeutigen Wortlaut der Vorschrift eine wiederkehrende Leistung vereinbart werden. Ausgeschlossen ist mithin eine einmalige Leistung wie z.B. die Übertragung einer Sache oder einer Forderung. Solche Leistungen sind nur als Sacheinlagen im Sinne des § 27 AktG möglich.[327] Ausgeschlossen sind nach allgemeiner Meinung auch dauernde Leistungen.[328] Unzulässig wäre beispielsweise eine Vereinbarung, einer bestimmten Partei angehören oder Mitglied in einem Verein sein zu müssen, aber auch eine Vereinbarung über die Übernahme eines Gesellschaftsamtes (Vorstand oder Aufsichtsrat) oder eine Vereinbarung über ein Wettbewerbs- oder Veräußerungsverbot. Dienstleistungen sollen jedoch nach ebenfalls allgemeiner Meinung als Nebenverpflichtung vereinbart werden können, wenn sie nicht dauernd zu erbringen sind, sondern regelmäßig wiederkehren, beispielsweise eine jährliche Überprüfung der Buchführung.[329]

In Einzelfällen kann es sicherlich zu Abgrenzungsschwierigkeiten kommen, bei welcher Regelmäßigkeit und Dauer wiederkehrende Dienstleistungen noch zulässig sind oder schon eine (nur unwesentlich unterbrochene) Dauerleistung darstellen, doch scheint in den wenigen Praxisfällen das Problem nie dringlich geworden zu sein. Dauernde Leistungen können nur schuldrechtlich vereinbart werden, nicht als mitgliedschaftliche Nebenleistungsverpflichtung.[330] Bei den wiederkehrenden Nebenleistungsverpflichtungen unterscheidet man wie im Schuldrecht das einheitliche Stammrecht von den konkreten Einzelansprüchen.[331]

Nebenverpflichtungen können nach § 55 Abs. 1 S. 2 AktG sowohl entgeltlich als auch unentgeltlich vereinbart werden.[332] § 61 AktG gestattet dabei die Zahlung eines Entgelts auch dann, wenn kein Bilanzgewinn im Sinne von § 57 Abs. 3 AktG erzielt werden kann.[333] Die Zahlung eines Entgelts im Rahmen dieses korporativ vereinbarten Austauschgeschäfts ist ebensowenig eine Rückgewähr der Einlage wie die Gegenleistung bei einem schuldrechtlichen Austauschgeschäft. Einzige Voraussetzung für die Zahlung ist, daß das Entgelt nicht unangemessen hoch ist. Vereinbarungen über Nebenverpflichtungen können

325 *Fleischer* in Schmidt/Lutter § 55, Rz. 14; *Götze* in MüKo-AktG § 55, Rz. 15.
326 *Fleischer* in Schmidt/Lutter § 55, Rz. 12, Wachter/*Servatius*, AktG § 55, Rz. 3; *Götze* in MüKo-AktG § 55, Rz. 14.
327 *Götze* in MüKo-AktG § 55, Rz. 16; *Fleischer* in Schmidt/Lutter § 55, Rz. 13.
328 *Götze* in MüKo-AktG § 55, Rz. 16; *Fleischer* in Schmidt/Lutter § 55, Rz. 13.
329 *Götze* in MüKo-AktG § 55, Rz. 16 m.w.N.; *Fleischer* in Schmidt/Lutter § 55, Rz. 13 m.w.N.
330 Vgl. *Götze* in MüKo-AktG § 55, Rz. 50; *Fleischer* in Schmidt/Lutter § 55, Rz. 38.
331 *Götze* in MüKo-AktG § 55, Rz. 21.
332 *Götze* in MüKo-AktG § 55, Rz. 18; *Fleischer* in Schmidt/Lutter § 55, Rz. 17 f.
333 *Götze* in MüKo-AktG § 55, Rz. 19.

gleichermaßen befristet wie unbefristet getroffen werden oder auch auflösend bedingt.[334] In der Satzung kann auch die Möglichkeit zur ordentlichen Kündigung vorgesehen werden.[335] Nebenleistungsverpflichtungen müssen nicht alle Gesellschafter gleichermaßen treffen. Das Gleichbehandlungsgebot des § 53a AktG steht einer unterschiedlichen Ausgestaltung von Aktien nicht entgegen, da die Zeichner der Aktien oder bei einer späteren Satzungsänderung die betroffenen Aktionäre zustimmen müssen. Nebenleistungsaktien und reguläre Kapitalaktien bilden in diesem Fall eigene Aktiengattungen im Sinne des § 11 AktG.[336]

(dd) Rechtsfolgen dieser mitgliedschaftlichen Leistungsverpflichtung

Unmittelbare Folge einer Satzungsregelung über eine Nebenverpflichtung ist die entsprechende Leistungspflicht des Aktionärs. Ob dem Gesellschafter auch ein Abnahmerecht zuzusprechen ist, aus dem bei entsprechender Vereinbarung ein Vergütungsanspruch erwachsen kann, ist umstritten, hier jedoch nicht weiter von Interesse.[337]

Die einzelnen rechtlichen Regelungen für Nebenverpflichtungen werden stark von der mitgliedschaftlichen Rechtsnatur der Leistungsverpflichtung beeinflußt. Da die Nebenleistung eine korporative Pflicht ist, geht sie mit dem Erwerb der Aktie automatisch auf den neuen Gesellschafter über.[338] Genau gesprochen wird der neue Aktionär Schuldner des Stammrechts der Gesellschaft, nicht jedoch Schuldner bereits konkretisierter Einzelansprüche. Für diese bleibt der bisherige Anteilsinhaber weiterhin verpflichtet. Für das Stammrecht allerdings haftet der Vormann nicht mehr, auch nicht subsidiär. Der Übergang der gegenständlichen Leistungsverpflichtung ist durch die Sonderregelung im Interesse der Rübenzuckerindustrie gerade beabsichtigt und nicht anzuzweifeln. Fraglich ist vor diesem Hintergrund allerdings, warum bei Sacheinlagen der Übergang der gegenständlichen Leistungsverpflichtung kategorisch ausgeschlossen wird, selbst bei vertretbaren Leistungen.

Als korporative Leistungspflicht kann die Nebenleistung nur durch Satzungsänderung geändert oder aufgehoben werden.[339] Da die Leistungspflicht bei aller Ähnlichkeit zu schuldrechtlichen Austauschverträgen keinen schuldrechtlichen Rechtsgrund hat, gelten die Vorschriften des Bürgerlichen Gesetzbuchs nur

334 *Götze* in MüKo-AktG § 55, Rz. 32; *Fleischer* in Schmidt/Lutter § 55, Rz. 27.
335 *Götze* in MüKo-AktG § 55, Rz. 48; *Fleischer* in Schmidt/Lutter § 55, Rz. 32.
336 *Fleischer* in Schmidt/Lutter § 55, Rz. 13; Wachter/*Servatius*, AktG § 55, Rz. 2.
337 Für ein Abnahmerecht beispielsweise *Fleischer* in Schmidt/Lutter § 55, Rz. 16 m.w.N.; dagegen *Götze* in MüKo-AktG § 55, Rz. 23 m.w.N.
338 Allg. Meinung, vgl. nur *Götze* in MüKo-AktG § 55, Rz. 20 und 41 m.w.N.; *Fleischer* in Schmidt/Lutter § 55, Rz. 25 und 30 m.w.N.
339 *Götze* in MüKo-AktG § 55, Rz. 33; *Fleischer* in Schmidt/Lutter § 55, Rz. 28 f.

analog, wobei aktienrechtliche Grundsätze zu beachten sind.[340] Das Stammrecht kann durch die Aktiengesellschaft nicht abgetreten werden.[341] Die Verpflichtung kann allenfalls mit Einschränkungen selbständig angefochten werden.[342] Eine ordentliche Kündigung ist nur statthaft, wenn sie in der Satzung ausdrücklich vorgesehen worden ist. Eine außerordentliche Kündigung wird mit Blick auf § 314 BGB zwar grundsätzlich zugestanden, jedoch nur unter zusätzlichen, einschränkenden Anforderungen.[343] Im Fall der Auflösung der Aktiengesellschaft und damit auch im Fall der Insolvenz erlischt die Nebenverpflichtung grundsätzlich, sofern nicht ausnahmsweise für eine Übergangszeit ein Weiterbestehen anzunehmen ist.[344]

Wenn auch die Nebenverpflichtung mitgliedschaftlicher Natur ist ebenso wie die Hauptverpflichtung, gelten doch für Nebenleistungen weitgehend andere Rechtsfolgen als für aktienrechtliche ›Einlagen‹. Allgemein formuliert kann man feststellen, daß die besonderen Regeln des Kapitalschutzes auf Nebenverpflichtungen keine Anwendung finden.[345] Insbesondere stellt das Gesetz keine Anforderungen an die Einlagefähigkeit (daher können auch wiederkehrende Dienstleistungen vereinbart werden), verlangt keine Sacheinlageprüfung und keine Erfüllung innerhalb der Fünf-Jahresfrist des § 36a Abs. 2 AktG (da auch eine Leistungsverpflichtung über die gesamte Zeit der Mitgliedschaft möglich sein soll). Der schon erwähnte § 61 AktG enthält eine Sonderregelung gegenüber § 57 AktG. Die Leistungspflicht kann nicht durch Kaduzierung (§ 64 AktG) oder Zahlungspflicht der Vormänner (§ 65 AktG) gesichert werden, da Nebenleistungen keine ›Einlagen‹ sind. Auch vertragliche Vereinbarungen, die das strenge Sanktionsregime für ›Einlagen‹ nachbilden sollen, sind unwirksam.[346]

Die Gesellschaft kann die Erfüllung der Nebenleistungspflicht jedoch dadurch absichern, daß sie ihre nach § 68 Abs. 2 AktG zur Anteilsübertragung erforderliche Zustimmung nur unter Auflagen erteilt, beispielweise der Übernahme ausstehender Einzelverpflichtungen durch den Erwerber oder der Besicherung des Stammrechts.[347] Möglich ist ferner, für den Fall der Nicht- oder Schlechtleistung in der Satzung eine Zwangseinziehung nach §§ 237 ff. AktG vorzusehen.[348] Im übrigen erlaubt § 55 Abs. 2 AktG die Festsetzung von Vertragsstrafen in der Satzung.[349] Ohne besondere Satzungsregelungen gelten bei Leistungsstörungen die §§ 275 ff. BGB und (bei entgeltlichen Nebenverpflichtungen) die

340 *Götze* in MüKo-AktG § 55, Rz. 22; *Fleischer* in Schmidt/Lutter § 55, Rz. 23; zu aktienrechtlichen Besonderheiten auch schon *Brodmann*, Aktienrecht § 212, S. 139 ff.
341 *Götze* in MüKo-AktG § 55, Rz. 20; *Fleischer* in Schmidt/Lutter § 55, Rz. 23.
342 *Götze* in MüKo-AktG § 55, Rz. 47; *Fleischer* in Schmidt/Lutter § 55, Rz. 23 m.w.N.
343 *Götze* in MüKo-AktG § 55, Rz. 48 f.; *Fleischer* in Schmidt/Lutter § 55, Rz. 32 f.
344 *Götze* in MüKo-AktG § 55, Rz. 38; *Fleischer* in Schmidt/Lutter § 55, Rz. 34 ff.
345 *Götze* in MüKo-AktG § 55, Rz. 20.
346 *Götze* in MüKo-AktG § 55, Rz. 29; *Fleischer* in Schmidt/Lutter § 55, Rz. 22.
347 *Fleischer* in Schmidt/Lutter § 55, Rz. 22.
348 *Götze* in MüKo-AktG § 55, Rz. 29; *Fleischer* in Schmidt/Lutter § 55, Rz. 22.
349 *Götze* in MüKo-AktG § 55, Rz. 27 f.; *Fleischer* in Schmidt/Lutter § 55, Rz. 21.

§§ 323 ff. BGB analog.[350] Dabei ist in besonderen Fällen sogar denkbar, daß analog § 275 BGB selbst das Stammrecht wegen Unmöglichkeit erlischt, ohne daß dieses Erlöschen auf die Mitgliedschaft weiter Einfluß hätte.[351]

(ee) Bilanzierung von Nebenleistungen

Sofern eine Nebenleistung einen Vermögenswert hat, der nicht durch eine Entgeltzahlung der Gesellschaft abgegolten wird, stellt sich die Frage der Bilanzierung dieser wirtschaftlichen ›Einlage‹. Nach der Rechtsprechung des EuGH in den Rechtssachen GIMLE SA und Bloomsbury NV erscheint es zweifelhaft, ob ein Vermögensgegenstand, der vollständig oder teilweise unentgeltlich erworben worden ist, über die tatsächlichen Anschaffungskosten hinaus aktivierbar ist.[352] Sofern man bei derartig erworbenen Vermögensgegenständen (nicht aber wohl bei schwebenden Geschäften wie z.B. wiederkehrenden Dienstleistungsverpflichtungen) Aktivierbarkeit annimmt, kommt entweder eine gewinnwirksame Vereinnahmung oder die Buchung in § 272 Abs. 2 Nr. 4 HGB in Betracht.[353] Damit unterliegen wirtschaftliche Einlagen in Form von korporativen Nebenleistungen keiner Kapitalbindung, da sie weder als gezeichnetes Kapital noch als Agio im Sinne von § 272 Abs. 2 Nr. 1 HGB zu buchen sind.

(b) Abgrenzung zur Sacheinlage als Hauptverpflichtung und zur Sachübernahme

Die größte Herausforderung, die Nebenverpflichtungen an die Dogmatik des Aktienrechts stellen, besteht in der Abgrenzung solcher Leistungspflichten von der Sacheinlage und der Sachübernahme. Die Literatur stellt sich dieser Aufgabe regelmäßig nicht, wohl weil die Nebenleistungsaktiengesellschaft kaum praktische Bedeutung erlangt hat und die vom Reichsgericht entschiedenen Fälle die Abgrenzung nicht dringlich werden ließen. Das Problem wird meist nicht gesehen. Allein *Servatius* versucht eine Abgrenzung der verschiedenen Leistungspflichten.[354]

350 *Götze* in MüKo-AktG § 55, Rz. 24; *Fleischer* in Schmidt/Lutter § 55, Rz. 20 und 24; zu aktienrechtlichen Besonderheiten auch *Brodmann*, Aktienrecht § 212, S. 139 ff.

351 *Fleischer* in Schmidt/Lutter § 55, Rz. 31. Kautelarjuristisch kann dem Wegfall der Verpflichtung unter gleichzeitigem Beibehalt aller Rechte durch eine Zwangseinziehung nach §§ 237 ff. AktG begegnet werden.

352 Zu dieser Frage eingehend u. S. 272 ff.

353 Zur Buchung in § 272 II Nr. 4 HGB *Reiner* in MüKo-HGB, § 272 Rz. 103. De lege lata ist eine gewinnwirksame Vereinnahmung alternativ zu einer Verbuchung in § 272 II Nr. 4 HGB in allen Fällen möglich.

354 Wachter/*Servatius*, AktG § 55, Rz. 6 ff.

(aa) Abgrenzungskriterien

Alle Geldleistungen und einmaligen unentgeltlichen Sachleistungen können als mitgliedschaftliche Leistungspflicht in der Satzung nur als ›Einlagen‹ vereinbart werden, da § 55 AktG solche Leistungen ausdrücklich nicht als Nebenverpflichtung zuläßt. Unteilbare Sachleistungen können daher nur als Sacheinlagen vereinbart werden. Sicher nicht Nebenverpflichtung, sondern Sacheinlage sind auch alle gegenständlichen Leistungen auf den geringsten oder erhöhten Ausgabebetrag.[355] Sicher nicht Sacheinlage, sondern Nebenverpflichtung ist die Vereinbarung zu einer (wiederkehrenden) Dienstleistung. Zu Überschneidungen zwischen Sacheinlagen und Nebenverpflichtungen kann es bei unentgeltlichen wiederkehrenden Sachleistungen kommen, die sacheinlagefähig sind, nicht auf den geringsten oder erhöhten Ausgabebetrag erbracht werden und innerhalb des Fünf-Jahres-Zeitraums des § 36a Abs. 2 AktG erfolgen sollen, in dem nach weitverbreiteter, wenn auch nicht unbestrittener Ansicht der Gegenstand einer Sacheinlage übereignet werden muß.[356]

Ein großer Teil der Literatur versteht § 36a Abs. 2 AktG dahingehend, daß die sofortige Fälligkeit des Satzes 1 nur zu beachten ist, wenn die Einlage nicht durch dingliche Übertragung von Vermögensgegenständen zu erfüllen ist, sondern beispielweise durch Nutzungsüberlassung. Wird die Einlageverpflichtung durch ein dingliches Übertragungsgeschäft bewirkt, muß die Erfüllung innerhalb des Fünf-Jahres-Zeitraums des Satzes 2 bewirkt sein.[357] Innerhalb dieses Zeitraums sollen auch Teilleistungen erbracht werden können, jedenfalls wenn diese Möglichkeit in der Satzung bestimmt worden ist.[358] Wirtschaftlich kann eine solche Vereinbarung sinnvoll sein, insbesondere wenn der Sacheinleger Roh- und Hilfsstoffe liefern soll, welche nach und nach verbraucht werden. Bei einer sofortigen Lieferung des Gesamtbedarfs für die ersten fünf Jahre nach Unternehmensgründung könnten die Gesellschaft erhebliche Lagerkosten treffen, die bei einer gestreckten Lieferung entbehrlich wären. Eine sukzessive Lieferung von teilbaren Gegenständen aus einer Sacheinlage ähnelt stark einer wiederkehrenden Nebenverpflichtung zur Lieferung ebensolcher Gegenstände.

Bei wiederkehrenden und sacheinlagefähigen Leistungen kommt neben der Möglichkeit der gestreckten Sacheinlage auch eine Sachübernahme in Betracht. Voraussetzung für die Annahme einer Sachübernahme ist ein von der Gesellschaft zu zahlendes Entgelt, das nicht auf den Ausgabebetrag angerechnet werden soll.[359] Ein einmaliges entgeltliches Austauschgeschäft wird regelmäßig

355 Wachter/*Servatius*, AktG § 55, Rz. 7.
356 Ähnlich Wachter/*Servatius*, AktG § 55, Rz. 7.
357 *Pentz* in MüKo-AktG § 36a, Rz. 9 ff. m.w.N. auch zur Gegenansicht; a.A. *Döbereiner* in Spindler/Stilz, AktG § 36a, Rz. 10 m.w.N.
358 *Pentz* in MüKo-AktG § 36a, Rz. 20 m.w.N.; *Döbereiner* in Spindler/Stilz, AktG § 36a, Rz. 11.
359 Wachter/*Servatius*, AktG § 55, Rz. 8.

Sachübernahme sein, wenn es nicht ausnahmsweise Bestandteil einer gemischten Sacheinlage ist.

(bb) Wahlfreiheit zwischen den Leistungsformen

Nach *Servatius* ist eine Satzungsregelung über wiederkehrende, sacheinlagefähige Leistungen oberhalb des förmlich festgesetzten Ausgabebetrags im Wege objektiver Auslegung daraufhin zu befragen, ob eine Sacheinlage, Sachübernahme oder eine Nebenverpflichtung vereinbart worden ist. Unter den verschiedenen Möglichkeiten sollen die Gesellschafter freie Wahl haben, sofern sie ihren Willen nur so deutlich kundtun, daß die objektive Auslegung zu einem entsprechenden Ergebnis kommt.[360] Die Aktionäre können mithin in den genannten Grenzen der §§ 27, 54 und 55 AktG durch eine eindeutige Formulierung entscheiden, ob eine Leistung »als Sacheinlage«, »als Sachübernahme« oder »als Nebenverpflichtung« anzusehen ist.

Die Annahme einer freien Entscheidung der Gesellschafter stimmt mit dem Umstand zusammen, daß noch zur Hochzeit der Rübenzuckerindustrie Rechtsprechung, Literatur und Praxis davon ausgingen, den Aktionären stünde frei, ob sie die vom Gesetzgeber geschaffene Möglichkeit der Nebenleistungsaktiengesellschaft wählen wollten oder die vom Reichsgericht eröffnete Möglichkeit einer Doppelgesellschaft, bei der neben die Aktiengesellschaft mit ihren korporativen Einlageverpflichtungen eine BGB-Gesellschaft tritt, die weitere Leistungsverpflichtungen regeln kann.[361] Auch heute noch verweisen die Kommentare auf die flexibleren Möglichkeiten schuldrechtlicher Nebenabreden.[362]

(cc) Schwierigkeiten bei Annahme von Wahlfreiheit

Eine freie Rechtswahl für die Leistungsverpflichtung erscheint andererseits nicht unproblematisch, da damit die Geltung des aktienrechtlichen Kapitalschutzes teilweise in das Belieben der Aktionäre gestellt wird.[363] Die Aktionäre hätten bei teilbaren Sachleistungen freie Hand, ob sie eine streng geregelte korporative Leistungspflicht vereinbaren wollen (»als Sacheinlage«), eine kaum geregelte korporative Leistungsverpflichtung (»als Nebenverpflichtung«), eine zumindest teilweise dem Einlagerecht angeglichene schuldrechtliche Leistungsverpflichtung (»als Sachübernahme« – auch für einen geringen symbolischen

360 Wachter/*Servatius*, AktG § 55, Rz. 8 zur Abgrenzung von Nebenverpflichtung und Sachübernahme. Für die Abgrenzung zur Sacheinlage soll wohl dasselbe gelten, auch wenn die Kommentierung diese Frage nicht ausdrücklich entscheidet.

361 *Brodmann*, Aktienrecht § 212, S. 141.

362 *Götze* in MüKo-AktG § 55, Rz. 50; *Fleischer* in Schmidt/Lutter § 55, Rz. 38.

363 Wachter/*Servatius*, AktG § 55, Rz. 7 f. verweist auf diese Konsequenz und einige Einzelheiten, sieht darin aber wohl kein Problem.

Kaufpreis) oder eine vom Aktienrecht gänzlich ungeregelte schuldrechtliche Leistungsvereinbarung (»als unentgeltliche schuldrechtliche Nebenleistung«).

Die Problematik ähnelt sehr stark der Problematik des Kapitalschutzes des Agios. Wie gesehen wird der Kapitalschutz des Agios intensiv unter dem Blickwinkel diskutiert, ob man Agioeinlagen rechtlich ebenso behandeln sollte wie Einlagen auf das Nominalkapital, um zu verhindern, daß die Gesellschafter frei zwischen zwei wirtschaftlich vergleichbaren Einlageformen wählen können und damit nach freiem Belieben über die Höhe des Haftkapitals und die Effizienz des Kapitalschutzes entscheiden können. Die aktienrechtlichen Regelungen über die Nebenleistungen iSv § 55 AktG sind eine wichtige Vergleichsgruppe, die es bei der Beantwortung der Frage nach dem Kapitalschutz des Agios zu beachten gilt. Eine strenge Handhabung des Kapitalschutzrechts des Agios läßt sich nicht leicht begründen, wenn der Gesetzgeber bei der vergleichbaren Finanzierungsform der Nebenleistungen den Gesellschaftern weitgehend freie Hand läßt. Überdies hielte in diesem Fall das Gesetz selbst einen Umgehungsweg offen, auf dem strenge Kapitalschutzregeln des Agios umgangen werden könnten.

Die Kautelarpraxis nutzt von dem geschilderten Gestaltungspotential vor allem rein schuldrechtliche Vereinbarungen zur flexiblen Finanzierung von Aktiengesellschaften. Sofern ein Unternehmen jedoch regelmäßig Bedarf an Verbrauchsgütern hat, lassen sich Finanzierungsbeiträge auch als Nebenverpflichtungen vereinbaren. Man braucht nur in einem beliebigen Zeitraum statt einer Barzahlung die Leistung von Gegenständen vereinbaren, welche das Unternehmen nach seinem Geschäftsplan benötigen wird. Ob ein Aktionär seiner Gesellschaft Roh- und Hilfsstoffe liefert oder eine Geldleistung verspricht, aus deren Mitteln sich das Unternehmen selbst die entsprechenden Gegenstände besorgt, macht wirtschaftlich keinen großen Unterschied. Da Nebenverpflichtungen nicht für alle Aktionäre in gleicher Weise vereinbart werden müssen, könnte man bei einer ohnehin beabsichtigten Sacheinlage, die aus teilbaren Leistungen besteht, schon im Gründungsstadium für einen Aktionär statt der Sacheinlage eine Nebenverpflichtung vereinbaren, für alle anderen bare Zuzahlungen. Dadurch kann man sich die aufwendige Gründungsprüfung ebenso sparen wie die umständliche Beachtung der übrigen Vorschriften zu Sacheinlagen, Sachübernahmen oder Nachgründungen.[364]

Der einzige Preis, den man für diese Vorteile zahlen muß, ist die Vereinbarung vinkulierter Namensaktien (zumindest für den Sacheinleger) und eventuell die Hinnahme unterschiedlicher Aktiengattungen im Sinne des § 11 AktG. Diese Nachteile könnten jedoch durch satzungsändernden Beschluß leicht beseitigt werden, wenn man plant, nach einer gewissen Anlaufphase die Aktien am Kapitalmarkt anzubieten, und die Erbringung von Nebenleistungen auf den geplanten Zeitraum der Anlaufphase beschränkt.

364 Zu den Folgen der unterschiedlichen Leistungspflichten auch Wachter/*Servatius*, AktG § 55, Rz. 7 f.

Nebenverpflichtungen können demnach in ähnlicher Weise zur Finanzierung einer Aktiengesellschaft beitragen wie Sacheinlagen und Sachübernahmen. Insbesondere wenn wiederkehrende Sachleistungen unentgeltlich erfolgen, eine Regelung, die das Gesetz in § 55 Abs. 1 S. 2 AktG ausdrücklich gestattet, ist der Finanzierungscharakter der Nebenleistung offensichtlich. Über die Dauer der Mitgliedschaft hinweg können sich diese ›wirtschaftlichen Einlagen‹ auf ein Vielfaches der aktienrechtlichen ›Einlagen‹ summieren.

Formal besteht bei teilbaren Sachleistungen die Möglichkeit freier Wahl zwischen Sacheinlage und Nebenverpflichtung, da das Gesetz für Nebenleistungen keine weiteren Einschränkungen kennt als die genannte Beschränkung auf wiederkehrende Sachleistungen. Dennoch bringt das Gesetz durch das Verbot, Barzahlungen und einmalige Sachleistungen als Nebenverpflichtung zu vereinbaren, zum Ausdruck, daß es den Aktiengesellschaften die Möglichkeit geben wollte, ein spezifisch gegenständliches Interesse auf dem Weg der mitgliedschaftlichen Nebenverpflichtung zu verfolgen. Die bloße Kapitalausstattung wollte das Gesetz wohl auch nach der Zulassung von mitgliedschaftlichen Nebenverpflichtungen durch eine Kapital-›Einlage‹ vorgenommen sehen.[365]

Vor dem Hintergrund dieser gesetzlichen Vorstellung des Normalzustandes, die von der speziellen Interessenlage der Rübenzuckerindustrie beeinflußt worden ist, kann man sich fragen, ob die weitreichende Wahlmöglichkeit zwischen Sacheinlagen, Sachübernahmen und Nebenverpflichtungen durch eine teleologische Auslegung auf bestimmte Sonderfälle einzuschränken ist. Die Sacheinlagefähigkeit selbst scheidet als Abgrenzungskriterium aus, da die Regelung des § 55 AktG eindeutig auch für sacheinlagefähige Gegenstände vorgesehen ist, wie das Beispiel der Rübenzuckerindustrie lehrt. Zuckerrüben könnten – zumindest innerhalb der Fünf-Jahres-Frist des § 36a Abs. 2 AktG – auch im Wege der Sacheinlage eingebracht werden. Eine einschränkende Auslegung von § 55 AktG müßte an spezifischeren Kriterien anknüpfen.

(dd) Schwierigkeiten bei einer möglichen Beschränkung der Wahlfreiheit

(α) Leistungen innerhalb der Fünf-Jahresfrist des § 36a Abs. 2 AktG

Da sich bei teilbaren Sachleistungen Sacheinlage und Nebenverpflichtung vor allem innerhalb des Fünf-Jahres-Zeitraums für die dingliche Erfüllung von

365 Das Gesetz wurde gerade in seinen jungen Jahren stets so verstanden, daß die Eigenkapitalausstattung der Gesellschaft allein durch aktienrechtliche ›Einlagen‹ erfolgen soll, weil einerseits das Gesetz die mitgliedschaftliche Leistungspflicht ursprünglich auf ›Einlagen‹ beschränkt hat und andererseits bei der typischen Publikumsgesellschaft freiwillige weitere Kapitalbeiträge praktisch nicht vorkamen und daher nicht diskutiert wurden. Als Ausnahme hat man jedoch schon früh die vom Reichsgericht im Interesse der Rübenzuckerindustrie entwickelte Vorstellung einer Doppelgesellschaft vor Augen gehabt, vgl. *Brodmann*, Aktienrecht § 211, S. 137.

Sacheinlagen vergleichen lassen, könnte man daran denken, Leistungen innerhalb des Erfüllungszeitraums von § 36a Abs. 2 AktG als Sacheinlagen zu begreifen und als Nebenverpflichtungen nur längere Leistungspflichten zuzulassen. Immerhin standen dem historischen Gesetzgeber bei der Einführung der Ausnahmeregelung für Nebenverpflichtungen keine kurzfristigen Pflichtenbindungen vor Augen, sondern mitgliedschaftliche Pflichten, die sogar über die gesamte Dauer der Mitgliedschaft bestehen sollten.

Andererseits ließe sich unter Gleichbehandlungsgesichtspunkten kaum erklären, warum eine fünfjährige Lieferverpflichtung soll Sacheinlage sein müssen, eine sechsjährige Lieferverpflichtung soll Nebenverpflichtung sein können oder auch warum bei einer sechsjährigen Verpflichtung fünf Jahre als Sacheinlage zu behandeln sein sollten, ein weiteres Jahr als Nebenverpflichtung. Ferner könnte die Unterscheidung nach Zeiträumen in anderen Fällen der Nebenverpflichtungen nicht vorgenommen werden, nämlich bei (wiederkehrenden) Dienstleistungen, da diese gar nicht als Sacheinlage vereinbart werden können, und bei wiederkehrenden Nutzungsüberlassungen, da solche Verpflichtungen nach allen Lesarten von § 36a Abs. 2 AktG sofort zu erfüllen sind, nicht erst in der Fünf-Jahres-Frist. Solche Verpflichtungen wären daher auch innerhalb der ersten fünf Jahre als Nebenverpflichtung zu vereinbaren. Eine Unterscheidung nach Leistungszeiträumen bietet sich daher eher nicht an.

(β) Leistungen über die gesamte Dauer der Mitgliedschaft

Man könnte allerdings daran denken, eine zeitliche Begrenzung von Nebenverpflichtungen grundsätzlich abzulehnen und als Nebenverpflichtung nur Pflichten anzuerkennen, die über die gesamte Dauer der Mitgliedschaft eingegangen werden sollen. Denn das Interesse, welches der historische Gesetzgeber berücksichtigen wollte, war auf solche zeitlich unbegrenzten Pflichten gerichtet, welche die gesamte Mitgliedschaft prägen sollten. Anders als nach heutiger allgemeiner Meinung wären dann Befristungen, auflösende Bedingungen und Kündigungsmöglichkeiten bei Nebenverpflichtungen als unzulässig anzusehen.

Auch gegen diese Einschränkung bestehen jedoch erhebliche Bedenken. Zum einen hätte der Gesetzgeber die Verpflichtung während der gesamten Dauer der Mitgliedschaft ohne weiteres zur Voraussetzung für die Begründung von Nebenverpflichtungen machen können, hat jedoch auf diese weitere Einschränkung verzichtet. Zum anderen enthält das Gesetz keinerlei Beschränkungen, nach denen eine Satzungsvereinbarung über Nebenverpflichtungen nicht wieder durch satzungsändernden Beschluß der Hauptversammlung aufgehoben werden könnte. Eine solche Beschränkung stimmte auch nicht zur der Möglichkeit, selbst das aus den ›Einlagen‹ gebildete Kapital der Gesellschaft herabsetzen zu können. Wenn die bei der Gründung getroffene Entscheidung über die Höhe des Kapitals abgeändert werden kann, muß eine solche Möglichkeit erst recht für Nebenverpflichtungen gelten, die nicht ›Einlage‹ sind und nicht deren strengen Regeln unterliegen.

Es ist daher nicht möglich, den Bestand von Nebenverpflichtungen dauerhaft an die Mitgliedschaft zu binden. Wenn diese Möglichkeit aber ohnehin nicht besteht, muß man sich auch nicht gegen Befristungen, Bedingungen und Kündigungsmöglichkeiten stellen, welche die Beendigung von Nebenverpflichtungen auf anderem Wege erreichen. In geschlossenen Gesellschaften, insbesondere in einer Einmannaktiengesellschaft wäre eine jede solche Beschränkung oftmals nur eine Formalie, da in diesen Gesellschaften eine Satzungsänderung regelmäßig unschwer möglich ist. Zudem muß man beachten, daß Nebenverpflichtungen auch nachträglich begründet werden können und nicht allein bei einer Anteilsausgabe festgelegt werden können. Auch in diesem Fall besteht eine Nebenverpflichtung nicht über die gesamte Dauer der Mitgliedschaft. Wenn man bei der Begründung der Nebenverpflichtung keinen Gleichlauf mit der Begründung der Mitgliedschaft erreichen kann, muß man einen solchen Gleichlauf auch nicht bei der Beendigung der Nebenverpflichtung anstreben.

(γ) Sukzessivlieferungen und Ratenlieferungen

Eine weitere Möglichkeit zur Abgrenzung von Sachleistungen und Nebenverpflichtungen böte die Bestimmtheit der Liefermenge. Sacheinlagen müssen genau festgesetzt sein und damit einen klar umgrenzten Lieferumfang haben. Selbst wenn ihre Erfüllung in Teilleistungen erfolgt, steht schon von Anfang an fest, welchen Umfang die Sacheinlagen haben müssen. Bei den typischen Nebenverpflichtungen ist das nicht der Fall. Wiederkehrende Leistungen stellen schuldrechtlich gesprochen eine Form des Dauerschuldverhältnisses dar. Eine Abgrenzung von Sacheinlagen und Nebenverpflichtungen nach der Bestimmtheit der Liefermenge entspräche der bürgerlich-rechtlichen Unterscheidung in Ratenlieferungen mit bestimmter Gesamtmenge und Sukzessivlieferungen von unbestimmter Dauer.[366] Wenn man für Nebenverpflichtungen schon keine Bindung über die gesamte Dauer der Mitgliedschaft fordern kann, könnte man wenigstens verlangen, daß der Lieferumfang nicht in ähnlicher Weise feststehen darf wie bei Sacheinlagen. Im Rahmen einer objektiven Auslegung der Satzungsbestimmung könnte man bei einem feststehenden Lieferumfang von der Vereinbarung einer in Teilleistungen zu erbringenden Sacheinlage ausgehen und eine eventuelle ausdrückliche Qualifikation »als Nebenverpflichtung« zu einem unbeachtlichen Rechtsirrtum der Gründer bei der Qualifikation ihrer Beitragspflichten erklären.

Eine solche Einschränkung hätte jedoch wiederum den Nachteil, daß eine solche Qualifikation entgegen dem ausdrücklichen Wortlaut der Satzung allenfalls möglich ist, wenn die gesamte Leistung innerhalb von fünf Jahren erbracht werden soll. Wenn der Leistungszeitraum länger gewählt wird, kommt jenseits des Fünf-Jahres-Zeitraums nur eine Nebenverpflichtung in Betracht. Damit

366 Zur bürgerlich-rechtlichen Unterscheidung von Ratenlieferung und Sukzessivlieferung Palandt/*Grüneberg* § 314, Rz. 2.

stellen sich im Ergebnis dieselben Probleme wie bei der Abgrenzung nach dem Erfüllungszeitraum, ohne daß es auf die Bestimmtheit der Liefermenge ankommt. Zudem wäre aus Gleichbehandlungsgründen nicht erklärlich, warum die feststehende Wiederholungszahl einer wiederkehrenden Dienstleistungsverpflichtung sollte Nebenleistung sein können, die feststehende Liefermenge bei der Übereignung von Sachen hingegen nicht, wo doch das Gesetz bei Nebenverpflichtungen nicht nach der Sacheinlagefähigkeit unterscheidet. Zuletzt ist auch noch zu beachten, daß eine solche Beschränkung jedenfalls in geschlossenen Aktiengesellschaften wiederum Gefahr läuft, zu einem Formalismus zu werden, da die Gründer, statt eine feste Liefermenge oder Wiederholungsanzahl zu vereinbaren, eine Kündigungsmöglichkeit vereinbaren können, welche bei abgesprochener Ausübung des Kündigungsrechts dasselbe Ergebnis einer Mengenbegrenzung auf anderem Wege erreicht.

(δ) Beschränkungen des Nachgründungsrechts

Bei entgeltlichen Nebenverpflichtungen könnte man ferner daran denken, die Begrenzung des Nachgründungsrechts zur Abgrenzung von Nebenverpflichtungen und Sachübernahmen heranzuziehen. Wenn die Höhe der Gegenleistung 10% oder mehr vom Grundkapital ausmacht, wären die strengeren Regelungen über Sachübernahmen anzuwenden. Denn eine der wichtigsten Folgen der Vereinbarung einer entgeltlichen Nebenverpflichtung besteht darin, daß die Vorschriften über Sachübernahmen und die diese ergänzenden Bestimmungen über Nachgründungen (§ 52 AktG) nicht greifen.[367] Da die Gefährdungslage bei entgeltlichen Nebenverpflichtungen derjenigen bei Nachgründungen und Sachübernahmen vergleichbar ist, könnte man daran denken, Vereinbarungen über entgeltliche Leistungen jedenfalls dann als schuldrechtliche Sachübernahmen anzusehen, wenn diese so umfangreich sind, daß bei einer Vereinbarung nach der Eintragung der Gesellschaft das Nachgründungsrecht zu beachten wäre.

Problematisch wäre eine solche objektive Qualifikation von Leistungen, die in der Satzung ausdrücklich als Nebenleistungen vereinbart worden sind, jedenfalls dann, wenn der Leistungszeitraum und damit die Höhe des gesamten Entgelts nicht von vornherein feststehen. Die Vorschriften über Nachgründungen sind auf den einmaligen Leistungsaustausch ausgerichtet und könnten allenfalls dann berücksichtigt werden, wenn die gesamte Liefermenge schon bei Vereinbarung der Nebenverpflichtung feststünde. Zudem hat der Gesetzgeber die Vereinbarung von entgeltlichen Nebenverpflichtungen ohne weitere Schutzvorkeh-

367 Wachter/*Servatius*, AktG § 55, Rz. 7 f.; zum Geltungsbereich des Nachgründungsrechts *Pentz* in MüKo-AktG § 52, Rz. 6 m.w.N. Allerdings ist diese allgemeine Ansicht zum deutschen Aktienrecht europarechtlich zu hinterfragen, da die Gesellschaftsrechtsrichtlinie Nebenleistungen nicht kennt und nicht eindeutig ist, ob diese aus dem Anwendungsbereich von Art. 50 der Gesellschaftsrechtsrichtlinie ausgeschlossen sind – dazu u. mehr S. 390 ff.

rungen zugelassen, obwohl ihm die Gefahren für die Kapitalausstattung der Gesellschaft bewußt waren. Die ausdrückliche Erklärung in § 61 AktG, daß das Entgelt nicht aus einem Bilanzgewinn heraus gezahlt werden muß, zeigt, daß dem Gesetzgeber mögliche Auswirkungen von entgeltlichen Nebenverpflichtungen auf die Kapitalausstattung der Gesellschaft nicht verborgen geblieben sind.

Wahrscheinlicher als eine Umqualifikation von Nebenleistungen in Sachübernahmen ab einer gewissen Höhe des Entgelts ist wohl, daß einige Schutzbestimmungen aus dem Recht der Sachübernahmen oder der Nachgründung im Analogiewege auf entgeltliche Nebenverpflichtungen zu übertragen sein könnten. Bei der Abgrenzung unentgeltlicher Nebenverpflichtungen von Sacheinlagen helfen diese Überlegungen aber nicht weiter. Hier liegt ein etwas anders gelagertes Problem vor. In den Fällen unentgeltlicher Nebenverpflichtungen ist kein überhöhtes Entgelt zu besorgen. Vielmehr stellt sich die Frage, ob der Kapitalschutz bei unentgeltlichen Mehrleistungen über die ›Einlagen‹ hinaus tatsächlich ins Belieben der Gründer gestellt ist.

(ε) Angemessene Gegenleistung für junge Anteile

Zuletzt könnte man daran denken, Nebenverpflichtungen, die mit der Ausgabe junger Anteile verknüpft werden, nur dann zuzulassen, wenn nicht erst durch die Nebenverpflichtung eine faire Gegenleistung der Aktionäre sichergestellt wird. Eine ähnliche Überlegung wird in der Diskussion um die verpflichtende Festsetzung eines Ausgabebetrags für Sacheinlagen vorgetragen. Während, wie gesehen, ein großer Teil der Literatur ausdrücklich und die Rechtsprechung des Bundesgerichtshofs zumindest implizit davon ausgehen, daß bei Sacheinlagen kein (erhöhter) Ausgabebetrag förmlich festzusetzen ist, sprechen sich andere Stimmen in der Literatur dafür aus, den Wert von Sacheinlagen zumindest insoweit durch Festsetzung des Ausgabebetrags zu beziffern, als der Wert der Sacheinlage erforderlich ist, um den Wert der Aktien und damit auch die Bareinlagen anderer Aktionäre auszugleichen.[368] Dahinter steht der Gedanke, daß das Gesetz typischerweise davon ausgeht, daß die Gegenleistung für junge Aktien durch die aktienrechtliche ›Einlage‹ erbracht wird. Die Forderung zur Festsetzung eines Ausgabebetrags bei Sacheinlagen büßte bei teilbaren Sachleistungen an Wirkung ein, könnten Aktionäre statt einer teilbaren Sacheinlage eine wiederholt zu erbringende, doch mengenmäßig eindeutig begrenzte Nebenverpflichtung vereinbaren. Daher könnte man daran denken, alle Leistungsversprechen als ›Einlage‹ ansehen zu wollen, sofern erst durch diese eine angemessene Gegenleistung für die ausgegebenen Aktien sichergestellt ist.

368 Für eine förmliche Festsetzung des Ausgabebetrags bei Sacheinlagen beispielsweise *Schäfer*, Schuldrechtliches Agio im Aktienrecht, 953 und *ders.*, Einbeziehung des Agios, 528 ff.; diese Frage wird u. S. 763 ff. eingehend diskutiert.

Aber auch eine solche Begrenzung der Wahlfreiheit zwischen Sacheinlage und Nebenverpflichtung begegnet einigen Bedenken. Verspricht ein Gründer eine Nebenverpflichtung, wird er dieses Versprechen kaum einfach als Zugabe über die Leistungsversprechen der anderen Aktionäre hinaus abgeben, sondern er wird sein gesamtes Leistungsversprechen (›Einlage‹ plus Nebenverpflichtung) ins Verhältnis setzen zu den gesamten Leistungsversprechen der übrigen Gründer. Wenn – wie im typischen Fall – alle Gründer eine Nebenverpflichtung übernehmen, ist diese Vereinbarung ein Paradebeispiel für die Angemessenheit der jeweiligen Leistungsverpflichtungen aller Aktionäre im Verhältnis zu den Leistungsverpflichtungen der übrigen Gesellschafter. Dennoch kann man solche Nebenverpflichtungen nicht als Sacheinlagen qualifizieren, da eine solche Umqualifikation der gesetzgeberischen Intention bei Einführung des heutigen § 55 AktG widerspräche.

Nun könnte man daran denken, Nebenverpflichtungen nur dann zuzulassen, wenn alle Aktionäre gleichmäßige Nebenverpflichtungen übernehmen. Die Ausgestaltung einer einzelnen Nebenverpflichtung für nur einen Aktionär könnte man hingegen als eine unzulässige Vermeidung von Sacheinlagevorschriften ansehen. Ein solches Verständnis käme nicht in Konflikt mit dem historischen Ausgangsfall der Rübenzuckerindustrie, an dem sich der Gesetzgeber bei Einführung der aktienrechtlichen Nebenverpflichtungen orientiert hat. Jedoch stünde eine solche Beschränkung der Zulässigkeit von Nebenverpflichtungen in Konflikt mit § 180 Abs. 1 AktG. Diese Vorschrift regelt die Zustimmungspflicht aller betroffenen Aktionäre, wenn Nebenverpflichtungen nachträglich durch Satzungsänderung eingeführt werden sollen. Dabei geht die Vorschrift augenscheinlich davon aus, daß nicht alle Aktionäre mit gleichen Nebenverpflichtungen belastet werden müssen. Denn andernfalls liefe das Zustimmungserfordernis der betroffenen Aktionäre auf ein Einstimmigkeitserfordernis hinaus, worauf sonst nichts hindeutet.

Wenn nun aber Nebenverpflichtungen durch Satzungsänderung ungleich auf verschiedene Aktionäre verteilt werden können, dann muß so eine Aufteilung auch bei der erstmaligen Festsetzung der Satzung möglich sein. Da aber kein vernünftiger Kaufmann Nebenverpflichtungen als Zugabe versprechen wird über die Beiträge der übrigen Aktionäre hinaus, kann man nicht annehmen, das Versprechen von ungleich verteilten Nebenleistungen sei nur dann zulässig, wenn derselbe Aktionär auch ebenso werthaltige Leistungen als ›Einlagen‹ erbringt wie die übrigen Aktionäre. Ein solches Verständnis beraubte die vom Gesetz offenbar vorausgesetzte Möglichkeit, Nebenverpflichtungen ungleichmäßig auf die Aktionäre zu verteilen, jedes praktischen Anwendungsbereichs. Damit ist anzunehmen, daß Nebenverpflichtungen eines Aktionärs alternativ zu Hauptverpflichtungen anderer Aktionäre vereinbart werden können.

(ζ) Zusammenfassung

Alle hier erörterten Versuche, die Zulässigkeit von Nebenverpflichtungen einzuschränken, um eine beliebige Wahl zwischen Nebenverpflichtung und Sacheinlage zu begrenzen und mit ihr die Vermeidung der strengen Vorschriften über Sacheinlagen, begegnen ernsthaften Bedenken. Es ist daher durchaus denkbar, daß das Gesetz den Aktionären die freie Wahl zugestehen wollte, ob sie teilbare Sachleistungen als unentgeltliche Nebenverpflichtung oder als Sacheinlage bzw. als entgeltliche Nebenverpflichtung oder als Sachübernahme vereinbaren.

Servatius hat diesen Schluß ausdrücklich gezogen, den übrigen Beiträgen aus der Literatur liegt unausgesprochen dieselbe Annahme zugrunde, wenn sie für Begründung und Beendigung von Nebenverpflichtungen keine weiteren Einschränkungen diskutieren als die im Gesetz ausdrücklich vorgesehene Beschränkung auf wiederkehrende Sachleistungen.[369] Schon die ältere aktienrechtliche Literatur, in der die gesetzgeberische Entscheidung über die Zulassung von Nebenverpflichtungen stark kritisiert worden ist, hat sich damit begnügt, die unerwünschte Ausnahmeregelung als Ausnahmevorschrift eng auszulegen. Eine weitergehende Einschränkung als im Wortlaut der Vorschrift ausdrücklich vorgesehen wurde nicht erwogen.[370]

So haben die meisten Stimmen aus der Literatur seit jeher den Wortlaut »wiederkehrende Leistungen« eng ausgelegt und nur diese eine Gruppe von Dauerschuldverhältnissen darunter gefaßt. Die zweite Gruppe der Dauerschuldverhältnisse, die kontinuierlichen Leistungen, war man mehrheitlich nicht bereit, als »wiederkehrende Leistungen« im Sinne der Vorschrift anzusehen, obwohl bei einem weiten Begriffsverständnis die tägliche Aktualisierung eines Dauerschuldverhältnis auch als wiederkehrende Erfüllung angesehen werden könnte, die Abgrenzung nicht immer eindeutig ist und die Unterscheidung wertungsmäßig kaum überzeugen kann, da kontinuierliche Dauerschuldverhältnisse für den Gesellschafter kaum belastender sein dürften als wiederkehrende Übereignungspflichten oder gar wiederkehrende Dienstleistungs- und Überlassungsverpflichtungen.[371]

Auf diesem Bestreben der ersten Kommentatoren, die unerwünschte Änderung des Aktiengesetzes möglichst zu begrenzen, bauen die heutigen Kommentierungen auf. Ebensowenig wie in den älteren Kommentaren werden in den neueren Kommentaren weitergehende Einschränkungen erwogen. Wenn die ältere Literatur davon absah, die Vereinbarung von Nebenleistungen an weitere Beschränkungen als die im Gesetz ausdrücklich genannten zu knüpfen, um der grundsätzlich gewünschten Finanzierung der Aktiengesellschaft durch Sachein-

369 Wachter/*Servatius*, AktG § 55, Rz. 8.
370 Vgl. *Brodmann*, Aktienrecht, § 212, S. 138.
371 Hinweise auf eine anfänglich geführte Diskussion um das Verständnis der »wiederkehrenden Leistungen« bei *Brodmann*, Aktienrecht § 212, S. 138.

lagen mehr Geltung zu verschaffen, stand dahinter auch die Resignation vor der Unmöglichkeit der Aufgabe. So klagt *Brodmann* an einer Stelle:

»Denn es ist leicht gesagt, es kann den Aktionären die Verpflichtung zu weiteren Leistungen auferlegt werden, um dann der Rechtsprechung zu überlassen, was sie damit anfangen und wie sie damit fertig werden will. Es hätte der Gesetzgeber sich klarmachen und dann wenigstens einigermaßen wenn auch nur in den Grundzügen bestimmen müssen, wie er sich diese Verschmelzung von Gegensätzlichem denkt. So sind Wissenschaft und Rechtsprechung vor eine Aufgabe gestellt, die auch heute noch einer befriedigenden Lösung entgegensieht und in Wahrheit denn einer solchen auch gar nicht fähig sein dürfte.«[372]

Im Anschluß an diese Klage über die Zumutung des Gesetzgebers stellt er fest, die Ausnahmevorschrift müsse eng ausgelegt werden. Im Fortgang legt er im wesentlichen dieselben Einzelheiten zur Verbindung von korporativem und schuldrechtlichem Charakter dar wie auch die heutige Literatur und die obigen Ausführungen. In der jüngeren Literatur hat sich die Einschätzung erhalten, die Nebenverpflichtungen stellten einen Fremdkörper im Aktienrecht dar. Das Bewußtsein für die Schwierigkeit der Abgrenzung von ›Einlagen‹ und Nebenverpflichtungen scheint etwas abhanden gekommen zu sein, wofür die geringe praktische Bedeutung der Nebenleistungsaktiengesellschaft den Hauptgrund abgeben dürfte.

Das grundlegende Problem ist seit der Einführung der Nebenverpflichtungen dasselbe geblieben. Den einstmals klaren Grundsatz, daß die mitgliedschaftliche Beitragspflicht auf die bezifferte ›Einlage‹ beschränkt ist, hat das Gesetz mit der Zulassung von Nebenverpflichtungen selbst aufgegeben. Während weitere Beiträge der Aktionäre bis dato allenfalls auf schuldrechtlicher bzw. BGB-gesellschaftsrechtlicher Basis versprochen werden konnten, können jetzt sogar weitere mitgliedschaftliche Beiträge versprochen werden. Damit steht auch fest, daß die Kapitalausstattung einer Aktiengesellschaft nicht nur über aktienrechtliche ›Einlagen‹ erfolgen kann. Daher scheint es nur schwer möglich, systematisch zu begründen, warum die Entscheidung zwischen Sacheinlage und Nebenverpflichtung nicht ins Belieben der Aktionäre gestellt sein soll. Das Gesetz anerkennt beide Beitragsformen und beschränkt zwar ausdrücklich die Zulässigkeit von Nebenverpflichtungen, läßt aber weiterhin Überschneidungen zu.

Als Beschränkung für die Nebenverpflichtungen bleiben die ausdrücklichen Vorgaben des § 55 AktG. Wollen die Aktionäre Geldleistungen, unteilbare Sachleistungen oder in einem Zug zu erfüllende teilbare Sachleistungen vereinbaren, ohne diese Leistungen als ›Einlagen‹ versprechen zu wollen, bleibt ihnen allein die Möglichkeit, rein schuldrechtliche Nebenverpflichtungen zu vereinbaren. Die Zulässigkeit solcher rein schuldrechtlicher Vereinbarungen, mit denen die Vorschriften des aktienrechtlichen Kapitalschutzes vermieden werden sollen, wird gelegentlich in der Literatur in Zweifel gezogen. In dieser Diskussion, auf die in später in dieser Arbeit ausführlich einzugehen sein wird,

372 *Brodmann*, Aktienrecht § 212, S. 138.

bleibt die Möglichkeit der korporativen Nebenverpflichtungen regelmäßig ohne Beachtung. Anerkennt man jedoch eine freie Wahl zwischen den verschiedenen Formen korporativer Leistungspflichten, läßt sich die Beschränkung schuldrechtlicher Vereinbarungen noch schwerer begründen. Erkennt man hingegen bei schuldrechtlichen Vereinbarungen die Notwendigkeit, die freie Wahl der Finanzierungsform zu beschränken, wird man neu über die analoge Anwendung des Einlagerechts auf korporative Nebenverpflichtungen nachdenken müssen.[373] Die Abgrenzung der ›Einlagen‹ von den Nebenverpflichtungen des § 55 AktG ist daher nicht nur für das Verständnis des Einlagebegriffs von Bedeutung, sondern bleibt im Fortgang dieser Untersuchung von großem dogmatischen Interesse.

(4) Abgrenzung der mitgliedschaftlichen Leistungsverpflichtungen von nichtkorporativen Leistungen

Bei der Besprechung der korporativen Haupt- und Nebenleistungen ist angeklungen, daß die Finanzierung des gemeinsamen Unternehmens auch durch Leistungen vorgenommen werden kann, die auf schuldrechtlichem Weg vereinbart worden sind. Mehren schuldrechtliche Finanzierungsbeiträge das Eigenkapital der Gesellschaft, stellen sie wirtschaftlich und handelsbilanzrechtlich ›Einlagen‹ dar. Ihr schuldrechtlicher Rechtsgrund unterscheidet sie jedoch von der aktienrechtlichen Einlage. In Abgrenzung zu den korporativen Leistungspflichten sollen an dieser Stelle die grundsätzliche Möglichkeit schuldrechtlicher Einlageverpflichtungen und die Unterschiede zu korporativen Leistungspflichten erörtert werden, ferner die Problematik einer Unternehmensfinanzierung auf schuldrechtlicher Grundlage. Die Möglichkeiten und Schwierigkeiten schuldrechtlicher Leistungspflichten sind im Aktienrecht und im Recht der GmbH grundsätzlich dieselben, weshalb hier die Zulässigkeit schuldrechtlicher Leistungsverpflichtungen in beiden Fällen gemeinsam erörtert werden soll, auch wenn die Einlage im GmbH-Recht als solche erst im Anschluß hieran näher behandelt wird.

(a) Grundsätzliche Zulässigkeit schuldrechtlicher Leistungsversprechen

(α) Nicht-korporative Finanzierungsbeiträge als Sonderfall satzungsbegleitender Zusatzvereinbarungen

Schuldrechtliche Zusatzabreden kommen in der Praxis häufig vor. Bevor der heutige § 55 AktG Nebenverpflichtungen der Aktionäre auf korporativer Grundlage ermöglicht hat, hat das Reichsgericht Vereinbarungen über zusätzliche

373 Zur Diskussion der Zulässigkeit schuldrechtlicher Finanzierungsvereinbarungen und der damit zusammenhängenden Frage der Zulässigkeit eines faktischen Agios bei Sacheinlagen s.u. S. 763 ff. und S. 867 ff.

Lieferpflichten als schuldrechtliche Leistungspflichten verstanden.[374] Auch nach Einführung der korporativen Nebenverpflichtungen im Aktienrecht ging das Reichsgericht davon aus, schuldrechtliche Abreden über Lieferpflichten und Benutzungspflichten seien weiterhin zulässig.[375] Solche schuldrechtlichen Leistungspflichten können im Recht der GmbH ebenso wie im Aktienrecht vereinbart werden.[376] Daneben finden sich in der höchstrichterlichen Rechtsprechung Urteile, die sich mit schuldrechtlichen Stimmbindungen[377] (auch gegenüber einem Nichtgesellschafter)[378], dauerhaften Stimmrechtsvollmachten[379] oder der Verpflichtung zu Kostendeckungsbeiträgen beschäftigen.[380] Auch mit der nur schuldrechtlich denkbaren Vereinbarung, einen Neuinvestor von einer bestehenden Unterbilanz zu befreien, soweit sie anteilig auf ihn entfallen würde, mußte sich das Reichsgericht schon befassen.[381]

Unabhängig von den berichteten Entscheidungen läßt sich feststellen, daß die Kautelarpraxis in folgenden Fallgruppen häufig auf schuldrechtliche Gestaltungen zurückgreift[382]: Beschränkung der Stimmrechtsausübung durch Stimmbindungsverträge, Ergänzung der korporativen Anteilsvinkulierung durch Options- und Vorkaufsrechte, Schiedsgerichtsvereinbarungen, Vereinbarung von Sonderrechten wie einem Entsendungsrecht in den Aufsichtsrat oder erweiterten Informationsrechten sowie auch der Vereinbarung von besonderen Pflichten einzelner Gesellschafter, wie den genannten Liefer- und Benutzungspflichten aber auch der Verpflichtung zur Bereitstellung klassischer Formen der Unternehmensfinanzierung wie beispielsweise Krisendarlehen, Kostendeckungsbeiträge oder dem hier noch eingehend zu erörterten Aufschlag auf den Ausgabepreis junger Anteile. Auch die Bindung von ausgeschütteten Gewinnen im Rahmen des sogenannten Ausschüttungsrückholverfahrens, die früher aus steuerrechtlichen Gründen, die heute entfallen sind, oftmals gewünscht war, wurde gerne auf schuldrechtlicher Grundlage vereinbart.[383]

Aus dieser Aufzählung wird deutlich, daß schuldrechtliche Zusatzvereinbarungen vor allem in geschlossenen Gesellschaften vorkommen. Insbesondere Konsortialverträge in Familiengesellschaften, Joint-Venture-Vereinbarungen von

374 S.o. S. 135 f.
375 RGZ 84, 328.
376 RGZ 79, 332. RGZ 112, 273 (mit Übersicht über vorhergehende Rechtsprechung des RG auf S. 276).
377 BGH GmbHR 1987, 94.
378 BGH ZIP 1983, 432 – Bindung gegenüber einem Geschäftsführer zulässig.
379 BGH WM 1987, 71 – unzulässig.
380 BGH WM 1993, 641.
381 RGZ 83, 216 – Zulässigkeit bejaht.
382 *Strehle,* Venture Capital, 90, *Dittert*, Satzungsbegleitende Aktionärsvereinbarungen, 69 ff.
383 BH-*Kersting* § 29, Rz. 65 f.

Unternehmen und die Beteiligungsverträge bei Venture-Capital-Finanzierungen werden auf schuldrechtlicher Grundlage verabredet.[384]

Schuldrechtliche Absprachen können demnach verschiedene zentrale Rechte und Pflichten eines Gesellschafters regeln. Die Unternehmensfinanzierung auf schuldrechtlicher Grundlage bildet einen Unterfall satzungsbegleitender Zusatzvereinbarungen, die in der Literatur auch schuldrechtliche Nebenabreden, satzungsergänzende Nebenabreden oder satzungsähnliche Abreden genannt werden. Für die Struktur der Gesellschaft sind derartige Vereinbarungen oftmals von großer Bedeutung; sie spielen keine »Nebenrolle«, wie die Bezeichnung ›Nebenvereinbarung‹ suggerieren kann.[385] Gemeinsam ist all diesen Vereinbarungen allerdings, daß sie neben der vom Gesetz vorgesehenen Satzung einer Aktiengesellschaft bzw. neben dem Gesellschaftsvertrag einer GmbH abgeschlossen werden, um die Rechtsbeziehungen der Gesellschafter mit Blick auf die gemeinsame Gesellschaft eingehender zu regeln, als in der korporationsrechtlichen Satzung vorgesehen oder auch zulässig ist. Man kann sagen, diese Vereinbarungen erfolgen zwar schuldrechtlich, zugleich aber causa societatis.[386]

Um diese Besonderheit der engen Verknüpfung von schuldrechtlichen Absprachen der Gesellschafter und Satzung der Kapitalgesellschaft auszudrücken und zugleich irreführende Konnotationen zur praktischen Bedeutung oder grundsätzlichen Zulässigkeit solcher Abreden zu vermeiden, wurde der Begriff ›satzungsbegleitende Gesellschaftervereinbarungen‹ geprägt.[387] Da nicht nur die Gesellschafter untereinander Partei der Absprachen sein können, sondern theoretisch auch weitere Personen sich beteiligen können, insbesondere die Kapitalgesellschaft selbst, kann man noch allgemeiner von satzungsbegleitenden Zusatzvereinbarungen sprechen. Satzungsbegleitende Zusatzvereinbarungen lassen sich demnach definieren als Verträge des Schuldrechts, in denen Gesellschafter (gegebenenfalls auch weitere Personen) nicht-statuarisch die Beziehungen der Gesellschafter zur Gesellschaft bzw. der Gesellschafter untereinander mit Blick auf die Gesellschaft regeln.[388]

(β) Grundsätzliche Anerkennung satzungsbegleitender Zusatzvereinbarungen

Die eben geschilderte Praxis stützt sich auf eine allgemeine Anerkennung der grundsätzlichen Zulässigkeit satzungsbegleitender Zusatzvereinbarungen in Rechtsprechung und Literatur. Schuldrechtliche Abreden, welche die Satzung

384 *Strehle*, Venture Capital, 89 f.; *Dittert*, Satzungsbegleitende Aktionärsvereinbarungen, 74 ff.; Scholz/*Cziupka*, § 3, Rz. 110.

385 *Dittert*, Satzungsbegleitende Aktionärsvereinbarungen, 12.

386 *Dittert*, Satzungsbegleitende Aktionärsvereinbarungen, 12.

387 *Dittert*, Satzungsbegleitende Aktionärsvereinbarungen, 12.

388 Definition in Anlehnung an *Dittert*, Satzungsbegleitende Aktionärsvereinbarungen, 37.

ergänzen, sind sowohl im Recht der Aktiengesellschaft[389] wie auch im Recht der GmbH[390] anerkannt. Diese grundsätzliche Anerkennung genießen nicht nur Vereinbarungen über organisationsrechtliche Fragen wie Stimmbindungsverträge und Vinkulierungsergänzungen, sondern auch Vereinbarungen über die Unternehmensfinanzierung.

Die Möglichkeit schuldrechtlicher Nebenverpflichtungen anstelle der Vereinbarungen einer korporativen Nebenverpflichtung gemäß § 55 AktG oder § 3 Abs. 2 GmbHG wurde schon mehrfach angesprochen.[391] Weitere Formen der Unternehmensfinanzierung wurden im GmbH-Recht vor Gericht verhandelt. So hat das Reichsgericht die schuldrechtliche Vereinbarungen von Darlehen, deren Gewährung an die Mitgliedschaft gekoppelt sein soll anerkannt[392], der Bundesgerichtshof die schuldrechtliche Vereinbarung eines Deckungsbeitrags[393]. Im Recht der GmbH hat der Bundesgerichtshof ausdrücklich auch zusätzliche Sacheinlagen anerkannt, die anläßlich einer Anteilsausgabe in einem schuldrechtlichen Vertrag versprochen werden.[394]

Im Aktienrecht vor allem ist die Frage der Zulässigkeit schuldrechtlicher Einlageverpflichtungen in der Literatur vereinzelt in Zweifel gezogen worden (dazu sogleich). Der Bundesgerichtshof dürfte indes bei wirtschaftlichen Einlagen in

389 Hüffer/*Koch*, AktG § 54, Rz. 7 f.; *Fleischer* in Schmidt/Lutter § 54, Rz. 17 (mit Hinweis auf die Zulässigkeit in ausländischen Rechtsordnungen) und § 55, Rz. 38 (schuldrechtliche Vereinbarungen »beliebigen Inhalts«); *Cahn/v. Spannenberg* in Spindler/Stilz, § 54 AktG, Rz. 30 und § 55, Rz. 7 (Dauerleistungen nur so vereinbar); *Götze* in MüKo-AktG § 54, Rz. 31 und § 55, Rz. 50 (Leistungen »beliebigen Inhalts«; wegen ihrer Flexibilität oft ratsamer als korporative Nebenverpflichtungen); *Drygala* in KölnKomm. AktG § 54, Rz. 31; *Noack*, Gesellschaftervereinbarungen,37 f.; *Strehle*, Venture Capital, 89 f. (mit umfangreichen Nachweisen zur Rechtsprechung in Fn. 278); *Herchen*, Agio, 297 u. 299; Cahn, Andere Zuzahlungen, 173; *Koch,* Höherrangiges Satzungsrecht, 213; *Kinzl*, Gesellschaftervereinbarungen, Kapitel 2, Tz. 4 sowie Kapitel 25 Tz. 38 ff. (speziell zu schuldrechtlichem Agio).

390 BH-*Fastrich* § 3, Rz. 56 ff.; *Bayer* in Lutter/Hommelhoff, § 3, Rz. 59; *Wicke*, GmbHG § 3, Rz. 25; *Wicke* in MüKo-GmbH § 3, Rz. 132; Scholz/*Cziupka*, § 3, Rz. 106.; *Verse* in Henssler/Strohn, GesR, § 14 GmbHG, Rz. 7; *Noack*, Gesellschaftervereinbarungen, 38 f.; *Herchen*, Agio, 297; *Lubberich*, Sachagio bei GmbH-Gründungen, 170; *Wicke,* Schuldrechtliche Nebenvereinbarungen, 1138; *Kinzl*, Gesellschaftervereinbarungen, Kapitel 2, Tz. 4 sowie Kapitel 25 Tz. 41 (speziell zu schuldrechtlichem Agio).

391 Grundsatzurteile aus der Rechtsprechung des Reichsgerichts sind RGZ 17, 5, RGZ 37, 140 und RGZ 84, 328 (für das Aktienrecht) sowie RGZ 79, 332, RGZ 83, 216 und RGZ 112, 273 (für das GmbH-Recht). Desweiteren s.o. S. 135.

392 RGZ 112, 273.

393 BGH WM 1993, 641

394 BGH, BB 1969, 1410 – Möglichkeit schuldrechtlicher Einlageverpflichtungen bestätigt in BGH GmbHR 2008, 147 (im konkreten Fall hat der BGH jedoch eine mitgliedschaftliche Leistungspflicht angenommen).

Aktiengesellschaften ähnlich entscheiden wie im Recht der GmbH. Für diese Vermutung spricht zum einen, daß die Grundfrage nach dem Verhältnis korporativer und schuldrechtlicher Vereinbarungen in beiden Kapitalgesellschaften dieselbe ist und in anderen Fällen satzungsbegleitender Zusatzvereinbarungen auch gleichsinnig entschieden wird, zum anderen spricht für diese Annahme auch, daß der Bundesgerichtshof im Recht der GmbH ausdrücklich die Rechtsprechung des Reichsgerichts fortführt.[395] Das Reichsgericht seinerseits hat im vergleichbaren Fall der Nebenverpflichtungen in Form von Liefer- und Benutzungspflichten die Zuführung wirtschaftlicher Einlagen im Recht der Aktiengesellschaft und im Recht der GmbH einheitlich entschieden.[396] Das Bayrische Oberste Landesgericht hat in einem obiter dictum zu erkennen gegeben, daß es im Aktienrecht ebenfalls von der Zulässigkeit schuldrechtlicher Einlageverpflichtungen ausgeht.[397]

Die korporativen und die schuldrechtlichen Leistungspflichten bestehen unabhängig voneinander. Denkbar ist in Einzelfällen jedoch, der schuldrechtlichen Leistungspflicht die Einrede des Wegfalls der Geschäftsgrundlage entgegenzuhalten, wenn die Mitgliedschaft in der Kapitalgesellschaft nicht zustande kommt oder endet.[398] Insbesondere bei schuldrechtlich versprochenen Dauerleistungen ist es nicht ungewöhnlich, deren Bestehen durch eine Bedingung oder Befristung ausdrücklich an die Mitgliedschaft in der Kapitalgesellschaft zu binden.[399]

Die Anerkennung satzungsbegleitender Zusatzvereinbarungen beruht auf dem Grundsatz der Privatautonomie, der auch im Kapitalgesellschaftsrecht Geltung beansprucht.[400] Im Rahmen der verfassungsrechtlich garantierten Vertragsfreiheit, die bei Finanzierungsbeiträgen von Gesellschaftern als Finanzierungsfreiheit erscheint, können die Gesellschafter grundsätzlich frei entscheiden, welche Regelungen sie in schuldrechtlichen Vereinbarungen treffen wollen. Wie jeder Eingriff in die Privatautonomie müssen auch Beschränkungen der Finanzierungsfreiheit ein legitimes Ziel verfolgen und zu dessen Erreichen geeignet und erforderlich sein sowie angemessen.[401] Zum Aktienrecht ist zu bemerken, daß der in § 23 Abs. 5 AktG normierte Grundsatz der Satzungsstrenge nur für korporative Vereinbarungen gilt, in schuldrechtlichen Vereinbarungen können

395 BGH WM 1993, 641 Tz. 13.

396 S. nur RGZ 79, 332; weitere Nachweise in Fn. 391.

397 BayObLG, AG 2002, 510.

398 Eine solche Verknüpfung erwägt das Reichsgericht in RGZ 84, 328.

399 Vgl. den Fall BGH WM 1963, 641.

400 BGH WM 1993, 641 Tz. 13; BH- *Fastrich* § 3, Rz. 57; *Bayer* in Lutter/Hommelhoff § 3, Rz. 62; ausführlich zur verfassungsrechtlichen Dimension *Dittert*, Satzungsbegleitende Aktionärsvereinbarungen, 79 ff.; ferner *Strehle*, Venture Capital, 90; *Schorling/Vogel*, Schuldrechtliche Finanzierungsvereinbarungen, 87; *Wicke*, Schuldrechtliche Nebenvereinbarungen, 1138 f.

401 Zu den verfassungsrechtlichen Fragen der Finanzierungsfreiheit *Dittert*, Satzungsbegleitende Aktionärsvereinbarungen, 83 ff.

hingegen auch Regelungen getroffen werden, die im korporativen Bereich unzulässig wären.[402] Im Recht der GmbH gilt diese Freiheit um so mehr, da hier keine Satzungsstrenge gilt.

(γ) Unterschiede korporativer und schuldrechtlicher Vereinbarungen

Die weitverbreitete Akzeptanz zusätzlicher schuldrechtlicher Leistungspflichten eines Gesellschafters beruht nicht zuletzt auch auf dem Umstand, daß rein schuldrechtliche Verpflichtungen anders als die korporativen Haupt- und Nebenleistungsverpflichtungen nicht automatisch auf einen Erwerber der Mitgliedschaft übergehen. Der Investorenschutz, der bei der Festlegung der korporativen Haupt- und Nebenverpflichtungen eine maßgebliche Rolle spielt,[403] verlangt keine Beschränkung zusätzlicher schuldrechtlicher Leistungspflichten. Diese Einsicht bietet Anlaß, an dieser Stelle die Unterschiede zwischen korporativen und schuldrechtlichen Verpflichtungen aufzuzählen.[404] Die schuldrechtlichen Leistungspflichten ähneln in vielerlei Hinsicht den oben besprochenen korporativen Nebenverpflichtungen des § 55 AktG, da diese außer dem automatischen Übergang mit der Mitgliedschaft nur wenig mit den Hauptverpflichtungen gemein haben und ihrerseits weitgehend analog schuldrechtlichen Vorschriften behandelt werden.[405]

Der wichtigste Unterschied zwischen einer korporativen und einer schuldrechtlichen Vereinbarung besteht darin, daß nur eine korporative Pflicht und ein korporatives Recht Teil der Mitgliedschaft sind, da die Mitgliedschaft, wie schon erwähnt,[406] nichts anderes ist als die begriffliche Zusammenfassung der Rechte und Pflichten eines Gesellschafters. Korporative Rechte und Pflichten können daher nur im Gesellschaftsvertrag respektive der Satzung begründet werden und richten sich dabei nach den gesellschaftsrechtlichen Bestimmungen.[407] Schuldrechtliche Verpflichtungen bestehen neben der Mitgliedschaft und haben ihren Rechtsgrund in einem eigenständigen Vertrag.

Korporativ begründete Rechte und Pflichten gehen immer und nur mit Erwerb der Mitgliedschaft über, Rechte und Pflichten eines schuldrechtlichen Vertrags

402 *Pentz* in MüKo-AktG § 23, Rz. 196; *Limmer* in Spindler/Stilz § 23, Rz. 60; *Dittert*, Satzungsbegleitende Aktionärsvereinbarungen, 89; Kinzl, Gesellschaftervereinbarungen, 9.

403 S. o. S. 118.

404 Zusammenstellung der Unterschiede zwischen korporativen und schuldrechtlichen Verpflichtungen bei *Strehle*, Venture Capital, 92 ff. und *Dittert*, Satzungsbegleitende Aktionärsvereinbarungen, 294 f. (ausführliche Besprechung auf S. 48 ff.).

405 Zu den korporativen Nebenpflichten s. o. S. 134 ff.

406 S. o. S. 121.

407 BH- *Fastrich* § 3, Rz. 56; Scholz/*Cziupka* § 3, Rz. 93 ff.; *Götze* in MüKo-AktG § 54, Rz. 29; *Eberl/Hergeth*, Schuldrechtliche Zuzahlungspflichten, 181; *Herchen*, Agio, 298; *Strehle*, Venture Capital, 93 und 103.

folgen den allgemeinen schuldrechtlichen Regeln.[408] Bei dem Erwerb eines Gesellschaftsanteils tritt der Erwerber automatisch in alle korporativen Rechte und Pflichten ein, die mit diesem Anteil verbunden sind, in daneben getroffene schuldrechtliche Vereinbarungen jedoch nicht ohne zusätzliche, ebenfalls schuldrechtliche Vereinbarung mit den Vertragspartnern.

Umgekehrt enden die korporativen Verpflichtungen mit Aufgabe der Mitgliedschaft (mit Ausnahme vor allem der Ausfallhaftung für nicht erbrachte Einlagen), während die schuldrechtlichen Verpflichtungen auch ohne Bestehen einer Mitgliedschaft zu erfüllen sind. Auch durch Auflösung der Gesellschaft oder in der Insolvenz erlöschen schuldrechtliche Verpflichtungen, anders als die korporativen Nebenverpflichtungen nach § 55 AktG, nicht ohne weiteres. Schon erwähnt wurde jedoch die Möglichkeit, durch Bedingungen und Befristungen schuldrechtliche Leistungspflichten enger an das Bestehen der Mitgliedschaft zu knüpfen. Ebenfalls schon angesprochen wurde die in bestimmten Fällen bestehende Möglichkeit, der schuldrechtlichen Verpflichtung die Einrede des Wegfalls der Geschäftsgrundlage entgegenzuhalten, wenn die Mitgliedschaft ungeplant endet oder nicht zustande kommt. Bei schuldrechtlichen Dauerverpflichtungen ist zudem grundsätzlich auch eine Kündigung (jedenfalls immer eine außerordentliche Kündigung nach § 314 BGB) möglich, welche bei korporativen Hauptpflichten nicht und bei korporativen Nebenpflichten teilweise nur eingeschränkt zulässig ist. Bei allen schuldrechtlichen Leistungspflichten können Bedingungen und Befristungen vereinbart werden. Bei korporativen Pflichten ist hinsichtlich der Enge der Bindung der Leistungspflicht an die Mitgliedschaft jedoch zwischen Haupt- und Nebenpflichten zu unterscheiden. Nebenpflichten können mitunter durch Bedingungen aufgeschoben sein bzw. durch auflösende Bedingungen, Befristungen oder Kündigungen vor Ende der Mitgliedschaft beendet werden, da sie nicht zum Kern der Leistungspflichten des Gesellschafters zählen, sondern lediglich Neben-Verpflichtungen darstellen.[409]

Zudem können schuldrechtliche Ansprüche grundsätzlich, wenn nicht besondere einschränkende Vereinbarungen getroffen worden sind, abgetreten werden und die Verpflichtung kann mit Zustimmung des Anspruchsberechtigten von jemand anderem übernommen werden. Bei korporativen Verpflichtungen ist beides nicht möglich. Von der Möglichkeit der Abtretung und Schuldübernahme wird in der Praxis bei einem derivativen Erwerb der Mitgliedschaft oft Gebrauch gemacht, um die schuldrechtlichen Rechte und Pflichten auf den neuen Gesellschafter überzuleiten. Oftmals wird die Zustimmung zum Verkauf eines vinkulierten Anteils von der Übernahme der schuldrechtlichen Verpflichtungen durch den neuen Gesellschafter abhängig gemacht.

408 *Hüffer/Koch*, AktG § 54, Rz. 8; BH- *Fastrich* § 3, Rz. 56.; *Strehle*, Venture Capital, 94.

409 S. zur Möglichkeit von Bedingungen und Befristungen im GmbH-Recht BH-*Fastrich*, § 3, Rz. 36, zum Aktienrecht o. S. 134 ff.

Als Teil der Mitgliedschaft wirken korporative Rechte und Pflichten für und gegen die Gesellschaft und für und gegen alle, auch zukünftige, Gesellschafter[410], während schuldrechtliche Vereinbarungen allein zwischen den Vertragsparteien Wirkung entfalten. Die in der Satzung der Kapitalgesellschaft grundgelegten korporativen Rechte und Pflichten haben Teil an der registergerichtlichen Satzungspublizität. Satzungsbegleitende Zusatzvereinbarungen können hingegen vor der Öffentlichkeit verborgen gehalten werden.

Da schuldrechtliche Vereinbarungen gerade nicht korporativ festgelegt werden, sondern einen eigenen Rechtsgrund neben der Mitgliedschaft haben, richtet sich ihre Behandlung nach den allgemeinen Regeln des Bürgerlichen Gesetzbuches.[411] Ihre Begründung ist nicht an die notarielle Form gebunden, sondern formfrei möglich.[412] Ihre Änderung fällt hingegen schwerer als bei korporativen Pflichten, da sie nicht durch satzungsändernden Beschluß mit Dreiviertelmehrheit möglich ist, sondern nur durch Vertragsänderung mit Zustimmung aller Vertragsparteien.[413] Begründung und Änderung von korporativen Rechten und Pflichten werden erst mit Eintragung ins Handelsregister wirksam, schuldrechtliche Vereinbarungen sofort.[414] Nach Eintragung in das Handelsregister kann eine Vereinbarung über eine korporative Leistungspflicht nicht mehr wegen Willensmängeln nach §§ 119, 123 BGB angefochten werden; bei schuldrechtlichen Vereinbarungen bleibt die Möglichkeit zur Anfechtung bestehen.[415] Für Satzungsbestimmungen gilt die objektive Auslegung unter Berücksichtigung allein des Satzungsinhalts und sonstiger beim Handelsregister eingereichter Unterlagen. Der Inhalt schuldrechtlicher Vereinbarungen wird nach §§ 133, 157 BGB durch Ermittlung des Parteiwillens bestimmt.[416]

In schuldrechtlichen Vereinbarungen können nicht dieselben Mittel zur Durchsetzung wie bei korporativen Hauptpflichten vereinbart werden (auch bei korporativen Nebenverpflichtungen ist dies, wie gesehen, nicht möglich). Wollen die Vertragspartner eine korporationsrechtliche Sanktion festlegen, wie z.B. die direkte Anwendbarkeit der Regelungen des Kapitalaufbringungsrechts, müssen sie eine korporative Festsetzung wählen. Die Vereinbarung korporativer

410 Vgl. Scholz/*Czipuka* § 3, Rz. 102.
411 BH- *Fastrich* § 3, Rz. 56. *Hüffer/Koch*, AktG § 54, Rz. 8.
412 *Hüffer/Koch*, AktG § 54, Rz. 8; BH- *Fastrich* § 3, Rz. 56.
413 *Strehle*, Venture Capital, 94.
414 *Strehle*, Venture Capital, 94.
415 BGH GmbHR 2008, 147 Leitsatz 2 (ausdrücklich für das Agio); *Lubberich*, Sachagio, 171; *Verse* in Henssler/Strohn, GesR, § 14 GmbHG, Rz. 7; a.A. für korporative Nebenleistungen die mittlerweile überwiegende Ansicht in der Literatur, vgl. *Wicke* in MüKo-GmbHG § 3 Rz. 89 m.w.N., die allein auf schutzwürdige Interessen Dritter abstellt, ohne zu erklären, warum die Rechtsfolgen korporativer Vereinbarungen maßgeblich von den Interessen der Nichtgesellschafter abhängen sollen und nicht gleichermaßen von den Interessen der korporativ verbundenen Gesellschafter.
416 *Hüffer/Koch*, AktG § 54, Rz. 8; *Strehle*, Venture Capital, 94.

Rechtsfolgen in rein schuldrechtlichen Verträgen ist unmöglich und damit nichtig und kann zur Gesamtnichtigkeit der schuldrechtlichen Vereinbarung führen, wenn nicht die Regelungen über Teilnichtigkeit (§ 139 BGB) oder Umdeutung (§ 140 BGB) zur Wirksamkeit des Vertrages führen.[417] Bei Leistungsstörungen gelten bei schuldrechtlichen Zusatzvereinbarungen die §§ 275 ff. BGB und (bei entgeltlichen Verpflichtungen) die §§ 323 ff. BGB.

(δ) Form und Inhalt satzungsbegleitender Zusatzvereinbarungen

Satzungsbegleitende Zusatzvereinbarungen können, wie gesehen, grundsätzlich formfrei geschlossen werden, theoretisch daher auch mündlich. In der Praxis erfolgt der Vertragsabschluß meist in Schriftform. Dafür können die Gesellschafter ein eigenes Vertragsdokument wählen. Denkbar ist auch die Aufnahme rein schuldrechtlicher Vereinbarungen in die Satzungsurkunde, wenn die Parteien weder die Satzungspublizität noch die evtl. erhöhten Notarkosten scheuen. Man spricht dann von ›unechten Satzungsbestandteilen‹.[418] Die Aufnahme rein schuldrechtlicher Leistungspflichten in die Satzungsurkunde hat den Vorteil, in einem Dokument alle Rechte und Pflichten übersichtlich und vollständig regeln zu können, sie kann jedoch schwierige Fragen hinsichtlich der Auslegung und der Abgrenzung echter und unechter Satzungsbestandteile aufwerfen, die schon öfter zu Rechtsstreitigkeiten unter den Gesellschaftern und höchstrichterlichen Entscheidungen geführt haben, und ist daher nicht ohne weiteres zu empfehlen.[419]

Satzungsbegleitende Zusatzabreden können einerseits zwischen der Gesellschaft und ihren Gesellschaftern getroffen werden, andererseits auch allein unter den Gesellschaftern. Schließen allein die Gesellschafter eine ergänzende Vereinbarung, können sie ihre Abrede auch als echten Vertrag zugunsten Dritter gemäß §§ 328, 335 BGB ausgestalten und so der Gesellschaft als Dritter ein eigenes Forderungsrecht einräumen.[420] Es können sich alle Gesellschafter gemeinsam binden, möglich sind aber auch Abreden unter einem Teil der Gesellschafter, wie sie z.B. bei Stimmbindungsverträgen üblich sind. Beteiligen sich nicht alle Gesellschafter an einer Vereinbarung, sondern regelt nur ein Teil der Gesellschafter Verhältnisse untereinander, so muß dies stets durch eine schuldrechtliche, den Gesellschaftsvertrag ergänzende Vereinbarung geschehen. Denn eine korporative Vereinbarung in der Satzung wirkt gegen alle Gesellschafter, weshalb auch alle Gesellschafter an der Vereinbarung beteiligt werden müssen

417 *Strehle*, Venture Capital, 105.

418 BGHZ 38, 155; BH-*Fastrich* § 3 GmbHG Rz. 54 f.; *Dittert*, Satzungsbegleitende Aktionärsvereinbarungen, 32 ff.; *Lubberich*, Sachagio, 171.

419 Zu den Vor- und Nachteilen der Aufnahme unechter Satzungsbestandteile in die Satzung BH-*Fastrich*, § 3 Rz. 54 f. und Scholz/*Cziupka*, § 3 GmbHG Rz. 104.

420 BH-*Fastrich* § 3, Rz. 56; *Wicke*, GmbHG § 3, R. 26; *Hüffer/Koch*, AktG § 54, Rz. 7; *Fleischer* in Schmidt/Lutter § 54, Rz. 17; *Götze* in MüKo-AktG § 54, Rz. 31.

(bzw. die Möglichkeit zur Teilnahme an einer entsprechenden Beschlußfassung haben müssen).[421]

Die möglichen Inhalte satzungsbegleitender Zusatzabreden sind denkbar vielfältig. Die wichtigsten Fallgruppen wurden schon genannt. Diese Arbeit interessiert sich vor allem für die Finanzierung des Unternehmens auf schuldrechtlicher Grundlage. Die Gesellschafter können Finanzierungsformen beliebiger Art auf schuldrechtlichem Weg verabreden.[422] Manche Verpflichtungen lassen sich nur auf schuldrechtlichem Weg erreichen, wie z.B. dauerhafte Dienstleistungen für und Kredite oder bedingte Geldleistungspflichten zugunsten einer Aktiengesellschaft, da diese weder als aktienrechtliche Hauptpflicht noch als Nebenverpflichtung zulässig wären.[423] Es können aber auch alle Leistungspflichten auf schuldrechtlichem Weg vereinbart werden, die ebensogut als korporative Haupt- oder Nebenverpflichtung vereinbart werden könnten.

(b) Einschränkungen der Zulässigkeit satzungsbegleitender Zusatzvereinbarungen

Die Möglichkeiten, die Beziehungen der Gesellschafter untereinander und/oder zur Gesellschaft in satzungsbegleitenden Abreden zu regeln, sind vielfältig, jedoch nicht uneingeschränkt.

(α) Qualifikation als korporative Verpflichtung nach inhaltlichen Kriterien

Verschiedentlich wird in der Literatur vorgeschlagen, die Abgrenzung zwischen schuldrechtlichen und korporativen Vereinbarungen nicht nach dem Parteiwillen vorzunehmen, sondern nach inhaltlichen Kriterien.[424] Teilweise werden Verpflichtungen, die an das Bestehen der Mitgliedschaft gebunden sein sollen, stets als korporative Verpflichtungen angesehen, und nur Verpflichtungen, die auch nach Beendigung der Mitgliedschaft weiterbestehen sollen, als schuldrechtliche anerkannt.[425] Teilweise wird darauf abgestellt, ob die Verpflichtung gegenüber der Gesellschaft selbst bestehen soll oder gegenüber den übrigen Gesellschaftern. Am häufigsten vertreten wird eine Abgrenzung nach der

421 Dasselbe Ergebnis ohne diese Begründung bei *Herchen*, Agio, 300.

422 *Fleischer* in Schmidt/Lutter, AktG § 55 Rz. 38; *Götze* in MüKo-AktG § 55 Rz. 50; BH-*Fastrich* § 3 Rz. 56.

423 Eben für den Fall der Dauerschuldverhältnisse empfehlen *Cahn/V. Spannenberg* in Spindler/Stilz, AktG § 55 Rz. 7 daher schuldrechtliche Leistungspflichten.

424 Übersicht über verschieden Ansätze bei *Strehle*, Venture Capital, 95 f.

425 Die Rechtsprechung hat hierin lediglich einen Anhaltspunkt für die Auslegung erkannt, vgl. RG DR 1940, 2013 und BGH GmbHR 1970, 12; dazu BH-*Fastrich* § 3, Rz. 57.

(wirtschaftlichen) Bedeutung der Vereinbarungen für die Verfolgung des Gesellschaftszwecks.[426]

Die höchstrichterliche Rechtsprechung des Reichsgerichts wie auch des Bundesgerichtshofs, der die weit überwiegenden Teile der Literatur zustimmen, hat solchen Überlegungen stets eine Absage erteilt.[427] Nach dieser Rechtsprechung ist die Vereinbarung einer schuldrechtlichen Verpflichtung nicht ausgeschlossen, wenn das Bestehen der Verpflichtung an die Mitgliedschaft geknüpft ist oder wenn die Erfüllung der schuldrechtlichen Verpflichtung für die Verfolgung des Gesellschaftszwecks unverzichtbar ist. Selbst wenn eine Gesellschaftsgründung erst durch die auf schuldrechtlichem Wege vereinbarten zusätzlichen Leistungspflichten »Gestalt und Leben« gewinnt oder wenn es »näherliegend oder natürlicher wäre«, eine korporative Leistungspflicht zu wählen, bleibt eine schuldrechtliche Abrede möglich. Eine Grenze für die Wahlfreiheit zwischen schuldrechtlicher und korporativer Leistungspflicht sieht die Rechtsprechung erst da gezogen, wo das Gesetz für das von den Parteien Gewollte nur eine korporative Form zuläßt und eine andere Vereinbarung unstatthaft wäre.

Als Grund für diese weitgehende Wahlfreiheit wird in den zitierten Entscheidungen auf die Vertragsfreiheit verwiesen. Diese Argumentation läßt sich mit weiteren Gründen stützen. Zum einen läuft eine Qualifikation getroffener Vereinbarungen nach der Bedeutung für die Gesellschaft Gefahr, die vom Gesetz vorgesehenen Gestaltungsspielräume unzulässig einzuengen. So sieht das Aktienrecht beispielsweise im Nachgründungsrecht (§ 52 AktG) nur besondere Anforderungen vor, wenn die Gesellschaft innerhalb von zwei Jahren nach ihrer Gründung mit Gründern oder Gesellschaftern, die mehr als 10% des Grundkapitals halten, Verträge schließt über Vermögensgegenstände im Wert von mindestens 10% des Grundkapitals. Im Einzelfall kann auch ein Vertrag mit einem Aktionär, der nur 9% des Grundkapitals hält, für die Erfüllung des Gesellschaftszwecks von besonderer Bedeutung sein. Eine Qualifikation als korporative Vereinbarung dürfte nicht dazu führen, diesen Vertrag ähnlichen Beschränkungen wie die formellen Nachgründungsfälle zu unterwerfen, da dadurch die einschränkenden Kriterien des § 52 AktG umgangen würden.

426 Übersicht über die entsprechende Literatur bei *Strehle*, Venture Capital, 96 Fn. 316 (die dort zitierte Entscheidung OLG Dresden, GmbHR 1997, 746 allerdings läßt die Frage in Absatz (2.1) ausdrücklich offen und stützt sich auf eine Auslegung der konkreten Vertragsvereinbarung). Derselbe Gedanke der wirtschaftlichen Bedeutung liegt auch den Entscheidungen einiger vorinstanzlicher Gerichte zugrunde, die den im Text sogleich zu erörternden höchstrichterlichen Entscheidungen vorausgegangen sind.

427 BGH GmbHR 2008, 147; BGH WM 1993, 641; BGH BB 1969, 1410; BGH WM 1965, 1076; RGZ 112, 273; RGZ 151, 321; RG HRR 1940, 1204; aus der Literatur jüngst *Lubberich*, Sachagio, 170 m.w.N., ferner BH-*Fastrich* § 3, Rz. 57 m.w.N.

Desweiteren würde eine vom Parteiwillen unabhängige Qualifikation als korporative Vereinbarung in vielen Fällen zu Formproblemen führen. Wenn die Gesellschafter bewußt eine schuldrechtliche Vereinbarung wählen und diese zur Vermeidung von Auslegungsschwierigkeiten in eine zusätzliche Vertragsurkunde auslagern, fehlte in vielen Fällen die für korporative Vereinbarungen erforderliche notarielle Form. Es wäre jedoch wenig zweckmäßig, eine Verabredung wegen ihrer besonderen Bedeutung für die Gesellschaft zwingend als korporative Vereinbarung einzustufen, wenn diese Einstufung die Formnichtigkeit nach sich zöge. Der Gesellschaft, auf deren Interessen man sich dabei berufen will, würde durch dieses Manöver nicht gedient, im Gegenteil.[428]

Die Umqualifikation schuldrechtlich gewollter Vereinbarungen in korporative wäre nur dann ohne weitere Schwierigkeiten möglich, wenn die Abreden als unechte Satzungsbestandteile in die Satzung aufgenommen worden wären. In diesen Fällen stellt sich das bereits erwähnte Problem, durch Auslegung ermitteln zu müssen, welcher Teil der einheitlichen Urkunde als echter Satzungsbestandteil anzusehen ist, in welchen Fällen hingegen unechte Satzungsbestandteile vorliegen. Man sollte dieses Auslegungsproblem bei einer unklaren Satzungsurkunde jedoch nicht mit der generellen Frage nach der Natur der getroffenen Vereinbarungen und deren Zulässigkeit verwechseln. Wenn die Gesellschafter in einem abgetrennten Vertragsdokument nach rechtlicher Beratung eine bestimmte Vereinbarung ausdrücklich als rein schuldrechtliche treffen, stellt sich kein Auslegungsproblem. Es kann sich dann allein die Frage stellen, ob die Vereinbarung als schuldrechtliche möglich ist. Grundsätzlich bleibt die Problematik dieselbe, auch wenn die schuldrechtliche Vereinbarung in der Satzungsurkunde festgehalten wird und sich in diesem Fall zusätzlich ein Auslegungsproblem ergeben kann (jedoch bei sorgsamer Abfassung der Urkunde nicht ergeben muß). Es gilt daher bei zusätzlichen Vereinbarungen das Sein und das Sollen bzw. zwei aufeinander aufbauende Fragen zu unterscheiden. Zunächst ist zu fragen, in welcher Form eine Vereinbarung getroffen worden ist, dann ist zu fragen, ob die gewählte Form für das Gewollte zulässig ist.[429]

Aus den genannten Gründen wird in dieser Arbeit mit der höchstrichterlichen Rechtsprechung angenommen, daß für die Gesellschafter zwischen schuldrechtlichen und korporativen Leistungspflichten grundsätzlich Wahlfreiheit besteht. Diese Auffassung ist im übrigen mit der bekannten Ansicht *Noacks* vereinbar, nach der im Sinne einer gesellschaftsrechtlichen Gesamtordnung schuldrechtliche und korporative Verpflichtungen nicht mehr isoliert voneinander betrachtet werden sollen. Denn auch wenn nach dieser Ansicht die formalen Abgrenzun-

428 *Herchen*, Agio, passim wird aufgrund ihrer restriktiven Einstellung gegenüber schuldrechtlich vereinbarten Agioleistungen immer wieder mit dem Problem der Formunwirksamkeit konfrontiert, dessen Folgen sie teilweise versucht durch nachträgliche Heilung in den Griff zu bekommen (S. 355 ff.), teilweise jedoch akzeptieren muß (S. 391 f.).

429 Ähnlich *Strehle*, Venture Capital, 98.

gen zwischen schuldrechtlichen und korporativen Vereinbarungen neu zu überdenken sein sollen, soll zum einen die Zulässigkeit der Vereinbarung als korporative oder als rein schuldrechtliche weiterhin ein wichtiges Abgrenzungskriterium bleiben, zum anderen soll weiterhin Wahlfreiheit bestehen, wenn keine zwingenden Normen entgegenstehen, d.h. die hierarchische Überordnung der korporativen Satzungsregeln in der einheitlichen Verbandsstruktur verdrängt nicht automatisch die Möglichkeit schuldrechtlicher Ausgestaltung.[430]

(β) Zwingende Satzungsbestandteile

Grundsätzlich können die Gesellschafter demnach frei wählen, ob sie eine Verpflichtung als schuldrechtliche oder als gesellschaftsrechtliche ausgestalten wollen. Es gibt jedoch auch Fälle, wo sich das von den Gesellschaftern Gewollte nur auf korporativem Weg erreichen läßt. Nicht vereinbart werden können in schuldrechtlichen Verträgen jedenfalls die notwendigen Satzungsbestandteile des § 3 Abs. 1 GmbHG oder des § 23 Abs. 3 AktG.[431] Dieser Mindestinhalt des Gesellschaftsvertrags kann nicht auf eine ergänzende Vereinbarung ausgelagert werden.

Daneben kennen Aktien- und GmbH-Recht Fälle, in denen das Gesetz eine Abweichung vom Normalstatut zuläßt und für diese abweichende Regelung eine Bestimmung in der Satzung fordert.[432] So sieht das Gesetz beispielsweise für den Regelfall die gemeinschaftliche Vertretungsmacht der Vorstände bzw. Geschäftsführer vor, läßt aber eine Abweichung zu, wenn diese in die Satzung bzw. den Gesellschaftsvertrag aufgenommen wird (§ 78 Abs. 2 S. 1 AktG, § 35 Abs. 2 S. 1 GmbHG). Für solche Abweichungen vom gesetzlichen Normalfall besteht dann ein ausdrücklicher Satzungsvorbehalt; sie können nicht in rein schuldrechtlichen Abreden vereinbart werden.[433] Auch für manche Ergänzungen zum gesetzlichen Normalfall, also Vereinbarungen, welche nicht eine bestimmte gesetzliche Vorschrift abändern, sondern eine zusätzliche Regelung beinhalten, verlangt das Gesetz ausdrücklich eine Regelung in der Satzung, wenn die Ergänzung Wirkung für die Gesellschaft und für alle Gesellschafter hat, so z.B. bei der Vinkulierung (§ 68 Abs. 2 AktG, § 15 Abs. 5 GmbHG).[434]

Darüber hinaus wurde schon angesprochen, daß die Mitgliedschaft als solche und damit alle die Mitgliedschaft konstituierenden Rechte und Pflichten, die bei einem Anteilserwerb auf den Erwerber übergehen, in der Satzung grundgelegt

430 Vgl. z.B. *Noack*, Gesellschaftervereinbarungen, 107, 113 f., 116 ff., 127 f. (zu Zusatzpflichten in der Aktiengesellschaften) und 129 ff. (zu Zusatzpflichten in der GmbH).

431 Vgl. zur GmbH: Scholz/*Emmerich* (11. Aufl.) § 3, Rz. 102; *Herchen*, Agio, 300; zur Aktiengesellschaft: *Strehle*, Venture Capital, 90.

432 Scholz/*Emmerich* (11. Aufl.) § 3, Rz. 102 zum Recht der GmbH mit Beispielen.

433 Scholz/*Emmerich* (11. Aufl.) § 3, Rz. 102.

434 Vgl. für die GmbH Scholz/*Emmerich* (11.Aufl.) § 3, Rz. 102.

werden müssen. Zur Durchsetzung der mitgliedschaftlichen Verpflichtungen stellt das Kapitalgesellschaftsrecht besondere Mittel zur Verfügung wie beispielsweise die Kaduzierung (§ 64 AktG, § 21 GmbHG), die bei einer schuldrechtlichen Vertragsgestaltung nicht nachgeahmt werden können. Wer solche korporative Rechtsfolgen wünscht, muß die entsprechenden Verpflichtungen korporativ ausgestalten.

(γ) Weitere Einschränkungen

Außerhalb dieser gesetzlichen Regelungen sind Ergänzungen von Satzung und Gesellschaftsvertrag durch schuldrechtliche Vereinbarung grundsätzlich möglich.[435] Solche ergänzenden Regelungen sollen jedoch unzulässig sein, wie teilweise formuliert wird, wenn sie gegen zwingende gesetzliche Vorschriften oder Prinzipien des Kapitalgesellschaftsrechts verstoßen.[436] Für diese Arbeit ist von besonderem Interesse, ob der Unternehmensfinanzierung auf schuldrechtlicher Grundlage Grenzen gezogen sind.

(αα) Schuldrechtliche und spezialgesetzliche Wirksamkeits- und Durchsetzbarkeitsgrenzen

Wie alle schuldrechtlichen Verträge unterliegen auch satzungsbegleitende Zusatzvereinbarungen den allgemeinen schuldrechtlichen Grenzen, die sich in Wirksamkeits- und Durchsetzbarkeitsgrenzen unterscheiden lassen. Ausnahmsweise können auch in den wirtschaftsrechtlichen Spezialgesetzen ausdrückliche Anforderungen an schuldrechtliche Vereinbarungen enthalten sein.[437]

(ββ) Spezialgesetzliche Anforderungen

Selten enthalten die kapitalgesellschaftsrechtlichen Spezialgesetze ausdrückliche Anforderungen für schuldrechtliche Zusatzvereinbarungen. Eines der wenigen Beispiele stellt § 136 Abs. 2 AktG dar, der Verträge für nichtig erklärt, in denen sich ein Aktionär verpflichtet, sein Stimmrecht in der Hauptversammlung nach Weisung der Gesellschaft, ihres Vorstands oder ihres Aufsichtsrats auszuüben.[438] Im Bereich der Unternehmensfinanzierung sind die aktienrechtlichen Anforderungen des Sachübernahmerechts (§ 27 Abs. 1 S. 1 AktG) und

435 BH-*Fastrich* § 3, RZ. 56 f. m.w.N.

436 *Wicke* in MüKo-GmbHG § 3, Rz. 132; *Wicke*, GmbHG § 3, Rz. 28 und 30 – diese Überlegungen zum Recht der GmbH können auf das Aktienrecht übertragen werden, da auch dort kein Verstoß gegen das Gesetz zulässig sein kann.

437 Überblick über die meisten theoretisch infrage kommenden Grenzen für satzungsbegleitende Zusatzvereinbarungen bei *Dittert*, Satzungsbegleitende Aktionärsvereinbarungen, 87 ff. und 297 f.

438 *Dittert*, Satzungsbegleitende Aktionärsvereinbarungen, 297.

des Nachgründungsrechts (§ 52 AktG) zu nennen. In beiden Fällen behalten die Austauschgeschäfte ihren schuldrechtlichen Charakter, jedoch verfügt das Aktienrecht besondere Wirksamkeitsvoraussetzungen.[439] Besondere Regelungen enthalten die kapitalgesellschaftsrechtlichen Gesetze auch für schuldrechtliche Vereinbarungen, die zu sogenannten verdeckten Sacheinlagen führen. Solche Abreden sind zwar nicht unwirksam, jedoch versagt ihnen das Gesetz (§ 27 Abs. 3 AktG, § 19 Abs. 4 GmbHG) vor der Eintragung der Gesellschaft die Erfüllungswirkung. Im übrigen sind ausdrückliche spezialgesetzliche Anforderungen für die Unternehmensfinanzierung auf schuldrechtlicher Grundlage ohne Bedeutung, es sei denn man ordnet die Möglichkeit, in einzelnen Normen das Tatbestandsmerkmal der ›Einlage‹ entgegen der oben erläuterten methodischen Vermutung weit, d.h. im Sinne einer ›wirtschaftlichen Einlage‹ auszulegen, hier ein.

(γγ) Durchsetzbarkeitsgrenzen

Durchsetzbarkeitsgrenzen sind für die Unternehmensfinanzierung von geringerem Interesse. Sie spielen vor allem eine Rolle, wenn sich Aktionäre in schuldrechtlichen Vereinbarungen abstimmen, um eine Gesellschaft gemeinsam zu kontrollieren. Hier können sich wettbewerbs- und kartellrechtliche, wertpapiererwerbs- und übernahmerechtliche sowie wertpapierhandelsrechtliche Einschränkungen ergeben.[440] Zudem wird diskutiert, wie sich Verpflichtungen aus Stimmbindungsverträgen durchsetzen lassen.[441] Bei allen schuldrechtlichen Verträgen können sich aus dem Grundsatz von Treu und Glauben (§ 242 BGB) Durchsetzbarkeitshindernisse ergeben. Wegen der stets gebotenen restriktiven Auslegung dieser weiten Generalklausel kommen jedoch allenfalls recht eindeutige Ausnahmefälle in Betracht.[442] Von größerer Bedeutung ist im Kapitalgesellschaftsrecht die gesellschaftsrechtliche Treuepflicht, die auf § 242 BGB gründet. Sie kann in Ausnahmefällen dazu führen, daß einem Gesellschafter verwehrt wird, sich auf eine ihm günstige Rechtsposition aus einem schuldrechtlichen Vertrag zu berufen.[443]

439 Zur Natur der Sachübernahmen als schuldrechtliches Austauschgeschäft s.o. S. 131; zur Nachgründung Hüffer/*Koch*, § 52, Rz. 2.
440 Dazu *Dittert*, Satzungsbegleitende Aktionärsvereinbarungen, 194 ff.
441 Dazu *Dittert*, Satzungsbegleitende Aktionärsvereinbarungen, 240 ff.
442 Zum Grundsatz von Treu und Glauben in Zusammenhang mit satzungsbegleitenden Zusatzvereinbarungen *Dittert*, Satzungsbegleitende Aktionärsvereinbarungen, 198.
443 Zur Beschränkung schuldrechtlicher Abreden aus Treuepflichtsgesichtspunkten allgemein *Dittert*, Satzungsbegleitende Aktionärsvereinbarungen, 200 ff., insbes. 207.

(δδ) Wirksamkeitsgrenzen, insbesondere das allgemeine Umgehungsverbot

Die größte Bedeutung für die Unternehmensfinanzierung haben die schuldrechtlichen Wirksamkeitsgrenzen. Die Möglichkeiten der Formnichtigkeit nach § 125 BGB und der Sittenwidrigkeit nach § 138 BGB werden kaum je praktisch relevant werden. Sie müssen an dieser Stelle auch deshalb nicht weiter interessieren, weil sie keine besonderen kapitalgesellschaftsrechtlichen Fragen aufwerfen.[444] Von großer Bedeutung hingegen ist für die satzungsbegleitenden Zusatzvereinbarungen allgemein und für die Unternehmensfinanzierung auf schuldrechtlicher Grundlage im besonderen § 134 BGB, nach welcher Vorschrift ein Rechtsgeschäft, das gegen ein gesetzliches Verbot verstößt, nichtig ist, wenn sich aus dem Gesetz nicht etwas anderes ergibt.

Satzungsbegleitende Zusatzvereinbarungen werden kaum gegen den Wortlaut eines geschriebenen gesetzlichen Verbots verstoßen, da die in ihnen getroffenen Regelungen die Satzungen ergänzen sollen, nicht abändern. Die Regelungen des Aktiengesetzes und des GmbH-Gesetzes haben vor allem die Satzung bzw. den Gesellschaftsvertrag im Auge, ausdrückliche Vorschriften über schuldrechtliche Vereinbarungen finden sich in beiden Gesetzen nur selten. Der Gesetzesbegriff des § 134 BGB umfaßt jedoch nicht allein formelle Gesetze, sondern entspricht dem Gesetzesbegriff des Art. 2 EGBGB, der jede materielle Rechtsnorm umfaßt.[445] Gesetz im Sinne des § 134 BGB ist daher auch das Gewohnheitsrecht.[446] Die eingangs erwähnten ungeschriebenen Prinzipien eines Rechtsbereichs sind ebenfalls Gesetz im Sinne der Vorschrift. Ein gesetzliches Verbot muß nicht ausdrücklich im Gesetzestext ausgesprochen sein, sondern es genügt, daß sich das Verbot aus dem Gesamtzusammenhang ergibt.[447] Von Bedeutung ist § 134 BGB für satzungsbegleitende Zusatzvereinbarungen jedoch vor allem deshalb, weil sich der allgemeine Rechtsgrundsatz des Verbots der Umgehung gesetzlicher Vorschriften dogmatisch in § 134 BGB verorten läßt. Es muß an dieser Stelle nicht entschieden werden, ob das allgemeine Umgehungsverbot als ein eigenes Rechtsinstitut zu verstehen ist oder entsprechend der heute überwiegend vertretenen Ansicht durch teleologische Auslegung eines Verbotsgesetzes oder in Analogie hierzu gewonnen wird. Denn es ist jedenfalls allgemein anerkannt, daß jede Rechtsnorm ihre Umgehung verbietet, auch wenn sie kein ausdrückliches Umgehungsverbot enthält.[448] Bei der Bestimmung des Umgehungsverbots ist in jedem Fall von Inhalt und Zweck einer konkreten Verbotsnorm auszugehen.[449] Die teleologische Auslegung kapitalgesellschaftsrechtlicher

444 Zur Formnichtigkeit und Sittenwidrigkeit schuldrechtlicher Zusatzvereinbarungen *Dittert*, Satzungsbegleitende Aktionärsvereinbarungen, 101 ff. und 105 ff.

445 *Armbrüster* in MüKo-BGB § 134, Rz. 41.

446 *Dittert*, Satzungsbegleitende Aktionärsvereinbarungen, 115.

447 BGHZ 51, 255 (262); vgl. *Armbrüster* in MüKo-BGB, § 134 Rz. 62 und 66; *Dittert*, Satzungsbegleitende Aktionärsvereinbarungen, 116.

448 Palandt/*Ellenberger* § 134, Rz. 28; *Armbrüster* in MüKo-BGB, § 134, Rz. 18 ff.

449 Palandt/*Ellenberger* § 134, Rz. 28.

Normen kann daher ergeben, daß eine schuldrechtliche Vereinbarung ausnahmsweise nicht zulässig sein soll und daher gemäß § 134 BGB nichtig ist.[450]

Wann eine schuldrechtliche Vereinbarung als zulässige Ergänzung der gesetzlichen und gesellschaftsvertraglichen Regeln anzusehen ist, wann sie hingegen als unzulässige Umgehung zwingenden Rechts zu qualifizieren ist, hängt damit maßgeblich vom Sinn und Zweck der konkreten Norm ab, deren Umgehung im Raum steht.[451] Von besonderer Bedeutung ist hierbei, ob die Vereinbarung unter allen oder einigen Gesellschaftern Auswirkungen auf das Außenverhältnis der Gesellschaft hat, insbesondere auf den Gläubigerschutz, und ob sie im Innenverhältnis den Individual- und Minderheitenschutz beeinträchtigt.[452] Beispielsweise dürfen unabdingbare satzungsmäßige Rechte der Gesellschafter nicht durch schuldrechtliche Vereinbarungen faktisch entwertet werden. So kann z.B. im Recht der GmbH das gemäß § 51a Abs. 3 GmbHG bestehende Informationsrecht der Gesellschafter nicht durch schuldrechtliche Vereinbarungen gänzlich entzogen werden.[453] Eine Umgehung kann zudem anzunehmen sein, wenn eine schuldrechtliche Vereinbarung die Wirkung der gesetzlichen Regelungen konterkariert und diese ins Leere laufen läßt. Der Bundesgerichtshof hat in einem aktienrechtlichen Fall entschieden, daß eine dauerhafte Stimmrechtsvollmacht, mit der eine nach § 68 Abs. 2 AktG zulässige Vinkulierung umgangen werden sollte, wegen Verstoßes gegen § 134 BGB nichtig ist.[454] Wenn nicht zwingende gesetzliche Vorgaben entwertet werden, sondern zusätzliche Regelungen getroffen werden, kann eine unzulässige Umgehung des Gesetzes anzunehmen sein, wenn sich aus dem Sinn und Zweck einer Norm ergibt, daß die gesetzliche Regelung abschließend sein will.[455]

Verstößt eine schuldrechtliche Vereinbarung gegen zwingende gesetzliche Vorschriften oder gegen ungeschriebene Prinzipien des Kapitalgesellschaftsrechts, ist sie nach § 134 BGB nichtig, wenn sich nicht aus dem Gesetz selbst ergibt, daß sie ausnahmsweise wirksam sein kann.[456] Der Gesetzesverstoß führt zunächst zur Teilnichtigkeit der betreffenden Vertragsklausel, kann jedoch nach

450 Die Nichtigkeitsfolge des § 134 BGB kann jedoch nur Vereinbarungen treffen, die dem deutschen Recht unterliegen. Den Gesellschaftern bleibt unbenommen, ihre Vereinbarungen nach dem Recht eines anderen Staates zu treffen. Wenn sie nach den Regeln dieser Rechtsordnung gültig sind, sind sie nach den Vorschriften des deutschen IPR auch in Deutschland anzuerkennen. Die Umgehung deutschen Rechts durch die Wahl eines ausländischen Rechtsstatuts wird nämlich im internationalen Privatrecht weitestgehend hingenommen, vgl. *Lorenz* in BOK-BGB, Einleitung zu EGBGB, Rz. 73.

451 *Eberl/Hergeth*, Schuldrechtliche Zuzahlungspflichten, 1820.

452 *Wicke*, GmbHG § 3, Rz. 28.

453 *Wicke* in MüKo-GmbHG § 3, Rz. 132 m.w.N.

454 BGH WM 1987, 71.

455 *Eberl/Hergeth*, Schuldrechtliche Zuzahlungspflichten, 1820; *Dittert*, Satzungsbegleitende Aktionärsvereinbarungen, 97.

456 *Dittert*, Satzungsbegleitende Aktionärsvereinbarungen, 117.

der Zweifelsregelung des § 139 BGB den gesamten Vertrag nichtig werden lassen. Im Regelfall enthalten satzungsbegleitende Zusatzvereinbarungen jedoch eine salvatorische Klausel, nach der nur Teilnichtigkeit eintreten soll.[457]

(c) Problematik der schuldrechtlichen Unternehmensfinanzierung mit wirtschaftlichen Einlagen

Die grundsätzliche Möglichkeit, auf schuldrechtlicher Grundlage zusätzliche Leistungspflichten der Gesellschafter zu vereinbaren, wird nicht in Zweifel gezogen. Vereinzelt wird in der Literatur jedoch gefordert, bei einer gleichzeitigen Anteilsausgabe die Finanzierung durch wirtschaftliche Einlagen zu begrenzen zugunsten der Vereinbarung korporativer Einlageverpflichtungen.[458] Auch diese Stimmen sprechen sich nicht gegen die Möglichkeit aus, bei einer Anteilsausgabe zusätzlich die Gewährung eines Darlehens zu vereinbaren oder, wenn nicht zeitgleich eine Anteilsausgabe erfolgt, eine schuldrechtliche Vereinbarung über eine weitere Eigenkapitalfinanzierung zu treffen.

(α) Bedeutungsverlust korporativer Einlagen

Die Vertreter dieser einschränkenden Ansicht stören sich an dem engen zeitlichen und sachlichen Zusammenhang der schuldrechtlichen Vereinbarung über wirtschaftliche Einlagen mit der Anteilsausgabe. Dadurch können die wirtschaftlichen Einlagen die Rolle der korporativen Einlagen bei der Eigenkapitalfinanzierung übernehmen. In der Praxis ist daher ein Bedeutungsverlust der Einlagen auf das Grund- bzw. Stammkapital und des korporativ vereinbarten Agios im Sinne von § 9 Abs. 2 AktG zu beobachten. Um diesem Bedeutungsverlust der korporativ vereinbarten Einlagen entgegenzutreten, wird gefordert, die Eigenkapitalfinanzierung, die im Zuge einer Anteilsausgabe vereinbart wird, auf korporativer Grundlage abzuwickeln. Diese Forderung wird nicht zuletzt deshalb erhoben, weil dadurch die gesamte im Zuge einer Anteilsfinanzierung vereinbarte Eigenkapitalfinanzierung zu Haftkapital der Gesellschaft führte, wovon die Gläubiger der Gesellschafter profitieren würden. Die Behandlung der Einlagen berührt eben nicht nur das Innenverhältnis der Gesellschafter untereinander, sondern auch das Außenverhältnis der Gesellschaft, da dem aus Einlagen gebildeten Haftkapital eine wesentliche Bedeutung für den Gläubigerschutz zukommt. In der schuldrechtlichen Vereinbarung über rein wirtschaftliche Einlagen sehen die Vertreter dieser Ansicht ein Leerlaufenlassen der kapitalschutzrechtlichen Regeln über Einlagen, ähnlich wie bei verdeckten Sacheinlagen die Vorschriften über die Kapitalaufbringung umgangen werden

457 *Dittert*, Satzungsbegleitende Aktionärsvereinbarungen, 87.

458 Ausführlich *Herrchen,* Agio, 279 ff.; jüngst *Schäfer*, Schuldrechtliches Agio im Aktienrecht, 953 ff. und *ders.*, Einbeziehung des Agios, 528.

sollen. Sie sprechen daher auch von einem »verdeckten Agio«, um damit ein Unwerturteil über diese Finanzierungsgestaltung zum Ausdruck zu bringen.[459]

Ein ähnliches Störgefühl verspürten auch viele Vorinstanzen der oben zitierten höchstrichterlichen Entscheidungen zur Zulässigkeit schuldrechtlicher Vereinbarungen, die letztlich vom Reichsgericht und vom Bundesgerichtshof unter Betonung der Vertragsfreiheit aufgehoben wurden.[460] In England wurde Anfang des letzten Jahrhunderts rechtspolitisch heftig darüber gestritten, wie wirtschaftliche Einlagen zu behandeln sind. Aufgrund desselben Störgefühls hat man letztlich die kapitalgesellschaftsrechtlichen Vorschriften genau in dem Sinne abgeändert, wie es Teile der deutschen Literatur fordern: Jede Eigenkapitalfinanzierung, die in Zusammenhang mit einer Anteilsausgabe vereinbart wird, wird dem Haftkapital zugerechnet.[461]

Der pauschale Hinweis auf das Störgefühl einzelner Gerichte und Teile der Literatur gegenüber einer unbegrenzten Wahlmöglichkeit zwischen korporativer und schuldrechtlicher Eigenkapitalfinanzierung kann nicht genügen, eine Beschränkung der allgemein anerkannten Finanzierungsfreiheit zu begründen. Es kommt entscheidend auf den Schutzzweck der gesetzlichen Vorschriften über den Kapitalschutz und die Prinzipien des Kapitalschutzrechts an. Das genannte Bedenken und der Vergleich mit dem englischen Recht geben aber Anlaß die weitverbreitete liberale Einstellung gegenüber schuldrechtlichen Leistungspflichten kritisch zu hinterfragen und zu prüfen, ob eine schuldrechtliche Vereinbarung wirtschaftlicher Einlageverpflichtungen, die anläßlich einer Anteilsausgabe getroffen wird, als unzulässige Umgehung der gesellschaftsrechtlichen Regeln über korporative Leistungspflichten anzusehen ist, weil das Telos einzelner Vorschriften bzw. die Prinzipien des Kapitalschutzsystems als Ganzem verlangen, bei der Anteilsausgabe die Vorschriften über korporative Leistungspflichten als abschließend zu verstehen. Diese Untersuchung ist das Thema dieser Arbeit und wird in den nachfolgenden Kapiteln unternommen.

(β) Denkfigur der materiellen Einlage

Die Forderung, jede wirtschaftliche Einlage, die anläßlich einer Anteilsausgabe versprochen wird, in den Kapitalschutz einzubeziehen, basiert auf einer bestimmten Vorstellung von der richtigen Behandlung ›materieller Einlagen‹, die der Denkfigur des ›materiellen Eigenkapitals‹ verwandt ist, sich davon aber nicht unwesentlich unterscheidet.[462]

›Materielles Eigenkapital‹ meint einerseits die Beschreibung des Umstands, daß hybride Fremdkapitalfinanzierungen oftmals so ausgestaltet werden, daß sie

459 Vgl. *Herrchen*, Agio, 179 und passim.

460 Nachweise o. in Fn. 427.

461 Zur Entwicklung im englischen Recht s. u. Kapitel 4.

462 Zur Verbindung des Begriffs der ›materiellen Einlage‹ mit dem Begriff des ›materiellen Eigenkapitals‹ vgl. *Herchen*, Agio, 174.

funktional an die Stelle von Eigenkapital treten, z.B. indem ein Rangrücktritt gegenüber anderen Gläubigern vereinbart wird. ›Materielles Eigenkapital‹ meint daneben aber auch die Forderung, wegen der faktischen Funktionsgleichheit bestimmter Fremdkapitalfinanzierungen zu Eigenkapitalfinanzierungen, diese auch über die Parteivereinbarungen hinaus dem Eigenkapital anzugleichen.[463] Als Beispiel kann die Rechtsfigur des Finanzplankredits dienen, bei der die Versagung des außerordentlichen Kündigungsrechts in der Insolvenz nicht mehr mit dem Parteiwillen erklärt werden kann, sondern nur mit einer Finanzierungsverantwortung der Gesellschafter.[464] Ein weiteres Beispiel gab vor dem MoMiG die Rechtsfigur der eigenkapitalersetzenden Gesellschafterdarlehen ab, die wegen einer angenommenen besonderen Finanzierungsverantwortung der Gesellschafter in der Krise eines Unternehmens nicht bedient werden durften, da Zins- und Tilgungszahlungen auf solche Gesellschafterdarlehen wie eine unerlaubte Eigenkapitalrückzahlung eingestuft wurden. Die Rechtsfigur der eigenkapitalersetzenden Gesellschafterdarlehen wurde im Zuge des MoMiG durch § 39 Abs. 1 Nr. 5 InsO ersetzt, welche Vorschrift nunmehr in der Insolvenz die Bedienung aller Forderungen aus Gesellschafterdarlehen in gleicher Weise beschränkt.[465]

Von ›materiellen Einlagen‹ kann man ebenso in zweierlei Hinsicht sprechen. Erstens kann man damit die Tatsache beschreiben, daß eine Form der Eigenkapitalfinanzierung durch Gesellschafter bei der Unternehmensfinanzierung im wesentlichen dieselben betriebswirtschaftlichen Funktionen erfüllt wie die Einlagen auf das Grund- oder Stammkapital. ›Materielle Einlagen‹ in diesem Sinne können alle wirtschaftlichen oder handelsbilanziellen Einlagen sein.[466] Andererseits kann man mit diesem Begriff die eigene Forderung zum Ausdruck bringen, wirtschaftliche Einlagen sollten weitgehend wie korporative Einlagen behandelt werden, da sie in vergleichbarer Weise zur Eigenkapitalfinanzierung eines Unternehmens beitragen. Die Forderung, jede wirtschaftliche Einlage, die anläßlich einer Anteilsausgabe versprochen wird, in den Kapitalschutz einzubeziehen, basiert auf der Überzeugung, die rechtliche Behandlung solle sich am wirtschaftlichen Ergebnis der Eigenkapitalfinanzierung orientieren, nicht an formalen Unterschieden.

Der Unterschied der Denkfigur der ›materiellen Einlage‹ zur Figur des ›materiellen Eigenkapitals‹ besteht darin, daß letztere für die Angleichung von Fremdkapitalbeiträgen an Eigenkapitalbeiträge streitet, erstere für die Angleichung wirtschaftlichen Eigenkapitals an formelles Haftkapital. Gemeinsam ist beiden die Überzeugung, daß die Ausstattung der Unternehmen mit materiellem Eigenkapital und insbesondere mit formellem Haftkapital in der Praxis oft unzureichend ist. Dieser in der Praxis häufig anzutreffenden ›formellen oder mate-

463 S. o. S. 76 f.
464 S. o. S. 77 mit Fn. 131.
465 S. o. S. 78 mit Fn. 132.
466 Teilweise wird nur eine verpflichtende Beitragsleistung in das Eigenkapital einer Gesellschaft als ›Einlage‹ verstanden, vgl. *Herchen*, Agio, 174.

riellen Unterkapitalisierung‹ gelte es entgegenzutreten.[467] Früher gab es in der Literatur Überlegungen, eine als ausreichend empfundene Eigenkapitalausstattung durch einen besonderen Haftungstatbestand bei Unterkapitalisierung zu erzwingen, um materielle Unterfinanzierung zu vermeiden. Mittlerweile ist durch die Rechtsprechung des Bundesgerichtshofs geklärt, daß das Kapitalgesellschaftsrecht über das gesetzliche Mindestkapital hinaus keine inhaltlichen Anforderungen an die Höhe der Eigenkapitalausstattung stellt.[468] Der Gesetzgeber hat in den verschiedenen Reformgesetzen ausdrücklich auf eine besondere Haftung wegen Unterkapitalisierung verzichtet.[469] Wer dennoch fordert, die Eigenkapitalfinanzierung bei einer Anteilsausgabe allein auf korporativer Grundlage und damit als formelles Haftkapital vorzunehmen, fordert damit keine zwingend vorgegebene Mindesteigenkapitalausstattung über das gesetzliche Mindestkapital hinaus. Die Forderung nach Einschränkung der Finanzierungsfreiheit bei Anteilsausgaben will nur erreichen, daß die Eigenkapitalbeiträge, die ohnehin einer Gesellschaft zufließen sollen, als korporative Leistungspflichten vereinbart werden und dem Kapitalschutzrecht unterfallen. Mit der Anknüpfung an tatsächlich beabsichtigte oder geleistete Finanzierungsbeiträge bewegt sie sich auf einem ähnlichen Pfad wie die von der Rechtsprechung entwickelten Rechtsfiguren des Finanzplankredits und der eigenkapitalersetzenden Gesellschafterdarlehen.

(γ) Praktische und dogmatische Bedeutung der Problematik

In praktischer Hinsicht ist eine weitreichende Einschränkung der Finanzierungsfreiheit in dem Sinne, die Eigenkapitalfinanzierung bei der Ausgabe junger Anteile allein durch korporative Leistungspflichten vorzunehmen, in naher Zukunft unwahrscheinlich. Der Bundesgerichtshof hat sehr deutlich gemacht, daß er keine Veranlassung sieht, von der gefestigten Rechtsprechung abzugehen, nach der die Gesellschafter neben den korporativen Leistungspflichten auf schuldrechtlichem Weg beliebige weitere Verpflichtungen eingehen können.[470] Praktisch relevant werden könnten allenfalls Modifizierungen der schuldrechtlichen Vereinbarungen in besonderen Einzelfällen, ähnlich wie sie von den Fallgruppen der Finanzplankredite und kapitalersetzenden Gesellschafterdarlehen bekannt sind.

So hat der Bundesgerichtshof anläßlich einer GmbH-rechtlichen Entscheidung über ein korporativ vereinbartes Agio entschieden, daß eine in der Insolvenz noch ausstehende Restforderung vom Insolvenzverwalter ohne vorherige Einholung eines Gesellschafterbeschlusses eingefordert werden kann. Auf eine eventuelle Vereinbarung, die Einforderung von einem Gesellschafterbeschluß abhängig zu machen, soll es dabei nicht ankommen, ebensowenig wie in der

467 Besonders deutlich *Herchen*, Agio, 125.
468 BGHZ 31, 268; BGHZ 68, 312; BGH NZG 2008, 547.
469 Vgl. BH-*Fastrich* § 5, Rz. 5 m.w.N.
470 Vgl. nur BGH WM 1993, 641 Tz. 14.

Insolvenz für die Einforderung von Resteinlagen auf das Stammkapital ein Gesellschafterbeschluß nach § 46 Nr. 2 GmbHG erforderlich ist. In einem obiter dictum äußert der Bundesgerichtshof die Einschätzung, der Insolvenzverwalter könne ein schuldrechtlich vereinbartes Restaufgeld in gleicher Weise einfordern wie ein korporatives Agio.[471] Dabei bleibt unklar, ob der Bundesgerichtshof die sofortige Fälligkeit des schuldrechtlich vereinbarten Agios ebenfalls mit oder analog § 46 Nr. 2 GmbHG begründen würde. Diese gesamte Entscheidung ist wenig sorgfältig ausgearbeitet und wird später noch zu besprechen sein.[472] Wie sie jedoch zeigt, ist es nicht vollständig ausgeschlossen, daß sich der Bundesgerichtshof in besonderen Fällen bei der Behandlung schuldrechtlich vereinbarter Einlagen an deren korporativen Pendants orientieren könnte.

Eine generelle Einschränkung der Finanzierungsfreiheit könnte im übrigen im Aktienrecht durch das Europarecht praktisch relevant werden. Bei der Besprechung der korporativen Nebenleistungen wurde schon angemerkt, daß der europarechtliche Begriff der ›Einlage‹ unklar ist.[473] Andere Mitgliedstaaten, wie z.B. früher Großbritannien, legen in ihren Kapitalgesellschaftsrechten einen Einlagebegriff zugrunde, der alle wirtschaftlichen Einlagen umfaßt, die anläßlich einer Anteilsausgabe versprochen werden. Legt man den Einlagebegriff der Gesellschaftsrechtsrichtlinie in Sinne dieses Rechtsverständnisses aus, ist die deutsche Unterscheidung in schuldrechtliche und korporative Leistungspflichten nicht aufrechtzuerhalten.

Im übrigen bleibt die Alternative, bei Anteilsausgaben jede wirtschaftliche Einlage dem Kapitalschutz zu unterstellen, dogmatisch und damit jedenfalls de lege ferenda von Interesse. Schon deshalb verdient sie in dieser Arbeit eine eingehende Erörterung.

(5) Zusammenfassung

Der aktienrechtliche Begriff der ›Einlage‹ ist enger als der handelsbilanzrechtliche oder wirtschaftliche Einlagebegriff. Er umschreibt nur die Leistung zur Erfüllung der Hauptpflicht der Aktionäre, die als korporative Verpflichtung die Mitgliedschaft mitkonstituiert. Diese Hauptpflicht umfaßt die Leistungen, die bei einer Anteilsausgabe in der Satzung oder im Zeichnungsschein als Gegenleistung für die Zuteilung junger Aktien festgelegt wird. Bei Bareinlagen wird die Hauptpflicht durch den Ausgabebetrag der Aktien gemäß § 9 AktG bestimmt. Einlage sind damit zum einen die Leistungen zur Erfüllung des anteiligen Grundkapitals, zum anderen ausdrücklich festgesetzte Aufschläge. Bei Sacheinlagen ist der gesamte als Gegenleistung festgesetzte Gegenstand ›Einlage‹ im Sinne des Gesetzes, hinsichtlich des Wertes des Vermögensgegenstands muß man differenzieren. In Höhe des Ausgabebetrags (Grundkapital und

471 BGH GmbHR 2008, 147 (148, Tz. 13).
472 S. u. S. 962 ff.
473 Dazu eingehend u. Kapitel 3.

eventuelles Agio) ist der Wert des Gegenstands ›Einlage‹, darüber hinaus jedenfalls nicht, wenn der den Ausgabebetrag übersteigende Wert dem Gesellschafter anderweitig als durch Aktien entgolten werden soll. Soll der Mehrwert des Einlagegegenstands der Gesellschaft verbleiben, kann man ihn als Teil der ›Einlage‹ auffassen, muß dabei jedoch die Rechtsfolgen dieses Wertanteils von dem Wertanteil unterscheiden, der zur Aufbringung des Ausgabebetrags gedacht ist. Auch bei den Einlagen auf das Grundkapital und den Einlagen auf den erhöhten Ausgabebetrag sieht das Aktienrecht teilweise unterschiedliche Rechtsfolgen vor.

Nicht alle Leistungen, die im Gegenzug für junge Anteile versprochen werden, sind ›Einlagen‹ im Sinne das Aktiengesetzes. Nicht ›Einlagen‹ sind die Leistungen zur Erfüllung der korporativen Nebenverpflichtungen gemäß § 55 AktG. Nicht ›Einlagen‹ sind ferner Leistungen, die zur Erfüllung schuldrechtlicher Leistungsverpflichtungen erbracht werden. Ebensowenig sind Leistungen eines Gesellschafters für gesellschaftsrechtliche Rechte, die nicht bei einer Anteilsausgabe eingeräumt werden, ›Einlagen‹ im Sinne des Aktienrechts, beispielsweise Leistungen im Gegenzug für die Einräumung eines Vorzugs. Auch freiwillig erbrachte Eigenkapitalbeiträge sind keine ›Einlagen‹ im Sinne des Aktienrechts. All diese Leistungen eines Gesellschafters sind wirtschaftliche oder handelsbilanzrechtliche ›Einlagen‹. Da sie im Rahmen der Eigenkapitalfinanzierung der Gesellschaft dieselben oder sehr ähnliche Funktionen wie die aktienrechtlichen Einlagen übernehmen können, kann man sie als ›materielle Einlagen‹ den ›formellen Einlagen‹ des Aktienrechts begrifflich gegenüberstellen. Grundsätzlich sind die Gesellschafter jenseits des Mindestnennkapitals des § 7 AktG frei zu entscheiden, ob sie ihre Aktiengesellschaft über ›materielle Einlagen‹ oder ›formelle Einlagen‹ mit Eigenkapital ausstatten wollen. Im Einzelfall ist jedoch denkbar, daß der Schutzzweck einer aktienrechtlichen Vorschrift oder die grundlegenden Prinzipien des Kapitalschutzrechts verlangen, die Zulässigkeit von ›materiellen Einlagen‹ zu beschränken oder die rechtliche Behandlung ›materieller Einlagen‹ nach dem Vorbild der ›formellen Einlagen‹ zu modifizieren.

cc) Einlage im GmbH-Recht

(1) Einlage als Leistung auf das Stammkapital

Das GmbH-Recht verwendet einen anderen Einlagebegriff als das Aktienrecht. Am deutlichsten zeigt sich die Vorstellung des Gesetzes von der ›Einlage‹ im GmbH-Recht in § 3 Abs. 1 Nr. 4, § 14 und § 19 Abs. 1 GmbHG. Die seit dem MoMiG[474] gesetzliche Überschrift des § 19 GmbHG lautet »Leistung der Einlagen«, Absatz 1 der Vorschrift spricht dann von »Einzahlungen auf die Geschäftsanteile«. § 3 Abs. 1 Nr. 4 GmbHG spricht von einer »Einlage auf das Stammkapital (Stammeinlage)«, für die jeder Gesellschafter einen Geschäfts-

474 Die Überschrift wurde eingefügt durch Art. 1 Nr. 51 des Gesetzes vom 23.10.2008 I 2026 mit Wirkung vom 1.11.2008.

anteil übernimmt. § 14 GmbHG bestimmt die »Einlagepflicht« und setzt in Satz 1 fest: »Auf jeden Geschäftsanteil ist eine Einlage zu leisten.« ›Einlagen‹ im Sinne des GmbHG sind demnach Leistungen auf einen Geschäftsanteil zur Bildung des Stammkapitals.[475]

Wie im Aktienrecht ist eine Einlage im GmbH-Recht das, was ein Gesellschafter als Gegenleistung für einen Geschäftsanteil erbringen muß. Anders aber als im Aktienrecht umfaßt diese GmbH-rechtliche ›Einlage‹ nur die Leistungen auf den Nennbetrag des Stammkapitals, nicht aber ein eventuell festgesetztes Agio.[476] Denn § 14 S. 2 GmbHG beschränkt ausdrücklich die Höhe der Einlageleistung auf den festgesetzten Nennbetrag des Geschäftsanteils.[477] Wenn das GmbHG wie das AktG keine Legaldefinition der ›Einlage‹ anbietet, kann die Bestimmung des Einlagebegriffs auch hier im GmbH-Recht nur über den Inhalt der Einlagepflicht erfolgen. Auch hier gilt, ›Einlage‹ ist, was der Gesetzgeber als Inhalt der Einlagepflicht sich vorstellt. Diese Pflicht begrenzt der GmbH-Gesetzgeber eindeutig auf die Höhe des Nennkapitals – und damit schränkt er zugleich den Einlagebegriff auf die Leistungen ein, die zur Erfüllung dieser Pflicht erbracht werden.

Bei Sacheinlagen kann sich im GmbH-Recht ebenso wie im Aktienrecht die Notwendigkeit ergeben, zwischen dem Gegenstand der ›Einlage‹ und seinem Wert zu unterscheiden. Der Gegenstand ist in seiner Gesamtheit ›Einlage‹, der Wert jedenfalls, soweit er zur Aufbringung des Nennbetrags dient, auf den sich gemäß § 5 Abs. 4 S. 1 GmbHG eine Sacheinlage eindeutig beziehen muß. Einen eventuellen Mehrwert kann man als Teil der ›Einlage‹ begreifen, der dann jedoch ebenso wie im Aktienrecht andere Rechtsfolgen aufweist als die ›Einlage auf das Stammkapital‹. Man kann den Mehrwert einer Sacheinlage im GmbH-Recht jedoch auch als zusätzlichen Beitrag, d.h. als Nebenpflicht im Sinne von § 3 Abs. 2 GmbHG verstehen, da im GmbH-Recht auch einmalige Leistungspflichten als Nebenverpflichtung vorgesehen werden können.[478]

475 BH- *Fastrich* § 3, Rz. 35 m.w.N. unterscheidet ebenso Einlagen, die das Stammkapital bilden, von Nachschüssen und Nebenleistungen; vgl. a. *Koch*, Sacheinlage im Spannungsfeld, 63 m.w.N. (»ganz h.M.«).

476 BGH NZG 2008, 73 Tz. 13; *Priester*, Kapitalaufbringungspflicht beim Agio, 633; *Verse*, Sacheinlagen und Vergleich, 880; *Verse* in Henssler/Strohn, GesR § 14 GmbHG Rz. 8; *Ulmer/Löbbe* in HCL, GmbHG § 3, Rz. 68; *Wicke* § 14 Rz. 1; a.A. *Inhester/Tönnies*, Anmerkung in ihrer Besprechung des genannten BGH-Entscheids, in der sie das Agio als Teil der Einlageleistung bezeichnen, allerdings ohne jede Begründung und im klaren Widerspruch zu der BGH-Entscheidung, in der das Agio ausdrücklich als Nebenleistung eingestuft wird; a.A. ferner *Herchen*, Agio, 139 (dazu sogleich).

477 Auf § 14 S. 2–3 GmbHG verweisen auch *Verse* in Henssler/Strohn, GesR § 14 GmbHG Rz. 8 und *ders.*, Sacheinlagen und Vergleich, 880 sowie *Koch*, Sacheinlage im Spannungsfeld, 63 (»Bestätigung der bisherigen Auffassung«).

478 Zur Gestaltungsfreiheit bei der Vereinbarung von Nebenverpflichtungen im GmbH-Recht BH-*Fastrich* § 3, Rz. 39 m.w.N.

(2) Alternatives Verständnis ähnlich dem aktienrechtlichen Einlagebegriff

Ein anderes Verständnis des Einlagebegriffs im GmbH-Recht schlägt *Hilke Herchen* vor, die das Agio hier wie im Aktienrecht als Teil der Einlage begreifen will.[479] Gleich zu Beginn soll gesagt sein, daß diese Überlegungen aus dem Jahr 2004 jedenfalls nach verschiedenen Änderungen des GmbH-Gesetzes durch das MoMiG im Jahr 2008 nicht mehr aufrecht erhalten werden können und auch zur früheren Gesetzeslage nicht überzeugen konnten. Sie stellen jedoch den bedeutendsten Versuch dar, den Einlagebegriff im GmbH-Recht anders zu denken, verdienen schon deshalb eine Auseinandersetzung und noch viel mehr, weil durch die Abgrenzung von dieser Auffassung das richtige Verständnis deutlicher hervortritt.

Herchen bereitet ihre Argumentation vor mit der Beobachtung einer *sprachlichen* Differenzierung in § 3 GmbHG. In § 3 Abs. 1 Nr. 4 GmbHG spricht das GmbHG, wie gesehen, von einer »Einlage auf das Stammkapital« und definiert mit dieser Umschreibung den Gesetzesbegriff ›Stammeinlage‹.[480] In § 3 Abs. 2 GmbHG grenzt das Gesetz ›andere Verpflichtungen‹ von ›Kapitaleinlagen‹ ab. Darin erkennt *Herchen* die sprachliche Möglichkeit, von der Stammeinlage des § 3 Abs. 1 Nr. 4 GmbHG weitere Formen von Einlagen zu unterscheiden, nämlich die vom Gesetz in § 3 Abs. 2 GmbHG so bezeichneten Kapitaleinlagen.

In der Tat wurde der Begriff ›Kapitaleinlage‹ um das Jahr 1900 herum auch so verwendet, daß damit alle Leistungen eines Gesellschafters in das Eigenkapital einer Gesellschaft verstanden wurden. *Erich Brodmann* schreibt in seinem Aktienrechtskommentar zu dem Begriff der ›Kapitaleinlagen‹ in § 211 HGB 1900 (der Vorgängervorschrift des heutigen § 54 AktG): »Der Ausdruck Kapitaleinlage in § 211 beruht nicht auf dem Gedanken, daß es Einlagen auf das Kapital der Gesellschaft gebe, unterschieden von anderen Arten von Einlagen. Es gibt nur Einlagen auf das Vermögen der Gesellschaft.«[481] ›Kapitaleinlage‹ in diesem Sinn meint eine Einlage nach dem heutigen handelsbilanzrechtlichen Verständnis. In seiner Kommentierung zu § 3 GmbHG 1897 begreift *Brodmann* die ›Stammeinlage‹ als einen Unterfall der Kapitaleinlagen.[482] Als weitere mögliche Fälle von Einlagen im GmbH-Recht nennt *Brodmann* z.B. das Agio und freiwillige Zuschüsse zum Ausgleich einer Unterbilanz.[483]

Damit wäre zwar noch nicht entschieden, daß das Gesetz an den weiteren Stellen, an denen es undifferenziert von ›Einlagen‹ spricht, die Rechtsfolgen der

479 *Herchen*, Agio, 22 und 139; *Herchen*, Anmerkung, 150.

480 Die Vorschrift wurde durch das MoMiG neu gefaßt, um die Abhängigkeit der Stammeinlage von der Mitgliedschaft deutlicher als bisher herauszustellen, vgl. RegBegr BR-Drucks 354/07, 63 f., dazu BH- *Fastrich* § 3 Rz. 16. Die Argumentation *Herchens* fußt auf der Gesetzeslage vor 2008. Die dafür entscheidende Wortwahl ist gleich geblieben.

481 *Brodmann*, Aktienrecht, 137.

482 *Brodmann*, GmbHG, 21.

483 *Brodmann*, GmbHG, 23.

jeweiligen Norm auf beide Einlageformen angewandt wissen will, das wäre in jedem Einzelfall durch eine systematisch-teleologische Auslegung zu bestimmen, die Möglichkeit einer Gleichbehandlung jedoch wäre jeweils im Einzelfall zu prüfen.[484] Da die Stammeinlage einen Unterfall der Kapitaleinlage bildet, ist es sprachlich allerdings auch möglich, daß der Begriff ›Kapitaleinlagen‹ in § 3 Abs. 2 GmbHG totum pro parte steht und nichts anderes sagen will als die Begriffe Einlage/Stammeinlage in Absatz 1 der Vorschrift. So wurde das Gesetz seinerzeit vom Reichsgericht verstanden.[485] Das richtige Verständnis ist nach inhaltlichen Kriterien zu ermitteln.

Inhaltlich führt *Herchen* für ihre abweichende Ansicht drei Argumente an, erstens ein Argument aus dem Vergleich mit dem österreichischen Recht, zweitens ein Argument aus den Reformüberlegungen der Jahre 1969–1971, drittens ein Argument aus einer allgemeinen Bestimmung des Einlagebegriffs. Im österreichischen GmbH-Recht soll die Festlegung eines Agios als einmalige Leistung nur deshalb möglich sein, weil es dort nicht als Nebenleistung, sondern als Einlage verstanden werde. Ein Hinweis auf eine ausländische Rechtsordnung gibt aber keine Auslegungshilfe für ein schon erlassenes nationales Gesetz, jedenfalls dann nicht, wenn der deutsche Gesetzgeber in der Gesetzesbegründung nicht auf die ausländische Norm als Vorbild Bezug genommen hat, was nicht der Fall ist.

Hinter diesem ersten Argument steckt letztlich derselbe Argumentationsgehalt wie bei dem dritten Argument. Es soll plausibel gemacht werden, es gäbe einen allgemeinen Begriff der Einlage, der dem handelsbilanziellen Verständnis entspricht und nach dem die Verwendung des Wortes Einlage in jeder einzelnen Norm des Gesellschaftsrechts zu verstehen sein soll. Das dritte Argument vom allgemeinen Einlagebegriff ist das zentrale Argument in *Herchens* Überlegungen. Für die allgemeine Bestimmung des Einlagebegriffs lehnt sich *Herchen* an die weite Definition von *Karsten Schmidt* an, nach der jede Leistung eine Einlage sei, zu der sich der Gesellschafter im Gesellschaftsvertrag verpflichte und die in das Gesellschaftsvermögen zu Mehrung der Haftungsmasse geleistet werde.[486] Für das GmbH-Recht trifft dieses weite Begriffsverständnis aber unabhängig von der Behandlung des Agios nicht zu im Fall der Nachschüsse gemäß §§ 26 ff. GmbHG. Die Verpflichtung zu einem Nachschuß kann nur durch den Gesellschaftsvertrag erfolgen (§ 26 Abs. 1 GmbHG). Der Nachschuß wird stets

484 *Brodmann* selbst geht übrigens nicht davon aus, das Agio sei gleich zu behandeln wie die Stammeinlage, vgl. sein GmbHG, 21 ff.

485 RGZ 83, 216 (218): »Stammeinlage, welche § 3 Abs. 2 GmbHG Kapitaleinlage nennt«.

486 *Herchen*, Agio, 141 – auf die weiteren Bestimmungen der *Schmidt'schen* Definition »Einlagefähigkeit« und »Erfüllung der Einlageschuld« nimmt *Herchen* nicht Bezug, weshalb ihr Definitionsversuch leichter in Richtung eines wirtschaftlichen Einlagebegriffs interpretiert werden kann.

ins Eigenkapital der Gesellschaft geleistet und mehrt so die Haftungsmasse.[487] Dennoch ist der Nachschuß nach allgemeiner Ansicht keine Einlage im Rechtssinn.[488] Für Nachschüsse gelten zwar teilweise ähnliche, aber nicht vollkommen identische Rechtsfolgen wie für Einlagen im Sinne von Einzahlungen auf das Stammkapital, und diese Rechtsfolgen sind eigens geregelt.[489] Diese Unmöglichkeit, die rechtliche Behandlung der Nachschußpflicht mit dem weiten allgemeinen Einlagebegriff zu vereinbaren, zeigt, es ist nicht zulässig, eine allgemeine Definition der ›Einlage‹ für das Personen- und das Kapitalgesellschaftsrecht unabhängig vom Sprachgebrauch der einzelnen Gesetze zu entwickeln und dann in einem zweiten Schritt diese unabhängig entwickelte Definition in die jeweiligen Normen hineinzulesen. Hier wird das Pferd von hinten aufgezäumt. Ausgangspunkt der Begriffsbestimmung muß das Gesetz bleiben, in dem Rechtsfolgen verhandelt werden.[490] Genausowenig wie Nachschüsse sind ferner freiwillige Zahlungen eines Gesellschafters zum Ausgleich einer Unterbilanz ›Einlagen‹ im Sinne des GmbHG, jedoch sind auch solche Leistungen ›Kapitaleinlagen‹ im weiten Sinne.

Auch das zweite Argument aus den Reformüberlegungen von 1969–1971 vermag *Herchens* Ansicht nicht zu stützen. In einer Passage der Entwurfsbegründung findet sich die Aussage, wie bisher solle der Wert der Einlage höher als der Nennbetrag festgesetzt werden können.[491] Nach Ansicht der Entwurfsverfasser sei also in der damals geltenden Gesetzesfassung der Einlagebegriff nicht auf die Einzahlungen auf das Stammkapital zu beschränken gewesen. Diese Ansicht findet aber zunächst keine weitere Stütze. Zudem kann die Einzelmeinung von Verfassern eines Gesetzesentwurfs, der niemals verabschiedet wurde,[492] nicht maßgeblich sein für das Verständnis des geltenden Gesetzes.[493] Der Entwurf der Bundesregierung vom 5.11.1971 (BR-Drucksache 595/71, 5) sah eine Neuregelung der ›Einlage‹ in § 6 GmbHG-E vor und war an § 54 Abs. 1 AktG orientiert. § 6 GmbHG-E war mit dem Wort »Einlagen« überschrieben und legte in seinem Absatz 1 fest: »Auf jeden Geschäftsanteil ist eine Einlage zu leisten. Ihr Betrag oder Wert muß mindestens den Nennbetrag des Geschäftsanteils erreichen.« Darin liegt eine inhaltliche Neuausrichtung, angelehnt an das aktienrechtliche Einlageverständnis, die niemals Gesetz geworden ist und daher unverbindlich bleibt.[494]

487 BH-*Kersting* § 26 Rz. 2.

488 BH-*Kersting* § 26 Rz. 2: »streng zu unterscheiden«. Schon *Brodmann*, GmbHG, 23 trennt scharf zwischen Stammeinlage und Nachschüssen.

489 Vgl. nur die Übersicht bei BH-*Kersting* § 26 Rz. 2.

490 Ebenso zum Agio im Aktienrecht *Lüssow*, Agio, 30 Fn. 51.

491 *Herchen*, Agio, 141.

492 Dazu *Herchen* selbst, Agio, 141.

493 Ähnlich zur fehlenden argumentativen Berücksichtigungsfähigkeit von Reformüberlegungen, die nicht Gesetz geworden sind, in einer *de lege* lata-Diskussion *Kersting*, Verzicht auf den Unversehrtheitsgrundsatz, 654.

494 Richtig *Lüssow*, Agio, 30 Fn. 52.

Entscheidend spricht nach der heutigen Rechtslage letztlich gegen *Herchens* Argumentation aus dem Jahr 2004 die spätere Änderung des § 14 GmbHG durch das MoMiG.[495] Wie gesehen, werden im jetzt geltenden Recht die Einlagepflicht und damit die Einlage im GmbHG in ähnlicher Weise bestimmt wie im Aktienrecht in § 54 Abs. 1 AktG und im seinerzeit geplanten § 6 GmbHG-E, jedoch mit dem bedeutenden Unterschied, daß § 54 AktG durch den Verweis auf den Ausgabebetrag in § 9 AktG die Pflicht zu Leistung eines Agios miteinbezieht, wohingegen § 14 S. 2 GmbHG die Einlagepflicht im GmbH-Recht ausdrücklich auf die Nennbeträge der Geschäftsanteile beschränkt. Versteht man die Regelung des § 54 Abs. 1 AktG als Bestimmung des Einlagebegriffs im Aktienrecht, wie dies auch *Herchen* tut,[496] so muß man die parallele Bestimmung in § 14 GmbHG ebenfalls als Bestimmung des Einlagebegriffs im GmbH-Recht verstehen und kann dort nicht den Begriff der Einlage über den eindeutigen Wortlaut des Gesetzes hinaus ausdehnen wollen. Diese tatsächlich erfolgte Bestimmung des Einlagebegriffs im GmbH-Recht in Anlehnung, aber auch abweichend von § 54 Abs. 1 GmbHG ist nunmehr maßgeblich. Die Ansicht *Herchens* ist jedenfalls durch die Reformen des MoMiG überholt. Einlage im Rechtsinn, also solcherart, daß im GmbHG Rechtsfolgen an diesen Begriff anknüpfen können, ist nur die Stammeinlage, nicht alle denkbaren Formen von Eigenkapitalbeiträgen, die man Kapitaleinlagen nennen mag.

(3) Analogie statt Subsumption

Überzeugt das weite Einlageverständnis *Herchens* im GmbH-Recht auch nicht, so ist damit noch nicht entschieden, daß Leistungen auf eine Agioverpflichtung nicht ähnlichen Rechtsregeln zu unterwerfen wären. Fest steht allerdings, daß eine solche Ausdehnung nicht im Subsumptionswege unter einen weiten, außerhalb des Gesetzes gewonnen Einlagebegriff erreicht werden kann, sondern allenfalls im Analogiewege, auf dem Leistungen, die wirtschaftlich einer Einlageleistung entsprechen, auch rechtlich wie Einlageleistungen behandelt werden können. Wirtschaftliche und rechtliche Bedeutung des Einlagebegriffs dürfen dabei nicht durch eine unsaubere Begriffsverwendung vermischt werden, sondern sind klar zu trennen.

Ein Beispiel für eine Analogie zu den GmbH-rechtlichen Vorschriften über Einlagen auf das Stammkapital enthält eine Entscheidung des Bundesgerichtshofs über die Fälligkeit eines korporativen Agios in der Insolvenz.[497] Wie bei ausstehenden Resteinlagen auf das Stammkapital soll auch bei einem ausstehend korporativen Agio die Fälligkeit ohne eine Beschlußfassung der Gesell-

495 Auf die seit dem MoMiG zentrale Bedeutung des § 14 S. 2–3 GmbHG für die Bestimmung des Einlagebegriffs im GmbH-Recht verweist auch *Verse*, Sacheinlagen und Befreiung, 880 und *ders.* in Henssler/Strohn, GesR, § 14 GmbHG, Rz. 8.

496 S. o. Fn. 239.

497 BGH GmbHR 2008, 147.

schafter gemäß § 46 Nr. 2 GmbHG eintreten. Der Sache nach hat der Bundesgerichtshof in dieser Entscheidung denselben Rechtsgedanken, mit dem § 46 Nr. 2 GmbHG in der Insolvenz der Gesellschaft teleologisch reduziert wird, im Analogiewege auf ein korporatives Agio angewendet. Die Begründung des Gerichts macht jedoch nicht deutlich, ob es seine Entscheidung, die vor Erlaß des MoMiG ergangen ist, selbst auf eine Analogie stützt oder auf eine Auslegung des Einlagebegriffs in § 46 Nr. 2 GmbHG im Sinne eines wirtschaftlichen Einlagebegriffs.[498]

(4) Abgrenzung zur Nebenleistung im GmbH-Recht und zu schuldrechtlichen Vereinbarungen

Das GmbHG verwendet anders als das Aktienrecht die Begriffe Hauptverpflichtung und Nebenverpflichtung nicht, trifft aber in § 3 GmbHG eine inhaltlich vergleichbare Regelung. § 3 Abs. 2 GmbHG stellt klar, daß auch »andere Verpflichtungen« als die GmbH-rechtliche Einlage im Gesellschaftsvertrag vereinbart werden können. Diese anderen Leistungen sind die Nebenleistungen.[499] Im Gegensatz zum Aktienrecht ist der Inhalt solcher Nebenverpflichtungen jedoch keinen speziellen Beschränkungen unterworfen, so daß die Gestaltungsmöglichkeiten bei diesen korporativen Leistungspflichten ebenso groß sind wie im Schuldrecht.[500] Aufgrund der uneingeschränkten Gestaltungsfreiheit erfreut sich die Nebenleistungs-GmbH großer Beliebtheit in der Praxis.[501] In der GmbH kann jede Beitragsleistung durch Festsetzung im Gesellschaftsvertrag als korporative Nebenpflicht ausgestaltet werden. Als korporative Pflicht ist die Nebenleistung Teil der Mitgliedschaft und geht bei einem Anteilserwerb auf den Erwerber über.[502] Wird im Gesellschaftsvertrag ein Agio festgesetzt, ist dieses im GmbH-Recht als Nebenverpflichtung im Sinne des § 3 Abs. 2 GmbHG anzusehen[503]. Neben diesen korporativen Nebenverpflichtungen können, wie gesehen, im GmbH-Recht ebenso wie im Aktienrecht schuldrechtliche Leistungspflichten beliebigen Inhalts vereinbart werden.[504]

dd) Übergreifender Einlagebegriff im Kapitalgesellschaftsrecht

Statt eines einheitlichen Einlagebegriffs hat die Untersuchung des Aktiengesetzes und des GmbH-Gesetzes zwei Einlagebegriffe hervorgebracht. Aktienrechtliche Einlage ist eine Leistung, zu der sich der Gesellschafter als Gegenleistung für

498 Mehr dazu u. S. 962 ff.
499 RGZ 83, 216 (218); *Brodmann*, GmbHG, 21; BH-*Fastrich* § 3, Rz. 35.
500 BH-*Fastrich* § 3, Rz. 39 m.w.N.
501 BH-*Fastrich* § 3, Rz. 32; *Ulmer/Löbbe* in HCL, GmbHG § 3, Rz. 55.
502 BH-*Fastrich* § 3, Rz. 34 m.w.N.; *Brodmann*, GmbHG, 21.
503 BGH NZG 2008, 73; BH-*Fastrich* § 3, RZ. 39 m.w.N.; *Lüssow*, Agio, 30 ff.
504 BGH BB 1969, 1410; BH-*Fastrich* § 3, Rz. 56 f.

den Erhalt der Gesellschaftsanteile im Gesellschaftsvertrag verpflichtet, um den Nennbetrag der Anteile und ein eventuell im Gesellschaftsvertrag festgesetztes Agio aufzubringen. GmbH-rechtliche Einlage ist eine Leistung, zu der sich der Gesellschafter im Gesellschaftsvertrag verpflichtet als Gegenleistung für die Gesellschaftsanteile, um den Nennbetrag der Anteile aufzubringen. Da das Gesetz aus Gründen des Kapitalschutzes manchen Leistungen keine Erfüllungswirkung zuerkennt,[505] ist in beiden Fällen einschränkend hinzuzufügen, daß die erbrachte Leistung ›einlagefähig‹ sein muß, andernfalls kann keine Einlage im Sinne der Gesetze vorliegen.[506] Diese beiden Begriffe haben gemeinsam, daß es sich bei beiden Einlagen um ein verpflichtendes Entgelt für Gesellschaftsanteile handelt, jedoch den Unterschied, daß Leistungen auf ein Agioversprechen im Aktienrecht mitumfaßt sind, im GmbH-Recht nicht.

Ein kapitalgesellschaftsrechtlicher Einlagebegriff kann demnach so verstanden werden, daß er nur Leistungen meint, die aufgrund korporativer Vereinbarung als Entgelt für Gesellschaftsanteile erbracht werden, dabei immer Leistungen auf das Nominalkapital erfaßt, daneben aber auch noch andere entgeltliche Leistungen, insbesondere ein Agio, einbeziehen kann, aber nicht muß. Das Entgelt geht dabei in das Vermögen der Gesellschaft über. Daher mehrt es die Haftungsmasse für die Gläubiger.

III. Das Bilanzrecht der Einlagen

Nachdem vorstehend die verschiedenen Einlagebegriffe erörtert worden sind, soll zum Abschluß dieses Kapitels das Handelsbilanzrecht der Einlagen untersucht werden. Von den bilanzrechtlichen Ansatz- und Bewertungsvorschriften und den Vorgaben zur Bildung von Passivposten hängt ab, ob handelsrechtlich eine ›offene‹ oder eine ›verdeckte Einlage‹ vorliegt. Der Kapitalschutz, insbesondere der Kapitalerhaltungsschutz setzt handelsrechtliche ›offene Einlagen‹ voraus. Die handelsrechtliche Möglichkeit ›verdeckter Einlagen‹ kann daher erhebliche Auswirkungen auf das Kapitalerhaltungsrecht und damit den Gläubigerschutz haben, dies zwar nicht bei Einlagen auf das Nominalkapital, sehr wohl aber bei anderen Einlageformen und dabei insbesondere bei allen Formen eines nur materiellen Agios.

Die Möglichkeit, ›verdeckte Einlagen‹ vorzunehmen, ist von besonderer Bedeutung für diese Untersuchung, weil ›verdeckte Einlagen‹ dieselben Finanzierungsfunktionen wie formelle Agioleistungen oder Einlagen auf das Nominalkapital übernehmen können und dennoch keinen kapitalschutzrechtlichen Anforderungen unterliegen. Soweit ›verdeckte Einlagen‹ zulässig oder sogar zwingend erforderlich sind, ist es begründungsbedürftig, wenn Agioeinlagen kapitalschutzrechtlich strenger behandelt werden sollen als diese ungeregelten

505 Zu den Details s. u. S. 813.
506 So auch *K. Schmidt*, GesR, 572.

Einlagen. Umgekehrt wird von Vertretern eines strengen Kapitalschutzes von Agioeinlagen teilweise unter Verkürzung der bilanzrechtlichen Diskussion argumentiert, das Handelsbilanzrecht fordere zwingend eine Bilanzierung aller Einlagen als ›offene Einlagen‹, woraus sich für Agioeinlagen zwangsläufig die Anwendbarkeit des aktienrechtlichen Kapitalschutzes ergebe.

Agioeinlagen lassen sich nicht nur mit den streng geregelten Einlagen auf das Nominalkapital vergleichen sondern auch mit kapitalschutzrechtlich nicht eigens geregelten Finanzierungsformen, sie stehen in einem Spannungsfeld zwischen diesen unterschiedlich geregelten Einlageformen. Die Begründung für einen Kapitalschutz von Agioeinlagen muß das Gesellschaftsrecht geben, nicht das Bilanzrecht. Das Bilanzrecht muß jedoch eine Bilanzierung von Einlagen als ›offene Einlagen‹ zulassen, damit der gesellschaftsrechtliche Kapitalschutz auf dieser Bilanzierung aufbauen kann. Für eine Systembildung im Kapitalschutz der Unternehmensfinanzierung genügt es nicht, die Bilanzregeln für formelle Einlagen zu berücksichtigen, sondern die Funktionsäquivalenz der verschiedenen Einlageformen und damit die Wertungsvergleichbarkeit sowohl der formellen wie der materiellen Einlagen verlangen die Berücksichtigung der Bilanzierungsregeln aller Einlageformen.

Bevor in den nächsten Kapiteln den Gründen für eine kapitalschutzrechtliche Gleich- oder Unterschiedsbehandlung verschiedener Einlageformen im einzelnen nachgegangen wird, muß nun zunächst das Bilanzrecht aller Einlagen detailliert untersucht werden, um die Problematik des Kapitalschutzes des Agios, vor allem des materiellen Agios, im Spannungsfeld der unterschiedlich geregelten Einlageformen und die Aufgabe der verschiedenen Wertungsvergleiche, die einem diese unterschiedlichen Einlageformen aufgeben, vollständig erfassen zu können.

1. Ansatz- und Bewertungsrecht entgeltlich am Markt erworbener Güter

Die Ansatz- und Bewertungsvorschriften des Handelsbilanzrechts entscheiden darüber, welche ›Einlage‹ offen erfolgt, welche verdeckt. Anders als im Steuerrecht kennen weder die Ansatzvorschriften der §§ 246 ff. HGB noch die Bewertungsvorschriften der §§ 252 ff. HGB Sonderregeln für ›Einlagen‹. Das Bewertungsrecht geht bei nicht selbst hergestellten Gütern in § 255 Abs. 1 HGB von dem typischen Fall einer entgeltlichen Anschaffung von Dritten über den Markt aus.[507] In diesem Fall indiziert der gezahlte Marktpreis den Wert des Vermögensgegenstands. In allen anderen Fällen, in denen ein Vermögensgegenstand nicht am Markt angeschafft und auch nicht selbst hergestellt worden ist, läßt das Gesetz den Anwender im unklaren, ob und wie ein solcher Vermögensgegenstand in die Bilanz aufzunehmen ist. Die Bilanzierungsregeln für ›Einlagen‹ sind daher ausgehend vom gesetzlichen Grundfall des marktgerechten Austauschgeschäfts zu entwickeln. Diese Grundregeln sollen zunächst in Erinnerung gerufen werden, bevor die Bilanzierung der ›Einlagen‹ besprochen werden.

507 *Ekkenga* in KölnKomm-RL § 255, Rz. 20.

a) Zusammenspiel von Ansatz- und Bewertungsrecht

Ansatz- und Bewertungsvorschriften bilden eine funktionale Einheit. Gedanklich ist grundsätzlich in einem ersten Schritt darüber zu entscheiden, ob ein aktivierbarer Vermögensgegenstand, eine zu passivierende Schuld oder ein Rechnungsabgrenzungsposten in die Bilanz aufzunehmen ist. Letztlich kommt jedoch dem Wert, zu dem Vermögensgegenstände und Schulden zu bilanzieren sind, die größte Bedeutung zu. Denn es geht um eine Übersicht über das vorhandene Vermögen, mithin den Ansatz in der Bilanz zu einem bestimmten Wert, nicht um bilanzielle Inventarisierung von Vermögensgegenständen. Ist die Bewertung eines Vermögensgegenstands im Einzelfall unsicher, wird teilweise aus dieser Bewertungsunsicherheit ein Ansatzverbot abgeleitet. Das Bewertungsrecht wirkt dann auf das Ansatzrecht zurück. Das Ansatzrecht der Verbindlichkeiten kann für die vorliegende Untersuchung weitgehend außer Betracht bleiben, da es bei den handelsrechtlichen ›Einlagen‹ um die Zuführung von Eigenkapital geht, nicht von Fremdkapital. Bedeutung erlangt der bilanzielle Umgang mit Verbindlichkeiten für diese Arbeit, wenn der Zinsvorteil zinsloser oder zinsgünstiger (Gesellschafter-)Darlehen oder Beiträge stiller Gesellschafter zur Unternehmensfinanzierung mit den handelsrechtlichen Einlagen abzustimmen ist. Entscheidend ist für diese Untersuchung jedoch das Ansatz- und Bewertungsrecht der Vermögensgegenstände.

b) Vollständigkeitsgebot und Ausnahmen

Das Vollständigkeitsgebot des § 246 Abs. 1 S. 1 HGB verlangt als zentraler Grundsatz des Ansatzrechts den Ausweis sämtlicher Vermögensgegenstände eines Kaufmanns in dessen Jahresabschluß, »soweit gesetzlich nichts anderes bestimmt ist«. Vermögensgegenstände sind, wie gesehen, selbständig verwertbare Güter mit feststellbarem wirtschaftlichem Wert. Als andere gesetzliche Bestimmungen versteht man zum einen die in den folgenden Paragraphen ausdrücklich normierten Aktivierungsverbote (§ 248 HGB) und Aktivierungswahlrechte (z.B. für selbstgeschaffene immaterielle Vermögensgegenstände des Anlagevermögens in § 248 Abs. 2 S. 1 HGB).[508] Aber auch ungeschriebene Grundsätze ordnungsgemäßer Buchführung und Anforderungen richterlicher Rechtsfortbildung können Ausnahmen vom Vollständigkeitsgebot erforderlich machen.[509]

Eine allgemein akzeptierte Ausnahme vom Vollständigkeitsgebot stellen beispielsweise geringwertige und besonders kurzlebige abnutzbare Anlagegüter

508 Überblick über die gesetzliche normierten Aktivierungsverbote und Aktivierungswahlrechte bei *Baetge/Kirsch/Thiele*, Bilanzen, 167 f.

509 A/D/S, Bd. 6 § 246 HGB, Rz. 448.

dar.[510] Diese können entweder (wohl bei einem Wert unter € 150,– oder bei einer Nutzungsdauer von ein bis zwei Jahren) sofort als Aufwand behandelt werden und müssen dann nicht einmal in den Anlagespiegel[511] aufgenommen werden. Oder geringwertige Güter (jedenfalls bis zu einem Wert von € 410,–, nach manchen bis zu € 1000,–) können nach ihrer Aktivierung sofort voll abgeschrieben werden. Bei der Sofortabschreibung unterscheidet sich der Bilanzposten in der Schlußbilanz nicht von der Variante des Aktivierungsverzichts, jedoch ist der Vermögensgegenstand in den Anlagespiegel aufzunehmen. Der ungeschriebene GoB für die Folgebewertung wirkt hier weitgehend wie eine Ansatzvorschrift.

Diese Ausnahme für geringwertige Güter dient der Vereinfachung und wird durch einen in Anspruch genommenen Wesentlichkeitsgrundsatz gerechtfertigt.[512] Sie ist von den steuerrechtlichen Erleichterungen für geringwertige Wirtschaftsgüter in § 6 Abs. 2 und 2a EStG inspiriert und ermöglicht, die Abweichungen zwischen Steuerbilanz und Handelsbilanz gering zu halten. Wie im Steuerrecht besteht auch im Handelsbilanzrecht die alternative Möglichkeit, geringwertige Anlagegüter zu aktivieren und über ihre betriebsgewöhnliche Nutzungsdauer abzuschreiben (Wahlrecht).

Eine »andere gesetzliche Bestimmung« im Sinne von § 246 Abs. 1 S. 1 HGB kann also anerkanntermaßen eine ausdrückliche gesetzliche Regelung sein, oder ein ungeschriebener GoB oder ein Rechtssatz der richterlichen Rechtsfortbildung. »Gesetz« meint an dieser Stelle wie auch sonst, was *Canaris* treffend umschrieben hat als das »Ganze der in den Gesetzen und im Gewohnheitsrecht sowie in ständiger Rechtsprechung bereits ausgeformten, zur unmittelbaren Anwendung geeigneten Rechtssätze«.[513] Dieses Verständnis enthält den allgemeinen methodischen Grundsatz, was im konkreten Fall »Gesetz« ist, hier als

510 Zu dieser Ausnahme im Grundsatz A/D/S, Bd. 6 § 246 HGB, Rz. 451 f. und A/D/S, Bd. 1 § 253, Rz. 412; zu den aktuellen Grenzwerten *Ekkenga* in KölnKomm-RL § 253, Rz. 105. Einzelheiten sind nach Gesetzesänderungen im Steuerrecht umstritten, z.B. ob die Grenze der Geringwertigkeit im Handelsbilanzrecht wie im Steuerrecht anzusetzen ist, ob das Handelsbilanzrecht Sammelposten zuläßt oder wann kurzlebige Güter zu aktivieren sind, der Grundsatz ist jedoch allgemein anerkannt, vgl. *Ballwieser* in MüKo-HGB § 246, Rz. 98 und *Hennrichs* in MüKo-BilanzR § 246, Rz. 139 ff.

511 Durch das Bilanzrichtlinie-Umsetzungsgesetz (BilRUG) vom 23.7.2015 wurde § 268 II HGB a.F. gestrichen. Ein Anlagegitter ist jedoch grundsätzlich weiterhin zu erstellen, nunmehr jedoch zwingend im Anhang, vgl. § 284 III HGB n.F.; s. dazu *Zwirner*, Reform des HGB durch das BilRUG, 1786.

512 Der Wesentlichkeitsgrundsatz ist für Kapitalgesellschaften durch die jüngst erlassene Bilanzrichtlinie vom 26.6.2013 (RL 2013/34/EU) in Erwägungsgrund 17 als Bilanzgrundsatz festgeschrieben worden. In Deutschland versteht man den Wesentlichkeitsgrundsatz traditionell als ungeschriebenen Grundsatz ordnungsgemäßer Buchführung, vgl. die Begründung zum BilRUG-RegE, 48.

513 *Larenz/Canaris*, Methodenlehre, 191.

»andere gesetzliche Bestimmung« anzusehen ist, gemäß der Methodenlehre zu bestimmen, insbesondere nach den anerkannten Auslegungskriterien des Wortlauts, der Gesetzeshistorie, dem systematischen Zusammenwirken mit anderen Normen und dem mit Hilfe dieser Kriterien zu bestimmenden subjektiven und objektiven Telos.[514]

Mit Blick auf die handelsrechtlichen ›Einlagen‹ ist besonders interessant, daß teilweise vertreten wird, dem Vollständigkeitsgebot könne nicht nur durch Aktivierung eines Vermögensgegenstands in der Bilanz genüge getan werden, sondern ebenso durch eine Aufnahme in das gemäß § 240 HGB aufzustellende Inventar. Teilweise wird ergänzend gefordert, einen Merkposten in die Bilanz aufzunehmen, wenn der entsprechende Gliederungspunkt der Bilanz andernfalls leer bliebe.[515] Die alleinige Erfassung als Inventarposten kann nicht genügen, da gemäß § 246 Abs. 1 S. 1 HGB alle Vermögensgegenstände im »Jahresabschluß« aufzulisten sind. Das Tatbestandsmerkmal »Jahresabschluß« ist für diesen Unterabschnitt legal definiert in § 242 Abs. 3 HGB und umfaßt die Bilanz und die GuV, nicht aber das Inventar. Das Inventar ist bei Kapitalgesellschaften auch nicht gemäß § 325 HGB zu veröffentlichen. Es erfüllt keine vergleichbare Informationsfunktion.[516]

Allerdings ist dem Erfordernis der Abbildung aller Vermögensgegenstände im Jahresabschluß formal genüge getan, wenn die Bilanz unter dem entsprechenden Gliederungspunkt einen Merkposten von € 1,– enthält. Solche Merkposten können auch bei der Abschreibung von zeitlich begrenzt nutzbaren Vermögensgegenständen des Anlagevermögens entstehen, wenn die Abschreibung auf einen Erinnerungswert von € 1,– erfolgt ist.[517] Auch in diesen Fällen kann der tatsächliche Wert des Vermögensgegenstands höher sein. Dennoch verlangt das Vollständigkeitsgebot keine Aktivierung zu dem tatsächlichen Wert. Grundsätzlich genügen daher Merkposten dem Vollständigkeitsgebot. Aktivierungspflicht bedeutet noch nicht notwendig die Pflicht zur Aktivierung zu einem bestimmten Wert. Die Frage nach dem Wertausweis beantworten die Bewertungsvorschriften.

514 Zu den hier genannten Auslegungskriterien vgl. die weithin anerkannte Methodenlehre von *Larenz/Canaris*, 141 ff.

515 Vgl. zu dieser Ansicht einer Aktivierung von ›Einlagen‹ A/D/S, Bd. 6 § 246 HGB, Rz. 44 und *ebda*, Bd. 1 § 255 HGB/83, je m.w.N. auch zu anderen Ansichten.

516 Bei anderen Kaufleuten besteht keine generelle Pflicht zu Veröffentlichung des Jahresabschlusses, jedoch kommt in bestimmten Fällen eine Vorlagepflicht gemäß §§ 258 ff. HGB in Betracht.

517 Bei der Folgebewertung nimmt man wegen des Vollständigkeitsgebots nur eine Abschreibung auf einen Erinnerungswert von € 1,– vor und bucht nicht den mit null Euro bewerteten Gegenstand aus, vgl. *Tiedchen* in MüKo-BilanzR § 253, Rz. 95 m.w.N. Zwingend erforderlich ist die Beibehaltung eines Erinnerungswerts freilich nicht, denn die Vorschriften der Folgebewertung können auch so verstanden werden, daß sie bei ordnungsgemäßer Abschreibung dem Vollständigkeitsprinzip vorgehen.

Im praktischen Ergebnis unterscheidet sich die Forderung nach einem Merkposten nicht wesentlich von der alleinigen Aufnahme in das Inventar. Denn man muß bei den meisten Bilanzen schon sehr viele Merkposten addieren, damit sich die Bilanzsumme merklich erhöht. Nach überwiegender Ansicht können Merkposten für verschiedene Gegenstände, die zu demselben Bilanzposten gehören, sogar in einem Betrag von € 1,– zusammengefaßt werden; es müssen also nicht mehrere Merkposten gebildet und addiert werden, sondern ein Merkposten steht symbolisch für mehrere Vermögensgegenstände. Da der Erinnerungswert von € 1,– gering ist, hat er keinen eigenständigen Aussagewert, wenn höherwertige Vermögensgegenstände unter demselben Bilanzposten ausgewiesen werden. Der Bilanzposten weist ohnehin nur die Gesamtsumme der Werte aller entsprechenden Vermögensgegenstände aus, die um einen Euro nicht wesentlich erhöht wird. Mangels Aussagewerts kann der Erinnerungswert dann wegfallen.[518] Der Wesentlichkeitsgedanke, der bei geringwertigen Gütern in Anspruch genommen wird, kann auch hier als Begründung dienen.

Die Aktivierungspflicht aller Vermögensgegenstände ist der in § 246 Abs. 1 S. 1 HGB festgelegte Grundsatz für die Aufstellung der Handelsbilanz. Die Ansatzwahlrechte und Ansatzverbote zeigen jedoch, daß die Aktivierungspflicht kein handelsbilanzielles Dogma ist, das keine Ausnahmen zuließe. Umgekehrt besteht auch bei gesetzlichen Aktivierungsverboten und Aktivierungswahlrechten die theoretische Möglichkeit, in bestimmten Fällen Ausnahmen zuzulassen, wenn diese Ausnahmen Grundsätzen ordnungsgemäßer Buchführung entsprechen.

c) Zugangsbewertung entsprechend den Anschaffungskosten

Die Bewertung der anzusetzenden Vermögensgegenstände richtet sich gemäß §§ 253 Abs. 1 S. 1, 255 HGB nach den Anschaffungs- oder den Herstellungskosten. Dieses Anschaffungs- und Herstellungskostenprinzip (AK/HK-Prinzip) regelt die sogenannte Zugangsbewertung, d.h. den Wertansatz, mit dem ein Vermögensgegenstand zum ersten Mal in der Bilanz erfaßt wird. Verbleibt der Vermögensgegenstand im Unternehmen und damit in der Bilanz, geben die Absätze 3 bis 5 des § 253 HGB Regeln für die sogenannte Folgebewertung vor. Für die hier letztlich interessierende Bewertung von Einlagen durch Gesellschafter können die Einzelheiten der Folgebewertung außer acht bleiben, da diese für alle Vermögensgegenstände der Bilanz gleichermaßen gelten, unabhängig davon, ob die Gegenstände am Markt oder im Wege einer Einlage erworben worden sind. Auf die Herstellungskosten muß ebenfalls nicht näher eingegangen werden, da Einlagen per definitionem der Gesellschaft von außen, nämlich durch die Gesellschafter zugeführt werden und nicht von der Gesellschaft selbst hergestellt werden. Hier interessieren demnach als Vergleichspunkt

518 A/D/S, Bd. 6 § 246 HGB, Rz. 78 m.w.N. auch zur Ansicht, die keine Zusammenfassung von Merkposten zulassen will.

für die Einlagebewertung allein die Regeln für die Zugangsbewertung entgeltlich am Markt erworbener Vermögensgegenstände.

Die Anschaffungskosten definiert § 255 Abs. 1 HGB als diejenigen Ausgaben, die zum Erwerb und zur Inbetriebnahme eines Vermögensgegenstands geleistet werden unter Einschluß von Nebenkosten und nachträglichen Kosten, abzüglich etwaiger Preisminderungen. Diese Definition verwirklicht das Prinzip der historischen Zugangsbewertung.[519] Die Kosten werden durch eine Betrachtung der vergangenen Zahlungen bestimmt, die mit dem abgeschlossenen Austauschgeschäft in unmittelbarem Zusammenhang stehen. Das Gesetz legt einen pagatorischen Kostenbegriff zugrunde, dem betriebswirtschaftlich betrachtet Grundkosten und Zweckaufwand entsprechen. Die kalkulatorischen Kosten (Zusatz- und Anderskosten) der internen betrieblichen Kostenrechnung haben für die externe Rechnungslegung keine Bedeutung.[520]

Die Tatsache, daß die betriebswirtschaftliche Kostenkalkulation neben den pagatorischen auch Zusatz- und Anderskosten umfaßt, läßt erkennen, daß die bilanziellen Anschaffungskosten nicht alle Kosten des Unternehmens erfassen und folglich auch anders bestimmt werden könnten. Die historische Zugangsbewertung verzichtet auf die Schätzung kalkulatorischer Kosten, um eine Wertbestimmung zu erreichen, die möglichst frei von subjektiven Einschätzungen und anhand objektiver Kriterien überprüfbar ist. Als objektivierter Indikator der Werthaltigkeit gilt der Preis, der am Markt für den Gegenstand tatsächlich gezahlt worden ist.[521]

Steigt der Marktpreis für vergleichbare Güter infolge von Inflation, gestiegener Nachfrage oder sinkendem Angebot, hat diese nachträgliche Preissteigerung auf die Bewertung keinen Einfluß. Um eine möglichst objektive Bewertung zu erreichen, muß die allgemeine Preissteigerung am Markt erst durch Umsatz gerade des bilanzierten Vermögensgegenstandes realisiert werden, um Einfluß auf die Bilanz des Kaufmannes zu haben.[522] Dies gilt selbst dann, wenn die Preissteigerung am Markt durch Bezugnahme auf einen Börsenpreis nachgewiesen kann, obwohl der Börsenpreis keine subjektive Einschätzung des Bilanzerstellers enthält.

Die retrospektive Bewertung anhand historischer Marktpreise schließt ebenso die Berücksichtigung zukünftiger Gewinnchancen aus, selbst wenn diese schon im Zeitpunkt der Zugangsbewertung in dem zu bewertenden Vermögensgegenstand verkörpert sein mögen.[523] Konnte beispielsweise ein Gegenstand günstig unter dem aktuellen Marktwert eingekauft werden und könnte bei einem sofortigen Wiederverkauf ein Gewinn realisiert werden, darf ohne tatsächlichen Ver-

519 Zum Prinzip der historischen Zugangsbewertung *Ekkenga* in KölnKomm-RL § 253, Rz. 3

520 *Ekkenga* in KölnKomm-RL § 253, Rz. 14; A/D/S Bd. 1, § 255 HGB, Rz. 5.

521 *Ekkenga* in KölnKomm-RL § 253, Rz. 5; A/D/S Bd. 1, § 255 HGB, Rz. 5.

522 Vgl. *Ekkenga* in KölnKomm-RL § 253, Rz. 15.

523 *Ekkenga* in KölnKomm-RL § 253, Rz. 14.

kauf und Realisierung der Gewinnchance der tatsächliche Mehrwert nicht berücksichtigt werden.[524]

Indem die Zugangsbewertung an den schon abgeflossenen Mitteln (bzw. den zur Anschaffung eingegangenen Verbindlichkeiten) orientiert und mögliche Gewinne nicht berücksichtigt werden, sollen Anschaffungsvorgänge erfolgsneutral abgebildet werden.[525] Die Zugangsbewertung konkretisiert auf diese Weise den allgemeinen Bewertungsgrundsatz in § 252 Abs. 1 Nr. 4 Hs. 2 HGB, nach dem Gewinne nur berücksichtigt werden dürfen, wenn sie am Abschlußstichtag realisiert worden sind.[526] Damit dient die historische Zugangsbewertung neben der verobjektivierten Wertbestimmung zugleich dem Vorsichtsprinzip. Das traditionelle Vorsichtsprinzip ist auch nach den Entwicklungen zur Angleichung des deutschen Handelsbilanzrechts an internationale und vor allem europäische Bilanzierungsstandards nach wie vor das Prinzip, welches das Ansatz- und Bewertungsrecht dominiert. Diese überragende Bedeutung zeigt sich gerade durch das Festhalten an der historischen Zugangsbewertung sowie den Vorschriften über die planmäßigen und außerplanmäßigen Abschreibungen.[527]

Als der tieferliegende Grund für die Entscheidung des Gesetzes, durch historische Zugangsbewertung anhand der pagatorischen Kosten Anschaffungsvorgänge erfolgsneutral abzubilden und somit letztlich das Vorsichtsprinzip auszubuchstabieren, werden die Schutzzwecke des Gläubigerschutzes und des Gesellschafterschutzes genannt.[528] Die vorsichtig und daher tendenziell niedrig angesetzten Vermögenswerte sollen die nominelle Kapitalerhaltung und damit den Gläubigerschutz stärken, da bei niedrigen Wertansätzen der Vermögensgegenstände eher gewährleistet sei, daß die nominelle Kapitalziffer auch real durch verwertbares Vermögen abgedeckt werde. Zudem würden bewußt stille Reserven gebildet, die einen zusätzlichen faktischen Haftungspuffer zugunsten der Gläubiger bildeten.

Die Bildung eines zwingenden zusätzlichen stillen Haftungspuffers ist andererseits noch weniger im Interesse der Gesellschafter als der gesetzliche Zwang zu einem Mindestkapital. Jedoch führen nach diesem Begründungsansatz die verobjektivierten Regeln für die Zugangsbewertung im Verein mit den klaren Vorgaben für die Folgebewertung dazu, daß die Geschäftsführung, welche die Bilanz tatsächlich aufstellen muß, weniger Einschätzungsspielraum in Bewertungsfragen erhält. Die Bewertungsregeln sollen nach dieser Ansicht einen möglichen Kompetenzkonflikt (principal-agent-Konflikt) im Aktienrecht entschärfen. Die Aktionäre müßten weniger Besorgnis haben, die Geschäftsführung könne zu ihren Lasten durch willkürliche Unterbewertung von Vermögensgegenständen verdeckte Rücklagen bilden.

524 *Ekkenga* in KölnKomm-RL § 253, Rz. 3.
525 A/D/S Bd. 1 § 255 HGB, Rz. 5; *Ekkenga* in KölnKomm-RL § 255, Rz. 2.
526 *Ekkenga* in KölnKomm-RL § 253, Rz. 3.
527 *Ekkenga* in KölnKomm-RL § 253, Rz. 2.
528 *Ekkenga* in KölnKomm-RL § 253, Rz. 7 ff.

Diese Begründung der gesetzlichen Zugangsbewertung fußt auf der Tatsache, daß viele Ansatz- und Bewertungsregeln historisch betrachtet in früheren Aktiengesetzen entwickelt worden sind. Erst das Bilanzrichtliniengesetz[529] des Jahres 1985, mit dem europäische Vorgaben für die Bilanz der Kapitalgesellschaften in nationales Recht umgesetzt wurden, hat ein einheitliches gesetzliches Ansatz- und Bewertungsrecht für alle Kaufleute geschaffen und im Handelsgesetzbuch verortet, sich dabei aber an den früheren aktienrechtlichen Regelungen orientiert.[530] Nachdem aber mit dem Bilanzrichtliniengesetz ein einheitliches Ansatz- und Bewertungsrecht für alle Kaufleute geschaffen werden sollte, ist fraglich geworden, inwieweit die Leitgedanken der früheren aktienrechtlichen Gesetzgebung als weitergeltende Schutzzwecke der neuen Regelungen angesehen werden können.[531]

529 Gesetz zur Durchführung der Vierten, Siebten und Achten Richtlinie des Rates der Europäischen Gemeinschaften zur Koordinierung des Gesellschaftsrechts vom 19. Dezember 1985, BGBl. 1985 I, 2355.

530 Zur historischen Entwicklung kurzer Überblick bei *Ekkenga* in KölnKomm-RL § 253, Rz. 1; ausführlich *Osterloh-Konrad/Schön*, Rechnungslegung in der Aktiengesellschaft, 893 ff.

531 Die Problematik ist tatsächlich noch etwas vertrackter, als im Haupttext angedeutet. Das Ansatz- und Bewertungsrecht muß seit langer Zeit Grundsätze ordnungsgemäßer Buchführung für die Bilanzierung von Kapitalgesellschaften und anderen Kaufleuten bereitstellen. Der praktische, wissenschaftliche und insbesondere der gesetzliche Fokus wurde mit Einführung der Kapitalgesellschaften auf diese gelenkt, da in diesen die Bilanzierungsfragen mitentscheiden über Fragen des Kapitalschutzes und des Gesellschafterschutzes. Gesetzliche Kodifizierungen fanden sich lange Zeit vor allem für das Aktienrecht. Nach der großen Aktienrechtsreform des Jahres 1965 wurden die aktienrechtlichen Grundsätze in kühner Analogie weitgehend auf alle Kaufleute übertragen und als Ausdruck allgemeiner GoB verstanden, so z.B. noch in der Begründung zum RegE des BiRiLiG, BT-Drs. 10/317, 65. Hintergrund war, daß man eine weitgehende steuerliche Gleichbehandlung von Kapitalgesellschaften und anderen Steuersubjekten angestrebt hat. Da die Handelsbilanz für das Steuerrecht grundsätzlich maßgeblich ist, wollte man schon im Handelsbilanzrecht eine weitgehende Gleichbehandlung herstellen. Diese Übertragung von den Kapitalgesellschaften auf andere Kaufleute war dem Gesetzgeber des BiRiLiG, genauer dem Parlament, sehr suspekt; doch man wollte nicht rückwirkend korrigierend eingreifen, sondern beschränkte sich darauf, eine ähnliche Übertragung für die Zukunft verhüten zu wollen. Deshalb hat der Rechtsausschuß in seiner Beschlußempfehlung massiv in Inhalt und Aufbau des RegE eingegriffen, vgl. BT-Drs. 10/4268, 88 f. Eine weitere Übertragung auf Nichtkapitalgesellschaften sollte nur noch infrage kommen, wenn sie den besonderen Verhältnissen der Personengesellschaften und Einzelkaufleute gerecht würde. Die Ansatz- und Bewertungsvorschriften sollen nach der Beschlußempfehlung des Rechtsausschusses, die durch die Abstimmung des Parlaments letztlich Gesetz geworden ist, für alle Kaufleute gelten, also grundsätzlich wohl die im Aktienrecht bisher gewonnenen Erkenntnisse auf andere Kaufleute übertragen werden. Allerdings passen die Schutzzwecke, welche die Entwicklung im Aktienrecht angeleitet haben, nun gar nicht auf Personengesellschaften und Einzelkaufleute, teilweise nicht einmal auf die GmbH. Daher liegen die Schutzzwecke der §§ 246 ff. HGB derzeit noch im Dunkeln.

Die Zweifel gründen vor allem darin, daß der Schutzgedanke des Gläubigerschutzes auf Einzelkaufleute und Personenhandelsgesellschaften nicht recht passen will. Selbst bei Gesellschaften mit beschränkter Haftung ist die Ausschüttung nicht in derselben Weise wie bei Aktiengesellschaften an den Bilanzgewinn gebunden und zudem sind die Kompetenzverteilung der Gesellschaftsorgane und die Einflußmöglichkeiten der Gesellschafter deutlich anders geregelt.[532] Die Teleologie des geltenden Ansatz- und Bewertungsrechts bedürfte einer eigenständigen und differenzierten Untersuchung, die hier nicht geleistet werden kann. Es kann immerhin ohne weitergehende Diskussion angenommen werden, die historische Zugangsbewertung wolle auch nach der Schaffung eines einheitlichen Ansatz- und Bewertungsrechts für alle Kaufleute neben der Verwirklichung des Vorsichtsprinzips dazu dienen, der Bewertung einen verobjektivierten, weitgehend einschätzungsfreien Maßstab zugrunde zu legen. Denn die Vorgabe eines eindeutigen Bewertungskriteriums löst ein Problem, vor dem alle bilanzierenden Kaufleute gleichermaßen stehen.

Damit dient die Zugangsbewertung dem allgemeinen Bilanzzweck, ein den tatsächlichen Verhältnissen entsprechendes, nicht durch subjektive Schätzungen verzerrtes Bild der Vermögenslage zu vermitteln, der in § 264 Abs. 2 S. 1 HGB für die Kapitalgesellschaften besonders einprägsam formuliert worden ist, jedoch im wesentlichen schon in § 242 Abs. 1 HGB für alle Kaufleute vorgeschrieben wird. Der so angestrebte verläßliche Einblick in die Vermögenslage zeichnet nicht das einzig korrekte Abbild der Wirklichkeit. Eine Berücksichtigung von Zusatz- und Anderskosten wäre ebenso denkbar wie eine Wertangabe anhand des wahrscheinlichen Wiederverkaufswerts. Eine solche Wertermittlung wäre ihrerseits nicht unbedingt richtiger, sondern von Einschätzungen abhängig, welche das aktuelle Recht bewußt nicht berücksichtigen will.

Die Zugangsbewertung anhand der historischen pagatorischen Kosten ermöglicht nach Ansicht des Gesetzes, ein den tatsächlichen Verhältnissen entsprechendes Bild der Vermögenslage zu zeichnen. Dabei ist zu berücksichtigen, daß die Adressaten des Jahresabschlusses ohnehin bilanzrechtliche Kenntnisse benötigen, um die mitgeteilten Angaben verstehen und interpretieren zu können. Sie werden das gezeichnete Bild stets durch die Brille ihrer Bilanzrechtskenntnisse betrachten und können eventuelle Verzeichnungen, zu denen nach ihrer Ansicht die zwingenden gesetzlichen Vorgaben führen mögen, einkalkulieren. Würde man zum Beispiel den Wertansatz an den geschätzten Erlösen eines Wiederverkaufs orientieren und in die Preiskalkulation für den Wiederverkauf die kalkulatorischen Kosten des internen Rechnungswesens miteinfließen lassen, wie dies jeder ordentliche Kaufmann täte, käme man

532 Diese rechtsformabhängigen Unterschiede benennt *Ekkenga* in KölnKomm-RL § 253, Rz. 10 ff. selbst, zieht daraus jedoch nicht den Schluß, die Teleologie des gesetzlichen Ansatz- und Bewertungsrechts müsse neu durchdacht werden.

unter Umständen zu höheren Wertansätzen und in der Folge zu einem anderen Bild der Vermögenslage. Nach dem gesetzlichen Bewertungsmodell erscheinen diese Mehrwerte nicht. Sie bilden bewußt in Kauf genommene stille Reserven.

Das geltende Ansatz- und Bewertungsrecht strebt solche stillen Reserven nicht an. Vielmehr geht es von der Prämisse aus, der bei der Anschaffung gezahlte Preis entspräche im Regelfall dem tatsächlichen Marktwert.[533] Ausgehend von seiner Ausgangsprämisse, Preis und Wert stimmten in den meisten Fällen überein, schreibt das Gesetz diesen am Markt nachgewiesenen Wert als maßgeblich vor. Es lehnt dabei nicht nur schätzungsweise Höherbewertungen ab, sondern ebenso geschätzte niedrigere Wertansätze. Die Anschaffungskosten sind nicht nur Höchstgrenze für die Bewertung, wie der Wortlaut von § 253 Abs. 1 S. 1 HGB eindeutig vorgibt. Die Anschaffungskosten geben grundsätzlich auch eine Wertuntergrenze vor, die bei der Zugangsbewertung nicht unterschritten werden soll.[534] Das Gesetz ist sich jedoch bewußt, daß seine Ausgangsprämisse der Wertäquivalenz nicht in allen Fällen zutreffen muß, beispielsweise wenn der gezahlte Marktpreis infolge Verhandlungsgeschicks besonders günstig ausfällt. In solchen Fällen nimmt das Gesetz bewußt in Kauf, daß schon bei der Zugangsbewertung stille Reserven gelegt werden können.

2. Ansatz- und Bewertungsrecht unentgeltlich erworbener Vermögensgegenstände

Das direkte Gegenteil des soeben erörterten gesetzlichen Grundtypus‹ und ein wichtiger Anwendungsfall der handelsrechtlichen ›Einlage‹ ist der unentgeltliche Erwerb von Vermögensgegenständen. Nur selten werden Dritte einem Unternehmen unentgeltlich etwas zuwenden, doch ist dieser Fall nicht gänzlich ausgeschlossen. Gemeinnützigen Gesellschaften können beispielsweise Spenden zufließen. Von größerer praktischer Bedeutung sind – zumindest für die Zwecke dieser Untersuchung – Zuschüsse der öffentlichen Hand oder von privaten und institutionellen Förderern, die beispielsweise für Investitionen oder für geplante sowie erfolgreich abgeschlossene Forschungs- und Entwicklungsvorhaben geleistet werden. Derartige Zuwendungen Dritter mehren das Eigenkapital, da dem Zuwendenden regelmäßig kein (zumindest kein unbedingtes) Rückforderungsrecht eingeräumt wird. Dennoch bezeichnet die bilanzrechtliche Literatur Zuwendungen Dritter im Regelfall nicht als ›Einlagen‹, sondern beschränkt den Einlagebegriff auf bewußte Zuwendungen durch Gesellschafter.[535] Immerhin dürften die meisten Fälle von unentgeltlichen

533 *Ekkenga* in KölnKomm-RL § 255, Rz. 3.

534 *Ekkenga* in KölnKomm-RL § 253, Rz. 16; ebenso (in den Details etwas veraltet, nach wie vor aber mit besonderer Klarheit in den grundsätzlichen Erwägungen) A/D/S Bd. 1, § 253, Rz. 35 ff.

535 Vgl. die Nachweise o. in Fn. 201.

Zuwendungen durch die Unternehmer- respektive Gesellschafterstellung veranlaßt sein.

Hingewiesen sei an dieser Stelle noch darauf, daß in der hier zu besprechenden Fallgruppe die Eigenschaft, Vermögensgegenstand zu sein, und damit die abstrakte Aktivierbarkeit unzweifelhaft sein soll. Ist bei Leistungen im Rahmen der Unternehmensfinanzierung schon die Charakterisierung als Vermögensgegenstand unklar, so z.B. bei Nutzungen und Leistungen, stellen sich zusätzliche Schwierigkeiten. Die Unternehmensfinanzierung durch vergünstigte Nutzungen und Leistungen soll daher in einem eigenen Unterkapitel beleuchtet werden, das an diese Erörterung des Ansatz- und Bewertungsrechts unentgeltlich erworbener Vermögensgegenstände anschließen wird.

a) Definition des entgeltlichen und unentgeltlichen Erwerbs

Bei der Besprechung des gesetzlichen Regelfalls des marktgerechten entgeltlichen Erwerbs wurde das Charakteristikum der Entgeltlichkeit als selbstverständlich vorausgesetzt. Für die Erörterung des unentgeltlichen Erwerbs von Vermögensgegenständen als einem Hauptfall der Einlagebewertung sind nunmehr die Merkmale der Entgeltlichkeit und der Unentgeltlichkeit genauer zu bestimmen. Denn das Bilanzrecht kennt als weiteren wichtigen Anwendungsfall der ›Einlagen‹ auch ›entgeltliche Einlagen‹ durch Gesellschafter, deren bilanzielle Behandlung ähnliche, aber nicht vollkommen gleiche Schwierigkeiten aufwirft wie die der ›unentgeltlichen Einlagen‹.

Die Unentgeltlichkeit im Sinne des Handelsbilanzrechts ist bilanzrechtlich zu bestimmen und kann von dem zivilrechtlichen Begriff der Unentgeltlichkeit abweichen. So kann z.B. eine Schenkung unter Auflagen wegen der Auflage als entgeltlicher Erwerb anzusehen sein.[536] Anerkannte Fälle unentgeltlichen Erwerbs sind Schenkungen, Stiftungen, Erbschaften oder (öffentliche) Zuschüsse und Subventionen.[537] Diese Fälle haben gemeinsam, daß der bilanzierende Kaufmann nicht im Gegenzug für den Erwerb des Vermögensgegenstandes Betriebsmittel aufwendet.

Alle ›Einlagen‹ können in diesem Sinn als unentgeltlicher Erwerb verstanden werden, denn sie erfolgen mit Blick auf die Unternehmereigenschaft respektive Gesellschafterstellung, ohne daß die Gesellschaft aus ihrem Vermögen eine Gegenleistung dafür erbrächte, und damit nicht im Rahmen eines entgeltlichen Austauschgeschäfts. ›Einlagen‹, die nicht im Gegenzug für die Gewährung von Gesellschaftsrechten erbracht werden, werden in der bilanzrechtlichen Literatur als Schenkungen betrachtet bzw. wie öffentliche Zuschüsse behandelt und damit grundsätzlich als unentgeltliche Erwerbsvorgänge

536 *Ekkenga* in KölnKomm-RL § 255, R. 33.

537 Vgl. *Baetge/Kirsch/Thiele*, Bilanzen, 193; *Ekkenga* in KölnKomm-RL § 255, Rz. 32 ff.

aufgefaßt.[538] ›Einlagen‹ hingegen, die im Gegenzug für die Gewährung von Gesellschaftsrechten erfolgen, werden als entgeltlicher Erwerbsvorgang verstanden.

538 Vgl. *Ekkenga* in KölnKomm-RL § 255, Rz. 33 m.w.N. Nach *Hennrichs* in MüKo-BilanzR § 248, Rz. 55 und Rz. 59 sollen wohl Einlagen eines Gesellschafters, die in § 272 II Nr. 4 HGB erfaßt werden, als entgeltlicher Vorgang verstanden und von den unentgeltlichen Schenkungen unterschieden werden. Zur Begründung wird auf den gesellschaftsrechtlichen Trennungsgrundsatz verwiesen. Der Sinn dieser Kommentierung ist nicht ganz eindeutig. Denn zum einen spricht *Hennrichs* nur von immateriellen Vermögensgegenständen, nennt aber keinen Grund, warum materielle Vermögensgegenstände anders behandelt werden sollten. Der Trennungsgrundsatz gilt in beiden Fällen. Zum anderen werden Sacheinlagen im Zuge von Kapitalerhöhungen und andere Zuzahlungen in das Eigenkapital iSv § 272 II Nr. 4 HGB genannt, ohne daß ganz klar würde, ob nur andere Zuzahlungen angesprochen sein sollen, die – wie in der Praxis häufig – im Rahmen von Kapitalerhöhungen zusätzlich geleistet werden. Der Verweis auf A/D/S Bd. 6, § 248 HGB, Rz. 21 stützt nur den Fall der Kapitalerhöhungen, da dort eine Entgeltlichkeit für andere Einlagen abgelehnt wird. Dem zitierten BFH Urteil v. 24.3.1987, BStBl II 1987, 705 hingegen liegt keine Kapitalerhöhung zugrunde, sondern der Sonderfall eines asset-deals über alle Aktiva und Passiva. In diesem Fall geht nach der Vorstellung des BFH der goodwill mit den assets über. Obwohl der Kaufpreis im konkreten Fall nur nach den übertragenen Aktiva und Passiva bemessen worden war und der goodwill formal entgeltlich (infolge des Kaufvertrags), bei wirtschaftlicher Betrachtung aber unentgeltlich (kein Aufschlag auf den Kaufpreis) übertragen worden war, mußte er nach dem Urteil des BFH gemäß § 16 III EStG als Aufgabegewinn versteuert werden. Für das handelsbilanzielle Verständnis gibt das zitierte BFH-Urteil indes inhaltlich nichts her, da die Entscheidung von steuerrechtlichen Spezialnormen abhing. Der Verweis auf den gesellschaftsrechtlichen Trennungsgrundsatz kann die Entgeltlichkeit nicht begründen. Der Trennungsgrundsatz besagt nicht mehr, als daß die Vermögenssphären von Gesellschaft und Gesellschafter voneinander getrennt zu behandeln und darzustellen sind. Es liegt daher bei einer unentgeltlichen Einlage ein Übergang von einer Vermögenssphäre in eine andere vor. Wie dieser Übergang handelsbilanziell darzustellen ist, gibt der Trennungsgrundsatz nicht vor. Auch bei einer Schenkung liegt ein Übergang von einer Vermögenssphäre in eine andere vor, ohne daß an der Unentgeltlichkeit zu zweifeln wäre. Die unentgeltliche Einlage ist nicht mit einer Schenkung gleichzusetzen, da deren Rechtsfolgen (z.B. die Rückforderung wegen Verarmung des Schenkers nach § 528 BGB) nicht angemessen wären, insbesondere nicht wenn mehrere Gesellschafter Einlagen leisten. Die Einlage ist ein Rechtsgeschäft sui generis, das seine Grundlage in dem Gesellschaftsverhältnis findet (so auch A/D/S Bd. 6, § 248 HGB, Rz. 21 m.w.N.). Ebenso wie bei einer Schenkung jedoch fehlt bei einer Einlage eine Gegenleistung. Die Motivation aus dem Gesellschaftsverhältnis kann man nicht als Gegenleistung ansehen, ebensowenig die bloße Folge einer möglichen Werterhöhung der Anteile. Im übrigen kann es für die Frage der Unentgeltlichkeit auch keinen Unterschied machen, ob die Einlage in § 272 II Nr. 4 HGB verbucht worden ist oder – was jedenfalls in bestimmten Fällen zulässig ist – gewinnwirksam vereinnahmt wurde. Der Verweis auf § 272 II Nr. 4 HGB ist ohne argumentativen Gehalt. In allen Fällen, in denen

Als entgeltlich versteht die bilanzrechtliche Literatur einen Erwerb, wenn Ausgaben oder Ausgabenäquivalente als Gegenleistung für den Übergang eines Anlageguts aus dem Vermögen des Veräußernden in das Vermögen des bilanzierenden Kaufmanns geleistet werden.[539] Zumindest hinsichtlich Sacheinlagen, die auf die Einlageschuld aus einer Gesellschaftsgründung oder einer Kapitalerhöhung geleistet werden, ist ausdrücklich zu lesen, hierbei handele es sich um einen entgeltlichen Vorgang gegen ein Ausgabeäquivalent.[540] Man stellt sich in diesem Zusammenhang den Vorgang einer Sacheinlage als Tausch Vermögensgegenstand gegen Anteilsrechte vor.[541] Diese Vorstellung ist offenbar von der oben erörterten Rechtsprechung des Bundesfinanzhofs beeinflußt, die schon im Steuerrecht kritisiert wird. Aus der Perspektive der Gesellschaft hinkt der Vergleich, da aus deren Betriebsvermögen keine Mittel abfließen, die vor der ›Einlage‹ schon vorhanden gewesen wären.

Teilweise wird zur Begründung der Entgeltlichkeit darauf verwiesen, die Gesellschaft gäbe für den Vermögensgegenstand ihre Einlageforderung hin.[542] Zwar kann man insoweit von einem Vermögensabfluß sprechen, doch fließen hier anders als bei (anderen) entgeltlichen Anschaffungen keine vor der ›Einlage‹ schon vorhandenen Mittel ab. Die Einlageforderung wird gerade erst durch die Ausgabe von Gesellschaftsanteilen begründet und vertritt gleichsam den versprochenen Vermögensgegenstand bis zu seiner tatsächlichen Bewirkung. Die Einlageforderung als Zwischenergebnis der Anteilsausgabe ähnelt dem Anspruch aus einem formwirksamen Schenkungsversprechen. Solange die Erfüllung eines formwirksamen Schenkungsversprechens als unentgeltlicher Erwerb eingestuft wird, kann eine Einlage, die im Gegenzug für Gesellschafts-

das Unternehmen keine Gegenleistung erbringt, muß daher eine Einlage als unentgeltlicher Vorgang verstanden werden. Ob bei einem teilunentgeltlichen Vorgang, wie er der zitierten BFH-Entscheidung zugrunde lag, Besonderheiten gelten, ist eine andere Frage, die den Fall der vollunentgeltlichen Übertragung nicht beeinflussen kann.

539 Vgl. *Baetge/Kirsch/Thiele*, Bilanzen, 168 zur Definition des entgeltlichen Erwerbs im Rahmen von § 248 II HGB.

540 *Baetge/Kirsch/Thiele*, Bilanzen, 168. Ebenfalls bei der Besprechung von § 248 II HGB nennt Baumbach/Hopt-*Merkt*, HGB § 248, Rz. 4 die Sacheinlage als entgeltlichen Vorgang.

541 Vgl. *Ekkenga* in KölnKomm-RL § 255, Rz. 25 zu Personengesellschaften und *ebda*, Rz. 24 zu der bei Kapitalgesellschaften umstrittenen dogmatischen Einordnung, die jedoch nach jeder vertretenen Ansicht wirtschaftlich betrachtet auch auf einen Tauschvorgang hinausläuft. Die wirtschaftliche Vergleichbarkeit der Einlage mit einem Tausch gegen Gesellschaftsrechte betonen ohne Unterscheidung der Gesellschaftsformen A/D/S, Bd. 1 § 253 HGB, Rz. 44 – dies allerdings aus der Perspektive des bilanzierenden Gesellschafters. Aus dieser Perspektive stimmt der Vergleich ohne weiteres (bei Bareinlagen müßte man allerdings von einem Kauf sprechen).

542 *Ekkenga* in KölnKomm-RL § 255, Rz. 24 m.w.N.; *Groh*, Gesellschafterbeitrag, 74 f.

rechte erfolgt, nicht allein wegen des Erlöschens der Einlageforderung als entgeltlicher Vorgang angesehen werden. Die Anteile, welche die Gesellschaft hingibt, hat sie nicht in ihrem Betriebsvermögen gehalten sondern neu geschaffen. Der Hinweis auf die Hingabe der Einlageforderung kann daher zur Begründung der Entgeltlichkeit des Einlagevorgangs nicht genügen.

Die Annahme eines entgeltlichen Vorgangs läßt sich allerdings begründen, wenn man die Perspektive des Gesellschafters berücksichtigt. Aus der Perspektive des (bilanzierenden) Einlegenden kann man ohne weiteres von einem entgeltlichen Vorgang sprechen, da dieser für die erhaltenen Anteilsrechte eine Gegenleistung erbringt, die aus seinem (Betriebs-)Vermögen abfließt. Die bilanzrechtliche Ansicht, ›Einlagen‹ gegen Gewährung von Gesellschaftsrechten erfolgten entgeltlich, läßt sich nun durch die Überlegung rechtfertigen, ein und derselbe Vorgang könne nicht einmal (beim einlegenden Gesellschafter) als entgeltlicher Erwerb angesehen werden, einmal (bei der Gesellschaft) als unentgeltlicher Erwerb. Dementsprechend kann ein entgeltlicher Vorgang nicht allein dann angenommen werden, wenn im Gegenzug für den Erwerb aus dem vorhandenen Vermögen Mittel abfließen oder eine Forderung erlischt, sondern auch wenn andere Gegenleistungen erfolgen wie eben z.B. die Einräumung von neuen Rechten an dem vorhandenen Vermögen. Die Sacheinlage ist dann einem Tausch gegen Gesellschaftsrechte vergleichbar, die Bareinlage einem Verkauf von Gesellschaftsrechten. So verstanden besteht bei ›Einlagen‹ gegen Gesellschaftsanteile grundsätzlich Aktivierungspflicht wie bei allen entgeltlichen Erwerben von Vermögensgegenständen. Zu welchem Wert solche ›Einlagen‹ zu bilanzieren sind, muß das Bewertungsrecht entscheiden. Wie bei anderen entgeltlichen Erwerben müssen geringwertige Anlagegüter jedoch grundsätzlich nicht aktiviert bzw. können sofort abgeschrieben werden (Wahlrecht).[543]

b) Problematik des unentgeltlichen Erwerbs: kein Markttest

Das Problem bei der Bilanzierung unentgeltlicher Einlagen besteht nun darin, daß das Bewertungsrecht der §§ 253, 255 HGB keinen Maßstab für die Bewertung von Vermögensgegenständen kennt, deren Anschaffung am Markt oder Herstellung durch das Unternehmen keine Kosten verursacht haben, so daß der anzusetzende Wert nicht durch marktkonforme Austauschgeschäfte nachgewiesen worden ist. Da eine Bewertung nach dem AK/HK-Prinzip nicht möglich ist, könnte man daran denken, auf die bilanzielle Abbildung derartiger Vermögensgegenstände zu verzichten. Ein solcher Verzicht scheint jedoch zumindest auf den ersten Blick mit dem Vollständigkeitsprinzip des Ansatzrechts zu konfligieren. § 246 Abs. 1 S. 1 HGB fordert, wie gesehen, die bilan-

543 § 6 II EStG, auf den die handelsbilanzielle Behandlung geringwertiger Güter zurückgeht, gilt für alle Anschaffungskosten und ausdrücklich auch für unentgeltliche Einlagen, damit auch für entgeltliche Einlagen, deren Anschaffungskosten nach § 6 VI EStG bestimmt werden.

zielle Erfassung sämtlicher Vermögensgegenstände, soweit gesetzlich nichts anderes bestimmt ist. Eine spezialgesetzliche Regelung zu Einlagen läßt das Handelsbilanzrecht bislang noch vermissen. Eine Ausnahme vom Vollständigkeitsgebot für Einlagen wäre daher nur dann zulässig, wenn der Verzicht auf eine Abbildung in der Bilanz als Grundsatz ordnungsgemäßer Buchführung angesehen werden könnte, da diese Grundsätze anerkanntermaßen Ausnahmen vom Vollständigkeitsgebot begründen können.

Um die Ordnungsmäßigkeit der Buchführung bei unentgeltlichem Erwerb von Vermögensgegenständen wird seit langer Zeit gestritten; die Ansichten reichen von einem Aktivierungsverbot über ein Aktivierungswahlrecht des Bilanzierenden bis zu einer Aktivierungspflicht.[544] Im Kern geht es bei diesem Streit um die Ausbalancierung verschiedener Bilanzzwecke. Die Informationsfunktion der Bilanz verlangt einen den tatsächlichen Verhältnissen entsprechenden Einblick in die Vermögens-, Finanz- und Ertragslage (vgl. § 264 Abs. 2 S. 1 HGB für die Kapitalgesellschaften und inhaltlich ähnlich § 242 Abs. 1 und Abs. 2 HGB für alle Kaufleute) und streitet für eine Betonung des Vollständigkeitsprinzips des Ansatzrechts. Zugleich verlangt das Vorsichtsprinzip, daß der Kaufmann seine Lage nicht zu optimistisch darstellt und daß bei Kapitalgesellschaften zum Zwecke des Kapitalerhalts die zulässigen Ausschüttungen vorsichtig berechnet werden. Das Vorsichtsprinzip könnte einen Verzicht auf die Bilanzierung von Vermögensgegenständen rechtfertigen, deren Wert nur geschätzt werden kann. Traditionell versteht die Lehre dabei das Bilanzrecht so, als stünden Informationsfunktion und Vorsichtsprinzip in einem Widerspruch zueinander.[545] Der erforderliche Balanceakt verlangt eine Entscheidung darüber, welche Bedeutung man der Trennung von Kapital und Gewinn mit Blick auf die Informationsfunktion der Bilanz zuspricht und was man genau unter dem eigens auszuweisenden Kapital versteht.

Der Gesetzgeber hat bewußt auf eine Spezialregelung für Einlagen verzichtet. Als durch das BiRiLiG im Zuge der Umsetzung europäischer Vorgaben das Handelsbilanzrecht neu konzipiert und einheitlich im Handelsgesetzbuch verortet wurde, kam der Vorschlag auf, die Bewertung von Einlagen gesetzlich zu regeln. Der Rechtsausschuß des Bundestages sah indes keine Notwendigkeit, die Einlagebewertung zu regeln, da seiner Ansicht nach bei Einlagen der Zeitwert im Einlagezeitpunkt den Anschaffungskosten entspräche.[546] Die Einschätzung des Rechtsausschusses ist ein Argument für eine Aktivierungspflicht von

544 Übersicht über die verschiedenen Ansichten bei *Baetge/Kirsch/Thiele*, Bilanzen, 193.

545 Beispielhaft für diese Ansicht mit einem Überblick über die historische Entwicklung des Bilanzrechts unter den Anforderungen der widerstreitenden Prinzipien *Osterloh-Konrad/Schön*, Rechnungslegung in der Aktiengesellschaft, insbes. Rz. 93 ff. m.w.N.

546 Beschlußempfehlung und Bericht des Rechtsausschusses zum Bilanzrichtlinie-Gesetz, BT-Drs. 10/4268, 101.

Einlagen zum jeweiligen Zeitwert. Da der Ausschuß auf eine Regelung aber ausdrücklich verzichtet hat und in der Folge der Bundestag in dieser Frage keinen Beschluß gefaßt hat, kommt der Einschätzung des Ausschusses keine Bindungswirkung zu. Dies gilt umso mehr, als die Einschätzung des Ausschusses keinen common sense aussprach, sondern in Widerspruch zu der früher überwiegend und auch heute noch vertretenen Meinung stand, dem Aktivierungsgebot sei durch Einstellung eines Merkpostens von € 1,– und Erfassung des Vermögensgegenstands im Inventar genüge getan.[547]

Das Versäumnis, spezielle handelsrechtliche Regelungen zur Einlagebewertung vorzusehen, muß bedauert werden. Denn die dadurch weiterbestehende gesetzliche Regelungslücke muß nun der Rechtsanwender im Wege der gesetzesergänzenden Rechtsfortbildung schließen. Notwendig muß sich der bilanzierende Kaufmann für oder gegen eine Aktivierung unentgeltlich erlangter Vermögensgegenstände entscheiden und im Fall einer Aktivierung zugleich eine Entscheidung über die Bewertung des Vermögensgegenstands treffen. Sehenden Auges zentrale Fragen eines Rechtsgebiets der Klärung durch die Gerichte zu überlassen, stellt einen bedauerlichen Fall gesetzgeberischen Unterlassens dar.

Erinnert sei an dieser Stelle noch einmal an die Begrenzung der Fragestellung auf den unentgeltlichen Erwerb von Vermögensgegenständen. Andere Formen der Unternehmensfinanzierung, die nicht durch Überlassung von Vermögensgegenständen erfolgen, werden an dieser Stelle nicht berücksichtigt, auch wenn sie im wirtschaftlichen Ergebnis gleiche oder ähnliche Wirkungen zeitigen. Gänzlich aus dem Blick geraten sollen diese alternativen Formen der Unternehmensfinanzierung jedoch nicht. Ihre rechtliche Behandlung wirft ähnliche Fragen der Ausbalancierung von Informationsprinzip und Vorsichtsprinzip auf. Sie muß daher mit der bilanziellen Behandlung unentgeltlich erworbener Vermögensgegenstände abgestimmt werden, um eine willkürfreie und systematische Rechtsfortbildung in allen vergleichbaren Zweifelsfragen des Ansatz- und Bewertungsrechts sicherzustellen. Zu beachten sind insbesondere folgende, aus der Erörterung des Steuerrechts bereits bekannte Fallgruppen: der nur teilweise unentgeltliche Erwerb von Vermögensgegenständen, die (teilweise) unentgeltliche Sachnutzung, die (teilweise) unentgeltliche Geldnutzung (zinslose und vergünstigte Darlehen) sowie die (teilweise) unentgeltliche Leistungserbringung.

Wirtschaftlich betrachtet bieten diese Formen der Unternehmensfinanzierung vergleichbare Vorteile wie die Übereignung oder Abtretung eines Vermögensgegenstands. Rechtlich betrachtet stellt sich bei all diesen Formen der Unternehmensfinanzierung die Frage, inwieweit wirtschaftliche Werte einem Unter-

547 Vgl. zu dieser Ansicht A/D/S Bd. 1, § 255 HGB, Rz. 83 m.w.N. als prominentem Vertreter der älteren Literatur; Darstellung des Bewertungsproblems unter Berücksichtigung der Einschätzung des Rechtsausschusses bei *Marenbach*, Kapitalbasis, 70 f.; in der neueren Literatur findet sich ein Überblick über die vertretenen Ansichten im historischen Wandel z.B. bei *Schön*, Verdeckte Einlagen in Kapitalgesellschaften, 376 f.

nehmen ohne Abbildung in der Bilanz zugeführt werden können, anders formuliert ob das Ansatz- und Bewertungsrecht die Legung stiller Reserven zuläßt, und wie diese Finanzierungsformen unter dem Aspekt der Trennung von Kapital und Gewinn zu bewerten sind. Wer, wie die zu den Detailfragen überwiegend, jedoch oft ohne Blick für die gemeinsame Problematik vertretenen Ansichten, in diesen Fallgruppen die Legung stiller Reserven akzeptiert oder eine gewinnwirksame Vereinnahmung zuläßt, kann in der Frage unentgeltlich erlangter Vermögensgegenstände nur schwerlich ein Aktivierungsgebot unter gleichzeitiger Passivierung eines eigenständigen Kapitalpostens, mithin eine offene Einlage als einzig denkbare Lösung zulassen wollen.

Ferner stellt sich eine ähnliche Bewertungsfrage bei entgeltlichen Einlagen. Werden nämlich Gesellschaftsrechte als Entgelt für die Überlassung von Vermögensgegenständen hingegeben, liegt ebenfalls kein marktübliches Austauschgeschäft vor, dessen Preisvereinbarung als verobjektiviertes Indiz für den Wert des erhaltenen Vermögensgegenstands genommen werden könnte. Dies gilt insbesondere bei neugegründeten Gesellschaften, deren Wert wesentlich von den Einlageleistungen abhängt, deren Bewertung gerade unsicher ist. Bei schon werbenden Gesellschaften, insbesondere bei an der Börse gelisteten Aktiengesellschaften, mag sich der Wert der hingegebenen Anteile leichter berechnen lassen, jedoch oftmals nicht wie nach dem Ideal des AK/HK-Prinzips weitgehend schätzungsfrei. Bei allen entgeltlichen Einlagen stellt sich im Zusammenhang mit der Bewertung des eingelegten Vermögensgegenstands die Frage, ob bei Kapitalgesellschaften die Anforderungen des Kapitalschutzes Modifikationen der allgemeinen bilanziellen Behandlung der eingelegten Vermögensgegenstände erfordern.

Sonderregeln für entgeltliche Einlagen können wiederum auf das Verständnis der ordnungsgemäßen Behandlung unentgeltlicher Einlagen zurückwirken, da die Bewertungsproblematik vergleichbar ist. Einen besonders wichtigen Unterfall der entgeltlichen Einlagen stellen Sacheinlagen dar, die bei Umwandlungen im Sinne des Umwandlungsgesetzes erfolgen. Denn § 24 UmwG enthält eine Spezialregelung für Umwandlungsfälle und erlaubt in diesen Fällen die Bestimmung der Anschaffungskosten beim übernehmenden Rechtsträger im Wege der Buchwertfortführung und damit die Legung stiller Reserven. Die Regelung in § 24 UmwG ist von systematischem Interesse, da sie zwar einen rechtlich klar umgrenzten Sonderfall betrifft, jedoch praktisch eine große und wichtige Fallgruppe entgeltlicher Einlagen regelt. All diese vergleichbaren Fragestellungen sollen im folgenden bewußt ausgeblendet werden, um ein besseres Verständnis der alle Kaufleute gleichermaßen betreffenden Grundproblematik unentgeltlich erlangter Vermögensgegenstände zu gewinnen. Die übrigen Fallgruppen sollen je für sich erörtert werden. Diese Erörterungen erst sollen klären, ob die Besonderheiten der jeweiligen Fallgruppe eigenständige Lösungsansätze verlangen oder ob die Erkenntnisse aus diesen Fallgruppen, insbesondere die dort akzeptierten Ausnahmen von den Grundsätzen des Ansatz- und Bewertungsrechts auf die Lösung des Grundproblems zurückwirken.

c) Die Lösungsansätze für das Ansatzrecht aller Kaufleute

aa) Dogmatik des Ansatzrechts und Praxis des Bewertungsrechts

Für alle unentgeltlich erworbenen Gegenstände und damit insbesondere für Einlagen, die nicht gegen Gesellschaftsrechte erfolgen, wird aufgrund der skizzierten Bewertungsproblematik diskutiert, ob in Ausnahme vom Vollständigkeitsgebot des § 246 Abs. 1 S. 1 HGB auf eine Aktivierung verzichtet werden kann oder muß. Zu beachten ist dabei, daß im Handelsbilanzrecht eine Ausnahme vom Aktivierungsgebot aufgrund der benannten Bewertungsschwierigkeiten nur in Frage kommen kann, wenn der Bewertungsmaßstab der Anschaffungs- oder Herstellungskosten fehlt, obwohl er vom Gesetz vorgesehen wird. In allen Fällen, in denen die Anschaffungs- oder Herstellungskosten ohnehin nicht den Bewertungsmaßstab bilden, kommt eine Ausnahme vom Aktivierungsgebot allein wegen Fehlens dieses Maßstabes nicht in Betracht.

Nicht alle Vermögensgegenstände werden nach dem AK/HK-Prinzip bewertet. Neben den am Markt erworbenen und den selbst hergestellten Gegenständen gibt es eine dritte Gruppe von Vermögensgegenständen, für welche weder Anschaffungs- noch Herstellungskosten als Bewertungsmaßstab dienen, die jedoch zweifelsfrei zu aktivieren sind. Darunter fallen Forderungen aus dem Geschäftsbetrieb gegen Kunden, die gemäß der Gliederungsvorschrift des § 266 Abs. 2 B.II.1 HGB für Kapitalgesellschaften zu aktivieren sind (für andere Kaufleute kann nichts anderes gelten). Zudem kann an der Aktivierungspflicht für flüssige Mittel wegen § 266 Abs. 2 B. IV HGB kein Zweifel bestehen.[548] Beide Gruppen von Vermögensgegenständen werden grundsätzlich mit ihrem Nominalwert aktiviert.[549] Bei Forderungen gegen Kunden kann man zur Begründung eine Analogie ziehen zu Forderungen gegen den bilanzierenden Kaufmann. Solche Verbindlichkeiten sind nach § 253 Abs. 1 S. 2 Alt. 1 HGB zu ihrem Erfüllungsbetrag, d.i. bei Geldverbindlichkeiten in der Regel ihr Nominalwert[550], zu bilanzieren.[551]

548 Nach *Reiner* in MüKo-HGB § 266, Rz. 77 dürfen die verschiedenen Posten dieser Gliederungsnummer in der Bilanz zusammengefaßt als ›flüssige Mittel‹ bezeichnet werden.

549 Bei Zweifeln an der Liquidität des Schuldners (Kunde oder Bank) kann eine Abwertung angezeigt sein.

550 Zur regelmäßigen Gleichsetzung von Erfüllungsbetrag und Nominalbetrag und der ausnahmsweise möglichen Korrektur um enthaltene Zinsen s. *Tiedchen* in MüKo-BilanzR § 253, Rz. 20 f.

551 Die Bewertung von Verbindlichkeiten des Kaufmanns ist noch aus einem weiteren Gesichtspunkt heraus von Interesse für die Einlagebewertung. Gesellschafter können solche Verbindlichkeiten im Wege der Sacheinlage einbringen (bei sogenannten debt-equity-swaps oder debt-mezzanine-swaps). Ebenso können Verbindlichkeiten schlichtweg erlassen werden. Notwendig ändert sich in all diesen Fällen das Eigenkapital um den Nominalwert der Forderung, da dieses als Summe aus den

Für die Erörterung der ›Einlagen‹ können die Forderungen gegen Kunden außer acht bleiben, da diese im Geschäftsbetrieb entstehen. ›Einlagen‹ jedoch, die in Geld, geldnahen oder geldgleichen Vermögensgegenständen bestehen, sind grundsätzlich mit ihrem Nominalwert zu aktivieren.[552] Kandidaten für ein Aktivierungswahlrecht respektive Bewertungswahlrecht bleiben nur die anderen Vermögensgegenstände, die Sachanlagen, Vorräte und immateriellen Vermögensgegenstände.

Für diese bewertungsunsicheren Vermögensgegenstände wird teilweise gefordert, ein Aktivierungsverbot auszusprechen oder zumindest dem bilanzierenden Kaufmann zu gestatten, auf die Aktivierung zu verzichten (Aktivierungswahlrecht).[553] Wie gesehen, verlangt das Vollständigkeitsgebot jedoch grundsätzlich die Aktivierung aller Vermögensgegenstände. Im übrigen spricht auch die Aktivierungspflicht für Geldwerte dafür, bei Sachwerten und immateriellen Vermögensgegenständen grundsätzlich eine Aktivierungspflicht anzunehmen.[554] Selbst bei unsicheren Bewertungen muß auf eine Aktivierung nicht gänzlich verzichtet werden, da die Möglichkeit eines Merkpostens dem Aktivierungsgebot formal genügt und der geringe Wert von einem Euro nicht zu einem Ausweis eines nur unsicheren Wertes zwingt. Deshalb sprechen andere von einer grundsätzlichen Aktivierungspflicht bei unentgeltlichen Erwerbsvorgängen, gewähren jedoch ein Bewertungswahlrecht.[555] Der praktische Unterschied der Ansichten besteht in der Höhe des Merkpostens von € 1,– und ist vernachlässigbar. Entscheidend ist letztlich nicht die Aktivierungspflicht, sondern ob unentgeltlich erworbene Vermögensgegenstände bei der Aktivierung eventuell höher zu bewerten sind als nur mit einem Erinnerungswert. Eine weitere Ansicht fordert nämlich eine Aktivierungspflicht zu einem vorsichtig geschätzten Zeitwert.[556] Die dogmatisch interessante Frage einer Ausnahme vom grundsätzlichen Aktivierungsgebot geht wegen der dem Vollständigkeitsgebot formal genügenden Möglichkeit von bilanziellen Merkposten praktisch in der Frage nach dem anzusetzenden Wert auf.

(gleichbleibenden) aktivierten Vermögensgegenständen und den (sich ändernden) passivierten Verbindlichkeiten errechnet wird. Eine Einlage ist demnach auch ohne Aktivierung eines Vermögensgegenstands möglich und ohne daß sich die Frage nach einer Ausnahme vom Aktivierungsgrundsatz stellte.

552 Bei den flüssigen Mitteln kommen zum selben Ergebnis (jedoch ohne Begründung) *Ballwieser* in MüKo-HGB § 255, Rz. 43 und *Ekkenga* in KölnKomm-RL § 255, Rz. 32 m.w.N.

553 Vgl. *Baetge/Kirsch/Thiele*, Bilanzen, 193 m.w.N. und A/D/S, Bd. 6 § 246 HGB, Rz. 44 m.w.N.

554 *Ekkenga* in KölnKomm-RL § 255, Rz. 32 m.w.N.

555 A/D/S, Bd. 6 § 246, Rz. 44 m.w.N.

556 Z.B. *Ballwieser* in MüKo-HGB § 255, Rz. 45; *Tiedchen* in MüKo-BilanzR § 255 HGB, Rz. 45. Eine vierte Ansicht kombiniert eine Aktivierung zum Erinnerungswert und eine Aktivierung zum Zeitwert je nach der Ertragslage der Gesellschaft, vgl. *Ekkenga* in KölnKomm-RL § 255, Rz. 32.

Die entscheidende Frage lautet, ob nur eine Ansetzung unentgeltlich erworbener Vermögensgegenstände zum Zeitwert der Informationsfunktion der Bilanz gerecht werden kann. Ihr wird bei den Bewertungsvorschriften nachgegangen. An dieser Stelle interessieren noch Ausnahmen vom Aktivierungsgrundsatz, die nicht allein wegen der Unentgeltlichkeit und den daraus resultierenden Bewertungsschwierigkeiten diskutiert werden. Da die Informationsfunktion bei einem kompletten Verzicht auf einen Ansatz von Vermögensgegenständen noch stärker beeinträchtigt wird als bei einer Bewertung unter dem Zeitwert, verringern Ausnahmen vom Aktivierungsgrundsatz, die das Gesetz oder die Praxis vorsehen, das argumentative Gewicht der Informationsfunktion in der Abwägung zwischen ihr und dem Vorsichtsprinzip.

bb) Ausnahme im Ansatzrecht für geringwertige Anlagegüter

Geht man von einer grundsätzlichen Aktivierungspflicht für unentgeltliche ›Einlagen‹ aus, wird man wohl eine Ausnahme für abschreibungspflichtige geringwertige Anlagegüter zulassen müssen. § 6 Abs. 2 EStG, auf den die handelsrechtlichen Bilanzierungsvorschriften für geringwertige Anlagegüter zurückgehen, erlaubt die Nichtaktivierung respektive Sofortabschreibung ausdrücklich auch für unentgeltliche ›Einlagen‹ (Wahlrecht). Wenn nun die steuerrechtlichen Regelungen jedenfalls des § 6 Abs. 2 EStG für geringwertige Wirtschaftsgüter grundsätzlich in das Handelsbilanzrecht übernommen werden, wird dies auch für Regelungen zu unentgeltlichen ›Einlagen‹ gelten müssen.

Dabei ist jedoch zu beachten, daß das Handelsbilanzrecht gerade keine Sonderregeln für ›Einlagen‹ kennt. Die Übernahme der Sondervorschrift für geringwertige Wirtschaftsgüter, die als ›Einlage‹ eingebracht werden, zwingt nicht zu der Schlußfolgerung, das Handelsbilanzrecht gehe wie das Steuerrecht von einer Aktivierungspflicht von unentgeltlichen ›Einlagen‹ zu ihrem Zeitwert aus. Denn das Problem der Bewertungsunsicherheit kann im Handelsbilanzrecht nur nach dessen Maßstäben entschieden werden. Die steuerrechtlichen Erwägungen, die auf eine korrekte Gewinnermittlung beim Betriebsvermögensvergleich abzielen, helfen im Handelsbilanzrecht nicht weiter.

Wenn man jedoch im Handelsrecht von einer Aktivierungspflicht ausgeht und grundsätzlich eine Bewertung höher als mit einem Erinnerungswert von € 1,– zuläßt oder fordert, behandelt man unentgeltliche ›Einlagen‹ im Handelsbilanzrecht ähnlich wie im Steuerbilanzrecht. Dann wird man bei einer Übernahme der steuerrechtlichen Vorschriften für geringwertige Wirtschaftsgüter in das Handelsbilanzrecht konsequenterweise auch die Teilregelung für unentgeltliche ›Einlagen‹ mitübernehmen müssen. Da diese Regelung jedoch nur unwesentliche, da geringwertige Güter betrifft, die aus Praktikabilitätsgründen vernachlässigt werden können, lassen sich aus dieser Ausnahme kaum Rückschlüsse auf die generelle Behandlung von unentgeltlichen Einlagen ziehen, deren Wert durchaus erheblich sein kann.

cc) Mögliche Übertragung der Aktivierungsregeln für selbsthergestellte immaterielle Güter auf unentgeltliche Einlagen, insbesondere unentgeltliche immaterielle Einlagen

Eine Ausnahme vom Aktivierungsgebot enthält des weiteren § 248 Abs. 2 HGB für selbsthergestellte immaterielle Vermögensgegenstände. Anders als bei der Ausnahme für geringwertige Anlagegüter erlaubt bzw. gebietet § 248 Abs. 2 HGB, immaterielle Vermögensgegenstände nicht zu aktivieren, selbst wenn sie wesentliche Werte verkörpern.

(1) § 248 Abs. 2 HGB als Ansatzpunkt für die Regelung unentgeltlich eingelegter Vermögensgegenstände

§ 248 Abs. 2 HGB enthält eine Sonderregelung, die nach ihrem Wortlaut auf »selbst geschaffene« immaterielle Vermögensgegenstände beschränkt ist. Die eigenständige Erstellung immaterieller Vermögensgegenstände ist im Gegensatz zu sehen zum Erwerb von einem Dritten und damit im Gegensatz sowohl zum entgeltlichen Erwerb am Markt[557] wie auch zum unentgeltlichen Erwerb[558]. Die eigenständige Erstellung immaterieller Vermögensgegenstände wird vom Gesetz analog der eigenständigen Herstellung materieller Vermögensgegenstände gedacht. Immaterielle Vermögensgegenstände sind wie materielle Vermögensgegenstände entsprechend den bei der Herstellung respektive Entwicklung angefallenen Kosten zu bewerten (vgl. § 255 Abs. 2a HGB).

Für die »selbstgeschaffenen« immateriellen Vermögensgegenstände enthält Satz 1 der Vorschrift ein grundsätzliches Aktivierungswahlrecht. Satz 2 spricht ein Aktivierungsverbot aus für bestimmte immaterielle Vermögensgegenstände, bei denen das Gesetz davon ausgeht, die Herstellungskosten für diese immateriellen Vermögensgegenstände ließen sich nicht eindeutig genug vom Geschäftswert abgrenzen.[559] § 248 Abs. 2 HGB in seiner derzeit geltenden Fassung wurde durch das BilMoG im Jahr 2009[560] eingeführt und trat an die Stelle eines generellen Aktivierungsverbots für nicht entgeltlich erworbene immaterielle Vermögensgegenstände (vgl. § 248 Abs. 2 HGB a.F.). Das frühere Ansatzverbot stellte eine Ausprägung des Vorsichtsprinzips und des Objektivierungsprinzips dar und wurde damit begründet, daß die Bewertung immaterieller

557 Zur Abgrenzung vom entgeltlichen Erwerb s. *Hennrichs* in MüKo-BilanzR § 248, Rz. 43.

558 Zur Abgrenzung vom unentgeltlichen Erwerb s. *Ballwieser* in MüKo-HGB § 248, Rz. 31.

559 *Hennrichs* in MüKo-BilanzR § 248, Rz. 32 m.w.N.

560 Gesetz zur Modernisierung des Bilanzrechts (Bilanzrechtsmodernisierungsgesetz – BilMoG) vom 25.5.2009 (BGBl. I 1102).

Vermögensgegenstände ohne den Markttest eines entgeltlichen Erwerbs zu unsicher sei, als daß eine Aktivierung zugelassen werden könne.[561]

Das neu eingeführte Aktivierungswahlrecht stellt einen Kompromiß dar, mit dem einerseits eine Annäherung an internationale Standards (Aktivierungspflicht nach IFRS/IAS) erreicht werden sollte, von der »innovative Unternehmen« profitieren sollten. Mit »innovativen Unternehmen« sind Unternehmen gemeint, die viele immaterielle Vermögensgegenstände selbst herstellen. Durch Aktivierung selbst hergestellter immaterieller Vermögensgegenstände können insbesondere »Start-up«-Unternehmen ihre üblicherweise angespannte Eigenkapitalbasis aufbessern und ihre Außendarstellung verbessern.[562] Andererseits sollten den Unternehmen, für die immaterielle Vermögensgegenstände keine besondere Rolle spielten, keine weiteren Nachweispflichten auferlegt werden, weshalb von einer Aktivierungspflicht, welche der Regierungsentwurf noch befürwortet hatte, im weiteren Gesetzgebungsverfahren abgesehen wurde. Die Einführung eines Aktivierungswahlrechts wurde zudem damit begründet, daß eine Nichtaktivierung selbsthergestellter immaterieller Vermögensgegenstände Ausdruck einer vorsichtigen Bilanzierung sei, da sie die unsichere Bewertung erübrige. Um diese vorsichtige Bilanzierung weiterhin zu ermöglichen, sah man von einer Aktivierungspflicht ab.[563] Zudem sollte der Kompromiß des Aktivierungswahlrechts den Kaufleuten auch die Möglichkeit geben, selbsthergestellte immaterielle Vermögensgegenstände in der Handelsbilanz und der Steuerbilanz gleich zu behandeln, um die Buchführung nicht zu erschweren. Die Steuerbilanz kennt nach wie vor die Aktivierung immaterieller Vermögensgegenstände des Anlagevermögens allein bei einem entgeltlichen Erwerb (§ 5 Abs. 2 EStG).[564]

Die Kompromißlösung des § 248 Abs. 2 HGB, die den Streit zwischen Befürwortern eines Aktivierungsverbots und Befürwortern eines Aktivierungsgebots selbst hergestellter immaterieller Vermögensgegenstände durch Einführung eines Aktivierungswahlrechts zu schlichten versucht, könnte als Vorbild für eine Lösung im Streit um die Aktivierung unentgeltlich erlangter Vermögensgegenstände dienen, da hier ebenfalls aufgrund einer Bewertungsunsicherheit das Vorsichtsprinzip und das Einsichtsgebot in Konflikt geraten.[565] Der Gedanke

561 *Mindermann/Brösel* in Petersen/Zwirner, BilMoG, Teil III, VI, 3; *Ballwieser* in MüKo-HGB § 248, Rz. 2.

562 Vgl. zu diesem Zweck vor allem die Begründung zum RegE, BT-Drs. 16/10067, 49 sowie die Stellungnahme des Bundesrats, BR-Drucks. 344/08, 7; der Bundesrat hat vorgeschlagen, die von der Bundesregierung angestrebte Aktivierungspflicht in ein Wahlrecht abzuändern. Diesem Vorschlag hat sich der Rechtsausschuß des Bundestages in BT-Drs. 16/12407, 85 angeschlossen. Ferner *Mindermann/Brösel* in Petersen/Zwirner, BilMoG, Teil III, VI, 2.

563 Vgl. die Einlassung der CDU/CSU-Fraktion in der Stellungnahme des Rechtsausschusses des Bundestags, BT-Drs. 16/12407, 82.

564 Vgl. BR-Drucks. 344/08, 7 f.

565 Eine Orientierung an dem Vorbild des § 248 Abs. 2 HGB wird dem Rechtsanwender nicht leicht fallen, wenn er die gesetzliche Regelung für wenig geglückt hält.

einer Analogie zu § 248 Abs. 2 HGB liegt noch näher, wenn man die Gesetzeshistorie mit in den Blick nimmt. Die Spezialregelung des § 248 Abs. 2 HGB für »selbst geschaffene« immaterielle Vermögensgegenstände ersetzt eine Spezialregelung für alle »nicht entgeltlich erworbenen« immateriellen Vermögensgegenstände. Die Einschränkung des Anwendungsbereichs von »nicht entgeltlich erworben« auf »selbst hergestellt« geht, wie noch zu zeigen sein wird, auf einen Fehler bei der Erstellung des Regierungsentwurfs zurück.

Man kann daher erwägen, § 248 Abs. 2 HGB n.F. im Analogiewege auf die Fälle des früheren § 248 Abs. 2 HGB a.F. zu übertragen, die von der neuen Regelung nicht erfaßt sind. Das sind die unentgeltlich erlangten immateriellen Vermögensgegenstände. Entscheidet man sich für diesen Schritt, kann man in einem weiteren Schritt die Ausdehnung auf alle Fälle unentgeltlichen Erwerbs, also auch des Erwerbs materieller Vermögensgegenstände erwägen, da diese Fälle dieselbe Bewertungsproblematik aufwerfen. Erwägt man § 248 Abs. 2 HGB als Analogiebasis für die bilanzrechtliche Behandlung unentgeltlich erlangter Vermögensgegenstände, muß man zugleich über eine analoge Ausschüttungssperre nach § 268 Abs. 8 HGB und zwingende Anhangangaben gemäß § 285 Nr. 22 HGB nachdenken, da diese Vorschriften durch das BilMoG eingeführt wurden, um die Einschränkung des Vorsichtsprinzips auszugleichen, welche die Aufgabe des Aktivierungsverbots mit sich gebracht hat.[566] Diesen Fragen soll im folgenden nachgegangen werden.

Insbesondere das Ansatzwahlrecht des § 248 Abs. 2 S. 1 HGB wird in der Literatur vielfach kritisiert. Die Kritik ist jedoch meist rechtspolitischer Natur, da manche Literaturstimmen Ansatzwahlrechten grundsätzlich kritisch gegenüber stehen und noch mehr bei immateriellen Vermögensgegenständen, vgl. die Darstellung der Kritik zu § 248 Abs. 2 S. 1 HGB bei *Klinkert*, Ansatzrechte und Ausschüttungssperren, 126 f. Auch wenn man Ansatzwahlrechten gegenüber begründeterweise kritisch eingestellt sein kann, so kommt man dennoch nicht umhin anzuerkennen, daß der Gesetzgeber solche Wahlrechte vorsieht und diese daher de lege lata und auch bei der Frage möglicher Analogiebildungen Berücksichtigung verlangen. Die rechtstechnischen Schwierigkeiten des § 248 Abs. 2 S. 1 HGB liegen vor allem in der möglichen Problematik einer längeren Entwicklungsdauer und der Frage, ab welchem Zeitpunkt welche Kosten aktiviert werden können, vgl. hierzu die ausführliche Diskussion bei *Klinkert*, Ansatzrechte und Ausschüttungssperren, 70 ff. Diese rechtstechnischen Schwierigkeiten stellen sich bei der Einlage immaterieller Vermögensgegenstände nicht in derselben Schärfe, da eine Einlage regelmäßig erst dann in Betracht kommen wird, wenn eine gewisse Entwicklungsreife erreicht ist. Wenn der Gesetzgeber bei selbst geschaffenen immateriellen Vermögensgegenständen diese Schwierigkeiten in Kauf nimmt, stehen einer Analogiebildung nicht grundsätzlich im Wege, zumal sie bei der Einbringung von immateriellen Vermögensgegenständen regelmäßig zumindest weniger dringlich sein werden. An dieser Stelle kann daher und muß aus Platzgründen eine detaillierte Analyse des § 248 Abs. 2 HGB dahinstehen. Insoweit kann und muß auf die Arbeit von *Klinkert*, Ansatzrechte und Ausschüttungssperren verwiesen werden.

566 Vgl. Begründung zum RegE BT-Drs. 16/10067, 50.

(2) Historische Entwicklung des § 248 Abs. 2 HGB

§ 248 Abs. 2 HGB lautete in seiner früheren Fassung: »Für immaterielle Vermögensgegenstände des Anlagevermögens, die nicht entgeltlich erworben wurden, darf ein Aktivposten nicht angesetzt werden.« Unter »nicht entgeltlich erworben« verstand man nicht nur selbstgeschaffene immaterielle Vermögensgegenstände, sondern auch den Fall des unentgeltlichen Erwerbs.[567] Begründet wurde dieses Aktivierungsverbot mit der Bewertungsunsicherheit bei immateriellen Vermögensgegenständen: Die fehlende körperliche Greifbarkeit könne schon zu Zweifeln an der Existenz führen, zudem sei die Nutzungsdauer zweifelhaft und bei Herstellung durch das Unternehmen selbst könnten die Entwicklungskosten nur schwerlich von den Kosten zur Entwicklung des Geschäftswerts abgegrenzt werden.[568]

Der Regierungsentwurf für das BilMoG schlug vor, für die meisten selbsthergestellten immateriellen Vermögensgegenstände eine Aktivierungspflicht vorzusehen, da die bekannte Bewertungsproblematik, darunter ausdrücklich auch die schwierige Zurechnung von Herstellungskosten, weniger gewichtet wurde als die erwünschte Angleichung an internationale Standards. Das bisherige Aktivierungsverbot sollte jedoch für bestimmte Sonderfälle, die denen des heutigen § 248 Abs. 2 S. 2 HGB entsprechen, aufrecht erhalten werden. Als Grund für diese teilweise Beibehaltung des Aktivierungsverbots wurde eben die schwierige Zurechnung der Herstellungskosten genannt, die zwei Absätze vorher als nicht maßgeblich erachtet worden war.[569]

Man kann schon an dieser inkonsistenten Begründung erkennen, daß die Änderung des § 248 Abs. 2 HGB durch den Regierungsentwurf zum BilMoG nicht besonders gründlich ausgearbeitet worden ist. Gesetzestechnisch sollten die verfolgten Ziele dadurch erreicht werden, daß das bisherige Aktivierungsverbot für nicht entgeltlich erworbene immaterielle Vermögensgegenstände des § 248 Abs. 2 HGB a.F. aufgehoben werden sollte und zugleich alle Aktivierungsverbote enumerativ aufgezählt werden sollten. § 248 Nr. 4 HGB-E enthielt ein Aktivierungsverbot für die erwähnten Sonderfälle, sofern diese »nicht entgeltlich erworben wurden«. Die Aufhebung des § 248 Abs. 2 HGB a.F. sollte nach Vorstellung der Entwurfsverfasser dazu führen, daß sich »die Verpflichtung zur Aktivierung selbst geschaffener immaterieller Vermögensgegenstände des Anlagevermögens aus § 246 Abs. 1 S. 1 HGB (Vollständigkeitsgrundsatz)« ergebe.[570] Dennoch sollte die Aktivierungspflicht an systematisch nicht überzeugender Stelle, nämlich in einer neuen Bewertungsvorschrift für »selbst ge-

567 A/D/S Bd. 1, § 255 HGB, Rz. 85 m.w.N.; kritisch *Reiner* in MüKo-HGB § 272, Rz. 102.

568 Vgl. Begründung zum RegE, BT-Drs. 16/10067, 49 f.; im übrigen s. die Nachweise in Fn. 561.

569 Vgl. Begründung zum RegE, BT-Drs. 16/10067, 50 (li. Sp. aE).

570 Vgl. Begründung zum RegE, BT-Drs. 16/10067, 50.

schaffene immaterielle Vermögensgegenstände des Anlagevermögens«, dem § 255 Abs. 2a HGB-E noch einmal festgehalten werden.

Schon die Formulierungen von § 248 Nr. 4 HGB-E und § 255 Abs. 2a HGB-E legen nahe, daß die Entwurfsverfasser nicht zwischen »selbsthergestellt« und »nicht entgeltlich erworben« unterschieden haben. Sie waren darauf konzentriert, die bilanzielle Behandlung der selbsthergestellten immateriellen Vermögensgegenstände den IFRS-Standards anzupassen.[571] Dazu mußten sie § 248 Abs. 2 HGB a.F. abändern. Dabei haben sie offenbar übersehen, daß in den Anwendungsbereich des § 248 Abs. 2 HGB a.F. nicht nur die selbsthergestellten immateriellen Vermögensgegenstände fielen, sondern ebenso die unentgeltlich erworbenen. Der inhaltliche Unterschied der Formulierungen »selbsthergestellt« und »nicht entgeltlich erworben« stand den Entwurfsverfassern dabei nicht vor Augen.

Dieser Verdacht wird dadurch erhärtet, daß die Entwurfsbegründung verschiedentlich beide Formulierungen aneinanderreiht und den Regelungsgehalt des § 248 Abs. 2 HGB a.F. als Aktivierungsverbot »nicht entgeltlich erworbener selbst geschaffener immaterieller Vermögensgegenstände« versteht.[572] Entsprechend ist den Entwurfsverfassern auch nicht aufgefallen, daß die von ihnen vorgeschlagene Formulierung von § 248 Nr. 4 HGB-E (»nicht entgeltlich erworben«) nicht mit der Formulierung in § 255 Abs. 2a HGB-E (»selbst geschaffen«) zusammenstimmte. Man dachte, man würde durch die beiden neuen Vorschriften den Regelungsgehalt des § 248 Abs. 2 HGB a.F. vollständig ausschöpfen. Am deutlichsten tritt dieses Mißverständnis der Entwurfsverfasser an einer grammatikalischen Unstimmigkeit in der Entwurfsbegründung zutage. Dort heißt es an einer Stelle: »§ 248 Abs. 2 HGB normiert bisher das Verbot der Aktivierung der nicht entgeltlich erworbenen (sic!) selbst geschaffener immaterieller Vermögensgegenstände des Anlagevermögens.« Das durch Artikel bestimmte Genitivattribut und das unbestimmte Genitivattribut können nicht gleichzeitig im Satz stehen und verraten, daß in verschiedenen Entwurfsstadien zwei unterschiedliche Formulierungen als inhaltsgleich mißverstanden worden sind. Diese sprachliche Gleichsetzung inhaltlich nicht übereinstimmender Formulierungen ist nicht anders zu erklären, als daß den Entwurfsverfassern das nötige Problembewußtsein fehlte.

Dieses Mißverständnis der Entwurfsverfasser ist im weiteren Gesetzgebungsverfahren nicht aufgefallen. Man hat sich auf die Problematik der selbsthergestellten Vermögensgegenstände konzentriert und deren Regelung diskutiert. Die unentgeltlich erlangten immateriellen Vermögensgegenstände hat man aus den Augen verloren. Der Bundesrat hat in seiner Stellungnahme statt einer Aktivierungspflicht ein Aktivierungswahlrecht vorgeschlagen, ansonsten aber ebenso wie der Regierungsentwurf nur von »selbsthergestellten«

571 Vgl. zu diesen Ziel *Mindermann/Brösel* in Petersen, Zwirner, BilMoG, Teil III, VI, 1.

572 Vgl. Begründung zum RegE, BT-Drs. 16/10067, 49 (zweiter Absatz unter »Zu Nummer 6«) und 50 (letzter Absatz der li. Sp.).

immateriellen Vermögensgegenständen gesprochen.[573] Daraus kann man schließen, daß die Regelungsintention des Bundesrates ebenfalls auf die »selbsthergestellten« immateriellen Vermögensgegenstände beschränkt war.

Der Rechtsausschuß des Bundestages hat in seiner Beschlußempfehlung die Anregung des Bundesrates aufgegriffen und das Aktivierungsverbot durch das Aktivierungswahlrecht für »selbstgeschaffene« immaterielle Vermögensgegenstände des § 248 Abs. 2 S. 1 HGB heutiger Fassung ersetzt. Im Anschluß an den Regierungsentwurf hat er das Aktivierungsverbot für bestimmte immaterielle Vermögensgegenstände bestehenlassen und in § 248 Abs. 2 S. 2 HGB verortet. Dabei hat er konsequent »selbst geschaffene« immaterielle Vermögensgegenstände formuliert und die unsaubere Formulierung des § 248 Nr. 4 HGB-E (»nicht entgeltlich erworben«) an die übrigen Neuregelungen angeglichen. In seiner Begründung spricht der Rechtsausschuß allein von der Fallgruppe der »selbst geschaffenen immateriellen Vermögensgegenstände«.[574] Daher kann man davon ausgehen, der Rechtsausschuß habe ebenfalls allein die Fallgruppe der Herstellung durch das Unternehmen selbst regeln wollen. Diese Regelung ist letztendlich Gesetz geworden.

Der subjektive Gesetzgeberwille war demnach nicht auf den unentgeltlichen Erwerb immaterieller Vermögensgegenstände gerichtet. Infolge der Neuregelung enthält das HGB keine Regelung mehr für unentgeltlich erlangte immaterielle Vermögensgegenstände. Da im Gesetzgebungsverfahren die Verengung des Anwendungsbereichs des § 248 Abs. 2 HGB n.F. niemals erörtert worden ist, muß man von einem unbewußten Versehen ausgehen. Die Bilanzrechtsmodernisierung des Jahres 2009 führte zu einer nicht intendierten Gesetzeslücke.

(3) Analogie zu § 248 Abs. 2 HGB bei unentgeltlichen Einlagen (immaterieller) Vermögensgegenstände

Mit dem Wegfall des ausdrücklichen Aktivierungsverbots für unentgeltlich erlangte immaterielle Vermögensgegenstände in § 248 Abs. 2 HGB a.F. stellt sich für derartige Vermögensgegenstände eine ähnlich unsichere Rechtslage ein, wie sie vorher nur für unentgeltlich erlangte materielle Vermögensgegenstände bestanden hatte. Es steht die Frage im Raum, ob die Bewertungsschwierigkeiten, die aus dem unentgeltlichen Erwerb sich ergeben, einen Verzicht auf die Aktivierung des Vermögensgegenstands rechtfertigen können. Da die Aufhebung der Regelung für unentgeltlich erworbene immaterielle Vermögensgegenstände unbewußt erfolgte, kann man daran denken, die neu entstandene, nicht gewollte Gesetzeslücke durch einen Analogieschluß zu der neu eingeführten Regelung über selbsthergestellte immaterielle Vermögensgegenstände zu schließen. Diese Regelung könnte man auf alle unentgeltlich erworbenen Vermögensgegenstände übertragen.

573 Vgl. BR-Drs. 344/08, 7 f.
574 Vgl. BT-Drs. 16/12407, 85.

Andererseits kann man auch daran denken, das nur unbewußt aufgehobene Aktivierungsverbot des § 248 Abs. 2 HGB a.F. im Wege der gesetzesergänzenden Rechtsfortbildung für unentgeltlich erlangte immaterielle Vermögensgegenstände fortgelten zu lassen, um den Fehler aus dem Gesetzgebungsverfahren zu korrigieren. Dieses Aktivierungsverbot für immaterielle Vermögensgegenstände könnte ebenfalls auf unentgeltlich erlangte materielle Vermögensgegenstände übertragen werden.[575]

Nach einer Ansicht in der Literatur soll indes bei jedem derivativen Erwerb immaterieller Vermögensgegenstände im Sinne des § 248 Abs. 2 S. 2 HGB, also auch bei Schenkungen, nicht wie früher nur bei entgeltlichem Erwerb, zumindest das Ansatzverbot des Satzes 2 nicht gelten, sondern eine Ansatzpflicht.[576] Diese Ansatzpflicht müßte folgerichtig auch bei jedem derivativen Erwerb von immateriellen Vermögensgegenständen gelten, die nicht Satz 2 der Vorschrift unterfallen, sondern ihrem Satz 1. Denn beide Sätze zielen auf die selbsthergestellten immateriellen Vermögensgegenstände ab, die in einem Gegensatzverhältnis zum derivativen Erwerb von Dritten stehen.[577] Weiter begründet wird diese Ansicht nicht. Ausschlaggebend ist offenbar, daß die Selbstherstellung begrifflich dem derivativen Erwerb gegenübergestellt werden kann und sich insoweit der entgeltliche und der unentgeltliche Erwerb vom Dritten gleichen, da sie Formen eines derivativen Erwerbs sind.

Der Verweis auf die derivative Natur des Erwerbs kann jedoch nicht genügen. Denn erstens wird dabei die Tatsache übersehen, daß die Nichtregelung des unentgeltlichen Erwerbs vom Gesetzgeber nicht intendiert war und schon deshalb die Frage im Raum steht, ob der unentgeltliche Erwerb immaterieller Vermögensgegenstände dem entgeltlichen Erwerb gleichstehen soll. Zweitens wird übersehen, daß die Aufgabe der Spezialregelung für den unentgeltlichen Erwerb immaterieller Vermögensgegenstände dazu führt, daß sich in diesem Fall dieselbe Frage stellt, die für den unentgeltlichen Erwerb materieller Vermögensgegenstände schon lange streitig diskutiert wird, nämlich ob Bewertungsschwierigkeiten eine Ausnahme vom Ansatzgebot rechtfertigen oder gebieten können.

575 Schon nach dem alten Recht wäre es denkbar gewesen, ein Ansatzverbot für unentgeltlich erworbene materielle Vermögensgegenstände mit einem Verweis auf das gesetzliche Ansatzverbot für unentgeltlich erworbene immaterielle Vermögensgegenstände zu begründen, wenn man von einer vergleichbaren Bewertungsproblematik ausgegangen wäre.

576 So Baumbach/Hopt-*Merkt,* HGB § 248, Rz. 4.

577 Dazu paßt jedoch nicht das Beispiel bei Baumbach/Hopt-*Merkt*, HGB § 248, Rz. 3, nach dem bei einem unentgeltlichen Erwerb eines Wechselrechts eines Profifußballers (bei ablösefreiem Wechsel) eine Aktivierung ausgeschlossen sein soll. Die dem Beispiel zugrundeliegende Entscheidung des BFH, DStR 12, 229, 232 gibt keine Hinweise auf die handelsbilanzielle Aktivierung, weil das Steuerrecht nach wie vor auf die Entgeltlichkeit des Erwerbs als maßgebliches Kriterium abstellt (§ 5 II EStG), nicht auf die Selbstherstellung.

Da diese Ansicht die entscheidenden Probleme nicht erkennt, trägt die bloße Behauptung einer Aktivierungspflicht nicht zur Lösung dieser Fragen bei.

Ähnlich kritisch ist eine andere Ansicht zu bewerten, die zwar entgeltlichen und unentgeltlichen Erwerb nicht in eins setzt, jedoch bei unentgeltlichem Erwerb aller Vermögensgegenstände eine Ansatzpflicht allein mit Hinweis auf das Vollständigkeitsgebot des § 246 Abs. 1 S. 1 HGB begründen will.[578] Dieser pauschale Hinweis auf das Vollständigkeitsgebot findet sich schon in der Regierungsbegründung zum BilMoG-Entwurf.[579] Der Verweis auf § 246 Abs. 1 S. 1 HGB allein kann jedoch nicht genügen, da der Auftrag übersehen wird, den der letzte Halbsatz dieser Vorschrift (»soweit gesetzlich nichts anderes bestimmt ist«) dem Rechtsanwender stellt: Es gilt durch eine umfassende Auslegung aufzuklären, ob die Bewertungsschwierigkeiten bei unentgeltlichem Erwerb einen Grundsatz ordnungsgemäßer Buchführung tragen, der eine Ausnahme vom Aktivierungsverbot in solchen Fällen rechtfertigen kann. Desweiteren stellt sich das Problem, daß der BilMoG-Gesetzgeber die durch ihn vorgenommene Änderung der Rechtslage für unentgeltlich erlangte immaterielle Vermögensgegenstände nicht bewußt herbeigeführt hat.

Ebensowenig wie die beiden geschilderten Auffassungen kann eine dritte Ansicht überzeugen, die gegen eine Analogie zu dem Aktivierungsverbot des § 248 Abs. 2 S. 2 HGB in Fällen eines unentgeltlichen Erwerbs solcher Vermögensgegenstände einwendet, solche immateriellen Vermögensgegenstände könnten nach allgemeiner Ansicht Gegenstand einer Sacheinlage iSv §§ 27 Abs. 2 AktG, 5 Abs. 4 GmbHG sein. Die bilanzwirksame Erfassung solcher Sacheinlagen werde verunmöglicht, wenn im Fall eines unentgeltlichen Erwerbs ein Aktivierungsverbot bestünde.[580] Hinter dieser Ansicht dürfte unausgesprochen der Gedanke stehen, daß bei entgeltlichem Erwerb gegen Gesellschaftsrechte ein ähnliches Bewertungsproblem besteht wie bei einem unentgeltlichen Erwerb vom Gesellschafter, weshalb ein Aktivierungsverbot, das bei unentgeltlichem Erwerb eben wegen dieses Bewertungsproblems besteht, auch bei einem entgeltlichen Erwerb gegen Gesellschaftsrechte Wirkung entfalten müsse.

Versteht man den Verweis auf eine Vergleichbarkeit der Bewertungsproblematik als zentrales Anliegen dieser Ansicht, kann man ihr nur zustimmen. Jedoch folgt daraus nicht notwendig eine Aktivierungspflicht bei unentgeltlichem Erwerb. Denn erstens besteht zumindest formal ein Unterschied zwischen Entgeltlichkeit und Unentgeltlichkeit, der auch auf materielle Differenzierungen führen kann, und zweitens muß man bei Einlagen gegen Gesellschaftsrechte mit der Möglichkeit von Sonderregeln rechnen, die das Kapitalschutzrecht erfordert

578 So z.B. *Hennrichs* in MüKo-BilanzR § 248, Rz. 59 – an dieser Stelle ist zu bemerken, daß *Hennrichs* aaO, Rz. 55 wohl zwischen unentgeltlichem Erwerb von Dritten und Gesellschaftereinlagen in § 272 II Nr. 4 HGB unterscheiden will; zu dieser Ansicht und ihrer Widerlegung näheres o. in Fn. 538.

579 Begr. zum RegE, BT-Drs. 16/10067, 50.

580 So aber *Reiner* in MüKo-HGB § 272, Rz. 102.

und zugleich rechtfertigt durch die besonderen Prüfungsanforderungen für Sacheinlagen.[581]

Wieder andere Stimmen sprechen sich dafür aus, für unentgeltlich erworbene immaterielle Vermögensgegenstände ein Aktivierungswahlrecht analog dem für selbsthergestellte immaterielle Vermögensgegenstände einzuräumen.[582] Sie verweisen darauf, daß unentgeltlich erworbene immaterielle Vermögensgegenstände nach dem Sinn und Zweck von § 248 Abs. 2 S. 1 HGB aktivierbar seien. Eine Aktivierungspflicht könne man bei fehlendem Markttest jedoch nicht verlangen, da unentgeltlich erlangte Vermögensgegenstände ähnliche Bewertungsschwierigkeiten aufwiesen wie selbsthergestellte. Bei unentgeltlichem Erwerb sollen auch solche immateriellen Vermögensgegenstände aktiviert werden können, die bei Selbstherstellung dem Aktivierungsverbot des § 248 Abs. 2 S. 2 HGB unterfallen.

Warum eine analoge Anwendung nur des Satz 1 der Vorschrift befürwortet wird, nicht auch von Satz 2, wird nicht begründet. Auch der pauschale Hinweis auf Sinn und Zweck von § 248 Abs. 2 S. 1 HGB kann ohne weitere Erläuterungen nicht überzeugen, da sich Selbstherstellung und Gesellschaftereinlage markant unterscheiden.

Die verschiedenen in der Literatur vertretenen Ansichten haben damit eines gemein: Sie verweisen alle auf wichtige Einzelaspekte, sind aber insgesamt unzureichend begründet. Zumindest folgende Gesichtspunkte sollten berücksichtigt werden, bevor eine Analogie zu § 248 Abs. 2 HGB angenommen oder abgelehnt wird.

Zunächst einmal verlangen die subjektiven Zwecksetzungen des Gesetzgebers Beachtung, die den verschiedenen Erklärungen von Bundesregierung, Bundesrat und Bundestag entnommen werden können, die speziell zu der konkreten Frage der Bilanzierung selbsthergestellter immaterieller Vermögensgegenstände abgegeben worden sind. Der ursprüngliche Vorschlag des Regierungsentwurfs, das überkommene Aktivierungsverbot für selbsthergestellte immaterielle Vermögensgegenstände abzuschaffen, sollte der im Wirtschaftsleben gestiegenen Bedeutung immaterieller Vermögensgegenstände Rechnung tragen.[583] Im weiteren Gesetzgebungsverfahren wurde auf Initiative des Bundesrates hin aus der beabsichtigten Aktivierungspflicht ein Wahlrecht. Dabei hat der Bundesrat die Erwägungen der Bundesregierung nicht abgelehnt, sondern

581 Vgl. z.B. *Hennrichs* in MüKo-BilanzR § 248, Rz. 55, wo er die Werthaltigkeitskontrolle bei Sacheinlagen als Grund dafür anführt, warum Einlagen gegen Gesellschaftsrechte als entgeltlicher Vorgang verstanden werden können: Die Wertprüfung ersetzt den Preistest am Markt. Die Einlagen gegen Gesellschaftsrechte werden u. S. 319 ff. erörtert.

582 So z.B. *Ballwieser* in MüKo-HGB § 248, Rz. 31 m.w.N.; kritisch hierzu, jedoch mit ergänzenden Nachweisen für diese Ansicht *Hennrichs* in MüKo-BilanzR § 248, Rz. 59.

583 Begr. RegE, BT-Drs. 16/10067, 49.

zustimmend aufgegriffen, allerdings aufgrund weiterer Gesichtspunkte einen anderen Lösungsvorschlag unterbreitet.[584] Diesem Änderungsvorschlag hat sich der Rechtsausschuß des Bundestages angeschlossen.

Man kann daher annehmen, daß es bei Erlaß des BilMoG dem Willen des Gesetzgebers entsprach, der gestiegenen Bedeutung immaterieller Vermögensgegenstände Rechnung tragen zu wollen. Der Bedeutungsanstieg ist nicht auf den Fall der Selbstherstellung begrenzt, sondern betrifft, auch nach den Ausführungen der Regierungsbegründung, ununterschieden alle immateriellen Vermögensgegenstände. Eine analoge Anwendung von § 248 Abs. 2 HGB auf immaterielle Vermögensgegenstände, welche von Gesellschaftern eingelegt werden, entspräche insoweit der gesetzgeberischen Regelungsintention. Für durch Einlagen erworbene materielle Vermögensgegenstände und damit eine erweiterte Analogie findet sich in diesen Erwägungen keine Stütze.

Ein weiterer Gedanke, der die Bilanzrechtsmodernisierung des Jahres 2009 in alle Entstehungsstufen angeleitet hat, war das Bestreben, das deutsche HGB an internationale Rechnungsstandards anzugleichen.[585] Im internationalen Vergleich verlangen die meisten Staaten nicht nur eine Aktivierung selbsthergestellter immaterieller Vermögensgegenstände, sondern ebenso eine Aktivierung der immateriellen (ebenso der materiellen) Einlagen.[586] Dem Bestreben des BilMoG-Gesetzgebers nach Angleichung an internationale Standards widerspräche eine analoge Anwendung des § 248 Abs. 2 HGB auf eingelegte immaterielle Vermögensgegenstände nicht.

Ein zwingendes Argument für eine Analogie ergibt sich aus dem Vergleich mit internationaler Rechtspraxis allerdings nicht. Denn mit der Einräumung eines Aktivierungswahlrechts für selbsthergestellte immaterielle Vermögensgegenstände weicht das BilMoG bewußt[587] von der internationalen Praxis ab, die eine Aktivierungspflicht vorsieht. Im übrigen will das BilMoG trotz des Wunsches, sich internationalen Gepflogenheiten in einigen Punkten anzunähern, bewußt nur eine Annäherung, keine vollständige Angleichung, da man den eigenen nationalen Ansatz letztlich als (mindestens, mag man meinen) vollwertige, einfachere und kostengünstigere Alternative, also durchaus in Konkurrenz zu den IFRS-Standards verstanden hat.[588] Wenn allein das Internationalisierungsstreben schon bei immateriellen Vermögensgegenständen keine Analogie tragen kann, dann auch nicht bei materiellen Einlagen.

584 Vgl. Stellungnahme des Bundesrats, BR-Drs. 344/08, 7.

585 *Petersen/Zwirner* in Petersen/Zwirner, BilMoG, Teil III, 1.

586 *Schön,* Verdeckte Einlagen, 378.

587 Zur Willentlichkeit der Abweichung vgl. den warnenden Hinweis in der Erwiderung der Bundesregierung auf den Vorschlag des Bundesrates, abgedruckt bei *Petersen/Zwirner*, BilMoG, Teil II, 3 b), Zu Nummer 9.

588 Vgl. nur die allgemeine Begründung in der Stellungnahme des Rechtsausschusses des Bundestags, BT-Drs. 16/12407, 2.

Ein weiteres wichtiges Motiv, das den historischen Gesetzgeber bei der Ausformulierung des Gesetzes angeleitet hat, war der Wunsch, den Unternehmen eine übereinstimmende Behandlung von immateriellen Vermögensgegenständen in der Handelsbilanz und in der Steuerbilanz zu ermöglichen, um die Buchführung nicht zu erschweren.[589] Da § 5 Abs. 2 EStG nach wie vor nicht zwischen ›selbsthergestellt‹ und ›derivativ erworben‹ unterscheidet, sondern zwischen ›entgeltlich erworben‹ und ›nicht entgeltlich erworben‹, spricht der gesetzgeberische Wunsch, einen Gleichlauf zwischen Steuerrecht und Handelsbilanzrecht zu ermöglichen, dafür, im Handelsbilanzrecht zumindest auf eine Aktivierungspflicht für alle ›nicht entgeltlich erworbenen‹ immateriellen Vermögensgegenstände zu verzichten. Andernfalls würde die Buchführung bei immateriellen Einlagen genau in der Weise verkompliziert, die der Gesetzgeber bei Aufgabe des Aktivierungsverbots für nicht entgeltlich erworbene immaterielle Vermögensgegenstände eigentlich nicht erzwingen wollte. Eine Analogie zu § 248 Abs. 2 HGB brächte für die konkrete Umsetzung des Gleichlaufziels in dem Spezialfall der immateriellen Vermögensgegenstände eine Lösung, die sich nahe an einer im aktuellen Gesetz vorgefundenen gesetzgeberischen Entscheidung orientierte. Ein Aktivierungsverbot für immaterielle Einlagen würde ebenso zu der erwünschten Gleichbehandlung führen.

Zusammenfassend läßt sich festhalten, daß die Regelungsziele des historischen Gesetzgebers, soweit sie aus den Materialien erschlossen werden können, im Fall von immateriellen Einlagen eine Analogie zu beiden Sätzen des § 248 Abs. 2 HGB nahe legen. Eine Aktivierungspflicht hingegen, wie sie in der Literatur teilweise aus einem Umkehrschluß zur Selbstherstellung für jeden derivativen Erwerb oder mit Hinweis auf den Vollständigkeitsgrundsatz gefordert wird, widerspricht dem erklärten Ziel eines möglichen Gleichlaufs von Handelsbilanz- und Steuerbilanzrecht. Eine Erweiterung des Aktivierungswahlrechts auf materielle Einlagen findet in den subjektiven Gesetzeszwecken keine Stütze, da die leitenden Gedanken auf diesen Fall nicht übertragen werden können.

Diese ausdrücklichen Erklärungen zu den Regelungszwecken der konkreten Vorschrift kann man noch durch einen Verweis auf die historische Entwicklung der Regelung ergänzen. Der Fall der Selbstherstellung immaterieller Vermögensgegenstände war bis zum BilMoG ebenso wie der Fall einer Einlage geregelt. Diese frühere Gleichbehandlung legt nahe, den Fehler bei der Gesetzgebung, der zu einer Nichtregelung immaterieller Einlagen geführt hat, dahingehend zu korrigieren, daß auch zukünftig eine einheitliche Regelung für alle immateriellen Vermögensgegenstände erreicht wird.

589 Mit dem Argument der handelsrechtlichen und steuerrechtlichen Gleichbehandlung hat der Bundesrat seine Wahlrechtslösung begründet, vgl. Stellungnahme des Bundesrats, BR-Drs. 344/08, 8. Da der Rechtsausschuß des Bundestages in seiner Stellungnahme, BT-Drs. 16/12407, 85 diesem Vorschlag zustimmt, ist anzunehmen, daß er die gegebene Begründung akzeptiert.

Gegen dieses rein formale Gleichbehandlungsargument läßt sich einwenden, daß die Regelungsintention des Gesetzgebers auf den Fall der Selbstherstellung beschränkt war. Wenn der Gesetzgeber für immaterielle Einlagen keine Neuregelung beabsichtigt hat, ist zunächst anzunehmen, die alte Rechtslage solle insoweit weiter Bestand haben. Denn soweit das »bewährte Handelsbilanzrecht« durch das BilMoG keine ausdrücklichen Änderungen erfahren hat, sollte das bisherige System der Grundsätze ordnungsgemäßer Buchführung beibehalten werden.[590] Der ungewollte Fehler des Gesetzgebers könnte methodisch dadurch behoben werden, daß bei der Bilanzierung immaterieller Vermögensgegenstände, soweit sie nicht ausdrücklich anders geregelt worden ist, sondern nach aktueller Rechtslage ungeregelt bleibt, die Nichtbilanzierung als Grundsatz ordnungsgemäßer Buchführung und als Ausnahme zum Vollständigkeitsgebot des § 246 Abs. 1 S. 1 HGB verstanden wird.

Der rein formale Verweis auf die frühere Gleichbehandlung führt daher zu keinem eindeutigen Ergebnis. Die frühere Gleichbehandlung zeigt dabei immerhin, daß vor dem BilMoG beide Fälle vom Gesetzgeber als gleichwertig angesehen worden sind. Wenn beide Fälle gleich zu bewerten sind, verlangt das Gleichbehandlungsgebot als übergeordnetes Rechtsprinzip grundsätzlich, sie auch in Zukunft gleich zu regeln. Es kommt daher im vorliegenden Fall entscheidend darauf an, ob beide Fallgruppen notwendig gleich zu bewerten sind oder eine unterschiedliche Behandlung gerechtfertigt werden kann.

Die Literaturstimmen, die im Fall immaterieller Einlagen für eine Analogie zu § 248 Abs. 2 S. 1 HGB eintreten, verweisen auf die vergleichbare Bewertungsproblematik.[591] Unentgeltliche Einlagen und Selbstherstellung stimmen darin überein, daß der Wert des immateriellen Vermögensgegenstands nicht durch eine Markttransaktion bestätigt wird. Die Bewertung bedürfte einer Schätzung, die durch die Unkörperlichkeit der Gegenstände, die Unsicherheit der zukünftigen Nutzungsdauer und die fehlende Eindeutigkeit der Zurechnung von Herstellungskosten erschwert wird.[592] Die Vergleichbarkeit der Bewertungsschwierigkeiten muß jedoch auch bei Beachtung des Gleichbehandlungsgebots nicht zwangsläufig zu einer analogen Anwendung des § 248 Abs. 2 S. 1 HGB führen, aus zwei Gründen.

Erstens weisen der Fall der Einlagen und der Fall der Selbstherstellung einen markanten Unterschied auf. Bei der Selbstherstellung immaterieller Vermögensgegenstände sind im Geschäftsbetrieb tatsächlich Kosten angefallen, deren Zuordnung zwar nicht eindeutig ist, jedoch ähnlich wie bei der Herstellung materieller Gegenstände vorgenommen werden kann (vgl. die gesetzgeberische Lösung in § 255 Abs. 2a und Abs. 2 HGB). Insoweit beim Erwerb eines Vermögensgegenstands überhaupt Kosten angefallen sind, steht die Selbstherstellung dem entgeltlichen Erwerb sogar näher als dem unentgeltlichen Erwerb. Bei

590 Stellungnahme des Rechtsausschusses des Bundestags, BT-Drs. 16/12407, 1.
591 Vgl. *Ballwieser* in MüKo-HGB § 248, Rz. 31 m.w.N.
592 Vgl. Begründung zum RegE, BT-Drs. 16/10067, 49 f.

einer Einlage sind keinerlei Kosten entstanden. Eine Gleichbehandlung von immaterieller Einlage und Selbstherstellung von immateriellen Vermögensgegenständen wäre nur dann geboten, wenn man in dem gemeinsamen Kern einer fehlenden Marktbestätigung das tertium comparationis sieht, auf welches es für das Gleichbehandlungsgebot ankommen soll. Legt man den Schwerpunkt bei der Abwägung auf den Unterschied, daß einmal jegliche Kosten fehlen, einmal die Zuordnung tatsächlich angefallener Kosten schwierig ist, läßt sich eine Ungleichbehandlung begründen. Das Gesetz enthält keine weiteren Anhaltspunkte, welcher Lösungsansatz vorzuziehen wäre.

Der zweite Grund, warum die Vergleichbarkeit der Bewertungsproblematik nicht zu einer Analogie führen muß, liegt in der Inkonsistenz, mit der das Gesetz gerade auf diese Bewertungsschwierigkeit reagiert. Dabei kommt es nicht entscheidend auf die Aktivierung selbsthergestellter immaterieller Vermögensgegenstände an, die nach allgemeiner Ansicht dann zu erfolgen habe, wenn die Gegenstände Teil des Umlaufvermögens werden, nicht Teil des Anlagevermögens.[593] Denn diese schon zu §248 Abs. 2 HGB a.F. vertretene Ansicht läßt traditionell unbeachtet, daß bei immateriellen Vermögensgegenständen des Umlaufvermögens wegen des vergleichbaren Sachproblems der Bewertungsschwierigkeiten eine Nichtbilanzierung ebenso gerechtfertigt oder gar erforderlich sein könnte, wie sie bei materiellen Einlagen seit jeher diskutiert wird.[594] Statt dessen argumentieren deren Vertreter rein formal mit dem Wortlaut und dem begrifflichen Unterschied zwischen Anlagevermögen und Umlaufvermögen.

Entscheidend ist vielmehr die Inkonsistenz der gesetzlichen Regelung des § 248 Abs. 2 HGB n.F. selbst. Die teilweise Beibehaltung des früheren Aktivierungsverbots, die letztlich in Satz 2 der Vorschrift ihren Ausdruck gefunden hat, wurde im Regierungsentwurf eben mit dem Zurechnungsproblem begründet, das in allen anderen Fällen, die letztlich in Satz 1 normiert worden sind, nicht ausschlaggebend sein soll. Selbst wenn man die Bewertungsproblematik bei immateriellen Einlagen für vergleichbar hält, da man auf die fehlende Marktbestätigung abstellt, weiß man noch nicht, ob man daraus ein Aktivierungsverbot

593 Zur Aktivierung der immateriellen Vermögensgegenstände des Umlaufvermögens z.B. *Hennrichs* in MüKo-BilanzR § 248, Rz. 25 m.w.N.

594 Ein sachlicher Unterschied besteht darin, daß die Unsicherheit der Nutzungsdauer weniger ins Gewicht fällt, wenn die Vermögensgegenstände unterjährig veräußert werden sollen. Die anderen Bewertungsprobleme des fehlenden Markttests und der Unkörperlichkeit bestehen jedoch ebenso und könnten eine Nichtaktivierung rechtfertigen, zumal bei einem bald zu erwartenden Verkauf die Nichtbilanzierung immaterieller Vermögensgegenstände die Informationsfunktion der aufeinanderfolgenden Bilanzen weniger stark beeinträchtigt wird als bei einem geplantem Verbleib im Unternehmen. Es ist bei selbsthergestellten immateriellen Gegenständen des Umlaufvermögens in vergleichbarer Weise wie bei allen Einlagen zu fragen, ob es entscheidend auf den fehlenden Markttest und die insoweit vergleichbare Bewertungsschwierigkeit ankommen soll oder auf den gewissen Unterschied in den Details der Bewertungen.

analog § 248 Abs. 2 S. 2 HGB ableiten soll oder ein Aktivierungswahlrecht analog § 248 Abs. 2 S. 1 HGB. Sowohl die Fälle des Satzes 1 wie die Fälle des Satzes 2 sind hinsichtlich der Bewertungsunsicherheit, insbesondere hinsichtlich der fehlenden Marktbestätigung vergleichbar.

Eine wertungswidersprüchliche gesetzliche Regelung[595] bietet keine eindeutige Analogiebasis. Stellt man maßgeblich auf den fehlenden Marktest und die dadurch entstehende Bewertungsunsicherheit ab, kann man § 248 Abs. 2 HGB die Aussage entnehmen, daß eine solche Bewertungsschwierigkeit eine Nichtaktivierung begründen kann (Sätze 1 und 2), jedoch nicht erfordert (Satz 1). Damit spricht § 248 Abs. 2 HGB am ehesten gegen eine Aktivierungspflicht von immateriellen Einlagen, aber weder eindeutig für oder gegen ein Aktivierungswahlrecht noch für oder gegen ein Aktivierungsverbot.

Andererseits spricht gegen ein Aktivierungswahlrecht und damit für eine Entscheidung zwischen Aktivierungspflicht und Aktivierungsverbot die Intention des Gesetzgebers, der durch das Bilanzrechtsmodernisierungsgesetz eigentlich Bilanzierungswahlrechte beseitigen wollte, um die nationale und internationale Vergleichbarkeit von HGB-Jahresabschlüssen zu erhöhen und bilanzpolitische Maßnahmen einzudämmen.[596] Es sollte die Informationsfunktion des Jahresabschlusses gestärkt werden. Vor diesem Hintergrund kann man die noch bestehenden Wahlrechte als Ausnahmevorschriften ansehen, welche nach einem methodischen Grundsatz eng auszulegen sind.[597] Die allgemeine Regelungsintention, durch Abschaffung von Wahlrechten die Informationsfunktion zu stärken, verlangt sicherlich Zurückhaltung bei der Einräumung weiterer Wahlrechte, wenn eine Abwägungsentscheidung vorzunehmen ist.

Der Hinweis auf die Informationsfunktion kann jedoch im konkreten Fall der eingelegten immateriellen Vermögensgegenstände die Bilanzierungsfrage nicht abschließend entscheiden, da der Gesetzgeber im Laufe des Gesetzgebungsverfahrens das Ziel einer Stärkung der Informationsfunktion bewußt eingeschränkt hat. Zu den wichtigsten Änderungen, die der Rechtsausschuß des Bundestages gegenüber dem Regierungsentwurf vorgenommen hat, gehört neben der Ablehnung einer Aktivierungspflicht für immaterielle Vermögensgegenstände auch die Ablehnung einer Aktivierungspflicht für latente Steuern, an Stelle derer ebenfalls ein Aktivierungswahlrecht vorgesehen wurde.[598] Bei Einführung dieser Wahlrechte war sich der Rechtsausschuß der Tatsache bewußt,

595 Aus ähnlichen Erwägungen heraus kritisch zur derzeitigen Regelung *Ballwieser* in MüKo-HGB § 248, Rz. 3.

596 Vgl. Erwiderung des Bundesregierung auf die Stellungnahme des Bundesrates, abgedruckt bei *Petersen/Zwirner*, BilMoG, Teil II, 3 b), Zu Nummer 9.

597 Zur engen Auslegung von Ausnahmen, s. *Larenz/Canaris,* Methodenlehre, 176 (dabei jedoch zur Vorsicht mahnend bei der Bestimmung dessen, was Regel und was Ausnahme ist).

598 Die wichtigsten Änderungen werden übersichtlich aufgeführt in der Stellungnahme des Rechtsausschusses des Bundestags, BT-Drs. 16/12407, 2.

daß damit die ursprüngliche Intention der Stärkung der Informationsfunktion eingeschränkt wurde.[599] Trotz des weiterhin geltenden Gebots, die angestrebte Zurückdrängung von Bilanzwahlrechten nicht im Wege einer ausufernden Auslegung oder Rechtsfortbildung zu unterlaufen, spricht methodisch nichts dagegen, in engbegrenzten Fällen weitere Wahlrechte zu gestatten, wenn diese Fälle den vom Gesetzgeber bewußt eingeführten Ausnahmen wertungsmäßig gleichen und deshalb eine Gleichbehandlung geboten erscheint.

Alle wichtigen Änderungen, welche der Rechtsausschuß des Bundestages gegenüber dem Regierungsentwurf vorgenommen hat, beruhen letztlich darauf, daß der Rechtsausschuß das Vorsichtsprinzip deutlich stärker gewichtet hat als noch die Entwurfsverfasser. In ihren allgemeinen Stellungnahmen betonen alle Fraktionen die große Bedeutung, die dem Vorsichtsprinzip für die Erstellung der Handelsbilanz zukomme, und führen die fünf wichtigsten Änderungen gegenüber dem Regierungsentwurf darauf zurück, daß dem Vorsichtsprinzip in diesen konkreten Fällen größere Bedeutung zukommen solle als im Entwurf vorgesehen.[600] Auch die Einführung eines Aktivierungswahlrechts für selbsthergestellte immaterielle Vermögensgegenstände wird nicht wie in der Stellungnahme des Bundesrates allein damit begründet, einen Gleichlauf zwischen Handels- und Steuerbilanz zu ermöglichen, sondern zudem mit dem Hinweis, daß dadurch den Bilanzerstellern eine vorsichtige Bilanzierung ermöglicht werden solle.[601]

Vor dem Hintergrund der zunehmenden Dynamik der weltweiten Finanzkrise, die im Jahr 2007 begonnen hatte, schätzten die Fraktionen im März 2009 die Vorzüge des Handelsbilanzrechts gegenüber den weniger vorsichtigen Bilanzierungsstandards US-GAAP und IFRS wieder deutlich mehr als noch die Bundesregierung bei Vorlage ihres Entwurfs im Juli 2008. Die Bundesregierung hatte bei der Vorlage ihres Entwurfs darauf hingewiesen, daß die beabsichtigte Stärkung des Informationsprinzips dazu führe, daß bei der Verwirklichung des Vorsichtsprinzips, des Realisationsprinzips und des Stichtagsprinzips Abstriche zu machen seien, und dadurch erkennen lassen, daß sie dem Informationsprinzip tendenziell Vorrang zusprechen wolle.[602] Nachdem im weiteren Gesetzesverlauf der Rechtsausschuß des Bundestags hingegen das Vorsichtsprinzip deutlich stärker betont hat und wesentliche Änderungen am Regierungsentwurf mit der Bedeutung des Vorsichtsprinzips begründet hat, läßt das Bilanzrechtsmoderni-

599 Dieses Bewußtsein muß man unterstellen, nachdem die Bundesregierung zuvor in ihrer Gegenäußerung zur Stellungnahme des Bundesrates ausdrücklich auf die Problematik hingewiesen hat.

600 Vgl. die Fraktionsäußerungen in der Stellungnahme des Rechtsausschusses des Bundestags, BT-Drs. 16/12407, 79 ff.; eine Auflistung der wichtigsten Änderungen *ebda*, 2.

601 Besonders klar in diesem Punkt die Einlassung der CDU/CSU-Fraktion in der Stellungnahme des Rechtsausschusses des Bundestags, BT-Drs. 16/12407, 82.

602 Vgl. die zusammenfassende Darstellung bei *Petersen/Zwirner*, BilMoG, Teil III, 2.

sierungsgesetz keine eindeutige Tendenz erkennen, ob in Zweifelsfragen dem Vorsichtsprinzip oder der Informationsfunktion der Vorzug zu geben sei. Der altbekannte Prinzipienstreit setzt sich im geltenden Recht weiter fort.

Im konkreten Fall der immateriellen Einlagen bedeutet diese Erkenntnis, daß man die Frage einer Analogie zu den Vorschriften des § 248 Abs. 2 HGB nicht einfach mit einem Hinweis auf die durch das BilMoG gestärkte Bedeutung des Informationsprinzips entscheiden kann. Hält man das Vorsichtsprinzip nach dem Bilanzrechtsmodernisierungsgesetz unter Verweis auf die im Rechtsausschuß geäußerten Ansichten weiterhin hoch, kann man das Aktivierungswahlrecht für selbsthergestellte immaterielle Vermögensgegenstände nicht nur als Einschränkung des Vollständigkeitsgrundsatzes verstehen, sondern auch als Ausnahme zur grundsätzlichen Nichtbilanzierung bei Bewertungsschwierigkeiten, die das Vorsichtsprinzip weiterhin begründen kann, sowie das Vorsichtsprinzip auch das Aktivierungsverbot des § 248 Abs. 2 HGB a.F. begründen konnte.[603]

Da das Verhältnis der beiden allgemeinen Bilanzgrundsätze Vorsicht und Information durch das BilMoG nicht geklärt worden ist, bleibt in der konkreten Frage einer Analogie zu § 248 Abs. 2 HGB unklar, ob im Fall von Bewertungsschwierigkeiten die Aktivierung oder die Nichtaktivierung die Regel oder die Ausnahme darstellen sollen. Daher muß in diesem Spezialfall letztlich mitentscheiden, welche Antwort man auf die allgemeinere Frage gibt, ob bei der Bilanzierung von unentgeltlichen Einlagen, seien sie materiell oder immateriell, das Vorsichtsprinzip (und damit die Bewertungsunsicherheiten) oder das Informationsprinzip (und damit das Vollständigkeitsgebot) den Ausschlag geben sollen. Diese allgemeine Frage, die über die spezielle Frage einer Analogie zu § 248 Abs. 2 HGB hinausgeht, soll sogleich erörtert werden, nachdem zuvor noch eine letzte Ausnahme zum Aktivierungsgrundsatz für Zuschüsse und Subventionen die nötige Aufmerksamkeit erfahren hat.[604]

(4) Ausschüttungsverbot und Anhangangaben bei Zeitwertbilanzierung von unentgeltlichen Einlagen als Alternative zur Legung stiller Reserven

Bevor zur letzten Ausnahme bei Zuschüssen und Subventionen übergegangen werden kann, ist jedoch noch auf den systematischen Zusammenhang des neu formulierten § 248 Abs. 2 HGB zu den gleichzeitig geschaffenen Vorschriften der § 268 Abs. 8 S. 1 HGB und § 285 Nr. 22 HGB hinzuweisen, der die Bedeutung des Vorsichtsprinzips bei der Bilanzierung immaterieller Vermögensgegenstände noch einmal unterstreicht.

Diese Vorschriften gelten entsprechend ihrer systematischen Stellung im zweiten Abschnitt des dritten Buches nur für Kapitalgesellschaften und ihnen

603 Zur Begründung des Aktivierungsverbot nach alter Rechtslage *Ballwieser* in MüKo-HGB § 248, Rz. 2.

604 S. u. S. 250 ff.

gleichgestellte Personengesellschaften, nicht aber für normale Personengesellschaften. Eine Aktivierung selbsthergestellter immaterieller Vermögensgegenstände führt zu einer Erhöhung des Jahresergebnisses um den entsprechenden Betrag. Da die Erhöhung des Aktivbestandes nicht von außen (Gesellschaftern oder Dritten) herrührt, kann der entsprechende Betrag nicht erfolgsneutral als Kapitalbestandteil gebucht werden, sondern muß ergebniswirksam erfaßt werden. Diese Erfolgsbeeinflussung durch die Aktivierung selbsthergestellter immaterieller Vermögensgegenstände erschien den Entwurfsverfassern des Regierungsentwurfs bedenklich. Auch der Regierungsentwurf ging davon aus, daß es bei selbsthergestellten immateriellen Vermögensgegenständen zu erheblichen Bewertungsunsicherheiten kommen müsse. Daher wollte man diesem Bewertungsproblem durch ein Ausschüttungsverbot für Gewinne aus der Aktivierung selbsthergestellter immaterieller Vermögensgegenstände begegnen, das letztlich auch in § 268 Abs. 8 S. 1 HGB umgesetzt worden ist.[605] Gewinnanteile, die auf so unsicherer Bewertungsgrundlage beruhten, sollten nicht ausgeschüttet werden können. Diese Vorsichtsmaßnahme sollte die Hintansetzung des Vorsichtsprinzips bei der Entscheidung der Aktivierbarkeit ausgleichen. Um die Gewinnerhöhung transparent zu machen und eine Nachprüfung zu ermöglichen, ob die Ausschüttungssperre des § 268 Abs. 8 S. 1 HGB beachtet wird, schreibt § 285 Nr. 22 HGB ergänzend Anhangangaben über die Bewertung selbsthergestellter immaterieller Vermögensgegenstände vor.

Diese Lösung ist auch, jedoch nicht allein wegen der Ersetzung der ursprünglich vorgesehenen Aktivierungspflicht durch ein Aktivierungswahlrecht als wertungswidersprüchlich kritisiert worden.[606] Denn einerseits wird die tatsächlich schwierige Bewertung als ausreichend sicher für eine Aktivierungsmöglichkeit eingeschätzt, andererseits als zu unsicher für eine Aktivierungspflicht und jedenfalls so unsicher, daß die Aktivierung durch eine Ausschüttungssperre flankiert werden müsse. Das Ausschüttungsverbot erscheint in der Tat nur dann erforderlich, wenn die Aktivierung selbsthergestellter immaterieller Vermögensgegenstände zu einem Gewinnausweis führte, der mit dem Vorsichtsprinzip, insbesondere wie es in § 252 Abs. 1 Nr. 4 2. Hs. HGB konkretisiert wird, nicht vereinbar wäre. Nach dieser Vorschrift dürfen nur realisierte Gewinne ausgewiesen werden.

Dabei scheint der Gesetzgeber übersehen zu haben, daß nach seiner eigenen Bewertungsregel in § 255 Abs. 2a HGB nur solche Aufwendungen berücksichtigt werden können, die ohne Zweifel tatsächlich getätigt worden sind, und von diesen nur die der konkreten Entwicklung mit vermeintlich hinreichender Sicherheit zurechenbaren.Die Aktivierung von selbsthergestellten immateriellen Vermögensgegenständen bedeutet kaum eine größere Einschränkung für das

605 Vgl. Begründung zum RegE, BT-Drs. 16/10067, 64.

606 So z.B. *Ballwieser* in MüKo-HGB § 248, Rz. 3; a.A. *Klinkert*, Ansatzrechte und Ausschüttungssperren, 185, der darauf abstellt, daß die angesetzten Werte unsicher bleiben, auch wenn sie eindeutig abgegrenzt und dokumentiert werden.

Vorsichtsprinzip als die Aktivierung selbsthergestellter materieller Vermögensgegenstände. Die Berechtigung zum Gewinnausweis ist in beiden Fällen noch nicht durch ein Umsatzgeschäft nachgewiesen worden, in dem der aktivierte Vermögensgegenstand seinen Wert am Markt bewiesen hätte, und die Zuordnung von Kosten zur Herstellung ist in beiden Fällen nicht immer eindeutig möglich. Doch gleicht die Aktivierung nur den tatsächlichen Mittelabfluß bei der Herstellung aus.

Das Realisationsprinzip des § 252 Abs. 1 Nr. 4 HGB muß aus systematischen Gründen so verstanden werden, daß es auf den Ausweis eines Nettogewinns abzielt und einer Berücksichtigung von historischen Herstellungskosten im Sinne von § 255 Abs. 2 und jetzt auch Abs. 2a HGB nicht widerstreitet. Wenn aber die Berücksichtigung von historischen Herstellungskosten bei der Bewertung als Ausgleich zu gewinnmindernden Ausgaben nicht dem Vorsichtsprinzip widerstreitet, bedarf es keiner Ausschüttungssperre in Höhe des Betrags der Herstellungskosten, sofern die Zuordnung der Herstellungskosten zu dem aktivierten Vermögensgegenstand hinreichend sicher ist.

Nachdem der BilMoG-Gesetzgeber aber nun einmal zu § 248 Abs. 2 S. 1 HGB den systematisch nicht vollends überzeugenden Flankenschutz der § 268 Abs. 8 S. 1 HGB und § 285 Nr. 22 HGB festgeschrieben hat, steht die Frage im Raum, ob bei einer Analogie zu § 248 Abs. 2 S. 1 HGB im Fall des unentgeltlichen Erwerbs eines immateriellen Vermögensgegenstands zugleich eine analoge Anwendung der flankierenden Regelungen vorzusehen ist. Zunächst einmal ist festzustellen, daß bei einer Einlage immaterieller Vermögensgegenstände nun in der Tat der Konflikt mit dem Realisationsgebot droht, der sich im Fall der Selbstherstellung als Scheinproblem entpuppt hat. Bei einer unentgeltlichen Einlage fallen definitionsgemäß keine Kosten an, die durch den Wertansatz des Vermögensgegenstands nur ausgeglichen würden, so daß ohne weiteren Realisierungstatbestand der Ausweis eines nicht realisierten Nettogewinns droht. Daher kann man bei immateriellen Einlagen a fortiori eine Analogie zu § 268 Abs. 8 S. 1 HGB erwägen. Eine Analogie zu § 285 Nr. 22 HGB bietet sich hingegen nicht an, da im Fall einer Einlage mangels Forschungs- und Entwicklungskosten ganz andere Bewertungsmethoden gefunden werden müssen, deren Angabe schon durch den allgemeineren § 284 Abs. 2 HGB gefordert wird.

Grundsätzlich kann auch eine spezielle Vorschrift wie § 268 Abs. 8 HGB als Analogiebasis dienen, wobei in der Literatur jedoch zurecht darauf hingewiesen wird, daß nicht durch eine grenzenlose Analogie zu dieser speziellen Ausschüttungssperre das Zusammenspiel von Handelsbilanzrecht und Kapitalschutz gänzlich umgestaltet werden darf, sondern allein ungewollte Lücken im Gläubigerschutz geschlossen werden können, welche spezifisch auf die Stärkung der Informationsfunktion durch das BilMoG zurückzuführen sind.[607] Diese Forderung entspricht den anerkannten methodischen Regeln zur Rechtsfortbildung.

607 *Reiner* in MüKo-HGB § 268, Rz. 28.

Für immaterielle Einlagen kann man eine analoge Ausschüttungssperre erwägen, da sie dem geregelten Spezialfall der selbsthergestellten immateriellen Vermögensgegenstände nicht nur in der allgemeinen Bewertungsproblematik eines fehlenden Markttests gleichen, sondern in gleicher Weise unkörperlich und in ihrer Nutzungsdauer unsicher sind. Wegen der Übereinstimmung in diesen drei Kriterien wurden ja eben die Fälle der Selbstherstellung und der Einlage immaterieller Vermögensgegenstände in § 248 Abs. 2 HGB a.F. gleich behandelt. Wie gesehen, wird das Bewertungsproblem im Fall einer Einlage durch das Fehlen jeglicher Kosten sogar verschärft, weshalb man eine Analogie sogar a fortiori für geboten halten mag. Betrachtet man nur den Fall der immateriellen Einlage und der Selbstherstellung immaterieller Vermögensgegenstände, liegt eine Analogie zu § 268 Abs. 8 S. 1 HGB nahe.

Andererseits können unentgeltliche immaterielle Einlagen ebenso mit unentgeltlichen materiellen Einlagen verglichen werden. Eine Ausschüttungssperre bei materiellen Einlagen überschritte nun jedoch die Grenzen einer zulässigen Analogie. Mehre Gründe lassen sich für diese Annahme angeben. Zunächst unterscheidet sich die Bewertungsproblematik bei materiellen und immateriellen Vermögensgegenständen dadurch, daß die besonderen Probleme der Unkörperlichkeit und der unsicheren Nutzungsdauer bei materiellen Einlagen nicht oder nicht im selben Maße gegeben sind. Vor allem aber geht das Handelsbilanzrecht grundsätzlich davon aus, daß unentgeltliche Einlagen den Gewinn positiv beeinflussen können. Es kommt dabei nicht auf die im einzelnen umstrittene Frage an, wann unentgeltliche Einlagen gewinnwirksam erfaßt werden können und wann sie in eine Kapitalrücklage nach § 272 Abs. 2 Nr. 4 HGB einzustellen sind.[608] Denn auch wenn die Aktivierung einer unentgeltlichen Einlage durch die Gegenbuchung in einer Kapitalrücklage ausgeglichen wird, so kann diese Kapitalrücklage grundsätzlich jederzeit aufgelöst werden. In diesem Fall erhöht sich bei Aktiengesellschaften aufgrund der besonderen Gliederungsvorschrift des § 158 AktG zwar nicht das Jahresergebnis, jedoch der sogenannte Bilanzgewinn. Für die GmbH ergibt sich aufgrund der allgemeinen Vorschrift des § 275 Abs. 4 HGB ein ähnliches Ergebnis.

Die jederzeitige Auflösbarkeit von Kapitalrücklagen folgt aus § 270 Abs. 1 HGB, der die Auflösbarkeit voraussetzt, ohne einschränkende Kriterien zu nennen. Einschränkende Regeln für die Auflösbarkeit von Kapitalrücklagen kennt das Handelsbilanzrecht nicht[609]; solche Regeln enthalten nur die kapitalschutz-

608 Zu dieser Streitfrage s.u. S. 269 ff. Jedenfalls in bestimmten Fällen ist eine erfolgswirksame Bilanzierung möglich.

609 Die Einschränkungen der § 272 IV und V HGB betreffen Gewinnrücklagen, vgl. zu § 272 IV HGB die Kommentierung bei *Kropff* in MüKo-BilanzR, § 272, Rz. 206 ff. als Unterfall der Gewinnrücklagen (Absatz 5 wurde erst nach der Kommentierung durch das BilRUG eingeführt; hier ist es noch deutlicher: die Erhöhung des Jahresüberschusses durch Werterhöhung von Beteiligungen wird in einer Gewinnrücklage geparkt).

rechtlichen Vorschriften des Aktiengesetzes. In der GmbH können daher grundsätzlich alle Posten der Kapitalrücklage iSv § 272 Abs. 2 HGB aufgelöst und als Gewinn ausgeschüttet werden. In der Aktiengesellschaft können die Posten des § 272 Abs. 2 Nr. 1–3 HGB nur in den engen Grenzen des § 150 Abs. 3 und 4 AktG verwendet (und dabei nie direkt als Teil des Bilanzgewinns ausgeschüttet) werden; die Kapitalrücklage des § 272 Abs. 2 Nr. 4 HGB hingegen, in der eben die unentgeltlichen Einlagen gebucht werden, kann jederzeit aufgelöst und die darin enthaltenen Beträge können ausgeschüttet werden.[610] Das Gesetz bestätigt dieses Verständnis durch den Begriff der »freien Rücklagen« (z.B. in § 272 Abs. 4 S. 3 HGB), unter den nicht nur Gewinnrücklagen zu subsumieren sind, sondern auch alle Kapitalrücklagen, für die keine spezielle Verwendungsbeschränkung verfügt worden ist.[611]

Die jederzeit mögliche Auflösung von Kapitalrücklagen wäre widersinnig, wenn die entsprechenden Beträge nicht auch ausgeschüttet werden könnten. Werden also unentgeltliche materielle Einlagen aktiviert, können die entsprechenden Beträge nach der Systematik des Bilanzrechts zumindest nach der jederzeit möglichen Auflösung der für sie gebildeten Kapitalrücklage ausgeschüttet werden. Eine Ausschüttungssperre für alle unentgeltlichen Einlagen analog § 268 Abs. 8 S. 1 HGB bedeutete dementsprechend einen starken Eingriff in die Architektonik des Bilanzrechts, das dem Vorsichtsprinzip grundsätzlich bei der Bewertung Tribut zollt (vgl. § 252 Abs. 1 Nr. 4 HGB), nicht durch eine nachgelagerte Ausschüttungssperre. Ausschüttungssperren ergeben sich grundsätzlich aus dem speziellen Kapitalgesellschaftsrecht, nicht aus den allgemeinen Regeln des Handelsbilanzrechts. Diese Aufgabenverteilung würde gestört und die in § 150 AktG vorgenommene aktienrechtliche Unterscheidung zwischen ausschüttungsgesperrten Kapitalrücklagen (§ 272 Abs. 2 Nr. 1–3 HGB) und freien Kapitalrücklagen (§ 272 Abs. 2 Nr. 4 HGB) ihres Sinnes beraubt, wollte man eine handelsrechtliche Ausschüttungssperre für alle Beträge annehmen, die infolge unentgeltlicher Einlagen aktiviert worden sind. Eine Ausschüttungssperre kann daher bei unentgeltlichen materiellen Einlagen nicht durch eine Analogie zu § 268 Abs. 8 S. 1 HGB eingeführt werden.

Wenn nun aber Beträge aus materiellen Einlagen ausschüttbar sind, dann muß man nicht zwingend bei immateriellen Einlagen eine Analogie zur Ausschüttungssperre des § 268 HGB befürworten. Denn die Bewertungsunsicherheit bei immateriellen Einlagen ist nicht nur der im Fall einer Selbstherstellung vergleich-

610 Vgl. zur Auflösung von Rücklagen in GmbH und AG *Reiner* in MüKo-HGB § 270, Rz. 5. Die Vorschrift des § 229 AktG im Fall einer vereinfachten Kapitalherabsetzung braucht an dieser Stelle nicht weiter zu interessieren.

611 Zu diesem allgemein geteilten Verständnis des Begriffes »freie Rücklagen« im Zusammenhang mit § 272 IV HGB s. *Kropff* in MüKo-BilanzR, § 272, Rz. 216 und *Reiner* in MüKo-HGB § 272, Rz. 121. Deshalb werden an den zitierten Stellen Anhangangaben gefordert, wenn freie Kapitalrücklagen in die als Gewinnrücklage verstandene Rücklage für Anteile an herrschenden Unternehmen überführt werden.

bar, sondern auch der im Fall von materiellen Einlagen. Es kommt wiederum darauf an, ob man das Fehlen eines Markttests als entscheidendes Kriterium ansieht oder die besonderen Kriterien der Unkörperlichkeit und der unsicheren Nutzungsdauer.

Abschließend sei noch angemerkt, daß die nicht unproblematische Lösung einer Aktivierung unter Annahme noch ausreichender Bewertungssicherheit und einer gleichzeitigen Ausschüttungssperre unter Annahme nicht ausreichender Bewertungssicherheit bei normalen Personengesellschaften nicht weiterhelfen kann, da diese keine Ausschüttungssperren kennen, statt dessen unbegrenzte Haftung der Gesellschafter. Die bewußte Einschränkung des Vorsichtsprinzips durch ein Aktivierungswahlrecht kann in Personengesellschaften nicht einmal auf diese problematische Weise ausgeglichen werden. Das Vorsichtsprinzip gilt nun aber ausweislich der allgemeinen Bewertungsregel des § 252 Abs. 1 Nr. 4 HGB auch für Personengesellschaften und nicht allein, wie manche Literaturstellen durch einen Verweis auf den Gläubigerschutz und die Beschränkung der Kapitalausschüttung durch das Vorsichtsprinzip suggerieren, für Kapitalgesellschaften.[612] Das Vorsichtsprinzip gilt für alle Kaufleute, um alle Bilanzadressaten, die Gläubiger ebenso wie die aktuellen Gesellschafter und potentielle Investoren, vor einer zu positiven Darstellung der Vermögens-, Finanz- und Ertragslage zu schützen. Es steht dem Einsichtsgebot des § 264 Abs. 2 S. 1 HGB und des § 242 Abs. 1 und 2 HGB nicht nur entgegen, wie in der Literatur regelmäßig betont wird, sondern es dient in gewisser Weise zugleich der Realisierung der Informationsfunktion der Bilanz, da eine vorsichtig erstellte Bilanz verläßlicher sein kann als die Bilanz der in der Regierungsbegründung angeführten innovativen mittelständischen Start up-Unternehmen, die ihre angespannte Kapitalsituation durch Aktivierung selbsthergestellter immaterieller Vermögensgegenstände unsicheren Wertes kaschieren konnten.[613]

(5) Zusammenfassung

Die obige Untersuchung hat ergeben, daß der unmittelbare Normbereich des § 248 Abs. 2 HGB n.F. auf die Fallgruppe der selbst hergestellten immateriellen Vermögensgegenstände beschränkt ist, wie sein Wortlaut schon nahelegt. Der Wegfall der alten Regelung für immaterielle Einlagen beruht auf einem Fehler

612 Beispiele für die Beschränkung des Vorsichtsprinzips auf den Gläubigerschutz in Kapitalgesellschaften bei *Tiedchen* in MüKo-BilanzR § 252, Rz. 62 und *Osterloh-Konrad/Schön*, Rechnungslegung in der Aktiengesellschaft, 943.

613 Eben diese Auffassung, das Vorsichtsprinzip konkretisiere zumindest in gewissem Maße den true and fair view, vertritt zum europäischen Recht der Europäische Gerichtshof in den später noch zu erörternden Entscheidung *Gimle SA* und *Bloomsbury NV*, wofür er in der deutschen Literatur, die beide Bilanzprinzipien gegensätzlich versteht, kritisiert wird; s. dazu u. S. 272 ff. Zur Verständnis der beiden Bilanzprinzipien als rein gegensätzlich s. schon o. S. 197 mit Fn. 545.

im Gesetzgebungsverfahren zum Bilanzrechtsmodernisierungsgesetz. Weder aus der Gesetzgebungshistorie, noch aus dem subjektiven Regelungswillen des Gesetzgebers, der die konkrete Änderung angeleitet hat, noch aus der Teleologie des gesamten Bilanzrechtsmodernisierungsgesetzes und des reformierten Handelsbilanzrechts, wie sie vom Gesetzgeber gedacht worden ist und in der Systematik des Bilanzrechts objektiv Niederschlag gefunden hat, noch aus dem Gleichbehandlungsgebot als übergeordnetem Rechtsprinzip lassen sich eindeutige Hinweise gewinnen, wie dieser Fehler korrigiert werden soll. Der Rechtsanwender muß daher ohne weitere Anleitung durch das Gesetz entscheiden, welcher von drei Lösungsmöglichkeiten er den Vorzug gibt, die alle mit dem Gesetz in Einklang gebracht werden können.

Denkbar ist zum einen, den nicht mehr geregelten Fall der immateriellen Einlagen wie den nunmehr allein geregelten Fall der Selbstherstellung zu behandeln. Ein Grund, diese Angleichung auf § 248 Abs. 2 S. 1 HGB zu beschränken und das Ansatzverbot des Satzes 2 bei immateriellen Einlagen nicht zu beachten, ist dabei nicht erkennbar. Das stärkste Argument für eine Analogie zu § 248 Abs. 2 HGB liefern die Begründungen der verschiedenen Verfassungsorgane, insbesondere der Wunsch, einen Gleichlauf von Steuerrecht und Handelsbilanzrecht zu ermöglichen. Diese Begründung gilt nur für immaterielle Einlagen, da das Steuerrecht für materielle Einlagen kein Aktivierungsverbot kennt, sondern differenzierte Regelungen, die noch nie als vorgreiflich für das Handelsbilanzrecht angesehen worden sind und noch weniger als Vorgaben infrage kommen, nachdem eben das BilMoG mit Streichung von § 5 Abs. 1 S. 2 EStG a.F. die umgekehrte Maßgeblichkeit abgeschafft hat (auch wenn diese allein die Ausübung steuerrechtlicher Wahlrechte im Blick hatte).

Gegen eine Analogie zu § 248 Abs. 2 HGB sprechen vor allem zwei Gründe: Der Fall der Einlagen (immaterieller wie materieller) unterscheidet sich von der Selbstherstellung erstens dadurch, daß beim Bilanzierungssubjekt keinerlei Kosten anfallen, weshalb die Bewertung noch schwieriger ist und der Ausweis eines nicht realisierten Nettogewinns droht. Es steht nicht allein der Ausgleich tatsächlich angefallener, lediglich schwer zuordenbarer Kosten in Rede. Zweitens enthält das Gesetz in Satz 1 und Satz 2 der Vorschrift zwei unterschiedliche Antworten auf das identische Bewertungsproblem. Den altbekannten Konflikt zwischen Vorsichtsprinzip und Einsichtsgebot hat das BilMoG nicht aufgelöst. Die unklare Analogiebasis, der weiterhin offene Prinzipienstreit und die inhaltlichen Unterschiede in der Bewertungsproblematik erlauben statt einem Aktivierungswahlrecht für immaterielle Einlagen auch strengere Lösungen. Dabei kann ebensowohl eine Aktivierungspflicht vertreten werden, wenn man das Regelungsziel des BilMoG betont, die Einsichtsfunktion des Jahresabschlusses zu stärken, wie auch ein Aktivierungsverbot, wenn man das vom Rechtsausschuß betonte Vorsichtsprinzip stärker gewichtet als die Informationsfunktion.

Die Frage einer Analogie zu § 248 Abs. 2 HGB für immaterielle und in einem zweiten Schritt eventuell sogar materielle Einlagen führt damit letztlich auf dasselbe Grundproblem der Ausbalancierung von Vorsichtsprinzip und

Informationsfunktion im Jahresabschluß, das für materielle Einlagen schon lange diskutiert wird, ohne für dessen Lösung eine eindeutige Entscheidungshilfe zu geben. Folgende Erkenntnisse aus der Analogiediskussion bleiben für die allgemeine Frage, welche Konsequenzen Bewertungsschwierigkeiten für die Aktivierung von Vermögensgegenständen haben, von Bedeutung. Auch nach Abschaffung von § 248 Abs. 2 HGB a.F. können nach Auffassung des Gesetzgebers Bewertungsschwierigkeiten wegen des Vorsichtsgebots eine Nichtaktivierung von Vermögensgegenständen begründen (vgl. § 248 Abs. 2 S. 1 und S. 2 HGB). Sie zwingen jedoch nicht notwendig zu einem Aktivierungsverbot (vgl. § 248 Abs. 2 S. 1 HGB). Das Wahlrecht des § 248 Abs. 2 S. 1 HGB erscheint dann inkonsequent, wenn der Gesetzgeber zugleich in § 268 Abs. 8 S. 1 HGB eine Ausschüttungssperre für die entsprechenden Beträge vorsieht, da er dann zugleich mit Sicherheit und Unsicherheit der Bewertung argumentiert. Für sich allein genommen ist das Aktivierungswahlrecht nicht selbstwidersprüchlich, da sowohl für die Aktivierung als auch für die Nichtaktivierung gute Gründe sprechen und keine der strengen Lösungen der anderen eindeutig vorzuziehen wäre. Anstatt einer strengen Lösung willkürlich, d.h. ohne für diese Entscheidung bessere Gründe angeben zu können als gegen sie, den Vorzug zu geben, kann man wie der Gesetzgeber in § 248 Abs. 2 S. 1 HGB die Entscheidung dem Bilanzersteller überlassen, der durch das Stetigkeitsgebot des § 246 Abs. 3 HGB an seine Entscheidung gebunden ist. Zudem lehrt die Beschäftigung mit § 248 Abs. 2 HGB, die Frage der Aktivierung im Zusammenhang mit der Gegenbuchung auf der Passivseite zu sehen. Die Ausschüttungsmöglichkeit unsicherer Werte verschärft bei Kapitalgesellschaften den Konflikt mit dem Vorsichtsprinzip. Zudem können ergänzende Anhangangaben erforderlich sein, um dem Informationsgebot tatsächlich Genüge zu tun.

dd) Ausnahme für Aktivierung von Zuschüssen und Subventionen

Die letzte Ausnahme vom Aktivierungsgebot des § 246 Abs. 1 S. 1 HGB, die an dieser Stelle interessieren soll, wird für Zuschüsse und Subventionen diskutiert. Barzuschüsse werfen für sich genommen keine Bewertungsschwierigkeiten auf und sind grundsätzlich zu aktivieren. Wird dennoch eine Ausnahme vom Aktivierungsgebot erwogen, kann diese Ausnahme für Bareinlagen bei bewertungsunsicheren Sacheinlagen die Abwägung zwischen Einsichtsgebot und Vorsichtsprinzip beeinflussen, da sich das Gewicht des Einsichtsgebots mit jeder akzeptierten Ausnahme verringert. Dabei muß man bedenken, daß beträchtliche Finanzmittel als Subventionen gezahlt werden können, eine Ausnahme mithin nicht nur unwesentliche Fälle beträfe. Es wird sich aber zeigen, daß die Diskussion, die um die richtige Auslegung des Begriffs ›Anschaffungspreisminderung‹ im Sinne von § 255 Abs. 1 S. 3 HGB beim entgeltlichen Erwerb von Vermögensgegenständen geführt wird, auf einen Sachverhalt abzielt, der bei wirtschaftlicher Betrachtung als Sacheinlage erscheint. Durch die inhaltliche Nähe zur Frage der richtigen Aktivierung von Sacheinlagen wird die Diskussion um Zuschüsse und Subventionen für die vorliegende Untersuchung besonders interessant.

(1) Ausnahme vom Aktivierungsgebot für Zuschüsse und Subventionen

Die Begriffe Zuschüsse und Subventionen bezeichnen an dieser Stelle den Fall, daß mit einem baren Zuschuß die Anschaffung eines konkreten Gegenstands erleichtert wird. Damit eine Ausnahme vom Aktivierungsgebot erwogen werden kann, muß es sich um einen nicht rückzahlbaren Zuschuß für eine konkret in Aussicht genommene Anschaffung eines bestimmten Vermögensgegenstandes handeln.[614] Denn nur ein solcher Zuschuß kann einem bestimmten Vermögensgegenstand zugeordnet werden, ein Detail, das für die konkrete Umsetzung der Nichtaktivierung entscheidend ist.

Sind diese Voraussetzungen erfüllt, nimmt ein großer Teil der Literatur eine Ausnahme vom Aktivierungsgebot an und unterscheidet dabei grundsätzlich nicht zwischen einem Investitionszuschuß durch einen Gesellschafter und einem Investitionszuschuß anderer Privatleute oder der öffentlichen Hand.[615] Diese Gleichbehandlung erscheint nachvollziehbar, denn für einen verläßlichen Einblick in die Vermögenslage eines Unternehmens kommt es nicht darauf an, von wem das Vermögen zufließt, sondern ob und in welcher Höhe es am Bilanzstichtag vorhanden ist. Wenn man schon aus bestimmten Gründen bei Zuschüssen ausnahmsweise nicht den gesamten Wert des Vermögens abbildet, ist zumindest nicht wegen des Einsichtsgebots nach Gesellschaftern und anderen Dritten als Subventionsgebern zu unterscheiden.

Die Herkunft der Mittel, mit denen das Vermögen finanziert worden ist, ist hingegen von Bedeutung für den Einblick in die Finanz- und Ertragslage. Investitionszuschüsse kann man, egal ob sie von einem Gesellschafter oder einem Dritten stammen, mit einem Kapitalbeitrag vergleichen, da sie weder durch Schulden finanziert sind noch vom Unternehmen selbst durch Gewinne erwirtschaftet werden. Für einen verläßlichen Einblick in die tatsächliche Finanz- und Ertragslage des Unternehmens mag man den Zufluß von Finanzmitteln durch nichtrückzahlbare Zuschüsse in der Bilanz abbilden wollen, doch muß man nicht danach unterscheiden, ob diese von einem entfernteren Dritten (öffentlicher Hand, private Förderer) oder einem näheren Dritten (Gesellschafter) zufließen. Es geht stets um die Abbildung einer kapitalähnlichen Finanzspritze. Dennoch wird für Kapitalgesellschaften teilweise eine Abweichung von diesen Grundsätzen ordnungsgemäßer Buchführung gefordert und eine Aktivierungs-

614 A/D/S, Bd. 1 § 255 HGB, Rz. 56; *Tiedchen* in MüKo-BilanzR § 255 HGB, Rz. 41 f.

615 A/D/S, Bd. 1 § 255 HGB, Rz. 56; zustimmend *Ekkenga* in KölnKomm-RL § 255, Rz. 33.

pflicht für Investitionszuschüsse der Gesellschafter angenommen, nicht aber für Zuschüsse anderer Dritter.[616]

Nach weitverbreiteter Ansicht soll nun ein Investitionszuschuß als Anschaffungspreisminderung im Sinne von § 255 Abs. 1 S. 3 HGB anzusehen sein mit der Folge, daß der Zuschuß vom Kaufpreis des erworbenen Vermögensgegenstands abgezogen wird.[617] Der erworbene Vermögensgegenstand wird zu einem niedrigeren Wert als dem vereinbarten und auch gezahlten Kaufpreis angesetzt, nämlich mit der Höhe der Mittel, die netto aus dem Unternehmen, aus seinem vor der Anschaffung aktivierten Vermögen abgeflossen sind. Die bezuschußte Anschaffung erscheint dann wie eine normale Anschaffung als bloßer Aktiventausch. Sofern die Barmittel vor der Anschaffung zugewendet worden sind, sind sie bei Bilanzerstellung schon wieder als Teil des Kaufpreises abgeflossen und können nicht mehr als Teil der flüssigen Mittel ausgewiesen werden. Erfolgt die Bezuschussung nachträglich, werden die entsprechenden flüssigen Mittel in der tatsächlich vorhandenen Höhe ausgewiesen, zugleich werden jedoch die Anschaffungskosten für den Vermögensgegenstand nachträglich gemindert. Vor Einzahlung des Zuschusses sind die Kosten mit dem vollen Kaufpreis angesetzt worden, da dies dem Mittelabfluß aus dem Vermögen des Unternehmens entsprochen hat. Entscheidend ist in beiden Fällen, daß der Wert des Zuschusses nicht als Teil der Anschaffungskosten, zu denen der Vermögensgegenstand aktiviert wird, die Aktivseite erhöht. Der Vorgang erscheint als bloßer Aktiventausch, bei dem kein Passivposten berührt wird. So wird der Zuschuß selbst nicht wie eine Bareinlage abgebildet.

Diese Behandlung von Investitionszuschüssen wird für das Steuerrecht in R. 6.5 Abs. 2 EStR ausdrücklich zur Wahl gestellt (die andere Wahlmöglichkeit ist eine Aktivierung).[618] Sie wird durch die Überlegung gerechtfertigt, daß Unternehmen werde einen zugesagten Zuschuß bei seiner Kaufentscheidung wie einen Rabatt des Lieferanten kalkulieren. Wirtschaftlich gesehen hat der bezuschußte Kauf somit Ähnlichkeiten mit einem Kauf zu günstigen Konditionen. In der Bilanz des Unternehmens sollen nur die effektiv aufgewendeten Anschaffungskosten ausgewiesen werden, die das Unternehmen wirtschaftlich betrachtet getragen hat. Außerdem wird darauf verwiesen, daß der Zuschußgeber durch seine Zuwendung beabsichtigt, die vom Unternehmen selbst aufzuwendenden Mittel zu vermindern.[619]

Kritisiert wird diese Lösung unter anderem mit dem Argument, es werde fingiert, der Zuschußgeber habe seine Leistung direkt an den Lieferanten gezahlt und dieser daraufhin den Preis abgesenkt, während tatsächlich der volle Kauf-

616 Vgl. *Tiedchen* in MüKo-BilanzR § 255 HGB, Rz. 41 ohne Angabe von Gründen für diese Einschränkung.

617 A/D/S, Bd. 1 § 255 HGB, Rz. 56 m.w.N.; *Ekkenga* in KölnKomm-RL § 255, Rz. 35; *Tiedchen* in MüKo-BilanzR § 255 HGB, Rz. 41.

618 *Ekkenga* in KölnKomm-RL § 255, Rz. 35.

619 A/D/S, Bd. 1 § 255 HGB, Rz. 56.

preis vom Unternehmen habe gezahlt werden müssen.[620] Als Gegenkritik ist jedoch zu bedenken, daß die Fiktion aus der Sicht des Unternehmens den wirtschaftlichen Gehalt richtig widerspiegelt. Dieses hat sich zu der konkreten Anschaffung mit Blick auf die Kosten entschieden, die ihm netto entstehen. Die Handelsbilanz strebt grundsätzlich nach einer Abbildung der tatsächlichen wirtschaftlichen Verhältnisse.[621] Aus der Sicht des Unternehmens beschreibt die Lösung der Anschaffungspreisminderung den wirtschaftlichen Gehalt richtig. Zudem muß man nicht eine Zahlung an den Lieferanten fingieren, sondern kann den Zuschuß als durchlaufenden Posten betrachten. Wegen der Verwendungsbeschränkung auf die konkrete Anschaffung konnte das Unternehmen über das vereinnahmte Geld nicht anders verfügen, beinahe so als ob es den Zuschuß treuhänderisch weitergereicht hätte.

Mit dieser wirtschaftlichen Betrachtungsweise läßt sich die vorgetragene Behandlung von Investitionszuschüssen rechtfertigen. Zudem kann man ergänzen, daß ein Zuschuß den Austausch am Markt beeinflußt und der Wert des Vermögensgegenstands am Markt nur insoweit zweifelsfrei nachgewiesen worden ist, als auch die Käuferpartei dafür Mittel aufzuwenden bereit ist, die sie anderweitig hätte einsetzen können. Nicht allein die Preisvorstellung der Verkäuferpartei ist für den Wertnachweis am Markt entscheidend, sondern ebenso die Preisvorstellung der Käuferpartei. Wenn zwischen beiden Vorstellungen eine Lücke klafft, die nur durch einen Investitionszuschuß überbrückt werden kann, muß man diesen Zuschuß nicht als Teil der Anschaffungskosten ansehen, die über die Bilanzierung bei der Käuferpartei entscheiden. Der Sinn der Anschaffungskosten, einen verobjektivierten Maßstab für die Bewertung von Vermögensgegenständen an die Hand zu geben, erlaubt, den Anteil, um den der Marktaustausch verzerrt ist, nicht zu berücksichtigen.[622]

Die geschilderte Kritik zeigt jedoch einen wichtigen Punkt. Wäre der Zuschuß direkt an den Lieferanten geflossen unter der Bedingung einer vergünstigten Lieferung an das Unternehmen, könnte der Zuschuß nach den normalen Bilanzierungsregeln in der Bilanz des erwerbenden Unternehmens nicht erfaßt werden, da der Zuschuß selbst niemals in das Vermögen des Unternehmens geflossen wäre, sondern allein dessen wirtschaftlicher Wert in Form des die Anschaffungskosten übersteigenden Zeitwerts des erworbenen Vermögensgegenstands. Der erworbene Vermögensgegenstand wäre nach den normalen

620 *Ekkenga* in KölnKomm-Rl § 255, Rz. 35.

621 Diese Sichtweise führt z.B. auch zur Bilanzierung »wirtschaftlichen Eigentums« in Abweichung zum sachenrechtlichen Eigentum. Zu diesem Fragenkreis s. A/D/S Bd. 6, § 246 HGB, Rz. 260 ff.

622 Manche fordern die Berücksichtigung des Zuschusses bei den Anschaffungskosten, zugleich jedoch eine außerordentliche Abschreibung um den Wert dieses Zuschusses, s. dazu *Tiedchen* in MüKo-BilanzR § 255, Rz. 42 m.w.N. Die Lösung unterscheidet sich in Details, doch wird sie vom selben Gedanken getragen: Der Marktpreis wird als verzerrt angesehen.

Bewertungsvorschriften zu den tatsächlich vom Unternehmen gezahlten Anschaffungskosten zu aktivieren. Zumindest bei Zuschüssen von Gesellschaftern, die praktisch nur in geschlossenen Gesellschaften vorkommen werden, ließe sich der Erwerbsvorgang regelmäßig entsprechend gestalten. Man könnte einen solchen Vorgang eine mittelbare Einlage nennen, die übers Eck erfolgt, d.h. durch Zahlung an den Lieferanten. Die einfache Gestaltbarkeit mittelbarer Einlagen spricht dafür, eine gleichlaufende Abbildung des wirtschaftlichen Gehalts dieses Vorgangs auch bei einer direkten Zahlung des Gesellschafters an seine Gesellschaft zuzulassen, also einen in das Vermögen des Unternehmens geleisteten Zuschuß als Anschaffungspreisminderung zu behandeln. Wollte man dies nicht, müßte man konsequenterweise erwägen, den Wert eines Zuschusses auch dann bei der Aktivierung durch das erwerbende Unternehmen aufzuschlagen, wenn der Zuschuß nicht direkt in das Vermögen des Unternehmens gezahlt worden ist, sondern an den Lieferanten.

(2) Alternative Aktivierung wegen Einsichtsgebot

Wichtiger als der Fiktionsvorwurf ist in der Diskussion um die Behandlung von Zuschüssen als Anschaffungspreisminderungen der Gedanke, der Verzicht auf eine eigenständige Aktivierung des Barzuschusses verstieße gegen das Einsichtsgebot. Insbesondere wird argumentiert, die Aktivierung von Zuschüssen erlaube einen besseren Einblick in die Finanz- und Ertragslage des Unternehmens.[623] Die reduzierten Anschaffungskosten führen bei abschreibungspflichtigen Vermögensgegenständen zu niedrigeren Abschreibungswerten und erhöhen mittelbar die Gewinne in späteren Wirtschaftsjahren.[624] Dadurch werde die Ertragslage zu positiv dargestellt. Die niedrigeren Abschreibungswerte sind die Folge davon, daß bei der Aktivierung des angeschafften Vermögensgegenstands stille Reserven gebildet werden. Die falsche Darstellung der Ertragslage ist insofern die Folge einer falschen Darstellung der Vermögenslage, die nicht den wahren Wert des angeschafften Vermögensgegenstands ausweist, sondern in Höhe des Zuschusses zu stillen Reserven führt.

Die Legung stiller Reserven bei der Zugangsbewertung eines Vermögensgegenstands führt ferner notwendig dazu, daß der Jahresabschluß auf der Passivseite der Bilanz bzw. in der GuV über die Herkunft der auf diese Weise zugeführten Mittel keine Auskunft gibt, so daß der Einblick in die Finanzlage getrübt ist.[625] Je nachdem, wie der Kapitalbegriff im Gegensatz zum Gewinn-

623 Auf den verbesserten Einblick in die Finanz- und Ertragslage durch Aktivierung des Zuschusses verweisen z.B. A/D/S, Bd.1 § 255 HGB, Rz. 57.

624 Auf die Erhöhung der Gewinne in folgenden Jahren verweist *Ekkenga* in Köln-Komm-RL § 255, 35.

625 Erläuterung der Begriffe Vermögenslage, Finanzlage und Ertragslage besonders übersichtlich bei *Reiner* in MüKo-HGB § 264, Rz. 79 ff. Die Begriffe sind vielschichtig und komplex. Für die Argumentation genügt das im Haupttext zugrunde gelegte Verständnis, das jedenfalls Kernbedeutungen erfaßt.

begriff zu verstehen ist, können stille Reserven auch die angestrebte Trennung von Kapital und Gewinn beeinträchtigen, wenn sie nicht als ›offene Einlage‹ abgebildet werden und infolge geringerer Abschreibungen oder bei einer späteren Veräußerung des Gegenstandes den Gewinn erhöhen. Zumindest als Alternative zur Erfassung von Investitionszuschüssen als Anschaffungspreisminderungen lassen selbst die Vertreter dieser Ansicht daher regelmäßig auch die Aktivierung des Zuschusses zu, d.h. die Aktivierung des erworbenen Vermögensgegenstands zum vollen Verkaufspreis des Verkäufers.

(3) Anforderungen des Einsichtsgebots nicht eindeutig

Die Annahme, eine Nichtaktivierung von Zuschüssen verstieße gegen das Einsichtsgebot, wird in der Literatur nicht hinterfragt. Dabei gibt das Argument der wirtschaftlichen Betrachtungsweise, das für die Behandlung von Zuschüssen als Anschaffungspreisminderungen ins Feld geführt wird, Anlaß, den Vorwurf eines Verstoßes gegen das Einsichtsgebot zu überdenken.

Bezuschußte Anschaffungen werden durch Verbindung zweier meist voneinander getrennter Vorgänge problematisch, der Anschaffung von Vermögensgegenständen und der Finanzierung des Unternehmens. Ohne die konkrete Vorgabe für die Mittelverwendung wäre die Buchführung weniger schwierig. Die flüssigen Mittel wären zu aktivieren, da sie keine Bewertungsfragen aufwürfen, und könnten jedenfalls bei Leistung durch einen Gesellschafter als freie Einlage gebucht werden (bei Kapitalgesellschaften in dem Kapitalposten des § 272 Abs. 2 Nr. 4 HGB) oder unter Umständen auch erfolgswirksam erfaßt werden. Bei Zuschüssen anderer Geldgeber müßte man sich fragen, ob diese als Kapital ausgewiesen werden sollen oder ob man den Kapitalbegriff für Gesellschaftereinlagen reservieren will und die verbleibende Alternative einer gewinnwirksamen Erfassung für richtig hält. Der Vermögensgegenstand wäre zu den Kosten zu aktivieren, auf die sich beide Parteien als Kaufpreis geeinigt haben.

Die Alternativlösung der Zuschußaktivierung beruht auf der Annahme, der Anschaffungsvorgang und der Finanzierungsvorgang seien in der Bilanz getrennt darzustellen. Das schwierige Problem entsteht nun dadurch, daß man überlegt, den Barzuschuß als Anschaffungspreisminderung zu berücksichtigen, also statt zweier getrennter Vorgänge allein die Anschaffung abzubilden. Doch wird dieses Problem keineswegs willkürlich geschaffen, sondern liegt insofern in der Natur des Vorgangs begründet, als die konkrete Finanzierung von den Parteien an den konkreten Erwerb geknüpft wird und nicht unabhängig von der Verwendung der Mittel erfolgt. Ebenso erfolgt die Anschaffung im konkreten Fall nur unter Berücksichtigung des Zuschusses.

In der Sprache des Gesellschaftsrechts könnte man formulieren, die Mittel stehen nicht zur freien Verfügung des Unternehmens. Statt einer Bareinlage wird im wirtschaftlichen Ergebnis eine Sacheinlage vorgenommen. Wegen dieser engen Verknüpfung ist nicht klar, ob eine getrennte Bilanzierung des Vorgangs richtig wäre oder nicht vielmehr am wirtschaftlichen Gehalt vorbeiginge. Die Lösung über die Erfassung als Anschaffungspreisminderung beruft sich eben auf die wirtschaftliche Betrachtungsweise, die auch in anderen Zusammenhängen als maßgeblich für die Bilanzierung angesehen wird. Richtig gestellt lautet daher die entscheidende Frage, ob die Lösung der Anschaffungspreisminderung die im Sinne des Gesetzes richtige Einsicht in die tatsächlichen Verhältnisse gibt oder die Aktivierungslösung, anders formuliert ob im konkreten Fall eines Investitionszuschusses eine Sacheinlage oder zwei getrennte Vorgänge (Anschaffung und Barzuschuß) abzubilden sind.

Die Aktivierungslösung geht davon aus, es gäbe nur eine einzige mögliche Darstellung, die den tatsächlichen Verhältnissen entspricht, wie es auch nur einen einzigen Sachverhalt gibt, in den Einsicht zu geben ist. Das Einsichtsgebot des § 264 Abs. 2 S. 1 HGB versteht sie so, als ob die Bilanz daran zu messen sei, ob sie diesen einen tatsächlichen Sachverhalt objektiv richtig abbilde und dann gleichsam wahr sei. Führt eine konkrete Bilanzierungsentscheidung nicht zur objektiv richtigen Abbildung, ist sie falsch und verstößt gegen das Einsichtsgebot. Die Legung stiller Reserven bei der Zugangsbewertung erscheint stets als ein Verstoß gegen das so verstandene Einsichtsgebot, da nicht der vermeintlich objektiv richtige Wert eines Vermögensgegenstands abgebildet wird.

Dabei wird übersehen, daß das Bilanzrecht nicht nach einer absoluten Wahrheit strebt, sondern nach einer Darstellung der wirtschaftlichen Verhältnisse gemäß den Regeln, die das Bilanzrecht vorgibt. Man kann das Ziel des Bilanzrechts als relative Wahrheit bezeichnen, die von den gesetzlichen Vorschriften abhängt.[626] So wird mit der ›Vermögenslage‹ im Sinne des § 264 Abs. 2 S. 1 HGB das bilanzrechtlich zu bestimmende Vermögen umschrieben, ohne daß es darauf ankäme, welche anderen, beispielsweise zivilrechtlichen oder betriebswirtschaftlichen Vermögensbegriffe noch denkbar sind.[627] Soweit die Darstellung der Vermögenslage im Jahresabschluß von Spezialvorschriften wie denen über die Bewertung abhängt und diese Vorschriften beachtet sind, entspricht im Sinne des Gesetzes, d.h. im Sinne von § 264 Abs. 2 S. 1 HGB, das so gezeichnete Bild grundsätzlich den tatsächlichen Verhältnissen. Ein Verstoß gegen das Einsichtsgebot liegt dann nicht vor. Die Bilanzierung ist selbst dann richtig im Sinne des Gesetzes, wenn man z.B. stille Reserven als sicher gegeben unterstellt. Bei einer solchen Annahme kann man sagen, das Bild der Bilanz decke sich nicht eins zu eins mit den tatsächlichen Verhältnissen, dennoch verstößt das gezeichnete Bild nicht gegen das Einsichtsgebot im Sinn des Gesetzes,

626 So ausdrücklich auch *Andrianesis*, Berichterstattung, 200; zur »Relativität der Bilanzwahrheit« auch *Reiner* in MüKo-HGB § 264, Rz. 61 und 78.

627 *Reiner* in MüKo-HGB § 265, Rz. 81.

sondern »entspricht ihm unter Beachtung der Grundsätze ordnungsgemäßer Buchführung«.[628]

Die Frage wird jedoch noch verkompliziert, wenn die Annahme vermeintlich objektiv vorliegender stiller Reserven auf einer Bewertung beruht, die das Gesetz nicht zugrunde legt, weil sie ihm zu unsicher erscheint. »Objektiv richtig« meint nichts anderes als mit anderen Erkenntnismitteln erkannt, als denen die das Gesetz vorsieht. Diese Erkenntnismittel sind aber oftmals nicht einfach »objektiv richtig«, sondern ihrerseits Ausdruck einer anderen Betrachtungsweise. Im Fall der bezuschußten Anschaffung beispielweise wird diese als bestehend aus zwei getrennten Vorgängen verstanden und abgebildet. Dann hat man in der Barzahlung einen anderen Anhaltspunkt für den Wert des Zuschusses, den man als verobjektiviertes Kriterium bezeichnen kann. Ob aber diese Sichtweise richtig ist, ist gerade nicht ausgemacht. Geht man von einem einheitlichen Vorgang und mithin einer wirtschaftlichen Sacheinlage aus, steht kein objektiver Maßstab für die Bewertung von deren Werthaltigkeit zur Verfügung. Der Zuschuß könnte »in der Sache« wertlos sein. Vermutlich liegt »die Wahrheit« irgendwo zwischen beiden Extremen, doch gibt es für ihre Erkenntnis keine besseren Erkenntnismittel. In anderen Fällen wird es darauf ankommen, ob man eine statische oder eine dynamische Betrachtung für richtig hält. Das Gesetz vereint Elemente beider Sichtweisen in sich.[629]

Oftmals, wenn auch nicht immer[630], ist daher schon gar nicht eindeutig zusagen, was überhaupt die »tatsächlichen Verhältnisse« sind. Bei der Bilanzerstellung geht es nicht allein um eine rein erkenntnistheoretische Übereinstimmung der Darstellung mit objektiven Sachverhalten, sondern auch um begründete und nachvollziehbare Bewertungen, Abwägungsentscheidungen und Prognosen, die sich nicht mit den Kategorien objektiv richtig und objektiv falsch fassen lassen. Die Formulierung in § 264 Abs. 2 S. 1 HGB wurde am angelsächsischen Konzept eines true and fair view orientiert.[631] Die englische

628 Anders z.B. *Reiner* in MüKo-HGB § 264, Rz. 85, der die »tatsächlichen Verhältnisse« rein rechtlich versteht. Das Grundproblem bleibt das gleiche, unabhängig davon, ob man es beim Verständnis der tatsächlichen Verhältnisse verortet oder eher im Begriff des »Entsprechens (unter Beachtung der Grundsätze ordnungsgemäßer Buchführung)«: Die bei jeder Bilanzierung erforderlichen Wertungen und Prognosen lassen verschiedene Abbildungen plausibel erscheinen. Da das Gesetz aber grundsätzlich die wirtschaftliche Realität abbilden will und daher eine Abweichung von seinem eigentlichen Ziel möglich ist (wenn auch hinzunehmen), wird hier grundsätzlich zwischen tatsächlichen Verhältnissen und Abbildung nach gesetzlichen Vorgaben unterschieden. Dabei bleibt weiterhin die Frage drängend, wie eine solche Abweichung festgestellt werden kann und wann sie anzunehmen ist. Dazu im Text.

629 Zu den Auswirkungen verschiedener Bilanztheorien in diesem Zusammenhang *Reiner* in MüKo-HGB § 264, Rz. 80.

630 A.A. *Reiner* in MüKo-HGB § 264, Rz. 85; s. dazu Fn. 628.

631 *Graf/Bisle* in MüKo-BilanzR § 264, Rz. 32.

Formulierung zeigt mit ihrem fair-Element ebenfalls, daß Bilanzierung nicht allein eine quasi-objektive Übereinstimmung von Bild und Gegenstand verlangt (true view), sondern ebenso andere Elemente enthält, die verläßlich und fair sein sollen, ohne daß sie als richtig und falsch eingestuft werden könnten.

Ein objektives Element der Bilanzierung soll hier nicht bestritten werden.[632] Es gibt einen realen Sachverhalt und in diesen will das Gesetz Einblick geben. Das Gesetz selbst geht in § 264 Abs. 2 S. 2 HGB davon aus, daß eine Bilanzierung anhand der konkreten gesetzlichen Vorgaben in Ausnahmefällen (nur in Ausnahmefällen, aber immerhin in solchen) die tatsächlichen Verhältnisse verzerrt wiedergeben geben kann. Dabei stellt sich das Gesetz die tatsächlichen Verhältnisse als objektiv vorgegeben vor. Gerade auch das Vollständigkeitsprinzip verweist im Ausgangspunkt auf eine objektiv, nämlich mathematisch überprüfbare Übereinstimmung. Ob alle Vermögensgegenstände und Schulden erfaßt sind, kann man durch Abzählen feststellen.

Schon diese Darstellung vereinfacht jedoch, da sie das Zuordnungsproblem wirtschaftlichen Eigentums außer acht läßt. Vor allem aber die Bewertung der Vermögensgegenstände kann nicht in diesem Sinne objektiv vorgenommen werden. Sehr oft, wohl fast immer geht es bei Bewertungsfragen nicht um richtig oder falsch, sondern um die eingenommene Perspektive, Prognoseerwartungen und Abwägungsentscheidungen. Oft sind verschiedene Bewertungsansätze betriebswirtschaftlich begründbar. Gerade eine vom Gesetz vorgesehene vorsichtige Bilanzierung kann verläßlicher sein als eine schätzungsbasierte Bewertung und dann genauso überzeugen.

Es kann aber sehr gute Gründe geben, einen Sachverhalt anders einzuschätzen, als ihn die Bilanz abbildet, und die Darstellung der Bilanz als »keinesfalls ganz richtig« anzusehen. So mag man z.B. bei bezuschußten Anschaffungen davon ausgehen, daß durch sie in aller Regel stille Reserven gelegt würden und sich allein die Frage stelle, ob diese wertmäßig dem gesamten Zuschuß entsprechen oder nur einem Teil. Man kann dann der Auffassung sein, die Bilanz bilde, wenn sie nach der Lösung der Anschaffungspreisminderungen erstellt wird, die tatsächlichen Verhältnisse nicht mehr richtig ab.

Selbst wenn man aber eine Abweichung von »objektiver«, d.h. mit anderen Erkenntnismitteln als den vom Gesetz vorgesehenen erkannter Sachlage und ihrer Darstellung in der Bilanz annimmt, folgt daraus noch nicht zwingend ein Verstoß gegen das Einsichtsgebot des § 264 Abs. 2 S. 1 HGB, solange bei der Aufstellung der Bilanz die gesetzlichen Vorschriften beachtet worden sind. Denn auf Wahrheit und Objektivität allein kommt es nicht an, sondern auch auf Fairneß. Welche Bilanzierung nun aber fair ist, entscheidet grundsätzlich das Gesetz und der Rechtsanwender hat sich an den Entscheidungen des Gesetzes zu orientieren. Wenn man beispielweise bei bezuschußten Anschaffungen vermutet, der Wert der wirtschaftlichen Sacheinlage werde weder null sein noch dem Barwert des Zuschusses entsprechen, ist weder die vollständige Außeracht-

632 Anders z.B. *Reiner* in MüKo-HGB § 264, Rz. 86.

lassung dieses unsicheren Wertes noch die Aktivierung des Zuschusses objektiv richtig, beide Bilanzierungsvarianten können aber fair sein. Die Entscheidung über die korrekte Bilanzierung kann dann nicht durch einen pauschalen Verweis auf das Einsichtsgebot herbeigeführt werden. Selbst wenn man aber in besonderen Fällen annimmt, daß konkrete gesetzliche Bilanzierungsvorgaben zu einem Verstoß gegen das Einsichtsgebot führen, sieht das Gesetz in § 264 Abs. 2 S. 2 HGB als Lösung nicht eine Abweichung von den gesetzlichen Detailregelungen vor, sondern ergänzende Angaben im Anhang.

Die Anforderungen des Einsichtsgebots wurden bis jetzt mit Blick auf die Aktivierungsentscheidung und die Darstellung der Vermögenslage hinterfragt. Weiter oben wurde schon deutlich, daß eine Nichtaktivierung von Investitionszuschüssen notwendig auch die Darstellung der Finanz- und Ertragslage beeinflußt. Vermögens-, Finanz- und Ertragslage sind Teilaspekte der wirtschaftlichen Lage des Unternehmens, die sich überschneiden und gegenseitig beeinflussen und erst zusammen genommen das gewünschte Bild ergeben.[633] Zielkonflikte bei der Abbildung aller drei Elemente des Einsichtsgebots sind nicht nach einer festen Hierarchie aufzulösen, sondern müssen im Rahmen einer Güterabwägung erfolgen, die alle Ziele im Blick behält.[634]

Wenn man eine Nichtaktivierung von Investitionszuschüssen mit Blick auf die Vermögenslage für eine richtige und faire Bilanzierung der wirtschaftlichen Einlage ansieht, zwingen die Folgewirkungen auf die Darstellung der Ertragslage nicht zu einer Abkehr von dieser Darstellung der tatsächlichen Verhältnisse. Die weiteren Folgen für die Darstellung der Finanz- und Ertragslage können jedoch ein Argument sein, eher von zwei getrennt abzubildenden Vorgängen auszugehen. Die weitere Erörterung wird zeigen, daß eine Aktivierung von Zuschüssen hinsichtlich der Finanz- und Ertragslage einen Transparenzgewinn bringen kann, wenn auch umstritten ist, wie die Finanz- und Ertragslage im einzelnen darzustellen sind. Manche Ansichten vertreten allerdings in der Folge der Aktivierung von Zuschüssen eine Darstellung der Finanz- und Ertragslage, die sich nur wenig vom Fall der Nichtaktivierung unterscheidet. In solchen Fällen erscheint eine Aktivierung weniger dringlich.

(4) Gegenbuchung als Erfolgsbeitrag

Bei Aktivierung des Zuschusses wird ein höherer Betrag zugebucht als den Mitteln entspricht, die aus dem Vermögen des Bilanzierenden, das schon vor dieser Anschaffung vorhandenen war, abfließen (bzw. sind bei einem nachträglichen Zuschuß flüssige Mittel später zu aktivieren). Es erhöht sich durch die bezuschußte Anschaffung der Wert der Aktiva. Diese Erhöhung der Aktiva muß auf der Passivseite der Bilanz ausgeglichen werden. Nach überwiegend vertretener Ansicht soll dieser Ausgleich durch einen besonderen Passivposten (bei

633 *Reiner* in MüKo-HGB § 264, Rz. 79 f.
634 Ähnlich *Reiner* in MüKo-HGB § 264, Rz. 80.

Kapitalgesellschaften gemäß § 265 Abs. 5 S. 2 HGB) oder nach manchen auch durch einen passiven Rechnungsabgrenzungsposten erfolgen. Der Verweis auf Satz 2 des § 265 Abs. 5 HGB ist dabei so zu verstehen, daß nicht die Kapitalrücklage oder Gewinnrücklage um einen weiteren Unterpunkt ergänzt werden soll, sondern neben den Rücklagen ein eigenständiger Posten zu bilden ist.

Der Passivposten bzw. Rechnungsabgrenzungsposten soll bei abnutzbaren Vermögensgegenständen des Anlagevermögens parallel zu den Abschreibungen aufgelöst werden.[635] Nicht-abnutzbare Vermögensgegenstände bzw. Gegenstände des Umlaufvermögens, die keiner planmäßigen Abschreibung unterliegen, werden in der Literatur nicht eigens erörtert. In diesen Fällen wird man einen passiven Rechnungsabgrenzungsposten nicht ansetzen können, da dieser nach § 250 Abs. 2 HGB nur zulässig ist, wenn Ertrag einer »bestimmten Zeit« zugeordnet werden soll.[636] Wenn jedoch keine planmäßigen Abschreibungen erfolgen, kann ein Investitionszuschuß nicht als Ausgleich für solche Abschreibungen vorab einer bestimmten Zeit, d.i. der jeweiligen Abschreibungsperiode, zugeordnet werden. Der dann allein denkbare besondere Passivposten wird wohl regelmäßig bei einer eventuellen Veräußerung aufzulösen sein, früher wohl nur bei eventuellen außerplanmäßigen Abschreibungen. Bei einer solchen Auflösungsbeschränkung würde der Passivposten in gleicher Weise an die Aktivierung des Vermögensgegenstands gebunden wie bei abschreibungspflichtigen Gegenständen.

Nicht weiter begründet wird in der Literatur, warum die passive Gegenbuchung dauerhaft an die aktive Buchung eines bestimmten Vermögensgegenstands, also auch an die Folgebewertung gebunden sein soll. Diese Folge ist indes nicht evident, sie widerspricht vielmehr der Kapitalähnlichkeit des Finanzierungsvorgangs. Kapitalrücklagen unterliegen grundsätzlich weder handelsrechtlichen Auflösungsbeschränkungen noch Auflösungsverpflichtungen. Die Ansichten, die einen Rechnungsabgrenzungsposten oder einen Passivposten befürworten, stufen den Investitionszuschuß nicht als Kapitalbeitrag ein, sondern als Erfolgsbeitrag. Ob diese Einstufung überzeugen kann, soll erst erörtert werden, wenn die unterschiedlichen Folgen eines Kapitalbeitrags und eines Erfolgsbeitrags erörtert worden sind.

Wenn man nun aber von einem Erfolgsbeitrag ausgeht, ist der Zwang zur Periodisierung kaum zu begründen. Die Gegenbuchung in einem passiven Rechnungsposten läßt die Seltsamkeit der Periodisierung entsprechend den Abschreibungsbeträgen deutlich hervortreten. Passive Rechnungsabgrenzungsposten betreffen üblicherweise vertragliche Austauschverhältnisse, in denen das

635 A/D/S, Bd.1 § 255 HGB, Rz. 57 (bei großen Beträgen sei diese Lösung vorzuziehen wegen des verbesserten Einblicks in die Finanz- und Ertragslage); *Ekkenga* in KölnKomm-RL § 255, Rz. 35 (mit Plädoyer für passiven Rechnungsabgrenzungsposten); *Tiedchen* in MüKo-BilanzR § 255 HGB, Rz. 41.

636 Zur »Zuordnung zu einer bestimmten Zeit« *Hennrichs* in MüKo-BilanzR § 250, Rz. 3.

Entgelt für eine spätere Leistung vorausbezahlt worden ist, so z.B. die Entrichtung des Mietzinses für ein mehrjähriges Mietverhältnis oder einen Einmalbetrag zur Abgeltung einer Duldungspflicht.[637] Dauerschuldverhältnisse oder Verträge über wiederkehrende Leistungen können einen passiven Rechnungsabgrenzungsposten erfordern.

Bei bezuschußten Anschaffungen ist der Leistungsaustausch mit der Lieferung des Vermögensgegenstands und der Bezahlung abgeschlossen. Abschreibungen haben bei bestimmten Vermögensgegenständen regelmäßig zu erfolgen und werden systembedingt erfolgswirksam vorgenommen, dennoch ist eine Finanzierungsleistung, die mit Blick auf eine Anschaffung getätigt wird, kein Erfolgsbeitrag für die Zeit der Abschreibung, sondern ein Beitrag zur Anschaffung. Mit der Notwendigkeit von Abschreibungen von angeschafften Vermögensgegenständen ist daher die Einstufung des Zuschusses als passiver Rechnungsabgrenzungsposten nicht zu begründen.[638] Die Ansicht, ein Investitionszuschuß sei als passiver Rechnungsabgrenzungsposten zu erfassen, ergibt sich nicht aus dem Gesetz, sondern enthält eine bloße Behauptung, keine Begründung. Schon deshalb ist diese Ansicht zu verwerfen und ferner weil sie bei abschreibungspflichtigen Vermögensgegenständen zu einer anderen Lösung führt als bei nichtabschreibungspflichtigen, ohne diese Differenz erklären zu können, da in allen Fällen gleichermaßen von einem Erfolgsbeitrag auszugehen wäre.

Auch wenn die Einstufung als passiver Rechnungsabgrenzungsposten verfehlt ist, wird wohl die vom Gesetz hier angelegte Möglichkeit der Periodisierung von Erfolgsbeiträgen die Ansicht beeinflußt haben, es sei ein zu periodisierender besonderer Passivposten zu bilden. Der besondere Passivposten muß in der Bilanz irgendwo neben Kapitalrücklagen und Gewinnrücklagen aufgeführt werden und ist daher auf den ersten Blick weder eindeutig als Erfolgsbeitrag noch als Kapitalbeitrag zu erkennen. Der Sache nach behandelt ihn diese Ansicht wie einen Erfolgsbeitrag. Durch die ratierliche Auflösung des Passivpostens, die entsprechend den Abschreibungen erfolgen soll, wird verhindert, daß die Abschreibungen zu Lasten des Gewinns erfolgen. Denn entweder führt die Auflösung des Passivpostens dazu, daß in der GuV die Abschreibungen auf den Vermögensgegenstand entsprechend geringer ausfallen, oder man übernimmt den gesamten jährlichen Abschreibungsbetrag in die GuV und weist den frei werdenden Betrag des Passivpostens als Ertrag aus. Nach dem Bilanzrichtlinie-

637 Allgemein zur Vorauszahlung eines Entgelts *Hennrichs* in MüKo-BilanzR § 250, Rz. 20, Beispiele *ebda.* Rz. 32.

638 Nichts anders ergibt sich auch aus § 250 III HGB, wonach der Unterschiedsbetrag eines Disagios durch eine planmäßige Abschreibung zu tilgen ist. Der Vorschrift kann man zwar entnehmen, daß ein aktiver RAP abgeschrieben werden kann, jedoch betrifft diese Regelung gerade wieder ein Dauerschuldverhältnis, nicht einen abgeschlossenen Leistungsaustausch. Auch ist die Abschreibung eines aktiven RAP etwas anderes als die Auflösung eines passiven RAP zeitgleich zur Abschreibung eines Vermögensgegenstands.

Umsetzungsgesetz[639] wird man solche (früher: außerordentlichen) Erträge am ehesten als »sonstigen betrieblichen« Ertrag iSv § 275 Abs. 2 Nr. 4 HGB einzustufen haben. Eine Pflichterläuterung im Anhang nach § 285 Nr. 31 HGB wird regelmäßig erforderlich sein, da zumindest die »Art des Ertrags« von außergewöhnlicher Bedeutung sein dürfte, da Investitionszuschüsse nicht alltäglich sind. Die Buchung in einem besonderen Passivposten erreicht insoweit dasselbe Ergebnis wie der passive Rechnungsabgrenzungsposten, eine Periodisierung eines Erfolgsbeitrags.[640]

Diese Periodisierung des Erfolgsbeitrags ist bei besonderen Passivposten ebenso wenig begründbar wie die Annahme eines passiven Rechnungsabgrenzungspostens und wird entsprechend in der Literatur nicht begründet, sondern schlichtweg behauptet, als sei sie evident. Eine allgemeine Regel, daß eine Gegenbuchung in einem Passivposten nicht nur wertmäßig der Erhöhung der Aktivseite entsprechen muß, sondern dauerhaft an den Fortbestand des zeitgleich gebuchten Vermögensgegenstands angepaßt werden muß, kennt das Handelsbilanzrecht nicht. Warum dieses gegenständliche Verständnis der Passivseite im konkreten Fall notwendig sein soll, ist nicht ersichtlich. Bei Kapitalrücklagen, in die Zuschüsse gebucht werden, die ohne Zusammenhang mit einer konkreten Anschaffung fließen, verfährt man nicht so.

Bei nicht-abschreibungspflichtigen Vermögensgegenständen bewirkt der Passivposten eine Thesaurierung des Erfolgsbeitrags bis zur Realisierung durch ein Verkaufsgeschäft bzw. bis zum Zeitpunkt einer außerordentlichen Abschreibung. Da die Literatur auf nicht-abschreibungspflichtige Vermögensgegenstände nicht eingeht, findet sich dort auch keine Begründung für eine solche Thesaurierungspflicht.

Ein Ansatzpunkt ließe sich allein im Vorsichtsprinzip finden, wenn man annimmt, der Wert des Zuschusses ist nach der Verwendung der Mittel zur Anschaffung eines konkreten Vermögensgegenstandes zu unsicher, als daß eine Ausschüttung zugelassen werden könne. Bei der obigen Erörterung[641] von § 268 Abs. 8 S. 1 HGB wurde jedoch gezeigt, daß die Befürwortung einer Aktivierung unsicherer Werte keine gleichzeitige Befürwortung einer Ausschüttungsbegrenzung verlangt. Das gilt bei bezuschußten Anschaffungen im besonderen, da die Aktivierung des Zuschusses darauf zurückgeht, daß der Barcharakter des Zuschusses betont wird, hinsichtlich dessen keine Bewertungsunsicherheit besteht, die eine Ausschüttung des entsprechenden Betrags unvorsichtig erscheinen ließe. Im übrigen wurde gezeigt, daß eine Ausschüttungsbegrenzung selbst bei Bewertungsunsicherheiten aus den kapitalgesellschaftsrechtlichen Spezialgesetzen zu begründen ist und die Annahme einer allgemeinen handelsrechtlichen Ausschüttungsbegrenzung systemwidrig wäre.

639 Bilanzrichtlinie-Umsetzungsgesetz vom 17. Juli 2015 (BGBl. I S. 1245).

640 Gerade in der Periodisierung des Erfolgsausweises sieht *Ekkenga* in KölnKomm-RL § 255, Rz. 35 den Vorteil dieser Methode.

641 S.o. S. 218 ff.

Weniger oft vertreten wird zum Handelsbilanzrecht die Ansicht, den aktivisch erfaßten Zuschuß sofort erfolgswirksam zu vereinnahmen.[642] Diese Möglichkeit wird im Steuerrecht durch R 6.5 Abs. 2 EStR eröffnet. Dagegen wird im Handelsbilanzrecht argumentiert, die erfolgswirksame Vereinnahmung des Zuschusses erlaube eine Sonderausschüttung des Zuschusses an die Gesellschafter, die von den (insbesondere öffentlichen) Zuwendern nicht intendiert sei.[643] Indes ist die Gefahr einer Sonderausschüttung praktisch wenig wahrscheinlich, da sie nicht einmal im Interesse des Unternehmens liegen wird. Die Interessen des Zuwenders verlangen darüber hinaus nicht notwendig Beachtung im Handelsbilanzrecht, da sich dieser durch entsprechende Vereinbarungen selbst gegen eine zweckwidrige Verwendung des Zuschusses absichern kann. Man muß dem Bilanzrecht keine von seinen übrigen Zwecksetzungen abweichende Schutzfunktion gegenüber Subventionsgebern aufbürden.

Für die Möglichkeit einer erfolgswirksamen Vereinnahmung spricht immerhin, daß eine solche Erfassung bei Zuschüssen, die nicht mit Blick auf konkrete Anschaffungen erfolgen oder rückzahlbar sind, oftmals für zulässig erachtet wird.[644] Eine erfolgswirksame Vereinnahmung von Investitionszuschüssen bedeutete also eine Gleichbehandlung aller Zuschüsse. Außerdem führt selbst die Einbuchung eines besonderen Passivpostens nur zu einer Periodisierung des Erfolgsbeitrags, gegen die man wiederum anführen kann, daß der Sachverhalt des Zuschusses in einem bestimmten Jahr abgeschlossen ist. Wenn man einen Investitionszuschuß als Erfolgsbeitrag auffaßt, hat die Diskussion in der Literatur keine überzeugenden Gründe anführen können, warum dieser Erfolgsbeitrag nicht im Jahr seines Zufließens erfolgswirksam vereinnahmt werden sollte. Da ein solcher Zuschuß nicht im gewöhnlichen Geschäftsverkehr erwirtschaftet worden ist, wird man ihn (ebenso wie bei den Varianten der periodisierten Erfolgswirksamkeit, nur sofort in voller Höhe) als »sonstigen betrieblichen Ertrag« iSv § 275 Abs. 2 Nr. 4 HGB einzustufen haben, der regelmäßig durch eine Pflichtangabe im Anhang nach § 285 Nr. 31 HGB zu erläutern sein wird.

Nach allen drei Varianten ermöglicht die Aktivierung von Investitionszuschüssen einen besseren Einblick in die Finanz- und Ertragslage des Unternehmens. Die Gewinnwirkung des Zuschusses wird transparenter abgebildet wird und nicht allein durch eine geringere Abschreibung des angeschafften Vermögensgegenstandes bewirkt. Die deutlichste Darstellung ermöglicht die sofortige Vereinnahmung des Zuschusses, bei der der Zuschuß den Jahresgewinn in voller Höhe beeinflußt. Im Unterschied zur Nichtaktivierung erhöht der gesamte Wert sofort den Gewinn. Der Wert wird nicht erst infolge eines Verkaufs zu einem späteren Zeitpunkt ausgewiesen, an dem der Bezug zu dem

642 Dazu *Ekkenga* in KölnKomm-RL § 255, Rz. 35 m.w.N.; *Tiedchen* in MüKo-BilanzR § 255 HGB, Rz. 41.

643 *Ekkenga* in KölnKomm-RL § 255, Rz. 35.

644 Zur Passivierung solcher unentgeltlicher Einlagen s.u. S. 269.

Zuschuß nicht mehr deutlich würde. Es würde auch nicht über Jahre hinweg nur ein Anteil davon durch geringere Abschreibungen gewinnwirksam. Bei den Periodisierungsvarianten verlangt die Verteilung des Ertrags über die Zeit der Abschreibungen mehr Aufmerksamkeit vom Bilanzleser. Die Ertragsbeeinflussung ist in jedem einzelnen Jahr geringer als bei einem Sofortgewinn in voller Höhe des Zuschusses und der positive Beitrag wird durch Abschreibungen in entsprechender Höhe in der Summe ausgeglichen. Diese Darstellung fällt weniger ins Auge als ein großer Einmalbetrag und gibt daher weniger Veranlassung, die Anhangangaben auf Erklärungen hin zu befragen.

Da die Gewinnauswirkungen in der Summe genauso hoch sind wie bei einer Nichtaktivierung (statt eines geringeren Abschreibungsbetrags wird die höhere Abschreibung in jedem Jahr entsprechend ausgeglichen), wird eine größere Transparenz vor allem dadurch erreicht, daß das Zusammenwirken von Abschreibung und periodisierter Zuschußwirkung im Anhang erläutert wird. Die Einbuchung in einen passiven Rechnungsabgrenzungsposten hat sogar den Nachteil, daß der Bilanzleser dort vorvereinnahmte Erträge vermutet, die in der GuV normalerweise als Umsatzerlöse erscheinen werden, nicht als sonstiger betrieblicher Ertrag. Der besondere Passivposten hat den Nachteil, daß ihn ein Bilanzleser als Kapitalposten fehlinterpretieren kann, bei dem keine periodisierte Gewinnwirkung vermutet wird. Die Anhangerläuterung ist also von großer Bedeutung, da erst durch sie die Herkunft der Mittel nachvollziehbar wird und die Finanz- und Ertragslage realistisch eingeschätzt werden kann. Sie ist bei allen drei Varianten in gleicher Weise als Erläuterung zu den sonstigen betrieblichen Erträgen vorzunehmen, doch springen die jeweils zu erläuternden Beträge bei einer Ertragswirksamkeit des gesamten Zuschusses deutlicher ins Auge als bei einer Aufteilung der Gewinnwirkung über mehrere Jahre.

(5) Gegenbuchung als Kapitalbeitrag

Die Behandlung von Zuschüssen, die auf den ersten Blick nahe liegt, nachdem die Aktivierung des Zuschusses nicht zuletzt wegen der formalen Zweistufigkeit von Bareinlage und Anschaffungsvorgang gefordert wird, wird in der Literatur weniger oft vertreten, nämlich den Zuschuß erfolgsneutral in eine Kapitalrücklage einzustellen. Diese Variante der passiven Gegenbuchung unterscheidet sich von der vorgeschlagenen Buchung in einem besonderen Passivposten dadurch, daß für Kapitalrücklagen grundsätzlich kein Auflösungszwang besteht und eine Auflösungsbeschränkung nur für die besonderen Posten in § 272 Abs. 2 Nr. 1–3 HGB und erst durch § 150 AktG verfügt wird.[645]

645 Zur jederzeitigen Auflösbarkeit von Kapitalrücklagen als Grundsatz des Handelsbilanzrechts s. o. die Diskussion zur analogen Anwendung von § 268 VIII 1 HGB bei unentgeltlichen Einlagen auf S. 221. Bei Bareinlagen ist zudem anzumerken, daß hier kein Konflikt mit dem Realisationsprinzip droht, da Umsetzung in flüssige Mittel in den Augen des Gesetzes die Idealform der Realisation ist. Eine Ausschüt-

Teilweise wird in der Literatur die Einstellung in eine Kapitalrücklage nach § 272 Abs. 2 Nr. 4 HGB als Alternative zur Bildung eines besonderen Passivpostens angesehen, die Kapitalgesellschaften offensteht.[646] In diesem Fall kann man für den besonderen Passivposten jedoch keine Auflösung parallel zu den Abschreibungen verlangen, da diese für Kapitalrücklagen nicht in Frage kommt (bei dieser »Alternative« auch nicht vorgesehen ist) und der Passivposten durch diese Zwangsauflösung als Ergebnis aus einem Erfolgsbeitrag eingestuft wird, nicht als Kapitalbeitrag.[647] Andere fordern zwingend die Einstellung des Zuschusses in eine freie Kapitalrücklage im Sinne von § 272 Abs. 2 Nr. 4 HGB, jedoch nur bei Kapitalgesellschaften und nur für Zuschüsse von Gesellschaftern.[648] Begründet wird diese Forderung nicht.

Richtig ist sicherlich, daß § 272 Abs. 2 HGB eine Sondervorschrift für Kapitalgesellschaften ist, die auf Personengesellschaften nicht direkt übertragbar ist. Der Wortlaut der Nummer 4 beschränkt zudem diesen Gliederungsposten ausdrücklich auf Gesellschafter, was man zum Anlaß nehmen mag, zwischen Zuschüssen von Gesellschaftern und Zuschüssen anderer Dritter zu unterscheiden. Gesellschafterzuschüsse und andere Zuschüsse unterscheiden sich jedoch nur durch die Person des Finanziers, nicht aber in den Auswirkungen beim bezuschußten Unternehmen. Alle Zuschüsse sind in gleicher Weise kapitalähnlich, egal ob sie von Gesellschaftern oder von anderen Dritten herrühren. Wer also im Fall von Kapitalgesellschaften bei Gesellschafterzuschüssen nur eine Gegenbuchung in einer Kapitalrücklage anerkennen will, muß bei anderen Zuschüssen eine ähnliche bilanzielle Behandlung sicherstellen.

Da alle in § 272 Abs. 2 HGB aufgezählten Posten der Kapitalrücklage Zahlungen von (aktuellen oder zuwenigst potentiell zukünftigen) Gesellschaftern umschreiben, muß man nicht die Kapitalrücklage um einen neuen Unterposten nach § 265 Abs. 5 S. 1 HGB ergänzen, der Beiträge von Nichtgesellschaftern erfaßt, sondern kann für solche Zuschüsse neben der Kapitalrücklage einen besonderen kapitalähnlichen Posten nach § 265 Abs. 5 S. 2 HGB vorziehen. Dieser besondere Passivposten nach § 265 Abs. 5 S. 2 HGB kann ein ähnliches Ergebnis wie § 272 Abs. 2 Nr. 4 HGB aber nur erreichen, wenn für ihn dieselben Auflösungsregeln gelten wie für Kapitalposten.

Entscheidend ist bei Kapitalgesellschaften nicht, ob die Buchung nach § 272 Abs. 2 Nr. 4 HGB oder nach § 265 Abs. 5 S. 2 HGB erfolgt, sondern ob

tungssperre für Bareinlagen analog § 268 VIII HGB kommt daher noch weniger in Betracht als für materielle Sacheinlagen, entsprechend auch keine handelsbilanzielle Beschränkung der Auflösung einer durch Bareinlagen gebildeten Kapitalrücklage. Die Aktivierung von Investitionszuschüssen betont nun aber die Zweistufigkeit des Vorgangs und damit den Bareinlagecharakter des Zuschusses im Gegensatz zur wirtschaftlichen Betrachtung als Sacheinlage.

646 So ausdrücklich A/D/S, Bd. 1 § 255, Rz. 57.

647 Diesen Widerspruch in ihren Ausführungen übersehen A/D/S, Bd. 1 § 255, Rz. 57.

648 *Tiedchen* in MüKo-BilanzR § 255, Rz. 41 ohne Angabe von Gründen.

man den Zuschuß als Erfolgsbeitrag oder als Kapitalbeitrag versteht. Dasselbe gilt auch bei Personengesellschaften. Hier wird ohnehin ein besonderer Passivposten für möglich erachtet, obwohl dieser nur für Kapitalgesellschaften ausdrücklich geregelt ist.[649] Auflösungsbeschränkungen und Auflösungszwänge für einen solchen Passivposten lassen sich bei Personengesellschaften noch weniger begründen als bei Kapitalgesellschaften. Entscheidend ist auch hier allein, ob man einen Gewinnausweis oder einen Kapitalausweis für richtig hält. Die Vertreter der Periodisierungslösungen nehmen (teilweise unausgesprochen) an, ein Investitionszuschuß sei als Erfolgsbeitrag anzusehen. So wird der Ausweis in einem Kapitalposten mit dem Argument kritisiert, er setze fälschlicherweise voraus, der Zuschuß bezwecke eine nachhaltige Kapitalausstattung des Unternehmens.[650] Dadurch werde das Kapital gerade nicht richtig dargestellt. Richtig sei eine (periodisierte oder sofortige) erfolgswirksame Erfassung. Unausgesprochen legen die Vertreter der Einstellung in die Kapitalrücklage und die Kritiker dieser Lösung einen unterschiedlichen Kapitalbegriff zugrunde. Dementsprechend verlangen sie, verschiedene Finanzierungen als Kapitalrücklage auszuweisen, und kommen entsprechend zu einem unterschiedlichen Verständnis des vom Kapital zu unterscheidenden Gewinns.

Der Frage nach dem richtigen Verständnis des Kapitalbegriffs ist sogleich nachzugehen. Zuvor soll der relevante Unterschied für den Einblick in die Finanz- und Ertragslage herausgestellt werden, je nachdem ob man einen Investitionszuschuß als Kapitalrücklage bzw. besonderen Passivposten ausweist oder sofort in voller Höhe als Erfolgsbeitrag vereinnahmt. Versteht man den Zuschuß als Erfolgsbeitrag, ist dieser wie gesehen in der GuV als »sonstiger betrieblicher Ertrag« zu erfassen und regelmäßig im Anhang zu erläutern. In der Bilanz erhöht sich der Jahresüberschuß. Die Erhöhung kann für eine Ausschüttung verwendet, als Gewinn vorgetragen oder in eine Gewinnrücklage eingestellt werden. Bucht man einen Kapitalposten, sei es in Form einer Kapitalrücklage oder in Form eines besonderen Passivpostens, wird der Jahresüberschuß nicht verändert. Bleibt der Zuschuß im Unternehmen, besteht ein deutlicher Unterschied zu der Einstufung als Erfolgsbeitrag: Kapitalrücklage statt Gewinnrücklage/Gewinnvortrag. So wird die angestrebte Trennung von Kapital und Gewinn erreicht.

Dieser Unterschied löst sich auf, sobald die Rücklage aufgelöst wird und damit den Gewinn beeinflußt. Die Kapitalrücklage und nach richtigem Verständnis auch der besondere Passivposten können jederzeit aufgelöst werden. Gemäß § 275 Abs. 4 HGB darf sich bei Kapitalgesellschaften durch Auflösung einer Rücklage der Jahresüberschuß nicht erhöhen, sondern der Betrag aus dem aufgelösten Kapitalposten muß auf transparente Weise im Anschluß an die GuV dem Jahresergebnis zugeschlagen werden. Man spricht dann statt vom Jahres-

649 Vgl. A/D/S, Bd. 1 § 255, Rz. 57, die nur den Ausweis nach § 272 II NR. 4 HGB auf Kapitalgesellschaften beschränken.

650 *Ekkenga* in KölnKomm-RL § 255 HGB, Rz. 35.

überschuß vom Bilanzgewinn. In der Bilanz kann statt dem Jahresüberschuß auch nur der Bilanzgewinn ausgewiesen werden (vgl. § 268 Abs. 1 HGB). Die Überleitung auf den Bilanzgewinn kann bei Aktiengesellschaften an die GuV angefügt werden oder auch im Anhang zur GuV erfolgen (vgl. § 158 S. 2 AktG). Es besteht kein Grund, bei einer GmbH nicht ebenfalls eine Überleitungsrechnung im Anschluß an die GuV, wie sie § 275 Abs. 4 HGB wohl vorschwebt, und alternativ eine Überleitung im Anhang analog § 158 Abs. 1 S. 2 AktG zu erlauben.

Angaben darüber, welche Mittel eine Kapitalrücklage gespeist haben, verlangt das Gesetz bei deren Auflösung nicht. Löst man eine Kapitalrücklage auf, die infolge eines Investitionszuschusses gebildet worden ist, besteht der Unterschied zur sofortigen erfolgswirksamen Vereinnahmung darin, daß der Kapitalcharakter der Finanzierung deutlich wird, indem im Anschluß an die GuV der Bilanzgewinn hergeleitet und wahlweise in der Bilanz statt dem Jahresüberschuß dieser Bilanzgewinn ausgewiesen wird, während bei einer erfolgswirksamen Buchung in der Bilanz der Jahresüberschuß erhöht wird und in der GuV der Posten »sonstiger betrieblicher Ertrag« zu wählen und im Anhang die Herkunft der Mittel zu erläutern ist.

Da die Anschlußrechnung an die GuV ebenfalls im Anhang erfolgen kann, besteht der Transparenzunterschied unter Umständen nur darin, ob im Anhang eine Überleitungsrechnung vom Jahresüberschuß auf den Bilanzgewinn vorgenommen wird oder der Jahresüberschuß näher erläutert wird. In beiden Fällen wird deutlich, daß ausschüttungsfähiger Gewinn aus einer kapitalähnlichen Finanzierung generiert wird, wobei die Anhangerläuterung zum sonstigen betrieblichen Ertrag die genaue Herkunft der Mittel noch besser einsichtig machen kann als der bloße Umstand einer Überleitungsrechnung. Für einen verläßlichen Einblick in die Finanz- und Ertragslage ist dieser Unterschied zwischen erfolgswirksamer Vereinnahmung und erfolgswirksamer Auflösung eines Kapitalpostens vernachlässigbar. Es kommt daher auch nicht darauf an, ob man bei besonderen Passivposten die Rücklagenvorschriften analog anwenden will, da die dort gebuchten Finanzierungsbeiträge inhaltlich den Gesellschafterzuschüssen vergleichbar sind, oder ob man die besonderen Passivposten über die GuV auflösen will. In dem einen Fall besteht nur ein marginaler Unterschied zur sofortigen erfolgswirksamen Vereinnahmung, im anderen Fall gar keiner.

Ein merklicher Unterschied besteht bei jeder Buchung eines Kapitalpostens für die Jahresbilanzen, in denen der Kapitalbeitrag als eigenständiger Kapitalposten ausgewiesen wird, nicht mehr im Jahr der Auflösung des Kapitalpostens. Zu berücksichtigen ist in diesem Zusammenhang, daß die Auflösung eines Kapitalpostens gemäß § 270 Abs. 1 HGB bei der Aufstellung der Bilanz vorgenommen werden muß. Im Jahr der Auflösung erscheint der Kapitalposten als solcher nicht mehr, sondern der entsprechende Betrag mehrt den Bilanzgewinn, der dann statt des Jahresergebnisses auszuweisen ist (§ 268 Abs. 1 HGB). Die Auflösung kann jederzeit erfolgen, d.h. auch schon bei Erstellung der

Schlußbilanz des Geschäftsjahres, in dem ein Investitionszuschuß gewährt wird. Der Investitionszuschuß wird in diesem Fall für den Bilanzleser nie als eigenständiger Kapitalposten erkennbar, da nur der Jahresabschluß veröffentlicht wird. Der Kapitalcharakter ergibt sich dann allein aus der Überleitung auf den Bilanzgewinn in der GuV und dem Ausweis eines Bilanzgewinns statt eines Jahresüberschusses.

(6) Abgrenzung von Kapital und Gewinn

Die Frage, ob man einen Investitionszuschuß, sofern man ihn aktiviert, erfolgswirksam ausweisen soll oder erfolgsneutral in die Kapitalrücklage oder einen besonderen Kapitalposten einstellen soll, hängt vom Verständnis der Begriffe ›Kapital‹ und ›Gewinn‹ ab, das in den neueren Diskussionsbeiträgen selten erläutert und nie präzise definiert wird. Man muß aus den Ansichten zur richtigen Bilanzierung von Investitionszuschüssen auf die implizit angenommene Begrifflichkeit zurückschließen.

Das Gesetz definiert weder den Kapitalbegriff noch den Gewinnbegriff, sondern setzt beide voraus, so daß von ihm unmittelbar keine Hilfe zu erwarten ist. Die Befürworter einer Kapitalrücklage verstehen als ›Gewinn‹ den vom Unternehmen in seiner Geschäftstätigkeit erwirtschafteten Ertrag. Dieser Gewinnbegriff umfaßt den Jahresüberschuß der Bilanz sowie die Gewinnrücklagen und Gewinnvorträge. Im Gegensatz dazu wird als ›Kapital‹ jede nicht vom Unternehmen erwirtschaftete Mehrung des Eigenkapitals verstanden, also jede Außenfinanzierung mit Eigenkapital. Wer nur für Gesellschafterzuschüsse einen zwingenden Ausweis als Kapitalrücklage fordert, schränkt den Kapitalbegriff auf Eigenkapitalfinanzierung durch Gesellschafter ein.

Die erwähnte Kritik will eine Außenfinanzierung mit Eigenkapital nur dann als ›Kapital‹ in der Bilanz abbilden, wenn eine nachhaltige Finanzierung des Unternehmens beabsichtigt ist. Mittel, die sofort zur Anschaffung eines konkreten Gegenstands verwendet werden, sollen statt dessen als Erfolgsbeitrag verwendet werden. Nicht ganz verständlich wird an dieser Kritik, warum die konkrete Mittelverwendung dazu führen muß, die Nachhaltigkeit der Finanzierung als entscheidendes Kriterium für den Kapitalcharakter eines Zuschusses zu verneinen. Denn erstens sind alle Finanzierungen sinnlos, wenn das Unternehmen damit nicht arbeitet, sie also investiert in Leistungen und Gegenstände. Daher werden auch Finanzierungsbeiträge, die nicht mit Blick auf eine konkrete Anschaffung gewährt werden, im Regelfall sehr rasch zur Anschaffung von Vermögensgegenständen oder Begleichung anderer Rechnungen verwendet. Zweitens führt eine Anschaffung ja nicht dazu, daß der Finanzierungsbeitrag einfach verlorenginge, also nicht nachhaltig wäre, sondern der Wert des Beitrags bleibt grundsätzlich erhalten, auch wenn man im konkreten Fall eines Investitionszuschusses unsicher sein mag, ob die Anschaffung zu teuer erfolgt ist, der Zuschuß insoweit wertlos ist. Die Verfügungsbeschränkung als solche ist aus Sicht der Unternehmensfinanzierung nicht geeignet, die Nachhaltigkeit der Finanzierung in Frage zu stellen.

Das vorgebrachte Argument der sofortigen Mittelverwendung gegen eine Einstufung von Investitionszuschüssen als Kapitalbeitrag ist daher nicht gültig. Dennoch kann man diese Einstufung mit anderen Überlegungen in Zweifel ziehen. Die strikte Trennung von ›Kapital‹ und ›Gewinn‹ ist in erster Linie ein juristisches Anliegen, kein betriebswirtschaftliches.[651] Daß Außenfinanzierung mit ›Kapital‹ und Selbstfinanzierung durch ›Gewinn‹ auch im Handelsrecht zwei Quellen darstellen, aus denen sich das Eigen-›Kapital‹ des Unternehmens speist, deutet ebenfalls eine gewisse Nähe von ›Gewinn‹ und ›Kapital‹ an. Eine strikte Trennung von ›Kapital‹ und ›Gewinn‹ durch die Handelsbilanz ist vor allem für das Aktienrecht von Bedeutung. Die Begrenzung der Ausschüttungen in § 57 Abs. 3 AktG auf den Bilanzgewinn, der nach den Regeln des Handelsbilanzrechts zu bestimmen ist, bezweckt einen weitergehenden Schutz als das bloße Einlagenrückgewährverbot des § 57 Abs. 1 AktG und hat schon früh zu dem Bestreben geführt, den ausschüttungsfähigen ›Gewinn‹ von dem nicht ausschüttungsfähigen ›Kapital‹ eindeutig zu unterscheiden.[652]

Nach überkommenem aktienrechtlichen Verständnis meint ›Kapital‹ dasjenige Eigenkapital, das dauerhaft im Unternehmen verbleiben soll und nicht als Gewinn ausgeschüttet werden darf. Darunter verstand man früher neben den Einlagen auf das Grundkapital auch die sogenannte ›gesetzliche Rücklage‹, die aus einer Kapitalkomponente (den heutigen Posten des § 272 Abs. 2 Nr. 1–3 HGB) und einer Gewinnthesaurierungskomponente (der heute allein noch ›gesetzliche Rücklage‹ genannten Gewinnrücklage des § 150 Abs. 2 AktG) bestand.[653] Im Rahmen der gesetzlichen Rücklage wurde früher nicht nach der Mittelherkunft zwischen ›Kapital‹ und ›Gewinn‹ getrennt, sondern die gesamte Rücklage wurde als ›Kapital‹ begriffen, eben weil sie nicht zur Ausschüttung zur Verfügung stand. Hingegen wurden Gewinnrücklagen und Gewinnvorträge nicht als Kapital begriffen, da sie in Bilanzgewinn überführt werden konnten und dann unter den Gesellschaftern verteilt werden konnten. Der ›Gewinn‹ als Gegenbegriff zum ›Kapital‹ wurde also mit dem Bilanzgewinn im Sinne eines nach den Regeln des Aktienrechts maximal verteilbaren Reingewinns gleichgesetzt.[654]

In anderen Gesellschaftsrechten wurde und wird nicht in gleicher Weise zwischen ›Kapital‹ und ›Gewinn‹ unterschieden. Das GmbH-Recht kennt in § 30 Abs. 1 S. 1 GmbHG allein ein Einlagenrückgewährverbot, das § 57 Abs. 1 AktG entspricht. Für das GmbH-Recht bestand aus gesellschaftsrechtlicher Sicht nie das Bedürfnis einer vergleichbar sauberen Trennung von ›Kapital‹ und ›Gewinn‹

651 Vgl. zu dem anderen Verständnis in der Betriebswirtschaft im Gegensatz zur juristischen Auffassung schon *Ballerstedt*, Kapital, 41.

652 *Ballerstedt*, Kapital, 41 ff.

653 Zur Gesetzeshistorie *Hennrichs/Pöschke* in MüKo-AktG § 150, Rz. 9.

654 *Ballerstedt*, Kapital, 42.

und es wurde zumindest früher auch keine klare begriffliche Abgrenzung unternommen.[655] Entsprechend können bei einer GmbH auch alle Kapitalrücklagen des § 272 Abs. 2 Nr. 1–3 HGB unter die Gesellschafter verteilt, also wie aktienrechtlicher ›Gewinn‹ behandelt werden. Im Personengesellschaftsrecht trennt das Gesetz ›Kapital‹ und ›Gewinn‹ ebenfalls nicht, sondern geht in §§ 120 ff. HGB von einem einheitlichen Kapitalanteil jedes Gesellschafters aus, in dem Kapitalbestandteile und Gewinnanteile gebucht werden.[656]

Selbst im Aktienrecht wird die Grenze zwischen nicht zur Ausschüttung zugelassenem ›Kapital‹ und ausschüttungsfähigem ›Gewinn‹ nicht so eindeutig gezogen, wie nach dem überkommenen Verständnis zu erwarten wäre. Vor allem die Einführung von § 272 Abs. 2 Nr. 4 HGB hat die Grenze zwischen nicht zur Ausschüttung zugelassenem ›Kapital‹ und ausschüttungsfähigem ›Gewinn‹ verwischt. Solche Gesellschafterleistungen werden seit dem Bilanzrichtliniengesetz des Jahres 1985 ausdrücklich als Bestandteile der Kapitalrücklage angeführt. Dennoch können sie als Teil der freien Rücklagen jederzeit aufgelöst und unter die Gesellschafter verteilt werden. Seit dem BiRiLiG stimmt die überkommene aktienrechtliche Begrifflichkeit nicht mehr mit dem Gesetz überein. Es ist heute nicht mehr möglich, nur solche Bestandteile des Eigenkapitals als ›Kapital‹ zu bezeichnen, die dauerhaft vor einer Rückgewähr an die Gesellschafter geschützt sind. Die Verteilbarkeit des Eigenkapitals unter die Gesellschafter kann nicht mehr das einzig entscheidende Abgrenzungskriterium zwischen ›Kapital‹ und ›Gewinn‹ sein.

Vor dieser Änderung des BiRiLiG mußten freie Zuschüsse und damit erst recht Investitionszuschüsse als Gewinnbestandteil erfolgswirksam erfaßt werden allein deshalb, weil das Gesetz keinen Kapitalposten für sie vorsah. Dieser historische Befund deutet schon an, daß die Trennung von ›Kapital‹ und ›Gewinn‹ nicht allein durch die Natur der Sache, d.h. betriebswirtschaftlich allein durch die Einstufung als »nicht vom Unternehmen selbst erwirtschaftet« = Außenfinanzierung vorgegeben ist, sondern von weiteren bilanzrechtlichen Erwägungen abhängen kann. In der Diskussion um die Auslegung des § 272 Abs. 2 Nr. 4 HGB wurde seit dem BiRiLiG keine Übereinstimmung erreicht in der Frage, wann eine Leistung eines Gesellschafters als Kapitalbeitrag anzusehen ist und wann als Erfolgsbeitrag, eben weil das klare Unterscheidungskriterium der aktienrechtlichen Ausschüttungsbegrenzung aufgegeben worden ist.

Die Details dieser Diskussion können an dieser Stelle noch dahinstehen, da es in diesem Zusammenhang nur auf einen unstrittigen Punkt ankommt: Nach der Vorstellung des Gesetzgebers sollten zumindest bestimmte Gesellschafterfinanzierungen gewinnwirksam vorgenommen werden können. Welche Formen der Außenfinanzierung durch Gesellschafter in § 272 Abs. 2 Nr. 4 HGB zu buchen sind, welche gewinnwirksam erfaßt werden sollen, ist im einzelnen umstritten.[657]

655 *Ballerstedt*, Kapital, 89 ff., insbes. 92.

656 Dazu mehr o. S. 68.

657 Näher dazu u. S. 269 ff.

Unabhängig wie man sich in dieser Frage entscheidet, zeigt allein der Umstand, daß manche Gesellschafterfinanzierungen vom Gesetz als Erfolgsbeitrag verstanden werden, daß das Kriterium der Außenfinanzierung nicht allein ausschlaggebend sein kann für die Abgrenzung von ›Kapital‹ und ›Gewinn‹. Denn jedenfalls gibt es (zumindest bei Gesellschaftern) Außenfinanzierung, die als Kapital gebucht werden kann, und Außenfinanzierung, die als Gewinn gebucht werden kann. Das Gesetz sieht auch in anderen Zusammenhängen erfolgswirksam zu vereinnahmende Gesellschafterzuschüsse vor, so z.B. den Ausgleich eines Jahresfehlbetrags durch das herrschende Unternehmen gemäß § 302 AktG. Dieser muß zwingend über die GuV erfolgen (vgl. § 277 Abs. 3 S. 2 HGB).[658] Auch die Ansicht, die den Kapitalbegriff auf Gesellschaftereinlagen beschränken will, sieht also in der Außenfinanzierung ebenfalls nur ein notwendiges, kein hinreichendes Kriterium. Investitionszuschüsse von anderen Dritten sind zudem, wie gesehen, nicht weniger Bestandteil der Außenfinanzierung als Gesellschafterzuschüsse.

Finanzierungsbeiträge von Gesellschaftern oder anderen Dritten, die nicht in § 272 Abs. 2 Nr. 4 HGB (oder einem besonderen, kapitalähnlichen Passivposten) gebucht werden, müssen erfolgswirksam vereinnahmt werden. Der Gewinnbegriff der GuV bietet die Möglichkeit, nicht im normalen Geschäftsbetrieb erwirtschaftete Erträge als Gewinn zu erfassen, indem sie als »sonstiger betrieblicher Ertrag« (früher auch als »außerordentlicher Ertrag«) angesehen werden können. Dieser Posten der GuV erinnert daran, daß nicht allein Umsatzerlöse selbst erwirtschaftete Erträge darstellen. Der Gewinnbegriff ist nicht so eindeutig, wie diejenigen annehmen, die jede Form der Außenfinanzierung als Kapitalbeitrag ansehen.

Schon wegen der Offenheit des Gewinnbegriffs der GuV für Erträge, die nicht im normalen Geschäftsverkehr erwirtschaftet werden, und der Möglichkeit zu Anhangerläuterungen kann man nicht behaupten, daß eine erfolgswirksame Erfassung eines Investitionszuschusses notwendig gegen das Einsichtsgebot verstieße, weil dadurch das Jahresergebnis positiv beeinflußt werde, wo doch eine Gewinnwirkung von Kapitalbeiträgen erst im Anschluß an die GuV in der Überleitung auf den Bilanzgewinn gemäß § 158 Abs. 1 AktG statthaft sei. Eine solche Einschränkung des Gewinnbegriffs auf das Jahresergebnis statt des Bilanzgewinns kann schon deshalb nicht richtig sein, weil auch Gewinnvorträge und Gewinnrücklagen nicht das Ergebnis einer Außenfinanzierung sind, sondern Gewinnbestandteile.

Das Ziel der Überleitungsrechnung besteht nicht darin, Erfolgsbeiträge von Kapitalbeiträgen zu trennen, sondern Altkapital von Neukapital. Denn im Zuge der Überleitungsrechnung sind nicht allein freie und gebundene Kapitalrücklagen zu berücksichtigen, sondern in gleicher Weise alte Erfolgsbeiträge in Form von Gewinnvorträgen/Verlustvorträgen und freien wie gebundenen Ge-

658 Zur erfolgswirksamen Vereinnahmung der Verlustübernahme *Altmeppen* in MüKo-AktG § 302, Rz. 18.

winnrücklagen. Die besonderen Anforderungen der Anschlußrechnung an die GuV stellen kein Argument für eine wie auch immer geartete Trennung von ›Kapital‹ und ›Gewinn‹ dar, weil diese Unterscheidung für die Anschlußrechnung schlicht irrelevant ist. In der Anschlußrechnung gemäß § 158 Abs. 1 AktG sind sowohl ausschüttungsgesperrte als auch freie, sowohl erwirtschaftete wie von außen zugeführte Bilanzposten zu berücksichtigen.

Das Kriterium der Außenfinanzierung wird als entscheidendes Kriterium für die Abgrenzung von ›Kapital‹ und ›Gewinn‹ für Aktiengesellschaften auch durch die Möglichkeit zur Kapitalerhöhung aus Gesellschaftsmitteln (§§ 207 ff. AktG) relativiert. Hierbei können erwirtschaftete Mittel, also ›Gewinn‹ in ›Kapital‹ umgewandelt werden. Die Herkunft der Mittel aus der Selbstfinanzierung des Unternehmens ist in diesem Fall nicht entscheidend, sondern die neu herbeigeführte Ausschüttungsbegrenzung.

Den harten Kern des Kapitalbegriffs bilden demnach auch nach dem BiRiLiG die Bestandteile des Eigenkapitals, die nach der Vorstellung des Gesetzes dauerhaft im Unternehmen verbleiben sollen und daher nicht ausgeschüttet werden können.[659] In den Fällen, in denen der Ausweis einer Kapitalrücklage keine Konsequenzen für die Ausschüttung hat, sondern allein der Charakter des Finanzierungsbeitrags als Außenfinanzierung schon bei einem Blick in die Bilanz deutlich wird, nicht erst bei einem Blick in den Anhang zur GuV, kann man sich fragen, ob einer solchen Trennung von ›Kapital‹ und ›Gewinn‹ überhaupt große Bedeutung zuzuschreiben ist. Der Charakter als Außenfinanzierung und damit die Herkunft der Mittel wird ja auch bei erfolgswirksamer Erfassung durch eine Anhangerläuterung zur GuV aufgedeckt, so daß dem Einsichtsgebot auch dann Genüge getan ist, wenn man die allein nach früherem Aktienrecht bedeutsame Unterscheidung in ›Kapital‹ und ›Gewinn‹ als Bestandteil des allgemeinen handelsrechtlichen Einsichtsgebots versteht. In den Fällen, in denen die Auflösung der Kapitalrücklage noch im selben Jahr, in dem der Zuschuß zugeflossen ist, vorgenommen wird, bietet eine Erläuterung zur GuV sogar mehr Einblick in die tatsächlichen Vorgänge als eine Überleitungsrechnung im Anschluß an die GuV. Jedenfalls in diesen Fällen bietet die kontraintuitive Beschränkung des Gewinnbegriffs auf den Jahresüberschuß einschließlich der Gewinnrücklagen (auch der ausschüttungsbeschränkten) statt des Bilanzgewinns keine Vorteile mehr. Da die tatsächlichen Unterschiede einer Einordnung von Investitionszuschüssen als Erfolgsbeiträge oder als Kapitalbeiträge für die Einsicht in die Finanz- und Ertragslage gering sind, braucht hier keine abschließende Entscheidung getroffen zu werden.

659 Es ist daher nicht falsch, auch die gesetzliche Rücklage als ›Kapital‹ zu begreifen, auch wenn sie durch Gewinnthesaurierung gebildet wird. Die Möglichkeit einer Kapitalerhöhung aus Gesellschaftsmitteln legt diese Einordnung sogar nahe.

(7) Zusammenfassung

Die Diskussion der Investitionszuschüsse zeigt ebenso wie die Diskussion der immateriellen Vermögensgegenstände, daß in diesen Bilanzierungsfragen pauschale Verweise auf das Einsichtsgebot nicht weiterhelfen. Die Bewertungsunsicherheiten, die bei allen (auch wirtschaftlichen) Sacheinlagen unvermeidbar sind, verlangen nach Einschätzungen, Prognosen und Abwägungsentscheidungen. Der pauschale Verweis suggeriert einen klaren Gegensatz von »objektiv richtiger Darstellung« und »gesetzmäßig vorsichtiger Darstellung«, der so nicht besteht. Bewertungsunsicherheiten erlauben eine Bandbreite der Bilanzierung, in denen verschiedene Bewertungen richtig sein können. Es geht aber nicht allein um Richtigkeit der Darstellung, sondern auch um Verläßlichkeit und Fairneß. Eine vorsichtige Bilanzierung verstößt, wenn sie sich an den gesetzlichen Vorgaben orientiert, auch dann nicht gegen das Einsichtsgebot, wenn gute wirtschaftliche Gründe eine andere Darstellung nahelegen.

Da die baren Investitionszuschüsse bei wirtschaftlicher Betrachtung als Sacheinlagen erscheinen, weist ihre Bilanzierung auf ein ähnliches Grundproblem wie die Bilanzierung eingelegter immaterieller Vermögensgegenstände. Will man stille Reserven bei der Zugangsbilanzierung von Sacheinlagen durch Aktivierung der Vermögensgegenstände zum geschätzten Marktwert vermeiden, führt diese Aktivierung unweigerlich dazu, daß diese Werte jederzeit als Teil des Bilanzgewinns ausgeschüttet werden können. Es kommt nicht darauf an, ob man die Einlage sofort gewinnwirksam erfaßt oder zunächst erfolgsneutral in eine Kapitalrücklage einstellt, da diese Kapitalrücklage jederzeit, sogar noch im Jahr der Einlage aufgelöst werden kann. Bei Buchung einer Kapitalrücklage ist die Anschaffung technisch zwar zunächst erfolgsneutral möglich, mittelbar jedoch kann auch eine solche Anschaffung den Erfolg beeinflussen. In diesem Fall führt die so gegebene Einsicht in die Vermögensverhältnisse tatsächlich zu einem Konflikt mit dem Vorsichtsgebot, da die Vermeidung stiller Reserven wenigstens mittelbar zu einem Gewinnausweis führen kann, obwohl der Gewinn noch nicht durch ein weiteres Transaktionsgeschäft realisiert worden ist. Der Anschaffungsvorgang ist bei Vermeidung stiller Reserven (wenigstens mittelbar) nicht erfolgsneutral möglich.

Bei Einlage immaterieller Vermögensgegenstände mag man sich bei Kapitalgesellschaften noch mit einer Analogie zu § 268 Abs. 8 S. 1 HGB behelfen können und den nicht realisierten Gewinn zwar darstellen, jedoch nicht zur Ausschüttung zulassen. Bei anderen Sacheinlagen und bei Personengesellschaften scheidet eine solche Analogie aber aus. Der Vorteil einer Nichtaktivierung von Investitionszuschüssen liegt hingegen darin, daß nur auf diese Weise die Gewinnbeeinflussung effektiv vermieden werden kann, bis der Gewinn durch ein weiteres Umsatzgeschäft realisiert wird. Bei abschreibungspflichtigen Gütern muß man einschränken, daß die notwendig geringere Abschreibung eine periodisierte Gewinnwirkung bedeutet. Diese Gewinnwirkung über die Zeit können und wollen jedoch nicht einmal die strengsten, letztlich nicht begründbaren Ansichten zur Aktivierung von Investitionszuschüssen vermeiden.

Nach überwiegender Ansicht soll der Kaufmann bei der Bilanzierung von Investitionszuschüssen frei wählen können zwischen Anschaffungspreisminderung und Aktivierung qua Wert des angeschafften Vermögensgegenstands. Für Kapitalgesellschaften wird teilweise eine Pflicht zur Aktivierung angenommen, doch läßt sich diese unterschiedliche Behandlung von Kapitalgesellschaften und Personengesellschaften weder technisch erklären, da eine entsprechende Behandlung bei Personengesellschaften unschwer möglich ist, noch inhaltlich, weil die Anforderungen des Einsichtsgebots für alle Kaufleute zumindest ähnlich sind und insbesondere die Vorschriften über Anschaffungspreisminderungen für alle Kaufleute gleichermaßen gelten. Ein Wahlrecht zwischen Anschaffungspreisminderung und Aktivierung ist der Sache nach ein Wahlrecht zwischen transparenterer und vorsichtigerer Bilanzierung bei wirtschaftlichen Sacheinlagen. Investitionszuschüsse können nach dieser überwiegend vertretenen Ansicht sowohl als ›offene Einlage‹ wie auch als ›verdeckte Einlage‹ erfolgen.

ee) Zusammenfassung

Die drei geschilderten Ausnahmen für geringwertige oder kurzlebige Güter, für selbsthergestellte immaterielle Vermögensgegenstände und für Investitionszuschüsse haben gezeigt, daß das Bilanzrecht Einschränkungen des Aktivierungsgebots kennt – und das nicht allein für unwesentliche Vermögenswerte. Auch wesentliche Ausnahmen werden mit Blick auf das Vorsichtsprinzip oder zum Zwecke einer wirtschaftlichen Betrachtungsweise von Anschaffungsvorgängen hingenommen. Dadurch können erhebliche stille Reserven schon bei der Entscheidung über die Zugangsbewertung respektive Aktivierung gelegt werden. Aus diesen drei erörterten Ausnahmen folgt nicht ohne weiteres, daß für alle Gesellschaftereinlagen ebenfalls eine Ausnahme zu machen ist. Sie verdeutlichen andererseits, daß das Gesetz Bewertungsschwierigkeiten als Grund für eine Ausnahme vom Aktivierungsgrundsatz anerkennt und die Praxis neben den gesetzlich normierten Ausnahmen weitere annimmt oder ernsthaft diskutiert.

Die entscheidende Frage bei der Einlagebilanzierung, ob die dabei auftretenden Bewertungsschwierigkeiten einen Verzicht auf eine Aktivierung respektive eine Bewertung mit einem Erinnerungswert rechtfertigen oder gar erfordern, kann daher nicht mit einem pauschalen Hinweis auf den Aktivierungsgrundsatz und die nur vermeintlich das Vorsichtsgebot überragende Bedeutung der Informationsfunktion des Jahresabschlusses entschieden werden. Die beiden zuletzt diskutierten Ausnahmen haben gezeigt, daß die Anforderungen, welche das Aktivierungsgebot als Ausprägung des Einsichtsgebots an die Jahresabschlüsse stellt, nicht ohne weiteres feststehen, da es gerade fraglich sein kann, ob nicht erst eine vorsichtige Bilanzierung oder eine wirtschaftliche Betrachtungsweise, nach der bestimmte Werte nicht aktiviert werden, die richtige und verläßliche Darstellung der Vermögens-, Finanz- und Ertragslage bewirken, welche der Jahresabschluß dem Bilanzleser ermöglichen soll.

Bei der erforderlichen Ausbalancierung von Vorsichtsgebot und Einsichtsgebot müssen Regeln gefunden werden, welche grundsätzlich sowohl für Personen- wie für Kapitalgesellschaften gelten können und die Interessen aller Bilanzadressaten berücksichtigen, ohne jedoch zu übersehen, daß die Problematik bei Kapitalgesellschaften dadurch verschärft wird, daß hier eine Aktivierung unsicherer Werte zu einer erhöhten Gewinnausschüttung führen kann, welche die Interessen der Gläubiger in besonderem Maße gefährden kann. Die beiden zuletzt diskutierten Ausnahmen haben dabei daran erinnert, daß bei der Ausbalancierung von Vorsichtsprinzip und Einsichtsgebot auch die Vorschriften über die Gewinn- und Verlustrechnung und die ergänzenden Anhangangaben mit in den Blick zu nehmen sind.

Schon der bis hier geschilderte Diskussionstand zum Bilanzrecht unentgeltlicher Erwerbe macht deutlich, daß die gesellschaftsrechtliche Diskussion um einen angemessenen Kapitalschutz für Agioeinlagen nicht durch einen Hinweis auf das Bilanzrecht der Einlagen und ein dort vermeintlich eindeutiges geregeltes Gebot der Zeitwertbilanzierung unentgeltlicher Erwerbe entschieden werden kann.

d) Die Lösungsansätze für das Bewertungsrecht aller Kaufleute

Nach diesen Vorarbeiten kann nun das eigentliche Thema dieses Abschnitts in Angriff genommen werden: Wie sind unentgeltliche Sacheinlagen zu bilanzieren? Die materiell entscheidende Frage ist dabei, ob eine Bewertung zu mehr als einem Erinnerungswert von 1,– €, nämlich zum Zeitwert im Moment der Einlage erforderlich ist. Denn ob man gar nicht aktiviert oder einen Erinnerungswert von 1,– € einbucht, macht im Ergebnis keinen merklichen Unterschied. Für die Beantwortung dieser Frage sind viele der Erwägungen aus den bisherigen Voruntersuchungen relevant und es kommen dieselben Lösungsansätze in Betracht wie in der spezielleren Frage der Aktivierung unentgeltlich erlangter immaterieller Vermögensgegenstände: Pflicht zur Aktivierung zum vorsichtig geschätzten Zeitwert, Aktivierungsverbot, Wahlrecht zwischen Bewertung mit 1,– € oder Bewertung zum Zeitwert.[660]

660 Eine vierte, weniger oft vertretene Ansicht verlangt eine Aktivierungspflicht, wenn die Sacheinlage zu Sanierungszwecken erfolgt, jedoch ein Aktivierungsverbot, wenn (tatsächlich wohl eher soweit) durch Aktivierung ein Jahresüberschuß herbeigeführt oder erhöht würde, so z.B. *Ekkenga* in KölnKomm-RL § 255, Rz. 32 m.w.N. Zur Begründung wird angeführt, das Ausschüttungsvolumen dürfe nicht durch die Außenfinanzierung erhöht werden. Diese Unterscheidung ist nicht zu Ende gedacht und daher wird auf diese Mindermeinung im Text nicht eingegangen. Unter Sanierungszweck ist mangels näherer Erläuterungen wohl der Ausgleich eines Verlustvortrags ebenso zu verstehen wie der Ausgleich eines Jahresfehlbetrags. Die Möglichkeit zum

aa) Pflicht zur Aktivierung mit dem vorsichtig geschätzten Zeitwert

Eine Ansicht, die sich ungeachtet ihrer beachtlichen Historie, die bis in die Anfänge des modernen Aktienrechts zurückreicht,[661] selbst gerne als »neuere Lehre« bezeichnet, verlangt, jede Sacheinlage mit fiktiven Anschaffungskosten in Höhe des vorsichtig geschätzten Zeitwerts in der Bilanz abzubilden.

Ausgleich eines Verlustvortrags zeigt eines der größten Erklärungsdefizite dieser Ansicht. Man kann sich nicht einfach auf eine aktuelle Jahresbilanz konzentrieren, sondern muß die Folgewirkungen für spätere Bilanzen und den Zusammenhang mit früheren Bilanzen im Blick haben. Ein Verlustausgleich führt zwangsläufig dazu, daß im nächsten Gewinnjahr dieser gesamte Gewinn ausgeschüttet werden kann. Mittelbar erhöht jeder Verlustausgleich das Ausschüttungsvolumen. Warum eine mittelbare Erhöhung des Ausschüttungsvolumens durch Sacheinlagen akzeptabel erscheint, eine unmittelbare Erhöhung hingegen nicht, müßte erklärt werden. Nicht erklären kann diese Ansicht, warum eine Sacheinlage zum Ausgleich eines schon entstandenen Verlusts befähigen soll, aber kein Kapitalpolster schaffen kann, das für einen in näherer Zukunft befürchteten Verlust vorsorgen soll. Zudem wird ein unerklärlicher Unterschied von Sachkapitaleinlagen und Barkapitaleinlagen geschaffen: Bareinlagen sind zu aktivieren und können das Jahresergebnis beeinflussen, Sacheinlagen sollen das Jahresergebnis nicht beeinflussen dürfen, obwohl beide Einlagen Formen einer Außenfinanzierung sind. Letztlich fußt diese Annahme auf dem veralteten aktienrechtlichen Kapitalverständnis, Einlagen (die man sich als Kapitalbeitrag vorstellt, wenn man einen Einfluß auf das Jahresergebnis vermeiden will) dürften den Gewinn allenfalls im Wege einer Verlustverrechnung beeinflussen. Verlustverrechnung von Kapitaleinlagen war ja seit jeher durch § 150 AktG und seine Vorgängerregelungen zugelassen. Diese Ansicht erlaubt letztlich eine Kapitaleinlage durch Sacheinlagen außerhalb der gebundenen Kapitaleinlagen nur dann, wenn diese ebenso wie eine gebundene Kapitaleinlage verwendet wird, d.h. sofort zur Verlustverrechnung verwendet wird. Bei dieser Verwendungsabsicht soll dann statt Einbuchung einer Kapitalrücklage und deren Auflösung bei der Aufstellung der Jahresbilanz eine sofortige Erfolgswirkung möglich sein. Seit der Einführung von § 272 Abs. 2 Nr. 4 HGB durch das BiRiLiG im Jahr 1985 ist so eine Ansicht auf dem Boden des geltenden Rechts selbst für Aktiengesellschaften nicht mehr vertretbar, sondern allenfalls de lege ferenda von Interesse. Im Fall einer GmbH konnte so noch nie gültig argumentiert werden. Entweder sind Sacheinlagen ausreichend sicher bewertbar und können in eine Kapitalrücklage eingestellt werden, oder sie sind nicht sicher bewertbar und berühren allein wegen ihrer Nichtaktivierung die Kapitalrücklage nicht. Verlustausgleichsabsicht ist kein Bewertungskriterium, seit Kapitalrücklagen auch außerhalb der gebundenen Rücklage möglich sind.

661 Ausführliche Diskussion dieser Problematik mit weiteren Nachweisen zu noch älteren Diskussionsbeiträgen schon bei *Ballerstedt,* Kapital, 59 ff. und zur verwandten Problematik entgeltlicher Sacheinlagen *ebda*, 69 ff. – aus dem Jahr 1949!

(1) Argumentation mit dem Vollständigkeitsprinzip

Nicht selten begründen Vertreter dieser Ansicht ihre Forderung allein mit einem Hinweis auf das Vollständigkeitsprinzip des § 246 Abs. 1 S. 1 HGB, das den Grundsatz der Maßgeblichkeit der Gegenleistung verdränge.[662] Bei den bisherigen Erörterungen hat sich gezeigt, daß in einem schlanken Verweis auf das Vollständigkeitsprinzip nicht einmal der Versuch einer juristischen Argumentation gesehen werden kann, sondern allein die Verkennung der Aufgabe, die das Gesetz dem Interpreten stellt. Kollidieren bei der Anwendung des Gesetzes zwei Grundsätze, kann die erforderliche Auslegungsarbeit, insbesondere wenn sie wissenschaftlichen Ansprüchen genügen will, nicht einfach einem Prinzip einen höheren Rang zusprechen als einem anderen. Es gilt zu zeigen, inwieweit das Gesetz selbst im konkreten Fall die Abwägung unterschiedlicher Rechtsprinzipien anleiten kann. Eben diese umfassende systematische Analyse fordert § 246 Abs. 1 S. 1 HGB, der mit der Beschränkung im letzten Halbsatz »soweit gesetzlich nichts anderes bestimmt ist« auf mögliche Ausnahmen durch das geschriebene Recht, richterliche Rechtsfortbildung und die Grundsätze ordnungsgemäßer Buchführung hinweist.

(2) Argumentation mit dem true and fair view

In den Arbeiten, die mehr Mühe auf die Begründung einer Aktivierungspflicht verwenden, lautet das Kernargument, der Bilanzgrundsatz des true and fair view, der im deutschen Recht insbesondere in § 264 Abs. 2 HGB Niederschlag gefunden habe, gebiete, die Legung stiller Reserven bei der Zugangsbewertung zu vermeiden. Eine Bewertung von Sacheinlagen unter ihrem Marktwert verfälsche das Bild der Vermögenslage. Desweiteren beeinträchtige die Legung stiller Reserven die Darstellung der Finanz- und Ertragslage. Nur bei einer Aktivierung von Sacheinlagen zum Marktwert könne, wie es ein Trennungsgrundsatz gebiete, das zugeführte Kapital vom erwirtschafteten Gewinn getrennt werden, indem der entsprechende Wert auf der Passivseite in eine Kapitalrücklage nach § 272 Abs. 2 Nr. 4 HGB eingestellt werde. Akzeptierte man hingegen die Legung stiller Reserven durch Bewertung einer Sacheinlage mit einem Erinnerungswert von € 1,–, werde die Ertragslage in späteren Jahresabschlüssen verfälscht, da auf die eingelegten Vermögensgegenstände keine Abschreibungen vorgenommen werden könnten, die zu Lasten des Jahresergebnisses gingen. Zudem erschiene bei einer Veräußerung der Vermögensgegenstände der erzielte Erlös fälschlich als Gewinn.[663]

662 So z.B. *Tiedchen* in MüKo-BilanzR § 255 HGB, Rz. 45 und *Ballwieser* in MüKo-HGB § 255, Rz. 45.

663 Aktuellere Beiträge aus der Literatur: *Schulze-Osterloh*, Aktivierung, Ertragsausweis und Kapitalrücklage, 2 ff., *Schön*, Verdeckte Einlagen, 376 ff. und *Hennrichs*, Bilanzierung bei verdeckter Einlage, 317 ff. – je m.w.N. und alle Beiträge aus Anlaß europäischer Rechtsprechung zur Bilanzrichtlinie, auf die hier weiter u. S. 272 ff. eingegangen wird.

Regelmäßig verweisen diese Vertreter einer Aktivierungspflicht zudem darauf, daß sich durch die von ihnen geforderte Einstellung in die Kapitalrücklage trotz Aktivierung zu Marktpreisen die Neutralität des Anschaffungsvorgangs erreichen ließe, die ihrer Ansicht nach vom Gesetz grundsätzlich gefordert werde. Das Realisationsprinzip verlange nämlich, die Entstehung eines Anschaffungsgewinns zu vermeiden.[664] Die obigen Erörterungen verwandter Aktivierungsfragen im Handelsbilanzrecht haben gezeigt, daß diese Argumentation wichtige Gesichtspunkte enthält, jedoch einiger Einschränkungen bedarf.

Zunächst ist daran zu erinnern, daß die Anforderungen des Einsichtsgebots »unter Beachtung der Grundsätze ordnungsgemäßer Buchführung« zu bestimmen sind. Der Wortlaut des § 264 Abs. 2 S. 1 HGB ist insoweit eindeutig. Bei der Umsetzung der Bilanzrichtlinie im Jahr 1985, die zur Formulierung von § 264 Abs. 2 HGB geführt hat, war man der Ansicht, daß die mit Blick auf die europarechtlichen Vorgaben gewählte prägnante Formulierung in Anlehnung an das true and fair view-Prinzip an dieser Stelle inhaltlich keine grundsätzliche Veränderung zum bisherigen Recht bedeute und eine Bilanzierung nach den GoB regelmäßig einen den tatsächlichen Verhältnissen entsprechenden Einblick in die wirtschaftliche Lage ermögliche.[665]

True and fair view bedeutet an dieser Stelle nicht einfach, möglichst nahe an die wirtschaftliche Realität heranzukommen, sondern mit den Regeln des Gesetzes möglichst nahe an die wirtschaftliche Realität heranzukommen. Die hier im Raum stehende Frage, welche Vorgaben die Grundsätze ordnungsgemäßer Buchführung für die Bilanzierung von Sacheinlagen enthalten, mit einem Hinweis auf das Einsichtsgebot entscheiden zu wollen, wäre zirkulär, da die Bestimmung des Einsichtsgebot nach § 264 Abs. 2 S. 1 HGB eben davon abhängt, welche Grundsätze ordnungsgemäßer Buchführung man zugrunde legt. Der Verweis auf das Einsichtsgebot ist keineswegs verfehlt, da dieses schon bei der Frage nach den Grundsätzen ordnungsgemäßer Buchführung der Einlagebilanzierung Beachtung verlangt, er genügt nur nicht. Noch nachdrücklicher als § 246 Abs. 1 S. 1 HGB verweist der Wortlaut des § 264 Abs. 2 S. 1 HGB mit

664 *Schulze-Osterloh*, Aktivierung, Ertragsausweis und Kapitalrücklage, 4 f., *Schön*, Verdeckte Einlagen, 377 f. und *Hennrichs*, Bilanzierung bei verdeckter Einlage, 318 und 320.

665 Vgl. Begründung zum RegE, BT-Drs. 10/317, 68 und Beschlußempfehlung des Rechtsausschusses des Bundestags BT-Drs. 10/4268, 96 f. Der EuGH hat diese Auffassung in seinen Urteilen vom 3.10.2013, Rs. C-322/12 (GIMLE) und vom 6.3.2014, Rs.C-510/12 (Bloomsbury) letztlich bestätigt, da er dort das Einsichtsgebot im Lichte des Vorsichtsprinzips interpretiert. In der deutschen Literatur (vgl. z.B. die Hinweise in Fn.663) wird der EuGH heftig kritisiert, da hier ein europarechtlich abgesichertes »objektiveres Verständnis« des Einsichtsgebots dazu dienen soll, das deutsche Bilanzrecht im Wege der Auslegung zu modernisieren. Die in diesem Punkt klarste Analyse der Rechtsprechung des EuGH bei *Eggert*, Auswirkung des Prinzips »true and fair view« in den Bilanzrichtlinien der EU, 114 ff. Mehr dazu u. S. 272 ff.

den Grundsätzen ordnungsgemäßer Buchführung auf eine umfassende Abwägungsentscheidung, in der die verläßliche Darstellung der wirtschaftlichen Lage ein wichtiges Abwägungskriterium darstellt, jedoch nicht der einzig relevante Gesichtspunkt ist.

Hinsichtlich der Vermögenslage kommt man nicht umhin festzustellen, daß die Annahme fiktiver Anschaffungskosten, die dem vorsichtig geschätzten Zeitwert der Sacheinlage entsprechen, genau die Schätzungsungenauigkeit mit sich bringt, die das Gesetz durch die Orientierung an einem verobjektivierten Maßstab, nämlich den historischen pagatorischen Anschaffungskosten eigentlich vermeiden wollte.[666] Die Vermeidung unsicherer Schätzwerte steht grundsätzlich im Einklang mit dem Einsichtsgebot. Dennoch wird man bei Sacheinlagen, deren Marktwert, sofern er nach anderen Methoden als den historischen Anschaffungskosten geschätzt wird, deutlich über dem Erinnerungswert von 1,– € liegt, zweifeln können, ob bei einer derartigen Unterbewertung die tatsächliche Vermögenslage noch verläßlich dargestellt wird. Je weiter sich das Ergebnis nach den gesetzlichen Bilanzierungsvorgaben von einem Ergebnis entfernt, das nach anderen wirtschaftlich sinnvoll erscheinenden Bewertungen richtig erscheint, desto eher wird man – bei aller Problematik dieses Begriffs[667] – sagen können, die Bilanz sei »objektiv nicht mehr richtig« bzw. »entspräche nicht mehr den tatsächlichen Verhältnissen«. Um solche Fälle zu vermeiden, kann man erwägen, ein Auseinanderfallen von tatsächlicher Lage und bilanzieller Abbildung dadurch zu verhindern, daß man die Anforderungen des Einsichtsgebots schon bei der Formulierung der Grundsätze ordnungsgemäßer Einlagebilanzierung berücksichtigt und in bewußter Inkaufnahme der Schätzungsproblematik eine Aktivierung zu Zeitwerten fordert.

Das Bilanzierungsproblem ist nicht zuletzt ein Größenproblem. Je größer die stillen Reserven durch unentgeltliche Sacheinlagen, desto schwerer wiegt eine Nichtaktivierung. In diesem Größenproblem liegt auch der wahre Kern zweier Hilfsüberlegungen, die in der Literatur zur Begründung des Aktivierungsgebots hinsichtlich der Akzeptanz stiller Reserven in anderen Fällen angestellt werden. Nach einer Ansicht sollen stille Reserven bei entgeltlichen Anschaffungsvorgängen von fremden Dritten hinzunehmen sein, wenn die Bilanzierung nicht grundsätzlich auf einen fair value umgestellt werde, sondern zugleich das Vorsichtsprinzip verwirklichen solle. Denn die Schätzung von Markt- und Zeitwerten unterliege praktischen Schwierigkeiten. Bei Einlagen von Gesellschaftern sei hingegen anders zu verfahren.[668] Nach einer anderen Ansicht könnten (allgemein akzeptierte) stille Reserven durch spätere Wertsteigerungen nicht mit

666 S. o. S. 187 f.
667 S. dazu o. S. 230 ff.
668 *Schön*, Verdeckte Einlagen, 376; ähnlich *Hennrichs*, Bilanzierung bei verdeckter Einlage, 316.

(zu vermeidenden) stillen Reserven im Zeitpunkt der Anschaffung gleichgesetzt werden.[669]

In beiden Fällen liegen bloße Behauptungen über den unterschiedlichen Charakter stiller Reserven vor, die jedenfalls insoweit falsch sind, als man stille Reserven stets mit stillen Reserven vergleichen kann, die Schätzungsprobleme stets dieselben sind und die Akzeptanz jeglicher stiller Reserven die Abbildung des fair value beschränkt, wenn man diesen mit dem Zeitwert gleichsetzt. Der Unterschied zwischen den Fällen der Sacheinlagebewertung und der entgeltlichen Anschaffung sowie der Zugangs- und der Folgebewertung liegt regelmäßig darin, daß bei der Zugangsbewertung einer unentgeltlichen Sacheinlage der Wert des gesamten Vermögensgegenstands als stille Reserve in Betracht kommt, in den anderen Fällen jeweils nur Differenzbeträge in Rede stehen. Wenn man bei Nichtaktivierung von Sacheinlagen regelmäßig beträchtliche stille Reserven erwartet, kann man eine Aktivierungsregel fordern und die stillen Reserven in anderen Fällen damit begründen, daß regelmäßig geringere Werte in Rede stehen dürften.

Gerade die Akzeptanz stiller Reserven in anderen Fällen zeigt aber, daß das Einsichtsgebot bei Sacheinlagen nicht zwingend auf Kosten des Vorsichtsprinzips eine Aktivierungspflicht verlangt, weil andernfalls stille Reserven gelegt würden. Selbst wenn bei einer Aktivierung zu einem Erinnerungswert von 1,– € erhebliche stille Reserven anzunehmen wären, könnte dem Einsichtsgebot auch durch zusätzliche Angaben im Anhang genügt werden. Auf diese Möglichkeit verweist das Gesetz selbst in § 264 Abs. 2 S. 2 HGB.

Hier zeigt sich eine weitere Schwäche der Argumentation für eine Aktivierungspflicht. Implizit nehmen alle Vertreter dieser Ansicht an, das Einsichtsgebot sei über die Bilanz zu verwirklichen. Die Vermittlung eines den tatsächlichen Verhältnissen entsprechenden Bildes der wirtschaftlichen Lage wird mit dem Begriff der Bilanzwahrheit gleichgesetzt.[670] Diese begriffliche Unsauberkeit ist gefährlich. § 264 Abs. 2 HGB verlangt keine Bilanzwahrheit, sondern Jahresabschlußwahrheit: »Der Jahresabschluß der Kapitalgesellschaft hat (...) ein den tatsächlichen Verhältnissen entsprechendes Bild (...) zu vermitteln.« Das soll nicht heißen, die Bilanz dürfe unwahr sein, sondern daß der geforderte Einblick in die wirtschaftlichen Verhältnisses durch den gesamten Jahresabschluß ermöglicht werden soll, nicht allein und auch nicht in erster Linie durch die Bilanz. Der Jahresabschluß umfaßt bei allen Kaufleuten Bilanz und GuV (vgl. § 242 Abs. 3 HGB), bei Kapitalgesellschafen zusätzlich den Anhang, der nach § 264 Abs. 1 S. 1 HGB »mit der Bilanz und der Gewinn- und Verlustrechnung eine Einheit bildet«. Nicht richtig wäre es daher anzunehmen, ein Jahresabschluß verstieße gegen das Einsichtsgebot, wenn eine unentgeltliche Sachein-

669 *Hennrichs*, Bilanzierung bei verdeckter Einlage, 318.

670 Ausdrücklich so bei *Schulze-Osterloh*, Aktivierung, Ertragsausweis und Kapitalrücklage, 2, *Hennrichs*, Bilanzierung bei verdeckter Einlage, 316, *Schön*, Verdeckte Einlage, 375.

lage in der Bilanz nicht aktiviert wird, die anzunehmende Unterbewertung jedoch im Anhang erläutert wird. Eben eine solche falsch verstandene Einschränkung der Jahresabschlußwahrheit auf eine Bilanzwahrheit liegt indes implizit allen Literaturbeiträgen zugrunde, die das Einsichtsgebot als maßgebliches Entscheidungskriterium in der Frage der Sacheinlagebilanzierung befürworten.

Ein weiteres Problem der oben skizzierten Argumentation liegt darin, daß sie einen Trennungsgrundsatz des Inhalts behauptet, Kapital und Gewinn seien in der Bilanz eines Unternehmens strikt zu trennen, ohne die problematischen Begriffe Kapital und Gewinn zu erläutern und auf die schwierige Frage einzugehen, wie Kapital und Gewinn nach den Vorstellungen des Gesetzes voneinander abzugrenzen sind. Jede Gewinnwirkung von Sacheinlagen stelle die Finanz- und Ertragslage falsch dar, meinen die Vertreter dieser Ansicht.

Zunächst einmal ist festzuhalten, daß das Trennungsprinzip ein kapitalgesellschaftsrechtlicher Grundsatz ist, der besagt, daß das Vermögen einer Gesellschaft und das Vermögen ihrer Gesellschafter zu unterscheiden sind.[671] Das Trennungsprinzip ist Voraussetzung für die Beschränkung der Haftung auf das Vermögen der juristischen Person. In der Bilanz wird diesem Trennungsgedanken schon dadurch genügt, daß nur das Vermögen der Gesellschaft aktiviert wird. Die Trennung von Kapital und Gewinn auf der Passivseite hat mit dem kapitalgesellschaftsrechtlichen Trennungsprinzip unmittelbar nichts zu tun.

Bekanntermaßen unterscheidet das Handelsbilanzrecht nun aber innerhalb des Eigenkapitals zwischen Kapitalposten und Gewinnposten und man kann diese Unterscheidung auf ein handelsbilanzielles Trennungsprinzip zurückführen. Was jedoch handelsbilanziell als Kapital und als Gewinn zu verstehen ist, wird nicht durch das kapitalgesellschaftsrechtliche Trennungsprinzip vorgegeben, sondern durch handelsbilanzielle Erwägungen. Erst wenn der Inhalt der Begriffe Kapital und Gewinn und die Folgen einer Unterscheidung zwischen beiden Bestandteilen des Eigenkapitals geklärt sind, kann man die hohe Bedeutung begründen, welche die Argumentation mit dem true and fair view-Grundsatz dem bilanziellen Trennungsprinzip zuschreibt, wenn es dieses über das Vorsichtsprinzip stellt.

Die hier diskutierte Argumentation versteht jede Außenfinanzierung durch einen Gesellschafter als Kapitalbeitrag, der zwingend in eine Kapitalrücklage gemäß § 272 Abs. 2 Nr. 4 HGB einzustellen ist, da der Gewinnbegriff auf den vom Unternehmen erwirtschafteten Gewinn beschränkt wird und der handelsbilanzielle Trennungsgrundsatz mit dem kapitalgesellschaftsrechtlichen in eins gesetzt wird.[672] Die Vertreter dieser Ansicht sind sich bewußt, daß sie gegen eine weitverbreitete Meinung argumentieren, unentgeltliche Gesellschaftereinlagen könnten entweder gewinnwirksam oder erfolgsneutral über die Kapital-

671 *Schulze-Osterloh*, Aktivierung, Erfolgsausweis und Kapitalrücklage, 2 m.w.N.

672 Vgl. *Schön*, Verdeckte Einlage 377 f., *Schulze-Osterloh*, Aktivierung, Erfolgsausweis und Kapitalrücklage, 2 und 4 f.

rücklage erfaßt werden. Die Gegenansicht kann sich auf den subjektiven Willen des Gesetzgebers bei Erlaß des Bilanzrichtliniengesetzes berufen. Demgegenüber stützt sich die Argumentation mit dem true and fair view-Prinzip auf das objektive Gesetzesziel, die Trennung von Kapital und Gewinn nicht der Beliebigkeit der Bilanzersteller anheim zu stellen.[673]

Bei der Diskussion der Investitionszuschüsse[674] sind schon die Gesichtspunkte zur Sprache gekommen, die daran zweifeln lassen, daß der Inhalt und die Bedeutung des bilanziellen Trennungsgrundsatzes hier richtig verstanden werden. Die Trennung von Kapital und Gewinn war vor allem für das Aktienrecht vor 1985 von Bedeutung, nach dem alle Kapitalbestandteile von einer Verteilung unter die Gesellschafter als Teil des Bilanzgewinns ausgeschlossen waren. Mit der Einführung der jederzeit auflösbaren freien Kapitalrücklagen durch § 272 Abs. 2 Nr. 4 HGB ist eine klare Unterscheidung selbst für das Recht der Aktiengesellschaften nicht mehr möglich. Im GmbH-Recht wurde der Trennung von Kapital und Gewinn noch nie die gleiche Bedeutung beigemessen.

Nach der Vorstellung des Gesetzes ist die Außenfinanzierung durch Gesellschafter nicht das einzig entscheidende Abgrenzungskriterium für Kapital und Gewinn. Ungeachtet der Diskussion um die Auslegung von § 272 Abs. 2 Nr. 4 HGB zeigt allein die Verbuchung einer Verlustübernahme nach § 302 AktG, daß es im geltenden Recht Gesellschafterbeiträge gibt, die direkt den Gewinn beeinflussen. Wollte man im übrigen konsequent jeden Finanzierungsbeitrag eines Gesellschafters als Kapital ausweisen, müßte man auch die Nutzungs- und Leistungseinlagen von Gesellschaftern aktivieren, jedenfalls wenn ein Anspruch auf sie besteht.[675] Gerade wenn beabsichtigt ist, als Gewinn nur im normalen Geschäftsbetrieb erwirtschaftete Erlöse auszuweisen, kann die Gleichsetzung von handelsbilanziellem Trennungsprinzip mit dem kapitalgesellschaftsrechtlichen Trennungsprinzip und die daraus resultierende Beschränkung des Kapitalbegriffs auf Gesellschafterbeiträge nicht überzeugen, da in besonderen Fällen auch Nichtgesellschafter kapitalähnliche Finanzierungsbeiträge leisten (z.B. Investitionszuschüsse).

Gerade auch die Fähigkeit der GuV, nicht nur Umsatzerlöse klar und deutlich auszuweisen, sondern ebenso sonstige betriebliche Erträge (evtl. ergänzt um erläuternde Angaben im Anhang), zeigt, daß ein Ausweis als Kapitalposten nicht zwingend erforderlich ist für eine korrekte Darstellung der Finanz- und

673 *Schön*, Verdeckte Einlage 378, *Schulze-Osterloh*, Aktivierung, Erfolgsausweis und Kapitalrücklage, 4 f.

674 S. o. S. 225 ff.

675 Die weit überwiegende Ansicht verzichtet jedoch auf die Aktivierung von Nutzungs- und Leistungsrechten mit dem falschen Argument, es handele sich dabei nicht um Vermögensgegenstände, oder, ebenso falsch, der Grundsatz der Nichtbilanzierung schwebender Geschäfte verbiete eine Aktivierung, dazu u. S. 294 ff.

Ertragslage.[676] Hier zeigt sich wieder die fehlerhafte Verengung der Jahresabschlußwahrheit auf eine Bilanzwahrheit. Gerade die Ertragslage wird in erster Linie über die Erläuterungen in der GuV aufgeschlüsselt, nicht über die Bilanz.[677] In den Fällen, in denen eine Kapitalrücklage noch im Jahr des Zuschusses aufgelöst wird, gibt die im Anhang erläuterte Erfassung als sonstiger betrieblicher Ertrag in der GuV mehr Einblick in die tatsächlichen Vorgänge als eine Anschlußrechnung an die GuV.

Die Behauptung, nur die Erfassung einer Gesellschafterfinanzierung in einem Kapitalposten könne Einsicht in die tatsächlichen wirtschaftlichen Verhältnisse geben, trifft daher nicht zu. Die Bedeutung der handelsbilanziellen Trennung von Kapital und Gewinn für das Einsichtsgebot wird überschätzt.

(3) Argument der Beachtung des Realisationsprinzips durch Rücklagenbuchung

Die größte Schwierigkeit der hier zu diskutierenden Argumentation liegt letzten Endes darin, daß man davon ausgeht, allein durch die Einbuchung einer freien Kapitalrücklage nach § 272 Abs. 2 Nr. 4 HGB einen Anschaffungsgewinn und damit einen Konflikt mit dem Realisationsgebot vermeiden zu können.

Formal betrachtet ist dieser Ansatz korrekt. Die Einbuchung in die Kapitalrücklage ist erfolgsneutral. Als Gewinn im Sinne des Realisationsprinzips des § 252 Abs. 1 Nr. 4 Hs. 2 HGB wird in der Literatur die positive Summe der Erträge und Aufwendungen verstanden, die in der GuV erfaßt werden, also das positive Jahresergebnis.[678] Gewinnrealisation wird als ein Problem verstanden, wann ein in der GuV zu berücksichtigender Ertragsfaktor ausreichend sicher ist.[679] Im Vordergrund stehen Lieferungen und Leistungen, also Umsatzgeschäfte, bei denen die erforderliche Realisation von Erträgen angenommen wird, wenn die Sachleistung vollständig erbracht ist oder die Preisgefahr übergegangen ist. Forderungen, die nicht aus Umsatzgeschäften resultieren, wie z.B. Schadensersatzansprüche, Steuererstattungsansprüche oder Dividendenansprüche, werden als realisiert angesehen, wenn sie mit ausreichender Sicherheit entstanden sind.

676 In ähnlicher Weise argumentiert (soweit ersichtlich als einzige Stimme in der Literatur) *Kropff* in MüKo-BilanzR § 272 HGB, Rz. 143, der grundsätzlich eine Trennung von Kapital und Gewinn über die Einstellung von Gesellschaftereinlagen in die Kapitalrücklage befürwortet, jedoch aufgrund der vom historischen Gesetzgeber eindeutig gewollten Wahlmöglichkeit eine Erfassung als (seinerzeit noch möglicher) außerordentlicher Ertrag mit Anhangerläuterung als ausreichend transparent einstuft.

677 Vgl. *Reiner* in MüKo-HGB § 275, Rz. 1.

678 *Tiedchen* in MüKo-BilanzR § 252 HGB, Rz. 62; *Ballwieser* in MüKo-HGB § 252, Rz. 57.

679 Vgl. *Tiedchen* in MüKo-BilanzR § 255 HGB, Rz. 66 ff.; *Ballwieser* in MüKo-HGB § 255, Rz. 57 ff.

Realisation von Gewinnen meint demnach den Zeitpunkt, wann nach der Chancen-Risiko-Bewertung des Gesetzes typisierend davon auszugehen ist, daß eine Vermögensmehrung, die in Zusammenhang mit der Geschäftstätigkeit steht, tatsächlich als Ertrag zufließen wird.[680]

Die Kapitalrücklage berührt nun das Jahresergebnis nicht. Selbst wenn die Kapitalrücklagen aufgelöst werden, beeinflussen sie nur den Bilanzgewinn, der in einem Anhang zur GuV errechnet wird. Man kann daher argumentieren, eine potentielle Erhöhung des Bilanzgewinns durch unentgeltliche Sacheinlagen widerstreite nicht dem Realisationsprinzip, da hier eben Kapital zugeführt und nicht der Gewinn im Sinne des § 252 Abs. 1 Nr. 4 Hs. 2 HGB erhöht werde und das Realisationsprinzip nur dem Ausweis und bei Kapitalgesellschaften der Ausschüttung unsicherer Gewinne vorbeugen wolle, über die Rückführung von Kapitaleinlagen aber nichts aussage. Auch geht es bei Sacheinlagen nicht um die Frage, ob eine Forderung ausreichend sicher ist, sondern wie ein sicher übereigneter Gegenstand zu bewerten ist. Daß eine Vermögensmehrung eingetreten ist, ist sicher. Lediglich die Höhe der Vermögensmehrung ist unsicher.

Materiell sind Gewinne, deren Entstehung unsicher ist, und Einlagen, deren Bewertung unsicher ist, jedoch vergleichbar. Zunächst erscheint die Eigenkapitalsituation der Gesellschaft möglicherweise günstiger, als sie tatsächlich ist, was das Gesetz unabhängig von den Folgen für die Gewinnausschüttung weder bei Kapitalgesellschaften noch bei anderen Kaufleuten zulassen will. Dann droht in der Folge dieser günstigen Darstellung in beiden Fällen der Abfluß von Eigenkapital, der nicht durch Aktiva sicher gedeckt ist.

Bei Kapitalgesellschaften kommt verschärfend hinzu, daß bei überhöhten Ausschüttungen das Haftkapital bedroht ist. Das Realisationsprinzip wird bei normalen entgeltlichen Erwerben durch das Anschaffungskostenprinzip konkretisiert, um Anschaffungsgewinne zu verhindern, in denen das Gesetz nur vage Gewinnchancen sieht, solange der Gewinn nicht durch ein Umsatzgeschäft realisiert worden ist. Dadurch sollen die Gläubiger geschützt werden. Das Realisationsprinzip ist eine Ausprägung des Vorsichtsprinzips.[681] Könnten die geschätzten Anschaffungsgewinne später doch nicht realisiert werden, reduziert die Ausschüttung solcher Anschaffungsgewinne in ungerechtfertigter Weise das vorhandene Eigenkapital und bedroht bei Kapitalgesellschaften den Haftungsfonds. Erst durch das weitere Umsatzgeschäft nach der Anschaffung wird der Wert des Vermögensgegenstands für das Unternehmen nachgewiesen und der Überschuß über die Anschaffungskosten als Gewinn realisiert.

Bei der Rückgewähr von Werten, die durch Sacheinlagen dem Unternehmen zugeführt worden sind, droht dieselbe Problematik. Wenn man eine Sacheinlage gewinnwirksam erfaßt, liegt die Vergleichbarkeit der Bewertungsproblematik auf der Hand. Aber auch bei einer erfolgsneutralen Buchung einer Kapitalrücklage ändert sich das Sachproblem nicht. Ist die Sacheinlage bei ihrer Aktivierung

680 *Ballwieser* in MüKo-HGB § 252, Rz. 61.
681 *Tiedchen* in MüKo-BilanzR § 252 HGB, Rz. 62.

überbewertet worden, ist die Dotierung der Kapitalrücklage nicht durch die zugeführten Aktiva gedeckt und bei der Auflösung der Rücklage droht mehr Eigenkapital aus dem Unternehmen abzufließen, als ursprünglich zugeflossen ist. Bei Kapitalgesellschaften droht das Haftkapital unerkannt vermindert zu werden. Die unsichere Bewertung von Sacheinlagen, die in freien Kapitalrücklagen gebucht werden, birgt für den Schutz der Gläubiger dieselbe Gefahr wie die unsichere Gewinnchance bei einer entgeltlichen Anschaffung von Vermögensgegenständen.

Wegen der vergleichbaren Gefahren für die tatsächliche Eigenkapitalsituation des Unternehmens kann man erwägen, eine Rückgewähr von Werten aus Sacheinlagen wie eine Auskehr unsicherer Anschaffungsgewinne erst dann zuzulassen, wenn diese Werte durch ein späteres Umsatzgeschäft realisiert worden sind. Man kann diese Anforderungen entweder als Teil des Realisationsprinzips begreifen und unter Gewinn im Sinne von § 252 Abs. 1 Nr. 4 Hs. 2 HGB nicht nur den Überschuß der Erträge über die Aufwendungen verstehen, sondern auch den Bilanzgewinn, soweit er durch (Sach-)Kapitaleinlagen erhöht werden kann, oder man kann das allgemeine Vorsichtsprinzip des § 252 Abs. 1 Nr. 4 Hs. 1 HGB so begreifen, daß es für Sacheinlagen eine gleichlaufende Anforderung enthält wie für Ertragschancen in Halbsatz 2.

Versteht man das Vorsichtsgebot dahingehend, ein Anschaffungsgewinn (erhöhter Bilanzgewinn) durch unentgeltliche Sacheinlagen solle ebenso vermieden werden wie ein Anschaffungsgewinn bei entgeltlichen Anschaffungen (erhöhtes Jahresergebnis), hilft die Buchung in einer Kapitalrücklage nach § 272 Abs. 2 Nr. 4 HGB nicht weiter. Die Kapitalrücklagen nach § 272 Abs. 2 Nr. 4 HGB zählen, wie gesehen,[682] zu den frei verfügbaren Rücklagen, die jederzeit aufgelöst werden können. Eine Auflösungsbeschränkung der Kapitalrücklage nach § 272 Abs. 2 Nr. 4 HGB widerspräche der Intention und der Systematik des geltenden Handelsbilanzrechts und ist weder durch Auslegung noch auf dem Wege der Rechtsfortbildung erreichbar, weder bei der Aktiengesellschaft noch bei der Gesellschaft mit beschränkter Haftung. Wer daher im Sinne eines true and fair view die Sacheinlagebewertung an dem angelsächsischen Prinzip einer Zeitwertbewertung orientieren will, muß die Kröte schlucken, daß im deutschen Recht solche Kapitaleinlagen ungeachtet der Unsicherheit bei ihrer Bewertung jederzeit vollumfänglich unter den Gesellschaftern verteilt werden können – oder den Gesetzgeber zu einer weitgehenden Änderung des bisherigen Handelsbilanzrechts bewegen.

Die Beachtung des Realisationsprinzips bzw. des Vorsichtsprinzips spricht jedoch nicht eindeutig für den Verzicht auf eine Aktivierung von Sacheinlagen zum Zeitwert. Man muß berücksichtigen, daß die Gesellschaften die Möglichkeit haben, vom Gesellschafter eine Bareinlage anzunehmen und mit den so erworbenen Mitteln von demselben Gesellschafter einen Vermögensgegenstand zu erwerben. Im Kapitalgesellschaftsrecht nennt man eine solche Gestaltung

682 S. o. S. 222.

Sachübernahme, wenn sie im Zusammenhang mit einer Anteilsausgabe vereinbart wird, und unterwirft sie teilweise ähnlichen Regeln wie eine Sacheinlage. Ohne Zusammenhang mit der Ausgabe von Gesellschaftsanteilen kennt nicht einmal das Kapitalgesellschaftsrecht Beschränkungen für solche Gestaltungen.

Für die Handelsbilanz besteht der Unterschied zur unentgeltlichen Sacheinlage darin, daß die Bareinlage zu aktivieren und entweder erfolgswirksam oder erfolgsneutral in der freien Kapitalrücklage zu verbuchen ist. Der spätere Kauf ist ein bloßer Aktiventausch, der die Passivseite nicht mehr berührt. Damit kann eine unentgeltliche Sacheinlage, als die der Vorgang bei wirtschaftlicher Betrachtung erscheint, zu einem fiktiven Wert aktiviert werden und sofort das Jahresergebnis oder mittelbar den Bilanzgewinn erhöhen. Bei einem stark überhöhten Kaufpreis ist zwar an eine außerordentliche Abschreibung gemäß § 253 Abs. 4 S. 3 HGB zu denken. Bis zur Höhe des Zeitwerts des Vermögensgegenstands kann jedoch über die Gestaltung als Sachübernahme jeder Zwischenwert die Bilanzsumme erhöhen.

Solange man bei Sachübernahmen nicht wie bei unentgeltlichen Sacheinlagen und ähnlich wie bei den oben erörterten Investitionszuschüssen[683] auf eine Aktivierung der wirtschaftlichen Sacheinlage verzichtet, was in der Literatur scheinbar noch nicht als zwingende Aktivierungsregel erwogen wird, steht das Vorsichtsprinzip bzw. Realisationsprinzip bei Sacheinlagen weitgehend im Belieben der Gesellschaften und der Gesellschafter. Wenn Sachübernahmen formal getrennt als Bareinlagen und Austauschgeschäfte bilanziert werden, kann auch gegen ein rein formales Verständnis des Realisationsprinzips nichts eingewendet werden.

(4) Argument der Möglichkeit und Erforderlichkeit vorsichtiger Bewertung in anderen Fällen

Eine Aktivierung von Sacheinlagen soll zu dem vorsichtig geschätzten Betrag erfolgen, der bei einem entgeltlichen Erwerb hätte aufgewendet werden müssen.[684] Durch den vorsichtigen Wertansatz will man dem Vorsichtsgebot soweit als möglich Genüge tun, wenn man schon das Vollständigkeitsgebot grundsätzlich über das Vorsichtsprinzip stellt. In der Tat bedeutet eine vorsichtige Bewertung im Sinne von § 252 Abs. 1 Nr. 4 HGB nicht notwendig eine Bewertung mit Null, wenn man sich zur Nullbewertung nicht genötigt sieht, um einen erhöhten Bilanzgewinn infolge einer unentgeltlichen Anschaffung zu vermeiden.

Dennoch will das Gesetz durch sein Abstellen auf die historischen pagatorischen Kosten eigentlich die Bewertung von Vermögensgegenständen von einer solchen Schätzung freihalten. Dieser gesetzlichen Intention läßt sich entgegenhalten, das Gesetz selbst sehe in bestimmten Fällen eine Schätzung bei der

683 S.o. S. 225 ff.

684 *Hennrichs* in MüKo-BilanzR § 248 HGB, Rz. 14.

Zugangsbewertung vor. Bei selbsthergestellten Vermögensgegenständen des Umlaufvermögens wird regelmäßig eine Aktivierung zu Schätzwerten verlangt, wenn diese auch hinterfragt werden muß.[685] Sicher jedoch verlangt das Aktivierungswahlrecht für selbsthergestellte immaterielle Vermögensgegenstände, das § 248 Abs. 1 S. 1 HGB ermöglicht, eine Schätzung der Herstellungskosten, wie im übrigen dem gesamten Konzept der Herstellungskosten ein gewisser Schätzungsanteil innewohnt. In ähnlicher Weise verlangen die außerordentliche Abschreibung nach § 253 Abs. 3 S. 3 HGB und eine Wertberichtigung nach § 253 Abs. 5 HGB, den Zeitwert von Vermögensgegenständen zu schätzen und die bilanzielle Bewertung erforderlichenfalls zu korrigieren. Da das Gesetz selbst die Bewertung von Vermögensgegenständen im Wege der Schätzung an verschiedenen Stellen vorsieht, erscheint eine Schätzung von Sacheinlagen mit dem Gesetz vereinbar, wo es doch für diesen Sonderfall keine eindeutigen Regelungen vorsieht.

(5) Argumentation mit dem Anwendungsbereich von § 272 Abs. 2 Nr. 4 HGB

Ein weiteres Argument für eine Aktivierungspflicht von Sacheinlagen zu geschätzten Zeitwerten ergibt sich aus der Gesetzessystematik. Unentgeltliche Sacheinlagen können nach weitverbreiteter Ansicht andere Zuzahlungen im Sinne von § 272 Abs. 2 Nr. 4 HGB sein.[686]

Es wäre zwar grundsätzlich denkbar, den Anwendungsbereich der freien Kapitalrücklage auf Bareinlagen und Forderungserlasse zu beschränken, um dem Problem zu begegnen, daß durch unentgeltliche Sacheinlagen Ausschüttungspotential geschaffen wird, ohne daß die Bewertung des Vermögensgegenstands wie bei entgeltlichen Sacheinlagen einer Werthaltigkeitskontrolle unterliegt.[687] Eine solche Beschränkung entspräche aber nicht der Intention des Gesetzgebers, als er diese Norm im Zuge des BiRiLiG geschaffen hat. Der Stellungnahme des Rechtsausschusses ist zu entnehmen, daß unter § 272 Abs. 2 Nr. 4 HGB auch verdeckte Einlagen gefaßt werden können.[688] Der Rechtsausschuß meint mit dem Begriff verdeckte Einlagen, den er aus dem Steuerrecht übernimmt, insbesondere in Umsatzgeschäften verborgene Finanzierungsbeiträge, also Sacheinlagen. Darüber hinaus ist zu beachten, daß der Rechtsausschuß bewußt auf eine

685 S.o. S. 215.

686 *Kropff* in MüKo-BilanzR § 272 HGB, Rz. 139 m.w.N.

687 Eine solche Beschränkung wird tatsächlich für den Sonderfall eines schuldrechtlichen Agios, also einer schuldrechtlich begründeten Zuzahlung anläßlich einer Anteilsausgabe vorgeschlagen, dazu *Plassmann/Schnorbus*, Bilanzierung eines schuldrechtlichen Agios, 695 m.w.N.

688 Beschlußempfehlung und Bericht des Rechtsausschusses des Bundestags, BT-Drs. 10/4268, 107.

Regelung zur Einlagebewertung verzichtet hat, weil er davon ausging, es seien die Zeitwerte anzusetzen.[689]

Diese Einschätzung des Rechtsausschusses ist selbst nicht bindend, da sie zum einen nicht die allgemeine Rechtsauffassung dieser Zeit widergibt und das Bewertungsproblem übersieht, vor allem aber da aufgrund dieser Ansicht gerade keine Regelung zu Einlagebewertung erlassen worden ist. Sie zeigt aber, daß nach Auffassung des Gesetzgebers die freie Kapitalrücklage nicht auf Bareinlagen und Forderungserlasse beschränkt sein soll. § 272 Abs. 2 Nr. 4 HGB spricht so verstanden dafür, daß eine Aktivierung von unentgeltlichen Sacheinlagen zumindest möglich sein muß. Im Fall einer Aktivierung muß der Einlagewert zwangsläufig geschätzt werden, da keine anderen Anhaltspunkte bestehen.

bb) Aktivierungsverbot

Den Gegensatz zu einer Aktivierungspflicht bildet ein Aktivierungsverbot. Ein vollständiges Verbot wird heute allerdings in der Literatur kaum mehr vertreten, da zumeist wenigstens ein Bewertungswahlrecht eingeräumt wird.[690]

(1) Argumentation mit dem Vorsichtsprinzip

Das Hauptargument für ein Aktivierungsverbot unentgeltlicher Sacheinlagen liegt in dem Neutralitätsgrundsatz bei Anschaffungen.[691] Wie soeben gesehen soll das Anschaffungskostenprinzip den Ausweis eines nicht realisierten Anschaffungsgewinns vermeiden und konkretisiert dadurch das Gebot der vorsichtigen Bilanzierung. Da die unsichere Erhöhung des Bilanzgewinns in gleicher Weise zu einer Ausschüttung verleiten kann wie die unsichere Erhöhung des Jahresgewinns, kann man das Vorsichtsprinzip so verstehen, daß die unsichere Bewertung von Sacheinlagen nicht zu einer Erhöhung des Bilanzgewinns führen dürfe.

Bei allem Bestreben um eine Angleichung an internationale Rechnungslegungsstandards durch die letzten großen Reformen des Bilanzrechts hat gerade das BilMoG die Bedeutung des Vorsichtsprinzips wieder in den Vordergrund gerückt.[692] Wenn man mit dem Gesetzgeber des BilMoG das Vorsichtsprinzip betont, kann man für eine Nichtaktivierung von unentgeltlich erlangten Vermögens-

689 Beschlußempfehlung und Bericht des Rechtsausschusses des Bundestags, BT-Drs. 10/4268, 101.

690 *Ekkenga*, in KölnKomm-RL § 255 HGB, Rz. 32. Es wird sich aber später zeigen, daß der EuGH im europäischen Bilanzrecht ein Aktivierungsverbot für unentgeltliche Sacheinlage aus dem Vorsichtsprinzip ableitet, das im nationalen Umsetzungsrecht der Bilanzrichtlinie von den Kapitalgesellschaften zu beachten ist dazu u. S. 272 ff.

691 So auch *Ekkenga* in KölnKomm-RL § 255 HGB, Rz. 32.

692 S. o. S. 217.

gegenständen eintreten. Denn nur wenn keine fiktiven Anschaffungskosten aktiviert werden, läßt sich effektiv verhindern, daß diese Fiktion Ausschüttungspotential kreiert. Selbst die Buchung in einer Kapitalrücklage nach § 272 Abs. 2 Nr. 4 HGB läßt eine mittelbare Erhöhung des Bilanzgewinns zu, da diese Rücklage jederzeit aufgelöst werden kann.

Die Argumentation mit dem Vorsichtsprinzip verlangte allerdings, wie bereits gesehen,[693] auch wirtschaftliche Sacheinlagen, die formal als Kombination von Bareinlage und Austauschgeschäft gestaltet sind, sog. Sachübernahmen, mit einem Aktivierungsverbot zu belegen, d.h. weder die Bareinlage noch den damit erworbenen Vermögensgegenstand zu aktivieren, auch wenn der Vermögensgegenstand formal vom Gesellschafter entgeltlich erworben wird. Eine solche korrespondierende Nichtbilanzierung von Sachübernahmen wird von den Vertretern eines Aktivierungsverbots von Sacheinlagen bislang noch nicht gefordert.

(2) Argument der Bewertungsunsicherheit

Das Bestreben, bei Sacheinlagen einen Anschaffungsgewinn zu vermeiden, ist untrennbar mit den Bewertungsschwierigkeiten verknüpft, die sich bei unentgeltlichen Sacheinlagen stellen, da der gesetzliche Bewertungsmaßstab historischer Anschaffungskosten ausscheidet. Stünde der Wert der Sacheinlage mit hinreichender Sicherheit fest, spräche theoretisch nichts gegen eine Ausschüttung in entsprechender Höhe, da freie Kapitalrücklagen jederzeit an die Gesellschafter zurückgewährt werden können. Bei Bareinlagen stellen sich keine vergleichbaren Probleme, da ihre Bewertung unproblematisch ist und der durch sie ermöglichte Einlagegewinn nach Auflösung der Kapitalrücklage stets realisiert ist im Sinne des Realisationsgebots. Flüssige Mittel sind die Idealform der Gewinnrealisierung.

Die Zurückhaltung im Fall von Sacheinlagen rührt von dem stets vorhandenen Restrisiko her, bei einer Überbewertung des Vermögensgegenstands mehr flüssige Mittel unter die Gesellschafter zu verteilen als wertmäßig durch die weiterhin im Gesellschaftsvermögen verbleibende Sacheinlage abgedeckt sind. Durch die Möglichkeit eines Anschaffungsgewinns unterscheidet sich die Bewertung unentgeltlicher Sacheinlagen von anderen Fällen, in denen das Gesetz mangels anderer Bewertungskriterien eine Schätzung zuläßt. Bei den Herstellungskosten für selbstgeschaffene immaterielle Vermögensgegenstände korrespondiert der Aktivierung ein Mittelabfluß. Es droht kein Nettogewinn durch die Aktivierung. Die außerordentliche Abschreibung gemäß § 253 Abs. 3 S. 3 HGB reduziert den Gewinn und die Wertberichtigung nach § 253 Abs. 5 HGB kann zwar das Jahresergebnis erhöhen, jedoch maximal den vorher eingetretenen außerordentlichen Verlust ausgleichen.

Daß das Gesetz in bestimmten Ausnahmefällen die Schätzmethode zuläßt, heißt daher nicht, daß auch in dem Fall der unentgeltlichen Sacheinlage eine Schätzung unbedenklich wäre. Grundsätzlich anerkennt das Gesetz Bewertungs-

693 S. o. S. 261.

schwierigkeiten als Begründung für eine Ausnahme vom Vollständigkeitsgrundsatz. Dies zeigt § 248 Abs. 2 HGB in beiden Sätzen eindeutig. Da die Bewertungsunsicherheit bei unentgeltlichen Einlagen eher noch größer ist als im Fall der Selbstherstellung, bei der tatsächlich Kosten anfallen, allein die Zuordnung nicht immer sicher ist, kann man bei Sacheinlagen eine Ausnahme vom Vollständigkeitsgebot a priori für erforderlich halten.

(3) Argument der gesetzlichen Akzeptanz stiller Reserven

Die Legung stiller Reserven ist nach der gesetzlichen Systematik kein durchschlagender Grund, von einem Aktivierungsverbot abzusehen. Zum einen kennt das Gesetz die Legung stiller Reserven auch in anderen Fällen, so schon bei Wahl der historischen Anschaffungskosten statt kalkulatorischer Kosten als Maßstab für entgeltliche Anschaffungen[694] und bei der Aktivierungsvorschrift des § 248 Abs. 2 HGB. Zum anderen wird in der Bilanzierungspraxis nicht jede wirtschaftliche Einlage aktiviert, man denke an die Sachnutzungen, Vorteile aus bewußt günstigen Darlehen, Leistungseinlagen oder die Investitionszuschüsse.[695] Wenn die Aktivierung aller Kapitalbeiträge für das Einsichtsgebot unabdingbar ist, dann müssen konsequenterweise auch diese Finanzierungsformen als wirtschaftliche Einlagen aktiviert und in einer Kapitalrücklage abgebildet werden. Vor allem aber kann dem Einsichtsgebot, wie gesehen, nicht nur durch eine Aktivierung von Sacheinlagen in der Bilanz genüge getan werden, sondern es kann auch eine Erläuterung der stillen Reserven im Anhang genügen, wenn andere Grundsätze ordnungsgemäßer Buchführung eine Nichtaktivierung verlangen (vgl. § 264 Abs. 2 S. 2 HGB).

(4) Argument vom Vorrang der objektiven Gesetzesziele vor den Ansichten des Gesetzgebers

Das größte Hindernis für die Annahme eines Aktivierungsverbots stellt nicht das Einsichtsgebot des § 264 Abs. 2 HGB dar, sondern der Umstand, daß der Gesetzgeber des Bilanzrichtliniengesetzes bei der Einführung von § 272 Abs. 2 Nr. 4 HGB davon ausgegangen ist, daß auch der Wert von Sacheinlagen in der freien Kapitalrücklage gebucht werden kann.[696] Der subjektive Gesetzgeberwille spricht daher für die Möglichkeit, Sacheinlagen zu aktivieren. Ein Aktivierungsverbot für unentgeltliche Sacheinlagen kann dennoch vertreten werden[697], wenn

694 S. dazu o. S. 187.

695 Zu den Investitionszuschüssen s.o. S. 225 ff., zu den übrigen Finanzierungsformen u. S. 293 ff.

696 S. o. S. 262 f.

697 Weiter u. ist darauf einzugehen, daß der EuGH für Kapitalgesellschaften, die der Bilanzrichtlinie unterfallen, wohl von einem Aktvierungsverbot für unentgeltliche Sacheinlagen ausgeht, s. S. 272 ff.

man nicht nur auf das vom BiRiLiG-Gesetzgeber übersehene Problem der Bewertungsunsicherheit verweist und die Verhinderung eines auf derart unsicherer Bewertungsgrundlage gebildeten Ausschüttungspotentials als Bestandteil des Vorsichtsgebots begreift, sondern diesen objektiven Gesetzeszweck als gewichtiger einstuft als die subjektive Vorstellung des historischen Gesetzgebers.

Methodisch ist diese Höhergewichtung des objektiven Gesetzeszwecks über die subjektiven Zwecke jedenfalls dann möglich, wenn der historische Gesetzgeber die entscheidende Problematik gar nicht bedacht hat.[698] Die methodische Rechtfertigung ist dieselbe, auf die sich die Vertreter einer Aktivierungspflicht berufen, wenn sie das vom Gesetzgeber angenommene Wahlrecht zwischen Kapitalrücklage und erfolgswirksamer Erfassung ablehnen. Außerdem wurde im Laufe des späteren BilMoG-Gesetzgebungsverfahrens das Vorsichtsprinzip vom Gesetzgeber wieder sehr betont. § 272 Abs. 2 Nr. 4 HGB behält bei dieser Auslegung zudem einen sinnvollen Anwendungsbereich, der auf Barzuschüsse und Forderungserlasse beschränkt wird.

(5) Argument der Stärkung der Finanzierung über formelle Einlagen

Ein weiteres, nicht im engeren Sinne gesetzessystematisches, sondern tendenziell rechtspolitisches Argument spricht ferner noch für ein Aktivierungsverbot unentgeltlicher Sacheinlagen. Gerade ein solches Aktivierungsverbot könnte mittelbar dazu beitragen, die Finanzierung von Kapitalgesellschaften durch Sacheinlagen auf das Grund- bzw. Stammkapital zu befördern.

Gesellschafter wünschen regelmäßig, durch die von Ihnen erbrachte Einlage das handelsbilanzielle Eigenkapital positiver darstellen zu können. Unentgeltliche Einlagen werden in der Praxis häufig gerade deshalb gewählt, weil sie – nach einer sogleich zu erörternden weitverbreiteten Meinung im Bilanzrecht, die ein Bewertungswahlrecht annimmt, und damit durchweg in Einklang mit der Bilanzierungspraxis – das bilanziell ausgewiesene Eigenkapital erhöhen können, ohne zugleich dem strengen Kapitalschutz zu unterfallen. Würde ein Aktivierungsverbot dem handelsbilanziellen Ausweis von unentgeltlichen Sacheinlagen entgegenstehen, könnte man vermuten, daß Gesellschafter in einigen Fällen lieber durch Wahl von förmlichen Kapitalerhöhungen die Anforderungen des Kapitalschutzes in Kauf nehmen würden, als auf den handelsbilanziellen Ausweis des eingelegten Kapitals zu verzichten.

Gleichzeitig würde einer gängigen Vermeidung der strengen Kapitalschutzregeln bei Sacheinlagen entgegengewirkt, die prüfungspflichtigen geschlossenen Gesellschaften und unter diesen insbesondere Einmanngesellschaften ohne weiteres offen steht. Die Sacheinlagevorschriften können in geschlossenen Gesellschaften oftmals dadurch vermieden werden, daß anstatt einer Kapital-

698 Zur Rolle objektiv-teleologischer Auslegungskriterien und ihrem Verhältnis zum (grundsätzlich als vorrangig anzusehendem) Willen des historischen Gesetzgebers *Larenz/Canaris*, Methodenlehre, 153 ff. und 163 ff.

erhöhung gegen Sacheinlagen (mit allen Konsequenzen der Sacheinlageprüfung und Haftung) zunächst eine unentgeltliche Sacheinlage erbracht wird, die zum Zeitwert eingebucht wird. Nach Testierung des Jahresabschlusses im darauffolgenden Geschäftsjahr wird dann eine Kapitalerhöhung aus Gesellschaftsmitteln (ohne Prüfung und Haftung) vorgenommen. Man erreicht auf diese Weise eine Sachkapitalerhöhung unter Vermeidung der besonderen Kapitalschutzregelungen für Sacheinlagen.

cc) Bewertungswahlrecht

Ein Bewertungswahlrecht mag zunächst als die seltsamste Lösung erscheinen, wenn gute Gründe für ein Aktivierungsverbot streiten und ebenso gute Gründe für eine Aktivierungspflicht. In der älteren Literatur noch vor Einführung des § 248 Abs. 2 S. 1 HGB n.F. wurde das Bewertungswahlrecht mit der Überlegung begründet, die an sich durch den Neutralitätsgrundsatz bei Anschaffungen gebotene Nichtaktivierung entspreche häufig nicht der Absicht des Gesellschafters, durch die Sacheinlage die Eigenkapitalbasis seiner Gesellschaft zu verbessern. Um die beabsichtigte und wirtschaftlich sinnvolle Vermögensmehrung zu ermöglichen, sei als Alternative zur Nichtaktivierung eine Aktivierung zum vorsichtig geschätzten Zeitwert zuzulassen.[699] Dieses Wahlrecht wurde wiederum kritisiert, da die Einsicht in die wirtschaftlichen Verhältnisse des Unternehmens nicht von einer subjektiven Zuwendungsabsicht des Gesellschafters abhängen dürfe. Für ein Wahlrecht fehlte es an einer gesetzlichen Grundlage.[700]

Mit der Einführung von § 248 Abs. 2 S. 1 HGB durch das BilMoG hat sich die Lage grundlegend geändert. Das Gesetz räumt jetzt in einem vergleichbaren Fall, der aufgrund von Bewertungsschwierigkeiten rechtspolitisch lange umstritten war, ein Bilanzierungswahlrecht ein. An diesem gesetzlichen Vorbild kann sich die Behandlung unentgeltlicher Sacheinlagen orientieren. Ein Wahlrecht kann nicht mehr mit dem Hinweis abgetan werden, es fehle an einer gesetzlichen Grundlage.[701] Diese Kompromißlösung des neueren BilMoG hat mindestens so viel Gewicht wie die ältere Einschätzung des BiRiLiG-Gesetzgebers, jede Sacheinlage sei mit ihrem Zeitwert anzusetzen, die das Bewertungsproblem nicht bedacht hat und nicht Gesetz geworden ist. Selbst wenn man rechtspoli-

699 A/D/S Bd. 1, § 255 HGB, Rz. 84; kritisch dazu *Ekkenga* in KölnKomm-RL § 255 HGB, Rz. 32.

700 *Ekkenga* in KölnKomm-RL § 255 HGB, Rz. 32; *Ballwieser* in MüKo-HGB § 255, Rz. 45.

701 Die Literatur hat diese gesetzliche Änderung noch nicht immer vollständig nachvollzogen; so stützt *Ballwieser* in MüKo-HGB § 255, Rz. 45 seine Ansicht weiterhin wesentlich auf Literatur aus den Jahren 1966 und 1976, also kurz nach der Aktienrechtsnovelle, und überträgt die althergebrachte Ansicht ohne weiteres auf unentgeltliche Erwerbe nach dem BilMoG, dabei auch auf unentgetliche Erwerbe immaterieller Vermögensgegenstände.

tisch von dem Kompromiß zwischen Aktivierungsverbot und Aktivierungspflicht nicht überzeugt ist, bleibt er eine denkbare Analogiebasis, da die Rechtsfortbildung von den Wertungsentscheidungen des Gesetzgebers ausgehen muß, nicht von den rechtspolitischen Überzeugungen der Rechtsanwender. Im übrigen läuft auch das von der herrschenden Meinung angenommene Wahlrecht bei Investitionszuschüssen letztlich auf ein Aktivierungswahlrecht für wirtschaftliche Sacheinlagen hinaus.[702]

Die Einräumung eines Wahlrechts bei unentgeltlichen Sacheinlagen überantwortet die Entscheidung zwischen den widerstreitenden Prinzipien des Einsichtsgebots und des Vorsichtsprinzips dem Bilanzersteller, der durch das Stetigkeitsgebot an seine Entscheidung gebunden bleibt. Rechtfertigen kann man dieses Wahlrecht vor allem mit einer methodischen Zurückhaltung. Wenn weder für ein Aktivierungsgebot noch für ein Aktivierungsgebot eindeutig bessere Gründe streiten und das Gesetz in einem vergleichbaren Fall ein Wahlrecht einräumt, muß man den Bilanzersteller nicht auf eine Lösung verpflichten.

dd) Zusammenfassung

Jede der drei Bilanzierungslösungen läßt sich mit dem Gesetz in Einklang bringen. Die Auslegung des Gesetzes ergibt auch keine Tendenz, welcher Lösung der Vorzug zu geben wäre. Wenn das Gesetz keine Anleitung gibt, wie die strittige Bilanzierungsfrage zu entscheiden ist, kommt es letztlich doch auf die subjektive Überzeugung des Rechtsanwenders an, ob er dem Vorsichtsprinzip und der Vermeidung unsicheren Ausschüttungspotentials den Vorrang einräumen will oder der möglichst vollständigen Abbildung des Vermögens in der Bilanz. Nach der weitverbreiteten Wahllösung ist die unentgeltliche Einlage eines Vermögensgegenstands sowohl ›offen‹ als auch ›verdeckt‹ möglich.

Damit wir abermals deutlich, daß die gesellschaftsrechtliche Diskussion um einen angemessenen Kapitalschutz für Agioeinlagen nicht durch einen Hinweis auf das Bilanzrecht der Einlagen und ein dort vermeintlich eindeutiges geregeltes Gebot der Zeitwertbilanzierung unentgeltlicher Erwerbe entschieden werden kann. Das Bilanzrecht läßt eine Zeitwertbilanzierung zu (jedenfalls die bislang besprochenen deutschen Handelsbilanzvorschriften, zu möglichen Einschränkungen aufgrund des Europarechts sogleich). Es kann jedoch mit genauso guten Gründen ein Verbot der Zeitwertbilanzierung wie ein Wahlrecht des Bilanzerstellers vertreten werden. Die Beantwortung der bilanzrechtlichen Frage hängt von einer Wertungsentscheidung ab, die das Gesetz ergänzen muß, da der Gesetzgeber nicht eindeutig dazu anleitet. Die Beantwortung der Frage nach dem angemessenen Kapitalschutz des Agios bedarf einer gesellschaftsrechtlichen Wertungsentscheidung. Inwieweit diese vom Gesetz angeleitet ist, wird in den nachfolgenden Kapiteln zu untersuchen sein.

702 S.o. S. 225 ff.

e) Die Lösungsansätze für die Passivseite der Bilanz

Wenn man eine Sacheinlage aktiviert, sei es aufgrund eines Wahlrechts oder wegen einer Aktivierungspflicht, und bei allen Bareinlagen stellt sich die Frage, wie die Erhöhung der Aktivseite (bzw. bei Forderungserlassen die Reduzierung der Verbindlichkeiten) auf der Passivseite der Bilanz auszugleichen ist. Man kann den Vermögenszuwachs erfolgswirksam (über die GuV) vereinnahmen oder erfolgsneutral in eine Kapitalrücklage einstellen. Bei Kapitalgesellschaften sieht § 272 Abs. 2 Nr. 4 HGB einen eigenständigen Kapitalposten vor. Für die vorliegende Arbeit ist die Frage, ob eine Sacheinlage zu aktivieren ist, von größerer Bedeutung als die Frage, ob eine aktivierte Einlage erfolgswirksam oder erfolgsneutral zu vereinnahmen ist. Schon der Vollständigkeit halber soll die Diskussion, die in den bisherigen Erörterungen mehrfach angeschnitten wurde, aber beleuchtet werden.

Unentgeltliche Sacheinlagen wurden vor dem Bilanzrichtliniengesetz stets erfolgswirksam als außerordentlicher Gewinn verbucht, da das Gesetz keinen Kapitalposten für solche Gesellschafterbeiträge vorgesehen hat. Erst in den Beratungen des Rechtsausschusses des Bundestags zum BiRiLiG kam die Idee auf, in dem neu zufassenden § 272 Abs. 2 HGB neben den altbewährten Nummern 1–3 einen vierten Kapitalposten neu zu schaffen, in dem Leistungen der Gesellschafter in das Eigenkapital ihrer Gesellschaft gebucht werden können.[703] Da die Nummern 1–3 der Vorschrift seit jeher nur Fälle umschrieben haben, in denen die Zahlungen im Gegenzug für Gesellschaftsrechte, darunter auch Optionsrechte geleistet wurden, schlug der Rechtsausschuß vor, »daß in Nummer 4 alle anderen Zuzahlungen, die Gesellschafter in das Eigenkapital leisten, als Kapitalrücklage ausgewiesen werden.«[704]

Dieser Vorschlag klingt beim ersten Lesen danach, als solle jede Gesellschafteraußenfinanzierung in eine Kapitalrücklage einzustellen sein, wenn sie nicht als Fremdkapital ausgekehrt wird. Für erfolgswirksame Finanzierungsbeiträge wäre dann kein Platz mehr. Im nächsten Satz macht der Rechtsausschuß jedoch deutlich, daß eine solche Pflicht zur Buchung in der neuen Kapitalrücklage nicht gemeint sein soll: »Die Leistung in das Eigenkapital muß gewollt sein, so daß verdeckte Einlagen oder auch verlorene Zuschüsse nicht ohne weiteres erfaßt werden.«

Demnach ist der Wortlaut des § 272 Abs. 2 Nr. 4 HGB »(...) Zuzahlungen, die Gesellschafter in das Eigenkapital leisten« nicht rein faktisch zu verstehen (jeder Finanzierungsbeitrag mit einer positiven Wirkung auf das Eigenkapital), sondern enthält ein Willenselement. Rechtsprechung und ein großer Teil der Literatur verstehen die Vorschrift daher so, daß der Gesellschafter die Wahl hat,

703 Darstellung der Gesetzgebungshistorie bei *Marenbach*, Kapitalbasis, 68 f.
704 Beschlußempfehlung und Bericht des Rechtsausschusses BT-Drs. 10/4268, 107.

durch eine Leistungszweckbestimmung festzulegen, ob sein Finanzierungsbeitrag erfolgswirksam verbucht oder in die Kapitalrücklage eingestellt werden soll.[705]

Die Einschränkung in der Begründung des Rechtsausschusses »nicht ohne weiteres erfaßt« läßt es zwar möglich erscheinen, daß neben dem Willen des Gesellschafters noch andere, den freien Willen begrenzende Kriterien zu beachten sein könnten, doch enthält die kurze Passage keine Andeutungen, an welche zusätzlichen Kriterien zu denken wäre.[706] Die beiden Beispiele, die nach der Vorstellung des Gesetzgebers nicht zu einer Rücklagendotierung führen müssen, decken beinahe alle unentgeltlichen Einlagen ab. Die »verlorenen Zuschüsse« fallen unter Bareinlagen, die »verdeckten Sacheinlagen« meinen wohl die aus dem Steuerrecht bekannte Fallgruppe und damit alle (teil-)unentgeltlichen Sacheinlagen, also preisgünstige Lieferungen und Leistungen ebenso wie unentgeltliche Übereignung von Vermögensgegenständen und Forderungserlasse.

Nach der Art der Einlage kann daher nicht differenziert werden. Das Beispiel aus der Gruppe der Bareinlagen ließe an eine Begrenzung der erfolgswirksamen Vereinnahmung auf Verlustsituationen denken, weil »verlorene Zuschüsse« typischer Weise bei Verlusten gewährt werden. Die Akzeptanz der verdeckten Sacheinlagen, die man im übrigen als Akzeptanz einer Nichtaktivierung des wirtschaftlichen Vorteils aus teilunentgeltlichen Geschäften verstehen kann, spricht jedoch gegen eine solche Beschränkung, da solche verdeckten Sacheinlagen vielfach auch außerhalb von Verlustsituationen vorkommen. Daß Finanzierungsbeiträge »nicht ohne weiteres« in einer Kapitalrücklage zu erfassen sind, scheint daher in der Tat so zu verstehen zu sein, daß nach den Vorstellungen des historischen Gesetzgebers die Erfolgswirksamkeit von Einlagen allein vom Willen des Gesellschafters abhängt.

Wie gesehen, fordern manche Stimmen in der Literatur entgegen dem Verständnis des historischen Gesetzgebers, § 272 Abs. 2 Nr. 4 HGB so zu verstehen, daß er nicht allein eine Möglichkeit zur Dotierung von Einlagen in der Kapitalrücklage bereitstellt, sondern eine Pflicht zur Buchung in der Kapitalrücklage enthält.[707] Sie berufen sich auf den objektiven Zweck der Handelsbilanz, Kapital und Gewinn getrennt voneinander auszuweisen. Dieses Ziel

705 BFH, DStR 2013, 2453 ff.; A/D/S Bd. 5, § 272 HGB, Rz. 137; *Kropff* in MüKo-BilanzR § 272 HGB, Rz. 142; *Reiner* in MüKo-HGB § 272, Rz. 104; *Marenbach* *Kapitalbasis*, 75; *Groh*, Gesellschafterbeitrag, 76.

706 Manche verlangen, daß der Wille des Gesellschafters die beabsichtigte Verwendung in der Gesellschaft widerspiegeln muß und unterscheiden z.B. bei Barzuschüssen danach, ob ein Fehlbetrag ausgeglichen werden soll (erfolgswirksam zu vereinnahmen) oder eine bestimmte Anschaffung ermöglicht werden soll (dann Kapitalrücklage – ohne Diskussion der Möglichkeit, solche Investitionszuschüsse gar nicht zu aktivieren); zu den verschiedenen Vorschlägen eine Übersicht bei *Marenbach*, Kapitalbasis, 69 ff.

707 *Schulze-Osterloh*, Aktivierung, Ertragsausweis und Kapitalrücklage, 4 f., *Schön*, Verdeckte Einlagen, 377 f. und *Hennrichs*, Bilanzierung bei verdeckter Einlage, 318 und 320.

einer Trennung von Kapital und Gewinn hat gerade der BiRiLiG-Gesetzgeber durch die Einführung von § 272 Abs. 2 Nr. 4 HGB bestätigt. Zuvor waren unentgeltliche Einlagen stets erfolgswirksam zu vereinnahmen.

Die Tatsache aber, daß jahrzehntelang eine erfolgswirksame Vereinnahmung von Einlagen praktiziert worden ist und erst die Schaffung einer neuen Vorschrift durch den BiRiLiG-Gesetzgeber überhaupt die Möglichkeit geschaffen hat, auch solche Finanzierungsbeiträge als Kapitalbeitrag auszuweisen, läßt doch daran zweifeln, daß der Trennungsgrundsatz von solcher Bedeutung ist, daß er das Verständnis des BiRiLiG-Gesetzgebers von dem Inhalt eben der Vorschrift, die den Trennungsgrundsatz aufgewertet hat, überspielen könnte. Wenn auch das subjektive Regelungsverständnis des historischen Gesetzgebers nicht für alle Zeit das letzte Wort bei der Auslegung beanspruchen kann, so müssen objektive Gesetzeszwecke, die den Ausschlag für ein anderes Verständnis geben sollen, und ihr Übergewicht gegenüber dem subjektiven Zweck des historischen Gesetzgebers aus dem Gesetz selbst abgeleitet werden.[708]

Aus den übrigen Normen des Gesetzes geht jedoch nicht eindeutig hervor, wie ›Kapital‹ und ›Gewinn‹ zu definieren sind, so daß schon der Inhalt des Trennungsprinzips nicht ohne Rekurs auf § 272 Abs. 2 Nr. 4 HGB bestimmt werden kann. Die GuV enthält, wie mehrfach erwähnt wurde, die Möglichkeit, solche Finanzierungsbeiträge als besondere Erfolgsbeiträge zu erfassen, so daß auch systematische Erwägungen gegen eine Abgrenzung von Kapital und Gewinn sprechen, die strenger ist als nach den Vorstellungen des BiRiLiG-Gesetzgebers. Die hohe Bedeutung, die man dem Trennungsgrundsatz zusprechen muß, um die Regelungsabsicht des historischen Gesetzgebers auszuhebeln, wird überdies durch die geringen praktischen Unterschiede relativiert, die zwischen einer erfolgswirksamen und einer erfolgsneutralen Vereinnahmung von Einlagen bestehen, da Kapitalrücklagen jederzeit in Bilanzgewinn überführt werden können. Der Trennungsgrundsatz ist daher nicht geeignet, eine Korrektur der eindeutigen subjektiven Zweckbestimmung im Wege der Auslegung zu legitimieren, und um nichts anderes als eine Korrektur aus vermeintlich besseren Erwägungen heraus handelt es sich bei diesem Gegenvorschlag.[709] Strengere Anforderungen an die Trennung von Kapital und Gewinn können de lege ferenda sinnvoll sein, sind de lege lata jedoch nicht zu erreichen.

Wenn alle unentgeltlichen Einlagen abhängig vom Willen des Gesellschafters sowohl erfolgswirksam wie auch erfolgsneutral gebucht werden können, kön-

708 Zur Rolle objektiv-teleologischer Auslegungskriterien *Larenz/Canaris*, Methodenlehre, 153 ff. und 163 ff. In dieser Methodenlehre wird wie hier im Text dem subjektiven Gesetzeszweck ein grundsätzlicher Vorrang vor objektiv-teleologischen Kriterien eingeräumt, jedoch die Bedeutung der Materialien zur Bestimmung der Regelungsabsichten geringer eingeschätzt.

709 Gegen dieses strengere Verständnis von § 272 Abs. 2 Nr. 4 HGB de lege lata auch *Kropff* in MüKo-BilanzR § 272 HGB, Rz. 142.

nen sowohl Sacheinlagen wie auch Bareinlagen gleichermaßen ›verdeckt‹ oder ›offen‹ erfolgen.

f) Die Rechtsprechung des EuGH zum Ansatz- und Bewertungsrecht bei (teil-)unentgeltlichem Erwerb durch Kapitalgesellschaften

Die Bilanzierung unentgeltlicher Einlagen wurde bislang für alle Kaufleute nach deutschem Handelsbilanzrecht erörtert. Für Kapitalgesellschaften, die im Zentrum dieser Untersuchung stehen, ist das Bilanzrecht seit langer Zeit durch verschiedene europäische Richtlinien vorgezeichnet, die im Jahr 2013 in der Bilanzrichtlinie zusammengefaßt wurden.[710] Das europäische Bilanzrecht kennt wie das nationale Bilanzrecht sowohl den Grundsatz des true and fair view (jetzt Art. 4 Abs. 3 und 4 BilanzRL), als auch das Vorsichtsprinzip (Art. 6 Abs. 1 lit. c) BilanzRL) und verlangt daher in gleicher Weise nach einer Austarierung beider Bilanzierungsgrundsätze. In zwei jüngeren Entscheidungen hatte der Europäische Gerichtshof Gelegenheit darzulegen, wie seiner Ansicht nach bei (teil-) unentgeltlichen Sacheinlagen Einsichtsgebot und Vorsichtsprinzip in Einklang zu bringen sind. In der Entscheidung GIMLE SA ging es um einen Verkauf von Vermögensgegenständen an eine Gesellschaft zu einem bewußt niedrigen Preis, also um eine verdeckte Einlage in Form einer teilunentgeltlichen Übertragung von Vermögenswerten; die Entscheidung Bloomsbury NV betraf eine vollständig unentgeltliche Übertragung von Aktien.[711] Beiden Entscheidungen lag noch die Vierte Richtlinie 78/660/EWG zugrunde; für die materielle Beurteilung der Sachverhalte ergibt sich nach der neuen Bilanzrichtlinie kein Unterschied.[712]

aa) Sachverhalt und Rechtsfragen der Entscheidungen GIMLE SA und Bloomsbury NV

(1) GIMLE SA

Die GIMLE SA wurde am 26.11.1998 als Investmentgesellschaft in der Rechtsform einer belgischen Aktiengesellschaft von zwei Personen (S und L) gegründet. Einen Tag später erwarb GIMLE SA 50 Aktien der schwedischen TV-Shop

710 Richtlinie 2013/34/EU des europäischen Parlaments und des Rates vom 26. Juni 2013 über den Jahresabschluss, den konsolidierten Abschluss und damit verbundene Berichte von Unternehmen bestimmter Rechtsformen und zur Änderung der Richtlinie 2006/43/EG des Europäischen Parlaments und des Rates und zur Aufhebung der Richtlinien 78/660/EWG und 83/349/EWG des Rates, ABl. L 182/19.

711 EuGH Urteil vom 3.10.2013 – Rs. C-322/12 (GIMLE SA) und EuGH Urteil vom 6.3.2014 – Rs. C-510/12 (Bloomsbury NV).

712 So auch *Schön*, Verdeckte Einlagen, 374 Fn. 13 und 385; *Hennrichs*, Bilanzierung bei verdeckter Einlage, 319 und 321.

Europe AB für 5000 schwedische Kronen (SEK). Der Verkäufer der Aktien wird nicht mitgeteilt, sondern allein der Umstand, daß die TV-Shop Europe AB ebenfalls von S gegründet worden war. Diese Mitteilung legt den Schluß nahe (und die Literatur versteht den Sachverhalt einhellig so)[713], daß GIMLE SA die Aktien von ihrem Gesellschafter S gekauft hat, der sie nach der Gründung der anderen Gesellschaft noch selbst gehalten hat. Am 4.1.1999 wurden die 50 Aktien an die schwedische Electronic Retailing AB verkauft für SEK 17.000.000,–. Der Verkaufspreis überstieg den Einkaufspreis demnach um den Faktor 3.400. Der Gewinn betrug umgerechnet ca. € 1.850.000,–. Nach belgischem Recht war dieser Verkaufsgewinn nicht steuerbar, ein Einlagegewinn wäre jedoch zu versteuern gewesen. Die belgische Steuerverwaltung wollte daher die Zugangsbewertung nicht mit dem vereinbarten Kaufpreis von SEK 5.000,– vorgenommen sehen, sondern zu dem vermutlich damals schon deutlich höheren Zeitwert von SEK 17.000.000,–. In dem Rechtsstreit zwischen der GIMLE SA und der belgischen Steuerverwaltung legte das letztinstanzliche Gericht dem EuGH folgende Frage vor:

»Ist Art. 2 Abs. 3 bis 5 der Vierten Richtlinie *(heute: Art. 4 Abs. 3 und 4 BilanzRL)* dahin auszulegen, dass er nicht nur vorsieht, dass zusätzliche Angaben im Anhang zu machen sind, sondern, wenn die Anschaffungskosten offensichtlich nicht dem tatsächlichen Wert der betreffenden Güter entsprechen und deshalb ein falsches Bild der Vermögens-, Finanz- und Ertragslage des Unternehmens vermittelt wird, auch dazu verpflichtet, vom Grundsatz der Verbuchung zu Anschaffungskosten abzuweichen und sie unmittelbar zu ihrem Weiterverkaufswert zu verbuchen, wenn dieser offenkundig ihr tatsächlicher Wert ist?«[714]

Das vorlegende Gericht fragte also danach, ob bei teilunentgeltlichen Geschäften statt einer Bewertung mit den Anschaffungskosten eine Bewertung zum Zeitwert erfolgen muß, um einen true and fair view zu erreichen, wenigstens wenn ein alsbaldiger Verkaufspreis als Bewertungskriterium zur Verfügung steht.

(2) Bloomsbury NV

Der zweite Fall spielt ebenfalls in Belgien. Der Bloomsbury NV wurden im Jahr 2001 von der Mercator&Noordstar NV unentgeltlich (à titre gratuit) 151 Aktien der Aliplast NV übertragen. Aus welchem Grund diese Übertragung erfolgte, wird nicht mitgeteilt, ebensowenig die Beziehungen zwischen der Bloomsbury NV und der Mercator&Noordstar NV. In der Literatur wird der naheliegende Schluß gezogen, die Mercator&Noordstar NV sei Gesellschafterin der

713 Teilweise wird der Umstand, daß die Gesellschafterstellung in dem Urteil nicht eindeutig mitgeteilt wird, übersehen, so z.B. bei *Hennrichs*, Bilanzierung bei verdeckter Einlage, 316 (Text und Schaubild) und *Schön*, Verdeckte Einlagen, 375, obwohl dieses Detail für die Kritik an dem Urteil und die Forderung nach einer neuen Entscheidung von erheblicher Bedeutung ist.

714 EuGH Urteil vom 3.10.2013 – Rs. C-322/12 (GIMLE SA), Tz. 19.

Bloomsbury NV gewesen und die Übertragung sei gesellschaftsrechtlich veranlaßt gewesen und daher als Einlage anzusehen.[715] Der Wert der Aktien betrug ca. € 880.000,–. Die belgische Finanzverwaltung war der Auffassung, bei einem unentgeltlichen Erwerb müsse statt der historischen Kosten in Höhe von Null der wahre Wert angesetzt werden, da andernfalls ein falsches Bild der Vermögens-, Finanz- und Ertragslage gezeichnet würde. Bei einer Zugangsbewertung in Höhe des Zeitwerts wäre nach belgischem Recht von einem steuerbaren Einlagegewinn auszugehen. Gegen diese Auffassung wehrte sich die Bloomsbury NV. Aus diesem Rechtsstreit heraus wurde dem EuGH folgende Frage vorgelegt:

»Ist es angemessen, Art. 2 Abs. 3 bis 5 der Vierten Richtlinie *(heute: Art. 4 Abs. 3 und 4 der BilanzRL)* in diesem Sinne zu interpretieren: Wenn eine Gesellschaft einen bedeutenden Vermögensgegenstand unentgeltlich erwirbt und konsequenterweise nicht mit seinen Anschaffungskosten in seinen Jahresabschluss aufnehmen kann, woraus sich ein falsches Bild der Vermögens-, Finanz- und Ertragslage der Gesellschaft ergibt, dann muss der besagte bedeutende Vermögensgegenstand, der unentgeltlich erworben wurde, gleichwohl mit seinem wahren Wert verbucht werden.«[716] *(Übersetzung aus dem Französischen durch den Autor.)*

Die Vorlagefrage zielte demnach darauf ab, ob wenigstens bei wesentlichen Vermögenswerten eine Ausnahme von der Zugangsbewertung zu den Anschaffungskosten anzunehmen ist, die eine Bewertung unentgeltlicher Einlagen zu ihrem Zeitwert ermöglicht.

bb) Entscheidung des EuGH

Der Europäische Gerichtshof hat beide Vorlagefragen verneint.

(1) Tenores

In der Rechtssache GIMLE SA hat der EuGH geantwortet:

»Der in Art. Art. 2 Abs. 3 bis 5 der Vierten Richtlinie (…) genannte Grundsatz der Bilanzwahrheit erlaubt es nicht, vom Grundsatz der Bewertung der Vermögensgegenstände auf der Grundlage ihrer Anschaffungs- und Herstellungskosten nach Art. 32 dieser Richtlinie zugunsten einer Bewertung auf der Grundlage ihres tatsächlichen Werts abzuweichen, wenn die Anschaffungs- und Herstellungskosten dieser Vermögensgegenstände offenkundig niedriger sind als ihr tatsächlicher Wert.«[717]

Nach Ansicht des Europäischen Gerichtshofs enthält das europäische Bilanzrecht bei verdeckten Einlagen in Form von teilunentgeltlichen Anschaffungen

715 So ausdrücklich *Schön*, Verdeckte Einlagen, 375; *Hennrichs*, Bilanzierung bei verdeckter Einlage, 317 geht implizit ebenfalls von einer gesellschaftsrechtlichen Veranlassung aus.

716 EuGH Urteil vom 6.3.2014 – Rs. C-510/12 (Bloomsbury NV), Tz. 11.

717 EuGH Urteil vom 3.10.2013 – Rs. C-322/12 (GIMLE SA), Tz. 43.

nicht nur keine Aktivierungspflicht zum (vorsichtig geschätzten) Zeitwert des angeschafften Vermögensgegenstands (darauf zielte die Vorlagefrage ab), sondern ein Verbot einer anderen Bewertung als der zu den tatsächlich gezahlten Anschaffungskosten (»erlaubt es nicht (...) abzuweichen«). Ein Aktivierungswahlrecht zum Zeitwert kommt daher ebenfalls nicht in Betracht.

In der Rechtssache Bloomsbury NV hat der EuGH entschieden:

»Art. 2 Abs. 3 bis 5 der Vierten Richtlinie (...) muss in dem Sinne interpretiert werden, daß er einer Gesellschaft, die einen Vermögensgegenstand unentgeltlich erwirbt, nicht vorschreibt, diesen zu seinem wahren Wert im Jahresabschluss zu verbuchen.«[718] *(Übersetzung aus dem Französischen durch den Autor)*

Bei vollständig unentgeltlichem Erwerb von Vermögensgegenständen sieht der Europäische Gerichtshof zumindest keine Aktivierungspflicht zum (vorsichtig geschätztem) Zeitwert. Die gewählte Formulierung läßt offen, ob wie beim teilunentgeltlichen Erwerb ein Aktivierungsverbot anzunehmen ist oder (wie z.B. nach einem Teil der Literatur zum deutschen Recht) ein Aktivierungswahlrecht einzuräumen ist.

(2) Entscheidungsgründe

Der Europäische Gerichtshof begründet beide Entscheidungen in gleicher Weise, ja sogar weitgehend wortgleich und verweist in dem späteren Urteil permanent auf die Begründung in der Rechtssache GIMLE SA. Daraus wird hier geschlossen, daß für den EuGH kein entscheidender Unterschied besteht zwischen einem gänzlich unentgeltlichen und einem teilunentgeltlichen Erwerb.

Als Hauptziel der Vierten Richtlinie nimmt der EuGH an, es solle ein true and fair view gegeben werden, also ein verläßlicher Einblick in die Vermögens-, Finanz- und Ertragslage ermöglicht werden. Er verweist diesbezüglich auf Art. 2 Abs. 3 bis 5 der Vierten Richtlinie (jetzt: Art. 4 Abs. 3 und 4 BilanzRL).[719] Die deutsche Version der Entscheidung GIMLE SA bezeichnet diesen Grundsatz als »Bilanzwahrheit«, richtig wäre die Formulierung ›Jahresabschlußwahrheit‹. Die Jahresabschlußwahrheit müsse sich zugleich an den Bewertungsregeln des Art. 31 der Vierten Richtlinie (jetzt: Art. 6 BilanzRL) orientieren, insbesondere am Vorsichtsprinzip, das in seiner Ausprägung als Realisationsprinzip verlange, einen Ausweis nicht realisierter Gewinne zu verhindern.[720] Zudem müsse die Jahresabschlußwahrheit auch im Licht des Art. 32 der Vierten Richtlinie (jetzt: Art. 6 Abs. 1 lit. i) BilanzRL) verstanden werden, der die Bewertung nach dem AK/HK-Prinzip festschreibe.[721]

718 EuGH Urteil vom 6.3.2014 – Rs. C-510/12 (Bloomsbury NV), Tz. 31.
719 GIMLE SA, Tz. 30; Bloomsbury NV, Tz. 23.
720 GIMLE SA, Tz. 32; Bloomsbury NV, Tz. 20.
721 GIMLE SA, Tz. 34 f.; Bloomsbury NV, Tz. 22 f.

In Ausnahmefällen sei es zwar denkbar, von dem Anschaffungskostenprinzip abzuweichen. Denn Art. 2 Abs. 5 der Vierten Richtlinie (jetzt: Art. 4 Abs. 4 BilanzRL) verlange eine Abweichung von den Einzelregelungen der Richtlinie, wenn durch diese ausnahmsweise kein den tatsächlichen Verhältnissen entsprechendes Bild erreicht werde. Ein solcher Ausnahmefall liege bei (teil-) unentgeltlichen Erwerben jedoch nicht vor.[722] Ganz allgemein läßt sich feststellen, daß der EuGH davon ausgeht, der Grundsatz der Bilanzwahrheit bzw. Jahresabschlußwahrheit werde als Hauptziel der Richtlinie regelmäßig dadurch erreicht, daß die allgemeinen Grundsätze für die Rechnungslegung des Art. 6 BilanzRL (früher. Art. 31 und 32 Vierte Richtlinie) und damit gerade auch das Vorsichtsprinzip bei der Erstellung des Jahresabschlusses berücksichtigt werden.[723] Abweichungen von den allgemeinen Rechnungslegungsgrundsätzen kommen nur ganz ausnahmsweise in Betracht.

Zur Begründung seiner engen Auslegung der Ausnahmevorschrift des Art. 2 Abs. 5 der Vierten Richtlinie (jetzt: Art. 4 Abs. 4 BilanzRL) führt der EuGH an, die Unterbewertung von Vermögensgegenständen sei die notwendige Folge der gesetzgeberischen Entscheidung für die Bewertung nach historischen Kosten, wenn der tatsächliche Wert höher ist als die Anschaffungskosten.[724] Der EuGH nimmt hier an, eine Folge, die bei Anwendung der Richtlinienvorschriften regelmäßig zu erwarten sei, könne keinen Ausnahmefall begründen. Ferner verweist das Gericht darauf, daß die Bewertung von Vermögensgegenständen nach dem Anschaffungskostenprinzip, wenn sie zu einer Unterbewertung führe, mit dem Vorsichtsprinzip in Einklang stehe, insbesondere in seiner Ausprägung als Realisationsprinzip.[725] Wenn die Gesellschaft überzeugt sei, sie werde alsbald

722 GIMLE SA, Tz. 36–38; Bloomsbury NV, Tz. 24–26.

723 Diese Grundüberzeugung des EuGH, der true and fair view sei regelmäßig durch eine Beachtung der allgemeinen Rechnungslegungsgrundsätze einschließlich des Vorsichtsprinzips zu verwirklichen, wird bestätigt in EuGH v. 15.6.2017, C-444/16 (Immo Chiaradia) und C-444/16 (Docteur De Bruyne), Rz. 40 ff., insbes. Rz. 42 und 43). In dieser verbundenen Entscheidung ging es um den Zeitpunkt der Ertragswirksamkeit einer Einnahme (Gegenleistung für Optionsrecht bei Managementoptionsprogrammen) und die Frage, wann ein Mittelzufluß aufgrund des Vorsichtsprinzips durch eine korrespondierende Rückstellung ausgeglichen werden darf. Der Gerichtshof verweist in dieser Frage der Abgrenzung erfolgswirksamer und nicht erfolgswirksamer Verbuchung auf das Vorsichtsprinzip und zur Bestätigung dieser Auslegung der Richtlinie auf seine Rechtsprechung in der RS Gimle SA. In dieser jüngeren Entscheidung, die ebenfalls auf die Vorlage eines belgischen Gerichts im Zusammenhang mit der steuerlichen Maßgeblichkeit der Handelsbilanz nach belgischen Recht hin erging, wollten die Gesellschaften unter Berufung auf das Vorsichtsprinzip eine handelsrechtliche Bilanzierung erreichen, die nach belgischem Recht günstige steuerliche Effekte zur Folge hatte. Der EuGH hat diese handelsrechtliche Bilanzierungspraxis als im Einklang mit der Richtlinie stehend gebilligt.

724 GIMLE SA, Tz. 39; Bloomsbury NV, Tz. 27.

725 GIMLE SA, Tz. 40; Bloomsbury NV, Tz. 28.

einen bedeutenden Gewinn realisieren (GIMLE SA) oder der Zeitwert des erworbenen Vermögensgegenstands sei bedeutend höher als die ausgewiesenen Anschaffungskosten (Bloomsbury NV), dann sei sie durch Art. 2 Abs. 4 der Vierten Richtlinie zu weiteren Anhangangaben verpflichtet.[726]

cc) Kritische Würdigung

Die Entscheidungen des EuGH sind in der deutschen Literatur überwiegend schlecht aufgenommen worden.[727] Die Kritiker des Europäischen Gerichtshofs befürworten bei (teil-) unentgeltlichen Sacheinlagen eine Aktivierung zum vorsichtig geschätzten Zeitwert bei gleichzeitigem Ausweis einer Kapitalrücklage. Die wesentlichen Vor- und Nachteile dieser Ansicht sind bereits aus der Erörterung des deutschen Handelsbilanzrechts bekannt. Europarechtlich geht es vor allem um die Frage, was als Ausnahmefall im Sinne von Art. 4 Abs. 4 BilanzRL anzusehen ist, der die Durchsetzung des true and fair view-Prinzips als overriding principle fordert. Der EuGH stellt auf das Entstehen von stillen Reserven durch Unterbewertung von Vermögensgegenständen ab und sieht darin die regelmäßige Folge des Anschaffungskostenprinzips, keinen Ausnahmefall. Seine Kritiker stellen auf die Veranlassung durch das Gesellschaftsverhältnis ab und sehen darin einen Ausnahmefall, in dem das Prinzip des true and fair view nach Art. 4 Abs. 4 BilanzRL als overriding principle Vorrang genieße. Sie stützen ihre Kritik auf ein objektiveres Verständnis des Prinzips des true and fair view, das sich weniger stark an den einzelnen Bewertungsregeln orientiert, und einen Trennungsgrundsatz, der auch europarechtlich die Trennung von Gesellschafterzuwendungen und erwirtschafteten Gewinnen in der Bilanz verlange.

(1) Verständnis des true and fair view-Prinzips als overriding principle

Der Europäische Gerichtshof interpretiert das Prinzip des true and fair view »im Lichte« der übrigen Grundsätze und Einzelregelungen zu Ansatz und Bewertung von Vermögensgegenständen.[728] Er verneint damit ein klares Gegensatzverhältnis von Einsichtsprinzip und Vorsichtsprinzip. Die Jahresabschlußwahrheit ist relativ zu den Ansatz- und Bewertungsvorschriften zu verstehen.[729] Weder die Höhe

726 GIMLE SA, Tz. 41; Bloomsbury NV, Tz. 29.

727 Kritisch insbesondere *Schön*, Verdeckte Einlagen, 373 ff., *Hennrichs*, Bilanzierung bei verdeckter Einlage, 315 ff., *Schulze-Osterloh*, Aktivierung, Ertragsausweis und Kapitalrücklage, 1 ff. (letzter nur zur Entscheidung GIMLE SA); zustimmend *Eggert*, Auswirkung des Prinzips »true and fair view« in den Bilanzrichtlinien der EU, 112 ff. (ebenfalls nur zur Entscheidung GIMLE SA).

728 Wörtlich »im Licht des (…) Grundsatzes« in GIMLE SA, Tz. 34.

729 *Eggert*, Auswirkung des Prinzips »true and fair view« in den Bilanzrichtlinien der EU, 115 f. Ansatz bestätigt in EuGH v. 15.6.2017, C-444/16 (Immo Chiaradia) und C-444/16 (Docteur De Bruyne), Rz. 40 ff., insbes. Rz.42 und 43.

der stillen Reserven in beiden entschiedenen Fällen noch der Umstand, daß in der Entscheidung GIMLE SA durch den zeitnahen Wiederverkauf der Verkaufspreis als alternatives Bewertungskriterium dienen könnte, veranlassen den EuGH anzunehmen, in diesen Fällen werde kein verläßlicher Einblick in die tatsächlichen wirtschaftlichen Verhältnisse gegeben. Die Frage, ob das Einsichtsgebot bei (teil-)unentgeltlichem Erwerb als overriding principle im Sinne von Art. 4 Abs. 4 BilanzRL eine Korrektur der Ansatz- und Bewertungsvorschriften fordert, ist nach dieser Ansicht konsequenter Weise zu verneinen.

Die Schwierigkeit bei diesem stark relativen Verständnis der Jahresabschlußwahrheit liegt darin, daß bei einer solchen Auslegung für das Erfordernis einer zusätzlichen Anhangangabe nach Art. 4 Abs. 3 S. 2 BilanzRL und für das in Ausnahmefällen bestehende Abweichungsgebot des Art. 4 Abs. 4 BilanzRL kaum mehr ein Anwendungsbereich offen bleibt.[730] Wenn die buchstabengetreue Befolgung der Einzelvorschriften stets zur Jahresabschlußwahrheit im Sinne der Bilanzrichtlinie führte, bräuchte es für ein den tatsächlichen Verhältnissen entsprechendes Bild weder eine Ergänzung durch Anhangerläuterungen noch eine Abweichung von den Detailregelungen.

Im Ausgangspunkt kann man dem Europäischen Gerichtshof folgen, daß der Richtliniengeber davon ausgegangen sein muß, die einzelnen Ansatz- und Bewertungsvorschriften führten im Regelfall zu einem den tatsächlichen Verhältnissen entsprechenden Bild der wirtschaftlichen Lage. Insofern ist die Jahresabschlußwahrheit relativ zu den konkreten Einzelregelungen zu verstehen. Aber es muß nach dem Verständnis des Richtliniengebers Ausnahmefälle geben. Die Bestimmung der Jahresabschlußwahrheit kann nicht gänzlich relativ zu den Detailregelungen vorgenommen werden. Selbst die kritischen Literaturstimmen gehen im Grundsatz von einer relativen Bestimmung der Jahresabschlußwahrheit aus, beschränken diese relative Bestimmung jedoch auf den Erwerb vom Nichtgesellschafter.[731] Ob die gesellschaftsrechtliche Veranlassung die Annahme eines Ausnahmefalls begründen kann, wie in der deutschen Literatur vorgeschlagen wird, soll sogleich untersucht werden. Jedenfalls ist den kritischen Literaturstimmen zuzugeben, daß eine gänzlich relative Bestimmung des true and fair view-Prinzips, wie sie manche Ausführungen des EuGH nahelegen, nicht mit der Systematik der Richtlinie übereinstimmen würde.

Selbst der Europäische Gerichtshof jedoch bestimmt die Jahresabschlußwahrheit tatsächlich nicht allein relativ zu den konkreten Ansatz- und Bewertungsvorschriften, wenngleich seine Ausführungen zunächst nach einem stark relativen Verständnis klingen. In beiden Entscheidungen verweist der EuGH darauf, daß ergänzende Anhangangaben nach Art. 4 Abs. 3 S. 2 BilanzRL (seinerzeit

730 Die Frage nach dem Anwendungsbereich des overriding principle stellt auch *Eggert*, Auswirkung des Prinzips »true and fair view« in den Bilanzrichtlinien der EU, 115.

731 *Schön*, Verdeckte Einlage, 376; *Hennrichs*, Bilanzierung bei verdeckter Einlage, 316.

noch Art. 2 Abs. 4 der Vierten Richtlinie) erforderlich sein können, wenn die Gesellschaft sicher sei, infolge eines teilunentgeltlichen Erwerbs und konkreten Weiterverkaufsverpflichtungen alsbald einen bedeutenden Gewinn zu realisieren oder infolge eines unentgeltlichen Erwerbs bedeutende stille Reserven zu legen.

Die Anhangerläuterung bei konkreten Weiterverkaufsverpflichtungen mutet aus deutscher Sicht seltsam an, da daraus letztlich eine Pflicht zu Anhangerläuterungen aller wertmäßig bedeutenden schwebenden Geschäfte abgeleitet werden könnte, die den Sinn und Zweck der Nichtabbildung schwebender Geschäfte konterkarieren könnte.[732] Es ist kaum ein Grund vorstellbar, warum bedeutende Gewinnchancen aus dem Weiterverkauf von Einlagen anders darzustellen sein sollten als bedeutende Gewinnchancen aus anderen schwebenden Geschäften. Wenn nach Ansicht des Europäischen Gerichtshofs kein entscheidender Unterschied zwischen teilunentgeltlichen und vollständig unentgeltlichen Erwerbsvorgängen besteht, dann wird man die Abbildung bedeutender stiller Reserven, die in dem Fall Bloomsbury NV für unentgeltliche Erwerbsvorgänge angedacht wurde, auch auf die Fälle eines teilunentgeltlichen Erwerbs übertragen können und die Weiterverkaufs*verpflichtung*, die in dem Fall GIMLE SA ohne konkreten Bezug zum Sachverhalt als Möglichkeit erwogen wurde, als weniger bedeutende Besonderheit dieses Urteils ansehen können. Insofern kann man beide Urteile zusammengenommen so verstehen, daß der EuGH annimmt, bedeutende stille Reserven, die bei der Zugangsbewertung infolge des Anschaffungskostenprinzips gelegt würden, müßten im Anhang näher erläutert werden. In diesen Fällen setzt der EuGH selbst voraus, daß ohne die zusätzlichen Angaben die Ansatz- und Bewertungsvorschriften der Richtlinie nicht ausreichten, ein den tatsächlichen Verhältnissen entsprechendes Bild zu vermitteln, denn nur dann ist der Tatbestand der Vorschrift erfüllt.

Implizit geht also auch der Europäische Gerichtshof davon aus, daß bei (teil-)unentgeltlichen Erwerben eine Aktivierung zu den historischen Anschaffungskosten dazu führen kann, daß kein den tatsächlichen Verhältnissen entsprechendes Bild der wirtschaftlichen Lage mehr gezeichnet wird. Anders als die kritischen Literaturstimmen kommt der EuGH jedoch nicht zu dem Schluß, das Einsichtsgebot verlange als overriding principle in diesen Fällen eine Abweichung von der Zugangsbewertung auf Grundlage der Anschaffungskosten. Der Unterschied in beiden Lösungsansätzen beruht auf dem ungeklärten Verhältnis des Anhangerläuterungsgebots in Art. 4 Abs. 3 S. 2 BilanzRL zu dem Abweichungsgebot des Art. 4 Abs. 4 BilanzRL, mit dem sich keine der beiden Seiten eingehend befaßt.

Bei der Frage, wann das Einsichtsgebot als overriding principle eine Abweichung von gesetzlichen Einzelregelungen fordert, sind zwei Teilfragen zu unterscheiden. Zunächst ist zu fragen, wann eine rein relative Bestimmung der Jahresabschlußwahrheit nicht mehr hinreicht und bei Beachtung der gesetzlichen

732 Zur Nichtbilanzierung schwebender Geschäfte s.u. S. 298.

Vorgaben kein den tatsächlichen Verhältnissen entsprechendes Bild der wirtschaftlichen Lage mehr gezeichnet wird. Die Literatur kritisiert zurecht, daß der EuGH in beiden Fällen die mögliche gesellschaftliche Veranlassung nicht einmal erwähnt, obwohl dieser Umstand zumindest naheliegt, in Deutschland jedenfalls wegen der Marktunüblichkeit beider Vorgänge regelmäßig vermutet würde.[733] In der Entscheidung GIMLE SA kann man den mitgeteilten Sachverhalt sogar so verstehen, daß der Gesellschafter S die streitgegenständlichen Aktien veräußert hat, da der mitgeteilte Umstand, daß S die andere Gesellschaft gegründet hat, nicht entscheidungserheblich wäre und daher nicht mitgeteilt werden bräuchte, wenn S nicht nur Gründer, sondern zum Verkaufszeitpunkt auch Eigentümer der verkauften Aktien war.

Bei diesen Überlegungen darf die zweite Teilfrage nicht aus dem Blick geraten, die jedoch von der Literatur nicht beachtet wird und in den Erörterungen des EuGH nicht wirklich ausgearbeitet wird. Wenn die gesetzlichen Vorgaben kein richtiges Bild der wirtschaftlichen Lage zeichnen, ist weiter zu fragen, ob dieser Mangel durch ergänzende Angaben im Anhang zu beheben ist oder Abweichungen von den gesetzlichen Vorgaben vorgenommen werden müssen. Das ist die Frage nach der Abgrenzung von Art. 4 Abs. 3 S. 2 und Art. 4 Abs. 4 der Bilanzrichtlinie. Der EuGH nimmt in beiden Urteilen implizit an, ergänzende Anhangerläuterungen seien erstens grundsätzlich zu bevorzugen und zweitens in den entschiedenen Fällen auch ausreichend. Ob bei (teil-)unentgeltlichen Erwerbsvorgängen/Einlagen ergänzende Anhangangaben genügen können, hängt wiederum davon ab, ob die gesellschaftliche Veranlassung eine andere Bewertung erfordert. Diesem Punkt, den der EuGH übersieht, soll sogleich nachgegangen werden. Zunächst aber soll das grundsätzliche Verhältnis der Anhangerläuterungen zu dem overriding principle erörtert werden und die Frage, ob die Legung bedeutender stiller Reserven einen Ausnahmefall darstellen muß.

Der Europäische Gerichtshof legt das Tatbestandsmerkmal »Ausnahmefall« in Art. 2 Abs. 5 der Vierten Richtlinie (jetzt: Art. 4 Abs. 4 BilanzRL) sehr eng aus. Selbst beträchtliche stille Reserven sollen nicht zu einem solchen Ausnahmefall führen; dem EuGH genügen in solchen Fällen erläuternde Anhangangaben. Für diesen grundsätzlichen Vorrang der Anhangerläuterungen und die gleichzeitige restriktive Auslegung des Tatbestandsmerkmals »Ausnahmefall« lassen sich mehrere Gründe anführen, mit denen sich die wenigen Erwägungen des EuGH ergänzen lassen. Schon die Formulierung von Art. 4 Abs. 4 BilanzRL zeigt, daß der Richtliniengesetzgeber davon ausgeht, daß die Bestimmungen der Richtlinie regelmäßig ein den tatsächlichen Verhältnissen entsprechendes Bild ermöglichen. Denn eine Nichtanwendung dieser Vorschriften wird auf »Ausnahmefälle« beschränkt, in denen die Regelbefolgung mit dem Einsichtsgebot »unvereinbar« wäre.

733 *Schön*, Verdeckte Einlagen, 375; *Hennrichs*, Bilanzierung bei verdeckter Einlage, 316; *Schulze-Osterloh*, Aktivierung, Ertragsauswies und Kapitalrücklage, 2.

In Erwägungsgrund 9 der Bilanzrichtlinie aus dem Jahr 2013 wird ausgeführt, diese »Ausnahmen sollten nur für äußerst ungewöhnliche Geschäfte und ungewöhnliche Umstände gelten und sollten beispielsweise nicht bestimmte Wirtschaftszweige insgesamt betreffen«. In der Vierten Richtlinie aus dem Jahr 1978 findet sich kein vergleichbarer Erwägungsgrund. Doch unter der hier gemachten Annahme, die neue Fassung solle inhaltlich keine Veränderungen für das Ansatz- und Bewertungsrecht vorsehen, sondern das alte Recht fortschreiben, kann man den neuen Erwägungsgrund 9 als nachträgliche Aufhellung der Regelungen aus dem Jahr 1978 lesen. Erwägungsgrund 9 bestätigt insofern nachträglich die Einschätzung des EuGH, daß stille Reserven für sich allein genommen noch keinen solchen Ausnahmefall begründen können, da sie bei der Zugangsbewertung nach dem AK/HK-Prinzip in vielen Fällen vorkommen können. Stille Reserven sind eine regelmäßige Folge der Entscheidung, die Zugangsbewertung nicht zu tatsächlichen Werten, sondern zu historischen Kosten vorzunehmen.

Die Besonderheit der beiden entschiedenen Fälle lag jedoch darin, daß beträchtliche stille Reserven gelegt worden sind und die Gesellschaften sich dieser Tatsache auch bewußt waren. Die entscheidende Frage lautet daher, ob bewußt zugeführte (Mehr-)Werte, wenigstens wenn sie eine beträchtliche Höhe erreichen, als Ausnahmefall anzusehen sein könnten. Wären die entschiedenen Fälle schon der neuen Bilanzrichtlinie unterfallen, hätte der EuGH, um seine Auslegung zu stützen, auf Erwägungsgrund 9 verweisen können, da man verdeckte Einlagen eher nicht als »äußerst ungewöhnlich« bezeichnen wird, da sie in allen Wirtschaftszweigen bei allen Kapitalgesellschaften vorkommen. Die Formulierung der »äußersten Ungewöhnlichkeit« in Erwägungsgrund 9 zeigt noch deutlicher als die »ausnahmsweise Unvereinbarkeit« in Art. 4 Abs. 4 BilanzRL selbst, daß die Frage, wann das Einsichtsgebot andere Bilanzierungsgrundsätze außer Kraft setzen soll, eine Wertungsentscheidung verlangt. Der Rechtsanwender muß entscheiden, in welchen Ausnahmefällen die relative Inhaltsbestimmung der Jahresabschlußwahrheit mit deren objektivem Kern unvereinbar ist, mithin den Kernanforderungen der Jahresabschlußwahrheit »nicht mehr genügt«.

Da die Jahresabschlußwahrheit im Grundsatz relativ zu anderen Bilanzierungsvorgaben zu bestimmen ist, sind bei dieser Entscheidung, wann der Relativität doch zu viel wäre, die anderen Bilanzierungsgrundsätze mitzuberücksichtigen. Der EuGH hat daher in seinen Begründungen, warum er trotz beträchtlicher stiller Einlagen nicht von einem Ausnahmefall iSv Art. 4 Abs. 4 BilanzRL ausgeht, methodisch korrekt auf die Bilanzierungsgrundsätze des Vorsichtsprinzips und des Realisationsprinzips verwiesen. Wenn die Richtlinie stille Reserven bei der Zugangsbewertung und bei der Folgebewertung prinzipiell akzeptiert, um dem Vorsichtsprinzip Rechnung zu tragen, müssen solche stille Reserven nicht als »unvereinbar« mit dem Einsichtsgebot angesehen werden, wenn sie beträchtliche Werte umfassen.

Die Vereinbarkeit von beträchtlichen (auch bewußt gelegten) stillen Reserven mit dem Einsichtsgebot läßt sich umso leichter annehmen, wenn dem Einsichtsgebot auf andere Weise Genüge getan werden kann, eben z.B. durch ergänzende Anhangerläuterungen. Der Europäische Gerichtshof arbeitet das Verhältnis von Anhangerläuterungen und Abweichungsgebot nicht systematisch aus. Er nimmt nur implizit einen Vorrang der Anhangerläuterungen an, wenn er feststellt, diese seien in den entschiedenen Fällen für ein den tatsächlichen Verhältnissen entsprechendes Bild erforderlich, eine Abweichung von den Bewertungsvorschriften hingegen nicht. Für den EuGH sind die Anhangerläuterungen ein bloß zusätzlicher Gesichtspunkt, den er nicht für seine Auslegung des Ausnahmefalls im Sinne von Art. 4 Abs. 4 BilanzRL fruchtbar macht.[734]

Tatsächlich aber gibt der Vorrang der Anhangerläuterungen ein starkes inhaltliches Argument, die Ausnahmefälle, in denen das Einsichtsgebot als overriding principle zum Tragen kommt, eng auszulegen. Nach der neuen Fassung der Bilanzrichtlinie ergibt sich dieses Regel-Ausnahme-Verhältnis schon aus dem Wortlaut und der systematischen Stellung von Art. 4 Abs. 3 und Abs. 4 BilanzRL. Ein Ausnahmefall nach Absatz 4 der Vorschrift soll ein Fall sein, in dem die Anwendung einer Einzelregelung der Richtlinie »mit den Anforderungen nach Absatz 3 unvereinbar« ist. Absatz 3 enthält in seinem Satz 1 den Grundsatz des true and fair view und in seinem Satz 2 die Verpflichtung zu ergänzenden Anhangangaben, wenn die Anwendung der Richtlinie nicht ausreicht, um dem Einsichtsgebot zu genügen. Da Absatz 4 auf den gesamten Absatz 3 verweist, kann man Absatz 4 so lesen, daß eine Abweichung von einer Bestimmung der Richtlinie nur dann gefordert wird, wenn trotz ergänzender Anhangangaben insgesamt kein den tatsächlichen Verhältnissen entsprechendes Bild gezeichnet würde.

Die Vierte Richtlinie aus dem Jahr 1978 legt eine solche Lesart allerdings nicht in gleicher Weise nahe, denn das Abweichungsgebot des Art. 2 Abs. 5 der Vierten Richtlinie nimmt nur auf Absatz 3 der Vorschrift Bezug. Die Anhangerläuterungen waren jedoch in einem eigenen Absatz 4 geregelt, so daß der Verweis diese formal gesehen nicht mitumfaßte. Dennoch lassen sich die Entscheidungen des EuGH auch auf Grundlage der Vierten Richtlinie aus dem Jahr 1978, auf der sie ergangen sind, begründen. Für einen Vorrang der Anhangerläuterungen vor dem Abweichungsgebot sprechen auch nach alter Rechtslage, die sich im übrigen nach obiger Prämisse inhaltlich nicht von der gegenwärtigen unterscheidet, zwei Gründe. Zum einen streitet der Gedanke der Verhältnismäßigkeit für eine Ergänzung statt einer Abweichung, da die Ergänzung die mildere Form der Korrektur der Detailvorschriften darstellt, die es erlaubt, sich länger an den konkreten Normvorstellungen des Richtliniensetzers zu orientieren. Zum anderen entspricht nur dieses Verständnis der Tatsache, daß der Jahresabschluß, der nach Art. 4 Abs. 3 BilanzRL ein den tatsächlichen Verhältnissen entsprechendes Bild der wirtschaftlichen Lage zeichnen soll, nach europäischem Verständnis aus Bilanz, Gewinn- und Verlustrechnung und Anhang besteht, die zusammen eine Einheit bilden (Art. 4 Abs. 1 BilanzRL). Erläuterungen im Anhang bestimmen die Jahresabschlußwahrheit mit und sind daher zu berücksich-

734 Vgl. GIMLE SA, Tz. 40; Bloomsbury NV, Tz. 28.

tigen, wenn die relative Jahresabschlußwahrheit an ihrem objektiven Kern gemessen werden soll. Offen bleibt allerdings, welcher Anwendungsbereich Art. 4 Abs. 4 BilanzRL überhaupt zukommen kann, also welche Fälle durch ergänzende Anhangangaben nicht ausreichend aufgehellt werden können.[735]

Im Ergebnis kann man daher den EuGH nicht dafür kritisieren, daß er die Legung selbst beträchtlicher stiller Reserven durch die Zugangsbewertung nicht als »Ausnahmefall« im Sinne von Art. 4 Abs. 4 BilanzRL (damals: Art. 2 Abs. 5 der Vierten Richtlinie) eingestuft hat, sondern lediglich ergänzende Anhangerläuterungen gefordert hat. Sofern man, wie der EuGH, allein auf die Legung stiller Reserven abstellt, stehen beide Entscheidungen im Einklang mit der Systematik der Richtlinie und stellen eine vertretbare Ausbalancierung von Einsichtsgebot und Vorsichtsprinzip dar. Zu untersuchen bleibt, ob sich an dieser Bewertung etwas ändert durch den vom EuGH nicht eigens erörterten Umstand, daß die verdeckte Einlage aller Wahrscheinlichkeit nach gesellschaftlich veranlaßt war.

(2) Gesellschafterstellung oder Legung stiller Reserven als entscheidendes Kriterium

Die Kritik der Literatur betrifft nicht die Höhe der stillen Reserven, die bei einer Nichtaktivierung von Gesellschaftereinlagen ermöglicht werden. Die beträchtliche Höhe der stillen Reserven, die in den Rechtssachen GIMLE SA und Bloomsbury NV vom EuGH gebilligt worden sind, wird zwar angemerkt. Die Kritik entzündet sich jedoch daran, daß der Europäische Gerichtshof kein Wort zu der vermutlichen gesellschaftsrechtlichen Veranlassung der Vermögensverschiebung verloren hat, für welche die Höhe der stillen Reserven als Indiz genommen wird.[736] Stille Reserven infolge der Zugangsbewertung werden von den kritischen Literaturstimmen nur akzeptiert, wenn sie bei fremdüblichen Geschäften auf Informationsasymmetrien, Verhandlungsgeschick oder unterschiedlichen Wertvorstellungen der Parteien beruhen, nicht aber wenn sie bewußt vom Gesellschafter übertragen werden sollen.[737]

Da die vermutliche gesellschaftsrechtliche Veranlassung in den Vorlagefragen nicht thematisiert und letztlich auch vom EuGH nicht gewürdigt worden ist,

735 Nach *Eggert*, Auswirkung des Prinzips »true and fair view« in den Bilanzrichtlinien der EU, 115 soll das overriding principle praktisch kaum eigenständige Bedeutung erlangen, wenn die Mitgliedstaaten nicht von ihrem Recht Gebrauch machen, Ausnahmefälle ausdrücklich zu definieren. Allerdings wird die Möglichkeit zur Bestimmung von Ausnahmefällen durch mitgliedstaatliches Recht ihrerseits durch die Bilanzrichtlinie begrenzt, so daß auch fraglich ist, ob ein Mitgliedstaat eine konkrete Ausnahme überhaupt als solche vorschreiben darf.

736 Vgl. *Schön*, Verdeckte Einlage, 375 und 382; *Hennrichs*, Bilanzierung bei verdeckter Einlage, 317.

737 *Schön*, Verdeckte Einlage, 375 f.; *Hennrichs*, Bilanzierung bei verdeckter Einlage, 316 und 318 (a.E. widersprüchlich auf stille Reserven durch Folgebewertung eingrenzend).

hält man die Entscheidungen in den Rechtssachen GIMLE SA und Bloomsbury NV für die falschen Antworten auf falsch gestellte Fragen.[738] Teilweise wird den Entscheidungen des EuGH wegen der fehlenden Auseinandersetzung mit der gesellschaftsrechtlichen Veranlassung die Bindungswirkung für Fälle von Gesellschaftereinlagen abgesprochen, ihre Aussagekraft auf Schenkungen Dritter beschränkt und eine klärende Entscheidung für den Fall der Gesellschaftereinlagen gefordert.[739]

Unterstellt man in beiden entschiedenen Fällen eine gesellschaftsrechtliche Veranlassung, drängt sich in der Tat die vom EuGH nicht erörterte Frage auf, ob diese die Annahme eines Ausnahmefalls in Sinne von Art. 4 Abs. 4 BilanzRL begründen kann. Die kritischen Literaturstimmen verweisen auf einen Trennungsgrundsatz, nach dem im europäischen Bilanzrecht wie im deutschen Handelsbilanzrecht nicht nur die Vermögensmassen der Gesellschaft und ihrer Gesellschafter zu trennen seien, sondern auch die Beeinflussung des Gesellschaftsvermögens durch Finanzierungsbeiträge der Gesellschafter in der Bilanz abzubilden sei. Zur Begründung der Behauptung, das aus dem nationalen Handelsbilanzrecht entnommene Trennungsprinzip gelte auch auf europäischer Ebene, wird darauf verwiesen, daß die Gesellschaftsrechtsrichtlinie ebenso wie das deutsche Recht auf der Bilanz und der Gewinn- und Verlustrechnung aufbaue, um den ausschüttbaren Gewinn zu ermitteln.[740]

Wie schon im deutschen Handelsbilanzrecht[741] kann jedoch auch auf europäischer Ebene der gesellschaftsrechtliche Trennungsgrundsatz bilanzielle Bedeutung nur insoweit beanspruchen, als die gesellschaftsrechtliche Trennung von nicht ausschüttbarem Kapital und ausschüttbaren Gewinnen auf der Bilanz aufbaut. Für freie Einlagen folgen aus dem Trennungsgrundsatz direkt keine Anforderungen an die Bilanzierung und Gewinnermittlung. Wie die Trennung von Kapital und Gewinn vorzunehmen ist, ist im europäischen Bilanzrecht ebenso unentschieden wie im deutschen Handelsbilanzrecht. Der gesellschaftsrechtliche Trennungsgrundsatz kann nur den alten aktienrechtlichen Kapitalbegriff stützen (der seinerseits die stillen Reserven mitumfaßte), jedoch keine weitergehende bilanzielle Trennung von Kapitalanteilen und Gewinnanteilen.

Inwiefern Kapitalanteile und Gewinnanteile in der Bilanz zu trennen sind und wie diese Begriffe zu definieren sind, das sind für Vermögenswerte, die nicht dem gesellschaftsrechtlichen Kapitalschutz unterliegen, rein bilanziell zu entscheidende Fragen. Bei rein bilanzieller Betrachtung besteht zwischen stillen Reserven aus Einlagen und stillen Reserven durch Schenkungen Dritter (für welche die hier diskutierten Entscheidungen jedenfalls Geltung beanspruchen können) kein Unterschied, der zu einer unterschiedlichen Behandlung des jeweils

738 Besonders deutlich *Hennrichs*, Bilanzierung bei verdeckter Einlage, 316.

739 *Schön*, Verdeckte Einlagen, 385 f.

740 *Schön*, Verdeckte Einlage, 382; *Schön*, Gemischte Einlagen im Lichte des Unionsrechts, 21; *Schulze-Osterloh*, Aktivierung, Ertragsausweis und Kapitalrücklage, 2 f.

741 S. dazu o. S. 256 ff.

vorteilhaften Erwerbs von Vermögensgegenständen zwänge. Die Auswirkungen auf die Vermögens-, Finanz- und Ertragslage sind bei allen stillen Reserven gleich. Eine Abbildung von Einlagewerten in der Bilanz ist daher nicht wegen des gesellschaftsrechtlichen Trennungsgrundsatzes in anderer Weise geboten als eine Abbildung anderer, nicht von der Gesellschaft selbst erwirtschafteter, sondern von Dritten eingebrachter Vermögensvorteile.

Die Nachteile für den Einblick, den die Bilanz für sich genommen in die Finanz- und Ertragslage gewährt, können durch Erläuterungen im Anhang zumindest teilweise ausgeglichen werden. Im übrigen kann man bei dem Vorteil, der den Wert eines eingelegten Vermögensgegenstands ausmacht, berücksichtigen, daß der Nutzungsvorteil erst durch die Geschäftstätigkeit des Unternehmens wirksam wird und der Gewinn bei einem Verkauf zumindest auch vom Geschick der Unternehmensführung abhängt. Der Wert einer Einlage liegt damit nicht unerheblich in der Realisierung durch das Unternehmen und läßt eine Erfassung als (besonders gekennzeichneter) Gewinnbestandteil nicht vollkommen abwegig erscheinen. Bei Nutzungs- und Leistungseinlagen betrachtet man den wirtschaftlichen Vorteil, den diese gewähren, auch im deutschen Handelsbilanzrecht als Gewinnbestandteil.[742]

Mit dem Gedanken einer Realisierungsarbeit bei der Verwertung von Einlagen ist ein weiteres wichtiges Problem angesprochen, das im europäischen Bilanzrecht bei einer Aktivierung unentgeltlicher Einlagen ebenso virulent wird wie im nationalen Bilanzrecht, nämlich der Konflikt mit dem Vorsichtsprinzip in seiner Ausprägung als Realisationsprinzip. Die kritischen Literaturstimmen gehen davon aus, daß dem Realisationsprinzip durch den Ausweis einer Kapitalrücklage genügt werde, da die Vermögensmehrung in diesem Fall erfolgsneutral erfolge.[743] Die Bilanzrichtlinie läßt eine solche Kapitalrücklage zu, wenn sie in Art. 10 mit Anhang III auf der Passivseite den Gliederungspunkt A.IV.4 »sonstige Rücklagen« vorsieht, unter dem Kapitalrücklagen aus Einlagen subsumiert werden können.[744] Nur selten wird bei diesem Vorschlag jedoch berücksichtigt, daß das europäische Bilanzrecht ebensowenig wie das HGB eine generelle Beschränkung für die Auflösung von Rücklagen vorsieht, weshalb eine solche Kapitalrücklage grundsätzlich jederzeit auflösbar wäre.[745] Die formale Lösung über eine auflösbare Kapitalrücklage kann, wie zum deutschen Handelsbilanzrecht gezeigt worden ist[746], den inhaltlichen Konflikt von Aktivierungsinteresse und Realisationsprinzip nicht dauerhaft entschärfen, da die Auflösung einer Kapitalrücklage jederzeit den Bilanzgewinn erhöhen kann.

742 Zu Nutzungs- und Leistungseinlagen s. u. S. 293 ff.

743 *Schulze-Osterloh*, Aktivierung, Ertragsausweis und Kapitalrücklage, 4 f.; *Schön*, Verdeckte Einlage, 382; *Hennrichs*, Bilanzierung bei verdeckter Einlage, 320.

744 *Schön*, Verdeckte Einlage, 382.

745 Auf diesen Punkt weist allein *Schön*, Verdeckte Einlage, 383 hin.

746 S. o. S. 263 f.

Im europäischen Bilanzrecht ist zudem zu beachten, daß eine auflösbare Kapitalrücklage, in die der Mehrwert einer Sacheinlage über den historischen Anschaffungskosten eingestellt würde, in einem Wertungswiderspruch zu den Beschränkungen stünde, denen Art. 7 Abs. 2 BilanzRL (früher Art. 33 Abs. 2 der Vierten Richtlinie) die sogenannte Neubewertungsrücklage unterwirft. In diese Neubewertungsrücklage sind die Beträge einzustellen, um die der am Bilanzstichtag ermittelte Zeitwert eines Anlagevermögensgegenstands die Bewertung nach den historischen Anschaffungskosten übersteigt (Art. 7 Abs. 2 UA 1 BilanzRL). Gewinnwirksam aufgelöst kann diese Neubewertungsrücklage nur in bestimmten Fällen werden, unter anderem wenn die angenommene Wertsteigerung tatsächlich realisiert worden ist (Art. 7 Abs. 2 UA 4 S. 2 und 3 BilanzRL). Bei einer zulässigen Folgebewertung zum Zeitwert trägt die Bilanzrichtlinie demnach dem Realisationsprinzip durch eine Auflösungsbeschränkung der entsprechend gebuchten Rücklage Rechnung. Will man eine Zugangsbewertung zum Zeitwert zulassen, muß man eigentlich einen vergleichbaren Sicherungsmechanismus vorsehen, um dem Realisationsprinzip in gleicher Weise Rechnung zu tragen.[747]

Man sieht an dieser Stelle deutlich, daß die Bestimmung der Ausnahmefälle, in denen nach Art. 4 Abs. 4 BilanzRL dem Einsichtsgebot die Bedeutung eines overriding principle zukommen soll, stark wertungsabhängig ist.[748] Für eine Aktivierung zu Zeitwerten spricht dabei, daß die Einsicht in die Vermögenslage, die Herkunft des Vermögens und die Ertragslage schon durch die Bilanz selbst erleichtert und nicht erst im Zusammenspiel mit dem Anhang ermöglicht wird. Den ungeschriebenen Trennungsgrundsatz muß der Rechtsanwender jedoch nicht stärker gewichten als das geschriebene Realisationsprinzip. Insofern kann man dem EuGH nicht vorwerfen, wenn er nicht auf die gesellschaftsrechtliche Veranlassung (die sich in beiden Sachverhaltskonstellationen aufdrängt) abstellt, sondern auf die nach der Richtlinie grundsätzlich gegebene Möglichkeit stiller Reserven, die eine Beachtung des Realisationsprinzips ermöglicht, und wenn er einen besseren Einblick in die wirtschaftliche Lage über den Anhang erreichen will. Theoretisch könnte man dem Realisationsgebot auch bei einer Aktivierung von Sacheinlagen genügen, wenn man die Auflösung der dabei gebuchten Kapitalrücklage analog zur Neubewertungsrücklage beschränkt. Diese weitreichende Rechtsfortbildung erhöht jedoch nicht die Plausibilität der Auslegungsvariante, die eine solche Ergänzung des geschriebenen Rechts erforderlich macht.

Dogmatisch ist daher eine andere Bestimmung des Einsichtsgebots, als sie der EuGH in den Entscheidungen GIMLE SA und Bloomsbury NV vornimmt, möglich, aber auch nicht plausibler zu begründen als die Auslegung des Ge-

747 Bei Bareinlagen stellt sich diese Problematik im übrigen nicht, da flüssige Mittel die Idealform einer Gewinnrealisierung darstellen.

748 Sehr deutlich wird die Wertungsabhängigkeit bei *Schön*, Verdeckte Einlagen, 383, wenn er ein Aktivierungsverbot als »übervorsichtig« einstuft und ihm das Vollständigkeitsprinzip »wichtiger erscheint«.

richts. Praktisch ist die Entscheidung mit den beiden Urteilen des Europäischen Gerichtshofs gegen eine Aktivierungspflicht und für ein Aktivierungsverbot gefallen. Der Wortlaut des Tenors in der Rechtssache Bloomsbury NV spricht zwar eindeutig nur gegen eine Aktivierungspflicht und läßt die Möglichkeit eines Aktivierungswahlrechts offen. Da jedoch bei einem Aktivierungswahlrecht gerade der Konflikt mit dem Realisationsprinzip droht, den der EuGH vermeiden will, und in der Rechtssache GIMLE SA, zu der der EuGH offenbar bei der Beurteilung des Sachverhalts von Bloomsbury NV keine maßgeblichen inhaltlichen Unterschiede sieht, eindeutig ein Aktivierungsverbot ausgesprochen worden ist, ist der Tenor in der Entscheidung Bloomsbury NV wohl so zu verstehen, daß bei vollständig unentgeltlichen Erwerben eine Aktivierung nicht nur nicht verpflichtend, sondern unzulässig ist.

Wenig wahrscheinlich dürfte es sein, daß der EuGH einen weiteren Fall anders entscheiden würde, wenn er schon durch die Vorlagefrage auf die gesellschaftsrechtliche Veranlassung hingewiesen würde. Denn eine gesellschaftsrechtliche Veranlassung war schon in den beiden entschiedenen Fällen äußerst wahrscheinlich und dürfte den Richtern am Europäischen Gerichtshof ebenso aufgefallen sein wie den Stimmen in der Literatur. Sie haben in der Gesellschafterstellung jedoch wohl kein Differenzierungskriterium gesehen, das ihre Entscheidung beeinflussen sollte. Die Mitteilungen zum Sachverhalt in der Entscheidung GIMLE SA kann man, wie gesehen, sogar so verstehen, daß die Gesellschafterstellung des Verkäufers der Aktien angegeben worden ist. In diesem Fall erscheint es noch unwahrscheinlicher, daß sich der EuGH selbst attestieren würde, einen mitgeteilten und maßgeblichen Gesichtspunkt nicht ausreichend berücksichtigt zu haben.

Für eine Differenzierung der Zugangsbewertung nach der Gesellschafterstellung bestehen auch keine besseren inhaltlichen Gründe, nur andere, denen der EuGH aber offenbar nicht dasselbe Gewicht beimißt wie die Stellungnahmen in der Literatur. Wenn der EuGH in den Entscheidungen GIMLE SA und Bloomsbury NV erhebliche stille Reserven durch Erwerbe von Nichtgesellschaftern zuläßt, um dem Realisationsprinzip Rechnung zu tragen, wird er kaum bei den weitaus häufiger zu erwartenden Gesellschaftereinlagen das Realisationsprinzip weniger gewichten. Man kann daher die Frage der Bewertung von (teil-) unentgeltlichen Einlagen durch Gesellschafter nach den Entscheidungen GIMLE SA und Bloomsbury NV praktisch als acte éclairé ansehen, eben weil der EuGH zu dieser ins Auge springenden Besonderheit beider Sachverhaltsgestaltungen nicht Stellung bezogen hat.[749]

749 Andere Ansicht *Schön*, Verdeckte Einlage, 385 f. Aus deutscher Sicht liegt es nahe, nicht von einem formellen acte éclairé auszugehen, wenn weder Tenor noch Entscheidungsgründe auf die Gesellschafterstellung eingehen. Der praktische Unterschied ist jedoch gering. Aus europäischer Sicht ist die Frage offen, da das Verständnis der Urteile des EuGH von den nationalen Sichtweisen beeinflußt wird, wie Urteile zu interpretieren sind, und diese unterschiedlichen Sichtweisen nicht euro-

(3) Unklare Auswirkung auf Bilanzierung entgeltlicher Einlagen

Bedeutender als die Restunsicherheit, wie der EuGH auf eine Vorlagefrage reagieren würde, welche die gesellschaftsrechtliche Veranlassung explizit enthält, ist die Unklarheit, welche Auswirkung die Entscheidungen GIMLE SA und Bloomsbury NV auf die Bilanzierung entgeltlicher Sacheinlagen haben. *Schulze-Osterloh* hat zu Recht auf die Vergleichbarkeit beider Bilanzierungsfragen hingewiesen.[750]

Bei entgeltlichen Sacheinlagen ist die Bilanzierung in der deutschen Literatur ähnlich umstritten wie bei unentgeltlichen Einlagen, da eine Anteilsausgabe nicht wie ein normales Austauschgeschäft einen Markttest bestehen muß und daher in diesem Fall ein ähnliches Bewertungsproblem wie bei unentgeltlichen Einlagen besteht. Teilweise wird bei entgeltlichen Einlagen eine Bilanzierung zu Zeitwerten vertreten mit dem Hinweis auf die Vorteile für den Einblick in die Vermögens-, Finanz- und Ertragslage, teilweise wird eine geringere Bewertung zum Ausgabepreis der Anteile befürwortet. Nach den Entscheidungen in den Rechtssachen GIMLE SA und Bloomsbury NV scheint es so, also ob der EuGH eine Bewertung zu Zeitwerten auch bei entgeltlichen Sacheinlagen nicht zulassen könnte. Denn weder sind stille Reserven als solche für das Gericht ein Grund, von den historischen Anschaffungskosten abzuweichen, noch die gesellschaftsrechtliche Veranlassung von Einlagen. Sollte der Europäische Gerichtshof bei entgeltlichen Sacheinlagen der gesellschaftsrechtlichen Veranlassung doch eine besondere Bedeutung zumessen wollen, müßte er erklären, warum ihr diese Bedeutung bei unentgeltlichen Einlagen nicht zukommen soll.

Statt dessen könnte bei entgeltlichen Sacheinlagen auch maßgeblich auf die Gegenleistung und damit den Wert der hingegeben Anteile abzustellen sein, da hierin die historischen Kosten für den Erwerb des Sacheinlagegegenstands gesehen werden können. Dabei stellt sich die Frage, ob der Wert der ausgegebenen Anteile nach ihrem Nominalwert oder ihrem Marktwert zu bestimmen ist. Vor allem aber scheint ein Abstellen auf den Wert des hingegeben Gegenstands

päisch geregelt sind. Nach englischem Verständnis (zu diesem *Smith, Williams*, Learning the Law, ch. 6) sind höhergerichtliche Entscheidungen, auch solche des EuGH, für andere Gerichte verbindlich. Maßgebend für die Bindungswirkung eines precedent ist die ratio decidendi, die aus dem mitgeteilten entscheidungserheblichen Sachverhalt und der darauf gegründeten Entscheidung beruht. Die Nichterörterung eines mitgeteilten Details durch das Gericht kann dieses von der Bindungswirkung ausschließen (sub silentio-Entscheidung), doch gilt dies wohl nicht für die Bindungswirkung von Entscheidungen des Supreme Court für niederrangige Gerichte. Aus englischer Sicht ist daher durchaus fraglich, ob nicht die Mitteilung der Gesellschafterstellung des Verkäufers in der Entscheidung GIMLE SA (wenn man diese so liest) diese Entscheidung zu einem förmlichen acte éclairé für die Frage der Bilanzierung unentgeltlicher Gesellschaftereinlagen macht.

750 *Schulze-Osterloh*, Aktivierung, Ertragsausweis und Kapitalrücklage, 3 (mit einer Übersicht über den Streitstand zum deutschen Handelsbilanzrecht).

als Bewertungsmaßstab nicht ohne weiteres mit dem Realisationsgebot vereinbar, das der EuGH in den Entscheidungen GIMLE SA und Bloomsbury NV zur Begründung eines Aktivierungsverbots unentgeltlicher Sacheinlagen herangezogen hat. Anders als bei normalen entgeltlichen Erwerben fließen bei Sacheinlagen keine Mittel aus der Gesellschaft ab. Mangels Kosten, die das Unternehmen aus seinem bisher vorhandenen Vermögen zu bestreitet hat, führt jede Aktivierung netto zu einem Vermögenszuwachs.

Es könnte daher sein, daß der Europäische Gerichtshof bei entgeltlichen Sacheinlagen von einem grundsätzlichen Aktivierungsverbot ausginge. Der EuGH hat jedoch nicht das Realisationsprinzip zum overriding principle der Gesellschaftsrechtsrichtlinie umgedeutet, sondern allein das Festhalten an der Zugangsbewertung nach den historischen Kosten mit einem Verweis auf dieses Prinzip untermauert, um eine Einschränkung des Einsichtsgebots begründen zu können. Denkbar ist, daß der EuGH an der Zugangsbewertung zu den historischen Kosten festhält, auch wenn dadurch das Realisationsprinzip eingeschränkt würde. Seine Argumentation im Fall der unentgeltlichen Einlagen würde er allerdings schwächen, wenn bei entgeltlichen Einlagen trotz Gefahr für das Realisationsprinzip eine Aktivierung möglich sein sollte.

Eine Aktivierung von Sacheinlagen wird traditionell jedenfalls insoweit vorgenommen, als dadurch das Grundkapital von Kapitalgesellschaften aufgebracht werden soll. Auch die Gesellschaftsrechtsrichtlinie scheint in den Vorschriften über die Prüfung von Sacheinlagen (Art. 49 ff. der Gesellschaftsrechtsrichtlinie) davon auszugehen, daß der Wert der Einlagegegenstände, soweit er durch die Prüfung bestätigt worden ist und jedenfalls soweit er dazu dient, das Grundkapital der Gesellschaft aufzubringen, auch aktiviert werden kann. Man könnte eine Aktivierung von Sacheinlagen bei Gesellschaften, die der Zweiten Richtlinie unterfallen, mit den Ausführungen des EuGH in den Rechtssachen GIMLE SA und Bloomsbury NV vereinbaren, wenn man darauf abstellt, daß der europarechtlich vorgegebene gesellschaftsrechtliche Kapitalschutz des gezeichneten Kapitals einen Konflikt mit dem Realisationsprinzip verhindert. Denn die Aktivierung von entgeltlichen Sacheinlagen auf das Grundkapital führt zwar netto zu einer Erhöhung des Vermögens der Gesellschaft, da nicht gleichzeitig Mittel aus der Gesellschaft abfließen. Dieser Vermögenszuwachs kann jedoch wegen des Verbots der Einlagenrückgewähr (Art. 56 Abs. 1 der Gesellschaftsrechtsrichtlinie) niemals, auch nicht mittelbar den Gewinn erhöhen.[751]

Unklar ist nun aber, wie die Bilanzierung von entgeltlichen Sacheinlagen erfolgen soll, soweit europarechtlich kein entsprechender Kapitalschutz vorgesehen ist. Diese Frage betrifft zum einen alle Gesellschaften, die der Bilanzrichtlinie aber nicht der Gesellschaftsrechtsrichtlinie unterfallen, also Gesellschaften mit beschränkter Haftung und Handelspersonengesellschaften, bei

751 Zum europarechtlichen Kapitalschutz s.u. S. 454.

denen keine natürliche Person als Gesellschafter haftet. Zum anderen ist der Kern dieser Untersuchung betroffen, das Agio, das über den Betrag des Grundkapitals hinaus geleistet wird und für das die Gesellschaftsrechtsrichtlinie selbst bei Aktiengesellschaften keine Ausschüttungsbegrenzung vorsieht.

Im Fall eines Agios sieht die Bilanzrichtlinie auf der Passivseite einen eigenen Gliederungsposten unter dem Eigenkapital vor (Art. 10 BilanzRL mit Anhang III, Passiva A.II). Leider definiert die Bilanzrichtlinie den Begriff des Agios nicht und auch die Materialien bieten keinen Hinweis, wie das Agio im Sinne der Richtlinie zu verstehen ist. Der vorgesehene Gliederungsposten auf der Passivseite der Bilanz bietet daher keinen sicheren Anhaltspunkt in der Frage der Aktivierung von Sacheinlagen, die zu einem Agio führen können. Sicher ist nur, daß ein Agio, soweit es aktiviert wird, auf der Passivseite in einem eigenen Gliederungspunkt aufzuführen ist. Unklar bleibt, wann der Mehrwert einer Sacheinlage als ein solches Agio anzusehen ist und wann eine Aktivierung über das gezeichnete Kapital hinaus erfolgen soll.

Es könnte sein, daß nach der Bilanzrichtlinie nur Barzahlungen, die über das gezeichnete Kapital hinaus erbracht werden, auf der Passivseite als Agio auszuweisen sind und Sacheinlagen insoweit nicht aktiviert werden müssen oder dürfen. Für Bareinlagen kann man vermuten, daß der EuGH nicht auf das AK/HK-Prinzip abstellen würde, da dieses bei Bareinlagen nie Sinn machen kann und nie ein Konflikt mit dem Vorsichtsgebot/Realisationsprinzip droht. In allen Fällen, in denen der Wert einer entgeltlichen Sacheinlage das gezeichnete Kapital übersteigt, ist europarechtlich nicht sichergestellt, daß die Mitgliedstaaten Werte aus Sacheinlagen einem Kapitalschutz unterstellen, der einen Konflikt mit dem Realisationsprinzip vermeiden kann.

Denkbar wäre nun, daß der EuGH bei entgeltlichen Sacheinlagen die Bewertung zu historischen Kosten über das Realisationsprinzip stellt und eine Aktivierung zu diesen Kosten unabhängig davon zuläßt, ob die Mitgliedstaaten einen Kapitalschutz vorsehen, der dem Realisationsprinzip Genüge tut. Denkbar wäre aber auch, das Realisationsgebot hochzuhalten und eine Aktivierung entgeltlicher Sacheinlagen nur zuzulassen, soweit die entsprechenden Beträge einem ausreichenden Kapitalschutz unterstellt sind. In diesem Fall könnte auch eine Ausnahme von der Bewertung zu historischen Kosten erwogen und eine Bewertung zum Zeitwert zugelassen werden, da kein Konflikt mit dem Realisationsprinzip und kein Widerspruch zu den Begründungen in den Entscheidungen GIMLE SA und Bloomsbury NV droht.

Für den Gegenstand dieser Untersuchung, das Agio, ist diese Bilanzierungsfrage von nicht zu überschätzender Bedeutung. In England wird stets der volle Zeitwert einer entgeltlichen Sacheinlage als Agio aktiviert und in den Kapitalschutz einbezogen, in Deutschland hängt der Umfang des Kapitalschutzes davon ab, ob der volle Zeitwert eines als Sacheinlage eingebrachten Vermögensgegenstands als ›Agio‹ im Sinne von § 272 Abs. 2 Nr. 1 HGB ausgewiesen werden muß. Wenn europarechtlich eine Bilanzierung entgeltlicher Sacheinlagen gar nicht oder nicht zum Zeitwert möglich wäre, würde der Umfang des Kapitalschutzes nach diesen nationalen aktienrechtlichen Vorschriften in erheblichem Maße vom europäischen Bilanzrecht bestimmt.

Die Bilanzierung entgeltlicher Sacheinlagen und von Agioleistungen soll an dieser Stelle nicht weiter erörtert werden; sie wird weiter unten vertieft.[752] Hier soll es genügen, wenn deutlich geworden ist, warum die Entscheidungen GIMLE SA und Bloomsbury NV für die weitere Untersuchung von großer Bedeutung sind und daß die Bewertung der Argumentation des EuGH in den beiden entschiedenen Fällen letztlich auch davon abhängt, wie er sich zur Bilanzierung bei entgeltlichen Sacheinlagen verhalten wird. Ein Urteil des EuGH zu dieser Frage scheint nur eine Frage der Zeit zu sein, nachdem die Problematik durch GIMLE SA und Bloomsbury NV ins allgemeine Bewußtsein gelangt ist.

dd) Zusammenfassung

Zusammenfassend läßt sich sagen, daß die Entscheidungen des Europäischen Gerichtshofs in den Rechtssachen GIMLE SA und Bloomsbury NV auf dem Boden der geltenden Richtlinie vertretbar sind, allerdings besser hätten begründet werden können. Dogmatisch betrachtet mag man es für vorzugswürdig halten, dem Einsichtsgebot schon durch die Bilanz mehr Geltung zu verschaffen, nicht erst durch den Anhang. Aber dann droht im europäischen Recht wie im deutschen Bilanzrecht ein Konflikt mit dem Realisationsprinzip. Praktisch ist die Entscheidung für unentgeltliche Einlagen in Kapitalgesellschaften gefallen. Wenn man keine gesplittete Auslegung will[753], wird man diese Entscheidungen bei allen Kaufleuten anwenden, zumal sich die Argumentation des EuGH im Rahmen des aus dem nationalen Recht bekannten hält. Abzuwarten bleibt, wie der EuGH zur Bilanzierung entgeltlicher Sacheinlagen entscheiden wird.

g) Zusammenfassung

Im europäischen wie im deutschen Bilanzrecht geht es bei der Bilanzierung unentgeltlicher Einlagen im wesentlichen darum, wie man bei der Beantwortung dieser Rechtsfrage, für die keine Rechtsordnung eine ausdrückliche Regelung vorsieht, das Einsichtsprinzip mit dem Vorsichtsprinzip ausbalanciert. Mit Blick auf eine mögliche mittelbare Erfolgswirksamkeit von Kapitalrücklagen kann man annehmen, die Nichtbilanzierung von Sacheinlagen sei trotz Einbußen bei der Einsicht in die wirtschaftlichen Verhältnisse das geringere Übel, zumal auch in anderen Fällen Ausnahmen vom Vollständigkeitsgrundsatz gemacht werden. Zudem können Anhangerläuterungen den Einblick in die tatsächlichen Verhältnisse verbessern. Jeder Bilanzleser, der aufgrund seiner Kenntnisse überhaupt in der Lage ist, einen Jahresabschluß gewinnbringend zu lesen,

752 S. 319 ff.

753 Zur gesplitteten Auslegung im deutschen Handelsbilanzrecht *Habersack/Verse*, Europäisches GesR, 399 f.

kann die Anhangerläuterungen zur Kenntnis nehmen. Mit Blick auf die Höhe der stillen Reserven, die bei Einlagen durch Gesellschafter in besonderer Weise und Höhe möglich sind und nicht selten vorkommen, sowie ihrer Folgen für die Ertragslage kann man jedoch auch der Ansicht sein, der Einblick in die wirtschaftliche Lage des Unternehmens solle besser schon durch die Bilanz selbst und nicht erst bei Hinzunahme des Anhangs ermöglicht werden, zumal die Gefahren, die aus einem Ausweis nicht realisierter Gewinne drohen, bei einer vorsichtigen Schätzung der Vermögensgegenstände eingeschränkt werden können.

Die Entscheidung zwischen den beiden Prinzipien der Vorsicht und der Einsicht stellt den Rechtsanwender vor ein Dilemma und er kann sich eigentlich nur entscheiden, von welchem Horn des Problems er sich aufspießen lassen will. Letztlich hängt die Entscheidung auch von subjektiven Einschätzungen des Rechtsanwenders ab. Aus Perspektive der Rechtswissenschaft kommt es weniger darauf an, welche Entscheidung gefällt wird, sondern mehr darauf, daß in vergleichbaren Fällen konsistente Entscheidungen gefällt werden. Ähnliche Fragen nach der Trennung von Kapitalbeiträgen und Erfolgsbeiträgen sowie der Akzeptanz von stillen Reserven oder ihrer Aufdeckung bei gesellschaftsrechtlicher Veranlassung stellen sich in einigen anderen Fällen, auf die daher noch kurz eingegangen werden soll, insbesondere bei den Nutzungs- und Leistungseinlagen.

Daß sich die Entscheidung in der Frage der Bilanzierung unentgeltlicher Sacheinlagen auch auf die Bilanzierung von entgeltlichen Einlagen auswirkt, ist bei der Besprechung der Urteile des EuGH ebenfalls deutlich geworden. Für Kapitalgesellschaften, die im Zentrum dieser Untersuchung stehen, hat der EuGH verbindlich entschieden, daß unentgeltliche Sacheinlagen mit ihren historischen Anschaffungskosten bilanziert werden müssen, obwohl diese Kosten gleich null sind. Unentgeltliche Sacheinlagen müssen ›verdeckt‹ erfolgen. Ohne diese Vorgabe aus der Bilanzrichtlinie könnte nach deutschem Handelsrecht sowohl für ein Aktivierungsverbot, ein Aktivierungsgebot als auch für ein Aktivierungswahlrecht argumentiert werden. Damit wäre auch eine ›offene Einlage‹ denkbar, wenn der Gesellschafter nicht von seinem Wahlrecht gebraucht macht, die Einlage gewinnwirksam zu verbuchen. Dieses Wahlrecht kann nach nationalem Bilanzrecht de lege lata nicht bestritten werden.[754]

754 Das Urteil des EuGH in der Rechtssache GIMLE SA wird in der Literatur teilweise als Argument herangezogen, daß eine gewinnwirksame Erfassung von Einlagen schon nach europäischem Recht unzulässig sei, so z.B. bei *Schulze-Osterloh*, Aktivierung, Ertragsausweis und Kapitalrücklage, 5 und *Hennrichs*, Bilanzierung bei verdeckter Einlage, 320. Diese eklektische Lesart der GIMLE-Entscheidung erstaunt. Einerseits soll das Aktivierungsverbot, welches der EuGH ausspricht, unbeachtlich sein, der dahinterstehende Gedanke, einen Ausweis nicht realisierter Gewinne zu verhindern, soll jedoch beachtlich sein und zu einer Lösung führen, mit der sich der Gewinnausweis nur formal, nicht aber materiell verhindern läßt. Der EuGH hat sich zur Frage der Passivierung von Vermögenswerten aus verdeckten Einlagen nicht geäußert, da nach seinem Verständnis der Problematik sich diese Frage nicht stellt. Im übrigen wäre das Realisationsprinzip allenfalls ein Argument,

3. Kein Ansatz von Vorteilen aus Geld-Nutzungen (vergünstigten Darlehen)

Ein Fall, in dem ein Finanzierungsbeitrag eines Gesellschafters nicht in der Bilanz als Kapitalbeitrag abgebildet wird, obwohl er die wirtschaftliche Situation des Unternehmens verbessert, ist das zinslose oder zinsvergünstigte Darlehen. Die Kostenersparnis wirkt sich stets nur mittelbar als Erfolgsbeitrag aus, da während der Laufzeit des Darlehens keine oder geringere als marktübliche Ausgaben zu verbuchen sind und damit das Jahresergebnis um den Betrag erhöht wird, der im Vergleich zu Darlehen mit marktüblichen Konditionen gespart wird. Wirtschaftlich betrachtet ist die Finanzierungswirkung keine andere, als wenn für das Darlehen marktübliche Zinsen vereinbart würden und der Vorteil, der dem Unternehmen zukommen soll, vom Gesellschafter als Bareinlage eingebracht würde. Die Bilanzierung unterscheidet sich jedoch erheblich, da eine Bareinlage aktiviert werden müßte und entweder in voller Höhe erfolgswirksam oder in der Kapitalrücklage nach § 272 Abs. 2 Nr. 4 HGB verbucht werden müßte.

Der Grund für diese Bilanzierung liegt zunächst darin, daß der Zinsvorteil selbst nicht aktiviert werden kann, da er nicht eigenständig verwertbar ist. Der Vorteil besteht nur im Rahmen des konkreten Darlehensverhältnisses, wenn das Unternehmen mit dem geliehenen Geld arbeitet. Das Darlehen seinerseits wird als Forderung unter den Verbindlichkeiten bilanziert. Der Zinsvorteil ist daher kein Vermögensgegenstand und erhöht den Goodwill des Unternehmens. Die Rückzahlungsforderung aus dem Darlehensvertrag ist gemäß § 253 Abs. 1 S. 2 HGB mit ihrem Erfüllungsbetrag zu passivieren. Bei Geldschulden ist der Erfüllungsbetrag gleich dem Nennbetrag der Forderung.[755] Der Erfüllungsbetrag wird bei zinslosen oder zinsgünstigen Darlehen nach allgemeiner Ansicht nicht abgezinst.[756] Als Grund für die Nichtbilanzierung wird das Realisationsprinzip angeführt, da die Abzinsung der Verbindlichkeit bei gleichzeitiger Aktivierung der flüssigen Mittel einen Gewinnausweis nach sich zöge, der noch nicht realisiert wäre. Der Vorteil der günstigen oder fehlenden Zinsbelastung wird aber erst über die Laufzeit des Darlehens realisiert.

Werte aus Sacheinlagen in Kapitalrücklagen gegenzubuchen. Für Bareinlagen, die nicht durch eine Gegenleistung der Gesellschaft verdient werden müssen, läßt sich aus dem Vorsichtsprinzip kein Argument gewinnen, da diese stets realisiert im Sinne des Realisationsprinzips sind. Für Bareinlagen bliebe das vom Gesetzgeber vorgesehene Wahlrecht zwischen erfolgswirksamer Buchung und Kapitalrücklage jedenfalls bestehen. Zu fragen wäre daher, ob Bareinlagen und Sacheinlagen unterschiedlich zu passivieren sind, obwohl eine verpflichtende Passivierung von Werten aus Sacheinlagen in der Kapitalrücklage allein den Konflikt mit dem Realisationsgebot nicht beseitigen kann.

755 *Tiedchen* in MüKo-BilanzR § 253 HGB, Rz. 20.

756 A/D/S Bd. 1, § 253 HGB, Rz. 81; *Tiedchen* in MüKo-BilanzR § 252 HGB, Rz. 22; *Ballwieser* in MüKo-HGB, § 253, Rz. 68; alle m.w.N.

Eine andere Bilanzierung wird nicht einmal dann erwogen, wenn der Zinsvorteil von einem Gesellschafter bewußt gewährt wird. Wollte man den Finanzierungsbeitrag des Gesellschafters unter Verweis auf das Einsichtsgebot als Kapitalbeitrag in der Bilanz abbilden, wäre als alternative Bilanzierung vorstellbar, die Rückzahlungsforderung um den Barwert des Zinsvorteils abzuzinsen und die Differenz zu den aktivierten Barmitteln in der Kapitalrücklage zu verbuchen, wie auch eine entsprechende Bareinlage in der Kapitalrücklage gebucht werden könnte. In der Steuerbilanz müssen zinslose Darlehen (egal von wem sie gewährt werden) mit einem pauschalen Zinssatz von 5,5% abgezinst werden (§ 6 Abs. 1 Nr. 3 EStG).[757] Wer das Realisationsprinzip nicht als Hindernis ansieht, Sacheinlagen zum Zeitwert zu aktivieren, kann nicht mit dem Realisationsprinzip gegen eine Abzinsung von Verbindlichkeiten argumentieren, wenn von Gesellschaftern bewußt zinsgünstige Darlehen vergeben werden. Detailfragen, wie beispielsweise die genaue Höhe der Abzinsung, wenn die Laufzeit des Darlehens nicht vereinbart worden ist, könnten pragmatisch beantwortet werden.

Allerdings führte der Wunsch, den Finanzierungsbeitrag des Gesellschafters als Kapitalbeitrag zu erfassen, zu einem Zielkonflikt: Ermöglicht man die Darstellung des Kapitalcharakters der Gesellschafterfinanzierung durch eine Abzinsung der Darlehensforderung, würde der Einblick in die Finanzlage einerseits durch die Trennung von Kapital und Gewinn verbessert und andererseits zugleich verzerrt, da die Verbindlichkeiten zu gering angegeben würden. Im Handelsbilanzrecht streitet nun aber ohnehin der Wortlaut »Erfüllungsbetrag« in § 253 Abs. 1 S. 1 HGB gegen eine Abzinsung. Zwar wäre eine teleologische Reduktion im Fall verdeckter Gesellschafterfinanzierung nicht ausgeschlossen, um eine Gleichbehandlung mit anderen Finanzierungsformen zu erreichen. Nach den Entscheidungen des Europäischen Gerichtshofs zur Bilanzierung (teil-) unentgeltlicher Sacheinlagen besteht aber kein Anlaß mehr zu überlegen, ob der wirtschaftliche Vorteil aus zinsgünstigen Darlehen aus Gleichbehandlungsgründen als Kapitaleinlage abzubilden sein könnte. Vor den Urteilen des EuGH in den Rechtssachen GIMLE SA und Bloomsbury NV wäre eine teleologische Reduktion und in der Folge eine alternative Bilanzierung eingehender zu prüfen gewesen. Wer die Rechtsprechung des Europäischen Gerichtshofs kritisiert, muß jetzt noch eine korrigierende Bilanzierung von Zinsvorteilen erwägen.

4. Ansatz- und Bewertungsrecht von Sach-Nutzungen und (Dienst-)Leistungen

Wie bei den soeben erörterten Geld-Nutzungen werden Kostenersparnisse auch bei Sach-Nutzungen und (Dienst-)Leistungen nicht eigenständig bilanziell abgebildet. Wenn ein Gesellschafter seiner Gesellschaft kostenlos oder zu bewußt

757 Zur Rechtslage im Steuerrecht *Happe*, Darlehen von Gesellschaftern einer GmbH, 382.

nicht marktgerechten Preisen Grundstücke, Räume, Fuhrpark oder technisches Gerät zur Nutzung (quoad usum) überläßt, wird nicht erwogen, den wirtschaftlichen Vorteil zur besseren bilanziellen Trennung von Kapital und Gewinn als Kapitalbeitrag abzubilden. Eine solche Diskussion wird nur bei der unentgeltlichen Sacheinlage geführt (Überlassung quoad dominium). Ebensowenig werden kostenlose Beratungsleistungen oder die Übernahme der Geschäftsführung bilanziell abgebildet, obwohl der wirtschaftliche Vorteil derselbe ist, als wenn die Leistungserbringung aus den Mitteln einer Bareinlage marktgerecht vergütet würde. Bei Sachnutzungen und Dienstleistungen besteht nun aber anders als bei Darlehensverhältnissen kein Zielkonflikt bei der Einsichtsgewährung in verschiedene Elemente der Finanzlage. Denn es müßten keine Verbindlichkeiten abgezinst, sondern nur wirtschaftliche Vorteile aktiviert werden.

Die Behandlung dieser Kostenvorteile als Erfolgsbeiträge wird in der Literatur rein technisch erklärt ohne Bezugnahme auf die in anderen Fällen angestrebte Trennung von Kapital und Gewinn. Die Kostenvorteile können nicht aktiviert werden, da sie keine eigenständigen Vermögensgegenstände sind. Eine überlassene Sache ist selbst zwar Vermögensgegenstand, jedoch mangels Übertragung des Eigentums daran nicht bei der Gesellschaft aktivierbar. Als (immaterieller) Vermögensgegenstand kommt allenfalls ein eventueller Nutzungs- oder Leistungsanspruch in Betracht, doch wird diesbezüglich teilweise schon die Eigenschaft, Vermögensgegenstand zu sein, bezweifelt und jedenfalls eine Aktivierung unter Hinweis auf die Nichtbilanzierung schwebender Geschäfte abgelehnt. Im Ergebnis werden Nutzungs- und Leistungseinlagen daher seit jeher im Handelsbilanzrecht ebensowenig bilanziert wie im Steuerrecht.

Mit den Urteilen des Europäischen Gerichtshofs in den Rechtssachen GIMLE SA und Bloomsbury NV[758] wurde diese Bilanzierung für Kapitalgesellschaften mittelbar bestätigt. Wenn nicht einmal körperliche Gegenstände, die unentgeltlich übereignet werden, aktiviert werden können, dann auch keine anderen wirtschaftlichen Vorteile, die bei der kostenlosen Nutzung aus diesen Vermögensgegenständen gezogen werden. Dogmatisch bleibt die Bilanzierung von Nutzungsvorteilen und Dienstleistungen auch nach den für die Praxis verbindlichen Entscheidungen des EuGH für diese Arbeit von Interesse, denn es wird sich zeigen, daß bei Nutzungs- oder Leistungsrechten der Verweis auf die Grundsätze der Bilanzierung schwebender Geschäfte nicht trägt, sondern vielmehr derselbe Prinzipienstreit zwischen Einsichtsgebot und Realisationsprinzip Beachtung verlangt, der auch die Diskussion um die Bilanzierung unentgeltlicher Sacheinlagen bestimmt. Die Bilanzierung unentgeltlicher Sacheinlagen und unentgeltlicher Nutzungsüberlassung sind aufeinander abzustimmen.

758 Zu diesen s.o. S. 272 ff.

a) Faktische Leistungserbringung

Bei Nutzungen und Dienstleistungen sind zwei Varianten zu unterscheiden, die faktische Leistungserbringung einerseits sowie die Begründung eines Rechtsanspruchs auf die Leistung andererseits. Bloß unentgeltliche Nutzungen und Dienstleistungen sind für das Unternehmen faktisch günstige Umstände, jedoch für Gläubiger mangels eines Anspruchs auf zukünftige Leistungen nicht eigenständig verwertbar, daher keine Vermögensgegenstände und nicht aktivierbar.[759] Die eingetretene Kostenersparnis im Vergleich zu einer marktgerechten entgeltlichen Leistung ist zum Zeitpunkt der Bilanzerstellung ein schon vergangenes Ereignis, für Gläubiger nicht mehr eigenständig verwertbar und daher nicht eigenständig aktivierbar. Derartige Kostenersparnisse wirken sich stets als Erfolgsbeiträge aus, die infolge der reduzierten Ausgaben die erwirtschafteten Gewinne, genauer das Jahresergebnis erhöhen. Da solche rein tatsächlichen Leistungen das wirtschaftliche Eigenkapital stärken und mangels Aktivierbarkeit die wirtschaftlichen Vorteile stets erfolgswirksam vereinnahmt werden, sind sie als ›verdeckte Einlagen‹ einzustufen.

b) Begründung eines Leistungsanspruchs

Anders stellt sich die Situation dar, wenn dem Unternehmen ein Anspruch auf Nutzungsüberlassung oder Dienstleistungserbringung eingeräumt wird. Rechte sind Gegenstände im Sinne des bürgerlichen Rechts und werden im Bilanzrecht grundsätzlich als immaterielle Vermögensgegenstände angesehen.[760] Dabei wird das Kriterium der selbständigen Verwertbarkeit weit gefaßt und schon bei

759 A/D/S, Bd. 6 § 246 HGB, Rz. 183 allgemein zu Forderungen aus einem Vertrag; *Hennrichs* in MüKo-BilanzR § 246 HGB, Rz. 75 zu Nutzungen. In der bilanzrechtlichen Literatur liegt der Fokus auf den Nutzungsrechten, da die bilanzrechtliche Diskussion von der kapitalgesellschaftsrechtlichen Sacheinlagefähigkeit von Nutzungseinlagen beeinflußt wird. Bei Leistungseinlagen ist die bilanzrechtliche Problematik vergleichbar, auch wenn solche Leistungen nicht sacheinlagefähig sind.

760 *Hennrichs* in MüKo-BilanzR § 246, Rz. 72; in gewissem Widerspruch zu den Ausführungen unter diesem Randzeichen (ausdrückliche Bejahung der VG-Eigenschaft obligatorischer Nutzungsrechte aus Mietverträgen) steht *ebda* Rz. 65, wo günstigen Miet- und Leasingverträgen die Eigenschaft eines Vermögensgegenstands abgesprochen wird, da sie »in der Regel« nicht selbständig verwertbar seien (also Annahme eines engen Begriffs konkreter Verwertbarkeit) und nicht hinreichend selbständig bewertbar seien (obwohl ein Marktvergleich von Mietpreisen und Leasingpreisen jedenfalls bei vertretbaren Sachen wohl meist unproblematisch möglich ist und bei unvertretbaren Sachen immerhin noch geschätzt werden könnte); der scheinbare Widerspruch ist wohl dahingehend aufzulösen, das in Rz. 65 dem wirtschaftlichen Vorteil aus dem Vertrag als solchem die VG-Eigenschaft abgesprochen werden soll, nicht unbedingt dem Vertrag oder gar dem Hauptanspruch daraus; kritisch zur VG-Eigenschaft von Nutzungsrechten allgemein *Ballwieser* in MüKo-HGB § 246, Rz. 32.

einer abstrakten Veräußerbarkeit bejaht, damit jedoch nicht gleich gesetzt.[761] Denn das dingliche Nutzungsrecht beispielsweise, das ein Nießbrauch gewährt, ist wegen § 1059 S. 1 BGB nicht übertragbar, doch kann der wirtschaftliche Vorteil, den die Sache verkörpert, infolge des Nutzungsrechts selbständig verwertet werden. Das Nutzungsrecht aus einem Mietvertrag hingegen ist konkret kaum eigenständig gegenüber Dritten verwertbar, wenn im Mietvertrag das Recht zur Untervermietung ausgeschlossen wurde. Abstrakt betrachtet ist jedoch eine Untervermietung möglich oder wie in allen anderen Vertragsverhältnissen mit Zustimmung des Vertragspartners eine Vertragsübernahme denkbar.

Über dingliche Nutzungsrechte und obligatorische Nutzungsrechte finden sich daher in der Literatur ausdrückliche Feststellungen ihrer abstrakten Aktivierbarkeit.[762] Die Literatur folgt hier dem Bundesfinanzhof, der ausgehend von seinen Abgrenzungskriterien der selbständigen Bewertbarkeit und Greifbarkeit leichter Rechte als Wirtschaftsgüter ansehen kann.[763] Der weite Begriff von der abstrakten selbständigen Verwertbarkeit und damit vom Vermögensgegenstand unterscheidet sich im Ergebnis nicht mehr von den Kriterien der selbständigen Bewertbarkeit und Greifbarkeit der Wirtschaftsgüter und ermöglicht eine gleichlaufende Behandlung von Rechten in der Steuer- und der Handelsbilanz. Die konkrete Aktivierbarkeit von Nutzungsrechten wird allerdings im Handelsbilanzrecht ebenso wie im Steuerrecht weitgehend abgelehnt, dazu sogleich.

Für Ansprüche auf Arbeits-, Dienst- oder auch Werkleistungen gilt grundsätzlich nichts anderes, da hier ebenfalls Rechte auf Leistungserbringung und damit abstrakt betrachtet Vermögensgegenstände vorliegen. Eine eigenständige Verwertbarkeit ist jedenfalls durch Vertragsübernahme denkbar, bei Arbeitsverhältnissen wegen § 613a BGB auch durch Betriebsübergang. Solche Leistungseinlagen sollen hier im Zusammenhang mit den Nutzungseinlagen besprochen werden, denn unentgeltliche Dienst- und Werkleistungen können ebenso zur Unternehmensfinanzierung beitragen wie unentgeltliche Nutzungsüberlassungen. Es stellt sich in gleicher Weise die Frage nach ihrer bilanziellen Erfassung entweder als ›offene Einlagen‹ oder als Erfolgsbeiträge.

Die Begründung eines Rechtsanspruchs kann nicht nur dinglich oder schuldrechtlich, sondern ebenso im Rahmen eines Gesellschaftsvertrags erfolgen. Diese letzte Variante wird in der Literatur nicht eigens erwähnt, ist für die vor-

761 Zu den einzelnen Ansichten, wann ein Vermögensgegenstand anzunehmen ist, und den Gründen für einen weiten Begriff vom Vermögensgegenstand s. *Baetge/Kirsch/Thiele*, Bilanzen, 160 ff.

762 *Hennrichs* in MüKo-BilanzR § 246, Rz. 72; A/D/S, Bd. 6 § 246 HGB, Rz. 396 (für dingliche Nutzungsrechte) und Rz. 398 für schuldrechtliche Nutzungsrechte); *Ballwieser* in MüKo-HGB § 246, Rz. 32 m.w.N. auch zur teilweise vertretenen Ansicht fehlender abstrakter Aktivierbarkeit.

763 Zur Annahme der Bilanzierbarkeit von Nutzungsrechten durch den BFH z.B. BFH BStBl II 1997, 808 m.w.N.; zu den Abgrenzungskriterien des BFH allgemein *Baetge/Kirsch/Thiele*, Bilanzen, 163.

liegende Arbeit jedoch von großer Bedeutung, da alle gesellschaftsrechtlichen Beitragspflichten als handelsrechtliche ›Einlagen‹ in Betracht kommen. Man kann solche Nutzungs- oder Leistungseinlagen auch unter die obligatorischen Rechte einordnen, da Gesellschaftsverträge letztlich spezielle schuldrechtliche Verträge darstellen. Bei dieser Klassifikation sollte allerdings die Besonderheit der Begründung im Gesellschaftsvertrag nicht aus dem Blick geraten, da in diesem Fall stets die Frage einer Bilanzierung von ›Einlagen‹ im Raum steht, bei normalen schuldrechtlichen Ansprüchen nicht. Die Begründung eines Rechts auf Nutzungen oder Dienstleistungen gegen den Unternehmer setzt im übrigen voraus, daß sich dieser mit anderen zu einer Personen- oder Kapitalgesellschaft zusammengeschlossen hat. Denn gegen sich selbst kann ein Unternehmer grundsätzlich keine Rechte begründen, jedenfalls keine obligatorischen.

c) Entgeltliche Begründung von Rechten

Rechte auf Nutzungen oder Dienstleistungen werden meist nicht durch ›Einlagen‹ von Gesellschaftern begründet, sondern entstehen vielfach im wirtschaftlichen Verkehr. Im Rahmen eines normalen Austauschgeschäfts erfolgt die Begründung solcher Ansprüche entgeltlich. Das Verständnis der bilanziellen Behandlung entgeltlicher Nutzungs- und Dienstleistungsrechte ist Voraussetzung für die weitere Erörterung von Nutzungseinlagen und Dienstleistungseinlagen. Die Bilanzierungspraxis orientiert sich bei entgeltlich begründeten Rechten an einer in der Literatur kaum bestrittenen Ansicht, nach der Rechte und Pflichten aus sogenannten schwebenden Geschäften nicht bilanziert werden.[764]

Unter einem ›schwebenden Geschäft‹ versteht man ein zweiseitig verpflichtendes Vertragsverhältnis, bei dem die Hauptleistung noch nicht vollständig erbracht ist. Hauptleistung ist die vereinbarte Sach- oder Dienstleistung, nicht die Entgeltleistung in Form einer Miet- oder Lohnzahlung oder dem Kaufpreis.[765] Unerheblich ist, ob das Geschäft auf einen einmaligen Leistungsaustausch ausgerichtet ist, z.B. bei einem Kaufvertrag, oder ein Dauerschuldverhältnis begründet wird, z.B. bei einem Mietvertrag oder Arbeitsverhältnis.[766] Für schwebende Geschäfte nimmt man in Ausnahme zu dem Vollständigkeitsgebot des § 246 Abs. 1 S. 1 HGB einen ungeschriebenen Grundsatz

764 BFH BStBl. 1982 II, 696 (700); BFH BStBl. 1997 II, 810; dazu *Hennrichs* in MüKo-BilanzR § 246, Rz. 72 m.w.N.; A/D/S, Bd. 6 § 246 HGB, Rz. 400 zu entgeltlichen obligatorischen Nutzungsrechten (selbst wenn das Nutzungsrecht so stark ist, daß es eine Bilanzierung des Gegenstands als wirtschaftliches Eigentum rechtfertigen könnte, hindert die Entgeltlichkeit die Bilanzierung); kritisch zur Nichtbilanzierung von Nutzungsrechten *Ballwieser* in MüKo-HGB § 246, Rz. 32 m.w.N.

765 A/D/S, Bd. 6 § 246 HGB, Rz. 185; *Ballwieser* in MüKo-HGB § 246, Rz. 30; *Hennrichs* in MüKo-BilanzR § 246 HGB, Rz. 134 ff.

766 Vgl. *Ballwieser* in MüKo-HGB § 246, Rz. 32 m.w.N. zu Nutzungsrechten.

ordnungsgemäßer Buchführung an, nach dem solche Geschäfte nicht bilanziert werden, solange sich die jeweiligen Leistungspflichten ausgeglichen gegenüber stehen.[767]

Verschiedene Gründe führen zur Annahme dieses ungeschriebenen GoB. Von größter Bedeutung ist insgesamt das in § 252 Abs. 1 Nr. 4 HGB für die Bewertung kodifizierte Vorsichtsprinzip, das auf das Ansatzrecht zurückwirkt. Der bilanzierende Kaufmann, der zur Hauptleistung verpflichtet ist, dürfte seine Entgeltforderung jedenfalls nicht in voller Höhe ansetzen, da die kalkulierten Gewinne vor vollständiger Leistungserbringung noch nicht realisiert wären im Sinne von § 252 Abs. 1 Nr. 4 Hs. 2 HGB. Ohne Berücksichtigung etwaiger Gewinne aus dem Geschäft stehen sich Anspruch und Verbindlichkeit ausgeglichen gegenüber. Ein Ausweis gleichwertiger Ansprüche und Verbindlichkeiten würde zu einer Bilanzverlängerung führen. Aus Gründen der Vereinfachung wird auf eine solche Bilanzverlängerung verzichtet, solange die Ausgeglichenheit von Anspruch und Verbindlichkeit anzunehmen ist.[768] Der Effekt dieser Vereinfachung ist nicht zu unterschätzen, da ohne diesen GoB alle nicht-abgeschlossenen Geschäftsbeziehungen in der Bilanz zu erfassen wären, darunter alle Anstellungsverhältnisse und nicht abgearbeiteten Aufträge.

Der Empfänger der Hauptleistung kann auf die Abbildung schwebender Geschäfte ebenfalls verzichten, da aus seiner Sicht der Wert der Hauptleistung nach dem versprochenen Entgelt zu bemessen ist und sich daher Leistung und Gegenleistung ebenfalls gleichwertig gegenüber stehen. Der Hauptleistungsempfänger muß nicht seinen Leistungsanspruch als Vermögensgegenstand (z.B. Übereignungsanspruch, Nutzungsrecht oder Recht auf Dienstleistung) aktivieren und gleichzeitig die versprochenen Entgelte als Verbindlichkeiten passivieren.[769]

Die Nichtbilanzierung schwebender Geschäfte beruht demnach für beide Parteien auf der Vermutung, daß Leistung und Gegenleistung sich ausgeglichen gegenüber stehen. Sobald diese Ausgeglichenheitsvermutung gestört wird, zeigen auch schwebende Geschäfte Auswirkungen auf die Bilanz. So schreibt das Gesetz in § 249 Abs. 1 S. 1 Alt. 2 HGB ausdrücklich eine Rückstellung für drohende Verluste aus schwebenden Geschäften vor. Diese Vorschrift ist ihrerseits Ausdruck des Vorsichtsprinzips, das in Form des Imparitätsprinzips den Ausweis von Verbindlichkeiten, hier von zukünftigen Drohverlusten nicht erst dann vorschreibt, wenn sie realisiert sind, sondern schon wenn sie zu erwarten sind.[770] Diese Spezialregelung für Drohverluste aus schwebenden Geschäften kann man als gesetzliche Anerkennung der Nichtbilanzierung schwebender Geschäfte verstehen, da der Verpflichtungsüberschuß aus einem schwebenden Geschäft nicht als Verlustrückstellung bilanziert werden müßte, wenn die Ver-

767 A/D/S, Bd. 6 § 246 HGB, Rz. 183; *Hennrichs* in MüKo-BilanzR § 246 HGB, Rz. 134 f.

768 A/D/S, Bd. 6 § 246 HGB, Rz. 183; *Hennrichs* in MüKo-BilanzR § 246 HGB, Rz. 134 f.

769 Zu dieser Möglichkeit einer alternativen Bilanzierung von Rechten *Hennrichs* in MüKo-BilanzR § 246, Rz. 72 (zu Nutzungsrechten).

770 A/D/S, Bd. 6 § 246 HGB, Rz. 183; *Ballwieser* in MüKo-HGB § 246, Rz. 30.

bindlichkeit und der Anspruch aus dem schwebenden Geschäft ohnehin bilanziert würden. Denn dann ergäbe sich der negative Erfolgsbeitrag aus der höheren Bewertung der Verbindlichkeit gegenüber der Forderung.[771]

Das Gleichgewicht von Leistung und Gegenleistung ist ebenfalls gestört, wenn eine Partei die von ihr geschuldete Leistung teilweise erbringt. Der Hauptleistungsempfänger kann das Entgelt sogar vollständig leisten, da die Qualifikation eines schwebenden Geschäfts entscheidend auf die Erbringung der Hauptleistungspflicht abstellt. Solche Vorleistungen führen jedoch nicht zur (teilweisen) Aktivierung der Rechte aus dem schwebenden Geschäft als Vermögensgegenstände, sondern sie werden eigenständig bilanziell erfaßt.[772] Beim Hauptleistungsverpflichteten werden zugeflossene Mittel unter den flüssigen Mitteln aktiviert (Posten B. IV) und auf der Passivseite entweder als ›Anzahlungen‹ (Posten C. 3) oder als passiver Rechnungsabgrenzungsposten erfaßt. Der Hauptleistungsempfänger aktiviert eine geleistete Anzahlung oder bildet einen aktiven Rechnungsabgrenzungsposten.[773]

Der Grundsatz der Nichtbilanzierung schwebender Geschäfte wird teilweise mit dem Argument kritisiert, die bilanzunwirksamen Geschäfte könnten für die Beurteilung der Vermögens-, Finanz- und Ertragslage durchaus relevant sein.[774] Ob eine Bilanzverlängerung durch Ausweis sich gegenseitig im Wert aufhebender Ansprüche und Verbindlichkeiten tatsächlich einen verbesserten Einblick in die Lage des Unternehmens bietet, erscheint zumindest fraglich.[775] Der Gesetzgeber jedenfalls scheint von der Nichtbilanzierung von schwebenden Geschäften auszugehen. Diese Annahme liegt wegen der Verpflichtung zu Drohverlustrückstellungen nahe, die bei einer grundsätzlichen Bilanzierungspflicht überflüssig wäre. Vor diesem Verständnis der Nichtbilanzierung schwebender Geschäfte wurden die Größenklassen des § 267 HGB festgelegt. Eine Bilanzverlängerung vergrößerte die Bilanzsumme und hätte daher Auswirkungen auf die Größenklassen.

Die Aufgabe des Grundsatzes der Nichtbilanzierung schwebender Geschäfte bedeutete wegen ihrer Auswirkungen auf die Erleichterungen für kleine und mittlere Kapitalgesellschaften einen spürbaren Eingriff in die Architektonik des Jahresabschlusses von Kapitalgesellschaften. Eine solche gewichtige Entscheidung bedürfte wohl einer parlamentarischen Rechtfertigung, zumal die lange Akzeptanz dieses ungeschriebenen Grundsatzes zur Annahme eines entsprechenden Gewohnheitsrechts führen kann. Hier kann die Frage indes dahinstehen, da die

771 *Hennrichs* in MüKo-BilanzR § 246, Rz. 133.

772 A/D/S, Bd. 6 § 246 HGB, Rz. 184; *Hennrichs* in MüKo-BilanzR § 246, Rz. 136; *Ballwieser* in MüKo-HGB § 246, Rz. 30.

773 Umstritten, jedoch für diese Arbeit nicht weiter relevant, ist die Frage, wann eine Anzahlung zu bilanzieren ist, wann ein Rechnungsabgrenzungsposten; vgl. *Hennrichs* in MüKo-BilanzR § 246 HGB, Rz. 72 und § 250 HGB, Rz. 12 ff.

774 Zu dieser Kritik *Hennrichs* in MüKo-BilanzR § 246 HGB, Rz. 138 m.w.N.; *Ballwieser* in MüKo-HGB § 246, Rz. 31.

775 Ablehnend *Hennrichs* in MüKo-BilanzR § 246 HGB, Rz. 135.

weit überwiegende Ansicht in Literatur und Rechtsprechung die Nichtbilanzierung schwebender Geschäfte als ungeschriebenen Grundsatz ordnungsgemäßer Buchführung anerkennt. Für die Zwecke dieser Arbeit genügt es, sich auf diese praxisrelevante Ansicht zu konzentrieren.

In Ausnahme zu dem bisher Gesagten gilt die Nichtaktivierung von Rechten aus schwebenden Geschäften nicht bei einem entgeltlichen Zweiterwerb (jedenfalls von Nutzungsrechten), d.h. wenn ein schon bestehendes Recht durch einen Rechtskauf erworben wird.[776] In diesem Fall wird das Nutzungsrecht als eigenständiger Vermögensgegenstand mit den Anschaffungskosten aktiviert. Die Aktivierung bei einem Zweiterwerb ist konsequent, da der Kaufpreis für das Recht nicht in einer ausgeglichenen Gegenleistungsbeziehung zur korrespondierenden Verpflichtung aus dem Geschäft steht. Bezahlt wird bei einem Zweiterwerb der wirtschaftliche Vorteil, den sich das erwerbende Unternehmen bei der Vertragserfüllung erhofft, z.B. eine Kostenersparnis, wenn das schwebende Geschäft zu günstigeren Konditionen abgeschlossen wurde, als das erwerbende Unternehmen zum Erwerbszeitpunkt am Markt durchsetzen könnte. Die Verpflichtung aus dem schwebenden Geschäft muß nicht notwendig mitübernommen werden, z.B. bei Abtretung allein des Lieferanspruchs aus einem Kaufvertrag. Wird die Verpflichtung übernommen, z.B. bei Eintritt in ein bestehendes Mietverhältnis, wird der Kaufpreis für das Leistungsrecht, in diesem Fall das Nutzungsrecht, entsprechend niedriger ausfallen. Der Rechtserwerb ist ein weiteres Geschäft neben dem schwebenden Geschäft, welches das erworbene Recht begründet hat. Soweit sich Ansprüche aus dem schwebenden Geschäft nach einem Zweiterwerb des Anspruchs einer Partei weiterhin ausgeglichen gegenüber stehen, werden sie auch nach dem Zweiterwerb nicht bilanziert.

Eine weitere Ausnahme wird häufig für entgeltliche Sacheinlagen in Kapitalgesellschaften[777] gemacht, d.h. für Nutzungsrechte, die als Entgelt für die

776 *Hennrichs* in MüKo-BilanzR § 246 HGB, Rz. 72 (die Rede ist allgemein von entgeltlichem Erwerb, gemeint ist wohl allein der Zweiterwerb, da der Ersterwerb das schwebende Geschäft begründet, das nicht bilanziert werden soll); *Ekkenga* in KölnKomm-RL § 255 HGB, Rz. 54. *Ebda* Rz. 56 m.w.N. zur Gegenmeinung lehnt *Ekkenga* die Bilanzierung eines Zweiterwerbs von Dienstleistungsansprüchen ab mit Hinweis auf die fehlende Sacheinlagefähigkeit. Dabei übersieht er, daß diese Argumentation nur für den Zweiterwerb gegen Gesellschaftsrechte Geltung beanspruchen kann. Für den normalen entgeltlichen Erwerb folgen aus den kapitalaufbringungsrechtlichen Beschränkungen für Dienstleistungen keine zwingenden Vorgaben. Ein Zweiterwerb von Dienstleistungsansprüchen muß ferner jedenfalls in Personengesellschaften möglich sein.

777 Für Personenhandelsgesellschaften wird auf die normalen GoB verwiesen und aus der Nichtbilanzierung schwebender Geschäfte geschlossen, daß Nutzungsrechte hier nicht bilanziert werden könnten, so z.B. *Ekkenga* in KölnKomm-RL § 255 HGB, Rz. 53. Im Text wird sogleich erörtert werden, warum der Grundsatz der Nichtbilanzierung schwebender Geschäfte bei Nutzungseinlagen nicht herangezogen werden kann.

Ausgabe von Gesellschaftsanteilen eingeräumt werden. Der Bundesgerichtshof hat entschieden, daß auch obligatorische Nutzungsrechte sacheinlagefähig sind, jedenfalls wenn der Nutzungsvorteil über eine bestimmte Nutzungsdauer in Form einer festen Laufzeit oder einer konkreten Mindestlaufzeit für das Unternehmen gesichert ist. Der Zeitwert des Nutzungsrechts errechnet sich aus dem für diese bestimmte Dauer kapitalisierten Nutzungswert.[778] Insbesondere die gesellschaftsrechtliche Literatur geht bei Bilanzierungsfragen in Kapitalgesellschaften davon aus, die Bilanzierung müsse so erfolgen, daß der vorrangige Kapitalschutz, der auf der Bilanz aufbaue und dem die Bilanz daher zu dienen habe, voll zu Geltung komme.[779] Aus dem angenommenen Vorrang des Kapitalgesellschaftsrechts über die handelsbilanziellen GoB wird gefolgert, jede kapitalgesellschaftsrechtlich mögliche Sacheinlage sei konkret aktivierbar.[780]

Neben der Frage einer Bilanzierungspflicht von kapitalgesellschaftsrechtlichen Sacheinlagen verliert die vieldiskutierte Frage, ob für entgeltliche Sacheinlagen Bilanzierungsfähigkeit zu fordern sei, eigentlich an Bedeutung.[781] Beide beruhen letztlich auf derselben Annahme, ein Einbringungsverlust, der bei Erfüllung einer gesellschaftsrechtlichen Einlage notwendig entstehen würde, wenn die bis dato aktivierte Einlageforderung erlischt und der Einlagegegenstand nicht aktiviert werden könnte, sei unbedingt zu vermeiden.[782] Aus kapitalgesellschaftsrechtlicher Sicht ist eine Aktivierung von Nutzungsrechten jedenfalls insoweit nicht erforderlich, als das Grundkapital/Stammkapital zu schützen ist, da der Schutzzweck der Kapitalaufbringungsregeln durch einen Einbringungsverlust in Höhe des gezeichneten Kapitals, das durch die Sacheinlage abgedeckt wird, nicht tangiert wird.[783]

778 Erste Entscheidung im Rahmen des Aktienrechts BGHZ 144, 290 ff. und später gleichsinnig für das GmbH-Recht BGH, AG 2004, 548 ff.; dazu *Pentz* in MüKo-AktG § 27, Rz. 31; ausführliche Diskussion mit Blick auf die Bilanzierungsfragen bei *Ekkenga* in KölnKomm-RL § 255 HGB, Rz. 20 ff. und 53 ff. m.w.N.

779 *Ekkenga* in KölnKomm-RL § 255 HGB, Rz. 20 ff. m.w.N.

780 *Ekkenga* in KölnKomm-RL § 255 HGB, Rz. 23.

781 Zum Erfordernis der Bilanzierungsfähigkeit nach den GoB für die Anerkennung der Sacheinlagefähigkeit *Pentz* in MüKo-AktG § 27, Rz. 18 ff., *Schulte* in Erle/Sauter, KStG § 8, Rz. 332. Nach den in Fn. 778 zitierten Entscheidungen des BGH wird die gesellschaftsrechtliche Sacheinlagefähigkeit nicht von der handelsrechtlichen Bilanzierbarkeit determiniert, so daß sich heute die Frage stellt, ob die unabhängige Entscheidung des Kapitalgesellschaftsrechts im Handelsbilanzrecht nachzuvollziehen ist.

782 Besonders deutlich *Schulte* in Erle/Sauter, KStG § 8, Rz. 332.

783 So auch *Pentz* in MüKo-AktG § 27, Rz. 19 mit Differenzierung nach dem Schutz der Gläubiger und dem Schutz der Mitgesellschafter, wobei er den Mitgesellschafterschutz dem Gläubigerschutz unterordnet, da die Mitgesellschafter der Sacheinlage zustimmen müssen. Diese Gewichtung der Schutzzwecke kann man gerade bei Aktiengesellschaften mit einem (potentiell) großen Gesellschafterkreis und da vor allem für Fälle von Kapitalerhöhungen theoretisch hinterfragen, auch wenn sie wohl der Praxis in Literatur und Rechtsprechung entspricht. Tatsächlich aber bedarf es keiner Unterordnung der Interessen der Mitgesellschafter unter die der Gläubiger.

Das Nominalkapital wird durch stille Reserven nicht tatsächlich geschmälert, wenn der Einbringungsgegenstand nicht bilanziert werden kann, sondern durch den formalen Einbringungsverlust wird ein späterer Gewinnausweis erschwert. Erst wenn und soweit der Kostenvorteil aus der Nutzungsüberlassung im Geschäftsbetrieb tatsächlich realisiert wird, wird der bei der Einlage geschätzte Wert des Nutzungsrechts bestätigt und dadurch der formale Einbringungsverlust pro rata temporis wieder ausgeglichen. Die Einlage erfolgt quasi im Innenverhältnis sofort, im Außenverhältnis mit Wirkung auf den Gläubigerschutz erst bei tatsächlicher Realisation des Sacheinlagewerts im Rahmen der Geschäftstätigkeit. Der Verzicht auf eine Aktivierung von Nutzungsvorteilen schützt durch den strengeren Schutz des Grundkapitals die Gläubiger sogar in besonderer Weise.[784]

Für den Schutz des Grundkapitals ist der Verzicht auf eine Aktivierung von Nutzungsrechten jedoch auch nicht erforderlich, da die Werthaltigkeit wie bei jeder anderen Sacheinlage geprüft und durch die Differenzhaftung gesichert wird. Eine Aktivierung von Nutzungsrechten ist daher kapitalgesellschaftsrechtlich nicht ausgeschlossen. Für eine Aktivierung von Nutzungsrechten spricht dabei, daß bei körperlichen Sacheinlagen wegen der Aktivierung der Gegenstände kein Einbringungsverlust entsteht.[785] Einen Unterschied kann die Aktivierbarkeit entgeltlicher Nutzungseinlagen für den Kapitalschutz der Aktiengesellschaft bedeuten, wenn der Wert eines Nutzungsrechts das Grundkapital übersteigt. Wäre dieser Mehrwert auf der Passivseite unter der Kapitalrücklage nach § 272 Abs. 2 Nr. 1 HGB als ›Agio‹ auszuweisen, unterläge der entsprechende Betrag durch § 150 AktG einem zusätzlichen, gegenüber dem Schutz des Grundkapitals modifizierten Kapitalschutz. Jedenfalls ist die Begründung der Aktivierbarkeit von Ansprüchen mit der kapitalgesellschaftsrechtlichen Sach-

Denn die Mitgesellschafter erleiden bei einer Nichtaktivierung von Nutzungseinlagen keinen Nachteil, da bei Werthaltigkeit der Nutzungseinlage in den Folgejahren durch Kostenersparnisse der Gewinn tatsächlich höher ausfallen wird als ohne die Einlage. Die Abschreibung des Nutzungsrechts, die bei einer Aktivierung über die Laufzeit der Nutzung vorzunehmen wäre, würde für die Gesellschafter pro rata temporis dieselbe Gewinnwirkung zeitigen wie eine Nichtaktivierung. In beiden Fällen tragen die Mitgesellschafter wegen der unvermeidbaren Gewinnwirkung der Sacheinlage dasselbe Risiko der Werthaltigkeit der Einlage. Den Interessen der Mitgesellschafter dient daher eine Aktivierung von Nutzungsrechten nicht besser als eine Nichtaktivierung. Der Kapitalaufbringungsschutz kann den Interessen der Mitgesellschafter bei allen Sacheinlagen nur über die Sacheinlageprüfung und die Differenzhaftung dienen, nicht über Bilanzierungsvorgaben.

784 Daß die sofortige Einlagewirkung im Innenverhältnis trotz des Risikos, die späteren Gewinne könnten nicht wie angenommen durch Kostenersparnisse positiv beeinflußt werden, für die Mitgesellschafter keinen Nachteil gegenüber einer Aktivierung bedeutet, wird in Fn. 783 dargelegt.

785 Zur Bilanzierung bei der Einlage körperlicher Gegenstände *Ekkenga* in KölnKomm-RL § 255, Rz. 24.

einlagefähigkeit auf Nutzungsrechte beschränkt, da Ansprüche auf Dienstleistungen weder im Aktienrecht noch im Recht der GmbH sacheinlagefähig sind.[786]

d) Unentgeltliche Begründung von Rechten

Die Haltung zu unentgeltlich eingeräumten Nutzungs- und Dienstleistungsrechten in der handelsbilanzrechtlichen Literatur ist nicht eindeutig. Erörtert wird hauptsächlich die Bilanzierung entgeltlich erworbener Rechte als schwebende Geschäfte und die Bilanzierung von Nutzungsrechten als Sacheinlagen in Kapitalgesellschaften. Eindeutige allgemeine Aussagen zur Bilanzierung unentgeltlich erlangter Rechte für alle Gesellschaften finden sich kaum. Teilweise wird immerhin die konkrete Aktivierungsfähigkeit von Nutzungsrechten, die nicht als Sacheinlagen auf das Nominalkapital der Kapitalgesellschaften angerechnet werden, ausdrücklich verneint.[787] Als Argument wird auf das Bilanzierungsverbot für schwebende Geschäfte verwiesen. Teilweise kann man der Feststellung, Nutzungsrechte seien bei einem entgeltlichen Zweiterwerb oder bei einer Sacheinlage in Kapitalgesellschaften zu bilanzieren, die dahinterstehende Annahme entnehmen, bei einem unentgeltlichen Erwerb seien Nutzungsrechte wie bei einem schwebenden Geschäft nicht zu bilanzieren.[788] Denn die Bilanzierung im Fall eines Zweiterwerbs oder einer Sacheinlage wird als Ausnahme zur grundsätzlichen Nichtbilanzierung schwebender Geschäfte verstanden.

Der Verweis auf den Grundsatz der Nichtbilanzierung schwebender Geschäfte kann die Nichtbilanzierung unentgeltlich erlangter Rechte nicht begründen. Denn unter einem schwebenden Geschäft versteht man, wie oben dargelegt, ein zweiseitig verpflichtendes Vertragsverhältnis, bei dem eine Verpflichtung zu einer Entgeltzahlung einem Anspruch auf eine Hauptleistungspflicht gegenüber steht. Dauerschuldverhältnisse, die zu länger andauernden Nutzungsrechten oder Leistungsansprüchen führen, sind nicht per se schwebende Geschäfte, nur weil die Leistungserbringung andauert. Das entscheidende Argument für die Nichtbilanzierung schwebender Geschäfte ist nicht die fehlende vollständige Erfüllung der Hauptleistungspflicht, die bei allen Dauerschuldverhältnissen noch aussteht, sondern die dadurch anzunehmende Ausgeglichenheit von Leistung und Gegenleistung, die bei Aktivierung des Geschäfts zu einer unsinnigen Bilanzverlängerung führen würde. Wenn von vornherein keine Verpflichtung zu einer Entgeltzahlung besteht, fehlt die Ausgeglichenheit von Leistung und Gegenleistung und damit fehlt der Grund für eine Ausnahme vom Vollständigkeitsgebot.

786 Insoweit richtig *Ekkenga* in KölnKomm-RL § 255, Rz. 56.
787 *Ekkenga* in KölnKomm-RL § 255m Rz. 53.
788 Vgl. *Hennrichs* in MüKo-BilanzR § 246 HGB, Rz. 72; *Ballwieser* in MüKo-HGB § 246, Rz. 32 (der jedoch auch bei einem entgeltlichen Ersterwerb die Nichtbilanzierung als schwebendes Geschäft kritisch sieht und eine Aktivierungspflicht erwägt; zu einem unentgeltlichen Erwerb findet sich auch hier keine eindeutige Aussage).

Selbst bei schwebenden Geschäften zwischen Dritten und der Gesellschaft kommt es zu Auswirkungen auf die Bilanz, soweit die Ausgeglichenheitsvermutung gestört ist. Dann müssen auch unentgeltlich eingeräumte Nutzungs- und Leistungsansprüche in der Bilanz nicht unsichtbar bleiben, bei denen von vornherein keine Ausgeglichenheit von Leistung und Gegenleistung anzunehmen ist. Die Situation stellt sich bei einfachen Nutzungsrechten insoweit nicht anders dar als bei Nutzungsrechten, die zu einer Zurechnung des wirtschaftlichen Eigentums an der genutzten Sache führen, da sie den Eigentümer auf Dauer von der Einwirkung auf die Sache ausschließen, so daß das Eigentum selbst keinen wirtschaftlichen Wert mehr hat. Im Zusammenhang mit der Bilanzierung wirtschaftlichen Eigentums kann man ausdrücklich lesen, daß entsprechend ausgestaltete obligatorische Nutzungsrechte grundsätzlich eine Zurechnungsbasis bildeten, jedoch bei Zahlung eines Entgelts die Grundsätze für schwebende Geschäfte eine Bilanzierung wirtschaftlichen Eigentums ausschließen sollen.[789] Bei Unentgeltlichkeit hingegen sei wirtschaftliches Eigentum zu bilanzieren.

Wenn einfache Nutzungsrechte ebenfalls als Vermögensgegenstände angesehen werden, muß bei ihnen a maiore ad minus grundsätzlich dasselbe gelten. Nur bei Entgeltlichkeit kommt eine Nichtbilanzierung als schwebendes Geschäft in Betracht. In dieselbe Richtung weist ein Vergleich mit Ansprüchen auf Übereignung einer Sache. Als Bestandteil eines schwebenden Kaufgeschäfts wird der Übereignungsanspruch nicht bilanziert. Wird der Anspruch hingegen durch ein formwirksames Schenkungsversprechen begründet, könnte der Übereignungsanspruch ebenso nach den Grundsätzen eines unentgeltlichen Erwerbs bilanziert werden wie die Sache, wenn ihre Übereignung bewirkt worden ist. Bei unentgeltlichem Erwerb von Ansprüchen aus Dauerschuldverhältnissen, eben bei Ansprüchen auf Nutzung oder Dienstleistung, könnte man in gleicher Weise wie bei unentgeltlich erlangten Übereignungsansprüchen eine Aktivierung zulassen und dieselben Bewertungsregeln wie in anderen Fällen unentgeltlichen Erwerbs anwenden. Zuletzt spricht auch die teilweise angenommene Aktivierbarkeit von Nutzungsrechten, die als entgeltliche Sacheinlage eingebracht werden, dafür, generell bei Nutzungseinlagen von konkreter Aktivierbarkeit auszugehen und damit auch unentgeltliche Nutzungseinlagen zu aktivieren.

Die Nichtbilanzierung unentgeltlich erlangter Nutzungs- und Dienstleistungsrechte muß daher anders begründet werden als durch Verweis auf schwebende Geschäfte. Ein Begründungsansatz könnte in dem Umstand gefunden werden, daß Kostenvorteile in anderen Fällen nach allgemeiner Ansicht nicht eigenständig zu bilanzieren sind, sondern nur mittelbar den Ertrag erhöhen. Bei günstigen Verträgen mit Nichtgesellschaftern steht außer Frage, daß diese keinen Einfluß auf die Bilanz haben, sondern das ganze schwebende Geschäft einschließlich der damit verbundenen Gewinnchancen nicht bilanziert

789 A/D/S, Bd. 6 § 246 HGB, Rz. 398 und 400. Bei dinglichen Nutzungsrechten muß an sich dasselbe gelten, auch wenn *ebda*, Rz. 396 f. ein Hinweis auf die Problematik der Entgeltlichkeit unterblieben ist.

wird.[790] Für Gesellschaftereinlagen bedeutet die Bilanzierung von schwebenden Geschäften mit Nichtgesellschaftern keine Vorentscheidung, doch werden auch Kostenvorteile aus bestimmten Gesellschafterfinanzierungen nicht bilanziert. Zu erinnern ist neben der umstrittenen Bilanzierung von Investitionszuschüssen vor allem an die nicht umstrittene Geld-Nutzung und die ebenfalls nach allgemeiner Ansicht als Erfolgsbeitrag zu erfassende rein tatsächliche Nutzungsüberlassung oder Leistungserbringung.

Zu beachten ist in dieser Frage auch, daß Einzelkaufleute keine Rechte gegen sich selbst begründen können und daher Nutzungs- und Leistungseinlagen nur faktisch vornehmen können. Nur Gesellschafter von Personengesellschaften und von Kapitalgesellschaften können überhaupt Ansprüche auf Nutzungen und Leistungen begründen, die ihrem Unternehmen zugute kommen. Das Ansatz- und Bewertungsrecht soll jedoch grundsätzlich für alle Kaufleute gleichermaßen gelten. Um eine Gleichbehandlung aller Kaufleute und aller Arten von Kostenvorteilen zu erreichen, wäre es daher erforderlich, Kostenvorteile aus Nutzungs- und Leistungseinlagen auch dann nicht zu aktivieren, wenn die rechtliche Konkretisierung in einem Anspruch gegen den Gesellschafter die Annahme eines Vermögensgegenstands ermöglicht. Warum die Darstellung der Vermögens- und Finanzlage bei Personengesellschaften deutlich günstiger möglich sein sollte als bei Einzelkaufleuten, müßte über den formalen Umstand der Anspruchsbegründung hinaus erklärt werden.

Das Gleichbehandlungsargument hat vor allem aber auch deshalb Gewicht, weil der gesellschaftsrechtliche Kapitalschutz keine besondere Behandlung von unentgeltlichen Einlagen verlangt. Diese unterliegen keinen kapitalschutzrechtlichen Anforderungen. Deshalb kann man der Unmöglichkeit der Aktivierung von Nutzungs- und Leistungseinlagen bei Einzelkaufleuten eine Vorgabe für die Bilanzierung solcher Formen der Unternehmensfinanzierung bei allen Kaufleuten entnehmen, wenn man eine möglichst weitgehende Vergleichbarkeit der Abschlüsse aller Kaufleute sicherstellen will. Dennoch zwingt dieses Gleichbehandlungsargument nicht notwendig zu einem Verzicht auf die Aktivierung von Nutzungs- und Leistungsrechten bei Personen- oder Kapitalgesellschaften. Letztlich ist es eine Wertungsentscheidung, ob man Nutzungs- und Leistungseinlagen bei Gesellschaften ebenso bilanzieren soll wie bei Einzelkaufleuten, bei der die Vergleichbarkeit der Jahresabschlüsse nur als ein Abwägungskriterium Bedeutung erlangt, diese Frage jedoch nicht allein entscheiden kann.

Schon bei den Einzelkaufleuten bedeutet die bilanztechnische Unmöglichkeit, die Unternehmensfinanzierung in Form von Nutzungs- und Leistungseinlagen nicht abbilden zu können, keinen Vorteil, sondern eine Einbuße bei der Einsicht in die Finanzlage, die bei Einzelkaufleuten nach § 242 Abs. 1 und 2 HGB in gleicher oder zumindest ähnlicher Weise wie bei Kapitalgesellschaften zu er-

790 *Hennrichs* in MüKo-BilanzR § 246 HGB, Rz. 65.

möglichen ist.[791] Daher kann man argumentieren, diese Einbuße sei nur ausnahmsweise (bei Einzelkaufleuten und bei bloß faktischen Vorteilen für Gesellschaften) hinzunehmen, wenn eine andere Darstellung der wirtschaftlichen Lage bilanztechnisch nicht möglich ist, da kein Vermögensgegenstand angenommen werden kann. Sobald aber ein Rechtsanspruch als Vermögensgegenstand angenommen werden kann, kann man dem Vollständigkeitsgebot des § 246 Abs. 1 S. 1 HGB und damit dem verbesserten Einblick in die wirtschaftliche Lage des Unternehmens den Vorzug geben vor der Vergleichbarkeit der Jahresabschlüsse von Gesellschaften und Einzelkaufleuten.

Diese Überlegungen führen auf das zweite Kernproblem, das sich bei der Aktivierung von Nutzungs- und Leistungseinlagen neben der bilanztechnischen Abbildungsmöglichkeit stellt. Soweit eine Aktivierung bilanztechnisch möglich ist, da ein Vermögensgegenstand angenommen werden kann, stellt sich die Frage, ob Nutzungs- und Leistungseinlagen aktiviert werden sollen, um die Einsicht in die Unternehmensfinanzierung (und auch die Vermögenslage) zu verbessern. Eine Aktivierung solcher Nutzungs- und Dienstleistungsrechte führte zu einer sofortigen Aktivierung zukünftiger Kostenersparnisse und stünde damit in einem Spannungsverhältnis sowohl zum Grundsatz der periodengerechten Ergebniszuordnung wie auch zum Vorsichtsprinzip.[792]

Der Konflikt mit dem Realisationsprinzip wäre von derselben Art wie bei zinslosen Darlehen, bei denen eine Abzinsung der Darlehensforderung mit Hinweis auf das Realisationsprinzip abgelehnt wird. Der Wert eines Rechts auf unentgeltliche Nutzung oder Dienstleistung wäre mit den kapitalisierten ersparten Entgelten anzusetzen, die bei einem marktüblichen Geschäft zu zahlen wären.[793] Würde man ein Nutzungsrecht oder ein Recht auf unentgeltliche Dienstleistung mit dem so errechneten Zeitwert in der Bilanz ansetzen, würden die zukünftigen Kostenersparnisse schon zum Abschlußstichtag aktiviert, ohne daß ein entsprechender Mittelabfluß (wie bei einem entgeltlichen Zweiterwerb) zu verzeichnen wäre oder (wie bei einer theoretisch denkbaren Bilanzierung eines entgeltlichen

791 Zur Vergleichbarkeit der Anforderungen nach § 242 I und II HGB und § 264 II 1 HGB s.o. S. 191. Nach den Urteilen des EuGH in den Rechtssachen GIMLE SA und Bloomsbury NV sind mögliche Unterschiede, welche in der Literatur früher teilweise betont wurden, wenigstens sehr gering.

792 Vgl. *Ekkenga* in KölnKomm-RL § 255, Rz. 55, der feststellt, die von ihm befürwortete Bilanzierung von Nutzungseinlagen auf das Nominalkapital von Kapitalgesellschaften bedeute einen Bruch mit dem Prinzip der periodengerechten Ergebniszuordnung.

793 Vgl. *Hennrichs* in MüKo-BilanzR § 246 HGB, Rz. 72, der für entgeltliche Nutzungsrechte die kapitalisierten Entgelte zur Wertbestimmung heranzieht. Bei unentgeltlichen Nutzungsrechten muß die entsprechende Ersparnis angesetzt werden, so ausdrücklich *Ekkenga* in KölnKomm-RL § 255, Rz. 55, jedoch auf Sacheinlagen in Kapitalgesellschaften beschränkt, ohne die Einschränkung überzeugend begründen zu können.

Ersterwerbs) die zukünftigen Aufwendungen zugleich als Verbindlichkeiten auszuweisen wären.

Der Wert der unentgeltlichen Einräumung des entsprechenden Rechts könnte entweder direkt das Jahresergebnis erhöhen oder könnte zumindest, wenn er gemäß § 272 Abs. 2 Nr. 4 HGB in einem Kapitalposten ausgewiesen würde, aufgelöst werden und den Bilanzgewinn mehren. Allein wenn man die Kostenersparnisse als schon vereinnahmte zukünftige Erträge für den jeweiligen Leistungszeitraum ansehen wollte, könnte man eine periodengerechte Abgrenzung über einen passiven Rechnungsabgrenzungsposten gemäß § 250 Abs. 2 HGB erreichen. Selbst bei einer periodengerechten Abgrenzung jedoch würde die Aktivierung noch nicht realisierter Kostenersparnisse gegen das Vorsichtsprinzip verstoßen. Zudem könnte man keinen Kapitalposten ausweisen.

Desweiteren stellen sich bei Nutzungs- und Leistungseinlagen dieselben Bewertungsschwierigkeiten wie bei unentgeltlichen Sacheinlagen. Da bei unentgeltlichem Erwerb keine Anschaffungskosten anfallen, müßte der Einlagewert auch hier geschätzt werden. Bei der Frage, ob Nutzungs- und Leistungsrechte zu bilanzieren sind, stellt sich damit das gleiche Problem wie bei der Bilanzierung unentgeltlich erlangter Sacheinlagen: Es müssen die Anforderungen des Einsichtsgebots mit den Anforderungen des Vorsichtsprinzips, insbesondere in Form des Realisationsprinzips in Einklang gebracht werden. Beide Bilanzierungsfragen sind daher einheitlich zu entscheiden, soweit dies bei Nutzungs- und Leistungsrechten bilanztechnisch möglich ist.

e) Zusammenfassung

Eine Aktivierung von Nutzungs- und Leistungsrechten ist grundsätzlich möglich, wenn man einen weiten Begriff des Vermögensgegenstandes zugrunde legt, für den eine konkrete Einzelverwertbarkeit nicht erforderlich ist. Verzichtet man dennoch auf eine Abbildung von unentgeltlich erworbenen Nutzungs- und Leistungsrechten als Kapitalbeiträgen in der Bilanz, kann man diese Entscheidung mit dem Realisationsprinzip begründen, dessen Verwirklichung man einem besseren Einblick in die Vermögens-, Finanz- und Ertragslage vorzieht. Ergänzend kann man darauf verweisen, eine möglichst weitgehende Vergleichbarkeit der Abschlüsse aller Kaufleute und aller Formen von Unternehmensfinanzierung durch Einräumung von Kostenvorteilen anzustreben. Wenn man mit manchen Stimmen aus der Literatur den Begriff des Vermögensgegenstands enger faßt und Rechte, die kostenlos oder in bewußt günstigen Verträgen eingeräumt wurden, wegen fehlender konkreter Einzelverwertbarkeit ausschließt, können Nutzungs- und Leistungsansprüche schon aus technischen Gründen genausowenig bilanziert werden wie eine bloß faktische Leistungserbringung oder Nutzungsüberlassung.

Wenn man die abstrakte oder die konkrete Aktivierbarkeit von unentgeltlich erworbenen Nutzungs- und Leistungseinlagen verneint, hat diese Entscheidung Auswirkungen auf das vergleichbare Bilanzierungsproblem bei unentgeltlichen

Sacheinlagen. Sofern man eine Bilanzierung von Nutzungs- und Leistungsrechten mit Hinweis auf das Realisationsgebot ablehnt, obwohl man solche Ansprüche als Vermögensgegenstände begreift, muß man auch die Bilanzierung von unentgeltlichen Sacheinlagen ablehnen. Selbst wenn man eine Bilanzierung von Nutzungseinlagen nur aus bilanztechnischen Gründen ablehnt, soweit kein Vermögensgegenstand eingebracht wird, verliert das Argument von der bilanziellen Trennung von Kapital und Gewinn an Gewicht, wenn diese Trennung bei (bloß faktischen) Nutzungs- und Leistungseinlagen wie auch bei Geld-Nutzungen nicht vorgenommen werden kann, obwohl die Finanzierungswirkung solcher notwendiger Erfolgsbeiträge für das Unternehmen bei wirtschaftlicher Betrachtung dieselbe ist wie bei Sacheinlagen, deren Wert im übrigen ebenfalls zu großen Teilen in der Nutzung durch das Unternehmen liegt.

Die Einschränkungen, die das Einsichtsgebot in den Fällen von Nutzungs- und Leistungseinlagen hinnehmen muß, sprechen nicht gegen das Bestreben, »soweit als bilanztechnisch möglich« Kapitalbeiträge und erwirtschaftete Gewinne zu trennen. Gewisse Begrenzungen muß man bei dem Bestreben, in die wirtschaftliche Lage eines Unternehmens schon über die Bilanz möglichst weitreichend Einblick zu gewähren und dabei Kapital und Gewinn getrennt abzubilden, jedenfalls hinnehmen. Ein vollständig kohärentes System der bilanziellen Behandlung von Kostenvorteilen aus unentgeltlichen Geld-Nutzungs-, Sach-Nutzungs- und Dienstleistungseinlagen ließe sich nur erreichen, wenn man auf eine Aktivierung von Kostenvorteilen gänzlich verzichtete.

5. Ansatz- und Bewertungsrecht bei teilentgeltlichem Erwerb

Wirtschaftlich vergleichbar mit unentgeltlichen Sacheinlagen sind ferner Erwerbe durch das Unternehmen, bei denen der vereinbarte Kaufpreis vom verkaufenden Gesellschafter bewußt niedrig angesetzt wird. Ebenso wäre an teilentgeltliche Nutzungsüberlassungen und bewußt günstige Leistungserbringungen zu denken, sofern man die Nutzungsrechte als Vermögensgegenstände ansieht. Die Entscheidung des Europäischen Gerichtshofs in der Rechtssache GIMLE SA[794] hat für die Praxis verbindlich entschieden, daß Vermögensgegenstände, die offensichtlich nur zum Teil entgeltlich erworben werden, zu den tatsächlichen Anschaffungskosten zu aktivieren sind, die im wesentlichen vom vereinbarten Kaufpreis bestimmt werden. In der deutschsprachigen Literatur wurden die historischen Anschaffungskosten lediglich als Mindestwert eingestuft. Teilweise wurde angenommen, der tatsächliche Mehrwert könne bei der Bewertung des Vermögensgegenstands wahlweise aufgeschlagen werden, wenn auch bei vollständig unentgeltlichen Einlagen ein Wahlrecht befürwortet

794 EuGH Urteil vom 3.10.2013 – Rs. C-322/12 (GIMLE SA).

wurde.[795] Teilweise wurde eine Korrektur der Bewertung zu den historischen Anschaffungskosten für verpflichtend gehalten.[796]

Die Grundproblematik ist bei teilentgeltlichen Erwerben dieselbe wie bei vollständig unentgeltlichen: Es gilt das Einsichtsgebot mit dem Vorsichtsprinzip auszubalancieren. Einige Besonderheiten sind jedoch bei dieser Fallgestaltung zu beachten. Da ein bewußter Preisnachlaß bei allen entgeltlichen Geschäften vorgenommen werden kann, müßten die Gesellschaft und der Abschlußprüfer alle entgeltlichen Geschäfte der Gesellschaft mit einem Gesellschafter überprüfen, ob Anzeichen auf eine bewußt günstige Ausgestaltung vorliegen. Eine solche Prüfpflicht bedeutete deutlich mehr Aufwand, als wenn nur wenige vollständig unentgeltliche Erwerbe auf ihre Bewertung hin zu überprüfen wären.

Manche Gesellschaften müßten diese Geschäfte ohnehin überprüfen, da Geschäfte mit nahestehenden Unternehmen und Personen nach § 285 Nr. 21 HGB mit weiteren Erläuterungen im Anhang anzugeben sind, sofern sie wesentlich und nicht zu marktüblichen Bedingungen zustande gekommen sind. Diese Verpflichtung beruht auf einer europarechtlichen Vorgabe in Art. 17 Abs. 1 lit. r BilanzRL. Die Wesentlichkeit des Geschäfts ist dabei im Einzelfall zu beurteilen, ohne daß pauschal Verhältnisse zu Bilanzkennziffern angegeben werden können.[797] Die Wesentlichkeit ist mit Blick auf die konkrete Finanzlage des Unternehmens zu bestimmen, wobei auch der Grad der Abweichung von der Marktüblichkeit berücksichtigt werden kann.[798] Eine Verpflichtung zum bilanziellen Ausweis aller Mehrwerte, die beim Erwerb von Vermögensgegenständen bewußt übertragen werden, würde für diese Gesellschaften einen gewissen Mehraufwand bedeuten, sofern auch unwesentliche Geschäfte mit Gesellschaftern zu überprüfen wären.

§ 285 Nr. 21 HGB verpflichtet allerdings nicht alle Kapitalgesellschaften zu erläuternden Anhangangaben. Nach § 288 HGB sind kleine Gesellschaften jeder Rechtsform und mittelgroße Gesellschaften mit beschränkter Haftung und mittelgroße haftungsbeschränkte Personenhandelsgesellschaften von der Erläuterungspflicht des § 285 Nr. 21 HGB befreit, mittelgroße Aktiengesellschaften müssen nicht alle Geschäfte mit Gesellschaftern offenlegen.[799] Gerade kleine und mittelständige Unternehmen würden durch eine Pflicht, alle entgeltlichen Geschäfte mit Gesellschaftern daraufhin zu überprüfen, ob der Gesellschafter bewußt günstige Konditionen eingeräumt hat, nicht unerheblich belastet.

795 So z.B. A/D/S Bd. 1, § 255 HGB, Rz. 86.

796 So z.B. *Schön*, Verdeckte Einlagen, 375.

797 *Essler* in MüKo-BilanzR § 285 HGB, Rz. 233; *Poelzig* in MüKo-HGB § 285, Rz. 352.

798 *Poelzig* in MüKo-HGB § 285, Rz. 352.

799 Zum Anwendungsbereich der Anhangerläuterung von related party transactions *Poelzig* in MüKo-HGB § 285, Rz. 333 f.

Unvermeidbar würden sich bei der Überprüfung immer wieder Zweifelsfälle ergeben, in denen kaum sicher zu entscheiden wäre, ob ein günstiger Preis vom verkaufenden Gesellschafter auch einem anderen Käufer eingeräumt worden wäre oder doch allein die Gesellschafterstellung die Konditionen erklären kann. In diesen Fällen würden genau die Bewertungsschwierigkeiten auftreten, die das Gesetz durch das Abstellen auf historische Kosten vermeiden will. Bei Geschäften mit Dritten wird die Schwierigkeit der nachträglichen Bewertung von Anschaffungsgeschäften auch von den Stimmen in der Literatur anerkannt, die teilentgeltliche Erwerbe wie vollständig unentgeltliche Erwerbe zum Zeitwert des angeschafften Vermögensgegenstands aktivieren wollen.[800]

Will man den Preisvorteil bei teilentgeltlichen Erwerben herausrechnen und als Einlage bilanzieren, müßte man weiter fragen, ob nicht auch ein Preisvorteil, den ein Nichtgesellschafter der Gesellschaft auf Veranlassung eines Gesellschafters einräumt, als eine Art Einlage übers Eck auszuforschen wäre. Insbesondere wenn der Gesellschafter den Lieferanten bezahlt, müßte man eine solche Form der Unternehmensfinanzierung, die weiter oben schon im Rahmen der Investitionszuschüsse besprochen worden ist,[801] konsequenter Weise auf den Wert der historischen Anschaffungskosten aufschlagen. Wirtschaftlich betrachtet wäre eine solche Bilanzierung korrekt, doch entfernte sie sich immer weiter von der gesetzlichen Vorstellung, nach der Anschaffungen zu den historischen Kosten der Gesellschaft zu aktivieren sind.

Unklar ist bei teilentgeltlichen Erwerben zudem, wie sich eine Korrektur der Zugangsbewertung von Vermögensgegenständen zu der gesetzlichen Verpflichtung in § 285 Nr. 21 HGB verhält, nach der bestimmte mittelgroße und große Kapitalgesellschaften nicht marktübliche Geschäfte mit nahe stehenden Personen im Anhang erläutern müssen. *Schön* hat darauf hingewiesen, daß den relativ jungen Regeln über related party transactions keine Sperrwirkung für einen sachlich korrekten Gewinnausweis zukommen kann, wenn sich das Verhältnis von Leistung und Gegenleistung klar außerhalb eines kaufmännisch vernünftigen Bereichs bewegt.[802] Er begründet diese Feststellung damit, daß die Teleologie der Vorschrift nicht auf die Verfälschung der Ertragslage durch Gesellschaftereinlagen gerichtet sei, sondern auf die Gefährdung der Finanzlage bei Geschäften zwischen verbundenen Unternehmen und auf die Risiken aus laufenden Geschäftsbeziehungen zwischen Gesellschaft und Gesellschafter, bei denen die Marktüblichkeit der Konditionen typischerweise gerade unklar sei.

Diese Begründung trägt die richtige Feststellung allein nicht. Denn einerseits müssen die laufenden Geschäftsbeziehungen zwischen Gesellschaft und Gesellschafter nur dann ausgewiesen werden, wenn die Gesellschaft von der Marktunüblichkeit überzeugt ist. Das bloße Risiko aus der Unklarheit, ob Geschäfte mit Gesellschaftern marktüblich ausgestaltet werden, wird gerade nicht adres-

800 So z.B. *Schön*, Verdeckte Einlage, 376.
801 S.o. S. 225 ff.
802 *Schön*, Verdeckte Einlage, 384.

siert, da nicht alle Geschäfte mit nahestehenden Personen ausgewiesen werden müssen (allerdings ausgewiesen werden können). Zum anderen umfaßt die Teleologie der Vorschrift sicher mehr Fälle als die beiden genannten. Unstreitig nimmt die Vorschrift zum Beispiel auch Geschäfte mit Mitgliedern der Unternehmensleitung in den Blick.[803] Dennoch kann der Pflicht zu Anhangangaben über related party transactions »keine Sperrwirkung« in der Frage der Bilanzierung von verdeckten Einlagen zukommen, schon allein weil die Frage der Einlagebilanzierung alle Kaufleute und damit alle Kapitalgesellschaften betrifft, die Pflicht zu Anhangerläuterungen bei marktunüblichen Geschäften hingegen auf größere Kapitalgesellschaften beschränkt ist.

Die Argumentation mit einer fehlenden Sperrwirkung führt jedoch nicht in die richtige Richtung. Im Rahmen der Entscheidung, ob der Einlagebestandteil aus teilentgeltlichen Erwerben aufgedeckt werden soll, stellt sich vielmehr die Frage, ob eine solche Verpflichtung zur Aufdeckung stiller Reserven mit Blick auf die Pflicht zu Anhangerläuterungen plausibel erscheint. Der Verweis auf § 285 Nr. 21 HGB kann diese Auslegungsfrage nicht im Sinne einer formalen Sperrwirkung entscheiden, sondern gewinnt Bedeutung allein als Plausibilitätsargument im Rahmen der erforderlichen Abwägungsentscheidung. Hierbei ist nun zu beachten, daß die Legung stiller Reserven bei der Zugangsbewertung von Vermögensgegenständen nicht nur die Darstellung der Ertragslage berührt, wie *Schön* ausführt, sondern ebenso die Darstellung der Vermögenslage. Vor allem aber berührt die Legung stiller Reserven, weil die angestrebte Trennung der Eigenkapitalmittel in Kapital und Gewinn auch die Herkunft dieser Mittel als Teil der Finanzlage aufschlüsseln soll, auch die Darstellung der Finanzlage. Nun sollen ausweislich des Wortlauts von § 285 Nr. 21 HGB die marktunüblichen Geschäfte deshalb im Anhang erläutert werden, weil sie Auswirkungen auf die Finanzlage haben können. Nicht nur die potentiell ungünstigen Geschäfte mit nahestehenden Unternehmen unterfallen dem Anwendungsbereich von § 285 Nr. 21 HGB, sondern ebenso die potentiell günstigen Geschäfte wie teilentgeltliche Erwerbe. Bei Geschäften zwischen zwei verbundenen Unternehmen kann man beide Betrachtungsweisen gar nicht trennen, da ein marktunübliches Geschäft immer für ein Unternehmen vergleichsweise ungünstig, für das andere vergleichsweise günstig sein wird.

Die teilentgeltlichen Erwerbsvorgänge werden marktunüblich günstige Geschäfte daher von § 285 Nr. 21 HGB miterfaßt. Man kann die Verpflichtung zu Anhangangaben im Rahmen einer systematischen Auslegung so verstehen, daß die Vorschrift des § 285 Nr. 21 HGB, die auch verdeckte Einlagen im Blick hat, für solche Vorgänge keine weiteren Vorkehrungen als notwendig erachtet als erläuternde Anhangangaben und selbst diese nur bei größeren Kapitalgesellschaften. Zudem zeigt die Vorschrift, daß selbst wesentliche Auswirkungen auf die Finanzlage einer Gesellschaft nicht notwendig eine Korrektur der Ansatz-

803 *Poelzig* in MüKo-HGB § 285, Rz. 340 f.

vorschriften erfordern, sondern daß eine Anhangerläuterung dem Einsichtsgebot genügen kann.

Die Forderung nach einer Korrektur der Bewertungsvorschriften bei verdeckten Einlagen (auch in kleine Kapitalgesellschaften) wird daher bei einem Blick auf § 285 Nr. 21 HGB nicht plausibler, wenn auch dieser systematischen Auslegung keine alles entscheidende Bedeutung bei der Abwägung zwischen Vorsichtsprinzip und Einsichtsgebot zukommen kann. Denn es bleibt eine Lesart von § 285 Nr. 21 HGB möglich, nach der die notwendigen Anhangerläuterungen bei verdeckten Einlagen durch teilentgeltliche Erwerbe zusätzlich zu einer Korrektur der Bewertungsvorschriften vorzunehmen wären, womit ein verläßlicher Einblick in die Finanzlage noch besser erreicht würde als bei alleinigem Abstellen auf Anhangangaben.

Wenn man nun wegen der genannten Besonderheiten bei teilentgeltlichen Erwerben eine Aufdeckung der stillen Reserven nicht für angezeigt hält, dann wird es mit diesem weiteren Fall einer Nichtaktivierung wirtschaftlicher Einlagen schwerer, in den Fällen vollständig unentgeltlicher Sacheinlagen noch eine Aufdeckung der stillen Reserven zu fordern. Eine Ausnahme mag eine Regel bestärken. Viele Ausnahmen lassen an der Annahme einer entgegenstehenden Regel zweifeln.

6. Ansatz- und Bewertungsrecht von Tauschvorgängen

Als weitere Vergleichsgruppe sind Tauschgeschäfte zu berücksichtigen. Wenn die Gesellschaft bei einem Tausch bewußt einen höherwertigen Vermögensgegenstand oder eine höherwertige (Dienst-)Leistung erhält, als sie hingibt, liegt aus ihrer Sicht ein teilentgeltlicher Erwerb vor und obige Ausführungen gelten entsprechend. Man muß entscheiden, ob der bewußte Mehrwert bei der Zugangsbewertung aufgeschlagen werden soll oder nicht. Interessant werden Tauschgeschäfte nicht als Sonderfälle verdeckter Einlagen, sondern durch die Schwierigkeiten, welche die Bewertung von unbaren Geschäften schon ohne weitere Besonderheiten der Gesellschafterfinanzierung aufwirft. Die Bilanzierung von Tauschvorgängen zeigt Grenzen des Ak/Hk-Prinzips auf und verlangt eine Auseinandersetzung mit dem eigenen Verständnis des Vorsichts- und des Realisationsprinzips.

Im Handelsbilanzrecht ging man traditionell davon aus, bei einem Tausch von Vermögensgegenständen, insbesondere von Anlagegegenständen fehle die Absicht eines Umsatzaktes und damit eine Gewinnrealisierungsabsicht, weshalb man die Buchwerte des hingegebenen Vermögensgegenstands fortführte.[804] Im Steuerrecht wird hingegen seit dem Tauschgutachten des Bundesfinanzhofs[805] aus dem Jahr 1958 eine Gewinnverwirklichung angenommen. Mittlerweile schreibt § 6 Abs. 6 S. 1 EStG ausdrücklich vor, daß bei einem Tausch die An-

804 Darstellung der Entwicklung bei ADS, Bd. 1, § 255 HGB, Rz. 89.
805 BFH v. 16.12.1958, I D 1/57 S, BStBl. III 59, 30.

schaffungskosten des neu erhaltenen Wirtschaftsguts nach dem gemeinen Wert, also dem Zeitwert des hingegebenen Wirtschaftsguts zu bemessen sind. Eventuelle stille Reserven müssen aufgedeckt und in dieser Höhe muß ein Gewinn realisiert werden. Unter dem Eindruck der steuerrechtlichen Behandlung hat sich die Auffassung im Handelsbilanzrecht gewandelt.

Heute werden verschiedene Ansichten zur Bilanzierung von Tauschvorgängen vertreten. Vorgeschlagen werden neben der traditionellen Buchwertfortführung eine Gewinnrealisierung und eine die steuerliche Belastung korrigierende, in der Summe ergebnisneutrale Behandlung. Dabei gehen die Meinungen darüber auseinander, ob eine Bewertungsmethode zwingend sein soll oder als Option gewählt werden kann, wobei die Wahlmöglichkeit teilweise wieder von bestimmten Kriterien abhängig gemacht wird. Sofern eine Gewinnrealisierung für zulässig oder zwingend angesehen wird, besteht Uneinigkeit, wie der Gewinn zu bestimmen ist. Meist wird vom Zeitwert des hingegebenen Vermögensgegenstands ausgegangen, manche nehmen den Zeitwert des eingetauschten Vermögensgegenstands zum Maßstab. Welche Bewertungsmethode eine Kapitalgesellschaft bei der Erstellung des Jahresabschlusses wählt, muß sie in jedem Fall nach § 284 Abs. 2 Nr. 1 HGB im Anhang transparent machen.

Nach einer oft vertretenen Ansicht ist im Handelsrecht eine Buchwertfortführung weiterhin jedenfalls zulässig, bei Fehlen einer Gewinnrealisierungsabsicht nach manchen sogar zwingend vorzunehmen.[806] Die Vertreter dieser Ansicht argumentieren, ohne Gewinnrealisierungsabsicht läge kein Umsatzakt vor. Das sei insbesondere beim Erwerb von Anlagevermögen der Regelfall.

Diese subjektive Bestimmung des Umsatzgeschäfts ist nicht ohne Schwierigkeiten, denn genausogut könnte man die Frage, ob ein rechtlicher relevanter Gewinn realisiert worden ist, rein objektiv nach dem Wert der getauschten Gegenstände und Leistungen bestimmen. Bedenkenswert ist der Hinweis, eine Gewinnrealisierung dürfe handelsrechtlich nicht erzwungen werden, wenn die realisierten Mittel nicht zur Ausschüttung verwendet werden können, da sie in dem eingetauschten Gegenstand gebunden seien.[807] Allerdings wird Gewinnrealisierung im Zusammenhang mit dem Realisationsprinzip des § 252 Abs. 1 Nr. 4 Hs. 2 HGB gewöhnlich nicht so verstanden, daß der Gewinn in flüssigen, zur Ausschüttung geeigneten Mitteln verkörpert sein müsse, sondern auch ausreichend sichere Forderungen können gewinnerhöhend angesetzt werden, obwohl dieser Gewinn praktisch nie verteilt werden wird und eine entsprechende Sachausschüttung von rein theoretischem Interesse ist.[808] Der Vorteil der Buchwertfortführung liegt vor allem darin, daß damit eine einfache und klare Bewertungs-

806 ADS, Bd. 1 § 255, Rz. 90; *Ellrott/Brendt* in BeckBilKomm § 255 HGB (7. Aufl.), Rz. 132; *Ekkenga* in KölnKomm-RL § 255 HGB, Rz. 19 (Buchwertfortführung zwingend bei fehlender Gewinnrealisierungsabsicht).

807 *Ellrott/Brendt* in BeckBilKomm § 255 HGB (7. Aufl.), Rz. 132.

808 Vgl. o. S. 200.

methode vorliegt, die Bewertungsschwierigkeiten vermeidet, in deren Folge unsichere Gewinne ausgewiesen und auch ausgeschüttet werden könnten.

Die Schätzung des auszuweisenden Gewinns wird nicht nur bei der Buchwertfortführung entbehrlich, sondern ebenso bei der ergebnisneutralen Bilanzierung. Diese Methode geht grundsätzlich von der Buchwertfortführung aus, erlaubt jedoch eine Gewinnrealisierung insoweit, als die Annahme einer Gewinnrealisierung im Steuerrecht zu einer Ertragssteuer führt, die das Jahresergebnis des Unternehmens belastet.[809] Die Neutralität von Anschaffungen wird hier sehr weit verstanden als Ergebnisneutralität nach Steuern. Immerhin ist diese Methode klar bestimmt. Der Ausweis unsicherer Gewinne wird nur insoweit zugelassen, als der Tauschvorgang wegen des vom Steuerrecht vorgegebenen Mittelabflusses ohnehin Auswirkungen auf den handelsrechtlichen Ertrag hat. Auf eine Schätzung des gesamten Gewinns wird im Handelsrecht verzichtet, so daß die Gefahren aus einem Ausweis und einer Ausschüttung unsicherer Gewinne deutlich reduziert werden.

Als Alternative zur Buchwertfortführung und der Variante der ergebnisneutralen Bilanzierung wird eine vollständige Gewinnrealisierung vorgeschlagen. Teilweise wird vertreten, die Gewinnrealisierung müsse im Handelsbilanzrecht wie im Steuerrecht stets zwingend erfolgen.[810] Zur Begründung der verpflichtenden Gewinnrealisierung wird auf die Doppelnatur des Tausches verwiesen, der nicht nur einen erfolgsneutral abzubildenden Erwerb des erhaltenen Vermögensgegenstands bedeute, sondern zugleich einen Umsatzakt des hingegebenen Vermögensgegenstands enthalte, bei dem ein Gewinn realisiert werden könne.[811] Der Vorzug dieser Ansicht besteht darin, nicht allein die Anschaffungskomponente des Tauschgeschäfts in den Blick zu nehmen. Die angenommene Gewinnrealisierung kann vor dem Grundsatz der Erfolgsneutralität von Anschaffungen dogmatisch nachvollziehbar und in allen denkbaren Fällen einheitlich begründet werden.

Andere Ansichten gehen von einer Gewinnrealisierung aus, wenn bestimmte objektive oder subjektive Kriterien vorliegen, wie der Nutzwert der beiden getauschten Vermögensgegenstände für das Unternehmen oder die Gewinnerzielungsabsicht des bilanzierenden Kaufmanns.[812] Gegenüber der Ansicht einer zwingenden Gewinnrealisierung haben diese Vorschläge den Nachteil, in manchen Tauschfällen stille Reserven zu zulassen, in anderen nicht, und ob dieser uneinheitlichen Behandlung von Tauschfällen kaum einen Vorteil gegenüber der sehr oft vertretenen Ansicht, die dem bilanzierenden Kaufmann ein Wahlrecht

809 ADS, Bd. 1 § 255 HGB, Rz. 92 m.w.N.

810 *Tiedchen* in MüKo-BilanzR § 255 HGB, Rz. 48 m.w.N.

811 *Tiedchen* in MüKo-BilanzR § 255 HGB, Rz. 48; *Schubert/Gadek* in BeckBilKomm § 255 HGB, Rz. 40.

812 *Ballwieser* in MüKo-HGB § 255, Rz. 42 m.w.N. (für den Nutzwert als Abgrenzungskriterium); *Ekkenga* in KölnKomm-RL § 255 HGB, Rz. 19 (für Gewinnerzielungsabsicht als Kriterium).

zwischen Gewinnrealisierung und Buchwertfortführung einräumt.[813] Zu dem Für und Wider der einzelnen Ansichten ließe sich manches sagen, doch für diese Arbeit kann auf eine eingehendere Erörterung verzichtet werden.

Entscheidend ist in dem vorliegenden Zusammenhang, daß viele Ansichten auf dieselbe Frage führen, wie der auszuweisende Gewinn zu bestimmen ist. Meist wird wie im Steuerrecht auf den Zeitwert des hingegebenen Vermögensgegenstands abgestellt, zu dem der neu angeschaffte Vermögensgegenstand aktiviert werden soll.[814] Eine Gewinnrealisierung ist dann gegeben, soweit in dem hingegebenen Gegenstand stille Reserven verkörpert waren. Für diese Bewertungsmethode spricht auf den ersten Blick der Grundsatz der Maßgeblichkeit der Gegenleistung für die Bewertung von angeschafften Vermögensgegenständen.[815] Maßgeblich ist für die Zugangsbewertung, was der Kaufmann aus seinem Vermögen tatsächlich für die Anschaffung aufgewendet hat. Danach bestimmen sich die Anschaffungskosten.

Vor der grundsätzlich gebotenen Zugangsbewertung zu den historischen Anschaffungskosten erscheint es zunächst nicht leicht zu rechtfertigen, warum nach manchen nicht der Zeitwert des hingegebenen Vermögensgegenstands maßgeblich sein soll, sondern der Zeitwert des erhaltenen Gegenstands bzw. der jeweils höhere Zeitwert.[816] Man kann das Abstellen auf den Zeitwert des erhaltenen Gegenstands allerdings dann begründen, wenn man diesen für den besten Maßstab auch des tatsächlichen Werts des hingegebenen Gegenstands hält. Denn wenn ein Unternehmen einen Vermögensgegenstand nicht weiter nutzt, liegt der Wert dieses Gegenstands darin, welcher Erlös sich bei einem Verkauf erzielen läßt. Bei einem Barverkauf eines Vermögensgegenstands würde der Gewinn aus dem Verkauf nach den zugeflossenen Barmitteln abzüglich des Buchwerts des verkauften Gegenstands bestimmt. Ebenso kann man bei einem unbaren Geschäft den Wert der erhaltenen Sache als maßgeblich für die Gewinnrealisation ansehen. Der Wert der erhaltenen Sache entspricht nach diesem Modell bei einem Tausch stets dem tatsächlichen Wert der hingegebenen Sache.

Die zweite Bewertungsmethode bestimmt also den Wert der hingegebenen Sache relativ zum Wert der erhaltenen Sache. Den Wert der erhaltenen Sache hingegen bestimmt sie absolut, d.h. nicht in Relation zu dem Wert des hingegebenen Vermögensgegenstands. Genausogut kann man mit der ersten Bewertungs-

813 Für ein Wahlrecht ADS, Bd. 1 § 255 HGB, Rz. 91 m.w.N.; für ein Wahlrecht bei tatsächlicher Umsatzabsicht *Ellrott/Brendt* in BeckBilKomm § 255 HGB (7. Aufl.), Rz. 133.

814 ADS, BD. 1 § 255 HGB, Rz. 91 m.w.N.; *Tiedchen* in MüKo-BilanzR, § 255 HGB, Rz. 48 m.w.N.; *Ellrott/Brendt* in BeckBilKomm § 255 HGB (7. Aufl.), Rz. 133; *Schubert/Gadek* in BeckBilKomm § 255 HGB, Rz. 40.

815 *Tiedchen* in MüKo-BilanzR, § 255 HGB, Rz. 48.

816 So *Ekkenga* in KölnKomm-RL § 255 HGB, Rz. 19 – leider ohne Begründung und mit Verweisen nur auf Literaturstellen, die entgegen seiner Ansicht alle den Wert des hingegebenen Vermögensgegenstands ansetzen wollen. Zur Bewertung nach dem erhaltenen Gegenstand auch ADS Bd. 1, § 255 HGB, Rz. 91 m.w.N.

methode den Wert der hingegebenen Sache absolut bestimmen und den Wert des erhaltenen Vermögensgegenstands relativ zu dieser Bewertung festlegen. Die Bewertung nach dem absolut bestimmten Zeitwert des hingegebenen Vermögensgegenstands vergleicht das Tauschgeschäft nicht mit einem Verkauf gegen bar, bei dem die zugeflossenen Barmittel einen eindeutigen Wert haben, sondern mit einem Kauf gegen bar, bei dem die abgeflossenen Mittel einen eindeutigen Wert haben.

Bei einem Tauschgeschäft besteht nach der ersten Bewertungsmethode demnach für das Unternehmen die Möglichkeit, ein »gutes Geschäft« zu machen, in dessen Folge wie bei jedem günstigen Erwerb stille Reserven gelegt werden. Die Bewertung zum Zeitwert des hingegebenen Vermögensgegenstands betont von der Doppelnatur des Tausches die Anschaffungskomponente und bewertet daher den angeschafften, d.i. den erhaltenen Gegenstand relativ zu den abgeflossenen Mitteln, die folglich absolut zu bestimmen sind. Eine Gewinnrealisierung nimmt sie nur an, soweit der wahre Wert des Vermögensgegenstands und damit die tatsächlich abgeflossenen Mittel über dem ausgebuchten Buchwert liegen. Nach der zweiten Bewertungsmethode besteht die Möglichkeit eines günstigen Erwerbs nicht, sondern es ist der volle Zeitwert des erhaltenen Gegenstands anzusetzen. Diese Methode betont die Gewinnrealisierungskomponente des Tauschgeschäfts. Sie ermittelt zunächst den erzielten Gewinn nach den zugeflossenen Mitteln und bestimmt die tatsächlichen Anschaffungskosten entsprechend.

Welchen Vermögensgegenstand man zum Fixpunkt der Bilanzierung von Tauschgeschäften macht und damit die Wahl zwischen beiden Bewertungsmethoden, ist vom Gesetz nicht eindeutig vorgegeben, sondern eine Abwägungsfrage. Sicher ist nur, daß bei unbaren Geschäften von den zwei getauschten Vermögensgegenständen einer für sich betrachtet zu schätzen ist und die Bewertung des zweiten relativ dazu erfolgen muß. Für die zweite Bewertungsmethode spricht, daß sie nicht nur stille Reserven aufdeckt, die in dem bereits bilanzierten Vermögensgegenstand verkörpert sind, sondern zugleich die Legung neuer stiller Reserven verhindert. Aus der Perspektive der Gewinnrealisierung beim Umsatz eines Vermögensgegenstands ist diese Bewertung, wie gesehen, nachvollziehbar. Logisch ist nichts dagegen einzuwenden, von der Doppelnatur des Tausches primär auf das Element der Gewinnrealisierung abzustellen und den Wert des hingegebenen Gegenstands nach dem Erlös zu bestimmen.

Betont man beim Tausch das Element der Anschaffung eines Vermögensgegenstands, erscheint es hingegen zirkulär, die Anschaffungskosten nach dem Wert des angeschafften Gegenstands zu bestimmen. Soweit bei absoluter Bestimmung beider Vermögensgegenstände der Wert der erhaltenen Sache tatsächlich höher ist als der Wert der eingetauschten Sache, liegt eine günstige Anschaffung vor, aus der ein Anschaffungsgewinn nach dem Grundsatz der Ergebnisneutralität von Anschaffungen noch nicht ausgewiesen werden darf. Die erste Bewertungsmethode erlaubt es, den Gewinn vorsichtiger zu berechnen, nämlich einen Anschaffungsgewinn noch nicht zu bilanzieren. Das mag der

Grund sein, warum in der Literatur überwiegend auf den Zeitwert des hingegebenen Gegenstands abgestellt wird. Nicht erklärlich ist allein, warum nach manchen der Zeitwert des erhaltenen Vermögensgegenstands nur maßgeblich sein soll, wenn er über dem Zeitwert des hingegebenen Gegenstands liegt.[817] Denn entweder liegt der Wert des hingegebenen Vermögensgegenstands immer in dem tatsächlichen Erlös oder nie.

Tatsächlich werden sich der Zeitwert des hingegebenen Gegenstands und der des erhaltenen Gegenstands wohl weitgehend entsprechen, wenn zwei unabhängige Marktakteure das Tauschgeschäft schließen und keine Gesellschafterfinanzierung das Geschäft verzerrt. Welcher Vermögensgegenstand absolut bestimmt wird, welcher relativ, ist daher nicht von entscheidender Bedeutung. Vielmehr kommt es entscheidend darauf an, ob man überhaupt einen geschätzten Gewinnausweis zulassen will. Die Bilanzierung von Tauschvorgängen wirft dieselbe Frage auf wie die Bilanzierung unentgeltlicher Sacheinlagen. In beiden Fällen fehlt für die Aktivierung eines Vermögensgegenstands ein bares Entgelt oder der Nominalbetrag einer Forderung als eindeutiger Wertmaßstab, so daß eine Schätzung erforderlich wird. Entweder ist der erworbene Gegenstand selbst zu schätzen oder der dafür hingegebene Gegenstand.

Bei der Diskussion unentgeltlicher Sacheinlagen ist deutlich geworden, daß man das Vorsichtsprinzip so verstehen kann, der Ausweis eines unsicheren Gewinns, der auf der Schätzung des Werts eines Vermögensgegenstands beruht, sei generell nicht zulässig.[818] Die Zugangsbewertung zu den historischen Anschaffungskosten soll das Vorsichtsprinzip konkretisieren. Wenn jeder auf Schätzung basierende Gewinnausweis gegen das Vorsichtsprinzip verstößt, kommt es nicht darauf an, ob bei einer Anschaffung überhaupt keine Kosten anfallen oder beim Tausch eines Vermögensgegenstands die wahren, über dem Buchwert liegenden Kosten geschätzt werden müssen. Schließt das Vorsichtsprinzip einen auf Schätzung basierenden Gewinnausweis aus, ist bei Tauschgeschäften der Buchwert des hingegebenen Vermögensgegenstands zugrunde zu legen, um den gesamten Anschaffungsvorgang ergebnisneutral zu halten.

Die Anschaffungsneutralität, die durch das Ak/Hk-Prinzip gewährleistet werden soll, ist formal zu bestimmen. Ein Gewinnausweis kann bei Tauschgeschäften nur zulässig sein, wenn man dem Vorsichtsprinzip kein generelles Verbot entnimmt, Gewinne zu schätzen, sondern das spezielle Verbot des Ausweises unrealisierter Gewinne in § 252 Abs. 1 Nr. 4 Hs. 2 HGB auf die unsichere Entstehung von Forderungen beschränkt. In diesem Fall kann man das Ak/Hk-Prinzip so verstehen, daß der wahre Wert der Gegenleistung maßgeblich sein soll für die Bestimmung der Anschaffungskosten. Eine gewinnrealisierende Bilanzierung von Tauschvorgängen ist demnach vertretbar, soweit bei unentgeltlichen Sacheinlagen eine Aktivierung zum Zeitwert des erworbenen Vermö-

817 So aber *Ekkenga* in KölnKomm-RL § 255 HGB, Rz. 19.

818 Zum Verständnis des Vorsichts- bzw. Realisationsprinzips bei unentgeltlichen Sacheinlagen s.o. S. 263.

gensgegenstands zugelassen wird und umgekehrt. Nachdem der Europäische Gerichtshof jedoch bei unentgeltlichen Sacheinlagen eine Aktivierung zum Zeitwert jedenfalls für Kapitalgesellschaften unter Hinweis auf das Vorsichtsprinzip untersagt hat, muß man bei Tauschgeschäften den Buchwert des hingegebenen Vermögensgegenstandes fortführen, will man sich nicht zu dieser Entscheidung in Widerspruch setzen.

7. Ansatz- und Bewertungsrecht beim Erwerb gegen junge Gesellschaftsanteile

Die vorangegangenen Erörterungen haben die Grundlage geschaffen, die Bilanzierung von Sacheinlagen zu diskutieren, die als Gegenleistung für den Erwerb junger Gesellschaftsanteile eingebracht werden. Sacheinlagen, die zur Erfüllung der gesellschaftsrechtlichen Einlagepflicht auf das gezeichnete Kapital erfolgen, werden unstreitig zumindest in der Höhe des gezeichneten Kapitals als offene Einlagen bilanziert. Umstritten ist die Bilanzierung von Sacheinlagen, soweit deren Wert nicht mehr das gezeichnete Kapital aufbringen soll. Diese Bilanzierungsproblematik trifft den Kern der vorliegenden Untersuchung, da das ›Agio‹ eine bare oder unbare Leistung umschreibt, die anläßlich einer Anteilsausgabe über den Nominalbetrag dieser Anteile hinaus versprochen wird. Die Intensität des Kapitalschutzes hängt bei unbaren Agioleistungen davon ab, ob sie als offene Einlage aktiviert und in einer ausschüttungsgesperrten Kapitalrücklage gebucht werden müssen.

a) Ähnlichkeiten zu Tauschgeschäften und unentgeltlichen Sacheinlagen

Sacheinlagen, die als Gegenleistung für junge Gesellschaftsanteile eingebracht werden, versteht man im Handelsbilanzrecht als entgeltlichen, tauschähnlichen Vorgang.[819] Sie weisen ein ähnliches Bewertungsproblem wie unentgeltliche Sacheinlagen auf, da ihr Wert nicht bei einem Markttest nachgewiesen wird. Ihre Bilanzierung ist daher ebenso zweifelhaft wie die unentgeltlicher Sacheinlagen. Anders als bei Tauschgeschäften steht nicht einmal der Buchwert der hingegebenen Anteile als verobjektivierter Wertmaßstab zur Verfügung. Zwar sind die hingegebenen Anteile Vermögensgegenstände, die grundsätzlich bilanziert werden können und vom Gesellschafter, wenn er Kaufmann ist, auch bilanziert werden müssen (vgl. § 266 A III 3 HGB). Da die Anteile jedoch erst neu geschaffen werden, sind sie nicht als Vermögensgegenstände der Gesellschaft bilanziert gewesen (und wollte man sie eine logische Sekunde vor der Zuteilung an den Gesellschafter noch bilanzieren, sähe man denselben Bewertungsproblemen entgegen).

819 S.o. S. 193 f.

b) Einbringungserwerb vs. Austauschgeschäft im Kapitalgesellschaftsrecht; Vorrang kapitalgesellschaftsrechtlicher Bilanzierungsanforderungen

In Personengesellschaften orientiert sich die Bilanzierung entgeltlicher Sacheinlagen entweder an den Tauschgrundsätzen oder an der Bilanzierung unentgeltlicher Sacheinlagen.[820] Die dogmatische Begründung macht im Ergebnis wenig Unterschied, da in beiden Fallgestaltungen sowohl die Bildung stiller Reserven als auch eine wahlweise oder zwingende Bilanzierung zum Zeitwert vertreten wird. Eine wahlweise oder zwingende Bilanzierung zum Zeitwert wird entsprechend auch bei entgeltlichen Sacheinlagen als Bilanzierungsgrundsatz vorgeschlagen.

Im Kapitalgesellschaftsrecht wird die Bilanzierung der entgeltlichen Sacheinlage teilweise ebenso wie im Personengesellschaftsrecht begründet.[821] Teilweise wird die Bilanzierung anders erklärt und zwischen der entgeltlichen Sacheinlage als Einbringungserwerb und anderen Austauschgeschäften unterschieden. Zur Begründung dieser Differenzierung wird auf das kapitalgesellschaftsrechtliche Gebot der Wertdeckung des gezeichneten Kapitals verwiesen. Zum Schutz der Gläubiger habe das Kapitalgesellschaftsrecht mit der Sacheinlageprüfung ein eigenes Verfahren zur Bewertung von Vermögensgegenständen eingeführt, welches den handelsrechtlichen Bewertungsgrundsätzen vorgehe. Zudem könne das Kapitalgesellschaftsrecht eine konkrete Aktivierbarkeit von Sacheinlagen vorschreiben, selbst wenn nach handelsrechtlichen GoB nicht von einem Vermögensgegenstand auszugehen sei, so insbesondere bei Nutzungsrechten.[822]

Die begriffliche Differenzierung zwischen Einbringungsprinzip und Austauschprinzip muß man nicht überbewerten. Die konkrete Bilanzierung wird von Vertretern beider Prinzipien meist zum Zeitwert des Einlagegegenstands vorgenommen.[823] Einbringungsprinzip und Austauschprinzip unterscheiden sich in ihrem Begründungsansatz für eine Zeitwertbewertung vor allem darin, ob dem Kapitalgesellschaftsrecht ein formeller Vorrang vor den handelsrechtlichen GoB des Ansatz- und Bewertungsrechts eingeräumt wird.[824]

Die ausdrücklichen Sondervorschriften für den Jahresabschluß in § 42 GmbHG und §§ 152, 158 AktG stellen außer Frage, daß das Kapitalgesellschaftsrecht

820 *Ekkenga* in KölnKomm-RL § 255 HGB, Rz. 25 geht z.B. von Tauschgrundsätzen aus; *Tiedchen* in MüKo-BilanzR § 255 HGB, Rz. 50 zieht einen Vergleich zu unentgeltlichen Sacheinlagen.

821 *Tiedchen* in MüKo-BilanzR § 255 HGB, Rz. 50 ohne Unterscheidung zwischen Personen- und Kapitalgesellschaften.

822 *Ekkenga* in KölnKomm-RL § 255 Rz. 20 und Rz. 25.

823 Zu unterschiedlichen Begründungsansätzen unter den Vertretern des Einbringungsprinzips, die teilweise eine Zeitwertbilanzierung mit ähnlichen Überlegungen wie Vertreter des Austauschgedankens begründen, *Ekkenga* in KölnKomm-RL § 255 HGB, Rz. 24.

824 Für einen Vorrang des Kapitalgesellschaftsrechts gegenüber den handelsrechtlichen GoB *Ekkenga* in KölnKomm-RL § 255 HGB, Rz. 23.

besondere Anforderungen an die Aufstellung des Jahresabschlusses enthalten kann. Diese können grundsätzlich auch implizit durch den Regelungszweck von Vorschriften gegeben sein, die keine ausdrücklichen Bilanzierungsvorgaben enthalten. Weiter oben wurde allerdings auch schon beschrieben, daß das BiRiLiG ein möglichst einheitliches Ansatz- und Bewertungsrecht für alle Kaufleute schaffen wollte.[825] Die handelsrechtlichen GoB sind an sich rechtsform-, branchen- und konzernunabhängig.[826] Die Annahme impliziter kapitalgesellschaftsrechtlicher Sonderregeln muß daher mit Zurückhaltung getroffen und möglichst auf Fälle beschränkt werden, in denen eine Abweichung von den allgemeinen handelsrechtlichen GoB für die Funktionsweise des Kapitalschutzes notwendig ist. Im übrigen können besondere Anforderungen des nationalen Kapitalgesellschaftsrechts nur insoweit im Handelsbilanzrecht anerkannt werden, als dieses nicht durch europäisches Recht vorgezeichnet ist, da dem Europäischen Recht Anwendungsvorrang zukommt.

Soweit aus dem Einbringungsprinzip die konkrete Aktivierbarkeit von Nutzungsrechten gefolgert wird, hat die Erörterung der Nutzungsrechte schon gezeigt, daß deren Aktivierbarkeit einerseits auch rein handelsrechtlich begründet werden kann, da der standardmäßige Hinweis auf die Nichtbilanzierung schwebender Geschäfte nicht überzeugen kann, wenn die Gesellschaft bei unentgeltlichen Sacheinlagen keine Gegenleistung aus ihrem aktivierten Vermögen verspricht. Es stehen sich dann nicht ein aktiviertes Nutzungsrecht und eine zu passivierende Verpflichtung ausgeglichen gegenüber, so daß nicht nur eine bloße Bilanzverlängerung zu erreichen wäre.[827] Ebensowenig muß bei einer Gegenleistung in Form von jungen Gesellschaftsanteilen auf eine Aktivierung des Nutzungsrechts verzichtet werden, da auch hier keine bloße Bilanzverlängerung droht. Andererseits ist bei dieser Erörterung auch deutlich geworden, daß das kapitalgesellschaftsrechtliche Gebot der Wertdeckung des gezeichneten Kapitals durch die Nichtaktivierung von Sacheinlagen nicht gefährdet, sondern gestärkt würde. Da das Einbringungsprinzip als besonderes Ansatzrecht mit dem Kapitalaufbringungsschutz begründet wird, kann es die konkrete Aktivierbarkeit von Nutzungsrechten nicht begründen.

Soweit aus dem Einbringungsprinzip gefolgert wird, die Bewertung im Rahmen der Sacheinlageprüfung gehe bei entgeltlichen Sacheinlagen der Bewertung nach § 255 HGB vor, besteht kaum ein Unterschied zwischen der Bilanzierung als Einbringungserwerb oder als tauschähnliche Anschaffung. Denn die Bewertung von Sacheinlagen orientiert sich im Kapitalgesellschaftsrecht an den allgemeinen Bewertungsregeln, um den Zeitwert des Einlagegegenstands zu ermitteln.[828] In der Bestimmung des Zeitwerts kommen Kapitalgesellschaftsrecht und Bewertung nach handelsrechtlichen GoB zum selben Ergebnis.

825 S.o. S. 190.
826 *Ballwieser* in MüKo-HGB § 243, Rz. 72.
827 S. o. S. 304 ff.
828 BH-*Fastrich* § 5 GmbHG, Rz. 33 f. (für das GmbH-Recht).

Die eigentliche Frage ist, ob der Vermögensgegenstand in der Bilanz zum Zeitwert zu aktivieren ist. Auch nach den gängigen Ansichten zur Bilanzierung von Tauschgeschäften soll eine Zeitwertbewertung zumindest zulässig, nach anderen auch geboten sein. Im übrigen akzeptieren selbst die Vertreter des Austauschprinzips, die ein Bewertungswahlrecht befürworten, eine Modifizierung der normalen handelsrechtlichen Bilanzierung jedenfalls, soweit das gezeichnete Kapital (bei Aktiengesellschaften auch ein eventuell nach § 9 Abs. 2 AktG festgesetzter höherer Ausgabebetrag) durch Sacheinlagen aufgebracht werden soll. Soweit der Zeitwert des Einlagegegenstands nach dem Ergebnis der Sacheinlageprüfung das darauf entfallende Nominalkapital abdeckt, muß die Sacheinlage auch aktiviert werden.[829] Soweit der Zeitwert den Betrag des darauf entfallenden Nominalkapitals nicht erreicht, darf der Vermögensgegenstand maximal mit seinem Zeitwert angesetzt werden. Im übrigen valutiert die Einlageforderung gemäß den kapitalaufbringungsrechtlichen Regeln über die Differenzhaftung als Barforderung weiter.[830]

In der Tat widerspräche eine handelsrechtliche Höherbewertung in diesem Fall dem Kapitalschutz, da sie zu einem Gewinnausweis führen müßte und damit zu Ausschüttungsbeträgen, die aus gesellschaftsrechtlicher Sicht als Einlagerückgewähr zu qualifizieren wären.[831] Eine solche Höherbewertung wäre etwa denkbar, wenn man die Anschaffungskosten bei dem tauschähnlichen Vorgang nach dem Nominalwert der hingegeben Anteile bestimmte.

Unterschiede können sich zwischen der Einbringungstheorie und der Austauschtheorie ergeben, sofern der Wert der Sacheinlage das Nominalkapital übersteigt. Die Vertreter der Einbringungstheorie halten eine Bewertung der Sacheinlage mit dem Zeitwert, den die Sacheinlageprüfung ergeben hat, auch in diesen Fällen für zwingend.[832] Begründet wird diese Forderung nicht weiter. Da aber das Einbringungsprinzip mit dem Gebot der Wertdeckung des gezeichneten Kapitals begründet wird, können daraus für die Bilanzierung höherwertiger Einlagegegenstände keine Vorgaben abgeleitet werden.[833] Wer die Bilanzierung von entgeltlichen Sacheinlagen nach Tauschgrundsätzen oder entsprechend dem vergleichbaren Fall einer unentgeltlichen Einlage vornehmen will, kommt je nach der Auffassung, die er für diese Fälle vertritt, entweder ebenfalls zu einem

829 Vgl. ADS Bd. 1 § 255 HGB, Rz. 96 m.w.N.

830 *Ekkenga* in KölnKomm-RL § 255 HGB, Rz. 23 und 24 (als Vertreter der Einbringungstheorie); ADS Bd. 1, § 255 HGB, RZ. 96 (als Vertreter der Austauschtheorie).

831 Darauf weist *Ekkenga* in KölnKomm-RL § 255 HGB, Rz. 23 zu Recht hin.

832 *Ekkenga* in KölnKomm-RL § 255 HGB, Rz. 24 m.w.N.

833 Selbst *Ekkenga* in KölnKomm-RL § 255 HGB, Rz. 24 Fn. 64 lehnt die Anwendung des Einbringungsprinzips auf den Mehrwert von Sacheinlagen in eine GmbH ab, da dieser nicht vom Kapitalschutz der GmbH erfaß werde. Das muß dann konsequenter Weise für alle Fälle gelten, in denen ein Sacheinlagewert nicht dem Kapitalschutz unterfällt.

verpflichtenden Ansatz des Zeitwerts oder aber auch zu einem Wahlrecht zwischen Zeitwert und stillen Reserven.

c) Aktivierung in Höhe des Nominalwerts und des erhöhten Ausgabebetrags im Aktienrecht

aa) Nominalwert

Nach der Einbringungstheorie folgt die Aktivierung des Sacheinlagegegenstands mit seinem Zeitwert bis zur Höhe des Nominalwerts aus dem Vorrang des Kapitalgesellschaftsrechts, dessen Wertermittlung im Rahmen der Sacheinlageprüfung der handelsrechtlichen Bewertung vorgehe. Doch auch auf Grundlage der Austauschtheorie läßt sich die Aktivierung eines eingebrachten Vermögensgegenstands mit seinem Zeitwert mit den handelsrechtlichen GoB erklären, selbst wenn man bei Tauschgeschäften oder unentgeltlichen Sacheinlagen ein Wahlrecht oder gar ein Aktivierungsverbot vertritt. Die vom Kapitalgesellschaftsrecht vorgeschriebene Sacheinlageprüfung bedeutet eine stärker verobjektivierte Wertkontrolle.[834] Anders als bei unentgeltlichen Einlagen oder auch bei Tauschgeschäften hängt die Bewertung nicht von der Einschätzung des bilanzierenden Kaufmanns ab. Statt dessen müssen unabhängige Prüfer vor der Durchführung der Einlage deren Werthaltigkeit überprüfen. Selbst wenn der Wert des Einlagegegenstands unerkannt zu hoch angesetzt wird, greift bei späterer Aufdeckung der Überbewertung eine Differenzhaftung, so daß der Nominalwert der Anteile mit hoher Wahrscheinlichkeit tatsächlich aufgebracht wird.[835]

Dieser Erklärungsansatz in der Literatur begründet implizit die Vereinbarkeit der Aktivierung von Sacheinlagen in Höhe des Nominalwerts mit dem Vorsichtsprinzip. Eben darin liegt der Wert der Hinweise auf die Sacheinlageprüfung und die Differenzhaftung. Auch bei der Sacheinlageprüfung wird der Zeitwert des Vermögensgegenstands zwar immer noch geschätzt, jedoch in einem vorgeschalteten Verfahren von unabhängigen Prüfern. Sofern die Schätzung zu hoch ausfällt, muß der Einleger den angenommen Wert nachträglich zuführen. Beide Mechanismen verringern die Gefahren, die aus den Bewertungsunsicherheiten bei Sacheinlagen resultieren. Die Finanzierung durch Sacheinlagen ist in diesem Fall beinahe so sicher wie die Finanzierung durch Bareinlagen. Insofern kann man vertreten, daß bei entgeltlichen Sacheinlagen dem Vorsichtsprinzip nicht allein durch einen Verzicht auf die Aktivierung geschätzter Werte genügt werden kann.

834 *Hennrichs* in MüKo-BilanzR, § 248 HGB, Rz. 55 (zur entgeltlichen Sacheinlage immaterieller Vermögensgegenstände – diesen Gedanken kann man verallgemeinern).

835 Auf die Differenzhaftung weist auch *Hennrichs* in MüKo-BilanzR, § 248 HGB, Rz. 55 hin; ebenso ADS Bd. 1, § 255 HGB, Rz. 96.

Von besonderer Bedeutung ist bei der Abwägung des Vorsichtsprinzips dabei noch ein weiterer Punkt. Das Nominalkapital unterliegt in den Kapitalgesellschaften nicht nur dem Recht der Kapitalaufbringung, sondern in vollem Umfang auch der Kapitalerhaltung, kann also nur unter strengen Voraussetzungen an die Gesellschafter zurückgeführt werden. Anders als bei unentgeltlichen Einlagen und bei Tauschgeschäften droht bei Sacheinlagen auf das Nominalkapital nicht einmal mittelbar eine Erhöhung des Bilanzgewinns. Da die Nichtaktivierung geschätzter Werte aus unentgeltlichen Sacheinlagen und bei Tauschgeschäften mit dem Hinweis auf das entgegenstehende Vorsichtsprinzip als Ausnahme zum Vollständigkeitsgebot und als Einschränkung zum Einsichtsgebot begründet wird, besteht bei entgeltlichen Sacheinlagen keine Notwendigkeit für diese Ausnahme, da dem Vorsichtsprinzip auf andere Weise genügt werden kann.

Auch auf Grundlage des allgemeinen handelsrechtlichen Ansatz- und Bewertungsrechts läßt sich daher die allgemeine Ansicht begründen, entgeltliche Sacheinlagen als offene Einlagen zu behandeln, soweit ihr Zeitwert den Nominalwert der Anteile tatsächlich abdeckt. Die Aktivierung von Sacheinlagen scheint in Höhe des Nominalbetrags auch der Vorstellung des Gesetzes zu entsprechen, das im Kapitalgesellschaftsrecht versucht, möglichst eine Gleichwertigkeit von Bar- und Sacheinlagen zu garantieren. Eine gleichartige bilanzielle Behandlung von Bar- und Sacheinlagen liegt dann nicht fern. Die Aktivierung von Sacheinlagen, sofern ihr Zeitwert das gezeichnete Kapital abdeckt, wird zudem schon so lange mit Richtigkeitsüberzeugung vorgenommen, daß man sie als Gewohnheitsrecht ansehen könnte.[836]

bb) Erhöhter Ausgabebetrag im Aktienrecht

Eine Pflicht zur Aktivierung des Zeitwerts von Sacheinlagen wird in der Literatur bei Aktiengesellschaften auch insoweit angenommen, als nicht das Grundkapital durch eine Sacheinlage aufgebracht werden soll, sondern der nach § 9 Abs. 2 AktG erhöhte Ausgabebetrag. Sowohl die Begründung nach dem Einbringungsprinzip wie die Begründung nach dem Austauschprinzip setzen voraus, daß insoweit der aktienrechtliche Kapitalschutz greift.[837] Im Laufe dieser Untersuchung wird sich zeigen, daß der Bundesgerichtshof den aktienrechtlichen Kapitalschutz durch Sacheinlageprüfung und Differenzhaftung tatsächlich auf den erhöhten Ausgabebetrag anwendet.[838] Das Recht der Kapital-

836 Zur Entstehung von Gewohnheitsrecht *Larenz/Canaris*, Methodenlehre, 258.

837 Wegen der Begründung aus dem Kapitalschutz beschränkt *Ekkenga* in KölnKomm-RL § 255 HGB, Rz. 24 Fn. 64 die Anwendung des Einbringungsprinzips hinsichtlich des Mehrwert von Sacheinlagen auf die Aktiengesellschaft. ADS Bd. 1, § 255 HGB, Rz. 96 setzen ebenfalls Werthaltigkeitskontrolle und Differenzhaftung bezüglich des erhöhten Ausgabebetrags voraus.

838 S. u. S. 821 und 837.

erhaltung unterscheidet sich zwar beim erhöhten Ausgabebetrag von der Kapitalerhaltung des Grundkapitals, jedoch besteht ebenfalls keine Möglichkeit, direkt die ausschüttungsfähigen Mittel zu erhöhen. Insofern erscheint eine Aktivierung entgeltlicher Sacheinlagen auch bis zur Höhe des erhöhten Ausgabebetrags gerechtfertigt.

d) Mehrwerte über dem Nominalwert (bei Aktiengesellschaften: Ausgabebetrag) der Anteile

Sofern der gesellschaftsrechtliche Kapitalschutz den Wert einer Sacheinlage prüft, durch Differenzhaftung sichert und eine Ausschüttung an die Gesellschafter aus diesem Vermögenszuwachs nicht gestattet, läßt sich die Aktivierung von entgeltlichen Sacheinlagen trotz der auch hierbei bestehenden Restunsicherheit aufgrund der Schätzungsproblematik vor dem Vorsichtsprinzip rechtfertigen. Schwieriger wird die Begründung der Zeitwertbilanzierung, sofern der Wert des Einlagegegenstands das Nominalkapital oder den erhöhten Ausgabebetrag bei Aktiengesellschaften übersteigt.

In der Literatur wird eine Bilanzierung zum Zeitwert für Sacheinlagen im Sinne des Kapitalgesellschaftsrechts diskutiert, d.h. für die einmalige Übertragung von sacheinlagefähigen Vermögensgegenständen. Für wiederkehrende Sachleistungen, das sind Nebenleistungen im Sinne von § 55 AktG, und für nicht sacheinlagefähige Dienstleistungen werden keine kapitalgesellschaftsrechtlichen Sonderregeln erwogen. Die Literaturbeiträge gehen dabei von dem Standardfall aus, daß der Wert des Einlagegegenstands auf den Nominalbetrag der Anteile angerechnet werden soll. Denkbar ist jedoch auch, daß der Nominalbetrag vollständig durch eine Bareinlage aufgebracht wird und zusätzlich die Übertragung eines Vermögensgegenstands versprochen wird (gemischte Einlage).

Die Vertreter des Einbringungsprinzips gehen, wie gesehen, von einer Aktivierungspflicht zum vollen Zeitwert aus, ohne diese Anforderung schon aus dem kapitalgesellschaftsrechtlichen Wertdeckungsgebot, auf dem die Einbringungstheorie gründet, ableiten zu können. Unter den Vertretern des Austauschprinzips wird entweder ein Wahlrecht zwischen einer Bilanzierung zum Nominalwert der Anteile und einer Bilanzierung zum vollen Zeitwert gewährt[839] oder auf eine zwingende Aktivierung zum Zeitwert[840] bestanden, je nachdem, wie die Bilanzierung von Tauschgeschäften oder unentgeltlichen Sacheinlangen gehandhabt wird. Wird eine Bilanzierung zum Zeitwert vorgenommen, ist die Gegenbuchung auf der Passivseite umstritten. Teilweise wird die Einstellung in die Kapitalrücklage nach § 272 Abs. 2 Nr. 1 HGB (als ›Agio‹) für richtig

839 Für ein Wahlrecht ADS Bd. 1, § 255 HGB, Rz. 97 m.w.N.; kritisch aus jüngster Zeit *Schulze-Osterloh*, Aktivierung, Ertragsausweis und Kapitalrücklage, 3 m.w.N.

840 Für eine zwingende Aktivierung zum Zeitwert *Tiedchen* in MüKo-BilanzR § 255 HGB, Rz. 50 m.w.N.; *Schulze-Osterloh*, Aktivierung, Ertragsausweis und Kapitalrücklage, 3 m.w.N.

gehalten, teilweise eine Buchung in die Kapitalrücklage nach § 272 Abs. 2 Nr. 4 HGB (als »andere Zuzahlung«).[841]

Zur Begründung eines Wahlrechts wird in der Literatur darauf hingewiesen, entgeltliche Einlagen über das gezeichnete Kapital hinaus würden somit nicht anders bilanziert als unentgeltliche Zuwendungen.[842] Für die bilanzielle Behandlung von Sacheinlagen soll also nicht der Zeitpunkt oder der faktische Zusammenhang mit einer Anteilsausgabe entscheidend sein, sondern jede Sacheinlage soll gleich abgebildet werden, sofern nicht die Besonderheiten des Kapitalschutzes eine andere Behandlung verlangen. Gegen dieses Gleichbehandlungsargument ist zunächst nichts einzuwenden, doch wird man nach den Entscheidungen GIMLE SA und Bloomsbury NV, in denen der EuGH bei unentgeltlichen Einlagen eine Aktivierung zu den historischen Kosten im Sinne der aus dem bilanzierten Vermögen aufgewendeten Mittel verlangt hat, ein Aktivierungsverbot des Mehrwerts von Sacheinlagen annehmen müssen, will man alle Sacheinlagen gleich behandeln.[843]

Für eine Aktivierungspflicht zum Zeitwert wird teilweise ins Feld geführt, für die Bewertung des Sacheinlagegegenstands stünde gar kein anderer Anhaltspunkt zur Verfügung.[844] Dieses Argument ist nicht stichhaltig. Wenn man die Legung stiller Reserven akzeptiert, kann man sich mit den Vertretern eines Bilanzierungswahlrechts darauf beschränken, den Sacheinlagegegenstand zum Nominalwert der ausgegebenen Anteile zu bilanzieren. Der Nominalwert der neu ausgegebenen, bei der Gesellschaft selbst nicht bilanzierten Anteile kann einen formalen Anhaltspunkt für die Zugangsbewertung geben ähnlich wie der Buchwert eines aktivierten Vermögensgegenstands bei einem normalen Tauschgeschäft. Wenn die eingebrachte Sache tatsächlich wertlos wäre, müßte der Gesellschafter aufgrund der gesellschaftsrechtlichen Differenzhaftung eine Barleistung erbringen, in welchem Fall die Einlageforderung in der Höhe des Nominalkapitals als Barforderung weiter valutiert. Die eingebrachte Sache muß daher wenigstens so viel wert sein wie die Einlageforderung, die durch sie erlischt und deshalb nicht aktiviert wird. Entsprechend kann man den eingebrachten Vermögensgegenstand mindestens mit diesem Wert aktivieren.

841 Die bilanzielle Behandlung soll nach Ansicht vieler davon abhängen, ob über den Mehrwert der Sacheinlage eine besondere Vereinbarung getroffen worden ist, sei es eine bloße Vereinbarung über die Bilanzierung eines sog. ›stillen Agios‹, sei es eine Vereinbarung über den nur schuldrechtlichen Charakter der Mehrleistung als sog. ›schuldrechtlichem Agio‹. Übersicht über den Streitstand bei *Plassmann/Schnorbus*, Bilanzierung eines schuldrechtlichen Agios, 993 ff. (auf S. 996 mit der nicht korrekten Behauptung, ein stilles Agio soll nach allgemeiner Ansicht in § 272 II Nr. 1 HGB einzustellen sein; hier wird die im Einlagerecht sehr bekannte Stimme von *Ekkenga* in KölnKomm-RL § 255, Rz. 24 überhört).

842 ADS Bd. 1, § 255 HGB, Rz. 97.

843 Zur Rechtsprechung des EuGH bezüglich unentgeltlicher Sacheinlagen s. o. S. 272 ff.

844 Zu dieser Ansicht kritisch *Ekkenga* in KölnKomm-RL § 255 HGB, Rz. 24 m.w.N.

Die Nichtvornahme der Aktivierung einer Forderung aus Differenzhaftung kann man dabei der Ausbuchung des Buchwerts eines Vermögensgegenstands bei normalen Tauschgeschäften vergleichen. Alternativ könnte man auch auf den wahren Wert der hingegebenen Anteile als den tatsächlichen Kosten abstellen, der geschätzt werden oder bei börsennotierten Gesellschaften am Kurswert der Aktien abgelesen werden kann. Vermutlich führen jedoch die Aussagen des EuGH in den genannten Urteilen, wenn man sie auf normale Tauschgeschäfte überträgt, dazu, nur den formalen Buchwert des hingegebenen Vermögensgegenstands als Bewertungsmaßstab für Tauschgeschäfte zu nehmen.[845] Nimmt man sich Tauschgeschäfte zum Vorbild für die Bilanzierung entgeltlicher Sacheinlagen, bleibt daher praktisch nur die Bilanzierung zum Nominalwert junger Gesellschaftsanteile. Wenigstens dieser eine andere Anhaltspunkt steht für Bewertung jedoch zur Verfügung.

Überwiegend wird die Pflicht, entgeltliche Sacheinlagen zum vollen Zeitwert zu bilanzieren, nicht mit dem Mangel an alternativen Bewertungsmethoden begründet, sondern mit dem Einsichtsgebot. Bei der Zugangsbewertung sollen keine stillen Reserven gelegt werden, auch nicht wenn die Anschaffung gegen Ausgabe junger Anteile erfolgt.[846] Die Aktivierung entgeltlicher Einlagen zum Zeitwert wird in diesem Fall wie in den beiden anderen Begründungsansätzen nicht mit besonderen kapitalgesellschaftsrechtlichen Anforderungen erklärt, sondern mit rein handelsbilanzrechtlichen Erwägungen.

Auch diese Argumentation hat durch die Entscheidungen GIMLE SA und Bloomsbury NV nicht an dogmatischer Überzeugungskraft eingebüßt, jedoch in praktischer Hinsicht muß die Argumentation mit dem Einsichtsgebot als überholt angesehen werden. Wenn die Legung stiller Reserven nach europäischem Recht (zumindest wie es der Europäische Gerichtshof interpretiert hat) keinen Grund gibt, unentgeltliche Sacheinlagen zum Zeitwert zu aktivieren, dann müssen auch entgeltliche Sacheinlagen nicht mit ihrem wahren Wert in der Bilanz abgebildet werden.

Nach den beiden genannten Entscheidungen des Europäischen Gerichtshofs kann es auch hinsichtlich des Mehrwerts von Sacheinlagen über das gezeichnete Kapital hinaus allein darauf ankommen, ob kapitalschutzrechtliche Besonderheiten den Konflikt, in dem eine Zeitwertbewertung von Einlagen mit dem Vorsichtsprinzip steht, entschärfen können. Ein ähnliches Schutzniveau könnte im Aktienrecht beispielsweise erreicht werden, wenn eine passive Gegenbuchung verpflichtend in der Kapitalrücklage nach § 272 Abs. 2 Nr. 1 HGB vorzunehmen wäre und nicht, wie manche meinen, in der Rücklage nach Nummer 4 der Vorschrift. Dann dürfte gemäß § 150 AktG der entsprechende Betrag nicht wieder an die Gesellschafter ausgeschüttet werden. Voraussetzung für eine Aktivierung

845 S. dazu o. S. 318 f.

846 *Schulze-Osterloh*, Aktivierung, Ertragsausweis und Kapitalrücklage, 3 m.w.N.; *Tiedchen* in MüKo-BilanzR § 255 HGB, Rz. 50 m.w.N.; *Ekkenga* in KölnKomm-RL § 255 HGB, Rz. 22.

wäre jedoch nicht allein ein vergleichbarer Schutz der Kapitalerhaltung, sondern ebenso Vergleichbarkeit im Kapitalaufbringungsrecht, wenn man die Aktivierung von Sacheinlagen in Höhe des Nominalkapitals mit den Schutzmodulen Sacheinlageprüfung und Wertgarantie begründet. Ob diese Voraussetzung im Aktienrecht tatsächlich erfüllt werden kann, wird sich bei der Besprechung des Kapitalschutzes solcher Einlagen zeigen.

8. Ansatz- und Bewertungsrecht bei Umwandlungen

Zum Abschluß der Erörterung der handelsrechtlichen Bilanzierung von Finanzierungsbeiträgen der Gesellschafter sei noch auf Besonderheiten des Umwandlungsrechts hingewiesen. Sofern bei einer Verschmelzung oder Spaltung der übernehmende Rechtsträger eine Kapitalgesellschaft ist und neue Anteile ausgibt, ähnelt der Vorgang sehr weitgehend der Gründung oder Kapitalerhöhung im Aktien- und GmbH-Recht.[847] In der Literatur werden für die Bewertung der in Folge einer Umwandlung erworbenen Vermögensgegenstände dieselben Bewertungsmethoden streitig diskutiert wie bei entgeltlichen Sacheinlagen, die nicht im Rahmen eines Umwandlungsvorgangs erfolgen.[848] Besondere Aufmerksamkeit verdient das Umwandlungsrecht nicht so sehr wegen der parallelen Diskussion der entgeltlichen Sacheinlagen in einem Sonderfall des Anschaffungserwerbs, sondern weil das Gesetz in § 24 UmwG als alternative Bewertungsmethode neben §§ 253, 255 HGB ausdrücklich eine Buchwertfortführung zuläßt. Wegen der notwendigen Verknüpfung des Bewertungsrechts mit dem Ansatzrecht wirkt sich diese Vorschrift auch auf das Ansatzrecht aus. Wählt die Gesellschaft die Möglichkeit der Buchwertfortführung, kann sie z.B. immaterielle Vermögensgegenstände, welche bei dem übertragenden Unternehmen wegen § 248 Abs. 2 S. 2 HGB nicht bilanziert werden konnten, ihrerseits nicht bilanzieren, obwohl der Erwerb gegen Gesellschaftsrechte an sich einen entgeltlichen Anschaffungsvorgang darstellt, bei dem auch solche immateriellen Vermögensgegenstände zu aktivieren wären.[849]

Die Einzelheiten des Bilanzrechts bei Umwandlungen können an dieser Stelle nicht vertieft werden. Doch ermöglicht die Sonderregelung der alternativen Buchwertverknüpfung einige Rückschlüsse auf die allgemeine Problematik der Bilanzierung von entgeltlichen Sacheinlagen. § 24 UmwG erlaubt die Buchwertfortführung »als Anschaffungskosten im Sinne des § 253 Abs. 1 HGB«. Die Vorschrift geht davon aus, daß im Grundsatz das Anschaffungskostenprinzip des Handelsgesetzbuchs und die handelsrechtlichen GoB zur Anwendung kommen, sofern nicht von der zusätzlich zugelassenen Buchwertverknüpfung Gebrauch gemacht wird.

847 *Ekkenga* in KölnKomm-RL § 255 HGB, Rz. 27.
848 Überblick bei *Moszka* in Semler/Stengel/Leonard, UmwG § 24, Rz. 30 ff.
849 *Hörtnagl* in Schmitt/Hörtnagl, UmwG, UmwStG, § 24 UmwG, Rz. 65 ff.

§ 24 UmwG in seiner aktuellen Fassung beinhaltet eine Abkehr von der früheren Rechtslage bis zum Jahr 1995, nach der die Buchwertverknüpfung verbindlich vorgeschrieben war.[850] Durch die Möglichkeit, Verschmelzungen zu den normalen Anschaffungskosten zu ermitteln, wollte der Gesetzgeber helfen, Verschmelzungsverluste beim übernehmenden Rechtsträger zu vermeiden.[851] Verschmelzungsverluste können z.B. entstehen, wenn die übertragende Gesellschaft hohe stille Reserven gebildet hat. Erfolgt die Bezahlung in neuen Anteilen, muß der tatsächliche wirtschaftliche Wert der angeschafften Vermögensgegenstände und damit auch die stillen Reserven abgegolten werden. Dies kann dazu führen, daß die neuen Anteile zusammen einen höheren Nominalwert aufweisen als die Summe des Buchwerts der übertragenen Vermögensgegenstände.[852] Ist der Wert des neu gezeichneten Kapitals auf der Passivseite höher als der Wert der aktivierten Vermögensgegenstände, muß das Eigenkapital um die Differenz der beiden Wertansätze reduziert werden, um eine ausgeglichene Bilanz zu erhalten. Bilanztechnisch bleibt nur die Möglichkeit, einen Einbringungsverlust auszuweisen.

Bei normalen entgeltlichen Sacheinlagen soll nach manchen ein solcher Einbringungsverlust verhindert werden, indem obligatorische Nutzungsrechte in (vermeintlicher) Abweichung von den GoB als konkret aktivierungsfähig angenommen werden. Trotz der Gefahr eines Einbringungsverlustes läßt das Gesetz im Umwandlungsrecht die Buchwertfortführung zu. Daraus kann man folgern, daß ein Einbringungsverlust nach der Vorstellung des Gesetzes auch nicht zu Abweichungen von den handelsrechtlichen GoB zwingt. Den Gedanken, daß eine negative Auswirkung auf das Jahresergebnis nicht zu einer besonderen Bilanzierung von Einlagen zwingt, kann man auf eine positive Auswirkung übertragen und annehmen, daß eine Gewinnerhöhung durch Einlagen vom Gesetz genausowenig ausgeschlossen werden soll, mithin Einlagen nicht stets in eine Kapitalrücklage zu buchen sind.

Von allgemeinem Interesse ist ferner der Umstand, daß die Bewertung zu den fortgeführten Buchwerten nach dem Wortlaut des Gesetzes die »Anschaffungskosten im Sinne des § 253 Abs. 1 HGB« ermittelt. Die Einbringung von Vermögensgegenständen im Rahmen von Umwandlungen wird hier als Anschaffungserwerb verstanden, der nach dem Anschaffungsprinzip bewertet wird, wobei die Buchwertfortführung eine besondere Bewertungsmethode darstellt.

850 *Moszka* in Semler/Stengel/Leonard, UmwG § 24, Rz. 4. Zur Ratio einer Buchwertverknüpfung bei Verschmelzungen, d.i. die Vorstellung, das eingebrachte Unternehmen bestünde nach der Verschmelzung in neuem rechtlichen Gewand weiter, und den damit verbundenen Schwierigkeiten s.u. zum englischen Recht S. 501.

851 *Moszka* in Semler/Stengel/Leonard, UmwG § 24, Rz. 4.

852 Erläuterung von Verschmelzungsverlusten mit anschaulichem Beispiel bei *Moszka* in Semler/Stengel/Leonard, UmwG § 24, Rz. 58 ff.

Oftmals erfolgen Umwandlungen gegen Ausgabe von jungen Anteilen.[853] Auch in diesen Fällen geht das Umwandlungsgesetz von einem Anschaffungserwerb aus. Vor diesem Hintergrund drängt sich bei normalen entgeltlichen Sacheinlagen die Annahme einer Bilanzierung nach besonderen Grundsätzen eines Einbringungserwerbs nicht auf. Modifikationen der gewöhnlichen GoB, wie im Fall des Umwandlungsrechts die Bewertung nach fortgeführten Buchwerten, können genügen.

Wenn das Umwandlungsgesetz als Besonderheit eine Bilanzierung nach Buchwerten zuläßt, jedoch von einer Verpflichtung zur Buchwertverknüpfung abgerückt ist, um den übernehmenden Rechtsträger bei Verschmelzungen nicht zu Verschmelzungsverlusten zu nötigen, setzt es voraus, daß die Bilanzierung nach den allgemeinen handelsrechtlichen GoB eine höhere Bewertung zuläßt. Zur Vermeidung eines Verschmelzungsverlusts genügt die Aktivierung in Höhe des zwingend auszuweisenden Eigenkapitals, also in Höhe des neu gezeichneten Kapitals, eventuell bei Aktiengesellschaften zuzüglich eines erhöhten Ausgabebetrags. Nachdem die bilanzrechtliche Literatur jedoch bei normalen entgeltlichen Sacheinlagen wahlweise oder verpflichtend eine Zeitwertbewertung vorschlägt, kann man vermuten, daß dem Gesetzgeber bei Erlaß des § 24 UmwG eine Zeitwertbilanzierung von entgeltlichen Sacheinlagen vorschwebte, ähnlich wie eine solche Vorstellung den Gesetzgeber wohl auch bei Einführung von § 272 Abs. 2 Nr. 4 HGB angeleitet hat.[854]

Aus rein nationaler Perspektive wäre die Annahme zumindest einer wahlweise möglichen Zeitwertbilanzierung bei entgeltlichen und ebenso bei unentgeltlichen Sacheinlagen wohl plausibler als ein Bilanzierungsverbot. Indes der EuGH hat das europäische Bilanzrecht anders interpretiert, so daß die nationalen Vorschriften aufgrund des Anwendungsvorrangs des Europarechts entsprechend auszulegen sind. Jedenfalls bedeutet die ausdrücklich zugelassene Buchwertverknüpfung eine Ausnahme von einem generellen Aktivierungsverbot für Sacheinlagen über das gezeichnete Kapital hinaus, sofern schon der Buchwert (ohne stille Reserven) respektive die Summe der Buchwerte höher liegen als der Nominalbetrag der neu ausgegebenen Anteile. Ein solches Ergebnis kann sich einstellen, wenn der Marktwert der Anteile höher ist als ihr Nominalwert. Andererseits kann und in vielen Fällen wird die Buchwertverknüpfung zu stillen Reserven schon bei der Zugangsbewertung führen. Diese stillen Reserven können erheblich sein. Auch zu einem als Grundsatz denkbaren Aktivierungsgebot von Sacheinlagen zum Zeitwert erlaubt die Buchwertverknüpfung eine Ausnahme.

Da die Buchwertverknüpfung bei entgeltlichen Sacheinlangen eine gesetzlich vorgesehene Ausnahme sowohl zur Aktivierungspflicht des vollen Zeitwerts

853 Denkbar ist auch, von einer Gesellschaft selbstgehaltene Altanteile als Umtauschwährung einzusetzen.

854 Zum vermutlichen Verständnis bei Einführung des § 272 II Nr. 4 HGB durch den Gesetzgeber im Zuge des BiRiLiG s. o. S. 197.

wie auch zum Aktivierungsverbot des Mehrwerts von Sacheinlagen bedeutet, läßt sich von den vertretenen Ansichten, wie entgeltliche und auch unentgeltliche Sacheinlagen nach dem Handelsbilanzrecht zu bilanzieren seien, keine systematisch vollständig konsequent umsetzen. Für die Dogmatik des Bilanzrechts bedeutet dieser Systembruch keinen Gewinn. Man kann versuchen, die Ausnahme mit den Besonderheiten der Umwandlungssituation zu rechtfertigen. Hinter der Buchwertfortführung bei Umwandlungen steht der Gedanke, die neue unternehmerische Einheit so zu behandeln, als hätte sie schon länger bestanden und die neuen Vermögensgegenstände zu einem früheren Zeitpunkt selbst angeschafft und selbst abgeschrieben.[855] Der übernehmende Rechtsträger wird so gestellt, als sei er organisch gewachsen, nicht durch Einlagen vergrößert worden. Auf andere Fälle von Sacheinlagen läßt sich diese Konstruktion nicht ohne weiteres übertragen. Zudem ist Bilanzrecht wie jedes Recht nicht für theoretische Konstrukte reiner Lehre gedacht, sondern für die praktische Anwendung und verlangt bei den notwendigen Abwägungsentscheidungen ein gewisses Maß an Pragmatismus und Kompromißbereitschaft.

Dennoch stimmt dieses bilanzielle Sonderrecht für Umwandlungen aus zwei Gründen nachdenklich. Das Gleichbehandlungsgebot verlangt, Wertungswidersprüche im Gesetz möglichst zu vermeiden und vergleichbare Sachprobleme gleich zu lösen.[856] Gerade in wichtigen Fallgruppen gilt es, möglichst keine Ausnahme von der gesetzlichen Grundregel zu schaffen, es sei denn die Besonderheit einer Fallgestaltung verlangt danach. Umwandlungen stellen eine praktisch wichtige Fallgruppe entgeltlicher Sacheinlagen dar, die bei Gründungen oder Kapitalerhöhungen geleistet werden. Vor dem Hintergrund des Gleichbehandlungsgebots und der daran ausgerichteten juristischen Systembildung erscheint es fraglich, ob die Fiktion, die neue wirtschaftliche Einheit habe schon immer in ihrem aktuellen rechtlichen Gewand agiert, und die dadurch erreichte einfache Handbarkeit des Umwandlungsvorgangs den Vorzug verdienen vor der Vergleichbarkeit des Anschaffungsvorgangs mit Sacheinlagen bei normalen Gründungen von Kapitalgesellschaften und späteren Kapitalerhöhungen. Zudem gilt es zu berücksichtigen, daß andere, insbesondere großzügigere Bilanzierungsvorgaben im Umwandlungsrecht gegenüber dem allgemeinen Handelsbilanzrecht dazu führen können, daß Gesellschaften ihre Kapitalerhöhungen gegen Sacheinlagen als Spaltungen im Sinne von § 123 UmwG gestalten. Insbesondere geschlossene Gesellschaften, also Gesellschaften mit wenigen Gesellschaftern, könnten ohne größere Schwierigkeiten zwischen beiden Gestaltungen wählen.

855 Diese Begründung der besonderen Bilanzierung bei Umwandlungen stammt aus dem angelsächsischen Rechtskreis, der diese Entwicklungen geprägt hat. S. dazu u. S. 501.

856 Zur Bedeutung des Gleichbehandlungsgebots für die Auslegung von Gesetzen *Larenz*, Methodenlehre, 334 f.

Mit Blick auf die Ähnlichkeiten von Umwandlungen und normalen Sacheinlagen wäre zu erwägen, ob nicht die Buchwertverknüpfung als Bewertungsmethode für alle Sacheinlagen zugelassen oder sogar verpflichtend vorgeschrieben werden könnte. Bei Einlagen aus dem Vermögen von Kaufleuten könnte stets an den letzten Buchwert angeknüpft werden, bei Einlagen aus dem Vermögen von Privatleuten könnten die nachgewiesenen Anschaffungskosten als Anknüpfungspunkt dienen, gegebenenfalls vermindert um Abschreibungen, die ein Kaufmann hätte vornehmen müssen. Der Vorteil der Buchwertverknüpfung, wenn man in ihr einen allgemeinen handelsrechtlichen Bilanzierungsgrundsatz von Sacheinlagen sähe, bestünde darin, für alle Vermögensgegenstände einen schätzungsfreien, am regulären Markt getesteten und damit verobjektivierten Wert zur Verfügung zu stellen.

Für die Bewertungssicherheit als solche spielt es keine Rolle, wann welche Marktteilnehmer durch eine Transaktion den Wert eines Vermögensgegenstands nachgewiesen haben. Auch macht es für die Bewertung keinen Unterschied, ob ein Vermögensgegenstand ins Privatvermögen angeschafft worden ist oder ins Betriebsvermögen. Der gezahlte Kaufpreis kann in beiden Fällen die Grundlage für eine verobjektivierte Bewertung bilden. Wenn in Umwandlungsfällen die Übertragung aus einer betrieblichen Vermögenssphäre in eine andere betriebliche Vermögenssphäre keine Neubewertung oder Nullbewertung verlangt, muß auch bei der Übertragung im Wege einer entgeltlichen oder unentgeltlichen Sacheinlage nicht angenommen werden, allein die Bewertung mit Null sei ausreichend sicher oder allein die Zeitwertbewertung ermögliche einen ausreichend fairen und klaren Einblick in die wirtschaftlichen Verhältnisse.

Die Buchwertbewertung könnte als Kompromiß zwischen der stets weniger sicheren Zeitwertbewertung und der stets zu niedrigen Nullbewertung das Einsichtsgebot und das Vorsichtsprinzip zumindest ebenso überzeugend ausgleichen wie ein Wahlrecht zwischen den beiden anderen Bewertungsmethoden. Bei Sacheinlagen, die unentgeltlich erfolgen oder über den Wert des Ausgabebetrags hinaus erbracht werden, bestünde zwar weiterhin die Möglichkeit, daß diese den Bilanzgewinn mittelbar erhöhen. Doch wenn die Bewertung verobjektiviert ist, muß diese potentielle Gewinnerhöhung nicht gegen einen entsprechenden Wertausweis sprechen. Unentgeltliche Bareinlagen können ebenfalls mittelbar, durch Auflösung der freien Kapitalrücklage den Bilanzgewinn erhöhen. Bei entsprechender Bewertungssicherheit kann man daher auch eine mittelbare Gewinnerhöhung durch Sacheinlagen hinnehmen.

9. Zusammenfassung

Die Erörterung des handelsbilanziellen Begriffs der ›Einlage‹ hat vor Augen geführt, wie vielfältig die Möglichkeiten sind, ein Unternehmen zu finanzieren. Als Einlage versteht das Handelsbilanzrecht jede bewußte Mehrung des wirtschaftlichen Eigenkapitals durch einen Gesellschafter, wobei eine Mehrung bei wirtschaftlicher Betrachtung auch in einem bewußten Verzicht auf das

Eigenkapital schmälernde Kosten liegen kann. Finanzierungsbeiträge Dritter werden nicht als Einlagen verstanden, obschon sie ebenfalls das Eigenkapital eines Unternehmens mehren. In allen Fällen wirtschaftlicher Einlagen ist zu entscheiden, ob diese aktiviert und in einem Kapitalposten gebucht werden, also als offene Einlagen erfolgen, oder ob die Einlagen verdeckt erfolgen, das heißt zu stillen Reserven führen oder im Fall einer Aktivierung das Jahresergebnis erhöhen.

Bei dieser Entscheidung steht der Rechtsanwender vor einem Dilemma. Er muß sich entweder stärker an dem Vorsichtsprinzip orientieren und das Einsichtsgebot einschränken oder umgekehrt. Dabei ist jedoch schon nicht klar, welche Anforderungen beide Bilanzierungsgrundsätze konkret stellen, vielmehr wirkt die Entscheidung in den konkreten Bilanzierungsfragen auf das Verständnis beider Prinzipien zurück. Zu entscheiden, inwieweit das Vorsichtsprinzip gegen die mittelbare Erhöhung des Bilanzgewinns durch den geschätzten Wert von Sacheinlagen streitet, bleibt ebenso wie die Entscheidung, inwieweit die Legung stiller Reserven mit dem Einsichtsgebot vereinbar sein soll, mangels eindeutiger Hinweise im Gesetz letztlich der rechtsgestaltenden Abwägung durch den Rechtsanwender überantwortet. Die Entscheidungsnot des Rechtsanwenders ist nicht zuletzt darauf zurückzuführen, daß in diesen Zusammenhängen weder der Kapitalbegriff noch der Gewinnbegriff durch das Gesetz klar bestimmt werden. Die Kernfrage lautet bei der Bilanzierung von Einlagen nämlich: Inwieweit will man jeden Finanzierungsbeitrag eines Gesellschafters, soweit eine Aktivierung bilanztechnisch möglich ist, zwingend als Kapitalbeitrag gesondert ausweisen, wenn man zumindest manche Finanzierungsbeiträge als Erfolgsbeiträge erfassen muß?

Eine vollständig einheitliche Lösung aller vergleichbaren Fälle ist schon deshalb nicht zu erreichen, da auf der einen Seite unentgeltliche, rein faktische Nutzungsüberlassungen nicht aktiviert werden können und entsprechend auf der Passivseite eine Gegenbuchung nicht erforderlich und auch nicht möglich ist. Auf der anderen Seite führen entgeltliche, gegen Anteile gewährte Nutzungsrechte stets zu einem Ausweis des gezeichneten Kapitals auf der Passivseite. Läßt man die nicht immer eindeutigen Vorgaben des europäischen Bilanzrechts für Kapitalgesellschaften außer acht, sind nach dem deutschen Handelsbilanzrecht Bareinlagen stets zu aktivieren. Entgeltliche Bareinlagen erfolgen stets als offene Einlagen. Unentgeltliche Bareinlagen können in eine Kapitalrücklage eingestellt werden und somit offen erfolgen, sie können jedoch auch erfolgswirksam, mithin verdeckt vereinnahmt werden.

Sacheinlagen haben stets offen zu erfolgen, sofern sie gegen Gesellschaftsanteile eingebracht werden und das gezeichnete Kapital bzw. in Aktiengesellschaften den erhöhten Ausgabebetrag aufbringen sollen. Unentgeltliche Sacheinlagen hingegen und Sacheinlagen, die über das gezeichnete Kapital/den erhöhten Ausgabebetrag hinaus erbracht werden, können als offene Einlage nur erfolgen, wenn sie Vermögensgegenstände darstellen und deshalb aktivierbar sind. Auf der Grundlage des Handelsbilanzrechts läßt sich in diesen Fällen sowohl für eine verpflichtende Behandlung als offene Einlagen argumentieren, wie auch für eine verpflichtende Behandlung als verdeckte Einlagen oder für ein Bilanzierungswahlrecht. Dem Gesetzgeber schwebte bei Einführung des § 272 Abs. 2 Nr. 4 HGB und des § 24 UmwG wohl ein Bilanzierungswahlrecht vor, doch hat er diese Annahme nirgends deutlich und selbst bei Anwendung einer stark subjektiv teleologischen Auslegung nicht verbindlich zum Ausdruck gebracht.

Im europäischen Bilanzrecht ist in zwei Entscheidungen des EuGH geklärt worden, daß unentgeltliche Sacheinlagen und Sacheinlagen in Form eines nur teilentgeltlichen Erwerbs als verdeckte Einlagen erfolgen müssen. Die Auswirkungen dieser Entscheidungen auf entgeltliche Sacheinlagen sind nicht sicher vorherzusagen. Vermutlich wird der Europäische Gerichtshof in diesen Fällen eine Behandlung als offene Einlagen jedenfalls insoweit akzeptieren, als das gezeichnete Kapital aufgebracht werden soll. Eventuell ist nach europäischem Recht auch eine Aktivierung von Sacheinlagen zulässig, soweit die Aufbringung des aktienrechtlichen erhöhten Ausgabebetrags in Rede steht. Dies könnte zumindest dann anzunehmen sein, wenn der entsprechende Mehrbetrag durch das nationale Recht einer Ausschüttungssperre unterworfen wird.

Soweit der Mehrwert einer Sacheinlage nach nationalem Recht in eine freie Kapitalrücklage eingestellt oder gewinnwirksam erfaßt würde, lassen die Ausführungen des EuGH in den beiden entschiedenen Fällen erwarten, daß er insoweit eine Aktivierung der Sacheinlage nicht zulassen würde, die Einlage mithin verdeckt erfolgen müßte. Bareinlagen dürften auch nach den Vorgaben des europäischen Bilanzrechts stets zu aktivieren sein, wobei entgeltliche Bareinlagen stets offen erfolgen wegen der zwingenden Buchung in den Kapitalposten gezeichnetes Kapital bzw. Agio, unentgeltliche Bareinlagen wohl nach europäischem Bilanzrecht sowohl offen wie auch verdeckt erfolgen können, d.h. in einer Kapitalrücklage gebucht oder erfolgswirksam vereinnahmt werden können.

Die intensiven Diskussionen in der Literatur um ein angemessenes Bilanzrecht der Einlagen machen deutlich, daß die gesellschaftsrechtliche Diskussion um einen angemessenen Kapitalschutz für Agioeinlagen nicht bereits durch einen Hinweis auf das Bilanzrecht der Einlagen und ein dort vermeintlich eindeutig geregeltes Gebot der Zeitwertbilanzierung unentgeltlicher Erwerbe entschieden werden kann. Das nationale Bilanzrecht läßt in vielen Fällen eine Zeitwertbilanzierung zu, in all diesen Fällen kann jedoch mit genauso guten Gründen ein Verbot der Zeitwertbilanzierung wie ein Wahlrecht des Bilanzerstellers vertreten werden. Manche Formen von materiellen Einlagen, z.B. die Vorteile aus Nutzungseinlagen, sind allerdings aus bilanzrechtlicher Perspektive eindeutig nicht in der Bilanz auszuweisen, sondern als Erfolgsbeiträge.

Denkbar ist, aus Gründen des gesellschaftsrechtlichen Kapitalschutzes in bestimmten Fällen Ausnahmen von den normalen Bilanzregeln zu machen, so z.B. bei Sacheinlagen auf das Nominalkapital in Form von Nutzungseinlagen. Ausdrückliche gesellschaftsrechtliche Sonderregeln für die Bilanzierung von

Einlagen gibt es in Deutschland nicht, obschon solche Sonderregeln, wie die Besprechung des englischen Rechts zeigen wird, Vorteile haben kann. Auf dem derzeitigen Stand des deutschen Bilanzrechts läßt sich jedenfalls nicht argumentieren, ein Kapitalschutz formeller und materieller Agioeinlagen ergebe sich zwangsläufig aus allgemein anerkannten Bilanzierungsregeln für Einlagen. Eher kann man sagen, die für das Kapitalerhaltungsrecht erforderliche Bilanzierung von Einlagen als ›offene Einlagen‹ läßt sich in den Fällen formeller Einlagen begründen, soweit solche Einlagen dem Kapitalaufbringungsschutz unterworfen sind. Das bedeutet, nicht das Bilanzrecht kann Zweifelsfälle des gesellschaftsrechtlichen Kapitalschutzes entscheiden, sondern eine eindeutige Entscheidung des Gesellschaftsrechts über den Umfang der Einlagen, die dem Kapitalschutz unterworfen sein sollen, kann für das Kapitalerhaltungsrecht erforderliche Abweichungen von den normalen Bilanzierungsregeln begründen.

Sollen materielle Einlagen wie die hier zu besprechenden Agioeinlagen in den gesellschaftsrechtlichen Kapitalschutz einbezogen werden, müssen dafür gesellschaftsrechtliche Gründe gefunden werden. Die Beschäftigung mit dem nationalen Bilanzrecht zeigt, daß diese Begründung sorgfältig gegeben werden muß, denn die Vielzahl materieller Einlagen, die bilanzrechtlich zwingend als verdeckte Einlagen erfolgen müssen, stützt Forderungen nach einem weit ausgreifenden gesellschaftsrechtlichen Kapitalschutz materieller Einlagen zumindest nicht. Nach dem hier geschilderten Verständnis des EuGH stehen die Regelungen des europäischen Bilanzrechts einer weitausgreifenden Angleichung des Kapitalschutzrechts der materiellen Einlagen an den Kapitalschutz der formellen Einlagen sogar entgegen, da nach dem Verständnis des EuGH die offene Bilanzierung von teilunentgeltlichen und von unentgeltlichen Einlagen aufgrund des Vorsichtsprinzip nicht möglich sein soll.

IV. Zusammenfassung

Den Gesellschaftern einer Kapitalgesellschaft stehen verschiedene Wege offen, ihr Unternehmen mit Eigenkapital auszustatten. Sie können die Eigenkapitalfinanzierung mit der vom Gesetz dafür als Regelfall vorgesehenen Ausgabe von Geschäftsanteilen verbinden, sie können in manchen Fällen auch auf die Ausgabe von Geschäftsanteilen verzichten und dies nicht nur wenn sie formelles Fremdkapital zuführen, das als Hybridkapital in materieller Hinsicht wesentliche Funktionen von Eigenkapital übernehmen kann. Sofern die Gesellschafter sich für eine Finanzierung durch Eigenkapital entscheiden, stehen ihnen verschiedene Finanzierungsformen zur Verfügung, die wirtschaftlich betrachtet alle als Einlagen bezeichnet werden können, handelsbilanziell teilweise als offene Einlagen erfolgen (Aktivierung und Ausweis in einem besonderen Passivposten), teilweise als verdeckte Einlagen (keine Aktivierung oder Erfassung über GuV).

Der wirtschaftliche oder handelsbilanzielle Einlagebegriff ist die Grundlage für das Verständnis des gesellschaftsrechtlichen Einlagebegriffs, er ist jedoch weiter als der Einlagebegriff des Aktiengesetzes oder des GmbH-Gesetzes. Einlage im Sinne des Aktiengesetzes ist eine einlagefähige Leistung auf das Grundkapital und einen förmlich festgesetzten Mehrbetrag (korporatives Agio), die als Gegenleistung für die Ausgabe junger Aktien an den Gesellschafter erbracht wird. Im GmbH-Recht sind nur Leistungen auf das Stammkapital Einlagen im Sinne des Gesetzes, nicht aber das auch dort mögliche korporative Agio. In beiden Gesellschaftsrechten muß man bei Sacheinlagen zwischen dem Gegenstand der Einlage und seinem Wert unterscheiden. Sofern der Wert des Einlagegegenstands das anteilige Grund- bzw. Stammkapital überschreitet, ist dieser Wertanteil bei verschiedenen Vorschriften nicht unter das Tatbestandsmerkmal der ›Einlage‹ zu subsumieren.

Wenn sich die Gesellschafter entscheiden, die Unternehmensfinanzierung durch Einlagen vorzunehmen, können sie nicht nur zwischen diesen formellen, d.h. in besonderer korporativer Form festgesetzten Einlagen auf das Grund- und Stammkapital oder einen aktienrechtlichen Mehrbetrag wählen, sondern auch auf das GmbH-rechtliche korporative Agio zurückgreifen oder in beiden Gesellschaftsrechten auf korporative Nebenleistungen, ein schuldrechtliches Agio oder verschiedene weitere Formen materieller Einlagen, die man materielles Agio nennen kann, wenn sie in Zusammenhang mit einer Anteilsausgabe erfolgen und wenn sie gleiche oder ähnliche Funktionen wie ein korporatives Agio erfüllen. Nicht jede dieser Finanzierungsformen wird in der Bilanz als offene Einlage abgebildet, weshalb nicht jede Finanzierungsform dem Kapitalerhaltungsrecht unterfallen kann.

Grundsätzlich genießen die Gesellschafter jenseits des gesetzlichen Mindestkapitals Wahlfreiheit, wie sie ihr Unternehmen finanzieren. In bestimmten Fällen werden Einschränkungen dieser Finanzierungsfreiheit diskutiert, die dogmatisch insbesondere über eine analoge Anwendung von Rechtsnormen und über den allgemeinen Umgehungsschutz begründet werden könnten. Grundlage beider Rechtsinstitute ist insbesondere die Teleologie einzelner Normen und des Kapitalschutzes als Ganzem. Nun kennt das geltende Recht Unterschiede schon in der Behandlung der verschiedenen Formen formeller Einlagen, sowohl innerhalb des Aktienrechts und des GmbH-Rechts als auch zwischen den beiden Gesellschaftsrechten. Eine noch größere Bandbreite zeigt das Gesetz bei der Behandlung materieller Einlagen und des materiellen Agios, die von einem Schweigen zu bestimmten Gestaltungsformen über die implizite Anerkennung zur ausdrücklichen, jedoch unter den verschiedenen Finanzierungsformen divergierenden Regelung von Einzelaspekten reicht. Die Vielzahl der Anknüpfungspunkte für einen systematischen und einen Wertungsvergleich erschwert die Bemühungen darum, ein System und eine objektive Teleologie des gesetzlichen Kapitalschutzes bezüglich des Agios zu erkennen. Dadurch wird es schwieriger zu entscheiden, wie Regelungslücken zu schließen sind und ob die grundsätzliche Finanzierungsfreiheit im Einzelfall einzuschränken ist wegen der Gefahr einer Gesetzesumgehung oder des Bedeutungsverlusts der vom Gesetz ausdrücklich vorgesehenen Vorschriften über korporative Finanzierungsformen und der damit einhergehenden Gefahr einer formellen oder auch materiellen Unterkapitalisierung.

D. Zusammenfassung

Die Bestimmung des Eigenkapitalbegriffs und die verschiedenen Spielarten der Einlagebegriffe haben ein immer wiederkehrendes Problem aufgezeigt. Wirtschaftlich vergleichbare Formen der Unternehmensfinanzierung werden rechtlich unterschiedlich behandelt. Um das Problem klar und distinkt zu erfassen, müssen die wirtschaftliche Begrifflichkeit und die verschiedenen Rechtsbegriffe auseinandergehalten werden, um nicht unbewußt, unbesehen oder gar unzulässig die Konzepte einer Disziplin auf einer andere zu übertragen und um nicht als Subsumptionsergebnis mißzuverstehen, was nur Folge einer Analogie sein kann.

Das Agio stellt eine Finanzierungsleistung eines Gesellschafters in das Eigenkapital der Gesellschaft dar, doch solche Eigenkapitalleistungen gibt es noch viele andere, freiwillige und verpflichtende, bei Anteilsausgabe oder zu einem früheren oder späteren Zeitpunkt geleistete, in der Bilanz abzubildende und solche, die in der Bilanz nicht eigenständig erscheinen. Es gibt Grenzfälle wie das Hybridkapital, dessen Zuordnung zum Eigenkapital unsicher ist und es gibt Fremdkapitalleistungen, deren Bedeutung für die Unternehmensfinanzierung nicht unterschätzt werden darf. Neben die formellen Einlagen auf das Grund- und Stammkapital treten verschiedene Formen materieller Einlagen. Neben das formell in der Satzung vereinbarte und bezifferte korporative Agio treten verschiedene Formen eines materiellen Agios.

Im Vergleich mit all diesen Formen der Unternehmensfinanzierung ist im Fortgang der Arbeit zu fragen, ob für die rechtliche Behandlung des Agios eindeutige Wertungsgesichtspunkte gefunden werden können, die eine systematisch konsequente Ausgestaltung der gesetzlichen Anforderungen an das Agio im System des Kapitalschutzes ermöglichen. Dabei ist zum einen zu fragen, ob die Definitionsmerkmale des korporativen Agios, das sind Entgelt für die Ausgabe junger Anteile, korporative Natur, Leistung in das bilanzielle Eigenkapital der Gesellschaft, Einlagefähigkeit sowie Vereinbarung über die Leistungspflicht (statt z.B. freiwilliger Leistung eines Alleingesellschafters), einen überzeugenden Differenzierungsgrund für die aktienrechtliche Sonderbehandlung des korporativen Agios im Vergleich zu anderen Finanzierungsformen abgeben. Ferner ist zu fragen, ob die Eigentümlichkeiten der Aktiengesellschaft im Vergleich zur Gesellschaft mit beschränkter Haftung erklären können, warum das korporative Agio im Aktienrecht als Einlage angesehen und dem Kapitalschutz unterstellt wird, im GmbH-Recht hingegen als Nebenleistung eingestuft und von kapitalschutzrechtlichen Anforderungen freigestellt wird. Soweit die bestehenden Unterschiede in der rechtlichen Behandlung verschiedener materieller Einlagen nicht systematisch begründet werden können, ist weiter zu fragen, inwieweit derzeit bestehende systematische Brüche durch Auslegung der bestehenden Vorschriften und rechtsfortbildende Maßnahmen überwunden werden können und inwieweit ein systematisch überzeugendes Recht des Kapitalschutzes materieller Einlagen allein durch den Gesetzgeber zu erreichen ist.

2. Kapitel System und Historie des bilanziellen Kapitalschutzes

A. Aufgabe des Kapitels

Der Kapitalschutz des Agios hat Anteil an einem größeren Ganzen, an dem gesamten System des bilanziellen Kapitalschutzes im Gesellschaftsrecht. Nur wenn dieses Kapitalschutzkonzept insgesamt Sinn macht, lohnt es sich, über die Detailfrage des Kapitalschutzes von Agioleistungen nachzudenken. Um die Frage nach Sinn und Unsinn des bilanziellen Kapitalschutzkonzepts, die Frage, ob nicht bessere Lösungen gefunden werden können, wird seit geraumer Zeit gestritten. Dazu abgewogen Stellung zu nehmen, verlangte angesichts der großen Zahl von Aufsätzen[857], Forschungsberichten[858] und Monographien[859] beinah eine eigene Dissertation zu verfassen. Diese Durchdringung kann hier nicht geleistet werden. Für die hier vorliegende Arbeit muß zunächst genügen, ihre Ausgangsprämisse klar zu benennen: Der bilanzielle Kapitalschutz kann – ungeachtet der Einzelfragen seiner systemkonsequenten und bestmöglichen Ausgestaltung – insgesamt ein taugliches Konzept bieten, auf das ein Gesetzgeber begründet setzen kann. Überzeugt dieses Schutzkonzept grundsätzlich, lohnt die Beschäftigung mit Detailfragen.

Neben diese Ausgangsüberlegung tritt eine Forderung: Nachdem der deutsche Gesetzgeber sich für dieses Schutzkonzept entschieden hat, darf man von ihm ein dogmatisch stimmiges System erwarten, welches dem verfassungsrechtlichen Anspruch des Artikel 3 GG genügt, gleiches gleich, ungleiches aber ungleich zu behandeln.[860] Vom englischen und europäischen Gesetzgeber ist ähnliches zu wünschen. Der Gleichheitsgrundsatz steht im Hintergrund jeder Forderung nach einer systematischen Ausgestaltung eines gesetzgeberischen

857 Z.B. *Schön*, Future of Legal Capital; *Ferran*, Creditor Protection; umfangreiche Aufsatzsammlungen m.w.N. bei *Lutter (Hg.)*, Kapital in Europa und *Eidenmüller/ Schön (Hgg)*, Efficient Creditor Protection; jüngst wieder *Bayer*, Kapitalschutz – Generalkritik und *Goette*, Kapitalschutzsystem der GmbH.

858 Z.B. *Winter*-Report; *Rickford*-Report.

859 Z.B. *Hanks/Manning*, Legal Capital; *Bezzenberger*, Kapital; *Schall*, Gläubigerschutz; *Marx*, Alternative Solvenztest; *Schärtl*, Doppelfunktion des Stammkapitals; jüngst *Cavin*, Kapitalaufbringung.

860 Gleiche Forderung auch, ohne Motivierung aus dem Gleichheitsgrundsatz, bei *Herchen*, Agio, 320. Zum Verhältnis von freien gesetzgeberischen Wertungsentscheidungen und dogmatischer Stimmigkeit s. a. den Diskussionsbericht von *Jan Lieder* nach dem Vortrag von *Bayer*, Kapitalschutz – Generalkritik, S. 55 ff.

Regelungsvorhabens.[861] Bei der Ausgestaltung eines Regelungssystems öffnen sich dem Gesetzgeber weite Bewertungsspielräume, welches Sachproblem er für regelungsbedürftig hält und welche Wertungen er seinen Entscheidungen zugrunde legt, solange nicht die Grenze zur Willkür überschritten wird.[862]

Die Aufgabe einer rechtswissenschaftlichen Untersuchung besteht darin, nicht die Wertungsentscheide des Gesetzgebers als solche zu kritisieren, gar durch eigene Wertvorstellungen zu ersetzen, dies bleibt einer rechtspolitischen Diskussion vorbehalten, sondern den Gesetzgeber an seinen eigenen Prämissensetzungen und Zielvorgaben festzuhalten, zu hinterfragen, ob die getroffenen und nicht getroffenen Regelungen in sich stimmig sind. Dazu dient dieses Kapitel, der Vergewisserung über Sinn und Zweck des gesetzlichen Kapitalschutzkonzepts, der Funktionsweise und der damit verbundenen Schwierigkeiten.

Diese allgemeine Rekapitulation zu Beginn der Arbeit bereitet die spätere Diskussion des Kapitalschutzes des Agios vor, bei der häufig auf teleologische Argumentationen einzugehen sein wird und von der ein großer Teil darin bestehen wird herauszuarbeiten, ob die Regelungszwecke des gesetzlichen Kapitalschutzkonzepts von Stammeinlagen und das Telos der Regelungen für Agioleistungen in Übereinstimmung stehen oder gebracht werden können. Die Einbeziehung des korporativen und des schuldrechtlichen Agios in das System des bilanziellen Kapitalschutzes wird teilweise als Möglichkeit gesehen, Schwächen des Grundmodells auszugleichen, da die Erhöhung des Haftkapitals einer Gesellschaft die Effizienz dieses bilanziellen Schutzkonzepts verbessern kann.[863] Noch weiter gehend meinen manche, das System des bilanziellen Kapitalschutzes könne nur unter Einbeziehung jeglichen materiellen Agios sinnvoll ausgestaltet werden. Gerade in England hat daher die damalige Zweite gesellschaftsrechtliche Richtlinie (nun: Gesellschaftsrechtsrichtlinie) viel Kritik auf sich gezogen, da dort keine kapitalerhaltungsrechtlichen Vorschriften für das Agio vorgesehen wurden.[864]

861 So z.B. auch *Lang*, Systematisierung der Steuervergünstigungen, 20.
862 Vgl. BVerfGE 26, 1 (8) – dazu *Larenz*, Methodenlehre, 427.
863 So ausdrücklich *Herchen*, Agio, 322.
864 Vgl. *Rickford,* Report, 939.

B. Sinn und Funktionsweise des bilanziellen Kapitalschutzes

I. Anlaß der Haftungsbeschränkung, grundlegende Wertungsfragen und Funktionsweisen

1. Haftungsbeschränkung, Gläubigerschutz, faire Risikoverteilung

»At the heart of English Company Law is the recognition that there is a price to be paid for limited liability in the form of restrictions on the use of the company's capital«[865], schreibt *Eilís Ferran* in ihrer Darstellung des englischen Gesellschaftsrechts. Das deutsche Gesellschaftsrecht folgt derselben Vorstellung. Die Gründung einer Kapitalgesellschaft ermöglicht in den bestehenden Systemen den Gesellschaftern wirtschaftliche Betätigung ohne die Gefahr persönlicher Haftung. Für das Privileg der Haftungsbeschränkung[866] auf die juristische Person müssen die Gesellschafter eine Gegenleistung erbringen, sie müssen sich diesen Vorteil verdienen, indem sie die Gläubiger, die ihre Forderungen nicht gegenüber den Gesellschaftern persönlich geltend machen können, anderweitig absichern.[867] Damit will das Gesetz erreichen, daß nicht die Gesellschafter den gesamten Nutzen ziehen, wenn die Unternehmung gelingt, die Gläubiger aber das ganze Risiko tragen, wenn das Unternehmen scheitert[868]; es will die potentiellen Gläubiger schützen[869] und eine faire Risikoverteilung[870] erreichen.

Diese Annahme, das Privileg der Haftungsbeschränkung müsse erkauft werden, ist kritisiert worden mit dem Argument, nach der Abschaffung des Konzessionssystems und dem Übergang zum System der Normativbestimmungen[871] sei

865 *Ferran*, Company Law, 355; in dieselbe Richtung weisen *Davies/Worthington*, Principles, 294: »sensible measure of creditor protection«.

866 Zum Grund für die Gewährung einer Haftungsbeschränkung und alternativen Regelungen z.B. *Davies/Worthington*, Principles, 191 ff. m.w.N.; knappe Darstellung mit besonderem Blick auf die ökonomischen Vorteile der Haftungsbeschränkung bei *Allen/Kraakman/Subramanian*, Business Organization, 96 ff.

867 *K. Schmidt*, GesR, 1111 spricht wörtlich von »verdienen«; diese Überzeugung wird weithin geteilt, vgl. *Hüffer/Koch*, AktG § 1 Rz. 10 und § 57, Rz. 1, *Herchen*, Agio, 206 m.w.N.; *Goette*, Kapitalschutzsystem der GmbH, 741 f. (»geforderte Gegenleistung für den Erhalt der Rechtswohltat der Haftungsbeschränkung«).

868 Zur Verteilung von Risiko und Chance bei Anerkennung einer Haftungsbeschränkung *Davies/Worthington*, Principles, 191 f.

869 Zu diesem Schutzzweck beispielsweise *Bayer*, Kapitalschutz – Generalkritik, 26; *Hüffer/Koch*, AktG § 1, Rz. 10 für das Grundkapital der Aktiengesellschaft; zum Gläubigerschutzaspekt der Kapitalerhaltung in der AG schon *Ballerstedt*, Kapital, 132.

870 Zur fairen Risikoverteilung als Aspekt des Eigenkapitals *Baums*, Eigenkapital, 165 und 182.

871 Zu diesem Systemwechsel *Brockhaus*, s.v. ›Aktie und Aktiengesellschaft‹, II. Geschichtliches.

die Gründung einer juristischen Person selbstverständlicher Akt der Privatautonomie, keine begründungsbedürftige Ausnahme mehr, weshalb von den Gründern keine Gegenleistung gefordert werden könne.[872] Ähnliche Forderungen, die Haftungsbeschränkung nicht von irgendwelchen Voraussetzungen abhängig zu machen, gab es früher schon.[873] In der Tat ist zumindest in der heutigen Zeit die wirtschaftliche Betätigung mittels haftungsabschirmender juristischer Personen eher Regelfall als Ausnahme. Eine Kreditaufnahme in einer Höhe, welche die persönliche Leistungsfähigkeit überschreitet, scheint eher wagemutig denn ›normal‹. Diese Einschätzung gilt umso mehr, wenn der Unternehmer sich die Unternehmensführung mit anderen Gesellschaftern teilt oder an Dritte als Manager abgibt. Aus wirtschaftspolitischen Gründen geht die Tendenz dahin, die Vergünstigung einer Haftungsbeschränkung zu erleichtern, um so einen Anreiz zu setzen zu unternehmerischer Betätigung.[874]

Die wirtschaftliche Betrachtung ist allerdings von der rechtlichen zu unterscheiden. Zivilrechtlich gesehen ist die unbeschränkte Haftung bei jedweder Tätigkeit, auch bei beruflichen Unternehmungen der Normalfall, Haftungsbeschränkung und Haftungsausschluß ein Privileg.[875] Die Gründung einer juristischen Person ist auch nicht notwendig mit einer Haftungsbeschränkung verbunden, wie schon die Kommanditgesellschaft auf Aktien (KGaA) zeigt, eine juristische Person, bei welcher der Komplementär persönlich haftet (vgl. § 278 Abs. 1 AktG).[876] Es steht dem Gesetzgeber frei, in die Normativbestimmungen eine Bestimmung über eine Gegenleistung aufzunehmen und somit die Haftungsbeschränkung auch nach Abschaffung des Konzessionssystems als Privileg zu verstehen, das verdient werden muß.[877]

Eben dies hat der Gesetzgeber mit den Bestimmungen über den Kapitalschutz getan. Der Kapitalschutz ist ein Teil der geforderten Gegenleistung. Als fairen Ausgleich für die Freistellung von persönlicher Haftung fordert das Gesetz in diesem Fall von den Gesellschaftern, Eigenkapital in einer bestimmten Höhe vorrangig den Gläubigern der Gesellschaft zur Verfügung zu halten. In der GmbH wird dieses Kapital ›Stammkapital‹ genannt (§ 5 GmbHG), in der

872 *Bachmann u.a.*, ZGR-Sonderheft 18, 115.

873 Vgl. die Angaben bei *Wiedemann*, GesR I, 517 in der Auseinandersetzung mit diesen Ansichten.

874 Man denke in Deutschland nur an die Einführung der UG (haftungsbeschränkt), die als Antwort auf die wirtschaftspolitischen Herausforderungen durch die englische Limited erfunden wurde. Vgl. zum Anreizgedanken auch *Schall*, Gläubigerschutz, 294.

875 Richtig *Raiser/Veil*, Kapitalgesellschaften, 501.

876 Zur Trennung von juristischer Person und Haftungsbeschränkung s.a. *Hüffer/Koch*, AktG § 1, Rz. 8; *Wiedemann*, Juristische Person, 1097 ff., insbes. 1099 (mit rechtsvergleichender Anmerkung); *Allen/Kraakman/Subramanian*, Business Organization, 96.

877 *K. Schmidt*, GesR, 540 (§ 18 IV 1) spricht hingegen sogar von einem »rechtspolitischen Postulat«.

Aktiengesellschaft ›Grundkapital‹ (§ 1 Abs. 2 AktG); das Handelsrecht bezeichnet es für beide Kapitalgesellschaften als ›gezeichnetes Kapital‹ (§ 266 Abs. 3 A I HGB), der juristische Sprachgebrauch gerne auch als Nominalkapital oder Nennkapital. Die Engländer nennen es sowohl in der Limited als auch in der Public Company ›company's legal capital‹.[878] Dieses ›gesetzliche Kapital‹ ist in England wie in Deutschland in seiner Höhe durch das Gesetz nicht vollständig bestimmt, sondern kann zumindest teilweise von den Gesellschaftern festgelegt werden. ›Gesetzlich‹ meint, für dieses so definierte Eigenkapital gelten bestimmte gesetzliche Schutzvorschriften, die den Regelungszweck sichern sollen: Wenn den Gläubigern nur die Gesellschaft haftet, soll diese auch etwas zum Haften haben, ein eigenes Gesellschaftsvermögen, welches die Gesellschafter nicht entnehmen sollen.

2. Grundprinzip des Kapitalschutzes

Grosso modo funktioniert diese Idee eines geschützten Gesellschaftskapitals folgendermaßen. Die Höhe des gesetzlichen Kapitals wird in der Satzung festgelegt als eine Sollgröße des bilanziellen Eigenkapitals. Solange diese Sollgröße nicht erreicht ist, mit anderen Worten solange das in der Bilanz ausgewiesene[879] Vermögen die bilanzierten Verbindlichkeiten nicht um mindestens diesen Wert übersteigt, solange schreiben gesellschaftsrechtliche Normen vor, darf die Gesellschaft an ihre Gesellschafter keine Erträge ausschütten, weder offen durch Ergebnisverwendung noch verschleiert durch sogenannte verdeckte Gewinnausschüttungen. Gesellschaftsrecht und Handelsbilanzrecht spielen hier zusammen. Das Bilanzrecht gibt die Regeln für die Berechnungsgrundlage vor, das Gesellschaftsrecht beschränkt auf Basis dieser Berechnungen die möglichen Ausschüttungen der Gesellschaft an die Gesellschafter.

878 *Davies/Worthington*, Principles,294; *Davies*, Legal Capital, 346 (die Ausführungen aus dem Jahr 1998 sind weitgehend übertragbar auf die Situation nach der großen Reform des englischen Gesellschaftsrechts im Jahr 2006, da sich in den Grundprinzipien des Kapitalschutzes nichts Wesentliches geändert hat; die Abschaffung des authorized share capital, dazu *Erbe*, Die Limited, 74 f., hat Bedeutung für die Machtverteilung zwischen den Organen, ist aber für den Kapitalschutz nicht wesentlich); Überblick über die Änderungen durch den Companies Act 2006 bei *Davies/Rickford*, Introduction I, 49 ff. und Introduction II, 239 ff.

879 Im Regelfall ist das Vermögen der Gesellschaft, welches diese Kapitalbezugsgröße abdeckt, in der Bilanz ausgewiesen. Die bilanztechnischen Besonderheiten des sogenannten Nettoausweises des gezeichneten Kapitals (vgl. dazu § 272 Abs. 1 und 1a HGB) können hier vernachlässigt werden. Sie beeinträchtigen den Grundgedanken der gesetzlichen Regelung nicht.

Für die Höhe des gesetzlichen Kapitals schreibt der Gesetzgeber teilweise ein bestimmtes Mindestmaß vor (sogenanntes ›gesetzliches Mindestkapital‹)[880], teilweise verzichtet das Gesetz auch auf eine solche Mindestanforderung und überläßt den Gesellschaftern gänzlich (mit Ausnahme nur eines rechnerisch notwendigen Postens von einem Euro oder einem Penny) die Entscheidung, wie hoch sie das gesetzliche Kapital ansetzen wollen[881]. Die Höhe des geforderten Mindestkapitals entscheidet nicht notwendig darüber, ob dieses bilanzielle Kapitalschutzkonzept funktioniert, und dies nicht etwa, weil in der Praxis die Mindestanforderungen oft um ein Vielfaches übertroffen werden, sondern aus einem systematischen Grund.[882] Die Bilanzregeln sorgen durch das Vorsichtsprinzip[883] mit der daraus resultierenden Bildung stiller Reserven dafür, daß auch bei einem nominellen Eigenkapital von nur einem Euro weiteres wirtschaftliches Eigenkapital der Gesellschaft zur Verfügung steht, nur eben nicht in der Bilanz ausgewiesen wird. Auch dieses Eigenkapital bleibt den Gesellschaftern vorenthalten, wenn sie nur bilanziertes Vermögen verteilen können und nur bilanziertes Vermögen die nominelle Schwelle rechnerisch erreichen kann. Zusätzlich bewirkt das Imparitätsprinzip[884] durch die tendenzielle Höherbewertung der Verbindlichkeiten gegenüber den Vermögensgegenständen eine Kapitalreserve, da dadurch ebenfalls das ausschüttungsfähige Eigenkapital reduziert wird.

Dies Grundprinzip eines gesetzlichen Kapitals, welches die Verteilung des Gesellschaftsvermögens unter die Gesellschafter einer werbenden Gesellschaft beschränkt, haben England[885] und Deutschland[886] unabhängig voneinander schon im 19. Jahrhundert entwickelt; die Europäische Union (damals: Europäische Gemeinschaften) hat dieses Modell im Jahr 1976 in ihrer zweiten gesellschaftsrechtlichen Richtlinie (nun integriert in die Gesellschaftsrechtsrichtlinie)[887] übernommen. Der Hauptunterschied zwischen dem deutschen Ansatz, dem die

880 So für die AG 50.000 € (§ 7 AktG), für die GmbH 25.000 € (§ 5 Abs. 1 GmbHG), für die PLC 50.000 £ (s. 763 ss. 1 CA 2006); die Gesellschaftsrechtsrichtlinie fordert in Art. 45 Abs. 1 mindestens 25.000 € für Aktiengesellschaften.

881 So bei der UG haftungsbeschränkt und der Ltd (vgl. § 5a Abs. 1 GmbHG und s. 763 CA 2006, der ausdrücklich nur für Public Companies gilt), wobei in Deutschland der rechnerische Posten auf 1 € lauten muß wegen § 5 II GmbHG, in England sind theoretisch auch Penny-Anteile möglich, vgl. dazu *Davies*, Legal Capital, 347.

882 Vgl. zum Zusammenspiel von Kapitalschutz und Bilanzregeln *Schön*, Kapitalschutz, 3.

883 Zum Vorsichtsprinzip *Baetge/Kirsch/Thiele*, Bilanzen, 99 und 139 ff.

884 Zum Imparitätsprinzip *Baetge/Kirsch/Thiele*, Bilanzen, 99 und 137 ff.

885 Vgl. *Davies/Worthington*, Principles, 294.

886 In Deutschland wurde das Prinzip des gesetzlichen Kapitals im Gesellschaftsrecht erstmals mit der Kodifikation der Aktiengesellschaft im HGB von 1870 eingeführt im Zuge der Umstellung vom Konzessionssystem auf das Normativsystem; vgl. Art. 207 Abs. 3, 216 Abs. 2 HGB 1870, abgedruckt in *Schubert/Hommelhoff*, Hundert Jahre, 114 und 118.

887 Richtlinie 77/91/EWG vom 13.12.1976 (ABl. Nr. L 26/1); nunmehr aufgegangen in Richtlinie 2017/1132/EU vom 1406.2017 (ABl. Nr. L 169/46).

Gesellschaftsrechtsrichtlinie nachgebildet wurde, und dem englischen Ansatz besteht in dem Konzept des Mindestkapitals und der detaillierten Ausgestaltung der sogenannten Kapitalaufbringung.[888] Das englische Recht verfolgt hinsichtlich der Mindestkapitalausstattung (minimum capital) und der Kapitalaufbringung (raising of capital) traditionell einen Laissez-faire-Ansatz, mußte sein System jedoch zur Umsetzung der 2. Richtlinie im Hinblick auf die PLC anpassen.[889] Die Unterschiede hinsichtlich der Regeln zum Kapitalerhalt (capital maintenance) fallen seit jeher geringer aus.[890] Das englische Recht sieht hierbei teils sogar strengere Regelungen vor.[891]

3. Kapitalaufbringung und Kapitalerhaltung

Damit ist die zentrale Untergliederung des Kapitalschutzkonzepts angesprochen, die Unterscheidung in das Prinzip der Kapitalaufbringung[892] und das Prinzip der Kapitalerhaltung[893]. Kapitalaufbringung meint die Regeln, wie, wann und von wem das gesetzliche Kapital entsprechend seiner satzungsgemäßen Höhe tatsächlich bereitzustellen ist, so daß es der werbenden Gesellschaft als Betriebskapital zur Verfügung steht. Kapitalerhaltung hingegen meint erst einmal nicht, daß die Gesellschaft stets ein Gesellschaftsvermögen bilanziell ausweisen können müsse, welches das gesetzliche Kapital in seiner verlautbarten Höhe tatsächlich abdeckt[894], sondern allein daß keine Ausschüttungen an die Gesellschafter erfolgen dürfen, solange das Vermögen der Gesellschaft die Verbindlichkeiten nicht mindestens um die Höhe des gesetzlichen Kapitals übersteigt. Das gesetzliche Kapital wird den Gläubigern nicht derart ›erhalten‹, daß die Gesellschaft notwendig stets über bilanzielles Eigenkapital in der verlautbarten Höhe verfügen müßte, andernfalls z.B. abzuwickeln wäre. Ein ungünstiger Geschäftsverlauf kann das Gesellschaftsvermögen durchaus aufzehren bis unter das nominale Eigenkapital. Das gesetzliche Kapital wird allein den Gesellschaftern ›vorenthalten‹ und insoweit den Gläubigern ›vorbehalten‹. Die Kapitalerhaltung ist eigentlich ›Kapitalvorenthaltung‹ und ›Kapitalvorbehaltung‹. Sie bietet den Gläubigern keinen absoluten Schutz durch Erhaltung einer bestimmten Haftungsmasse, sondern relativen Schutz durch Bevorzugung vor den Ausschüttungsinteressen der Gesellschafter.

888 Vgl. auch *Davies*, Legal Capital, 347 und *Davies/Rickford*, Introduction II, 263; zur allmählichen Ausbildung dieser Prinzipien im deutschen Kapitalschutz sogleich u. S. 372 ff.
889 *Davies*, Legal Capital, 346.
890 Vgl. *Davies*, Legal Capital, 347.
891 *Davies/Rickford*, Introduction II, 264.
892 Dazu *Hüffer/Koch*, AktG § 1, Rz. 11.
893 Dazu *Hüffer/Koch*, AktG § 1, Rz. 12.
894 Zum Unterschied von Gesellschaftsvermögen und Kapitalkennziffer *Hüffer/Koch*, AktG § 1, Rz. 10.

Die Regeln der Kapitalerhaltung sichern demnach die Funktion des Kapitalschutzes, wie sie oben dargestellt wurde, im Prinzip vollständig ab. Die Regeln der Kapitalaufbringung ergänzen und erweitern diesen Grundansatz, indem sie sicherstellen wollen, daß die Gesellschafter der Gesellschaft irgendwann (schon zu Beginn des Unternehmens oder spätestens in der Insolvenz) auch tatsächlich Eigenkapital in der versprochenen Höhe zur Verfügung stellen. Kapitalaufbringung meint nicht nur Ansparen des Nennkapitals aus Gewinnen der Gesellschaft, sondern von der Gewinnsituation der Gesellschaft unabhängige Aufbringung durch die Gesellschafter in einer bestimmten formellen Weise. Kapitalerhaltung ist unabhängig von dieser Garantiezusage der Gesellschafter, sie funktioniert auch dann, wenn das gesetzliche Kapital nur aus Gewinnen angespart wird. Eine Pflicht zur Aufbringung des gesetzlichen Kapitals durch die Gesellschafter stört die Kapitalerhaltung nicht, sie ist nur nicht wesentlich für das Prinzip der Kapitalerhaltung. Man kann auch das Ansparen von Gewinnen als eine Form von ›Kapitalaufbringung‹ verstehen; insofern setzt Kapitalerhaltung voraus, daß Kapital einmal ›aufgebracht‹ wird. Inhaltlich gewinnt diese sprachliche Möglichkeit nichts hinzu. Nur Kapitalaufbringung setzt systematisch die Aufbringung durch die Gesellschafter voraus, Kapitalerhaltung ist hinsichtlich der Herkunft des Kapitals indifferent.

Kapitalerhalt ist ohne Kapitalaufbringung denkbar. Das System des gesetzlichen Kapitals kann auch bei einem nominellen Kapital von nur einem Euro funktionieren oder bei einer bloßen Thesaurierungspflicht. Umgekehrt gilt das nicht. Kapitalaufbringung setzt notwendig auch Kapitalerhalt voraus. Auch eine noch so detailliert geregelte Kapitalaufbringung stellte den Gläubigern effektiv keine ihnen vorbehaltene Eigenkapitalreserve zur Verfügung, könnte das einmal aufgebrachte Kapital wieder an die Gesellschafter verteilt werden. Ein reines Kapitalerhaltungssystem ist jedoch, auch wenn es gedacht werden kann, in keinem der hier zu betrachtenden Gesetze verwirklicht worden, da auch in den Fällen, in denen die Gesetze ein Nennkapital von einem Euro oder Penny zulassen, eine freiwillige Ausstattung der Gesellschaft mit höherem Nennkapital möglich bleibt, in welchem Fall auf das freiwillig höhere Nominalkapital Kapitalaufbringungsregeln anzuwenden sind.

4. Grundlegender Wertungsunterschied von Kapitalaufbringung und Kapitalerhaltung

Die Bewertung dieser beider Säulen des Kapitalschutzes fällt nicht einheitlich aus. Vor allem in Deutschland wird häufig die Auffassung vertreten, die Kapitalaufbringung sei der Kern des Kapitalschutzes, der Kapitalerhalt sichere diese Grundentscheidung in unverzichtbarer Weise ab.[895] Man geht davon aus, die Festsetzung eines gesetzlichen Kapitals allein helfe den Gläubigern nicht weiter,

895 So z.B. für die Aktiengesellschaft *Hüffer/Koch*, AktG § 1, Rz. 11 und 12; ähnlich *Pentz/Priester/Schwanna*, Bar- und Sachkapital-aufbringung, 54 f.

wenn das Kapital nicht auch tatsächlich eingezahlt werde.[896] Diese Ansicht hat besonderen Charme, wann immer der Gesetzgeber ein Mindestkapitalerfordernis aufstellt, und viel spricht für sie im geltenden Recht, wenn der Gesetzgeber detaillierte Regeln zur Kapitalaufbringung vorschreibt, insbesondere vor Gründung der Gesellschaft und vor Wirksamkeit von Kapitalerhöhungsmaßnahmen. Andere verweisen auf die theoretische Verzichtbarkeit der Kapitalaufbringung oder die Möglichkeit eines Ein-Euro-Nennkapitals und folgern, wichtigster Bestandteil des Kapitalschutzes sei das Prinzip der Kapitalerhaltung.[897]

Es kommt auf diese Bewertungsfragen glücklicherweise nicht an, weil die bestehenden Gesetze sich grundsätzlich für Kapitalaufbringung und Kapitalerhaltung entschieden und beide aufeinander abgestimmt haben. Die eine Ansicht überzeugt theoretisch, die andere spiegelt die aktuelle Gesetzeslage. Viel aber kommt darauf an, daß man den Wertungsunterschied zwischen dem Prinzip der Kapitalaufbringung und dem Prinzip der Kapitalerhaltung klar und distinkt erkennt. Denn wenn der Gesetzgeber das System des gesetzlichen Kapitals mit Kapitalaufbringungsregeln ausgestaltet, trifft er bewußt oder unbewußt, jedenfalls notwendig eine andere Wertentscheidung, als wenn er das System allein auf Kapitalerhaltungsregeln baut.

Die entscheidende Wertungsfrage, vor die sich der gesellschaftsrechtliche Gesetzgeber bei Ausgestaltung eines Kapitalschutzkonzepts gestellt sieht, tritt deutlicher hervor, wenn man nicht auf den Umstand der Haftungsbeschränkung als solcher blickt, also nicht darauf, daß die Gesellschafter nicht unbegrenzt mit ihrem Privatvermögen haften, sondern umgekehrt fragt, welchen Risikobeitrag der Gesetzgeber den Gesellschaftern noch abverlangt. Jedes wirtschaftliche Unternehmen bringt Risiken mit sich. Der Kapitalschutz will erreichen, daß nicht die Gläubiger der Gesellschaft alle Risiken tragen, sondern möchte als fairen Ausgleich für das Privileg der Haftungsbeschränkung sicherstellen, daß auch die Gesellschafter einen Teil des Risikos tragen, falls die Unternehmung scheitert, wenn ihnen umgekehrt die Vorteile gebühren, solange das Unterfangen gelingt.

Die entscheidende Wertungsfrage lautet nun, ob die Gesellschafter, wenn sie schon einen Risikobeitrag leisten sollen, diesen allein aus den Gewinnen der Unternehmung leisten müssen, also Gewinne thesauriert und bis zur Liquidation der Gesellschaft den Gläubigern vorbehalten werden, oder ob die Gesellschafter einen gewissen Risikobeitrag auch aus ihrem übrigen (Privat-)Vermögen zu leisten haben. Ob man die eine oder die andere Lösung als ausreichend fair ansieht, ist eine rechtspolitische Frage, die nur der Gesetzgeber entscheiden kann. Wirtschaftlich betrachtet besteht zwischen beiden Ansätzen ein Unterschied besonders dann, wenn die Gesellschaft während ihres Bestehens keine ausreichenden Gewinne erwirtschaftet, aus denen ein entsprechender Risikobei-

896 So z.B. *Hüffer/Koch*, AktG § 1, Rz. 11 und § 57, Rz. 1; vgl. auch *Pentz/Priester/Schwanna*, Bar- und Sachkapitalaufbringung, 54.

897 In diese Richtung z.B. *Schön*, Kapitalschutz, 4 f., *ders.*, Zukunft, 168.

trag angespart werden könnte. Erwirtschaftet die Gesellschaft Gewinne, besteht im Ergebnis wenig Unterschied für die Gesellschafter, ob sie zuerst ein gewisses Kapital aufbringen müssen und peu à peu Ausschüttungen in derselben Höhe erhalten, oder ob sie bis zur Höhe des gesetzlichen Kapitals zunächst die erwirtschafteten Gewinne peu à peu ansparen müssen.

Die Kapitalerhaltungsregeln geben für sich allein keine Antwort auf diese Wertungsfrage. Sie sind indifferent hinsichtlich der Herkunft der Mittel, die sie einer Ausschüttung vorenthalten, und notwendiger Bestandteil eines jeden Kapitalschutzkonzepts. Eine Antwort gibt die Entscheidung für eine Implementierung von Kapitalaufbringungsvorschriften. Wie die Kapitalaufbringung oben verstanden wurde, verlangt sie von den Gesellschaftern zuwenigst, die Aufbringung des Nennkapitals aus eigenen Mitteln zu garantieren, oftmals mehr noch das Nominalkapital zumindest teilweise der Gesellschaft tatsächlich zur Verfügung zu stellen. Kapitalaufbringung beinhaltet so verstanden die gesetzgeberische Entscheidung, einen Risikobeitrag der Gesellschafter auch aus ihrem übrigen Vermögen zu verlangen. Ein Kapitalerhaltungssystem, welches nur eine Pflicht zur Gewinnthesaurierung als notwendigen Bestandteil kennte, könnte auf einen Risikobeitrag aus dem übrigen Vermögen der Gesellschafter verzichten. Zeitlich betrachtet fordert die Kapitalaufbringung einen Risikobeitrag schon bei Gründung der Gesellschaft durch eine Garantiezusage oder tatsächliche Mittelbereitstellung, der Verzicht auf Kapitalaufbringungsregeln verschiebt die Leistung des Risikobeitrags der Gesellschafter in die Zukunft – und macht ihn zudem vom Erfolg der Unternehmung abhängig.

5. Mindestkapitalanforderungen

Das gesetzliche Mindestkapital wird in den bestehenden Systemen mit der Kapitalaufbringung verknüpft. Ihm kommt dann die Funktion zu, einen gewissen Mindestrisikobeitrag aus dem übrigen Vermögen der Gesellschafter zu fordern, unter dem die Risikoverteilung zwischen Gesellschaftern und Gläubigern als unfair betrachtet wird. Das Mindestkapital kann theoretisch auch als eine Pflicht zur Gewinnthesaurierung bis zu einer bestimmten Mindesthöhe konstruiert werden. Den Gedanken eines Mindestrisikobeitrags aus Gewinnen kennt das Gesetz auch, z.B. in der Thesaurierungspflicht der UG haftungsbeschränkt (§ 5a Abs. 3 GmbHG) und in der Aktiengesellschaft bei der gesetzlichen Rücklage in Form der Gewinnrücklage (§ 150 AktG), unterscheidet dieses Modell aber vom gesetzlichen Mindestkapital. Der bilanzielle Kapitalschutz kann auf das Mindestkapital, wie gesehen, auch verzichten. Es stellt kein konstitutives Element des Kapitalschutzsystems dar.[898] Das Erfordernis eines Mindestkapitals dient allein den Interessen der Gläubiger, alle weiteren Interessensgruppen haben verschiedene Interessen hinsichtlich der tatsächlichen Aufbringung des vereinbarten Kapitals, nicht jedoch an einer Mindesthöhe des Kapitals.

898 So ausdrücklich auch *Eidenmüller/Grunewald/Noack*, 20.

II. Funktionen des gesetzlichen Kapitals und seines Schutzes

Dem gesetzlichen Kapital werden verschiedene Funktionen und Zwecke zugedacht.[899] Die verschiedenen Kapitalschutzvorschriften verfolgen nicht all diese Zwecke gleichermaßen. Es gilt insbesondere zwischen kapitalaufbringungsrechtlichen und kapitalerhaltungsrechtlichen Vorschriften sowie dem Mindestkapital als verschiedenen Schutzmodulen zu unterscheiden. Mancher Schutzzweck mag eine kapitalerhaltungsrechtliche Vorschrift nicht tragen, dafür den Hauptzweck einer kapitalaufbringungsrechtlichen Vorschrift darstellen, ein anderer Schutzzweck mag nur, aber immerhin ein Nebenzweck beider Vorschriften sein. Man muß daher vorsichtig sein, wenn man von dem Verständnis des generellen Schutzkonzepts des bilanziellen Kapitalschutzes auf den Schutzzweck einzelner Normen schließen will. In der deutschen Literatur besteht manchmal die Tendenz, jeden Schutzzweck in stärkster Ausprägung in jeder konkreten Norm wiederfinden zu wollen. In der englischen Literatur besteht hingegen fast durchweg die Tendenz, den gesamten Kapitalschutz allein unter dem Gesichtspunkt des Gläubigerschutzes zu denken. An dieser Stelle sollen verschiedene denkbare Schutzzwecke des gesamten Kapitalschutzsystems aufgelistet werden und dabei wird angemerkt, ob diese eher durch Kapitalaufbringungsschutz, durch Kapitalerhaltungsschutz oder durch ein Mindestkapital zu erreichen sind.

1. Gläubigerschutz und faire Risikoverteilung

Die bisherigen Ausführungen zur Aufgabenverteilung zwischen Kapitalaufbringung und Kapitalerhaltung und der theoretischen und praktischen Erforderlichkeit der beiden Stützen des Kapitalschutzes wurden unter der Annahme gemacht, Sinn und Zweck des Kapitalschutzes sei ein die Haftungsbeschränkung ausgleichender Gläubigerschutz durch Bildung eines Garantiefonds (Garantiefunktion) und damit eine faire Risikoverteilung. Darin darf man auch eine der wichtigsten Funktionen des Kapitalschutzes sehen.[900] Der ganze Begriff der Kapitalgesellschaft leitet sich ab von diesem Garantiekapital.[901]

899 Zu der Multifunktionalität des gesetzlichen Kapitals schon *Ballerstedt*, Kapital, 132 ff.; aus neuerer Zeit umfassend *Pentz/Priester/Schwanna*, Bar- und Sachkapitalaufbringung, 45 ff. m.w.N. und jüngst *Baums*, Eigenkapital, 164 ff. m.w.N.; rechtshistorisch zur Aktiengesellschaft *Hommelhoff*, Eigenkontrolle, 82 ff., rechtshistorisch zur GmbH *Bezler*, Bedeutung des Stammkapitals, 86.

900 So auch *Hüffer/Koch*, AktG § 1, Rz. 10 für das Grundkapital der Aktiengesellschaft.

901 *Wiedemann*, GesR I, 101; *Raiser/Veil*, Kapitalgesellschaften, 1.

2. Finanzierungsfunktion, Schuldentilgungsfunktion und Pufferfunktion

Das gesetzliche Kapital erfüllt durch Aufbringung und Zurückhaltung von Eigenkapitalmitteln den Zweck, dem Unternehmen die Tilgung von Schulden zu ermöglichen (Schuldentilgungsfunktion),[902] und befähigt die Gesellschaft, eintretende Verluste wegzustecken, ohne Gefahr zu laufen, sogleich wegen Überschuldung Insolvenz anmelden zu müssen (Verlust- und Risikopuffer).[903] Beide Funktionen dienen mittelbar dem Gläubigerschutz, denn je besser die Gesellschaft in der Lage ist, Verluste zu verkraften, und je besser sie fällige Forderungen tilgen kann, desto eher läßt sich eine Insolvenz wegen Überschuldung (§ 19 InsO in Deutschland) oder Zahlungsunfähigkeit (§ 17 InsO in Deutschland) vermeiden. In einer Insolvenz sind die Forderungen der Gläubiger akut gefährdet. Den besten Schutz bietet ein gesundes Unternehmen, dem diese Funktionen des gesetzlichen Kapitals dienen.

Unmittelbar haben diese Funktionen nicht die Gläubiger im Blick, sondern die Gesellschaft selbst. Diese braucht für ihre Existenz ein gewisses Kapital, welches die Regeln des Kapitalschutzes ihr einerseits erst zur Verfügung stellen sollen, andererseits vor dem Zugriff der Gesellschafter bewahren sollen. Das gesetzliche Kapital sichert damit die Unabhängigkeit der selbständigen juristischen Person gegenüber ihren Gesellschaftern in ihrem eigenen Interesse. Das Nennkapital erhält hierbei eine betriebswirtschaftliche Komponente, da ihm der Gesetzgeber die Funktion zuschreibt, das Unternehmen zu finanzieren (Finanzierungsfunktion), sei es als Anschubfinanzierung, langfristige Außenfinanzierung oder spätere Binnenfinanzierung.[904] All diese Funktionen erfüllt die Kapitalaufbringung noch mehr als die Kapitalerhaltung, weil sie schon im Zeitpunkt der Gründung des Unternehmens eingreift.

Die betriebswirtschaftlichen Funktionen des gesetzlichen Kapitals können auch andere Finanzierungsformen übernehmen. So können andere Eigenkapitalleistungen von Gesellschaftern oder Dritten, insbesondere Hybridkapitalgebern, der Finanzierung des Unternehmens dienen.[905] Das Unternehmen kann ferner statt durch Eigenkapital auch durch Fremdkapital finanziert werden.[906] Zur Begleichung fälliger Forderungen dienen auch nicht fällige Kredite, seien es

902 *Baums*, Eigenkapital, 164.

903 Vgl. *Baums*, Eigenkapital, 165, der hierbei noch zwischen einem Puffer gegenwärtiger Verluste und einem Puffer künftiger Risiken unterscheidet (s. a. S. 181). *Pentz/Priester/Schwanna*, Bar- und Sachkapitalaufbringung, 45 unterscheiden noch einen ›Verwertungspuffer‹ im Fall der Liquidation, was aber neben dem Garantiefonds keine neue Funktion darstellt.

904 Zur Finanzierungsfunktion auch *Baums*, Eigenkapital, 164; *Pentz/Priester/Schwanna*, Bar- und Sachkapitalaufbringung, 47 ff.

905 Zur Unternehmensfinanzierung durch Eigenkapital allgemein *Baums*, Eigenkapital, 164.

906 Dazu *Baums*, Eigenkapital, 164.

Gesellschafterdarlehen oder Drittdarlehen.[907] Für die rechtliche Konzeption eines gesetzlichen Kapitals ist heutzutage[908] der Gedanke einer fairen Risikoverteilung und damit eines Mindestmaßes an Gläubigerschutz systematisch wichtiger als die betriebswirtschaftlichen Überlegungen.

Die Pufferfunktion bietet darüber hinaus nur einen gewissen Schutz vor einem insolvenzbedingten Forderungsausfall, aber keinen Schutz mehr in einer Insolvenz. Das gesetzliche Kapital ist Betriebskapital und kann bei ungünstigem Geschäftsverlauf aufgezehrt werden. Die Definition der Überschuldung in § 19 Abs. 2 InsO macht klar, daß jedenfalls in diesem Fall der Puffer gänzlich aufgebraucht ist. Unabhängig vom Insolvenzgrund wird sich insbesondere bei einer Zerschlagung des Unternehmens die bis dato geltende Bilanzierung nach dem going concern-Prinzip (in Deutschland § 252 Nr. 2 HGB) als überhöht herausstellen, das gesetzliche Kapital aufgebraucht sein und regelmäßig eine Insolvenzquote < 1 sich ergeben. Die Gläubiger fallen mit ihrer Forderung teilweise aus. Durch ein hohes gesetzliches Kapital läßt sich eine Insolvenz vielleicht verhindern, jedenfalls wohl verzögern, tritt die Insolvenz aber ein, führt das gesetzliche Kapital nicht zu einer Erhöhung der Insolvenzquote, da das Nominalkapital verbraucht ist.[909] Auch in diesem Fall bleibt aber die Funktion des Nennkapitals, einen Risikobeitrag der Gesellschafter bewirkt zu haben, insbesondere wenn der Kapitalschutz ein Aufbringungselement enthält.

3. Risikobegrenzungsfunktion

Die Beteiligung der Gesellschafter an den Risiken des Unternehmens soll nicht nur einen fairen Ausgleich herstellen, wenn sich Risiken verwirklichen. Vorbeugend schon soll die Risikobeteiligung der Unternehmenseigentümer diese veranlassen, übermäßige Risiken gar nicht einzugehen, und auch die Geschäftsführung anhalten, Risiken zu begrenzen (Risikobegrenzungsfunktion).[910] Diese Funktion erfordert, die Gesellschafter das verlautbarte Kapital jedenfalls solange aus ihrem übrigen Vermögen aufbringen zu lassen, solange die Gesell-

907 *Baums*, Eigenkapital, 167.

908 Zur unterschiedlichen Bewertung des historischen Gesetzgebers s. u. S. 372 ff.

909 Zur Funktion der bilanziellen Kapitalerhaltung vor und in einer Insolvenz auch *Arminger*, Bilanzielle Kapitalerhaltung, 285. Dieser Mechanismus und die daraus resultierende Begrenzung dessen, was ein gesetzliches Kapital leisten kann, werden in der Diskussion bisweilen nicht beachtet, vgl. z.B. die insoweit verfehlte Kritik am bilanziellen Kapitalschutz bei *Otte*, Kapitalschutzsystem, 188. I.E. wie hier mit etwas anderer Begründung *Schön*, Zukunft, 165. Zudem wird selbst ein hohes Nominalkapital nicht zu hohen Insolvenzquoten führen, solange für einzelne Gläubiger die Möglichkeit besteht, ihre Forderungen zu besichern, da hierdurch die Insolvenzmasse zu Lasten der ungesicherten Gläubiger verringert und folglich die Insolvenzquote abgesenkt wird.

910 Vgl. *Baums*, Eigenkapital, 165, der die verhaltenssteuernde Funktion bei Eigentümern und Geschäftsführern stärker unterscheidet.

schaft nicht entsprechende Gewinne thesauriert hat, und damit ein Element der Kapitalaufbringung. Ein hohes Mindestkapital stärkt diesen Ansatz.

4. Seriositätsschwelle und Signalwirkung

Diese Risikobegrenzung soll im Idealfall schon erreichen, daß Gesellschafter nur dann eine Kapitalgesellschaft gründen, wenn sie von den Erfolgsaussichten des Unternehmens überzeugt sind, insbesondere aber Unternehmensgründungen verhindern, deren Sinn allein in der Übervorteilung von Anteilserwerbern oder der Schädigung von Gläubigern besteht. Die Gefahr eines Verlustes für die Gesellschafter soll eine Seriositätsschwelle darstellen[911]; sie setzt ein Mindestkapital und Kapitalaufbringung voraus. Je höher dabei das gesetzliche Mindestkapital angesetzt wird, desto höher die Seriositätsschwelle. Gehen die Gesellschafter dieses Verlustrisiko ein, kommt ihrer Entscheidung gleichzeitig eine Signalwirkung an die Fremdkapitalgeber zu[912]; dies gilt insbesondere, wenn das gesetzliche Kapital freiwillig höher eingerichtet wird als die gesetzlichen Mindestanforderungen, da die Unternehmenseigner hierdurch ihr eigenes Vertrauen in ihre Geschäftsidee untermauern.

5. Kollektives Vertragsangebot, Vereinfachung individueller Vertragsgestaltung

Hiermit ist die Möglichkeit der Gesellschafter angesprochen, freiwillig einen bestimmen Eigenkapitalbetrag den Regelungen des gesetzlichen Kapitals zu unterwerfen. Das gesetzliche Kapital kann dann die Funktion einer Art kollektiven Vertragsangebots an die Gläubiger erfüllen, welches ohne die Last individueller Vereinbarungen mit allen Gläubigern allen eine Grundsicherung bietet, die über das gesetzliche Mindestmaß hinausgeht.[913] Weitere Vereinbarungen mit einzelnen Gläubigern bleiben möglich, wobei die Bezugnahme auf die gesetzlichen Regelungen die Vertragsgestaltung vereinfacht.

6. Schutz der Mitgesellschafter und Anlegerschutzfunktion

Eine weitere Funktion des Kapitalschutzes hängt mit der gesetzlichen Entscheidung zusammen, die Teilhaberechte des Gesellschafters grundsätzlich nach seinem Beitrag zum gesetzlichen Kapital zu bemessen, dem Konzept des Nominalwerts des Gesellschaftsanteils. Kapitalgesellschaften sind dazu gedacht, mehreren Personen einen Zusammenschluß zu einer gemeinsamen wirtschaftlichen Betäti-

911 *Pentz/Priester/Schwanna*, Bar- und Sachkapitalaufbringung, 51.

912 *Pentz/Priester/Schwanna*, Bar- und Sachkapitalaufbringung, 52.

913 *Schön*, Konzern 2004, 162, 166 ff. m.w.N.; zustimmend *Pentz/Priester/Schwanna*, Bar- und Sachkapitalaufbringung, 53, *Baums*, Eigenkapital, 185; ablehnend *Schall*, Gläubigerschutz, 48 m.w.N.

gung unter Begrenzung des persönlichen Haftungsrisikos zu ermöglichen, und daher so konstruiert, daß mehrere Gesellschafter an der gemeinsamen Gesellschaft Anteile haben können. Der Gesellschaftsanteil bezeichnet die Gesamtheit der Rechte und Pflichten eines Gesellschafters, das ist seine Mitgliedschaft.[914] Er wird in den geltenden Gesetzen nach dem Betrag bestimmt, den der Gesellschafter anteilig am gesetzlichen Kapital übernommen hat.[915] So wurde der Gesellschaftsanteil von einem englischen Richter einmal folgendermaßen definiert: »A share is the interest of a shareholder in the company measured by a sum of money, for the purpose of liability in the first place, and of interest in the second (...).«[916]

Die Kopplung von Gesellschaftsanteil und Gesellschaftskapital erleichtert bei der Kapitalaufbringung, den Schuldner des gesetzlichen Kapitals festzustellen. Zwingend notwendig ist es nicht, den Gesellschaftsanteil und damit die Rechte eines Gesellschafters an seine Pflichten, und das heißt insbesondere an die Pflicht zur Aufbringung des gesetzlichen Kapitals zu knüpfen. Man könnte einen Gesellschaftsanteil auch als Bruchteil an dem Gesamt definieren, ohne ihm einen Geldwert zuzuweisen und die Kapitalaufbringung ohne diese Verknüpfung sicherstellen; die hier zu besprechenden Gesetze tun dies allesamt nicht.[917] Grundsätzlich gestatten diese Gesetze aber, die Mitgliedschaftsrechte, das sind die Verwaltungsrechte und die Vermögensrechte,[918] in der Satzung in einem anderen Verhältnis festzusetzen als in dem des anteiligen Nennkapitals, was z.B. die Vorzugsaktien erst ermöglicht, bei denen die Stimmrechte eingeschränkt, im Ausgleich dazu die Gewinnbezugsrechte gestärkt werden.[919] Die

914 BGH, Urteil vom 8.12.1971 – VIII ZR 113/70, Tz. 21 – juris (= DB 1972, 132); BH-*Fastrich*, § 14, Rz. 3.

915 In Deutschland §§ 5 Abs. 1, 14 GmbHG und § 1 Abs. 2, 8 Abs. 4 AktG; vgl. a. BGH, aaO; BH-*Fastrich*, aaO für die GmbH; zur Situation in England *Davies/Worthington*, Principles, 258.

916 Farwell J. in Borland's Trustee v Steel Bros & Co Ltd, [1901] 1 Ch. 279 (288); dazu *Davies/Worthington*, Principles, 788.

917 Zum Verbot sogenannter Bruchteilsaktien im Aktienrecht und dem Unterschied einer solchen Aktienform zu den anerkannten Stückaktien *Hüffer/Koch*, AktG, § 1, Rz. 13 und § 8, Rz. 2; zum GmbH-Recht BH-*Fastrich*, § 14, Rz. 3; zum englischen Recht *Davies/Worthington*, Principles, 258.

918 Überblick über die Rechte, welche eine Mitgliedschaft verkörpert, bei *Raiser/Veil*, Kapitalgesellschaften, 101 ff.

919 In der GmbH besteht hinsichtlich der Gewinnverteilung umfassende Satzungsfreiheit auch hinsichtlich des Verteilungsschlüssels, s. *Raiser/Veil*, Kapitalgesellschaften, 608, hinsichtlich des Stimmrechts sind stimmrechtslose Anteile ohne Einschränkung möglich, s. BH-*Zöllner/Noack* § 47, Rz. 33 m.w.N. und Rz. 70, und das Stimmgewicht kann frei festgelegt werden, s. BH-*Zöllner/Noack* § 47, Rz. 67. Die Verteilung des Liquidationserlöses stellt das Gesetz ausdrücklich der Satzung zur Disposition in § 72 S. 2 GmbHG. Auch in der AG ist eine vom Kapitaleinsatz abweichende Verteilung des Gewinns nach § 60 Abs. 3 AktG ausdrücklich möglich (ein vollständiger Verzicht auf Gewinnanteile durch die Gesellschafter muß auch deshalb

Entscheidung des Gesetzgebers, grundsätzlich Gesellschaftsanteil und Gesellschaftskapital zur Sicherung der Kapitalaufbringung zu verknüpfen, spiegelt den typischen Fall wieder, daß Gesellschafter die Teilhaberechte im Verhältnis zu einander entsprechend dem jeweiligen Finanzierungsbeitrag und dem damit übernommenen Risiko einräumen wollen. Sie führt manchmal jedoch zu Schwierigkeiten, insbesondere wenn eine Sanierung des Unternehmens erforderlich wird, und steht daher in der Kritik.[920]

Solange Gesellschaftsanteil und Gesellschaftskapital vom Gesetz aneinander gekoppelt werden, solange kommt dem Kapitalschutz auch die Funktion zu, die Geschäftsgrundlage für die Investition in die Gesellschaft zu erhalten, insbesondere den vom Gesetz angenommenen Gleichlauf von Kapitaleinsatz sowie Stimm- und Erlösberechtigung. Der Kapitalschutz entfaltet Anlegerschutzfunktion.[921] Jeder Gesellschafter soll im Hinblick auf die Kapitalaufbringungsregeln darauf vertrauen können, daß nicht nur er, sondern auch die übrigen Gesellschafter den versprochenen Kapitalbeitrag tatsächlich leisten. Die formellen Kapitalerhaltungsregeln sorgen zudem in der Aktiengesellschaft dafür, daß die Gewinnbezugsrechte nicht durch verdeckte Gewinnausschüttungen entwertet werden können und sichern so die gleichmäßige Beteiligung aller Aktionäre am Gewinn, insoweit nur der Bilanzgewinn unter die Gesellschafter verteilt werden kann (§ 57 AktG).[922]

Auch in der Aktiengesellschaft schützt jedoch die Kapitalbindungskomponente des Kapitalerhalts, d.h. die Vorschrift, einen bestimmten Teil des Eigenkapitals nicht, auch nicht als Teil des transparent errechneten Bilanzgewinns unter die Gesellschafter zu verteilen, nicht die Mitgesellschafter, sondern allein die

möglich sein, weil er Voraussetzung für die steuerrechtliche Gemeinnützigkeit ist, vgl. §§ 55 Abs. 1 Nr. 1, 59 AO). Die Ausgestaltung von Stimmrechten ist in der AG nur bedingt möglich. Grundsätzlich korreliert das Stimmrecht mit dem Nominalwert des Anteils, §§ 12 Abs. 1 S. 1, 134 Abs. 1 S. 1 AktG, Mehrstimmrechte sind unzulässig, § 12 Abs. 2 AktG, allerdings können bei nicht börsennotierten Gesellschaften Höchststimmrechte nach § 134 Abs. 2 AktG das Stimmgewicht eines großen Anteilspakets beschränken. Ein Ausschluß des Stimmrechts ist nur gegen Gewährung eines Vorzugs im Rahmen von Vorzugsaktien möglich §§ 12 Abs. 1 S. 2, 139 Abs. 1 AktG; Vorzugsaktien können das Stimmrecht nur ganz ausschließen oder gar nicht, niemals aber lediglich einschränken, s. *Hüffer/Koch,* AktG § 139, Rz. 13. Die Satzungsfreiheit hinsichtlich des Liquidationserlöses ist umstritten, s. *Koch* in MüKo-AktG § 271, Rz. 5 f. einerseits und *Bachmann* in Spindler/Stilz § 271, Rz. 5 ff. andererseits.

920 Kritisch z.B. *Davies/Worthington*, Principles, 258 und 788. Man muß bei dieser Kritik aus England verstehen, daß das englische Kapitalgesellschaftsrecht keine Möglichkeit zur vereinfachten Kapitalherabsetzung kennt, da es die Vorstellung, gerade in einer Krise den einmal versprochenen Haftkapitalpuffer zulasten der Gesellschaftsgläubiger absenken zu können, widersinnig findet.

921 Dazu *Pentz/Priester/Schwanna*, Bar- und Sachkapitalaufbringung, 53.

922 *Ballerstedt*, Kapital, 132 f; *Pentz/Priester/Schwanna*, Bar- und Sachkapitalaufbringung, 53.

Gesellschaftsgläubiger. Mitgesellschafter haben ein Interesse an einer gleichmäßigen Gewinnverteilung, jedoch kein Interesse an verpflichtender Vermögensbindung. In der GmbH schützen die Kapitalerhaltungsregeln die gleichmäßige Gewinnverteilung nicht, da §§ 29, 30 GmbHG auch außerbilanzielle Gewinnzuteilungen zulassen. Zwar schränken in der GmbH Treupflicht und Gleichbehandlungsgrundsatz die Zulässigkeit verdeckter Gewinnausschüttungen letztlich ebenfalls ein,[923] doch bürdet das Gesetz den Gesellschaftern hier eine höhere Obliegenheit zum Selbstschutz auf. An eventuelle Anleihezeichner, die bei der deutschen GmbH im Gegensatz zur englischen Limited[924] vorkommen können[925], denkt das Gesetz hierbei nicht.

In der Aktiengesellschaft führt die Kapitalerhaltung nicht nur zur Wahrung des materiellen Rechts aller Aktionäre auf anteilsgemäße Gewinnbeteiligung, ihr kommt zugleich die Aufgabe zu, die organschaftlichen Kompetenzen bei der Gewinnverteilung vor Aushöhlung zu bewahren, indem sie verdeckte Gewinnausschüttungen durch den Vorstand an einzelne Gesellschafter, vor allem wohl an Mehrheitsgesellschafter verhindern hilft, so daß die gesetzliche Zuständigkeit der Hauptversammlung (§ 174 Abs. 1 AktG) nicht ins Leere geht.[926]

Der Kapitalschutz enthält mit diesen letzten Funktionen ein Element des Individualschutzes und, da sich die individuellen Gesellschafter selbst meist nur unzureichend schützen können, wenn sie lediglich eine Minderheitsbeteiligung besitzen, insbesondere ein Element des Minderheitenschutzes.[927] Individual- und Minderheitenschutz kommt ferner besondere Bedeutung zu, wenn die Kapitalaufbringung oder Kapitalerhaltung diese Gruppen im Interesse des Gläubigerschutzes auch für die Pflichten der anderen Gesellschafter einstehen lassen, so z.B. in der GmbH bei der Ausfallhaftung aller Gesellschafter im Rahmen der Kapitalaufbringung (§ 24 GmbHG) und der Kapitalerhaltung (§ 31 Abs. 3 GmbHG). Führt der Versuch, die Gefahren der Haftungsbeschränkung für die Gläubiger zu reduzieren, zu neuen Gefahren für die Mitgesellschafter, macht sich der Kapitalschutz selbst unentbehrlich.

923 BH-*Kersting* § 29, Rz. 71.

924 Zum Verbot der Anleihebegebung bei der englischen Limited siehe s. 755 ss. 1 CA 2006. Insofern bestehen zwischen deutscher GmbH und englischer Limited wesentliche Unterschiede. Die GmbH wäre nach englischem Verständnis wegen des für sie offenen Zugangs zum Kapitalmarkt eine Public Company.

925 Zur zunehmenden Verbreitung von sog. Mittelstandsanleihen zur Finanzierung in Deutschland s. z.B. *Kasten/Schlitt*, Mittelstandsfinanzierung, M8.

926 *Ballerstedt*, Kapital, 133; *Hüffer/Koch*, AktG § 57, Rz. 1; differenzierend und einschränkend *Schön*, Vermögensbindung, 565.

927 Zum Minderheitenschutz als Ziel des gesetzlichen Kapitals vgl. *Ekkenga/Bayer*, Minderheiten- und Anlegerschutz, 345 ff. und auch *Davies*, Legal Capital, 346, Fn. 1.

7. Informationsfunktion

Hilfsfunktion hinsichtlich der benannten Schutzzwecke soll im Aktienrecht dem der Kapitalerhaltung immanenten Grundsatz zukommen, Gewinnverwendungen in der Bilanz vollständig auszuweisen.[928] Das System des bilanziellen Kapitalschutzes erfordere demnach eine ordnungsgemäße Buchführung, die zwischen dem zu schützenden Kapital und dem verteilbaren Gewinn klar unterscheide und nicht durch Abbildung verdeckter Maßnahmen verdunkelt werde.[929]

Diese Hilfsfunktion weist auf eine weitere allgemeine Funktion des Kapitalschutzes hin, die Informationsfunktion. Das Gesetz begnügt sich nicht damit, Gläubigerschutz durch Sicherung einer Haftungsmasse zu bewerkstelligen. Neben diesen ›materiellen‹ Gläubigerschutz stellt das Gesetz einen ›immateriellen‹ Schutz durch Information über Höhe und Zusammensetzung der Haftungsmasse. Insbesondere die Vorschriften über Festsetzung und Publizität von Sacheinlagen sollen die Gläubiger in die Lage versetzen, sich über die wirtschaftlichen Grundlagen der Gesellschaft zu informieren, und bieten so Hilfe zur Selbsthilfe.[930] Der Informationsfunktion dienen aber auch alle anderen Publizitätsanforderungen; mit ihr hängen auch die bilanzrechtlichen Publizitätsanforderungen zusammen, die den Gläubigern ein Mindestmaß an aktuelleren Informationen gewährleisten sollen.

Wenn das Gesetz den Gläubigern bestimmte Informationen zur Verfügung stellt, dann sollen diese auf die unterbreiteten Angaben, insbesondere auf die Höhe des ihnen zugesicherten Haftungsfonds und seine tatsächliche Zusammensetzung, auch vertrauen können. Dieser Vertrauensschutz folgt schon aus dem allgemeinen handelsrechtlichen Grundsatz, daß registergerichtliche Informationen verläßlich sein müssen.[931] Wieder zeigt der Kapitalschutz einen sich selbst verstärkenden Effekt. Wenn die Gläubiger auf die Vorschriften des Kapitalschutzes vertrauen sollen, dann verlangt das so begründete Vertrauen eine strenge Beachtung der Regeln, auf die es gründet. Eine befürchtete Irreführung des Rechtsverkehrs dient häufig als Argument für eine strenge Auslegung der Schutzgesetze.[932]

8. Balance der unterschiedlichen Interessen

Die Garantiefunktion des gesetzlichen Kapitals zugunsten der Gläubiger ist also nicht das einzige Anliegen des gesellschaftsrechtlichen Kapitalschutzes. Andere Aufgaben treten hinzu und hängen damit zusammen. Neben den Gläubigern

928 *Schön*, Vermögensbindung, 565 unter Bezugnahme auf *Ballerstedt*, Kapital, 133.
929 *Schön*, Vermögensbindung, 566. Zur Problematik dieser Betonung der bilanziellen Trennung von Kapital und Gewinn, die insbesondere aus der häufig fehlenden Definition der Kernbegriffe ›Kapital‹ und ›Gewinn‹ herrührt, s. o. S. 243 ff.
930 Vgl. *Bayer*, Kapitalschutz – Generalkritik, 33 zur GmbH.
931 *Wiedemann*, GesR I, 557.
932 Vgl. *Bayer*, Kapitalschutz – Generalkritik, 30.

will der Kapitalschutz alle Mitgesellschafter, insbesondere die Minderheitsgesellschafter, und auch die potentiellen Gesellschafter, also die Anleger schützen. Manche Regeln haben in erster Linie die Gesellschaft als juristische Person im Blick, weniger ihre Gläubiger oder Gesellschafter. Die Probleme, die der Kapitalschutz angeht, sind ein Ausschnitt aus den Grundproblemen des Gesellschaftsrechts, welches wesentlich damit zu tun hat, die Interessen der individuellen Gesellschafter unabhängig von der Größe ihrer Anteile, aber besonders auch der Minderheitsgesellschafter, sowie der Kapitalanleger und der Gläubiger auszubalancieren.[933]

In der deutschen Rechtsprechung und Literatur kann man allenthalben lesen, der Kapitalschutz sei das Kernstück des Gesellschaftsrechts.[934] Dies ist eine Übertreibung.[935] Ziel des Gesellschaftsrechts ist es grundsätzlich, den Gesellschaftern eine geeignete Rechtsform für ihre wirtschaftliche Betätigung bereitzustellen.[936] Der Anlaß der Gesetzgebung, das vom Gesetz anerkannte Interesse der Gesellschafter, ihre persönliche Haftung rechtssicher zu beschränken, ist nicht weniger bedeutsam als die oben angesprochenen Schutzinteressen. Das Gesellschaftsrecht versucht, diese Interessengegensätze auszubalancieren, ohne eine Gruppe besonders zu bevorzugen. Dabei ist nach den Gesellschaftsformen zu differenzieren, da die verschiedenen Interessen sich hier unterscheiden können und vom Gesetzgeber nicht immer gleich gewichtet werden. Beispielsweise erfährt der Anlegerschutz bei börsenfähigen Aktienanteilen stärkere Beachtung im Rahmen des Kapitalschutzes als in der GmbH, bei der im Sinne des Anlegerschutzes die Anteilsübertragung einem notariellen Formerfordernis (§ 15 Abs. 3 GmbHG) unterworfen wurde.[937]

III. Systemzusammenhänge

Die bisherigen Ausführungen haben zweierlei gezeigt. Der bilanzielle Kapitalschutz erfüllt verschiedene, bei den Unternehmensformen unterschiedlich gewichtete Funktionen, von denen dem Risikoausgleich und dem Gläubigerschutz eine besondere Bedeutung zukommt. Er muß diese Aufgaben nicht ohne Unter-

933 Vgl. *Wiedemann*, GesR I, 3. Kapitel, der richtigerweise noch die Arbeitnehmerinteressen besonders berücksichtigt, die hier jedoch nur soweit interessieren, als sie in den Gläubigerinteressen aufgehen.

934 So wörtlich zur GmbH BGHZ 28, 77 (78); selbe Bewertung z.B. auch bei BH-*Fastrich*, Einl. Rz. 5, *Goette*, Kapitalschutzsystem der GmbH, 741 f.

935 So richtig *K. Schmidt*, GesR, 1111 (§ 37 I 2).

936 Diese Aufgabe des Gesellschaftsrechts gerät in Deutschland bei der Konzentration auf einen effektiven Gläubigerschutz manchmal etwas aus dem Blick. In England wird dieser Aspekt viel stärker betont, vgl. *Otte*, Kapitalschutzsystem, 39 m.w.N.

937 Zum Formzwang bei der Anteilsübertragung in der GmbH als Ausprägung des Anlegerschutzes BH-*Fastrich*, Einl. Rz. 6.

stützung leisten; für manche Aufgaben sind andere Maßnahmen mindestens ebensogut geeignet.

1. Buchführung und Publizität

Wie gesehen setzt der bilanzielle Kapitalschutz Buchführungsvorschriften voraus. Vorsichtsprinzip und Imparitätsprinzip der HGB-Bilanz führen dazu, daß selbst bei einem Nennkapital von nur einem Euro den Gläubigern der Gesellschaft Eigenkapital reserviert wird. Legt man andere Rechnungslegungsvorschriften zugrunde, insbesondere die aktuellen Standards in IFRS/IAS, mag sich die Frage stellen, inwieweit eine auf diesen Berechnungen beruhende Ausschüttungssperre noch wirksam gläubigerschützende Funktionen erfüllen kann.[938] Die Beantwortung dieser Frage kann nicht pauschal erfolgen und soll hier nicht versucht werden. Sie hängt von verschiedenen Einzelheiten ab, z.B. inwieweit auch die IFRS/IAS-Standards noch Elemente des Vorsichtsprinzips kennen (z.B. die Neubewertungsrücklage, IAS 16.31 ff.) und wie hoch das freiwillige Nominalkapital oder das gesetzliche Mindestkapital ausgestaltet werden. Hilfe zur Selbsthilfe bieten veröffentlichte Bilanzen in jedem Fall, weshalb das englische Recht, nach welchem IFRS/IAS-Abschlüsse nach einer Überleitungsrechnung der Ausschüttungsbemessung zugrunde gelegt werden können,[939] den Publizitätsvorschriften noch höhere Bedeutung beimißt als das deutsche Recht.[940]

2. Insolvenzrecht

Eine wichtige Rolle für den Gläubigerschutz spielt, wenn der gesellschaftsrechtliche Kapitalpuffer eine Insolvenz nicht verhindern konnte, das Insolvenzrecht, in dem vor allem die Regeln über die Insolvenzanfechtung (§§ 129 ff. InsO) die Gläubiger vor gefährdenden Maßnahmen im Vorfeld der Insolvenz schützen sollen. Die insolvenzrechtlichen Regeln über den Nachrang von Gesellschafterdarlehen (§§ 39 und 135 InsO), deren Vorgängerregelungen im Gesellschaftsrecht als Regeln über die Kapitalerhaltung entwickelt wurden und die Gesellschafterdarlehen im Insolvenzfall dem gesetzlichen Kapital weitgehend

938 Kritisch im Hinblick auf ein Kapitalerhaltungskonzept auf Grundlage von IFRS/IAS-Bilanzen z.B. *Schön*, Kapitalschutz, 3, der das Vorsichtsprinzip als zwingendes Korrelat zu einem bilanziellen Kapitalschutz ansieht; für unvereinbar halten *Baetge/Kirsch/Thiele*, Bilanzen, 154 nominelle Kapitalerhaltung und IAS-Standards; prinzipielle Vereinbarkeit hingegen nehmen *Schall*, Gläubigerschutz, 62 und *Ekkenga*, Einzelabschlüsse nach IFRS, 389 an; zur Diskussion auf europäischer Ebene, wo durch die Kapital- und die Bilanzrichtlinie sowie die IFRS-Verordnung wesentliche Vorgaben gemacht werden, *Grundmann*, Europäisches GesR, 176 m.w.N.

939 Zur Rechnungslegung nach IFRS/IAS im englischen Recht *Grundmann*, Europäisches GesR, 177 Fn. 78 m.w.N. und *Davies/Rickford*, Introduction II, 249 ff.

940 *Davies/Worthington*, Principles, 31 sehen bei der Limited die disclosure rules als »the main protection of unsecured creditors«.

gleichstellen, zeigen die Überschneidungen von gesellschaftsrechtlichem Kapitalschutz und Insolvenzrecht besonders deutlich. Wegen dieser Aufgabenteilung und vor dem Hintergrund, daß die Grundfreiheiten der europäischen Union immer mehr ausländische Gesellschaften mit geringeren gesellschaftsrechtlichen Schutzstandards einladen, in Deutschland zu wirtschaften, fordern manche, den Gläubigerschutz noch stärker auf das Insolvenzrecht zu verlagern.[941]

3. Solvenztests

Zur Vermeidung einer Insolvenz wegen Zahlungsunfähigkeit kennt das Gesetz auch sogenannte Solvenztests. Nach diesem Konzept zeichnen die Geschäftsführer dafür verantwortlich, Ausschüttungen an die Gesellschafter dann nicht zuzulassen, wenn die Gesellschaft andernfalls ihre Verbindlichkeiten gegenüber Gläubigern nicht mehr sicher bedienen kann. Flexible Solvenztests werden immer stärker als Alternative zu dem starren Bilanztest des bilanziellen Kapitalschutzmodells gefordert.[942] Der deutsche Gesetzgeber zieht es vor, additiv statt alternativ zu denken, und hat das traditionelle Kapitalschutzkonzept mit Ansätzen von Solvenztests ergänzt.[943]

4. Verhaltenspflichten der Organe

Daneben berücksichtigt das Gesetz den Grundsatz der Fremdorganschaft, den es selbst für die Kapitalgesellschaften aufstellt,[944] und die mögliche Gefährdung von Gläubigerinteressen, die von den Geschäftsführern des Unternehmens statt den Unternehmenseignern ausgeht, in dem es den Geschäftsführern bestimmte Verhaltenspflichten mit Haftungsfolgen[945] auferlegt und so eine offene Flanke des Kapitalschutzes absichert. Die Anforderungen an die Qualifikation von Geschäftsführern[946] versuchen schon weit im Vorfeld einzelner Gefährdungen ordentliches kaufmännisches Verhalten sicherzustellen. Daneben tritt noch der Flankenschutz des allgemeinen Deliktsrechts und des Strafrechts, der vor allem die Geschäftsführer, teilweise aber auch die Gesellschafter im Blick hat.

941 Vgl. *Haas*, Gutachten, 145 ff. (Thesen).
942 Regelungsvorschlag bei *Marx*, Alternative Solvenztest, 189 ff.; Überblick über die Diskussion bei *Schall*, Gläubigerschutz, 47 ff.
943 Vgl. z.B. § 64 S. 3 GmbHG, § 92 Abs. 2 S. 3 AktG.
944 Z.B. in der Aktiengesellschaft § 76 Abs. 1 AktG, in der GmbH § 35 Abs. 1 S. 1 GmbHG; dazu *Hirte*, Kapitalgesellschaftsrecht, 2.
945 Zur Geschäftsführer- und Vorstandhaftung im deutschen Recht s. *Hirte*, Kapitalgesellschaftsrecht, 155 ff.; zu den Pflichten der directors im englischen Recht s. *Davies/Worthington*, Principles, 461 ff., zur Durchsetzung von Ansprüchen *ebda.*, 591 ff.; rechtsvergleichend zur Geschäftsführerhaftung *Drygala*, Haftung der Geschäftsleiter, 277 ff.
946 Zu diesen im deutschen Recht *Hirte*, Kapitalgesellschaftsrecht, 102; rechtsvergleichend *Hirte/Lanzius/Mock*, Tätigkeitsverbote, 301 ff.

5. Aufhebung des Haftungsprivilegs

Die Vermögensbindung des gesetzlichen Kapitals bildet nur einen Teil des Entgelts, das der Gesetzgeber von den Gesellschaftern für das Privileg der Haftungsbeschränkung fordert. Das Gesetz erwartet zudem die Beachtung der Bilanzierungsregeln und droht bei grober Mißachtung mit Durchgriffshaftung und damit Aufhebung der Haftungsprivilegierung.[947] Es verlangt ferner von den Gesellschaftern, die Existenz der juristischen Person als Haftungsobjekt mit eigenem Vermögen auch insoweit anzuerkennen, als diese über den Kapitalerhalt hinaus existenzvernichtende Maßnahmen zu unterlassen haben, andernfalls ihnen wiederum persönliche Haftung droht.[948]

6. Kapitalmarktrecht

Der Kapitalschutz dient, wie gesehen, in der Aktiengesellschaft unter anderem dazu, die Investitionsentscheidung der Anleger abzusichern. Der Anlegerschutz war im 19. Jahrhundert ein Hauptanliegen des Gesetzgebers bei Erlaß der aktienrechtlichen Vorschriften. So hat er beispielsweise bei der Reform des Handelsgesetzbuchs von 1884 bewußt auf das ihm bekannte Schutzkonzept eines Börsenprospekts verzichtet und allein auf Kapitalschutzvorschriften vertraut.[949] Mittlerweile sucht das Gesetz einen modernen Anlegerschutz vor allem über eigenständige kapitalmarktrechtliche Regelungen zu erreichen.[950]

7. Bedeutung rechtspolitischer Grundsatzentscheidungen für die Systembildung

Die meisten dieser weiteren Schutzmodule dienen dem Schutz der Gläubiger der Gesellschaft. Die zentrale Aufgabe des bilanziellen Kapitalschutzes, die Vorteile des Haftungsprivilegs zugunsten der Gesellschafter mit den daraus resultierenden Gefahren für die Gläubiger auszubalancieren, muß dieses Konzept nicht allein leisten. Die hier zu behandelnden Gesellschaftsrechte vertrauen aber diesem Schutzsystem mehr als anderen Ansätzen, ergänzen es durch weitere Maßnahmen, ersetzen es jedoch nicht vollständig durch andere Konzepte. Bei der Ausbalancierung der verschiedenen Interessen, die in einer Kapitalgesellschaft aufeinandertreffen, beharren die Gesetze auf dem Ansatz eines bilanziellen Kapitalschutzes.

947 Zur Durchgriffshaftung im Fall von grob unsauberer Buchführung und daraus resultierender Vermögensvermischung im deutschen Recht s. *Raiser/Veil*, Kapitalgesellschaften, 494 f.; kurzer Überblick über die Rechtsprechungsentwicklung auch bei *Goette*, Kapitalschutzsystem der GmbH, 747.

948 Zur Existenzvernichtungshaftung im deutschen Recht s. *Raiser/Veil*, Kapitalgesellschaften, 495 ff.

949 S. dazu sogleich u. S. 374.

950 Zum Anlegerschutz durch Kapitalmarktrecht *Raiser/Veil*, Kapitalgesellschaften 967 ff.

Man kann diesem Festhalten an dem traditionellen Schutzkonzept die gesetzgeberische Ansicht entnehmen, der bilanzielle Kapitalschutz erfülle die ihm gestellten Aufgaben, wenn vielleicht auch nicht bestmöglich, so doch grundsätzlich ordentlich. Die unterschiedliche Schwerpunktsetzung des englischen und deutschen Gesetzgebers hinsichtlich einzelner Funktionen, Maßnahmen und Interessen, die sich z.B. an der Limited zeigen, die im Vergleich zur GmbH weniger Kapitalaufbringungsanforderungen zu beachten hat, dadurch die Gläubiger stärker auf Selbsthilfemaßnahmen verweist, andererseits keinen Zugang zum Anleihemarkt erhält,[951] zeigt, in welch hohem Maße die Ausgestaltung des Kapitalschutzsystems und von anderen Schutzsystemen von unsicheren Einschätzungen hinsichtlich des Nutzens einer Maßnahme und rechtspolitischen Erwägungen abhängen.

Es hat sich in den obigen Überlegungen noch ein weiterer Zusammenhang gezeigt, der über den Gläubigerschutz als Kernaufgabe hinausgeht, nämlich die Verbindung des Kapitalschutzes mit den Organzuständigkeiten in der Gesellschaft. Die Kapitalerhaltung dient in der Aktiengesellschaft auch dem Zweck, die Zuständigkeit der Hauptversammlung für die Gewinnverwendung nicht ins Leere laufen zu lassen. In der Aktiengesellschaft entscheiden grundsätzlich die Aktionäre selbst über die Höhe der Ausschüttungen (§ 174 Abs. 1 S. 1 AktG). Das Gesetz zieht ihnen eine feste Grenze durch die Ausschüttungssperren hinsichtlich des Grundkapitals (§§ 57, 58 AktG) und der gesetzlichen Rücklage (§ 150 AktG) und beschränkt ihre Entscheidungsfreiheit darüber hinaus durch die Kompetenz von Vorstand und Aufsichtsrat, die Bilanz aufzustellen und festzustellen,[952] und so durch bilanzpolitische Entscheidungen die Hauptversammlung zu binden (vgl. § 174 Abs. 1 S. 2 AktG).

In der GmbH entscheiden die Gesellschafter allein über Feststellung des Jahresabschlusses und Ergebnisverwendung (§ 46 Nr. 1 GmbHG). Wieder anders regelt das englische Recht die Gewinnverwendung. Zwar entscheiden auch dort die Gesellschafterversammlungen über die Verwendung der Gewinne, doch können sie hierbei – zumindest nach den Vorgaben der Model Articles – eine von den directors vorgegebene maximale Höhe nicht überschreiten.[953] Die Möglichkeit der directors, eine Dividendenausschüttung zu begrenzen oder zu verhindern, erleichtert dem englischen Recht, die vergleichsweise starren Regeln

951 S. o. Fn. 924.

952 Das ist der Grundfall, § 172 AktG; die Feststellung durch die Hauptversammlung ist die Ausnahme (§ 173 AktG).

953 Vgl. für die PLC Art. 70 subs. 2 der Model Article PLC und für die Ltd Art. 30 subs. 2 der Model Article Ltd und dazu *Davies/Worthington*, Principles, 279 f. mit Fn. 2. Die Model Articles sind vom Secretary of State nach s. 19 CA 2006 vorgeschlagene articles of association (Gesellschaftsvertragsklauseln), die für alle Gesellschaften Anwendung finden, soweit nicht die zum Registergericht eingereichten individuellen articles of association von diesen abweichen, s. dazu *Davies/Worthington*, Principles, 6060.

eines fixen Nennkapitals durch flexiblere Verantwortlichkeiten der Organe zu ergänzen oder zu ersetzen.

C. Kurze Kritik dieses Ansatzes

I. Wesentliche Kritikpunkte; Unzufriedenheit mit dem gesetzlichen System

Auch wenn die verschiedenen Gesetzgeber bisher trotz aller Kritik und trotz der angesprochenen alternativen Regelungsansätze am System des bilanziellen Kapitalschutzes festgehalten haben und wenn auch eine eingehende Diskussion an dieser Stelle zu weit führte, sind hier dennoch kurz die wesentlichen Kritikpunkte an diesem Konzept zu erwähnen. Denn die Entscheidung über die Einbindung des Agios in das System des Kapitalschutzes kann davon abhängen, wie sehr man diese Kritik und die Unzufriedenheit mit dem gesetzlichen System teilt. Fünf Hauptstoßrichtungen kennen die Kritiker des bilanziellen Kapitalschutzes: Er sei unflexibel, unsinnig, unökonomisch, unsystematisch und unfair. Die einzelnen Vorwürfe treffen die unterschiedlichen Rechtsformen unterschiedlich schwer. Unabhängig davon sind sie weniger gegen einzelne Regelungen z.B. des Aktien- oder GmbH-Rechts gerichtet, sondern gegen das System des bilanziellen Kapitalschutzes als solches.

1. Unflexibel

Als zu unflexibel gilt vor allem das feste Mindestkapital, das die Bandbreite der Gesellschaftsformen nicht berücksichtigen könne. Für kleine Dienstleister ohne großen Bedarf an Maschinen und Anlagen soll das Mindestkapital zu hoch gegriffen sein, für Weltkonzerne im produzierenden Gewerbe erscheint diese willkürlich bestimmte Ziffer viel zu gering.[954]

2. Betriebswirtschaftlich unsinnig

Diese Regelung, daß unabhängig von Größe und Unternehmensgegenstand für jede Gesellschaft dieselbe fixe Eigenkapitalziffer vorgeschrieben wird, sei darüber hinaus betriebswirtschaftlich unsinnig. Eine betriebswirtschaftlich einleuchtende Finanzierungsfunktion müsse auf die Besonderheiten des jeweiligen Betriebs abstellen. Banken interessierten sich bei der Kreditvergabe nicht für die absolute Höhe des Eigenkapitals, sondern für die relative Höhe im Vergleich zu den Verbindlichkeiten. Wichtiger noch als das Verhältnis von Eigenkapital und Verbindlichkeiten sei zudem die Ertragskraft eines Unternehmens, da nach

954 Vgl. z.B. *Eidenmüller/Grunewald/Noack*, 21; auch *Otte*, Kapitalschutzsystem, 38.

dieser die Wahrscheinlichkeit zu berechnen sei, mit der das Unternehmen seine Verbindlichkeiten werde bedienen können. Die starren gesetzlichen Regelungen forderten in dem einen Fall zu viel, in dem anderen Fall zu wenig Eigenkapital, beachteten das für die Kreditwürdigkeit viel entscheidendere Kriterium des cash flow nicht, griffen teilweise zudem nur zu einem bestimmten Zeitpunkt und berücksichtigten spätere Veränderungen nicht. Damit seien sie so weit weg von der betriebswirtschaftlichen Realität, daß z.B. die Banken diesen Anforderungen bei ihren Kreditentscheidungen kaum Beachtung schenkten.[955]

3. Unökonomisch

Trotz des zweifelhaften Nutzens eines bilanziellen Kapitalschutzes verursache dieser hohen Aufwand. Insbesondere die Kapitalaufbringungsregeln bei Sacheinlagen verteuerten die Finanzierung des Unternehmens.[956] In Krisensituationen erschwere die Verknüpfung von Gesellschaftsanteil und Gesellschaftskapital durch das Verbot der Unterpariausgabe von Anteilen und das Gebot der realen Kapitalaufbringung die Einbringung von Gesellschafterforderungen als Einlagen und verlange oft eine umständliche förmliche Kapitalherabsetzung, bevor ein Investor neues Kapital zuführen könne.[957] Diesen Kritikpunkten muß noch hinzugefügt werden, daß auch außerhalb von Krisensituationen die Ausfallhaftung von Mitgesellschaftern und die Haftung von Anteilserwerbern umfangreiche Überprüfungen erfordern, bevor eine Investitionsentscheidung getroffen werden kann. Insgesamt wird behauptet, die Transaktionskosten für die Gesellschafter seien hoch, die gewonnene Sicherheit für die Gläubiger gering, der ganze Ansatz unökonomisch.[958]

4. Unsystematisch

Der Wert des bilanziellen Schutzkonzepts werde weiterhin dadurch gemindert, daß Kapitalaufbringung und Kapitalerhalt nicht systemkonsequent ausgestaltet seien. So hat z.B. in Deutschland die Einführung der Unternehmergesellschaft (haftungsbeschränkt) im Jahr 2008[959] mit dem Verzicht auf ein Mindestkapital

955 Vgl. *Walter*, Kreditentscheidung der Banken, 370 ff.

956 So z.B. *Otte*, Kapitalschutzsystem, 38; *Marx*, Alternative Solvenztest, 86 ff.

957 Vgl. *Davies/Worthington*, Principles, 259 f., die die Schwierigkeiten des Verbots der Unterpariemission betonen; *Hüffer/Koch*, AktG § 9, Rz. 4 und *Heider* in MüKo-AktG § 9 Rz. 20 entgegnen solchen kritischen Überlegungen mit der Möglichkeit eines Kapitalschnitts, die allerdings nach englischem Recht nicht zulässig und nach englische Verständnis auch nicht sinnvoll ist; ferner *Marx*, Alternative Solvenztest, 89.

958 Vgl. die Bewertung bei *Marx*, Alternative Solvenztest, 100; differenzierter verschiedene Fallgruppen unterscheidend *Eidenmüller/Grunewald/Noack*, 30 f.

959 Durch das Gesetz zur Modernisierung des GmbH-Rechts und zur Bekämpfung von Mißbräuchen (MoMiG) vom 23. Oktober 2008.

dazu geführt, daß die Aufbringung eines im GmbH-Recht grundsätzlich geforderten gesetzlichen Mindestkapitals weitgehend im Belieben der Gesellschafter steht. In England besteht bei der Limited seit jeher dieselbe Schwierigkeit. Die Anrechnungslösung bei verdeckten Sacheinlagen in Deutschland wiederum habe die Kapitalaufbringungsregeln, insbesondere die Sacheinlagevorschriften, nicht nur im GmbH-Recht, vielmehr auch im Aktienrecht weitgehend entwertet.[960] Die Ermöglichung des konzerninternen cash pooling führe zur Ersetzung besonders gesicherter korporativer Ansprüche durch normale Darlehensforderungen und störe so das System von Kapitalaufbringung und Kapitalerhalt.[961] Aufgrund solcher systematischer und dogmatischer Bedenken wurde bezüglich der GmbH jüngst gefordert, das Prinzip der realen Kapitalaufbringung aufzugeben.[962]

5. Unfair

Mit der unterschiedslosen Behandlung von großen und kleinen Unternehmen wird zuletzt der Vorwurf begründet, das bilanzielle Kapitalschutzsystem sei unfair. Für kleine Unternehmen sei die Hürde des Mindestkapitals so hoch, daß wenig betuchte Unternehmer davon abgehalten werden könnten, selbst aussichtsreiche Ideen umzusetzen. Großunternehmen hingegen erhielten das Privileg der Haftungserleichterung viel zu billig.[963]

II. Ergänzung durch »Grundsätze ordnungsgemäßer Unternehmensfinanzierung«

1. Bedeutung dieses Denkansatzes für die rechtliche Behandlung des Agios

Das Gefühl verletzten Gerechtigkeitsempfindens und die daraus entspringende Unzufriedenheit mit dem gesetzlichen Schutzkonzept hat in Deutschland Rechtsprechung und Forschung angeleitet, das bestehende System zu ergänzen, um einen nach dieser Ansicht faireren Risikoausgleich zu erhalten. Man fand »Grundsätze ordnungsgemäßer Unternehmensfinanzierung«, denen gemäß die Gesellschafter gegenüber der Gesellschaft eine Finanzierungsverant-

960 Kritisch zu Anrechnungslösung in der GmbH z.B. *Bayer*, Kapitalschutz – Generalkritik, 31 f. (inhaltlich auf die identische Lösung im Aktienrecht übertragbar).

961 *Bayer*, Kapitalschutz – Generalkritik, 34.

962 *Bayer*, Kapitalschutz – Generalkritik, 47; von dieser Forderung nimmt er die Aktiengesellschaft wegen des dort seiner Ansicht nach unverzichtbaren Anlegerschutzes aus.

963 Vgl. *Otte*, Kapitalschutzsystem, 38: »ungerechtfertigte Eintrittsschwelle«. Ähnlich *Davies/Worthington*, Principles, 265: »General minimum capital requirements tend either to be too low (…) or too high (…).«

wortung[964] haben, nach welcher der Haftungsbeitrag der Gesellschafter über das im gesetzlichen Kapital benannte Maß hinaus, insbesondere über das bloße Mindestkapital hinaus sich erhöhen kann. Dadurch wird die Finanzierungsfreiheit, die bei Kapitalgesellschaften grundsätzlich besteht und auch die Freiheit von jeglicher Pflicht beinhaltet, einer Gesellschaft das zur Erfüllung des Gesellschaftszwecks notwendige Kapital als Eigenkapital zur Verfügung zu stellen,[965] eingeschränkt.

Die wichtigste praktische Ausprägung zeitigten diese »allgemeinen Rechtsgrundsätze«[966] in den früheren Regeln über kapitalersetzende Gesellschafterdarlehen, die Darlehen von Gesellschaftern dem gesetzlichen Kapital weitgehend gleichgestellten, wenn diese ›eigenkapitalersetzend‹ waren, d.h. wenn statt betriebswirtschaftlich vermeintlich erforderlichem Eigenkapital Darlehen zugeführt worden waren. Dabei traf die Gesellschafter zwar keine Verpflichtung, einer kriselnden Gesellschaft Eigenkapital zuzuführen, doch wurden Gesellschafterdarlehen wie Eigenkapital behandelt, wenn die Eigentümer das Unternehmen mit Fremdkapitalmitteln weiterführten, anstatt die kriselnde Gesellschaft, was nach dieser Ansicht der gesetzliche Normalfall sein sollte, entweder zu liquidieren oder mit Eigenkapitalmitteln zu stärken.[967] Diese Regeln wurden zunächst von der Rechtsprechung entwickelt und dann teilweise vom Gesetzgeber übernommen in § 32a, 32b GmbHG a.F.[968] Mit dem MoMiG wurde auf das Kriterium des Eigenkapitalersatzes verzichtet, statt dessen werden nunmehr in der Insolvenz alle Gesellschafterdarlehen im wesentlichen wie Eigenkapital behandelt.[969]

964 Grundlegend BGHZ 90, 381(389); seit BGHZ 127, 336 (344) »Finanzierungsfolgenverantwortung« genannt – kritisch zu dieser nur vermeintlichen Begriffspräzisierung *K. Schmidt*, GesR, 534, Fn. 71. Zum Konzept der Finanzierungsverantwortung *K. Schmidt*, GesR, 533 f., ferner den Überblick bei BH-*Hueck/Fastrich* (19. Aufl.) § 30 Anh, Rz. 3; kritisch zu dieser Entwicklung z.B. *Fastrich*, Ketzerisches, 143.

965 Zum Grundsatz der Finanzierungsfreiheit nur BH-*Fastrich*, § 5, Rz. 5 f. und (19. Aufl.) § 30 Anh, Rz. 1 m.w.N.

966 So *K. Schmidt*, GesR I, 532 (§ 18 III 4).

967 Vgl. BH-*Hueck/Fastrich* (19. Aufl.) § 30 Anh, Rz. 3.

968 Zur alten Rechtslage *K. Schmidt*, GesR I, 530 ff.; eingehend und sehr kritisch *Beck*, Kritik des Eigenkapitalersatzrechts.

969 Diese Konzeption beruht auf den Vorarbeiten von *Huber/Habersack*, Kapitalersetzende Gesellschafterdarlehen, 370 ff. Vgl. a. *Habersack*, Gesellschafterdarlehen, 2150 f. Diesen Ansatz befürworten z.B. *Haas*, Das neue Kapitalersatzrecht, 622 f. und *Mülbert*, Neuordnung, 1977 ff.; kritisch, jedoch vor allem gegenüber Details der gesetzlichen Regelung zeigen sich z.B. *K. Schmidt*, Nutzungsüberlassung, 1732 und *Bork*, Eigenkapitalersatzrecht, 2501 und passim.; zum ökonomischen Hintergrund der insolvenzrechtlichen Behandlung von Gesellschafterdarlehen sehr aufschlußreich der Beitrag von *Eidenmüller*, Gesellschafterdarlehen, 49 ff., der einen solchen Ansatz generell kritisch bewertet.

Darüber hinaus hat die weitgehende Anerkennung einer Finanzierungsverantwortung der Gesellschafter kaum Rechtsfolgen nach sich gezogen. Zwar werden in diesem Geist immer wieder die Probleme der sogenannten formellen oder materiellen Unterkapitalisierung[970] diskutiert, also die Problematik, daß Kapitalgesellschaften, insbesondere GmbHs, mit wenig Eigenkapital, oftmals nur mit dem gesetzlichen Mindestkapital als Nennkapital ausgestattet werden, doch lassen sich die hierbei diskutierten Fälle ohne gesellschaftsrechtliche Besonderheiten mit den Mitteln des Deliktsrechts lösen.[971]

Der Gedanke einer Verantwortung der Gesellschafter für eine ordnungsgemäße Unternehmensfinanzierung hat also außer bei der Behandlung der Gesellschafterdarlehen keine unmittelbaren Rechtsfolgen nach sich gezogen. Die Zurückhaltung auf Seiten von Forschung und Praxis, konkrete Folgerungen aus diesem Konzept abzuleiten, hat mit der Schwierigkeit zu tun, rechtssicher vorauszusagen, welche Finanzierung noch ordentlich ist, wenn das Gesetz für die Ordentlichkeit keine weiteren Bewertungskriterien an die Hand gibt als eben die Regeln des Kapitalschutzes und des gesetzlichen Mindestkapitals, diese Kriterien aber nicht genügen sollen. Der Versuch, das gesetzliche Schutzkonzept praeter legem weiterzuentwickeln aus der Annahme heraus, der vom Gesetz vorgesehene Risikoausgleich sei nicht ausreichend fair, steht wie jede Rechtsfortbildung im Spannungsfeld von Gerechtigkeitsempfinden und Gewaltenteilung. Eine teilweise Bestätigung durch den Gesetzgeber erfuhr die Idee einer allgemeinen Finanzierungsverantwortung durch die teilweise gesetzliche Übernahme von konkreten Rechtsfolgen bei den Gesellschafterdarlehen.

Darüber hinaus bleibt dieser Denkansatz wichtig, wann immer im Rahmen von Abwägungen eigene Wertungsentscheidungen zu treffen sind. Wer der Ansicht ist, das gesetzliche Schutzkonzept sei nicht ausreichend fair, wird eher bereit sein, die gesetzlichen Anforderungen auszudehnen, wenn dies bei teleologischen Überlegungen und Analogiefragen zur Diskussion steht und dogmatisch möglich erscheint. Diese Unzufriedenheit mit den gesetzlichen Schutzvorkehrungen beeinflußt auch die Diskussion um den Kapitalschutz von Agioleistungen. Wenn das gesetzliche Mindestkapital betriebswirtschaftlich wenig sinnvoll erscheint und damit zusammenhängend auch wenig fair, so könnte sich das Agio eignen, einen Haftungspuffer zu bestimmen, der im jeweiligen Einzelfall wegen der Festsetzung durch die Gesellschafter nach ihrer unternehmerischen Kalkulation betriebswirtschaftlich sinnvoller sein könnte und zudem, da der so bestimmte

970 Zu dieser Konzeption formeller und materieller Unterkapitalisierung s. z.B. BH-*Fastrich* § 5, Rz. 5 f., *Hirte*, Kapitalgesellschaftsrecht, 342 und 413 f. oder *Raiser/Veil*, Kapitalgesellschaften, 621 f.

971 So richtig *K. Schmidt*, GesR, 535. Auch die Rechtsprechung lehnt eine allgemeine Begrenzung der Haftungsbeschränkung wegen ›materieller Unterkapitalisierung‹ ab und stützt eine Haftung in Einzelfällen auf § 826 BGB, vgl. BH- *Fastrich* § 5, Rz. 6 m.w.N. und die Darstellung bei *Raiser/Veil*, Kapitalgesellschaften, 499.

Haftungspuffer in vielen Fällen höher sein dürfte als ein gesetzliches Mindestkapital, fairer.[972]

Die Einbeziehung von Agioleistungen in den Gläubigerschutz folgt dann einer ähnlichen Überlegung wie die Einbeziehung von Gesellschafterdarlehen: Alle Finanzierungsleistungen durch die Gesellschafter unterliegen gewissen Beschränkungen im Hinblick auf die angestrebte faire Risikoverteilung. Die Einbeziehung eines materiellen Agios in den Kapitalschutz weist allerdings gegenüber der früheren Rechtsprechung zur Behandlung von bestimmten Gesellschafterkrediten den Unterschied auf, daß in der Agiodiskussion nicht formelles Fremdkapital wie materielles Eigenkapital behandelt werden soll, sondern materielle Einlagen wie formelle Einlagen.

2. Rechtliche und betriebswirtschaftliche Betrachtung des Nominalkapitals

Wegen der Bedeutung dieser Denkrichtung für die Diskussion verschiedener Fragen des Kapitalschutzes scheint es angebracht, an dieser Stelle auf eine Schwierigkeit hinzuweisen, die mit diesem Begründungsansatz verbunden ist. Die Entwicklung der Grundsätze ordnungsgemäßer Unternehmensfinanzierung beruhte auf der Annahme, in gewissen krisenhaften Situationen werde die Bereitstellung von Darlehen der Lage der Gesellschaft nicht gerecht, statt Fremdkapitalspritzen müsse der Gesellschaft dann Eigenkapital zur Verfügung gestellt werden. Deshalb sei in solchen Fällen eine Gleichbehandlung von Gesellschafterdarlehen mit Gesellschaftereinlagen gerechtfertigt. Der Regelung der Gesellschafterdarlehen im Insolvenzrecht liegt die Annahme zugrunde, wenn das Unternehmen scheitere, gebühre den Gläubigern Vorrang vor allen Ansprüchen der Gesellschafter, gleich ob diese als Fremd- oder Eigenkapital geleistet worden seien.[973] Beide Regelungsmodelle haben einen relativ beschränkten Anwendungsbereich in insolvenznahen Situationen.

In der gesellschaftsrechtlichen Diskussion wird teilweise versucht, den Gedanken ordnungsgemäßer Unternehmensfinanzierung über diese engen Anwendungsbereiche hinaus fruchtbar zu machen. Mit Blick auf die betriebswirtschaftlichen Funktionen des gesetzlichen Kapitals wird angenommen, eine rechtlich ordnungsgemäße Finanzierung sei eine betriebswirtschaftlich sinnvolle und umgekehrt.[974] Bei diesen Versuchen drängt sich bisweilen der Eindruck auf, hier werde angenommen, das gesetzliche Kapital sei eine bessere Form der Unternehmensfinanzierung als andere Formen von Fremd- oder Eigenkapitalfinanzierung, unter anderem weil das Risiko für die Gesellschafter wegen der besonderen

972 In diese Richtung argumentiert *Herchen*, Agio, passim (z.B. S. 125 und S. 183).

973 *Huber/Habersack*, Kapitalersetzende Gesellschafterdarlehen, 405.

974 Vgl. die Argumentation bei *Herchen*, Agio, 187: Soweit eine Sacheinlage zur Gänze Entgelt für einen Geschäftsanteil ist, also betriebswirtschaftlich in voller Höhe gefordert ist, soll der volle Sachwert auch rechtlich als Einlage behandelt werden.

Schutzvorschriften höher ist.[975] Die rechtliche Behandlung bestimmter Finanzierungsleistungen beeinflußt dabei die Einschätzung, was als betriebswirtschaftlich sinnvoll erscheint. So wird teilweise nicht nur ein höherer Eigenkapitalanteil gefordert, sondern ein höherer Eigenkapitalanteil *in Form von Grund- bzw. Stammkapital*.[976]

Hierbei besteht die Gefahr, rechtliche und betriebswirtschaftliche Überlegungen zu vermischen. Es herrscht weithin Einigkeit, daß die optimale Eigenkapitalziffer für jedes einzelne Unternehmen durch allgemeine Gesetze nicht zu bestimmen ist.[977] Allgemein besteht in der Betriebswirtschaftslehre auch Einigkeit darüber, daß die Finanzierung eines Unternehmens stets aus Eigenkapital und Fremdkapitalmitteln sich zusammensetzen wird, nur über das sinnvolle Verhältnis der beiden Finanzierungsformen wird weiter nachgedacht.[978] Für die Banken besteht überdies bei der Kreditvergabe kein Unterschied zwischen dem gesetzlichen Kapital und anderen Formen von Eigenkapital; zudem kommt der Ertragskraft noch größere Bedeutung zu als allen Formen von Eigenkapitalausstattung.[979]

Den Juristen rufen diese wirtschaftswissenschaftlichen Einsichten zur Zurückhaltung auf hinsichtlich einer mit Rechtsfolgen verknüpften Bewertung der Qualität der Finanzierungsmittel. Betriebswirtschaftlich betrachtet ist gesetzliches Kapital grundsätzlich nicht besser oder schlechter als Kredite von Dritten oder gar andere Eigenkapitalformen, nur anders. Rechtlich betrachtet ist gesetzliches Kapital mit bestimmten rechtsethischen Erwartungen verknüpft. Rechtlich kann eine Bewertung der verschiedenen Finanzierungsformen angezeigt sein, wie bei der Rückstufung von Gesellschafterdarlehen im Insolvenzfall. Die Heranziehung betriebswirtschaftlicher Überlegungen muß dabei vorsichtig erfolgen. Dem gesetzlichen Kapital kommt zwar, wie gesehen,[980] eine betriebswirtschaftliche Komponente zu, sie bildet jedoch nicht den Kern des Systems,

975 In diese Richtung gehen z.B. die Ausführungen von *Herchen*, Agio, 124, hinsichtlich der »kritikwürdigen Asymmetrie von Chancen und Risiken« bei Gesellschafterdarlehen. Ähnlich spricht BH- *Fastrich* § 5, Rz. 5 davon, die Höhe des Stammkapitals *solle* sich an dem für das Unternehmen erforderlichen Eigenkapital orientieren, da das Stammkapital, wenn zwar nicht der einzige, so doch der wichtigste Eigenkapitalposten sei, wobei aber das Fehlen einer rechtlichen Pflicht zu einer bestimmten Eigenkapitalausstattung und die mögliche Sinnhaftigkeit von Gesellschafterdarlehen nicht übersehen werden (vgl. a. BH-Hueck/Fastrich (19. Aufl.) § 30 Anh, Rz. 1).

976 *Herchen*, Agio, 124.

977 Vgl. jüngst *Baums*, Eigenkapital, 194; aus betriebswirtschaftlicher Sicht zu dem Problem der Bestimmung eines optimalen Eigenkapital-Fremdkapital-Verhältnisses *Thommen/Achleitner*, Allgemeine Betriebswirtschaftslehre, 324 f. und den knappen, informativen Überblick bei *Baetge/Kirsch/Thiele*, Bilanzen, 9 ff.

978 Vgl. *Thommen/Achleitner*, Allgemeine Betriebswirtschaftslehre, 323 ff.

979 *Walter*, Kreditentscheidung der Banken, 370 f.

980 Vgl. o. S. 349 ff.

sein Hauptzweck liegt nicht in der Finanzierungsfunktion, sondern in der Risikobalance. Deshalb trifft die Betonung des allenfalls beschränkten betriebswirtschaftlichen Nutzens des gesetzlichen Kapitals, so stichhaltig die Kritik ist, das Kapitalschutzsystem auch nicht ins Mark.

III. Kurzer Abriß der Argumente zugunsten des Kapitalschutzes

Fairneßhalber sei zugunsten des gesetzlichen Systems auch zu den anderen vier Kritikpunkten in aller Kürze etwas Ausgleichendes angemerkt. Erschöpfend kann die Thematik hier nicht erörtert werden.

1. Unflexible Mindestkapitalziffer

Die unflexible Bestimmung einer bestimmten Mindestkapitalziffer kann man versuchen, mit der Erwägung zu stützen, daß die Funktion der Seriositätsschwelle nicht allein von deren relativer Höhe im Verhältnis zu den Gewinnchancen abhängt, sondern auch von der absoluten Höhe dessen bestimmt wird, was ein Gesellschafter riskieren muß.[981] Eine bestimmte Ziffer festzusetzen, mag, auch wenn sie verhältnismäßig niedrig erscheint, besser sein, als gar kein Opfer zu verlangen.[982] Wenn optimaler Schutz durch Festsetzung einer betriebswirtschaftlich sinnvollen Kennzahl angesichts der Verschiedenheit der Unternehmen kaum zu erreichen ist, kann Minimalschutz ein legitimes gesetzgeberisches Ziel sein. Es dürfte auch wenige Eltern geben, die ihrem Kind raten, sein Fahrrad gleich gar nicht erst abzuschließen, nur weil sie wissen, wie Bolzenschneider arbeiten.

Eine fixe Kapitalziffer hat auch die Vorteile der Einfachheit und Rechtssicherheit für sich.[983] Die Seriositätsfunktion und Risikobegrenzungsfunktion nehmen bei einem fixen Mindestkapital mit zunehmender Unternehmensgröße zwar ab, behalten aber gerade bei kleineren und mittleren Unternehmen ihren Sinn. Zudem bleibt eine höhere Festlegung den Gesellschaftern unbenommen, wenn sich dies für sie als ökonomisch vorteilhaft erweisen sollte.

2. Fairneßkritik

Damit ist auch schon das wesentliche gesagt als Entgegnung auf die Fairneßkritik. Bei sehr großen Unternehmen wird der Finanzierungsmarkt diese in der

981 Zur Sinnhaftigkeit eines fixen Mindestkapitals z.B. auch *Pentz/Priester/Schwanna*, Bar- und Sachkapitalaufbringung, 65 und 88.

982 So auch *Pentz/Priester/Schwanna*, Bar- und Sachkapitalaufbringung, 65. S. auch *Schall*, Gläubigerschutz, 297, nach dem das Mindestkapital das Legitimationsdefizit einer alternativ zur Kapitalgesellschaft denkbaren »OHG mbH« reduziere.

983 So auch *Pentz/Priester/Schwanna*, Bar- und Sachkapitalaufbringung, 87.

Regel zu einer höheren Eigenkapitalausstattung zwingen, meist auch zu höherem gesetzlichem Kapital als dem Mindestkapital. Die Regeln über Kapitalaufbringung und -erhalt greifen auch in diesen Fällen freiwillig höheren gesetzlichen Kapitals. Das Gesetz sorgt sich in erster Linie um einen Mindeststandard und ein funktionierendes Schutzsystem, das auch bei freiwillig höherem Garantiefonds eingreift. Auch wenn dieser Ansatz nicht optimal fair sein mag, was subjektiv und hier nicht zu entscheiden ist, ist sein Ausgangspunkt nicht per se unsinnig. Berechtigte Kritik daran muß nicht notwendig zur Abschaffung dieses Schutzsystems führen, sondern kann auch nur Änderungen erforderlich machen.

3. Ökonomische Erwägungen

Wie wichtig einem die benannten rechtsethischen Überlegungen sind, wird entscheidend sein dafür, welchen Aufwand und welche Kosten man dafür bereit ist in Kauf zu nehmen. Der Vorwurf, Kapitalschutz sei unökonomisch, muß im Verhältnis zu diesen Wertungen abgewogen werden. Grundsätzlich muß der Gesetzgeber entscheiden, ob er andere Werte höher einstuft als Effizienzüberlegungen, er muß Fairneß und Effizienz ausbalancieren. Dabei kann er z.B. dem Schutz von Deliktsgläubigern und kleinen Vertragsgläubigern,[984] die sich selbst nicht durch Vertragsklauseln schützen können, höhere Bedeutung beimessen als den daraus resultierenden Kosten.

Wie ineffizient Kapitalschutzanforderungen tatsächlich sind, wäre noch genauer zu belegen.[985] Effizienzgewinne verspricht der Kapitalschutz z.B. durch die Funktion der Vertragserleichterung. Interessanterweise kann man aus Bankenkreisen hören, daß gerade die in der juristischen Diskussion besonders kritisch betrachteten Regelungen über Sacheinlagen noch die nützlichsten gesetzlichen Vorgaben seien, da durch sie bankeigene Überprüfungen eingespart werden könnten.[986]

984 Zum Schutz besonders dieser Gläubigergruppen durch den gesetzlichen Kapitalschutz z.B. *Otte*, Kapitalschutzsystem, 21 f. m.w.N.

985 Diskussion der Effizienz des bilanziellen Kapitalschutz z.B. bei *Eidenmüller/Grunewald/Noack*, Mindestkapital, 24 ff., *Pentz/Priester/Schwanna*, Bar- und Sachkapitalaufbringung, 84 ff., *Marx*, Alternative Solvenztest, 53 ff. oder *Schall*, Gläubigerschutz, 44 ff. Diese Arbeiten teilen allerdings die Schwäche der meisten rechtsökonomischen Arbeiten, daß eine konkrete Kostenanalyse mangels ausreichend Datenmaterials nicht vorgenommen werden kann, die vorgenommene systematische Kostenanalyse jedoch kaum mehr zu liefern vermag als die Benennung der Untersuchungskriterien, anhand derer eine genaue Analyse erst noch durchgeführt werden müßte. Am Ende stehen mehr Vorüberlegungen und Vermutungen denn belastbare Ergebnisse.

986 *Walter*, Kreditentscheidung der Banken, 372.

4. Systemkonsequenz

Im Hinblick auf die kritisierten Systembrüche ist anzumerken, daß sich das Gesellschaftsrecht in Deutschland derzeit in einer Umbruchphase befindet.[987] Der historische Gesetzgeber setzte insgesamt stärker auf die Selbstkontrolle der Gesellschafter als auf zwingende Vorkehrungen im Sinne eines effektiven Gläubigerschutzes. Die Verschärfungen des Kapitalschutzes, insbesondere im Hinblick auf Kapitalaufbringung und Sacheinlagen, die die Gerichte praeter legem entwickelt haben,[988] sollten den vom historischen Gesetzgeber schon angelegten, aber nicht ganz so hoch eingestuften Gläubigerschutz stärken, was Spannungen mit dem geschriebenen Recht zur Folge hatte. Der Gesetzgeber hat die Entwicklungen der Rechtsprechung oft anerkannt.[989] Diese zunehmende Betonung des Gläubigerschutzes brachte die werbenden Unternehmen in verschiedene Schwierigkeiten, so daß insbesondere durch das MoMiG eine Gegenbewegung eingesetzt hat, die den Gläubigerschutzgedanken wieder weniger stark gewichtet und zu Überlegungen führt, zumindest im GmbH-Recht sich der ursprünglichen Fassung des Gesetzes von 1892 wieder anzunähern.[990]

In dieser Umbruchphase sind die verschiedenen Interessen und Schutzfunktionen nicht immer überzeugend austariert. Die dadurch auftretenden systematischen Widersprüche verlangen nach Änderungen im System des Kapitalschutz‹, eine Abkehr von diesem Schutzkonzept schließen sie nicht aus, erfordern sie aber nicht zwingend. Vor dem Hintergrund dieser andauernden Diskussion um die Stärken und Schwächen des aktuellen Kapitalschutzkonzepts wird im Fortgang dieser Arbeit zu fragen sein, inwieweit die Einbeziehung von Agioleistungen den systematischen Ansatz eines formellen bilanziellen Kapitalschutz stärken kann oder schwächen muß – wenn sie denn ins System sich einfügt.

D. Historischer Überblick

Die angesprochene Rückbildung richterrechtlicher Rechtsfortbildung gibt Anlaß, einen Blick zu werfen auf den Kapitalschutz zu der Zeit, als die Regelungen zu Agioleistungen eingeführt wurden, um sich des damaligen Regelungskontextes zu vergewissern. Schon mehrfach wurde angesprochen, daß die Diskussion um den Kapitalschutz des Agios in hohem Maße von teleologischen Erwägungen abhängen wird. Der objektive Sinnzusammenhang des Systems des bilanziellen

987 Vgl. zum historischen Wandel in Rechtsprechung und Gesetzgebung z.B. *Schall*, Gläubigerschutz, 95 ff., insbesondere 101 ff., 140 ff. und 162 ff; *Bayer*, Kapitalschutz – Generalkritik, 28 ff. und *Goette*, Kapitalschutzsystem der GmbH, 740; zur Aktiengesellschaft beispielsweise *Drygala* in KölnKomm-AktG § 57, Rz. 1 ff.

988 S. dazu *Bayer*, Kapitalschutz – Generalkritik, 28 f.

989 Vgl. zur GmbH *Bayer*, aaO.

990 So z.B. ausdrücklich *Bayer*, aaO, 48.

Kapitalschutzes heutiger Gestalt ist durch die vorstehenden Ausführungen in Erinnerung gerufen worden. Den subjektiven Sinn des historischen Gesetzgebers zu der Zeit, in der die Regelungen über das Agio eingeführt wurden, gilt es noch zu rekapitulieren.

1. Deutsche Kapitalschutzregeln

a) Ursprüngliches Hauptanliegen im Aktienrecht: Anlegerschutz

In Deutschland wurde das Agio für die Aktiengesellschaft geregelt im Zuge der Reform des Aktienrechts von 1884. Das GmbH-Recht kannte und kennt keine entsprechenden Regelungsansätze. Die Reform von 1884 stand im Zeichen der Bekämpfung des Aktienschwindels, der seine üppigsten Blüten trieb in den berühmten Fällen der Mississippi-Gesellschaft und der Südsee-Gesellschaft.[991] In der Beschreibung solcher Vorgänge im Brockhaus von 1894 wird der Zeitgeist spürbar, der die Gesetzgebung angeleitet hat:

»Unter den Übeln [der Aktiengesellschaft] steht im Vordergrunde die besondere Geeignetheit der Aktiengesellschaft zur Ausbeutung des leichtgläubigen und bei erregter Gewinnsucht jeder Illusion fähigen Publikums. In gewissenlosen Händen ist insbesondere in Zeiten wirklichen oder scheinbaren Aufsteigens der Konjunktur die Gründung von Aktiengesellschaften in Wahrheit das Mittel, Gold zu machen. Aktiengesellschaften werden dann zahlreich bloß um des Gewinns an der Gründung willen errichtet. Die auf jedes beliebige Objekt hin in ungemessener Höhe geschaffenen Aktien werben mit ihren Ziffern, unterstützt durch trügerische Prospekte, um Eingang beim Publikum. Die eintretenden Kurssteigerungen, zum Teil durch fiktive Geschäfte hervorgerufen, wecken die Gewinnsucht immer weiterer Kreise, die an weitere Steigerungsfähigkeit glauben und wieder auf Kosten ihrer Abnehmer verdienen wollen. Der mühelose und ungesunde Verdienst erzeugt Korruption, ungesunden Luxus und ungesunde Steigerung aller Preise. Der Taumel endet mit den empfindlichsten Vermögensverlusten namentlich des mittleren und kleineren Kapitals und mit Verbitterung gegen die sog. herrschenden Gesellschaftsklassen und gegen die staatlichen Institutionen.«[992]

Daraus erhellt, wer damals im Zentrum der gesetzgeberischen Sorge stand: der Kapitalanleger.[993] Die negativen Erfahrungen der Gründerzeit mit reichlich Schwindelgründungen und Aktienspekulationen waren der Anlaß für die gesetzgeberischen Reformen und gaben die Richtung vor. Als erster Schritt sollten Kleinanleger von der Investition in Aktien abgehalten werden, da man von der geringen Finanzkraft auf unzureichende Geschäftserfahrung schloß. Dazu wurde der Nominalwert einer Aktie auf mindestens 1000 Mark angesetzt.[994] Die erfahreneren Kapitalanleger sollten vor Schwindelgründungen weiter durch

991 Vgl. *Brockhaus*, s.v. ›Aktie und Aktiengesellschaft‹, II. Geschichtliches.
992 *Brockhaus*, aaO.
993 Ähnlich *Hommelhoff*, Eigenkontrolle, 83.
994 Vgl. Brockhaus, s.v. ›Aktie und Aktiengesellschaft‹, I. Begriff und rechtliche Struktur.

strengere Kapitalaufbringungsregeln geschützt werden, die vor allem verhindern sollten, daß die Gründer durch überbewertete Sacheinlagen ihr Einlageversprechen entwerteten oder bei Verkauf der Anteile sich der Einlagehaftung entziehen konnten.[995] Risikobegrenzungsfunktion und Anlegerschutzfunktion des Grundkapitals standen im Vordergrund.

b) Ursprüngliche Bedeutung des Gläubigerschutzes im Aktienrecht

Den Gläubigerschutz hat der Gesetzgeber dabei nicht außer acht gelassen. Die Entwurfsbegründung zum Aktiengesetz von 1884 spricht an einer Stelle vom bilanziellen Grundkapital als »Prüfstein für die Aktionäre wie für die Gläubiger der Gesellschaft.«[996] Die zeitgenössische Literatur versteht ebenfalls Anlegerschutz und Gläubigerschutz als Ziele des Aktiengesetzes.[997] Der Zusammenhang der zitierten Passage aber und die auch andernorts viel ausführlichere Auseinandersetzung mit den Erfordernissen eines zeitgemäßen Anlegerschutzes[998] lassen erkennen, daß der Gläubigerschutz für den historischen Gesetzgeber nicht gleich bedeutsam war wie heute.[999]

Zu diesem Befund fügt sich auch die Tatsache, daß der historische Aktiengesetzgeber auf ein Mindestkapital verzichtet hat. Ein solches wurde erst durch die Goldbilanzverordnung von 1923 eingeführt.[1000] Dem Grundkapital kam in erster Linie betriebswirtschaftliche Finanzierungsfunktion zu.[1001] Der Gesetzgeber vertraute darauf, die Gründer würden ihre – schon wegen des eigenen Verlustrisikos – ernstgemeinte Gründung so durchfinanzieren, daß sie angemessen mit Eigenkapital ausgestattet sei. Auch die Sacheinlagevorschriften hatten nicht die Gesellschaftsgläubiger im Blick, sondern sollten durch Satzungspublizität und Regelung des Einbringungsverfahrens die Kontrolle durch die Anleger ermöglichen.[1002] Das Gesetz sorgte nicht für eine wertmäßige Übereinstimmung von Sacheinlage und Anteilswert, sondern wollte allein den Aktionären die notwendigen Voraussetzungen zur eigenen Prüfung schaffen.[1003] Besonderen Wert legte der Gesetzgeber auf die Transparenz des Gründungsvorgangs, auf die

995 Dazu *Hommelhoff*, aaO, 73 ff. und 78 ff.
996 Entwurfsbegründung § 4 2. a.E., abgedruckt bei *Schubert/Hommelhoff*, Hundert Jahre, 418.
997 So z.B. *Brockhaus*, aaO.
998 So z.B. im Entwurfstext an prominenter Stelle in § 3 »Richtung der Reform«, wo sich keine Ausführungen zum Gläubigerschutz finden lassen; abgedruckt bei *Schubert/Hommelhoff*, Hundert Jahre, 415 f.
999 Selbe Bewertung bei *Hommelhoff*, Eigenkontrolle, 83.
1000 *Hommelhoff*, aaO, 82; näher dazu noch *Pentz/Priester/Schwanna*, Bar- und Sachkapitalaufbringung, 66 Fn. 55 und 56.
1001 So auch *Hommelhoff*, aaO, 82 f.
1002 *Hommelhoff*, aaO, 73 ff.
1003 Sehr deutlich die Entwurfsbegründung in § 4 2. a.E., abgedruckt bei *Schubert/Hommelhoff*, Hundert Jahre, 418.

Wahrung der Informationsfunktion des Kapitalschutzes, um den geschäftserfahrenen Gesellschaftern, die nach der gesetzgeberischen Vorstellung allein als Kapitalanleger in Frage kommen sollten, Möglichkeit zur Selbsthilfe zu geben.[1004]

Das Gesetz betonte damals mehr als heute die Obliegenheit aller, die mit der Gesellschaft in Kontakt kommen, zum Selbstschutz und entsprach damit einer allgemeinen Auffassung, die in der zeitgenössischen Literatur einmal so zusammengefaßt wurde:

»Die Geschichte des Aktienwesens beweist, daß Schwindel und Mißbrauch bei den verschiedensten gesetzlichen Regelungen vorkamen. Lassen sich dieselben auch durch gesetzliche Reformen zum Teil mindern und beseitigen, so wird doch das Publikum selbst durch Hebung der wirtschaftlichen Einsicht und Förderung einer gesunden Geschäftsmoral das Wichtigste zur Besserung beitragen müssen.«[1005]

Darin setzte sich die Grundentscheidung von 1870 fort, vom Konzessionssystem auf das Normativsystem umzustellen, da diese Systemumstellung nicht zuletzt damit begründet wurde, eine staatliche Konzessionierung könne das Publikum zu ungerechtfertigtem Vertrauen in die Wirtschaftskraft der Kapitalgesellschaften verleiten.[1006] Aus dem Wunsch heraus, ein allzu großes Vertrauen auf staatliche Vorkehrungen gar nicht erst aufkommen zu lassen, hat der Gesetzgeber sich auch bewußt gegen eine kapitalmarktrechtliche Prospektpflicht entschieden, die in Auseinandersetzung mit ausländischen Rechtsordnungen diskutiert worden war.[1007]

c) Weitere Entwicklung im Aktienrecht

Die starke Betonung der Selbstschutzobliegenheit wurde schon bald durch den Gesetzgeber selbst eingeschränkt durch die Einführung eben einer solchen Prospektpflicht im Entwurf zum Börsengesetz von 1896 und auch durch die Einführung eines aktienrechtlichen Mindestkapitals 1923. Der Anlegerschutz wurde verstärkt im Kapitalmarktrecht umgesetzt, im Kapitalgesellschaftsrecht gewann der Gläubigerschutz eine prominentere Stellung. Die Einführung des Mindestkapitals führte aber auch zu dem heute beklagten Problem, daß die Erfüllung dieser formalen Voraussetzung nichts mit den betriebswirtschaftlichen Erfordernissen des konkreten Unternehmens zu tun hat.[1008]

1004 Vgl. *Hommelhoff*, Eigenkontrolle, 65 und 82 f.

1005 Meyers Konversationslexikon, s.v. ›Aktie und Aktiengesellschaft‹, Die Geschichte des Aktienwesens. Zur weiten Verbreitung dieser Grundannahme in damaliger Zeit vgl. a. *Hommelhoff*, aaO, 68 m.w.N.

1006 Vgl. Meyers Konversationslexikon, aaO, Die Aktiengesellschaft: Staatsaufsicht.

1007 Vgl. *Hommelhoff*, aaO, 67.

1008 Anzumerken ist dabei, daß die Anforderungen an das Mindestkapital (50.000 Goldmark bei der AG im Jahr 1923, 20.000 Mark bei der GmbH im Jahr 1892) verglichen mit den heutigen Vorgaben inflationsbereinigt viel höher waren. Der heutige Geldwert ist angesichts der zwischenzeitlichen Inflationen, Währungs-

d) Recht der GmbH

Für die GmbH wurde anders als für die Aktiengesellschaft schon bei ihrer ersten Kodifikation im Jahr 1892 in § 5 Abs. 1 GmbHG 1892 ein Mindestkapital eingeführt.[1009] Dieses Element dient immer einer Stärkung des Gläubigerschutzes. Aber auch bei der GmbH stand in den Augen des Gesetzgebers der Gläubigerschutz nicht im Vordergrund. Mindestens gleich wichtig war die Bereitstellung eines ausreichenden Betriebsmittelfonds.[1010]

2. Englische Kapitalschutzregeln

In England wurden Regeln hinsichtlich Agioleistungen im Jahr 1948 eingeführt, womit der Gesetzgeber einen langjährigen Streit zwischen Juristen und Wirtschaftsprüfern über die bilanzrechtliche Behandlung von Agioleistungen beendete.[1011] In dem damals noch uneingeschränkten Laissez-faire-Ansatz wurde der Gläubigerschutz nicht so stark gewichtet wie heute in Deutschland. So kannte man weder für die PLC noch für die Ltd ein Mindestkapitalerfordernis.

Berühmt geworden ist der Ausspruch eines englischen Richters in dem Grundlagenentscheid, mit dem die Beschränkung der Haftung auf die Limited zementiert worden ist. In der Entscheidung Salomon v Salomon & Co Ltd bemerkte Lord Macnaghten mit Blick auf den Forderungsausfall der Gläubiger einer zahlungsunfähigen Limited: »The unsecured creditors of A. Salomon and Company, Limited, may be entitled to sympathy, but they have only themselves to blame for their misfortunes.«[1012] Auch wenn dieser Ausspruch aus dem Jahr 1896 stammt, läßt sich darin doch die Grundtendenz des englischen Kapitalgesellschaftsrechts erkennen, die auch 1948 galt, nämlich daß die Gläubiger einer Kapitalgesellschaft die Obliegenheit trifft, sich über die Gefahren eines Forderungsausfalls mittels der veröffentlichten Informationen selbst kundig zu machen.

Die Salomon-Entscheidung ist wegen ihrer harten Folgen für die Gläubiger einer Gesellschaft auch von englischen Juristen kritisiert worden.[1013] Anders als es in der deutschen Literatur manchmal dargestellt wird,[1014] ist der Gläubigerschutz doch auch ein wichtiges Ziel des englischen Kapitalgesellschaftsrechts –

umstellungen und Änderungen im Konsumverhalten schwierig abzuschätzen. Geht man für eine ungefähre Schätzung davon aus, daß 50.000 Goldmark ca. 17.920 Gramm Gold der Feinheit 333 entsprechen, errechnet sich bei einem aktuellen Goldpreis von mind. 10€/g ein Betrag von 179.200 € – sehr grober Anhaltspunkt.

1009 S. dazu *Bezler*, Bedeutung des Stammkapitals, 86.
1010 Dazu *Bezler*, aaO.
1011 *Napier/Noke*, Premiums, 812 ff.
1012 Salomon v Salomon & Co Ltd, [1897] A.C. 22, 53.
1013 Vgl. *Davies/Worthington*, Principles, 32 m.w.N.
1014 Z.B. *Otte*, Kapitalschutzsystem, 39; zu dieser Mißinterpretation englischen Kapitalgesellschaftsrecht kritisch auch *Davies/Rickford*, Introduction II, 263.

früher wie heute. Deshalb kennt das englische Recht, wie gesehen, seit jeher Kapitalschutzregeln als fairen Ausgleich für das Privileg der Haftungsbeschränkung. Doch die stärkere Betonung einer Selbstschutzobliegenheit charakterisiert das englische Recht damals wie heute.

E. Zusammenfassung

Dieses Kapitel hat gezeigt, wie das gesetzliche Kapital verschiedene Funktionen erfüllen soll. Das Hauptziel bildet dabei heutzutage die faire Risikoverteilung zwischen Gesellschaftsgläubigern und Gesellschaftern. Bedenkt man, daß die Möglichkeit der Haftungsbeschränkung auf die Gesellschaft wirtschaftliche Kräfte freigesetzt hat und dabei ein Ausgleich der Risiken zwischen Gesellschaftern und anderen Marktteilnehmern erreicht wurde, kann man die Grundidee eines gesetzlichen Kapitals durchaus als eine »Kulturleistung ersten Ranges« ansehen, wie *Herbert Wiedemann* formuliert hat.[1015]

Dieses einmal geschaffene Gut der Rechtskultur ist jedoch weder alternativlos noch ohne jegliche Schwierigkeiten. Das bilanzielle Schutzkonzept kämpft mit verschiedenen Problemen, von denen der Eindruck, es sei von der wirtschaftlichen Realität abgekoppelt und daher nicht fair, am schwersten wiegt. Damit ist noch nicht der Stab über die Idee als solche gebrochen. Die historischen Veränderungen hin zu einer stärkeren Betonung des Gläubigerschutzes, der in jüngster Zeit wieder eingeschränkt worden ist, zeigen die Anpassungsfähigkeit der Grundidee eines fairen Risikoausgleichs zwischen Gesellschaftern und Gläubigern mittels eines gesetzlichen Kapitals. Die Einbeziehung von Agioleistungen könnte ein Weg sein, Schwächen des bilanziellen Schutzkonzepts mit fixer Nennkapitalziffer auszugleichen.

1015 *Wiedemann*, GesR I, 558.

3. Kapitel Kapitalschutz des Agios im EU-Recht: Mitgesellschafterschutz als Triebfeder

A. Aufgabe des Kapitels

Im System des bilanziellen Kapitalschutzes beruht der Gedanke der Kapitalerhaltung auf der Festsetzung eines bilanziell zu bestimmenden Nettovermögens, das durch eine Ausschüttung an die Gesellschafter nicht angetastet werden darf. Durch dieses Reservekapital sollen die Gläubiger vor einem Ausfall ihrer Forderungen geschützt werden. Die Kapitalaufbringung dient ebenfalls dem Gläubigerschutz, soweit sie sicherstellen soll, daß der gewünschte Haftungspuffer tatsächlich eingerichtet wird. Das Kapitalaufbringungsrecht kann daneben den Schutz der Mitgesellschafter vor einer Anteilsverwässerung und dabei den Schutz der Investoren als zukünftigen Mitgesellschaftern bezwecken, die auf die Richtigkeit der Informationen vertrauen, die sie ihrer Investitionsentscheidung zugrunde legen.

Für die Aktiengesellschaft und die entsprechenden großen Kapitalgesellschaften in den einzelnen Mitgliedstaaten schreibt die Gesellschaftsrechtsrichtlinie vor, daß ein bilanzieller Kapitalschutz mit Elementen der Kapitalaufbringung und der Kapitalerhaltung vorzusehen ist. Dieser Kapitalschutz erstreckt sich nicht nur auf das Grundkapital der Gesellschaften, sondern teilweise auch auf ein Agio. Die europäischen Vorgaben wurden von den nationalen Gesetzgebern in England und Deutschland als verbindliche Vorgaben umgesetzt. In England fand auch nach dem Brexit bislang noch keine Revision des Gesellschaftsrechts statt, das daher nach wie vor von den europäischen Vorgaben und dem Willen zu dessen Umsetzung geprägt ist. Die europäischen Regelungen können als gemeinsamer Kern der jeweiligen nationalen Gesellschaftsrechte am Beginn der Erörterungen über die rechtliche Behandlung des Agios stehen.

Die Gesellschaftsrechtsrichtlinie 2017/1132/EU enthält Vorschriften zum Agio, welche in der konsolidierten Richtlinie aus dem Jahr 2017 mit den Regelungen der ursprünglichen Richtlinie 77/91/EWG und der Richtlinie 2012/30/EU identisch sind. In diesem Kapitel sollen diese Vorschriften und ihre Umsetzung in das deutsche und das englische Recht betrachtet werden. Der Blick richtet sich dabei nicht allein auf Leistungen, die im deutschen Recht als ›korporatives Agio‹ verstanden werden. Ebenso soll interessieren, welche Regelungen die Richtlinie für das ›faktische Agio‹ kennt, das im Mehrwert einer Sacheinlage liegt, und ob sie Vorgaben für ein bloß ›schuldrechtliches Agio‹ enthält. Welche Finanzierungsleistungen über den Nominalwert der Anteile hinaus die Richtlinie adressiert, ist nicht leicht zu bestimmen. Die Antwort auf diese Frage hängt vom Verständnis der Begriffe Agio und Einlage ab, das der Gesellschaftsrechtsrichtlinie zugrunde gelegt wird. Unter Vorwegnahme einiger Ergebnisse aus den beiden Länderkapiteln lassen sich die Schwierigkeiten bei der Begriffsbildung veranschaulichen.

Die deutsche Fassung der Gesellschaftsrechtsrichtlinie verwendet nicht den Begriff ›Agio‹, sondern spricht von einem ›Mehrbetrag‹ und meint damit einen Aufpreis bei Ausgabe von jungen Anteilen. Die englische Sprachfassung spricht von ›premium on the shares‹.[1016] Der Begriff des ›Mehrbetrags‹/›premium‹ wird in der Gesellschaftsrechtsrichtlinie nicht definiert. In den Mitgliedstaaten wird offenbar angenommen, das Agio der Richtlinie entspreche jeweils ihren überkommenen nationalen Konzepten. Jedenfalls finden sich – kaum verständlich – in der Literatur keine Versuche, den richtlinienrechtlichen Begriff des ›Mehrbetrags‹/›premium‹ eigens zu definieren.

Dabei unterscheiden sich die vergleichbaren Konzepte in den Aktienrechten der Mitgliedstaaten durchaus. So kennt z.B. das deutsche Recht neben dem aktienrechtlichen Agio als Teil der Einlagen auch unentgeltliche Nebenleistungen im Sinne des § 55 AktG, durch welche der Gesellschaft zwar Finanzmittel zugeführt werden können, die aber eben keine Hauptleistungspflichten sind, also keine ›Einlagen‹ und damit auch kein ›Agio‹. Außerdem sind nach deutschem Verständnis neben diesen beiden korporativen Leistungspflichten grundsätzlich auch Leistungspflichten denkbar, welche der Investor auf schuldrechtlicher Basis mit der Gesellschaft oder mit den übrigen Gesellschaftern vereinbart. Solche schuldrechtlichen Zusatzleistungen sind nicht Teil der mitgliedschaftlichen Pflichten, gehen nicht mit der Mitgliedschaft auf einen Erwerber der Aktie über und unterfallen nicht den aktienrechtlichen Einlagebestimmungen.[1017]

All diese korporativen Leistungen führen im englischen Recht entweder zu ›capital‹ (Grundkapital) oder zu einem ›premium‹ (Agio).[1018] Dem aktienrechtlichen Begriff der ›Einlage‹ ist im englischen Gesellschaftsrecht am ehesten der Begriff der ›consideration‹ (Gegenleistung) vergleichbar. Die englische Sprachfassung der Gesellschaftsrechtsrichtlinie verwendet für den deutschen Begriff

1016 Die niederländische Sprachfassung verwendet den Begriff ›agio‹. Die Sprachfassungen der übrigen Länder, die zum Zeitpunkt des ersten Richtlinienerlasses 1977 Mitgliedstaaten der EWG waren, geben den gemeinten Rechtsbegriff wieder mit ›prime d'émission‹ (franz.), ›premio di emissione‹ (ital.), und ›overkursen‹ (dän.). Diese Sprachfassungen sind für eine historische Auslegung von besonderer Bedeutung, da die wesentlichen Schutzkonzepte der Gesellschaftsrechtsrichtlinie in der ersten Fassung von 1977 entwickelt wurden und durch die Neufassung aus dem Jahr 2012 und die Konsolidierung verschiedener gesellschaftsrechtlicher Richtlinien zur Gesellschaftsrechtsrichtlinie im Jahr 2017 nicht verändert wurden. Daher sind diese ursprünglichen (Sprach-)Fassungen für eine historische Auslegung besonders aufschlußreich.

1017 Vgl. zum deutschen Recht o. S. 158 ff.

1018 Vgl. zum englischen Recht u. S. 506 ff.

›Einlage‹ meist das englische Wort ›consideration‹, einmal (in Art. 53) auch ›contribution‹.

Im englischen Recht meint ›consideration‹ jede Gegenleistung, die durch die ausgegebenen Anteile entgolten wird; zwischen Haupt- und Nebenleistungen wird nicht unterschieden. Jede ›consideration‹ ist entweder Leistung auf das share capital oder auf ein share premium. Tertium non datur. Die ›consideration‹ wird grundsätzlich durch eine Vereinbarung zwischen der Gesellschaft und dem Investor über die Anteilsausgabe festgelegt. Sie ist der korporativen Festsetzung im deutschen Aktienrecht insoweit vergleichbar, als in der Folge einer solchen Vereinbarung eine Haftung der Anteilserwerber möglich ist.

Jedoch ergibt sich diese Rechtsfolge aus dem Companies Act für jede ›consideration‹. Eine Unterscheidung in schuldrechtliche Vereinbarungen zwischen Investor und Gesellschaft auf der einen Seite und auf der anderen Seite korporative Vereinbarungen »als besondere mitgliedschaftliche Pflicht« kennt das englische Gesellschaftsrecht nicht. Jede Vereinbarung mit der Gesellschaft über eine Gegenleistung für die ausgegebenen Anteile ist ›consideration‹. Darüber hinaus kann man nicht einmal mit Sicherheit ausschließen, daß zumindest in besonderen Einzelfällen auch Zusatzleistungen, welche die Gesellschafter unter sich rein schuldrechtlich vereinbart haben, als ›consideration‹ eingestuft werden, obwohl die Gesellschaft nicht an dieser Vereinbarung beteiligt war.

Die deutsche Konzeption der ›Einlage‹ und das englische Verständnis der ›consideration‹ sind bei weitem nicht deckungsgleich. Wenn die Gesellschaftsrechtsrichtlinie ein Tatbestandsmerkmal in den verschiedenen Sprachfassungen mit Begriffen wiedergibt, die sie den nationalen Rechtsordnungen entlehnt, deren Inhalt jedoch nicht übereinstimmt, ist als erstes zu fragen, wie die Begriffe ›Einlage‹/›consideration‹ und ›Mehrbetrag‹/›premium‹ im Sinne der Richtlinie zu verstehen sind. Die Antwort auf diese Frage entscheidet über den Anwendungsbereich mancher Kapitalschutzvorschriften der Richtlinie, in denen, ähnlich wie im deutschen Aktienrecht, der Begriff der ›Einlage‹/›consideration‹ das entscheidende Tatbestandsmerkmal umschreibt.[1019] Im englischen Recht hingegen ist der Begriff ›consideration‹ niemals Tatbestandsmerkmal der Kapitalschutzregeln. In den konkreten Normen wird stets von dem share capital und/oder premium gehandelt. Weiter ist zu fragen, ob die nationalen Vorschriften, sofern sie auf einem abweichenden Begriffsverständnis beruhen, mit den Vorgaben der Gesellschaftsrechtsrichtlinie vereinbar sind.

Die Begriffe ›Mehrbetrag‹/›premium‹ und ›Einlage‹/›consideration‹ in der Richtlinie bedürfen einer europarechtlich autonomen Auslegung, nachdem es bei Erlaß der Richtlinie im Jahr 1977 ebenso wie bei der Neufassung im Jahr 2012 und der Konsolidierung im Jahr 2017 bedauerlicherweise versäumt wurde,

1019 Dieser Rechtsbegriff ist das entscheidende Tatbestandsmerkmal in den Artt. 48, 49, 53, 69 und 70 der Richtlinie.

diese entscheidenden Rechtsbegriffe eindeutig und einheitlich zu definieren, obwohl die uneinheitlichen Regelungskonzepte auf nationaler Ebene und damit einhergehend die unterschiedlichen Begrifflichkeiten hätten bekannt sein müssen. Die Begriffsbestimmung erfordert eigentlich eine fundierte Kenntnis der Vorschriften, in denen die Richtlinie vom ›Mehrbetrag‹ und von der ›Einlage‹ spricht und aus denen die zugrundeliegende Vorstellung herausgelesen werden soll. Die Diskussion der einzelnen Vorschriften profitiert jedoch wiederum von einem möglichst genauen Begriffsverständnis. Daher soll versucht werden, ›Mehrbetrag‹ und ›Einlage‹ am Beginn der Erörterung der Gesellschaftsrechtsrichtlinie soweit als möglich allgemein zu bestimmen, um mit dem so gewonnenen Vorverständnis und Problemverständnis die einzelnen Normen diskutieren zu können.

In der englischen Literatur wird die Behandlung des ›Mehrbetrags‹/ ›premium‹ durch die Gesellschaftsrechtsrichtlinie mitunter harsch kritisiert.[1020] Das Agio werde teilweise gleich wie das Grundkapital behandelt, teilweise jedoch nicht. Die unterschiedlichen Regelungen zu Agio und Grundkapital seien willkürlich und bildeten kein konsistentes System des Kapitalschutzes. Dabei wird die mögliche Diskrepanz im Verständnis des Begriffs ›premium‹ durch die Richtlinie und den Companies Act noch nicht einmal erkannt. Die Analyse der Vorschriften zum Agio in diesem Kapitel wird zeigen, daß diese harsche Kritik verfehlt ist – und dies unabhängig von der Frage, wie die Begriffe ›Mehrbetrag‹ und ›Einlage‹ nach der Richtlinie genau zu verstehen sind.

Richtig ist der Befund, daß die Gesellschaftsrechtsrichtlinie ein Agio nicht in jeder Hinsicht gleich regelt wie das Grundkapital. Wenn man die verschiedenen Regelungen unvoreingenommen betrachtet, kann man die Konzeption des Kapitalschutzes in der Richtlinie als in sich stimmig verstehen: Während die Regelungen zum Grundkapital wesentlich durch den Gedanken des Gläubigerschutzes motiviert sind, betrachtet die Gesellschaftsrechtsrichtlinie die Regelungen zum Agio allein als Mittel zum Schutz der Mitgesellschafter vor einer Verwässerung des Wertes ihrer Anteile. Deshalb beschränkt sie einerseits die Vorgaben zum Kapitalerhaltungsrecht auf das Grundkapital, kennt andererseits aber kapitalaufbringungsrechtliche Vorschriften auch für andere Formen von Einlagen, insbesondere den ›Mehrbetrag‹.

1020 *Rickford*-Report, 941: »scant regard to any coherent or rational philosophy«; zustimmend *Ferran/Ho*, Principles, 98.

B. Die Vorgaben des EU-Rechts und ihre Umsetzung im deutschen und englischen Recht

I. *Vorgabe eines festen Anteilswertes und Möglichkeit einer Überpari-Emission im EU-Recht*

Die Gesellschaftsrechtsrichtlinie bestimmt in ihrem Art. 47 Abs. 1, daß jeder Aktie ein fester Wert (Nennbetrag oder rechnerischer Wert) zugewiesen werden muß, und verbietet eine Ausgabe unterhalb dieses Betrages.[1021] Dieses Gebot

1021 Jüngst hat der EuGH in seinem Urteil v. 8.11.2016, C-41/15 (Dowling) die erstaunliche Feststellung getroffen, in einer Sondersituation wie der dem Urteil zugrunde liegenden, als es während der Weltfinanzkrise nach 2007 darum ging, die Stabilität des Euroraums zu gewährleisten, stünde Art. 8 Abs. I der Zweiten Richtlinie 77/91/EWG (jetzt Art. 47 der Gesellschaftsrechtsrichtlinie) einer staatlichen Anordnung nicht entgegen, in deren Folge das Kapital einer Aktiengesellschaft zu einem unter dem Nennbetrag liegenden Betrag erhöht wird. Aus den Urteilsgründen ist nicht näher erkennbar, wie es im entschiedenen Fall zu einer Unterpari-Ausgabe gekommen sein soll. Einerseits ist im Tatbestand nur von einer Ausgabe zu 10% unter dem durchschnittlichen Aktienkurs vom 23.6.2011 zu lesen, andererseits stellt das Gericht ausdrücklich fest (Rz. 42), die Ausgabe sei unter pari erfolgt. Der EuGH rechtfertigt die Abweichung vom Verbot der Unterpari-Ausnahme ebenso wie die Abweichung vom Erfordernis eines Hauptversammlungsbeschlusses für Kapitalerhöhungen (Art. 25 der Kapitalrichtlinie 77/91/EWG, jetzt Art. 68 der GesRL) und vom Erfordernis des zwingenden Bezugsrechts für Aktionäre (Art. 29 KapitalRL, jetzt Art. 72 GesRRL) damit, daß hoheitliche Maßnahmen, welche eine unzureichende Kapitalausstattung einer Aktiengesellschaft beseitigen sollen, um eine systemische Bedrohung der finanziellen Stabilität der Union zu verhindern, außerhalb des Schutzbereichs der Richtlinie lägen (Tz. 50 ff.). Die Begründung der Entscheidung entspricht damit im wesentlichen der Begründung in EuGH v. 19.07.2016, C-526/14 (Kotnik), Rz. 81 ff., in welchem Urteil der EuGH ebenfalls Einschränkungen der von der Kapitalrichtlinie (RL 2012/30/EU) verlangten ausschließlichen Zuständigkeit der Hauptversammlung für Kapitalmaßnahmen unter Verweis auf den außerordentlichen Charakter der Maßnahmen in der konkreten Krisensituation gebilligt hat. Die beiden Entscheidungen finden in der Literatur (bei Kritik in Details) Zustimmung, vgl. L/B/S, Europ. Unternehmens- und Kapitalmarktrecht, 586 m.w.N. und *Habersack/Verse*, Europäisches GesR, 258 m.w.N., werden jedoch allein hinsichtlich der Hauptversammlungskompetenzen diskutiert, nicht hinsichtlich der Abweichungsmöglichkeit vom Verbot der Unterpari-Ausgabe. *Habersack/Verse*, Europäisches GesR, 359 weisen zurecht darauf hin, daß es seit dem Jahr 2014 in Art. 84 Abs. 3 GesRRL (damals Art. 45 Abs. 4 KapitalRL in der Fassung der RL 2014/59/EU) eine gesetzliche Grundlage für die Abweichung von den Hauptversammlungskompetenzen gibt. Diese Abweichungsanordnung erfaßt jedoch nicht das Verbot der Unterpari-Ausgabe in Art. 47 GesRRL. Im Umkehrschluß zu Art. 84 Abs. 3 GesRRL kann man zweifeln, ob eine Krisensituation wie die Weltfinanzkrise auch eine Abweichung vom Verbot der

eines festen Parwertes bedeutet zugleich ein Verbot der Unterpariemission und entspricht § 9 Abs. 1 AktG. Wie gesehen[1022], ist die Koppelung von Gesellschaftsanteil und festem Nominalwert Grundlage für die Erhebung eines Agios.

Eine ausdrückliche Zulassung der Überpariemission enthält die Richtlinie, anders als § 9 Abs. 2 AktG, nicht. Die europarechtliche Zulässigkeit ergibt sich aus den Artt. 49 Abs. 2, 51 Abs. 1 lit. c), 69 S. 2 und 70 Abs. 2 UA 2 iVm 49 ff. der Richtlinie.[1023] Diese Vorschriften enthalten einzelne kapitalaufbringungsrechtliche Anforderungen an die Ausgabe zu einem ›Mehrbetrag‹ und setzen dabei dessen Zulässigkeit voraus. Die Gesellschaftsrechtsrichtlinie enthält kaum Anforderungen an die Verteilung der Kapitalzufuhr auf Nominalwert und ›Mehrbetrag‹ oder andere Leistungen (z.B. Nebenleistungen im Sinne von § 55 AktG), lediglich die Mindestkapitalanforderung des Art. 45 Abs. 1 der Richtlinie in Höhe von € 25.000,– muß hinsichtlich des ›gezeichneten Kapitals‹ erfüllt, also durch den Nominalwert der Anteile gedeckt sein.

Der *Rickford*-Bericht hat darauf hingewiesen, daß die Gesellschafter die Eigenkapitalzufuhr bei der Gründung der Gesellschaft (von den geringen Mindestkapitalanforderungen abgesehen) weitgehend beliebig auf Nominalkapital und Agio verteilen können.[1024] Die oben erwähnte Kritik an der Behandlung des Agios in der damaligen Kapitalrichtlinie nimmt ihren Ausgang an dieser weitgehenden Freiheit der Gesellschafter, das zugeführte Kapital auf Grundkapital und Agio zu verteilen. Die Kritiker nehmen an, jeder der beiden Kapitalbeiträge der Gründer sei gleich zu behandeln, wenn die Gründer frei entscheiden können, wie sie die Beträge auf diese beiden Arten von Einlagen aufteilen.[1025] Die Möglichkeit von weiteren Leistungen an die Gesellschaft wird bei dieser Kritik nicht in Betracht gezogen.

Unterpari-Ausgabe rechtfertigen kann. Diese Diskussion wird bislang nicht geführt, da die Entscheidung des EuGH in der RS Dowling allein im Zusammenhang mit den Hauptversammlungskompetenzen und insoweit dem Urteil in der RS Kotnik sowie der davon abzugrenzenden sog. Griechenland-Rechtsprechung (hierzu *Habersack/Verse* aaO) gesehen wird. Für die vorliegende Erörterung kann die weitere Diskussion der Frage einer möglichen Ausnahme von Verbot der Unterpari-Ausgabe dahinstehen, da es vorliegend um Rechtsfragen gehen soll, die sich ergeben, wenn es gerade nicht zu einer Unterpari-Ausgabe kommt, sondern im Gegenteil zu einer Überpari-Ausgabe. Sollte es in sehr seltenen Ausnahmefällen zulässig sein, aufgrund hoheitlicher Anordnung vom Verbot der Unterpari-Ausgabe abzuweichen, so betrifft dies den Gegenstand dieser Untersuchung, die regelmäßig auftretende Ausgabe von Anteilen über pari nicht.

1022 S. o. S. 49 f.

1023 Vgl. a. L/B/S, Europ. Unternehmens- und Kapitalmarktrecht, 525.

1024 *Rickford*-Report, 939 und dort in Fn. 58.

1025 *Rickford*-Report, 939.

II. ›Mehrbetrag‹ und ›Einlage‹ im Sinne der Gesellschaftsrechtsrichtlinie

1. Der ›Mehrbetrag‹ als ›Einlage‹

a) ›Mehrbetrag‹ als der Höhe nach bestimmte Leistung über pari

Wenn die Gesellschaftsrechtsrichtlinie den Begriff ›Mehrbetrag‹ verwendet, meint sie damit eine Leistung an die Gesellschaft, die über den Nominalwert der Anteile hinausgeht und der Höhe nach eindeutig bestimmt worden ist. Bei Leistungen in bar muß der ›Mehrbetrag‹ laut Art. 69 S. 2 der Richtlinie »vorgesehen« sein, was im Zusammenhang mit Satz 1 der Vorschrift als Vereinbarung über eine Einlage zu verstehen ist, die über das gezeichnete Kapital hinausgeht.

Barleistungen können nur über die Angabe der Höhe der Geldschuld bestimmt werden. Bei Sachleistungen verhält es sich anders, wie bei der Erörterung des Sacheinlagebegriffs im deutschen Recht gezeigt worden ist.[1026] Manche Sachschulden werden über die Höhe eines Zahlbetrags bestimmt, z.B. der Erlaß einer Darlehensforderung gegen die Gesellschaft, wenn man diesen als Sacheinlage qualifiziert.[1027] Andere Sachleistungen können auch durch die Vereinbarung des geschuldeten Gegenstands ausreichend bestimmt werden, manchmal können sie sogar nur so bestimmt werden.

Wegen dieser Möglichkeit, Sachschulden auch ohne Preisangabe eindeutig zu bestimmen, erlaubt z.B. das deutsche Aktienrecht nach einer weit verbreiteten, jedoch nicht unbestrittenen Ansicht in §§ 27 Abs. 1, 54 Abs. 2 AktG, bei Sacheinlagen auf die förmliche Festsetzung des Ausgabebetrags zu verzichten.[1028] Die geschuldete Leistung ist auch ohne Preisschild eindeutig bestimmt. Die Gesellschaftsrechtsrichtlinie enthält keine § 54 AktG vergleichbare Vorschrift und damit weder eine Definition von Bar- und Sacheinlagen noch einen Hinweis, wie Sacheinlagen festzusetzen sind.

Für das Verständnis des ›Mehrbetrags‹ ist es aber wichtig zu wissen, ob ein solcher ›Mehrbetrag‹ auch bei Sachleistungen der Höhe nach bestimmt sein muß oder ob jeder Mehrwert einer Sachleistung über den Betrag des Grundkapitals hinaus zu einem ›Mehrbetrag‹ im Sinne der Richtlinie führt.[1029] An den Stellen, an denen die Richtlinie im Zusammenhang mit Sacheinlagen von einem Mehrbetrag spricht, das ist im Rahmen der Sacheinlageprüfung in Art. 49 Abs. 2 und Art. 51 Abs. 1 lit. c), stellt sie sich den Mehrbetrag als der Höhe nach ein-

1026 S. o. S. 126 ff.

1027 Im englischen Recht wird der Erlaß einer Darlehensforderung gegen die Gesellschaft als Bareinlage qualifiziert, vgl. s. 583 (3) CA 2006.

1028 S. o. S. 125 ff.

1029 *Grundmann*, Europäisches GesR, 169 geht wie selbstverständlich von einem »vereinbarten Mehrwert« aus läßt dabei aber offen, was »vereinbart« genau meint: Nur betragsmäßig vereinbart oder auch rein gegenständlich vereinbart?

deutig bestimmte Leistungspflicht vor. Die Wertermittlung im Rahmen der Sacheinlageprüfung soll dazu dienen, den tatsächlichen Istwert der Sacheinlage mit dem Sollwert des ›Mehrbetrags‹ abzugleichen, um festzustellen, ob dieser Betrag durch den Sachwert mindestens gedeckt ist. Wird eine Überdeckung der ›Mehrbetrags‹ festgestellt, interessiert sich die Gesellschaftsrechtsrichtlinie dafür im Rahmen der Sacheinlageprüfung nicht weiter. Sie fragt allein nach einer Mindestdeckung. Die Prüfung, ob die Werte einer Sacheinlage »gegebenenfalls dem Mehrbetrag der dafür auszugebenden Aktien entsprechen«, setzt voraus, daß der Prüfmaßstab des ›Mehrbetrags‹ feststeht. Es kann nicht zuerst der Wert einer versprochenen Sacheinlage durch Sachverständige ermittelt werden und dann dieser ermittelte Wert als Prüfmaßstab für die Werthaltigkeit derselben Sacheinlage dienen.

Aus den Vorschriften, welche die Richtlinie spezifisch für das Agio erläßt, läßt sich demnach schließen, daß der ›Mehrbetrag‹ der Richtlinie ausdrücklich als solcher festgesetzt sein muß. Leistet ein Einmanngesellschafter anläßlich der Gründung oder einer Kapitalerhöhung freiwillig mehr als den ausdrücklich festgesetzten Betrag, um seiner Gesellschaft mehr Kapital zur Verfügung zu stellen, liegt darin mangels Vereinbarung mit der Gesellschaft kein ›Mehrbetrag‹ im Sinn der Gesellschaftsrechtsrichtlinie. Auch wenn eine Sacheinlage auf das gezeichnete Kapital einen höheren Wert hat als den Nominalbetrag der dafür ausgegebenen Anteile (›faktisches Agio‹), liegt darin trotz Vereinbarung über den Einlagegegenstand ohne ausdrückliche Festsetzung des geschuldeten Wertes kein ›Mehrbetrag‹ nach dem Verständnis der Richtlinie.

Solche zusätzlichen Leistungen könnten jedoch als ›Einlage‹ im Sinne der Richtlinie anzusehen sein und damit weitgehend denselben Regeln wie der ›Mehrbetrag‹ folgen, da auch bei einem ›Mehrbetrag‹ sich viele Rechtsfolgen aus dem ›Einlage‹-Charakter ergeben (dazu sogleich). Als ›Mehrbetrag‹ sind solche Mehrleistungen nicht zu qualifizieren, da die Richtlinie in den Vorschriften, die sie spezifisch für den ›Mehrbetrag‹ erläßt, voraussetzt, daß die entsprechende Leistungspflicht durch einen Geldbetrag bestimmt wird.

In welcher Form die Höhe des Mehrbetrags festgesetzt werden muß, läßt sich nicht mit Sicherheit sagen. Das deutsche Recht verlangt eine korporative Vereinbarung als Teil des Ausgabebetrags. Dadurch ist zum deutschen Recht die Frage aufgekommen, ob die Gesellschafter auf schuldrechtlicher Basis eine Zuzahlung, ein sogenanntes ›schuldrechtliches Agio‹ vereinbaren können oder ob eine solche schuldrechtliche Vereinbarung als unzulässige Umgehung der aktienrechtlichen Vorschriften über das Agio anzusehen ist.[1030] Im englischen Recht werden unter einer ›consideration‹ in erster Linie Leistungen verstanden, die der Investor mit der Gesellschaft als Vertragspartnerin im Zuge der Anteilsausgabe vereinbart.[1031] Diese Vereinbarungen der Investoren mit der Gesellschaft führen im englischen Recht zu einer gesellschaftsrechtlich geregelten

1030 Eingehend zu dieser Diskussion u. S. 867 ff.
1031 Zum englischen Recht s. u. S. 510 ff.

Schuld, für die das allgemeine Schuldrecht nur ergänzend gilt (›special debt‹), sind daher der korporativen Vereinbarung im deutschen Recht vergleichbar. Es ist jedoch nicht ausgeschlossen, daß im Einzelfall auch rein schuldrechtliche Zusatzvereinbarungen der Gesellschafter untereinander als ›consideration‹ qualifiziert werden.

Für die Gesellschaftsrechtsrichtlinie ist nicht leicht zu entscheiden, ob sie zur Festsetzung des ›Mehrbetrags‹ eine schuldrechtliche Vereinbarung der Gesellschafter mit der Gesellschaft oder auch der Gesellschafter untereinander genügen läßt, in anderen Worten ob auf Gemeinschaftsebene zwischen besonderen ›korporativen‹ und normalen ›schuldrechtlichen‹ Vereinbarungen über Gegenleistungen zu unterscheiden ist. Die Frage, welche Anforderungen an die Art der Festsetzung des ›Mehrbetrags‹ zu stellen sind, ist ihrerseits eine Teilfrage nach der Abgrenzung und der rechtlichen Behandlung von verschiedenen Formen eines ›wirtschaftlichen Agios‹ durch die Richtlinie. Ist eine rein schuldrechtlich vereinbarte Aufzahlung, die man als ›wirtschaftliches Agio‹ bezeichnen kann, auch ›Mehrbetrag‹ im Sinne der Richtlinie und daher den Richtlinienvorgaben unterworfen? Diese Frage wird letztlich nicht nach eindeutigen systematischen Kriterien zu entscheiden sein, sondern durch eine Abwägungsentscheidung, welche Finanzierungsformen unter den formalen Begriff des ›Mehrbetrags‹ subsumiert werden sollen, weil sie materiell Agio und ›Einlage‹ sind.

In die Bestimmung des unklaren Begriffs des ›Mehrbetrags‹ der Richtlinie fließen Überlegungen ein ähnlich denen, die im deutschen Aktienrecht unter dem Problem der Zulässigkeit des schuldrechtlichen Agios diskutiert werden. Um diese Abwägungsentscheidung vorbereiten zu können, ist zunächst zu klären, was die Gesellschaftsrechtsrichtlinie unter einer ›Einlage‹ versteht. Es wird sich zeigen, daß der ›Mehrbetrag‹ als Teil der ›Einlage‹ verstanden wird, der Begriff der ›Einlage‹ selbst jedoch nicht vollständig aufgeklärt werden kann, insbesondere nicht die Frage, ob die Richtlinie dem weiten Verständnis des englischen Rechts folgend jede Gegenleistung für ausgegebene Anteile als ›consideration‹ ansieht oder sich am engeren ›Einlage‹-Begriff des deutschen Rechts orientiert und eine Vereinbarung »als besondere mitgliedschaftliche Pflicht« verlangt, die auf eine formale gesellschaftsrechtliche Weise erfolgt.

b) ›Mehrbetrag‹ als ›Einlage‹

Die Gesellschaftsrechtsrichtlinie versteht den ›Mehrbetrag‹ in den kapitalaufbringungsrechtlichen Regeln, in denen sie diesen Begriff verwendet, als Teil der ›Einlage‹. Dieses Verständnis des ›Mehrbetrags‹ zeigt sich in den Artt. 49 Abs. 2, 51 Abs. 1 lit. c), 69 sowie 70 iVm 49 Abs. 2 der Gesellschaftsrechtsrichtlinie. Art. 49 der Richtlinie verpflichtet bei Sacheinlagen, die im Zuge der Gründung eingebracht werden, zu einem Sachgründungsbericht. Nach Absatz 2 der Vorschrift muß dieser Bericht darlegen, daß der Wert solcher Sacheinlagen mindestens dem entsprechenden Parwert der ausgegebenen Anteile und »gegebenenfalls dem Mehrbetrag« entspricht. Die Leistung, die von einem Gründer zur Erfüllung eines versprochenen Mehrbetrags an die Gesellschaft erbracht wird, ist nach der Konzeption des Art. 49 der Richtlinie genauso (Sach-) ›Einlage‹ wie eine Leistung zur Deckung des Parwertes und daher im Sachgründungsbericht in gleicher Weise zu behandeln.

Ebenso verlangt Art. 51 Abs. 1 lit. c) der Richtlinie im Fall einer nach Art. 50 erleichterten Sachgründung Mindestangaben dahingehend, ob der im vereinfachten Verfahren ermittelte Wert des Einlagegegenstands dem Parwert »und gegebenenfalls dem Mehrbetrag der für eine solche Sacheinlage auszugebenden Aktien entspricht«. Die Richtlinie fordert, die Erfüllung beider Leistungspflichten in gleicher Weise zu prüfen, da sie beide Leistungen in gleicher Weise als Einlage versteht. Dieselbe Vorstellung liegt Art. 70 der Richtlinie zugrunde, der in seinem Absatz 2 UA 2 für Sacheinlagen im Rahmen von Kapitalerhöhungen auf die Vorschriften der Artt. 49 ff. verweist.

Kein Grund besteht nun, dieses Verständnis des ›Mehrbetrags‹ als Teil der ›Einlage‹ auf Sacheinlagen zu begrenzen. Zwar handeln die bisher zitierten Normen alle von Sacheinlagen. Die Einlageschuld kann jedoch nach der Konzeption der Gesellschaftsrechtsrichtlinie grundsätzlich gleichwertig durch Bar- oder Sacheinlagen erfüllt werden. Deshalb ist bei Bareinlagen grundsätzlich derselbe Einlagenbegriff anzunehmen wie bei Sacheinlagen.

Art. 69 der Richtlinie bestätigt diese Auffassung. Nach Satz 1 der Vorschrift sind bei einer Kapitalerhöhung »Einlagen auf Aktien« in Höhe von 25% des Parwerts sofort aufzubringen. Satz 2 verlangt: »Ist ein Mehrbetrag vorgesehen, muß dieser in voller Höhe gezahlt werden.« Auch in diesem Fall einer Barkapitalerhöhung versteht die Richtlinie den ›Mehrbetrag‹ neben dem ›Nennbetrag‹/›rechnerischen Wert‹ der Anteile als Teil der ›Einlagen auf Aktien‹.

Dieses Verständnis vom Begriff der ›Einlage‹ liegt auch Art. 48 der Gesellschaftsrechtsrichtlinie zugrunde, der den Leistungszeitpunkt von Einlagen im Gründungsstadium regelt. Zwar scheint dessen Absatz 1 bei erstem Lesen nur von dem gezeichneten Kapital zu handeln, da er eine dem Art. 69 der Richtlinie entsprechende Teileinzahlungspflicht bei Bareinlagen in Höhe von 25% des gezeichneten Kapitals statuiert und anders als Art. 69 der Richtlinie keine ausdrückliche Regelung zu einem eventuellen Mehrbetrag enthält. Der Begriff der ›Einlage‹ könnte an dieser Stelle auf das gezeichnete Kapital beschränkt sein. Bei solchem Verständnis würde jedoch der Regelungsgehalt der Vorschrift nicht vollständig erfaßt. Indem Art. 48 Abs. 1 der Gesellschaftsrechtsrichtlinie eine sofortige Einzahlungspflicht nur hinsichtlich 25% des Nennbetrags/rechnerischen Werts der Aktien vorschreibt, regelt er im Umkehrschluß zugleich, daß hinsichtlich 75% des Nominalbetrags der Leistungszeitpunkt von der Gesellschaft und ihren Aktionären bestimmt werden kann. Dieselbe Freiheit, den Leistungszeitpunkt zu bestimmen, ermöglicht die Norm auch für einen eventuellen ›Mehrbetrag‹. Art. 48 Abs. 1 der Richtlinie regelt alle Einlagen, gerade indem er nur für einen Teil eine Einzahlungspflicht aufstellt. Man kann den Regelungsgehalt der Vorschrift deutlicher so formulieren: Von allen ›Einlagen‹ auf ausgegebene Aktien sind bei der Gründung nur 25% der ›Einlagen‹ auf das Nominalkapital sofort einzuzahlen, alle weiteren ›Einlagen‹ auf das Nominalkapital und die ›Einlagen‹ auf einen eventuell versprochenen ›Mehrbetrag‹ können von der Gesellschaft zu einem beliebigen Zeitpunkt eingefordert werden.

Ebenso wie hier versteht auch *Grundmann* den ›Mehrbetrag‹ als Teil der ›Einlage‹ im Sinne der Richtlinie. Er schreibt ausdrücklich, daß Art. 10 Abs. 2 der 2. Richtlinie (jetzt Art. 49) die Idee zugrunde liege, der ›Mehrbetrag‹ sei in gleicher Weise geschuldet wie der Nennbetrag oder rechnerische Anteilswert und daher Einlageverpflichtung. Diese Vorstellung müsse hinsichtlich Bareinlagen ebenso gelten.[1032] In der übrigen Literatur zur zweiten gesellschaftsrechtlichen Richtlinie/Gesellschaftsrechtsrichtlinie findet sich keine Auseinandersetzung mit dem Einlagebegriff.

Diese Qualifikation des Mehrbetrags als Teil der aktienrechtlichen Einlage durch die Gesellschaftsrechtsrichtlinie versteht sich nicht von selbst. Zur Zeit der Verabschiedung der Richtlinie im Jahr 1977 teilten diese Auffassung nur zwei Rechtsordnungen der damaligen Mitgliedstaaten, nämlich die Deutschlands, dessen Aktienrecht von den Gründungsmitgliedern der EWG die ausführlichsten Regelungen zum Agio enthielt und daher in weiten Teilen, nicht aber vollständig als Modell diente,[1033] und Englands, dessen Beitritt zur EWG die Verhandlungen über die damalige zweite gesellschaftsrechtliche Richtlinie stark beeinflußte[1034]. Das Verständnis dieser beider Rechtsordnungen vom Agio bzw. premium als Teil der ›Einlage‹/›consideration‹ hat offenbar die Richtlinie in diesem Punkt geprägt.

Die übrigen Mitgliedstaaten haben das Agio nicht als Einlage verstanden und daher solche Zuzahlungen nicht den denselben strengen Regeln unterworfen wie die Aufbringung des Grundkapitals.[1035] Diese abweichende Konzeption erweist den Einlagecharakter des Mehrbetrags als nicht von Sachzwängen vorgegebene, freie Entscheidung der Richtlinie. Der alternative Regelungsansatz, ein Agio nicht als Teil der Einlage zu verstehen, findet sich derzeit zum Beispiel im deutschen GmbH-Recht. Das GmbH-Recht zeigt damit ebenfalls, daß die Qualifikation des Agios als Einlage nicht zwingend aus einem allgemeinen gesellschaftsrechtlichen Einlagebegriff abgeleitet werden kann, sondern auf einer bewußten Entscheidung des Gesetzgebers beruht, für solche Zuzahlungen bestimmte Rechtsfolgen vorzusehen.

1032 *Grundmann*, Europäisches GesR, 169.

1033 Überblick über die Regelungen zum Agio in den Gründungsstaaten der EWG bei *Lutter*, Kapital in der EWG, 477 ff. Vergleicht man diese Übersicht mit den Regelungen der zweiten Richtlinie wird der Modellcharakter des deutschen Aktienrechts sogleich deutlich. Zudem zeigt sich, daß die übrigen Mitgliedstaaten das Agio nicht ebenso wie das gezeichnete Kapital als Einlage mit den entsprechenden Rechtsfolgen verstanden haben.

1034 Zu den langwierigen Verhandlungen nach dem Beitritt Großbritanniens *Habersack/Verse*, Europäisches GesR, 218.

1035 Vgl. den Überblick über die Regelungen zum Agio in den Gründungsstaaten der EWG bei *Lutter*, Kapital in der EWG, 477 ff.

c) Präzise Wortwahl

Die vorangegangene Auslegung des Begriffs ›Mehrbetrag‹ als Teil der ›Einlage‹ vertraut in die bewußte Wortwahl in den herangezogenen Artikeln der Gesellschaftsrechtsrichtlinie. Dieses Vertrauen wird durch die präzise Verwendung des Begriffs ›gezeichnetes Kapital‹ im Gegensatz zum Begriff ›Einlage‹ in anderen Artikeln bestärkt. Diese Vorschriften sprechen nicht von ›Einlagen‹, da dieser Begriff nach dem Verständnis der zweiten Richtlinie weiter gefaßt ist und den ›Mehrbetrag‹ mitumfaßt.

So verpflichtet Art. 4 lit. g) der Richtlinie zur Offenlegung des »eingezahlten Betrags des gezeichneten Kapitals« bei der Gründung der Gesellschaft. Die hier vorausgesetzte Möglichkeit einer Teileinzahlung des gezeichneten Kapitals ergibt sich im Gründungszeitpunkt aus Art. 48 der Richtlinie. In diesem Artikel 48 regelt die Richtlinie für den Gründungszeitpunkt die erforderliche Mindestleistung nur für den Nennbetrag/rechnerischen Wert der Anteile als einer Form der ›Einlagen‹. Art. 4 lit. g) der Richtlinie nimmt mit dem Begriff ›gezeichnetes Kapital‹ auf diese Form der ›Einlage‹ Bezug. Diese Wortwahl bestärkt die Vermutung, daß die Begriffe ›Einlage‹ und ›gezeichnetes Kapital‹ nicht deckungsgleich sind, denn meinte der Begriff ›Einlage‹ in Art. 48 Abs. 1 der Gesellschaftsrechtsrichtlinie ohnehin nur das zur Erfüllung des Parwerts Geleistete, könnte der darauf sich beziehende Art. 4 lit. g) der Richtlinie statt ›gezeichnetes Kapital‹ auch schlicht ›Einlage‹ schreiben.

Ebenso deutet die Formulierung der Anforderungen an die Sacheinlagefähigkeit für ›gezeichnetes Kapital‹ in Art. 46 der Richtlinie auf einen sachlichen Unterschied von ›Einlage‹ und ›gezeichnetem Kapital‹. Andernfalls hätte in dieser Vorschrift die Verwendung des Begriffs ›Einlage‹ näher gelegen. Das deutsche Aktienrecht, das hinsichtlich der ›Einlagefähigkeit‹ nicht zwischen Grundkapitaleinlage und Agioeinlage differenziert, verwendet bei der Umsetzung von Art. 46 der Gesellschaftsrechtsrichtlinie in § 56 Abs. 2 AktG den Begriff Sach-›Einlagen‹.

Die gleiche Überlegung kann man bei Art. 56 Abs. 1 der Richtlinie anstellen, der die Ausschüttungssperre auf das »gezeichnete Kapital zuzüglich der Rücklagen (…)« bezieht. Würde die Richtlinie die Begriffe ›Einlage‹ und ›gezeichnetes Kapital‹ gleichsetzen und nicht zwischen dem ›gezeichneten Kapital‹ und dem ›Mehrbetrag‹ als verschiedenen Formen von ›Einlagen‹ differenzieren, läge in all diesen Vorschriften die Verwendung des Begriffs ›Einlage‹ nahe.

d) Das ›gezeichnete Kapital‹ im Unterschied zum ›Mehrbetrag‹

Die präzise Verwendung des Begriffs ›gezeichnetes Kapital‹ in der Richtlinie im Unterschied zum Begriff der ›Einlage‹ bestätigt das Verständnis vom ›Mehrbetrag‹ als Teil der ›Einlage‹ im Sinne der Richtlinie. Daher lohnt eine genaue Bestimmung des Begriffs ›gezeichnetes Kapital‹ an dieser Stelle.

Das ›gezeichnete Kapital‹ im Sinne der Richtlinie ist gleichbedeutend mit dem ›Grundkapital‹ des deutschen Aktienrechts. Eine ausdrückliche Definition des Begriffs ›gezeichnetes Kapital‹ findet sich innerhalb der Gesellschaftsrechtsrichtlinie ebenso wenig wie eine Definition der Begriffe ›Mehrbetrag‹ und ›Einlage‹. Die Materialien sind ebenfalls unergiebig. Soweit ersichtlich findet sich eine ausgearbeitete Definition dieses Kernbegriffs der Richtlinie in der Literatur nur bei *Grundmann*. Hier erfährt man: »Die Einlageverpflichtung (Schuld) muss den Nennbetrag oder rechnerischen Wert nominal zumindest erreichen (Art. 8 Abs. 1 [jetzt Art. 47], Verbot der Unterpariemission) (…) Hierbei handelt es sich um das gezeichnete Kapital.«[1036]

Demnach ist das ›gezeichnete Kapital‹ als die Einlageverpflichtung zur Erfüllung des Parwerts der Anteile zu verstehen, entspricht also dem deutschen aktienrechtlichen Grundkapital. Bei der Besprechung der Nachgründungsvorschriften der Richtlinie macht *Grundmann* ausdrücklich klar, daß ein eventuelles Agio bei der Bestimmung der 10%-Prozentgrenze nicht zu berücksichtigen sei und das ›gezeichnete Kapital‹ des Art. 52 (damals Art. 11) der Richtlinie dem deutschen Grundkapital entspreche. Andernfalls würde nämlich der Schutz der Nachgründungsvorschriften geschwächt, erhöhte man die Begrenzung der 10%-Schwelle durch Einrechnung eines Agios.[1037]

Dieses Verständnis des ›gezeichneten Kapitals‹ im Sinne der Richtlinie liegt auch anderen Literaturbeiträgen zugrunde, die keine Definition der Rechtsbegriffe ›Einlage‹, ›gezeichnetes Kapital‹ und ›Mehrbetrag‹ vornehmen. Man kann deren Begriffsverständnis insbesondere aus den Abhandlungen zur Nachgründung und zur Einberufung einer Hauptversammlung bei schweren Verlusten erschließen. So unterscheidet zum Beispiel der *Rickford*-Report »›subscribed capital‹ on the one hand and ›premiums‹ on the other« und verweist dafür auf Ex-Art. 26 (heute Art. 69) der Kapitalrichtlinie, in welcher Bestimmung über die Einlageleistung bei Kapitalerhöhungen das ›gezeichnete Kapital‹ dem ›Mehrbetrag‹ gedanklich gegenübergestellt wird.[1038] Auf Grundlage dieses Verständnisses wird der englischen Umsetzung von Ex-Art. 17 (jetzt Art. 58) der Richtlinie zugestimmt, demnach bei »schweren Verlusten des gezeichneten Kapitals« eine Hauptversammlung einzuberufen ist, wobei der ›share premium account‹ nicht berücksichtigt wird.[1039]

In der deutschen Literatur wird die Umsetzung der Nachgründungsvorschriften des Art. 52 (in § 52 AktG) und der Pflicht zur Einberufung einer Hauptversammlung bei schweren Verlusten aus Art. 58 (in § 92 AktG) ebenfalls nicht kritisiert. Das Aktiengesetz legt in diesen Vorschriften das ›Grundkapital‹ als maßgeblichen Referenzwert fest. Demnach muß das ›gezeichnete Kapital‹ der Richtlinie mit dem deutschen ›Grundkapital‹ übereinstimmen.[1040]

1036 *Grundmann*, Europäisches GesR, 169.
1037 *Grundmann*, Europäisches GesR, 174 Fn. 70.
1038 *Rickford*-Report, 940.
1039 *Rickford*-Report, 940 mit Fn. 67.
1040 Vgl. *Habersack/Verse*, Europäisches GesR, 234 ff. und 246 f., sowie *L/B/S*, Europ. Unternehmens- und Kapitalmarktrecht, 542 (zum Nachgründungsrecht).

Dieses Verständnis von der Identität des ›gezeichneten Kapitals‹ mit den erbrachten Leistungen zur Erfüllung des Parwerts der Anteile im Unterschied zu den Leistungen zur Erfüllung eines eventuellen ›Mehrwerts‹ korrespondiert auch mit dem Sprachgebrauch der vierten Richtlinie, der Bilanzrichtlinie, die in ihren Artikeln 9 und 10 einen separaten Ausweis des gezeichneten Kapitals und eines eventuellen Agios verlangt.[1041] Der Sprachgebrauch in einem anderen Normkontext bietet zwar keinen strengen Beweis für die Bedeutung an anderer Stelle, doch immerhin bestärkt die Bilanzrichtlinie die hier vorgenommene Auslegung der Gesellschaftsrechtsrichtlinie indiziell und ermöglicht ein valides Plausibilitätsargument. Da die hier gewonnenen Erkenntnisse zum Begriff des ›gezeichneten Kapitals‹ in der zweiten Richtlinie zudem mit dem allgemeinen juristischen Sprachgebrauch übereinstimmen, kann dieses Begriffsverständnis als gesichert gelten.

2. Die ›Einlage‹ im Sinne der Gesellschaftsrechtsrichtlinie

a) Die Problematik des Einlagebegriffs in der Richtlinie

aa) Kernbereich des Einlagebegriffs: ›gezeichnetes Kapital‹ und ›Mehrbetrag‹

Aus dem oben Gesagten ergibt sich recht klar: ›Einlage‹/›consideration‹ im Sinne der Gesellschaftsrechtsrichtlinie ist jedenfalls eine Leistung des Investors an die Gesellschaft, mit der eine Schuld getilgt werden soll, die bei der Ausgabe junger Anteile begründet wurde und die durch den Betrag entweder des gezeichneten Kapitals oder des Mehrbetrags der Höhe nach bestimmt ist.

bb) Erkenntnisse aus dem Streit um die Bestimmung des Sacheinlagebegriffs

Solche Einlagen können in Form von Bareinlagen oder Sacheinlagen getätigt werden (vgl. nur Art. 48 der Richtlinie). Die Gesellschaftsrechtsrichtlinie spricht nicht von Sacheinlagen, sondern regelmäßig von »Einlagen, die nicht Bareinlagen sind«. Beide Begriffe sind in der Richtlinie bedauerlicherweise ebenfalls nicht definiert, so daß derzeit insbesondere unsicher ist, ob eine fällige und liquide Forderung nach deutschem Verständnis als Sacheinlage anzusehen ist oder nach dem Verständnis in England und anderen Mitgliedstaaten als Bareinlage.[1042]

1041 So auch *Rickford*-Report, 939 f.

1042 Überblick über den Streitstand bei *Habersack/Verse*, Europäisches GesR, 232 Fn. 76. Die Ausführungen im Text zur einheitlichen Bestimmung des Bareinlagebegriffs auf Gemeinschaftsebene lassen aber z.B. auch fraglich erscheinen, ob die Begrenzung des Bareinlagebegriffs im deutschen Aktienrecht auf gesetzliche Zahlungsmittel in Deutschland (dazu *Hüffer/Koch* AktG § 54, Rz. 13) mit dem Bareinlagebegriff der Richtlinie vereinbar ist. Auf Gemeinschaftsebene wird man davon ausgehen müssen, daß jedenfalls alle Währungen der Mitgliedstaaten für Bareinlagen

In der Rechtssache Meilicke hat der Europäische Gerichtshof die Gelegenheit verstreichen lassen, die Kernbegriffe der damaligen Kapitalrichtlinie zu definieren, da nach seiner Auffassung die Vorlagefrage hypothetischer Natur war.[1043] Mit der Abgrenzung von Bar- und Sacheinlage setzt sich Generalanwalt *Tesauro* in seinen Schlußanträgen für dieses Verfahren auseinander.[1044] Er plädiert für die Einordnung von fälligen und liquiden Forderungen gegen die Gesellschaft als Bareinlagen und stützt sich auf zwei Argumente. Erstens vergleicht er die Rechtsordnungen der damaligen Mitgliedstaaten und stellt fest, daß in den meisten Jurisdiktionen Forderungen gegen die Gesellschaft entweder als Bareinlagen eingebracht werden oder (im Ergebnis gleichwertig) eine Aufrechnung gegen Bareinlageforderungen zugelassen wird. Zweitens argumentiert er teleologisch, daß bei einem solchen debt-equity-swap sowohl aus der Perspektive der übrigen Gesellschafter wie aus der Perspektive der Gläubiger die eingebrachte Forderung des Gesellschafters stets als werthaltig anzusehen sei und daher auf die Werthaltigkeitsprüfung verzichtet werden könne, welche die Richtlinie für Sacheinlagen vorsieht. *Tesauros* Definitionsversuch setzt ebenso wie ähnliche Bemühungen in der Literatur das Verständnis vom übergeordneten Begriff der ›Einlage‹ voraus. Es wird nur die Unterteilung von ›Einlagen‹ in Bar- oder Sacheinlagen in den Blick genommen. Die allgemeinere Frage, welche Finanzierungsleistungen überhaupt als ›Einlage‹ zu qualifizieren sind, wird nicht gestellt.

Wichtiger als diese umstrittene[1045] Ansicht zur Abgrenzung von Bar- und Sacheinlage ist daher für die allgemeine Definition des ›Einlage‹-Begriffs der Richtlinie eine Feststellung *Tesauros,* die erforderliche europarechtlich autonome Auslegung der Begriffe Bar- und Sacheinlage dürfe den Mitgliedstaaten keine Spielräume mehr lassen. Seiner Ansicht nach sind diese beiden Begriffe auf Gemeinschaftsebene abschließend zu definieren, da die Mitgliedstaaten andernfalls den tatsächlichen Anwendungsbereich der Richtlinienvorschriften selbst bestimmen könnten. Könnten die Mitgliedstaaten den Anwendungsbereich der Bar- und Sacheinlagevorschriften selbst bestimmen, würde nicht ein-

infrage kommen. Wenn die Richtlinie den Bareinlagebegriff abschließend vorgibt, kann man folgern, daß alle Mitgliedstaaten die Währungen aller anderen Mitgliedstaaten als Bareinlage akzeptieren müssen. Wenig stimmig erscheint es jedenfalls, zwar Zahlungen auf ausländische Konten in ausländischer Währung zu akzeptieren, bei Zahlungen auf inländische Konten in Deutschland jedoch auf das gesetzliche Zahlungsmittel Euro abzustellen, was teilweise vertreten wird (wie hier allerdings *Hüffer/Koch*, AktG § 54 Rz. 16 m.w.N.). Wenn man nun aber Giralgeld in ausländischer Währung akzeptiert, kann es nicht überzeugen, Bargeld nur in Euro-Währung zuzulassen. S. auch unten zum Befreiungsverbot des Art. 53 der Richtlinie und der Problematik von Leistungen an Erfüllungs statt.

1043 EuGH Urt. v. 16.7.1992, Rs. C-83/91, Slg. 1992, I-4919.

1044 GA *Tesauro* Schlußantrag in Rs. C-83/91, Slg. 1992, I-4897, 4909 ff.

1045 A.A. z.B. *Drinkhut*, Die Kapitalrichtlinie, 156 ff., weitere Nachweise bei *Habersack/Verse*, Europäisches GesR, 232 Fn. 76.

mal ein Mindestmaß gleichwertiger Schutzverhältnisse für Gläubiger und Mitgesellschafter erreicht.[1046]

Was man als ausreichendes Mindestmaß ansieht, ist stets von eigenen Wertungen abhängig und daher wie jeder Wertungsbegriff notwendig streitbefangen. Ob eine abweichende Bestimmung auf nationaler Ebene die Richtlinienvorgaben nur modifiziert und ergänzt oder schon stört, ist selten eindeutig zu bestimmen. Für die Definition der Begriffe ›Bareinlage‹ und ›Sacheinlage‹ weist Generalanwalt *Tesauro* darauf hin, daß die Begriffe sich gegenseitig ausschließen. Die Abgrenzung der beiden Begriffe voneinander entscheidet bei Kapitalerhöhungen darüber, ob den Altaktionären eine Bezugsrecht zu gewähren ist nach Art. 33 (jetzt Art. 72) der Richtlinie oder ob eine Sacheinlageprüfung nach Art. 31 Abs. 2 (jetzt Art. 70) erforderlich ist; damit entscheidet die Abgrenzung der Begriffe darüber, ob mehr Gewicht auf den Aktionärsschutz oder auf den Gläubigerschutz gelegt wird. Diese Ausbalancierung gegenläufiger Schutzinteressen muß nach Ansicht *Tesauros* durch die Richtlinie selbst erfolgen, da andernfalls die möglichen Unterschiede in den Mitgliedstaaten so groß seien, daß keine ausreichende Einheitlichkeit mehr gewährleistet sei.[1047]

Stimmt man dieser Überlegung zu, dann muß auch die Definition des allgemeinen Begriffs der ›Einlage‹ abschließend auf Gemeinschaftsebene erfolgen, soweit nur durch eine abschließende Begriffsbestimmung ein Mindestmaß an Rechtsangleichung erreicht werden kann.

cc) ›Einlage‹ als Gegenleistung für junge Aktien

Allgemein stellt sich die Gesellschaftsrechtsrichtlinie eine ›Einlage‹ als Gegenleistung für junge Aktien vor. Dieses Verständnis wird insbesondere in Art. 4 lit. h) deutlich, dessen Wortlaut »... Aktien, die als Gegenleistung für

1046 GA *Tesauro* Schlußantrag in Rs. C-83/91, Slg. 1992, I-4897, 4908 f.

1047 Man könnte diese Abwägung damit angreifen wollen, daß die meisten Finanzierungsleistungen unschwer als Bar- oder als Sacheinlage zu qualifizieren sind. Ein Mindestmaß an Einheitlichkeit, kann man annehmen, werde schon durch Übereinstimmung in diesem Kernbereich der Begriffe erreicht. Ein Definitionsermessen am Rande der Wortbedeutung störe zwar die Einheitlichkeit der Regelungen in Europa, jedoch würde immer noch ein Mindestmaß an Einheitlichkeit erreicht. Der Begriff des ›Mindestmaßes‹ ist eben ein Wertungsbegriff und daher verschiedenen Schwerpunktsetzungen zugänglich. Allerdings stimmte diese Argumentation nicht recht zur Rolle des Europäischen Gerichtshofs, der für die einheitliche Auslegung des Europarechts sorgen soll (Art. 267 AEUV). Das hier vorgetragene Argument, in den Randbereichen der Wortbedeutung seien verschiedene nationale Verständnisse zuzulassen, hätte nämlich zur Folge, daß bei allen Richtlinienvorgaben verschiedene Auslegungen des Europarechts durch nationale Gerichte möglich sein müßten, soweit immer ein Kernbereich eines gemeinsamen Begriffsverständnis gesichert wäre. Damit wäre die Rolle des Europäischen Gerichtshofs als einheitliche Auslegungsinstanz für das europäische Recht stark entwertet.

eine Einlage ausgegeben werden (…)« die Gegenleistungsbeziehung von ausgegebener Aktie und dafür geleisteter Einlage deutlich werden läßt. In dieselbe Richtung weisen auch der Wortlaut von Art. 48 Abs. 1 (»Einlagen auf ausgegebene Aktien«) und von Art. 69 (»Einlagen auf Aktien«).

Der in der englischen Sprachfassung der Richtlinie verwandte Begriff ›consideration‹ meint im Rahmen des englischen Gesellschaftsrechts üblicherweise ebenfalls eine Gegenleistung für junge Anteile. Dem Begriff der Gegenleistung liegt die Vorstellung zugrunde, daß sie aufgrund eines Vertrags oder hier auch aufgrund gesellschaftsrechtlicher Festsetzungen, die der Zeichner akzeptiert, rechtlich verbindlich geschuldet wird. Man kann daher annehmen, daß rein freiwillige Leistungen eines Alleingesellschafters an seine Gesellschaft nicht als ›Einlage‹ im Sinne der Richtlinie anzusehen sind, selbst wenn sie im zeitlichen Zusammenhang mit einer Anteilsausgabe erfolgen.

Nur als Entgelt für neu ausgegebene Anteile erbrachte Leistungen sind ›Einlagen‹ im Sinne der Richtlinie und unterfallen den Kapitalschutzbestimmungen, insbesondere den Artt. 46, 48, 49, 53, 56, 69 und 70 der Richtlinie, nicht jedoch alle ›wirtschaftlichen Einlagen‹. Die Leistungen, mit denen das gezeichnete Kapital oder der bezifferte Mehrbetrag aufgebracht werden sollen, sind solche Gegenleistungen.

dd) Jede Gegenleistung auch ›Einlage‹?

Wenn nun immerhin angenommen werden kann, daß nicht jede ›materielle Einlage‹ als ›Einlage‹ im Sinne der Richtlinie anzusehen ist, sondern nur eine Entgeltleistung für die Ausgabe junger Anteile, so bleibt doch weiterhin unklar, ob jede Gegenleistung, die anläßlich einer Anteilsausgabe an die Gesellschaft zu zahlen ist, ›Einlage‹ im Sinne der Richtlinie ist oder ob neben den besonders geregelten ›Einlage‹-Leistungen noch weitere Finanzierungsleistungen an die Gesellschaft möglich sein sollen. Folgende Fallgruppen sind zu unterscheiden:

(1) Faktisches Agio bei unteilbaren Sacheinlagen

Zum einen ist an Sacheinlagen in Form eines unteilbaren Gegenstands zu denken, dessen Wert den festgesetzten Referenzwert (gezeichnetes Kapital oder Mehrbetrag) übersteigt. Da der Wert des Gegenstands entsprechend den getroffenen Vereinbarungen dazu dient, das der Höhe nach eindeutig bestimmte Kapital aufzubringen, bildet der Gegenstand als solcher eine Sach-›Einlage‹. Man könnte jedoch der Höhe nach differenzieren und nur insoweit von einer ›Einlage‹ sprechen, als der Wert des Gegenstands den Referenzwert abdecken soll. Der faktische Mehrwert des Einlagegegenstands, das ›faktische Agio‹, muß nicht zwingend den ›Einlage‹-Vorschriften der Richtlinie unterworfen werden.

Wenn man bei unteilbaren Sacheinlagen der Höhe nach differenziert, kann dies im Rahmen des Erlaßverbots aus Art. 53 der Richtlinie einen Unterschied machen, falls der versprochene Gegenstand vor seiner Einbringung untergegangen ist oder an Wert verloren hat. Wenn der richtlinienrechtliche Einlagebegriff den vollen Wert des versprochenen Gegenstands (zu einem näher zu bestimmenden Zeitpunkt) umfaßt, muß im Fall eines Wertverlusts eventuell ein Ausgleich erfolgen, um nicht gegen Art. 53 der Richtlinie zu verstoßen. Ist der geschuldete Gegenstand untergegangen, muß der Gegenstand einer Ersatzlieferung nicht nur dieselbe Funktion erfüllen können, sondern auch (mindestens) denselben Wert verkörpern. Betrifft das Erlaßverbot hinsichtlich der Einlageleistung wertmäßig nur den eindeutig festgesetzten Referenzwert, sind Ersatzlieferungen leichter möglich.

(2) Unbezifferte Sachleistungen ohne Anrechnung auf ›gezeichnetes Kapital‹ und ›Mehrbetrag‹

Sehr ähnlich zu dieser ersten Fallgruppe sind Fälle, in denen das gezeichnete Kapital (eventuell zuzüglich eines ›Mehrbetrags‹) durch eine vereinbarte Gegenleistung problemlos abgedeckt ist (z.B. durch eine Bareinlage oder eine werthaltige Sacheinlage) und zusätzlich weitere (teilbare) Sachleistungen vereinbart werden, hinsichtlich derer keine Wertvereinbarung getroffen wird. Diese zusätzlichen Leistungen können auf die gleiche Weise versprochen werden, wie die Einlagen auf das gezeichnete Kapital, d.h. beispielsweise in Deutschland durch eine Satzungsbestimmung, in England durch eine Vereinbarung mit der Gesellschaft.

Ob solche zusätzlichen unbezifferten Sachleistungen als ›Einlagen‹ im Sinne der Richtlinie anzusehen sind, entscheidet über den Anwendungsbereich aller Vorschriften zu Sacheinlagen, in denen das Tatbestandsmerkmal der ›Einlage‹ maßgeblich ist. Soll die Höchstfrist von fünf Jahren für die Fälligkeit von Sacheinlagen aus Art. 48 Abs. 2 und Art. 70 Abs. 1 der Richtlinie auch für solche Zusatzleistungen gelten? Sind solche Zusatzleistungen einer Sacheinlageprüfung nach Artt. 49/70 der Richtlinie zu unterziehen, obwohl die dort vorgesehene Wertdeckungsprüfung mangels Referenzwert nicht möglich ist? Werden solche Zusatzleistungen vom Erlaßverbot des Art. 53 der Richtlinie erfaßt?

(3) Ausdrückliche Vereinbarung als Nicht-Einlage

In der dritten und letzten Fallgruppe tritt das Kernproblem am deutlichsten hervor. Sie umfaßt Fälle, in denen anläßlich einer Anteilsausgabe eine Finanzierungsleistung vereinbart wird und dies ausdrücklich als Nicht-Einlage. Eine solche Vereinbarung kann als gesellschaftsrechtliche Nebenleistung im Gegensatz zur ›Einlage‹-Hauptleistung erfolgen, wenn das nationale Recht diese Möglichkeit vorsieht, wie z.B. das deutsche Aktienrecht in § 55 AktG für wiederkehrende Sach- und Dienstleistungen. In Betracht kommt auch eine schuldrechtliche Vereinbarung mit der Gesellschaft, wenn das nationale Recht solche Vereinbarungen kennt und für sie andere Rechtsfolgen vorsieht als für korporative Vereinbarungen über ›Einlagen‹, z.B. keinen Übergang der Verpflichtung mit der Mitgliedschaft anordnet. Im deutschen Aktienrecht besteht diese Möglichkeit grundsätzlich, im englischen Gesellschaftsrecht nicht.

Unter diese Fallgruppe fallen auch Vereinbarungen der Gesellschafter untereinander ohne Beteiligung der Gesellschaft (bei denen man noch danach differenzieren mag, ob die Gesellschaft durch die Vereinbarung selbst forderungsberechtigt wird oder nicht). Durch rein schuldrechtliche Vereinbarungen könnten auch Barleistungen außerhalb der Einlageregelungen abgewickelt werden, die nur durch die Höhe des Forderungsbetrags bestimmt werden können und daher im Fall einer gesellschaftsrechtlichen Festlegung jedenfalls zu einem ›Mehrbetrag‹ führen würden. Dadurch könnte gegebenenfalls die gemäß Art. 69 S. 2 der Richtlinie gebotene sofortige Einzahlung des ›Mehrbetrags‹ bei Kapitalerhöhungen vermieden werden.

Wirtschaftlich betrachtet können all diese Finanzierungsleistungen ein Entgelt für die neu ausgegebenen Anteile darstellen. Die entscheidende Frage für die Bestimmung des Einlagebegriffs lautet also, ob allein die wirtschaftliche Funktion einer Leistung, Entgelt für junge Anteile zu sein, maßgeblich sein soll oder ob irgendein formales Kriterium zu fordern ist und wenn ja, welches formale Kriterium. Soll es auf eine Vereinbarung mit der Gesellschaft ankommen, so daß Vereinbarungen der Gesellschafter untereinander außerhalb der Richtlinienvorgaben möglich sind? Dann stünde den Gesellschaftern von geschlossenen Gesellschaften ein großer Gestaltungsspielraum offen, da sich solche Vereinbarungen bei einem kleinen Gesellschafterkreis regelmäßig bewerkstelligen lassen dürften.

Dabei ist zu beachten, daß im Gründungsstadium die meisten Gesellschaften ihren Gesellschafterkreis noch leicht überblicken können. Letztlich würde der Gestaltungsspielraum vor allem bei Kapitalerhöhungen von Gesellschaften eingeschränkt, deren Anteile zu diesem Zeitpunkt breiter gestreut sind. Oder soll es auf die Art der Vereinbarung mit der Gesellschaft ankommen, ob die Leistung des Gesellschafters »als Einlage« geschuldet sein soll oder »als andere (schuldrechtliche oder Neben-) Leistung«? In diesem Fall würde selbst Gesellschaften mit breit gestreuten Anteilen ein großer Gestaltungsspielraum eröffnet. Je spezifischer das geforderte formale Kriterium ausfällt, desto größer wird der Gestaltungsspielraum für die Gesellschaft und die Investoren.

(4) Ziele der Gesellschaftsrechtsrichtlinie als entscheidendes Kriterium

Die Bewertung der Fallgruppen wird man nicht unabhängig voneinander vornehmen. Wer nicht einmal den tatsächlichen Mehrwert eines unteilbaren Sacheinlagegegenstands den Einlageregeln unterwerfen will, wird tendenziell auch unbewertete Sachleistungen von den Einlagevorschriften ausnehmen und in der Folge dazu neigen, auch Vereinbarungen über Nicht-Einlagen zuzulassen. Wer sich an der Entgeltfunktion der versprochenen Leistung orientiert, wird bei unteilbaren Sacheinlagen nicht danach differenzieren, ob die Gesellschafter den Wert, den sie der Einlage tatsächlich zuschreiben, auch formal als freiwillig erhöhtes gezeichnetes Kapital oder als Mehrbetrag ausweisen.

Wie man sich in dieser Sache entscheidet, hängt davon ab, ob man den Gesellschaften und ihren Gesellschaftern die Möglichkeit einräumen will, jenseits der Anforderungen an das Mindestkapital aus Art. 45 Abs. 1 der Gesellschaftsrechtsrichtlinie selbst zu entscheiden, ob sie eine Gegenleistung für ausgegebene Anteile den Einlageregeln unterwerfen wollen, indem sie eine bestimmte Art der Vereinbarung wählen oder freiwillig ein erhöhtes gezeichnetes Kapital festsetzen oder einen ›Mehrbetrag‹ festschreiben.

Die Antwort auf diese Frage hängt wiederum davon ab, ob die Ziele der Gesellschaftsrechtsrichtlinie auch mit einem engen Einlagebegriff und großer Gestaltungsfreiheit der Gesellschaften erreicht werden können oder nur bei einem weiten Einlagebegriff. Der dritte Erwägungsgrund der Richtlinie gibt als Grund für die Koordinierung der einzelstaatlichen Vorschriften an, »beim Schutz der Aktionäre einerseits und der Gläubiger der Gesellschaft andererseits ein Mindestmaß an Gleichwertigkeit« sicherstellen zu wollen. Ob der Schutz der Gläubiger und der Mitgesellschafter einen engen oder einen weiten Einlagebegriff erfordert, wird sich letztlich am Schutzzweck der konkreten Normen entscheiden, in denen der Begriff ›Einlage‹/›consideration‹ das maßgebliche Tatbestandsmerkmal abgibt. Einige allgemeine Überlegungen, die für die Erörterung aller Kapitalschutznormen der Richtlinie von Bedeutung sind, lassen sich jedoch vor die Klammer ziehen.

b) Argumente für einen weiten und für einen engen Einlagebegriff

aa) Gläubigerschutz-Argument

Um einen weiten Einlagebegriff der Richtlinie zu begründen, kann man zunächst daran denken, daß wohl nicht die Gesellschafter über die Reichweite der Kapitalschutzvorschriften und damit den Umfang des Gläubigerschutzes entscheiden sollen, nur indem sie freiwillig eine besondere (korporative) Form der Vereinbarung wählen oder einen Referenzwert förmlich festsetzen. Eine solch große Gestaltungsfreiheit der Gesellschafter birgt die Gefahr, daß der durch die Richtlinie bezweckte Gläubigerschutz ausgehöhlt wird. Im englischen Recht wird die weitgehende Gleichbehandlung von share capital und share premium eben damit begründet, daß die Höhe des Haftungsfonds, der den Gläubigern vorbehalten werden soll, nicht von einer Entscheidung der Gesellschafter über die Art der Gegenleistung abhängen soll.

Bei der teleologischen Bestimmung des Einlagebegriffs der Richtlinie kann dem Gläubigerschutzargument nicht dasselbe Gewicht zukommen wie auf nationaler Ebene. Der dritte Erwägungsgrund der Gesellschaftsrechtsrichtlinie nennt zwar Gläubigerschutz und Aktionärsschutz als gleichwertige Ziele. Bei der Besprechung der einzelnen Kapitalschutzvorschriften wird sich jedoch zeigen, daß die Richtlinie viele Vorgaben auf das gezeichnete Kapital und damit auf eine besondere Form von ›Einlagen‹ beschränkt. Insbesondere verlangt die Richtlinie in Art. 56 keinen Kapitalerhalt, der über das gezeichnete Kapital hinausgeht.

Die Höhe des Haftungsfonds der Gesellschaft ist auf Gemeinschaftsebene tatsächlich weitgehend in das Belieben der Gesellschafter gestellt. Diese können über die zwingend vorzuhaltende Haftungsmasse jedenfalls insoweit bestimmen, als sie entweder das gezeichnete Kapital freiwillig höher ansetzen können als das Mindestkapital des Art. 6 oder einen nicht ausschüttungsgesperrten ›Mehrbetrag‹ vereinbaren können. Dem ›Mehrbetrag‹ und, wenn man so will, den weiteren ›Einlagen‹ mißt die Richtlinie lediglich mit Blick auf das Verhältnis der Gesellschafter untereinander Bedeutung zu. Typischerweise wird ein Agio bei einer Kapitalerhöhung allein im Interesse der Altgesellschafter vereinbart, um die thesaurierten Gewinne auszugleichen und so eine Wertverwässerung der Altanteile zu verhindern.

Das gewünschte Mindestmaß eines gleichwertigen Gläubigerschutzes strebt die Gesellschaftsrechtsrichtlinie in erster Linie dadurch an, daß sie für das gezeichnete Kapital einen Mindestbetrag vorgibt und diesbezüglich bestimmte Kapitalschutzvorgaben macht. Einen höheren Standard des Gläubigerschutzes können die Mitgliedstaaten durch eine zulässige Erhöhung des nationalen Mindestkapitals erreichen. Die Gesellschaft selbst kann freiwillig ein höheres gezeichnetes Kapital ausweisen. Über den ›Einlage‹-Begriff der Richtlinie läßt sich ein höherer Standard des Gläubigerschutzes nicht erreichen, da das wichtigste Gläubigerschutzmodul, die Vorhaltung eines Haftungsfonds, dadurch nicht beeinflußt werden kann.

bb) Mitgesellschafterschutz-Argument

Für die teleologische Bestimmung des ›Einlage‹-Begriffs der Richtlinie ist der Schutz der Aktionäre wichtiger als der Gläubigerschutz, soweit ›Einlagen‹ in Rede stehen, die über das gezeichnete Kapital hinausgehen. Für einen weiten Einlagebegriff, der auch schuldrechtlich vereinbarte Gegenleistungen erfaßt, kann man anführen, auch diese Zuzahlungen stellten wirtschaftlich betrachtet ein Entgelt für die ausgegebenen Anteile dar, an dessen vollständiger Aufbringung die Mitgesellschafter ein Interesse haben.[1048] Der Schutz vor Verwässerung der Anteile müsse daher alle Entgeltleistungen erfassen, um die Ausgabe von Anteilen zu einem insgesamt fairen Preis sicherzustellen.

Im Grundsatz ist gegen diese Überlegung nichts einzuwenden. Die Frage ist allerdings, wie die Ausgestaltung des gewünschten Verwässerungsschutzes im Detail aussehen soll. Die Vereinbarung eines »fairen Entgelts« für ausgegebene Anteile ist bei der Gründung Aufgabe der Gründer, später Aufgabe der Organe

1048 Vergleichbar argumentiert *Herchen*, Agio, 279 ff. im deutschen Recht für die Unzulässigkeit schuldrechtlich vereinbarter Zuzahlungen. Zu der Frage, ob die damalige Kapitalrichtlinie in diese Richtung zu verstehen sei und eine entsprechende Vorgabe für das nationale Recht enthält, bezieht Herchen keine Stellung. Das von ihr angeführte Entgelt-Argument läßt sich jedoch auf die europarechtliche Ebene übertragen.

der Gesellschaft. Selbst bei einer späteren Kapitalerhöhung kommt den Gesellschaftern eine bedeutende Rolle zu, da diese gemäß Art. 68 der Richtlinie durch eine Satzungsbestimmung oder Beschlußfassung jede Kapitalerhöhung genehmigen müssen. Es geht also darum, inwiefern man die Möglichkeit der Gesellschafter, selbst durch entsprechende Beschlußfassung eine ausgewogene Gegenleistung sicherzustellen, durch gesetzliche Kapitalschutzbestimmungen ergänzt.

Dabei muß man verschiedene Kapitalmaßnahmen ebenso unterscheiden wie die versprochenen Leistungen und die einzelnen Schutzmodule des Kapitalschutzes der Richtlinie. Im Gründungsstadium hängt die Errichtung der Gesellschaft von der Zustimmung aller Gründer ab, so daß diese nicht schutzbedürftig sind. Sie können ihre Zustimmung von bestimmten Informationen und Vereinbarungen über die jeweils geschuldete Gegenleistung abhängig machen. Bei der Beschlußfassung über eine Kapitalerhöhung sind vor allem die Minderheitsaktionäre gegenüber der Mehrheit schutzbedürftig, im Fall des genehmigten Kapitals alle Aktionäre gegenüber den durchführenden Organen.

Zusatzvereinbarungen, welche die Gesellschafter untereinander abschließen, erscheinen dabei weniger gefährlich als Vereinbarungen des Investors mit der Gesellschaft, die außerhalb der Einlagevorschriften abgewickelt werden sollen. Denn Vereinbarungen der Gesellschafter untereinander werden regelmäßig nur bei geschlossenem Gesellschafterkreis und Einstimmigkeit vorkommen. In diesem Fall sind die Gesellschafter nicht schutzbedürftig. Bei den versprochenen Leistungen sind solche unbedenklich, die alle Gesellschafter gleichermaßen erbringen müssen, so z.B. die berühmten Rübenzuckerlieferungen, die den deutschen Gesetzgeber zur Anerkennung der Nebenleistungsleistungsaktiengesellschaft und der Einführung von § 55 AktG veranlaßt haben.

Bei den verschiedenen Schutzmodulen muß man die Interessen der schutzwürdigen Altgesellschafter mit den schutzwürdigen Interessen des Investors abwägen. So bereiten bei Sacheinlagen z.B. vor allem Wertgarantien Schwierigkeiten, wenn der Wert des Einlagegegenstands objektiv nicht eindeutig bestimmt werden kann, sondern weitgehend von Prognosen abhängt. So wird z.B. im Fall der Einbringung eines Unternehmens als Sacheinlage die Ausgewogenheit zwischen der Zahl der ausgegebenen Anteile und dem eingebrachten Unternehmen von der Gesellschaft und dem Sacheinleger ausgehandelt. Müßte der Sacheinleger darüber hinaus eine »objektive Wertgarantie« abgeben, weil man z.B. das Erlaßverbot in Art. 53 der Richtlinie am »objektiven Einlagewert« ausrichtet, erschiene dies vielen Marktteilnehmern als unangemessen.[1049]

Wenn man also den Schutz der Aktionäre vor Anteilsverwässerungen grundsätzlich nicht in Frage stellen wird, so kann dieses Argument allein nicht über die Feststellung des Einlagebegriffs entscheiden, da verschiedene Differenzierungen und Interessenabwägungen möglich und erforderlich sind. Dem Mitge-

1049 Vgl. zu dem Problem aus deutscher Sicht *Maier-Reimer*, Wert der Sacheinlage, 253 ff.

sellschafterschutz wird allerdings bei der Auslegung des Einlagebegriffs in den einzelnen Normen besondere Bedeutung zukommen.

cc) Argument vom Gleichlauf der Sacheinlage mit der Bareinlage

Keines der teleologischen Argumente führt zu einer eindeutigen Bestimmung des Einlagebegriffs der Richtlinie. Aus dem Vergleich von Sachleistungen und Barleistungen läßt sich ein systematisches Argument gewinnen. Barleistungen müssen notwendig der Höhe nach eindeutig bestimmt sein und führen zu einem ›Mehrbetrag‹, da für diesen die Festlegung der Höhe nach entscheidend ist. Da Sach- und Barleistungen nach der Konzeption der Richtlinie grundsätzlich ohne Unterschied als Einlagen möglich sind, kann man aus dieser Gleichwertigkeit folgern, daß grundsätzlich auch Sachleistungen über den Wert des gezeichneten Kapitals hinaus als ›Einlagen‹ einzustufen sind, selbst wenn die geschuldete Leistung auf andere Weise bestimmt ist als durch eine Betragsangabe.

Dieses Argument gilt jedoch nur unter ›korporativ‹ vereinbarten Leistungen, wenn man zwischen diesen und ›rein schuldrechtlichen‹ Leistungen unterscheidet. Es kann nicht entscheiden, ob ›rein schuldrechtliche‹ Vereinbarungen möglich sein sollen, die nicht zu Einlagen führen und damit auch bei Barzahlungen nicht zu einem ›Mehrbetrag‹. Dieses Gleichlauf-Argument kann ferner nur Geltung beanspruchen, soweit nicht die Besonderheiten von Sacheinlagen, wie z.B. die notwendige Unsicherheit über einen »objektiven« Wert, im Einzelfall Abweichungen begründen können. Das Gleichlauf-Argument bedeutet letztlich, daß im Fall von Sachleistungen ein engeres Verständnis des Einlagebegriffs als Ausnahme begründet werden muß.

dd) Sachübernahme-Argument

Gegen die Annahme eines weiten Einlagebegriffs spricht der wohl bewußte Verzicht der Gesellschaftsrechtsrichtlinie, Regelungen entsprechend dem deutschen Konzept der ›Sachübernahme‹ zu erlassen. Das deutsche Aktienrecht versteht unter einer Sachübernahme eine Vereinbarung über die Übernahme von Vermögensgegenständen durch die Gesellschaft, die aus Anlaß der Gründung (nicht mehr jedoch bei einer Kapitalerhöhung) unter den Gründern (und evtl. weiteren Dritten) getroffen wird. Der Vermögensgegenstand kann von einem Gründer oder einem Dritten erworben werden. Dabei muß eine Gegenleistung vorgesehen sein, die nicht in Aktien besteht.[1050] Solche Austauschgeschäfte behandelt das deutsche Aktienrecht weitgehend gleich wie Sacheinlagen, um der Gefahr zu begegnen, daß die Gründer formal eine Bareinlage vereinbaren, wirtschaftlich betrachtet jedoch im Ergebnis ein anderer Vermögensgegenstand

1050 Vgl. zum Begriff der Sachübernahme *Pentz* in MüKo-AktG § 27, Rz. 61.

eingebracht wird. Insbesondere fürchtet das Aktienrecht eine Aushöhlung des Kapitalschutzes durch überhöhte Vergütungen.[1051]

Vor Verabschiedung der Kapitalrichtlinie im Jahr 1976 ist in der Literatur vorgeschlagen worden, eine Regelung zu Sachübernahmen aufzunehmen. Dieser Vorschlag ist jedoch nicht aufgegriffen worden.[1052] Man kann daher annehmen, daß die Richtlinie bewußt keine derart weitgehende Regelung zu Austauschgeschäften im Zusammenhang mit der Gründung getroffen hat. Diese Annahme wird noch dadurch bestärkt, daß die Vorschrift über die Nachgründung in Art. 52 der Richtlinie einen Teilbereich der Problematik regelt. Vermögensgegenstände, die im Wege eines Austauschvertrags in das Vermögen der Gesellschaft übergehen, führen daher im Verständnis der Gesellschaftsrechtsrichtlinie nicht zu Sacheinlagen. Allein die vereinbarte Bareinlage, mit deren Mitteln das Austauschgeschäft finanziert worden ist, ist ›Einlage‹ im Sinne der Richtlinie.

Wenn auch das deutsche Sachübernahmerecht von der Angst vor überhöhten Vergütungen geprägt ist, so eignet sich eine Sachübernahme doch gleichermaßen dazu, Vermögenswerte still an die Gesellschaft zu übertragen. Es muß nur ein besonders günstiger Kaufpreis festgesetzt werden. Wirtschaftlich betrachtet liegt dann ein Agio vor, da der Gesellschaft im Zusammenhang mit der Anteilsausgabe ein Mehrwert zugeflossen ist. Man stelle sich beispielsweise vor, daß ein Grundstück mit einem Marktwert von 100 zum Preis von 10 angekauft wird und dieses günstige Geschäft die Rechtfertigung für eine Anteilsausgabe zu pari ist. Dann liegt ein wirtschaftliches Agio in Höhe von 90 vor.

Wenn aber eine Sachübernahme nach der Konzeption der Gesellschaftsrechtsrichtlinie nicht als Sacheinlage anzusehen ist, dann ist auch der faktische Mehrwert des so erworbenen Vermögensgegenstands nicht Sacheinlage. Wenn aber der faktische Mehrwert einer Sachübernahme nicht den Einlageregeln unterliegt, dann erscheint es im Wertungsvergleich nicht zwingend, den faktischen Mehrwert eines unteilbaren Sacheinlagegegenstands oder zusätzlich vereinbarte Sachleistungen den Einlageregelungen zu unterwerfen. Wollte man nämlich solche Sachleistungen strenger behandeln, könnte die strenge Regelung in vielen Fällen vermieden werden, indem die Gesellschaften auf günstige Sachübernahmevereinbarungen in Kombination mit geringen Bareinlagen ausweichen.

Im Einzelfall könnte man solche Gestaltungen als unzulässige Umgehungen ansehen wollen, doch ob ein weit gedachter Umgehungsschutz der Sacheinlagevorschriften von der Richtlinie gefordert oder auch nur zugelassen wird, ist unsicher. Vergleichbar einer Umgehung der Sacheinlagevorschriften durch eine Sachübernahme ist der Streit um die europarechtliche Zulässigkeit der deutschen Regeln über die verdeckte Sacheinlage.[1053] Die Bewertung solcher Gestaltungen als ›Umgehung‹ setzt als rechtliches Unwerturteil voraus, daß die Gesellschafts-

1051 *Hüffer/Koch* AktG § 27, Rz. 5.

1052 Vgl. *Habersack/Verse*, Europäisches GesR, 236 Fn. 99.

1053 Zur Frage der Zulässigkeit bzw. Notwendigkeit eines Umgehungsschutzes für die Sacheinlageregeln *Habersack/Verse*, Europäisches GesR 237 ff. m.w.N.

rechtsrichtlinie den Schutz der Sacheinlagevorschriften selbst dann fordert, wenn die Referenzwerte des gezeichneten Kapitals und des ›Mehrbetrags‹ nicht gefährdet sind. Gerade dies ist jedoch im Fall von günstigen Sachübernahmen zweifelhaft, wenn man annimmt, daß die Richtlinie bewußt auf eine Regelung dieser Problematik verzichtet hat und die eingezahlte Bareinlage als ausreichend akzeptiert.

Die Gefahr bei einer leichthin getroffenen Annahme, zwingendes Sacheinlagerecht werde durch Sachübernahmen »umgangen«, besteht darin, daß die Sicherheit der Investitionsentscheidung der Aktionäre beeinträchtigt wird. Die bewußte Nicht-Regelung der Sachübernahme bietet den Gesellschaftern eine Gestaltungsmöglichkeit, die auf Gemeinschaftsebene zunächst nur durch das Nachgründungsrecht beschränkt wird. Eine Verurteilung von Sachübernahmen als »Umgehung der Sacheinlagevorschriften« konfligiert mit dem Richtlinienziel des Aktionärsschutzes.

ee) Nebenleistungs-Argument

Eine weitere Überlegung, die gegen einen weiten ›Einlage‹-Begriff der Richtlinie spricht, läßt sich als Nebenleistungs-Argument bezeichnen. Es beruht auf der Annahme, daß bei Richtlinienerlaß keine Regelungen der Mitgliedstaaten stillschweigend aufgehoben werden sollten, von denen angenommen werden muß, daß sie allgemein bekannt waren. Die Möglichkeit zu Nebenverpflichtungen, die nicht als ›Einlage‹ angesehen werden, ist im deutschen Recht gesetzlich geregelt in § 55 AktG. Man kann annehmen, daß bei Erlaß der Richtlinie den zuständigen Organen zumindest die gesetzlichen Regeln der Mitgliedstaaten in ihren Grundzügen bekannt waren. Entsprechend kann man folgern, daß die Gesellschaftsrechtsrichtlinie die deutsche Konzeption der Nebenverpflichtungen nicht dadurch teilweise aufheben will, daß sie solche zusätzlichen Leistungen als ›Einlagen‹ ansieht, die einer Sachprüfung zu unterziehen sind und spätestens innerhalb von fünf Jahren vollständig zu erbringen sind.

Wenn die Richtlinie aber neben der Kategorie der ›Einlage‹ noch weitere Leistungspflichten akzeptiert, stellt sich notwendig die Frage nach der Abgrenzung der verschiedenen Leistungen. Will man nicht annehmen, daß die Abgrenzung von ›Einlagen‹ und weiteren zulässigen Leistungen auf Gemeinschaftsebene von dem Sonderfall der deutschen Nebenverpflichtung abschließend vorgegeben wird, so bietet die Gesellschaftsrechtsrichtlinie selbst als eindeutige Abgrenzungskriterien nur die Referenzwerte des gezeichneten Kapitals und des Mehrbetrags. Soll eine Leistung eine so bezifferte Schuld tilgen, ist sie jedenfalls ›Einlage‹. Unbezifferte Leistungsversprechen wären demnach keine ›Einlage‹ im Sinne der Richtlinie, soweit sie nicht auf das gezeichnete Kapital oder den Mehrbetrag angerechnet werden soll und dies selbst dann, wenn sie ›korporativ vereinbart‹ sein mögen.

Allerdings hilft diese Überlegung nicht, die Frage zu entscheiden, ob auf Gemeinschaftsebene nach schuldrechtlichen und korporativen Vereinbarungen zu unterscheiden ist. Man kann zwar in ähnlicher Weise argumentieren, daß die deutsche Unterscheidung in korporative Hauptleistungspflichten = Einlagen und weiteren schuldrechtlichen Leistungspflichten ebenfalls hätte bekannt sein müssen. Diese Überlegung spricht dafür, die deutsche Unterscheidung auch nach Erlaß der Gesellschaftsrechtsrichtlinie anzuerkennen. Allerdings ist nicht zu verkennen, daß die Unterscheidung in korporative und schuldrechtliche Leistungspflichten sich nicht gleichermaßen eindeutig aus dem Aktiengesetz selbst herauslesen läßt, sondern vertiefte Kenntnisse des deutschen Aktienrechts verlangt. Daß derart gründliche Kenntnisse der nationalen Mitgliedstaaten bei Erlaß der Richtlinie vorausgesetzt werden können und eine entsprechende subjektiv-teleologische Auslegung des Einlagebegriffs angezeigt ist, ist doch zweifelhaft. Unterstellt man nämlich den Verfassern der Richtlinie derart subtile Kenntnisse der mitgliedstaatlichen Gesellschaftsrechte, wird schon gar nicht mehr verständlich, wie es zu der Schwierigkeit kommen konnte, daß die Kernbegriffe der Richtlinie nicht definiert worden sind, obwohl dann ja die miteinander unvereinbaren Konzepte der Mitgliedstaaten in ihren Feinheiten als bekannt vorausgesetzt werden.

ff) Mindeststandard-Argument

Ein weiteres Argument für ein enges Verständnis des richtlinienrechtlichen ›Einlage‹-Begriffs geht dahin, daß die Kapitalschutzvorschriften auch dann Sinn ergeben, wenn man annimmt, die Richtlinie sehe ihre Anwendung mindestens für das gezeichnete Kapital und den Mehrbetrag vor, lasse den Mitgliedstaaten jedoch die Möglichkeit offen, auch weitere, z.B. unbezifferte Sachleistungen dem Anwendungsbereich der nationalen Umsetzungsnormen zu unterwerfen. Das gezeichnete Kapital und der Mehrbetrag werden dann als Mindeststandard für den Einlagenschutz verstanden, der den Mitgliedstaaten strengere Regelungen erlaubt.

Es verhält sich bei dem Oberbegriff der ›Einlage‹ anders als bei den Unterkategorien Bareinlage und Sacheinlage. Wie gesehen hat Generalanwalt *Tesauro* bei der Definition der Begriffe Bareinlage und Sacheinlage mit guten Gründen argumentiert, diese seien auf Gemeinschaftsebene abschließend voneinander abzugrenzen.[1054] Das entscheidende Argument lautete, daß die Mitgliedstaaten andernfalls über den Anwendungsbereich von Art. 31 Abs. 2 (Sacheinlageprüfung bei Kapitalerhöhung) und Art. 33 (Bezugsrecht bei Barkapitalerhöhung) entscheiden könnten, die sich wechselseitig ausschließen. Damit könnten sie entscheiden, ob bei einer Kapitalerhöhung der durch die Sacheinlageprüfung vor allem bezweckte Gläubigerschutz oder der durch das Bezugsrecht verfolgte Aktionärsschutz gestärkt würden. Diese Ausbalancierung der verschiedenen Schutzziele muß jedoch nach Ansicht *Tesauros* auf Gemeinschaftsebene ab-

1054 GA *Tesauro* Schlußantrag in Rs. C-83/91, Slg. 1992, I-4897, 4908 f.

schließend vorgenommen werden, da andernfalls nicht einmal ein Mindestmaß an Gleichwertigkeit der beiden Schutzziele durch die Richtlinie erreicht würde.

Auf die übergeordnete Kategorie der ›Einlage‹ läßt sich diese Argumentation nicht übertragen. Es wurde schon erwähnt, daß die Gesellschaftsrechtsrichtlinie ihr Ziel des Gläubigerschutzes nur mit den Bestimmungen über das gezeichnete Kapital verfolgt. Die übrigen Einlagen werden mit Blick auf den erforderlichen Aktionärsschutz geregelt. Es besteht daher bei der Bestimmung des Einlagebegriffs der Richtlinie kein Konflikt der beiden Schutzzwecke, der auf Gemeinschaftsebene zu lösen wäre. Sollten die Mitgliedstaaten Leistungen, die über das gezeichnete Kapital und einen eventuellen Mehrbetrag hinausgehen, als ›Einlagen‹ qualifizieren, würde dies außerdem stets zu einem Mehr an Aktionärsschutz und an Gläubigerschutz führen, der die Richtlinienvorgaben ergänzt. So wie es dem nationalen Gesetzgeber gestattet ist, weitere Schutzmodule für die Einlagen im Sinne der Richtlinie einzuführen (z.B. das Aufrechnungsverbot des § 66 Abs. 1 S. 2 AktG oder die Ausschüttungssperre hinsichtlich des (nicht nur korporativen) Agios durch § 150 AktG iVm § 272 Abs. 2 Nr. 1 HGB), kann es ihm auch gestattet werden, weitere Leistungen der Gesellschafter an die Gesellschaft den Vorschriften zu unterwerfen, welche die Vorgaben der Gesellschaftsrechtsrichtlinie umsetzen sollen.

Die Frage, ob die Regelungen der Gesellschaftsrechtsrichtlinie als Mindest- oder als Höchststandard anzusehen sind, ist nach wie vor umstritten.[1055] Grundsätzlich kann man davon ausgehen, daß die Richtlinie als Maßnahme der Rechtsangleichung (nicht der Rechtsvereinheitlichung, wie sie eine Verordnung anstrebt) den Mitgliedstaaten die Möglichkeit einräumt, in ihrem nationalen Recht weitergehende Regelungen vorzusehen. So hat auch der EuGH in den beiden Entscheidungen Siemens/Nold und Kommission/Spanien zumindest die Regelungen zum Bezugsrechtsausschluß (nunmehr in Art. 72 der Gesellschaftsrechtsrichtlinie geregelt) als Mindestregelungen verstanden, die strengeren nationalen Vorschriften nicht entgegenstünden, welche die von der Richtlinie verfolgten Schutzzwecke des Aktionärs- und des Gläubigerschutzes weiter ausgestalteten. Argumentativ hat der EuGH in beiden Entscheidungen darauf rekurriert, daß die Richtlinie ein *Mindestmaß* an Gleichwertigkeit der nationalen anstrebe, keine Vollharmonisierung.[1056]

Dieses Verständnis der Gesellschaftsrechtsrichtlinie als Mindestregeln liegt angesichts des dritten Erwägungsgrunds der Richtlinie, nach dem »beim Schutz der Aktionäre andererseits und der Gläubiger andererseits ein Mindestmaß an Gleichwertigkeit« sichergestellt werden soll, zunächst nahe. Für dieses Verständ-

1055 Vgl. *Habersack/Verse*, Europäisches GesR, 220; *Jung/Stiegler* in Jung/Krebs/Stiegler, Gesellschaftsrecht § 21 Rz. 11 ff.; *Drinkuth*, Die Kapitalrichtlinie, 48 ff. (allgemeine Erörterung) und 117 ff. (zu den einzelnen Vorschriften).

1056 EuGH v. 19.11.1996, C-42/95 (Siemens/Nold), Tz. 13; EuGH v. 18.12.2008, C-338/06 (Kommission/Spanien), Tz. 23; vgl. auch *Habersack/Verse*, Europäisches GesR, 221 mit Fn. 21.

nis spricht zudem, daß die Kapitalschutzvorschriften der Gesellschaftsrechtsrichtlinie punktueller Art sind und – anders als z.B. die Bilanzrichtlinie – keine weitgehend geschlossene Regelung der verschiedenen, bei Erlaß der Richtlinie bekannten und bedachten Problemkreise anstrebt.[1057]

Etwas anderes kann jedoch dann gelten, wenn der Regelungszweck einer konkreten Richtlinienvorschrift nur verwirklicht werden kann, wenn man diese als Höchststandard interpretiert.[1058] Daher muß man die Frage nach Höchst- und Mindeststandard jeweils konkret für eine bestimmte Vorgabe des Gesellschaftsrechtsrichtlinie anhand des individuellen Schutzzwecks der Norm beantworten.[1059] Für Richtlinienvorschriften kann man demnach eine allgemeine Auslegungsregel formulieren: Es besteht die methodische Vermutung, daß eine Richtlinienvorgabe als Mindeststandard zu verstehen ist. Die Beweislast liegt bei der Auslegung, die eine konkrete Vorgabe als Höchststandard verstehen will.

Zum Einlage-Begriff der Richtlinie läßt sich allgemein, ohne Blick auf jede einzelne Norm feststellen, daß ein Mindestmaß an Gleichwertigkeit des Mitgesellschafterschutzes grundsätzlich auch erreicht wird, wenn man den Einlagebegriff auf das gezeichnete Kapital und einen der Höhe nach bestimmten Mehrbetrag beschränkt, der von den Gesellschaftern qua Beschlußfassung festgesetzt worden ist. Der Schutz der Mitgesellschafter vor einer Verwässerung ihrer Anteile wird in diesem Fall auf Leistungen beschränkt, welche der Aufbringung des Kapitals dienen, das der Höhe nach eindeutig bestimmt ist.

Diese Beschränkung des Verwässerungsschutzes auf die Kontrolle bestimmter formaler Referenzwerte mag man dadurch rechtfertigen, daß Art. 68 der Richtlinie den Gesellschaftern das Recht einräumt, selbst über eine Anteilsausgabe und deren Konditionen zu beschließen. Man kann die Richtlinie, sofern man ihr einen engen Einlagebegriff zugrunde legt, so verstehen, daß sie den Aktionären eine Obliegenheit aufbürdet, durch Festsetzung eindeutiger Referenzwerte für die aufzubringende Einlage von den Schutzmöglichkeiten der Richtlinie Gebrauch zu machen.

Die bis hierher vorgetragene Argumentation hat zwei Schwächen. Zum einen beruht sie auf der Vorstellung, die Beschränkung des Schutzbereichs der Richtlinienvorschriften auf bestimmte Referenzwerte sei gerechtfertigt, weil die Gesellschafter darüber (über die Erhöhung des gezeichneten Kapitals qua Zahl der ausgegebenen Anteile und zusätzlich, falls gewünscht, über die Festsetzung eines Mehrbetrags) einen Beschluß fassen können. Gerade für die besonders schützenswerten Minderheitsgesellschafter bietet die Möglichkeit, bei einer Beschlußfassung überstimmt zu werden, wenig Schutz. Ob der Richtlinie nicht

1057 Hierauf weist *Schüppen*, Anm. Siemens/Nold, 39 zurecht hin.

1058 Vgl. *Drinkuth*, Die Kapitalrichtlinie, 114 f.; *Habersack/Verse*, Europäisches GesR, 221.

1059 So auch *Jung/Stiegler* in Jung/Krebs/Stiegler, Gesellschaftsrecht § 21 Rz. 11 (mit tabellarischer Übersicht des Diskussionstands zu einzelnen Artikeln).

gerade aus diesem Grund ein weiter Einlagebegriff zugrunde zu legen ist, diese Frage kann das Mindeststandard-Argument nicht beantworten. Die zweite Schwäche dieses Arguments liegt darin, daß es keine eindeutige Antwort enthält auf die Frage, ob auf Gemeinschaftsebene zwischen besonderer korporativer und normaler schuldrechtlicher Vereinbarung unterschieden werden soll. Der Begriff des Mehrbetrags, der nach diesem Argument als maßgeblicher Referenzwert dienen soll, hängt selbst ab von der Art, in der dieser Mehrbetrag festgesetzt wird.

gg) Zusammenfassung

Die Richtlinie enthält demnach keine eindeutigen Kriterien, wie der Begriff der ›Einlage‹/›consideration‹ und der Begriff des ›Mehrbetrags‹/›premium‹ zu verstehen sind. Insbesondere bleibt unklar, ob auf Gemeinschaftsebene zwischen besonderen gesellschaftsrechtlichen Vereinbarungen und einfachen schuldrechtlichen Vereinbarungen unterschieden werden soll, mit anderen Worten ob jede Vereinbarung über eine Gegenleistung für neue Anteile als ›Einlage‹/›consideration‹ anzusehen ist oder ob besondere formale oder inhaltliche Kriterien zu fordern sind.

Die Fragen müssen entschieden werden, da sie sich bei der Auslegung der Normen notwendig stellen. Der Rechtsanwender steht an dieser Stelle vor der Aufgabe, im Rahmen der Auslegung der Gesellschaftsrechtsrichtlinie deren Anwendungsbereich unter Rückgriff auf eine gesetzesergänzende Wertung festzulegen. Nachdem bei Erlaß und Neufassung der Richtlinie versäumt wurde, den Kernbegriff der ›Einlage‹ zu definieren, obliegt es bis zu einer gesetzgeberischen Korrektur dieses Versäumnisses letztlich dem europäischen Gerichtshof, die erforderliche Begriffsbestimmung vorzunehmen.

Dabei muß der EuGH entscheiden, ob die Gesellschafter jenseits der Anforderungen des Art. 45 der Richtlinie an ein Mindestkapital frei sein sollen, darüber zu bestimmen, inwieweit sie weitere Finanzierungsleistungen den Kapitalschutzanforderungen der Richtlinie unterstellen, entweder indem sie freiwillig ein höheres gezeichnetes Kapital festsetzen, das den strengsten Anforderungen unterliegt, oder indem sie bei Sacheinlagen freiwillig einen der Höhe nach bestimmten Mehrbetrag festsetzen, der immerhin in den Anwendungsbereich mancher Schutzvorschriften fällt, oder indem sie Nicht-Einlageleistungen (Nebenleistungen, rein schuldrechtliche Leistungen, faktische Mehrwerte) vorsehen können, auf die der Kapitalschutz der Einlageregeln keine Anwendung findet.

Die entscheidende Wertungsfrage liegt hierbei darin, ob man annimmt, die Möglichkeit der Gesellschafter, über eine entsprechende Satzungsbestimmung oder spätere Beschlußfassung einen (Mindest-) Mehrbetrag festzusetzen, gewähre einen ausreichenden Mindeststandard des Aktionärsschutzes, oder ob man annimmt, der Schutz der Aktionäre vor einer Anteilsverwässerung sei notwendig auf alle Gegenleistungen zu erstrecken, die bei einer wirtschaftlichen Betrachtung als Entgelt für die jungen Anteile anzusehen sind.

Nimmt man an, die Gesellschaftsrechtsrichtlinie wolle einen europaweit einheitlichen starken Minderheitenschutz gewährleisten, soweit Kapitalmaßnahmen in Rede stehen, wird man den Gestaltungsspielraum der Gesellschaften und der Investoren weitgehend beschränken wollen und einen tendenziell weiten Einlagebegriff zugrunde legen. Rein schuldrechtliche Vereinbarungen zwischen Gesellschaft und Neugesellschafter oder Vereinbarungen über Nebenleistungen, die Einlageleistungen ersetzen, wird man dann als Einlageleistungen qualifizieren. Andernfalls eröffnete man den Gesellschaften einen weiten Gestaltungsspielraum, den Minderheitsgesellschafter nur schwer kontrollieren könnten.

Auch unter der Prämisse eines intendierten starken Minderheitsgesellschafterschutzes wird man jedoch nicht notwendig Leistungen, die auf Vereinbarungen der Gesellschafter untereinander beruhen, als Einlagen qualifizieren. Solche Gesellschaftervereinbarungen kommen praktisch nur bei geschlossenen Gesellschaften vor, bei denen typischerweise weniger Bedarf an einem starken Schutz der Gesellschafterminderheit besteht. Zudem besteht hier die formale Besonderheit, daß die Gesellschaft nicht Vertragspartnerin ist. Daher ist die Gegenleistungsbeziehung zwischen Anteilsausgabe (durch die Gesellschaft) und Leistung (die an die Gesellschafter versprochen wurde) gelockert.

Letztlich muß sich der Einlagebegriff an den konkreten Normen beweisen, in denen er als Tatbestandsmerkmal verwendet wird, das sind die Artt. 48, 49, 51, 53, 69 und 70. Die Einstellung, die man allgemein zur Bestimmung des Begriffs ›Einlage‹ einnimmt, begründet nicht mehr als eine methodische Vermutung über den Anwendungsbereich der konkreten Norm, welche die Beweislast für die Annahme eines engeren oder weiteren Einlagebegriffs im konkreten Einzelfall dem Verständnis aufbürdet, das als Ausnahme vom allgemeinen Einlagebegriff anzusehen ist.

Zu bedenken sind in jedem Fall die weitreichenden Folgen, wenn man auf Gemeinschaftsebene nicht von einem engen Einlagebegriff als Mindeststandard ausgeht, der den Mitgliedstaaten ermöglicht, weitere Finanzierungsleistungen den Einlageregeln zu unterstellen. Orientiert man sich an dem englischen Verständnis der ›consideration‹ und wählt einen weiten Einlagebegriff, sind wesentliche Bestandteile des deutschen Aktienrechtsverständnisses nicht richtlinienkonform. Die Sacheinlagebestimmungen der Gesellschaftsrechtsrichtlinie sind dann auch auf die deutschen Nebenverpflichtungen anzuwenden. Schuldrechtliche Leistungsversprechen an die Gesellschaft müssen als Einlage im Sinne des Aktiengesetzes und (bei einer Festsetzung der Höhe nach) wie ein korporatives Agio behandelt werden, soweit das deutsche Aktienrecht Richtlinienvorgaben umsetzt.

Orientiert man sich am deutschen Verständnis der ›Einlage‹ und wählt auf Gemeinschaftsebene einen engen Einlagebegriff, den man als abschließenden Höchststandard versteht, ist das englische Recht gezwungen, besondere Kategorien von ›consideration‹ zu unterscheiden und die Vereinbarung von Leistungen an die Gesellschaft außerhalb des Kapitalschutzregimes zu ermöglichen. Eine »größtmögliche Schonung« der überkommenen Regelungskonzepte der Mitgliedstaaten erreicht man nur, sofern man eine solche Schonung erstrebenswert findet, wenn man den richtlinienrechtlichen Einlagebegriff als Mindeststandard versteht und auf Gegenleistungen für junge Anteile beschränkt, mit denen das gezeichnete Kapital und der besonders bestimmte Mehrbetrag aufgebracht werden sollen, wobei die Festsetzung von Mehrbetrag und Einlagen als Hauptleistungen auf eine besondere gesellschaftsrechtliche Weise zu erfolgen hat.

3. Zur Art der Festsetzung des ›Mehrbetrags‹

Bei der Erörterung des ›Einlage‹-Begriffs der Richtlinie ist letztlich alles gesagt worden, was zur Art der Vereinbarung des ›Mehrbetrags‹ zu sagen ist. Man wird die Entscheidung darüber, ob nur eine besondere gesellschaftsrechtliche Vereinbarung zu einem ›Mehrbetrag‹ im Sinne der Richtlinie führen kann oder ob jede »auch nur schuldrechtliche« Vereinbarung über die Höhe einer geschuldeten Mehrleistung genügt, danach treffen, ob man allgemein davon ausgeht, daß »nur schuldrechtliche« Vereinbarungen zu einer ›Einlage‹ im Sinne der Richtlinie führen. Denn die Richtlinie versteht den ›Mehrbetrag‹ als ›Einlage‹. Praktisch relevant ist diese Frage nur bei Barleistungen, da Sach-Mehrleistungen regelmäßig ohne Betragsangabe vereinbart werden. In diesen Fällen entscheidet der Begriff der Einlage darüber, ob auch solche Leistungen von den Regelungen der Richtlinie erfaßt werden.

III. Die Sonderregeln zum Mehrbetrag in der Gesellschaftsrechtsrichtlinie

In den vorangegangenen Bemühungen konnte ein Vorverständnis der Begriffe Einlage und Mehrbetrag im Sinne der Richtlinie gewonnen werden, das vor allem ein Verständnis für die Problematik der verschiedenen Formen von Einlagen unter der Gesellschaftsrechtsrichtlinie bedeutet. Im folgenden sollen die einzelnen Kapitalschutzvorschriften untersucht werden, inwieweit darin der Mehrbetrag und weitere Mehrleistungen geregelt werden. Viele Bestimmungen, die ausdrücklich den Mehrbetrag regeln, kennt die Gesellschaftsrechtsrichtlinie nicht. Es handelt sich allein um den Art. 69 S. 2 sowie die Artt. 49 Abs. 2 und 51 Abs. 1 lit. c) (bei Kapitalerhöhungen iVm Art. 70 Abs. 2 UA 2) der Richtlinie, die schon bei der Bestimmung des Einlagebegriffs herangezogen wurden.

1. Mehrbetrag bei Kapitalerhöhung sofort aufzubringen (Art. 69 S. 2)

a) Regelungsgehalt und Zweck der Vorschrift

Art. 69 S. 2 der Gesellschaftsrechtsrichtlinie bestimmt für Fälle einer Kapitalerhöhung, daß ein eventueller Mehrbetrag sofort einzuzahlen ist. Die Pflicht zur Volleinzahlung ist auf Bareinlagen beschränkt. Diese Beschränkung ergibt sich aus dem Zusammenspiel mit Art. 70 der Richtlinie, der eine Sonderregelung für

Sacheinlagen enthält und dabei auch auf Sachagien anwendbar ist.[1060] Interessant ist der Vergleich mit der entsprechenden Regelung für Bareinlagen im Gründungszeitpunkt. Art. 48 Abs. 1 der Richtlinie stellt keine Anforderungen an die Einzahlung eines gegebenenfalls vereinbarten Mehrbetrags. Im Umkehrschluß zu Art. 69 S. 2 der Richtlinie kann man folgern, daß die Richtlinie das Agio im Gründungszeitpunkt bewußt keiner Regelung zum Einzahlungszeitpunkt unterwerfen will. Dieses Verständnis wird allgemein geteilt.[1061] Die sich daran anschließende Frage, weshalb die Richtlinie das Agio bei der Gründung weniger restriktiv behandelt als bei der Kapitalerhöhung, wird in der Literatur nicht gestellt.

Nimmt man an, Art. 69 der Gesellschaftsrechtsrichtlinie bezwecke in allen Fällen die Sicherung der realen Kapitalaufbringung und damit den Schutz der Gläubiger,[1062] kann man die unterschiedliche Behandlung des Agios in Art. 69 und in Art. 48 der Richtlinie nicht erklären, da Art. 48 ebenso als Sicherung der realen Kapitalaufbringung verstanden wird.[1063] Der Mehrbetrag kann bei der Gründung und bei der Kapitalerhöhung in gleicher Weise in seiner Aufbringung gefährdet sein und der Schutz der Gläubiger steht in beiden Situationen in gleicher Weise in Rede. Die Materialien zur Richtlinie erörtern die unterschiedliche Behandlung des Mehrbetrags im Gründungszeitpunkt und bei Kapitalerhöhungen nicht und bieten daher keine Verständnishilfe.

Objektiv besteht ein Unterschied in beiden Fällen darin, daß ein Agio im Fall einer Kapitalerhöhung regelmäßig erhoben wird, um eine Wertverwässerung der Altanteile zu verhindern.[1064] Eine solche Wertverwässerung droht, wenn die Gesellschaft im Laufe ihrer werbenden Tätigkeit Gewinne thesauriert hat oder über stille Reserven verfügt. Die restriktive Behandlung des Agios in Art. 69 S. 2 der Gesellschaftsrechtsrichtlinie wird verständlich, wenn man diese Regelung nicht mit Blick auf die Gläubiger der Gesellschaft erklärt, sondern auf die Altgesellschafter, die sich nicht an der Kapitalerhöhung beteiligen. Art. 69 S. 2 der Richtlinie dürfte ein Grund für das Lob des Europäischen Parlaments in seiner Entschließung gewesen sein, daß die Richtlinie eine Schädigung von Altaktionären bei Kapitalerhöhungen verhüten will.[1065]

Bei Gründung einer Gesellschaft bestehen noch keine thesaurierten Gewinne, eine Wertverwässerung von Altanteilen ist in diesem Sinne nicht denkbar. Die Gründer bilden eine einheitliche Gruppe und sind durch den allgemeinen

1060 Dazu im Einzelnen u. S. 424 ff.

1061 Vgl. *Grundmann*, Europäisches GesR, 170; *Habersack/Verse*, Europäisches GesR, 231 und 260; *L/B/S*, Europ. Unternehmens- und Gesellschaftsrecht, 529.

1062 So z.B. *Drinkuth*, Die Kapitalrichtlinie, 231.

1063 Ebenfalls *Drinkuth*, Die Kapitalrichtlinie, 145.

1064 S.o. S. 55 ff. Daß der Schutz vor Wertverwässerung die strengere Behandlung des Agios bei der Kapitalerhöhung motiviert vermutet auch der *Rickford*-Report, 940 Fn. 64.

1065 Entschließung des Europäischen Parlaments, ABl C 114, 18 Punkt 4.

Gleichbehandlungsgrundsatz des Art. 85 der Richtlinie ausreichend geschützt. Die Freiheit, die Fälligkeit des Mehrbetrags selbst zu bestimmen, korrespondiert in diesem Fall mit der Freiheit, die Fälligkeit von 75% des gezeichneten Kapitals selbst zu bestimmen. Bei Kapitalerhöhungen stellt sich typischerweise das Problem, die Altaktionäre vor einer Wertverwässerung ihrer Anteile zu schützen.

Der ursprüngliche Vorschlag der Kommission zur zweiten gesellschaftsrechtlichen Richtlinie wollte Kapitalerhöhungen nur zulassen, wenn die vorherigen Einlagen bereits vollständig erbracht worden sind (Art. 21 Abs. 1 RL-E). Bei der Fälligkeit der neuen Einlagen auf das gezeichnete Kapital hat sich der Entwurf bewußt an der Regelung zur Gründung orientiert, weil man dachte, desselben Schutzes gegen fiktive Einlagen zu bedürfen.[1066] Die sofortige Fälligkeit des vollen Mehrbetrags, die schon Art. 21 Abs. 3 des Richtlinienentwurfs vorsah, wird nicht erläutert. Die Überlegung dahinter dürfte gewesen sein, den Schutz der Altaktionäre zu stärken, indem Beträge, die spezifisch aus Gründen des Verwässerungsschutzes erhoben werden, sofort einzuzahlen sind. Denn die thesaurierten Gewinne, deren Ausgleich diese Zuzahlungen dienen, sind ebenfalls schon vorhanden.

Diese Differenzierung ist zwar nicht unbedingt zwingend, da auch die Aufbringung des gezeichneten Kapitals zur Verhinderung einer Wertverwässerung erforderlich ist. Je größer das gezeichnete Kapital im Verhältnis zum Mehrbetrag ist, desto mehr ist gerade die Einzahlung dieses Kapitalanteils sicherzustellen. Wenn daher eine Kapitalerhöhung nur bei vollständiger Einzahlung der bisherigen Einlagen gestattet wird, könnte man an eine sofortige Fälligkeit der gesamten neuen Einlage denken. Den Entwurfsverfassern war jedoch hinsichtlich des gezeichneten Kapitals der Gleichlauf von Gründung und Kapitalerhöhung wichtiger. Diese Entscheidung kann man mit der Überlegung rechtfertigen, daß ein Mehrbetrag nicht in jedem Fall erhoben wird und jedenfalls bei Kapitalerhöhungen zu pari eine Pflicht zur sofortigen Einzahlung des gesamten gezeichneten Kapitals nachteilig sein könnte. Denn Kapitalerhöhungen könnten dann geringer ausfallen, um einen Überschuß an noch nicht benötigter Liquidität zu vermeiden. Die an sich erfreuliche Anhebung des Haftkapitals würde wegen der Pflicht zur sofortigen Einzahlung des gesamten Kapitals geringer ausfallen. Mit dieser Überlegung kann man die unterschiedliche rechtliche Behandlung von Zuzahlungen, die nur zum Ausgleich thesaurierter Gewinne erfolgen, und von Einlagen auf das gezeichnete Kapital begründen.

Die ursprünglich vorgesehene Beschränkung von Kapitalerhöhungen auf Situationen, in denen die bisherige Einlage schon vollständig aufgebracht worden ist, ist auf Initiative des Wirtschafts- und Sozialausschusses des Rates hin gestrichen worden, da jede Kapitalerhöhung eine zusätzliche Sicherheit für die

1066 Vgl. Erläuterungen zum Vorschlag einer Zweiten Richtlinie, ABl. C 48, 14 (zu Art. 21 des Entwurfs).

Gläubiger bedeute.[1067] Die Fälligkeitsregelungen hinsichtlich des gezeichneten Kapitals (25% sofort) und des eventuellen Mehrbetrags (100% sofort) sind aus dem Entwurf unverändert übernommen worden. Die dabei getroffene Unterscheidung zwischen den beiden Einlageformen läßt sich bei ausstehenden Einlagen auf das gezeichnete Kapital noch leichter begründen. Wenn die Altgesellschafter ihre Einlage auf das gezeichnete Kapital noch nicht vollständig erbracht haben, soll die Gesellschaft von den Neugesellschaftern ebenfalls nicht den vollen Nominalbetrag fordern müssen. Art. 69 S. 1 der Richtlinie entspricht daher Art. 48 Abs. 1. Bei den Beträgen, die spezifisch wegen der Gefahr einer Wertverwässerung zu zahlen sind, wird die Gesellschaft gezwungen, den Ausgleichsbetrag sofort zu verlangen. Art. 69 S. 2 der Richtlinie bezweckt so verstanden auch in der endgültigen Fassung allein den effektiven Schutz der Altgesellschafter vor einer Wertverwässerung ihrer Anteile (anders als Satz 1 der Vorschrift, welcher auch dem Gläubigerschutz dient).

Diese Erklärung der Diskrepanz zwischen Art. 48 und Art. 69 der Richtlinie geht davon aus, die Gesellschaftsrechtsrichtlinie orientiere sich an dem typischen Fall, in dem der Mehrbetrag, der bei einer Kapitalerhöhung gefordert wird, bis dato thesaurierte Gewinne ausgleichen soll. Diese Annahme wird auf die Mehrzahl der Fälle zutreffen. Nachdem das Kriterium der vollständigen Einzahlung aller bisherigen Einlagen aufgegeben worden ist, ist allerdings auch denkbar, daß bei Gründung einer Gesellschaft schon ein Mehrbetrag vereinbart worden ist (die Richtlinie selbst geht in ihrem Art. 49 Abs. 2 von dieser Möglichkeit aus), der im Zeitpunkt der Kapitalerhöhung nicht vollständig eingezahlt worden ist. Art. 48 der Richtlinie kennt ja keine Pflicht zur sofortigen Zahlung des Mehrbetrags. Der Mehrbetrag bei der Kapitalerhöhung wird dann verlangt, um die noch ausstehende Verpflichtung der Altgesellschafter zur Zahlung eines Mehrbetrags auszugleichen. In diesem praktisch weniger wahrscheinlichen, jedoch durchaus denkbaren Fall führt das kategorische Gebot der Richtlinie, bei der Kapitalerhöhung versprochene Mehrbeträge sofort einzuzahlen, zu einer Benachteiligung der Neuaktionäre gegenüber den Altaktionären.

b) Anwendung auf schuldrechtliches Agio

Der Anwendungsbereich von Art. 69 S. 2 der Gesellschaftsrechtsrichtlinie hängt maßgeblich davon ab, ob man bei der Festsetzung des Mehrbetrags zwischen korporativen und rein schuldrechtlichen Vereinbarungen unterscheiden will, also vom Einlagebegriff, den man der Richtlinie zugrunde legt. Im deutschen Aktienrecht werden schuldrechtliche Vereinbarungen von Zuzahlungen gerade auch deshalb getroffen, um die sofortige Fälligkeit des korporativen Baragios zu vermeiden.[1068] Eine zeitlich gestreckte Einzahlung des Agios wird dabei oftmals

1067 Vgl. die Stellungnahme des Wirtschafts- und Sozialausschusses, ABl. C 88, 4 (zu Art. 21 des Entwurfs).

1068 Dazu schon o. S. 59 f.

als wirtschaftlich sinnvoller erachtet, um die Liquiditätszufuhr den tatsächlichen Bedürfnissen der Gesellschaft anpassen zu können.

Im deutschen Recht ist zudem zu beachten, daß die Entstehung einer Einlageverpflichtung, demnach auch eine Pflicht zur Erbringung eines korporativen Agios, nicht an Bedingungen geknüpft werden kann. In Kombination führen Bedingungsfeindlichkeit und sofortige Fälligkeit der Bareinlageschuld dazu, daß ein korporativ vereinbartes Baragio sofort in voller Höhe an die Gesellschaft zu zahlen ist. Diese Rechtsfolge des korporativen Agios wird insbesondere bei Venture Capital-Finanzierungen als wirtschaftlich widersinnig angesehen. Bei dieser Finanzierungsgestaltung zahlt der Venture Capital-Investor üblicherweise die verschiedenen Tranchen der Gesamtfinanzierung nur dann aus, wenn jeweils bestimmte Kriterien, sog. ›Milestones‹ erreicht worden sind.

Auf europäischer Ebene ist zu beachten, daß die Gesellschaftsrechtsrichtlinie keine Vorgaben zur Bedingungsfeindlichkeit von Einlageverpflichtungen enthält. Hinsichtlich der Einlagen auf das gezeichnete Kapital wird man Bedingungsfeindlichkeit annehmen, da andernfalls die Aufbringung des Haftungsfonds nicht gesichert wäre, der dem Schutz der Gläubiger dient. Sie ergibt sich insoweit »aus der Natur der Sache«, genauer gesagt aus dem Schutzzweck des Haftkapitals. Nimmt man aber an, die Richtlinie regele die Erbringung weiterer Einlagen allein mit Blick auf das Verhältnis der Gesellschafter untereinander, kann man hinsichtlich dieser weiteren Leistungen Bedingungen akzeptieren, auf die sich die Gesellschaft mit den Investoren einigt. Will man Mehrbeträge, deren Entstehung aufschiebend bedingt ist, auf Gemeinschaftsebene zulassen, kann man Art. 69 S. 2 der Gesellschaftsrechtsrichtlinie so auslegen, daß ein Mehrbetrag sofort nach seiner Entstehung, d.i. bei Bedingungseintritt einzuzahlen ist.

Bedingte Einlageverpflichtungen können allerdings derivativen Anteilserwerbern Schwierigkeiten bereiten, da spätere Investoren über ausstehende Leistungspflichten Sicherheit haben wollen. Der Bedingungseintritt kann allein mit Hilfe der publizierten Dokumente nicht beurteilt werden. Aus diesem Grund mag man für Leistungsversprechen, die über das gezeichnete Kapital hinausgehen, ebenfalls Bedingungsfeindlichkeit annehmen. Letztlich aber besteht eine vergleichbare Unsicherheit auch hinsichtlich ausstehender Einlagen auf das gezeichnete Kapital, bei denen die Geschäftsführung über den Zeitpunkt der Anforderung entscheiden kann. Der Schutz der zukünftigen Anteilserwerber erfordert daher nicht zwingend, auf Gemeinschaftsebene bedingte Mehrbeträge abzulehnen. Im übrigen enthält die Richtlinie keine Vorgaben über den Übergang von Leistungspflichten auf den Anteilserwerber. Nach deutschem Verständnis ist die aktienrechtliche Einlageverpflichtung mitgliedschaftliche Pflicht und geht daher bei einem Anteilserwerb auf den Erwerber über. Ob jede Einlage auf Gemeinschaftsebene ebenso verstanden werden soll, ist indes gerade unklar.

Ob man Art. 69 S. 2 der Richtlinie auf alle, d.h. insbesondere auch auf »rein schuldrechtlich vereinbarte« Mehrbeträge anwendet, hängt davon ab, ob man die wirtschaftlichen Interessen der Investoren an zeitlich gestreckten Liquiditätszuflüssen und (wenn man Einlagen über das gezeichnete Kapital hinaus auf

Gemeinschaftsebene für bedingungsfeindlich hält) an aufschiebend bedingten Kapitalbeiträgen anerkennt. Der Schutzzweck der Norm bietet wenig Entscheidungshilfe. Immerhin kann man feststellen, daß die Richtlinie selbst hinsichtlich des gezeichneten Kapitals eine zeitlich gestreckte Einzahlung gestattet, obwohl der Verwässerungsschutz zugunsten der Altaktionäre dadurch geschwächt wird. Daraus mag man ableiten, daß der intendierte Verwässerungsschutz einer Abwägung mit anderen anerkennenswerten Interessen grundsätzlich zugänglich ist.

Ob allerdings der bloße zeitlich gestreckte Liquiditätsbedarf ein genügendes Interesse abgibt, kann man bezweifeln. Diese Überlegung würde auch bei einem formell festgesetzten Mehrbetrag greifen. In diesem Fall läßt die Richtlinie jedoch keine Differenzierung zu. Vereinbarungen über Barleistungen außerhalb des Anwendungsbereichs von Art. 69 S. 2 der Richtlinie scheinen jedenfalls dann mit dem Schutzzweck der Vorschrift vereinbar, wenn bei der Gründung vereinbarte Mehrbeträge noch ausstehen. In diesen Fällen könnten »rein schuldrechtliche« Vereinbarungen helfen, die drohende Ungleichbehandlung von Alt- und Neugesellschaftern zu vermeiden.

Darüber hinaus stehen in geschlossenen Gesellschaften Vereinbarungen der Gesellschafter untereinander typischerweise nicht im Widerspruch mit dem intendierten Schutz der Altgesellschafter, da man in dieser Konstellation der Auffassung sein kann, jeder Gesellschafter könne sich selbst ausreichend schützen. Aber selbst in geschlossenen Gesellschaften sind Minderheitsbeteiligungen durchaus denkbar. Man steht an dieser Stelle wiederum vor der Notwendigkeit, den Anwendungsbereich einer Richtlinienvorschrift durch eine gesetzesergänzende Abwägungsentscheidung zu bestimmen, wobei man entweder den wirtschaftlichen Interessen von Investoren den Vorzug geben muß oder dem möglichen Schutzbedürfnis von Altgesellschaftern. Die allgemeinen Überlegungen zum Einlagebegriff sind dabei zu beachten; doch auch dann hängt die Entscheidung letztlich vom rechtspolitischen Empfinden des Rechtsanwenders ab.

c) Umsetzung in deutsches Recht

Die in Art. 69 S. 2 der Gesellschaftsrechtsrichtlinie etablierte Volleinzahlungspflicht des Agios wird in Deutschland durch § 36a Abs. 1 AktG umgesetzt. Das deutsche Recht unterscheidet jedoch nicht zwischen der Situation bei Gründung und Kapitalerhöhung, sondern verlangt in beiden Fällen die sofortige Leistung des gesamten Agios. § 188 Abs. 2 AktG verweist im Fall der Kapitalerhöhung schlichtweg auf § 36a AktG. Man war sich bei der Umsetzung der Gesellschaftsrechtsrichtlinie in deutsches Recht dieses Unterschieds offenbar nicht bewußt. Aus der Regierungsbegründung zum Umsetzungsgesetz wird deutlich, daß man davon ausging, die bisherige Regelung einfach übernehmen zu können.[1069]

1069 Begründung zum Gesetzentwurf der Bundesregierung, BT-Drs. 8/1678, 13.

Es finden sich in der Regierungsbegründung an keiner Stelle Erörterungen zum Agio, den diesbezüglichen Anforderungen der Richtlinie und den Unterschieden zum damals geltenden deutschen Recht. Man kann daher annehmen, daß dieser Themenkomplex insgesamt bei der Umsetzung der Gesellschaftsrechtsrichtlinie nicht bedacht worden ist. § 36a Abs. 1 AktG enthält nun hinsichtlich der Einzahlung des Agios im Gründungszeitpunkt eine strengere Regelung als die Richtlinie. Diese strengere Behandlung des Agios im Gründungszeitpunkt ist unbedenklich, da Art. 48 der Gesellschaftsrechtsrichtlinie nicht als Höchststandard, sondern als Mindeststandard anzusehen ist, der strengere nationale Regeln zuläßt, da alle Regelungszwecke des Art. 48 der Richtlinie bei diesem weniger restriktiven Verständnis erreicht werden können.[1070]

d) Umsetzung in englisches Recht

Im englischen Recht wird die Volleinzahlungspflicht für Bareinlagen durch s. 586 ss. 1 CA 2006 umgesetzt, welche Vorschrift ebenso wenig wie § 36a Abs. 1 AktG zwischen Gründung und Kapitalerhöhung unterscheidet.

2. Prüfung der Sacheinlagen bei Gründung und Kapitalerhöhung

a) Regelungsgehalt und Zweck der Vorschrift

Der zweite Regelungskomplex, in dem die Gesellschaftsrechtsrichtlinie ausdrücklich auf das Agio eingeht, betrifft den Sachverständigenbericht bei Sacheinlagen. Bei der Gründung schreibt Art. 49 Abs. 2 der Richtlinie vor, der erforderliche Bericht muß angeben, ob eine Sacheinlage einen gegebenenfalls vereinbarten Mehrbetrag wertmäßig abdeckt. Sofern ein Sachverständigenbericht nach Art. 50 der Richtlinie ausnahmsweise verzichtbar ist, muß die in diesen Fällen nach Art. 51 der Richtlinie erforderliche gesonderte Erklärung unter anderem angeben, ob der Wert der Sacheinlage einen vereinbarten Mehrbetrag abdeckt (Art. 51 Abs. 1 lit. c) der Gesellschaftsrechtsrichtlinie).

Bei einer Kapitalerhöhung verweist Art. 70 Abs. 2 UA 2 der Richtlinie auf die Vorschriften zur Gründung und übernimmt diese ohne Änderung. Für die Erstellung des Sachverständigenberichts gibt Art. 49 Abs. 2 der Richtlinie lediglich vor, daß der Sacheinlagegegenstand zu beschreiben ist, die angewandten Bewertungsverfahren zu nennen sind und anzugeben ist, ob das gezeichnete Kapital und eventuell ein Mehrbetrag durch den Wert der Sacheinlage aufgebracht werden. Für die Einzelheiten der Bewertung vertraut die Richtlinie offenbar dem Sachverstand der Prüfer. Denn sie verlangt allein Transparenz hinsichtlich der angewandten Bewertungsverfahren, macht jedoch keine inhalt-

1070 *Drinkuth*, Die Kapitalrichtlinie, 145 ff. und 151 f.; *Lösekrug*, Umsetzung, 82; ihnen zustimmend *Habersack/Verse*, Europäisches GesR, 231; *Herchen*, Agio, 127.

lichen Vorgaben, obwohl sie mit ihrem Transparenzgebot selbst davon ausgeht, daß verschiedene Bewertungsverfahren infrage kommen können.

Da gesetzliche Konkretisierungen für die Sacheinlageprüfung fehlen, ist es in der deutschen Bewertungspraxis über zwei zentrale Bewertungskriterien zu Streit gekommen.[1071] Unsicherheit besteht einerseits hinsichtlich des maßgeblichen Bewertungsstichtags. Diskutiert werden dabei der Tag der Satzungsfeststellung bzw. des Kapitalerhöhungsbeschlusses, der Tag der vereinbarten Einbringung, der Tag der tatsächlichen Einbringung, der Tag der Sacheinlageprüfung, der Tag der Anmeldung zum Registergericht und der Tag der Eintragung. Unsicherheit besteht ferner darüber, ob der Wiederbeschaffungswert oder der Verkaufswert des Sacheinlagegegenstands maßgeblich sein sollen oder eventuell eine Kombination aus beiden Werten.

Die Diskussion zum deutschen Aktienrecht zeigt dabei, daß sich die Sachverständigen an den Konzepten orientieren, die ihnen aus dem nationalen Bilanz- und Steuerrecht vertraut sind. Wird die Sacheinlageprüfung in der Praxis nach den Bewertungsgrundsätzen der 28 Mitgliedstaaten durchgeführt, kann die Richtlinie durch die obligatorische Sacheinlageprüfung den Aktionären und den Gläubigern nur eingeschränkt ein gleichwertiges Schutzniveau gewährleisten. Zumindest eine Regelung des maßgeblichen Bewertungsstichtags wäre unproblematisch möglich gewesen. Die Gesellschaftsrechtsrichtlinie regelt im übrigen auch keine Rechtsfolgen, wenn die Sacheinlagenprüfung zu dem Ergebnis kommt, das gezeichnete Kapital oder der Mehrbetrag werden durch den Einlagegegenstand nicht aufgebracht.

Der Sinn der Wertdeckungsprüfung von Sacheinlagen wird üblicherweise ohne Unterscheidung zwischen der Prüfung hinsichtlich des Grundkapitals und des Agios darin gesehen sicherzustellen, daß das in der Bilanz ausgewiesene Kapital auch tatsächlich eingebracht wird, um so die Gläubiger zu schützen. Daneben sollen die Mitgesellschafter davor bewahrt werden, durch nicht werthaltige Sacheinlagen geschädigt zu werden, wenn die Sacheinleger ihre Mitgliedschaftsrechte zu billig erhalten.[1072] Die Erläuterungen zum Kommissionsentwurf sprechen davon, daß die Gründungsprüfung die Bareinleger und die Gläubiger absichern soll.[1073] Durch die Gründungsprüfung sollen die Vorschriften zur Fälligkeit der Einlagen ergänzt werden. Die Prüfung der Sacheinlagen

1071 Überblick über die Diskussion zur Gründungsprüfung nach deutschem Recht bei *Schiller*, Prüfung von Sacheinlagen, 20 ff.

1072 Zu beiden Schutzzwecken *Grundmann*, Europäisches GesR, 171 f.; *Habersack/Verse*, Europäisches GesR, 233.

1073 Erläuterungen zum Vorschlag einer Zweiten Richtlinie, ABl. C 48, 10 (zu Art. 8 des Entwurfs). Unverständlich war bei dieser Begründung, daß Art. 8 Abs. 2 des Entwurfs ausdrücklich regelte, der Bericht müsse »den Aktionären (…) Auskunft geben« und die Gläubiger nicht erwähnte. Diese Passage wurde auf Betreiben des Wirtschafts- und Sozialausschusses des Rates gestrichen, vgl. die Stellungnahme des Wirtschafts- und Sozialausschusses, ABl. C 88, 3.

soll demnach ebenfalls »fingierte Zeichnungen« und »fiktive Einlagen«, im Jargon des deutschen Gesellschaftsrechts »Schwindelgründungen« vermeiden helfen. Die Erschwerung von Schwindelgründungen ist seit jeher auch das Ziel der deutschen Regeln über die Gründungsprüfung.[1074] Bei Kapitalerhöhungen verweist die Begründung zum Kommissionsentwurf auf die entsprechenden Ausführungen bei der Gründung.[1075]

Die Materialien unterscheiden bei der Sacheinlageprüfung nicht zwischen Agio und Grundkapital. Das Fehlen einer Unterscheidung zwischen Agio und Grundkapital in den Erläuterungen zum Kommissionsentwurf hat jedoch für das Verständnis der erlassenen Richtlinie keine Aussagekraft, da in diesem Entwurf noch keine Wertdeckungsprüfung hinsichtlich des Agios vorgesehen war. Mangels weiterer Hinweise in den Materialien, die auf das Verständnis des Gesetzgebers schließen ließen, muß der Normzweck der Vorschrift objektiv bestimmt werden. Die beiden genannten Schutzzwecke erscheinen hinsichtlich des Grundkapitals unzweifelhaft, hinsichtlich des Agios jedoch muß man differenzieren.

Wie oben gezeigt wurde, läßt sich der Umstand, daß ein Agio bei einer Kapitalerhöhung sofort einzuzahlen ist, bei einer Gründung jedoch nicht, nur so sinnvoll erklären, daß die Gesellschaftsrechtsrichtlinie mit Art. 69 S. 2 eine Stärkung des Mitgesellschafterschutzes bezweckt, nicht auch eine Stärkung des Gläubigerschutzes. Es ist durchaus denkbar, daß die Wertprüfungsvorschriften bei Sacheinlagen ergänzend zum Mitgesellschafterschutz auch den Gläubigerschutz bezwecken, denkbar ist jedoch auch, daß die Prüfpflichten hinsichtlich des Agios allein dem Schutz der Mitgesellschafter dienen.

Im Zeitpunkt der Kapitalerhöhung wird die Wertdeckungsprüfung teilweise anders als im Gründungszeitpunkt allein damit erklärt, die Altaktionäre sollten vor einer Wertverwässerung geschützt werden.[1076] Ein Unterschied des Schutzkonzepts der zu beiden Gelegenheiten gleich geregelten Wertdeckungsprüfung hinsichtlich des Agios im Zeitpunkt der Gründung und im Zeitpunkt der Kapitalerhöhung liegt nicht nahe. Diese Annahme widerspricht der genannten Begründung im Kommissionsentwurf, die Bareinleger seien durch die Gründungsprüfung zu schützen. Wann immer eine überbewertete Sacheinlage eingebracht wird, egal ob im Gründungszeitpunkt oder bei einer Kapitalerhöhung, laufen die Bareinleger Gefahr, die Anteile der Sacheinleger zu subventionieren. Der Begriff der Wertverwässerung wird in aller Regel auf den potentiellen Interessenskonflikt von Alt- und Neugesellschaftern bei Kapitalerhöhungen beschränkt. Eine solche Wertverwässerung ist selbst bei Bareinlagen denkbar, wenn diese zu niedrig festgesetzt werden. Jede Sacheinlage begründet unabhängig vom Einbringungszeitpunkt dieselbe Verwässerungsgefahr, daß ein Gesellschafter

1074 *Pentz* in MüKo-AktG § 33, Rz. 4.

1075 Erläuterungen zum Vorschlag einer Zweiten Richtlinie, ABl. C 48, 14 (zu Art. 23 des Entwurfs).

1076 *Habersack/Verse*, Europäisches GesR, 260 f.

für seinen Anteil mehr investieren muß (durch Einlageleistung plus eventuell Verzicht auf Dividenden) als ein anderer Gesellschafter.

Wenn im Fortgang dieser Arbeit die Anwendung der Einlageregeln der Richtlinie auf das Agio behandelt wird, wird zu sehen sein, daß die Unterschiede, welche die Richtlinie hinsichtlich der Behandlung von Einlagen auf das Grundkapital und Einlagen zur Deckung eines Agios vorsieht, nur dann verständlich werden, wenn man annimmt, die Richtlinie regele den Mehrbetrag insgesamt nicht aus Rücksicht auf die Gläubiger der Gesellschaft, sondern allein aus Rücksicht auf die Mitgesellschafter. Entsprechend dieser Erkenntnis wird man aus systematischen Erwägungen auch bei den Regeln zur Wertprüfung von Sacheinlagen davon ausgehen, daß diese hinsichtlich des Agios allein den Schutz der Mitgesellschafter bezwecken, und zwar zu jedem Zeitpunkt, d.h. bei der Gründung ebenso wie bei der Kapitalerhöhung.

Die besondere Bedeutung, welche die Gesellschaftsrechtsrichtlinie dem Aktionärsschutz bei Sacheinlagen zuschreibt, hat sogar dazu geführt, daß in Art. 8 Abs. 2 des Kommissionsentwurfs zur damaligen 2. Gesellschaftsrechtlichen Richtlinie nur die Aktionäre als schützenswerte Gruppe ausdrücklich angeführt worden sind, obwohl selbst nach Auffassung der Kommission die Gründungsprüfung auch den Schutz der Gläubiger bezwecken sollte. Dieser Widerspruch zwischen Entwurfsbegründung und Entwurfstext wurde auf Initiative des Wirtschafts- und Sozialausschusses des Rates hin beseitigt.[1077] Es bleibt aber die Erkenntnis, daß die Sacheinlageprüfung nach dem Verständnis der Richtlinie nicht »vor allem« dem Gläubigerschutz dient, wie man aufgrund des Zusammenhangs mit der realen Kapitalaufbringung meinen könnte, sondern den Aktionärsschutz als »mindestens gleichwertiges« Ziel verfolgt.

Indem die Richtlinie vorschreibt, den Wert einer Sacheinlage daraufhin zu prüfen, ob ein eventuelles Agio abgedeckt ist (oder dies ausdrücklich zu versichern), setzt sie voraus, daß ein eventueller Mehrbetrag wie das gezeichnete Kapital durch eine Sacheinlage aufgebracht werden kann und in diesem Fall selbstredend durch den Wert des Einlagegegenstands abgedeckt sein muß.[1078] Im deutschen Recht formuliert § 36a Abs. 2 S. 3 AktG diese Wertdeckungspflicht ausdrücklich.

b) Anwendung auf rein faktische Mehrwerte und Sachleistungen ohne Referenzbetrag

Durchaus unklar ist der genaue Anwendungsbereich der Vorschriften zur obligatorischen Sacheinlageprüfung. Art. 49 Abs. 1 und Art. 70 Abs. 2 der Richtlinie verlangen für Einlagen, die nicht Bareinlagen sind, einen besonderen Bericht. Das entscheidende Tatbestandsmerkmal der Einlage ist jedoch auf Gemeinschaftsebene unbestimmt geblieben. Im Rahmen der Sacheinlageprüfung bereitet

1077 Vgl. o. Fn. 1073
1078 Vgl. Grundmann, Europäisches GesR, 170.

weniger die unsichere Unterscheidung zwischen korporativen und rein schuldrechtlichen Vereinbarungen Schwierigkeiten, sondern vor allem die Behandlung faktischer Mehrwerte von unteilbaren Gegenständen und von Sachleistungen ohne Wertbestimmung. Bei unteilbaren Einlagegegenständen ist zwar zweifellos eine Sacheinlageprüfung erforderlich. Jedoch kann die Prüfungsdichte davon abhängen, ob man den tatsächlichen Mehrwert als Teil der Einlage begreift. Die Frage läßt sich so formulieren, ob der Sinn der Sacheinlageprüfung in einer unabhängigen Wertprüfung, also der Ermittlung eines »möglichst objektiven« Einlagewerts liegt, oder in einer Wertdeckungsprüfung.

Art. 49 Abs. 2 der Richtlinie verlangt als Mindestinhalt des Sachverständigenberichts die Beschreibung der Einlagen, die Angabe des angewandten Bewertungsverfahrens und die Angabe, ob der ermittelte Sachwert das anteilige gezeichnete Kapital und einen eventuell vereinbarten Mehrbetrag abdeckt. Diese Vorgaben kann man so verstehen, daß eine Sacheinlageprüfung nur dann durchzuführen ist, wenn durch den versprochenen Gegenstand das gezeichnete Kapital oder ein Mehrbetrag aufgebracht werden sollen. Eine Wertprüfung des Einlagegegenstands ist nach diesem Verständnis nur durchzuführen, wenn sie Grundlage für eine Wertdeckungsprüfung sein soll. Werden das gezeichnete Kapital und ein eventuell bestimmter Mehrbetrag durch eine Bareinlage aufgebracht, macht eine Wertdeckungsprüfung hinsichtlich zusätzlich versprochener Sachleistungen keinen Sinn mehr. Es gibt keinen Sollwert, der durch den Wert der zusätzlichen Gegenstände aufzubringen ist.

Bei unteilbaren Sacheinlagen kann man entsprechend die Prüfungsdichte reduzieren, wenn »jedenfalls« feststeht, daß der Referenzwert abgedeckt ist. Die Absenkung der Prüfungsanforderungen kann in der Praxis z.B. Auswirkungen haben, wenn der maßgebliche Bewertungszeitpunkt, daraus folgend ein eventuell erforderlicher Abzinsungsfaktor und zudem die Entscheidung unsicher sind, ob der Wiederbeschaffungswert oder der Verkaufswert für die Gesellschaft der Bewertung zugrunde zu legen sind.[1079] In diesen Fällen kann die Prüfung erleichtert werden, wenn »jedenfalls«, d.h. selbst bei Annahme der ungünstigeren Bewertungsgrundlage und eines späten Einbringungstermins, der Sollwert des gezeichneten Kapitals (eventuell zuzüglich eines Mehrbetrags) erreicht wird. Es kann dann offen bleiben, ob der so ermittelte Mindestwert der »objektiv richtige« Wert ist. So verfahren in der Praxis die sachverständigen Wirtschaftsprüfer unter Billigung der Registergerichte regelmäßig bei der Einbringung von Unternehmen im Wege der Sacheinlage.

Man kann die Vorgaben des Art. 49 Abs. 2 der Richtlinie aber auch so verstehen, daß in jedem Fall einer Sacheinlage eine Wertprüfung des Einlagegegenstands zu erfolgen hat. Sofern eine Wertdeckungsprüfung angezeigt ist, weil bestimmte Referenzwerte durch den Gegenstand aufgebracht werden sollen, muß

1079 Beispiele für die vielen Unsicherheiten bei der Bewertung von Sacheinlagen bei *Schiller*, Prüfung von Sacheinlagen, 20 ff.

zusätzlich angegeben werden, ob die entsprechenden Werte erreicht werden.[1080] Nach diesem Verständnis werden die drei Anforderungen des Art. 49 Abs. 2 der Richtlinie Gegenstandsbeschreibung, transparentes Bewertungsverfahren und Wertdeckungserklärung als voneinander unabhängige, sich lediglich ergänzende Bestandteile der Sacheinlageprüfung angesehen. Je nachdem, welches Verständnis der Vorschrift man vorzieht, wird man an dieser Stelle einen engen (nur Leistungen zur Aufbringung des gezeichneten Kapitals und des Mehrbetrags) oder einen weiten (alle Gegenleistungen) Einlagebegriff annehmen.

Mit dem Gläubigerschutzzweck der Sacheinlageprüfung ist die Annahme eines engen Einlagebegriffs vereinbar. Das zwingend vorzusehende Haftkapital ist nach der Konzeption der Gesellschaftsrechtsrichtlinie auf das gezeichnete Kapital beschränkt. Von weiteren Leistungen der Gesellschafter profitieren die Gläubiger faktisch durch die Stärkung der Eigenkapitalbasis der Gesellschaft. Einen dauerhaften, rechtlich abgesicherten Schutz bietet jedoch schon der Mehrbetrag nicht, da dieser wieder an die Gesellschafter ausgeschüttet werden kann. Sofern man annimmt, die ausdrückliche Festsetzung eines Mehrbetrages begründe ein schutzwürdiges Vertrauen in die tatsächliche Aufbringung desselben, sichert die Sacheinlageprüfung dieses Vertrauen ab.

Man kann jedoch auch annehmen, daß die Gläubiger nur in ihrem Vertrauen auf die Aufbringung des Haftkapitals besonders zu schützen sind und in allen anderen Fällen auf die korrekte Ausführung der gesetzlich vorgeschriebenen Rechnungslegung vertrauen müssen. Rein faktische Mehrwerte oder das Versprechen nicht bewerteter zusätzlicher Leistungen begründen bei Gläubigern mangels Vereinbarung eines bestimmten Sollwerts kein Vertrauen auf eine bestimmte Höhe der Kapitalausstattung. Würde die von der Gesellschaftsrechtsrichtlinie geforderte Sacheinlageprüfung so verstanden, daß in jedem Fall ein bestimmter Wert zu ermitteln und nach Art. 49 Abs. 3 der Richtlinie öffentlich bekannt zu machen wäre, bestünde vielmehr die Gefahr, daß erst durch dieses formelle Verfahren ein besonderes Vertrauen erzeugt und eine nur scheinbare Sicherheit vorgetäuscht würde.

Hinsichtlich des angestrebten Aktionärsschutzes muß man differenzieren. Bei der Gründung sind die Gründer selbst nicht schutzwürdig. Sie können ihre Zustimmung von bestimmten Informationen abhängig machen und einen Mehrbetrag festsetzen, sofern sie das wünschen. Bei einer normalen Kapitalerhöhung stellt sich wieder das Problem des Minderheitenschutzes und damit die Frage, ob man die Möglichkeit der Gesellschafter, durch förmliche Festsetzung eines Mehrbetrags für das Schutzregime der Richtlinie zu optieren, als ausreichend ansieht. Beschließt die Gesellschafterversammlung indes ein genehmigtes Kapital, wird sie von der Festsetzung eines Mehrbetrags absehen, da der Wert der Anteile über die zulässige Fünf-Jahres-Frist nicht prognostiziert werden kann.

1080 Ein solches Verständnis ablehnend unter Hinweis auf den Wortlaut der Norm *Jung/Stiegler* in Jung/Krebs/Stiegler, Gesellschaftsrecht § 21 Rz. 53.

Gerade auch in den Fällen, in denen kein Beschluß über einen Mehrbetrag gefaßt wurde, können die Gesellschafter ein Interesse haben, durch eine unabhängige Bewertung der vereinbarten Sachleistungen einen Anhaltspunkt dafür zu gewinnen, ob die Geschäftsführung eine ausreichende Gegenleistung vereinbart hat. Die Wertermittlung kann für (Minderheits-)Gesellschafter auch ohne Wertdeckungsprüfung interessant sein. Selbst wenn eine »objektive Wertangabe« nicht möglich sein mag, wird doch jedenfalls eine Plausibilitätskontrolle der Annahmen der Geschäftsführung erreicht. Man muß sich jedoch im klaren sein, daß die Bewertung einer Sachleistung selbst noch nichts aussagt über die Angemessenheit des Entgelts für die neuen Gesellschaftsanteile. Zur Bewertung der Angemessenheit von Leistung und Gegenleistung bedürfte es zusätzlich einer Bestimmung des Wertes der ausgegebenen Anteile. Eine solche Wertbestimmung sieht die Gesellschaftsrechtsrichtlinie jedoch nicht vor. Art. 49 Abs. 2 der Richtlinie fordert lediglich eine Bewertung der Einlagen.

Die Verhinderung von Schwindelgründungen dient darüber hinaus nicht nur dem Interesse der Gesellschafter, die im Zeitpunkt der Kapitalmaßnahme Anteile halten oder zeichnen, sondern auch dem Schutz zukünftiger Erwerber, insbesondere bei Erwerb am Kapitalmarkt. Es ist daher zu fragen, welche Schutzbemühungen zugunsten dieser Gruppe angemessen sind. Bei einem Kauf von Gesellschaftsanteilen wird der Erwerber auch die Werte bezahlen müssen, die durch Mehrleistungen über das gezeichnete Kapital und den Mehrbetrag hinaus an die Gesellschaft geflossen sind. Diese Überlegung kann für eine Wertprüfung auch solcher Gegenleistungen sprechen.

Andererseits kann man derivative Anteilserwerber auf die Rechnungslegung der Gesellschaft verweisen, deren Daten ohnehin der Investitionsentscheidung zugrunde gelegt werden dürften. Bei späteren unentgeltlichen Leistungen eines Gesellschafters an die Gesellschaft muß der Anteilserwerber ebenfalls auf die Aussagekraft der Bilanz vertrauen, ebenso bei dem wichtigen Bewertungskriterium der erwirtschafteten Gewinne. Wie bei den Gläubigern der Gesellschaft besteht sogar die Gefahr, durch eine Veröffentlichung von Werten über das gezeichnete Kapital und den Mehrbetrag hinaus Vertrauen erst zu begründen, das zum Zeitpunkt der Investitionsentscheidung nicht mehr gerechtfertigt sein muß, z.B. wenn ein ohne Wertangabe eingebrachtes Patent durch eine technische Neuerung wertlos geworden ist.

Die Erläuterungen zum Kommissionsentwurf verstehen die Sacheinlageprüfung als Mittel, »fingierte Zeichnungen« und »fiktive Einlagen« zu verhüten.[1081] Es soll eine Umgehung des Verbots der Unterpari-Emission durch überbewertete Sacheinlagen verhindert werden. Dieser Schutzzweck ist durch zusätzliche Sachleistungen nicht gefährdet. Die subjektiv-teleologische Auslegung spricht daher für einen engen Einlagebegriff und die Beschränkung der Sacheinlage-

1081 Erläuterungen zum Vorschlag einer Zweiten Richtlinie, ABl. C 48, 10 (zu Art. 8 des Entwurfs).

prüfung auf Sachleistungen, deren Wert das gezeichnete Kapital und einen förmlich festgesetzten Mehrbetrag aufbringen soll.

Objektiv kann jedoch eine Wertprüfung jeder Gegenleistung den Aktionärsschutz insbesondere bei Kapitalerhöhungen stärken und für zukünftige Investoren Anhaltspunkte zur Bewertung der Anteile liefern. Bei einer objektiv-teleologischen Auslegung läßt sich daher die Annahme eines weiten Einlagebegriffs ebenfalls begründen. Da das Rangverhältnis subjektiver und objektiver Gesetzeszwecke nicht abschließend geklärt ist, insbesondere in Fällen wie dem vorliegenden, in denen die objektive Auslegung den subjektiven Kriterien nicht widerspricht, sondern diese ergänzen kann, soll die Entscheidung hier offen bleiben.

Zu beachten ist bei Annahme eines weiten Einlagebegriffs im Rahmen der Vorschriften zur Sacheinlageprüfung die Möglichkeit der Gesellschafter, Sachübernahmevereinbarungen zu treffen. Da in diesen Fällen grundsätzlich nur die Bareinlage als Einlage im Sinne der Gesellschaftsrechtsrichtlinie anzusehen ist, können die Gesellschafter die Anforderungen der Sacheinlageprüfung relativ leicht vermeiden.

c) Umsetzung in deutsches Recht

Die Vorgaben des Art. 49 Abs. 2 der Richtlinie zur Gründungsprüfung von Sacheinlagen setzt § 34 Abs. 1 AktG um. Im Fall einer Kapitalerhöhung verweist § 183 Abs. 3 S. 2 AktG auf die Anforderungen des § 34 AktG. Gemäß § 34 Abs. 1 Nr. 2 AktG hat sich die Gründungsprüfung »namentlich darauf zu erstrecken, ob der Wert der Sacheinlagen (...) den geringsten Ausgabebetrag der dafür zu gewährenden Aktien (...) erreicht.« Ausdrücklich vorgeschrieben wird die Wertdeckungsprüfung damit nur für den Nominalwert der Anteile, den geringsten Ausgabebetrag, nicht auch für ein eventuelles Agio.

Die Aufzählung des Gesetzes ist jedoch nicht abschließend, wie die Formulierung mit dem Adverb ›namentlich‹ zeigt. Daher besteht die Möglichkeit, die Norm richtlinienkonform dahingehend auszulegen, daß eine Wertdeckungsprüfung auch hinsichtlich eines vereinbarten Mehrbetrags gefordert wird. So ist § 34 Abs. 1 AktG zu verstehen.[1082] Der Gesetzgeber ging bei der Umsetzung der damaligen Kapitalrichtlinie davon aus, daß das deutsche Recht, welches der Richtlinie weitgehend als Vorbild diente, kaum verändert werden müsse.[1083] Bei der Gründungsprüfung ging man davon aus, daß die Anforderungen der Richtlinie lediglich eine Klarstellung dahingehend erforderten, daß eine detaillierte

1082 So auch BGH AG 2012, 87 (88) – *Babcock Borsig*; ausführlich *Lüssow*, Agio, 192 ff.; *Herchen*, Agio, 129 ff.; *Lösekrug*, Umsetzung, 86 ff.; *Baums*, Agio, 65; *Habersack/Verse*, Europäisches GesR, 234 mit Nachweisen zu anderen Ansichten, die die europarechtliche Vorgabe nicht beachten.

1083 Begründung des Gesetzentwurfs der Bundesregierung zur Umsetzung der 2. Richtlinie, BT-Drs. 8/1678, 10.

Beschreibung des Einlagegegenstandes auch im Sachgründungsbericht gefordert werde.[1084] Die Anforderungen der Richtlinie hinsichtlich des Agios hat man schlichtweg übersehen.

Die in Art. 51 Abs. 1 lit. c) der Gesellschaftsrechtsrichtlinie geforderte besondere Erklärung zum Wert der Sacheinlage bei einer (mit dem ARUG[1085] im Jahr 2009 durch § 33a AktG ermöglichten) Einbringung ohne Gründungsprüfung wird im deutschen Recht durch § 37a Abs. 1 S. 3 AktG umgesetzt. § 37a Abs. 1 S. 3 AktG schreibt vor, daß die Anmeldung einer Sachgründung zum Registergericht eine Erklärung enthalten muß, daß »der Wert der Sacheinlagen (…) den geringsten Ausgabebetrag der dafür zu gewährenden Aktien (…) erreicht.« In dieser Vorschrift wird eine Wertdeckungserklärung nur für den Nominalwert der Anteile gefordert, nicht jedoch für ein eventuelles Agio. Die Anforderung der Richtlinie hinsichtlich einer Wertdeckungserklärung auch für den Mehrbetrag ist in Deutschland damit in § 37a AktG nicht umgesetzt.

Eine bewußte Entscheidung des ARUG-Gesetzgebers, von den Vorgaben der Richtlinie abzuweichen, ist nicht anzunehmen. Die wichtigste Quelle, den Willen des Gesetzgebers zu erschließen, stellt im Fall der Einführung des § 37a AktG durch das ARUG die Begründung zum Regierungsentwurf dar.[1086] Die Einführung der Möglichkeit einer Sacheinlage ohne externe Gründungsprüfung wird damit begründet, daß die Gesellschaftsrechtsrichtlinie in diesem Punkt umgesetzt werden soll.[1087] Auf diese Begründung kann man die Prämisse stützen, daß die Vorgaben der Richtlinie grundsätzlich vollständig im deutschen Recht umgesetzt werden sollen und gewollte Abweichungen von der Richtlinie nur ausnahmsweise anzunehmen sind.

Die Begründung für die Formulierung von § 37a Abs. 1 S. 2 AktG geht auf die Abweichung von der Richtlinienvorgabe, auch einen »eventuellen Mehrbetrag« in die Wertdeckungserklärung aufzunehmen, nicht ein und zwingt damit nicht zur Annahme einer bewußten Abweichung von der Gesellschaftsrechtsrichtlinie.[1088] Auch dem systematischen Zusammenhang aller Regelungen über die grundsätzliche Pflicht zur Gründungsprüfung und nur ausnahmsweise genügende Wertdeckungserklärung, in welchen die Vorschrift des § 37a AktG eingeordnet ist, läßt sich nicht entnehmen, daß der Gesetzgeber eine analoge Anwendung der Wertdeckungserklärung auf das Agio nicht gewollt haben kann. Die Formulierung des § 37a Abs. 1 S. 2 AktG »Wert der Sacheinlagen (…) den geringsten Ausgabebetrag (…) erreicht« wurde wohl an die Formulierung des § 34 Abs. 1 Nr. 2 AktG angelehnt, wobei übersehen wurde, daß diese ältere Vorschrift nicht abschließend formuliert ist (»namentlich«) und der richtlinien-

1084 Begründung des Gesetzentwurfs der Bundesregierung zur Umsetzung der 2. Richtlinie, BT-Drs. 8/1678, 12.

1085 Gesetz zur Umsetzung der Aktionärsrechterichtlinie vom 30. Juli 2009.

1086 Gesetzentwurf der Bundesregierung zum ARUG, BT-Drs. 16/11642.

1087 Regierungsentwurf zum ARUG, 22.

1088 Vgl. Regierungsentwurf zum ARUG, 23.

konformen Auslegung bedarf. Die Begründung zur parallelen Vorschrift des § 183a AktG verweist lediglich auf die Ausführungen zur Gründungsprüfung und führt nicht weiter.[1089]

Aus den Gesetzesmaterialien ist demnach kein Wille des Gesetzgebers erkennbar, die Gesellschaftsrechtsrichtlinie in diesem Punkt nicht vollständig umzusetzen, sondern das Umsetzungsdefizit kann als Fehler bei der Orientierung an § 34 AktG erklärt werden. Auch bei Erlaß des ARUG hat der deutsche Gesetzgeber, wie schon früher beim Umsetzungsgesetz zur Zweiten Richtlinie, die Anforderungen der Gesellschaftsrechtsrichtlinie an die Behandlung des Agios übersehen.

Eine Übereinstimmung des deutschen Rechts mit der Gesellschaftsrechtsrichtlinie läßt sich dadurch herstellen, daß man die Pflicht zur Erklärung der Wertdeckung auch hinsichtlich eines Agios aus der allgemeinen Bestimmung des § 37 Abs. 1 S. 1 iVm § 36a Abs. 2 S. 2 AktG ableitet.[1090] Grundsätzlich ergänzt § 37a AktG die Anforderungen des § 37 AktG[1091], so daß sich eine weitergehende Erklärungspflicht auch aus der allgemeinen Regel des § 37 AktG ergeben kann. Man könnte im Fall einer Sachgründung ohne externe Gründungsprüfung jedoch die Ansicht vertreten, die Erwähnung der Pflicht, ausdrücklich zu erklären, der Wert der Sacheinlage decke den geringsten Ausgabebetrag, sei in § 37a Abs. 1 S. 3 AktG überflüssig, wenn diese Erklärung ohnehin schon wegen § 37 Abs. 1 S. 1 AktG zu erfolgen habe. Die Pflicht zur Erklärung der Wertdeckung in § 37a Abs. 1 S. 3 AktG sei deshalb so zu verstehen, daß sie anders als bei § 37 Abs. 1 S. 2 iVm § 36a Abs. 2 S. 3 AktG auf den geringsten Ausgabebetrag begrenzt sei.[1092] Aus dem Zusammenhang der Vorschriften des Aktienrechts ließe sich nicht sicher ableiten, ob § 37a Abs. 1 S. 3 AktG als Ausnahme zu § 37 Abs. 1 S. 1 AktG zu verstehen wäre oder als eigentlich überflüssige Wiederholung eines Teils der anderen Bestimmung. Die Vorgaben des Europarechts in Art. 51 Abs. 1 lit. c) der Gesellschaftsrechtsrichtlinie zwingen jedoch eindeutig dazu, eine richtlinienkonforme Auslegung des deutschen

1089 Regierungsentwurf zum ARUG, 36.

1090 So versteht Hölters/*Solveen* § 37a Rz. 3 das Zusammenspiel der Normen ohne dabei auf die europarechtliche Dimension einzugehen.

1091 Hölters/*Solveen* § 37a Rz. 1; *Vetter/Schulenburg* in Henssler/Strohn, GesR § 37a AktG Rz. 1; Begr. RegE BT-Drs. 16/11642 S. 32.

1092 I.E. für eine Begrenzung der Wertdeckung nach § 37a Abs. 1 S. 3 AktG noch *Hüffer* in *Hüffer*, AktG (10. Aufl.) § 37a Rz. 3, da dieses Verständnis mit § 34 Abs. 1 Nr. 2 AktG übereinstimme. Dabei übersieht *Hüffer* jedoch erstens die notwendige richtlinienkonforme Auslegung des § 34 AktG und zweitens die grundsätzliche Erklärungspflicht nach § 37 Abs. 1 S. 1 AktG, auf die er nicht eingeht (a.A. nun *Hüffer/Koch*, AktG § 37a, Rz. 3). Ohne Erörterung des problematischen Zusammenhangs mit § 37 Abs. 1 S. 1 AktG oder der europarechtlichen Vorgaben geht *Stelmaszczyk* in Spindler/Stilz/§ 37a Rz. 4 von einer Beschränkung auf den geringsten Ausgabebetrag aus.

Aktienrechts zu wählen, nach der die Erklärung über die Wertdeckung durch die Sacheinlage auch ein eventuell vereinbartes Agio mitumfassen muß. Der Wille des Gesetzgebers ist so zu verstehen, daß die Richtlinie vollständig umgesetzt werden sollte.

In den Fällen einer Kapitalerhöhung verweist § 183a Abs. 2 AktG auf § 37a AktG, verlangt jedoch nur eine Veröffentlichung in den Gesellschaftsblättern, nicht wie Art. 70 Abs. UA 2 iVm Art. 51 Abs. 1 iVm Art. 16 der Gesellschaftsrechtsrichtlinie eine Erklärung gegenüber dem Registergericht, die zu den Registerakten zu nehmen ist. Dieses Umsetzungsdefizit kann ebenfalls durch europarechtskonforme Auslegung von § 37 Abs. 1 S. 1 iVm § 36a Abs. 2 S. 2 AktG erreicht werden, welche Vorschriften bei Kapitalerhöhungen aufgrund des Rechtsgrundverweises des § 188 Abs. 2 S. 1 AktG ebenfalls anwendbar sind.

d) Umsetzung in englisches Recht

Im englischen Recht werden die Vorgaben zur Sacheinlageprüfung durch ss. 593 ff. CA 2006 umgesetzt, wobei einige Vorschriften auf ein Verständnis der Sacheinlageprüfung als Wertdeckungsprüfung hinweisen, jedoch auch nicht auszuschließen ist, daß eine Wertprüfung intendiert sein könnte, insbesondere weil nach dem englischen Recht der share premium account im wesentlichen ebenso streng gehandhabt wird wie das share capital, eine Differenzhaftung jedoch nur bei einem ausdrücklich festgesetzten Mehrwert in Betracht kommt. Eine Wertprüfung könnte in diesem Zusammenhang helfen, das Haftkapital realistischer einzuschätzen und eine spätere Herabsetzung des Haftkapitalfonds zu vermeiden, was nach englischem Verständnis die Rechtsfolge wäre, wenn später eine Überbewertung von Sacheinlagen, die ohne ausdrückliche Angabe eines Mehrwerts vereinbart werden, korrigiert werden muß.

IV. Rechtsfolgen aus dem Einlagebegriff

Die Gesellschaftsrechtsrichtlinie enthält nur die soeben besprochenen, wenigen Sonderregeln zum Mehrbetrag. Als Teil der Einlage jedoch unterliegt der Mehrbetrag grundsätzlich auch den Richtlinienvorschriften über die Einlageverpflichtung, sofern nicht ausdrücklich eine Anwendung nur auf das gezeichnete Kapital oder den Nennbetrag oder den rechnerischen Wert der Anteile angeordnet wird. Über den Einlagebegriff können auch weitere Zusatzleistungen erfaßt werden, wie z.B. ohne Wertangabe vereinbarte Sachleistungen. Die Begrenzung des Anwendungsbereichs der Kapitalschutzregeln auf das gezeichnete Kapital findet sich häufiger als ein Gleichlauf der Vorschriften hinsichtlich gezeichnetem Kapital und Mehrbetrag und eventuellen weiteren Einlageformen. Im einzelnen gilt folgendes:

1. Anwendung dreier Einlagevorschriften

a) Fälligkeitsregel für Sach-Mehrbetrag bei Gründung und Kapitalerhöhung (Art. 48 Abs. 2 und 70 Abs. 1 der Richtlinie)

aa) Regelungsgehalt und Zweck der Vorschrift

(1) Gleiche Vorgaben für Gründung und Kapitalerhöhung

Für Sacheinlagen bestimmt Art. 48 Abs. 2 der Gesellschaftsrechtsrichtlinie, sie müssen spätestens fünf Jahre nach Gründung der Gesellschaft »vollständig geleistet« sein. Für Kapitalerhöhungen findet sich eine entsprechende, vom Zeitpunkt des Kapitalerhöhungsbeschlusses an berechnete Fünf-Jahres-Frist in Art. 70 Abs. 1 der Richtlinie. Der Kommissionsentwurf hatte in beiden Fällen (vgl. Art. 7 und Art. 23 RL-E) noch vorgesehen, daß Sacheinlagen sofort geleistet werden müssen. Diese Pflicht zur Volleinzahlung von Sacheinlagen ist im Laufe des Gesetzgebungsverfahrens aufgegeben worden, ohne daß sich aus den Materialien Gründe für diesen Richtungswechsel angeben ließen.

Mit der letztlich eingeführten Höchstfrist für ausstehende Sacheinlagen will die Richtlinie der Gefahr begegnen, daß die versprochene Sache bis zur Erfüllung an Wert verliert.[1093] In beiden Vorschriften wird nicht danach unterschieden, ob die Sacheinlage den Nennwert der Anteile abdecken soll oder einen Mehrbetrag. Beide Normen sprechen allgemein von Einlagen ohne Beschränkung auf das gezeichnete Kapital. Nach dem Wortlaut beider Artikel gilt demnach die fünfjährige Höchstfrist für die Leistung des Gegenstandes sowohl bei der Gründung wie bei der Kapitalerhöhung für Einlagen auf das Grundkapital und auf einen vereinbarten Mehrbetrag. Der Wortlaut »vollständig geleistet« besagt, daß die Leistungshandlung binnen fünf Jahren abgeschlossenen sein muß. Dabei wird nicht nach Art der Sacheinlage unterschieden. Das bedeutet, daß eine Übertragung von Vermögensgegenständen binnen fünf Jahren dinglich vollzogen sein muß, Dauerleistungen maximal fünf Jahre lang andauern können. Länger andauernde Leistungen, z.B. von Dienstleistungen zur Erfüllung einer Sachagioverpflichtung (Sacheinlagefähigkeit insoweit nicht erforderlich)[1094] oder von Nutzungsüberlassungen zur Erbringung einer Einlage auf das Grundkapital, können nach dem klaren Wortlaut der Vorschriften nicht als Einlagen im Sinne der Richtlinie vereinbart werden.

(2) Regelung im Gründungszeitpunkt unproblematisch

Im Zeitpunkt der Gründung ist diese Regelung ohne weiteres verständlich. Die Gefahr eines Wertverlustes besteht bei jeder Sacheinlage, egal welche For-

1093 Vgl. a. *Grundmann*, Europäisches GesR, 170 zum Zusammenhang von Wertverlust und Erfüllungsfrist.

1094 Zur Entbehrlichkeit der Sacheinlagefähigkeit im Fall eines Agios s. u. S. 449.

derung durch sie erfüllt werden soll. Die Gläubiger der Gesellschaft und die Gesellschafter haben gleichermaßen ein Interesse daran, daß der versprochene Einlagegegenstand bei seiner Einbringung werthaltig ist. Daher verschärft die Richtlinie die zeitlichen Anforderungen an die tatsächliche Einbringung der Sacheinlage nicht nur bei der Einlage auf das Grundkapital, sondern auch bei der Agioeinlage, während sie die Fälligkeit bei Baragien im Gründungszeitpunkt nicht interessiert. Im Fall der Gründung besteht daher kein Anlaß anzunehmen, die Gesellschaftsrechtsrichtlinie verwende in ihrem Art. 48 Abs. 2 den Begriff Einlage anders als in anderen Vorschriften, insbesondere als einen Absatz zuvor in Art. 48 Abs. 1.[1095] Die fünfjährige Höchstfrist für die tatsächliche Einbringung von Sacheinlagen gilt bei der Gründung auch für Sach-Mehrbeträge.

(3) Bei Kapitalerhöhung problematische Erleichterung gegenüber Baragio

Im Fall einer Kapitalerhöhung führt die Zulässigkeit einer Fälligkeitsvereinbarung von maximal fünf Jahren bei Sachagien zu einer Erleichterung gegenüber den Anforderungen bei einer Bareinlage. Ein Baragio ist gemäß Art. 69 S. 2 der Gesellschaftsrechtsrichtlinie sofort in voller Höhe aufzubringen. Wenn Art. 70 der Richtlinie Sacheinlagen zur Erfüllung einer Agioverpflichtung und Sacheinlagen zur Leistung des Grundkapitals gleichbehandelt, führt dies notwendigerweise zu einer Bevorzugung von Sachagien gegenüber Baragien. Dieser mögliche Wertungswiderspruch wird in der Literatur nicht thematisiert.[1096]

Die Bevorzugung von Sachagien im Rahmen der Kapitalaufbringung erscheint widersprüchlich, da die Gefahr, welcher die Volleinzahlung bei Baragien begegnet, bei Sachagien ebenso besteht. Wie gesehen, bezweckt die Pflicht zur Volleinzahlung des Agios in Art. 69 S. 2 der Gesellschaftsrechtsrichtlinie, daß der Teil des Ausgabepreises, der eine Wertverwässerung der Altanteile verhindern soll, sofort zu leisten ist. Die Fälligkeit der Einlage auf das Grundkapital wird nicht geregelt, um der Gesellschaft die Möglichkeit zu geben, die Neuanteilseigner hinsichtlich dieses Teils der Einlage genauso zu behandeln wie die Altanteilseigner, welche ihre Einlage auf das Nominalkapital möglicherweise noch nicht voll erbracht haben. Dienen Sacheinlagen der Aufbringung eines

1095 S. o. S. 387.

1096 Die deutsche Literatur zur Gesellschaftsrechtsrichtlinie kritisiert die deutsche Umsetzung in § 36a Abs. 2 AktG nicht, die zu demselben Wertungswiderspruch führt, sondern erörtert allein die Erstreckung der Anforderungen auf den Gründungszeitpunkt als zulässige Verschärfung der Richtlinienvorgaben. Die Literatur zum Agio im deutschen Recht stößt sich ebenfalls nicht an § 36 a AktG, der bei der Fälligkeit des Agios zwischen Bar- und Sacheinlagen unterscheidet, und thematisiert die Schwierigkeit der europarechtlichen Vorgabe nicht, vgl. *Herchen*, Agio, 128 f. und o. S. 407 ff.

Mehrbetrags, besteht die Gefahr einer Wertverwässerung ebenso wie bei Bareinlagen, oder vielmehr, die zusätzliche Gefahr eines Wertverlustes des versprochenen Gegenstands verschärft die Situation noch. Die Pflicht zur vollständigen Leistung von Sacheinlagen, welche der Kommissionsentwurf vorgesehen hatte, wurde bei Kapitalerhöhungen deshalb damit begründet, einen Gleichlauf in der rechtlichen Behandlung von Sach-Mehrbeträgen und Bar-Mehrbeträgen zu gewährleisten.[1097]

Wegen des drohenden Widerspruchs in der Behandlung von Sach- und Bar-Mehrleistungen erscheint es auf den ersten Blick sinnvoll, die fünfjährige Einbringungsfrist des Art. 70 Abs. 1 der Richtlinie auf Sacheinlagen zu beschränken, die zur Deckung des Grundkapitals erbracht werden. Zu diesem Zweck könnte man den Begriff der Einlage teleologisch auslegen und darunter an dieser Stelle nur Einlagen auf das Grundkapital verstehen. Diese Auslegung wäre durch die objektiv-teleologische Erwägung gestützt, einen Wertungswiderspruch zwischen Bar- und Sachagien vermeiden zu wollen.

Die Formulierung von Art. 70 der Gesellschaftsrechtsrichtlinie läßt zwar eine bewußte Anlehnung an Art. 48 Abs. 2 der Richtlinie vermuten. Der Wortlaut deutet daher zunächst auf einen gewollten Gleichlauf in der Behandlung von Grundkapitaleinlagen und Mehrbetragseinlagen sowohl bei der Gründung wie bei Kapitalerhöhungen hin. Man kann jedoch die Anlehnung an Art. 48 der Richtlinie als einen unbewußten Wertungswiderspruch zur Behandlung von Bar-Mehrbeträgen und damit einen unbeabsichtigten Fehler bei der Gesetzgebung ansehen, der einer wertungsstimmigeren objektiven Auslegung nicht entgegensteht. Die Formulierung der Vorschrift für Kapitalerhöhungen war schon im Kommissionsentwurf an die Vorschrift bei der Gründung angelehnt (vgl. Art. 7 und 23 RL-E). Da der Entwurf in beiden Fällen eine sofortige Leistungspflicht vorsah, bestand bei Kapitalerhöhungen kein Wertungswiderspruch zwischen Bar- und Sach-Mehrbeträgen. Vielmehr sollten beide Mehrleistungen gleich behandelt werden. Dieser gewollte Gleichlauf wurde durch die Einführung der Fünf-Jahres-Regel gestört, man mag annehmen unbedacht gestört.

Für die übereinstimmende Auslegung von Art. 48 Abs. 2 und Art. 70 der Gesellschaftsrechtsrichtlinie sprechen allerdings neben der Vermutung der gesetzgeberischen Intention systematische und sachliche Erwägungen. Will man erstens Sachagien von Art. 70 der Richtlinie ausnehmen, erhält man in den Fällen ein kaum lösbares Problem, in denen der Wert eines unteilbaren Gegenstands sowohl das gezeichnete Kapital wie auch einen vereinbarten Mehrbetrag abdecken soll. Man müßte, ohne dafür ein eindeutiges Kriterium im Gesetz zu finden, entscheiden, welche Einlageform für die Frage der Fälligkeit wichtiger ist und aus dieser Entscheidung ableiten, ob der Gegenstand sofort oder erst in

1097 Erläuterungen zum Vorschlag einer Zweiten Richtlinie, ABl. C 48, 14 (zu Art. 23 des Entwurfs). Die Volleinzahlungspflicht von Sacheinlagen wird durch einen Verweis auf Art. 21 Abs. 3 des Entwurfs, den heutigen Art. 30 S. 2 der Gesellschaftsrechtsrichtlinie begründet.

fünf Jahren geleistet werden muß. Eine objektiv denkbare Erklärung, die Regelung für Sacheinlagen auch auf Sachagien anzuwenden, kann darin gesehen werden, diese Schwierigkeit vermeiden zu wollen. Die Ungleichbehandlung von Bar- und Sachagio wäre damit begründbar. Akzeptiert man diese Erklärung, zwingt der dann nur vermeintliche Wertungswiderspruch nicht mehr dazu, eine Gleichbehandlung von Bar- und Sachagio im Wege der Auslegung zu erreichen.

Zweitens ist zu bedenken, daß als Sacheinlagen auch zeitlich gestreckte Vorgänge in Frage kommen, bei denen es nicht in allen Fällen möglich oder sinnvoll wäre, die gesamte Leistung sofort zu erbringen. Nicht sinnvoll wäre es oftmals, körperliche Gegenstände wie z.B. Rohmaterialien sofort zu liefern, wenn die Gesellschaft diese nicht sogleich ge- oder verbrauchen kann und daher kostspielig einlagern müßte. Nicht möglich wäre es, länger dauernde Dienstleistungen vollständig bei der Übernahme der Anteile zu erbringen. Da die Richtlinie bei Sachagien keine Anforderungen an die Einlagefähigkeit stellt, kann ein Agio grundsätzlich auch in Form von Dienstleistungen erbracht werden.[1098] Art. 46 S. 2 der Richtlinie gilt für Sachagien nicht. Würde man aber bei Sachagien auf die sofortige Erbringung in voller Höhe bestehen, wären zeitlich gestreckte Dienstleistungen faktisch nicht mehr einlagefähig. Da die Gesellschafter ein Interesse an der Erbringung von Dienstleistungen als Sachagio haben können und die Interessen der Gläubiger für die Behandlung des Mehrwerts durch die Richtlinie nicht maßgeblich sind, kann man annehmen, die Richtlinie wolle als Agio erbrachte Dienstleistungen bewußt zulassen.

Die Ausnahme vom Volleinzahlungsgebot bei gestreckten Leistungen stünde zwar in einem Spannungsverhältnis zur Behandlung von Baragien. Von einem eindeutigen Wertungswiderspruch könnte man jedoch nicht mehr sprechen, da die Ausnahme jedenfalls soweit notwendig wäre, als Dienstleistungen eingebracht werden sollen, und soweit sinnvoll sein kann, als gestreckte Liefervorgänge in Rede stehen. Wenn zumindest bei diesen Leistungen eine Ausnahme von der Volleinzahlungspflicht angezeigt ist, stehen solche Sachagien notwendig in einem Spannungsverhältnis entweder zu Bareinlagen oder zu anderen Sacheinlagen. Es ist dann nicht widersprüchlich, alle Sacheinlagen gleich zu regeln. Wertungsmäßig könnte es auch überzeugen, die Ausnahmen auf das notwendige Maß zu beschränken. Eine derart differenzierte Regelung wäre jedoch komplizierter.

In dem Maße, in dem diese beiden Überlegungen die Gleichbehandlung von Sachagien und anderen Sacheinlagen auf das Grundkapital inhaltlich nachvollziehbar erscheinen lassen, erschweren sie die auf einen vermeintlichen Wertungswiderspruch gestützte objektiv-teleologische Auslegung des Begriffs Einlage und die Einstufung der gesetzgeberischen Entscheidung als unbewußten Fehler. Eine solche vermeintliche Auslegung liefe auf eine Korrektur der Entscheidung des Normsetzers im Wege der teleologischen Reduktion hinaus, da

1098 S. dazu u. S. 449.

die entgegengesetzte Vorstellung des Rates und des Parlaments beim Erlaß der Richtlinie aus dem systematischen Zusammenhang eindeutig zu ermitteln ist.

Denn neben der wahrscheinlichen Orientierung an Art. 48 Abs. 2 der Richtlinie zeigt eine weitere systematische Überlegung, daß nach der Konzeption des Art. 70 Abs. 1 der Richtlinie die Fünf-Jahresfrist für die Leistung der Sacheinlagen auch für Sacheinlagen zur Deckung eines versprochenen Agios gelten soll. Art. 70 Abs. 2 der Richtlinie regelt für die »Einlagen nach Absatz 1« die Pflicht zur Erstellung eines Sachverständigenberichts. Art. 70 Abs. 2 UA 2 der Richtlinie verweist dabei auf Art. 49 Abs. 2, in dem unter anderem festgelegt wird, daß der Sachverständigenbericht auch ein eventuelles Agio behandeln muß, wenn dieses durch eine Sacheinlage geleistet werden soll. »Einlagen nach Absatz 1« müssen demnach auch Agioeinlagen sein.

All diese systematischen Überlegungen können jedoch die Behauptung nicht falsifizieren, in dieser Ausgestaltung liege gerade der Wertungswiderspruch im Vergleich mit Baragien. Eine teleologische Reduktion des Anwendungsbereichs von Art. 70 ist daher nicht zwingend ausgeschlossen. Maßgeblich ist eine Abwägungsentscheidung, ob man die erörterten Gründe für eine Ungleichbehandlung von Bar- und Sachagien als ausreichend ansieht, diese Unterscheidung rechtfertigen zu können. Dann wird man keinen Wertungswiderspruch annehmen, erst recht keinen »unerträglichen«, der zu einer Korrektur des Gesetzes zwänge. Die erforderliche Wertungsentscheidung kann in beide Richtungen ausgehen.

Hier erfolgt die Lösung unter der methodischen Annahme, von der Konzeption des Normsetzers solle aus objektiv-teleologischen Erwägungen nur dann abgewichen werden, wenn die gesetzgeberische Entscheidung nicht einmal ansatzweise nachvollziehbar ist, sich keinerlei sachliche Gründe dafür finden lassen. Da die Gleichbehandlung von Sacheinlagen auf das Grundkapital und Sachagien zumindest teilweise begründbar erscheint, soll in dieser Arbeit davon ausgegangen werden, der Anwendungsbereich von Art. 70 der Gesellschaftsrechtsrichtlinie erfasse auch Sachagien. Die Spannungen, die im Recht des Mehrbetrags dadurch entstehen, werden dabei in Kauf genommen.

bb) Anwendung auf Sachleistungen ohne Referenzwert und schuldrechtlich vereinbarte Leistungen

Ob die Fünf-Jahres-Frist auch für Mehrleistungen gilt, die nicht der Höhe nach bestimmt sind, hängt vom gewählten Einlagebegriff ab. Die Entscheidung über den Begriff der Einlage hängt wiederum davon ab, wieweit man den Schutzumfang auch dieser konkreten Vorschrift ziehen will. Die Gesellschaft selbst und die Gläubiger profitieren in jedem Fall von Unterstützungsleistungen durch die Gesellschafter, die über einen längeren Zeitraum als fünf Jahre hinweg erfolgen. Aus der Sicht der Gläubiger sind Beiträge der Gesellschafter, welche das Eigenkapital über das gezeichnete Kapital hinaus stärken, in jedem Fall wünschenswert. Eine gesetzliche Regelung, die den Gesellschaftern die Vereinbarung solcher Zusatzleistungen erleichtert und damit die Wahrscheinlichkeit solcher Leistungen erhöht, ist im Interesse der Gesellschaftsgläubiger.

Aus Sicht der Mitgesellschafter droht jedoch eine Wertverwässerung ihrer Anteile, wenn eine als Entgelt für junge Anteile versprochene Sachleistung bis zum Einbringungszeitpunkt an Wert verliert. Die Mitgesellschafter können zwar ebenfalls von Leistungen profitieren, die zusätzlich zu einem fairen Entgelt versprochen werden, jedoch kann man grundsätzlich annehmen, daß alle Leistungsversprechen eines Gesellschafters auf die jeweiligen Leistungspflichten der übrigen Gesellschafter abgestimmt werden und daher bei einer wirtschaftlichen Betrachtung als Entgelt für die ausgegebenen Anteile anzusehen sind. Leistungsversprechen ohne Entgeltcharakter dürften praktisch nur anzunehmen sein, wenn eine entsprechende Vereinbarung bzw. Beschlußfassung gänzlich unabhängig von einer Anteilsausgabe erfolgt, zum Beispiel wenn im deutschen Aktienrecht nach einiger Zeit werbender Tätigkeit Nebenverpflichtungen als Satzungsänderung gemäß § 180 Abs. 1 AktG beschlossen werden.

Solange ein wirtschaftlicher Zusammenhang zwischen Anteilsausgabe und Leistungsversprechen besteht, kann man in jeder Leistung ein Entgelt sehen. Das gilt grundsätzlich auch für Nebenverpflichtungen im Sinne des § 55 AktG, wenn sie aus Anlaß einer Anteilsausgabe und nicht nachträglich festgesetzt werden. Wenn jedoch eine solche Nebenverpflichtung allen Gesellschaftern gleichermaßen auferlegt wird, wie z.B. die berühmten Rübenzuckerlieferungen von allen Gesellschaftern jedes Jahr zu leisten waren, besteht keine Gefahr einer Übervorteilung einzelner Gesellschafter durch einen Wertverfall des Sacheinlageguts anderer Gesellschafter. Jedenfalls solche gleichmäßigen Leistungsverpflichtungen sind daher mit dem Schutzzweck der Art. 48 Abs. 2 und Art. 70 Abs. 1 der Richtlinie vereinbar.

Aber auch an ungleichmäßigen Leistungspflichten über mehr als fünf Jahre können die Gesellschafter ein berechtigtes Interesse haben. Hängt zum Beispiel der Erfolg eines jungen Unternehmens von den Gesellschaftern ab, die die Unternehmensidee entwickelt haben, und wird diese Gesellschaft von einem Investor mit Kapitalbeiträgen finanziert, muß sich der Finanzinvestor die erfolgsnotwendige Mitarbeit der übrigen Gesellschafter verbindlich zusagen lassen können. Eine Höchstfrist von fünf Jahren für alle Leistungen, die als Gegenleistung für Anteile versprochen werden, würde bedeuten, daß die Mitarbeit von Gesellschaftern verbindlich nicht länger versprochen werden kann, und läge in diesem Beispielsfall nicht im Interesse der Gesellschafter.

Aus Sicht dieser Gesellschafter macht es Sinn, die Einlageregelungen der Gesellschaftsrechtsrichtlinie für Leistungen, die über das gezeichnete Kapital hinausgehen, als Optionsmodell zu verstehen. Wenn die Gesellschafter den besonderen Schutz der Einlageregeln als sachgerecht ansehen, sollen sie einen förmlichen Mehrbetrag festsetzen, wenn sie einzelne Rechtsfolgen des Mehrbetrags als nicht sachgerecht einstufen, sollen sie eine andere Form der Zuzahlung vereinbaren. Wie so oft im Aktienrecht fällt man auf die Grundfrage zurück, ob man bei der Auslegung von Aktienrecht eine strenge Lesart wählt, weil die

Aktiengesellschaft in ihrer typischen Ausprägung, das heißt als kapitalmarktorientierte Gesellschaft mit breit gestreuten Anteilen, einen besonderen Schutz der Gesellschafter, insbesondere der Minderheitsgesellschafter, verlangt, oder ob man eine weniger strenge Auslegung wählt, um untypischen Gesellschaften mit wenigen Gesellschaftern die gewünschte Flexibilität zu gewährleisten.

cc) Umsetzung in deutsches Recht

Die Vorgaben der Richtlinie setzt § 36a Abs. 2 AktG in deutsches Recht um. Aus Satz 3 dieser Vorschrift wird ersichtlich, daß die Regelungen des § 36a Abs. 2 AktG auch für ein eventuelles korporatives Agio Geltung beanspruchen. So wird die deutsche Umsetzungsnorm auch in der Literatur verstanden.[1099] Wie das europäische Recht unterscheidet § 36a Abs. 2AktG nicht danach, ob eine Sacheinlage die Pflicht zur Leistung des Grundkapitals oder die Pflicht zur Leistung eines korporativen Agios erfüllen soll. Nach dem überwiegend geteilten Verständnis des § 36a Abs. 2 AktG soll nach Satz 1 bei Nutzungseinlagen noch vor Anteilsausgabe die Nutzungsüberlassung begonnen haben, bei Sacheinlagen, die durch Übertragung eines Vermögensgegenstands erfüllt werden, soll nach Satz 2 der Vorschrift die dingliche Übereignung binnen fünf Jahren erfolgen müssen.[1100]

Nutzungsüberlassungen müssen nach diesem Verständnis sofort begonnen werden, jedoch nicht nach fünf Jahren beendet werden, da die Fünf-Jahres-Frist des Satzes 2 nur auf die Übertragung von Vermögensgegenständen anwendbar ist. So verstanden enthält § 36a Abs. 2 AktG einerseits eine schärfere Regelung als die Gesellschaftsrechtsrichtlinie, da diese nur eine vollständige Leistungserbringung binnen fünf Jahren vorschreibt, nicht einen sofortigen Beginn einer Nutzungsüberlassung. Da die Gesellschaftsrechtsrichtlinie jedoch grundsätzlich im Sinne einer Mindestvorschrift zu verstehen ist, ist diese verschärfende Vorgabe des deutschen Aktienrechts dennoch richtlinienkonform. Andererseits enthält das deutsche Aktienrecht auch ein erhebliches Umsetzungsdefizit, das im Wege teleologischer Restriktion des § 36 a Abs. 2 Akt zu beheben ist, danach die Richtlinie eine vollständige Leistung der Sacheinlage binnen fünf Jahren fordert, Dauerleistungen über fünf Jahre hinaus damit nicht als Sacheinlage vereinbart werden können.

dd) Umsetzung in englisches Recht

Die Umsetzung der Richtlinienvorgaben ins englische Recht erfolgt durch ss. 587 ff. CA 2006. Anders als das deutsche Aktienrecht sieht das englische ausdrücklich vor, daß Dauerleistungen innerhalb von fünf Jahren vollständig

1099 *Herchen*, Agio, 128 f. m.w.N. und o. Fn. 1096.

1100 Zum umstrittenen Verständnis des § 36a Abs. 2 AktG statt aller *Pentz* in MüKo-AktG § 36a, Rz. 9 ff.

bewirkt sein müssen. Sollte schon im Zeitpunkt der Anteilsausgabe feststehen oder wenigstens möglich erscheinen, daß sich die Leistungserbringung länger als fünf Jahre hinziehen wird, ist der Zeichner gemäß verpflichtet, die gesamte versprochene Leistung in bar aufzubringen und zudem Zinsen zu zahlen. Wenn die versprochene Leistung innerhalb von maximal fünf Jahren vollständig zu erbringen gewesen wäre, jedoch wider Erwarten in der vereinbarten Zeitspanne nicht vollständig erbracht worden ist, dann muß der Zeichner am Ende des vereinbarten Zeitraums den Anteil am share capital oder premium, der auf die noch ausstehende Leistung entfällt, mit Zinsen in bar entrichten. Die versprochene Sachleistung bleibt in beiden Fällen weiterhin durchsetzbar.

Da das englische Recht bei den Vorschriften über das share premium grundsätzlich nicht danach unterscheidet, ob ein Mehrwert beziffert worden ist oder lediglich ein faktisches Agio vorliegt, führen die englischen Fälligkeitsregelungen für Sacheinlagen an sich dazu, daß Dauerleistungen von mehr als fünf Jahren gar nicht versprochen werden können. Da ein solches Verständnis der Fälligkeitsregelungen nicht unerhebliche Auswirkungen auf die Finanzierungsmöglichkeiten der Gesellschaften hätte, könnte es sein, daß die Fälligkeitsvorgabe im englischen Recht einschränkend ausgelegt würde und nur auf Sacheinlagen mit ausdrücklicher Vereinbarung eines Referenzwert angewendet würde, also auf solche Leistungen, welche die Richtlinie als Sach-Mehrwerte ansähe. Legt man der Richtlinie einen engen Einlagebegriff zugrunde, wäre diese Umsetzung immer noch richtlinienkonform.

b) Befreiungsverbot (Art. 53)

aa) Regelungsgehalt und Zweck der Vorschrift

Für Einlagen gilt das Befreiungsverbot des Art. 53. Die Aktionäre können von ihrer Einlageverpflichtung nur im Wege einer förmlichen Kapitalherabsetzung befreit werden. Der Zweck der Vorschrift wird gewöhnlich darin gesehen, die reale Kapitalaufbringung zu sichern.[1101] Dabei muß man wieder zwischen den Gläubigerinteressen und den Aktionärsinteressen differenzieren. Die Regelungen der Richtlinie über den Mehrbetrag dienen dem Aktionärsschutz, nicht dem Gläubigerschutz.[1102]

Die Begründung zum Kommissionsentwurf bezeichnet das Befreiungsverbot als einen wesentlichen Grundsatz, der sich aus der doppelten Natur des Kapitals ableiten lasse. Das Kapital diene einerseits als Sicherheit für die Gläubiger,

1101 Vgl. *L/B/S*, Europ. Unternehmens- und Kapitalmarkrecht, 525.

1102 Zu ungenau daher *Habersack/Verse*, Europäisches GesR, 230, nach denen der Kapitalschutz der Gesellschaftsrechtsrichtlinie hinsichtlich aller Kapitalbestandteile gleichermaßen den Schutz der Gläubiger und der Aktionäre bezwecken soll.

andererseits als Grundausstattung mit Betriebsmitteln.[1103] Auch in dieser Begründung wird deutlich, daß der Gläubigerschutz nicht das alleinige Ziel der Vorschrift darstellt. Historisch betrachtet geht die Vorschrift auf das deutsche Vorbild in § 66 Abs. 1 S. 1 AktG zurück, der seinerseits seine Wurzeln im Handelsgesetzbuch von 1884 hat und als Verbot der »Liberierung von der Einlagepflicht« gegen die damaligen Schwindelgründungen gerichtet war.[1104]

bb) Keine Auseinandersetzung mit dem Regelungsgehalt in Literatur und Rechtsprechung

Art. 53 ist das Stiefkind der wissenschaftlichen Beschäftigung mit der Gesellschaftsrechtsrichtlinie. Sein Inhalt scheint so leicht verständlich, daß die Literatur meist nur den Wortlaut der Vorschrift paraphrasiert und nicht erläutert. Die allgemeine Einstellung der deutschen Literatur zur Gesellschaftsrechtsrichtlinie dürfte sich in folgendem Zitat widerspiegeln: »Für Deutschland brachte auch diese Regelung nichts Neues.«[1105] In den Kommentierungen zu § 66 Abs. 1 S. 1 AktG, der deutschen Umsetzungsnorm, wird die europarechtliche Dimension regelmäßig nicht einmal erwähnt. Die fehlende Auseinandersetzung mit dem genauen Regelungsgehalt der Vorschrift verwundert, wenn man bedenkt, daß § 66 Abs. 1 S. 1 des deutschen Aktiengesetzes die deutschen Gerichte nicht nur lange Zeit beschäftigt hat[1106], sondern immer noch beschäftigt. Es handelt sich um eine Vorschrift mit vielen Auslegungsschwierigkeiten.

Unsicher ist im deutschen Recht seit jeher die genaue Bestimmung des Tatbestandsmerkmals der ›Befreiung‹. Die Gesellschaftsrechtsrichtlinie verwendet in Art. 53 dasselbe Tatbestandsmerkmal. Die Auslegung der Richtlinienvorgabe muß auf Gemeinschaftsebene autonom erfolgen. Die europarechtliche Auslegung ist für das Verständnis der nationalen Umsetzungsnormen verbindlich. Nur wenn man die Definition des Begriffs der ›Befreiung‹ auf Gemeinschaftsebene abschließend vornimmt, kann die von der Richtlinie angestrebte Gleichwertigkeit des Gläubiger- und Aktionärsschutzes erreicht werden. Räumte man den einzelnen Mitgliedstaaten ein Definitionsermessen ein, könnten sie sogar über den Schutzumfang hinsichtlich des gezeichneten Kapitals selbst entscheiden. Jedenfalls dieser Kernbereich des Einlagenschutzes soll jedoch von der

1103 Erläuterungen zum Vorschlag einer Zweiten Richtlinie, ABl. C 48, 11 (zu Art. 11 des Entwurfs).

1104 Zum Liberirungsverbot von 1884 s.u. S. 714 ff.

1105 *L/B/S*, Europ. Unternehmens- und Kapitalmarkrecht, 525.

1106 So *Lutter* in KölnKomm-AktG § 66, Rz. 2 (2. Aufl.). *Lutter* war im Jahr 1988 bereits der Ansicht gewesen, die Einzelaspekte seien seinerzeit schon weitgehend geklärt – eine selbst für das nationale Recht optimistische Einschätzung, welche jedoch vor allem die europarechtliche Dimension der Auslegung der deutschen Umsetzungsnorm verkennt.

Richtlinie vereinheitlicht werden. Die gemeinschaftsrechtliche Definition des Begriffs ›Befreiung‹ ist daher als ›Höchststandard‹ anzusehen.[1107]

Kommt es bei der Auslegung der nationalen Umsetzungsnormen zu Schwierigkeiten, kann bzw. bei letztinstanzlichen Entscheidungen muß eine Vorabentscheidung des Europäischen Gerichtshofs nach Art. 267 AEUV erfolgen. Die Fallgruppenbildung zu § 66 Abs. 1 S. 1 AktG, die in der deutschen Rechtsprechung und Rechtswissenschaft erarbeitet wurde, ist überholt, seit diese Vorschrift die europarechtlichen Vorgaben umsetzen soll. Da die europäische Vorschrift ebenso unklar gefaßt ist wie ihr deutsches Vorbild, sind die alten Streitfragen durch den europäischen Gerichtshof erneut zu entscheiden. Immerhin kann dieser sich auf umfangreiche Vorarbeiten zum deutschen Recht stützen.

Die unzureichende Befassung mit Art. 53 der Gesellschaftsrechtsrichtlinie durch die Literatur hat dazu geführt, daß die deutschen Gerichte die Bedeutung der Vorschrift ebenfalls nicht erkannt haben, so auch der Bundesgerichtshof, als vor ihm die Frage verhandelt wurde, ob § 66 Abs. 1 S. 1 AktG einem Vergleich über Einlageforderungen entgegensteht.[1108] Der strittige Vergleich betraf einen Anspruch aus Differenzhaftung wegen Überbewertung von Sacheinlagen, durch welche ein korporatives Agio aufgebracht werden sollte. Der Bundesgerichtshof hat zum einen festgestellt, daß bei überbewerteten Sacheinlagen auf ein korporatives Agio eine gesetzliche Differenzhaftung entstehen kann. Er hat ferner aufgrund einer Praktikabilitätserwägung entschieden, ein Vergleich über den Differenzhaftungsanspruch bei Sacheinlagen verstoße nicht gegen das Befreiungsverbot des § 66 Abs. 1 S. 1 AktG, obwohl, wie das Gericht formuliert hat, »objektiv eine Befreiung des Aktionärs von seinen Leistungspflichten eintreten [kann]«.[1109] Zu beiden Fragen, Differenzhaftung bei korporativem Agio (= Mehrbetrag) und Vergleichsfähigkeit, hätte zwingend eine Vorabentscheidung des EuGH

1107 So auch *Drinkuth*, Die Kapitalrichtlinie, 180. Es verhält sich bei der Definition der ›Befreiung‹ im Rahmen von Art. 53 der Richtlinie anders als bei der Definition des Einlagebegriffs. Den Einlagebegriff kann man so verstehen, daß er die Teilmenge aller Finanzierungsleistungen festlegt, die jedenfalls durch die Richtlinie geregelt werden sollen, und einer entsprechenden Regelung weiterer Finanzierungsleistungen durch die Mitgliedstaaten nicht entgegensteht, da eine solche Verschärfung die Richtlinienregeln ergänzt durch Einbeziehung einer Teilmenge, welche die Richtlinie nicht adressiert. Der Begriff der Befreiung in Art. 53 hingegen ist auf die Einlage im Sinne der Richtlinie anzuwenden, gleich welchen Einlagebegriff man zugrunde legt. Die Regelung dieser Einlage soll durch die Richtlinie vereinheitlicht werden. Dabei balanciert die Richtlinie selbst die verschiedenen Interessen der Gläubiger und der Aktionäre aus. Die Definition des Begriffs der ›Befreiung‹ ist daher der Definition der Begriffe Bareinlage und Sacheinlage vergleichbar, nicht dem Oberbegriff der Einlage.

1108 BGHZ 191, 364 = AG 2012, 87 (*Babcock Borsig*).

1109 BGH 191, 364, Tz. 23 (*Babcock Borsig*).

eingeholt werden müssen, da sie die Auslegung des Tatbestandsmerkmals der ›Befreiung‹ in Art. 53 der Gesellschaftsrechtsrichtlinie betreffen, deren Vorgaben für das deutsche Aktienrecht verbindlich sind.[1110] Aufgrund der unzureichenden Befassung mit Art. 53 der Gesellschaftsrechtsrichtlinie in der einschlägigen Literatur wurde dieses europarechtliche Erfordernis übersehen.

cc) Der europarechtliche Begriff der Befreiung

Der europarechtliche Begriff der Befreiung ist unklar. Rechtsprechung hierzu liegt nicht vor. Für diese Arbeit, welche die rechtliche Behandlung des gezeichneten Kapitals und des Agios vergleichen will, sind nicht alle Einzelheiten des Befreiungsbegriffs von Bedeutung. Die Auslegungsschwierigkeiten betreffen alle Formen von Einlagen gleichermaßen. Es genügt für die Zwecke dieser Untersuchung zu verstehen, daß die Bestimmung des Befreiungstatbestandes davon abhängt, ob man sich den Schutz des Einlageversprechens durch Art. 53 der Richtlinie wertmäßig denkt oder (ergänzend) von einem gegenständlichen Schutzzweck ausgeht. Ein Beispiel nach dem deutschen Verständnis des Befreiungsverbots kann dies veranschaulichen.

(1) Deutsches Verständnis: Wertschutz und gegenständlicher Schutz

Das klarste Beispiel für eine Befreiung nach deutschem Verständnis ist der vollständige oder teilweise Erlaß einer Bareinlageforderung.[1111] Das Verbot eines solchen Erlasses dient dem Zweck, die versprochene Einlage zu ihrem vollen Wert der Gesellschaft zur Verfügung zu stellen. Das Befreiungsverbot ist hier wertmäßig gedacht. Nach deutschem Verständnis ist jedoch auch eine Leistung an Erfüllungs statt durch § 66 Abs. 1 S. 1 AktG grundsätzlich untersagt, selbst wenn die Austauschleistung unzweifelhaft denselben oder sogar einen

1110 Der Bundesgerichtshof hätte sich auch nicht auf die acte-clair-Doktrin stützen können, da die Frage, ob ein Vergleich über Einlagepflichten gegen das Befreiungsverbot verstößt, schon im deutschen Recht –nicht nur hinsichtlich der genauen Anforderungen, sondern auch generell – umstritten ist (grundsätzlich ablehnend hinsichtlich der Zulässigkeit von Vergleichen z.B. noch *Hüffer* AktG (10. Aufl.) § 66, Rz. 4 (a.A. nun (dem BGH folgend) *Hüffer*/Koch, AktG § 66, Rz. 4) und *Drygala* in KölnKomm-AktG § 66, Rz. 14), und nicht davon ausgegangen werden kann, daß die Frage den übrigen mitgliedstaatlichen Gerichten und dem EuGH offenkundig wäre. Bei der Differenzhaftung sind Bewertungsverfahren und Bewertungszeitpunkt unklar (dazu sogleich im Text). Zu den Anforderungen der acte-clair-Doktrin *Wegener* in Calliess/Ruffert, EUV/AEUV, Art. 267, Rz. 33.

1111 Vgl. nur *Hüffer/Koch,* AktG § 66, Rz. 4.

höheren Wert hat.[1112] Denn als ›Befreiung‹ versteht man jede Erleichterung bei der Erfüllung des Leistungsversprechens und als Erleichterung versteht man schon jede Abweichung gegenüber den gesetzlichen oder vertraglichen Pflichten aus der Einlagevereinbarung.[1113]

Nach diesem Verständnis läge eine unzulässige Befreiung z.B. in der Leistung einer Sache statt der versprochenen Bareinlage, aber auch im Austausch einer Sachleistungspflicht durch einen anderen Gegenstand oder durch eine Barleistung. Selbst die Ersetzung einer Sacheinlage durch eine Bareinlage ist nur möglich, wenn und soweit die versprochene Sacheinlage nicht geleistet werden kann, z.B. wegen Untergangs einer unvertretbaren Sache oder wegen eines Sachmangels. Die Differenzhaftungspflicht, welche die Sacheinlage (teilweise) ersetzt, wird nämlich als Barleistungspflicht verstanden.[1114] Nach deutschem Verständnis ist das Befreiungsverbot demnach nicht nur wertmäßig zu denken, sondern zudem gegenständlich.

(2) Ergänzender gegenständlicher Schutz auf Gemeinschaftsebene zweifelhaft

Drinkuth überträgt dieses nationale Verständnis auf die Ebene des Gemeinschaftsrechts, auch das Argument der Verhinderung einer Umgehung von Sacheinlagevorschriften.[1115] An dem Gedanken, eine Umgehung der Sacheinlagevorschriften sei zu verhindern, zeigt sich die Problematik dieser Übertragung besonders deutlich. Die Richtlinie selbst sieht keinen konkreten Umgehungsschutz für ihre Sacheinlagevorschriften vor. Selbst wenn man auf Gemeinschaftsebene einen konkreten Umgehungsschutz vor verdeckten Sacheinlagen fordert oder zumindest zuläßt, wird man diese Rechtsfigur wohl auf Fälle begrenzen, in denen zum Zeitpunkt der Anteilsausgabe zumindest eine entsprechende Abrede über den

1112 *Hüffer/Koch* AktG § 66, Rz. 4; *Cahn* in Spindler/Stilz § 66, Rz. 12; *Bayer* in MüKo-AktG § 66, Rz. 19 ff. Nach der Neuordnung des Rechts der verdeckten Sacheinlagen durch MoMiG und ARUG und der durch diese Modernisierungsgesetze eingeführten Wertanrechnung bei verdeckten Sacheinlagen wird allerdings im deutschen Recht teilweise das Verbot der Leistung an Erfüllungs eingeschränkt. Denn wenn die abgesprochene Ersetzung einer Bareinlage durch eine Sacheinlage, also die ›verdeckte Sacheinlage‹ zumindest zu einer Wertanrechnung führt, wird a maiore ad minus argumentiert, auch bei der nicht abgesprochenen Ersetzung einer Barleistung, i.e. bei einer Leistung an Erfüllungs statt, müsse zumindest eine Wertanrechnung erfolgen. In diese Richtung argumentiert zum GmbH-Recht z.B. BH-*Fastrich,* § 19, Rz. 53, zum Aktienrecht *Bayer* in MüKo-AktG, § 66 Rz. 19 m.N. zur a.A. Dem Grunde nach wird auch von den Befürwortern einer Anrechnungslösung bei verdeckter Leistung an Erfüllungs statt das Dogma des Verbots der Leistung an Erfüllungs statt zwar noch aufrecht erhalten, praktisch jedoch hat dieses Verbot bei Geltung einer Wertanrechnung keine Konsequenzen.

1113 Am deutlichsten hierzu *Bayer* in MüKo-AktG § 66, Rz. 12.

1114 *Hüffer/Koch* AktG § 36a, Rz. 6.

1115 *Drinkuth*, Die Kapitalrichtlinie, 180.

Austausch getroffen wurde, eventuell wird man sogar eine Umgehungsabsicht fordern.[1116] Insbesondere sind spätere Umsatzgeschäfte nach der Gesellschaftsrechtsrichtlinie keinen besonderen Kautelen unterworfen mit Ausnahme allein der Nachgründungsregeln in Art. 52. Dann muß auch ein späterer Austausch des Leistungsgegenstands nicht zwingend untersagt werden. Solange die Ersatzleistung werthaltig ist, droht keine Schwindelgründung, welcher durch das Befreiungsverbot vorgebeugt werden soll.

Das Verbot einer Leistung an Erfüllungs statt läßt sich schon im deutschen Aktienrecht nicht mit dem Schutzzweck der Vermeidung von Schwindelgründungen durch ›Liberierung‹ und nicht in allen Fällen mit der Vermeidung einer Umgehung der Sacheinlagevorschriften begründen. Würde bei Bareinlagen der entsprechende Geldbetrag hin- und hergezahlt, also erst die versprochene Bareinlage erbracht und im Anschluß daran mit diesen Mitteln die Kaufpreisschuld aus einem Umsatzgeschäft getilgt, läge darin, sofern eben nicht schon zum Zeitpunkt der Vereinbarung der Einlageschuld eine entsprechende Absprache getroffen wurde, keine verdeckte Sacheinlage. Innerhalb eines gewissen Zeitraums (ca. sechs Monate) würde eine Abrede zwar vermutet, doch wäre diese Vermutung widerleglich. Da bis zu drei Viertel der Einlageverpflichtung gem. § 36 a Abs. 1 AktG ausstehen können, liegen zudem viele Fälle außerhalb der Sechsmonatsfrist. Diese Gestaltung wäre also grundsätzlich rechtlich zulässig.[1117]

Das Verbot der Abkürzung dieses rechtlich zulässigen Vorgangs durch eine einfache Leistung an Erfüllungs statt ist ohne echte materiell-rechtliche Wirkung und führt zu einer bloßen Förmelei. Es ist unsicher, ob die deutsche Ansicht vom gegenständlichen Schutzzweck des Befreiungsverbots, soweit sie zu einer rein formalen Aufspaltung von Bareinlageleistung und Umsatzgeschäft führt, auf Gemeinschaftsebene sich durchsetzen wird. Für den wertmäßigen Schutz der Einlagepflicht ist diese Auffassung nicht erforderlich. Dieser kann durch ein Verständnis des Befreiungsverbots gesichert werden, daß eine Befreiung von der

1116 Allgemein zu dem Problem der Behandlung verdeckter Sacheinlagen unter der Gesellschaftsrechtsrichtlinie *Habersack/Verse*, Europäisches GesR, 237 ff. Im deutschen Recht fordert man für die Annahme einer verdeckten Sacheinlage das Vorliegen einer Abrede, vgl. nur *Hüffer/Koch* AktG § 27, Rz. 33. Generalanwalt *Tesauro* scheint in seinen Schlußanträgen in der Rechtssache Meilicke dahin zu tendieren, eine Umgehungsabsicht vorauszusetzen, vgl. GA *Tesauro* Schlußantrag in Rs. C-83/91, Slg. 1992, I-4897, 4916.

1117 Man könnte zwar eine »Umgehung« des Befreiungsverbots durch eine »verdeckte Leistung an Erfüllungs statt« andenken wollen, jedoch läßt sich eine solche Annahme kaum mit dem aktuellen Verständnis des aktienrechtlichen Kapitalschutzes systematisch vereinbaren. Denn unter dieser Annahme machte im Fall von verdeckten Sacheinlagen das einschränkende Abredeerfordernis keinen Sinn mehr, da auch ohne Vorliegen einer Abrede ein Umsatzgeschäft, das mit den Mitteln einer Bareinlage finanziert würde, verpönt wäre, nur durch einen anderen Paragraphen, von dem jedoch angenommen wird, er solle die Sacheinlagevorschriften absichern, nicht jedoch, er solle neue Anforderungen aufstellen.

Bareinlageverpflichtung durch Leistungen an Erfüllungs statt nur soweit zuläßt, als der Wert der tatsächlichen Leistung dem Wert der Einlage entspricht.[1118]

Allerdings kann man sich die Mühen einer ausdrücklichen Festsetzung und Prüfung von Sacheinlagen ersparen, wenn der Gesellschafter seine Einlagepflicht durch Hingabe eines beliebigen anderen Gegenstands erfüllen kann. Anders als bei Bareinlagen kann man bei Sacheinlagen aus den besonderen Vorschriften hierzu folgern, daß der konkret vereinbarte Gegenstand auch tatsächlich einzulegen ist. Dieses Verständnis entspricht grundsätzlich auch dem Interesse der Gesellschaft, der es bei einer Sacheinlagevereinbarung oftmals auf den konkreten Gegenstand ankommen wird, weniger allein auf den darin verkörperten Wert.

Das Interesse der Gesellschaft ist von besonderer Bedeutung, weil das Befreiungsverbot unter anderem die vereinbarte Grundausstattung an Betriebsmitteln absichern soll, damit die Gesellschaft ihre Geschäfte aufnehmen kann. Besonders bei nicht vertretbaren Gegenständen, für welche die Gesellschaft am Markt nicht einfach Ersatz beschaffen kann, will die Gesellschaft genau den vereinbarten Gegenstand auch erhalten. Die Geschäftsführung wird einer Ersetzung dann nicht zustimmen. Wenn die Geschäftsführung einem Austausch zustimmt, kann man indes davon ausgehen, daß die Interessen der Gesellschaft nicht entgegenstehen, zumal der Wertschutz des Befreiungsverbots dadurch nicht berührt wird.

Man kann daher die Bestimmung des Befreiungsverbots am konkreten Interesse der Gesellschaft vornehmen und fragen, ob es dieser auf den bestimmten Gegenstand oder mehr auf die Verwendung für betriebliche Zwecke oder doch allein auf den darin verkörperten Wert ankommt. Entsprechend dem tatsächlichen Interesse der Gesellschaft kann man auf Leistung der Stückschuld bestehen oder eine andere Sachleistung an Erfüllungs statt ausreichen lassen oder auch eine Barleistung, die den zusätzlichen Wiederbeschaffungsaufwand mitabgilt. Bei Untergang oder Verschlechterung des ursprünglich versprochenen Gegenstands kann der Gesellschaft durch eine Sachersatzleistung unter Umständen besser gedient sein als durch eine Barersatzleistung. Jedenfalls in solchen Ausnahmefällen muß man einer Sachleistung an Erfüllungs statt nicht die Erfüllungswirkung hinsichtlich des Einlageversprechens versagen, selbst wenn man grundsätzlich von einer Pflicht des Gesellschafters ausgeht, genau den versprochenen Gegenstand einzubringen, um an der nach außen hin publizierten Art der Einlage soweit als sinnvoll festzuhalten. Sofern die zu ersetzende Sachleistung nach Art. 49/70 der Richtlinie besonders zu prüfen war, kann man zudem daran denken, die Leistung eines anderen Vermögensgegenstands an Erfüllungs statt von einer erneuten Prüfung abhängig zu machen.

1118 Dies entspricht im übrigen der Rechtsfolge bei verdeckten Sacheinlagen im deutschen Recht nach § 27 Abs. 3 AktG und würde auch im nationalen Recht eine Auslegung von § 66 Abs. 1 S. 1 AktG ermöglichen, die mit den Anforderungen des Sacheinlagerechts systematisch vereinbar ist.

(3) Reichweite des Wertschutzes auf Gemeinschaftsebene zweifelhaft

Den vollständigen oder teilweisen Erlaß einer Bareinlageforderung kann man auch auf Gemeinschaftsebene als Befreiung ansehen. Eine offensichtlichere Form der Befreiung ist nicht vorstellbar. Daraus kann man folgern, das Befreiungsverbot des Art. 53 der Richtlinie bezwecke einen Schutz des versprochenen Wertes der Einlage. Der Umfang dieses Wertschutzes kann jedoch nicht ohne weiteres bestimmt werden. Schon bei Bareinlagen kann man fragen, ob eine bloße Stundung eine unzulässige Befreiung auf Zeit darstellt.[1119]

Schwierigkeiten kommen jedoch insbesondere bei Sacheinlagen auf. Man kann annehmen, Sacheinlagen seien, soweit sinnvoll möglich, wie Bareinlagen zu behandeln. Der Schutz der Werthaltigkeit dieser Einlagen sei daher ebenso zu garantieren, wenn nicht sogar wegen der größeren Gefahr eines Wertverlustes noch viel mehr.[1120] Das Verständnis des Befreiungsverbots als Schutz des Wertes der Sacheinlage führt zu einer zwingenden Wertgarantie des Gesellschafters bei allen Sachleistungen, die als Sacheinlagen im Sinne der Richtlinie anzusehen ist, mit anderen Worten zu einer gemeinschaftsrechtlich vorgeschriebenen Differenzhaftung.

Für das gezeichnete Kapital folgt bei überbewerteten Sacheinlagen eine zwingende Differenzhaftung schon aus dem Verbot der Unterpari-Emission des Art. 47 der Richtlinie. Wenn bei der Wertdeckungsprüfung des Art. 49 Abs. 2 der Richtlinie sich herausstellen sollte, daß der Wert der Sacheinlage den Nennbetrag nicht erreicht, muß dies im Fall der Eintragung der Gesellschaft zumindest eine Ausgleichszahlung nach sich ziehen, sonst wäre der Aufwand der Sacheinlageprüfung nicht verständlich und eine Unterpari-Emission faktisch doch erreichbar. Die Richtlinie verlangt von den Mitgliedstaaten nicht, bei überbewerteten Sacheinlagen die Eintragung der Gesellschaft zu versagen, sondern überläßt die Regelung der Rechtsfolgen grundsätzlich dem nationalen Recht. Kommt es jedoch zur Eintragung, folgt die zwingende Differenzhaftung direkt aus dem richtlinienrechtlichen Verbot der Unterpari-Emission.

Für Einlagen, die über das gezeichnete Kapital hinausgehen, folgt ähnliches aus dem Befreiungsverbot des Art. 53 der Richtlinie. Könnten Sacheinlagen die Einlagepflicht auch dann erfüllen, wenn sie erkennbar überbewertet sind, käme

1119 So zum deutschen Recht z.B. *Bayer* in MüKo-AktG § 66, Rz. 27.

1120 Die Gefahr eines Wertverlustes besteht allerdings auch bei Bareinlagen, zum einen schon wegen der Inflation, da für Bareinlagen keine Fälligkeitsregelung vorgesehen ist, insbesondere aber bei Fremdwährungsschulden wegen möglicher Kursschwankungen. Auf Gemeinschaftsebene gibt es kein Verbot, Einlagen in Fremdwährungen zu erbringen. Man wird man annehmen müssen, daß zumindest die Währungen der anderen Mitgliedstaaten zulässige Zahlungsmittel für Bareinlagen abgeben. Es ist daher auch fraglich, ob die Begrenzung des Bareinlagebegriffs im deutschen Aktienrecht auf gesetzliche Zahlungsmittel in Deutschland (dazu *Hüffer/Koch* AktG § 54, Rz. 13) und das Verbot der Leistung an Erfüllungs statt mit dem Einlagebegriff der Richtlinie und dem Befreiungsbegriff in Art. 53 vereinbar ist.

dies einem Teilerlaß im Ergebnis gleich. Dies gilt dann, wenn man das Befreiungsverbot auch bei Sacheinlagen als Schutz des Wertes der Einlage versteht und nicht auf den konkret versprochenen Gegenstand, unabhängig von seinem Wert, beschränkt. Bei einem Sach-Mehrbetrag, dessen Wert eindeutig festgesetzt worden ist, läßt sich das Befreiungsverbot unproblematisch als Schutz des festgesetzten Wertes verstehen. Mit diesem Wertschutz korrespondiert im Fall des Mehrbetrags die förmliche Wertdeckungsprüfung nach Art. 49 Abs. 2 der Richtlinie. Bei Sachleistungen, für die kein Wert festgesetzt worden ist, fällt das Verständnis des Befreiungsverbots als Wertschutz schwerer. Bei der Auslegung von Art. 53 der Gesellschaftsrechtsrichtlinie kommt man wieder zu der Frage zurück, welche Sachleistungen als Einlagen anzusehen sind. Dazu sogleich mehr.

Für die genaue Ausgestaltung dieser Differenzhaftung lassen sich in der Gesellschaftsrechtsrichtlinie kaum Anhaltspunkte finden. Ähnlich wie im Fall der richtlinienrechtlichen Sacheinlageprüfung kommt es auch bei der Differenzhaftung vor allem auf zwei Kriterien an, den maßgeblichen Stichtag für die Bestimmung des Einlagewertes und das auf diesen Stichtag hin angewandte Bewertungsverfahren.

(4) Wertbestimmung bei Sacheinlagen

Für den wertmäßigen Einlagenschutz ist es von entscheidender Bedeutung, wie man den Wert einer Sacheinlage für die Gesellschaft bestimmt: funktional durch den Nutzungsvorteil für die Gesellschaft (Wiederbeschaffungswert eines für sie ebenso nützlichen Gegenstands) oder stärker verobjektiviert durch den Wert für andere (typische) Marktteilnehmer und dementsprechend durch den am Markt erzielbaren Preis bei gedachtem Verkauf des versprochenen Gegenstands. Zwei Beispiele können den Unterschied veranschaulichen.

Angenommen eine Gesellschaft benötigt für ihren Geschäftsbetrieb ein Kfz, es sei zum Beispiel für Kundenbesuche. Ein Gesellschafter verspricht diesen Bedarf durch Einlage eines gebrauchten 5er-BMW mit einer Laufleistung von 10.000 km zu decken. Da er das Kfz zuvor privat genutzt hat, hat er sich bei der Anschaffung bequeme Ledersitze gegönnt. Vor Einlageleistung werden die Sitze im Fond des Fahrzeugs so verschmutzt, daß eine Reinigung nicht mehr möglich ist. Den beabsichtigten Gebrauch, also die Fahrten zu Kunden beeinträchtigt die Verschmutzung nicht. Der Fahrer sitzt vorn. Der am Markt erzielbare Verkaufspreis indes wird herabgesetzt. Wenn man das Befreiungsverbot des Art. 53 der Richtlinie einerseits als Wertschutz versteht und daher eine Differenzhaftung daraus ableitet und andererseits gegenständlich begreift, muß der Gesellschafter den konkret versprochenen Pkw einlegen und für den eventuellen Wertverlust durch die Verschmutzung haften. Ob der Sacheinleger tatsächlich Wertersatz leisten muß, hängt nun davon ab, welche Bewertungsmethode man für angemessen hält. Bei funktionaler Betrachtung liegt kein Wertverlust vor, bei Anwendung der Marktpreismethode schon.

Im zweiten Beispielsfall sei angenommen, der versprochene BMW erleide vor Leistung der Einlage einen Totalschaden. Wenn man das Befreiungsverbot (jedenfalls im Fall eines Untergangs des versprochenen Gutes ausnahmsweise) nicht gegenständlich versteht, kann der Gesellschafter seiner Einlageverpflichtung durch Leistung eines zufällig ebenfalls in seinem Besitz stehenden E-Klasse Mercedes nachkommen, dessen Laufleistung 10.000 km beträgt. Nimmt man an, 5er-BMW und E-Klasse Mercedes seien grundsätzlich vergleichbar und für den Zweck der Gesellschaft gleich tauglich, ist eine Leistung an Erfüllungs statt bei einem rein wertmäßig verstandenen Befreiungsverbot denkbar. Denkt man sich den Einlagenschutz des Art. 53 der Gesellschaftsrechtsrichtlinie rein funktional, macht es für die Kundenbesuche wiederum keinen Unterschied, daß der ursprünglich versprochene BMW Ledersitze aufweisen konnte, der Mercedes nur ganz normale Stoffsitze mitbringt. Bei einem Verkauf am Markt hätte die Luxusausstattung des BMW jedoch zu einem höheren Preis geführt.

Wie die Wertbestimmung im Rahmen von Art. 53 vorzunehmen ist, gibt die Richtlinie nicht vor. Die Entscheidung über die Bewertungsmethode hängt ebenso wie im Fall der Sacheinlageprüfung davon ab, ob man eine funktionale Wertbestimmung von Sacheinlagen mit Blick auf die konkret geplante Verwendung für angemessen hält oder eine Orientierung an erzielbaren Marktpreisen. Eine »objektiv richtige« Lösung gibt es nicht. Es kann auch nicht allgemein vorhergesagt werden, welche Methode zu einem höheren Wert führt und welche Auswirkungen die Berechnungsweisen abstrakt betrachtet auf den Schutz der Gläubiger und der Aktionäre haben. Das Ergebnis der verschiedenen Konzepte für die Wertbestimmung hängt vom konkreten Einzelfall ab.[1121]

Wird in Abwandlung des obigen Beispiels der BMW ohne jeden Makel als Sacheinlage auf einen Teil des gezeichneten Kapitals eingebracht, ist es für die Gläubiger der Gesellschaft von Vorteil, wenn nur der niedrigere Nutzwert auf das gezeichnete Kapital angerechnet wird, nicht auch der Wert der überflüssigen Luxusausstattung. Die Anrechnung nur des Nutzwerts wäre insbesondere dann gerechtfertigt, wenn die Gesellschaft plant, das Kfz vollständig abzunutzen und nicht schon nach wenigen Jahren des Gebrauchs wieder zu verkaufen. Für die Bestimmung eines über das gezeichnete Kapital hinausgehenden und vom Einleger zu garantierenden Einlagewertes wäre aus Sicht der Gläubiger die Berücksichtigung der Sonderausstattung von Vorteil.

(5) Zeitpunkt für Bestimmung des Einlagewerts

Wenn man die Frage des Bewertungsverfahrens entschieden hat, stellt sich weiterhin das Problem, daß die Richtlinie keine klaren Vorgaben enthält zum maßgeblichen Zeitpunkt für die Bewertung des Einlagegegenstands. Es bieten

1121 Zur Problematik der Wertbestimmung in anderem Zusammenhang, nämlich bei der Sacheinlageprüfung, vgl. *Schiller*, Die Prüfung von Sacheinlagen, AG 1992, 20 (24 ff.).

sich verschiedene Zeitpunkte an: die Vereinbarung der Sachleistung, da zu diesem Zeitpunkt die Gesellschafter (bei Kapitalerhöhungen auch die Gesellschaft selbst) die Gegenleistung als faires Entgelt einstufen; die tatsächliche Leistung der Einlage, da ab diesem Zeitpunkt die Gesellschaft darüber bestimmen kann; die Eintragung der Gesellschaft (bzw. der Kapitalerhöhung) in das öffentliche Register, da zu diesem Zeitpunkt die Gesellschaft entsteht (bzw. die Kapitalerhöhung wirksam wird); oder auch der Zeitpunkt der Anmeldung der Eintragung beim Registergericht, da ab diesem Zeitpunkt die Eintragung von gerichtsinternen Prozessen abhängt.[1122]

Wenn die Gesellschaftsrechtsrichtlinie eine Differenzhaftung bei überbewerteten Sacheinlagen vorschreibt, muß sie zwingend einen Zeitpunkt festlegen, auf den hin der Sachwert vom Einleger zu garantieren ist. Ohne Bestimmung des Zeitpunkts des Gefahrübergangs ist eine solche Wertgarantie nicht denkbar. Der maßgebliche Zeitpunkt muß auf Gemeinschaftsebene abschließend festgelegt werden, da die Richtlinie beim Gläubiger- und beim Aktionärsschutz nicht das gewünschte Mindestmaß an Gleichwertigkeit in der Europäischen Union bzw. im gesamten EWR erreichen könnte, wenn die verschiedenen Mitgliedsstaaten unterschiedliche Zeitpunkte für die Berechnung der Differenzhaftung festlegen dürften.

Welchen Zeitpunkt man für die Wertbestimmung als maßgeblich ansieht, hängt davon ab, wie man die Interessen des Sacheinlegers, der übrigen Gesellschafter, der zukünftigen Investoren und der Gesellschaftsgläubiger gegeneinander abwägt. Diese Konkretisierung des Anwendungsbereichs von Art. 53 der Gesellschaftsrechtsrichtlinie obliegt dem Europäischen Gerichtshof. Dabei ist zu beachten, daß die Richtlinie das Schutzinteresse der Gesellschaftsgläubiger durch die Regelungen zum gezeichneten Kapital verwirklicht; Einlagen, die darüber hinausgehen, insbesondere der Mehrbetrag, regelt die Richtlinie allein im Interesse der aktuellen und der zukünftigen Gesellschafter. Es ist daher möglich, hinsichtlich des gezeichneten Kapitals zum Beispiel auf den Zeitpunkt der tatsächlichen Einbringung oder der Eintragung in Register abzustellen, hinsicht-

1122 Der maßgebliche Zeitpunkt der Differenzhaftung ist im deutschen Aktienrecht nicht ganz eindeutig. In dem Grundurteil zur Differenzhaftung in Aktiengesellschaften (BGHZ 64, 52) gibt der BGH keinen Hinweis. *Vatter* in Spindler/Stilz § 9, Rz. 19 m.w.N. erklärt den Zeitpunkt der Eintragung als maßgeblich, ebenso Grigoleit/*Vedder*, AktG § 27, Rz. 26. Diese Wahl paßt allerdings nicht ohne weiteres zur dogmatischen Begründung der Differenzhaftung als Analogie zu § 9 Abs. 1 GmbHG (statt aus § 66 I 1 AktG), die meist angeführt wird und z.B. von *Vatter* selbst in Rz. 18 für richtig gehalten wird. Der BGH führt in neueren Entscheidungen ebenfalls § 9 GmbHG zur Begründung der Differenzhaftung in der AG an (vgl. BGHZ 118, 83 und BGHZ 191, 364). Im GmbH-Recht entscheidet der Zeitpunkt der Anmeldung zum Registergericht über die Differenzhaftung des Sacheinlegers. Zu diesem Zeitpunkt muß die Sacheinlage vollständig geleistet sein. Für die Kapitalerhöhung stellen Grigoleit/*Rieder/Holzmann*, AktG § 184, Rz. 21 auf die Anmeldung der Kapitalerhöhung ab.

lich weiterer Einlagen jedoch den Gesellschaftern einen größeren Spielraum für Vereinbarungen einzuräumen, welche die Interessen im jeweiligen Einzelfall berücksichtigen können.

Der noch zu bestimmende Zeitpunkt für die Wertermittlung entscheidet über die Wertgarantiefunktion des Befreiungsverbots. Nach diesem Zeitpunkt kann das Befreiungsverbots immer noch von Bedeutung sein, wenn man ihm eine gegenständliche Schutzfunktion beilegt. Es bleibt der konkret versprochene Gegenstand einzubringen. Jedoch erfüllt dieser die Einlageverpflichtung vollständig, selbst wenn nach dem maßgeblichen Zeitpunkt für die Wertbestimmung eine Wertminderung eingetreten ist.

Man stelle sich beispielsweise[1123] vor, ein Gesellschafter verspricht als Sacheinlage, bestimmte Rohmaterialien über den gesamten nach Art. 48/70 der Richtlinie zulässigen Fünf-Jahres-Zeitraum zu liefern. Die Lieferung soll auf Anforderung durch die Gesellschaft erfolgen. Die Gesellschaft soll das Rohmaterial zu einem Endprodukt weiterverarbeiten und vertreiben. Drei Jahre lang kann die Gesellschaft die Rohmaterialien gewinnbringend nutzen. Danach ist das Endprodukt nicht mehr gefragt, weil die technische Entwicklung vorangeschritten ist und der Markt andere Produkte verlangt, für welche die Rohmaterialien nicht genutzt werden können. Alternativ kann man annehmen, das Endprodukt werde zu einem geringeren Preis noch nachgefragt, jedoch habe der Vorstand beschlossen, die Produktion auf innovativere Produkte umzustellen. Der Wert der Rohmaterialien liegt für die Gesellschaft dann im Wiederverkaufswert an Wettbewerber, die noch entsprechende Produkte herstellen. Dieser Wert, soll angenommen werden, sei geringer als der frühere Nutzwert bei eigener Produktion.

Bei einem gegenständlich gedachten Befreiungsverbot bleibt der Sacheinleger für die restlichen zwei Jahre zur Lieferung der ursprünglich versprochenen Rohmaterialien verpflichtet, selbst wenn er für die neuen Produkte die benötigten Rohmaterialien ersatzweise liefern könnte und die versprochenen Materialien für die Gesellschaft wertlos sind. Wenn man die Wertbestimmung der versprochenen Sacheinlage nicht auf den Tag der tatsächlichen Leistung legt, sondern auf den Zeitpunkt des Einlageversprechens oder der Eintragung der Gesellschaft/Kapitalerhöhung, erfüllt er damit seine Einlageverpflichtung vollständig. Bestimmt man den Wert der Sacheinlage am Tag der tatsächlichen Lieferung, ist eine Wertdifferenz festzustellen, die der Sacheinleger ausgleichen müßte.

Der Zeitpunkt der Wertbestimmung entscheidet mit darüber, wer das Risiko für welche Veränderungen trägt, der Sacheinleger oder die Gesellschaft. Muß der Sacheinleger auch für technische Entwicklungen, die Nachfrage am Absatzmarkt oder geschäftspolitische Entscheidungen des Vorstands einstehen und den ursprünglich zugrunde gelegten Wert des Sacheinlageguts zum Einbringungszeit-

1123 Ähnliche und weitere Beispiele für verschiedene Fälle von Wertveränderungen bei Sacheinlagen bei *Schiller*, Prüfung von Sacheinlagen, 26.

punkt garantieren? Oder ist die Fünf-Jahres-Frist für die Fälligkeit von Sacheinlagen in Art. 48/70 der Richtlinie so zu verstehen, daß die Richtlinie jede bei Gründung/Kapitalerhöhung versprochene Leistung innerhalb dieser zulässigen fünf Jahre als ordentliche Einlageleistung im Sinne von Art. 53 der Richtlinie versteht und daher die Wertgefahr der Gesellschaft aufbürdet? Muß der Sacheinleger Wertveränderungen ausgleichen, selbst wenn er erfüllungsbereit war, die Gesellschaft jedoch die Einlage nicht angefordert hat, oder kann der Sacheinleger die Gesellschaft zumindest in Annahmeverzug setzen? Warum sollte der Sacheinleger bei gegenständlich gedachtem Befreiungsverbot verpflichtet bleiben, die ursprünglich versprochenen Rohmaterialien zu liefern, wenn diese für die Gesellschaft wertlos geworden sind, er daher Wertersatz leisten müßte und zudem die Kosten der Herstellung und Lieferung der unbrauchbaren Rohmaterialien zu tragen hätte? Die Entscheidung dieser Fragen erfordert die Interessen des Sacheinlegers, der übrigen Gesellschafter und der Gläubiger gegeneinander abzuwägen. Die Richtlinie liefert dafür keine weiteren Anhaltspunkte, so daß die Frage hier offen bleiben muß.

Für die Zwecke dieser Arbeit sollen diese Ausführungen zum problematischen Befreiungstatbestand des Art. 53 der Gesellschaftsrechtsrichtlinie genügen. Mit diesem Problemverständnis ist die Bestimmung des Einlagebegriffs in Art. 53 der Richtlinie möglich, die für diese Arbeit, welche sich dem Vergleich der Regelungen zum gezeichneten Kapital und zum Mehrbetrag widmet, von größerer Bedeutung ist.

dd) Einlagebegriff in Art. 53

(1) Prima facie-Verständnis des Einlagebegriffs

Auf den ersten Blick verbietet Art. 53 der Gesellschaftsrechtsrichtlinie die Befreiung von jeder Leistungspflicht, welche die Richtlinie allgemein als Einlagepflicht versteht, also jedenfalls Leistungen zur Aufbringung des gezeichneten Kapitals und des Mehrbetrags.[1124] Weitere Entgeltleistungen an die Gesellschaft sind erfaßt, wenn man diese als Einlage im Sinne der Richtlinie versteht. Dieses Verständnis des Anwendungsbereichs leuchtet ein, wenn man die reale Kapitalaufbringung, der Art. 53 der Richtlinie dienen soll, nicht nur als Aufbringung des im Interesse der Gläubiger geschützten Haftungsfonds versteht, da dieser Haftungsfonds nach der Konzeption der Richtlinie ja nur aus dem gezeichneten Kapital gespeist wird. Auch die Mitgesellschafter und künftige Investoren haben ein Interesse an der realen Aufbringung der versprochenen Eigenkapitalleistungen, da eine teilweise Befreiung einzelner Gesellschafter von ihren Entgeltverpflichtungen den Wert der übrigen Anteile beeinträchtigt.

1124 *Grundmann*, Europäisches GesR, 169 wendet die Vorschrift auch auf den Mehrbetrag an. In der übrigen Literatur findet sich keine ausdrückliche Stellungnahme.

(2) Systematischer Zusammenhang mit Kapitalherabsetzung: Beschränkung auf gezeichnetes Kapital

Aus systematischen Gründen könnte man erwägen, das Befreiungsverbot auf Einlagen zu beschränken, die der Aufbringung des gezeichneten Kapitals dienen. Ansatzpunkt für diese Überlegung ist die Bestimmung in Art. 53 der Richtlinie selbst, das Befreiungsverbot gelte »unbeschadet der Vorschriften über die Herabsetzung des gezeichneten Kapitals«. Die Richtlinie regelt in ihren Artikeln 73 ff. die Kapitalherabsetzung als »Herabsetzung des gezeichneten Kapitals«. Wenn das Befreiungsverbot des Art. 53 der Richtlinie durch die Möglichkeit zu einer Kapitalherabsetzung eingeschränkt wird, die Kapitalherabsetzung jedoch nur das gezeichnete Kapital betrifft, könnte man folgern, daß das Befreiungsverbot selbst nur auf Einlagen anzuwenden ist, die der Aufbringung des gezeichneten Kapitals dienen. Erstreckt man nämlich das Befreiungsverbot auf alle Formen von Einlagen im Sinne der Richtlinie, fehlt nach der Konzeption der Richtlinie für Einlagen über das gezeichnete Kapital hinaus eine entsprechende Möglichkeit, diese durch eine Kapitalmaßnahme freizusetzen. Wird zum Beispiel im Gründungszeitpunkt der Nennbetrag der Anteile auf 1 festgesetzt, wovon 25 Prozent eingezahlt werden, und zudem ein Mehrbetrag in Höhe von 1 förmlich vereinbart, der nicht eingefordert wird, so kann eine spätere Kapitalherabsetzung nach Art. 73 der Richtlinie von der ausstehenden Verpflichtung auf den Nennbetrag befreien, nicht jedoch von der Pflicht zur Leistung des Mehrbetrags.

Diese systematische Überlegung zur Bestimmung des Einlagebegriffs in Art. 53 der Richtlinie ist jedoch nicht zwingend. Denn erstens kennt Art. 56 der Richtlinie für die obligatorische Ausschüttungssperre ebenfalls die Ausnahme der Kapitalherabsetzung. Zwar beschränkt die Richtlinie selbst die Ausschüttungssperre auf das gezeichnete Kapital; sie läßt jedoch weitere Beschränkungen durch das Recht der Mitgliedstaaten oder die Satzung ausdrücklich zu. Dies spricht dafür, diesen Rechtssetzern auch eine Bestimmung zuzugestehen, daß die erhöhte Ausschüttungssperre im Fall einer Kapitalherabsetzung entsprechend dem gezeichneten Kapital anzupassen ist.

Zweitens kann man Art. 53 iVm Art. 73 der Richtlinie so verstehen, daß die Mitgliedstaaten in ihrem nationalen Recht die Kapitalherabsetzung so ausgestalten können, daß weitere Einlagepflichten über das gezeichnete Kapital hinaus aufgehoben werden. Im deutschen Recht zum Beispiel tritt bei einer Kapitalherabsetzung durch Einziehung von Aktien eine Befreiung von allen Einlagepflichten ein (§ 66 Abs. 3 Alt. 2 AktG).[1125] Eine solche umfassende Befreiungswirkung kann man mit Blick auf Art. 53 der Richtlinie dadurch rechtfertigen, daß bei einer Einziehung von Anteilen alle Rechte erlöschen, das Erlöschen aller Pflichten daher als sachgerecht eingestuft werden kann. Außerdem kann nur so

1125 Zum Unterschied der Befreiungswirkung bei einfacher Kapitalherabsetzung und Kapitalherabsetzung durch Einziehung von Anteilen *Bayer* in MüKo-AktG § 66, Rz. 39 ff.

eine Gleichbehandlung der verschiedenen Einlageformen im Rahmen von Art. 53 der Richtlinie erreicht werden.

Da die systematische Auslegung des Einlagebegriffs kein eindeutiges Ergebnis ermöglicht, muß man den Einlagebegriff in Art. 53 der Richtlinie nicht auf das gezeichnete Kapital beschränken. Man wird diese Beschränkung insbesondere dann ablehnen, wenn man als Schutzzweck der Vorschrift nicht allein den Gläubigerschutz anerkennt, dem auch die Vorschriften über die Kapitalherabsetzung und die Ausschüttungssperre dienen, sondern den Schutz der Aktionäre als gleichrangiges Schutzziel annimmt.

(3) Bestimmung des Einlagebegriffs unter Berücksichtigung der Rechtsfolgen von Art. 53: Einlagen über das gezeichnete Kapital hinaus

Wenn man den Einlagebegriff in Art. 53 der Gesellschaftsrechtsrichtlinie nicht auf Leistungen beschränkt, die das gezeichnete Kapital aufbringen sollen, stellt sich die Frage, welche weiteren Leistungen als Einlage begriffen werden. Hierbei ist von Bedeutung, ob man das Befreiungsverbot als gegenständlichen Schutz der Einlageverpflichtung oder als Wertschutz versteht. Bei Barleistungen kann man den geschuldeten Wert der Leistung unschwer angeben. Hier stellt sich zunächst die allgemeine Frage, ob man zwischen rein schuldrechtlichen und besonderen gesellschaftsrechtlichen Vereinbarungen unterscheiden will, um den Gesellschaftern Bedingungen und Fälligkeitsregelungen zu ermöglichen. Warum aber entstandene und fällige bare Entgeltleistungen nicht aufzubringen sein sollten, ist nicht erkennbar. Daher kann man aus Gründen des Mitgesellschafterschutzes schuldrechtliche Entgeltversprechen auch dann dem Befreiungsverbot des Art. 53 der Richtlinie unterwerfen, wenn man bei anderen Normen den Gesellschaftern mehr Gestaltungsspielraum einräumen will.

Bei Sachleistungen ist zu differenzieren. Den gegenständlichen Schutz des Befreiungsverbots kann man auf jede Sachleistung erstrecken und die Ersetzung verbieten bzw. auf gewisse Ausnahmefälle beschränken. Schwierigkeiten bereitet die Wertschutzfunktion des Befreiungsverbots, wenn keine Bezugsgröße für den Wert des einzubringenden Gegenstands festgesetzt wurde. Bei Sach-Mehrbeträgen läßt sich der aufzubringende Wert ohne Schwierigkeiten angeben, da er förmlich festgesetzt worden ist. Bei Sachleistungen ohne Wertvereinbarung fehlt ein eindeutiger Ansatzpunkt für den Schutz des Sachwertes. Es bedürfte zur Klärung der Frage, ob gegen die Wertkomponente des Befreiungsverbots verstoßen wurde, zweier Wertbestimmungen, erstens der stets erforderlichen Bestimmung des Istwerts der Sacheinlage im maßgeblichen Zeitpunkt und zweitens einer zusätzlichen Bestimmung des Sollwerts.

Wie dieser Sollwert objektiv, d.h. unabhängig von der Einschätzung der Gesellschafter bestimmt werden soll, ist aus der Richtlinie nicht erkennbar. Man könnte an die Wertbestimmung im Rahmen der Sacheinlageprüfung anknüpfen, wenn man diese Prüfung auf Sachleistungen erstreckt, für die kein Wert ausdrücklich festgesetzt worden ist. Der Grund für eine Wertprüfung bei solchen

Sachleistungen könnte gerade darin gesehen werden, einen Ansatzpunkt für die Wertgarantie des Art. 53 der Richtlinie zu gewinnen. Der so gewonnene Wert wäre der einzige Ansatzpunkt, der sich aus der Richtlinie selbst ergibt.

Jedoch versteht man im Fall von bezifferten Sacheinlagen die Ergebnisse der Gründungsprüfung nicht als bindende Wertfestsetzung, sondern als Anhaltspunkt für den wahren Wert der Sacheinlage zu diesem Zeitpunkt, der jedoch nicht in jedem Fall korrekt sein muß. Maßgeblich ist als Sollwert für eine Differenzhaftung die von der Gesellschaft bzw. den Gesellschaftern getroffene Festsetzung des gezeichneten Kapitals oder des Mehrbetrags, nicht der bei der Gründungsprüfung angenommene Wert. Wenn man nun bei unbezifferten Sachleistungen den Wert zum Zeitpunkt der Gründungsprüfung zum maßgeblichen Referenzwert erklärt, stimmt diese Festlegung nicht mit der rechtlichen Behandlung der Sacheinlagen zusammen, an welche die Behandlung der übrigen Sachleistungen angeglichen werden soll. Es wäre auch nicht verständlich, warum der Sacheinleger aus Gründen des Mitgesellschafterschutzes einen Wert garantieren soll, den keine der Parteien der Anteilsausgabe zugrunde gelegt hat.

Es mag aber sein, daß man aus den Verhandlungen vor Ausgabe der neuen Anteile eine Wertvorstellung der beteiligten Parteien ableiten kann. Die Parteien müssen sich bei jeder Anteilsausgabe über den Wert der Anteile und den Wert der Gegenleistung zumindest eine ungefähre Vorstellung bilden, um die Angemessenheit des Austauschverhältnisses beurteilen zu können. An diese Werteinschätzung der Parteien kann man anknüpfen. Damit bestimmt man den Sollwert aus Sicht der Gesellschafter und der Gesellschaft zum Zeitpunkt der Vereinbarung. Unter Umständen bieten die Leistungen anderer Gesellschafter einen Ansatzpunkt für die Bestimmung des Sollwerts der Sachleistung, z.B. wenn ein Gesellschafter eine Sachleistung verspricht, ein anderer einen Bar-Mehrbetrag leisten soll. In manchen Fällen wird sich eventuell zwar nicht der Sollwert der gesamten Sachleistung verläßlich bestimmen lassen, jedoch immerhin die Wertminderung. Man denke sich den Fall, daß eine Anlage eingebracht werden soll, deren Funktionstüchtigkeit vorausgesetzt wird. Ist diese Anlage nicht funktionstüchtig, können die erforderlichen Reparaturkosten als Maßstab für den Minderwert genommen werden, selbst wenn der Gesamtwert der Anlage nur schwer zu bestimmen sein sollte.

Kann bei Sachleistungen ohne Wertvereinbarung mit dem Gesellschafter der Sollwert oder zuwenigst die Wertminderung nicht ermittelt werden, beschränkt sich die Wirkung des Befreiungsverbots auf den gegenständlichen Schutz des Einlageversprechens. Eine Differenzhaftung läßt sich dann nicht berechnen. Jedenfalls diese Rechtsfolge des Befreiungsverbots ist bei solchen Sachleistungen unanwendbar. Diese teilweise Unangemessenheit der vorgesehenen Rechtsfolgen kann man als Indiz dafür nehmen, daß solche Sachverhalte nicht unter den Tatbestand der Vorschrift zu subsumieren sind. Diese Folgerung ist gültig, wenn man den gegenständlichen Schutz des Befreiungsverbots als Ergänzung und Absicherung des Wertschutzes versteht und nicht als eigenständigen Existenzgrund der Vorschrift.

Selbst wenn man aber den Sollwert oder den Minderwert (zumindest näherungsweise) bestimmen kann, muß man jedoch den Wertschutz des Befreiungsverbots nicht notwendig auf alle Entgeltleistungen anwenden. Aus dem Zweck des Gläubigerschutzes läßt sich hinsichtlich solcher Leistungen kein Argument gewinnen, da Leistungen über das gezeichnete Kapital hinaus nach der Konzeption der Richtlinie nicht den Haftungsfonds speisen und daher nur faktisch den Gläubigern zugute kommen. Entscheiden muß diese Frage eine am Zweck des Aktionärsschutzes orientierte Auslegung. Hierbei steht man wieder vor der Abwägungsentscheidung, ob man im Interesse der Gesellschafter, die weniger Einfluß auf die Entscheidungen der Gesellschaftsorgane haben, die zwingende Anwendung der Richtlinienvorschriften auf alle Entgeltleistungen annehmen will, oder den Gesellschaften und ihren Investoren größere Gestaltungsfreiheiten einräumen will.

Für die zweite Ansicht lassen sich folgende Argumente anführen. Die Vereinbarung von Sacheinlagen sucht die Praxis vor allem zu vermeiden, weil sie die zwingende Wertgarantie für Sachleistungen und die damit einhergehende Gefahr einer Differenzhaftung für unangemessen erachtet. Insbesondere wenn Unternehmen als Sacheinlage eingebracht werden, wird die Verteilung der Chancen und Risiken von den Parteien üblicherweise ausgehandelt.[1126] Weder der Wert des als Sacheinlage eingebrachten Unternehmens wird dabei garantiert noch umgekehrt dem Sacheinleger der Wert des aufnehmenden Unternehmens. Aber auch bei anderen Sacheinlagen hat diese Erörterung schon gezeigt, daß deren Wert nicht objektiv bestimmt werden kann, sondern von bestimmten Annahmen und Prognosen abhängt, die sich im Laufe der Zeit als unzutreffend erweisen können. Die Vorstellungen der Parteien über die Angemessenheit der Risikoverteilung, die aus ihrer Sicht die Angemessenheit des Entgelts mitbestimmt, sind im Fall von Sachleistungen ohne Wertvereinbarung von besonderer Bedeutung. Läßt sich doch bei solchen Sachleistungen der Sollwert nicht objektiv anhand einer eindeutig festgesetzten Bezugsgröße bestimmen, sondern muß sich eben an den Parteivorstellungen zum Zeitpunkt der Vereinbarung orientieren.

Zudem ist zu beachten, daß die Möglichkeit, Sachleistungen außerhalb des Einlagenregimes der Richtlinie zu vereinbaren, bei solchen Leistungen nicht zu einem Zustand völliger Rechtlosigkeit führt. Entweder haben die Parteien eine aus ihrer Sicht faire Regelung vereinbart oder es gilt grundsätzlich das normale Schuldrecht der Mitgliedstaaten und die dort vorgesehenen Regeln für Schlecht- oder Teilleistungen. Für zukünftige Investoren bedeutet die Möglichkeit von Zusatzleistungen außerhalb des Einlageregimes keine Verschlechterung ihrer Situation. Qualifiziert man solche Leistungen nicht als Einlagen, gelten für sie die besonderen Publizitätsanforderungen der Richtlinie nicht. Da keine besondere gesellschaftsrechtliche/handelsregistergerichtliche Verlautbarung von Zusatzleistungen erfolgt, können solche Leistungen bei Außenstehenden kein schutzwürdiges Vertrauen hervorrufen. Die Kapitalausstattung der Gesellschaft

1126 *Wieneke*, Differenzhaftung und Vergleich, 136.

wird durch solche Zusatzleistungen lediglich verbessert. Darüber werden die Investoren durch die normalen Anforderungen an die Rechnungslegung informiert. Schwindelgründungen durch Vortäuschung einer besseren Kapitalausstattung als der tatsächlichen sind nicht zu besorgen.

Eine Subsumption rein schuldrechtlicher Leistungen oder faktischer Mehrwerte in den Einlagebegriff des Art. 53 der Richtlinie wird man folglich dann befürworten, wenn man annimmt, die Minderheitsgesellschafter werden vor einer Wertverwässerung ihrer Anteile durch die Treuepflichten der handelnden Organe, die Option auf das Schutzregime der Richtlinie durch Festsetzung eines Mehrbetrags und die Regelungen des allgemeinen Schuldrechts nicht ausreichend geschützt. Unter dieser Annahme wird man die Interessen der Sacheinleger, möglichst rechtssicher investieren zu können, weniger stark gewichten.

ee) Umsetzung in deutsches Recht

Die Umsetzung von Art. 53 der Richtlinie im deutschen Recht erfolgt durch § 66 Abs. 1 S. 1 AktG, der ein Befreiungsverbot für die Ansprüche aus § 54 und § 65 (Vormännerhaftung), damit neben dem Grundkapital auch für das korporative Agio ausspricht.[1127] Wie bereits angesprochen, haben die deutschen Rechtspraxis und Rechtswissenschaft die Bedeutung der europarechtlichen Vorgaben für das nationale Aktienrecht jedoch bislang noch nicht vollständig berücksichtigt, so daß es zwar nicht bei der Umsetzung der Richtlinienvorgaben durch § 66 Abs. 1 S. 1 AktG zu einem Umsetzungsdefizit gekommen ist, jedoch in der weiteren Rechtsanwendung von § 66 Abs. 1 S. 1 AktG durch die deutschen Gerichte. Auch ohne Beachtung der europarechtlichen Vorgaben ist der BGH indes in der angesprochenen Entscheidung Babcock (BGHZ 191, 364) zu dem Ergebnis gelangt, daß die aktienrechtliche Differenzhaftung auch das korporative Agio, also den Mehrbetrag der Richtlinie erfaßt.

ff) Umsetzung in englisches Recht

Das englische Recht enthält keine Vorschrift, die das Befreiungsverbot des Art. 53 der Richtlinie umsetzen soll, formuliert jedoch in s. 580 ss. 1 CA 2006 explizit das Verbot der Unterpari-Emission (›no-discount rule‹). Aus der nodicsount rule wird man hinsichtlich des share capital dieselben Rechtsfolgen ableiten können, die das Befreiungsverbot eigens noch einmal formuliert. Damit bietet s. 580 ss. 1 CA 2006 eine ausreichende Grundlage, um die Anforderungen des Befreiungsverbots bei Nominalkapital umzusetzen. Auch eine Differenzhaftung bei Sacheinlagen läßt sich so begründen, wobei gerade hierzu anzumerken ist, daß nach dem derzeitigen Verständnis in England den Investoren bei Sacheinlagen so große Freiheiten eingeräumt werden, daß die no-discount rule

1127 S. u. S. 835 ff.

und damit auch das europarechtliche Befreiungsverbot praktisch weitgehend leerlaufen, insoweit ein Umsetzungsdefizit bei der Rechtsanwendung gegeben ist.

Bezüglich des Mehrwerts, also des share premiums, enthält das geschriebene englische Recht Vorschriften weder zu einem Befreiungsverbot noch bei Sacheinlagen Vorschriften über eine Differenzhaftung. Hier liegt ein Umsetzungsdefizit bereits bei der Rechtsetzung vor.

2. Keine Anwendung anderer Einlagevorschriften

Während die soeben behandelten Einlagevorschriften für das Grundkapital und den Mehrbetrag gleichermaßen Beachtung verlangen, enthält die Richtlinie andere Kapitalschutzvorschriften, deren Anwendung sie auf das Grundkapital beschränkt. Diese Artikel sind hier ebenfalls zu erörtern, da deren Nichtanwendung auf den Mehrbetrag und andere Formen von Mehrleistungen Hinweise enthält, wie die Richtlinie den Kapitalschutz des Agios versteht. Die Unsicherheiten des Einlagebegriffs wirken sich auf diese Vorschriften nicht aus.

a) Keine Publizitätsanforderungen

Die Publizitätsvorschriften der Gesellschaftsrechtsrichtlinie beschränken ihren Anwendungsbereich auf das gezeichnete Kapital und erstrecken ihn nicht auf einen eventuell vereinbarten Mehrbetrag oder andere Mehrleistungen. So muß gemäß Art. 3 lit. c) der Richtlinie die Gründungssatzung nur Angaben über das gezeichnete Kapital enthalten. Auch die Angaben, die nach Art. 4 der Richtlinie außerhalb der Satzung in einem gesonderten Dokument bekannt gemacht werden können und die in Art. 68 Abs. 1 der Richtlinie auch bei Kapitalerhöhungen gefordert werden, müssen nur über das Nennkapital (lit. b) und dessen Einzahlung (lit. g) bzw. Aufbringung im Wege einer Sacheinlage (lit. h) Auskunft geben.

Die Tatsache, daß die Gesellschaftsrechtsrichtlinie hinsichtlich eines vereinbarten Mehrbetrags und eventuell weiterer Sachleistungen keinerlei Anforderungen an die Publizität stellt, ist ein erster Hinweis darauf, daß die Richtlinie das Agio als eine Angelegenheit versteht, die nur unter den Gesellschaftern von Bedeutung ist, nicht aber das Publikum betrifft, also insbesondere die Gläubiger nicht. Für die Gesellschafter ist die Publizität der Kapitalausstattung nicht wichtig, da diese sich auf andere Weise informieren können. Die Publizität ist vor allem für den Gläubigerschutz bedeutsam, um außenstehenden Dritten eine Möglichkeit zu bieten, informiert darüber zu entscheiden, ob sie mit der Gesellschaft eine vertragliche Verbindung eingehen wollen.

b) Keine Anforderungen an die Einlagefähigkeit (Art. 46)

Dem deutschen Recht ist die Vorstellung vertraut, daß für Sacheinlagen nur solche Gegenstände in Frage kommen, deren wirtschaftlicher Wert eindeutig feststellbar ist. Art. 46 der Gesellschaftsrechtsrichtlinie fordert eine derartige

Sacheinlagefähigkeit nur für Gegenstände, mit denen das gezeichnete Kapital aufgebracht werden soll.[1128] Der Wortlaut der Vorschrift »Das gezeichnete Kapital (...)« läßt über den Anwendungsbereich keine Zweifel zu. Da Art. 46 S. 2 der Richtlinie somit auf Agien nicht anwendbar ist, kann ein Mehrbetrag grundsätzlich auch durch eine Dienstleistung erbracht werden, deren Wert die Gesellschafter untereinander im Verhältnis zu den übrigen Einlagen festsetzen können. Faktisch wären Dienstleistungen allerdings als Einlagen weitgehend ausgeschlossen, wenn man, wie oben diskutiert, Sachagien vom Anwendungsbereich des Art. 70 der Richtlinie ausnehmen und in der Folge jede Agioeinlage dem Gebot sofortiger Leistung des Art. 69 der Richtlinie unterwerfen wollte. Für Leistungen, die ohne Wertangabe versprochen werden, sieht die Richtlinie ebenfalls keine bestimmte Sacheinlagefähigkeit vor.

Schon der Entwurf der Kommission enthielt mit seinem Artikel 10 eine Vorschrift, nach der die Sacheinlagefähigkeit von Vermögensgegenständen auf das gezeichnete Kapital beschränkt war. Nach den Erläuterungen zum Kommissionsentwurf ist eine Vorschrift zur Sacheinlagefähigkeit »der klassische Schutz für die Gläubiger«.[1129] Die Tatsache, daß dieser Schutz nicht auf einen eventuellen Mehrbetrag oder Mehrleistungen ohne Wertangabe erstreckt wird, deutet darauf hin, daß der Gedanke des Gläubigerschutzes nach dem Verständnis der Richtlinie den Kapitalschutz des Agios nicht trägt. Die deutsche Umsetzung dieser Vorgaben in § 27 Abs. 2 AktG unterscheidet anders als die Gesellschaftsrechtsrichtlinie bei der Sacheinlagefähigkeit nicht zwischen Grundkapital und Agio.[1130] Die englische Umsetzungsnorm des s. 585 CA 2006 verfährt in dieser Frage wie das deutsche Aktienrecht.

c) Keine Nachgründungsvorschriften (Art. 52)

Art. 52 der Gesellschaftsrechtsrichtlinie führt ebenfalls vor Augen, daß die Richtlinie zwischen Grundkapital und Agio bewußt unterscheidet. Die Nachgründungsvorschrift verlangt bei einem Erwerb eines Gegenstandes im Wert von mindestens 10 Prozent des gezeichneten Kapitals eine dem Artikel 49 entsprechende Prüfung. Damit soll eine Umgehung der Prüfungsvorschriften zur Sacheinlage zumindest in nicht unwesentlichen Fällen verhindert werden.[1131] Bezöge man die 10%-Schwelle der Nachgründung nicht nur auf das gezeichnete Kapital, sondern auf alle Einlagen und damit auch auf das Agio, würde sich ein größerer Gestaltungsspielraum ergeben und der Schutzstandard abgesenkt.[1132]

1128 Ebenso *Rickford*-Report, 940. Die deutsche Literatur zur Gesellschaftsrechtsrichtlinie befaßt sich nicht mit dem genauen Anwendungsbereich der Richtlinienvorschrift.

1129 Erläuterungen zum Vorschlag einer Zweiten Richtlinie, ABl. C 48, 11.

1130 S. u. S. 813.

1131 Erläuterungen zum Vorschlag einer Zweiten Richtlinie, ABl. C 48, 11.

1132 *Grundmann*, Europäisches GesR, 174 Fn. 70.

Der Unterscheidung zwischen Agio und Grundkapital liegt daher an dieser Stelle ein zunächst leicht nachvollziehbarer Sinn zugrunde. Sie wird in der Literatur zur Gesellschaftsrechtsrichtlinie, soweit ersichtlich, nicht in Frage gestellt.[1133]

Die Tatsache, daß die Richtlinie das Grundkapital als Bezugsgröße dafür wählt, wann weitere Schutzvorkehrungen greifen sollen, kann man jedoch mit dem Schutzniveau nicht vollständig erklären. Ein freiwillig über dem Mindestkapital festgesetztes Grundkapital führt zu einer Anhebung der Wertschwelle, ein freiwillig erhobenes Agio nicht, obwohl auch dieses die Kapitalausstattung der Gesellschaft verbessert. Die Richtlinie mißt dem Agio an dieser Stelle nicht dieselbe Bedeutung zu wie dem Grundkapital. Diese unterschiedliche Bewertung des Agios und des Grundkapitals läßt sich damit begründen, daß der Schutz der Gläubiger bei Erhebung eines Agios nicht derselbe ist wie bei einer freiwilligen Erhöhung des Grundkapitals, da die Richtlinie auch bei anderen Kapitalschutzregeln nach dem Grundkapital und dem Agio differenziert, dazu sogleich mehr. Die Umsetzung des Art. 52 der Richtlinie in deutsches Recht erfolgt durch § 52 AktG[1134], in englisches Recht durch s. 598 CA 2006.

d) Keine Hauptversammlung bei schweren Verlusten (Art. 58)

Eine weitere Vorschrift, bei der die Richtlinie zwischen Grundkapital und Agio differenziert, betrifft den Kapitalerhalt. Nach Art. 58 Abs. 1 der Gesellschaftsrechtsrichtlinie muß eine Hauptversammlung einberufen werden, wenn es zu »schweren Verlusten des gezeichneten Kapitals« gekommen ist. Absatz 2 der Vorschrift ermöglicht den Mitgliedstaaten, die Höhe des als schwer zu erachtenden Verlustes im Sinne des Absatzes 1 grundsätzlich selbst zu bestimmen. Jedoch dürfen die Mitgliedstaaten keinen Verlust von mehr als der Hälfte des gezeichneten Kapitals tolerieren.

Liest man die Absätze eins und zwei zusammen kann man den Inhalt der Vorschrift so formulieren. Bei schweren Verlusten des gezeichneten Kapitals, spätestens wenn nur noch die Hälfte des gezeichneten Kapitals vorhanden ist, ist eine Hauptversammlung einzuberufen, um zu prüfen, ob die Gesellschaft aufzu-

1133 Vgl. die Nachweise bei der Bestimmung des Begriffs ›gezeichnetes Kapital‹ o. S. 388 ff. In der Diskussion zur deutschen Umsetzungsnorm des §52 AktG wird teilweise vertreten, daß eine Vergütung von mehr als 10% des Grundkapitals unschädlich sein soll, wenn sie aus ungebundenem Vermögen erfolgen kann, so z.B. Hüffer/*Koch*, AktG § 52, Rz. 5a m.w.N. Dabei wird die Vorgabe der Gesellschaftsrechtsrichtlinie übersehen, die eine solche Unterscheidung nicht kennt und ebensowenig eine zwingende Bindung des Mehrbetrags. Die Gesellschaftsrechtsrichtlinie ist jedoch in allen Mitgliedstasten einheitlich auszulegen, weshalb nicht danach differenziert werden kann, daß manche Mitgliedstaaten eine weitere Kapitalbindung vorsehen als durch die Richtlinie vorgegeben.

1134 Zu Einzelfragen der Umsetzung, die alle nicht das Verständnis des Agios berühren, *Habersack/Verse*, Europäisches GesR, 234 ff.

lösen oder andere Maßnahmen zu ergreifen sind. Die Pflicht zur Einberufung der Hauptversammlung besteht also dann, wenn eventuelle Verluste (Plural in Absatz 1 der Vorschrift) soweit aufgelaufen sind, daß die Aktiva nach Abzug der Verbindlichkeiten nur mehr die Hälfte der bilanziellen Sollgröße des gezeichneten Kapitals decken.[1135]

Ein eventuell erhobenes Agio muß nicht zur Hälfte durch vorhandene Aktiva abgedeckt werden, sondern kann gänzlich aufgezehrt werden. Der eindeutige Wortlaut der Vorschrift, die auf das gezeichnete Kapital abstellt, wird in der Literatur nicht in Frage gestellt.[1136] Die Umsetzung dieser Vorgaben erfolgt in Deutschland durch § 92 Abs. 1 AktG, in England durch s. 656 CA 2006.

In der deutschen Literatur wird teilweise die Auffassung vertreten, die Pflicht zur Einberufung einer Hauptversammlung entstehe nicht erst, wenn das Grundkapital nur noch zur Hälfte gedeckt sei, sondern schon dann, wenn ein nach den Vorschriften über die Bilanz und die Gewinn- und Verlustrechnung zu errechnender Jahresfehlbetrag in Höhe der Hälfte des Grundkapitals zu verzeichnen sei.[1137] Diese Sichtweise wird damit begründet, daß die Pflicht zur Einberufung einer Hauptversammlung zu einem früheren Zeitpunkt effektiver sei, weshalb nicht abgewartet werden solle, bis sich die Jahresfehlbeträge zu einem so hohen Verlust addiert hätten, daß das Grundkapital schon zur Hälfte aufgezehrt sei. Schon jeder Jahresverlust in Höhe des halben Grundkapitals sei als schwer anzusehen.

Dabei geht man zwar von dem Wortlaut der deutschen Umsetzungsnorm, des § 92 Abs. 1 AktG aus, der von einem »Verlust in der Höhe der Hälfte des Grundkapitals« spricht und das geschilderte Normverständnis zulasse. Die Vertreter dieser Ansicht berufen sich aber inhaltlich auf die Vorgaben der Richtlinie, die für die Auslegung der deutschen Umsetzungsnorm maßgeblich sein soll.[1138] Mit dem Wortlaut der Richtlinie ist diese Auslegung jedoch nicht in Einklang zu bringen. Art. 58 der Gesellschaftsrechtsrichtlinie spricht in keinem

1135 So versteht die Vorschrift auch der *Rickford*-Report, 940; ebenso *L/B/S*, Europ. Unternehmens- und Kapitalmarktrecht, 558.

1136 S. o. S. 388 f. die Nachweise bei der Bestimmung des Begriffs ›gezeichnetes Kapital‹.

1137 *Habersack/Verse*, Europäisches GesR, 247; *Grundmann*, Europäisches GesR, 179; *Jung*/Stiegler in Krebs/Jung/Stiegler, Gesellschaftsrecht § 21 Rz. 89; a.A. mit umfangreichen Nachweisen zum Streitstand bei *L/B/S*, Europ. Unternehmens- und Kapitalmarktrecht, 558; a.A. auch *Lösekrug*, Umsetzung 134 f.

1138 So *Habersack/Verse*, Europäisches GesR, 247. *Grundmann*, Europäisches GesR, 179 schließt sich dieser Ansicht an, geht jedoch ohne Bezug auf das deutsche Recht von einem Verlust in der Höhe der Hälfte des Grundkapitals aus und verweist dabei auf den Absatz 2 der Richtlinienvorschrift. Dabei übersieht er, daß die Richtlinie auch an dieser Stelle nicht von einem Verlust »in der Höhe« des gezeichneten Kapitals spricht, sondern von einem Verlust »des gezeichneten Kapitals«, denn Absatz 2 handelt von einem »Verlust im Sinne des Absatzes 1«, also einem Verlust »des« gezeichneten Kapitals.

Absatz von einem »Verlust in der Höhe des gezeichneten Kapitals« sondern in Absatz 1 unmißverständlich von »Verlusten des gezeichneten Kapitals«. Diesen Wortlaut kann man nicht ohne Gewalt anders verstehen, als daß in dem zu regelnden Fall das gezeichnete Kapital bereits angegriffen sein muß. Nur dann ist das gezeichnete Kapital in der bestimmten Höhe verloren. Der Plural »Verluste« deutet zudem auf genau die Akkumulation von Einzelverlusten hin, die nach der geschilderten Ansicht nicht abgewartet werden soll.

Bei diesem eindeutigen Wortlaut besteht keine Möglichkeit, aufgrund von teleologischen Effizienzüberlegungen eine Auslegung zu wählen, deren Inhalt nur mit einem anderen Wortlaut ausgesprochen werden kann. Darin läge eine Umdeutung der Vorschrift, keine Auslegung mehr. Auch führte die geschilderte Auslegung nicht notwendig zu einer höheren Effizienz, sondern zöge die wenig sinnhafte und ineffiziente Folge nach sich, daß bei einem niedrigen Grundkapital, jedoch hohen Gewinnvorträgen und Rücklagen ein vergleichsweise geringer Jahresfehlbetrag zu einer umgehenden Einberufung der Hauptversammlung führen müßte.[1139] Der Sinn der europäischen Vorschrift ist ein anderer: Wenn die Existenz der Gesellschaft akut gefährdet ist, weil mit dem Grundkapital die letzte Reserve angegriffen ist, soll die Alarmglocke geläutet werden. So wird auch § 92 Abs. 1 AktG, der die Richtlinienvorgabe umsetzt, üblicherweise verstanden.[1140]

Das Aufzehren des Kapitalpuffers der Gesellschaft löst demnach die Einberufungspflicht aus. Würde ein eventuelles Agio in die Berechnung des maßgeblichen Kapitalpuffers einbezogen, könnte der Schutzstandard erhöht werden. Das in der Krise noch vorhandene Eigenkapital wäre unabhängig von der genauen Prozentzahl, bei welcher die Hauptversammlung einzuberufen wäre, in jedem Fall umso größer, je höher das als Bezugsgröße dienende Eigenkapital angesetzt würde. An dieser Stelle wird wieder erkennbar, daß die Richtlinie dem Grundkapital eine andere Bedeutung für die verfolgten Schutzzwecke einräumt als dem Eigenkapital.

1139 Ein Regelung der Art, daß ein Jahresverlust in Höhe der Hälfte des Grundkapitals zu einer Einberufung der Hauptversammlung führen muß, wäre bei einem niedrig angesetzten Grundkapital in der Praxis nicht effizient, könnte jedoch die Gesellschaften dazu anhalten, ein höheres Grundkapital festzusetzen, und dadurch mittelbar den Gläubigerschutz verbessern. Von daher kann eine solche Regelung durchaus sinnvoll sein, nur ist sie im geltenden europäischen Recht nicht zu finden, wie sich aus dem Wortlaut der Vorschrift ablesen läßt, die allenfalls mittelbar dem Gläubigerschutz, vornehmlich aber dem Schutz der Mitgesellschafter dient.

1140 Z.B. *Spindler* in MünchKomm-AktG § 92 Rz. 13 m.w.N., jedoch ohne auf die europarechtlichen Vorgaben einzugehen; weitere Nachweise zum Streitstand bei *Habersack/Verse*, Europäisches GesR, 247, auch mit Hinweisen auf Rechtsprechung, die jedoch vor dem Erlaß der Richtlinie datiert. Vgl. auch die Umsetzung der Richtlinie im englischen Recht in s. 656 CA 2006, der eindeutig eine Reduktion des Eigenkapitals (›net assets‹) auf die Hälfte des Nominalkapitals verlangt, dazu u. S. 549.

Der Normzweck des Art. 58 der Gesellschaftsrechtsrichtlinie liegt darin, die Interessen der Aktionäre zu schützen, indem ihnen rechtzeitig die Möglichkeit gegeben wird, auf eine besonders schwere Krise der Gesellschaft zu reagieren.[1141] Die Entscheidung über den Umgang mit einer schweren Krise wird nicht den Organen der Gesellschaft überlassen, sondern den Aktionären anvertraut. Der Sinn der Vorschrift liegt unmittelbar in einer Abgrenzung der Kompetenzen der Organe der Gesellschaft im Fall einer schweren Krise. Teilweise wird angenommen, die Norm solle zudem mittelbar dem Schutz der Gläubiger dienen, welche von einer angemessenen Reaktion der Aktionäre profitieren könnten.[1142] Ob die unsichere und allenfalls mittelbare günstige Auswirkung auf die Gläubiger von der Norm angestrebt wird oder lediglich in manchen Fällen als Rechtsreflex auftreten mag, ist objektiv nicht entscheidbar und mag hier dahinstehen.[1143] Dem Schutzzweck des Art. 58 der Richtlinie wäre in jedem Fall gedient, wenn der maßgebliche Kapitalpuffer nicht nur durch das Grundkapital, sondern unter Einrechnung eines eventuellen Agios bestimmt wird. Das Agio wird jedoch von der Richtlinie nicht als Teil des Schutzpuffers für die Existenz der Gesellschaft verstanden. Am deutlichsten zeigt sich dieses Verständnis der Richtlinie in der Norm, die als nächstes besprochen werden soll.

e) Keine Ausschüttungssperre (Art. 56)

Die Gesellschaftsrechtsrichtlinie statuiert in ihrem Art. 56 für ein eventuell erhobenes Agio kein Ausschüttungsverbot. Die Vermögensbindung wird zwingend nur für das gezeichnete Kapital vorgeschrieben.[1144] In einigen Mitgliedstaaten wird das Agio daher als freie Rücklage behandelt[1145], in anderen eine solche Behandlung de lege ferenda befürwortet.[1146]

Art. 56 Abs. 1 der Richtlinie verbietet eine Ausschüttung an die Aktionäre, wenn das Nettoaktivvermögen »den Betrag des gezeichneten Kapitals zuzüglich der Rücklagen, deren Ausschüttung das Gesetz oder die Satzung nicht gestattet« unterschreiten würde.[1147] Damit wird ein Kapitalschutz vorgeschrieben, nach

1141 *Habersack/Verse*, Europäisches GesR, 246; *L/B/S*, Europäisches Unternehmens- und Kapitalmarktrecht, 556 m.w.N.

1142 *Habersack/Verse*, Europäisches GesR, 246; *L/B/S*, Europäisches Unternehmens- und Kapitalmarktrecht, 556 m.w.N.

1143 Die Materialien zur Richtlinie geben keinen Hinweis auf das Normverständnis des Gesetzgebers, so daß objektiv-teleologische Überlegungen den Ausschlag geben müssen.

1144 So auch *Rickford*-Report, 939; ebenfalls noch *Davies*, Principles (8), 269.

1145 *Rickford*-Report, 939 mit Hinweis auf das italienische und spanische Recht.

1146 *Rickford*-Report, 994 für eine Reform des englischen Rechts.

1147 Keine Ausschüttung im Sine der Norm ist eine Rückzahlung der Einlage an den Aktionär aufgrund einer kapitalmarktrechtlichen Verpflichtung der Gesellschaft gegenüber dem Aktionär zu Schadensersatz (Prospekthaftung), so ausdrücklich EuGH v. 19.12.2013, C-174/12 (Hirmann), Tz. 32.

dem das Grundkapital und die nicht angreifbaren Rücklagen nicht ausgeschüttet werden dürfen.[1148]

Welche Rücklagen durch eine Ausschüttung nicht angegriffen werden dürfen, schreibt die Richtlinie an dieser Stelle nicht vor. Sie überläßt die Bestimmung solcher Rücklagen weitgehend dem nationalen Gesetzgeber und der Satzung.[1149] Die Gesellschaftsrechtsrichtlinie selbst enthält einzelne Sondervorschriften, wann eine ausschüttungsgesperrte Rücklage zu bilden ist, so z.B. beim Erwerb eigener Aktien (Art. 63 Abs. 1 lit. b)) und bei rückerwerbbaren Aktien (Art. 82 lit e), jedoch keine Regelung dahingehend, daß ein eventueller Mehrbetrag in eine gebundene Rücklage einzustellen wäre.[1150] Damit läßt Art. 56 Abs. 1 der Richtlinie eine auf das Agio bezogene Ausschüttungssperre zu, wie sie z.B. § 272 Abs. 2 Nr. 1 HGB iVm § 150 AktG vorsieht, fordert eine solche Regelung jedoch nicht.

Art. 56 Abs. 3 der Richtlinie formuliert die gebotene Ausschüttungssperre anders als Absatz 1 aus dem Blickwinkel der Gewinn- und Verlustrechnung. Zur Ausschüttung steht nur der Betrag zur Verfügung, der sich aus dem Jahresergebnis zuzüglich eines Gewinnvortrags und etwaiger Entnahmen aus freien Rücklagen abzüglich eines Verlustvortrags und gesetzlicher oder satzungsmäßiger Rücklagen errechnet. Der Unterschied zwischen Absatz 1 und Absatz 3 des Art. 56 der Gesellschaftsrechtsrichtlinie ist vor allem formaler Natur. Art. 56 Abs. 1 der Gesellschaftsrechtsrichtlinie schützt, ähnlich wie § 30 GmbHG einen bestimmten Teil des Vermögens der Gesellschaft, greift aber nur bei einer Unterbilanz ein.[1151] Art. 56 Abs. 3 der Richtlinie ähnelt § 57 Abs. 3 AktG, denn er schützt das gesamte Vermögen der Gesellschaft vor Wertminderungen, soweit es nicht formal als Bilanzgewinn ausgewiesen worden ist.

Der Höhe nach unterscheidet sich die maximal zulässige Ausschüttung nach Absatz 1 und Absatz 3 nicht, da Absatz 3 die Auflösung von Rücklagen nicht verbietet. Wenn Art. 56 Abs. 3 der Richtlinie vorgibt, daß Beträge, die durch Gesetz oder Satzung in Rücklagen eingestellt worden sind, nicht ausgeschüttet werden können, müssen damit gebundene Rücklagen gemeint sein, die aufgrund

1148 *Habersack/Verse*, Europäisches GesR, 239; *L/B/S*, Europ. Unternehmens- und Kapitalmarktrecht, 548.

1149 Die Formulierung der Richtlinie geht auf eine Klarstellung in Punkt 23 der Entschließung des europäischen Parlaments (ABl. C 114, 20) zu Art. 12 des Kommissionsentwurfs zurück. Der Entwurfsvorschlag sprach allgemein von »nicht verfügbaren Rücklagen«. Das Parlament fürchtete ein weites Verständnis dieses nicht definierten Rechtsbegriffs und sah sich zu der Klarstellung veranlaßt, daß die Nichtverfügbarkeit hauptsächlich durch ausdrückliche Entscheidung des Gesetzes, der Satzung oder eines Hauptversammlungsbeschlusses bestimmt werde. Zur Entscheidungsbefugnis des nationalen Gesetzgebers vgl. a. *Jung/Stiegler* in Krebs/Jung/Stiegler, Gesellschaftsrecht § 21 Rz. 74.

1150 *Habersack/Verse*, Europäisches GesR, 239, dabei in Fn. 122 ausdrücklich auch zum Unterschied zwischen der Richtlinie und § 272 Abs. 2 Nr. 1 HGB.

1151 *L/B/S*, Europ- Unternehmens- und Kapitalmarktrecht, 548.

einer anderen Vorschrift als Art. 56 Abs. 3 der Richtlinie gesperrt sind. Denn Art. 56 Abs. 3 spricht selbst auch von verfügbaren Rücklagen, aus denen Entnahmen zulässig sind, kennt also sowohl freie als auch gebundene Rücklagen. Mit der Formulierung in Art. 56 Abs. 3 ist dasselbe gemeint wie in Art. 56 Abs. 1, wo es klarer heißt: »Rücklagen, deren Ausschüttung das Gesetz oder die Satzung nicht gestattet.« Der besondere Regelungsgehalt von Art. 56 Abs. 3 der Richtlinie besteht im Verhältnis zu Absatz 1 darin, daß nach Absatz 3 auch freie Rücklagen erst formell aufgelöst werden müssen und ein formeller Gewinnverwendungsbeschluß gefaßt werden muß, bevor dieses Vermögen ausgeschüttet werden kann.[1152]

In der deutschen Literatur wird vereinzelt vertreten, nach der Konzeption der Richtlinie müsse auch das Agio der Ausschüttungssperre des Art. 56 unterfallen. *Lutter* vertritt zum Beispiel diese Ansicht.[1153] *Grundmann* vertrat früher dieselbe Auffassung und gab als Grund dafür an, Art. 15 lit. c) (jetzt: Art. 56 Abs. 3) der Gesellschaftsrechtsrichtlinie »mache dies klar«.[1154] Der einzige Ansatzpunkt für diese Ansicht im Text des Art. 56 der Gesellschaftsrechtsrichtlinie mag darin gesehen werden, daß nach Absatz 3 der Vorschrift »Beträge, die nach Gesetz oder Satzung in Rücklagen eingestellt worden sind« nicht ausgeschüttet werden können.

Jedoch wurde schon gezeigt, daß mit dieser Formulierung nur durch Gesetz oder Satzung besonders gebundene Rücklagen gemeint sein können, da Art. 56 Abs. 3 der Richtlinie auch die zulässige Entnahme aus Rücklagen kennt. Zudem ist zu bedenken, daß die Gesellschaftsrechtsrichtlinie nicht einmal die Einstellung des Agios in eine Rücklage vorschreibt, das Agio also nach der Vorstellung der Richtlinie nicht notwendig zu den Beträgen zu zählen ist, die nach Gesetz oder Satzung in Rücklagen einzustellen sind. Art. 56 Abs. 3 der Richtlinie läßt ebenso wie Absatz 1 eine Einstellung in die gebundene Rücklage durch nationale Gesetze oder die Satzung zu, fordert aber selbst keine derart restriktive Behandlung des Agios.[1155] Bemerkenswert ist diesbezüglich noch, daß die Bilanzrichtlinie in ihren Artikeln 9 und 10 einen besonderen Ausweis des Agios als eigenen Posten des Eigenkapitals vorsieht (Passiva A. II bzw. L II) und das Agio nicht als Teil der Rücklagen (Passiva A. IV bzw. L IV) ausgewiesen wissen will. Im Europarecht gibt es damit keine Hinweise dafür, daß ein eventueller Mehrbetrag zwingend in eine ausschüttungsgesperrte Rücklage einzustellen wäre.

1152 *Habersack/Verse*, Europäisches GesR, 239 f.

1153 *Lutter* in Lutter (Hg.), Kapital in Europa, 5 ohne Angabe eines Grundes.

1154 *Grundmann*, Europäisches GesR (1), 153 in gewisser Spannung zu der Feststellung auf S. 152, eine Ausschüttung dürfe das gezeichnete Kapital nicht angreifen. Nunmehr hat Grundmann, Europäisches GesR, 175 f. diese Ansicht aufgegeben und verweist auf die Unterschiede in den mitgliedstaatlichen Regelungen.

1155 Ebenso *Grundmann*, Europäisches GesR 175 f. s. a. *Jung/Stiegler* in Krebs/Jung/Stiegler, Gesellschaftsrecht § 21 Rz. 74.

Die Zurückhaltung, mit der die Gesellschaftsrechtsrichtlinie einer Bindung des Agiokapitals begegnet, wird durch folgende Überlegungen verständlich. Zunächst war die Bindung des Agios zum Zeitpunkt des Richtlinienerlasses nur zwei Mitgliedsstaaten bekannt, England und Deutschland, den übrigen nicht.[1156] Wie oben gesehen verzichten auch heute einige Mitgliedstaaten auf eine Kapitalbindung des Agios. Vor Erlaß der Gesellschaftsrechtsrichtlinie wurde diskutiert, wie man die Verteilung fiktiver Dividenden verhindern könne. Die deutlich weniger detaillierte Regelung des Art. 13 RL-E wurde bewußt vor dem Hintergrund des Problems fiktiver Dividenden formuliert.[1157] Diese Diskussion läßt darauf schließen, daß auch die Vorstellung des deutschen Rechts, zur Verhinderung irreführender Dividendenausschüttung sei das durch ein Agio aufgebrachte Kapital zu binden, als Teil des Problems fiktiver Dividendenausschüttung den Entwurfsverfassern bekannt war. Man war jedoch der Ansicht, daß ein Verbot, welches gegen das Problem fiktiver Dividenden gerichtet ist, erst eine Harmonisierung der Bilanzierungsvorschriften erfordere, insbesondere der Begriffe ›Gewinn‹ und ›Rücklagen‹, und vorher nicht durch die Gesellschaftsrechtsrichtlinie erreicht werden könne.[1158] Diese Auffassung leuchtet ein, da nur über die Regeln zur Bilanzierung und zur Gewinn- und Verlustrechnung vorgegeben werden kann, was der ›Gewinn‹ einer Gesellschaft ist und welche Dividende durch den so bestimmten Gewinn gerechtfertigt ist, welche Dividende hingegen nicht mehr gedeckt und damit ›fiktiv‹ wäre.

Beim Erlaß der Gesellschaftsrechtsrichtlinie hat man sich damit begnügt, den Grundsatz aufzustellen, daß jede Ausschüttung an den im Jahresabschluß ausgewiesenen Gewinn geknüpft werden muß. Wie sich der Gewinn errechnet und insbesondere welche Rücklagen verfügbar, d.h. bei Entnahmen gewinnerhöhend, und welche gebunden sein sollen, hat man bewußt nicht allgemein entschieden. Spezielle Rücklagenbindungen kennt die Gesellschaftsrechtsrichtlinie, wie gesagt, sehr wohl, jedoch nicht für den Mehrbetrag. Diese speziellen Anforderungen der Gesellschaftsrechtsrichtlinie an bestimmte gebundene Rücklagen sprechen dagegen, andere Beträge für gebunden zu erachten, zu denen keine ausdrückliche Regelung erlassen worden ist. Die Gesellschaftsrechtsrichtlinie wollte die Frage der Bindung des Agios nicht entscheiden und überlies deren Beantwortung den Mitgliedstaaten, denen Art. 56 der Richtlinie die Möglichkeit offen läßt, gebundene Rücklagen vorzuschreiben. Die später erfolgte Harmonisierung der Bilanzvorschriften durch die 4. Richtlinie, welche bei Erlaß der Gesellschaftsrechtsrichtlinie schon vorbereitet wurde, enthält keine Vorgabe, ein Agio in eine gebundene Rücklage zu buchen.

1156 *Lutter*, Kapital in der EWG, 487.

1157 Vgl. Erläuterungen zum Vorschlag einer Zweiten Richtlinie, ABl. C 4811; in Punkt 3 der Entschließung des Europäischen Parlaments zum Kommissionsentwurf (ABl. C 114, 19) wird ebenfalls die Ansicht vertreten, daß fiktive Dividendenausschüttungen verhütet werden sollen.

1158 Ebda.

Die Gesellschaftsrechtsrichtlinie bezieht die Ausschüttungssperre des Art. 56 nicht auf das Agio. Diese Ausschüttungssperre dient ausweislich des 5. Erwägungsgrundes zur Richtlinie dem Schutz der Gläubiger. Wenn das Agio von dieser Schutzvorschrift nicht erfaßt wird, wird abermals deutlich, daß die Richtlinie den Kapitalschutz des Agios, soweit sie ihn vorschreibt, nicht aus Gründen des Gläubigerschutzes für angezeigt hält.

f) Keine Vorschriften hinsichtlich einer Kapitalreduktion (Artt. 73 und 75, 78, 79, 80, 82)

Weitere Hinweise darauf, wie die Gesellschaftsrechtsrichtlinie den Kapitalschutz des Agios versteht, ergeben sich aus den Vorschriften über die Kapitalreduktion in Art. 73 ff. Diese Vorschriften dienen vor allem dem Schutz der Gläubiger, da das gebundene Kapital den Haftungspuffer für die Ansprüche der Gläubiger darstellt.[1159] Die Schutzmechanismen, welche die Herabsetzung des Haftungspuffers ausgleichen sollen, werden dabei stets nur auf das gezeichnete Kapital bezogen, nicht auf einen eventuell zusätzlich erhobenen Mehrbetrag. Der ganze Fokus der Vorschriften über die Kapitalreduktion liegt auf dem gezeichneten Kapital. Weitere Teile des Eigenkapitals einer Gesellschaft werden nicht berücksichtigt.

Für die Reduktion von Kapitalanteilen, die der Gesellschaft durch ein Agio zugeflossen sind, kennt die Richtlinie keine vergleichbaren Vorschriften. Vor allem fällt auf, daß in den Fällen einer Einziehung nach Art. 79 oder 80 der Richtlinie oder des Rückerwerbs von Aktien gemäß Art. 82 der Richtlinie, die neu zu bildende gebundene Rücklage, welchen den Kapitalverlust ausgleichen soll, nur den Betrag des gezeichneten Kapitals abdecken muß.[1160] Wäre ein zugeflossener Mehrbetrag nach der Gesellschaftsrechtsrichtlinie in eine gebundene Rücklage einzustellen und stünde er damit nach Art. 56 für eine Ausschüttung nicht zur Verfügung, könnten diese Finanzmittel schon nicht zur Einziehung oder zum Rückerwerb aufgewendet werden.[1161] Eine Einstellung in die neu zu bildende Rücklage, wie es hinsichtlich des Betrags des gezeichneten Kapitals der Anteile vorgeschrieben ist, wäre dann nicht mehr notwendig, selbst wenn man einen Gleichlauf der Behandlung von Grundkapital und Agio erreichen wollte. Denn die schon gebuchte gebundene Rücklage würde durch die Kapitalreduktion nicht berührt. Wie gezeigt schreibt die Gesellschaftsrechtsrichtlinie aber nicht vor, daß ein eventueller Mehrbetrag gemäß Art. 56 nicht zur Ausschüttung zur Verfügung steht. Wollte die Richtlinie dennoch einen Gleichlauf in der Behandlung von Mehrbetrag und gezeichnetem Kapital erreichen,

1159 *L/B/S*, Europ. Unternehmens- und Kapitalmarktrecht, 606.

1160 Art. 79 Abs. I lit. d), Art. 80 Abs. 2, Art. 82 lit. e) der Gesellschaftsrechtsrichtlinie; s. dazu *Rickford*-Report, 940.

1161 Vgl. Art. 79 Abs. i lit. d), Art. 80 Abs. 2 und Art. 82 lit. d) der Gesellschaftsrechtsrichtlinie. Dieser Zusammenhang wird im Rickford-Report nicht beachtet.

hätte sie die Schutzbestimmungen in den Fällen von Kapitalreduktionen auf den Mehrbetrag ausdehnen können. Indem die Gesellschaftsrechtsrichtlinie darauf verzichtet hat, zeigt sie wiederum, daß sie einen Unterschied macht hinsichtlich der Gläubigerschutzfunktion des Agios und des Grundkapitals.

C. Kritik der Regelung des Agios durch die Gesellschaftsrechtsrichtlinie

I. Gläubigerschutz und Aktionärsschutz als Ziele der Richtlinie

Die Gesellschaftsrechtsrichtlinie strebt eine Angleichung der nationalen Aktienrechte an, um ein Mindestmaß an Gleichwertigkeit beim Schutz der Aktionäre und beim Schutz der Gläubiger zu erreichen.[1162] Diese beiden Schutzzwecke leiten die gesamte Richtlinie seit dem Kommissionsentwurf an. Das Europäische Parlament und der Wirtschafts- und Sozialausschuß des Rates stimmten dieser Zielsetzung zu. Der Wirtschafts- und Sozialausschuß erklärte dabei in seiner Stellungnahme zum Kommissionsentwurf, insbesondere die Vorschriften zum Schutz von Minderheitsgesellschaftern müßten angeglichen werden, und zeigte damit, daß er diesem Schutzzweck eine noch etwas größere Bedeutung zumaß.[1163]

Die Erläuterungen zum Erfordernis eines Mindestkapitals im Kommissionsentwurf zeigen, daß man von einer Doppelnatur der Kapitalbeiträge der Aktionäre ausging.[1164] Die Einlagen bilden einen Betriebsmittelfonds, ermöglichen so die Gründung der Gesellschaft und sind im Verhältnis der Gesellschafter untereinander von Bedeutung, deren Rechte an der Gesellschaft im Verhältnis zu ihrem Kapitalbeitrag bestimmt werden. Zugleich bilden die Einlagen einen Haftungsfonds für die Gläubiger. Die Gesellschaftsrechtsrichtlinie versteht den Mehrbetrag wie das gezeichnete Kapital als Teil der aktienrechtlichen Einlage. Dennoch unterscheidet die Richtlinie in ihren Normen nach gezeichnetem Kapital und Mehrbetrag. Insbesondere unterliegt der Mehrbetrag keinen Anforderungen an die Kapitalerhaltung und ist daher nicht dem gesetzlich vorgeschriebenen Haftungsfonds der Gesellschaft zuzurechnen. Dieser Haftungsfonds wird nur durch das gezeichnete Kapital gebildet, ist daher eventuell (wenn ein Mehrbetrag eingefordert wird) nur eine Teilmenge des Betriebsmittelfonds.

1162 Erwägungsgrund 3 der Gesellschaftsrechtsrichtlinie. Vgl. a. EuGH, C-526/14 (Kotnik), Rz. 87 und EuGH, C-41/15 (Dowling), Rz. 49.

1163 Stellungnahme des Wirtschafts- und Sozialausschusses, ABl. C 88, 2 (I. Allgemeine Bemerkungen).

1164 Erläuterungen zum Vorschlag einer Zweiten Richtlinie, ABl. C 48, 10 (zu Artikel 6, der das Mindestkapitalerfordernis enthielt).

II. Vorwurf der inkonsistenten und unsystematischen Umsetzung des Gläubigerschutzziels

Die Regelung der Einlagen durch die Gesellschaftsrechtsrichtlinie wird als inkonsequent und unsystematisch kritisiert.[1165] Obwohl das Agio in gleicher Weise Einlage sei wie das Grundkapital, gelten manche Kapitalschutzregeln der Richtlinie für das gezeichnete Kapital und den Mehrbetrag, manche Regeln werden hingegen auf das gezeichnete Kapital beschränkt. In den Materialien finden sich keine Hinweise auf den Grund für die teilweise unterschiedliche Ausgestaltung der Regeln zum gezeichneten Kapital und zum Mehrbetrag. Die objektive Sinnbestimmung der verschiedenen Vorschriften der Zweiten Richtlinie zum Kapitalschutz, die in diesem Kapital unternommen wurde, läßt jedoch ein in sich stimmiges System erkennen, wenn man annimmt, die Richtlinie unterscheide die Behandlung der unstrittigen Formen der Einlage, gezeichnetes Kapital und Mehrbetrag, nach den beiden Schutzrichtungen, die sich aus der Doppelnatur der Einlage ergeben. Weitere Finanzierungsleistungen an die Gesellschaft sind entweder nicht als Einlage im Sinne der Richtlinie anzusehen oder in der rechtlichen Behandlung den Mehrbetragseinlagen angeglichen, da der volle Kapitalschutz jedenfalls auf das gezeichnete Kapital beschränkt wird.

Die Regeln, welche die Richtlinie für Einlagen enthält, die das gezeichnete Kapital übersteigen, lassen sich damit erklären, daß alle Einlagen durch die Gesellschafter bzw. die in ihrem Interesse handelnden Organe der Gesellschaft als Gegenleistung für die neuen Anteile bestimmt worden sind. Das Interesse der Gesellschafter ist darauf gerichtet, daß jeder Mitgesellschafter den vollen versprochenen Beitrag aufbringt, da er andernfalls die nach dem Kapitalbeitrag berechneten Mitgliedschaftsrechte zu billig erhielte. Demgemäß sucht die Richtlinie, durch die Vorgaben der Kapitalaufbringung dieses Interesse der Mitgesellschafter abzusichern, und unterscheidet dabei folgerichtig nicht nach der Art der Gegenleistung (gezeichnetes Kapital, Mehrbetrag oder – wenn man die Richtlinie so auslegt – weitere Einlagen).[1166] Die Gesellschafter haben jedoch kein Interesse an dem Verbot einer Dividendenausschüttung oder einer Einlagenrückgewähr. Ihren Interessen wird dadurch genügt, daß eine Ausschüttung

1165 *Rickford*-Report, 939 ff., besonders harsch auf S. 941: »scant regard to any coherent or rational philosophy«; in dieselbe Richtung auch *Ferran/Ho*, Principles, 98. Das Problem der Definition des Begriffs der Einlage in der Richtlinie wird dabei nicht einmal erkannt.

1166 Der Verzicht auf das kapitalaufbringungsrechtliche Erfordernis der Sacheinlagefähigkeit ist dadurch zu erklären, daß der Schutzzweck dieser Vorschrift im Gläubigerschutz gesehen wurde (vgl. Erläuterungen zum Vorschlag einer Zweiten Richtlinie, ABl. C 48, 11). Diese Annahme kann man hinterfragen, da auch die Gesellschafter an der Art der Gegenleistung interessiert sind, doch muß man dann berücksichtigen, daß die Gesellschafter selbst über die akzeptierte Sacheinlage beschließen können.

anteilig an alle Gesellschafter erfolgen muß und von ihrem Beschluß über die Gewinnverwendung abhängt.

Kapitalerhaltung dient nur den Interessen der Gläubiger. Nur für diese ist zwingend ein Haftungsfonds vorzuhalten. Hierbei beschränkt sich die Richtlinie auf einen Mindestschutz. Art. 45 Abs. 1 der Gesellschaftsrechtsrichtlinie schreibt lediglich ein niedriges Mindestkapital in Höhe von € 25.000,– verpflichtend vor. Den Mitgliedstaaten steht es frei, ein höheres Mindestkapital festzulegen, wenn ihnen dieser Betrag als zu niedrig gegriffen erscheint. Sie müssen jedoch ausländische Gesellschaften akzeptieren, deren nationales Recht die zwingend vorgeschriebene Kapitalausstattung auf diesen Mindestbetrag beschränkt. Mit diesem Ansatz eines reinen Mindestschutzes der Gläubiger stimmt die Behandlung des Mehrbetrags durch die Richtlinie zusammen. Weitere Kapitalbeiträge über den Mindestbetrag hinaus müssen nicht notwendig dem Haftungsfonds zugerechnet werden, sondern können in Form von Leistungen erbracht werden, deren Regelung sich auf die notwendigen Vorkehrungen zum Schutz der Mitgesellschafter beschränkt. Nimmt man an, die Gesellschaftsrechtsrichtlinie ermögliche die Vereinbarung von Nichteinlagen, so ist in Übereinstimmung mit diesem Verständnis auch der Wert solcher Leistungen nicht dem Haftkapital zuzuschlagen.

Die nationalen Gesetze können weitere Kapitalbeiträge dem Haftungsfonds zurechnen, indem sie vorschreiben, den Mehrbetrag in eine gebundene Rücklage einzustellen, so daß keine Entnahme daraus möglich ist und der nach Art. 56 der Richtlinie ausschüttungsfähige Betrag verringert wird. Nimmt man an, daß die Richtlinie Nichteinlagen zwar zuläßt, deren Zulässigkeit im nationalen Recht jedoch nicht fordert, so können die Mitgliedstaaten die Höhe des Haftungsfonds weiterhin dadurch bestimmen, inwieweit sie die zwingende Behandlung von Finanzierungsleistungen als Einlagen vorsehen und inwieweit sie Nichteinlagen akzeptieren. Ähnlich wie dem nationalen Gesetzgeber die Festlegung eines höheren Mindestbetrags durch Art. 45 Abs. 1 der Richtlinie ermöglicht wird, steht ihm die Zuweisung weiterer Finanzierungsleistungen zum Haftungsfonds der Gesellschaft frei. Die übrigen Mitgliedsstaaten haben die Entscheidungen anderer nationaler Gesetzgeber zu akzeptieren.

Das Konzept eines gesetzlich vorgeschriebenen Mindestkapitals und das Konzept des vollen Einlagenschutzes für alle Leistungen, die als Entgelt für junge Anteile erbracht werden, verfolgen einen ähnlichen Grundgedanken: Die Ausstattung der Gesellschaft mit Eigenkapital soll nicht vollkommen in das Belieben der Aktionäre gestellt werden. Beide Konzepte können sich ergänzen oder auch unabhängig voneinander vorgesehen werden. Das englische Gesellschaftsrecht verfolgt traditionell den Ansatz, alle Entgeltleistungen dem vollen Kapitalschutz zu unterwerfen, und hat die Anforderungen der Richtlinie an ein Mindestkapital mit diesem Schutzkonzept kombiniert. Die Richtlinie hat sich in der Frage des Gläubigerschutzes für einen Kompromiß zwischen den verschiedenen Regelungsansätzen der Mitgliedstaaten entschieden, indem sie nur ein geringes Mindestkapital als Mindestregelung festgesetzt hat und im übrigen den

Mitgliedsstaaten gestattet, weitere Anforderungen an die Höhe und die Zusammensetzung des zwingend vorgeschriebenen Haftungsfonds zu stellen.

Das hier vorgetragene Verständnis der Gesellschaftsrechtsrichtlinie als in sich stimmige Unterscheidung der verschiedenen Module des Kapitalschutzes nach dem damit verfolgten Schutzzweck des Gläubigerschutzes einerseits und des Aktionärsschutzes andererseits beruht in großen Teilen auf einer objektiv-teleologischen Auslegung der einzelnen Richtlinienvorschriften, die nach möglichen Begründungen für die Unterschiede zwischen den Regelungen des gezeichneten Kapitals und des Mehrbetrags fragt. Einzelne Passagen in den Gesetzesmaterialien stützen dieses Verständnis. Der Versuch, die Richtlinie soweit als möglich als systematisch konsequente Regelung zu verstehen, folgt dem Grundsatz der wohlwollenden Auslegung, der jede Textexegese anleiten kann. Im Bereich des Rechts ist dieser Grundsatz aus dem Erbrecht als favor testamenti (vgl. § 2084 BGB) bekannt und wird auch bei der Auslegung von Willenserklärungen beachtet, die nach Möglichkeit so verstanden werden, daß sie im konkreten Kontext für den Erklärer Sinn machen. Wer bereit ist, den Grundsatz der wohlwollenden Auslegung für die Auslegung von Rechtsvorschriften anzuerkennen, wird sich im Fall der Gesellschaftsrechtsrichtlinie der hier vorgetragenen Interpretation anschließen können und die kritisierten Vorschriften als in sich stimmigen Regelungskomplex verstehen.

Die vorgetragene Kritik an der Gesellschaftsrechtsrichtlinie läßt keinen »favor regulae« erkennen, wenn sie die Behandlung des Mehrbetrags als unsystematisch und willkürlich aburteilt. Hätte man sich stärker um ein Verständnis der Regelungen in der Gesellschaftsrechtsrichtlinie als sinnvolles System bemüht, wäre aufgefallen, daß die Richtlinie die ihr zugrundeliegenden Wertungsentscheidungen konsequent umsetzt. Die Mitgesellschafter bestimmen selbst die Höhe der Gegenleistung für die ausgegebenen Anteile und die Art der Vereinbarung hierüber (wenn man die Richtlinie so versteht, daß sie Nichteinlagen zuläßt). Sie sind daran interessiert, daß der volle Kapitalbeitrag aufgebracht wird. Davon profitieren die Gläubiger zwar faktisch, jedoch nicht dauerhaft und rechtlich abgesichert durch Kapitalerhaltungsvorschriften. Insoweit beschränkt sich die Richtlinie auf die zwingende Vorgabe eines geringen Mindestkapitals und ermöglicht den Mitgliedstaaten weiter reichende Schutzvorkehrungen.

III. Fehlende Definition der Kernbegriffe

Kritisch kann man die fehlende Definition der Kernbegriffe ›Einlage‹ und ›Mehrbetrag‹ sehen, da die dadurch entstehende Rechtsunsicherheit das Richtlinienziel eines einheitlichen Mindestschutzniveaus in der EU und dem EWR gefährdet. Unklar ist insbesondere, ob der von der Richtlinie verfolgte Aktionärsschutz zuläßt, Finanzierungsleistungen außerhalb des Schutzregimes zu erbringen, das die Richtlinie für Einlagen vorsieht. Läßt die Richtlinie solche freien Finanzierungsleistungen zu, bürdet sie den Gesellschaftern eine Obliegenheit auf, für den Kapitalschutz der Richtlinie durch eine besondere Form der Vereinbarung von Gegenleistungen zu optieren. Dieser Obliegenheit können die Gesellschafter jedoch nicht immer nachkommen, insbesondere die Minderheitsgesellschafter bei Beschlüssen über Kapitalerhöhungen oder auch alle Gesellschafter bei einer Beschlußfassung über genehmigtes Kapital. In diesen Fällen werden ihre Interessen nur durch die Treuepflichten der handelnden Organe, die allgemeinen Regelungen über Beschlußanfechtung und die Regelungen des allgemeinen Schuldrechts gesichert. Je nachdem, wie man den von der Richtlinie bezweckten Aktionärsschutz genau versteht, kann man einen engeren oder weiteren Einlagenbegriff annehmen. Im Ergebnis läßt sich daher über die Auslegung der Richtlinienvorschriften die Intensität des Kapitalschutzes erreichen, die der Auslegende als »ausreichend« ansieht. So wird die Gesellschaftsrechtsrichtlinie das Ziel, das man ihr beilegt, nicht verfehlen. In diesem Kernbereich der Richtlinie wäre jedoch eine klare und rechtssichere Regelung ohne weiteres möglich gewesen.

IV. Zielkritik statt Systemkritik

Als rechtswissenschaftliche Systemkritik ist die vorgebrachte Kritik verfehlt. Denkbar ist sie allerdings als rechtspolitische Zielkritik. Denn der Regelungsansatz der Richtlinie und die Kritik daran gehen von einer jeweils anderen Wertungsentscheidung als Basis der Systembildung aus. Die Kritiker sind der Ansicht, jede Gegenleistung für junge Anteile, die bei Gründung der Gesellschaft oder einer Kapitalerhöhung erbracht werde, solle vor einer Rückgewähr an die Aktionäre bewahrt werden. Die Gesellschafter sollten nicht darüber entscheiden können, welcher Kapitalbeitrag dem Haftungsfonds zufließt, welcher nur dem Betriebsmittelfonds.[1167] Der gewünschte Gleichlauf in der Behandlung des gezeichneten Kapitals und des Mehrbetrags ist nicht durch Sachzwänge oder Systemzwänge vorgegeben, sondern beruht auf dieser Wertungsentscheidung. Man strebt nach einem wenn nicht optimalen, dann wenigstens guten bis sehr guten Schutz der Gläubiger einer Gesellschaft.[1168] Die Gesellschaftsrechtsrichtlinie verfolgt nicht das Ziel eines optimalen Gläubigerschutzes, sondern eines Mindeststandards. Diese Wertungsentscheidung steht am Anfang der Systembildung der Richtlinie. Daran gemessen muß die Ausgestaltung des Kapitalschutzes durch die Gesellschaftsrechtsrichtlinie als systematisch und konsequent bewertet werden. Die Gesellschaftsrechtsrichtlinie weist den unterschiedlichen Formen der Einlage, gezeichnetes Kapital und Mehrbetrag (und, wenn man so will, weiteren Einlageformen) nicht dieselben Funktionen zu,

1167 *Rickford*-Report, 939 und 994.
1168 Vgl. *Rickford*-Report, 995, wo deutlich wird, daß die Untersuchung auf einen optimalen Gläubigerschutz hin orientiert ist, dem der bilanzielle Kapitalschutz nicht erreichen könne.

sondern unterscheidet in ihrer Regelung nach einem Mindestmaß an Gläubigerschutz und dem notwendigen Mitgesellschafterschutz. Diese Ausgangsentscheidung kann man rechtspolitisch kritisieren, wenn man andere Zielsetzungen formuliert.

Hinter der Kritik der Behandlung des Mehrbetrags durch die Gesellschaftsrechtsrichtlinie steht die Unzufriedenheit mit dem bilanziellen Kapitalschutz als solchem, der aus den in Kapitel 2 angesprochen Gründen nicht genügen soll, die Gläubiger der Gesellschaft ausreichend zu schützen und damit sein eigenes Ziel verfehle.[1169] Diese Kritik beruht, wenn sie als systematische Kritik vorgetragen wird, auf zwei fehlerhaften Annahmen. Erstens geht man unausgesprochen davon aus, jede kapitalschützende Vorschrift im Gesellschaftsrecht bezwecke stets den Schutz der Gläubiger. Wenn auch der Gläubigerschutz ein wichtiger Schutzzweck der Regelungen über Kapitalaufbringung und Kapitalerhalt ist, hat schon die knappe Darstellung des bilanziellen Kapitalschutzes in Kapitel 2 gezeigt, daß die Vorschriften über den Schutz des Kapitals auch anderen Zwecken dienen. Dabei ist zu beachten, daß nicht jedes Modul des kapitalschutzrechtlichen Systems jeden Schutzzweck gleichermaßen verfolgt. Die Erörterung der Regelungen zum Mehrbetrag in der Gesellschaftsrechtsichtlinie hat einerseits gezeigt, daß selbst der Gleichlauf in der rechtstechnischen Behandlung der verschiedenen Kapitalbeiträge nicht notwendig auf einen Gleichlauf der Schutzzwecke schließen läßt. Die Richtlinie zeigt andererseits auch, daß bei einer unterschiedlichen Gewichtung der verschiedenen Schutzzwecke kein Gleichlauf der gesetzlichen Vorgaben gegeben sein muß, sich jedoch Überschneidungen ergeben können.

Die zweite Schwäche der genannten Kritik liegt darin, daß sie annimmt, die gesetzlichen Vorgaben, welche den Interessen der Gläubiger dienen, müßten einen guten bis möglichst optimalen Schutz der Gläubiger sicherstellen, und von dieser Vorstellung ausgehend eine Regelung kritisiert, die lediglich einen Mindestschutz anstrebt. Unter dem Aspekt eines jedenfalls gegebenen Risikobeitrags der Gesellschafter ist diesem Mindeststandard auch dann ein Sinn zuzusprechen, wenn der Schutz der Gläubiger hinter einem denkbaren Optimum zurückbleibt. Man kann diese grundlegende Abwägungsentscheidung der Richtlinie kritisieren, sich auf einen Mindestschutz der Gläubiger zu beschränken und keinen optimalen Schutz anzustreben. Eine solche Kritik ist jedoch nur als rechtspolitische Zielkritik möglich, nicht als die rechtswissenschaftliche Systemkritik, als die sie vorgetragen wird. In diesem Zusammenhang kann man überlegen, ob eine weitergehende Gleichbehandlung von Mehrbetrag und gezeichnetem Kapital einen besseren Schutz der Gläubiger bewirken kann und

1169 Vgl. *Rickford*-Report, 994 f. Die vermeintliche Inkonsequenz der Richtlinie in der Behandlung der Einlagen soll nicht durch eine Reform der Kapitalrichtlinie behoben werden, sondern im englischen Recht bewußt ausgenutzt werden, um den Vorgaben des abgelehnten bilanziellen Kapitalschutzes so wenig Raum zu geben wie irgend möglich.

daher die Einbeziehung des Mehrbetrags in die Kapitalerhaltungsregeln die Schwächen des Systems des bilanziellen Kapitalschutzes abmildern könnte. Diese Diskussion einer de lege ferenda überzeugenden Ausgestaltung des Kapitalschutzes des Agios soll später geführt werden. Zuvor jedoch soll das englische System betrachtet werden, welches nach Ansicht der Kritiker stimmiger ausgestaltet sein soll als die Vorgaben der Gesellschaftsrechtsrichtlinie.[1170] Danach sollen die deutschen Regelungen zum Agio im Lichte der Erkenntnisse über die europäischen und die englischen Vorgaben analysiert werden.

1170 Rickford-Report, 939 und 994.

4. Kapitel Kapitalschutz des Agios im englischen Recht: Gläubigerschutz als Triebfeder

A. Aufgabe des Kapitels

Das englische Recht behandelt seit einer Reform des Companies Act im Jahr 1948 das ›share premium‹ (Agio) und das ›share capital‹ (gezeichnetes Kapital, Nominalkapital) im wesentlichen gleich. Als Ausgleich für die Beschränkung der Haftung der Gesellschafter auf ihre Einlage bürdet das englische Gesellschaftsrecht einer Private oder Public Company Limited by Shares Vorschriften über das sogenannte ›legal capital‹ auf, das gesetzliche Kapital.[1171] Mit dem Begriff ›legal capital‹ werden die Kapitalanteile der Gesellschaft bezeichnet, für deren Aufbringung und Erhalt das Gesetz besondere Schutzvorkehrungen vorschreibt. Man versteht in England unter dem Begriff ›legal capital‹ nicht nur das gezeichnete Kapital (share capital), sondern jeden Posten des bilanziellen Eigenkapitals, dessen Ausschüttung an die Gesellschafter verboten ist, also insbesondere das share premium, daneben weitere ausschüttungsgesperrte Rücklagen (›undistributable reserves‹).[1172] Für die Begrenzung der Ausschüttungen an die Gesellschafter sieht das englische Gesellschaftsrecht besondere Regeln vor, da das legal capital den Gläubigern als Kapitalpuffer dauerhaft erhalten bleiben soll.

Aktuelle englische Literatur zum Gesellschaftsrecht begründet diesen Grundsatz der Gleichbehandlung von share capital und share premium mit der Feststellung, daß es bis auf die sehr geringen Anforderungen eines minimum share capital für Public Limited Companies[1173] keine Vorschriften gibt, wie die Kapitalbeiträge der Gesellschafter auf share capital und share premium zu verteilen sind. Die Gesellschafter entscheiden zumindest bei der Gründung ihrer Gesellschaft weitgehend frei, wie hoch sie welchen Kapitalposten dotieren. Würde man nun die Kapitalbeiträge in Form eines share premium weniger streng behandeln als die Kapitalbeiträge in Form des share capital, hätten es die

1171 Zu diesen Vorschriften für das legal capital und ihrem Zweck *Davies/Worthington*, Principles, 255 ff.

1172 Zu diesem Verständnis des ›legal capital‹ *Davies/Worthington*, Principles, 276 und 322. ›Undistributable reserves‹ bilden neben dem share premium account zudem die ›capital redemption reserve‹ und die ›re-denomination reserve‹, welche sicherstellen, daß bei bestimmten zulässigen Kapitalmaßnahmen das ›legal capital‹ nicht unter den bisherigen Betrag absinkt, wenn das ›share capital‹ verändert wird.

1173 S. 763 ss. 1 CA 2006 setzt die Anforderungen des Art. 84 Abs. 1 der Gesellschaftsrechtsrichtlinie um.

Gesellschafter in der Hand, über die Höhe des Haftungsfonds der Gesellschaft frei zu bestimmen. Dadurch drohe das Konzept eines legal capital entwertet zu werden.[1174] Da premium und share capital wirtschaftlich gesehen gleichermaßen capital sind, sollen sie auch rechtlich gleichbehandelt werden: Wirtschaftliches capital soll legal capital sein. *Davies* und *Worthington* sehen in der restriktiven Behandlung des share premium die wichtigste Einzelmaßnahme des englischen Rechts, die Begrenzung der Dividendenausschüttung als Mittel des Gläubigerschutzes auf dem Weg des bilanziellen Kapitalschutzes effektiv auszugestalten.[1175] Anders als das deutsche Recht unterscheidet das englische Gesellschaftsrecht bei der Behandlung des share premium nicht zwischen Public Companies Limited by Shares (PLC), den Schwestern der Aktiengesellschaft, oder Private Companies Limited by Shares (Ltd), den Verwandten der GmbH.

Wegen der weitgehenden Gleichbehandlung von share capital und share premium hat die Unterscheidung dieser Kapitalbeiträge kaum materielle Bedeutung, sondern ist vor allem technischer Natur. Schon bei der Überprüfung des englischen Gesellschaftsrechts durch das Jenkins Committee (Company Law Committee unter dem Vorsitz von Lord Jenkins) in den Jahren von 1959 bis 1962 wurde angemerkt, wegen des Verbots der Ausschüttung des share premium durch den Companies Act des Jahres 1948 sei das ursprüngliche Konzept des Nominalkapitals (share capital) als letzter Haftungsfonds für die Gläubiger überholt.[1176]

Die Unterscheidung von share capital und share premium beruht, wie schon gesehen, auf der Verbindung der Rechte aus den Gesellschaftsanteilen mit einem bestimmten Nominalwert der Anteile (›nominal value shares‹ oder ›par value shares‹). Diese Anforderung des Rechts, jedem Anteil einen bestimmten Nominalwert zuzuweisen und die Rechte der Gesellschafter untereinander im Verhältnis der Nominalwerte ihrer Anteile zu bestimmen, wird in der englischen Literatur seit langer Zeit als wenig zweckdienlich kritisiert.[1177]

Das share premium wird in England vor allem zusammen mit diesem Konzept der ›par value shares‹ diskutiert. Den meisten Diskussionsteilnehmern erscheint dabei die Behandlung des share premium im englischen Recht aus den oben genannten Gründen als selbstverständlich. Nicht zuletzt weil der Grundsatz der Gleichbehandlung von share capital und share premium die zugrundeliegende Unterscheidung der beiden Kapitalbeiträge überflüssig erscheinen läßt, votieren sie dafür, das Konzept der par value shares abzuschaffen und sogenannte ›non par value shares‹ zuzulassen. Wer ohnehin der Auffassung ist, das Gesetz solle non par value shares ermöglichen, sieht umgekehrt keinen Sinn

1174 Vgl. *Davies/Worthington*, Principles, 261.; *Rickford*-Report, 939 und 994.

1175 *Davies/Worthington*, Principles, 295.

1176 *Edey*, Memorandum of Evidence in Jenkins Committee, Minutes of Evidence, 192 (zitiert bei *Napier/Noke*, Premiums, 829).

1177 Z.B. *Davies/Worthington*, Principles, 258 f.; Überblick über den Verlauf der Debatte bei *Noke*, History of the no par value debate, 13 ff.

darin, bei der rechtlichen Behandlung der Gegenleistung für ausgegebene Anteile danach zu unterscheiden, ob ein Teil als share capital, ein anderer Teil als share premium eingelegt wird. Art. 47 Abs. 1 der Gesellschaftsrechtsrichtlinie verlangt jedoch für Aktiengesellschaften bzw. Public Limited Companies zwingend eine Ausgestaltung der Aktien als par value-Anteile und steht daher Reformbestrebungen im englischen Recht entgegen.[1178]

In einigen wenigen Literaturbeiträgen wird die Ausschüttungssperre hinsichtlich des share premium kritisch gesehen und der Grundsatz der Gleichbehandlung von share capital und share premium in Frage gestellt. Immerhin wurde dieser Grundsatz erst nach langer Diskussion durch eine Änderung des Companies Act im Jahre 1948 eingeführt, also fast einhundert Jahre nachdem der Limited Liability Act 1855 die Haftungsbeschränkung auf das Gesellschaftsvermögen ermöglicht hatte. Die Gleichbehandlung von share capital und share premium erscheint damit nicht so selbstverständlich, wie viele ohne weiteres annehmen.

Die Behandlung des share premium im englischen Recht wird also in der aktuellen gesellschaftsrechtlichen Literatur mit dem Gesichtspunkt des Gläubigerschutzes begründet. Den Gläubigerinteressen dient der Haftungsfonds des legal capital, dessen Höhe nicht beliebig durch die Gesellschafter bestimmt werden soll. Das englische Recht wird von einem anderen Schutzzweck angeleitet als die Vorschriften der Gesellschaftsrechtsrichtlinie, die den Mehrbetrag allein unter dem Gesichtspunkt des Schutzes der Mitgesellschafter vor einer Anteilsverwässerung regelt.

Die Betrachtung der englischen Regeln im nachfolgenden Kapitel soll dazu beitragen, die Frage nach einer angemessenen rechtlichen Behandlung des Agios besser zu verstehen. Die englischen Vorschriften stehen beispielhaft für den Versuch, eine praktikable und zugleich systematisch überzeugende Regelung des Agios zu entwickeln, die am Schutz der Gläubiger durch Schutz der Einlagen als Leitgedanken ausgerichtet ist. Die historische Entwicklung des englischen Gesellschaftsrechts mit der vergleichsweise späten Einführung des Grundsatzes der Gleichbehandlung von share capital und share premium, die Diskussionen vor und nach der Entscheidung des Gesetzgebers im Jahr 1948 sowie die kritische Betrachtung des geltenden Rechts in einigen jüngeren Aufsätzen weisen auf Probleme, denen sich am Gläubigerschutzgedanken ausgerichtete Vorschriften zur Behandlung des Agios gegenüber sehen. Der englische Regelungsansatz bietet damit eine Vergleichsfolie, welche die Eigenheiten des deutschen und europäischen Rechts kontrastiert, und Ansatzpunkte für die Diskussion des deutschen Schutzkonzepts de lege lata und de lege ferenda, die diese Arbeit abschließen wird.

1178 Vgl. *Davies/Worthington*, Principles, 259.

B. Historischer Überblick über die rechtliche und bilanzielle Behandlung des share premium

Die englischen Vorschriften zum share premium lassen sich am besten verstehen, wenn man ihre Entstehung im historischen Ablauf nachverfolgt. Die Diskussion um die Gleichbehandlung von share capital und share premium entzündete sich an der Frage, inwieweit die Regeln der Kapitalerhaltung (›capital maintenance‹) auch auf das premium Anwendung finden sollten. In diesem historischen Überblick liegt der Fokus entsprechend auf diesem Teil des Kapitalschutzes. Die Kapitalaufbringung wird im nächsten Abschnitt berücksichtigt, welcher der aktuellen Rechtslage gewidmet ist.

I. Die Zeit von 1855 bis 1948

1. Allmähliche Entwicklung hin zur Erhebung von share premiums

In den Anfängen des modernen Gesellschaftsrechts, nachdem der Limited Liability Act des Jahres 1855 die Gründung von Gesellschaften unter Ausschluß der persönlichen Haftung der Gesellschafter ermöglicht hatte, haben die Gesellschaften kaum share premiums verlangt. Wurden Gesellschaften neu gegründet und Anteile erstmals an der Börse angeboten, war es gänzlich unüblich, über den nominal value der Anteile hinaus eine weitere Gegenleistung in Form eines share premium zu fordern. Die Finanzierung der Gesellschaften mit Eigenkapital erfolgte regelmäßig über ein hohes nominelles Grundkapital, share capital, das nur teilweise eingezahlt wurde (part-paid shares), soweit bei Gründung und Börsenplazierung tatsächlich Bedarf an Eigenmitteln bestand.[1179] Benötigte die werbende Gesellschaft später weiteres Eigenkapital, sollten je nach Bedarf von den Gesellschaftern weitere Teile des noch ausstehenden Grundkapitals (unpaid capital) eingefordert werden.[1180]

Bei Börsengängen wurde das Nominalkapital teilweise etwas niedriger angesetzt als der erwartete Börsenkurs. Man hoffte bei einem Weiterverkauf an der Börse auf einen Verkaufsgewinn und wollte durch die Aussicht auf ein solches Börsenagio die Anleger zur Zeichnung der Anteile animieren.[1181] Dieses Börsenagio kam ja den Zeichnern der Anteile zugute. Ein Agio, das bei Ausgabe der Anteile an die Gesellschaft geflossen wäre, war bei Gründungen und Börsengängen nicht üblich.

1179 *Pitts*, Rise of the share premium account, 319; *Napier/Noke*, Premiums, 812.
1180 *Napier/Noke*, Premiums, 812; *Pitts*, Rise of the share premium account, 319 f.
1181 *Pitts*, Rise of the share premium account, 321.

Die Ausgabe von part-paid shares hatte zwei große Nachteile.[1182] Erstens kam die Forderung der Gesellschaft nach weiteren Einlagen für die Gesellschafter oft zur Unzeit. Sie konnten den gewünschten Betrag nicht ohne weiteres aufbringen und liefen Gefahr, bei Nichtleistung der geforderten Einlage ihre Rechte an der Gesellschaft und damit die schon erbrachten Investitionen zu verlieren. Zweitens waren solche Anteile wegen der Unsicherheit, wann die Gesellschaft eine weitere Einlage in welcher Höhe fordern würde, an der Börse faktisch nicht handelbar. Ende der 1870er Jahre wurde es daher mehr und mehr üblich, voll eingezahlte Anteile (fully paid up shares) auszugeben und weiteren Eigenkapitalbedarf durch Ausgabe neuer Aktien zu decken.[1183]

Bei solchen Kapitalerhöhungen wurde gelegentlich ein share premium verlangt, wenn der Wert der neu ausgegebenen Anteile eines erfolgreichen Unternehmens höher war als der Nominalwert der Anteile.[1184] Der Nominalwert der neu auszugebenden Aktien mußte dem Nominalwert der alten Anteile entsprechen, um eine gleichmäßige Verteilung der Rechte an dem Unternehmen auf neue und alte Gesellschafter sicherzustellen. Man verstand das share premium in diesen Fällen als Ausgleich für thesaurierte Gewinne und erwirtschafteten good will des Unternehmens, der mit Blick auf die Altgesellschafter erforderlich war, um einen fairen Ausgabepreis zu erreichen.[1185]

Solche Aufschläge auf den Nominalwert wurden üblicherweise in bar erhoben. Bekannt ist jedoch z.B. aus dem Jahr 1907 der Fall des Kohleproduzenten Henry Biggs & Co. Ltd, der einen Kohleflöz durch gemischte Sacheinlage von GBP 10,– in bar plus Ausgabe neuer Anteile erwarb.[1186] Da der Nominalwert der ausgegeben Anteile niedriger war als der Wert des Kohleflözes (abzüglich der GBP 10,–), wurde hier ein share premium durch eine Sacheinlage geleistet.[1187] Kapitalerhöhungen unter Einforderung eines share premium waren jedoch noch lange Zeit nicht der Regelfall. Sie kamen vereinzelt zu Beginn des 20. Jahrhunderts vor, als der Kapitalbedarf schon erfolgreicher Unternehmen weit größer war als die Kapitalsammlung durch neugegründete Unternehmen; jedoch wurden auch in dieser Zeit die neu auszugebenden Anteile häufig zunächst den bisherigen Anteilseignern zum vorteilhaften Parwert angeboten.[1188] Unmittelbar nach dem Ende des ersten Weltkriegs erfolgten die meisten Kapitalerhöhungen

1182 *Pitts*, Rise of the share premium account, 319 f.

1183 *Napier/Noke*, Premiums, 813.

1184 *Napier/Noke*, Premiums, 813.

1185 *Pitts*, Rise of the share premium account, 322.

1186 Ein weiterer Fall, in dem von einer gemischten Sacheinlage berichtet wird, liegt der steuerrechtlichen Entscheidung *Carlyon Estate Ltd* v *Commissioners of Inland Revenue* (1937) TC 46:413 zugrunde.

1187 *Pitts*, Rise of the share premium account, 322.

1188 *Pitts*, Rise of the share premium account, 321. Eine Pflicht der directors, neue Anteile stets zum bestmöglichen Preis, also unter Umständen mit einem Aufschlag auszugeben, wurde vom House of Lords in der Entscheidung *Hilder* v *Dexter* (1902) AC 474 nicht angenommen.

durch Ausgabe neuer Anteile zum Parwert, jedoch zeigten sich auch schon Fälle, in denen beträchtliche Kapitalbeiträge in Form eines share premium zu erbringen waren.[1189]

Die Praxis der Anteilsausgabe änderte sich nach dem Jahr 1920, ab dem die Gesellschaften allmählich dazu übergingen, auch bei Gründungen und erstmaligen Börsenplazierungen Anteile zu geringen Parwerten und hohen share premiums auszugeben.[1190] Diese Entwicklung war, wie so oft im Gesellschaftsrecht, durch steuerliche Vorteile motiviert.[1191] Im Jahr 1889 war eine Stempelgebühr für die Registrierung neuer Anteile an einer limited liability company eingeführt worden. Entsprechend der oben geschilderten ursprünglichen Praxis bei der Anteilsausgabe, Kapitaleinlagen der Gesellschafter in Form von share capital zu verlangen, hatte man den Nominalwert der Anteile als Bemessungsgrundlage für die Stempelgebühr gewählt. Eventuelle share premiums wurden nicht in die Bemessungsgrundlage einbezogen.

Die Praxis nutzte diese Lücke im Steuerrecht zunehmend, nachdem der Steuersatz von ursprünglich 1 Promille stufenweise erhöht worden war und kurz nach dem 1. Weltkrieg im Jahr 1920 sprunghaft von 0,25 Prozent auf 1 Prozent angehoben wurde. Die Steuerbehörden versuchten später dieser Steuervermeidung entgegenzuwirken und erstritten im Jahr 1937 ein Urteil, nachdem bei einer gemischten Sacheinlage nicht der Nominalwert der Anteile, sondern der tatsächliche wirtschaftliche Wert des Einlagegegenstandes als ›true consideration‹ eingestuft und die Stempelgebühr danach bemessen wurde.[1192] Gesetzlich gleichgestellt wurde das share premium dem share capital in Bezug auf die Stempelgebühr erst durch den Finance Act 1973.[1193]

In den Jahren von 1920 bis zum Ausbruch des 2. Weltkrieges hatte sich jedoch schon eine Praxis etabliert, bei Gründungen von Gesellschaften oder Umwandlungen von Private Companies in börsenfähige Public Companies und anschließenden Börsengängen die Anteile zu einem niedrigen Nominalwert und hohen Aufschlägen auszugeben.[1194] Dabei dürfte neben den Steuervorteilen auch der sogleich näher zu erörternde Umstand eine wichtige Rolle gespielt haben, daß die damalige Rechtspraxis share premiums als Kapitalbeiträge ansah, über welche die Geschäftsführer frei verfügen konnten, mit anderen Worten damals noch keine Kapitalschutzanforderungen an share premiums gestellt wurden. Im Jahr 1936 erfolgten ca. 40% der Anteilsausgaben gegen ein share premium, in den Jahren 1950–1954 beinahe 100%.[1195] Die eingeübte Praxis,

1189 *Pitts*, Rise of the share premium account, 325.
1190 *Pitts*, Rise of the share premium account, 327.
1191 *Pitts*, Rise of the share premium account, 326 f.
1192 *Carlyon Estate Ltd* v *Commissioners of Inland Revenue* (1937) TC 46:413; dazu *Pitts*, Rise of the share premium account, 332.
1193 *Pitts*, Rise of the share premium account, 334.
1194 *Pitts*, Rise of the share premium account, 329.
1195 *Pitts*, Rise of the share premium account, 327.

Anteile zu einem geringen Nominalwert und hohen Aufschlägen aufzugeben, wird auch heute noch verfolgt, nachdem die Steuervorteile weggefallen sind und im wesentlichen dieselben Kapitalschutzanforderungen an share premium und share capital gestellt werden.[1196]

2. Diskussion um die korrekte rechtliche und bilanzielle Behandlung

Die korrekte bilanzielle und rechtliche Behandlung des share premium war vor der gesetzlichen Regelung durch den Companies Act 1948 umstritten.

a) Die Behandlung durch die Gesellschaften

Die Gesellschaften gingen in der Praxis stets davon aus, daß ein eingenommenes share premium keinen besonderen rechtlichen Beschränkungen unterlag und von den directors zu jedem ihnen angemessen erscheinenden Zweck verwendet werden konnte, auch zu Ausschüttungen an die Gesellschafter.[1197] Bei der Buchführung schlugen die Gesellschaften vornehmlich zwei verschiedene Wege ein.[1198] Für gewöhnlich wurde das eingenommene premium auf der Aktivseite der Bilanz als solches ausgewiesen. Bei Bareinlagen erhöhte sich der Kassenbestand entsprechend. Sacheinlagen wurden zu ihrem Marktwert gebucht.[1199]

Der leichtere Weg, den Ausweis auf der Aktivseite der Bilanz auszugleichen, der vor dem 1. Weltkrieg regelmäßig eingeschlagen wurde, bestand darin, auf der Passivseite die Gewinnrücklagen (›revenue reserves‹) oder andere Rücklagen (›reserve fund‹ oder ›capital reserve‹) um einen entsprechenden Betrag zu erhöhen.[1200] Nicht gebräuchlich war es zu dieser Zeit, einen besonderen Eigenkapitalposten in Form eines share premium account auszuweisen. Als Teil der Gewinnrücklagen stand das eingenommene share premium ohne weiteres für eine Ausschüttung in Form einer Dividende an die Gesellschafter zur Verfügung. Aber auch eine Buchung in anderen Kapitalrücklagen betrachtete man nicht als Hindernis, diese Rücklagen aufzulösen und zu verschiedenen Zwecken zu verwenden, sondern man behandelte diese Rücklagen wie in anderen Fällen auch, wenn sie nicht durch ein share premium gespeist worden waren.[1201]

Die zweite Möglichkeit, die Bilanz ausgeglichen zu halten, bestand darin, im Anlagevermögen zusätzlich zur gewohnten jährlichen Abschreibung für die Wirtschaftsgüter eine außerplanmäßige Abwertung in Höhe des vereinnahmten share premium vorzunehmen. Damit führte das share premium letztlich zu

1196 *Pitts*, Rise of the share premium account, 341.
1197 *Pitts*, Rise of the share premium account, 321.
1198 *Pitts,* Rise of the share premium account, 323.
1199 Vgl. die Beispiele bei *Pitts*, Rise of the share premium account, 322.
1200 *Pitts*, Rise of the share premium account, 323; *Napier/Noke*, Premiums, 813.
1201 *Napier/Noke*, Premiums, 813; *Pitts*, Rise of the share premium account, 323.

stillen Reserven, die dem Bilanzleser verborgen blieben. Manchmal wurde ein Teil der Beträge, die auf das share premium entfielen, auch genutzt, um die Kosten der Anteilsausgabe auszugleichen, die andernfalls die Gewinn- und Verlustrechnung belastet hätten.[1202] Dieser zweite Weg, das share premium bei der Buchführung zu berücksichtigen, wurde nach dem 1. Weltkrieg gerne gewählt.[1203]

Gelegentlich wurde bei Sacheinlagen, insbesondere beim Erwerb eines anderen Unternehmens durch Ausgabe neuer Anteile an der erwerbenden Gesellschaft (share for share exchange) noch ein dritter Weg eingeschlagen.[1204] Die Anteile an dem erworbenen Unternehmen wurden auf der Aktivseite der Bilanz der Muttergesellschaft zu dem Wert eingebucht, den die neu ausgegebenen Anteile an der Mutter nominal hatten, selbst wenn der Börsenkurs der Anteile an der Mutter über dem Nominalwert notierte. Wirtschaftlich betrachtet wurden die neuen Anteile an der Muttergesellschaft zu einem premium eingetauscht. Dieses wirtschaftliche Agio wurde in der Bilanz jedoch nicht abgebildet, da der neue Aktivposten ›Beteiligungen‹ schon durch den Nominalwert der neu ausgegebenen Anteile ausgeglichen wurde. Es entstanden so stille Reserven in Höhe des wirtschaftlichen Agios.

b) Die Auffassung der accountancy authorities

Die accountancy authorities, also Wissenschaft, Lehre und berufsständische Vereinigungen, welche die ›standards‹[1205] für eine ordnungsgemäße Buchführung setzen, vertraten schon früh eine restriktive Auffassung, wie das share premium zu behandeln sei, die von der geschilderten Praxis teilweise abwich.[1206] Demnach sollte ein share premium stets in einem speziellen ›premiums account‹ verbucht werden. Zur Frage der Berechnung des share premium in den Fällen des Erwerbs eines anderen Unternehmens durch Ausgabe neuer eigener Anteile (share for share exchange) findet sich in Lehrbüchern folgende Auffassung: Die Kosten für die erworbenen Anteile, nach denen sich der Ausweis der Beteiligung auf der Aktivseite der Bilanz der erwerbenden Gesellschaft zu richten habe, sollten nicht nach dem Nominalwert der Anteile der erwerbenden Gesellschaft bemessen werden, sondern nach deren wirtschaftlichem Wert.[1207] Eine

1202 *Pitts*, Rise of the share premium account, 327.

1203 *Pitts*, Rise of the share premium account, 322.

1204 Vgl. das Beispiel der Peninsular and Oriental Steam Navigation Company bei *Napier/Noke*, Premiums, 814.

1205 Das englische Bilanzrecht wird noch heute weitgehend, in der damaligen Zeit ausschließlich durch standards geregelt, welche nicht-staatliche Vereinigungen aufstellen. Der anglo-amerikanische Kulturkreis vertraut mehr als in Kontinentaleuropa üblich auf ›standards‹ von Fachleuten statt auf gesetzliche ›rules‹.

1206 *Napier/Noke*, Premiums, 813.

1207 Vgl. *Napier*/Noke, Premiums, 816. Die Bestimmung der Kosten sollte demnach nicht nach dem wirtschaftlichen Wert des erworbenen Unternehmens erfolgen, also nicht nach dem Einlagegegenstand, sondern nach dem Wert der Gegenleistung,

eventuelle Differenz zwischen Nominalwert der ausgegebenen Anteile und ihrem tatsächlichen Wert im Erwerbszeitpunkt sei auf der Passivseite der Bilanz als share premium in dem speziellen Eigenkapitalposten zu buchen.[1208]

Der share premium account sollte der Gesellschaft dauerhaft erhalten bleiben und das entsprechende Kapital nicht wieder an die Gesellschafter ausgekehrt werden können. Dieses Ausschüttungsverbot betrachtete man jedoch nicht als gesetzlich zwingende Regel, sondern als ein Gebot der kaufmännischen Vernunft.[1209] Bei einem Unternehmenskauf gegen Ausgabe von Anteilen an dem erwerbenden Unternehmen führte die Ansicht der Autoritäten dazu, daß Gewinne des Zielunternehmens, die vor dem Erwerbsdatum erzielt worden waren (pre-acquisition profits, Vorerwerbsgewinne), effektiv eingefroren wurden und nicht an die Aktionäre der späteren Muttergesellschaft ausgezahlt werden konnten.[1210]

Zu diesem Einfrieren der vor dem Unternehmenskauf erzielten Gewinne kam es deshalb, weil die Kosten, zu denen die erworbenen Anteile auf der Aktivseite der Bilanz der erwerbenden Gesellschaft anzusetzen waren, auch für diese thesaurierten Gewinne aufgewendet worden waren. Man vertrat die Ansicht, daß die Ausschüttung dieser Gewinne in Form einer Dividende an die Muttergesellschaft den Wert des Tochterunternehmens reduziere und daher zu einer Abschreibung in derselben Höhe auf den Wert der Anteile an diesem Unternehmen führen müsse. Die Ausschüttung dieser thesaurierten Gewinne von der Tochter an die Mutter durch Banküberweisung führte nach dieser Ansicht in der Bilanz der Mutter nur zu einem Aktiventausch (per Bank an Beteiligungen) und nicht zu einem ausschüttungsfähigen Gewinn.

Verschiedene Gründe lassen sich für die Vorgaben der accountancy authorities finden. Zunächst herrschte offenbar die naheliegende Auffassung vor, ein share premium stelle keinen Gewinn aus dem Geschäftsbetrieb des Unternehmens dar, sei kein ›trade gain‹ oder ›profit‹. Vielleicht könne ein share premium als ›capital profit‹ bezeichnet werden, jedenfalls habe es den Charakter von

welche die Gesellschaft erbringt, dem Wert ihrer Anteile. Ob man den Ansatzpunkt der Wertbestimmung der Beteiligungen auf der Aktivseite der Erwerberin beim erworbenen oder beim erwerbenden Unternehmen wählt, macht im Ergebnis keinen Unterschied, wenn der Erwerb zu fairen Konditionen erfolgt und beide Unternehmen schon werbend tätig sind, daher der wirtschaftliche Wert beider Unternehmen mit der gleichen Methode bestimmt werden kann. Wenn die erwerbende Gesellschaft jedoch neu ins Leben gerufen wird und der wirtschaftliche Wert ihrer Anteile gleich dem Nominalwert ist, kann es durchaus einen Unterschied machen, ob man die Kosten für die Beteiligung nach dem wahren Wert des erworbenen Unternehmens bestimmt oder nach dem Nominalwert der Anteile des erwerbenden Unternehmens. Ein solcher Fall ist z.B. denkbar, wenn ein bestehendes Unternehmen in eine neu gegründete Holdinggesellschaft eingebracht wird.

1208 *Napier/Noke*, Premiums, 816.

1209 *Napier/Noke*, Premiums, 813.

1210 *Napier/Noke*, Premiums, 816.

›*capital*‹. Dabei wird das ›*capital*‹ im Unterschied zum ›gain‹/‹profit‹, d.i. dem Gewinn des Unternehmens gedacht. Das ›*capital*‹ ist der Teil des Eigenkapitals einer Gesellschaft, der durch Einlagen der Gesellschafter aufgebracht worden ist, um mit diesem Vermögensgrundstock Gewinne zu erwirtschaften. Soweit die erwirtschafteten Gewinne nicht ausgeschüttet sondern thesauriert werden, bilden sie einen weiteren Teil des Eigenkapitals der Gesellschaft.

Diese wirtschaftliche Betrachtung des ›share premium‹ als ›*capital*‹ führte dazu, das die accountancy-Autoritäten zu der Auffassung kamen, diese Einlage sei auch rechtlich wie ›(share) *capital*‹ zu behandeln. Der Wunsch nach einer rechtlichen und bilanziellen Gleichbehandlung von share premium und share capital beruht nicht zuletzt auf dieser Äquivokation von (wirtschaftlichem) ›capital‹ und (rechtlichem) ›(share) capital‹, ähnlich wie im deutschen Recht immer wieder die rechtliche Behandlung von ›wirtschaftlichen Einlagen‹ wegen ihres Charakters als ›Einlagen‹ den gesetzlichen Vorschriften zu ›gesellschaftsrechtlichen Einlagen‹ angenähert wurde, z.B. in den früheren Regeln zu kapitalersetzenden Gesellschafterdarlehen.

Diese Auffassung, das share premium sei wegen seines Charakters als »capital money« gleich zu behandeln wie share capital, liegt z.B. einer Denkschrift zugrunde, die das Institute of Chartered Accountants in England and Wales (ICAEW) im Jahr 1944 anläßlich einer Überprüfung des englischen Gesellschaftsrechts durch ein unabhängiges Expertengremium (Committe on Company Law Amendement unter dem Vorsitz von Justice Cohen, Cohen Committee) verfaßt hat.[1211] Das Expertengremium machte sich diese Auffassung zu eigen und schrieb in seinem abschließenden Bericht: »Share premiums are in essence capital though the assets acquired therewith do not represent the capital account strictly so called (…).«[1212] Vor dem Cohen Committee wurde auch die erwähnte Diskussion um die Zulassung von non par value shares geführt. Die Befürworter von non par value shares argumentierten damit, daß die unterschiedliche Behandlung von share premium und share capital willkürlich sei, da beide Einlagen den Charakter von ›capital‹ aufwiesen.[1213]

Eine ähnliche Auffassung von der capital nature des Agios tritt auch in einem steuerrechtlichen Urteil des House of Lords aus dem Jahre 1940 zu Tage. In der Entscheidung *Lowry (Inspector of Taxes) v Consolidated African Selection Trust Ltd*[1214] ging es darum, ob eine Gesellschaft, die ihren Mitarbeitern Anteile zum Nominalwert überließ, obwohl die Anteile an der Börse weit über par gehandelt wurden, das bewußt nicht eingeforderte share premium als Aufwand vom steuerlichen Gewinn abziehen könnte. Die steuerrechtliche Detailfrage ist

1211 *ICAEW*, Memorandum of Evidence, 395.

1212 Report of the Cohen Committee, Tz. 108.

1213 Vgl. die Analyse der Diskussion um non par value shares vor dem Cohen Committee bei *Pitts*, Rise of the share premium account, 335 ff.

1214 *Lowry (Inspector of Taxes)* v *Consolidated African Selection Trust Ltd [*1940] 2 ALL ER 545.

an dieser Stelle nicht von Belang (der Abzug wurde von einer knappen Mehrheit der Richter abgelehnt). In den Stellungnahmen der Lords wird aber deutlich, daß man ein share premium nicht als »trade gain«[1215] verstand, sondern dieses am ehesten als »capital profit«[1216] zu qualifizieren geneigt war, anders als die accountancy authorities jedoch annahm, solcher ›capital profit‹ könne als Dividende ausgeschüttet werden.

Ein weiterer Grund für die Ansicht, share premiums seien in einem eigenen Bilanzposten auszuweisen, kann in der Gefahr gesehen werden, daß die Behandlung als ›stille Reserve‹ dazu führen kann, daß dieser Teil des Eigenkapitals »still und heimlich« dahinschmilzt, wenn die directors die Geschäfte der Gesellschaft schlecht führen. In der Zeitschrift The Accountant erschien am 3. Februar 1934 ein Artikel mit dem Titel »Share premium abuses«, der genau auf diese Gefahr für die Gesellschafter hinwies.[1217]

Ein wichtiges Argument für die Behandlung des share premium als undistributable reserve (Rücklage, die nicht an die Gesellschafter ausgeschüttet werden kann) sah man ferner in der Gefahr für den Anleger am Kapitalmarkt, über die Ertragskraft des Unternehmens getäuscht zu werden, wenn Dividenden nicht aus Gewinnen aus dem normalen Geschäftsbetrieb, sondern aus der Einlage in Form eines Agios gezahlt würden.[1218] In England wurde die Agiotage in Form einer Dividendenvortäuschung ebenso als Gefahr angesehen wie in Deutschland vor Erlaß des HGB 1884. Dazu muß man wissen, daß die Rechnungslegung zu dieser Zeit weniger aussagekräftig war als heutzutage[1219] und die Ertragslage in der Finanzpresse damals gewöhnlich, heute kaum mehr verständlich, durch das Verhältnis der Dividende zum Nominalwert der Anteile angegeben wurde, obwohl man wußte, daß diese Angabe mit der realen Dividende der Investoren, die oft einen viel höheren Preis für ihre Anteile zahlen mußten, wenig gemein hatte.[1220]

Während demnach in einigen Stellungnahmen der Schutz der aktuellen Gesellschafter vor unerkannten Verlusten nicht gebuchter Vermögenswerte und der Schutz zukünftiger Investoren vor Täuschung über die Ertragskraft des Unternehmens als Gründe für eine restriktive Behandlung des share premium formuliert wurden, findet sich in der damaligen Diskussion kein ausdrücklicher Hinweis auf den Aspekt des Gläubigerschutzes, der in der modernen englischen Literatur zur Begründung der Gleichbehandlung von share capital und share

1215 *Lowry (Inspector of Taxes)* v *Consolidated African Selection Trust Ltd [*1940] 2 ALL ER 545 per Viscount Maugham.

1216 *Lowry (Inspector of Taxes)* v *Consolidated African Selection Trust Ltd [*1940] 2 ALL ER 545 per Lord Romer.

1217 Zitiert in Auszügen bei *Pitts*, Rise of the share premium account, 329 f.

1218 *Napier/Noke*, Premiums, 813; *Pitts*, Rise of the share premium account, 325.

1219 *Napier/Noke*, Premiums, 814.

1220 *Pitts*, Rise of the share premium account, 328 mit einem Beispiel aus *The Times*, das auch vor dem Cohen Committee erörtert wurde.

premium angeführt wird. Zu der Auffassung, jeder Kapitalbeitrag (›capital‹ im wirtschaftlichen Sinn) sei rechtlich wie Grundkapital (›share capital‹) zu behandeln, dürfte allerdings nicht nur die Äquivokation des Wortes ›capital‹ verleitet haben, sondern häufig dürfte dahinter unausgesprochen auch die Vorstellung von einer Finanzierungsverantwortung der Gesellschafter gestanden haben. Die rein formale Qualifikation als ›capital‹ kann nämlich für sich allein nicht erklären, warum jede Form von ›capital‹ von Ausschüttungen an die Gesellschafter ausgenommen werden soll und keine Differenzierungen zwischen verschiedenen Arten von ›capital‹ zulässig sein sollen. Wie sogleich zu zeigen ist, hat die Rechtsprechung die oben geschilderte Auffassung der Praxis mitgetragen und eine solche Differenzierung zugelassen. Wer eine Gleichbehandlung der verschiedenen Einlagen share capital und share premium wegen ihres Charakters als Eigenkapitalbeitrag fordert, nimmt an, jede Einlage müsse dem Schutz der Gläubiger dienen, und schreibt damit den Einlagen eine Finanzierungsverantwortung zu.

Dahinter steht vermutlich die Überlegung, jeder Eigenkapitalbeitrag der Gesellschafter bringe das Unternehmen in Gang, in dessen Verlauf die Gläubiger gegen die Gesellschaft Forderungen begründen, für die nur der unternehmenseigene Kapitalstock hafte. Sollen Chancen und Risiken der Unternehmung fair verteilt sein, müsse nach dieser Bewertung jeder das Unternehmen tragende und daher die Verlustgefahr für die Gläubiger begründende Eigenkapitalbeitrag der Gesellschafter riskiert werden, d.h. den Haftungsfonds speisen. Man geht dabei davon aus, daß Gesellschafter ihre Gesellschaft nicht mit überflüssigem Eigenkapital ausstatten werden, sondern allein mit betriebsnotwendigen Mitteln (die das Unternehmen in Gang setzen und stützen), und diese notwendigen Eigenkapitalbeiträge sollen nicht entzogen werden können. Die Zuweisung aller Eigenkapitaleinlagen der Gesellschafter zum Haftungsfonds der Gesellschaft ist nach dieser Ansicht Geschäftsgrundlage dafür, daß die Haftung der Gesellschafter auf ihre Einlage beschränkt werden kann.

Dieser Gedanke von einem notwendigen Gleichlauf der Eigenkapitalfinanzierung und des damit eingegangenen Verlustrisikos liegt in der Zeit von 1855 bis 1948 zunächst nahe, da das englische Recht zu dieser Zeit keine Anforderungen an ein Mindestkapital kannte. Eine solche Vorgabe wurde erst in Umsetzung der Gesellschaftsrechtsrichtlinie und auch dabei nur für Public Companies in das Gesetz aufgenommen.[1221] Macht der Gesetzgeber keinerlei betragsmäßige Vorgaben zur Eigenkapitalausstattung, schreibt er jedoch eine bestimmte Behandlung des legal capital vor, kann man annehmen, der Gesetzgeber gehe stillschweigend davon aus, die Eigenkapitalausstattung der Gesellschaften erfolge gänzlich in Form des legal capital, damals also des share capital. In der Praxis ist diese Vorstellung, wie oben geschildert, auch lange Zeit geteilt worden, bis der Wunsch nach Steuervermeidung die vom Gesetzgeber offenbar nicht bedachte Möglichkeit forciert hat, der Gesellschaft Eigenkapital auf andere Weise zufließen zu lassen.

1221 *Davies/Worthington*, Principles, 263.

Die Annahme einer unausgesprochenen gesetzlichen Vorstellung ist jedoch nicht zwingend; immerhin hätte der Gesetzgeber leicht eine eindeutige entsprechende Vorgabe machen können, hat darauf jedoch jahrelang verzichtet, obwohl ihm das Problem bekannt war. Einschränkend ist zudem zu bedenken, daß bei der Ausgabe von unpaid shares das share capital eine Reserve für zukünftige Entwicklungen enthält, die bei der Anteilsausgabe gerade noch nicht betriebsnotwendig ist.

c) Die Ansicht der Rechtsprechung

So überzeugend man die Gründe der accountancy authorities auch finden mag, die englischen Gerichte haben in den wenigen gesellschaftsrechtlichen Urteilen, in denen das share premium verhandelt wurde, eine restriktive Behandlung dieser wirtschaftlichen Einlage mit der Begründung abgelehnt, sie wäre mit dem geltenden Recht nicht zu vereinbaren.[1222]

Der Entscheidung *Hilder v Dexter*[1223] aus dem Jahr 1902 lag ein Fall zugrunde, in dem eine auf Goldbergbau spezialisierte Gesellschaft eine Kapitalerhöhung durchgeführt und dabei den Zeichnern neuer Anteile die Option auf weitere Anteile zum Nominalwert eingeräumt hatte, um sie dazu zu bewegen, in das riskante Geschäftsmodell zu investieren. Nachdem die Geschäfte glücklich geführt worden waren und die Anteile ihren Wert fast verdreifacht hatten, wollte ein Investor (Hilder) die Option ausüben und weitere Aktien zum Nominalwert zeichnen. Dagegen erhob ein Altgesellschafter (Dexter) Klage mit der Begründung, die Ausgabe weiterer Anteile zum Nominalwert sei als unzulässige Anteilsausgabe unter pari anzusehen, da der wahre Wert der Anteile den Nominalwert um ein vielfaches übersteige.

Dexter argumentierte also, das Verbot der Unterpari-Emission begründe eine Pflicht, bei einer Anteilsausgabe den wahren Wert der Anteile als Gegenleistung einzufordern, gegebenenfalls einschließlich eines share premium. Nachdem der Court of Appeal dem Begehren Dexters noch stattgegeben hatte, hob das House of Lords die stattgebende Entscheidung auf. Es akzeptierte einstimmig die strittige Optionsregelung mit der wirtschaftlichen Überlegung, erst die Einräumung der Option dürfte Hilder überzeugt haben, in das riskante Unternehmen zu investieren, und der rechtlichen Begründung, das Nominalkapital sei auch bei Ausgabe der neuen Anteile in voller Höhe aufzubringen und der wirtschaftliche Vorteil, den der Investor daraus ziehe, daß der wahre Wert der Anteile über dem Nominalwert liege, fließe ihm nicht »at the expense of the company's capital« zu.[1224] Inhaltlich trennt das House of Lords damit strikt zwischen dem ›capital‹,

1222 Analyse der gesellschaftsrechtlichen Rechtsprechung zum share premium vor 1948 bei *Napier/Noke*, Premiums, 813 ff.; *Pitts*, Rise of the share premium account, 324 ff.

1223 *Hilder v Dexter* [1902] AC 474 (HL).

1224 *Hilder v Dexter* [1902] AC 474 (HL) *per* Lord Davey.

für welches das Gesellschaftsrecht besondere Anforderungen vorsieht und das allein durch das Nominalkapital gebildet wird, und weiteren möglichen Kapitalbeiträgen, share premiums, welche die Gesellschaft erheben kann, jedoch nicht muß.

In der Entscheidung *re Hoare & Co, Limited and Reduced*[1225] aus dem Jahr 1904, in der eine Kapitalherabsetzung verhandelt wurde, akzeptierte der Court of Appeal die Zuweisung eines vereinnahmten share premium in eine allgemeine ausschüttungsfähige Rücklage (›reserve fund‹). Nach Ansicht des Gerichts stellten die Beträge in der allgemeinen Rücklage, in welche auch das share premium eingebucht worden war, Kapital dar, »which might have been properly applied at the time, if the company had so thought fit, in paying further dividends to the shareholders, and no person could have complained if they had done so«.[1226] Damit übernahm das Gericht implizit die Argumentation der Gesellschaft, ein share premium sei kein ›capital‹ im Sinne des Companies Act, sondern außerordentlicher Ertrag (»profits in the nature of a windfall«).[1227]

Diese Unterscheidung zwischen dem ›capital‹ im Rechtssinne, welches allein das Nominalkapital umfaßt, und weiteren Kapitalbeiträgen, die jederzeit an die Gesellschafter ausgeschüttet werden können, wird in keinem Urteil deutlicher ausgesprochen als in der Entscheidung *Drown v Gaumont-British Picture Corporation Ltd.*[1228], einem Urteil des Court of Appeal aus dem Jahre 1937. In diesem Fall wollte ein Gesellschafter verhindern, daß die Gesellschaft eine Zwischendividende auf Vorzugsaktien zahlte. Da in dem betreffenden Jahr beträchtliche Verluste zu verbuchen waren, konnte die Vorzugsdividende nur zu Lasten der allgemeinen Rücklagen bestritten werden, welche Rücklagen zu großen Teilen aus einem share premium herrührten. Das Gericht hat die Auszahlung der Dividende zugelassen und dabei deutlich gemacht, daß das share premium seiner Ansicht nach nicht Teil des ›capital‹ sei und daher eine Dividendenzahlung hieraus nicht gegen den Grundsatz verstoße, daß ›capital‹ nicht an die Gesellschafter zurückfließen dürfe.[1229] Die getroffenen Aussagen sind dabei sehr allgemein formuliert und lassen keinen Zweifel, wie das Gericht in ähnlich gelagerten Fällen entschieden hätte. Clauson J führte aus:

»(…) it was suggested that there is some special feature about the money which has been obtained by way of premium upon the issue of shares which as a matter of principle prevents that money being dealt with as available to pay a dividend. I am not aware of any such feature or of any such principle, nor can I see any ground on which such a principle can be established.«[1230]

1225 *Re Hoare & Co, Limited and Reduced* [1904] 2 Ch 208.
1226 *Re Hoare & Co, Limited and Reduced* [1904] 2 Ch 208 *per* Romer LJ.
1227 *Napier/Noke*, Premiums, 813.
1228 *Drown* v *Gaumont-British Picture Corporation Ltd.* [1937] Ch 402.
1229 Dieser Grundsatz wurde in der Entscheidung *Trevor v Whitwort* (1887) 12 App Cas 409, HL erstmals aufgestellt.
1230 *Drown* v *Gaumont-British Picture Corporation Ltd.* [1937] Ch 402 *per* Clauson J.

Nach Ansicht dieses Richters ist das share premium so etwas wie ein ausschüttungsfähiger Gewinn; kein »normal profit« zwar, doch genauso zu behandeln wie ausschüttungsfähige Rücklagen, die aus Gewinnen gespeist worden sind.[1231] Das share premium ist kein ›capital‹ im Rechtssinne und eine Verteilung solcher Beträge im Weg einer Dividende nicht zu beanstanden:

»(…) there is nothing legally wrong, so far as I am aware, in a company dividing among its shareholders a premium obtained on the issue of shares. The premium from its very nature is not part of the capital paid up on the shares; (…) The capital paid up on the share must not be divided in dividend: but the premium is not capital paid up on the share but a sum received by the company in excess of the capital paid up on the share: and the principle that capital paid up on the share must not be divided in dividend is in no way infringed by distributing the premium in dividend.«

Das Gericht lehnt damit die Bestimmung des ›capital‹ nach einer wirtschaftlichen Betrachtungsweise ab und argumentiert streng formal mit der nominalen Bestimmung des share capital durch die Satzung. Auch dem Gedanken einer über die Einzahlung des Nominalkapitals hinausgehenden Finanzierungsverantwortung wird damit implizit eine Absage erteilt (»nor can I see any ground on which such a principle can be established«).

Im selben Jahr wurde in der schon erwähnten steuerrechtlichen Entscheidung *Carlyon Estate Ltd v Commissioners of Inland Revenue*[1232] für den Fall der Stempelgebühr entschieden, daß diese nach der ›true consideration‹, also unter Anwendung einer wirtschaftlichen Betrachtung zu bemessen sei. Für das Gesellschaftsrecht hingegen hat die Entscheidung *Drown v Gaumont-British Picture Corporation Ltd.* die formal-rechtliche Bestimmung des ›capital‹ und die Ausschüttungsfähigkeit von Rücklagen, die auf ein share premium zurückgehen, offenbar so deutlich festgeschrieben, daß weitere Gerichtsfälle zu dieser Frage nicht berichtet werden.

Die Ansicht der accountancy authorities über die korrekte Behandlung von Aufgeldern wurde von den Gerichten demnach nicht geteilt. In den berichteten Entscheidungen wurde stets die Ansicht der Praxis gestützt, über das share premium könnten die Geschäftsführer der Gesellschaft frei verfügen. Alle hier besprochenen Entscheidungen betreffen Fälle von Bareinlagen. Die Frage der korrekten Behandlung von Sacheinlagen wurde erstmals nach der Änderung des Companies Act im Jahr 1948 vor die Gerichte getragen.

II. Companies Act 1948

Die Reform des Companies Act im Jahr 1948 brachte einen grundlegenden Wandel der Behandlung des share premium im englischen Recht. Der Companies Act 1948 enthält erstmals gesetzliche Vorschriften zum share premium und

1231 Ebda.
1232 *Carlyon Estate Ltd* v *Commissioners of Inland Revenue* (1937) TC 46:413.

zu pre-acquistion profits. Diese gehen maßgeblich auf die accountancy-Autoritäten zurück, die ihre Vorstellungen von der richtigen bilanziellen Behandlung des share premium durch eine Gesetzesänderung umgesetzt wissen wollten, nachdem sie ihre Auffassung auf Grundlage des geltenden Rechts gegenüber der Praxis nicht durchsetzen konnten.[1233]

1. Die gesetzliche Regelung

Der Kern der Neuregelung[1234] lag in s. 56 CA 1948, der betitelt war »Application of premiums received on issue of shares«. Subsection 1 der Vorschrift enthielt die Regel, daß jedes share premium in der Bilanz in einen speziellen »share premium account« einzustellen war und im Hinblick auf die Kapitalerhaltung grundsätzlich genauso wie share capital behandelt werden mußte:

»Where a company issues shares at a premium, whether for cash or otherwise, a sum equal to the aggregate amount or value of the premiums on those shares shall be transferred to an account, to be called "the share premium account", and the provisions of this Act relating to the reduction of the share capital of a company shall, except as provided in this section, apply as if the share premium account were paid up share capital of the company.«

S. 56 ss. 2 CA 1948 zählte die Möglichkeiten auf, wie das Eigenkapital, das aus einem share premium herrührte, ausnahmsweise verwendet werden konnte. Zum einen sah s. 56 ss. 2 1st alternative CA 1948 vor, daß das im share premium account gebuchte Kapital dazu verwendet werden konnte, Bonusanteile an die Gesellschafter auszugeben und dabei das Nominalkapital dieser Anteile aufzubringen. Effektiv wurde bei einer solchen Ausgabe von Bonusanteilen das früher eingezahlte share premium in share capital umgewandelt. Das legal capital wurde nicht in seiner Höhe, sondern lediglich in seiner Zusammensetzung geändert und der Haftungsfonds effektiv nicht verringert.

Die Gesellschaft konnte die entsprechenden Beträge jedoch auch nutzen, die Kosten für die Vorbereitung der Anteilsausgabe, die zu dem share premium führte, zu decken (s. 56 ss. 2 2nd alternative lit. (a) CA 1948). In diesem Fall fiel der Haftungsfonds kleiner aus, da nur der Betrag in den share premium account einzustellen war, um den das share premium die Kosten der Anteilsausgabe überstieg.

Aus dem Agiokapital konnten ferner die Kosten jeder, auch einer späteren Anteilsausgabe, bestritten werden, dazu Provisionszahlungen an die Banken bei der Ausgabe von Wertpapieren und darüber hinaus sogar Disagios bei Anteilsausgaben (welche nach s. 57 CA 1948 in bestimmten Fällen zulässig waren)

1233 *Napier/Noke*, Premiums, 818.

1234 S. 56 ss. 3 CA 1948 sah vor, daß die neuen Vorschriften des s. 56 CA 1948 mit dessen Inkrafttreten auf frühere Anteilsausgaben anzuwenden waren, sofern das share premium in der Bilanz unterscheidbar von anderen Rücklagen ausgewiesen wurde.

und Disagios bei einer Ausgabe von Schuldverschreibungen (s. 56 ss. 2 2nd alternative lit. (b) CA 1948). In diesen Fällen wurde der Haftungsfonds entweder sogleich niedriger angesetzt (wenn die Verwendung bei der Anteilsausgabe gemacht wurde, bei der das share premium eingezahlt wurde) oder auch nachträglich verkleinert (wenn das share premium anläßlich einer früheren Ausgabe von Anteilen erhoben worden war).

Zudem konnte nach s. 56 ss. 2 3rd alternative CA 1948 bei einem nach englischem Recht zulässigen Rückerwerb von Anteilen oder Schuldverschreibungen der share premium account aufgelöst werden, um einen Aufschlag auf den Nominalwert der zurückgekauften Wertpapiere zu finanzieren. In diesem Fall wurde der Haftungsfonds der Gesellschaft nachträglich herabgesetzt.

Zur Frage, wie mit pre-acquistion profits umzugehen sei, wenn ein Unternehmen ein anderes gegen Ausgabe neuer eigener Anteile erwirbt, enthielt der Companies Act 1948 eine eigene Bilanzierungsvorschrift in Schedule 8 § 15 (5). § 15 des Schedule 8 handelte von Konzernabschlüssen (›group accounts‹), die gemäß dieser Vorschrift grundsätzlich von jeder Muttergesellschaft (›holding company‹) aufgestellt werden mußten. Section 4 des § 15 forderte bestimmte Anhangangaben zu den Gewinnen und Verlusten der Tochtergesellschaften, wenn ausnahmsweise keine group accounts erstellt wurden. § 15 (5) konkretisierte den Anwendungsbereich von Section 4 für einige in Section 4 enthaltene Regelungen und verfügte, daß Anhangangaben nur für solche Gewinne und Verluste zu machen waren, die bei ordentlicher Buchführung als Betriebseinnahmen oder Betriebsausgaben (›revenue profits or losses‹) der Mutter anzusehen seien. Vorerwerbsgewinne sollten nach § 15 (5) ausdrücklich nicht als revenue profits der Muttergesellschaft angesehen werden:

»(…) and the profits or losses attributable to any shares in a subsidiary for the time being held by the holding company or any other of its subsidiaries shall not (for that or any other purpose) be treated as aforesaid *[viz. revenue profits or losses in the holding company's accounts]* so far as they are profits or losses for the period before the date on or as from which the shares were acquired by the company (…)«.

Die Vorschrift des Schedule 8 § 15 (5) CA 1948 hatte einen sehr speziellen Anwendungsbereich, der auf Konzernsachverhalte beschränkt war, in denen kein Konzernabschluß aufgestellt wurde. Da die zitierte Formulierung jedoch sehr allgemein gehalten war und die Vorschrift zu den Vorerwerbsgewinnen »for that or any other purpose« gelten sollte, wurde Schedule 8 § 15 (5) CA 1948 meist so verstanden, daß dadurch alle Vorerwerbsgewinne von einer Ausschüttung ausgeschlossen werden sollten.[1235]

1235 *Napier/Noke*, Premiums, 819.

2. Gründe und Hintergründe der Gesetzesänderung

Die Gründe, die den Gesetzgeber 1948 angeleitet haben, in der rechtlichen Behandlung des share premium eine Kehrtwende zu vollziehen, lassen sich nicht vollständig aufklären.

Die Regelung des share premium im Companies Act 1948 geht zurück auf einen Vorschlag des Cohen Committee. In Section 108 ihres Berichts macht die Expertengruppe den Vorschlag, das share premium so zu behandeln »as if the share premium account were paid-up share capital«. Eine ausgearbeitete Begründung für diese Empfehlung bietet der Bericht nicht. Er stellt lediglich fest, die nach dem bisherigen Recht gegebene Möglichkeit einer Ausschüttung des share premium als Dividende erachte das Cohen Committee als »nicht wünschenswert« (›undesirable‹), da share premiums »in essence capital« seien.[1236]

Die hier gegebene, äußerst knappe Begründung beruht allein auf der Äquivokation von wirtschaftlichem und rechtlichem ›capital‹ und bietet neben dieser formalen Erklärung keine dogmatische Grundlage dafür, warum das Recht zukünftig nicht mehr zwischen verschiedenen Formen von ›capital‹ (im Rechtssinn und bei wirtschaftlicher Betrachtung) unterscheiden sollte. So knapp die Begründung im Cohen Report ist, die vorgeschlagene Lösung ist in sich stimmig. Als zulässige Verwendung sah die Empfehlung des Cohen Committe allein vor, das share premium zur Aufbringung des Nominalkapitals bei der Ausgabe von Bonusanteilen an die Gesellschafter zu verwenden, also die spätere erste Alternative von s. 56 ss. 2 CA 1948. Dabei würde das gesetzlich geregelte ›capital‹ effektiv nicht verringert, sondern nur eine Form des ›capital‹ in die andere umgewandelt. Die weiteren Verwendungsweisen, die der Companies Act 1948 für den share premium account zuließ und durch die die Höhe des legal capital verringert werden konnte, sieht der Bericht des Cohen Committee nicht vor.

Die Tatsache, daß der Cohen Report die Frage der share premiums nicht sehr eingehend behandelt, mag damit zusammenhängen, daß die Erörterung des share premium ursprünglich gar nicht geplant war. Das ICAEW hat dieses Thema in der schon angesprochenen Denkschrift für das Cohen Committee zusätzlich zu den Themen behandelt, zu denen das Committee um Stellungnahmen gebeten hatte, und mit der Begründung, das share premium sei »in effect additional capital money«, ein Verbot der Ausschüttung als Dividende gefordert.[1237] Der Regelungsvorschlag des ICAEW sah vor, eine Verwendung des share premium zur außerplanmäßigen Abschreibung von Anlagevermögen (z.B. goodwill von Beteiligungen) und zur Deckung von Kosten der Anteilsausgabe zuzulassen. Die Denkschrift enthält keine Begründung für diesen Verwendungsvorschlag, sondern lediglich die Behauptung, gegen diese tradierten Verwendungsweisen sei nichts einzuwenden.[1238]

1236 Report of the Cohen Committee, s. 108.
1237 *Napier/Noke*, Premiums, 817.
1238 *ICAEW*, Memorandum of Evidence, 395.

Im Laufe der Erörterung vor dem Cohen Committee hat das vom ICAEW entsandte Mitglied der Expertengruppe zur Frage der Behandlung des share premium erstaunlicherweise keine Juristen um ihre Meinung gefragt, sondern allein Vertreter der accountants und der Unternehmen, die den Vorschlag des ICAEW einstimmig unterstützten.[1239] Diese einhellige Zustimmung zu dem Vorschlag der accountants dürfte der Grund gewesen sein, warum das Committee sich die Forderung nach einer Ausschüttungssperre für das share premium zu eigen gemacht hat. Die genauen Gründe, warum die Empfehlung des Committee in der Frage der Verwendung des share premium account viel strenger ausfiel als der ursprüngliche Vorschlage des ICAEW, bleiben jedoch unklar. Betrachtet man die Tatsache, daß das ICAEW die Thematik des share premium ungefragt in die Diskussion eingebracht hat und im Laufe der Diskussion keine Vertreter aus der Gruppe der Juristen gehört wurden, liegt die Annahme nahe, die accountants hätten die Gelegenheit der geplanten Gesetzesreform genutzt, um ihre Vorstellung von der richtigen Behandlung des share premium gesetzlich festschreiben zu lassen, nachdem sie ihre Ansicht nicht als Buchführungsstandard durchsetzen konnten, weil die Gerichte, wie oben beschrieben, die Praxis der Buchung dieser Beträge in allgemeinen, ausschüttungsfähigen Rücklagen akzeptiert hatten.[1240]

Das ICAEW begründete seinen Reformvorschlag mit der Eigenschaft des share premium, »capital money« zu sein. Es ist nicht weiter festzustellen, inwieweit das ICAEW bei seiner Forderung nur die Äquivokation von wirtschaftlichem und rechtlichem capital anleitete oder inwieweit es sich von den oben besprochenen inhaltlichen Aspekten leiten ließ, eine Täuschung über die Ertragskraft des Unternehmens verhindern und einer Finanzierungsverantwortung der Gesellschafter Rechnung tragen zu wollen.

Der Reformvorschlag des ICAEW ist vor dem Hintergrund der oben geschilderten Diskussion über die korrekte Behandlung von share premiums zu verstehen. Welche Schutzzwecke im einzelnen das ICAEW mit seinem Lösungsvorschlag verfolgte, bleibt unklar. Unklar bleibt auch, aus welchen genauen Gründen das Cohen Committee den Grundgedanken der Ausschüttungssperre für das share premium übernahm, jedoch in der Frage der anderweitigen Verwendungen noch viel restriktiver war. Dementsprechend ist auch nicht mit letzter Sicherheit zu sagen, welche Überlegungen den Gesetzgeber bei der Einfügung von s. 56 CA 1948 anleiteten.

Mit dieser Vorschrift griff der Gesetzgeber die Empfehlung einer Ausschüttungssperre auf, jedoch ging er in der Frage der zulässigen Verwendungen des share premium account eigene Wege. Von dem Vorschlag des ICAEW wurde nur die Abschreibung von Ausgabekosten übernommen, nicht die Möglichkeit zu Abschreibungen auf Anlagegüter. Diese Abschreibungsmöglichkeit wurde

1239 *Napier/Noke*, Premiums, 817.

1240 So die Begründung für die gesetzliche Neuregelung bei *Napier/Noke*, Premiums, 818.

um den Vorschlag des Cohen Committee ergänzt, die Verwendung zur Ausgabe von Bonusanteilen zuzulassen. Zudem wurden die zuvor noch nicht erörterten Verwendungen gestattet, welche die Höhe des Haftungsfonds am stärksten beeinträchtigen konnten, nämlich die Verwendung für Kosten der Ausgabe weiterer Wertpapiere, für Provisionszahlungen, Disagios und den Rückkauf von Anteilen und Schuldverschreibungen. Die Grundentscheidung für das Verbot, Beträge aus dem share premium account als Dividende auszuschütten, läßt sich inhaltlich sowohl mit der Gefahr begründen, Dividenden, die aus Einlagen finanziert werden, könnten über die Ertragskraft des Unternehmens täuschen, aber auch mit der Überlegung, jeder Eigenkapitalbeitrag solle als Ausgleich für die beschränkte Haftung den Kapitalstock der Gesellschaft dauerhaft erhöhen. Die weitgehenden Verwendungsmöglichkeiten für den share premium account, die dazu führen konnten, daß der Haftungsfonds der Gesellschaften effektiv verringert wurde, widersprechen jedoch dem Grundgedanken der Gleichbehandlung mit dem share capital.[1241] Die Nichtzulassung von Abschreibungen auf das Anlagevermögen läßt vermuten, der Gesetzgeber könnte die in der oben geschilderten Diskussion geäußerte Befürchtung geteilt haben, daß der Wert eines share premium, das nur zu stillen Reserven führt, durch Mißwirtschaft verlorengehen könnte, ohne daß die Gesellschafter diesen Verlust aus den Büchern erkennen könnten.

III. Die wesentlichen Änderungen dieser Gesetzgebung in späterer Zeit

Die Grundidee des Companies Act 1948, share premium und share capital weitgehend gleich zu behandeln, ist in späteren Reformgesetzen nicht infrage gestellt worden. In zwei wesentlichen Punkten haben spätere Gesetze jedoch Änderungen gebracht. Der Companies Act 1981 nahm bestimmte Fälle von Unternehmenskäufen (›mergers‹) und Umstrukturierungen im Konzern (›group reconstruction‹) von der Verpflichtung aus, einen share premium account auszuweisen, der den vollen Wert des als Sacheinlage eingebrachten Unternehmens (abzüglich des Nominalwerts der ausgegebenen Anteile) umfaßte. Zuvor war man sich lange unsicher gewesen, ob s. 56 CA 1948 bei Sacheinlagen überhaupt eine Pflicht zum Ausweis eines share premium account beinhaltete, bis die Rechtsprechung diese Frage 1980 unmißverständlich bejahte.

Der Companies Act 2006 schaffte ferner die meisten Verwendungsweisen des share premium account ab, die zur Reduzierung des Haftungsfonds der Gläubiger führen konnten, denn man sah mittlerweile den Grund dafür, die Beträge des share premium dem Haftungsfonds der Gesellschaft zuzuführen, allein in der Gläubigerschutzfunktion der Kapitalerhaltungsregeln. Diesem Grundgedanken

1241 *Noke*, Why not distribute share premiums?, 44 kritisiert diese Verwendungsmöglichkeiten als »absurd inconsistencies«.

widersprachen die weitgehenden Verwendungsmöglichkeiten des share premium account.

1. Merger relief und group reconstruction relief

a) Das Urteil *Henry Head & Co Ltd v Ropner Holdings Ltd*

Der Companies Act 1948 war kaum erlassen, da entbrannte ein Streit darüber, ob s. 56 CA 1948 auch auf die Ausgabe neuer Anteile gegen Sacheinlagen anzuwenden sei. In der englischen Wirtschaft konnte man sich insbesondere nicht vorstellen, daß die Erstellung eines share premium account auch dann geboten sein sollte, wenn schon bestehende Unternehmen in eine neu gegründete Holdinggesellschaft eingebracht werden sollten oder wenn sie bei Verschmelzungen oder Unternehmenserwerben gegen Ausgabe von Anteilen der erwerbenden Gesellschaft als Sacheinlage eingebracht würden. Das vollständige Unverständnis, der Gesetzgeber könnte mit s. 56 CA 1948 eine solche, vermeintlich widersinnige Vorschrift erlassen haben, kommt sehr deutlich zum Ausdruck in der ersten Gerichtsentscheidung, die sich damit befassen mußte, ob bei einer Sacheinlage verpflichtend ein share premium account zu bilden sei, der Entscheidung *Henry Head & Co Ltd v Ropner Holdings Ltd* des High Court of Justice aus dem Jahr 1951.[1242]

aa) Tatbestand und Rechtsansichten der Parteien

Die Ropner Holding Ltd war 1948 gegründet worden, um die Anteile zweier Schiffahrtsgesellschaften zu übernehmen. Die beiden Schiffahrtsgesellschaften standen unter gemeinsamem Management und gehörten denselben Gesellschaftern. Die Transaktion wurde so durchgeführt, daß für jeden 1 £-Anteil an einer der beiden Schiffahrtsgesellschaften ein 1 £-Anteil an der Holdinggesellschaft ausgegeben wurde. Das Nominalkapital der Ropner Holding Ltd entsprach danach dem addierten Nominalkapital der beiden Tochtergesellschaften und betrug ca. 1 Mio GBP. Der wahre Wert der Schiffahrtsgesellschaften lag jedoch ca. 5 Mio GBP über dem Nominalwert der ausgegebenen Anteile. Das Management der Holdinggesellschaft hatte Rechtsrat eingeholt, wie mit dem Mehrwert von 5 Mio GBP zu verfahren sei, und dabei folgende Auskunft erhalten: Die Beteiligungen an den beiden Tochtergesellschaften seien sowohl im Einzelabschluß der Muttergesellschaft wie auch in dem eigens zu erstellenden Konzernabschluß auf der Aktivseite zu ihrem tatsächlichen Wert auszuweisen. In Höhe von 5 Mio GBP sei auf der Passivseite ein share premium account zu bilden und dieser Betrag könne nur an die Gesellschafter ausgezahlt werden, wenn zuvor eine förmliche Kapitalherabsetzung erfolgt sei.

1242 *Henry Head & Co Ltd v Ropner Holdings Ltd* [1952] 1 Ch 124.

Die klägerische Gesellschaft Henry Head, ein Großaktionär der beklagten Ropner Holdings Ltd, hielt diesen Ausweis des Mehrwerts der Tochtergesellschaften in der Bilanz der Muttergesellschaft für »a very undesirable thing, because it fixes an unfortunate kind of rigidity in the structure of the company«. Insbesondere das Ausschüttungsverbot hinsichtlich des share premium accounts war ihr ein Dorn im Auge. Sie begehrte daher eine gerichtliche Verfügung gegen die Ropner Holding, diesen Mehrwert nicht als share premium im Sinne von s. 56 CA 1948 in den Büchern auszuweisen, sondern als Teil der allgemeinen Rücklagen.[1243]

Sie argumentierte, die neugegründete Holdinggesellschaft habe zum Zeitpunkt der Transaktion kein Vermögen gehabt, so daß ihren Anteilen kein Wert hätte zugewiesen werden können. Ein ›premium‹ im Sinne von s. 56 CA 1948 lasse sich daher nicht bestimmen. S. 56 CA 1948 lasse keine Intention erkennen, die Bedeutung des Wortes ›premium‹ über den üblichen Sprachgebrauch hinaus so auszudehnen, daß Fälle wie die vorliegende Transaktion davon erfaßt würden.[1244] Letztlich beruht diese Ansicht auf der oben geschilderten, von Teilen der accountancy-Autoritäten schon lange vertretenen Auffassung, der Wert einer Sacheinlage sei nach dem Gegenwert des ausgegebenen Anteils zu bestimmen. Jedenfalls wenn eine Gesellschaft neu gegründet wird, wie im vorliegenden Fall, führt diese Berechnung dazu, daß der Wert des Einlagegegenstands dem Nominalwert der Anteile entspricht, da die Gesellschaft noch nicht am Markt tätig war und daher ihre Anteile noch keinen selbständig zu berechnenden Marktwert aufweisen. Die Holdinggesellschaft hingegen verteidigte ihre Buchführung mit dem Argument, das Tatbestandsmerkmal ›premium‹ in s. 56 CA 1948 sei nicht auf Bareinlagen beschränkt.[1245]

bb) Entscheidung des Gerichts nach dem Wortlaut des s. 56 CA 1948

Der Streit beruhte letztlich auf der Frage, ob s. 56 CA 1948 eine Gesellschaft verpflichte, eine Sacheinlage zum wahren Wert in die Bücher aufzunehmen und dann, wenn dieser Wert den Nominalwert der dafür ausgegebenen Anteile überschritt, einen share premium account auszuweisen. In seinem Urteil entschied Harman J, s. 56 CA 1948 enthalte eine solche Verpflichtung.[1246] Er begründete seine Entscheidung allein mit dem Wortlaut von s. 56 CA 1948, der von einer Anteilsausgabe gegen ein ›premium‹ »in cash or otherwise« spreche. Die »andere Form eines premium« könne nur eine Sacheinlage sein, wobei s. 56 CA 1948 weiter vorgebe, »a sum equal to the aggregate amount or value of the premiums on those shares shall be transferred to (...) ›the share premium account‹«. Nach diesem Wortlaut des Gesetzes müsse eindeutig der wahre Wert

1243 *Henry Head & Co Ltd v Ropner Holdings Ltd [1952] 1 Ch 124 f.*
1244 *Henry Head & Co Ltd v Ropner Holdings Ltd [1952] 1 Ch 124, 125.*
1245 *Henry Head & Co Ltd v Ropner Holdings Ltd [1952] 1 Ch 124, 125.*
1246 *Henry Head & Co Ltd v Ropner Holdings Ltd [1952] 1 Ch 124, 128.*

(›value‹) jeder Sacheinlage für die Bestimmung eines ›premium‹ maßgeblich sein. An diesen eindeutigen Wortlaut sei er in seiner Urteilsfindung gebunden.

Letztlich bedeutet dieses Urteil, daß nicht die bis dato anerkannten Bilanzierungsregeln vorgeben, was als share premium in den Büchern auszuweisen und dann nach s. 56 CA 1948 restriktiv zu behandeln ist, sondern daß s. 56 CA 1948 eine verpflichtende Vorgabe für die Bilanzierung von Sacheinlagen enthält, an welche die gesellschaftsrechtliche Behandlung dieser Einlagen anknüpft. Im Ergebnis konnten im streitigen Fall die thesaurierten Gewinne der beiden Tochtergesellschaften, auf die es den Klägern ankam[1247], nach der Konzernbildung nicht mehr an die Gesellschafter der Holding ausgeschüttet werden. Diese Folge ergab sich allein aus der Interpretation von s. 56 CA 1948 durch Harmann J. Auf die ebenfalls neu eingeführte Regelung zu Vorerwerbsgewinnen in Schedule 8 § 15 (5) und deren Reichweite ging der Richter nicht ein.

cc) Zweifel an dem Sinn der gesetzlichen Regelung

Ebenso interessant wie die unzweideutige Entscheidung von Harman J ist die Sympathie, die er in seiner Urteilsbegründung für die Ansicht der Klägerin zeigt. Der Streit um den Umfang des share premium accounts wird dadurch verständlich. Er referiert den klägerischen Vortrag, in dem es geheißen habe, aus Bank- und Unternehmerkreisen würde niemand eine Transaktion wie die vorliegende als Ausgabe zu einem ›premium‹ ansehen:

»(...) nobody in the city or in the commercial world would dream of so describing it.«

Dieser Einschätzung stimmt der Richter zu:

»It is with a sense of shock at first that one hears that this transaction was the issue of shares at a premium. Everybody, I suppose, who hears those words thinks of a company which, being in a strong trading position, wants further capital and puts forward its shares for the subscription of the public (...) That is what is ordinarily meant by the issue of shares at a premium.«[1248]

Im wirtschaftlichen Sprachgebrauch hat man seinerzeit unter einem ›premium‹ offenbar den Aufschlag verstanden, den neu ausgegebene Anteile über den Nominalwert hinaus bei einer Kapitalerhöhung (»further capital«) am Kapitalmarkt (»subscription of the public«) erzielten. Dieses Begriffsverständnis war wahrscheinlich in der Zeit vor 1920 geprägt worden, bevor zunehmend auch Neugründungen mit geringem Nominalkapital und hohem share premium vorgenommen wurden, und hatte sich an die oben geschilderten neueren Entwick-

1247 Vgl. *Napier/Noke*, Premiums, 819, die ergänzend zu den Sachverhaltsangaben in dem veröffentlichten Urteil angeben, diese thesaurierten Gewinne hätten allein eine Dividende speisen können, nachdem die Gewinnsituation der Holding sich stark verschlechtert hätte.

1248 *Henry Head & Co Ltd v Ropner Holdings Ltd [1952] 1 Ch 124, 127.*

lungen, welche den Hintergrund für die Gesetzgebung von 1948 bildeten, nicht angepaßt.

Nach den Ausführungen des Richters sei es verständlich und seit langer Zeit gewünscht gewesen, daß der Gesetzgeber in s. 56 CA 1948 die Verpflichtung aufgestellt habe, solche Erlöse, die bei einer Kapitalerhöhung erzielt würden, wie ›capital‹ zu behandeln. Harman J denkt bei einer solchen Kapitalerhöhung, wohl in Übereinstimmung mit dem wirtschaftlichen Sprachgebrauch, nur an eine Barkapitalerhöhung, denn er stellt fest, daß der Wortlaut des Gesetzes »a company issues shares at a premium« auf »cash transactions« zu beschränken wäre, hätte s. 56 CA 1948 das Tatbestandmerkmal ›premium‹ nicht um die näheren Bestimmungen »whether for cash or otherwise« und »aggregate ammount or value of the premiums« ergänzt.[1249]

Der Richter begründet seine Einschätzung mit der oben erörterten Bilanzierungsweise, nach der ein ›premium‹ den Mehrwert darstelle, um den die schon bestehenden Vermögensgegenstände den Nominalwert der bereits ausgegebenen Anteile überstiegen und der – muß man ergänzen – durch den Aufschlag auf die neu auszugebenden Aktien im Interesse der Altaktionäre ausgeglichen werden solle.[1250] Dabei übersieht er allerdings, daß mit dieser bilanzrechtlichen Begründung nicht nur Bareinlagen, sondern auch Sacheinlagen zu einem ›premium‹ im Sinne der Vorschrift führen können, wenn sie in ein schon länger bestehendes Unternehmen eingebracht würden, dessen bisher ausgegebenen Anteile tatsächlich mehr wert sind, als der Nominalwert angibt.

Die angedachte Beschränkung auf Barkapitalerhöhungen muß mit der Vorstellung zusammenhängen, zu einem ›premium‹ komme es bei einer »subscription of the public«. Eine Plazierung von Anteilen am Kapitalmarkt wird regelmäßig gegen eine Bareinlage vorgenommen werden. Diese Vorstellung ist jedoch, worauf Harman J nicht eingeht und auch wegen des seiner Ansicht nach ohnehin klaren Wortlauts nicht eingehen muß, kaum richtig. Denn die Regelung des s. 56 CA 1948 gilt unterschiedslos für alle Limited Companies, seien es Public oder Private Limited Companies. Eine Private Limited Company wird im englischen Recht nun dadurch gekennzeichnet, daß weder Gesellschaftsanteile noch Schuldverschreibungen öffentlich (›to the public‹) angeboten werden können (s. 28 ss. 1 lit. c) CA 1948, heute s. 755 CA 2006). Ob eine »subscription of the public« intendiert ist, kann daher für den Begriff des ›premium‹ in s. 56 CA 1948 allenfalls eine Rolle spielen, wenn der Begriff ›public‹ hier entgegen dem ersten Anschein auch Neugesellschafter einer Limited umfassen soll. Andernfalls wäre die Vorschrift entgegen dem Wortlaut, der nicht zwischen verschiedenen Formen von Companies unterscheidet, auf Private Limited Companies nicht anwendbar.

Die hier angedeuteten Begründungsansätze für ein alternatives Verständnis des Anwendungsbereichs von s. 56 CA 1948 können demnach die engere Aus-

1249 *Henry Head & Co Ltd v Ropner Holdings Ltd [1952] 1 Ch 124, 128.*
1250 *Henry Head & Co Ltd v Ropner Holdings Ltd [1952] 1 Ch 124, 128.*

legung nicht vollständig erklären. Sie lassen jedoch erkennen, wie man versuchte, den inhaltlichen Wunsch, zwischen Bar- und Sacheinlagen zu unterscheiden, bei der Auslegung der Vorschrift zu berücksichtigen. Die weite gesetzliche Regelung in s. 56 CA 1948 überzeugt den Richter nämlich inhaltlich nicht; er sieht lediglich wegen des seiner Ansicht nach eindeutigen Wortlauts keinen Ansatzpunkt, den Anwendungsbereich der Vorschrift auf Barkapitalerhöhungen zu beschränken.

»I have every desire to reduce the effect of this section to what I cannot help thinking would be more reasonable limits, but I do not see my way to limiting it in that way. It is not stated to be a section which only applies after the company has been in existence a year, or after the company has acquired assets, or when the company is a going concern, or which does not apply on the occasion of a holding company buying shares on an amalgamation. Whether that is an oversight on the part of the legislature, or whether it was intended to produce the effect it seems to have produced, it is not for me to speculate. All I can say is that this transaction seems to me to come within the word of the section.«

Man erkennt an diesen Ausführungen zum einen die Selbstbeschränkung, die englische Richter sich gewöhnlich auferlegen, wenn sie ein Parlamentsgesetz in erster Linie nach dem Wortlaut zu verstehen trachten. Diese sogenannte ›literal rule‹ war nicht nur im Entscheidungsjahr 1951 die wichtigste Auslegungsregel für Parlamentsgesetze, sie ist es auch heute noch. Die englische Methodenlehre kennt zwar mittlerweile eine intensive Diskussion darum, wie Parlamentsgesetze (statute law), deren Bedeutung neben dem tradierten common law zunimmt[1251], auszulegen sind und wie der Inhalt von Tatbestandsmerkmalen im Kontext der einzelnen Norm und eines ganzes Gesetzes zu bestimmen ist. Im Zuge dieser Diskussion hat sich die früher geübte extreme Betonung der Wortlautauslegung abgeschwächt.[1252] Man berücksichtigt insbesondere seit den 1970er Jahren stärker den Kontext der auszulegenden Norm, die Entstehungsgeschichte des Gesetzes und die vom Gesetzgeber verfolgten Zwecke.[1253] Immer noch versteht man aber die ›literal rule‹ als die wichtigste Auslegungsregel und scheut sich, einen »eindeutigen« Wortlaut unter Rückgriff auf andere Auslegungskriterien weit oder eng auszulegen, und hält es für unzulässig, den Inhalt einer Norm aus Zweckerwägungen heraus einzuschränken (teleologische Reduktion) oder über seinen Wortlaut hinaus auszudehnen (Analogie).[1254]

1251 Kurzer Überblick über das Zusammenspiel von statute law und common law bei *Häcker*, Das englische Common Law, 874.

1252 *Häcker*, Das englische Common Law, 847.

1253 Vgl. *Zander*, The Law-Making Process, ch. 2; historischer Überblick bei *Bell/ Eagle*, Cross Statutory Interpretation, 14 ff.

1254 Vgl. *Smith*, Williams: Learning the Law, 133. Die herausragende Bedeutung der ›literal rule‹ wird sehr deutlich auch bei *Zander*, The Law-Making Process, 39, der trotz seiner eigenen kritischen Einstellung die Überschrift wählt »the dominant rule is the literal rule«.

Man kann andererseits verstehen, weshalb es trotz des nach Ansicht von Harman J eindeutigen Wortlauts von s. 56 CA 1948 zu einem Streit um die Reichweite dieser Vorschrift und in dessen Folge zu dem Urteil kommen konnte. Die berichteten Urteile vor Erlaß des Companies Act 1948 zum share premium, welche die Diskussion um dessen rechtliche Behandlung stark beeinflußten, haben die Bewertung von Sacheinlagen nicht thematisiert. Daher haben offenbar viele das Problem auf die Behandlung von Bareinlagen beschränkt verstanden, wo ein eventuelles share premium leicht bestimmt werden kann. Bei allen Sacheinlagen tritt stets das Problem auf, wie diese zu bewerten sind. Vor dem Companies Act 1948 waren für Sacheinlagen verschiedene Alternativen der Bewertung und Buchführung in Gebrauch gewesen, unter anderem die Bestimmung der Kosten des aktivierten Vermögensgegenstands nach dem Nominalwert der ausgegebenen Anteile. Das Vorgehen der accountancy-Autoritäten, das zur Einführung von s. 56 CA 1948 geführt hatte, nämlich eine Bilanzierungsregel, die sie nicht als ›accountancy standard‹ durchsetzen konnten, mit Hilfe des Gesetzgebers in Form von ›law‹ festschreiben zulassen, war sehr ungewöhnlich.[1255] Die Klägerin nimmt in ihrer Argumentation implizit weiterhin an, daß Vorgaben für die Bilanzierung nicht im Gesellschaftsrecht zu finden seien und daß daher der Wortlaut der gesellschaftsrechtlichen Regel des s. 56 CA 1948 so zu interpretieren sei, daß er mit den überkommenen Regeln der Buchführung in Einklang stehe.

Bei Konzernbildungen, also bei Unternehmenserwerben oder wie im vorliegenden Fall der Einbringung in eine Holdinggesellschaft, besteht zudem die Gefahr, daß thesaurierte Gewinne der Tochtergesellschaften nicht mehr an die Gesellschafter der Muttergesellschaft ausgeschüttet werden können, sondern ›eingefroren‹ werden. Die Entscheidung in *Henry Head & Co Ltd v Ropner Holdings Ltd* führte zu genau diesem Ergebnis, welches die Klägerin als »undesirable« und »unfortunate kind of rigidity« einstufte. Deshalb versuchte sie gegen eine weite Auslegung von s. 56 CA 1948 zu argumentieren. Man muß auch bedenken, daß die Ansicht, als share premium vereinnahmte Kapitalbeiträge seien zumindest de lege ferenda wie share capital zu behandeln, in der Diskussion vor Erlaß des Companies Act 1948 nicht unbestritten war und daß die Gründe, die den Gesetzgeber letztlich zum Erlaß von s. 56 CA 1948 angeleitet haben, nicht erkennbar sind. Vor diesem Hintergrund verwundern Versuche nicht, die gesetzliche Regelung eng auszulegen und die bisher nicht diskutierte Frage von Sacheinlagen herauszuhalten.

b) Diskussion nach diesem Urteil

In den Accountancy-Zeitschriften wurde die Entscheidung *Henry Head & Co Ltd v Ropner Holdings Ltd* nicht kritisiert, spiegelte sich darin doch die Rechtsauffassung wieder, für welche die Vertreter der Buchhalter und Wirtschaftsprüfer

1255 *Napier/Noke*, Premiums, 810.

sich eingesetzt hatten.[1256] In Kreisen der Wirtschaft hingegen stieß das Urteil auf Ablehnung, da man sich mit dem Einfrieren von Vorerwerbsgewinnen nicht abfinden wollte.[1257] Der Streit um das richtige Verständnis von s. 56 CA 1948 ging weiter, obwohl die Entscheidung von Harman J keinen Interpretationsspielraum ließ.

Die Juristenschaft, die in der Auslegung von Rechtsnormen das letzte Wort hatte, war unter sich gespalten. Die Frage wurde zum Beispiel bei der Revision des englischen Gesellschaftsrechts durch das Jenkins Committee erörtert. In der Diskussion wurde sowohl die Auffassung vertreten, die Bestimmung der Kosten, zu denen ein Sacheinlagegegenstand auf der Aktivseite der Bilanz ausgewiesen werden müsse, sei nach dem Marktwert des Einlagegegenstands vorzunehmen, andererseits wurde auch vertreten, die Kosten einer Sacheinlage seien nach dem Nominalwert der dafür hingegeben Anteile zu bestimmen.[1258] Wenngleich der offizielle Bericht des Jenkins Committee anregte, jedes wirtschaftliche Agio s. 56 CA 1948 zu unterwerfen und dies durch eine Neuformulierung der Vorschrift jedem Zweifel darüber zu entziehen[1259], fand die Wirtschaft auch später noch Juristen, die ihren Wunsch nach Flexibilität durch die Rechtsansicht stützten, s. 56 CA 1948 enthalte keine verpflichtende Regel zur Bewertung und Bilanzierung von Sacheinlagen, sondern knüpfe an die allgemein akzeptierten Regeln für die Buchführung an, welche seit jeher eine Bewertung von Sacheinlagen zum Nominalwert der ausgegebenen Anteile zuließen.[1260] Dabei wurde die Entscheidung in *Henry Head* teilweise offen als falsch kritisiert.[1261] Man hoffte offenbar, daß andere Richter des High Court of Justice dem Spruch von Harman J, der für sie nicht bindend war[1262], nicht folgen würden oder daß ein höherrangiges Gericht ihn ablehnen würde.

Die Praxis der Buchführung in den Unternehmen machte sich die nicht eindeutige Rechtslage, die durch die verschiedenen Ansichten zur richtigen Auslegung von s. 56 CA 1948 und die Kritik an der Entscheidung *Henry Head* entstanden war, zunutze und ging zunehmend dazu über, Sacheinlagen zum Nominalwert der dafür ausgegebenen Anteile zu bilanzieren.[1263] Anfänglich widersetzten sich die Wirtschaftsprüfer den Bestrebungen der Unternehmen noch.[1264] Mit der Zeit aber akzeptierten die Accountants diese Praxis, so daß im Jahr 1980 in dem sogleich eingehend zu betrachtenden Urteil *Shearer (Inspector*

1256 *Napier/Noke*, Premiums, 820.
1257 *Davies/Worthington*, Principles, 262 berichten: »This caused something of a furore in commercial circles«.
1258 Darstellung der Diskussion bei *Napier/Noke*, Premium, 820 f.
1259 *Napier/Noke,* Premiums, 821.
1260 *Napier/Noke*, Premiums, 823.
1261 *Napier/Noke*, Premiums, 823.
1262 S. die Ausführungen in dem späteren Urteil *Shearer v Bercain Ltd* [1980] 3 All ER 295, 304.
1263 *Napier/Noke*, Premiums, 821.
1264 Vgl. das Beispiel in *Napier/Noke*, Premiums, 821.

of Taxes) v Bercain Ltd festgestellt wurde, es gebe keine einheitliche Buchführungspraxis bei Sacheinlagen und die Behandlung sei »largely a matter of personal opinion«.[1265]

Rechtspolitisch machte das ICAEW Vorschläge, die Bilanzierung von Sacheinlagen zum Nominalwert der Anteile auf bestimmte Fälle von Unternehmenszusammenschlüssen, ›mergers‹, zu beschränken. In einem Entwurf für accounting standards aus dem Jahr 1971 (Exposure Draft 3, ED 3) wurde gefordert, eine Bewertung von Sacheinlagen zu einem anderen als deren aktuellen wirtschaftlichen Wert nur zuzulassen, wenn das erworbene Unternehmen weitergeführt werde und das erwerbende Unternehmen mindestens 90% der Anteile erwürbe. Dadurch sollte eine Zerschlagung des erworbenen Unternehmens (›asset stripping‹)[1266] ebenso verhindert werden wie der Kauf von ausschüttbaren Gewinnen durch Ausgabe von Anteilen[1267].

Diskutiert wurde diese Art der Bilanzierung von Unternehmenszusammenschlüssen als ›merger accounting‹.[1268] Man darf sich von dieser Begrifflichkeit nicht verwirren lassen. ›Merger accounting‹ kennt man als synonyme Bezeichnung der früher sehr verbreiteten ›pooling of interest‹-Methode bei der Kapitalkonsolidierung im Konzernabschluß.[1269] Bei dieser Methode können im Fall eines Unternehmenszusammenschlusses in der konsolidierten Konzernbilanz die Vermögensgegenstände der Tochtergesellschaft zu ihren Buchwerten übernommen werden. Soweit diese Buchwerte die Nominalwerte der dafür ausgegebenen Anteile übersteigen, ist der Mehrwert auf der Passivseite der Bilanz in eine ›merger reserve‹ einzustellen. Für die Frage, ob eine Dividende an die Gesellschafter ausgeschüttet werden kann, ist im englischen Recht genauso wie im deutschen Recht nicht die Konzernbilanz maßgeblich, sondern der Einzelabschluß der Muttergesellschaft.[1270] Der Rechtsrat, den die beklagte Ropner Holdings Ltd im Fall *Henry Head* erhalten hatte, nämlich daß s. 56 CA 1948 zwingende Vorgaben sowohl für den Einzelabschluß als auch für die Konzernbilanz enthalte, macht verständlich, daß die Problematik oft unterschiedslos als ›merger accounting‹ erörtert wurde. Der Sache nach geht es bei der Frage nach der Beschränkung von Dividendenzahlungen durch s. 56 CA 1948 jedoch nur um den Einzelabschluß der Konzernobergesellschaft, wenn man so will also um »merger accounting auf Einzelabschlußebene«.

1265 *Shearer v Bercain Ltd* [1980] 3 All ER 295, 298. Einzelne Beispiele, in denen diese Bilanzierung akzeptiert wurde, bei *Napier/Noke*, Premiums, 822.

1266 *Napier/Noke,* Premiums, 822.

1267 *Noke*, Why not distribute share premiums?, 46.

1268 Vgl. *Napier/Noke*, Premiums, 811 und passim.

1269 Vgl. die Begriffserklärung in Gabler Wirtschaftslexikon, http://wirtschaftslexikon.gabler.de/Archiv/131645/pooling-of-interests-methode-v8.html.

1270 Für das englische Recht *Holgate*, Accounting Principles, 160 und *Shearer v Bercain Ltd* [1980] 3 All ER 295, 312.

c) Das Urteil *Shearer (Inspector of Taxes) v Bercain Ltd*

Die Entscheidung *Shearer (Inspector of Taxes) v Bercain Ltd*[1271] beendete die Diskussionen um den Anwendungsbereich von s. 56 CA 1948, soweit sie de lege lata geführt worden waren. Auch nach diesem Urteil sind Sacheinlagen zu ihrem wahren wirtschaftlichen Wert zu bilanzieren und ein eventueller Überschuß über den Nominalwert der ausgegebenen Anteile ist in den share premium account einzustellen.

Dem Urteil liegt folgender Fall zugrunde. Die Bercain Ltd war eine Holdinggesellschaft, die Anteile an zwei Limited Companies gegen Ausgabe eigener Anteile zum Nominalwert von GBP 4,100 erworben hatte. Der wahre Wert der beiden Gesellschaften betrug GBP 96,000, so daß die Bercain Ltd nach der Transaktion einen share premium account in Höhe von GBP 91,900 ausgewiesen hat. Die Tochtergesellschaften überwiesen in der Folge Vorerwerbsgewinne von etwa GBP 36,000 an die Holding, welche daraufhin ihre Beteiligungen an den beiden Gesellschaften um denselben Betrag abschrieb und die entsprechende Summe selbst nicht als Gewinn auswies. Die Steuerbehörden rechneten die ausgeschütteten Vorerwerbsgewinne der Tochtergesellschaften den Gewinnen der Holding hinzu und besteuerten auf dieser korrigierten Grundlage. Dagegen wandte sich die Bercain Ltd und gewann in erster Instanz. Die Krone legte Berufung ein. Nach den damals geltenden Steuergesetzen durfte die Besteuerung nicht unter Hinzurechnung der Vorerwerbsgewinne erfolgen, wenn die Steuerschuldnerin rechtlich verpflichtet war, den Mehrwert der Sacheinlage in einem share premium account auszuweisen, und die Vorerwerbsgewinne der Tochtergesellschaften nicht an ihre Gesellschafter ausschütten durfte. Die Krone argumentierte zu ihren Gunsten mit der oben erwähnten Rechtsauffassung zum Anwendungsbereich von s. 56 CA 1948 und dem Vorrang der accounting standards. S. 56 CA 1948 enthalte keine Verpflichtung, Sacheinlagen zu ihrem wahren Wert in die Bücher aufzunehmen und entsprechend einen share premium account auszuweisen. Nur wenn Sacheinlagen tatsächlich zu einem höheren Wert als dem Nominalwert der dafür ausgegebenen Anteile bilanziert würden, finde s. 56 CA 1948 Anwendung. Bei Sacheinlagen sei eine Bewertung zum wahren Wert nach gängiger accounting-Praxis jedoch optional.[1272]

Walton J verwarf in *Shearer (Inspector of Taxes) v Bercain Ltd* die Argumentation der Krone und stützte sich dazu nicht nur auf die Entscheidung *Henry Head*, sondern ergänzte die Wortlautauslegung in dem früheren Urteil um inhaltliche Aspekte. Seine Auslegung von s. 56 CA 1948 wird wesentlich von der ›mischief rule‹ getragen, nach welcher der Inhalt einer Norm innerhalb ihres Wortlauts danach bestimmt werden kann, welchen Übelstand der Gesetzgeber

1271 *Shearer v Bercain Ltd* [1980] 3 All ER 295.
1272 *Shearer v Bercain Ltd* [1980] 3 All ER 295 und 298 f.

durch seine Intervention beseitigen wollte.[1273] Den zu beseitigenden Übelstand sieht Walton J in der Rechtslage, die vor dem Companies Act 1948 galt, nämlich das Gesellschaften ›capital‹, das einmal als ›share premium‹ aufgebracht worden ist, wieder an die Gesellschafter auszahlen konnten.[1274] Eine solche Ausschüttung sei wirtschaftlich unvernünftig und gegen die Interessen der Gesellschafter, die das premium eingezahlt hätten. Die Gesellschafter müßten den vollen Gegenwert für ihre Anteile aufbringen, dieser Wert jedoch würde durch eine anschließende Auszahlung wieder verringert.

»(…) however good law this may be *[viz. der Zustand vor 1948]*, this is pretty poor economics, and very adverse to the interest of any shareholders who have paid a premium for their shares. In substance, in paying a premium they will have paid the full value of their slice of assets of the company, which is then diminished by the payment out of the premium.«[1275]

Die Begründung, die frühere Rechtslage habe den Schutzinteressen der Neugesellschafter nicht genügend Rechnung getragen und sei daher als wirtschaftlich unvernünftig und rechtlicher Mißstand zu bewerten, hinkt ein wenig. Sie beachtet zum einen nicht, daß die verpönte Ausschüttung nicht sofort und in voller Höhe erfolgen muß, sondern eventuell erst Jahre später zu einem Teil erfolgen und dann wirtschaftlich vernünftig sein kann. Sie beachtet ferner nicht, daß eine Ausschüttung anteilig auch den Neugesellschaftern zugute kommen wird, die das premium zahlen mußten, und die Aufbringung des Agios jedenfalls dadurch gerechtfertigt sein wird, daß eine Verwässerung von Altanteilen nur so verhindert werden kann.[1276]

Man sieht an dieser Stelle, daß die Frage nach der korrekten Behandlung von share premiums vor 1948 nicht ausdiskutiert war und der Gesetzgeber bei der Einführung von s. 56 CA 1948 keine klar erkennbaren Ziele verfolgt hat. Der Richter war daher genötigt, die Auslegung des Gesetzes nach seinem subjektiven Verständnis vom Zweck der Norm vorzunehmen. Jedenfalls aber sieht Walton J richtig, daß die Gefahr einer Ausschüttung eines einmal aufgebrachten share premium nicht nur bei Bareinlagen gegeben ist, sondern auch bei Sacheinlagen droht. Wenngleich er annimmt, daß vor dem Companies Act 1948 kaum jemand bei einem ›premium‹ an eine Sacheinlage gedacht haben dürfte, ist er überzeugt, daß die Gesetzesverfasser s. 56 CA 1948 bewußt so formuliert haben, daß der Gefahr von Auszahlungen an die Gesellschafter in jeder denkbaren Form begegnet würde.

1273 Zur mischief rule bei der interpretation of statutes *Smith*, Williams: Learning the Law, 137 ff.

1274 *Shearer v Bercain Ltd* [1980] 3 All ER 295, 300.

1275 *Shearer v Bercain Ltd* [1980] 3 All ER 295, 300.

1276 Ähnlich *Noke*, Why not distribute share premiums?, 44, der ohne Unterscheidung von Alt- und Neugesellschafter der Ansicht ist, daß eine Ausschüttung in jedem Fall vorteilhaft sei, wenn man rationales Handeln der Geschäftsführer unterstellt.

»Prior to the coming into force of the 1947 Act, I do not think that many company lawyers would have thought of a premium on the issue of shares as being anything other than a cash payment (...). In the case of the acquisition of valuable assets for shares of a less nominal value, however, precisely the same situation could arise, because in such a case there was nothing to prevent the company from writing up the value of those assets to their true worth, and distributing the resulting surplus over the nominal value of the shares issued in exchange as dividend. Accordingly, when they came to frame the provisions of s 56, the framers did not simply provide for the issue of shares at a cash premium.«[1277]

Um die Gleichbehandlung von Bar- und Sacheinlagen sicherzustellen habe der Gesetzgeber s. 56 CA 1948 bewußt so formuliert, daß der share premium account bei Sacheinlagen nach dem »value of the premiums« zu bestimmen sei. Damit habe der Gesetzgeber eine Bewertung des Einlagegegenstands vorausgesetzt, die nur nach dessen wahren Wert vorgenommen werden könne.[1278] Eine solche Bewertung nähmen die Geschäftsführer ohnehin in jedem Fall einer Anteilsausgabe vor. Denn die Pflichten der Geschäftsführer umfaßten bei einer Anteilsausgabe, sich zu vergewissern, daß der Wert der ausgegebenen Anteile und der Wert des dafür eingebrachten Gegenstands in einem angemessen Verhältnis stünden. Notwendig müßten die Geschäftsführer daher eine Vorstellung sowohl vom Wert des eigenen Unternehmens wie von dem Einlagegegenstand haben.[1279] Walton J unterscheidet bei seinen Ausführungen nicht zwischen Unternehmen, die als Sacheinlage eingebracht werden, und anderen Sacheinlagen. Die Pflicht zur Bewertung des Einlagegegenstands besteht in allen Fällen einer Sacheinlage.

Da die Geschäftsführer nach dieser Ansicht bei jeder Anteilsausgabe eine genaue Vorstellung entwickeln müssen, welcher Wert jeweils Anteilen und Einlagegegenstand zuzuweisen sei, überzeugt den Richter das Gegenargument der Krone nicht, s. 56 CA 1948 sei auf solche Fälle zu beschränken, in denen die Vertragsparteien einen bestimmten Wert festgeschrieben hätten, den der Einlagegegenstand erreichen müsse. Sollte das Gesetz nicht jedes wirtschaftliche Agio erfassen, sondern nur einen Mehrwert, den die Parteien selbst beziffert hätten, läge darin für Walton J eine alberne und nicht umsetzbare Unterscheidung.

»The amount of the premium must therefore in all cases be a matter of interest and concern to the directors. That being so, there can be no possible ground for the legislature having made such a ludicrous and totally unworkable distinction between cases where there is a stated and cases where there is no stated premium, and distinct from the factual position whether shares have or have not actually been issued at a premium.«[1280]

1277 *Shearer v Bercain Ltd* [1980] 3 All ER 295, 301.
1278 *Shearer v Bercain Ltd* [1980] 3 All ER 295, 301.
1279 *Shearer v Bercain Ltd* [1980] 3 All ER 295, 307 f.
1280 *Shearer v Bercain Ltd* [1980] 3 All ER 295, 311.

Die Krone argumentierte für ein Verständnis der englischen Agioregelung, das den Regelungen im deutschen und europäischen Recht entspricht, ohne auf diese Rechtsordnungen zu verweisen. Schwierigkeiten bei der Bewertung von Sacheinlagen hätten bei diesem Verständnis vermieden werden können. Den Richter, der jede Dividende aus dem Eigenkapital, das die Gesellschafter selbst aufgebracht haben, als wirtschaftlich unsinnig abgelehnt hat, konnte eine solche Unterscheidung nicht überzeugen. Er faßt sein Verständnis von s. 56 CA 1948 folgendermaßen zusammen:

»(...) any attempt to divide cash premiums from non-cash premiums in the light of s. 56 is hopeless. Shortly put, whatever is purchased with capital in the shape of shares itself, or an equivalent amount, is itself to be treated as capital. That is the intent of s. 56, and, in my judgement, it achieves that end.«[1281]

Für die steuerrechtlich entscheidende Frage, ob Bercain Ltd von Gesetzes wegen gehindert war, Vorerwerbsgewinne der Tochtergesellschaften an die Gesellschafter der Holding auszuschütten, stützt sich Walton J nicht nur auf diese Auslegung von s. 56 CA 1948. Er verweist zudem auf Schedule 8 § 15 (5). Diese Vorschrift behandelt, wie gesehen, den sehr speziellen Fall, daß in einem Konzern ausnahmsweise keine Konzernbilanz aufgestellt wird, und regelt in diesem Zusammenhang, daß Vorerwerbsgewinne von Tochtergesellschaften nicht an die Gesellschafter der Muttergesellschaft ausgeschüttet werden dürfen. Wegen der allgemein gehaltenen Formulierung »for that or any other purpose« versteht der Richter die Vorschrift nicht beschränkt auf diesen speziellen Fall, sondern als allgemeines Verbot der Ausschüttung von Vorerwerbsgewinnen.[1282] Auch deshalb war die Bercain Ltd gesetzlich verpflichtet, die thesaurierten Gewinne der Tochtergesellschaften nicht an ihre eigenen Gesellschafter auszuschütten. Eine Besteuerung dieser Gewinne war nicht zulässig.

d) Reaktion auf Shearer v Bercain in Companies Act 1981

War die Rechtslage de lege lata durch das Urteil *Bercain Ltd* eindeutig geklärt, so wurden die Forderungen nach einer Gesetzesänderung umso dringlicher. Die Unternehmen sahen keinen wirtschaftlichen Sinn darin, Sacheinlagen wie Bareinlagen zu behandeln, insbesondere wenn diese Gleichbehandlung dazu führen sollte, Vorerwerbsgewinne einzufrieren. Diese Einschätzung hatte Richter Harman in der Entscheidung *Henry Head* geteilt. Walton J hat die Anwendung von s. 56 CA 1948 auf Sacheinlagen hingegen damit begründet, daß andernfalls die wirtschaftlich unsinnige Rechtslage herrsche, daß Eigenkapital, welches durch Sacheinlagen eingebracht worden ist, an die Gesellschafter ausgeschüttet werden könnte.

1281 *Shearer v Bercain Ltd* [1980] 3 All ER 295, 311.
1282 *Shearer v Bercain Ltd* [1980] 3 All ER 295, 312.

Als Reaktion auf das Urteil *Shearer v Bercain Ltd* machten sowohl die Juristen (Law Society) wie auch die Unternehmen (Confederation of British Industries, CBI) und die Wirtschaftsprüfer (Consultative Committee of Accountancy Bodies, CCAB) Eingaben an das zuständige Ministerium, das damalige Department of Trade and Industry.[1283] So breit das Meinungsspektrum in der Diskussion um die korrekte Behandlung von share premiums zuvor auch gewesen war, jetzt zu Beginn der 1980er Jahre war man sich einig, daß das Urteil *Shearer v Bercain Ltd* schwerwiegende Folgen für die englische Wirtschaft haben würde, da es die Rechtmäßigkeit des in der Vergangenheit häufig angewandten merger accounting in Zweifel ziehe und zukünftig Unternehmenszusammenschlüsse und Umstrukturierungen im Konzern zu erschweren drohe.[1284]

Der Gesetzgeber hat im Companies Act 1981 auf diese Sorgen reagiert. Die Grundregel, daß Sacheinlagen zu ihrem wahren Wert in die Bücher aufzunehmen sind und ein aus dieser Buchführung resultierendes share premium im wesentlichen gleich wie share capital zu behandeln ist, wurde jedoch nicht aufgegeben. Offenbar erachtete der Gesetzgeber die Gleichbehandlung von Bar- und Sacheinlagen grundsätzlich als sinnvoll. In besonderen Fällen führte der Companies Act 1981 jedoch Ausnahmen von dieser Regel ein, nämlich bei bestimmten Unternehmenszusammenschlüssen (›merger relief‹) und Konzernumstrukturierungen (›group reconstruction relief‹). Die befürchteten nachteiligen Auswirkungen auf die englische Wirtschaft in Folge von *Shearer v Bercain Ltd* wogen in der Abwägung des Gesetzgebers schwerer als die konsequente Durchsetzung des Grundgedankens von s. 56 CA 1948. Die Vorschrift des Schedule 8 § 15 (5), die so ausgelegt worden war, daß sie ein allgemeines Verbot der Ausschüttung von Vorerwerbsgewinnen an die Gesellschafter der Obergesellschaft enthalte, wurde gänzlich gestrichen.[1285] Die Unternehmen haben sich demnach mit ihrem wichtigsten Anliegen durchgesetzt, daß die Bildung und Umstrukturierung von Konzernen wegen ihrer großen Bedeutung für die Wirtschaft nicht durch das Gesetz erschwert werden sollten.

Die Vorschriften über die Ausnahme des ›merger relief‹[1286] sehen vor, daß kein share premium account zu bilden ist, wenn ein Unternehmen durch Ausgabe seiner eigenen Anteile ein anderes Unternehmen erwirbt und nach Abschluß der Transaktion mindestens 90% der Anteile an dem anderen Unternehmen besitzt.[1287]

1283 Vgl. *Napier/Noke*, Premiums, 825.

1284 Vgl. *Napier/Noke*, Premiums, 825.

1285 *Napier/Noke*, Premiums, 825.

1286 Heute s. 612 und 613 CA 2006, damals der im wesentlichen inhaltsgleiche s. 37 CA 1981.

1287 Berücksichtigt werden Anteile, die als »equity shares« ausgegeben sind. Damit sind neben Stammaktien auch solche Vorzugsaktien gemeint, die entweder ein unbeschränktes Dividendenbezugsrecht oder ein unbeschränktes Recht bei der Verteilung des Liquidationserlöses gewähren, vgl. s. 616 (1) iVm s. 548 CA 2006. Gibt es mehrere Klassen von equity shares, muß die 90%-Schwelle hinsichtlich aller Klassen erreicht werden, s. 613 (4) CA 2006.

Anteile an dem erworbenen Unternehmen, welche das erwerbende Unternehmen schon vor der Transaktion besessen hat, werden zur Bestimmung der 90%-Schwelle mitberücksichtigt.[1288] Warum die Erleichterung ›merger relief‹ auf Fälle beschränkt ist, in denen die Obergesellschaft nach der Transaktion mindestens 90% der Anteile an der Tochter besitzt, ist nicht erkennbar. Vermutlich hat der Gesetzgeber den früheren Vorschlag des ICAEW in dem erwähnten ED 3 aufgegriffen, merger accounting erst in solchen Fällen anzuwenden.[1289] Dieser Vorschlag war jedoch seinerzeit schon als willkürlich kritisiert worden. Dabei war darauf hingewiesen worden, daß in den USA eine vergleichbare Prozentgrenze, ab der merger accounting zulässig sein soll, abgelehnt worden war.[1290]

Wird die 90%-Schwelle erreicht, ist die ›merger relief‹ zwingend anzuwenden, d.h. es kann kein share premium account ausgewiesen werden.[1291] Ist das erworbene Unternehmen tatsächlich mehr wert als der Nominalwert der dafür ausgegebenen Anteile, stehen dem erwerbenden Unternehmen zwei Wege offen. Es kann entweder die Beteiligung an der Tochtergesellschaft in seinen Büchern mit dem Nominalwert der eigenen Anteile aktivieren und hinsichtlich des Mehrwerts stille Reserven bilden[1292], oder es kann den Mehrwert ausweisen und in eine entsprechende ›merger reserve‹ einstellen, die nicht den Beschränkungen des share premium account unterliegt[1293].

Die ›group reconstruction relief‹[1294] betrifft Fälle, in denen eine Tochtergesellschaft, deren Anteile zu 100% von der Holdinggesellschaft gehalten werden, weitere Anteile an die Holdinggesellschaft ausgibt und im Gegenzug eine Sacheinlage beliebiger Art erhält. Die Anteile können auch an eine Schwestergesellschaft ausgegeben werden, deren Anteile ebenfalls vollständig von der Holdinggesellschaft gehalten werden. Der Sacheinlagegegenstand kann aus dem Vermögen der Holdinggesellschaft oder jeder Konzerngesellschaft kommen, deren Anteile vollständig im Besitz der Holdinggesellschaft sind. In diesen Fällen muß die Sacheinlage nicht zu ihrem wahren Wert in die Bücher der Tochtergesellschaft aufgenommen werden. Statt dessen kann der Gegenstand zu den Kosten aktiviert werden, zu denen er ursprünglich von der anderen Konzerngesellschaft erworben wurde, oder zu den Buchwerten, mit denen er aktuell bei der übertragenden Gesellschaft geführt wird, wenn diese niedriger sind als die ursprünglichen Anschaffungskosten.[1295]

1288 S. 616 (3) lit. a) CA 2006.

1289 S.o. S. 494.

1290 Vgl. *Napier/Noke*, Premiums, 822.

1291 Vgl. die Erläuterung zu »merger relief and merger accounting« des ICAEW, abrufbar unter: http://www.icaew.com/en/members/practice-resources/icaew-practice-support-services/practicewire/news/merger-relief-and-merger-accounting.

1292 S. 615 CA 2006.

1293 *Ferran/Ho*, Principles, 100.

1294 S. 611 CA 2006.

1295 S. 611 (5) (a) CA 2006.

Damit eröffnet der group reconstruction relief dem Konzern die Möglichkeit, Vermögensgegenstände zu Buchwerten zwischen den Konzerngesellschaften zu verschieben. Nur sofern der so ermittelte Wert der Sacheinlage höher ist als der Nominalwert der dafür ausgegebenen Anteile, muß dieser Mehrwert in den share premium account eingestellt werden.[1296] Übernimmt die Tochtergesellschaft jedoch zugleich mit dem Vermögensgegenstand Verbindlichkeiten der Konzerngesellschaft, die den Vermögensgegenstand überträgt, ist der Buchwert dieser Verbindlichkeiten von dem Betrag abzuziehen, der in den share premium account eingestellt werden muß.[1297] Sofern die Voraussetzungen der ›group reconstruction relief‹ gegeben sind, können die Erleichterungen des merger relief nicht in Anspruch genommen werden.[1298]

Beide Ausnahmevorschriften bezwecken, Vermögenswerte, die vor dem Zeitpunkt der Konzernbildung oder der Konzernumstrukturierung von den Tochtergesellschaften erwirtschaftet worden sind, nach der jeweiligen Transaktion für eine Ausschüttung an die Gesellschafter der Konzernobergesellschaft zur Verfügung zu halten.[1299] Daher soll der Mehrwert des als Sacheinlage eingebrachten Unternehmens den ausschüttungsfähigen Rücklagen zugeführt werden oder zu stillen Reserven führen, bei Umstrukturierungen im Konzern sollen stille Reserven nicht aufgedeckt werden. So sollen die Sacheinlagen nicht zu einem ausschüttungsgesperrten share premium account führen, sondern die darin enthaltenen Werte sollen, gegebenenfalls nach gewinnerhöhender Aufdeckung der stillen Reserven, zu Ausschüttungen an die Gesellschafter verwendet werden können.

Damit sind ›merger relief‹ und ›group reconstruction relief‹ der Grundidee des ›merger accounting‹ bei der Konsolidierung von Konzernabschlüssen vergleichbar. Bei einer Konzernbilanzierung nach der Methode des ›merger accounting‹ soll fingiert werden, die aktuelle Konzernstruktur habe schon immer bestanden und alle Gewinne seien unter dieser Konzernstruktur erwirtschaftet worden.[1300] Beide Ausnahmevorschriften stufen die bloße Bildung oder Umstrukturierung eines Konzerns wirtschaftlich als nicht so bedeutsam ein, daß sie in rechtlicher Hinsicht Folgen auf die Bilanzierung oder die Ausschüttbarkeit von Gewinnen haben sollten.

Inhaltlich weichen beide reliefs des Companies Act 1981 allerdings von der ›merger accounting‹-Methode ab. Findet die ›merger relief‹ Anwendung, werden nicht die übernommenen Vermögensgegenstände zu ihren Buchwerten bilanziert, sondern die Beteiligung an der Tochtergesellschaft wird entweder zum Nominalwert der dafür ausgegebenen Anteile der Muttergesellschaft bilanziert, oder die Beteiligung wird zu ihrem wahren Wert bilanziert und der Mehr-

1296 S. 611 (2) und (3) CA 2006.
1297 S. 611 (4) CA 2006.
1298 S. 612 (4) CA 2006.
1299 *Ferran/Ho*, Principles, 103.
1300 Zum Grundprinzip des merger accounting s. *Napier/Noke*, Premiums, 812.

wert in eine ausschüttbare ›merger reserve‹ eingestellt. Findet die ›group reconstruction relief‹ Anwendung, werden wie beim ›merger accounting‹ die Buchwerte der übertragenen Vermögensgegenstände fortgeführt, anders als bei der Konzernbilanzierung ist jedoch ein Überschuß der Buchwerte über die Nominalwerte der dafür ausgegebenen Anteile nicht in eine unbeschränkte ›merger reserve‹ einzustellen, sondern in den ausschüttungsgesperrten ›share premium account‹.

Beide reliefs enthalten keine Vorgaben für die konsolidierten Konzernabschlüsse, sondern finden nur auf die Einzelabschlüsse der Gesellschaften Anwendung. Die Frage, ob und in welchen Fällen bei der Aufstellung von Konzernabschlüssen ›merger accounting‹ zur Anwendung kommen kann, hat der Gesetzgeber 1981 den accounting standards und damit den accounting authorities zur Beantwortung überlassen.[1301] International ist die pooling-of-interest-Methode (›merger accounting‹) bei der Konsolidierung von Konzernabschlüssen seit der Jahrtausendwende vermehrt in die Kritik geraten, da sie keinen ›true and fair view‹ auf die Situation des Konzerns erlaube.[1302] In England ist diese Bilanzierungsmethode bei Konzernabschlüssen nur mehr in wenigen Fällen zulässig.[1303] Die Ausnahmen ›merger relief‹ und ›group reconstruction relief‹, die nur für die Einzelabschlüsse der Unternehmen gelten, wurden von dieser internationalen Entwicklung in der Konzernbilanzierung nicht betroffen und sind unverändert in Kraft.

2. Einschränkung der zulässigen Verwendungsweisen

Die wichtigsten Änderungen an dem Grundkonzept des share premium account, das durch s. 56 CA 1948 in das englische Recht eingeführt worden war, stellen die beiden Ausnahmeregelungen des merger relief und des group reconstruction relief dar. Eine weitere bedeutende Änderung in der Behandlung des share premium erfolgte durch den Companies Act 2006, der die zulässigen Verwendungsmöglichkeiten des share premium account stark eingeschränkt hat.

Gemäß s. 611 ss. 3 CA 2006 kann der share premium account weiterhin verwendet werden, um Bonusanteile an die Gesellschafter auszugeben. Daneben ist es gemäß s. 611 ss. 2 CA 2006 nur noch zulässig, die Kosten für die Vorbereitung der Anteilsausgabe, die zu dem share premium führte, und die dabei zu zahlenden Provisionszahlungen an Banken aus dem share premium account zu bestreiten. Nicht mehr zulässig ist eine Verwendung zur Deckung von Kosten und Provisionszahlungen einer späteren Ausgabe von Anteilen oder Schuldver-

1301 *Napier/Noke*, Premiums, 826.

1302 Gabler Wirtschaftslexikon, http://wirtschaftslexikon.gabler.de/Archiv/131645/pooling-of-interests-methode-v8.html.

1303 Vgl. die Erläuterung zu »merger relief and merger accounting« des ICAEW, abrufbar unter: http://www.icaew.com/en/members/practice-resources/icaew-practice-support-services/practicewire/news/merger-relief-and-merger-accounting.

schreibungen, ebensowenig zur Finanzierung eines Disagios bei einer Ausgabe von Wertpapieren oder zum Rückerwerb von Anteilen oder Schuldverschreibungen.[1304] Eine effektive Verringerung des Haftungsfonds der Gesellschaft durch Verwendung des share premium account ist demnach nur noch in geringerem Ausmaß möglich. Der Unterschied in der Behandlung von share premium und share capital ist seit diesen Änderungen weniger groß. Auch das share capital kann gemäß s. 553 ss. 2 CA 2006 bis zu einer Obergrenze von 10% des Nominalwerts der Anteile dazu verwendet werden, Bankprovisionen zu bezahlen.

Die Einschränkung der zulässigen Verwendungsweisen des share premium account folgt weitgehend einem Vorschlag der Company Law Review Steering Group (CLR), welche die umfassende Revision des englischen Gesellschaftsrechts durch den Companies Act 2006 vorbereitet hat.[1305] Die CLR plädierte für die Aufgabe der Unterscheidung von share capital und share premium, soweit die europarechtlichen Vorgaben diese Vereinfachung zuließen. Für die europarechtlich nicht geregelten Private Limited Companies sollten nur noch ›non par value shares‹ zugelassen werden.[1306] Für die Public Limited Companies sollte die formale Unterscheidung in share capital und share premium zu keinen materiellen Unterschieden im Vergleich zu den Private Companies führen. Das Konzept des legal capital als Haftungsfonds sollte nicht aufgegeben werden.[1307] In diesen einheitlich zu bestimmenden Haftungsfonds sollten die gesamten Nettoerlöse bei der Ausgabe von Gesellschaftsanteilen einzustellen sein, mit anderen Worten sollten nur die Kosten der aktuellen Anteilsausgabe abgezogen werden können.[1308] Weitere Verwendungen sollten nicht zulässig sein. Als Begründung dafür, warum jede Limited Company einen so zu bestimmenden Haftungsfonds vorhalten soll, führt die CLR allein den notwendigen Schutz der Gläubiger an.[1309]

Der Gesetzgeber des Companies Act 2006 hat sich entschieden, auch bei Private Limited Companies an dem Konzept der ›par value shares‹ festzuhalten, um nicht in dieser grundsätzlichen Frage zwischen den beiden wichtigsten Gesellschaftsformen der Public und der Private Limited Company differenzieren zu müssen. Den Vorschlägen der CLR zur Bestimmung des Haftungsfonds hat sich der Gesetzgeber weitgehend angeschlossen. Dieser Umstand legt nahe, daß der Sinn der Vorschriften über den share premium account auch vom Gesetz-

1304 Beim Rückerwerb von Anteilen kann ein eventuelles share premium, das bei der Ausgabe dieser Anteile entstanden ist, zwar verwendet werden, jedoch nur unter sehr bestimmten Bedingungen, die sicherstellen, daß der Haftungsfonds nicht verringert wird, vgl. s. 687 (4) CA 2006 und dazu die Ausführungen bei *Davies/Worthington*, Principles, 307 ff.

1305 *Ferran/Ho*, Principles, 98, Fn. 209.

1306 CLR, Company Formation and Capital Maintenance, Summary/18+21.

1307 CLR, Company Formation and Capital Maintenance, Tz. 3.5 und Frage 47.

1308 CLR, Company Formation and Capital Maintenance, Tz. 3.21.

1309 CLR, Company Formation and Capital Maintenance, Summary/17.

geber im Schutz der Gesellschaftsgläubiger gesehen wird. Dasselbe Verständnis liegt der neueren Literatur zugrunde, die sich mit dem share premium befaßt.[1310]

C. Die Rechtslage unter dem Company Act 2006

Der historische Überblick über die Entwicklung des Rechts des share premium hat gezeigt, daß 130 Jahre lang de lege lata und de lege ferenda darum gestritten wurde, ob jede Gegenleistung, die einer Gesellschaft für neu ausgegebene Anteile zufließt, so zu behandeln sei wie share capital. Die Diskussion wurde darum geführt, ob es wirtschaftlich vernünftig sei und daher rechtlich geboten sein solle, Einlagen in Form eines share premium denselben Kapitalerhaltungsanforderungen zu unterwerfen wie Einlagen in Form des share capital. Ausgangspunkt der Diskussion war, daß beide Formen von Einlagen den Charakter von Eigenkapitalleistungen (›capital‹) aufweisen.

Mittlerweile ist die Rechtslage geklärt. Ein share premium ist hinsichtlich des Kapitalerhaltungsrechts im Grundsatz gleich zu behandeln wie share capital. Die Begründung dafür sieht man heutzutage darin, daß als Ausgleich für die beschränkte persönliche Haftung der Gesellschafter auf ihre Einlage ein Haftungsfonds erforderlich sei, der den Gläubigern Sicherheit biete. Dieser Haftungsfonds soll aus der gesamten Gegenleistung gespeist werden, welche die Gesellschafter für die Ausgabe von Gesellschaftsanteilen einbringen. Jedoch sind Ausnahmen von diesem Grundsatz vorgesehen in bestimmten Fällen, in denen das Interesse der Gesellschaften an flexibler Ausgestaltung von Konzernstrukturen höher gewichtet wird als die Interessen der Gläubiger an einem möglichst hohen Haftungsfonds.

Im folgenden sollen die derzeit geltenden gesetzlichen Regelungen zum share premium im Detail betrachtet werden. Besondere Aufmerksamkeit verlangt die Definition des ›premium‹. Im Vergleich zum deutschen Recht ist interessant zu sehen, daß das englische Recht nicht nur Mehrleistungen erfaßt, deren Höhe bei der Ausgabe eindeutig beziffert worden ist. Nicht sicher abzuschätzen ist jedoch, auf welche Formen eines (aus deutscher Sicht) materiellen Agios die Regeln anzuwenden sind. Namentlich Zuzahlungen, die unter den Gesellschaftern rein schuldrechtlich vereinbart werden, und freiwillige Mehrleistungen eines (meist wohl Allein-) Gesellschafters anläßlich einer Anteilsausgabe werfen Fragen auf, die in der englischen Literatur und Rechtsprechung noch keine Beachtung gefunden haben. Besonderes Augenmerk gilt ferner der Frage, wie konsequent der Grundsatz der Gleichbehandlung von share capital und share premium umgesetzt worden ist, nicht nur im Recht der Kapitalerhaltung, sondern auch im Kapitalaufbringungsrecht. Weiter soll darauf geachtet werden,

1310 Vgl. *Davies/Worthington*, Principles, 261 ff.; *Rickford*-Report, 939 ff.; *Noke*, Why not distribute share premiums?, 44.

welche Unterschiede zwischen den Gesellschaftsformen der PLC und der Ltd bestehen. Die Begründung, warum das share premium wie share capital zu behandeln ist, unterscheidet nicht nach den beiden Gesellschaftsformen, so daß ein weitgehender Gleichlauf der Regelung zu erwarten ist.

Im Anschluß an die Erörterung der Vorschriften zum share premium soll kurz auf die rechtliche Behandlung von wirtschaftlichen Einlagen eingegangen werden, die außerhalb des Zusammenhangs mit einer Anteilsausgabe in eine Gesellschaft eingebracht werden. Das englische Recht hat solchen Eigenkapitalbeiträgen lange Zeit keine Beachtung geschenkt. In jüngster Zeit ist jedoch die Frage aufgekommen, ob solche späteren Einlagen wie ein share premium zu behandeln sind.

I. Die derzeit geltenden Regeln zum share premium

1. Festsetzung des allotment price durch die directors

Bei der Gründung einer Gesellschaft bestimmen die Gründer natürlicher Weise selbst über die Zahl der auszugebenden Anteile und die erforderliche Gegenleistung. Später liegt die Zuständigkeit für die Entscheidung, ob neue Anteile ausgegeben werden sollen, gemäß s. 551 CA 2006 grundsätzlich bei den Gesellschaftern.[1311] Diese können eine Kapitalerhöhung in der Gesellschafterversammlung beschließen oder in der Satzung den directors die Befugnis übertragen, Anteile bis zu einer bestimmten Anzahl auszugeben. Für Public Limited Companies schreibt Art. 68 der Gesellschaftsrechtsrichtlinie diese Zuständigkeit der Gesellschafter, durch Beschlußfassung im konkreten Fall oder vorsorglich durch Satzungsregelung über eine Kapitalerhöhung zu befinden, zwingend vor. Für die europarechtlich nicht geregelten Private Limited Companies kehrt s. 550 CA 2006 das Regel-Ausnahme-Verhältnis der Zuständigkeit für eine Kapitalerhöhung um, wenn eine solche Gesellschaft nur ordentliche Anteile ausgegeben hat, also keine verschiedenen Klassen von (ordentlichen, rückerwerbbaren oder Vorzugs-) Anteilen kennt. Dann können die directors frei über Kapitalerhöhungen beschließen, wenn die articles of association keine Beschränkungen vorsehen.

Über die Höhe der Gegenleistung, den allotment price, entscheiden sowohl in Public wie in Private Limited Companies grundsätzlich die directors im Rahmen ihrer allgemeinen Geschäftsführungspflichten.[1312] Vorgaben eines Gesellschafterbeschlusses oder der Satzung müßten die Geschäftsführer beachten

1311 Bei Private Companies mit nur einer Anteilsklasse haben die directors gemäß sec. 550 CA 2006 mehr Befugnisse, es sei denn die articles of association schränken die Zuständigkeit der directors ein, vgl. hierzu auch*Siems* in Schall, Companies Act, sec. 550, Rz. 1 und sec. 551, Rz. 1.

1312 *Ferran/Ho*, Principles, 97.

(vgl. s. 551 ss. 2 CA 2006), jedoch wäre eine solche Beschränkung der Zuständigkeit der Geschäftsführer eine Ausnahme, nicht die Regel. Hierin unterscheidet sich das englische Recht von der Regelungstechnik des deutschen Aktien- und GmbH-Rechts, nach der grundsätzlich die Gesellschafter gleichermaßen über das ob einer Kapitalerhöhung beschließen wie auch über deren genaue Konditionen, jedoch ausnahmsweise die Bestimmung der Gegenleistung den Geschäftsführern und Vorständen überantworten können.[1313]

Der weite Entscheidungsspielraum der englischen directors wird durch ihre Pflicht gegenüber der Gesellschaft begrenzt, für jeden neu ausgegebenen Anteil eine möglichst hohe Gegenleistung zu erhalten. Die directors können Anteile nur dann gegen einen geringeren Betrag ausgeben, als diese Anteile wirtschaftlich wert sind, wenn dafür besondere Gründe vorliegen.[1314] Ein solcher Grund kann zum Beispiel die Plazierung von Anteilen an der Börse sein, die durch einen Rabatt unterstützt werden kann.[1315] Diese Pflicht, eine möglichst hohe Gegenleistung zu erzielen, führt bei Kapitalerhöhungen regelmäßig zu einem share premium.

2. Formeller oder wirtschaftlicher Begriff des ›share premium‹?

a) Keine gesetzliche Definition des ›share premium‹

Der Begriff des ›share premium‹ ist unter dem Companies Act 2006 gesetzlich nicht definiert. Als Ausgangspunkt für eine Definition kann s. 610 CA 2006 dienen, da diese Norm (bzw. ihre Vorgängervorschriften) am intensivsten diskutiert worden sind. Section 610 CA 2006 gibt in subsection 1 die Grundregel vor, daß jedes ›premium‹ in einen besonderen ›share premium account‹ einzustellen ist, und verfügt in subsection 4, daß die so bilanzierten Beträge grundsätzlich wie ›share capital‹ zu behandeln sind und nur im Fall einer förmlichen Kapitalherabsetzung wieder an die Gesellschafter ausgekehrt werden dürfen. S. 610 ss. 1 CA 2006 ist fast wortgleich mit dem früheren s. 56 ss. 1 CA 1948, der zu den oben geschilderten Interpretationsschwierigkeiten geführt hat. Er lautet:

1313 Vgl. zum deutschen Recht u. S. 756 (zur AG) und S. 945 (zur GmbH).

1314 *Lowry (Inspector of Taxes) v Consolidated African Selection Trust Ltd* [1940] 2 ALL ER 545, 565 per Lord Wright; im Anschluß an diese Ausführungen Walton J in *Shearer v Bercain Ltd* [1980] 3 All ER 295, 307 f., der die scheinbar entgegenstehende Entscheidung des House of Lords in *Hilder* v *Dexter* (1902) AC 474 (HL) dahingehend ›distinguished‹, daß der dort akzeptierte Verzicht auf ein höheres Entgelt bei der Anteilsausgabe im speziellen Fall durch die zuvor eingeräumte Option gerechtfertigt gewesen sei und nur bei einem solchen guten Grund die directors auf ein share premium verzichten könnten. Diesem Urteil folgt aus jüngerer Zeit die Entscheidung *Pettie v Thomson Pettie Tube Products Limited* [2000] ScotCS 298. Zur Höhe des allotment price auch *Ferran/Ho*, Principles, 97.

1315 *Ferran/Ho*, Principles, 97.

»If a company issues shares at a premium, whether for cash or otherwise, a sum equal to the aggregate amount or value of the premiums on those shares must be transferred to an account called «the share premium account«.«

Entgegen der sonstigen Angewohnheit englischer Gesetzgebung, die verwendeten Begriffe ausführlich zu definieren, findet sich zu dem in der Vergangenheit heftig umstritten Begriff des ›premium‹ weder in s. 610 CA 2006 noch in anderen Vorschriften ein Hinweis, welche Sachverhalte dieses zentrale Tatbestandsmerkmal umschreiben soll. Definiert wird lediglich der ›share premium account‹ als die Rücklage, die aus ›premiums‹ zu bilden ist. Das Verständnis des Begriffs ›premium‹ wird im Companies Act 2006 wie in den vorhergehenden Gesetzen vorausgesetzt. Der Gesetzgeber war offenbar einverstanden mit der Auslegung des Begriffs ›premium‹, wie sie von den Gerichten in den Entscheidungen *Henry Head*[1316] und vor allem *Shearer v Bercain Ltd*[1317] zu s. 56 CA 1948 vorgenommen wurde. Denn als der Gesetzgeber auf die Entscheidung *Shearer v Bercain Ltd* durch den Companies Act 1981 reagiert hat, hat er die in dem Urteil vorgenommene Auslegung nicht korrigiert, sondern mit ›merger relief‹ und ›group reconstruction relief‹ zwei engbegrenzte Ausnahmeregelungen eingeführt, welche auf dem Verständnis des ›premium‹ aufbauen, das die Gerichte zuvor ihren Entscheidungen zugrunde gelegt hatten.

Der Verzicht auf eine Definition des ›premium‹ im Companies Act 2006 kann durch den Hinweis auf die Entscheidungen *Henry Head* und *Shearer* nicht vollständig kompensiert werden. Denn in den genannten Entscheidungen wurde das ›premium‹ nur aus der Perspektive des Kapitalerhaltungsrechts diskutiert. In die Vorschriften über die Kapitalaufbringung kann dieses Begriffsverständnis nicht ohne weiteres übertragen werden. Zudem ist zu fragen, welche Bedeutung die nach den beiden Entscheidungen eingeführten Ausnahmevorschriften der merger relief und der group reconstruction relief auf die Begriffsbildung haben. Zuletzt gehen beide Entscheidungen unausgesprochen davon aus, das ›premium‹ werde durch die Bedingungen der Anteilsausgabe als Gegenleistung für die ausgegebenen Anteile bestimmt. Dieser formalrechtliche Ansatz steht in einem gewissen Spannungsverhältnis zur Begründung der Entscheidung in *Shearer v Bercain Ltd*, welche die Bestimmung der Höhe des ›premium‹ bei Sacheinlagen nicht von einer formalen Festsetzung abhängig macht, sondern vom tatsächlichen Wertzuwachs bei der Gesellschaft. Daraus erwächst die Frage, welche Folgen die wirtschaftliche Betrachtungsweise, die in Shearer v Bercain Ltd zur Begründung des Urteils gewählt worden ist, für die Bestimmung des ›share premium‹ haben wird.

1316 *Henry Head & Co Ltd v Ropner Holdings Ltd* [1952] 1 Ch 124.
1317 *Shearer v Bercain Ltd* [1980] 3 All ER 295.

b) Verständnis des ›share premium‹ in den Urteilen *Henry Head* und *Shearer v Bercain Ltd*

In den beiden genannten Urteilen haben die Richter entschieden, daß sowohl Barzahlungen wie auch Sachleistungen zu einem ›premium‹ im Sinne von s. 610 CA 2006 führen können, wenn deren Wert den Nominalwert der dafür ausgegebenen Anteile übersteigt. Der Wortlaut der Vorschrift »whether for cash or otherwise« läßt insoweit auch wenig Interpretationsspielraum.

Als Grundfall eines ›share premium‹ stellte man sich, wie gesehen, eine Kapitalerhöhung vor, bei der ein bestimmter Geldbetrag als Gegenleistung für die Ausgabe von Anteilen in bar zu zahlen ist und verstand den Überschuß über den Nominalwert der Anteile als ›premium‹. Unausgesprochen nahm man an, daß bei solchen Bareinlagen der Rechtsgrund für die Leistung eines ›premium‹ in den Bedingungen der Anteilsausgabe (›terms of issue of shares‹) liegt, also der Festsetzung einer betragsmäßig bestimmten Gegenleistung durch die directors und der Übernahme der Anteile durch den Erwerber zu diesen Konditionen. Bei einer Sacheinlage verhält es sich nach diesem Verständnis im wesentlichen nicht anders. Die Pflicht zur Leistung des Sacheinlagegegenstands liegt in den Bedingungen der Anteilsausgabe begründet. Das ›premium‹ ist so verstanden bei Bar- und Sacheinlagen der Mehrwert, um den die vereinbarte Gegenleistung den par value der ausgegebenen Anteile übersteigt. So wie der Nominalwert jedes Anteils in den Ausgabebedingungen festgelegt wird, so stellt man sich implizit vor, wird auch das ›premium‹ bei der Anteilsausgabe von der Gesellschaft bestimmt.

Nach dem Urteil *Shearer v Bercain Ltd* kommt es für die Berechnung des share premium bei Sacheinlagen allein darauf an, welchen wirtschaftlichen Wert diese verkörpern, nicht darauf, ob die Gesellschaft und der Erwerber der Anteile sich auf einen bestimmten Wert geeinigt haben, den der Einlagegegenstand haben muß oder zu dem der Gegenstand auf die insgesamt geschuldete Leistung anzurechnen ist. In dem Argument der Krone, bei der Bestimmung des ›premium‹ im Rahmen von s. 56 CA 1948 (jetzt s. 610 CA 2006) sei bei Sacheinlagen danach zu unterscheiden, ob ein solches ausdrücklich festgesetzt und dabei der Höhe nach bestimmt worden sei oder nicht, sah Walton J eine »ludicrous and totally unworkable distinction between cases where there is a stated and cases where there is no stated premium«[1318]. Der Richter blickte statt dessen auf den tatsächlichen Wertzuwachs bei der Gesellschaft.

Diese Betrachtung der tatsächlichen wirtschaftlichen Veränderungen bedeutet jedoch nicht zwangsläufig, daß die Leistung eines ›premium‹ seinen Rechtsgrund nicht in den ›terms of issue of shares‹ haben müsse. Walton J begründet seine Ansicht damit, die Geschäftsführer seien verpflichtet »to issue shares in their company for the best equivalent they can obtain«.[1319] Er geht davon aus,

1318 *Shearer v Bercain Ltd* [1980] 3 All ER 295, 311.
1319 *Shearer v Bercain Ltd* [1980] 3 All ER 295, 311.

das ›premium‹ sei nach dem wahren Wert der Gegenleistung (equivalent) zu berechnen, welche die Geschäftsführer für die Ausgabe der Anteile verlangten. Die von den Geschäftsführern vereinbarte Gegenleistung ist Teil der Bedingungen, zu denen die Anteilsausgabe erfolgt. In dem streitigen Fall enthielten diese Bedingungen eine Vereinbarung über die geschuldete Gegenleistung, nämlich die Anteile an den künftigen Tochtergesellschaften. Sie enthielten lediglich keine Vereinbarung über den Wert, zu dem diese Anteile angerechnet werden sollten. Fraglich war in diesem Streitfall allein, zu welchem Wert die Beteiligungen an den Tochtergesellschaften zu bilanzieren waren, wovon die Berechnung des ›premium‹ abhing. Nur zu dieser Frage stellt der Richter fest, es komme nicht darauf an, ob ein ›premium‹ in den Bedingungen der Anteilsausgabe beziffert worden sei.

Das Urteil *Shearer v Bercain Ltd* basiert hinsichtlich der Behandlung von Sacheinlagen auf derselben unausgesprochenen Vorstellung wie bei Bareinlagen, daß ein ›premium‹ aus dem Wert der Gegenleistung zu berechnen ist, welche die directors für die Ausgabe der Anteile fordern. Anders als das deutsche Recht und eventuell auch die Vorschriften der Gesellschaftsrechtsrichtlinie erfaßt s. 610 CA 2006 damit ein wirtschaftliches Agio, das in einer höherwertigen Sacheinlage liegt, nicht nur Aufgelder, die bei der Anteilsausgabe beziffert worden sind. Der Rechtsgrund für die Leistung des ›premium‹ muß jedoch stets in den ›terms of issue of shares‹ liegen.

Der Wortlaut von s. 610 ss. 1 CA 2006 »a company issues shares at a premium« ist unzweifelhaft erfüllt, wenn die Gesellschaft die Gegenleistung vereinbart, aus der sich das ›premium‹ berechnet. Die Vereinbarung eines ›premium‹ durch die Gesellschaft mittels der Vereinbarung der Gegenleistung für die ausgegebenen Anteile ist der Normalfall. Denkbar sind aber auch wirtschaftliche Einlagen, die zwar anläßlich einer Anteilsausgabe erfolgen und wirtschaftlich betrachtet ein Agio darstellen, jedoch ihren Rechtsgrund nicht in den Bedingungen der Anteilsausgabe finden, welche die Gesellschaft bestimmt hat. Denkt man an das deutsche Recht und die hier diskutierten Fallgruppen, fallen einem als Beispiele sogleich die freiwillige Einlage eines Alleingesellschafters und das Agio ein, das auf schuldrechtlicher Basis zwischen den Gesellschaftern vereinbart worden ist. In diese Gruppe fallen zudem Vorteile aus Nebengeschäften, die anläßlich einer Anteilsausgabe abgeschlossen werden und für die Gesellschaft besonders vorteilhaft ausgestaltet werden, z.B. der Erwerb eines Vermögensgegenstands vom Gesellschafter zu einem besonders günstigen Preis.

Dieselben Sachfragen können sich auch im englischen Recht stellen, sind allerdings bisher weder Gegenstand von Gerichtsentscheidungen gewesen noch in der Literatur erörtert worden. Betont man die wirtschaftliche Betrachtungsweise, mit der die Entscheidung *Shearer v Bercain Ltd* begründet worden ist, und sieht bei einer Anteilsausgabe auf die tatsächlichen Zahlungen, kann man zur Bestimmung eines ›premium‹ im Sinne von s. 610 CA 2006 auf das formalrechtliche Erfordernis verzichten, der Rechtsgrund der Gegenleistung müsse in den ›terms of issue of shares‹ liegen. Dieser formale Zusammenhang ist bisher ja auch nur unausgesprochen vorausgesetzt worden, nicht bewußt gefordert worden.

c) Das ›share premium‹ als Teil der ›consideration‹ für junge Anteile

aa) Die ›doctrine of consideration‹ im allgemeinen Vertragsrecht

Die unausgesprochene Vorstellung in den Urteilen *Henry Head* und *Shearer*, das ›share premium‹ sei Teil der Gegenleistung, die in den Bedingungen der Anteilsausgabe zwischen Gesellschaft und Investor vereinbart worden ist, hängt vermutlich mit der ›consideration doctrine‹ zusammen, die das englische Schuldrecht kennzeichnet. Nach der ›doctrine of consideration‹ ist ein Leistungsversprechen für den Versprechensempfänger nur durchsetzbar, wenn er selbst eine ›consideration‹ (Gegenleistung, Entgelt) versprochen oder geleistet hat.[1320] Bei Verträgen stellt das Versprechen oder Bewirken der eigenen Leistung die ›consideration‹ dar, die erforderlich ist, um die andere Vertragspartei an ihrem Leistungsversprechen festhalten zu können.[1321]

Die Lehre von der erforderlichen ›consideration‹ beruht auf einem Grundsatz der Gegenseitigkeit, demnach das Versprechen auf eine Leistung nur dann als Vertrag durchsetzbar sein soll, wenn jede Vertragspartei eine Leistung verspricht. Unentgeltliche Leistungsversprechen sollen gerichtlich nicht durchsetzbar sein.[1322] Nur ein Austauschvertrag (›bargain‹) ist nach diesem Verständnis ein gültiger Vertrag. Eine Ausnahme von diesem Grundsatz stellen Leistungsversprechen dar, die in einer besonderen Urkunde (›deed‹) geschlossen werden. Die Anforderungen an eine ›deed‹ unterscheiden sich unter anderem nach dem Aussteller der Urkunde und dem Rechtsgeschäft. Schriftform allein genügt nicht für die Ausfertigung einer ›deed‹.[1323]

Die für die Durchsetzbarkeit des Vertrages genügende ›consideration‹ wird traditionell sehr weit verstanden als »alles, was in den Augen des Gesetzes von Wert ist«, sei es daß der Empfänger des Vertragsversprechens nicht nur den versprochenen Vorteil erhält, sondern auch einen Nachteil erleidet, oder daß der Versprechende im Gegenzug für sein Versprechen selbst einen Vorteil erhält. Meist wird der Nachteil des Versprechensempfängers aus dem Blickwinkel des Versprechenden zu einem Vorteil führen (z.B. wenn der Käufer als Versprechensempfänger der Sachleistung selbst den Nachteil der Kaufpreiszahlung erleidet, wodurch der Verkäufer als Versprechender einen Vorteil erhält). Der Nachteil des Versprechensempfängers muß jedoch nicht notwendig beim Versprechenden zu einem korrespondierenden Vorteil führen (z.B. wenn der Ver-

1320 *Peel*, The Law of Contract, 78.

1321 *Peel*, The Law of Contract, 82.

1322 Die Ausgestaltung durch die doctrine of consideration stellt eine Besonderheit des englischen Rechts dar, der Grundgedanke jedoch, daß nicht jedes Leistungsversprechen durchsetzbar sein soll, ist auch dem deutschen Recht bekannt, das z.B. im Schenkungsrecht grundsätzlich eine notarielle Beurkundung verlangt (§ 518 Abs. 1 BGB).

1323 *Peel*, The Law of Contract, 181 f.

sprechensempfänger eine Leistung an einen Dritten bewirkt).[1324] Die ›consideration‹ ist also nach englischem Verständnis die Gegenleistung, die eine Vertragspartei im Austausch für das Leistungsversprechen der anderen Vertragspartei tatsächlich erbringt oder zu erbringen verspricht.

Die Gegenleistung muß grundsätzlich nicht gleichwertig sein, sofern ihr Minderwert nicht durch bloße Arithmetik erkennbar ist, so z.B. wenn als ›consideration‹ für das Versprechen, GBP 100,– zu zahlen, lediglich eine 1-Pfund-Münze hingegeben würde (»consideration need not be adequate«)[1325]. Die ›consideration‹ muß allein – in den Augen des Gesetzes – irgendeinen Wert verkörpern (»consideration must be of some value«)[1326] und direkt im Gegenzug für die Leistung der anderen Vertragspartei versprochen oder ausgetauscht werden, kann daher nicht in einer länger zurückliegenden Leistung erblickt werden (»consideration must not be past«)[1327]. Da es für eine ›consideration‹ ausreicht, wenn der Versprechensempfänger einen Nachteil erleidet, der Versprechende hingegen keinen eigenen Vorteil aus dem Vertrag zu ziehen braucht, muß die consideration nicht an den Vertragspartner gehen (»consideration need not move to promisor«).[1328] Da die ›consideration‹ die Gegenleistung des Versprechensempfängers sein soll, die durchsetzbare gegenseitige Verträge von nicht durchsetzbaren unentgeltlichen Leistungsversprechen abgrenzt, muß ›consideration‹ von dem Versprechensempfänger selbst geleistet werden (»consideration must move from the promisee«); dieser muß jedoch nicht notwendig das gesamte Entgelt allein aufbringen, sofern er zumindest einen Teil der ›consideration‹ selbst verspricht.[1329]

Eine gewisse Ausnahme von der Regel »consideration must move from the promisee« hat das Privy Council, die höchste Instanz für Rechtsstreitigkeiten in britischen Außengebieten und manchen Ländern des Commonwealth, in der Entscheidung *Fleming v Bank of New Zealand* zugelassen, indem es eine Leistung aus dem Vermögen des rechtsgeschäftlichen Vertreters (›agent‹) als ausreichende ›consideration‹ für die Vertragsbeziehung zwischen dem Vertretenen (›principal‹) und der Bank anerkannt hat.[1330] Diese Einzelfallentscheidung gründet sich auf die Besonderheiten des konkreten Falles, in dem der agent, der ohnehin dem »Lager des Vertretenen« zugerechnet werden kann und hier zudem in weiteren Geschäftsbeziehungen mit dem principal stand, die Leistung,

1324 *Peel*, The Law of Contract, 79 ff.

1325 *Peel*, The Law of Contract, 85 ff. Aus dem Kontext eines Gesetzes kann sich ergeben, daß die Werthaltigkeit einer consideration doch zu überprüfen ist, so z.B. im Erbrecht, s. Peel, The Law of Contract, 87, Fn. 75.

1326 *Peel*, The Law of Contract, 945 ff.

1327 *Peel*, The Law of Contract, 88 ff.

1328 *Peel*, The Law of Contract, 92.

1329 *Peel*, The Law of Contract, 91.

1330 *Fleming v Bank of New Zealand* [1900] A.C. 577; dazu *Peel*, The Law of Contract, 92.

welche der principal angewiesen hatte, in Kenntnis und mit Zustimmung der Bank durch eine andere Leistung ersetzt hat. Das Privy Council hätte selbst die in Rede stehende Leistung als ›consideration‹ des principal verstanden, sah sich an dieser Bewertung der Tatsachen aber offenbar durch die insoweit bindenden Annahmen der Vorinstanzen gehindert und suchte das in seinen Augen richtige Ergebnis dadurch zu erreichen, daß es die reine Rechtsfrage, wer die consideration zu leisten habe, dahingehend entschied, die ›consideration‹ müsse nicht in jedem Fall vom Versprechensempfänger selbst erbracht werden. Die Entscheidung zeigt losgelöst von den Besonderheiten des Einzelfalls – und dies ist für das Kapitalgesellschaftsrecht von Bedeutung, daß die Bestimmung der ›consideration‹ in besonders begründeten Fällen von den allgemeinen Grundregeln abweichen kann.

bb) Verständnis des englischen Kapitalgesellschaftsrechts als mehrseitiger Vertrag

Das englische Kapitalgesellschaftsrecht wird weitgehend als mehrseitiger Vertrag zwischen den Gesellschaftern und der Gesellschaft einerseits, sowie andererseits als mehrseitiger Vertrag der Gesellschafter untereinander verstanden, wobei diese Vertragsbeziehungen teilweise vom Companies Act gesetzlich reguliert sind (›statutory contract‹).[1331] Dieses Verständnis stützt man neben der Entwicklung des englischen Rechts der Kapitalgesellschaften aus dem Recht der Personengesellschaften und der großen Gestaltungsfreiheit, die das Gesetz den Gesellschaftern für die Ausgestaltung der Satzung (›company's articles‹) einräumt, insbesondere auf s. 33 CA 2006. Diese Vorschrift legt fest, daß der Verfassung der Kapitalgesellschaft (›company's constitution‹) dieselbe Wirkung zukommt, als ob zwischen der Gesellschaft und den Gesellschaftern entsprechende Vereinbarungen getroffen worden wären.[1332]

1331 *Peel*, The Law of Contract, 698; kritisch zum Verständnis des modernen Kapitalgesellschaftsrechts als multipolares Vertragsgebilde *Talbot*, Critical Company Law, 92 ff., insbes. 105 ff.

1332 *Peel*, The Law of Contract, 698; *Talbot*, Critical Company Law, 92. *Krebs/Stiegler* in Jung/Krebs/Stiegler, Gesellschaftsrecht, § 12 Rz. 314 formulieren, s. 33 CA 2006 stelle klar, daß Satzung kein rein zivilrechtlicher Vertrag sei, sondern lediglich wie ein Vertrag behandelt werde. Die Bedeutung der Vorschrift liegt m.E. vor allem darin klarzustellen, daß mehrheitlich gefaßte special resolutions, welche die company's consitution abändern, auch die Gesellschafter binden, die selbst nicht zugestimmt haben. Für konsentierte Vereinbarungen in den articles of association folgt die Bindung schon aus dem vertragsrechtlichen Verständnis der articles und der Eigenständigkeit der juristischen Person der Gesellschaft, für spätere Beschlußfassungen aus der eigenen Zustimmung des Gesellschafters. Das vertragsrechtliche Verständnis der Beziehungen zwischen Gesellschaftern und Gesellschaft wird durch diese Vorschrift weniger begründet, als es ihr zugrunde liegt.

Die ›company's constitution‹ setzt sich gemäß s. 17 CA 2006 aus den ›company's articles‹ sowie bestimmten Gesellschafterbeschlüssen zusammen. Im Einklang mit diesem Verständnis des Kapitalgesellschaftsrechts auf vertraglicher Grundlage wird die Anteilsausgabe (›allotment of shares‹) im englischen Gesellschaftsrecht als Vertrag zwischen der Gesellschaft und dem Erwerber verstanden, auf den die allgemeinen schuldrechtlichen Vorschriften anzuwenden sind, sofern das Gesellschaftsrecht keine speziellen Anforderungen enthält.[1333] Voraussetzung für die Durchsetzbarkeit des Versprechens der Gesellschaft, Anteile zuzuteilen, ist nach dem allgemeinen Schuldrecht eine ›consideration‹ des Investors. Die ›consideration‹ kann bei einer Anteilsausgabe in einer Bar- oder einer Sachleistung liegen (vgl. s. 582 ss. 1 CA 2006).[1334]

Typischerweise wird bei einem Vertrag die ›consideration‹ durch die Vertragsparteien selbst bestimmt. Die implizite Annahme in den Urteilen *Henry Head* und *Shearer*, die Bedingungen der Anteilsausgabe legten das share capital und das share premium fest, dürfte auf diese allgemeinen Grundsätze des englischen Schuldrechts zurückzuführen sein. Man fragt für die Bestimmung des share premium bei Sachleistungen, inwieweit die vereinbarte ›consideration‹, das ist das Entgelt, das der Gesellschafter für die Anteile leisten muß, den Wert des share capital übersteigt und errechnet daraus das ›share premium‹. Dabei nimmt man an, der Wert der gesamten ›consideration‹ diene entweder der Aufbringung des ›share capital‹ oder führe zu einem ›share premium‹.

cc) Die ›consideration‹ für junge Anteile als Gegenstand des Kapitalschutzes

Englischen Gesellschaftsrechtlern scheint die Vorstellung, daß die Kapitalschutzvorschriften auf die nach allgemeinen Regeln erforderliche ›consideration‹ des Gesellschafters anzuwenden sind, so selbstverständlich zu sein, daß die Reichweite des Kapitalschutzrechts in England nicht diskutiert wird. In deutschsprachiger Literatur zum englischen Gesellschaftsrecht findet sich die ausdrückliche Engführung von Kapitalaufbringungsrecht und doctrine of consideration.[1335]

Für die Richtigkeit dieser Interpretation läßt sich neben den dargestellten Urteilen *Henry Head* und *Shearer* noch der Sprachgebrauch des Companies Act 2006 anführen. Eine Definition des Begriffs ›consideration‹ enthält der Companies Act 2006 nicht. Schon dieser Verzicht auf eine eigenständige Definition deutet darauf hin, daß das Gesetz auf der Bedeutung aufbaut, die der Begriff ›consideration‹ üblicherweise im juristischen Sprachgebrauch hat. Neben der schon erwähnten Vorschrift des s. 33 CA 2006 läßt das Gesetz noch an einigen weiteren Stellen erkennen, daß es selbst das Kapitalgesellschaftsrecht

1333 *Davies/Worthington*, Principles, 815; *Heinz/Hartung*, Limited, 78; *Schall* in Schall, Companies Act, sec. 8, Rz. 2.

1334 Dazu *Neuling*, GmbH und private company, 146 f.

1335 *Neuling*, GmbH und private company, 146 f., jedoch ohne eingehende Begründung.

auf der Grundlage von Vertragsbeziehungen denkt und die Einlageleistung (wie man nach deutschem Verständnis sagen würde), die den Kapitalschutzanforderungen genügen muß, als die allgemeine schuldrechtliche ›consideration‹ versteht, die im Gegenzug für die Anteilsausgabe versprochen wird. So ist das Kapitel, in dem die Erfüllung der Einlageverpflichtung geregelt wird, überschrieben mit »Payment for Shares« (Part 17, Chapter 5). Die in Austauschverträgen übliche Formulierung ›payment‹ deutet darauf hin, daß das Gesetz die Einlageleistung analog zur Bezahlung in einem Austauschvertrag, beispielsweise einem Kaufvertrag versteht. Diese ›payment‹ ist nichts anderes als die Bewirkung der versprochenen ›consideration‹. Die Vorschrift s. 565 CA 2006, die eine Ausnahme vom Grundsatz des Bezugsrechts der Altaktionäre bei Sacheinlagen ermöglicht, ist überschrieben mit »Exception to pre-emption right: issue for non-cash consideration«. Im Wortlaut der Vorschrift ist dann nicht von einer ›non-cash consideration‹ die Rede, sondern die Formulierung lautet: »(…) equity securities if these are (…) wholly or partly paid up otherwise than in cash.« Die Begriffe ›consideration‹ und ›payment up‹ bedeuten hier dasselbe und werden auf der Grundlage des allgemeinen Vertragsrechts verstanden. Sehr deutlich wird das Verständnis des Gesetzes, das die ausgegebenen Anteile und die dafür geleistete Einlage als wechselseitige ›consideration‹ auf der Grundlage des allgemeinen Schuldrechts denkt, in den Bestimmungen, welche Ausnahmen von der Verpflichtung zum Ausweis eines share premium account zulassen. In s. 611 ss. 1 CA 2006 wird eine Ausnahme gewährt für shares, die »in consideration« für eine Sacheinlage ausgegeben werden; für s. 612 ss. 1 CA 2006 muß die Sacheinlage »in consideration for the shares allotted« geleistet werden.

Die erwähnte Ausnahme vom Bezugsrecht in s. 565 CA 2006 steht im Einklang mit der europarechtlichen Vorgabe des Art. 72 Abs. 1 der Gesellschaftsrechtsrichtlinie, die ein gesetzliches Bezugsrecht nur bei ›Bareinlagen‹ (deutsche Sprachfassung) bzw. ›consideration in cash‹ (englische Sprachfassung) verlangt. Mit den Begriffen ›cash consideration‹ (z.B. in s. 585 CA 2006) und ›non-cash consideration‹ (z.B. auch in Part 17, Chapter 6: »Independent Valuation of Non-Cash Consideration«) setzt das englische Kapitalgesellschaftsrecht die Anforderungen der Gesellschaftsrechtsrichtlinie um, wobei diese in ihren Artikeln von ›Bareinlagen‹ (englische Sprachfassung: ›consideration in cash‹) oder von ›Sacheinlagen‹ (›consideration other than in cash‹) spricht. Die Erfüllung von Bar- oder Sacheinlageverpflichtungen bezeichnet der Companies Act 2006 als ›payment up‹. Das englische Recht versteht diese Rechtsbegriffe auch in den Artikeln des Companies Act 2006, in denen es die Gesellschaftsrechtsrichtlinie umsetzt, nicht anders als in den übrigen Teilen des Companies Act 2006 und damit als die Gegenleistung, die nach den allgemeinen Grundsätzen des englischen Schuldrechts erforderlich ist, um die Rechte aus einem Vertrag gerichtlich durchsetzen zu können.

Wenn auch das englische Kapitalgesellschaftsrecht die Gegenleistung für junge Anteile auf der Grundlage der ›consideration‹ nach allgemeinem Schuldrecht versteht, erfordert doch der besondere Kontext des Kapitalgesellschaftsrechts Modifikationen an der allgemeinen ›doctrine of consideration‹. Rechtsprechung oder wissenschaftliche Vorarbeiten, die sich allgemein mit dem Recht der ›consideration‹ im Kapitalgesellschaftsrecht befaßten, liegen nicht vor. Es ist jedoch im schuldrechtlichen Schrifttum anerkannt, daß der Kontext eines Rechtsgebiets die Anforderungen an eine genügende ›consideration‹ beeinflussen kann. So kann beispielsweise im Erbrecht die Formulierung »full and valuable consideration« Anlaß sein, den Grundsatz »consideration need not be adequate« einzuschränken und im Einzelfall zu untersuchen, ob die konkrete Gegenleistung ausreichend »valuable« war.[1336]

Im Recht der Kapitalgesellschaften muß zum Beispiel der weit verstandene Grundsatz, daß als ›consideration‹ schon jede Gegenleistung in Frage kommt, die in den Augen des Gesetzes einen Wert hat, bei Public Limited Companies beschränkt werden, da s. 585 CA in Umsetzung von Art. 46 der Gesellschaftsrechtsrichtlinie höhere Anforderungen an die Sacheinlagefähigkeit stellt. Für die Private Limited Company hingegen geht man davon aus, daß jede Leistung, die nach allgemeinem Vertragsrecht als ›consideration‹ genügt, auch Gegenstand einer Sacheinlage sein kann.[1337] Nach diesem weiten Verständnis der ›consideration‹ ist nicht erforderlich, daß der Wert der Gegenleistung bilanzierbar ist. Im Rahmen der kapitalerhaltungsrechtlichen Vorschrift des s. 610 CA wird zwar die Bilanzierbarkeit (nach den alternativ zulässigen UK-GAAP oder IAS, vgl. s. 369 et seq. CA 2006) implizit vorausgesetzt, da nur bilanzierbare Vermögenswerte als Aktiva ausgewiesen werden können und in der Folge einen passivischen share premium account erforderlich machen.[1338] Die Tatsache, daß nach der Regelungstechnik des s. 610 CA 2006 nur bilanzierbare Leistungen die bilanzielle Kapitalziffer erhöhen können, führt jedoch nicht dazu, daß man all-

1336 *Peel*, The Law of Contract, 87 Fn. 75.

1337 Dazu im einzelnen u. S. 572 ff.

1338 Es wird bei dieser Argumentation vorausgesetzt, daß sich der Inhalt der Bilanzierungsregel in s. 610 CA 2006 darin erschöpft, die Bestimmung einer bilanzierbaren Sacheinlage zu ihrem wahren Wert vorzuschreiben, und darüber hinaus nicht verlangt wird, die Bilanzierbarkeit von Wirtschaftsgütern anders zu bestimmen als in den UK-GAAP oder IAS sonst üblich. S. 610 CA wird also nicht als Vorgabe verstanden, jede consideration für Anteile bilanziell zu erfassen, selbst wenn der Gegenstand nach allgemeinen Standards der Rechnungslegung nicht bilanzierbar wäre. Allerdings ist zu beachten, daß die Anteilsausgabe gegen Einlage als Austauschgeschäft verstanden wird. Wird ein immaterieller Vermögenswert als Sacheinlage eingebracht, ist von einem entgeltlichen Erwerb auszugehen, was auch nach internationalen Rechnungslegungsstandards zur Bilanzierbarkeit von immateriellen Vermögenswerten führen kann, vgl. beispielweise *Lüdenbach/ Hoffmann*, Das schwebende Geschäft als Vermögenswert, 1382 zur IAS-Bilanzierung entgeltlich erworbener Nutzungsrechte aus schuldrechtlichen Nutzungsüberlassungen.

gemein davon ausgeht, nur bilanzierbare Leistungen könnten als ›consideration‹ versprochen werden.[1339]

Im Recht der Kapitalgesellschaften wird man ferner davon ausgehen müssen, daß der Grundsatz der realen Kapitalaufbringung zumindest im Recht der Public Companies, dem die Beachtung dieses Grundsatzes durch die Gesellschaftsrechtsrichtlinie vorgegeben ist, dazu führen wird, die Regel »consideration need not move to promisor« einzuschränken, da eine Leistung, die nicht an die Gesellschaft selbst erbracht wird, nicht den Haftungsfonds der Gesellschaft stärkt. Die Frage, ob die Besonderheiten des Kapitalgesellschaftsrechts dazu führen müssen, auch Leistungen, die nicht in den Bedingungen der Anteilsausgabe vereinbart worden sind, jedoch anläßlich einer Anteilsausgabe erbracht werden, als ›consideration‹ im Sinne des Companies Act 2006 zu begreifen, wird sogleich eingehend erörtert.

Festhalten läßt sich an dieser Stelle, daß die Kapitalschutzvorschriften des englischen Kapitalgesellschaftsrechts auf die ›consideration‹ anzuwenden sind, die nach allgemeinem Schuldrecht zur Durchsetzbarkeit des Anteilsausgabevertrags erforderlich ist und in diesem Zusammenhang vom Gesellschafter an die Gesellschaft versprochen wird. Die zwingenden Vorgaben des Companies Act 2006 für derlei Anteilsausgabeverträge ändern nichts an dem grundsätzlichen Charakter der Anteilsausgabe als schuldrechtliches Austauschgeschäft Anteile gegen ›consideration‹.

Unbekannt ist dem englischen Recht die Unterscheidung des deutschen Rechts in Gegenleistungen, die für junge Anteile auf korporativer Grundlage (als mitgliedschaftliche Pflicht) erbracht werden, sowie Leistungen, die in diesem Zusammenhang als korporative Nebenleistungen (z.B. gemäß § 55 AktG) versprochen werden, und Leistungen, die auf rein schuldrechtlicher Basis versprochen werden. Jede Gegenleistung, die ein Gesellschafter der Gesellschaft

1339 Man könnte erwägen, den Begriff des ›premium‹ auf solche Formen einer zulässigen ›consideration‹ zu beschränken, die bilanziell abgebildet werden können. Dafür spricht, daß das Recht des ›share premium‹ seinen historischen Ausgangspunkt bei bilanzierbaren Gegenleistungen genommen hat und andere Leistungen den Zweck dieser Regeln über das ›share premium‹, den Haftungspuffer der Gesellschaft aufzufüllen, nicht erfüllen können. Allerdings fehlte dann ein Begriff für nicht bilanzierbare Mehrwerte. Wie soll man den wirtschaftlichen Wert einer nicht bilanzierbaren ›consideration‹, der den Betrag des share capital übersteigt, anders bezeichnen denn als ›share premium‹? Wenn nicht-bilanzierbare ›considerations‹ das share capital aufbringen können, was jedenfalls im Recht der Limited unstreitig so ist und im Recht der PLC dann anzunehmen ist, wenn die Gesellschaftsrechtsrichtlinie für die Sacheinlagenfähigkeit keine Bilanzierbarkeit voraussetzt (dazu *Grundmann*, Europäisches GesR, 170 Fn. 56), dann können nicht-bilanzierbare Gegenleistungen wohl auch ein vereinbartes ›share premium‹ aufbringen. Wenn ein ausdrücklich vereinbartes ›premium‹ durch eine nicht bilanzierbare Leistung aufgebracht werden kann, wird man jeden auf solche Weise eingebrachten Mehrwert als ›premium‹ bezeichnen.

für die Ausgabe neuer Anteile verspricht, ist ›consideration‹ und unterliegt den besonderen Kapitalschutzanforderungen des Companies Act 2006. Die gesamte Gegenleistung führt grundsätzlich entweder zu share capital (soweit sie als solches ausdrücklich festgesetzt ist) oder zu einem ›share premium‹ (soweit der Wert der Gegenleistung den Referenzbetrag des share capital übersteigt). Nach dem Grundgedanken des Rechts des ›share premium‹, daß bei Anteilsausgaben eine beliebige Aufteilung von Eigenkapitalbeiträgen auf das Haftkapital und auf ungebundene Rücklagen verhindert werden soll, muß die vereinbarte ›consideration‹ den beiden Formen des geschützten Kapitals (share capital und ›share premium‹) zugewiesen werden.

dd) Das ›share premium‹ als zusätzliche ›consideration‹ über das share capital hinaus

Das ›share premium‹ kann man demnach definieren als jede einlagefähige Gegenleistung, die ein (zukünftiger) Gesellschafter im Gegenzug für die Ausgabe junger Anteile an die Gesellschaft zu leisten verspricht und deren (objektiv zu ermittelnder wirtschaftlicher) Wert den Betrag des share capital übersteigt. Diese Definition ist unabhängig vom tatsächlichen Ausweis der Mehrleistung in der Bilanz der Gesellschaft allgemein und in dem speziellen share premium account im besonderen.

Das Gesetz selbst versteht den Bilanzausweis als regelmäßige Rechtsfolge eines ›premium‹, nicht aber als dessen Definiens. So regelt s. 615 CA 2006, daß Beträge, die ein ›premium‹ darstellen, das infolge der Ausnahmeregeln über die merger relief und die group reconstruction relief nicht in den share premium account einzustellen ist, entweder in der Bilanz gar nicht ausgewiesen werden oder jedenfalls nicht im share premium account. Dennoch bezeichnet das Gesetz an dieser Stelle den Wert solcher Mehrleistungen als ›premiums‹. Entsprechend kann man Mehrleistungen, die zwar nicht bilanzierbar sind, für die Gesellschaft jedoch wirtschaftlich wertvoll sind, als ›premium‹ ansehen, obwohl diese ebenfalls nicht bilanziell erfaßt werden.

Nach diesem Verständnis des ›premium‹ als Mehrwert der ›consideration‹ über den Betrag des share capital sind entgeltliche Leistungen an die Gesellschaft, die im Rahmen der Anteilsausgabe versprochen werden (in deutscher Terminologie entgeltliche verpflichtende Beiträge der Gesellschafter), grundsätzlich nicht ›premium‹ im Sinne des Companies Act 2006. Denn wenn die zusätzlichen Leistungen von der Gesellschaft nicht durch die Anteilsausgabe entgolten werden, sondern auf andere Weise, wird der Gesellschaft kein Mehrwert zugeführt, der im Rahmen von s. 610 CA 2006 zu einem ›premium‹ führen kann. Außerdem sind solche Leistungen grundsätzlich nicht Entgelt (›consideration‹) für die Anteilsausgabe, sondern stehen in einem Austauschverhältnis mit dem eigens vereinbarten Entgelt, das die Gesellschaft dafür entrichtet, und sind ›consideration‹ für diese weitere Leistung der Gesellschaft. Wenn jedoch durch einen solchen weiteren Austauschvertrag der Gesellschaft wirtschaftlich betrachtet ein Mehrwert zugeführt wird, dann könnte ein solches wirtschaftliches Agio dazu führen, auch diese weitere Austauschleistung als ›consideration‹ für die Anteilsausgabe zu begreifen. Diese Frage soll sogleich vertieft werden, wenn die Bestimmung der ›consideration‹ nach wirtschaftlichen Gesichtspunkten erörtert wird.

Denkbar sind des weiteren rein schuldrechtliche Vereinbarungen der Gesellschafter untereinander, an denen die Gesellschaft nicht beteiligt wird. Solche ›shareholder agreements‹ sind im englischen Gesellschaftsrecht grundsätzlich zulässig und auch weit verbreitet.[1340] Ob Vereinbarungen auf diesem Wege über zusätzliche Eigenkapitalleistungen, die anläßlich einer Anteilsausgabe zu erbringen sind, dazu führen, daß die entsprechenden Gesellschafterleistungen als ›consideration‹ anzusehen und als ›premium‹ zu behandeln sind, soll ebenfalls sogleich erörtert werden.

d) Begriffsverwendung im Rahmen des Kapitalaufbringungsrechts

Die Vorschriften der Kapitalaufbringung im englischen Gesellschaftsrecht erstrecken ihren Anwendungsbereich teilweise auf »any premium«, welches die Gesellschaft vereinnahmt, ohne dieses näher zu bestimmen.[1341] Die Einzelheiten der dort getroffenen Regelungen werden an anderer Stelle erörtert.[1342] Für die Begriffsbestimmung des ›share premium‹ ist folgendes von Bedeutung. Man kann zunächst davon ausgehen, daß das Gesetz den Begriff des ›premium‹ an den verschiedenen Stellen in einheitlicher Bedeutung verwendet. Denn es finden sich keine Hinweise darauf, daß das Gesetz im Rahmen der Kapitalaufbringung eine grundsätzlich andere Vorstellung vom ›premium‹ hat als im Rahmen von s. 610 CA 2006. Vielmehr umschreibt der Begriff des ›premium‹ auch im Kapitalaufbringungsrecht eine Mehrleistung über den Betrag des share capital hinaus. Nach den obigen Ausführungen ist als ›premium‹ jede einlagefähige ›consideration‹ zu verstehen, die ein Gesellschafter im Gegenzug für eine Anteilsausgabe an die Gesellschaft zu leisten verspricht und deren Wert den Betrag des share capital übersteigt. Als ›consideration‹ kommt grundsätzlich jede Leistung infrage, die für die Gesellschaft einen wirtschaftlichen Wert hat. Für die Public Companies regelt s. 585 CA 2006 einschränkend, daß Arbeits- und Dienstleistungen nicht als Einlage eingebracht werden können.

1340 Vgl. *Davies/Worthington,* Principles, 70 (zu shareholder agreements im allgemeinen) und 655 ff. (zum Verhältnis schuldrechtlicher Vereinbarungen zu zwingendem Gesellschaftsrecht); ferner *Krebs/Stiegler* in Jung/Krebs/Stiegler, Gesellschaftsrecht, § 12 Rz. 325 ff.

1341 Vgl. vor allem s. 582 (1), 585 (1), 586 (1), 587 (1) und 593 CA 2006.

1342 S. u. S. 569 ff.

Das Gros der kapitalaufbringungsrechtlichen Vorschriften[1343] stellen allerdings Sonderregeln für die Public Limited Company dar, die Vorgaben der Gesellschaftsrechtsrichtlinie umsetzen. Bei diesen Vorschriften muß man fragen, ob in jedem Fall das weite Verständnis des ›premium‹, das im Zusammenhang mit der Kapitalerhaltung entwickelt worden ist, zugrunde zu legen ist, oder ob nicht der Regelungszweck der konkreten Vorschrift verlangt, ihren Anwendungsbereich auf ein ausdrücklich beziffertes ›premium‹ zu beschränken. So stellt sich z.B. bei der in s. 593 CA 2006 angeordneten Prüfung der Sacheinlagen ebenso wie bei der Auslegung von Art. 49/70 der Gesellschaftsrechtsrichtlinie die Frage, ob man diese Vorschrift als generelle Wertprüfung oder allein als Wertdeckungsprüfung versteht. Für eine Wertdeckungsprüfung bedarf es eines ausdrücklichen Sollwerts und damit genau der Unterscheidung zwischen unbezifferten Mehrleistungen und einem ›stated premium‹, welche Walton J in der Entscheidung *Shearer v Bercain Ltd*[1344] für das Kapitalerhaltungsrecht als »ludicrous and totally unworkable distinction« abgetan hat.

Für die Bestimmung des ›premium‹ im Rahmen der kapitalaufbringungsrechtlichen Vorschriften ist zu beachten, daß diese Vorgaben teilweise eine andere Funktion erfüllen sollen als s. 610 CA 2006. Das Kapitalerhaltungsrecht soll zum Schutz der Gläubiger sicherstellen, daß bestimmte Vermögenswerte, welche der Gesellschaft zugeflossen sind, nicht an die Gesellschafter ausgekehrt werden. Die Vorschriften zur Kapitalaufbringung sollen sicherstellen, daß die Einlage des Gesellschafters tatsächlich so erbracht wird, wie sie versprochen worden ist. Diese Vorschriften dienen neben dem Schutz der Gläubiger auch dem Schutz der Mitgesellschafter vor einer Verwässerung ihrer Anteile. Bei der Umsetzung der europarechtlichen Vorgaben hat das englische Gesellschaftsrecht dieses Schutzkonzept der Kapitalaufbringung übernommen.

Die Frage, ob der Begriff des ›premium‹ im Kapitalaufbringungsrecht ebensoweit zu verstehen ist wie im Kapitalerhaltungsrecht, hängt entscheidend davon ab, ob man bei beiden Normkomplexen den übereinstimmenden Schutzzweck des Gläubigerschutzes betont oder ob man aus dem zusätzlichen Schutzzweck des Mitgesellschafterschutzes heraus Differenzierungen für möglich hält. Ob die Beschränkungen des Kapitalaufbringungsrechts jede Gegenleistung erfassen sollen und damit die Freiheit der Gesellschafter begrenzen, welche Leistungen sie untereinander als genügende Gegenleistung akzeptieren wollen, stellt eine Frage dar, welche die Analyse der konkreten Vorschriften beantworten muß. An dieser Stelle läßt sich allgemein feststellen, daß die Übernahme des kontinentalen Konzepts detaillierter Vorschriften zur Kapitalaufbringung verlangt, in den entsprechenden Vorschriften das weite Verständnis des ›premium‹ zu überdenken.

1343 Für die Ltd bestehen kaum gesetzliche Vorgaben zur Kapitalaufbringung, allein s. 582 CA 2006 regelt die Zulässigkeit von Sacheinlagen und s. 583 CA 2006 definiert den Begriff der Bareinlage.

1344 *Shearer v Bercain Ltd* [1980] 3 All ER 295, 311.

Die genaue Bestimmung des Anwendungsbereichs der kapitalaufbringungsrechtlichen Vorschriften zum ›share premium‹ hat zudem Bedeutung für die schon aufgeworfene Frage, ob ›capital contributions‹ auch dann als ›premium‹ zu qualifizieren sind, wenn sie zwar anläßlich einer Anteilsausgabe erfolgen, jedoch nicht in den Bedingungen der Anteilsausgabe vereinbart worden sind. Bei der Besprechung der Gesellschaftsrechtsrichtlinie hat sich gezeigt, daß das Interesse an freien Einlagen gerade darin bestehen kann, die kapitalaufbringungsrechtlichen Vorschriften zu vermeiden, die von Investoren in bestimmten Fällen als unangemessen bewertet werden. Wenn man der Formulierung »any premium« in den Vorschriften zur Kapitalaufbringung entnimmt, jede werthaltige ›consideration‹, die zwischen Investor und Gesellschaft vereinbart wird, unterfalle als ›premium‹ deren Anwendungsbereich, stärkt man das Verlangen nach freien ›capital contributions‹.

e) Wirtschaftliche oder formalrechtliche Betrachtungsweise?

aa) Abgrenzung zu freien ›capital contributions‹ erforderlich

Auch im englischen Recht kann anläßlich einer Anteilsausgabe eine Einlage in das Eigenkapital der Gesellschaft erfolgen, ohne daß die ›terms of issue of shares‹ die Gegenleistungsbeziehung zwischen Anteilen und Einlage festlegen. Zahlungen in das Eigenkapital der Gesellschaft, sogenannte ›capital contributions‹, sind grundsätzlich jederzeit möglich. In einer Einmanngesellschaft kann der Alleingesellschafter frei entscheiden, wann er seiner Gesellschaft Kapital zuführt.

Bei mehreren Gesellschaftern werden sich diese regelmäßig absprechen, wenn sie Zahlungen in das Eigenkapital der Gesellschaft leisten, da jeder Gesellschafter anteilig von der Vermehrung des Vermögens der Gesellschaft profitiert. Sie können diese Absprachen in rein schuldrechtlicher Form als ›shareholder agreement‹ treffen, d.h. untereinander ohne Beteiligung der Gesellschaft, so daß keine gesellschaftsrechtlichen Sonderregelungen zu beachten sind.[1345] Sie müssen ihre Vereinbarung nicht in die ›company's articles ‹ oder eine ›resolution of the shareholders‹ aufnehmen, welche die Geschäftsführer binden. Solche schuldrechtlichen Vereinbarungen der Gesellschafter untereinander, an denen die Gesellschaft nicht beteiligt wird, sind nicht Teil der Bedingungen der Anteilsausgabe, welche die Gesellschaft durch ihre directors mitbestimmt.

Diese rein schuldrechtlichen Vereinbarungen der Gesellschafter untereinander sind von Vereinbarungen zu unterscheiden, die ein Gesellschafter anläßlich einer Anteilsausgabe mit der Gesellschaft vereinbart (bzw. die als Teil der com-

1345 Vgl. *Davies/Worthington,* Principles, 71 (zu shareholder agreements im allgemeinen) und 655 ff. (zum Verhältnis schuldrechtlicher Vereinbarungen zu zwingendem Gesellschaftsrecht); ferner *Krebs/Stiegler* in Jung/Krebs/Stiegler, Gesellschaftsrecht, § 12 Rz. 325 ff.

pany‹s constitution gemäß s. 33 CA 2006 so zu verstehen sind, als ob sie zwischen der Gesellschaft und ihrem Gesellschafter vereinbart worden seien, so z.B. Leistungspflichten, die vor Gründung der Gesellschaft in den company's articles festgelegt wurden).[1346] Grundsätzlich führen nur Vereinbarungen zwischen Gesellschaft und Gesellschafter zu einem ›premium‹, da in diesen Vereinbarungen die ›consideration‹ des Gesellschafters festgelegt wird. Die Möglichkeit weiterer ›capital contributions‹ führt zu der Frage, ob die Rechtsfolgen des Kapitalerhaltungsrechts und die Rechtsfolgen des Kapitalaufbringungsrechts durch solche freiwilligen Eigenkapitalbeiträge vermieden werden können.

Rechtstatsächlich waren ›capital contributions‹, die nicht als Gegenleistung für Anteile erfolgen, in England früher nicht gebräuchlich. Verständlicherweise wird daher die Abgrenzung zu einem ›premium‹ in der Literatur nicht erörtert. Auch heutzutage kommen solche Einlagen vermutlich eher selten vor, wenn man das weitgehende Fehlen von Gerichtsentscheidungen und Literatur zu diesem Thema als Indiz nehmen kann. Die vergleichsweise große Flexibilität der Unternehmensfinanzierung durch verschiedene Formen von Eigenkapital (z.B. redeemable shares) und Fremdkapital (z.B. perpetual bonds), die das englische Gesellschaftsrecht kennzeichnet[1347], und die große Gestaltungsfreiheit der Satzungen haben offenbar lange Zeit kein Bedürfnis nach freiwilligen Eigenkapitalbeiträgen aufkommen lassen.

Man hat früher eine Kapitalspritze eines Gesellschafters, die nicht als Einlage im Rahmen einer Anteilsausgabe erfolgte, regelmäßig als Darlehen (›loan‹) verstanden, somit als Fremdkapital.[1348] Unter dem Einfluß ausländischer Investoren sind in jüngerer Zeit vereinzelt auch englische Gesellschaften durch freiwillige Eigenkapitalbeiträge der Gesellschafter finanziert worden. Die rechtliche Behandlung solcher Kapitalbeiträge ist noch nicht gänzlich geklärt. Sie soll im Anschluß an die Besprechung des ›share premium‹ erörtert werden.[1349] Die Möglichkeit von ›capital contributions‹ ist jedoch im Grundsatz anerkannt.[1350] Die Praxis folgt vermutlich der Empfehlung der englischen Steuerbehörde HMRC in ihrer Handreichung »Capital Gains Manual«, wonach solche

1346 Eine Gesellschaft kann nach englischem Recht auch Partei eines shareholder agreement sein, s. *Krebs/Stiegler* in Jung/Krebs/Stiegler, Gesellschaftsrecht § 12, Rz. 326. Wird eine solche Vereinbarung anläßlich einer Anteilsausgabe getroffen, stellt sich die im Text diskutierte Frage einer wirtschaftlichen Bestimmung des share premium mit besonderer Schärfe.

1347 Überblick über den Variantenreichtum englischer Unternehmensfinanzierung bei *Pohlhausen/Röder*, Eigen- und Fremdkapital, 697 ff.

1348 Vgl. den Streit um die Einordnung einer Leistung an die Gesellschaft in *Kellar v Stanley Williams* (Turks and Caicos Island) [2000] UKPC 4 (7th February, 2000). Diese Entscheidung des Privy Council bildet den Ausgangspunkt der jüngeren Diskussion um ›capital contributions‹ im englischen Recht.

1349 S. u. S. 605 ff.

1350 *Ferran/Ho*, Principles, 103 mit Hinweis auf *Kellar v Stanley Williams* (Fn. 1348).

›capital contributions‹ in ausschüttungsfähigen Rücklagen zu buchen sind. Dort heißt es:

»Capital contributions are not recognised under UK company law and if a payment is not made as part of the terms of issue of shares, it is possible it is either a loan or a gift. If a UK taxpayer contends that a sum paid to an overseas company is a capital contribution rather than a loan or gift, evidence to support that contention should be sought. (…) Occasionally a capital contribution may be made to a UK company. As capital contributions are not a concept formally recognised within UK company law, a contribution received by a UK company should be reported within distributable reserves either as a gift or possibly a donation.«[1351]

Man kann die hier geäußerte Rechtsansicht im allgemeinen teilen, ›capital contributions‹ seien in ausschüttungsfähigen Rücklagen zu verbuchen, wenn sie nicht auf Grundlage der Anteilsbedingungen aufgebracht werden. In dem besonderen Fall, daß cinc Leistung zur Finanzierung der Gesellschaft zeitgleich mit einer Anteilsausgabe vorgenommen oder unter den Gesellschaftern vereinbart wird, stellt sich dennoch die Frage, ob man einen solchen Kapitalzufluß nicht als ›premium‹ im Sinne von s. 610 CA 2006 und den kapitalaufbringungsrechtlichen Vorschriften ansehen muß mit der Folge, daß ein share premium account zu bilden ist und alle für ein share premium geltenden Beschränkungen zu beachten sind. Dazu müßte man die implizite Annahme aufgeben, ein ›premium‹ errechne sich aus der Gegenleistung, die mit der Gesellschaft, vertreten durch die Geschäftsführer, in den ›terms of issue of shares‹ vereinbart worden ist.

bb) Gründe für eine Bestimmung des ›premium‹ nach wirtschaftlichen Gesichtspunkten

Will man das ›premium‹ im Sinne von s. 610 CA 2006 nicht nach den tatsächlichen Kapitalzuflüssen bestimmen, welche die Gesellschaft anläßlich einer Anteilsausgabe erhält oder ihr zugesagt werden, sondern stellt man maßgeblich auf das formale Kriterium ab, welchen Rechtsgrund die Leistung eines Gesellschafters ins Vermögen der Gesellschaft hat, drohen die Kapitalerhaltungsvorschriften über das share premium ihr Ziel zumindest teilweise zu verfehlen. Wie gesehen bezweckt s. 610 CA 2006, die Höhe des gläubigerschützenden Haftungsfonds der Gesellschaft nicht in das Belieben der Gesellschafter zu stellen. Deshalb soll nicht nur das share capital den Regeln der capital maintenance unterworfen werden, sondern auch ein eventuelles share premium. Die aus Gläubigersicht zufällige, gesetzlich kaum Beschränkungen unterworfene Aufteilung der Kapitalbeiträge auf die beiden Einlageformen des share capital und des share premium soll keinen Einfluß haben auf den Schutz der Gläubiger. Begründet wird die Gleichbehandlung von share capital und share premium damit, daß beide Einlagen wirtschaftlich betrachtet ›capital‹ seien und daher rechtlich gleich behandelt werden müßten. Über die ›capital nature‹ von ›capital contributions‹ kann, auch

1351 HMRC, Capital contributions to companies: general.

wenn sie ohne Rechtsgrund in den Bedingungen der Anteilsausgabe geleistet werden, kein Zweifel bestehen.

Werden solche Einlagen nicht als ›premium‹ qualifiziert, obwohl sie im Zusammenhang mit einer Anteilsausgabe geleistet oder versprochen werden, droht in gewissen Fällen genau jene Beliebigkeit bei der Bestimmung des Haftungsfonds der Gesellschaft, die s. 610 CA 2006 eigentlich vermeiden wollte. Diese Gefahr einer Aushöhlung des Haftungsfonds der Gesellschaft besteht vor allem bei Einmanngesellschaften und Gesellschaften mit geschlossenem Gesellschafterkreis, in dem sich die Gesellschafter untereinander abstimmen und die Geschäftsführung beeinflussen können.

Weniger gefährdet sind Gesellschaften mit breit gestreuten Anteilen, bei denen sich kaum alle Gesellschafter untereinander abstimmen werden, die Geschäftsführer daher selbständiger agieren und in der Folge jede Kapitalzufuhr in den Bedingungen der Anteilsausgabe begründet sein wird, welche die Geschäftsführer festsetzen. Die directors sind grundsätzlich verpflichtet, den bestmöglichen Ausgabepreis zu erzielen. Eine Kapitalzufuhr wird neben der Gegenleistung, welche die Geschäftsführer verlangen, nur dann vorkommen, wenn die Geschäftsführer ausnahmsweise den allotment price nicht nach dem vollen Wert der Anteile bemessen. Da die Geschäftsführer bei einer zu niedrigen Festsetzung des allotment price Gefahr laufen, wegen Verletzung ihrer Organpflichten in Haftung genommen zu werden, werden sie nur dann auf einen Teil der Gegenleistung und damit ein mögliches ›premium‹ verzichten, wenn alle Anteilsinhaber zugestimmt haben. Nicht zustimmende Gesellschafter haben zudem die Möglichkeit, die in Aussicht genommene Anteilsausgabe aufgrund der drohenden Verwässerung ihrer Anteile als Übervorteilung (›unfair prejudice‹) durch ein Gericht untersagen zu lassen (s. 994 CA 2006). Die Zustimmung aller Anteilsinhaber wird praktisch nur in geschlossenen Gesellschaften zu erhalten sein. Beschränkt sich die Gefahr einer Aushöhlung des Haftungsfonds damit auf geschlossene Gesellschaften, so muß man sich bewußt machen, daß im Gründungsstadium praktisch jede Gesellschaft noch einen überschaubaren Gesellschafterkreis haben wird und damit die allermeisten neu gegründeten Gesellschaften über die Höhe des Haftungsfonds frei bestimmen können.

Will man auch in geschlossenen Gesellschaften die Bestimmung des Haftungsfonds nicht ins Belieben der Gesellschafter stellen, bietet die Begründung in dem Urteil *Shearer v Bercain Ltd* einen Ansatzpunkt, wie man de lege lata für dieses Ergebnis argumentieren kann. Walton J hat in seiner Urteilsbegründung festgestellt, daß bei einer Sacheinlage eine förmliche Vereinbarung über den Wert des Einlagegegenstands entbehrlich ist. Für die Bestimmung des ›premium‹ sei in diesem Fall der tatsächliche Wert der Sacheinlage entscheidend, der sich bei einer wirtschaftlichen Betrachtung zeigt.

Wählt man konsequent eine solche wirtschaftliche Betrachtungsweise der Vorgänge, kann man nicht nur auf eine formale Vereinbarung hinsichtlich der Höhe des ›premium‹ verzichten, sondern gänzlich auf die formale Festsetzung der Gegenleistungsbeziehung durch die Geschäftsführer in den ›terms of issue of shares‹. Oder man versteht die ›terms of issue of shares‹ nicht formalrechtlich danach, was Anteilserwerber und die durch die directors vertretene Gesellschaft vereinbart haben, sondern sieht auf die wirtschaftlichen Zusammenhänge zwischen allen Vereinbarungen über Leistungen, die der Gesellschaft zufließen, unabhängig davon, ob die Gesellschaft formal als Vertragspartnerin des Anteilsübernehmers fungiert. Da die Geschäftsführer nur auf einen möglichen Mehrwert verzichten werden, wenn die Gesellschafter ihnen dies gestatten, kann man diese Erlaubnis der Gesellschafter und die Vereinbarungen, die sie selbst mit einem Investor treffen, als Teil der tatsächlichen Bedingungen der Anteilsausgabe verstehen. Tatsächlich können ›capital contributions‹ nämlich Teil der Gegenleistung sein. Das ›premium‹ im Sinne von s. 610 CA 2006 kann dann nicht nur nach der formalrechtlichen ›consideration‹ bestimmt werden, sondern auch nach der tatsächlichen, der ›true consideration‹.

Der Begriff des ›premium‹ im Rahmen der Kapitalerhaltungsvorschrift des s. 610 CA 2006 bildet die Grundlage für das Verständnis dieses Rechtskonzepts im englischen Gesellschaftsrecht. Definiert man das ›premium‹ an dieser Stelle im Wege einer wirtschaftlichen Betrachtungsweise, ist davon auszugehen, daß dieser weite Begriff grundsätzlich auch an anderen Stellen des Gesetzes zugrunde zu legen ist. Dabei ist jedoch daran zu erinnern, daß im Rahmen der kapitalaufbringungsrechtlichen Vorschriften eine Überprüfung des (ohnehin relativ weiten) Begriffs des ›premium‹, der bei der Auslegung von s. 610 CA 2006 gewonnen wurde, angezeigt ist. Denn die Regelungstechnik und der Regelungszweck der einzelnen Vorschriften können eine eigene, engere Definition erfordern.

cc) Wirtschaftliche Betrachtungsweise in anderen Bereichen des Gesellschaftsrechts

Eine allgemeine Definition der ›consideration‹ für das Kapitalgesellschaftsrecht findet sich weder in der Rechtsprechung noch in wissenschaftlichen Beiträgen. Dementsprechend ist die Frage, ob die ›consideration‹ formalrechtlich zu bestimmen ist oder im Wege einer wirtschaftlichen Betrachtung, nicht geklärt. Grundsätzlich läßt sich sagen, daß englische Gerichte dazu neigen, die äußere Form eines Rechtsgeschäfts zu betonen. In manchen Entscheidungen haben die Gerichte jedoch eine wirtschaftliche Betrachtungsweise gewählt.

(1) Betonung formaler Aspekte durch die englischen Gerichte außerhalb des Steuerrechts

Englische Gerichte orientieren sich für die Bewertung von Rechtsgeschäften im allgemeinen an der äußeren Form und dem Inhalt, den die Parteien als Bestandteil des Geschäfts vereinbart haben. Sie weichen von der äußeren Form, in welche die Parteien das Rechtsgeschäft kleiden, nur selten ab, wenn ein Scheingeschäft anzunehmen ist, also die Parteien die nach außen bekundeten Rechtswirkungen nicht tatsächlich anstreben, sondern andere (›sham‹), oder wenn die rechtliche Bezeichnung, welche die Parteien gewählt haben, erkennbar nicht zu den beabsichtigten Rechtswirkungen paßt (›mislabelled transaction‹).[1352]

Selbst in Fällen, in denen die Parteivereinbarungen offensichtlich den Zweck hatten, gesetzliche Bestimmungen zu umgehen, und zu diesem Zweck künstliche Gestaltungen gesucht wurden, denen keine wirtschaftliche Funktion zukam außer der Vermeidung gesetzlicher Anforderungen, haben englische Gerichte sich nicht veranlaßt gesehen, diese Umgehungsgestaltungen zu unterbinden.[1353] Die Gerichte orientieren sich in erster Linie an der gewählten rechtlichen Ausgestaltung (›legal substance‹), nicht am wirtschaftlichen Gehalt von Parteivereinbarungen (›economic substance‹).[1354] Die Rechtspraxis geht daher in England davon aus, daß im Wirtschaftsrecht Parteivereinbarungen vor den Gerichten weitgehend Bestand haben werden, selbst wenn sie offensichtlich der Vermeidung gesetzlicher Vorschriften dienen. Den formalen Ansatz der englischen Gerichte sieht man als wichtigen Grund an für die Stärke und die Beliebtheit des englischen Wirtschaftsrechts.[1355]

Einen anderen Ansatz verfolgt namentlich die Rechtsprechung zum Steuerrecht, die den bilanzrechtlichen Grundsatz »substance over form« auf Ihr Rechtsgebiet übertragen hat und sich nicht scheut, einen Vorgang steuerrechtlich nach dessen economic substance zu beurteilen und dabei im Einzelfall die zivilrechtliche Gestaltung außer acht zu lassen.[1356] Diese Herangehensweise im Steuerrecht wird seit den 1980er Jahren als »Ramsay Approach« diskutiert. Die Terminologie geht auf den Grundfall *WT Ramsay Ltd v IRC*[1357] zurück, in welcher Entscheidung diese Methode erstmals entwickelt worden sein soll.

Tatsächlich kennt das englische Steuerrecht schon länger die Bedeutung einer wirtschaftlichen Betrachtungsweise für die rechtliche Bewertung von Sachverhalten. Im historischen Überblick über die Entwicklung des ›share premium‹ wurde die Entscheidung *Carlyon Estate Ltd v Commissioners of Inland Revenue* angesprochen, in der festgelegt wurde, daß die Stempelgebühr bei Anteilsausgaben nicht allein nach dem share capital zu bemessen sei, sondern nach der ›true consideration‹, welche das ›share premium‹ miteinschließt.[1358] Schon in dieser Entscheidung hat das Gericht die Bemessungsgrundlage über die Vorgaben des Gesetzes hinaus erweitert, um den wirtschaftlichen Entwicklungen der damaligen Zeit Rechnung zu tragen. Die dogmatische Begründung des Ramsay Approach ist umstritten. Manche sehen darin eine Besonderheit des Steuerrechts, andere eine Ausprägung des allgemeinen Auslegungsgrundsatzes, daß

1352 Vgl. *Vella,* Departing from the legal substance, 244 m.w.N.
1353 Vgl. *Vella,* Departing from the legal substance, 244 m.w.N.
1354 Vgl. *Vella,* Departing from the legal substance, 245 m.w.N.
1355 *Vella,* Departing from the legal substance, 245.
1356 Vgl. *Vella,* Departing from the legal substance, 245 ff.
1357 *WT Ramsay Ltd v IRC* [1981] STC 174.
1358 *Carlyon Estate Ltd* v *Commissioners of Inland Revenue* (1937) TC 46:413; dazu s. o. S. 481.

gesetzliche Normen entsprechend ihrem Sinn auszulegen sind (›purposive construction‹ oder ›mischief rule‹).[1359]

Begründet man den Ramsay Approach im Steuerrecht methodisch als Unterfall der purposive construction of statutes, stellt sich sogleich die Frage, welche konkreten Auswirkungen eine solche Auslegung in anderen Rechtsbereichen haben wird. *Vella* hat sich auf der Grundlage dieses methodischen Verständnisses bemüht zu zeigen, der Ramsay Approach sei keine Besonderheit des Steuerrechts, sondern könne auf das Gesellschaftsrecht übertragen werden.[1360] Unabhängig davon, ob das Verständnis des Ramsay Approach als allgemeine Auslegungsmaxime des englischen Rechts richtig ist, hat *Vellas* Analyse jedenfalls gezeigt, daß sich die englischen Gerichte bei einigen wenigen wirtschaftsrechtlichen Sachverhalten von einer wirtschaftlichen Betrachtungsweise haben leiten lassen. Die sogleich zu besprechenden Entscheidungen haben sich nicht auf die Entscheidung *WT Ramsay Ltd* bezogen und sind teilweise Jahrzehnte vor diesem steuerrechtlichen Urteil ergangen. Sie zeigen daher, daß eine wirtschaftliche Betrachtungsweise keine Ausnahme des englischen Steuerrechts ist und von den Gerichten auch im Gesellschaftsrecht unabhängig von der Diskussion um den Ramsay Approach gewählt werden kann. Die aussagekräftigsten Entscheidungen für die Frage der Bestimmung der ›consideration‹ im Zuge von Anteilsausgaben, die unter dem Companies Act 2006 uneingeschränkt Geltung beanspruchen können, sind folgende:

(2) Philips v Brewin Dolphin Lawrie Ltd – insolvenzrechtlicher Begriff der ›consideration‹

In dem Fall *Philips v Brewin Dolphin Bell Lawrie Ltd*[1361] hat der Insolvenzverwalter einer Gesellschaft versucht, von der Beklagten den Differenzbetrag einzuklagen, um den diese die Anteile an einer früheren Tochtergesellschaft der insolventen Gesellschaft zu günstig gekauft hatten. Er stützte sich dabei auf s. 238 Insolvency Act 1986, der ein im Belieben des Gerichts stehendes Gestaltungsurteil ermöglicht, wenn vor der Insolvenz Geschäfte ohne kongruente Deckung abgeschlossen werden (‹transactions at an undervalue‹).

Eine transaction at an undervalue ist gemäß s. 238 ss. 2 (b) IA 1986 dann anzunehmen, wenn der Wert der ›consideration‹, welche die Gesellschaft erhält, deutlich geringer ist als der Wert der ›consideration‹, welche die Gesellschaft hingibt. Es ging in dem Urteil vor allem darum, die ›consideration‹ zu bestimmen, welche die Käuferin für die Anteile an der Tochtergesellschaft gezahlt hat. Die Besonderheit lag in diesem Fall nämlich darin, daß die Käuferin

1359 Vgl. *Vella,* Departing from the legal substance, 245 und 247 ff, eingehend zu dieser Frage *Osterloh-Konrad*, Steuerumgehung, 368 ff.

1360 *Vella,* Departing from the legal substance, 243; weitere Nachweise für diese Ansicht bei *Osterloh-Konrad*, Steuerumgehung, 414 ff.

1361 *Philips v Brewin Dolphin Bell Lawrie Ltd* [2001] 1 WLR 143.

der Geschäftsanteile selbst nur eine ›consideration‹ von GBP 1,- aufbrachte. Der wahre Gegenwert der verkauften Gesellschaft sollte in einem IT-Leasingvertrag abgegolten werden, den die Muttergesellschaft der Käuferin mit der Verkäuferin abschloß. Durch diese Konstruktion sollte vermieden werden, einen goodwill der gekauften Gesellschaft bilanziell ausweisen zu müssen. Stattdessen sollten die Leasingraten bei der Mutter der Käuferin sofort steuerlich abzugsfähig sein.

Die Vorinstanz, der Court of Appeal, war davon ausgegangen, daß der Leasingvertrag tatsächlich durchgeführt werden sollte und daher weder als ›sham‹ noch als ›artificial‹ anzusehen sei. Entsprechend sei die Form der Verträge maßgeblich und die Bestimmung der ›consideration‹ für die Anteile müsse allein danach erfolgen, was in dem Kaufvertrag als Gegenleistung vereinbart worden sei. Die wirtschaftliche Verknüpfung von Anteilskauf und Leasingvertrag sei unbeachtlich.[1362] Das House of Lords hingegen hat entschieden, daß der Vorteil, den die insolvente Gesellschaft aufgrund des Leasingvertrages erhalten hat, als ›consideration‹ für den Anteilsverkauf anzusehen ist, obwohl diese Leistung nicht von der Käuferin selbst zu erbringen war.[1363]

Die entscheidende Frage bei der Bestimmung der ›consideration‹ für den Anteilskauf war für das House of Lords, ob die insolvente Gesellschaft einen bestimmten Vorteil auch erhalten hätte, wenn sie nicht zugleich die Anteile an der Tochter verkauft hätte.[1364] Damit hat das Gericht letztlich bei der Bestimmung der maßgeblichen ›consideration‹ die wirtschaftliche Betrachtungsweise über die formalrechtliche Betrachtung gestellt.[1365] Entscheidend war in diesem Fall nicht die Aufteilung der Vermögensumschichtung auf zwei verschiedene Verträge, sondern die Tatsache, daß die Parteien selbst den Wert beider Verträge zusammen als Entgelt für die verkauften Gesellschaftsanteile angesehen haben.

Zu beachten ist dabei, daß die wirtschaftliche Betrachtungsweise im konkreten Fall den von s. 238 Insolvency Act 1986 bezweckten Gläubigerschutz geschwächt hat. Den Gläubigern einer Gesellschaft wäre in den Fällen von s. 238 Insolvency Act 1986 besser gedient, wenn allein die ›consideration‹ berücksichtigt würde, die von den Vertragsparteien auch formal als Gegenleistung ausgewiesen wurde. Der Schutzzweck der konkreten Norm hat das Gericht bei seiner Auslegung offenbar nicht angeleitet, sondern allein das Bestreben nach einem wirtschaftlich überzeugenden Verständnis der Vorgänge.

Bei dem hier in Rede stehenden Verkauf der Anteile an einer Tochtergesellschaft handelt es sich um Altanteile, nicht wie im Fall von share allotments um Neuanteile an einer Gesellschaft. Die Ausführungen in *Philips v Brewin Dolphin Bell Lawrie Ltd* sind jedoch allgemein gehalten und betreffen jedes Rechtsgeschäft, das am Maßstab von s. 238 IA 1986 zu prüfen ist. Sie können daher grundsätzlich auch auf eine Ausgabe von Neuanteilen Anwendung finden.

1362 *Philips v Brewin Dolphin Bell Lawrie Ltd* [2001] 1 WLR 143, 149 f.
1363 *Philips v Brewin Dolphin Bell Lawrie Ltd* [2001] 1 WLR 143, 150 f.
1364 *Philips v Brewin Dolphin Bell Lawrie Ltd* [2001] 1 WLR 143, 154.
1365 So auch *Vella,* Departing from the legal substance, 258.

Der entscheidende Rechtsgedanke, daß eine ›consideration‹ im Wege einer wirtschaftlichen Betrachtungsweise zu bestimmen ist, läßt sich zudem auf Fälle außerhalb des Insolvenzrechts übertragen. Die Feststellung, daß eine ›consideration‹ nicht notwendig von der Vertragspartei selbst kommen muß, entspricht dabei der Kernaussage in dem oben erörterten Urteil *Fleming v Bank of New Zealand*[1366] und damit den Regeln des allgemeinen Vertragsrechts.

Überträgt man den Grundgedanken der *Philips*-Entscheidung auf die Bestimmung der ›consideration‹ im Kapitalgesellschaftsrecht, kann man annehmen, daß die maßgebliche ›consideration‹ nicht nur in der Gegenleistung liegen kann, die in den Bestimmungen der Anteilsausgabe formal als Entgelt festgelegt wird, sondern auch in dem wirtschaftlichen Vorteil gesehen werden kann, welcher der Gesellschaft aus einem weiteren, für sie günstigen Vertragsverhältnis zufließt. Dies gilt jedoch auf der Grundlage von *Philips* nur dann, wenn die Parteien selbst die beiden Transaktionen so verstanden haben, daß der wirtschaftliche Vorteil aus dem weiteren Vertragsverhältnis eine ›consideration‹ für die andernfalls zu günstige Anteilsausgabe darstellt. In dem *Philips*-Fall war die Gesellschaft nur zum Verkauf der Anteile an der Tochtergesellschaft zu dem geringen Entgelt bereit, weil ihr zugleich der Vorteil aus dem Leasingvertrag versprochen worden war. Unerheblich ist es in solchen Fällen, ob der Investor auch in dem Nebengeschäft Vertragspartner der Gesellschaft ist oder ob ein Dritter, insbesondere eine andere Konzerngesellschaft, die weiteren Leistungen erbringt.

Einschränkend ist zu bemerken, daß der *Philips*-Entscheidung ein eindeutiger Sachverhalt zugrunde lag, da die formale ›consideration‹ von GBP 1,– vollkommen unangemessen war. Der gesamte goodwill des Unternehmens sollte über den IT-Leasingvertrag abgegolten werden und dessen Wert war aus den weiteren Vereinbarungen leicht zu errechnen. Im nachhinein kann nur spekuliert werden, ob das House of Lords in der *Philips*-Entscheidung auch eine wirtschaftliche Bestimmung der ›consideration‹ vorgenommen hätte, wenn beide Transaktionen nicht so eindeutig marktunüblich ausgestaltet worden wären und die zusätzliche ›consideration‹ aus dem Nebengeschäft nicht derart offensichtlich gewesen wäre. Bedenkt man, daß sich die englischen Gerichte grundsätzlich an der legal substance von vertraglichen Vereinbarungen orientieren und selbst in dem vergleichsweise eindeutigen Fall der *Philips*-Entscheidung der Court of Appeal in seinem vorinstanzlichen Urteil allein nach der gewählten Form der Vereinbarungen entschieden hat, so erscheint das Vertrauen der Rechtspraxis in die ausgehandelten Vertragsklauseln nicht unberechtigt.

Schwer vorstellbar erscheint es vor dem Hintergrund dieser allgemeinen Gerichtspraxis, daß ein englisches Gericht alle Vereinbarungen, die zeitgleich mit einer Anteilsausgabe abgeschlossen werden, daraufhin überprüft, ob die Gesellschaft aus diesen Vereinbarungen einen Vorteil zieht, der als Teil der wahren ›consideration‹ anzusehen ist. So dürfte nicht anzunehmen sein, daß jeder Zins-

1366 *Fleming v Bank of New Zealand* [1900] A.C. 577.

vorteil aus einem marktüblich günstigen Darlehen, das der Gesellschaft im Zuge einer Anteilsausgabe versprochen wird, als Teil der ›consideration‹ für die Anteile eingestuft wird, obwohl ein solcher Zinsvorteil als wirtschaftliches Agio angesehen werden kann. Wenn jedoch die Parteien bewußt einen besonders niedrigen Anteilsausgabepreis festsetzen und den wahren Wert der Anteile über ein Nebengeschäft abgelten wollen, dann lehrt die Entscheidung *Philips v Brewin Dolphin Bell Lawrie Ltd,* daß in solchen Ausnahmefällen, in denen die Umgehungsabsicht der Parteien offensichtlich ist, aus Sicht der Parteien die Gefahr besteht, daß ein Gericht die maßgebliche ›consideration‹ nach den tatsächlichen wirtschaftlichen Vorstellungen der Parteien bestimmt.

Zu denken wäre insbesondere an Fälle, in denen die Parteien den Ausweis eines ausschüttungsgesperrten share premium account nach s. 610 CA 2006 dadurch vermeiden wollen, daß sie die Anteilsausgabe zu pari festsetzen und zugleich vereinbaren, der Investor solle der Gesellschaft einen Vermögensgegenstand besonders günstig verkaufen. In einem solchen Fall einer günstigen Sachübernahmevereinbarung ist auf Grundlage des Rechtsgedankens von *Philips* durchaus vorstellbar, daß ein Gericht im nachhinein davon ausgeht, das wirtschaftliche Agio hätte formal als share premium ausgewiesen werden müssen, und Dividendenausschüttungen beanstandet, die bei richtiger Bestimmung des share premium account nicht hätten erfolgen dürfen.

Keine Hinweise enthält die *Philips*-Entscheidung für die rechtliche Behandlung von Leistungen, welche ein Gesellschafter an die Gesellschaft erbringt, ohne sie der Gesellschaft als (auch nur wirtschaftliche) Gegenleistung für die neu ausgegebenen Anteile versprochen zu haben. Denn in der insolvenzrechtlichen Entscheidung hat das House of Lords betont, daß es die ›consideration‹ nach den tatsächlichen wirtschaftlichen Vorstellungen bestimmt hat, welche die Parteien selbst ihren Verträgen zugrunde gelegt haben. Wenn die Gesellschaft jedoch nicht an zusätzlichen Vereinbarungen beteiligt ist, ihr weitere Leistungen nicht versprochen werden, sondern aus ihrer Sicht ohne rechtliche Verpflichtung geschenkt werden, dann sind diese weiteren Leistungen nicht Teil der Vereinbarungen, welche die Parteien des Vertrags über die Anteilsausgabe zugrunde legen. Zusätzliche Leistungen eines Alleingesellschafters oder Zahlungen, welche die Gesellschafter untereinander ohne Beteiligung der Gesellschaft vereinbaren, können nicht schon unter Berufung auf den Rechtsgedanken der *Philips*-Entscheidung als ›consideration‹ des Anteilsausgabevertrages angesehen werden, selbst wenn sie der Gesellschaft anläßlich einer Anteilsausgabe zufließen.

(3) Mosley v Koffyfontein Mines Ltd – Umgehung der no discount rule durch Wandelanleihe

Ein weiteres Urteil betrifft direkt das Gesellschaftsrecht. Der Entscheidung *Mosley v Koffyfontein Mines Ltd*[1367] lag ein Fall zugrunde, in dem die Gesell-

1367 *Mosley v Koffyfontein Mines Ltd* [1904] 2 Ch. 108.

schaft Wandelanleihen mit 20 Prozent Disagio begeben wollte. Nach den Anleihebedingungen sollten die Gläubiger jederzeit berechtigt sein, eine Anleihe mit dem Nennwert von GBP 1,– gegen einen Gesellschaftsanteil zum Nominalwert von GBP 1,– zu tauschen. Die Geschäftsführer gingen dabei offenbar davon aus, daß die konkreten Umstände dazu führen würden, daß die Anleihen nicht sofort eingetauscht würden und das Disagio marktangemessen sei, da andernfalls eine höhere Verzinsung über die gesamte Laufzeit der Anleihe gezahlt werden müßte.

Die Richter am Court of Appeal stellten die Motive der Geschäftsführer nicht infrage. Dennoch urteilten sie, daß allein die Möglichkeit, die Anleihen sogleich zum Nennwert in Gesellschaftsanteile eintauschen zu können, dazu führen könnte, daß das Verbot der Unterpari-Emission faktisch umgangen werden könnte.[1368] Formalrechtlich gesehen (»in form«)[1369] werde der Gesellschaft bei der Wandelung zwar eine Anleiheschuld in Höhe des Nennbetrags von GBP 1,– erlassen. Faktisch (»in fact«, »practically«)[1370] jedoch würden bei einer sofortigen Wandelung nur 80 Prozent des Nominalwerts der Gesellschaftsanteile tatsächlich eingezahlt, da der Forderungsnennbetrag aufgrund des Disagios nicht vollständig ausgezahlt worden ist. In diesem Fall müsse man den gesamten Vorgang so bewerten, daß eine Anteilsausgabe unter pari erfolgt sei.[1371]

Damit hat das Gericht schon die Möglichkeit einer Gesetzesumgehung, die bei einer wirtschaftlichen Bewertung festzustellen wäre, als ausreichend angesehen, die beabsichtigte Ausgabe der Wandelanleihen zu untersagen. Unerheblich war in den Augen des Gerichts, daß die Vereinbarung nicht als Scheingeschäft zu bewerten war und keine konkrete Umgehungsabsicht bestand. Allein entscheidend war die wirtschaftliche Betrachtung der gesamten Umstände der beabsichtigten Anteilsausgabe. Hätten die Anleihebedingungen eine Mindesthaltefrist vorgesehen, wäre die Ausgabe der Wandelanleihe auch mit Disagio grundsätzlich möglich gewesen.[1372] Welche Haltefrist ausreicht, um einen Verstoß gegen das Verbot der Unterpari-Emission zu vermeiden, läßt sich jedoch nicht allgemein sagen, sondern hängt von den Umständen des Einzelfalls ab.[1373] Die über einhundert Jahre alte *Mosley*-Entscheidung stellt klar, daß im Kapitalgesellschaftsrecht eine wirtschaftliche Betrachtungsweise unabhängig von den neueren Entwicklungen im Steuerrecht denkbar ist.

Übertragen auf die kapitalgesellschaftsrechtliche Bestimmung der ›consideration‹ läßt sich aus der *Mosley*-Entscheidung zunächst die Erkenntnis ableiten,

1368 *Mosley v Koffyfontein Mines Ltd* [1904] 2 Ch. 108, 116 (*per* Vaughan Williams L.J.) und 118 (*per* Stirling L.J.).

1369 *Mosley v Koffyfontein Mines Ltd* [1904] 2 Ch. 108, 117 *per* Stirling L.J.

1370 *Mosley v Koffyfontein Mines Ltd* [1904] 2 Ch. 108, 117 *per* Stirling L.J (in fact) bzw. 116 *per* Vaughan Williams L.J. (practically).

1371 *Mosley v Koffyfontein Mines Ltd* [1904] 2 Ch. 108, 119 *per* Cozens-Hardy L.J.

1372 *Mosley v Koffyfontein Mines Ltd* [1904] 2 Ch. 108, 120 *per* Cozens-Hardy L.J.

1373 Dazu *Ferran/Ho*, Principles, 88.

daß eine wirtschaftliche Bestimmung der ›consideration‹ grundsätzlich auch denkbar ist, wenn keine entsprechende Einschätzung der Parteien selbst vorliegt. Nach Ansicht der Geschäftsführer, welche die Richter in der *Mosley*-Entscheidung nicht infrage stellten, war das beabsichtigte Disagio marktangemessen. Es lag keine Absicht vor, das Verbot der Unterpariemission zu umgehen. Allein die Bedeutung dieses kapitalaufbringungsrechtlichen Grundsatzes für den Schutz der Gläubiger führte das Gericht zu der wirtschaftlichen Betrachtungsweise.

Auf der anderen Seite ist festzuhalten, daß nur die Möglichkeit der sofortigen Wandelung das Gericht zum Einschreiten bewogen hat. Bei einer gewissen Mindesthaltefrist ist die Begebung einer Wandelschuldanleihe unter Einräumung eines Disagios durchaus möglich. In weniger eindeutigen Fällen werden sich englische Gerichte vermutlich an der formalrechtlichen Betrachtung orientieren und den Nennbetrag der Schuld als Wandelungsbetrag ansetzen. Diese Beobachtung deutet, ebenso wie die vorherige Entscheidung *Philips v Brewin Dolphin Bell Lawrie Ltd* daraufhin, daß besonders klare Umgehungen von gesetzlichen Vorschriften Gefahr laufen, von den Gerichten nicht anerkannt zu werden. Weniger wahrscheinlich ist es, daß englische Gerichte allgemein dazu übergehen werden, die ›consideration‹ für junge Anteile nach wirtschaftlichen Gesichtspunkten zu bestimmen und dabei die Annahmen der Parteien detailliert kritisch hinterfragen werden.

(4) Re Bradford Investments – Sacheinlageprüfung nicht durch vorgelagertes Kaufgeschäft zu umgehen

In Richtung einer wirtschaftlichen Betrachtungsweise deutet zuletzt ein obiter dictum von *Hoffmann J* in der Entscheidung *Re Bradford Investment plc (No. 2)*[1374]. Der Richter hatte in diesem Fall darüber zu befinden, ob der Wert eines Unternehmens, das zunächst in der Rechtsform einer Personengesellschaft betrieben und später im Wege der Sacheinlage in eine neugegründete Public Company eingebracht worden war, den Nominalwert der dafür ausgegebenen Anteile abdeckte. Bei der Einbringung war die erforderliche Sacheinlageprüfung nicht durchgeführt worden. Dabei mußte sich *Hoffmann J* mit dem Argument auseinandersetzen, die Einlage sei als Bareinlage zu qualifizieren, da der Geschäftsbetrieb tatsächlich zunächst an die PLC verkauft worden sei und die spätere Einlage darin bestanden habe, der PLC die Kaufpreisschuld zu erlassen. Der Erlaß einer fälligen und liquiden Forderung wurde seinerzeit (wie auch heute gemäß s. 583 (3) (c) CA 2006) als Bareinlage verstanden.

Der Richter befand bei der Auslegung des Vertrags über die Anteilsausgabe, daß unzweifelhaft die Einbringung des Geschäftsbetriebs als Sacheinlage vereinbart worden sei. In einem obiter dictum äußerte er seine Zweifel, daß die behauptete Konstruktion eines vorgezogenen Verkaufs des Geschäftsbetriebs

1374 *Re Bradford Investments plc (No 2)* [1991] BCC 379.

mit späterer Einlage der Kaufpreisforderung dazu hätte führen können, den Vorgang als Bareinlage einzustufen mit der Folge, daß eine Sacheinlageprüfung entbehrlich gewesen sei: »I would not wish to give the impression that an artificial resort to two documents instead of one could be used to avoid the provisions of sec. 103.«

Dieses obiter dictum ist dogmatisch nicht anders zu erklären, als daß der Aufteilung in ein vorgezogenes Umsatzgeschäft und ein späteres Einlagegeschäft aufgrund einer wirtschaftlichen Betrachtungsweise keine rechtliche Bedeutung zuerkannt werden solle. Denn wenn die Aufteilung tatsächlich durchgeführt würde, wären die rechtlichen Vereinbarungen nicht schon als Scheingeschäft oder als mislabeling unbeachtlich.[1375] Der Maßstab für die beanstandete »Künstlichkeit der Gestaltung« (»artificial resort to two documents«) müßte wohl sein, daß diese keinen eigenen wirtschaftlichen Zweck verfolgte, sondern allein der Vermeidung der gesetzlichen Anforderungen an die Sacheinlageprüfung dienen sollte.[1376] Wäre der Unternehmenskaufvertrag unabhängig von der Anteilsausgabe schon abgeschlossen gewesen und bei der späteren Anteilsausgabe die bereits bestehende Kaufpreisforderung im Gegenzug für den Erhalt von Anteilen erlassen worden, läge darin nach englischem Verständnis eine Bareinlage. Gegen diese Qualifikation hätte *Hoffmann J* nichts einwenden können, da die Einbringung einer Forderung aus einem schon geschlossenen Austauschgeschäft als Bareinlage nicht »artificial« wäre, sondern vom Gesetz selbst vorgesehen ist. Bei beiden Transaktionen wurden eigenständige wirtschaftliche Interessen verfolgt. Wenn jedoch der Unternehmenskauf vorab allein deshalb vereinbart würde, um die Vorschriften für Sacheinlagen zu vermeiden, könnte die vom Gesetz vorgesehene Qualifikation der Einlageleistung als Bareinlage nach Auffassung von Hoffman J ausnahmsweise versagt werden, um anderen gesetzlichen Bestimmungen Geltung zu verschaffen.

Die Konsequenzen dieses kurzen obiter dictums sind nicht sicher abzuschätzen. Die hier geäußerte Ansicht, die Bestimmung von Bar- und Sacheinlagen im Sinne des Companies Act 2006 dürfe nicht durch künstliche Gestaltungen beeinflußbar sein, da andernfalls die zwingenden Vorschriften über die Prüfung von Sacheinlagen zur Disposition stünden, könnte letztlich dazu führen, daß im englischen Kapitalgesellschaftsrecht Regelungen zu verdeckten Sacheinlagen und zu Sachübernahmen zu entwickeln wären, die denen des deutschen Kapitalgesellschaftsrechts ähnelten. Darin läge eine weitreichende Änderung des aktuellen Verständnisses des englischen Gesellschaftsrechts, das bislang keine solchen Regeln kennt.[1377] Sollte das obiter dictum derart weitreichende Änderungen umfassen, erscheint nicht sicher, ob andere Gerichte ihm zustimmen würden.

1375 *Vella,* Departing from the legal substance, 270.
1376 *Vella,* Departing from the legal substance, 271.
1377 Zu (verdeckten) Sacheinlagen nach aktuellem Verständnis s.u. S. 583 ff.; dort auch zur rudimentären Diskussion solcher Umgehungsmöglichkeiten im englischen Recht.

Immerhin wird in diesen Fällen, anders als in der Entscheidung *Re Bradford*, zunächst einmal eine Bareinlage in Sinne von s. 583 ss. 3 (a) CA 2006 versprochen. Auf diese Forderung oder die tatsächlich gezahlten Barbeträge können die Gesellschaftsgläubiger zugreifen.

Die Verwendung so erlangter Barmittel liegt wie in Fällen unstreitiger Drittgeschäfte im alleinigen Zuständigkeitsbereich der directors. Jedenfalls wenn das spätere Erwerbsgeschäft zu Marktkonditionen erfolgt, ist durchaus vorstellbar, daß ein englisches Gericht an der formalen Unterscheidung von Anteilsausgabe gegen Bareinlage und weiterem Erwerbsgeschäft festhält und den Zeitpunkt, zudem das Erwerbsgeschäft vereinbart worden ist, für unmaßgeblich hält. Dies dürfte zumindest dann gelten, wenn zwar die Erwerbsabsicht bei der Anteilsausgabe schon feststeht, die Aushandlung der genauen Konditionen jedoch den Geschäftsführern überlassen bleibt. Dann verbleibt den Geschäftsführern ein Verhandlungsspielraum, der normalen Drittgeschäften vergleichbar ist.

Man denke sich umgekehrt den Fall, daß eine Sacheinlage vereinbart und korrekt bewertet wird und zugleich vom Investor ein Vermögensgegenstand mit schon vorhandenen Barmitteln angekauft wird. Hier würde man auch nicht von einer zusätzlichen Sacheinlage ausgehen. Ob die eingesetzten Barmittel schon vorhanden sind oder neu, aber tatsächlich eingebracht werden, muß in der Bewertung nicht zwingend einen Unterschied machen. Das Europarecht fordert, wie gesehen[1378], von den Mitgliedstaaten bewußt keine besondere Aufmerksamkeit bei Sachübernahmegestaltungen. In Fallgestaltungen wie der in *Re Bradford* angedachten, in denen tatsächlich nie Bargeld im Sinne von s. 583 ss. 3 (a) CA 2006 fließen soll, sondern nur die formale Gleichstellung von fälligen und liquiden Forderungen mit Bargeld durch Subsection 3 (c) der Vorschrift ausgenutzt werden, mag man anders entscheiden und dem obiter dictum von *Hoffmann J* folgen.

Überträgt man diese Erkenntnisse auf die Bestimmung der ›consideration‹ für die Ausgabe von jungen Anteilen, läßt sich festhalten, daß die wirtschaftliche Betrachtungsweise, die in *Re Bradford* erwogen wird, Fälle betrifft, in denen formalrechtliche Konstruktionen ohne eigene wirtschaftlichen Bedeutung gewählt werden, um bestimmte gesetzliche Vorgaben zu umgehen. Wenn jedoch die gewählte Gestaltung andere wirtschaftliche Folgen hat als der direkte vom Gesetz vorgesehene Weg, erscheint eine Bestimmung der ›consideration‹ nach wirtschaftlichen Gesichtspunkten weniger wahrscheinlich. So kann die Tatsache, daß bei beabsichtigten Sachübernahmen zunächst tatsächlich Bargeld an die Gesellschaft fließt, auf das die Gläubiger (wenn auch nur kurzzeitig) zugreifen können, als Begründung dienen, solche Gestaltungen nicht als Sacheinlage zu qualifizieren und nicht den Vorschriften über die Sacheinlageprüfung gemäß s. 593 CA 2006 zu unterwerfen. Als ›consideration‹ wäre demnach die Summe Bargeld anzusehen, nicht der mit diesen Mitteln erworbene Vermögensgegenstand.

1378 S.o. S. 399.

(5) Zusammenfassung und Anwendung auf Bestimmung des share premium

Reiht man die Kernaussagen der besprochenen Urteile ohne Kontexte aneinander, könnte man vermuten, die englischen Gerichte wählten im Wirtschaftsrecht häufig eine wirtschaftliche Betrachtungsweise. Eine ›consideration‹ kann in dem Vorteil aus einem anderen Vertrag (sogar mit einem dritten Vertragspartner) zu sehen sein, wenn die Parteien selbst eine wirtschaftliche Verbindung annehmen (*Philips*). Weder eine Umgehungsabsicht noch ein Scheingeschäft müssen zwingend vorliegen, um eine wirtschaftliche Betrachtungsweise zu rechtfertigen; es genügen übergeordnete Gesichtspunkte des Kapitalgesellschaftsrechts (*Mosley*). Künstliche Gestaltungen ohne eigenen wirtschaftlichen Zweck entpflichten nicht von der Beachtung gesetzlicher Vorgaben (*Re Bradford*).

Dabei ist jedoch nicht zu übersehen, daß die, ohnehin wenigen, Entscheidungen recht eindeutige Ausnahmefälle behandeln, wie den bewußten Unterwertverkauf im Insolvenzrecht, die Gefahr einer Unterpari-Emission durch sofortigen Umtausch von Wandelschuldanleihen und den Austausch eines Sacheinlagegegenstands durch eine Kaufpreisforderung dafür. Grundsätzlich orientieren sich die englischen Gerichte an der formalrechtlichen Ausgestaltung, welche die Parteien selbst wählen. Gerade auch im Recht der Einlagen, nämlich bei der Bewertung von Sacheinlagen, neigen die Gerichte einer formalen Wertbestimmung zu, die sich an den Vereinbarungen der Parteien der Anteilsausgabe orientiert und nicht auf den tatsächlichen wirtschaftlichen Wert des Einlagegegenstands sieht.[1379] Auf diesen formalrechtlichen Ansatz gründet die Kautelarjurisprudenz ihr Vertrauen in den rechtlichen Bestand ausgehandelter Vertragsgebilde.

Nimmt man die Rechtsgedanken der besprochenen Entscheidungen zusammen, kommt eine wirtschaftliche Betrachtungsweise für die Bestimmung der ›consideration‹ junger Anteile vor allem dann in Betracht, wenn die Parteien selbst wie in der *Philips*-Entscheidung eine zusätzliche Leistung an die Gesellschaft als ›consideration‹ verstehen und die Gesellschaft nur mit Blick auf diesen Vermögenszuwachs zur Ausgabe der Anteile bereit ist. Dieses Verständnis der Parteien kann daran deutlich werden, daß sie rein künstliche Gestaltungen wählen, um bestimmte Rechtsfolgen der formalrechtlich vereinbarten ›consideration‹ zu vermeiden, jedoch auch bei kombinierten Verträgen vorliegen, die aufeinander abgestimmt sind, ohne rein künstlich gestaltet zu sein. Eine Umgehungsabsicht wird entsprechend der *Mosley*-Entscheidung nicht in jedem Fall erforderlich sein, jedoch praktisch meist vorliegen, wenn die Parteien selbst davon ausgehen, neben der formal vereinbarten ›consideration‹ solle die Gesellschaft weitere Vorteile erhalten, ohne die die Gesellschaft nicht zur Ausgabe der Anteile bereit wäre.

1379 Zu dieser Herangehensweise bei der Sacheinlagebewertung und der Frage, ob diese gängige Praxis heute noch mit dem Companies Act 2006 vereinbar ist, s. u. 575 ff.

Treffen Gesellschaft und Investor neben der Einlagevereinbarung weitere Abreden über entgeltliche, jedoch für die Gesellschaft günstige Geschäfte, dürften die Gerichte den wirtschaftlichen Vorteil aus solchen Nebenabreden nicht allgemein als ›consideration‹ einstufen, solange nicht der Wille der Parteien erkennbar ist, die eigentliche Gegenleistung in günstigen Sachübernahmevereinbarungen oder ähnlichen Abreden zu verstecken. Die wirtschaftliche Bestimmung der ›consideration‹ einer Anteilsausgabe dürfte nach den bisherigen vergleichbaren Entscheidungen zu anderen Rechtsfragen nicht der Regelfall werden, sondern allein in besonderen Ausnahmefällen angewandt werden.

Praktisch bedeutsam dürften vor allem Fälle sein, in denen der Ausgabepreis der Anteile deutlich von ihrem Marktwert abweicht und der wirtschaftliche Vorteil aus einem besonders günstigen Austauschvertrag nach dem Willen der Parteien die Differenz von Marktwert und Ausgabepreis ausgleichen soll. Diese bewußt vereinbarten marktunüblichen Vorteile aus Nebenabreden sind der wahrscheinlichste Kandidat für eine Qualifikation als ›consideration‹ für die ausgegebenen Anteile durch die Gerichte. Entscheidend dürfte dabei sein, ob bestimmte gesetzliche Vorschriften eine entsprechende Qualifikation erfordern.

Wie gesehen könnte der Versuch, durch günstige Sachübernahmen die Vorschriften über den ausschüttungsgesperrten share premium account zu umgehen, dazu führen, daß die Gerichte eine wirtschaftliche Betrachtungsweise wählen und das share premium im Rahmen von s. 610 CA 2006 nach dem vollen Wert der wirtschaftlichen Gegenleistung bestimmen. Dadurch ist nicht zugleich entschieden, daß besonders günstige Sachübernahmevereinbarungen auch dazu führen müßten, den erworbenen Gegenstand als »wahre Gegenleistung« einer Sacheinlageprüfung nach s. 593 CA 2006 zu unterziehen und damit anders zu behandeln als bei marktgerechten Austauschverträgen. Die Notwendigkeit einer Sacheinlageprüfung hängt grundsätzlich ja davon ab, ob man die tatsächlich erfolgte Einzahlung einer Bareinlage als ausreichend für die Einlageleistung ansieht, selbst wenn diese Mittel ganz oder auch nur teilweise für ein Erwerbsgeschäft mit dem Investor verwendet werden.

In den besprochenen Entscheidungen wurde die wirtschaftliche Betrachtung stets mit Blick auf den Schutzzweck einzelner gesetzlicher Bestimmungen gewählt. Entsprechend kann man auf Grundlage dieser Entscheidungen eine wirtschaftliche Bestimmung der ›consideration‹ mit Blick auf bestimmte Vorschriften erwägen, jedoch aus diesen Urteilen keinen allgemeinen Vorrang der wirtschaftlichen Betrachtung gegenüber einer formalrechtlichen Betrachtungsweise ableiten. Die generelle Bestimmung (›general legal characterisation‹) der ›consideration‹ wird von der Vereinbarungen zwischen Gesellschaft und Investor ausgehen; in bestimmten Fällen kann der Zweck einer gesetzlichen Vorschrift ein anderes Verständnis verlangen (›special legal characterisation‹).[1380] Hierbei können unterschiedliche Normen unterschiedliche Bewertungen ver-

1380 Zur Unterscheidung von general und special legal characterisation *Vella*, Departing from the legal substance, 250 f.

langen, so zum Beispiel die kapitalaufbringungsrechtliche Vorschrift über die Sacheinlageprüfung, die nur in Public Companies gilt, eine andere Bestimmung von ›consideration‹ und ›premium‹ erforderlich machen als die kapitalerhaltungsrechtliche Vorschrift über den ausschüttungsgesperrten share premium account, die für Private und Public Companies gleichermaßen Geltung beansprucht.

Solche kritischen Nebenabreden werden bei der Anteilsausgabe mit der Gesellschaft selbst vereinbart oder sind als Bestandteil der Vereinbarungen in der company‹ constitution gemäß s. 33 CA 2006 so zu behandeln, als seien sie zwischen der Gesellschaft und ihrem Gesellschafter vereinbart worden. Für Leistungen, die ein Alleingesellschafter ohne vertragliche Vereinbarung an die Gesellschaft erbringt oder die mehrere Gesellschafter untereinander ohne Beteiligung der Gesellschaft vereinbaren, geben die besprochenen Urteile keinen Anhaltspunkt, inwiefern solche Zuzahlungen aufgrund einer wirtschaftlichen Betrachtung als ›consideration‹ anzusehen sein könnten. In den besprochenen Entscheidungen war die Gesellschaft stets als Partei der Anteilsausgabe an den Abreden beteiligt.

Wenn die Gesellschaft nicht an den entsprechenden vertraglichen Vereinbarungen beteiligt ist oder gar keine vertraglichen Abreden bestehen, läßt sich bei den Parteien der Anteilsausgabe keine Übereinstimmung feststellen, solche Zuzahlungen als Teil der ›consideration‹ für die jungen Anteile anzusehen. Zudem kann man eine solche Ausgestaltung von Zuzahlungen kaum als künstlich im Sinne von *Re Bradford* bewerten, da bedeutende wirtschaftliche Unterschiede bestehen. Bei ausstehenden Leistungen, zu denen sich die Gesellschafter auf rein schuldrechtlicher Grundlage verpflichten, besteht für Rechtsnachfolger keine Zahlungsverpflichtung gemäß s. 588 CA 2006. Die Handelbarkeit der Anteile wird daher nicht beeinträchtigt, wenn der frühere Anteilsinhaber solchen Zahlungsverpflichtungen noch nicht nachgekommen ist. Zudem liegt die Forderungszuständigkeit nicht bei der Gesellschaft, sondern bei ihren Gesellschaftern.

dd) Gründe für eine formalrechtliche Bestimmung des ›premium‹

Es gibt gute Gründe, das ›premium‹ (zumindest im Sinne von s. 610 CA 2006) im Wege einer wirtschaftlichen Betrachtung zu bestimmen und Finanzierungen darunter zu fassen, die aus deutscher Sicht als nur ›materielles Agio‹ anzusehen sind. Allerdings bereitet eine solche Vorgehensweise auch Schwierigkeiten.

Zum einen bleiben nach der oben dargestellten Rechtsansicht ›capital contributions‹ zumindest dann ohne rechtliche Beschränkungen, wenn sie außerhalb des Zusammenhangs einer Anteilsausgabe bewirkt werden, obwohl auch in diesen Fällen die ›capital nature‹ solcher Leistungen außer Frage steht. Folgt man dieser Auffassung, fällt der Wertungsvergleich mit anderen Finanzierungsformen nicht mehr eindeutig zugunsten eines weiten Verständnisses des ›share premium‹ aus.

Zum anderen bringt eine Abkehr vom traditionellen Verständnis des ›premium‹ unweigerlich Abgrenzungsschwierigkeiten mit sich, wann ein restriktiv zu behandelndes ›premium‹ anzunehmen ist, wann eine freie capital contribution. Diese Abgrenzungsschwierigkeiten kann man vermeiden, wenn man bei dem traditionellen Verständnis des ›premium‹ bleibt. Für ein Festhalten am tradierten Verständnis spricht auch, daß die Umgehung der Beschränkungen des share premium account durch freie capital contributions nur durch ein anderes Verständnis des Begriffs ›premium‹ niemals vollständig wird verhindert werden können.

(1) Abgrenzungsschwierigkeiten bei Einmanngesellschaften

Bei Einmanngesellschaften und damit in den praktisch bedeutsamen Fällen vieler Konzerngesellschaften kann der Alleingesellschafter frei entscheiden, wann er seine Gesellschaft mit wieviel Eigenkapital ausstattet und welche rechtliche Form er dafür wählt. Der Versuch einer Bestimmung, wie groß der zeitliche Zusammenhang zu einer Anteilsausgabe sein kann, in dem eine ›capital contribution‹ noch als ›premium‹ anzusehen ist, erscheint bei dieser großen Gestaltungsfreiheit des Alleingesellschafters als willkürlich. Der rein zeitliche Zusammenfall der Leistung einer ›capital contribution‹ mit einer Anteilsausgabe, der objektiv leicht feststellbar ist, kann für sich allein nicht erklären, wie diese materielle Einlage rechtlich behandelt wird, da der Alleingesellschafter den Zeitpunkt beliebig wählen kann.

Inhaltliche Abgrenzungskriterien lassen sich ebenfalls kaum angeben, nicht einmal dann, wenn die Entscheidungsfindung des Alleingesellschafters offengelegt werden kann. Da in Einmanngesellschaften keine Anteilsverwässerung droht, können neue Anteile ohne besondere Begründung zu pari ausgegeben werden. Daher bestehen keine objektiven Hinweise darauf, ob die Gesellschaft die Anteilsausgabe nur unter Berücksichtigung weiterer Vorteile durchzuführen gewillt ist oder ob die Parteien selbst weitere Zahlungen wirtschaftlich als Entgelt ansehen. Das share premium ist eine Zuzahlung auf den Nominalwert der Anteile, die mit Blick auf das Verhältnis der Gesellschafter untereinander berechnet wird. An diese aus Gründen der Gesellschaftergleichbehandlung tatsächlich erbrachte Mehrleistung knüpft das Gesetz bestimmte Rechtsfolgen an. Wenn keine Gesellschaftermehrheiten zu berücksichtigen sind, wird schon die objektive Bestimmung des share premium problematisch.

Als inhaltlicher Anknüpfungspunkt bleibt bei Einmanngesellschaften allein die vom Gesellschafter selbst in Aussicht genommene Gesamtsumme der Investition zum Zeitpunkt der Anteilsausgabe. Da aber der Alleingesellschafter seine Kapitalspritze auch vor oder nach der Kapitalerhöhung und sogar gänzlich ohne Ausgabe neuer Anteile durchführen könnte, gibt der zeitliche Zusammenfall von Anteilsausgabe und der Absicht auf weitere Leistungen keinen Begründungsansatz für eine rechtliche Sonderbehandlung der weiteren Kapitalspritze.

Es bleibt allein der Vorwurf, der Alleingesellschafter hätte eine formale Einlage in Form eines ›premium‹ wählen können. Diese Vorhaltung ähnelt dem Grundgedanken, auf dem die Forderung nach der Gleichbehandlung von share capital und share premium beruht. Jede Eigenkapitalfinanzierung, die im Zuge einer Anteilsausgabe erfolgt, soll als formale Einlage erfolgen und eine beliebige Aufteilung der Kapitalbeiträge auf rechtlich geschützte und rechtlich nicht geschützte Kapitalformen nicht möglich sein. Wenn aber freie ›capital contributions‹ jedenfalls unabhängig von der Ausgabe neuer Anteile möglich sind entsteht gerade das Bedürfnis nach Abgrenzung von freien ›capital contributions‹ und besonders geregelten ›considerations‹. Die Wiederholung des Vorwurfs allein, die Finanzierung könnte auch als formale Einlage erfolgen, ermöglicht noch keine Abgrenzung.

Derartige Überlegungen, in welchen Fällen an sich zulässige Rechtsgeschäfte wegen ihres inhaltlichen und zeitlichen Zusammenhangs mit einer Anteilsausgabe anrüchig werden, wie sie im deutschen Recht bei ›verdeckten Sacheinlagen‹ angestellt werden, muten im englischen Recht des Kapitalschutzes seltsam an. Bei der Besprechung der Entscheidung *Re Bradford Investments* wurde schon erörtert, daß ein solcher Rechtsgedanke selbst bei den strengeren Bestimmungen der Kapitalaufbringung für Public Companies nach derzeitigem Verständnis des englischen Gesellschaftsrechts ungewöhnlich erscheint. Insbesondere jedoch bei der Private Company, deren Recht traditionell möglichst unkompliziert ausgestaltet wird, erscheinen solche Überlegungen als Fremdkörper.

Nun bietet aber s. 610 CA 2006 keinen Anhaltspunkt, bei der Bestimmung des ›premium‹ zwischen Private und Public Companies zu unterscheiden, so daß die Auslegung nur einheitlich erfolgen kann. Es ist daher zweifelhaft, ob viele englische Juristen sich auf derartige Abgrenzungsversuche einlassen werden. Auch wenn jedes Abstellen auf Sachverhalte, welche die Parteien gestalten können, stets das Problem der Gesetzesumgehung mit sich bringt und diese Frage, wie gesehen, bei besonders auffälligen Nebengeschäften wohl auch im englischen Recht gestellt würde, so erscheint nicht sicher, daß diese Abgrenzungsschwierigkeiten noch dadurch vergrößert würden, daß man an sich freie ›capital contributions‹ als ›consideration‹ für in einem gewissen Zeitraum ausgegebene Anteile umqualifiziert.

Eine Lösung dieser Abgrenzungsschwierigkeiten, die auf jede Willkür verzichtet, wäre möglich, wenn ›capital contributions‹ stets wie ein ›share premium‹ behandelt würden. Dann könnte man beim tradierten Verständnis des Begriffs ›premium‹ bleiben und erhielte dennoch im Rahmen der Anteilsausgabe die gewünschte Gleichbehandlung aller Eigenkapitalbeiträge. Diese Möglichkeit soll im Anschluß an die Erörterung des share premium diskutiert werden.[1381]

1381 S.u. S. 610 ff.

(2) Abgrenzungsschwierigkeiten bei geschlossenen Gesellschaften

Bei wenigen Gesellschaftern in geschlossenen Gesellschaften, d.h. bei den meisten Gesellschaften zumindest im Zeitpunkt der Gründung, kann die Abgrenzung von ›share premium‹ und sonstiger ›capital contribution‹ unter Umständen leichter fallen. Man kann annehmen, daß jeder Eigenkapitalbeitrag eines Gesellschafters, der dazu dient, die jeweiligen Leistungen der Gesellschafter auszugleichen und eine Verwässerung der Anteile anderer Gesellschafter zu vermeiden, wirtschaftlich betrachtet ein typisches ›premium‹ darstellt. Bei Kapitalerhöhungen, an denen sich nicht alle Altgesellschafter beteiligen oder ein neuer Gesellschafter aufgenommen wird, ist eine solche Bestimmung regelmäßig leicht zu treffen. Der Wert der bisherigen Anteile kann geschätzt und auf dieser Grundlage bestimmt werden, welche Gegenleistung angemessen ist, d.i. zu keiner Verwässerung von Altanteilen führt.

Bei Kapitalerhöhungen allein unter Altgesellschaftern sowie bei Gründungen ist eine solche Bestimmung jedoch nicht so leicht möglich. Zwar kann der höchste Wert, den ein Gesellschafter als förmliche ›consideration‹ einbringt, z.B. in Form einer Sacheinlage, als Maßstab für die Bestimmung der Mindesthöhe der übrigen Einlagen dienen. Soweit sich jedoch alle Gesellschafter auf »freiwillige« capital contributions einigen, unterscheidet sich die Situation nicht wesentlich von der einer Einmanngesellschaft. Zwar bietet der Abschlußzeitpunkt der schuldrechtlichen Vereinbarung unter den Gesellschaftern einen Anhaltspunkt für den zeitlichen und inhaltlichen Zusammenhang mit der Anteilsausgabe. Da die Gesellschafter aber ohne den Zusammenhang mit einer Anteilsausgabe grundsätzlich jederzeit ›capital contributions‹ auf schuldrechtlichem Weg vereinbaren können, stellen sich bei einem einheitlichen Vorgehen aller Gesellschafter wieder dieselben Fragen einer Abgrenzung der unterschiedlichen Finanzierungsleistungen wie im Fall des Alleingesellschafters, und es stellt sich wieder die Frage, warum sich die rechtliche Behandlung von ›capital contributions‹ danach unterscheiden soll, ob zeitgleich oder in unmittelbaren zeitlichen Zusammenhang eine zusätzliche Anteilsausgabe zu pari erfolgt ist.

(3) Regelung der meisten Fälle bei eindeutigen Kriterien möglich

Diese Abgrenzungsschwierigkeiten lassen sich vermeiden, wenn man das traditionelle Verständnis des ›premium‹ beibehält und auf den klar erkennbaren Umstand abstellt, daß die Gesellschaft selbst die Gegenleistung als Teil der Bedingungen der Anteilsausgabe vereinbart hat, aus der das ›premium‹ zu errechnen ist. Die meisten normalen Fälle deckt dieses Verständnis des ›premium‹ ab. Auch bestimmte Formen des aus deutscher Sicht nur ›materiellen Agios‹ werden bei diesem Verständnis erfaßt. Der Mehrwert, der in einer Sacheinlage liegen kann, wurde schon angesprochen.

Zudem wird bei einer Plazierung von Anteilen am Kapitalmarkt unter Einschaltung von Banken unzweifelhaft der gesamte Erlös als ›premium‹ verstanden.[1382] Dies wird daraus deutlich, daß s. 610 ss. 2 CA 2006 zuläßt, die dabei anfallenden Bankprovisionen aus dem share premium account zu bestreiten, und damit voraussetzt, daß der Erlös aus dieser Transaktion zu einem ›premium‹ führen kann. Die Bedingungen der Anteilsausgabe setzen in solchen Fällen fest, daß der Nettoerlös an die Gesellschaft fließt. Das Kriterium der Vereinbarung der Gegenleistung durch die Gesellschaft ist im übrigen flexibel genug, die bei allen Gesellschaften naheliegende Umgehung durch günstige Nebengeschäfte zu erfassen, wenn sich eine Umgehungsabsicht erweisen läßt.

(4) Wortlaut von s. 610 CA 2006

Verzichtet man auf eine formale Festsetzung der ›consideration‹ durch die Gesellschaft selbst, ist dieser Verzicht, so verständlich er bei einer wirtschaftlichen Betrachtung ist, dennoch keine Petitesse und umgekehrt das Abstellen auf den Rechtsgrund der Leistung keine reine Förmelei. Immerhin führt die Betonung der wirtschaftlichen Betrachtung dazu, daß die Eigenschaft der Gesellschaft, eigenständige juristische Person zu sein, weniger gewichtet wird. Der tatsächliche Kapitalzufluß wird höher gewichtet als die fehlende Vereinbarung durch die Gesellschaft.

Genau auf dieser Stellung der Gesellschaft als eigenständige Person, welche die Ausgabe ihrer eigenen Anteile durchführt, beruht aber der Wortlaut der Vorschrift »a company issues shares at a premium«. Intuitiv versteht wohl jeder diese Formulierung zunächst so, daß die Gesellschaft selbst, vertreten durch ihr zuständiges Organ die Konditionen der Anteilsausgabe und damit das ›premium‹ bestimmt. Das weite Verständnis des ›premium‹, das auch Leistungen erfaßt, die nicht die Gesellschaft vereinbart hat, liegt an der Grenze eines möglichen Verständnisses des Wortlauts.

ee) Literatur und Rechtsprechung zur Bestimmung des share premium uneindeutig

(1) Verständnis des ›premium‹ in der Literatur

Die Frage, wie ›share premium‹ und sonstige ›capital contribution‹ voneinander abzugrenzen sind, stellt sich praktisch erst seit der Entscheidung *Kellar v Stanley Williams* aus dem Jahr 2000, in der capital contributions erstmals als eigenständige Finanzierungsform erkannt und anerkannt worden sind.[1383] In der englischen Literatur ist diese Abgrenzung noch nicht unternommen worden. Die Definitionen des ›share premium‹ sind daher nicht eindeutig.

1382 Zu dieser Fallgruppe aus deutscher Perspektive s. u. S. 902 ff.

1383 *Kellar v Stanley Williams* (Turks and Caicos Island) [2000] UKPC 4 (7th February, 2000).

Die zitierte Stelle aus dem Capital Gains Manual der *HMRC* versteht als ›capital contributions‹ Leistungen in das Eigenkapital einer Gesellschaft, die nicht »as part of the terms of issue of shares« erfolgen.[1384] Die hier geäußerte Ansicht beruht, wohl ohne die Bestimmung des ›premium‹ im Wege einer wirtschaftlichen Betrachtung bedacht zu haben, auf dem tradierten formalrechtlichen Verständnis des ›share premium‹.

Ferran und *Ho* definieren das ›share premium‹ als den Wertunterschied zwischen dem ›par value‹ und dem ›allotment price‹.[1385] Das ist zwar eine etwas ungenaue Formulierung, da bei einer Sacheinlage kein allotment price beziffert werden muß, sondern die Vereinbarung über den Einlagegegenstand genügt, wie das Urteil *Shearer v Bercain* Ltd lehrt. Die Definition zeigt jedoch eindeutig, daß *Ferran* und *Ho* implizit die überkommene Vorstellung teilen, das ›premium‹ sei als der Überschuß zu verstehen, um den der Wert der vereinbarten Gegenleistung den Nominalwert der Anteile übertrifft. Sie gehen davon aus, daß der Rechtgrund der Einlage in den Bedingungen der Anteilsausgabe liegt. Denn der ›allotment price‹ wird auf diese Weise festgesetzt.

Nicht ganz eindeutig ist die Auffassung *Davies'*, der noch in der achten Auflage der Principles of Modern Company Law das ›premium‹ umschreibt als den »extra amount above par which the company receives in exchange for the shares« und davon spricht, durch den Nominalwert der Anteile plus ›premium‹ werden »the total proceeds received by the company from the issuance of its shares« erfaßt.[1386] Diese Formulierungen lassen es gleichermaßen zu, die Bestimmung des ›premium‹ nach einer wirtschaftlichen Betrachtung (›total proceeds received‹) vorzunehmen oder dabei auf die formale Vereinbarung einer Gegenleistung (›in exchange‹) abzustellen. Vermutlich ist hier bereits eine wirtschaftliche Bestimmung gemeint.

In die Richtung einer wirtschaftlichen Betrachtung weisen nunmehr noch stärker die Ausführungen von *Davies* und *Worthington* in der aktuellen Ausgabe der Principles of Modern Company Law, welche als ›premium‹ definieren »any amount received above the nominal or »par« value« und im selben Zusammenhang von dem ›legal capital‹ sprechen als »being the amount that the company receives from those who subscribe for its shares«.[1387] Diese Formulierungen deuten darauf hin, daß *Davies* und *Worthington* jede wirtschaftliche Gegenleistung genügen lassen würden, die anläßlich einer Anteilsausgabe von einem Zeichner an die Gesellschaft erbracht wird, und nicht maßgeblich darauf abstellen würden, ob die Leistung zwischen Gesellschaft und Zeichner vereinbart wurde oder in einem zusätzlichen Shareholders‹ Agreement ohne Beteiligung der Gesellschaft. Eine bewußte Auseinandersetzung mit der Problematik findet jedoch auch in der aktuellen Auflage der Principles nicht statt, so daß die Frage

1384 HMRC, Capital contributions to companies: general.

1385 *Ferran/Ho*, Principles, 43.

1386 *Davies*, Principles (8), 268.

1387 *Davies/Worthington*, Principles, 258.

des zugrunde liegenden Verständnisses des ›share premium‹ nicht abschließend beantwortet werden kann.

(2) Prognose einer Entscheidung durch die Gerichte

Letztlich kommt es darauf an, wie die Gerichte entscheiden werden, wenn sie die Bestimmung des ›share premium‹ in Abgrenzung zu sonstigen ›capital contributions‹ vornehmen müssen. Urteile lassen sich schwer vorhersagen, wenn sie eine Entscheidung zwischen zwei dogmatisch begründbaren Argumentationen und damit eine letztlich subjektive Gewichtung der Argumente durch die Richter verlangen. Es ist daher denkbar, daß in einer zukünftigen Entscheidung die mischief rule of statuary construction betont wird, wie dies in *Shearer v Bercain Ltd* geschehen ist. Wenn man den mischief, den der Gesetzgeber im Auge hat, darin sieht, daß ein Gesellschafter im (auch nur wirtschaftlichen) Zusammenhang mit einer Anteilsausgabe eine Leistung in das Eigenkapital der Gesellschaft erbringt und dieses ›capital‹ zu einem späteren Zeitpunkt wieder an die Gesellschafter ausgekehrt wird, dann kann man jeden solchen Eigenkapitalbeitrag als ›premium‹ verstehen, unabhängig davon, ob die Gesellschaft selbst diese Leistung als Gegenleistung für die Anteile verlangt hat.

Vorstellbar ist jedoch genauso, daß die Gerichte betonen, daß ›capital contributions‹, die nicht in den Bedingungen der Anteilsausgabe ihren Rechtsgrund finden, eine jüngere Rechtsentwicklung sind, die der Gesetzgeber weder bei Einführung von s. 56 CA 1948 noch bei der späteren Übernahme des dortigen Regelungsgehalts durch s. 610 CA 2006 bedacht hat, und daraus folgern, daß die Vorschrift des s. 610 CA 2006 diesen möglichen Übelstand nicht adressiert, die mischief rule daher nicht weiterführt. Selbst wenn die Gerichte in ungeregelten ›capital contributions‹ den Übelstand sehen würden, den s. 610 CA 2006 beheben will, wäre nach der erwähnten literal rule der Wortlaut der Vorschrift letztlich als Grenze der Auslegung zu beachten. Eine Subsumption unter den Wortlaut »a company issues shares at a premium« wäre denkbar, wenn die Präposition ›at‹ in diesem Kontext keine Gegenleistungsbeziehung von ›premium‹ und Anteilen anzeigt, welche das Subjekt des Satzes, die Gesellschaft, durch die Anteilsausgabe begründet hat. Eine solche Lesart ist zwar möglich, aber kontraintuitiv. Es erscheint nicht ausgeschlossen, daß ein Gericht annimmt, gar keinen Interpretationsspielraum zu haben, um ›capital contributions‹ unter s. 610 CA 2006 zu subsumieren.

Bei einem Festhalten an dem tradierten Verständnis des Begriffs ›premium‹ droht gewiß ein Wertungswiderspruch in der rechtlichen Behandlung verschiedener Formen von ›capital‹. Die Geschichte der Rechtsprechung zum share premium hat jedoch gezeigt, daß solche Wertungsüberlegungen für englische Richter nicht dieselbe Bedeutung haben, wie für deutsche Richter. Die wertungsmäßige Vergleichbarkeit von share capital und share premium haben die englischen Richter stets gesehen und dennoch betont, daß das Gesetz seine Vorschriften nur für share capital erlassen hat.

Das Wertungsargument der notwendig einheitlichen Behandlung von Eigenkapitalbeiträgen ist zudem ambivalent. Außerhalb des Zusammenhangs mit einer Anteilsausgabe fehlen gesetzliche Vorschriften zu ›capital contributions‹. Die Bewertung von ›capital contributions‹ anläßlich einer Anteilsausgabe hängt damit maßgeblich davon ab, wie solche Eigenkapitalbeiträge zu anderen Zeitpunkten behandelt werden. Nimmt die Rechtsprechung zu ›capital contributions‹ generell eine restriktive Haltung ein und unterwirft sie diese im Ergebnis denselben Beschränkungen, die s. 610 CA 2006 für das ›premium‹ vorsieht, kann sie die Frage der Subsumption unter den Begriff des ›premium‹ eher bejahen.

Sie kann dann jedoch genausogut diese Frage und die damit einhergehenden Abgrenzungsschwierigkeiten, die sich faktisch nur in den Sonderfällen einer geschlossen Gesellschaft stellen, außer acht lassen, da die positive Beantwortung keinen Unterschied im Ergebnis macht. Behandelt die Rechtsprechung ›capital contributions‹, die ohne Zusammenhang mit einer Anteilsausgabe erfolgen, großzügig, wird eine restriktive Behandlung im Zusammenhang mit einer Anteilsausgabe schwerer begründbar, da das entscheidende Argument der notwendigen Gleichbehandlung von ›capital‹ ohnehin nicht mehr in allen Fällen sticht.

Vermutlich werden die englischen Gerichte bei dem tradierten Verständnis des Begriff ›premium‹ bleiben und die Frage der rechtlichen Behandlung von sonstigen ›capital contributions‹ einheitlich beantworten. Dieser weiteren Frage soll im Anschluß an die Besprechung des share premium nachgegangen werden.

f) Zusammenfassung

Zusammenfassend läßt sich festhalten. Der Begriff ›premium‹ umschreibt im Companies Act grundsätzlich jede Gegenleistung für neu ausgegebene Anteile, deren Wert über den Nominalwert dieser Anteile hinausgeht, wenn die Gegenleistung von der Gesellschaft mit dem Erwerber der Anteile vereinbart wird, anders ausgedrückt wenn der Rechtsgrund der Leistung in den mit der Gesellschaft vereinbarten Bedingungen der Anteilsausgabe liegt. Der Betrag der geschuldeten Mehrleistung muß bei Sacheinlagen nicht ausdrücklich festgesetzt werden; es genügt die Vereinbarung eines bestimmten Einlagegegenstands.

Für die Kapitalerhaltung ist der Wert des ›premium‹ ist im Fall einer Sacheinlage objektiv zu bestimmen. Eine bestimmte Einlagefähigkeit ist bei Sacheinlagen grundsätzlich nicht erforderlich. Bei Public Companies können jedoch weder Arbeits- noch Dienstleistungen als premium vereinbart werden.

Sofern eine Gegenleistung zwischen Gesellschaft und Investor vereinbart wird, kennt das englische Recht keine Unterscheidung in korporative (Haupt- oder Neben-)Leistungen und in rein schuldrechtliche Leistungen. Allerdings können die Gesellschafter untereinander, ohne Beteiligung der Gesellschaft, weitere Leistungen vereinbaren, die dem normalen Schuldrecht unterliegen.

Dieses Verständnis des Begriffs ›premium‹ leitet den Companies Act an. Bei bestimmten Normen können jedoch deren Regelungstechnik und Regelungszweck Modifikationen des allgemeinen Begriffs vom ›premium‹ erforderlich machen und eine Beschränkung ihres Anwendungsbereichs auf bilanzierbare Leistungen (s. 610 CA 2006) oder auf der Höhe nach eindeutig bestimmte Mehrleistungen (bestimmte Kapitalaufbringungsvorschriften) vorsehen. Unsicher ist die rechtliche Beurteilung von Leistungen eines Anteilserwerbers, die nicht in den Bedingungen der Anteilsausgabe als ›consideration‹ für die jungen Anteile vereinbart werden, die mit der Gesellschaft vereinbart worden sind. Vermutlich werden solche Finanzierungsleistungen im englischen Gesellschaftsrecht im allgemeinen nicht als ›premium‹ verstanden, obwohl sie als ›materielles Agio‹ dem share premium wirtschaftlich vergleichbar sein können. In bestimmten Ausnahmefällen ist an eine Erweiterung des Begriffs um wirtschaftliche Vorteile zu denken, die der Gesellschaft anläßlich einer Anteilsausgabe zufließen, jedoch nicht formal in den Bedingungen der Anteilsausgabe als ›consideration‹ für die jungen Anteile festgelegt werden.

3. Kapitalerhaltungsregeln des share premium

a) Bildung eines share premium account in PLC und Ltd

Mit den vorstehenden Erörterungen ist der Begriff des ›share premium‹ geklärt worden, soweit die dazu ergangenen und sachlich vergleichbare Urteile eine Präzisierung des Gesetzes erlauben. Die wichtigste Rechtsfolge, wenn eine Einlage als ›share premium‹ zu qualifizieren ist, besteht nach s. 610 ss. 1 CA 2006 darin, daß der wahre Wert dieser Einlage zu aktivieren ist und auf der Passivseite der Bilanz in einem besonderen ›share premium account‹ ausgewiesen werden muß. An diese bilanzielle Behandlung knüpfen die Kapitalerhaltungsvorschriften des Companies Act an.

Der maßgebliche Zeitpunkt für die Aktivierung des ›premium‹ dürfte dann anzunehmen sein, wenn die geschuldete Leistung fällig ist, d.h. grundsätzlich wenn die Geschäftsführer zur Leistungserbringung aufgefordert haben. Denn der Kapitalschutz des share premium soll dem share capital angeglichen werden. Die Kapitalerhaltung des share capital nun bezieht sich auf das ›called up capital‹, worunter man den Anteil am Nominalkapital versteht, der bereits eingezahlt oder zumindest fällig ist.[1388]

Da die Kapitalerhaltungsvorschriften auf der Bilanzierungsvorgabe des s. 610 CA 2006 beruhen, erfassen sie nur bilanzierbare Mehrleistungen eines Gesellschafters an seine Gesellschaft. Der Kapitalschutz ist damit teilweise abhängig von den beiden gemäß s. 395 et seq. CA 2006 alternativ zulässigen (nicht notwendig in allen Bestimmungen gleichlaufenden) Bilanzierungsstandards

1388 Zum Umfang des Kapitalerhaltungsrecht vgl. z.B. s. 831 CA 2006 und dazu *Davies/Worthington*, Principles, 280; zur Definition des ›called up capital‹ *Ferran/Ho*, Principles, 43.

UK-GAAP und IAS[1389], nach deren allgemeinen Regeln die Bilanzierbarkeit zu bestimmen ist.

Hinsichtlich der Kapitalerhaltung des Agios unterscheidet das englische Recht nicht zwischen Public und Private Companies. Das Recht der Limited ist daher viel strenger als das deutsche Recht der GmbH, das seine Kapitalschutzanforderungen nicht auf ein eventuelles Agio erstreckt. Aus englischer Sicht ist die Gleichbehandlung von PLC und Ltd in Fragen des share premium konsequent. Die Vorschriften über die Kapitalerhaltung des share premium werden heutzutage damit begründet, daß die Höhe des Haftungsfonds zugunsten der Gläubiger nicht ins Belieben der Gesellschafter gestellt werden soll, wo doch diese ihre wirtschaftlichen Einlagen beliebig als share capital oder share premium erbringen könnten.

Die Private Company kennt keinerlei Anforderungen an ein Mindestkapital, welches in Form von share capital aufzubringen ist. Für die Public Company schreibt s. 763 ss. 1 CA 2006 ein solches ›minimum capital‹ in Höhe von GBP 50.000,– (oder dem entsprechenden Betrag in Euro) vor. Diese Vorschrift dient der Umsetzung von Art. 45 Abs. 1 der Gesellschaftsrechtsrichtlinie und geht über dessen Mindestanforderung von EUR 25.000,– noch hinaus. Die Gefahr einer Beliebigkeit bei der Bestimmung des Haftungsfonds der Gesellschaft ist in der Ltd demnach größer als in der PLC, die zumindest gewisse Mindestanforderungen an die Höhe des share capital kennt. Daher ist die Erstreckung des Kapitalerhaltungsrechts auf das share premium im Fall der Ltd aus englischer Sicht erst recht erforderlich.

Im deutschen Recht erfüllt das Mindestkapital eine ähnliche Funktion wie die Regeln über das share premium im englischen Recht, nämlich zu verhindern, daß die Gesellschafter völlig frei bestimmen können, wie hoch der Haftungsfonds zugunsten der Gläubiger ausfällt. Diese Funktionsgleichheit zeigt sich besonders deutlich im Vergleich von Ltd und GmbH. Bei der Ltd verhindern nur die Regeln über das share premium, daß die Gesellschafter den Haftungsfonds der Gesellschaft völlig frei bestimmen können. Die Gesellschafter müssen zwar von Rechts wegen ihrer Ltd kein bestimmtes Eigenkapital bereitstellen. Soweit sie jedoch aus wirtschaftlichen Erwägungen heraus Einlagen leisten, fließen diese dem legal capital ihrer Gesellschaft zu.

Bei der GmbH verhindert die unerwünschte Beliebigkeit allein das Mindestkapitalerfordernis von EUR 25.000,– in § 5 Abs. 1 GmbHG (bzw. bei der UG haftungsbeschränkt das ersatzweise geltende Thesaurierungsgebot des § 5a Abs. 3 GmbHG, das wegen § 5a Abs. 5 GmbHG faktisch nur bis zur Höhe des Mindeststammkapitals Anwendung findet). Eine Erstreckung der Kapitalschutzvorschriften auf das Agio erfolgt nicht. Wenn in der deutschen Literatur gelegentlich der Kapitalschutz in der englischen Limited wegen des Verzichts auf ein Mindestkapital als unzureichend und im Vergleich zum GmbH-Recht unterentwickelt

1389 Zu den verschiedenen zulässigen Bilanzierungsmethoden s. *Stöber* in Schall, Companies Act ssec. 380–474, Rz. 1 ff.

eingestuft wird, werden die strengeren Regelungen hinsichtlich des share premium gewöhnlich übersehen.[1390]

Vorschriften über ein Mindestkapital unterscheiden sich jedoch in einer Hinsicht stark von der Erstreckung des Kapitalschutzes auf ein eventuelles Agio. Der Kapitalschutz des Agios setzt an den tatsächlich erbrachten Einlagen an, also dem Eigenkapital, dessen Bereitstellung die Gesellschafter selbst für erforderlich halten. Dieser Schutz kann weit über die Summe eines fixen Mindestkapitals hinausgehen. Das Mindestkapital schreibt den Gesellschaftern eine bestimmte Summe vor, die sie für erforderlich halten müssen. Der gesamte Schutzumfang des bilanziell bemessenen Haftungspuffers muß über diesen aufgezwungenen Betrag nicht hinausgehen; die Gesellschafter können allerdings freiwillig das Haftkapital erhöhen.

Aktiengesellschaft und Public Limited Company machen deutlich, daß das Konzept eines Mindestkapitals die Erstreckung des Kapitalerhaltungsrechts auf das Agio nicht notwendig ausschließt, denn sowohl im Aktiengesetz wie im Recht der PLC werden Zuzahlungen über dem Nominalwert der Anteile (korporatives Agio im deutschen, share premium im englischen Recht) in die Kapitalerhaltung einbezogen, obwohl beide Rechte ein Mindestkapital kennen. Im Aktienrecht ist diese Einbeziehung des korporativen Agios in das Recht des Kapitalerhalts, wie noch zu zeigen sein wird[1391], ursprünglich nicht dem Gläubigerschutz geschuldet, sondern dem Anleger- und Kapitalmarktschutz (Verhinderung der Agiotage). Das englische Recht der PLC hat bei der Umsetzung des Mindestkapitalerfordernisses der Richtlinie an den tradierten Regeln zum share premium festgehalten, vermutlich weil es das ›minimum capital‹ als lediglich zusätzlichen Schutz der Gläubiger verstanden hat, da es – trotz der Verdoppelung der Höhe des Mindestkapitals in s. 763 ss. 1 CA 2006 gegenüber den Anforderungen der Richtlinie – als alleiniger Schutz nicht genüge.

b) Keine Rückgewähr an die Gesellschafter

Die Buchung der Einlage im share premium account hat gemäß s. 610 ss. 4 CA 2006 zur Folge, daß die Einlage grundsätzlich wie share capital zu behandeln ist und nur mehr auf dem Weg einer förmlichen Kapitalherabsetzung an die Gesellschafter zurückgeführt werden kann. Der share premium account bildet eine ausschüttungsgesperrte Rücklage (›undistributable reserve‹), die nur im Rahmen einer Kapitalherabsetzung aufgelöst werden kann und daher nicht zu einem nach s. 830 CA 2006 ausschüttungsfähigen Gewinn führen kann.[1392]

1390 So z.B. bei *Fleischer*, Gläubigerschutz in der kleinen Kapitalgesellschaft, 1021.

1391 S. u. Kapitel 5.

1392 Zur Berechnung des ausschüttungsfähigen Gewinns im englischen Gesellschaftsrecht *Davies/Worthington*, Principles, 280 ff. Knapper, aber sehr informativer Überblick bei *Holgate*, Accounting Principles, 160 ff.

In einer Private Company ergibt sich die Ausschüttungssperre für ein share premium allein aus dem Gebot der Gleichbehandlung mit dem share capital in s. 610 ss. 4 CA 2006 und den eingeschränkten Verwendungsmöglichkeiten des s. 610 ss. 2 und 3 CA 2006. Für Public Companies schreibt s. 831 ss. 4 (a) CA 2006 ausdrücklich fest, daß der share premium account zu den ›undistributable reserves‹ zählt. Inhaltlich geht die Bestimmung in s. 831 ss. 4 (a) CA 2006 hinsichtlich des share premium nicht über s. 610 CA 2006 hinaus. Die ausdrückliche Feststellung, der share premium account sei in der PLC zu den undistributable reserves zu zählen, ist der Tatsache geschuldet, daß der ausschüttungsfähige Gewinn in Public Companies strengeren Beschränkungen unterliegt als in Private Companies. Für Public Companies geht s. 831 CA 2006 über die Anforderungen des s. 830 CA 2006 hinaus und schreibt eine weitere Kontrollrechnung vor, bei der die noch nicht realisierten Verluste zu berücksichtigen sind.[1393] Für diese Berechnungsweise nennt s. 831 ss. 4 CA 2006 die gesperrten Rücklagen, die bei der Berechnung des ausschüttungsfähigen Gewinns abzuziehen sind, und wiederholt in diesem Zusammenhang die inhaltliche Vorgabe von s. 610 CA 2006.

c) Verwendungsmöglichkeiten des share premium account

Gemäß s. 610 ss. 3 CA 2006 kann der share premium account dazu verwendet werden, die Ausgabe voll eingezahlter Bonusanteile an die Gesellschafter zu finanzieren. Bonusanteile sind Anteile, die an die Gesellschafter ausgegeben werden, ohne daß diese dafür eine Gegenleistung erbringen müssen. Statt dessen leistet die Gesellschaft die erforderliche Einlage, in diesem Fall aus dem share premium account.[1394] Im Ergebnis wird bei diesem Vorgang das share premium in reguläres share capital umgewandelt, so daß das gläubigerschützende legal capital in der Summe gleich bleibt. Die Ausgabe von Bonusanteilen bringt keine Ausnahme von der Kapitalerhaltung mit sich.

Eine wirkliche Ausnahme von der Kapitalerhaltung läßt s. 610 ss. 2 CA 2006 zu, nach dessen Buchstabe (a) ein share premium verwendet werden kann, die Kosten der Anteilsausgabe, die zu dem premium geführt hat, zu bestreiten. Buchstabe (b) der Vorschrift gestattet zudem die Verwendung des share premium account, um Bankprovisionen zu begleichen, die bei der Anteilsausgabe entstanden sind, welche zu dem share premium geführt hat. Werden diese Kosten zulasten des share premium account gebucht, statt alternativ bei der Gewinn- und Verlustrechnung berücksichtigt zu werden, wird der Haftungsfonds der Gesellschaft effektiv verringert.

1393 Beispiele der unterschiedlichen Berechnungsweisen des ausschüttungsfähigen Gewinns in Public und Private Companies bei *Holgate*, Accounting Principles, 162.

1394 *Davies/Worthington*, Principles, 261 f.

Wie im historischen Überblick gesehen[1395], hat der Companies Act 2006 die früher viel weiter gehenden Verwendungsmöglichkeiten des share premium account auf diese beiden Ausnahmen reduziert und damit die Gefahr verringert, daß der Haftungsfonds der Gläubiger ausgehöhlt werden kann. Die weiterbestehende Möglichkeit, die Kosten der Anteilsausgabe abzuziehen, steht im Einklang mit der Grundidee der Company Law Review Steering Group (CLR), den Gläubigern nur die Nettoerlöse einer Anteilsausgabe als Sicherheit zu erhalten.[1396] Anders jedoch als von der CLR vorgeschlagen, unterscheiden sich die Kosten, die vom share premium account abgezogen werden können, von den Kosten, die bei einer Ausgabe zu pari Berücksichtigung finden. Gemäß s. 553 ss. 2 CA 2006 kann das share capital nicht zur Deckung aller Ausgabekosten verwendet werden, sondern nur zur Begleichung von Bankprovisionen und hierbei nur bis zu einer Höhe von maximal 10% des Nominalwerts.[1397]

Selbst wenn die Gesellschaft Einlagen auf das Nominalkapital dazu verwendet, eine Bankprovision zu bestreiten, reduziert diese Ausgabe nur das tatsächlich verbleibende Kapital, nicht aber die Haftkapitalziffer des Nominalwertes der Anteile. Bei Einlagen auf ein share premium gestattet s. 610 ss. 2 CA 2006 hingegen die Reduktion des Haftkapitals. Eine Begründung für diese Abweichung vom Grundsatz der Gleichbehandlung von share capital und share premium ist nicht erkennbar.

Im Vergleich zum deutschen Aktienrecht fällt auf, daß die Beträge, die im share premium account gebucht sind, nicht zum Ausgleich von Verlusten verwendet werden können. Im Aktienrecht wird das korporative Agio dem Grundkapital nur dahingehend angenähert, daß es nicht wieder an die Gesellschafter ausgekehrt werden darf. § 150 Abs. 2 und 3 AktG lassen jedoch einen Verlustausgleich zu und damit eine dauerhafte Verringerung des Haftungsfonds. Im englischen Recht können aufgelaufene Verluste nur durch spätere Gewinne ausgeglichen werden, bevor wieder eine Ausschüttung an die Gesellschafter erfolgen kann.[1398]

1395 S.o. S. 502 f.

1396 Ebda.

1397 Dazu *Ferran/Ho*, Principles 89. Die Vorschrift soll den Schutz des Nominalkapitals mit den wirtschaftlichen Notwendigkeiten von Bankprovisionen vereinbaren und wird im wirtschaftlichen Ergebnis als Ausnahme vom Verbot der Unterpariemission angesehen, wenngleich formal lediglich die Verwendung der Einlage zur Begleichung bestimmter Schulden ermöglicht wird. Vor diesem Hintergrund wird die Formulierung »10 % of the price at which the shares are issued« so zu verstehen sein, daß nicht der tatsächliche Ausgabepreis inklusive einem eventuellen share premium die maßgebliche Bezugsgröße gibt, sondern das ›issued share capital‹ im Sinne von s. 546 (1) (a) CA 2006, also der Nominalwert der ausgegebenen Anteile.

1398 Die Berechnung des ausschüttungsfähigen Gewinns aus den Gewinnen und Verlusten, welche die Gesellschaft seit ihrer Gründung erwirtschaftet, und der dazu erforderliche Vortrag ausschüttungsfähiger Gewinne in Rücklagen und die Verrechnung von Verlusten mit Gewinnen und Rücklagen sind in s. 830 (2) CA 2006

Das share premium wird dauerhaft gleich behandelt wie das share capital. Hinsichtlich der Kapitalerhaltung des Agios ist das Recht der PLC deutlich strenger als das Aktienrecht. Der Grund für diese unterschiedliche Behandlung dürfte in den verschiedenen Zwecken liegen, welche die jeweiligen Vorschriften verfolgen. § 150 AktG bzw. seine Vorgängervorschriften hatten ursprünglich nicht den Gläubigerschutz im Sinn, sondern die Anleger am Kapitalmarkt, die vor einem überhöhten Gewinnausweis geschützt werden sollten. Sind die als Agio eingezahlten Gelder durch Verluste aufgebraucht und zur Deckung solcher Verluste transparent ausgebucht, können sie nicht mehr als Scheingewinne ausgeschüttet werden. Es bedarf keiner Wiederauffüllverpflichtung, wie sie beim Nominalkapital festgeschrieben ist, da das korporative Agio anders als das Nominalkapital nicht wesentlich dem Gläubigerschutz dient, sondern diesen nur mittelbar verbessert. Das share premium sollte von jeher gleich wie share capital behandelt werden, um einer willkürlichen Aufteilung auf die beiden Formen von ›capital‹ zu begegnen. Es wird daher über die ganze Zeit, in der eine Gesellschaft werbend tätig ist, dem share capital gleichgestellt.

d) Keine Hauptversammlung bei schweren Verlusten

Das Kapital, das durch ein share premium aufgebracht worden ist, ist im englischen Recht ebenso streng vor einer Rückgewähr an die Gesellschafter geschützt wie das Nominalkapital der Anteile. Ein Unterschied besteht bei Public Companies zwischen share capital und share premium dann, wenn das Kapital nicht durch Ausschüttungen an die Gesellschafter gefährdet ist, sondern durch Verluste.

Art. 58 der Gesellschaftsrechtsrichtlinie schreibt vor, daß »bei schweren Verlusten des gezeichneten Kapitals« eine Hauptversammlung einzuberufen ist, um über die Lage der Gesellschaft zu beraten. Ein Verlust ist nach dieser Vorschrift spätestens dann als schwer einzustufen, wenn nur noch die Hälfte des gezeichneten Kapitals vorhanden ist. Die Mitgliedstaaten können jedoch auch strengere Maßstäbe zur Bestimmung der »Schwere des Verlustes« anlegen.[1399] Bei der Umsetzung dieser Richtlinienvorgaben in s. 656 CA 2006 hat sich das englische Recht darauf beschränkt, die Mindestanforderungen der Gesellschaftsrechtsrichtlinie zu erfüllen, und verlangt die Einberufung eines ›general meeting of the company‹ dann, wenn das Eigenkapital der Gesellschaft (›net assets‹) nur mehr die Hälfte oder weniger des ›called-up share capital‹ deckt. Ein eventuelles share premium bleibt außer Betracht.[1400]

geregelt. Vor der gesetzlichen Regelung dieser Materie ging das common law davon aus, daß der ausschüttungsfähige Gewinn aus dem jeweiligen Jahresüberschuß zu errechnen sei, vgl. *Ferran/Ho*, Principles, 215 mit Fn. 84.

1399 S. o. S. 451 ff.

1400 S. a. *Krebs/Stiegler* in Jung/Krebs/Stiegler, Gesellschaftsrecht, § 12 Rz. 606.

Es wäre jedoch möglich gewesen, schon dann zur Einberufung einer Hauptversammlung zu verpflichten, wenn Verluste das Eigenkapital der Gesellschaft derart aufgezehrt haben, daß nur noch die Hälfte des capital bestehend aus share capital und share premium vorhanden ist. Art. 58 der Gesellschaftsrechtsrichtlinie, der selbst nur auf das gezeichnete Kapital sieht, läßt eine solche verschärfte Einberufungspflicht zu, da die Vorschrift ausdrücklich nur eine Mindestanforderung enthält und eine Verschärfung seinem Regelungszweck dient. Art. 58 der Gesellschaftsrechtsrichtlinie verlagert im Krisenfall die Entscheidungskompetenz teilweise von den Geschäftsführern auf die Gesellschafter, um diesen die Möglichkeit zu geben, selbst über geeignete Maßnahmen zu beschließen. Nach teilweise vertretener Ansicht soll die Pflicht zur Einberufung einer Hauptversammlung mittelbar auch dem Schutz der Gläubiger dienen, die von den beschlossenen Maßnahmen profitieren könnten.[1401]

Da das englische Recht grundsätzlich eine Gleichbehandlung von share capital und share premium anstrebt, hätte es nicht verwundert, wenn s. 656 CA 2006 die Pflicht zur Einberufung einer Hauptversammlung danach bestimmt, in welcher Höhe das ›capital‹ der Gesellschaft noch vorhanden ist, ohne danach zu differenzieren, wie dieses ›capital‹ eingezahlt worden ist. Die unterschiedliche Behandlung von share premium und share capital in s. 656 CA 2006 ist inhaltlich, d.h. wenn man nicht lediglich auf die Umsetzung der Richtlinienvorgaben verweisen will, allenfalls so erklärbar, daß der Companies Act den Zweck der verpflichtenden Einberufung einer Hauptversammlung nicht im Gläubigerschutz sieht, sondern allein im Innenverhältnis der Gesellschaft in der Zuweisung von Kompetenzen der Geschäftsführer an die Gesellschafter. Denn die Gleichbehandlung von share premium und share capital wird damit begründet, daß die Höhe des zugunsten der Gläubiger zu bildenden Haftungsfonds nicht von der Art der Einlage abhängen soll. In Vorschriften, die nicht den Schutz der Gläubiger bezwecken, ist eine Gleichbehandlung von share capital und share premium aus systematischen Gründen nicht zwingend erforderlich.

Im Innenverhältnis bietet die Anknüpfung an den Nominalwert der Anteile einen klaren Maßstab, nach dem alle Anteile gleich gewichtet werden, egal ob sie bei Gründung der Gesellschaft zu pari oder bei einer Kapitalerhöhung über pari ausgegeben wurden. Allerdings wird diese besondere Kompetenzverteilung nur im Krisenfall vorgenommen und damit letztlich wirtschaftlich begründet. Wenn die besondere Schwere der Krise, die eine Umverteilung von Organkompetenzen zur Folge hat, schon nach der bilanziellen Eigenkapitalziffer zu bestimmen ist und wenn das in der Bilanz ausgewiesene share premium wirtschaftlich betrachtet dem share capital entspricht und daher rechtlich gleich behandelt werden soll, dann wäre die Einbeziehung des share premium in den Schwellenwert des s. 656 CA 2006 doch zu erwarten gewesen.

1401 Zum Normzweck des Art. 58 der Gesellschaftsrechtsrichtlinie s. o. S. 451.

e) Erwerb eigener Aktien und Financial Assistance

Im weiteren Sinn zählen zur Kapitalerhaltung neben den vorgenannten Vorschriften auch die Regelungen zur sogenannten Financial Assistance, also Maßnahmen, mit denen eine Gesellschaft Dritte dabei unterstützt, Anteile an eben dieser unterstützenden Gesellschaft zu erwerben, und die Regelungen zum Erwerb eigener Anteile durch die Gesellschaft selbst. In beiden Fällen droht das Kapital, welches die Gesellschafter aufgebracht haben, real verloren zu gehen und nur noch als Erinnerungswert in der Bilanz stehen zu bleiben.

Das englische Gesellschaftsrecht kennt seit der Entscheidung *Trevor v Whitworth*[1402] den Grundsatz, daß eine Gesellschaft keine eigenen Anteile erwerben darf.[1403] Diese Regel bestätigt s. 658 ss. 1 CA 2006, die erste Vorschrift in dem 18. Abschnitt des Companies Act, der überschrieben ist »Acquisition by Limited Company of Its Own Shares«. Das zweite Kapitel des 18. Abschnitts flankiert diese Grundregel mit dem allgemeinen Verbot der »Financial Assistance« (s. 677 CA 2006 et seq.). Die Details dieses Verbots müssen hier nicht interessieren, da sie keine Besonderheiten hinsichtlich des share premium enthalten. Das Verbot der Financial Assistance dient dem Erhalt des ›capital‹ der Gesellschaft, egal in welcher Form es aufgebracht wurde, als share capital oder share premium.

Ausnahmsweise kann der Erwerb eigener Anteile zulässig sein. Im vierten Kapitel des Abschnitts 18 regelt der Companies Act den zulässigen Erwerb eigener Anteile (purchase of own shares, s. 690 et seq.). Ein solcher Erwerb kann dazu führen, daß die Gesellschaft Anteile an sich selbst, sogenannte ›treasury shares‹ hält. ›Treasury shares‹ sind in Abschnitt 18 Kapitel 6 geregelt (s. 724 et seq.). Die gesetzlichen Vorgaben stellen sicher, daß ein Erwerb eigener Anteile nicht zur einer Reduzierung des Haftungspuffers der Gesellschaft führt.

Denn erstens können gemäß s. 691 ss. 1 CA 2006 nur Anteile erworben werden, deren Einlage vollständig erbracht ist. Zweitens muß die Gesellschaft gemäß s. 692 ss. 2 CA 2006 den Erwerbspreis aus den distributable profits bezahlen können oder aus den Erlösen einer speziell zur Finanzierung des Rückkaufs erfolgten Ausgabe neuer Anteile. Werden neue Anteile zur Finanzierung des Erwerbs alter Anteile ausgegeben, wird es sich um eine andere Klasse von Anteilen handeln, also z.B. Vorzugsanteile durch ordentliche Anteile ersetzt werden oder umgekehrt. In beiden Finanzierungsvarianten wird das legal capital nicht reduziert. Unter besonderen Umständen, die im fünften Kapitel des 18. Abschnitts geregelt sind (s. 709 et seq.), kann eine Private Company den Erwerb eigener Anteile aus ihrem ›capital‹ finanzieren und so effektiv ihren Kapitalpuffer reduzieren. Da diese Vorschriften nicht nach dem share capital und dem share premium unterscheiden, sollen sie an dieser Stelle nicht im einzelnen interessieren, genausowenig wie die übrigen Details des Erwerbs eigener Anteile im englischen Recht.

1402 *Trevor v Whitwort* (1887) 12 App Cas 409, HL.
1403 *Ferran/Ho*, Principles, 178; *Davies/Worthington*, Principles, 300.

4. Ausnahmeregelungen

Der Kapitalerhalt des s. 610 ss. 4 CA 2006 beruht auf der Aktivierung von Einlagen zu ihrem wahren Wert und der korrespondierenden Passivierung in einem besonderen share premium account. Die beiden Ausnahmeregelungen der ›merger relief‹ in s. 612 und 613 CA 2006 und der ›group reconstruction relief‹ in s. 611 CA 2006 knüpfen an dieser Bilanzierungsvorgabe an und nehmen bestimmte Fälle von Konzernbildungen oder Konzernumstrukturierungen entweder von dem Gebot aus, eine Sacheinlage zu ihrem wahren Wert zu aktivieren, oder erlauben bei der Aktivierung einer Sacheinlage zu ihrem vollen Wert ausnahmsweise auf der Passivseite der Bilanz den Ausweis einer ›merger reserve‹, die keiner Ausschüttungsbeschränkung unterworfen ist.

a) Grundgedanke der Ausnahmeregelungen

›Merger relief‹ und ›group reconstruction relief‹ bezwecken, Vermögenswerte, die vor dem Zeitpunkt der Konzernbildung oder der Konzernumstrukturierung erwirtschaftet worden sind und als Gewinn hätten ausgeschüttet werden können, nach der jeweiligen Transaktion für eine Ausschüttung an die Gesellschafter der Konzernobergesellschaft zur Verfügung zu halten.[1404] Diese Ausnahme von Konzernsachverhalten von den gesetzlichen Anforderungen an das share premium und der damit zusammenhängende Wunsch, ein »Einfrieren von Gewinnen« im Konzern zu verhindern, war nach der Entscheidung *Shearer v Bercain Ltd* das dringendste Anliegen der Wirtschaft, das der Gesetzgeber im Companies Act 1981 aufgegriffen hat. Immerhin sind beinahe alle großen Unternehmen im Vereinigten Königreich als Konzerne strukturiert.[1405]

Der Mehrwert eines als Sacheinlage eingebrachten Unternehmens soll entweder den ausschüttungsfähigen Rücklagen zugeführt werden oder zu stillen Reserven führen, bei Umstrukturierungen im Konzern sollen stille Reserven nicht aufgedeckt werden. Beide Ausnahmevorschriften stufen die bloße Bildung oder Umstrukturierung eines Konzerns wirtschaftlich als nicht so bedeutsam ein, daß sie in rechtlicher Hinsicht Folgen auf die Bilanzierung oder die Ausschüttbarkeit von Gewinnen haben sollten. Es soll fingiert werden, die Konzernstruktur, wie sie nach der Transaktion besteht, habe schon immer so bestanden.

Dieser Ansatz entspricht dem Grundgedanken des ›merger accounting‹ bei der Konsolidierung von Konzernbilanzen. Der Konzern wird als wirtschaftliche Einheit betrachtet, in der das Vermögen weitgehend beliebig auf die verschiedenen Gesellschaften verteilt sein kann. Die rechtliche Selbständigkeit der einzelnen Gesellschaften erscheint gegenüber dieser wirtschaftlichen Einheit weniger bedeutsam. Diese Betrachtung des Konzerns als wirtschaftliche Einheit geht der Bestimmung des premium nach dem wahren Wert der Sacheinlage vor.

1404 *Ferran/Ho*, Principles, 103.
1405 *Napier/Noke*, Premiums, 810.

b) merger relief

aa) Funktionsweise

Die Vorschriften über die Ausnahme ›merger relief‹ in s. 612, 613 CA 2006 sehen vor, daß kein share premium account zu bilden ist, wenn ein Unternehmen durch Ausgabe seiner eigenen Anteile ein anderes Unternehmen erwirbt und nach Abschluß der Transaktion mindestens 90% der Anteile an dem anderen Unternehmen besitzt.[1406] Anteile an dem erworbenen Unternehmen, welche das erwerbende Unternehmen schon vor der Transaktion besessen hat, werden gemäß s. 616 ss. 3 lit. a) CA 2006 zur Bestimmung der 90%-Schwelle mitberücksichtigt. Wird die 90%-Schwelle erreicht, ist der ›merger relief‹ zwingend anzuwenden, d.h. es kann kein share premium account ausgewiesen werden.[1407]

Ist das erworbene Unternehmen tatsächlich mehr wert als der Nominalwert der dafür ausgegebenen Anteile, stehen dem erwerbenden Unternehmen zwei Wege offen. Es kann entweder nach s. 615 CA 2006 die Beteiligung an der Tochtergesellschaft in seinen Büchern mit dem Nominalwert der eigenen Anteile aktivieren und hinsichtlich des Mehrwerts stille Reserven bilden, oder es kann den Mehrwert ausweisen und in eine entsprechende ›merger reserve‹ einstellen, deren Verwendung nicht wie bei einem share premium account Beschränkungen unterworfen ist.[1408]

Die Vorerwerbsgewinne der Tochter können an die Gesellschafter der Mutter weitergereicht werden, wenn sie aus Sicht der Mutter zu ›realised profits‹ im Sinne von s. 830 ss. 2 CA 2006 führen. Unter einem ›realised profit‹ versteht man, ohne hier auf Einzelheiten einzugehen, einen Gewinn, der die liquiden Mittel der Gesellschaft erhöht.[1409] Die Ausschüttungssperre des share premium account würde dazu führen, daß die thesaurierten Gewinne der Tochtergesellschaft nicht dem ›realised profit‹ der Muttergesellschaft zuzurechnen sind. Die ›merger relief‹ soll erreichen, daß der Mehrwert der Sacheinlage, der durch die Vorerwerbsgewinne entsteht, zu einem solchen ›realisierten Gewinn‹ führen kann.

1406 Berücksichtigt werden Anteile, die als »equity shares« ausgegeben sind. Damit sind neben Stammaktien auch solche Vorzugsaktien gemeint, die entweder ein unbeschränktes Dividendenbezugsrecht oder ein unbeschränktes Recht bei der Verteilung des Liquidationserlöses gewähren, vgl. s. 616 (1) iVm s. 548 CA 2006. Gibt es mehrere Klassen von equity shares, muß die 90%-Schwelle hinsichtlich aller Klassen erreicht werden, s. 613 (4) CA 2006.

1407 Vgl. die Erläuterung zu »merger relief and merger accounting« des ICAEW, abrufbar unter: http://www.icaew.com/en/members/practice-resources/icaew-practice-support-services/practicewire/news/merger-relief-and-merger-accounting.

1408 *Ferran/Ho*, Principles, 100 f.

1409 Vgl. *Holgate*, Accounting Principles, 160 f; *Ferran/Ho*, Principles 215 und 218 ff.; s. auch *Thole* in Schall, Companies Act, sec. 830, Rz. 3.

Entscheidet sich das erwerbende Unternehmen jedoch, die Beteiligung an der Tochter zu ihrem wahren Wert zu aktivieren und den Mehrwert in eine ›merger reserve‹ einzustellen, drohen die Vorerwerbsgewinne trotz der Anwendung der ›merger relief‹ aus technischen Gründen der Buchführung eingefroren zu werden. Die Ausschüttung einer Dividende aus Vorerwerbsgewinnen der Tochter an die Mutter kann, wie gesehen, dazu führen, daß der Wert der Beteiligung an der Tochter in den Büchern der Muttergesellschaft um einen entsprechenden Betrag abzuwerten ist. Der Wert der Beteiligungen wird zwar nicht allein durch das in der Tochtergesellschaft vorhandene Vermögen, ihren Substanzwert, bestimmt, sondern vor allem auch durch die Aussicht auf zukünftige Gewinne, ihren Ertragswert. Dennoch führt ein späterer Abfluß des Vermögens, das bei der erstmaligen Aktivierung noch den Wert der Anteile mitbestimmt hat, nach englischen und internationalen Bilanzierungsstandards grundsätzlich zu einer entsprechenden Abschreibung auf die Anschaffungskosten der Beteiligung.[1410] Zahlt die Tochter eine Dividende aus Vorerwerbsgewinnen, erhöhen sich bei der Mutter zwar die liquiden Mittel. Die korrespondierende Abwertung der Beteiligung führt jedoch dazu, daß diese Mittel nicht als Gewinn verbucht werden, sondern lediglich einen Aktiventausch (per Bank an Beteiligungen) bewirken.

Um das Ziel der ›merger relief‹ zu erreichen, nimmt man an, daß eine Dividende aus Vorerwerbsgewinnen dazu führt, daß die ›merger reserve‹ in entsprechender Höhe als ›realised profit‹ anzusehen ist.[1411] Man kann formulieren, die ›merger reserve‹ wird schon bei ihrer Einbuchung als Gewinn (›profit‹) im Sinne von s. 830 ss. 2 CA 2006 verstanden, dessen ›Realisierung‹ durch eine entsprechende Dividendenausschüttung erfolgt. Damit erscheinen die in der ›merger reserve‹ gebuchten Beträge als eine Art ›capital profit‹. Für die Ausschüttung von Dividenden unterscheidet das englische Recht nicht danach, ob ein Gewinn aus dem Geschäftsbetrieb (›revenue profit‹) oder aus der Verwertung von Vermögensbestandteilen (›capital profit‹) herrührt.[1412] Nicht ungewöhnlich ist es dabei, daß die Bestimmung des ausschüttungsfähigen Gewinns (›distributable profits‹) im Gesellschaftsrecht von dem Gewinnbegriff des Rechnungswesens (›accounting profits‹) abweicht.[1413]

Entscheidet sich das erwerbende Unternehmen für die alternative Bilanzierung der Beteiligung zum Nominalwert der dafür ausgegebenen Anteile, entsteht dieses Abwertungsproblem im Normalfall nicht. Wird die Beteiligung an der Tochter unter ihrem wahren Wert aktiviert, besteht bei einer Dividendenzahlung aus Vorerwerbsgewinnen kein Anlaß, die ohnehin zu gering bewertete Beteiligung noch weiter abzuwerten. Dadurch führt die Dividendenzahlung schon zu einem ›accounting profit‹, der in aller Regel auch ein ›realised profit‹ sein wird, wenn man von dem unwahrscheinlichen Fall einer nach s. 845 CA 2006

1410 Vgl. *Ferran*, Principles, 123.
1411 *Ferran*, Principles, 123.
1412 *Ferran/Ho*, Principles, 215.
1413 *Ferran/Ho*, Principles, 218.

möglichen Sachdividende absieht. Dieser Buchgewinn führt unproblematisch zu einem ›distributable profit‹.

Bei Anwendung der ›merger relief‹ kann die Muttergesellschaft daher die erhaltenen Vorerwerbsgewinne der Tochter grundsätzlich an ihre eigenen Gesellschafter weiterreichen. Da die Mutter keinen share premium account ausweisen muß, ist sie an einer Ausschüttung an ihre Anteilseigner nur insoweit gehindert, als der Nominalwert der neu ausgegebenen Anteile ihr legal capital erhöht.

In Höhe des Nominalwerts der Anteile scheint allerdings das verfolgte Ziel, alle Vorerwerbsgewinne der Tochtergesellschaft für eine Ausschüttung an die Gesellschafter der Mutter zur Verfügung zu halten, auf den ersten Blick nicht erreicht zu werden. Bei einem zweiten Blick ist der Wert der Beteiligung an der Tochter in den Büchern der Mutter zu berücksichtigen. Die von der Tochter ausgeschütteten Vorerwerbsgewinne sind auf der Ebene der Mutter dann von jeder Beschränkung frei, wenn der Wert der Beteiligung nach der Ausschüttung noch gleich dem Nominalwert der neu ausgegebenen Anteile oder größer ist. Dann wird die formale Erhöhung des Haftungsfonds auf der Ebene der Mutter durch die aktivierte Beteiligung ausgeglichen und bewirkt für die Gesellschafter der Mutter effektiv keine zusätzliche Beschränkung der möglichen Ausschüttungen. Das wird der Regelfall sein.

Denn zum einen soll die ›merger relief‹ zwar theoretisch alle Vorerwerbsgewinne für eine Ausschüttung an die Gesellschafter der Mutter verfügbar halten, praktisch jedoch wird die Tochter selten alle ihre thesaurierten Gewinne an die Mutter ausschütten. Diese Gewinne werden nämlich nicht gänzlich in liquiden Mitteln bestehen, folglich nicht ›realised‹ und daher schon auf Ebene der Tochtergesellschaft nicht ausschüttungsfähig sein. Zudem benötigt die Tochtergesellschaft das thesaurierte Vermögen teilweise selbst für ihre eigene werbende Tätigkeit. Die tatsächlich ausgeschütteten Vorerwerbsgewinne dürften an die Gesellschafter der Mutter weitergegeben werden können.

Selbst wenn man die ›merger relief‹ an dem theoretischen Ziel messen will, alle Vorerwerbsgewinne an die Gesellschafter weiterzureichen, dürfte dieses Ziel in der Regel erreicht werden. Denn der Wert der Beteiligung bestimmt sich nicht allein nach dem Substanzwert der Tochtergesellschaft sondern auch nach ihrem Ertragswert. Solange die Tochter nicht in eine schwere Krise fällt, sollte ihr Ertragswert zumindest dem Nominalwert der neuen mütterlichen Anteile entsprechen. Selbst der im Normalfall niedrigere Substanzwert errechnet sich unter anderem aus Vermögen der Tochter, das diese nicht ausschütten kann, da es durch ihr legal capital gebunden ist. Der Wert der Vermögensgegenstände, die durch das legal capital der Tochtergesellschaft gebunden sind, bestimmt den Wert der Beteiligung an der Tochter in den Büchern der Mutter mit. Durch die Beteiligung an der Tochter wird deren gebundenes Vermögen gleichsam auf der Ebene der Mutter gespiegelt und deckt zugleich das erhöhte Nominalkapital der Mutter ab.

Wenn der Erwerb der Tochtergesellschaft zu fairen Konditionen erfolgt ist, d.h. die eingelegten Anteile an der Tochter so viel wert waren wie die dafür neu ausgegebenen Anteile an der Mutter, kann das legal capital der Tochter nur dann geringer sein als die Erhöhung des Nominalkapitals bei der Mutter, wenn der tatsächliche Wert der Tochteranteile im Verhältnis zum gesamten legal capital der Tochter günstiger war als der tatsächliche Wert der neu ausgegebenen Mutteranteile zu ihrem Nominalwert, die Tochter also mit ihrem Kapitalstock deutlich besser gewirtschaftet hat als die Mutter. Dann muß die Mutter beim Anteilstausch, bildlich gesprochen, mehr Nominalkapital hingeben, als sie an legal capital der Tochter erhält. In diesem speziellen Fall kann die Erhöhung des Nominalkapitals der Mutter dazu führen, daß nicht alle Vorerwerbsgewinne an die Gesellschafter der Mutter weitergereicht werden können. Die formale Erhöhung des Nominalkapitals bewirkt dann auch effektiv eine Erhöhung des Haftkapitals im Konzern.

Die Erhöhung des Haftungspuffers wird für die Gesellschafter der Konzernobergesellschaft zudem dann spürbar, wenn der Wert der Tochtergesellschaft nach der Transaktion so stark fällt, daß die Beteiligung doch unter den Nominalwert der dafür ausgegebenen Anteile abzuschreiben ist. Die Krise der Tochter führt dann dazu, daß bisher ungebundenes Vermögen der Mutter den Wertverlust der Beteiligung ausgleichen muß.

Für die Gläubiger der Konzernmutter ist die formale Erhöhung von deren Nominalkapital in jedem Fall von Bedeutung, da sich der ihnen vorbehaltene Haftungsfonds unabhängig von der wirtschaftlichen Situation der Tochtergesellschaft dauerhaft erhöht. Für die Gesellschafter der Mutter hingegen wird die formale Erhöhung des Nominalkapitals nur dann effektiv spürbar, wenn die Anteile an der Tochter bei deren Erwerb verhältnismäßig mehr ungebundenes Vermögen verkörpert haben als die Anteile der Mutter oder wenn die Tochter nach ihrem Erwerb in eine Krise fällt.

Die ›merger relief‹ führt also im Normalfall dazu, daß kein Vermögen, das auf Ebene der Tochtergesellschaft zu einem realised profit und damit zu einer Ausschüttung führen kann, nach der Konzernbildung auf Ebene der Muttergesellschaft einer weiteren Ausschüttung an deren Gesellschafter entzogen wird. Mit anderen Worten führt die ›merger relief‹ dazu, daß das Schutzniveau der Gläubiger der beiden Gesellschaften sich durch die Konzernbildung nicht wesentlich verändert, weder verbessert noch verschlechtert.

Die »Zwischenschaltung der Muttergesellschaft« zwischen Tochtergesellschaft und deren ursprüngliche Gesellschafter, die jetzt Anteile an der Mutter halten, ändert die Höhe des Haftungsfonds der Gläubiger effektiv meist nicht. Der Haftungsfonds der Tochtergesellschaft bleibt unverändert erhalten. Der Haftungsfonds der Muttergesellschaft ändert sich zwar um den Nominalwert der neuen Anteile. Das erhöhte Nominalkapital der Mutter wird jedoch meist durch das legal capital der Tochtergesellschaft gedeckt sein, so daß insgesamt betrachtet das Vermögen der Tochtergesellschaft im selben Umfang ausschüttungsfähig bleibt wie vor der Konzernbildung. Dabei werden der Konzern als ein einheitliches Gebilde und die Gläubiger der Tochtergesellschaft und die Gläubiger der Muttergesellschaft gleichermaßen als Gläubiger dieses einen Konzerns betrachtet. Daraus wird gefolgert, die effektive Haftungsmasse im Konzern sei nicht durch einen share premium account auf Ebene der Muttergesellschaft zu erhöhen.

bb) Kritik

(1) Erreichen des gesetzten Ziels

Die ›merger relief‹ erreicht im Regelfall das gesetzte Ziel, daß sich durch die Konzernbildung an der Vermögensbindung und damit an den Schutzvorkehrungen zugunsten der Gläubiger effektiv nichts ändert. Der Konzern wird als wirtschaftliche Einheit verstanden, und das Vermögen im Konzern, das durch die Einlage der Anteile an der Tochtergesellschaft vergrößert worden ist, kann im selben Umfang wie vor der Konzernbildung an die Gesellschafter der Konzernmutter ausgeschüttet werden, zu denen nunmehr die früheren Gesellschafter der Tochtergesellschaft gehören. Gemessen an dem gesetzten Ziel kann die ›merger relief‹ positiv bewertet werden.

(2) Infragestellung der Grundregel des share premium account

Die Einführung der ›merger relief‹ wirft jedoch die Frage auf, wie die Grundregel des share premium account, von der die ›merger relief‹ eine Ausnahme macht, weiterhin begründet werden kann. Genau der Umstand, daß sich im Fall der Konzernbildung die Vermögensbindung auf der Ebene der Muttergesellschaft formal kaum ändert, ist die Ausnahme von der Regel des share premium account.

Aus Sicht der Gläubiger der Muttergesellschaft ist diese Ausnahme nicht erklärbar. Normalerweise profitieren die Gläubiger der Muttergesellschaft davon, wenn diese Gesellschaft neue Anteile gegen eine Sacheinlage ausgibt. Der Haftungsfonds der Muttergesellschaft erhöht sich um den vollen Wert der Sacheinlage. Aus Sicht der Gläubiger der Muttergesellschaft kann kein Differenzierungsgrund gefunden werden, der erklärt, warum Sacheinlagen in Form von Gesellschaftsanteilen anders behandelt werden als Sacheinlagen jeder anderen Art. Das befürchtete ›Einfrieren‹ von Vermögenswerten auf Ebene der Konzernobergesellschaft ist keine Besonderheit von Konzernbildungen, sondern der ganze Zweck der Regeln über das share premium in jedem Fall einer Sacheinlage. Die Gläubiger der Muttergesellschaft sind bei einer Sacheinlage in Form von Gesellschaftsanteilen genauso daran interessiert, daß sich der Haftungsfonds der juristischen Person, deren Gläubiger sie sind, erhöht, wie bei jeder anderen Sacheinlage. Den Konzern als wirtschaftliche Einheit zu betrachten und deshalb eine Ausnahme von der Aufstellung des share premium account zuzulassen, überzeugt aus Sicht der Gesellschafter der Tochtergesellschaft, nicht aber aus Sicht der Gläubiger der Konzernobergesellschaft.

Aus Sicht der Tochtergesellschaft, ihrer Gläubiger und Gesellschafter ist die ›merger relief‹ vollkommen verständlich. Das Vermögen der Tochtergesellschaft wird durch die Konzernbildung nicht vermindert und steht weiterhin zur Befriedigung der Ansprüche von deren Gläubigern zur Verfügung, so daß diese keine Einwände erheben können. Nur soweit das Vermögen vor der Konzernbildung an die Gesellschafter der Tochter ausgeschüttet werden konnte, soll eine Ausschüttung auch in Zukunft möglich sein. Soweit eine Ausschüttung bisher möglich war, wollen die Gesellschafter ihr in der Tochtergesellschaft verkörpertes Vermögen auch nach der Konzernbildung weiterhin so nutzen können, wie sie es vorher konnten, also Früchte daraus ziehen oder die Substanz verwerten. Natürlich sind sie bereit, dieses Vermögen mit Altgesellschaftern der Muttergesellschaft zu teilen, wenn es solche gibt und die Konzernmutter nicht neu gegründet wird. Denn im Gegenzug dürfen sie an deren Vermögen teilhaben. Die Zwischenschaltung der Konzernmutter ist aus ihrer Sicht im Hinblick auf die Ausschüttung von Vorerwerbsgewinnen eine rein technische Angelegenheit, wirtschaftlich unbedeutend.

Indem das Gesetz diese Sichtweise zur Grundlage der ›merger relief‹ macht, wertet es die Interessen der Gläubiger der Muttergesellschaft an einer Erhöhung des ihnen zugute kommenden Haftkapitals geringer als die Interessen der (früheren) Gesellschafter der Tochtergesellschaft. Die Gläubiger der Konzernmutter profitieren nur faktisch von dem Erwerb der anderen Gesellschaft gegen Ausgabe eigener Anteile, indem das Eigenkapital der Muttergesellschaft erhöht wird und diese vermutlich, bei einem guten Geschäft, zukünftig mehr Gewinne erwirtschaften wird. Das Gesetz gewährt ihnen aber nicht den rechtlichen Vorteil einer dauerhaften Erhöhung der formalen Ausschüttungssperre um den vollen Wert des als Sacheinlage eingebrachten Unternehmens.

Diese Bewertung ist für sich betrachtet nachvollziehbar. Die Gläubiger der Muttergesellschaft würden auch nur eingeschränkt von der Konzernbildung profitieren, wenn die Konzernmutter die Tochter gegen Barzahlung erworben hätte, da in diesem Fall das Vermögen der Mutter nicht vergrößert worden wäre. Aus Sicht dieser Gläubiger erscheinen die Konzernbildung gegen Ausgabe von Anteilen und damit der Zuwachs an Haftungsmasse in Form des Vermögens der Tochtergesellschaft als zufälliges Glück. Wenn dieses Vermögen nicht dauerhaft in der Muttergesellschaft erhalten werden muß, verschlechtert sich die Lage ihrer Gläubiger nicht, sie verbessert sich sogar faktisch, nur nicht rechtlich. Die ›merger relief‹ fußt auf dieser Abwägung, daß die Interessen der (bisherigen) Gesellschafter der Tochter schwerer wiegen als die Interessen der Gläubiger der Muttergesellschaft, aus deren Sicht die Konzernbildung und die damit einhergehende Vermögensmehrung ein unverdienter Glücksfall ist.

Diese Abwägungsentscheidung ist für sich betrachtet nachvollziehbar. Sie stellt aber die Grundregel des share premium account als solche infrage. Denn auch die Einbringung eines anderen Vermögensgegenstands als Anteile an einer Gesellschaft stellt aus Sicht der Gläubiger der Gesellschaft, welche die Sacheinlage erhält, einen unverdienten Glücksfall dar. Warum in diesen anderen Fällen die

Interessen der Gläubiger höher gewichtet werden als die Interessen der Einleger, kann wiederum aus Sicht der Sacheinleger nicht begründet werden.

Legt z.B. ein Neugesellschafter ein Betriebsgrundstück ein, das bisher zu seinem Privatvermögen zählte, anstatt es der Gesellschaft zu verkaufen, will er in gleicher Weise wie der frühere Gesellschafter einer Tochterfirma sein eingebrachtes Vermögen weiterhin (mit-) nutzen. In diesem Fall aber ist der Mehrwert der Sacheinlage in dem share premium account zu buchen und der Vermögensstamm bis zu einer Kapitalherabsetzung oder Abwicklung der Gesellschaft ›eingefroren‹ und damit einer Verwertung entzogen. Aus Sicht des Einlegers ist die Situation genau dieselbe wie im Fall der ›merger relief‹. Er gibt einen Gegenstand aus seinem Vermögen hin gegen Anteile an der Gesellschaft. Aus Sicht der Gläubiger der Gesellschaft verhält es sich ebenso. Das Vermögen der Gesellschaft erhöht sich aus ihrer Sicht zufällig. Dennoch sind die Rechtsfolgen vollkommen unterschiedlich.

Die Diskrepanz wird besonders deutlich, stellt man sich einen Fall vor, bei dem eine Gesellschaft gegen Ausgabe eigener Anteile eine andere Gesellschaft erwirbt und zugleich ein Betriebsgrundstück, auf dem der Geschäftsbetrieb der erworbenen Gesellschaft erweitert werden soll. Das eingebrachte Grundstück führt zu einem share premium, die eingebrachten Anteile an der erworbenen Gesellschaft nicht.

Die wirtschaftliche Vergleichbarkeit von Anteilen (shares) und anderen Vermögensgegenständen (assets) wird ebenfalls besonders deutlich, bedenkt man, daß ein Unternehmen nicht nur im Wege eines share deal erworben werden kann, sondern auch im Wege der Übernahme aller Vermögensgegenstände (asset deal). Im Fall eines asset deal ist stets ein share premium zu bilden, im Fall eines share deal nicht, wenn die ›merger relief‹ diese Bürde hinwegnimmt. Über Gesellschaftsanteile (shares) werden letztlich die Vermögensgegenstände (assets) einer Gesellschaft eingelegt. Die Vorerwerbsgewinne, deren ›Einfrieren‹ die ›merger relief‹ zu begegnen trachtet, sind nichts anderes als der Wert, um den die Aktiva in der Bilanz der Tochtergesellschaft deren legal capital übersteigen (zuzüglich eventueller stiller Reserven). Diese Vermögenswerte unterliegen nicht den Beschränkungen des legal capital der Tochtergesellschaft. Als derart unbeschränkt verfügbare Vermögenswerte sind sie dem Wert des eingelegten Betriebsgrundstücks in obigem Beispiel vergleichbar, dessen Verwertung vor der Einlage keinen rechtlichen Beschränkungen unterliegt.

Der Unterschied zwischen Gesellschaftsanteilen und anderen Sacheinlagen besteht allein in der Tatsache, daß es bei der Einlage von Anteilen an einer anderen Gesellschaft zu einer Konzernbildung kommt, bei anderen Sacheinlagen nicht. Dieser Unterschied liegt darin begründet, daß andere Sacheinlagen keine juristischen Personen sind, ist damit rechtstechnischer Art und gibt für sich noch keinen inhaltlichen Grund, zwischen diesen Formen der Sacheinlage zu unterscheiden. Aus Sicht der Gläubiger der erwerbenden Gesellschaft handelt es sich beide Male um einen Vermögenszuwachs und die identische Frage, ob dieser Zuwachs das Haftkapital der Gesellschaft erhöht. Aus Sicht der Einleger handelt es sich beide Male um einen Vermögensgegenstand, dessen Verwendung vor der Einlage keinen Beschränkungen unterliegt, und die Frage, warum die Verwertung des Vermögens zukünftig beschränkt sein soll.

Diese Fragen betreffen genau den Kern des Rechts des share premium: Soll jeder Vermögenszuwachs einer Gesellschaft in Form einer Einlage der capital maintenance unterworfen werden, weil er ›capital‹ ist? Die rechtstechnische Folge der Konzernbildung gibt keinen inhaltlichen Grund ab, warum bei einer Sacheinlage in Form von Gesellschaftsanteilen ausnahmsweise wieder zwischen share capital und share premium unterschieden wird. Denn das share capital der neu ausgegebenen Anteile der Muttergesellschaft unterliegt auch im Fall der ›merger relief‹ den Regeln der capital maintenance, nur das share premium nicht.

(3) Willkürliche Festsetzung der 90%-Schwelle

Das Gesetz gewährt die Vorzüge der ›merger relief‹ für Sacheinlagen in Form von Gesellschaftsanteilen willkürlich. Ebenso willkürlich wurde der maßgebliche Schwellenwert von 90% der Anteile an dem erworbenen Unternehmen gewählt. Warum die Erleichterung ›merger relief‹ auf Fälle beschränkt ist, in denen die Obergesellschaft nach der Transaktion mindestens 90% der Anteile an der Tochter besitzt, ist nicht erklärbar.

Vermutlich hat der Gesetzgeber den früheren Vorschlag des ICAEW in dem erwähnten ED 3 aufgegriffen, merger accounting erst in solchen Fällen anzuwenden.[1414] Dieser Vorschlag war jedoch seinerzeit schon als willkürlich kritisiert worden. Dabei war darauf hingewiesen worden, daß in den USA eine vergleichbare Prozentgrenze, ab der merger accounting zulässig sein soll, abgelehnt worden war.[1415]

Nicht verständlich ist die 90%-Grenze insbesondere mit Blick auf die ›group reconstruction relief‹, für deren Erleichterungen die Tochtergesellschaft zu 100% im Besitz der Muttergesellschaft sein muß. Warum die Erleichterungen innerhalb eines bestehenden Konzerns einen anderen, sogar höheren Schwellenwert erfordern als die Erleichterungen bei der erstmaligen Konzernbildung, ist nicht zu erklären.

Die frei gegriffene Prozentgrenze zeigt vielmehr aufs neue, daß es keinen Grund gibt, warum in manchen Fällen einer Sacheinlage ein share premium account gebildet werden muß, in manchen Fällen nicht. Ob Gesellschaftsanteile oder andere Vermögensgegenstände eingelegt werden, kann die Unterscheidung genauso wenig erklären wie die letztliche Höhe der Beteiligung an dem eingebrachten Unternehmen.

1414 S.o. S. 494.
1415 Vgl. *Napier/Noke*, Premiums, 822.

(4) Gleichbehandlung aller Sacheinlagen im Rahmen der ›group reconstruction relief‹

Mit Blick auf die weitere Ausnahme der ›group reconstruction relief‹ erscheint auch die Bevorzugung von Sacheinlagen in Form von Gesellschaftsanteilen (share deals) gegenüber anderen Sacheinlagen (asset deals) im Rahmen der ›merger relief‹ fragwürdig. Im Rahmen der ›group reconstruction relief‹ werden alle Sacheinlagen gleich behandelt.

Zwar sind die Rechtsfolgen der ›group reconstruction relief‹ etwas anders als die der ›merger relief‹ (dazu sogleich). Es bleibt aber die nicht erklärliche Diskrepanz der beiden Ausnahmeregelungen, daß in einem bestehenden Konzern alle Sacheinlagen eine Vorzugsbehandlung erhalten, außerhalb eines bestehenden Konzerns nur solche Sacheinlagen, die eine Konzernbildung zur Folge haben, nämlich Gesellschaftsanteile. Eine inhaltliche Begründung dafür ist nicht ersichtlich. Die Entscheidung des Gesetzgebers kann allenfalls mit der wirtschaftlichen Bedeutung der Konzerne erklärt werden.

(5) Bilanzielle Sonderbehandlung

Die Ausnahme ›merger relief‹ vom Grundsatz, jede Einlage in eine Gesellschaft wie share capital zu behandeln, kann inhaltlich nicht begründet werden. Unabhängig von diesen grundsätzlichen Schwierigkeiten erscheint bei der Umsetzung die mögliche Buchung zum Nominalwert der ausgegebenen Anteile gemäß s. 615 CA 2006 problematisch.

Wählt man die Aktivierung der Beteiligung an der Tochtergesellschaft in den Büchern der Mutter zu dem fiktiven Wert, der dem Nominalwert der ausgegebenen Anteile an der Mutter entspricht, ermöglicht diese Buchführung keinen true and fair view auf die Lage der Muttergesellschaft. Der Companies Act selbst fordert jedoch in s. 396 ss. 2 (a), daß die gewählte Bilanzierung einen true and fair view ermöglichen soll.

Der Verstoß gegen das bilanzielle Ziel eines true and fair view war der Grund, warum die ›merger accounting‹-Methode im Rahmen der Konsolidierung von Konzernbilanzen in den letzten Jahren international weitgehend außer Anwendung geraten ist.[1416] Die Möglichkeit des s. 615 CA 2006, die Beteiligung an der Tochter zu den Nominalwerten der Mutteranteile zu bilanzieren, steht im Widerspruch zu den aktuellen Entwicklungen im internationalen Bilanzrecht.

Für das Ziel, Vorerwerbsgewinne ausschüttbar zu halten, ist diese Bilanzierungsweise nicht erforderlich. Es genügt die Möglichkeit, den Mehrwert der Anteile in eine unbeschränkte ›merger reserve‹ einzustellen. Will man den Grundsatz des true and fair view nicht mehr schwächen, als für den Gläubiger-

1416 S. o. S. 502.

schutz im System des bilanziellen Kapitalschutz erforderlich ist, muß man die Möglichkeit des s. 615 CA 2006 streichen.

c) group reconstruction

aa) Funktionsweise

Die ›group reconstruction relief‹ nach s. 611 CA 2006 betrifft Fälle, in denen eine Tochtergesellschaft, deren Anteile zu 100% von der Muttergesellschaft gehalten werden[1417], weitere Anteile an die Mutter ausgibt und im Gegenzug eine Sacheinlage beliebiger Art erhält. Die Anteile können auch an eine Schwestergesellschaft ausgegeben werden, deren Anteile ebenfalls vollständig von der Konzernmutter gehalten werden. Der Sacheinlagegegenstand kann aus dem Vermögen der Muttergesellschaft oder jeder Konzerngesellschaft kommen, deren Anteile vollständig im Besitz der Mutter sind. Diese Darstellung wird im Fortgang allein vom Verhältnis Tochter-Mutter sprechen, um sich keine unnötige sprachliche Komplizierung aufzubürden. Die mögliche Beteiligung einer Schwestergesellschaft muß hinzugedacht werden.

In den Fällen, in denen die ›group reconstruction relief‹ Wirkung entfaltet, muß die Sacheinlage nicht zu ihrem wahren Wert in die Bücher der Tochtergesellschaft aufgenommen werden. Statt dessen kann der Gegenstand gemäß s. 611 (5) (a) CA 2006 zu den Kosten aktiviert werden, zu denen er ursprünglich von der anderen Konzerngesellschaft erworben wurde, oder zu den Buchwerten, mit denen er aktuell bei der übertragenden Gesellschaft geführt wird, wenn diese niedriger sind als die ursprünglichen Anschaffungskosten.

Nur sofern der so ermittelte Wert der Sacheinlage höher ist als der Nominalwert der dafür ausgegebenen Anteile, muß dieser Mehrwert gemäß s. 611 (2) und (3) CA 2006 als ›minimum premium value‹ in den share premium account eingestellt werden. Übernimmt die Tochtergesellschaft zugleich mit dem Vermögensgegenstand Verbindlichkeiten der Konzerngesellschaft, die den Gegenstand einlegt, ist der Buchwert dieser Verbindlichkeiten nach s. 611 (4) CA 2006 von dem Betrag abzuziehen, der in den share premium account eingestellt werden muß.

Sofern die Voraussetzungen der ›group reconstruction relief‹ gegeben sind, können gemäß s. 612 (4) CA 2006 die Erleichterungen der ›merger relief‹ nicht in Anspruch genommen werden. Ohne diese Vorrangregel hätte die Anteile ausgebende Gesellschaft die Wahl zwischen ›group reconstruction relief‹ und ›merger relief‹, wenn sie als Sacheinlage Anteile an einer anderen Konzerngе-

1417 S. 611 (1) CA 2006 spricht von einer »wholly owned subsidiary«. Dieses Tatbestandsmerkmal wird in s. 1159 (3) CA 2006 so definiert, daß auch Anteile dazuzuzählen sind, welche die Mutter mittelbar über andere, ebenfalls »wholly owned« Tochtergesellschaften hält oder die ein Dritter im Interesse der Mutter hält.

sellschaft erhält und nach der Transaktion mehr als 90% der Anteile an dieser anderen Gesellschaft besitzt.

Die ›group reconstruction relief‹ eröffnet dem Konzern die Möglichkeit, Vermögensgegenstände aller Art zwischen Konzerngesellschaften zu verschieben und dabei den aktuellen Buchwert bzw. den ehemaligen Buchwert in Höhe der ursprünglichen Anschaffungskosten zu übertragen. Tochtergesellschaft und Schwestergesellschaften werden gleichsam als mit der Mutter identisch behandelt, da sie vollständig in deren Besitz sind. So erscheint die Vermögensverschiebung zwischen den Konzerngesellschaften als Frage der Zuordnung der Ressourcen innerhalb der Konzernobergesellschaft.

Die Erleichterung betrifft nur die Übertragung von Vermögensgegenständen auf eine Tochtergesellschaft gegen Ausgabe von Anteilen an dieser Gesellschaft. Nicht möglich ist es, Sachwerte von einer Tochter auf die Konzernmutter zu verschieben, denn s. 611 ss. 1 CA 2006 begünstigt nach seinem klaren Wortlaut allein die Anteilsausgabe von Tochtergesellschaften und im Gegenzug dafür eingebrachte Sacheinlagen. Die Verschiebung von Vermögensgegenständen auf die Mutter gegen Ausgabe von Anteilen an ihr hätte die unerwünschte Folge, daß die 100%-ige Tochtergesellschaft Anteile an der Mutter hielte und damit letztlich die Mutter mittelbar Anteile an sich selbst. Eine Tochtergesellschaft kann gemäß s. 136 CA 2006 grundsätzlich keine Gesellschafterin ihrer Muttergesellschaft sein.

Die Anteilsausgabe muß im übrigen nach den normalen Regeln für share allotments erfolgen. Nach den Vorgaben von *Shearer v Bercain Ltd* müssen die Geschäftsführer der beteiligten Gesellschaften grundsätzlich darauf achten, daß der Wert der ausgegebenen Anteile und der Wert der eingebrachten Sacheinlagen in einem angemessen Verhältnis stehen. Die Zahl der ausgegebenen Anteile ist so zu wählen, daß ihr gemeinsamer Wert dem Wert des Einlagegegenstands entspricht. Die Gesellschaft, die eine Sacheinlage erbringt, erhält im Gegenzug Anteile im selben Wert, so daß sich das Vermögen dieser Gesellschaft nicht verändert. Damit bleibt in dieser Gesellschaft auch die Höhe des ausschüttungsfähigen Gewinns gleich; lediglich die nach s. 830 CA 2006 zur Ausschüttung erforderliche Realisierung des Gewinns kann sich erschweren, wenn die Anteile an der anderen Konzerngesellschaft schwerer in liquide Mittel umsetzbar sind als der eingelegte Gegenstand.

Nach der Konzeption der ›group reconstruction relief‹ kommt es zu einer Veränderung des Haftkapitals allein bei der Anteile ausgebenden Gesellschaft, nämlich in Höhe des Nominalwerts dieser Anteile und eines eventuellen ›minimum premium value‹. Effektiv ist diese formale Erhöhung des legal capital einer Tochtergesellschaft aus Sicht des gesamten Konzerns, wenn das derart gebundene Vermögen der Tochtergesellschaft nicht zugleich mittelbar, über die Aktivierung der Beteiligung an dieser Tochter bei der einlegenden Konzerngesellschaft deren unverändert fortbestehendes Haftkapital abdeckt. Deckt nämlich die neu aktivierte Beteiligung das legal capital ab, kann weiterhin das Vermögen dieser Konzerngesellschaft der Höhe nach unverändert ausgeschüttet werden. Bei der Anteile ausgebenden Gesellschaft ist die Erhöhung des Haftkapitals ohnehin durch den Wert der Sacheinlage gedeckt, so daß auch diese Gesellschaft weiterhin alle bisher vorhandenen Gewinne ausschütten kann. Die formale Erhöhung des Haftkapitals würde den ausschüttungsfähigen Gewinn im Konzern z.B. in einem Fall effektiv beschränken, in dem das legal capital der Anteile ausgebenden Tochtergesellschaft durch die Erhöhung größer würde als das legal capital der einlegenden Konzernmutter.

Ähnlich wie im Fall der ›merger relief‹ führt die formale Erhöhung des Haftkapitals einer Tochtergesellschaft nicht in jedem Fall dazu, daß sich das Haftkapital im Konzern effektiv erhöht und dadurch bisher freies Vermögen für eine Ausschüttung gesperrt wird. Anders als im Fall der ›merger relief‹ fällt die formale Erhöhung des Haftungsfonds der Tochter durch den ›minimum premium value‹ jedoch unter Umständen deutlich größer aus und wird daher in mehr Fällen auch effektiv das ausschüttungsfähige Vermögen im Konzern verringern. Unabhängig von der Frage, in welchem Ausmaß die möglichen Ausschüttungen an die Gesellschafter der Konzernmutter effektiv verringert werden, ist die formale Erhöhung des Haftkapitals der Gesellschaft, welche die Sacheinlage erhält, in jedem Fall für die Gläubiger dieser Gesellschaft bedeutsam.

bb) Kritik

(1) Erhalt des ausschüttungsfähigen Gewinns durch Bildung stiller Reserven

Soweit der wahre Wert der Sacheinlage über dem anzusetzenden Buchwert liegt, führt die ›group reconstruction relief‹ bei der Gesellschaft statt zu einem ausschüttungsgesperrten share premium account zu stillen Reserven. Die so übertragenen stillen Reserven hätten bei der einlegenden Gesellschaft zu ausschüttbaren Gewinnen führen können und können dies auch nach der Einlage bei der Anteile ausgebenden Gesellschaft, sobald sie aufgedeckt werden. Ein ›Einfrieren‹ möglicher Gewinne wird in Höhe der stillen Reserven verhindert, indem entgegen der Grundregel des s. 610 CA 2006 das Haftkapital nicht erhöht wird. Das Konzernvermögen bleibt in dieser Höhe einer Ausschüttung an die Gesellschafter der Konzernobergesellschaft zugänglich, da das Gesetz die wirtschaftliche Einheit des Konzerns höher gewichtet als die juristische Ausgestaltung der Vermögensumschichtung im Wege einer Sacheinlage. Insoweit erreicht die ›group reconstruction relief‹ ihr selbstgesetztes Ziel.

(2) Erhöhung des Haftungsfonds um den Buchwert der Einlage

Um den Betrag des Nominalkapitals der ausgegebenen Anteile und des ›minimum premium value‹ wird das Haftkapital der Konzerngesellschaft jedoch angehoben. Vom Sachwert des Einlagegegenstands steht dieser Anteil nicht mehr für eine Ausschüttung der Tochter an die Mutter zur Verfügung. Die Gläubiger der Tochtergesellschaft profitieren durch die Erhöhung des formalen Haftungspuffers dauerhaft von der Sacheinlage. Die erhöhte Ausschüttungssperre auf Ebene der Tochtergesellschaft kann zudem zur Folge haben, daß die mögliche Dividende der Konzernobergesellschaft verringert wird.

Die formale Erhöhung des Haftkapitals im Konzern steht im Widerspruch zu dem Ziel, vor der Umstrukturierung erwirtschaftete Vermögenswerte unbeschränkt einer Ausschüttung an die Gesellschafter der Konzernmutter zugänglich zu halten. Sie ist auch nicht mit der Begründung für die ›group reconstruction relief‹ zu vereinbaren, die rechtliche Behandlung von Vermögensumschichtungen im Konzern sei nach der wirtschaftlichen Einheit des Konzerns auszurichten.

In der Höhe des Nominalkapitals ist die Erhöhung des Haftungspuffers bedingt durch die grundlegenden Entscheidungen für par value shares und für einen bilanziellen Kapitalschutz, der an den Nominalwert anknüpft. Solange man an dieser Konzeption des Kapitalschutzes festhält, ist eine Erhöhung des Haftkapitals nicht zu vermeiden. Diese Kröte muß der Konzern bei der Umstrukturierung schlucken, wenn er sich für den Weg einer Sacheinlage entscheidet, und hoffen, daß die formale Erhöhung bei der Tochtergesellschaft sich effektiv nur wenig auf die Ausschüttungsmöglichkeiten im Konzern auswirkt.

Warum aber die ›group reconstruction relief‹ darüber hinaus vorschreibt, das Haftkapital der Tochtergesellschaft um den ›minimum premium value‹ zu erhöhen, nicht aber entsprechend der Grundregel des s. 610 CA2006 den vollen Wert der Sacheinlage in Beschlag nimmt und auch nicht wie die ›merger relief‹ gänzlich auf ein premium verzichtet, dafür kann kein inhaltlicher Grund angegeben werden. Vermutlich hatten die Gesetzesverfasser das Vorbild des ›merger accounting‹ vor Augen, unter dessen Begriff die Problematik, wie gesehen, diskutiert wurde, ohne stets sauber zwischen Konzernbilanzen und Einzelabschlüssen zu unterscheiden. Beim ›merger accounting‹ erfolgt die Konsolidierung der Bilanzen im Konzern so, daß aus der Tochterbilanz die Buchwerte der Aktiva und Passiva in die Bilanz der Konzernobergesellschaft übernommen werden. Beim Entwurf der ›group reconstruction relief‹ mag es daher für die Verfasser nahegelegen haben, die gesellschaftsrechtliche Regelung an dem Vorbild der Bilanzkonsolidierung auszurichten und von der Maßgeblichkeit der Buchwerte auszugehen.

Die gesellschaftsrechtliche Pflicht zur Vorhaltung eines Haftungsfonds ist jedoch nicht vergleichbar mit der bilanzrechtlichen Entscheidung für eine bestimmte Konsolidierungsmethode. Eine Bilanz soll anzeigen, welches Vermögen tatsächlich vorhanden ist. Die Konzernbilanz hat dabei nicht einmal den Zweck, eine mögliche Dividende zu bestimmen. Das Haftkapital hingegen soll vorgeben, welches Vermögen vorhanden sein muß, um eine Dividende ausschütten zu dürfen. Dabei wird das Vermögen nach der Einzelbilanz der betreffenden Gesellschaft bestimmt. Aus der Perspektive der Anteile ausgebenden Konzerngesellschaft und ihrer Gläubiger, deren Forderungen unabhängig von der wirtschaftlichen Einheit des Konzerns aus rechtlichen Gründen allein aus dem Vermögen dieser juristischen Person befriedigt werden, ist die formale Bestimmung des Haftkapitals nach dem ›minimum premium value‹ genauso willkürlich, wie der vollständige Verzicht auf einen share premium account im Rahmen der ›merger relief‹.

Mit Blick auf die ›merger relief‹ erscheint die Lösung der ›group reconstruction relief‹ sogar noch seltsamer. Obwohl die Anforderungen an die Beteiligungshöhe mit 100% der Anteile höher sind als bei der ›merger relief‹, gewährt die ›group reconstruction relief‹ weniger Erleichterung von der Bürde des share premium account. Im Vergleich zur ›merger relief‹ läßt sich die Erhöhung des Haftkapitals im Rahmen der ›group reconstruction relief‹ insbesondere nicht erklären, wenn ohne die Vorrangregel des s. 612 ss. 4 CA 2006 auch die ›merger relief‹ anwendbar wäre, also dann, wenn die Sacheinlage in Anteilen an einer dritten Gesellschaft besteht und die neue Anteile ausgebende Konzerngesellschaft nach der Transaktion mehr als 90% der Anteile an dieser dritten Gesellschaft besitzt. Dieses Szenario beschreibt durchaus typische Fälle einer Konzernumstrukturierung, z.B. wenn die Konzernobergesellschaft eine 100%-Tochtergesellschaft »umhängt«, also einer anderen 100%-Tochter unterordnet. Hielte die Muttergesellschaft nur 99,99% der Anteile an der Gesellschaft, welche die Sacheinlage erhält, wäre die ›merger relief‹ einschlägig und es müßte kein share premium ausgewiesen werden; bei einer 100%-igen Tochtergesellschaft muß der ›minimum premium value‹ im share premium account gebucht werden. Diese Unterscheidung ist willkürlich.

Die Aktivierung des Einlagegegenstands zu den ursprünglichen Anschaffungskosten der übertragenden Gesellschaft oder zum aktuell niedrigeren Buchwert zwingt darüber hinaus zu einer Abweichung vom Bilanzierungsgrundsatz des true and fair view, die nicht erforderlich ist, um die mögliche Ausschüttung im Konzern maximal zu erhalten. Eine Lösung ähnlich wie in der zweiten Bilanzierungsvariante bei der ›merger relief‹, nach der die Sacheinlage zwar zum wahren Wert zu aktivieren wäre, jedoch der Überschuß über den ehemaligen Buchwert in eine unbeschränkte ›reconstruction reserve‹ einzustellen wäre, hätten diesen Konflikt vermeiden können.

(3) Ausnahme vom share premium account in einer Vielzahl von Fällen

Die historische Diskussion vor 1948 und auch danach hat gezeigt, daß es gute Gründe für den share premium account gibt, insbesondere den Wunsch nach einer Gleichbehandlung des gesamten ›capital‹ im Hinblick auf die ›capital maintenance‹. In der Diskussion der ›merger relief‹ wurde deutlich, daß es ebenso gute Gründe gibt, die Kapitalerhaltung nicht auf das share premium auszudehnen. Außer der faktischen Bedeutung der Konzerne für die Wirtschaft gibt es jedoch keinen Grund, bei der Bestimmung des share premium account danach zu differenzieren, ob eine Sacheinlage bei einer Konzerngesellschaft erfolgt oder bei einer anderen Gesellschaft.

Die ›group reconstruction relief‹ kann ebenso wie die ›merger relief‹ allein mit der wirtschaftlichen Bedeutung der Konzerne begründet werden. Anders als die ›merger relief‹ findet die ›group reconstruction relief‹ nicht nur auf eingebrachte Gesellschaftsanteile Anwendung, sondern auf jede Art von Sacheinlagen. Gerade wegen der großen Verbreitung von Konzernstrukturen führt die ›group reconstruction relief‹ zu einer sehr weiten Aushöhlung der Grundregel über den share premium account, welche den Sinn der Ausgangsvorschrift besonders in Frage stellt. Die Ausnahmeregelung begünstigt nicht ausnahmsweise wenige Gesellschaften, sondern viele und beeinträchtigt die Interessen vieler Gläubiger.

d) Änderungsbefugnis des Secretary of State

Neben diesen beiden Ausnahmeregelungen kann gemäß s. 614 CA 2006 der Secretary of State mit Zustimmung beider Kammern des Parlaments (›affirmative resolution procedure‹) weitere Ausnahmen für Sacheinlagen zulassen oder die bisherigen Ausnahmeregelungen verschärfen. Diese Befugnis des Secretary of State sollte ursprünglich dazu dienen, nach der Gesetzesreform von 1981 eventuell wieder aufkommenden Streit zwischen Wirtschaftsprüfern, Juristen und der Wirtschaft schlichten zu können.[1418] Von dieser Vorschrift wurde bislang kein Gebrauch gemacht. Die Sonderregel für die Behandlung von Sacheinlagen ist mittlerweile überflüssig geworden, da s. 657 CA 2006 dem Secretary of State die Befugnis gibt, mit Zustimmung beider Kammern des Parlaments das gesamte Recht des share premium umzugestalten.

e) Zusammenfassung

Die beiden Ausnahmeregelungen ›merger relief‹ und ›group reconstruction relief‹ sind nicht sinnvoll aufeinander abgestimmt. Obwohl die ›group reconstruction relief‹ höhere Anforderungen an die Verflechtung der Konzerngesellschaften stellt, gewährt sie weniger Erleichterung als die ›merger relief‹. Die Diskrepanz wird besonders deutlich in Fällen, die den Tatbestand beider Ausnahmeregelungen erfüllen und in denen nach der Vorrangregel des s. 612 ss. 4 CA 2006 nur die weniger günstige Rechtsfolge der ›group reconstruction relief‹ Wirkung entfaltet. Ebenfalls nicht verständlich ist, warum innerhalb eines Konzerns jede Form von Sacheinlage begünstigt ist, wenn eine Gesellschaft zu 100% im Besitz der anderen ist (›group reconstruction relief‹), bei einer nur etwas geringeren Beteiligungshöhe jedoch allein die Einlage von Gesellschaftsanteilen von der ›merger relief‹ profitieren kann.

Keine der beiden Ausnahmen läßt sich gegenüber der Grundregel, bei Sacheinlagen das Haftkapital der Gesellschaft um deren gesamten tatsächlichen Wert zu erhöhen, so begründen, daß ein stimmiges Gesamtsystem erkennbar wird. Denn der Grund für die Ausnahmeregelungen ist allein in der Bevorzugung von Konzernen und deren Gesellschaftern zu sehen, da diese für die Wirtschaft von

1418 *Napier/Noke*, Premiums, 825.

großer Bedeutung sind. Die Gleichbehandlung von share premium und share capital soll aber die Gläubiger einer Gesellschaft schützen. Die Ausnahmeregelungen müßten daher auch mit Blick auf deren Interessen verständlich erscheinen.

Die Gläubiger können die Befriedigung ihrer Forderungen nur aus dem Vermögen dieser einen Gesellschaft erwarten, gegen die sich die Forderungen richten. Die wirtschaftliche Einheit des Konzerns ändert an ihrer Situation nichts, da jede Limited Company im Konzern haftungsabschirmende Wirkung zugunsten der anderen Konzerngesellschaften entfaltet. Eine Durchgriffshaftung im Konzern im Sinne eines »lifting the corporate veil« oder nach anderen rechtlichen Konstruktionen, insbesondere unter Anwendung des Recht der ›agency‹, wird in akademischen Kreisen diskutiert, jedoch von den Gerichten nicht praktiziert.[1419] Im Insolvenzfall respektieren die allgemeinen Regeln des Insolvency Act grundsätzlich die Haftungsbeschränkung im Konzern und ermöglichen den Zugriff auf das Vermögen anderer Konzerngesellschaft nur in besonderen Fällen, deren Voraussetzungen nur selten vorliegen und noch seltener nachgewiesen werden können.[1420] Sacheinlagen innerhalb eines Konzerns unterscheiden sich daher aus Sicht der Gläubiger nicht von Sacheinlagen bei Nichtkonzerngesellschaften. Die Bevorzugung bestimmter Konzernstrukturen durch die ›merger relief‹ und die ›group reconstruction relief‹ ist daher willkürlich.

Die Sinnhaftigkeit der Regelungen über den share premium account wird durch die erlaubten Ausnahmen nicht nur aus systematischen Gründen infrage gestellt. Auch Wertungsgesichtspunkte lassen an der Entscheidung für einen share premium account in den übrigen Fällen zweifeln.

Zum einen muß man die Einschätzung nicht teilen, Konzernstrukturen mit Beteiligungsverhältnissen von mindestens 90% oder sogar 100% seien wirtschaftlich so viel bedeutender und daher rechtlich bevorzugt zu behandeln als Konzernstrukturen, in denen die Konzernmutter mehr als 50% oder 75% der Anteile an ihren Töchtern hält, oder auch als Gemeinschaftsunternehmen, an denen zwei Konzerne je 50% der Anteile halten. In anderen Fällen unterscheidet das englische Recht allein danach, ob die Obergesellschaft die rechtliche oder faktische Kontrolle über eine Tochtergesellschaft hat.[1421] Zum anderen betreffen die Ausnahmeregelungen, insbesondere die ›group reconstruction relief‹ nicht nur wenige Ausnahmefälle, sondern entfalten gerade wegen der weiten Verbreitung von Konzernstrukturen in vielen Fällen ihre Wirkung. Ferner hat die historische Entwicklung des Rechts des share premium gezeigt, daß diese Regelungen gerade bei Sacheinlagen besonderen Biß haben. Wenn gerade die bedeutendsten

1419 Übersicht über die Ansätze zur Begründung einer Durchgriffshaftung mit weiterer Literatur bei *Ferran/Ho*, Principles, 28 ff.

1420 *Ferran/Ho*, Principles, 33 ff.

1421 Vgl. die Definition von ›subsidiary‹ in s. 1159 (1) CA 2006 und *Ferran/Ho*, Principles, 24 f.

Anwendungsfälle von der Regel ausgenommen werden, muß man die Sinnhaftigkeit der Ausgangsregelung in Frage stellen.

Überzeugen einen daher die Gründe, die für die Ausnahmeregelungen streiten, und wertet man in diesen Fällen die Interessen der Gesellschafter höher als die Interessen der Gläubiger, muß man konsequenterweise die Grundregel des ausschüttungsgesperrten share premium account in allen Fällen überdenken. Überzeugen einen hingegen die Argumente für eine Gleichbehandlung aller Einlagen im Hinblick auf die Kapitalerhaltung, weil man den Schutzinteressen der Gesellschaftsgläubiger mehr Gewicht beimißt als den Gewinninteressen der Gesellschafter, muß man die beiden Ausnahmeregelungen überdenken, da mit diesen die Kapitalerhaltung kein stimmiges System bildet.

5. Kapitalaufbringungsregeln des share premium

Die bisher erörterten Anforderungen des englischen Rechts an die Kapitalerhaltung des share premium haben, wie die Kapitalerhaltung im englischen Recht allgemein, den Schutz der Gläubiger einer Limited Company im Blick. Share premium und share capital sollen in gleicher Weise einen Kapitalgrundstock bilden, der den Gläubigern zur Befriedigung ihrer Forderungen vorbehalten wird.

Im Fortgang sollen die Regeln zur Kapitalaufbringung des share premium untersucht werden. Kapitalaufbringung will im allgemeinen sicherstellen, daß einer Gesellschaft das versprochene Kapital tatsächlich zur Verfügung gestellt wird. Damit bezweckt die Kapitalaufbringung nicht allein, die Gesellschaftsgläubiger davor zu bewahren, mit ihrer Forderung auszufallen, sondern will zugleich im Interesse der übrigen Gesellschafter verhindern, daß sich jemand zu günstig in die Gesellschaft einkauft und so den Wert der übrigen Anteile verwässert.[1422]

Die meisten Regeln des englischen Kapitalaufbringungsrechts betreffen die Public Company und setzen die Vorgaben der Gesellschaftsrechtsrichtlinie um. Soweit mit den englischen Vorschriften über das share premium den Anforderungen der Gesellschaftsrechtsrichtlinie genügt werden soll, verfolgen diese Regelungen den Schutz der Mitgesellschafter und Investoren, auf den die europarechtlichen Vorgaben abzielen. An manchen Abweichungen der englischen Regelung gegenüber den Anforderungen der Gesellschaftsrechtsrichtlinie kann man erkennen, daß der Companies Act 2006 auch im Kapitalaufbringungsrecht eine möglichst weitgehende Angleichung der Anforderungen an die Aufbringung des share capital und des share premium anstrebt, so z.B. wenn er anders als die Gesellschaftsrechtsrichtlinie in ihrem Art. 46 die Anforderungen an die Sacheinlagefähigkeit auf das share premium erstreckt (s. 585 CA 2006).

1422 Ebenso zum doppelten Zweck der Kapitalaufbringung im englischen Recht *Ferran/Ho*, Principles, 85.

Die Forderung nach einer Gleichbehandlung von share capital und share premium kam in der Diskussion um die Anforderungen an die Kapitalerhaltung auf, da beide Einlagen gleichermaßen Eigenkapital zuführten und daher für die Gläubiger dieselbe Bedeutung hätten. Wenn der englische Gesetzgeber auch im Kapitalaufbringungsrecht eine weitgehende Angleichung von share capital und share premium anstrebt, kann man dieses Bestreben als Hinweis nehmen, daß er den Regeln der Kapitalaufbringung, soweit sie das share premium betreffen, in gleichem Maße gläubigerschützende Funktion zuschreibt wie dann, wenn sie das share capital betreffen.

a) Verbot der Unterpari-Emission; Festsetzung von par value und premium

Im System der par value shares lautet die wichtigste Grundregel, daß Anteile nicht unter pari, d.h. unter ihrem Nominalwert ausgegeben werden dürfen. Die Gegenleistung für die Anteile muß mindestens deren öffentlich bekannt gemachtem Nennwert entsprechen, da nach diesem Parwert typischerweise die Rechte der Gesellschafter an der Gesellschaft bestimmt werden und die Gläubiger auf die nach außen bekundete Eigenkapitalausstattung vertrauen.

Das Verbot der Unterpari-Emission (englisch ›no-discount rule‹) wurde schon im 19. Jahrhundert von den englischen Gerichten im case law entwickelt und ist mittlerweile durch s. 580 ss. 1 CA 2006 in das geschriebene Recht übernommen worden.[1423] Verstößt eine Anteilsausgabe gegen dieses Verbot, muß der Zeichner den fehlenden Betrag gemäß s. 580 ss. 2 CA 2006 verzinst nachzahlen. Auch spätere Anteilsinhaber können gemäß s. 588 CA 2006 für die fehlende Einlage haften, sofern die Anteile nicht entgeltlich und gutgläubig erworben wurden.

Das Verbot der Unterpari-Emission bezieht sich nur auf den Nominalwert der Anteile und das dadurch gebildete share capital. Schon in der Entscheidung *Hilder v Dexter* hat das House of Lords entschieden, daß eine Anteilsausgabe unter dem tatsächlichen Wert der Anteile und damit der Verzicht auf ein mögliches share premium nicht gegen das Verbot der Unterpari-Ausgabe verstößt.[1424] Im System der par value shares behält das share capital gegenüber dem share premium stets eine besondere Rolle. Der Nominalwert der Anteile muß in jedem Fall ausdrücklich festgesetzt und durch eine Einlage vollständig aufgebracht werden. Ein premium kann zusätzlich versprochen werden.

Zu betonen, daß dem par value, dem Nominalwert, in einem System von par value shares eine besondere Bedeutung zukommt gegenüber dem premium, einem eventuellen Mehrwert, erscheint zunächst überflüssig. Im Recht der Sacheinlagen wird diese Selbstverständlichkeit jedoch zu Unterschieden zwischen Einlagen auf das Nominalkapital und Agioeinlagen führen, weshalb

1423 Vgl. *Ferran/Ho*, Principles, 87 f. mit Nachweisen zur Rechtsprechungsentwicklung; ferner *Siems* in Schall, Companies Act, sec. 580, Rz. 1.

1424 *Hilder v Dexter* (1902) AC 474 (HL), dazu o. S. 479 ff.

schon an dieser Stelle darauf hingewiesen werden soll. Diese Unterschiede sind letztlich darauf zurückzuführen, daß der par value als entscheidendes Merkmal von par value shares betragsmäßig eindeutig bestimmt werden muß (s. 542 ss. 1 CA 2006). Dies gilt auch dann, wenn die erforderliche Einlage als Sacheinlage aufgebracht werden soll.

Ein premium muß jedoch im Fall einer Sacheinlage nicht notwendig beziffert werden. Bei Bareinlagen ist die Bezifferung eines zusätzlichen Zahlbetrags erforderlich, um die Leistungspflicht zu bestimmen. Bei Sacheinlagen genügt zur Bestimmung der Gegenleistung die Benennung des Einlagegegenstandes. Der Wert der Sacheinlage muß nicht eigens festgesetzt werden (ähnlich wie im deutschen Aktienrecht nach weit überwiegend vertretener Ansicht der Einlagegegenstand nicht bewertet werden muß und kein erhöhter Ausgabebetrag festgesetzt werden muß[1425]). Verkörpert ein Sacheinlagegegenstand einen Mehrwert über den Nominalwert der Anteile hinaus, stellt dieser tatsächliche Mehrwert ein premium im Sinne von s. 610 CA 2006 dar und muß auch ohne eine ausdrückliche Bewertung in den Bedingungen der Anteilsausgabe ermittelt und entsprechend gebucht werden.

b) Minimum Capital

Eine Vorschrift der Kapitalaufbringung bezweckt allein den Schutz der Gläubiger, nämlich die Vorgabe eines Mindestkapitals. S. 761 et seq. CA 2006 setzen Art. 45 Abs. 1 der Gesellschaftsrechtsrichtlinie um und verlangen für Public Limited Companies ein Mindestkapital in Höhe von GBP 50.000,– (oder dem entsprechenden Eurobetrag). Für Private Companies wird kein Mindestkapital vorgeschrieben.

Durch die Vorgabe des minimum capital soll bei den typischerweise großen Public Companies gewährleistet werden, daß die Gesellschaft so viel Eigenkapital erhält, wie für ihren Geschäftsbetrieb und als Ausgleich für die Risiken der Gläubiger als Minimum erforderlich erscheint. Die Kritik an diesem Ansatz ist bekannt und muß hier nicht wiederholt werden.[1426] Das englische Recht geht über die Mindestanforderung der Richtlinie, welche EUR 25.000,– als Untergrenze der Eigenkapitalisierung vorschreibt, hinaus. Wegen der Stärke des britischen Pfunds bedeuten GBP 50.000,– eine Erhöhung des Mindestschutzes auf mehr als das Doppelte.

Auch dieses erhöhte Mindestkapital stellt aus Sicht des englischen Gesetzgebers nicht sicher, daß den Gläubigern ausreichend Haftkapital zur Verfügung steht. Denn im Companies Act wurden nach der Einführung des Mindestkapitals die Regelungen über das share premium für Public Companies nicht gelockert, obwohl die Aufteilung in share capital und share premium nicht mehr vollkommen beliebig erfolgen kann. Die Regelung über ein Mindestkapital und

1425 S. dazu u. S. 763 ff.

1426 Vgl. den Überblick über die Diskussion o. S. 362 ff.

die Vorgaben über den ausschüttungsgesperrten share premium account verfolgen insoweit dasselbe Ziel, als beide Konzeptionen den Gesellschaftern Vorgaben über die dauerhafte Kapitalausstattung machen, um den bilanziellen Gläubigerschutz nicht vollkommen in das Belieben der Gesellschafter zu stellen. Die Konzeption des Mindestkapitals bei Public Companies genügt dem englischen Gesetzgeber als alleiniger Schutz jedoch nicht, weshalb er bei der Umsetzung der europarechtlichen Vorgaben an seinem tradierten Schutzkonzept weiterhin festgehalten hat.

Die Anforderungen des minimum capital müssen durch den Nominalwert der ausgegebenen Anteile erfüllt werden (s. 763 ss. 1 CA 2006). Ein share premium bleibt außer Betracht. Die Einschränkung auf das share capital ist durch das europäische Recht vorgegeben und aus dessen Perspektive verständlich, da die Gesellschaftsrechtsrichtlinie keinen Kapitalschutz für Agioeinlagen vorschreibt. Aus der Perspektive des englischen Rechts, das share capital und share premium weitgehend gleich behandelt, wäre es jedoch konsequent, die Anforderung des Mindestkapitals auf das gesamte legal capital zu beziehen. Eine Anpassung der Gesellschaftsrechtsrichtlinie an Rechtsordnungen, die einen ›Mehrbetrag‹ (nicht notwendig nur den betragsmäßig vereinbarten, wie in der Richtlinie vorgesehen) im Hinblick auf die Kapitalerhaltung wie gezeichnetes Kapital behandeln, wäre bei einer künftigen Überarbeitung des Gemeinschaftsrechts zu erwägen.

Abgesichert wird die Anforderung an das Mindestkapital über die Erteilung eines sogenannten ›trading certificate‹[1427]. Gemäß s. 761 ss. 1 CA 2006 darf eine Public Company erst dann im Rechtsverkehr auftreten, nachdem sie zusätzlich zur Registrierung, die für ihre Entstehung erforderlich ist, vom Registergericht ein ›trading certificate‹ erhalten hat, eine besondere Erlaubnis, ihre Geschäfte aufzunehmen. Das ›trading certificate‹ wird erst ausgestellt, wenn der Registerrichter davon überzeugt ist, daß die Anforderung an das Mindestkapital der Gesellschaft erfüllt ist (s. 761 ss. 2 CA 2006). Eine Prüfung durch das Registergericht kann erfolgen. Der Richter kann jedoch die in jedem Fall geforderte Entsprechungserklärung der Geschäftsführer als ausreichenden Nachweis ansehen (s. 762 ss. 3 CA 2006).[1428]

c) Vorschriften zu Sacheinlagen

Ebenso wie die Vorgabe eines minimum capital gehen die meisten gesetzlichen Vorschriften zu Sacheinlagen auf die Umsetzung der Gesellschaftsrechtsrichtlinie zurück und betreffen daher die Public Company. Einige wenige Vorschriften gelten gleichermaßen für Private und Public Companies.

1427 Zum trading certificate s. auch *Thole*, in Schall, Companies Act, sec. 761, Rz. 2 f.
1428 S. auch *Thole* in Schall, Companies Act, sec. 762, Rz. 1.

aa) Grundsätzlich Bar- oder Sacheinlage möglich

Nach der Vorschrift des s. 582 ss. 1 CA 2006 kann sowohl die Einlage auf das share capital wie die Einlage auf ein share premium grundsätzlich in bar oder als Sacheinlage erfolgen.[1429] Die einzige Ausnahme findet sich in s. 584 CA 2006, der nicht vom europäischen Recht beeinflußt ist. Nach dieser Vorschrift können bei Public Companies die Unterzeichner des Gründungsdokuments (›memorandum of association‹ nach s. 8 CA 2006) ihre Einlage auf die Anteile, welche sie bei der Gründung übernehmen, nur in bar erbringen. Diese Einschränkung ist von geringer praktischer Bedeutung, da die Kapitalausstattung einer englischen Gesellschaft typischerweise ohnehin in einem zweiten Schritt nach der Gründung erfolgt.

Sacheinlagen sind demnach bei Public Companies nur in diesem zweiten Schritt, d.h. bei Kapitalerhöhungen gegen Ausgabe weiterer Anteile gemäß s. 549 et seq. CA 2006 (›allotment of shares‹) möglich. Durch das Verbot von Sacheinlagen bei der Gründung von Public Companies sollen vermutlich Mauscheleien der Gründer verhindert werden, da bei späteren share allotments die Gesellschaft selbst durch die directors beteiligt ist. Angesichts der üblichen Personenidentität von Gründern und directors der neugegründeten Gesellschaft erscheint die Wirksamkeit dieser Vorkehrung zweifelhaft. Immerhin laufen die beteiligten Personen, wenn sie als Geschäftsführer fungieren, Gefahr, bei Verletzung ihrer Sorgfaltspflichten gegenüber der Gesellschaft zu haften.

Das Gesetz unterscheidet nicht nach Sacheinlagen auf das share capital und Sacheinlagen auf das share premium. In einer PLC können die Unterzeichner des ›memorandum‹ auch ein eventuelles ›premium‹ nur als Bareinlage aufbringen. Der Begriff der Bareinlage ist im englischen Recht jedoch weiter als im deutschen Recht und umfaßt insbesondere auch die Einbringung bestimmter Forderungen oder das Versprechen einer zukünftigen Barzahlung (s. 583 CA 2006).[1430]

bb) Leistung an Erfüllungs statt

Eine Stellungnahme zu der Frage, ob eine einmal vereinbarte Zahlungsweise später abgewandelt werden kann, findet sich allein bei *Pennington.*[1431] Seiner Ansicht nach ist eine Sachleistung zur Erfüllung einer versprochenen Bareinlage grundsätzlich nicht zulässig. Dabei wird nicht zwischen Public und Private Companies differenziert und auch nicht zwischen dem Anteil der consideration, der auf das share capital anzurechnen ist, und einem eventuellen share premium unterschieden. An der versprochenen Barleistung sei festzuhalten,

1429 Hierzu auch *Siems* in Schall, Companies Act, sec. 582, Rz. 1

1430 Hinweise zum Streitstand, ob ein solches Verständnis von Bareinlagen richtlinienkonform ist, bei *Habersack/Verse*, Europäisches GesR, 232, Fn. 76.

1431 *Pennington*, Company Law, 181.

da die Art der vereinbarten Leistungserfüllung Einfluß auf die Interessen der Gläubiger haben könne.

Sollten jedoch Gesellschaft und Gesellschafter nachträglich eine Änderung des Leistungsgegenstands vereinbart haben und der Gesellschafter einen Vermögensgegenstand einlegen, sei ihm ein Entgeltanspruch gegen die Gesellschaft zuzusprechen, dessen Höhe nach der vereinbarten consideration zu bemessen sei. Dieser Entgeltanspruch sei ein fälliger und liquider Anspruch, der als Bareinlage eingebracht werden könne und daher auf den weiterbestehenden Bareinlageanspruch angerechnet werden könne. Diese Anrechnung sei jedoch erst dann möglich, wenn die Bareinlage ihrerseits fällig geworden ist, d.h. nachdem die directors zur Zahlung aufgefordert haben oder ein vorab vereinbarter Fälligkeitszeitpunkt erreicht worden ist.

Faktisch kann daher eine Leistung an Erfüllungs statt vergleichsweise leicht ins Werk gesetzt werden. Der wichtigste rechtliche Unterschied zwischen dieser Anrechnungskonstruktion und der Bejahung einer Leistung an Erfüllungs statt besteht darin, daß ohne Herbeiführen der Fälligkeit des Bareinlageanspruchs dieser weiterbestehen bleibt. Sollte die Gesellschaft dann in Insolvenz fallen, muß der Gesellschafter seinen Bareinlageanspruch weiter erfüllen, wird jedoch seinen Entgeltanspruch für die Sachleistung nicht in voller Höhe durchsetzen können.

Ob eine vereinbarte Sacheinlage durch eine Bareinlage oder eine andere Sacheinlage ersetzt werden kann, wird selbst bei *Pennington* nicht erörtert. Grundsätzlich führen im englischen Recht Fehler bei der Leistung einer Sacheinlage nicht dazu, daß der Einlageanspruch in bar zu leisten wäre. Schon das Versprechen der Sacheinlage bewirkt, daß der ausgegebene Anteil als volleingezahlt (›fully paid up‹) angesehen wird. Nichterfüllung oder Schlechterfüllung des versprochenen Gegenstands ziehen die allgemeinen Rechtsfolgen eines breach of contract nach sich.[1432] Wenn Gesellschaft und Gesellschafter eine ursprünglich vereinbarte Sachleistung ersetzen wollen, müßten sie ihr Ziel auf dem Weg von *Penningtons* Anrechnungslösung dadurch erreichen können, daß sie die Barzahlung auf einen Schadensersatzanspruch anrechnen, der als Rechtsfolge bei einem breach of contract möglich ist.[1433]

cc) In Private Companies zwingendes Recht nur für Sacheinlagen auf share capital

(1) Keine Spezialregelungen zu Sacheinlagen

Bei Private Companies kennt das englische Gesellschaftsrecht keine besonderen gesetzlichen Vorschriften für Sacheinlagen. Solange ein Gegenstand irgendeinen wirtschaftlichen Wert verkörpert, taugt er nach der allgemeinen schuld-

1432 *Pennington,* Company Law, 185.
1433 Zum Schadensersatz bei Vertragsverletzung vgl. Anson's Law of Contract, 563 ff.

rechtlichen consideration-Lehre für eine Einlage auf das Nominalkapital oder ein premium. Auch Dienstleistungen sind daher einlagefähig.[1434] Unsicher ist die Rechtslage hinsichtlich der Fragen der Bewertung von Sacheinlagen und insbesondere der Rechtsfolgen einer möglichen Überbewertung, welche bei der deutschen GmbH die Beschäftigung mit dem Kapitalaufbringungsrecht dominieren.

(2) Unsicherheit hinsichtlich möglicher Überbewertung von Sacheinlagen und deren Rechtsfolgen

Die Bewertung von Sacheinlagen ist im Recht der Private Companies nicht geregelt. Bisher haben sich die englischen Gerichte zurückhaltend gezeigt, die Bewertung des Einlagegegenstands, welche Gesellschaft und Investor ihrer Vereinbarung zugrunde gelegt haben, nachträglich zu überprüfen.

Die wichtigste Entscheidung in diesem Zusammenhang ist das Urteil *Re Wragg Ltd*[1435] aus dem Jahr 1897, auf das sich auch heute noch Literatur und Rechtsprechung maßgeblich beziehen. Diesem Urteil liegt ein Fall zugrunde, in dem ein Unternehmen, das Pferdeomnibusse und Kutschen betrieb, im Wege einer (nach deutscher Terminologie: gemischten) Sacheinlage in eine Limited eingebracht wurde. Die Einleger erhielten für ihr Unternehmen neben Bargeld, der Valuta besicherter Darlehen und anderen Leistungen vor allem auch Gesellschaftsanteile. Bei der Bewertung des Unternehmens wurden Kutschen und andere Vermögensgegenstände überbewertet, jedoch war nicht ersichtlich, daß der insgesamt angenommene »Kaufpreis« für das Unternehmen unangemessen hoch gewesen wäre. In der Insolvenz der Limited leitete der Insolvenzverwalter aus der Überbewertung einzelner Vermögensgegenstände eine Anteilsausgabe unter pari ab und forderte von den Einlegern eine Nachzahlung.

In dieser Entscheidung wird die bis dato ergangene Rechtsprechung zusammengefaßt und als Grundsatz des englischen Rechts festgehalten, daß ein Gericht die vertragliche Vereinbarung zwischen Gesellschaft und Investor und die darin vorgenommene Bewertung des Einlagegegenstands grundsätzlich nicht überprüfen wird, wenn nicht der ganze Vertrag als unwirksam angegriffen wird oder die getroffene Bewertung als Scheingeschäft (›colourable‹), Täuschung (›illusionary‹) oder offensichtlich unrichtig (›not honest‹ bzw. ›false on the face of the contract‹) anzusehen ist. Diese Zurückhaltung der englischen Gerichte gegenüber einer nachträglichen Bewertung von Sacheinlagen korrespondiert der oben erörterten Zurückhaltung gegenüber einer wirtschaftlichen Betrachtung rechtlicher Sachverhalte und dient der Rechtssicherheit der getroffen Vereinbarungen, insbesondere wenn verschiedene Bewertungen vertretbar erscheinen.

1434 *Heinz/Hartung*, Limited, 69 f.; *von Rummel*, Institutioneller Gläubigerschutz, 30; *Krebs/Stiegler* in Jung/Krebs/Stiegler, Gesellschaftsrecht, § 12 Rz. 492; a.A. *Siems* in Schall, Companies Act, sec. 583, Rz. 4.

1435 *Re Wragg Ltd* [1897] 1 Ch 796, CA; dazu *Ferran/Ho*, Principles, 89.

Die englische Literatur zur Kapitalaufbringung sieht die Gefahr, daß eine Überbewertung von Sacheinlagen zu einer Verwässerung der Anteile führen kann, betont jedoch auf Grundlage dieser Rechtsprechung die faktische Schwierigkeit, die Bewertung durch die Gesellschaft in Zweifel zu ziehen, und geht wegen dieser praktischen Schwierigkeiten auf die Rechtsfolgen einer möglichen Überbewertung regelmäßig nicht weiter ein.[1436]

In der deutschsprachigen Literatur zur Limited wird die englische Rechtsprechung teilweise so interpretiert, daß bei Sacheinlagen eine faktische Bewertungsfreiheit bestehe, wodurch eine Unterpari-Emission problemlos erreicht werden könne.[1437] Sollte eine Sacheinlage offensichtlich falsch oder gar arglistig falsch bewertet worden sein, könne dies zur Nichtigkeit des Austauschvertrags führen, in welchem Fall der Nominalwert in bar nachzuzahlen und der Einlagegegenstand zurückzugeben sei. Eine Differenzhaftung im Sinne des deutschen Rechts bestehe nicht.[1438] Diese in Deutschland verbreitete Sicht, das Recht der Private Company kenne de facto keinen ernstzunehmenden Kapitalaufbringungsschutz, beruht teilweise auf einem Mißverständnis des Urteils *Re Wragg*, teilweise auf der fragwürdigen Annahme, diese ältere Rechtsprechung könne heutzutage noch uneingeschränkte Geltung beanspruchen.[1439] Man muß zwei Fragenkreise unterscheiden, erstens die grundsätzliche Möglichkeit einer Überbewertung mit der möglichen Rechtsfolge einer Differenzhaftung und zweitens die Fragen eines Bewertungsspielraums zugunsten der Gesellschaft und des Nachweises, daß die getroffene Bewertung nicht richtig ist.

(3) Grundsätzliche Geltung der no discount-rule

Festzuhalten ist zunächst, daß die no discount-rule, d.i. das Verbot der Unterpari-Emission auch im Fall von Sacheinlagen zu beachten ist. Die Entscheidung *Re Wragg* läßt keinen Zweifel daran, daß der Nominalwert der Anteile durch

1436 Vgl. *Ferran/Ho*, Principles, 90. mit dem Hinweis, daß kaum je erfolgreich gegen die Überbewertung einer Sacheinlage geklagt worden ist; *Davies/Worthington*, Principles, 269 f. referieren die wichtigsten Urteile und stellt fest, »to some degree« sei es möglich, die Anteile durch Überbewertung zu verwässern. *Pennington,* Company Law, 187 zeigt sich über die Zurückhaltung der englischen Gerichte äußert verwundert und verweist auf die Personenidentität von Gründern, promotern der neuen Gesellschaft und ihren ersten directors, die eine wirksame Kontrolle von Sacheinlagen erforderlich mache, nicht so sehr wegen der Gläubiger der Gesellschaft, vielmehr wegen der Gefahr einer Anteilsverwässerung für andere, auch zukünftige Mitgesellschafter.

1437 So ausdrücklich *Heinz/Hartung*, Limited, 70; ähnlich *Fleischer*, Gläubigerschutz in der kleinen Kapitalgesellschaft, 1016; restriktiver jedoch *Siems* in Schall, Companies Act, sec. 583, Rz. 5.

1438 *Neuling*, GmbH und private company, 147.

1439 Zweifelnd hinsichtlich der Weitergeltung der alten Rechtsprechungsgrundsätze jedoch *Erbe*, Limited, 80.

den Wert eines eingelegten Gegenstands vollständig abgedeckt sein muß.[1440] Auch die englische Literatur geht von der grundsätzlichen Geltung der no discount-rule bei Sacheinlagen aus.[1441]

Bei einem nachweisbaren Verstoß gegen die no discount-rule durch Ausgabe von Anteilen gegen eine überbewertete Sacheinlage kommen verschiedene Rechtsfolgen in Betracht. Zunächst können Gesellschafter eine Anteilsausgabe gerichtlich untersagen lassen, wenn der tatsächliche Wert der Sacheinlage nicht ausreicht, eine Verwässerung ihrer Altanteile zu verhindern. In diesem Fall gibt die drohende Übervorteilung der Altgesellschafter einen Grund für eine Klage wegen ›unfair prejudice‹ nach s. 994 CA 2006. Sollte es zur Ausgabe von Anteilen kommen und dabei die Überbewertung von den Geschäftsführern bewußt zur Täuschung der Gläubiger vorgenommen worden sein, droht den directors eine Geldstrafe oder sogar eine bis zu zehnjährige Gefängnisstrafe wegen ›fraudulent trading‹ (s. 993 CA 2006).[1442] Führt die Überbewertung einer Sacheinlage dazu, daß der Nominalwert ausgegebener Anteile nicht gedeckt ist, besteht in Höhe des Fehlbetrags zum vollen Anteilswert eine gesetzliche Differenzhaftung.

Diese Differenzhaftung folgt aus dem Verbot der Unterpari-Emission, das bei allen Anteilsausgaben zu beachten ist. Die Möglichkeit einer solchen Differenzhaftung wurde schon in der Entscheidung *Re Wragg Ltd* ausdrücklich bejaht. Eine Rückabwicklung der Sacheinlage ist nach diesem Urteil jedenfalls dann nicht erforderlich, wenn die Überbewertung offensichtlich ist, insbesondere wenn sie sich aus dem Übernahmevertrag selbst ergibt.[1443]

In der Entscheidung *Mosley v Koffyfontein Mines Ltd* versteht *Vaughan William L.J.* wenige Jahre später die Aussagen in *Re Wragg Ltd* dahingehend, daß bei einem objektiv feststellbarem Minderwert der Einleger den Differenzbetrag in bar nachzahlen müßte.[1444] Ebenso wird in einer Entscheidung aus dem Jahr

1440 *Re Wragg Ltd* [1897] 1 Ch 796, CA, 829 und 830 *per* Lindley LJ, 835 *per* Smith LJ.

1441 Z.B. *Ferran/Ho*, Principles, 89.

1442 Eine Haftung der Geschäftsführer nach s. 214 Insolvency Act 1986 wegen ›wrongful trading‹, die *Erbe*, Die Limited, 81 erörtert, ist theoretisch denkbar, jedoch weniger wahrscheinlich. Denn eine Kapitalerhöhung dürfte kaum je kurz vor einer Insolvenz vorgenommen werden, wenn die Geschäftsführer in diesem Zeitpunkt sicher annehmen müssen, daß die Gesellschaft in die Insolvenz fallen wird. Die Haftung wegen ›fraudulent trading‹ nach s. 993 CA 2006 ist unabhängig von einer möglichen Liquidation der Gesellschaft (anders als die ältere Regelung für ›fraudulent trading‹ in s. 213 Insolvency Act 1986).

1443 *Re Wragg Ltd* [1897] 1 Ch 796, CA, 836 *per* Smith LJ (mit dem Beispiel, daß für eine Kohlelieferung ein bestimmter Marktwert im Vertrag angegeben wird und dafür Anteile mit einem höheren Nominalwert zugeteilt werden) und 830 *per* Lindley LJ (mit einem Beispiel einer eindeutig bewerteten Forderung).

1444 *Mosley v Koffyfontein Mines Ltd* [1904] 2 Ch. 108, 114 per *Vaughan Williams L.J.*: »If the consideration is illusory, or if it permits an obvious money measure to be made shewing that discount was allowed, or if the shares are openly issued at a discount, the shareholder may be called on to pay the balance in cash.«

1990 als Rechtsfolge einer möglichen Verletzung der no discount-rule (die in casu nicht bejaht wurde) allein eine Differenzhaftung erwogen.[1445]

Heutzutage ist die Pflicht, bei einer Unterpari-Ausgabe den fehlenden Betrag nachzuzahlen, im Gesetz verankert. Gemäß s. 580 ss. 2 CA 2006 muß der Anteilsübernehmer den Fehlbetrag verzinst nachzahlen.[1446] Diese gesetzliche Differenzhaftung erstreckt sich gemäß s. 588 CA 2006 grundsätzlich auch auf Rechtsnachfolger des ursprünglichen Anteilsübernehmers.[1447] Eine solche gesamtschuldnerische Haftung muß ein Rechtsnachfolger jedoch gemäß s. 588 ss. 2 CA 2006 nicht befürchten, wenn der bemakelte Anteil von ihm selbst oder einem Vorbesitzer entgeltlich und gutgläubig erworben worden ist.

Nachdem das Gesetz bei Unterpari-Emissionen eine spezielle Differenzhaftung vorsieht und manche englischen Gerichte schon früh die Ausführungen in *Re Wragg* allein in Richtung einer Differenzhaftung verstanden haben, ist – anders als in der deutschsprachigen Literatur zum Teil vertreten wird[1448] – jedenfalls unter Geltung des Companies Act nicht davon auszugehen, daß die Überbewertung eines Einlagegegenstands zur Nichtigkeit des Übernahmevertrags führen kann oder die Rückabwicklung der Sacheinlage und eine Barleistung in Höhe des gesamten Nominalwerts der ausgegebenen Anteile verlangt. Ausführungen in *Re Wragg Ltd*, die man in Richtung einer Rückabwicklung verstehen könnte, dürften mit der ausdrücklichen Regelung der Nachzahlungsverpflichtung im Companies Act 2006 als überholt anzusehen sein.

(4) Bewertungsspielraum und Nachweis einer Überbewertung von Sacheinlagen

Steht die grundsätzliche Möglichkeit einer Differenzhaftung fest, kommt es entscheidend darauf an, wie eine Sacheinlage zu bewerten ist. Hier liegt die eigentliche Bedeutung der Entscheidung *Re Wragg Ltd*, da die Richter in der Tat eine weitgehende Freiheit der Gesellschaft angenommen haben, den Wert des Einlagegegenstandes zu bestimmen.

Die Richter betrachten in dieser Entscheidung die Anteilsausgabe gegen eine Sacheinlage entsprechend dem allgemeinen schuldrechtlichen Verständnis des englischen Kapitalgesellschaftsrechts als Kauf des Einlagegegenstands durch die Gesellschaft, welche ihrerseits mit Anteilen bezahlt. Sie gehen mehrheitlich davon aus, daß die Gesellschaft den Einlagegegenstand zu jedem ihr angemessen erscheinenden Preis erwerben kann.[1449] Dabei kann der »Verkäufer«, d.i. der

1445 *Park Business Interiors Ltd v Park* [1990] B.C.L.C. 914, 919: »(…) the allottee remains liable to contribute, up to the, nominal value of the shares, when called on to do so.«

1446 Vgl. a. *Siems* in Schall, Companies Act, sec. 580, Rz. 3.

1447 Dazu *Ferran/Ho*, Principles, 95.

1448 *Neuling*, GmbH und private company, 147.

1449 *Re Wragg Ltd* [1897] 1 Ch 796, CA, 830 *per* Lindley LJ.

Sacheinleger auch einen beliebig hohen Gewinn erzielen. Er muß den Gegenstand nicht zu einem Preis abgeben, den er maximal bei einem Verkauf am freien Markt hätte erzielen können. Der Wert des Einlagegegenstands sei danach zu bestimmen, was dieser der Gesellschaft wert sei.[1450]

Diese Rechtsprechung ist nicht ohne Kritik geblieben, da bei Sacheinlagen anders als bei einem Verkauf unter Dritten häufig die Personenidentität von Gesellschafter, director und promoter der Gesellschaft dazu führen, daß die Vertragsvereinbarungen nicht at arm's length ausgehandelt werden.[1451] Bei Sacheinlagen fehlt in vielen Fällen ein Interessensgegensatz der Vertragsparteien, der bei einem normalen Kaufgeschäft für ein marktgerechtes Ergebnis sorgt.

Ungeachtet dieser Kritik sind diese Rechtsprechungsgrundsätze heute noch aktuell. Sofern nicht der Übernahmevertrag angegriffen wird, etwa mit der Begründung, die Gesellschaft sei über den Wert der Sacheinlage getäuscht worden oder die Geschäftsführer hätten außerhalb ihrer Kompetenzen (›ultra vires‹) gehandelt, ist nach dieser Rechtsprechung die zugrundeliegende Bewertung des Einlagegegenstands zu akzeptieren und anzunehmen, der Nominalwert der Anteile sei durch die Sacheinlage aufgebracht. Eine Differenzhaftung komme nur ausnahmsweise in Betracht.

Über die möglichen Fälle einer Nachzahlungspflicht waren die Richter uneins. Üblicherweise werden die weniger strengen Ausführungen der Richter Smith L.J. und Lindley L.J. zitiert, die eine Neubewertung nur dann zulassen wollten, wenn die Ausgangsbewertung ›dishonest‹, ›colourable‹, ›illusionary‹ oder unrichtig ›apparent upon the face of the agreement‹ sei. Nach Auffassung des Richters Rigby L.J. kommt eine Ersatzbewertung auch bei nicht offensichtlichen Fehlern in Betracht. An welche Fallgruppen dabei zu denken wäre, ließ Rigby L.J. mangels Entscheidungserheblichkeit dahinstehen.[1452] In der Praxis ist es heutzutage üblich, daß die Parteien die Ausgewogenheit von Leistung und Gegenleistung im Übernahmevertrag ausdrücklich feststellen und das Vertragsdokument beim Handelsregister einreichen.[1453]

Grundlage der Entscheidung *Re Wragg Ltd* ist die Annahme, der Wert einer Sacheinlage sei danach zu bemessen, was die Gesellschaft dafür in Form des Nominalwerts ihrer Anteile auszugeben bereit sei. Dieser Bewertungsansatz entspricht der Praxis und der Rechtsprechung im Jahr 1897. Er ist jedoch nach der Einführung der Regeln über den share premium account im Jahr 1948 nicht mehr mit dem Companies Act vereinbar. Die Regeln über die Bildung des share premium account erfordern, wie gesehen, eine objektive Bewertung der Sacheinlage nach ihrem wahren Wert. Eine Bewertung nach dem Nominalwert der ausgegebenen Anteile ist nicht mehr zulässig.

1450 *Re Wragg Ltd* [1897] 1 Ch 796, CA,830 *per* Lindley LJ.
1451 *Pennington*, Company Law, 187.
1452 *Re Wragg Ltd* [1897] 1 Ch 796, CA, 843 *per* Rigby LJ.
1453 *Erbe*, Die Limited, 80.

Nimmt die Gesellschaft an, daß der Wert der Sacheinlage dem Nominalwert der Anteile entspreche, spricht für diese Bewertung der Beweis des ersten Anscheins. Ein Gegenbeweis muß jedoch möglich sein. Für die Bestimmung eines eventuellen Mehrwerts, der zu einem share premium führt, ist in dem erwähnten Urteil *Shearer v Bercain Ltd* ausdrücklich festgestellt worden, daß der Anscheinsbeweis, der in der Bewertung durch die Gesellschaft zu sehen ist, widerlegt werden kann.[1454] Die objektive Bewertung, die für die Bestimmung des share premium erforderlich ist, führt dazu, daß auch die Frage einer Unterpari-Emission objektiv nach dem wahren Wert des Einlagegegenstands zu entscheiden ist, da ein Sacheinlagegegenstand nur einheitlich bewertet werden kann.

Das Gesetz geht mittlerweile davon aus, daß ein Verstoß gegen die no discount-rule nicht deshalb verneint werden kann, weil die Gesellschaft die Sacheinlagevereinbarung selbst getroffen hat und von deren Angemessenheit ausging. Diese implizite Auffassung des Gesetzes zu Unterpari-Emissionen durch Sacheinlagen wird mittelbar dadurch bestätigt, daß im Zuge der Einführung des share premium account auch s. 53 ss. 2 CA 1948 erlassen worden ist. Diese Vorschrift erwähnte ausdrücklich, daß die no discount-rule nicht durch nachgelagerte Erwerbsgeschäfte zu einem überhöhten Preis umgangen werden kann. Dann kann eine Umgehung aber auch nicht durch eine sofort vorgenommene überbewertete Sacheinlage statthaft sein.

Die Gesellschaft kann daher seit 1948 nicht mehr frei bestimmen, was »ihr ein Gegenstand wert ist«. Wie auch in anderen Bereichen des Rechts eine consideration objektiv bewertet werden kann, so z.B. im Erbrecht[1455] oder im Insolvenzrecht[1456], so ist im Kapitalgesellschaftsrecht eine objektive Bestimmung einer als consideration geleisteten Sacheinlage angezeigt; hier nicht zuletzt weil die Schutzinteressen der Gläubiger und der Mitgesellschafter berührt sind.

Da sich das Recht der Bewertung von Sacheinlagen gegenüber dem Jahr 1897 fundamental geändert hat, muß der große Bewertungsspielraum, den die Entscheidung *Re Wragg Ltd* jeder Gesellschaft eingeräumt hat, enger begrenzt werden. In einer neueren Entscheidung zur Bewertung von Sacheinlagen im (weitgehend vergleichbaren) Schottischen Recht, welche auf *Re Wragg* aufbaut und dessen Grundlagen noch nicht kritisch hinterfragt, wird neben der grundsätzlichen Bewertungsprärogative der Gesellschaft auch die Treupflicht der Geschäftsführer betont.[1457] Nach wie vor wird dabei der Schutz der Mitgesellschafter vor allem den Organen der Gesellschaft überantwortet. Solche zusätzlichen Erwägungen können jedoch dazu führen, insbesondere wenn im Fall einer

1454 *Shearer v Bercain Ltd* [1980] 3 All ER 295, 305 f.

1455 Vgl. *Peel*, The Law of Contract, 87 Fn. 75.

1456 Vgl. die Bestimmung der consideration nach wirtschaftlichen Gesichtspunkten in der Entscheidung *Philips v Brewin Dolphin Bell Lawrie Ltd [2001] 1 WLR 143.*

1457 *Park Business Interiors Ltd v Park* [1990] B.C.L.C. 914, 919.

Insolvenz die Interessen der Gläubiger in Rede stehen[1458], daß ein Gericht eher bereit ist, die Offenkundigkeit einer Fehlbewertung anzunehmen, die es berechtigen, sich über die Bewertung der Gesellschaft hinwegzusetzen, ohne formal von der Entscheidung *Re Wragg Ltd* abweichen zu müssen.

Berücksichtigt man zudem, daß seit der Einführung der gesetzlichen Regeln über den share premium account die Sacheinlagebewertung grundsätzlich nach dem wahren Wert des Einlagegegenstands zu erfolgen hat, wird aus der weitgehenden Bewertungsfreiheit des Urteils *Re Wragg* heutzutage eine Bewertungsprärogative der Gesellschaft. Eine Anteilsausgabe, die beide Parteien in gutem Glauben (›bona fide‹) über die Vertretbarkeit ihrer Bewertung vereinbaren, wird von den Gerichten nur in Zweifel gezogen werden, wenn die Gegenleistung für die Anteile offensichtlich unangemessen ist. Die Bewertung einer Sacheinlage durch die Gesellschaft begründet eine starke Vermutung für die Angemessenheit der Gegenleistung. Unter verschiedenen objektiv vertretbaren Bewertungen kann die Gesellschaft die ihr angemessen erscheinende frei bestimmen.

Sie muß sich jedoch grundsätzlich am Marktwert des Einlagegegenstands orientieren, sofern ein solcher, zumindest näherungsweise, angegeben werden kann. Ein beliebig hoher »Verkaufsgewinn« des Einlegers ist heute nicht mehr denkbar. Mit entsprechend stichhaltigen Nachweisen kann jederzeit ein Gegenbeweis geführt werden. Für die meisten Fälle einer Sacheinlage wird durch die Bewertungsprärogative der Gesellschaft Rechtssicherheit erreicht. Die kritischen Fälle einer deutlichen Überbewertung, in denen die Parteien selbst von einem geringeren Marktwert ausgehen oder ein deutlich geringerer Marktwert später nachgewiesen werden kann, tragen jedoch das Risiko einer Differenzhaftung in sich.

Da die Beweislast bei demjenigen liegt, der die Ausgewogenheit von Anteilsausgabe und Gegenleistung bestreitet, und die englischen Gerichte bei geringen Wertunterschieden die Bewertung durch die Gesellschaft nicht in Zweifel ziehen werden, erscheint eine gewisse Überbewertung von Sacheinlagen nach wie vor denkbar. Zuzustimmen ist *Davies* und *Worthington*, wenn sie schätzen, bei Sacheinlagen sei es »to some degree« möglich, die Anteile zu verwässern.[1459] In dem großen Ausmaß, wie in der deutschen Literatur zur Limited teilweise gefürchtet oder gehofft, wird eine Überbewertung von Sacheinlagen jedoch nicht akzeptiert werden. Bei einer Limited, die ihren Verwaltungssitz in Deutschland hat, ist zudem zu bedenken, daß die »offensichtliche Unrichtigkeit« der Bewertung von Sacheinlagen von einem deutschen Tatrichter zu prüfen ist, der möglicherweise strengere Maßstäbe anlegen wird als seine englischen Kollegen.[1460]

1458 Vgl. zum Schutz der Gläubigerinteressen im Insolvenzfall als Leitgedanken für die Behandlung der Einlage im Kapitalgesellschaftsrecht die Ausführungen der Vorinstanz in *Re Wragg Ltd* [1897] 1 Ch 796, CA, 815.

1459 *Davies/Worthington*, Principles, 260.

1460 Darauf weist *Erbe*, Die Limited, 81 zurecht hin.

(5) Größere Freiheiten bei Vereinbarung eines share premium

Werden Sacheinlagen auf das share capital zu hoch bewertet, verbleibt für einen Investor trotz der Bewertungsprärogative der Gesellschaft zumindest das Restrisiko einer Neubewertung und Differenzhaftung, da eine Sacheinlage grundsätzlich zu ihrem tatsächlichem Wert zu bewerten ist und über die gesetzliche Differenzhaftung nicht disponiert werden kann. Größere Rechtssicherheit bietet die Vereinbarung eines share premium. Denn im Hinblick auf die Differenzhaftung unterscheidet sich die Behandlung des share capital von der des share premium.

In der englischsprachigen Literatur wird die Problematik einer Differenzhaftung bei einem share premium nicht erörtert. Wie gesehen[1461], bezieht sich die no-discount rule allein auf den Nominalbetrag der Anteile, das share capital. Der Verzicht auf ein share premium bedeutet keinen Verstoß gegen das Verbot der Unterpari-Ausgabe. Dies gilt auch, wenn nur ein share premium eine Anteilsverwässerung verhindern kann. Daraus folgt, daß die gesetzliche Differenzhaftung des s. 580 ss. 2 CA 2006 nicht einschlägig ist, wenn die Überbewertung einer Sacheinlage dazu führt, daß tatsächlich ein geringeres premium erbracht wird als von der Gesellschaft angenommen.

Eine Pflicht des Einlegers zu weiteren Leistungen als der Einbringung des Einlagegegenstands kann sich bei der Erfüllung eines versprochenen premium aus dem allgemeinen Schuldrecht ergeben, das immer dann ergänzend heranzuziehen ist, wenn das Gesellschaftsrecht keine Spezialregelung enthält. Denkbar ist zum Beispiel die ergänzende Heranziehung des kaufrechtlichen Sachmängelrechts, wenn ein übereigneter Gegenstand nicht funktionstüchtig ist und seine Funktionstüchtigkeit von der Gesellschaft und dem Einleger vorausgesetzt worden ist. Denkbar ist auch, daß die Parteien sich nicht darauf beschränken, nur den Einlagegegenstand festzulegen, sondern das damit zu leistende premium beziffern und so einen Mindestbetrag festlegen, den die Sacheinlage wertmäßig abdecken soll. In diesem Fall eines bezifferten oder ›stated‹ premium bietet die vertragliche Vereinbarung einen Wertmaßstab ähnlich wie der Nominalwert der Anteile. Eine solche Vereinbarung könnte bezwecken, dem Einleger eine Wertgarantie für den eingebrachten Gegenstand aufzubürden, deren Erfüllung nach objektiven Maßstäben überprüft werden kann.

Im Vergleich zur Kapitalaufbringung des share capital besteht jedoch in jedem Fall der große Unterschied, daß im Fall einer Sacheinlage auf ein premium keine gesellschaftsrechtlichen Anforderungen an die Werthaltigkeit des Einlagegegenstands gestellt werden. Daher können die Parteien, d.h. die Gesellschaft und der Anteilsübernehmer, vertraglich vereinbaren, ob und inwieweit der Sacheinleger zu einer Gewährleistung oder einer Wertgarantie verpflichtet sein soll. Die Parteien können sich darauf beschränken, den einzubringenden Gegenstand zu beschreiben, und das Bewertungsrisiko der Gesellschaft aufbürden. In

1461 S. o. 4. KapitelC.I.5.a).

der Praxis wird die Angemessenheit von Anteilsausgabe und Sacheinlage üblicherweise ausdrücklich festgehalten.[1462] Da die Risikotragung vertraglich vereinbar ist, muß der Investor in diesen Fällen hinsichtlich des share premium keine späteren Nachforderungen fürchten, wie sie im Fall einer Unterpari-Emission denkbar sind.[1463]

Selbst wenn eine Differenzhaftung bzw. eine Wertgarantie vertraglich vereinbart worden ist, trifft diese Pflicht grundsätzlich nur den Zeichner der Anteile und nicht eventuelle Rechtsnachfolger, da s. 588 CA 2006 in diesem Fall nicht einschlägig ist. Die Vereinbarung eines share premium anstatt eines erhöhten share capital ermöglicht daher die Anteilsausgabe für Investoren besonders rechtssicher zu gestalten. Diese Rechtssicherheit wird dann besonders wichtig, wenn sich der Sacheinlagegegenstand nach objektiven Maßstäben nur schwer bewerten läßt und sein Wert weitgehend von den Erwartungen der Vertragsparteien abhängt. Dies ist zum Beispiel bei der Einbringung eines Unternehmens der Fall, die häufig im Wege einer Sacheinlage erfolgt, und daher von hoher praktischer Bedeutung.

dd) Sonderregelungen für Sacheinlagen in Public Companies

Für Public Limited Companies hat das englische Recht die Vorgaben der Gesellschaftsrechtsrichtlinie umgesetzt. Dadurch wurde es gezwungen, von dem traditionell weniger strengen Ansatz, den es bei der Kapitalaufbringung der Private Companies noch verfolgt, abzuweichen und detaillierte gesetzliche Regelungen für Sacheinlagen in Public Companies zu erlassen.[1464]

(1) Einlagefähigkeit

Art. 46 S. 2 der Gesellschaftsrechtsrichtlinie schreibt vor, daß das gezeichnete Kapital nur durch Gegenstände, deren wirtschaftlicher Wert feststellbar ist, aufgebracht werden kann. Keinesfalls können Versprechen auf Arbeits- oder Dienstleistungen eingelegt werden, obwohl deren wirtschaftlicher Wert oftmals durchaus ermittelt werden kann, z.B. bei Geschäftsführungstätigkeiten durch

1462 *Erbe*, Die Limited, 80.

1463 Sollte sich später herausstellen, daß die eingebrachte Sache schon zum Einbringungszeit weniger wert war, als damals angenommen, ist entweder die Bilanz rückwirkend zu korrigieren und der nach s. 610 CA berechnete share premium account herabzusetzen oder die Ausschüttungssperre des share premium account muß durch andere Vermögenswerte abgedeckt werden. In der Entscheidung *Re Bradford Investments plc (No 2)* [1991] BCC 379 ging Hoffmann J davon aus, daß der share premium account nachträglich zu korrigieren sei, wenn die Sacheinlage, die im konkreten Fall ohne Wertvereinbarung versprochen worden war, überbewertet worden ist.

1464 *Ferran/Ho*, Principles, 90.

einen Blick auf das Durchschnittsgehalt von Geschäftsführern nach Branche und Größe vergleichbarer Betriebe.

Diese Vorgabe setzt s. 585 CA 2006 nur teilweise in englisches Recht um.[1465] Das Erfordernis der eigenständigen Bewertbarkeit ist nicht festgeschrieben worden. Ausdrücklich legt s. 585 ss. 1 CA 2006 nur fest, daß Arbeits- oder Dienstleistungen weder vom Zeichner der Anteile noch von einem Dritten erbracht werden können.[1466] Die Vorschrift des s. 585 CA 2006 verlangt damit eine Ausnahme von dem allgemeinen schuldrechtlichen Grundsatz, daß als consideration jede Gegenleistung in Betracht kommt, die in den Augen des Gesetzes irgendeinen Wert hat.

Die Anforderungen an die Sacheinlagefähigkeit werden in s. 585 ss. 1 CA 2006 nicht auf Einlagen »in payment up on its shares« beschränkt, sondern auf »any premium on them« erstreckt, ähnlich wie auch das deutsche Recht in § 27 Abs. 2 AktG bei der Sacheinlagefähigkeit nicht zwischen Grundkapital und Agio differenziert. Die Erstreckung der gesetzlichen Anforderungen an die Sacheinlagefähigkeit auf das share premium folgt offenbar der Vorstellung, daß premium-Einlagen im Kapitalaufbringungsrecht ebenso den Einlagen auf das share capital angeglichen werden sollen, wie dies im Kapitalerhaltungsrecht geschehen ist.

Bei einem Verstoß gegen diese Vorschrift muß der Zeichner den entsprechenden Betrag des Nominalkapitals oder des versprochenen premium, der durch die Arbeits- oder Dienstleistung erbracht werden sollte, in bar leisten (s. 585 ss. 2 CA 2006).[1467]Die Rechtsnachfolger des Zeichners haften mit diesem gesamtschuldnerisch, sofern die Anteile nicht entgeltlich und gutgläubig erworben wurden (s. 588 CA 2006).[1468] Die versprochene Arbeits- oder Dienstleistung bleibt wegen s. 591 ss. 1 CA 2006 grundsätzlich weiterhin zu erbringen.[1469] Jedoch kann das zuständige Gericht gemäß s. 591 ss. 2 und s. 589 CA 2006 den Zeichner oder einen Rechtsnachfolger ausnahmsweise von der Barleistungsverpflichtung oder der Dienstleistungsverpflichtung be-

1465 Art. 585 CA 2006 spricht von der Verpflichtung »to do work or perform services« und lehnt sich dabei an die englische Sprachfassung der Gesellschaftsrechtsrichtlinie an. Diese Formulierung kann nicht nur Arbeits- und Dienstleistungen im Sinne des deutschen Rechts umfassen, sondern auch Werkleistungen. Der Anwendungsbereich von Art. 46 der Gesellschaftsrechtsrichtlinie ist unklar, da die Richtlinie an dieser Stelle wieder einmal nicht berücksichtigt hat, daß die Rechtsfiguren, an denen sie zur Rechtsvereinheitlichung anknüpfen will, selbst noch nicht harmonisiert worden sind.

1466 In der deutschen Literatur ist das Verständnis von Art. 46 der Gesellschaftsrechtsrichtlinie streitig, vgl. *Habersack/Verse*, Europäisches GesR, 232.

1467 S. a. *Siems* in Schall, Companies Act, sec. 585, Rz. 1.

1468 S. a. *Siems* in Schall, Companies Act, sec. 588, Rz. 1.

1469 S. a. *Siems* in Schall, Companies Act, sec. 591, Rz. 1.

freien.[1470] Maßgeblich für die Entscheidung des Gerichts ist dabei nach s. 589 ss. 5 CA 2006, daß der Gesellschaft das gesamte Nominalkapital und das gesamte versprochene premium tatsächlich zufließen. Die Gerichte stellen grundsätzlich hohe Anforderungen an die Befreiung von einer Leistungsverpflichtung, so daß insbesondere der Zeichner nur schwer in den Genuß einer Ausnahmegenehmigung kommen wird.[1471]

Auslegungsschwierigkeiten bereitet die Erstreckung der Anforderungen an die Sacheinlagefähigkeit auf »any premium«. Grundsätzlich ist jede Sachleistung, die der Gesellschafter für die erhaltenen Anteile der Gesellschaft verspricht, consideration und entweder auf das share capital anzurechnen oder als share premium zu behandeln. Das Verbot, share capital oder share premium durch Dienstleistungen aufzubringen, führt bei dem weiten Begriff des premium im englischen Recht dazu, daß sich die Gesellschaft bei einer Anteilsausgabe die Erbringung von ganz oder teilweise unentgeltlichen Dienstleistungen überhaupt nicht versprechen lassen kann. Denn selbst wenn das share capital in bar aufgebracht würde, müßte jedes zusätzliche Versprechen einer solchen Dienstleistung zu einem premium führen.

In Deutschland können hingegen Dienstleistungen als Nebenleistungen im Sinne von § 55 AktG oder auf schuldrechtlicher Basis wirksam vereinbart werden. In England besteht allenfalls die Möglichkeit, daß die Gesellschafter untereinander unentgeltliche Dienstleistungen zugunsten der Gesellschaft verabreden. Nicht möglich ist es jedoch zum Beispiel, daß von drei Gesellschaftern, die gleich viele Anteile gegen Bareinlage übernehmen wollen, ein technisch versierter Gesellschafter als Gegenleistung für die jungen Anteile verspricht, einen bestehenden Prototypen unentgeltlich weiterzuentwickeln, ein Gesellschafter mit betriebswirtschaftlichen Kenntnissen die Geschäftsführung unentgeltlich übernimmt und ein untalentierter aber reicher Gesellschafter (Finanzinvestor) zum Ausgleich dieser Dienstleistungen eine zusätzliche Bareinlage verspricht. Auch wenn die Gesellschafter untereinander die jeweiligen Beiträge als ausgewogen bewerten, kann nur die Bareinlage des reichen Gesellschafters als consideration vereinbart werden und ist dann als premium anzusehen. Die Dienstleistungen können mangels Sacheinlagefähigkeit überhaupt nicht als consideration vereinbart werden.

1470 Wenn die Gesellschaft ein besonderes Interesse an der Erbringung der Dienstleistung hat und daher auf ihr beharrt, erwägt *Pennington*, Company Law, 148, dem Gesellschafter einen Entgeltanspruch zuzugestehen, den er gegen die sofort fällige Pflicht zur Barersatzleistung soll aufrechnen können; ihm folgend *Heller*, Unternehmensfinanzstruktur, 169. Die Hauptschwierigkeit dieses Lösungsansatzes besteht darin, daß im Fall eines premium der Wert der Dienstleistung nicht festgesetzt sein muß. Ein Anhaltspunkt für die erforderliche Wertbestimmung liegt nur bei Leistungen auf das share capital und bei einem stated premium vor.

1471 Vgl. *Ferran/Ho*, Principles, 96.

Ob s. 585 CA 2006 tatsächlich bezweckt, daß der Gesellschaft unentgeltliche Dienstleistungen nicht wirksam versprochen werden können, erscheint ungewiß. Denkbar wäre es, den Anwendungsbereich dieser Vorschrift auf der Höhe nach eindeutig bestimmte Mehrleistungen (stated premium) zu beschränken. Dann könnten Dienstleistungen als consideration vereinbart werden und unter Umständen, d.h. soweit der wirtschaftliche Vorteil aus dem Versprechen nach den gewählten Bilanzierungsstandards aktivierbar ist, im Rahmen der Kapitalerhaltung als share premium anzusehen sein und zu einer Erhöhung des share premium account führen. Im Rahmen von s. 585 CA 2006 wären Dienstleistungen jedoch nur unzulässig, wenn dadurch das share capital aufgebracht werden soll oder ein share premium, dessen Höhe ebenso wie der Betrag des share capital eindeutig bestimmt worden ist.

Gegen die Beschränkung des Anwendungsbereichs auf ein stated premium spricht vor allem der Wortlaut der Vorschrift. Die Formulierung »or any premium on them« ist weit gefaßt und bietet keinen Anhaltspunkt für eine Unterscheidung in ein premium, das der Höhe nach festgelegt worden ist, und andere Mehrleistungen. Die vermutliche Intention des Gesetzgebers, das share premium auch im Rahmen der Kapitalaufbringung möglichst weitgehend dem share capital anzunähern zu wollen, spricht ebenfalls dafür, keine Unterscheidung zwischen verschiedenen Formen von premium-Leistungen zu treffen. Wenn Dienstleistungen die Sacheinlagefähigkeit abgesprochen wird, da die reale Kapitalaufbringung durch sie gefährdet sein soll, kann der Gesetzgeber im Interesse von Gläubigern und Mitgesellschaftern solche Leistungen gänzlich ausschließen wollen, um dem angenommenen Gefährdungspotential wirksam entgegenzutreten.

Zwar können nach diesem Verständnis die Gesellschafter in ihre Gesellschaft keine (teil-)unentgeltlichen Dienstleistungen einlegen, weshalb die Gesellschaft nicht in den Genuß solcher durchaus förderlicher Leistungen kommen kann. Bei der Public Company, die auf eine breite Streuung der Anteile hin ausgelegt ist, kann man diese Beschränkung aber durch zwei Erwägungen rechtfertigen, die darauf beruhen, daß der Gesetzgeber sich an typischen Lebenssachverhalten orientieren kann und nicht jede Ausnahme berücksichtigen muß: Erstens wird solchen Beiträgen in breit gestreuten großen Gesellschaften praktisch weniger Bedeutung zukommen. Typischerweise werden solche Vereinbarungen eher, wie in dem gewählten Beispiel, bei geschlossenen Gesellschaften vorkommen. Diese können in Form einer Private Company gegründet werden und bei Bedarf nach einer ersten Anlaufphase, in der Dienstleistungen als Beiträge erbracht werden können, gemäß s. 89 et seq. CA 2006 in eine Public Company umgewandelt werden. Zweitens kann man vertreten, daß solche Beiträge in großen, anonymen Gesellschafterkreisen zu viele Schwierigkeiten hinsichtlich Bewertung der Leistung und Kontrolle der Durchführung mit sich bringen, so daß solche Beiträge nur in Private Limited Companies mit typischerweise geschlossenem Gesellschafterkreis zulässig sein sollen.

Für die Beschränkung des Anwendungsbereichs auf ein stated premium hingegen spricht zunächst folgende teleologische Überlegung. Wenn die Aufbringung des share capital und eventuell eines share premium, dessen Höhe in gleicher Weise eindeutig bestimmt ist, sichergestellt ist, berührt eine zusätzliche unentgeltliche Dienstleistung den Gläubigerschutz nicht. Der Schutz der Gläubiger motiviert die Gleichbehandlung von share capital und share premium. Der Schutz des Gesetzes ist in besonderem Maße angezeigt, wenn eine bestimmte Kapitalziffer nach außen hin verlautbart wird. Das ist nur bei einem stated premium der Fall. Wenn die Gesellschafter untereinander Dienstleistungen als Entgelt für junge Anteile akzeptieren, muß das Gesetz nicht zum Schutz eben dieser Gesellschafter eine solche Vereinbarung verhindern.

Des weiteren sprechen zwei systematische Argumente für die Beschränkung der Vorgaben zur Sacheinlagefähigkeit auf ein stated premium: Die Rechtsfolgen scheinen nämlich auf Mehrleistungen ausgerichtet zu sein, die der Höhe nach klar bestimmt sind. So führt zum einen die ersatzweise fällige Barleistungspflicht in Schwierigkeiten, wenn die verpönten Dienstleistungen ohne Wertbestimmung vereinbart worden sind. Es fehlt ein Anhaltspunkt, wie die bare Ersatzleistung in diesen Fällen bestimmt werden soll. Wenn die Höhe eines geschuldeten premium ausdrücklich festgesetzt worden ist und die vereinbarte Dienstleistung auf diese Schuld angerechnet werden sollte, läßt sich die Ersatzleistung eindeutig angeben.

Die Rechtsfolge ist in erster Linie gewählt worden, um die Aufbringung des share capital zu sichern. Dessen Nominalbetrag steht eindeutig fest. Bei unbezifferten Mehrleistungen paßt diese Rechtsfolge nicht in gleichem Maße. Die gewünschte Gleichbehandlung von share capital und share premium muß berücksichtigen, daß das share premium anders als das share capital ohne Betragsangabe vereinbart werden kann.

Ein weiteres systematisches Argument für die Beschränkung von s. 585 CA 2006 auf ein stated premium ergibt sich aus s. 591 CA 2006. Nach dieser Vorschrift bleiben versprochene Dienstleistungen nach den allgemeinen Regeln durchsetzbar, auch wenn sie unter Verstoß gegen s. 585 CA 2006 vereinbart worden sind. Das Gesetz wendet sich nicht gegen die Förderung von Public Companies durch unentgeltliche Dienstleistungen als solche, sondern gegen die Berücksichtigung als premium im Rahmen von s. 585 CA 2006. Dienstleistungen können im Zuge einer Anteilsausgabe mit bindender Wirkung versprochen werden.

Nach der weiten Definition des premium ist nun aber jede Gegenleistung für junge Anteile über den Nominalwert hinaus ein premium. Nur wenn solche Gegenleistungen premium sind, kommt überhaupt ein Verstoß gegen s. 585 CA 2006 infrage, der die Regelung zur Durchsetzbarkeit von Forderungen in s. 591 CA 2006 erforderlich macht. Wenn nun die Vereinbarung einer Dienstleistung bindend bleibt, bleibt die Erbringung der Dienstleistung Gegenleistung für junge Anteile und damit ein premium. Aus systematischer Sicht überzeugt es nicht, alle Dienstleistungsversprechen in s. 585 CA 2006 als premium zu verbieten, wenn die Dienstleistungen aufgrund s. 591 CA 2006 letztlich doch einzubringen sind und damit zu premiums führen. Die Wirkung dieses allgemeinen Verbots mit gleichzeitiger Wirksamkeitsanordnung beschränkte sich auf eine Verdopplung der tatsächlich zu leistenden Einlage durch das Gebot barer Ersatzleistung. Der Sinn einer generellen Verdopplung des Leistungsversprechens im Fall von Dienstleistungen ist nicht erkennbar.

Dies spricht dafür, den Anwendungsbereich von s. 585 CA 2006 auf eine bestimmte Art von premiums zu beschränken, nämlich das stated premium. In diesen Fällen kann der baren Ersatzleistung der Sinn zukommen, die tatsächliche Aufbringung des nach außen hin eindeutig verlautbarten Kapitals abzusichern. Die fortbestehende Dienstleistungspflicht sichert das Interesse der Gesellschaft auf tatsächliche Leistung der versprochenen Dienste – nicht mit Blick auf den kapitalisierbaren Wert der Dienstleistung, sondern mit Blick auf die Tatsache, daß der Vorteil dieser speziellen Schuld nicht in jedem Fall durch eine Geldleistung gleichwertig ersetzt werden kann, z.B. wenn der Versprechende besondere Kenntnisse und Fähigkeiten hat. Weil Dienstleistungen nicht stets durch bare Geldmittel gleichwertig ersetzt werden können, eignen sie sich nach dem Urteil des Gesetzgebers einerseits nicht wie andere Sachleistungen zur Aufbringung des Kapitalgrundstocks, können andererseits von besonderem Interesse für die Gesellschaft sein und sollen daher wirksam versprochen werden können. Wenn das Gesetz die wirksame Vereinbarung unentgeltlicher Dienstleistungen nicht verhindern will, spricht diese Entscheidung dafür, s. 585 CA 2006 auf Dienstleistungen zu begrenzen, die auf den nach außen hin verlautbarten Kapitalstock der Gesellschaft angerechnet werden sollen.

Eine Entscheidung, in welcher der Begriff des premium in s. 585 CA 2006, bestimmt würde, wird nicht berichtet. In dem schon erwähnten und sogleich im Zusammenhang mit der Sacheinlageprüfung näher zu besprechenden Urteil *Re Bradford Investments plc (No. 2)*[1472] war über die Barersatzleistung bei fehlender Sacheinlageprüfung zu befinden. In diesem Urteil beschränkte *J. Hoffmann* die Ersatzleistungspflicht auf den Betrag des share capital, da kein bestimmtes premium festgeschrieben worden war, sondern lediglich vereinbart worden war, einen eventuellen Mehrwert dem share premium account gutzuschreiben. Faktisch hat Richter *Hoffmann* damit die Ersatzpflicht bei fehlender Sacheinlageprüfung auf das share capital, allenfalls noch auf Fälle eines stated premium beschränkt. Diese Entscheidung mag man als Indiz dafür nehmen, daß die englischen Gerichte auch den Anwendungsbereich von s. 585 CA 2006 wohlmöglich auf ein stated premium beschränken werden.

(2) Fünf-Jahresfrist für Einbringung der Sacheinlage

Weitere Vorgaben für Sacheinlagen in Public Companies enthält s. 587 CA 2006, dessen Absatz 1 bestimmt, nur solche Leistungen können als Sacheinlage versprochen werden, bei denen zu erwarten ist, daß sie innerhalb von fünf Jahren

1472 *Re Bradford Investments plc (No 2)* [1991] BCC 379.

vollständig bewirkt sein werden. Ein eventuelles premium ist genauso zu behandeln wie das share capital.

Sollte schon im Zeitpunkt der Anteilsausgabe feststehen oder wenigstens möglich erscheinen, daß sich die Leistungserbringung länger als fünf Jahre hinziehen wird, ist der Zeichner gemäß s. 587 ss. 2 CA 2006 verpflichtet, die gesamte versprochene Leistung in bar aufzubringen und zudem Zinsen zu zahlen. Wenn die versprochene Leistung innerhalb von maximal fünf Jahren vollständig zu erbringen gewesen wäre, jedoch wider Erwarten in der vereinbarten Zeitspanne nicht vollständig erbracht worden ist, dann muß der Zeichner am Ende des vereinbarten Zeitraums den Anteil am share capital oder premium, der auf die noch ausstehende Leistung entfällt, mit Zinsen in bar entrichten (s. 587 ss. 4 CA 2006).

Die versprochene Sachleistung bleibt jedoch in beiden Fällen weiterhin durchsetzbar (s. 591 CA 2006), wiederum mit der Einschränkung, daß das zuständige Gericht den Gesellschafter auch in diesem Fall unter bestimmten Voraussetzungen von der Leistungserbringung entbinden kann (s. 589 CA 2006). Die Rechtsnachfolger des Zeichners haften wiederum mit diesem gesamtschuldnerisch, sofern sie die Anteile nicht entgeltlich und gutgläubig erworben haben (s. 588 CA 2006).

Durch diese Vorschriften werden die Vorgaben von Art. 48 Abs. 2 und Art. 70 Abs. 1 der Gesellschaftsrechtsrichtlinie umgesetzt. Wie vom europäischen Recht vorgegeben[1473] können nicht nur Sacheinlagen auf das Nominalkapital, sondern ebenso als premium versprochene Sacheinlagen mit einer maximalen Fälligkeit von fünf Jahren vereinbart werden. Die Richtlinie spricht in beiden Artikeln nicht vom Mehrbetrag/premium, sondern allgemein von Einlagen/consideration. Der Einlagebegriff der Richtlinie ist unklar. Legt man auf europäischer Ebene einen weiten Einlagenbegriff zugrunde, der alle Gegenleistungen erfaßt, die anläßlich einer Anteilsausgabe erbracht werden, bewirkt die englische Regelung eine getreuliche Umsetzung, wenn man das premium im Rahmen von s. 587 CA 2006 weit versteht. Versteht man die Einlage auf europäischer Ebene enger, so daß nur Einlagen auf das Grundkapital und der Höhe nach bestimmte Mehrbeträge davon umfaßt werden, erscheint die englische Regelung teilweise als überschießende Umsetzung der Richtlinienvorgaben. Eine überschießende Umsetzung wäre als richtlinienkonform anzusehen, wenn man die Definition der Einlage auf europäischer Ebene als Mindeststandard versteht.[1474]

Es kann bezweifelt werden, daß dem englischen Gesetzgeber bewußt war, welche Schwierigkeiten die Auslegung des Einlagebegriffs der Gesellschaftsrechtsrichtlinie bereitet. Man hat offenbar angenommen, der Begriff der consideration in der englischen Sprachfassung der Gesellschaftsrechtsrichtlinie decke sich mit dem tradierten Verständnis der consideration im englischen Recht.

1473 Zum europäischen Recht s. o. S. 424 ff.

1474 Zum richtlinienrechtlichen Einlagebegriff und Frage nach seinem Verständnis als Höchst- oder Mindeststandard s. o. S. 390 ff.

Nimmt man an, die europäischen Vorgaben wurden vom englischen Gesetzgeber so verstanden, daß jede consideration in maximal fünf Jahren aufgebracht werden solle, spricht dieses Verständnis dafür, s. 587 CA 2006 auf jede Gegenleistung anzuwenden. Dies gilt selbst dann, wenn sich das Verständnis des englischen Gesetzgebers vom Inhalt der Richtlinienvorgaben als Mißverständnis erweisen sollte, also wenn der Richtlinie ein enger Einlagebegriff zugrunde gelegt wird. Denn die purposive construction of statutes muß sich an der Intention des englischen Gesetzgebers orientieren, selbst wenn dieser einem Motivirrtum (Fehlvorstellung über bindende Vorgabe) erlegen wäre. Der Wortlaut »any premium« deutet jedenfalls auf ein weites Verständnis des premium-Begriffs hin, da er keinen Ansatzpunkt für eine Unterscheidung verschiedener Formen von premiums bietet.

Das hier skizzierte weite Verständnis vom Begriff des premium in s. 587 CA 2006 führt zu ähnlichen Schwierigkeiten wie die weite Auslegung von s. 585 CA 2006. So wie Dienstleistungen für eine Gesellschaft über ihren bloßen Kapitalwert hinaus förderlich sein können, so können auch Sachleistungen, die über fünf Jahre hinaus versprochen werden, für die Gesellschaft von Nutzen sein, z.B. die Belieferung mit Rohstoffen oder die Mitbenutzung von Vertriebskanälen. Da nach englischem Verständnis jede Gegenleistung für junge Anteile entweder auf das share capital anzurechnen ist oder zu einem premium führt, besteht keine Möglichkeit, im Zuge einer Anteilsausgabe mit der Gesellschaft Leistungen zu vereinbaren, die nicht als consideration den Kapitalaufbringungsregeln unterworfen sind.

Legt man s. 587 CA 2006 den weiten Begriff des premium zugrunde, werden die Gesellschafter nicht bereit sein, lang andauernde unentgeltliche Leistungen zu versprechen, da sie den Wert der gesamten Sachleistungen in bar aufbringen müßten und zudem den versprochenen Gegenstand zu leisten hätten. Die Errechnung der geschuldeten Barleistung führt wiederum zu denselben Schwierigkeiten wie bei der Regelung der Sacheinlagefähigkeit. Es fehlt ein Anhaltspukt für eine Wertbestimmung. Das Ziel der Fünf-Jahres-Regelung besteht darin, das Risiko zu verringern, daß die versprochenen Sachleistungen an Wert verlieren und weit in die Zukunft aufgeschobene Kapitalbeiträge letztlich nicht geleistet werden. Bei den nach außen hin besonders verlautbarten Beträgen des share capital und eines stated premium, auf deren Aufbringung der Rechtsverkehr und die Mitgesellschafter in besonderer Weise vertrauen, ist diese Regelung ohne weiteres verständlich. Der Ausschluß jedweder Beiträge des Gesellschafters jenseits dieser Frist ist jedoch vom Regelungsgedanken nicht gefordert, da die Gesellschaft von solchen zusätzlichen Beiträgen in jedem Fall profitierte.

Aus teleologischer und systematischer Sicht liegt eine Beschränkung des Anwendungsbereichs von s. 587 CA 2006 auf Fälle eines stated premium nahe. Wenn man jedoch annimmt, der englische Gesetzgeber habe die Gesellschaftsrechtsrichtlinie so verstanden, daß jede consideration binnen fünf Jahren zu erbringen sei, und diese Vorgabe umsetzen wollte, erscheint hier weniger wahrscheinlich, ein englisches Gericht könne die Vorschrift allein auf ein premium beschränken, dessen Höhe eindeutig bestimmt ist. Denn eine teleologische Restriktion des vom Gesetzgeber intendierten Anwendungsbereichs ist in der englischen Methodenlehre nicht vorgesehen.[1475] Im Rahmen der zuvor erörterten Regelung der Sacheinlagefähigkeit in s. 585 CA 2006 war der englische Gesetzgeber nicht durch europarechtliche Regeln beeinflußt. Die Gesellschaftsrechtsrichtlinie sieht keine Anforderungen an die Sacheinlagefähigkeit für das premium vor. Diese Regelung ist eindeutig; ein Mißverständnis des englischen Gesetzgebers nicht anzunehmen. Bei s. 585 CA 2006 ist daher anders als bei s. 587 eine Beschränkung auf ein stated premium eher denkbar, da die vermutete gesetzgeberische Intention nicht entgegensteht.

(3) Wertprüfung der Sacheinlage

Weitere Sonderregeln für Sacheinlagen in Public Companies betreffen deren unabhängige Bewertung im Vorfeld der Anteilsausgabe, wodurch Art. 49–51 und 70 Abs. 2 der Gesellschaftsrechtsrichtlinie umgesetzt werden sollen. Die wesentlichen Bestimmungen sind aus dem europäischen und deutschen Recht vertraut.

Gemäß s. 593 ss. 1 CA 2006[1476] muß jede Sacheinlage grundsätzlich vor der Anteilsausgabe unabhängig bewertet werden, worüber ein Bericht zu erstellen ist, der gemäß s. 597 CA 2006 beim Registergericht einzureichen ist. Ausnahmen von der Werthaltigkeitskontrolle gewähren s. 594 und s. 595 CA 2006 für bestimmte Unternehmenskäufe. Die Erleichterungen bei objektiven Anhaltspunkten für die Bewertung von Sacheinlagen, die auf europäischer Ebene im Jahr 2006 durch eine Änderungsrichtlinie ermöglicht wurden und heute in Art. 50 der Gesellschaftsrechtsrichtlinie geregelt sind, wurden vom englischen Gesetzgeber nicht aufgegriffen. Die Vorteile der Ausnahmeregelung schienen ihm wegen der dann nach Art. 51 der Richtlinie erforderlichen Erklärungspflicht zu gering.[1477] Die Details der Bewertung und des anzufertigenden Berichts sind in s. 596 und s. 1149–1153 CA 2006 geregelt und müssen hier nicht weiter interessieren.

Entscheidend ist für diese Untersuchung, daß die Anforderungen an die Wertprüfung bei Sacheinlagen die Anforderungen der Gesellschaftsrechtsrichtlinie[1478] umsetzen wollen und daher ausdrücklich auch bei solchen Sacheinlagen

1475 Vgl. *Smith*, Williams: Learning the Law, 133.

1476 Kurze Erläuterungen zu den einzelnen Vorschriften bei *Siems* in Schall, Companies Act, ssec. 593 ff.

1477 Vgl. *Ferran/Ho*, Principles, 10.

1478 *Ferran*, Principles, 109 ging noch davon aus, die Wertprüfung hinsichtlich des premium werde nicht von der Richtlinie verlangt; das englische Recht enthalte insoweit eine überschießende Umsetzung. Wie o. S. 413 ff. gesehen, verlangt die Richtlinie jedoch mindestens eine Werthaltigkeitsprüfung von Sacheinlagen auf den Mehrbetrag; so nun auch *Ferran/Ho*, Principles, 92

zu beachten sind, die zu einem premium führen (»any premium« in s. 593 ss. 1 CA 2006). Da der europarechtliche Einlagebegriff nicht vollständig aufzuklären ist, bleibt unklar, ob die Richtlinienregeln allein eine Wertdeckungsprüfung hinsichtlich solcher Beträge anstreben, deren Höhe eindeutig bestimmt ist, oder eine weitgehende Wertprüfung aller Leistungen in das Eigenkapital der Anteile ausgegebenen Gesellschaft intendieren. Ziel dieser Regelungen ist es, eine Unterpari-Emission zu verhindern, um so die Gläubiger und Mitgesellschafter vor einer Anteilsverwässerung zu bewahren.[1479]

Zu den Rechtsfolgen eines Verstoßes gegen die geschilderten Anforderungen schweigt die Richtlinie. Weiß der Zeichner um die Mißachtung der gesetzlichen Vorgaben oder hätte er davon wissen müssen, sieht s. 593 ss. 3 CA 2006 vor, daß der Zeichner den Nominalwert der Anteile zuzüglich des Werts eines eventuellen premium mit Zinsen in bar zu entrichten hat. Die Rechtsnachfolger des Zeichners haften grundsätzlich mit diesem gesamtschuldnerisch, es sei denn sie oder einer ihrer Rechtsvorgänger haben die Anteile entgeltlich und gutgläubig erworben (s. 605 CA 2006). Diese Barleistungspflicht trifft die Gesellschafter selbst dann, wenn die eingebrachte Sache werthaltig war.[1480] Durch diese in jedem Fall geschuldete Strafzahlung sollen Unterpari-Emissionen eingedämmt werden.[1481] In der englischen Literatur wird angenommen, s. 593 ss. 3 CA 2006 könne prinzipiell dazu führen, daß die versprochene Einlage zweimal zu erstatten sei.[1482]

Die Härte dieser Rechtsfolge ähnelt dem früheren Recht zur verdeckten Sacheinlage im deutschen GmbH- und Aktienrecht. Dabei ist aber zu berücksichtigen, daß s. 591 CA 2006 in diesen Fällen nicht einschlägig ist, so daß es keine Spezialregelung gibt, welche ausdrücklich regelt, die versprochene Sacheinlage sei weiterhin zu erbringen. Man kann die Rechtsfolge des s. 593 ss. 3 CA 2006 daher so verstehen, daß die Bareinlage anstelle der versprochenen Sacheinlage zu leisten ist. Ist die Sacheinlage noch nicht eingebracht worden (z.B. weil die Fälligkeit im Rahmen der Fünf-Jahresfrist hinausgeschoben wurde), kann die Gesellschaft bei diesem Verständnis nur die Bareinlage fordern. Ist die Sacheinlage schon geleistet worden, könnte diese Einlageleistung rückabgewickelt werden. Die harsche Rechtsfolge der doppelten Leistungspflicht träfe den Gesellschafter dann ähnlich wie im früheren deutschen Recht zur verdeckten Sacheinlage faktisch nur in der Insolvenz der Gesellschaft. Eine gewisse Erleichterung gewährt den Gesellschaftern immerhin s. 606 CA 2006, wonach das

1479 *Ferran/Ho*, Principles, 92.

1480 *Ferran/Ho*, Principles, 92 f.

1481 *Re Bradford Investments plc (No 2)* [1991] BCC 379, 380 *per* J. Hoffmann.

1482 *Ferran/Ho*, Principles, 92. *Pennington,* Company Law, 196 erwägt, dem Sacheinleger einen Entgeltanspruch zu geben, mit dem er gegen den Barersatzanspruch aufrechnen könne; ihm folgt insoweit *Heller*, Unternehmensfinanzstruktur, 179, der grundsätzlich von einem Wahlrecht der Gesellschaft ausgeht, ob sie auf der Erfüllung der Sachleistung besteht oder sich mit der Barleistung zufrieden gibt.

zuständige Gericht auf Antrag den Zeichner oder einen Rechtsnachfolger die Barleistung erlassen kann. Die Beweislast dafür, daß eine solche Ausnahme im Einzelfall gerechtfertigt ist, trifft den Antragsteller.[1483]

Damit sieht sich ein Investor, der eine Sacheinlage in eine PLC einbringen soll, bei einem Verstoß gegen die Vorschriften über die unabhängige Bewertung einem nicht unerheblichen Risiko ausgesetzt. In der englischen Literatur wird daher erörtert, ob diese Vorgaben nicht dadurch umgangen werden können, daß die Gesellschaft den Einlagegegenstand vor der Anteilsausgabe käuflich erwirbt und der Gesellschafter seine Kaufpreisforderung gemäß s. 583 ss. 3 (c) CA 2006 als Bareinlage einbringt.[1484] *Ferran* und *Ho* bezweifeln die Zulässigkeit solcher Konstruktionen und weisen dabei darauf hin, daß englische Gerichte gegen die Umgehung gesetzlicher Vorschriften einschreiten können, wenn auch in der Praxis eine große Zurückhaltung gegenüber solchen Interventionen geübt wird. Die deutschen Vorschriften über verdeckte Sacheinlagen könnten ihrer Ansicht nach von den englischen Gerichten zum Vorbild genommen werden, insbesondere weil die Sacheinlagevorschriften auf europarechtlichen Vorgaben beruhen.[1485]

Die Diskussion um die europarechtliche Zulässigkeit der deutschen Regeln über verdeckte Sacheinlagen wird bei dieser Einschätzung *Ferrans* und *Hos* nicht berücksichtigt.[1486] Deren Vermutung, englische Gerichte könnten sich solchen Umgehungsversuchen widersetzen, beruht auf dem oben im Zusammenhang mit der Definition des share premium erörterten obiter dictum in *Re Bradford Investments plc (No 2)* und den darauf aufbauenden Überlegungen *Vellas*.[1487] Die Entscheidung, in der ein Umgehungsversuch der Sacheinlageregeln vor Gericht tatsächlich nicht anerkannt worden wäre und Regeln ähnlich den deutschen Vorgaben zu verdeckten Sacheinlagen aufgestellt worden wären, hält sich noch in den reports versteckt und konnte bis jetzt nicht gefunden werden.

Die Entscheidung *Re Bradford Investments plc (No 2)* beschränkt die Rechtsfolge der ersatzweise zu leistenden Bareinlage faktisch auf Fälle eines stated premium. Diesem Urteil lag ein Fall zugrunde, indem ein Unternehmen im Wege einer Sacheinlage auf eine neugegründete PLC übertragen worden war, ohne die erforderliche Sacheinlageprüfung durchzuführen (damals maßgeblich s. 103 CA 1985, inhaltsgleich mit dem heutigen s. 593 CA 2006). Diese Sacheinlage sollte das share capital in Höhe von GBP 1.059.000,– aufbringen. Die

1483 *Re Bradford Investments plc (No 2)* [1991] BCC 379, 383; dazu *Ferran/Ho*, Principles, 93.

1484 Für die Zulässigkeit solcher Konstruktionen *Rickford*-Report, 935; unkritische Übernahme bei *Heller*, Unternehmensfinanzstruktur, 233.

1485 *Ferran/Ho*, Principles, 93.

1486 Zur Frage der Zulässigkeit der deutschen Regeln über verdeckte Sacheinlagen und eines eventuellen europarechtlichen Gebots, im nationalen Recht einen Umgehungsschutz für die Sacheinlagevorschriften zu etablieren, s. *Habersack/Verse*, Europäisches 236, 156 ff.

1487 *Re Bradford Investments plc (No 2)* [1991] BCC 379, 383; dazu *Vella*, Departing from the legal substance, 270 f.; s. o. S. 588.

Parteien gingen jedoch davon aus, der Wert des Unternehmens sei höher als der Betrag des share capital und betrüge ca. GBP 1.145.000,–. Da nur die Inhaber des bisherigen Unternehmens Gesellschafter der PLC werden sollten, vereinbarte man, einen eventuellen Mehrwert, der nach Durchführung der Transaktion genau zu bestimmen sei, dem share premium account gutzuschreiben. Die testierte Bilanz der PLC am Jahresende wies den Wert des eingebrachten Unternehmens mit GBP 1.961.897,– aus und buchte entsprechend GBP 902.897,– in den share premium account.

Die Gesellschaft forderte später von ihren Gesellschaftern, das share capital und das im share premium account ausgewiesene premium erneut in bar aufzubringen, da die Sacheinlage wertlos gewesen sei. Die Gesellschafter beantragten einen gerichtlichen Erlaß der Einlageverpflichtung gemäß s. 113 CA 1985 (heute s. 606 CA 2006), konnten jedoch die Werthaltigkeit des Unternehmens nicht nachweisen. *Hoffmann J* verurteilte sie allein zur Barleistung auf das share capital, nicht auch zur Aufbringung des premium. Seine Begründung lautete, das premium sei nicht unbedingt versprochen worden, sondern lediglich ein eventueller Mehrwert sollte in den share premium account eingestellt werden. Da der Wert des eingebrachten Unternehmens tatsächlich mit null anzusetzen sei, sei der Ausweis von GBP 902.897,– im share premium account falsch gewesen und müsse nachträglich korrigiert werden. Die andere Bewertung durch die accountants bei der Erstellung der Jahresabschlußbilanz sei für die Frage der Barersatzleistung unbedeutend. Geschuldet sei allein der Betrag des share capital.[1488]

Nach dieser Entscheidung kann im Rahmen von s. 593 CA 2006 lediglich ein unbedingt versprochenes premium zu einer ersatzweisen Barzahlung verpflichten. Aus den Vereinbarungen bei der Anteilsausgabe muß erkennbar sein, daß die Parteien nicht nur einen eventuellen Mehrwert der Sacheinlage, der sich bei einer abschließenden Bewertung ergibt, der Gesellschaft belassen wollen, sondern daß in jedem Fall der Gesellschaft ein bestimmter Mehrwert zufließen soll. Eine solche unbedingte Vereinbarung eines premium verlangt die Angabe eines bestimmten Betrags, mithin ein stated premium. Die bloße Einschätzung der Parteien, die Sacheinlage sei mehr wert als der Nominalwert der Anteile, genügt nicht.

In dem Fall *Re Bradford* haben die Parteien den vermeintlichen Mehrwert sogar beziffert mit GBP 85.000,–. Diese interne Kalkulation wurde vom Gericht jedoch nicht als Maßstab für ein geschuldetes premium herangezogen, da sie in den Ausgabebedingungen keinen Niederschlag gefunden hatte. Die Nichtberücksichtigung von subjektiven Wertschätzungen der Parteien ist konsequent, da die rigide Rechtsfolge der baren Ersatzleistung gerade zu einer objektiven Bewertung von Sacheinlagen anhalten soll. Ein bedingt versprochenes premium bedeutet rechtlich nicht mehr als den Verzicht des Gesellschafters auf eine Ausgleichszahlung, wenn der Wert der Sacheinlage den Nominalwert der Anteile

1488 *Re Bradford Investments plc (No 2)* [1991] BCC 379, 384.

übersteigt, verpflichtet diesen jedoch nicht zur Einbringung eines bestimmten Wertes in die Gesellschaft.

Dieser Fall zeigt damit zugleich die Schwierigkeiten, die entstehen, wenn man das geschützte Haftkapital nicht nach dem bezifferten Wert der Einlage bestimmt, sondern nach dem geschätzten Wert der Sacheinlage. Wenn die Gesellschafter keinen bestimmten Wert formal als Einlage versprechen, wird man sie kaum für die Unrichtigkeit einer unabhängigen Wertbestimmung einstehen lassen. Wird der Wert zu hoch angesetzt, werden die Gläubiger in ihrem Vertrauen auf die reale Kapitalaufbringung getäuscht. Der ausgewiesene Wert ist nicht eingelegt worden. Wird später nicht nur der Ansatz des Aktivpostens nach unten korrigiert, sondern zudem der share premium account, müssen andere Aktiva den Minderwert der Einlage nicht ausgleichen. Die Gesellschafter haben aus der ursprünglichen Fehlbewertung keinen dauerhaften Nachteil. Die Fehlvorstellung der Gläubiger über das eingelegte Kapital wird zwar beseitigt, jedoch zeigt ihr früherer Irrtum dauerhaft Folgen, da der zunächst höher ausgewiesene Haftungsfonds nicht einmal durch später erwirtschaftete Gewinne aufgefüllt werden muß. Die Gläubiger haben ihre Entscheidung, mit der Gesellschaft Geschäfte abzuschließen, aber in Vertrauen auf das höhere Haftkapital getroffen.

Die Beschränkung der Rechtsfolge der baren Ersatzleistung auf den Nominalwert der Anteile zuzüglich eines eventuellen stated premium durch die Entscheidung *Re Bradford* ist nachvollziehbar, da für die Bestimmung einer weiteren Zahlung keine sicheren Anhaltspunkte gefunden werden können. Orientiert man sich am tatsächlichen Mehrwert des Gegenstands zum Zeitpunkt der Einlage, bietet der Beweis des damaligen Wertes zugleich einen Anhaltspunkt für einen entsprechenden Erlaß nach s. 606 CA 2006. Orientiert man sich an den Einschätzungen der Parteien selbst oder eines Wirtschaftsprüfers, bedeutet der Nachweis eines Minderwerts zugleich den Beweis, daß diese Bewertungen nicht zutreffend waren.

Die Beschränkung der Ersatzleistung auf Beträge, deren Höhe eindeutig bestimmt ist, bedeutet jedoch nicht notwendig auch eine Beschränkung des Prüfungsumfangs der Sacheinlageprüfung auf eine bloße Wertdeckungsprüfung. Wie schon bei der Besprechung der Gesellschaftsrechtsrichtlinie eingehend erörtert wurde, läßt sich die angeordnete Sacheinlageprüfung sowohl als reine Wertdeckungsprüfung verstehen, die nur auf die Kontrolle der Aufbringung eindeutig bestimmter Referenzwerte (share capital und stated premium) abzielt, oder als Wertprüfung, die zudem eine Ermittlung des tatsächlichen Wertes aller eingebrachten Sachleistungen verlangt, selbst wenn diesen keinen bestimmten Sollwert erreichen müssen.[1489] Da die Bestimmungen der zweiten gesellschaftsrechtlichen Richtlinie selbst unklar sind, soll das englische Recht an dieser Stelle ohne weitere Berücksichtigung dieser Vorgaben diskutiert werden.

1489 Vgl. zum europäischen Recht o. S. 413 ff.

Die Beschränkung der Rechtsfolge auf share capital und ein eventuelles stated premium legt zunächst nahe, die Vorschrift so zu verstehen, daß die Sacheinlageprüfung als eine Wertdeckungsprüfung hinsichtlich dieser Sollgrößen gedacht ist. Die Bestimmung des tatsächlichen Werts einer Sacheinlage ist dann nur Mittel zum Zweck und kann unterbleiben, sofern durch den Einlagegegenstand kein Referenzwert abgedeckt werden soll. Konkret hieße das, eine Sacheinlageprüfung könnte unterbleiben, wenn eine consideration in Form einer Sachleistung nicht auf das share capital anzurechnen ist und für das so eingebrachte share premium kein bestimmter Betrag festgesetzt worden ist. Nach diesem Verständnis ist davon auszugehen, daß die Rechtsfolge einer Norm auf deren Anwendungsbereich abgestimmt ist und sich der Prüfungsumfang von s. 593 CA 2006 daher nicht auf mehr Sachleistungen an die Gesellschaft erstreckt, als Leistungen im Falle eines Verstoßes gegen dieses Gebot durch eine Verpflichtung zur Barzahlung ersetzt würden.

Für das Verständnis der gebotenen Sacheinlageprüfung als eine Wertdeckungsprüfung spricht zudem s. 596 CA 2006. Diese Vorschrift regelt den Inhalt des zu veröffentlichen Prüfberichts. Die Formulierung in s. 596 ss. 2 (d) CA 2006 legt nahe, daß der Gesetzgeber sich die Überprüfung hinsichtlich des share premium ebenso gedacht hat wie die Überprüfung des Nominalwerts der Anteile. Dabei stellt sich der Gesetzgeber unausgesprochen vor, das zu überprüfende share premium sei der Höhe nach ebenso bestimmt, wie das share capital. Vermutlich wurde die Abfassung des Gesetzes von dem Wunsch angeleitet, share capital und share premium rechtlich möglichst weitgehend anzugleichen, und dabei ein bedeutsamer Unterschied zwischen share capital und premium schlichtweg übersehen, nämlich daß bei Sacheinlagen ein share premium ohne Wertbestimmung vereinbart werden kann, das share capital hingegen nicht.

Wörtlich lautet s. 596 ss. 2 (d) CA 2006: »(The valuers report must state) the extent to which the nominal value of the shares and any premium are to be treated as paid up (lit. i) by the consideration; (lit. ii) in cash.« Die Formulierung »treated as paid up« deutet darauf hin, daß der Gesetzgeber sich einen Sollwert vorstellt, auf den der Wert der Sacheinlage angerechnet wird. Bei einer gemischten Einlage unterscheidet das Gesetz nicht zwischen Sacheinlage (lit. i) und Bareinlage (lit. ii), sondern betrachtet beide Einlagearten als gleichwertig. Bei Bareinlagen jedoch muß stets ein bestimmter Wert festgesetzt werden, da andernfalls der Inhalt der Schuld nicht feststeht. Bei Sacheinlagen ist dies nicht so.

Wenn auch die vorgetragenen Argumente für ein enges Verständnis der Sacheinlageprüfung als Wertdeckungsprüfung streiten, so wurde schon bei der Diskussion der Gesellschaftsrechtsrichtlinie gezeigt, daß sich die Sacheinlageprüfung auch sinnvoll als Wertprüfung verstehen läßt, sofern Sachleistungen ohne Wertvereinbarung eingebracht werden. Nimmt man an, der englische Gesetzgeber habe den Begriff ›consideration‹ in Art. 49 und 70 der Gesellschaftsrechtsrichtlinie so verstanden, daß er sich mit dem tradierten Verständnis des englischen Rechts decke, spricht diese Annahme für eine Überprüfung auch solcher Sachleistungen, die zwar als consideration versprochen, jedoch ohne besondere Wertbestimmung vereinbart worden sind. Nur weil eine Wertdeckungsprüfung in diesen Fällen nicht möglich ist, muß man nicht auch auf eine mögliche Wertermittlung verzichten.

Auf nationaler Ebene ist zu beachten, daß das englische Recht in s. 610 CA 2006 den vollen Wert des share premium der Kapitalerhaltung unterwirft. Eine objektive Wertprüfung scheint mit Blick auf das Kapitalerhaltungsrecht gerade auch bei unbezifferten Sachleistungen angezeigt, um einen objektiven Maßstab für die Bestimmung des share premium account zu erhalten. Die Entscheidung *Re Bradford* zeigt, wie wichtig eine solche objektive Wertbestimmung sein kann. Nach Ansicht von *Hoffmann J* war der überhöhte Ausweis des Unternehmenswertes nachträglich zu korrigieren und die Bilanz entsprechend zu berichtigen. Die Gläubiger wurden, sofern sie auf die veröffentliche Bilanz und den dort ausgewiesenen share premium account vertraut haben, in ihrem Vertrauen getäuscht.

Gerade wenn man die Ansicht von *Hoffmann J* teilt, daß die Gesellschafter für ein in der Bilanz fälschlich ausgewiesenes premium nicht haften, streitet das Interesse der Gläubiger an verläßlichen Angaben über das Haftkapital der Gesellschaft für eine objektive Bewertung auch solcher Sachleistungen, deren genauer Wert zwar nicht von den Gesellschaftern festgelegt worden ist, jedoch zwangsläufig die Höhe des share premium account bestimmt. Eine unabhängige Wertbestimmung bietet zwar keine Gewähr für die Richtigkeit des Bilanzausweises. Führt die unabhängige Wertbestimmung zu einem falschen Ergebnis, wird das Vertrauen der Gläubiger sogar stärker enttäuscht, als wenn sie auf weniger verläßlich erscheinende Parteiangaben vertraut hätten. Die Wahrscheinlichkeit einer Fehlbewertung dürfte jedoch geringer sein als bei Angaben, die am Verhandlungstisch festgelegt worden sind.

(4) Differenzhaftung

Wenn die Werthaltigkeit von Sacheinlagen besonders zu prüfen ist, interessiert die Frage, welche Rechtsfolgen eine Überbewertung von Sacheinlagen nach sich zieht, sei es daß die Überbewertung durch die Sacheinlageprüfung aufgedeckt wird, sei es daß die Überbewertung bei der Prüfung noch unentdeckt bleibt. Die Frage nach den Rechtsfolgen einer Überbewertung von Sacheinlagen wird in der englischen Literatur kaum erörtert, dies vornehmlich aus zwei Gründen.

Zum einen beschränkt sich die wissenschaftliche Beschäftigung mit dem Gesellschaftsrecht weitgehend auf eine Zusammenstellung der gesetzlichen Normen und des case law. Diese rechtlichen Vorgaben werden strukturiert aufbereitet und an besonders wichtig erachteten Stellen mit wirtschaftlichen Hintergrundinformationen versehen und teilweise kritisch beleuchtet. Die Ausarbeitung eines dogmatisch stimmigen Systems steht nicht im Zentrum der rechtswissenschaftlichen Bemühungen um das Company Law, insbesondere nicht wenn Lösungsansätze zu Rechtsfragen verlangt wären, zu denen keine Gerichtsentscheidungen berichtet werden. Die wichtigste Ausnahme bilden die Arbeiten von *Pennington*, der immer wieder die Frage nach den genauen Rechtsfolgen denkbarer Fallgestaltungen aufwirft und eigene Lösungsvorschläge für noch nicht entschiedene Rechtsfragen erarbeitet. Auf seinen Überlegungen zu den Rechtsfolgen überbewerteter Sacheinlagen baut die folgende Darstellung auf. Inwieweit dessen Überlegungen von Forschern und vor allem den Gerichten geteilt werden, kann nicht abgeschätzt werden.

Der zweite Grund für die kaum vorhandene Auseinandersetzung mit der Folge von Bewertungsverstößen liegt in der Ansicht, der große Spielraum, den die Gerichte insbesondere seit *Re Wragg* den Gesellschaften bei der Bewertung von Sacheinlagen eingeräumt haben, stehe bei Public Companies in gleicher Weise zur Verfügung wie bei Private Companies.[1490] So sind die Rechtsfolgen von Überbewertungen dogmatisch von großem Interesse, jedoch kein größeres praktisches Problem. Von daher wird verständlich, warum die meisten wissenschaftlichen Betrachtungen dieser Frage keine Beachtung schenken.

Die Annahme, der Bewertungsspielraum, den die Entscheidung *Re Wragg* den Gesellschaften eingeräumt hat, könne diesen heutzutage noch uneingeschränkt zugestanden werden, begegnet im englischen Kapitalgesellschaftsrecht ganz allgemein den weiter oben erörterten durchgreifenden Bedenken.[1491] Das statute law geht seit dem Companies Act 1948 davon aus, daß Sacheinlagen in beiden Gesellschaftsformen nach objektiven Gesichtspunkten bewertet werden. Schon dem liberaleren Recht der Private Companies liegt diese Annahme unausgesprochen zugrunde in den Vorschriften über die Kapitalerhaltung des share premium.

Diese Kapitalerhaltungsvorschriften gelten ebenso für Public Companies. Zudem legen für Public Companies die soeben besprochenen Vorgaben in s. 593 et seq. CA 2006 das Gebot einer objektiven Bewertung von Sacheinlagen eindeutig fest. Die obligatorische Prüfung von Sacheinlagen durch unabhängige Prüfer geht nicht zusammen mit der Vorstellung, die Gesellschaft könne weitgehend frei entscheiden, was ihr die Sacheinlage wert sein soll. Wenn die Einschätzung der directors der Gesellschaft nicht einer objektiven Überprüfung standhalten müßte, bräuchte man das Regelwerk der Sacheinlageprüfung nicht aufstellen. Die Anforderungen der Gesellschaftsrechtsrichtlinie, die das englische Recht umsetzen will, werden gemeinhin auch so verstanden, daß der Wert der Sacheinlagen den Referenzwert des Nominalkapitals und eventuell auch eines Mehrbetrags tatsächlich erreichen muß. Die subjektive Einschätzung der Geschäftsführer über die Angemessenheit der Einlage bietet in Fragen der Kapitalaufbringung allenfalls einen ersten Anhaltspunkt.

1490 Vgl. z.B. die Ausführungen zum Bewertungsrecht, die alle nicht zwischen PLC und Ltd unterscheiden, bei *Ferran/Ho*, Principles, 89 f., *Micheler*, England, 513 und *Pennington*, Company Law, 187 f.

1491 S. o. S. 575 ff.

Man muß hinsichtlich der Rechtsfolgen einer Überbewertung von Sacheinlagen im allgemeinen und der Frage einer Differenzhaftung des einlegenden Gesellschafters im besonderen unterscheiden zwischen den tradierten Regeln des common law, die in dem Urteil *Re Wragg* zusammengefaßt worden sind und in den Lehrbüchern tradiert werden, und den Regeln des statute law, insbesondere den Sonderregeln zur Public Company, welche die europarechtlichen Vorgaben umsetzen sollen. Das Verhältnis von Richterrecht und Parlamentsgesetzen scheint in England nicht gänzlich geklärt zu sein.[1492] Fraglich ist insbesondere, ob statute law früheres common law verdrängt oder damit konkurriert. In der Literatur zum Kapitalgesellschaftsrecht wird diese Frage meist nicht behandelt.

Vermutlich konkurrieren beide Regelungswerke grundsätzlich miteinander, solange das common law keinem Parlamentsgesetz widerspricht. Enthalten beide Regelungswerke unterschiedliche Regelungen, kommt dem statute law wohl eine Art Anwendungsvorrang zu. Das common law tritt nicht automatisch außer Kraft, sondern nur zurück, soweit das statute law eine ihm widersprechende Regelung enthält. Soweit das ältere common law mit dem statute law vereinbar ist, bleibt es anwendbar. Diese Weitergeltung ist insbesondere von Bedeutung, wenn das statute law eine Rechtsfrage nicht explizit oder nicht abschließend regelt, z.B. die Rechtsfolge eines Verstoßes gegen eine gesetzliche Bestimmung. Dabei ist jedoch folgendes zu berücksichtigen. Wenn ältere Rechtsprechung selbst im Kontext parlamentsgesetzlicher Regelungen erlassen worden ist und dessen Bestimmungen konkretisiert und ergänzt, wie z.B. die Rechtsprechung über die Bewertung von Sacheinlagen, können sich Änderungen dieser gesetzlichen Regelungen auf den Geltungsanspruch des dazu ergangenen Richterrechts auswirken.

Das statute law, der Companies Act 2006 regelt die Rechtsfolgen einer Überbewertung von Sacheinlagen nicht. *Pennington* geht davon aus, ein gutgläubiger Aktionär habe keine Nachzahlungspflichten zu fürchten.[1493] Gutgläubigkeit sei gemäß s. 593 ss. 3 CA 2006 dann anzunehmen, wenn der Aktionär einen Bericht über die Sacheinlageprüfung erhalten habe und von einem eventuellen Verstoß gegen die Sacheinlagevorschriften weder Kenntnis hatte noch hätte haben müssen. Wenn diese formalen Voraussetzungen vorliegen, drohe schon einmal keine Verpflichtung zur Zahlung des Einlagebetrags in bar gemäß s. 593 ss. 3 CA 2006. Diese Einschätzung ist sicher richtig, da dann die Tatbestandsvoraussetzungen dieser Vorschrift nicht erfüllt sind. Die Frage einer Überbewertung ist hierfür jedoch nicht erheblich. Zudem erfordert nach *Pennington*

1492 So *Gansen*, Harmonisierung Kapitalaufbringung, 93, auf dessen Vorarbeit diese Darstellung beruht.

1493 *Pennington*, Company Law, 196 f.; statt einer Differenzhaftung des Sacheinlegers hält *Pennington* allein eine Haftung der directors und des unabhängigen Prüfers für vorstellbar, ohne deren Tatbestände im einzelnen darzulegen. Ihm folgen *Gansen*, Harmonisierung Kapitalaufbringung, 101 und *Heller*, Unternehmensfinanzstruktur, 177.

die Annahme von Gutgläubigkeit, daß die Überbewertung der Sacheinlage nicht schon aus dem Prüfbericht ersichtlich sei.[1494] Soweit der Prüfbericht eine Überbewertung zeige, treffe den einlegenden Gesellschafter die gesetzliche Differenzhaftung aus s. 580 ss. 2 CA 2006.

Zu der geschilderten Auffassung *Penningtons* sind zwei Anmerkungen angezeigt. Zum einen folgt aus der Beachtung der formalen Anforderungen über die Sacheinlageprüfung nicht zwingend, daß der einlegende Gesellschafter nicht einmal hinsichtlich des share capital eine gesetzliche Differenzhaftung nach s. 580 ss. 2 CA 2006 fürchten muß. Die Behauptung, den gutgläubigen Aktionär treffe selbst bei maßlosen Überbewertungen keine gesetzliche Differenzhaftung, sofern er nur auf den Sacheinlagebericht des unabhängigen Prüfers vertraue, wird nicht begründet.[1495] Eine Begründung für diese weitgehende Freistellung von der gesetzlichen Differenzhaftung ist auch schwer vorstellbar. Die Beachtung der formalen Anforderungen an die Sacheinlageprüfung sagt zunächst nichts über die materielle Rechtsfolge einer Differenzhaftung. Die Gutgläubigkeit im Sinne von s. 593 ss. 3 CA 2006 ist allein relevant für die besondere Rechtsfolge der baren Strafzahlung in voller Höhe der vereinbarten Einlage.

Wenn *Pennington* davon ausgeht, daß die Annahme eines Minderwertes im Prüfbericht zu einer Differenzhaftung des Gesellschafters führen kann, zeigt er selbst, daß die Beachtung der formalen Anforderungen der Sacheinlageprüfung allein keine Auswirkungen auf die Differenzhaftung hat. Eine Beschränkung der Differenzhaftung auf Fehlbeträge, die im Prüfbericht festgestellt werden, kann nicht überzeugen, da die Sacheinlageprüfung den Wert des Einlagegegenstands nicht bindend festlegen soll, sondern lediglich überprüfen soll, ob das Nominalkapital und eventuell ein versprochenes premium tatsächlich aufgebracht worden sind. Sollte der Prüfbericht zu einem falschen Ergebnis kommen und seinerseits den Einlagegegenstand zu niedrig bewerten, würde wohl auch *Pennington* dem Gesellschafter die Möglichkeit einräumen nachzuweisen, daß entgegen dem Prüfbericht tatsächlich keine Überbewertung vorliegt. Sollte der Bericht über die Sacheinlage zu einem falschen Ergebnis kommen und eine Überbewertung des Einlagegegenstands nicht erkennen, verlangt die Gesellschaftsrechtsrichtlinie hinsichtlich des Nominalkapitals eine Differenzhaftung schon wegen des Verbots der Unterpari-Ausgabe in ihrem Art. 8. Hinsichtlich eines eventuellen Mehrbetrags, nach englischem Verständnis eines stated premium, führt das Befreiungsverbot des Art. 53 der Gesellschaftsrechtsrichtlinie nach einer möglichen Lesart zu demselben Ergebnis. Die von *Pennington* vorgeschlagene Beschränkung der gesetzlichen Differenzhaftung aus s. 580 ss. 2 CA 2006 auf Fehlbeträge, die schon im Sacheinlagebericht aufgedeckt worden sind, wäre nicht europarechtskonform. Ihr kann daher nicht gefolgt werden.

Desweiteren werden massive Überbewertungen, die nach Ansicht *Penningtons* ebenfalls nicht zu einer gesetzlichen Differenzhaftung führen sollen, sofern

1494 *Pennington*, Company Law, 197.
1495 *Pennington*, Company Law, 197.

sie nicht im Prüfbericht aufgedeckt werden, häufig bewußt vorgenommen worden sein. Wenn aber Gesellschaft und Gesellschafter davon ausgehen, daß der Wert, zu dem eine Sacheinlage auf das Nominalkapital angerechnet werden soll, am Markt nicht zu erzielen wäre, kann man kaum mehr sagen, der Gesellschafter vertraue auf diese Wertbestimmung gutgläubig, nur weil der Prüfbericht sie nicht beanstandet.

Die zweite Anmerkung betrifft ein europarechtliches Umsetzungsdefizit, das die gesetzliche Differenzhaftung nach s. 580 ss. 2 CA 2006 auch bei einer möglichst europarechtskonformen Auslegung nicht beheben kann. Die gesetzliche Differenzhaftung erfaßt, wie oben gezeigt,[1496] jedenfalls nur Sacheinlagen auf das share capital, nicht auch ein share premium. Selbst im Falle eines stated premium enthält das statute law keine Vorschrift über eine Differenzhaftung. Wenn man das Befreiungsverbot bei Einlagen in Art. 53 der Gesellschaftsrechtsrichtlinie weit versteht, so daß es den baren Ausgleich eines eventuellen Minderwert von Sacheinlagen verlangt, jedenfalls soweit diese Sacheinlagen einen Mehrbetrag im Sinne der Richtlinie aufbringen wollen[1497], bleibt das englische Kapitalgesellschaftsrecht hinter den Vorgaben des Europarechts zurück.

Richtig verstanden wird die gesetzliche Differenzhaftung gemäß s. 580 ss. 2 CA 2006 in allen Fällen einer Überbewertung von Sacheinlagen zu beachten sein, soweit das share capital nicht aufgebracht wird. Entscheidend ist auch hier wieder, wie schon bei der Private Company, die Frage der Beweisbarkeit. Wenn die directors der Gesellschaft und der Gesellschafter eine Vereinbarung über den Wert des Einlagegegenstands treffen und dabei offensichtlich auf die Richtigkeit ihrer Bewertung vertrauen, wird ein Gericht diese Vereinbarung ohnehin nur in Ausnahmefällen hinterfragen. Noch mehr Zurückhaltung wird das Gericht zeigen, wenn die unabhängige Sacheinlageprüfung die Einschätzung der Vertragsparteien bestätigt hat. Unmöglich ist der spätere Nachweis einer Überbewertung jedoch nicht.

Stellt man sich beispielweise vor, in der Entscheidung *Re Bradford*, die im Rahmen der Sacheinlageprüfung besprochen worden ist, hätten die beratenden accountants das Unternehmen nicht erst nach der Sacheinlage im Rahmen der Jahresbilanz mit annähernd zwei Millionen Pfund zu viel bewertet, sondern schon im Rahmen einer Sacheinlageprüfung bevor es in die neugegründete PLC eingebracht worden ist, wäre diese grob falsche Unternehmensbewertung später im Rahmen einer Prüfung der gesetzlichen Differenzhaftung ebenso nachweisbar gewesen wie im entschiedenen Fall im Rahmen der Erörterungen über die Barersatzleistung nach s. 593 ss. 3 CA 2006. In diesem Fall kann man sogar noch unterstellen, die Gesellschafter hätten an die massive Überbewertung des eingebrachten Unternehmens selbst geglaubt. In den noch kritischeren Fällen der Schwindelgründungen, in denen weder Gesellschaft noch Gesellschafter

1496 S. o. S. 582 f.
1497 Dazu o. S. 431 ff.

glauben, der vereinbarte Wert der Sacheinlage ließe sich am Markt realisieren, kann es noch weniger darauf ankommen, ob die bewußte Überbewertung im Zuge der Sacheinlageprüfung aufgedeckt würde.

Gemäß den Regeln des common law ist nach der Rechtsprechung in *Re Wragg* eine Differenzhaftung bei der PLC ebenso wie bei der Ltd unabhängig von der Kenntnis des einlegenden Gesellschafters denkbar, wenn die Überbewertung in den Augen des Gerichts offensichtlich ist. Eine derartige Differenzhaftung kommt neben den gesetzlichen Vorgaben in Betracht, weil sie diese um einen Haftungstatbestand ergänzt und den gesetzlichen Anforderungen nicht widerspricht.[1498] Aus den genannten Gründen wird man die Anforderungen an eine Differenzhaftung für überbewertete Sacheinlagen nach dieser Rechtsprechung wegen des geänderten gesetzlichen Umfelds absenken müssen. Die erforderliche Änderung kann man weitgehend ohne formale Aufgabe der tradierten Rechtsprechungsgrundsätze dadurch erreichen, daß man die Offensichtlichkeit der Überbewertung im Lichte der geänderten Anforderungen an die Bewertung von Sacheinlagen bestimmt.

Auch nach den modifizierten Rechtsprechungsregeln wird sich eine Differenzhaftung allenfalls für Fehlbeträge auf ein ausdrücklich vereinbartes share premium (stated premium) ergeben, da nur dann angenommen werden kann, die Vertragsparteien wollten vereinbaren, daß der Gesellschafter die Aufbringung des so bestimmten Betrages garantieren soll. Die Gefahr einer Differenzhaftung auf ein premium können die Parteien dadurch vermeiden, daß sie auf ein stated premium verzichten und wie in dem Fall *Re Bradford* lediglich vereinbaren, daß ein eventueller Mehrwert der Gesellschaft verbleiben soll.

d) Volleinzahlung von Bareinlagen auf ein premium in Public Companies

Eine weitere Vorschrift des englischen Kapitalaufbringungsrechts wurde von der Gesellschaftsrechtsrichtlinie angeregt und dient deren Umsetzung, nämlich das Gebot der sofortigen Einzahlung eines eventuellen share premium in voller Höhe in s. 586 ss. 1 CA 2006. Dieses Volleinzahlungsgebot gilt nur für Public Companies. In Private Companies gilt auch hinsichtlich des share premium der allgemeine Grundsatz, daß Einlagen erst fällig werden, wenn die directors die Leistung anfordern.[1499] Aus dem systematischen Zusammenspiel mit s. 587 CA 2006 ergibt sich, daß das Volleinzahlungsgebot nur bei Bareinlagen zu beachten ist. Für premiums, die durch Sacheinlagen aufgebracht werden, gilt die Fünf-Jahres-Regel des s. 587 CA 2006. Bei Bareinlagen muß ein premium der Höhe nach bestimmt sein, da die geschuldete Leistung anders nicht bestimmt werden kann. Das Volleinzahlungsgebot betrifft daher stets Fälle eines stated premium. Erfolgt eine Anteilsausgabe unter Verstoß gegen das Volleinzahlungsgebot, ist gemäß s. 586 ss. 3 CA 2006 der Anteil so zu behandeln, als sei

1498 *Gansen*, Harmonisierung Kapitalaufbringung, 102.
1499 *Heinz/Hartung*, Limited, 70.

das volle premium aufgebracht worden. Der Fehlbetrag ist sofort fällig und vom Gesellschafter zu verzinsen.

Durch das Volleinzahlungsgebot bei Bareinlagen auf ein premium unterscheidet sich das Recht des share premium von dem Recht des share capital. Die Mindesteinzahlung auf das share capital legt s. 586 ss. 1 CA 2006 in Übereinstimmung mit den europarechtlichen Vorgaben auf ein Viertel des Nominalkapitals fest. Der Unterschied in der rechtlichen Behandlung von share capital und share premium ist durch das Europarecht vorgegeben. Eine Gleichbehandlung beider Einlageformen, die das englische Recht grundsätzlich anstrebt, wäre nur zu erreichen gewesen, indem die Volleinzahlungspflicht auf das share capital ausgedehnt worden wäre. Der Gesetzgeber zog es stattdessen vor, vom Grundsatz der Gleichbehandlung von share capital und share premium abzuweichen. Anders als das europäische Recht unterscheidet das englische Recht hinsichtlich des share premium nicht zwischen Gründungen und Kapitalerhöhungen. Diese Unterscheidung hat den englischen Gesetzgeber offenbar nicht überzeugt.

e) Statement of Capital über share premium

Neben den besprochenen materiellen Anforderungen an die Kapitalaufbringung enthält das englische Recht für beide Gesellschaftsformen, Public und Private Company, noch eine formale Vorgabe. Bei der Gesellschaftsgründung (s. 10 CA 2006) oder einer späteren Kapitalerhöhung (s. 555 CA 2006) muß beim Registergericht ein statement of capital eingereicht werden, das über die Einzahlung des Kapitals Auskunft gibt. Dabei wird nicht nach dem Nominalwert der Anteile und dem premium unterschieden. Die Auskunftspflicht bezieht sich gleicherweise auf beide Arten von Einlagen. Durch diese Publizitätsvorschriften sollen für die PLC die Vorgaben in Art. 3 und 4 der Gesellschaftsrechtsrichtlinie umgesetzt werden, soweit sie das Gesellschaftskapital betreffen. Die Gesellschaftsrechtsrichtlinie verlangt hierbei jeweils nur Angaben über das gezeichnete Kapital, nicht auch über einen eventuellen Mehrbetrag. Die Tatsache, daß das englische Recht seine Anforderungen auf das share premium ausdehnt, zeigt wieder einmal den Wunsch nach einer Angleichung beider Formen von Einlagen.

Die Formulierung beider Vorschriften ist weitgehend gleich, enthält jedoch hinsichtlich des premium einen augenfälligen Unterschied. In s. 10 ss. 2 (d) und ss. 4 (b) CA 2006 fordert das Gesetz eine Angabe über den Betrag, der auf einen Anteil einzuzahlen ist, und einen eventuell noch ausstehenden Betrag (»the amount to be paid up and the amount (if any) to be unpaid on each share (whether on account of the nominal value of the share or by way of premium)«). In s. 555 ss. 4 (d) CA 2006 schreibt das Gesetz eine Angabe hinsichtlich des gezahlten Betrags und eines eventuell noch ausstehenden Betrags (»the amount paid up and the amount (if any) unpaid on each share (…)«. Ob der Unterschied in den Formulierungen »the amount *to be paid up*« und »the amount *paid up*« einen Unterschied in der Sache anzeigen soll, ist schwer zu sagen.

Die Formulierung »amount to be paid up« in s. 10 CA 2006 deutet auf eine konkrete Verpflichtung zur Einzahlung hin und damit darauf, daß nur Angaben über Leistungspflichten gefordert werden, deren Höhe bestimmt ist. Die Angaben über die Einzahlung eines eventuellen premium wären nach diesem Verständnis nur für ein betragsmäßig bestimmtes Agio, ein stated premium gefordert. Nur ein solches premium ermöglicht die Angabe eines vereinbarten Betrags, der einzuzahlen ist (amount to be paid up). Die Formulierung in s. 555 CA 2006 »amount paid up« deutet daraufhin, daß der Wert der tatsächlichen erbrachten Leistung anzugeben ist, nicht allein die Höhe der eindeutig bestimmten Leistungspflicht.

Da beide Vorschriften aber denselben Normzweck verfolgen und ein Auseinanderfallen von Höhe der festgesetzten Leistungspflicht und Wert des Erfüllungsgegenstandes bei der Gründung wie bei der Kapitalerhöhung gleichermaßen auftreten kann, spricht viel dafür, beiden Normen übereinstimmende Inhalte zuzuschreiben. Dazu kommt, daß ein solches Auseinanderfallen von Wert der Leistung und Zahlbetrag nur bei Sacheinlagen denkbar ist, die Vorschrift vermutlich aber mit Blick auf den Grundfall einer Bareinlage formuliert worden ist. Gemeint ist in beiden Fällen wohl bei Bareinlagen eine Angabe über den vereinbarten Betrag, bei Sacheinlagen über den Wert des vereinbarten Gegenstands, den die Gesellschaft als Gegenleistung erhalten soll.

Unklar bleibt dabei, wie der anzugebende Wert des Sacheinlagegegenstands bestimmt werden soll. Bei der Private Company wird man meist von den Annahmen ausgehen müssen, welche die Gesellschafter (bei der Gründung) oder die Geschäftsführer (bei einer Kapitalerhöhung) der Anteilsausgabe zugrunde legen. Sofern ein stated premium vereinbart worden ist, kann man auch diese Wertangabe an das Registergericht melden. In beiden Fällen besteht das Problem, daß der tatsächliche Wert der Sacheinlage von der publizierten Wertangabe abweichen kann. Bei Public Companies kann man sich entweder auf dieselben Grundlagen beziehen wie bei Private Companies. Dafür spräche, daß die Vorschriften gleichermaßen auf Private und Public Companies Anwendung finden. Man könnte andererseits auch den Wert angeben, der bei der unabhängigen Sacheinlageprüfung ermittelt worden ist (sofern man diese nicht als reine Wertdeckungsprüfung versteht). Allerdings kann der im Rahmen der unabhängigen Prüfung bestimmte Wert der Sacheinlage ebenso fehlerbehaftet sein wie die Einschätzung der Geschäftsführer.

f) Nachgründungsrecht ohne Berücksichtigung des share premium

In s. 598 et seq. CA 2006 setzt das englische Recht die Vorgaben des Art. 52 der Gesellschaftsrechtsrichtlinie über Nachgründungen um, welche verhindern sollen, daß die Vorschriften über die Sacheinlageprüfung durch nachgelagerte Erwerbsgeschäfte umgangen werden.[1500] Erfaßt werden Geschäfte, welche eine

1500 *Edwards*, EC Company Law, 64 f.

Public Company mit einem Gründer (›subscriber to the company's memorandum‹) abschließt und dabei verspricht, im Gegenzug für einen Vermögensgegenstand ihrerseits eine Gegenleistung zu erbringen, deren Wert 10% oder mehr ihres gezeichneten Kapitals ausmacht. Solche Geschäfte müssen in den ersten Jahren nach der Gründung einer Sacheinlageprüfung unterzogen werden.

Entsprechend den europarechtlichen Vorgaben errechnet sich die maßgebliche 10%-Schwelle allein aus dem Nominalkapital. Ein eventuelles share premium bleibt unberücksichtigt, da bei seiner Einbeziehung der Schutzstandard abgesenkt würde. Es könnte ohne Sacheinlageprüfung mehr Geld für Nachgründungen ausgegeben werden. Aus Sicht der Gesellschaftsrechtsrichtlinie ist die Regelung verständlich, da diese ihren Kapitalschutz auf das gezeichnete Kapital beschränkt. Aus Sicht des englischen Rechts wäre es hingegen angezeigt, das share premium in die Berechnung des Schwellenwertes einzubeziehen. Denn wenn share premium und share capital rechtlich gleichbehandelt werden, dann wäre es nur konsequent, auch an dieser Stelle beide Einlageformen gleich zu behandeln. Die Gleichbehandlung des share premium erhöht das Schutzniveau des Kapitalschutzes. Sie ist ebenfalls zu berücksichtigen, wenn anhand des Haftkapitals bestimmt wird, welche Gefahren für den Kapitalschutz besondere Maßnahmen erfordern.

II. Die Regeln für Einlagen ohne Zusammenhang mit einer Anteilsausgabe

1. Bedeutung von capital contributions für die rechtliche Behandlung des share premium

Bei der Bestimmung des Begriffs ›share premium‹ ist deutlich geworden, welche Bedeutung im Recht des share premium Leistungen zukommt, die Gesellschafter zwar in das Eigenkapital ihrer Gesellschaft erbringen, jedoch nicht als formale Gegenleistung für junge Anteile. Einerseits zwingt die Möglichkeit solcher capital contributions bei einer Anteilsausgabe zu ihrer Abgrenzung von Eigenkapitalbeiträgen, die als share premium zu qualifizieren sind. Andererseits hängt die Überzeugungskraft des Hauptarguments, mit dem die Gleichbehandlung von share premium und share capital gerechtfertigt wird, nicht unwesentlich von der rechtlichen Behandlung der capital contributions ab. Denn das Bestreben, share capital und share premium weitgehend gleichen Anforderungen zu unterwerfen, wird damit begründet, daß beide Beiträge als Eigenkapital (capital) anzusehen seien und wegen dieser Eigenkapitaleigenschaft gleichermaßen den Haftungsfonds zugunsten der Gläubiger anfüllen sollten.

An der capital nature von capital contributions ist nicht zu zweifeln. Denkt man die Begründung für die Gleichbehandlung von share capital und share premium weiter, könnte man erwarten, daß auch ohne einen formalen Zusammenhang mit einer Anteilsausgabe capital contributions wie die beiden anderen Eigenkapitalbeiträge dem Kapitalschutz unterworfen sind. Die Behandlung von capital contributions im englischen Recht ist jedoch unsicher, da diese Finanzierungsform erst spät, nämlich im Jahr 2000 in der Entscheidung *Kellar v Williams*[1501] durch das Privy Council anerkannt worden ist und seither kaum Beachtung in der Literatur gefunden hat. Eine Annäherung an das Recht des share premium befürworten nur *Davies* und *Worthington* in einer knappen Fußnote zu Beginn des Kapitels über das gesetzliche Kapital.[1502]

Vor der Entscheidung des Privy Council in *Kellar v Williams* dachten englische Juristen nicht an die Möglichkeit, Gesellschafter könnten ihrer Gesellschaft Eigenkapital zuführen, ohne dafür neue Anteile zu fordern. Die vergleichsweise weiten Gestaltungsmöglichkeiten bei der Ausgabe von Vorzugsanteilen und rückkaufbaren Anteilen haben scheinbar wenig Bedürfnis nach anderen Finanzierungsformen aufkommen lassen.[1503] Auch heute noch spielen capital contributions offenbar eine untergeordnete Rolle in der Finanzierungspraxis. Eine gewisse Relevanz wird ihnen vor allem für Einmanngesellschaften zugesprochen.[1504] Insbesondere für Konzerne eignen sich capital contributions zur Finanzierung von Tochtergesellschaften.

Wenn die Rechtsprechung zukünftig keine Angleichung des Rechts des share premium mit dem Recht der capital contributions vornimmt, könnten solche freien Kapitalbeiträge zunehmend genutzt werden, um die Ausschüttungsbeschränkungen des share premium account zu vermeiden.[1505] Die Ausnahmeregelungen der group reconstruction relief nach s. 611 CA 2006 würden weitgehend überflüssig. Aber nicht nur in Konzerngesellschaften können capital contributions einen Anwendungsbereich finden, sondern in allen geschlossenen Gesellschaften, in denen die Gesellschafter über die weitere Ausstattung ihrer Gesellschaft mit Eigenkapital Einigkeit erzielen können.

1501 *Kellar v Williams (*Turks and Caicos Islands) [2000] BCLC 390, PC.

1502 *Davies/Worthington*, Principles, 256 Fn. 2.

1503 Vgl. auch *Pohlhausen/Röder*, Eigen- und Fremdkapital, 744, welche die Gestaltungsmöglichkeiten bei der Eigenkapitalfinanzierung durch Anteilsausgabe als Grund angeben für die geringe praktische Bedeutung weiterer hybrider Finanzierungsformen.

1504 Vgl. *Davies/Worthington*, Principles, 256, Fn. 2, die sich allenfalls in Einmanngesellschaften vorstellen können, daß ein Gesellschafter auf eine Gegenleistung für seine contribution verzichtet.

1505 Für die Praxis ist selbstredend von großer Bedeutung, ob sich Unterschiede in der Besteuerung ergeben. Diese Frage kann hier nicht vertieft werden. Sie ist auch für diese Arbeit weit weniger von Interesse als in praktischer Hinsicht, da hier die gesellschaftsrechtliche Dogmatik der Unternehmensfinanzierung untersucht werden soll. Wenn auch steuerliche Auswirkungen in der Praxis häufig auf die gesellschaftsrechtliche Gestaltung durchschlagen, muß das Gesellschaftsrecht (jedenfalls solange es nicht bewußt mit dem Steuerrecht koordiniert wird) bei einer rechtswissenschaftlichen Untersuchung für sich allein überzeugen können, nicht erst nachdem es auf das Prokrustesbett des Steuerrechts gelegt worden ist.

2. Anerkennung von capital contributions durch die Rechtsprechung

Da die Rechtspraxis die Möglichkeit einer Eigenkapitalfinanzierung ohne zeitgleiche Ausgabe von Gesellschaftsanteilen lange Zeit nicht bedacht hat, wurde in den berichteten Entscheidungen hierzu in Zweifel gezogen, ob eine solche Finanzierungsform nach englischem Recht überhaupt zulässig ist. Die Bilanzbuchhaltung jedenfalls kennt keinen eigenen Posten, in dem eine Einlage als solche ausgewiesen werden könnte, sondern bilanziell wären in diesem Fall die allgemeinen Rücklagen zu erhöhen.[1506] Man argumentierte, jede Zahlung, die Gesellschafter an ihre Gesellschaft leisteten, ohne dafür weitere Anteile an der Gesellschaft zu erhalten, sei stets als Darlehen (loan) und damit als Fremdkapitalfinanzierung anzusehen, bei der die Gesellschafter ihrer Gesellschaft wie Dritte gegenüber stünden.

Dabei wurde schon in der ersten Entscheidung zu dieser Frage ein klares Abgrenzungskriterium zwischen loan und capital genannt. Sollte die fragliche Leistung als capital anzusehen sein, hätte der Leistungserbringer keinen individuellen Rückzahlungsanspruch, der im Insolvenzfall Gleichrang mit anderen Gläubigern genösse, sondern alle Gesellschafter wären im Verhältnis ihrer Anteile zu bedienen und im Insolvenzfall erst, nachdem alle Gläubiger befriedigt worden wären.[1507] Typische Kriterien für Eigenkapital (capital) sind ja der Nachrang der Gesellschafter gegenüber den Fremdkapitalgebern und der Gleichrang im Innenverhältnis.[1508] Die Frage war daher nicht, wie eine capital contribution von einem loan abzugrenzen sein könnte[1509], sondern ob eine capital contribution überhaupt möglich sein soll oder jede Leistung an die Gesellschaft ohne entsprechende Gegenleistung stets als loan zu qualifizieren sei.

Die erste Entscheidung, mit der die Möglichkeit von capital contributions ins Blickfeld der englischen Rechtspraxis gerückt wurde, betraf nicht das englische Recht direkt, sondern das Recht der überseeischen Turks und Caicos-Inseln, das jedoch seinerseits auf dem englischen Gesellschaftsrecht beruhte. Nachdem die betreffende Gesellschaft in Liquidation geraten war, kam es in *Kellar v Williams*[1510] entscheidend darauf an, ob frühere Zahlungen ihres Gesellschafters als nachrangiges Eigenkapital oder als Fremdkapital zu qualifizieren waren. Das Privy Council, die höchste Instanz für die überseeischen Gebiete des Vereinigten

1506 Vgl. zur Problematik des Bilanzausweises vgl. *HMRC v Alan Blackburn Sports Ltd* [2008] EWCA Civ 1454, Tz. 25 per Lord *Neuberger* und HMRC, Capital contributions to companies: general.

1507 *Alan Blackburn v HMRC* [2008] EWHC 266 (Ch), Tz. 2 und 5.

1508 Zur Abgrenzung von Eigen- und Fremdkapital s. o. S. 64 ff.

1509 In der Abgrenzung von capital contribution und loan sehen hingegen *Davies/ Worthington*, Principles, 256 Fn. 2 ein größeres Problem. Theoretisch ist die Frage leicht zu entscheiden, wie die Urteile lehren. Schwieriger dürfte jedoch die Beantwortung der tatsächlichen Frage sein, ob die Parteien die Zahlung so gewollt haben, daß ein individueller Rückzahlungsanspruch bestehen soll, oder nicht.

1510 *Kellar v Williams* (Turks and Caicos Islands) [2000] BCLC 390.

Königreichs, entschied, daß capital contributions im Recht der Turks und Caicos-Inseln zulässig sind. Darüber hinaus war es der Ansicht, auch im englischen Gesellschaftsrecht seien solche Einlagen denkbar. Der Wortlaut, auf denen es im Fortgang noch ankommen wird, lautet an der entscheidenden Stelle:

»If the shareholders of a company agree to increase its capital without a formal allocation of shares that capital will become like share premium part of the owner's equity and there is nothing in the company law of the Turks and Caicos Islands or in the company law of England on which that law is based to render their agreement ineffective.«[1511]

Der zweite entschiedene Fall betraf direkt das englische Recht und wurde durch steuerliche Begünstigungen für Kapitalgewinne (capital gains) beeinflußt. Der Gesellschafter, welcher faktisch wie ein Alleingesellschafter die Gesellschaft lenkte, hatte bei akuten Liquiditätsengpässen an seine Gesellschaft des öfteren Barzahlungen geleistet, bevor eine Kapitalerhöhung ins Werk gesetzt war, d.h. bevor auch nur ein Beschluß über die Kapitalerhöhung gefaßt worden war oder bevor eine beschlossene Einlage durch Anforderung der Geschäftsführer fällig geworden war. Das Kapital wurde stets dazu verwendet, die zeitnah durchgeführte Kapitalerhöhung zu finanzieren.[1512] Die Steuerbehörde betrachtete die Vorausleistung als Darlehen und die spätere Anrechnung des entsprechenden Betrags auf das share capital als Tilgung des Darlehens. Dementsprechend versagte sie eine bestimmte Steuererleichterung, die bei Anteilsausgaben gegen Bareinlagen zu gewähren war, jedoch nicht bei Anteilsausgaben gegen Anrechnung eines Gesellschafterdarlehens. Dagegen wandten sich Gesellschaft und Gesellschafter.

In der Entscheidung des High Court of Justice *Alan Blackburn v HMRC*[1513] entschied Richter *Smith*, die streitigen Zahlungen seien nicht als loan zu qualifizieren, sondern als capital contribution. Er stützte sein Urteil ausdrücklich auf die Anerkennung von capital contributions durch das Privy Council in *Kellar v Williams* und machte deutlich, daß die Möglichkeit einer capital contribution für seine Beurteilung des vorliegenden Falles maßgeblich sei.[1514] Da die Einstufung der geleisteten Zahlung als capital contribution von grundlegender Bedeutung war, ging die Steuerbehörde in Berufung. Die daraufhin ergangene Entscheidung des Court of Appeal *HMRC v Alan Blackburn Sports Ltd*[1515] löste den streitigen Fall auf anderer Grundlage als die Vorinstanz. *Lord Neuberger*, der die einzige begründete Stellungnahme abgab, betrachtete die Bareinlage im

1511 *Kellar v Williams* (Turks and Caicos Islands) [2000] BCLC 390, Tz. 15.

1512 Die Anteilsausgabe erfolgte jeweils zu pari, so daß sich der Entscheidung kein Hinweis entnehmen läßt, ob eine vorab geleistete capital contribution bei einer späteren Anteilsausgabe zu einem share premium führen kann. Nähme man ein share premium an, käme diese Annahme einer Bestimmung des premium im Wege einer wirtschaftlichen Betrachtungsweise sehr nahe.

1513 *Alan Blackburn v HMRC* [2008] EWHC 266 (Ch).

1514 *Alan Blackburn v HMRC* [2008] EWHC 266 (Ch), Tz. 46.

1515 *HMRC v Alan Blackburn Sports Ltd* [2008] EWCA Civ 1454.

konkreten Fall als consideration für die spätere Anteilsausgabe, soweit der Gesellschafter darauf vertrauen konnte, daß es zu einer Anteilsausgabe kommen werde, auf die der eingezahlte Betrag angerechnet werden sollte.[1516] Der Leistungszeitpunkt der Einlage (vor bzw. nach einem Kapitalerhöhungsbeschluß oder der Fälligkeit) sollte gesellschaftsrechtlich keinen Unterschied machen.

In einem ausführlichen obiter dictum nahm *Lord Neuberger* zu der grundsätzlichen Frage Stellung, ob die Zahlung eines Gesellschafters stets als Darlehen anzusehen sei, sofern sie nicht eine consideration für Anteile darstelle.[1517] Er lehnte die zwingende Qualifikation als Darlehen ab und stimmte den Ausführungen in *Kellar v Williams* ausdrücklich zu:

»In any event, I severely doubt that there is any reason in terms of principle, authority or practice for accepting that suggestion [*viz. that a limited company cannot effectively accept capital contributions other than in the form of a loan or share capital*]. (...) As to authority, far from being any case which confirms the suggestion, the Privy Council in *Kellar* (...) indicated precisely the opposite. (...) In such an event, he said, such capital would »become like share premium part of the owner's equity«. So far as principle is concerned, I do not see why the fact that accountancy convention may it make difficult to decide how to record a particular type of payment in the Company‹s accounts means that, as a matter of law, the payment cannot be characterised as being of that type. While accountancy convention has an important role to play in some areas of tax law and company law, this would, I think, be a case of the tail wagging the dog.«[1518]

In seiner Urteilsbegründung macht *Lord Neuberger* seine Auffassung sehr deutlich, daß das Gesellschaftsrecht Vorrang vor den Bilanzierungsregeln genießt. Die Regeln der Buchführung (accountancy convention) müssen sich seiner Ansicht nach dem geltenden Recht (company law) anpassen, nicht umgekehrt. Bemerkenswert daran ist, daß sich hier die historische Diskussion um die richtige Behandlung des share premium wiederholt. Der Gegensatz von bloßen ›standards‹ der Buchführung und parlamentarischem und richterrechtlich entwickeltem ›law‹ wird wieder relevant. Seinerzeit haben die englischen Gerichte ebenfalls betont, daß sie sich an das geschriebene und tradierte Recht halten werden, selbst wenn eine andere bilanzielle Abbildung wirtschaftlich sinnvoll sein mag. Die Accountants konnten ihre Auffassung erst durchsetzen, als sie den Gesetzgeber zum Erlaß eines entsprechenden Gesetzes bewegen konnten.[1519]

Aus bilanzrechtlicher Perspektive sind Bedenken gegen capital contributions durchaus nachvollziehbar. Denn werden solche Kapitalbeiträge in den gewöhnlichen Rücklagen gebucht, können diese Rücklagen aufgelöst werden und führen in der Folge zu einem erhöhten Gewinnausweis. Dadurch wird es für den Bilanzleser schwieriger, zugeführtes Kapital und erwirtschafteten Gewinn zu

1516 *HMRC v Alan Blackburn Sports Ltd* [2008] EWCA Civ 1454, Tz. 28.
1517 *HMRC v Alan Blackburn Sports Ltd* [2008] EWCA Civ 1454, Tz. 29 et seq.
1518 *HMRC v Alan Blackburn Sports Ltd* [2008] EWCA Civ 1454, Tz. 30.
1519 Darstellung der historischen Diskussion um das share premium o. auf S. 470 ff.

unterscheiden. Die Gefahr eines Gewinnausweises, der tatsächlich auf Kapitalbeiträgen beruht, wurde schon in der historischen Diskussion als Argument dafür angeführt, einen eigenständigen share premium account auszuweisen.[1520] Folgt man *Lord Neuberger*, müssen die Bilanzierungsregeln dieser Gefahr wohl ohne Hilfe des Gesellschaftsrechts begegnen. Denkbar wäre eine Lösung wie sie § 272 Abs. 2 Nr. 4 HGB verfolgt, nach welcher Vorschrift Einlagen als solche in der Kapitalrücklage auszuweisen sind, um eine spätere Rückführung an die Gesellschafter für den Bilanzleser nachvollziehbar zu machen.

Ein weiteres Detail aus *Lord Neubergers* Begründung verdient für die Zwecke dieser Untersuchung besondere Erwähnung. Die besagte Gesellschaft war eine geschlossene Gesellschaft, deren Anteile von Alan Blackburn und seiner Ehefrau gehalten wurden, die beide zugleich als directors der Gesellschaft fungierten. Die Ehefrau übte selbst offenbar keinen bestimmenden Einfluß auf die Geschäfte der Gesellschaft aus. Die Tatsache, daß die Gesellschaft faktisch von Alan Blackburn gehalten und geführt wurde, sollte nach Ansicht *Lord Neubergers* die Beurteilung des Falles weder zu dessen Gunsten noch zu dessen Ungunsten beeinflussen.

Allgemein formuliert enthält das englische Kapitalgesellschaftsrecht nach dieser Auffassung keine Sonderregeln für geschlossene Gesellschaften. Praktisch sind nur in geschlossenen Gesellschaften capital contributions zu erwarten und nur in solchen Gesellschaften besteht die realistische Möglichkeit, die Unternehmensfinanzierung von der Zuführung formellen Eigenkapitals (legal capital) auf capital contributions umzustellen. Die Absage an ein Sonderrecht für geschlossene Kapitalgesellschaften läßt vermuten, daß die Gerichte, sofern sie sich den Ausführungen *Lord Neubergers* anschließen, den dort sich eröffnenden Gestaltungsspielraum nicht verschließen werden.

Zum Abschluß der Darstellung dieser Entscheidungen sei darauf hingewiesen, daß alle Gerichte zwar grundsätzlich die Möglichkeit von capital contributions anerkannt haben, kein Gericht hat indes einen eindeutigen Hinweis gegeben, wie solche Einlagen nach dem Company Law zu behandeln sind. Diese Frage ist noch offen.

3. Rechtliche Behandlung von Capital Contributions

Aus der Formulierung in *Kellar* »that capital will become like share premium part of the owner's equity«, die in *HMRC v Alain Blackburn Sports Ltd* zitiert wird, folgern *Davies* und *Worthington*, capital contributions seien materiell wie ein share premium zu behandeln.[1521] Diese Lesart der Entscheidung *Kellar* ist nicht zwingend; in der Tat ist sie schwer zu begründen. Daraus, daß capital contribution und premium gleichermaßen Teil des Eigenkapitals der Gesell-

1520 S. o. S. 474 f.
1521 *Davies/Worthington*, Principles, 256 Fn. 2.

schaft sind, folgt noch nicht, daß beide Leistungen rechtlich gleich zu behandeln sind.

In der Tat spricht die historische Diskussion, wie sie um die rechtliche Behandlung des share premium geführt wurde, eher gegen den Schluß von der Eigenkapitalqualität einer Finanzierung auf deren rechtliche Behandlung. Die Schwierigkeit dieses Arguments zeigt sich zudem darin, daß mit ihm genausogut eine Gleichbehandlung von capital contributions mit dem share capital begründet werden könnte, das nach wie vor in Teilen anders gehandhabt wird als das share premium, obwohl es gleichermaßen Teil des Eigenkapital ist.

Darüber hinaus bestünde die Problematik der bilanziellen Abbildung solcher Einlagen, auf die *Lord Neuberger* in seiner Urteilsbegründung eingeht, gar nicht, wenn capital contributions materiell wie ein share premium zu behandeln wären. Denn in diesem Fall wären sie in den share premium account einzustellen und in der Folge einer Ausschüttungssperre unterworfen.

Nimmt man *Davies‹* und *Worthingtons* kurzen Hinweis ernst, müßte auf capital contributions nicht nur das Recht der Kapitalerhaltung, auf das sie selbst hinweisen, sondern auch das Recht der Kapitalaufbringung angewendet werden. Denn in den Vorschriften über die Kapitalaufbringung wird regelmäßig auf das Tatbestandsmerkmal ›premium‹ abgestellt. Sofern die englischen Kapitalaufbringungsvorschriften auf die Gesellschaftsrechtsrichtlinie zurückgehen, führte die Einbeziehung von capital contributions im englischen Recht dazu, daß die nationalen Vorschriften weit über die europarechtlichen Vorgaben hinausgingen.

Es fehlt indes an Anhaltspunkten dafür, daß ein solch weites Verständnis des Kapitalschutzes noch der Intention des Gesetzes entspricht. Anders als *Davies* und *Worthington* die Entscheidung in *Kellar* zu verstehen scheinen, kann man die Urteilsbegründung auch so lesen, daß sie keine abschließende Aussage über die materiellen Rechtsfolgen einer capital contribution treffen will, sondern lediglich feststellt, solche Leistungen seien formal als capital (owner's equity) zu betrachten, nicht als Fremdkapital und insoweit dem share premium vergleichbar, als auch dieses dem capital zugerechnet wird, obwohl es kein share capital ist.

Wenn *Davies* und *Worthington* für capital contributions auf das Recht der Kapitalerhaltung verweisen, zeigt der Wortlaut von s. 610 CA 2006, daß das statute law keine Grundlage enthält für die Angleichung der rechtlichen Behandlung an das share premium. Denn s. 610 CA 2006 handelt allein von einem premium, das bei einer Ausgabe junger Anteile vereinnahmt wird. Zu einer Ausgabe von Anteilen kommt es bei einer capital contribution jedoch gerade nicht. In der Entscheidung *Kellar* ging es um eine Einlage ohne Ausgabe von Anteilen. In der Entscheidung *HMRC v Alan Blackburn Sports Ltd* wurde der Fall, daß eine vorgezogene Einlage mit einer schon damals erwarteten Anteilsausgabe verknüpft wird, gerade nicht als capital contribution eingestuft, sondern als vorgezogene consideration. Dennoch wurde in dem besprochenen obiter dictum die Möglichkeit von capital contributions bejaht. In den Fällen, in denen capital contributions ohne Anteilsausgabe erbracht werden, verstieße eine Auslegung von s. 610 CA 2006 dahingehend, daß es auf die Ausgabe von Anteilen nicht ankommen soll, gegen den eindeutigen Wortlaut dieser Vorschrift.

Entsprechend verstehen *Ferran* und *Ho* die Entscheidung *Kellar* offenbar nicht so, daß aus der Vergleichbarkeit von capital contribution und share premium hinsichtlich ihrer Eigenschaft, Teil des Eigenkapitals zu sein, identische Rechtsfolgen abzuleiten wären.[1522] Die englische Steuerbehörde geht davon aus, daß solche capital contributions in den ausschüttbaren Rücklagen zu buchen seien, und lehnt damit eine Angleichung an das Recht des share premium ab.[1523]

Wenn das statute law keine Grundlage dafür bietet, die Rechtsfolgen von capital contributions denen des share premium anzugleichen, ist dieses Ergebnis nur zu erreichen, wenn ein Grundsatz des common law anzunehmen wäre, Eigenkapitalbeiträge, die nicht share capital sind, stets wie ein share premium zu behandeln. Als Argument für die Annahme eines entsprechenden Grundsatzes des common law kann man auf die Gefahren für den Bilanzleser hinweisen, wenn nicht ausreichend zwischen Kapital und Gewinn unterschieden wird, und zudem auf die in bestimmten Fällen bestehende Gefahr einer Umgehung der Regeln über das legal capital. Diese Argumente werden aber vermutlich nicht gehört werden und dies nicht nur, weil in dem obiter dictum in *HMRC v Alan Blackburn Sports Ltd* betont wurde, daß bilanzielle Schwierigkeiten keinen Einfluß auf das Verständnis des Gesellschaftsrechts haben sollen, und in dieser Entscheidung zugleich der Gedanke eines Sonderrechts für geschlossene Gesellschaften verworfen wurde.

Vielmehr widerspräche die Annahme eines solchen Grundsatzes der tradierten Rechtsprechung zur rechtlichen Behandlung des share premium vor der Gesetzesänderung im Jahre 1948.[1524] Die Gefahr einer irreführenden Darstellung von zugeführtem Kapital und ausgeschüttetem Gewinn war schon erkannt worden, als die Zulässigkeit von Ausschüttungen aus einem share premium verhandelt worden war. Auch die Möglichkeit, durch ein share premium die rechtlichen Vorgaben über das legal capital in bestimmten Fällen leerlaufen zu lassen, war gesehen worden. Dennoch hat die Rechtsprechung stets im Sinne einer weitgehenden Finanzierungsfreiheit der Gesellschafter entschieden, soweit nicht ausdrückliche Sondervorschriften des statute law zu beachten waren. Insbesondere dem Urteil *Drown v Gaumont-British Picture Corporation Ltd*[1525] läßt sich die allgemeine Aussage entnehmen, daß alle Eigenkapitalbeiträge nach dem common law für Ausschüttungen an die Gesellschafter zur Verfügung stehen, sofern sie nicht formal als share capital eingezahlt worden sind. Denn

1522 Vgl. *Ferran/Ho*, Principles, 103, wo unter Berufung auf *Kellar* betont wird, daß keine formale Anteilsausgabe erfolgen muß, und keine besonderen Rechtsfolgen für solche Einlagen erörtert werden.

1523 HMRC, Capital contributions to companies: general.

1524 Darstellung dieser Rechtsprechung o. auf S. 479 ff.

1525 *Drown v Gaumont-British Picture Corporation Ltd.* [1937] Ch 402.

wenn nach diesem Urteil das share premium keiner Ausschüttungsbegrenzung unterworfen war, konnte eine solche auch nicht für andere Eigenkapitalbeiträge angenommen werden.

Die Annahme eines Grundsatzes, daß Eigenkapitalbeiträge allein wegen ihres Charakters als Eigenkapital besonderen Anforderungen unterliegen, bedeutete eine Abkehr von der ratio decidendi in der *Drown*-Entscheidung. Die entscheidende Frage für die rechtliche Behandlung von capital contributions lautet daher, ob man von der früheren Rechtsprechung abweichen kann und will.

Eine Abkehr von der früheren Rechtsprechung, die auf dem Gedanken der Finanzierungsfreiheit gründet, erscheint unwahrscheinlich. Da der Wortlaut der gesetzlichen Regelungen eindeutig auf das share premium im Rahmen einer Anteilsausgabe beschränkt ist, müßte man argumentieren, der Grund für die gesetzliche Regelung liege in der beabsichtigten Gleichbehandlung aller Eigenkapitalbeiträge. Insoweit sei in der Möglichkeit von ungeregelten capital contributions derselbe mischief zu erblicken, der den Gesetzgeber im Jahr 1948 zu einer Regelung des share premium veranlaßt habe.

Der Sache nach stellte eine solche Argumentation eine Analogiebildung zum Recht des share premium dar. Die englische Methodenlehre sieht jedoch eine Analogiebildung zu einzelnen Regelungen oder gar ganzen Regelungskomplexen des statute law nicht vor. Eine Bedeutung der literal rule liegt auch heutzutage noch darin, daß sie gegen Analogiebildungen zu und teleologische Restriktionen des geschriebenen Rechts streitet.[1526] Die Rechtsprechung ist daher nicht gezwungen, frühere Entscheidungen zu widerrufen, wenn sie nur der Begründung eines förmlichen Gesetzes widersprechen, nicht jedoch auch dessen Inhalt, der durch Auslegung des Wortlauts bestimmt wird.

Darüber hinaus ist nicht einmal klar, ob capital contributions als derselbe mischief anzusehen sind wie die Ausgabe von Anteilen gegen ein share premium. Immerhin fehlt bei ihnen per definitionem der formale Zusammenhang einer Anteilsausgabe. Die Möglichkeit einer Umgehung der gesetzlichen Vorgaben über das legal capital durch capital contributions ist eine neue Frage und ein anderer mischief. Zudem hat der Gesetzgeber capital contributions bei der Gesetzgebung nicht vor Augen gehabt, da diese erst später als Rechtsproblem erkannt worden sind.

Die Gläubiger einer Gesellschaft werden capital contributions begrüßen, da ihnen jede Stärkung der Eigenkapitalbasis zugute kommt. Daher werfen ungeregelte Einlagen für das englische Gesellschaftsrecht keine drängenden Probleme auf. Insgesamt erscheint es daher unwahrscheinlich, daß die englischen Gerichte von der großzügigen Linie der älteren Entscheidungen abweichen werden und capital contributions generell ähnlichen Beschränkungen unterwerfen wie das share premium.

1526 Vgl. *Smith*, Williams: Learning the Law, 133. S. a. o. S. 491.

D. Kritik des englischen Regelungsansatzes

I. Gleichbehandlung aller capital-Beiträge als Zielvorgabe

Die englische Regelung des share premium beruht auf der Idee, bei der Ausgabe von Gesellschaftsanteilen die gesamte Gegenleistung der Gesellschafter dem Haftkapital zuzuführen, soweit durch sie das capital erhöht wird. Zwischen share capital und share premium soll im Gesellschaftsrecht nicht differenziert werden, da beide Leistungen in gleicher Weise als capital anzusehen seien.

Dieser Vorstellung von der richtigen gesellschaftsrechtlichen Behandlung des share premium liegt eine Äquivokation des Wortes capital zugrunde. Als capital werden nicht nur die im Gesellschaftsrecht besonders geregelten Einlagen bezeichnet, sondern im wirtschaftlichen Kontext allgemein der Teil des Eigenkapitals einer Gesellschaft, den ihre Gesellschafter über Einlagen zur Verfügung gestellt haben. Die wirtschaftliche Verwendung des Begriffs capital hat das bilanzrechtliche Denken beeinflußt, das sich mit der geordneten Übersicht der kaufmännischen Geschäftsvorfälle befaßt und daher dem wirtschaftlichen Denken besonders nahe steht. Die bilanzielle Denkweise hat dann auf das Gesellschaftsrecht eingewirkt.

Bilanziell betrachtet sind beide Leistungen dem capital der Gesellschaft zuzurechnen. Am Anfang der Überlegungen zur korrekten rechtlichen Behandlung des share premium stand der Streit um die Frage, wie man das share premium als Teil des capital in der Bilanz abbilden solle. Die als Antwort auf diesen Streit gefundenen Vorgaben des Companies Act beschränken sich nicht auf die Pflicht, das share premium in der Bilanz als eigenen Passivposten auszuweisen, sondern unterwerfen die so bilanzierten Beträge ebenso wie das share capital der Kapitalerhaltung. Als Grund für diese zusätzliche, spezifisch gesellschaftsrechtliche Vorgabe führt man an, die Kapitalerhaltung diene dem Schutz der Gläubiger. Wie wirksam der angestrebte Gläubigerschutz sei, hinge vom Belieben der Gesellschafter ab, wenn diese ihre Eigenkapitalbeiträge frei auf share capital und share premium verteilen könnten und allein das share capital der Kapitalerhaltung unterworfen sei.

Daher solle sich die Kapitalerhaltung auf das gesamte capital erstrecken, auf das share capital und das share premium. Die Kapitalerhaltung, die schon seit jeher Teil des englischen Gesellschaftsrechts ist, hat dessen Einstellung gegenüber dem share premium entscheidend geprägt. Als später im Zuge der Umsetzung der zweiten gesellschaftsrechtlichen Richtlinie für Public Companies detaillierte Vorschriften über die Kapitalaufbringung erlassen wurden, hat man an der Grundidee festgehalten, share capital und share premium weitgehend gleich zu regeln.

II. Konsequente Umsetzung des Gleichbehandlungsgrundsatzes

Den Grundgedanken, alle Einlagen, die im Zuge einer Anteilsausgabe vereinnahmt werden, rechtlich gleich zu behandeln, hat der Companies Act 2006 in vielen Punkten konsequent umgesetzt.

Die Ausgangsfrage, wie ein share premium bilanziell abzubilden sei, beantwortet s. 610 ss. 1 CA 2006 dahingehend, daß für Mehrleistungen über das formale share capital hinaus mit dem ›share premium account‹ ein eigener Passivposten zu bilden ist. Durch diese Bilanzierungsregel wird für den Bilanzleser ebenso wie beim share capital auf den ersten Blick erkennbar, daß ein entsprechender Betrag im Wege der Einlage aufgebracht worden ist und nicht von der Gesellschaft als Gewinn erwirtschaftet wurde.

Darüber hinaus enthält s. 610 ss. 1 CA 2006 eine Bewertungsvorschrift für Sacheinlagen. Sacheinlagen sind zu ihrem Marktwert zu aktivieren und von dem Betrag, den die Marktbewertung ergibt, ist das share premium zu berechnen. Durch diese Bewertungsvorschrift wird verhindert, daß stille Reserven gebildet werden können. Anstatt einen Teil des Einlagewerts in stillen Reserven zu verbergen, muß der volle Wert einer Sacheinlage im share premium account erfaßt werden. Die Kapitalzufuhr erfolgt dadurch bei Sacheinlagen und bei Bareinlagen gleichermaßen transparent.

Traditionell finden sich im englischen Gesellschaftsrecht keine Vorgaben für die Bilanzierung. Das Recht überläßt es üblicherweise der Bilanzierungspraxis, eigene Regeln zu finden. Der Bruch mit dieser Tradition erstaunt auf den ersten Blick; bei zweitem Hinsehen erweist er sich als notwendig. Im System des bilanziellen Kapitalschutzes verlangt die Verknüpfung des Kapitalschutzes mit der Buchführung, über besondere Vorgaben an die Bilanzierung sicherzustellen, daß die Ziele des Gesellschaftsrechts erreicht werden können. Die Praxis der Buchführung nach dem Urteil *Henry Head & Co Ltd v Ropner Holdings Ltd* hat gezeigt, daß ohne solche gesellschaftsrechtlichen Bilanzierungsregeln das gesetzgeberische Ziel nicht erreicht würde. Wäre die in der Bilanzierungspraxis versuchte Bewertung unbezifferter Sacheinlagen mit dem Nominalwert der ausgegebenen Anteile zulässig, stünde den Gesellschaften eben jener Gestaltungsspielraum offen, den s. 610 CA 2006 versperren will. Sie könnten ein premium ausdrücklich festsetzen (stated premium) mit der Folge, daß der entsprechende Betrag aktiviert würde, oder die Anteile formal zu pari ausgeben und damit eine Bilanzierung des Mehrwerts vermeiden. Diese Schwachstelle hat das Gesetz erkannt und mit seiner weiten Formulierung, welche von der Rechtsprechung überzeugend ausgelegt wurde, behoben.

Indem das Gesetz eine wirtschaftliche Betrachtungsweise bei der Bewertung von Sacheinlagen wählt und einen weiten Begriff der consideration zugrunde legt, verhindert es die beliebige Verteilung des zugeführten capital auf share capital, ausgewiesenes share premium und stille Reserven und erfaßt viele Formen eines (nach deutscher Terminologie) wirtschaftlichen Agios formal als premium. Der vom englischen Gesetzgeber eingeschlagene Weg erreicht damit zu großen Teilen das selbstgesetzte Ziel einer eindeutigen Bilanzierung des share premium und legt den Grundstein für die angestrebte gesellschaftsrechtliche Gleichbehandlung der gesamten capital-Gegenleistung für junge Anteile.

Die gesellschaftsrechtliche Gleichbehandlung aller Einlagen, die der Gesellschaft bei einer Anteilsausgabe zufließen, soll den Gesellschaften jede Motivation nehmen, die Einlagen der Gesellschafter von dem formalen share capital weg auf ein share premium zu verlagern. Daher gilt für das share premium gemäß s. 610 ss. 4 CA 2006 im wesentlichen dasselbe strenge Kapitalerhaltungsrecht. Der Grundsatz der Gleichbehandlung aller Formen von capital ist hier am weitesten verwirklicht worden. Anders als in Deutschland müssen vor einer Gewinnausschüttung früher eingetretene Verluste nicht nur soweit ausgeglichen werden, daß das Nominalkapital abgedeckt ist, sondern der share premium account muß ebenfalls durch ausreichend Aktiva gedeckt sein. Für die Gläubiger der Gesellschaft besteht daher kaum ein Unterschied, ob das eingelegte Kapital als Nominalkapital oder als share premium aufgebracht wird.

Das Ziel des Gesetzes zu verhindern, daß die Gläubiger bei einer Umverteilung des capital auf premium-Einlagen benachteiligt werden, wird durch s. 610 CA 2006 weitgehend erreicht. Allerdings kennt der Companies Act auch Ausnahmen vom Grundsatz der Gleichbehandlung von share premium und share capital, weniger bedeutsame bei der Verrechnung mit Kosten der Anteilsausgabe und Provisionen, bedeutendere in Form der merger relief und group reconstruction relief. Zwischen den beiden Gesellschaftsformen der Private und der Public Limited Company unterscheidet das Recht der Kapitalaufbringung nicht; anders als das deutsche Recht, welches ein Agio nur bei Aktiengesellschaften als Einlage begreift, bei einer GmbH jedoch als Nebenleistung. Aus englischer Perspektive ist die Gleichbehandlung von Private und Public Companies konsequent, da bei beiden Gesellschaften die Haftung der Gesellschafter auf ihre Einlage beschränkt ist und daher in beiden Fällen die Kapitalerhaltung den Gläubigern einen gewissen Schutz ermöglichen soll. In beiden Gesellschaftsformen soll das share premium gleich wie das share capital behandelt werden, um die Interessen der Gläubiger zu schützen.

Im Rahmen der Kapitalaufbringung folgt der Companies Act ebenfalls dem Grundsatz der Gleichbehandlung von share premium und share capital. Die meisten bestehenden Unterschiede zwischen share premium und share capital gehen auf zwingende europarechtliche Vorgaben zurück. Eine Ausnahme bildet das Volleinzahlungsgebot hinsichtlich des share premium bei der Gesellschaftsgründung, welches von der Gesellschaftsrechtsrichtlinie nicht vorgegeben wird. Hier hat sich der englische Gesetzgeber für eine Abweichung gegenüber dem share capital entschieden, um nicht zwischen der Behandlung des share premium bei der Gründung und bei einer Kapitalerhöhung differenzieren zu müssen. Da die Finanzierung einer neugegründeten Public Company meistens in einer zweiten Runde formal als share allotment gemäß s. 549 CA 2006 erfolgt und die

Kapitalzufuhr bei der Gründung praktisch auf ein Minimum beschränkt wird, ist die Lösung des Gesetzgebers nachvollziehbar.

Im übrigen aber soll das share premium weitgehend dem share capital angeglichen werden: So ist über beide Einlagen dasselbe statement of capital abzugeben, auf dessen Grundlage die Einlageleistung im Register veröffentlicht wird, Leistungen an Erfüllungs statt sind bei beiden Einlagen nicht zulässig und die besonderen Sacheinlagevorschriften bei Public Companies (gänzliches Verbot bei der Gründung, Vorgaben für die Einlagefähigkeit, unabhängige Sacheinlageprüfung sowie Fünf-Jahres-Frist für die Bewirkung) gelten nach dem Wortlaut des Gesetzes gleichermaßen für share capital und share premium.

III. Systematische Kritik der aktuellen Regelung

Auch wenn sich der Companies Act 2006 erkennbar bemüht, das selbstgesetzte Gleichbehandlungspostulat konsequent auszugestalten, sind zwischen share premium und share capital Unterschiede geblieben. Manche Unterscheidungen wurden bewußt getroffen, da man die wirtschaftlichen Konsequenzen einer vollständigen Gleichbehandlung gefürchtet und andere Interessen höher gewichtet hat. Manche Unterschiede lassen annehmen, der Gesetzgeber hat die Konsequenzen seiner Gesetzgebung nicht in allen Einzelheiten überblickt oder durchdacht. Manche Differenzen zwischen dem Recht das share premium und dem Recht des share capital zeigen faktische Grenzen auf, an die man beim Streben nach Angleichung beider Einlageformen stößt, manche Differenzen könnten beseitigt werden und stellen die Wertungsstimmigkeit der getroffenen Entscheidungen infrage. Sowohl die notwendigen wie die vermeidbaren Unterscheidungen fordern dazu auf, das Postulat der Gleichbehandlung allen capital zu überdenken und abzuwägen, ob die aktuelle Rechtslage fortentwickelt werden kann und sollte.

1. Unterschiedliche Behandlung von share premium und share capital

Das geltende englische Kapitalgesellschaftsrecht kennt in allen Bereichen des Kapitalschutzes noch Unterschiede zwischen share capital und share premium: bei der Bestimmung der Einlageschuld, im Rahmen der Kapitalaufbringung und im Rahmen der Kapitalerhaltung. Darüber hinaus bestehen Unterschiede zwischen einem premium, bei dem die geschuldete Leistung der Höhe nach bestimmt worden ist (stated premium), und einem premium, das ohne ausdrückliche Festlegung im Mehrwert einer Sacheinlage zu sehen ist (faktisches premium).

a) Festlegung der geschuldeten Leistung bei Sacheinlagen

Die Gegenleistung, die der Gesellschafter für die jungen Anteile verspricht, kann auf zwei Weisen bestimmt werden, entweder indem ein geschuldeter Geldbetrag angegeben wird oder bei Sacheinlagen auch dadurch, daß die geschuldete Leistung gegenständlich bestimmt wird. Wird eine Sacheinlage vereinbart und rein gegenständlich bestimmt, muß der Gesellschafter nicht zugleich versprechen, daß der Vermögensgegenstand einen bestimmten (über den Nominalwert der Anteile hinausgehenden) Wert hat, und er muß einen solchen Wert nicht garantieren. Übersteigt der Wert der Sacheinlage den Nominalwert der Anteile, liegt ein faktisches premium vor. Dieses ist nicht so eindeutig bestimmbar wie das share capital, der Nominalwert der Anteile. Die Gesellschaft kann zwar mit dem Gesellschafter vereinbaren, daß der einzulegende Vermögensgegenstand einen den Nominalwert der Anteile übersteigenden Wert aufweisen muß und diesen als stated premium festschreiben. Ein solches stated premium ist ebenso klar bestimmt wie der Nominalwert der Anteile. Die Praxis scheint diese Möglichkeit jedoch kaum zu nutzen.

Die Möglichkeit der Gesellschafter bzw. der Gesellschaft, die Gegenleistung auf verschiedene Weise zu bestimmen, ist Bestandteil einer weitgehenden Finanzierungsfreiheit, welche die englischen Kapitalgesellschaften kennzeichnet. Den Gesellschaftern werden, abgesehen von dem europarechtlichen Erfordernis eines moderaten Mindestkapitals bei Public Companies, keine Vorgaben gemacht, wieviel Eigenkapital sie ihrer Gesellschaft im Wege der Einlage zuführen müssen, und ebensowenig formale Vorgaben müssen die Gesellschafter beachten. Die Ausgabe von Anteilen wird als schuldrechtlicher Vorgang begriffen. Die Bestimmung der Gegenleistung, der consideration, nehmen die Parteien im Rahmen ihrer Vertragsfreiheit vor. Dabei gelten die allgemeinen schuldrechtlichen Regeln, die in England wie wohl in allen Rechtsordnungen eine rein gegenständliche Bestimmung der Gegenleistung kennen.

Der Kapitalschutz knüpft nach dem tradierten Verständnis des englischen Rechts vielmehr an die Bestimmung der Gegenleistung durch die Vertragsparteien an, als daß er diese Bestimmung selbst regelte. Die Gegenleistung für junge Anteile ist in erster Linie für die Gesellschafter untereinander von Bedeutung, deren Rechte in und an der Gesellschaft nach ihren Anteilen bemessen werden. Welche Gegenleistungen die Gesellschafter untereinander als faires Entgelt für die Beteiligung an der Gesellschaft akzeptieren und wie sie die geschuldete Leistung bestimmen, entscheiden sie selbst. Eingeschränkt wird die Freiheit, über Art und Höhe der Gegenleistung zu bestimmen, (abgesehen von europarechtlichen Vorgaben) allein im Interesse der Mitgesellschafter. Wenn nicht alle Gesellschafter an der Vereinbarung einer bestimmten Leistung mitwirken, verlangen die Organpflichten der Geschäftsführer, daß diese im Namen der Gesellschaft bei Kapitalerhöhungen nur eine Gegenleistung akzeptieren, bei der keine Verwässerung von Altanteilen zu befürchten ist. Dabei steht den Geschäftsführern ein großer Bewertungs- und Ermessenspielraum offen.

Der derzeit bestehende Unterschied, daß Sacheinlagen auf das Nominalkapital stets auf einen eindeutig bestimmten Geldbetrag angerechnet werden, Sacheinlagen, die zu einem premium führen, hingegen nicht durch die Gesellschafter beziffert werden müssen, läßt sich nicht ohne weiteres durch die Vorgabe beheben, den Wert aller Sacheinlagen stets zu beziffern. Wollte man nur stated premiums zulassen, stünde man vor drei Schwierigkeiten. Praktisch käme unweigerlich das Problem auf, daß die Gesellschafter den Einlagewert tendenziell niedrig angeben würden, um die lästige Kapitalerhaltung so gering wie möglich zu halten. Da es aber auf den tatsächlichen Wert des eingelegten Vermögensgegenstandes ankommen soll, müßte man die Wertfestsetzung der Gesellschafter überprüfen und korrigieren. Vollkommen objektiv könnte selbst die Korrektur nicht sein, da jede Bewertung eines Vermögensgegenstands von Prognosen und Unwägbarkeiten abhängt und stets nur näherungsweise erfolgen kann.

Bei kleineren Gesellschaften ist ferner zu bedenken, daß eine Pflicht zur Festschreibung des Sacheinlagewertes die Transaktionskosten der Eigenkapitalfinanzierung erhöht. Diese Erhöhung muß man gegen die Überlegung abwägen, daß die Bestimmung der Gegenleistung in erster Linie im Interesse der Gesellschafter erfolgt: Alle sollen ein faires Entgelt für die Anteile entrichten. Wenn sich die Gesellschafter einer kleinen Gesellschaft einig sind, daß verschiedene Sacheinlagen im Verhältnis zueinander ausgewogen sind, ist ihren Interessen nicht weiter gedient, wenn sie zwangsweise allen Einlagen ein Preisschild anheften müssen und diese Beschilderung unabhängig überprüft wird.

Drittens und nicht zuletzt stellt sich bei einer Wertfestsetzung durch die Gesellschafter selbst, die im statement of capital zu veröffentlichen wäre, die Frage, welche Folgen eine Fehleinschätzung haben soll. Schon bei der Erörterung des Einlagebegriffs der Gesellschaftsrechtsrichtlinie[1527] wurde darauf hingewiesen, daß bei Sacheinlagen die Vertragsparteien ein großes Interesse haben, die Angemessenheit des Austauschverhältnisses rechtssicher bestimmen zu können. Eine Wertgarantie würde die Praxis vor mindestens ebenso große Schwierigkeiten stellen wie das Einfrieren von Vorerwerbsgewinnen, dessentwegen die Ausnahmeregelungen der merger relief und der group reconstruction relief geschaffen wurden. Ohne Garantie des publizierten (und mitunter nach objektiver Bewertung korrigierten) Sacheinlagewertes hingegen erscheint die Pflicht zur Festschreibung eines, letztlich irgendeines Wertes wenig zu bewirken. Insgesamt betrachtet brächte die theoretisch denkbare Pflicht, den geschätzten Wert eines premium formal auszuweisen, eine erhebliche Abkehr von dem traditionellen freiheitlichen Ansatz des englischen Gesellschaftsrechts und praktische und dogmatische Folgeprobleme.

Die Möglichkeit, Sacheinlageschulden gegenständlich zu bestimmen, hat sich demnach nicht nur historisch zufällig so ergeben, sondern erweist sich bei einer kritischen Überprüfung der Vor- und Nachteile im Gesellschaftsrecht ebenso als brauchbares Konzept wie im allgemeinen Schuldrecht. Das englische Gesellschaftsrecht knüpft den externen Gläubigerschutz an die Gegenleistung, welche die Gesellschafter intern als faires Entgelt vereinbaren. Das Recht respektiert dabei die Interessen der Gesellschafter, die Gegenleistung ebenso frei wie in anderen Vertragsbeziehungen bestimmen zu können. Der daraus resultierende

1527 S. o. S. 397 ff.

formale Unterschied zwischen Einlagen auf das Nominalkapital und weiteren Einlagen hat zur Folge, daß eine vollständige Angleichung des Rechts des faktischen premium an das share capital nicht erreicht worden ist und auch nur schwer zu erreichen ist, wenn man nicht den Schutzstandard des share capital absenken oder das Konzept der par value shares aufgeben will. Solange jedem Anteil ein bestimmter Nennwert zugewiesen wird, kann allenfalls ein stated premium dem share capital vollständig gleichgestellt werden, da nur dieses in gleicherweise eindeutig bestimmt ist.

Die größten Schwierigkeiten für eine vollständige Angleichung des share premium an das share capital entstehen bei Sacheinlagen. Hier wirkt sich stets der Unterschied in der Bestimmung der Einlageschuld aus, da die Beantwortung der Frage einer Wertgarantie davon beeinflußt wird, ob ein zu garantierender Referenzwert festgeschrieben worden ist. Läßt das Kapitalgesellschaftsrecht Sacheinlagen zur Erfüllung der Einlageschuld zu, muß es notwendig die Frage nach einer Wertgarantie entscheiden, selbst wenn es diese Frage negativ beantwortet und auf einen Kapitalaufbringungsschutz verzichtet (wie weitgehend in der Private Company). Auch mit dieser Entscheidung verteilt es das Wertrisiko in bestimmter Weise zwischen Sacheinleger, Mitgesellschaftern und Gläubigern. Strebt man eine vollständige Angleichung von share capital und stated premium an, muß man Unterschiede zwischen den verschiedenen Formen des premium in Kauf nehmen. Will man alle Formen eines premium in gleicher Weise regeln, muß man bereit sein, zwischen share capital und stated premium zu differenzieren.

An dieser Stelle zeigt sich, daß das historische Verständnis des premium, das in der Entscheidung *Henry Head* formuliert wurde und allein Bareinlagen und bei Sacheinlagen allenfalls der Höhe nach eindeutig bestimmte Leistungen als premium verstand, nicht so lächerlich war, wie es *Walton J* in der späteren Entscheidung *Shearer v Bercain* erschien. Der technische Unterschied in der Festsetzung der Einlageschuld bedingt Unterschiede in der rechtlichen Behandlung der geleisteten Einlage, nicht nur im zwangsweise übernommenen Recht der Kapitalaufbringung, sogar im traditionellen Recht der Kapitalerhaltung.

b) Unterschiede im Rahmen der Kapitalaufbringung

Die Schwierigkeiten, die bei der Angleichung des Rechts des share premium an das share capital entstehen können, haben sich in der vorliegenden Untersuchung am deutlichsten bei den Vorschriften über die Kapitalaufbringung gezeigt.

aa) no discount rule

Die no discount rule, also das Verbot der Unterpari-Emission gilt nur für das Nominalkapital der Anteile, aus dem sich das share capital zusammensetzt, nicht für ein eventuelles premium. Ohne gesellschaftsrechtlich abgesicherte Zahlungsverpflichtung bleibt das premium capital zweiter Klasse.

Bei einem premium, das der Höhe nach bestimmt worden ist (stated premium), also insbesondere bei allen Bareinlagen wird die eindeutige vertragliche Verpflichtung zwar teilweise dieselben Wirkungen zeitigen wie das gesetzliche Verbot: Ein ausstehender Betrag bleibt auf Anforderung der Geschäftsführer zu leisten und ist bis zur Bewirkung nach allgemeinen schuldrechtlichen Regeln zu verzinsen. Aber in diesen Fällen fehlt die gesetzliche Absicherung der Zahlungsverpflichtung, so daß derivative Erwerber von Anteilen nicht haften und der Einleger mit der Gesellschaft Vereinbarungen über Zinszahlungen, Stundung oder sogar Erlaß treffen kann. Bei einem stated premium wäre die angestrebte Gleichbehandlung mit dem share capital unschwer zu erreichen gewesen, wenn man in s. 580 CA 2006 auf ein eventuelles stated premium verwiesen hätte. Daß die Gleichstellung in diesem Punkt unterlassen wurde, ist wohl nur damit zu begründen, daß die Problematik bei der Gesetzgebung übersehen wurde.

Im Recht der Public Companies allerdings hat die Volleinzahlungsverpflichtung für bare Mehrleistungen aus s. 586 CA 2006 eine vergleichbare Wirkung wie die no discount rule, da bei einem Verstoß in gleicherweise eine gesetzliche Verzinsungspflicht angeordnet wird und derivative Anteilserwerber in bestimmten Fällen für Valuta und Zinsen einstehen müssen. Diesen gleichgerichteten Rechtsfolgen steht der Unterschied gegenüber, daß ein bares premium anders als eine bare Einlage auf das share capital sofort in voller Höhe aufzubringen ist. Bei einem lediglich faktischen premium kann die no discount rule nicht greifen, da kein Referenzwert festgelegt wird, der durch die Ausgabe unterschritten würde. Ohne Stange kann niemand Limbo tanzen. Hier hindern technische Gründe eine weitere Angleichung des share premium an das Recht des share capital.

An dieser Stelle zeigt sich im übrigen eine Schwäche der Forderung nach non par value shares, die häufig mit der Diskussion um die Gleichbehandlung des share premium verknüpft wird. Verzichtet man in dem Bestreben, alles zufließende capital rechtlich gleich zu behandeln, darauf, jeden Gesellschaftsanteil mit einem aufzubringenden Geldbetrag zu verknüpfen, muß man zwar nicht mehr zwischen share capital und share premium differenzieren, sondern kann sich vereinfachend auf die tatsächlich erlangten (Netto-) Erlöse konzentrieren. Man verliert mit dem Unterscheidungsmerkmal des eindeutig festgelegten Referenzwertes indes zugleich den Anknüpfungspunkt für die Kapitalaufbringung, die man fürderhin aufgeben oder in wesentlichen Punkten anders ausgestalten müßte. Die derzeitige Garantie der tatsächlichen Einlageleistung knüpft an der klaren Bestimmung der Schuld an, welche der Einleger zu erfüllen verspricht. Die Freiwilligkeit des Versprechens und die eindeutige Begrenzung der Leistungsschuld liefern die Rechtfertigung, zum Schutz der Gläubiger und der Mitgesellschafter strenge Vorkehrungen zu treffen, die gegebenenfalls auch ein Erwerber der Anteile zu beachten hat.

bb) Sacheinlage-Problematik: Unterschiede zwischen share capital, stated premium und faktischem premium

Den größten Schwierigkeiten sieht sich die Umsetzung des Gleichbehandlungspostulats allen capital bei Sacheinlagen gegenüber. Die rechtliche Möglichkeit, die den praktischen Regelfall erlaubt, Sachleistungsschulden rein gegenständlich zu bestimmen, wirkt sich hier am stärksten aus.

(1) Keine Haftung auf Wertdifferenz zu share premium

Wegen der fehlenden Anwendbarkeit der no discount rule auf das share premium unterscheidet sich diese Einlage in einem weiteren Punkt von Einlagen auf das share capital. Das Recht des share premium kennt keine Differenzhaftung. Der großzügige Bewertungsspielraum, den die tradierte Rechtsprechung eröffnet, hat zwar auch im Recht des share capital dazu geführt, daß eine Haftung für überbewertete Sacheinlagen derzeit praktisch kaum relevant ist. Diese Rechtsprechung ist jedoch einerseits seit dem Companies Act 1948 überholt und mit Blick auf die Public Company auch aufgrund europarechtlicher Vorgaben in der Gesellschaftsrechtsrichtlinie durch eine entsprechende strenge Anwendung von s. 580 CA 2006 zu korrigieren. Andererseits hat selbst die großzügige Rechtsprechung nie bestritten, daß eine nachweisbare Überbewertung von Sacheinlagen einen Verstoß gegen die no discount rule bedeutet und in diesem Fall eine bare Differenzhaftung nach sich zieht.

Da die no discount rule sich auf den Nennwert der Anteile bezieht, gibt es im Recht des share premium keinen Ansatzpunkt für eine entsprechende Differenzhaftung. Bei einem stated premium können sich aus der vertraglichen Vereinbarung ähnliche Ergebnisse ergeben, wenn man die Festlegung eines bestimmten Betrags als Wertdeckungszusage interpretiert. Da jedoch für das premium die allgemeinen Regeln des Schuldrechts gelten, können die Parteien das Wertrisiko dem Einleger abnehmen und der Gesellschaft aufbürden. In jedem Fall fehlt eine gesellschaftsrechtliche Absicherung einer eventuellen Zahlungspflicht.

Durch eine ausdrückliche Erstreckung der no discount rule auf Fälle eines stated premium wäre eine weitergehende Annäherung an das share capital unschwer möglich gewesen und darüber hinaus nach deutschem Verständnis von Art. 53 der Gesellschaftsrechtsrichtlinie europarechtlich geboten. Bei einem rein faktischen premium hingegen kann eine Differenzhaftung nicht genauso wie bei share capital vorgesehen werden. Zum einen fehlt ein vergleichbarer Anknüpfungspunkt für die Berechnung der Differenz, wenn kein bestimmter Sollwert festgelegt worden ist. Vor allem aber fehlt eine vergleichbar einfache Rechtfertigung für eine Differenzhaftung des Einlegers oder gar auch eines Anteilerwerbers. Die Differenzhaftung ist der prägnante Ausdruck einer verpflichtenden Wertgarantie bei Sacheinlagen. Diese Pflicht zur Garantie eines bestimmten Wertes gründet sich auf die ausdrückliche und freiwillige Zusage des Einlegers, mit der er ein der Höhe nach eindeutig bestimmtes Wertrisiko übernimmt. Fehlt eine solche Wertzusage, kann man den Einleger nicht daran festhalten wollen.

(2) Einlagefähigkeit

Eine weitere Schwierigkeit, die sich bei der Angleichung des share premium an das share capital stellt, tritt bei der Regelung der Einlagefähigkeit von Vermögensgegenständen auf, die in eine Public Company eingebracht werden sollen. Die Vorgaben in s. 585 CA 2006 gehen auf Art. 46 der Gesellschaftsrechtsrichtlinie zurück, wobei sich die europarechtliche Regelung bewußt nicht auf das Agio bezieht.

Letztlich wurde die Idee einer besonderen Einlagefähigkeit im deutschen Recht entwickelt und soll dort sicherstellen, daß das ausdrücklich versprochene und publizierte Kapital nicht durch unterwertige Sachleistungen ausgehöhlt wird. Bei einem eindeutig bestimmten Referenzwert ist der Gedanke nachvollziehbar, die Anrechnung »zu unsicherer Leistungen« solle ausgeschlossen werden, um zweifelsfrei angeben zu können, ob der versprochene Wert der Gesellschaft tatsächlich zugeflossen ist bzw. zufließen wird. Man kann daher systematisch stimmig für ein stated premium dieselbe Einlagefähigkeit fordern wie für das share capital.

Für die zusätzlichen Leistungen eines faktischen premium, die über das Nominalkapital oder ein ebenso eindeutig bestimmtes stated premium hinaus erbracht werden, trägt der Gedanke einer zweifelsfreien Anrechnung nicht, da keine Anrechnung auf einen geschuldeten Geldbetrag erfolgt. Da auch nichteinlagefähige Leistungen der Gesellschaft förderlich sein können, wäre es für den Gläubigerschutz, dem die Regeln über das premium dienen sollen, kontraproduktiv, solche Beiträge zu verhindern.

Genau ein solcher vollständiger Ausschluß nicht einlagefähiger Beiträge wäre jedoch das praktische Ergebnis, wenn man s. 585 CA 2006 auf jedes premium anwendet, da der Begriff der consideration weit verstanden wird und der daraus abgeleitete Begriff des share premium jede Leistung des Gesellschafters erfaßt, die nicht der Aufbringung des share capital dient. Im deutschen Recht stellt sich diese Problematik nicht in derselben Schärfe, da förderliche Beiträge nicht nur als Einlage (= Hauptleistung) erbracht werden können, sondern auch als Nebenleistung oder auf schuldrechtlicher Basis. Für das geltende englische Recht ist eine Beschränkung des Anwendungsbereichs auf Fälle eines stated premium zu erwägen, um nicht-einlagefähige, aber förderliche Beiträge zu ermöglichen und die Rechtsfolgen eines Verstoßes systematisch überzeugend bestimmen zu können. In diesem Fall müßte man zwischen den beiden Formen des premium (stated und faktisches premium) unterscheiden und akzeptieren, daß der Großteil der praktischen Fälle aus dem Anwendungsbereich der Vorschrift herausfiele.

Beide Formen des premium stärken die Eigenkapitalbasis der Gesellschaft und damit die Position der Gläubiger. Dies gilt selbst dann, wenn die Beiträge nicht bilanzierbar, genauer nicht aktivierbar sind, da sie dann entweder zu erhöhten Gewinnen führen oder Verluste verringern. Förderliche nicht-bilanzierbare Sachleistungen sind in gleicher Weise dem wirtschaftlichen Eigenkapital zuzurechnen wie verlorene Zuschüsse als Leistungen in das Eigenkapital anzusehen sind. An dieser Stelle wird wieder deutlich, daß manche Vorschriften über die Kapitalaufbringung der besonderen Bedeutung geschuldet sind, die man dem ausdrücklich versprochenen Wert der Einlage, der in einem Geldbetrag ausgedrückt wird, zuspricht. Wenn man alle Formen von capital gleichbehandeln will, kann man nicht alle Kapitalschutzvorschriften erhalten, die das Gesetz aktuell vorsieht. Eine vollständige Gleichbehandlung des weit verstandenen share premium und des share capital verlangt nicht nur eine Angleichung des premium an das Recht des share capital, sondern neue Regelungen zum Recht allen capital. Dabei ist die Stärkung des capital durch alle Beiträge in den Blick zu nehmen.

(3) Fünf-Jahres-Frist für die Bewirkung von Sacheinlagen

Ähnliche Schwierigkeiten wie die Vorgaben zur Einlagefähigkeit wirft die Pflicht aus s. 587 CA 2006 zur Bewirkung von Sacheinlagen innerhalb von fünf Jahren auf. Bei Sacheinlagen, die auf einen bestimmten Referenzwert angerechnet werden sollen, ist eine zeitliche Grenze nachvollziehbar, da sich die Werthaltigkeit solcher Einlagen mit zunehmender Zeitdauer immer schwerer prognostizieren läßt und daher immer unsicherer wird, ob der Referenzwert bei der Bewirkung der Einlage tatsächlich abgedeckt werden wird.

Aus Gläubigersicht ist gegen weitere Beiträge, die das Eigenkapital der Gesellschaft stärken, nichts einzuwenden, solange die Aufbringung des Kapitals gesichert ist, das ihnen in besonderer Weise garantiert werden soll. Das englische Recht versteht jedoch den Begriff des premium weit als jede Gegenleistung, die nicht auf das share capital angerechnet wird, und verlangt die Einbringung aller Gegenleistungen in spätestens fünf Jahren. Das Bestreben, die Gläubiger vor einer beliebigen Verteilung des eingebrachten capital auf share capital und premium zu schützen, wirkt sich hier kontraproduktiv aus, da die Gesellschafter ihre Förderbeiträge auf maximal fünf Jahre hin anlegen werden. Auch wenn die Rechtsfolgen eines Verstoßes gegen die Fünf-Jahres-Vorgabe nicht in allen Fällen auf ein faktisches premium passen, bestehen ernsthafte Zweifel, die Vorschrift auf das stated premium zu beschränken, da der Gesetzgeber wohl die unklaren Vorgaben der Richtlinie so verstanden hat, daß die gesamte consideration in fünf Jahren zu erbringen sei. Die entstehenden Schwierigkeiten hat der englische Gesetzgeber wohl nicht bedacht.

Wieder zeigt sich, daß der Kapitalaufbringungsschutz in seiner derzeitigen Form darauf beruht, daß eine eindeutig bestimmte Summe Haftkapital den Gläubigern als Sicherheit versprochen wird. Wünscht man eine Gleichbehandlung allen capital, also auch solcher Einlagen, die rein gegenständlich bestimmt worden sind, muß man das Recht der Kapitalaufbringung anpassen, wenn man nicht hinnehmen will, daß das Haftkapital infolge der Schutzmaßnahmen geringer ausfallen wird.

(4) Rechtsfolgen fehlender Wertprüfungskontrolle auf stated premium beschränkt

Ein ähnliches Problem stellt sich zuletzt bei der Sacheinlageprüfung. Versteht man s. 593 et seq. CA 2006 so, daß auch Sacheinlagen unabhängig zu bewerten sind, deren Wert nicht auf einen bestimmten Referenzwert angerechnet werden soll, ist die Prüfungspflicht auch aus der maßgeblichen Perspektive der Gläubiger, deren Schutz die Sonderregeln über das premium dienen, verständlich. Eine solche Wertbestimmung erhöht die Wahrscheinlichkeit, daß keine stillen Reserven gebildet werden, sondern der tatsächliche Wert des eingebrachten capital aufgedeckt und dem Haftkapital zugeführt wird.

Auf der Rechtsfolgenseite hingegen besteht bei einem Verstoß gegen die Prüfpflicht das Problem, daß die Pflicht zur baren Einzahlung des gesamten premium nur bei einem stated premium eindeutig bestimmbar ist, bei einem faktischen premium jedoch ein Anknüpfungspunkt für eine Nachzahlung fehlt. In der Entscheidung *Re Bradford plc (No 2)* hat *Hoffmann J* entschieden, daß nur der Betrag des share capital in bar einzuzahlen ist, nicht ein vermeintliches faktisches premium. Damit erweist sich das premium, jedenfalls wenn es nicht durch einen Geldbetrag festgelegt worden ist, doch als capital zweiter Klasse, da seine Aufbringung nicht in demselben Maße garantiert ist wie die des share capital. Für die Kapitalaufbringung bleibt der scheinbar nur formale Unterschied, daß der Nominalwert in Geld ausgedrückt wird, das premium meist nicht, von entscheidender Bedeutung.

cc) Anmerkung

Will man share premium und share capital im Rahmen der Kapitalaufbringung gleich behandeln, treten unweigerlich die gezeigten Schwierigkeiten auf. Im System der par value shares kommt der Festlegung der Einlageschuld durch einen Geldbetrag besondere Bedeutung zu, da zum einen der Einleger den so bestimmten Wert garantieren muß und zum anderen ein derivativer Erwerber der Anteile in bestimmten Fällen für diese Einlageschuld einstehen muß. Das Kapitalaufbringungsrecht versucht als Teil des bilanziellen Kapitalschutzes sicherzustellen, daß die in der Bilanz ausgewiesene Haftkapitalziffer tatsächlich durch Einlagen abgedeckt wird. Die Gesellschaft und mit ihr deren Gläubiger sollen bei Sachleistungen und bei aufgeschobenen Bareinlageforderungen ein möglichst kleines Ausfallrisiko tragen; das Leistungsrisiko sollen in erster Linie der Einleger und zur weiteren Absicherung auch sein Rechtsnachfolger tragen.

Aber nicht nur dem Schutz der Gläubiger dient die Kapitalaufbringung, sondern ebenso dem Schutz der Mitgesellschafter vor einer Verwässerung der Anteile. Insbesondere bei Sacheinlagen muß eine Entscheidung getroffen werden, wer das stets vorhandene Wertrisiko tragen soll: der Einleger (indem er für eine Wertdifferenz aufkommen muß), eventuell auch ein Anteilserwerber (wenn eine solche Differenzhaftung auf ihn übergeht), die Geschäftsführer (die ihm Namen der Gesellschaft die Einlage vereinbart haben) oder doch die Gesellschafter als Gesamtheit (wenn das festgeschriebene Haftkapital durch erwirtschaftete Gewinne abgedeckt werden muß, soweit die Sacheinlage überbewertet war) oder gar die Gläubiger (wenn die Haftkapitalziffer herabgesetzt wird auf den wahren Wert der Sacheinlage). Kapitalaufbringung bedeutet notwendig eine Abwägung zwischen unterschiedlichen Interessen.

Wenn das englische Recht zur Begründung des Gleichbehandlungspostulats von share premium und share capital allein auf den Gläubigerschutz verweist, macht es sich die erforderliche Austarierung der Interessengegensätze zu leicht. Die undifferenzierte Gleichbehandlung vernachlässigt nicht nur andere Interessensgruppen, sondern führt sogar dazu, daß die getroffenen Regelungen dem Gläubigerschutz teilweise zuwider laufen. Die bestehenden Schwierigkeiten des englischen Rechts zeigen ebenso wie der in sich stimmige Regelungsansatz der Gesellschaftsrechtsrichtlinie, daß es durchaus Sinn machen kann, zwischen verschiedenen Formen von capital zu unterscheiden. Ohne feste Referenzwerte, an die Kapitalerhaltungsregeln anknüpfen können, ist der Interessensausgleich zwischen Einleger, Anteilserwerber, Mitgesellschaftern und Gläubigern nicht in gleicher Weise zu bewerkstelligen.

Dieser Tatsache muß im übrigen jeder ins Auge sehen, der aus dem Gleichbehandlungspostulat von share capital und share premium ableitet, man solle das System der par value shares aufgeben und den Kapitalschutz an den tatsächlich vereinnahmten Nettoerlösen festmachen. Die Regeln der Kapitalaufbringung treffen Vorsorge, wenn anvisierte Erlöse nicht eingenommen werden, weil die Zahlung in die Zukunft aufgeschoben wird oder tatsächlich weniger geleistet wird als angenommen. Dieselben Probleme werden sich auch bei non par value shares stellen.

Beide Forderungen, das Gleichbehandlungspostulat von share premium und share capital sowie die Forderung nach non par value shares, sind von der Kapitalerhaltung her gedacht. Hier mag die Unterscheidung in bestimmte Formen von capital überflüssig erscheinen. Für die Kapitalaufbringung bedeuten feste Referenzwerte, die mit den Anteilen verknüpft werden, nicht nur Nachteile, sondern auch Vorteile. Wenn man die Vorteile, die gerade auch zugunsten der Mitgesellschafter bestehen, geringer gewichtet als die Nachteile, kann man auf die Regeln der Kapitalaufbringung verzichten und den Kapitalerhalt auf dem tatsächlich zugeflossenen capital aufbauen. Wenn man jedoch die Vorteile der Kapitalerhaltung schätzt, wird man an festen Anteilswerten festhalten. Dann muß man zwischen verschiedenen Formen des capital differenzieren, nämlich zwischen Einlagen, die durch einen Geldbetrag bestimmt sind, und Einlagen, die rein gegenständlich bestimmt sind.

Die Angleichung des Rechts des share premium an das Recht des share capital findet in diesem formalen Unterschied, wie die Leistungsschuld bestimmt wird, eine natürliche Grenze. Dem englischen Recht ist die vom Europarecht vorgegebene Kapitalaufbringung fremd geblieben. Die undifferenzierte Übertragung des Gleichbehandlungspostulats von capital und premium auf die Kapitalaufbringung zeigt, daß die Verbindungen und die Unterschiede von Kapitalaufbringung und Kapitalerhaltung bei der Gesetzgebung nicht voll verstanden waren. Für die Schutzmodule der Kapitalaufbringung ist es teilweise notwendig und sinnvoll, zwischen den verschiedenen Formen des capital zu unterscheiden. Die scheinbar einfache bilanzielle Qualifikation beider Einlagen als capital darf bei der Ausgestaltung des Kapitalschutzes nicht dazu verleiten, die erforderlichen spezifisch gesellschaftsrechtlichen Abwägungen zu versäumen und die notwendigen Differenzierungen zu unterlassen.

c) Unterschiede im Rahmen der Kapitalerhaltung

Gesetzlich vorgeschriebener Kapitalschutz wird in England traditionell zuvorderst als gläubigerschützende Kapitalerhaltung gedacht. *Pennington* insbesondere, aber auch andere sehen die Bedeutung, welche einem strengeren Kapitalaufbringungsrecht für den Schutz der Mitgesellschafter zukommen könnte. Als Schutz für die Gläubiger ist dem englischen Rechtsdenken die Kapitalaufbringung jedoch weitgehend fremd geblieben. Die Abstimmungsprobleme, die sich ergeben haben, als das Gleichbehandlungspostulat allen capital von der Kapitalerhaltung auf die europarechtlich geforderte Kapitalaufbringung übertragen worden ist, werden daher weniger verwundern.

Mehr erstaunen die weiterhin bestehenden Unterschiede zwischen share premium und share capital im Rahmen der Kapitalerhaltung. Sie lassen vermuten, daß der Gesetzgeber die Konsequenzen seiner Rechtsetzung auch im für ihn zentralen Bereich der capital maintenance nicht vollständig überblickt hat. Anders als *Walton J* in der Entscheidung *Shearer v Bercain* dachte, macht es im Recht der Kapitalerhaltung doch einen Unterschied, ob die Einlageschuld durch Angabe eines Geldbetrags oder durch Bestimmung eines Gegenstands festgelegt worden ist. Denn auch wenn man die bilanzielle Haftkapitalziffer nach dem tatsächlichen Wert der Einlage bestimmen will, stellt sich die Frage, wer bei Sacheinlagen deren Bewertungsrisiko zu tragen hat. Das Bestreben, allein auf die tatsächlich zugeflossenen Sachwerte abzustellen, bringt neue Schwierigkeiten mit sich. Verschärft werden die Probleme der aktuellen Regelung durch bewußte Ausnahmen, die das Gesetz vom Gleichbehandlungspostulat zuläßt.

aa) Nicht-bilanzierbare Leistungen ohne Erhöhung der Haftkapitalziffer

Ein erster Unterschied, der nicht sogleich ins Auge springt und dem Gesetzgeber vielleicht verborgen geblieben ist, besteht darin, daß die Kapitalerhaltung bei premium-Einlagen nur bilanzierbare Leistungen erfaßt, bei Einlagen auf das Nominalkapital hingegen die Bilanzierbarkeit keine Voraussetzung für die Einlageleistung bildet. Die ausschüttungsgesperrte Haftkapitalziffer knüpft nach der Regelungstechnik des s. 610 CA 2006 an den bilanziellen Passivposten des share premium account an, der nur für aktivierbare und damit nach allgemeinen Grundsätzen bilanzierbare Vermögensmehrungen als Ausgleich zu bilden ist. Nicht-bilanzierbare Gegenleistungen können bei der Kapitalaufbringung als premium anzusehen sein, werden jedoch von der Kapitalerhaltung nicht erfaßt.

Hier wirkt sich die Verbindung des gesellschaftsrechtlichen Kapitalschutzes mit dem bilanziellen Denken aus. Weil Mehrleistungen bei einer Anteilsausgabe, wenn sie bilanziell abgebildet werden, genauso als capital anzusehen sein sollen wie das formale share capital, sollen sie gesellschaftsrechtlich genauso behandelt werden, wenn sie nach allgemeinen Grundsätzen bilanziell erfaßt werden können. Die Regeln der Buchführung werden in s. 610 CA weitestgehend vorausgesetzt und allein in der umstrittenen Frage, nach welchem Maßstab Sacheinlagen zu aktivieren seien, dahingehend beeinflußt, daß der Marktwert des Einlagegegenstands für die Aktivierung den Ausschlag geben soll. An nicht-bilanzierbare Beiträge hat man dabei nicht gedacht. Diese müssen eben nicht bilanziert werden und können in der Bilanz nicht als capital ausgewiesen werden.

Man könnte aufgrund der fehlenden Bilanzierbarkeit geneigt sein, solchen Beiträgen die capital-Eigenschaft abzusprechen. Wirtschaftlich betrachtet jedoch sind nicht-bilanzierbare Beiträge in gleicher Weise dem capital zuzurechnen wie verlorene Zuschüsse. Sie fördern die Kapitalbasis der Gesellschaft dadurch, daß sie den Gewinn erhöhen oder Verluste zu vermeiden helfen. Sie werden genausowenig durch die eigene Wirtschaftskraft der Gesellschaft erarbeitet wie stille Reserven, die mit einer Sacheinlage übertragen werden, um später aufgedeckt den Gewinn zu erhöhen. Wenn solche Leistungen auf das Nominalkapital erbracht werden, wird für sie auf der Passivseite der Bilanz ein capital-Posten gebucht, denn es wird das payed up share capital der Gesellschaft um den vereinbarten Nennwert des ausgegebenen Anteils erhöht.

Die Beschränkung des Kapitalerhaltungsrechts des share premium auf bilanzierbare Leistungen beruht letztlich darauf, daß das System des bilanziellen Kapitalschutzes nach einer fixen Haftkapitalziffer verlangt, die durch Aktiva der Gesellschaft mindestens gedeckt sein muß, bevor an Ausschüttungen gedacht werden darf. Da es bei premium-Sacheinlagen auf deren wahren wirtschaftlichen Wert, mithin das tatsächlich zugeflossene Eigenkapital ankommen soll, muß dieser Wert bestimmt werden. Diese Wertbestimmung erfolgt nach den systemimmanenten bilanziellen Regeln und setzt daher Bilanzierbarkeit voraus.

Das Nominalkapital wird hingegen formal festgesetzt. Die Bestimmung der Haftkapitalziffer hängt nicht davon ab, wie die Einlageleistung in der Bilanz erfaßt wird. Das Nominalkapital trägt die Bestimmung des Haftkapitals in sich. Dies ist bei nicht-bilanzierbaren Sacheinlagen möglich, weil das Wertrisiko implizit geregelt wird. Wird das Nominalkapital durch eine nicht-bilanzierbare Leistung aufgebracht, kann der Passivposten nicht durch einen unmittelbar korrespondierenden Aktivposten ausgeglichen werden. Wenn der Kapitalschutz nicht-bilanzierbare Einlagen auf das Nominalkapital zuläßt, nimmt er an, daß der entsprechende Betrag des Nominalkapitals durch eine Wertsteigerung der Aktiva gedeckt wird, beispielsweise durch einen höheren Kassenbestand infolge nicht-getätigter Ausgaben. Sollte die Beitragsleistung zu stillen Reserven führen, müssen die anderweitig erwirtschafteten Aktiva das passivierte Nominalkapital solange ausgleichen, bis diese Reserven aufgedeckt werden können. Sollte die Beitragsleistung gar minderwertig oder wertlos sein, werden erwirtschaftete Gewinne dauerhaft durch das erhöhte Nominalkapital gesperrt. Aus der Perspektive der Kapitalaufbringung sind unterwertige Einlagen ein besonderes Problem, aus der Perspektive der Kapitalerhaltung weniger, solange Gewinne erzielt werden und die ursprüngliche Einlage nicht dauerhaft zu hoch aktiviert wird. Die Ausschüttungssperre erfaßt dann umso mehr erwirtschaftete Gewinne.

Der derzeit bestehende Unterschied, daß der wirtschaftliche Wert nicht-bilanzierbarer Leistungen in den Kapitalerhalt einbezogen wird, wenn diese Leistungen als Einlage auf das Nominalkapital erbracht werden, jedoch nicht einbezogen wird, wenn diese Leistungen als premium-Einlagen erbracht werden, könnte auf zwei Weisen behoben werden. Beide haben ihre Schwierigkeiten. Zunächst könnte man für Einlagen auf das Nominalkapital Bilanzierbarkeit fordern. Nach wie vor könnten dann aber nicht-bilanzierbare Leistungen als premium-Gegenleistung versprochen werden. Da auch nicht-bilanzierbare Leistungen die Gesellschaft fördern können, wäre ein vollständiges Verbot nicht-bilanzierbarer Gegenleistungen aus der maßgeblichen Warte der Gläubiger kontraproduktiv. Verschärft man die Anforderungen an die Sacheinlagefähigkeit durch das Erfordernis der Bilanzierbarkeit, verschärft man die ohnehin schon bestehende Problematik der Sacheinlagefähigkeit bei unbezifferten share premiums. Die Unterschiede bei der Kapitalerhaltung über verschärfte Vorgaben des Kapitalaufbringungsrechts lösen zu wollen, führt also zu anderen Schwierigkeiten und entspricht nicht dem englischen Ansatz, die Kapitalerhaltung grundsätzlich unabhängig von der Kapitalaufbringung zu denken. Die Kapitalerhaltung soll nicht die Freiheiten der Gesellschafter beschneiden, untereinander angemessene Gegenleistungen für Anteile zu vereinbaren, sondern alle frei vereinbarten Leistungen denselben Kapitalerhaltungsfolgen unterwerfen.

Die gewünschte Gleichbehandlung wäre also nur dann erreichbar, wenn man nach allgemeinen Regeln nicht-bilanzierbare Leistungen ausnahmsweise doch aktivieren würde, wenn sie als Gegenleistung für junge Anteile versprochen werden. Dazu müßte man die Bilanzierungsvorgabe, die in s. 610 CA ohnehin zu sehen ist, grundsätzlicher verstehen im Sinne eines Aktivierungsgebots an sich nicht-bilanzierbarer Leistungen, sofern diese »als Einlage« erbracht werden. Die Verknüpfung des gesellschaftsrechtlichen Kapitalschutzes mit dem Bilanzrecht führt hier an einen Scheideweg. Man muß sich entscheiden, ob man beim Gleichbehandlungspostulat allen capital Abstriche machen will oder ob man Grundsätze des Bilanzrechts aufgeben will. Dabei ist zu bedenken, daß die bilanzrechtlichen Aktivierungsregeln aus dem Bestreben heraus entwickelt worden sind, nur ausreichend sicher bestimmbare Werte in die Bilanz aufzunehmen, um die Vermögensübersicht verläßlich angeben zu können. Verlangt man die Aktivierung an sich nicht-bilanzierbarer Einlagen, wird für die Bewertung der Einlage oftmals als Anhaltspunkt allein der Wert der dafür ausgegebenen Anteile zur Verfügung stehen, wenn man nicht frei spekulieren will. Die Regeln über das share premium wurden indes gerade deshalb erlassen, weil man nicht den vermeintlichen Wert der ausgegebenen Anteile als Aktivierungsmaßstab akzeptiert hat.

Wenn jeder Lösungsweg auf neue Schwierigkeiten führt, kann man auch erwägen, auf den Versuch einer unbefriedigenden Lösung zu verzichten, sich bei einer Praktikabilitätserwägung darauf zu stützen, daß die meisten Sacheinlagen bilanzierbar sind, und die dogmatische Unvollkommenheit der derzeitigen Regelung hinzunehmen.

bb) Verwendung für Provisionen und Kosten der Anteilsausgabe

Einen weiteren Unterschied zwischen share capital und share premium hat der Gesetzgeber bewußt verfügt. Er betrifft die Möglichkeit, Kosten der Anteilsausgabe aus den getätigten Einlagen zu bestreiten und nicht über die Gewinn- und Verlustrechnung erfassen zu müssen. Einlagen auf das Nominalkapital können gemäß s. 553 CA 2006 allenfalls dazu verwendet werden, Bankprovision zu bezahlen, wobei die Provisionen maximal 10 Prozent des Nominalkapitals erreichen dürfen. Selbst wenn die Provisionen aus den getätigten Einlagen bestritten werden, wird die Haftkapitalziffer des share capital für die Berechnung der zulässigen Ausschüttungen im Rahmen von s. 830 et seq. CA 2006 nicht herabgesetzt. Die Bankprovisionen sind daher als Kosten bei der Ausgabe im Rahmen der Gewinn- und Verlustrechnung zu erfassen und reduzieren den ausschüttbaren Gewinn.

Werden die Kosten der Anteilsausgabe aus dem share premium bestritten, ist diese Verwendung in s. 610 ss. 2 CA 2006 viel großzügiger geregelt. Zunächst können Bankprovisionen der Höhe nach unbegrenzt aus dem premium bestritten werden. Zudem sind alle weiteren Kosten der Anteilsausgabe absetzbar. Vor allem werden diese Kosten vom share premium account abgeschrieben, führen also zu einer Reduktion der Haftkapitalziffer. Sie sind nicht als Kosten der Anteilsausgabe über die Gewinn- und Verlustrechnung zu erfassen. Die Regelung in s. 610 CA 2006 folgt dem Vorschlag der Company Law Review Steering Group (CLR), nur die Nettoerlöse aus der Anteilsausgabe als Haftkapital festzusetzen.[1528] Sie bedeutet eine erhebliche Abweichung vom Recht des share capital.

Eine Rechtfertigung für diese Abweichung wurde im Gesetzgebungsverfahren nicht gegeben. Die Möglichkeit, Kosten der Anteilsausgabe von der Bestimmung des Haftkapitals abzuziehen, steht grundsätzlich im Widerspruch zur bilanziellen Denkweise, auf der die Regelungen zum share premium account beruhen.

1528 S. o. S. 503.

Aus bilanzieller Sicht sind Kosten der Anteilsausgabe entweder als wertsteigernde Faktoren der eingelegten Wirtschaftsgüter zu aktiveren oder als Verlust über die Gewinn- und Verlustrechnung zu erfassen.[1529] Die Möglichkeit der Abschreibung bedeutet letztlich nichts anderes, als daß der share premium account in entsprechender Höhe als ausschüttungsfähig angesehen wird, weil die Reduktion der Haftkapitalziffer mittelbar dazu führen muß, daß später erwirtschaftete Gewinne leichter ausgeschüttet werden können.[1530]

Der bestehende Unterschied könnte leicht behoben werden, wenn die Regeln über das share premium vollständig an die des share capital angeglichen würden und nur dieselben Kosten bis zur selben Höhe aus den Einlagen bestritten werden dürften. Dabei dürfte die Begleichung dieser Kosten keine dauerhafte Reduktion der bilanziellen Haftkapitalziffer nach sich ziehen. Denkbar wäre dabei eine großzügigere Regelung, Kosten der Anteilsausgabe aus dem share capital zu bestreiten, also eine gewisse Angleichung des Rechts des share capital an das share premium. Im derzeitigen System der par value shares ist es jedoch nicht denkbar, daß die Kosten der Anteilsausgabe eine dauerhafte Reduktion des Nominalkapitals bewirken. Das Nominalkapital wird durch formale Festsetzung bestimmt und hängt nicht vom tatsächlichen Wert der Einlagen und ihrer Verwendung ab. Im System der par value shares kann daher die Höhe der Nettoerlöse allenfalls soweit berücksichtigt werden, als sie das Nominalkapital übersteigen, mit anderen Worten: der Gedanke der Nettoerlöse kann nur bei der Regelung des share premium berücksichtigt werden, nicht bei der Regelung des share capital.

Man sieht an dieser Stelle wieder, daß durchaus Gründe gefunden werden können, zwischen verschiedenen Formen von Einlagen zu differenzieren. Für die gesetzliche Bestimmung der Haftkapitalziffer aus den Einlagen der Gesellschafter ist letztlich entscheidend, welchen Haftungsbeitrag der Gesellschafter das Gesetz als ausreichend fair ansieht. Der Vorschlag der CLR, allein die Nettoerlöse der Anteilsausgabe, diese jedoch zur Gänze als Haftkapital zu begreifen, fußt auf der impliziten Annahme, alle Einlagen ermöglichten der Gesellschaft in gleicher Weise, ihre Geschäfte zu führen, und erhöhten damit das Ausfallrisiko der Gläubiger. Daher sei es fair, diese Einlagen den Gläubigern als Haftungsmasse vorzubehalten, jedoch nur in der Höhe, in der die Gesellschaft tatsächlich damit wirtschaften kann, also abzüglich der Ausgabekosten.

Aus bilanzieller Sicht überzeugt die Abschreibungsmöglichkeit von Ausgabekosten auf die Haftkapitalziffer nicht. Die bilanziellen Überlegungen geben indes nur einen Fingerzeig, welche Lösung des Gesellschaftsrecht wählen kann, sind jedoch keinesfalls vorgreiflich für die Beantwortung der spezifisch gesellschaftsrechtlichen Frage, in welcher Höhe der Haftungsfonds als ausreichend fair angesehen werden kann. Wenn man der Überzeugung ist, der faire Risikobeitrag der Gesellschafter bestünde darin, die Nettoerlöse der Anteilsaugabe den Gläubigern als Pfand zu geben und die bilanzielle Haftkapitalziffer entsprechend

1529 *Noke,* Why not distribute share premiums?, 44.
1530 *Noke,* Why not distribute share premiums?, 44.

zu bestimmen, läßt sich diese Lösung im System der par value shares nur annähernd erreichen, indem der share premium account nach den erzielten Nettoerlösen bestimmt wird. Soweit das Haftkapital durch den Nominalwert der Anteile bestimmt wird, kann nicht auf die Nettoerlöse abgestellt werden.

Will man das System der par value shares nicht aufgeben, etwa weil man die Vorzüge eines festen Nominalwerts für die Kapitalaufbringung nicht missen möchte, muß man sich bei der Kapitalerhaltung damit zufrieden geben, das Haftkapital nur annähernd nach den Nettoerlösen der Anteilsausgabe bestimmen zu können. Soweit die Annäherung an die gewünschte Bestimmung des Haftungsfonds der Gesellschaft gewählt wird, ergibt sich notwendig ein Unterschied zwischen share premium und share capital. Der Schutz der Gläubiger ist beim share premium dauerhaft auf die Nettoerlöse beschränkt, beim share capital wirkt sich jedenfalls auf die Dauer die Bruttobestimmung über den Nominalwert der Anteile zugunsten der Gläubiger aus. Entscheidet man sich für diese Unterscheidung zwischen share premium und share capital, um dem Ziel eines Haftkapitals in Höhe der Nettoerlöse näher zu kommen, muß man akzeptieren, daß die Intensität des Gläubigerschutzes doch von der Wahl der Einlageart abhängt. Völlig beliebig wird die Aufteilung dadurch allerdings nicht. Die verbleibende Absenkung des Schutzniveaus erscheint annehmbar, wenn man letztlich gerade dieses abgesenkte Schutzniveau als fairste Lösung ansieht.

Aus bilanzieller Sicht ähnelt die Bestimmung des ausschüttungsgesperrten share premium account einer auf die Kosten der Anteilsausgabe beschränkten Möglichkeit zur Verlustverrechnung, die letztlich dazu führt, daß zukünftige Gewinne in entsprechender Höhe an die Gesellschafter ausgeschüttet werden können. *Noke* hat ausgehend von dieser mittelbaren Möglichkeit zur Gewinnausschüttung in Höhe eines gewissen Teils des premium gefragt, warum eigentlich das übrige share premium nicht ausschüttbar sein soll.[1531] Wenn das Gleichbehandlungspostulat allen capital nicht durchgängig zu beachten sein soll, erhebt sich die Frage, warum es in Teilen beachtlich sein soll. Anders formuliert kann man fragen, warum eigentlich die bei der Anteilsausgabe erzielten Nettoerlöse aus allen Einlagen der maßgebliche Anknüpfungspunkt für die Haftkapitalziffer sein sollen. Die CLR hat für ihre Forderung keine Begründung geliefert, der Gesetzgeber für seine Annäherung an diesen Vorschlag ebensowenig. Die bestehenden Unterschiede zwischen share capital und share premium führen auf tieferliegende Begründungsdefizite der aktuellen Regelung des share premium, die im Rahmen der Zielkritik näher zu besprechen sind.

cc) Ausnahmen der merger relief und der group reconstruction relief

Eine weitere Abweichung des Rechts des share premium vom Recht des share capital weist ebenfalls auf ein Begründungsdefizit der aktuellen Regelung, nämlich die Ausnahmen vom share premium account in Form der merger relief

1531 *Noke,* Why not distribute share premiums?, 44.

und der group reconstruction relief. Diese Ausnahmeregelungen hat der Gesetzgeber bewußt eingeführt, da ihn die Interessen der Konzerne mehr sorgten als die Interessen der Gläubiger dieser Konzerne. Diese bewußte Einschränkung des Gleichbehandlungspostulats allen capital läßt ebenso wie bei den unterschiedlichen Verwendungsmöglichkeiten die Frage aufkommen, warum die allgemein formulierte Grundregel in manchen Fällen Geltung beanspruchen kann, wenn sie nicht in allen Fällen gelten soll.

Soweit die beiden reliefs Wirkung entfalten, wird nicht der gesamte wirtschaftliche Wert der Sacheinlagen, nicht das gesamte durch Sacheinlagen aufgebrachte capital dem Haftkapital zugewiesen. Bei der merger relief wird das premium gänzlich ausgenommen, bei der group reconstruction relief nur der geringste bisherige Buchwert des Einlagegegenstands dem Haftkapital zugeschlagen. Schon die Details der Ausgestaltung, die jeweiligen Prozentgrenzen, die Höhe des freigestellten capital und die Abstimmung der reliefs untereinander, können nicht überzeugend begründet werden.

Vor allem aber kann ganz grundsätzlich keine der beiden Ausnahmenregeln stimmig begründet werden. Soweit die Sacheinlagen auf das Nominalkapital anzurechnen sind, werden sie auch unter den reliefs uneingeschränkt dem Haftkapital zugerechnet. Im geltenden System der par value shares ist eine dauerhafte Herabsetzung des share capital nicht möglich, da der Nominalwert der Anteile das bilanzielle Haftkapital bestimmt. Eine vollständige Gleichbehandlung von share premium und share capital würde verlangen, die Anteile gänzlich ohne Parwert auszugeben oder dem Parwert allein im Innenverhältnis bei der Bestimmung der Rechte aus den Anteilen Bedeutung zuzumessen, ihn jedoch nicht mit dem externen Gläubigerschutz zu verknüpfen. Da sich der englische Gesetzgeber jedoch entschieden hat, das System der par value shares für Private und für Public Companies beizubehalten, lassen die Ausnahmeregelungen das premium entgegen dem Gleichbehandlungspostulat doch als capital zweiter Klasse erscheinen.

Der Gedanke hinter den Ausnahmeregelungen ist, daß der Mehrwert der Sacheinlagen, würde man ihn bei Konzernbildungen und Umstrukturierungen im Konzern dem »Haftkapital des Konzerns« zuweisen, für die »Gläubiger des Konzerns« einen unverdienten Glücksfall bedeutete. Man denkt sich dabei ungenau die Gläubiger des Konzerns als einheitliche Gruppe und das Haftkapital als einheitliche Vermögensmasse. Tatsächlich meint man Gläubiger und Haftkapital einzelner Konzerngesellschaften. Die Gläubiger sollen nicht mit einem rechtlich dauerhaft erhöhten Haftkapital beglückt werden, sondern sich mit dem faktischen Vorteil eines zumindest für einige Zeit erhöhten Eigenkapitals zufrieden geben.

Wenngleich die Interessenabwägung zu Lasten der Gesellschaftsgläubiger für sich genommen als rechtspolitische Entscheidung wissenschaftlich nicht zu kritisieren ist, bedeutet die beschränkte Anwendung auf die Ausnahmefälle der beiden reliefs in dreierlei Hinsicht eine willkürliche Unterscheidung. Erstens bevorzugen die reliefs Sacheinlagen ohne Grund gegenüber Bareinlagen. Zweitens werden premium-Einlagen gegenüber share capital-Einlagen begünstigt, da das Nominalkapital ohne Einschränkung das bilanzielle Haftkapital erhöht, obwohl der Glücksfall des erhöhten Nominalkapitals nicht mehr verdient ist als die übrige Leistung in das capital der Gesellschaft. Drittens werden Sacheinleger in Konzernstrukturen ohne sachlichen Grund gegenüber anderen Sacheinlegern bevorzugt und umgekehrt die Gläubiger von Konzerngesellschaften ohne Grund gegenüber Gläubigern einfacher Gesellschaften benachteiligt. Jede Zuweisung von Einlagen in das Haftkapital bedeutet, daß vorher frei verfügbare Vermögenswerte »eingefroren« werden. Es bleibt in Zukunft nur noch die Fruchtziehung aus dem Vermögensstamm, nicht mehr die Verwertung des Vermögensstamms selbst. Die Ausnahmen begünstigen mit den Konzerngesellschaften nicht wenige Fälle, deren Regelung besonders schwierig wäre, sondern eine praktisch sehr bedeutende Fallgruppe, die rechtstechnisch ohne Schwierigkeiten geregelt werden könnte. Als Begründung für die Ausnahmen wird allein die Bedeutung der Konzerne genannt, denen die Grundregel wirtschaftlich nicht tragbar erscheinende Schwierigkeiten bereite. Die Bedeutung einer bestimmten Interessengruppe und das Verständnis für ihre Belange geben jedoch keinen inhaltlichen Grund, diese Gruppe von einer allgemeinen Regel auszunehmen und dadurch gegenüber anderen Wettbewerbern zu bevorzugen.

Immer wenn man sich genötigt sieht, Ausnahmen für eine Grundregel zu formulieren, muß man bereit sein, die Grundregel selbst zu überdenken.[1532] Wenn die Ausnahmen nicht sachlich begründet werden können, kann man redlicher Weise nur zwischen zwei Alternativen wählen: Entweder man läßt die Ausnahmen sein, oder man gibt die Grundregel auf. Wenn der Gesetzgeber tatsächlich der Ansicht sein sollte, den Haftungsfonds für die Gläubiger aus dem share premium zu speisen, bedeute für diese einen unverdienten Glücksfall und sei nicht Ausdruck einer besonderen Verantwortung bei der Finanzierung des Unternehmens mit capital, sollte er die Regeln über den share premium account überdenken. Dies gilt insbesondere, wenn die konsequente Umsetzung des Gleichbehandlungspostulats allen capital der Wirtschaft Schwierigkeiten bescherte, die als nicht tragbar eingestuft werden. Ein Verzicht auf den ausschüttungsgesperrten share premium account führte nicht in die Rechtlosigkeit, sondern zurück zu dem common law vor 1948. Die Gläubiger dürften nur in das besonders ausgewiesene Nominalkapital besonderes Vertrauen setzen und müßten sich im übrigen mit der faktischen Verbesserung der Eigenkapitalbasis der Gesellschaft begnügen. Wenn der Gesetzgeber hingegen der Auffassung sein sollte, das Haftkapital sei nur fair bemessen, wenn alle Einlagen den Haftungsfonds speisten, sollte er die Ausnahmen für Konzerne überdenken.

Wieder einmal zeigt sich, daß der Kapitalschutz eine stimmige Ausbalancierung verschiedener Interessen verlangt. Wenn der angestrebte externe Schutz der Gläubiger an eine interne Ausgleichszahlung geknüpft wird, welche die Gesell-

1532 So auch *Noke,* Why not distribute share premiums?, 44, wo er gegen die Grundregel des share premium account argumentiert.

schafter aus Gründen des Verwässerungsschutzes festsetzen, kann nicht jede Regelung allein mit dem Hinweis auf den Schutz der Gläubiger begründet werden. Das share premium manchmal im Interesse einer Gruppe als capital erster Klasse zu behandeln, manchmal aber im Interesse einer anderen Gruppe als capital zweiter Klasse, stellt keine systematische Ausgestaltung des Kapitalschutzes dar.

dd) Korrektur des bilanziellen Haftkapitals bei überbewerteten Einlagen

Einen weiteren bedeutenden Unterschied zwischen der Kapitalerhaltung des share premium und der Kapitalerhaltung des share capital hat der Gesetzgeber wohl nicht bedacht, jedoch hat ihn die Entscheidung *Re Bradford Investments plc (No. 2)* aufgedeckt. Er betrifft die Folgen einer unrichtigen Bestimmung der bilanziellen Haftkapitalziffer, wenn Sacheinlagen bei der Einbuchung überbewertet worden sind. Das Problem kann nur bei dem share premium entstehen, da dieses nach dem tatsächlichen Wert des eingelegten Vermögensgegenstands zu bestimmen ist, um nicht Teile des wirtschaftlichen capital an die stillen Reserven zu verlieren. Nur soweit die Haftkapitalziffer auf ein premium zurückgeht, hängt sie von der konkreten Bewertung der Sacheinlage ab. Soweit die Haftkapitalziffer auf das share capital zurückgeht, wird sie durch den Nominalwert der Anteile eindeutig bestimmt.

Ist die Haftkapitalziffer infolge einer überbewerteten premium-Einlage zu hoch festgesetzt worden, muß man entscheiden, wie zu verfahren ist, wenn der Fehler entdeckt wird. Irgendeine Interessengruppe muß die Folgen dieses Fehlers spüren. Nach der Entscheidung *Re Bradford* ist der Aktivposten abzuschreiben und der share premium account um einen entsprechenden Betrag herabzusetzen. Diese Bilanzkorrektur auf Aktiv- und Passivseite geht zulasten der Gläubiger der Gesellschaft, die auf das in der Bilanz ausgewiesene Haftkapital vertraut haben. Nebenbei ist zu bemerken, daß das Vertrauen der Gläubiger nicht davon abhängt, ob der angenommene Wert eines faktischen share premium einmal im statement of capital auszuweisen ist, sondern allein die alljährlich fortgeschriebene Buchung in einem ausschüttungsgesperrten Passivposten der Bilanz kann ein besonderes Vertrauen der Gläubiger begründen.

Man kann den Gläubigern, sollten sie ihr enttäuschtes Vertrauen beklagen, entgegenhalten, die Korrektur eines erkannten Fehlers in der Bilanz müsse möglich sein, um ein bestmögliches Bild der tatsächlichen Vermögenslage zeichnen zu können. Die Gläubiger dürften nicht darauf vertrauen, bei der Erstellung der Bilanz würden niemals Bewertungsfehler gemacht. Entsprechend dürften sie nicht »blind« auf die Korrektheit der Eigenkapitalposten vertrauen, die von Bewertungsfragen abhingen. Diese Argumentation betont den Unterschied zwischen der formal versprochenen Einlage des share capital und dem nur tatsächlich zugeflossenen premium und begründet die Einschränkung des Gleichbehandlungsgrundsatzes allen capital mit der »Art der Vereinbarung«. Abermals erscheint hier das premium als capital zweiter Klasse, dessen Schutzwirkung zugunsten der Gläubiger hinter der des Nominalkapitals zurückbleibt.

Eine andere Lösung des Problems wäre ebenso denkbar. Die Bilanzkorrektur auf der Aktivseite muß nicht zwingend durch eine Abschreibung des share premium ausgeglichen werden, sondern könnte auch zulasten des Jahresergebnisses gehen. In diesem Fall träfen die Folgen der ursprünglichen Fehlbewertung die Gesellschaft und damit die Gesellschafter entsprechend ihren Anteilen, da die ausschüttungsfähigen Gewinne sänken. Die Gesellschaft müßte den angenommenen Wert der Sacheinlage garantieren, indem sie den aus der Einlage herrührenden Fehlbetrag durch Thesaurierung erwirtschafteter Gewinne ausgleicht. In diesem Fall opferte man die Interessen der Mitgesellschafter den Interessen der Gläubiger. Dieses Opfer ist besonders makaber, wenn die Mitgesellschafter bei einer überbewerteten Sacheinlage schon einen Verwässerungsschaden zu beklagen haben. Der Einleger hat seinen Anteil »zu billig« erhalten, wenn die Überbewertung nicht nur bei der Bilanzerstellung erfolgt ist, sondern auch der Berechnung der angemessenen Gegenleistung zugrunde liegt.

Zur Begrenzung des Verwässerungsschadens könnte man auch die Geschäftsführer, die die Gegenleistung akzeptiert haben, durch eine Schadensersatzleistung oder den Sacheinleger durch eine Differenzhaftung die Werthaltigkeit garantieren lassen. Die Verteilung des Bewertungsrisikos auf diese Personen setzt voraus, daß sie die Überbewertung zu vertreten haben, was nicht einfach zu begründen ist, wenn bewußt kein Einlagewert festgeschrieben worden ist und der Gesetzgeber diese Bestimmung der Leistungsschuld anerkennt. Im übrigen müßten diese Parteien zahlungskräftig sein. Ein Restrisiko verbleibt ohne Abschreibung des share premium account immer bei den Mitgesellschaftern.

Unabhängig davon, wie man das Wertrisiko innerhalb der Gesellschaft auf Organe, Sacheinleger und Mitgesellschafter verteilt, besteht das grundsätzliche Problem, das man von jemandem mehr verlangen muß, als er bei der Einbringung des Gegenstands versprochen hat. Wenn das share premium ohne Wertangabe vereinbart wird, soll die Bestimmung der Leistungsschuld so verstanden werden, daß sie in den Augen der Gesellschaft und der Gesellschafter angemessen ist. Es soll gerade kein bestimmter Wert garantiert werden müssen. Gerade auch deshalb soll der Haftungsfonds bei einem share premium de lege lata nach dem tatsächlich zugeflossenen capital bestimmt werden. Tatsächlich zugeflossen ist nun aber der geringere Wert. Das spricht nun wieder für eine Abschreibung des share premium account.

Die Verbindung der internen Gegenleistung, die für die Gesellschafter untereinander von Bedeutung ist, mit dem externen Schutz der Gläubiger der Gesellschaft führt bei einem faktischen premium notwendig auf das Dilemma, daß man entweder das Vertrauen der Gläubiger in das Haftkapital einschränken muß oder der Gesellschaft eine nicht vereinbarte und in der Höhe nicht eindeutig bestimmte Wertgarantie aufbürdet. Auch hier zeigt sich, daß die Kapitalerhaltung notwendig mit der Kapitalaufbringung verwoben ist, solange der bilanzielle Kapitalschutz nach den Einlagen der Gesellschafter bemessen wird.

Das Problem würde im übrigen noch verschärft, wollte man auf par value shares verzichten und non par value shares einführen. Im System der par value shares bleibt das geschilderte Problem auf den Teil des capital beschränkt, der nicht als Nominalkapital eindeutig angegeben ist. Im System der non par value shares würde sich das Problem der Bilanzkorrektur bei dem gesamten eingebrachten Kapital stellen.

ee) Anmerkung

Die vorangegangenen Ausführungen haben gezeigt, daß das Gleichbehandlungspostulat allen capital nicht nur im Rahmen der Kapitalaufbringung, sondern im Recht der Kapitalerhaltung ebenfalls in Schwierigkeiten führt. Die dauerhafte Kapitalbindung, die den Kern der capital maintenance bildet, dient zwar allein dem Schutz der Gläubiger. Die einseitige Betonung der Gläubigerinteressen fällt dem englischen Recht bei der Kapitalerhaltung daher leichter als bei der Kapitalaufbringung. Dennoch hat sich auch bei der Untersuchung der Kapitalerhaltungsregeln gezeigt, daß der bilanzielle Kapitalschutz in all seinen Ausprägungen verschiedene Interessen ausbalancieren muß. Solange die bilanzielle Haftkapitalziffer, die über die Höhe des ausschüttbaren Gewinns entscheidet, nach dem Wert der versprochenen oder tatsächlich geleisteten Einlagen bestimmt wird, stellt sich die Frage, wer bei aufgeschobenen Bareinlagen das Leistungsrisiko und bei Sacheinlagen das Bewertungsrisiko tragen soll.

Solange die bilanzielle Haftkapitalziffer nach den Einlagen bestimmt wird, bleibt die auf der Haftkapitalziffer aufbauende Kapitalerhaltung mit der Kapitalaufbringung untrennbar verknüpft. Um die verschiedenen Interessen der Einleger, Mitgesellschafter, zukünftigen Investoren, Geschäftsführer und Gläubiger abgewogen berücksichtigen zu können, kann es hilfreich sein, in den verschiedenen Modulen des Kapitalschutzes danach zu unterscheiden, auf welche Weise die Einlageschuld bestimmt worden ist. Der allzu leichte Schluß von der capital nature auf die rechtliche Gleichbehandlung allen capital kann nicht überzeugen. Er beruht auf einem bilanziellen oder wirtschaftlichen capital-Begriff, der die erforderlichen spezifisch gesellschaftsrechtlichen Abwägungsentscheidungen nicht ersetzen kann.

Selbst bei der Regelung der Kapitalerhaltung konnte der englische Gesetzgeber manche Unterschiede zwischen share premium und share capital nicht vermeiden, manche Unterscheidungen hat er bewußt, jedoch willkürlich getroffen. Diese Systembrüche weisen darauf hin, daß die Äquivokation eines gesellschaftsrechtlichen und eines wirtschaftlichen capital-Begriffs dem Gesetzgeber den Blick dafür verstellt hat, daß die Ausbildung eines kohärenten, willkürfreien Systems des Kapitalschutzes auf der Grundlage von par value shares differenziertere Regelungen und differenzierte Begründungen verlangt.

2. Unterschiedliche Behandlung anderer Finanzierungsleistungen

Die bisherige Systemkritik konzentrierte sich auf die Unterschiede, die in der rechtlichen Behandlung von share capital und share premium verblieben sind, fragte danach, wie konsequent das Recht des share premium an das Recht des share capital angeglichen worden ist, wie Unterschiede begründet werden können und welche Grenzen der gewünschten Angleichung notwendig gesetzt sind. Im Zuge dieser Kritik wurde die gesetzliche Bestimmung des premium nicht hinterfragt. Die systematische Kritik der Ausrichtung des Kapitalschutzes an den Anforderungen des Gleichbehandlungspostulats hat noch eine zweite Seite, die im folgenden näher beleuchtet werden soll.

Das Gleichbehandlungspostulat wird mit einem All-capital-Argument begründet, nach dem share premium und share capital gesellschaftsrechtlich gleich zu behandeln seien, weil sie wirtschaftlich und bilanziell gleichermaßen als capital anzusehen seien. Wenn die Begründung des Gleichbehandlungspostulats darin besteht, daß jede Gegenleistung für junge Anteile wirtschaftlich betrachtet capital ist, muß ein stimmig ausgestalteter Kapitalschutz grundsätzlich bei allen Beiträgen der Gesellschafter, die wirtschaftlich als capital anzusehen sind, ansetzen. Ausnahmen bedürfen einer besonderen Begründung. Im folgenden soll erörtert werden, ob die Beschränkung auf bestimmte Einlagen vor dem All-capital-Argument gerechtfertigt werden kann.

a) Unterschiedliche Behandlung von wirtschaftlichen Agien

Das All-capital-Argument versteht capital wirtschaftlich als den Teil des Eigenkapitals, welcher der Gesellschaft von ihren Gesellschaftern durch Einlagen überlassen wird, um damit die Aufnahme, Fortführung oder den Ausbau des Geschäftsbetriebs zu ermöglichen und letztlich Gewinne (profit) zu erwirtschaften; ein zweiter Teil des Eigenkapitals wird aus diesen erwirtschafteten Gewinnen gebildet, solange sie nicht an die Gesellschafter ausgeschüttet werden. Werden Einlagen der Gesellschafter als Gewinn ausgeschüttet (anstatt offen als Einlage zurückgeführt zu werden), kann man von Scheingewinnen sprechen, insofern sie nicht die tatsächliche Wirtschaftskraft der Gesellschaft widerspiegeln, da sie nicht unter Ausnutzung des capital erwirtschaftet worden sind, sondern selbst Teil des capital sind. Die Verhinderung von Scheingewinnen war ein Argument in der Diskussion um das share premium vor 1948, von dem unklar bleibt, inwieweit es den historischen Gesetzgeber bei seiner Regelung motiviert hat. Heutzutage wird dieses Argument für die Begründung der Regeln über den share premium account nicht mehr bemüht. Für das Verständnis des capital-Begriffs, der die aktuellen Regelungen motiviert, bleibt die Unterscheidung von Scheingewinnen aus capital und ordentlichen Gewinnen von Bedeutung.

Wirtschaftlich betrachtet gehören alle Gegenleistungen, die der Gesellschafter für junge Anteile erbringt und welche die Eigenkapitalbasis der Gesellschaft über das Nominalkapital hinaus stärken, dem capital in Form des premium zugerechnet. Von einem nur wirtschaftlichen premium kann man dann sprechen, wenn anläßlich einer Anteilsausgabe eine Leistung erbracht oder vereinbart wird, die formal kein premium darstellt, z.B. weil sie einen anderen Rechtsgrund hat als die Anteilsbedingungen, wirtschaftlich aber als Entgelt erscheint, da entweder die Gesellschaft der Anteilsausgabe zu den vereinbarten Konditionen nur mit Blick auf das verbundene Geschäft zugestimmt hat oder die Gesellschafter den zufließenden Vorteil in ihren Plan für die Unternehmensfinanzierung aufgenommen haben.

Ein nur wirtschaftliches premium führt zu wirtschaftlichem capital, wird jedoch bilanziell nicht als capital gebucht, sondern erhöht mittelbar den Gewinn der Gesellschaft. Nicht alle wirtschaftlichen Agien werden unter dem Companies Act 2006 vom Begriff des premium beziehungsweise von allen Regelungen des share premium erfaßt. Schon erwähnt wurden weiter oben die nichtbilanzierbaren Gegenleistungen, die zwar im Rahmen der Kapitalaufbringung premium sind, jedoch nicht der Kapitalerhaltung unterliegen. Diese Ausnahme vom Gleichbehandlungspostulat ergibt sich aus dem Streben der Buchführung, nur gesicherte Vermögenswerte in die Bilanz aufzunehmen, um die Lage der Gesellschaft nicht zu positiv darzustellen. Die aktuelle Regelung stellt einen Kompromiß dar zwischen dem Wunsch nach rechtlicher Gleichbehandlung aller wirtschaftlichen Einlagen und dem Wunsch einer praktikablen Umsetzung. Der wirtschaftliche capital-Begriff ist eben weiter gefaßt als der bilanzielle. Für eine leicht handhabbare Umsetzung greift das Gesetz auf die ohnehin zu erstellende Bilanz zurück, achtet dabei die eigenständigen Zwecke der Bilanzierung und knüpft an den bilanziellen capital-Begriff an. Knüpft das Recht die Kapitalerhaltung an die Vermögensübersicht der Bilanz, kann es nur einen Teil der wirtschaftlichen Agien dem share capital gleichstellen.

Die Anforderungen an die Bilanzierbarkeit bilden nicht die einzige Ausnahme von der erstrebten Gleichbehandlung allen capital. Die englische Regelung steht vor dem grundsätzlichen Problem, daß sie mit einem wirtschaftlichen capital-Begriff begründet wird, die wirtschaftliche Betrachtungsweise jedoch nur ansatzweise im geltenden Recht Niederschlag gefunden hat. Traditionell sieht das englische common law, sehen die Gerichte auf die Form eines Rechtsgeschäfts, nicht auf seinen wirtschaftlichen Gehalt. Eine Kehrtwende hin zu einer stärker wirtschaftlichen Betrachtung von rechtlichen Gestaltungen wurde bisher nicht vollzogen, so daß wirtschaftlich vergleichbare Finanzierungen rechtlich unterschiedlich behandelt werden, selbst wenn die Buchführung keinen Kompromiß verlangt.

Grundsätzlich soll die Bestimmung des premium nach dem wirtschaftlichen Wert der Einlage erfolgen; was jedoch als Einlage anzusehen ist, hängt von dem formalen Kriterium ab, daß es in den Bedingungen der Anteilsausgabe zwischen den Parteien als Gegenleistung für die Anteile vereinbart worden ist. Möglich werden die Unterschiede zwischen verschiedenen Formen des wirtschaftlichen capital dadurch, daß der Companies Act 2006 darauf verzichtet, das premium klar zu definieren und dabei Vorrang und Reichweite der wirtschaftlichen Betrachtung festzulegen, und stattdessen auf dem Begriff der consideration aufbaut, der aus dem allgemeinen Schuldrecht stammt. Nach dem formalrechtlichen Verständnis der consideration fallen zunächst capital contributions, die rein schuldrechtlich unter den Gesellschaftern vereinbart worden sind, aus dem Anwendungsbereich der Vorschriften über das share premium heraus, da die Anteilsausgabe formal zu pari erfolgt. In geschlossenen Gesellschaften ermöglicht die geltende Regelung genau die Beliebigkeit in der Verteilung des zugeführten capital auf verschiedene Formen von Einlagen, die sie eigentlich verhindern wollte.

Darüber hinaus führt selbst bei Leistungen, die zwischen Gesellschaft und Einleger vereinbart worden sind, die fehlende Legaldefinition des premium zu Zweifelsfällen, wenn die Leistung formal als Gegenleistung eines Austauschgeschäfts erscheint, das zwischen Gesellschaft und Einleger zusätzlich zur Anteilsausgabe abgeschlossen wird. Würde das Nebengeschäft ohne die Anteilsausgabe nicht vereinbart, erscheint es bei wirtschaftlicher Betrachtung als Teil der Anteilsausgabe. Der Verzicht auf das klare Abgrenzungskriterium der formalen Vereinbarung »als direkte Gegenleistung für Anteile« führt auf Abgrenzungsschwierigkeiten, wie sie sich bei jeder wirtschaftlichen Betrachtung einstellen. In besonders eindeutigen Fällen wird die Rechtsprechung solche Nebenvereinbarungen vielleicht als Umgehung ansehen und den wirtschaftlichen Vorteil als Teil des share premium einstufen. Solche richterrechtlichen Restriktionen sind schwer vorauszusagen. Die bisher gezeigte Zurückhaltung der Rechtsprechung gegenüber einer wirtschaftlichen Betrachtungsweise gibt geschlossenen Gesellschaften die Möglichkeit, die Zuführung von capital in Nebengeschäften zu verstecken, so daß sie bilanziell nicht als capital erfaßt werden und mittelbar den ausschüttbaren Gewinn erhöhen. Als Gestaltungsmittel kommen sowohl einmalige Austauschgeschäfte (z.B. günstige Sachübernahmen) in Betracht wie auch Lieferungen und Leistungen, die über eine gewisse Dauer marktgerechte Kosten vermeiden und dadurch die Eigenkapitalbasis der Gesellschaft stärken, so z.B. günstig vermietete Geschäftsräume oder zinsgünstige Darlehen.

Die Außerachtlassung bestimmter wirtschaftlicher Agien mag man damit rechtfertigen, es sei aufwendig und unpraktikabel, jedes Nebengeschäft, das die Gesellschaft anläßlich einer Anteilsausgabe mit einem Gesellschafter schließt, daraufhin zu befragen, ob darin ein marktunüblicher Vorteil gesehen werden muß, der als wirtschaftliches Agio zu qualifizieren ist. Anerkennt man grundsätzlich Drittgeschäfte der Gesellschaft mit ihren Gesellschaftern, können kaum alle dahingehend überprüft werden, ob sie in allen Details marktgerecht sind. Auf ähnlichen praktischen Erwägungen beruhen die Vorgaben für Nachgründungen in Art. 52 der Gesellschaftsrechtsrichtlinie und s. 598 CA 2006, die nur bei Vereinbarungen über bestimmte Leistungen (Vermögensgegenstände, nicht aber z.B.: Dienstleistungen) einer bestimmten Größenordnung (10 Prozent des Nominalkapitals als Kaufpreis) eine Sacheinlageprüfung verlangen.

Nicht alle wirtschaftlichen Agien sind indes in schwer zu ermittelnden Grenzfällen verborgen. Wird ein Darlehen zinslos und unbesichert gewährt, kann man nicht von marktüblichen Konditionen sprechen. Der Vorteil der ersparten Zinsen läßt sich berechnen. Wird ein Grundstück nicht ausdrücklich als Gegenleistung für junge Anteile zur Benutzung überlassen, sondern gegen ein formales Entgelt von einem Pfund, lassen sich die ersparten Mietzinsen ebenso berechnen wie andernfalls der Wert der Sacheinlage. Wird dasselbe Grundstück zu marktunüblichen Konditionen an die Gesellschaft verkauft, läßt sich in jedem Fall das wirtschaftliche Agio berechnen, nicht nur wenn der Kaufpreis 10 Prozent des Nominalkapitals ausmacht.

Die Regeln über eine verpflichtende Sacheinlageprüfung bei Public Companies und die für alle Gesellschaften geltende no discount rule setzen voraus, daß der Wert aller Sacheinlagen, auch von nicht-bilanzierbaren, zumindest näherungsweise bestimmt werden kann. Das All-capital-Argument verlangt für eine schlüssige Umsetzung, den Wert aller wirtschaftlichen Gegenleistungen zu bestimmen und möglichst auch bilanziell als capital zu erfassen. Tatsächlich werden Abgrenzungsschwierigkeiten verbleiben. Die vorhersehbaren tatsächlichen Schwierigkeiten können jedoch nicht erklären, warum das Gesetz den Anspruch auf eine möglichst weitgehende Gleichbehandlung wirtschaftlicher Agien nicht durch eine entsprechende Legaldefinition bekräftigt und dadurch die Gerichte anhält, den stets verbleibenden Bewertungsspielraum der Gesellschafter nicht allzu großzügig zu bemessen. Formulierte das Gesetz seine Ansprüche klar und unmißverständlich, würden zudem die accountants auf eine Einhaltung der gesetzlichen Regeln hinwirken. Wenn die Gerichte nur ausnahmsweise in besonders eindeutigen Fällen eine wirtschaftliche Betrachtung wählen, zeigt dies allerdings, daß eine konsequente Ausgestaltung des All-capital-Arguments letztlich eine Abkehr von der traditionellen Sicht des common law auf das Gesellschaftsrecht verlangt. Eine stärker wirtschaftliche Bestimmung der consideration führt auf Fragen von verdeckten Sacheinlagen und Sachübernahmen, die das englische Recht mit seinem formalen Ansatz bis dato bewußt vermieden hat.

Sollte das Gesetz zukünftig verstärkt eine Gleichbehandlung aller wirtschaftlichen Agien anstreben, bleibt vor allem eine Schwierigkeit bestehen: In geschlossenen Gesellschaften können die Gesellschafter vergleichsweise leicht Leistungen an die Gesellschaft zeitlich strecken, also Mehrleistungen über pari schon vor oder erst eine gewisse Zeit nach der Anteilsausgabe vornehmen. Insbesondere bei Einmanngesellschaften wird es häufig schwierig sein, ein wirtschaftliches Agio von ungeregelten capital contributions zu unterscheiden. Gerade in geschlossenen Gesellschaften könnte nun aber ein formaler Kapitalschutz für die Gläubiger besondere Bedeutung erlangen, denn den Interessen der Fremdkapitalgeber ähneln in einer Gesellschaft am meisten die Interessen der einflußarmen Minderheitsgesellschafter, für die der Investitionscharakter der Einlage größere Bedeutung hat als die Entfaltung unternehmerischer Tätigkeit im Schutze der Haftungsbeschränkung. In geschlossenen Gesellschaften tritt jedoch der Aspekt der unternehmerischen Entfaltung in den Vordergrund. Diese praktische Schwierigkeit führt auf das nächste systematische Problem, die Beschränkung des Kapitalschutzes auf Einlagen anläßlich einer Anteilsausgabe.

b) Beschränkung auf Fälle einer Anteilsausgabe

Wirtschaftliche Agien haben mit dem share premium nicht nur die capital nature gemein, sie werden ebenso als Entgelt für junge Anteile geleistet. Die

Bereitstellung von capital kann auch unabhängig von einer Anteilsausgabe erfolgen. Das englische Recht anerkennt die Möglichkeit, nicht regulierte capital contributions zu jedem beliebigen Zeitpunkt vorzunehmen. Solche capital contributions werden in den allgemeinen ausschüttbaren Rücklagen gebucht. Die grundlegende Entscheidung *Kellar v Williams*, in der erstmals capital contributions anerkannt worden sind, datiert aus dem Jahr 2000 und damit einige Jahre vor dem Erlaß des Companies Act im Jahre 2006.

Der Companies Act 2006 muß sich fragen lassen, warum er nicht alle anerkannten Formen von capital denselben Regeln unterworfen hat. Durch die Buchung in den allgemeinen Rücklagen wird das bilanzielle Ziel verfehlt, capital und profit für den Bilanzleser jederzeit klar unterscheidbar aufzuführen. Durch den Verzicht auf eine Ausschüttungssperre und Regeln über die Kapitalaufbringung wird der gesellschaftsrechtliche Grundsatz der Gleichbehandlung allen capital durchbrochen. Die capital nature von capital contributions steht außer Zweifel. Die Möglichkeit freier capital contributions widerspricht der Begründung für die Sonderregeln des share premium, sie widerspricht dem All-capital-Argument.

Aus der Warte der Gläubiger, mit deren Interessen das Gleichbehandlungspostulat allen capital begründet wird, ist kein Grund erkennbar, warum Einlagen, die anläßlich einer Anteilsausgabe erfolgen, strenger zu behandeln sein sollen als Einlagen, die zu einem späteren Zeitpunkt getätigt werden. Wenn man dem All-capital-Argument auf den Grund geht, basiert es auf der Vorstellung, jede Einlage in die Gesellschaft diene gleichermaßen dazu, Gewinne zu erwirtschaften, die den Gesellschaftern zustehen sollen, und beschwöre dabei die Gefahr herauf, die Gläubiger der Gesellschaft könnten mit ihren Forderungen ausfallen. Die capital nature eines Finanzierungsbeitrags besteht darin, daß der Gesellschafter seiner Gesellschaft eine bestimmte Summe als Eigenkapital überläßt und dafür die erwirtschafteten Gewinne erhält. Das All-capital-Argument nimmt an, die Chance der Gesellschafter, alle Gewinne zu erhalten, ohne persönlich für die Risiken der Gläubiger einstehen zu müssen, sei gegenüber den Gläubigern nur dann fair, wenn jeder Kapitalbeitrag der Gesellschafter, mit dem diese Gewinne erwirtschaftet werden sollen, den Gläubigern bis zur vollständigen Befriedigung ihrer Forderungen als Pfand verbleibe. Die Gewinne sollen den Gesellschaftern allein verbleiben. Dafür müssen sie ihre Einlagen verpfänden. Die Ausfallgefahr der Gläubiger unterscheidet sich in keiner Weise, wenn die Gesellschafter ihre Gesellschaft durch Einlagen finanzieren, für die sie keine Anteile erhalten.

Man kann der Ansicht sein, die Gesellschafter leisteten einen ausreichend fairen Risikobeitrag, wenn sie bei der Gründung der Gesellschaft und jeder weiteren Anteilsausgabe eine bestimmte Summe formal als Haftungsmasse einlegen. Auf dieser Annahme beruhten die erörterten Urteile zum Umfang der Kapitalerhaltung vor 1948. Aufgrund dieser Annahme kann man zwischen verschiedenen Formen von Einlagen unterscheiden und systemstimmig alle Einlagen, die nicht bei einer Anteilsausgabe formal als Haftkapital versprochen worden sind, von den Vorgaben des Kapitalschutzes ausnehmen. Wenn man den Umfang des Kapitalschutzes jedoch allein mit der capital nature begründet, kann man nicht mehr zwischen verschiedenen Formen von capital unterscheiden. Der Zeitpunkt der Einlage kann bei dieser Begründung keine Rolle spielen.

Die Forderung nach einer Gleichbehandlung von share capital und share premium kann man darauf stützen, daß die Gesellschaften nicht über den Schutzumfang des Haftkapitals entscheiden sollen, indem sie bei der Anteilsausgabe zwischen verschieden streng geregelten Formen von Einlagen wählen können. Diese Gefahr einer beliebigen Aufteilung der Einlagen besteht nur bei einer Anteilsausgabe und kann für sich allein genommen erklären, warum man spätere Kapitalbeiträge nicht denselben strengen Regelungen unterwirft. In diesen Fällen besteht nicht dieselbe Gefahr einer beliebigen Bestimmung des Haftkapitals durch die Gesellschaft. Sobald man jedoch auf die Frage, warum eine beliebige Bestimmung des Haftkapitals durch Bestimmung der Form der Einlage nicht zulässig sein soll, antwortet, alle Einlagen seien gleichermaßen als capital anzusehen, kann man nicht mehr zwischen Kapitalbeiträgen mit und ohne Anteilsausgabe unterscheiden.

Zudem wurde im Laufe dieser Untersuchung deutlich, daß die Möglichkeit freier capital contributions in geschlossenen Gesellschaften Möglichkeiten eröffnet, auf formale Kapitalerhöhungen zu verzichten oder bei Anteilsausgaben die Kapitalzufuhr zeitlich zu strecken und so das streng geregelte share premium zu umgehen. Wenn alle Gesellschafter entsprechend ihren bisherigen Anteilen weiteres Kapital bereitstellen wollen, können sie untereinander entsprechende capital contributions verabreden. Soll die weitere Finanzierung die Beteiligungsverhältnisse ändern, müssen nicht notwendig neue Anteile begeben werden, es können auch die Beteiligungsrechte aus den bestehenden Anteilen abgeändert werden. Dazu müssen die Gesellschafter den Gesellschaftsvertrag anpassen. Im Gegenzug können sie von den begünstigten Mitgliedern eine capital contribution fordern.

In den Fällen geschlossener Gesellschaften besteht also nicht nur der allgemeine und auf Basis des All-capital-Arguments unerklärliche Unterschied in der Behandlung verschiedener Einlagen, sondern zugleich faktisch die Beliebigkeit in der Bestimmung des Haftungsfonds, die der Companies Act seit 1948 vermeiden will. Gesellschaften mit einem geschlossenen Gesellschafterkreis sind oft kleinere Gesellschaften mit geringem Nominalkapital, die überwiegend in Form der Private Company mit weniger strengem Kapitalschutz als dem der Public Company organisiert sind. Gerade bei diesen Gesellschaften würden die Gläubiger von einer erzwungenen Erhöhung des Haftkapitals profitieren. Gerade bei diesen Gesellschaften droht jedoch eine Vermeidung der Vorschriften über das legal capital. Die Wirkung der Vorschriften über das share premium beschränkt sich auf Publikumsgesellschaften und kleine Gesellschaften, in denen sich die Gesellschafter nicht über die Finanzierung einigen können.

Vermeidbar wäre der Unterschied in der rechtlichen Behandlung verschiedener capital-Beiträge grundsätzlich dadurch, daß das Gesetz für Einlagen außerhalb einer Anteilsausgabe auf die Regeln zum share premium verweist. Die Durchsetzung dieser Regelung wäre allerdings schwieriger als im Fall des share premium. Offene capital contributions können von den accountants leicht erkannt und bei Sachleistungen ebenso wie das share premium bewertet werden. Allerdings käme es bei Austauschgeschäften öfter zu Abgrenzungsschwierigkeiten, welche Gegenleistung noch als marktüblich anzusehen wäre und wann wirtschaftlich gesehen von einer Einlage auszugehen wäre.

c) Keine Einschränkungen von Gesellschafterdarlehen und thesaurierten Gewinnen

Nachdem in den beiden vorherigen Abschnitten die Beschränkung des Kapitalschutzes auf bestimmte Formen wirtschaftlicher Einlagen betrachtet worden ist, soll an dieser Stelle der Blick von den Einlagen weg hin auf weitere Formen der Unternehmensfinanzierung durch die Gesellschafter gerichtet werden, die nicht dem bilanziellen Kapitalschutz unterworfen werden, nämlich thesaurierte Gewinne und Gesellschafterdarlehen. Die Betrachtung dieser Finanzierungsformen kann helfen, den Gedanken der Finanzierungsverantwortung besser zu verstehen, auf dem das All-capital-Argument aufbaut.

aa) Finanzierungsverantwortung als Basis des All-capital-Arguments

Das All-capital-Argument lehnt eine Beschränkung des Kapitalschutzes auf formal besonders bestimmte Einlagen, also die historische Beschränkung auf das share capital als ungenügend ab und verweist dafür auf die capital nature der Finanzierungsbeiträge. Share capital und share premium seien gleichermaßen »in essence capital« und daher bilanziell und gesellschaftsrechtlich wie share capital zu behandeln. Wenn in dieser Argumentation nicht lediglich eine inhaltsleere Äquivokation eines wirtschaftlichen, bilanziellen und gesellschaftsrechtlichen capital-Begriffs liegen soll, lies sich das All-capital-Argument als Hinweis auf eine besondere Finanzierungsverantwortung verstehen, die dem capital mit Blick auf die Interessen der Gläubiger zugesprochen wird.

Der Kapitalschutz dient neben dem Schutz der Mitgesellschafter, mit dem in England die Regeln über das share premium nicht begründet wurden und nicht begründet werden, den Interessen der Gläubiger. Die Finanzierungsverantwortung kann man so beschreiben, daß die Einlagen der Gesellschafter die Gesellschaft befähigen, ihren Geschäftsbetrieb aufzunehmen (Gründungsfall), weiterzuführen oder auszubauen (Kapitalerhöhungsfall). Da im Laufe der werbenden Tätigkeit Forderungen der Gläubiger gegen die Gesellschaft begründet werden, mit denen die Gläubiger teilweise ausfallen werden, wenn die Unternehmung scheitert, sollen die Kapitalbeiträge das Risiko eines Forderungsausfalls nicht beseitigen, doch verringern und in der Höhe abmildern.

Der Kapitalschutz ersetzt die persönliche Haftung der Gesellschafter für die Forderungen und rechtfertigt die Beschränkung der Haftung auf das Vermögen der

Gesellschaft. Damit dient der gesetzlich zwingend vorgeschriebene Kapitalschutz einem Ausgleich der Interessen von Gläubigern und Gesellschaftern. Wenn die Unternehmung gelingt und einmal die Gesellschaft nach Befriedigung aller Gläubigerforderungen liquidiert werden wird, werden die Gesellschafter in Form von Dividenden und Liquiditätserlös den Totalgewinn erhalten haben. Wenn die Unternehmung scheitert, fallen Gläubiger mit ihren Forderungen zumindest teilweise aus. Die Gesellschafter müssen persönlich nicht für die Verbindlichkeiten der Gesellschaft haften und können grundsätzlich die bisher bezogenen Dividenden behalten; sie erhalten lediglich die Einlage, das investierte capital nicht zurück. Der auf Einlagen gestützte Kapitalschutz bewirkt, daß die Gesellschafter im Fall eines Scheiterns einen Risikobeitrag geleistet haben, der rechtfertigt, ihnen im Fall des Gelingens alle Gewinne zuzusprechen.

Die implizit erfolgende Zuschreibung einer besonderen Finanzierungsverantwortung kann leicht mit einem scheinbar phänomenologischen Hinweis auf die capital nature verwechselt werden. Daß in der Praxis einer Gesellschaft (Start-)Kapital durch Einlagen bereitgestellt wird, kann man beobachten. Daß dieses capital nicht wieder zurückgeführt werden darf, sondern der Gesellschaft der Höhe nach dauerhaft erhalten bleiben soll, folgt nicht naturgemäß aus dieser Beobachtung. Ein Kurzschluß vom Sein auf das Sollen wäre hier genauso wenig statthaft wie bei der Begründung anderer Verhaltensanforderungen. Ein solcher Schluß enthielte einen kategorialen Denkfehler und verstieße gegen das Hume'sche Gesetz. Die besondere Finanzierungsverantwortung der Einlagen ist zu begründen. Man muß erklären, warum gerade die Einlagen mit Blick auf das Ausfallrisiko der Gläubiger finanzierungsverantwortlich sein sollen, andere Finanzierungsbeiträge der Gesellschafter hingegen nicht. Auch wenn die Gesellschafter ihre Gesellschaft durch Gewinnthesaurierung oder Gesellschafterdarlehen mit Kapital versorgen, ermöglichen sie den Geschäftsbetrieb und riskieren den Ausfall der Gläubiger mit deren Forderungen, ohne für ihre Gewinnchancen die Gefahr persönlicher Haftung einsetzen zu müssen.

bb) Keine Finanzierungsverantwortung bei Gewinnthesaurierung und Gesellschafterdarlehen

(1) Finanzierung durch Gewinnthesaurierung

Gewinnthesaurierung wird in der betriebswirtschaftlichen Literatur auch als »Selbstfinanzierung der Gesellschaft« beschrieben. Soweit die Gewinne in liquiden Mitteln vorhanden sind und ausgeschüttet werden können, beruht Selbstfinanzierung auf einem Dividendenverzicht der Gesellschafter.[1533] Sie kann als bewußte Finanzierungsentscheidung der Gesellschafter angesehen werden, soweit diese nach dem Organisationsrecht der Gesellschaften die Dividendenpolitik mitbestimmen können. Sie verbessert die Eigenkapitalausstattung der

1533 Vgl. auch *Thommen/Achleitner*, Allgemeine Betriebswirtschaftslehre, 304.

Gesellschaft ebenso wie eine Einlage, allerdings nicht rechtlich dauerhaft gesichert, sondern nur faktisch bis zu einer eventuellen Deinvestitionsentscheidung der Gesellschafter.

Gewinnthesaurierung hat besondere Vorteile. Sie läßt die Beteiligungsverhältnisse unberührt, verursacht selbst nur geringe Kosten, da diese Finanzierungsform weder Zinserwartungen noch erhöhte Renditeerwartungen weckt, und hilft die Kosten für Fremdkapital im Zaum zu halten, da Fremdkapitalgeber bei einem hohen Selbstfinanzierungsanteil geringere Zinsen verlangen. In Wachstumsmärkten, bei einem schwierigen Börsenumfeld oder in einem angespannten Kreditmarkt kann diese Finanzierungsvariante nicht nur vorteilhaft, sondern unverzichtbar sein.[1534] Als unverzichtbaren Bestandteil der Unternehmensfinanzierung könnte man auch dieser Finanzierungsvariante eine Verantwortung für die Interessen der Gläubiger zusprechen. Stattdessen läßt s. 830 CA 2006 die Verteilung ausschüttbarer Gewinne zu, die früher einmal thesauriert worden sind, selbst wenn die Gesellschaft in dem Jahr der Ausschüttung Verluste schreibt (jedoch nur, soweit die thesaurierten Gewinne die aktuellen Verluste überschreiten).[1535]

(2) Finanzierung durch Gesellschafterdarlehen

Darlehen eines Gesellschafters an seine Gesellschaft führen dieser formal betrachtet Fremdkapital zu, nicht wie Einlagen Eigenkapital. In geschlossenen Gesellschaften verschwimmt die Differenzierung von Fremd- und Eigenkapital schon bei einer wirtschaftlichen Betrachtung des normalen Darlehens. In der betriebswirtschaftlichen Literatur kann man daher zu Gesellschafterdarlehen in geschlossenen Gesellschaften die Feststellung finden, diese Form des Fremdkapitals käme dem Eigenkapital sehr nahe.[1536]

In allen Gesellschaften verschwimmt die Grenze zwischen Eigen- und Fremdkapital, wenn hybride Finanzierungen gewählt werden, also z.B. eine gewinnabhängige Verzinsung gewählt wird, auf eine Besicherung verzichtet oder gar ein Nachrang vereinbart wird, eine Laufzeit ohne Endtermin vorgesehen ist oder Wandlungs- und Optionsrechte eingeräumt werden. Da formales Fremdkapital an die Stelle von Eigenkapital treten kann, sah das deutsche Recht früher bekanntlich Regeln über sogenannte eigenkapitalersetzende Gesellschafterdarlehen vor. Heute werden in Deutschland durch § 39 Abs. 1 Nr. 5 InsO Gesellschafterdarlehen in der Insolvenz grundsätzlich nachrangig bedient, wel-

1534 Zu den Vorteilen der Selbstfinanzierung *Thommen/Achleitner*, Allgemeine Betriebswirtschaftslehre, 304.

1535 *Ferran/Ho,* Principles, 215; *Krebs/Stiegler* in Jung/Krebs/Stiegler, Gesellschaftsrecht, § 12 Rz. 517.

1536 Z.B. *Thommen/Achleitner*, Allgemeine Betriebswirtschaftslehre (7. Aufl.), 552.

che Vorschrift sich am ehesten so erklären läßt, daß die Insolvenzordnung jedem Gesellschafterdarlehen Finanzierungsverantwortung zuspricht.[1537]

In England hingegen wird Gesellschafterdarlehen keine besondere Finanzierungsverantwortung zugesprochen. Sie genießen im Fall einer Insolvenz gleichen Rang wie Forderungen dritter Gläubiger. Gesellschafterdarlehen können ebenso wie Drittdarlehen besichert werden. Solche besicherten Gesellschafterdarlehen genießen faktisch Vorrang vor den ungesicherten Gläubigern. Das englische Gesellschaftsrecht kennt in der Kreditbesicherung die Besonderheit der sogenannten ›floating charge‹, die es der Gesellschaft ermöglicht, ihr gesamtes gegenwärtiges und zukünftiges Vermögen dem Kreditgeber zu verpfänden.[1538] Auch diese Kreditsicherheit steht einem Gesellschafter für ein Gesellschafterdarlehen zur Verfügung, so die ausdrückliche Feststellung des House of Lords in der berühmten und berüchtigten Entscheidung *Salomon v Salomon & Co Ltd.*[1539]

Eine Einschränkung dieser großzügigen Möglichkeit der Kreditbesicherung verfügt der Insolvency Act 1986 zugunsten von Lohnforderungen der Arbeitnehmer bis zu einer bestimmten Höhe und von einem bestimmten Prozentsatz der ungesicherten Forderungen. Zudem erkennt s. 245 IA 1986 die Besicherung durch eine floating charge nicht an, wenn binnen zwei Jahren (bei einer Sicherung zugunsten einer nahestehenden Person (›connected person‹), in allen anderen Fällen binnen eines Jahres) nach der Besicherung die Gesellschaft in Insolvenz fällt.[1540]

Innerhalb dieser Grenzen kann ein Gesellschafter seiner Gesellschaft Fremdkapital zuführen, ohne ein erhöhtes Ausfallrisiko befürchten zu müssen. Anstatt den Gesellschafterdarlehen wegen ihrer Finanzierungsfunktion eine Finanzierungsverantwortung zuzusprechen, ermöglicht das englische Recht den Gesellschaftern, sich des Haftungspuffers des Eigenkapitals mittels der Besicherung eines Darlehens zu bemächtigen und so die Absicherung der Gläubiger weitgehend auszuhöhlen.

1537 Der Normzweck von § 39 I Nr. 5 InsO ist umstritten, vgl. die Darstellung bei *Ehrike/Behme* in MüKo-InsO § 39, Rz. 42 ff. Meines Erachtens kann die Grundidee der Vorschrift nur durch die implizite Annahme erklärt werden, daß grundsätzlich jede Finanzierung des Unternehmens durch die Gesellschafter mit Blick auf das Ausfallrisiko der Gläubiger zu verantworten ist durch einen Risikobeitrag, der vom Gesetz nach den verschiedenen Finanzierungsformen differenziert bestimmt wird. Jede Finanzierungsform ermöglicht den Geschäftsbetrieb, dessen Vorteile, die Gewinnchancen, die Gesellschafter allein genießen. Auf den Zeitpunkt der Darlehensgewährung kommt es nicht an und damit nicht auf das Vorliegen einer Unternehmenskrise.

1538 Dazu *Davies/Worthington*, Principles, 1104 ff. m.w.N.

1539 *Salomon* v *Salomon & Co Ltd*, [1897] A.C. 22.

1540 Zu diesen Einschränkungen der Durchsetzbarkeit bzw. der Wirksamkeit einer floating charge *Davies/Worthington*, Principles, 1112 ff.

(3) Verzicht auf Finanzierungsverantwortung trotz wirtschaftlicher Vergleichbarkeit begründungsbedürftig

Wenn jede dieser Finanzierungsformen den Gesellschaftern ermöglicht, die vollen Gewinnchancen aus dem Geschäftsbetrieb zu ziehen, ohne für das Verlustrisiko der Gläubiger persönlich einstehen zu müssen, stellt sich die Frage, warum nur den Einlagen eine Finanzierungsverantwortung zugesprochen wird. In der historischen Diskussion um die rechtliche Behandlung des share capital wurde die Beschränkung des Kapitalschutzes auf Einlagen ebenso wenig begründet wie in der aktuellen Literatur zum geltenden Recht. Im folgenden soll versucht werden, Gründe zu finden, mit denen die unterschiedliche Behandlung einzelner Formen der Unternehmensfinanzierung durch die Gesellschafter erklärt werden kann.

cc) Gründe für die Beschränkung der Finanzierungsverantwortung auf capital-Einlagen

(1) Besonderheiten der Gesellschafterdarlehen

Der Freispruch der Gesellschafterdarlehen von jeglicher Finanzierungsverantwortung kann nicht allein mit dem formalen Unterschied begründet werden, Darlehen seien in der Bilanz als Fremdkapital abzubilden und nicht wie capital als Eigenkapital. Denn das All-capital-Argument hat das wirtschaftliche capital im Blick, und wirtschaftlich betrachtet können Gesellschafterdarlehen einer Einlage sehr nahe kommen.

Das Gesetz könnte bei Zuschreibung einer Finanzierungsverantwortung an Gesellschafterdarlehen in der werbenden Gesellschaft Zinsdienst und Tilgung nur aus dem Reingewinn zulassen (gleichsam einen Gewinnvorab vorsehen) und in der Insolvenz Zins und Tilgung nachrangig bedienen. Je näher ein Gesellschafterdarlehen bei wirtschaftlicher Betrachtung an eine Einlage rückt (z.B. hybride Gestaltungen in Einmanngesellschaften), desto näher liegen gesetzliche Sonderregeln für solche Darlehen. Der vorangegangene Proportionalsatz deutet jedoch die Schwierigkeiten schon an, die eine wirtschaftliche Betrachtung des Fremdkapitals genauso treffen wie jede andere wirtschaftliche Bestimmung als Grundlage rechtlicher Regelungen. Neben eindeutigen Fallbeispielen gibt es viele Abgrenzungsprobleme, ab wann ein Darlehen »im wesentlichen wie eine Einlage« funktioniert und welche Finanzierungsformen (auch kurzfristige Stundungen, Sachdarlehen?) »als gleichwertig anzusehen« sein sollen.

Die Bestimmung einer »vergleichbaren Finanzierungsverantwortung« verlangt nach gesetzeskonkretisierenden Wertentscheidungen des Rechtsanwenders und gelingt kaum je eindeutig. Entsprechend umstritten waren die Detailfragen kapitalersetzender Gesellschafterdarlehen im deutschen Recht, die auf dem Gedanken einer einlageähnlichen Finanzierungsverantwortung aufbauten und wegen der vielen Detailprobleme vom deutschen Gesetzgeber wieder verworfen wurden.[1541] Das englische Gesellschaftsrecht strebt traditionell nach klaren, rechtssicheren Regelungen und orientiert sich daher an formalen Gesichtspunkten. Die vielen Abgrenzungsfragen, die eine wirtschaftliche Betrachtung von Gesellschafterdarlehen mit sich brächte, geben dem Gesetz einen Grund, darauf zu verzichten, Fremdkapitalfinanzierungen durch Gesellschafter keine besondere gesellschaftsrechtliche Finanzierungsverantwortung zuzuschreiben.

Ein weiterer Grund liegt in der grundsätzlichen Anerkennung der Gesellschaft als eigenständige juristische Person und von Geschäftsbeziehungen zwischen Gesellschaft und Gesellschaftern, die wie Drittgeschäfte durchgeführt werden sollen. Können Kaufverträge und Mietverträge wie unter Dritten geschlossen werden, dann auch Darlehensverträge – zumindest wenn sie marktkonform ausgestaltet werden und nicht ungewöhnlich günstig sind für den Gesellschafter (verdeckte Gewinnausschüttungen) oder für die Gesellschaft (verdeckte capital Leistungen).

Ein dritter Grund, die Fremdkapitaleigenschaft von Gesellschafterdarlehen nicht in Frage zu stellen, ist gegeben, wenn die Fremdfinanzierung nicht entsprechend der Beteiligung an den Gesellschaftsanteilen vorgenommen wird. Wollen oder können nicht alle Gesellschafter weitere Finanzmittel bereitstellen und sollen die Beteiligungsquoten nicht verschoben werden, können die liquiden Gesellschafter weiteres Kapital nur als Fremdkapital oder allenfalls als hybrides Kapital zur Verfügung stellen. Eine Bereitstellung in Form von capital contributions würde bedeuten, daß sie deutlich mehr Risiko als die nichtfinanzierenden Gesellschafter übernähmen, ohne entsprechend mehr Rechte zu bekommen. In solchen Fällen anteilsunabhängiger Fremdfinanzierung liegt es besonders nahe, Gesellschafterdarlehen sowohl vor wie in der Insolvenz nicht anders zu behandeln als Drittdarlehen. Zudem kommen die erwähnten betriebswirtschaftlichen Vorteile der Fremdkapitalfinanzierung bei Gesellschafterdarlehen gleichermaßen wie bei Drittdarlehen zum Tragen. Gerade der Kostenvorteil beruht jedoch auf dem geringeren Risiko, das Fremdkapital gegenüber Eigenkapital trägt. Näherte man das Risiko von Gesellschafterdarlehen dem der Einlagen an, müßte die Verzinsung steigen, so daß gerade die in Rede stehenden Sonderregeln ein derzeit noch als marktüblich anzusehendes Darlehen zu einem marktunüblich günstigen werden ließen. Aus der Sicht der Gesellschaft ist es wünschenswert, Gesellschafterdarlehen nicht zu verteuern.

Zuletzt ist noch ein Zeitaspekt zu beachten. Solange die Gesellschaft alle Fremdkapitalforderungen bedienen kann, ist es aus Sicht der Gläubiger gleichgültig, ob darunter Forderungen aus Gesellschafterdarlehen sind. In der liquiden werbenden Gesellschaft kommen Zins und Tilgung von Gesellschafterdarlehen einem Gewinnvorab nahe. Kritisch sind Gesellschafterdarlehen vor allem in Krise und Insolvenz. Wenn man aber über lange Jahre Gesellschafterdarlehen wie Drittgeschäfte behandelt, kann man im Insolvenzfall nicht alle vergangenen

1541 Eine Übersicht über Probleme und weiterführende Literatur bieten *Raiser/Veil*, Kapitalgesellschaften, 621 ff.

Zins- und Tilgungsleistungen rückabwickeln und im Vorfeld der Krise nur schwer erklären, warum eine Finanzierungsform plötzlich besonders finanzierungsverantwortlich werden soll, der bisher keine Verantwortung zugesprochen worden ist.

(2) Besonderheiten der Gewinnthesaurierung

Näher als die zwangsweise Umqualifikation von Gesellschafterdarlehen in Einlagen liegt formal betrachtet die Angleichung der rechtlichen Behandlung von thesaurierten Gewinnen an das capital. Denn nicht ausgeschüttete Gewinne sind bilanziell gesehen ebenso Eigenkapital der Gesellschaft wie die Einlagen, nicht Fremdkapital wie die Darlehen. Gewinne bewußt nicht auszuschütten, um einen erhöhten Eigenkapitalbedarf decken zu können, kommt zudem dem Nachschießen von Eigenkapital wirtschaftlich sehr nahe. Die Vergleichbarkeit wird besonders augenfällig bei sogenannten ›scrip dividends‹, bei denen Gesellschafter anstatt einer Bardividende voll eingezahlte junge Anteile als Sachdividende erhalten.[1542] Wirtschaftlich betrachtet werden dabei Gewinne reinvestiert. Dennoch lassen sich Gründe finden, diese Form des Eigenkapitals nicht dauerhaft, d.h. bis zur Liquidation der Gesellschaft den Gläubigern vorzubehalten.

Zum einen bedeutet ein erhöhtes Eigenkapital nicht nur eine Gefahr für die Gläubiger, die eine besondere Finanzierungsverantwortung begründen kann, sondern zunächst einmal als faktischer Puffer auch einen Schutz für die Gläubiger. Nur weil das faktische Eigenkapital zur Befriedigung von Gläubigerforderungen zur Verfügung steht, ermöglicht es eine darauf abgestimmte Fremdfinanzierung. Wenn später Verluste zu verbuchen sind, können entsprechend weniger der thesaurierten Gewinne ausgeschüttet werden (vgl. s. 830 ss. 2 CA 2006). Thesaurierte Gewinne schützen damit das legal capital davor, durch Verluste angegriffen zu werden.

Des weiteren muß man sehen, daß nicht alle Gewinne tatsächlich ausschüttbar sein müssen. Kapital, das am Ende des Geschäftsjahres in der Bilanz als Gewinn ausgewiesen wird, kann während des Jahres schon investiert worden und daher nicht in liquiden Mitteln vorhanden sein. Bei solchen Gewinnthesaurierungen kann man nicht von einer bewußten und zu verantwortenden Finanzierungsentscheidung der Gesellschafter sprechen. Sie sind erforderlich als Ausgleich des erhöhten Anlage- oder Umlaufvermögens der Bilanz. Selbst liquide Mittel können nicht ausgeschüttet werden, sofern sie die Gesellschaft benötigt, um kurzfristig Forderungen der Gläubiger befriedigen zu können. Der Verzicht auf jeglichen Kapitalschutz hinsichtlich thesaurierter Gewinne vermeidet die betriebswirtschaftlich schwierige Frage, in welcher Höhe Gewinne maximal ausgeschüttet werden könnten.

Selbst wenn man den höchstmöglichen ausschüttbaren Gewinn mit betriebswirtschaftlichen Methoden eindeutig bestimmen könnte, wäre eine maximale

1542 Zu dieser Form der Dividendenausschüttung *Ferran/Ho*, Principles, 226.

Dividendenpolitik nicht im Interesse der Gesellschaft oder der Gläubiger, da der faktische Eigenkapitalpuffer kleiner ausfiele. Wollte das Gesetz thesaurierte Gewinne wie Einlagen behandeln, verleitete es die Gesellschafter, darauf zu drängen, jedes Jahr den höchstmöglichen Gewinn auszuschütten. Der Verzicht auf gesetzliche Regelungen für thesaurierte Gewinne bedeutet, daß dem Markt überlassen wird, welche Selbstfinanzierung der Gesellschaft er als ausreichend bewertet und damit welche Dividendenpolitik er akzeptiert.

Ein weiterer Gesichtspunkt, warum thesaurierten Gewinnen nicht dieselbe Finanzierungsverantwortung zugesprochen werden muß wie Einlagen, liegt in der beschränkten Einflußnahme der Gesellschafter auf die Dividendenpolitik. Da die Gewinnausschüttung eine Einschätzung erfordert, welche liquiden Mittel ohne Nachteile für die Gesellschaft an die Gesellschafter ausgekehrt werden können, bestimmen faktisch die Geschäftsführer über die zur Ausschüttung bereitgestellten Mittel. Der Companies Act 2006 regelt keine Zuständigkeiten für die Festsetzung der Dividende. Diese Frage adressieren die individuellen articles of association, sofern diese ausnahmsweise keine Regelung vorsehen die Model Articles. Praktisch wird der Interessenkonflikt, der bei der Gewinnausschüttung zwischen Management und Gesellschaftern besteht, meist so aufgelöst, daß die Gesellschafter über einen Dividendenvorschlag der directors abstimmen dürfen, selbst jedoch keine höhere Dividende festsetzen können, nur eine niedrigere.[1543] Soweit die Gesellschafter jedoch über eine Gewinnthesaurierung nicht ebenso frei entscheiden können wie über die Leistung einer Einlage, muß man der Entscheidung über die Thesaurierung von Gewinnen nicht dieselbe Finanzierungsverantwortung zusprechen. Wenn sich die directors dazu entschließen, eine stetige Dividendenpolitik anzustreben und so langfristige Investoren anzuziehen[1544], ist es überdies erforderlich, thesaurierte Gewinne ausschüttbar zu halten, da bei einer solchen Ausrichtung der Dividendenpolitik in guten Jahren weniger, in schlechten Jahren hingegen sogar mehr als der im jeweiligen Geschäftsjahr erwirtschaftete Gewinn ausgeschüttet werden kann.

Den Gesellschaftern geht es mit ihrer Gesellschaft darum, ohne persönliche Haftungsrisiken Gewinne zu erwirtschaften. Das Gesetz anerkennt ihr Anliegen und läßt die Gründung von haftungsabschirmenden Gesellschaften zu, da es sich von der Förderung des Unternehmertums einen volkswirtschaftlichen Gesamtnutzen verspricht. Dabei gewährt es den Gesellschafter den Zugriff auf alle erwirtschafteten Gewinne, die nicht sie selbst oder die Geschäftsführer freiwillig in der Gesellschaft belassen. Weder verfügt das Gesetz eine Totalgewinnsperre bis zur Liquidation der Gesellschaft, da ohne die Aussicht auf jährliche Dividenden kaum jemand in die Gesellschaften investieren dürfte, noch sieht das Gesetz eine Ausschüttungssperre für freiwillig thesaurierte Gewinne vor, da die Gesellschaften durch ihre Organe selbst bewerten sollen, welcher Grad der

1543 *Ferran/Ho*, Principles, 207 f.

1544 Zu den verschiedenen Grundsätzen der Dividendenpolitik aus betriebswirtschaftlicher Sicht *Thommen/Achleitner*, Allgemeine Betriebswirtschaftslehre, 305.

Selbstfinanzierung betriebswirtschaftlich angemessen ist. Das Gesetz begnügt sich mit den betriebswirtschaftlichen Vorteilen, die jede Selbstfinanzierung für eine Gesellschaft und damit auch für deren Gläubiger hat, und der faktischen Pufferwirkung des durch Gewinnthesaurierung erhöhten Eigenkapitals.

Statt festen gesetzlichen Vorgaben an den Grad der Selbstfinanzierung schützt die Gläubiger die Verantwortung der Geschäftsführer für die Finanzierung der Gesellschaft. Gewiß könnte das Gesetz auch den erwirtschafteten Gewinnen Finanzierungsverantwortung zusprechen und entweder ein bestimmtes Maß an Gewinnthesaurierung vorschreiben, so wie das zum Beispiel im deutschen Recht für die Aktiengesellschaft § 150 Akt vorsieht und § 5a Abs. 3 GmbHG für die Unternehmergesellschaft, oder das Gesetz könnte an die freiwillig thesaurierten Gewinne anknüpfen und eine spätere Ausschüttung verbieten, so wie es die freiwillige Mehrleistung eines premium nicht verlangt, jedoch an ihre tatsächliche Aufbringung Rechtsfolgen knüpft. Daß der Companies Act 2006 darauf verzichtet, Regelungen zu thesaurierten Gewinnen vorzusehen, zeigt, daß es ihm nicht darum geht, den Gedanken einer Verantwortung gegenüber den Gläubigern aus der Unternehmensfinanzierung auf alle Finanzierungsformen anzuwenden, sondern darum, einen Risikobeitrag der Gesellschafter zu bestimmen, der insgesamt fair genug erscheint. Den Gläubigern gegenüber müssen die Gesellschafter nur einen ausreichend fairen Finanzierungsbeitrag verantworten, nicht jeden Finanzierungsbeitrag. Die faktische Pufferwirkung der Selbstfinanzierung und das immanente Risiko, daß thesaurierte Gewinne vor einer Ausschüttung an die Gesellschafter durch spätere Verluste wieder aufgezehrt werden können, erscheinen dem englischen Recht als ausreichend faire Risikoverteilung hinsichtlich aller Gewinne.

Der Companies Act 2006 wägt das auf Gewinnerzielung gerichtete Interesse der Gesellschafter und das Sicherungsinteresse der Gläubiger gegeneinander ab und geht davon aus, daß keine Vorgaben an eine verpflichtende Gewinnrücklage erforderlich sind, ebenso keine Ausschüttungssperre von freiwillig thesaurierten Gewinnen oder gar eine Verpflichtung wie bei Einlagen, über eine Verlustverrechnung hinaus den entsprechenden Betrag durch spätere Gewinne wieder aufzufüllen. Dieses Risiko weist das Gesetz gerade den Gläubiger zu, wenn es mit Blick auf den erhofften volkswirtschaftlichen Gesamtnutzen den Unternehmern haftungsabschirmende Gesellschaften zur Unternehmensführung bereitstellt, das Risiko in späteren Jahren mit Forderungen auszufallen, obwohl die Gesellschafter in früheren Jahren aus der Gesellschaft Gewinne gezogen haben. Das Gesetz strebt keine bestmögliche Absicherung der Gläubiger an und reserviert ihnen nicht bis zur Liquidation der Gesellschaft deren Totalgewinn, sondern es strebt nach einem Kompromiß zwischen den gegenläufigen Interessen der Gläubiger und der Gesellschafter. Zu diesem Zweck widmet es nicht alle Finanzierungsbeiträge der Gesellschafter dem Schutz der Gläubiger, sondern nur bestimmte, die Einlagen. Diesen Risikobeitrag der Gesellschafter bewertet das Gesetz als ausreichend fair.

(3) Besonderheiten der capital-Finanzierung

Die Beschränkung des Kapitalschutzes auf Einlagen ist das Ergebnis eines Kompromisses zwischen den Interessen der Gläubiger und der Gesellschafter. Jeder Beitrag der Gesellschafter zur Unternehmensfinanzierung ist für das Ausfallrisiko der Gläubiger mitursächlich, nicht jedem Finanzierungsbeitrag spricht das Gesetz jedoch dieselbe Finanzierungsverantwortung zu, die in den Kapitalschutzvorschriften ihren besonderen Ausdruck findet. Betriebswirtschaftliche Kausalität ist nicht gleichzusetzen mit gesellschaftsrechtlicher Verantwortung. Finanzierungsverantwortung entsteht erst durch die gesetzgeberische Entscheidung, den Tatbestand des risikoerhöhenden Finanzierungsbeitrags mit einer rechtlichen Sollensanforderung zu verknüpfen.

In der historischen Diskussion um die Erstreckung des Kapitalschutzes auf das share premium wurde und in der aktuellen Literatur zum gesellschaftsrechtlichen Kapitalschutz wird nicht begründet, warum die gesetzgeberische Zuschreibung von Finanzierungsverantwortung auf das capital beschränkt wird. Diese Beschränkung erscheint vielen wohl als selbstverständlich, da sie einerseits eine lange Historie aufweisen kann und andererseits eine Typisierung wirtschaftlicher Vorgänge enthält. Historisch gesehen war der Kapitalschutz bis zur Reform des Jahres 1948 auf die Einlagen beschränkt, die formal als share capital ausgewiesen worden sind. Dadurch wurde die Diskussion auf das capital gelenkt, ohne die implizit angenommene Finanzierungsverantwortung näher zu begründen oder von anderen Finanzierungsbeiträgen abzugrenzen.

Die Anforderungen des Kapitalschutzes an die formale Einlage dürften auf eine gesetzliche Typisierung betriebswirtschaftlicher Notwendigkeiten zurückzuführen sein. Im Regelfall benötigt jede Gesellschaft einen Beitrag der Gesellschafter, damit Gläubiger mit ihr in Geschäftsbeziehungen treten und Kredit gewähren. Kredit bedeutet nicht nur Darlehen von Banken, sondern ebenso Vorleistungen von Lieferanten (Lieferantenkredit) oder Kunden (Kundenkredit).[1545] Die Gläubiger riskieren ihr Vermögen nicht, wenn nicht auch die Gesellschafter einen wertvollen Beitrag riskieren. Dieser Beitrag der Gesellschafter kann in der Investition von Lebenszeit bestehen, indem sie persönlich die Geschäfte führen. Meist werden jedoch Geld oder Sachwerte der Gesellschaft zur Verfügung gestellt. Das durch Einlagen aufgebrachte Eigenkapital bildet in der Regel die betriebswirtschaftliche Basis der Unternehmensfinanzierung.[1546] Diesen betriebswirtschaftlichen Normalfall hat der Kapitalschutz zum Gesetz erhoben, indem er von den Gesellschaftern als Gegenleistung für die Mitgliedschaft eine Einlage fordert, die den Gläubigern als Pfand zur Verfügung steht. Die gesetzliche Typisierung muß keinen unzulässigen Schluß vom Sein auf das Sollen bedeuten, wenn man in dem betriebswirtschaftlichen Regelfall die

1545 Überblick über die verschiedenen Formen des Fremdkapitals bei *Thommen/Achleitner*, Allgemeiner Betriebswirtschaftslehre, 311 ff.

1546 Vgl. *Thommen/Achleitner*, Allgemeine Betriebswirtschaftslehre, 292.

allgemeingültige Wertung erblickt, daß jeder selbst etwas riskieren muß, wenn seine Gewinnchance für andere ein Verlustrisiko bedeutet. An diese allgemein akzeptierte Wertung kann das Gesetz bei seiner Wertungsentscheidung anknüpfen und die sich daraus ergebenden konkreten Anforderungen formulieren.

Über die Höhe des fairen Risikobeitrags ist damit noch nichts gesagt. Ursprünglich hat das englische Gesellschaftsrecht auf die Marktmechanismen vertraut und den Gläubigern die Entscheidung überlassen, ob ihnen das formal zugesagte share capital als Risikobeitrag genügt. Das All-capital-Argument hat später den Gedanken eingeführt, daß nicht jedes formale Versprechen notwendig einen ausreichend fairen Risikobeitrag bedeutet, und gefordert, jede Einlage in Beschlag zu nehmen, die als Gegenleistung für neue Mitgliedschaftsrechte geleistet wird. Dahinter mag der Gedanke stehen, daß der Gesellschaftsanteil die mitgliedschaftlichen Rechte auf Beteiligung am Gewinn gewährt, weshalb im Gegenzug die gesamte Gegenleistung für diese Gewinnchance als Risikobeitrag verhaftet sein soll.

Die Bestimmung des fairen Risikobeitrags der Gesellschafter nach den gesamten Einlagen hat die Stärke, daß sie eine formale Beliebigkeit vermeidet und den Risikobeitrag stärker an dem Eigenkapital bemißt, das nach Einschätzung der Gesellschafter selbst betriebswirtschaftlich notwendig ist. Durch diese Ausdehnung des Kapitalschutzes wird der Gläubigerschutz gestärkt. Dabei wird angenommen, daß die Gesellschafter kaum mehr Einlagen versprechen werden, als sie für den Geschäftsbetrieb erforderlich halten. Historisch ist diese Annahme nicht ganz korrekt, da das share capital ursprünglich bewußt höher angesetzt wurde, als der die Gesellschaft aktuell Kapitalbedarf hatte, um für zukünftige Entwicklungen gewappnet zu sein. Die Schwäche dieser Bestimmung des Haftkapitals besteht vor allem darin, daß allein die Betriebsnotwendigkeit des zugeführten Kapitals die besonderen Anforderungen des Kapitalschutzes gerade nicht begründen kann. Die Entscheidung über die Höhe des Haftkapitals bleibt eine Abwägungsentscheidung zwischen verschiedenen Interessen.

Die gesetzliche Typisierung des betriebswirtschaftlichen Regelfalls enthält die Wertung, daß die Haftungsbeschränkung auf das Vermögen der Gesellschaft nur gerechtfertigt werden kann, wenn die Gesellschafter aus ihrem übrigen Vermögen einen Risikobeitrag leisten. Dazu ist ein Kapitalschutz von Einlagen erforderlich. Der Kapitalschutz der Einlagen läßt sich damit rechtfertigen, daß die Einlagen ohnehin geleistet werden, da sie typischerweise die Eigenkapitalbasis der Unternehmensfinanzierung bilden, und daß die Gesellschafter über die Einlagen bewußt entscheiden, man an diese freiwillige Entscheidung daher voraussehbare Rechtsfolgen anknüpfen kann. Die Beschränkung des Kapitalschutzes auf die anläßlich einer Anteilsausgabe erbrachten Einlagen und der Verzicht auf eine Regelung anderer Formen der Unternehmensfinanzierung durch die Gesellschafter läßt sich mit verschiedenen Praktikabilitätserwägungen begründen, die im einzelnen bei diesen Finanzierungsformen besprochen worden sind. Die Anteilsausgabe bietet einen klaren Anknüpfungspunkt für rechtliche Sonderbestimmungen. Dieses statische Kapitalschutzkonzept bietet gegenüber einem dynamischen Kapitalschutz, der die gesamte Unternehmensfinanzierung im Laufe der werbenden Tätigkeit überwacht, den Vorteil, daß es weniger Abgrenzungsfragen aufwirft und daher vergleichsweise leicht und rechtssicher gehandhabt werden kann. Noch wichtiger als solche Praktikabilitätserwägungen ist die Überzeugung des Gesetzes, daß mit dieser Regelung ein fairer Kompromiß zwischen den Interessen der Gesellschafter und der Gläubiger erreicht worden ist.

Der erreichte Kompromiß ist als Ergebnis einer Abwägungsentscheidung zwischen gegenläufigen Interessen aus den genannten Gründen nachvollziehbar. Der derzeitige Kapitalschutz ist jedoch nicht das Ergebnis einer systematischen Logik, wie das All-capital-Argument auf den ersten Blick suggeriert. Der Verweis auf die capital nature einer Finanzierungsleistung kann die Zuschreibung von Finanzierungsverantwortung allein nicht erklären. Auf der tatsächlichen Ebene läßt sich nur eine kausale Verknüpfung von Einlagenfinanzierung und Ausfallrisiko der Gläubiger feststellen. Dieselbe Kausalität kann auch bei anderen Formen der Unternehmensfinanzierung durch die Gesellschafter beobachtet werden. Anderen Finanzierungsvarianten wird vom Gesetz jedoch keine Finanzierungsverantwortung zugesprochen. Finanzierungsverantwortung wird nicht vom Gesetz als Wesensmerkmal einer Finanzierungsform erkannt und zur Grundlage der Systembildung des Kapitalschutzes gemacht, sondern Finanzierungsverantwortung wird bestimmten Finanzierungsformen durch das Gesetz nach Abwägung verschiedener Gesichtspunkte zugesprochen und findet in den Kapitalschutzregeln ihren Ausdruck.

Das All-capital-Argument erweist sich letztendlich nicht als ein logisches oder systematisches Argument, das die besondere Finanzierungsverantwortung, die in den Kapitalschutzregeln zum Ausdruck kommt, zwingend begründen kann, sondern als kurze und prägnante Formulierung einer Rechtsüberzeugung, daß die Haftungsbeschränkung auf das Vermögen der Gesellschaft den Gläubigern gegenüber fair ist, wenn die Gesellschafter alle und nur die zur Gewinnerzielung eingesetzten Einlagen in gleicher Weise riskieren. Für diese Rechtsüberzeugung lassen sich die einzelnen genannten Gründe anführen. Keiner dieser Gesichtspunkte liefert ein systematisch zwingendes Argument, sondern trotz aller rationalen Gesichtspunkte enthält die Abwägungsentscheidung einen großen Anteil Rechtsgefühl, nämlich daß mit diesem Kompromiß ein fairer Interessensausgleich gelungen ist.

Dieser wissenschaftlich nicht weiter aufhellbare Anteil der Rechtsüberzeugung des Gesetzgebers stellt keine Besonderheit des Kapitalschutzes dar, sondern kommt bei jeder Abwägungsentscheidung zum Tragen. An dieser Stelle endet die Möglichkeit systematischer Gesetzeskritik. Denn Systemkritik bedarf klarer Grundsätze, die durch ein systematisch überzeugendes Gesetz ausgestaltet werden sollen. Solch einen klaren Grundsatz enthält das Alls-capital-Argument nur auf den ersten Blick. Bei näherer Betrachtung zeigt sich, daß dieses Argument in Wahrheit die Quintessenz einer vielschichtigen Abwägungsentscheidung ausdrückt und die Möglichkeit läßt, zwischen verschiedenen Formen wirtschaftlichen capital zu differenzieren, solange am Ende ein fairer Ausgleich zwischen den Interessen der Gläubiger und den Interessen der Gesellschaft erreicht wird. Daher wäre eine andere Ausgestaltung des Kapitalschutzes ebenso nachvollziehbar, wie zum Beispiel die historische Betonung der formal als share capital versprochenen Einlage, bei der weitere Einlagen ebenso wie thesaurierte Gewinne nur faktisch den Gläubigerschutz stärken, oder auch ein Kapitalschutz, der die gesamte Unternehmensfinanzierung durch die Gesellschafter in den Blick nimmt und von verschiedenen Finanzierungsformen verschiedene Verantwortungsbeiträge verlangt.

3. Fazit

Die vorangegangene systematische Kritik fragte danach, inwieweit der englische Kapitalschutz seine selbstgesetzte Zielvorgabe erreicht, share premium und share capital rechtlich gleichzustellen, und inwieweit die Begründung mit dem All-capital-Argument die einzelnen Maßnahmen trägt. Immer wieder hat sich im Laufe dieser Systemkritik gezeigt, daß der Leitgedanke eines bilanziellen Kapitalschutzes, der im Interesse der Gläubiger alle wirtschaftlichen Einlagen gleich behandelt, nicht ohne Rücksicht auf andere Interessen ausgestaltet werden kann, sondern bei der Auswahl der zu regelnden Einlagen und der Ausgestaltung der vorgeschriebenen Schutzmodule eine Abwägung verschiedener Interessen erforderlich ist.

Vornehmlich zwei Gründe lassen sich für diese notwendigen Einschränkungen des Leitgedankens angeben. Zum einen knüpft der Kapitalschutz der Einlagen an die Gegenleistung an, welche die Gesellschafter untereinander aus Eigeninteresse vereinbaren. Er muß daher die Interessen des Einlegers und seiner Mitgesellschafter berücksichtigen, nicht allein die Interessen der Gläubiger. Schwierigkeiten bereitet die Abstimmung der verschiedenen Interessen vor allem bei der Kapitalaufbringung. Diese Schwierigkeiten hat der englische Regelungsansatz nicht ausreichend bedacht, da er einseitig von der Kapitalerhaltung her denkt.

Zum anderen bedeutet die Beschränkung des Kapitalschutzes auf die Einlagen eine Einschränkung auf eine bestimmte Form der Unternehmensfinanzierung, die sich nicht aus der Natur der Sache ergibt, sondern ihrerseits das Ergebnis einer vielschichtigen Interessenabwägung ist. Der Verweis auf das wirtschaftliche und das ihm nahestehende, jedoch seinerseits schon enger gefaßte bilanzielle capital kann die Zuschreibung von Finanzierungsverantwortung an die Einlagen nicht erklären. Man hat sich hier wohl von der Äquivokation der verschiedenen capital-Begriffe und einer scheinbaren phänomenologischen Erkenntnis verwirren lassen.

Wägt man die Interessen der Gläubiger und Gesellschafter gegeneinander ab und berücksichtigt dabei die praktischen Schwierigkeiten, die sich bei einer möglichst weitgehenden Umsetzung des Gleichbehandlungspostulats allen wirtschaftlichen capital zwangsläufig ergeben, erweist sich das geltende englische

Recht als im großen und ganzen nachvollziehbarer Kompromiß, der jedoch anderen Lösungsansätzen aus systematischer Sicht nicht offensichtlich überlegen ist, sondern von der Überzeugung lebt, einen ausreichend fairen Interessenausgleich erreicht zu haben. Andere Regelungen wären genauso denkbar gewesen in der Bandbreite von einem Festhalten an der Rechtslage vor 1948, die auf Sonderregeln für das premium verzichtet und sich mit der faktischen Verbesserung der Situation der Gläubiger begnügt hat, bis hin zu einer stärkeren Finanzierungsverantwortung anderer Finanzierungsbeiträge der Gesellschafter, die für das Ausfallrisiko der Gläubiger ebenso kausal sind wie die Einlagen.

Manche Details der aktuellen Regelung bleiben aus systematischer Sicht unbefriedigend, wenn man die Zielvorgabe einer möglichst weitgehenden Gleichbehandlung allen capital auch in Anbetracht der notwendigen Kompromisse nicht aufgeben will. Eine Kompromißlösung wird zwar nie ein vollkommen stringentes System hervorbringen, doch fordern die verbleibenden systematischen Spannungen dazu auf, die konkrete Lösung zu überdenken. Die wichtigsten systematischen Schwierigkeiten, welche diese Untersuchung benennen konnte, sind folgende:

Seinen Ausgang nimmt der Kapitalschutz des Companies Act 2006 bei einem wirtschaftlichen capital-Begriff. Die konkrete Ausgestaltung versucht daher einerseits mit den Regeln zur Bilanzierung von Sacheinlagen einer wirtschaftlichen Betrachtungsweise Geltung zu verschaffen, verharrt andererseits bei der traditionellen formalen Bestimmung der Gegenleistung für junge Anteile. Der Verzicht auf eine Legaldefinition des premium hat dazu geführt, daß die Reichweite der gewünschten wirtschaftlichen Betrachtung unklar ist. Die Kapitalerhaltung knüpft bei dem share premium zudem an die Aktivierbarkeit einer Leistung in der Bilanz an. Diese Anknüpfung bedeutet ebenfalls eine Einschränkung gegenüber dem wirtschaftlichen capital-Verständnis, die allein mit Praktikabilitätserwägungen erklärt werden kann.

Das formale Element des Kapitalschutzes, nur Leistungen zu erfassen, die ausdrücklich als Gegenleistung für junge Anteile vereinbart worden sind, (ver-)führt zu Ausweichbewegungen in andere Finanzierungsbeiträge, die wirtschaftlich dem geregelten capital sehr nahe kommen, jedoch formal nicht so qualifiziert werden. Teilweise könnten Abgrenzungsprobleme zwischen premium und rein wirtschaftlichen Einlagen durch eine Umgehungsrechtsprechung eingehegt werden, wenn sich die englischen Gerichte dazu entschließen sollten. Vollständig beherrschbar wird dieses Problem jedoch nie sein, insbesondere nicht in geschlossenen Gesellschaften, da jeder wirtschaftlichen Betrachtungsweise Abgrenzungsschwierigkeiten inhärent sind. Der Übergang von einem normalen gewinnbringenden Austauschgeschäft zur bewußt verschleierten Stärkung der Eigenkapitalbasis der Gesellschaft ist fließend.

Die Tatsache, daß der Kapitalschutz an Leistungen anknüpft, welche die Gesellschafter untereinander vereinbaren, um Anteilsverwässerungen zu verhüten, führt zu Spannungen zwischen der Kapitalerhaltung, die allein die Interessen der Gläubiger in den Blick nimmt, und der Kapitalaufbringung, die ebenso den

Interessen der Mitgesellschafter dient. Das Gleichbehandlungspostulat allen capital führt insbesondere bei der Kapitalaufbringung in Schwierigkeiten, da es sich dort für die Gläubiger der Gesellschaft kontraproduktiv auswirken kann.

Unvermeidbar bleiben Unterschiede, die darauf beruhen, daß die Gesellschafter eine Einlageleistung entweder in Geld oder dinglich vereinbaren können. Jedenfalls solange man an dem par value-System festhält, wird die Art der Festsetzung der Leistungsschuld einen Unterschied machen, da der par value in Geld ausgedrückt wird. Die Unterschiede betreffen vor allem die Kapitalaufbringung (hier die no discount rule und die Regelungen zur Werthaltigkeit von Sacheinlagen), aber auch die Kapitalerhaltung (hier die Relevanz der Bilanzierbarkeit von Leistungen für die Bestimmung der Haftkapitalziffer und das Problem der Bilanzkorrektur).

Problematisch erscheint zudem die Möglichkeit, Gesellschafterdarlehen zu besichern. Wenn man auch begründen kann, daß Gesellschafterdarlehen (wie auch thesaurierte Gewinne) nicht im selben Maße finanzierungsverantwortlich sein sollen wie Einlagen, so befremdet doch die Möglichkeit, die Einlagen, die im Interesse der Drittgläubiger dem Kapitalschutz unterworfen werden, den Gesellschaftern zuzuschlagen. Zwar erleiden die Gesellschafter auch bei besicherten Gesellschafterdarlehen im Fall der Insolvenz einen Verlust, da sie der Gesellschaft zweimal Kapital bereit gestellt haben, als Einlage und als Darlehen, und nur für die Darlehen Vermögensgegenstände der insolventen Gesellschaft erhalten. Die Drittgläubiger jedoch erhalten im schlimmsten Fall gar keine Zahlungen von der insolventen Gesellschaft, wenn alle vorhandenen Werte als Sicherheit gedient haben. Mit dem Ausgangsgedanken, für die Gläubiger eine Mindestsicherung bereitzuhalten, ist diese Möglichkeit kaum zu vereinbaren.

Kaum verständlich sind ebenso die Freiheiten, die capital contributions ohne zeitgleiche Anteilsausgabe genießen. Diese Einlagen sind ohne Zweifel capital, werden auch bilanziell so erfaßt. Ein ausreichend fairer Risikobeitrag mag von den Gesellschaftern auch dann verlangt werden, wenn nur Einlagen im Zusammenhang mit einer Anteilsausgabe besonders geregelt werden. Mit der angeführten Begründung, dem All-capital-Argument jedoch ist diese Ausnahme nicht vereinbar. In geschlossenen Gesellschaften ermöglicht sie den Gesellschaftern weitgehend jene Beliebigkeit, über die Intensität des Gläubigerschutzes zu bestimmen, die das Gleichbehandlungspostulat verhindern will.

Nicht nachvollziehbar sind des weiteren aus systematischer Sicht die willkürlichen Ausnahmebestimmungen für Konzerne (merger relief und group reconstruction relief) und die großzügigen Möglichkeiten, das premium zur Deckung der Kosten der Anteilsausgabe zu verwenden und so das Haftkapital dauerhaft abzusenken.

Manche Schwierigkeiten ließen sich aus systematischer Sicht leicht beheben, wenn man die stringente Umsetzung des Leitgedankens höher gewichten will als die übrigen genannten Gesichtspunkte. So könnte der Secretary of State seine Befugnisse aus s. 657 CA 2006 ausüben und eine Legaldefinition des premium einführen, die no discount rule wenigstens auf das stated premium erstrecken, im Rahmen der Kapitalaufbringung eindeutige Differenzierungen zwischen verschiedenen Formen der Einlage einführen oder Schutzmodule streichen, sowie die Ausnahmen für die Kosten der Anteilsausgabe, die beiden reliefs und für capital contributions ohne Anteilsausgabe aufgeben. Er sollte vorher das derzeitige Kapitalschutzsystem neu überdenken, sich die hier herausgearbeiteten impliziten Annahmen bewußt machen und erneut entscheiden, ob wirklich jede Form von wirtschaftlichen capital-Einlagen dem Kapitalschutz unterworfen werden soll oder ob Differenzierungen zwischen den verschiedenen Formen von Einlagen und in der Schutzintensität der einzelnen Regelungen vorgenommen werden sollen.

Letzten Endes ist die gewünschte Gleichbehandlung nur näherungsweise zu erreichen, solange man am System der par value shares festhält und darin den Kapitalschutz an die Einlagen der Gesellschafter knüpft, da dann die verschiedenen Arten, die Einlageschuld zu bestimmen, zu Differenzierungen zwingen, und solange man keine gesellschaftsrechtliche Vorgabe für die Bilanzierung von »an sich nicht aktivierbaren« Gegenleistungen vorsieht, da dann stets nur ein Teil der wirtschaftlichen Einlagen auch bilanziell erfaßt wird. Angesichts der bestehenden Unterschiede, der notwendigen und noch mehr der vermeidbaren, erhebt sich die Frage, ob man die derzeitige Kompromißlösung selbst als gelungen ansieht. Die Antwort hängt davon ab, ob man die bestehenden systematischen Spannungen als hinnehmbar bewertet oder einem die Unterschiede zwischen wirtschaftlich durchaus vergleichbaren Finanzierungsbeiträgen in der Summe zu groß erscheinen. Die Bewertung des derzeitigen Kompromisses weist über die systematische Kritik hinaus und verlangt eine Kritik der Zielvorgabe und der Wertungsgrundlagen selbst.

IV. Zielkritik der aktuellen Regelung

Die vorangegangene Systemkritik untersuchte, wie konsequent der Leitgedanke eines bilanziellen Kapitalschutzes, der im Interesse der Gläubiger alle wirtschaftlichen Einlagen gleich behandeln soll, umgesetzt worden ist und inwieweit der Hinweis auf die capital nature des Finanzierungsbeitrags die getroffenen Maßnahmen und die bleibenden Unterschiede begründen kann. Die vermeidbaren wie die notwendigen Unterschiede zwischen verschiedenen Formen wirtschaftlichen capital werfen die Frage auf, ob die aktuelle Regelung und das dahinter stehende Gleichbehandlungspostulat den Interessenkonflikt zwischen sicherheitsorientierten Gläubigern und gewinnorientierten Gesellschaftern fair lösen.

Im folgenden sollen die Zielvorgabe des Gleichbehandlungspostulats hinterfragt werden und die dahinterstehende Überzeugung, alles wirtschaftliche capital müsse den Gläubigern als Haftungsmasse dauerhaft zur Verfügung stehen, um die Haftungsbeschränkung auf das Vermögen der Gesellschaft legitimieren zu können. Die Wertungsgrundlagen des derzeitigen Kapitalschutzsystems sollen hinterfragt werden, indem die systematischen Widersprüche aufgegriffen und ergänzende Wertungsgesichtspunkte betrachtet werden.

1. Bilanzklarheit ohne gesellschaftsrechtliche Sonderregeln

Ihren Ausgangspunkt nahm die Diskussion, die zu den heutigen Regelungen über das share premium führte, bei der extensiven Bildung stiller Reserven, die entstanden, wenn der wirtschaftliche Wert eines Agios in der Bilanz entweder gar nicht aktiviert wurde oder in demselben Maße, in dem er aktiviert wurde, Sonderabschreibungen auf das Anlagevermögen vorgenommen wurden. In der Diskussion vor Erlaß des Companies Act 1948 wurde auf zwei Gefahren hingewiesen, die bei einer Abkehr vom Grundsatz des true and fair view den Investoren und den Altgesellschaftern drohten.[1547] Die Investoren liefen Gefahr, die Ertragskraft der Gesellschaft zu überschätzen, da einerseits die Einlagen als Scheingewinne ausgekehrt werden konnten und andererseits in der damaligen Fachpresse die Gewinne im Verhältnis zum gesetzlichen Kapital angegeben wurden, nicht im Verhältnis zum gesamten eingesetzten Eigenkapital. Die nicht an der Geschäftsführung beteiligten Altgesellschafter liefen Gefahr, daß die erbrachten Einlagen im Geschäftsbetrieb verlorengingen, ohne daß die entsprechenden Verluste aus der Bilanz hätten erkannt werden können.

Ähnliche Gefahren drohen Alt- und Neugesellschaftern auch heute noch, wenn Einlagen in weitem Umfang zu stillen Reserven führen. Heute werden diese Argumente jedoch nicht mehr angeführt, um die Regeln über den share premium account zu rechtfertigen. In der Tat bedarf es zur Lösung dieser Schwierigkeiten keiner gesellschaftsrechtlichen Ausschüttungssperre, sondern allein klarer Bilanzierungsgrundsätze. Im Fall von capital contributions steht die accountancy-Praxis heutzutage ohnehin vor der Aufgabe, Bilanzklarheit ohne Hilfe des Gesellschaftsrechts sicherzustellen.

Gegen die Zielsetzung, ein realistisches Bild der Ertragskraft des Unternehmens zu zeichnen und unerkannte Vermögensverluste zu verhindern, ist nichts zu erinnern. Gesellschaftsrechtliche Sonderregeln über die Kapitalaufbringung, eine Ausschüttungssperre oder gar die Pflicht, durch Verluste aufgezehrtes Kapital durch spätere Gewinne wieder aufzufüllen, können dazu keinen Beitrag leisten. Mit dem Ziel der Bilanzklarheit läßt sich allein s. 610 ss. 1 CA 2006 begründen, der den Ausweis einer besonderen Kapitalrücklage (share premium account) in voller Höhe des wirtschaftlichen Wertes der Einlage vorsieht. Diese Vorgabe hätte die accountancy-Praxis jedoch auch ohne Hilfe des Gesellschaftsrechts durchsetzen müssen, wie sie dies im Fall der capital contributions heutzutage ebenfalls tun muß. Die Vorgabe eines dauerhaften Haftkapitals in s. 610 ss. 4 CA 2006 schießt über das Ziel der Bilanzklarheit hinaus.[1548] Sie läßt sich allein mit der zusätzlichen Überlegung rechtfertigen, man wolle eine

1547 S.o. S. 4. KapitelB.I.2.b).
1548 So auch *Noke*, Why not distribute share premiums?, 44.

beliebige Aufteilung der Einlage auf verschiedene Formen des rechtlichen capital vermeiden.

2. Beliebigkeitsargument nur eingeschränkt gültig

Die Verhinderung einer beliebigen Dotierung des Haftkapitals durch die Gesellschafter ist heute das zentrale Argument für die Rechtfertigung, das share premium in den bilanziellen Kapitalschutz einzubeziehen, nicht mehr die Angst vor Scheingewinnen oder unbemerkten Vermögensverlusten. Auf der Basis des Beliebigkeitsarguments läßt sich der Kapitalschutz des share premium jedoch nicht in vollem Umfang begründen.

a) Beliebigkeitsargument und Implikationen

Die Ablehnung einer beliebigen Dotierung des Haftkapitals durch die Gesellschafter läßt sich im System des bilanziellen Kapitalschutzes begründen, wenn man die Effektivität des angestrebten Gläubigerschutzes betont. Wie bereits erörtert wurde[1549], enthält das Streben nach einem fairen Risikobeitrag der Gesellschafter in den meisten gesetzlichen Regelungen den Teilaspekt, die Gläubiger dauerhaft vor Verlusten durch ein Scheitern der Unternehmung zu schützen. Weder im englischen noch im europäischen oder im deutschen Gesellschaftsrecht begnügt sich der Kapitalschutz mit einem Eigenkapitalbeitrag der Gesellschafter, der durch Verluste aufgezehrt werden kann. Diese drei Systeme enthalten alle die Vorgabe, dauerhaft einen Haftungspuffer vorzuhalten und diesen, wenn nach Verlusten notwendig, aus Gewinnen wieder aufzufüllen. Damit soll möglichst über die gesamte Dauer der werbenden Gesellschaft ein Eigenkapitalpolster vorgehalten werden, das Verluste auffangen kann und so Gläubiger vor einem Forderungsausfall schützt.

Der dauerhafte Eigenkapitalpuffer kann über die Zeit gesehen mehr Gläubiger schützen als ein rein tatsächlicher Eigenkapitalpuffer, der mit Verlusten verrechnet werden kann und danach keine Wirkung mehr entfaltet. Je höher die Haftkapitalziffer ausfällt, desto effektiver ist dieses Sicherungsmittel der Gläubiger. Genau diese Steigerung der Effektivität des Gläubigerschutzes durch die Regeln zum share premium führen zum Beispiel *Davies* und *Worthington* an, wenn sie sich gegen die Möglichkeit zur beliebigen Ausstattung des Haftungsfonds wenden und die Sonderregeln zum share premium loben. [1550] Das Beliebigkeitsargument wendet sich gegen eine niedrige Haftkapitalziffer und hält einen aus dem share premium gebildeten rein faktischen Eigenkapitalpuffer für nicht ausreichend effektiv. Nur ein Risikobeitrag der Gesellschafter, der dauerhaft zugunsten der Gläubiger wirke, sei ausreichend fair.

1549 S.o. S. 341 ff.
1550 *Davies/Worthington*, Principles, 295.

Das Beliebigkeitsargument basiert seinerseits auf der Vorstellung einer Finanzierungsverantwortung, die von der Kausalität der Unternehmensfinanzierung durch die Gesellschafter für das Ausfallrisiko der Gläubiger ausgeht und einer bestimmten Form der Unternehmensfinanzierung, das sind die Einlagen, in besonderer Weise Verantwortung gegenüber den Gläubigern zuspricht. In den Kapitalschutzregeln des share premium kommt die Vorstellung des Companies Act 2006 von einer ordentlichen Unternehmensfinanzierung zum Ausdruck, nämlich daß Eigenkapitalbeiträge der Gesellschafter stets als dauerhaft vorzuhaltendes legal capital geleistet werden sollen.

Ohne es so zu nennen, behandeln die Vorschriften über das share premium das in Deutschland breit diskutierte Problem der formellen Unterkapitalisierung, also den Fall, daß das formale share capital den finanziellen Anforderungen der Gesellschaft nicht genügt und die Gesellschafter daher zusätzlich auf anderen Wegen Kapital bereitstellen.[1551] Die Antwort des Companies Act 2006 auf das Problem der formellen Unterfinanzierung besteht darin, allen wirtschaftlichen Einlagen, jedoch nur den Einlagen Finanzierungsverantwortung zuzusprechen und daher die rechtlichen Unterschiede zwischen formeller Kapitalisierung und tatsächlicher Kapitalisierung einzuebnen. Alles Eigenkapital, das nach eigener Einschätzung der Gesellschafter zum Zeitpunkt der Gründung oder einer Kapitalerhöhung betriebswirtschaftlich erforderlich ist, soll formal dem legal capital zugerechnet werden. Da alle Einlagen in gleicher Weise finanzierungsverantwortlich sein sollen, wird bei der Ausgabe von Gesellschaftsanteilen einer beliebigen Aufteilung in gesetzlich geregelte und ungeregelte Einlagen entgegengewirkt, indem die Kapitalschutzregeln auf das share premium erstreckt werden.

Grund für die Zuschreibung von Finanzierungsverantwortung ist der vermutete Bedarf der Gesellschaft an frischem Eigenkapital, nicht die über das Registergericht bekannt gemachte Zusage der Gesellschafter, ein bestimmtes Haftkapital zur Verfügung zu stellen. Publizität der Einlagen qua einmaligem statement of capital oder jährlich fortgeschriebener Bilanz ist nur mehr die Folge der Finanzierungsverantwortung.

b) Beliebigkeit als Ausgangspunkt der Systembildung im englischen Recht

Vor der Reform des Companies Act 1948 hat das englische Gesellschaftsrecht bewußt diese Beliebigkeit zugelassen, die heute verhindert werden soll. Die englischen Gerichte haben die lange geübte Praxis akzeptiert, daß die Gesellschafter anläßlich einer Anteilsausgabe neben dem legal capital weitere Eigenkapitalbeiträge leisten konnten, an die das Recht keine Anforderungen stellte. Wie auch heute noch bei thesaurierten Gewinnen hat man sich bei premium-Einlagen mit der faktischen Schutzwirkung zugunsten der Gläubiger begnügt.

1551 Überblick über die Diskussion im deutschen Recht bei *Raiser/Veil*, Kapitalgesellschaften, 499 und 621.

Dabei wurde mehr Gewicht auf die Selbstschutzobliegenheit der Gläubiger gelegt als auf einen effektiven Schutz nicht vorsorgender Gläubiger.

Potentiellen Gläubigern sollte die Möglichkeit gegeben werden, sich über die wirtschaftliche Lage einer Gesellschaft und das formal festgelegte Haftkapital zu informieren. Auf Grundlage der bereitgestellten Informationen sollten sie entscheiden, ob sie mit der Gesellschaft in Geschäftsbeziehungen treten wollten, und diese Entscheidung selbst verantworten. Das Gesetz wollte die Einhaltung der Rahmenbedingungen sicherstellen, nicht das wirtschaftliche Risiko durch zwingende Vorgaben zwischen Gläubigern und Gesellschaftern auf bestimmte Weise verteilen. Die Gläubiger sollten wissen können, worauf sie sich einlassen und welche Mindestsicherheit die Gesellschafter ihnen anbieten.[1552]

In dem bekannten Urteil *Salomon v Salomon & Co Ltd* kommt dieses Grundverständnis des Gesellschaftsrechts im common law vor 1948 deutlich zum Ausdruck. Hier kam der Gläubigerschutz in geschlossenen Gesellschaften auf den Prüfstand, nachdem ein Unternehmen in eine Private Company eingebracht worden war, die faktisch allein dem früheren Einzelhandelskaufmann gehörte, und die Gesellschaft zahlungsunfähig wurde. An verschiedenen Stellen betonen die Lordships die Obliegenheit der Gläubiger, die articles of association und andere über das Registergericht erhältliche Dokumente zu prüfen, um sich über die Gesellschafter, die Einlagen, Geschäftsberichte und eventuelle Sicherheiten zugunsten anderer Gläubiger zu informieren.[1553]

Weder das Wissen, daß in der Praxis kaum ein Gläubiger die Dokumente des Registergerichts prüft, noch der (heute Gesetz gewordene) Wunsch, de lege ferenda unbesicherte Gläubiger vor manchen Gefahren einer floating charge zu schützen, konnten die Richter dazu bewegen, die Haftungsbeschränkung auf das Vermögen der Gesellschaft in Frage zu stellen. Am prägnantesten hat Lord *Macnaghten* die Selbstschutzobliegenheit der Gläubiger formuliert: »The unsecured creditors of A. Salomon and Company, Limited«, urteilt er, »may be entitled to sympathy, but they have only themeselves to blame for their misfortunes.«[1554]

Von den verschiedenen möglichen Funktionen, die ein bilanzieller Kapitalschutz erfüllen kann, konzentriert sich diese Lösung auf die Vereinfachung individueller Entscheidungen durch ein klar geregeltes kollektives Vertragsangebot.[1555] Der Verzicht auf zwingende Vorgaben zur Höhe der Kapitalausstattung und die Beschränkung auf einen formalen Rahmen stehen im Einklang mit der Beschränkung des Kapitalschutzes auf Einlagen, wenn man diese als gesetzliche Typisierung wirtschaftlichen Verhaltens versteht. Aus der Betrachtung des

1552 Ähnlich zum ursprünglichen Schutzkonzept des Gesetzes *Noke*, Why not distribute share premiums?, 44 und 46.

1553 So z.B. *Salomon* v *Salomon & Co Ltd*, [1897] A.C. 22, 40 (per Lord *Watson*) oder 53 (per Lord *Macnaghten*).

1554 *Salomon v Salomon & Co Ltd*, [1897] A.C. 22, 53.

1555 Zu den verschiedenen Funktionen des Kapitalschutzes s.o. 2. KapitelB.II.

Wirtschaftslebens läßt sich die Erkenntnis gewinnen, daß Kreditgeber typischerweise vom Kreditnehmer Sicherheiten verlangen. Über die typische Höhe der Sicherheiten lassen sich keine gleichermaßen sichere Angaben machen. Nach der Vorstellung des Companies Act sollen die potentiellen Gläubiger einer Gesellschaft selbst entscheiden, ob ihnen das kollektive Vertragsangebot ausreicht oder ob sie weitere, individuelle Sicherheiten fordern, ähnlich wie der Gläubiger einer natürlichen Person auf der Grundlage von deren Vermögensverhältnissen und den angebotenen Sicherheiten entscheidet.

Unter der Annahme von Entscheidungsfreiheit auf Seiten der Gläubiger[1556] macht es Sinn, keine materiellen Vorgaben an die Kapitalausstattung zu formulieren, sondern allein den rechtlichen Rahmen bereit zu stellen, in dem sich Gesellschaft und Gläubiger rechtssicher bewegen können. Grund für die Finanzierungsverantwortung einer Einlage ist in dieser Ausgestaltung des Kapitalschutzes das formale Versprechen der Gesellschafter an die Gläubiger, die Einlage als Haftkapital zuzuführen. Die Publizität des Nominalkapitals ist hier der Grund für die Finanzierungsverantwortung, nicht nur Folge. Die Beschränkung des Kapitalschutzes auf das Nominalkapital beruht damit auf einer anderen Vorstellung, welcher Risikobeitrag der Gesellschafter den Gläubigern gegenüber ausreichend fair ist, nämlich der Beitrag, den die Gläubiger aufgrund eines formalen Versprechens ihrer Entscheidung über die Aufnahme von Geschäftsbeziehungen zugrunde legen konnten.

Die Entscheidung für das System der par value shares beruht historisch gesehen auf einem anderen Verständnis von Fairneß. Dieser andere Ansatz ist durch die Ergänzung des Kapitalschutzes um die premium-Einlagen nicht vollends überholt, sondern die ursprüngliche Grundüberzeugung wirkt sich heute noch aus. Nur wenn man eine Selbstschutzobliegenheit der Gläubiger betont, kann man den Verzicht des englischen Gesellschaftsrechts auf ein Mindestkapital bei

1556 Die Annahme von Entscheidungsfreiheit kann bekanntlich bei deliktischen Gläubigern weniger überzeugen als bei vertraglichen Gläubigern. Man kann in Bezug auf deliktische Gläubiger vermögensloser Gesellschaften nicht nur feststellen, daß auch natürliche Personen vermögenslos sein können, sondern vor allem, daß die Bereitstellung eines Haftkapitals als Sicherheit für die Gläubiger, die nur die Einlagen umfaßt, auf einer Analogie zum Anbieten von Sicherheiten unter natürlichen Personen beruht. Deliktische Gläubiger werden im derzeitigen bilanziellen Kapitalschutz nicht im selben Maß berücksichtigt wie vertragliche Gläubiger, sondern das Haftkapital entfaltet seine Schutzwirkung zugunsten deliktischer Gläubiger vor allem als Rechtsreflex. Damit behandelt der gesellschaftsrechtliche Kapitalschutz deliktische Gläubiger von Gesellschaften nicht schlechter als sie sonst im Wirtschaftsleben stehen. Der Kapitalschutz will die Situation der Gläubiger einer Gesellschaft der Situation von Gläubigern natürlicher Personen annähern. Er will deliktische Gläubiger von Gesellschaften nicht besser stellen als deliktische Gläubiger natürlicher Personen. Auch bei natürlichen Personen informieren sich deliktische Gläubiger nicht über deren Vermögensverhältnisse und lassen sich keine Sicherheiten geben.

Private Limited Companies verstehen. Eine 1-Penny-Limited wird kaum je den Kapitalbedarf einer Gesellschaft decken können. Das in s. 763 ss. 1 CA 2006 geforderte Mindestkapital von GBP 50.000,– wird ebenfalls häufig eine formale Unterkapitalisierung von Public Companies nicht verhindern können. Dennoch läßt das englische Gesellschaftsrecht bewußt solche formal unterkapitalisierten Gesellschaften zu.

Im Zusammenhang mit der bewußten Zulassung formaler Unterkapitalisierung von Gesellschaften stehen die Möglichkeiten, den materiellen Kapitalbedarf der Gesellschaft rechtssicher auf andere Weise zu decken, insbesondere durch (besicherte) Gesellschafterdarlehen, die das englische Recht seit dem 19. Jahrhundert anerkennt, und neuerdings auch durch freie capital contributions ohne Anteilsausgabe. Die Möglichkeit zu besicherten Gesellschafterdarlehen zeigt dabei, daß der Companies Act 2006 trotz der Regelungen zum share premium nach wie vor der Vorstellung von einer Selbstschutzobliegenheit der Gläubiger anhängt, wie sie schon in der Entscheidung *Salomon* zum Ausdruck gebracht wurde. Die Gesellschafter können ihre Darlehen besichern und so den gesamten Haftungsfonds den übrigen Gläubigern entziehen. Das Gesetz schützt die unbesicherten Gläubiger durch die Pflicht, Besicherungen beim Registergericht anzumelden, so daß sie öffentlich einsehbar sind.[1557] Effektiv wird der Gläubigerschutz nicht durch gesetzliche Regeln über eine materielle Mindestsicherung, sondern über die Publizität des Handelsregisters.

c) Inhalt des Beliebigkeitsargument im aktuellen System des Kapitalschutzes

Bis das share premium in den Kapitalschutz einbezogen worden ist, war der englische Kapitalschutz auf die Funktion ausgerichtet, formal eindeutige kollektive Zusagen an die Gläubiger zu ermöglichen und somit diesen eine rechtlich abgesicherte Entscheidung zu ermöglichen, ob sie mit der Gesellschaft in Geschäftsbeziehung treten wollten. Den Gedanken, daß eine formale Unterkapitalisierung ein Problem darstellen könnte, hat das englische Gesellschaftsrecht lange Zeit nicht gefaßt, wie die besprochenen historischen Urteile zum share premium zeigen.

Die Funktion des legal capital bestand nach dieser Vorstellung nicht darin, nicht selbst vorsorgende Gläubiger effektiv abzusichern. Es ist daher nicht richtig zu behaupten, die Möglichkeit, den Haftungsfonds beliebig dotieren zu können, entwerte das Konzept eines legal capital, auch wenn das Beliebigkeitsargument in der Literatur gewöhnlich so verstanden wird.[1558] Bei diesem Verständnis des Beliebigkeitsarguments wird das Konzept des legal capital dahingehend mißverstanden, als habe es notwendig zum Ziel, die Gläubiger der

1557 Zur Publikationspflicht von Besicherungen s. *Davies/Worthington*, Principles, 1122 ff.

1558 So argumentieren z.B. *Davies/Worthington*, Principles, 261 f.; *Rickford*-Report, 939 und 994.

Gesellschaft möglichst effektiv zu schützen. Dabei wird übersehen, daß der bilanzielle Kapitalschutz verschiedene Funktionen erfüllen kann und seine konkrete Ausgestaltung davon abhängt, wie das Gesetz die verschiedenen Interessen von Gläubigern und Gesellschaftern auszubalancieren gedenkt.[1559]

Wer das Beliebigkeitsargument im englischen Recht als notwendige Folge des Konzepts eines bilanziellen Kapitalschutzes als solchem versteht, ist gleichermaßen historisch blind wie systematisch irregeleitet. So verstanden wäre das Beliebigkeitsargument ungültig. Überzeugungskraft kann das Beliebigkeitsargument nur entfalten, wenn man es als eigenständige Wertung versteht, daß es gegenüber den Gläubigern nicht fair sei, deren Selbstschutzobliegenheit zu betonten und formal unterkapitalisierte Gesellschaften zuzulassen, weshalb ein ausreichend fairer Kapitalschutz stets nach einem effektiven Gläubigerschutz verlange, der die Höhe des Haftungsfonds nicht ins Belieben der Gesellschafter stelle.

d) Zwänge statt Beliebigkeit

Hinter dem Beliebigkeitsargument steht die Ablehnung formaler Unterkapitalisierung und die Überzeugung, jeder Eigenkapitalbeitrag, der bei einer Anteilsausgabe erbracht wird, müsse von den Gesellschaftern in gleicher Weise riskiert werden. Die Stoßrichtung des Beliebigkeitsarguments geht jedoch nicht gegen jede Form formaler Unterkapitalisierung, sondern gegen die Umschichtung von gesetzlich geregelten Einlagen auf ungeregelte Einlagen im Zuge einer Anteilsausgabe. Überzeugungskraft kann dem Beliebigkeitsargument dabei nur insoweit zukommen, als die Verteilung der Einlagen auf share capital und share premium tatsächlich beliebig erfolgen kann und nicht zwingenden Vorgaben folgt. Um die Gültigkeit des Beliebigkeitsarguments bewerten zu können, muß man zwischen der Gründung einer Kapitalgesellschaft und späteren Kapitalerhöhungen unterscheiden.[1560] Das Beliebigkeitsargument fokussiert allein auf Gründungsfälle und läßt die Möglichkeit von Kapitalerhöhungen außer acht.

Bei Kapitalerhöhungen kann von einer beliebigen Verteilung der Einlagen auf share capital und share premium keine Rede sein. Das neue share capital ist faktisch durch den Nominalwert der Altanteile schon vorgegeben. Die jungen Anteile werden praktischer Weise so ausgegeben, daß ihr Nominalwert dem der Altanteile entspricht, um keine komplizierten Umrechnungsverfahren bei den Rechten aus den verschiedenen Anteilsklassen vorsehen zu müssen. Typischer-

1559 Allgemein zur Multifunktionalität des Kapitalschutzes und der unreflektierten Überbetonung der Effektivität des Gläubigerschutzes in der modernen Diskussion oben Kapitel 2.

1560 Die Notwendigkeit, zwischen Gründungs- und Kapitalerhöhungsfällen zu unterscheiden, betont auch *Pitts*, Rise of the share premium account, 330, an welcher Stelle sie gegen einen zu leicht gezogenen Vergleich von share premium und thesaurierten Gewinnen argumentiert.

weise soll jeder Anteil (innerhalb einer Klasse von Anteilen) dieselben Rechte am und im Unternehmen verkörpern. Die gesamte Erhöhung des share capital hängt damit allein von der Zahl der neu ausgegebenen Anteile ab. Das share premium entspricht dem Differenzbetrag vom Nominalwert der Altanteile zu ihrem wahren wirtschaftlichen Wert. Es kann nicht beliebig festgesetzt werden, sondern läßt sich zumindest näherungsweise nach wirtschaftlichen Kennzahlen bestimmen.

Der Differenzbetrag entspricht den thesaurierten Gewinnen, sei es in Form von offenen Gewinnrücklagen, stillen Reserven oder dem goodwill der Gesellschaft. Die directors der Gesellschaft sind bei der Festsetzung des allotment price gehalten, ein möglichst hohes share premium zu erzielen, um eine Verwässerung der Altanteile zu verhindern. Ausnahmen bestehen nur bei geschlossenen Gesellschaften, in denen die Gesellschafter sich untereinander über den Ausgabepreis einigen können. In solchen geschlossenen Gesellschaften entfalten die Regeln über den share premium account aber ohnehin wenig Wirkung, da sie leicht durch capital contributions oder rein wirtschaftliche Agien vermieden werden können. Im Normalfall jedoch beteiligen sich nicht alle Gesellschafter entsprechend ihren bisherigen Anteilen an einer Kapitalerhöhung und muß daher ein share premium festgelegt werden. Die aktuellen Regeln zum share premium unterscheiden nicht zwischen Gründungsfällen und Kapitalerhöhungen. Sie lassen sich mit dem Beliebigkeitsargument nur teilweise begründen.

Eine beliebige Aufteilung der Einlagen zwischen share capital und share premium kommt vor allem bei der Gründung von Kapitalgesellschaften in Betracht. Eine Einschränkung ist jedoch dann zu machen, wenn ein Gesellschafter einer Public Company Arbeits-, Dienst- oder Werkleistungen erbringen soll, denen durch s. 585 CA 2006 die Einlagefähigkeit abgesprochen wird, also nicht auf das share capital angerechnet werden können. Versteht man s. 585 CA 2006 so, daß er die Einlagefähigkeit nur hinsichtlich des share capital und eines eventuellen stated premium regelt, können solche Beiträge auch in Public Companies als unbeziffertes premium versprochen werden.[1561] Wenn die Gesellschafter einer Public Company solche Leistungen wünschen, können sie nur als premium erbracht werden. Sollen andere Gesellschafter zum Ausgleich eine höhere Bareinlage leisten, kann auch diese nur als premium vereinbart werden, da sie eben eine premium-Leistung ausgleichen soll. Die Vorschriften zur Einlagefähigkeit schränken die Gestaltungsfreiheit der Gesellschafter ein.

Andererseits muß man bedenken, daß Kapitalgesellschaften zum Gründungszeitpunkt typischerweise geschlossene Gesellschaften sind. In geschlossenen Gesellschaften lassen sich die Regeln über das share premium leicht vermeiden, indem statt einem premium entweder freie capital contributions oder rein wirtschaftliche Agien vereinbart werden. Je geschlossener der Gesellschafterkreis, desto leichter können die Regeln über das share premium vermieden werden, desto größer ist letztlich die Beliebigkeit bei der Ausgestaltung der Unter-

1561 Zur Auslegung von s. 585 CA 2006 s.o. 4. KapitelC.I.5.c)dd)(1).

nehmensfinanzierung. Vor dem Hintergrund der aktuellen Rechtslage, die zwar das share premium regelt, jedoch die Möglichkeit zur rein wirtschaftlichen Agien läßt und zudem freie capital contributions ermöglicht, muß sich das Beliebigkeitsargument fragen lassen, ob die Regeln, die es begründen soll, nicht allein solche Fälle von Unternehmensfinanzierungen erfassen, die gerade nicht beliebig gestaltbar sind.

e) Fazit

Das zentrale Argument, auf dem die aktuellen Regeln zum share premium aufgebaut sind, kann diese Regeln nur teilweise erklären, teilweise ist das Argument ungültig. Nicht erklären kann das Beliebigkeitsargument vor allem, warum das share premium, das bei einer Kapitalerhöhung aus Gründen des Verwässerungsschutzes notwendig ist, ebenso behandelt werden soll wie das share capital. Die Fälle einer Kapitalerhöhung stellen den Hauptanwendungsfall für die Regeln über das share premium dar, da die Gesellschafter bei der Gründung ihrer Gesellschaft leicht auf andere Finanzierungsformen ausweichen können, die formal kein share premium darstellen. Bei der Begründung, die die aktuelle Regelung trägt, wäre zu erwarten, daß das share premium im Fall einer Kapitalerhöhung ebenso ungeregelt bliebe, wie die thesaurierten Gewinne, die es ausgleichen soll.

Aus Sicht des Beliebigkeitsarguments stellt die Entscheidung, den Kapitalschutz auch in Fällen einer Kapitalerhöhung auf das share premium zu erstrecken, den Kollateralschaden einer Lösung dar, die nicht im gebotenen Maß zwischen der Gründung von Kapitalgesellschaften und Kapitalerhöhungen unterscheidet. Der Kapitalschutz des share premium auch im Fall von Kapitalerhöhungen kann indes auf andere Weise gerechtfertigt werden, nämlich als Lösung für das Problem der formellen Unterkapitalisierung – wenn man darin ein Problem sieht. Die unterschiedslose Einbeziehung aller Einlagen, die anläßlich einer Anteilsausgabe geleistet werden, in das System des bilanziellen Kapitalschutzes stärkt den Schutz der nicht selbst vorsorgenden Gläubiger, da der Eigenkapitalpuffer der Gesellschaft zwangsweise dauerhaft erhöht wird. Wenn man die hier zum Ausdruck kommende Vorstellung einer ordentlichen Unternehmensfinanzierung teilt, die davon ausgeht, alle anläßlich einer Anteilsausgabe geleisteten Einlagen müßten das Haftkapital stärken, ist die Erstreckung des Kapitalschutzes auf das share premium bei Kapitalerhöhungen konsequent. Das Beliebigkeitsargument jedoch trägt diese Entscheidung nicht. Das Problem der formalen Unterkapitalisierung wird in der historischen Diskussion und der aktuellen Literatur als solches nicht benannt. Insofern verschleiert das Beliebigkeitsargument eher die Interessen und Wertungen, um die es tatsächlich geht, als daß es ein tragfähiges Argument für die derzeitige Systembildung abgeben könnte.

Die Erstreckung des Kapitalschutzes auf alle Einlagen, die im Zusammenhang mit einer Anteilsausgabe stehen, führt in der derzeitigen Ausgestaltung dazu, daß gerade solche Formen der Unternehmensfinanzierung erfaßt werden, die von den Gesellschaftern aus wirtschaftlichen Gründen nicht beliebig gestaltet werden können. Die Fälle einer Unternehmensfinanzierung, in den die Gesellschafter wirtschaftlich betrachtet vergleichsweise frei entscheiden können, das sind die Finanzierungen in geschlossenen Gesellschaften und insbesondere auch bei Gründungen, erfassen die rechtlichen Vorgaben nur theoretisch, praktisch können leicht andere Wege der Unternehmensfinanzierung bestritten werden. Die getroffenen Vorkehrungen sind daher kaum geeignet, der beklagten Beliebigkeit entgegenzutreten.

Gerade in den problematischen Gründungsfällen wäre der alternative Regelungsansatz, ein Mindestkapital vorzuschreiben, eher geeignet, der beliebigen Verteilung von Einlagen zwischen legal capital und freien capital contributions zu begegnen.[1562] Denn ein Mindestkapital zwingt die Gesellschafter, zumindest diesen bestimmten Betrag als legal capital einzubringen. Nimmt man an, die Gesellschafter wollten einen festen Betrag als Eigenkapital zuführen, fällt ein fester Anteil davon auf das Mindestkapital. Nur der darüber hinausgehende Betrag kann beliebig als weiteres legal capital oder in anderer Form eingebracht werden. Die in der englischen Literatur weitverbreitete Ablehnung des Schutzmoduls ›Mindestkapital‹[1563] überzeugt daher in Hinsicht auf die an anderer Stelle beklagte Beliebigkeit bei der Ausgestaltung des Haftungsfonds nicht.

Selbst wenn man die systematischen Probleme außer acht läßt und von einer Lösung ausgeht, die alle und nur die beliebigen wirtschaftlichen Einlagen erfaßt, ist das Beliebigkeitsargument kein Selbstläufer und ergibt sich nicht notwendig aus der Konzeption eines legal capital. Wie schon die Beschränkung des Kapitalschutzes auf Einlagen oder gar auf Einlagen im Zusammenhang mit einer Anteilsausgabe, so beruht auch das Beliebigkeitsargument auf einer Wertentscheidung, welche Maßnahmen notwendig und ausreichend sind, um den Vorteil der Haftungsbeschränkung den Gläubigern gegenüber fair ausgleichen zu können. Hier sind andere Wertungen als die implizit angenommene Vorstellung einer ordentlichen Unternehmensfinanzierung durch alle (bei Anteilsausgabe geleisteten) Einlagen denkbar und konsequent umsetzbar, wie die Rechtslage vor 1948 gezeigt hat und wie das Fortwirken des Gedankens einer Selbstschutzobliegenheit der Gläubiger im heutigen Recht weiterhin zeigt.

Man mag allerdings der Auffassung sein, es sei den Gläubigern gegenüber nicht ausreichend fair, das dauerhafte Haftkapital auf die formal besonders zugesagten Einlagen zu beschränken und sich im übrigen mit der faktischen Schutzwirkung weiteren Eigenkapitals zu begnügen. Solange man nicht mit einer vermeintlichen Konsequenz aus der Natur des legal capital argumentiert und den Anwendungsbereich des Beliebigkeitsarguments überdehnt, sondern die wahren Wertungsgrundlagen und damit sein persönliches Rechtsgefühl aufdeckt, kann

1562 Zur Vergleichbarkeit von Mindestkapitalregeln und Vorschriften zum Kapitalschutz des Agios, wenn eine beliebige Dotierung des Haftungsfonds vermieden werden soll, s.o. S.544 f.

1563 Beispielhaft *Davies/Worthington,* Principles, 263 ff.

man einen Kapitalschutz des share premium bei Gründung und Kapitalerhöhungen fordern. Man kann nur nicht, wie es in der historischen Diskussion geschehen ist und der heutigen Literatur immer noch falsch gemacht wird, für diese Lösung das Beliebigkeitsargument ins Feld führen.

3. Störung oder Ergänzung des Konzepts des Nominalkapitals?

Der Kapitalschutz des share premium schränkt den Gedanken einer Selbstschutzobliegenheit der Gläubiger ein und spricht allen Einlagen, die als Gegenleistung für junge Anteile erbracht werden, Finanzierungsverantwortung zu. Da das ursprüngliche System der par value shares im englischen Gesellschaftsrecht auf anderen Grundlagen beruhte und zwischen dem Nominalwert der Anteile und dem premium stets Unterschiede bleiben werden, stellt sich die Frage, ob der Gedanke einer materiellen Finanzierungsverantwortung von Einlagen im englischen Kapitalschutzrecht als gelungene Ergänzung oder als Störung anzusehen ist.

a) Ergänzung durch zusätzlichen Eigenkapitalpuffer

Der Gedanke eines Eigenkapitalpuffers der Gesellschaft ist in dem Konzept eines legal capital grundgelegt. Man kann daher die verpflichtende Zuschreibung aller Einlagen zum legal capital als Ergänzung verstehen, insofern die Einbeziehung des share premium die Fähigkeit der Gesellschaft, Verluste zu verkraften, und damit die Funktion des ohnehin vorgeschriebenen Kapitalpuffers stärkt. Der zusätzliche Puffer aus dem share premium schützt den Puffer des Nominalkapitals und erfüllt damit eine ähnliche Funktion.[1564] Die Erweiterung des legal capital stärkt die Funktion des effektiven Gläubigerschutzes, die das Gesetz dem legal capital ohnehin zuweist, wenn es Regeln zur capital maintenance vorsieht.

Zu diesem Argument vom zusätzlichen Kapitalpuffer sind einige einschränkende Anmerkungen angezeigt. Erstens ist daran zu erinnern, daß zwischen dem Nominalkapital und dem Ergänzungskapital in Bezug auf die Intensität des Gläubigerschutzes Unterschiede bleiben, solange das Gesetz auf das System der par value shares baut. Weiter enthält das englische Gesellschaftsrecht nach wie vor Elemente, die eine Selbstschutzobliegenheit der Gläubiger betonen. Die Ergänzung des Kapitalschutzes um das share premium führt daher zu Spannungen im System des Kapitalschutzes.

Zweitens besteht der Unterschied, daß jede Gesellschaft ein Nominalkapital haben muß, die Ergänzung um das share premium jedoch nicht bei allen Gesellschaften vorgenommen werden muß. Damit enthält der Kapitalschutz des share premium ebenso ein Element der Zufälligkeit wie der auf die beliebige Fest-

1564 Zu diesem Argument eines zusätzlichen Kapitalpuffers z.B. *Noke*, Why not distribute share premiums?, 46.

setzung des Nominalkapitals gegründete Kapitalschutz.[1565] Die Zufälligkeit wird noch dadurch vergrößert, daß die Höhe des Eigenkapitalpuffers auch nach Einbeziehung des share premium nicht notwendig inhaltlich begründet werden kann. Als inhaltliche Begründung käme zum Beispiel in Betracht, das Eigenkapital der Gesellschaft ins Verhältnis zu setzen zu ihren Schulden.[1566]

Man kann feststellen, daß die Ergänzung des Kapitalschutzes durch das share premium zu einer Verschärfung eines der Grundprobleme des bilanziellen Kapitalschutzes führen kann: Die um das share premium erhöhte fixe Kapitalkennziffer ist betriebswirtschaftlich nicht notwendig besser begründet als die fixe Kennziffer des Nominalkapitals. Zwar kann man vermuten, daß eine Gesellschaft nicht mehr Kapital aufnehmen wird, als sie im Moment der Kapitalmaßnahme glaubt, für ihren zukünftigen Geschäftsbetrieb zu benötigen, und dementsprechend die Zahl der neu auszugebenden Anteile so bestimmt, daß das gesamte in Form von share capital und share premium zugeflossene Eigenkapital auch genutzt werden kann. Das erhöhte legal capital wird zumindest im Zeitpunkt der Kapitalmaßnahme näher an dem betriebswirtschaftlich benötigten Eigenkapital liegen als das Nominalkapital.

Jedoch stellt diese Annäherungslösung nicht sicher, daß das Eigenkapital jeder Gesellschaft stets in einem ausgewogenen Verhältnis zu ihren Schulden steht – und dies eben auch aus dem erstgenannten Grund, daß nicht jede Gesellschaft einen share premium account ausweist. Außerdem kann sich die zugrundeliegende Finanzplanung als falsch erweisen oder der prognostizierte Bedarf kann sich über die Zeit hin ändern. Der Kapitalschutz des share premium hält die Gesellschaft an einer irrigen oder unter veränderten Umständen nicht mehr angemessenen Finanzplanung fest und läßt allein eine formale Kapitalherabsetzung zu. Damit nimmt der Kapitalschutz des share premium einer Gesellschaft genau die Flexibilität in der Finanzplanung, die das Gesetz als Bedürfnis der Gesellschaften anerkennt, wenn sie ihren Eigenkapitalbedarf aus der Selbstfinanzierung decken können.

b) Störung der Rechtssicherheit des überkommenen Kapitalschutzsystems

Auch wenn schon die Regeln über die Kapitalerhaltung des Nominalkapitals einen dauerhaften Eigenkapitalpuffer bereitstellen sollen, der durch das share premium ergänzt wird, kann man andererseits die Einbeziehung des share premium in den bilanziellen Kapitalschutz als Störung des ursprünglichen Schutzkonzepts ansehen, die eben die Nachteile mit sich bringt, da das Abstellen auf den Nominalwert der Anteile gerade vermeiden wollte.

Wie gesehen, bedeutet die Ausrichtung des Kapitalschutzes allein am Nominalkapital der Anteile einen streng formalen Ansatz, nach dem die Mindestreserve an Eigenkapital der Gesellschaft danach bestimmt wird, was die Gesell-

1565 Ähnlich *Noke*, Why not distribute share premiums?, 46.
1566 Vgl. *Noke*, Why not distribute share premiums?, 46.

schafter den Gläubigern ausdrücklich als Haftkapital zugesagt haben, indem sie einen bestimmten Betrag als share capital bestimmt und als solches öffentlich gemacht haben. Dieser formale Ansatz bedeutet keine sinnlose Förmelei, sondern hat gegenüber der heute gewählten wirtschaftlichen Betrachtung auch einen Vorteil. Der formale Ansatz zur Bestimmung des Haftkapitals fördert die Rechtssicherheit für die Gesellschafter. Das englische Wirtschaftsrecht wird bis dato gerade wegen seines formalen Ansatzes und der dadurch erreichten Rechtssicherheit von vielen Marktteilnehmern geschätzt.[1567]

Eine wirtschaftliche Betrachtung führt in den Grenzfällen zu mehr Unsicherheit als formale Lösungen, die auf klaren Definitionen aufbauen. Konsequent weiter gedacht müßte die wirtschaftliche Betrachtungsweise bei der Bestimmung des legal capital das englische Gesellschaftsrecht dazu führen, bei Sachübernahmen und verdeckten Sacheinlagen Vorgaben einzuführen, die strenger, aber auch weniger eindeutig sind als der derzeitige Verzicht auf jegliche Regelung zu diesen Problemfeldern. Zu einer derart weitreichenden Umgestaltung des Kapitalschutzrechtes ist derzeit jedoch keine Bereitschaft erkennbar.[1568]

Diese Ablehnung zeigt, wie die wirtschaftliche Betrachtung englischen Gesellschaftsrechtlern insgesamt fremd geblieben ist und wie groß nach wie vor der Wunsch nach rechtlich möglichst eindeutigen Regelungen ist. Diese Einstellung ist nicht weniger nachvollziehbar als der Wunsch nach einem effektiven Gläubigerschutz, denn die Rechtssicherheit dient auch den Interessen der Gesellschafter. Gerade diese Interessen stehen am Beginn jeder Gesetzgebung zu Kapitalgesellschaften, da das Gesellschaftsrecht den Gesellschaftern rechtssichere Investitionen mit klar kalkulierbaren Haftungsrisiken ermöglichen soll.

c) Fazit

Die Entscheidung, das share premium in den Kapitalschutz einzubeziehen, hat zum Vorteil, den Eigenkapitalpuffer der Gesellschaften zu erhöhen und damit die Effektivität des Gläubigerschutzes. Diesem Vorteil steht der Nachteil gegenüber, daß die im englischen Recht besonders geschätzte Rechtssicherheit beeinträchtigt wird und damit die Sicherheit von Investitionen in Kapitalgesellschaften. Ob in der Ausweitung des Kapitalschutzes eine Störung oder eine gelungene Ergänzung zu sehen ist, ist nicht eindeutig zu sagen. Die zugrundeliegende wirtschaftliche Betrachtungsweise ist dem englischen Recht jedenfalls insgesamt fremd geblieben; nach wie vor tendiert das Gesellschaftsrecht dazu, an formalen Unterscheidungen festzuhalten.

Aus dieser Abneigung gegen eine weitreichende wirtschaftliche Betrachtungsweise ergeben sich, wie gesehen, für den Kapitalschutz manche systematischen Schwierigkeiten. Es erscheint darüber hinaus unsicher, wie viele englische Juristen der ausdrücklichen Behauptung zustimmen würden, das englische

1567 Vgl. *Vella*, Departing from the legal substance, 245; dazu o. S. 524.
1568 Vgl. o. S. 520 ff.

Gesellschaftsrecht beruhe auf dem Gedanken einer materiellen Finanzierungsverantwortung aller wirtschaftlichen Einlagen. Das Beliebigkeitsargument wird in der Diskussion oft als scheinsystematisches Argument mißverstanden, so als ob allein die gesetzgeberische Entscheidung für ein legal capital erfordere, alles wirtschaftliche capital zu erfassen. Der Systemwechsel weg von einer formal begründeten Finanzierungsverantwortung hin zu einer materiellen Finanzierungsverantwortung wird durch dieses Mißverständnis verdeckt. Daher ist nicht sicher einzuschätzen, ob man im Jahr 1948 bei der Einführung des Kapitalschutzes des share premium bewußt auf eine materielle Finanzierungsverantwortung umstellen wollte und ob die impliziten Konsequenzen der Systemumstellung heute bewußt mitgetragen würden.

Letztlich muß man anerkennen, daß die Umstellung auf einen Kapitalschutz auch des share premium weder als Störung noch als Ergänzung des bisherigen Kapitalschutzes zu verstehen ist, sondern eine gänzlich neue Konzeption des bilanziellen Kapitalschutzes bedeutet, die auf dem Gedanken materieller Finanzierungsverantwortung aufbaut.[1569] In diesem neuen System kommt den alten Regelungen eine neue Bedeutung zu: Das share capital ist ebenso wie das share premium Teil der materiell zu verantwortenden Einlage. Die Publizität der Einlage dient nun der Information der Gläubiger, wieviel Haftkapital ihnen vorbehalten wird, begründet jedoch nicht mehr die Zuweisung zum Haftungsfonds der Gesellschaft.

Da das Nominalkapital im derzeitigen Kapitalschutz die Bedeutung verloren hat, die Höhe des Haftungsfonds zu begründen, kann man die gesetzliche Vorgabe überdenken, jedem Anteil einen bestimmten Nominalwert zuzuweisen, wie es in der Diskussion um non par value shares häufig gefordert wird. Für den Gläubigerschutz hat der Nominalwert einen Großteil seiner Bedeutung eingebüßt. Er führt mehr zufällig zu einem etwas schärferem Haftungsregime. Der eigentliche Sinn des Nominalwerts liegt heute darin, einen internen Maßstab für die Rechte der Gesellschafter untereinander bereit zu stellen. Auch wenn man diese Funktion des Nominalwerts als interner Maßstab beibehalten will, muß man ihn nicht an den externen Gläubigerschutz knüpfen.

4. Fairneßprobleme

Die Umstellung des bilanziellen Kapitalschutzes von einer rein formellen auf eine materielle Finanzierungsverantwortung erfolgte 1948 wohl weitgehend unbewußt, gewiß jedoch in der Absicht, mit dem um das share premium erhöhten Haftkapital eine für die Gläubiger fairere, da vermeintlich weniger beliebige Lösung gefunden zu haben. Die Änderungen des Jahres 1948 haben die Effektivität des Gläubigerschutzes erhöht. Kapitalschutz bedeutet jedoch die Ausbalancierung der Interessen der Gläubiger mit den Interessen der Gesellschaft, ihrer Gesellschafter und Organe.

1569 Ähnlich bewertet die Änderungen *Noke*, Why not distribute share premiums?, 44 und 46, jedoch ohne auf eine materielle Finanzierungsveranwortung abzustellen.

Es bleibt daher zu fragen, welche anderen Interessen bei der Erhöhung der Effektivität des Gläubigerschutzes beeinträchtigt werden, um bewerten zu können, ob der erzielte Kompromiß in jeder Hinsicht gelungen, also fair ist.

a) Fairneßprobleme durch systematische Schwächen

Die Ausgewogenheit der derzeitigen Lösung wird durch verschiedene Inkonsistenzen gestört, die dazu führen, daß manche Gesellschafter bevorzugt und manche Gläubiger benachteiligt werden. Die einzelnen systematischen Spannungen müssen hier nicht nochmals erörtert werden. Es genügt, an die Ergebnisse der systematischen Kritik zu erinnern.

Die Schwierigkeiten beginnen damit, daß nicht jedes wirtschaftliche Agio von den Regeln über das share premium erfaßt wird, sondern nur bilanzierbare Vermögensmehrungen, die formal als Gegenleistung versprochen werden und nicht in Austauschgeschäften liegen, die causa societatis besonders günstig gestaltet werden. Von den damit eröffneten Gestaltungsmöglichkeiten profitieren insbesondere geschlossene Gesellschaften. Durch die beiden Ausnahmeregelungen der merger relief und der group reconstruction relief werden Konzerne bevorzugt. Wer diese reliefs als gerechtfertigt ansieht, sieht in der Erweiterung des Haftungsfonds um das share premium ohnehin einen unverdienten Glücksfall für die Gläubiger, keine Verbesserung des bilanziellen Kapitalschutzes. Wer die Erweiterung des Haftungsfonds hingegen grundsätzlich gut heißt, kann nur schwer erklären, warum nur manche Formen eines wirtschaftlichen Agios der Kapitalerhaltung unterliegen, andere nicht.

Die Begründung der unterschiedlichen Behandlung von wirtschaftlichen Agien fällt unter Fairneßgesichtspunkten insbesondere schwer, wenn diese zueinander in einem Angemessenheitsverhältnis stehen, da sie jeweils von den Gesellschaftern als angemessenes Entgelt für junge Anteile akzeptiert worden sind. Ein solcher Fall liegt beispielsweise vor, wenn von drei Gesellschaftern einer Geschäftsführungs- oder Beratungsleistungen erbringt, ein zweiter Geschäftsräume günstig vermietet und der dritte in entsprechendem Umfang eine erhöhte Bareinlage leistet. Die getroffenen Unterscheidungen lassen sich teilweise mit pragmatischen Erwägungen begründen in dem Sinne, daß eine stringentere Umsetzung des Gleichbehandlungspostulats nicht praktikabel sei. Die Summe der Unterschiede wirft aber die Frage auf, ob die gewählte Lösung mehr ist als nur pragmatisch, nämlich auch noch fair. Das Fairneßpendel schlägt nicht so eindeutig zugunsten der Erweiterung des Kapitalschutzes um das share premium aus, wie man auf den ersten Blick meinen könnte.

b) Fairneßprobleme auch bei weitgehender Gleichbehandlung wirtschaftlicher Agien

Selbst wenn man von einer Lösung ausgeht, die weitgehend alle wirtschaftlichen Agien gleich behandelt, führt das Gleichbehandlungspostulat auf zwei weitere Abwägungsfragen. Beide betreffen den Fall, daß ein premium bei einer Kapitalerhöhung die Verwässerung von Altanteilen verhindern soll.[1570] Grundsätzlich läßt sich die Erstreckung des Kapitalschutzes auf das share premium bei Kapitalerhöhungen damit rechtfertigen, es solle dem Problem formaler Unterkapitalisierung begegnet werden. Diese Problemlösung verlangt, die Interessen der Altgesellschafter weniger zu gewichten als die Interessen der Gläubiger.

Bei einer Kapitalerhöhung dient das share premium regelmäßig dazu, die Altgesellschafter vor Verwässerung ihrer Anteile zu schützen. Die Neugesellschafter müssen das premium zahlen als Ausgleich für die thesaurierten Gewinne der Gesellschaft, an denen sie qua neue Anteile partizipieren. Das share premium wird rechtlich jedoch gänzlich anders behandelt als die thesaurierten Gewinne, die es ausgleichen soll. Die bisherigen Gewinne bleiben ausschüttungsfähig, das share premium wird der Kapitalerhaltung unterworfen. Zehren in den folgenden Jahren Verluste die vorgetragenen Gewinne auf, können diese gegen die Verluste gebucht und spätere Gewinne sofort ausgeschüttet werden. Sind die Verluste so stark, daß sie den share premium account angreifen, müssen diese Vermögenseinbußen aus späteren Gewinnen ausgeglichen werden, bevor eine Gewinnausschüttung erfolgen kann. Die Tatsache, daß das premium im Ausgleich für thesaurierte Gewinne gezahlt werden soll, legt hingegen auf den ersten Blick nahe, die Ausgleichszahlung ebenso zu behandeln wie die auszugleichenden Gewinne. Gewiß läßt sich das share premium wegen seines Einlagecharakters auch mit der Einlage auf das Nominalkapital vergleichen. Dieser Vergleich der Art des Vermögenszuflusses liegt jedoch nicht näher als der funktionale Vergleich mit den thesaurierten Gewinnen.

Das Beliebigkeitsargument kann, wie gesehen, in diesen Fällen die Gleichbehandlung von share capital und share premium nicht begründen. Es bleibt allein der Verweis auf die formelle Unterkapitalisierung und den Wunsch, den Eigenkapitalpuffer der Gesellschaften möglichst hoch anzusetzen, um die Gläubiger effektiv zu schützen. Gerade diese Höhergewichtung der Interessen der Gläubiger erscheint aus Sicht der Altgesellschafter nicht fair. Dabei ist zu beachten, daß die Erstreckung der Kapitalerhaltung auf die Ausgleichszahlung der Neugesellschafter dazu führt, daß sich die Situation der Altgesellschafter faktisch verschlechtert. Die Summe der ausschüttungsfähigen Gewinne bleibt zwar gleich hoch, jedoch haben daran auch die Neugesellschafter ihre neuen Anteile, so daß auf die Altgesellschafter weniger ausschüttungsfähige Gewinne entfallen. Die Altgesellschafter tauschen bei der Kapitalerhöhung ausschüttungsfähige Gewinne gegen nicht ausschüttungsfähige Einlagen. Auch wenn sich ihr Vermögen in der Summe nicht ändert, so können die Änderungen in der Zusammensetzung und damit der Liquidität beträchtlich sein. Die Erstreckung des Kapitalschutzes auf das share premium führt daher bei Kapitalerhöhungen dazu,

1570 Schon *Pitts*, Rise of the share premium account, 330 hat darauf hingewiesen, daß der Vergleich mit thesaurierten Gewinnen nur bei Kapitalerhöhungen zulässig ist, teilweise allerdings bei Gründungen ähnlich argumentiert wird.

daß sich trotz der vertraglichen Schutzvorkehrungen die Vermögenssituation der Altgesellschafter verschlechtert.

Diese Verschlechterung schreibt das Gesetz zwingend vor, obwohl die Kapitalerhöhung als solche für die Gesellschaft und damit mittelbar für deren Gläubiger ohnehin faktisch vorteilhaft sein dürfte. Mit der Ausnahmeregelung der merger relief anerkennt das Gesetz hingegen bei Konzernbildungen das Bedürfnis von Altgesellschaftern, die bisher erwirtschafteten Gewinne ausschüttungsfähig zu halten. Dieses Bedürfnis besteht aus Sicht aller Altgesellschafter, nicht nur der Gesellschafter bei Konzernbildungen, und erstreckt sich sowohl auf die gesamte Höhe der bisherigen Gewinne als auch ihren jeweiligen Anteil daran. Aus Sicht der Gesellschafter wäre es nur fair, die gesamte Ausgleichszahlung aus der Kapitalerhaltung herauszuhalten, um ihren individuellen Anteil an den ausschüttungsfähigen Gewinnen gleich groß zu halten.

Die gesetzgeberische Entscheidung, die Interessen der Gläubiger höher zu gewichten als die ebenfalls berechtigten Interessen der Altgesellschafter, ist als genuin rechtspolitische Entscheidung zu respektieren. Man sollte sich nur bewußt sein, daß diese Lösung insgesamt betrachtet nicht eindeutig fairer ist als die Alternative, die Ausgleichszahlung der Gesellschafter untereinander aus der Kapitalerhaltung herauszuhalten. Zu bedenken ist dabei auch, daß dieselbe Ausgleichszahlung, wenn sie direkt an die Altgesellschafter gemäß ihren Anteilen geleistet würde, nicht den Kapitalerhaltungsvorschriften unterläge, schlichtweg weil sie nicht in das Vermögen der Gesellschaft, das ist ihr Eigenkapital geleistet würde, sondern in das Vermögen der Gesellschafter.

Die Freiheit von den Beschränkungen des Kapitalschutzes bliebe selbst dann erhalten, wenn die Altgesellschafter die erhaltenen Ausgleichszahlungen als capital contribution wieder dem Vermögen der Gesellschaft zuführten, selbst wenn diese capital contributions der Altgesellschafter mit den Neugesellschaftern abgesprochen sein sollten. Dieses Ergebnis folgt aus der rein formalen Bestimmung des share premium als formale Gegenleistung, die vom Anteilserwerber an die Gesellschaft gezahlt wird, wie sie die Gerichte wohl vornehmen würden. Diese Überlegung zeigt abermals, wie schwierig unter Fairneßgesichtspunkten die Entscheidung ist, den externen Kapitalschutz zugunsten der Gläubiger an eine Ausgleichszahlung zu knüpfen, welche die Gesellschafter untereinander aus rein internen Gründen vereinbaren.

5. Ökonomische Bedenken

Die bisherigen Erörterungen haben den Kapitalschutz des share premium anhand klassischer juristischer Kriterien untersucht, systematischen Zusammenhängen und teleologischen Wertungsgesichtspunkten, die das Gesetz berücksichtigen muß, wenn es die gegenläufigen Interessen von Gläubigern und Gesellschaftern ausbalancieren will. Abschließend sollen nun einige ökonomische Überlegungen angestellt werden.

Wirtschaftsrechtliche Regelungen tragen den Anspruch in sich, wirtschaftlich vernünftige Lösungen für Probleme anzubieten. Die Überprüfung der wirtschaftlichen Vernünftigkeit verlangt neben betriebswirtschaftlichen Überlegungen wie der schon angeklungenen Frage nach einem angemessenen Verhältnis von Eigenkapital und Schulden einer Gesellschaft auch nach volkswirtschaftlichen Nutzenüberlegungen. Raum für rechtsökonomische Überlegungen besteht bei der kritischen Würdigung des Kapitalschutzes insbesondere auch deshalb, weil die bisherige Untersuchung eine große Bandbreite von Möglichkeiten gezeigt hat, die noch als fairer Ausgleich zwischen den Interessen der Gläubiger und der Gesellschafter angesehen werden können, je nachdem auf welche Aspekte man besonderen Wert legt. Wenn eine Abwägungsentscheidung nach Fairneßgesichtspunkten offen ist, erhalten ökonomische Gesichtspunkte besonderes Gewicht.

a) Wirtschaftliche Schwierigkeiten wahrscheinlich

Die nachfolgenden Überlegungen beruhen nicht auf einer konkreten Kosten-Nutzen-Analyse des Kapitalschutzes des share premium. Zu dieser besonderen Detailfrage des Kapitalschutzes liegen ökonomische Arbeiten nicht vor. Es fehlen Zusammenstellungen empirischer Daten und ausgearbeitete ökonomische Modelle. Die Behebung dieses Desiderats muß der besser befähigten ökonomischen Wissenschaft überlassen bleiben. Die rechtsökonomische Untersuchung hier beschränkt sich wie viele ökonomische Erwägungen im Rahmen der Rechtswissenschaft auf eine allgemeine systematische Kostenanalyse, die bestimmte Auswirkungen der gesetzlichen Regelungen auf die Wirtschaft plausibel machen kann, ohne eine quantifizierbare Kosten-Nutzen-Analyse bereitstellen zu können.

Allgemein läßt sich vermuten, daß die durch den Kapitalschutz des Agios erhöhte Effektivität der Gläubigerschutzes die Bereitschaft der Gläubiger erhöhen wird, mit einer konkreten Gesellschaft und mit haftungsbeschränkten Kapitalgesellschaften allgemein in Geschäftsbeziehungen zu treten. Das verbesserte Vertrauen in die Fähigkeit von Kapitalgesellschaften, Forderungen erfüllen zu können, kann zu erhöhter wirtschaftlicher Aktivität führen und in deren Folge allen Beteiligten größeren Nutzen bringen.

Andererseits besteht die Vermutung, daß die Einbeziehung des share premium in den Kapitalschutz auch erhebliche Nachteile mit sich bringt. Dafür sprechen einige Indizien. Die Reaktion der englischen Wirtschaft auf das Urteil *Shearer v Bercain* hat gezeigt, daß auf dieser Seite keine Bereitschaft bestand, bei Unternehmenszusammenschlüssen und Unternehmensrestrukturierungen darauf zu verzichten, das bisher erwirtschaftete Vermögen verwerten zu können. Der Gesetzgeber ging bei der Einführung der beiden reliefs durch den Companies Act 1981 selbst davon aus, daß rigide Vorgaben die englische Wirtschaft erheblich belasten könnten. In der Tat können Unternehmenszusammenschlüsse und Restrukturierungen ökonomisch sinnvoll sein. In diesen Fällen erscheint es wenig sinnvoll, solche Maßnahmen durch strenge Kapitalschutzregelungen zu verhindern.[1571] Nach diesen Erfahrungen bei Unternehmenszusammenschlüssen läßt sich allgemein vermuten, daß jede Form der Einlagenfinanzierung durch strenge gesetzliche Vorgaben beeinträchtigt werden kann.

Ob die Vorteile eines Kapitalschutzes des share premium die Nachteile letztlich überwiegen, wird bis zur Vorlage detaillierter ökonomischer Untersuchungen nicht abschließend zu beurteilen sein. Folgende potentielle Nachteile sind jedoch zu bedenken.

b) Transaktionskosten für compliance

Pitts gibt zu bedenken, die Einbeziehung des share premium in die Kapitalerhaltung erhöhe die Transaktionskosten in Form von Compliance-Kosten, weshalb der ökonomische Nutzen insgesamt fragwürdig sei.[1572] Sie verweist zur Untermauerung ihrer These auf die allgemeine Diskussion um die Sinnhaftigkeit der Kapitalerhaltungsvorschriften im System des bilanziellen Kapitalschutzes. Die Kostennachteile des bilanziellen Kapitalschutzsystems betont insbesondere der *Rickford*-Report.[1573]

Ob der bilanzielle Kapitalschutz wirklich kostennachteilig ist, ist umstritten. Immerhin verweisen selbst kritische Forscher darauf, daß die alternativ vorgeschlagene Lösung eines Solvenztests für die Geschäftsführer der Gesellschaft weniger attraktiv ist, da sie das erhöhte Risiko von Fehleinschätzungen tragen müssen, und nicht geklärt ist, warum weiche Standards weniger Compliance-Kosten verursachen sollen als klare gesetzliche Regeln.[1574] Selbst wenn der bilanzielle Kapitalschutz höhere Compliance-Kosten verursachte als andere Modelle, ist aus ökonomischer Perspektive zu fragen, ob die Compliance-Kosten für die Gesellschaften auch gesamtökonomisch nachteilig sind oder vielleicht nur eine Umverteilung zwischen Marktteilnehmern bewirken, deren Grenznutzen eventuell sogar größer ist als die Vorteile einer Kostenersparnis für die Gesellschaften.

Ohne eine konkrete Kosten-Nutzen-Analyse dieses Schutzkonzepts im Vergleich mit alternativen Regelungsmodellen, d.h. letztlich ohne die Hilfe der ökonomischen Wissenschaft wird die Streitfrage nicht entschieden werden können. Grundsätzlich ist der Kapitalschutz des Agios hinsichtlich der Transaktionskosten dieser Finanzierungsform ähnlich zu bewerten wie der Kapitalschutz des Nominalkapitals. Kostenintensiv erscheinen hier weniger die relativ klaren Regeln der Kapitalerhaltung, die mit Hilfe der ohnehin zu erstellenden Bilanz

1571 So auch *Noke*, Why not distribute share premiums?, 46 noch vor Einführung der beiden reliefs.

1572 *Pitts*, Rise of the share premium account, 342.

1573 Vgl. *Rickford*-Report, Kapitel 3 und 4.

1574 Vgl. *Davies/Worthington*, Principles, 296 f.

leicht zu befolgen sind, sondern vor allem die Regelungen der Kapitalaufbringung, insbesondere die Sacheinlagevorschriften.

Eine spezifische Erhöhung der Transaktionskosten bewirkt die Einbeziehung des share premium in den Kapitalschutz wohl insofern, als die wirtschaftliche Betrachtungsweise Abgrenzungsfragen aufwirft und so die Rechtssicherheit der Unternehmensfinanzierung verringert, wodurch erhöhte Rechtsberatungskosten anfallen dürften. Man sieht an dieser Stelle jedenfalls wieder, daß die Einbeziehung des share premium in den Kapitalschutz dessen wirtschaftliches Grundproblem nicht notwendig abmildert, sondern unter Umständen vielleicht sogar verschärft. Aus rechtsökonomischer Perspektive wird dem bilanziellen Kapitalschutz bekanntlich vorgeworfen, nicht effizient genug zu sein. Dabei wird sowohl die Effektivität des Gläubigerschutzes als ein Parameter hinterfragt wie auch der zweite Parameter der verursachten Kosten.[1575] Die Einbeziehung des share premium in den Kapitalschutz erhöht dessen Effektivität, unter Umständen jedoch auch die Kosten, so daß Effizienzgewinne nicht sicher sind, eventuell sogar Effizienzverluste eintreten könnten.

c) Wertvernichtung durch Erschwerung von Desinvestitionen

Weiter besteht Grund zu der Annahme, die Erschwerung von Desinvestitionen durch Ausschüttungen könne dazu führen, daß wirtschaftliche Werte vernichtet und die Anteilsinhaber geschädigt werden. Wirtschaftswissenschaftliche Untersuchungen konnten zeigen, daß Unternehmen mit hohen liquiden Mitteln, die nicht an die Gesellschafter ausgeschüttet werden, häufiger Gefahr laufen, diese überschüssige Liquidität in einer ineffizienten Weise zu verwenden oder in neue Projekte zu investieren, deren Rendite unterhalb der angesetzten Eigenkapitalkosten liegen.[1576] Der Hauptgrund für diese Gefahr liegt in Unternehmenskäufen und -zusammenschlüssen, die kaum Rendite bringen oder sogar negative Renditen einfahren. Zwar vernichten nicht alle Unternehmenszusammenschlüsse wirtschaftliche Werte, jedoch sind auch nicht alle förderlich.

Aus diesen Untersuchungen läßt sich folgern, daß alle Beschränkungen von Desinvestitionen durch Ausschüttungssperren die Gefahr von Wertverlusten erhöhen. Die Einbeziehung des share premium in den Kapitalschutz erhöht diese Gefahr, weil ein höherer Betrag im Unternehmen gebunden wird. Allgemein kann man formulieren, daß jede gesetzliche Regel, welche die optimale Allokation der beschränkten Ressource Kapital behindert, ökonomisch nachteilig ist.[1577] Kapital, das ein Unternehmen nicht im Rahmen seines Ge-

1575 Zu dieser Diskussion allgemein s. o. 2. KapitelC; kurzer Überblick auch bei *Davies/Worthington*, Principles, 295 ff.

1576 *Pitts*, Rise of the share premium account, 342 f. m.w.N.

1577 So *Noke*, Why not distribute share premiums?, 44; ihm zustimmend *Pitts*, Rise of the share premium account, 343.

schäftsbetriebs gewinnbringend nutzen kann, sollte nicht im Unternehmen bleiben, sondern an die Anteilsinhaber ausgeschüttet werden.[1578]

d) Absenkung der Eigenkapitalquote durch Regeln zur Eigenkapitalfinanzierung

Die Erschwerung von Desinvestitionen birgt nicht nur Gefahren, wenn in einer Gesellschaft überschüssiges Eigenkapital zurückgehalten wird. Man muß darüber hinaus Vorauswirkungen von Desinvestitionsbeschränkungen befürchten. Wenn die Gesellschafter einmal zugeführtes Eigenkapital nicht flexibel an den tatsächlichen Bedarf des Unternehmens anpassen können und befürchten müssen, Renditeeinbußen zu erleiden, läßt sich vermuten, daß sie den Weg der Einlagenfinanzierung nur zögerlich beschreiten werden.

Im Fall von Unternehmenszusammenschlüssen und -restrukturierungen hat der Aufschrei der Wirtschaft den englischen Gesetzgeber befürchten lassen, daß selbst sinnvolle Umstrukturierungen unterbleiben würden, wenn der Gefahr eines Einfrierens von Gewinnen nicht begegnet würde. Diesen Gedanken kann man verallgemeinern und feststellen, daß alle Formen von Einlagen weniger häufig genutzt werden, wenn nicht sichergestellt ist, daß sie auf Dauer möglichst ertragreich genutzt werden können. Beschränkungen der Desinvestitionsmöglichkeiten lassen daher erwarten, daß die Gesellschafter ihre Einlagen tendenziell knapp bemessen werden, um das Risiko zu verringern, daß überschüssiges Kapital in der Gesellschaft gesperrt wird. Sollten sich die knapp bemessenen Einlagen als unzureichend herausstellen, könnte man in weiteren Schritten erneut Eigenkapital aufnehmen.

Eine auf mehrere Tranchen verteilte Anteilsausgabe würde jedoch mit jeder Tranche die Transaktionskosten erhöhen. Um diese Kosten ebenso wie die Nachteile einer erhöhten Ausschüttungssperre zu vermeiden, werden die Gesellschafter geneigt sein, auf andere Finanzierungsformen auszuweichen, auf rein wirtschaftliche Agien oder auf hybride Finanzierungsformen, nicht zuletzt auch auf (Gesellschafter-) Darlehen. Es besteht daher die Gefahr, daß die Eigenkapitalfinanzierung der Gesellschaft insgesamt niedriger ausfällt, jedenfalls die Finanzierung durch gesetzlich geregeltes Eigenkapital, und daß letzten Endes der Grad der Fremdfinanzierung steigt.

Die befürchteten negativen Auswirkungen eines strengen Kapitalerhaltungsrechts werden dadurch verstärkt, daß die Gesellschafter ebenfalls versuchen werden, die Nachteile des Kapitalaufbringungsrechts, insbesondere den durch die Sacheinlagevorschriften verursachten Aufwand und die damit zusammenhängenden Kosten zu minimieren, indem sie tendenziell weniger formale Einlagen zuführen und Kapitalerhöhungen möglichst lange aufschieben. Die Erstreckung des Kapitalschutzes auf das share premium verschärft die Pro-

1578 *Noke*, Why not distribute share premiums?, 46; *Pitts*, Rise of the share premium account, 343.

blematik, da Gründungen mit hohen Einlagen und Kapitalerhöhungen umso unattraktiver werden, umso höher der Anteil der Einlagen ist, die das Gesetz reguliert.

Der Clou der Anknüpfung des Kapitalschutzes an die Ausgleichszahlung, welche die Gesellschafter untereinander vereinbaren, liegt zwar darin, daß die Altgesellschafter auf diese Leistung nicht wegen der Nachteile des Kapitalschutzes verzichten werden, da ein Verzicht noch größere und unmittelbarere Nachteile mit sich brächte. Der Gedanke geht jedoch nicht auf, wenn die Gesellschaften aufgrund der nachteiligen Wirkungen dazu tendieren, Kapitalerhöhungen insgesamt aufzuschieben oder in der Summe zu beschränken.

Der Kapitalschutz des share premium kann daher zur Folge haben, daß die Gesellschafter im Rahmen des ihnen Möglichen eine weniger vorsichtige Finanzplanung mit einem geringeren Eigenkapitalpuffer wählen. Steigt der Anteil des Fremdkapitals an der Unternehmensfinanzierung, steigt das Risiko der Gläubiger, so daß ein allzu rigider Kapitalschutz der Einlagen aus Sicht der Gläubiger sogar kontraproduktiv sein kann. Selbst ein rein faktischer Schutz durch gesetzlich nicht geregeltes Eigenkapital ist noch besser als eine Erhöhung des Fremdkapitals. Auf die Art des Eigenkapitals, gesetzlich geregeltes oder frei ausschüttbares, kommt es aus Sicht der Gläubiger gar nicht so sehr an, mehr auf die Höhe der gesamten Eigenkapitalbasis. Das gesetzliche Kapital hat lediglich den Vorzug, daß es vorgehalten werden muß. Führen die Regeln über das share premium jedoch dazu, daß einer Gesellschaft auch insgesamt weniger Eigenkapital zugeführt wird, als sie sinnvoll und ertragreich investieren kann, bedeuten diese Vorschrift wiederum eine Erschwerung der optimalen Allokation von Betriebsmitteln, die aus ökonomischer Perspektive kritisch zu betrachten ist.[1579]

e) Nachteile des premium als Maßstab

Ein weiterer Aspekt der ökonomischen Kritik geht dahin, nicht die Gefahr von Kosten und Fehlallokationen zu betonen, sondern den Nutzen des share premiums infrage zu stellen. Bei der Bewertung der Vorteile des Kapitalschutzes des share premium ist zu bedenken, daß die dadurch bewirkte Erhöhung des Eigenkapitalpuffers nur dann eintritt, wenn eine Gesellschaft ein share premium vereinnahmt. Gläubigern von Gesellschaften ohne share premium account helfen die Regeln nicht.[1580] Die Regeln über den share premium account nützen nur einem Teil der Gläubiger von Kapitalgesellschaften und lösen das Problem der Unterfinanzierung nicht für alle Gesellschaften.

Zudem kann auch der share premium account nicht sicherstellen, daß weder zu viel noch zu wenig Eigenkapital in einer Gesellschaft vorgehalten wird, da der so eingerichtete Kapitalpuffer nicht an der Höhe der Forderungen ausgerichtet wird, die er absichern soll. *Noke* rechnet vor, daß die Gläubiger einer

1579 Vgl. *Noke*, Why not distribute share premiums?, 44.
1580 *Noke*, Why not distribute share premiums?, 46.

fiktiven Gesellschaft, bei der das gesetzliche Kapital GBP 200,– beträgt, die Summe der ausschüttungsfähigen Gewinne GBP 100,– und die Forderungen GBP 100,–, durch das gesetzliche Kapital immer noch übersichert wären, selbst wenn alle Gewinne ausgeschüttet würden. Die Aktiva müßten ja selbst nach der Ausschüttung GBP 300,– betragen, also das Dreifache der Forderungen. Betrügen hingegen die Forderungen GBP, - 1.000,– beliefe sich das Verhältnis der Aktiva zu den Forderungen lediglich auf 1,2 : 1, obwohl der share premium account unverändert wäre.[1581]

Der zusätzliche Kapitalpuffer des share premium account schreibt ein Grundproblem des bilanziellen Kapitalschutzes des Nominalkapitals fort, nämlich daß die fixe Haftkapitalziffer nicht notwendig in einem betriebswirtschaftlich sinnvollen Verhältnis zu den Forderungen gegen die Gesellschaft steht.[1582] *Noke* folgert aus seinem Beispiel, der share premium account sei für den Schutz der Gläubiger ohne Wert.[1583] Diese Kritik geht zu weit. Man muß der Einbeziehung des share premium in den Kapitalschutz zugestehen, daß der Eigenkapitalpuffer dadurch zumindest dem tatsächlichen Bedarf der Gesellschaft angenähert wird, wie ihn die Gesellschafter selbst einschätzten. Es spricht wenig dafür, daß die Geschäftsführer und die Gesellschafter, die ihre Gesellschaft am besten kennen, den Eigenkapitalbedarf nicht abschätzen können. Zwar sind Fehleinschätzungen nicht ausgeschlossen und die obigen Erwägungen lassen vermuten, daß der Eigenkapitalbedarf tendenziell knapp veranschlagt wird. Dennoch dürfte diese Einschätzung für die Zeit unmittelbar nach der Kapitalmaßnahme annähernd richtig sein. Je weiter die Kapitalmaßnahme jedoch zurückliegt und je stärker sich die Umstände von den ursprünglichen Prognosen entfernen, desto größer wird die Diskrepanz zwischen tatsächlichem Eigenkapitalbedarf und gesetzlich geregeltem Kapital werden.

f) Fazit

Die Effizienz des Kapitalschutzes des share premium und insbesondere mögliche Effizienzvorteile gegenüber einem bloßen Kapitalschutz des Nominalkapitals lassen sich nicht sicher bestimmen, da weder eindeutig überwiegende Nutzenvorteile noch Kostenvorteile ersichtlich sind. Zwar läßt sich festhalten, daß die Erweiterung des Kapitalschutzes den Vorteil hat, daß sich der gesetzliche Eigenkapitalpuffer den betriebswirtschaftlichen Erfordernissen zumindest für eine gewisse Zeit nach der Kapitalmaßnahme stärker annähern wird, wenn es zu einer Ausgabe von Anteilen gegen ein share premium kommt. Das Problem der betriebswirtschaftlichen Sinnhaftigkeit des gesetzlichen Kapitals wird dadurch zwar nicht gelöst, doch jedenfalls entschärft. Auf der anderen Seite ist zu erwarten, daß das gesetzliche Eigenkapital mit zunehmender Regelungsintensität von

1581 Beispiel bei *Noke*, Why not distribute share premiums?, 46.
1582 Zu diesem Problem allgemein o. 2. KapitelC.I.2.
1583 *Noke*, Why not distribute share premiums?, 46.

den Gesellschaftern tendenziell niedrig gehalten wird. Fehlallokationen und unrentierliche Investitionen drohen die Kosten dieses Schutzmoduls in die Höhe zu treiben.

Die Erhöhung der fixen bilanziellen Kennziffer für den Kapitalschutz durch die Einbeziehung weiterer Einlagen verbessert nicht notwendig die ökonomischen und betriebswirtschaftlichen Schwächen des bilanziellen Kapitalschutzes des Nominalkapitals, sondern kann diese Probleme sogar verschärfen. Solange nicht eindeutige zahlenbasierte ökonomische Untersuchungen einen konkreten Effizienzvorteil nachweisen können, empfiehlt sich die Erweiterung des Kapitalschutzes durch die Einbeziehung des share premium nur, wenn man von der Vermutung ausgeht, der bilanzielle Kapitalschutz sei allen alternativen Formen des Gläubigerschutzes ökonomisch überlegenen. Nach dem derzeitigen Stand der Forschung läßt sich die Vermutung weder beweisen noch widerlegen.

V. Alternativvorschlag

1. Zielerreichung mit weniger Nachteilen möglich?

Der Kapitalschutz des share premium beruht auf der Annahme, eine rein formal bestimmte Finanzierungsverantwortung des Nominalkapitals genüge nicht, um zugunsten der Gläubiger einen ausreichenden Eigenkapitalpuffer bereitzustellen. Denn die Möglichkeit der Gesellschafter, die Höhe des Haftkapitals durch Bestimmung des Nominalkapitals weitgehend nach ihrem Belieben festzusetzen, führe dazu, daß diese das formale Haftkapital zu niedrig festsetzten. Um einen fairen Ausgleich für den Vorteil der Haftungsbeschränkung zu erreichen, spricht der Kapitalschutz des share premium allen Einlagen, die im Gegenzug für junge Anteile geleistet werden, Finanzierungsverantwortung zu. So soll dem Problem der formalen Unterkapitalisierung von Gesellschaften begegnet und die Effektivität des bilanziellen Gläubigerschutzes erhöht werden. Zumindest in den Fällen, in denen eine Anteilsausgabe gegen ein share premium erfolgt, erreicht der erweiterte bilanzielle Kapitalschutz sein Ziel.

Die vorgehende Untersuchung hat indes auch Nachteile dieser Lösung gezeigt. Sie greift vor allem bei Kapitalerhöhungen in Gesellschaften mit breit gestreuten Anteilen, die weniger leicht auf andere Formen der Unternehmensfinanzierung ausweichen können als geschlossene Gesellschaften. In geschlossenen Gesellschaften bleibt die beklagte Beliebigkeit oft erhalten. Es ist darüber hinaus unklar, ob die Steigerung der Effektivität des Gläubigerschutzes im Fall eines share premium zu Effizienzsteigerungen des bilanziellen Kapitalschutzes führt. Insbesondere könnte die Benachteiligung der Einlagenfinanzierung gegenüber anderen Formen der Unternehmensfinanzierung dazu führen, daß die Eigenkapitalquote der Gesellschaften niedriger ausfällt als bei flexibleren gesetzlichen Regelungen. Jedenfalls ist tendenziell eine Verlagerung weg von Formen des gesetzlichen Kapitals auf nicht gesetzlich geregelte Formen der

Eigenkapitalzufuhr zu erwarten. Zudem verlangt die Annahme einer materiellen Finanzierungsverantwortung, die jeder Gegenleistung für junge Anteile zugesprochen wird, einen Systemwechsel, der nicht konsequent vollzogen worden ist. Die ihm zugrundeliegende wirtschaftliche Betrachtungsweise der Gegenleistungen ist dem englischen Gesellschaftsrecht fremd geblieben. Die systematischen Inkonsistenzen werden verstärkt durch das Festhalten am System der par value shares, das seinerseits jedoch bei der Kapitalaufbringung Vorteile bietet, die ebenfalls den Gläubigern der Gesellschaft, aber auch den Mitgesellschaftern zugute kommen. Die systematischen Differenzen führen dazu, daß manche Gesellschafter gegenüber anderen bevorzugt werden, manche Gläubiger gegenüber anderen benachteiligt, und stellen damit die Fairneß der Lösung infrage. Der Kapitalschutz des share premium kann dann als faire Lösung angesehen werden, wenn man die Vorteile beim Gläubigerschutz stärker gewichtet als die Nachteile insbesondere der Altgesellschafter bei Kapitalerhöhungen und soweit man unterschiedliche Regelungen für bestimmte Finanzierungsleistungen und bestimmte Gruppen von Einlegern als durch sachliche Gesichtspunkte und Praktikabilitätserwägungen gerechtfertigt ansehen kann.

Der Ausgangsgedanke bleibt nachvollziehbar, ein Kapitalschutzsystem etablieren zu wollen, dessen Haftkapitalpuffer nicht gänzlich ins Belieben der Gesellschafter gestellt ist, sondern nach materiellen Gesichtspunkten bestimmt wird. Auch wenn alternativ eine rein formelle Finanzierungsverantwortung als Leitgedanke möglich wäre, soll hier zum Abschluß gefragt werden, ob der nachvollziehbare Wunsch nach einer nicht beliebigen Erhöhung des Haftkapitals zur besseren Absicherung der Gläubiger nicht auf eine Weise erreicht werden kann, die weniger Nachteile mit sich bringt. Dabei soll es nicht darum gehen, die Sinnhaftigkeit des bilanziellen Kapitalschutzes als solchem infrage zu stellen, sondern allein eine Lösung erörtert werden, die innerhalb dieses Systems das formulierte Ziel erreichen kann. Es soll eine mögliche Fortentwicklung des bestehenden Kapitalschutzes untersucht werden, nicht jedoch Vorschläge, die einen gänzlich anderen Ansatz verfolgen (wie zum Beispiel Solvenztests auf der Grundlage der unternehmerischen Finanzplanung).

Betriebswirtschaftlich betrachtet geht es darum, das Problem zu verkleinern, daß der gesetzlich vorgeschriebene Eigenkapitalpuffer auch bei Einbeziehung des share premium allenfalls zum Zeitpunkt der formalen Kapitalmaßnahme in einem angemessenen Verhältnis zu den Forderungen steht, die er absichern soll, und dies nicht bei allen Gesellschaften, sondern nur bei solchen, die ein share premium vereinnahmen. Systematisch betrachtet geht es darum, die Verschiebung von gesetzlich geregelten Einlagen auf gesetzlich nicht geregelte Einlagen zu vermeiden, insbesondere Verschiebungen, die auf dem Unterschied zwischen bilanzwirksamer Aktivierung und gewinnwirksamer Erfassung über den profit and loss account beruhen.

2. Alternative Ausschüttungssperre durch Mindesteigenkapitalquote

a) Bestimmung der Ausschüttungssperre anhand einer Mindesteigenkapitalquote

Als Alternative zum Kapitalschutz des share premium hat *Noke* vorgeschlagen, die Kapitalerhaltung nicht an der Höhe des share premium account zu orientieren, sondern an einer Mindesteigenkapitalquote.[1584] Eine Dividendenzahlung soll nach diesem Konzept nur dann erlaubt sein, wenn das Verhältnis der verbleibenden aktivierten Vermögenswerte zu den bilanzierten Forderungen nicht unter ein bestimmtes Maß fällt, so z.B. Aktiva und Verbindlichkeiten im Verhältnis 1,5 : 1 stehen. In diesem Beispiel müßte das gesamte verbleibende Eigenkapital mindestens halb so groß sein wie die Summe der Verbindlichkeiten, woraus sich eine Mindesteigenkapitalquote am gesamten Kapital der Gesellschaft von 33,3 Prozent errechnen läßt.

Auf welche Weise die Mindesteigenkapitalquote im einzelnen die Ausschüttungen an die Gesellschafter begrenzen soll, sagt *Noke* nicht. Man kann seine Ausführungen durch folgende Überlegungen ergänzen. Wichtig erscheint zunächst, daß eine ausschüttungsbegrenzende Mindesteigenkapitalquote nicht nach der Herkunft des Eigenkapitals unterscheidet. Sie kann durch das share capital allein erreicht werden oder durch Hinzurechnung anderer Einlagen wie des share premium oder freier capital contributions. Sie kann ebensogut durch thesaurierte Gewinne abgedeckt werden, wobei es ohne Bedeutung ist, ob die Gewinne marktkonform erwirtschaftet wurden oder wirtschaftlich betrachtet als verstecktes Agio oder stille Einlage erscheinen.

Eine Mindesteigenkapitalquote ist flexibler als eine feste Bilanzkennziffer, da sich die tatsächlich ausschüttungsgesperrte Summe im Laufe des Geschäftsbetriebs ändern kann, wenn sich die Verbindlichkeiten vergrößern oder verkleinern.[1585] Die geforderte Quote ist ebenso fixiert wie das Nominalkapital (plus premium). Anders als bei einer festen Bilanzkennziffer wird man bei einer Mindesteigenkapitalquote von den Gesellschaftern keine Einlagen erwarten, mit denen sie diese Quote erfüllen. Bestimmt man die Höhe der möglichen Ausschüttungen an Gesellschafter anhand einer Mindesteigenkapitalquote, wird man sich statt dessen insoweit mit einer verpflichtenden Gewinnthesaurierung begnügen. Das Abstellen allein auf eine Gewinnthesaurierung liegt nicht darin begründet, daß eine Mindesteigenkapitalquote nicht an der Herkunft des Eigenkapitals interessiert ist, sondern der Grund für diese Ausgestaltung liegt darin, daß eine Mindesteigenkapitalquote auf die gesamte Dauer der werbenden

1584 *Noke*, Why not distribute share premiums?, 46.

1585 Die Berechnung der Ausschüttungssperre anhand des Verhältnisses von Aktiva und Verbindlichkeiten macht den Gläubigerschutz in gewissen Maß abhängig von der Bilanzpolitik des Unternehmens. Bei einem festen Kapital hängt jedoch die Frage, ob eine Unterbilanz besteht, ebenfalls vom konkreten Ausweis der Aktiva und der Verbindlichkeiten ab, so daß kein wesentlicher Unterschied besteht.

Gesellschaft angelegt ist und sich die tatsächlich gesperrte Summe dem Wachsen und Schrumpfen der Gesellschaft anpassen soll, also ändern kann.

Zu dem Zeitpunkt, in dem ein Gesellschafter seine Mitgliedschaft erwirbt, ist nicht abzusehen, welche konkrete Summe zu einem späteren Zeitpunkt als Mindesteigenkapital der Gesellschaft gefordert sein wird. Müßte ein Gesellschafter im Insolvenzfall (anteilig) dafür einstehen, daß die in diesem Zeitpunkt erforderliche Eigenkapitalquote einmal durch Einlagen aufgebracht worden wäre, drohte ihm eine der Höhe nach nicht vorhersehbare Nachschußpflicht, die dem Grundgedanken der haftungsbeschränkenden Kapitalgesellschaften widerspräche. Eine Mindesteigenkapitalquote, die dauerhaft einen betriebswirtschaftlich sinnvollen Eigenkapitalpuffer vorhalten soll, wird daher ein Element der Kapitalerhaltung allein sein, nicht auch ein Bestandteil der Kapitalaufbringung.

Sie besteht unabhängig von den Gesellschaftsanteilen und den damit verbundenen anteiligen Haftungszusagen der Gesellschafter. Da die Herkunft des vorhandenen Eigenkapitals ohne Bedeutung ist, sind Einlagen der Gesellschafter (verpflichtende oder freiwillige) weiterhin möglich. Sie wirken sich auf die Erfüllung der Mindesteigenkapitalquote mittelbar aus, indem sie weniger Gewinnthesaurierung erforderlich machen. Soweit das tatsächlich vorhandene Eigenkapital die Mindesteigenkapitalquote übersteigt, kann es an die Gesellschafter verteilt werden. Erwirtschaftete Gewinne können ausgeschüttet werden, Einlagen, z.B. ein share premium oder eine andere capital contribution, können an die Gesellschafter zurückgeführt werden.

Um eine klare Bilanzierung zu ermöglichen und eine Täuschung durch Scheingewinne zu verhindern, kann man vorsehen, alle Einlagen in Kapitalrücklagen ähnlich dem share premium account auszuweisen und diese transparent aufzulösen, bevor die entsprechenden Beträge an die Gesellschafter zurückfließen. Eine Mindesteigenkapitalquote hindert für sich genommen die Rückgewähr von Einlagen auf das share capital nicht. Man kann jedoch ein Verbot der Rückgewähr des share capital, wie es im geltenden Recht besteht, weiterhin vorsehen, wenn man die Einführung einer Mindesteigenkapitalquote als Ergänzung zum Kapitalerhalt des Nominalkapitals versteht und nicht als Ersetzung desselben (dazu sogleich).

Noke kommt zu seinem Vorschlag einer Mindesteigenkapitalquote, da seiner Ansicht nach der ausschüttungsgesperrte share premium account keinen sinnvollen Beitrag zum Gläubigerschutz leisten könne. Denn erstens müsse dieser zusätzliche Haftungspuffer nicht bei allen Gesellschaften eingerichtet werden, vor allem aber löse er das Grundproblem des tradierten Kapitalschutzes nicht, daß der Eigenkapitalpuffer, der durch die einmal festgeschriebene Bilanzkennziffer bestimmt wird, in keinem angemessenen Verhältnis zu den abzusichernden Forderungen stehe. Als weitere Alternative erwägt *Noke* eine verpflichtende Gewinnrücklage, die in einem bestimmten Verhältnis zum Nominalkapital vorgeschrieben werden könne, eine Lösung, wie sie z.B. § 150 AktG verfolgt. Zu Recht stellt *Noke* jedoch fest, daß solche Lösungen zwar einen zusätzlichen Haftungspuffer kreierten, jedoch ebenfalls nicht sicherstellen könnten, daß Vermögensgegenstände und Verbindlichkeiten der Gesellschaft in einem angemessenen Verhältnis stünden.

Die Behauptung, das share premium leiste keinen sinnvollen Beitrag zum Gläubigerschutz, ist überzogen. Es hat sich im Laufe dieser Untersuchung gezeigt, daß die Bestimmung des Haftungsfonds der Gesellschaft unter Einschluß des share premium immerhin für einige Zeit näher an den tatsächlichen betriebswirtschaftlichen Bedarf herankommt als ein alleiniger Kapitalschutz des share capital. Die Vereinnahmung eines share premium ist auch nach Wegfall der steuerlichen und kapitalschutzrechtlichen Vorteile noch gängige Praxis und bei Kapitalerhöhungen oftmals unvermeidbar, so daß zumindest in diesen Fällen die Effektivität des Kapitalschutzes erhöht wird.

Dennoch erscheint die vorgeschlagene Alternative bedenkenswert. Sie bietet nämlich nicht nur eine Lösung für ein zentrales ökonomisches Problem des Kapitalschutzes, sondern ebenso für die in dieser Arbeit diskutierten systematischen Schwierigkeiten und die Fairneßprobleme, welche in *Nokes* Untersuchung kaum eine Rolle spielen. Die Ersetzung des ausschüttungsgesperrten share premium account durch eine Mindesteigenkapitalquote, die das gesamte Eigenkapital der Gesellschaft berücksichtigt, nicht nur die bei einer Anteilsausgabe erbrachten Einlagen, entkoppelt den externen Gläubigerschutz weitgehend von den internen Vereinbarungen über ein angemessenes Entgelt für junge Anteile. Die Koppelung von Gläubigerschutz und Entgeltforderung hat sich im Laufe dieser Untersuchung als Problem herausgestellt, aus dem verschiedene systematische Schwierigkeiten erwachsen, welche letztlich die Fairneß eines Kapitalschutzes des share premium infrage stellen.

b) Eigenkapitalquote als Ergänzung oder Ersetzung des festen Nominalkapitals

Wie soeben angeklungen ist, kann man im Rahmen der Kapitalerhaltung eine Mindesteigenkapitalquote auf zwei unterschiedliche Weisen einführen. Die gesetzlich vorgeschriebene Mindesteigenkapitalquote kann als alleiniger Maßstab für die Ausschüttungspolitik dienen und die Funktion des gesetzlichen Kapitals vollständig übernehmen. Dann könnte jede Einlage, auch eine Einlage auf das share capital, an die Gesellschafter zurückgeführt werden, wenn der darin verkörperte Wert des Eigenkapitals höher ist als nach der Mindestquote erforderlich.

Die gesetzliche Mindesteigenkapitalquote kann das gesetzliche Kapital aber auch ergänzen. In diesem Fall dürfte ein Überschuß an Eigenkapital, der auf eine Einlage auf das gesetzliche Kapital zurückzuführen ist, nicht an die Gesellschafter ausgekehrt werden. Das Verbot der Einlagenrückgewähr gälte für das legal capital weiterhin, nicht allerdings für Einlagen, die dem legal capital nicht zugerechnet werden. Für die Reichweite des Verbots der Einlagenrückgewähr wäre entscheidend, wie das davon geschützte legal capital verstanden würde, so wie nach aktueller Rechtslage als share capital plus share premium ohne freie capital contributions oder auch unter Einrechnung derzeit noch freier capital contributions oder möglicherweise eben ohne Einbeziehung des share premium beschränkt auf das Nominalkapital.

Welchen Weg *Noke* vorschlagen will, geht aus seiner Argumentation nicht eindeutig hervor. Einerseits beschränkt er seine Forderungen auf eine Abschaffung des share premium account und erstreckt sie nicht ausdrücklich auf die Kapitalerhaltung des Nominalkapitals, andererseits betont er die Problematik eines angemessenen Verhältnisses von Aktiva und Verbindlichkeiten, die beim Kapitalschutz des Nominalkapitals allein noch stärker ausgeprägt ist.[1586] Die Möglichkeit, die Kapitalerhaltung gänzlich auf die Einhaltung einer Mindesteigenkapitalquote umzustellen und dem Nominalkapital insoweit keine Bedeutung mehr zuzumessen, soll an dieser Stelle nicht weiter verfolgt werden. Denn diese Variante brächte eine Abkehr vom bisherigen System des Kapitalschutzes des Nominalkapitals, nicht die gesuchte Ergänzung um ein Element, welches das Problem formeller Unterkapitalisierung entschärft. Die Variante hingegen, in der allein der share premium account aus der Kapitalerhaltung ausgenommen wird, nicht auch das share capital, bietet die Chance, die Vorteile des Nominalkapitalschutzes zu erhalten und zugleich dessen Nachteile einzuschränken.

Der Nachteil des Nominalkapitalschutzes, dem durch die Ergänzung um eine Mindesteigenkapitalquote begegnet werden kann, liegt in dem Umstand, daß das zu einem bestimmten Zeitpunkt einer Kapitalmaßnahme fixierte share capital selten nur in einem wirtschaftlich angemessenen Verhältnis zu den Forderungen steht, die dadurch gesichert werden sollen. Die Vorteile des Nominalkapitalschutzes liegen vor allem in folgenden Gesichtspunkten.

Als Schutz der versprochenen Einlage entfaltet der Nominalkapitalschutz schon in der Gründungsphase Wirkung, während die Wirkung der Mindesteigenkapitalquote als einer Form der verpflichtenden Gewinnthesaurierung davon abhängt, daß Gewinne erwirtschaftet werden. In einer verlustreichen Anlaufphase hilft eine Thesaurierungspflicht den Gläubigern nicht weiter. Die Finanzierungsfunktion und Schuldentilgungsfunktion des gesetzlich vorgeschriebenen Haftungspuffers erfüllt in der Gründungsphase der Einlagenschutz besser.[1587] Das Nominalkapital wird der Höhe nach eindeutig bestimmt und den einzelnen Gesellschaftern qua Anteile[1588] eindeutig zugeordnet; damit bietet es

1586 Vgl. *Noke*, Why not distribute share premiums?, 46.

1587 Zu diesen und den weiteren im Fortgang erwähnten Funktionen des gesetzlich vorgeschriebenen Haftkapitals s.o. 2. KapitelB.II.

1588 Man müßte die bilanzielle Haftkapitalziffer nicht notwendig an die Anteile binden. Historisch ist es üblich, das gesamte share capital aus der Summe der bei Übernahme jeden Anteils einzelnen versprochenen Einlage zu errechnen, respektive die versprochene Gesamtsumme auf die einzelnen Anteile aufzuteilen; daher auch der Name ›share‹ capital. Diese gesetzliche Vorschrift, par value shares zu bilden, entspricht dem typischen Vorgehen der Gesellschafter, ihre Rechte an und in der

eine hohe Rechtssicherheit, welche die Grundlage bildet für weitere Vorteile des Einlagenschutzes.

Mit der Einlage auf das Nominalkapital verlangt das Gesetz vom Gesellschafter einen Risikobeitrag aus seinem übrigen Vermögen, was einerseits als fair angesehen wird, andererseits als Seriositätsschwelle dient und die Risikobereitschaft der Gesellschafter begrenzen kann. Diese Funktion erfüllt der Nominalkapitalschutz insbesondere, wenn er ein bestimmtes Mindestkapital verlangt wie im Fall der Public Companies. Der auf dem share capital aufbauende Kapitalschutz ermöglicht jedoch in jedem Fall, bei Public wie bei Private Companies gleichermaßen, den Gläubigern einen freiwillig erhöhten Risikobeitrag zuzusagen. Eine freiwillige kollektive Haftungszusage werden die Gesellschafter nur erwägen, wenn das Haftungsrisiko vorhersehbar ist. Der Nominalkapitalschutz bietet die Möglichkeit, ohne Schwierigkeiten an die gesetzlichen Regelungen anzuknüpfen und das dadurch eingegangene Risiko abzuschätzen.

Sollte das Gesetz den Nominalkapitalschutz um die Komponente einer Mindesteigenkapitalquote ergänzen, kann es den Gesellschaftern ebenfalls ermöglichen, die ausschüttungsbegrenzende Mindesteigenkapitalquote über das vom

Gesellschaft nach den Kapitalbeiträgen zu bestimmen. Man müßte jedoch die interne Verteilung der Rechte und Pflichten nicht notwendig an die externe Haftungszusage binden, sondern könnte sich nach außen hin auf die insgesamt zugesagte Haftungsmasse konzentrieren, solange deren Aufbringung unter den Gesellschaftern irgendwie vereinbart wird. Als Zweifelsregel könnte sich das Gesetz auf eine Aufteilung nach Anteilen stützen, sofern die Gesellschafter keine anderslautende Vereinbarung treffen. Nachdem Einmann-Kapitalgesellschaften zulässig geworden sind, könnten die Gläubiger nicht einwenden, daß die Aufbringung des gesamten ihnen zugesagten Haftkapitals nicht im Extremfall einem einzigen Gesellschafter obliegen dürfe. Die interne Verteilung der Rechte und Pflichten der Gesellschafter muß die Gläubiger nicht interessieren, solange ihre Interessen an der Aufbringung eines Haftkapitals auf jede Weise gewahrt sind. Ob man den externen Gläubigerschutz an einer insgesamt zugesagten Haftungssumme orientiert oder an die einzelnen Anteile rückbindet, macht im Fall der Gesellschaftsgründung typischer Weise kaum einen Unterschied, einen großen Unterschied jedoch bei Kapitalerhöhungen, insbesondere wenn diese der Sanierung einer verlustreichen Gesellschaft dienen. Ohne Rückbindung der gesamten Haftungsmasse an jeden einzelnen Anteil könnten Anteilsausgaben durchgeführt werden, welche die zugesagte Haftungsmasse nicht erhöhen. Die Idee eines gesetzlichen Kapitals läßt sich also mit nennwertlosen Anteilen ebenso umsetzen wie mit Nennwertanteilen oder Stückaktien aktueller Prägung. Die Idee eines gesetzlichen Kapitals läßt sich insbesondere auch mit Nennwertaktien umsetzen, ohne den Nennwert der einzelnen Aktie notwendig an die den Gläubigern zugesagte Haftungsmasse zu knüpfen. In diesem letztgenannten Fall behielte der Nennwert seine Funktion als Maßstab für die internen Rechte und Pflichten, ohne für die Höhe der bilanziellen Kapitalkennziffer ausschlaggebend zu sein. Folglich sind nennwertlose Aktien (non par value shares) keine Voraussetzung für die Entkoppelung von Anteilsausgabe und bilanziellem Haftkapital.

Gesetz geforderte Maß hinaus zu erhöhen und diese Selbstverpflichtung den Gläubigern bindend zuzusagen. Diese freiwillig erhöhte Thesaurierungspflicht könnte das zugesagte Nominalkapital ergänzen, gerade in der Gründungsphase jedoch nicht ersetzen.

Zuletzt erlaubt der Kapitalschutz des Nominalkapitals die Einlageverpflichtung jedes Gesellschafters eindeutig festzustellen und jeden Gesellschafter an dieser freiwillig übernommenen Verpflichtung festzuhalten. Der gesamte Kapitalaufbringungsschutz hängt an der eindeutigen Bestimmbarkeit der Einlageschuld, insbesondere die strengen Regeln zur Werthaltigkeit von Sacheinlagen und zur Ausfallhaftung der Anteilserwerber. Der Kapitalaufbringungsschutz bleibt auch bei Einführung einer ausschüttungsbegrenzenden Mindesteigenkapitalquote bedeutsam, vor allem im Interesse der Mitgesellschafter, jedoch weiterhin auch im Interesse der Gläubiger. Wenn die geforderte Eigenkapitalquote durch Einlagen auf das Nominalkapital zumindest teilweise abgedeckt wird, profitieren die Gläubiger davon, wenn die tatsächliche Aufbringung der versprochenen Sacheinlagen und aufgeschobenen Bareinlagen abgesichert wird.

Verzichtet das Gesetz bei Einlagen ohne Anteilsausgabe auf die Sicherungsmittel des Kapitalaufbringungsrechts, kann es aus Sicht einer am tatsächlich vorhandenen Eigenkapital orientierten Ausschüttungssperre auf den Kapitalaufbringungsschutz des Nominalkapitals ebenfalls verzichten und in beiden Fällen auf die Aktivierungsregeln des Bilanzrechts vertrauen. Solange das Gesetz jedoch Kapitalaufbringungsregeln vorsieht, um sicherzustellen, daß jeder Gesellschafter einerseits tatsächlich einen eigenen Risikobeitrag leistet, andererseits selbst keinen Verwässerungsschaden durch nicht werthaltige Einlagen anderer Gesellschafter erleidet, wirken sich diese Vorgaben reflexartig auf die Qualität des Kapitalerhaltungsrechts aus, das auf dem tatsächlichen Vorhandensein des in der Bilanz ausgewiesenen Eigenkapitals beruht.

Wenn das Gesetz um der genannten Vorteile Willen einen verpflichtenden oder freiwilligen Risikobeitrag aus dem übrigen Vermögen der Gesellschafter vorsieht, der durch eine der Höhe nach eindeutig bestimmte Einlage zu erbringen ist, verlangt dieses Element des Kapitalaufbringungsrechts nach einer Ergänzung um ein Verbot der Rückgewähr dieser Einlagen. Denn die bloße Aufbringung der versprochenen Einlage, um sie sofort (solange noch keine entsprechend hohen Verbindlichkeiten eingegangen wurden) gänzlich oder in Teilen wieder an die Gesellschafter zurückzuführen, wäre nicht nur sinnlos, sondern bürge in sich die Gefahr, Gläubiger, Mitgesellschafter und zukünftige Investoren in ihrem Vertrauen darauf zu enttäuschen, daß die zugesagte Leistung in ihrem Sinne erbracht wurde.

Selbst wenn das share capital daher höher ist als das in einem beliebigen Zeitpunkt geforderte Mindesteigenkapital, kann es aus systematischen Gründen nicht zurückgewährt werden. Nicht notwendig ist aus systematischer Sicht eine dauerhafte wertmäßige Erhaltung dieser Einlage, wie sie im geltenden Recht vorgesehen ist und nach eventuellen Verlusten verlangt, das als Einlage zugesagte Eigenkapital aus Gewinnen wieder aufzufüllen. Einen Risikobeitrag leistet das Nominalkapital auch, wenn es gegen eingetretene Verluste verrechnet werden kann, wie zum Beispiel aktuell im deutschen Aktienrecht § 150 AktG eine Verlustverrechnung des Agios erlaubt. Das derzeitige Wiederauffüllgebot des legal capital dient nicht nur dem Ziel eines Risikobeitrags, sondern darüber hinaus der Bereitstellung eines dauerhaften Eigenkapitalpuffers. Wenn das Gesetz einen dauerhaften Eigenkapitalpuffer ohnehin durch das Schutzmodul einer Mindesteigenkapitalquote vorschreibt und dabei sicherstellt, daß die Höhe des so vorgehaltenen Eigenkapitals betriebswirtschaftlich fundiert ist, kann es sich hinsichtlich des Nominalkapitals mit dem Verbot der direkten Einlagenrückgewähr begnügen. Die Auszahlung von Gewinnen, die ohne Verlustverrechnung des Nominalkapitals weiterhin von diesem gesperrt würden, mag man als indirekte Einlagenrückgewähr begreifen. Diese muß das Gesetz jedoch aus systematischer Sicht nicht stören, wenn es den dauerhaften Eigenkapitalpuffer nicht formell, sondern materiell nach einem angemessenen Verhältnis zu den Verbindlichkeiten der Gesellschaft bestimmen und die Funktion der Einlagen auf einen Risikobeitrag beschränken will.

Die Logik der Kombination des Konzepts eines Nominalkapitals mit dem Schutzmodul einer ausschüttungsbegrenzenden Mindesteigenkapitalquote bestünde darin, die genannten Vorteile des Nominalkapitalschutzes zu erhalten, ohne die bekannten Nachteile der festen Bilanzkennziffer durch deren Erhöhung um das share premium zu verschärfen, den Nachteil der möglichen formalen Unterkapitalisierung dabei sogar zu entschärfen.

c) Vorteile einer ergänzenden Mindesteigenkapitalquote zur Bemessung der zulässigen Ausschüttungen

Die Vorteile einer verpflichtenden Mindesteigenkapitalquote gegenüber der Einbeziehung des share premium in den Kapitalschutz liegen in folgenden Punkten.

Eine Mindesteigenkapitalquote erscheint gegenüber einem Kapitalschutz des share premium betriebswirtschaftlich noch sinnvoller, da sie ebenso wie die Einschätzung des Eigenkapitalbedarfs durch die Gesellschaft selbst betriebswirtschaftlich fundiert ist, anders als die Selbsteinschätzung der Gesellschaft aber nicht auf einen bestimmten Zeitpunkt bezogen ist, sondern dauerhaft wirksam bleibt und zudem für alle Gesellschaften gleichermaßen gilt, nicht lediglich für Gesellschaften, die sich zu einer Kapitalerhöhung durchringen können.

Ein tatsächlich erbrachtes share premium, das nach Einschätzung der Gesellschaft für zukünftige Tätigkeiten erforderlich wäre, würde von einer verpflichtenden Mindesteigenkapitalquote ebenfalls erfaßt, solange die typischerweise erforderliche Eigenkapitalquote im konkreten Fall nur unter Einrechnung der premium-Einlage erreicht würde. Auch wenn eine Mindesteigenkapitalquote auf dem Gedanken einer verpflichtenden Gewinnthesaurierung basiert, nimmt sie tatsächlich geleistete Einlagen in ähnlicher Weise zugunsten der Gläubiger in Beschlag wie eine daran bemessene fixe Bilanzkennziffer. Der Unterschied besteht vor allem darin, daß eine Einlagenrückgewähr, die nach einiger Zeit oder nach Änderung der Umstände erfolgen soll, ermöglicht wird, wenn die Gesellschaften selbst der Ansicht sind, der einmal als betriebswirtschaftlich erforderlich eingeschätzte Haftungspuffer könne reduziert werden, und diese Einschätzung dadurch bestätigt wird, daß der typischerweise erforderliche Haftungspuffer tatsächlich übererfüllt ist.

Zudem können Effizienzvorteile erwartet werden. Eine dauerhaft betriebswirtschaftlich fundierte Eigenkapitalausstattung verspricht nicht nur einen höheren Nutzen, sondern auch Kostenvorteile. Die Kostennachteile des bilanziellen Kapitalschutzes, die darauf beruhen, daß eine fixe Bilanzkennziffer als Bezugsgröße für die Ausschüttungen festgelegt wird, werden zumindest nicht erhöht, wenn diese fixe Kennziffer nicht erhöht wird. Wenn man das Verbot der Rückgewähr von Einlagen auf das Nominalkapital auf eine direkte Rückgewähr beschränkt und eine Verlustverrechnung zuläßt, sollten die Kosten der fixen Bilanzkennziffer sogar sinken. Die Transaktionskosten bei Sacheinlagen auf das share premium, die insbesondere bei Public Companies durch die Sacheinlagevorschriften verursacht werden, fallen weg.

Die Freiheit der Gesellschafter, das Entgelt festzulegen, das ihnen für junge Anteile angemessen erscheint, wird nicht beeinträchtigt durch zwingende Regeln, die an dieses Entgelt anknüpfen, jedoch nicht den Interessen der Gesellschafter dienen. Die Verschränkung des gesellschaftsrechtlichen Innen- und Außenrechts stellt eines der größten Problemfelder des aktuellen englischen Kapitalgesellschaftsrechts dar. Indem diese Verschränkung gelockert, das heißt auf das share capital zurückgeführt wird, wird dieser Problembereich entschärft. Verzichtet das Gesetz darauf, die Kapitalerhaltung an dem share premium auszurichten, kann es auf entsprechende Regeln der Kapitalaufbringung verzichten, soweit das Europarecht dies gestattet, also im Bereich der Private Companies gänzlich und im Bereich der Public Companies wohl insoweit, als das share premium nicht der Höhe nach eindeutig bestimmt worden ist. Die Gesellschafter hätten die Möglichkeit, in ihrem eigenen Interesse das share premium zu beziffern und damit für den Kapitalaufbringungsschutz zu optieren, werden jedoch nicht im Interesse der Gläubiger dazu gezwungen.

Da das Schutzmodul einer Mindesteigenkapitalquote nicht nach der Herkunft des Eigenkapitals differenziert, spielt es keine Rolle, ob die Gesellschafter Einlagen offen oder verschleiert erbringen. Damit fällt jeder Anreiz weg, wirtschaftliche Einlagen kostspielig und risikoreich auf Finanzierungsformen zu verlagern, welche das Gesetz (vermeintlich) nicht erfaßt. Weiterhin besteht bei Gesellschaftsgründungen zwar eine gewisse Beliebigkeit, wie hoch die Gesellschafter das Nominalkapital festsetzen. Wenn das Nominalkapital jedoch für den dauerhaften Kapitalpuffer nicht mehr von entscheidender Bedeutung ist, wird das Problem der Beliebigkeit entschärft. Tatsächlich wäre diese Beliebigkeit fortan nicht mehr als der Ausdruck der grundsätzlichen Finanzierungsfreiheit der Gesellschafter, die nach diesem Konzept allein durch das materielle Erfordernis einer Mindesteigenkapitalquote begrenzt würde. Wenn der Kapitalschutz nicht auf wirtschaftlichen Einlagen aufbaut, sondern nur in begrenztem Maße von formellen Einlagen auf das Nominalkapital beeinflußt wird, kann das Gesetz auf die wirtschaftliche Betrachtungsweise verzichten, die dem englischen Recht ohnehin fremd geblieben ist.

Indem das Modell einer Mindesteigenkapitalquote die Finanzierungsfreiheit der Gesellschafter stärkt und die systematischen Unterschiede zwischen verschiedenen Formen von formalen und wirtschaftlichen Einlagen reduziert, reduziert es zudem die Fairneßprobleme, die in dieser Untersuchung immer wieder zutage getreten sind. Die Einbeziehung allein des Nominalkapitals in den gesetzlichen Kapitalschutz läßt sich leicht begründen, wenn das Nominalkapital bei Gründungen frei bestimmt werden kann und bei Kapitalerhöhungen nur einen Teil des Entgelts ausmacht, der durch die ursprüngliche Festsetzung bei der Gesellschaftsgründung bestimmt wird. Denn diese eindeutige bestimmte Verpflichtung haben die Gesellschafter freiwillig im Interesse der Gläubiger auf sich genommen.

d) Kritik an der Vorstellung eines betriebswirtschaftlich sinnvollen Mindestkapitals

aa) Betriebswirtschaftlich begründetes Mindestnennkapital

Die Ausschüttungen begrenzende Mindesteigenkapitalquote verspricht als Modul des Gläubigerschutzes die genannten Vorteile, wenn es dem Gesetz tatsächlich gelingt, eine betriebswirtschaftlich fundierte Eigenkapitalquote für alle Gesellschaften vorzuschreiben. Eben diese Möglichkeit, durch eine gesetzliche Vorgabe für alle Gesellschaften ein Mindesteigenkapital vorzuschreiben, wird in der Diskussion um das Mindestnominalkapital bestritten.[1589] Der Vorschlag, den share premium account durch das Erfordernis einer Mindesteigenkapitalquote zu ersetzen, ähnelt einer Idee, die in der Diskussion um die Sinnhaftigkeit eines festen Nominalkapitals aufgekommen ist, der Idee, von jeder Gesellschaft ein Nominalkapital zu fordern, dessen Höhe betriebswirtschaftlich fundiert ist.

Der Haupteinwand gegen den Vorschlag eines betriebswirtschaftlich fundierten Mindestnominalkapitals wird in der Literatur nicht erhoben, der soeben erörterte Umstand, daß die Höhe des Eigenkapitals, für das die Gesellschafter durch ihre Einlagen aufkommen sollen, nach dem aktuellen Verständnis der durch Kapitalgesellschaften ermöglichten Haftungsbeschränkung schon beim Erwerb der Mitgliedschaft feststehen muß, ein betriebswirtschaftlich begründeter Eigenkapitalpuffer jedoch dynamisch der Geschäftsentwicklung angepaßt werden muß. Eine betriebswirtschaftlich fundierte Ausschüttungssperre wird sinnvoller Weise als Thesaurierungsvorschrift ausgestaltet werden und nicht auf eine Mindesteinlage abzielen. Die Kritik, welche in der Literatur an dem Konzept eines betriebs-

1589 Vgl. als Beispiel für die englische Literatur die kritischen Anmerkungen bei *Ferran/Ho*, Principles, 80 ff.

wirtschaftlich fundierten Mindestnominalkapitals geäußert wird, ist an dieser Stelle dennoch interessant, denn sie richtet sich gerade gegen die Vorstellung, das Gesetz könne für alle Gesellschaften eine sinnvolle Eigenkapitalquote bestimmen.

bb) Kritik an verpflichtenden Eigenkapitalquoten in der Literatur über Kapitalschutz des Nominalkapitals

In der Diskussion um die Sinnhaftigkeit des bilanziellen Kapitalschutzes spielt die Höhe des Mindestnominalkapitals eine besondere Rolle. Einerseits soll ein Mindestkapital eine ausreichende Effektivität des Gläubigerschutzes sicherstellen, andererseits soll die Eintrittshürde des Mindestkapitals nicht so hoch ausfallen, daß Unternehmer von der Gesellschaftsgründung abgehalten werden und so Wachstum und Wettbewerb behindert werden.[1590] Um diese konkurrierenden Ziele vereinbaren zu können, wird argumentiert, seien äußert komplexe Regelungen nötig, die das Risikoprofil jeder einzelnen Gesellschaft berücksichtigten und für jede einzelne Gesellschaft paßgenaue Anforderungen an die Eigenkapitalausstattung vorschrieben.[1591] Manche Autoren sind der Überzeugung, solche komplexen Regelungen seien grundsätzlich möglich, dies hätten die Regelungen zur Eigenkapitalausstattung im Finanzsektor bewiesen.[1592] Andere halten eine Übertragung der Regulierung im Finanzsektor auf die Unternehmen der Realwirtschaft für ausgeschlossen, da diese viel zu heterogen seien.[1593] Einig ist man sich in der Beurteilung, daß Regeln von der notwendigen Komplexität hohe Kosten verursachen und dieser Aufwand nur gerechtfertigt sei, wenn die einzelnen Unternehmen wie im Fall der Finanzinstitute für die gesamte Wirtschaft systemrelevant seien.[1594] Mit diesem Argument von der untragbaren Komplexität der erforderlichen Regelungen wird ein betriebswirtschaftlich fundiertes Mindesteigenkapital abgelehnt. Statt einer solchen überkomplexen Regelung, wird argumentiert, solle auf die Marktkräfte vertraut werden.[1595]

cc) Gegenkritik

Das Komplexitätsargument kann nicht überzeugen, zum einen weil es übertreibt, zum anderen weil bestehende gesetzliche Regelungen zeigen, daß Vorga-

1590 Zu diesem Dilemma des Mindestkapitals *Ferran/Ho*, Principles, 80 f. Die naheliegende Lösung gegen eine allzu hoch gezogene Eintrittshürde liegt in dem Konzept der Gewinnthesaurierung, nicht in der Anpassung der Höhe der Einlagen.

1591 So z.B. *Ferran/Ho*, Principles, 81.

1592 So z.B. *Ferran/Ho*, Principles, 80 f.

1593 So z.B. *Handschin*, Risk-based Equity Requirements, 292.

1594 Vgl. *Ferran/Ho*, Principles, 81und *Handschin*, Risk-based Equity Requirements, 292.

1595 *Ferran/Ho*, Principles, 81.

ben zu einer Mindesteigenkapitalquote möglich und in bestimmten Fällen gewünscht sind.

(1) Melior kein optimum

Der erste Fehler des Komplexitätsarguments besteht darin, das Kind mit dem Bade auszuschütten, das heißt mit der Aufgabe seiner perfektionistischen Vorstellung des gedachten Optimum zugleich mögliche Verbesserungen auszuschließen. Man kann aber gegen ein melior nicht einwenden, es erreiche kein optimum. Eine Verbesserung bleibt eine Verbesserung, selbst wenn sie nicht optimal ist. Der Kapitalschutz des Nominalkapitals allein führt nach allgemeiner Ansicht zu einem Zustand, in dem das gesetzliche Kapital ohne jede betriebswirtschaftliche Fundierung gewählt werden kann. Wer eine materielle Finanzierungsverantwortung befürwortet und die Betonung der Selbstschutzobliegenheit ablehnt, die in der formellen Finanzierungsverantwortung des publizierten Nominalkapitals liegt, kann gegen eine Verbesserung der inhaltlichen Anforderungen an die Eigenkapitalausstattung der Gesellschaften nicht einwenden, diese Verbesserung führe nicht zu einer optimalen Eigenkapitalausstattung.

Dabei liegt dem Komplexitätsargument schon eine fragliche Vorstellung einer optimalen Eigenkapitalausstattung zugrunde. Aus betriebswirtschaftlicher Sicht ist es nicht möglich, die eine optimale Kapitalstruktur für ein bestimmtes oder gar alle Unternehmen anzugeben, da die Zielgrößen der Rentabilität des gesamten eingesetzten Kapitals und insbesondere des Eigenkapitals, der stets vorhandenen ausreichenden Liquidität und der dauerhaften Sicherung des Unternehmens in einem Zielkonflikt stehen und sich wechselseitig beeinflussen.[1596] Die konkrete Unternehmensfinanzierung besteht immer aus einem Kompromiß in den Graden, in denen die verschiedenen Ziele erreicht werden sollen, wobei eine Bandbreite an verschiedenen Lösungen zur Auswahl steht.[1597]

Es kann daher bei einer gesetzlichen Regelung nicht darum gehen, die einzig optimale Eigenkapitalausstattung für jede individuelle Gesellschaft festlegen zu wollen, sondern nur darum, die gesetzlichen Anforderungen so zu formulieren, daß eine im konkreten Fall sinnvolle Unternehmensfinanzierung auch unter Beachtung der gesetzlichen Vorgaben möglich ist. Die gesetzlichen Vorgaben müssen in anderen Worten nur betriebswirtschaftlich sinnvoll sein, jedoch nicht optimal. Dann ist im Vergleich zum Kapitalschutz des Nominalkapitals schon eine Verbesserung erreicht. Diese Verbesserung muß zumindest in den typischen Fällen eintreten, dann lassen sich selbst gewisse Nachteile in untypischen Fällen in einer Gesamtabwägung vertreten. Wer nur eine optimale Ergänzung des Kapitalschutzes des Nominalkapitals akzeptieren wollte, müßte im übrigen die Einbeziehung des share capital ebenfalls ablehnen, da dieses

1596 Vgl. *Thommen/Achleitner*, Allgemeine Betriebswirtschaftslehre, 323 f.

1597 Anschauliche Beispiele für verschiedene Finanzierungsstrategien bei *Baethge/Kirsch/Thiele*, Bilanzen, 7 ff.

Schutzmodul, wie gesehen, zwar aus betriebswirtschaftlicher Perspektive Verbesserungen ermöglicht, jedoch selbst mitnichten zu einer optimalen Lösung führt.

Eine Verbesserung des status quo könnte auch bei einer zurückhaltenden gesetzlichen Vorgabe erreicht werden, bei der man annehmen kann, daß zumindest die meisten Gesellschaften eines Eigenkapitals jedenfalls in dieser Höhe bedürfen. Denn diese Mindestvorgabe gälte für alle Gesellschaften und förderte den Schutz aller Gläubiger. Das Gesetz kann sich zudem damit begnügen, einen Mindestschutz zu verlangen, und muß keinen optimalen Schutz anstreben. Wenn die Alternative zu einem betriebswirtschaftlich fundierten Mindesteigenkapital darin bestehen soll, allein den Marktkräften zu vertrauen, kann man es dem Gesetz nicht vorwerfen, wenn es einen Mindeststandard anstrebt und erst jenseits dieser Mindestvorgabe auf die Marktkräfte verweist. Bei der Festlegung der konkreten Vorgabe spricht zudem ein ökonomisches Argument dafür, tendenziell eher an den unteren Rand des betriebswirtschaftlich Sinnvollen zu gehen als an den oberen Rand. Denn je rigider und unflexibler die gesetzlichen Vorgaben zur Eigenkapitalausstattung geraten, desto größer wird die Gefahr, daß sie wirtschaftlich sinnvolle Desinvestitionen behindern und sich im Vorfeld von Finanzierungsentscheidungen negativ auf die Bereitschaft zu Einlagen auswirken.

Als Ansatzpunkt für den Gesetzgeber, der die Sicherheitsinteressen der Gläubiger und die Gewinninteressen der Gesellschafter auszubalancieren hat, bietet sich eine Finanzierungsstrategie an, die einen Ausgleich zwischen Rendite und Sicherheit anstrebt. Ein solcher Ausgleich dürfte typischerweise mit einer Eigenkapitalquote um 25% zum Gesamtkapital erreicht werden, die im Durchschnitt von deutschen Unternehmen erreicht wird.[1598] Will der Gesetzgeber sich am unteren Rand des betriebswirtschaftlich Sinnvollen als Mindestvorgabe orientieren und den Marktkräften mehr Spielraum geben, um die Gefahr von unökonomischen Desinvestitionsbeschränkungen zu minimieren, kann er die geforderte Eigenkapitalquote etwas tiefer ansetzen. Will der Gesetzgeber den Sicherheitsaspekt betonen, kann er mehr Eigenkapital fordern. In einer Bandbreite der Eigenkapitalquote von 20% bis 33% des Gesamtkapitals, das bedeutet ein Verhältnis bilanzierten Vermögens zu bilanzierten Verbindlichkeiten von 1,25 : 1 bzw. 1,5 : 1, dürfte sich ein Kompromiß finden lassen.[1599]

Denkbar wäre auch, die Ausschüttung von liquiden Mitteln durch eine (zusätzliche) Vorgabe zu begrenzen, welche sich an der goldenen Bilanzregel zur

1598 Vgl. das Beispiel bei *Baethge/Kirsch/Thiele*, Bilanzen, 10 und die dortigen Angaben zum Durchschnitt der Eigenkapitalbilanzierung in deutschen Unternehmen im Jahr 2006.

1599 Die angegebenen Eigenkapitalquoten illustrieren die Bandbreite bestehender gesetzlicher Vorschriften. Eine Eigenkapitalquote von 20% verlangt s. 500 des California Corporations Code im Rahmen seines balance sheet test (dazu *Arminger*, Solvenztest, 345), eine Quote von 33% ist im englischen Recht gemäß s. 832 CA 2006 für Investmentgesellschaften erforderlich (dazu *Noke*, Why not distribute share premiums?, 46).

Kongruenz langfristiger und kurzfristiger Vermögenswerte und Verbindlichkeiten orientiert und fordert, ein bestimmtes Verhältnis von liquiden Mitteln zu kurzfristigen Verbindlichkeiten zu wahren.[1600] Zur genaueren Bestimmung der denkbaren Vorgaben bedürfte es weiterer Erörterungen. Die Höhe der geforderten Mindesteigenkapitalquote wird davon beeinflußt werden, an welchen Stellschrauben im System des Kapitalschutzes der Gesetzgeber noch ansetzen will, um ein ihm genügendes Maß an Sicherheit für die Gläubiger zu erreichen. Zu denken wäre zum Beispiel an die Frage, ob das Nominalkapital der Verlustverrechnung zugänglich ist oder dauerhaft erhalten werden muß, wie auch die Frage, ob Gesellschafterdarlehen (Zins und/oder Tilgung) nur bedient werden dürfen, wenn die Eigenkapitalquote erreicht ist, die Frage, ob bestimmte Vermögenswerte oder Verbindlichkeiten herausgerechnet werden müssen (z.B. goodwill wegen der Schwierigkeit seiner Wertbestimmung oder latente Steuern, die nur der Periodenabgrenzung dienen)[1601] und nicht zuletzt an die Frage, welche Bilanzierungsregeln der Berechnung zugrunde zu legen sind (true and fair view auch unrealisierter Gewinne oder Vorsichtsprinzip) und ob zusätzliche Ausschüttungssperren die Risiken großzügiger Bilanzierung ausgleichen sollen (z.B. eine Neubewertungsrücklage).[1602] Hier soll es genügen, die grundsätzliche Möglichkeit einer solchen Regelung besprochen zu haben.

(2) Vorschriften zu Eigenkapitalquoten im nationalen und internationalen Gesellschafts- und Steuerrecht

Verzichtet man im Sinne eines effektiveren Schutzes aller Gesellschaftsgläubiger auf den Perfektionismus, welcher in dem Spezialfall des Finanzsektors aufgrund seiner großen Bedeutung für die Gesamtwirtschaft und der Homogenität der Geschäftsmodelle verfolgt werden konnte, werden pragmatische Lösungen ermöglicht.[1603] Eine pauschale Ablehnung solcher Lösungsansätze zur Verbesse-

1600 Eine solche Vorgabe enthält s. 500 des California Corporations Code im Rahmen seines liquidity test, dazu *Arminger*, Solvenztest, 345.

1601 Als Beispiel für eine gesetzliche Vorschrift, die nicht alle Aktiva und Passiva bei der Bestimmung der Eigenkapitalquote berücksichtigt vgl. s. 500 California Corporations Code und zu den Gründen dieser Ausnahmen *Arminger*, Solvenztest, 345.

1602 Überblick über den Einfluß der verschiedenen Bilanzierungsansätze auf den bilanziellen Kapitalerhalt bei *Arminger*, Bilanzielle Kapitalerhaltung, 285 ff.

1603 *Handschin*, Risk-based Equity Requirements, 293 ist der Ansicht, die Regelungen der Finanzbranche ließen sich zwar als solche nicht übertragen, jedoch müsse man sich auch nicht auf die Übertragung der Einsicht beschränken, daß der Gläubigerschutz vom faktischen Eigenkapital abhängt, nicht vom gesetzlichen Kapital. Im Rahmen von Solvenztests ließe sich grundsätzlich der Gedanke einer risikobasierten Ausschüttungssperre im Gesellschaftsrecht implementieren. Entsprechend der Anlage dieser Arbeit sollen Solvenztests nicht im einzelnen erörtert, soll auf diesen Gedanken daher nur verwiesen werden. Eine ergänzende Bemerkung scheint noch angebracht. *Handschin* selbst versteht den Kapitalschutz auf Basis einer fixen

rung des bilanziellen Kapitalschutzes kann aus Sicht des Gesetzes als Gesamtsystem von Wertungsentscheidungen nicht überzeugen, denn verschiedene gesetzliche Regelungen im englischen und internationalen Recht basieren auf der Vorstellung einer Mindesteigenkapitalquote und zeigen, daß ein weniger ausgefeilter Ansatz denkbar ist und den Anforderungen des Gesetzes genügen kann. Einige Beispiele mögen dies verdeutlichen.

Als erstes Beispiel sei s. 832 CA 2006 genannt, welche Vorschrift für Investmentgesellschaften[1604] vorgibt, daß die Gewinne aus der Geschäftstätigkeit (›revenue profits‹)[1605] nur ausgeschüttet werden können, sofern das Verhältnis der assets zu den liabilites nicht weniger als 1,5 : 1 beträgt.[1606] Die Vorschrift gilt nur für eine bestimmte Form von Gesellschaften und dort nur für die Ausschüttung von Gewinnen aus der Geschäftstätigkeit. Der Companies Act 2006 zeigt durch diese Spezialregelung allerdings, daß er das Konzept einer Mindesteigenkapitalquote als brauchbare Regelung für die Begrenzung der Ausschüttungen an die Gesellschafter ansieht. Der Grundgedanke ließe sich ohne weiteres auf alle Gesellschaftsformen ausdehnen und um ein Element der geregelten Rückführung von Einlagen erweitern.

Ein weiteres Beispiel läßt sich dem kalifornischen Kapitalgesellschaftsrecht entnehmen. Die Regeln zur Begrenzung von Ausschüttungen an die Gesellschafter stehen im kalifornischen Recht unter einem allgemeinen Solvenzvorbehalt, nach dem die Ausschüttung nicht dazu führen darf, daß Gläubigerforderungen voraussichtlich nicht bedient werden können (sog. ›equity solvency test‹ nach s. 501 California Corporations Code, CCC).[1607] Immer unter der Maßgabe, daß dieser allgemeine Solvenztest positiv ausfällt, enthält das Gesetz weitere und

Bilanzkennziffer und erwägt die flexiblere Form einer Eigenkapitalquote nicht. Letztlich kann man eine fixe Quotenvorgabe als einen retrospektiven, auf dem vorhandenen Eigenkapital aufbauenden, formalisierten Solvenztest verstehen, der den Geschäftsführern als sicherer Hafen zur Verfügung steht, wenn sie die höchstmögliche Ausschüttung prognostizieren müssen und dabei zwischen den Gewinninteressen der Gesellschafter und den Sicherheitsinteressen der Gläubiger unter Einsatz ihrer persönlichen Haftung vermitteln.

1604 Der Begriff der ›Investmentgesellschaft‹ wird in s. 833 CA 2006 definiert und umschreibt eine Gesellschaft, die in Wertpapiere investiert und bestimmte Vorgaben hinsichtlich der Portfoliostruktur und der Gewinnverwendung einhält.

1605 Gewinne durch Wertsteigerung des Anlagevermögens (›capital profits‹) muß die Satzung der Gewinnverwendung entziehen, damit die Gesellschaft gemäß s. 833 (2) (c) CA 2006 als Investmentgesellschaft angesehen werden kann.

1606 Auf die Vorgängervorschrift im Companies Act 1981 verweist als Vorbild für eine allgemeine Mindesteigenkapitalquote schon *Noke*, Why not distribute share premiums?, 46.

1607 Überblick über die kalifornischen Regelungen bei *Arminger*, Solvenztest, 345. Bemerkenswert ist aus europäischer Perspektive insbesondere auch die Bemessungsgrundlage für die zulässigen Ausschüttungen: In Konzernen ist nach s. 114 CCC der Konzernabschluß maßgeblich, nicht der Einzelabschluß der Konzernobergesellschaft.

konkretere Bestimmungen für zulässige Ausschüttungen, welche die weichen Anforderungen des Solvenztests ergänzen.

Gemäß s. 500 CCC ist eine Rückführung von Einlagen zulässig, wenn für die beabsichtigte Ausschüttung nicht genügend thesaurierte Gewinne zur Verfügung stehen. Voraussetzung für die Einlagenrückgewähr ist das Bestehen eines balance sheet test und eines liquidity test. Gemäß dem balance sheet test muß nach der Ausschüttung eine Eigenkapitalquote von 20% zum Gesamtkapital erhalten bleiben. Nach dem liquidity test müssen die kurzfristigen Vermögenswerte die kurzfristigen Schulden auch nach der geplanten Ausschüttung übersteigen, wobei in bestimmten Fällen ebenfalls ein Vermögens-Verbindlichkeiten-Verhältnis von 1,25 : 1 erreicht werden muß.[1608]

Das kalifornische Beispiel zeigt zum einen, daß es nicht nur eine Möglichkeit gibt, gesetzliche Anforderungen an die Eigenkapitalquote zu stellen, zum anderen, daß sich die Forderung nach einer harten Mindesteigenkapitalquote mit weichen Solvenzkriterien verknüpfen läßt. Solvenztests sollen hier nicht behandelt werden. Der bilanzielle Kapitalschutz des Nominalkapitals läßt sich jedoch ebensogut um eine Mindesteigenkapitalquote ergänzen wie Solvenzkriterien.

Als letztes Beispiel sei auf die in jüngster Zeit vermehrt zu beobachtenden Vorgaben zu Zinsabzugsbeschränkungen in verschiedenen internationalen Steuerrechtsordnungen verwiesen. Zinsabzugsbeschränkungen dienen im internationalen Steuerrecht in erster Linie dazu, bei der Besteuerung von Konzerngesellschaften das nationale Steuersubstrat zu erhalten und gegen Gewinnverlagerung ins Ausland zu schützen.[1609] Gerechtfertigt wird die Anhebung der nationalen Steuereinnahmen nicht zuletzt mit der Lenkungswirkung des Steuerrechts, konkret dem Anreiz für die Unternehmen, die Eigenkapitalquote zu erhöhen.[1610] Mittelbar können Abzugsverbote für »überhöhte Fremdkapitalkosten« dazu führen, daß Unternehmen ihre Eigenkapitalbasis stärken, soweit die Kosten des Fremdkapitals aus dem versteuerten Reingewinn zu begleichen wären.

Entweder gibt das nationale Steuerrecht dabei eine maximale Fremdkapitalquote an, bis zu der Kosten als Betriebsausgaben geltend gemacht werden können.[1611] In diesem Fall läßt sich ohne weiteres angeben, welchen Grad an Fremdkapitalfinanzierung das Gesetz für hinnehmbar erachtet. Oder das Gesetz

1608 *Arminger*, Solvenztest, 345 m.w.N.

1609 Vgl. ausführlich zum Schutzzweck der deutschen Vorschriften des § 4h EStG und § 8a KStG *Jehlin*, Zinsschranke, 112. Überblick über die internationale Entwicklung bei *Kessler/Köhler/Knörzer*, Die Zinsschranke im Rechtsvergleich, 418 ff. und *Herzig/Bohn*, Internationale Vorschriften zur Zinsabzugsbeschränkung, 253 ff.

1610 Zu dieser Begründung im deutschen Recht *Jehlin*, Zinsschranke, 113; zur Unterbilanzierung als Ausgangspunkt der internationalen Abzugsbeschränkungen *Herzig/Bohn*, Internationale Vorschriften zur Zinsabzugsbeschränkung, 253.

1611 Zu dieser international weiter verbreiteten Methode *Herzig/Bohn*, Internationale Vorschriften zur Zinsabzugsbeschränkung, 254.

erlaubt den Abzug der Fremdkapitalkosten nur bis zu einer bestimmten Höhe des Unternehmensgewinns. In diesem Fall läßt sich aus der Höhe der zum Abzug zugelassenen Kosten näherungsweise errechnen, welche Eigenkapitalquote dem Gesetz als wünschenswert erscheint.[1612] Die Vorschriften zu Zinsabzugsbeschränkungen, die im internationalen Steuerrecht weitverbreitet sind, beruhen damit alle auf der Vorstellung, der Gesetzgeber könne eine typisierte Eigenkapitalquote festlegen, die für alle Branchen und Unternehmensgrößen einen brauchbaren Mindestwert abgebe.

3. Fazit

Zusammenfassend läßt sich feststellen, daß mit dem Schutzmodul einer die Ausschüttungen begrenzenden Mindesteigenkapitalquote eine Alternative zum Kapitalschutz des share premium vorhanden ist, deren Grundgedanke in verschiedenen gesetzlichen Regelungen erprobt ist und vom Companies Act 2006 selbst schon genutzt wird, um den Gläubigerschutz zu stärken. Der englische Gesetzgeber sollte diese Alternative daher zumindest erwägen.

Der Gedanke einer Mindesteigenkapitalquote basiert auf der Verpflichtung zu Gewinnthesaurierungen. Verpflichtende Gewinnthesaurierungen sind verschiedenen Rechtsordnungen ohnehin bekannt, werden jedoch bisher nicht nach betriebswirtschaftlichen Kriterien, sondern in Prozent zum Nominalkapital bemessen. Diese Ausgestaltung einer Gewinnthesaurierung, die einen umso geringeren zusätzlichen Eigenkapitalpuffer vorsieht, je höher der Bedarf an einer weiteren Absicherung ist und einen Anreiz bietet, das Nominalkapital gering zu halten, macht wenig Sinn. Die tradierten Gewinnrücklagen würden bei Einführung einer Mindesteigenkapitalquote obsolet.

Eine verpflichtende Gewinnthesaurierung eignet sich zur Ergänzung des Kapitalschutzes des Nominalkapitals. Gänzlich ersetzen kann sie ihn nicht, da der Einlagenschutz vor allem in der Gründungsphase einen effektiveren Gläubiger-

1612 Zu den verschiedenen Berechnungsmöglichkeiten am Beispiel des deutschen Steuerrechts *Jehlin*, Zinsschranke, 219 ff. Nach einem vereinfachten Berechnungsmodell ergibt sich eine vom deutschen Gesetz vorausgesetzte Mindesteigenkapitalquote von 70% – ein mit Blick auf die tatsächlichen Eigenkapitalquoten, die in internationalen Gesellschaften üblich sind und um die 35% betragen (zu den Zahlen *Bohn*, Zinsschranke, 178 Fn. 786) erstaunlich hoher Wert, der zudem nicht berücksichtigt, daß die deutsche Wirtschaft im produzierenden Gewerbe stärker ist als im Dienstleistungsbereich und daher Fremdkapitalgebern vergleichsweise hohe Sicherheiten im Anlagevermögen bereitstellen kann, mithin leichter Fremdkapital aufnehmen kann als Gesellschaften ohne hohes Anlagevermögen. Diese wirtschaftlich gesehen unsinnig hohe Vorgabe des deutschen Steuerrechts legt den Verdacht nahe, daß die Verbesserung der Eigenkapitalausstattung nur das Feigenblatt ist, mit dem der Eingriff in das objektive Nettoprinzip vor dem deutschen Verfassungsrecht und dem Europarecht nicht allzu anstößig erscheinen soll.

schutz bewirkt, einen Risikobeitrag aus dem übrigen Vermögen der Gesellschafter ermöglicht und zudem den Schutz der Mitgesellschafter verfolgt.

Die Mindesteigenkapitalquote ist noch besser geeignet als der Kapitalschutz des share premium, dem Problem der formellen Unterfinanzierung zu begegnen, da sie an objektiven Kriterien ansetzt, für alle Gesellschaften gleichermaßen gilt und über die gesamte Dauer der werbenden Gesellschaft Wirkung entfaltet unabhängig von formellen Kapitalmaßnahmen. Eine Umstellung der Kapitalerhaltung von der Anknüpfung an den share premium account auf eine Mindesteigenkapitalquote würde helfen, Brüche im System der Kapitalschutzes zu vermeiden, die einerseits aus der unterschiedlichen Festsetzung der verschiedenen Einlagen herrühren, andererseits aus den als notwendig empfundenen Abmilderungen der rigiden Folgen des Kapitalschutzes des share premium. Unter Fairneßgesichtspunkten läßt sich die Alternative einer anhand objektiver Kriterien bemessenen Mindestkapitalquote leichter rechtfertigen.

Allerdings würden durch diese Umstellung direkt nur die besprochenen Schwierigkeiten im Bereich der Kapitalerhaltung gelöst. Für die Kapitalaufbringung im Recht der Public Companies wären weiterhin die Vorgaben des Europarechts zu beachten. Die hierzu ergangenen Regelungen des englischen Rechts müßten ebenfalls überprüft werden, um die erkannten Schwierigkeiten zu beseitigen.

E. Fazit

Der englische Kapitalschutz unter Einschluß des share premium wurde in der englischen Literatur als Vorbild für die Gesellschaftsrechtsrichtlinie genannt, die im Vergleich unsystematisch und inkonsequent gescholten wurde.[1613] Die hier durchgeführte Untersuchung des Kapitalschutzes des share premium hat indes gezeigt, daß die konkrete Ausgestaltung des englischen Kapitalschutzes keinesfalls systematischer oder konsequenter gelungen ist als die Details der zweiten gesellschaftsrechtlichen Richtlinie.

Viele Dinge hat der Companies Act 2006 überzeugend geregelt. Die Gesetzgebung hat beispielsweise von der ihr vorausgegangenen Diskussion profitiert, in der die Bedeutung der bilanzrechtlichen Vorschriften für ein Gelingen des Kapitalerhaltungsrechts deutlich geworden ist. Indem das englische Recht eine eindeutige Bilanzierungsregel für den Ansatz eines Passivpostens vorschreibt und zugleich über eine Bewertungsvorschrift die Aktivierung von Sacheinlagen regelt, gelingt es ihr, viele Formen wirtschaftlicher Agien zu erfassen und die beklagte Beliebigkeit bei der Bestimmung des Haftungsfonds einzugrenzen. Die verpflichtenden Vorgaben zur Höhe des Haftkapitalpuffers gewinnen zudem an Bedeutung durch die Anknüpfung an den weiten Begriff

1613 Vgl. *Rickford*-Report, 939 ff. und *Ferran/Ho*, Principles, 98.

der consideration, der ebenfalls viele Formen von Einlagen erfaßt. Ebenso versucht der Companies Act in vielen Einzelaspekten den selbstgewählten Grundsatz der Gleichbehandlung von share premium und share capital zu befolgen. Die Regeln zur Kapitalerhaltung beider Einlagen laufen weitgehend gleich. Bei der Erweiterung des Rechts der Public Companies um Vorschriften zur Kapitalaufbringung hat man versucht, den Grundsatz der Gleichbehandlung weitergehend zu verfolgen, als das Europarecht verlangt. Die Gesellschaftsformen der Private und der Public Company werden grundsätzlich gleichbehandelt, was auf der Basis der gewählten Begründung mit den Interessen der Gläubiger konsequent ist.

Andererseits hat diese Analyse nicht wenige Inkonsistenzen und Mißverständnisse aufgezeigt. Der wichtigste Punkt betrifft die Begründung der Regelungen des share premium. Der Kapitalschutz des share premium folgt nicht zwingend aus dem Konzept eines legal capital. Der bilanzielle Kapitalschutz des Nominalkapitals wird durch einen Verzicht auf den Kapitalschutz des share premium nicht entwertet, wie in der englischen Literatur bisweilen zu lesen ist.[1614] Die Einbeziehung des share premium in den bilanziellen Kapitalschutz wandelt dessen Schutzkonzept von Grund auf um. An die Stelle einer rein formalen Finanzierungsverantwortung unter gleichzeitiger Betonung der Selbstschutzobliegenheit der Gläubiger tritt eine materielle Finanzierungsverantwortung, die wirtschaftlichen Einlagen zugesprochen wird, welche im Gegenzug für junge Anteile erbracht werden. Dieser Systemwechsel bedingt eine Gewichtsverlagerung von der tradierten formalen Betrachtungsweise des englischen Gesellschaftsrechts zu einer stärker wirtschaftlichen Betrachtungsweise.

Diesen notwendigen Systemwechsel hat der Gesetzgeber bei seinen Reformen im Jahr 1948 und im Jahr 1981 wohl nicht vollständig durchschaut, die Literatur sieht diese Umgestaltung des Kapitalschutzes und die damit einhergehenden Konsequenzen und Probleme heute noch nicht klar. Der gesamte Kapitalschutz des share premium wird einseitig aus der Perspektive des Gläubigerschutzes und der tradierten capital maintenance heraus betrachtet. Die Verschränkung des Kapitalerhaltungsrechts mit dem Kapitalaufbringungsrecht wird nicht erkannt.

Das Kapitalaufbringungsrecht steht nicht für sich allein als vom Europarecht aufoktroyierter Fremdkörper des englischen Kapitalschutzes, sondern hat über seine Wertgarantiefunktion entscheidenden Anteil an der Reichweite auch des Kapitalerhaltungsrechts, wie zum Beispiel das Problem der Bilanzkorrektur bei Überbewertung von premium-Sacheinlagen deutlich macht. Die Anknüpfung der bilanziellen Kapitalziffer an den Wert der Gegenleistung für junge Anteile macht es erforderlich, die Interessen der Gläubiger auf der einen Seite und der Einleger, Mitgesellschafter, Investoren und Gesellschaftsorgane auf der anderen Seite auszubalancieren.

1614 Vgl. *Davies/Worthington*, Principles, 261 f.; *Rickford*-Report, 939 und 994.

Der Verständnismangel beim Gesetzgeber und in der Literatur ist die Folge eines historischen Begründungsmangels. Die Äquivokation verschiedener capital-Begriffe hat den Blick dafür verstellt, daß die Regelungen des Gesellschaftsrechts eigenständig zu begründen sind. Weder das vorgetragene Alles capital-Argument noch das Beliebigkeitsargument kann das derzeitige Regelwerk begründen, denn es werden nicht alle Formen von capital erfaßt und die beklagte Beliebigkeit ist weder in allen geregelten Fällen gegeben noch wird sie in allen gegebenen Fällen eingeschränkt. Die versuchten Begründungen verschleiern das Kernproblem mehr als sie es lösen könnten.

Unausgesprochen geht der Kapitalschutz des share premium gegen eine als Problem empfundene Möglichkeit zu formeller Unterkapitalisierung an und schreibt daher bestimmten Einlagen, nämlich den Gegenleistungen für junge Gesellschaftsanteile Finanzierungsverantwortung zu. Nur diese Interpretation der aktuellen Rechtslage kann alle konkreten Vorschriften widerspruchsfrei erklären. Diese Zuschreibung von materieller Finanzierungsverantwortung zu bestimmten Einlagen stellt für sich gesehen einen Kompromiß dar, der nicht alle Formen der Unternehmensfinanzierung durch Gesellschafter in die Verantwortung nimmt, obwohl alle Formen gleichermaßen kausal für das Ausfallrisiko der Gläubiger sind und den Gesellschaftern ermöglichen, aus der Gesellschaft Gewinne abzuziehen. Leitgedanke bei der Kompromißfindung ist der tradierte Grundgedanke des bilanziellen Kapitalschutzes, von den Gesellschaftern einen fairen Ausgleich für den Vorteil der Haftungsbeschränkung zu verlangen, der die Nachteile der Gläubiger abmildert.

Folge dieses Verständnismangels sind viele unbewußte Unterschiede und Schwierigkeiten, die durch undurchdachte bewußte Abweichungen noch verschärft werden. Folgende Schwierigkeiten sind von besonderer Bedeutung.

Dem englischen Recht ist es ähnlich wie dem Europarecht nicht gelungen, eine eindeutige Definition des Begriffs share premium zu ermöglichen. Die gewünschte Reichweite der wirtschaftlichen Betrachtungsweise bleibt unklar und führt dazu, daß der Anwendungsbereich der Vorschriften über die Kapitalerhaltung und über die Kapitalaufbringung nicht eindeutig anzugeben ist. Infolge dieser Begriffsverwirrung ist es zu Unstimmigkeiten bei der Übertragung des Gleichbehandlungsgedankens in den Bereich der Kapitalaufbringung gekommen. Der weite Begriff des premium, der im Kapitalerhaltungsrecht entwickelt worden ist, erscheint hier manches Mal unpassend oder gar kontraproduktiv.

Ungeachtet der Begründung der Regelungen zum share premium mit dem Alles capital-Argument werden nicht alle wirtschaftlichen Einlagen gleich behandelt. Unterschiede bestehen, je nachdem ob eine Einlage gegen eine Anteilsausgabe erfolgt oder nicht, ob sie auf das Nominalkapital oder das (unbezifferte) premium geleistet wird, ob sie bilanziell erfaßt werden kann oder ergebniswirksam über die Gewinn- und Verlustrechnung erfaßt wird. Hier hat es sich als Nachteil herausgestellt, daß die gesellschaftsrechtliche Diskussion bilanzrechtlich geprägt war, da der bilanzielle Einlagebegriff enger ist als der wirtschaftliche Einlagebegriff, um den es eigentlich gehen sollte. Unterschiede bestehen ferner in den zulässigen Verwendungsweisen, in denen sich zeigt, daß der Streit noch nicht entschieden ist, ob die Erhöhung des Haftkapitals aus Einlagen nach dem Nettoprinzip oder nach dem Bruttoprinzip erfolgen soll. Unterschiede bringen nicht zuletzt die beiden Ausnahmevorschriften der merger relief und der group reconstruction relief mit sich. Beide reliefs ermöglichen eine willkürliche Bevorzugung von Konzernen, die allerdings auf das share premium begrenzt ist und nicht auch das Nominalkapital umfaßt.

Die zahlreichen Unterschiede führen dazu, daß die Fairneß der gefundenen Lösung nicht mehr ohne weiteres bejaht werden kann. Der Grundgedanke, das share premium zur Sicherung der Gläubiger zu verwenden, kann zwar durch eine Höhergewichtung der Interessen der Gläubiger über die Interessen der Gesellschafter, insbesondere der Altgesellschafter bei Kapitalerhöhungen gerechtfertigt werden. Die Unterschiede zwischen einzelnen Gesellschaften, Gesellschaftern und Einlageformen lassen sich jedoch teilweise systematisch nicht mehr erklären, teilweise nur mit dem Verweis auf die erforderliche Praktikabilität der einzelnen Maßnahmen.

Manche Schwierigkeiten könnten ohne weiteres vermieden werden. Der Definitionsmangel könnte beseitigt werden, die Umgehungsmöglichkeiten durch capital contributions ohne zeitgleiche Anteilsausgabe könnten eingeschränkt, die willkürlichen reliefs beschnitten, die Unterschiede der zulässigen Verwendungsweisen eingeebnet und manche Übertreibungen im Rahmen der Kapitalaufbringung zurechtgestutzt werden. Andere Probleme lassen sich nicht so einfach beseitigen, da sie aus der unterschiedlichen Festsetzung von Nominalkapital und premium-Sacheinlagen resultieren, die im System der par value shares kaum zu vermeiden ist.

Eine maximale Gleichstellung der beiden Einlagen verlangte nicht nach einer Annäherung des share premium an das share capital, sondern nach einer gänzlich neuen Konzeption des Kapitalschutzes, die auf einige tradierte Schutzmodule verzichtet, die nur bei einer eindeutigen Bezifferung der Einlage und einer entsprechenden Wertgarantie möglich sind. Solange das Gesetz an par value shares festhält, wofür insbesondere die Kapitalaufbringung und der Schutz der Mitgesellschafter Gründe liefern, läßt sich maximal eine Annäherung des Rechts des share premium an das Recht des share capital erreichen.

Trotz der soeben in Erinnerung gerufenen Schwierigkeiten bei der konkreten Umsetzung des Kapitalschutzes des share premium hat sich jedoch auch gezeigt, daß dieses Schutzmodul grundsätzlich geeignet ist, die Effektivität des Gläubigerschutzes, der durch den bilanziellen Kapitalschutz erreicht werden soll, zu erhöhen. Der Kapitalschutz des share premium entschärft immer dann, wenn ein premium vereinnahmt wird, das Problem der Unterfinanzierung von Kapitalgesellschaften. Tatsächlich werden bei vielen Kapitalmaßnahmen share premiums verlangt, so daß dieses Schutzmodul nicht nur von theoretischer Bedeutung ist.

Der Kapitalschutz des share premium begrenzt die Folgen formeller Unterkapitalisierung zwar nicht auf optimale Weise, bietet jedoch ein praktikables

Instrument, das an das bestehende System des Nominalkapitalschutzes anknüpft und diesen erweitert. Die Beschränkung der materiellen Finanzierungsverantwortung auf alle Gegenleistungen für junge Anteile stellt einen Kompromiß dar, der die Finanzierungsfreiheit der Gesellschafter und die Sicherheitsinteressen der Gläubiger gleichermaßen berücksichtigt. Unklar bleibt, ob die Effektivitätssteigerung auch zu einer Effizienzsteigerung führt oder sogar Effizienzeinbußen zu erwarten sind, falls die Gesellschafter dazu tendieren, die Unternehmensfinanzierung nicht auf die streng geregelten Einlagen zu stützen, sondern vermehrt andere Finanzierungsvarianten wählen.

Auch wenn der Kapitalschutz des share premium im Grunde den Nominalkapitalschutz sinnvoll ergänzen kann, sollte der englische Gesetzgeber die vermeidbaren systematischen Schwächen noch einmal überprüfen. Es kann sich darauf beschränken, die Inkonsistenzen in den Details zu bereinigen, oder die notwendige Überprüfung zum Anlaß nehmen, die Grundentscheidung aus dem Jahr 1948, der er selbst schon im Jahr 1981 nicht mehr uneingeschränkt folgen wollte, zu überprüfen. Die Untersuchung der aktuellen Rechtslage hat gezeigt, daß es ebenfalls gute Gründe gibt, zwischen verschiedenen Formen von Einlagen zu unterscheiden und das Gleichbehandlungsgebot aufzugeben.

Dem Problem der formellen Unterkapitalisierung kann der Gesetzgeber auf andere Weise begegnen, zum Beispiel durch Vorgabe eines Mindestnominalkapitals oder einer die Ausschüttungen begrenzenden Mindesteigenkapitalquote. Gerade das Schutzmodul einer Mindesteigenkapitalquote bringt mindestens dieselben Verbesserungen wie die Einbeziehung des share premium in den bilanziellen Kapitalschutz, vermeidet jedoch mehr Nachteile. Die Entkoppelung des Außenrechts der Gesellschaft von der Gegenleistung für junge Anteile könnte dazu beitragen, die aus systematischen Gründen und aus Wertungsgesichtspunkten bedenkliche Benachteiligung bestimmter Gesellschafter ebenso zu vermeiden wie die Benachteiligung bestimmter Einlagen gegenüber anderen Formen der Unternehmensfinanzierung. Eine objektive und für alle Gesellschaften gleichermaßen geltende Mindesteigenkapitalquote erscheint daher besser geeignet, das Ziel zu erreichen, die Bestimmung des Haftungsfonds der Gesellschaften nicht gänzlich ins Belieben der Gesellschafter zu stellen und eine formelle Unterkapitalisierung zu vermeiden.

Summa summarum erscheint die Einbeziehung des Agios in den bilanziellen Kapitalschutz als eine mögliche Alternative, die Effektivität des Gläubigerschutzes zu verbessern, wenn man den Haftungsfonds nicht unter Betonung der Selbstschutzobliegenheit der Gläubiger rein formal nach dem Nominalkapital bestimmen will, sondern die Höhe nach materiellen Mindestanforderungen festlegen will. Diese Alternative hat ebenso Vorteile wie Nachteile. Das System des bilanziellen Haftkapitals zwingt nicht zu dieser Maßnahme, sie erscheint auch nicht als optimal. Der Kapitalschutz des Agios hilft den Gläubigern insbesondere bei Gesellschaften mit breit gestreuten Anteilen oder wenn sich die Gesellschafter geschlossener Gesellschaften nicht auf eine anteilige Beteiligung an einer weiteren Finanzierung einigen können.

5. Kapitel Telos des Kapitalschutzes des korporativen Agios im Aktiengesetz: Kapitalmarktschutz als Ausgangspunkt

A. Aufgabe dieses Kapitels

Die Analyse der Regelungen des europäischen Rechts und des englischen Rechts zum ›Agio‹ hat gezeigt, daß der Kapitalschutz von Einlagen, die über das Grundkapital einer Gesellschaft hinaus geleistet werden, verschiedene Ziele verfolgen kann und je nach Zielsetzung können unterschiedliche Einlageformen in den Kapitalschutz einbezogen werden und bei einzelnen Kapitalschutzmodulen differenzierende Lösungen für verschiedene Einlageformen gefunden werden. Das deutsche Recht enthält im Aktiengesetz ausdrückliche Regelungen zum Agio. Dabei behandelt es traditionell die Einlage auf das Grundkapital und das korporative Agio teilweise unterschiedlich (s. Kapitel 1 und 6). In diesem Kapitel soll untersucht werden, welche Zwecke das deutsche Aktienrecht mit der teilweise abweichenden Ausgestaltung des Kapitalschutzes des ›Agios‹ verfolgt.

Den Ausgangspunkt bei der Zweckbestimmung der einzelnen Regelungen bildet der subjektive Gesetzeszweck des historischen Gesetzgebers. Untersucht werden hier die Reform des Aktienrechts im Jahr 1884, die erstmals Regelungen zum korporativen Agio eingeführt hat, und die Aktienrechtsreform des Jahres 1965, welche zwei größere Änderungen bzw. Ergänzungen im Regelungskomplex des korporativen Agios gebracht hat. Mit diesen beiden Reformen des Aktienrechts werden die wichtigsten Entwicklungsschritte zum Agio erfaßt, alle zentralen Normen dieses Regelungskomplexes wurden zu einem der beiden Zeitpunkte eingeführt. Der ursprüngliche Grundgedanke der gesetzlichen Regelung läßt sich an diesen beiden Reformgesetzen ablesen.

Nicht möglich ist es im Rahmen dieser Arbeit, die Entwicklung der einzelnen Normen und ihres Verständnisses in Literatur und Rechtsprechung im Detail nachzuzeichnen und mit der Entwicklung systematisch zusammengehöriger Regelungen, z.B. zu den Einlagen auf das Grundkapital oder den Nebenleistungen, in Beziehung zu setzen und eventuelle Wechselbeziehungen zu erörtern. Auch kann das wirtschaftliche und rechtliche Umfeld zur Zeit der Normsetzung nur ansatzweise beleuchtet werden, obschon eine eingehendere Untersuchung dieser Zusammenhänge das Verständnis weiter fördern könnte. Dieser Mangel an historischer Durchdringung kann hingenommen werden, da diese Analyse letztlich nicht auf das rechtshistorische Verständnis der Normsetzung in ihrer Zeit abzielt, sondern auf das Verständnis der aktuellen Rechtslage, die im nachfolgenden Kapitel eingehend beleuchtet werden wird. Für diesen Zweck erscheinen die hier zu gewinnenden Erkenntnisse über den Grundgedanken der gesetzlichen Regelung ausreichend belastbar.

Es besteht bedauerlicherweise trotz vereinzelter Bemühungen in diese Richtung insgesamt ein Mangel an rechtshistorischen Arbeiten zur Entwicklungsgeschichte des Kapitalschutzes als Ganzem oder einzelner Regelungen, auf denen sich hätte aufbauen lassen. Umfassende wirtschaftsrechtsgeschichtliche Arbeiten bleiben ein Desiderat, nicht nur weil sie das Verständnis der Gesetzgebung zu ihrer Zeit ermöglichten, sondern auch aus dem Grund, daß die vor längerer Zeit erlassenen, aktuell noch geltenden Rechtsregeln dadurch besser verstanden werden könnten, was für die heutige Rechtsanwendung, insbesondere die am Sinn der Normen orientierte Auslegung wichtig wäre.

Die nachfolgende Untersuchung wird zeigen, daß der Kapitalschutz des Agios nach der ursprünglichen Konzeption des Gesetzgebers im 19. Jahrhundert allein dem Kapitalmarkt- und Investorenschutz dienen sollte. Die Aktienrechtsreform des Jahres 1965 brachte mit der Einführung eines Anfechtungsrechts bei Kapitalerhöhungen mit unzulässig niedrigem Ausgabebetrag eine zwingende Mitgesellschafterschutzkomponente in das Recht des korporativen Agios ein, die insbesondere die Rechtsposition der Minderheitsgesellschafter stärkte, den Kapitalschutz als solchen jedoch nicht verändert hat. Seit die Regelungen des Aktiengesetzes der Umsetzung der Gesellschaftsrechtsrichtlinie dienen, ist bei der Auslegung des nationalen Aktienrechts zudem zu berücksichtigen, daß die Anforderungen der Gesellschaftsrechtsrichtlinie an das Agio zum Schutz der Mitgesellschafter gedacht sind.

Nicht leicht zu beantworten ist die Frage, inwieweit der Kapitalschutz des Agios auch einen Gläubigerschutzaspekt aufweist. Die Regierungsbegründung zum Reformentwurf des Jahres 1965 sieht anders als der Gesetzgeber des 19. Jahrhunderts den Sinn der ausschüttungsgesperrten Rücklage, die aus den Agioeinlagen gebildet wird, im Schutz der Gesellschaftsgläubiger. Die konkreten Änderungen im Kapitalerhaltungsrecht des Agios durch die Reform des Jahres 1965 lassen sich allerdings nicht allein auf Grundlage dieses Verständnisses des Kapitalerhalts des Agios erklären, sondern ebenso mit dem ursprünglichen Schutzzweck, so daß unklar ist, inwieweit die Ausführungen in der Regierungsbegründung als Hinweis auf den Willen des Gesetzgebers der Aktienrechtsreform des Jahres 1965 zu verstehen sind, dem Agiorecht eine neue Zielrichtung vorzugeben.

In der Literatur wird teilweise hinsichtlich einzelner Regelungen[1615] oder auch dem Regelungskomplex zum korporativen Agio als Ganzem[1616] der Gläubigerschutz als Leitgedanke der aktienrechtlichen Regelungen zum Agio

1615 Z.B. Hüffer/*Koch*, AktG § 150, Rz. 1 zur Einstellung in die ausschüttungsgesperrte Rücklage.

1616 *Herchen*, Agio, 208 (Pflicht zur Festsetzung eines Agios bei Sacheinlagen aus Gläubigerschutzgesichtspunkten).

angenommen, ohne diese Teleologie näher zu begründen. Dabei wird der Gläubigerschutz manchmal als Hauptzweck angesehen, manchmal als gleichrangig mit dem Anlegerschutz.[1617]

Zunächst liegt die Annahme nahe, der Kapitalschutz des Agios verfolge dieselben Zwecke wie der Kapitalschutz des Grundkapitals. Immerhin betrachtet das Gesetz selbst beide Finanzierungsleistungen als Einlagen im Sinne des Aktiengesetzes. Es würde daher nicht Wunder nehmen, wollte das deutsche Aktienrecht die Behandlung des Agios an denselben drei Leitsternen ausrichten, die den Kapitalschutz des Grundkapitals anleiten, und neben dem Schutz des Kapitalmarkts und dem Schutz der Mitgesellschafter auch und vor allem den Schutz der Gesellschaftsgläubiger als Ziel verfolgen. Wenn keine sicheren Anhaltspunkte für die Annahme eines entsprechenden subjektiven Gesetzeszwecks vorliegen, ist zu untersuchen, ob der Schutz der Gläubiger als objektiver Zweck der aktienrechtlichen Regelungen zum Agio anzunehmen ist. Erinnert man sich jedoch daran, daß zur Zeit der Einführung der ersten Regeln zum korporativen Agio der Gesetzgeber vor allem an einer Verbesserung des Anlegerschutzes interessiert war, weniger am Gläubigerschutz,[1618] muß man sich fragen, ob der Kapitalschutz des Agios tatsächlich dieselben drei Ziele im selben Maße verfolgt wie der Kapitalschutz des Grundkapitals.

Nimmt man im deutschen Recht (ähnlich wie im englischen Recht) einen Gleichlauf der objektiven Schutzzwecke des Kapitalschutzes der aktienrechtlichen Einlage an, ergibt sich für die Annahme eines objektiven Gläubigerschutzzwecks die Schwierigkeit, einerseits die nach wie vor bestehenden Unterschiede zwischen dem Kapitalschutz des Grundkapitals und dem Kapitalschutz des Agios, die vor allem im nachfolgenden 6. Kapitel dieser Arbeit besprochen werden, erklären zu können, andererseits auch die unterschiedliche rechtliche Behandlung des korporativen Agios im Recht der Aktiengesellschaft und im Recht der GmbH. In der Tat sind die Teile der Literatur, welche annehmen oder fordern, der Kapitalschutz des Agios solle dieselben Zwecke verwirklichen wie der Kapitalschutz des Grundkapitals, eher bereit, im Wege der teleologischen Auslegung oder auch im Wege der Rechtsfortbildung das Recht des Agios, und zwar des korporativen wie auch des schuldrechtlichen Agios, nicht nur in der Aktiengesellschaft, sondern auch im Recht der GmbH, möglichst weit dem Recht der Einlagen auf das Grundkapital anzunähern.

Eine kritische Reflexion über das tatsächliche Telos der Regelungen zum korporativen Agio in der Aktiengesellschaft ist daher Voraussetzung für die Auslegung der einzelnen aktienrechtlichen Vorschriften zum korporativen Agio im nächsten Kapitel genauso wie für die Beantwortung der daran anschließenden Fragen, ob diese Regeln auf das Recht der GmbH oder auf ein schuldrechtlich vereinbartes Agio zu übertragen sind.

1617 Z.B. *Herchen*, Agio, 325 (Volleinzahlungsgebot diene auch Gläubigerschutz) und 329 (Rücklagenbindung vor allem im Sinne des Gläubigerschutzes).

1618 S.o. S. 372 ff.

B. Der Sinn der Regelungen zum korporativen Agio nach den Vorstellungen des historischen Gesetzgebers

I. Die Regelungen von 1884

1. Normbestand und dessen Begründung im Gesetzesentwurf

a) Ausdrückliche Zulassung des Agios und deren Begründung

Vor dem Hintergrund einer im 19. Jahrhundert geführten Diskussion über die Zulässigkeit einer (bis dato nicht gesetzlich geregelten) Überpari-Emission entschied sich der Gesetzgeber des HGB von 1884, die Ausgabe von Aktien zu einem Betrag über dem Nominalbetrag ausdrücklich zuzulassen.[1619] Für den Zeitpunkt einer Kapitalerhöhung sieht die Begründung im Gesetzesentwurf diese Entscheidung als selbstverständlich an, für den Zeitpunkt der Gesellschaftsgründung sprechen nach Ansicht der Gesetzesverfasser wirtschaftliche Vorteile für die Zulassung eines Agios, da ein auf diese Weise angelegtes Reservekapital, welches flexibler einsetzbar sei als das Grundkapital, nämlich insbesondere zum Ausgleich etwaiger Verluste dienen könne, das Grundkapital sinnvoll ergänzen könne.[1620]

Im Gründungszeitpunkt ergibt sich die Zulässigkeit eines Agios implizit aus den Regelungen eines solchen Mehrbetrags, im Falle einer Kapitalerhöhung schreibt Art. 215a Abs. 2 HGB (1884) die Zulässigkeit ausdrücklich fest und verlangt in diesem Fall einen Beschluß der Generalversammlung über den Mindestbetrag der Ausgabe (vgl. heute § 182 Abs. 3 AktG). Zwar sieht die Entwurfsbegründung durch diese Möglichkeit zur Erhebung eines Mehrbetrags die Gefahr einer ›Agiotage‹ heraufziehen (zur Bedeutung dieses Begriffs sogleich), jedoch meint man durch die getroffenen Detailregelungen dieser Gefahr begegnen zu können.[1621]

b) Transparenz- und Publizitätsvorschriften

Um der gefürchteten Agiotage entgegenzuwirken, bestimmte Art. 209a Nr. 2 HGB (1884), daß ein Aufschlag auf den Nominalbetrag nur verlangt werden kann, wenn die Möglichkeit eines solchen (nicht schon der genaue Betrag) in der Satzung vorgesehen ist. Mit dieser Satzungspflicht sollten Leistungspflichten, die über den Nominalbetrag hinausgehen, transparenter werden.[1622] Die stets umstrittene Vorschrift ist mit dem Inkrafttreten des Aktiengesetzes von 1937

1619 Entwurfsbegründung, abgedruckt in *Schubert/Hommelhoff*, Hundert Jahre, 455.
1620 Entwurfsbegründung, aaO, 454 f.
1621 Entwurfsbegründung, aaO, 455.
1622 Entwurfsbegründung, aaO, 455.

gestrichen worden.[1623] Sie ist im Zusammenhang zu sehen mit der seinerzeit möglichen Stufengründung, bei der (anders als bei der heute nach § 29 AktG allein zulässigen Simultangründung) Gründer nicht alle Anteile übernehmen mußten, sondern die zur Errichtung der Gesellschaft notwendige Übernahme aller Anteile auch durch spätere Zeichnung erfolgen konnte (Art. 209e HGB (1884)). Die Erhebung eines Agios gegenüber den Zeichnern sollte im Gesellschaftsvertrag ihre Grundlage finden. Im Fall einer solchen Stufengründung sah Art. 209e Abs. 2 Nr. 3 HGB (1884) vor, daß der Zeichnungsschein den Ausgabebetrag (einschließlich eines eventuell geforderten Agios) in verbindlicher Höhe angeben mußte. Dadurch sollte der Zeichner Gewißheit erhalten über den Umfang seiner Leistungspflicht.[1624] Für den Fall einer Kapitalerhöhung sah das Gesetz von 1884 eine entsprechende Transparenz der Leistungspflichten über den Zeichnungsschein erstaunlicherweise nicht ausdrücklich vor.

c) Bestimmung und Sicherung der Leistungspflicht

Die Leistungspflicht des Aktionärs beschränkte Art. 219 Abs. 1 HGB (1884) auf den Nominalbetrag der Aktie und ein eventuell erhobenes Agio. Absatz 2 der Vorschrift bestimmte die Folgen nicht (rechtzeitig) erfolgter Einzahlung durch Verweis auf Art. 184 bis 184c HGB (1884), die Vorgänger der heutigen §§ 63 ff. AktG, in denen schon damals gesetzliche Verzugszinsen, die Möglichkeit weitergehender Vertragsstrafen, die Kaduzierung und die Ausfallhaftung der Vormänner geregelt worden waren. Art. 184 ff. HGB (1884) stellten zentrale Normen der damaligen Reform dar, da die bis dahin bestehende Möglichkeit der Gründer, sich von ihren Leistungspflichten auf das Grundkapital befreien zu lassen, die sog. Liberirung, wegen der dadurch erhöhten Umsatzfähigkeit der Aktien als wichtige Ursache für »verderblichste Agiotage«[1625] angesehen wurden. Diese Gefahr der Agiotage durch Befreiung von der Einlagepflicht auf das Grundkapital sollten die Art. 184 bis 184c HGB (1884) hinsichtlich der Kommanditgesellschaft auf Aktien besorgen.

Die Verweisung in Art. 219 Abs.2 HGB (1884) erstreckt diese Regelungen auch auf das Agio in der Aktiengesellschaft. Die weite Formulierung »[r]ücksichtlich der Einzahlung der auf die Aktie zu leistenden Beträge, sowie rücksichtlich einer zu leistenden Einlage« erfaßt auch das Agio, das, wenn es nicht ohnehin als Einlage im Sinne des HGB (1884) zu begreifen war, was hier offen bleiben kann, jedenfalls ein »auf die Aktie zu leistender Betrag« war. Der Zusammenhang dieses Absatzes 2 mit dem Absatz 1 der Vorschrift, in dem das Agio als Teil des »Betrag[s], für welchen die Aktie ausgegeben ist« aufgefaßt wurde, erfordert ein Verständnis des Art. 219 Abs. 2 HGB (1884), nach dem das Agio durch diese Vorschrift mitgeregelt werden sollte.

1623 *Klette*, Überpari-Emission, 2205.
1624 Entwurfsbegründung, aaO, 455.
1625 Entwurfsbegründung, aaO, 425.

Die Entwurfsbegründung verhält sich nicht zu dem Grund für die Anwendung der Vorschriften über nicht (rechtzeitig) erfolgte Einzahlung, sondern spricht nur von der Notwendigkeit, die Vorgängerregelung des Art. 219 Abs. 1 HGB an die Möglichkeit der Ausgabe über pari anzupassen.[1626] Der Sinn der Gleichbehandlung von Einlagen auf das Grundkapital und Agioleistungen wird darin zu sehen sein, daß eine ›Liberirung‹ von der Einzahlungspflicht hinsichtlich des Agios in ähnlicher Weise wie bei fehlender Einzahlung des Grundkapitals die »verderblichste Agiotage« befürchten lassen müßte.

d) Fälligkeit und Registerkontrolle

Die Leistung des versprochenen Agios hatte gemäß Art. 210 Abs. 3 S. 2 HGB (1884) (wie heute nach § 36a Abs. 1 AktG) in voller Höhe zu erfolgen und nicht nur wie bei Einlagen auf das Grundkapital zu einem Viertel. Art. 201 Abs. 3 S. 1 HGB (1884) sah vor, daß bei der Anmeldung (ähnlich wie heute nach § 37 Abs. 1 AktG) die erfolgte Leistung dem Registergericht gegenüber zu versichern war. Diese Vorschriften sollten nach der Entwurfsbegründung zum einem dem Zeichner den Umfang seiner Leistungspflicht vollständig vor Augen führen, zum anderen die Agiotage verhüten.[1627] Durch die Versicherung gegenüber dem Handelsregister sollte der ganze Vorgang der Kontrolle des Registerrichters unterstellt werden.[1628]

e) Ausschüttungsgesperrter Reservefonds

Das eingezahlte Agio sollte nicht wieder an die Aktionäre ausgeschüttet werden können, weshalb Art. 239b iVm 185b Nr. 2 HGB (1884) als bilanzielle Sonderbehandlung die Einstellung in einen Reservefonds vorschrieb, der nur zum Verlustausgleich verwendet werden durfte (vgl. heute § 150 AktG iVm § 272 Abs. 2 Nr. 1 HGB). Neben dem Agio war in den Reservefonds eine Gewinnrücklage in Höhe von 5% des Reingewinns (bis zum Erreichen einer Schwelle von 10% des Grundkapitals) einzustellen (Art. 185b Nr. 1 HGB (1884)).

In der Begründung für diese Vorschrift unterscheidet der Entwurf nach den beiden Nummern des Art. 185b HGB (1884). Für die Gewinnrücklage der Nummer 1 führt der Entwurf als Begründung an, eine solche Rücklage entspreche allgemein der kaufmännischen Vernunft und empfehle sich bei der Aktiengesellschaft insbesondere zur Ergänzung des Gläubigerschutzes durch das Grundkapital.[1629] Für die Einstellungspflicht des Agios in Nummer 2 argumentiert der Entwurf anders. »Der Gewinn (sic!) durch Ausgabe der Aktien über Pari« sei nicht im gewöhnlichen Geschäftsverlauf erzielt und deshalb nicht zur

1626 Entwurfsbegründung, aaO., 502.
1627 Entwurfsbegründung, aaO, 455.
1628 Entwurfsbegründung, aaO.
1629 Entwurfsbegründung, aaO, 476.

Verteilung als Dividende geeignet. Dieser Betrag sei unabhängig vom Gläubigerschutzgedanken zu sperren und deshalb auch in voller Höhe, d.h. unabhängig davon, ob die 10%-Schwelle der Nummer 1 schon erreicht sei.[1630]

Diese Auffassung ist von einer Denkweise beeinflußt, nach der die Bilanz dazu dienen könne, den im normalen Geschäftsverlauf erwirtschafteten Gewinn vom sonstigen Gewinn zu trennen, um die tatsächliche Ertragskraft des Unternehmens erkennen zu lassen.[1631] Zudem werde durch die Sperre des vollen Agiobetrages verhindert, daß eine ›Koterie‹, also eine geschlossene Gruppe von Aktionären, Agiotage betreiben könne. Unter Agiotage versteht die Begründung hier ausdrücklich auch die Ausschüttung fiktiver Dividenden oder sonstige Verwendung des Vermögens, ohne diese Form der Agiotage als die einzig denkbare anzusehen.[1632] Die Entwurfsbegründung macht damit klar, daß die Zwecke hinter Art. 185b Nr. 1 und Nr. 2 HGB (1884) verschieden sind (Gläubigerschutz einerseits, Bilanzklarheit und Agiotagevermeidung andererseits), auch wenn die rechtstechnische Umsetzung der Einstellung in einen Reservefonds dieselbe ist.

Die Einstellung des vollen Agios in den ausschüttungsgesperrten Reservefonds hatte zwar wie die der Höhe nach beschränkte Gewinnrücklage gläubigerschützende Wirkung, war jedoch nicht aus diesem Grund vorgeschrieben, sondern eine dem Gesetzgeber bewußte Reflexwirkung. Die einheitliche rechtstechnische Umsetzung der verschiedenen Schutzzwecke bringt jedoch in bestimmten Fällen eine weitere mittelbare gläubigerschützende Wirkung des Agios mit sich, von der aufgrund der Materialien nicht sicher einzuschätzen ist, inwieweit auch diese gläubigerschützende Wirkung des Agios den Entwurfsverfassern bewußt war. Denn die aus Gläubigerschutzgründen aufgestellte Pflicht zu Gewinnthesaurierung bestand nach § 185 b Nr. 1 HGB (1884) ähnlich wie nach dem heutigen § 150 Abs. 2 AktG nur solange, bis der Reservefonds auf 10% des Grundkapitals angewachsen war. Da sich der Reservefonds aus dem jährlichen Reingewinn einerseits sowie andererseits aus dem »Gewinn aus einem Agio« speisen sollte, konnte ohne weitere Gewinnthesaurierung allein ein Agio dazu führen, daß die 10%-Schwelle erreicht wurde. Insofern ein Agio aber

1630 Entwurfsbegründung, aaO, 476.

1631 Zu beachten ist dabei, daß das Agio anders als nach heutigem Verständnis, demgemäß das Agio in eine Kapitalrücklage einzustellen ist, hier als außerordentlicher ›Gewinn‹ verstanden wird, der anläßlich der Gründung der Gesellschaft oder einer Kapitalerhöhung erzielt wird. Die bilanzielle Logik, von der die Regierungsbegründung im Jahr 1884 ausgeht, besteht nicht wie in der heutigen Diskussion (s. dazu Kapitel 1) häufig vorgetragen, in einer bilanziellen Abgrenzung von ›Gewinn‹ und ›Kapital‹, sondern in einer bilanziellen Abgrenzung von einem im gewöhnlichen Geschäftsverlauf erzielten Gewinn zu einem Gewinn, der nicht im gewöhnlichen Geschäftsverlauf erzielt worden ist, eine Abgrenzung, die nach heutigem Verständnis nicht in der Bilanz, sondern in der GuV von besonderer Bedeutung ist.

1632 Entwurfsbegründung, aaO, 455 und 476.

eine weitere Gewinnthesaurierung entbehrlich macht, kann man ihm objektiv dieselbe Gläubigerschutzfunktion zusprechen, die andernfalls die Gewinnthesaurierung übernehmen sollte, selbst wenn die Regelungen zum Agio vom Gesetzgeber nicht gläubigerschützend intendiert gewesen wären. Nur soweit die »Gewinne aus einem Agio« oberhalb der 10%-Schwelle zusätzlich zu thesaurierten Reingewinnen in die gesperrte Rücklage einzustellen sind, kann man daher, wie die Regierungsbegründung von 1884 es tut, die Rücklagenbindung des Agios vollständig anders erklären als die Pflicht zu Gewinnthesaurierung. Inwieweit den Entwurfsverfassern oder dem historischen Gesetzgeber dieser Zusammenhang bewußt war, läßt sich, wie gesagt, nicht feststellen.

2. Zweck der Verhinderung von Agiotage

Alle Spezialregelungen zum Agio im HGB von 1884 dienen damit ausweislich der Entwurfsbegründung der Verhinderung der sogenannten Agiotage. Was aber ist die ›Agiotage‹? In der Begründung wird dieser Begriff nicht eigens definiert, sondern als allgemein bekannt vorausgesetzt.

a) Begriffsverständnis in moderner juristischer Literatur zu eng

Die moderne Literatur zum Agio versteht die ›Agiotage‹ als den Fall, daß die durch ein Agio eingebrachten Finanzmittel dazu verwendet werden, ohne erwirtschaftete Gewinne Dividenden auszuzahlen, dadurch eine nicht vorhandene Ertragskraft des Unternehmens vorzutäuschen und so den Aktienkurs nach oben zu treiben.[1633] Mit diesem Fall ist ein wichtiger Unterfall erfaßt, jedoch nicht das ganze Phänomen. Dieses Begriffsverständnis der ›Agiotage‹ ist notwendig zu erweitern, wie schon die Entwurfsbegründung zeigt, die an der erwähnten Stelle die Zulassung einer Überpari-Ausgabe begründet, wenngleich sie abwägt, »daß durch die Zulassung eines Agio bei der ersten Emission die Agiotage gefördert und daß namentlich der Mehrbetrag zur Verteilung fiktiver Dividenden benutzt werden kann«.[1634]

Das Adverb ›namentlich‹ macht deutlich, daß der historische Gesetzgeber die Dividendenvortäuschung als einen wichtigen Fall der Agiotage nach Einzahlung von Aufgeldern angesehen hat, jedoch nicht als das ganze Problem. Auch können nicht alle Maßnahmen, die im Gesetz von 1884 zur Vermeidung von ›Agiotage‹

1633 Vgl. *Baums*, Agio und sonstige Zuzahlungen, 63; *Lutter*, Kapital in der EWG, 469; *Lutter*, KölnKomm-AktG § 183 Rz. 46; *Priester*, Kapitalaufbringungspflicht beim Agio, 621; *Lüssow*, Agio, 173; auch *von Falkenhausen*, Ausschüttungssperren, 1097, der in Fußnote 16 zwar die Wirkungsweise anzweifelt, aber das Begriffsverständnis nicht in Frage zieht.

1634 Entwurfsbegründung, aaO, 455. Eine ähnliche Formulierung findet sich einige Zeit später bei *Brodmann*, Aktienrecht, 41, woraus man schließen kann, daß die ›Agiotage‹ in juristischen Kreisen übereinstimmend verstanden wurde.

ergriffen wurden, sinnvoll durch die Gefahr einer Dividendenvortäuschung erklärt werden. Insbesondere die Volleinzahlungspflicht des Art. 210 Abs. 3 S. 2 HGB (1884) kann so nicht verstanden werden, da durch die zwangsweise Bereitstellung von Liquidität, die eventuell zu diesem Zeitpunkt noch nicht benötigt wird, die Gefahr einer Ausschüttung als Dividende vergrößert wird, nicht verkleinert. In der Tat kann nur die Ausschüttungssperre mit der Gefahr einer Dividendenvortäuschung erklärt werden, und auch nur dazu stützt sich die Entwurfsbegründung, wie oben gesehen, auf diesen Gedanken. Die genannte Stelle aus der Entwurfsbegründung und die Unerklärlichkeit der Volleinzahlungspflicht bei diesem heutigen Verständnis von ›Agiotage‹ als Dividendenvortäuschung zeigen: Hier wird eine pars pro toto genommen.

b) Agiotage im weiten Sinn: Börsenspekulation und Marktmanipulation

Für ein vollständiges Verständnis der historischen Regelungen zum Agio im Aktienrecht ist demnach zu fragen, was unter der Agiotage im weiteren Sinne zu verstehen ist. Eine erste Annäherung ermöglicht ein Blick in ein Fremdwörterlexikon. Dort findet sich als Umschreibung für den Begriff ›Agiotage‹: »Spekulationsgeschäft durch Ausnutzung von Kursschwankungen an den Börsen.«[1635] Die ›Agiotage‹ hat demnach nicht notwendig etwas mit dem gesellschaftsrechtlichen Agio zu tun, der lautliche Gleichklang ertönt eher zufällig, sondern bezeichnet jede Form der Börsenspekulation. Für den modernen Juristen mutet es zunächst befremdlich an, sollte der historische Gesetzgeber die Börsenspekulation als solche erschwert haben wollen, doch eine eingehendere begriffsgeschichtliche Untersuchung bestätigt dieses Verständnis und ermöglicht eine noch differenziertere Betrachtung.

Der Begriff ›Agiotage‹ bezeichnete in Deutschland zunächst das Ausnutzen von Kursschwankungen von Gold- oder Silbermünzen und wurde dann übertragen auf die Spekulation mit Staatsanleihen und Aktien, nachdem man begonnen hatte, diese Effekten wie Waren zu betrachten und zu handeln.[1636] ›Agiotage im weiteren Sinn‹ meint demnach eine Spekulation auf das Steigen oder Fallen der Effektenkurse.[1637] Die normale Börsenspekulation wurde damals in der Gesellschaft und in Juristenkreisen argwöhnisch beäugt, da der Wunsch, mit dem Papier einen Kursgewinn zu erzielen, statt aus dem Papier eine Rente/Dividende zu erwarten, als Glückspielen gefährlich nah empfunden wurde.[1638]

1635 *Duden*, Fremdwörterbuch, s.v. ›Agiotage‹.

1636 Universallexikon, s.v. ›Agiotage‹.

1637 *Nebenius*, Der öffentliche Credit, 627. Diese Ausführungen zur Agiotage in Staatspapieren können auf die Verhältnisse bei Aktien übertragen werden, da die Grundproblematik bei beiden Wertpapieren dieselbe war, vgl. dazu Universallexikon, aaO.

1638 Vgl. Brockhaus, s.v. ›Agiotage‹. Beispiel von damals üblichen Formen der Spekulation durch Kombination von Käufen und Verkäufen (in Staatsanleihen) bei Nebenius, aaO, 628 ff.

Es gab damals auch schon eine Form von Leerverkäufen, bei denen der Verkäufer zum Zeitpunkt des Verkaufs selbst noch gar keine Effekten (in der zur Lieferung erforderlichen Menge) besaß, wobei der Verkäufer die zu damaliger Zeit oftmals gegebene lange Lieferfrist auf das Monatsende ausnutzte.[1639] Solche Leerverkäufe wurden als besonders risikoreich angesehen. Die Börsenspekulation erfolgte teilweise unter Ausnutzung von Informationsvorteilen, die man durch Eilboten oder Verbindungen zu den Emittenten gewonnen hatte.[1640] Letzteres stellt einen frühen Fall von Insiderhandel dar.

Der Glückspielcharakter verschärfte sich bei der Agiotage in Form von Differenzgeschäften, die sich alsbald als Börsenhandelsbrauch herausbildeten und bei denen die Parteien vereinbarten, nur die Kursdifferenz zu zahlen und die Wertpapiere selbst gar nicht zu liefern.[1641] Der Begriff der Agiotage konnte in einem engeren Sinn gebraucht und auf solche Differenzgeschäfte beschränkt werden.[1642]

War der Begriff der Agiotage bei solchen Differenzgeschäften schon deutlich negativ konnotiert, so erschien die Börsenspekulation vollends verwerflich, wenn die Spekulanten versuchten, nicht nur Kursschwankungen auszunutzen, sondern die Kurse gar zu beeinflussen. Man kann dies als ›Agiotage im engeren Sinn‹ verstehen.[1643] Diese Kursbeeinflussung erfolgte durch heute noch bekannte Spielformen der Marktmanipulation, z.B. durch Verbreitung von Gerüchten, Vortäuschen von Insiderwissen, übertreibende Reklame, Käufe und Verkäufe mit hohem Kapitaleinsatz, um Kursbewegungen einzuleiten, oder auch weitgehende Aufkäufe, um das Angebot künstlich zu verknappen.[1644]

Auch die Vortäuschung von Ertragskraft durch Ausschüttung fiktiver Dividenden fällt in diese Gruppe. In der weiten Bedeutung der Spekulation auf Kursgewinne kann die ›Agiotage‹ auch die Neugründung von Aktiengesellschaften bezeichnen, um durch ein korporatives Agio bei einer Stufengründung oder einer geplanten Kapitalerhöhung oder durch einen Aufschlag bei einem geplanten Weiterverkauf von Anteilen an der Börse Gewinne zu verzeichnen.[1645] Vor den gesetzlichen Regelungen zum Agio im Jahr 1884 herrschte bei manchen Investoren die Vorstellung, ein korporatives Agio stehe den Gründern zu und sei direkt an diese auszuzahlen.[1646] Da solche Neugründungen häufig

1639 Vgl. die Beispiele bei *Nebenius*, Der öffentliche Credit, 628 ff. zu Staatsanleihen.

1640 Vgl. *Nebenius*, aaO., 630.

1641 Universallexikon, aaO.

1642 So z.B. Meyers Konversationslexikon, s.v. ›Agiotage‹. Differenzierter das Begriffsverständnis bei Brockhaus, s.v. ›Agiotage‹.

1643 So *Nebenius*, aaO, 631 für den Handel mit Staatsanleihen.

1644 Vgl. die Beispiele bei *Nebenius*, aaO, 631 ff.; Brockhaus, aaO., Meyers Konversationslexikon, aaO.

1645 Vgl. Brockhaus, aaO.; Meyers Konversationslexikon, aaO.; auch das Universallexikon, aaO. auf den französischen Fall der Bank des John Law und die englischen Südsee-Compagnie hinweist, bekannte Fälle von »Schwindelgründungen«.

1646 *Bösselmann*, Entwicklung des Aktienwesens, 129.

(wenn auch nicht stets) von Anfang an kein tragfähiges Geschäftsmodell aufwiesen, sondern nur zu dem Zweck unternommen wurden, Kursgewinne zu erzielen, spricht man im Gesellschaftsrecht gerne von »Schwindelgründungen«.

Der Begriff der Agiotage umfaßte demnach im Sprachgebrauch des 19. Jahrhunderts nicht nur die normale Börsenspekulation, sondern vor allem auch besondere Erscheinungsformen wie Differenzgeschäfte, Leerverkäufe, Marktmanipulationen und Schwindelgründungen. Die negative Bewertung der besonderen Agiotageformen wirkte zurück auf die Einstellung zur Agiotage im ursprünglichen Sinn, der Börsenspekulation, die selbst schon wegen ihrer Nähe zum Glückspiel beäugt wurde, so daß der Begriff der Agiotage insgesamt negativ konnotiert war.[1647] Nach den Idealvorstellungen des 19. Jahrhunderts sollte eine Investition in Aktien nicht in der Hoffnung auf einen Kursgewinn bei Wiederverkauf erfolgen, sondern im Vertrauen auf das Geschäftsmodell der Unternehmung und daher in der Erwartung von Dividenden.

Die tendenziell ablehnende Haltung auch gegenüber der normalen Börsenspekulation ohne jede Form der Kursbeeinflussung oder anderer Mißbräuche erscheint aus heutiger Perspektive nicht leicht nachvollziehbar, da der Kauf von Aktien zum Zweck der Erzielung eines Kursgewinns als unverzichtbarer Bestandteil der modernen Finanzmärkte angesehen wird. Der Wunsch, der Erwerb einer Aktie möge nur zu Investitionszwecken erfolgen, erscheint jedoch verständlicher, wenn man bedenkt, daß der Aufbau einer funktionierenden Wirtschaft in Deutschland im 19. Jahrhundert neben der starken ausländischen Konkurrenz vor allem daran litt, daß das wenige für Investitionen zur Verfügung stehende Kapital oftmals in Folge hitziger Spekulationen fehlgeleitet wurde und nicht dauerhaft in Unternehmen angelegt wurde.[1648]

Umgekehrt relativiert sich die auch heute schnell geteilte Verurteilung der ›Dividendenvortäuschung‹, wenn man bedenkt, daß sich in der ersten Hälfte des 19. Jahrhunderts die Vorstellung vom festen Grundkapital, welches die Gläubiger schützen sollte, erst allmählich entwickelte[1649] und Aktien fast nur am Markt zu plazieren waren, wenn auf das investierte Kapital feste Zinsen versprochen wurden.[1650] Während Zinsverbot und Verbot von Dividendengarantien (aber auch das Spekulieren auf Kurssteigerungen) heute selbstverständlich erscheinen, verstand dies der Finanzmarkt im 19. Jahrhundert noch anders.

Rücklagen wurden damals nicht gebildet, um die Gläubiger abzusichern, sondern um die Zinszahlungen sicherzustellen und so den Erwartungen der

1647 Vgl. den Sprachgebrauch in Frankreich, wo die ›Agiotage‹ juristisch neutral die normale Börsenspekulation bezeichnen konnte, aufgrund der negativen Erfahrungen breiter Bevölkerungsschichten mit Mißbräuchen am Aktienmarkt aber zunehmend die Bedeutung eines abwertenden Kampfbegriffs erhielt; dazu *Höfer*, Agiotage, 2 ff.

1648 *Bösselmann*, Entwicklung des Aktienwesens, 15 u. 48 f.

1649 *Bösselmann*, Entwicklung des Aktienwesens, 118 f.

1650 *Bösselmann*, Entwicklung des Aktienwesens, 132.

Investoren (die nicht auf Kurssteigerungen hoffen sollten) entsprechen zu können.[1651] Wenn die Auszahlung einer Dividende zumindest nicht aus dem geschützten Grundkapital erfolgt, erscheint die Bewertung einer Einlagenrückgewähr in Form einer Dividende als »fiktiv« vor diesem Hintergrund nicht zwingend, da sie vom Aktienerwerber gewollt und vorhergesehen sein konnte. Hybride Finanzierungskonstruktionen können heutzutage ähnlichen Zwecken dienen[1652] und zeigen, daß derartige Aktionärsinteressen wirtschaftlich begründet sein können und nicht von vorherein als mißbräuchlich angesehen werden müssen.

Der Gesetzgeber von 1884 aber hat eine Dividendenausschüttung aus Einlagekapital als täuschend bewertet und durch die Ausschüttungssperre für das Agio zu verhindern gesucht. Die weiteren Regelungen des Reformgesetzes wenden sich gegen die Agiotage im weiteren Sinn und reagieren damit auf die für die damalige Wirtschaft so hinderliche Spekulationsneigung im allgemeinen.

c) Begriffsverständnis in der Entwurfsbegründung

Der Entwurfsbegründung liegt das weite Verständnis von Agiotage zugrunde, wie sich an einigen Stellen zeigen läßt. Der Gesetzgeber von 1884 teilt den Wunsch seiner Zeit, Aktien mögen grundsätzlich nur zum Zweck langfristiger Investitionen gekauft werden, nicht zur Spekulation auf bloße Kursgewinne. In der Entwurfsbegründung kommt die Erwartung zum Ausdruck, aufgrund der vorgesehenen Regelungen »[...] wird man sich wesentlich nur an solche Zeichner und Käufer wenden können, welche ihr Interesse nicht in dem Erwerbe der Aktien um des bloßen Umsatzes willen suchen, sondern aus wirtschaftlichen Gründen dem Unternehmen ein Interesse entgegenbringen.«[1653]

Die Agiotage, welche es zu verhindern gilt, kann ausweislich der Begründung bei Gründungen von Gesellschaften und später beim Weiterverkauf von Aktien auftreten.[1654] ›Agio‹ meint hierbei nicht stets den Mehrbetrag bei Aktienausgabe, sondern kann auch den Aufschlag auf den Nennwert der Aktie bei Wiederverkauf bezeichnen.[1655] Hier kommt deutlich das weite Verständnis der Agiotage als Spekulation auf Kursgewinne zum Ausdruck. Abgelehnt wird ein Verständnis der »Aktie als Börsenware«, da »Spiel und Wettgeschäfte« die Folge davon seien und insbesondere das »Aktienwesen von der Agiotage ergriffen« worden sei.[1656]

Die Börsenspekulation als solche genießt in diesen Passagen keinen guten Ruf bei den Entwurfsverfassern. Nicht zuletzt haben aber die oben genannten Mißbräuche zur Ablehnung jedweder Börsenspekulation beigetragen, was man

1651 *Bösselmann*, Entwicklung des Aktienwesens, 132.
1652 Hüffer/*Koch*, AktG § 57, Rz. 21.
1653 Entwurfsbegründung, aaO., 419 f.
1654 Entwurfsbegründung, aaO., 419 f.; s.a. 414, 418, 477.
1655 Entwurfsbegründung, aaO., 418.
1656 Entwurfsbegründung, aaO., 412.

daran erkennen kann, daß die Entwurfsbegründung die Kursbeeinflussung[1657], die Gründung ohne tragfähiges Geschäftsmodell mit Blick auf den erwarteten Gewinn bei Weiterverkauf der Anteile[1658], die Entwertung des Einlageversprechens durch Liberirung bei nicht voll eingezahlten Anteilen[1659] oder durch wertlose Sacheinlagen[1660] und die schon angesprochene Vortäuschung von Dividendenkraft als besonders lohnende, aber auch verderbliche Formen der Börsenspekulation erwähnt. Die Zurückdrängung solcher Mißbräuche geschieht dabei im Interesse des »Publikums«, womit die potentiellen Anleger gemeint sind.[1661]

d) Erklärbarkeit der verschiedenen Einzelregelungen mit dem weiten Agiotagebegriff

Dieses weite Verständnis des Begriffs ›Agiotage‹ ist für ein Verständnis aller Regelungen zum Agio in dem Reformgesetz von 1884 erforderlich, die, wie gesehen, alle bezweckten, ›Agiotage‹ zu erschweren. Die Ausschüttungssperre des Art. 239b iVm 185b Nr. 2 HGB (1884) soll den Unterfall der als Täuschung bewerteten Ausschüttung von Dividenden aus den Eigenkapitalleistungen der Anteilsübernehmer besorgen. Sie ist dabei eine notwendige Ergänzung der Volleinzahlungspflicht. Die Ausschüttungssperre verhindert zudem die Auskehr des Agios an die Gründer der Gesellschaft. Auf diesen Fall zielt die Entwurfsbegründung, wenn sie die Agiotage einer »Koterie« durch »sonstige Verwendung des Vermögens« anspricht.[1662] Könnte eine geschlossene Gruppe von Aktionären das korporative Agio, welches das HGB (1884) als außerordentlichen Gewinn versteht, eben als Gewinn wieder ausschütten, stünde ihnen faktisch eine Liberirungsmöglichkeit offen.

Die Pflicht zur sofortigen Einzahlung des gesamten Agios in Art. 210 Abs. 3 S. 2 HGB (1884) beruht auf der Überzeugung des Gesetzgebers, je teurer eine Aktie sei, desto eher werde ein Anleger diese nicht aus Spekulation auf Kursgewinne erwerben, sondern in Erwartung einer Dividende. Aus diesem Grund hat der Reformgesetzgeber auch entschieden, daß eine Aktie einen Mindestpreis von 1000 Mark haben mußte (Art. 207a Abs. 1 HGB (1884)).[1663] Der Gedanke dahinter ist, daß das Risiko eines Verlustes bei hohem Kapitaleinsatz schwerer wiegt, weshalb der unsichere Spekulationsgewinn bei teuren Aktien weniger

1657 Entwurfsbegründung, aaO., 412.
1658 Entwurfsbegründung, aaO., 412.
1659 Entwurfsbegründung, aaO., 425
1660 Entwurfsbegründung, aaO., 414.
1661 Entwurfsbegründung, aaO., 415. Das »Publikum« wird in diesem Zusammenhang von den »Gesellschaftsgläubigern« unterschieden, meint also allein die Gruppe der Anleger.
1662 Entwurfsbegründung, aaO., 476
1663 Entwurfsbegründung, aaO., 419.

bereitwillig angestrebt wird. Die Entwurfsbegründung geht davon aus, daß jemand, der genug Vermögen besitzt, in teure Aktien zu investieren, Geschäftserfahrung besitzt und diese nutzen wird, daß Unternehmen vor seiner Investitionsentscheidung zu prüfen, und sie als Aktionär aktiv einbringen wird.[1664] Eine solche Prüfung soll unlauteren Gründungen entgegenwirken. Die Kontrolle des Registergerichts, die Folge der Volleinzahlungspflicht und der darauf gerichteten Versicherung bei der Anmeldung ist, ergänzt die Prüfung durch die Anleger selbst und wirkt so der Agiotage in Form von Schwindelgründungen entgegen.[1665]

Diese Begründung kann jedoch noch nicht erklären, warum eine Volleinzahlung nur beim Agio verlangt wird, nicht auch beim Grundkapital. Die Entwurfsbegründung rechtfertigt die Möglichkeit einer Teileinzahlung des Grundkapitals damit, daß eine Volleinzahlung zu Beginn des Unternehmens oft nicht erforderlich sei und das noch nicht benötigte Kapital zu Spekulationen aller Art verleiten könnte. Die Gefahr, daß eine solche Teileinzahlung Gründungen begünstige, die zur Agiotage unternommen werden, müsse geringer gewichtet werden.[1666]

Diese Überlegungen gelten bei dem Reservekapital des Agios eher noch mehr. Die Entwurfsbegründung äußert sich jedoch zu dieser Frage nicht weiter. Der einzige Differenzierungsgrund, der sich der Entwurfsbegründung entnehmen läßt, liegt darin, daß die Volleinzahlungspflicht des Agios dem Zeichner bei der Stufengründung seine Zahlungsverpflichtung zweifelsfrei vor Augen führen solle.[1667] Diese Verpflichtung wird allerdings schon aus dem Zeichnungsschein deutlich, der gemäß Art. 209e Abs. 2 Nr. 3 HGB (1884) das Agio ausweisen mußte. Die unterschiedliche Behandlung der Einzahlungen auf das Grundkapital und auf das Agio läßt sich mit den Erwägungen der Entwurfsbegründung nicht restlos klären.

Ein Unterschied zwischen Agio und Nominalbetrag besteht objektiv darin, daß die Höhe der Verpflichtung auf den Nominalbetrag aus der Aktie selbst erkennbar ist, da diese nach ihrem Anteil am Grundkapital bestimmt wird, die Höhe eines eventuellen Agios ist aus der Aktie selbst nicht erkennbar. Bei einem Weiterverkauf müßte der Erwerber die Satzung einsehen, um sich zu erkundigen, ob an den erworbenen Anteilen noch eine mitgliedschaftliche Leistungspflicht auf ein Agio hängen kann. Wenn ein Agio stets bei Anteilsausgabe voll eingezahlt werden muß, verringert sich das Risiko eines späteren Anteilserwerbers, über den Kaufpreis hinaus weitere Zahlungen leisten zu müssen,[1668] und es wird im Sinne des historischen Gesetzgebers erreicht, daß der Anteil auch bei Weiterveräußerung einen hohen Kaufpreis haben wird.

1664 Entwurfsbegründung, aaO., 419.
1665 Entwurfsbegründung, aaO., 455.
1666 Entwurfsbegründung, aaO., 443.
1667 Entwurfsbegründung, aaO., 455.
1668 So erklärt sich den Sinn der Regelung auch *Priester*, Mittelbares Bezugsrecht, 111.

Die Regelungen über die Transparenz des Agios in der Gründungssatzung und im Zeichnungsschein können der Agiotage in Form von täuschenden Gründungen, die aus der Zeichnung durch Dritte bei Sukzessivgründungen Gewinne ziehen wollen, entgegenwirken. Die Absicherung der Leistungspflicht auf das Agio durch die Regeln zur nicht (rechtzeitig) erfolgten Leistung sichert die Volleinzahlungspflicht und den darin enthaltenen Grundgedanken, daß das Risiko einer hohen Investition die Spekulationsneigung verringern wird. Dazu ist erforderlich, daß die hohe Investition auch tatsächlich getätigt wird.

II. Das Aktiengesetz von 1965

Die Regelungen zum korporativen Agio von 1884 sind inhaltlich weitgehend unverändert geblieben bis zur Reform des Aktiengesetzes im Jahr 1965. Auch dieses Reformgesetz übernahm die meisten Normen ohne weitere Erörterung in den Vorarbeiten. Wesentliche Änderungen stellten die Einführung des § 255 Abs. 2 AktG a.F. dar, der bei Kapitalerhöhungen ein Anfechtungsrecht bei unangemessen niedrigem Ausgabebetrag, d.h. einem zu niedrig festgesetzten korporativen Agio, gewährte, sowie die Änderung der gesetzlichen Rücklage in § 150 AktG. Die Vorschrift des § 255 AktG wurde indes jüngst durch das Zukunftsfinanzierungsgesetz vom 11.12.2023 (BGBl. 2023 I Nr. 354) erheblich umgestaltet.

1. Einführung des § 255 AktG

Der Regelungsgegenstand des § 255 AktG in der Fassung von 1965 beschränkte sich auf den Absatz 2, da die Absätze 1 und 3 der Vorschrift nur die Geltung der normalen Anfechtungsregeln im übrigen betonten.[1669] § 255 Abs. 2 AktG a.F. legte fest, daß die Anfechtung einer Kapitalerhöhung unter Ausschluß des Bezugsrechts der Aktionäre neben den normalen Anfechtungsgründen des § 243 AktG auch darauf gestützt werden kann, daß der Ausgabebetrag oder der Mindestbetrag für eine Ausgabe unangemessen niedrig festgesetzt wurden, mit anderen Worten daß das vorgesehene korporative Agio zu niedrig angesetzt wurde. Die Vorschrift bezweckte den Schutz der Minderheitsaktionäre, den der Bundesrat durch die normalen Anfechtungsgründe des § 243 AktG-E nicht ausreichend verwirklicht sah.[1670]

§ 255 Abs. 2 AktG a.F. brachte damit einen neuen Aspekt in das überkommene Schutzkonzept der Agio-Regeln. Während die bisherigen Reglungen, wie gesehen, das Schutzbedürfnis der Neuaktionäre bei Ausgabe neuer Anteile sowie der Anleger am Kapitalmarkt bei Weiterverkauf in den Blick genommen haben, sorgte sich § 255 Abs. 2 AktG a.F. um die Altaktionäre bei einer Kapitalerhöhung, die

1669 *Stilz/Schumann* in Spindler/Stilz, Aktiengesetz § 255, Rz. 2.

1670 *Koch* in MünchKomm-AktG § 255, Rz. 1; *Stilz/Schumann* in Spindler/Stilz, Aktiengesetz § 255, Rz. 2.

aufgrund ihrer Minderheitsposition einen Bezugsrechtsausschluß durch die Mehrheit hinnehmen mußten.[1671] Geschützt werden die Minderheitsaktionäre vor Verwässerung des Wertes ihrer Anteile, nicht jedoch vor Verwässerung ihrer Quote.[1672] Neben den Beschränkungen der Zulässigkeit des Bezugsrechtsausschlusses in § 186 AktG diente das Anfechtungsrecht bei Verwässerungsgefahr als zweiter Schutzwall im Interesse der Minderheitsgesellschafter.[1673]

Der Aspekt des Mitgesellschafterschutzes, der durch § 255 Abs. 2 AktG a.F. eingeführt wurde, betraf den Kapitalschutz des Agios nicht unmittelbar, sondern begründete zunächst einen eigenständigen Schutz der Minderheitsgesellschafter vor unzureichender Kapitalzufuhr. Kapitalschutz des Agios meint allerdings weniger die ebenfalls bedeutsame Frage, ob ein Agio erhoben werden muß; diese Frage betrifft den Schutz schon investierten Kapitals durch Agio. Kapitalschutz des Agios meint vor allem die sich daran anschließende Frage, wie ein Agio, aus welchen Gründen auch immer es erhoben wird, zu behandeln ist. Allerdings erhält der Kapitalschutz des Agios mittelbar eine minderheitsgesellschafterschützende Komponente, wenn er die Aufbringung von Kapital sicherstellt, das nach § 255 Abs. 2 AktG a.F. dem Schutz der vom Bezugsrecht ausgeschlossenen Minderheitsaktionäre dient. Ohne effektive Zufuhr des nach § 255 Abs. 2 AktG a.F. erforderlichen Kapitals würde der durch das Anfechtungsrecht angestrebte Minderheitsgesellschafterschutz zum zahnlosen Tiger. Die effektive Zufuhr des durch den Ausgabebetrag festgesetzten korporativen Agios sichert nun eben der Kapitalaufbringungsschutz des Agios, der damit in diesen Fällen mittelbar dem Minderheitsgesellschafterschutz dient.

Die jüngste Umgestaltung des § 255 AktG durch das Zukunftsfinanzierungsgesetz hat die Schutzzwecke erneut verschoben. § 255 AktG n.F. schließt ein Anfechtungsrecht bei drohender Wertverwässerung aufgrund einer Festsetzung eines zu niedrigen Ausgabebetrags ausdrücklich aus und setzt an dessen Stelle einen Anspruch benachteiligter Minderheitsgesellschafter auf nachträglichen Barausgleich, dessen Höhe im Spruchverfahren zu ermitteln ist. Dieses neue Schutzkonzept knüpft nicht mehr an dem »Ausgabebetrag« und damit an einem korporativen Agio an, sondern an dem tatsächlichen Wert von Einlagen (insbesondere auch Sacheinlagen) und damit einem faktischen, also materiellen Agio.[1674] Wenn das Gesetz dem korporativen Agio keine entscheidende Bedeutung für den Schutz der Mitgesellschafter zuweist, sondern den Schutz der Mitgesellschafter auch durch ein materielles Agio ausreichend verwirklicht sieht, kommt damit dem Kapitalschutz des korporativen Agios nurmehr eine reduzierte Bedeutung für den Minderheitsgesellschafterschutz zu.

1671 Zu dieser Zweckrichtung Hüffer in MünchKomm-AktG § 255, Rz. 1; *Stilz/Schumann* in Spindler/Stilz, Aktiengesetz § 255, Rz. 2, je m.w.N.

1672 *Stilz/Schumann* in Spindler/Stilz, Aktiengesetz § 255, Rz. 2 m.w.N.

1673 *Stilz/Schumann* in Spindler/Stilz, Aktiengesetz § 255, Rz. 2 m.w.N.

1674 Zur Berücksichtigung eines faktischen Agios nach dem neuen Regelungskonzept *Atta-Schumacher/Heidel* in Heidel, AktR, § 255 Rz. 32.

Eine gänzliche Aufgabe des Schutzzwecks des Minderheitsgesellschafterschutzes durch den Kapitalschutz des Agios wird man in der Neukonzeption jedoch nicht sehen können. Denn zum einen sieht die Neukonzeption bei börsennotierten Gesellschaften in § 255 Abs. 5 S. 2 AktG n.F. vor, daß eine Ausgleichszahlung von vornherein nicht in Betracht kommen soll, wenn ein Ausgabebetrag festgesetzt wurde und dieser den Börsenkurs nur unwesentlich unterschreitet. Der Verweis auf einen Ausgabebetrag wird teilweise als Fehler im Gesetzgebungsprozeß verstanden, in dem die Neukonzeption sprachlich nicht vollständig abgebildet worden sei. Tatsächlich gemeint sei ein Ausgabepreis.[1675] Man kann diese Formulierung jedoch sinnerhaltend so interpretieren, dass bei Festsetzung eines ausreichend hohen Ausgabebetrags auch dann kein Ausgleichsanspruch gegebenen sein soll, wenn der tatsächliche Wert von Einlagen (insbesondere Sacheinlagen) hinter dem Ausgabebetrag zurückbleibt. Ein solches Verständnis wäre systematisch konsequent, da in einem solchen Fall bezüglich des korporativen Agios die Kapitalaufbringungsregeln einschlägig wären (insbesondere auch die Differenzhaftungsregelungen bei unterwertigen Sacheinlagen), die eine Wertdeckung sicherstellen sollten. Greifen die Kapitalaufbringungsregelungen ein, wären diese vorrangig zu beachten und damit ein Anspruch auf Barausgleich entbehrlich.

Zum zweiten kommt dem Ausgabebetrag und damit regelmäßig dem korporativen Agio weiterhin eine minderheitsgesellschafterschützende Funktion zu in den Fällen des vereinfachten Bezugsrechtsausschluß nach § 186 Abs. 3 S. 4 AktG. Die Fälle des vereinfachten Bezugsrechtsauschluß sind aus dem Wertschutzkonzept des neuen § 255 AktG vollständig ausgeschlossen.[1676] Die Minderheitsgesellschafter sind in den Fällen des vereinfachten Bezugsrechtsausschluß nur dadurch geschützt, dass nach § 186 Abs. 3 S. 4 AktG Voraussetzung für die Zulässigkeit eines vereinfachten Bezugsrechtsausschluß ist, daß ein ausreichend hoher Ausgabebetrag (d.h. ein Ausgabebetrag in Höhe des Börsenpreises) festgesetzt wird. In diesem Fall stellt das Kapitalaufbringungsrecht die tatsächliche Aufbringung der so festgesetzten Beträge sicher, auch die Aufbringung eines eventuellen korporativen Agios. Nur deshalb kann es gerechtfertigt sein, die Fälle des vereinfachten Bezugsrechtsausschlusses gänzlich aus dem Schutzkonzept des § 255 AktG auszunehmen.[1677] Auch nach der jüngst erfolgten erheblichen Umgestaltung des § 255 AktG ist demnach davon auszugehen, daß dem Kapitalschutz des korporativen Agios weiterhin eine minderheitsgesellschafterschützende Komponente zukommt.

1675 So *Atta-Schumacher/Heidel* in Heidel, AktR, § 255 Rz. 105 f.

1676 Zu dieser Regelungstechnik und der erheblichen Kritik in der Literatur daran *Atta-Schumacher/Heidel* in Heidel, AktR, § 255 Rz. 40.

1677 Die erhebliche Kritik an der Herausnahme des vereinfachten Bezugsrechtsausschlusses aus dem Anwendungsbereich des § 255 Abs. 2 ff. AktG (zu dieser *Atta-Schumacher/Heidel* in Heidel, AktR, § 255 Rz. 40) beachtet diesen systematischen Zusammenhang mit dem Kapitalaufbringungsschutz nicht ausreichend.

2. Änderung des § 150 AktG

a) Änderungen und deren Begründung im Regierungsentwurf

Die zweite Änderung des Reformgesetzes von 1965, die für das Verständnis der Regelungen zum Agio wichtig ist, betrifft die Pflicht zur Einstellung in die gesetzliche Rücklage gemäß § 150 Abs. 2 Nr. 2 AktG (1965). Die Vorschrift übernimmt zunächst das Einstellungsgebot von ihrer Vorgängerregelung § 130 Abs. 2 Nr. 2 AktG (1937), die Art. 239b iVm 185b Nr. 2 HGB (1884) abgelöst hatte, und bezweckt insoweit nach der Begründung im Regierungsentwurf keine inhaltliche Änderung, sondern lediglich eine sprachliche Klarstellung, daß es für die Einstellungspflicht nicht darauf ankommt, ob ein Agio festgesetzt wurde, sondern darauf, ob ein Aufgeld erzielt wurde.[1678] Daneben wurden die Voraussetzungen für die Verrechnung der gesetzlichen Rücklage mit Verlusten eindeutiger gefaßt und teilweise inhaltlich abgeändert. Aus der Begründung zu diesen Änderungen der Verlustverrechnung wird ein Verständnis des Zwecks des Einstellungsgebots hinsichtlich der Agiobeträge deutlich, das sich von der belegbaren Vorstellung des Gesetzgebers des Jahres 1884 unterscheidet.

Nach den Vorstellungen des Gesetzgebers des Jahres 1884 sollte das Agio in die ausschüttungsgesperrte Rücklage eingestellt werden, weil es einerseits keinen im Geschäftsbetrieb erwirtschafteten Gewinn darstellte, andererseits die Täuschung potentieller Anleger durch Ausschüttung dieser Einlagen als Dividende verhindert werden sollte. Mit dem Zweck des Gläubigerschutzes wurde anders als bei der Gewinnrücklage nicht argumentiert.

In der Begründung zum Regierungsentwurf von 1965 klingt nunmehr die Vorstellung einer bilanziellen Logik, Einlagen in eine gebundene Rücklage einzustellen, um eine Ausschüttung als Dividende zu verhindern, noch an[1679], jedoch wird hinsichtlich des Gläubigerschutzgedankens nicht mehr zwischen der Gewinnrücklage und der Agiorücklage unterschieden. Dies zeigt sich an den Begründungen für die neu gefaßten Verwendungsregeln für die ›gesetzliche Rücklage‹ in § 143 Abs. 3 und 4 AktG-E, die letztlich in § 150 Abs. 3 und 4 AktG (1965) Gesetz geworden sind. ›Gesetzliche Rücklage‹ meint zu dieser Zeit die heute allein noch so genannte gesetzliche Rücklage als verpflichtende Gewinnrücklage und zugleich die heute davon unterschiedene Kapitalrücklage, also was das HGB von 1884 in ähnlicher Weise einheitlich als ›Reservefonds‹ bezeichnet hat.[1680]

Der Gesetzgeber des Jahres 1965 ändert die vorgefundenen Regelungen zur Verwendung der gesetzlichen Rücklage dahingehend ab, daß eine Verlustver-

1678 RegE zum AktG (1965), BT-Drs. IV/171, 167.

1679 RegE zum AktG (1965), BT-Drs. IV/171, 167.

1680 Die konzeptionelle Unterscheidung zwischen Gewinnrücklage als gesetzlicher Rücklage und Kapitalrücklage brachte erst das BiRiLiG, vgl. dazu *Hennrichs/Pöschke* in MüKo-AktG § 150, Rz. 9. Wie oben gesehen, hat das HGB (1884) das Agio noch als außerordentlichen »Gewinn aus der Ausgabe von Gesellschaftsanteilen« verstanden, nicht als Kapitalbeitrag.

rechnung erst nach dem bilanziellen Ausweis von Verlusten zulässig ist, so daß die Verlustsituation nicht verborgen werden kann.[1681] Ferner soll die Verlustverrechnung mit der gesetzlichen Rücklage bei gleichzeitigem Vorhandensein freier Rücklagen nur zulässig sein, soweit die gesetzliche Rücklage mehr als 10% des Grundkapitals ausmacht. Nach der Vorgängerregelung des § 130 Abs. 3 S. 2 AktG (1937) konnte die gesamte gesetzliche Rücklage jederzeit zur Verlustverrechnung herangezogen werden, also auch wenn weitere, freie Rücklagen vorhanden waren.[1682]

Die Begründung zum Regierungsentwurf erklärt die Verrechnungsmöglichkeit der gesetzlichen Rücklage oberhalb der 10%-Schwelle selbst in den Fällen, in denen noch freie Rücklagen in der Bilanz stehen, mit der Überlegung, oberhalb der traditionellen (s.o. zum HGB 1884) 10%-Schwelle, welche die Pflicht zur Bildung einer Gewinnrücklage begrenzt, stünde die gesetzliche Rücklage den freien Rücklagen näher, da sie »weder auf dem Gesetz noch auf der Satzung beruh[e]«. Sie solle daher gleichrangig mit diesen zur Verlustverrechnung bereit stehen.[1683] Die Gesetzestechnik und die Regierungsbegründung unterscheiden bei diesen Verwendungsregeln nicht hinsichtlich der Herkunft der gesetzlichen Rücklage. Sowohl der aus thesaurierten Gewinnen gebildete Teil der gesetzlichen Rücklage (§ 150 Abs. 2 Nr. 1 AktG (1965)) wie auch der aus dem Agio gebildete Anteil (§ 150 Abs. 2 Nr. 2 AktG (1965)) können jenseits der 10%-Schwelle zur Verlustverrechnung herangezogen werden. Der begrifflichen Zusammenfassung in dem einen Begriff ›gesetzliche Rücklage‹ korrespondiert im Jahr 1965 nicht nur eine übereinstimmende inhaltliche Behandlung bei der Verlustverrechnung, sondern auch eine einheitliche Begründung.

Rätseln läßt allerdings die Letztbegründung, welche der Regierungsentwurf für diese Verwendungsregel gibt. Denn die Aussage, der Teil der ›gesetzlichen Rücklage‹ oberhalb der 10%-Schwelle beruhe weder auf Gesetz noch auf der Satzung, stimmt nicht, da das Agio seit 1884 auf Grund gesetzlichen Befehls in voller Höhe in den Reservefonds einzustellen war. Nun im Jahr 1965 sollte das Agio weiterhin gemäß § 150 Abs. 2 Nr. 2 AktG (1965) vollständig in die ›gesetzliche Rücklage‹ einzustellen sein und ebenso die vergleichbaren Zahlungen nach den Nummern 3 und 4 der Vorschrift, auf die hier nicht weiter eingegangen wird. Diese Aussage stimmt allenfalls für die Gewinnrücklage, sofern die gesetzliche Rücklage insgesamt höher ist als 10% vom Grundkapital. Allerdings

1681 Dazu *Osterloh-Konrad/Schön*, Rechnungslegung in der Aktiengesellschaft, Rz. 69.

1682 Vgl. zur Rechtslage vor 1965 RegE zum AktG (1965), BT-Drs. IV/171, 168.

1683 RegE zum AktG (1965), BT-Drs. IV/171, 168. Die Gleichstellung der gesetzlichen Rücklage und der Kapitalrücklage oberhalb der 10%-Schwelle mit den freien Rücklagen führt allerdings nicht dazu, daß die erstgenannten Rücklagen ohne jede Einschränkung mit Verlustvorträgen oder Jahresfehlbeträgen verrechnet werden könnten. Vorrangig sind stets noch bestehende Gewinnvorträge oder ein Jahresüberschuß zum Ausgleich von vorgetragenen oder neu erwirtschafteten Fehlbeträgen zu verwenden.

müssen bei Erreichen der 10%-Schwelle keine Gewinne mehr thesauriert werden, so daß eine höhere gesetzliche Rücklage stets auf andere Zuflüsse nach den Nummern 2–4 des § 150 Abs. 2 AktG (1965) zurückzuführen ist. Nur bezüglich der Gewinnrücklage macht auch der Hinweis auf eine fehlende Satzungsreglung Sinn, womit auf die Möglichkeit verwiesen wird, durch Satzungsregelung eine höhere als die durch das Gesetz vorgeschriebene 10%-ige Gewinnrücklage verpflichtend vorzusehen, welche Möglichkeit schon 1884 festgeschrieben worden war und durch § 150 Abs. 2 Nr. 1 AktG (1965) fortgeführt worden ist.

Vermutlich hat die damals noch fehlende begriffliche Differenzierung zwischen dem Gewinnanteil und dem Agioanteil der gesetzlichen Rücklage dafür gesorgt, daß die Entwurfsverfasser den inhaltlichen Unterschied bei der Herkunft der Finanzmittel übersehen haben. Soweit nun die gesetzliche Rücklage nicht mehr als 10% des Grundkapitals beträgt, sind nach § 150 Abs. 3 AktG (1965) vorrangig die freien Rücklagen zum Verlustausgleich heranzuziehen. Diese Regelung wird damit begründet, daß die gesetzliche Rücklage die letzte Reserve der Gesellschaft darstelle.[1684] Der hier anklingende mittelbare Gläubigerschutzgedanke, nachdem die Gewinnrücklage auch im Interesse der Gläubiger das Grundkapital schützen solle, motivierte schon 1884 die Regelungen hinsichtlich der Gewinnrücklage. An dieser Stelle wird er wie selbstverständlich auf die anderen Posten des § 150 Abs. 2 AktG (1965) und damit auch auf das Agio als Leitgedanke übertragen.

Die Regierungsbegründung scheint damit anzunehmen, die Rücklage des Agios diene in gleichem Umfang dem Gläubigerschutz wie die Pflicht zur Gewinnthesaurierung, und dies gleichermaßen unterhalb wie oberhalb der 10%-Schwelle. Denn die Begründung unterscheidet nicht mehr, wie noch 1884, zwischen den beiden Teilen der ›gesetzlichen Rücklage‹. Solange die beiden Teile der gebundenen Rücklage nicht mehr als 10% des Grundkapitals ausmachen, können beide nur nachrangig zu freien Rücklagen aufgelöst werden, da die gebundenen Rücklagen unabhängig von der Herkunft der Mittel in Höhe von 10% des Grundkapitals als letzte Reserve dienen sollen, bevor das Grundkapital angegriffen wird. Soweit die 10%-Schwelle überschritten wird, sollen die Gewinnrücklage wie die aus einem Agio gebildete Rücklage gleichermaßen auch vor freien Rücklagen zum Verlustausgleich herangezogen werden, weil beide insoweit den freien Rücklagen näher stünden als der Teil der gesetzlichen Rücklage unterhalb der 10%-Schwelle.

b) Subjektiver Gesetzeszweck nach der Einschränkung der Verlustverrechnung

Zu untersuchen bleibt, ob der Begründung im Regierungsentwurf eine neue subjektive Teleologie der Rücklagenbindung von Agiokapital zu entnehmen ist, der nach die Rücklagenbindung des Agios ebenso wie die Pflicht zur Gewinn-

1684 RegE zum AktG (1965), BT-Drs. IV/171, 168.

thesaurierung den Schutz des Grundkapitals und damit den Schutz der Gesellschaftsgläubiger bezweckt. Für eine solche Annahme spricht der Umstand, daß der parlamentarische Gesetzgeber den Vorschlag des Regierungsentwurfs übernommen hat. Diese Übernahme kann man als ein Indiz ansehen, der Gesetzgeber habe sich auch die dahinter stehenden Erwägungen der Entwurfsverfasser zu eigen gemacht.

Hätte man die Schutzzwecke der gesetzlichen Rücklage nach der Herkunft des Eigenkapitals aus Gewinnthesaurierung oder aus Agiobeiträgen unterscheiden wollen und dabei nur der Gewinnthesaurierung bis zur Höhe von 10% des Grundkapitals genuin gläubigerschützende Wirkung zusprechen wollen, wäre es zumindest theoretisch denkbar gewesen, nur für diesen Anteil der gesetzlichen Rücklage aus § 150 Abs. 2 Nr. 1 AktG (1965) zu verfügen, eine Verlustverrechnung sei nur statthaft, soweit keine freien Rücklagen vorhanden wären. Wenn man den Sinn der Ausschüttungssperre des Agiokapitals wie früher allein darin gesehen hätte zu verhindern, daß dieses als Scheindividende ausgeschüttet werden kann, hätte man diesbezüglich keinen Nachrang hinter der Verrechnung mit freien Rücklagen vorsehen müssen und die seit 1884 geltende Rechtslage nicht abändern müssen. Ferner spricht auf den ersten Blick auch die beibehaltene Gleichförmigkeit der Verrechnungsmöglichkeiten der gesetzlichen Rücklage oberhalb der Schwelle von 10% des Grundkapitals, die vom Regierungsentwurf übernommen worden ist, dafür, daß auch der Gesetzgeber bezüglich der gesamten gesetzlichen Rücklage von einem einheitlichen Schutzzweck ausging.

Dennoch wird man in der Übernahme des Regelungsvorschlags aus dem Regierungsentwurf durch den parlamentarischen Gesetzgeber nur eine eingeschränkte Indizwirkung sehen können. Zum einen ist zu bedenken, daß die Begründung, die im Regierungsentwurf für die Verlustverrechnung der gesetzlichen Rücklage angeführt wird, teilweise fehlerhaft ist, da den Entwurfsverfassern scheinbar die gesetzlichen Grundlagen für die Bildung der Rücklage und deren Begründung nicht vollständig präsent waren. Der Schluß von den Gesetzesmaterialien auf die Normvorstellungen des historischen Gesetzgebers ist meist mit Schwierigkeiten behaftet.[1685] Dennoch wird dieser Schluß regelmäßig, wie auch hier, im Wege der historischen und subjektiv-teleologischen Auslegung für zulässig erachtet. Selbst als Befürworter solcher Auslegung wird man jedoch zögern, als Indiz für den subjektiven Gesetzeszweck eine Regierungsbegründung zu nehmen, die wohl nicht alle Zusammenhänge erfaßt und die eigene Regelung nicht in allen Facetten verstanden hat.

Im vorliegenden Fall ist diese Vorsicht besonders geboten. Denn nähme man an, die Schutzzwecke der Gewinnthesaurierung und die Schutzzwecke der Agiothesaurierung wären identisch, könnte man nicht erklären, warum auch nach der Regelung des Aktiengesetzes von 1965 die Gewinnthesaurierung nur bis zur Höhe von 10% des Grundkapitals vorgenommen werden muß, das Agio jedoch in voller Höhe und unabhängig vom Vorliegen einer ausreichenden Gewinn-

1685 Zu dieser Problematik allgemein s. u. S. 742 ff.

thesaurierung in Höhe von 10% des Grundkapitals in eine gebundene Rücklage einzustellen ist. Die volle Rücklagenbindung des Agiokapitals kann mit den Ausführungen des Regierungsentwurfs nicht erklärt werden. Sie kann in subjektiv-teleologischer Hinsicht weiterhin nur mit den Erwägungen aus dem Jahr 1884 erklärt werden, daß die Ausschüttung von Dividenden aus Agiokapital unterbunden werden solle, um eine Täuschung potentieller Investoren über die Ertragskraft des Unternehmens zu verhindern.

Zudem wird man bei der Bewertung der Indizwirkung berücksichtigen müssen, daß die oben geschilderte Regelungsalternative eher theoretischer Natur ist als von praktischer Bedeutung, da sie eine Verkomplizierung der Verrechnungsregeln bedeutete, ohne das Ergebnis stark zu beeinflussen. Unterhalb der Schwelle von 10% des Grundkapitals bedeutete die Möglichkeit, Agiokapital vor freien Rücklagen zu verrechnen, daß die Thesaurierungspflicht aus erwirtschafteten Gewinnen wieder auflebte. Will man wie die Gesetzgebung von 1965 die »letzte Reserve« in Höhe von 10% des Grundkapitals dadurch aufwerten, daß dieses Kapital erst nach Verrechnung aller freien Rücklagen zur Verlustverrechnung herangezogen werden kann, macht es vom gewünschten Ergebnis eines besonders geschützten 10%-igen Pufferkapitals her gedacht wenig Sinn, hinsichtlich des Agiokapitals und der thesaurierten Gewinne zu differenzieren, nur weil die entsprechende Eigenkapitalreserve ursprünglich aus unterschiedlichen Gründen vorgesehen worden ist.

Schon das HGB von 1884 hat das Agiokapital – damals noch als außerordentlicher Gewinn verstanden – als willkommene Abkürzung genommen, den aus Gewinnen zu bildenden 10%-Puffer schneller aufzufüllen als aus den Reingewinnen möglich. Das Aktiengesetz von 1965 will diesen Puffer stärken. Dabei ist es konsequent, die nunmehr strengeren Verrechnungsregeln auch auf das Agiokapital zu beziehen, wenn nun einmal über dieses als willkommene Abkürzung der gewünschte Eigenkapitalpuffer erreicht worden ist. Die Regelung von 1965 knüpft also an der seit 1884 bekannten möglichen Verbindung von Agiokapital und aus Gläubigerschutzerwägungen heraus gewünschtem besonderen Eigenkapitalpuffer in Höhe von 10% des Grundkapitals an. Soweit Agiokapital dazu dient, diese Schwelle zu erreichen, erschiene eine Differenzierung der Verrechnungsregeln nach der Herkunft des Kapitals als dogmatische Spitzfindigkeit, die vom Ergebnis des gewünschten Kapitalpuffers her gedacht nicht sinnvoll ist.

Wenn dies so ist, muß man in der neuen Regelung kein Indiz auf ein gänzlich neues, vorrangig am Gläubigerschutz orientiertes Verständnis der Rücklagenbindung des Agios erkennen. Man kann sich darauf beschränken anzunehmen, daß allein in den Fällen, in denen der aus Gläubigerschutzgründen gewünschte Eigenkapitalpuffer in Höhe von 10% des Grundkapitals durch Agiokapital aufgefüllt worden ist, der Gesetzgeber einen Gleichlauf in der Beschränkung der Verrechnungsmöglichkeit wollte und insoweit den objektiv gegebenen Zusammenhang zwischen Agiokapital und Gläubigerschutz auch subjektiv gewollt hat.

Oberhalb der Schwelle von 10% des Grundkapitals sagt die beibehaltene Verrechnungsmöglichkeit vor eventuell bestehenden freien Rücklagen nichts aus über die Schutzzwecke von Gewinnthesaurierung und Agiobindung. Denn die Marke von 10% des Grundkapitals kann nicht durch Gewinnthesaurierung überschritten werden, da ein Ansparen von Reingewinnen nach § 150 Abs. 2 Nr. 1 AktG (1965) nur bis zu dieser Schwelle erforderlich ist. Eine Verlustverrechnung des Reservekapitals oberhalb der 10%-Schwelle bedeutet inhaltlich stets eine Verrechnung von zurückbehaltenem Eigenkapital, das bei einer Anteilsausgabe als Agio zugeflossen ist (oder nach den Nummern 3 und 4 als Agio bei Wandelschuldverschreibungen oder als Entgelt für ein Vorzugsrecht, worauf hier nicht näher eingegangen werden soll). Wenn man bei der ›gesetzlichen Rücklage‹ nicht nach der Herkunft der Kapitalanteile differenziert, sondern diese bildlich gesprochen als einen Topf versteht, in dem sich das zugeflossene Eigenkapital vermischt, dann muß man hinsichtlich der Verwendungsregeln nicht nach den verschiedenen Quellen, den verschiedenen Nummern des § 150 Abs. 2 AktG (1965) differenzieren. In gewisser Hinsicht ist es dann nicht mehr sinnvoll zu sagen, nur das Agiokapital würde die 10%-Schwelle überschreiten, da alles gebundene Eigenkapital in einen Topf geflossen ist, der ohne begriffliche Differenzierung einheitlich als ›gesetzliche Rücklage‹ bezeichnet wird.

Das ändert aber nichts daran, daß die kritische Schwelle, oberhalb derer die ›gesetzliche Rücklage‹ den freien Rücklagen nahe stehen soll, nur durch Zufluß von Eigenkapital überschritten werden kann, das nicht aus thesaurierten Reingewinnen herrührt. Insoweit bleibt es sinnvoll möglich, davon zu sprechen, leichter gegen Verluste verrechenbar sei allein der Überschuß, der nicht aus Gewinnrücklagen angespart sein kann, und damit materiell doch das Agiokapital. Eine erleichterte Verlustverrechnung von thesaurierten Gewinnen, die mit der erleichterten Verrechnung von Agiokapital korrespondierte, kann es dann materiell betrachtet gar nicht geben, sondern nur bilanztechnisch, soweit die ›gesetzliche Rücklage‹ nicht nach einzelnen Nummern aufgeschlüsselt wird oder an diese Aufschlüsselung keine Rechtsfolgen geknüpft werden. Materiell betrachtet sagt daher der nur vermeintliche Gleichlauf der Verrechnungsmöglichkeit von thesaurierten Gewinnen und Agiokapital oberhalb der Schwelle von 10% des Grundkapitals nichts aus.

Damit läßt sich aus den geänderten Verrechnungsregeln und der unzureichenden Begründung im Regierungsentwurf nicht ableiten, der Gesetzgeber des Aktiengesetzes von 1965 habe dem Agiokapital grundsätzlich eine stärkere gläubigerschützende Funktion zugedacht als der Gesetzgeber des HGB von 1884. Allein wenn und soweit Agiokapital eine Gewinnthesaurierung entbehrlich macht, kommt ihm eine gläubigerschützende Funktion zu, die als Abkürzung zu einem langjährigen Ansparen des erwünschten Reservekapitals aus Reingewinnen vom Gesetzgeber des Aktiengesetzes von 1965 wohl gewollt ist. Diese Verbindung von Agiokapital und Gläubigerschutz war jedoch schon im HGB von 1884 zumindest objektiv gegeben. Darüber hinaus erscheint der Gleichlauf der Verrechnungsmöglichkeiten von thesaurierten Gewinnen und

Agiokapital als bilanztechnisches Phänomen, das auf dem einheitlichen Begriff der ›gesetzlichen Rücklage‹ beruht, der nicht nach den unterschiedlichen Anteilen der ›gesetzlichen Rücklage‹ ausdifferenziert wird, obschon die Gründe für die Einstellung der Finanzierungsleistungen in die ›gesetzliche Rücklage‹ unterschiedlich waren und geblieben sind.

Soweit Agiokapital daher nicht eine Gewinnthesaurierung entbehrlich macht, läßt sich dem Aktiengesetz von 1965 kein subjektiver Gesetzeszweck zuweisen, demnach die Rücklagenbindung des Agiokapitals stets aus Gläubigerschutzgründen vorzunehmen sei. Gläubigerschützende Wirkung hat derart gebundenes Kapital sehr wohl, doch dieser Effekt ist im Jahr 1965 genausowenig als Intention des Gesetzgebers anzunehmen wie im Jahr 1884. Gläubigerschützende Wirkung haben auch freie Rücklagen, denen die ›gesetzliche Rücklage‹ oberhalb der 10%-Schwelle insoweit gleichsteht, als sie ebenso wie diese zum Verlustausgleich herangezogen werden kann. Angestrebt wurde durch die Ausschüttungssperre allein die Verhinderung von Scheindividenden; der faktische Vorteil für die Gläubiger durch noch mehr (wenn auch weniger streng geregeltes) Reservekapital ist weiterhin als eine Reflexwirkung anzusehen.

Wenn schon der Rücklagenbindung in subjektiv-teleologischer Hinsicht nicht stets eine gläubigerschützende Funktion zuzusprechen ist, dann gilt dies im übrigen ebenso für die Vorschriften des Kapitalaufbringungsrechts, die 1965 nicht verändert worden sind. Die beschränkten Änderungen der Verlustverrechnung der ›gesetzlichen Rücklage‹ bieten keinen Anlaß, in dem gesamten Agioregime des Aktiengesetzes seit 1965 einen gläubigerschützenden Zweck als subjektives Telos erkennen zu wollen.

III. Zusammenfassung

Dieser Überblick hat gezeigt, daß die historischen Gesetzgeber die einzelnen Regelungen zum Agio aus verschiedenen Gründen erlassen haben. Bei der Einführung des Regelungskomplexes zum Agio im Jahr 1884 leitete den Gesetzgeber der Wunsch nach einem Schutz der Anleger und des Kapitalmarkts, eine Zielsetzung, die nicht nur den Regelungen zum Agio, sondern der gesamten Reform zugrunde liegt[1686]. Dabei ging es dem Gesetzgeber neben der Verhinderung von Scheindividenden auch um andere unlautere Beeinflussungen des Kapitalmarkts, aber auch um die heute uneingeschränkt akzeptierte Börsenspekulation als solche. Die meisten Regelungen wurden später unreflektiert übernommen. Insoweit sind keine Änderungen des subjektiven Telos anzunehmen.

Im Jahr 1965 wurde das Schutzkonzept des Agios durch den § 255 AktG a.F. ergänzt um den Gedanken eines Minderheitenschutzes. Auch nach der jüngst erfolgten Umgestaltung des Schutzkonzepts des § 255 AktG kommt dem Kapital-

1686 S. o. Kapitel 2.

aufbringungsrecht seither zumindest auch die Funktion zu, die Altaktionäre vor Verwässerung des Werts ihrer Anteile zu schützen. Soweit ein Agio die zum Schutz des Grundkapitals vorgeschriebene Thesaurierung von Reingewinnen als »letzte Reserve« entbehrlich macht, kommt ihm schon seit dem Jahr 1884 objektiv betrachtet eine gläubigerschützende Funktion zu. Nachdem der Gesetzgeber von 1965 diese letzte Reserve gestärkt hat, indem er die Zulässigkeit der Verlustverrechnung mit diesem Kapital weiter beschränkte, und dabei nicht nach der Herkunft der verschiedenen Anteile der ›gesetzlichen Rücklage‹ differenziert hat, mag man annehmen, diese objektive Verknüpfung des Agiokapitals mit dem Gläubigerschutz der verpflichtenden Gewinnthesaurierung sei dem Gesetzgeber bewußt gewesen und damit von ihm gewollt.

Ein solcher Gläubigerschutzzweck kann jedoch über die Rücklagenbindung bis zur Höhe von 10% des Grundkapitals hinaus nicht allgemein für alle aktienrechtlichen Regelungen zum Agio angenommen werden. Seit der Aktienrechtsreform des Jahres 1965 verfolgen demnach verschiedene Regelungen zum Agio verschiedene Schutzzwecke, ähnlich wie verschiedene Regelungen des Kapitalschutzes der Einlagen auf das Grundkapital verschiedene Zwecke in unterschiedlichem Maße anstreben[1687]. Ein einheitlicher oder gar einziger Schutzzweck des gesamten Regelungskomplexes zum Agio kann nach den unterschiedlichen Vorstellungen der verschiedenen historischen Gesetzgeber nicht mehr angenommen werden. Es ist nach den einzelnen Regelungen zu differenzieren.

C. Objektiver Sinn und Zweck der aktuellen Regelungen zum korporativen Agio

Die Aktienrechtsreform von 1965 brachte in zwei Einzelregelungen eine gewisse Verschiebung des subjektiven Gesetzeszweckes des Agioregimes weg von reinem Kapitalmarktschutz vor »verderblichster Agiotage« hin zu Elementen des Mitgesellschafterschutzes und des Gläubigerschutzes. Damit hat sich das Recht zum aktienrechtlichen Agio dem Kapitalschutz des aktienrechtlichen Grundkapitals angenähert, insoweit dessen drei wesentliche Schutzzwecke auch Agioregeln anleiten. Diese Angleichung beschränkt sich auf Einzelregelungen. Mit dem subjektiven Gesetzeszweck, soweit er rekonstruiert werden kann, läßt sich nicht die allgemeine Gleichstellung der Schutzziele des Kapitalschutzes des Agios und des Kapitalschutzes des Grundkapitals begründen, die manchen Literaturbeiträgen zugrunde liegt.[1688] Im folgenden soll untersucht werden, inwieweit übergeordnete europarechtliche Erwägungen sowie objektive Erwägungen aus dem nationalen Recht Anlaß geben, das Verständnis der Teleologie der aktienrechtlichen Regelungen zum Agio zu überdenken.

1687 S. o. Kapitel 2.
1688 S. o. Fn. 1615 ff.

I. Europarechtlicher Leitgedanke des Mitgesellschafterschutzes

Einige Jahre nach der Aktienrechtsreform von 1965 wurde das Gesetz zur Umsetzung der Zweiten Richtlinie des Rates der Europäischen Gemeinschaften zur Koordinierung des Gesellschaftsrechts vom 13. Dezember 1978 (BGBl. I, S. 1959) erlassen. Bei der Erörterung der europarechtlichen Regelungen zum Agio wurde gezeigt, daß man der Begründung zum Regierungsentwurf die Einstellung entnehmen kann, man könne das nationale Recht einfach übernehmen, da es als Vorlage für die damalige Kapitalrichtlinie gedient habe.[1689] Über die unterschiedlichen Vorstellungen über den Schutzzweck des Agios im tradierten Aktienrecht und in der damaligen Kapitalrichtlinie hat man sich keine Gedanken gemacht. Der Vorrang des Europarechts verlangt jedoch bei der Auslegung der nationalen Vorschriften Berücksichtigung und damit auch die Ziele, die mit einer europäischen Regelung verfolgt werden.[1690]

Von einem subjektiven Gesetzeszweck, durch das Umsetzungsgesetz den Mitgesellschafterschutz entsprechend den europäischen Vorstellungen höher zu gewichten, wird man angesichts der fehlenden Reflexion über die mit der Umsetzung verfolgten Ziele kaum sprechen können, obwohl der deutsche Gesetzgeber die Richtlinie vollständig umsetzen wollte und lediglich dachte, dazu seien bezüglich des Agios keine Anpassungen erforderlich. Die Annahme einer entsprechenden subjektiven Zwecksetzung ist allerdings auch nicht erforderlich, da das europäische Recht und die mit ihm verfolgten Ziele auch im Wege der objektiven Auslegung beachtet werden können. Zu beachten sind europarechtliche Vorgaben insbesondere bei den Vorschriften des § 36a AktG über die Leistung der Einlagen[1691], bei der Sacheinlageprüfung gemäß §§ 33 ff. AktG (ggf. iVm §§ 183 f. AktG)[1692] und dem Befreiungsverbot des § 66 AktG[1693].

II. Der Gläubigerschutz als Leitbild des Rechts des korporativen Agios

Nachdem die bisherigen Untersuchungen zeigen konnten, daß mit Ausnahme der Vorschrift des § 255 AktG a.F. alle aktienrechtlichen Vorschriften zum Agio in erster Linie aus Gründen des Kapitalmarktschutzes erlassen worden sind, daneben jedoch über § 255 AktG a.F. und die Anforderungen der Zweiten gesellschaftsrechtlichen Richtlinie auch der Schutz der Mitgesellschafter an Bedeutung gewonnen hat, bleibt noch die Frage offen, inwieweit auch der dritte Leitstern des Kapitalschutzes des Grundkapitals, der Gläubigerschutz, die aktienrechtlichen Regeln zum Agio anleitet. Aus historischer Perspektive läßt sich

1689 S. o. Kapitel 3, S. 412 ff. und S. 420 ff.
1690 Ebda.
1691 Dazu o. Kapitel 3, S. 407 ff. und S. 424 ff.
1692 Dazu o. Kapitel 3, S. 413 ff.
1693 Dazu o. Kapitel 3, S. 431 ff.

der Gläubigerschutz nur sehr eingeschränkt als Schutzzweck der Agioregeln erweisen, nämlich soweit Agiokapital eine aus Gewinnen angesparte ›gesetzliche Rücklage‹ nach dem heutigen § 150 AktG entbehrlich macht. Der subjektive Zweck, den der historische Gesetzgeber einer Norm beilegt, ist für deren Verständnis jedoch nicht allein maßgeblich. Neben ihn treten objektiv-teleologische Überlegungen.

1. Inhaltliche Überlegungen zu stärkeren Gewichtung des Gläubigerschutzgedankens

a) Argument des aktienrechtlichen Einlagebegriffs

Einen Hinweis darauf, daß dem Gläubigerschutzgedanken für das Verständnis des aktuell geltenden Kapitalschutzes des korporativen Agios größere Bedeutung zukommen könnte, als die historische Analyse vermuten läßt, kann man in der Tatsache sehen, daß das Aktienrecht das korporative Agio ebenso wie die Einlage auf das Grundkapital als aktienrechtliche Einlage versteht. Für die Einlage auf das Grundkapital sieht das Aktiengesetz nach allgemeiner Ansicht den strengen Kapitalschutz gerade auch zum Schutz der Gläubiger vor.[1694] Entsprechend könnte man annehmen wollen, auch die Einlage auf das korporative Agio müsse dem Gläubigerschutz dienen, da sie wie die Einlage auf das Grundkapital aktienrechtliche Einlage ist. Der Schluß wäre gültig, wenn jede aktienrechtliche Einlage dem Gläubigerschutz dienen sollte. Für die Prämisse des Gläubigerschutzzwecks jeder aktienrechtlichen Einlage kann die unbestritten gläubigerschützend zu verstehende Einlage auf das Grundkapital nur als Indiz genommen werden, einen Beweis liefert sie nicht.

Auf eine ähnliche Weise argumentieren Teile der Literatur bei strittigen Einzelfragen des korporativen und schuldrechtlichen Agios. So schreibt beispielsweise *Herchen* bei der Erörterung der Frage, ob bei Sacheinlagen notwendig deren Zeitwert als förmlicher Ausgabebetrag festgesetzt werden müsse, Einlagen, die nicht die Zweckbestimmung des Gläubigerschutzes in sich trügen, kenne das Aktiengesetz nicht. Grund dafür sei, daß das Gesellschaftsvermögen, das den Gläubigern hafte, primär aus den Einlagen der Gesellschafter gebildet werde.[1695] Es wird an dieser Stelle aus der Eigenkapitalqualität aller Einlagen zunächst auf die Gläubigerschutzfunktion jeder Einlage geschlossen und dann weitergehend auf eine möglichst weitreichende Pflicht zur Festsetzung materieller Einlagen als formelle aktienrechtliche Einlage.

In der Diskussion um die Zulässigkeit eines schuldrechtlichen Agios trägt *Herchen* weiter vor, dieses sei wie das korporative Agio zu behandeln, da es in gleicher Weise Einlage sei.[1696] Hier wird angenommen, allein die Charakterisie-

1694 S. o. Kapitel 2.
1695 *Herchen*, Agio, 206.
1696 *Herchen*, Agio, 352.

rung als (materielle) Einlage genüge, um die Frage nach der korrekten rechtlichen Behandlung (als formelle Einlage) beantworten zu können. Dabei wird implizit angenommen, jede Einlage verfolge dieselben Zwecke und müsse daher denselben rechtlichen Regelungen folgen.

Diese Art zu schließen ist nicht korrekt, da hier in unzulässiger Weise von einem wirtschaftlichen Einlagebegriff auf die aktienrechtliche Behandlung nur eines Teils solcher wirtschaftlicher Einlagen geschlossen wird. Alle wirtschaftlichen Einlagen mehren definitionsgemäß[1697] das Gesellschaftsvermögen, aus welchem sich die Gläubiger befriedigen können. Nicht alle wirtschaftlichen Einlagen speisen jedoch den vom Aktiengesetz besonders geschützten Haftungsfonds. So mehren unentgeltliche Nebenverpflichtungen nach § 55 AktG oder freie Einlagen in § 272 Abs. 2 Nr. 4 HGB faktisch die Haftungsmasse, aber nicht den besonderen aktienrechtlichen Haftungsfonds. Aus der Einlageeigenschaft einer Finanzierungsleistung als solcher kann daher nicht auf die Zugehörigkeit zum aktienrechtlichen Haftungsfonds und auch nicht auf den damit vermeintlich stets verbundenen Gläubigerschutzzweck geschlossen werden. Wie es möglich ist, die materiellen Einlagen danach zu differenzieren, ob sie rein tatsächlich den Gläubigern nützen oder rechtlich zu deren besonderem Schutz erforderlich sind, so kann auch bei den beiden Formen der formellen aktienrechtlichen Einlage im Sinn des § 54 Abs. 1 AktG danach unterschieden werden, ob sie aus Gläubigerschutzgesichtspunkten eingefordert werden oder nicht.

Der Schluß von der Einlagequalität einer Finanzierungsleistung und der faktischen Befriedigungsfunktion des Eigenkapitals auf die Gläubigerschutzintention des Gesetzes ist daher nicht nur bei materiellen Einlagen nicht zwingend, sondern auch nicht bei den formellen Einlagen. Er beruht auf einer Äquivokation von wirtschaftlichem und aktienrechtlichem Einlagebegriff.[1698]

Wenn nun aus der Eigenschaft des korporativen Agios, Teil der aktienrechtlichen Einlage zu sein, auch nicht zwingend gefolgert werden kann, der eine Teil diene wie der andere Teil der aktienrechtlichen Einlage dem Gläubigerschutz, so bleibt doch aufgrund der Ähnlichkeit in der Begriffsbildung des Gesetzes ein Analogieschluß auf die Ähnlichkeit der gesetzlichen Zweckvorstellungen denkbar. Diese Zweckanalogie wird durch die Überlegung gestützt, daß sich aus dem übereinstimmenden Verständnis als aktienrechtliche Einlage Übereinstimmungen in den Rechtsfolgen beider Einlageformen ergeben. So gelten beispielsweise die Vorschriften über die Sicherung der Einlagen in den §§ 63 ff. AktG sowohl für die Agioeinlage wie für die Einlage auf das Grundkapital. An diesem Befund kann wegen des schon erörterten eindeutigen historischen Gesetzgeberwillens kein Zweifel bestehen.[1699]

Der Schluß von den übereinstimmenden Regelungen für beide Einlageformen auf einen übereinstimmenden Zweck liegt nicht fern. Damit spricht nicht nur die

1697 Vgl. Kapitel 1.

1698 Zur Unzulässigkeit derartiger Begriffsbildung s. a. o. Kapitel 1, S. 111 ff.

1699 Zu den Vorstellungen des Gesetzgebers von 1884 s.o. S. 711 f.

übereinstimmende Begriffsbildung des Aktiengesetzes für einen Gläubigerschutzzweck des korporativen Agios, sondern auch ein systematischer Zusammenhang der über die einheitliche Begrifflichkeit vermittelten Rechtsfolgen. Zudem ist nicht abzustreiten, daß jedenfalls die Gläubigerschutzwirkung dieser Vorschriften faktisch dieselbe ist. Soweit beide Einlageformen über die einheitlichen Regelungen faktisch den Gläubigern nützen, kann scheinbar ohne systematische oder sonstige Schwierigkeiten auch hinsichtlich des korporativen Agios ein Gläubigerschutzzweck angenommen werden.

In einem weiteren Schritt kann man, wenn nun Sondervorschriften für das Agio, die von den Vorschriften für das Grundkapital abweichen, ebenfalls den Gläubigern faktisch zugute kommen, auch diesen Vorschriften Gläubigerschutzintention zusprechen wollen. So kann man z.B. die im Aktiengesetz von 1965 vorgenommene Stärkung der Transparenz der Verlustverrechnung, nach der ausdrücklich nur bilanzielle Verluste mit der gesetzlichen Rücklage ausgeglichen werden können[1700], bezüglich des Agiokapitals allein mit der Verbesserung des ursprünglich intendierten Investorenschutzes erklären. Da aber eine verstärkte Transparenz der Gewinnsituation auch die Selbstschutzmöglichkeiten der Gläubiger verbessert, kann man auch annehmen, die erhöhte Transparenz der Verlustverrechnung des Agios solle zugleich dem Gläubigerschutz dienen.

Der Analogieschluß von der übereinstimmenden Begriffsbildung und übereinstimmenden Einzelregelungen auf einen übereinstimmenden Regelungszweck erscheint daher ohne größere Probleme möglich. Die Erörterung der Vorschriften des englischen Rechts hat zudem gezeigt, welche Vorteile eine weitgehende Angleichung des Kapitalschutzes des Agios an den Kapitalschutz des Grundkapitals gerade für den Gläubigerschutz mit sich bringen kann. Solange die Rechtsfolgen übereinstimmender Vorschriften unstrittig sind und die Auslegung der Normen wenig vom ihrem vermutlichen Telos abhängt, mag es übertrieben kompliziert und überflüssig erscheinen, dennoch zu betonen, daß die angeführte Zweckanalogie nicht zwingend ist. Wenn aber das Verständnis vom Schutzzweck einer konkreten Norm über offene Auslegungsfragen entscheidet oder gar weitergehend mögliche Rechtsfortbildungen anleiten soll, macht es einen Unterschied, ob man den Verweis auf den aktienrechtlichen Einlagebegriff als zwingendes Argument mißversteht oder sich neben den bestehenden Ähnlichkeiten auch die Grenzen dieses Analogieschlusses bewußt macht.

Hierzu ist noch einmal daran zu erinnern, daß die Wirkung einer Norm und ihr Zweck nicht notwendig identisch sind. Gerade anhand der Vorschriften zur Sicherung der Einlage in den §§ 63 ff. AktG läßt sich der Unterschied von Wirkung und Zweck studieren, da das HGB von 1884, als es die Vorläufer zu §§ 63 ff. AktG auf das korporative Agio für anwendbar erklärt hat, gerade nicht die Gläubiger im Blick hatte, sondern die Investoren am Kapitalmarkt.[1701] Dasselbe gilt für die Einstellung eines korporativen Agios in einen ausschüttungs-

1700 S. dazu o. S. 724.
1701 S. o. S. 711.

gesperrten Reservefonds, der ebenfalls nicht mit Gläubigerschutzerwägungen begründet wurde, sondern mit dem Schutz des Kapitalmarkts.[1702] Die Rede vom Gesetzeszweck, auch vom objektiven Gesetzeszweck beinhaltet die Vorstellung einer Intention, eine Wirkung hingegen kann bloß hingenommen oder auch unbewußt sein. Von einer feststellbaren Wirkung allein läßt sich daher nicht sicher auf den Zweck einer Vorschrift schließen. Wichtiger als der Hinweis auf eine ähnliche Wirkung der Vorschriften über das korporative Agio ist daher der systematische Zusammenhang, der sich aus mehr als einer Einzelnorm ableiten läßt.

Gerade systematische Überlegungen sprechen aber auch gegen die Annahme, das Aktiengesetz verfolge mit den Regelungen zum korporativen Agio generell den Schutz der Gläubiger. Denn das Aktiengesetz regelt die Einlage auf das Grundkapital und die Einlage auf das korporative Agio nicht in allen Punkten gleich, sondern sieht markante Unterschiede zwischen beiden aktienrechtlichen Einlageformen vor. Schon erwähnt wurde im Laufe dieser Untersuchung das in § 36a Abs. 1 AktG enthaltene Gebot, bei der Anmeldung der Gesellschaft ein korporatives Baragio sofort in voller Höhe einzuzahlen, während die Einlage auf das Grundkapital nur zu einem Viertel aufgebracht werden muß.[1703] Der auffälligste Unterschied zwischen beiden Einlageformen liegt im Aktienrecht darin, daß das korporative Agio lediglich in eine Rücklage einzustellen ist, die mit Verlusten verrechnet werden kann, während die Einlage auf das Grundkapital nach Verlusten wieder aufgefüllt werden muß.[1704] Wenn nun aber beide Einlageformen gleichermaßen dem Gläubigerschutz verpflichtet wären, kann man kaum erklären, warum der aktienrechtliche Kapitalschutz in der für die Gesellschaftsgläubiger wichtigsten und ausschließlich ihnen zugute kommenden Regelung, der des Haftkapitals, zwischen den beiden Einlageformen unterscheidet. Der Vergleich mit dem englischen Recht legt eher nahe, daß gerade bei der Bildung des Haftungsfonds Agiokapital und Grundkapital im Ergebnis gleich behandelt würden, sollten sie dasselbe erreichen wollen.

Noch ein weiteres systematisches Argument spricht gegen die Annahme, gläubigerschützende Gesichtspunkte könnten für das Verständnis des Kapitalschutzes des Agios insgesamt leitend sein. Der Verzicht des GmbH-Rechts auf vergleichbare Regelungen[1705] läßt sich im Vergleich zum Aktienrecht damit erklären, daß die GmbH-Anteile nicht für den Börsenhandel geeignet sind, weshalb ein Kapitalmarktschutzkonzept anders als bei der Aktiengesellschaft nicht erforderlich erscheint.[1706] Nimmt man im Aktienrecht an, der Kapitalschutz des Agios sei zu einem wesentlichen Teil (auch) gläubigerschützend zu verstehen, kann man die Unterschiede zum GmbH-Recht nur mehr schwer erklären. In der

1702 S.o. S. 712.
1703 S.o. S. 712.
1704 S.o. S. 123.
1705 Dazu eingehend u. S. 945 ff.
1706 So z.B. auch *Priester*, Mittelbares Bezugsrecht, 111.

Tat neigen diejenigen, die von einem einheitlichen Schutzzweck beider Formen der aktienrechtlichen Einlage ausgehen, dazu, das Recht der GmbH möglichst weitgehend an das strengere Recht der Aktiengesellschaft anzugleichen, indem sie auch in der GmbH den Kapitalschutz für das Stammkapital auf das korporative Agio ausdehnen wollen. Diese Bemühungen stoßen jedoch an Grenzen des methodisch Möglichen.[1707]

Versteht man das korporative Agio zunächst im Aktienrecht und dann auch im GmbH-Recht in erster Linie als Mittel zum Schutz der Gläubiger, ist die Tendenz zu einer weitreichenden Rechtsfortbildung konsequent. Der Hinweis auf die Einlagequalität der Finanzierungsleistungen trägt sie aber nicht. Juristische Argumentation ist selten eindeutig und oftmals janusköpfig, da eine einzelne Norm sowohl als Ausdruck einer allgemeinen Regel, wie auch als Ausdruck einer Ausnahme zu einer Regel verstanden werden kann. Die Annahme eines objektiven Schutzzwecks verlangt daher, zuvor die gesamte Systematik des Gesetzes und alle vergleichbaren Regelungen zu untersuchen und sich dabei selbst zu prüfen, welcher Anteil an eigenem Gutdünken einen zu dieser Annahme verleiten mag. Die eklektische Heranziehung von Beispielen, welche die eigenen Vorurteile oder das gewünschte Ergebnis zu bestätigen scheinen, genügt nicht.

Im Fall des korporativen Agios lautet die Frage letztlich, ob nun die Übereinstimmungen oder die Unterschiede als wesentlich anzusehen sind, daher schwerer wiegen und ob daher der Analogieschluß auf einen übereinstimmenden oder auf einen unterschiedlichen Zweck lauten muß. Diese Frage läßt sich – allenfalls – nach einer Analyse aller Vorschriften über den Kapitalschutz der aktienrechtlichen Einlagen entscheiden und damit als erst am Ende des nachfolgenden Kapitels.

b) Argument vom gewandelten Verständnis des Kapitalschutzes des Grundkapitals

Wenn nun auch der Schluß von der materiellen oder auch förmlichen Einlagequalität einer Finanzierungsleistung auf den Gläubigerschutzzweck der aktienrechtlichen Einlageregelungen nicht zwingend ist, so liegt er dennoch bei der förmlichen Einlage auf das korporative Agio auch nicht fern. Für ein entsprechendes Verständnis der Agioregeln kann man weiter anführen, daß auch die

1707 So plädiert beispielsweise *Herchen*, Agio, 148 ff. im Recht der GmbH für eine Analogie zum Kapitalaufbringungsrecht, verneint jedoch *ebda*, 165 ff. die Möglichkeit einer Analogie zum Kapitalerhaltungsrecht. Die Problematik dieser Denkweise zeigt sich daran, daß gerade das Kapitalerhaltungsrecht, das allein mit Gläubigerschutzerwägungen erklärt werden kann und nicht auch mit Erwägungen des Mitgesellschafterschutzes, in der GmbH nicht auf ein korporatives Agio anwendbar sein soll, obwohl das Agio doch auch und vor allem dem Gläubigerschutz dienen soll.

Kapitalschutzregeln für Einlagen auf das Grundkapital entsprechend dem Geist der Aktiengesetzgebung des 19. Jahrhunderts ursprünglich ebenfalls in erster Linie anlegerschützend gedacht waren, später jedoch zunehmend und insbesondere heute zuvorderst gläubigerschützend verstanden wurden und werden wegen ihrer Bedeutung für Aufbringung und Erhalt des Grundkapitals, welches den wichtigsten Schutz für die Gläubiger darstellt.[1708]

So hat beispielsweise das Reformgesetz von 1884 die Anforderungen an die Sacheinlage oder die Aufgabe der Liberirungsmöglichkeit ähnlich wie die Regelungen zum korporativen Agio dazu bestimmt, die Agiotage zu vermeiden, heute versteht man diese Vorschriften insbesondere auch als Mittel zum Schutz der Gläubiger. Ein ähnlicher Sinneswandel könnte bezüglich der Regelungen zum korporativen Agio anzunehmen sein. Methodisch wäre diese Umdeutung oder Neuinterpretation denkbar als aktualisierende, die Funktionsfähigkeit und Sinnhaftigkeit einer Norm crhaltende Auslegung.[1709] Als Hinweis auf einen Wandel des objektiven Gesetzeszwecks nicht nur des § 150 AktG kann man auch die Reform des Aktiengesetzes von 1965 verstehen, deren Änderung der Vorschriften über die gesetzliche Rücklage in § 150 AktG deutlich gemacht hat, daß jedenfalls die Verfasser des Regierungsentwurfs zumindest die Rücklagenbindung vornehmlich gläubigerschützend verstanden haben und der Gesetzgeber diese Ansicht womöglich geteilt hat.

Diese Überlegungen sind nicht einfach von der Hand zu weisen, bedürfen allerdings einer Relativierung. Zum einen ist festzuhalten, daß das Grundkapital seit jeher und auch im Jahr 1884 als wichtiger Bestandteil des Gläubigerschutzes verstanden worden ist. Dieser Aspekt wurde später in der Entwicklung des Aktienrechts nicht nur von der Rechtsprechung stärker betont, sondern auch der Gesetzgeber selbst hat den Kapitalmarkschutz stärker in andere Rechtsbereiche verlagert und das Grundkapital vermehrt als Mittel zum Schutz der Gläubiger verstanden, z.B. bei der Einführung eines gesetzlichen Mindestkapitals.[1710] Die heutige Betonung des Gläubigerschutzzwecks des Grundkapitals stellt daher nur eine Höhergewichtung dar, die vom Gesetzgeber selbst eindeutig so vorgenommen worden ist.

Beim korporativen Agio verhält es sich anders. Da dessen Regelungen ursprünglich allein kapitalmarktschützend verstanden worden sind, fügt die Annahme eines Gläubigerschutzzwecks einen Leitgedanken neu hinzu. Für diese Neuinterpretation bietet die Gesetzeshistorie weit weniger und weniger eindeutige Anhaltspunkte, da die meisten Regelungen von 1884 in späteren Gesetzen einfach übernommen worden sind. Allein bei der Rücklagenbindung ist wahrscheinlich, daß diese auch gläubigerschützend zu verstehen ist – allerdings nur wenn und soweit durch eine Agioeinlage eine weitere Gewinnthesaurierung entbehrlich wird. Oberhalb der 10%-Schwelle des § 150 Abs. Abs. 2 AktG rückt selbst die

1708 S.o. S. 372 ff. und S. 710 ff.
1709 Zu den methodischen Voraussetzungen sogleich eingehend u. S. 742 ff.
1710 S.o. S. 372 ff.

Begründung zum Regierungsentwurf 1964 das Agiokapital in die Nähe der freien Rücklagen, denen im Rahmen des Kapitalschutzes keine besondere Funktion für den Schutz der Gläubiger zukommt, sondern allein eine faktische Bedeutung.

Sofern die ursprüngliche Intention des Gesetzes die bis heute weitergeführten Regelungen zum Agio erklären kann, ist eine aktualisierende, Sinnhaftigkeit und Funktionsfähigkeit einzelner Vorschriften erhaltende objektive Auslegung auch nicht zwingend förderlich. Zudem muß man bedenken, daß auch bezüglich des Kapitalschutzes des Grundkapitals der Sinn und Zweck einzelner Vorschriften nicht gleichermaßen in der Verfolgung aller drei Hauptschutzzwecke besteht. Vielmehr ist es geboten, nach einzelnen Vorschriften zu differenzieren und nicht unter Annahme eines grundsätzlichen Gleichlaufs der Zwecke aller Kapitalschutzvorschriften je nach argumentativem Bedarf mal den einen, mal den anderen Schutzzweck in den Vordergrund zu rücken.[1711]

c) Argument des unzureichenden Gläubigerschutzes allein durch das Grundkapital

Eine weitere Möglichkeit, die Kapitalschutzregeln des korporativen Agios mit dem Gläubigerschutz zusammenzuführen, bieten die bekannten Defizite, wenn allein das Grundkapital den Gläubigerschutz gewährleisten soll. Insbesondere das gesetzliche Mindestkapital genügt nur selten betriebswirtschaftlichen Anforderungen an das notwendige Eigenkapital. Die Einbeziehung des korporativen Agios kann helfen, die Nachteile eines Kapitalschutzes allein des Grundkapitals zu verringern.[1712] Das englische Kapitalgesellschaftsrecht hat daher den Kapitalschutz des Agios weitgehend dem Kapitalschutz des Grundkapitals angeglichen.[1713]

Im deutschen Aktienrecht könnte man ähnliche Ergebnisse, die betriebswirtschaftlich sinnvoller sein könnten, erreichen, indem man den vom Gesetz ohnehin vorgesehenen Kapitalschutz des korporativen Agios ebenso wie den Schutz des Grundkapitals gläubigerschützend versteht und im Wege der Auslegung oder wo nötig der Rechtsfortbildung soweit als methodisch möglich einen Gleichlauf der Rechtsfolgen zu erreichen versucht. Wer solchen Überlegungen im Aktienrecht aufgeschlossen gegenüber steht, wird im Recht der GmbH ebenfalls bestrebt sein, Agioeinlagen in den Kapitalschutz einzubeziehen, da der Kapitalschutz im GmbH-Recht wegen des noch geringeren Mindestkapitals schwächer ausgestaltet ist. Noch dringlicher erscheint dann eine Einbeziehung des Agios bei der sogenannten Unternehmergesellschaft haftungsbeschränkt, da diese Rechtsform kein gesetzliches Mindestkapital verlangt.

Auch soweit ein solches gläubigerschützendes Verständnis der Agioregeln nicht der Intention des historischen Gesetzgebers entspricht, diente es der Verwirklichung eines Ziels, welches sowohl das Aktiengesetz wie auch das GmbH-

1711 Vgl. o. Kapitel 2, S. 339 ff.
1712 S.o. Kapitel 2.
1713 S.o. Kapitel 4.

Gesetz objektiv unbestreitbar und ebenso die verschiedenen historischen Gesetzgeber in unterschiedlicher Gewichtung als ein Hauptziel des Kapitalschutzes der Einlagen auf das Grund- bzw. Stammkapital verstanden haben und verstehen, nämlich dem Schutz der Gesellschaftsgläubiger. Nimmt man an, die in beiden Gesetzen vorgesehenen Vorschriften über den Kapitalschutz des Grund- bzw. Stammkapitals erreichten das selbstgesteckte Ziel nicht oder nur unzureichend, selbst wenn man die günstigen faktischen Wirkungen auch der Regelungen über das korporative Agio berücksichtigt, kann man argumentieren, das Verständnis der Agioregeln als Mittel zum besseren Schutz der Gläubiger sei erforderlich, um das von beiden Gesetzen unbestreitbar angestrebte Ziel eines besseren oder effektiven oder zumindest ausreichenden Gläubigerschutzes zu gewährleisten.[1714] Methodisch erscheint eine solche teleologische Auslegung als »Weiterdenken des vom Gesetz oder Gesetzgeber Gewollten« nicht von vornherein unmöglich.[1715]

Die Überzeugungskraft obiger Überlegungen hängt entscheidend davon ab, ob man der Ansicht ist, der Ausbau des gesetzlichen Kapitalschutzes sei zwingend erforderlich, um dessen selbst gesteckte Ziele erreichen zu können. Mehrere Einwände fallen einem sogleich ein. Zunächst muß man sich fragen, warum die gesetzlichen Vorkehrungen eigentlich den eigenen Ansprüchen nicht genügen sollen. Blickt man auf die Gesamtheit der Kodifikationen im Wirtschaftsrecht, erscheinen die verschiedenen historischen Gesetzgeber, gerade auch diejenigen des 19. Jahrhunderts, nicht so unfähig, grundsätzlich geeignete Wege zum in Aussicht genommen Ziel zu finden. Die Regelungen zum Agio sind in mehr als 100 Jahren Gesetzeshistorie kaum modifiziert worden, sondern wurden bei den vorgenommenen Revisionen des Aktien-, GmbH- und Bilanzrechts inhaltlich weitgehend unverändert übernommen. Aus dieser Gesetzgebungshistorie kann man auch auf eine grundsätzliche Zufriedenheit des Gesetzgebers mit der eigenen Gesetzgebung schließen.

Es ist auch nicht so, daß die Agioregeln auf breiter Front durch Wissenschaft und Praxis kritisiert worden wären, so daß dem Gesetzgeber vorzuwerfen wäre, bekannte Probleme dieses Regelungsregimes seit Jahren nicht in Angriff genommen zu haben. Die Diskussion um die Geeignetheit des Kapitalschutzes als solchem wird hingegen seit langer Zeit geführt.[1716] Dennoch hat der Gesetzgeber in den Änderungsgesetzen, mit denen er den hier in Rede stehenden Regelungsbereich modifiziert hat, nicht daran gedacht, das korporative Agio oder weitere materielle Einlagen ausdrücklich stärker in den Kapitalschutz einzubeziehen. Was aber nun als »ausreichend effektives Schutzniveau« zu gelten hat, muß grundsätzlich der Gesetzgeber festlegen nach Abwägung verschiedenster rechtspolitischer Gesichtspunkte, unter denen der Gläubigerschutz nur einer ist.

Selbst wenn man annimmt, der geltende Kapitalschutz genüge nicht dem Gläubigerschutz, den man billigerweise von einem Kapitalschutzsystem erwarten

1714 In diese Richtung argumentiert *Herchen*, Agio passim, z.B. auf S. 322.
1715 Zu den methodischen Fragen eingehend sogleich u. S. 742 ff.
1716 S. o. Kapitel 2.

könne, muß man vorsichtig sein bei der Annahme, der geltende Kapitalschutz erreiche nicht die vom Gesetz selbst gesteckten Ziele. Das Gesetz kann nun mal auch eine andere Vorstellung vom richtigen Schutzniveau haben als sein Interpret. Es besteht hier eine hohe Gefahr, nicht mehr das vom Gesetz selbst Gewollte zuendezudenken, sondern statt dessen aus eigenem Gutdünken über den billigen Kapitalschutz selbst Recht zu setzen. Das Mißverständnis englischer Kollegen, die den Mindeststandard der Gesellschaftsrechtsrichtlinie aus der Erwartungshaltung eines Maximalstandards heraus kritisieren[1717], kann einem hier zur Warnung dienen.

Wenn der deutsche Gesetzgeber am Recht der Einlagen im Aktien-, GmbH- oder Bilanzrecht größere Änderungen vorgenommen hat, dann tendierten diese in Richtung einer Abschwächung des Kapitalschutzes. Erinnert sei an dieser Stelle an die ausdrückliche Ermöglichung der Bilanzierung freier Einlagen in § 272 Abs. 2 Nr. 4 HGB durch das BiRiLiG, vor allem aber an die Einführung der Unternehmergesellschaft haftungsbeschränkt durch das MoMiG, die Abschaffung der Rechtsprechungsregeln über eigenkapitalersetzende Darlehen durch dasselbe Änderungsgesetz oder den Rückbau der Sacheinlageregeln durch das MoMiG und das ARUG.[1718] Gerade diese beiden letzten Änderungsgesetze haben eine Entwicklung eingeleitet, die Betonung des Gläubigerschutzgedankens und in dessen Folge Verschärfung des Kapitalschutzes, die vor allem die Rechtsprechung im 20. Jahrhundert vorgenommen hat, wieder zurückzunehmen. Seither wird in der Literatur verstärkt diskutiert, zumindest im GmbH-Recht sich der ursprünglichen Fassung des Gesetzes von 1892 wieder anzunähern.[1719]

Vor dem Hintergrund dieser Entwicklung ist besondere Vorsicht geboten bei der Annahme eines objektiven Gesetzeszwecks, der entgegen diesen jüngsten Reformen wieder zu einer Verschärfung des Kapitalschutzes führen müßte. Das gilt insbesondere dann, wenn diese dann erforderliche Verschärfung des Kapitalschutzes wegen insoweit eindeutiger Einzelregelungen im Aktien-, GmbH- oder Bilanzrecht zumindest in Teilen unvollendet bleiben müßte.[1720] Solch »festsitzende Unterschiede« im geltenden Recht lassen an der Annahme eines objektiven Gesetzeswillens zweifeln, nach dem solche Unterschiede nicht vorkommen dürften.

1717 Dazu o. Kapitel 3 und 4.

1718 Gesetz zur Durchführung der Vierten, Siebenten und Achten Richtlinie des Rates der Europäischen Gemeinschaften zur Koordinierung des Gesellschaftsrechts (Bilanzrichtlinie-Gesetz; BiRiLiG) vom 19. Dezember 1985 (BGBl. I, 2355), Gesetz zur Modernisierung des GmbH-Rechts und zur Bekämpfung von Mißbräuchen (MoMiG) vom 23. Oktober 2008 (BGBl. I, S. 2026) und Gesetz zur Umsetzung der Aktionärsrechterichtlinie (ARUG) vom 30. Juli 2009 (BGBl. I, S. 2479).

1719 Zu dieser Entwicklung des Aktien- und GmbH-Rechts und der dadurch angeregten Diskussion s.o. S. 371 m.w.N.

1720 Als Beispiel, wo die an sich erforderliche Verschärfung der Rechtslage durch Rechtsfortbildung methodisch nicht mehr zulässig wäre, kann das Kapitalerhaltungsrecht in der GmbH gelten, wo selbst nach Ansicht mancher Befürworter einer verschärfenden Rechtsfortbildung eine solche nicht mehr zulässig sein soll, s.o. Fn. 1707.

So führt das Argument des unzureichenden Gläubigerschutzes allein durch das Grundkapital wieder an den Punkt, an dem nur die Frage aufgeworfen werden kann, ob dieser bedenkenswerte Gesichtspunkt durch die Systematik des Gesetzes erhärtet wird oder nicht. Die Antwort muß wieder aufgeschoben werden, bis das bestehende System des gesetzlichen Kapitalschutzes in allen seinen Regelungen vollständig analysiert worden ist und alle vergleichbaren Finanzierungsbeiträge von Gesellschaftern daraufhin befragt wurden, welche Bedeutung ihrer gesetzlichen Regelung für die Systematik des Kapitalschutzes und das objektive Verständnis des Schutzzwecks des Kapitalschutzrechts zukommt. Dabei ist der Blick wiederum nicht allein auf die übereinstimmenden Regelungen zu richten, aus denen auf einen Gleichlauf der Schutzzwecke geschlossen werden könnte, sondern es sind auch die bestehenden Unterschiede zu erklären, und es ist zu fragen, inwieweit auch die gefundenen Gemeinsamkeiten ohne Annahme eines vom Gesetzgeberwillen abweichenden objektiven Schutzzwecks erklärt werden können.

2. Methodische Überlegungen

Die Einbeziehung des (korporativen) Agios in den Kapitalschutz des Aktienrechts oder auch der GmbH-Rechts kommt den Gläubigern zugute und kann daher auch aus diesem Grund gewollt sein. Die vorstehenden Ausführungen haben gezeigt, auf welchem Weg man den Gläubigerschutz als Hauptzweck des Kapitalschutzes des Agios begründen könnte. Die Annahme eines entsprechenden objektiven Schutzzwecks fügte dem Recht des Agios einen Leitgedanken hinzu, den der historische Gesetzgeber damit so nicht verbunden hat.

Nachdem einzelne Vorschriften und Entwicklungen die Annahme des Gläubigerschutzes als Hauptzweck stützen, andere Vorschriften und Entwicklungen wiederum dagegen sprechen, hängt die Beantwortung dieser Frage von einer Gesamtschau des Kapitalschutzes im Aktien- und GmbH-Recht ab, aus der sich ein Hinweis auf eine die verschiedenen Einzelregelungen übergreifende Systematik ergeben könnte. Genauso wichtig wie diese systematische Analyse, die im nachfolgenden Kapitel 6 durchgeführt werden soll, ist eine methodische Reflexion über das Verhältnis von objektivem und subjektivem Gesetzeszweck, die zeigen muß, welche Anforderungen an die Annahme eines objektiven Gesetzeszwecks zu stellen sind, der vom Willen des historischen Gesetzgebers abweicht.

a) Verständnis vom Vorrang des objektiven Sinns einer Norm gegenüber dem subjektiven Sinne

aa) Subjektiver und objektiver Normzweck nach diesem Verständnis

Nach einem bestimmten Verständnis von subjektiv-teleologischer Auslegung und objektiv-teleologischer Auslegung, welches in manchen Methodenlehren ausgearbeitet wird und juristischen Argumentationen oftmals zugrunde liegt, soll allein die objektiv-teleologische Auslegung für das Verständnis einer Norm maßgeblich sein. Unter objektiv-teleologischer Auslegung wird dabei eine Methode verstanden, die vergleichsweise unabhängig von dem historischen Gesetzgeber als ›Autor‹ des ›Gesetzestextes‹ den konkreten Sinn der ›Worte‹ und damit einer Norm zu bestimmen sucht, indem sie die Folgen einer Auslegung bestimmt, Wertsetzungen und Interessen abwägt und so der auszulegenden Norm eine vernünftige Bedeutung im Gesamtgefüge der Rechtsordnung zuweist. Der so erkannte »Wille des Gesetzes« soll dem »Willen des historischen Gesetzgebers« vorgehen.[1721]

Der objektivierte Wille des Gesetzes soll vor allem aus dem Wortlaut und dem System des Gesetzes abgeleitet werden.[1722] Für das Verständnis einer Norm unbeachtlich sollen insbesondere die subjektiven Vorstellungen der am Gesetzgebungsprozeß Beteiligten sein.[1723] Sofern ein Rückgriff über den ›Text‹ des Gesetzes hinaus auf dahinter stehende menschliche Vorstellungen für notwendig erachtet wird, wird vertreten, es sei nicht ›subjektiv‹ auf die bei der Gesetzgebung beteiligten Einzelpersonen abzustellen, sondern ›objektiv‹ auf die Mehrheit des Volkes, dessen Konsens das Gesetz aktuell trage.[1724] Dieses Verständnis einer objektiv-teleologischen Auslegung sieht sich selbst im Gegensatz zu einer subjektiv-teleologischen Auslegung, nach der der Wille des historischen Gesetzgebers nicht nur im Wege der historischen Auslegung erforscht werden solle, sondern als allein maßgeblich gelte.[1725] Mit einem solchen methodischen Ansatz ließe sich ein ›modernes‹ Verständnis des Kapitalschutzes des Agios als Mittel zum Schutz der Gesellschaftsgläubiger ohne weiteres erklären.

Diese Auffassung vom Vorrang des objektiv zu ermittelnden Sinns des Gesetzestextes stützt sich teilweise auf einzelne methodologische Äußerungen in Entscheidungen des Bundesverfassungsgerichts.[1726] Der deutschen Rechtspraxis und Rechtswissenschaft wird teilweise zugesprochen, aufgrund solcher methodischer Ausrichtung den Willen des Gesetzgebers tendenziell gering zu achten.[1727] Inwieweit dieses allgemeine Urteil über die deutsche Rechtswissenschaft zutreffen mag, kann hier dahinstehen. In dieser Arbeit ist deutlich geworden, z.B. bei der Erörterung des Agiotagebegriffs oder eben bei der hier verhandelten Frage nach dem Schutzzweck einzelner Agioregeln, daß jedenfalls zum Recht des Agios keine besonderen Anstrengungen unternommen worden

1721 *Zippelius*, Methodenlehre, 22; BVerfGE 34, 288; vgl. a. *Röhl/Röhl*, Allgemeine Rechtslehre, 622 und 628 f.

1722 BVerfGE 1, 299; vgl. a. *Röhl/Röhl*, Allgemeine Rechtslehre, 630.

1723 *Zippelius*, Methodenlehre, 22; BVerfGE 111, 54 (91); dazu a. *Röhl/Röhl*, Allgemeine Rechtslehre, 630.

1724 *Zippelius*, Methodenlehre, 22.

1725 *Zippelius*, Methodenlehre, 22; vgl. auch *Röhl/Röhl*, Allgemeine Rechtslehre, 627.

1726 Vgl. zur Methodologie des Bundesverfassungsgerichts die Nachweise in den Fußnoten oben; zur Berufung darauf *Zippelius*, Methodenlehre, 26 f. und *Röhl/Röhl*, Allgemeine Rechtslehre, 628 ff.

1727 *Röhl/Röhl*, Allgemeine Rechtslehre, 627 ff.

sind, den Regelungskomplex historisch zu durchdringen oder den Gesetzgeberwillen bei Erlaß der einzelnen Vorschriften zu ermitteln.

bb) Gründe für die Annahme eines Vorrangs des objektiven Normzwecks

Die Ansicht, der objektiv zu bestimmende Sinn einer Norm gehe den subjektiven Vorstellungen des Gesetzgebers vor, beruht auf einem bestimmten Verständnis von der grundsätzlichen Bedeutungsoffenheit eines geschriebenen Textes und der Annahme, dem Willen des historischen Gesetzgebers zu folgen sei bei näherer Betrachtung weder möglich noch zweckmäßig.

Die Problematik, wie ein Gesetz richtig auszulegen sei, nimmt ihren Ausgang in der Formulierung des Gesetzes mittels der Alltagssprache und einer nicht stets in allen Punkten eindeutig definierten juristischen Kunstsprache und der damit einhergehenden allgemeinen sprachwissenschaftlichen Erkenntnis, daß die ›Worte‹ des Gesetzes mehrdeutig sein können.[1728] Die Ansicht, der Wille des Gesetzes als eines geschriebenen Textes sei etwas anderes als der Wille des Autors als Gesetzgeber, geht darüber hinaus nicht nur von der stets gegebenen Möglichkeit der Mehrdeutigkeit eines Wortes aus, sondern nimmt, oftmals implizit, an, ein Text sei grundsätzlich etwas Bedeutungsoffenes, dessen Sinn größer sei, als der Autor im Moment der Abfassung selbst gewußt habe. *Radbruch* hat dieser Prämisse auf besonders schöne Weise Ausdruck verliehen: »Denn es ist die geheimnisvolle Kraft menschlichen Schaffens, seinen Schöpfungen eine tiefere Bedeutung mitzugeben, als der Schöpfer selbst ahnt. Der Wille des Gesetzgebers (...) ist nicht der Wille des Gesetzesverfassers (...), er ist vielmehr in steter Entwicklung und antwortet auf neue Rechtsbedürfnisse und neue Rechtsfragen veränderter Zeitverhältnisse mit neuen Bedeutungen, von denen der Gesetzesverfasser nichts ahnen konnte.«[1729]

In diesem Zitat enthalten ist auch schon ein weiteres Argument gegen die Verbindlichkeit der Vorstellungen des historischen Gesetzgebers. Da ein einmal erlassenes Gesetz über lange Zeit Geltung beanspruchen kann, sei es notwendig, durch eine als objektiv verstandene Auslegung auf einen eventuellen Wandel der wirtschaftlichen und gesellschaftlichen Verhältnisse sowie anderer Gesetze reagieren zu können, der konkreten Norm so einen an die Jetztzeit angepaßten Sinn zu verleihen und sie damit funktionsfähig zu erhalten.[1730] Damit verbunden ist die Vorstellung, eine heute anzuwendende Norm müsse sich in der Gegenwart legitimieren, nicht in der Vergangenheit.[1731]

Zudem sei es gar nicht möglich, die gesetzliche Wertung im historischen Sinn nachzuvollziehen, da der Wille aller Personen, die ein Gesetz in parlamentari-

1728 *Zippelius*, Methodenlehre, 21; *Larenz/Canaris*, Methodenlehre, 141 f.

1729 *Radbruch*, Einführung, 254 f.

1730 *Zippelius*, Methodenlehre, 25; *Esser*, Rechtsfindung, 169; *Röhl/Röhl*, Allgemeine Rechtslehre, 628.

1731 *Zippelius*, Methodenlehre, 25.

schen Verfassungen mitgetragen hätten, nicht ermittelbar sei und deshalb nicht maßgeblich sein könne.[1732] Einen vernünftigen Gesetzgeber anzunehmen, dessen Wille zu erforschen sei, liefe auf eine Fiktion hinaus.[1733]

b) Richtiges Verständnis vom Verhältnis des objektiven und subjektiven Normzwecks

Wenngleich die deutsche Jurisprudenz insgesamt noch eine Tendenz aufweisen mag, die Bedeutung des Willens des historischen Gesetzgebers gering einzustufen[1734] und man zumindest bei der Beschäftigung mit dem aktienrechtlichen Regeln zum Agio keine vertiefte Auseinandersetzung mit dem historischen Gesetzgeberwillen finden kann, so muß doch die vereinfachende Gegenüberstellung historisch subjektiver Zwecksetzung und womöglich aktueller objektiver Zwecksetzung und die Annahme eines eindeutigen Vorrangs objektiv-teleologischer Auslegung heute als methodisch überholt gelten. Richtig verstanden ergänzen sich subjektiv-teleologische und objektiv-teleologische Auslegung, da der Sinn des Gesetzes unter Berücksichtigung der Vorstellungen des historischen Gesetzgebers als seines Urhebers zu bestimmen ist.[1735] So betont auch das Bundesverfassungsgericht, auf das sich, wie gezeigt, manche Vertreter des Vorrangs objektiver Gesetzesauslegung berufen, an anderen Stellen die Bedeutung des Willens des historischen Gesetzgebers für das Verständnis des Gesetzes und begründet seine Entscheidungen unter Bezugnahme auf die Entstehungsgeschichte konkreter Normen.[1736]

aa) Literaturwissenschaftliche Ausgangsüberlegung

Die Betonung der Bedeutungsoffenheit des Gesetzestextes, der nur durch objektive Auslegung, nicht durch Rückgriff auf das unzureichende Verständnis seines Autors begegnet werden könne, erscheint insgesamt überzeichnet. Schon allgemeinsprachlich kann man festhalten, daß die prinzipielle Mehrdeutigkeit eines Wortes in einem Satzzusammenhang und stärker noch im Zusammenhang einer ganzen Textpassage in den meisten Fällen unproblematisch wird.

1732 *Zippelius*, Methodenlehre, 24; *Esser*, Rechtsfindung, 169.

1733 *Esser*, Rechtsfindung, 169.

1734 So *Röhl/Röhl*, Allgemeine Rechtslehre, 627.

1735 *Larenz*, Methodenlehre, 318 und 345; *Larenz/Canaris*, Methodenlehre, 139; *Röhl/Röhl*, Allgemeine Rechtslehre, 627 ff.

1736 Z.B. BVerfG NJW 2006, 3409 (3410): Rechtsfortbildung nur im Rahmen des vom Gesetzgeber festgelegten Zwecks; eine kurze Übersicht über entsprechende Entscheidungen des Bundesverfassungsgericht findet sich bei *Röhl/Röhl*, Allgemeine Rechtslehre, 630.

Gleichwohl bleiben deutsche Gesetzestexte aufgrund ihres Strebens nach besonderer Kürze des Ausdrucks oftmals auslegungsbedürftig, ihr voller Sinn erschließt sich nicht beim ersten Lesen. Dennoch kann Gesetzesauslegung nicht genauso wie die Interpretation literarischer Texte angegangen werden. Man muß erstens beachten, daß Sachtexte, zu denen Gesetze zählen, weniger deutungsoffen sind als Kunstprosa oder gar Dichtung, zu deren Wesen tatsächlich die prinzipielle Unausdeutbarkeit ihres Sinngehalts zählt, die jedem Leser ein auf sich bezogenes Verständnis ermöglicht und erlaubt. Ein Sachtext ist nicht wesensmäßig interpretationsoffen, sondern will stets eine bestimmte Aussage vermitteln, wenngleich ihm das nicht immer mit der nötigen Eindeutigkeit gelingen mag.

Es würde auch niemand behaupten, die Montageanleitung für ein Möbelstück sei wesensmäßig interpretationsoffen. Zwar sind Montageanleitungen bekannt, bei denen man im Einzelfall ihren Aussagegehalt begründet anzweifeln mag, doch zeigt die Ikea-Klausel des § 434 Abs. 2 S. 2 BGB sehr schön, daß solche Texte dann eben (sach-)mangelhaft sind. Dieses Unwerturteil des Gesetzes setzt voraus, daß Sachtexte nicht wesensmäßig interpretationsoffen sind, sondern ihre Aussage im Prinzip klar verständlich vermitteln können.

Zweitens enthält ein Gesetz, anders als normale literarische Texte, nicht lediglich eine prädikative Aussage, sondern ein Gebot. Der Sinn eines Gebotes liegt in seiner Befolgung, der Grund für diesen Befolgungsanspruch in der Autorität dessen, der ein Gebot erläßt. Dieses Gebot ist nicht offen für eine Deutung durch jeden Gebotsadressaten, sondern will für alle Rechtsunterworfenen in gleicher Weise gelten. Der Hinweis auf die prinzipielle Bedeutungsoffenheit eines ›Textes‹, der der Literaturwissenschaft entlehnt wird, hilft in diesem Regelungszusammenhang nicht entscheidend weiter.

bb) Juristische Gründe für Bindung an Willen des historischen Gesetzgebers

Die Autorität des Gesetzgebers als Grund für den Befolgungsanspruch einer Norm führt auf das entscheidende juristische Argument, weshalb eine rein objektive Auslegung im oben ausgeführten Sinne nicht statthaft ist. Eine Rechtsanwendung, die sich über den Sinn, den der historische Gesetzgeber einer Norm erkennbar beigelegt hat, hinwegsetzte, wäre nicht mehr Auslegung des Gesetzes, sondern Ungehorsam ihm gegenüber und ein Verstoß der dritten Gewalt gegen den Grundsatz der Gewaltenteilung.[1737] Eine solcherart verstandene objektive, vom Willen des Gesetzgebers nicht begrenzte Auslegung läuft Gefahr, was in Wahrheit Rechtssetzung nach dem Gutdünken des Rechtsanwenders ist, unter dem Begriff der Auslegung zu verbergen und so an die Stelle der

1737 So auch *Larenz*, Methodenlehre, 318; *Larenz/Canaris*, Methodenlehre, 138; *Röhl/Röhl*, Allgemeine Rechtslehre, 628.

subjektiven Vorstellung des historischen Gesetzgebers die subjektive Gerechtigkeitsvorstellung des Auslegenden zu setzen.[1738]

Besonders deutlich wird diese Gefahr bei den Spielarten solchen Methodenverständnisses, die als objektiven Sinngehalt einer Norm verstehen, was die Mehrheit des Volkes aktuell als konsensfähig ansehen würde.[1739] Ein derart freies aktualisierendes Normverständnis läßt außer acht, daß jedenfalls in einer maßgeblich auf Kodifikationen beruhenden Rechtsordnung wie der bundesrepublikanischen ein aktueller Mehrheitswille des Volkes, selbst wenn er sicherer bestimmbar wäre als der Wille historischer Personen, nur dann Beachtung verlangen kann, wenn er auf förmlichem Wege zum Gesetz wird. In letzter Konsequenz würde ein solches Verständnis von Gesetzesauslegung das förmliche Gesetzgebungsverfahren beinahe überflüssig machen. Auch bleibt bei der Annahme, ein einmal erlassenes Gesetz müsse im Wege objektiver Auslegung funktionsfähig erhalten werden, leicht außer acht, daß das Vorrecht des Parlaments als gesetzgebender Gewalt nicht nur den Erlaß von Gesetzen umfaßt, sondern auch deren Revision und Aufhebung. Demnach verlangt nicht nur die Autorität des historischen Gesetzgebers, der eine Norm erlassen hat, sondern in gleichem Maße die Autorität des gegenwärtigen Gesetzgebers, der sein Recht zur Revision und Aufhebung nicht ausübt, den Sinn eines geltenden Gesetzes grundsätzlich unter Rückgriff auf den Willen des historischen Gesetzgebers zu ermitteln.

Die Annahme eines Willens des Gesetzgebers ist dabei auch im Falle parlamentarischer Gesetzgebung keine unzulässige Fiktion.[1740] Sofern man sich die Tätigkeit der parlamentarischen Gesetzgebung als einen sinngeleiteten Vorgang vorstellen will und nicht bloß als zufällige Handlungen einer Gruppe Abgeordneter, wovon hier ausgegangen wird, bedarf es notwendig der Annahme eines (mehrheitlichen) Willens der gesetzgebenden Körperschaft als solcher. Nicht die Abgeordneten als Einzelpersonen erlassen ein Gesetz, sondern das Parlament, die Gesamtheit der Abgeordneten infolge mehrheitlicher Abstimmung. Will man dieses Verfahren als sinnvolle Handlung begreifen, muß man dem Parlament als Ganzem, welches mehr ist als die Summe seiner Teile, die Möglichkeit zur mehrheitlichen Willensbildung zuschreiben.

Der Sinn einer solch kollektiven Handlung muß nicht identisch sein mit dem Sinn einer individuellen Handlung, es muß zwischen beiden nicht mehr bestehen als eine Familienähnlichkeit. Die rechtsphilosophische Behandlung dieses Sinns kann hier dahinstehen, denn die Annahme eines derartigen Sinns des kollektiven Handelns ist jedenfalls gedanklich notwendig für das Verständnis parlamentarischer Gesetzgebung als einem sinngeleiteten Vorgang. Im übrigen ist die Annahme eines vom Autor unabhängigen Sinns eines Textes nicht weniger

1738 *Röhl/Röhl*, Allgemeine Rechtslehre, 631.
1739 So z.B. *Zippelius*, Methodenlehre, 23.
1740 Ähnlich *Röhl/Röhl*, Allgemeine Rechtslehre, 628 (»brauchbare Metapher«).

konstruktiv und nicht weniger anthropomorph gedacht als die Annahme eines mehrheitlichen Willens einer Gesetzgebungskörperschaft.

Damit ist auch schon gesagt, daß es für die Bestimmung des Willens des Gesetzgebers tatsächlich nicht auf die Vorstellungen aller einzelnen an der Gesetzgebung beteiligten Abgeordneten ankommt, da eben auf den Willen der Körperschaft als solcher abzustellen ist. Die Unmöglichkeit, den Willen jedes einzelnen Beteiligten zu ermitteln, ist damit schlichtweg unerheblich und kein Argument gegen eine nur vermeintlich ›subjektive‹ Auslegung von Gesetzestexten, die richtig verstanden nach dem Normverständnis sucht, welches die gesetzgebende Körperschaft angeleitet hat, und damit nicht weniger ›objektiv‹ ist als die Bestimmung des Sinngehalts einer Einzelnorm aus dem Regelungszusammenhang des Gesetzes.

cc) Rekonstruktion des Gesetzgeberwillens und Reichweite der Bindung

Steht mit den obigen Ausführungen fest, daß das Normverständnis des historischen Gesetzgebers grundsätzlich zu beachten ist, stellt sich das eigentliche Kernproblem der sogenannten subjektiven Auslegung, wie dieser Gesetzgebungswille zu ermitteln ist und welche Einzelheiten er umfaßt. Anders als bei dem Gebot einer Vorgesetzten im Berufsalltag, kann man beim historischen Gesetzgeber, der ein notwendiges gedankliches Konstrukt für eine vergangene Zeit darstellt, nicht nachfragen.

Der Wille des Gesetzgebers kann sich aus dem Gesetz selbst, Vorsprüchen, erklärenden Bestimmungen oder der bewußten Einordnung einer Einzelnorm in einen systematischen Zusammenhang ergeben.[1741] Im übrigen ist er durch historische Auslegung zu ermitteln, die sich vor allem auf die Gesetzesmaterialien und den Vergleich aufeinanderfolgender Normen stützt.[1742] Unter den Gesetzesmaterialien sind die vorbereitenden Entwürfe, Beratungsprotokolle und Begründungen sowie die Berichte über die Aussprachen im Plenum der Gesetzgebungskörperschaften und ihrer Ausschüsse von besonderer Bedeutung.[1743] Zum Verständnis dieser Materialien ist weiter die Diskussion in der damaligen Rechtsprechung und Fachliteratur und in der Gesellschaft zu berücksichtigen.[1744]

Teilweise wird vertreten, der Wille des Gesetzgebers erstrecke sich nur auf die Grundtendenz einer Regelung und die Vorstellungen, die in den Beratungen der Körperschaft und ihrer Ausschüsse unwidersprochen geblieben seien. Konkrete Normvorstellungen seien nicht verbindlich, da nicht angenommen werden könne, die einzelnen Abgeordneten hätten diese in gleicher Weise überblickt wie die Grundausrichtung des Gesetzes, oder sie seien in der Lage gewesen, die

1741 *Larenz/Canaris*, Methodenlehre, 151.
1742 *Röhl/Röhl*, Allgemeine Rechtslehre, 620; *Larenz/Canaris*, Methodenlehre, 150 f.
1743 *Larenz/Canaris*, Methodenlehre, 151.
1744 *Larenz/Canaris*, Methodenlehre, 151.

Entwurfsbegründungen der Ministerialbeamten in allen Einzelheiten nachzuvollziehen, oder hätten diese dann geteilt.[1745]

Der Schluß von den Beratungsprotokollen in den gesetzgebenden Körperschaften auf den Willen des Gesetzgebers ist direkter und mit weniger Zweifeln behaftet, als der Schluß aus anderen Materialien, jedoch nicht allein zulässig. Da ein Parlamentsbeschluß auf einer Abstimmungsmehrheit beruht, kann das Fehlen von Gegenansichten nicht gefordert werden, sofern davon ausgegangen werden kann, die obsiegende Mehrheit habe eine bestimmte Normvorstellung geteilt. Auf die Normvorstellungen jedes einzelnen Abgeordneten ist, wie schon dargelegt, nicht abzustellen, da der tragende Mehrheitswille der Gesetzgebungskörperschaft aus den Materialien zu rekonstruieren ist. Daher ist unerheblich, ob jeder einzelne Abgeordnete die Begründungen der vorbereitenden Entwürfe in allen Einzelheiten verstanden oder geteilt hat oder nicht.

Sofern das Parlament einen Entwurfsvorschlag inhaltlich übernommen hat, ist die Annahme zulässig, es habe auch die Normvorstellungen geteilt, die dieser inhaltlichen Entscheidung zugrunde liegen, wenn die Beratungsprotokolle nicht dagegen sprechen.[1746] Die zurecht geforderte Beachtung expliziter Äußerungen in den Beratungen der Gesetzgebungskörperschaften zwingt sogar dazu anzunehmen, das Parlament übernehme weitere Vorstellungen aus den Vorarbeiten implizit, da die parlamentarische Diskussion von Einzelheiten oft nur vor dem Hintergrund der nicht eigens diskutierten übrigen Regelungen verständlich wird. Darüber hinaus kann das Argument, nicht alle Parlamentarier könnten die Begründungen der Ministerialbürokratie nachvollziehen, weshalb z.B. aus der Regierungsbegründung nicht auf den Willen des Gesetzgebers geschlossen werden könne, dann nicht überzeugen, wenn der Schluß aus den Beratungen der Parlamentsausschüsse zugelassen wird. Denn jedenfalls in den Ausschüssen kann man, das lehrt die Praxis, ausreichend Fachkenntnis und Zeit vermuten, sich mit den Vorstellungen der Ministerialbürokratie detailliert auseinander zu setzen und diese durch andere Vorstellungen zu ersetzen, wenn ihnen nicht (mehrheitlich) zugestimmt wird.

Richtig ist allerdings, daß die Grundausrichtung einer Norm im Laufe der Zeit in der Regel gleich bleiben wird, während die konkrete Normvorstellung des Gesetzgebers, auf welche Einzelfälle eine Einzelregelung Anwendung findet, sich häufiger der Schwierigkeit ausgesetzt sehen wird, daß der Gesetzgeber kaum jeden Einzelfall bedenken und vor allem nicht jede zukünftige Entwicklung vorhersehen kann.[1747] Die Notwendigkeit, mit diesen Schwierigkeiten umzugehen, ändert jedoch nichts daran, daß im Ausgangspunkt auch die konkreten Normvorstellungen des historischen Gesetzgebers verbindlich sind.

Der Wille des Gesetzgebers muß nicht auf einen einzigen Zweck gerichtet sein, er kann ebenso mehrere Zwecke zugleich anstreben. Häufig verfolgt eine

1745 *Larenz*, Methodenlehre, 328 f.; *Larenz/Canaris*, Methodenlehre, 150 f.
1746 So auch *Engisch*, Einführung, 95.
1747 Dazu *Larenz*, Methodenlehre, 317.

gesetzliche Regelung verschiedene Zwecke in unterschiedlichem Maß, in welchen Fällen herauszuarbeiten ist, welchen Rang der Gesetzgeber den verschiedenen Zwecken eingeräumt hat, um ein wertungsstimmiges Gesamtsystem zu erhalten.[1748]

dd) Notwendige Ergänzung durch objektiven Sinn einer Norm

Die Rekonstruktion des so verstandenen Willens des Gesetzgebers ist nicht weniger objektiv als die Konstruktion eines Normzwecks aus dem Regelungszusammenhang des Gesetzes. Wenn die sogenannte subjektiv-teleologische Auslegung durch die sogenannte objektiv-teleologische Auslegung ergänzt werden muß, stellt dieser Umstand daher auch keinen Widerspruch dar, der die Beachtung des historischen Gesetzgeberwillens grundsätzlich in Frage stellen könnte.

Teilweise lassen sich aus den Gesetzesmaterialien Einzelregelungen nicht abschließend verstehen, so wie im Fall der Agioregelungen das Volleinzahlungsgebot mit den kurzen Erläuterungen der Entwurfsbegründung zum Handelsgesetzbuch 1884 nicht vollends verständlich wurde. Es ist auch bekannt, daß beim Erlaß einer Einzelnorm der Gesetzgeber nicht stets jeden Anwendungsfall bedenkt oder manches Mal in den Entwurfsbegründungen als einziger Erkenntnisquelle der systematische Zusammenhang mit anderen Normen nicht richtig beurteilt wird, so wie z.B. bei der Aktienrechtsreform des Jahres 1965 die Regierungsbegründung ihre Schwierigkeiten hatte mit den Gründen für die Einstellung der verschiedenen Finanzierungsleistungen in die gesetzliche Rücklage. Auch kann das Bestreben, die erkennbare Regelungsabsicht des Gesetzgebers zu verwirklichen, ein Weiterdenken auf vom Gesetzgeber selbst nicht vorhergesehene Fälle erforderlich machen.[1749]

In solchen Fällen hilft die objektiv-teleologische Auslegung zu einem Verständnis der Norm, welches mit den übrigen gesetzlichen Regelungen und den daraus erkennbaren Wertungen in Einklang steht. Als objektiver Zweck einer Norm wird hierbei verstanden, daß jede gesetzliche Regelung eine angemessene Lösung anstrebt, die den tatsächlichen Gegebenheiten des Lebensbereichs, den der Gesetzgeber regeln will, gerecht wird und die mit höheren Rechtsprinzipien in Einklang steht, insbesondere mit den Anforderungen des Gleichheitsgrundsatzes an ein wertungsstimmiges Gesamtsystem.[1750]

Diese ›objektiven‹ Gesichtspunkte stehen nicht im Gegensatz zum ›subjektiven‹ Willen des historischen Gesetzgebers, sondern werden von diesem umfaßt. Deutsche Gesetze stellen Kodifikationen dar. Der Grundgedanke einer Kodifikation besteht darin, einen Rechtsbereich und damit einen Lebensbereich möglichst abschließend systematisch und wertungsstimmig zu regeln. Indem der

1748 Vgl. *Larenz/Canaris*, Methodenlehre, 151 f.

1749 Zu diesen Fällen *Larenz*, Methodenlehre, 332.

1750 *Larenz*, Methodenlehre, 333 f.; *Larenz/Canaris*, Methodenlehre, 153 f.

Gesetzgeber eine Kodifikation erläßt oder Einzelnormen in bestehenden Kodifikationen ändert oder ergänzt, will er jede Norm als Teil einer in sich stimmigen Gesamtregelung. Berücksichtigt die Auslegung veränderte tatsächliche Umstände und bemüht sie sich um ein wertungsstimmiges Gesamtsystem, befindet sie sich im Einklang mit dem Willen des historischen Gesetzgebers, solange sie dessen erkennbare Normvorstellungen weiterdenkt. Nicht zulässig wäre eine ›Auslegung‹, die von diesen Vorstellungen abweicht. Die erkennbare Regelungsabsicht und die getroffenen Wertentscheidungen des historischen Gesetzgebers bleiben verbindlich.[1751] Der Unterschied zwischen objektiver und subjektiver teleologischer Auslegung besteht so verstanden darin, daß die subjektive Auslegung den Normzweck nicht allein aus dem vom Gesetzgeber vorgesehenen Regelungszusammenhang bestimmt, sondern sich zudem an die Normvorstellungen des historischen Gesetzgebers gebunden fühlt, die aus den Gesetzesmaterialien erkennbar sind.

Die Regelungsabsicht des historischen Gesetzgebers gibt eine verbindliche Richtschnur nicht nur für jede teleologische Auslegung, sondern darüber hinaus für die Rechtsfortbildung.[1752] In der Tat besteht ein fließender Übergang von objektiv-teleologischer Auslegung zur Weiterentwicklung des Rechts im Wege der Rechtsfortbildung.[1753] Die Annahme eines bestimmten Normzwecks fällt oftmals mit der Feststellung einer Lücke und dem Vorschlag eines bestimmten Lückenschlusses in eins.[1754] Von dieser Seite beleuchtet wird einsehbar, daß die Annahme eines über den historischen Gesetzgeberwillen hinausgehenden Normzwecks als erster Schritt einer Rechtsfortbildung derselben Selbstbeschränkung zu unterwerfen ist, wie eine sich eventuell daran anschließende Rechtsfortbildung.

Die Anforderung des Bundesverfassungsgerichts an die Gesetzesauslegung, eine »vernünftige Funktion [...] im Zeitpunkt der Anwendung« zu gewährleisten,[1755] bedeutet richtig verstanden, die verbindlichen Wertungsentscheidungen und Normvorstellungen des historischen Gesetzgebers auf die heutigen Lebensverhältnisse weiterzudenken und ein möglichst wertungsstimmiges Gesamtsystem des Gesetzes anzunehmen. Sie kann jedoch nicht bedeuten, eigene Wertentscheidungen und Normverständnisse der Rechtsanwender an die Stelle derer des historischen Gesetzgebers zu setzen.

Zusammenfassend kann man formulieren: Der Wille des historischen Gesetzgebers ist auch heute noch verbindlich, sofern er aus den Gesetzesmaterialien sicher erschlossen werden kann und soweit er eine Norm im Zusammenhang des gesamten Gesetzes widerspruchsfrei und ohne Verstoß gegen heute anerkannte Rechtsprinzipien erklären kann. Soweit eine Einzelnorm unter Rückgriff

1751 *Larenz*, Methodenlehre, 318; *Larenz/Canaris*, Methodenlehre, 149.
1752 *Larenz/Canaris*, Methodenlehre, 149.
1753 *Larenz*, Methodenlehre, 339.
1754 *Larenz/Canaris*, Methodenlehre, 220.
1755 BVerfGE 34, 228.

auf die erkennbare Regelungsabsicht des Gesetzgebers nicht vollständig erklärbar ist oder durch spätere Änderungen an anderen Stellschrauben des gesetzlichen Systems oder die Veränderung maßgeblicher Umstände Spannungen im System des Gesetzes auftreten, sind die weiteren ›objektiven‹ Verständnishilfen zu bemühen, die vom Willen des Gesetzgebers mitumfaßt werden.

D. Vorläufiges aktuelles Verständnis der Agioregeln

Aus den obigen Ausführungen ergibt sich, Ausgangspunkt für das Verständnis des Kapitalschutzes des Agios muß die Kapitalmarktschutzintention des Gesetzgebers von 1884 bleiben, die den meisten Regelungen zum Agio zugrunde liegt, die seit dem 19. Jahrhundert inhaltlich unverändert weitergeführt worden sind. Demnach dienen die aktienrechtlichen Regelungen des korporativen Agios immer noch dazu, Scheindividenden und Marktmanipulationen einzudämmen und auch die Börsenspekulation als solche. Dieser Schutzzweck leitet jedoch nicht als einziger die gesetzlichen Regelungen zum korporativen Agio an. Neben ihn treten zumindest bei bestimmten Einzelnormen der Schutz der Mitgesellschafter und der Schutz der Gesellschaftsgläubiger. Diese Schutzzwecke sind durch die Aktienrechtsreform von 1965 und die Umsetzung der Zweiten Gesellschaftsrechtlichen Richtlinie in das Aktienrecht übernommen worden.

Der Kapitalschutz des Agios wird wie das Konzept eines bilanziellen Kapitalschutzes allgemein von verschiedenen Einflüssen aus unterschiedlichen Phasen der Gesetzgebung geprägt. Dabei brachten die einzelnen Änderungsgesetze punktuelle Modifikationen, ohne deren Auswirkungen auf das Regelungsregime des Agios zu reflektieren. Welche Bedeutung den unterschiedlichen Schutzzwecken im Kapitalschutz des Agios daher konkret zukommt, läßt sich aus der historischen Analyse allein nicht abschließend beantworten. Eine Analyse der einzelnen Kapitalschutzvorschriften muß zeigen, welcher Rang den verschiedenen Schutzzwecken im Kapitalschutz des Agios heute zuzuschreiben ist.

Der Gläubigerschutz insbesondere kann als objektiver Schutzzweck des gesamten Agioregimes das subjektiv-teleologische Verständnis ergänzen, wenn er dazu nicht im Widerspruch steht. Die Annahme eines entsprechenden objektiven Schutzzwecks kann aber nicht einfach behauptet oder ohne Umschweife aus dem Begriff der materiellen Einlage abgeleitet werden, sondern muß anhand objektiver Kriterien erwiesen werden. Als solche objektive Kriterien kommen vor allem das allgemeine Gebot der Gerechtigkeit, die (allein) angemessene Lösung eines problematischen Lebenssachverhalts, systematische Notwendigkeiten und dabei auch ein zwingendes Weiterdenken im Gesetz verankerter Wertungen in Betracht.

Bei der Frage nach dem Sinn des Gesetzes ist nach Hauptzweck, Nebenzweck und bloßer (bewußter oder unbewußter) Reflexwirkung zu unterscheiden. Problematisch ist weniger das Verständnis der Einzelnormen, deren Tatbestandsmerkmale und Rechtsfolgen vergleichsweise eindeutig geregelt sind. Problematisch sind vor allem die Normen, deren Anwendungsbereich stark von der teleologischen Auslegung abhängt und alle Fragen von Analogien und anderen Arten der Rechtsfortbildung. Hier besteht die Gefahr, nicht das vom Gesetz selbst Gewollte zuendezudenken und besser zu verwirklichen, als es das Gesetz selbst geschafft hat, sondern etwas anderes zu wollen und aus eigenem Gutdünken Recht zu setzen.

Der Nachweis eines von der Intention des Gesetzgebers abweichenden objektiven Gesetzeszweckes verlangt vor allem zwei Dinge. Zum einen gilt es zu fragen, ob nicht jede konkrete Einzelnorm auch mit dem subjektiven Telos ausreichend erklärt werden kann. Zum anderen ist nach Möglichkeit die gesamte Systematik des in Rede stehenden Gesetzesbereichs, hier der gesamte Kapitalschutz und alle Finanzierungsbeiträge von Gesellschaftern, insbesondere alle materiellen Einlagen, in den Blick zu nehmen und zu untersuchen, ob nur die Annahme eines ergänzenden objektiven Telos, hier nur ein gläubigerschützendes Verständnis des Agiokapitals systematisch korrekt oder dem zu regelnden Lebenssachverhalt angemessen sein kann. Bei diesen beiden Punkten darf man nicht nur auf Ähnlichkeiten schielen, welche die Annahme eines weiterreichenden objektiven Schutzzwecks stützen können, sondern man muß auch die Unterschiede in den Blick nehmen und zu erklären versuchen.

Die Antwort auf die Frage nach dem Schutzzweck des Agioregimes kann erst nach der Analyse aller Einzelnormen und einer Gesamtschau des Systems der Unternehmensfinanzierung gegeben werden, sofern aus den gesetzlichen Regelungen ein stimmiges System erkennbar ist. Diese Analyse wird im anschließenden Kapitel 6 unternommen. Sie soll auf Basis einer vorsichtigen, am historischen Gesetzgeberwillen orientierten Sinnhypothese erfolgen, die für mögliche Korrekturen und Ergänzungen aus objektiven Erwägungen offen ist und die Annahme eines Gleichlaufs der Schutzzwecke des Kapitalschutzes des Grundkapitals und des Kapitalschutzes des Agios als mögliches Ergebnis im Auge behält, jedoch nicht zur Ausgangsprämisse der Untersuchung macht. Im Ausgangspunkt dieser Untersuchung soll daher angenommen werden, der Hauptzweck des aktienrechtlichen Kapitalschutzes des Agios liege im Schutz des Kapitalmarkts und dieser Hauptzweck sei nur in bestimmten Vorschriften um weitere Gesichtspunkte zu ergänzen oder durch andere Schutzzwecke zu ersetzen. So kommt dem korporativen Agio über die gebundene Rücklage des § 150 AktG mittelbar eine gläubigerschützende Funktion zu, soweit es benötigt wird, um den als letzte Reserve vor dem Grundkapital gedachten Eigenkapitalpuffer in Höhe von 10% des Grundkapitals aufzufüllen. Im Rahmen der §§ 33 ff. AktG, § 36a AktG, § 66 AktG und § 252 AktG kommt dem korporativen Agio zudem die Funktion zu, die Interessen der Mitgesellschafter zu schützen.

6. Kapitel Kapitalschutz des Agios im deutschen Recht

A. Aufgabe des Kapitels

Die vorhergehenden Kapitel haben gezeigt, daß Agioeinlagen verschiedene Interessen berühren, insbesondere Interessen von Gläubigern, Altgesellschaftern sowie Neugesellschaftern. Bei Aktiengesellschaften können auch Kapitalmarktschutzinteressen zu berücksichtigen sein. Der Schutz des Kapitalmarkts und der darüber investierenden Aktionäre, der stets einen Nebenzweck des Kapitalschutzes von Einlagen darstellen kann, jedoch im allgemeinen hinter den Schutz der Gläubiger und der Mitgesellschafter zurücktritt [1756], war der ursprüngliche Leitgedanke des Gesetzgebers beim Erlaß besonderer aktienrechtlicher Vorschriften für Agioeinlagen. Es besteht die Vermutung, daß die meisten Regeln zu Agioeinlagen auch heute noch mit dem Schutzzweck des Kapitalmarktschutzes erklärbar sind und nur manche Regeln eindeutig nachweisbar von weiteren Schutzzwecken angeleitet werden.[1757]

Mit den bisherigen Erkenntnissen lassen sich die Leitfragen, welchen Schutzzweck die aktuellen Regelungen des deutschen Rechts zu Agioeinlagen verfolgen und ob dieser Schutzgedanke konsequent umgesetzt worden ist bzw. eine konsequente Umsetzung durch Rechtsfortbildung bzw. teleologisch angeleitete Auslegung erreichbar ist, noch nicht abschließend beantworten. Im folgenden soll daher nah am Stier gekämpft werden und die verschiedenen gesetzlichen Regelungen zum Kapitalschutz der Einlagen sollen daraufhin untersucht werden, inwieweit und aus welchen Gründen diese Vorschriften auch das Agio erfassen.

Dabei soll zwischen der Aktiengesellschaft und der GmbH differenziert werden, da beide Rechtsformen einen unterschiedlichen Ansatz verfolgen. Während das Recht der GmbH das korporative Agio grundsätzlich nicht als Einlage im Sinne des GmbH-Gesetzes versteht und nur ausnahmsweise eine Gleichbehandlung von Einlagen auf das Stammkapital und Agioeinlagen in Betracht zu ziehen ist, qualifiziert das Aktienrecht das korporative Agio als Teil der Einlage, womit grundsätzlich alle Kapitalschutzvorschriften zu Einlagen auf das Agio anwendbar sein könnten.

Bei den Kapitalschutzvorschriften zu Einlagen auf das Grund- und Stammkapital wird untersucht, inwieweit diese neben dem korporativen Agio auch auf das faktische Agio anwendbar sind, also auf tatsächliche Mehrwerte bei Sacheinlagen und Sachübernahmen. Von den verschiedenen Modulen des Kapital-

1756 S. o. Kapitel 2, S. 372f.
1757 S. o. Kapitel 5, S. 710 ff., insbesondere S. 752 f.

schutzes sollen diejenigen erörtert werden, die spezifische Regelungen zur Kapitalaufbringung und Kapitalerhaltung vorsehen und bei denen Art oder Höhe des Kapitals relevant sind.[1758] Dabei sollen Unterschiede im Gründungszeitraum und bei späteren Kapitalerhöhungen nicht vertieft erörtert werden, wenn diese Unterschiede – wie regelmäßig – für die hier interessierende Frage einer Gleichbehandlung von Nominalkapitaleinlagen und anderen Einlagen nicht von Belang sind.

Erst auf der Grundlage einer detaillierten Kenntnis der aktuellen Regelungen des Kapitalschutzes für Einlagen auf das Nominalkapital und für verschiedene materielle Agioeinlagen im Aktien- und im GmbH-Recht läßt sich bestimmen, inwieweit die gesetzlichen Regelungen einem in sich stimmigen Regelungsansatz folgen und ob dieser Regelungszweck verlangt, schuldrechtliche Agioleistungen und andere materielle Einlagen in den bilanziellen Kapitalschutz miteinzubeziehen bzw. solche Vereinbarungen als unzulässige Umgehung des gesetzlichen Kapitalschutzes einzustufen.

B. Kapitalschutz der aktienrechtlichen Einlage

I. Entscheidungsbefugnis über Agiofestsetzung

Ob die Möglichkeit einer Überpariemission tatsächlich genutzt wird, entscheiden bei Gründung einer Aktiengesellschaft die Gründer selbst, bei einer Kapitalerhöhung grundsätzlich die Hauptversammlung im Rahmen des Kapitalerhöhungsbeschlusses, sofern sie nicht lediglich einen Mindestbetrag für die Ausgabe festsetzt und die genaue Bestimmung des Agios der Verwaltung (Vorstand und/oder Aufsichtsrat) überträgt.[1759]

Über die Höhe des Agios entscheiden die Gründer nach freiem Belieben. Bei Kapitalerhöhungen entscheidet die Hauptversammlung grundsätzlich ebenfalls frei über die Höhe eines Agios, allein im Fall einer Kapitalerhöhung mit vereinfachtem Bezugsrechtsausschluß gibt § 186 Abs. 3 S. 4 AktG für den Ausgabebetrag und damit für das korporative Agio eine bestimmte Höhe vor. Ein vereinfachter Bezugsrechtsausschluß nach § 186 Abs. 3 S. 4 AktG verlangt eine Orientierung des Ausgabebetrags am Börsenpreis.

1758 Nicht behandelt werden § 26 (Sondervorteile, Gründungsaufwand), § 56 (Zeichnung eigener Aktien), § 71 (Erwerb eigener Aktien), § 191 (keine Ausgabe vor Eintragung der Kapitalerhöhung), § 182 Abs. 4 (Soll-Vorschrift zur Kapitalerhöhung) § 57 Abs. 2 AktG (Verzinsungsverbot) sowie Details zu den Sonderformen der Kapitalerhöhung in Form eines bedingten oder genehmigten Kapitals sowie Financial Assistance und Details zum Erwerb eigener Anteile.

1759 Zu den Einzelheiten der Zuständigkeit für die Festsetzung eines Agios s. *Herchen*, Agio, 25 ff.; *Lüssow*, Agio, 55 ff.; Überblick bei *Priester*, Kapitalaufbringungspflicht beim Agio, 619 f. und *Strehle*, Venture Capital, 151.

Auch ohne Ausschluß des Bezugsrechts wird eine Untergrenze für den Ausgabebetrag erwogen, wenn eine besonders niedrige Festsetzung des Ausgabebetrags wegen der Gefahr einer Anteilsverwässerung die Altgesellschafter faktisch zwänge, durch Zeichnung junger Aktien gleichsam einen Nachschuß zu dem bisherigen Investment zu leisten, was insbesondere dann relevant ist, wenn das Bezugsrecht nicht an der Börse gehandelt und daher nicht selbständig verwertet werden kann.[1760] Eine Obergrenze für die Höhe des Agios läßt sich insbesondere unter dem Gesichtspunkt des sog. faktischen Bezugsrechtsausschluß ziehen, wenn die Ausübung des Bezugsrechts wegen des überhöhten Ausgabepreises wirtschaftlich unsinnig wird.[1761]

II. Kapitalaufbringungsregeln

Im Aktienrecht versteht § 54 Abs. 1 AktG das korporative Agio, wie im ersten Kapitel gesehen[1762], als Teil der gesetzlichen Einlage, da dieses Agio Teil des Ausgabebetrags ist (vgl. § 9 Abs. 2 AktG). Dieses Begriffsverständnis erlaubt eine methodische Vermutung, daß die gesetzlichen Regelungen über die Einlage und den Ausgabebetrag grundsätzlich auch für das korporative Agio gelten, es sei denn eine konkrete Normanalyse erweist des Gegenteil, wie z. B. im Fall von § 57 AktG.[1763]

1. Transparenz durch eindeutige korporative Festsetzung und Publizität

a) Korporative Festsetzung und Publizität

Das korporative Agio ist wie die Einlagen auf das Grundkapital in Form einer Bareinlage wie einer Sacheinlage möglich.[1764] Die Wertdeckungsvorschrift des § 36a Abs. 2 S. 3 AktG setzt die Möglichkeit eines Agios durch Sacheinlagen voraus. Bei Sacheinlagen besteht die Besonderheit, daß solche Leistungspflichten

1760 Ausgangspunkt für diese Überlegungen war die Entscheidung des OLG Stuttgart GmbHR 2000, 333 zum Recht der GmbH, in der von einem solchen faktischen Nachschußzwang ausgegangen wurde. Nachweise zu diesem Urteil bei BH-*Servatius* § 55, Rz. 13, Fn. 36. Der Gedanke eines faktischen Nachschußzwangs wird in der Literatur auf die Aktiengesellschaft übertragen, vgl. *Herchen*, Agio, 44 ff, *Lüssow*, Agio, 119 ff., *Strehle*, Venture Capital, 83, alle m.w.N. Zur Fortgeltung dieser Überlegungen auch nach den Rechtsänderungen durch das Zukunftsfinanzierungsgesetz *Koch*, AktG § 182 Rz. 23a.

1761 Dazu *Strehle*, Venture Capital, 85; zu dieser und weiteren möglichen Obergrenzen *Herchen*, Agio, 108 ff. Zur Fortgeltung dieser Überlegungen auch nach den Rechtsänderungen durch das Zukunftsfinanzierungsgesetz *Koch*, AktG § 182 Rz. 23a.

1762 S. o. Kapitel 1, S. 116 ff.

1763 S. o. Kapitel 1, S. 124 f.

1764 *Priester*, Kapitalaufbringungspflicht beim Agio, 617.

auch rein gegenständlich, das heißt ohne Wertangabe festgesetzt werden können.[1765] Da eine rein gegenständliche Bestimmung einer Sacheinlage zu Unterschieden bei der Publizität des Wertes von Einlageverpflichtungen führen kann, wird zu untersuchen sein, ob eine solche rein gegenständliche Bestimmung zulässig ist.

aa) Regelungsgehalt

Die Festsetzung der Einlageverpflichtung des Aktionärs bedarf als wesentliche mitgliedschaftliche Pflicht einer korporativen Grundlage, regelmäßig ist das eine Satzungsbestimmung und darauf aufbauend eine Festsetzung in der Übernahmeerklärung bzw. im Zeichnungsschein. Dieses Formerfordernis gilt sowohl für die Einlage auf das Grundkapital wie für die Agioeinlage, die beide Teil des Ausgabebetrags iSv § 9 AktG sind.[1766] Dasselbe Formerfordernis gilt für Sacheinlagen über § 27 Abs. 1 AktG, unabhängig von der sogleich zu diskutierenden Frage, ob Sacheinlagen auch ohne Festsetzung eines Ausgabebetrags vereinbart werden können.[1767]

Die korporative Festlegung der Einlageverpflichtung bedingt eine Registerpublizität der Einlagepflicht über § 9 Abs. 1 Var. 2 HGB, schon weil die Gründungssatzung und Übernahmeerklärungen der Aktien gem. § 37 Abs. 4 Nr. 1 AktG zum Handelsregister einzureichen sind und ebenso spätere Satzungsänderungen gem. § 181 AktG bzw. § 184 AktG einzutragen sind und Zweitschriften der Zeichnungsscheine gem. § 188 Abs. 3 S. 1 AktG einzureichen sind. Desweiteren ist bei allen Kapitalmaßnahmen über den Ausgabebetrag iSv § 9 AktG zu entscheiden, bei der Gründung in der Gründungsurkunde gem. § 23 Abs. 2 Nr. 2 AktG, bei der Kapitalerhöhung im Zeichnungsschein gem. § 185 Abs. 1 S. 3 Nr. 2 AktG. Bei einer Kapitalerhöhung gegen Einlagen muß die Hauptversammlung zudem nach § 182 Abs. 3 AktG einen Mindestbetrag für den Ausgabebetrag im Erhöhungsbeschluß festsetzen, wünscht sie eine Ausgabe über dem geringsten Ausgabebetrag. Mit dem Erhöhungsbeschluß wird die Festsetzung des Mindestbetrags zum Handelsregister angemeldet (§ 184 Abs. 1 S. 1 AktG). Bei einer Kapitalerhöhung unter Wahrung des Bezugsrechts hat der Vorstand nach § 186 Abs. 2 AktG den Ausgabebetrag oder die Berechnungsgrundlagen in den Gesellschaftsblättern bekannt zu machen. Bei einer bedingten Kapitalerhöhung muß nach § 193 Abs. 2 Nr. 3 AktG ebenfalls der Ausgabebetrag oder seine Berechnungsgrundlagen im Erhöhungsbeschluß festgesetzt werden, der nach § 195 Abs. 1 S. 1 AktG ins Handelsregister eingetragen wird. Diese Registerpublizität ist oftmals unerwünscht, da Gesellschaft und Investoren den Markt nicht über ihre internen Annahmen zum Unternehmenswert

1765 S. o. Kapitel 1, S. 126 f.
1766 S. o. Kapitel 1, S. 121 und S. 41.
1767 S. o. Kapitel 1, S. 125.

informieren wollen, was zu einem Ausweichen auf schuldrechtliche Agioleistungen führt.[1768]

Die spezifischen Regelungen zur Publizität des Ausgabebetrags führen auf einen ersten Unterschied, wenn man, wie es der derzeitigen Praxis entspricht, die Möglichkeit von Sacheinlagen ohne ausdrückliche Festsetzung eines Ausgabebetrags in Höhe des gesamten Zeitwerts des Einlagegegenstands zuläßt. In diesem Fall wäre zwar über § 27 AktG der Einlagegegenstand öffentlich bekannt, nicht jedoch der Zeitwert der Sacheinlage.

Daneben sieht das Gesetz weitere Unterschiede zwischen Grundkapital und korporativem Agio vor. Das korporative Agio muß als Teil des Ausgabebetrags in der Übernahmeerklärung nach § 23 Abs. 2 Nr. 2 AktG bzw. im Zeichnungsschein gem. § 185 Abs. 1 S. 3 Nr. 2 AktG festgelegt werden, die Satzung jedoch muß nur den Betrag des Grundkapitals enthalten, wie § 23 Abs. 3 Nr. 3 AktG eindeutig vorgibt. Ins Handelsregister eingetragen wird gem. § 39 AktG (bei Kapitalerhöhungen iVm § 181 Abs. 2 AktG) ebenfalls nur das Grundkapital. Das Agio muß über die eingereichten Urkunden erschlossen werden, weshalb ihm eine deutlich geringere Publizitätswirkung zukommt.

Keine praktische Relevanz hat die allein das Grundkapital betreffende Vorschrift des § 23 Abs. 2 Nr. 3 AktG, da die dort geregelten Einzahlungen auf das Grundkapital vor Abschluß der Gründung einer Aktiengesellschaft nach dem deutschen Recht der Vorgesellschaft genausowenig vorkommen werden wie die nicht eigens geregelten Einzahlungen auf das Agiokapital.[1769] Die Vorschrift geht auf europäische Vorgaben zurück, wobei in der Gesellschaftsrechtsrichtlinie eine Unterscheidung nach gläubigerschützendem Grundkapital und allein mitgesellschafterschützendem weiterem Einlagekapital sinnvoll sein kann.[1770]

Einen weiteren Unterschied macht § 80 Abs. 1 S. 3 AktG für Angaben zum Kapital auf Geschäftsbriefen. Nach dieser Vorschrift muß die Gesellschaft auf Geschäftsbriefen nicht zwingend Angaben zur Höhe des Kapitals machen, obschon eine solche Publizität die Gesellschafter veranlassen könnte, das Grundkapital aus Imagegründen freiwillig höher anzusetzen, als das gesetzliche Mindestkapital verlangt. Wenn die Gesellschaft jedoch freiwillig Angaben zum Kapital macht, muß jedenfalls das Grundkapital angegeben werden, eine Zu-

1768 S. o. Kapitel 1, S. 61. Die Bilanzpublizität kann durch Vereinbarung eines schuldrechtlichen Agios nicht ohne weiteres vermieden werden, jedenfalls nicht sofern Bareinlagen geleistet werden, die aktiviert und entweder unter § 272 abs. 2 Nr. 1 oder Nr. 4 HGB passiviert werden müssen, allenfalls über die GuV erfaßt werden können, dann aber anhangserläuterungsbedürftig werden, s. dazu Kapitel 1, S. 102 ff. Die Bilanzpublizität ist jedoch nicht vergleichbar offensichtlich wie die Satzungspublizität, da die Bilanz vielmehr Informationen enthält, die sich zudem ständig wandeln.

1769 Zur praktischen Irrelevanz solcher Einzahlungen auf das Grundkapital s.a. Grigoleit/*Vedder*, AktG § 23, Rz. 22.

1770 Zur Nichterstreckung der Publizitätsanforderungen der Gesellschaftsrechtsrichtlinie auf den Mehrbetrag s. o. Kapitel 3, S. 449.

sammenrechnung von niedrigem Grundkapital und hohen Rücklagen ist beispielsweise nicht zulässig. Macht die Gesellschaft freiwillig Angaben zum Kapital, muß sie zudem den Gesamtbetrag der ausstehenden Einlagen angeben, insoweit der Ausgabebetrag nicht vollständig einbezahlt ist. Da die Vorschrift unterschiedslos auf den Ausgabebetrag Bezug nimmt, wird sie allgemein so verstanden, daß sowohl ein ausstehendes Agio wie auch eine ausstehende Einlage auf das Grundkapital anzugeben ist.[1771]

Tatsächlich sollte nach der Konzeption der Vorschrift ein ausstehendes Agio jedoch nicht vorkommen, da diese Norm ausweislich ihres Wortlauts »einzahlen« nur auf Bareinlagen anzuwenden ist[1772], bei Bareinlagen aufgrund § 36a Abs. 1 AktG jedoch kein ausstehendes Agio vorkommen sollte.[1773] Es ist daher nicht davon auszugehen, daß diese Vorschrift bewußt eine Gleichbehandlung von ausstehendem Agio und ausstehender Nominalkapitaleinlage bei freiwilligen Angaben auf Geschäftsbriefen bezweckt. Sofern jedoch § 80 Abs. 1 S. 3 AktG auf ausstehende Sacheinlagen analog angewendet werden soll, um eine nach §§ 3, 5 UWG unerlaubte Irreführung des Geschäftsverkehrs zu verhindern[1774], wird man wohl auch Angaben zu ausstehenden Sachagien fordern müssen, da Sachagien ebenso wie Sacheinlagen nach § 36a Abs. 2 AktG noch ausstehen können und der Wortlaut von § 80 AktG nicht zwischen dem geringsten Ausgabebetrag und dem erhöhten Ausgabebetrag differenziert. Besonders relevant dürfte die Frage jedoch kaum sein, da Gesellschaften mit hohen ausstehenden Einlagen vermutlich keine freiwilligen Angaben zum Kapital in ihre Geschäftsbriefe aufnehmen dürften.

Ergänzend zu beachten ist im Laufe der werbenden Tätigkeit der Gesellschaft noch eine Bilanzpublizität der Einlagen. Hierbei bestehen – unabhängig von der noch zu diskutierenden Frage, ob Sacheinlagen auch ohne Festsetzung eines Ausgabebetrags vereinbart werden können – erhebliche Unterschiede zwischen den Einlagen auf das Grundkapital und den Einlagen auf ein korporatives Agio. Einlagen auf das Nominalkapital sind gem. § 266 Abs. 3 A I HGB als gezeichnetes Kapital eigenständig auszuweisen, das korporative Agio ist unter die Kapitalrücklagen gem. § 266 Abs. 3 A II HGB zu rechnen. Unter den Kapitalrücklagen gibt § 272 Abs. 2 HGB zwingend eine Aufteilung vor, nach der die Agioeinlagen in einer eigenständigen Nummer 1 zu buchen sind.

Hinsichtlich der Untergliederung ist allerdings zu beachten, daß nach weit überwiegend vertretener Ansicht die Untergliederung des § 272 Abs. 2 HGB in

1771 Vgl. nur *Spindler* in MüKo-AktG § 80, Rz. 13; Hüffer/*Koch*, AktG § 80, Rz. 4.

1772 Zur (früher allgemein, nun von hM) angenommenen Beschränkung der Vorschrift auf Bareinlagen s. z.B. Hüffer/*Koch*, AktG § 80, Rz. 4 m.w.N.; Grigoleit/*Vedder*, AktG (1. Aufl.) § 80, Rz. 9; a.A. nun Grigoleit/*Grigoleit*, AktG § 80, Rz. 10.

1773 Das Volleinzahlungsgebot besteht schon seit 1884 und damit vor Einführung der Vorgängervorschrift zu § 80 AktG im Jahr 1937. Zur Entstehungsgeschichte von § 80 AktG s. *Spindler* in MüKo-AktG § 80, Rz. 4 ff.

1774 Zu dieser weit verbreiteten Ansicht *Spindler* in MüKo-AktG § 80, Rz. 13 m.w.N.

der Bilanz nicht abgebildet werden muß, sondern die Kapitalrücklage als ein Sammelposten ausgewiesen kann.[1775] Die Verzichtbarkeit eines Ausweises der Unterposten des § 272 Abs. 2 HGB in der Bilanz wird dabei vor allem darauf gestützt, daß das Gesetz in § 266 Abs. 3 A II HGB die Kapitalrücklage ohne Unterposten aufführt, während es für die Gewinnrücklage ausdrücklich eine Untergliederung vorschreibt. Die Festsetzung eines korporativen Agios führt daher nach der derzeitigen Praxis nicht zwingend zu einer besonderen Bilanzpublizität dieser Einlage, da trotz Ausweis in der Kapitalrücklage der Bilanzleser nicht erkennen kann, ob die ausgewiesene Kapitalrücklage auf ein korporatives Agio zurückgeht und daher ausschüttungsgesperrt ist oder nicht. Ein faktisches Agio kann nach derzeitigem Verständnis des deutschen Handelsbilanzrechts ausgewiesen werden, muß es jedoch nicht.[1776] Nach der Rechtsprechung des EuGH zu (teil-)unentgeltlichen Sacheinlagen ist jedoch sehr zweifelhaft, ob eine Aktivierung des Zeitwerts von Sacheinlagen mit der Bilanzrichtlinie vereinbar wäre.[1777]

bb) Verfolgte Schutzzwecke

Die korporative Festsetzung der Leistungspflichten der Aktionäre dient zunächst einmal der Begrenzung des Investitionsrisikos dessen, der junge Anteile übernimmt, und damit verbunden auch der Kapitalmarktfähigkeit der Aktien.[1778] Die besonderen Anforderungen zur Festsetzung der Sacheinlage sollen allen Beteiligten diese besondere, mit den Gefahren der Werthaltigkeit des Sacheinlagegegenstands verbundene Aufbringung des Kapitals deutlich vor Augen führen.[1779] Anmeldung und Eintragung von Gründung und Kapitalerhöhungen sollen daneben – nicht zuletzt durch die Vorbereitung der Registerprüfung – unseriöse Gründungen bzw. Kapitalerhöhungen vermeiden helfen, indem sie die reale Aufbringung der versprochenen Kapitaleinlagen absichern.[1780] Die Sicherstellung der realen Kapitalaufbringung ist für die Gläubiger wie für die Mitgesellschafter gleichermaßen von Bedeutung.

Aus diesem Gleichlauf der Interessen läßt sich nicht eindeutig ableiten, daß das Gesetz die Publizitätsvorschriften bezüglich des Agios anders als nach der historischen Intention[1781] insbesondere auch mit Blick auf die Gesellschafts-

1775 *Reiner* in MüKo-HGB § 272, Rz. 66 m.w.N. Auf die Bedeutung dieser bilanziellen Regelung im Zusammenhang der Agiodiskussion weisen auch *Eberl/Hergeth*, Schuldrechtliche Zuzahlungspflichten, 1820 hin.

1776 S. dazu o. Kapitel 1, S. 325 ff.

1777 S. dazu o. Kapitel 1, S. 288 ff.

1778 Zu diesem Schutzzweck s. o. Kapitel 1, S. 118.

1779 Vgl. a. *Hoffmann-Becking* in Münch. Hdb. AG § 4, Rz. 6, der von einer »Information des Publikums« spricht, worunter man auch die Mitgesellschafter zählen wird.

1780 Vgl. nur Hüffer/*Koch*, AktG § 37, Rz. 1 und § 188, Rz. 1.

1781 Zum historischen Schutzzweck s. o. Kapitel 5, S. 710.

gläubiger festschreibt. Vielmehr haben sich nach den aktuellen Publizitätsvorschriften einige Unterschiede zwischen Nominalkapitaleinlagen und Agioeinlagen ergeben, die erklärbar sind, wenn man davon ausgeht, daß die jeweiligen Vorschriften zum Agio und zum Grundkapital nicht vollständig gleichlaufenden Schutzzwecken dienen.

Dem Grundkapital schreibt das Gesetz offenbar eine besondere Bedeutung zu, weil nur das Grundkapital in den Satzungsbestimmungen enthalten sein muß und nur das Grundkapital in das Handelsregister eingetragen wird. Ob ein korporatives Agio in das Vermögen der Gesellschaft geleistet worden ist, ergibt sich allenfalls aus der Bilanz und auch aus dieser verläßlich nur dann, wenn die Gesellschaft freiwillig die Kapitalrücklage aufschlüsselt. Diese Unterscheidung stimmt zu der Grundentscheidung, ein System des festen Nominalwerts der Anteile zu verfolgen. In einem solchen System behält das Nominalkapital definitionsgemäß eine Sonderstellung. Schreibt man nur diesem Nominalkapital einen genuin gläubigerschützenden Zweck zu, weiteren Einlagen wie dem korporativen Agio und eventuell auch dem faktischen Agio jedoch nur eine faktisch positive Wirkung für das Haftkapital, verfügt man über einen Erklärungsansatz, warum das Gesetz verschiedene Publizitätsanforderungen für die verschiedenen Einlageformen aufstellt.

In die Satzung (§ 23 Abs. 3 Nr. 3 AktG) muß aus Sicht der Aktionäre nur der Nominalwert der Anteile, der für die Verteilung der Rechte dauerhaft von Bedeutung ist, die Festlegung der gesamten Einlageverpflichtung (z.B. in § 23 Abs. 2 Nr. 2 AktG) muß aus Gründen der Investitionssicherheit vor der Entscheidung über eine Übernahme von Anteilen erfolgen, ist nach der Abwicklung der Anteilsausgabe aber nicht weiter von Belang. Inwieweit die Kapitalrücklage aufgrund von Agioeinlagen ausschüttungsgesperrt ist, kann der Gesellschafter über seine mitgliedschaftlichen Informationsrechte erfahren, eine Bilanzpublizität wäre eine Erleichterung, ist aber nicht zwingend erforderlich. Die Gläubiger haben zwar ein Interesse an Informationen über die gesamte Höhe des Haftkapitals, sie werden jedoch in erster Linie auf das Grundkapital verwiesen, dessen Aufbringung und Erhaltung insbesondere auch in ihrem Interesse erfolgt, über weitere Eigenkapitalkomponenten erhalten sie nur die normalen Bilanzinformationen, die wegen der Möglichkeit zu stillen Reserven (faktisches Agio) und der nicht zwingenden Aufschlüsselung der Kapitalrücklage (korporatives Agio) weniger aussagekräftig sind als die Informationen über das gezeichnete Kapital.

b) Sachübernahmen

Sachübernahmen, d.h. die im Zusammenhang mit einer Kapitalmaßnahme getroffene Vereinbarung, die Gesellschaft solle aus vorhandenen Mitteln (typischerweise Mitteln einer Bareinlage) die Anschaffung von Vermögensgegenständen vom Gesellschafter oder von einem Dritten finanzieren[1782], entsprechen

1782 Zur Definition nur *Pentz* in MüKo-AktG § 27, Rz. 61.

im wirtschaftlichen Ergebnis einer Sacheinlage, weshalb das Aktiengesetz in § 27 AktG[1783] und weiteren Vorschriften für Sachübernahmen weitgehend dieselben Anforderungen wie für Sacheinlagen aufstellt.[1784] Dennoch sind bei teilunentgeltlichen Sachübernahmen, die im Ergebnis zu einem faktischen Agio führen, einige Besonderheiten zu beachten. Die Publizitätswirkungen, die aus der Pflicht zur Bestimmung von Sachübernahmen in der Satzung gem. § 27 Abs. 1 S. 1 AktG folgen, bestehen nur im Gründungsstadium, während das Gesetz bei Kapitalerhöhungen in § 183 ff. AktG nur Regelungen für Sacheinlagen vorsieht, nicht jedoch für Sachübernahmen. Bei Kapitalerhöhungen vertraut das Gesetz (sofern nicht statt von einer Sachübernahmevereinbarung von einer unteilbaren gemischten Sacheinlage auszugehen wäre) auf die Organpflichten der Vorstände und verzichtet auf besondere Regelungen zur Sachübernahme.[1785]

Rechtstechnisch sind Sachübernahmen als schuldrechtliche Austauschgeschäfte einzustufen, deren wesentlicher Inhalt aufgrund der mit ihnen verbundenen besonderen Gefahren im Gründungsstadium in der Satzung festgelegt werden muß.[1786] Bilanziell betrachtet handelt es sich um Bareinlagen mit anschließendem Austauschgeschäft, wobei das Austauschgeschäft grundsätzlich nach dem AK/HK-Prinzip zum Nennwert der tatsächlich gezahlten Gegenleistung zu aktivieren ist, sofern man nicht ausnahmsweise eine Zeitwertbilanzierung zulassen will, weil materiell eine Sacheinlage vorliegt.[1787] Aufgrund der Rechtsprechung des Europäischen Gerichtshofs zur Bilanzierung von (teil-)unentgeltlichen Austauschgeschäften nach der Bilanzrichtlinie ist jedoch eine Bilanzierung von teilentgeltlichen Sachübernahmen zum Zeitwert des Vermögensgegenstands wohl als unzulässig anzusehen, eine Bilanzpublizität des faktischen Agios bei Sachübernahmen daher nicht zu erreichen, weder im Gründungsstadium noch bei Kapitalerhöhungen.[1788]

c) Faktisches Agio bei Sacheinlagen und Sachübernahmen

Die im Gesetz vorgesehenen Publizitätswirkungen von Einlagen auf das Nominalkapital und das korporative Agio werfen die Frage auf, ob bei einer Anteilsausgabe nicht publizierte faktische Einlagen, also ein faktisches Agio bei

1783 Ergänzend auch in § 41 Abs. 3 AktG und für den theoretischen Fall einer Sachübernahmevereinbarung im Gründungsstadium unter Ausnutzung genehmigten Kapitals in § 206 AktG.

1784 S. a. *Pentz* in MüKo-AktG § 27, Rz. 62.

1785 S. nur Hüffer/*Koch*, AktG § 27, Rz. 8a und § 183, Rz. 3 f.; dazu schon o. Kapitel 1, S. 130.

1786 S. o. Kapitel 1, S. 130 ff.

1787 Zur Frage der Bilanzierung nach deutschem Handelsrecht s. o. Kapitel 1, S. 261.

1788 Zu dieser bilanzrechtlichen Rechtsprechung des EuGH s. bereits o. Kapitel 1, S. 272 ff.

Sacheinlagen und bei teilunentgeltlichen Sachübernahmen zulässig sein sollen oder ob nicht stets der Zeitwert des Einlagegegenstands festzusetzen ist, um bei allen materiellen Agioleistungen dieselbe Publizität wie beim korporativen Agio zu erreichen.[1789] In der älteren Literatur wird teilweise eine Pflicht zur ausdrücklichen Festsetzung aller materiellen Agioleistungen als korporatives Agio gefordert.[1790] Meist wird auch in der älteren Literatur jedoch eine Pflicht zur Agiofestsetzung bei Sacheinlagen abgelehnt.[1791] Ältere Rechtsprechung zu vergleichbaren Gestaltungen spricht ebenfalls gegen eine Pflicht zu einer Festsetzung des korporativen Agios in Höhe des Zeitwerts, ist jedoch durch ein jüngeres Urteil des Bundesgerichtshofs zweifelhaft geworden. [1792] Nachdem diese Frage lange Zeit intensiv diskutiert wurde, dürfte indes nach den jüngst erfolgten Änderungen des § 255 AktG durch das Zukunftsfinanzierungsgesetz mittlerweile unzweifelhaft geworden sein, daß das Gesetz jedenfalls in seiner aktuellen Fassung keine Verpflichtung zur Festsetzung eines korporativen Agios bei Sacheinlagen vorsieht.

aa) Unabhängigkeit und Verbindung von Bilanzrecht und Gesellschaftsrecht

In dieser Frage ist zunächst die Festsetzungspublizität des erhöhten Ausgabebetrags nach § 9 Abs. 2 AktG von der Bilanzpublizität des Agios nach § 272 Abs. 2 Nr. 1 HGB zu unterscheiden, was jedoch Literatur und Rechtsprechung teilweise nicht ausreichend berücksichtigen, wo oftmals versucht wird, den Wunsch nach einer Zeitwertbilanzierung aller Sacheinlagen auf dem Umweg über die Festsetzung des erhöhten Ausgabebetrags zu erreichen, oder andersherum die Behauptung, ein Ausgabebetrag sei aktienrechtlich zwingend

1789 S. dazu auch o. Kapitel 1, S. 126 ff.

1790 So vor allem und mit besonders ausführlicher Argumentation *Herchen*, Agio, S. 188 ff; daneben auch *Dietz*, Akquisitionswährung, 155 ff.; *Schäfer*, Schuldrechtliches Agio im Aktienrecht, 955. und *ders.*, Einbeziehung des Agios, 528 ff. S. auch o. Kapitel 1, S. 128.

1791 So z.B. *Verse*, Sacheinlagen und Vergleich, 883 f.; *Maier-Reimer*, Wert der Sacheinlage, 254 ff.; *Priester*, Kapitalaufbringungspflicht beim Agio, 628; *Baums*, Agio und sonstige Zuzahlungen, 66; *Hoffmann-Becking* in Münch. Hdb. AG § 4, Rz. 16 ff., *Krause*, Atypische Kapitalerhöhungen, 657; je mit weiteren Nachweisen.

1792 Der BGH hat in seiner Entscheidung Kali & Salz (BGHZ 71, 40) geurteilt, daß über die Begründetheit einer Anfechtungsklage gem. § 255 Abs. 2 AktG a.F. nicht der festgelegte Ausgabebetrag entscheide, sondern der tatsächliche Zeitwert der Anteile. Durch die neuere Entscheidung »Babcock« (BGHZ 191, 364) waren jedoch Zweifel aufgekommen, ob der BGH seine Rechtsprechung ändern könnte. Wie sich im Text zeigen wird, kommt es nach der Neukonzipierung des § 255 AktG durch das Zukunftsfinanzierungsgesetz nicht mehr auf die Frage an, ob die Babcock-Entscheidung als Abkehr von Kali&Salz zu verstehen ist (so auch *Atta-Schumacher/Heidel* in Heidel, AktR, § 255 Rz. 90).

festzusetzen, dadurch untermauert wird, es sei ohnehin der Zeitwert der Sacheinlage bilanziell als Agio auszuweisen.[1793] Grundsätzlich sind jedoch Bilanzrecht und Gesellschaftsrecht voneinander unabhängig, auch wenn die Höhe des über § 150 AktG bereitgestellten Haftungsfonds davon abhängt, ob ein Sacheinlagegegenstand zum Zeitwertwert oder zum Nominalwert der dafür ausgegebenen Aktien bilanziert wird.[1794] Diese Unabhängigkeit liegt darin begründet, daß Auslegungsfragen zunächst im Wertungszusammenhang des in Rede stehenden Teilrechtsgebiets zu klären sind.[1795]

Nun ist bei einer zweckorientierten Auslegung auch das vom Gesetz intendierte Zusammenspiel der Teilrechtsgebiete zu berücksichtigen. Dennoch kann nicht einfach im Sinne des bilanziellen Einsichtsgebots für eine Festlegung des Zeitwerts von Sacheinlagen als korporatives Agio argumentiert werden. Die Bedeutung des Einsichtsgebots (die im geltenden Bilanzrecht zudem durch andere Prinzipien, insbesondere das Vorsichtsprinzip relativiert wird)[1796] könnte zwar noch eine zwingende Kapitalerhaltung bezüglich des Zeitwerts des Einlagegegenstands begründen, da das Aktienrecht nun einmal über § 150 AktG die Höhe der Kapitalerhaltung an die vorgelagerten Bilanzierungsentscheidungen zum Agio knüpft, nicht mehr jedoch eine zwingende Kapitalaufbringung und insbesondere eine Differenzhaftung auf den vollen Zeitwert des Einlagegegenstands, da hierzu eine genuin gesellschaftsrechtliche Interessenabwägung erforderlich ist.[1797]

Umgekehrt folgt aus einem Verzicht auf eine aktienrechtliche Festsetzung eines erhöhten Ausgabebetrags nicht zwingend eine handelsrechtliche Bilanzierung nur zum Nominalwert der Anteile.[1798] Hinzuweisen ist jedoch auf einen Umstand, der in der Diskussion bislang nicht beachtet wird. Bilanziert man einen Sacheinlagegegenstand zum Zeitwert und weist entsprechend ein Agio in der über § 150 AktG ausschüttungsgesperrten Kapitalrücklage aus, verzichtet jedoch zugleich auf eine Festsetzung des Zeitwerts als korporatives Agio, so ist nicht der volle Zeitwert durch Kapitalaufbringungsvorschriften abgesichert. In

1793 Nachweise für die Vermengung der gesellschaftsrechtlichen und bilanzrechtlichen Argumentationsebene bei *Herchen*, Agio, S. 198 ff. (wobei Herchen selbst auf S. 204 die Unabhängigkeit der einen Frage von der anderen betont); ein Beispiel aus der Rechtsprechung gibt die bereits zitierte Entscheidung OLG München, ZIP 2007, 126.

1794 So auch *Hoffmann-Becking* in Münch. Hdb. AG § 4, Rz. 18 f., *Maier-Reimer*, Wert der Sacheinlage, 254 ff.; *Priester*, Kapitalaufbringungspflicht beim Agio, 628; *Baums*, Agio und sonstige Zuzahlungen, 66; *Herchen*, Agio, S. 204 – je mit weiteren Nachweisen.

1795 S. schon o. Kapitel 1, S. 85 ff.

1796 S. o. Kapitel 1, S. 196 ff.

1797 Auf die Wertgarantie der Kapitalaufbringung als entscheidendes Kriterium in dieser Frage weisen insbesondere *Maier-Reimer*, Wert der Sacheinlage, 254 ff. und *Hoffmann-Becking* in Münch. Hdb. AG § 4, Rz. 16 hin.

1798 So auch *Hoffmann-Becking* in Münch. Hdb. AG § 4, Rz. 19.

der Folge könnte nicht das gesamte Haftkapital wertgedeckt sein, evtl. daher (wie in England praktiziert[1799]) das einmal verlautbarte Haftkapital nachträglich zu korrigieren sein.

Hinzuweisen ist ferner darauf, daß die Unabhängigkeit des Bilanzrechts vom Gesellschaftsrecht in dieser Frage aufgrund der Rechtsprechung des Europäischen Gerichtshofs zur Bilanzrichtlinie in Zweifel steht. Bislang hat der Europäische Gerichtshof nicht zur Bilanzierung von entgeltlichen, d.h. im Gegenzug für junge Anteile erbrachten, Sacheinlagen entschieden, seine Entscheidungen zu (teil-) unentgeltlichen Einlagen lassen jedoch vermuten, daß nach Auffassung des Europäischen Gerichtshofs eine Bilanzierung von entgeltlichen Sacheinlagen zu Zeitwerten nur insoweit zulässig sein könnte, als sowohl Kapitalaufbringung wie auch Kapitalerhaltungsvorschriften den vollen Zeitwert des Einlagegegenstands erfassen und damit dem Vorsichtsprinzip Genüge tun.[1800]

Zu der Frage einer Bilanzierungspflicht von Sacheinlagen zu deren Zeitwert, womit zugleich über § 150 AktG der Umfang der Kapitalerhaltung vorgegeben wäre, ist damit das Entscheidende schon gesagt. Aus europarechtlicher Perspektive ist zweifelhaft, ob überhaupt eine Bilanzierungsmöglichkeit besteht. Darüber wird der Europäische Gerichtshof entscheiden müssen. Aus rein nationaler Perspektive des deutschen Handelsbilanzrechts ergibt sich derzeit keine zwingende Aktivierungspflicht, ebenso wenig ein Aktivierungsverbot, die Praxis geht von einem Aktivierungswahlrecht aus.[1801]

bb) Gesellschaftsrechtliche Pflicht zu korporativem Agio bei Sacheinlagen

An dieser Stelle bleibt die genuin gesellschaftsrechtliche Frage zu diskutieren, ob bei Sacheinlagen der angenommene Zeitwert des Einlagegegenstands formell als erhöhter Ausgabebetrag iSv § 9 Abs. 2 AktG festzusetzen ist. Auswirkung hat diese Frage in erster Linie auf die Anwendbarkeit von Kapitalaufbringungsvorschriften, dadurch eventuell jedoch auch auf die Möglichkeit einer Bilanzierung, sollte die Bilanzrichtlinie eine Zeitwertbilanzierung zumindest im Fall einer Wertsicherung durch Kapitalaufbringungsvorschriften zulassen.

(1) Systematische Argumente von der verpflichtenden Festsetzung eines Ausgabebetrags bei Sacheinlagen und der Erforderlichkeit eines Ausgabebetrags für Sacheinlageprüfung

Für eine Pflicht zur Festsetzung des Zeitwerts von Sacheinlagen als korporatives Agio werden zwei systematische Argumente angeführt, ein Argument von der verpflichtenden Festsetzung eines Ausgabebetrags auch bei Sach-

1799 Zur Reduktion des Haftkapitalpuffers im englischen Recht s. o. Kapitel 4, S. 635.
1800 Zu dieser Frage s. o. Kapitel 1, S. 288 ff.
1801 Vgl. *Hoffmann-Becking* in Münch. Hdb. AG § 4, Rz. 20; ausführlich zur Bilanzierung von Einlagen o. Kapitel 1, S. 182 ff.

einlagen[1802] und damit zusammenhängend ein Argument von der Erforderlichkeit eines Ausgabebetrags für die Sacheinlageprüfung[1803]. Beide Argumente sind nicht schlüssig und daher bei einer Abwägung verschiedener Argumente nicht berücksichtigungsfähig.

Das Argument von der verpflichtenden Festsetzung eines Ausgabebetrags auch bei Sacheinlagen weist im Ausgangspunkt zutreffend darauf hin, daß das Gesetz in §§ 23 Abs. 2 Nr. 2, 182 Abs. 3 und 185 Abs. 1 Nr. 2 AktG sowohl bei der Gründung wie bei einer Kapitalerhöhung die Festsetzung des Ausgabebetrags verlangt und dabei nicht zwischen Bargründungen und Sachgründungen unterscheidet.[1804] Aus § 54 Abs. 2 AktG oder § 27 Abs. 1 S. 1 AktG läßt sich daher nicht folgern, daß bei Sacheinlagen kein Ausgabebetrag festzusetzen sei, sondern allein, daß bei Sacheinlagen ein festgesetzter Ausgabebetrag nicht einzuzahlen ist, sondern eben unbar durch Übereignung eines Gegenstands bzw. Übertragung eines Rechts aufzubringen ist. Zurecht weist das Argument von der verpflichtenden Festsetzung eines Ausgabebetrags daher daraufhin, daß ausweislich der §§ 23 Abs. 2 Nr. 2, 182 Abs. 3 und 185 Abs. 1 Nr. 2 AktG auch bei Vereinbarung einer Sacheinlage ein Ausgabebetrag festzusetzen ist.

Fehlt geht jedoch die Folgerung, schon aus den zitierten Vorschriften ergäbe sich damit eine Pflicht zur Festsetzung des Zeitwerts des Einlagegegenstands als Ausgabebetrag. Eine solche Festsetzung ist nach den angeführten Normen nur möglich, nicht jedoch zwingend. Denn die in den zitierten Vorschriften zwingend vorausgesetzte Festsetzung eines Ausgabebetrags wird stets schon dadurch erfüllt, daß ein Sacheinlagegegenstand als Gegenleistung für Aktien bestimmt wird.[1805] Denn jede Aktie hat zwingend den geringsten Ausgabebetrag gem. § 9 Abs. 1 AktG als ihren Ausgabebetrag, selbst wenn keinerlei ausdrückliche Bestimmung über einen Ausgabebetrag vorgesehen wird, was bei einer Sacheinlage anders als bei einer Bareinlage möglich ist, weil diese Einlage rein gegenständlich bestimmt werden kann und eine Betragsangabe zur Festlegung der genauen Einlageschuld nicht nötig ist.[1806] Der Pflicht zur Festsetzung eines Ausgabebetrags wird mit anderen Worten bei Sacheinlagen stets schon durch Zuordnung der Sacheinlage zu neu ausgegebenen Anteilen genügt. Mehr kann aus den zitierten Vorschriften nicht gefolgert werden. Deshalb ist diese Argumentation nicht schlüssig.

1802 *Herchen*, Agio, S. 189 ff.

1803 *Herchen*, Agio, S. 192.

1804 *Herchen*, Agio, S. 186.

1805 Ähnlich *Hoffmann-Becking* in Münch. Hdb. AG § 4, Rz. 16.

1806 Zur ausreichenden Bestimmung der Leistungsschuld bei Sacheinlagen s. o. Kapitel 1, S. 126. Denkbar wäre allein, daß bei einer Anteilsausgabe nicht einmal ein Nennbetrag festgesetzt würde. In diesem wenig praktischen Fall unterschiede sich eine Sacheinlage jedoch nicht von einer Bareinlage.

Ebensowenig kann das Argument von der Erforderlichkeit eines Ausgabebetrags für die Sacheinlageprüfung überzeugen.[1807] Richtig ist zwar, daß die Sacheinlageprüfung, wenn sie als reine Wertdeckungsprüfung verstanden wird, nur dann Sinn macht, wenn eine Bezugsgröße festgelegt ist. Die Sacheinlageprüfung kann nicht dazu gedacht sein, die gesellschaftsrechtlich erforderliche Bezugsgröße erst selbst herauszufinden. Dennoch kann die Sacheinlageprüfung auch als Wertprüfung sinnvoll sein.[1808] Sollte eine Sacheinlage neben einer Bareinlage festgesetzt sein, wobei schon die Bareinlage den geringsten Ausgabebetrag abdeckt, dann macht die bei allen Sacheinlagen vorgeschriebene Sacheinlageprüfung nur Sinn, wenn man sie als Wertprüfung versteht, nicht als reine Wertdeckungsprüfung.

Im Rahmen der Gesellschaftsrechtsrichtlinie ist zweifelhaft, ob eine solche Wertprüfung angestrebt und eine Sacheinlageprüfung bei reinen Sacheinlagen über dem geringsten Ausgabebetrag überhaupt erforderlich ist.[1809] Auf nationaler Ebene kann eine Sacheinlageprüfung als Wertprüfung gerade dann sinnvoll sein, wenn eine Aktivierung der Sacheinlage zum Zeitwert zumindest möglich sein soll, weil dadurch eine etwas größere Gewähr für die Belastbarkeit des durch § 150 AktG vorgeschriebenen und über § 272 Abs. 2 Nr. 1 HGB eventuell dem Publikum verlautbarten Haftungspuffers besteht. Im übrigen ist im Normalfall, daß Sacheinlagen jungen Anteilen zugeordnet werden, ohne zugleich eine Bareinlage in Höhe des Nominalwerts der Anteile festzusetzen, stets eine Wertdeckungsprüfung möglich und erforderlich, da – wie gesehen – stets der geringste Ausgabebetrags als Bezugsgröße zur Verfügung steht. Auch das Argument von der Erforderlichkeit eines Ausgabebetrags für die Sacheinlageprüfung kann daher nicht schlüssig begründen, daß der Zeitwert des Einlagegegenstands zwingend als Ausgabebetrag festzusetzen wäre.

(2) Argument von der aktienrechtlichen Identität von Einlage und Haftung

Für eine Pflicht zur Festsetzung des Zeitwerts von Sacheinlagen als korporatives Agio wird ferner ein Argument von der aktienrechtlichen Identität von Einlage und Haftung angeführt, demnach es im Aktienrecht für einen effektiven Schutz der Gläubiger geboten sei, alle Einlagen dem kapitalschutzrechtlichen Haftungsfonds zuzuführen, da nur auf diese Weise ein ordnungsgemäße Unternehmensfinanzierung sichergestellt werden könne, welche die Haftungsbeschränkung auf das Gesellschaftsvermögen rechtfertigen könne.[1810] De lege lata ist das Argument von der vermeintlichen aktienrechtlichen Identität von Einlage

1807 Zu diesem Argument *Herchen*, Agio, 192.

1808 Zum möglichen Verständnis der Sacheinlageprüfung als Wertdeckungsprüfung oder als Wertprüfung s. schon o. Kapitel 3, S. 413 ff.

1809 Zur europarechtlichen Diskussion s. o. Kapitel 3, S. 416.

1810 Diese Argumentation findet sich bei *Herchen*, Agio, 205 ff. und 233 ff.

und Haftung nicht schlüssig, jedoch bleibt die Argumentation de lege ferenda beachtlich.

Der laute Schlachtruf von der »ordnungsgemäßen Unternehmensfinanzierung« kann darüber hinwegtäuschen, daß hierbei die Wertung, welche Unternehmensfinanzierung als ordnungsmäßig anzusehen sei, nicht dem Gesetz entnommen wird, sondern dem Gesetz und seinem Verständnis vorgegeben wird. Betriebswirtschaftlich ist die Vorstellung, nach der nur eine Eigenkapitalfinanzierung in Form von besonders geschütztem Haftkapital eine ordnungsgemäße Unternehmensfinanzierung darstelle, verfehlt.[1811] Im Gesetz findet sich ebenfalls kein eindeutiger Hinweis darauf, daß nur Einlagen, die zugleich das aktienrechtlich besonders geschützte Haftkapital mehrten, Bestandteil einer »ordnungsgemäßen Unternehmensfinanzierung« sein könnten.[1812] Eine Eigenkapitalfinanzierung außerhalb des formellen Haftkapitals kann auch nicht pauschal als »treuwidrig« unter einem Gesichtspunkt materieller Unterkapitalisierung abqualifiziert werden.[1813] Denn das Gesetz enthält keine Anhaltspunkte dafür, daß es neben der Anforderung an ein gesetzliches Mindestkapital aus § 7 AktG weitere, ungeschriebene Anforderungen an das gesetzliche Haftkapital stelle.[1814]

Vielmehr finden sich Anhaltspunkte dafür, daß das Gesetz gerade nicht davon ausgeht, alle wirtschaftlichen Einlagen müßten aus Gläubigerschutzgesichtspunkten heraus stets das besonders geschützte Haftkapital mehren. Historisch hat sich gezeigt, daß die Ausschüttungssperre für Agioeinlagen nicht dem Gläubigerschutz dienen sollte, sondern allein dem Kapitalmarktschutz.[1815] Wenn bei einer Sacheinlage stille Reserven gelegt werden, droht nicht dieselbe Gefahr einer Ausschüttung von Scheindividenden wie bei Bareinlagen, an die der Gesetzgeber von 1884 in erster Linie gedacht hat, und auch nicht wie bei der Aktivierung von Sacheinlagen zum Zeitwert. Mit dem historischen Gesetzeszweck läßt sich ein Zwang zur Festlegung des Zeitwerts von Sacheinlagen als korporatives Agio nicht begründen, sondern nur eine Ausschüttungssperre, falls der Zeitwert des Einlagegegenstands aktiviert wird.

Sofern man nun aber annimmt, daß seit der Aktienrechtsreform von 1965 der Gläubigerschutz als Leitgedanke neben den Kapitalmarktschutz tritt, insoweit das Gesetz in § 150 AktG eine Ausschüttungssperre für Agioeinlagen vorschreibt[1816], zwingt auch dieses Verständnis des § 150 AktG nicht zu einer Verhinderung der Legung stiller Reserven, da stille Reserven ein integraler

1811 S. schon o. Kapitel 2, S. 367.

1812 So aber ausdrücklich *Herchen*, Agio, 206 f. – jedoch ohne Hinweis auf einen konkreten Anhaltspunkt im Gesetz.

1813 So aber *Herchen*, Agio, 208.

1814 S. a. u. S. 782 f.

1815 S.o. Kapitel 5, S. 710 ff.

1816 Zu diesem möglichen aktualisierten Verständnis der Ausschüttungssperre s.o. Kapitel 5, S. 726.

Bestandteil des bilanziellen Kapitalschutzes sind.[1817] Im bilanziellen Kapitalschutz ist die faktische Erhöhung des wirtschaftlichen Eigenkapitals durch stille Reserven als weiterer Puffer neben dem Grundkapital stets miteingerechnet. Den stillen Reserven kommt damit eine ähnliche Pufferwirkung zu, wie sie § 150 AktG für offene Agioeinlagen vorschreibt.

In den Details bestehen Unterschiede zwischen der faktischen Schutzwirkung stiller Reserven und einer Ausschüttungssperre mit Verlustverrechnungsmöglichkeit, wie die theoretische Möglichkeit zur Aufdeckung stiller Reserven bei deren Realisation im Geschäftsbetrieb mit nachfolgender Ausschüttung oder bei einer Zeitwertaktivierung abschreibungspflichtiger Sacheinlagen die Ergebniswirkung bei Abschreibung, die bei einer insgesamt positiven Ertragslage nicht zur Reduktion des Haftkapitals durch Verlustverrechnung führt. In solchen Fällen wäre eine Aktivierung des Zeitwerts mit nachfolgender Ausschüttungssperre wirksamer. Umgekehrt wirkt bei einer negativen Ertragslage aufgrund der nach § 150 AktG möglichen Verlustverrechnung die Legung stiller Reserven dauerhafter, da das nur wirtschaftliche Eigenkapital nicht durch Verlustverrechnung für die Zukunft von der gesetzlichen Ausschüttungssperre befreit werden kann. Aufgrund der nicht identischen, aber vergleichbaren Schutzwirkung stiller Reserven fordert der Gläubigerschutzzweck des § 150 AktG nicht, die Legung stiller Reserven durch Festsetzung des Zeitwerts von Sacheinlagen als korporatives Agio zu verhindern, dies gilt umso mehr als der durch § 150 AktG bewirkte Gläubigerschutz nicht in allen Fällen effektiver ist als der faktische Schutz durch stille Reserven.

Jedenfalls für Einlagen, die ohne Zusammenhang mit einer Anteilsausgabe in eine Gesellschaft eingebracht werden, zeigt § 272 Abs. 2 Nr. 4 HGB mit der Möglichkeit zu einer nicht ausschüttungsgesperrten Kapitalrücklage eindeutig, daß das Gesetz aktuell nicht von einer Identität von Haftung und allen wirtschaftlichen Einlagen ausgeht. Selbst bei Zusammenhang mit einer Anteilsausgabe wird das Gesetz nun allgemein nicht so verstanden, daß jede wirtschaftliche Einlage das Haftungskapital erhöht. Denn Nebenleistungen nach § 55 AktG, die als wirtschaftliche Einlagen anzusehen sind und teilbare Sacheinlagen gegebenenfalls ersetzen könnten, sind nach allgemeiner Auffassung nicht als aktienrechtliche Einlagen anzusehen und werden weder in die Kapitalaufbringung noch in die Kapitalerhaltung einbezogen.[1818] Vor allem aber können nicht sacheinlagefähige wirtschaftliche Einlagen, insbesondere also die

1817 Zur Systemimmanenz stiller Reserven im System des bilanziellen Kapitalschutzes s. o. Kapitel 2, S. 343 f.

1818 Zu den Nebenverpflichtungen als wirtschaftliche Einlagen s. schon o. Kapitel 1, S. 134 ff. Der Verweis auf die Nebenverpflichtungen allein widerlegt das Argument von der Identität von Haftung und Einlage noch nicht, da es bei Annahme eines Grundsatzes einer Haftung aller Einlagen denkmöglich ist, Nebenverpflichtungen im Wege der Analogie in den Kapitalschutz einzubeziehen. Zu den Schwierigkeiten einer solchen Analogie s. jedoch Kapitel 1, aaO.

wirtschaftlichen Vorteile aus Dienstleistungen, wegen § 27 Abs. 2 AktG nicht das Haftkapital mehren, sondern nur faktisch das Eigenkapital der Gesellschaft schonen. Eine Einbeziehung aller wirtschaftlichen Einlagen in den Kapitalschutz ist demnach de lege lata nicht möglich.

Das Argument von der Identität aller Einlagen mit dem Haftkapital der Aktiengesellschaft wird noch durch eine weitere, praktisch besonders wichtige Ausnahme geschwächt. Der praktisch wichtigste Fall von Sacheinlagen als Entgelt für die Ausgabe junger Aktien besteht in den Umwandlungsfällen der Verschmelzung und der Spaltung. Gerade in diesen Fällen läßt das Gesetz über § 24 UmwG und § 20 UmwStG eine Buchwertfortführung zu.[1819] Für eine konsistente Systembildung wäre erforderlich, gerade die praktisch wichtigsten Fälle dem Gebot der Zeitwertfestsetzung als korporatives Agio zu unterwerfen.[1820] Hiergegen kann nicht eingewandt werden, in den Umwandlungsfällen werde lediglich eine Fortführung der im übertragenen Rechtsträger schon vorhandenen stillen Reserven ermöglicht.[1821] Denn aus Sicht der Altgesellschafter des übernehmenden Rechtsträgers wie auch der Gläubiger des übernehmenden Rechtsträgers besteht hinsichtlich der Legung stiller Reserven bei einer Anteilsausgabe kein Unterschied darin, welcher Einlagegegenstand als Gegenleistung für die Anteile eingebracht wird.[1822] Vielmehr läßt sich das Argument von der Identität von aktienrechtlichem Haftkapital und Einlage in die Aktiengesellschaft nur dann schlüssig vortragen, wenn tatsächlich alle Einlagen in Aktiengesellschaften das formelle Haftkapital mehren, nicht nur die faktische Haftungsmasse, und wenn nicht für praktisch wichtige Fälle Ausnahmen gesetzlich vorgesehen sind.

Die mannigfaltigen Ausnahmen von der vermeintlichen Identität von aktienrechtlicher Haftung und Einlage zeigen, daß das Gesetz einen solchen Grundsatz, der für sich genommen Überzeugungskraft besitzt[1823] und daher de lege ferenda beachtlich ist, aktuell nicht kennt. Vielmehr hat sich das Gesetz für ein System des festen Nominalwerts der Anteile entschieden, in dem definitionsgemäß dem Nominalwert eine besondere Bedeutung zukommt. Diese besondere Bedeutung zeigt sich auch, wie oben gesehen, in besonderen Publizitätsanforderungen für den Nominalwert der Anteile. In einem solchen System ist die Gleichbehandlung materieller Einlagen mit den Einlagen auf den Nominal-

1819 Auf den Widerspruch, in dem die Buchwertfortführung zu einem Postulat der Zeitwertfestsetzung als korporatives Agio steht, weist *Maier-Reimer*, Wert der Sacheinlage, 261 hin, ähnlich *Wiedemann* in GroßKomm-AktG § 183, Rz. 55 und *Hoffmann-Becking* in Münch. Hdb. AG § 4, Rz. 16 und 20. Zur Buchwertfortführung in Umwandlungsfällen s. o. Kapitel 1, S. 328 und 57.

1820 Zu diesem Erfordernis juristischer Systembildung *Larenz*, Methodenlehre, 335.

1821 So aber *Herchen*, Agio, 202.

1822 Zur Überzeugungskraft eines solchen Alles-Einlagen-Arguments aus der Perspektive verschiedener Interessensgruppen s. schon o. Kapitel 4, S. 557 ff.

1823 Vgl. o. Kapitel 4, S. 473 ff.

wert der Anteile besonders erklärungsbedürftig, die Argumentationslast liegt bei dem, der eine solche Gleichbehandlung fordert, in der vorliegenden Frage damit bei dem, der mit Verweis auf die Teleologie bestimmter Kapitalschutzvorschriften diejenigen Vorschriften, die eine Festsetzung des Ausgabebetrags vorschreiben, ohne konkreten Anhaltspunkt im Wortlaut der Normen weit auslegen will in dem Sinne, daß bei Sacheinlagen der Zeitwert des Einlagegegenstands als erhöhter Ausgabebetrag festzusetzen sei.

Der Hinweis auf die materielle Einlagequalität eines faktischen Agios kann die Forderung nach einer formellen Festsetzung desselben als korporatives Agio noch nicht begründen sondern stellt eine unzulässige Äquivokation des Einlagebegriffs dar.[1824] Daraus, daß man alle Leistungen, die das Eigenkapital einer Gesellschaft stärken, als Einlagen bezeichnen kann, folgt noch nicht, daß man alle Eigenkapitalbeiträge von Gesellschaftern auch rechtlich ebenso behandeln müßte wie Einlagen auf das Grundkapital oder auf ein korporatives Agio. Für die Begründung der rechtlichen Gleichbehandlung aller Einlagen, die nicht Einlagen auf das Grundkapital oder auf ein korporatives Agio sind, und damit für die Begründung einer Festsetzungspflicht des Zeitwerts von Sacheinlagen als korporatives Agio bedarf es vielmehr einer eigenständigen, gesellschaftsrechtlichen Wertung.[1825] Nachdem sich der Gläubigerschutzzweck des § 150 AktG als nicht tragfähiges Argument für eine Festsetzungspflicht jedes materiellen Agios als korporatives Agio erwiesen hat, können nur mehr andere gesellschaftsrechtliche Wertungen eine Festsetzungspflicht begründen.

(3) Argument vom gesetzlichen Umfang des Mitgesellschafterschutzes

Für eine Festsetzungspflicht des faktischen Agios als korporatives Agio wurde zur Rechtslage vor dem Zukunftsfinanzierungsgesetz, mit dem § 255 AktG vollständig neu konzipiert wurde, ein Argument vom gesetzlichen Umfang des Mitgesellschafterschutzes bei Bezugsrechtsausschluß angeführt. Gemäß § 186 Abs. 4 S. 2 AktG muß im Falle einer Kapitalerhöhung unter Bezugsrechtsausschluß der Vorstand der Hauptversammlung einen schriftlichen Bericht vorlegen und darin insbesondere den vorgeschlagenen Ausgabebetrag begründen. Die Erläuterung des Ausgabebetrags sollte vor Inkrafttreten des Zukunftsfinanzierungsgesetzes insbesondere die Aktionäre in die Lage versetzen zu entscheiden, ob sie im Falle einer positiven Beschlußfassung gegen den Kapitalerhöhungsbeschluß Anfechtungsklage nach § 255 Abs. 2 AktG a.F. erheben wollten.[1826]

§ 255 Abs. 2 AktG a.F. räumte den Aktionären ein Anfechtungsrecht für den Fall ein, daß der im Erhöhungsbeschluß gewählte Ausgabebetrag bzw. der nach § 182 Abs. 3 AktG vorgegebene Mindestbetrag unangemessen niedrig sind.

1824 Zur vergleichbaren Argumentation im englischen Recht s. o. Kapitel 4, S. 473 ff.
1825 So schon o., Kapitel 1, S. 111 ff.
1826 Vgl. Hüffer/*Koch*, AktG § 186, Rz. 24.

Nach dem Wortlaut der Vorschrift bestand das Anfechtungsrecht schon dann, wenn der Ausgabebetrag unangemessen niedrig ist, nicht erst dann, wenn der Ausgabebetrag zuzüglich weiterer eingebrachter Werte unangemessen ist. Daraus folgerte das Argument vom gesetzlichen Umfang des Mitgesellschafterschutzes bei Bezugsrechtsausschluß, der mit § 186 Abs. 4 S. 2 iVm § 255 Abs. 2 AktG a.F. verfolgte Mitgesellschafterschutz verlange eine förmliche Festsetzung des Zeitwerts von Sacheinlagen als korporatives Agio, i.e. als erhöhten Ausgabebetrag gem. § 9 Abs. 2 AktG.[1827]

Diesem Argument wurde indes durch die Neukonzipierung des § 255 AktG durch das Zukunftsfinanzierungsgesetz der Boden entzogen. § 255 Abs. 2 AktG n.F. schließt ein Anfechtungsrecht aufgrund einer nicht wertdeckenden Festsetzung eines Ausgabebetrags aus. Statt einer Anfechtungsmöglichkeit gegen den Beschluß zur Kapitalerhöhung gewährt das Gesetz in Absatz 4 der Vorschrift nunmehr nach Durchführung der Kapitalerhöhung benachteiligten Minderheitsgesellschaftern die Möglichkeit, von der Gesellschaft eine bare Ausgleichszahlung zu verlangen, um eine eingetretene Wertverwässerung nachträglich zu beseitigen. Für den Anspruch auf Ausgleichszahlung kommt es zukünftig nicht darauf an, welcher Ausgabebetrag förmlich festgesetzt wurde, sondern allein darauf, ob der tatsächliche Wert der Einlage unangemessen niedrig ist. Dies bedeutet bei Sacheinlagen, daß nicht geprüft wird, ob der festgesetzte Ausgabebetrag inklusive des korporativen Agios geeignet ist, eine Wertverwässerung der Altanteile zu vermeiden, sondern es wird allein geprüft, ob der tatsächliche Wert des Einlagegegenstands eine Wertverwässerung ausschließt.[1828] Nach der Neuregelung genügt demnach auch ein faktisches Agio, das im nicht bezifferten Mehrwert einer Sacheinlage liegt, den Anforderungen des Gesetzes an den Schutz der Minderheitsgesellschafter vor Wertverwässerung bei Kapitalerhöhungen.

Dieses neue Schutzkonzept schließt es aus systematischen Gründen aus, die Festsetzung des Zeitwerts eines Sacheinlagegegenstands als korporatives Agio zu verlangen. Hauptanwendungsbereich des neuen Ausgleichsanspruchs nach §§ 255 Abs. 4–7 AktG n.F. sind Sachkapitalerhöhungen.[1829] Würde man die Festsetzung des geschätzten Zeitwerts einer Sacheinlage als Ausgabebetrag verlangen, wäre dieser Wert durch die Kapitalaufbringungsvorschriften, insbesondere die Differenzhaftung bei überbewerteten Sacheinlagen gesichert. Selbst bei Einbringung eines tatsächlich unterwertigen Sacheinlagegegenstands käme es regelmäßig nicht zu einer Wertverwässerung und damit nicht zu einem Anspruch auf bare Zuzahlung nach § 255 Abs. 4 AktG n.F., da nach der Gesetzes-

1827 Vgl. *Herchen*, Agio, 195 ff.; *Dietz*, Aktien als Akquisitionswährung, 156 f.; *Schäfer*, Schuldrechtliches Agio im Aktienrecht, 955.

1828 *Atta-Schumacher/Heidel* in Heidel, AktR, § 255 Rz. 32.

1829 *Koch,* AktG, § 255 Rz. 14 (eine analoge Anwendbarkeit annehmend wie die h.M. nach altem Recht, wenngleich jedenfalls nach neuem Recht eine direkte Anwendbarkeit gegeben sein sollte).

systematik die Kapitalaufbringungsregeln für einen Ausgleich der Wertdifferenz sorgen müßten. Bei stets verpflichtender Festsetzung eines korporativen Sachagios entfiele demnach regelmäßig der Hauptanwendungsbereich des neuen Schutzkonzepts des Ausgleichsanspruchs. Aus der Gesetzessystematik folgt daher, daß das Aktienrecht nicht verlangt, bei Sacheinlagen mehr als den geringsten Ausgabebetrag nach § 9 Abs. 1 AktG festzulegen. Die Festlegung eines korporativen Agios bei Sacheinlagen ist fakultativ. Damit hat das Zukunftsfinanzierungsgesetz die ständige Praxis und frühere herrschende Meinung, nach der auch unter Geltung des § 255 Abs. 2 AktG a.F. keine Pflicht zur Festsetzung eines korporativen Sachagios bestand, anerkannt.[1830] Spätestens mit Inkrafttreten des Zukunftsfinanzierungsgesetzes kann daher nicht mehr verlangt werden, bei Sacheinlagen einen erhöhten Ausgabebetrag festzusetzen.

Die bereits zu § 255 Abs. 2 AktG a.F. herrschende Ansicht, die das Zukunftsfinanzierungsgesetz durch das Abstellen auf den tatsächlichen Wert von Sacheinlagen anerkannt hat, wurde im wesentlichen mit der Überlegung begründet, daß bei Sacheinlagen nicht der Ausgabebetrag maßgeblich sein könne, da das Gesetz bei Sacheinlagen an keiner Stelle mehr als die Festsetzung eines geringsten Ausgabebetrags nach § 9 Abs. 1 AktG gefordert habe. Daher müsse bei Sacheinlagen deren wahrer Wert maßgeblich sein.[1831] Bei Sacheinlagen sei allein ein solches Verständnis des § 255 Abs. 2 AktG a.F. interessengerecht. Denn es sei zu berücksichtigen, daß es bei Sacheinlagen keinen objektiv feststehenden Wert gibt, insbesondere nicht in dem praktisch relevanten Fall der Einbringung eines Unternehmens als Sachgesamtheit. Gerade im Fall der Einbringung eines Unternehmens enthalten die anzuwenden Bewertungsverfahren verschiedene Variablen und führen nicht zu eindeutigen objektiven Ergebnissen.[1832]

Dabei sei weiter zu berücksichtigen, daß für die Frage der Angemessenheit eine Bewertung beider Gesellschaften erforderlich ist, des einzubringenden Unternehmens wie auch der Gesellschaft, die neue Aktien ausgibt. Bei beiden Unternehmensbewertungen bestehen dieselben Bewertungsunsicherheiten. Dem Investor, der sein Unternehmen im Wege der Sacheinlage in eine Aktiengesellschaft einbringt, garantierten die Altgesellschafter der Aktiengesellschaft nicht für die Bewertung ihres Unternehmens. Aus der doppelten Bewertungsunsicherheit in diesen Fällen wurde abgeleitet, eine Pflicht zur Festsetzung eines angemessenen Kaufpreises sei nicht angemessen, da andernfalls der Neuinve-

1830 So auch *Atta-Schumacher/Heidel* in Heidel, AktR, § 255 Rz. 90.

1831 Vgl. *Verse*, Sacheinlagen und Vergleich, 884; *Maier-Reimer*, Wert der Sacheinlage, 261 ff.; *Hoffmann-Becking* in Münch. Hdb. AG § 4, Rz. 17; *Baums*, Agio und sonstige Zuzahlungen, 69; *Lüssow*, Agio, 105 ff. – je m.w.N.

1832 Ausführlich zu dem Bewertungsproblem bei der Einbringung eines Unternehmens im Wege der Sacheinlage *Maier-Reimer*, Wert der Sacheinlage, 255 ff.; zustimmend im Zusammenhang der Auslegung des § 255 II AktG z.B. *Verse*, Sacheinlagen und Vergleich, 884 Fn. 36.

stor für die Werthaltigkeit seines Unternehmens qua Differenzhaftung einstehen müsse, ihm jedoch die Werthaltigkeit der Aktiengesellschaft nicht garantiert werden könne. Dem Neuaktionär würde mithin das Bewertungsrisiko beider Unternehmensbewertungen aufgebürdet, während es vielmehr angemessen sei, die beteiligten Parteien aushandeln zu lassen, wie sie die wirtschaftlichen Risiken unter sich verteilen wollen, soweit nicht die systematisch stets beachtlichen Regelungen über den Nominalwert der Anteile zwingende Grenzen setzen.[1833]

Solche Schwierigkeiten bei der Bewertung von Unternehmen hat auch der Gesetzgeber des Zukunftsfinanzierungsgesetzes anerkannt. Im Gesetzgebungsverfahren war ursprünglich angedacht gewesen, den Neuinvestor bei einer Einlage, die nicht dem tatsächlichen Wert der an ihn ausgegebenen Anteile entspricht, wirtschaftlich für die Zahlung des Barausgleichsanspruchs an die Altaktionäre einstehen zu lassen. Dafür sollte der Gesellschaft ein Freistellungsanspruch gegen den Neuinvestor eingeräumt werden. Diese Überlegungen hat der Finanzausschuß indes verworfen und zur Begründung unter anderem darauf verwiesen, daß die Bewertung des Unternehmens der Anteile ausgebenden Gesellschaft gerade bei Startups häufig schwierig sei. Aufgrund dieser Bewertungsschwierigkeiten könne einem Neuinvestor nicht zugemutet werden, über einen gegen ihn gerichteten Freistellungsanspruch den tatsächlichen Unternehmenswert der Anteile ausgebenden Gesellschaft zu garantieren.[1834]

Abschließend soll noch darauf hingewiesen werden, daß die Festsetzung eines korporativen Agios auch bei Sacheinlagen selbstverständlich weiterhin möglich ist. Das Gesetz gewährt den Altgesellschaftern faktisch die Option, zwischen zwei Schutzkonzepten zu wählen. Entweder können sie ein korporatives Agio festsetzen mit der Folge, daß der Sacheinleger über die Kapitalaufbringungsregeln dafür einstehen muß, daß der erhöhte Ausgabebetrag durch den eingebrachten Sacheinlagegegenstand tatsächlich abgedeckt wird. In diesem Fall wird ein gewisses Maß an Schutz der Altgesellschafter und damit auch der Minderheitsgesellschafter zulasten des Neuinvestors erreicht. Oder die Altaktionäre verzichten auf die Festsetzung eines korporativen Agios mit der Folge, daß allein der gesetzliche Anspruch auf Ausgleichszahlung nach § 255 Abs. 4 AktG n.F. ein Mindestmaß an Minderheitsgesellschafterschutz sicherstellt. In diesem Fall geht der Minderheitsgesellschafterschutz unmittelbar zulasten der Gesellschaft und mittelbar damit auch zulasten der Altgesellschafter, welche die Kapitalerhöhung mit qualifizierter Mehrheit beschlossen haben.

1833 Vgl. v.a. *Maier-Reimer*, Wert der Sacheinlage, 256 f. und 261 ff.; *Hoffmann-Becking* in Münch. Hdb. AG § 4, Rz. 18.

1834 Beschlußempfehlung des Finanzausschusses zum Zukunftsfinanzierungsgesetz, BT-Drs. 20/9363, 124.

(4) Zusammenfassung

Zusammenfassend läßt sich festhalten, daß für eine Festsetzungspflicht eines angemessenen korporativen Agios allein der Schutz der Minderheitsgesellschafter vor Verwässerung ihrer Anteile angeführt werden kann. Die übrigen im Zuge der Diskussion vorgetragenen Argumente aus der Systematik der weiteren Vorschriften zur Festsetzung eines Ausgabebetrags und aus dem Schutzzweck des Gläubigerschutzes sind in dieser Frage nicht schlüssig und damit unbeachtlich. Das Aktiengesetz hat sich indes jedenfalls in der aktuellen Fassung nach dem Zukunftsfinanzierungsgesetz gegen einen Minderheitsgesellschafterschutz durch verpflichtende Festsetzung eines korporativen Agios entschieden. Dieser Begründungsansatz bleibt damit allein rechtspolitisch erwägenswert.

Rechtspolitisch hängt die Frage nach der Festsetzungspflicht eines korporativen Agios bei Sacheinlagen davon ab, welchen Umfang und welche Intensität des zwingenden Schutzes der Minderheitsgesellschafter man für angemessen erachtet und welche Lasten man entsprechend anderen Interessengruppen, hier vor allem dem Neugesellschafter, der eine Sacheinlage erbringt, aufbürden will. Bei allen Sacheinlagen besteht ein Bewertungsrisiko hinsichtlich des Einlagegegenstands, aber auch ein Bewertungsrisiko hinsichtlich des wahren Werts der Anteile, der angemessen entgolten werden soll. Diese Bewertungsrisiken gilt es zwischen den verschiedenen Interessensgruppen angemessen aufzuteilen.

Welcher Standard an Minderheitsgesellschafterschutz zwingend vorzugeben ist, hängt insbesondere auch davon ab, wie sehr man neben dem bilanziellen Kapitalschutz auf weitere Schutzmodule vertraut.[1835] In wertungsmäßig vergleichbaren Fällen vertraut das Gesetz teilweise auch gänzlich auf andere Schutzmodule, so z.B. bei Sachübernahmen im Zuge von Kapitalerhöhungen[1836] auf die Organpflichten des Vorstands und die Gewährleistungsansprüche des Schuldrechts oder bei korporativen Nebenleistungen gem. § 55 AktG[1837] auf die Selbstschutzobliegenheiten der Aktionäre. Der bilanzielle Kapitalschutz hat Freunde und die Frage, bis zu welchem Maß der Kapitalaufbringungsschutz im Interesse der Mitgesellschafter geboten erscheint, wird auch danach beantwortet, wieviel Vertrauen man in die Freunde des Kapitalschutzes setzen will.

Somit erscheint es systematisch stimmig, wenn sich der Gesetzgeber auch in der Frage der verpflichtenden Festsetzung eines korporativen Agios spätestens mit dem Zukunftsfinanzierungsgesetz dafür entschieden hat, daß auch ohne Festsetzung eines korporativen Agios ein ausreichender Minderheitsgesellschafterschutz gewährleistet werden kann. Der Gesetzgeber vertraut mit dem nachträglichen Ausgleichsanspruch der Minderheitsaktionäre auf ein alternatives Schutzkonzept. Dieses neu eingeführte Schutzmodul sieht der Gesetzgeber im

1835 Zu solchen weiteren Schutzmodulen allgemein o. Kapitel 2, S. 357 ff.
1836 Dazu o. S. 762.
1837 Dazu o. Kapitel 1, S. 134 ff.

Fall eines Bezugsrechtsausschlusses ausdrücklich als Teil eines Maßnahmenbündels für den Schutz der Minderheitsgesellschafter vor Wertverwässerung, zu dem er noch das Erfordernis einer qualifizierten Mehrheit für den Kapitalerhöhungsbeschluß zählt, ferner die Koppelung des Ausgabepreises an den Börsenkurs und die Möglichkeit der Aktionäre, Anteile an der Börse nachzukaufen.[1838] In dem gesetzgeberischen Hinweis auf die Möglichkeit eines Zukaufs von Anteilen an der Börse klingt an, daß der Gesetzgeber den Altaktionären sogar eine gewisse Obliegenheit zumutet, zu ihrem Schutz selbst aktiv zu werden. Nach den Vorstellungen des Gesetzgebers bezweckt das Aktiengesetz demnach nicht, die Minderheitsgesellschafter vor jeder Gefahr einer Wertverwässerung durch eine maximale Stärkung des Kapitalschutzes des korporativen Agios zu schützen.

Der aktienrechtliche Kapitalschutz kann jenseits der im System eines festen Nominalwerts der Anteile stets zu beachtenden Vorgaben zum Grundkapital auch sinnvoll als Optionsmodell gedacht werden, in dem die Gesellschafter dadurch über die Intensität des Kapitalschutzes bestimmen können, daß sie neben den Einlagen auf das Grundkapital weitere materielle Einlagen als korporatives Agio festsetzen können oder auch nicht. In geschlossenen Gesellschaften würde selbst eine grundsätzliche Festsetzungspflicht eines korporativen Agios faktisch nicht mehr als ein Optionsmodell bewirken, solange sich alle Gesellschafter einig sind. Aber auch bei dissentierenden Minderheitsgesellschaftern und in kapitalmarktorientierten Publikumsgesellschaften kann man ein Optionsmodell und damit vor allem einen Verzicht auf die Kapitalaufbringungsregeln als angemessen ansehen, solange das Interesse der Minderheitsgesellschafter auf Verwässerungsschutz durch andere Schutzmodule ausreichend sichergestellt ist. Der Gesetzgeber jedenfalls gibt durch den Verzicht auf eine Festsetzungspflicht eines korporativen Agios bei Sacheinlagen den Aktionären im Ergebnis die Option, selbst zu entscheiden, in welchem Umfang sie ihre Interessen durch die Regelungen zum Kapitalschutz des Agios gewahrt sehen wollen.

Abschließend ist noch darauf hinzuweisen, daß man bei der Beantwortung der Frage der Zulässigkeit eines faktischen Agios die Frage nach der Zulässigkeit eines schuldrechtlichen Agios im Blick behalten muß, da beide Fragestellungen dieselben Interessen berühren und daher wertungsmäßig vergleichbar sind, wenngleich einige Unterschiede bestehen, wie z.B. die Möglichkeit, auf schuldrechtlichem Wege auch Bareinlagen zu vereinbaren, und vor allem der Wegfall der übrigen kapitalschutzrechtlichen Rechtsfolgen einer korporativen Festsetzung, die sogleich weiter erörtert werden sollen. Die Zulässigkeit des schuldrechtlichen Agios wird daher nach der Diskussion der weiteren kapitalschutzrechtlichen Rechtsfolgen einer Festsetzung als aktienrechtliche Einlage erörtert.[1839]

1838 RegBegr. zum Zukunftsfinanzierungsgesetz, BT-Drs. 20/8292, 136.
1839 S. u. S. 867 ff.

2. Anforderungen an Höhe und Aufteilung des Kapitals

a) Verbot der Unterpari-Emission (§ 9 Abs. 1 AktG) und Mindestkapital (§ 7 AktG)

Zwei Vorschriften, an denen die Sonderstellung des Nominalkapitals in einem System des festen Nominalwerts der Anteile besonders deutlich wird, sind das Verbot der Unterpari-Emission in § 9 Abs. 1 AktG und die Anforderungen zum Mindestkapital in § 7 AktG.

aa) Verbot der Unterpari-Emission

Ein zentraler Grundsatz im System des festen Nominalkapitals lautet, daß für jede Aktie mindestens deren Nennbetrag als Entgelt an die Gesellschaft geleistet werden muß. Diesen Grundsatz schreibt für das Aktienrecht § 9 Abs. 1 AktG fest, der damit Art. 8 Abs. 1 der ehemals Zweiten gesellschaftsrechtlichen Richtlinie (heute Art. 47 Gesellschaftsrechtsrichtlinie) umsetzt.[1840] Der Zweck der Vorschrift liegt in der Sicherung der realen Kapitalaufbringung und damit nicht nur, worauf die Literatur zumeist allein abstellt[1841], im Schutz der Gläubiger, sondern auch im Schutz der Mitgesellschafter, deren Rechte sich typischerweise nach dem Verhältnis der Nennwerte der Anteile bestimmen, weshalb gerade auch diese Nennwerte tatsächlich aufgebracht werden sollen. Da jedoch für den Schutz der Gläubiger gerade das Grundkapital von besonderer Bedeutung ist, während die Verwässerungsschutzinteressen der Mitgesellschafter auch durch andere Beiträge eines Aktionärs gewahrt werden können, ist es möglich, die Bedeutung des Grundkapitals und damit die Bedeutung des Verbots der Unterpari-Emission gerade für die Gläubiger besonders zu betonen.

Da jede Aktiengesellschaft ein Grundkapital hat (§ 6 AktG) und dieses Grundkapital auf die Aktien aufgeteilt ist (§ 1 Abs. 2 AktG), hat jede Aktie einen bestimmten Nominalwert (Nennbetrag bei Nennbetragsaktien nach § 8 Abs. 2 AktG bzw. anteiliger Betrag am Grundkapital bei Stückaktien nach § 8 Abs. 3 AktG). Es ist daher unvorstellbar, daß nicht jede Aktie zumindest einen geringsten Ausgabebetrag hätte.[1842] Für eine Gegenleistung, deren Wert

1840 Vgl. o. Kapitel 3, S. 381.

1841 Vgl. nur Grigoleit/*Vedder*, AktG § 9, Rz. 1; Hüffer/*Koch*, AktG § 9, Rz. 1, *Heider* in MüKo-AktG § 9, Rz. 3.

1842 Denkbar wäre der praktisch irrelevante Fall, daß bei einer Anteilsausgabe für eine Nennbetragsaktie gar kein (nicht einmal ein zu geringer) Nennbetrag bzw. (bei Kapitalerhöhungen mit Stückaktien) gar kein Kapitalerhöhungsbetrag (nicht einmal ein im Verhältnis der auszugebenden Aktien zum bisherigen Grundkapital zu geringer) festgesetzt würde. Selbst dann aber hätte jede Aktie einen geringsten Ausgabebetrag, der nur – da unzulässiger Weise nennwertlose Anteile ausgegeben würden – null wäre. Zu dem schon eher denkbaren, aber ebenfalls wenig praxisrelevanten Fall, daß die Summe der Nominalbeträge aller Aktien vom Nennbetrag

geringer ist als dieser geringste Ausgabebetrag, darf eine Aktie nicht ausgegeben werden. Das besagt das Verbot der Unterpari-Emission des § 9 Abs. 1 AktG.

Ausdrücklich läßt § 9 Abs. 2 AktG die Festsetzung weiterer Einlagen zu. Das war vor 1884 bei Gründungen umstritten und allein bei Kapitalerhöhungen zweifelsfrei. Der Gesetzgeber von 1884 wollte jedoch schon bei Gründungen verschiedene Formen von Eigenkapitalbeiträgen der Gesellschafter zulassen, um bei der Finanzierung der Aktiengesellschaft mehr Flexibilität zu ermöglichen.[1843] Die Zulassung des korporativen Agios bedeutet, daß das Gesetz an dieser Stelle bewußt einen Unterschied macht zwischen verschiedenen Formen von Eigenkapitalbeiträgen und damit von der im 19. Jahrhundert vielfach geteilten Vorstellung, zumindest bei der Gesellschaftsgründung müsse alles Eigenkapital als Nominalkapital aufgebracht werden, abweicht. Bei Kapitalerhöhungen ist die Möglichkeit, ein Agio festzusetzen, vielfach schon deshalb erforderlich, weil stille Reserven auszugleichen sind, was nur außerhalb des Nominalkapitals erfolgen kann, da andernfalls die Neuinvestoren zuviel Nominalkapital und damit zu viele Mitgliedschaftsrechte zugewiesen bekämen.[1844]

Bei Kapitalerhöhungen kann das Verbot der Unterpari-Emission Schwierigkeiten bereiten, wenn der Kurswert der Aktie aufgrund wirtschaftlicher Schwierigkeiten des Unternehmens unter ihrem Nennbetrag liegt. Gerade in einer wirtschaftlich schwierigen Situation, in der neues Eigenkapital dringend benötigt wird, kann das Verbot der Unterpari-Emission eine Kapitalerhöhung erschweren. Die deutsche Lösung dieses Problems besteht in einem Kapitalschnitt, d.h. einer vereinfachten Kapitalherabsetzung gem. § 229 ff. AktG mit anschließender Kapitalerhöhung.[1845] Ausländischen Rechtsordnungen ist der Gedanke, gerade in wirtschaftlich kritischen Situationen eine Kapitalherabsetzung auch noch vereinfacht vornehmen zu können, oftmals nicht verständlich zu machen, weshalb z.B. in England, das die Möglichkeit vereinfachter Kapitalherabsetzung nicht kennt, das Verbot der Unterpari-Emission kritischer gesehen wird als in Deutschland.[1846] Diese nicht gänzlich auszuschließenden Schwierigkeiten bei der Unternehmensfinanzierung in schwierigen Situationen können ein Anlaß sein, schon bei der Gründung das gewünschte Eigenkapital zu einem hohen Anteil in Form eines (korporativen) Agios bereitzustellen, um die Wahrscheinlichkeit zu verringern, daß der Kurswert der Aktien später einmal über deren wahren Wert liegt.[1847]

des Grundkapitals abweicht, s. Grigoleit/*Vedder*, AktG § 6, Rz. 9; auch in diesem Fall hätte jede Aktie automatisch einen geringsten Ausgabebetrag, nur eben einen »zu geringen geringsten Ausgabebetrag«.

1843 S. dazu o. Kapitel 5, S. 710.

1844 S. dazu o. Kapitel 1, S. 55.

1845 Vgl. Hüffer/*Koch*, AktG § 9, Rz. 4 m.w.N.

1846 Vgl. z.B. *Davies/Worthington*, Principles, 259 f.; dazu schon o. S. 363.

1847 S. dazu o. Kapitel 1, S. 53.

Ein Verstoß gegen das Verbot der Unterpari-Emission führt grundsätzlich zur Nichtigkeit der Kapitalmaßnahme. Wenn es bei der Gründung – wenig wahrscheinlich – trotz eines Verstoßes und darauf ausgerichteter Registerkontrolle zu einer Eintragung der Aktiengesellschaft kommt, wird die Gesellschaft wirksam gegründet und die Aktionäre müssen die Differenz zum Parwert ihrer Anteile in bar nachzahlen; Kapitalerhöhungen bleiben indes stets nichtig und es wird keine Einlagepflicht begründet, soweit nicht Grundsätze der fehlerhaften Gesellschaft oder § 277 Abs. 3 AktG in analoger Anwendung eine Leistungspflicht begründen können.[1848]

Erfolgt indes ein Verstoß durch Überbewertung einer Sacheinlage, so führt dies grundsätzlich nicht zu einer Nichtigkeit der Kapitalmaßnahme, sondern zu einer Differenzhaftung des Sacheinlegers.[1849] Bei Kapitalerhöhungen wird teilweise vertreten, zumindest eine grobe und offensichtliche Überbewertung führe zur Nichtigkeit des Kapitalerhöhungsbeschlusses.[1850] Sollten die Parteien aufgrund ihrer unrichtigen Bewertung nicht nur von einer Pari-Ausgabe, sondern von einem faktischen Agio ausgegangen sein, wirkt ein solches geplantes Agio mit Blick auf das Verbot der Unterpari-Emission als Wertpuffer.

Sollten die Parteien bei einer überbewerteten Sacheinlage neben dem geringsten Ausgabebetrag ein korporatives Agio festgesetzt haben und der Wert der Sacheinlage höher sein als Grundkapital oder korporatives Agio, jedoch nicht so hoch wie der gesamte Ausgabebetrag, stellt sich die Frage, ob der Wert der Sacheinlage zunächst auf den geringsten Ausgabebetrag anzurechnen ist, in welchem Fall keine Unterpari-Emission vorliegt, oder ob der Fehlbetrag anteilig auf Grundkapital und korporatives Agio verteilt werden muß, in welchem Fall eine Unterpari-Emission vorläge. Sofern nur eine Differenzhaftung in Rede steht, ist der praktische Unterschied nicht gewichtig, sofern jedoch bei Kapitalerhöhungen auch eine Nichtigkeit der Kapitalmaßnahme vertreten wird, kommt der Frage Bedeutung zu, da bei Festlegung eines hohen korporativen Agios aufgrund massiver Überbewertung des Einlagegegenstands bei anteiliger Verteilung des Fehlbetrags auf Agio und Grundkapital in Ausnahmefällen auch eine Nichtigkeit im Raum steht.

1848 Grigoleit/*Vedder*, AktG § 9, Rz. 3 ff.; Hüffer/*Koch*, AktG § 9, Rz. 5 ff. Die Nichtigkeitsfolge bei Kapitalerhöhungen trotz Eintragung bleibt wegen der Möglichkeit einer Differenzhaftung auch in diesen Fällen und der abweichenden Handhabung bei Gründungen zweifelhaft.

1849 Grigoleit/*Vedder*, AktG § 9, Rz. 6; Hüffer/*Koch*, AktG § 9, Rz. 3.

1850 S. dazu Grigoleit/*Vedder*, AktG § 9, Rz. 6 m.w.N. Dieser Ansatz ist nicht frei von Zweifeln, da selbst bei grober Überbewertung einer Sacheinlage stets der volle Nominalwert festgesetzt bleibt. Die Frage der Wertdeckung einer Sacheinlage ist von der Frage der Festsetzung des geringsten Ausgabebetrags zu trennen. Sollte bei einer Anteilsausgabe kein Nennbetrag oder ein zu niedriger Erhöhungsbetrag festgesetzt sein, unterscheidet sich eine Bareinlage insoweit nicht von einer Sacheinlage.

Stellungnahmen in der Literatur oder Rechtsprechung zu dieser Frage sind nicht ersichtlich. Das bereits zitierte Urteil des Bundesgerichtshof »Babcock« geht implizit davon aus, daß der Wert einer Sacheinlage zunächst auf den geringsten Ausgabebetrag anzurechnen ist, ein eventueller Fehlbetrag allein das korporative Agio betrifft. Denn in dem der Entscheidung zugrundeliegenden Sachverhalt waren verschiedene Sacheinlagen vereinbart (Einbringung von Anteilen an verschiedenen Gesellschaften), ohne daß im Sachverhalt eine konkrete Zuordnung der einzelnen Gegenstände zum Grundkapital oder zum Agio berichtet wird. Der 2. Senat stellt in den Entscheidungsgründen dann fest, daß unstreitig jedenfalls der geringste Ausgabebetrag durch werthaltige Anteile einer Gesellschaft erreicht werde, der Wert aller Anteile jedoch hinter dem Gesamtausgabebetrag zurückblieb, und folgert daraus, daß das Aufgeld von dem Wert der Sacheinlage nur zu einem geringen Teil gedeckt sei.[1851] Im Fortgang diskutiert das Gericht allein eine mögliche Differenzhaftung in Bezug auf das korporative Agio.

Damit geht der Bundesgerichtshof implizit davon aus, daß der Wert einer Sacheinlage zunächst auf den Nominalwert der Anteile anzurechnen ist und erst danach zur Aufbringung eines korporativen Agios zur Verfügung steht. Geht man von einer besonderen Bedeutung des Parwerts der Anteile im System des festen Nominalwerts aus, spricht nichts gegen diese Annahme, insbesondere wenn dadurch bei Kapitalerhöhungen die (allerdings ohnehin wohl geringe) Gefahr einer Nichtigkeit des Kapitalerhöhungsbeschlusses verringert werden kann. Wer jedoch eine möglichst weitgehende Gleichbehandlung von Einlagen auf das Grundkapital und Agioeinlagen fordert, kann nur schwer begründen, warum der Wert einer Sacheinlage zunächst auf das Grundkapital anzurechnen sein soll und nicht (in welchem Verhältnis auch immer genau) anteilig auf beide Einlagen angerechnet werden soll.

Folgt man bei der Frage der Anrechnungspriorität dem Bundesgerichtshof, dürfte anders als bei einer offensichtlichen Anteilsausgabe »unter pari« auch eine Ausgabe, die offensichtlich »unter Agio« erfolgt, nicht zur Nichtigkeit der Kapitalmaßnahme führen. Relevant werden kann diese Frage nur bei überbewerteten Sacheinlagen, da das Gesetz kein Agio verpflichtend vorgibt, sondern nur zuläßt. Ohne ausdrückliche Festsetzung eines Agios nach § 9 Abs. 2 AktG besteht keine Bezugsgröße, die unterschritten werden könnte, und bei Bareinlagen führt die ausdrückliche Festsetzung stets auch zur Bestimmung der Leistungsschuld, die damit per definitionem nicht »unter Agio« liegen kann.

Bei Sacheinlagen ist jedoch denkbar, daß der Sacheinlagegegenstand hinter dem Wert des korporativen Agios zurückbleibt, gegebenenfalls auch grob und offensichtlich hinter einem festgesetzten Agio zurückbleibt. Dann stellt sich bei Kapitalerhöhungen die Frage, ob eine Anteilsausgabe gegen eine Sacheinlage, die offensichtlich grob hinter dem korporativen Agio zurückbleibt, ebenso nichtig sein kann wie bei einer offensichtlichen Unterpari-Ausgabe. Wer aufgrund der

1851 Vgl. BGHZ 191, 364, Tz. 15.

Funktionsgleichheit von Grundkapitaleinlage und Agioeinlage eine weitgehende Gleichbehandlung aller aktienrechtlichen Einlagen fordert, müßte wohl zu diesem Ergebnis kommen.

Wer jedoch eine am konkreten Normzweck orientierte Differenzierung der beiden Einlageformen für möglich hält, der kann an dieser Stelle auf die besondere Bedeutung verweisen, die das Gesetz dem Nominalkapital in § 9 Abs. 1 AktG zuweist, und wer zudem bei einer konkreten Norm eine Rangfolge der von ihr verfolgten Normzwecke für möglich hält und nicht annimmt, jede Norm verfolge jeden ihrer Schutzzwecke mit der gleichen Priorität, kann noch darauf verweisen, daß das Nominalkapital für den Gläubigerschutz eine größere Bedeutung hat als das nur ergänzend mögliche Agiokapital. Entsprechend kann er hier wie in der Frage der Anrechnungspriorität des Sacheinlagewerts zwischen korporativem Agio und Einlage auf das Grundkapital differenzieren.

bb) Mindestnennbetrag

Die zweite Vorschrift, die den Bedeutungsunterschied von Nominalkapital und Agiokapital im System des Nominalkapitals besonders eindringlich vor Augen führt, ist § 7 AktG, der eine Vorgabe für das Mindestkapital enthält. Jede Aktiengesellschaft muß über ein Mindestkapital von EUR 50.000,00 verfügen. Das Aktiengesetz gibt damit in zulässiger Weise ein höheres Mindestkapital vor, als der reine Mindeststandard der Gesellschaftsrechtsrichtlinie verlangt.[1852]

Der Mindestnennbetrag ist eine Vorgabe für das Grundkapital. Das von ihm verlangte Mindestkapital muß in Form von Nominalkapital aufgebracht werden, eine Eigenkapitalausstattung durch ein Agio genügt nicht trotz der wirtschaftlichen Vergleichbarkeit beider Eigenkapitalbeiträge und ungeachtet der Schutzintensität des Kapitalschutzes des Agios. Selbst bei vollständiger Gleichbehandlung von Agio und Grundkapital wäre § 7 AktG nur mit einem entsprechenden Grundkapital zufrieden.

Dem Mindestkapital kommt allein Gläubigerschutzfunktion zu, es steht in keinem Zusammenhang zu anderen Schutzzwecken des bilanziellen Kapitalschutzes.[1853] Es soll insbesondere eine Seriositätsschwelle errichten, von der das Gesetz hofft, nur ernstgemeinte Gründungen würden sie überspringen.[1854] Der Aktiengesetzgeber des 19. Jahrhunderts hat auf ein Mindestkapital noch verzichtet, es wurde erst durch die Goldbilanzverordnung von 1923 eingeführt.[1855] Das seinerzeitige Erfordernis von 50.000 Goldmark sorgte wohl für eine nicht

1852 Zur Richtlinienkonformität Grigoleit/*Vedder*, AktG § 7, Rz. 1.
1853 S. o. Kapitel 2, S. 348.
1854 Zur Seriositätsschwelle auch Grigoleit/*Vedder*, AktG § 7, Rz. 1; desweiteren o. Kapitel 2, S. 352.
1855 Zur Historie *Heider* in MüKo-AktG, § 7, Rz. 1 f. sowie o. Kapitel 1, S. 373. Nicht ganz korrekt wird teilweise (z.B. bei Hüffer/*Koch*, AktG § 7, Rz. 1) als erste Regelung § 7 AktG 1937 angegeben.

unerhebliche Seriositätsschwelle.[1856] Heutzutage bürgt das Mindestkapital von EUR 50.000,00 kaum für die Seriosität der Gründer, was einer der am häufigsten vorgetragenen Kritikpunkte an der aktuellen Ausgestaltung des bilanziellen Kapitalschutz‹ ist und zu Überlegungen führt, weitere Eigenkapitaleinlagen dem aktienrechtlichen Kapitalschutz zu unterstellen.[1857]

Die Vorgabe eines Mindestkapitals durch das Gesetz beruht auf der Annahme des Gesetzes, mehr als die Erfüllung dieser Anforderung sei für die Zulässigkeit einer Gesellschaftsgründung nicht erforderlich. Die Existenz eines Mindestkapitalerfordernisses spricht daher ähnlich wie die ausdrückliche Zulassung von Agioeinlagen in § 9 Abs. 2 AktG zunächst gegen die Annahme, weitere Eigenkapitaleinlagen seien ebenso wie das zwingend vorgegebene Mindestkapital zu behandeln, und legt die Begründungslast dem auf, der eine weitgehende Angleichung materieller Einlagen an das Mindestkapital fordert. Dabei ist zu beachten, das Erfordernis eines Mindestkapitals erfüllt eine ähnliche Funktion wie im englischen Recht das Postulat einer Gleichbehandlung von Grundkapital und Agio: Eine vollständige Beliebigkeit der Aufteilung des von den Gesellschaftern eingebrachten Eigenkapitals auf strenger geregeltes Grundkapital und weniger streng geregeltes Agiokapital wird verhindert.[1858]

Aufgrund der Tatsache, daß die Mindestkapitalvorgabe heutzutage anders als bei ihrer Einführung kaum mehr für eine Seriosität der Gründung einer Aktiengesellschaft bürgt, läßt sich objektiv teleologisch für eine Einbeziehung weiterer materieller Einlagen in den bilanziellen Kapitalschutz argumentieren, da die ursprünglich vom Gesetz gewünschte Wirkung des Mindestkapitals heute nicht mehr in gleicher Weise erreicht wird wie bei der Einführung dieses Erfordernisses. Eine solche Argumentation steht jedoch vor der Schwierigkeit, daß der Gesetzgeber die Regelung zum Mindestkapital erst vor wenigen Jahren, nämlich im Jahr 1999 im Zuge der Euroumstellung geändert hat und dabei trotz der damals geführten Diskussion um eine Erhöhung des Mindestnennbetrags die Seriositätsschwelle nicht angehoben hat. Subjektiv teleologisch ist daher davon auszugehen, daß auch der moderne Aktienrechtsgesetzgeber das Mindestkapital in Höhe von EUR 50.000,00 für angemessen hält.

1856 Der heutige Geldwert ist angesichts der zwischenzeitlichen Inflationen, Währungsumstellungen und Änderungen im Konsumverhalten schwierig abzuschätzen. Geht man für eine ungefähre Schätzung davon aus, daß 50.000 Goldmark ca. 17.920 Gramm Gold der Feinheit 333 entsprechen, errechnet sich bei einem Goldpreis von mind. 10€/g ein Betrag von 179.200 €. Als sehr grober Anhaltspunkt mag die Rechnung dienen können.

1857 Zu dieser Kritik s. o. Kapitel 2, S. 362 ff.

1858 Zu dieser Funktionsähnlichkeit s. o. Kapitel 4, S. 571.

b) Nennbetrag in vollen Euro (§§ 6, 7, 8 AktG)

Gemäß § 6 AktG muß das Grundkapital auf einen Nennbetrag in Euro lauten, der nach § 7 AktG mindestens EUR 50.000,00 betragen muß. Der Wert der einzelnen Aktie darf nach § 8 Abs. 2 S. 1 bzw. Abs. 3 S. 3 AktG einen Euro nicht unterschreiten, bei Nennbetragsaktien muß der Nennbetrag stets auf volle Euro lauten (§ 8 Abs. 2 S. 4 AktG). Die Vorgabe, das Grundkapital in der inländischen Währung festzusetzen, ist nicht unbedingt notwendig. Angesichts der Abhängigkeit des bilanziellen Kapitalschutzes von der Handelsbilanz ist es jedoch zweckmäßig, das Grundkapital, dessen dauerhafter Erhaltung der bilanzielle Kapitalschutz dienen soll, in der Währung anzugeben, in der die Bilanz nach § 244 HGB aufgestellt werden muß. Sofern eine Erfüllung der Einlageverpflichtung durch Überweisung auf ein Konto in fremder Währung erfolgen kann (str.), hat eine Umrechnung in Euro zu erfolgen.[1859]

Die genannten Vorschriften beziehen sich allein auf den Nennbetrag und damit das Grundkapital, nicht auf das korporative Agio im Sinne von § 9 Abs. 2 AktG. Ein Agio muß daher nicht auf volle Euro lauten, sondern es kann auf den Cent genau für Verwässerungsschutz gesorgt werden. Ferner ist grundsätzlich davon auszugehen, daß bei einem korporativen Agio die Leistungspflicht nicht in Euro angegeben werden muß, sondern auch in einer anderen Währung festgesetzt werden kann. Eine Fremdwährungsschuld kann für das Unternehmen zweckmäßig sein, wenn bei der Gründung beabsichtigt ist, Geschäfte mit ausländischen Kunden abzuwickeln oder im Ausland zu investieren, bzw. bei einer Kapitalerhöhung solche Geschäfte schon betrieben werden.

Da das Agio nicht in gleicher Weise wie das Grundkapital dauerhaft erhalten werden muß, erscheint es hier nicht unbedingt geboten, das Agio in derselben Währung festzusetzen, in der die Bilanz aufgestellt werden muß. Die Umrechnung der Einlage zum Erfüllungszeitpunkt in Euro und eine daran orientierte bilanzielle Behandlung stören weder den Schutzzweck des Kapitalmarktschutzes noch den Verwässerungsschutz der Mitgesellschafter noch die faktische Erhöhung des Haftkapitals im Sinne des Gläubigerschutzes. Da bei einer Festsetzung von Agioeinlagen in fremder Währung kein Schutzzweck des bilanziellen Kapitalschutzes berührt oder jedenfalls nicht stärker gefährdet ist als bei der Möglichkeit, das Grundkapital auf ein in fremder Währung geführtes Konto einzuzahlen, wird man wohl selbst dann keine analoge Anwendung der gesetzlichen Vorgaben zur Festsetzung von Einlageverpflichtungen in vollen Euro auf

1859 Zu umstrittenen Möglichkeit, eine Einlageleistung durch Überweisung auf ein Konto bei einer ausländischen Bank in anderer Währung zu tilgen, s. Hüffer/*Koch*, AktG § 54, Rz. 16; *Götze* in MüKo-AktG § 54, Rz. 66 f. Früher wurde eine solche Möglichkeit abgelehnt unter Hinweis darauf, daß die Einzahlung nach früherer Gesetzeslage auf ein Konto »im Inland« erfolgen mußte, obwohl auch »im Inland« die Möglichkeit zu einem Fremdwährungskonto gegeben ist. Seit das Gesetz auch Kreditinstitute im Europäischen Wirtschaftsraum als kontoführende Institute zuläßt, wird erwogen, Zahlungen in entsprechender Landeswährung zuzulassen.

das korporatives Agio anstreben, wenn man grundsätzlich eine möglichst weitgehende rechtliche Gleichbehandlung beider Einlageformen für angezeigt hält, mithin wird man wohl keine Gesamtanalogie anstreben, sondern sich auf Einzelanalogien beschränken, wenn die von einer konkreten Norm verfolgten Schutzzwecke eine solche geboten erscheinen lassen.

Zu beachten ist allerdings, daß nach § 54 Abs. 3 AktG Einlageverpflichtungen vor Eintragung der Gesellschaft nur erfüllt werden können durch Barzahlung in Euro (einziges gesetzliches Zahlungsmittel gem. § 14 Abs. 1 S. 2 BBankG) oder durch Überweisung auf ein Kreditinstitut im Europäischen Wirtschaftsraum.[1860] Teilweise wird aus der Möglichkeit zur Überweisung auf ein Konto bei einer ausländischen Bank abgeleitet, daß auch Zahlungen in den Währungen der Staaten des Europäischen Wirtschaftsraums, in denen nach § 54 Abs. 3 AktG zulässige kontoführende Kreditinstitute ihren Sitz haben, Erfüllungswirkung haben können.[1861] Wenn nun aber Zahlungen in manchen ausländischen Währungen Erfüllungswirkung haben können, dann ist kein Grund erkennbar, warum nicht grundsätzlich Zahlungen in allen ausländischen Währungen zugelassen werden könnten und Überweisungen auf alle möglichen Fremdwährungskonten, die bei Kreditinstituten im EWR geführt werden, die Einlageschuld tilgen können. Aus praktischer Sicht empfehlen sich jedoch Fremdwährungskonten wegen der unsicheren Rechtslage derzeit nicht.[1862]

Faktisch wird daher ein korporatives Agio bei Gründung einer Aktiengesellschaft regelmäßig in Euro (allenfalls in Währungen anderer Staaten des EWR, wenn dort – wie selten – eigens ein Konto geführt wird) zu leisten sein. Denn § 54 Abs. 3 AktG hat für das Agio, das als Einlage ebenfalls unter die Vorschrift fällt, noch größere Bedeutung als für das Nominalkapital, da ein Baragio gemäß § 36a Abs. 1 AktG vollständig geleistet sein muß, bevor die Anmeldung gem. § 36 Abs. 2 AktG erfolgen kann. Theoretisch kann ein Agio auch in einer anderen Währung festgesetzt und in Euro geleistet werden, jedoch trägt der Aktionär dann ein Währungsrisiko. Bei Kapitalerhöhungen

1860 Vgl. nur Grigoleit/*Grigoleit/Rachlitz*, AktG § 54, Rz. 11 und ebda, Rz. 8 zur Bestimmung des Anwendungsbereichs, der nach allg. Meinung abweichend vom Wortlaut festzulegen ist.

1861 Vgl. Hüffer/*Koch*, AktG § 54, Rz. 16; *Götze* in MüKo-AktG § 54, Rz. 66 f.

1862 So geht Grigoleit/*Grigoleit/Rachlitz*, AktG § 54, Rz. 11 ohne weitere Problematisierung davon aus, daß auf Konten bei deutschen Banken bzw. ausländischen Banken mit Sitz in Deutschland nur Euroüberweisungen zulässig sein sollen. Begründen läßt sich diese Annahme mit einem Verweis auf die Anforderungen bei Barzahlung, denn es ist auch schwer einzusehen, warum »unbare Bareinlagen« weniger streng zu handhaben sein sollten als »bare Bareinlagen«. Konsequenterweise müßte man dann jedoch fordern, daß Konten in anderen EWR-Staaten Euro-Konten sein müssen, was auch in EWR-Staaten mit anderer Landeswährung als Fremdwährungskonto möglich ist. Diese Konsequenz wird von der hM mit Hinweis auf die Binnenmarktfreiheit nicht gezogen (str.; weitere Nachweise bei Grigoleit/*Grigoleit/Rachlitz*, aaO).

jedoch hat § 54 Abs. 3 AktG keine Bedeutung mehr, so daß ein korporatives Agio bei Kapitalerhöhungen in jeder beliebigen Währung festgesetzt und geleistet werden kann. Im Gründungsstadium könnten die Gesellschafter, sollten sie aus welchen Gründen auch immer ein besonders starkes Interesse an einer Leistung in einer fremden Währung haben, überlegen, statt eines korporativen Agios ein schuldrechtliches Agio zu vereinbaren.

3. Unbedingtheit, Mindesteinlagen und Fälligkeit

a) Bedingungslosigkeit des Einlageversprechens

In der Diskussion um die Zulässigkeit eines schuldrechtlichen Agios wird immer wieder darauf hingewiesen, eine solche schuldrechtliche Vereinbarung sei insbesondere bei Venture Capital-Finanzierungen angezeigt, da der Venture Capital-Investor ein legitimes Interesse daran habe, seine Finanzierungsbeiträge an sogenannte Milestones, rechtlich gestaltet als aufschiebende Bedingungen, zu knüpfen, was in Form eines korporativen Agios nicht möglich sei.[1863] Dabei wird vorausgesetzt, nicht jedoch erklärt, das korporative Agio begründe als Einlageverpflichtung eine unbedingte Leistungsverpflichtung. Es wird ohne weiteres angenommen, zwischen den beiden aktienrechtlichen Einlageverpflichten seien keine wesentlichen Unterschiede zu machen.

Einlagen auf das Grundkapital sind nach allgemeiner Ansicht bedingungsfeindlich, da die reale Kapitalaufbringung des gesetzlichen Mindestkapitals bzw. des freiwillig höheren Grundkapitals, das als Haftkapital für die Gläubiger der Gesellschaft vorzuhalten ist und diesen über die Publizitätsvorschriften in besonderer Weise bekannt gemacht wird, nicht vom Eintritt aufschiebender oder auflösender Bedingungen abhängig sein kann.[1864] Die Möglichkeit zu bedingten oder befristeten korporativen Nebenleistungspflichten zeigt jedoch, daß nicht jede korporative Leistungspflicht unbedingt versprochen werden muß.[1865] Die Unbedingtheit des Versprechens eines korporativen Agios ist daher nicht zweifelsfrei.

Anders als das Grundkapital der Aktiengesellschaft bildet das korporative Agio keinen dauerhaft vorzuhaltenden Haftungspuffer, sondern nur über § 150 AktG ein weiteren faktischen Haftungspuffer, der mit Verlusten verrechnet werden kann. Wie oben gesehen, wird das Agio auch nicht in gleicher Weise wie das Grundkapital als Haftungspuffer den Gläubigern bekannt gemacht, sondern nur in der Bilanz in die Kapitalrücklage eingestellt, wobei jedoch die Gläubiger über die Höhe der Ausschüttungssperre nicht notwendig informiert

1863 Vgl. *Becker*, Aktienrechtliches und handelsrechtliches Agio, 510; ausführlich zum Milestone Financing *Strehle*, Venture Capital, 63 ff.; s. auch o. Kapitel 1, S. 59.

1864 Zu diesem Unterschied der korporativen Einlageverpflichtungen auf das Nominalkapital zu schuldrechtlichen Einlageverpflichtungen s. o. Kapitel 1, S. 158 ff.

1865 S. o. Kapitel 1, S. 158 ff.

werden.[1866] Ohnehin stellt ein korporatives Agio, das zum Ausgleich von nicht dem Gläubigerschutz unterliegenden thesaurierten Gewinnen geleistet wird, aus Sicht der Gläubiger einen Glücksfall dar. Gläubigerschutzgründe sprechen demnach nicht zwingend für eine Bedingungsfeindlichkeit eines korporativen Agios.

Für die Bewertung der Bedingungsfeindlichkeit unter dem Aspekt des Mitgesellschafterschutzes wird ähnlich wie in der Frage der Zulässigkeit des faktischen Agios entscheidend sein, ob man Investoreninteressen und wirtschaftliche Zweckmäßigkeitserwägungen als sachliche Gründe für eine Differenzierung der Kapitalerhaltungsregeln nach verschiedenen Arten materieller Einlagen anerkennt oder nicht.[1867] Denn auch systematische Erwägungen weisen nicht eindeutig in die Richtung einer Bedingungsfeindlichkeit des Agioversprechens. Das Erlaßverbot des § 66 AktG verlangt keine Bedingungsfeindlichkeit, da Bedingungen bei der Bestimmung des Inhalts der Leistungspflicht berücksichtigt werden können, mit anderen Worten nach § 66 AktG auch nur der Erlaß einer bedingten Leistungspflicht verboten sein kann, nicht aber eine Bedingung im Zuge der Begründung der Leistungspflicht.

Am ehesten scheint das Volleinzahlungsgebot des § 36a Abs. 1 AktG für Bareinlagen gegen aufschiebende Bedingungen zu sprechen, da es zumindest keine ausdrückliche Ausnahme für bedingte Leistungsversprechen enthält, sowie die Bereitstellung eines zumindest faktischen Haftkapitalpuffers über § 150 AktG gegen auflösende Bedingungen, da andernfalls ein nachträglicher Abfluß aus dem Haftkapitalpuffer zu besorgen sein könnte. Zwingend ist ein solches Verständnis der beiden Normen jedoch nicht. § 36a AktG kann auch so gelesen werden, daß nur der nicht von einer aufschiebenden Bedingung abhängige Mehrbetrag sofort fällig gestellt werden solle, ein bedingter Mehrbetrag mit Eintritt der aufschiebenden Bedingung sofort fällig werde[1868], und im Rahmen von § 150 AktG kann es, wie gesehen, auch in anderen Fällen zu einer nachträglichen Reduktion des Haftkapitalfonds kommen, nämlich wenn – unter Annahme der Zulässigkeit eines faktischen Agios – bei Sacheinlagen zunächst ein höherer Zeitwert bilanziert wird, später jedoch eine Wertkorrektur erforderlich wird.

Sollen Sacheinlagen mit einem faktischen Agio eingebracht werden, könnte eine bedingte Einlagepflicht durch Ausgestaltung der Einlage als Sachübernahme erreicht werden. Insbesondere bei teilbaren Vermögensgegenständen erscheint dieser theoretisch mögliche Weg auch praktisch gangbar. Der Betrag, den die Gesellschafter für die Ausgabe der Anteile jedenfalls vom Investor erwarten, könnte als Bareinlage (Grundkapital und gegebenenfalls ein korporatives Agio) festgesetzt und geleistet werden. Gleichzeitig könnten ein oder mehrere schuldrechtliche Austauschgeschäfte als Sachübernahmen an ein oder meh-

1866 S. o. S. 758.
1867 Vgl. o. S. 763 ff.
1868 Zu dieser Lesart und der Frage ihrer Zulässigkeit aus der Perspektive der Gesellschaftsrechtsrichtlinie s. o. Kapitel 3, S. 410 f.

rere gestaffelte Bedingungen geknüpft werden, die bei Bedingungseintritt zu für die Gesellschaft günstigen Konditionen erfolgen sollen, so daß der Gesellschaft ein faktisches Agio zufließt. Da die Sachübernahme als schuldrechtliches Austauschgeschäft verstanden wird, dessen Gegenleistung mit den Mitteln einer Bareinlage bestritten wird, kann systematisch nichts gegen aufschiebende Bedingungen eingewendet werden und grundsätzlich ebensowenig gegen auflösende Bedingungen, wenn das Austauschgeschäft sofort vollzogen wird und später gegen Rückgewähr der ursprünglichen Bareinlage rückabgewickelt werden soll.[1869]

Da bei einem geplanten faktischen Agio die reale Kapitalaufbringung nicht gefährdet ist und bei Festsetzung einer Sachübernahme die Konditionen des schuldrechtlichen Austauschgeschäfts geprüft werden, sprechen auch teleologische Erwägungen nicht gegen bedingte Sachübernahmen. Voraussetzung ist allerdings, daß ein faktisches Agio nicht ohnehin wegen des Prognoserisikos, das selbst bei sorgfältiger Wertprüfung nicht vollständig ausgeschlossen werden kann, abgelehnt wird.[1870] Jedenfalls bei Einigkeit aller Gesellschafter und daher praktisch nicht gegebenem Anfechtungsrisiko ist eine solche Gestaltung möglich. Alternativ kommen die schuldrechtlichen Vereinbarungen über Zusatzleistungen in Betracht, welche in der Praxis als Standardvorgehen gewählt werden.

b) Volleistung vor Ausgabe von Inhaberaktien (§ 10 Abs. 2 AktG)

Eine besondere Fälligkeitsregelung enthält § 10 Abs. 2 AktG für Inhaberaktien. Inhaberaktien sind nach dieser Vorschrift nur zulässig, wenn die gesamte Einlageverpflichtung vor Ausgabe der Anteile vollständig erbracht ist. Insoweit enthält § 10 Abs. 2 AktG eine Verschärfung der Anforderungen des § 36a AktG.[1871] Bei Unterbilanzhaftungsansprüchen findet § 10 Abs. 2 AktG nach allgemeiner Ansicht entsprechende Anwendung, wenn der Gesellschaft das Bestehen solcher Ansprüche bekannt ist.[1872]

Der Sinn dieser Vorgabe liegt darin, daß bei noch ausstehenden Einlageverpflichtungen der Schuldner der Einlageleistung leicht ermittelbar sein soll, wozu Namensaktien deutlich geeigneter sind.[1873] Nach dem Wortlaut der Vorschrift hat diese die Sicherung des Ausgabebetrags im Blick. Da das korporative Agio zum Ausgabebetrag im Sinne des § 9 AktG zählt, wird allgemein ange-

1869 Zur rechtstechnischen Einordnung von Sachübernahmen s. o. S. 762 f.

1870 Zur Zulässigkeit eines faktischen Agios s. o. S. 763 ff.

1871 In der Literatur ist umstritten, inwieweit § 10 Abs. 2 AktG auch bei Sacheinlagen Anwendung findet. Das hängt davon ab, ob man bei Sacheinlagen nach § 36a Abs. 2 AktG grundsätzlich von einer fünfjährigen Leistungsfrist ausgeht oder von einer grundsätzlich sofort fälligen Leistung, vgl. dazu *Heider* in MüKo-AktG § 10, Rz. 54.

1872 Grigoleit/*Vedder*, § 10, Rz. 16; Hüffer/*Koch*, AktG § 10, Rz. 8.

1873 Vgl. Grigoleit/*Vedder*, § 10, Rz. 15.

nommen, daß auch das Agio vor der Ausgabe von Inhaberaktien vollständig aufgebracht sein muß.[1874] Diese Auslegung stimmt zum Zweck der Vorschrift, da alle korporativen Leistungspflichten auf einen eventuellen Erwerber der Aktie mitübergehen und demnach bei allen korporativen Leistungspflichten dasselbe Interesse besteht, den Schuldner der Einlageverpflichtung leicht feststellen zu können. Da die Mitgesellschafter dasselbe Interesse an der Aufbringung der gesamten Einlageverpflichtung haben wie die Gläubiger, besteht keine Notwendigkeit, § 10 Abs. 2 AktG mit Blick auf das korporative Agio so zu verstehen, daß entgegen dem historischen Telos der Einbeziehung des korporativen Agios in den aktienrechtlichen Kapitalschutz der Gläubigerschutz verwirklicht werden solle. Die Pflicht zur vollständigen Einzahlung des korporativen Agios kann mit Verweis auf den Schutz der übrigen Investoren vollständig erklärt werden.

Die Einbeziehung des korporativen Agios in den Anwendungsbereich des § 10 Abs. 2 AktG kann für Gründer einer Aktiengesellschaft ein Anlaß sein, statt eines korporativen Agios ein schuldrechtliches Agio zu vereinbaren, sollten Inhaberaktien gewünscht sein jedoch keine sofortige Leistung der gesamten materiellen Einlage. Ebenfalls denkbar wäre bei Sacheinlagen die soeben unter lit. a) erörterte Möglichkeit eines faktischen Agios mit aufschiebend befristeter oder auch bedingter Einlageverpflichtung.

Werden Namensaktien ausgegeben, sind nach § 10 Abs. 2 S. 2 AktG eventuelle Teilleistungen in der Urkunde zu vermerken. Dadurch soll verhindert werden, daß bei einem derivativen Erwerb der Anteile der Erwerber nach Gutglaubensregeln von der ausstehenden, aber ihm nicht erkennbaren Einlageverpflichtung frei wird und nur mehr der vormalige Anteilsinhaber für die ausstehende Einlage haftet. Eine solche Befreiung des gutgläubigen derivativen Aktienerwerbers von Einlageverpflichtungen wird überwiegend für möglich gehalten.[1875]

Bei einem Verstoß gegen die Vorgaben des § 10 Abs. 2 AktG bleibt die Ausgabe der Inhaberaktien bzw. der Namensaktien ohne Angabe der Teilleistungen wirksam. Jedoch ist ein Verstoß für die Mitglieder des Vorstands und Aufsichtsrats gem. § 405 Abs. 1 Nr. 1 AktG bußgeldbewehrt und die beteiligten Vorstände und Aufsichtsräte haften der Gesellschaft für einen eventuellen Schaden gem. § 93 Abs. 3 Nr. 4 AktG, bei Aufsichtsratsmitgliedern iVm § 116 S. 1 AktG.[1876] An dieser Stelle zeigt sich abermals, daß das Gesetz beim Austarieren des Schutzumfangs von Kapitalaufbringungsvorschriften weitere Schutzvorkehrungen mitberücksichtigt, insbesondere die Organpflichten des Vorstands und des Aufsichtsrats.

1874 Vgl. nur Grigoleit/*Vedder*, § 10, Rz. 15; Hüffer/*Koch*, AktG § 10, Rz. 8.
1875 Vgl. nur Grigoleit/*Vedder*, § 10, Rz. 15; Hüffer/*Koch*, AktG § 10, Rz. 8 – je m.w.N.
1876 Vgl. nur Grigoleit/*Vedder*, § 10, Rz. 15; Hüffer/*Koch*, AktG § 10, Rz. 8.

c) Mindesteinlagen und Fälligkeit ausstehender Einlagen

Sofern eine Aktiengesellschaft entsprechend dem in § 10 Abs. 1 AktG vorgesehenen Regelfall Namensaktien ausgibt, besteht die Möglichkeit, daß nicht die gesamte Leistungspflicht sofort erbracht wird, sondern Leistungen noch ausstehen. § 36a AktG enthält in diesem Fall Vorschriften über Mindesteinlagen und die Fälligkeit ausstehender Einlagen, die über § 188 Abs. 2 AktG auch im Rahmen von Kapitalerhöhungen zu beachten sind. Die Erfüllung der Vorgaben des § 36a AktG ist Voraussetzung für die Anmeldung der Gesellschaft bzw. der Kapitalerhöhung (§§ 36 Abs. 2, 37 AktG, bei Kapitalerhöhung iVm § 188 Abs. 2 AktG) und wird vom Registergericht kontrolliert (§ 38 AktG, bei Kapitalerhöhungen ohne ausdrückliche gesetzliche Anordnung[1877]).

aa) Bareinlagen (§ 36a Abs. 1 AktG)

Für Bareinlagen gibt § 36a Abs. 1 AktG vor, daß die Einlagen auf das Grundkapital zu mindestens einem Viertel erfolgen müssen. Für das korporative Agio enthält die Vorschrift eine abweichende Regelung, nach der ein korporatives Baragio nicht nur zu einem Viertel, sondern in voller Höhe sofort fällig ist. Sie geht teilweise auf Art. 70 S. 2 der Gesellschaftsrechtsrichtlinie zurück, wobei die Gesellschaftsrechtsrichtlinie hinsichtlich des korporativen Agios nur eine Regelung für Kapitalerhöhungen enthält, im Gründungsstadium jedoch keine Vorgaben macht.[1878] Die überschießende Umsetzung des deutschen Aktienrechts, die darauf beruht, daß der Gesetzgeber gar nicht realisiert hat, daß die Gesellschaftsrechtsrichtlinie von dem Vorbild des deutschen Aktienrechts bewußt abgewichen ist, ist europarechtlich zulässig, weil die Vorgaben der Richtlinie insoweit als Mindeststandard zu verstehen sind.[1879] Die Sondervorschrift des § 36a Abs. 1 AktG ist ein häufiger Grund, warum Aktionäre auf ein schuldrechtliches Agio ausweichen.

Der Zweck der Vorschrift wird allgemein darin gesehen, die effektive Kapitalaufbringung zu sichern, wobei die Möglichkeit der Teileinzahlung der Nominalkapitaleinlage damit begründet wird, daß im Gründungsstadium häufig noch nicht der gesamte Betrag des versprochenen Eigenkapitals benötigt werde.[1880] Mit dieser Begründung allein ist noch nicht erklärt, warum auch bei einer Kapitalerhöhung das Nominalkapital nur zu einem Viertel eingezahlt werden muß und warum im Gründungsstadium das ebenfalls nicht weiter benötigte Agio zur Gänze aufgebracht werden muß.

Bei der Besprechung der europarechtlichen Vorgaben hat sich gezeigt, daß die Möglichkeit zu einer nur teilweisen Einzahlung des Grundkapitals auch bei

1877 S. zur Registerprüfung bei Kapitalerhöhungen Hüffer/*Koch*, AktG § 184, Rz. 6.
1878 Zum Europarecht s. o. Kapitel 3, S. 407 ff.
1879 S. o. Kapitel 3, S. 407 f.
1880 Vgl. nur Hüffer/*Koch*, AktG § 36a, Rz. 1.

Kapitalerhöhungen damit erklärt werden kann, daß bei einer Kapitalerhöhung noch Einlagen ausstehen können und dennoch nach § 182 Abs. 4 AktG eine Kapitalerhöhung zulässig sein kann, z.B. wenn bei Versicherungsgesellschaften bewußt eine Reserve gewünscht ist. Dann kann es sinnvoll sein, auf die jungen Anteile auch nur einen Teil der Nominalkapitaleinlagen einzahlen zu lassen.[1881] Hinsichtlich des Agios kann insoweit anders entschieden werden, da das Agio schon vorhandene und nicht noch ausstehende Werte ausgleichen soll, mithin im Sinne des Mitgesellschafterschutzes typischerweise eine vollständige Einzahlung sinnvoll erscheint.[1882] Die Sonderregelung des korporativen Agios läßt sich demnach bei Kapitalerhöhungen mit den Vorgaben der Gesellschaftsrechtsrichtlinie sinnvoll erklären.

Im Gründungszeitpunkt bleibt man auf den historischen Gesetzeszweck verwiesen, die im 19. Jahrhundert gefürchtete Agiotage zu vermeiden. Mit Agiotage war, wie gesehen, auch gemeint, daß jeglicher spekulative Aktienhandel zurückgedrängt werden sollte, da die Aktie allein dazu gedacht war, eine auf Dividendenertrag ausgerichtete Investition zu ermöglichen. Deshalb wurde für jede Aktie ein hohes Mindestnennkapital vorgeschrieben und weitere Leistungspflichten sollten sofort in voller Höhe zu erbringen sein.[1883] Dieser Teil der historischen Gesetzesbegründung ist mittlerweile weitgehend überholt, nachdem das Erfordernis hoher Nennbeträge jeder einzelnen Aktie aufgegeben worden ist und eine Aktie heutzutage auch auf nur einen Euro lauten kann und nachdem der spekulative Handel mit Aktien in modernen Wirtschaftsordnungen nicht mehr verpönt ist.

Die Volleinzahlungspflicht kann auch nicht mit dem Wunsch einer Verhinderung von Scheindividenden schlüssig erklärt werden, weil dafür nur erforderlich wäre, daß versprochene oder eingezahlte Eigenkapitalbeträge entsprechend transparent in der Bilanz oder über die GuV erfaßt werden. Eine Ausschüttungssperre wäre zur Verhinderung von Scheindividenden nicht erforderlich, wie der moderne Gesetzgeber mittlerweile durch Einführung des § 272 Abs. 2 Nr. 4 AktG selbst zum Ausdruck gebracht hat, und selbst wenn man eine Ausschüttungssperre für erforderlich oder wenigstens zweckmäßig hielte, genügte jedenfalls eine Ausschüttungssperre für bereits eingezahlte Einlagen, eine Einzahlungspflicht wäre nicht vonnöten.

Der letzte verbleibende Erklärungsansatz für das Volleinzahlungsgebot des korporativen Agios besteht aus historischer Perspektive in dem Hinweis in der Entwurfsbegründung zur Reform des Handelsgesetzbuchs von 1884, die Volleinzahlungspflicht solle dem Anteilserwerber die vollständige Zahlungsverpflichtung klar vor Augen führen.[1884] Im Jahr 1884 hatte dieser Erklärungsansatz noch mehr für sich, da damals noch Stufengründungen möglich waren,

1881 Vgl. o. Kapitel 3, S. 407 ff.
1882 S. o. Kapitel 3, S. 407 ff.
1883 S. dazu o. Kapitel 5, S. 719 f.
1884 S. dazu o. Kapitel 5, S. 719 f.

bei denen nicht die Gründer alle Anteile zeichnen mußten, sondern Kapitalmarktinvestoren schon im Gründungsstadium gewonnen werden konnten. Aber schon damals stand dieser Begründungsansatz auf wackeligen Beinen, da die vollständige Information über die Leistungspflicht schon über den Zeichnungsschein erreicht wurde. Mit Wegfall der Möglichkeit einer Stufengründung hat diese Begründung noch einmal an Überzeugungskraft verloren. Sie bleibt jedoch der einzige historische Erklärungsansatz, dem überhaupt noch eine gewisse Überzeugungskraft zugesprochen werden kann. Immerhin mag man annehmen, der Anteilserwerber spüre die reine Pflicht zur Zahlung aus dem Zeichnungsschein deutlich weniger als den tatsächlichen Mittelabfluß aus dem Portemonnaie.

Man kann ferner versuchen, das Volleinzahlungsgebot mit der Absicht des historischen Gesetzgebers zu erklären, Agiotage in Form von Schwindelgründungen verhindern und so den Kapitalmarkt schützen zu wollen[1885], da bei einer vollständigen Einzahlung des korporativen Agios ein derivativer Anteilserwerber nicht Gefahr läuft, über eventuell ausstehende Einlagen auf das Grundkapital hinaus weitere Leistungspflichten zu übernehmen, die er weniger leicht als die Höhe des Grundkapitals erkennen kann, nämlich nach dem damaligen Schutzkonzept erst durch Einsichtnahme der Satzung, heutzutage nicht einmal dadurch, weil die Möglichkeit zu einem Agio nicht mehr Satzungsbestandteil sein muß, sondern sich allein aus der Übernahmeerklärung bzw. dem Zeichnungsschein ergibt.[1886] Heutzutage jedoch wäre ein solcher Erklärungsansatz nicht mehr schlüssig zu begründen, da die zu § 10 Abs. 2 AktG entwickelten Regeln des gutgläubigen Wegerwerbs von ausstehenden Leistungspflichten, die nicht aus der Aktienurkunde selbst erkennbar sind, die Interessen eines derivativen Erwerbers vollständig wahren.[1887]

Die Möglichkeiten, das Volleinzahlungsgebot mit dem historischen oder auch einem objektiven Gesetzeszweck zu erklären, sind demnach sehr begrenzt. Allein die deutlichere Spürbarkeit des sofortigen Mittelabflusses hat sich als noch erinnerungswürdig erwiesen, doch kann auch dieses Argument den Unterschied zur Teileinzahlungspflicht bei Nominalkapitaleinlagen nicht erklären. Nicht möglich ist es jedoch, wie teilweise versucht wird, das Volleinzahlungsgebot mit dem Zweck des Gläubigerschutzes zu erklären, da die vom historischen Gesetzgeber angestrebte Verhinderung einer Agiotage auch dazu gedacht war, Schwindelgründungen zu verhüten, und Schwindelgründungen der klassische Fall seien, wo zum Schutze der Gläubiger Kapitalschutzvorschriften geboten seien.[1888]

1885 Zur Verhinderung von Schwindelgründungen als Teil der Agiotageverhinderung s. o. Kapitel 5, S. 715 ff.

1886 Ähnlich auch *Priester*, Mittelbares Bezugsrecht, 111; s. auch o. Kapitel 5, S. 710 und 719 f.

1887 Ähnlich *Herchen*, Agio, 324 m.w.N.

1888 So aber *Herchen*, Agio, 325 f.

Bei einer solchen Argumentation würde verkannt, daß die Schwindelgründung im 19. Jahrhundert in erster Linie als ein Problem des Kapitalmarktschutzes angesehen wurde, nicht des Gläubigerschutzes[1889], und insbesondere würde verkannt, daß die Sonderregeln zum Agio allein auf einen Schutz des Kapitalmarkts und der Kapitalmarktinvestoren abzielten[1890]. Die positive Wirkung des Agios für den Gläubigerschutz ist eine Reflexwirkung der Kapitalerhaltungsvorschrift, die allein zur Verhinderung von Scheindividenden und damit zum Zwecke des Kapitalmarktschutzes eingeführt worden ist. Festgesetzt und aufgebracht werden muß ein Agio allein bei Kapitalerhöhungen zum Schutz der Altgesellschafter vor Verwässerung ihrer Anteile. Hier ist die Volleinzahlung unter Verweis auf die europarechtlichen Vorgaben erklärbar. In dem problematischen Fall der Gründung sind die Gesellschafter jenseits des Mindestkapitals frei, wieviel Eigenkapital sie der Gesellschaft zuführen wollen. Die Gläubiger haben keinen Anspruch auf ein Agio.[1891] Im übrigen könnte mit dem Hinweis auf Gläubigerschutzinteressen auch nicht erklärt werden, warum das Agio sofort einzuzahlen sein soll, das Grundkapital jedoch nicht. Das Grundkapital ist doch das Eigenkapital, das ohne jeden Zweifel auch im Interesse der Gläubiger aufzubringen ist.

Eine wirklich überzeugende Erklärung des Volleinzahlungsgebots bei Gründungen ist damit nicht gelungen. Dieses Erfordernis erscheint in gewisser Weise als Rechtsatavismus. In Kapitalerhöhungssituationen kann man die Volleinzahlungspflicht durch Verweis auf den Schutz der Altgesellschafter vor Verwässerungen eher erklären. Eine zwingende gesetzliche Vorgabe erscheint allerdings bei geschlossenen Gesellschaften entbehrlich und eher bei dem typischen Fall, auf den das Aktiengesetz seine Regelungen ausrichtet, nämlich der kapitalmarktorientierten Publikumsgesellschaft überlegenswert.

bb) Sacheinlagen (§ 36a Abs. 2 AktG)

Für ein korporatives Sachagio enthält § 36a Abs. 2 AktG eine andere Regelung, die ebenfalls auf die Gesellschaftsrechtsrichtlinie zurückgeht. Art. 48 Abs. 2 der Richtlinie für Gründungsfälle und Art. 70 Abs. 1 der Richtlinie für die Kapitalerhöhung geben vor, daß Sacheinlagen binnen einer Fünf-Jahres-Frist vollständig geleistet werden müssen. Damit soll einem möglichen Wertverfall des Einlagegegenstands begegnet werden.[1892] Die Vorgaben der Richtlinie setzt § 36a Abs. 2 AktG in deutsches Recht um. Aus Satz 3 dieser Vorschrift wird ersichtlich, daß die Regelungen des § 36a Abs. 2 AktG auch für ein eventuelles korporatives Agio Geltung beanspruchen. Wie das europäische Recht unterscheidet § 36a Abs. 2 AktG nicht danach, ob eine Sacheinlage die Pflicht zur

1889 Dazu o. Kapitel 1, S. 372 ff.
1890 Dazu o. Kapitel 5, S. 710 ff.
1891 So schon *Priester*, Kapitalaufbringungspflicht beim Agio, 627 f.
1892 Zu den Vorgaben der Gesellschaftsrechtsrichtlinie s. o. Kapitel 3, S. 424.

Leistung des Grundkapitals oder die Pflicht zur Leistung eines korporativen Agios erfüllen soll. So wird die deutsche Umsetzungsnorm in der Literatur allgemein verstanden.[1893]

Die Auslegung des unklar formulierten, scheinbar in sich widersprüchlichen § 36a Abs. 2 AktG ist in einzelnen umstritten.[1894] Nach Satz 1 der Vorschrift sind Sacheinlagen grundsätzlich sofort zu leisten, nach Satz 2 genügt die Übertragung eines Vermögensgegenstands binnen fünf Jahren. Wohl überwiegend wird § 36a Abs. 2 AktG dahingehend verstanden, daß Satz 1 die Grundregel aufstellt, die jedoch praktisch nur bei Sacheinlagen, die nicht durch Übertragung eines Vermögensgegenstands erbracht werden, zur Anwendung kommt, damit insbesondere bei Nutzungseinlagen, bei denen die Nutzungsmöglichkeit vor Anmeldung eingeräumt worden sein muß. Für den praktischen Regelfall der Übertragung eines Vermögensgegenstands soll Satz 2 entsprechend den Richtlinienvorgaben vorgeben, daß die dingliche Übertragung binnen fünf Jahren erfolgen soll. Nutzungsüberlassungen müssen nach diesem Verständnis sofort begonnen werden, jedoch nicht nach fünf Jahren beendet werden, da die Fünf-Jahres-Frist des Satzes 2 nur auf die Übertragung von Vermögensgegenständen anwendbar ist. Dieser Streit muß hier nicht weiter interessieren, da keine der vertretenen Ansicht nach Agioeinlagen und Nominalkapitaleinlagen unterscheidet.

Selbst wenn man der zu § 36a Abs. 2 vertretenen strengeren Ansicht folgte, nach der § 36 a Abs. 2 S. 2 AktG nur Ansprüche gegen Dritte erfassen soll,[1895] enthält die deutsche Umsetzung der Richtlinienvorgaben ein erhebliches Umsetzungsdefizit, das im Wege teleologischer Restriktion des § 36a Abs. 2 AktG zu beheben ist.[1896] Denn die Richtlinienvorgaben verlangen eine vollständige Leistung aller Sacheinlagen binnen fünf Jahren, ohne danach zu unterscheiden, ob Dauerleistungen versprochen werden oder einmalige Übertragungsakte. Dauerschuldverhältnisse von mehr als fünf Jahren können nach der Richtlinie nicht als Einlagen und damit weder zur Aufbringung des Grundkapitals noch zur Aufbringung eines korporativen Agios erbracht werden, sondern allenfalls, wenn man den Einlagebegriff der Richtlinie eng auslegt und nicht alle wirtschaftlichen Einlagen darunter faßt[1897], als korporative Nebenleistungen bzw. als schuldrechtliche Leistungspflichten.

Da die Fälligkeitsregelung des § 36 a Abs. 2 AktG ebenso wie die Richtlinienvorgaben nicht zwischen einem Sachagio und einer Sacheinlage zur Aufbringung des Grundkapitals unterscheidet, besteht auch im deutschen Recht ein nicht leicht erklärbarer Unterschied in der Behandlung von Sachagien, die binnen fünf Jahren vollständig zu erfüllen sind, und Baragien, die sofort vollständig zu erfüllen sind. Da die Richtlinienvorgaben als Mindeststandards zu

1893 *Herchen*, Agio, 128 f. m.w.N. und o. Fn. 1096.
1894 S. statt aller *Pentz* in MüKo-AktG § 36a Rz. 9 ff.
1895 Hierzu m.w.N. *Pentz* in MüKo-AktG § 36a Rz. 11.
1896 Dazu schon o. Kapitel 3, S. 430.
1897 Zu dieser Frage s. o. Kapitel 3, S. 390 ff.

verstehen sind, wäre eine strengere Regelung auf nationaler Ebene möglich gewesen, beispielsweise indem der Anwendungsbereich von Satz 1 ausdrücklich auf alle Sachagien erstreckt worden wäre. Beide Agioformen sind bei Kapitalerhöhungen gleichermaßen zur Sicherung der Mitgesellschafter vor einer Wertverwässerung erforderlich, da durch sie schon vorhandene Werte auszugleichen sind, keine anderen noch ausstehenden Leistungspflichten von Mitgesellschaftern.

Angesichts des vom Gesetz für möglich erachteten Wertverfalls von Sacheinlagen, der bei Barleistungspflichten nicht in gleicher Weise bestünde, scheint eine sofortige Leistungspflicht bei Sacheinlagen eher noch dringlicher. Doch sind bei Sacheinlagen auch Dauerschuldverhältnisse denkbar, die nicht sofort erfüllt werden können. Ferner ist an unteilbare Sacheinlagen zu denken, die sowohl zur Aufbringung eines korporativen Agios wie gleichzeitig zur Aufbringung des Grundkapitals erbracht werden und hinsichtlich des Wertanteils zur Aufbringung des Grundkapitals wie alle solche Sacheinlagen binnen fünf Jahren sollen erbracht werden können. Deshalb ist es nachvollziehbar, wenn der Gesetzgeber Sachagien ähnlich behandelt wissen will wie Sacheinlagen zur Aufbringung des Grundkapitals.[1898] Denkbar wäre dann allerdings gewesen, zumindest im Gründungsstadium, zu dem das Europarecht keine Vorgaben macht, die Fälligkeit von Baragien entsprechend den Vorgaben für Sachagien ebenfalls auf fünf Jahre aufzuschieben, um Baragien nicht strenger zu regeln als Sachagien.

Ein bedeutender Unterschied besteht im Rahmen von § 36a Abs. 2 AktG zwischen Sacheinlagen und Sachübernahmen. § 36a Abs. 2 AktG ist ausweislich seines Wortlauts nur auf Sacheinlagen anwendbar, nicht auf Sachübernahmen. Diese Unterscheidung ist vom Gesetzgeber auch gewollt, so daß § 36a Abs. 2 AktG auf Sachübernahmen keine Anwendung findet.[1899] Europarechtlich ist dieses Auslegungsergebnis unbedenklich, da die Gesellschaftsrechtsrichtlinie bewußt auf Vorgaben zu Sachübernahmen verzichtet hat und bei solchen Gestaltungen allein die Bareinlagekomponente regelt.[1900] Sofern man faktische Agien nicht grundsätzlich für unzulässig hält, ist die Zuführung materieller Einlagen bei Sacheinlagen damit weitgehend frei gestaltbar, da rein rechtstechnisch und ungeachtet faktischer Zwänge jede Sacheinlage auch als Sachübernahme ausgestaltet werden kann.

4. Anforderungen an die Ordnungsgemäßheit der Leistung

Für die Leistungen, mit denen ein Gesellschafter seine Einlageverpflichtung erfüllen will, stellt das Aktiengesetz besondere Anforderungen auf, von deren Einhaltung es die Erfüllungswirkung abhängig macht. Die registergerichtliche

1898 S. zu diesem Problem o. Kapitel 3, S. 425 ff.

1899 *Pentz* in MüKo-AktG § 27, Rz. 68 m.w.N.; ihm zustimmend Hüffer/*Koch*, AktG § 27, Rz. 7.

1900 Vgl. o. Kapitel 3, S. 399.

Kontrolle der Kapitalaufbringung umfaßt insbesondere die Kontrolle der Ordnungsgemäßheit der Erfüllungshandlungen, über die bei der Anmeldung der Gründung nach § 37 Abs. 1 AktG (bei einer Kapitalerhöhung iVm § 188 Abs. 2 S. 1 AktG) dem Gericht gesondert Auskunft zu erteilen ist.

a) Schuldtilgende Leistung zur freien Verfügung bei Bareinlagen, §§ 36 Abs. 2, 54 Abs. 3 AktG

aa) Regelungsgegenstand und -zweck

Um die reale Kapitalaufbringung sicherzustellen und Schwindelgründungen zu vermeiden stellt das Gesetz in §§ 36 Abs. 2, 54 Abs. 3 S. 1 AktG besondere Anforderungen an die Bareinlageleistung.[1901] Damit eine Leistung die Einlageschuld tilgen kann, muß diese »zur freien Verfügung« der Gesellschaft bzw. des Vorstands erfolgen. Damit ist gemeint, daß die Einlage der Verfügungsmacht des Gesellschafters entzogen sein muß und nicht nur rechtlich, sondern auch tatsächlich in das Vermögen der (Vor-)Gesellschaft übergegangen sein muß, so daß der Vorstand über die Verwendung der Mittel in eigener Verantwortung entscheiden kann.[1902] Der Vorstand kann über die Mittel jederzeit verfügen, da sie nicht gegenständlich erhalten bleiben müssen, doch müssen die Einlagen zum Zeitpunkt der Anmeldung der Gesellschaft zumindest ihrem Wert nach noch vorhanden sein (Grundsatz der wertgleichen Deckung).[1903]

Für Bareinlagen läßt § 54 Abs. 3 AktG nur Barzahlung in Euro (einziges gesetzliches Zahlungsmittel nach § 14 Abs. 1 S. 2 BBankG) oder eine Gutschrift auf ein Konto der (Vor-) Gesellschaft bei einem inländischen Kreditinstitut bzw. bei ausländischen Kreditinstituten des Europäischen Wirtschaftsraums zu.[1904] Eine Einzahlung auf ein Bankkonto ist dem Registergericht durch eine Bankbestätigung nachzuweisen, für deren Richtigkeit das Kreditinstitut haftet (§ 37 Abs. 1 S. 3 und 4 AktG).[1905] Die Vorschrift gilt als lex specialis für alle Leistungen, die bis zur Eintragung der Kapitalmaßnahme erfolgen, nach Eintragung gelten auch für die Erfüllung von Einlageverpflichtungen die normalen Regelungen der §§ 362 ff. BGB.[1906]

1901 Zum Schutzzweck der Vorschriften s. Hüffer/*Koch*, AktG § 36, Rz. 1; Grigoleit/*Vedder*, AktG § 36, Rz. 8; Grigoleit/*Grigoleit/Rachlitz*, AktG § 54, Rz. 7.

1902 *Hirte*, Kapitalgesellschaftsrecht, 344 ff.; Grigoleit/*Vedder*, AktG § 36, Rz. 10; zudem die inhaltsreiche und übersichtliche Darstellung zum vergleichbaren GmbH-Recht bei *Heidinger/Berkefeld* in Heckschen/Heidinger, Die GmbH, 987 ff.

1903 Grigoleit/*Vedder*, AktG § 36, Rz. 10 und 14. Zum Unterschied bei Kapitalerhöhungen, wo der Grundsatz der wertgleichen Deckung vom BGH aufgegeben worden ist, vgl. *Heidinger/Berkefeld* in Heckschen/Heidinger, Die GmbH, 975.

1904 Grigoleit/*Vedder*, AktG § 36, Rz. 11 ff; zu Details der Vorschrift s. bereits o. S. 784 f.

1905 Dazu näher *Hirte,* Kapitalgesellschaftsrecht, 347.

1906 Grigoleit/*Vedder*, AktG § 36, Rz. 10.

Keine Leistung zur freien Verfügung ist beispielsweise gegeben, wenn der Gesellschafter eine Forderung der Gesellschaft bei einem Dritten begleicht, wenn die Gesellschaft die Einlage selbst finanziert, z.B. indem sie dem Gesellschafter vor Einlageleistung ein Darlehen zur Verfügung stellt, aus dem die Einlageleistung bestritten wird, oder die geleistete Einlage nachträglich sogleich wieder an den Gesellschafter auszahlt (sog. Hin- und Herzahlen), oder auch bei einer Leistung auf ein gepfändetes Konto oder ein debitorisches Konto, dessen Kreditlinie überschritten ist.[1907] Zulässig ist es hingegen, wenn bereits konkrete Planungen zur Verwendung der zufließenden Mittel vorliegen. Da Unternehmensfinanzierungen regelmäßig mit Blick auf konkrete Investitionen erfolgen, wäre ein Verbot jeglicher Investitionspläne lebensfremd und kann vom Gesetz nicht gewollt sein. Dies gilt jedenfalls dann, wenn der Vorstand in seiner Investitionsentscheidung faktisch frei ist.[1908]

Rechtsfolge eines Verstoßes gegen das Gebot der freien Verfügbarkeit der Einlageleistung ist regelmäßig die fehlende Erfüllungswirkung der Leistung, so daß der Aktionär die Einlage ein zweites Mal leisten muß und hinsichtlich der ersten Leistung auf Bereicherungsansprüche verwiesen wird. Für bestimmte Fälle des Hin- und Herzahlens (insbesondere das in Konzernen praxisrelevante Cash-Pooling) enthält § 27 Abs. 4 AktG eine Sonderregelung, nach der in solchen Fällen der Einlageleistung Erfüllungswirkung zukommt, wenn der Vorgang gegenüber dem Registergericht offen gelegt wird.[1909] In allen anderen Fällen ist die Erklärung einer Bareinlage bei der Anmeldung der Kapitalmaßnahme falsch. Alle Beteiligten, d.h. Gründer, Vorstand und Aufsichtsrat haften für eventuelle Schäden und sind zudem gem. § 399 AktG strafrechtlich verantwortlich.[1910]

Voraussetzung für eine Erfüllung ist ferner die Fälligkeit der Einlageleistung, die sich hinsichtlich der Mindesteinlagen nach § 36a Abs. 1 AktG beurteilt und darüber hinaus von einer Bestimmung in der Satzung bzw. dem Zeichnungsschein oder, sofern bei Gründung oder Kapitalerhöhung keine Fälligkeitsregelung getroffen worden ist, von einer Fälligstellung durch den Vorstand gem. § 63 Abs. 1 S. 1 AktG abhängt.[1911] Eine Leistung des Gesellschafters vor Fälligkeit hat dennoch grundsätzlich Erfüllungswirkung, da der Grundsatz der realen Kapitalaufbringung dadurch nicht beeinträchtigt wird.[1912]

1907 Beispiele bei *Hirte*, Kapitalgesellschaftsrecht, 345 und 349.; Grigoleit/*Vedder*, AktG § 36, Rz. 11; Hüffer/*Koch*, AktG § 36, Rz. 8.

1908 Vgl. *Hirte*, Kapitalgesellschaftsrecht, 348; Grigoleit/*Vedder*, AktG § 36, Rz. 11 m.w.N.

1909 Vgl. *Hirte*, Kapitalgesellschaftsrecht, 346.

1910 *Hirte*, Kapitalgesellschaftsrecht, 348; Grigoleit/*Vedder*, AktG § 36, Rz. 7.

1911 Vgl. *Hirte*, Kapitalgesellschaftsrecht, 349 und 429.

1912 Teilweise wird angenommen, Erfüllungswirkung sei bei freiwilligen Mehrleistungen nur gegeben, wenn auch insoweit zum Zeitpunkt der Eintragung wertgleiche Deckung vorliege (bzw. zumindest eine Vorbelastungshaftung greife), s. *Pentz* in MüKo-AktG § 36, Rz. 73 m.w.N.; vgl. a. *Heidinger/Berkefeld* in Heckschen/Heidinger, Die GmbH, S. 979 f. zum insoweit vergleichbaren GmbH-Recht.

Problematisch sind jedoch Fälle, in denen eine Leistung in Absprache mit der Gesellschaft sofort erfolgen soll, die Leistung jedoch nicht nur nicht fällig ist, sondern die Kapitalmaßnahme noch nicht formell beschlossen worden ist, vielmehr Gründung bzw. Kapitalerhöhung zeitnah, aber eben doch nach Leistung der Einlage ins Werk gesetzt werden sollen. Da in diesen Fällen die Übernahmeerklärung bzw. Übernahme der Einlageleistung im Zeichnungsschein noch aussteht, ist die Einlageverpflichtung noch nicht einmal entstanden. Die Leistung soll als Voreinzahlung auf künftige Einlagepflichten erfolgen.[1913] Solche Voreinzahlungen sind in der Praxis immer wieder zu beobachten, insbesondere wenn die Gesellschaft einen akuten Liquiditätsbedarf hat oder wenn eine gescheiterte Gründung oder Kapitalerhöhung wiederholt werden soll und die Bareinlage schon einmal eingezahlt war.[1914]

Grundsätzlich ist nach gefestigter Rechtsprechung davon auszugehen, daß solche Voreinzahlungen auf ein debitorisches Konto der Gesellschaft nicht möglich sind, da andernfalls bei Entstehung der Leistungsschuld (Übernahme des Anteils durch den Neugesellschafter) der Vorstand nicht frei über die Mittel verfügen könnte. Auf ein Konto der Gesellschaft, das ein positives Guthaben aufweist, sollen Voreinzahlungen dann mit Erfüllungswirkung möglich sein, wenn ein enger zeitlicher Zusammenhang der Voreinzahlung mit der Kapitalmaßnahme bestehe und der gesamte Vorgang offengelegt, dem Registergericht somit eine Überprüfung ermöglicht werde. In akuten Sanierungsfällen soll von diesen Grundsätzen eine Ausnahme gemacht werden und unter bestimmten Voraussetzungen an die Transparenz des Vorgangs auch eine Zahlung auf ein debitorisches Konto mit schuldbefreiender Wirkung möglich sein.[1915]

Die Rechtsprechung zu Voreinzahlungen ist nicht frei von Zweifeln. Daß gerade in Sanierungsfällen die Anforderungen an eine schuldbefreiende Zahlung abgesenkt werden, kann systematisch nicht begründet werden; hier gelten wirtschaftliche Erwägungen mehr als schlüssige Dogmatik. Nach den Änderungen, die das MoMiG und das ARUG zur Erfüllungswirkung verdeckter Sacheinlagen gebracht haben, ist in Fällen von Voreinzahlungen noch weitergehend als vor den Reformen denkbar, daß die verfrühte Zahlung zumindest als verdeckte Sacheinlage zu einer Tilgungswirkung führen kann.[1916] Gerade nun die wirtschaftliche Betrachtungsweise, die nach allgemeiner Ansicht zu einer

1913 *Hirte*, Kapitalgesellschaftsrecht, 349 und 429; zum insoweit vergleichbaren Recht der GmbH jüngst *Wicke,* Eilige Kapitalerhöhungen, 1116 f.

1914 *Heidinger/Berkefeld* In Heckschen/Heidinger, Die GmbH, S. 976; *Wicke,* Eilige Kapitalerhöhungen, 1116 f.

1915 Zu den verschiedenen Fällen von Voreinzahlungen detailliert *Heidinger/Berkefeld* in Heckschen/Heidinger, Die GmbH, S. 977 ff. m.w.N.; Überblick über die Grundregeln bei *Hirte*, Kapitalgesellschaftsrecht, 429 f.; *Wicke,* Eilige Kapitalerhöhungen, 1116 f.

1916 Vgl. BGH, NZG 2012, 1067 und BGH, DStR 2016, 923; dazu *Heidinger/Birkefeld* in Heckschen/Heidinger, Die GmbH, S. 983 und1036; *Wicke,* Eilige Kapitalerhöhungen, 1117 f.

Umqualifizierung von Bareinlagen zu Sacheinlagen führen kann, würde bei Voreinzahlungen auf Bareinlagepflichten auch eine Qualifikation der Leistung als Bareinlage rechtfertigen können. Ein solches Ergebnis entspräche im übrigen dem allgemeinen Schuldrecht, das bei Vorauszahlungen auf eine zukünftig zu erwartende Schuld bei Entstehung der Verpflichtung gleichzeitige Erfüllungswirkung (§ 362 BGB, nicht § 364 BGB) annimmt, bei Nichtentstehung der Verpflichtung eine condictio ob rem zuließe.[1917]

Die Rechtsprechung zu Voreinzahlungen hängt an der im Widerspruch zu den Regelungen des allgemeinen Schuldrechts, insbesondere auch des Bereicherungsrechts stehenden Annahme, daß eine Voreinzahlung zu einer Forderung gegen die Gesellschaft führe, die im Zeitpunkt der Entstehung der Einlageschuld nicht mehr als Bareinlage Erfüllungswirkung zeitige, sondern nur mehr als Sacheinlage eingebracht werden könne, was jedoch erfüllungshalber nicht möglich sei. Nach tradiertem deutschem Verständnis ist diese Qualifikation der Forderung gegen die Gesellschaft als Sacheinlage geboten, aus europarechtlicher Perspektive ist jedoch fraglich, ob solche Forderungen gegen die Gesellschaft nicht, wie in anderen Ländern (z.B. England), zwingend als Bareinlage anzusehen sind.[1918] Ob die tradierte Rechtsprechung zu Voreinzahlungen daher aufrecht erhalten werden kann, wird letztlich der Europäische Gerichtshof entscheiden müssen. Im folgenden soll die Europarechtskonformität der deutschen Rechtsprechung unterstellt werden.

bb) Anwendung auf das korporative Agio

(1) Grundsätzliche Anwendung auf das korporative Agio

Weder der Wortlaut von § 36 Abs. 2 AktG noch von § 54 Abs. 3 AktG differenzieren nach Einlagen auf das Grundkapital und Einlagen auf ein korporatives Agio. Entsprechend werden beide Vorschriften ohne Unterschied auf beide Einlageformen angewendet.[1919] Die unterschiedslose Anwendung auf beide Einlageformen läßt sich mit dem Schutzzweck der Vorschriften erklären, Schwindelgründungen verhindern zu wollen. Der historische Gesetzgeber wollte die rechtlichen und tatsächlichen Möglichkeiten der Gesellschafter, sich von der der Einlageverpflichtung befreien zu können (sog. Liberierung), beschränken und hatte dabei sowohl die Gläubiger im Blick (insbesondere bei den Vorschriften hinsichtlich des Grundkapitals), als auch die anderen Investoren (insbesondere bei den Vorschriften hinsichtlich des korporativen Agios).[1920]

1917 Vgl. nur *Schwab* in MüKo-BGB § 812, Rz. 497.

1918 S. dazu o. Kapitel 3, S. 390 ff.

1919 Vgl. nur Grigoleit/*Vedder*, AktG § 36, Rz. 9 und Hüffer/*Koch*, AktG § 36, Rz. 6, welche Kommentierungen beide auf § 36a AktG verweisen. zu § 54 Abs. 3 AktG s. o. S. 784 ff.

1920 S. o. Kapitel 5.

(2) Teleologische Einschränkung der Anwendung auf das korporative Agio

(a) Frage nach einer teleologisch begründeten Korrekturbedürftigkeit der Vorschriften

Die Schutzzwecke des Gläubigerschutzes und des Mitgesellschafter- respektive Investorenschutzes lassen sich oftmals mit ein und derselben Maßnahme verfolgen, wie z.B. das Verbot der Unterpari-Emission gezeigt hat, verlangen teilweise jedoch auch nach Differenzierungen hinsichtlich unterschiedlicher Schutzmodule, wie z.B. der Mindestnennbetrag oder die Ausschüttungssperre zeigen, die allein mit Gläubigerschutzgesichtspunkten erklärt werden können. Vier Detailprobleme werfen im Rahmen der Regeln über die Ordnungsmäßigkeit der Erbringung von Bareinlagen die Frage auf, ob das bisherige Verständnis der gesetzlichen Vorgaben teleologisch zu begründende Korrekturen verlangt.

- Zunächst ist im Rahmen von § 54 Abs. 3 AktG zu fragen, warum Agioeinlagen bei Gründungen in Euro zu leisten sein sollen, wenn das Gesetz bei Agioeinlagen anders als bei Einlagen auf das Grundkapital keine Festsetzung der Leistungspflicht in Euro vorsieht und jedenfalls bei Kapitalerhöhung auch eine Leistungserbringung in Fremdwährungen möglich ist.[1921]
- Bei allen geschlossenen Gesellschaften, insbesondere bei Einmanngesellschaften in Konzernen kann man fragen, inwiefern bei Einigkeit aller Gesellschafter hinsichtlich Agioeinlagen dasselbe Schutzbedürfnis besteht wie hinsichtlich Einlagen auf das Grundkapital. Die besonderen Transparenzanforderungen beispielsweise, bei deren Beachtung erst ein Hin- und Herzahlen nach § 27 Abs. 4 AktG ausnahmsweise Erfüllungswirkung haben kann, sind leichter erklärbar bei Kapitaleinlagen, die dem Gläubigerschutz dienen sollen, jedoch weniger leicht bei Agioeinlagen, die nach der Vorstellung zumindest des historischen Gesetzgebers hinsichtlich der Kapitalaufbringungsvorschriften allein dem Mitgesellschafterschutz dienen sollen.
- Der Grundsatz der wertgleichen Deckung zum Zeitpunkt der Eintragung der Gesellschaft (der bei Kapitalerhöhungen nicht mehr gilt) läßt sich bei Annahme eines Unversehrtheitsgrundsatzes begründen, nach dem das Vermögen einer Kapitalgesellschaft (zwischen Aktiengesellschaft und GmbH besteht insoweit kein Unterschied) zum Zeitpunkt der Anmeldung (so der Wortlaut des Gesetzes) bzw. zum Zeitpunkt der Eintragung (so die weit überwiegende Ansicht in Rechtsprechung und Literatur) wenn schon nicht gegenstandsgleich, so doch wertgleich vorhanden zu sein habe.[1922] Mit Blick

1921 S. dazu o. S. 784 ff.

1922 Zur Begründung des Grundsatzes der wertgleichen Deckung mit dem Unversehrtheitsgrundsatz und zum Zeitpunkt der Eintragung als maßgeblichem Zeitpunkt *Heidinger/Birkefeld* in Heckschen/Heidinger, Die GmbH, 975; kritisch zum Unversehrtheitsgrundsatz insbesondere im GmbH-Recht *Kersting*, Verzicht auf den Unversehrtheitsgrundsatz, 644 ff.

auf den Gläubigerschutz mag man einen solchen Unversehrtheitsgrundsatz für geboten halten, die Mitgesellschafter sind jedoch typischerweise an einer solchen Regelung nicht interessiert, sondern zum Schutz vor Übervorteilung ist es unter ihnen ausreichend, daß jeder Gesellschafter die von ihm versprochene Einlage tatsächlich einmal leistet, aber nicht erforderlich, daß das Vermögen zu einem bestimmten Zeitpunkt in einer bestimmten Form noch vorhanden ist.

Es stellt sich daher die Frage, ob der Grundsatz der wertgleichenden Deckung auf die zum Gläubigerschutz vorgesehenen Einlagen auf das Grundkapital zu beschränken ist. Agioeinlagen aus dem Grundsatz der wertgleichen Deckung herauszunehmen scheint auch insofern konsequent, als die zumindest faktisch gläubigerschützende Wirkung, die auch Agioeinlagen über die Ausschüttungssperre des § 150 AktG zukommt, durch die Möglichkeit zur Verlustverrechnung begrenzt wird. Das Gesetz verlangt bei Agioeinlagen anders als bei Einlagen auf das Grundkapital keine Wiederauffüllung nach Verlusten, d.h. es garantiert nicht den dauerhaften Bestand des ausschüttungsgesperrten Kapitals. Wenn das Gesetz aber eine Schmälerung des Haftkapitals nach Eintragung nicht nur als Unterbilanz zuläßt, die nach Möglichkeit durch Gewinne wiederaufzufüllen ist, sondern darüber hinaus die Möglichkeit einer Verlustverrechnung zuläßt, ist schwer zu begründen, warum eine Agioeinlage zum Zeitpunkt der Eintragung ungeschmälert vorhanden sein soll.

- Zuletzt erscheint auch die Anwendung der Regeln über Voreinzahlungen auf Agioeinlagen noch weniger leicht begründbar als bei Grundkapitaleinlagen. Schon bei Einlagen auf das Grundkapital hat sich die Versagung einer Erfüllungswirkung bei Voreinzahlungen als zweifelhaft erwiesen, bei Agioeinlagen wirft die Unterscheidung zwischen Zahlungen auf nicht-debitorische und auf debitorische Konten weitere Fragen auf. Wenn nach der Gesetzessystematik eine Verlustverrechnung von Agioeinlagen zulässig ist, spricht bei der Auslegung des Tatbestandsmerkmals »freie Verfügung« noch weniger für die Anforderung eines positiven Kontosaldos als bei Einlagen auf das Grundkapital. Denn wenn eine bilanzielle Verlustsituation durch Verrechnung von Verlustvorträgen und einem Jahresfehlbetrag mit Agioeinlagen ausgeglichen werden kann, scheint auch dem Ausgleich eines negativen Kontosaldos wertungsmäßig nichts entgegenzustehen. Dem Schutzzweck der Verhinderung von Schwindelgründungen durch faktische Liberierung von der Einlageverpflichtung wird durch eine endgültige Zahlung auf ein debitorisches Konto der Gesellschaft ebenso genügt wie durch Zahlung auf ein Konto mit positivem Saldo.

  Ferner ist bei Vorausleistungen auf ein Agio zu berücksichtigen, daß die Festsetzung eines Agios vom Gesetz grundsätzlich nicht gefordert wird, sondern nur als Möglichkeit eröffnet wird. Daher ist es vorstellbar, daß Vorauszahlungen eines Investors dazu führen, daß bei der anschließenden Kapitalmaßnahme kein oder ein entsprechend reduziertes korporatives Agio fest-

gesetzt wird. Wertungsmäßig ist der Fall, daß aufgrund einer Vorauszahlung kein Agio festgesetzt werden soll mit dem Fall vergleichbar, daß nach den Plänen der Beteiligten ein Agio festgesetzt werden soll und die Vorauszahlung als Erfüllung dieser Leistungspflicht angesehen werden soll.
Die wertungsmäßige Vergleichbarkeit beider Gestaltungen ergibt sich eindeutig, wenn man annimmt, die avisierte Kapitalmaßnahme komme aus welchen Gründen auch immer nicht zustande, und sich dann die bereicherungsrechtlichen Folgen des Scheiterns der Kapitalmaßnahme ansieht. In beiden Fällen hat der Investor einen Anspruch aus einer condictio ob rem gem. § 812 Abs. 1 S. 2 Alt. 2 BGB, einmal unter der Fallgruppe »Leistung wegen eines erwarteten Vertragsschlusses«, einmal unter der Fallgruppe »Leistung auf künftiges Schuldverhältnis«.[1923] Die Festsetzung eines korporativen Agios unter Anrechnung einer Vorauszahlung und der Verzicht einer Festsetzung eines korporativen Agios angesichts einer Vorauszahlung erscheinen wertungsmäßig als dasselbe Paar Stiefel, nur einmal der linke und einmal der rechte Schuh, von denen jedoch beide in dieselbe Richtung marschieren müssen. Dieser Wertungsvergleich läßt es zweifelhaft erscheinen, Vorauszahlungen auf Agioeinlagen ebenso streng zu handhaben wie Vorauszahlungen auf Grundkapitaleinlagen, wenn man die Rechtsprechung zu Vorauszahlungen auf debitorische Konten bei Grundkapitaleinlagen aufrecht erhalten möchte.

In diesen vier Fällen, in denen die Gleichbehandlung von Agioeinlagen und Grundkapitaleinlagen aufgrund des teilweise unterschiedlichen Schutzzwecks, den die Kapitalaufbringungsvorschriften hinsichtlich der Agioeinlagen und der Grundkapitaleinlagen verfolgen, und aufgrund anderer systematischer Bezugspunkte der Agioeinlagen nicht restlos überzeugen kann, stellt sich die Frage, ob

1923 Zu diesen Fallgruppen der condictio ob rem s. nur *Schwab*, in MüKo-BGB § 812, Rz. 494 ff. Der Bereicherungsanspruch aus condictio ob rem ist bei Scheitern der Kapitalmaßnahme unzweifelhaft gegeben, nicht ganz leicht fällt indes die Bestimmung des Anspruchsgegners in den praktisch häufigen Fällen, daß sich der Neuinvestor nicht mit der Aktiengesellschaft, sondern mit den Altgesellschaftern im Rahmen eines Investoragreements auf eine Zahlung verständigt hat. Grundsätzlich erfolgt bei echten Verträgen zugunsten Dritter die Leistungskondition wohl ähnlich wie in den Anweisungsfällen anhand der Leistungskette, jedoch können Besonderheiten des konkreten Einzelfalls berücksichtigt werden, vgl. Schwab in MüKo-BGB § 812, Rz. 229 ff., Jauernig/*Stadler*, BGB § 328, Rz. 9. Regelmäßig hat in diesen Fällen der Neuinvestor wohl einen Bereicherungsanspruch gegen die Altgesellschafter, diese wiederum einen Anspruch gegen die Gesellschaft. Bei unechten Verträgen zugunsten Dritter wird man erst recht entsprechend den Anweisungsfällen entscheiden, da diese Verträge der bloßen Anweisung noch stärker ähneln, da der Dritte kein Forderungsrecht gegen den Versprechenden erhält, sondern nur die Position eines Empfangsberechtigten. In der Praxis ist diese Zweifelsfrage letztlich weniger dringlich, da schuldrechtliche Agien regelmäßig bedingt auf die erfolgreiche Eintragung der avisierten Kapitalmaßnahme versprochen werden.

innerhalb des Anwendungsbereichs der §§ 36 Abs. 2 und 54 Abs. 3 AktG zwischen Agioeinlagen und Grundkapitaleinlagen zu differenzieren sein könnte, was angesichts des einheitlichen Wortlauts der Vorschriften auf eine teleologische Reduktion hinausliefe, bzw. ob die Auslegung der Vorschriften, soweit möglich, einheitlich erfolgen sollte jedoch unter Aufgabe der Anforderungen, die hinsichtlich Agioeinlagen kaum zu begründen sind.

(b) Grund und Grenzen teleologischer Gesetzesanwendung

Jede Auseinandersetzung mit Fragen teleologischer Korrektur von Rechtsnormen birgt für den Rechtsanwender die Gefahr, seine eigene Rechtsüberzeugung an die Stelle des Gesetzes zu setzen. Um den eigenen Wert- und Vorurteilen nicht mehr Einfluß als unvermeidlich zu geben, ist man stets gut beraten, sich noch einmal des Grundes und der Grenzen teleologisch angeleiteter Rechtsfortbildung zu vergewissern. Diese methodische Reflexion soll hier auf der Grundlage der Methodenlehre von *Larenz* und *Canaris* erfolgen, die in Rechtsprechung und Literatur am häufigsten zitiert wird und daher – bei allen möglichen Unterschieden in Detailfragen, die auch hier teilweise anders beurteilt werden – als anerkannte Darstellung der Grundlagen der juristischen Methodenlehre gelten kann.

Jede teleologisch angeleitete Rechtsanwendung hat ihren Grund letztlich darin, daß der Gesetzgeber, wenn er einen Kodex verabschiedet, danach strebt, den behandelten Rechtsbereich einer möglichst abschließenden und systematisch konsequenten Regelung zuzuführen, sich jedoch selbst bewußt ist, in komplexen Regelungsmaterien dieses hehre Ziel kaum je erreichen zu können.[1924] Rechtsfortbildung ist daher oftmals unerläßlich. Dabei setzt jedoch der Grundsatz der Gewaltenteilung der Willkür des Rechtsanwenders Grenzen und verlangt eine methodisch abgesicherte Rechtsfortbildung.[1925] Rechtsfortbildung verlangt ebenso wie Rechtsauslegung den Willen des Gesetzgebers zu beachten, nur eben nicht durch enge Orientierung am Wortlaut der Vorschriften, sondern durch Orientierung am Regelungswillen des Gesetzgebers, der in den bereits erlassenen Vorschriften zum Ausdruck kommt, aber ein Weiterdenken des geschriebenen Rechts erfordern kann.

Man kann dabei Rechtsfortbildung grob in zwei Stufen einteilen je nachdem, wie viele und welche Orientierungspunkte der Gesetzgeber dem Rechtsanwender für die Rechtsfortbildung an die Hand gibt, und diese Stufen einmal als »gesetzesimmanente Rechtsfortbildung« bezeichnen und einmal als »gesetzesübersteigende Rechtsfortbildung«.[1926] Gesetzesimmanente Rechtsfortbildung meint dabei das Bestreben, den Plan des Gesetzes, der aus der Systematik der gesetzlichen Regelungen und den vom Gesetzgeber gegebenen Begründungen

1924 Vgl. *Larenz/Canaris*, Methodenlehre, 187.
1925 *Larenz*, Methodenlehre, 369.
1926 So *Larenz/Canaris*, Methodenlehre, 187.

ablesbar ist, auszuführen, nachdem man erkannt hat, daß die im geschriebenen Recht begonnene Ausführung unvollkommen, in anderen Worten »lückenhaft« ist. Gesetzesübersteigende Rechtsfortbildung meint den Versuch, über den in einer bestimmten Kodifizierung zum Ausdruck kommenden Plan des Gesetzgebers hinauszugehen, nachdem man erkannt hat, daß der vom Gesetzgeber verfolgte Plan selbst noch unvollkommen ist, weil sich aus der Gesamtrechtsordnung, in die eine Kodifikation als deren Teil eingeordnet ist, und den dort verankerten Prinzipien ergibt, daß die Regelung des Teilbereichs einer Modifikation bedarf. Bei der gesetzesübersteigenden Rechtsfortbildung handelt es sich entweder um Fälle, wo zwei vom Gesetz anerkannte Prinzipien kollidieren und auszubalancieren sind oder wo unabweisbare Anforderungen der zu regelnden Lebensbereiche oder bei jeder Rechtssetzung zu beachtender Prinzipien eine Regelung verlangen, die vom vorrangig zuständigen Gesetzgeber noch nicht vorgenommen worden ist.

Die begriffliche Unterscheidung in gesetzesimmanente und gesetzesübersteigende Rechtsfortbildung hilft, klar zu sehen, daß das Gesetz dem Rechtsanwender bei der von ihm geforderten Rechtsfortbildung einmal mehr und einmal weniger Anhaltspunkte für die von ihm zu treffenden Entscheidungen an die Hand gibt. Bei einer klaren Systematik der bereits bestehenden Rechtssätze eines Teilrechtsbereichs und Übereinstimmung der aus der Gesetzessystematik ablesbaren objektiven Teleologie der Vorschriften mit der subjektiven Teleologie des historischen Gesetzgebers kann es im Einzelfall recht leicht fallen, eine Regelungslücke als solche zu erkennen und damit auch die dafür ergänzend erforderliche Regel, bei Prinzipienkollisionen kann es mitunter sehr schwierig sein anzugeben, auf welche Weise der Rechtsanwender das Gesetz ergänzen soll.

Die begriffliche Differenzierung sollte jedoch nicht darüber hinwegtäuschen, daß die Übergänge fließend sind. Letztlich sind teleologisch orientierte Auslegung, gesetzesimmanente Rechtsfortbildung und gesetzesübersteigende Rechtsfortbildung drei verschiedene Stufen ein und desselben gedanklichen Verfahrens, nämlich einer Interpretation des Gesetzes, die maßgeblich an dessen Sinn orientiert ist und die konkrete gesetzliche Vorgabe in ihrem Zusammenhang mit den weiteren Regelungen eines Rechtsbereichs und der Gesamtrechtsordnung zu verstehen versucht.[1927] Auf allen drei Stufen kann sich der Rechtsanwender vergleichbaren methodischen Fragestellungen gegenübersehen und in dieser Untersuchung haben bereits mehrfach die unscharfen Grenzbereiche der drei Stufen besondere Schwierigkeiten bereitet.

So hat sich beispielsweise bei der Erörterung der Bilanzierungsvorgaben für materielle Einlagen im Rahmen der Auslegung von § 246 Abs. 1 S. 1 HGB ein Konflikt zwischen zwei im Gesetz angelegten bilanzrechtlichen Prinzipien aufgetan, dem Vorsichtsprinzip und dem Einsichtsprinzip, der durch Auslegung der Bilanzvorschriften nicht aufzulösen ist, sondern eben einer solchen gesetzes-

1927 *Larenz/Canaris*, Methodenlehre, 187 f.

ergänzenden Abwägungsentscheidung durch den Rechtsanwender bedarf, wie sie üblicherweise eher dem Bereich der gesetzesübersteigenden Rechtsfortbildung zugeordnet wird.[1928] Anerkannt ist auch, daß eine Rechtsprechungsänderung der Sache nach auf eine Rechtsfortbildung hinauslaufen kann, wenn sich die Praxis bereits auf eine gefestigte Rechtsprechung eingestellt hat, selbst wenn die Rechtsprechungsänderung methodisch noch in den Bereich der Auslegung fallen mag.[1929]

Da teleologische Auslegung und teleologisch angeleitete Rechtsfortbildung unterschiedliche Ausprägungen desselben Interpretationsansatzes sind, ist im Grundsatz davon auszugehen, daß bei beiden Arten der Gesetzesinterpretation dieselben methodischen Begrenzungen zu beachten sind. Wenn die Änderung einer gefestigten Rechtsprechung der Sache nach auf eine Rechtsfortbildung hinausläuft, dürfte unmittelbar einleuchten, daß in einem solchen Fall die Maßstäbe für zulässige Rechtsfortbildung zu beachten sind, auch wenn der Rechtsprechungsänderung ein verändertes Verständnis des Normtextes zugrunde liegt, methodisch demnach eine Auslegungsänderung anzunehmen ist. Aber auch über die Fälle der Änderung einer gefestigten Rechtsprechung hinaus kann für die Methodik der Gesetzesinterpretation nicht maßgeblich sein, ob man ein aus der Systematik und dem Zweck einer gesetzlichen Regelung ablesbares Ergebnis noch in einen weiten Wortlaut der Vorschrift hineinlesen kann oder angesichts einer engen alltagssprachlichen Bedeutung des Tatbestandsmerkmals rechtsfortbildend zur Geltung bringen muß. Wenn Gesetzessystematik und Gesetzeszweck letztlich ausschlaggebend sind für die Gesetzesinterpretation, dann gelten für die an Systematik und Zweck orientierte Auslegung grundsätzlich dieselben methodischen Vorgaben wie für die an Systematik und Zweck orientierte Rechtsfortbildung.

Teilweise wird angenommen, bei der gesetzesübersteigenden Rechtsfortbildung sei mehr Zurückhaltung geboten als bei den Stufen der Auslegung und der gesetzesimmanenten Rechtsfortbildung, und dabei wird darauf hingewiesen, daß der Justizgewährungsgrundsatz in den letzteren beiden Fällen eine Entscheidung verlange, im ersten Fall nicht.[1930] Dieser Hinweis kann vor allem in zivilistischen Verfahren nicht ohne weiteres überzeugen, da sich hier zwei Parteien gegenüber stehen, die beide gleichen Justizgewährungsanspruch geltend machen können und eine teleologische Korrektur des geschriebenen Rechts notwendig für eine Partei günstig, für die andere ungünstig sein wird, man jedoch nicht sagen wird wollen, daß der Richter aufgrund der teleologischen Korrektur des von ihm als unvollkommen erkannten Gesetzes den Justizgewährungsanspruch der einen Partei gewahrt, der anderen Partei aber verletzt hat. Ganz allgemein aber verbürgt der Justizgewährungsanspruch nur die Möglichkeit des

1928 S. dazu o. Kapitel 1, S. 192 ff.
1929 *Larenz,* Methodenlehre, 367.
1930 So z.B. *Larenz/Canaris*, Methodenlehre, 188, auch 191 und 245 ff. In dieselbe Richtung weisend wie hier jedoch *Larenz/Canaris*, Methodenlehre, 193 Fn. 14.

Einzelnen, sein Recht vor staatlichen Gerichten verfolgen zu können, kann daher nicht die Entscheidung beeinflussen, was wann als Recht zu erkennen ist.

Entscheidend für die Zulässigkeit einer Rechtsfortbildung oder teleologisch begründeten Auslegung kann daher stets nur sein, wie klar die Anleitung aus dem Zusammenhang der geschriebenen Normen, der subjektiven und objektiven Teleologie dieser Normen und den ebenfalls zu beachtenden Vorgaben der Gesamtrechtsordnung sind. Hierbei werden im Rahmen von Auslegung und gesetzesimmanenter Rechtsfortbildung typischerweise deutlichere Richtungshinweise den Rechtsanwender anleiten können als im Rahmen gesetzesübersteigender Rechtsfortbildung, dabei handelt es sich jedoch um graduelle Unterschiede, nicht um prinzipielle, wie auch die Erörterung der Bilanzierung materieller Einlagen und der Zulässigkeit eines faktischen Agios zeigen.

Selbst wenn man prinzipiell zwischen Auslegung und gesetzesimmanenter Rechtsfortbildung auf der einen Seite und gesetzesübersteigender Rechtsfortbildung auf der anderen Seite unterscheiden wollte, bliebe festzuhalten, daß jedenfalls an die teleologische Auslegung dieselben Maßstabe anzulegen sind wie an die Rechtsfiguren der teleologischen Reduktion oder der Analogie. Richtigerweise sind jedoch bei allen teleologisch angeleiteten Gesetzesinterpretationen die Begrenzungen im Blick zu behalten, die üblicherweise nur im Rahmen einer gesetzesübersteigenden Rechtsfortbildung erörtert werden. Wenn im Rahmen von teleologischer Auslegung und gesetzesimmanenter Rechtsfortbildung aus Systematik und Teleologie der in Rede stehenden Rechtsvorschriften eindeutigere Entscheidungskriterien gewonnen werden können als im Rahmen der gesetzesübersteigenden Rechtsfortbildung, wird die Beachtung dieser für alle teleologisch begründete Gesetzesinterpretation maßgeblichen Vorgaben keine besonderen Schwierigkeiten bereiten. Denn ganz allgemein gilt folgendes:

Grundsätzlich hat sich der Rechtsanwender am Wortlaut des Gesetzes zu orientieren, den er mit Blick auf den Regelungszusammenhang und die objektiv aus dem Regelungszusammenhang wie subjektiv aus den Gesetzesmaterialien feststellbaren Regelungszwecke zu verstehen sucht. Die immanente Teleologie einer Kodifizierung kann dann auch eine Korrektur des Wortlauts rechtfertigen, wenn sich der Wortlaut nicht mehr so auslegen läßt, wie es nach der Systematik des Gesetzes und seinen Zwecken eindeutig erforderlich wäre.[1931] Eine solche Korrektur erfolgt meistens im Wege einer Analogie, einer Orientierung an einem allgemeinen Rechtsprinzip oder der »Natur der Sache« bzw. im Wege einer Restriktion.[1932] Wenn eine Rechtsfrage nach einer Antwort verlangt, die auf eine der geschilderten Weisen noch nicht gegeben werden kann, ist eine weitere, gesetzesübersteigende (oder wie hier teilweise formuliert worden ist: gesetzesergänzende) Rechtsfortbildung möglich.[1933] Entscheidend ist dabei stets die Frage, ob nach der Teleologie des Gesetzes eine Ergänzung oder Korrektur

1931 Vgl. *Larenz/Canaris*, Methodenlehre, 245.

1932 *Larenz/Canaris*, Methodenlehre, 202 und 210.

1933 *Larenz/Canaris*, Methodenlehre, 245 f.

des geschriebenen Rechts geboten erscheint. Bei der gesetzesübersteigenden Rechtsfortbildung geht es um die Frage, ob eine Rechtsfrage eine Antwort *verlangt*[1934], bei der gesetzesimmanenten Rechtsfortbildung um die Frage, ob eine Regelungslücke zu schließen ist, wobei eine Regelungslücke dann angenommen wird, wenn das Gesetz nach seinem eigenen Plan eine entsprechende Regel enthalten *sollte*[1935], und bei der teleologischen Auslegung als erster Stufe der Gesetzesinterpretation geht es nicht zuletzt darum, ob der Wortlaut so ausgelegt werden kann, daß das geschriebene Recht keine derartigen Korrekturen und Ergänzungen verlangt.

Die Frage, ob eine Ergänzung oder Korrektur des Gesetzes geboten erscheint, ist notwendig wertungsabhängig.[1936] Der Wertungsmaßstab ist soweit als möglich aus der Regelungsabsicht und der immanenten Teleologie des Gesetzes selbst zu entnehmen, soweit das nicht möglich ist aus allgemeinen Rechtsprinzipien und Wertmaßstäben, die spezifisch juristisch begründet werden können, wobei insbesondere nachzuweisen ist, daß sie mit dem zu ergänzenden Gesetz in Übereinstimmung gebracht werden können oder den dort enthaltenen Wertungen eindeutig vorgehen, zum Beispiel weil sie von höherrangigem Recht gefordert sind.[1937] Maßgeblich sind damit die Systematik und der Zweck des geschriebenen Gesetzes, die rechtsethischen Prinzipien der Gesamtrechtsordnung und ein unabweisbares Bedürfnis des Rechtsverkehrs, die eine bestimmte Regelung verlangen müssen, nicht nur wünschenswert erscheinen lassen. Wo sich nicht aufzeigen läßt, daß eine bestimmte Regelung aus den genannten Gründen erforderlich ist, hat eine Ergänzung oder Korrektur des Gesetzes grundsätzlich zu unterbleiben, da andernfalls der Rechtsanwender in Wahrheit zum Rechtssetzer würde. Es gilt gleichsam der Grundsatz: »In dubio pro verbis.«

Problematisch sind insbesondere die Fälle, wo die vorgefundene Systematik nicht widerspruchsfrei ist und demnach verschiedene Prinzipien zu beachten sind, die das Gesetz alle anerkennt, die jedoch in unterschiedliche Richtung weisen. Dann läßt sich nicht mehr auf das allgemeine Rechtsprinzip verweisen, Gleiches gleich zu behandeln, und über diese Brücke die vorhandene gesetzliche Regelung für einen Spezialfall auf einen wertungsmäßig vergleichbaren Fall übertragen.[1938] Die Entscheidung, ob man in einem solchen Fall eher dem

1934 Vgl. *Larenz/Canaris*, Methodenlehre, 245.
1935 Am deutlichsten *Larenz/Canaris*, Methodenlehre, 196 Fn. 21.
1936 So auch ausdrücklich *Larenz/Canaris*, Methodenlehre, 195 für die gesetzesimmanente Rechtsfortbildung.
1937 Vgl. *Larenz/Canaris*, Methodenlehre, 196 ff. zur gesetzesimmanenten Rechtsfortbildung und 246 zur gesetzesübersteigenden Rechtsfortbildung.
1938 Auf diesen Grundsatz, Gleiches auch rechtlich gleich zu behandeln, verweisen indes *Larenz/Canaris*, Methodenlehre, 193 ff. zur Schließung von Regelungslücken. Dieser Ansatz setzt ein wertungsstimmiges System von Normen voraus, in dem alles Gleiche schon bisher gleich behandelt wird. Dieser methodische Ansatz hilft jedoch nicht weiter bei weniger gut gelungenen Gesetzen, in deren in sich widersprüchlichen Regelungen für Gleiches verschiedene Regelungen enthalten sind.

einen systematischen Anknüpfungspunkt zuneigt oder dem anderen, gerät zu einer genuinen Abwägungsentscheidung, die gesetzesergänzenden Charakter hat.

In eine solche methodisch besonders schwierige Situation führte im Rahmen dieser Untersuchung beispielweise die Erörterung der Bilanzierungsvorgaben für materielle Einlagen, so sich im Rahmen der Auslegung von § 246 Abs. 1 S. 1 HGB ein Konflikt zwischen zwei im Gesetz angelegten bilanzrechtlichen Prinzipien aufgetan hat, dem Vorsichtsprinzip und dem Einsichtsprinzip, der durch Auslegung der Bilanzvorschriften nicht aufzulösen ist. Wenn der Wortlaut selbst noch keine Vorgabe für die Anwendung der Rechtsnorm macht, wie eben im Rahmen der Auslegung von § 246 Abs.1 S. 1 HGB, wo der Wortlaut »soweit das Gesetz nichts anderes bestimmt« selbst auf alle geschriebenen und ungeschrieben Rechtssätze verweist, dann muß der Rechtsanwender die gesetzesergänzende Auslegung vornehmen, da er andernfalls die Norm gar nicht anwenden könnte. Das folgt in diesem Fall tatsächlich aus dem Justizgewährungsanspruch. In anderen Fällen, wo eine teleologische Korrektur einer Vorschrift durch Analogie oder Restriktion im Raum steht, geht es hingegen darum, ob der Rechtsanwender das Ergebnis einer »wortlautgetreuen« Auslegung nur unstimmig findet oder schon unhaltbar. Hier bleibt grundsätzlich Raum für subjektive Werturteile des einzelnen Rechtsanwenders.

Da nun aber der Gewaltenteilungsgrundsatz eine möglichst weitgehende Bindung des Rechtsanwenders an des Gesetz und dementsprechende eine möglichst weitgehende Zurückdrängung von Entscheidungsspielräumen des Rechtsanwenders fordert, ist bei solchen teleologischen Korrekturen des Gesetzes dieselbe Zurückhaltung an den Tag zu legen wie bei der gesetzesübersteigenden Rechtsfortbildung. Eine teleologische Korrektur des Gesetzes, Analogie ebenso wie Restriktion, ist demnach nur zulässig, wenn Systematik und Zweck des geschriebenen Rechts, ein unabweisbares Bedürfnis des Rechtsverkehrs oder ein allgemein akzeptiertes Rechtsprinzip (nicht allein eine Wertungsentscheidung des Rechtsanwenders) danach verlangt.[1939] Dabei muß der Rechtsanwender stets prüfen, ob nicht doch etwas für die vorliegende gesetzliche Regelung spricht und er annehmen muß, daß der Gesetzgeber die Regelung, die er vermißt, bewußt nicht erlassen hat.[1940] Eine eventuelle Korrektur muß spezifisch juristisch begründet werden[1941], was meist nur dann gelingen wird, wenn die neu ergänzte Regelung möglichst nahe am bereits vorhandenen Recht ausgerichtet wird, mit anderen Worten der Eingriff in das Gesetz möglichst gering gehalten wird.

Diese methodischen Vorgaben entsprechen den Vorgaben in der Rechtsprechung des Bundesverfassungsgerichts, das als Grund und Grenze zulässiger Rechtsfortbildung insbesondere erkannt hat, daß eine allgemein geteilte Gerech-

1939 Vgl. *Larenz/Canaris*, Methodenlehre, 245.
1940 *Larenz*, Methodenlehre, 385 und 388.
1941 *Larenz/Canaris*, Methodenlehre, 246.

tigkeitsvorstellung danach verlangen müsse, wobei die Allgemeinheit der Überzeugung aus einer einhelligen oder zumindest weit überwiegenden Ansicht in der juristischen Fachliteratur oder aus einem Rechtsvergleich abgeleitet werden soll können, und die Rechtsfortbildung nicht nur eine gewisse Ungerechtigkeit beseitigen müsse, sondern eine erhebliche Einbuße an Gerechtigkeit ausgleichen müsse, insoweit jedoch auf das zur Rechtsverwirklichung im konkreten Fall unerläßliche Maß zu beschränken sei.[1942] Einzelne Unstimmigkeiten berechtigen daher noch nicht zu einer Rechtsfortbildung, sondern erst erhebliche Ungerechtigkeiten.

(c) Teleologische Korrektur von §§ 36 Abs. 2, 54 Abs. 3 AktG

Versucht man, diesen methodischen Vorgaben im vorliegenden Fall gerecht zu werden, läßt sich zu den vier Detailfragen folgendes feststellen:

Bei den Anforderungen an die Bareinlage aus § 54 Abs. 3 AktG besteht eine systematische Unstimmigkeit dahingehend, daß ein Agio nicht in Euro festgesetzt werden muß, aufgrund § 54 Abs. 3 AktG im Gründungsstadium jedoch in Euro zu leisten ist, es sei denn es erfolgt eine Zahlung bei einem Kreditinstitut in einem Land des EWR, das eine andere Landeswährung hat.[1943] Soweit das Gesetz bei Bareinlagen auf das Grundkapital eine auf Euro lautende Festsetzung fordert, erscheinen die Anforderungen an die Erfüllungshandlung in § 54 Abs. 3 AktG stimmig, hinsichtlich der Agioeinlagen kann man jedoch eine teleologische Reduktion der Vorschrift erwägen, so daß ein Agio in jeder Währung geleistet werden dürfte, in der es festgesetzt werden kann. Sofern ein Agio wie festgesetzt geleistet wird, bestehen keine Bedenken hinsichtlich des Schutzzwecks der Norm, die tatsächliche Aufbringung der versprochenen Einlagen sicherzustellen und so eine mögliche Täuschung von Investoren zu verhindern. Die registergerichtliche Prüfung der Kapitalaufbringung, die durch die Vorgaben zur Leistungserbringung vorbereitet wird, würde durch eine Zulassung von Fremdwährungskonten bei Kreditinstituten im Inland nicht mehr erschwert als bei Zulassung von in ausländischer Währung geführten Konten bei Kreditinstituten im EWR.

Systematisch und objektiv teleologisch läßt sich eine restriktive Auslegung, die nach Grundkapitaleinlagen und Agioeinlagen differenziert, begründen. Zu bedenken bleibt jedoch, daß für die weitaus meisten praktischen Fälle, in denen das Einlageversprechen in der Landeswährung erfolgt, die gesetzliche Regelung durchaus angemessen ist. An diesem praktischen Regelfall orientiert sich das Gesetz. Vermutlich hat es den nach seiner eigenen Systematik möglichen Fall, daß ein Agio in fremder Währung versprochen werden könnte, einfach nicht bedacht. Doch wird man kaum sagen, daß die gesetzliche Regelung, die sich am

1942 BVerfGE 34, 269.
1943 S. o. S. 784 ff.

typischen Fall orientiert, in den denkbaren Spezialfällen, in denen sie unpraktikabel sein kann, unverhältnismäßig und grob ungerecht sei.

Ein unabweisbares Bedürfnis der Praxis auf Zulässigkeit der Agioleistung in Fremdwährung ist jedenfalls bisher noch nicht bekannt geworden. Die Vorschrift wird nicht auf breiter Front kritisiert, vielmehr ist die denkbare Diskrepanz von Agiofestsetzung und Erfüllungsleistung soweit ersichtlich in der Literatur noch nie kritisiert worden und nicht Gegenstand gerichtlicher Entscheidungen geworden. Trotz der systematischen Unstimmigkeit läßt sich daher nicht leicht feststellen, daß das Gesetz nach einer Korrektur dieser eher marginalen Unstimmigkeit verlange. Legt man sich in solchen Fällen, wo über eine gewisse Unstimmigkeit in den gesetzlichen Regelungen hinaus keine weiteren gewichtigen Gründe für eine Abweichung vom Gesetzeswortlaut sprechen, methodisch Zurückhaltung bei Eingriffen in den Wortlaut des Gesetzes auf, wird man diese systematische Unstimmigkeit nicht im Wege teleologischer Reduktion korrigieren. Eine Korrektur des Gesetzeswortlauts erscheint jedenfalls dann nicht geboten, wenn man ein schuldrechtliches Agio zuläßt, da den Aktionären dann ein anderer Weg bleibt, auf dem sie ein Baragio in fremder Währung festsetzen können, für dessen Erfüllungsleistung allein §§ 362 ff. BGB maßgeblich wären.[1944]

Aus ähnlichen Erwägungen heraus erscheint auch eine teleologische Reduktion der §§ 36 Abs. 2, 54 Abs. 3 AktG in Fällen geschlossener Gesellschaften, insbesondere in Einmanngesellschaften nicht angezeigt. Zwar ist es so, daß die kapitalaufbringungsrechtlichen Vorschriften zum Agio das Ziel haben, Schwindelgründungen zu verhindern und damit eine Übervorteilung von Kapitalmarktinvestoren zu verhüten, und dieser Schutzzweck nicht dringlich erscheint, wenn anders als in den Fällen, die dem Gesetzgeber des 19. Jahrhunderts vorschwebten, ein Börsenhandel mit den Aktien der Gesellschaft weder besteht noch in absehbarer Zeit geplant ist und insbesondere die Stufengründung seit dem Jahr 1965 nicht mehr möglich ist.[1945]

Dennoch ist das Aktienrecht nun einmal so konstruiert, daß die Anteile an den Gesellschaften leicht handelbar und börsenfähig sind. Auch wenn das Gesetz im Jahr 2004 die Einmann-AG ausdrücklich zugelassen hat[1946] und damit Sonderformen von Aktiengesellschaften anerkennt, auf die nicht alle Regelungen für kapitalmarktorientierte Publikumsgesellschaften ohne weiteres passen, wollte es damit nicht die Möglichkeit schaffen, unter Anwendung weitreichender teleologischer Auslegung und Rechtsfortbildung für solche Sonderformen ein spezielles Aktienrecht zu kreieren. Wollte man jede einzelne aktienrechtliche Vorschrift nach Zulassung der Einmann-AG darauf hinterfragen, ob bei Einmanngesellschaften nicht eine andere Regelung sinnvoller erschiene, ließe man außer acht, daß der Gesetzgeber eine typisierende Betrachtung wählen und seine Regelungen an der kapitalmarktorientierten Publikumsgesellschaft ausrichten

1944 Zur Frage der Zulässigkeit eines schuldrechtlichen Agios s u. S. 867 ff.

1945 Zur Abschaffung der Stufengründung s. *Heider* in MüKo-AktG § 2, Rz. 2.

1946 Dazu *Heider* in MüKo-AktG § 2, Rz. 1 ff.

kann. Für geschlossene Gesellschaften steht neben der Rechtsform der Aktiengesellschaft auch die GmbH zur Verfügung. Wer sich bei der möglichen Rechtsformwahl für die Aktiengesellschaft entscheidet, von dem kann das Gesetz Beachtung aller aktienrechtlichen Regelungen verlangen, auch wenn diese in Einzelfällen eher auf Gesellschaften mit börsennotierten Anteilen passen.

Sofern eine teleologische Reduktion in Rede steht, haben die vorstehenden methodischen Überlegungen daran erinnert, daß die Erforderlichkeit der Korrektur der gesetzlichen Regelung nachzuweisen, nicht die Erforderlichkeit der gesetzlichen Regelung. Im übrigen ist darauf hinzuweisen, daß im Gründungsstadium alle Gesellschaften noch geschlossene Gesellschaften sind. Daher ist es sinnvoll, dem Registergericht bei der ihm obliegenden Überprüfung kein Wahrscheinlichkeitsurteil aufzubürden, ob die zu prüfende Gesellschaft vermutlich zeitnah (wann genau?) eine Börsennotierung anstrebt und daher die hier in Rede stehenden Vorschriften auch auf ein korporatives Agio zu erstrecken sein könnten oder eben nicht.

Statt dessen hat sich das Gesetz entschieden, alle aktienrechtlichen Einlagen denselben Regeln zur ordnungsgemäßen Leistungserbringung zu unterwerfen. Da diese Entscheidung nicht offensichtlich unsinnig oder unbillig ist, ist sie nicht in einzelnen Fällen zu korrigieren, in denen mit Blick auf den Schutzzweck des Investorenschutzes auch eine andere Entscheidung vertretbar erschiene. Im übrigen gilt auch hier, daß jedenfalls dann keine teleologische Korrektur des Wortlauts der Vorschriften geboten ist, wenn den Gesellschaftern, die sich für eine geschlossene Aktiengesellschaft entscheiden, die Möglichkeit offen steht, auf schuldrechtlichem Wege verbindliche Vereinbarungen über weitere materielle Einlagen zu treffen.

Zur Frage einer teleologischen Reduktion des Grundsatzes der wertgleichen Deckung auf Bareinlagen zur Aufbringung des Grundkapitals lassen sich sehr ähnliche Erwägungen anstellen. Es hat sich gezeigt, daß die Ausdehnung dieses Grundsatzes auf das korporative Agio systematischen und teleologischen Bedenken begegnet. Der Grundsatz der wertgleichen Deckung basiert auf einem Unversehrtheitsgrundsatz, der im Sinne des Gläubigerschutzes vertreten werden kann, jedoch zum Schutz der Investoren vor Liberierung der übrigen Gesellschafter von deren Einlageverpflichtung nicht erforderlich ist. Die wertgleiche Deckung des Agiokapitals zum Zeitpunkt der Anmeldung bzw. Eintragung der Gesellschaft fügt sich zudem systematisch nicht recht zur Möglichkeit einer Verlustverrechnung des Agiokapitals.

Wenn es aber den Investoren bei der Anmeldung unter Gleichbehandlungsgesichtspunkten auch vor allem darauf ankommt, daß jeder Investor seine Einlage tatsächlich erbracht hat, nicht jedoch darauf, daß die erbrachten Einlagen noch vorhanden sind, so sind sie doch auch daran interessiert, daß die tatsächliche Aufbringung des Agiokapitals ebenso wie die tatsächliche Aufbringung des Grundkapitals überprüft wird. Im Rahmen dieser Überprüfung könnte das Gesetz unterschiedliche Prüfungsanforderungen an die freie Verfügbarkeit der verschiedenen Einlageformen stellen, jedoch erscheint es zumindest weniger kompliziert, wenn für beide Einlageformen dieselben Vorgaben gelten. Daß eine solche Praktikabilitätsüberlegung mit Blick auf die Agioeinlagen zu einer erheblichen Ungerechtigkeit führe und einem unabweisbaren Bedürfnis des Rechtsverkehrs zuwider liefe, wird man indes wohl nicht behaupten können. Dann aber widerspräche eine teleologische Reduktion der beiden Vorschriften den methodischen Vorgaben.

Etwas anders verhält es sich mit der Frage nach der Anwendung der Rechtsprechungsregeln zu Voreinzahlungen. Denn diese Interpretation des Tatbestandsmerkmals der »freien Verfügung« der Einlageleistung ergibt sich nicht eindeutig aus dem Gesetz, sondern wird von der Rechtsprechung nur in manchen Fällen von Voreinzahlungen, insbesondere bei der Zahlung auf ein debitorisches Konto, in das Tatbestandsmerkmal hineingelesen. Da diese verschärfende Auslegung des Wortlauts auf Agioeinlagen noch weniger paßt als auf Grundkapitaleinlagen, kann man im Sinne des Verhältnismäßigkeitsgrundsatzes darüber nachdenken, die verschärfenden Anforderungen auf die Fälle von Leistungen auf das Grundkapital zu beschränken, wo sie sich unter Verweis auf den Gläubigerschutz noch eher rechtfertigen lassen als bei Agioeinlagen, bei denen allein der Investorenschutz als Gesetzeszweck nachweisbar ist und die Einschränkung der Zahlung auf nicht debitorische Konten nicht zur Verlustverrechnungsmöglichkeit des Agios passen will. Auch in diesem Fall erscheint jedoch eine solche Differenzierung nicht zwingend geboten, wenn den Gesellschaftern neben der Möglichkeit zur Vereinbarung eines korporativen Agios auch die Möglichkeit zur Vereinbarung eines schuldrechtlichen Agios offensteht, bei dem die Leistungspflicht auch durch Zahlung auf ein debitorisches Konto erfüllt werden kann, bzw. auch die Möglichkeit, auf die Festsetzung eines Agios zu verzichten.

(3) Verzicht auf Festsetzung eines korporativen Agios bei Voreinzahlung

Im Zusammenhang mit Vorleistungen auf ein korporatives Agio ist bereits erwähnt worden, daß in geschlossenen Gesellschaften die Möglichkeit besteht, ein Agio vor einer Kapitalerhöhung zu leisten und diese Vorleistung bei Beschlußfassung über die Kapitalerhöhung auf zweierlei Weise zu berücksichtigen. Entweder wird ein korporatives Agio festgesetzt und die Vorleistung darauf verrechnet (was gesellschaftsrechtlich zumindest bei engem Zusammenhang, Transparenz und Zahlung auf ein nicht debitorisches Konto möglich ist) oder es wird die Vorleistung dadurch berücksichtigt, daß kein (oder ein reduziertes) korporatives Agio festgesetzt wird.

Ähnlich wie bei dem faktischen Agio einer Sacheinlage, deren Zeitwert den Ausgabebetrag übersteigt, stellt sich hier die Frage, ob es zulässig sein soll (bzw. richtiger: im Rahmen von § 255 Abs. 2 und 4 AktG berücksichtigungsfähig), wenn angesichts einer bereits erfolgten Vorleistung auf die ausdrückliche Festsetzung eines korporativen Agios verzichtet wird. An dieser Stelle der Untersuchung stehen dabei Bareinlagen infrage, Sacheinlagen werden gesondert erörtert. Hinsichtlich barer Vorleistungen wird man nicht strenger sein als bei der Frage nach der Zulässigkeit des faktischen Agios bei Sacheinlagen, die das Gesetz in § 255 Abs. 2 und 4 AktG anerkennt. Denn bei Bareinlagen besteht nicht das Risiko einer Überbewertung, daß sich als das einzig mögliche Argument erwiesen hat, mit dem bei Sacheinlagen der Verzicht auf ein korporatives Agio für unzulässig erachtet werden kann.

Läßt man jedoch den Verzicht auf Festsetzung eines korporativen Agios mit dieser Begründung zu, gibt man geschlossenen Gesellschaften faktisch eine Möglichkeit an die Hand, die vorstehenden Vorgaben für eine ordnungsgemäße Leistung des Baragios zu vermeiden. Diese Regelungen über das korporative Baragio stellen sich dann in geschlossenen Gesellschaften als Optionsmodell dar.

b) Schuldtilgende Leistung bei Sacheinlagen

aa) Freie Verfügung bei Sacheinlagen

Auf Sacheinlagen finden §§ 36 Abs. 2, 54 Abs. 3 AktG keine direkte Anwendung, wie sich aus der systematischen Stellung der Vorschriften und dem Wortlaut »einzahlen« bzw. bei § 36 Abs. 2 AktG auch der Einschränkung »soweit nicht Sacheinlagen vereinbart sind« ergibt. Bei der Anmeldung der Gesellschaft wird gem. § 37 Abs. 1 S. 1 AktG indes überprüft, ob die Voraussetzungen des § 36a AktG erfüllt sind, d.h. bei Sacheinlagen die Voraussetzungen des § 36a Abs. 2 AktG. Nach dieser Vorschrift können Sacheinlagen auch erst nach Anmeldung der Gesellschaft geleistet werden und müssen dann nicht bereits bei Anmeldung zur freien Verfügung des Vorstands stehen. Soweit jedoch nach den konkreten Vereinbarungen Sacheinlagen vor Anmeldung zu leisten sind, ist im Rahmen der Anmeldung auch eine Erklärung darüber abzugeben, ob diese Sacheinlagen zur freien Verfügung des Vorstands stehen.[1947]

bb) Sacheinlagefähigkeit bei Sacheinlagen und Sachübernahmen, § 27 Abs. 2 AktG

Eine wichtige Sondervorschrift für Sacheinlagen und Sachübernahmen enthält § 27 Abs. 2 AktG, welche für die Ordnungsgemäßheit der Leistung von Sacheinlagen bestimmte inhaltliche Anforderungen an den Sacheinlagegegenstand vorsieht. Durch diese Vorgaben an die Sacheinlagefähigkeit soll das Risiko der Werthaltigkeit des Einlagegegenstands reduziert werden und so im Interesse der Gläubiger, Mitgründer und späteren Investoren die reale Kapitalaufbrin-

1947 Hüffer/*Koch*, AktG § 37, Rz. 4 und § 36a, Rz. 5 m.w.N. und unter Hinweis auf § 7 Abs. 3 GmbHG, welche Vorschrift ausdrücklich auch bei Sacheinlagen Leistung zur freien Verfügung verlangt. Zu eventuellen Unterschieden bei Vorleistungen auf Sacheinlagen im GmbH-Recht *Heidinger/Birkefeld* in Heckschen/Heidinger, Die GmbH, 985.

gung gesichert und so Schwindelgründungen eingedämmt werden.[1948] Nicht sacheinlagefähige Vermögensmehrungen können als verpflichtende Gesellschafterbeiträge nur in Form einer korporativen Nebenverpflichtung gem. § 55 AktG oder als schuldrechtliches Leistungsversprechen vereinbart werden.

Sacheinlagefähigkeit verlangt nach dem Wortlaut des § 27 Abs. 2 AktG, daß der wirtschaftliche Wert des Einlagegegenstands feststellbar sein muß, darüber hinaus sind Ansprüche auf Dienstleistungen ausdrücklich nicht sacheinlagefähig. Der Ausschluß von Dienstleistungen zeigt, daß es nicht allein auf die Feststellbarkeit eines wirtschaftlichen Werts ankommt, die bei Dienstleistungen durch Marktvergleich durchaus möglich ist, sondern darüber hinaus auch die wirtschaftliche Verwertbarkeit zugunsten der Gesellschaft sichergestellt werden soll, was bei Dienstleistungen aufgrund deren nach §§ 887, 888 Abs. 3 ZPO nur eingeschränkt gegebener Vollstreckbarkeit nicht in vergleichbarer Weise möglich ist wie bei einer Übertragung von Sachen und Rechten auf die Gesellschaft.[1949] Aufgrund der geringeren Sicherheit, die normale schuldrechtliche Forderungen gegen den Inferenten gegenüber der Einlageverpflichtung haben, stellen auch solche Forderungen keine tauglichen Gegenstände einer Sacheinlage dar. Möglich sind jedoch Forderungen auf Nutzungseinlagen, sofern der Gesellschaft der Anspruch für eine bestimmte Dauer eingeräumt wird.[1950]

§ 27 Abs. 2 AktG unterscheidet nicht nach Grundkapitaleinlagen und Agioeinlagen. Die Vorschrift wird daher allgemein so verstanden, daß ihr auch Sacheinlagen auf Agioverpflichtungen unterfallen.[1951] Dieses Verständnis entspricht dem Schutzzweck der Vorschrift, mit der nicht nur im Interesse der Gläubiger, sondern auch im Interesse der Mitgesellschafter und späterer Investoren die tatsächliche Erfüllung der Einlageverpflichtung sichergestellt werden soll. Die deutschen Vorgaben zur Sacheinlagefähigkeit gehen damit in zulässiger

1948 *Hirte*, Kapitalgesellschaftsrecht, 357; Grigoleit/*Vedder*, AktG § 27, Rz. 1.

1949 Zur Sacheinlagefähigkeit allgemein Grigoleit/*Vedder*, AktG § 27, Rz. 8 ff.; Hüffer/*Koch*, AktG § 27, Rz. 13 ff. Zur Begründung der fehlenden Sacheinlagefähigkeit von Dienstleistungen Grigoleit/*Vedder*, AktG § 27, Rz. 10 m.w.N. Angesichts des Bestehens eines Bareinlageanspruchs, sofern eine Sacheinlage nicht vollständig geleistet wird, schießt das mit der fehlenden Vollstreckbarkeit begründete Verbot von Dienstleistungen über das Ziel hinaus. Es würde genügen, wenn sich das Gesetz bei Nichtleistung und dann ggf. problematischer Vollstreckbarkeit mit einer Bareinlagepflicht begnügte anstatt Dienstleistungen pauschal in allen Fällen zu verbieten, in denen auch eine vollständige Leistungserbringung möglich ist.

1950 Vgl. Grigoleit/*Vedder*, AktG § 27, Rz. 9; *Pentz* in MüKo-AktG § 27, Rz. 26 – auf die an beiden Stellen geforderte Besitzverschaffung und damit Aussonderung aus dem Vermögen des Inferenten kommt es jedoch nicht maßgeblich an, wie sich aus den Urteilen BGH NJW 2000, 2356 (Sacheinlagefähigkeit auch von Marken- und Lizenzrechten) und BGH NZG 2004, 910 (alleiniges Abstellen auf bestimmte Nutzungsdauer) ergibt.

1951 *Baums*, Agio und sonstige Zuzahlungen, 75 m.w.N.

Weise über die Vorgaben der Gesellschaftsrechtsrichtlinie hinaus, welche als bloße Mindestvorgaben nur Sacheinlagevorgaben für Einlagen auf das Grundkapital enthält.[1952]

Wird eine nach § 27 Abs. 2 AktG untaugliche Sacheinlage vereinbart, sind die Rechtsfolgen strittig. Nach einer Ansicht folgt aus § 27 Abs. 2 AktG die Unwirksamkeit der Festsetzung, nach einer anderen Ansicht soll die Festsetzung mangels einer entsprechenden gesetzlichen Regelung nicht unwirksam, jedoch nach den Regeln des Bereicherungsrechts kondizierbar sein.[1953] Kondizierbar indes kann die Leistungserbringung nur dann sein, wenn ihr ein Rechtsgrund fehlt, weshalb die Annahme einer wirksamen Festsetzung bei gleichzeitiger Kondizierbarkeit unmöglich ist. Aus § 27 Abs. 2 AktG folgt, daß nicht sacheinlagefähige Gegenstände nicht als Sacheinlage vereinbart werden können. Daraus folgt jedoch nicht notwendig, daß die Vereinbarung untauglicher Sacheinlagen in jedem Fall unwirksam sein muß. Sie können auf korporativer Grundlage als Nebenleistungen iSv § 55 AktG vereinbart werden, wenn die Voraussetzungen dieser Vorschrift, insbesondere Vinkulierung und wiederkehrende Leistungspflicht, vorliegen. Sofern die zusätzlichen Voraussetzungen des § 55 AktG vorliegen, ist durch objektive Auslegung der Vereinbarung zu ermitteln, ob die nicht sacheinlagefähige Vermögensmehrung als solche Nebenleistung gewollt ist oder nicht. Sofern keine korporative Nebenleistung gewollt sein kann, kommt nur noch ein schuldrechtliches Leistungsversprechen als unechter Satzungsbestandteil infrage.

Insoweit die untaugliche Sacheinlage vereinbart worden ist, um die Einlageverpflichtung des Inferenten zu erfüllen, ist dies nach § 27 Abs. 2 AktG nicht möglich, es liegt daher keine ordnungsgemäße Erfüllung der Einlageverpflichtung vor, weshalb die Eintragung der Kapitalmaßnahme vom Registergericht abzulehnen ist, wenn dem Mangel nicht abgeholfen wird.[1954] Kommt es dennoch zur Eintragung, besteht in Höhe des Ausgabebetrags eine Bareinlageverpflichtung.[1955] Insoweit die Vereinbarung einer untauglichen Sacheinlage zu einer von den Parteien nicht gewünschten Bareinlageverpflichtung führt, wird die Auslegung der Vereinbarung regelmäßig ergeben, daß keine weitere Mehrung des Vermögens der Gesellschaft und damit weder eine korporative Nebenverpflichtung noch eine schuldrechtliche Leistungspflicht gewollt ist.

Ein anderes Auslegungsergebnis kann sich jedoch ergeben, insoweit die untaugliche Sacheinlagevereinbarung nicht zur Aufbringung des Ausgabebetrags festgesetzt worden ist, sondern wie eine taugliche Sacheinlage ohne Festsetzung eines korporativen Agios gleichsam zu einem faktischen Agio führen sollte. Bei einem bewußt eingeplanten faktischen Agio entspräche eine Bareinlageverpflich-

1952 Zum Europarecht s. o. Kapitel 3, S. 449.

1953 Vgl. Grigoleit/*Vedder*, AktG § 27, Rz. 9 m.w.N. (für Unwirksamkeit), *Katzenstein* in Spindler/Stilz, AktG § 27, Rz. 86.

1954 *Pentz* in MüKo-AktG § 27, Rz. 48.

1955 Grigoleit/*Vedder*, AktG § 27, Rz. 11.

tung in Höhe des Ausgabebetrags unter Wegfall der Leistungspflicht im übrigen (da keine Festsetzung als Sacheinlage möglich ist) nicht dem objektiven Interesse der Parteien. Denn in diesem Fall erhielte der Investor die Aktien viel günstiger als eigentlich geplant. Eine solche Auslegung hängt jedoch an einer doppelten Voraussetzung. Sie ist erstens nur möglich (und erforderlich), insoweit bei Sachleistungen auf die Festsetzung eines korporativen Agios verzichtet werden kann, da andernfalls bei Vereinbarung eines untauglichen Einlagegegenstands eine Bareinlagepflicht auch in Höhe des korporativen Agios bestünde.[1956] Diese Auslegung setzt ferner voraus, daß schuldrechtliche Leistungspflichten möglich sind.

Letztlich wird bei einer solchen Auslegung implizit angenommen, daß schuldrechtliche Leistungspflichten hinreichend sein können, um eine angemessene Gegenleistung des Investors festzulegen, da die Auslegung der untauglichen Sacheinlagevereinbarung als schuldrechtliches Leistungsversprechen deshalb vorgenommen wird, um zu verhindern, daß der Inferent die ausgegebenen Anteile zu günstig erhielte oder über das – der (auch ergänzenden) Vertragsauslegung nachrangige[1957] – Rechtsinstitut der Störung der Geschäftsgrundlage (§ 313 Abs. 2 BGB) gegebenenfalls noch weiterreichende Anpassungen vorzunehmen wären. Wenn die Auslegung der Vereinbarungen ergibt, daß die untaugliche Sacheinlage nicht als Einlage, d.h. zur Aufbringung des Ausgabebetrags, geschuldet sein soll, sondern darüber hinaus als Nebenleistungsverpflichtung oder als schuldrechtliche Leistungspflicht wirksam vereinbart worden ist, kommt eine Ablehnung der Eintragung der Kapitalmaßnahme durch das Registergericht nicht mehr in Betracht.

5. Gründungsbericht der Gründer sowie Gründungsprüfung und Sacheinlageprüfung

a) Verhinderung von Schwindelgründungen, Vorbereitung der registergerichtlichen Prüfung

Die Ordnungsgemäßheit der Gründung oder Kapitalerhöhung, insbesondere die Festsetzung der Einlageverpflichtung und die Leistung der Einlagen, wird, wie bereits gesehen, vom Registergericht gem. § 37 AktG (bei Kapitalerhöhungen iVm § 188 Abs. 2 S. 1 AktG) überprüft. Der registergerichtlichen Prüfung vorgeschaltet ist bei der Gründung zudem das Erfordernis eines schriftlichen Gründungsberichts der Gründer (§ 32 AktG) und eine Gründungsprüfung durch Vorstand und Aufsichtsrat der Gesellschaft (§ 33 Abs. 1 AktG). In bestimmten Fällen, insbesondere wenn Sacheinlagen vereinbart sind, ist gem. § 33 Abs. 2 AktG zudem eine externe Gründungsprüfung nach den Vorschriften der §§ 33 Abs. 3–5, 34–35 AktG durchzuführen. In bestimmten Ausnahme-

1956 Zur Bareinlagepflicht hinsichtlich des korporativen Agio s. nur Hüffer/*Koch*, AktG § 54, Rz. 10.

1957 Vgl. nur *Finkenauer* in MüKo-BGB § 313, Rz. 144.

fällen, in denen eindeutige Anhaltspunkte für den Wert einer Sacheinlage vorliegen, kann nach § 33a AktG auf eine Sacheinlageprüfung verzichtet werden.[1958]

Der Gründungsbericht der Gründer und die Prüfberichte der Gründungsprüfer, die § 34 Abs. 2 AktG im einzelnen regelt, stellen gem. § 37 Abs. 4 Nr. 4 AktG Eintragungsvoraussetzungen dar und sind über das Handelsregister für jedermann öffentlich einsehbar. Ist eine Sacheinlageprüfung ausnahmsweise entbehrlich, sind nach § 37a AktG diesbezüglich besondere Erklärungen abzugeben. Bei Kapitalerhöhungen mit Sacheinlagen schreiben §§ 183 Abs. 3, § 194 Abs. 4 und § 205 Abs. 5 AktG, jeweils iVm §§ 33 Abs. 3–5, 34–35 AktG ebenfalls eine externe Sacheinlageprüfung vor, die bei ausreichend anderen objektiven Anhaltspunkten entbehrlich sein kann (§§ 183a AktG, 194 Abs. 5, 205 Abs. 5 S. 2).

Zweck der aufeinander aufbauenden Prüfungsschritte des Gründungsberichts, der internen Gründungsprüfung und der externen Gründungsprüfung wie auch der externen Sacheinlageprüfung bei Kapitalerhöhungen ist es, im Interesse sowohl der Gläubiger wie auch der Mitgesellschafter und späteren Investoren die ordnungsgemäße Errichtung der Gesellschaft sicherzustellen und so Schwindelgründungen zu verhindern.[1959] Dazu leisten diese Prüfungsschritte einen eigenständigen Beitrag, bereiten aber nicht zuletzt auch die registergerichtliche Prüfung vor.[1960] Die europäischen Vorgaben verlangen bei Sacheinlagen eine externe Sacheinlageprüfung, sofern nicht ausreichend andere objektive Anhaltspunkte für die Werthaltigkeit vorliegen. Gründungsbericht, interne Gründungsprüfung und nachfolgende registergerichtliche Prüfung werden vom europäischen Recht nicht verlangt, sind jedoch zulässig, da die europäischen Vorgaben insoweit als Mindeststandard zu verstehen sind.[1961]

b) Gründungsbericht

Der Gründungsbericht ist der rechtstechnische Ansatzpunkt, an den das Gesetz die besondere Verantwortung der Gründer für die Ordnungsgemäßheit der Gesellschaftsgründung anknüpft. Zivilrechtlich haften die Gründer für Richtigkeit und Vollständigkeit des schriftlich zu erstattenden Berichts der Gesellschaft selbst nach § 46 Abs. 1 AktG sowie den Aktionären und den Gläubigern nach § 823 Abs. 2 BGB iVm § 399 Abs. 1 Nr. 2 AktG. § 399 AktG begründet zudem eine strafrechtliche Verantwortung der Gründer.[1962]

Im Gründungsbericht ist insbesondere auf die Festsetzung der Einlagen und deren Erfüllungshandlungen einzugehen. Es ist der Ausgabebetrag der Anteile

1958 Details bei Grigoleit/*Vedder*, AktG § 33a, Rz. 1 ff.
1959 Vgl. Grigoleit/*Vedder*, AktG § 32, Rz. 1, § 33, Rz. 2.
1960 Vgl. Grigoleit/*Vedder*, AktG § 32, Rz. 1.
1961 Zum europäischen Recht s. o. Kapitel 3, S. 413 ff.
1962 Grigoleit/*Vedder*, AktG § 32, Rz. 4.

anzugeben und damit auch ein korporatives Agio, wenn ein solches festgesetzt worden ist und bei Bareinlagen der Umfang der geleisteten Einlage.[1963] Bei Sacheinlagen und Sachübernahmen sind alle Umstände darzulegen, die für die Angemessenheit der Sacheinlage bzw. Sachübernahme von wesentlicher Bedeutung sind. Die Angemessenheit bemißt sich nach allgemeiner Ansicht danach, ob der Wert des Einlagegegenstands den Ausgabebetrag der dafür zu gewährenden Anteile erreicht.[1964] Sofern ein korporatives Agio festgelegt worden ist, ist dieses bei der Prüfung der Werthaltigkeit der Sacheinlage demnach zu berücksichtigen. Die Gleichbehandlung von korporativem Agio und Einlagen auf das Grundkapital im Rahmen des Gründungsberichts entspricht dem Schutzzweck, Schwindelgründungen entgegenzutreten, der sowohl im Gläubigerinteresse wie auch im Interesse der Mitgesellschafter und Investoren verfolgt wird und daher eine Prüfung beider Einlageformen verlangt.

Läßt man ein faktisches Agio zu, so ist darauf im Gründungsbericht nicht eigens einzugehen, da es nicht als Ausgabebetrag festgesetzt ist und für die Bewertung der Sacheinlage als angemessen iSv § 32 AktG nicht erforderlich ist, vielmehr über die zur Angemessenheit erforderliche Leistung hinausgeht und einen Puffer bildet, der von den bei Sachgründungen ohnehin anzugebenden Umständen abhängt, diese jedoch nicht beeinflußt. Über das faktische Agio ist insoweit mitzuberichten, als ohnehin Angaben zu Sacheinlagen zu machen sind. Aus den in § 32 Abs. 2 Nr. 1–3 AktG geforderten Angaben zu vorbereitenden Rechtsgeschäften, Anschaffungs- und Herstellungskosten sowie bei Unternehmen als Sacheinlage zu deren Ertragskraft werden sich regelmäßig Anhaltspunkte für das Vorliegen eines faktischen Agios ergeben. Besondere Ausführungen zu stillen Mehrwerten sieht der Gründungsbericht aber nicht vor. Dadurch reduziert sich das Haftungsrisiko für die Gründer und es lassen sich Transaktionskosten sparen, wenn die Wertdeckung eines niedrigeren Ausgabebetrags nachzuweisen leichter fällt als der Nachweis eines erhöhten Ausgabebetrags.

Wird eine Sacheinlage festgesetzt, deren Wert nicht auf den Ausgabebetrag anzurechnen ist, weil der Ausgabebetrag durch eine entsprechende Bareinlage aufgebracht werden soll und die Sacheinlage lediglich zusätzlich geschuldet sein soll, sind nach dem tradierten Verständnis des unbestimmten Tatbestandsmerkmals der Angemessenheit Angaben nach § 32 Abs. 2 AktG an sich entbehrlich, da die Angemessenheit als Wertgleichheit zum Ausgabebetrag verstanden wird. Zur Begründung für dieses Verständnis des Angemessenheitsbegriffs des § 32 AktG wird auf die Wertdeckungsprüfung im Rahmen der Gründungsprüfung sowie der registergerichtlichen Prüfung verwiesen (§§ 34 Abs. 1 Nr. 2, 38 Abs. 2 AktG).[1965] Versteht man die Sacheinlageprüfung als reine

1963 Vgl. nur Grigoleit/*Vedder*, AktG § 32, Rz. 1.
1964 Hüffer/*Koch*, AktG § 32, Rz. 4; Grigoleit/*Vedder*, AktG § 32, Rz. 9; *Pentz* in MüKo-AktG § 32, Rz. 15 m.w.N.
1965 *Pentz* in MüKo-AktG § 32, Rz. 15 m.w.N.

Wertdeckungsprüfung sind im Gründungsbericht, der diese weiteren Prüfungen vorbereiten soll, Angaben zu weiteren Sacheinlagen in der Tat entbehrlich.

Man kann jedoch, wie bei der Erörterung des Europarechts gesehen, die Sacheinlageprüfung auch als Wertprüfung verstehen, die in jedem Fall durchzuführen ist, nicht nur in dem Regelfall, daß Sacheinlagen als Einlagen auf den Ausgabebetrag erbracht werden.[1966] Der Wortlaut von § 33 Abs. 2 Nr. 4 AktG, in welcher Vorschrift für alle Fälle von Sacheinlagen eine Sacheinlageprüfung vorgeschrieben wird, und von § 34 Abs. 1 AktG (»namentlich«) lassen ein solches Verständnis im Aktienrecht zu. Sieht man den Sinn der Gründungsprüfung schon in einer Wertprüfung, nicht allein in einer Wertdeckungsprüfung, wird man den Begriff der Angemessenheit in § 32 Abs. 2 AktG abweichend von der derzeit allgemein geteilten Auffassung nicht im Sinne einer Wertgleichheit mit dem Ausgabebetrag verstehen müssen, sondern als Angemessenheit im Verhältnis zu den von allen Gründern und evtl. zeitnah beteiligten Investoren erbrachten tatsächlichen Einlagen. Denn der Gründungsbericht soll auch die Gründungsprüfung vorbereiten.

Ein solches Verständnis des Angemessenheitsbegriffs ließe sich zwar nicht mit dem Schutzzweck des Gläubigerschutzes begründen, da die Gläubiger keinen Anspruch auf Festsetzung materieller Einlagen als korporatives Agio haben und keinen Anspruch auf Information über stille Reserven, jedoch mit dem Schutzzweck der Mitgesellschafter, wenn man deren Selbstschutzobliegenheiten, denen sie im Gründungsstadium ohne weiteres nachkommen könnten, als weniger gewichtig einstuft als einen weitreichenden aktienrechtlichen Mitgesellschafterschutz. Bei einem solchen Verständnis der Vorschriften über den Gründungsbericht und die Gründungsprüfung kann man § 38 Abs. 2 AktG so verstehen, daß eine Eintragungsablehnung durch das Registergericht nicht nur bei fehlender Wertdeckung nach S. 2 der Vorschrift möglich ist, sondern aufgrund S. 1 der Vorschrift schon bei fehlenden Angaben zur Höhe eines faktischen Agios wegen Unvollständigkeit des Gründungsberichts.

Entscheidend ist in diesem Zusammenhang demnach, ob man die Sacheinlageprüfung als reine Wertdeckungsprüfung versteht oder auch als Wertprüfung. Diese Frage wurde bereits im Rahmen der Untersuchung der Gesellschaftsrechtsrichtlinie diskutiert, auf welche Erörterung hier verwiesen werden kann.[1967] Sollten die Vorgaben der Gesellschaftsrechtsrichtlinie so auszulegen sein, daß danach die Sacheinlageprüfung als Wertprüfung zu verstehen ist, wäre dieses Verständnis zwar nur für die Auslegung der externen Gründungsprüfung als Mindeststandard verbindlich, wegen des im deutschen Aktienrechts vorgesehenen Zusammenspiels von Gründungsbericht, interner und externer Sacheinlageprüfung und registergerichtlicher Kontrolle jedoch aus systematischen Gründen auch bei den rein nationalen Gründungsvorschriften zu beachten, da der Wortlaut der übrigen Vorschriften nicht entgegensteht. Sofern man nicht ohnehin bei

1966 S. o. Kapitel 3, S. 413 ff.
1967 S. o. Kapitel 3, S. 413 ff.

Auslegung des Aktienrechts annimmt, die Sacheinlageprüfung sei auch als Wertprüfung zu verstehen, nicht nur als Wertdeckungsprüfung, muß man für eine finale Entscheidung über den Umfang der Gründungsprüfung eine Entscheidung des EuGH einholen.

Man wird jedoch auf nationaler Ebene eher noch mehr geneigt sein, die Sacheinlage als Wertprüfung zu verstehen, wenn man – die Frage nach den Bilanzierungsvorgaben der Bilanzrichtlinie außen vorgelassen – der Auffassung ist, es solle oder könne der Zeitwert der Sacheinlage aktiviert und als Agio im Sinne von § 272 Abs. 2 Nr. 1 HGB eingestellt werden, womit der volle Zeitwert der Ausschüttungssperre des § 150 AktG unterläge. Eine volle Wertprüfung des Einlagegegenstands verobjektivierte einen Zeitwertansatz und reduzierte die Gefahr einer nachträglichen Reduktion des Haftkapitalpuffers infolge einer Abschreibung des Sacheinlagegegenstands auf der Aktivseite. Im übrigen wirkt auch ohne intendierte Anrechnung des Wertes einer Sacheinlage auf den Ausgabebetrag ein gegebenenfalls vorhandener negativer Wert eines Sacheinlagegegenstands auf den Ausgabebetrag aus, was im Rahmen einer Wertprüfung festgestellt werden kann. Zumindest bei Gegenständen, bei denen ein negativer Wert nicht von vorneherein ausgeschlossen erscheint wie z.B. Unternehmen oder Grundstücken, kann daher eine Sacheinlage auch als reine Wertprüfung sinnvoll sein. In der Praxis verlangen Registergerichte bei bestimmtem Einbringen (z.B. Anteile an Personengesellschaften) den Nachweis, daß der Sacheinlagegegenstand keinen negativen Wert hat.[1968] Jedoch ist die Prüfungsintensität für einen solchen Wertnachweis regelmäßig erheblich geringer als für den Nachweis des positiven Zeitwerts.

Bei Vereinbarung eines schuldrechtlichen Agios brauchen die Gründer diesbezüglich in ihrem Gründungsbericht keine Angaben zu machen (sofern nicht europarechtlich von einem weiten Einlagebegriff auszugehen sein sollte, der entsprechende Angaben zu allen materiellen Agioeinlagen erfordern könnte)[1969], so daß sie Publizität vermeiden, weitere Transaktionskosten sparen und ihr Haftungsrisiko sowie das Risiko strafrechtlicher Verantwortlichkeit noch weiter reduzieren können. Die Vermeidung des Gründungsberichts und der Gründungsprüfung motiviert Gründer daher nicht selten zur Vereinbarung eines schuldrechtlichen Agios.

c) Gründungsprüfung durch Vorstand und Aufsichtsrat

Die Gründungsprüfung durch die Mitglieder des Vorstands und des Aufsichtsrats baut auf dem Gründungsbericht der Gründer auf. Sie soll eine weitere Richtigkeitsgewähr bieten, indem der Kreis der zivilrechtlich und strafrechtlich Ver-

1968 Vgl. zur uneinheitlichen Praxis der Registergerichte z.B. *Heinze*, Vermeidung von Sachgründungen, 3770.

1969 Zur Reichweite des europäischen Einlagebegriffs und den möglichen Auswirkungen auf die Gründungsprüfung s. o. Kapitel 3, S. 416 ff.

antwortlichen erweitert wird.[1970] Inhaltlich umfaßt die Gründungsprüfung, deren Umfang in § 34 AktG geregelt ist, daher dieselben Sachverhalte wie der Gründungsbericht der Gründer. Auf die diesbezüglichen Ausführungen kann verwiesen werden.

d) Externe Prüfung insbesondere bei Sacheinlagen

Zur externen Gründungsprüfung ist im wesentlichen dasselbe zu sagen wir zur Gründungsprüfung durch die Mitglieder des Vorstands und des Aufsichtsrats, da sie denselben Schutzzwecken dient und § 34 Abs. 1 AktG den Prüfungsumfang beider Gründungsprüfungen einheitlich regelt. Ausweislich § 33 Abs. 2 Nr. 4 AktG erstreckt sich die Gründungsprüfung neben Sacheinlagen auch auf Sachübernahmen. Soweit die externe Gründungsprüfung eine Sacheinlageprüfung enthält, enthält das Gesetz für Kapitalerhöhungen inhaltsgleiche Anforderungen (vgl. §§ 183 Abs. 3, § 194 Abs. 4 und § 205 Abs. 5 AktG). Für Sachübernahmen bestehen bei Kapitalerhöhungen keine besonderen Vorschriften, da das Gesetz darauf vertraut, daß Vorstand und Aufsichtsrat bei einer schon bestehenden Aktiengesellschaft tatsächlich so unabhängig von den Aktionären seien, daß eine Überprüfung von Sachübernahmen allein der Verantwortung der Organe unterstellt werden könne.[1971]

Die Gesellschaftsrechtsrichtlinie fordert sowohl bei Sachgründungen wie bei Sachkapitalerhöhungen eine Sacheinlageprüfung (Artt. 49 und 70 der Richtlinie), sieht jedoch in bestimmten Fällen, in denen ausreichend andere objektive Anhaltspunkte zur Bewertung des Sacheinlagegegenstands vorliegen, eine mögliche Ausnahme vor (Artt. 50 und 51 der Richtlinie), die im Aktienrecht in §§ 33a, 183a AktG umgesetzt worden ist. Die Richtlinie enthält jedoch keine Vorgaben für Sachübernahmen, weder im Gründungsstadium noch bei Kapitalerhöhungen. Sachübernahmen versteht die Richtlinie wie das Aktienrecht als Bareinlagen mit anschließendem Austauschgeschäft, sieht in der Verknüpfung jedoch keinen Anlaß von der rechtlichen Einstufung als Bareinlage abzugehen und besondere Vorgaben für Sachübernahmen vorzusehen.[1972] Die Richtlinie vertraut schon im Gründungsstadium stärker auf die Organpflichten, nicht wie das Aktiengesetz erst bei Kapitalerhöhungen. Außerhalb der Nachgründungsvorschriften sieht die Richtlinie keinen Anlaß, nicht auf die Organpflichten zu setzen.

Zur externen Sacheinlageprüfung (und ebenso zu internen Gründungsprüfung) war früher stark umstritten, ob die Wertdeckung allein hinsichtlich des geringsten Ausgabebetrags zu prüfen sei, nicht jedoch hinsichtlich eines gegebe-

1970 Vgl. Grigoleit/*Vedder*, AktG § 33, Rz. 2 und 4.

1971 Vgl. Grigoleit/*Rieder/Holzmann*, AktG § 183, Rz. 2.

1972 Zur bewußten Entscheidung des Richtliniensetzers, auf Regelungen zu Sachübernahmen zu verzichten s. o. Kapitel 3, S. 399.

nenfalls festgesetzten korporativen Agios.[1973] Anlaß für diesen Streit bot der Wortlaut von § 34 Abs. 1 Nr. 2 AktG, der ausdrücklich nur auf den geringsten Ausgabebetrag abstellt. Allerdings stehen die Aufzählungen in § 34 Abs. 1 AktG unter der Einschränkung »namentlich«, so daß der Wortlaut der Vorschrift eine Wertdeckungsprüfung auch hinsichtlich des Agios zuläßt, was von der Gesellschaftsrechtsrichtlinie vorgegeben wird und daher im Wege europarechtskonformer Auslegung umzusetzen ist.[1974] Praktisch ist die Frage seit der Entscheidung des Bundesgerichtshofs in der Sache »Babcock« (BGHZ 191, 364) im Sinne einer europarechtskonformen Auslegung entschieden.[1975]

Sofern eine externe Sacheinlageprüfung nach §§ 33a, 183a AktG ausnahmsweise entbehrlich ist, verlangt Art. 51 Abs. 1 lit. c) (bei Kapitalerhöhungen iVm Art. 69 Abs. 2 UA 2 der Richtlinie) eine ausdrückliche Erklärung gegenüber dem Registergericht, daß sowohl das Grundkapital wie auch ein eventuelles korporatives Agio durch den Wert der Sacheinlage abgedeckt sind. Die Umsetzungsnorm des § 37a Abs. 1 S. 3 AktG verlangt lediglich eine Erklärung über den geringsten Ausgabebetrag. Eine Übereinstimmung des Aktienrechts mit den Richtlinienvorgaben ist dadurch zu erreichen, daß man die Pflicht zur Erklärung der Wertdeckung des korporativen Agios aus der allgemeinen Bestimmung des § 37 Abs. 1 S. 1 iVm § 36a Abs. 2 S. 2 AktG ableitet. Bei Kapitalerhöhungen muß das Aktienrecht ebenfalls durch europarechtskonforme Auslegung des § 188 Abs. 2 S. 1 AktG iVm dieser allgemeinen Bestimmung in Einklang mit den Richtlinienvorgaben gebracht werden, da die in § 183a Abs. 2 AktG angeordnete Veröffentlichung in den Gesellschaftsblättern nicht den Anforderungen der Gesellschaftsrechtsrichtlinie genügt.[1976]

6. Anmeldung und Prüfung durch das Registergericht

a) Versicherung und Nachweis der ordnungsgemäßen Gründung bei Anmeldung (§§ 37 Abs. 1 und 4, 37a AktG)

Nach ordnungsgemäßer Gründung und Leistung der Mindesteinlagen kann die Gesellschaft zum Registergericht angemeldet werden. Nach § 37 Abs. 1 AktG müssen sich die Anmeldenden insbesondere auch zur Festsetzung des Ausgabebetrags und zur Leistung der Einlagen erklären und gem. § 37 Abs. 4 AktG entsprechende Nachweise einreichen. Bei Kapitalerhöhungen gilt entsprechendes aufgrund der Vorschriften §§ 183, 184, 188 AktG. Wird gem. §§ 33a, 183a AktG

1973 Sehr ausführlich, insbesondere auch zu den europarechtlichen Bezügen *Lüssow*, Agio 190 ff.; ferner *Herchen*, Agio, 129; *Strehle*, Venture Capital, 201 ff.; DNotI-Report, Abgrenzung, 184; *Wagner*, Aufgeld, 296; *Maier-Reimer*, Wert der Sacheinlage, 255; *Priester*, Kapitalaufbringungspflicht beim Agio, 623.

1974 *Habersack/Verse*, Europäisches GesR, 261; s. auch o. Kapitel 3, S. 420 ff.

1975 So auch *Baums*, Agio und sonstige Zuzahlungen, 65.

1976 Eingehend dazu o. Kapitel 3, S. 420 ff.

auf eine externe Sacheinlageprüfung verzichtet, verlangt die Gesellschaftsrechtsrichtlinie bestimmte weitere Angaben und eine ausdrückliche Erklärung über die Wertdeckung des geringsten Ausgabebetrags wie auch des korporativen Agios, die im deutschen Aktienrecht – wie in Ziff. 5 lit. d) bereits erörtert – teilweise in § 37a Abs. 1 AktG (ggf. iVm § 183a Abs. 2 AktG) geregelt sind, teilweise durch richtlinienkonforme Auslegung des § 37 Abs. 1 S. 1 iVm § 36a Abs. 2 S. 2 AktG (ggf. iVm § 188 Abs. 2 S. 1 AktG) umzusetzen sind. Diese Angaben und Nachweise, die im Zuge der Anmeldung der Gesellschaft bzw. der Kapitalerhöhung gegenüber dem Registergericht zu machen und zu erbringen sind, geben den Inhalt und den Umfang der registergerichtlichen Kontrolle vor.

b) Prüfung durch das Registergericht

Das Registergericht hat nach der Konzeption des Aktienrechts nicht nur die Anmeldung der Gesellschaft bzw. der Kapitalerhöhung entgegenzunehmen und den Vorgang im Handelsregister einzutragen, sondern es hat gem. § 38 AktG zudem eine Prüfpflicht. Bei Kapitalerhöhungen wird eine solche Prüfpflicht auch ohne ausdrückliche gesetzliche Anordnung allgemein angenommen.[1977] Versicherung der Ordnungsgemäßheit gegenüber dem Registergericht und nochmalige Kontrolle der zugesicherten Angaben durch das Gericht sind schon seit der Reform des HGB im Jahr 1884 das Mittel der Wahl, mit dem der Gesetzgeber Schwindelgründungen verhindern will.[1978] Die Gesellschaftsrechtsrichtlinie macht – wie gesehen – keine Vorgaben zu einer nochmaligen gerichtlichen Kontrolle, sondern begnügt sich neben der externen Sacheinlageprüfung damit, hinsichtlich der Gründungsvorgänge bzw. der Kapitalerhöhung Registerpublizität herzustellen.

Die registergerichtliche Prüfung der Gründung und der Kapitalerhöhung kann zu nicht unerheblichen Verzögerungen führen, insbesondere wenn die Werthaltigkeit von Sacheinlagen zu überprüfen ist. Eine lange Dauer des gerichtlichen Prüfungsverfahrens kann für die Anmeldenden und auch die (Neu-)Aktionäre mißlich sein, wenn sich in der Zwischenzeit anmeldepflichtige Tatsachen ändern und nachgemeldet werden müssen[1979], wodurch sich die zivilrechtlichen und strafrechtlichen Gefahren vergrößern, insbesondere wenn eine Sacheinlage in der Zwischenzeit an Wert verliert und deshalb eine – sogleich noch näher zu erörternde – Differenzhaftung oder Unterbilanzhaftung droht. Für die auf Seiten der Gesellschaft Beteiligten wiegen mögliche Verzögerungen durch das Registergericht besonders schwer, da sie darauf wenig Einfluß haben. Beim Gründungs-

1977 Vgl. nur Hüffer/*Koch*, AktG § 184, Rz. 6; Grigoleit/*Rieder/Holzmann*, AktG § 184, Rz. 11.

1978 S. o. Kapitel 5, S. 712 f.

1979 Zur Pflicht einer Nachmeldung von Veränderungen Grigoleit/*Vedder*, AktG § 37, Rz. 2.

bericht und der internen Gründungsprüfung hängt der Zeitbedarf hingegen von den Gründern und Organen selbst ab. Die registergerichtliche Kontrolle stellt daher abermals einen wichtigen Anlaß dar, warum Gesellschaften und Investoren versuchen auf schuldrechtliche Zusatzvereinbarungen auszuweichen.

Umstritten ist in der Literatur der genaue Prüfungsumfang und insbesondere die Frage, ob das Registergericht, sollte es feststellen, daß der Wert einer Sacheinlage zwar den geringsten Ausgabebetrag abdeckt, jedoch nicht ein korporatives Agio, die Eintragung nach § 38 Abs. 2 S. 2 AktG bzw. § 183 Abs. 3 S. 1 AktG ablehnen kann bzw. muß.[1980] Die Frage nach dem Prüfungsumfang und der Eintragungsablehnung betreffen zunächst einmal zwei unterschiedliche Stufen der registergerichtlichen Tätigkeit. Es ist denkbar, daß der Prüfungsumfang größer ist als die Menge der Ablehnungsgründe. Allgemein wird jedoch zu § 38 Abs. 4 AktG angenommen, daß das Registergericht nur solche Sachverhalte prüfen darf, die auch zu einer Eintragungsablehnung führen können, da andernfalls die registergerichtliche Prüfung zu unnötigen Verzögerungen des Eintragungsverfahrens führen würde.[1981] Stimmt man dieser allgemein geteilten Ansicht zu, kann im Rahmen von § 38 Abs. 2 S. 2 AktG bzw. § 183 Abs. 3 S. 1 AktG nichts anderes gelten.[1982]

Zur Begründung einer Ablehnungsbefugnis werden vor allem systematische Argumente angeführt. Bei der gesamten vorgeschalteten Gründungsprüfung sei die Wertdeckung des korporativen Agios zu beachten, was auch für eine Prüfung im Rahmen der Registerkontrolle spreche. Hierbei wird dann das Argument von Gleichklang von Eintragung und Prüfung umgekehrt. Weil zu prüfen ist, muß auch abgelehnt werden können.[1983] Daneben wird noch darauf verwiesen, daß Gläubiger und Mitgesellschafter ein Interesse an einer registergerichtlichen Prüfung hätten, weshalb der Schutzzweck der Registerprüfung eine Werthaltigkeitsprüfung auch hinsichtlich des korporativen Agios verlange.[1984]

Diese systematischen und teleologischen Erwägungen haben jedoch den Wortlaut der Vorschriften zu berücksichtigen, der sowohl in § 38 Abs. 2 S. 2 AktG wie auch in § 183 Abs. 3 S. 1 AktG die Ablehnungsbefugnis bei Sachein-

1980 Eingehend zur Gründungsprüfung *Lüssow*, Agio, 209 ff. m.w.N.; ferner *Herchen*, Agio, 132 f.; Hüffer/*Koch*, AktG § 184, Rz. 6 m.w.N. und § 38, Rz. 9 m.w.N.; Grigoleit/*Rieder/Holzmann*, AktG § 184, Rz. 11; zur Kapitalerhöhung ausführlich *Servatius* in Spindler/Stilz, AktG § 183, Rz. 60 ff.

1981 Grigoleit/*Vedder*, AktG § 38, Rz. 15; Hüffer/*Koch*, AktG § 38, Rz. 12; *Pentz* in MüKo-AktG § 38, Rz. 70.

1982 Anders jedoch *Lüssow*, Agio, 209, der bei der Gründungsprüfung unabhängig von der Frage der Berechtigung zur Ablehnung der Eintragung (die er annimmt) davon ausgeht, daß jedenfalls der Prüfungsumfang der Registerkontrolle die Wertdeckung des korporativen Agios umfassen muß.

1983 Vgl. Hüffer/*Koch*, AktG § 184, Rz. 6 m.w.N.; *Lüssow*, Agio, 210 f. – soweit hier noch mit § 40 AktG a.F. argumentiert wird, ist mittlerweile zu beachten, daß diese Vorschrift aufgehoben worden ist.

1984 *Lüssow*, Agio, 210 f.; Hüffer/*Koch*, AktG § 184, Rz. 6 – je m.w.N.

lagen (und Sachübernahmen) darauf beschränkt, daß infolge einer Überbewertung der geringste Ausgabebetrag nicht mehr gedeckt ist. Eine Ablehnungsbefugnis ist daher nur gegen den Wortlaut auf dem Wege einer teleologischen Korrektur des Gesetzes zu erreichen.[1985] Eine solche teleologische Korrektur des Gesetzeswortlauts ist jedoch – wie bereits erörtert[1986] – nur zulässig, wenn eine Lücke vorliegt, die eine entsprechende Regelung erfordert. Systematische Hinweise und teleologische Erwägungen genügen nicht ohne weiteres für die Annahme einer Lücke, statt dessen ist zu fragen, ob nichts dafür spricht, bei einer wortlautgetreuen Gesetzesanwendung zu bleiben. Nur dann ist von einer planwidrigen Lücke auszugehen.

Bei einer solch methodisch reflektierten Auslegung des § 38 Abs. 2 S. 2 AktG bzw. § 183 Abs. 3 S. 1 AktG ist zunächst festzustellen, daß die systematischen Hinweise hinken. Bei der externen Sacheinlageprüfung, der internen Gründungsprüfung und den Wertdeckungserklärungen im Rahmen der erleichterten Sachgründung ist die Einbeziehung des korporativen Agios aufgrund europarechtlicher Vorgaben gesichert. Solche europarechtlichen Vorgaben gibt es jedoch für die Registerprüfung nicht.[1987] Teleologisch läßt sich der Unterschied zwischen der Registerkontrolle und den vorgeschalteten Stufen der Gründungsprüfung ohne weiteres erklären, wenn man annimmt, daß die Registerkontrolle im Interesse der Gläubiger eine Unterpariemission verhindern soll, die anderen Prüfungsschritte nicht zuletzt auch im Interesse der Mitgesellschafter vollzogen werden sollen, insbesondere auch die externe Sacheinlageprüfung, bei welcher der Schutzzweck des Mitgesellschafterschutzes aufgrund der Richtlinienvorgaben beachtlich ist.[1988]

Gerade die Annahme jedoch, die Registerkontrolle diene allein dem Gläubigerschutz und sei daher nicht auf das korporative Agio zu erstrecken, dem nur reflexiv über § 150 AktG gläubigerschützende Wirkung zukomme, steht im Widerspruch zur subjektiven Teleologie des Gesetzgebers von 1884. Der Gesetzgeber des Jahres 1884 hat zwar dem korporativen Agio tatsächlich nur faktische Gläubigerschutzwirkung zugesprochen, er wollte jedoch die Registerkontrolle ausdrücklich auch auf das korporative Agio bezogen wissen, um eine Übervorteilung von Investoren zu verhüten.[1989] Die Vorgängervorschrift zu § 38 AktG enthielt seinerzeit jedoch noch keine ausdrückliche Regelung zur Befugnis des Gerichts, die Eintragung abzulehnen (vgl. Art. 210 HGB 1884). Eine solche Befugnis wurde wohl vorausgesetzt.

1985 So auch *Herchen*, Agio, 132 f.; *Lüssow*, Agio, 211 f.; Hüffer/*Koch*, AktG § 183, Rz. 6.

1986 S. o. S. 803 ff.

1987 Darauf weisen auch *Herchen*, Agio, 132 und *Servatius* in Spindler/Stilz, AktG § 183, Rz. 61.2 hin.

1988 Ähnlich *Servatius* in Spindler/Stilz, AktG § 183, Rz. 61.3; auch Grigoleit/*Rieder/ Holzmann*, AktG § 184, Rz. 12 mit Fn. 35 m.w.N.

1989 S. o. Kapitel 5, S. 712.

Geregelt wurde die Ablehnungsbefugnis in § 31 AktG 1937, welche Vorschrift dann im Zuge der Aktienrechtsreform des Jahres 1964 zu § 38 AktG wurde, wobei Abs. 2 S. 2 ergänzt wurde, um die Ablehnungsbefugnis des Gerichts im Falle einer Unterpari-Emission durch Überbewertung von Sacheinlagen bzw. Sachübernahmen klarer herauszustellen.[1990] Wenn der Gesetzgeber des Aktiengesetzes von 1964 die Ablehnungsbefugnis des Registergerichts bei einer Nichtdeckung des geringsten Ausgabebetrags ausdrücklich regelt, dabei jedoch keine Regelung zum korporativen Agio trifft, kann man das diesbezügliche Schweigen des Gesetzes als Fehler bei der Gesetzgebung ansehen, man kann es angesichts des bereits erörterten möglichen Sinns einer Differenzierung zwischen Grundkapital und korporativen Agio jedoch auch so verstehen, daß der gesetzgeberische Wille des Gesetzgebers von 1884 auf Registerkontrolle der Aufbringung des korporativen Agios aufgegeben worden ist. Die letztgenannte Verständnismöglichkeit fügt sich im übrigen dazu, daß für Sachagioeinlagen auch eine andere Vorstellung des Gesetzgebers von 1884 keine Gültigkeit mehr besitzt, nämlich das Agioeinlagen sofort zu leisten seien, um den Aktionären den vollen Umfang ihrer Leistungspflicht deutlich vor Augen zu führen.[1991]

Unter Beachtung des methodischen Grundsatzes »in dubio pro verbis« ist daher nicht von einer planwidrigen Lücke des § 38 Abs. 2 S. 2 AktG bzw. des § 183 Abs. 3 S. 1 AktG auszugehen, eine telelogische Korrektur des Gesetzeswortlauts wäre damit unzulässig. Eine Ablehnungsbefugnis des Registergerichts besteht demnach nur, wenn der Wert der Sacheinlage den Betrag des geringsten Ausgabebetrags nicht erreicht. Folgt man zudem der referierten allgemeinen Auffassung, daß die Prüfungspflicht des Registergerichts nicht weiter geht, als seine Ablehnungsbefugnis reicht, dann hat das Registergericht nicht zu prüfen, ob der Wert einer Sacheinlage ein korporatives Agio abdeckt.[1992]

7. Das Recht verdeckter Sacheinlagen

Die vorstehend erörterten Kapitalaufbringungsvorschriften zur Prüfung der Einlagen führen gerade bei Sacheinlagen zu einem deutlich erhöhten Aufwand und Risiko für die beteiligten Aktionäre und Organmitglieder. Um das komplizierte Sacheinlageverfahren zu vermeiden, wird mitunter versucht, den Vorgang aufzuspalten in eine formale Bareinlage und ein daran anschließendes schuldrechtliches Austauschgeschäft, das im Ergebnis dazu führen soll, daß der Gesellschaft bei wirtschaftlicher Betrachtung eine Sacheinlage zugeführt wird, da die Mittel aus dem Bareinlageversprechen zur Begleichung der Entgeltforderung

1990 *Pentz* in MüKo-AktG § 38, Rz. 1.

1991 Zu dieser Vorstellung des historischen Gesetzgebers s. o. Kapitel 5, S. 719 ff.

1992 Str.; a.A. z.B. *Verse*, Sacheinlagen und Vergleich, 881 mit umfangreichen Nachweisen zum Streitstand.

aus dem schuldrechtlichen Austauschgeschäft verwendet werden. Man spricht in diesen Fällen von einer verdeckten Sacheinlage.[1993]

Liegt eine verdeckte Sacheinlage vor, finden die vom Gesetz an sich für Sacheinlagen vorgesehen Regelungen tatsächlich keine Anwendung. Um ein Leerlaufen der gesetzlichen Vorgaben zu verhindern, hat die Rechtsprechung die verdeckte Sacheinlage als unzulässiges Umgehungsgeschäft eingestuft und die Grundsätze der verdeckten Sacheinlage entwickelt. Mittlerweile hat das Aktiengesetz die Regeln zur verdeckten Sacheinlage in § 27 Abs. 3 AktG (bei Kapitalerhöhungen iVm §§ 183 Abs. 2, 194 Abs. 2, 205 Abs. 3, 206 S. 2 AktG) kodifiziert und dabei die früheren Rechtsprechungsregeln erheblich modifiziert.[1994]

Trotz der Bezeichnung der verdeckten Sacheinlage als Umgehungsgeschäft ist eine Umgehungsabsicht der Parteien nicht erforderlich. Es genügt, wenn bei objektiver wirtschaftlicher Betrachtung der Gesamtumstände von einer verdeckten Sacheinlage auszugehen ist, auch wenn den Parteien dieser Umstand aufgrund Rechtsunkenntnis nicht bewußt geworden ist.[1995] Die Regeln über die verdeckte Sacheinlage beruhen nicht auf einem Unwerturteil über die Rechtsuntreue des Gesellschafters, sondern wie jede Verhinderung von Umgehungsgestaltungen beruhen sie auf einer teleologischen Betrachtungsweise, welche sicherstellen soll, daß das gesetzliche Ziel erreicht wird, alle Sacheinlagen einer besonderen Prüfung zu unterziehen.[1996] Eine bewußte Umgehungsabsicht steht nicht immer hinter einer verdeckten Sacheinlage, sondern aufgrund der Komplexität der Kapitalaufbringungsvorschriften kommen auch ungewollt wirtschaftliche Sacheinlagen vor. Das haben beispielsweise die Erörterungen zu Voreinzahlungen auf die Einlageverpflichtung gezeigt. Dem inländischen Kaufmann ist dabei ebenso wie ausländischen Juristen kaum verständlich zu machen, warum dem Zeitpunkt einer Überweisung derart große Bedeutung zukommen soll und bei einer Voreinzahlung nach deutschem Aktienrecht oftmals keine Bareinlage angenommen werden kann.

Folgende Voraussetzungen sind an das Vorliegen einer verdeckten Sacheinlage zu stellen.[1997] Formal muß eine Bareinlage festgesetzt worden sein, die jedoch durch eine gegenläufige Pflicht der Gesellschaft, an den Inferenten oder einen ihm zuzurechnenden Dritten ein Entgelt aus einem Verkehrsgeschäft zu zahlen, wirtschaftlich einer Sacheinlage entspricht. Das Verkehrsgeschäft muß, nach einer früher bestrittenen, nach Einführung der gesetzlichen Vorschriften des § 27 Abs. 3 und 4 AktG mittlerweile jedoch weitgehend unbestrittenen

1993 *Pentz*, in MüKo-AktG § 27, Rz. 76 ff.; Grigoleit/*Vedder*, AktG § 27, Rz. 39.
1994 *Pentz*, in MüKo-AktG § 27, Rz. 76 ff.; Grigoleit/*Vedder*, AktG § 27, Rz. 39.
1995 *Pentz*, in MüKo-AktG § 27, Rz. 76 ff.; Grigoleit/*Vedder*, AktG § 27, Rz. 39.
1996 Vgl. *Pentz* in MüKo-AktG § 27, Rz. 80 und 91.
1997 Vgl. BGHZ 185, 44 (AdCoCom) mit umfangreichen Nachweisen zur Rechtsprechung; *Pentz* in MüKo-AktG § 27, Rz. 91; Grigoleit/*Vedder*, AktG § 27, Rz. 41 ff.; Hüffer/*Koch*, AktG, 3 27, Rz. 26 ff.

Ansicht, über einen sacheinlagefähigen Vermögensgegenstand geschlossen werden, da andernfalls nicht sacheinlagefähige Gegenstände nicht, bzw. allenfalls unter den Voraussetzungen des § 55 AktG auf die Gesellschaft übertragen werden könnten und insbesondere nicht sacheinlagefähige Darlehensforderungen gegen den Inferenten als verdeckte Sacheinlage im Sinne des § 27 Abs. 3 AktG zu qualifizieren wären, obwohl § 27 Abs. 4 AktG eine spezielle Regelung genau für diese Fälle des Hin- und Herzahlens enthält, die ausdrücklich voraussetzt, daß § 27 Abs. 3 AktG nicht einschlägig ist.[1998] Insbesondere Dienstleistungen des Inferenten, beispielweise als Beratungsleistungen oder auch infolge der Übernahme eines Vorstandsamtes, können demnach nicht Gegenstand einer verdeckten Sacheinlage sein.

Da wirtschaftliche Entsprechung der Bareinlage zu einer Sacheinlage den Rückfluß der Mittel an den Inferenten (oder einen ihm zuzurechnenden Dritten) voraussetzt, liegt bei einer verdeckten Sacheinlage stets auch ein sogenanntes Hin- und Herzahlen vor, das die Erfüllungswirkung einer Bareinlageleistung mangels Leistung zur freien Verfügung der Gesellschaft verhindert.[1999] Für die Annahme einer wirtschaftlichen Entsprechung ist nicht erforderlich, daß genau dieselben Barmittel an den Inferenten zurückfließen, sondern es genügt die Nämlichkeit der Mittel, d.h. es kommt auf eine bilanzielle Betrachtungsweise an, bei der den zugeflossenen Aktiva ein Abfluß von Aktiva oder eine Forderung gegenüber stehen muß. Die Einzahlung der Bareinlage auf ein Konto und Überweisung eines nämlichen Betrages von einem anderen Konto wird erfaßt. Nicht erforderlich ist es, daß genau derselbe Betrag an den Inferenten zurückfließt, sondern die Zahlung der Gesellschaft kann ebensogut höher oder niedriger sein.

Als subjektives Tatbestandselement verlangt das Gesetz eine Vereinbarung unter den Beteiligten über die wirtschaftliche Ersetzung der Bareinlage durch eine Sacheinlage, wobei bei einem Einmanngesellschafter ein entsprechendes

1998 Vgl. BGHZ 180, 38 (Qivive) zur GmbH; BGHZ 184, 158 (Eurobike) zur AG; *Pentz* in MüKo-AktG § 27, Rz. 94 ff. m.w.N. auch zu vereinzelten kritischen Stimmen; Hüffer/*Koch*, AktG § 27, Rz. 29 m.w.N.; Grigoleit/*Vedder*, AktG § 27, Rz. 43 m.w.N.; s. a. zur GmbH *Heidinger/Berkefeld* in Heckschen/Heidinger, Die GmbH, 1030 ff. Sofern nicht sacheinlagefähige Gegenstände nicht bilanzierbar sind, wie beispielsweise die im Rahmen von verdeckten Sacheinlagen besonders interessierenden Leistungseinlagen (Dienstleistungen, Beratungsleistungen), läge auch keine bilanziell zu denkende Nämlichkeit (dazu sogleich unten im Text) der Mittelverwendung vor, da weder ein gleichzeitiger Mittelabfluß zu verzeichnen wäre noch eine Forderung eingestellt werden könnte (entgeltliche Leistungseinlagen sind als schwebende Geschäfte nicht bilanzierbar, s. o. Kapitel 1, S. 294 ff.). Nicht sacheinlagefähige Gegenstände können im Nachgründungszeitraum ggf. unter § 52 AktG fallen (str.), s. dazu u. S. 831 mit Fn. 2016.

1999 Grigoleit/*Vedder*, AktG § 36, Rz. 11 m.w.N. auch zu der Ansicht, daß in solchen Fällen zwar verdeckte Sacheinlagen vorlägen, jedoch zugleich von einer Leistung zur freien Verfügung auszugehen sei.

Vorhaben genügt.[2000] Das Vorliegen einer solchen Verabredung wird bei einem engen zeitlichen (ca. sechs Monate) und sachlichen (wohl bei alltäglichen Geschäften nicht gegebenen) Zusammenhang der Bareinlage mit dem Verkehrsgeschäft widerleglich vermutet. [2001]

Rechtsfolge einer verdeckten Sacheinlage ist in erster Linie, daß das Gesetz der Bareinlage die Erfüllungswirkung verweigert (§ 27 Abs. 3 AktG), weshalb eine Versicherung der Leistung einer Bareinlage nach § 37 Abs. 1 S. 1 AktG (ggf. iVm § 188 Abs. 2 S. 1 AktG) falsch wäre, entsprechende zivilrechtliche Haftung und strafrechtliche Verantwortlichkeit droht und ein Eintragungshindernis iSv § 38 Abs. 1 S. 2 AktG besteht.[2002] Die Verträge über das Austauschgeschäft, das zur Annahme einer verdeckten Sacheinlage führt, sind nicht unwirksam, wie § 27 Abs. 3 S. 2 AktG unter Ablehnung der früheren Rechtsprechung ausdrücklich feststellt.[2003] Trägt das Registergericht aufgrund seiner Unkenntnis vom Vorliegen einer verdeckten Sacheinlage die Gründung oder Kapitalerhöhung ein, wird der Wert der geleisteten Gegenstände automatisch, kraft gesetzlicher Anordnung in § 27 Abs. 3 S. 3 AktG auf die Bareinlageforderung angerechnet, wobei der Inferent nach § 27 Abs. 3 S. 5 AktG die Beweislast für die Werthaltigkeit der Vermögensgegenstände trägt.[2004] Sollte der eingebrachte Vermögensgegenstand minderwertig sein oder sogar einen negativen Wert haben, haftet der Inferent ggf. sogar über den Ausgabebetrag hinaus im Wege der allgemeinen Differenzhaftung.[2005]

Die Vorschriften über verdeckte Sacheinlagen finden auch Anwendung, soweit Bareinlagen auf ein korporatives Agio versprochen worden sind.[2006] Da das korporative Agio als Teil des gesetzlichen Ausgabebetrags Teil der aktienrechtlichen Einlage ist, besteht die Vermutung, daß alle Einlagevorschriften darauf anwendbar sind, sofern nicht die Auslegung einer konkreten Norm ein anderes Verständnis erzwingt. § 27 Abs. 3 AktG verlangt kein abweichendes Verständnis, vielmehr weist die Anwendbarkeit der übrigen Kapitalaufbringungsvorschriften auf das korporative Agio auf eine Anwendbarkeit auch der Regelungen über verdeckte Sacheinlagen. Da verdeckte Sacheinlagen dazu geeignet sind, die reale Kapitalaufbringung infrage zu stellen und Schwindelgründungen ins Werk zu setzen, steht die Anwendung der Regelungen zur verdeckten Sacheinlage auch im Einklang zum Schutzzweck, den der historische Gesetzgeber des Jahres 1884 mit dem von ihm vorgesehen Regelungen zum Kapitalschutz

2000 Grigoleit/*Vedder*, AktG § 27, Rz. 53; Hüffer/*Koch*, AktG § 27, Rz. 33.
2001 Grigoleit/*Vedder*, AktG § 27, Rz. 55; Hüffer/*Koch*, AktG § 27, Rz. 34.
2002 Hüffer/*Koch*, AktG § 27, Rz. 35 ff.; Grigoleit/*Vedder*, AktG § 27, Rz. 56.
2003 Hüffer/*Koch*, AktG § 27, Rz. 37.
2004 Grigoleit/*Vedder*, AktG § 27, Rz. 58.
2005 Grigoleit/*Vedder*, AktG § 27, Rz. 62 m.w.N.
2006 Ebenso *Pentz* in MüKo-AktG § 27, Rz. 92; Grigoleit/*Vedder*, AktG § 27, Rz. 46; Hüffer/*Koch*, AktG § 27, Rz. 28; *Koch*, Sacheinlage im Spannungsfeld, 63 f. Zur Rechtslage vor dem ARUG auch *Herchen*, Agio, 126 f.

des korporativen Agio verfolgt hat. Die gesetzliche Normierung der verdeckten Sacheinlage durch das ARUG kann vollständig mit diesem Schutzzweck erklärt werden und verlangt nicht die Annahme eines darüber hinausgehenden Gläubigerschutzzwecks.

Die Anwendbarkeit der Grundsätze zu verdeckten Sacheinlagen auf ein korporatives Agio ist in vielen Fällen Anlaß für die Vereinbarung eines schuldrechtlichen Agios, dessen Mittel zur Entgeltleistung im Rahmen eines Verkehrsgeschäfts verwendet werden können, ohne daß eine Nämlichkeit der Mittel aus der gleichzeitig zugeflossenen Bareinlage angenommen würde.[2007] Alternativ kommt, bei Kapitalerhöhungen, auch eine Voreinzahlung unter Verzicht auf die Festsetzung eines korporativen Agios in Betracht, aus welchen Mitteln der Erwerb eines Vermögensgegenstands ebenfalls finanziert werden könnte. Wirtschaftlich betrachtet bringt diese Alternative dasselbe Ergebnis wie eine schuldrechtliche Bareinlageverpflichtung. Da jedoch diese Mittel schon vor der Kapitalmaßnahme zuflössen und damit bei Fälligwerden der Bareinlageverpflichtung ebenso vorhanden wären wie thesaurierte Gewinne, bei deren Verwendung zur Tilgung einer Entgeltforderung aus einem gekoppelten Verkehrsgeschäft der BGH von einer Nämlichkeit der Mittel ausgeht, ist unsicher, ob die Rechtsprechung Voreinzahlungen unter Verzicht auf ein Agio ebenso behandeln würden wie Mittel aus einem schuldrechtlichen Agio, die gleichzeitig mit der Bareinlage zufließen. In der Praxis ist von dieser Gestaltung daher jedenfalls dann abzuraten, wenn die voreingezahlten Mittel nicht vor dem Kapitalerhöhungsbeschluß zur Tilgung von Verbindlichkeiten verwendet werden. Möglich wäre jedenfalls eine Vorabübertragung eines Sacheinlagegegenstands selbst unter Verzicht auf die Festsetzung eines korporativen Agios, da bei dieser Gestaltung keine Leistungen von der Gesellschaft abflössen und die aufgebrachte (minimale) Bareinlage unangetastet bliebe.

In geschlossenen Gesellschaften, in denen sich alle Gesellschafter einig sind, ist der Umgehungsschutz der Vorschriften über verdeckte Sacheinlagen damit seinerseits leicht umgehbar und die kapitalschutzrechtlichen Vorgaben zu Sacheinlagen hinsichtlich des korporativen Agios stehen den Gesellschaften letztlich als Optionsmodell zur Verfügung, für das sie sich entscheiden können, jedoch nicht müssen. Lediglich wenn (unteilbare) Sacheinlagen auch auf den Nominalwert der Anteile angerechnet werden sollen, sind die Vorgaben zu Sacheinlagen in jedem Fall unumgänglich. Anerkennt man die Berücksichtigungsfähigkeit von Vorauszahlungen unter faktischem Verzicht auf die Festsetzung eines korporativen Agios im Rahmen von §§ 255 Abs. 2 und 4 AktG und

2007 Wenn Zahlungen aus den Mitteln eines schuldrechtlichen Agios erfolgen, hat das OLG München, ZIP 2007, 126 ausdrücklich festgestellt, daß die Regeln über verdeckte Sacheinlagen nicht anwendbar sind und keine Nämlichkeit der Mittelverwendung anzunehmen ist, nur weil gleichzeitig Bareinlagen erfolgt sind, die in der Folge erhalten geblieben sind. Bestätigt durch Nichtannahmebeschluß in BGH NZG 2008, 76; dazu *Haberstock,* Rückzahlungen an Gesellschafter, 220.

– dazu später mehr[2008] – gegebenenfalls auch die Berücksichtigungsfähigkeit von schuldrechtlichen Leistungspflichten, so stünden die Vorgaben zur Sacheinlagen hinsichtlich des korporativen Agios auch bei Publikumsgesellschaften zur Auswahl.

Wer in der Frage eines faktischen Agios bei korporativen Sacheinlagen wegen der verbleibenden Auswirkungen auf den Verwässerungsschutz der Mitgesellschafter gegen die Zulässigkeit eines faktischen Agios und damit für die Festsetzungspflicht eines korporativen Agios eintritt, wird erst recht faktische Agioleistungen durch bare Vorauszahlung unter Verzicht auf Festsetzung eines korporativen Agios, jedoch bei gleichzeitiger Abrede eines Verkehrsgeschäfts und ebenso schuldrechtliche Leistungspflichten ablehnen, denn in diesen Fällen entfiele nicht nur wie beim faktischen Agio einer korporativen Sacheinlage die Differenzhaftung des Sacheinlegers, sondern es entfiele jegliche Sacheinlageprüfung, da diese Leistungen nicht den Ausgabebetrag berührten. Wenn man nun eine Pflicht zur Festsetzung aller materiellen Agioleistungen als korporatives Agio fordern will, um die hier skizzierte Umgehbarkeit des Umgehungsschutzes der Regeln zu verdeckten Sacheinlagen zu unterbinden, muß man den Kontrollaufwand deutlich erhöhen, da ein »verdecktes Sachagio« nicht nur bei Tilgungen vorliegen kann, die zeitlich um die Gründung oder Kapitalerhöhung herum vorgenommen werden, sondern bei allen entgeltlichen Verkehrsgeschäften sowie unentgeltlichen Leistungen des Gesellschafters an die Gesellschaft wie beispielsweise einem Forderungserlaß vor und nach der Kapitalmaßnahme.

Zudem würde die Rechtsunsicherheit für die Gesellschafter erhöht, die schon jetzt durch das unbestimmte Merkmal des engen zeitlichen und sachlichen Zusammenhangs gegeben ist. Man müßte sich beispielsweise Fragen, ob ein Alleingesellschafter, der seiner kriselnden Gesellschaft ein Gesellschafterdarlehen erläßt und sich nach drei Monaten dazu entschließt, jetzt noch eine Kapitalerhöhung vorzunehmen, aufgrund des engen sachlichen (Krise der Gesellschaft) und zeitlichen (Daumenregel: weniger als sechs Monate) Zusammenhangs den Forderungserlaß nachträglich als (bereits erfülltes) Sachagio angeben muß, um nachträglich eine Sacheinlageprüfung über diesen Finanzierungsbeitrag zu ermöglichen. Eine konsequente Verhinderung aller stillen materiellen Sachagioleistungen würde der Praxis nicht unerhebliche Schwierigkeiten bereiten.

8. Nachgründungsvorschriften

Während die Grundsätze des Rechts verdeckter Sacheinlagen erst von der Rechtsprechung entwickelt worden sind, kennt das Aktienrecht schon seit der Reform des HGB von 1884 (vgl. Art. 213e HGB 1884) Vorschriften über die sogenannte Nachgründung, die einen ähnlichen Schutzzweck verfolgen wie das

2008 S. u. S. 867 ff.

Recht der verdeckten Sacheinlage.[2009] Durch § 52 AktG soll eine Umgehung der Sachgründungsvorschriften verhindert und damit die reale Kapitalaufbringung gesichert werden.[2010] In einer erweiterten Gründungsphase von zwei Jahren Dauer vertraut das Gesetz nicht allein – wie üblicherweise bei Kapitalerhöhungen[2011] – auf die Organpflichten der Vorstände und Aufsichtsräte, sondern sieht für bestimmte Verkehrsgeschäfte ähnliche Regelungen wie für Sacheinlagen und Sachübernahmen vor. Entsprechend werden die Nachgründungsvorschriften des § 52 AktG auch als Welpenschutz für Vorstand und Aufsichtsrat verstanden, die das Gesetz in den ersten zwei Jahren vor übermächtiger Einflußnahme durch Großaktionäre bewahrt sehen will.[2012]

Die Nachgründungsvorschrift des § 52 AktG war Vorbild für Art. 52 der Gesellschaftsrechtsrichtlinie und dient mittlerweile dessen Umsetzung, was aufgrund des leicht abweichenden Wortlauts von Art. 52 der Richtlinie einige Anpassungen des § 52 AktG im Wege europarechtskonformer Auslegung verlangt.[2013] Zu den Vorschriften über verdeckte Sacheinlagen besteht Anspruchskonkurrenz, doch aufgrund des Anwendungsvorrangs der Gesellschaftsrechtsrichtlinie setzt sich § 52 AktG im Ergebnis durch, insbesondere besteht keine Möglichkeit zur einer teleologischen Reduktion der Nachgründungsvorschriften, soweit deren Rechtsfolgen über die Rechtsfolgen bei verdeckten Sacheinlagen hinausgehen.[2014]

Das Nachgründungsrecht verlangt in seinen Tatbestandsvoraussetzungen anders als das Recht verdeckter Sacheinlagen keine Abrede über eine Verknüpfung von Bareinlage und Verkehrsgeschäft, sondern erfaßt grundsätzlich (eine gewisse Erleichterung enthält § 52 Abs. 9 AktG vor allem für laufende Geschäfte) jedes Verkehrsgeschäft, das innerhalb von zwei Jahren vertraglich vereinbart wird. Dafür ist der Anwendungsbereich der Nachgründungsvorschriften auf

2009 Ob daher im Aktienrecht zu der Zeit, als die Regeln über verdeckte Sacheinlagen entwickelt wurden, überhaupt eine planwidrige Regelungslücke bestand, die weitere als die ohnehin vorhandenen gesetzlichen Regelungen erforderlich erscheinen ließ, mag zweifelhaft sein, ist jedoch durch die Übernahme der Grundgedanken der richterlichen Rechtsfortbildung in §27 Abs. 3 AktG mittlerweile ohne Bedeutung.

2010 Hüffer/*Koch*, AktG § 52, Rz. 1; Grigoleit/*Vedder*, AktG § 52, Rz. 1.

2011 Auf Sachkapitalerhöhungen könnte § 52 AktG analoge Anwendung finden, s. dazu nur Hüffer/*Koch*, AktG § 52, Rz. 11 m.w.N. zum Streitstand. Ob diese Analogie bei Beachtung der Vorschriften zur Kapitalerhöhung gegen Sacheinlagen erforderlich ist, erscheint angesichts der weitgehend gleichen Anforderungen und der Unterschiede in den Rechtsfolgen zweifelhaft. Auf Sachübernahmen, die das Gesetz bei Kapitalerhöhungen nicht eigens regelt, findet § 52 AktG bei Kapitalerhöhungen direkte Anwendung.

2012 Hüffer/*Koch*, AktG § 52, Rz. 1; Grigoleit/*Vedder*, AktG § 52, Rz. 1.

2013 Übersicht über die Anpassungserfordernisse bei *Pentz* in MüKo-AktG § 52, Rz. 2; zur Umsetzung der Richtlinie auch Grigoleit/*Vedder*, AktG § 52, Rz. 4; s. auch o. Kapitel 3, S. 450.

2014 Grigoleit/*Vedder*, AktG § 52, Rz. 2.

Geschäfte mit bestimmten Personen beschränkt, nämlich Gründern (unabhängig von deren Anteilshöhe) und Aktionären mit einer Beteiligung von mehr als 10% des Grundkapitals, sowie auf Geschäfte, für die mindestens 10% des Grundkapitals als Vergütung vereinbart werden.[2015] Das Gesetz spricht von Verkehrsgeschäften über »Anlagen oder andere Vermögensgegenstände«, wozu noch nicht abschließend geklärt ist, ob nicht sacheinlagefähige Vermögensgegenstände erfaßt sein sollen oder nicht.[2016] Sollte man auf nationaler Ebene nicht ohnehin der strengst möglichen Lesart folgen, daß auch nicht sacheinlagefähige in den Anwendungsbereich der Norm fallen, wäre durch den Europäischen Gerichtshof zu klären, ob Art. 52 der Gesellschaftsrechtsrichtlinie, der ebenfalls das Tatbestandsmerkmal ›Vermögensgegenstand‹ verwendet, so auszulegen ist, daß auch nicht sacheinlagefähige Gegenstände darunter fallen.

In die Eingriffsschwelle der Vergütung von mindestens 10% des Grundkapitals wird ein korporatives Agio nicht einberechnet, ebensowenig ein faktisches oder schuldrechtliches Agio. Teilweise wird zwar eine telelogische Reduktion von § 52 AktG überlegt, nach der auch eine Vergütung in einer Höhe von mehr als 10% des Grundkapitals möglich sein soll, wenn die Vergütung aus ungebundenem Vermögen erfolgt.[2017] Eine solche teleologische Reduktion ist jedoch methodisch nicht zulässig, da nur gezeigt werden kann, daß eine solche Berücksichtigung freier Kapitalreserven sinnvoll sein kann, jedoch nicht dargetan werden kann, daß das Nachgründungsrecht nur bei Berücksichtigung solcher freier Kapitalreserven mit der Systematik und der Teleologie des übrigen Kapitalaufbringungsrechts in Einklang zu bringen wäre und ohne Berücksichtigung weiterer Eigenkapitalbestandteile ein Zustand erheblicher Ungerechtigkeit vorläge.

Darüber hinaus wird in dieser Diskussion um § 52 AktG die Bedeutung der Gesellschaftsrechtsrichtlinie verkannt. Nach Art. 52 der Richtlinie kommt eine Berücksichtigung des korporativen Agios oder weiterer gebundener Rücklagen nicht in Betracht, was auch deshalb konsequent ist, weil die Richtlinie nur in

2015 Der Wortlaut des § 52 AktG ist europarechtskonform so zu lesen, daß bereits eine Vergütung von genau 10% des Grundkapitals zur Anwendbarkeit der Norm führt, s. *Pentz* in MüKo-AktG § 52, Rz. 2; Grigoleit/*Vedder*, AktG § 52, Rz. 13.

2016 Grigoleit/*Vedder*, AktG § 52, Rz. 11; Hüffer/*Koch*, AktG § 52, Rz. 4 mit Hinweis auf Gesetzgebungshistorie, die für Einbeziehung nicht sacheinlagefähiger Vermögensgegenstände bzw. Leistungen spricht. Im Recht der verdeckten Sacheinlage hingegen ist seit der Qivive-Entscheidung des BGH (BGH NJW 2009, 2375) geklärt, daß Verträge über nicht sacheinlagefähige Gegenstände und Leistungen nicht zur Anwendung der Regelungen über verdeckte Sacheinlagen führen können (s. zu dieser Entscheidung schon oben Fn. 1998). Im Recht der Nachgründung, auf das die Überlegungen zu verdeckten Sacheinlagen nicht einfach übertragen werden können und das im übrigen europarechtlich vorgezeichnet ist, dauert die Diskussion noch an.

2017 Für eine teleologische Argumentation z.B. Hüffer/*Koch*, AktG § 52, Rz. 5a m.w.N.; ebenso Grigoleit/*Vedder*, AktG § 52, Rz. 11 m.w.N.

ganz bestimmten, nicht für alle Mitgliedstaaten relevanten Ausnahmefällen gebundene Rücklagen kennt und daher nicht davon ausgehen kann, daß die Mitgliedstaaten solche Rücklagen vorschreiben.[2018] Die Richtlinie mißt dem korporativen Agio nicht dieselbe Bedeutung zu wie dem Grundkapital. Auch das Aktienrecht, das hat sich im Laufe dieser Untersuchung mehrfach gezeigt, unterscheidet bewußt zwischen dem Grundkapital und dem korporativen Agio. Ob den Rechtsanwender diese Unterscheidung im Rahmen von § 52 AktG/ Art. 52 der Gesellschaftsrechtsrichtlinie überzeugt, ist nicht entscheidend. Er muß hinnehmen, daß die Richtlinie und ebenso das Aktiengesetz den materiellen Einlagen, denen sie nicht dieselbe Bedeutung wie dem Grundkapital zuweisen, im Rahmen anderer Schutzmodule nicht in allen Punkten dieselben Auflagen machen (z.B. hinsichtlich der Publizität), entsprechend aber auch im Rahmen von § 52 AktG nur dann größere Beinfreiheit gewähren, wenn das Grundkapital freiwillig höher festgesetzt worden ist, nicht schon wenn andere materielle Einlagen geleistet worden sind, sei es auch in eine gebundene Rücklage.

De lege lata ist die zu § 52 AktG geführte Diskussion um die Berücksichtigung gebundener Rücklagen also schon aufgrund des Anwendungsvorrangs der Gesellschaftsrechtsrichtlinie fruchtlos, de lege ferenda weist sie indes auf einen wichtigen Punkt: Wer die rechtliche Behandlung von Agioeinlagen weitgehend an die Vorschriften für das Grundkapital angleichen will, der müßte konsequenterweise an ein materielles Agio dieselben Erleichterungen knüpfen wie an ein erhöhtes Grundkapital. Solange hingegen die Vereinbarung eines Agios nicht dieselben Vorteile bringt, wie die freiwillige Erhöhung des Grundkapitals, solange muß man an Agioeinlagen auch nicht notwendig dieselben Anforderungen stellen wie Grundkapitaleinlagen.

Wenn nun die Gesellschaft bei einem Verkehrsgeschäft mit einem Gründer oder qualifiziert beteiligten Aktionär, das innerhalb zweier Jahre nach ihrer Gründung geschlossen wird, eine Vergütung von mind. 10% ihres Grundkapitals verspricht, liegt ein Nachgründungsgeschäft vor. Derartige Nachgründungsgeschäfte müssen schriftlich geschlossen werden (§ 52 Abs. 2 S. 1 AktG), bedürfen der Zustimmung der Hauptversammlung mit Dreiviertelmehrheit (§ 52 Abs. 1 und 5 AktG), verlangen einen an die Gründungsphase angelehnten Nachgründungsbericht (§ 52 Abs. 3 AktG) sowie eine externe Nachgründungsprüfung (§ 52 Abs. 4 AktG) und werden erst mit Eintragung in das Handelsregister und damit nach einer registergerichtlichen Kontrolle wirksam (§ 52 Abs. 1 und 6–8 AktG).

Wird dieses Nachgründungsverfahren nicht befolgt, ist der geschlossene Vertrag unwirksam. Liegt in der Nachgründung zugleich eine verdeckte Sacheinlage, kommt infolge der Unwirksamkeit des Verkehrsgeschäfts und der Handlungen zu seiner Ausführung keine Anrechnung des Zeitwert des Vermögensgegenstands in Betracht, die Bareinlage hat wegen der fehlenden Leistung zur freien Ver-

2018 S. o. Kapitel 3, S. 450.

fügung keine Erfüllungswirkung.[2019] Liegt zum Gründungszeitpunkt keine Abrede vor und damit keine verdeckte Sacheinlage, behält immerhin die Bareinlage ihre Erfüllungswirkung.

9. Sicherung der Einlageleistung

Wenn nun die Einlagen ordnungsgemäß festgesetzt und geprüft und entsprechend der Vorgaben in § 36a AktG zumindest teilweise geleistet worden sind, dann gilt es aus Sicht des Aktiengesetzes weiter sicherzustellen, daß auch die noch ausstehenden Leistungen später einmal tatsächlich aufgebracht werden und die bereits geleisteten Einlagen tatsächlich das Gesellschaftsvermögen mehren.

a) Befreiungs- und Aufrechnungsverbot sowie Differenzhaftung für Sacheinlagen

aa) Abschließende Regelung durch Art. 53 der Gesellschaftsrechtsrichtlinie als Höchstnorm

Eine der wichtigsten Vorschriften zur Sicherung der versprochenen Einlage ist § 66 AktG, nach welcher die Aktionäre (und ihre Vormänner) nicht von ihren Einlagepflichten nach § 54 AktG (bei Vormännern: § 65 AktG) befreit werden können (§ 66 Abs. 1 S. 1 AktG) und der Gesellschafter nicht gegen eine Einlageforderung aufrechnen kann (§ 66 Abs. 1 S. 2 AktG). Der Rechtsbegriff der »Befreiung« ist unbestimmt, die Konkretisierung der Vorschrift hat der Rechtsprechung daher immer wieder viel Mühe bereitet. In einer langen Rechtsprechungsentwicklung ist unter Mithilfe der Literatur der Begriff der »Befreiung« näher bestimmt worden und soll unter anderem den Erlaß der Forderung, eine Stundung, Leistung an Erfüllungs statt oder eine Aufrechnung durch die Gesellschaft umfassen.[2020]

Die Einzelheiten der Konkretisierung des Tatbestandsmerkmals der Befreiung können hier dahinstehen, weil diese Fallgruppenbildung durch die Rechtsprechung überholt ist. Denn § 66 AktG dient mittlerweile der Umsetzung von Art. 53 der Gesellschaftsrechtsrichtlinie, welcher ebenfalls das unbestimmte Tatbestandsmerkmal der Befreiung verwendet und dieses im Sinne einer Höchstnorm abschließend definiert. Würde man Art. 53 der Gesellschaftsrechtsrichtlinie nicht als Höchststandard verstehen, könnten die Mitgliedstaaten im Kernbereich des europäischen Kapitalschutzrechts, nämlich selbst hinsichtlich der Aufbringung der Einlagen auf das Grundkapital stark differierende Schutzstandards setzen. Die überkommene Fallgruppenbildung durch die deutsche Rechtsprechung hat weiterhin Wert als Erkenntnisquelle für den EuGH bei der von

2019 Grigoleit/*Vedder*, AktG § 52, Rz. 2.

2020 Vgl. nur Grigoleit/*Grigoleit/Rachlitz*, AktG § 66, Rz. 2 ff.; Hüffer/*Koch*, AktG § 66, Rz. 2; *Bayer*, in MüKo-AktG § 66, Rz. 12 ff.

ihm für alle Mitgliedstaaten verbindlich vorzunehmenden Definition des Befreiungstatbestands, kann jedoch der Praxis keine Rechtssicherheit mehr geben. An dieser Stelle kann daher für weitere Einzelheiten auf die Erörterung von Art. 14 der Gesellschaftsrechtsrichtlinie verwiesen werden.[2021]

Da Art. 53 der Gesellschaftsrechtsrichtlinie den Befreiungstatbestand abschließend bestimmt, ist die Antwort auf die vieldiskutierte Frage, ob § 66 AktG einen Vergleich über die Einlageforderung zuläßt, letztlich in Art. 53 der Richtlinie zu suchen, was jedoch in Rechtsprechung und Literatur zu § 66 AktG bislang verkannt wird.[2022] Für Deutschland hat der Bundesgerichtshof in der Entscheidung Babcock (BGHZ 191, 364) die Möglichkeit eines Vergleichs vermeintlich abschließend bejaht. Dabei hat der BGH jedoch die Bedeutung des Europarechts für die Streitentscheidung nicht erkannt und die gem. Art. 267 AEUV gebotene Vorabentscheidung des Europäischen Gerichtshofs nicht eingeholt. Die Streitfrage ist daher noch nicht endgültig entschieden, auf die Rechtsprechung des Bundesgerichtshofs kann sich die Praxis nicht einstellen.[2023]

Art. 53 der Gesellschaftsrechtsrichtlinie erfaßt zumindest auch ein korporatives Agio, ob darüber hinaus gegebenenfalls ein faktisches Agio und schuldrechtliche Agioleistungen in den Anwendungsbereich der Vorschrift fallen, hängt davon ab, ob man der Gesellschaftsrechtsrichtlinie einen weiten oder einen engen Einlagebegriff zugrunde legt.[2024] Zum nationalen Recht wird auch ohne Beachtung der europarechtlichen Vorgaben allgemein angenommen, daß das Befreiungs- und Aufrechnungsverbot des § 66 Abs. 1 AktG zumindest ein korporatives Agio erfaßt.[2025]

Ein Detail des § 66 AktG ist an dieser Stelle noch von Interesse für das Verständnis des Kapitalschutzes des Agios. In Übereinstimmung mit Art. 53 der Gesellschaftsrechtsrichtlinie läßt § 66 Abs. 3 AktG eine Befreiung von der Einlageverpflichtung im Wege der Kapitalherabsetzung zu. Es fällt auf, daß die Vorschrift im Fall einer ordentlichen Kapitalherabsetzung nur eine Befreiung von der Grundkapitaleinlage ermöglicht, nicht jedoch von einer Agioeinlage. Diese Differenzierung wird verständlich, wenn man die unterschiedlichen Schwerpunkte der mit den beiden Einlageformen verfolgten Schutzzwecke berücksichtigt. Die Agioeinlage dient allein dem Verwässerungsschutz der Mitgesellschafter, die Grundkapitaleinlage ist ebenfalls zum Verwässerungsschutz erforderlich, jedoch auch zum Gläubigerschutz. Bei einer ordentlichen Kapitalherabsetzung nach § 222 AktG behält jeder Aktionär seine Gesellschafter-

2021 Eingehend zu Art. 53 der Gesellschaftsrechtsrichtlinie als Höchststandard und der Auslegung dieser Vorschrift o. Kapitel 3, S. 431 ff.

2022 Überblick über die Diskussion bei *Bayer* in MüKo-AktG § 66, Rz. 29 ff.; Hüffer/*Koch*, AktG § 66, Rz. 4; Grigoleit/*Grigoleit/Rachlitz*, AktG § 66, Rz. 5 – je m.w.N.

2023 S. dazu o. Kapitel 3, S. 432 ff.

2024 S. o. Kapitel 3, S. 443 ff.

2025 Vgl. nur *Verse*, Sacheinlagen und Vergleich, 880 m.w.N.

stellung und wird im gleichen Umfang wie alle übrigen Aktionäre von der Einlageverpflichtung befreit. Das Agio hingegen kann ihm nicht erlassen werden, da ansonsten doch eine Verwässerung der Aktionäre einträte, die zu einem früheren Zeitpunkt Anteile ohne ein solches Agio erworben haben. Bei einer Kapitalherabsetzung durch Einziehung gem. § 237 AktG hingegen geht die Mitgliedschaft unter. Hier ist es sachgerecht, wenn alle Einlageverpflichtungen untergehen.[2026] Müßte der Aktionär trotz Einziehung seiner Anteile noch ein Agio leisten, würden die übrigen Aktionäre ungerechtfertigt bereichert.

bb) Differenzhaftung bei Sacheinlagen als Teil des Erlaßverbots

Ein weiteres zentrales Problem der Sicherung der realen Kapitalaufbringung entsteht, wenn ein Aktionär zwar seine Sacheinlageverpflichtung erfüllt, der eingebrachte Vermögensgegenstand jedoch minderwertig ist. Im Fall einer minderwertigen Sacheinlage stehen der Gesellschaft zunächst einmal die üblichen schuldrechtlichen Gewährleistungsansprüche zu, so daß die Gesellschaft Nacherfüllung oder Geldausgleich verlangen kann.[2027] Das Bestehen von Schadensersatzansprüchen setzt § 66 Abs. 2 Alt. 3 AktG voraus.[2028] Mit schuldrechtlichen Ansprüchen der Gesellschaft gegen den Inferenten gibt sich das Aktiengesetz jedoch nach allgemeiner Ansicht nicht zufrieden, sondern läßt zur Sicherung der realen Kapitalaufbringung neben mögliche schuldrechtliche Ansprüche eine aktienrechtliche Differenzhaftung treten, die z.B. auch bei

2026 So auch *Bayer* in MüKo-AktG § 66, Rz. 42.

2027 Hüffer/*Koch*, AktG § 183, Rz. 21a m.w.N. Eine Rücktrittsmöglichkeit wird bei Sacheinlagen regelmäßig ausscheiden wegen der Unbedingtheit der Einlage, wäre jedoch bei negativen Sachwerten, z.B. belasteten Grundstücken, zu überlegen.

2028 Häufig wird angenommen, die Regelung des § 66 Abs. 2 Fall 3 AktG solle überflüssig sein, weil sich der Sacheinlageanspruch bei Minderwertigkeit in einen Bareinlageanspruch wandele, so z.B. Hüffer/*Koch*, AktG § 66, Rz. 10; weitere Nachweise bei *Bayer* in MüKo-AktG § 66, Rz. 76 ff. Eine Auslegung, bei der eine ausdrückliche gesetzliche Vorschrift sinnlos wird, ist mit ebensolcher Zurückhaltung vorzunehmen wie eine teleologische Reduktion einer Vorschrift, da sich Auslegung grundsätzlich am Sinn einer Norm in deren Regelungskontext zu orientieren hat, damit im Ausgangspunkt von der Sinnhaftigkeit aller Normen des Regelungszusammenhangs ausgehen muß. Die Annahme der Überflüssigkeit von § 66 Abs. 2 3. Fall AktG stimmt auch nicht zu der von denselben Autoren regelmäßig angenommenen Möglichkeit überein, daß die Ansprüche aus Differenzhaftung in Anspruchskonkurrenz zu schuldrechtlichen Gewährleistungsansprüchen stehen (s. dazu Hüffer/*Koch*, AktG § 183, Rz. 21a m.w.N.). Die Differenzhaftungsansprüche überlagern die schuldrechtlichen Gewährleistungsansprüche, sie verdrängen diese jedoch nicht, vgl. auch Hüffer/*Koch*, AktG § 27, Rz. 11. Kritisch gegenüber der Annahme der Überflüssigkeit von § 66 Abs. 2 3. Alt. AktG auch (mit anderer Begründung) *Bayer* in MüKo-AktG § 66, Rz. 77 m.w.N.

fehlendem Verschulden des Inferenten eingreift oder bei einer Beschränkung der Gewährleistungsansprüche im Einbringungsvertrag.

Nach herkömmlichen Verständnis wird die Differenzhaftung nicht aus § 66 AktG und dem darin enthaltenen Befreiungsverbot abgeleitet, sondern aus § 36a Abs. 2 AktG (ggf. iVm §§ 183, 188 AktG) und einer Analogie zum GmbH-Recht.[2029] § 9 Abs. 1 S. 1 GmbHG schreibt vor, daß der Minderwert, den eine Sacheinlage zum Zeitpunkt der Anmeldung der Gesellschaft im Vergleich zum durch die Sacheinlage aufzubringenden Stammkapital hat, durch eine Einlage in Geld auszugleichen ist.[2030] Die historische Entwicklung der Differenzhaftung ist dabei heute noch aufschlußreich. Zunächst hat nämlich der Bundesgerichtshof in BGHZ 64, 52 im Aktienrecht eine Differenzhaftung aus dem Verbot der Unterpari-Emission in § 9 Abs. 1 AktG entwickelt. Diese Rechtsprechung hat er später in BGHZ 68, 191 auf das GmbH-Recht übertragen. Mit der GmbH-Novelle 1980 hat der Gesetzgeber die im Aktienrecht entwickelte Differenzhaftung in § 9 Abs. 1 GmbHG für die GmbH ausdrücklich festgeschrieben.[2031] Seither wird zur Begründung der Differenzhaftung im Aktienrecht und zur Bestimmung von Detailfragen wie der Verjährung des Differenzhaftungsanspruchs auf eine Analogie zu § 9 GmbHG verwiesen.[2032] Das Recht der Differenzhaftung wird entsprechend im Aktienrecht ganz weitgehend wie im GmbH-Recht verstanden mit der einzigen wesentlichen Ausnahme, daß im Aktienrecht auch das korporative Agio erfaßt sein soll, im GmbH-Recht nicht.[2033]

Da die Differenzhaftung im Aktienrecht auch eigenständig begründet werden kann ist der Begründungsansatz über eine Analogie zum GmbH-Recht nicht erforderlich. Wie die Frage einer Differenzhaftung auf den erhöhten Ausgabebetrag zeigt, können jedenfalls Modifikationen in den Details der Ausgestaltung erforderlich werden. Bei der Erörterung der Gesellschaftsrechtsrichtlinie hat sich darüber hinaus gezeigt, daß das Befreiungsverbot in Art. 53 der Gesellschaftsrechtsrichtlinie eine Differenzhaftung für minderwertige Sacheinlagen enthält, auch wenn angesichts der rudimentären Regelung viele Einzelfragen offen bleiben müssen.[2034] Soweit der Richtlinie jedoch Vorgaben zu Einzelfragen zu entnehmen sind, wie beispielsweise zum maßgeblichen Zeitpunkt für die

2029 Kurze Darstellung der Begründungsansätze für eine Differenzhaftung bei *Verse*, Sacheinlagen und Vergleich, 877 f.

2030 Zum GmbH-Recht s. z.B. *Heidinger/Berkefeld* in Heckschen/Heidinger, Die GmbH, 1019.

2031 Zur Historie S*chwandtner* in MüKo-GmbHG § 9, Rz. 1.

2032 Zuletzt BGHZ 191, 364 Tz. 16 (Babcock); Hüffer/*Koch*, AktG § 27, Rz. 21; Grigoleit/*Vedder*, AktG § 27, Rz. 26; *Hoffman-Becking* in Münch. Hdb. AG, § 4, Rz. 48.

2033 Vgl. nur *Hoffman-Becking* in Münch. Hdb. AG, § 4, Rz. 48; *Verse*, Sacheinlagen und Vergleich, 879 ff.

2034 Zur Differenzhaftung nach der Gesellschaftsrechtsrichtlinie s. o. Kapitel 3, S. 434 ff.

Bewertung des Einlagegegenstands, sind diese Vorgaben abschließend zu verstehen.[2035]

Da § 66 AktG der Umsetzung von Art. 53 der Gesellschaftsrechtsrichtlinie dient, sind in richtlinienkonformer Auslegung die Vorgaben zur Differenzhaftung in § 66 Akt zu verorten. Soweit die Differenzhaftung bei Sacheinlagen in richtlinienkonformer Auslegung der aktienrechtlichen Vorschriften erfolgen kann, ist eine Analogie zu § 9 GmbHG weder erforderlich noch möglich, da keine Regelungslücke mehr vorliegt. Allein in Fragen, für welche die Richtlinienvorgaben keinen Ansatzpunkt bieten und welche zur Erreichung eines europaweiten Mindeststandards nicht abschließend durch die Richtlinie geregelt werden müssen, bleibt Raum für eine Analogie zu § 9 GmbHG. In Betracht kommt insbesondere die Frage der Verjährung.

Schon weil die europarechtlich gebotene Differenzhaftung bislang noch keine näheren Konturen angenommen hat, soll an dieser Stelle kurz auf das tradierte aktienrechtliche Verständnis eingegangen werden, dessen Kenntnis darüber hinaus zudem für das Verständnis einer aktienrechtlichen Unterbilanzhaftung erforderlich ist, die im Anschluß zu erörtern sein wird. Die Differenzhaftung führt dazu, daß der Inferent[2036], sollte die von ihm eingebrachte Sacheinlage nicht dem Nominalwert der dafür ausgegebenen Anteile entsprechen, den Differenzbetrag in bar zu leisten hat, wobei der Differenzbetrag bei einem negativen Wert der Sacheinlage auch höher als der Ausgabebetrag sein kann.[2037] Die Differenzhaftungspflicht des Neuaktionärs wird wie eine Einlageschuld iSv § 54 AktG behandelt, da durch die Differenzhaftung die tatsächliche Aufbringung der gesamten Einlageverpflichtung gesichert werden soll. Entsprechend findet § 66 Abs. 1 AktG auf die Pflicht zur Leistung einer baren Zuzahlung Anwendung.[2038]

Unsicherheit besteht hinsichtlich des Zeitpunkts, auf den der Wert des Sacheinlagegegenstands zu bestimmen und eine eventuelle Differenzhaftung zu berechnen ist. Nach manchen soll der Eintragungszeitpunkt maßgeblich sein, bei nach § 36a Abs. 2 AktG zulässiger späterer Übertragung des Vermögensgegenstands der Zeitpunkt der tatsächlichen Leistung, nach anderen soll wie im

2035 S. dazu Kapitel 3, S. 440 f.

2036 Evtl. anders Grigoleit/*Vedder*, AktG § 27, Rz. 26 (»Die Gründer trifft eine verschuldensunabhängige Differenzhaftung ...«) und Hüffer/*Koch*, AktG § 27, Rz. 21 (»Gründer trifft hinsichtlich nicht gedeckter Summe Differenzhaftung...«), sowie hier BGHZ, 191, 364, Tz. 16; *Scholz* in Münch. Hdb. AG § 57, Rz. 61. § 9 Abs. 1 GmbHG, auf den sich alle hier genannten in entsprechender Anwendung stützen, bürdet die Haftung dem Inferenten auf.

2037 *Scholz* in Münch. Hdb. AG § 57, Rz. 61 ff.; Hüffer/*Koch*, AktG § 27, Rz. 21 m.w.N. unter Ablehnung einer Kapitaldeckungszusage; Grigoleit/*Vedder*, AktG § 27, Rz. 26 m.w.N. unter Annahme einer Kapitaldeckungszusage.

2038 BGHZ 191, 364Tz. 21; *Scholz* in Münch. Hdb. AG § 57, Rz. 63.

GmbH-Recht der Anmeldezeitpunkt maßgeblich sein.[2039] Bei dieser Frage ist zu berücksichtigen, daß § 36a Abs. 2 AktG anders als § 7 Abs. 3 AktG keine Fälligkeit der Sacheinlageschuld vor Anmeldung anordnet, sondern eine Übertragung innerhalb von fünf Jahren erlaubt. Damit trifft das Aktienrecht eine Regelung zum Werthaltigkeitsrisiko und hält dieses Risiko innerhalb von fünf Jahren für überschaubar. Daraus könnte man folgern, daß der Gefahrübergang bereits mit der Anmeldung erfolgt, selbst wenn zu diesem Zeitpunkt noch keine Übertragung stattgefunden hat.

Letztlich ist diese Frage auf Ebene der Gesellschaftsrechtsrichtlinie zu entscheiden, so daß auf die Ausführungen zum europäischen Recht verwiesen werden kann.[2040] Je nachdem, wie man den maßgeblichen Zeitpunkt bestimmt, wird man die Fälligkeit des Differenzhaftungsanspruchs entweder zum Zeitpunkt der Anmeldung, eventuell auch erst der Eintragung (so der BGH in BGHZ 191, 365 Tz. 41 – Babcock) oder der tatsächlichen Übertragung des Vermögensgegenstands annehmen.[2041] Die Verjährungsfrist berechnet sich, wenn man die Differenzhaftungspflicht wie einen Einlageanspruch sieht, wohl gem. § 54 Abs. 4 AktG und tritt 10 Jahre nach Fälligkeit ein; der Bundesgerichtshof verweist auf eine Analogie zu § 9 Abs. 2 GmbHG, was (bis auf die sechsmonatige Ablaufhemmung des § 54 Abs. 4 S. AktG im Falle einer Insolvenz der Gesellschaft) zum selben Ergebnis führt.[2042]

Das bis zur Entscheidung des Bundesgerichtshofs in Sachen Babcock am intensivsten diskutierte Problem im Zusammenhang mit der Differenzhaftung betraf die Frage, ob sich diese auch auf den Betrag eines korporativen Agios erstrecke.[2043] Der Streit wird verständlich, wenn man sich bewußt macht, daß die Differenzhaftung im Aktienrecht ganz überwiegend mit einer (allerdings überflüssigen) Analogie zum Recht der GmbH begründet wird. § 9 Abs. 1 GmbHG stellt auf das Stammkapital der GmbH ab, ohne ein eventuelles Agio zu berücksichtigen.[2044] Berücksichtigt man jedoch den historischen Schutzzweck, durch Kapitalaufbringungsvorschriften zum korporativen Agio im Interesse des

2039 Grigoleit/*Vedder*, AktG § 27, Rz. 26 m.w.N. stellt auf den Eintragungszeitpunkt ab, Grigoleit/*Rieder/Holzmann*, AktG § 184, Rz. 21 für die Kapitalerhöhung auf den Zeitpunkt der Anmeldung, ebenso *Katzenstein* in Spindler/Stilz, AktG § 27, 34 m.w.N. im Gründungszeitpunkt. § 9 Abs. 1 GmbHG stellt auf die Anmeldung ab.

2040 S. o. Kapitel 3, S. 439 f.

2041 Vgl. zur Streitfrage, ob Fälligkeit auch bei Leistung vor Anmeldung jedenfalls erst mit der Anmeldung erfolgen kann, im GmbH-Recht BH-*Fastrich*, GmbHG § 9, Rz. 8.

2042 BGHZ 191, 365 Tz. 41 – Babcock; dem folgend Hüffer/*Koch*, AktG § 27, Rz. 21.

2043 *Herchen*, Agio, 133 m.w.N.; *Müller*, Differenzierte Anforderungen, 593 m.w.N.; *Priester*, Kapitalaufbringungspflicht beim Agio, 633 m.w.N.; *Scholz* in Münch. Hdb. AG § 57, Rz. 61; Grigoleit/*Vedder*, AktG § 27, Rz. 26; Hüffer/*Koch*, AktG § 27, Rz. 21; *Koch*, Sacheinlage im Spannungsfeld, 64.

2044 BH-*Fastrich*, GmbHG § 9, Rz. 5. Zur Übertragung auf das Aktienrecht *Scholz* in Münch. Hdb. AG § 57, Rz. 61.

Kapitalmarkts und der investierenden Gesellschafter Schwindelgründungen verhindern zu wollen, indem die rechtlichen und die tatsächlichen Möglichkeiten der Gründer zur Liberierung von ihrer Einlageverpflichtung zurückgedrängt werden sollten[2045], so kann eigentlich schon allein auf Grundlage des nationalen Aktienrechts nicht zweifelhaft sein, daß die Regelungen über die Differenzhaftung, die eben die reale Kapitalaufbringung sicherstellen sollen, auch auf das korporative Sachagio anzuwenden sind. Ebenso hat der Bundesgerichtshof in BGHZ 191, 365 (Babcock)[2046] die Frage mittlerweile entschieden. Wie gesehen ist dieses Ergebnis auch europarechtlich zwingend vorgegeben.[2047]

Bei einem faktischen oder schuldrechtlichen Agio erhöht sich die Differenzhaftung nicht, da kein erhöhter Ausgabebetrag festgesetzt wird. Sofern die Parteien ein faktisches Agio annehmen, weil sie den Zeitwert des einzubringenden Vermögensgegenstands höher veranschlagen als den Ausgabebetrag, wirkt der angenommene Mehrwert gleichsam wie ein Puffer. Nur wenn der Wert der Sacheinlage so falsch eingeschätzt wurde, daß er nicht einmal den vermeintlich niedrig festgesetzten Ausgabebetrag erreicht, kommt es zu einer Differenzhaftung.

Sofern statt einer korporativen Sacheinlage mit angenommenem faktischen Agio eine schuldrechtliche Leistungspflicht vereinbart worden ist, verhält es sich anders. Das schuldrechtliche Agio wird nicht auf die (gegenständlich bestimmte) Einlageverpflichtung geleistet, sondern auf eine eigenständige schuldrechtliche Verpflichtung. Es beruht auf einem anderen Rechtsgrund und kann nicht auf die Einlageverpflichtung angerechnet werden. Soll ein Aktionär mehrere teilbare Vermögensgegenstände als Sacheinlagen einbringen, macht es einen erheblichen Unterschied, ob er nur einige Gegenstände auf korporativer Grundlage einbringt, um seine Einlage auf das Grundkapital zu erbringen, und die übrigen Gegenstände auf schuldrechtlicher Grundlage, oder ob er alle Gegenstände auf korporativer Grundlage einbringt. Werden nur so viele Vermögensgegenstände als Sacheinlagen versprochen, wie aus Sicht des Aktionärs zu Aufbringung der Grundkapitaleinlage erforderlich, die übrigen Gegenstände jedoch außerhalb des Kapitalaufbringungsrechts auf schuldrechtlicher Grundlage, so kann der Inferent zwar eine Sacheinlageprüfung hinsichtlich der weiteren Gegenstände vermeiden, der Wert dieser Gegenstände kann aber nicht den Differenzhaftungsanspruch reduzieren, wenn die als Sacheinlage eingebrachten Gegenstände den Ausgabebetrag tatsächlich nicht abdecken. Ein schuldrechtliches Sachagio ist daher für den Inferenten nicht in jeder Hinsicht günstiger als eine Sacheinlage ohne erhöhten Ausgabebetrag.

Im Regelfall werden bei schuldrechtlichen Sachagiovereinbarungen jedoch zur Aufbringung des Grundkapitals Bareinlagen vereinbart und ungeachtet der verbleibenden Gefahr von tatsächlich anzunehmenden verdeckten Sacheinlagen spielt der Vorteil der Anrechenbarkeit von korporativen Sacheinlagen mit fakti-

2045 S. dazu o. Kapitel 5.

2046 BGHZ 191, 365 Tz. 17; zustimmend *Verse*, Sacheinlagen und Vergleich, 881.

2047 S. o. Kapitel 3, S. 434 ff.

schem Agio praktisch keine Rolle. Daß die Festsetzung eines korporativen Agios zu einer Erhöhung der Differenzhaftung führte, ist aus Sicht vieler Inferenten ein Anlaß, lieber ein schuldrechtliches Agio zu vereinbaren.

b) Weitere Haftung in der Gründungsphase

Neben der Differenzhaftung, die bei Gründungen und bei Kapitalerhöhungen die Aufbringung des Ausgabebetrags sicherstellen soll, sind in der Gründungsphase noch weitere Haftungstatbestände zu berücksichtigen, die teilweise gesetzlich geregelt sind, wie die besondere zivilrechtliche Haftung an der Gründung beteiligter Personen in §§ 46–51 AktG, teilweise auf Richterrecht beruhen, wie die sogenannte Unterbilanzhaftung bzw. auch Vorbelastungshaftung.

aa) Haftung von Gründern, Organen und anderen an der Gründung Beteiligten (§§ 46–51 AktG)

Die Ordnungsgemäßheit der Gründung sichert das Gesetz über die vorstehend erörterten Pflichten verschiedener Beteiligter hinaus dadurch ab, daß es den Gründern (§ 46 AktG) bzw. auch deren Hintermännern, wenn ein Gründer auf deren Rechnung handelt (§ 46 Abs. 5 AktG), weiteren »mala fide mitwirkenden Personen«[2048], sogenannten Gründergenossen (§ 47 AktG)[2049], den Mitgliedern des Vorstands und des Aufsichtsrats (§ 48 AktG) sowie den Gründungsprüfern (§ 49 AktG) eine zivilrechtliche Haftung auferlegt, wenn sie gegen ihre Pflichten im Rahmen der Gründungsprüfung verstoßen. Im Fall einer Nachgründung gibt § 53 AktG die entsprechende Anwendbarkeit der §§ 46, 47 und 49 AktG vor. Bei Kapitalerhöhungen greifen die allgemeinen Regeln über die Organhaftung.[2050]

Für das Verständnis der Stellung des korporativen Agios im Kapitalaufbringungsrecht ist vor allem § 46 Abs. 4 AktG von besonderem Interesse, der sein

2048 Vgl. *Schubert/Hommelhoff*, Hundert Jahre, 450.

2049 Dazu Grigoleit/*Vedder*, AktG § 47, Rz. 1.

2050 Hüffer/*Koch*, AktG § 183, Rz. 21a und *Schürnbrand/Verse* in MüKo-AktG § 183, Rz. 79 und 103 – je m.w.N. auch zu einer teilweise vertretenen anderen Auffassung, die eine entsprechende Anwendung für möglich hält. In dubio pro verbis kommt eine Analogie jedoch nicht in Betracht, da die Situation wesentliche Unterschiede aufweist und eine Angleichung nicht geboten ist: Im Gründungsstadium haben die Gründer einen besonderen Einfluß auf die Gesellschaft, der bei Kapitalerhöhungen nicht ebenso typisch ist. Davon geht jedenfalls das Gesetz aus, wie der bereits mehrfach angesprochene Verzicht auf eine Regelung zu Sachübernahmen bei Kapitalerhöhungen zeigt. Aufgrund der ohnehin bestehenden Organhaftung besteht auch ein Mindestschutzniveau, angesichts dessen eine Regelung wie im Gründungsstadium zwar weiter sinnvoll sein kann, jedoch nicht im Wege der Rechtsfortbildung umgesetzt werden kann, ohne die methodisch vorgezeichneten Grenzen zu überschreiten.

Vorbild in Art. 180 Abs. 3 HGB 1884 hat, welche Vorschrift eine gleichsinnige Regelung für die KGaA enthielt. Einen ausdrücklichen Verweis auf Art. 180 HGB 1884 enthielten die seinerzeitigen Vorschriften über die Aktiengesellschaft noch nicht. Die übrigen Vorschriften des heutigen Aktienrechts beziehen sich ohne Unterschied auf beide Einlageformen. § 46 Abs. 4 AktG schreibt eine Ausfallhaftung aller Gründer vor, wenn feststeht, daß ein Gründer nicht in der Lage ist, die Bareinlage oder Sacheinlage wie versprochen zu leisten. Es haften alle Gründer, die den nicht leistungsfähigen Mitgesellschafter in Kenntnis seiner fehlenden Leistungsfähigkeit zugelassen haben. Die positive Kenntnis der Leistungsunfähigkeit des Mitgesellschafters muß die Gesellschaft beweisen.[2051]

Erstreckt man die Ausfallhaftung der Mitgesellschafter auf das korporative Agio, mag dies auf den ersten Blick verwundern, da eine Ausfallhaftung nicht im Interesse der Mitgesellschafter ist, denen durch die Zulassung eines korporativen Agios mehr Finanzierungsfreiheit eingeräumt werden sollte. Es ist jedoch zu beachten, daß nur die vorsätzlich handelnden Mitgründer eine Ausfallhaftung tragen. Gesellschafter, die keine Kenntnis von der Leistungsunfähigkeit eines Mitgesellschafters haben, sind vor gemeinschaftlichem Handeln doloser Gesellschafter zu schützen, ihr Schutzinteresse geht auf den gesamten Ausgabebetrag, von dessen Aufbringung die Verhältnismäßigkeit der eigenen Einlageleistung abhängt.

Der Haftungsumfang muß jedoch auf den Ausgabebetrag beschränkt bleiben, ein faktisches Agio bei höherwertigen Sacheinlagen kann nicht ersetzt verlangt werden. Sofern in der Literatur teilweise angegeben wird, bei Ausfall einer Sacheinlage sei deren Wert in Geld zu ersetzen[2052], so ist diese Aussage dahingehend zu konkretisieren, daß der durch den Ausgabebetrag (einschließlich korporatives Agio) bestimmte Wert zu ersetzen ist, nicht der Zeitwert der Sacheinlage (sei dieser höher oder niedriger). Denn der Inferent selbst haftet im Rahmen der Differenzhaftung nur auf den nicht gedeckten Ausgabebetrag. Die Ausfallhaftung der dolosen Mitgründer kann nicht weitergehen als die Leistungspflicht, die durch sie abgesichert werden soll.

bb) Handelndenhaftung und Unterbilanzhaftung der Gründer

Da die Aktiengesellschaft erst mit Eintragung in das Handelsregister entsteht, jedoch schon vorher im Namen der (Vor-)Gesellschaft gehandelt werden kann, sichert das Gesetz die Interessen der Gläubiger in § 41 Abs. 1 S. 2 AktG dadurch, daß diesen all diejenigen haften, die vor Eintragung der Gesellschaft in deren Namen gehandelt haben (sog. Handelndenhaftung). Schutzzweck der Handelndenhaftung ist die Sicherung der Gläubiger, nicht die Aufbringung oder

2051 Grigoleit/*Vedder*, AktG § 46, Rz. 13; *Pentz* in MüKo-AktG § 46, Rz. 51 ff.
2052 So z.B. *Pentz* in MüKo-AktG, § 46, Rz. 59; Hüffer/*Koch*, AktG § 46, Rz. 17.

Erhaltung des Kapitals.[2053] Sie muß daher an dieser Stelle nicht weiter interessieren.

Praktisch ist die Bedeutung der Handelndenhaftung ohnehin gering aufgrund der von der Rechtsprechung entwickelten Unterbilanzhaftung und Verlustdeckungshaftung.[2054] Die Verlustdeckungshaftung soll an dieser Stelle ebenfalls nicht weiter interessieren, da sie nur im Fall einer mißglückten Gründung eingreift. Im übrigen ist der Haftungsumfang parallel zur sogenannten Unterbilanzhaftung zu bestimmen.[2055] Für das Verständnis des korporativen Agios im Kapitalaufbringungsrecht ist diese Unterbilanzhaftung oder auch Vorbelastungshaftung von besonderem Interesse.

Sie wurde vom Bundesgerichtshof im GmbH-Recht entwickelt[2056], findet nach allgemeiner Ansicht auch im Aktienrecht Anwendung und beruht auf der Annahme, daß es aufgrund der in § 36a AktG eröffneten Möglichkeit bzw. der dort vorgesehenen gesetzlichen Anforderung, daß der Aktionär seine Einlage, auch Sacheinlagen, bereits vor Anmeldung an die Gesellschaft übertragen kann bzw. teilweise übertragen muß, in manchen Gründungsfällen erforderlich ist, daß die Aktiengesellschaft selbst Verbindlichkeiten eingeht. Aufgrund dieser Annahme hat die Rechtsprechung das frühere Vorbelastungsverbot aufgegeben, nach dem die Gesellschaft bei ihrer Entstehung keine das Grundkapital schmälernden Verbindlichkeiten haben durfte, und geht nunmehr davon aus, daß die Gründer, die der Aufnahme von Geschäften vor Eintragung zugestimmt haben, der eingetragenen Aktiengesellschaft im Innenverhältnis gesamtschuldnerisch dafür haften, daß das notwendige Kapital im Eintragungszeitpunkt wertmäßig vollständig erhalten ist.[2057]

Diese gesamtschuldnerische Haftung aller Gründer, die mit einer Aufnahme der werbenden Tätigkeit vor Eintragung der Aktiengesellschaft einverstanden waren, ist von der Differenzhaftung des einzelnen Sacheinlegers zu unterscheiden, gerade wenn sie vereinzelt ebenfalls als (allgemeine) Differenzhaftung bezeichnet wird.[2058] Wenn man für die Differenzhaftung des Sacheinlegers auf den Zeitpunkt der Eintragung oder einer späteren Übertragung des Vermögensgegenstands abstellt (s.o.), dann gibt es im Aktienrecht in den praktisch wichtigsten Fällen keinen Raum mehr für eine Unterbilanzhaftung. Da der Anspruch aus Unterbilanzhaftung an die Stelle des Einlageanspruchs tritt, soll

2053 Vgl. *Pentz* in MüKo-AktG, § 41, Rz. 126.
2054 Grigoleit/*Vedder*, AktG § 41, Rz. 1.
2055 Zur Verlustdeckungshaftung Hüffer/*Koch*, AktG § 41, Rz. 9a f.; Grigoleit/*Vedder*, AktG § 41, Rz. 20.
2056 BGHZ 80, 129.
2057 *Hoffmann-Becking* in Münch. Hdb. AG § 3, Rz. 41; Hüffer/*Koch*, AktG § 41, Rz. 8 f.; Grigoleit/*Vedder*, AktG § 41, Rz. 19.
2058 *Voß* in Schüppen/Schaub, Aktienrecht, § 12, Rz. 114; *Hoffmann-Becking* in Münch. Hdb. AG § 3, Rz. 43.

er nach § 54 Abs. 4 AktG in 10 Jahren ab Fälligkeit, d.h. ab Eintragung verjähren.[2059]

Sofern der Unterbilanzhaftung ein Anwendungsbereich verbleibt, ist die entscheidende Frage, welches notwendige Kapital im Eintragungszeitpunkt zu garantieren ist, nur das Grundkapital oder auch ein korporatives Agio. Teilweise wird unter Hinweis auf das GmbH-Recht angenommen, die Unterbilanzhaftung garantiere lediglich das im Zeitpunkt der Eintragung ungeschmälerte Vorhandensein des Grundkapitals der Aktiengesellschaft, teilweise wird darauf verwiesen, daß Agio sei im Aktienrecht Teil der Einlage und daher ebenfalls zu garantieren.[2060] All diese Begründungen greifen zu kurz, da sie den Schutzzweck der Unterbilanzhaftung sowie Systematik und Zweck der übrigen Kapitalschutzvorschriften zum korporativen Agio nicht reflektieren.

Die Unterbilanzhaftung verfolgt als Ersatz für das frühere Vorbelastungsverbot allein einen Gläubigerschutzzweck. Die Aufbringung des korporativen Agios will das Gesetz im Interesse der Mitgesellschafter sicherstellen, nicht im Interesse der Gläubiger, die darauf keinen Anspruch haben sondern nur reflexiv geschützt werden. Eine Unterbilanzhaftung aller Gesellschafter auf das korporative Agio stände im Widerspruch zum Schutzzweck der übrigen Kapitalschutzvorschriften zum korporativen Agio und ist für den Schutz der Gläubiger nicht erforderlich.

Desweiteren verstieße eine Haftung aller Gesellschafter auf den erhöhten Ausgabebetrag gegen die in § 150 AktG vorgesehene Verlustverrechnungsmöglichkeit des Agios. Das korporative Agio schützt nach der gesetzlichen Systematik die Gläubiger faktisch, ein erhöhter Haftungsfonds wird den Gläubigern jedoch zu keinem Zeitpunkt garantiert. Das gesamte aus Agioeinlagen aufgebrachte Eigenkapital kann gegen Verluste verrechnet werden. Es ist nicht erkennbar, warum zum Zeitpunkt der Eintragung der Gesellschaft etwas anderes gelten sollte.

Bei sogenannten wirtschaftlichen Neugründungen, bei denen die Rechtsprechung die Regelungen zur Unterbilanzhaftung bei der Gründung entsprechend anwendet, wird die Unmöglichkeit der Berücksichtigung des korporativen Agios besonders deutlich, da in diesen Fällen die Verlustverrechnung nach § 150 AktG die bestehenden Verluste schon reduziert haben wird.[2061] Die Gläubiger sind bei Gründungen auch nicht etwa deshalb schutzwürdig, weil der Wert des Agios in der Eröffnungsbilanz in die Kapitalrücklage einzustellen ist und noch nicht verlustverrechnet sein wird, denn erstens wird er für jedermann ersichtlich gerade nicht als dauerhaftes Haftkapital ausgewiesen und zweitens können die

2059 Vgl. Grigoleit/*Vedder*, AktG § 41, Rz. 21 aE (mit hier ebenso wie bei der Differenzhaftung des Sacheinlegers überflüssigem Hinweis auf § 9 Abs. 2 GmbHG).

2060 *Hoffmann-Becking* in Münch. Hdb. AG § 3, Rz. 41 für eine Begrenzung auf das Grundkapital; für eine Ausdehnung auf das korporative Agio: Hüffer/*Koch*, AktG § 41, Rz. 9, *Pentz* in MüKo-AktG § 41, Rz. 118.

2061 Eingehend zur wirtschaftlichen Neugründung u. S. 854 f.

Gläubiger oftmals gar nicht erkennen, ob die Kapitalrücklage gebunden ist oder nicht, weil die Gesellschaft die verschiedenen Posten der Kapitalrücklage nicht aufschlüsseln muß.[2062]

Eine Berücksichtigung des korporativen Agios widerspräche zudem der allgemein geteilten Ansicht, daß die Unterbilanz unter Auflösung stiller Reserven zu bestimmen ist.[2063] Wenn nun aber die Gläubiger gar nicht auf das tatsächliche Vorhandensein des bilanziellen Eigenkapitals abgesichert sein sollen, dann wäre noch weniger einzusehen, warum den Gesellschaftern nicht zugestanden werden sollte, Verluste entsprechend den Vorgaben des § 150 AktG gegen ein korporatives Agio zu verrechnen, was nicht lediglich außerbilanziell geschehen könnte, sondern sogar bilanziell Berücksichtigung finden könnte.

Berücksichtigt man zu alledem noch die methodische Vorgabe, teleologische Rechtsfortbildung, als welche die Rechtsfigur der Unterbilanzhaftung anzusehen ist, auf das unbedingt notwendige Maß zu begrenzen, muß man konstatieren, daß eine Unterbilanzhaftung auf die Höhe des Grundkapitals begrenzt bleiben muß, eine Garantie des erhöhten Ausgabebetrags durch die Gründer nicht in Betracht kommt. Eine Haftung auf weitere materielle Agioversprechen, also ein faktisches Agio bei Sacheinlagen oder auf schuldrechtliche Agioleistungen, kommt erst recht nicht in Betracht.

c) Sanktionen bei säumigen Aktionären

Sollte ein Aktionär seiner Einlageverpflichtung nicht nachkommen, sieht das Aktiengesetz in §§ 63–65 AktG weitere Verschärfungen gegenüber den allgemeinen schuldrechtlichen Regelungen zu Leistungsstörungen vor, um die Kapitalaufbringung abzusichern. Diese Vorschriften werden teilweise allein dem Schutz der Gläubiger zugeordnet[2064], wurden jedoch bei ihrer Einführung im Jahr 1884 gerade auch auf das korporative Agio bezogen und damit auf den Schutz der Kapitalmarktinvestoren. Die heutigen §§ 61–65 AktG haben alle Vorgängerregelungen in den Art. 184 ff. HGB (1884), auf welche Vorschriften zur KGaA Art. 219 Abs. 1 HGB (1884) für die Aktiengesellschaft verweist.[2065] Diese Vorschriften dienen daher in gleicher Weise dem Gläubigerschutz wie dem Schutz der Kapitalmarktinvestoren.

Die gesetzlichen Vorgaben in §§ 63–65 AktG bauen aufeinander auf und setzen übereinstimmend voraus, daß der Vorstand die Aktionäre gem. § 63 Abs. 1 AktG zur Einzahlung ihrer Einlagen aufgefordert hat. Leistet ein Aktionär trotz Aufforderung nicht, hat er ohne weiteres, d.h. ohne daß es auf das Vorliegen von Vertretenmüssen oder anderen Verzugsvoraussetzungen ankäme, Verzugszinsen iHv 5% p.a. auf den eingeforderten Betrag zu zahlen

2062 Zu letzterem s. o S. 761.
2063 Hüffer/*Koch*, AktG § 41, Rz. 9; *Pentz* in MüKo-AktG § 41, Rz. 119.
2064 So z.B. Grigoleit/*Grigoleit/Rachlitz*, AktG § 63, Rz. 1.
2065 Zu den Regelungen von 1884 und deren Schutzzweck s. o. Kapitel 5, S. 711 f.

(§ 63 Abs. 2 S. 1 AktG); daneben sind Schadensersatzansprüche möglich (§ 63 Abs. 2 S. 2 AktG). Die Satzung kann zudem weitere Vertragsstrafen festsetzen (§ 63 Abs. 3 AktG). Nach nochmaliger Zahlungsaufforderung mit qualifizierter Nachfristsetzung können die Anteile des säumigen Aktionärs kaduziert werden, d.h. der Aktionär wird ohne Gegenleistung und ohne Erstattung bisheriger Teilleistungen aus der Gesellschaft ausgeschlossen und die Gesellschaft kann die Anteile verwerten.[2066] Die Vormänner des Aktionärs bleiben gem. § 65 AktG für einen Zeitraum von zwei Jahren nach Abtretung ihrer Anteile zur Zahlung der ausstehenden Einlagen verpflichtet, die vom Vorstand nach § 63 Abs. 1 AktG eingefordert worden sind und vom kaduzierten Aktionär nicht erlangt werden konnten.

Alle Vorschriften setzen die Einforderung der Einlagen nach § 63 Abs. 1 S. 1 AktG voraus. Nach allgemeiner Ansicht sind damit Einlagen iSv § 54 AktG gemeint und damit sowohl die Einlagen auf das Grundkapital wie auch Einlagen auf ein korporatives Agio.[2067] Aufgrund der Vorgaben zu Leistung der Bareinlagen in § 36a Abs. 1 AktG sollten jedoch bei ordnungsgemäßer Gründung nur dreiviertel der Bareinlagen auf das Grundkapital ausstehen. Auf diese ausstehende Bareinlage hin sind §§ 63 ff. AktG hauptsächlich gedacht. Denkbar ist jedoch auch, daß eine Gründung oder Kapitalerhöhung unter Verstoß gegen § 36a Abs. 1 AktG eingetragen worden ist, z.B. bei Vorliegen verdeckter Sacheinlagen. In solchen Fällen finden die §§ 63 ff. AktG nach allgemeiner Ansicht entsprechende Anwendung.[2068]

Auf Sacheinlagen sind §§ 63–65 AktG nach ebenso allgemeiner Ansicht nicht anwendbar. Soweit zur Begründung dieses Ergebnisses darauf verwiesen wird, daß Sacheinlagen nach § 36a Abs. 2 AktG entweder sofort fällig seien oder jedenfalls eine satzungsmäßige Fälligkeitsregelung vorliegen müsse, kann diese Erklärung jedoch nicht überzeugen.[2069] Denn auf die ebenfalls sofort fälligen Bareinlagen findet § 63 AktG, wie gesehen, zumindest entsprechende Anwendung und eine Fälligkeitsvereinbarung in der Satzung wird von § 36a Abs. 2 AktG nicht gefordert, sondern es genügt, wenn eine Fälligstellung durch den Vorstand binnen fünf Jahren vereinbart wird.[2070] Richtig ist jedoch, daß § 63 Abs. 1 AktG von einer Einzahlung spricht und daß das Gesetz die Einzahlung einer Bareinlage von der Erbringung einer Sacheinlage begrifflich unter-

2066 Grigoleit/*Grigoleit/Rachlitz*, AktG § 63, Rz. 1.

2067 Vgl. nur Grigoleit/*Grigoleit/Rachlitz*, AktG § 63, Rz. 2; Hüffer/*Koch*, AktG § 63, Rz. 2, *Herchen*, Agio, 322;*Verse*, Sacheinlagen und Vergleich, 880.

2068 Hüffer/*Koch*, AktG, § 63, Rz. 2; Grigoleit/*Grigoleit/Rachlitz*, AktG § 63, Rz. 3.

2069 Vgl. zu diesem Begründungsansatz Grigoleit/*Grigoleit/Rachlitz*, AktG § 63, Rz. 4; *Bayer* in MüKo-AktG § 63, Rz. 7.

2070 Die Möglichkeit zur Vereinbarung einer Fälligstellung durch den Vorstand erwähnen Grigoleit/*Grigoleit/Rachlitz*, AktG § 63, Rz. 4 selbst.

scheidet, so insbesondere in § 54 Abs. 2 und § 27 Abs. 1 S. 1 AktG.[2071] Eine Anwendung der Vormännerhaftung auf Sacheinlageverpflichtungen scheidet überdies auch deshalb aus, weil nach allgemeiner Ansicht bei derivativem Anteilserwerb die Sachleistungsverpflichtung nicht auf den neuen Aktionär mitübergeht, sondern allein eine Pflicht zur Deckung des Ausgabebetrags durch Barleistung.[2072]

Den Aktionären steht es jedoch nach allgemeiner Ansicht frei, bei Vereinbarung von Sacheinlagen dem § 63 AktG entsprechende Regelungen über Verzugszinsen, Vertragsstrafen und weitergehende Schadensersatzansprüche in die Satzung aufzunehmen.[2073] § 27 Abs. 5 AktG steht dem nicht entgegen, da es sich um bloße Ergänzungen handelt. Die Aktionäre sollen jedoch keine Kaduzierungsmöglichkeit wie in § 64 AktG als Satzungsbestimmung aufnehmen können.[2074] Letztlich kann jedoch ein sehr ähnliches Ergebnis erreicht werden, wenn die Satzung bei ausstehenden Sacheinlagen eine Einziehung von Anteilen nach § 237 AktG vorsieht.[2075]

Auch bei Sacheinlagen haben §§ 63–65 AktG jedoch einen wichtigen Anwendungsbereich, wenn bei einer Sacheinlage Leistungsstörungen auftreten und die residuale Bareinlagepflicht zum Tragen kommt.[2076] Der wichtigste Anwendungsfall ist vermutlich die Differenzhaftung bei überbewerteten Sacheinlagen. Denkbar ist auch, daß die Erbringung der Sachleistung unmöglich ist oder die

2071 So auch Hüffer/*Koch,* AktG, Rz. 2; gegen diese Begründung *Bayer* in MüKo-AktG § 63, Rz. 7 mit Fn. 10 wegen eines anderen Sprachgebrauchs in § 30 GmbHG.

2072 Grigoleit/*Grigoleit/Rachlitz*, AktG § 63, Rz. 4.

2073 Vgl. nur Grigoleit/*Grigoleit/Rachlitz*, AktG § 63, Rz. 4; Hüffer/*Koch*, AktG § 63, Rz. 2.

2074 Die fehlende Möglichkeit einer Kaduzierungsvereinbarung bei Sacheinlagen scheint in der Literatur nicht in Zweifel gezogen zu werden, vgl. nur Hüffer/*Koch*, AktG § 64, Rz. 3 m.w.N. Soweit ersichtlich gibt allein *Bayer* in MüKo-AktG § 64, Rz. 12. eine Begründung dafür, nämlich daß Eingriffe in die Mitgliedschaft satzungsresistent seien. Mit Blick auf § 237 AktG wird man diese Begründung jedenfalls dahingehend modifizieren müssen, daß weitere Eingriffe in die Mitgliedschaft als in § 237 AktG eröffnet bei Sacheinlagen nicht zulässig sein sollen. Die Unzulässigkeit einer Kaduzierungsmöglichkeit bei ausstehenden Sacheinlagen muß sich aus § 27 Abs. 5 AktG ergeben. Grundsätzlich scheint die Annahme einer zulässigen Ergänzung nicht ausgeschlossen, man könnte sogar daran denken, bei Sacheinlagen §§ 63 ff. AktG analog anzuwenden, wenn das Fehlen jeglicher Schutzvoraussetzungen bei Sacheinlagen als planwidrige Regelungslücke anzusehen wäre. Die Frage ist nicht von entscheidender Bedeutung für das Verständnis des Kapitalschutzes von Agioeinlagen und soll daher hier nicht weiter verfolgt werden. Sie kann jedoch angesichts der Literaturlage noch nicht als geklärt angesehen werden.

2075 Ähnliche Überlegung bei Grigoleit/*Grigoleit/Rachlitz*, AktG § 60, Rz. 10 zu möglichen Satzungsregelungen unter § 60 Abs. 3 AktG.

2076 Grigoleit/*Grigoleit/Rachlitz*, AktG § 63, Rz. 5; *Bayer* in MüKo-AktG § 63, Rz. 9 und § 64, Rz. 12.

Gesellschaft Schadensersatz statt der Leistung verlangt.[2077] Die residuale Bareinlagepflicht ist auf den Ausgabebetrag beschränkt, der durch die Sacheinlage aufgebracht werden soll. Sie kann daher ein korporatives Agio umfassen, jedoch kein faktisches Agio.

Bei Sacheinlagen macht es damit nach der gesetzlichen Regelung einen erheblichen Unterschied, ob ein korporatives Agio festgesetzt wird oder nicht. Diese Unterschiede können jedoch, soweit § 63 AktG betroffen ist, leicht durch entsprechende Vorkehrungen in der Satzung beseitigt werden, soweit die Kaduzierung nach § 64 AktG in Rede steht, ermöglicht die Anteilseinziehung nach § 237 AktG weitgehend gleichlaufende Ergebnisse. Bei sorgsamer Satzungsgestaltung macht es daher aus der Perspektive der §§ 63–65 AktG im Ergebnis wenig Unterschied, ob Bareinlagen, Sacheinlagen mit korporativem Agio oder Sacheinlagen ohne korporatives Agio vereinbart werden. Ebenso könnte man bei Vorauszahlungen und Vereinbarung eines schuldrechtlichen Agios in der Satzung und ggf. in satzungsbegleitenden Zusatzvereinbarungen Vorkehrungen treffen, daß die Rechtsposition der Gesellschaft nicht wesentlich schlechter ist als bei Vereinbarung einer korporativen Bareinlage.

Der Anwendungsbereich von §§ 63–65 AktG ist auf Einlagen beschränkt und erfaßt daher unstrittig keine Nebenverpflichtungen iSv § 55 AktG und ebensowenig Nebenpflichten nach § 63 Abs. 2 und 3 AktG.[2078]

d) Lange Verjährung

Den Einlageanspruch sichert das Gesetz weiter durch eine lange Verjährungsfrist von 10 Jahren gem. § 54 Abs. 4 AktG. Diese Verjährungsfrist gilt für alle Einlageansprüche und damit sowohl für Einlagen auf das Grundkapital wie für Agioeinlagen. Nach der allgemeinen Regel des § 200 S. 1 BGB beginnt die Verjährung erst mit Fälligkeit.[2079] Da das korporative Baragio gem. § 36a Abs. 1 AktG sofort in voller Höhe fällig ist, endet die Verjährungsfrist daher wie bei der Mindesteinlage auf das Grundkapital 10 Jahre nach Übernahme der Anteile gem. § 23 Abs. 2 AktG. Bei ausstehenden Bareinlagen auf das Grundkapital beginnt die Verjährungsfrist erst mit der Anforderung durch den Vorstand gem. § 63 Abs. 1 S. 1 AktG zu laufen.

Es ist wenig wahrscheinlich, daß bei ausdrücklicher Aufforderung zur Leistung durch den Vorstand diese nicht erfolgt bzw. keine weiteren Maßnahmen nach §§ 63 ff. AktG ergriffen würden. Praktische Bedeutung hat die Verjährungsregelung wohl vor allem bei sofort fälligen Differenzhaftungsansprüchen aus verdeckten Sacheinlagen bzw. mit Eintragung fälligen Unterbilanzhaftungsansprüchen, bei denen sich, wie gesehen, die Verjährung nicht nach § 9 Abs. 2 GmbHG

2077 Zu den Fällen der Unmöglichkeit und der Ersetzung der Sachleistungspflicht durch eine Barleistungspflicht *Pentz* in MüKo-AktG § 27, Rz. 50 ff.

2078 *Hüffer/Koch*, AktG § 63, Rz. 2; *Bayer* in MüKo-AktG § 64, Rz. 11.

2079 S. nur Grigoleit/*Grigoleit/Rachlitz*, AktG § 54, Rz. 14.

richtet, sondern nach § 54 Abs. 4 AktG und bei denen vorstellbar ist, daß die Leistungspflicht selbst innerhalb der langen Verjährungsfrist nicht erkannt wird.

Ersatzansprüche der Gesellschaft gegen Gründer und an der Gründung beteiligte Personen nach §§ 46 bis 48 AktG unterliegen ebenfalls einer etwas längeren, nämlich der fünfjährigen Verjährungsfrist des § 51 AktG. Auch hier besteht kein Unterschied, ob sich eine anspruchsbegründende Handlung auf eine Grundkapitaleinlage oder ein korporatives Agio bezogen hat.

e) Folgen nicht vollständiger Einzahlung für die Mitgliedschaftsrechte

Um einen weiteren Anreiz zur vollständigen Leistung der Einlagen zu schaffen, sieht das Aktiengesetz bei nicht vollständiger Einlageleistung Folgen für die Mitgliedschaftsrechte auf Stimmrechtsausübung und Gewinnbeteiligung vor.

aa) Stimmrechtsausübung (§ 134 Abs. 2 AktG)

Nach § 134 Abs. 2 AktG beginnt das Stimmrecht grundsätzlich erst bei vollständiger Leistung der Einlage, es sei denn bei allen Anteilen stehen noch Einlagen aus, was nach § 36a Abs.1 und 2 AktG bei Bar- und Sacheinlagen zulässig sein kann. Die Leistungen müssen ordnungsgemäß im Sinne des Kapitalaufbringungsrechts erfolgen, d.h. den Anforderungen der §§ 36 Abs. 2 und 54 Abs. 2 AktG entsprechen.[2080] Im Fall einer überbewerteten Sacheinlage ordnet § 134 Abs. 2 S. 2 AktG an, daß nur offensichtliche Wertunterschiede das Stimmrecht entfallen lassen. Diese Regelung soll bei Bewertungsunsicherheiten ausufernde Beschlußanfechtungen verhindern und gilt nach dem Wortlaut nur für verdeckte Sacheinlagen, ist jedoch auf offene Sacheinlagen entsprechend anzuwenden, um redliche Sacheinleger nicht schlechter zu stellen als unredliche.[2081] Dem Wortlaut der Vorschrift entsprechend wird diese allgemein so verstanden, daß ein korporatives Agio ebenfalls geleistet sein muß, bevor das Stimmrecht ausgeübt werden kann.[2082] Dieses Verständnis erscheint sinnvoll, weil das Agio insbesondere bei Kapitalerhöhungen regelmäßig erforderlich ist, um einen Gleichlauf von mitgliedschaftlichen Rechten und mitgliedschaftlichen Pflichten herzustellen.

Die Satzung kann gem. § 134 Abs. 2 S. 3 AktG den Beginn des Stimmrechts abweichend regeln, jedoch muß in jedem Fall die Mindesteinlage nach § 36a AktG bzw. eine höhere satzungsmäßige Mindesteinlage geleistet sein. Eine Leistung bis zur Mindesteinlage gewährt in diesen Fällen eine Stimme, bei höheren Einlagen richtet sich das Stimmenverhältnis nach dem Verhältnis der tatsächlich geleisteten höheren Einlagen (§ 134 Abs. 2 S. 4 AktG). Umstritten ist hierbei, ob bei der Stimmengewichtung die zu erbringende Mindesteinlage

2080 Hüffer/*Koch*, AktG § 134, Rz. 16; *Arnold* in MüKo-AktG § 134, Rz. 4.
2081 Vgl. Grigoleit/*Herrler*, AktG § 134, Rz. 17 m.w.N.
2082 Grigoleit/*Herrler*, AktG § 134, Rz. 17; Hüffer/*Koch*, AktG § 134, Rz. 17.

zuzüglich Aufgeld zu berechnen ist oder unter Außerachtlassung des korporativen Agios.[2083]

Der Wortlaut Mindesteinlage ist im systematischen Zusammenhang mit § 36a AktG zunächst so zu verstehen, daß das Agio zu berücksichtigen ist. Allein aus Praktikabilitätsgründen kann man das Agio nicht außer acht lassen, sondern es müßten schon erhebliche Schwierigkeiten dargetan werden, damit eine teleologische Korrektur des Wortlauts der Norm in Betracht kommt, was heutzutage angesichts der verfügbaren technischen Mittel kaum vorstellbar ist.[2084]

Richtigerweise wird jedoch darauf hingewiesen, daß das Agio bei Volleinzahlung aller Einlagen keinen Einfluß auf das Stimmengewicht hat und in den Fällen, in denen nicht alle Einleger ein Agio aufzubringen haben, erklärt werden müßte, warum die Aktionäre, die insgesamt mehr korporative Einlagen erbringen als andere wegen ihrer Mehrleistung noch einen Nachteil bei der Berechnung des Stimmengewichts haben sollen.[2085] Andererseits spricht der unmittelbare systematische Zusammenhang der verschiedenen Sätze des § 134 Abs. 2 AktG für eine Berücksichtigung des korporativen Agios bei der Ermittlung des Stimmengewichts. Wie soeben erörtert, wird allgemein angenommen, daß im Fall der Volleinzahlung von Einlagen nach § 134 Abs. 2 S. 1 AktG das Agio grundsätzlich ebenso wie Einlagen auf das Grundkapital vollständig zu leisten ist, damit das Stimmrecht ausgeübt werden kann. Obwohl auch bei Volleinzahlung der Einlage das Agio das Stimmgewicht nicht berührt, beginnt das Stimmrecht erst, wenn die gesamte Einlage vollständig geleistet worden ist. Die Leistung des Agios beeinflußt damit zwar nicht das Wie der Stimmrechtsausübung, jedoch das Ob der Stimmrechtsausübung.

Dementsprechend spricht bei § 134 Abs. 2 S. 3 AktG wenig dafür anzunehmen, daß bei der Frage, ob aus teileingezahlten Anteilen überhaupt das Stimmrecht geltend gemacht werden können, das Agio nicht zu berücksichtigen sein sollte. Im Rahmen von Satz 3 der Vorschrift ist der Mindestbetrag unter Berücksichtigung des Agios zu bestimmen, gerade so wie der Wortlaut bei erstem Lesen und bei Zusammenschau von § 134 Abs. 2 AktG mit § 36a AktG auch verstanden würde. Da sich Satz 4 der Vorschrift nun auf Satz 3 bezieht (»in diesem Fall«), wäre es naheliegend, das Tatbestandsmerkmal »Mindestbeitrag« ebenso wie in Satz 3 zu verstehen.

Der unmittelbare systematische Zusammenhang spricht daher für eine Einbeziehung des Agios in den Mindestbetrag, die Stimmgewichtung bei Volleinzahlung hingegen spricht dafür, die Stimmgewichtung auch bei Teileinzahlung ohne Berücksichtigung des Agios vorzunehmen, dieses also nur bei der Frage des Ob der Stimmrechtsausübung zu berücksichtigen. Zwar mag es in Fällen, in

2083 Vgl. Grigoleit/*Herrler*, AktG § 134, Rz. 20 m.w.N. für Nichtberücksichtigung des Agios; Hüffer/*Koch*, AktG § 134, Rz. 19 m.w.N. und *Arnold* in MüKo-AktG § 134, Rz. 31 m.w.N. für Einrechnung des Agios.

2084 Praktikabilitätserwägungen lehnt ebenfalls ab *Arnold* in MüKo-AktG § 134, Rz. 31.

2085 Vgl. Grigoleit/*Herrler*, AktG § 134, Rz. 20 m.w.N.

denen nicht alle Aktionäre ein Agio übernehmen, vorstellbar sein, daß diejenigen, die eine Mehreinlage erbringen müssen, benachteiligt werden, wenn sie ein Baragio vollständig erbringen müssen. Zu denken ist beispielsweise daran, daß manche Aktionäre eine nicht sacheinlagefähige und damit nicht agiofähige Dienstleistung erbringen (als Nebenverpflichtung iSv § 55 AktG oder als schuldrechtlich verpflichtender Beitrag), andere hingegen ein Baragio versprechen.

Andererseits führt das Erfordernis einer Mindesteinlage in § 134 Abs. 2 S. 4 AktG auch dann zu einer Benachteiligung von Bareinlagen, wenn ein Aktionär eine Sacheinlage mit nach § 36a Abs. 2 S. 2 AktG aufgeschobener Erfüllung verspricht (beispielsweise eine kostenlose Nutzungsüberlassung, deren Vorteil sich pro rata temporis realisiert). Umgekehrt verhindert bei Kapitalerhöhungen nur die Berücksichtigung des Agios eine Benachteiligung der Altaktionäre, da die durch das Agio auszugleichenden stillen Reserven und thesaurierten Gewinne schon im Unternehmen vorhanden sind.

Weder die eine noch die andere Berechnungsweise führt also zu grob unbilligen Ergebnissen und weder die eine noch die andere Berechnungsweise zu in allen Fällen eindeutig vorzugswürdigen Ergebnissen, so daß einen bei der Auslegung der Vorschrift auch keine übergeordneten Wertungsgesichtspunkte den Weg weisen können. In einer derart unaufklärbaren Situation kann sich der Rechtsanwender entweder für die ihm persönlich vorzugswürdige Lösung entscheiden oder unter Anwendung des methodischen Grundsatzes in dubio pro verbis davon Abstand nehmen, den Wortlaut der Vorschrift nach eigenem Gutdünken zu korrigieren. In letzterem Fall wird man den Mindestbetrag wie in § 36a Abs. 1 AktG verstehen, d.h. ein korporatives Agio darunter fassen.

bb) Gewinnverteilung (§ 60 AktG)

Da das Agio insbesondere bei Kapitalerhöhungen erforderlich ist, um einen Gleichklang von mitgliedschaftlichen Rechten und Pflichten zu erreichen, wäre zu erwarten, daß gerade auch die Vorschriften über die Gewinnverteilung die Aufbringung des Agios zur Voraussetzung einer vollen Beteiligung am Gewinn machen. Nach dem eindeutigen Wortlaut von § 60 AktG findet das Agio jedoch keine Berücksichtigung bei der Entscheidung, ob vor der Gewinnverteilung ein Vorabgewinn in Form einer Verzinsung der geleisteten Einlagen erfolgen muß. § 60 Abs. 1 AktG gibt als Grundregel vor, daß der Gewinn entsprechend dem Verhältnis der Anteile am Grundkapital zu verteilen ist, sofern nicht eine anderslautende Satzungsbestimmung nach § 60 Abs. 3 AktG getroffen worden ist. Dabei setzt Absatz 1 voraus, daß zumindest alle Einlagen auf das Grundkapital im selben Verhältnis (nicht notwendig auch vollständig) geleistet worden sind, denn bei einer ungleichen Leistung der Einlagen auf das Grundkapital spricht § 60 Abs. 2 AktG den Aktionären einen Gewinnvorab auf die geleisteten Einlagen zu.[2086]

2086 *Cahn* in Spindler/Stilz, AktG § 60, Rz. 7 f.

Der eindeutige Wortlaut der Absätze 1 und 2 des § 60 AktG läßt keine Zweifel aufkommen, daß die Leistung von Agioeinlagen nicht zu berücksichtigen ist bei der Frage, ob ein Vorabgewinn auszuzahlen ist, und ebensowenig bei der Gewinnverteilung, solange alle Einlagen gleichmäßig aufgebracht worden sind. Denn das Gesetz spricht eindeutig von Einlagen auf das Grundkapital (Abs. 2 S. 1) und Anteilen am Grundkapital (Abs. 1).

Für den Fall, daß nicht alle Einlagen auf das Grundkapital gleichmäßig aufgebracht sind, wird teilweise vertreten, daß die Höhe des Vorabgewinns unter Berücksichtigung eines korporativen Agios zu berechnen sei. Einen Ansatzpunkt für diese Auffassung bietet die Formulierung des Gesetzes, das am Ende von Absatz 2 Satz 1 von den »geleisteten Einlagen« spricht und nur am Anfang des Satzes von »Einlagen auf das Grundkapital«.[2087] Weit überwiegend wird diese Lesart abgelehnt.[2088] Man kann diese Ablehnung jedoch angesichts der unmißverständlichen Regelung in §§ 54 Abs. 1, 9 AktG nicht damit begründen, daß das Agio keine Einlage sei. Soweit man vor praktisch schwierigen Berechnungen bei unterschiedlich hohen Aufgeldern zurückschreckt, können solche Praktikabilitätserwägungen im Rahmen von § 60 Abs. 2 AktG nicht mehr Gewicht erhalten, als im Rahmen von § 134 Abs. 2 AktG, wo sie oftmals nicht zugelassen werden.[2089]

Richtig ist allerdings der Hinweis, daß unterschiedlich hohe Aufgelder oftmals, zumindest wenn sie im Zuge von Kapitalerhöhungen verlangt werden, den zum jeweiligen Ausgabezeitpunkt unterschiedlichen Unternehmenswert widerspiegeln, und daher sachlich kein Anlaß besteht, diese Leistungen, die zum Verwässerungsschutz der Altaktionäre erforderlich sind, bei der Berechnung des Vorabgewinns zu berücksichtigen, da sie stille Reserven und thesaurierte Gewinne ausgleichen sollten, die bei der Berechnung des Vorabgewinns ebenfalls nicht berücksichtigt werden.[2090] Für den häufigsten Fall von Agioeinlagen, nämlich den Verwässerungsausgleich bei Kapitalerhöhungen durch bares Aufgeld, kann die Nichtberücksichtigung des Agios bei § 60 Abs. 2 AktG begründet werden, da die auszugleichenden Vermögenswerte schon vorhanden sind und ohnehin alle Neuaktionäre wegen § 36a Abs. 1 AktG sofort das volle Agio einzahlen müssen. Versteht man § 60 Abs. 2 AktG auf diesen typischen Fall hin konstruiert, erscheint die gewählte Lösung stimmig. Einzelne Sonderfälle können

2087 *Hefermehl/Bungeroth* in GHEK, AktG § 60, Rz. 7 ff.

2088 *Cahn* in Spindler/Stilz, AktG § 60, Rz. 13 m.w.N.; *Bayer* in MüKo-AktG § 60, Rz. 10 m.w.N.

2089 Mit Praktikabilitätserwägungen argumentieren z.B. *Bayer* in MüKo-AktG § 60, Rz. 10 und *Cahn* in Spindler/Stilz, AktG § 60, Rz. 13, je m.w.N.; gegen solche Überlegungen im Rahmen von § 134 Abs. 2 AktG z.B. *Arnold* in MüKo-AktG § 134, Rz. 31.

2090 Vgl. *Cahn* in Spindler/Stilz, AktG § 60, Rz. 13.

Schwierigkeiten bereiten.[2091] Allen Sonderfällen können indes die Gesellschafter selbst durch eine entsprechende Satzungsregelung Rechnung tragen, was § 60 Abs. 3 AktG ausdrücklich ermöglicht.[2092]

Die Regelungen des § 60 AktG verdeutlichen damit einmal mehr, daß das Aktiengesetz bewußt zwischen Agioeinlagen und Einlagen auf das Grundkapital differenziert. Im System des festen Nominalkapitals ist der für die gesetzliche Typisierung maßgebliche Bezugspunkt allein das Grundkapital, besondere Interessen aufgrund weiterer Einlageleistungen können in individuellen Satzungsbestimmungen berücksichtigt werden. Mit Blick auf die Gewinnverteilung steht das Agio damit den Nebenleistungen nach § 55 AktG näher als dem Grundkapital. Denn eine gem. § 60 Abs. 3 AktG abweichende Satzungsregel kann auch die Leistung von Nebenverpflichtungen berücksichtigen.[2093] Allgemein kann man sagen, daß das Gesetz nur die formelle Einlage auf das Grundkapital berücksichtigt, weiterc materielle Einlagen durch individuelle Regelungen angemessen berücksichtigt werden können.

10. Bedingung für die Ausgabe von Bezugsrechtsaktien (§ 199 Abs. 2 AktG)

An einer weiteren Vorschrift wird ebenfalls deutlich, daß das Aktiengesetz dem Nominalwert der Anteile im Rahmen der Kapitalaufbringung eine größere Bedeutung zumißt als dem korporativen Agio. Im Rahmen von § 199 Abs. 2 AktG geht es Gesetz allein darum eine Unterpari-Emission zu verhindern.[2094] Ob der Umtausch von Wandelschuldverschreibungen in Aktien gemessen am wahren Wert der Anteile als insgesamt angemessene Gegenleistung anzusehen ist, wird beim Umtauschvorgang nicht geprüft. Das Gesetz stellt lediglich sicher, daß der geringste Ausgabebetrag tatsächlich aufgebracht wird.

11. Wirtschaftliche Neugründung

Bei der Erörterung der aktienrechtlichen Kapitalaufbringung verlangen zuletzt die Rechtsprechungsregeln über die sogenannte wirtschaftliche Neugründung Beachtung. Unter einer wirtschaftlichen Neugründung versteht man einen Vorgang, bei dem eine Aktiengesellschaft (dasselbe gilt für Gesellschaften mit begrenzter Haftung), die zwar eingetragen ist, jedoch noch nie ein werbendes Unternehmen getragen hat (sog. Vorratsgesellschaft) bzw. schon geraume Zeit

2091 Vgl. auch *Cahn* in Spindler/Stilz, AktG § 60, Rz. 13, wozu jedoch anzumerken ist, daß nicht nur gegen § 36a AktG verstoßende Vorgänge problematisch sein können, sondern bei allen Sacheinlagen innerhalb des zulässigen Fünfjahreszeitraums Vorleistungen zu berücksichtigen sein können, worauf *Cahn* in Rz. 14 selbst hinweist.

2092 So auch Vgl. *Cahn* in Spindler/Stilz, AktG § 60, Rz. 13.

2093 Grigoleit/*Grigoleit/Rachlitz*, AktG § 60, Rz. 10.

2094 Hüffer/*Koch*, AktG § 199, Rz. 10 f.

nicht mehr unternehmenstragend tätig war (sog. Mantelgesellschaft), (wieder) benützt wird, um eine unternehmerische Tätigkeit zu entfalten.[2095]

Mit dem Erwerb bzw. der Reaktivierung einer bereits eingetragenen, jedoch inaktiven Gesellschaft wollen die Gesellschafter vor allem den Aufwand der Gründungsprüfung und insbesondere die zeitliche Verzögerung bei einer Sacheinlageprüfung mit der dadurch eintretenden Risikoerhöhung für die Gründer vermeiden.[2096] Immer wieder liest man in der Literatur, der früher mögliche steuerliche Vorteil, Verlustvorträge nutzen zu können, sei durch Einführung des § 8c KStG entfallen und stelle keine Motivation mehr für Mantelverwendungen dar.[2097] Diese Annahme bedarf einer praktisch wichtigen Einschränkung in Konzernstrukturen, wo regelmäßig zur Verlustnutzung gewinnbringende Tochtergesellschaften auf abzuwickelnde Konzerngesellschaften mit hohen Verlustvorträgen verschmolzen werden, was von § 8c KStG nicht erfaßt wird. In der Praxis versucht man dabei die Problematik einer wirtschaftlichen Neugründung möglichst dadurch zu vermeiden, daß das Entstehen einer inaktiven Gesellschaft vermieden wird, indem die abzuwickelnde Gesellschaft bis zur Verschmelzung noch ausreichend Geschäftstätigkeit entfaltet.

Das Vorliegen einer wirtschaftlichen Neugründung gilt es in der Praxis unbedingt zu vermeiden. Denn ungeachtet nicht abreißender Kritik aus der Literatur[2098] und der darin geäußerten methodischen Bedenken gegen die Rechtfertigung die Rechtsprechungsfigur der wirtschaftlichen Neugründung sieht die Rechtsprechung in solchen Vorgängen eine Gefahr der Umgehung der kapitalgesellschaftsrechtlichen Gründungsvorschriften und wendet diese daher teilweise analog an. Mittlerweile sind alle wesentlichen Detailfragen geklärt und diese Rechtsprechung kann als ständige Rechtsprechung gelten.[2099]

Die Einzelheiten der Rechtsprechungsfigur und die methodische Zulässigkeit dieser Rechtsfortbildung sollen vorliegend nicht weiter untersucht werden. Für das Verständnis des korporativen Agios im Kapitalschutzrecht kann die Zulässigkeit unterstellt werden und es kommt dann allein darauf an, ob die Rechtsfolgen der wirtschaftlichen Neugründung im Aktienrecht das korporative Agio umfassen. Wesentliche Rechtsfolge einer wirtschaftlichen Neugründung ist, daß die Gesellschafter auf den Zeitpunkt der nach § 37 Abs. 1 S. 1 AktG abzugebenden Versicherung bzw. (je nachdem was früher erfolgt) auf den Zeitpunkt einer nach außen gerichteten Unternehmenstätigkeit einer Unterbilanzhaftung

2095 Eingehende Darstellung bei *Heckschen/Kreußlein* in Heckschen/Heidinger, Die GmbH, 216 ff.; zur AG s. z.B. Grigoleit/*Vedder*, AktG vor § 23, Rz. 8 ff.

2096 Grigoleit/*Vedder*, AktG vor § 23, Rz. 11.

2097 Z.B. Grigoleit/*Vedder*, AktG vor § 23, Rz. 12.

2098 Statt aller *Heckschen/Kreußlein* in Heckschen/Heidinger, Die GmbH, 227 ff.

2099 Vgl. BGHZ 192, 341 mit Hinweisen auf die frühere Rechtsprechung in Tz. 17; nochmals bestätigt durch BGH NJW-RR 2014, 416. Zur Anwendbarkeit auch der Nachgründungsvorschriften des Aktienrechts Grigoleit/*Vedder*, AktG vor § 23, Rz. 19.

unterliegen.[2100] An diesem Haftungsumfang wird sich auch der Prüfungsumfang der entsprechend durchzuführenden Gründungsprüfung orientieren.[2101]

Aus der entsprechenden Anwendung der Unterbilanzhaftung folgt, daß ein korporatives Agio nicht zu berücksichtigen ist.[2102] Die Richtigkeit dieses Gesetzesverständnisses ist bei der wirtschaftlichen Neugründung besonders offensichtlich. Denn wenn eine inaktive Mantelgesellschaft Verlustvorträge aufweist, dann wird sie regelmäßig noch zur Zeit ihrer werbenden Tätigkeit eine nach § 150 AktG zulässige Verlustverrechnung vorgenommen haben oder kann das bei jedem Jahresabschluß nachholen. Es wäre schlichtweg unverständlich, warum die Gesellschafter bei einer späteren Reaktivierung des Verlustmantels auf Eigenkapitalbeiträge haften sollten, die nach der gesetzlichen Konzeption die einstmals bilanziell ausgewiesenen Verluste bereits bilanziell wirksam verringert haben.

Die Berücksichtigung des korporativen Agios kommt bei einer Unterbilanzhaftung aus systematischen Gründen eindeutig nicht in Betracht. Sie widerspräche auch dem Schutzzweck der bislang erörterten Kapitalerhaltungsvorschriften des korporativen Agios, die alle mit dem historischen Gesetzeszweck des Schutzes der Kapitalmarktinteressen begründet werden können. Eine Haftung auf das korporative Agio ist auch bei einer wirtschaftlichen Neugründung niemals im Interesse der Gesellschafter, erst recht nicht, wenn aus dem aktuellen Jahresabschluß eine frühere Agioeinlage nicht mehr erkennbar ist.

III. Kapitalerhaltungsregeln

Die Erörterung der Regeln über die Kapitalaufbringung hat gezeigt, daß das Gesetz das korporative Agio in manchen Schutzmodulen ebenso regelt wie das Grundkapital, in manchen Schutzmodulen beide Eigenkapitalbestandteile unterschiedlich behandelt. Bei den Kapitalerhaltungsvorschriften, wird sich zeigen, bewertet das Gesetz Agioeinlagen durchweg anders als Einlagen auf das Grundkapital.

1. Bilanzgewinnverteilung und gebundene Rücklage

Die zentrale Vorschrift des Kapitalerhaltungsrechts der Aktiengesellschaft ist § 57 AktG. Danach dürfen geleistete Einlagen den Aktionären nicht wieder zurückgewährt werden (§ 57 Abs. 1 S. 1 AktG) und darüber hinaus darf vor Auflösung der Gesellschaft nur der Bilanzgewinn unter die Aktionäre verteilt werden (§ 57 Abs. 3 AktG). Insbesondere die Begrenzung der Gewinnverteilung

2100 BGHZ 192, 341 Tz. 19 ff. für die GmbH; zur AG s. nur Grigoleit/*Vedder*, AktG vor § 23, Rz. 15.
2101 Zur Prüfung bei wirtschaftlicher Neugründung BGHZ 192, 341 Tz. 17.
2102 S. o. S. 843 ff.

auf den Bilanzgewinn führt aufgrund der Vorgaben zur Berechnung des Bilanzgewinns in § 158 AktG dazu, daß nach Verlusten der Betrag des Grundkapitals vollständig wieder aufgefüllt werden muß, bevor neu erwirtschaftete Gewinne als Bilanzgewinn unter die Aktionäre verteilt werden können.

Das korporative Agio fällt nicht unter § 57 AktG sondern ist in § 150 AktG iVm § 272 Abs. 2 Nr. 1 HGB speziell geregelt.[2103] Der bedeutendste Unterschied zwischen Grundkapital und korporativem Agio besteht in der fehlenden Wiederauffüllverpflichtung des korporativen Agios. Anders als das Grundkapital kann das korporative Agio im Rahmen von § 150 Abs. 3 und 4 AktG gegen Verluste verrechnet werden. Damit verhindert § 150 AktG eine unmittelbare Einlagenrückgewähr ähnlich wie § 57 Abs. 1 AktG, läßt jedoch mittelbar zu, daß nach Verrechnung des korporativen Agios mit entstandenen Verlusten spätere Gewinne in Höhe des korporativen Agios unter die Aktionäre verteilt werden können. Europarechtlich ist diese unterschiedliche Behandlung beider Einlagen nicht zu beanstanden, da die Gesellschaftsrechtsrichtlinie für das korporative Agio keine Kapitalerhaltungsvorschriften verlangt.[2104]

Der Unterschied im Kapitalerhaltungsrecht von Grundkapital und korporativem Agio liegt in den unterschiedlichen historischen Schutzzwecken begründet, die das Gesetz mit dem Grundkapital und dem korporativen Agio verfolgt. Das Grundkapital soll dauerhaft als Haftkapital für die Gläubiger zurückgehalten werden, das korporative Agio soll eine weitere und flexiblere Finanzierung ermöglichen. Das Verbot einer unmittelbaren Verteilung des korporativen Agios unter die Aktionäre bezweckt im Interesse des Kapitalmarktschutzes die Verhinderung von Scheindividenden und die Verhinderung einer faktischen Liberirung einer geschlossenen Gruppe von Gründern, die Regierungsbegründung zur HGB-Reform von 1884 nannte sie dem Sprachgebrauch des 19. Jahrhunderts entsprechend Koterie, von ihrer Einlageverpflichtung. Der Gläubigerschutz profitiert reflexiv von dieser Ausschüttungssperre, ist jedoch nicht intendiert.[2105]

Durch die Ausschüttungssperre des § 150 AktG ist das korporative Agio dem Grundkapital im Bereich des Kapitalerhaltungsrechts angenähert, jedoch nicht gleichgestellt. Der entscheidende Haftungspuffer für die Gläubiger bleibt das Grundkapital, allein an ihm orientiert sich (gewiß: in ökonomisch kaum nachvollziehbarer Weise) die Höhe des zusätzlichen »Puffers vor dem Puffer«, den § 150 Abs. 2 AktG verlangt. Dieser Puffer vor dem Puffer kann durch ein korporatives Agio oder Kapitalrücklagen nach § 272 Abs. 2 Nr. 2 und 3 HGB aufgebracht werden oder auch durch Gewinnthesaurierung. Ein korporatives Agio erhöht nicht den Referenzwert für die Gewinnthesaurierung, sondern reduziert den Bedarf an weiterer Eigenkapitalbildung durch Gewinnthesaurierung.

Man kann formulieren: Im Rahmen der Kapitalerhaltung steht das korporative Agio den thesaurierten Gewinnen näher als dem Grundkapital. Die kapi-

2103 S. o. Kapitel 1, S. 122 ff.
2104 S. o. Kapitel 3, S. 454.
2105 S. o. Kapitel 5, S. 710 ff.

talerhaltungsrechtliche Nähe des korporativen Agios zur Gewinnthesaurierung zeigt sich besonders deutlich in § 150 Abs. 4 AktG. Nach dieser Vorschrift kann die gebundene Kapitalrücklage, soweit sie den Schwellenwert von 10% des Grundkapitals übersteigt, auch dann gegen Verluste verrechnet werden, wenn noch freie Gewinnrücklagen vorhanden sind. Die freien Gewinnrücklagen dürfen nur nicht gleichzeitig ausgeschüttet werden (§ 150 Abs. 4 S. 2 AktG), im darauffolgenden Geschäftsjahr schon.

Der historische Schutzzweck der Verhinderung von Scheindividenden ist infolge der Gesetzesentwicklung mittlerweile überholt. Einen ersten Knacks erhielt dieses Schutzkonzept durch die Interpretation von Nebenverpflichtungsvereinbarungen als zulässige schuldrechtliche Nebenverpflichtungen durch das Reichsgericht, die später zur Ermöglichung korporativer Nebenverpflichtungen durch das Aktiengesetz (heute § 55 AktG) führte.[2106] Nach § 55 AktG zulässige Nebenleistungen stellen kein korporatives Agio dar, fallen nach allgemeiner Ansicht nicht unter § 272 Abs. 2 Nr. 1 HGB und damit nicht unter die Ausschüttungssperre.[2107] § 55 AktG läßt als Finanzierungsbeiträge keine liquiden Mittel zu, doch können Sachleistungen gegebenenfalls in liquide Mittel umgesetzt werden bzw. erhöhen ersparte Aufwendungen den Bilanzgewinn im Ergebnis ähnlich wie die Zuführung liquider Mittel.

Im Jahr 1985, fast genau hundert Jahre nach der Reform der aktienrechtlichen Regelungen des Handelsgesetzbuches im Jahr 1884, hat der Gesetzgeber dann mit dem Schutzkonzept der Verhinderung von Scheindividenden durch Ausschüttungssperre vollständig gebrochen, als er im Zuge des BiRiLiG mit § 272 Abs. 2 Nr. 4 HGB die Möglichkeit zu Kapitalrücklagen geschaffen hat, die frei in Bilanzgewinn überführt werden können. Mit der Einführung von § 272 Abs. 2 Nr. HGB vertritt der Gesetzgeber mittlerweile selbst die Auffassung, daß zur Verhinderung von Scheindividenden eine transparente Behandlung im Jahresabschluß genügt, eine Ausschüttungssperre nicht erforderlich ist.[2108]

Wenn heute anders als noch im 19. Jahrhundert eine Einmann-AG mit einem Mindestkapital von EUR 50.000,00 gegründet oder eine Vorratsgesellschaft mit minimalem gesetzlichem Kapital erworben werden können und diesen Gesellschaften im Anschluß einmalig oder iterativ liquide Mittel zufließen, die mit Anhangerläuterung über die GuV oder über § 272 Abs. 2 Nr. 4 AktG im Jahresabschluß erfaßt werden, entspricht ein solcher Vorgang nicht mehr dem, was sich der historische Gesetzgeber des Jahres 1884 vorgestellt hat, der eine Einmann-AG und einen Erwerb von Vorratsgesellschaften ebensowenig gekannt hat wie eine Mindestkapitalvorgabe. Der Gesetzgeber des Jahres 1985 hat es indes für alle Kapitalgesellschaften für angemessen erachtet, daß jedenfalls

2106 Zur Entwicklung der Nebenverpflichtungen s. o. Kapitel 1, S. 135 f.

2107 S. o. Kapitel 1, S. 141.

2108 Vgl. a. *Kropff* in MüKo-AktG, 2. Aufl. § 272 HGB, Rz. 55: Alle Kapitalrücklagen dienen dem Zweck der Bilanzklarheit. Ähnlich *Meyer* in GroßKomm-HGB § 272, Rz. 30.

dann, wenn nicht gleichzeitig auch neue Anteile begeben werden, Finanzierungsbeiträge von Gesellschaftern, auch liquide Mittel, in eine Kapitalrücklage gebucht werden können, die jederzeit aufgelöst werden kann und in diesem Fall den verteilbaren Bilanzgewinn erhöht.

Heutzutage ist jedoch auch eine Stufengründung, die zur Täuschung von Kapitalmarktinvestoren besonders geeignet ist, nicht mehr möglich, bei Börsengängen sind ebensolche Prospektpflichten zu beachten, wie sie der Gesetzgeber von 1884 noch verworfen hat, und darüber hinaus sind Jahresabschlüsse von Aktiengesellschaften leichter verfügbar und überprüfbar sind als noch im 19. Jahrhundert. Die gewandelte Einstellung des Gesetzgebers zur Problematik der Scheindividenden spiegelt demnach den Wandel der wirtschaftlichen Verhältnisse wider.

Nicht gleichermaßen überholt ist der zweite historische Schutzzweck, den Gründern die Möglichkeit zu nehmen, sich durch Einzahlung der Agioeinlagen und sofortige Ausschüttung als Gewinnbestandteile faktisch ihrer Einlageverpflichtung zu entziehen. Dazu ist eine Ausschüttungssperre für Agiokapital zumindest im Gründungszeitpunkt erforderlich. Bei Kapitalerhöhungen, bei denen das korporative Agio auch dem Ausgleich durch die Altaktionäre thesaurierter Gewinne dient, wäre es hingegen vorstellbar, die Ausgleichszahlung ebenfalls zur Gewinnausschüttung zuzulassen und die Entscheidung darüber, inwieweit die Kapitalrücklage aufgelöst werden soll, wie bei den Gewinnrücklagen den zuständigen Organen zu überlassen. Die derzeit vorgesehene Lösung, alle Agioeinlagen dauerhaft einer Ausschüttungssperre zu unterwerfen, erscheint insoweit nicht erforderlich, als die Festsetzung eines korporativen Agios bei Kapitalerhöhungen typischerweise von anderen Erwägungen angeleitet wird als in Gründungssituationen. Denkbar wäre alternativ eine Lösung analog dem Nachgründungsrecht, bei der die Agioeinlagen temporär, z.B. ebenfalls für zwei Jahre, gesperrt würden, bis den Organen typischerweise zugetraut werden kann, sich gegenüber eventuellen Liberirungsbestrebungen der Gründer durchzusetzen.

Die materiellen Einlagen, deren Ausschüttung nach § 272 Abs. 2 Nr. 4 AktG jederzeit zulässig ist, lassen sich innerhalb des bestehenden Schutzkonzepts mit einer formellen Betrachtung erklären. Bei diesen Einlagen handelt es sich nicht um aktienrechtliche Einlagen, insoweit sieht das Gesetz keinen Anlaß, auch bei solchen materiellen Einlagen eine Liberirung zu verhindern. Denn das Gesetz achtet bei seiner typisierenden Betrachtung auf ein angemessenes Verhältnis von Mitgliedschaftsrechten und Mitgliedschaftspflichten. Weiteren Leistungspflichten können die Aktionäre in ihrem konkreten Fall über entsprechende Satzungsbestimmungen besondere Beachtung schenken. Solche Satzungsregelungen sind im Rahmen von §§ 150 Abs. 2 und 58 AktG auch für die Kapitalerhaltung möglich.

Der Anwendungsbereich des § 150 AktG und damit die Frage, ob nur ein korporatives Agio der Ausschüttungssperre unterfällt oder auch ein eventuelles faktisches Agio bei Sacheinlagen, hängt von der Vorfrage der Bilanzierung ab. Die Bilanzierung unentgeltlicher und entgeltlicher Sacheinlagen ist im ersten

Kapitel untersucht worden.[2109] Hier sollen die wesentlichen Ergebnisse kurz in Erinnerung gerufen werden.

Ein korporatives Baragio ist vollständig zu aktivieren und in § 272 Abs. 2 Nr. 1 HGB zu passivieren, fällt damit in voller Höhe unter § 150 AktG. Sacheinlagen, die gegen Ausgabe junger Anteile erbracht werden, sind schwieriger zu beurteilen.[2110] Soweit durch eine Sacheinlage ein korporatives Agio aufgebracht werden soll, ist der volle Betrag in die Kapitalrücklage gem. § 272 Abs. 2 Nr. 1 HGB einzustellen. Die korrespondierende Aktivierung beruht entweder auf dem Zeitwert des Vermögensgegenstands oder – im Fall einer Überbewertung – auf der Berücksichtigung eines Differenzhaftungsanspruchs gegen den Inferenten. Soweit man ein faktisches Agio akzeptiert und nicht die Festsetzung eines korporativen Agios in Höhe des Zeitwerts verlangt, wird dieses faktische Agio nicht unter § 150 AktG fallen.

Zwar wird, soweit man eine Aktivierung des Sacheinlagegegenstands zum Zeitwert zuläßt, meist eine korrespondierende Passivierung unter § 272 Abs. 2 Nr. 1 HGB vertreten und nur wenige sprechen sich für eine Passivierung unter § 272 Abs. 2 Nr. 4 HGB aus[2111]. Die Zeitwertbilanzierung läßt sich nach rein nationalem Verständnis auch mit dem Handelsbilanzrecht vereinbaren, genausogut lassen sich aber eine Bilanzierung zum Nominalwert der Anteile oder ein Wahlrecht vertreten, auf Grundlage derer die Dotierung des zusätzlichen Haftkapitals niedriger ausfiele.[2112] Eine faktische Mehrung des Gesellschaftsvermögens, die aus einem nicht sacheinlagefähigen Finanzierungsbeitrag eines Aktionärs resultiert, insbesondere aus Dienstleistungen, bliebe hingegen unberücksichtigt, da eine Vermögensmehrung aus günstigen schwebenden Geschäften nicht aktiviert werden kann, entsprechend auch nicht in eine gebundene Kapitalrücklage eingestellt werden kann.[2113]

Die Zeitwertbilanzierung von Sacheinlagen widerspricht jedoch sehr wahrscheinlich der Interpretation der Bilanzrichtlinie durch den EuGH, der bei (teil-)unentgeltlichen Sacheinlagen gegen eine Zeitwertbilanzierung votiert hat.[2114] Wenn der Europäische Gerichtshof bei (teil-)unentgeltlichen Sacheinlagen das Vorsichtsprinzip über das Einsichtsgebot stellt, ist zu erwarten, daß er bei entgeltlichen Sacheinlagen ebenso entscheiden wird, soweit nicht die Regelungen des Kapitalaufbringungsrechts zum ›Mehrwert‹ nach der Gesellschaftsrechts-

2109 S. o. Kapitel 1, S. 192 ff.

2110 S. o. Kapitel 1, S. 319 ff.

2111 S. o. Kapitel 1, S. 323 f. mit Fn. 841.

2112 S. o. Kapitel 2, S. 268. Versteht man die Sacheinlageprüfung als Wertprüfung, nicht als reine Wertdeckungsprüfung, senkt also auch dann, wenn die Wertdeckung unzweifelhaft feststeht, den Prüfungsumfang und die Prüfungsintensität nicht ab, dann kann man eine Zeitwertbilanzierung etwas verobjektivieren und so dem Vorsichtsgebot stärker Rechnung tragen.

2113 Zur Bilanzierung schwebender Geschäfte s. o. Kapitel 1, S. 294 ff.

2114 Zur Rechtsprechung des EuGH s. o. Kapitel 1, S. 272 ff. und S. 325 ff.

linie auch ein solches faktisches Agio erfassen, was jedoch rechtstechnisch kaum umsetzbar ist, da eine Wertsicherung einen eindeutigen Referenzwert verlangt, der bei einem faktischen Agio gerade fehlt. Sachübernahmen, die nach dem Verständnis der Gesellschaftsrechtsrichtlinie als Bareinlagen mit anschließendem Austauschgeschäft anzusehen sind, sind von der Rechtsprechung des Europäischen Gerichtshofs zu teilentgeltlichen Sacheinlagen ohnehin erfaßt, so daß die Gesellschafter stets statt eines faktischen Agios bei einer Sacheinlage ein faktisches Agio bei einer Sachübernahme ohne Zeitwertbilanzierung wählen können.

Nicht möglich ist es jedoch nach der Rechtsprechung des Europäischen Gerichtshofs, was teilweise nach nationalem Handelsbilanzrecht für möglich gehalten wird, aus Sicht der Inferenten »best of both worlds« zu wählen, also handelsbilanziell einen hohen Eigenkapitalausweis, gesellschaftsrechtlich ein niedriges Kapitalschutzniveau. Praktisch könnte die Rechtsprechung des Europäischen Gerichtshofs daher das System des Haftkapitals noch mehr stärken als eine Pflicht zur Zeitwertbilanzierung des faktischen Agios, da der Ausweis eines hohen Eigenkapitals stärker gewünscht sein kann, als die damit nach der Rechtsprechung des Europäischen Gerichtshofs notwendig verbundene Differenzhaftung gefürchtet wird.

Auf der Linie des EuGH läßt sich das Problem der Korrektur des zusätzlichen Haftungspuffers vermeiden, das bei einer Zeitwertbilanzierung von Sacheinlagen entstehen kann, wenn sich die ursprüngliche Bewertung als zu hoch herausstellt. Im englischen Recht[2115] wird in solchen Fällen der share premium account und damit das Haftkapital nachträglich entsprechend reduziert, da der Wert des Agios nicht durch eine Differenzhaftung gesichert wird. Für die Gläubiger stellt sich bei einer nachträglichen Korrektur des Haftkapitals die Frage, warum sie auf dessen Ausweis in der Bilanz (sofern er transparent erfolgt, was nicht geschehen muß[2116]) vertrauen sollen, wenn das Haftkapital auch ohne Verluste aus der laufenden Geschäftstätigkeit nachträglich reduziert werden kann. Die Mitgesellschafter indes werden nicht bereit sein, für eine überbewertete Sacheinlage, die zu einer Verwässerung ihrer Anteile geführt hat, auch noch einzustehen, indem sie auf die Verteilung erwirtschafteter Gewinne solange verzichten, bis die Differenz ausgeglichen ist. Der Inferent wird darauf verweisen, daß er nur den Betrag zu garantieren bereit war, der als Nominalwert und als korporatives Agio festgesetzt worden ist. Hinsichtlich des angenommenen Mehrwerts sei die Risikoverteilung anders vereinbart worden und im übrigen habe er keinen Einfluß darauf, welchen Zeitwert der Vorstand bei Aufstellung der Bilanz aktiviert und könne dafür nicht einstehen. Die Verteilung des Werthaltigkeitsrisikos von Sacheinlagen verlangt oberhalb des Ausgabebetrags stets eine Abwägung gegenläufiger Interessen, die vorzunehmen an sich Aufgabe des Gesetzgebers wäre. Wenn nun auf der Linie der Rechtsprechung des

2115 S. o. Kapitel 4, S. 593 ff.
2116 S. o. S. 757 ff.

EuGH eine Zeitwertbilanzierung nur zugelassen wird, sofern der Standard des europäischen Kapitalaufbringungsrechts und damit eine Differenzhaftung gewahrt sind, entsteht dieses schwierige Problem nicht.

2. Kapitalherabsetzung

Ein weiterer Unterschied von korporativem Agio und Grundkapital zeigt sich in den Vorschriften zur Kapitalherabsetzung. §§ 222 ff. AktG sehen allein eine Herabsetzung des Grundkapitals vor. Die Kapitalrücklage kann durch Verlustverrechnung reduziert werden, wird jedoch von einer Kapitalherabsetzung nicht betroffen. Die einzige neben der Verlustverrechnung noch bestehende Möglichkeit, ein korporatives Agio von der Ausschüttungssperre zu befreien, besteht darin, zunächst eine durch § 150 Abs. 4 Nr. 3 AktG zugelassene Kapitalerhöhung aus Gesellschaftsmitteln gemäß §§ 207 ff. AktG vorzunehmen und im Anschluß daran das so erhöhte Kapital durch eine Kapitalherabsetzung aus dem Haftkapitalfonds auszuscheiden.[2117] Bei den Regelungen über die Kapitalherabsetzung zeigt sich wieder, daß dem Grundkapital in dem von Gesetz gewählten System des festen Nominalwert der Anteile eine besondere Bedeutung zukommt, die das Agio nicht hat, auch das korporative Agio nicht.

3. Hauptversammlungserfordernis bei Verlust des Kapitals

Die Sonderstellung des Grundkapitals unterstreichen ferner die Vorgaben des § 92 Abs. 1 AktG, die eine außerordentliche Hauptversammlung verlangen, sobald die Hälfte des Grundkapitals aufgezehrt worden ist. Die Vorschrift dient mittlerweile der Umsetzung des Art. 58 der Gesellschaftsrechtsrichtlinie und läßt wie dieser keine Berücksichtigung des korporativen Agios zu, obwohl durch eine Einrechnung des Agios der Schutzstandard angehoben würde, da zwar nicht prozentual, jedoch absolut noch mehr Eigenkapital vorhanden wäre in dem Moment, in dem der Vorstand den Kapitalverlust bei den Aktionären anzeigen müßte.[2118] Daß das Gesetz bei der Verlustanzeigepflicht dennoch das korporative Agio außer acht läßt, stimmt systematisch zur Verlustverrechnungsmöglichkeit des § 150 AktG. Bei Agiokapital geht das Gesetz nicht davon aus, daß es dauerhaft vorhanden bleiben wird, sondern rechnet mit dem Verlust des Agiokapitals. Eben auf diese Weise ermöglicht das Agio eine flexiblere Finanzierung, nicht zuletzt auch dadurch, daß eine außerordentliche Hauptversammlung hinausgeschoben werden kann infolge der faktischen Pufferwirkung des korporativen Agios.

Das korporative Agio hat auch im Rahmen von § 92 Abs. 1 S. 1 AktG nur, aber immerhin eine faktische Pufferwirkung. Dem faktischen Agio kommt bei

2117 Zu dieser Möglichkeit auch *Baums*, Agio und sonstige Zuzahlungen, 74; generell kritisch zu Ausschüttungssperren *von Falkenhausen*, Ausschüttungssperren, 1096 ff.
2118 S. zum Europarecht o. Kapitel 3, S. 451 f.

der Verlustanzeigepflicht nicht einmal eine faktische Pufferwirkung zu, wenn man es – wie nach der Rechtsprechung des EuGH zu vermuten steht – nicht bilanzieren kann. Denn der Verlust der Hälfte des Grundkapitals ist nach den Regeln über die Jahresbilanz ohne Aufdeckung stiller Reserven zu ermitteln.[2119] Die Wahl eines faktischen Agios, sofern man sie für zulässig hält, bringt für den Inferenten hingegen nicht nur den Vorteil einer geringeren Differenzhaftung, sondern auch den Nachteil, daß ein faktisches Agio im Rahmen von anderen Kapitalschutzvorschriften nicht berücksichtigt werden kann.

4. Exkurs: Verteilung des Liquidationserlöses

Die Sonderstellung, die dem Grundkapital im System des festen Nominalwerts der Anteile zukommt, zeigt sich zuletzt auch bei der Verteilung des Liquidationserlöses. Dem Grundkapital und dem korporativen wie faktischen Agio kommt in der Liquidation dieselbe Schutzwirkung zugunsten der Gläubiger zu, da alles Vermögen gem. § 271 Abs. 1 AktG erst nach Befriedigung der Gläubiger verteilt werden darf. Der Verteilungsmaßstab für alles Vermögen, auch für Eigenkapitalbestandteile, die durch Agioleistungen aufgebracht worden sind, ist indes allein das Grundkapital, da das Gesetz im System des festen Nominalwerts der Anteile davon ausgeht, daß die Gesellschafter typischerweise alle Mitgliedschaftsrechte, also auch das Recht auf Beteiligung am Liquidationserlös, nach dem Verhältnis der Anteile am Grundkapital aufteilen wollen.

Besonderen Interessenlagen kann, ähnlich wie im Rahmen der Gewinnbeteiligung nach § 60 Abs. 3 AktG, durch besondere Satzungsgestaltungen Rechnung getragen werden, indem gem. § 271 Abs. 2 Hs. 2 iVm § 11 AktG besondere Aktiengattungen geschaffen werden. Wenn die Gesellschafter es für angemessen erachten, kann beispielsweise Aktionären, die zusätzlich ein korporatives Agio oder eine Nebenverpflichtung iSv § 55 AktG erbringen, ein Vorzug bei der Verteilung des Gewinns und des Liquidationserlöses eingeräumt werden. Das Gesetz berücksichtigt jedoch für seine Standardregel von den verschiedenen denkbaren Finanzierungsbeiträgen nur einen Teil der aktienrechtlichen Einlage, nämlich die Einlagen auf das Grundkapital.

IV. Zusammenfassung

Sieht man sich den aktienrechtlichen Kapitalschutz im Detail an, zeigt sich, daß das Gesetz für die verschiedenen Formen der korporativen Einlage, die Einlage auf das Grundkapital, die Einlage auf ein korporatives Agio und auch für das faktische Agio bei einer korporativen Sacheinlage teilweise gleiche, teilweise aber auch unterschiedliche Anforderungen und Rechtsfolgen vorsieht.

2119 Grigoleit/*Grigoleit/Tomasic*, AktG § 92, Rz. 6 m.w.N.

Manche Unterschiede können durch entsprechende Auslegung bzw. Rechtsfortbildung angeglichen werden, so insbesondere wenn man bei Sacheinlagen verlangt, den gesamten Zeitwert als Ausgabebetrag festzusetzen, also kein faktisches Agio vorzusehen. Damit könnte man die Legung stiller Reserven bei Einlagen, die nicht nur bilanziell still, sondern gleichsam auch kapitalschutzrechtlich still wären, zurückdrängen. Ganz verhindern könnte man ein faktisches Agio wohl nicht, da man zumindest eine vorsichtige Schätzung des Zeitwerts zulassen würde, mithin den Gesellschaften und Aktionären eine gewisse Einschätzungsprärogative zugestanden würde. Manche Unterschiede sitzen fest, da das Gesetz keinen Spielraum für Auslegung bzw. Rechtsfortbildung bietet.

Im Kapitalerhaltungsrecht bewertet das Gesetz die Formen aktienrechtlicher Einlagen durchweg unterschiedlich. Im Kapitalaufbringungsrecht sorgt das Aktiengesetz für viel Gleichklang bei den unterschiedlichen Einlageformen, so z.B. bei der Sacheinlageprüfung und der Differenzhaftung des Sacheinlegers, sieht jedoch für die verschiedenen Einlageformen auch viele kontrapunktische Regelungen vor. Die wichtigsten Unterschiede im Kapitalaufbringungsrecht sind folgende:

- Nur das Grundkapital wird ins Handelsregister eingetragen, das korporative Agio nicht.
- Bei einem faktischen Agio, sofern man dieses zuläßt, ist der Zeitwert des Vermögensgegenstands aus den Registerunterlagen nicht ersichtlich, allenfalls sind Anhaltspunkte zur Berechnung des Zeitwerts aus den Angaben zur Sacheinlageprüfung ablesbar.
- Die Höhe des korporativen Agios ist aus der Bilanz nicht sicher ablesbar, weil die Kapitalrücklage (nach derzeitiger Praxis) nicht nach ihren Unterposten aufgeschlüsselt werden muß.
- Bei einer Sacheinlage mit faktischem Agio, sofern man diese zuläßt, ist wohl keine Bilanzpublizität erzielbar, da eine Zeitwertbilanzierung europarechtlich vermutlich unzulässig ist. Bei teilunentgeltlichen Sachübernahmen ist keine Bilanzpublizität des faktischen Agios zu erreichen.
- Eine Unterpari-Ausgabe ist nur hinsichtlich des Grundkapitals denkbar, eine vergleichbare Unter-Agio-Ausgabe ist im System des festen Nominalkapitals nicht vorgesehen.
- Bei überbewerteten Sacheinlagen ist der tatsächliche Wert des Vermögensgegenstands zunächst auf das Grundkapital anzurechnen, der verbleibende Wertanteil wird auf ein korporatives Agio angerechnet.
- Der Mindestnennbetrag kann nur durch Grundkapital aufgebracht werden, ein korporatives Agio wird nicht angerechnet.
- Das korporative Agio muß nicht in Euro angegeben werden und nicht auf volle Euro lauten.
- Ein Baragio muß vor Anmeldung vollständig geleistet werden, eine Bareinlage auf das Grundkapital nur zu mindestens einem Viertel.

- Für Sachübernahmen und darin liegende faktische Agioleistungen gilt die Fünf-Jahres-Frist des § 36a Abs. 2 AktG nicht.
- Auf nicht sacheinlagefähige Finanzierungsbeiträge und darin liegende faktische Agioleistungen können die Vorschriften zu Sacheinlagen keine Anwendung finden.
- Ein faktisches Agio ist im Gründungsbericht der Gründer nicht eigens zu behandeln.
- Bei Sacheinlagen, die nicht auf den Ausgabebetrag angerechnet werden, sondern allein ein faktisches Agio bewirken sollen, ist die Sacheinlageprüfung als Wertdeckungsprüfung nicht anwendbar. In der Praxis ist die Prüfungsintensität deutlich herabgesetzt, wenn ein hohes faktisches Agio vorliegt und der Ausgabebetrag jedenfalls abgedeckt wird, so daß auch keine volle Wertprüfung stattfindet.
- Sofern der Zeitwert einer Sacheinlage den geringsten Ausgabebetrag abdeckt, nicht mehr jedoch den erhöhten Ausgabebetrag, hat das Registergericht keine Ablehnungsbefugnis.
- Das korporative Agio wird bei der Berechnung der Eingriffsschwelle für das Nachgründungsrecht nicht berücksichtigt.
- Die Differenzhaftung des Sacheinlegers ist auf den Ausgabebetrag beschränkt und erstreckt sich nicht auf den angenommenen Zeitwert des Einlagegegenstands. Ebenso ist die Ausfallhaftung der dolosen Mitgründer auf den Ausgabebetrag begrenzt.
- Die solidarische Unterbilanzhaftung der Gründer ist auf das Grundkapital begrenzt und erfaßt nicht das korporative Agio.
- Bei der Gewichtung der Stimmrechte bleibt das korporative Agio außer Betracht.
- Die Gewinnverteilungsregeln stellen allein auf das Grundkapital ab.
- Bei der Ausgabe von Bezugsrechtsaktien verhindert das Gesetz lediglich eine Unterpari-Ausgabe, sichert jedoch keine Angemessenheit der Gegenleistung.
- Eine Haftung bei wirtschaftlicher Neugründung ist auf die Höhe des Grundkapitals begrenzt.

Alle Unterschiede zwischen den Einlagen auf das Grundkapital und den Einlagen auf das korporative (oder auch ein faktisches) Agio sind erklärbar, wenn man annimmt, daß die unterschiedlichen historischen Schutzzwecke auch heute noch das Gesetz anleiten. Die methodische Vermutung aus Kapitel 5 hat sich damit bestätigt. Die Regelungen zum Kapitalschutz des korporativen Agios bezwecken weitestgehend keine Stärkung des Gläubigerschutzes, allein im Rahmen der Ausschüttungssperre des § 150 AktG kann bis zur Schwelle von 10% des Grundkapitals eine Gläubigerschutzintention angenommen werden, da das Agio bis zu dieser Schwelle eine weitere Gewinnthesaurierung ersetzt und deutlich restriktiver behandelt wird als Gewinnrücklagen. Im übrigen ist der Kapitalschutz des korporativen Agios allein auf den Schutz der Investoren, also der Aktionäre hin orientiert.

Den Einlagen auf das Grundkapital schreibt das Aktiengesetz im Rahmen des aktuellen Systems der festen Nominalwerte eine besondere Bedeutung zu, insbesondere auch eine besondere Bedeutung für den Gläubigerschutz, die dem korporativen Agio so nicht zugeschrieben wird. Ein korporatives Agio kann indes unter dem Aspekt des Verwässerungsschutzes für die Angemessenheit der mitgliedschaftlichen Rechte und Pflichten unter den Aktionären von eben solcher oder noch größerer Bedeutung wir das Grundkapital sein. Daher gestattet das Gesetz den Aktionären an mehreren Stellen ausdrücklich, von der typisierenden gesetzlichen Standardregel durch individuelle Satzungsregelungen abzuweichen, so z.B. bei der Gewinnbeteiligung, den Sanktionen für säumige Aktionäre oder dem kapitalerhaltungsrechtlichen Puffer vor dem Haftungspuffer des Grundkapitals. Bei sorgsamer Satzungsgestaltung macht es im Ergebnis oftmals wenig Unterschied, ob Bareinlagen, Sacheinlagen mit korporativem Agio oder Sacheinlagen ohne korporatives Agio vereinbart werden, wenn die Aktionäre solche Unterschiede tatsächlich nicht wollen.

Betrachtet man die typisierenden gesetzlichen Regelungen mit den vorgesehenen Differenzierungen zwischen Agioeinlagen und Grundkapitaleinlagen als Umsetzung verschiedener Schutzzwecke, so erscheint die gesetzliche Umsetzung überwiegend konsequent. Da das Gesetz bei den verschiedenen Einlageformen nach verschiedenen Schutzzwecken differenziert, kann man de lege lata nicht einmal bei den korporativen Einlagen einen Grundsatz der Gleichbehandlung erkennen, sondern allein Überschneidungsbereiche, soweit sich die verschiedenen Schutzzwecke durch ein und dasselbe Schutzmodul verwirklichen lassen. Weitere Angleichungen wären möglich, wie z.B. die Einrechnung eines korporativen Agios in den Schwellenwert des Eigenkapitals, dessen Unterschreiten eine Verlustanzeige des Vorstands und eine außerordentliche Hauptversammlung erforderlich macht, haben sich jedoch entweder wie in diesem Fall schon mit Blick auf entgegenstehende europäische Vorgaben als unzulässig erwiesen oder aber jedenfalls nicht als aus systematischen Gründen zwingend erforderlich. Umgekehrt wären aufgrund der unterschiedlichen Schutzrichtungen auch weitere Differenzierungen denkbar, wir z.B. bei Agioeinlagen im Gründungsstadium der Verzicht auf eine Leistung in Euro, aber auch diese Überlegungen haben sich als lediglich möglich, nicht jedoch als aus systematischen Gründen unverzichtbar erwiesen.

Mit Blick auf die Vorgaben der Gesellschaftsrechtsrichtlinie hat sich im Laufe der vorstehenden Untersuchung immer wieder gezeigt, daß die Bedeutung der Richtlinie für den Kapitalschutz des Aktienrechts noch nicht vollständig erkannt wird. Die Diskussion verläuft oft noch auf tradierten, seit 1979 aber nicht mehr zeitgemäßen Wegen, so z.B. bei der Diskussion des Erlaßverbots, in dessen Rahmen das unzureichende Verständnis für die europarechtlichen Vorgaben dazu geführt hat, daß der Bundesgerichtshof in der Rechtssache Babcock weitreichende Entscheidungen getroffen hat, ohne die Vorlagepflicht an den Europäischen Gerichtshof zu erkennen.

C. Das schuldrechtliche Agio und weitere materielle Agioleistungen und Einlagen im Aktienrecht

I. Zulässigkeit oder Berücksichtigungsfähigkeit eines schuldrechtlichen Agios

Bei allen Unterschieden in den Details der kapitalschutzrechtlichen Vorgaben für Grundkapitaleinlagen und für Agioeinlagen ist die Gemeinsamkeit nicht zu übersehen, daß das Aktiengesetz auch für Einlagen auf das korporative Agio zumindest einen reduzierten Kapitalerhalt vorschreibt, teilweise, insbesondere bei Sacheinlagen, dieselben Schutzmodule auf Grundkapitaleinlagen wie auf Agioeinlagen anwendet, nicht zuletzt die externe Sacheinlageprüfung bei Gründung und Kapitalerhöhung sowie die Differenzhaftung des Inferenten für überbewertete Sacheinlagen, teilweise für das korporative Baragio sogar strengere Regelungen vorsieht, da dieses sofort in voller Höhe einzuzahlen ist, während Einlagen auf das Grundkapital nur zu einem Viertel sofort aufzubringen sind.

Da das Aktiengesetz für beide Formen aktienrechtlicher Einlage bestimmte Kapitalschutzanforderungen enthält, wird in der Literatur seit Beginn dieses Jahrtausends[2120] und wieder intensiviert durch die Entscheidung des Bundesgerichtshofs BGHZ 191, 364 (Babcock) diskutiert, ob anläßlich einer Anteilsausgabe weitere Finanzierungsbeiträge, insbesondere schuldrechtliche Agioversprechen, vereinbart werden können oder ob nicht solche schuldrechtlichen Finanzierungsbeiträge, da auf sie die Vorschriften zu korporativen Einlagen nicht anwendbar wären, stets als unzulässige Umgehung des aktienrechtlichen Kapitalschutzes zu qualifizieren sind.[2121] Wenn kein Zusammenhang zur Ausgabe junger Aktien besteht, sind ergänzende Leistungspflichten der Gesellschafter auf schuldrechtlicher Basis unbestritten möglich, so z.B. Verpflichtungen zu Schenkungen an die Gesellschaft, zu Dienst- oder Sachleistungen oder Zahlungen zum Verlustausgleich.[2122]

Qualifiziert man eine Vereinbarung, in der ein (zukünftiger) Aktionär einen Finanzierungsbeitrag verspricht, als unzulässige Umgehung der Regelungen über den aktienrechtlichen Kapitalschutz, liegt in dieser Qualifikation – unge-

2120 *Priester*, Kapitalaufbringungspflicht beim Agio, 626 konnte im Jahr 2000 noch schreiben, schuldrechtliche Leistungszusagen seien »nach allgemeiner Ansicht zulässig«. Die Diskussion um die Zulässigkeit schuldrechtlicher Leistungspflichten entzündete sich erst infolge der häufig mißverstandenen Entscheidung BayObLG, AG 2002, 510, wobei das Gericht selbst nirgends angedeutet hat, die Zulässigkeit der weiteren Vereinbarungen infrage stellen zu wollen. Dies geschah erst durch spätere Literaturbeiträge, darunter einige Anmerkungen zu der genannten Gerichtsentscheidung und dann namentlich durch *Herchen*, Agio, passim.

2121 S. bereits o. Kapitel 1, S. 153 ff.

2122 *Fleischer* in Schmidt/Lutter § 54, Rz. 19; *Pentz* in MüKo-AktG § 23, Rz. 193.

achtet der Frage, ob die Lehre von der Gesetzesumgehung methodisch über Auslegung und Analogie umzusetzen ist oder ein eigenständiges Rechtsinstitut darstellt – eine teleologische Korrektur der allgemeinen Vertragsfreiheit aufgrund der Annahme, Sinn und Zweck des aktienrechtlichen Kapitalschutzes sei es, für alle Finanzierungsbeiträge, die anläßlich einer Anteilsausgabe versprochen werden, nicht nur für die beiden Formen aktienrechtlicher Einlagen eine abschließende Regelung vorzugeben.[2123]

Die Frage nach der Zulässigkeit von schuldrechtlichen Zusatzvereinbarungen ähnelt in weiten Teilen der Frage nach der Zulässigkeit eines faktischen Agios. Schuldrechtliche Leistungspflichten können allerdings nicht nur Sacheinlagen umfassen, sondern auch bare Zuzahlungen, die auf korporativer Grundlage nicht faktisch erfolgen könnten, sondern nur als korporatives Agio im Sinne von § 9 Abs. 2 AktG. Der Hauptunterschied zwischen einem faktischen Sachagio und einem schuldrechtlichen Sachagio besteht im unterschiedlichen Rechtsgrund, der im ersten Fall korporativer Art ist, im zweiten Fall ein normales schuldrechtliches Verpflichtungsgeschäft darstellt.

Die einzelnen Unterschiede zwischen korporativen und schuldrechtlichen Leistungspflichten wurden bereits erörtert.[2124] Bei Sacheinlagen kommt es dabei nicht auf den Übergang der Leistungspflicht bei derivativem Erwerb der Mitgliedschaft an, da die Sachleistungspflicht nach allgemeiner Ansicht beim Inferenten verbleibt und der Nachfolger in die Mitgliedschaft lediglich in eine residuale bare Einlagepflicht in Höhe des Ausgabebetrags eintritt, wovon das faktische Agio jedoch gerade nicht erfaßt wird, ebensowenig kommt es auf die Differenzhaftung an, die in gleicher Weise am Ausgabebetrag anknüpft und daher ein faktisches Agio nicht erfaßt, und ebenfalls nicht auf das aktienrechtliche Sanktionsregime bei ausstehenden Einlagen, da §§ 63–65 AktG keine Anwendung auf Sacheinlagen finden und bei einem faktischen Agio auch keine Anwendbarkeit auf einen Differenzhaftungsanspruch gegeben sein kann.

Ein schuldrechtliches und ein faktisches Agio unterscheiden sich vor allem in der Unbedingtheit der korporativen Leistungspflicht sowie der Fünf-Jahres-Frist des § 36a Abs. 2 AktG, in der eine korporative Sacheinlageleistungspflicht vollständig erfüllt worden sein muß. Schuldrechtliche Leistungspflichten könnten hingegen aufschiebend oder auflösend bedingt und auch befristet werden sowie über den Fünfjahreszeitraum des § 36a Abs. 2 AktG hinaus versprochen werden. Bei schuldrechtlichen Sacheinlagen wäre ferner keine Gründungsprüfung und insbesondere keine externe Sacheinlageprüfung mit registergerichtlicher Kontrolle durchzuführen, das Befreiungs- und Aufrechnungsverbot aus § 66 Abs. 1 AktG wäre nicht einschlägig und die nur materielle Einlageleistung hätte keine Auswirkung auf das Stimmrecht nach § 134 AktG. Nicht zuletzt ist zu bedenken, daß aufgrund des unterschiedlichen Rechtsgrunds der Bestand der Leistungs-

2123 Zur Gesetzesumgehung allgemein statt aller *Armbrüster* in MüKo-BGB § 134, Rz. 18 ff. m.w.N.

2124 S. o. Kapitel 1, S. 158 ff.

pflichten auseinanderfallen kann. Insbesondere besteht die Möglichkeit der Anfechtung der schuldrechtlichen Vereinbarung auch nach der Eintragung in das Handelsregister, die bei korporativen Verpflichtungen nach Eintragung der Kapitalmaßnahme nicht mehr gegeben ist.[2125] Daher ist es in Ausnahmefällen denkbar, daß ein Aktionär seine Anteile erhält und dafür die korporative Einlageverpflichtung aufbringen muß, während er die schuldrechtliche Vereinbarung anficht und infolge dessen die schuldrechtliche Einlageverpflichtung nicht erfüllen muß.

Bei entsprechender Vertragsgestaltung bzw. auch Vorkehrungen in der Satzung lassen sich diese Unterschiede weitgehend angleichen. Bei Schwierigkeiten mit nur einer Einlageverpflichtung, z.B. wenn eine Kapitalerhöhung eingetragen und die gleichzeitig abgeschlossene schuldrechtliche Vereinbarung wirksam angefochten wird oder wenn schuldrechtliche Vereinbarung und Zeichnung wirksam vorgenommen werden, es jedoch nicht zur Eintragung der Kapitalerhöhung kommt, können im übrigen Anpassungen über § 313 BGB wegen Wegfalls bzw. Störung der Geschäftsgrundlage vorgenommen werden. Wertungsmäßig scheinen damit faktische Agioleistungen und schuldrechtliche Agioverpflichtungen weitgehend vergleichbar.

Daher soll die nachfolgende Untersuchung zunächst unter der Prämisse durchgeführt werden, daß sich bei schuldrechtlichen Zusatzvereinbarungen nicht die Frage ihrer Zulässigkeit stellt, sondern ebenso wie bei einem faktischen Agio die Frage der Berücksichtigungsfähigkeit im Rahmen der Angemessenheitsprüfung von § 255 Abs. 2 und 4 AktG.[2126] Auf Grundlage dieser Prämisse soll zunächst untersucht werden, welche Folgeprobleme sich bei einer angenommenen Zulässigkeit schuldrechtlicher Vereinbarungen im Detail stellen, um beurteilen zu können, ob diesen Schwierigkeiten doch nur durch eine gänzliche Versagung der Zulässigkeit schuldrechtlicher Vereinbarungen begegnet werden kann oder ob weniger einschneidende Maßnahmen ausreichen, die nach verschiedenen Typen von Aktiengesellschaften differenzieren können, d.h. nach den kapitalmarktorientierten Publikumsgesellschaften, an denen sich das Aktiengesetz in erster Linie orientiert, einerseits sowie nach den geschlossenen Gesellschaften, die das Aktiengesetz bewußt zuläßt, andererseits.

Eine Lösung über die Berücksichtigungsfähigkeit schuldrechtlicher Finanzierungsbeiträge anstelle über ein Unzulässigkeitsverdikt solcher materiellen Einlagen könnte dem methodischen Grundsatz möglichster Zurückhaltung bei teleologischen Korrekturen des geschriebenen Rechts Genüge tun, hier über eine möglichst zurückhaltende Begrenzung der Vertragsfreiheit in Form der Finanzierungsfreiheit.[2127] Zurückhaltung bei der Annahme der Unzulässigkeit schuld-

2125 Zur Anfechtung s. o. Kapitel 1, S. 158 ff.

2126 Im Ergebnis ähnlich noch zur Rechtslage des § 255 Abs. 2 AktG a.F. auch Hüffer/*Koch*, AktG § 9, Rz. 13, der bei Zustimmung aller Gesellschafter von einer Zulässigkeit der Vereinbarung ausgeht.

2127 Zur methodischen Anforderung, teleologische Korrekturen des Gesetzes möglichst maßvoll vorzunehmen, s. o. S. 803 ff.

rechtlicher Zusatzvereinbarungen kann gerade auch im Interesse der Gesellschaften, der Aktionäre und der Gläubiger der Gesellschaft sein, da diesen allen mit einer möglichen Anfechtbarkeit bzw. Nichtigkeit von Satzungsfeststellungen und Kapitalerhöhungsbeschlüssen sowie Übernahmeerklärungen und Zeichnungsscheinen und darüber hinaus mit einer eventuellen Nichtigkeit von Jahresabschlüssen kaum gedient wäre.[2128]

Die vorläufige Prämisse der Zulässigkeit schuldrechtlicher Vereinbarungen stimmt im übrigen zur ständigen Rechtsprechung des Reichsgerichts wie auch des Bundesgerichtshofs. Wie bereits gesehen[2129], sind schuldrechtliche Vereinbarungen, die anläßlich einer Anteilsausgabe über weitere Leistungspflichten eines Investors geschlossen werden, tägliche Praxis ebenso wie schuldrechtliche Vereinbarungen über andere wesentliche Pflichten, die die Mitgliedschaft betreffen, wie beispielsweise Put- und Call-Optionen, Zustimmungspflichten zu Anteilsabtretungen oder Stimmrechtsbindungen. Die Praxis stützt sich hierbei auf eine mehr als hundertjährige Rechtsprechung, in der zunächst das Reichsgericht selbst von den Aktionären ursprünglich korporativ gewollte Vereinbarungen über Nebenpflichten als nur, aber immerhin schuldrechtlich zulässige Zusatzpflichten interpretiert hat. In der Folge sind sowohl das Reichsgericht wie auch der Bundesgerichtshof in ständiger Rechtsprechung von der Zulässigkeit schuldrechtlicher Leistungspflichten ausgegangen.[2130]

Der Bundesgerichtshof hat zuletzt im Jahr 2008 die Zulässigkeit schuldrechtlicher Vereinbarungen als Zuzahlungen in die freie Rücklage nach § 272 Abs. 2 Nr. 4 HGB für das Recht der AG und der KGaA ausdrücklich bestätigt, als er im Rahmen eines Beschlusses über die Nichtzulassung der Revision gegen ein Urteil des OLG München festgestellt hat, daß bei Verwendung von liquiden Mitteln, die im Zuge einer Kapitalerhöhung der Gesellschaft zugeflossen sind, keine verdeckte Sacheinlage anzunehmen ist, wenn die liquiden Mitteln aus einer solchen freiwilligen Zuzahlung stammen und die aktienrechtliche Bareinlage im übrigen unangetastet bleibt.[2131] Dieses Urteil, das über die Frage einer verdeckten Sacheinlage ergangen ist, wird in der Literatur teilweise übersehen.

Durch die Babcock-Entscheidung aus dem Jahr 2011 (BGHZ 191, 364) mag zwar kurzzeitig fraglich geworden sein, inwieweit schuldrechtliche Leistungspflichten im Rahmen von § 255 Abs. 2 AktG a.F. berücksichtigt werden konnten, da diesbezüglich keine Differenzhaftung greift.[2132] Die Zweifel, die sich aus

2128 Zu den Rechtsfolgen bei Annahme einer Unzulässigkeit von schuldrechtlichen Zusatzvereinbarungen *Strehle*, Venture Capital, 238 ff. und *Herchen*, Agio, 379 f.

2129 S. o. Kapitel 1, S. 153 ff.

2130 Überblick über die Rechtsprechungsentwicklung o. in Kapitel 1, S. 153 ff.

2131 BGH NZG 2008, 76; ebenso die Vorinstanz OLG München AG 2007, 292.

2132 Eine Unzulässigkeit schuldrechtlicher Vereinbarungen erwägten angesichts dieser Entscheidung z.B. Hüffer/*Koch*, AktG § 9. Rz. 13 m.w.N. und *Schäfer*, Schuldrechtliches Agio im Aktienrecht, 953 ff. (*ders.* auch in Einbeziehung des Agios,

der Babcock-Entscheidung ergeben konnten, waren indes wie bei der Frage nach der Berücksichtigungsfähigkeit eines faktischen Agios auf § 255 Abs. 2 AktG a.F. begrenzbar und verlangten schon nach altem Recht nicht anzunehmen, der Bundesgerichtshof habe im Jahr 2011 in einem kurzen Absatz implizit seine ständige und noch wenige Jahre vor der Babcock-Entscheidung bestätigte Rechtsprechung zur Zulässigkeit des schuldrechtlichen Agios vollständig aufgeben wollen. Mit der Neukonzeptionierung des § 255 AktG durch das Zukunftsfinanzierungsgesetz hat sich die Frage der Berücksichtigungsfähigkeit eines faktischen Agios geklärt, da die Vorschrift nun nicht mehr auf den Ausgabebetrag und damit ein korporatives Agio abstellt, sondern auf den wahren Wert von Einlagen und damit auch ein faktisches Agio zuläßt.[2133] § 255 AktG n.F. verlangt eindeutig nicht, daß nur solche Sacheinlagen berücksichtigt werden, die einer Differenzhaftung unterliegen. Jedenfalls nach dieser vollständigen Umgestaltung des Schutzkonzepts des § 255 AktG kann aus Babcock-Entscheidung, die auf der Grundlage des § 255 AktG a.F. ergangen ist, nicht mehr für eine Unzulässigkeit schuldrechtlicher Agiovereinbarungen nach neuem Recht argumentiert werden, weil bei schuldrechtlichen Sachagiovereinbarungen keine Differenzhaftung griffe.

Vorliegend ist sogar fraglich, ob der Bundesgerichtshof überhaupt mehr als eine Ausdifferenzierung einzelner Rechtsfolgen bei Annahme grundsätzlicher Zulässigkeit von schuldrechtlichen Zusatzvereinbarungen vornehmen könnte. Die Zulässigkeit schuldrechtlicher Zusatzvereinbarungen könnte nämlich bereits zu Gewohnheitsrecht erstarkt sein, da eine ständige Übung in der Rechtspraxis gegeben ist, die auf einer vom Reichsgericht und dem Bundesgerichtshof in ständiger, mehr als einhundertjähriger Rechtsprechung bestätigten Richtigkeitsüberzeugung beruht.[2134] Noch im Jahr 2000 konnte man davon sprechen, schuldrechtliche Zusatzpflichten seien nach allgemeiner Ansicht zulässig.[2135] Erst seit dem Jahr 2003, im Anschluß an eine häufig mißverstandene Entscheidung des Bayerischen Obersten Landesgerichts (BayObLG AG 2002, 510), das die Zulässigkeit schuldrechtlicher Agioverpflichtungen selbst nicht bestritten hat, wird die Zulässigkeit in der Literatur kritisch diskutiert und von wenigen Literaturstimmen abgelehnt.[2136] Wenn man die Entstehung von Gewohnheitsrecht angesichts der heutigen Informationsmöglichkeiten über das geschriebene Recht, die dazu ergangene Rechtsprechung und die einschlägige Fachliteratur, in der kaum

529), wobei beide jedoch die Bestätigung der Zulässigkeit durch BGH NZG 2008, 76 übersahen. Auf die Bedeutung von BGH NZG 2008, 76 weisen schon *Plassmann/Schnorbus*, Bilanzierung eines schuldrechtlichen Agio, 698 hin.

2133 Zur Frage nach der Zulässigkeit eines faktischen Agios s.o. S. 772 ff.

2134 Zum Erstarken von Präjudizien zu Gewohnheitsrecht *Larenz*, Methodenlehre, 433; *Larenz/Canaris*, Methodenlehre, 258 f.

2135 So ausdrücklich *Priester*, Kapitalaufbringungspflicht beim Agio, 626.

2136 Ablehnend vor allem *Herchen*, Agio, 279 ff. m.w.N. 2137 *Larenz*, Methodenlehre, 356 ff.; *Larenz/Canaris*, Methodenlehre, 176 ff.

eine Rechtsansicht lange Zeit unbestritten bleibt, noch für möglich hält, wird es kaum einen Fall geben, wo praktische Übung und Richtigkeitsüberzeugung noch eindeutiger für die Annahme eines Gewohnheitsrechts sprechen. Die Generalkritik an schuldrechtlichen Zusatzvereinbarungen als unzulässige Umgehung des aktienrechtlichen Kapitalschutzes käme in diesem Fall, ungeachtet ihrer inhaltlichen Überzeugungskraft, zu spät und wäre nur mehr de lege ferenda von Bedeutung. Die Lehre vom Gewohnheitsrecht wird jedoch oftmals als unbefriedigend und jedenfalls praktisch bedeutungslos angesehen.[2137] Sie soll an dieser Stelle nicht weiter erörtert werden.

II. Gesetzliche Regelungen für weitere materielle Einlagen und Finanzierungsbeiträge von Gesellschaftern

Die angesprochene teleologische Korrektur der Finanzierungsfreiheit der Gesellschafter, die bei der Gründung einer Aktiengesellschaft und bei Kapitalerhöhungen einen Typenzwang der Eigenkapitalfinanzierung von Gesellschaften begründete, demgemäß anläßlich einer solchen Kapitalmaßnahme Einlagen nur in Form der beiden aktienrechtlichen Einlagen versprochen werden könnten, müßte mit dem subjektiven und objektiven Sinn und Zweck der Kapitalschutzvorschriften begründet werden können. Eine solche Begründung verlangte einen durch die gesetzliche Systematik angeleiteten Wertungsvergleich mit allen übrigen gesetzlich geregelten Finanzierungsbeiträgen, die anläßlich einer Gründung oder Kapitalerhöhung vereinbart werden können, nicht allein mit den Einlagen auf das Grundkapital und den Einlagen auf das korporative Agio. Denn all diese Finanzierungsbeiträge können ein korporatives Agio gegebenenfalls ersetzen. Es kann aber auch die Erhebung eines Agios dadurch veranlaßt sein, daß bereits eingetretene Vermögenssteigerungen auszugleichen sind, die auf solchen Finanzierungsbeiträgen beruhen.

1. Nebenleistungen gemäß § 55 AktG

Bereits mehrfach angesprochen wurden im Lauf dieser Untersuchung die korporativen Nebenverpflichtungen nach § 55 AktG, die bei vereinbarter Unentgeltlichkeit als materielle Einlagen zu qualifizieren sind.[2138] Werden solche materiellen Einlagen anläßlich einer Gründung oder Kapitalerhöhung versprochen, erfüllen sie bei wirtschaftlicher Betrachtung dieselben oder ähnliche Funktionen wie ein korporatives oder eben auch schuldrechtliches Agio und man kann sie als materielles Agio bezeichnen.

Die Substituierbarkeit eines korporativen Agios durch Nebenverpflichtungen ist auf den Anwendungsbereich von § 55 AktG beschränkt, damit auf wieder-

2138 S. dazu o. Kapitel 1, S. 134 ff.

kehrende, nicht in Geld bestehende Leistungen. Baragien und regelmäßig auch Dauerschuldverhältnisse fallen nicht darunter. Teilbare Sacheinlagen können jedoch regelmäßig auch als iterative Nebenverpflichtungen vereinbart werden. (Teil-)unentgeltliche Dauerschuldverhältnisse mit ähnlichen wirtschaftlich positiven Auswirkungen auf die Gesellschaften können wohl (und müßten jedenfalls) als schuldrechtliche Nebenverpflichtungen vereinbart werden. Auch hieran zeigt sich die wirtschaftliche Vergleichbarkeit von Haupt- und Nebenverpflichtungen.

Korporative Nebenverpflichtungen bieten den Gesellschaften damit trotz des eingeschränkten Anwendungsbereichs ein nicht unerhebliches Gestaltungspotential, um die Vereinbarung eines korporativen Agios und damit auch den aktienrechtlichen Kapitalschutz, der nach allgemeiner Ansicht auf Nebenverpflichtungen keine Anwendung findet[2139], zu vermeiden. Für eine teleologische Argumentation, die eine Umgehung des aktienrechtlichen Kapitalschutzes zu verhindern sucht, stellen vom Gesetz selbst eröffnete Umgehungswege ein Problem dar. Man muß erklären, warum der intendierte Umgehungsschutz auf solche Finanzierungsgestaltungen beschränkt werden kann, die nicht auch als korporative Nebenverpflichtungen, sondern nur als schuldrechtliche Nebenverpflichtungen vereinbart werden können.

Solange die vom Gesetz eröffneten Schlupflöcher klein sind und nicht viele Finanzierungsgestaltungen hindurchschlüpfen können, kann man stets argumentieren, die gesetzlichen Ausnahmen seien nicht systembestimmend und es bliebe sinnvoll, die gesetzliche Grundregeln, hier den aktienrechtlichen Kapitalschutz, in möglichst vielen vergleichbaren Gestaltungen zur Anwendung zu bringen, mithin die gesetzlichen Ausnahmen auf das ausdrücklich zugelassene Maß zu beschränken. Es läßt sich nun einmal nur selten eindeutig angeben, ob eine einzelne gesetzliche Regelung aufgeschrieben worden ist, weil sie als Ausdruck eines allgemeinen Rechtsgedankens zu lesen ist, oder deshalb aufzuschreiben war, weil von einem allgemeinen Rechtsgedanken eine abweichende Sonderregelung vorgenommen werden sollte. Angesichts des vom Gesetz bewußt eng gehaltenen Anwendungsbereichs der korporativen Nebenverpflichtungen kann man vorliegend argumentieren, jedenfalls Finanzierungsbeiträge, die nicht unter § 55 AktG als Nebenverpflichtung gestaltet werden könnten, seien auch als schuldrechtliche Nebenverpflichtungen unzulässig. Je mehr Ausnahmen von einem ungeschriebenen Rechtsgrundsatz jedoch zu machen sind, desto schwieriger wird es anzunehmen, es läge überhaupt ein solcher Rechtsgrundsatz vor.

Theoretisch denkbar wäre es auch, wenn keine oder nicht viele weitere gesetzlich vorgesehene Ausnahmen aufgezeigt werden können, die Zulassung von korporativen Nebenverpflichtungen durch § 55 AktG so zu interpretieren, daß das Gesetz dadurch keine Ausnahme vom aktienrechtlichen Kapitalschutz schaffen wollte, sondern entgegen der derzeit allgemein geteilten Ansicht auf Nebenverpflichtungen die kapitalschutzrechtlichen Vorschriften ebenfalls entsprechend

2139 S. dazu o. Kapitel 1, S. 134 ff.

anzuwenden sein könnten. Die Schwierigkeiten einer solchen analogen Anwendung der Kapitalschutzvorschriften auf die korporativen Nebenverpflichtungen sind bereits an anderer Stelle erörtert worden.[2140] Sie rühren nicht zuletzt daher, daß korporative Nebenverpflichtungen auch ohne Zusammenhang mit einer Anteilsausgabe vereinbart werden können, in welchen Fällen wohl keine Beschränkung der Vertragsfreiheit vorgenommen würde, ebenso wie bei schuldrechtlichen Finanzierungsbeiträgen, die ohne gleichzeitige Anteilsausgabe versprochen werden, keine Einschränkungen der Finanzierungsfreiheit diskutiert werden. Nun liegt es aber auch nicht nahe, daß das Gesetz bei derselben Vorschrift einmal eine teleologische Einschränkung verlangt, einmal nicht, je nachdem ob die Satzungsänderung im Zusammenhang mit einer Anteilsausgabe vorgenommen wird oder nicht.

2. Posten der gesetzlichen Rücklage

Während die Möglichkeit, durch Vereinbarung einer korporativen Nebenverpflichtungen ein schuldrechtliches Agio teilweise zu ersetzen, die Bestrebungen, eine Umgehung des aktienrechtlichen Kapitalschutzes zu versperren, in Zweifel ziehen kann, kann die Tatsache, daß das Aktienrecht nicht nur das korporative Agio in die Kapitalerhaltung einbezieht, sondern in anderen Fällen materieller Einlagen über § 150 AktG iVm § 272 Abs. 2 Nr. 2 und 3 HGB beziehungsweise iVm § 272 Abs. 1b HGB ebenfalls eine gebundene Rücklage vorschreibt, wiederum für eine Erstreckung des aktienrechtlichen Kapitalschutzes auf materielle Einlagen sprechen, für welche das Gesetz keine ausdrücklichen Regelungen enthält. Auch diese Vergleichsgestaltungen lassen sich nicht eindeutig als Ausdruck eines allgemeinen Rechtsgedankens erweisen, sondern können ihrerseits ebensogut wie die Vorgaben zu den Nebenverpflichtungen als eng auszulegende Spezialvorschriften interpretiert werden. Immerhin könnte aber die Pflicht zur gebundenen Rücklage in Fällen solcher materieller Einlagen darauf hinweisen, daß das Gesetz außer den Nebenverpflichtungen nach § 55 AktG keine weiteren Ausnahmen vom Kapitalschutz zulassen will. Nicht zu übersehen ist dabei, daß Vorschriften über eine gebundene Rücklage noch keine Aussage zulassen, inwieweit auch kapitalaufbringungsrechtliche Vorschriften bei allen materiellen Agioeinlagen zu beachten sein könnten.

Die handelsbilanziellen Vorschriften über die Kapitalrücklagen unterscheiden nicht zwischen den Rechtsformen der GmbH und der AG, weshalb die Erörterung der weiteren Vorschriften über die gesetzliche Rücklage an dieser Stelle rechtsformneutral erfolgen soll, auch wenn die Bindung der Rücklage nur für die Aktiengesellschaft durch § 150 AktG vorgeschrieben wird.

2140 S. o. Kapitel 1, S. 143 ff.

a) Verkauf und Eintausch von eigenen Anteilen

aa) Vergleichbarkeit mit korporativem und schuldrechtlichem Agio

Bei der Erörterung der Gründe, warum in vielen Fällen statt eines freiwillig erhöhten Grundkapitals ein korporatives Agio gewählt wird, wurde eine weitere Alternative angesprochen, welche die Ausgabe junger Anteile unter Erhebung eines Agios in manchen Fällen, insbesondere bei Akquisitionen und Umwandlungen, ersetzen kann, der Verkauf oder Eintausch von alten Anteilen, welche die Gesellschaft selbst hält.[2141] Erlöst die Gesellschaft hierbei einen Mehrwert über den Nominalbetrag des Anteils hinaus, kommt dies wirtschaftlich einem Agio sehr nahe. Ein Unterschied besteht insoweit, als die Gesellschaft die eigenen Anteile regelmäßig durch Ankauf erworben haben wird. Sofern die Gesellschaft hierbei einen über dem Nominalbetrag liegenden Preis zahlen mußte, gleicht ein späterer Mehrerlös zunächst diese Aufwendungen aus. Erst ein weiterer ›Nettoüberschuß‹ entspricht aus Sicht der Gesellschaft beim Wiederverkauf wirtschaftlich voll dem Erlös eines Agios bei Anteilsausgabe.

Für diese Arbeit interessiert der Verkauf oder Eintausch eigener Anteile, soweit diese wie die Ausgabe junger Anteile der Finanzierung der Gesellschaft dienen und dabei eine Verwässerung der Anteile der übrigen Gesellschafter zu besorgen sein kann. Bei einem Verkauf gegen Barzahlung erhöht die Gesellschaft ihre Liquidität (wieder, soweit der vorangegangene Erwerb eigener Anteile zu einem Liquiditätsabfluß geführt hat), bei einem Tausch gegen eine Sache (insbesondere Unternehmen oder Unternehmensteil bei einer Umwandlung oder einer Akquisition) schont die Gesellschaft ihre aktuelle Liquidität (und wälzt über das Kurs-/Wertrisiko ihrer eingetauschten Anteile einen Teil des Risikos der Akquisition auf den Transaktionspartner ab[2142]).

Wenn die eigenen Anteile nicht an alle bisherigen Gesellschafter im Verhältnis ihrer Anteile verkauft werden, droht dieselbe wertmäßige und quotenmäßige Verwässerung wie bei einer Kapitalerhöhung[2143], da die Wiederausgabe eigener Anteile zum Wiederaufleben der Rechte führt, die solange ruhen, als die

2141 S. o. Kapitel 1, S. 56 f.

2142 Zu diesem Gesichtspunkt *Holzapfel/Pöllath*, Unternehmenskauf, 201.

2143 Teilweise kann man lesen, der Verwässerungseffekt falle bei Wiederausgabe eigener Anteile geringer aus als bei einer Ausgabe junger Anteile, so z.B. bei *Hüffer/Koch*, AktG § 71, Rz. 19c im Zusammenhang mit der Bedienung von Aktienoptionsprogrammen über eigene Aktien statt über eine bedingte Kapitalerhöhung (ihm folgend *Oechsler* in MüKo-AktG § 71, Rz. 280 und *Hölters*/Laubert § 71, Rz. 30). Hierbei wird übersehen, daß die ruhenden Rechte aus den eigenen Anteilen wiederaufleben. Dieser Gedanke auch bei *Bezzenberger*, Erwerb eigener Aktien, 129, Fn. 326. Eine richtige Einschätzung findet sich bei *Cahn* in Spindler/Stilz § 71, Rz. 17.

Gesellschaft ihre eigenen Anteile hält.[2144] Dieses Wiederaufleben der Rechte aus eigenen Anteilen entspricht wirtschaftlich der Schaffung neuer Rechte durch eine Kapitalerhöhung. Wie bei einer Kapitalerhöhung muß der Erwerber eigener Anteile für die Beteiligung an der Gesellschaft ein Entgelt zahlen, welches der Einlage auf das Nominalkapital zuzüglich einem eventuellen korporativen oder schuldrechtlichen Agio bei Ausgabe junger Anteile entspricht. Wie noch zu zeigen sein wird, ähnelt sich auch die Buchung im bilanziellen Eigenkapital.

Anders als das korporative Agio, vergleichbar jedoch dem schuldrechtlichen Agio beruht die Entgeltleistung durch den Gesellschafter beim Verkauf eigener Anteile durch die Gesellschaft nicht auf einer korporativen Grundlage, sondern auf einem schuldrechtlichen Kauf- oder Tauschvertrag. Da das Entgelt für eigene Anteile formal keine Einlage auf einen jungen Anteil darstellt, ist grundsätzlich keine Sacheinlagefähigkeit der Gegenleistung zu fordern. Die Gesellschaft könnte ihre eigenen Anteile z.B. auch gegen Dienstleistungen eintauschen. Überhaupt ist bei alten Anteilen bei formeller Betrachtung festzuhalten, daß sich insbesondere die Fragen des Kapitalaufbringungsrechts beim Verkauf durch die Gesellschaft formal betrachtet nicht stellen. Vielmehr ist davon auszugehen, daß das Kapitalaufbringungsrecht ausreichend beachtet worden ist, als die eigenen Anteile erstmals als junge Anteile ausgegeben wurden. Wirtschaftlich betrachtet aber entspricht der Verkauf eigener Anteile durch die Gesellschaft einer Kapitalerhöhung, was auch aus der nachfolgenden Darstellung der rechtlichen Regelungen leicht einsehbar ist. Es stellt sich daher in ganz ähnlicher Weise wie beim schuldrechtlichen Agio die Frage, ob diese wirtschaftliche Betrachtung eine andere rechtliche Behandlung fordert oder rechtfertigen kann.

bb) Gesellschaftsrechtliche Regeln zu Erwerb und Veräußerung eigener Anteile

Auch wenn in dieser Arbeit allein die Verwendung eigener Anteile durch die Gesellschaft als Vergleichsmaßstab für andere Agioformen interessiert, ist kurz auf den Erwerb der Anteile und seine bilanzielle Behandlung einzugehen, da davon die Behandlung bei der Veräußerung abhängt. Dabei soll der Ankauf durch die Gesellschaft im Vordergrund stehen, da hierin der praktisch wichtigste Fall liegt und sich die Frage der Vergleichbarkeit zum korporativen und schuldrechtlichen Agio vor allem in solchen Fällen stellt, in denen die eigenen Anteile, ähnlich wie die oben besprochenen Verwertungsaktien, als flexible

2144 Vgl. § 71b AktG. Das Ruhen der Rechte aus eigenen Anteilen ist bei der GmbH gesetzlich nicht geregelt, jedoch dort in gleicher Weise anzunehmen, vgl. BGH NJW 1995, 1027 (1028) und BH- *Kersting* § 33, Rz. 23.

Finanzierungsinstrumente genutzt werden, in welchen Fällen vorher regelmäßig ein Ankauf erfolgte.[2145]

cc) Erwerb und Veräußerung im Recht der Aktiengesellschaft

(1) Erwerb eigener Aktien

Kauft die Aktiengesellschaft einem Aktionär Anteile ab, bedeutet der gezahlte Kaufpreis eine Auskehr von Finanzmitteln der Gesellschaft an den Aktionär außerhalb der Verteilung eines Bilanzgewinns, was an sich eine nach § 57 AktG verbotene Einlagenrückgewähr darstellt.[2146] § 57 Abs. 1 S. 2 AktG fingiert ausnahmsweise, dieser Vorgang stelle keine Einlagenrückgewähr dar, wenn er im Rahmen der in §§ 71ff. AktG aufgestellten Regeln bleibt.[2147]

In § 71 Abs. 1 AktG formuliert das Gesetz einen abschließenden Katalog von zulässigen Ausnahmetatbeständen, in welchen Fällen es die Vorteile eines Erwerbs eigener Anteile nach bestimmten Maßgaben höher gewichtet als das strikte Verbot der Einlagenrückgewähr außerhalb der Verteilung von Bilanzgewinnen. Die meisten dieser Ausnahmebestimmungen erfassen engbegrenzte Sonderfälle, wie den Erwerb eigener Anteile zum Zwecke der Ausgabe an Mitarbeiter (sogenannte Belegschaftsaktien, § 71 Abs. 1 Nr. 2 AktG), zur Abfindung bestimmter Aktionäre anderer Gesellschaften bei Umwandlungen und Konzernbildungen (Nr. 3) oder zur Einziehung nach entsprechendem Beschluß der Hauptversammlung (Nr. 6). Die praktisch bedeutsamste[2148] Ausnahme allerdings regelt die Nummer 8 der Vorschrift, nach der die Hauptversammlung den Vorstand ermächtigen kann, eigene Anteile ohne bestimmte Zweckbindung zu erwerben. Unzulässig ist nach § 71 Abs. 1 Nr. 8 S. 2 AktG allein der Handel in

2145 Nicht näher besprochen werden an dieser Stelle insbesondere die Fälle des Verkaufs oder der Versteigerung im Zuge einer Kaduzierung (§§ 64, 65 AktG und §§ 21, 23 GmbHG), da sie vom Gesetz vorgeschrieben werden, also nicht auf einer Finanzierungsentscheidung der Gesellschafter beruhen, zudem praktisch sehr selten sind, hierzu eigene Verwertungsregeln bestehen, der Ersatzcharakter des Erlöses für die ursprüngliche Einlage auf der Hand liegt (vgl. *Hüffer/Koch*, AktG § 65, Rz. 10, BH- *Kersting* § 23, Rz. 8) und teilweise sogar streitig ist, ob die Gesellschaft durch die Verlustigerklärung gegenüber dem säumigen Gesellschafter überhaupt Eigentümerin der Gesellschaftsanteile wird (vgl. dazu *Hüffer/Koch*, AktG § 64, Rz. 8; BH- *Kersting* § 21, Rz. 12). Nicht näher berücksichtigt wird zudem der Erwerb bei Ausschluß oder Austritt eines Gesellschafters oder durch Verwertung eines Pfandes, da der Erwerbstatbestand für den Vergleich des Kapitalschutzes bei Veräußerung der Anteile letztlich unbedeutend ist.

2146 *Hüffer/Koch*, AktG § 71, Rz. 1.

2147 Die Regelungen zum Erwerb eigener Anteile setzen Artt. 57 und 63 der Gesellschaftsrechtsrichtlinie um.

2148 *Bezzenberger* in Schmidt/Lutter § 71, Rz. 16.

eigenen Aktien, worunter meist verstanden wird, daß der Erwerb nicht von vorherein auf eine spekulative Gewinnerzielung ausgerichtet sein dürfe.[2149]

Ein solchermaßen zulässiger Rückerwerb eigener Anteile kann verschiedene Gründe haben. Er dient zum einen der Optimierung des Eigenkapital-/Fremdkapitalverhältnisses. Eine überkapitalisierte Gesellschaft kann auf diese Weise nicht notwendiges Eigenkapital zu Lasten der freien Rücklagen reduzieren.[2150] Hierin liegt eine Alternative zu einer höheren Dividendenausschüttung mit dem Vorteil für den Aktionär, daß er selbst über Ausschüttung (Verkauf) oder Thesaurierung (Halten der Aktien) entscheiden kann.[2151] Kauft die Gesellschaft eigene Aktien auf, ruhen die Rechte aus diesen Anteilen (§ 71b AktG), so daß sich die Ertragskraft des Unternehmens auf die übrigen Anteile verteilt und damit der Wert der übrigen Anteile sich entsprechend erhöht. Dies kann zu einem dauerhaften Kursanstieg führen.[2152]

Ein Aktienrückkauf durch die Gesellschaft setzt zudem am Kapitalmarkt ein Signal, daß die Geschäftsführung die Aktie für unterbewertet hält (andernfalls sie bei Wiederverkauf einen Verlust befürchten müßte), und kann auch deshalb zu einer dauerhaften Kurssteigerung führen.[2153] Erfolgt der Erwerb eigener Aktien zu diesen Zwecken, ist darin eine zulässige Kurspflege zu sehen, noch kein unzulässiger spekulativer Handel in eigenen Aktien.[2154] Durch den Abfluß von Liquidität beim Erwerb eigener Anteile können zudem feindliche Übernahmen erschwert werden, wobei die speziellen Anforderungen der §§ 33 ff. WpÜG zu beachten sind.[2155]

Eigene Aktien können auch dazu dienen, Aktienoptionen zu bedienen. Sie können so bedingtes Kapital nach § 192 Abs. 2 Nr. 1 AktG ersetzen. Nicht zuletzt kann ein Erwerb eigener Aktien nach § 71 Abs. 1 Nr. 8 AktG auch dazu dienen, eine Akquisitionswährung zu schaffen oder Verschmelzungen vorzubereiten.[2156] Dadurch kann es entbehrlich werden, bedingtes Kapital nach § 192 Abs. 2 Nr. 2 AktG oder genehmigtes Kapital nach § 202 AktG zu schaffen. Ebenso dient die Verwendung eigener Anteile für Belegschaftsaktien nach § 71 Abs. 1 Nr. 2 AktG der Ersetzung von andernfalls benötigten genehmigten oder bedingten (nach § 192 Abs. 2 Nr. 3 AktG) Kapitals.[2157] Als Gegenleistung

2149 *Hüffer/Koch*, AktG § 71, Rz. 19i; *Cahn* in Spindler/Stilz § 71, Rz. 112, beide mit Nachweisen zum Streitstand.

2150 *Hüffer/Koch*, AktG § 71, Rz. 19c.

2151 *Oechsler* in MüKo-AktG § 71, Rz. 8.

2152 *Oechsler* in MüKo-AktG § 71, Rz. 5 ff.

2153 *Oechsler* in MüKo-AktG § 71, Rz. 1 ff.

2154 Umstritten; vgl. *Cahn* in Spindler/Stilz § 71, Rz. 112 mit Nachweisen auch zur Gegenansicht.

2155 *Oechsler* in MüKo-AktG § 71, Rz. 10.

2156 *Oechsler* in MüKo-AktG § 71, Rz. 12.

2157 Vgl. *Hüffer/Koch*, AktG § 71, Rz. 12.

für Sacheinlagen werden eigene Anteile auch bei Debt-Equity-Swaps eingesetzt.[2158]

Diese Verwendungsweisen zeigen die funktionale Austauschbarkeit von eigenen Anteilen auf der einen Seite, genehmigten oder bedingten Kapitalerhöhungen auf der anderen. Die Verwendung eigener Aktien ist damit auch den Verwertungsaktien vergleichbar, bei denen die Gesellschaft die Aktien zwar nicht selbst hält, aber ein Treuhänder nach ihrer Weisung damit verfährt, da diese ebenfalls eine formelle Kapitalerhöhung ersetzen können.[2159] Sollte ein Dritter Verwertungsaktien auf Rechnung der Gesellschaft erwerben wollen, unterwirft § 71a Abs. 2 AktG diese naheliegende Umgehung des § 71 AktG zumindest beim derivativen Erwerb den Anforderungen von § 71 Abs. 1 und 2 AktG.[2160] Bei Mitarbeiterbeteiligungen kann man teilweise eine Kombination von Verwertungsaktien und Erwerb eigener Anteile beobachten. Die jungen Aktien werden von einem Kreditinstitut zum Nominalwert gezeichnet, dann im Rahmen des § 71 Abs. 1 Nr. 2 AktG von der Gesellschaft zum Nominalwert zurückerworben und wiederum an die Mitarbeiter veräußert.[2161] Wirtschaftlich betrachtet sind die verschiedenen Formen der Kapitalerhöhung, Verwertungsaktien und Verwendung eigener Aktien oftmals austauschbar.

Die ausnahmsweise Erlaubnis des Erwerbs eigener Aktien knüpft der Gesetzgeber an verschiedene Vorgaben. Die wichtigsten sind folgende: In den meisten Fällen, insbesondere bei der flexiblen Anschaffung im Rahmen von § 71 Abs. 1 Nr. 8 AktG, ist der Erwerb nur zulässig, wenn auf die Aktien der volle Ausgabebetrag geleistet ist (§ 71 Abs. 2 S. 3 AktG). Damit will der Gesetzgeber sicherstellen, daß die Vorgaben des Kapitalaufbringungsrechts hinsichtlich aller Aktien beachtet werden.[2162] Ferner schreibt § 71 Abs. 2 S. 2 AktG für die Fälle des entgeltlichen Erwerbs eigener Aktien (mit Ausnahme nur des Erwerbs zur Einziehung) vor, daß dieser nur zulässig ist, wenn die Gesellschaft die notwendigen Aufwendungen aus freien Rücklagen oder Gewinnen bestreiten

2158 *Reiner* in MüKo-HGB § 272, Rz. 22.

2159 Zu Verwertungsaktien s. u. S. 909 f.

2160 Ob § 71a Abs. 2 AktG auch den originären Erwerb erfaßt (sog. Vorratsaktien iSv § 56 Abs. 3 AktG, s.o.) wird in der Literatur scheinbar nicht erörtert und muß hier nicht weiter interessieren. Die systematische Stellung des § 71a Abs. 2 AktG und der Zusammenhang dieses Regelungskomplexes mit § 57 AktG (Kapitalerhaltung statt Kapitalaufbringung wie bei § 56 Abs. 3 AktG) spricht für eine Beschränkung der Vorschriften auf den derivativen Erwerb von Aktien. Die Sachprobleme stellen sich allerdings beim originären Erwerb in gleicher Weise. Der Wortlaut »erwerben«, der im Rahmen der §§ 71 ff. AktG grundsätzlich weit verstanden wird als »jedes Rechtsgeschäft, das Aktieninhaberschaft oder schuldrechtlichen Titel auf Übertragung der Inhaberschaft einräumt« (vgl. Hüffer, AktG § 71, Rz. 4), kann auch den originären Erwerb erfassen. Vgl. auch in § 71d S. 1 AktG die noch weitere Formulierung »erwerben oder besitzen«. Die Frage bedarf weiterer Untersuchung.

2161 Beschreibung der Gestaltung bei A/D/S, Bd. 5 § 272 HGB, Rz. 100.

2162 *Bezzenberger* in Schmidt/Lutter § 71, Rz. 62.

kann. Diese Vorschrift sichert den Grundgedanken des Kapitalerhaltungsrechts, daß Ausschüttungen an Gesellschafter nicht das Grundkapital oder ausschüttungsgesperrte Rücklagen angreifen dürfen.[2163] Außerdem darf die Gesellschaft dauerhaft nicht mehr als 10% ihrer eigenen Anteile besitzen (§ 71 Abs. 2 S. 1 und § 71c Abs. 2 AktG). Diese Regelung zielt nicht auf den Kapitalschutz ab, sondern auf den Umstand, daß der Erwerb eigener Aktien die Beteiligungsquoten der übrigen Aktionäre verschiebt, was Auswirkungen auf Mehrheitsverhältnisse und Minderheitsrechte haben kann und daher nur begrenzt zugelassen wird.

Neben diesen kapital- und mengenbezogenen Erwerbsschranken schreibt § 71 Abs. 1 Nr. 8 S. 3 AktG mit dem Verweis auf § 53a AktG ausdrücklich vor, daß beim Erwerb der eigenen Aktien alle Gesellschafter gleich zu behandeln sind, also die Möglichkeit erhalten müssen, zu gleichen Konditionen Anteile an die Gesellschaft zu verkaufen. Diese Regelung im Spezialfall der Nummer 8 gilt als Ausdruck des Gleichbehandlungsgrundsatzes auch für alle anderen Erwerbsanlässe.[2164] Ein Erwerb über die Börse genügt diesen Anforderungen, was Satz 4 der Vorschrift vorgibt. Die Zuständigkeit für die Entscheidung über den Erwerb eigener Aktien liegt, da hierin eine Gewinnverwendung zu sehen ist, die zudem die Beteiligungsquoten ändert, grundsätzlich bei der Hauptversammlung, sofern sich nicht aus einem Katalogtatbestand etwas anderes ergibt.[2165] Für den flexiblen Erwerb über Nummer 8 des § 71 Abs. 1 AktG muß der Hauptversammlungsbeschluß einen Preiskorridor für den Aktienrückkauf festlegen. Über die konkrete Preisgestaltung entscheidet dann der Vorstand, evtl. mit Zustimmung des Aufsichtsrats, wenn die Hauptversammlung dies bestimmt.[2166]

Erfolgt der Erwerb eigener Aktien unter Verstoß gegen die Vorgaben des § 71 Abs. 1 und 2 AktG sind die erworbenen Aktien binnen eines Jahres zu veräußern (§ 71c Abs. 1 AktG). Ist der Erwerb ordnungsgemäß, führt aber insgesamt zu einem eigenen Aktienbestand über 10% des Grundkapitals, so muß der überschießende Teil binnen dreier Jahre veräußert werden (§ 71c Abs. 2 AktG). Zulässig erworbene Aktien von insgesamt weniger als 10% des Grundkapitals kann die Gesellschaft zeitlich unbegrenzt vorhalten.[2167]

Solange die Gesellschaft eigene Aktien hält, ruhen alle darin verkörperten Rechte (§ 71b AktG) und dementsprechend auch die Pflichten aus der Mitgliedschaft.[2168] Man kann den Erwerb daher mit *Huber* als »Kapitalherabsetzung auf Zeit« ansehen, da im Innenverhältnis so verfahren wird, als gäbe es diese Anteile nicht mehr, und zudem ein entsprechender Kapitalabfluß an die Gesellschafter

2163 *Bezzenberger* in Schmidt/Lutter § 71, Rz. 54.
2164 *Hüffer/Koch*, AktG § 71, Rz. 19j; *Bezzenberger* in Schmidt/Lutter § 71, Rz. 16.
2165 Ausdruck dieser Grundregel in § 71 Abs. 1 Nr. 8 S. 1 AktG, vgl. dazu *Bezzenberger* in Schmidt/Lutter § 71, Rz. 16.
2166 *Hüffer/Koch*, AktG § 71, Rz. 19 f.
2167 Vgl. *Hüffer/Koch*, AktG § 71c Rz. 4.
2168 *Hüffer/Koch*, AktG § 71b, Rz. 6.

(allerdings zu Lasten der freien Rücklagen, nicht zu Lasten geschützten Kapitals) stattgefunden hat.[2169]

(2) Verkauf eigener Aktien

Veräußert die Gesellschaft die eigenen Aktien wieder, wird wirtschaftlich gesehen die »Kapitalherabsetzung auf Zeit« rückgängig gemacht, bedeutet dies also eine Kapitalerhöhung.[2170] Dabei ist es unerheblich, warum die Gesellschaft die Aktien veräußert, gezwungenermaßen nach § 71c AktG oder freiwillig im Rahmen einer Kapitalbeschaffungsmaßnahme, Akquisition oder Umwandlung. Der Verkauf entspricht dabei wirtschaftlich einer Barkapitalerhöhung, der Tausch einer Sachkapitalerhöhung. Letztere ist mangels dahingehender gesetzlicher Beschränkungen für die Veräußerung von Anteilen grundsätzlich ebenfalls zulässig.

Das Gesetz sieht für diese wirtschaftliche Kapitalerhöhung keine ausdrücklichen Kapitalschutzregeln vor. Wegen der Vergleichbarkeit mit einer Kapitalerhöhung schreibt das Gesetz jedoch in § 71 Abs. 1 Nr. 8 AktG für diese Fälle vor, daß eine Veräußerung grundsätzlich dem Gleichbehandlungsgrundsatz genügen muß, was bei einem Verkauf über die Börse angenommen wird (§ 71 Abs. 1 Nr. 8 S. 3 und 4 AktG). Erfolgt die Veräußerung nicht über die Börse, schreibt das Gesetz ausdrücklich die Beachtung der Grundsätze des Bezugsrechtsausschlusses wie bei einer Kapitalerhöhung gegen Einlagen und einer bedingten Kapitalerhöhung vor, indem es in § 71 Abs. 1 Nr. 8 S. 5 Hs. 2 AktG auf die entsprechenden Normen verweist.

Die Zuständigkeit für die Entscheidung über die Wiederausgabe weist das Gesetz in den Fällen, in denen die Veräußerung nicht über die Börse erfolgt, ausdrücklich der Hauptversammlung zu. Bei einem Verkauf über die Börse ist umstritten, ob stets die Hauptversammlung entscheidet oder grundsätzlich die Verwaltung.[2171] Wann immer die Zuständigkeit für die Wiederausgabe bei der Hauptversammlung liegt, wird auch in diesem Fall der genaue Veräußerungspreis oder die Vereinbarungen über den eingetauschten Gegenstand meist dem Vorstand überlassen bleiben, vielleicht wird die Hauptversammlung eine Preisspanne ähnlich beim Erwerb eigener Anteile (vgl. Satz 1 der Nummer 8) vorgeben. Damit obliegt es der Verwaltung, einen ausreichenden Schutz vor Verwässerung der übrigen Anteile sicherzustellen.

2169 *Huber*, Rückkauf eigener Aktien, 109; ihm zustimmend *Hüffer/Koch*, AktG § 71, Rz. 19g.

2170 *Huber*, Rückkauf eigener Aktien, 118; *Bezzenberger* in Schmidt/Lutter § 71, Rz. 6 und 79.

2171 Vgl. *Bezzenberger* in Schmidt/Lutter § 71, Rz. 82 mit Nachweisen zum Streitstand.

dd) Erwerb und Veräußerung im Recht der GmbH

Der Erwerb eigener Geschäftsanteile stellt im Recht der GmbH ähnliche Probleme wie im Recht der Schwestergesellschaft, der AG. Kauft die GmbH von ihrem Gesellschafter Anteile an sich selbst, kehrt sie an diesen außerhalb der Verteilung von Bilanzgewinnen Eigenmittel aus. Anders als § 57 AktG im Aktienrecht, verbietet die entsprechende Vorschrift des § 30 GmbHG jedoch Ausschüttungen an die Gesellschafter, die über die Verteilung eines Bilanzgewinns hinausgehen, nur, sofern dadurch das Stammkapital angegriffen wird (§ 30 Abs. 1 S. 1 GmbHG). Bleibt das zur Erhaltung des Stammkapitals erforderliche Vermögen unangetastet, ist der Erwerb eigener Anteile bei der GmbH daher nicht wegen Verletzung der Grundsätze des Kapitalschutzes verboten.

Daher ist die Regelung im Recht der GmbH deutlich weniger detailliert als die Regelungen in §§ 71 ff. AktG. Die Regelung des Erwerbs eigener Anteile in § 33 GmbHG unterstützt den Kapitalschutz[2172] im Recht der GmbH im wesentlichen nur durch die Formulierung von zwei Grundregeln, die dem System des Kapitalschutzes auch ohne ausdrückliche Festschreibung entnommen werden könnten, so aber klarer erkennbar sind. Um das Kapitalaufbringungsrecht zu schützen schreibt § 33 Abs. 1 GmbHG vor, daß die Gesellschaft nur solche Anteile erwerben darf, auf welche die Einlage vollständig eingezahlt ist. Ein Verstoß zieht die Nichtigkeit des schuldrechtlichen und des dinglichen Geschäfts nach sich.[2173] Eine Ausnahme, die damit auch echte Ausnahme im System des Kapitalschutzes ist, läßt das Gesetz nur zur Abfindung von Minderheitsgesellschaftern zu, die nach dem Umwandlungsgesetz vorgeschrieben ist (§ 33 Abs. 3 GmbHG).[2174]

Absatz 2 der Vorschrift formuliert die zweite Grundregel zum Schutze der Erhaltung des Stammkapitals. Die Gesellschaft darf eigene Anteile nur erwerben, sofern dadurch das Stammkapital nicht beeinträchtigt wird, sondern ausreichend freie Rücklagen oder Gewinne vorhanden sind. Über den Regelungsgehalt von § 30 GmbHG hinaus schreibt § 33 Abs. 2 GmbHG vor, daß auch Rücklagen, die nur der Gesellschaftsvertrag vorschreibt, nicht angegriffen werden dürfen. Von dieser zweiten Grundregel ist keine Ausnahme zugelassen. Rechtsfolge eines Verstoßes ist die Nichtigkeit nur des schuldrechtlichen Geschäfts (§ 33 Abs. 2 S. 3 AktG) mit der weiteren Folge einer Rückabwicklung nach §§ 812 ff. BGB.[2175] Eine weitere Prozentgrenze im Verhältnis zum Grundkapital kennt das Recht der GmbH, anders als das Aktienrecht, nicht, so daß theoretisch die Gesellschaft auch alle eigenen Anteile erwerben könnte.[2176] Wie

2172 Zu diesem Zweck der Vorschrift BH- *Kersting* § 33, Rz. 1; *Lieder*, Eigene Geschäftsanteile, 58.

2173 BH-*Kersting* § 33, Rz. 6.

2174 Vgl. dazu BH-*Kersting* §§ 33, Rz. 16.

2175 BH-*Kersting* § 33, Rz. 14.

2176 Zur sogenannten Keinmann-GmbH BH-*Kersting* § 33, Rz. 19.

im Aktienrecht ruhen die Rechte und Pflichten aus den Anteilen, solange die Gesellschaft sie hält.[2177]

Als Gründe für den Erwerb kommt bei den nicht marktgängigen GmbH-Anteilen eine Kurspflege naturgemäß nicht in Betracht. Eine Mitarbeiterbeteiligung ist theoretisch auf diesem Wege denkbar, wegen des fehlenden Marktes und der dadurch beschränkten Verkaufsmöglichkeiten aber nicht ebenso wahrscheinlich wie bei einer Aktiengesellschaft, kommt am ehesten wohl bei Managementbeteiligungen vor. Durch eine stille Gesellschaft können aber ähnliche Ergebnisse ohne die notarielle Form des § 15 Abs. 3 GmbHG erreicht werden. Praktisch relevant dürfte neben der Umsetzung des Ausscheidens einzelner Gesellschafter vor allem sein, eine Akquisitionswährung zu schaffen oder die Beteiligung weiterer Kapitalgeber vorzubereiten. An die Fälle der Umwandlung erinnert das Gesetz in § 33 Abs. 3 GmbHG selbst. Die beim Rückerwerb eigener Aktien angesprochene Verwendung im Rahmen von Debt-Equity-Swaps ist auch bei der GmbH denkbar. Da im Unterschied zu börsennotierten Aktiengesellschaften bei GmbH-Anteilen ein Markt fehlt, kommt der Erwerb eigener Geschäftsanteile noch stärker auch zur Abfindung eines Gesellschafters in Betracht, der aus der GmbH ausscheiden will oder muß.

Die Veräußerung eigener Anteile ist im Recht der GmbH gesetzlich nicht geregelt. Demgemäß ist umstritten, ob die Zuständigkeit in die Kompetenz der Geschäftsführer fällt oder bei der Gesellschafterversammlung liegt und ob den Gesellschaftern ein Bezugsrecht zuzugestehen ist.[2178]

ee) Bilanzierung bei Erwerb und Veräußerung eigener Anteile

Die Bilanzierung bei Erwerb und Veräußerung eigener Anteile regelt § 272 Abs. 1a und 1b HGB für beide Kapitalgesellschaften übereinstimmend. Um den Kapitalschutz verstehen zu können, ist eine Kenntnis der Bilanzierungsvorschriften erforderlich.

(1) Bilanzierung des Anteilserwerbs

Eigene Anteile darf eine Kapitalgesellschaft (seit dem BilMoG 2009) nicht aktivieren, da die Anteile, solange alle Rechte aus ihnen ruhen, für die Gesellschaft keine Vermögensgegenstände darstellen.[2179] Statt dessen schreibt § 272 Abs. 1a HGB vor, daß der Nominalbetrag der Anteile offen von dem Posten ›Gezeichnetes Kapital‹ abzusetzen ist (sogenannter ›Nettoausweis‹). Dies gilt nach dem Wortlaut des Gesetzes unabhängig davon, ob die Gesellschaft die

2177 Zum Ruhen der Mitgliedschaftsrechte BGH NJW 1995, 1027 (1028); BH-*Kersting* § 33, Rz. 23, zum Ruhen der Pflichten BH-*Kersting* § 33, Rz. 27.

2178 Vgl. zu diesen Fragen BH-*Kersting* § 33, Rz. 28 m.w.N.

2179 *Bezzenberger* in Schmidt/Lutter § 71, Rz. 56.

Anteile unentgeltlich oder entgeltlich, letzteres über, zu oder unter dem Nominalbetrag erworben hat.

Ein Unterschiedsbetrag zwischen Anschaffungskosten und Nominalbetrag ist nach § 272 Abs. 1a S. 2 HGB mit den freien Rücklagen zu verrechnen. Der Gesetzgeber geht augenscheinlich davon aus, daß der Unterschiedsbetrag positiv ist, also ein Erwerb über pari erfolgt. Dann sind die Mehrkosten der Anschaffung von den freien Rücklagen abzuziehen, mindern also das zur Ausschüttung zu Verfügung stehende Kapital der Gesellschaft.[2180] Die Regelung ist mit der gesellschaftsrechtlichen Anforderung an die Zulässigkeit eines Erwerbs eigener Anteile abgestimmt, nach der solcher Erwerb in den allermeisten Fällen voraussetzt, daß die Gesellschaft in Höhe der Aufwendungen eine Rücklage bilden könnte. Statt der Bildung einer eigenen Rücklage schreibt § 272 Abs. 1a HGB die offene Absetzung und darüber hinaus eine Verrechnung mit freien Rücklagen vor.

Ist der Unterschiedsbetrag negativ, kauft die Gesellschaft eigene Anteile also unter pari, zu weniger als dem Nominalwert, würde eine Verrechnung zu einer Erhöhung der freien Rücklagen führen. Ob dies vom Gesetz wirklich gewollt ist, ist unklar[2181], kann hier jedoch offen bleiben. Anschaffungsnebenkosten im Sinne des § 255 Abs. 1 S. 2 HGB gehen zu Lasten des Jahresergebnisses und sind über die GuV zu erfassen (§ 272 Abs. 1a S. 3 HGB).[2182]

In der Literatur herrscht Streit, ob in Ergänzung dieser gesetzlichen Vorgaben eine weitere Buchung vorzunehmen ist.[2183] Der Streit gründet in einem Problem des Kapitalerhaltungsrechts bei dem gesetzlich angeordneten Nettoausweis. Die offene »Absetzung« vom gezeichneten Kapital bedeutet bilanziell eine Kapital-»Herabsetzung«. Es wird eben in der Hauptspalte weniger gezeichnetes Kapital ausgewiesen. Da dieses Kapital bei Zahlung des Kaufpreises auch tatsächlich aus dem Vermögen der Gesellschaft ausscheidet, liegt nicht nur eine bilanzielle, sondern auch eine tatsächliche Kapitalherabsetzung vor, wenn nicht auf andere Weise sichergestellt wird, daß der volle Betrag des gezeichneten Kapitals nicht ausgeschüttet werden kann.

Nach den gesellschaftsrechtlichen Vorschriften ist nur erforderlich, daß im Zeitpunkt des Erwerbs der eigenen Anteile freie Rücklagen in Höhe der Aufwendungen vorhanden sind. Durch die offene Absetzung des Nominalbetrags vom gezeichneten Kapital wird in dieser Höhe der Kapitalabfluß auf der Aktivseite neutralisiert, die im Erwerbszeitpunkt vorhandenen freien Rücklagen bleiben

2180 *Reiner* in MüKo-HGB § 272, Rz. 28.

2181 *Reiner* in MüKo-HGB § 272, Rz. 28 und 31 ff.; jedenfalls wäre ein Verlustausweis bei einem Unterpari-Erwerb seltsam, wenn die Anteile voll werthaltig sind (z.B. bei einem unentgeltlichen Erwerb), so daß in solchen Fällen eine ausgleichende Buchung auf der Passivseite vorzunehmen wäre.

2182 *Reiner* in MüKo-HGB § 272, Rz. 28.

2183 Überblick über das Problem und die vorgeschlagenen Lösungen bei *Reiner* in MüKo-HGB § 272, Rz. 30 ff.

insoweit bestehen. Da die Veränderung auf der Aktivseite der Bilanz auf der Passivseite voll abgebildet wird, wird der Vorgang nicht über die GuV erfaßt und reduziert daher das Jahresergebnis nicht. Nach dem Zeitpunkt des Erwerbes können die freien Rücklagen, die den Aufwand in Höhe des Nominalbetrags abgedeckt haben, da sie freie Rücklagen bleiben, aus der Sicht der Buchführung weiterhin entnommen und zur Gewinnverteilung verwendet werden. Damit würden nach der gesetzlichen Regelung in § 272 Abs. 1a HGB ausschüttungsgesperrte Beträge des Grund- oder Stammkapitals im Moment des Erwerbs eigener Anteile in ausschüttungsfähige freie Rücklagen umgewandelt.

(2) Im GmbH-Recht

Im Recht der GmbH bleibt unabhängig von der bilanziellen Buchung des Erwerbs eigener Anteile das volle Stammkapital ausschüttungsgesperrt. Denn die gesellschaftsrechtliche Ausschüttungssperre des § 30 Abs. 1 S. 1 GmbH knüpft mit dem Begriff des »Stammkapitals« nicht an einen Begriff des Bilanzrechts an, was schon deshalb erforderlich ist, weil im Recht der GmbH eine Ausschüttung an die Gesellschafter auch außerhalb der Verteilung von Bilanzgewinnen zulässig ist. Eine Ausschüttung ist daher unabhängig vom genauen Ausweis des Eigenkapitals und der (vermeintlich) freien Rücklagen nur dann zulässig, wenn das gesamte Stammkapital durch Aktivposten gedeckt ist.[2184] Eine zusätzliche Absicherung durch eine entsprechende Buchung kann erfolgen, ändert jedoch im Ergebnis nichts.

(3) Im Aktienrecht

Im Aktienrecht ist die Lage etwas komplizierter, weil die Kapitalerhaltung des § 57 Abs. 3 AktG, anders als der Begriff »bilanzieller Kapitalschutz« suggeriert, zunächst nicht unmittelbar an der Bilanz ansetzt sondern über § 158 AktG iVm § 275 HGB an der Gewinn- und Verlustrechnung. Beim Erwerb eigener Anteile wird die GuV, wie gesehen, jedoch nicht berührt. Wenn nun die freien Rücklagen, die beim Erwerb der Aktien den Nominalbetrag abgedeckt haben, nicht durch eine ergänzende Vorschrift ausschüttungsgesperrt werden, und damit über die Anknüpfung an der GuV hinaus tatsächlich ein »bilanzieller« Kapitalschutz hergestellt wird, kann der entsprechende Betrag den Rücklagen entnommen werden (vgl. § 158 AktG), erhöht dann den Bilanzgewinn und wird durch § 57 Abs. 3 AktG nicht gesperrt.

Will man diese Verkürzung des Kapitalschutzes nicht akzeptieren, sondern sieht in dieser buchungstechnischen Folge des Nettoausweises des gezeichneten

2184 Umstritten; wie hier *Reiner* in MüKo-HGB § 272, Rz. 33; dort auch zur Gegenansicht, nach der sich das Problem bei der GmbH so darstellt wie bei der Aktiengesellschaft (dazu im Text).

Kapitals ein Versehen des Gesetzgebers,[2185] kann man entweder bei Erwerb der eigenen Anteile eine Umbuchung aus freien Rücklagen in eine gesperrte Kapitalrücklage vornehmen[2186] oder die Ausschüttung auch bei der Aktiengesellschaft, so wie im Recht der GmbH, stets nach der Gesamtsumme des gezeichneten Kapitals, dem vollen Grundkapital beschränken.[2187] Die letztere Lösung würde bedeuten, daß man die Ausschüttungssperre des § 57 Abs. 1 AktG nicht wie heute allgemein üblich[2188] als inhaltsgleich mit § 57 Abs. 3 AktG versteht, sondern ihr einen weiteren Anwendungsbereich gibt. Dies wäre eine Lösung, die auch bei der offenen Absetzung von nicht eingeforderten Einlagen nach § 272 Abs. 1 S. 3 HGB weiterhülfe, wo bei einem Wertverfall der Einlageforderung in ganz ähnlicher Weise wie beim Erwerb eigener Anteile der Kapitalschutz bedroht wäre.[2189]

(4) Bilanzierung der Anteilsveräußerung

Für diese Arbeit ist nicht entscheidend, ob man beim Erwerb eigener Anteile durch den gesetzlich angeordneten Nettoausweis eine planwidrige Regelungslücke hinsichtlich des Kapitalschutzes annimmt, da bei der hier interessierenden Wiederveräußerung der eigenen Anteile stets das gleiche Problem auftritt, daß die offene Absetzung rückgängig zu machen ist. Eine korrespondierende Umbuchung von freien in gesperrte Rücklagen würde das Problem erst einmal nur während der Haltezeit der eigenen Anteile verringern. Die Diskussion um den Kapitalschutz während der Haltezeit der eigenen Anteile verdeutlicht aber, daß der Kapitalschutz auch bei Veräußerung jedenfalls bedacht sein muß.

Damit ist der Fall der Veräußerung angesprochen. Die Bilanzierung hierbei regelt § 272 Abs. 1b HGB. Danach ist die Veräußerung als actus contrarius zum Erwerb und damit wirtschaftlich als Kapitalerhöhung zu behandeln.[2190] Die offene Absetzung vom gesetzlichen Kapital entfällt (§ 272 Abs. 1b S. 1 HGB) und den freien Rücklagen wird entsprechend ihrer Reduzierung beim Erwerb der Anteile wieder zugebucht, soweit bei der Veräußerung ein entsprechender Mehrbetrag erlöst wird (§ 272 Abs. 1b S. 2 HGB).

2185 So z.B. mit guten Gründen *Reiner* in MüKo-HGB § 272, Rz. 31ff.; dort Überblick über den Streitstand.
2186 Dafür z.B. *Förschle/Hoffmann* in BeckBilKomm (7. Aufl.) § 272, Rz. 134 (zum Aktienrecht – abl. nun *Störk/Kliem/Meyer* in BeckBilKomm § 272, Rz. 136, jedoch ohne eigenen Lösungsvorschlag); diese Möglichkeit erwägt für das GmbH-Recht noch BH-*Hueck/Fastrich (19. Aufl.)* § 33, Rz. 10 (abl. jetzt BH-*Kersting* §§ 33, Rz. 10); für das GmbH-Recht auch (jedoch nur bei Unterpari-Erwerb) *Kropff*, Nettoausweis, 1144; weiterer Überblick über den Streitstand bei *Reiner* in MüKo-HGB § 272, Rz. 34 ff.
2187 So z.B. *Reiner* in MüKo-HGB § 272, Rz. 34.
2188 Vgl. *Hüffer/Koch*, AktG § 57, Rz. 31.
2189 Zu diesem Parallelproblem s. *Reiner* in MüKo-HGB § 272, Rz. 6 ff.
2190 *Reiner* in MüKo-HGB § 272, Rz. 37.

Übersteigt der Erlös bei der Veräußerung der Anteile den Betrag, um den beim Erwerb das gezeichnete Kapital und die freien Rücklagen reduziert worden sind, so ordnet § 272 Abs. 1b S. 3 HGB an, daß dieser Mehrbetrag in die Kapitalrücklage gemäß § 272 Abs. 2 Nr. 1 HGB einzustellen ist. Ein solcher »Nettomehrbetrag« bei Veräußerung eigener Anteile ist damit gleich zu behandeln wie ein korporatives Agio bei Ausgabe junger Anteile.[2191] Bei der Aktiengesellschaft unterfällt er der Kapitalbindung des § 150 AktG.

Der Gesetzgeber ist sich bewußt gewesen, daß man auch den gesamten Betrag, der das anteilige gezeichnete Kapital übersteigt, bilanziell als Agio qualifizieren könnte, hat jedoch nur den Anteil so behandelt wissen wollen, der die Anschaffungskosten (ohne die Anschaffungsnebenkosten) übersteigt.[2192] Rechtspolitisch ist diese Entscheidung kritisiert worden.[2193] Die Nebenkosten der Veräußerung gehen in gleicher Weise wie die Anschaffungsnebenkosten zu Lasten des Jahresergebnisses (§ 272 Abs. 1b S. 4 HGB).

Wie im Falle des Erwerbs der eigenen Anteile ist der Gesetzgeber augenscheinlich auch bei der Veräußerung davon ausgegangen, daß die Anteile einen Wert über ihrem Nominalwert aufweisen werden. Sollte die Veräußerung ausnahmsweise unter pari erfolgen, sofern dies zulässig ist (zum Kapitalschutz sogleich),[2194] entfällt dennoch, nach dem insoweit eindeutigen Wortlaut des § 272 Abs. 1b S. 1 HGB die offene Absetzung vom gezeichneten Kapital in voller Höhe. Dabei wird die Erhöhung auf der Passivseite der Bilanz um den Nominalbetrag der Anteile auf der Aktivseite durch den Veräußerungserlös nicht in voller Höhe ausgeglichen.

Den Differenzbetrag kann man auf zwei Wegen erfassen.[2195] Entweder verrechnet man den Differenzbetrag mit Rücklagen, oder man erfaßt ihn ergebniswirksam über die GuV als sonstige betriebliche Aufwendung. Die Verrechnung mit freien Rücklagen ist natürlich nur möglich, sofern solche ausreichend vorhanden sind. Es kann daher erforderlich sein, den Differenzbetrag als Veräußerungsverlust zu erfassen. Die Wahrscheinlichkeit für eine Deckung des Nominalbetrags durch verrechnungsfähige Rücklagen steigt, wenn man den Nettoausweis des gezeichneten Kapitals beim Erwerb eigener Anteile nicht gesellschaftsrechtlich über eine außerbilanzielle Ausschüttungskontrolle absichert, sondern bilanzrechtlich über eine gebundene Rücklage, die (evtl. nur) bei Veräußerung der Anteile aufgelöst werden kann. Die Seltsamkeit der Lösung, daß der Ausweis von gezeichnetem Kapital in der Bilanz zu einem Bilanzverlust

2191 *Reiner* in MüKo-HGB § 272, Rz. 38.

2192 *Reiner* in MüKo-HGB § 272, Rz. 38.

2193 Z.B. von *Bezzenberger* in der 2. Auflage des Schmidt/Lutter § 71, Rz. 88 (in der aktuellen 4. Auflage wird diese Kritik nicht mehr vorgetragen).

2194 Für Zulässigkeit des Unterpari-Verkaufs sowohl bei der AG wie bei der GmbH z.B. *Reiner* in MüKo-HGB § 272, Rz. 40; auch *Bezzenberger* in Schmidt/Lutter § 71, Rz. 79a.

2195 Zu diesen beiden Möglichkeiten *Reiner* in MüKo-HGB § 272, Rz. 40.

führen kann, verdeutlicht, daß im Fall der Veräußerung eigener Anteile die Frage des Kapitalschutzes nicht unerörtert bleiben kann.

Anders als beim Erwerb der Anteile, bei dem die Auswirkungen auf die Aktivseite der Bilanz durch den Abfluß liquider Mittel in der Regel unproblematisch sein werden, können bei der Veräußerung der Anteile Fragen auftreten, wie auf der Aktivseite der Bilanz gegenzubuchen ist, nämlich immer dann, wenn die eigenen Anteile gegen Sachen (insbesondere Unternehmen, Unternehmensteile) eingetauscht werden. Hier stellen sich dieselben Fragen wie bei »echten« Sacheinlagen im Rahmen von Kapitalerhöhungen.[2196]

ff) Kapitalaufbringungsschutz bei Veräußerung eigener Anteile

(1) Kapitalaufbringungsschutz gesetzlich nicht vorgesehen

Der Gesetzgeber hat für die Veräußerung eigener Anteile weder im Recht der GmbH noch im Aktienrecht besondere Kapitalschutzregeln erlassen, die über die Bilanzierung von Nettomehrerlösen in der Kapitalrücklage hinausgehen. Nach dieser gesetzgeberischen Konzeption genügen die Einschränkungen beim Erwerb eigener Anteile den Anforderungen des Kapitalschutzes. Das grundsätzliche Gebot, nur volleingezahlte Anteile zu erwerben, soll die Kapitalaufbringung hinsichtlich dieser Anteile sichern, die Deckung der Anschaffungskosten durch freie Rücklagen den Kapitalerhalt. Die wenigen zulässigen Abweichungen sind bewußte Ausnahmen vom Kapitalschutz. Sind die Anforderungen des Kapitalschutzes damit einmal ausreichend beachtet, stellen sie sich im weiteren Verlauf nicht mehr. Die Veräußerung eigener Anteile erscheint demnach rechtlich als normales Umsatzgeschäft.[2197] Entsprechend finden sich auch in der Literatur nur wenige Hinweise auf einen spezifischen Kapitalschutz bei der Veräußerung eigener Anteile.

(2) Im Recht der GmbH

Im Recht der GmbH wird diskutiert, ob denjenigen, der einen Gesellschaftsanteil von der GmbH erwirbt, eine Haftung auf rückständige Einlagen nach § 16 Abs. 2 GmbHG treffen kann.[2198] Die Vorschrift des § 16 Abs. 2 GmbHG

2196 Vgl. zu diesem Problem bei Veräußerung eigener Anteile *Reiner* in MüKo-HGB § 272, Rz. 42; allgemein zur Bilanzierung von Sacheinlagen o. Kapitel 1, S. 319 ff.

2197 So ausdrücklich – zum Aktienrecht – *Huber*, Rückkauf eigener Aktien, 120; *Dietz*, Akquisitionswährung, 47; *Lutter/Drygala* in KölnKomm-AktG § 71c, Rz. 38; *Hefermehl/Bungeroth* in GHEK, AktG § 71c, Rz. 18; a.A. *Bezzenberger*, Erwerb eigener Aktien, 129 mit Hinweis auf die Vergleichbarkeit mit einer Kapitalerhöhung.

2198 Überblick über die Diskussion bei BH-Kersting § 33, Rz. 28; *Sosnitza* in Michalski, GmbHG § 33, Rz. 69.

ist in den meisten Fällen des Erwerbs eigener Anteile praktisch bedeutungslos, da § 33 Abs. 1 GmbHG die Volleinzahlung zur Voraussetzung eines zulässigen Erwerbs macht.[2199] Sie kommt allerdings dann in Betracht, wenn der Erwerb durch die Gesellschaft selbst unzulässig und daher unwirksam war, der spätere Gesellschafter aber von der Gesellschaft gutgläubig nach § 16 Abs. 3 GmbHG und damit wirksam erwirbt.[2200] Vereinzelt wird auch vertreten, daß rückständige Einlagen bei einem nach § 33 Abs. 3 GmbHG zulässigen Erwerb nicht infolge einer Konfusion untergehen[2201] oder bei Veräußerung durch die Gesellschaft wiederaufleben.[2202]

Diese Detailfrage braucht hier nicht entschieden zu werden, denn gerade auch die Diskussion um eine mögliche Überleitung früher entstandener Einlageverpflichtungen zeigt, egal welche Entscheidung man bevorzugt, daß sich der Blick dabei nicht auf Kapitalschutzanforderungen richtet, die bei der Veräußerung der eigenen Anteile neu eingreifen, obwohl man die Veräußerung bei einer wirtschaftlichen Betrachtung der Kapitalerhöhung vergleichen und die Gegenleistung als »wirtschaftliche Einlage« ansehen kann.

(3) Im Aktienrecht

Im Aktienrecht wird die Veräußerung eigener Aktien an manchen Stellen unter dem Gesichtspunkt der Kapitalerhaltung beleuchtet, selten finden sich auch Aussagen zur Kapitalaufbringung. Die Anwendung von Regeln der Kapitalaufbringung hat der Handelsrechtsausschuß des DAV in seiner Stellungnahme zum Referentenentwurf des KonTraG ausdrücklich abgelehnt mit dem Argument, daß die reale Kapitalaufbringung nicht berührt sei.[2203] Der dabei kritisierte, im Referentenentwurf ursprünglich vorgesehene Verweis auf § 205 AktG, welche Vorschrift Sacheinlagen beim genehmigten Kapital behandelt, ist im weiteren Gesetzgebungsverfahren weggefallen, woraus *Dietz* folgert, der historische

2199 BH-*Kersting* § 33, Rz. 28; der Anwendungsbereich hängt im übrigen von ab, wie man den Einlagebegriff in § 16 Abs. 2 GmbHG versteht, bei dem unklar ist, ob die Verwendung des Begriffs ›Einlage‹ auf einem Versehen des Gesetzgebers bei der Reform durch das MoMiG beruht und inhaltlich die frühere Regelung, die alle Rückstände auf den Geschäftsanteil erfaßt hat, weitergelten soll, vgl. dazu BH-*Servatius* § 16, Rz. 23).

2200 BH-*Kersting* § 33, Rz. 28; zur Möglichkeit eines gutgläubigen Erwerbs von der Gesellschaft *ebda* Rz. 6.

2201 Üblicherweise nimmt man bei rückständigen Einlagen Untergang durch Konfusion an, wenn der Erwerb der Anteile zulässig ist, vgl. BH-Kersting § 33, Rz. 16; a.A. wohl Scholz/*Westermann* § 33, Rz. 45.

2202 So z.B. *Sosnitza* in Michalski, GmbHG § 33, Rz. 69; a.A. BH-*Kersting* § 33, Rz. 28; *Löwisch* in MüKo-GmbHG § 33, Rz. 108; Scholz/*Westermann* § 33, Rz. 40.

2203 DAV zu RefE KonTraG, 172.

Gesetzgeberwille spreche gegen eine Anwendbarkeit des Kapitalaufbringungsrechts.[2204]

Im Regierungsentwurf zum KonTraG wird diese Streichung nicht erläutert, nur die Zulässigkeit von Veräußerung eigener Aktien gegen Sacheinlagen festgestellt.[2205] Es ist damit auch denkbar, daß der Verweis auf § 205 AktG nicht deshalb aufgegeben wurde, weil das Kapitalaufbringungsrecht aus Sicht des Gesetzgebers generell unpassend wäre, sondern weil die Heranziehung des § 205 AktG aus speziellen Gründen nicht gepaßt hätte, da z.B. bei Veräußerung eigener Aktien kein Zeichnungsschein geschaffen wird, welche Unstimmigkeit ebenfalls vom Handelsrechtsausschuß kritisiert wurde.[2206] Die Gesetzeshistorie spricht allerdings jedenfalls nicht für eine Anwendbarkeit des Kapitalaufbringungsrechts.

Mit Blick auf das Kapitalerhaltungsrecht wird teilweise vertreten, die Veräußerung eigener Aktien durch die Gesellschaft zu einem Preis unterhalb des wahren Werts der Anteile stelle einen Verstoß gegen das Verbot der Einlagenrückgewähr des § 57 Abs. 1 AktG dar. In diese Richtung äußern sich *Hefermehl/Bungeroth*[2207] und *Lutter/Drygala*[2208], ohne ihre Ansicht weiter zu begründen. Der Ansatz wurde von *Saria*[2209] und *Dietz*[2210] aufgegriffen und argumentativ untermauert. Diese Behandlung der Veräußerung eigener Anteile nach Kapitalerhaltungsrecht schließt die Anwendung des Kapitalaufbringungsrechts gedanklich aus.

Im Hintergrund dieser Annahme steht die weitverbreitete Überzeugung, daß ein Erwerb eigener Aktien nur insoweit nach § 71 Abs. 1 AktG zulässig ist, soweit die an die Aktionäre gezahlte Gegenleistung angemessen ist. Zahlt die Aktiengesellschaft einen zu hohen Preis, verstoße sie insoweit gegen § 57 Abs. 1 AktG. Den Überschuß muß der veräußernde Aktionär nach § 62 Abs. 1 S. 1 AktG an die Gesellschaft zurückzahlen.[2211] Spiegelbildlich soll die Veräußerung an einen Aktionär zu einem Preis unterhalb des wahren Werts ebenfalls als Einlagenrückgewähr anzusehen sein.[2212]

2204 *Dietz*, Akquisitionswährung, 47.

2205 Vgl. RegE zum KonTraG, 14.

2206 DAV zu RefE KonTrag, 172.

2207 *Hefermehl/Bungeroth* in GHEK, AktG § 71c, Rz. 18.

2208 *Lutter/Drygala* in KölnKomm-AktG § 71c, Rz. 38.

2209 *Saria*, Schranken beim Erwerb eigener Aktien, 461.

2210 *Dietz*, Akquisitionswährung, 177.

2211 So z.B. *Henze* in GroßKomm-AktG § 57, Rz. 183; *Drygala* in KölnKomm-AktG § 57, Rz. 96 (mit Nachweisen zum Streitstand); a.A. *Bezzenberger* in Schmidt/Lutter § 71, Rz. 5 mit dem Argument, § 57 AktG schütze nur die Gläubiger, die bei Verwendung freier Rücklagen nicht benachteiligt werden. Anders allerdings zum Schutzzweck des § 57 AktG z.B. *Hüffer/Koch*, AktG § 57, Rz. 1.

2212 *Saria*, Schranken beim Erwerb eigener Aktien, 461; *Dietz*, Akquisitionswährung, 177.

Da die Veräußerung eigener Aktien häufig an einen Nichtaktionär erfolgen wird, verknüpft *Saria* diese Auffassung mit einer anderen allgemeinen Erkenntnis aus der Dogmatik des § 57 AktG, nämlich daß eine verbotene Einlagenrückgewähr auch dann vorliegen kann, wenn an den Nochnichtaktionär im Hinblick auf die künftige Aktionärsstellung Leistungen erbracht werden.[2213] Demnach soll eine zu günstige Veräußerung eigener Anteile auch bei Verkauf an einen Nichtaktionär gegen § 57 AktG verstoßen.[2214]

Anders will *Dietz* zwischen einer Veräußerung bei schon bestehender Aktionärsstellung und einer Veräußerung an einen Nochnichtaktionär unterscheiden.[2215] Wird die Aktionärsstellung erst durch den Erwerb eigener Anteile begründet, sei die Gegenleistung als »Quasi-Einlage« anzusehen. Eine zu niedrig bemessene Einlagepflicht könne aber schon begrifflich keine Einlagerückgewähr darstellen. Die *Dietz*'sche Differenzierung ist nicht stimmig. Denn eine Quasi-Einlage liegt auch bei einer Veräußerung an Altaktionäre vor, da auch hier wirtschaftlich betrachtet eine Kapitalerhöhung vorgenommen wird. Entweder muß man mit diesem Argument die Anwendung von § 57 AktG insgesamt ablehnen, oder man betont den formalen Unterschied der Altanteile und kann dann über eine Anwendung von § 57 AktG in allen Fällen der Veräußerung eigener Aktien nachdenken.

Jede Anwendung von § 57 AktG auf den Erwerb eigener Aktien lehnt *Bezzenberger* ab. Wie bei einer formellen Kapitalerhöhung, argumentiert er, gibt die Gesellschaft auch bei Veräußerung eigener Aktien keine schon vorhanden Vermögenswerte ab, sondern räumt dem Erwerber eine Beteiligung an sich selbst ein.[2216] Man kann ergänzen, daß die eigenen Aktien zwar für andere einen Vermögenswert darstellen, jedoch für die Gesellschaft selbst nicht, da alle Rechte aus ihnen gemäß § 71b AktG ruhen und der Vermögenswert der Aktien durch die Teilhaberechte an Gewinn und Liquidationserlös bestimmt wird. Die Gesellschaft selbst erleidet keinen Nachteil, sondern die Gesellschafter bei einer etwaigen Wertverwässerung ihrer Anteile. Darin liegt ein Unterschied zum überteuerten Erwerb eigener Aktien, bei dem Geld abfließt, das auch für die Gesellschaft selbst einen Vermögenswert hat. Konsequent betrachtet *Bezzenberger* die Veräußerung eigener Aktien auch nicht als normales Umsatzgeschäft.[2217]

Er zieht aus dem Vergleich zur Kapitalerhöhung allerdings nicht die Folgerung, es sei ein entsprechender Kapitalaufbringungsschutz zu gewährleisten. Seinem Hinweis auf den Rechtsgedanken des § 255 Abs. 2 AktG a.F., nach dem

2213 BGH NZG 2008, 106 Tz. 13; *Saria*, Schranken beim Erwerb eigener Aktien, 461; *Hefermehl/Bungeroth* in GHEK, AktG § 57, Rz. 23; *Hüffer/Koch*, AktG § 57, Rz. 18.

2214 *Saria*, Schranken beim Erwerb eigener Aktien, 461.

2215 *Dietz*, Akquisitionswährung, 177 f.

2216 *Bezzenberger*, Erwerb eigener Aktien, 128, Fn. 322.

2217 *Bezzenberger*, Erwerb eigener Aktien, 129.

sich niemand auf Kosten älterer Aktionäre in eine Gesellschaft einkaufen darf, und der im selben Zusammenhang erörterten Befugnis des Vorstands, über die Einzelheiten der Aktienausgabe zu entscheiden, wird man als Rechtsfolge am ehesten die Annahme einer Vorstandshaftung bei Verstoß gegen die Sorgfaltspflicht des § 93 Abs. 1 S. 1 AktG entnehmen können.[2218]

Die korrekte Rechtsfolge einer zu billigen Veräußerung eigener Aktien ist ein Problem auch der Ansicht, ein solcher Vorgang stelle einen Verstoß gegen § 57 AktG dar. Ein Verstoß gegen § 57 AktG führt normalerweise zu einer Rückzahlungspflicht nach § 62 Abs. 1 S. 1 AktG. Diese Rechtsfolge will aber auf einen zu günstigen Verkauf nicht recht passen, da die Heilung eines solchen Verstoßes eine ergänzende Zahlung erforderte. Will man diese Nachzahlung in Anlehnung an § 62 AktG den Neuaktionären auferlegen, belastet man sie mit einer nicht unerheblichen Rechtsunsicherheit. Sie können nicht darauf vertrauen, daß der ausgehandelte Kaufpreis oder Tauschwert bestand hat und keine unabdingbare gesetzliche Nachzahlung droht. Eine alleinige Haftung der Vorstände auf den Differenzbetrag, wie *Dietz* sie erwägt[2219], entspricht nicht mehr dem systematischen Ausgangspunkt bei § 57 AktG.

(4) Zusammenfassung

Weder zum GmbH-Recht noch zum Aktienrecht wird derzeit eine entsprechende Anwendung der kapitalaufbringungsrechtlichen Vorschriften erörtert, obwohl die Veräußerung von der Gesellschaft selbst gehaltener Anteile wirtschaftlich einer Kapitalerhöhung entspricht. Bei der Veräußerung eigener Anteile fällt jedoch auf, daß durch den Nettoausweis des gezeichneten Kapitals eine zentrale Stelle des bilanziellen Kapitalschutzes betroffen ist. Im Fall der Veräußerung gegen eine überbewertete Sacheinlage führt der Nettoausweis bei wirtschaftlicher Betrachtung zu einer Kapitalerhöhung, auch wenn der ausgewiesene Erhöhungsbetrag nicht vollständig durch die Sacheinlage abgedeckt ist. Darüber hinaus ordnet § 272 Abs. 1b S. 3 HGB hinsichtlich eines eventuellen Netto-

2218 Vgl. *Bezzenberger*, Erwerb eigener Aktien, 128 ff. Von einer grundsätzlichen Anwendbarkeit des § 93 Abs. 1 S. 1 AktG in solchen Fällen geht auch *Dietz*, Akquisitionswährung, 179 aus, der jedoch nach seiner Differenzierung bei Veräußerung an Altaktionäre das Verhältnis zu § 62 AktG erörtern müßte. Für die Fälle der Veräußerung an Nichtaktionäre will er einen individuellen Anspruch der Altaktionäre gegen die Vorstände gewähren aufgrund der Annahme, eine Zahlung an die Gesellschaft würde den Verwässerungsschaden der Altaktionäre nicht ausgleichen. Diese Annahme geht fehl, da für die Wertverwässerung alter Anteile unerheblich ist, ob der Ausgleich in der erforderlichen Höhe allein vom Erwerber erbracht wird oder ergänzend von einem Dritten, hier den Vorständen. *Dietz* verwechselt bei der Vorstandhaftung den verbleibenden Vorteil für die Neuaktionäre (günstiger Einkauf) und den nicht bestehenbleibenden Nachteil für die Altaktionäre (zu geringer Ausgleich).

2219 *Dietz*, Akquisitionswährung, 179.

mehrerlöses die Gleichbehandlung mit dem korporativen Agio (Einstellung in die Kapitalrücklage nach § 272 Abs. 2 Nr. 1 HGB) ausdrücklich an.

Diese beiden Gesichtspunkte lassen eine entsprechende Anwendung von Kapitalaufbringungsvorschriften nicht von vornherein fernliegend erscheinen. Da die Wirksamkeit der Veräußerung von Anteilen nicht von einer Eintragung des Registergerichts abhängt, sind jedoch wesentliche Vorschriften der Kapitalaufbringung rechtstechnisch nicht umsetzbar, wie beispielsweise eine Werthaltigkeitskontrolle durch das Registergericht. Eine Differenzhaftung bei überbewerteten Sacheinlagen, die zumindest den Betrag das Grundkapitals sichert, der durch den Nettoausweis der veräußerten Anteile in der Bilanz gezeigt wird, wäre hingegen vorstellbar. Eine Erstreckung des vollständigen Kapitalaufbringungsrechts auf Entgeltzahlungen beim Erwerb eigener Anteile erscheint daher kaum möglich, eine punktuelle Anwendung des Kapitalaufbringungsrechts hingegen möglich, auch wenn die Frage noch nicht ausdiskutiert ist.

Wendet man das Kapitalaufbringungsrecht nicht oder nur punktuell auf die Veräußerung von eigenen Anteilen an, eröffnet sich zumindest für geschlossene Gesellschaften wiederum ein Umgehungsweg, wollte man zeitgleich bei Ausgabe junger Anteile ein schuldrechtliches Agio verbieten. Denn bei Einigkeit aller Gesellschafter stehen die bei der Veräußerung selbstgehaltener Anteile zu beachtenden Vorschriften über die Zuständigkeit der Hauptversammlung bzw. Gesellschafterversammlung und das Bezugsrecht aller Gesellschafter nicht entgegen, daß die Gesellschafter bei aktuellem Finanzierungsbedarf oder auch auf Vorrat eine Kapitalerhöhung zu pari beschließen, alle neugeschaffenen Anteile an die Gesellschaft zu pari veräußern und beschließen, die Gesellschaft solle die selbstgehaltenen Anteile verwenden, um die Beteiligung eines Investors zu ermöglichen.

b) Entgelt für Vorzugrechte, Wandelungs- und Optionsrechte

Wie gesehen, ist ein »Nettomehrerlös« bei Veräußerung eigener Anteile nach der ausdrücklichen Anweisung des Gesetzes wie ein korporatives Agio zu behandeln und in die Kapitalrücklage nach § 272 Abs. 2 Nr. 1 HGB einzustellen. Diese formale Gleichbehandlung lenkt den Blick auf die Nummern 2 und 3 des § 272 Abs. 2 HGB. Bei den hier erfaßten Zahlungen eines Gesellschafters in das Eigenkapital der Gesellschaft ordnet das Gesetz ebenfalls eine dem Agio entsprechende Behandlung an. Solche Gesellschafterleistungen sind nicht nur in die Kapitalrücklage einzustellen (das gilt darüber hinaus auch für Leistungen im Sinne der Nummer 4 der Vorschrift), sie werden darüber hinaus im Aktienrecht anders als die in § 272 Abs. 2 Nr. 4 HGB erfaßten Leistungen auch von der Ausschüttungssperre des § 150 AktG erfaßt. Die Behandlung des Agios und dieser weiteren Zahlungen in § 272 Abs. 2 Nr. 1–3 HGB iVm § 150 AktG stehen in einem so engen Regelungszusammenhang, daß solche Zahlungen bei einer systematischen Analyse der gesetzlichen Regeln zum korporativen Agio mitberücksichtigt werden müssen.

aa) Vorzugsrechte nach § 272 Abs. 2 Nr. 3 HGB

Nach § 272 Abs. 2 Nr. 3 AktG sind Zahlungen, die ein Gesellschafter für die Gewährung eines Vorzugs für seine Anteile an die Gesellschaft entrichtet, in die Kapitalrücklage einzustellen. Vorzugsrechte im Sinne der Vorschrift sind beispielsweise Vorrechte bei der Gewinnverteilung oder Verteilung des Liquidationserlöses (also Rechte aus Vorzugsaktien nach § 11 AktG oder vergleichbaren Regelungen nach § 29 Abs. 3 oder § 72 S. 2 GmbHG), Mehrstimmrechte (die allerdings im Aktienrecht wegen § 12 Abs. 2 AktG nicht mehr zulässig sind)[2220] oder die Verhinderung einer Aktienzusammenlegung.[2221] Dies sind alles Vorrechte, die an der Mitgliedschaft anknüpfen, diese also modifizieren. Der Erwerb solcher Vorrechte muß im Aktienrecht vollkommen freiwillig, also ohne Ausübung auch nur wirtschaftlichen Drucks erfolgen, um nicht gegen die Beschränkung der mitgliedschaftlichen Verpflichtung auf die versprochene Einlage nach § 54 Abs. 1 AktG zu verstoßen.[2222]

Über eine allgemeine Definition des Tatbestandsmerkmals »Vorzug für ihre Anteile« herrscht in der Literatur Streit, manche Kommentare beschränken sich auf die Aufzählung der genannten anerkannten Beispiele. *Adler/Düring/Schmaltz* verstehen unter diesem Tatbestandsmerkmal allgemein nicht näher definierte »gesellschaftsrechtliche Vorzugsrechte« bei der Ausgabe junger Anteile.[2223] *Rieger* faßt darunter ausdrücklich auch Sondervorteile im Sinne des § 26 Abs. 1 AktG[2224], was hinterfragt werden kann mit Blick darauf, daß solche Sondervorteile normale Gläubigerrechte meinen, die zwar in der Satzung begründet werden müssen, aber nicht an der Mitgliedschaft hängen, sondern grundsätzlich unabhängig von der Aktie übertragbar sind[2225], also kaum dem Wortlaut »Vorzug für ihre Anteile« gerecht werden. *Mock* versteht die Regelung der Nummer 3 der Vorschrift als Ergänzung zu Nummer 1 und folgert daraus, daß Vorzüge im Sinne des § 272 Abs. 2 Nr. 3 HGB nur solche sein könnten, die nicht schon bei Anteilsausgabe gewährt würden (dann seien sie unter Nummer 1 zu erfassen), sondern erst nachträglich bei einer Modifikation

2220 Vgl. zur Entwicklung der Regelung im Aktienrecht *Hirte*, Kapitalgesellschaftsrecht, 254.

2221 Vgl. A/D/S Bd. 5, § 272 HGB, Rz. 130; Reiner in MüKo-HGB § 272, Rz. 98; *Herchen*, Agio, 283 f.

2222 Vgl. *Wiedemann* in GroßKomm-AktG § 182, Rz. 102ff.; *Hüffer/Koch*, AktG § 54, Rz. 9.

2223 A/D/S, Bd. 5, § 272 HGB, Rz. 130.

2224 *Reiner* in MüKo-HGB § 272, Rz. 98; in diese Richtung auch Herchen, Agio, 284, wenn sie beispielshaft eine »erweiterte Nutzungsmöglichkeit der Einrichtungen der Gesellschaft« anführt.

2225 Zu den Sondervorteilen s. *Hüffer/Koch*, AktG § 26, Rz. 2; *Pentz* in MüKo-AktG § 26, Rz. 8.

bestehender Anteile. Rein schuldrechtliche Leistungen wie Liefer- oder Abnahmerechte seien davon nicht erfaßt.[2226]

Die allgemeine Bestimmung des Tatbestandsmerkmals »Vorzug für ihre Anteile« kann für die Belange dieser Arbeit dahinstehen. Der Befund der genannten Beispielsfälle genügt, unabhängig von der Frage, ob diese auch bei Anteilsausgabe oder nur später vereinbart werden können, für die Feststellung, daß der entgeltliche Erwerb bestimmter Sonderrechte vom Gesetz wie die Leistung eines korporativen Agios gewertet und behandelt wird. Wie das korporative Agio finden diese Vorrechte ihre Grundlage im Gesellschaftsvertrag (sei es als Teil der Bestimmung der Mitgliedschaft, sei es als Sonderrechte im Sinne von § 26 Abs. 1 AktG). Anders als beim korporativen Agio erfolgt die Entgeltleistung nicht für den Erwerb des Mitgliedschaftsrechts als solchem, sondern nur für den Erwerb eines bestimmten Vorzugs gegenüber anderen Mitgliedschaftsrechten (sei es schon bei Anteilsausgabe, sei es bei einer späteren Modifikation).

Eine solche Zuzahlung kann ein korporatives Agio nicht 1:1 ersetzen, da der Erwerb eines Vorzugs etwas anderes ist als der Erwerb eines ganzen Mitgliedschaftsrechts. Denkbar wäre jedoch ohne die Regelung der Nummer 3 eine Beeinträchtigung der Regelungsabsicht der Nummer 1 dadurch, daß Aufzahlungen bei Ausgabe junger Anteile formal als Zahlungen für einen Vorzug ausgewiesen werden könnten und dadurch die Regeln zum korporativen Agio faktisch entwertet werden könnten.[2227] Die vom Gesellschafter erbrachte Gegenleistung für die eingeräumten Vorzüge kann in einer Bar- oder in einer Sachleistung bestehen.[2228]

bb) Wandlungs- und Optionsrechte nach § 272 Abs. 2 Nr. 2 HGB

Nach § 272 Abs. 2 Nr. 2 HGB sind Leistungen, die bei Ausgabe von Schuldverschreibungen für Wandlungs- und Optionsrechte zum Erwerb von Anteilen gezahlt werden, ebenfalls in die Kapitalrücklage einzustellen. Solche Rechte zum Erwerb von Anteilen werden praktisch vor allem im Aktienrecht relevant, das in § 221 AktG eine besondere Regelung dafür vorsieht, kaum jedoch im Recht der GmbH.[2229] Diese Darstellung konzentriert sich daher auf das Aktienrecht.

Schuldverschreibungen, die mit Rechten zum Erwerb von Anteilen verknüpft sind, sogenannte ›Wandelschuldverschreibungen im weiteren Sinn‹ kommen

2226 *Mock* in KölnKomm-RL § 272 HGB, Rz. 156.

2227 So *Mock* in KölnKomm-RL § 272 HGB, Rz. 156. Die umgekehrte Möglichkeit, daß man formal Vorzugsanteile einrichtet und später die Umwandlung in normale Anteile bezahlt, also eine Zahlung für die Aufgabe von Vorzügen ist durch die gesetzliche Regelung nicht erfaßt. Man könnte an eine entsprechende Anwendung des § 272 Abs. 2 Nr. 3 HGB denken.

2228 *Reiner* in MüKo-HGB § 272, Rz. 98 m.w.N.

2229 *Reiner* in MüKo-HGB § 272, Rz. 74.

vor allem in zwei Formen vor als ›Wandelanleihen im engeren Sinn‹ und als ›Optionsanleihen‹.[2230] Die Wandelanleihe gibt ihrem Inhaber das Wahlrecht, statt Rückzahlung des Anleihebetrags die Ausgabe einer bestimmten Anzahl von Gesellschaftsanteilen zu verlangen, wobei das Anleihekapital auf die Leistung der Einlage (Einlage auf das Grundkapital und Agio) angerechnet wird. Durch diese Wandlung geht das bisherige Schuldverhältnis unter, an seine Stelle tritt fortan die Mitgliedschaft in der Gesellschaft.[2231] Bei der Optionsanleihe besteht neben dem Anspruch auf Zins und Rückzahlung aus der Anleihe das selbständig handelbare Recht, zu einem festgelegten Bezugspreis eine bestimmte Anzahl an Gesellschaftsanteilen zu beziehen, in welchem Fall die Mitgliedschaft neben das weiterbestehende schuldrechtliche Anleiheverhältnis tritt.[2232]

Die Grenzen zwischen Wandelanleihe und Optionsanleihe verschwimmen, wenn die Anleihebedingungen einer Optionsanleihe die Anrechnung des Anleihebetrags auf den Ausgabekurs der Anteile vorsehen.[2233] § 272 Abs. 2 Nr. 2 HGB erfaßt auch Genußrechte, sofern sie mit einem Erwerbsrecht verknüpft werden.[2234] Die Vorschrift soll – trotz des Wortlauts »bei Ausgabe von Schuldverschreibungen« – auch auf bloße Optionsrechte ohne Verbindung mit einer Anleihe (sogenannte ›naked warrants‹) Anwendung finden, sofern man solche gesellschaftsrechtlich als zulässig ansieht.[2235]

Nach der Vorstellung des Gesetzgebers führt die Ausübung des Erwerbsrechts zur Zuteilung von jungen Aktien, die durch eine bedingte Kapitalerhöhung bereitgestellt wurden (vgl. § 192 Abs. 2 Nr. 1 AktG). Werden keine neuen Aktien erworben, sondern Altaktien, die die Gesellschaft selbst oder eine Tochtergesellschaft hält, liegen keine Wandelschuldverschreibungen im Sinne des § 221 Abs. 1 AktG vor.[2236] Daraus wird gefolgert, daß § 272 Abs. 2 Nr. 2 HGB nicht einschlägig ist, wenn in den Anleihebedingungen die Zuteilung junger Aktien ausgeschlossen ist und eine Bedienung des Erwerbsrechts allein mit Altanteilen möglich ist, die die Gesellschaft selbst als eigene Anteile oder eine Tochtergesellschaft hält.[2237]

Als Begründung für diese Behandlung wird angeführt, der Eintausch eigener Aktien stelle für die Gesellschaft keine Eigenkapitalmaßnahme dar, sondern

2230 *Reiner* in MüKo-HGB § 272, Rz. 75.

2231 *Reiner* in MüKo-HGB § 272, Rz. 75.

2232 *Reiner* in MüKo-HGB § 272, Rz. 75.

2233 *Reiner* in MüKo-HGB § 272, Rz. 75.

2234 *Reiner* in MüKo-HGB § 272, Rz. 75; *Mock* in KölnKomm-RL § 272, Rz. 140.

2235 *Mock* in KölnKomm-RL § 272, Rz. 139. Zur Frage der Zulässigkeit bloßer Optionsrechte Überblick über den Streitstand bei Hüffer/*Koch*, AktG § 221, Rz. 75.

2236 *Habersack* in MüKo-AktG § 221, Rz. 24a; *Gehlhausen/Rimmelspacher*, Wandel- und Optionsanleihen, 730 und 736.

2237 *Gehlhausen/Rimmelspacher*, Wandel- und Optionsanleihen, 736 (die in Fußnote 5 auf einen ausländischen Fall hinweisen, in dem tatsächlich die Zuteilung nur aus eigenen Aktien erfolgen durfte); ihnen zustimmend *Mock* in KölnKomm-RL § 272, Rz. 142.

eine reine Fremdkapitalmaßnahme unter Verwendung eigenen Vermögens.[2238] Dies überzeugt, sofern man die formaljuristische Betrachtung einer wirtschaftlichen Betrachtung vorzieht. Im vorigen Abschnitt wurde dargelegt, daß die Verwendung eigener Aktien wirtschaftlich betrachtet eine Kapitalerhöhung darstellt, weshalb eine Anwendung von § 272 Abs. 2 Nr. 2 HGB auch denkbar erscheint, wenn die Erwerbsrechte aus eigenen Aktien zu bedienen sind. Immerhin ist zu sehen, daß im Fall der Bedienung eines Erwerbsrechts durch eigene Aktien auf den Betrag, der für die Einräumung des Erwerbsrechts gezahlt wird, auch § 272 Abs. 1b HGB keine Anwendung findet, da darin noch keine Veräußerung der eigenen Anteile liegt.[2239]

Wandelschuldverschreibungen geben ein Recht auf Mitgliedschaft in der Gesellschaft. Die Schutzinteressen der Altgesellschafter bei der Ausgabe von Wandelschuldverschreibungen ähneln daher denen bei einer Kapitalerhöhung, auch wenn die Entscheidung über die zusätzlich erforderliche Kapitalerhöhung bei der Hauptversammlung verbleibt.[2240] Das Gesetz macht daher die Ausgabe von Wandelschuldverschreibungen von einem Hauptversammlungsbeschluß abhängig, der grundsätzlich wie bei einer Kapitalerhöhung mit der Mehrheit von drei Vierteln des vertretenen Grundkapitals zu fassen ist (vgl. § 221 Abs. 1 AktG), und schreibt ein grundsätzliches gesetzliches Bezugsrecht der Aktionäre auch hinsichtlich der Wandelschuldverschreibungen vor (vgl. § 221 Abs. 4 AktG). Hinsichtlich des Optionspreises beziehungsweise des Umtauschverhältnisses bei einer Wandelanleihe im engeren Sinn darf die Hauptversammlung aus Kapitalschutzgründen den geringsten Ausgabebetrag nicht unterschreiten.[2241]

Nach § 272 Abs. 2 Nr. 2 HGB müssen Entgelte, welche die Gesellschaft für das Erwerbsrecht (Umtausch- oder Optionsrecht) erzielt, in der Kapitalrücklage ausgewiesen werden, wobei es nicht darauf ankommt, ob das Erwerbsrecht später tatsächlich ausgeübt wird.[2242] Die Einzelfragen zu solchen Wandelschulverschreibungen, die vor allem die Ausgabe durch Tochtergesellschaften, die Nichtausübung des Erwerbsrechts, die genaue Berechnung und Bilanzierung des Entgelts und die Bilanzierung bei Aktienoptionsprogrammen unter Verwendung bedingten Kapitals betreffen, müssen hier nicht weiter interessieren, da sie zum Vergleich mit den Regeln des Agios nichts beitragen.[2243] Interessant ist allein die grundsätzliche Berechnung des Entgelts für die Erwerbsrechte, da diese Zuzahlung auf den Anleihebetrag dem korporativen Agio sehr nahe ver-

2238 *Gehlhausen/Rimmelspacher*, Wandel- und Optionsanleihen, 736; *Mock* in KölnKomm-RL § 272, Rz. 142.

2239 Darauf weist *Mock* in KölnKomm-RL § 272, Rz. 142 zutreffend hin.

2240 Zum Verhältnis der beiden Hauptversammlungsbeschlüsse *Hüffer/Koch*, AktG § 221, Rz. 60.

2241 *Hüffer/Koch*, AktG § 221, Rz. 11.

2242 *Reiner* in MüKo-HGB § 272, Rz. 76 m.w.N.

2243 Zu diesen Einzelfragen s. *Reiner* in MüKo-HGB § 272, Rz. 77 ff. oder A/D/S, Bd. 5, § 272 HGB, Rz. 111 und 113 ff.

wandt ist, wird sie doch – bei Ausübung des Erwerbsrechts –mittelbar als Entgelt für die Mitgliedschaft bezahlt. Demgemäß spricht man hier auch von einem ›Aufgeld‹, wie bei der direkten Ausgabe junger Anteile.[2244]

Die Behandlung des Agios für das Erwerbsrecht bereitet keine Schwierigkeiten, wenn die Anleihe marktgerecht verzinst wird und das Aufgeld offen als eine den Rückzahlungsbetrag übersteigende Leistung erhoben wird. Das Agio bei Ausgabe einer Wandelschuldverschreibung wird dann wie das Agio bei Ausgabe junger Anteile berechnet und in die Kapitalrücklage nach Nummer 2 eingestellt.[2245] Bemerkenswert ist dabei noch, daß die Anrechnung des Anleihebetrags bei Ausübung des Erwerbsrechts zu einem weiteren Agio führen kann, welches nach § 272 Abs. 2 Nr. 1 HGB zu behandeln ist, wenn der angerechnete Rückzahlungsbetrag der Anleihe über dem geringsten Ausgabebetrag der Aktien liegt.[2246] Dies verdeutlicht noch einmal die Vergleichbarkeit der Vorgänge bei Nummer 1 und Nummer 2. Sollte der Rückzahlungsbetrag der Anleihe unter dem geringsten Ausgabebetrag der Aktien liegen, kann die Ausgabe von Bezugsaktien aus einer bedingten Kapitalerhöhung gemäß § 199 Abs. 2 S. 1 AktG grundsätzlich nur erfolgen, wenn der Unterschiedsbetrag durch freie Gewinnrücklagen oder eine Zuzahlung des Anleiheinhabers gedeckt ist. Diese Vorschrift bezweckt den Schutz der Aktionäre vor Verwässerung ihrer Anteile und die Sicherung der Kapitalaufbringung.[2247]

Ferner ist bemerkenswert, daß § 272 Abs. 2 Nr. 2 HGB nicht nur ein offen ausgewiesenes Agio erfaßt, sondern jeden erzielten Mehrbetrag, also auch einen, der in Zinskonditionen der Anleihe verborgen ist.[2248] Der Betrag, der tatsächlich für das Recht zum Erwerb von Gesellschaftsanteilen geleistet worden ist, ist durch eine wirtschaftliche Betrachtung zu ermitteln und in die Kapitalrücklage der Nummer 2 einzustellen.[2249]

Der Betrag, der für ein Erwerbsrecht an Gesellschaftsanteilen gezahlt wird, ist einem korporativen Agio (und auch einer Einlage auf das Nominalkapital) insoweit vergleichbar, als darin ein Entgelt zu sehen ist, das mittelbar, nämlich im Fall der Ausübung des Erwerbsrechts, für die Beteiligung an der Gesellschaft bezahlt wird. Da dieses Entgelt in das Vermögen der Gesellschaft fließt, kann man darin eine Einlage erkennen ganz vergleichbar den Einlagen auf das Nominalkapital und dem Agio.[2250] Man könnte durch die Gestaltung eines Erwerbsrechts das korporative Agio vollkommen ersetzen, wenn man den Erwerb

2244 Vgl. A/D/S, Bd. 5, § 272 HGB, Rz. 129; *Reiner* in MüKo-HGB § 272, Rz. 77.
2245 *Reiner* in MüKo-HGB § 272, Rz. 77.
2246 Vgl. *Reiner* in MüKo-HGB § 272, Rz. 77 zum Aktienrecht.
2247 *Hüffer/Koch*, AktG § 199, Rz. 1.
2248 *Mock* in KölnKomm-RL § 272, Rz. 146; *Reiner* in MüKo-HGB § 272, Rz. 78 m.w.N. (auch zu vereinzelten anderen Auffassungen).
2249 Vgl. zum Grundgedanken und den weiteren Einzelheiten *Reiner* in MüKo-HGB § 272, Rz. 79 ff; *Mock* in KölnKomm-RL § 272, Rz. 146 ff.
2250 Ähnlich *Mock* in KölnKomm-RL § 272, Rz. 137.

der Anteile zu nominal zuläßt, den gesamten wirtschaftlichen Mehrwert nicht durch eine Zahlung bei Anteilserwerb ausgleicht (das wäre ein Agio für die jungen Anteile), sondern schon vorher durch den Betrag, der für die Einräumung des Rechts auf den Anteilserwerb zu zahlen ist (Aufgeld auf die Schuldverschreibung).

cc) Sinn beider Vorschriften

Die Regelungen in Nummer 2 und 3 des § 272 Abs. 2 HGB haben einen doppelten Zweck. Man muß die Einstellung in die Kapitalrücklage der Bilanz und die damit zusammenhängende Regelung der Ausschüttungssperre des § 150 AktG unterscheiden. Die Einstellung in die Kapitalrücklage soll der Bilanzklarheit dienen, indem Einlagen der Gesellschafter und erwirtschaftete Gewinne deutlich getrennt werden, und dadurch einen irreführenden Gewinnausweis verhindern, der dadurch zustande kommen könnte, daß nicht im Geschäftsbetrieb erwirtschaftete Einlagen über die Gewinn- und Verlustrechnung erfaßt und als Gewinne an die Gesellschafter ausgeschüttet werden.[2251] Diesen Regelungszweck verfolgen alle Nummern des § 272 Abs. 2 HGB, auch die Nummer 4, welche die freien Rücklagen regelt. Er wird bei den Aktiengesellschaften gleichermaßen angestrebt wie bei den Gesellschaften mit beschränkter Haftung. Die Ausschüttungssperre des § 150 AktG will zusätzlich einen Puffer aufbauen, der in schlechten Jahren das Grundkapital schützt.[2252] So dienen die Nummern 1 bis 3 des § 272 Abs. 2 HGB zugleich der Kapitalbindung.[2253]

Als Grund, warum nur Leistungen, die unter diese Nummern fallen, nicht aber Leistungen, die unter Nummer 4 einzuordnen sind, der Kapitalbindung dienen, wird angegeben, daß bei den Fällen der ersten drei Nummern die Gesellschaft eine mitgliedschaftliche Gegenleistung erbringt, bei den freiwilligen Zuzahlungen der Nummer 4 nicht.[2254] Daß eine mitgliedschaftliche Gegenleistung eine Ausschüttungssperre nach sich zieht, läßt sich in den Fällen der Nummern 2 und 3 damit erklären, daß sich die Gesellschafter von allen mitgliedschaftlichen Leistungspflichten nicht sollen liberiren können. *Mock* führt darüber hinaus an, die Nummern 2 und 3 des § 272 Abs. 2 HGB sollen eine Umgehung der Nummer 1 verhindern, die entweder dadurch erreicht werden könnte, daß das Agio schon bei Einräumung des Erwerbsrechts verlangt wird,

2251 *Kropff* in MüKo-AktG 2. Aufl. § 272 HGB. Rz. 55; ähnlich *Meyer* in GroßKomm-HGB § 272, Rz. 30.

2252 *Kleindiek* in Schmidt/Lutter § 150, Rz. 3; *Hennrichs/Pöschke* in MüKo-AktG, § 150, Rz. 5.

2253 *Kropff* in MüKo-AktG 2. Aufl. § 272 HGB. Rz. 56; *Hennrichs/Pöschke* in MüKo-AktG, § 150, Rz. 4.

2254 *Kropff* in MüKo-AktG 2. Aufl. § 272 HGB. Rz. 57.

nicht erst bei Erwerb der Anteile (Fall der Nummer 2)[2255], oder dadurch, daß zunächst einfache Geschäftsanteile ausgegeben werden, die später gegen Bezahlung modifiziert werden (Fall der Nummer 3)[2256]. Insbesondere der erste Fall erscheint durchaus praxisrelevant, ein entsprechender objektiver Regelungszweck liegt daher nicht fern.

dd) Kapitalschutzanforderungen beider Vorschriften

Die Diskussion des Kapitalschutzes beschränkt sich in der Literatur auf den Hinweis auf § 150 AktG und die Feststellung, daß dieser dem Kapitalerhalt dient, indem er vor das Grundkapital der Aktiengesellschaft noch einen zweiten Schutzwall gegen widrige Geschäftsverläufe zieht. Ein Kapitalaufbringungsschutz hinsichtlich der geleisteten Beträge wird nicht diskutiert, obwohl, wie gesehen, auch Sachleistungen denkbar sind und die damit einhergehenden Werthaltigkeitsfragen.[2257]

Das Gesetz vertraut auf eine ordnungsgemäße Erstellung der Bilanzen. Die Verantwortung für die korrekte Erstellung der Jahresabschlüsse tragen die Organe der Gesellschaften und, soweit beigezogen, die Abschlußprüfer. Das Vertrauen des Gesetzes erscheint konsequent, wenn man den Zusammenhang mit § 150 AktG betrachtet. Die ausschüttungsgesperrte Kapitalrücklage ist nur eine Form eines Puffers vor dem Grundkapital der Aktiengesellschaft. Hinzu kommt (sofern nicht schon die Kapitalrücklagen mindestens 10% des Grundkapitals ausmachen, vgl. § 150 Abs. 2 AktG) die gesetzliche Rücklage in Form einer Gewinnrücklage. Für diese Rücklage aus erwirtschafteten Gewinnen ist eine Aufbringungskontrolle gedanklich ausgeschlossen. Es erscheint daher durchaus konsequent, verzichtet das Gesetz auch hinsichtlich der weiteren Bau-

2255 *Mock* in KölnKomm-RL § 272, Rz. 137.

2256 *Mock* in KölnKomm-RL § 272, Rz. 156.

2257 *Krause*, Atypische Kapitalerhöhungen, 681 schreibt als eine seltene ausdrückliche Stellungnahme, Zuzahlungen, die Vorzugsaktionäre als Entgelt für die Umwandlung ihrer Vorzugsaktien in Stammaktien leisteten, erfolgten außerhalb der Kapitalaufbringung. *Krause* selbst versteht solche Zahlungen als Zuzahlungen in die freie Rücklage gem. § 272 II Nr. 4 HGB und begründet die Nichtanwendung der Kapitalschutzvorschriften damit, daß solche Zahlungen keine Einlage seien. Nun kann man solche Zuzahlungen immerhin als materielle Einlagen beschreiben und bei einem weiteren Verständnis des Tatbestandsmerkmals »Vorzug für ihre Anteile« in § 272 II Nr. 3 HGB, nach dem jeder gesellschaftsrechtliche Vorteil erfaßt sein soll, wird man die Umwandlung von Vorzugsaktien in Stammaktien wegen des Zugewinns an Stimmrechtsmacht (= gesellschaftsrechtlicher Vorteil) ebenso unter Nummer 3 der Vorschrift fassen müssen wie den umgekehrten Fall einer Umwandlung von Stammaktien in Vorzugsaktien. Trotz dieser möglichen Kritik von *Krauses* Ansicht im Detail zeigt dieses Beispiel doch immerhin, als wie fernliegend die Anwendung kapitalschutzrechtlicher Vorschriften auf solche Beiträge von Gesellschaftern offenbar angesehen wird.

steine des zweiten Schutzwalls aus Einlageleistungen auf eine besondere Kapitalaufbringungskontrolle.

Andererseits regeln die Nummern 2 und 3 die Bilanzierung mitgliedschaftlicher Entgelte, die einem korporativen oder schuldrechtlichen Agio beim Erwerb der Mitgliedschaft vergleichbar sind. Die Interessen der Mitgesellschafter sind berührt, da die Leistungen als Entgelt für die Gewährung gesellschaftsrechtlicher Rechtspositionen vereinnahmt werden. Außerdem eigenen sich diese Gestaltungen in geschlossenen Gesellschaften partiell zur Umgehung der Vorgaben über das korporative Agio und – wenn man auch in diesem Fall richterrechtliche Vorgaben befürwortet – über das schuldrechtliche Agio.

Beschränkt man daher die Vorgaben des Kapitalaufbringungsrechts nicht auf die aktienrechtliche Einlage, sondern erstreckt sie auf materielle Einlagen, die auf schuldrechtlicher Grundlage geleistet werden, bzw. hält solche schuldrechtlichen Verpflichtungen wegen Umgehung des Kapitalaufbringungsrechts für unzulässig, muß man bei Entgelten für Vorzugsrechte sowie Wandlungs- und Optionsrechte eine entsprechende Anwendung des Kapitalaufbringungsrechts erwägen, soweit eine solche rechtstechnisch umsetzbar ist. Eine konsequente Umsetzung des Grundgedankens, den Kapitalschutz des korporativen Agios auf schuldrechtliche Agioleistungen zu erstrecken bzw. Finanzierungsbeiträge nur insoweit für zulässig zu halten, als sie einem zumindest ähnlichen Kapitalaufbringungsrecht unterliegen, müßte also zu Anpassungen im Recht solcher Finanzierungsbeiträge führen, die das Aktiengesetz zwar vorsieht, dafür jedoch keine besonderen Kapitalaufbringungsvorgaben kennt, obwohl sie als materielle Agioleistungen qualifiziert werden können.

Eine teleologische Korrektur des Gesetzes mit Blick auf schuldrechtliche Agioleistungen kann bei diesen Finanzierungsbeiträgen nicht stehen bleiben, soll nicht der Umgehungsschutz seinerseits leicht auf gesetzlichem vorgezeichnetem Weg umgehbar sein. Je weiter das Kapitalaufbringungsrecht aller materiellen Agioleistungen jedoch umgestaltet wird, umso mehr entfernt sich diese teleologische Korrektur von einem Weiterdenken der gesetzlichen Systematik und nähert sich einer Rechtsetzung nach eigenem Gutdünken. Denn je mehr Ausnahmen von dem angenommenen Grundsatz eines zwingenden Kapitalaufbringungsschutzes aller materiellen Agioeinlagen durch Rechtsfortbildung zu korrigieren wären, desto weniger kann die Annahme eines solchen Grundsatzes überzeugen. Die Kapitalbindung der Entgelte für Vorzugsrechte sowie Wandlungs- und Optionsrechte kann damit als Argument für eine Kapitalbindung auch schuldrechtlicher Agioleistungen dienen, das Fehlen eines gesetzlichen Kapitalaufbringungsrechts in diesen Fällen jedoch umgekehrt auch als Argument für eine Beschränkung des Kapitalaufbringungsrechts auf die beiden Formen formeller aktienrechtlicher Einlage, die Einlagen auf das Grundkapital und auf das korporative Agio.

3. Ausgabe unter Einsatz von Treuhändern, insbesondere Emissionsagio und Bezugsagio

a) Vergleichbarkeit mit dem Agio und praktische Bedeutung

Bei der Ausgabe junger Anteile an Kapitalgesellschaften, insbesondere bei Kapitalerhöhungen wird häufig eine Gestaltung gewählt, die wirtschaftlich der Erhebung eines Agios gleichkommt, jedoch wird dieses wirtschaftliche Agio weder korporativ noch schuldrechtlich mit dem Neugesellschafter vereinbart, statt dessen wird eine Art Treuhänder zwischengeschaltet. Typischerweise übernimmt der Treuhänder die Gesellschaftsanteile zu ihrem Nominalwert und verpflichtet sich gegenüber der Gesellschaft auf schuldrechtlicher Basis (z.B. im Wege eines Geschäftsbesorgungsvertrags nach §§ 675 ff. BGB), diese Anteile an Dritte, die letztlichen Anteilsübernehmer, zu ihrem wahren Wert weiter zu veräußern und den Mehrerlös, der wirtschaftlich ein Agio darstellt, an die Gesellschaft abzuführen (abzüglich Kosten und Provision). Formal betrachtet ist der Treuhänder Gründer der Gesellschaft oder Zeichner der Anteile bei der Kapitalerhöhung. Dabei wird regelmäßig kein erhöhter Ausgabebetrag festgesetzt. Wenn die so geschaffenen Anteile weiterveräußert werden, handelt es sich formal nicht mehr um junge Anteile, sondern um Altanteile, so daß die gesetzlichen Regeln über Kapitalerhöhungen direkt nicht anwendbar sind. Dieses wirtschaftliche Agio dient in gleicherweise wie ein korporatives oder schuldrechtliches Agio der Finanzierung der Gesellschaft und dem Verwässerungsschutz der Gesellschafter.

Sehr häufig ist dieses Verfahren insbesondere bei Kapitalerhöhungen im Aktienrecht. Hier stellt die sogenannte ›zweistufige Kapitalerhöhung‹ unter Einschaltung einer Emissionsbank als Treuhänderin in der Praxis der börsennotierten Gesellschaften sogar den Regelfall dar.[2258] Eine normale Kapitalerhöhung gegen Einlagen unter Festsetzung eines erhöhten Ausgabebetrags kommt kaum vor. Wegen dieser großen praktischen Bedeutung ist die zweistufige Kapitalerhöhung ein wichtiger Vergleichspunkt für die Untersuchung des korporativen und schuldrechtlichen Agios. Wenn bei der zweistufigen Kapitalerhöhung hinsichtlich des Mehrbetrags, der vom letztlichen Anteilsübernehmer zwar nicht an die Gesellschaft versprochen wird, jedoch faktisch geleistet werden muß, keine oder geringere kapitalschützende Vorschriften zu beachten sind, müßte ein besonderer Sachgrund angegeben werden können, warum diese Vermeidung von Kapitalschutzregeln nicht auch bei einem schuldrechtlichen Agioversprechen möglich sein soll. Wenn solche Vermeidung der korporativen Agioregeln aber leicht möglich ist, ist zu fragen, warum das Aktiengesetz hinsichtlich des korporativen Agios an den benannten Sonderregeln festhalten soll. Diese Fragen stellen sich auch in anderen Fällen treuhänderischer Anteilsausgabe.

2258 *Hüffer/Koch*, AktG § 186, Rz. 44; *Schürnbrand/Verse* in MüKo-AktG § 186, Rz. 167.

b) Insbesondere die zweistufige Kapitalerhöhung unter Einschaltung einer Emissionsbank bei der Aktiengesellschaft

Das zweistufige Kapitalerhöhungsverfahren unter Einschaltung einer Emissionsbank wird im Aktienrecht vor allem in zwei Fällen genützt, zum einen bei der Aktienausgabe bei einem sogenannten mittelbaren Bezugsrecht nach § 186 Abs. 5 S. 1 AktG, zum anderen bei der Ausgabe von jungen Aktien über die Börse, wobei das Bezugsrecht meist ausgeschlossen wird.[2259]

aa) Mittelbares Bezugsrecht

(1) Funktionsweise

Die Aktienausgabe unter Gewährung eines mittelbaren Bezugsrechts erfolgt wegen der Gefahr, daß die gesamte Kapitalerhöhung scheitern könnte, wenn nicht alle Anteile bis zu dem Zeitpunkt, der nach § 185 Abs. 1 S. 3 Nr. 4 AktG im Zeichnungsschein angegeben werden muß, übernommen werden.[2260] Außerdem gestaltet sich die Durchführung einer Kapitalerhöhung bei börsennotierten Aktiengesellschaften mit vielen Bezugsberechtigten aufwendig und kompliziert, so daß die Emission durch darauf spezialisierte Investmentbanken praktikabler erscheint.[2261] Um die Kapitalerhöhung schnell und risikolos durchführen zu können, führt die Gesellschaft die Aktienausgabe nicht in Eigenregie durch, sondern beauftragt eine Emissionsbank oder noch öfter ein Emissionskonsortium.[2262]

Dieses zeichnet die neuen Aktien zum geringsten Ausgabebetrag und schreibt 25% des Nominalwerts einem Sonderkonto »Kapitalerhöhung« gut, worauf die Kapitalerhöhung ins Handelsregister eingetragen werden kann. Im Anschluß daran bietet das Konsortium die Aktien den bezugsberechtigten Aktionären zum sogenannten ›Bezugskurs‹ an. Zu diesem Angebot hat sich das Konsortium gegenüber der Gesellschaft mit Wirkung zugunsten der bezugsberechtigten Aktionäre im Sinne eines echten Vertrags zugunsten Dritter gemäß § 328 BGB verpflichtet. Der Bezugskurs setzt sich aus dem Nominalwert der Anteile plus einem wirtschaftlichen Agio zusammen und ist zuvor von der Gesellschaft gemäß § 186 Abs. 5 S. 2 Hs. 1 AktG bekannt gemacht worden. Der Bezugskurs kann ebenso wie der Ausgabekurs von den Gesellschaftern selbst im Kapitalerhöhungsbeschluß festgesetzt werden oder vom Vorstand beschlossen werden. Nach Ablauf der Bezugsfrist leitet das Emissionskonsortium den von den Aktionären geleisteten Betrag in Höhe des Bezugskurses abzüglich der schon geleisteten 25%

2259 *Herchen*, Agio, 178 f. u. 270.
2260 *Wiedemann*, Ausgabekurs und Bezugskurs, 990.
2261 Vgl. *Scholz* in Münch. Hdb. AG § 57, Rz. 146.
2262 Darstellung des typischen Ablaufs mit Beschränkung auf das Wesentlichste bei *Wiedemann*, Ausgabekurs und Bezugskurs, 990 und etwas ausführlicher bei *Scholz* in Münch. Hdb. AG § 57, Rz. 146 ff.

des Nominalbetrags, der Kosten und einer Provision an die Gesellschaft weiter. Die nicht bezogenen Aktien werden nach Weisung der Gesellschaft verwertet und der dabei erzielte Erlös an die Gesellschaft abgeführt.

(2) Grundsätzliche Anerkennung durch gesetzliche Regelung

Der Gesetzgeber hat das Verfahren der Aktienausgabe unter Gewährung eines mittelbaren Bezugskurses grundsätzlich anerkannt, indem er dieses Vorgehen durch Einführung des § 186 Abs. 5 AktG im Zuge der Aktienrechtsreform 1965 erleichtert hat und dabei die herrschende Praxis gesetzlich festschrieb.[2263] Die Ausgabe der neuen Aktien an das Emissionskonsortium als Intermediär bedeutet rechtlich einen Ausschluß des Bezugsrechts der Aktionäre, für den die formellen und materiellen Voraussetzungen des § 186 Abs. 3 u. 4 AktG zu beachten wären. Der Gesetzgeber befreit die Gestaltung des mittelbaren Bezugsrechts von diesen Anforderungen, indem er in § 186 Abs. 5 S. 1 AktG fingiert, das nur mittelbare Bezugsrecht sei bei Einschaltung von Emissionsbanken nicht als Bezugsrechtsausschluß anzusehen. Dabei leitet den Gesetzgeber die Erwägung, daß die nach § 186 Abs. 5 S. 1 AktG zulässigen Emissionsunternehmen der Aufsicht der Bundesanstalt für Finanzdienstleistungen unterliegen (§ 6 KWG) und diese Gestaltung daher genauso sicher ist wie der gesetzliche Regelfall, den Aktionären mithin kein Nachteil droht.[2264]

(3) Offene Fragen: Auseinanderfallen von Ausgabekurs und Bezugskurs; Folgen für den Kapitalschutz

Die Ausgabe der Aktien an die Emissionsbank zum geringsten Ausgabebetrag hat den Hintergrund, daß die Kosten der Aktienemission stark anstiegen, wenn die Banken neben den 25% des Nominalwerts der Aktien auch noch gemäß § 36a Abs. 1 AktG das gesamte korporative Agio vorfinanzieren und kapitalaufbringungsrechtlich dafür einstehen müßten.[2265] Aus diesen wirtschaftlichen Erwägungen heraus wird weithin angenommen, und die Praxis verfährt entsprechend, daß die rechtliche Bestimmung des Ausgabekurses von der wirtschaftlichen Bestimmung des Bezugskurses abweichen kann.[2266] Der Gesetzgeber hat mit der Einführung des § 186 Abs. 5 AktG das mittelbare Bezugsrecht zwar grundsätzlich anerkannt, aber nicht ausdrücklich zur Bestimmung des Ausgabekurses in diesen Fällen Stellung genommen. Wird der Ausgabebetrag niedriger festgesetzt als der Bezugskurs, droht – ähnlich wie bei der Vereinbarung eines

2263 Zur Gesetzgebungsgeschichte s. *Schürnbrand/Verse* in MüKo-AktG § 186, Rz. 168.
2264 *Schürnbrand/Verse* in MüKo-AktG § 186, Rz. 167; *Hüffer/Koch*, AktG § 186, Rz. 44.
2265 *Wiedemann*, Ausgabekurs und Bezugskurs, 900.
2266 Überblick über den Meinungsstand bei *Scholz* In Münch. Hdb. AG § 57, Rz. 149 und bei *Herchen*, Agio, 258 ff.

nur schuldrechtlichen Agios – die Kapitalaufbringungskontrolle beeinträchtigt zu werden, da diese grundsätzlich an dem formalen Ausgabebetrag und dem damit verbundenen Einlagebegriff des Aktienrechts anknüpft. Vereinzelt wird daher vertreten, es sei unzulässig, den formalen Ausgabebetrag niedriger anzusetzen als den Bezugskurs,[2267] oder man müsse den gesamten Betrag des Bezugskurses als Einlage behandeln[2268].

Hinsichtlich des Kapitalerhalts ergeben sich beim mittelbaren Bezugsrecht keine oder verhältnismäßig geringe Abweichungen vom korporativen Agio, wenn man der beinahe allgemeinen Meinung folgt, nach der der Mehrerlös beim mittelbaren Bezugsrecht in die Kapitalrücklage nach § 272 Abs. 2 Nr. 1 HGB einzustellen ist und damit den Regelungen des § 150 AktG unterliegt.[2269] Diese Bilanzierung beruht auf der Annahme, im Bilanzrecht müsse der wirtschaftlichen Betrachtungsweise vor der formalrechtlichen der Vorzug gegeben werden.

Ob sich keine oder verhältnismäßig geringe Abweichungen ergeben, hängt davon ab, ob die Bilanzierung in der Kapitalrücklage zur vollen Höhe der Differenz aus Ausgabebetrag und Bezugskurs erfolgt (vergleichbar dem korporativen Agio) oder ob der Mehrerlös nur abzüglich der Kosten und des Entgelts der Emissionsbank in die Kapitalrücklage zu buchen ist. Anzumerken ist, daß Kosten und Entgelt bei der Emission zwar im Verhältnis zum Emissionsbetrag meist gering sein werden, absolut betrachtet bei großen Kapitalerhöhungen aber durchaus mehrere Millionen Euro ausmachen können.[2270] Die obige Formulierung der »verhältnismäßig geringen Abweichung« soll diesen Umstand nicht verdunkeln.

Zu dieser Frage der genauen Höhe der Bilanzierung finden sich in der Literatur selten eindeutige Aussagen, da meist nur festgestellt wird, der »Mehrerlös« oder der »erzielte Mehrerlös« seien in die Kapitalrücklage einzustellen, ohne zu definieren, ob dieser Mehrerlös abzüglich von Kosten und Entgelt der Emissionsbank zu bestimmen ist oder nicht. Unstreitig können beim korporativen Agio

2267 *Schippel*, Leistung der Bareinlage, 258.

2268 *Immenga*, Einlagenschutz beim mittelbaren Bezugsrecht, 421.

2269 *Herchen*, Agio, 159 sieht diese Bilanzierung als unstreitig an. Ebenso *Becker*, Aktienrechtliches und handelsrechtliches Agio, 516. Vgl. a. A/D/S, Bd. 5, § 272 HGB, Rz. 97 m.w.N. (ohne Nachweis einer Gegenansicht), *Störk/Kliem/Meyer* in BeckBilKomm § 272, Rz. 174. Allerdings wird man die Kommentierung von *Mock* in KölnKomm-RL § 272, Rz. 129 f. und (noch deutlicher) 133 so verstehen müssen, daß seiner Ansicht nach nicht nur schuldrechtlich vereinbarte Mehrerlöse nicht unter § 272 Abs. 2 Nr. 1 HGB fallen können, sondern im Aktienrecht auch all jene Mehrerlöse, die nicht im Zeichnungsschein formell als Ausgabebetrag festgesetzt worden sind. Nicht vereinbar ist damit allerdings seine Kommentierung in Rz. 134, 135.

2270 Vgl. den Fall BGHZ 122, 180 (co op), Tz. 4, wo Provision und Kosten der finalen Börsenplazierung zwar nur ca. 5,5% des Erhöhungsbetrags ausmachten, bei einer Kapitalerhöhung von knapp 100 Millionen Euro sich aber absolut auf ca. 5,5 Millionen Euro beliefen.

die Kosten der Emission nicht abgezogen werden, sondern der volle Mehrwert des Ausgabebetrags über den Nominalbetrag ist als Kapitalrücklage zu erfassen.[2271] Um volle Gleichbehandlung herzustellen, dürften beim mittelbaren Bezugsrecht Kosten und Entgelt der Emissionsbank nicht abgezogen werden.

Ausdrücklich vertritt einen solchen Bilanzansatz beim mittelbaren Bezugsrecht nur *Lutter* für den (praktisch sehr selten, dazu sogleich) Sonderfall, daß die Vereinbarung zwischen Gesellschaft und Emissionsbank dem § 56 Abs. 3 AktG unterliegt (sog. Vorratsaktien).[2272] In den normalen Fällen sollen Kosten und Entgelt abgezogen werden. Ohne diese Unterscheidung spricht sich *Meyer* ausdrücklich für einen Bilanzansatz abzüglich eines gezahlten Entgelts aus.[2273] Da selbst diese beiden eindeutigen Literaturstellen (weitere eindeutige Stellungnahmen sind, soweit ersichtlich, nicht vorhanden) keine Gründe für ihre Ansicht angeben und die andere Möglichkeit nicht diskutieren, muß man feststellen, daß die Frage derzeit nicht abschließend behandelt ist.

Solange man akzeptiert, daß die Emissionsbank den Mehrerlös aus dem Bezugskurs nur abzüglich von Kosten und Entgelt an die Gesellschaft weiterleitet, besteht im Vergleich zum korporativen Agio ein unauflösliches Dilemma zwischen den Anforderungen des Kapitalerhaltungsrechts und denen des Kapitalaufbringungsrechts. Entweder man bilanziert die Kapitalrücklage ohne Abzug von Kosten und Entgelt, so daß die Gesellschaft die Kosten der Emission wie beim korporativen Agio zu Lasten des Jahresergebnisses bestreiten muß. Dann muß man aber in Kauf nehmen, daß die so ausgewiesenen Mittel entgegen dem Grundgedanken der Kapitalaufbringung nicht in voller Höhe der Gesellschaft tatsächlich zufließen, obwohl dies in der Kapitalrücklage so ausgewiesen wird. Oder man bilanziert nur die tatsächlich zugeflossenen Finanzmittel, also unter Abzug von Kosten und Entgelt, akzeptiert dann aber, daß die Kosten letztlich nicht zu Lasten des frei verfügbaren Jahresergebnisses, sondern zu Lasten der ausschüttungsgesperrten Kapitalrücklage gehen und die Kapitalerhaltungsvorschrift des § 150 AktG einen niedrigeren Betrag erfaßt.

Auf die allen Schwierigkeiten zugrundeliegende Frage, ob Ausgabebetrag und Bezugskurs auseinanderfallen können, mußte der Bundesgerichtshof noch nicht eingehen. Er hat jedoch in zwei Urteilen zu anderen Fragen hinsichtlich des Kapitalaufbringungsschutzes beim mittelbaren Bezugsrecht Stellung bezogen und dabei Feststellungen getroffen, die für die Diskussion um das Auseinanderfallen von Ausgabe- und Bezugskurs Bedeutung haben.[2274] In der Entscheidung vom 13.4.1992 (BuM III)[2275] hat der BGH im Anschluß an Vor-

2271 A/D/S, Bd. 5 § 272, Rz. 93; *Mock* in KölnKomm-RL § 272, Rz. 131.

2272 *Lutter*, Verwertungsaktien, 191, Fn. 38.

2273 *Meyer* in GroßKomm HGB, § 272, Rz. 35.

2274 Literaturnachweise zu den beiden Urteilen bei *Scholz* in Münch. Hdb. AG § 57, Rz. 151.

2275 BGHZ 118, 83.

arbeiten in der Literatur[2276] entschieden, daß die Regeln über die verdeckte Sacheinlage nicht im Verhältnis zur Emissionsbank zu beachten sind, solange die Bank eine rein fremdnützige Treuhandstellung einnimmt, sondern im Verhältnis zum bezugsberechtigten Aktionär, der die Anteile von der Bank erwirbt. In der Entscheidung vom 5.4.1993 (co op)[2277] hat der BGH diese frühere Entscheidung bestätigt und weiter ausgebaut. Das Gericht führt in diesem Urteil aus, daß die Konstruktion beim mittelbaren Bezugsrecht, nach der die Emissionsbank rechtlich Zeichnerin der Aktien und damit auch Aktionärin ist, der mittelbar bezugsberechtigte Aktionär die Aktien im Wege eine Kaufvertrages von dieser erwirbt, dazu führt, daß die Haftung des bezugsberechtigten Aktionärs für eine ausstehende Einlage nur deshalb zustande kommt, weil die Haftung aus der Mitgliedschaft gemäß § 54 Abs. 1 AktG mit dem Anteilserwerb auf den bezugsberechtigten Aktionär übergeht. Dabei kann sich der Aktionär nicht auf einen gutgläubigen lastenfreien Zweiterwerb berufen, da er nicht mehr Schutz verdiene als bei Ausübung eines unmittelbaren Bezugsrechts.

Der Bundesgerichtshof schwankt in diesen beiden Entscheidungen zwischen der Betonung der wirtschaftlichen Betrachtung einerseits, nach der die Emissionsbank nicht den Regeln über verdeckte Sacheinlagen zu unterwerfen ist, obwohl formal betrachtet allein sie die jungen Aktien gezeichnet hat, und andererseits einer formal-juristischen Betrachtung, nach der die Kapitalerhaltungsregeln den bezugsberechtigten Aktionär allein derivativ nach und wegen des Erwerbs der neu ausgegebenen Aktien beschränken.

bb) Börsenplazierung

Der zweite Anwendungsfall der zweistufigen Kapitalerhöhung ist die Börsenplazierung von jungen Aktien, wobei das Bezugsrecht der Aktionäre ausgeschlossen wird.[2278] Auch hier dient die Einschaltung einer Emissionsbank der Gesellschaft dazu, organisatorische Schwierigkeiten bei der Berücksichtigung vieler Erwerbsinteressenten zu vermeiden und das Scheitern der Kapitalerhöhung wegen nicht ausreichender Zeichnung der Anteile zu verhindern. Bei der Börsenplazierung bietet das zweistufige Verfahren den zusätzlichen Vorteil, daß die Banken den Emissionskurs im Rahmen eines sogenannten Bookbuilding-Verfahrens flexibel an der aktuellen Marktlage ausrichten und damit die Plazierung aller Aktien zu einem möglichst hohen Kurs erreichen können[2279].

Die zweistufige Kapitalerhöhung zum Zwecke der Börsenplazierung ist nicht wie das mittelbare Bezugsrecht vom Gesetzgeber ausdrücklich anerkannt worden, entspricht dennoch ständig geübter Praxis, wobei auch hier zum geringsten Ausgabebetrag gezeichnet wird, während der Emissionskurs höher

2276 Nachweise in eben jenem Urteil, Tz. 29.
2277 BGHZ 122, 180.
2278 *Herchen*, Agio, 170.
2279 *Herchen*, Agio, 179 und 81.

angesetzt wird.[2280] Ein Unterschied besteht bei der Börsenplazierung im Vergleich zum mittelbaren Bezugsrecht dahingehend, daß die Aktien am Kapitalmarkt angeboten werden, nicht nur dem festen Kreis der bezugsberechtigten Aktionäre, so daß hier kein Vertrag zugunsten Dritter gemäß § 328 BGB angenommen werden kann, da der Dritte nicht bestimmbar ist. Dieser rechtstechnische Unterschied wird teilweise bei einer wirtschaftlichen Betrachtung für die Bewertung der beiden Formen der zweistufigen Kapitalerhöhung als nicht erheblich angesehen.[2281] Daher wird erwogen, die Grundsätze über den Kapitalschutz beim mittelbaren Bezugsrecht auf die Fälle der Börsenplazierung durch eine Emissionsbank zu übertragen.[2282] Allerdings wird man die Schutzbedürftigkeit der Aktienerwerber bei einer Börsenplazierung anders beurteilen können als bei Ausübung eines mittelbaren Bezugsrechts, in welchem Fall eine Übertragung kaum 1:1 erfolgen kann.

c) Das allgemeine Problem, Fallgruppen und Terminologie

aa) Das allgemeine Problem

In der Literatur werden vor allem diese beiden Fälle der zweistufigen Kapitalerhöhung eingehend besprochen. Die Problematik ist jedoch allgemeiner zu sehen und kann nicht auf diese beiden Fallgruppen beschränkt werden. Letztlich stellt sich die Frage, inwieweit die Tatsache, daß ein Treuhänder kein wirtschaftliches Eigeninteresse an der Anteilsausgabe hat, bei einer wirtschaftlichen Betrachtungsweise zu Modifikationen des Kapitalaufbringungsrechts führen kann, in allen Fällen der Anteilsausgabe mittels eines Treuhänders. Die mit solchen Gestaltungen einhergehenden Bilanzierungsfragen, die für die Anwendung des § 150 AktG vorgreiflich sind, werden in der Literatur durchaus diskutiert.[2283] Die weiteren Fragen des Kapitalschutzes geraten dabei für gewöhnlich etwas aus dem Blickfeld. Dabei gibt es durchaus weitere Gestaltungen einer treuhänderischen Anteilsausgabe, die teilweise sogar durch das Aktiengesetz anerkannt sind.

bb) Fallgruppe: mittelbares Bezugsrecht ohne Emissionsbank

Zunächst zu nennen ist hier die zweistufige Kapitalerhöhung unter Gewährung eines mittelbaren Bezugsrechts, bei der der Treuhänder nicht wie im Normalfall eine nach § 186 Abs. 5 S. 1 AktG zugelassene Emissionsbank ist. Auch ein solcher Intermediär kann sich dazu verpflichten, die gezeichneten Aktien den übrigen Aktionären zum Kauf anzubieten. Das Gesetz erkennt eine solche

2280 *Herchen*, Agio, 270 m.w.N.
2281 Z.B. *Schnorbus*, Rechtsstellung der Emissionsbank, 116.
2282 *Kraft/Krieger* in Münch. Hdb. AG (3. Aufl.) § 56, Rz. 111 m.w.N.
2283 Vgl. die ausführliche Darstellung bei A/D/S, Bd. 5 § 272 HGB, Rz. 90 ff m.w.N.

Konstruktion grundsätzlich an, denn es stellt auch für solche Fälle eine besondere Regelung auf. Nach § 186 Abs. 5 S. 2 Hs. 2 AktG muß auch in diesem Fall der Bezugskurs vom Vorstand bekannt gemacht werden. Allerdings greift die Erleichterung des § 186 Abs. 5 S. 1 AktG in diesen Fällen nicht ein, sondern es verbleibt bei den normalen Anforderungen für einen Bezugsrechtsausschluß.[2284]

Die Kontrolle der Bundesanstalt für Finanzdienstleistungsaufsicht über die Kreditinstitute im Sinne des § 186 Abs. 5 S. 1 AktG und die daraus resultierende Sicherheit für die bezugsberechtigten Aktionäre ist nach dieser Konzeption des Gesetzgebers also nur der Grund für die Verzichtbarkeit der besonderen Vorschriften über den Bezugsrechtsausschluß, nicht jedoch Voraussetzung für jede zulässige treuhänderische Gestaltung der Kapitalerhöhung. Praktisch relevant ist die Übernahme der Treuhänderstellung durch einen Großaktionär, der sich verpflichtet, Kleinaktionären entsprechend ihrer bisherigen Anteilsquote neue Anteile zum Bezugskurs oder zum Tageskurs an der Börse zur Verfügung zu stellen.[2285]

cc) Verwertungsaktien, Vorratsaktien und vergleichbare Gestaltungen

Ähnliches ist schon bei Gründung einer Gesellschaft denkbar. Im Hinblick auf eine später geplante Beteiligung eines Investors kann ein Treuhänder Aktien übernehmen und sich (im Gesellschaftsvertrag oder schuldrechtlich – letzteres auch zugunsten der Gesellschaft) verpflichten, diese nach Weisung der Gesellschaft an einen Investor abzutreten und einen Mehrerlös an die Gesellschaft abzuführen. Die Treuhandstellung kann dabei von einem Gründer übernommen werden. Denkbar ist auch, daß die Gründergesellschafter vereinbaren, daß der Treuhänder nicht nach Weisung der Gesellschaft verfahren soll, sondern nach Weisung der Gründer, wobei weiterhin möglich bleibt, einen eventuellen Mehrerlös an die Gesellschaft abführen zu müssen.

Verspricht der Treuhänder übernommene Aktien nach Weisung der Gesellschaft zu verwerten, spricht man von sogenannten ›Verwertungsaktien‹.[2286] Unter diese Fallgruppe kann man die oben erörterten Formen zweistufiger Kapitalerhöhung fassen, da auch hier die gezeichneten Aktien gemäß einer getroffenen Vereinbarung mit der Aktiengesellschaft oder besonderer Weisung vom

2284 *Schürnbrand/Verse* in MüKo-AktG § 186, Rz. 188; *Scholz* in Münch. Hdb. AG § 57, Rz. 155.

2285 *Scholz* in Münch. Hdb. AG § 56, Rz. 156.

2286 Zur Begrifflichkeit besonders klar A/D/S, Bd. 5 § 272 HGB, Rz. 99, die allerdings von einem Kreditinstitut als Treuhänder ausgehen, was der häufigste Fall sein dürfte, jedoch nicht Definiens sein sollte. Allgemein von einem »Übernehmer« sprechen *Euler/Sabel* in Spindler/Stilz § 160, Rz. 6, die jedoch Verwertungsaktien und Vorratsaktien nicht unterscheiden, was auf den möglichen Zusammenfall dieser beider Fallgruppen zurückzuführen sein dürfte, jedoch auch anders gehandhabt wird, dazu sogleich im Text.

Emissionskonsortium verwertet werden,[2287] was die wertungsmäßige Vergleichbarkeit all dieser verschiedenen Erscheinungsformen verdeutlicht.

Mit den Verwertungsaktien verwandt, bzw. eine Untergruppe dieser Aktien sind die sogenannten Vorratsaktien, die in § 56 Abs. 3 AktG eine eigenständige Regelung erfahren und damit indirekt gesetzgeberische Anerkennung erlangt haben. Man kann Vorratsaktien und Verwertungsaktien begrifflich danach unterscheiden, daß der Treuhänder im Fall der Vorratsaktien versucht, das wirtschaftliche Risiko der Aktienübernahme durch entsprechende Vertragsgestaltung ganz oder teilweise auf die Gesellschaft zu verlagern, also »auf Rechnung« der Gesellschaft handelt.[2288] In der Literatur werden Begriffe jedoch häufig auch synonym verwandt.[2289]

Wegen der Gefahren für die reale Kapitalaufbringung bei einer solchen Vereinbarung, die wirtschaftlich dem nach § 56 Abs. 1 AktG verbotenen originären Erwerb von Aktien durch die Gesellschaft selbst nahekommt, schreibt § 56 Abs. 3 AktG vor, daß sich der Treuhänder nicht auf die Vereinbarung mit der Gesellschaft berufen kann, sondern auf die volle Einlage haftet.[2290] Insoweit werden die Vorratsaktien im Ergebnis wie Verwertungsaktien behandelt, da der einzige tatsächliche Unterschied dieser Untergruppe, die »auf Rechnung«-Abrede, vom Gesetz nicht anerkannt wird.

Darüber hinaus ist jedoch die Vereinbarung von Vorratsaktien nicht unwirksam. Zusätzlich regelt § 56 Abs. 3 S. 3 AktG, daß die Rechte aus der Aktie (also z.B. Stimmrecht und Dividendenbezugsrecht) ruhen, solange der Treuhänder sie nicht auf eigene Rechnung übernommen hat. Außerdem sind solche Vorratsaktien nach § 160 Abs. 1 Nr. 1 AktG im Anhang zur Bilanz ausdrücklich aufzulisten.[2291]

Historisch entstanden sind Vorratsaktien als flexible Kapitalmaßnahme in den 20er Jahren des zwanzigsten Jahrhunderts, als das genehmigte Kapital noch nicht eingeführt war.[2292] Gesetzliche Restriktionen wurden erforderlich, als dieses Institut zu Stimmrechtsmanipulationen und zur Umgehung der Kapitalaufbringung mißbraucht wurde.[2293] Wegen dieser erschwerenden Regelungen des § 56 Abs. 3 AktG werden im Fall einer zweistufigen Kapitalerhöhung die Verpflichtungen der Emissionsbank regelmäßig so ausgestaltet, daß das wirtschaftliche Risiko vertraglich eindeutig bei der Emissionsbank liegt.

2287 Vgl. *Götze* in MüKo-AktG § 56, Rz. 59; auch er scheint Verwertungsaktien und Vorratsaktien begrifflich nicht zu trennen.

2288 Am klarsten zur begrifflichen Unterscheidung von Vorratsaktien und Verwertungsaktien A/D/S, Bd. 5 § 272 HGB, Rz. 99 u. 101 ff. Zum materiellen Recht der Vorratsaktien *Fleischer* in Schmidt/Lutter § 56, Rz. 19 ff.; *Götze* in MüKo-AktG § 56, Rz. 59 ff.

2289 S. z.B. Fn. 2286 und 2287.

2290 *Fleischer* in Schmidt/Lutter § 56, Rz. 1 u. 19.

2291 *Kessler* in MüKo-AktG § 160, Rz. 4 ff.

2292 *Fleischer* in Schmidt/Lutter § 56, Rz. 20.

2293 *Fleischer* in Schmidt/Lutter § 56, Rz. 20.

Man kann formulieren, daß die Treuhänderin in diesen Fällen die volle Einlageverpflichtung übernehmen will, da ein wirtschaftlich anderes Ergebnis ohnehin nicht zu erreichen ist und andernfalls die weiteren Erschwernisse des § 56 Abs. 3 AktG und § 160 Abs. 1 Nr. 1 AktG drohen. Auf der anderen Seite wird eine Bank nur dann bereit sein, als Emissionsbank zu fungieren, wenn ihr Interesse an Vergütung und Auslagenersatz aus der Differenz von Bezugskurs und Ausgabebetrag gedeckt werden kann, d.h. wenn der Ausgabebetrag so niedrig angesetzt wird, daß nicht § 56 Abs. 3 AktG die Dienstleistung der Emissionsbank wirtschaftlich unrentabel macht.[2294] Das ist nur möglich, wenn im Verhältnis zur Emissionsbank der formelle Ausgabebetrag maßgeblich ist. Dieses wirtschaftlich notwendige Auseinanderfallen von tatsächlichem Bezugskurs und formellen Ausgabebetrag scheint der Gesetzgeber zu akzeptieren, wenn er Vorratsaktien nicht gänzlich verbietet.

d) Ähnlichkeiten und Unterschiede zum korporativen und schuldrechtlichen Agio

Diese Formen der zweistufigen Kapitalerhöhung werfen die allgemeine Frage auf, inwieweit die Anwendbarkeit der Kapitalschutzregeln von einer wirtschaftlichen Betrachtungsweise der Vorgänge abhängen kann. Gemeinsam ist allen Gestaltungen das Auseinanderfallen von formellem Ausgabebetrag und tatsächlich vom (letztendlichen) Aktienerwerber als Entgelt für den Anteilserwerb zu leistender Zahlung und das Fehlen eines wirtschaftlichen Interesses des Treuhänders.

Tatsächlich besteht ein Unterschied vor allem darin, daß bei den typischen Fällen der zweistufigen Kapitalerhöhung das Volleinzahlungsgebot des § 36a Abs. 1 AktG hinsichtlich des Agios kaum beeinträchtigt wird. In zeitlicher Hinsicht wird der Bezugskurs von den Emissionsbanken beim Verkauf der Anteile sofort realisiert und nur wenig später an die Gesellschaft abgeführt. Absolut werden allenfalls Kosten und Entgelt der Emissionsbank der Einstellung in die Kapitalrücklage entzogen (s.o.).

Bei den untypischen Fällen der Verwertungsaktien, die längere Zeit vorgehalten werden können, kann die zeitliche Beeinträchtigung von § 36a Abs. 1 AktG deutlich größer sein, allerdings wird dann auch der endgültige Bezugspreis zum Zeitpunkt der Ausgabe noch gar nicht absehbar sein. Zudem gibt es in den untypischen Fällen keine dem § 186 Abs. 5 S. 2 Hs. 1 AktG vergleichbare Publizitätsvorschrift, da ein Bezugsrechtsausschluß vorliegt. Denkbar ist in solchen Fällen, daß die Gesellschaft (oder die Gründer, wobei dann nach dem üblichen Sprachgebrauch nicht von ›Verwertungsaktien‹ gesprochen werden würde), den Treuhänder anweist, die Aktien zum Nominalwert (evtl. zusätzlich eines kleinen Aufschlags, aus dem der Treuhänder Auslagen und Entgelt decken kann) zu verkaufen und mit dem in Aussicht genommenen Käufer

2294 *Götze* in MüKo-AktG § 56, Rz. 60.

selbst eine weitere wirtschaftliche Einlage vereinbart, die dieser direkt an die Gesellschaft leistet und von der die Gesellschaft ihre Anweisung an den Treuhänder abhängig macht. Da es sich formal nicht um eine gesellschaftsrechtliche Einlage handelt, sind im Ausgangspunkt keine Kapitalaufbringungsvorschriften auf diese weitere Gegenleistung anwendbar, zumindest nicht direkt. Hierbei würde der Bezug des wirtschaftlichen Agios zur ursprünglichen Anteilsausgabe formal weiter gelockert.

Sofern bei zweistufigen Kapitalerhöhungen das Entgelt für die nicht mehr ganz jungen Anteile den Nominalwert der Anteile übersteigt, liegt wirtschaftlich gesehen ein Agio vor, das dem korporativen Agio bei einstufiger Kapitalerhöhung vergleichbar ist, jedoch auf schuldrechtlicher Grundlage an die Gesellschaft fließt. Die Rechtsprechung zum Bezugsagio und zum Emissionsagio zeigt, daß in solchen Fällen eine wirtschaftliche Betrachtung möglich ist, bei der letztlich die zweite Transaktion als die rechtlich maßgebliche angesehen wird, wobei jedoch die erste Transaktion jedenfalls die Anforderungen an das Grundkapital beachten muß und den formellen Ausgabebetrag der Anteile bestimmt.

Die Vergleichbarkeit von zweistufigen Kapitalerhöhungen mit einstufigen Kapitalerhöhungen kennt dabei verschiedene Grade. Je geringer der zeitliche Abstand ist und je geringer das Eigeninteresse des Treuhänders, desto näher liegt die zweistufige Kapitalerhöhung an der einstufigen, so beispielsweise beim mittelbaren Bezugsrecht und bei Börsenplazierungen. Je größer der zeitliche Abstand wird und je größer das Eigeninteresse des Treuhänders, desto eigenständiger erscheint die zweite Transaktion. So könnten in geschlossenen Gesellschaften, die auf Aufnahme weiterer Investoren ausgerichtet sind wie in den Venture Capital-Fällen, die Gesellschafter in einer schuldrechtlichen Gesellschaftervereinbarung statt einer Verpflichtung zu weiteren Kapitalerhöhungen unter Einzahlung eines schuldrechtlichen Agios vorsehen, bei einer Kapitalerhöhung Vorratsaktien zu pari auszugeben, welche die Gesellschafter selbst treuhänderisch halten und an spätere Investoren bei Leistung einer angemessenen Zuzahlung verkaufen sollen. In einem solchen Fall fiele der Wertungsvergleich zum korporativen Agio nicht so eindeutig aus wie bei einem mittelbaren Bezugsrecht. Wenn die Gesellschafter die Aktien treuhänderisch für die Gesellschaft hielten und auf deren Anweisung verkauften, wäre diese Variante einer Verwertungsaktie dem Verkauf eigener Anteile durch die Gesellschaft vergleichbar, für welchen das Gesetz keine ausdrücklichen Kapitalaufbringungsvorgaben enthält. Wenn die Gesellschafter hingegen bzw. die aus ihnen bestehende Investoren-GbR die Anteile entsprechend einem Mehrheitsbeschluß weiterveräußern müßten, entspräche dieser Vorgang nicht dem Verkauf eigener Anteile durch die Gesellschaft.

Auch bei gegebener Vergleichbarkeit der Finanzierungsgestaltungen besteht ein nicht zu übersehender Unterschied zum korporativen Agio darin, daß der formelle Ausgabebetrag bei zweistufigen Gestaltungen in Höhe des geringsten Ausgabebetrags festgesetzt wird und dementsprechend die Schutzmodule des

Kapitalaufbringungsrechts, die am Ausgabebetrag anknüpfen, eine geringere Wirkung aufweisen. Gerade weil dem Treuhänder bei fehlendem Eigeninteresse keine höhere Haftung zugemutet werden soll, er aber als Zeichner auch nicht vollständig aus der Verantwortung des Kapitalaufbringungsrechts entlassen werden kann, wird man diesen Unterschied kaum einebnen können.

Werden Verwertungsaktien nach einiger Zeit gegen eine Sacheinlage eingetauscht, wird eine Differenzhaftung, wenn man diese in entsprechender Anwendung des Kapitalaufbringungsrechts vorsehen wollte, auf den geringsten Ausgabebetrag beschränkt sein. Für eine höhere Haftung fehlte ein eindeutiger Referenzwert, da ein korporatives Agio nicht festgesetzt worden ist. Bei Verwendung von Verwertungsaktien wäre damit ein faktisches Agio möglich, selbst wenn man bei einer einstufigen Kapitalerhöhung die Festsetzung eines korporativen Agios in Höhe des (vorsichtig geschätzten) Zeitwerts für zwingend erachtet.

Ein weiterer Unterschied der zweistufigen Gestaltungen besteht darin, daß bei der Veräußerung der Aktie keine Eintragung beim Registergericht mehr möglich ist, da die Kapitalerhöhung ungeachtet aller wirtschaftlichen Betrachtung jedenfalls formell schon abgeschlossen ist. Damit entfällt auch die Möglichkeit einer registergerichtlichen Kontrolle der Ausgabe von Verwertungsaktien gegen Sacheinlagen oder der freien Verfügbarkeit der Bareinlagen. Statt dessen muß das Aktiengesetz, das Verwertungsaktien anerkennt, in diesen Fällen auf die Organe vertrauen.

Daran zeigt sich, daß eine Umgehung des Kapitalaufbringungsrechts durch zweistufige Kapitalmaßnahmen nicht nur wie bei einem Emissions- oder Bezugsagio dann möglich ist, wenn die Ausgabe gegen Bareinlage erfolgt und die Weiterleitung der Einlage vom Treuhänder an die Gesellschaft aufgrund der besonderen Vertrauenswürdigkeit von Kreditinstituten gesichert erscheint. Wer schuldrechtliche Agioverpflichtungen als Umgehung des Kapitalaufbringungsrechts für unzulässig hält, der muß konsequenterweise bei zweistufigen Kapitalmaßnahmen, die das Aktiengesetz als zulässig voraussetzt, eine möglichst weitgehende Gleichbehandlung der Entgeltzahlung auf der zweiten Stufe mit dem korporativen Agio versuchen sicherzustellen, wobei jedoch eine vollständige Gleichbehandlung rechtstechnisch nicht möglich ist.

4. Gesellschafterdarlehen

Die soeben erörterte Möglichkeit, die Anwendbarkeit der kapitalschutzrechtlichen Vorschriften von einer wirtschaftlichen Betrachtung abhängig zu machen, führt auf einen weiteren Finanzierungsbeitrag, der zu berücksichtigen ist, das Gesellschafterdarlehen.

Formell betrachtet ist ein Gesellschafterdarlehen als Fremdkapital anders einzustufen als ein schuldrechtliches Agio als Eigenkapitalbeitrag. Wegen der Unterschiede, die zwischen Fremdkapital- und Eigenkapitalbeiträgen bestehen, kann man rechtfertigen, Gesellschafterdarlehen anders zu behandeln als schuldrechtliche Eigenkapitalbeiträge. Man spricht in diesem Fall den Finanzierungsbeiträgen der Gesellschafter, die als Fremdkapital zufließen, eine den Eigenkapitalbeiträgen vergleichbare Finanzierungsverantwortung ab.[2295] Diese Bewertung scheint mit der gesetzlichen Konzeption übereinzustimmen, da Gesellschafterdarlehen nach den geschriebenen gesetzlichen Regelungen grundsätzlich wie Drittdarlehen behandelt werden. Nur in der Insolvenz der Gesellschaft spricht das Gesetz auch solchen Finanzierungsbeiträgen eine Finanzierungsverantwortung zu und ordnet daher eine gegenüber den Drittgläubigern nachrangige Befriedigung an (vgl. §§ 39 I Nr. 5, IV und V, 44a, 135 InsO, §§ 6 und 6a AnfG).

Bei wirtschaftlicher Betrachtung jedoch verschwimmen die Grenzen. Wirtschaftlich betrachtet sind Geldnutzung und Sachnutzung vergleichbar, damit sind Gesellschafterdarlehen und Nutzungsüberlassungen vergleichbar. Insbesondere Sonderformen von Gesellschafterdarlehen wie stille Einlagen, partiarische Darlehen mit langer Laufzeit oder zinsgünstige Darlehen mit langer Laufzeit können sehr nahe an materielle Einlagen herankommen. Solche Finanzierungsbeiträge können anstelle eines Agios versprochen werden. Sie unterscheiden sich zwar rechtlich und wirtschaftlich, können jedoch in ähnlicher Weise das materielle Eigenkapital der Gesellschaft stärken. Denkbar ist auch eine noch engere Verknüpfung mit materiellen Einlagen durch einen späteren Forderungserlaß, der schon bei Auskehrung des Darlehens aufschiebend bedingt vereinbart werden kann, zum Beispiel bei Erreichen bestimmter Milestones.

Gesellschafterdarlehen führen damit auf die Kernfrage bei der Diskussion um schuldrechtliche und andere materielle Agioleistungen. Wie weit muß man bei der wirtschaftlichen Betrachtung gehen und wo zieht man die Grenze? Wie weit muß man bei der möglichst maßvollen teleologischen Korrektur der Finanzierungsfreiheit gehen? Muß man den skizzierten bedingten Forderungserlaß für unwirksam halten, weil darin ein aufschiebend bedingtes schuldrechtliches Agio liegt? Wenn nicht, wie leicht erreichbar darf die Bedingung ausgestaltet werden, bevor man die Umgehungsmöglichkeit der Vorschriften über das korporative Agio neu bewertet? Wenn aber der schuldrechtlich vereinbarte Forderungserlaß als unzulässig zu bewerten ist, muß dann auch der gesamte Darlehensvertrag mit den marktunüblich günstigen Konditionen unwirksam sein? Jede wirtschaftliche Betrachtung hat den Vorteil für sich, keinen formalen Zufälligkeiten Vorschub zu leisten, zahlt dafür jedoch den Preis eines erhöhten Kontrollaufwands und reduzierter Rechtssicherheit. Das gilt in diesen Fällen eines »verdeckten Agios« ebenso wie bei der Rechtsfigur der verdeckten Sacheinlage.

Hinsichtlich des wirtschaftlichen Vorteils aus zinsgünstigen Gesellschafterdarlehen wäre eine Einstellung in die gebundene Kapitalrücklage nur möglich, wenn die materielle Einlage, als die der Zinsvorteil angesehen werden kann, aktiviert werden könnte. Nach allgemeiner Ansicht soll eine solche Bilanzierung

2295 Vgl. o. Kapitel 4, S. 644 ff.

nicht möglich sein.[2296] Restlos überzeugen kann diese Ansicht jedoch nicht, da nach ebenso allgemeiner Ansicht bei Wandelschuldverschreibungen ein Zinsvorteil bei Überlassung des Darlehens zu berechnen und in § 272 Abs. 2 Nr. 2 HGB zu buchen ist, demnach auch aktiviert werden können muß.[2297] Technisch möglich wären die Aktivierung des Zinsvorteils und eine korrespondierende Einstellung in die gebundene Kapitalrücklage.

Der Konzeption des Gesetzes scheint es jedoch eher nicht zu entsprechen, wirtschaftliche Vorteile aus Gesellschafterdarlehen zu aktivieren und einen entsprechenden Betrag in die gebundene Kapitalrücklage einzustellen. Denn das Gesetz schreibt den Gesellschafterdarlehen nur im Insolvenzfall über §§ 39 I Nr. 5, IV und V, 44a, 135 InsO, §§ 6 und 6a AnfG eine Finanzierungsverantwortung zu, geht im übrigen aber wohl implizit davon aus, daß Gesellschafterfremdkapital wie Fremdkapital eines Drittgläubigers behandelt wird. Gerade nach den Änderungen im Recht der eigenkapitalersetzenden Gesellschafterdarlehen durch das MoMiG, seit denen solche materiellen Einlagen in der GmbH selbst im Vorinsolvenzstadium nicht mehr dem Kapitalerhaltungsrecht der GmbH unterstehen, sondern aus der materiellen Einlagequalität nur mehr ein genereller Nachrang in der Insolvenz folgt, fällt es besonders schwer, einen Finanzierungsbeitrag eines Gesellschafters aufgrund dessen materieller Einlagequalität außerhalb einer Insolvenz dem Kapitalschutzregime des Aktien- oder des GmbH-Rechts zu unterstellen. Ein insolvenzrechtlicher Nachrang aber kommt Eigenkapitalbeiträgen definitionsgemäß zu und muß nicht erst durch Angleichung der rechtlichen Behandlung materieller Einlagen an formelle Einlagen geschaffen werden

Bei Gesellschafterdarlehen scheint daher die wirtschaftliche Betrachtung, bei der solche Finanzierungsbeiträge als materielle Einlagen anzusehen sein können, nicht maßgeblich zu sein. Wenn aber bei diesen materiellen Einlagen keine wirtschaftliche Betrachtungsweise gewählt wird, sondern eine formelle Betrachtungsweise, dann spricht diese Bewertung dafür, auch in anderen Fällen materieller Einlagen eine formelle Betrachtungsweise für maßgeblich zu erachten.

5. Gewinnthesaurierung

Eine weitere Finanzierungsform, die Berücksichtigung verlangt, ist die Gewinnthesaurierung. Bei Kapitalerhöhungen bilden thesaurierte Gewinne und stille Reserven regelmäßig den Anlaß, warum überhaupt ein Agio verlangt wird. Darüber hinaus stellt ein bewußtes Stehenlassen von Gewinnen eine Finanzierungsentscheidung dar. Eine solche bewußte Binnenfinanzierung der Gesellschaft ist einer Außenfinanzierung durch Gesellschafterbeiträge wirtschaftlich gesehen vergleichbar. Noch näher an ein korporatives Agio rückt die Gewinn-

2296 S. o. Kapitel 1, S. 293.
2297 S. o. S. 895 ff.

thesaurierung, wenn sie anläßlich einer Kapitalerhöhung vereinbart wird, da der Neuinvestor im Rahmen der Finanzierungsvereinbarung verlangt, daß für einen gewissen Zeitraum nach seiner Investition erzielte Gewinne reinvestiert werden, um nicht zusehen zu müssen, wie sein Kapitalbeitrag in kurzer Zeit als Dividende unter den Gesellschaftern verteilt und so entwertet wird. Eine Thesaurierung vorhandener Gewinne kann auf schuldrechtlichem Weg als ›financial covenant‹ vereinbart werden, kann aber auch als erhöhte Ausschüttungssperre gem. § 150 Abs. 2 AktG in die Satzung aufgenommen werden.

Das Gesetz spricht thesaurierten Gewinnen keine besondere Finanzierungsverantwortung zu, sondern begnügt sich (jedenfalls oberhalb der 10%-Schwelle des Grundkapitals nach § 150 Abs. 2 AktG) mit der faktischen Pufferwirkung thesaurierter Gewinne und will eine maximale Dividendenpolitik nicht gegenüber einer stetigen Dividendenpolitik bevorzugen.[2298] Im Insolvenzfall haften thesaurierte Gewinne, sofern sie noch vorhanden sind, was bei Zahlungsunfähigkeit als Insolvenzgrund nicht ausgeschlossen ist, als Teil des Eigenkapitals ebenso wie andere Eigenkapitalbestandteile. Wenn nun aber ein Agiobeitrag thesaurierte Gewinne ausgleichen soll oder im Zusammenhang mit einer Abrede über eine Gewinnthesaurierung versprochen wird, ist aus Sicht der Gesellschafter nicht zu erklären, warum der eine Finanzierungsbeitrag zu einer Ausschüttungssperre führen muß, der andere Finanzierungsbeitrag hingegen nicht. Der Vergleich zeigt damit, daß eine Ausschüttungssperre für Agioeinlagen keine Selbstverständlichkeit ist, gerade nicht im Fall einer Kapitalerhöhung, da hier das Agio nicht beliebig festgesetzt wird, sondern im Verhältnis zum geschätzten Wert der Anteile.

III. Bilanzierung des schuldrechtlichen Agios als kapitalschutzrechtliche Vorfrage

Nachdem vorstehend der Wertungsrahmen für die Beantwortung der Frage nach der Zulässigkeit bzw. Berücksichtigungsfähigkeit des schuldrechtlichen Agios erarbeitet worden ist, soll nunmehr, bevor die Zulässigkeit solcher Finanzierungsbeiträge untersucht wird, noch die Frage der Bilanzierung eines schuldrechtlichen Agios (dessen Zulässigkeit unterstellt) aufgeworfen werden. Die Frage der Bilanzierung des schuldrechtlichen Agios stellt deswegen eine Vorfrage der Zulässigkeit dar, weil bei einer Buchung des schuldrechtlichen Agios in § 272 Abs. 2 Nr. 1 HGB dieser Finanzierungsbeitrag demselben Kapitalerhaltungsrecht unterläge wie das korporative Agio. Insoweit könnte kapitalerhaltungsrechtlich nicht von einer Umgehung gesprochen werden, was im Rahmen einer Abwägungsentscheidung von Gewicht sein kann.

Die Aktivierung eines Vermögensgegenstands, der als schuldrechtliches Agio in die Gesellschaft eingebracht wird, wurde in Kapitel 1 erörtert, auf welche

2298 Vgl. o. Kapitel 4, S. 650 f.

Ausführungen hier verwiesen werden kann.[2299] Nach nationalem Verständnis bestünde hinsichtlich Sacheinlagen Wahlfreiheit im Rahmen der Werte einer Zeitwertbilanzierung und des Ausgabebetrags, vom Europäischen Gerichtshof würden schuldrechtliche Sachagioleistungen wohl wie unentgeltliche Sacheinlagen bzw. wie ein faktisches Agio eingestuft, womit eine Zeitwertbilanzierung unzulässig wäre. Jedenfalls solche Finanzierungsbeiträge, die auf nicht bilanzierbaren Vorteilen aus schwebenden Geschäften beruhen, könnten auch bei rein nationaler handelsbilanzieller Betrachtung nicht aktiviert werden und damit nicht in einer Kapitalrücklage verbucht werden. Bareinlagen hingegen sind aktivierungspflichtig, so daß sich bei diesen stets die Frage der Kapitalrücklagenbuchung stellt.

Es konnte in der Literatur noch keine Einigkeit darüber erzielt werden, ob ein schuldrechtliches Agio in der Kapitalrücklage nach § 272 Abs. 2 Nr. 1 HGB oder nach § 272 Abs. 2 Nr. 4 HGB zu verbuchen ist.[2300] Der BGH hat die Frage in einer Entscheidung zu verdeckten Sacheinlagen offengelassen, da die bilanzielle Verbuchung keine Auswirkung auf die zulässige Mittelverwendung hat.[2301]

Für eine Verbuchung in § 272 Abs. 2 Nr. 1 HGB spricht zunächst der Wille des historischen Gesetzgebers von 1884, mit der Kapitalbindung des korporativen Agios Scheindividenden und eine faktische Liberirung der Gründer von ihren Einlagepflichten zu verhindern.[2302] Bei der Aktienrechtsreform 1965 ist der Wortlaut der Vorschrift dann geändert worden und hat seine heutige Fassung »Betrag, der bei der Ausgabe von Anteilen [...] über den Nennbetrag [...] hinaus erzielt wird« erhalten. In der Begründung zum Regierungsentwurf wird diese Wortwahl damit erläutert, daß durch das Verb »erzielen« klargestellt werden solle, daß nicht nur der nach § 9 Abs. 2 AktG festgesetzte Betrag in Nummer 1 zu verbuchen ist, sondern, wie zur damaligen Zeit schon zum früheren Wortlaut mehrheitlich angenommen worden war, der tatsächlich erzielte

2299 S. o. Kapitel 1, S. 182 ff.

2300 Für eine Verbuchung in Nummer 1 plädieren beispielsweise je m.w.N. *Kropff*, in MüKo-BilanzR § 272, Rz. 102; *Herchen*, Agio 329 ff.; *Baums*, Agio und sonstige Zuzahlungen, 63 ff.; *Becker*, Aktienrechtliches und handelsrechtliches Agio, 516; für eine Verbuchung in Nummer 4 bzw. eine Wahlfreiheit der Gesellschaft OLG München, AG 2007, 292; *Cahn*, Andere Zuzahlungen, 177 mit gutem Überblick zum Streitstand; *Fleischer* in Schmidt/Lutter § 54, Rz. 20; *Reiner* in MüKo-HGB § 272, Rz. 103; Hüffer/*Koch*, AktG § 54, Rz. 8; Grigoleit/*Grigoleit/Rachlitz*, AktG § 54, Rz. 17; *Müller*, Differenzierte Anforderungen, 606; *Weitnauer*, Beteiligungsvertrag, 1068; *Plassmann/Schnorbus*, Bilanzierung eines schuldrechtlichen Agios, 703.

2301 BGH NZG 2008, 76.

2302 Zur Agiotage als Täuschung über die Ertragskraft auch *Baums*, Agio und sonstige Zuzahlungen, 63 f.; gegen diese Argumentation *Cahn*, Andere Zuzahlungen, 179.

Betrag.[2303] Eine Begrenzung auf das korporative Agio war demnach vom Gesetzgeber 1965 nicht intendiert. Das spricht dafür, den erzielten Mehrbetrag wirtschaftlich zu verstehen im Sinne eines »materiellen Agios«. Zu diesem Verständnis fügt sich auch, daß scheinbar unbestritten angenommen wird, unter § 272 Abs. 2 Nr. 1 HGB seien auch Mehrerlöse beim mittelbaren Bezugsrecht, beim Umtausch von Wandelschuldverschreibungen in Bezugsaktien und bei Vorratsaktien einzustellen.[2304]

Für eine Verbuchung in § 272 Abs. 2 Nr. 4 HGB spricht hingegen zunächst der Umstand, daß der Gesetzgeber von 1884 an schuldrechtliche Zuzahlungen noch gar nicht gedacht haben wird, da das Reichsgericht diese erst später entwickelt hat. Die spätere Rechtsentwicklung kann aus teleologischen Gründen gleichsinnig zu entscheiden sein, was jedoch auch von der weiteren Gesetzesentwicklung abhängt. Der Wortlaut ist jedenfalls nicht eindeutig, sondern die Bestimmung »bei der Ausgabe« kann anzeigen wollen, daß ein unmittelbarer Zusammenhang von Anteilsausgabe und zu verbuchender Gegenleistung vorliegen soll, der nur in einer korporativen Leistungspflicht zu sehen sein kann, nicht in den nur wirtschaftlich, nicht aber rechtlich in einem unmittelbaren Austauschverhältnis stehenden schuldrechtlichen Zuzahlungen.[2305]

Dieses Verständnis läßt sich auch mit der Regierungsbegründung zum Aktiengesetz von 1965 vereinbaren. Unzweideutig wollte der Gesetzgeber von 1965 keine Begrenzung auf den Ausgabebetrag. Bei der engen Lesart des Tatbestandsmerkmals »Erzielen bei der Anteilsausgabe« würden jedoch neben dem korporativen Agio nach § 9 Abs. 2 AktG noch weitere Beträge in Nummer 1 zu verbuchen sein, nämlich ein faktisches Agio bei Sacheinlagen. Ungeachtet der Rechtsprechung des Europäischen Gerichtshofs wird heute noch vertreten, bei Sacheinlagen sei eine Zeitwertbilanzierung zulässig. Der Gesetzgeber des Jahres 1965, der sich noch nicht mit den erst zwanzig Jahre später umgesetzten europarechtlichen Vorgaben zum Bilanzrecht befassen mußte, ging von der Möglichkeit einer Zeitwertbilanzierung aus. Der Wortlaut des § 272 Abs. 2 Nr. 1 HGB kann daher so verstanden werden, daß neben einem korporativen Agio auch ein faktisches Agio bei höherwertigen Sacheinlagen unter Nummer 1 zu verbuchen sein sollte, sofern es aktiviert würde.

Diese Lesart stimmt auch zum historischen Schutzzweck, über § 272 Abs. 1 Nr. 1 HGB iVm § 150 AktG eine Agiotage in Form einer Liberirung der Gründer von ihren Einlagepflichten verhindern zu wollen. Der historische Schutzzweck aus den aktienrechtlichen Vorgängerregelungen der heutigen rechtsformübergreifenden Bilanzierungsvorschriften ist heute noch beachtlich, jedenfalls soweit die rechtsformübergreifende Regelung durch die Beachtung

2303 Regierungsentwurf und Begründung, BT-Drucks. IV/171, 167 (zu § 143 Abs. 2 Nr. 3 AktG-E).

2304 Zu diesen materiellen Agioleistungen *Kropff* in MüKo-BilanzR § 272, Rz. 103 ff.

2305 Ähnlich auch *Cahn*, Andere Zuzahlungen, 177; *Plassmann/Schnorbus*, Bilanzierung schuldrechtlicher Zuzahlungen, 699.

spezifisch aktienrechtlicher Überlegungen nicht beeinträchtigt wird. In den übrigen Kapitalgesellschaften bzw. kapitalgesellschaftsähnlichen Personenhandelsgesellschaften ist es gleichgültig, unter welcher Gliederungsziffer der Kapitalrücklage ein Finanzierungsbeitrag verbucht wird, da keine weiteren Rechtsfolgen an die Verbuchung anknüpfen. Daher spricht nichts dagegen, die konkrete Verbuchung an den Schutzinteressen des Aktienrechts auszurichten. Die Gefahr einer Liberierung von den aktienrechtlichen Einlagepflichten besteht in rechtlicher Hinsicht nur bei Einlagen auf das Grundkapital, korporativem Agio und dem aktivierten Zeitwert korporativer Sacheinlagen. Weitere Zuzahlungen sind materiell Einlagen, nicht jedoch formell. Bei formeller Betrachtung kann daher die Verbuchung in Nummer 1 auf die genannten formellen aktienrechtlichen Einlagen beschränkt werden.

Der historische Schutzzweck der Verhinderung einer Vortäuschung von Scheindividenden steht hingegen auch Scheindividenden aus materiellen Einlagen entgegen und würde bei einer Verbuchung in Nummer 4 nicht verwirklicht.[2306] Dieser Schutzzweck ist jedoch mittlerweile überholt, da das Gesetz seit Einführung des § 272 Abs. 2 Nr. 4 HGB durch das Bilanzrichtliniengesetz von 1985 davon ausgeht, daß zur Verhinderung von Scheindividenden eine transparente Behandlung von materiellen Einlagen im Jahresabschluß genügt, eine Ausschüttungssperre nicht mehr erforderlich ist.[2307] Mit dem Hinweis auf eine Verhinderung von Scheindividenden kann man daher heute nicht mehr für eine Verbuchung argumentieren, die zu einer Ausschüttungssperre führen soll. Andernfalls müßte man die aktienrechtliche Ausschüttungssperre auf alle Kapitalrücklagen erstrecken, was der Gesetzgeber jedoch bewußt unterlassen hat.[2308] Die Einstellung des Gesetzgebers des Jahres 1985 zur Bilanzierung materieller Einlagen müßte auch der früheren gesetzgeberischen Intention vorgehen, alle materiellen Agioleistungen unter Nummer 1 zu verbuchen, falls man die Regierungsbegründung zur Aktienrechtsreform des Jahres 1965 in diese Richtung verstünde.

Einer Verbuchung des schuldrechtlichen Agios unter § 272 Abs. 2 Nr. 4 HGB steht auch nicht zwingend entgegen, daß nach scheinbar unbestrittener Ansicht materielle Agioleistungen bei mittelbarem Bezugsrecht und bei Vorratsaktien unter Nummer 1 zu verbuchen sein sollen. Denn diese Ansicht stimmt schon nicht zur ebenfalls allgemein angenommenen Buchung von Nebenleistungen iSv § 55 AktG und von Nachschüssen (vgl. § 42 Abs. 1 S. 3 GmbHG), die außerhalb der Nummer 1 verbucht werden, obwohl sie ebenfalls materiell als Agio

2306 Gegen eine Verbuchung in Nummer 4 daher *Herchen*, Agio 329 ff.; *Baums*, Agio und sonstige Zuzahlungen, 63; *Priester*, Kapitalaufbringungspflicht beim Agio, 628 f. (anders dann *ders.*, Schuldrechtliche Zusatzleistungen, 476).

2307 Vgl. auch *Kropff* in MüKo-AktG, 2. Aufl., § 272 HGB, Rz. 55.

2308 So richtig *Cahn*, Andere Zuzahlungen, 179 f.; ähnlich *Plassmann/Schnorbus*, Bilanzierung schuldrechtlicher Zuzahlungen, 699 f.

zu qualifizieren sein können.[2309] Wenn man daher schuldrechtliche Zuzahlungen wegen ihrer materiellen Agioqualität unter Nummer 1 verbuchen sollte, muß man konsequenterweise auch andere materiellen Agioleistungen unter Nummer 1 fassen, also im GmbH-Recht das »nachträgliche Agio« der Nachschüsse (was jedoch eine teleologische Reduktion von § 42 Abs. 1 S. 3 GmbHG verlangte) und im Aktienrecht korporative Nebenpflichten, sofern diese materiellen Einlagen im Zusammenhang mit einer Anteilsausgabe versprochen werden. Verbucht man das schuldrechtliche Agio hingegen in Nummer 4, so wird man das Entgelt bei mittelbaren Bezugsrechten und Vorratsaktien ebenfalls unter Nummer 4 buchen müssen, auch wenn diese Leistungen wirtschaftlich dem korporativen Agio bei Ausgabe junger Anteile bzw. den Nettomehrerlösen bei Verkauf eigener Anteile (§ 272 Abs. 1b HGB) vergleichbar sind.

Eine vollständig konsistente Bilanzierung materieller Agioleistungen dürfte in keinem Fall zu erreichen sein. Diese Einschätzung beruht erstens auf den Vorgaben des europäischen Bilanzrechts, die nach Auffassung des EuGH wohl einer Zeitwertbilanzierung von Sacheinlagen entgegenstehen. Nach diesem Verständnis des europäischen Bilanzrechts können praktisch äußerst bedeutsame Fälle materieller Agioleistungen mit oftmals hohen Beträgen nicht in die gebundene Kapitalrücklage eingestellt werden. Andererseits schreibt § 272 Abs. 1b HGB zwingend vor, daß Nettomehrerlöse bei Verkauf eigener Anteile, die wirtschaftlich einem Agio entsprechen, in die gebundene Rücklage einzustellen sind.

Diese Einschätzung beruht zweitens auf den allgemein anerkannten Aktivierungsgrundsätzen, nach denen Vorteile aus schwebenden Geschäften nicht aktiviert werden können und daher der Wert von unentgeltlichen oder vergünstigten Nutzungseinlagen, Leistungseinlagen und Kapitalnutzungen nicht in eine gebundene Kapitalrücklage eingestellt werden kann. Wie das Beispiel der Aktivierung von Zinsvorteilen bei Wandelschuldverschreibungen zeigt, könnte diese zweite Unstimmigkeit in der bilanziellen Behandlung materieller Einlagen auf nationaler Ebene gelöst werden, stünden nicht die europarechtlichen Vorgaben im Weg. Dazu bedürfte es jedoch eines erheblichen Umdenkens.

Solange nicht alle materiellen Agioeinlagen in die gebundene Kapitalrücklage eingestellt werden können und noch mehr, wenn sogar praktisch äußerst bedeutsame Fallgruppen außerhalb der gebundenen Kapitalrücklage abgewickelt werden müssen, kann bei sonst uneindeutigen Auslegungskriterien der Wertungsvergleich mit diesen materiellen Agioeinlagen dazu führen, bei der Auslegung von Nummer 1 grundsätzlich eine formelle Betrachtungsweise zu wählen, um möglichst alle materiellen Einlagen in der rechtlich am wenigsten einschränkenden Weise zu behandeln.

Die Vorschrift des § 272 Abs. 2 Nr. 1 HGB kann demnach durch den Wortlaut, durch die Systematik, die Gesetzeshistorie, den subjektiven Willen der verschiedenen Reformgesetzgeber oder durch einen objektiven Gesetzessinn

2309 Zur Verbuchung dieser materiellen Einlagen *Reiner* in MüKo-HGB § 272, Rz. 103.

nicht eindeutig ausgelegt werden. Eine konsistente Behandlung materieller Agioeinlagen kann nicht erreicht werden. Der Rechtsanwender steht damit vor einem Dilemma. Er muß sich für eine enge oder weite Auslegung der Vorschrift entscheiden, ohne daß ihm das Gesetz eindeutig die Richtung wiese. Er kann sich nicht auf den Standpunkt einer methodischen Zurückhaltung zurückziehen, da keine teleologische Korrektur des Wortlauts in Rede steht, sondern eine systematische und teleologische Auslegung, die in die eine oder andere Richtung entschieden werden muß, da die Norm so oder so angewendet werden muß. Der Rechtsanwender kann sich daher nur entscheiden, von welchem Horn des Dilemmas er sich aufspießen lassen will, und sich dann konsequent und systematisch überzeugend bei allen materiellen Agioleistungen, für die das Gesetz keine ausdrückliche Bilanzierungsvorschrift enthält, stets für dasselbe Horn entscheiden.

Die Entscheidung wird letztlich von der Grundeinstellung des Rechtsanwenders abhängen, ob er im Aktienrecht mehr Flexibilität und Gestaltungsfreiheit zulassen will und entsprechend den Investoren höhere Selbstschutzobliegenheiten aufbürden will, sich mittels der verfügbaren Informationen eingehender über die liquiden Mittel der Gesellschaft zu informieren, oder ob er mit Blick vor allem auf Kleinanleger in kapitalmarktorientierten Publikumsgesellschaften strengere Standardisierung und weniger Flexibilität fordern will. Auf Gläubigerschutzinteressen kommt es, wie gesehen, bei der gebundenen Rücklage nicht an. Die maßgeblichen Überlegungen sind dieselben wie bei der Frage der Zulässigkeit eines faktischen Agios, das bereits erörtert worden ist.[2310]

IV. Folgefragen bei Zulässigkeit eines schuldrechtlichen Agios

1. Registerprüfung schuldrechtlicher Vereinbarungen

Das Bayerische Oberste Landesgericht hat in einer Entscheidung vom 27.02.2002 zwischen verschiedenen schuldrechtlichen Vereinbarungen über Leistungspflichten differenziert und eine Art von Gesellschaftervereinbarungen für zulässig, eine andere Art von Gesellschaftervereinbarungen für unzulässig gehalten und wegen der Möglichkeit unzulässiger Gestaltungen entschieden, daß das Gericht alle schuldrechtlichen Gesellschaftervereinbarungen anfordern und prüfen kann.[2311] Die Trennlinie zwischen zulässigen und unzulässigen schuldrechtlichen Gesellschaftervereinbarungen hat das Gericht darin gesehen, ob die Gesellschaft gegenüber dem Gesellschafter einen eigenes Forderungsrecht erhält oder ob nur die Gesellschafter eine zusätzliche Leistung an die Gesellschaft fordern können.[2312]

2310 S. o: S. 766 ff.
2311 BayObLG AG 2002, 510.
2312 BayObLG AG 2002, 510 (511).

Ein eigenes Forderungsrecht kann die Gesellschaft entweder dadurch erhalten, daß sie selbst Partei der Gesellschaftervereinbarung wird, in der ein solcher Anspruch vereinbart wird, oder daß die Aktionäre einen echten Vertrag zugunsten Dritter iSv § 328 BGB vereinbaren. Ebenso wäre auf der Grundlage dieser Ansicht wohl eine Vereinbarung zu behandeln, die nicht zwischen den Gesellschaftern, sondern direkt zwischen der Gesellschaft und dem Investor geschlossen würde, dies wohl aufschiebend bedingt auf die Zuteilung von Aktien. Ob die Gesellschaft ein Forderungsrecht aus einem Vertrag zugunsten Dritter, als Partei der Gesellschaftervereinbarung oder als einzige Vertragspartei erhält, dürfte für die Zulässigkeit der Vereinbarung unerheblich sein. Einen großen Unterschied, das sollte nicht übersehen werden, kann der Rechtsgrund der Forderung jedoch bei einer Rückabwicklung der Leistung machen, die der Investor bei einem Vertrag zugunsten Dritter wohl wie in den Anweisungsfällen entlang der Leistungskette, d.h. gegen alle Gesellschafter als seine Vertragspartner geltend machen müßte, bei einem genuinen Forderungsrecht der Gesellschaft hingegen direkt gegen diese.[2313]

Erhält die Gesellschaft kein Forderungsrecht, tendiert das Gericht zu der Annahme, daß eine solche schuldrechtliche Vereinbarung der Vertragsfreiheit unterfällt. Bei einem eigenen Forderungsrecht der Gesellschaft geht das Gericht hingegen davon aus, daß eine Einlage gewollt sei, eine solche Einlagepflicht jedoch nur aufgrund eines entsprechenden Kapitalerhöhungsbeschlusses im Zeichnungsschein begründet werden könne. Würde eine Vereinbarung über eine Einlage außerhalb von Kapitalerhöhungsbeschluß und Zeichnungsschein getroffen, so sei der Zeichnungsschein nichtig, bei Sacheinlagen seien die Vorschriften des § 183 AktG nicht beachtet und die Eintragung sei daher abzulehnen.[2314]

Das Gericht folgert aus der bloßen Möglichkeit eines eigenen Forderungsrechts der Gesellschaft und selbst bei Unwahrscheinlichkeit einer solchen Regelung im konkreten Fall, daß das Registergericht die Möglichkeit habe, alle schuldrechtlichen Gesellschaftervereinbarungen anzufordern, um überprüfen zu können, ob tatsächlich eine »Einlage gewollt« sei, bei der die aktienrechtlichen Vorgaben zu beachten wären. Damit wäre der häufig gesuchte Vorteil schuldrechtlicher Vereinbarungen, nämlich deren fehlende Registerpublizität hinfällig.

Die Kautelarpraxis hat auf diese Entscheidung dadurch reagiert, daß formularmäßig die zusätzliche Leistungspflicht des Investors ausdrücklich nicht als Vertrag zugunsten der Gesellschaft vereinbart wird bzw. bei Beteiligung der Gesellschaft an der Investorenvereinbarung ausdrücklich festgehalten wird, daß

2313 Zur Rückabwicklung beim echten Vertrag zugunsten Dritter Jauernig/*Stadler* § 328, Rz. 9; *Schwab* in MüKo-BGB § 812, Rz. 229 ff.

2314 BayObLG, AG 2002, 510 (511); s.a. *Schorling/Vogel*, Schuldrechtliche Finanzierungsvereinbarungen, 86; *Plassmann/Schnorbus*, Bilanzierung eines schuldrechtlichen Agios, 697.

das Leistungsversprechen nur unter den übrigen Parteien vereinbart wird. Die Registergerichte haben, auch in Bayern, nicht auf die Entscheidung des Bayerischen Obersten Landesgerichts reagiert und fordern regelmäßig keine Gesellschaftervereinbarungen zur Überprüfung an.

Selbst wenn man dem Gericht im Ergebnis zustimmt, kann die Begründung nicht überzeugen, denn sie fehlt. Warum das »Wollen einer Einlage« zur Nichtigkeit des Zeichnungsscheins führen muß, wenn das Gewollte gerade nicht umgesetzt wird, wäre erklärungsbedürftig gewesen.[2315] Die in der Entscheidung zitierten Ausführungen der Vorinstanz, des Landgerichts München, zu »Dunkelzonen« und bis dato unerhörten »Grundsätzen der Überschaubarkeit der Vermögensverhältnisse der Gesellschaft« sind unverständlich und bieten keinen Erklärungsansatz.[2316] Das Gericht hat sich wohl von einer Äquivokation des formellen und des materiellen Einlagebegriffs verwirren lassen und dabei noch übersehen, daß auch Zusatzleistungen, welche die Gesellschafter untereinander ohne Forderungsrecht der Gesellschaft vereinbaren, als materielle Einlagen bezeichnet werden können.

Die Unterscheidung nach Verträgen mit Forderungsrecht der Gesellschaft und ohne Forderungsrecht der Gesellschaft findet keine Stütze im Gesetz. Von daher ist verständlich, daß das Urteil über seinen Entscheidungsgehalt hinaus als Anlaß genommen wurde, alle schuldrechtlichen Zusatzvereinbarungen auf den Prüfstand zu stellen, selbst wenn das Bayerische Oberste Landesgericht in einem *obiter dictum* wissen ließ, daß es bei einem fehlenden Forderungsrecht der Gesellschaft der Vertragsfreiheit der Vorzug gäbe.[2317] Die Diskussion um die Zulässigkeit muß hier nicht vorweggenommen werden. An dieser Stelle genügt es festzuhalten, daß nach der Auffassung des Bayerischen Obersten Landesgerichts auch zulässige Gesellschaftervereinbarungen vom Registergericht angefordert werden können, wenn sie von unzulässigen Vereinbarungen unterschieden werden müssen. Eine Vermeidung der Registerpublizität von Gesellschaftervereinbarungen über Zusatzpflichten wäre demnach nur dann gegeben, wenn die schuldrechtliche Zusatzvereinbarungen stets als zulässig anzusehen wären.

2. Keine verdeckte Sacheinlage bei Zahlung aus schuldrechtlichem Agio

Daß die Entscheidung des Bayerischen Obersten Landesgerichts viel Widerhall unter den Kautelarjuristen, die den sichersten Weg für ihre Gestaltung suchen, gefunden hat, jedoch auf wenig Resonanz bei den Registergerichten gestoßen ist, mag auch daran liegen, daß der Bundesgerichtshof wenige Jahre später die

2315 Kritisch zu Nichtigkeitsfolge, wenn Kapitalerhöhungsbeschluß und Zeichnungsschein übereinstimmend keine weitere Einlage regeln, auch *Schorling/Vogel*, Schuldrechtliche Finanzierungsvereinbarungen, 90 f.

2316 S. BayObLG AG 2002, 510; kritisch auch *Schorling/Vogel*, Schuldrechtliche Finanzierungsvereinbarungen, 89.

2317 BayObLG AG 2002, 510 (511).

Zulässigkeit von schuldrechtlichen Zusatzvereinbarungen noch einmal ausdrücklich bestätigt und die Auffassung des Bayerischen Obersten Landesgerichts damit implizit abgelehnt hat.

Wie bereits bei der Erörterung des Rechtsinstituts der verdeckten Sacheinlage angesprochen worden ist,[2318] hat das OLG München ausdrücklich festgestellt, daß die Regeln über verdeckte Sacheinlagen nicht anwendbar sind, wenn Entgeltzahlungen aus den Mitteln eines schuldrechtlichen Agios erfolgen, die gleichzeitig geleisteten Bareinlagen aber auf einem gesonderten Konto unangetastet bleiben. Solange nur die liquiden Mittel aus der formellen Bareinlage nicht wieder an den Aktionär zurückfließen, liege keine Nämlichkeit der verwendeten Mittel vor.[2319] Das OLG München setzt dabei die Zulässigkeit von schuldrechtlichen Zuzahlungspflichten »in das Eigenkapital gem. § 272 Abs. 2 Nr. 4 HGB« nicht nur voraus, sondern stellt diese Annahme als ersten amtlichen Leitsatz seinem Urteil voran. Der BGH hat diese Entscheidung durch einen Nichtannahmebeschluß der Revision bestätigt, dabei allerdings die Möglichkeit einer Vereinbarung über die bilanzielle Verbuchung ausdrücklich offen gelassen.[2320]

Diese Entscheidung zur Nichtanwendbarkeit der Regeln über die verdeckte Sacheinlage ist begründbar, wenn man von der Zulässigkeit eines schuldrechtlichen Agios ausgeht, da die Mittel aus der formellen Bareinlage dann nachweisbar unangetastet bleiben, insoweit die verwendeten Mittel aus einem anderen Topf stammen. Letztlich stellt die Entscheidung jedoch das Konzept der Nämlichkeit der Mittelverwendung als solches infrage, da der BGH dieselbe Unterscheidung bislang gerade nicht vorgenommen hat, wenn die Bareinlage auf einem gesonderten Konto erhalten bleibt und weitere, bereits vor der Kapitalmaßnahme vorhandene liquide Mittel verwendet werden, um eine Forderung des Gesellschafters zu begleichen.

Erkennt der Bundesgerichtshof diesen Widerspruch in seiner Rechtsprechung, kann er die Ausnahme von den Regeln über verdeckten Sacheinlagen nicht aufrecht erhalten und muß entweder das Konzept der Nämlichkeit der Mittelverwendung weiter einschränken und alle Fälle, wo die neu zugeflossenen Mittel separiert werden und als solche, nicht nur wertmäßig erhalten bleiben, von der verdeckten Sacheinlage ausnehmen, oder er muß die Regeln zu verdeckten Sacheinlagen doch auch anwenden, wenn die zur Entgeltzahlung verwendeten Mittel der Gesellschaft zeitgleich mit der Kapitalmaßnahme zufließen, jedoch auf einem schuldrechtlichen Rechtsgrund beruhen. Daß sich der BGH für die erste Möglichkeit entscheiden wird, erscheint nicht zweifelsfrei, weshalb bei abgesprochener Verwendung von Mitteln aus schuldrechtlichen Agioleistungen

2318 S. o: S. 826 ff.

2319 OLG München ZIP 2007, 126, dazu *Haberstock*, Rückzahlungen an Gesellschafter, 220; *Plassmann/Schnorbus*, Bilanzierung eines schuldrechtlichen Agios, 697.

2320 BGH NZG 2008, 76.

ein Restrisiko bleibt, daß Gerichte doch eine verdeckte Sacheinlage annehmen könnten.

3. Berücksichtigungsfähigkeit im Rahmen von § 255 Abs. 2 und 4 AktG

a) Die Problemstellung vor und nach dem Zukunftsfinanzierungsgesetz

Die am meisten diskutierte Frage bei schuldrechtlichen Zuzahlungen ging vor der jüngst erfolgten Umgestaltung des Verwässerungsschutzkonzepts des § 255 AktG durch das Zukunftsfinanzierungsgesetz dahin, ob solche Finanzierungsbeiträge im Rahmen der Angemessenheitsprüfung des § 255 Abs. 2 AktG a.F. berücksichtigt werden konnten, d.h. ob eine Anfechtungsklage gegen einen Kapitalerhöhungsbeschluß bei Bezugsrechtsausschluß schon dann erfolgreich sein konnte, wenn der Ausgabebetrag nach § 9 AktG unangemessen niedrig war, oder erst dann, wenn Ausgabebetrag und weitere Zuzahlungen zusammen noch unangemessen niedrig waren.[2321] Das Zukunftsfinanzierungsgesetz hat den Schutz von Minderheitsgesellschaftern vor Wertverwässerungen bei Kapitalerhöhungen durch § 255 AktG wesentlich umgestaltet. § 255 Abs. 2 AktG n.F. schließt ein Anfechtungsrecht gegen einen Kapitalerhöhungsbeschluß bei drohender Wertverwässerung aufgrund einer nicht wertdeckenden Festsetzung eines Ausgabebetrags ausdrücklich aus. An dessen Stelle setzt das Gesetz mit § 255 Abs. 4 AktG n.F. im Fall eines Bezugsrechtsauschluß einen Anspruch benachteiligter Minderheitsgesellschafter auf nachträglichen Barausgleich, dessen Höhe im Spruchverfahren zu ermitteln ist.

Für den Anspruch auf Ausgleichszahlung ist nicht mehr der nach § 9 AktG festgesetzte Ausgabebetrag maßgeblich. Entscheidend soll nach § 255 Abs. 4 AktG n.F. allein sein, ob der tatsächliche Wert der Einlage (insbesondere auch bei Sacheinlagen) unangemessen niedrig ist.[2322] Damit hat das Zukunftsfinanzierungsgesetz die ständige Praxis und frühere herrschende Meinung anerkannt, nach der auch unter Geltung des § 255 Abs. 2 AktG a.F. keine Pflicht zur Festsetzung eines korporativen Sachagios bestand.[2323] Nach der Neuregelung genügt jedenfalls ein faktisches Agio, das im nicht bezifferten Mehrwert eines korporativ bestimmten Sacheinlagegegenstands liegt, den Anforderungen des Gesetzes an den Schutz der Minderheitsgesellschafter vor Wertverwässerung bei Kapitalerhöhungen.

Die alte Frage, inwieweit bei der Überprüfung einer Wertverwässerung der Altanteile Einlagebestandteile, die nicht korporativ festgesetzt wurden, zu berücksichtigen sind, hat sich durch die Neukonzeptionierung des Verwässerungsschutzes des § 255 AktG indes nicht vollständig erledigt. Denn nach wie vor

2321 Prägnante Formulierung des Problems bei *Schäfer*, Einbeziehung des Agios, 529 und bei *Atta*, Schuldrechtliche Bar- und Sachaufgelder, 306.

2322 Zum neuen Schutzkonzept *Atta-Schumacher/Heidel* in Heidel, AktR, § 255 Rz. 32.

2323 So auch *Atta-Schumacher/Heidel* in Heidel, AktR, § 255 Rz. 90.

verlangt das Gesetz eine Angemessenheitsprüfung. Nur ist der Wert der ausgegebenen Anteile nicht mehr primär mit deren Ausgabebetrag zu vergleichen, sondern stets nur mit dem »Wert der Einlage« (§ 255 Abs. 2 und 4 AktG). Dieser Wert der Einlage darf nicht »unangemessen niedrig« sein. Die Neuregelung brachte nur insoweit eine Klärung der Frage nach dem Umfang der Angemessenheitsprüfung, als nunmehr feststeht, daß auch ein faktisches Agio, das im nicht bezifferten Mehrwert einer korporativ festgesetzten Sacheinlage liegt, zur Angemessenheit der Einlageleistung des Zeichners der jungen Anteile beitragen kann.[2324] Zukünftig wird sich jedoch weiterhin die Frage stellen, inwieweit neben dem faktischen Agio auch schuldrechtliche Aufgelder berücksichtigungsfähig sind. Mit dem faktischen Agio hat das Gesetz zwar eine Erscheinungsform eines materiellen Agios als berücksichtigungsfähig anerkannt. Aus der Anerkennung des faktischen Agios folgt indes nicht zwingend die Berücksichtigungsfähigkeit anderer materieller Einlagen. Denn zwischen dem faktischen Agio bei einer Sacheinlage, die korporativ festgesetzt wurde, und einem rein schuldrechtlichen Agio bestehen durchaus Unterschiede in der Intensität des Kapitalschutzes. So unterliegt z.B. bei einem korporativen Agio der gesamte Einlagegegenstand einer externen Sacheinlageprüfung und die gesamte Einlageverpflichtung dem Befreiungs- und Aufrechnungsverbot des § 66 Abs. 1 AktG.[2325]

Auch nach neuem Recht ist daher weiterhin zu fragen, welche Einlagen, die anläßlich einer Anteilsausgabe versprochen werden, im Rahmen der Angemessenheitsprüfung nach § 255 Abs. 2 und Abs. 4 AktG zum Schutz der Minderheitsgesellschafter vor einer Wertverwässerung berücksichtigt werden können. Diese Frage stellt sich bei der Auslegung der Norm an zwei Stellen. Zunächst wird sie bei der Definition des Begriffs der »Einlage« iSv § 255 Abs. 2 und Abs. 4 AktG relevant. Soll der Einlagebegriff an dieser Stelle nur korporative Einlagen oder auch materielle Einlagen umfassen?[2326] Versteht man den Einlagebegriff eng, d.h. beschränkt auf korporative Einlagen, stellt sich weiter die Frage, wann eine solche Einlage »angemessen« im Sinne der Norm ist. Können im Rahmen der Angemessenheitsprüfung auch materielle Einlagen berücksichtigt werden, die zusätzlich zu den korporativen Einlagen versprochen und eingebracht werden, oder müssen solche Wertbeiträge außer Betracht bleiben, obwohl sie faktisch zum Verwässerungsschutz beitragen? Diese zweite Fragestellung entspricht sehr weitgehend den Fragen, die bereits zu § 255 Abs. 2 AktG a.F. diskutiert wurden.

Es lohnt sich, bei der Beantwortung dieser Fragen, die sich im Rahmen des neukonzipierten Verwässerungsschutzes des § 255 Abs. 2 und 4 AktG n.F. stellen, die Argumente aus der Diskussion um die Berücksichtigungsfähigkeit schuldrechtlicher Einlagen im Rahmen der Angemessenheitsprüfung des

2324 *Atta-Schumacher/Heidel* in Heidel, AktR, § 255 Rz. 90.
2325 Zu den Unterschieden bei schuldrechtlichem und bei faktischem Agio bereits oben S. 867 ff.
2326 Zu den verschiedenen Einlagebegriffen s.o. S. 85 ff.

§ 255 Abs. 2 AktG a.F. im Licht der neuen Gesetzeslage zu reflektieren. Die wesentlichen Überlegungen wurden in der früheren Diskussion bereits vorgedacht. Der bisherige Diskussionsstand kann lediglich insoweit nicht in die neue Diskussion eingebracht werden, als er auf der früheren Anknüpfung der Regelungstechnik am formellen Ausgabebetrag aufbaut.

Oftmals wurde das Problem unter der früheren Rechtslage auch anders akzentuiert und es wurde gefragt, ob schuldrechtliche Zuzahlungen zulässig sind. Die inhaltlichen Überlegungen sind weitgehend dieselben und die beiden Fragestellungen wurden meist nicht streng getrennt, sondern aus der fehlenden Berücksichtigungsfähigkeit im Rahmen von § 252 Abs. 2 AktG a.F. wurde eine generelle Unzulässigkeit gefolgert, umgekehrt wurde aus der Annahme einer generellen Zulässigkeit eine Berücksichtigungsfähigkeit im Rahmen von § 255 Abs. 2 AktG abgeleitet.[2327] Der Schwerpunkt der Diskussion lag nach altem Recht bei Sacheinlagen, da hier insbesondere die Unanwendbarkeit der Regeln zur Differenzhaftung gewünscht oder gefürchtet wurde.[2328] Diese Diskussion hat sich durch die Neukonzeptionierung des § 255 Abs. 2 und Abs. 4 AktG insoweit erledigt, als das faktische Agio bei Sacheinlagen anerkannt wurde. Damit verbunden ist die Wertungsentscheidung des Gesetzgebers, daß für die Angemessenheit einer Sacheinlage eine aktienrechtliche Differenzhaftung nicht erforderlich ist. Bei schuldrechtlichen Sacheinlagen bestehen im Kapitalschutzrecht indes weitere Unterschiede, wie z.B. die bereits erwähnte Unanwendbarkeit der Vorgaben über eine externe Sacheinlageprüfung, so daß die Anerkennung eines faktischen Agios nicht zwingend auch die Anerkennung schuldrechtlicher Sachaufgelder nach sich ziehen muß. Bei schuldrechtlichen Zuzahlungen sind ferner die Bareinlagen in den Blick zu nehmen, bei denen

2327 Für eine Zulässigkeit und dann, soweit dieser Gesichtspunkt in älteren Stellungnahmen erörtert wird, regelmäßig auch Berücksichtigungsfähigkeit des schuldrechtlichen Agios z.B. BGH NZG 2008, 73; OLG München ZIP 2007, 126; BayObLG, AG 2002, 511 (soweit kein eigenes Forderungsrecht der Gesellschaft besteht); *Lüssow*, Agio, 105 ff.; *Priester*, Kapitalaufbringungspflicht beim Agio, 631 f.; *Baums*, Agio und sonstige Zuzahlungen, 81; *Weitnauer*, Beteiligungsvertrag, 1067 f.; *Eberl/Hergeth*, Schuldrechtliche Zuzahlungspflichten, 1818; *Schorling/Vogel*, Schuldrechtliche Finanzierungsvereinbarungen, 86; *Becker*, Aktenrechtliches und handelsrechtliches Agio, 510; *Plassmann/Schnorbus*, Bilanzierung eines schuldrechtlichen Agios, 693; differenzierend *Hermanns*, Gestaltungsmöglichkeiten, 788 (wenn alle Gesellschafter untereinander eine Vereinbarung treffen zulässig, schuldrechtliche Vereinbarungen direkt mit der Gesellschaft unzulässig); eine Zulässigkeit ablehnend *Herchen*, Agio 294 ff. und 325 ff.; *Schäfer*, Einbeziehung des Agios, 535 und *ders.*, Schuldrechtliches Agio im Aktienrecht, 955; differenzierend *Atta*, Schuldrechtliche Bar- und Sachaufgelder, 306 ff.

2328 Vgl. die Darstellung bei *Schäfer*, Einbeziehung des Agios, 525 ff., die von der Babcock-Entscheidung herkommend auf die Problematik der Bareinlagen nicht eingeht, da es in der Babcock-Entscheidung um eine Sacheinlage ging.

ebenfalls einige rechtstechnische Unterschiede die Abwägungsentscheidung beeinflussen können.[2329]

b) Argumente für und gegen eine Berücksichtigungsfähigkeit

aa) Argument von der aktienrechtlichen Kompetenzordnung

Gegen schuldrechtliche Zuzahlungen wird eingewendet, durch sie würde die aktienrechtliche Kompetenzordnung gestört. Die Entscheidungsbefugnis über das Entgelt für die neuen Aktien liege bei den Aktionären, nicht bei den Vorständen, die jedoch über den Inhalt des schuldrechtlichen Vertrages entschieden.[2330]

Die Vereinbarung schuldrechtlicher Zuzahlungen als unzulässigen Eingriff in die aktienrechtliche Kompetenzverteilung zu bezeichnen, ist indes eine Übertreibung. Denn erstens sieht das Aktienrecht in manchen Fällen eine Festsetzung des Entgelts durch Vorstand und Aufsichtsrat ausdrücklich vor, zweitens sind jedenfalls solche Fälle auszunehmen, in denen die Hauptversammlung auch über die Modalitäten des schuldrechtlichen Vertrages abstimmt, und sei es nur dadurch, daß sie in Kenntnis des schuldrechtlichen Vertrages über die Zustimmung zu einer Kapitalerhöhung abstimmt, und drittens sind gerade in den praktisch durchaus wichtigen Fällen, in denen alle Gesellschafter einer geschlossenen Gesellschaft untereinander eine weitere Zuzahlung vereinbaren, ohnehin alle Aktionäre aktiv beteiligt.[2331]

bb) Umgehungsargument

Weiter wird gegen die Zulässigkeit schuldrechtlicher Zuzahlungen vorgetragen, durch diese würde die aktienrechtliche Kapitalaufbringung unzulässig umgangen, deren Vorschriften aber für alle materiellen Einlagen, die im Zuge einer Anteilsausgabe versprochen werden, Beachtung verlangten. Insbesondere die Vorschriften über die externe Sacheinlageprüfung (§§ 34, 183 AktG) und über die Volleinzahlung von baren Zuzahlungen (§ 36a Abs. 1 AktG) dürften nicht umgangen werden.[2332] Diese Überlegungen können auch nach der Neukonzeptionierung des § 255 AktG durch das Zukunftsfinanzierungsgesetz uneingeschränkt weiter Geltung beanspruchen. Denn die benannten Unterschiede im Kapitalschutz von korporativen und schuldrechtlichen Aufgeldern bestehen weiterhin.

2329 Bare Zuzahlungen auf schuldrechtlicher Grundlage lehnt beispielsweise *Herchen*, Agio, 315 ff. ab.
2330 *Herchen*, Agio, 315.
2331 Vgl. auch *Strehle*, Venture Capital, S. 151 ff.; *Cahn*, Andere Zuzahlungen, 176.
2332 *Herchen*, Agio, 322 ff.

Ob das Aktienrecht tatsächlich implizit davon ausgeht, alle materiellen Einlagen, bzw. alle im Zusammenhang mit einer Anteilsausgabe versprochenen Einlagen seien dem Kapitalschutz zu unterstellen, ist anhand der verfolgten Schutzzwecke mit Blick auf deren systematische Umsetzung in vergleichbaren Fallgestaltungen zu entscheiden und kann nicht einfach mit Hinweis auf die zweifelsohne hohe Bedeutung des Kapitalschutzes behauptet werden. Methodisch ist bei allen teleologischen Korrekturen des geschriebenen Rechts Zurückhaltung geboten, auch bei einer Korrektur der Vertragsfreiheit durch Umgehungsrechtsprechung. Die maßgebliche Frage lautet, ob wirklich nichts für das Gesetz spricht, so wie es geschrieben ist mit den sich dabei ergebenden Unterschieden.[2333]

Im System des festen Nennkapitals kommt den Einlagen auf das Grundkapital eine besondere Bedeutung zu. So wie es den Gesellschaftern im Gründungsstadium freisteht, statt eines korporativen Agios eine freiwillige Erhöhung des Grundkapitals zu vereinbaren, so kann man auch die Entscheidung zwischen einem korporativen und einem schuldrechtlichen Agio konsistent als Optionsmodell verstehen, denn der Kapitalschutz behält immer seinen Sinn gerade bei den besonders bedeutsamen Einlagen auf das Grundkapital und ferner dann, wenn die Aktionäre für ein korporatives Agio votieren. Im Rahmen der Wertsicherung des § 255 AktG n.F. bei Sacheinlagen überantwortet das Aktiengesetz die Wahl zwischen einem korporativen Sachagio und einem nur faktischen Sachagio der freien Entscheidung der Hauptversammlung.[2334] Wenn das Aktiengesetz einen so wichtigen Teilbereich des Kapitalaufbringungsrecht wie die Differenzhaftung für unterwertige Sacheinlagen weitgehend ins Belieben der Aktionäre stellt, wäre es jedenfalls nicht systemwidrig, den Aktionären auch die Wahl zwischen einem korporativen Agio und einem schuldrechtlichen Agio zu eröffnen.

Im System des festen Nominalkapitals, das erst zur Unterscheidung von Einlagen auf das Grundkapital und weiteren Einlagen führt, ist es begründungsbedürftig, warum auf die weiteren Einlagen das gleiche oder ein ähnliches Kapitalschutzrecht Anwendung finden soll wie auf die Grundkapitaleinlagen. Die Begründungslast liegt bei der teleologischen Korrektur des Gesetzes, nicht beim Gesetz.[2335] Es wäre nicht widersinnig, die Kapitalaufbringungsvorschriften auf formelle aktienrechtliche Einlagen zu beschränken und eine wirtschaftliche Betrachtungsweise abzulehnen.[2336]

Gezeigt hat sich im Laufe dieser Untersuchung bereits mehrfach, daß aus der materiellen Einlagequalität allein noch kein Grundsatz der Gleichbehandlung

2333 Zu den methodischen Anforderungen s. o. S. 803 ff.

2334 Vgl. die Diskussion um die Zulässigkeit eines faktischen Agios o. S. 776 ff.

2335 Anders *Schäfer*, Einbeziehung des Agios, 529.

2336 Für eine solche Beschränkung *Cahn*, Andere Zuzahlungen, 174; dagegen *Schäfer*, Einbeziehung des Agios, 529 und *Herchen*, Agio, 279 ff., letztere jedoch neuerdings zurückhaltender in Happ, Aktienrecht, 12.01, Rz. 8.4.

abgeleitet werden kann. Gerade auch die zahlreichen Unterschiede in den Details, die allein zwischen den beiden Formen aktienrechtlicher Einlage bestehen, zeigen, daß das Gesetz keinen Grundsatz der Gleichbehandlung materieller Einlagen kennt, selbst wenn die Einlagen Entgeltcharakter für ausgegebene Anteile haben.[2337] Auch behandelt das Gesetz materielle Einlagen bei anderen Finanzierungsgestaltungen wie Kapitalerhöhungen unter mittelbarem Bezugsrecht, Verwertungsaktien und Verkauf selbstgehaltener Anteile der Gesellschaft oder auch bei korporativen Nebenverpflichtungen anders.[2338]

cc) Gläubigerschutzargument

Die Befürworter eines Verbots schuldrechtlicher Zuzahlungsvereinbarungen untermauern das Umgehungsargument durch einen Verweis auf den als erforderlich erachteten Umfang des Gläubigerschutzes. Ein schuldrechtliches Agio ist eine materielle Einlage. Alle materiellen Einlagen aber müßten kapitalschutzrechtlich gleichbehandelt werden, um einen angemessenen Gläubigerschutz sicherzustellen. Das Aktienrecht baue zum Schutz der Gläubiger auf eine Identität von Haftung und Einlage.[2339]

Dagegen wird eingewandt, daß die Gläubiger keinen Anspruch auf Festsetzung eines Agios haben, sondern vom Gesetz auf den von den Gesellschaftern nach deren Ermessen festgesetzten Ausgabebetrag verwiesen würden. Entsprechend könnten die Gläubigerinteressen nicht darüber entscheiden, ob eine materielle Einlage auf korporative Weise oder schuldrechtlich versprochen werden müsse.[2340]

Richtigerweise kann der Gläubigerschutz in der Diskussion um das schuldrechtliche Agio de lege lata keine argumentative Kraft beanspruchen.[2341] Es konnte im Laufe dieser Untersuchung bereits gezeigt werden, daß der Kapitalschutz des Agios zu keiner Zeit in der Entwicklung des Aktiengesetzes exakt dieselben Zwecke verfolgt hätte wie der Kapitalschutz des Grundkapitals. In England dient der Kapitalschutz des Agios ebenso dem Gläubigerschutz wie der Kapitalschutz des Grundkapitals, nicht jedoch nach der Konzeption der Gesellschaftsrechtsrichtlinie und ebenso wenig nach der Konzeption des deutschen Aktienrechts.

Der historische Schutzzweck des Gesetzes wird weithin falsch verstanden. Die Diskussion um den Kapitalschutz des Agios leidet daran, daß oftmals

2337 Zusammenfassung der Unterschiede o. S. 863 ff.

2338 Dazu o. S. 872 ff.

2339 *Herchen*, Agio, 325. Widerlegung dieser Argumentation einer Einheit von Haftung und Einlage bereits oben bei der Diskussion des faktischen Agios, S. 768 ff.

2340 *Priester*, Kapitalaufbringungsrecht beim Agio, 627 f.; *ders.*, Schuldrechtliche Zusatzleistungen, 476; ihm folgend *Cahn*, Andere Zuzahlungen, 174 m.w.N.

2341 So i.E. auch Hüffer/*Koch*, AktG § 9, Rz. 12; ähnlich *Cahn*, Andere Zuzahlungen 174 m.w.N.

Schutzzwecke, auf die es entscheidend ankommen soll, einfach behauptet werden, anstatt sie aus dem Gesetz und seinen Materialen begründet abzuleiten. Zwischen Agio und Grundkapital wird nicht differenziert und wenn der historische Zweck der Agiotageverhinderung benannt wird, dann wird das zu enge Begriffsverständnis, das die Agiotage auf Scheindividenden reduziert, nicht reflektiert.

Wie das englische Beispiel zeigt, kann eine möglichst vollständige kapitalschutzrechtliche Gleichbehandlung des Agios und des Grundkapitals geeignet sein, Schwächen auszugleichen, die der bilanzielle Kapitalschutz des Nominalkapitals aus Sicht der Gläubigerschutzes aufweist.[2342] Das Aktiengesetz jedoch kennt schon bei den beiden formellen Einlagen keine vollständige Gleichbehandlung, weil es mit dem Kapitalschutz des Agios bislang keinen Gläubigerschutz bezweckt. Eine weitergehende Gleichbehandlung des Agios mit dem Grundkapital kann als Schwächenkitt des bilanziellen Kapitalschutzes wünschenswert sein, ist jedoch nur de lege ferenda von Interesse. De lege lata kann bei der Diskussion um die Auslegung der Kapitalschutzvorschriften des Agios mit einer Verbesserung des Gläubigerschutzes nicht argumentiert werden.

Entscheidend für die Diskussion des Kapitalschutzes des Agios ist allein der Schutzzweck des Investoren- und Mitgesellschafterschutzes, den das deutsche Aktienrecht seit 1884 und bis heute mit den Regelungen zum korporativen Agio verfolgt und der von der Gesellschaftsrechtsrichtlinie als Schutzzweck vorgegeben ist. Für die Frage der Zulässigkeit schuldrechtlicher Agiovereinbarungen kommt es allein darauf an.[2343]

dd) Mitgesellschafterschutzargumente

(1) Verwässerungsschutzargument

Das Umgehungsargument wurde unter Geltung des § 255 Abs. 2 AktG a.F. ferner durch den Hinweis untermauert, daß die Anwendung aller kapitalaufbringungsrechtlichen Vorschriften erforderlich sei, um effektiv den Verwässerungsschutz zu erreichen, den § 255 Abs. 2 AktG a.F. sicherstellen wolle. Schuldrechtliche Zuzahlungen, die im Zusammenhang mit einer Anteilszeichnung versprochen würden, seien materiell ein Agio und als solches dem Kapitalaufbringungsrecht zu unterstellen. Dies gelte jedenfalls, soweit dieses Agio erforderlich sei, um den Wert der dafür ausgegebenen Anteile angemessen zu entgelten, denn dann wäre in dem materiellen Agio ein ›verdecktes Agio‹ zu sehen,

2342 Zur Einbeziehung des Agios in den bilanziellen Kapitalschutz als Schwächenkitt s. o. Kapitel 2, S. 364 ff.

2343 Ebenso i.E. Hüffer/*Koch*, AktG § 9, Rz. 12 noch zur Rechtslage des § 255 Abs. 2 AktG a.F.

das tatsächlich an die Stelle des korporativ zu fordernden angemessenen Entgelts trete.[2344]

Die Geltungskraft dieses Argument wurde durch die Neukonzeptionierung des Verwässerungsschutzes in § 255 Abs. 2 bis 7 AktG n.F. erheblich eingeschränkt. Das neue Konzept basiert nicht mehr auf der Festsetzung eines angemessenen Ausgabebetrags und damit einem korporativen Agio, sondern anerkennt die positive Wirkung des faktischen Agios als einem nur materiellen Agio für den Schutz von Minderheitsgesellschaftern vor einer Wertverwässerung ihrer Anteile.

Die Neukonzeptionierung des § 255 AktG stärkt daher die Stimmen, die bereits unter Geltung des § 255 AktG a.F. vertreten haben, für den Mitgesellschafterschutz sei allein maßgeblich, daß der Verwässerungsschutz faktisch gesichert sei, wozu es allein auf die tatsächliche Vermögensmehrung der Gesellschaft ankomme, nicht aber darauf, ob die vermögensmehrende Leistung einen korporativen oder einen schuldrechtlichen Rechtsgrund habe.[2345] Für die Mitgesellschafter sei nicht die nach außen verlautbarte Haftkapitalsumme von Interesse, sondern allein der Wertausgleich im Innenverhältnis, ähnlich wie in einer Kommanditgesellschaft die Gesellschafter in erster Linie an der Aufbringung der Pflichteinlage interessiert sind, die Haftsumme im Innenverhältnis nur als Teilmenge der Pflichteinlage interessiert.[2346] Bei Sacheinlagen habe der Bundesgerichtshof in Kali&Salz daher zu Recht entschieden, daß es für die Angemessenheit im Rahmen von § 255 Abs. 2 AktG a.F. auf den Zeitwert des Vermögensgegenstands ankomme. Dann sei aber unerheblich, ob eine korporative oder eine schuldrechtliche Sacheinlage zu bewerten sei.

Vollständig gleichwertig ist der Verwässerungsschutz bei Vereinbarung eines schuldrechtlichen Sachagios jedoch nicht, insbesondere weil ein schuldrechtliches Sachagio keiner externen Sacheinlageprüfung unterliegt. Berücksichtigt man Wertbeiträge durch schuldrechtliche Aufgelder im Rahmen des § 255 Abs. 2 und 4. AktG bei der Bestimmung der Angemessenheit des für die neuen Anteile gezahlten Entgelts, so verfügen benachteiligte Minderheitsgesellschafter bei der Entscheidung, ob sie von der Klagemöglichkeit des § 255 Abs. 4 AktG Gebrauch machen wollen, über weniger Informationen und insbesondere keine von der Verwaltung unabhängigen Anhaltspunkte für ihre Entscheidung. Zu § 255 Abs. 2 AktG a.F. wurde zwar vertreten, den Interessen der Mitgesellschafter sei schon dadurch ausreichend Rechnung getragen, daß die Angemessenheit des Ausgabebetrags im Bericht des Vorstand nach § 184 Abs. 4 S. 2 AktG zu erläutern sei (bei Sacheinlagen wird das Bezugsrecht regelmäßig ausgeschlossen,

2344 *Schäfer*, Einbeziehung des Agios, 527 f.; *Herchen*, Agio, 279 ff.

2345 *Priester*, Kapitalaufbringungsrecht beim Agio, 630 f.; *Cahn*, Andere Zuzahlungen, 175 m.w.N.; gegen diese Argumentation *Herchen*, Agio, 332 und *Schäfer*, Einbeziehung des Agios, 529.

2346 Vergleich mit der Kommanditgesellschaft bei *Priester*, Kapitalaufbringungspflicht beim Agio, 632.

weshalb die Berichtspflicht des § 184 Abs. 4 S. 2 AktG regelmäßig einschlägig ist). Dabei sei auf schuldrechtliche Zuzahlungen einzugehen, sofern diese für eine Angemessenheit erforderlich seien. Damit könnten die Aktionäre rechtzeitig über eine Anfechtung nach § 255 Abs. 2 AktG a.F. entscheiden.[2347] Man mag die Berichtspflicht des Vorstands und ganz generell die bei jeder Kapitalerhöhung zu beachtenden Organpflichten in einer Gesamtabwägung als ausreichend einstufen. Dennoch liegt im Verzicht auf eine Sacheinlageprüfung ein Nachteil, den man gegen eine Berücksichtigung von schuldrechtlichen Aufgeldern bei der Bestimmung der Angemessenheit des Entgelts für neu ausgegebene Anteile ins Feld führen kann.

Der Nachteil einer fehlenden Sacheinlageprüfung wiegt jedoch nicht in allen Fällen gleich schwer, da das Prognoserisiko der Werthaltigkeit je nach eingebrachtem Sacheinlagegegenstand deutlich unterschiedlich ist. Die Bewertung von Rohstoffen und standardisierten Verbrauchsstoffen kann mit größerer Sicherheit vorgenommen werden als die Bewertung spezieller Teilprodukte, die von der Gesellschaft weiterverarbeitet werden sollen. Das Bewertungsrisiko von Grundstücken unterscheidet sich stark, je nachdem ob das Grundstück in einem Wohngebiet oder einem Industriegebiet mit potentieller Bodenverunreinigung liegt. Läßt man die Vereinbarung von schuldrechtlichen Sacheinlagen grundsätzlich zu, könnte man im Rahmen der Angemessenheitsprüfung immer noch eine differenzierte Betrachtungsweise je nach einzubringendem Gegenstand vornehmen. Das anerkennenswerte Bedenken, daß korporative festgesetzte Sacheinlagen eine höhere Gewähr für ihre Werthaltigkeit bieten können als schuldrechtlich festgesetzte Sacheinlagen, muß daher nicht zwingend zu einer pauschalen Ablehnung aller schuldrechtlich vereinbarten Einlagen führen.

(2) Argument des unsicheren Rechtsgrunds

Ein weiteres Argument, das in der Diskussion bislang weniger Beachtung gefunden hat, spricht noch gegen die Berücksichtigungsfähigkeit schuldrechtlicher Vereinbarungen. Der schuldrechtliche Rechtsgrund kann von den Parteien nachträglich, das heißt nach Eintragung der Kapitalmaßnahme, geändert werden bzw. schon von Anfang unwirksam oder anfechtbar sein.[2348]

Eine nachträgliche Abänderung erscheint dabei weniger besorgniserregend. Wenn alle Gesellschafter die Vereinbarung geschlossen haben, kann sie auch nur mit Zustimmung aller Gesellschafter wieder geändert werden. Wenn hingegen die Organe der Gesellschaft die Zusatzvereinbarung abgeschlossen haben, werden diese schon mit Blick auf die Organhaftung der §§ 96, 116 AktG keine

2347 *Lüssow*, Agio, 110, *Verse*, Sacheinlagen und Vergleich, 528.
2348 Auf die Möglichkeit einer nachträglichen Abänderung, welche die Rechtsposition der Altgesellschafter beeinträchtigen kann, weist auch *Hermanns*, Gestaltungsmöglichkeiten, 791 hin.

einseitige Abänderung zum Nachteil der Gesellschaft vornehmen, die zur Verwässerung der übrigen Gesellschafter führen würde.[2349]

Eine anfängliche Unwirksamkeit wegen unerkannter Geschäftsfähigkeit des Inferenten erscheint dabei nicht als besonderes Problem, da in diesem Fall auch der Zeichnungsvertrag nichtig wäre und die gesamte Kapitalerhöhung rückabzuwickeln wäre, nicht nur der schuldrechtliche Teil.[2350] Fiele hingegen nur die schuldrechtliche Zusatzvereinbarung weg, z.B. aufgrund einer hier auch nach Eintragung der Kapitalmaßnahme weiter möglichen Anfechtung oder aufgrund einer in der Praxis hin und wieder festzustellenden anfänglichen Unwirksamkeit wegen fehlender Beachtung von § 112 AktG bei Beteiligung der (Gründer)Vorstände und der Gesellschaft selbst am Investors‹ Agreement, kann es dazu kommen, daß die Kapitalerhöhung wirksam ist, der Investor die Anteile jedoch insgesamt zu günstig erhalten hat.

Eine isolierte Anfechtung der schuldrechtlichen Vereinbarung könnte man jedoch rechtsfortbildend ebenso ausschließen wie bei Sacheinlagevereinbarungen und Vereinbarungen über Sachübernahmen, bei denen nach Eintragung der Kapitalmaßnahme die Geltendmachung von Willensmängeln ausgeschlossen ist.[2351] Denn die Einschränkung der Anfechtungsmöglichkeit bei Sacheinlagevereinbarungen und Sachübernahmevereinbarungen wird damit begründet, daß der Aktionär nur aufgrund des Gesamtpakets beteiligt worden ist, nachträglich daher nicht Teile der Entgeltzahlung zurückfordern können soll. Diese Überlegung ist auf schuldrechtliche Zuzahlungen übertragbar. Es bleibt dann immer noch das Problem der anfänglichen unerkannten Unwirksamkeit der schuldrechtlichen Vereinbarung. Hier jedoch ist das Risiko kaum größer als bei einer anfänglichen Unwirksamkeit von Kapitalerhöhung und Zusatzvereinbarung, so daß dieses geringe, nie gänzlich ausschließbare und durch eine schuldrechtliche Zusatzvereinbarung kaum mehr gesteigerte Risiko nicht zwingend zur Ablehnung jeder schuldrechtlichen Vereinbarung als solcher führen muß.

Die Korrektur der formal tadellosen, bei wirtschaftlicher Betrachtung jedoch gestörten Kapitalerhöhung kann erhebliche Schwierigkeiten bereiten, die jedoch hier nicht im Detail erörtert werden können. Letztlich dürfte die Situation über § 313 BGB beherrschbar sein. Bestenfalls haben die Aktionäre in solchen Fällen auch über eine Einziehungsmöglichkeit nach § 237 AktG Vorsorge getroffen, wie das auch bei Vereinbarung korporativer Nebenverpflichtungen angezeigt ist.[2352] Aus Praktikabilitätsgesichtspunkten, wenn man solche anerkennt, ist es jedoch vorstellbar, Rückabwicklungsschwierigkeiten pauschal abzulehnen und

2349 Gefährlich schätzt diese Situation hingegen *Hermanns*, Gestaltungsmöglichkeiten, 791 ein.

2350 Vgl. *Fuchs* in MüKo-AktG § 200, Rz. 21 ff.

2351 Zu Willensmängeln bei Sacheinlagen und Sachübernahmen Grigoleit/*Vedder*, AktG § 27, Rz. 7 m.w.N.

2352 Zur Einziehung bei Schlecht- und Nichtleistung von Nebenverpflichtungen s. *Götze* in MüKo-AktG § 55, Rz. 29; *Fleischer* in Schmidt/Lutter § 55, Rz. 22.

daher schuldrechtliche Vereinbarungen grundsätzlich nicht bei der Bestimmung der Angemessenheit der Gegenleistung zu berücksichtigen. Allerdings ist zu bedenken, daß bei Sachübernahmen mit einem faktischen Agio letztlich dasselbe Problem besteht, da die Kapitalaufbringungsvorschriften nur den Ausgabebetrag absichern. Man müßte daher konsequenterweise ein faktisches Agio jedenfalls bei Sachübernahmen ebenfalls ablehnen.

(3) Argument der wertungssicheren Bareinlagen

Sieht man in dem Bewertungsrisiko bei Sacheinlagen den ausschlaggebenden Grund, warum diese nicht zu einer angemessenen Gegenleistung für junge Anteile beitragen können, besteht noch kein Grund, auch schuldrechtliche Bareinlagen abzulehnen. Denn schuldrechtliche Bareinlagen tragen kein Wertrisiko in sich. Bei vergleichbarer Sicherheit werden materielle Agioeinlagen auch in den Fällen des Bezugs- und Emissionsagios anerkannt.

Bei Bareinlagen besteht jedoch ebenso das Restrisiko eines Wegfalls des Rechtsgrundes, falls man ein solches als gewichtig ansieht. Schuldrechtliche Bareinlagen unterscheiden sich ferner von korporativen Baragien dadurch, daß die besonderen Sicherungsmechanismen der §§ 60 ff. AktG nicht greifen. Bei der Erörterung dieser Vorschriften wurde jedoch gezeigt, daß teilweise über Satzungsvereinbarungen individuelle Regelungen möglich sind. Im übrigen ist fraglich, ob diese Vorschriften, bei denen das Aktiengesetz, wie gesehen, einen formellen Einlagebegriff zugrunde legt, als so unverzichtbar angesehen werden können, daß die Wahl schuldrechtlicher Finanzierungsbeiträge als unzulässige Umgehung dieser Vorschriften zu bewerten ist. Dagegen spricht, daß z.B. § 60 AktG nur auf das Grundkapital abstellt und selbst ein korporatives Agio nicht berücksichtigt und §§ 63 ff. AktG auf korporative Sacheinlagen nicht anwendbar sind. Dieser Umstand zusammen mit der teilweisen Satzungsdisponibilität der Vorschriften spricht dafür, daß die besonderen Sicherungsmechanismen bei ausstehenden Einlagen bei materiellen Einlagen nicht unverzichtbar sind, mithin nicht als abschließende Regelung für alle materiellen Einlagen anzusehen sind.

Daß schuldrechtliche Bareinlagen anders als korporative Bareinlagen nicht gem. § 36a Abs. 1 AktG sofort in voller Höhe einzuzahlen sind, spricht ebenfalls nicht zwingend gegen eine Zulässigkeit und Berücksichtigungsfähigkeit schuldrechtlicher Zuzahlungen. Denn das Gesetz selbst geht mittlerweile davon aus, daß der Schutzzweck der Verhinderung einer Dividendenvortäuschung überholt ist und die Gefahr der Liberirung von Einlagepflichten kann auf formelle Einlagen begrenzt werden.[2353] Zudem ist der mit § 36a Abs. 1 AktG seinerzeit ebenfalls verfolgte Gedanke, durch Verteuerung des Aktienerwerbs einen spekulativen Börsenhandel zurückzudrängen, ebenfalls überholt.[2354]

2353 S. o. S. 916 ff.
2354 Zu diesem Motiv des Gesetzgebers von 1884 s. o. Kapitel 5, S. 715 ff.

Wenn man nun schuldrechtliche Bareinlagen aufgrund des nur geringen Risikos für berücksichtigungsfähig hielte, dann wird man bei vergleichbar sicheren Sacheinlagegestaltungen wie beispielsweise einem Verzicht auf eine Forderung gegen die Gesellschaft ebenfalls eine Berücksichtigungsfähigkeit annehmen. Nicht berücksichtigungsfähig wären dann nur Sacheinlagen mit einem qualifizierten Werthaltigkeitsrisiko.

(4) Interessenwidrigkeit

So vorteilhaft der Schutz der Mitgesellschafter durch die Kapitalaufbringungsvorschriften auch ist, darf man auch nicht übersehen, daß dieser Vorteil durch den Nachteil der Kapitalerhaltung erkauft werden muß, die mit einem korporativen Agio notwendig verbunden ist. Man muß annehmen, daß dieser Nachteil aus Sicht der Minderheitsgesellschafter regelmäßig weniger gewichtig ist als der Vorteil der Differenzhaftung und des einheitlichen Rechtsgrunds, selbst wenn das Bewertungsrisiko und das Risiko anfänglicher Unwirksamkeit der schuldrechtlichen Vereinbarung sehr gering sein sollten.

ee) Argument vom praktischen Bedürfnis

Für die Zulässigkeit schuldrechtlicher Agioleistungen wird nicht zuletzt ein Argument vom legitimen Bedürfnis der Praxis nach Berücksichtigung der Parteiinteressen ins Feld geführt. Es gebe wirtschaftlich vernünftige Gründe, weshalb bei Sacheinlagen kein korporatives Agio festgesetzt werden solle, so daß die Möglichkeit eines faktischen Agios und entsprechend auch die Möglichkeit schuldrechtlicher Vereinbarungen eröffnet werden solle.[2355] Läßt man schuldrechtliche Agioleistungen grundsätzlich zu und berücksichtigt die Nachteile gegenüber der Festsetzung eines korporativen Agios im Rahmen einer einzelfallorientierten Angemessenheitsprüfung, so könnte innerhalb der Angemessenheitsprüfung auch die besondere Bedeutung der Gewinnung des konkreten Neuinvestors oder des spezifischen Sacheinlagegegenstands berücksichtigt werden.[2356]

ff) Argument von der Systematik materieller Agioeinlagen

Die Auslegung des unbestimmten Rechtsbegriffs der Angemessenheit verlangt eine umfassende systematische und teleologische Betrachtung, die wertungsvergleichbare Gestaltungsalternativen mit in den Blick nimmt. Die Erörterung der als Alternative zu schuldrechtlichen Agiovereinbarungen in Frage kommenden materiellen Einlagen hat gezeigt, daß das Gesetz in keinem weiteren Fall

2355 So insbesondere *Verse*, Sacheinlagen und Vergleich, 884 und *Cahn*, Andere Zuzahlungen, 172 f.

2356 Ähnlich zur Angemessenheitskontrolle im Rahmen des § 255 Abs. AktG a.F. *Atta*, Schuldrechtliche Bar- und Sachaufgelder, 312.

Kapitalaufbringungsvorschriften ausdrücklich vorschreibt.[2357] Eine konsequente Gleichbehandlung aller materiellen Agioeinlagen verlangte so weitreichende Änderungen des geschriebenen Rechts, daß die Vereinbarkeit einer so ausgreifenden teleologischen Korrektur des Gesetzes mit dem methodischen Grundsatz der möglichst weitgehenden Zurückhaltung bei Gesetzeskorrekturen in Frage steht. Die Vielzahl der Ausnahmen vom vermeintlichen Grundsatz der Einbeziehung aller materiellen Agioeinlagen in die aktienrechtliche Kapitalaufbringung läßt daran zweifeln, daß das Aktienrecht einen solchen Grundsatz kennt, dies umso mehr, als das Aktienrecht die Kapitalerhaltungsregeln bedacht hat und in den meisten Fällen materielle Agioeinlagen wie korporative Agioeinlagen der gebundenen Rücklage zuweist. Man müßte annehmen, daß der Gesetzgeber, der verschiedene materielle Agioeinlagen bedacht und dafür kapitalerhaltungsrechtliche Vorschriften eingeführt hat, die zweite Seite der Medaille stets übersehen hat.

Insbesondere bei den bereits oft zitierten Nebenverpflichtungen, die das Gesetz selbst vorsieht, wäre es naheliegend, daß solche korporativen Zusatzleistungen auch im Rahmen von § 255 Abs. 2 und 4 AktG zu berücksichtigen sind, nicht zuletzt weil Nebenverpflichtungen auch disquotal vereinbart werden können.[2358] Wenn ein Aktionär bei einer Kapitalerhöhung Nebenverpflichtungen übernehmen sollte, wäre der Ausgabebetrag entsprechend zu reduzieren (ggf. bis zur Grenze des geringstmöglichen Ausgabebetrags), um eine insgesamt angemessene Gegenleistung zu erhalten. Wenn das Gesetz Nebenverpflichtungen ausdrücklich zuläßt, ist kein Grund ersichtlich, warum es nicht gestatten wollte, im Rahmen von § 255 Abs. 2 und Abs. 4 AktG alle übernommenen korporativen Leistungspflichten zu berücksichtigen, wie ja auch ein faktisches Agio im Rahmen einer Sacheinlage berücksichtigt wird.

Dienstleistungen und andere nicht sacheinlagefähige Vermögensmehrungen wiederum können nur auf schuldrechtlichem Weg vereinbart werden. Dabei zeigt die Gesetzgebungshistorie zur Nachgründungsvorschrift des § 52 AktG, daß der Gesetzgeber nicht verhindern wollte, Dienstleistungen auf schuldrechtlichem Weg zu versprechen. Austauschgeschäfte über nicht sacheinlagefähige Vermögensgegenstände sollten jedoch im Nachgründungszeitraum ebenso geprüft werden wie Austauschgeschäfte über sacheinlagefähige Vermögensgegenstände. Bewußt hat der Gesetzgeber daher darauf verzichtet, eine dem § 27 Abs. 2 AktG vergleichbare Vorschrift in das Nachgründungsrecht zu übernehmen.[2359] Wenn nun aber entgeltliche Dienstleistungen schuldrechtlich versprochen werden können, dann a fortiori auch teilunentgeltliche und unentgeltliche, und wenn dies im Nachgründungszeitraum geschehen kann und dann wie ein Gründungsvorgang zu behandeln ist, dann kann eine solche Vereinbarung

2357 S. o. S. 872 ff.

2358 Zur ungleichen Vereinbarung von Nebenpflichten s. o. S. 137 f.

2359 Hüffer/*Koch*, AktG § 54, Rz. 4.

auch unmittelbar bei der Gründung vereinbart werden, wenn aber bei der Gründung, dann auch bei Kapitalerhöhungen.

Schon erwähnt wurde weiter, daß im Rahmen der Angemessenheitsprüfung des § 243 Abs. 2 AktG nach bislang allgemein geteilter Ansicht auch nicht korporative Leistungen berücksichtigt werden können, die regelmäßig aufschiebend bedingt auf die tatsächliche Durchführung der Kapitalerhöhung abgeschlossen werden.[2360] Die Vorschrift des § 243 Abs. 2 AktG verlangt ebenso wie § 255 Abs. 2 und 4 AktG eine Angemessenheitsprüfung zugunsten der Mitgesellschafter und ist daher inhaltlich vergleichbar. Wenn im Rahmen dieser vergleichbaren Vorschrift schuldrechtliche Verträge nach allgemeiner Ansicht berücksichtigt werden können, zeigt dies, daß eine solche Berücksichtigung grundsätzlich anzuerkennen sein kann und auch bei § 255 Abs. 2 und 4 AktG erfolgen könnte.

Ein weiterer systematischer Zusammenhang besteht mit den Regeln zur Wirksamkeit verdeckter Sacheinlagen gem. § 27 Abs. 3 S. 2 AktG. Wenn selbst entgeltliche schuldrechtliche Verträge, die zu einem Abfluß der eigentlich versprochenen Bareinlage führen, nicht unwirksam sind, dann folgt a maiore ad minus, daß unentgeltliche Sacheinlageversprechen, welche die Bareinlage unangetastet lassen, erst recht wirksam sein müssen. Umso mehr gilt dies, als eine verdeckte Sacheinlage auch zu einem faktischen Agio führen kann, wenn das von der Gesellschaft gezahlte Entgelt niedriger ist als der Wert des dafür erhaltenen Vermögensgegenstands. Dann kann die Wirksamkeit, die § 27 Abs. 2 S. 2 AktG ausdrücklich anordnet, nicht deshalb vereint werden, weil der Abfluß der Barmittel zu gering gewesen sei, mithin ein im Rahmen von § 255 Abs. 2 AktG nicht berücksichtigungsfähiges faktisches Agio eingelegt worden sei. Wenn nun aber schuldrechtliche Sacheinlageversprechen wirksam sind, können sie bei der Angemessenheitsprüfung zumindest grundsätzlich berücksichtigt werden, wobei das Ergebnis der Angemessenheitsprüfung eventuell vom Wertrisiko der Einlage beziehungsweise vom Bestandsrisiko des Rechtsgrunds abhängt.

gg) Fairneßargument

Der Vergleich mit anderen materiellen Agioleistungen, die nur schuldrechtlich versprochen werden können, führt auf ein Fairneßproblem, wenn man schuldrechtliche Zusatzleistungen dann verbieten wollte, wenn der Vermögensgegenstand als Bar- oder Sacheinlage eingebracht werden könnte. Denn das schuldrechtliche Agio kann zum Verwässerungsschutz gerade wegen solcher schuldrechtlich vereinbarter nicht einlagefähiger Leistungen oder wegen korporativer Nebenverpflichtungen erforderlich sein. Dann kann dem Investor, der einen unteilbaren sacheinlagefähigen Vermögensgegenstand im Wert von 100 einbringen will, kaum erklärt werden, warum er die Werthaltigkeit verschuldens-

2360 Vgl. Grigoleit/*Ehmann*, AktG § 243, Rz. 21; dazu auch o. S. 772.

unabhängig garantieren soll, während der andere Investor, der teilbare Vermögensgegenstände im Wert von 100 einbringen will, eine korporative Nebenverpflichtung außerhalb des Kapitalaufbringungsrechts wählen kann, und der dritte Investor, der eine nicht sacheinlagefähige Leistung im Wert von 50 erbringen soll, eine schuldrechtliche Gestaltung wählen muß. Was bei einfachen Kapitalerhöhungen mit einem Neuinvestor und vielen Altgesellschaftern als ein einfaches und leicht verständliches Prinzip erscheint, nämlich daß die Verwässerung der Altgesellschafter durch ein zu geringes Entgelt des Neugesellschafters verhindert werden muß, führt als allgemeine Regel bei anderen Finanzierungssituationen schnell auf Schwierigkeiten.

Aber auch wenn nur ein Neuinvestor eine Sacheinlage einbringen will, ist schon angesprochen worden, daß eine Wertgarantie für die Sacheinlage den Inferenten doppelt belastet, da er das Bewertungsrisiko für zwei Sachen tragen muß, die eigene Sacheinlage und das Unternehmen, an dem er sich beteiligen will. So wie die Altgesellschafter ein schützenswertes Interesse an Verwässerungsschutz haben, hat der Neugesellschafter ein schützenswertes Interesse an der Werthaltigkeit der Gesellschaftsanteile, die er erwirbt.[2361]

hh) Praktikabilitätsargument

Nach richtiger Ansicht als Abwägungskriterien nicht völlig unbrauchbare Gesichtspunkte ergeben sich ferner aus Praktikabilitätserwägungen. Ein Verbot schuldrechtlicher Zusatzvereinbarungen, die im Zusammenhang mit einer Anteilsausgabe stehen, würde nach sich ziehen, die Grundsätze verdeckter Sacheinlagen auf »verdeckte schuldrechtliche Agioversprechen« auszudehnen, was die Rechtssicherheit durch Abgrenzungsfragen beeinträchtigen und den Beratungsbedarf der Gesellschafter und damit die Transaktionskosten erhöhen würde.[2362]

Ferner ist zu bedenken, daß bei einem Verbot schuldrechtlicher Vereinbarungen Dauerleistungen wie beispielsweise Nutzungsüberlassungen nur mehr bis maximal fünf Jahre nach Eintragung der Kapitalmaßnahme vereinbart werden könnten. Denn § 36a Abs. 2 AktG ist aufgrund europarechtlicher Vorgaben so zu verstehen, daß Sacheinlagen binnen fünf Jahren vollständig geleistet sein müssen. Jenseits dieser Fünfjahresgrenze können Dauerleistungen nur schuldrechtlich vereinbart werden.[2363] Ein Verbot schuldrechtlicher Vereinbarungen liefe demnach auf ein Verbot von Dauerleistungen über fünf Jahren Dauer hinaus.

2361 Vgl. *Maier-Reimer*, Wert der Sacheinlage, 261 ff., s. a. o. S. 772 ff.
2362 Beeinträchtigungen für die Rechtssicherheit sieht hingegen *Herchen*, Agio, 319 als unmaßgeblich an.
2363 S. o. S. 793 f.

ii) Umgehungsfragen

Die angesprochenen Gestaltungsalternativen werfen ferner Umgehungsfragen auf. Neben die Gestaltungsvariante der korporativen Nebenverpflichtungen treten hierbei insbesondere die Verwertungsaktien, der Verkauf selbstgehaltener Anteile sowie Vorteile aus vergünstigter Darlehensgewährung und vergünstigten Austauschgeschäften. Die Vielzahl der Gestaltungsvarianten führt zu der Erkenntnis, daß eine Unzulässigkeit schuldrechtlicher Zusatzleistungen und damit zusammenhängend eine Nichtberücksichtigung im Rahmen von § 255 Abs. 2 AktG in geschlossenen Gesellschaften ohne Bedeutung wäre, da entweder alle Gesellschafter über die Vorgehensweise einig und damit nicht schutzwürdig sind oder weil vom Gesetz selbst Umgehungswege eröffnet werden. Strenge und zugleich leicht umgehbare Standardregeln stellen vor allem eine Falle für unaufmerksame und schlecht beratene Gesellschafter dar sowie eine Geldquelle für Kautelarjuristen. Einen effektiven Schutz bewirken sie nicht.

c) Zusammenfassung

Zusammenfassend läßt sich feststellen, daß es bei der Frage der Zulässigkeit und Berücksichtigungsfähigkeit von schuldrechtlichen Zusatzleistungen wieder einmal entscheidend darauf ankommt, ob man das Aktienrecht möglichst flexibel und an verschiedene Typen von Aktiengesellschaften und Finanzierungssituationen anpassungsfähig halten möchte oder ob man sich allein am Typus der kapitalmarkorientierten Publikumsgesellschaft orientiert und dementsprechend eine besonders strenge Standardisierung wünscht. Im ersten Fall wird man bereit sein, den Mitgesellschaftern mehr Selbstschutzobliegenheiten aufzubürden und mehr auf die Organe zu vertrauen, im zweiten Fall wird man den zwingenden Minderheitsgesellschafterschutz durch Kapitalaufbringungsvorschriften möglichst weitreichend ausgestalten wollen.

Sind sich alle Gesellschafter einig, kann das bei schuldrechtlichen Zuzahlungen wirtschaftlich Gewollte auf verschiedenen, vom Gesetz selbst ermöglichten Wegen ohnehin erreicht werden, so daß in diesen Fällen wenig dagegen spricht, schuldrechtliche Vereinbarungen anzuerkennen und bei der Angemessenheit der Gegenleistung zu berücksichtigen. In nicht geschlossenen Gesellschaften besteht die Kernfrage darin, ob man das Restrisiko einer unerkannten Überbewertung und das Restrisiko einer Unwirksamkeit nur des schuldrechtlichen Geschäfts bei Abwägung mit den Vorteilen, die schuldrechtliche Gestaltungen auch für die Altgesellschafter haben (Investoren leichter zu gewinnen und keine Kapitalerhaltung zu berücksichtigen), und bei Abwägung mit den Fairneßfragen für hinnehmbar hält, oder ob man im Sinne eines möglichst umfassenden Minderheitsgesellschafterschutzes jedes Risiko ablehnt unabhängig von der Höhe des konkreten Risikos.

V. Zulässigkeit eines schuldrechtlichen Agios

Wenn man ein schuldrechtliches Agio bei Abwägung der verschiedenen Interessen im Rahmen der Angemessenheitsprüfung des § 255 Abs. 2 und 4 AktG für berücksichtigungsfähig hält, dann ist über die Zulässigkeit solcher Vereinbarungen mitentschieden, denn die Wirksamkeit der Vereinbarung des Agios ist Voraussetzung für dessen Beitrag zu einem angemessenen Entgelt für junge Anteile. Wenn man ein schuldrechtliches Agio hingegen nicht für berücksichtigungsfähig hält, dann ist noch nicht über die Zulässigkeit eines solchen Agios und damit noch nicht über Wirksamkeit oder Unwirksamkeit einer schuldrechtlichen Vereinbarung entschieden, sondern nur über die Erfolgsaussichten der Klage eines dissentierenden Minderheitsgesellschafters auf Ausgleichszahlung.

Bei Einigkeit aller Gesellschafter, die insbesondere in geschlossenen Gesellschaften und hier nicht zuletzt in Einmanngesellschaften tatsächlich oft gegeben ist, scheidet eine Klage nach § 255 Abs. 2 und 4 AktG praktisch aus. In diesen Fällen kommt es darauf an, ob schuldrechtliche Zusatzvereinbarungen lediglich nicht berücksichtigungsfähig sind bei der Bestimmung der Angemessenheit des Entgelts, sei es pauschal oder bei Berücksichtigung aller Umstände des Einzelfalls, oder ob schuldrechtliche Zusatzvereinbarungen über materielle Einlagen unzulässig und daher notwendig unwirksam sind.

Einen Unterschied macht das Unzulässigkeitsverdikt gegen schuldrechtliche Zusatzvereinbarungen auch dann, wenn zwar ein einstimmiger Kapitalerhöhungsbeschluß vorliegt, dennoch aber keine Einigkeit aller Gesellschafter. Eine solche Situation kann entstehen, wenn ein Mitgesellschafter an dem Kapitalerhöhungsbeschluß nicht mitwirkt. In diesem Fall hat der Mitgesellschafter gem. §§ 255 Abs. 3, 245 AktG keine Anfechtungsbefugnis. Er kann dann auch keine Klage auf Ausgleichszahlung nach § 255 Abs. 4 AktG erheben, selbst wenn die Angemessenheit des Entgelts erst durch ein schuldrechtliches Agio bewirkt würde, da sein Anfechtungsrecht in diesem Fall nicht aufgrund § 255 Abs. 2 AktG ausgeschlossen wäre, sondern über § 255 Abs. 3 iVm § 245 AktG.

Der Schutz der Altgesellschafter steht der Anerkennung schuldrechtlicher Zusatzvereinbarungen bei Einigkeit aller Gesellschafter nicht entgegen, denn es wäre nicht erklärbar, warum der Schutz der Gesellschafter für diese nicht einmal dann disponibel sein soll, wenn alle übereinstimmen. Der Schutz der Investoren stünde ebenfalls nicht entgegen, da diese einerseits selbst beteiligt wären und andererseits die schuldrechtliche Verpflichtung nicht mit der Mitgliedschaft auf spätere derivative Erwerber überginge, im übrigen der Schutzzweck der Verhinderung von Scheindividenden mittlerweile überholt ist und der Schutzzweck der Liberirung von der Einlagepflicht auf die formelle Einlage begrenzt ist.

Im Fall eines dissentierenden, aber nicht an der Hauptversammlung teilnehmenden Gesellschafters würde der Mitgesellschafter bei einem Unzulässigkeitsverdikt jedoch stärker geschützt. Denn wenn eine schuldrechtliche Zuzahlung nicht wirksam vereinbart werden kann, wird es praktisch kaum je zur

Abstimmung über einen Kapitalerhöhungsbeschluß kommen, dessen Konditionen nur bei Berücksichtigung einer nicht wirksamen und nicht durchsetzbaren Leistungspflicht angemessen wären. Das Unzulässigkeitsverdikt gegen schuldrechtliche Zuzahlungen würde demnach diejenigen Gesellschafter besonders schützen, die den Aufwand einer Teilnahme an der Hauptversammlung scheuen.

Hinsichtlich des erwünschten Mitgesellschafterschutzes darf man dabei in geschlossenen Gesellschaften nicht glauben, man könne die wirtschaftliche Situation der Altgesellschafter durch ein Verbot schuldrechtlicher Agioleistungen entscheidend verbessern. Verbietet man einem Neuinvestor schuldrechtliche Beiträge und zwingt ihn zu korporativer Festsetzung seines Leistungsversprechens, so wird die Risikoverteilung dennoch unvermeidbar in anderen schuldrechtlichen Vereinbarungen vorgenommen werden. Gegenüber einem Differenzhaftungsrisiko wird sich der Investor durch Freistellungsversprechen der Altgesellschafter abzusichern suchen, bei Verbot bedingter Einlageversprechen wird er darauf drängen, die ihm (oftmals ohnehin) eingeräumten Putoptionen oder die stets vereinbarte Liquidationspräferenz so auszugestalten, daß die verfrüht eingezahlten Einlagen an ihn zurückfließen. Wenn keinerlei solche Vereinbarungen getroffen werden, brauchte entweder die Gesellschaft nicht wirklich eine Finanzierung und verzichtete deshalb darauf oder die Konditionen wären nicht angemessen und daher bei den Altgesellschaftern nicht durchsetzbar. Wenn die Vorteile schuldrechtlicher Leistungspflichten für den Neuinvestor jedoch insgesamt wirtschaftlich vernünftig sind, werden die Altgesellschafter sie akzeptieren und es wird Wege geben, das wirtschaftlich Gewollte zumindest in großen Teilen rechtssicher umzusetzen.

Auch hier zeigt sich wieder, daß ein Verbot schuldrechtlicher Einlagen vor allem in Publikumsgesellschaften einen tatsächlichen Effekt haben würde. In Publikumsgesellschaften ist zu fragen, ob ein Verbot solcher Vereinbarungen mit Nichtigkeitsfolge nicht eher kontraproduktiv wäre, da die versprochene Einlage wegfiele. Zu fragen ist auch, ob es nicht genügte, über die Nichtberücksichtigung schuldrechtlicher Beiträge im Rahmen der Angemessenheitsprüfung des § 255 Abs. 2 und 4 AktG den dissentierenden Minderheitsgesellschaftern die Möglichkeit zu geben, die eine Ausgleichszahlung zu verlangen.

Dabei ist zu entscheiden, ob man auch in Publikumsgesellschaften dem Kleinanleger die Schutzobliegenheit aufbürden will, an einer Hauptversammlung teilzunehmen, um sich die Möglichkeit einer Klage auf Ausgleichszahlung offen zu halten, wenn die Kapitalerhöhung gegen seinen Willen ein schuldrechtliches Agio vorsieht. Je stärker man den zwingenden Mitgesellschafterschutz durch Kapitalaufbringung ausgestaltet, desto weniger muß sich ein Kleinanleger um die Belange seines Aktieninvestments kümmern. Zu berücksichtigen ist in diesem Zusammenhang, daß der Kleinanleger im vergleichbaren Fall einer Veräußerung selbstgehaltener Anteile nicht vor schuldrechtlichen Vereinbarungen geschützt würde, da ein entsprechender Hauptversammlungsbeschluß anzufechten wäre, und zwar in diesem Fall nach § 243 Abs. 2 AktG. In diesem Fall würde zudem die Angemessenheit der Transaktion, wie gesehen, nach derzeit allgemeiner Ansicht unter Berücksichtigung aller Umstände des Einzelfalls zu bewerten sein. Auch diesen Hauptversammlungsbeschluß könnte der dissentierende Gesellschafter nur anfechten, wenn er an der Hauptversammlung teilnimmt. Dieser Vergleich spricht dafür, einen Minderheitsgesellschafter, der sich an Abstimmungen nicht beteiligt, auch dann nicht als schutzwürdig anzusehen, wenn über eine Kapitalmaßnahme (Veräußerung eigener Anteile oder Kapitalerhöhung) abgestimmt wird.

Geht man von dieser Prämisse aus, daß bei Hauptversammlungsbeschlüssen über Kapitalmaßnahmen ein dissentierender Gesellschafter auch in Publikumsgesellschaften nur dann schützenswert ist, wenn er an der Hauptversammlung teilnimmt, ist es nicht erforderlich, den dissentierenden Minderheitsgesellschafter dadurch zu schützen, daß man schuldrechtliche Zusatzvereinbarungen für unzulässig erklärt. Insgesamt ergibt sich dann, daß ein Unzulässigkeitsverdikt im praktischen Ergebnis nur dann einen Unterschied machte, wenn alle Gesellschafter nicht schutzwürdig sind, entweder weil sie zustimmen oder weil sie entgegen ihrer Obliegenheit nicht an der Abstimmung teilnehmen.

Der Gläubigerschutz hat, wie gesehen, bei der Diskussion des Kapitalschutzes des Agios keinen Anwendungsbereich, im übrigen könnte eine Gleichbehandlung des schuldrechtlichen mit dem korporativen Agio bei der Kapitalerhaltung schon durch eine entsprechende Auslegung der Bilanzierungsvorschrift des § 272 Abs. 2 Nr. 1 HGB erreicht werden und bedarf keines Unzulässigkeitsverdikt gegen materielle Einlageleistungen.

Bei Annahme einer Unzulässigkeit schuldrechtlicher Zusatzvereinbarungen würde das Gesetz durch die Gestaltungsalternativen der korporativen Nebenverpflichtungen, der Verwertungsaktien und der Veräußerung von der Gesellschaft selbst gehaltener Anteile in vielen Fällen einen Umgehungsweg eröffnen, auf dem dasselbe wirtschaftliche und zu großen Teilen dasselbe rechtliche Ergebnis erreicht würde wie bei Anerkennung schuldrechtlicher Zusatzvereinbarungen. All diese gesetzlichen Umgehungswege müßten durch Korrektur des Gesetzes geschlossen werden, will man tatsächlich erreichen, daß alle bzw. jedenfalls alle sacheinlagefähigen und bilanzierbaren materiellen Agioleistungen kapitalaufbringungsrechtlich zumindest ähnlich wie das korporative Agio behandelt würden.

Angesichts dieses Befundes, daß ein Unzulässigkeitsverdikt gegen schuldrechtliche Agioleistungen nur dann einen Unterschied machte gegenüber der bloßen Nichtberücksichtigung bei der Angemessenheitsprüfung im Rahmen von § 255 Abs. 2 und 4 AktG, wenn keine schutzwürdigen Interessen berührt sind und wenn zudem regelmäßig alternative Gestaltungsmöglichkeiten offen stehen, die das Gesetz selbst anbietet, erscheint eine teleologische Korrektur der Vertragsfreiheit durch ein Unzulässigkeitsverdikt nicht geboten. Denn die Versagung der Berücksichtigung im Rahmen der Angemessenheitsprüfung des § 255 Abs. 2 und 4 AktG wäre zum Schutz dissentierender Mitgesellschafter gleich effektiv. Damit stellt die Versagung der Berücksichtigungsfähigkeit einen weniger starken Eingriff in die Vertragsfreiheit dar, der ebenso wirksam ist. Eine weitergehende Aberkennung der Wirksamkeit der schuldrechtlichen Vereinbarung wäre damit unverhältnismäßig und daher methodisch unzulässig.

Eine Abkehr von der ständigen Rechtsprechung, welche, wie gezeigt, von der Zulässigkeit schuldrechtlicher Vereinbarungen über zusätzliche Leistungspflichten ausgeht, ist damit nicht geboten. Sind aber schuldrechtliche Zusatzvereinbarungen zulässig, entweder weil alle (abstimmenden) Gesellschafter darüber einig sind oder bei dissentierenden Gesellschaftern auch weil man bei Abwägung der unterschiedlichen Interessen von Alt- und Neugesellschaftern annimmt, daß (jedenfalls bei nur geringem Werthaltigkeits- und Bestandsrisiko der zusätzlichen Einlage) schuldrechtliche Vereinbarungen zulässig und berücksichtigungsfähig sind, dann kommt es nicht darauf an, ob die Gesellschaft ein eigenes Forderungsrecht erhält oder nicht, solange auch bei fehlendem Forderungsrecht der Gesellschaft die tatsächliche Leistungserbringung sichergestellt ist. Für die Minderheitsgesellschafter die sicherste Lösung bestünde darin, der Gesellschaft ein eigenes Forderungsrecht einzuräumen, da dann die Organe der Gesellschaft unter Androhung der Organhaftung nach §§ 93, 116 AktG dazu angehalten wären, die tatsächliche Erfüllung der schuldrechtlichen Einlageverpflichten ebenso sicherzustellen wie die tatsächliche Aufbringung der korporativen Einlage. Wenn man daher schuldrechtliche Zuzahlungspflichten grundsätzlich als angemessen einstuft, dann muß dies entgegen der Ansicht des Bayerischen Obersten Landesgerichts[2364] erst recht gelten, wenn die Gesellschaft ein Forderungsrecht erhält.[2365]

Wenn bei der Ausgestaltung schuldrechtlicher Agioversprechen die sicherste Lösung darin besteht, der Gesellschaft ein eigenes Forderungsrecht einzuräumen, dann steht nichts entgegen, daß die Gesellschaft selbst die schuldrechtliche Vereinbarung abschließt und dies auch ohne Beteiligung der übrigen Gesellschafter, ähnlich wie auch bei Sachübernahmen die Gesellschaft die Details des Austauschgeschäfts verhandelt und vereinbart. Die Hauptversammlung kann über den Inhalt der schuldrechtlichen Vereinbarung mit abstimmen, wenn die Zusatzvereinbarung aufschiebend bedingt auf den Kapitalerhöhungsbeschluß abgeschlossen wird und der Hauptversammlungsbeschluß in Kenntnis der schuldrechtlichen Zusatzvereinbarung gefaßt wird, ebenso wie die Praxis auch bei § 243 Abs. 2 AktG verfährt. Damit können die Gesellschafter (jedenfalls bei Einigkeit unter allen Gesellschaftern) wählen, ob sie eine Leistung über den geringsten Ausgabebetrag hinaus als korporatives Agio oder als schuldrechtliches Agio vereinbart wissen wollen. Die gesetzlichen Regelungen zum Kapitalschutz des korporativen Agios erscheinen dann als ein Optionsmodell. Wenn die Gesellschafter aber grundsätzlich die Wahl haben sollen, eine Leistung über den Nominalwert der Anteile hinaus auf schuldrechtlicher Grundlage vorzusehen, und wenn die Gesellschaft diese Vereinbarung selbst schließen kann, dann

2364 BayObLG AG 2002, 510; s. dazu o. S. 921 ff.

2365 Andere Einschätzung bei *Hermanns*, Gestaltungsmöglichkeiten, 791, der jedoch offenbar die Organpflichten nicht bedacht hat.

ist es auch möglich, daß die Gesellschafter in den Fällen, in denen der Vorstand über die Höhe des Entgelts entscheidet, diesem aufgeben oder ihn ermächtigen, Einlagen über dem Nominalwert der Anteile in Form eines schuldrechtlichen Agios zu vereinbaren.

D. Das Agio im GmbH-Recht

Auch im Recht der GmbH ist die Unterpari-Emission unzulässig, die Überpari-Emission hingegen gestattet.[2366] Die rechtliche Behandlung von Agioleistungen unterscheidet sich im GmbH-Recht erheblich von der im Aktienrecht.

I. Entscheidungsbefugnis

Bei der Gründung einer GmbH entscheiden die Gründer frei darüber, ob sie ein korporatives Agio festlegen und in welcher Höhe. Bei einer Kapitalerhöhung muß man differenzieren zwischen der Entscheidung, ob eine Überpariemission erfolgen soll, und der Entscheidung über die konkrete Höhe des korporativen Agios.[2367] Auch im Recht der GmbH wird die Kapitalerhöhung als Unterfall der Satzungsänderung angesehen.[2368] Ein korporatives Agio muß nach § 3 Abs. 2 GmbHG in der Satzung festgelegt werden und daher bei einer Kapitalerhöhung Bestandteil des satzungsändernden Beschlusses sein, den nach § 53 GmbHG nur die Gesellschafter mit Dreiviertelmehrheit fassen können.[2369] Nur die Gesellschafter können daher entscheiden, ob ein korporatives Agio festgelegt wird.[2370]

Die konkrete Höhe des Agios können die Gesellschafter einer GmbH, ähnlich wie die Aktionäre einer Aktiengesellschaft, die Geschäftsführer oder andere Organe bestimmen lassen.[2371] Hinsichtlich des Ausgabepreises der neuen Gesellschaftsanteile und damit der Frage, ob ein korporatives Agio festzusetzen sein kann, um einen Verwässerungsschutz der Anteile zu gewährleisten, insbe-

2366 BH-*Fastrich* § 5, Rz. 11.
2367 *Lüssow*, Agio, 61 f.
2368 BH-*Servatius* § 55, Rz. 4.
2369 *Protz/Krome* in: Beck'sches Handbuch GmbH, § 7 Rz. 25. Möglich ist auch, daß die Verpflichtung zur Erhebung eines Agios im Fall einer Kapitalerhöhung vorausschauend schon früher einmal in der Satzung festgeschrieben worden ist, in welchem Fall bei der Kapitalerhöhung kein Beschluß über ein Agio gefaßt werden muß, s. *Herchen*, Agio, 38.
2370 *Lüssow*, Agio, 61; *Herchen*, Agio, 38.
2371 *Lüssow*, Agio, 62 ff.; BH-*Servatius* § 55, Rz. 13a m.w.N., der in diesem Fall Vorgaben verlangt, welche Geschäftsführer ausbuchstabieren, und kein Ermessen der Geschäftsführer zulassen will.

sondere im Fall eines Bezugsrechtsausschlusses[2372], gelten bei der Kapitalerhöhung im Recht der GmbH grundsätzlich ähnliche Überlegungen wie im Aktienrecht, so daß auf die Ausführungen dazu verwiesen werden kann.[2373] Jedoch besteht bei der GmbH im Unterschied zur Aktiengesellschaft die Besonderheit, daß aus dem kleinen Gesellschafterkreis oftmals alle Gesellschafter an der Kapitalerhöhung teilnehmen wollen oder dem Ausgabepreis zustimmen, in welchen Fällen die Höhe eines korporativen Agios frei bestimmbar ist.[2374]

II. Grundsatz der Ungleichbehandlung

1. Korporatives Agio keine Einlage

Wie im ersten Kapitel erörtert wurde, ist ein korporatives Agio in der GmbH als Nebenleistungspflicht gemäß § 3 Abs. 2 GmbHG möglich.[2375] Das korporative Agio wird als statuarische Nebenleistungspflicht im Gesellschaftsvertrag festgeschrieben. Als Nebenleistungspflicht ist das korporative Agio im GmbH-Recht nicht Teil der Einlage.[2376] Im GmbH-Recht besteht daher die umgekehrte methodische Vermutung wie im Aktienrecht, nämlich daß die Kapitalschutzvorschriften des GmbH-Rechts mit dem Tatbestandsmerkmal der Einlage nur die Einlagen auf das Stammkapital meinen, nicht aber ein korporatives Agio.

Der Verzicht des GmbH-Rechts auf Kapitalschutzvorschriften für das korporative Agio wird im Vergleich zum Aktienrecht damit erklärt, daß die GmbH-Anteile nicht für den Börsenhandel geeignet sind, weshalb ein Kapitalmarktschutzkonzept anders als bei der Aktiengesellschaft nicht erforderlich erscheint.[2377] Im Verlauf der bisherigen Untersuchungen hat sich gezeigt, daß ein

2372 Ein Bezugsrecht der Altgesellschafter bei einer Kapitalerhöhung und die Möglichkeit eines Bezugsrechtsausschlusses sind im GmbH-Recht ebenso anzuerkennen wie im Aktienrecht. Ob dies in Analogie zu den aktienrechtlichen Regeln geschieht oder in Anwendung des GmbH-rechtlichen Gleichbehandlungsgrundsatzes, macht im Ergebnis wenig Unterschied. Zu diesen Fragen s. Scholz/*Priester/Tebben* § 55, Rz. 40 ff. m.w.N., BH-*Servatius* § 55, Rz. 20 ff. m.w.N.

2373 Tatsächlich war die Entscheidung des OLG Stuttgart NZG 2000, 156 zum GmbH-Recht Ausgangspunkt der Überlegungen zu einer Mindesthöhe des Ausgabepreises bei einer Kapitalerhöhung unter dem Gesichtspunkt des faktischen Zwangs zu einem Nachschuß. Im Einzelnen zu den Anforderungen an die Höhe eines korporativen Agios im Recht der GmbH *Herchen*, Agio, 57 ff. und 108 ff. und *Lüssow*, Agio, 87 ff. und 119 ff.

2374 Scholz/*Priester/Tebben* § 55; Rz. 27.

2375 S. o. Kapitel 1, S. 181.

2376 S. o. Kapitel 1, S. 175 ff.

2377 So z.B. auch *Priester*, Mittelbares Bezugsrecht, 111. Einschränkend zu berücksichtigen ist, daß bei einer GmbH zwar ihre Gesellschaftsanteile nicht kapitalmarktfä-

Kapitalschutz des Agios auch dem Schutz der Gläubiger und dem Schutz der Mitgesellschafter dienen kann. Wenn das GmbH-Recht dennoch keine Kapitalschutzregeln für das korporative Agio vorsieht, bringt es damit zum Ausdruck, daß Gläubigerschutzaspekte und Mitgesellschafterschutzaspekte für das Agio im GmbH-Recht ebenfalls nicht maßgeblich sind.[2378]

2. Unterschiede von Nebenleistungen und Stammkapital

Nebenleistungspflichten nach § 3 Abs. 2 GmbHG können grundsätzlich unbeschränkt geschaffen werden und sind frei ausgestaltbar wie schuldrechtliche Vereinbarungen oder außerhalb der Gesellschaftsvertrags durch schuldrechtliche Ausführungsvereinbarungen näher bestimmbar.[2379] Anders als bei Einlagen auf das Stammkapital können die Regelungen zu Nebenleistungspflichten auch nachträglich durch Satzungsänderung wieder geändert werden.[2380] Ein korporatives Agio kann, da es frei gestaltbare Nebenleistungsverpflichtung ist, als Bar- oder als Sachleistung vorgesehen werden und anders als im Aktienrecht auch unter eine Bedingung oder Befristung gestellt oder mit einer Fälligkeitsvereinbarung verbunden werden.

Die Fälligkeit von Nebenleistungspflichten kann von einem Einforderungsbeschluß der Gesellschafter abhängig gemacht werden.[2381] Wann eine Nebenleistung ohne besondere Vereinbarung fällig wird, wird in Literatur und Rechtsprechung bislang kaum erörtert. Grundsätzlich gelten bei Nebenleistungspflichten, sofern das GmbHG oder der Gesellschaftsvertrag keine besonderen Bestimmungen vorsehen, ergänzend die allgemeinen Regeln des Schuldrechts.[2382] Eine Nebenleistungsverpflichtung ist daher gemäß § 271 Abs. 1 BGB sofort fällig, wenn sich nicht aus den Umständen etwas anderes ergibt.[2383] Damit beginnt auch die Verjährung grundsätzlich sofort.[2384]

hig sind, Schuldverschreibungen hingegen schon. Die Möglichkeit der Kapitalmarktfinanzierung einer GmbH über Anleihen ist für den Gesetzgeber jedoch nicht handlungsleitend gewesen.

2378 Auch BGH GmbHR 2008, 147, Tz. 13 stellt fest, daß das Agio nicht Teil der gläubigerschützenden Einlagenaufbringungspflicht ist; zustimmend *Verse* in Henssler/Strohn, GesR, § 14 GmbHG, Rz. 8 m.w.N.

2379 BH- *Fastrich* § 3, Rz. 32, 36 und 39; *Wicke*, GmbHG § 3, Rz. 19.

2380 *Jaeger* in Beck'scher Online Kommentar GmbHG, § 3, Rz. 24.

2381 Scholz/*Cziupka* § 3 Rz. 71.

2382 *Wicke*, GmbHG § 3, Rz. 19.

2383 A.A. Scholz/*Seibt*, § 16, Rz. 53, der sofortige Fälligkeit nur bei entsprechender Satzungsregelung oder einem Gesellschafterbeschluß annimmt, andernfalls eine Anforderung durch die Geschäftsführer voraussetzt, dies jedoch ohne Begründung und ohne Erklärung der Abweichung von den allgemeinen schuldrechtlichen Vorgaben.

2384 Zur Fälligkeit eines Anspruchs als im Grundsatz notwendige Voraussetzung der Verjährung Palandt/*Ellenberger* § 199, Rz. 3.

Als Nebenleistung unterliegt das korporative Agio nicht den Regeln der Kapitalaufbringung oder der Kapitalerhaltung.[2385] Die wichtigsten Unterschiede sind die folgenden:

- Die Mindesteinzahlungsvorgaben des § 7 Abs. 2 GmbHG gelten nicht für das korporative Baragio,[2386]
- ein Sachagio muß nicht nach § 7 Abs. 3 GmbHG vor Anmeldung vollständig zur freien Verfügung der Geschäftsführer bewirkt sein,[2387]
- es gelten keine Vorgaben für die Sacheinlagefähigkeit des Vermögensgegenstands und es findet keine Werthaltigkeitsprüfung statt,[2388]
- bei verdeckten Sacheinlagen steht der gesamte Wert des Einlagegegenstands für die Anrechnung auf das Stammkapital zur Verfügung und es ist ggf. nur der (Rest-) Betrag des Stammkapitals in Bar aufzubringen,[2389]
- bei überbewerteten Sacheinlagen erstreckt sich der Differenzhaftungsanspruch nach § 9 Abs. 1 S. 2 GmbH nur auf das Stammkapital, nicht aber auf das korporative Agio.[2390]
- Da das Kapitalaufbringungsrecht in der GmbH nur das Stammkapital schützt, kann das Registergericht die Eintragung der GmbH auch nicht nach § 9c Abs. 1 S. 2 GmbHG ablehnen, wenn eine Sacheinlage zwar das Stammkapital abdeckt, jedoch wesentlich hinter dem Wert des korporativen Agios zurückbleibt.[2391]
- § 19 GmbHG gilt für das korporative Agio nicht, damit gilt insbesondere kein Befreiungsverbot und kein Aufrechnungsverbot.[2392]
- Die Vorschriften zur Sicherung der Einlageleistung in §§ 21 ff. GmbHG greifen beim korporativen Agio nicht, insbesondere auch nicht die Ausfallhaftung des § 24 GmbHG.

  Da die Ausfallhaftung in § 24 GmbHG deutlich strenger ausgestaltet ist als in § 46 Abs. 4 AktG, nämlich als verschuldensunabhängige Garantiehaftung, haben die Mitgesellschafter in der GmbH ein besonderes Interesse

2385 BGH GmbHR 2008, 148; Scholz/*Cziupka* § 3 Rz. 77; allgemein zu Nebenleistungen BH- *Fastrich* § 3 Rz. 36.

2386 BH-*Servatius* § 7, Rz. 5a; *Kinzl*, Gesellschaftervereinbarungen, Kapitel 25 Tz. 41.

2387 *Priester*, Kapitalaufbringungspflicht beim Agio, 633.

2388 *Lubberich*, Sachagio bei GmbH-Gründungen, 167.

2389 *Priester*, Kapitalaufbringungspflicht beim Agio, 633; *Koch*, Sacheinlage im Spannungsfeld, 63.

2390 BGHZ 191, 364 (Babcock) in Abgrenzung des Aktienrechts vom GmbH-Recht; vgl. a. Begründung des MoMiG, BT-Drucks. 16/6140, 36; BH- *Servatius* § 9, Rz. 9; *Schwandtner* in MüKo-GmbHG § 9 GmbHG, Rz. 13; *Verse* in Henssler/Strohn, GesR, § 14 GmbHG, Rz. 8.

2391 BH-*Servatius* § 9c, Rz. 7.

2392 *Priester*, Kapitalaufbringungspflicht beim Agio, 633; *Verse* in Henssler/Strohn, GesR § 14 GmbHG, Rz. 8.

daran, ihr Haftungsrisiko dadurch zu reduzieren, daß eine materielle Einlage nicht als formelle Einlage qualifiziert wird.

- Der Anspruch der Gesellschaft auf Leistung des korporativen Agio verjährt nicht nach § 19 Abs. 6 GmbHG in 10 Jahren von seiner Entstehung an, sondern wie bei allen Nebenleistungen nach den allgemeinen schuldrechtlichen Regeln.[2393]
- Der Erwerb eigener Anteile durch die Gesellschaft ist möglich, wenn ein korporatives Agio oder andere Nebenleistungen ausstehen, da § 33 GmbHG nur auf die Einlagen auf das Stammkapital abstellt.[2394]
- Eine Wiederausschüttung eines einbezahlten korporativen Aufgelds ist in der GmbH zulässig, sofern nicht im Fall einer Unterbilanz ohnehin jegliche Ausschüttungen an die Gesellschafter verboten sind (§ 30 Abs. 1 S. 1 GmbHG).[2395]

Allerdings unterliegt die Vereinbarung über ein korporatives Agio ebenso wie die Festlegung der GmbH-rechtlichen Einlage der Publizität des Handelsregisters. Als Bestandteil des Gesellschaftsvertrags (§ 3 Abs. 2 GmbHG) wird die Regelung über das korporative Agio bei der Gesellschaftsgründung zum Handelsregister eingereicht (§ 7 Abs. 1 iVm § 8 Abs. 1 Nr. 1 GmbHG iVm § 9 Abs. 1 S. 1 Var. 2 HGB). Bei einer Kapitalerhöhung muß der satzungsändernde Gesellschafterbeschluß zu seiner Wirksamkeit in das Handelsregister eingetragen werden (§ 54 Abs. 3 GmbHG). Bei der Anmeldung ist der vollständige Wortlaut des geänderten Gesellschaftsvertrags beizufügen (§ 54 Abs. 1 S. 2 GmbHG) und daher gemäß § 9 Abs. 1 S. 1 Var. 2 HGB einsehbar. Übernimmt bei der Kapitalerhöhung ein Neugesellschafter einen Gesellschaftsanteil, so muß nach § 55 Abs. 2 S. 2 AktG auch ein korporatives Agio als statuarische Leistungspflicht in der Übernahmeerklärung angegeben werden.[2396] Ist die konkrete Höhe des korporativen Agios bei Beschlußfassung über die Kapitalerhöhung noch nicht festgelegt worden, so muß im Fall der Übernahme durch einen Dritten in der Übernahmeerklärung die endgültige Höhe des korporativen Agios angegeben werden.[2397]

III. Weitere gesetzliche Regelungen für materielle (Agio-)Einlagen

Nach der Konzeption des GmbH-Gesetzes werden Einlagen auf das Stammkapital und Einlagen auf ein korporatives Agio im Grundsatz vollständig unterschied-

2393 BH-*Fastrich* § 19, Rz. 86.
2394 BH-*Kersting* § 33, Rz. 2.
2395 *Wagner*, Aufgeld, 296.
2396 BH-*Servatius* § 55, Rz. 33; Scholz/*Priester/Tebben* § 55, Rz. 86.
2397 Scholz/*Priester/Tebben* § 55, Rz. 86; BH-*Servatius* § 55, Rz. 33 (der zudem, jedoch ohne Angabe von Gründen, annimmt, ein bei Beschlußfassung unbestimmtes Agio muß in jedem Fall, also auch bei Übernahme durch einen Altgesellschafter, in der Übernahmeerklärung bestimmt werden).

lich behandelt. Da das korporative Agio jedoch in der GmbH ebenso wie in der Aktiengesellschaft zum Schutz der Mitgesellschafter vor Verwässerung ihrer Anteile erforderlich ist, sei es als Verwässerungsschutz im engeren oder im weiteren Sinne, und zudem der Gläubigerschutz bei der GmbH mit einem Stammkapital von nur EUR 25.000,00 (§ 5 Abs. 1 GmbHG) bzw. in der Unternehmergesellschaft haftungsbeschränkt von sogar nur EUR 1,00 (vgl. § 5a Abs. 1 iVm § 5 Abs. 2 S. 1 GmbHG) noch mehr Unterstützung benötigen kann als in der Aktiengesellschaft mit einem Mindestgrundkapital von immerhin EUR 50.000,00, wird diskutiert, ob der Grundsatz der Ungleichbehandlung von Stammeinlage und korporativem Agio eingeschränkt werden muß.[2398] Eine teleologische Korrektur des Grundsatzes der Ungleichbehandlung verlangt wie stets einen Blick auf andere wertungsmäßig vergleichbare gesetzliche Regelungen.

1. Nachschüsse

Die wichtigste vergleichbare Form der Unternehmensfinanzierung stellen im GmbH-Recht die Nachschüsse dar, da das Gesetz eine Reihe von Spezialvorschriften für solche Nachschüsse vorsieht und diese Beiträge die Erhebung eines Aufgelds auf junge Anteile ersetzen können. Manche nennen den Nachschuß auch ein »nachträgliches Agio«.[2399]

Nachschüsse sind mitgliedschaftliche Einzahlungsverpflichtungen neben der Stammeinlage und werden in den §§ 26–28, 30 Abs. 2, 42 Abs. 2 und 46 Nr. 3 GmbHG geregelt.[2400] In der Aktiengesellschaft können solche Leistungen nicht vereinbart werden, da § 54 Abs. 1 AktG und § 55 AktG die mitgliedschaftlichen Leistungspflichten abschließend bestimmen.[2401] Praktische Bedeutung hat der Nachschuß auch bei Gesellschaften mit beschränkter Haftung kaum erlangt; die Gesellschafter ziehen zumeist die noch flexibleren Finanzierungsformen der Nebenleistung nach § 3 Abs. 2 GmbHG, schuldrechtlich vereinbarte oder freiwillige Zuschüsse oder Gesellschafterdarlehen vor.[2402] Dessenungeachtet bleibt die Nachschußpflicht für das Verständnis der Struktur der GmbH bedeutsam, gerade im Vergleich zu Aktiengesellschaft, die eine solche Vereinbarung nicht zuläßt.[2403]

2398 So plädiert beispielsweise *Herchen*, Agio, 148 ff. für eine Analogie zum Kapitalaufbringungsrecht, verneint jedoch ebda, 165 ff. die Möglichkeit einer Analogie zum Kapitalerhaltungsrecht.

2399 *Müller*, Differenzierte Anforderungen, 594, Fn. 15; *Herchen*, Agio, 154.

2400 Vgl. *Protz/Krome* in Beck'sches Handbuch GmbH § 7, Rz. 80; BH-*Kersting* § 26, Rz. 2.

2401 Vgl. *Hüffer/Koch*, AktG § 54, Rz. 5; auch *Bayer* in Lutter/Hommelhoff § 26, Rz. 1.

2402 Scholz/*Emmerich* § 26, Rz. 1a und 4 ff.; *Bayer* in Lutter/Hommelhoff § 26, Rz. 2; *Protz/Krome* in Beck'sches Handbuch GmbH § 7, Rz. 80.

2403 So auch BH-*Kersting* § 26, Rz. 1.

a) Zweck einer Nachschußvereinbarung

Nachschüsse dienen als flexible Eigenkapitalreserve, die ohne formelle Kapitalerhöhung eingefordert und ohne formelle Kapitalherabsetzung wieder zurückgeführt werden kann.[2404] Schon die Möglichkeit der Gesellschaft, bei Bedarf von den Gesellschaftern neues Eigenkapital anfordern zu können, stärkt deren Kreditwürdigkeit und erleichtert die Aufnahme von Fremdkapital.[2405] Je nach Ausgestaltung im Gesellschaftsvertrag sind verschiedene konkrete Zwecke denkbar, die Einforderung zur Finanzierung neuer Investitionen gleichermaßen wie zum Ausgleich laufender Verluste.[2406] Die Vereinbarungen können auch so gestaltet werden, daß der Nachschuß erst bei drohender Überschuldung oder Zahlungsunfähigkeit zu zahlen ist, um eine Insolvenz zu vermeiden.[2407]

b) Gesetzliche Reglungen

Diese flexible Ausgestaltung als Eigenkapitalreserve beruht auf den besonderen rechtlichen Regelungen im GmbH-Gesetz.

aa) Begründung der Nachschußpflicht; dogmatische Einordnung; Arten von Nachschüssen

Eine Nachschußpflicht kann nur im Gesellschaftsvertrag begründet werden (§ 26 Abs. 1 GmbHG), sie ist also eine korporative Pflicht. Dies kann in der Gründungssatzung geschehen oder später – mit Zustimmung aller betroffenen Gesellschafter (§ 53 Abs. 3 GmbHG) – jederzeit durch Satzungsänderung.[2408] Man kann drei Formen von Nachschüssen unterscheiden, den in der Höhe unbeschränkten Nachschuß mit unbeschränktem Preisgaberecht (§ 27 GmbHG), den betragsmäßig beschränkten Nachschuß ohne Preisgaberecht (§§ 26 Abs. 3, 28 GmbHG) und als Kombination dieser beiden Formen den unbeschränkten Nachschuß mit beschränktem Preisgaberecht (§§ 27 Abs. 4, 28 Abs. 1 S. 2 GmbHG).[2409]

Die Nachschußpflicht trifft nach der gesetzlichen Grundregel des § 26 Abs. 2 GmbHG alle Gesellschafter gleichermaßen nach dem Verhältnis der Geschäftsanteile. Diese Vorschrift prägt den Gleichbehandlungsgrundsatz aus und läßt

2404 *Protz/Krome* in Beck'sches Handbuch GmbH § 7, Rz. 80; *Bayer* in Lutter/Hommelhoff § 26, Rz. 2.
2405 *Protz/Krome* in Beck'sches Handbuch GmbH § 7, Rz. 80.
2406 *Protz/Krome* in Beck'sches Handbuch GmbH § 7, Rz. 82.
2407 *Protz/Krome* in Beck'sches Handbuch GmbH § 7, Rz. 80.
2408 *Protz/Krome* in Beck'sches Handbuch GmbH § 7, Rz. 81; BH-*Kersting* § 26, Rz. 3.
2409 Scholz/*Emmerich* § 26, Rz. 2; BH-*Kersting* § 26, Rz. 3 ff.

abweichende Vereinbarungen bei sachlicher Begründung[2410] oder bei Zustimmung aller Betroffenen[2411] zu. Demgemäß muß die Nachschußpflicht nicht alle Gesellschafter belasten oder kann für verschiedene Gesellschafter in unterschiedlicher Höhe bestehen.[2412]

Die Nachschußpflicht ist mitgliedschaftliche Pflicht und geht bei Veräußerung des Geschäftsanteils auf den Erwerber über.[2413] Für Leistungen, die bei Veräußerung eines Geschäftsanteils schon fällig waren, haftet der Veräußerer nach § 16 Abs. 2 GmbHG.[2414] Darüber hinaus besteht bei beschränkten Nachschußpflichten eine Haftung früherer Gesellschafter wegen des Verweises in § 28 Abs. 1 S. 1 GmbHG auf § 22 GmbHG auch für Nachschüsse, die bei Ausscheiden der Rechtsvorgänger noch nicht fällig waren.[2415] Diese Ausfallhaftung ist nach dem eindeutigen Wortlaut von § 28 Abs. 1 S. 1 GmbHG dispositiv.

Die genaue dogmatische Einordnung des Nachschusses ist umstritten. *Hirte* versteht sie ohne nähere Begründung als Unterfall der Nebenleistungspflichten im Sinne des § 3 Abs. 2 GmbHG.[2416] Für dieses Verständnis spricht die verpflichtende Festsetzung im Gesellschaftsvertrag und eine begriffliche Unterscheidung. Als Hauptpflicht versteht man im Recht der GmbH nur die Einlagepflicht.[2417] Jede Leistungspflicht, die nicht Hauptpflicht ist, kann man als Nebenleistungspflicht begreifen. Andere unterscheiden Nebenleistungspflichten nach § 3 Abs. 2 GmbH und Nachschußpflichten nach § 26 GmbHG.[2418] Dafür sprechen die eigenständige Regelung im GmbH-Gesetz und die noch näher zu beleuchtenden inhaltlichen Unterschiede zu den (anderen, weniger streng geregelten) Nebenleistungspflichten, wie z.B. die Zuständigkeit für die Entscheidung über Einforderung und Rückzahlung von Nachschüssen, die zwingend bei der Gesellschafterversammlung liegt (vgl. §§ 26 Abs. 1 und 46 Nr. 3 GmbHG).

Letztlich ist die Frage klassifikatorischer und damit terminologischer Art, ob man die Nachschußpflicht als besondere Form einer Nebenleistungsverpflichtung ansieht oder ob man neben Haupt- und Nebenleistungspflichten noch eine dritte Form der gesellschaftsrechtlichen Leistungspflichten stellen will. Sie kann hier dahinstehen. Es kommt allein darauf an, die inhaltlichen Besonderheiten

2410 So BH-*Kersting* § 26, Rz. 6.
2411 Scholz/*Emmerich* § 26, Rz. 24 f.; BH-*Kersting* § 26, Rz. 6.
2412 *Protz/Krome* in Beck'sches Handbuch GmbH § 7, Rz. 81.
2413 *Protz/Krome* in Beck'sches Handbuch GmbH § 7, Rz. 81; Scholz/*Emmerich* § 26, Rz. 13.
2414 Scholz/*Seibt* § 16, Rz. 53 und 55; Scholz/*Emmerich* § 26, Rz. 13.
2415 Scholz/*Seibt* § 16, Rz. 55.
2416 *Hirte,* Kapitalgesellschaftsrecht, 305.
2417 Vgl. *Hirte*, Kapitalgesellschaftsrecht, 305.
2418 Nach BH-*Kersting* § 26, Rz. 2 und BH-*Fastrich* § 3, Rz. 35 sind Nebenleistungen und Nachschüsse »streng zu unterscheiden«; deutliche Abgrenzung auch bei Scholz/*Emmerich* § 26, Rz. 6; für *Bayer* in Lutter/Hommelhoff § 26, Rz. 4 »[stehen] Nebenleistungsverpflichtungen […] den Nachschüssen nahe«, doch betont er auch die Unterschiede.

der Nachschußpflicht nicht zu übersehen, die im folgenden dargestellt werden sollen, soweit sie für den Vergleich mit dem Agio Bedeutung haben. Zuvor ist aber noch auf eine Gemeinsamkeit hinzuweisen. Ähnlich wie Nebenleistungen nach § 3 Abs. 2 GmbHG[2419] kann die Nachschußpflicht im Gesellschaftsvertrag weitgehend beliebig ausgestaltet werden. Wenige Regelungen in den §§ 26–28 GmbHG sind zwingend.[2420] Möglich sind z.B. die Beschränkung auf bestimmte Fallgruppen[2421] (was rechtlich eine Bedingung darstellt), Verfahrens- und Zustimmungserfordernisse oder Sanktionen bei Nichtleistung.[2422]

bb) Leistung des Nachschusses

Die Nachschußpflicht wird allgemein so verstanden, daß sie stets auf Geld gerichtet ist, was der Wortlaut »Einzahlungen« nahelegt.[2423] Allerdings können die Geschäftsführer in eine Leistung an Erfüllung statt nach § 364 Abs. 1 BGB einwilligen.[2424] Die Leistung folgt nämlich grundsätzlich den allgemeinen Regeln des Schuldrechts.[2425]

Die Geschäftsführung fordert die Nachschüsse ein, bedarf dazu gemäß der nicht dispositiven Regelung in § 26 Abs. 1 GmbHG aber einer Ermächtigung durch einen mit einfacher (oder satzungsmäßiger qualifizierter) Mehrheit gefaßten Gesellschafterbeschluß.[2426] Der Gesellschafterbeschluß ist nicht nur Fälligkeitsvoraussetzung, sondern Voraussetzung, daß die Nachschußpflicht überhaupt entsteht.[2427] Dieses Beschlußerfordernis gilt auch im Insolvenzfall, so daß ein Insolvenzverwalter ausstehende Nachschüsse ohne entsprechende Beschlußfassung, zu der die Gesellschafter nicht gezwungen werden können, nicht einfordern kann.[2428] Eingeforderte Nachschüsse verjähren nach den allgemeinen Regeln (§§ 195, 199 BGB) in drei Jahren mit Sylvesterfrist.[2429]

Durch die Zahlung des Nachschusses erwirbt der Gesellschafter keine weiteren Gesellschafterrechte. Er kann lediglich bei einer Rückzahlung von Nach-

2419 Dazu s. o. S. 947 ff.
2420 Scholz/*Emmerich* § 26, Rz. 10; ähnlich BH-*Kersting* § 26, Rz. 3: »Ausgestaltung iE dispositiv.«
2421 OLG Schleswig, GmbHR 1994, 250; bestätigt durch BGH, GmbHR 1994, 710.
2422 Beispiele bei Scholz/*Emmerich* § 26, Rz. 10.
2423 Vgl. BH-*Kersting* § 26, Rz. 2; *Bayer* in Lutter/Hommelhoff § 26, Rz. 2; *Protz/Krome* in Beck'sches Handbuch GmbH § 7, Rz. 80.
2424 Scholz/*Emmerich* § 26, Rz. 20; BH-*Kersting* § 26, Rz. 2.
2425 *Bayer* in Lutter/Hommelhoff § 26, Rz. 9; zum normalen schuldrechtlichen Charakter der Nachschußforderung auch Scholz/*Emmerich* § 26, Rz. 23.
2426 *Protz/Krome* in Beck'sches Handbuch GmbH § 7, Rz. 82; Scholz/*Emmerich* § 26, Rz. 14 ff. und 20.
2427 Scholz/*Emmerich* § 26, Rz. 16; BH-*Kersting* § 26, Rz. 8.
2428 BGH, DStR 1994, 1129 (nur Leitsatz) m. Anm. Goette; Scholz/*Emmerich* § 26, Rz. 16; BH-*Kersting* § 26, Rz. 8.
2429 Scholz/*Emmerich* § 26, Rz. 23.

schüssen (dazu sogleich) einen Betrag verlangen, der seinem Anteil am Nachschußkapital entspricht.[2430]

cc) Folgen einer Nichtleistung

Leistet ein Gesellschafter den rechtmäßig eingeforderten Nachschuß nicht, hängen die Rechtsfolgen von der Art des vereinbarten Nachschusses ab.

Bei einer beschränkten Nachschußpflicht kann die Gesellschaft, will sie die Forderung nicht im Klagewege durchsetzen, wie bei Stammeinlagen den Gesellschafter ausschließen durch ein Kaduzierungsverfahren nach §§ 21 ff. GmbHG, auf welche Vorschriften § 28 Abs. 1 S. 1 GmbHG verweist. Der ausgeschlossene Gesellschafter haftet weiterhin für den Nachschußbetrag und eventuell noch ausstehende Einlagen.[2431] Eine Ausfallhaftung der übrigen Gesellschafter besteht hinsichtlich des Nachschusses nicht, da § 28 Abs. 1 S. 1 GmbHG nicht auf § 24 GmbHG verweist.[2432] Da § 28 Abs. 1 S. 1 GmbHG auf § 25 GmbHG ebenfalls nicht verweist, ist § 28 GmbHG als dispositiv zu verstehen; die Gesellschafter können das Kaduzierungsverfahren ausschließen oder abändern.[2433]

Bei einer unbeschränkten Nachschußpflicht soll sich der Gesellschafter vor einer unüberschaubaren Inanspruchnahme, für die er mit seinem gesamten Vermögen haftet, dadurch schützen können, daß er seinen Geschäftsanteil preisgibt und der Gesellschaft zur Befriedigung zu Verfügung stellt (Abandondrecht nach § 27 Abs. 1 S. 1 GmbHG).[2434] Er haftet in diesem Fall für den eingeforderten Nachschuß nur mit seinem Gesellschaftsanteil.[2435] Dieser Schutz des Gesellschafters vor unbeschränkter Haftung ist zwingend; der Gesellschaftsvertrag kann nur Erleichterungen vorsehen.[2436] Voraussetzung für das Abandonrecht ist die vollständige Einzahlung der Stammeinlage, damit deren Aufbringung gesichert bleibt (§ 27 Abs. 1 S. 1 GmbHG).[2437]

Bei einem unbeschränkten Nachschuß mit beschränktem Preisgaberecht steht dem Gesellschafter das Abandonrecht nach § 27 GmbHG nur zu, sofern der festgesetzte Betrag überschritten wird; solange dieser Betrag nicht erreicht ist, steht nach § 28 Abs. 1 S. 2 GmbHG das Kaduzierungsverfahren offen.

2430 *Protz/Krome* in Beck'sches Handbuch GmbH § 7, Rz. 85.
2431 *Protz/Krome* in Beck'sches Handbuch GmbH § 7, Rz. 87.
2432 Scholz/*Emmerich* § 28, Rz. 2; *Protz/Krome* in Beck'sches Handbuch GmbH § 7, Rz. 87.
2433 Scholz/*Emmerich* § 28, Rz. 10; BH-*Kersting* § 28, Rz. 1; *Protz/Krome* in Beck'sches Handbuch GmbH § 7, Rz. 87.
2434 BH-*Kersting* § 27, Rz. 2; Scholz/*Emmerich* § 27, Rz. 1 f.
2435 Scholz/*Emmerich* § 27, Rz. 20; *Protz/Krome* in Beck'sches Handbuch GmbH § 7, Rz. 88.
2436 BH-*Kersting* § 27, Rz. 2; Scholz/*Emmerich* § 27, Rz. 1; *Protz/Krome* in Beck'sches Handbuch GmbH § 7, Rz. 88.
2437 Scholz/*Emmerich* § 27, Rz. 7.

dd) Rückzahlung von Nachschußgeldern

Das Gesetz gestattet ausdrücklich die Rückzahlung von Nachschüssen (§ 30 Abs. 2 S. 1 GmbHG). Da die Leistung eines Nachschusses in das Eigenkapital der Gesellschaft erfolgt, kann der einzelne Gesellschafter die Rückzahlung nicht einseitig verlangen.[2438] Voraussetzung ist ein Beschluß der Gesellschafter gemäß § 46 Nr. 3 GmbHG.[2439] Die Rückzahlung ist erst zulässig, nachdem der Beschluß darüber in den Gesellschaftsblättern bekannt gemacht worden ist und eine dreimonatige Sperrfrist abgelaufen ist (§ 30 Abs. 2 S. 2 GmbHG). Sie ist stets unzulässig, wenn das Stammkapital nicht gedeckt ist (§ 30 Abs. 1 S. 1 GmbHG). Ist bei beschränkten Nachschüssen das Kaduzierungsverfahren nicht gesellschaftsvertraglich ausgeschlossen, ist eine Rückzahlung nur dann möglich, wenn die Stammeinlage voll eingezahlt ist.[2440] Bei einem Verstoß gegen die formellen oder materiellen Anforderungen an die Rückzahlung von Nachschüssen treten die Rechtsfolgen des § 31 GmbHG ein.[2441]

Die Rückzahlung von Nachschüssen ist also möglich, wenn sie offen erfolgt und das Stammkapital nicht gefährdet wird. Dies zeigt, daß die Nachschüsse nach der Konzeption des Gesetzes in erster Linie dem Funktionieren der Gesellschaft dienen. Ein Gläubigerschutz wird damit nicht bezweckt, sondern nur als Reflex bewirkt. Die Interessen der Gläubiger hat der Gesetzgeber dabei durchaus erwogen, denn nur diesen kann die dreimonatige Sperrfrist dienen. Diese berücksichtigt, daß Gläubiger ihre Dispositionen nach Einzahlung von Nachschüssen getroffen haben mögen. Als Haftungsmasse garantiert das Gesetz jedoch nur das Stammkapital.

ee) Bilanzielle Behandlung von Nachschüssen

Für die Bilanzierung von Nachschüssen sieht § 42 Abs. 2 GmbHG eigene Regelungen vor. Die Aktivierung hat gemäß § 42 Abs. 2 S. 1 GmbHG dann und nur

2438 Scholz/*Emmerich* § 26, Rz. 5.

2439 Scholz/*Emmerich* § 26, Rz. 5; *Protz/Krome* in Beck'sches Handbuch GmbH § 7, Rz. 93.

2440 Die Vorschrift des § 30 Abs. 2 S. 3 GmbHG regelt das für den Fall des § 28 Abs. 2 GmbHG ausdrücklich, also wenn die Nachschüsse vor Einforderung der Stammeinlage eingefordert werden können. Können Nachschüsse erst nach Einforderung der Stammeinlage, allerdings vor deren Einzahlung eingefordert werden, gilt nach allgemeiner Ansicht ebenfalls ein Rückzahlungsverbot bis zur Volleinzahlung der Stammeinlage, vgl. Scholz/*Verse* § 30, Rz. 141 m.w.N. Mißverständlich ist jedoch an dieser Stelle die Formulierung, die Volleinzahlung sei Voraussetzung für die Rückzahlung aller Nachschüsse: Sie ist es nur für die Rückzahlung beschränkter Nachschüsse, bei denen die Kaduzierung möglich ist. In den anderen Fällen besteht nicht die gleiche Gefahr einer doppelten Kaduzierung wegen ausstehender Stammeinlage und wegen ausstehender Nachschüsse, die § 30 Abs. 2 S. 3 GmbHG augenscheinlich besorgen will.

2441 *Protz/Krome* in Beck'sches Handbuch GmbH § 7, Rz. 95.

dann zu erfolgen, wenn die Einziehung beschlossen ist und dem Gesellschafter kein Abandonrecht (mehr) zusteht. Ohne Einziehungsbeschluß ist die Nachschußforderung noch nicht entstanden und deshalb nicht aktivierbar. Besteht ein Abandonrecht, ist die Aufbringung des Nachschußkapitals nicht gesichert, daher darf der Nachschuß noch nicht aktiviert werden.[2442] Ein entsprechendes Aktivierungsverbot wegen Unsicherheit des Werts der Nachschußforderung gilt auch, wenn die Preisgabe des Anteils nach § 27 Abs. 1 S. 2 GmbHG fingiert wird.[2443] Darüber hinaus kann die Nachschußforderung nur aktiviert werden, soweit die Bonität des Gesellschafters die tatsächliche Aufbringung auch erwarten läßt (vgl. § 42 Abs. 2 S. 2 2. Hs. GmbHG).[2444] Solange der eingeforderte Nachschuß noch nicht eingezahlt ist, muß die bestehende Forderung auf der Aktivseite unter der Bezeichnung »Eingeforderte Nachschüsse« gesondert ausgewiesen werden (§ 42 Abs. 2 S. 2 Hs. 1 GmbHG). Nach Einzahlung eines Nachschusses ist kein gesonderter Ausweis vorgesehen, der Betrag wird unter anderen Aktivposten (Kasse, Bankguthaben) erfaßt.[2445]

Die Buchung auf der Aktivseite verlangt eine korrespondierende Buchung auf der Passivseite über denselben Betrag.[2446] Nach § 42 Abs. 2 S. 3 GmbHG ist diese Buchung unter der Kapitalrücklage des § 272 Abs. 2 HGB gesondert auszuweisen. Diese Gegenbuchung in einem eigenen Posten der Kapitalrücklage erfolgt schon bei Aktivierung der Nachschußforderung und bleibt nach Einzahlung bestehen.[2447] Sollte vor Einzahlung des Nachschusses der Wert der Nachschußforderung mit der Bonität des Gesellschafters sinken, so wird die Kapitalrücklage entsprechend nach unten angepaßt. Diese Reduktion der Kapitalrücklage ist einer markanter Unterschied zum gezeichneten Kapital, dessen Ausweis nicht von der Bonität des Einlageschuldners abhängt, und liegt daran, daß den Nachschüssen keine Garantiefunktion wie dem Stammkapital zukommt.[2448]

2442 Anders als manchmal zu lesen ist, vgl. z.B. A/D/S Bd. 4 § 42 GmbHG, Rz. 14 oder BH-*Haas/Kersting* § 42, Rz. 8; kann ein Abandonrecht nicht nur bei unbeschränkten Nachschüssen nach § 27 GmbHG bestehen, sondern wegen der weitgehenden Gestaltungsfreiheit auch bei beschränkten Nachschüssen vertraglich vereinbart sein. Auch in diesem Fall ist die Aktivierung der Nachschußforderung verboten, solange das vertragliche Recht besteht.

2443 A/D/S Bd. 4 § 42 GmbHG, Rz. 16.

2444 A/D/S Bd. 4 § 42 GmbHG, Rz. 20.

2445 Vgl. A/D/S Bd. 4 § 42 GmbHG, Rz. 25.

2446 A/D/S Bd. 4 § 42 GmbHG, Rz. 23.

2447 Eine Umbuchung nach Einzahlung des Nachschusses unter Nummer 4 des § 272 Abs. 2 HGB kommt nach dem Sinn und Zweck der Vorschrift (Verhinderung einer Ausschüttung als Gewinn, dazu im Text) nicht in Betracht, vgl. A/D/S Bd. 4 § 42 GmbHG, Rz. 25 m.w.N.; a.A. *Kleindiek* in Lutter/Hommelhoff § 42, Rz. 56 m.w.N.

2448 A/D/S Bd. 4 § 42 GmbHG, Rz. 23; zur Funktion des Nachschusses s.a. o. im Text unter dd).

Zweck des gesonderten Ausweises des Nachschußkapitals ist allein, erwirtschaftete Gewinne und Kapitaleinlagen der Gesellschaft klar zu trennen und in weiterer Folge die Verteilung des Nachschußkapitals als Gewinn auszuschließen.[2449] Die Rückzahlung von Nachschüssen ist möglich, aber offen als Rückzahlung und nicht als Gewinnverteilung. Dieser Zweck wird erreicht, indem die gesondert ausgewiesene Kapitalrücklage – anders als die übrigen Kapitalrücklagen des § 272 Abs. 2 HGB bei Gesellschaften mit beschränkter Haftung – nur zu bestimmten Zwecken aufgelöst werden kann. Darunter zählt neben der Kapitalerhöhung aus Gesellschaftsmitteln nach § 57c GmbHG[2450] und dem Ausgleich eines Bilanzverlustes auch die Rückzahlung von Nachschüssen.[2451] Wird das Nachschußkapital zum Verlustausgleich oder zur Kapitalerhöhung verwendet und der entsprechende Bilanzposten ausgebucht, ist er verbraucht und kann nicht noch einmal zur Rückzahlung des Nachschusses aufgelöst werden. Eine Rückzahlung von Nachschüssen ist dann nicht mehr möglich.

ff) Kapitalschutz bei Nachschüssen

Daß Nachschüsse, wie gesehen, anders als das Stammkapital nicht als Garantiekapital für die Gläubiger vorgesehen ist, sondern allein dem Funktionieren der Gesellschaft dienen, erklärt die unterschiedlichen Kapitalschutzanforderungen.

Der Kapitalaufbringung von Nachschüssen wird allein dadurch gesichert, daß bei beschränkten Nachschußpflichten § 28 Abs. 1 iVm §§ 21 bis 23 GmbHG eine Kaduzierung ermöglicht. Das Abandonrecht nach § 27 GmbHG stellt keine Sicherung der Kapitalaufbringung von Nachschüssen dar, sondern beschränkt die stets mögliche gerichtliche Durchsetzung von Ansprüchen der Gesellschaft gegen ihre Gesellschafter. Die dabei geltende Einschränkung, daß die Stammeinlage voll eingezahlt ist, dient ebenfalls nicht der Kapitalaufbringung von Nachschüssen, sondern der Aufbringung des Stammkapitals.

Eine Registerkontrolle scheidet aus, da Nachschüsse nach Eintragung der Gesellschaft beschlossen werden. Die Leistung auf die Nachschußpflicht unterfällt nicht § 19 GmbHG, da es sich dabei nicht um eine Einzahlung auf die Stammeinlage handelt.[2452] Dementsprechend sind Stundung, Aufrechnung und

2449 A/D/S Bd. 4 § 42 GmbHG, Rz. 21; Scholz/*Crezelius* (11. Aufl.) § 42, Rz. 12.

2450 Zur Umwandlungsfähigkeit von Kapitalrücklagen aus Nachschüssen BH-*Servatius* §57d, Rz. 2, *Bayer* in Lutter/Hommelhoff § 26, Rz. 12.

2451 A/D/S Bd. 4 § 42 GmbHG, Rz. 26; *Protz/Krome* in Beck'sches Handbuch GmbH § 7, Rz. 83.

2452 Vgl. Scholz/*Emmerich* § 26, Rz. 5; mit derselben Begründung schließt die Anwendbarkeit von § 19 Abs. 2 GmbHG aus *Schütz* in MüKo-GmbHG § 26, Rz. 92; Hinweis auf die Nichtanwendbarkeit von § 19 Abs. 2 GmbHG auch bei BH-*Kersting* § 26, Rz. 2, auf die Nichtanwendbarkeit von § 19 Abs. 2 und 5 GmbHG bei *Bayer* in Lutter/Hommelhoff § 26, Rz. 9. Man kann ganz allgemein feststellen, daß keine Regelung in § 19 GmbHG auf Nachschüsse anwendbar ist, da diese eben nicht Teil der Stammeinlage sind.

Erlaß von Nachschußforderungen möglich, wobei allerdings der Gleichbehandlungsgrundsatz hinsichtlich aller Gesellschafter zu wahren ist, wegen § 30 Abs. 2 GmbHG das Stammkapital nicht angegriffen werden darf und die Beschlußkompetenz der Gesellschafter entsprechend § 26 Abs. 1 GmbHG zu beachten ist.[2453] Die Grundsätze über verdeckte Sacheinlagen finden bei Leistungen an Erfüllungs statt[2454] keine Anwendung.

Die Kapitalerhaltung von Nachschüssen beschränkt sich auf die Regelung des § 30 Abs. 2 GmbHG mit der Rechtsfolge des § 31 GmbHG, die das Nachschußkapital im wesentlichen nur soweit schützen, als es zur Erhaltung des Stammkapitals erforderlich ist, ansonsten eine Rückzahlung gestatten.

Einen zusätzlichen Kapitalschutz von Nachschußzahlungen fordert, soweit ersichtlich, nur *Herchen*, die wegen der Ähnlichkeit von Nachschüssen und Agioleistungen eine gleiche Behandlung fordert und dabei, wie gesehen nicht überzeugend,[2455] ein korporatives Agio als Einlage im Sinne des GmbH-Gesetzes mit entsprechendem Kapitalaufbringungsschutz ansieht.[2456] Wenn auch die Argumentation mit dem Einlagecharakter des korporativen Agios so nicht überzeugen kann, ist die Wertungsähnlichkeit von Agio und Nachschuß richtig gesehen worden. Der von *Herchen* angeführte Reformvorschlag, der für Nachschüsse Kapitalaufbringungsregeln einführen wollte, zeigt zum einen, gerade weil er nicht Gesetz geworden ist, daß de lege lata für Nachschüsse keine besonderen Kapitalaufbringungserfordernisse bestehen, zum anderen aber auch, daß diese gesetzgeberische Entscheidung de lege ferenda diskutiert werden kann.

c) Vergleich mit Agioleistungen

Die Wertungsähnlichkeit von korporativem Agio und Nachschuß beruht darauf, daß Nachschüsse ebenfalls korporativ vereinbart werden, als Geldzahlungen unproblematisch einlagefähig sind und von den Gesellschaftern in das bilanzielle Eigenkapital der Gesellschaft geleistet werden. Nachschüsse sind ebenso »materielle Einlagen« wie Agioleistungen. Die Bilanzierungsvorschriften dienen dem Ziel, einen irreführenden Gewinnausweis zu verhindern, ähnlich wie das beim korporativen Agio bezweckt ist. Wenn Nachschußpflichten bei der Ausgabe junger Anteile vereinbart werden, kann man ihnen Entgeltcharakter zusprechen wie der zu leistenden Stammeinlage und dem Agio.

Wegen des weiten Gestaltungsspielraums der Nachschußpflicht kann bei einer Kapitalerhöhung auch nur einem Neugesellschafter eine Nachschußpflicht

2453 Scholz/*Emmerich* § 26, Rz. 20; *Schütz* in MüKo-GmbHG § 26, Rz. 93; *Protz/Krome* in Beck'sches Handbuch GmbH § 7, Rz. 82.

2454 Zur Zulässigkeit von Leistungen an Erfüllungs statt BH-*Kersting* § 26, Rz. 2; Scholz/*Emmerich* § 26, Rz. 20.

2455 S. o. S. 175 ff.

2456 *Herchen*, Agio, 154 f.

auferlegt werden, so daß Nachschüsse nicht nur eine ähnliche Finanzierungsfunktion haben können wie ein Agio, auch die Funktion des Verwässerungsschutzes im engeren Sinne können sie übernehmen. Wegen der Bedingungsfreundlichkeit von Nachschußpflichten können Milestone-Vereinbarungen mit Nachschüssen verbunden werden. Bei entsprechender Gestaltung können Nachschüsse im Recht der GmbH Agiozahlungen daher wirtschaftlich ersetzen.

Der wichtigste Unterschied von Nachschüssen zu (anderen) Nebenleistungen (wie dem korporativen Agio) besteht darin, daß ein Gesellschafter bei Rückzahlung von Nachschüssen grundsätzlich einen Anspruch auf seinen Anteil am Nachschußkapital geltend machen kann.[2457] Das Nachschußkapital bleibt ein eigener Rechnungsposten im Eigenkapital der Gesellschaft, bei (anderen) Nebenleistungen ist dies nicht der Fall. Dadurch könnte die Funktion von Nachschüssen, als Verwässerungsausgleich zu dienen, beeinträchtigt werden. Dieser Unterschied kann jedoch aufgrund der großen Gestaltungsfreiheit vertraglich ausgeschlossen werden und entfällt bei einer Verwendung des Nachschußkapitals zu Verlustausgleich oder Kapitalerhöhung aus Gesellschaftsmitteln, da in diesen Fällen keine Rückzahlung mehr möglich ist.

Der wichtigste nicht-dispositive Unterschied zu (anderen) Nebenleistungen besteht in der Entscheidungskompetenz der Gesellschafter über die Einforderung gemäß § 26 Abs. 1 GmbHG, während bei (anderen) Nebenleistungen die Entscheidungsbefugnis bei den Geschäftsführern liegt, sofern die Satzung nichts anderes regelt. Jedoch können die Gesellschafter mit Mehrheitsbeschluß den Geschäftsführern jederzeit Weisungen erteilen, so daß der Unterschied praktisch nicht stark ins Gewicht fällt.

Betrachtet man die großen Gemeinsamkeiten von Nachschüssen und Agioleistungen im GmbH-Recht, versteht man, warum Nachschüsse auch »nachträgliches Agio« genannt werden.[2458] Damit stellt sich im GmbH-Recht in besonderer Weise die Frage, wie sich eine strenge Behandlung eines korporativen oder auch schuldrechtlichen Agios begründen lassen soll, wenn der wirtschaftlich vergleichbare Nachschuß alle Definitionsmerkmale des korporativen Agios erfüllen kann, jedoch kaum zwingenden gesetzlichen Anforderungen unterworfen ist. Eine strengere Behandlung von Agioleistungen im GmbH-Recht scheint eine eben solche Behandlung von Nachschußpflichten zu erfordern.

2. Veräußerung der von der Gesellschaft selbst gehaltenen Anteile und Posten der Kapitalrücklage

Eine weitere Finanzierungsmöglichkeit, welche die Ausgabe neuer Gesellschaftsanteile und damit ein korporatives oder auch schuldrechtliches Agio ersetzen kann, liegt in der Veräußerung von der Gesellschaft selbst gehaltener Anteile, die im GmbH-Recht im wesentlichen denselben Grundsätzen folgt wie

2457 S. o. S. 955 f.
2458 Vgl. die Nachweise in Fn. 2399.

im Aktienrecht und deren Grundzüge bei der Erörterung der Gestaltungsalternativen im Aktienrecht dargestellt worden sind.[2459] Besondere Regelungen gibt es nur für das Bilanzrecht, jedoch bei der GmbH mit dem Unterschied, daß das GmbH-Recht keine dem § 150 AktG entsprechende Regelung kennt, die Buchungsvorschrift für die Kapitalrücklage daher nicht zu einer Ausschüttungssperre des Mehrerlöses führt.

Ferner kennt im GmbH-Recht der Erwerb eigener Anteile nach § 33 GmbHG keine den §§ 71 ff. AktG entsprechenden Beschränkungen, so daß die Veräußerung eigener Anteile bei der GmbH ein noch wirkungsvolleres Finanzierungsinstrument abgibt als bei der Aktiengesellschaft. Obwohl damit die Veräußerung eigener Anteile im GmbH-Recht zumindest bei Einigkeit aller Gesellschafter eine Ausgabe junger Anteile mit einem korporativen Agio vollständig ersetzen kann, sieht das GmbH-Recht keine ausdrücklichen Kapitalaufbringungsvorschriften vor und werden solche in der Literatur bislang auch nicht in Erwägung gezogen.[2460]

3. Gesellschafterdarlehen und Gewinnthesaurierung

Wie im Aktienrecht ist bei den Finanzierungsmöglichkeiten der GmbH auch an materielle Einlagen durch niedrig verzinste Gesellschafterdarlehen sowie an Gewinnthesaurierungen zu denken, die einerseits zur Vereinbarung eines Agios Anlaß geben können, andererseits ein Agio teilweise auch ersetzen können.[2461]

Das GmbH-Recht enthält ferner in § 5a Abs. 2 GmbHG eine Vorschrift über eine verpflichtende Gewinnthesaurierung bei der Unternehmergesellschaft haftungsbeschränkt. Mit dem MoMiG hat der Gesetzgeber die Möglichkeit geschaffen, eine Mini-GmbH ohne Mindestkapital zu gründen, um die GmbH im Wettbewerb der Rechtsformen gegenüber der englischen Limited zu stärken. Anders als der englische Gesetzgeber hat der MoMiG-Gesetzgeber als Ausgleich für das fehlende Mindestkapitalerfordernis jedoch nicht angeordnet, daß Stammkapital und Agio gleich zu behandeln wären[2462], sondern das GmbH-Recht gibt sich seit 2008 in diesen Fällen mit einer Thesaurierungspflicht zufrieden, die allmählich dazu führen soll, daß die Mini-GmbH sich zu einer großen GmbH mit dem nach § 5 Abs. 1 GmbHG vorgesehen Stammkapital von EUR 25.000,00 auswächst.

Die Thesaurierungspflicht in der Unternehmergesellschaft zeigt dreierlei, zum einen daß der GmbH-Gesetzgeber mit der Mindestkapitalvorgabe des § 5 Abs. 1 GmbHG in Höhe von EUR 25.000,00 zufrieden ist, denn er sieht bei einer GmbH mit einem Stammkapital von EUR 25.000,00 keine ergänzende

2459 S. o. S. 875 ff.
2460 S. o. S. 888.
2461 S. dazu o. S. 913 ff.
2462 Zum englischen Recht der Limited s. o. Kapitel 4, S. 544.

Thesaurierungspflicht vor.[2463] Die Thesaurierungspflicht zeigt darüber hinaus, daß der Gesetzgeber mit einem Stammkapital unter EUR 25.000,00 eigentlich nicht recht zufrieden ist, es aber dennoch zuläßt und dann selbst für einen Ausgleich sorgt, eben durch die verpflichtende Gewinnthesaurierung. Drittens zeigt die Regelung der Gewinnthesaurierung in § 5a Abs. 3 GmbHG, daß das korporative Agio im GmbH-Recht noch weniger der Aufbringung eines ausreichenden Haftkapitalpuffers dient als im Aktienrecht. Denn anders als in die gesetzliche Rücklage nach § 150 AktG ist in die gesetzliche Rücklage nach § 5a GmbHG das korporative Agio nicht einzubeziehen, nicht einmal, solange die Höhe des Mindeststammkapitals noch nicht durch Gewinnthesaurierung erreicht worden ist. Nicht einmal bei der Regelung der gesetzlichen Rücklage im GmbH-Recht, die der Regelung in § 150 AktG vergleichbar ist, hat der GmbH-Gesetzgeber das korporative Agio berücksichtigt.

IV. Einschränkungen des Grundsatzes der Ungleichbehandlung

1. Analogie zum aktienrechtlichen Kapitalerhaltungsrecht

Die geringen Mindestvorgaben für das Haftkapital der GmbH lassen daran denken, ob der Gläubigerschutz in der GmbH dadurch gestärkt werden könnte, daß das korporative Agio – ähnlich wie in England – auch im GmbH-Recht in die Vorgaben zur Kapitalerhaltung einbezogen werden könnte. Nachdem aber § 30 GmbHG ausdrücklich am Stammkapital anknüpft und selbst für Nachschußkapital die Ausschüttungsmöglichkeit nicht dauerhaft begrenzt, sondern nur eine Sperrfrist von drei Monaten nach Bekanntmachung des entsprechenden Gesellschafterbeschlusses vorsieht, entsprach es schon vor den Änderungen durch das MoMiG allgemeiner Ansicht, daß eine analoge Anwendung von § 150 AktG auf das GmbH-Recht die Grenzen zulässiger Rechtsfortbildung überschritte.[2464]

Nach den Änderungen, die das GmbH-Recht durch das MoMiG erfahren hat, ist eine analoge Anwendung des aktienrechtlichen Kapitalerhaltungsrechts noch unmöglicher geworden. Denn wie gesehen läßt sich aus der Thesaurierungsvorschrift des § 5a GmbHG herauslesen, daß der MoMiG-Gesetzgeber in der

2463 Die Thesaurierungspflicht in der UG ist nach § 5a Abs. 3 GmbHG nicht auf das Erreichen eines Gesamtkapitalpuffers von EUR 25.000,00 beschränkt, sondern ist von einer UG solange zu beachten, als deren Stammkapital unter EUR 25.000,00 liegt, selbst wenn das Stammkapital plus Thesaurierungsreserve ein Vielfaches betrüge. Praktisch wird in solchen Fällen jedoch stets eine Kapitalerhöhung aus Gesellschaftsmitteln nach § 5a Abs. 3 Nr. 1 iVm § 57c GmbH vorgenommen werden und aus der thesaurierte Rücklage das Stammkapital auf EUR 25.000,00 aufgefüllt werden.

2464 So lehnt es auch *Herchen*, Agio, 167 ff. ab, für das Agio im GmbH-Recht ein Kapitalerhaltungsrecht zu schaffen, während *dies.*, Agio, 148 ff. eine analoge Anwendung des Kapitalaufbringungsrechts für möglich hält.

GmbH keine höhere Mindesteigenkapitalausstattung als durch das Mindeststammkapital vorgegeben wollte. Zudem hat der MoMiG-Gesetzgeber mit §§ 32a, 32b GmbHG a.F. die Vorschriften des Eigenkapitalersatzrechts abgeschafft und eine insolvenzrechtliche Lösung eingeführt, die anders als §§ 32a, 32b GmbHG a.F. nicht mehr schon im Vorstadium einer Insolvenz eingreift, sondern erst in der Insolvenz.[2465]

Damit hat der MoMiG-Gesetzgeber den Gedanken einer Beschränkung der Finanzierungsfreiheit bei materiellen Einlagen außerhalb der Insolvenz aufgegeben. Denn die früheren Vorschriften über das Eigenkapitalersatzrecht beruhten darauf, daß der Gesellschafterfremdfinanzierung wegen ihrer tatsächlichen Finanzierungsfunktion in der Krise der Gesellschaft eine Finanzierungsverantwortung zugesprochen wurde, aufgrund derer die Gesellschafterdarlehen weitgehend wie Eigenkapitalbeiträge behandelt worden sind.[2466] Wenn der Gesetzgeber hybride Gesellschafterdarlehen nur mehr in der Insolvenz besonderen Einschränkungen unterwerfen will, ob Gesellschafterdarlehen nicht selten aufgrund der Konditionen materiell Einlagen darstellen, dann müßte besonders begründet werden, warum andere materielle Einlagen außerhalb der Insolvenz strenger zu regeln sein sollen als diese Form materieller Einlagen.

2. Analogie zum Stammkapital

a) Einforderungskompetenz im Insolvenzfall

Anders als bei der Kapitalerhaltung hat der BGH im Jahr 2007 zu einem Spezialproblem der Kapitalaufbringung entschieden, nämlich zu der Frage, ob der Insolvenzverwalter ein ausstehendes korporatives Agio einfordern kann, ohne daß ein Gesellschafterbeschluß nach § 46 Nr. 2 GmbHG erforderlich wird.[2467] Der Entscheidung liegt ein Sachverhalt zugrunde, nach dem bei einer GmbH im Rahmen einer Kapitalerhöhung ein korporatives Agio vereinbart worden war, welches gemäß der Vereinbarung im Rahmen der Kapitalerhöhung zu zahlen sein sollte, sobald ein entsprechender Gesellschafterbeschluß gefaßt würde und daraufhin die Geschäftsführung die Zahlung des Betrages anforderte.

Der BGH behandelte den Sachverhalt so, als ob die Zahlung des korporativen Agios einen Gesellschafterbeschluß nach § 46 Nr. 2 GmbHG erforderte, wobei er offen ließ (Tz. 19), welche Bedeutung der vertraglichen Vereinbarung über das Erfordernis eines Gesellschafterbeschlusses dabei zukommen soll. Denn nach Ansicht des Gerichts wäre § 46 Nr. 2 GmbHG auch ohne vertragliche Vereinbarung auf ein Aufgeld anwendbar (Tz. 17). Eine Anwendbarkeit von § 46 Nr. 2 GmbHG auf das korporative Agio kommt allenfalls im Analogie-

2465 Vgl. Roth/*Altmeppen*, GmbHG § 32a, 32b.

2466 Zum Rationale des früheren Eigenkapitalersatzrechts BH-*Fastrich* (19. Aufl.) Anh. § 30, Rz. 14 ff.

2467 BGH GmbHR 2008, 147.

wege in Betracht, auch wenn der BGH das nicht so explizit feststellt. Der für die Urteilsfindung maßgebliche Wortlaut der Vorschrift sprach noch ausdrücklich von »Stammeinlagen« und läßt keinen Zweifel, daß andere materielle Einlagen allenfalls bei entsprechender Anwendung erfaßt sein können. Die Vorschrift wurde im Zuge des MoMiG umformuliert und spricht jetzt von der »Einforderung der Einlagen«, was jedoch vom Gesetzgeber nicht als Inhaltsänderung verstanden wurde.[2468] Da der Einlagebegriff der GmbH auf die Einlagen auf das Stammkapital begrenzt ist, ergibt sich das vom Gesetzgeber gewünschte Ergebnis auch zwanglos bei einer systematischen Auslegung der Vorschrift.

Da das korporative Agio keine Einlage im Sinne des GmbH-Gesetzes ist, müßte eigens begründet werden, warum § 46 Nr. 2 GmbHG analog auf das korporative Agio anzuwenden sein sollte. Die bloße Äquivokation des formellen und des materiellen Einlagebegriffes kann eine analoge Anwendung der Vorschrift auf das Agio nicht begründen. Besonders deutlich wird dies, wenn man sich zum Vergleich die materielle Einlage der Nachschußpflicht ansieht. Bei einer Nachschußpflicht geht nämlich der BGH selbst davon aus, daß der Insolvenzverwalter den nach § 26 GmbHG erforderlichen Gesellschafterbeschluß nicht ersetzen kann.[2469] Zu Recht haben die Vorinstanzen auf die Vergleichbarkeit des Nachschußrechts hingewiesen.[2470] Leider hat der BGH den maßgeblichen Wertungsvergleich trotz der Vorarbeiten der Vorinstanzen übersehen und sich von der Äquivokation des formellen und materiellen Einlagebegriffs verwirren lassen. Das Urteil vermag daher in der Begründung nicht zu überzeugen.

Ein Unterschied zwischen Nachschußpflichten und Leistungspflichten auf ein korporatives Agio kann darin liegen, daß Nachschußpflichten erst mit dem Gesellschafterbeschluß nach § 26 GmbHG zur Entstehung gelangen, Nebenleistungspflichten eventuell nicht.[2471] So ist in dem Sachverhalt, der dem Urteil des BGH zugrunde liegt, die Vereinbarung über das Erfordernis eines Gesellschafterbeschlusses in allen Instanzen als Fälligkeitsregelung verstanden worden. Anders wäre es jedoch, wenn die Nebenverpflichtung auf den Gesellschafterbeschluß aufschiebend bedingt worden wäre, was zulässig wäre, da auf Nebenverpflichtungen die Regeln des allgemeinen Schuldrechts Anwendung finden. Denn auch bei einer aufschiebenden Bedingung nach § 158 BGB kommt der Anspruch erst mit Bedingungseintritt zur Entstehung.[2472]

Die entscheidende Frage in dem vom BGH zu entscheidenden Fall, die das Gericht wegen der unzulässigen Äquivokation des Einlagebegriffs nicht gesehen hat, ging daher dahin, ob die Vereinbarung, welche die Gesellschafter bei der Kapitalerhöhung getroffen haben, als Fälligkeitsregelung auszulegen war oder als Bedingung und wenn als Bedingung, ob nur die Gesellschafter selbst

2468 S. dazu RegE S. 45.
2469 BGH DStR 1994, 1129.
2470 OLG Köln, Urteil v. 17.08.2006, Az. 18 U 175/05 (juris).
2471 Zur Entstehung von Nachschußpflichten Scholz/*Emmerich* § 26, Rz. 16.
2472 *Westermann* in MüKo-BGB, § 158 Rz. 1.

den Bedingungseintritt herbeiführen können sollten oder im Falle des Falles auch der Insolvenzverwalter. Angesichts der typischen Interessenlage der Gesellschafter spricht auf den ersten Blick wenig für die Annahme, der Insolvenzverwalter solle den Bedingungseintritt wie bei Einlagen auf das Stammkapital herbeiführen können. Das muß aber bei näherem Hinsehen nicht so sein.

Wenn nämlich die Gesellschafter gegen ihre Gesellschaft Fremdverbindlichkeiten in unterschiedlicher Höhe haben, z.B. weil nur manche Gesellschafter Gesellschafterdarlehen ausgekehrt haben oder manche Gesellschafter drittvergleichsbeständige Austauschgeschäfte mit der Gesellschaft abschließen, hängt im Insolvenzfall ihre Quote davon ab, ob Gesellschafter, die bei einer Kapitalerhöhung ein Agio versprochen haben, dieses auch tatsächlich leisten müssen. Da die Gesellschafter bei einer Kapitalerhöhung nicht alle Entwicklungen voraussehen können, kann die bei Satzungsregelungen gebotene objektive Auslegung gerade mit Blick auf Minderheitsgesellschafter, die noch Forderungen gegen ihre Gesellschaft haben, dazu gelangen, daß das darin vorgesehen Erfordernis eines Gesellschafterbeschlusses im Insolvenzfall entbehrlich sein soll.

Über den konkret zu entscheidenden Fall hinaus bleibt festzuhalten, daß Nebenverpflichtungen nach § 3 Abs. 2 GmbH bedingungsfreundlich und befristungsfreundlich und ebenso wie schuldrechtliche Ansprüche weitgehend durch Parteivereinbarungen ausgestaltbar sind. Ist ein Gesellschafterbeschluß als aufschiebende Bedingung gemeint und soll der Insolvenzverwalter ausweislich der Satzungsregelung nicht zur Ersetzung befugt sein, dann kann ein korporatives Agio wie eine Nachschußpflicht nur bei entsprechender Beschlußfassung eingefordert werden. Für eine entsprechende Anwendung von § 46 Nr. 2 GmbHG wäre kein Raum. Denn es liegt keine planwidrige Regelungslücke vor, da die allgemeinen schuldrechtlichen Regelungen auf Nebenverpflichtungen Anwendung finden.

Weiter zeigt der Wertungsvergleich mit dem Nachschußrecht, daß eine zwingende Einforderungszuständigkeit des Insolvenzverwalters für materielle Einlageforderungen der Gesellschafter nach Ansicht des Gesetzes nicht erforderlich ist, um grob ungerechte Ergebnisse zu vermeiden. Ist das Erfordernis eines Gesellschafterbeschlusses als Fälligkeitsregelung vereinbart, bedarf es einer analogen Anwendung von § 46 Nr. 2 GmbHG nicht, da im Insolvenzfall noch nicht fällige Forderungen durch § 41 Abs. 1 InsO als fällig fingiert werden.

b) Gesamtanalogie zum Stammkapital bei korporativem Agio

Die vom Bundesgerichtshof im Fall über die Einforderungskompetenz im Insolvenzfall angenommene analoge Anwendbarkeit von § 46 Nr. 2 GmbHG kann nicht überzeugen. Da der Bundesgerichtshof in dem zu entscheidenden Fall jedoch zusätzlich festgestellt hat, daß korporative Agiovereinbarungen wie alle korporativen Vereinbarungen nach Eintragung der Kapitalerhöhung nicht mehr eigenständig angefochten werden können, wird aus der Entscheidung teilweise abgeleitet, alle für die Stammeinlage maßgebenden Vorschriften gälten für das statuarische Aufgeld entsprechend.[2473] Schon vor der genannten BGH-Entscheidung wurde unter Hinweis auf die materielle Einlagequalität des Agios vereinzelt gefordert, die Kapitalaufbringungsvorschriften auf das korporative Agio zu erstrecken.[2474]

Eine analoge Anwendung des Kapitalaufbringungsrechts auf das korporative Agio läßt sich im GmbH-Recht indes genauso wenig begründen wie eine analoge Anwendung des Kapitalerhaltungsrechts, die allgemein abgelehnt wird. Es fehlt an einer planwidrigen Regelungslücke. Der Gesetzgeber hat in der mehr als 120jährigen Geschichte des GmbH-Gesetzes niemals kapitalaufbringungsrechtliche Vorschriften für das korporative Agio eingeführt, obwohl ihm die Möglichkeit, Aufgelder zu vereinbaren, bekannt war und er im Aktienrecht solche Regelungen für sinnvoll erachtet hat. Soweit man Reformüberlegungen aus den Jahren 1969–1971 so verstehen kann, daß eine weitergehende Regelung materieller Einlagen angedacht war (was jedoch nicht unzweifelhaft ist), so sind solche Überlegungen jedenfalls nicht Gesetz geworden.[2475] Für den wertungsvergleichbaren Fall des Nachschusses kennt das Gesetz keine zwingenden Kapitalschutzvorschriften.

Das korporative Agio dient, wie gesehen, im GmbH-Recht nicht dem Gläubigerschutz. Deshalb hat auch der BGH in der genannten Entscheidung ausdrücklich festgestellt, daß das Agio nicht Teil der gläubigerschützenden Einlagenaufbringungspflicht ist.[2476] Mitgesellschafterschützende Erwägungen hält das Gesetz ausweislich des Fehlens entsprechender Regelungen wohl ebenfalls nicht für maßgeblich. Diese Entscheidung ist insoweit objektiv nachvollziehbar, da eine GmbH typischerweise eine geschlossene Gesellschaft ist, in der dem einzelnen Gesellschafter leichter Selbstschutzobliegenheiten aufgebürdet werden können als in einer anonymen Publikumsgesellschaft. Dafür sieht § 51a GmbHG vergleichsweise weitgehende Auskunfts- und Einsichtsrechte der Gesellschafter vor. Eine analoge Anwendung der Kapitalaufbringungsvorschriften des GmbHG auf das korporative Agio kommt damit genausowenig in Betracht wie eine Analogie zu § 150 AktG im Kapitalerhaltungsrecht.

Die gesetzliche Entscheidung muß einen inhaltlich nicht überzeugen, de lege lata ist jedoch eine weitergehende Ausgestaltung des Kapitalschutzrechts in der GmbH auch für materielle Einlagen nicht zu erreichen. Angesichts der vom Gesetz eröffneten Umgehungsmöglichkeiten, insbesondere der Möglichkeit, eine Nachschußpflicht zu vereinbaren, oder der Veräußerung selbstgehaltener Anteile statt einer Kapitalerhöhung, wäre eine analoge Anwendung des Kapitalaufbringungsrechts auf das korporative Agio auch weitgehend fruchtlos, da in geschlossenen GmbHs regelmäßig alternative Wege für die gewünschte Finanzierung offen stünden.

2473 So *Wendt-Nassall*, juris-PK zu BGH GmbHR 2008, 147.
2474 *Herchen*, Agio, 148 ff.
2475 Vgl. dazu *Herchen*, Agio, 150 f.
2476 BGH GmbHR 2008, 147 (Tz. 13).

3. Schuldrechtliches Agio im GmbH-Recht

Scheidet eine analoge Anwendung der Kapitalschutzrechts auf das korporative Agio im GmbH-Recht aus, müssen schuldrechtliche Vereinbarungen ebenfalls zulässig sein. Denn in solchen Vereinbarungen kann keine unzulässige Umgehung des Kapitalschutzrechts der GmbH gesehen werden. Es verwundert daher nicht, daß schuldrechtliche Agioversprechen in ständiger Rechtsprechung anerkannt sind.[2477]

V. Zusammenfassung

Im GmbH-Recht ist daher festzuhalten, daß das Kapitalschutzrecht auf die Stammeinlage beschränkt ist mit einer Ausnahme, nämlich der Thesaurierungspflicht nach § 5a Abs. 2 GmbHG bei der Unternehmergesellschaft haftungsbeschränkt. Diese Ausnahme bestätigt ihrerseits die Annahme, daß eine Erstreckung des Kapitalschutzrechts auf materielle Einlagen im GmbH-Recht vom Gesetz nicht gewollt ist.

E. Zusammenfassung

Die Untersuchung des GmbH-Rechts macht das Ergebnis der Untersuchung des Aktienrechts noch einmal plausibler, daß der aktienrechtliche Kapitalschutz des Agios nicht aus Gläubigerschutzgründen vorgeschrieben wird. Denn wenn der Gläubigerschutzgedanke der Leitgedanke des Kapitalschutzrechts wäre, dann müßte der Gesetzgeber im GmbH-Recht erst recht vergleichbare Vorschriften einführen, da das Mindestkapital im GmbH-Recht viel niedriger ist, bei der Unternehmergesellschaft sogar gar kein Mindestkapital erforderlich ist. In England, wo der effektive Gläubigerschutz der Leitgedanke des Kapitalschutzrechts des Agios ist, wird nicht zwischen den Rechtsformen der PLC und der Ltd unterschieden.

Das GmbH-Recht kann auch noch einmal verständlicher machen, daß in geschlossenen Gesellschaften ein Kapitalschutz des Agios sinnvoll sein kann, jedoch der Minderheitsgesellschafterschutz in geschlossenen Gesellschaften weniger Gewicht hat als in kapitalmarktorientierten Publikumsgesellschaften.

Versteht man den Kapitalschutz des Agios im Aktienrecht nicht als Mittel zum Gläubigerschutz, sondern als Mittel zum Schutz der Investoren und des Kapitalmarkts, kann man das geltende Aktienrecht weitgehend stimmig interpretieren. Im Gründungsstadium allerdings, in dem auch bei Aktiengesellschaf-

2477 Z.B. BGH BB 1969, 1410 (mit Hinweisen auf die Rechtsprechung des Reichsgerichts in Tz. 21); aus jüngerer Zeit BGH GmbHR 2008, 147.

ten ein geschlossener Gesellschafterkreis vorliegt, scheinen die Vorschriften zum Schutz der Kapitalmarktinvestoren rechtspolitisch mittlerweile weniger dringlich, seit die Möglichkeit der Zweistufengründung abgeschafft worden ist. Diese Einschätzung wird dadurch untermauert, daß der Gesetzgeber selbst mittlerweile der Auffassung ist, daß zur Verhinderung von Scheindividenden eine Ausschüttungssperre von Einlagekapital nicht erforderlich ist, sondern eine transparente Bilanzierung ausreicht.

Nicht konsequent gelöst ist im Aktienrecht, daß die verschiedenen Kapitalschutzvorschriften nicht alle auf alle materiellen Agioeinlagen erstreckt werden. Im Kapitalaufbringungsrecht finden sich weitreichende Vorschriften für das korporative Agio, jedoch keine Vorschriften für alternative Finanzierungsgestaltungen, die das korporative Agio ersetzen können. Das Kapitalerhaltungsrecht hingegen ist für sehr viele materielle Agioeinlagen gleich ausgestaltet, da ein materielles Agio regelmäßig in die gebundene Kapitalrücklage einzustellen ist. Allerdings sind auch hier nicht alle materiellen Agioeinlagen erfaßt, da regelmäßig nur solche Finanzierungsbeiträge erfaßt werden, die nach allgemeinen Bilanzierungsgrundsätzen aktivierbar sind. Auch diese Regel von der Maßgeblichkeit der allgemeinen Bilanzierungsgrundsätze kennt jedoch wiederum eine Ausnahme. Bei Wandelschuldverschreibungen ist ein Agio, das in einem Zinsnachteil versteckt ist, herauszurechnen und in die Kapitalrücklage einzustellen. Warum diese Abweichung von der Bilanzierung von Zinsnachteilen nicht auch auf Zinsvorteile bei Gesellschafterdarlehen und andere Vorteile aus vergünstigten Austauschgeschäften anwendbar sein könnten, ist nicht ersichtlich.

Eine vollständig konsequente Angleichung des aktienrechtlichen Kapitalschutzrechts ist de lege lata nicht zu erreichen, auch nicht bei weitreichender Rechtsfortbildung, die an die Grenzen des nach dem methodischen Grundsatz der Zurückhaltung bei Rechtsfortbildungen Zulässigen ginge. Denn zwischen den verschiedenen Finanzierungsvarianten bestehen rechtstechnisch zu große Unterschiede, wie beispielweise die fehlende Eintragungsmöglichkeit von Anteilsabtretungen beim Registergericht, ohne die eine analoge Sacheinlageprüfung beim Eintausch selbstgehaltener Anteile nicht möglich ist. Eine vollständig konsequente Angleichung des Kapitalschutzrechts bedürfte zudem eines Sonderbilanzrechts der Einlagen, ähnlich wie ein solches Sonderbilanzrecht im Steuerrecht besteht. Im GmbH-Recht ist die gesetzgeberische Lösung konsequent umgesetzt. Es werden nur Einlagen auf das Stammkapital in den Kapitalschutz einbezogen, weitere materielle Einlagen werden ausnahmslos nicht erfaßt.

Das GmbH-Recht verweist zudem in § 5a GmbHG auf eine mögliche Alternative zu einem Kapitalschutz materieller Einlagen. Aus Gläubigerschutzgesichtspunkten kann erwogen werden, eine Thesaurierungspflicht einzuführen, die nicht wie bei § 150 AktG auf das Nominalkapital bezogen wird, sondern unabhängig vom gewählten Nominalkapital besteht.

7. Kapitel Sinnhaftigkeit eines Kapitalschutzes des Agios de lege ferenda

A. Aufgabe des Kapitels

Die Diskussion des Kapitalschutzes des Agios im deutschen Recht hat gezeigt, daß zwischen den beiden Rechtsformen der GmbH und der Aktiengesellschaft erhebliche Unterschiede bestehen, wie sie das korporative Agio und materielle Agioleistungen behandeln. Bei der Gesellschaftsrechtsrichtlinie ist nicht ganz eindeutig, ob sie nur das formelle Agio adressiert oder auch materielle Agioleistungen, jedenfalls aber unterscheidet sie deutlich zwischen Einlagen auf das Grundkapital und Agioeinlagen. Der Rechtsvergleich mit England hat gezeigt, daß sich der Regelungsansatz einer möglichst weitgehenden Gleichbehandlung des Nominalkapitals nicht nur mit dem formellen Agio, sondern mit verschiedenen Formen des materiellen Agios ebenfalls praktisch umsetzen läßt.

Eine vollständige Gleichbehandlung aller materiellen Agioeinlagen ist im deutschen Recht letztlich weder im Aktien- noch im GmbH-Recht möglich, ebensowenig eine Gleichbehandlung von korporativem Agio und Grund- bzw. Stammkapital. Die Argumente jedoch, die im Zuge der Diskussion des deutschen Aktien- und GmbH-Rechts für eine weitere Angleichung des Kapitalschutzrechts verschiedener Einlageformen vorgetragen worden sind, bleiben jedenfalls de lege ferenda beachtlich, auch wenn de lege lata eine weitere Angleichung nur eingeschränkt zu erreichen wäre. Im folgenden soll, ohne die Begrenzungen des aktuellen Regelungsumfelds in den Blick zu nehmen, rekapituliert werden, inwieweit im Kapitalschutzrecht eine Gleichbehandlung verschiedener Agioformen begründet werden kann und inwieweit eine unterschiedliche Behandlung angezeigt ist.

Das korporative Agio wurde in dieser Untersuchung definiert als

- eine einlagefähige Leistung des Anteilserwerbers
- in das bilanzielle Eigenkapital der Gesellschaft
- als Entgelt für die Ausgabe junger Aktien,
- welche über den Nominalbetrag hinaus erbracht wird
- und zu der sich der Erwerber (im Aktienrecht als Teil des Ausgabebetrags) auf korporativer Grundlage verpflichtet.

Die Fragestellung lautet nun, welches dieser Definitionsmerkmale eine Gleichbehandlung oder eine Ungleichbehandlung des korporativen Agios zu Einlagen auf das Nominalkapital und zu anderen materiellen Agioeinlagen begründen kann.

B. Erklärungsansätze für einen Kapitalschutz des Agios

Der bilanzielle Kapitalschutz verfolgt in seinen unterschiedlichen Schutzmodulen verschiedene Schutzzwecke zu jeweils unterschiedlichen Graden. Dabei ist insbesondere zwischen Kapitalaufbringung und Kapitalerhaltung zu unterscheiden, die den unterschiedlichen Interessengruppen unterschiedliche Vor- und Nachteile bringen. Diese Zwecke verfolgt der bilanzielle Kapitalschutz nicht allein, sondern er ist eingebettet in ein System verschiedener Schutzmaßnahmen. Die verschiedenen Schutzzwecke, die der bilanzielle Kapitalschutz zu verwirklichen sucht, widersprechen sich teilweise und sind dann untereinander auszubalancieren, wobei Abstriche bei einer Schutzzweckverfolgung durch bilanziellen Kapitalschutz durch andere Schutzmaßnahmen zumindest teilweise ausgeglichen werden können. Die verschiedenen Schutzzwecke, die den bilanziellen Kapitalschutz anleiten, entscheiden letztlich darüber, inwieweit eine Einbeziehung des korporativen oder materiellen Agios in den Kapitalschutz sinnvoll sein kann.

I. Kapitalmarktschutz

Das deutsche Aktienrecht verfolgt mit dem Kapitalschutz nur des korporativen Agios in erster Linie das Ziel, die Investoren und damit abstrakt den Kapitalmarkt zu schützen. Dieser Regelungsansatz ist heute zumindest in Teilen überholt. Das gilt jedenfalls insoweit, als durch eine Erschwerung des Anteilserwerbs die normale Börsenspekulation zurückgedrängt werden sollte, da man in spekulativem Aktienhandel eine Form von Spiel und Wette sah. In modernen Wirtschaftsordnungen ist der spekulative Aktienhandel nicht mehr verpönt. Auch der damalige Ansatz, wirtschaftlich unerfahrene Kleinanleger möglichst vom Aktienerwerb abzuhalten, ist heute nicht mehr zeitgemäß, da Aktien nicht nur bei Vermögenden als vernünftiger Teil des Portfolios verstanden werden.

Fragwürdig ist die Intention, über eine Ausschüttungssperre eine Täuschung über die Ertragskraft der Gesellschaft zu verhindern, welche unbedarfte Investoren zu einem Erwerb von Aktien verleiten könnte. Der deutsche Gesetzgeber ist mittlerweile selbst zur grundsätzlich richtigen Überzeugung gelangt, daß eine Vortäuschung von Ertragskraft schon durch eine transparente Bilanzierung bzw. durch transparente Jahresabschlüsse verhindert werden kann. Die Verfügbarkeit von aussagekräftigen Jahresabschlüssen ist mittlerweile so gut, daß jeder Aktionär die Ertragskraft der Zielgesellschaft überprüfen kann. Allerdings können gesellschaftsrechtliche Beschränkungen die Sicherheit der Investoren zusätzlich erhöhen. Als zweiter Schutzwall kommen daher gesellschaftsrechtliche Ausschüttungsbeschränkungen in Betracht und dann vor allem Kleinaktionären mit wenig Erfahrung zugute. Gerade denen wollen das moderne Aktien- und Kapitalmarktrecht anders als noch der Gesetzgeber des Jahres 1884 Investitionen auch erleichtern.

Daß gesellschaftsrechtliche Schutzmodule das Kapitalmarktrecht sinnvoll ergänzen können, zeigt in der jüngeren Vergangenheit die Schließung des »First Quotation Boards« der Börse Frankfurt. Das First Quotation Board war seinerzeit der am wenigsten regulierte Marktbereich der Frankfurter Börse, den insbesondere ausländische Aktiengesellschaften nutzten, um sich in Frankfurt listen zu lassen. Nachdem dieser Marktbereich zunehmend durch Schwindelgründungen ausländischer Aktiengesellschaften aufgefallen war, die sich von den bekannten Fällen des 18. und 19. Jahrhunderts nicht wesentlich unterschieden, sah sich die Frankfurter Börse veranlaßt, diesen kaum regulierten Marktbereich zu schließen und nur mehr stärkere regulierte Märkte anzubieten.[2478] Man kann aus dem Umstand, daß gerade ausländische Aktiengesellschaften mit geringerer gesellschaftsrechtlicher Regelungsdichte im 21. Jahrhundert wieder zu Schwindelgründungen mißbraucht wurden, ableiten, nicht auf kapitalschutzrechtliche Maßnahmen verzichten zu wollen. Umgekehrt hat jedoch die Börse Frankfurt gezeigt, daß die Entwicklung entsprechender kapitalmarktrechtlicher Standards ebenfalls geeignet sein kann, Schwindelgründungen entgegen zu treten. Dieser kapitalmarktrechtliche Schutzwall scheint sogar wichtiger zu sein, da auch Kapitalschutzvorgaben für das Agio nicht vollständig verhindern könnten, daß geschlossene Gesellschaftergruppen den Gesellschaften, mit denen sie betrügen wollen, außerhalb von Anteilsausgaben Eigenkapital zuführen, so daß sie später aus den eigenen Einlagen Scheindividenden ausschütten könnten.

Will man daher kapitalgesellschaftsrechtliche Ausschüttungssperren als effektiven Schutz gegen Scheindividenden vorsehen, müßte man alle Gesellschaftereinlagen sperren, nicht nur Einlagen, die im Zuge einer Anteilsausgabe aufgebracht werden. Der Entgeltcharakter des Agios kann für den Kapitalmarktschutz keine Rolle spielen, da die Vorgaben andernfalls gerade in kritischen Fällen, namentlich in geschlossenen Gesellschaften, recht leicht umgangen werden könnten. Ob die Einlagen auf einer korporativen Rechtsgrundlage oder auf einer schuldrechtlichen Rechtsgrundlage oder einfach nur faktisch durch einen Einmanngesellschafter erbracht werden, kann ebenfalls keine Rolle spielen, da zumindest jeder aktivierte Eigenkapitalbeitrag dasselbe Ausschüttungspotential generiert. Etwas anders sind nicht bilanzierte Einlagen zu bewerten, da diesen zumindest kein akutes Ausschüttungspotential zukommt. Die stillen Reserven müßten erst realisiert werden, bevor sie Ausschüttungspotential generieren können. Auf einem anderen Blatt steht, ob man stille Reserven nicht ohnehin unter Berufung auf das bilanzielle Einsichtsgebot weitgehend zurückdrängen will. Sofern man stille Reserven aus allgemeinen bilanzrechtlichen Erwägungen heraus vermeiden möchte, ist die Ausschüttungssperre entsprechend zu erhöhen.

Da ein wirksamer Kapitalmarktschutz durch gesellschaftsrechtliche Ausschüttungssperren sehr weitreichende Folgen haben müßte, kann man erwägen, die Ausschüttungssperre zeitlich zu befristen. Schwindelgründungen, darauf weist

2478 Dazu *Mohr*, Spielwiese für Anlagebetrüger.

die Bezeichnung der Problematik hin, stellen vor allem um den Gründungszeitpunkt herum eine Gefahr dar, weniger bei bereits längere Zeit werbenden Gesellschaften. Ähnlich wie das Nachgründungsrecht des Aktienrechts die Kapitalaufbringungsvorschriften zeitlich befristet absichert, bis typischerweise erwartet werden kann, daß die Organe der Gesellschaft auch faktisch die Kontrolle über alle Vorgänge ausüben, könnte eine Ausschüttungssperre solange vorgesehen werden, bis der werbende Charakter der Gesellschaft sichergestellt ist.

Soweit die Kapitalschutzvorschriften des korporativen Agios dazu gedacht waren, »Insiderhandel« und andere Formen von »Marktmißbrauch« zu adressieren, ist zu berücksichtigen, daß sich die Regelungslandschaft seit dem Jahr 1884 gewandelt hat. Nationales und europäisches Recht kennen mittlerweile umfangreiche Spezialvorschriften, die Gefahren für den Kapitalmarkt eindämmen sollen, so insbesondere auf europäischer Ebene die Marktmißbrauchsverordnung (MAR)[2479] und im nationalen Recht die Vorschriften über Prospektpflichten im Wertpapierprospektgesetz (WpPG)[2480]. Diese Entwicklungen und Spezialregelungen lassen einen Kapitalmarktschutz durch gesellschaftsrechtlichen Kapitalschutz zumindest weniger dringlich erscheinen. Im Rahmen der notwendigen Abwägung verschiedener Interessen kann die Entscheidung letztlich auch sein, die kapitalmarktrechtlichen Probleme über die speziellen kapitalmarktrechtlichen Vorschriften zu lösen, um bei der Unternehmensfinanzierung nicht wegen seltener Problemfälle den weitaus häufigeren Normalfällen zu enge Vorgaben zu machen, quasi das Kind mit dem Bade auszuschütten.

Die Ausschüttungssperre widerstreitet nämlich den Interessen der Gesellschafter und damit auch der potentiellen Investoren, sobald sie sich zum Erwerb von Anteilen entschlossen haben. Bei Gründungen ist leichter erklärbar, warum verschiedene benannte Eigenkapitalbeiträge, zwischen denen die Gründer weitgehend beliebig wählen können, keine unterschiedlichen Rechtsfolgen aufweisen sollen, wenn die unterschiedlichen Rechtsfolgen Schwindelgründungen Vorschub leisten könnten. Bei Kapitalerhöhungen in werbenden Gesellschaften ist die Verteilung der Eigenkapitalbeiträge auf Nominalkapital und weitere Finanzierungsbeiträge jedoch nicht beliebig möglich, sondern vom Gesetz selbst vorgegeben, das sich nun einmal bei beiden Kapitalgesellschaften für ein System des festen Nominalwerts der Gesellschaftsanteile entschieden hat und damit eine Unterscheidung in Nominalkapitalbeiträge und weitere Beiträge erforderlich macht. Aus Sicht der Gesellschafter ist es widersinnig, daß die

2479 Verordnung (EU) Nr. 596/2014 des Europäischen Parlaments und des Rates vom 16. April 2014 über Marktmissbrauch (Marktmissbrauchsverordnung) und zur Aufhebung der Richtlinie 2003/6/EG des Europäischen Parlaments und des Rates und der Richtlinien 2003/124/EG, 2003/125/EG und 2004/72/EG der Kommission.

2480 Gesetz über die Erstellung, Billigung und Veröffentlichung des Prospekts, der beim öffentlichen Angebot von Wertpapieren oder bei der Zulassung von Wertpapieren zum Handel an einem organisierten Markt zu veröffentlichen ist (Wertpapierprospektgesetz – WpPG) vom 22. Juni 2005 (BGBl. I S. 1698).

Ausgleichszahlung, die sie für stille Reserven und thesaurierte Gewinne verlangen, von Gesetzes wegen nicht an sie ausgeschüttet werden kann, wenn sie das wollen.

Mit dem Schutzzweck des Kapitalmarktschutzes kann man keine vollständige Gleichbehandlung von Nominalkapital und Agio begründen. Mehr als eine Ausschüttungssperre von vermeintlich überschüssigem Eigenkapital ist nicht erforderlich, um Agiotage in den verschiedenen Formen zu verhüten. Die im Aktienrecht vorgesehene Möglichkeit zur Verlustverrechnung ist konsequent. Eine Wiederauffüllverpflichtung des Kapitalpuffers ist nicht erforderlich, da dadurch erst wieder die Agiotagegefahr qua gesetzlichem Befehl heraufbeschworen würde, vor der dann die Ausschüttungssperre schützen müßte. Der Kapitalmarktschutz kann Verwendungsbeschränkungen tatsächlich zugeführten Kapitals begründen, jedoch nicht die Höhe des Haftungspuffers zwingend vorgeben.

Mit dem Schutzzweck des Kapitalmarktschutzes läßt sich eine Sonderbehandlung der kapitalmarktfähigen Kapitalgesellschaft erklären. Nach deutschem Recht sind nur die Anteile an Aktiengesellschaften börsenfähig, so daß verständlich ist, warum das deutsche Recht, das dem Kapitalmarktschutz als Leitgedanken folgt, keine Kapitalschutzregeln für materielle Einlagen in die GmbH kennt. Einschränkend ist jedoch anzumerken, daß auch eine GmbH Schuldverschreibungen begeben kann, die kapitalmarktfähig sind. Insoweit wären auch bei der GmbH kapitalmarktschutzrechtliche Erwägungen nicht völlig abwegig. Andererseits ist auch hier wieder zu beachten, daß gesetzliche Regelungen auf typische Fälle ausgerichtet sind. Die meisten GmbH begeben keine kapitalmarktfähigen Schuldverschreibungen.

II. Mitgesellschafterschutz

Der Entgeltcharakter des korporativen Agios ist der Punkt, weshalb der Mitgesellschafterschutz eine so große Rolle spielt in den Überlegungen zum Kapitalschutz des Agios. Das Agio dient bei Kapitalerhöhungen dem Verwässerungsschutz im engeren Sinne, indem erst das Agio den wahren Wert der jungen Gesellschaftsanteile ausgleicht, wenn der Unternehmenswert wie meist durch stille Reserven und thesaurierte Gewinne über dem Wert des Nominalkapitals liegt. Das Agio dient daneben dem Verwässerungsschutz im weiteren Sinne, wenn der Agiobeitrag eines Gesellschafters andere Finanzierungsbeiträge von anderen Gesellschaftern ausgleicht.

Der korporative Rechtsgrund spielt für den Verwässerungsschutz keine große Rolle. Letztlich kommt es allein darauf an, daß dem Gesellschaft ein entsprechender Beitrag tatsächlich zufließt. Der korporative Rechtsgrund der Vereinbarung hat jedoch zwei Vorteile, die das Risiko der Altgesellschafter reduzieren, unerkannt verwässert zu werden. Erstens entfällt bei einer Vereinbarung der gesamten Leistungspflicht des Neugesellschafters in einer einzigen Vereinbarung ein zusätzliches Bestandsrisiko der schuldrechtlichen Leistungspflicht, die unerkannt unwirksam sein könnte. Zweitens sorgt bei Sacheinlagen das Kapitalaufbringungsrecht für eine Überprüfung des tatsächlichen Werts der Einlage und bei ausdrücklicher Festsetzung eines Referenzwerts auch für eine Wertgarantie. Dieser Vorteil der korporativen Vereinbarung kann dafür sprechen, Vereinbarungen über ein Entgelt für junge Anteile nur auf korporativer Grundlage zuzulassen, wenn man die Minderheitsgesellschafter möglichst weitreichend schützen will.

Wenn man allerdings nur korporative Vereinbarungen zuläßt, dann müssen alle Finanzierungsbeiträge den Anforderungen korporativer Einlagen genügen, das heißt sie müßten sacheinlagefähig sein und im Aktienrecht binnen fünf Jahren nach Eintragung der Kapitalmaßnahme vollständig bewirkt sein. Im Aktienrecht könnte man auf diese Anforderungen wegen der Vorgaben der Gesellschaftsrechtsrichtlinie nicht verzichten. Jedenfalls hier könnten Nutzungsüberlassungen mit mehr als fünf Jahren Dauer und Dienstleistungen nicht mehr als Finanzierungsbeitrag versprochen werden.

Läßt man jedoch auch nicht korporative Finanzierungsbeiträge zu, jedenfalls soweit der konkrete Beitrag nicht auf korporativer Grundlage versprochen werden kann, ist aus Sicht der Neugesellschafter, die einlagefähige Finanzierungsbeiträge erbringen sollen, nicht erklärbar, warum deren Finanzierungsbeitrag strengeren Vorgaben genügen muß als die Finanzierungsbeiträge anderer Gesellschafter, denn die weiteren Finanzierungsbeiträge sind für einen Verwässerungsschutz der Neugesellschafter, die einlagefähige Anteile erbringen sollen, ebenso erforderlich wie umgekehrt die eigenen einlagefähigen Beiträge für den Verwässerungsschutz der anderen Gesellschafter. Die strengeren Anforderungen für einlagefähige Beiträge erscheinen aus Sicht der Investoren unfair. Aus Sicht der Neugesellschafter ist auch schwer einzusehen, warum sie die Werthaltigkeit ihrer Finanzierungsbeiträge garantieren müssen, während umgekehrt ihnen die Werthaltigkeit der Gesellschaftsanteile nicht garantiert wird.

Allen Gesellschaftern gemeinsam ist das Interesse an einer möglichst flexiblen Finanzierung der Gesellschaft. Kapitalerhaltungsvorschriften sind nicht im Interesse der Gesellschafter. Der Mitgesellschafterschutz kann daher nur einen Kapitalaufbringungsschutz bei materiellen Agioeinlagen begründen. Die Gesellschaftsrechtsrichtlinie, deren Kapitalschutz des korporativen Agios allein dem Mitgesellschafterschutz verpflichtet ist, sieht konsequenterweise davon ab, kapitalerhaltungsrechtliche Vorgaben zu machen für Leistungen, die allein im Interesse der Mitgesellschafter gefordert werden.

Will man den Schutz der Mitgesellschafter dadurch sicherstellen, indem man das volle Entgelt für junge Anteile dem Kapitalaufbringungsrecht unterstellt, muß man einige Umgehungsmöglichkeiten schließen, die wirtschaftlich vergleichbare Gestaltungen eröffnen, namentlich die Veräußerung von Anteilen, welche die Gesellschaft selbst hält, und mittelbare Anteilsausgaben über Treuhänder. Auch diese Gestaltungsalternativen zeigen, daß es für den Verwässerungsschutz der Mitgesellschafter nicht entscheidend auf den Rechtsgrund der Entgeltleistung ankommt, sondern auf die Höhe der Entgeltleistung. Wenn man der Ansicht ist, in den wirtschaftlich vergleichbaren Gestaltungen biete eine Entscheidungskompetenz der Hauptversammlung zusammen mit den Sorgfaltspflichten der Organe genügend Schutz, so kann man auch bei der Ausgabe junger Anteile stärker auf die Schutzpflichten der Organe bauen, ähnlich wie das im Aktienrecht bei der Kapitalerhöhung aus genehmigten Kapital bereits der Fall ist, wo die Organe mehr Verantwortung tragen als bei einer normalen Kapitalerhöhung. Wie allgemein bei der Ausgestaltung der Details des Kapitalschutzes geht es auch hier um die Frage, welchen Beitrag zu den verschiedenen Schutzzwecken das Kapitalschutzrecht leisten soll, welchen Beitrag andere Schutzmodule übernehmen können.

Jedenfalls bei Einigkeit aller Gesellschafter wäre nicht erklärbar, warum diese nicht auf den gesetzlichen Kapitalschutz sollten verzichten können. Solange ein dissentierender Gesellschafter erzwingen kann, daß dem Verwässerungsschutz über korporative Finanzierungsbeiträge Genüge getan wird, ist dem Minderheitsgesellschafterschutz durch eine Anfechtungsmöglichkeit bereits Rechnung getragen. Nicht korporative Finanzierungsbeiträge müssen daher nur dann als unzulässig angesehen werden, wenn man einem dissentierenden Minderheitsgesellschafter nicht einmal die Obliegenheit auferlegen will, gegen Kapitalerhöhungsbeschlüsse im Wege der Anfechtungsklage vorzugehen. Dann müßte man die Finanzierungsfreiheit so stark einschränken, daß auch bei Einigkeit aller Gesellschafter nicht korporative Finanzierungsbeiträge nicht versprochen werden könnten.

Will man den Gesellschaftern zumindest dann, wenn alle einig sind, eine größere Finanzierungsfreiheit einräumen, muß man nicht korporative Finanzierungsbeiträge als zulässig ansehen. Ob ein dissentierender Minderheitsgesellschafter entsprechende Kapitalerhöhungsbeschlüsse wirksam soll anfechten können, hängt davon ab, ob man das Bestandsrisiko schuldrechtlicher Vereinbarungen und bei Sacheinlagen das Wertrisiko, das auch bei sorgsamer Prüfung im Vorfeld nicht gänzlich ausgeschlossen werden kann, für zumutbar hält.

Sind sich alle Gesellschafter über die konkrete Ausgestaltung der Finanzierung einig, besteht kein Unterschied zwischen einer Aktiengesellschaft und einer GmbH. Bei dissentierenden Gesellschaftern kann man zwischen beiden Rechtsformen unterscheiden, insoweit die Gesellschafter in einer GmbH typischerweise höhere Selbstschutzobliegenheiten treffen, die Aktiengesellschaft hingegen auch Kleinanlegern offenstehen soll, die wenig Aufwand zur Verwaltung ihres Investments betreiben können.

III. Gläubigerschutz

Im Hintergrund der Diskussion, die um die Reichweite des Kapitalschutzes bei der Aktiengesellschaft und bei der GmbH geführt wird, steht vor allem die Unzufriedenheit mit der Effektivität der Gläubigerschutzes, wenn der bilanzielle Kapitalschutz nur geringe Mindestanforderungen an das Nominalkapital enthält und die Höhe des Haftkapitals ansonsten weitgehend im Belieben der Gesellschafter steht. Die Einbeziehung des Agios in den bilanziellen Kapitalschutz soll dessen Schwäche ausgleichen. Der englische Regelungsansatz hat gezeigt, daß eine konsequente Ausrichtung des Kapitalschutzes des Agios auf den Gläubigerschutz zusammen mit einer weiten wirtschaftlichen Bestimmung des Agios das Haftkapital deutlich erhöhen kann.

Verfolgt man einen solchen Regelungsansatz, kann man die kleine Kapitalgesellschaft nicht weniger streng behandeln als die große Kapitalgesellschaft. Da die Mindestkapitalanforderungen dort niedriger sind, muß das Agio erst recht in den Kapitalschutz einbezogen werden, um den Gläubigerschutz zu stärken. Das englische Recht unterscheidet daher im Kapitalerhaltungsrecht konsequenterweise nicht zwischen PLC und Ltd.

Die Logik der Einbeziehung des Agios in den Kapitalschutz besteht zunächst einmal darin, daß man eine willkürliche Aufteilung der Eigenkapitalbeiträge in Haftkapitalbeiträge und Beiträge außerhalb des Haftkapitals verhindern will, um die Intensität des Gläubigerschutzes nicht ins Belieben der Gesellschafter zu stellen. Darüber hinaus liegt diesem Regelungsansatz die Annahme zugrunde, die Gesellschafter würden der Gesellschaft kein überflüssiges Kapital zur Verfügung stellen. Wenn man daher alle Eigenkapitalbeiträge als Haftkapital qualifiziert, liegt man vermutlich näher an der betriebswirtschaftlichen Realität des tatsächlich erforderlichen Eigenkapitals, als wenn man die Gesellschafter frei über die Höhe des Haftkapitals entscheiden ließe.

Der korporative Rechtsgrund eines Finanzierungsbeitrags kann nach dieser Überlegung kein Unterscheidungskriterium abgeben, da andernfalls die Gesellschafter doch wieder weitgehend beliebig über die Höhe des Haftkapitals bestimmen könnten. Wer den Gläubigerschutz effektiv erhöhen will, darf nicht nur auf formelle Einlagen sehen, sondern muß eine wirtschaftliche Betrachtungsweise wählen. Die Bilanzierbarkeit eines Finanzierungsbeitrags läßt sich als Unterscheidungskriterium ähnlich begründen wie bei der Ausschüttungssperre als Mittel des Kapitalmarktschutzes. Nicht bilanzierbare Finanzierungsbeiträge wirken faktisch zugunsten der Gläubiger und können ohne weiteren Realisationsakt nicht an die Gesellschafter ausgeschüttet werden. Stille Reserven sind als faktischer Haftungspuffer integraler Bestandteil des bilanziellen Kapitalschutzes. Aus der Perspektive des Gläubigerschutzes läßt sich daher begründen, wenn der Kapitalschutz auf Agiobeiträge begrenzt wird, die in das bilanzielle Eigenkapital geleistet werden.

Mit der faktisch günstigen Wirkung aller Finanzierungsbeiträge ließe sich indes auch begründen, auf einen darüber hinaus gehenden zwingenden Kapitalschutz, insbesondere auf das Kapitalerhaltungsrecht zu verzichten. Wenn alle Eigenkapitalbeiträge der Gesellschafter de ohnehin die Situation der Gläubiger verbessern, kann man argumentieren, braucht es nicht zwingend einschränkende Regelungen, zumal diesen die Gefahr innewohnt, daß die Eigenkapitalbeiträge tendenziell geringer ausfallen. Das Beliebigkeitsargument, mit dem der Kapitalschutz aller materiellen Einlagen begründet wird, ist ohnehin nur eingeschränkt gültig, da nur im Gründungsstadium von einer beliebigen Aufteilung der Eigenkapitalbeiträge auf Nominalkapital und weitere Beiträge gesprochen werden kann. Bei Kapitalerhöhungen hingegen, und das sind die praktisch wichtigsten Fälle, in denen ein Agio verlangt wird, soll das Agio gerade solche Werte ausgleichen, die ihrerseits keiner Ausschüttungsbegrenzung unterliegen. Der Entgeltcharakter des Agios kann nicht begründen, warum solche Finanzierungsbeiträge dem Gläubigerschutz dienen sollen, er streitet vielmehr gegen eine Erstreckung des Kapitalerhaltungsrechts auf das Agio.

Der Ansatz, den Gläubigerschutz über eine Einbeziehung des Agios in das Haftkapital zu stärken, hat ferner einen großen Nachteil. Er ist von dem Zufall abhängig, daß eine Kapitalerhöhung vorgenommen wird, bei der ein Agio verlangt wird. Bei Gesellschaften, die stattdessen über Eigenkapitalbeiträge finanziert werden, die außerhalb einer Anteilsausgabe erfolgen, oder auch über hybride Finanzierungsinstrumente, hilft dieser formelle Ansatz nicht weiter. Wenn nun die rechtlichen Anforderungen an Agioeinlagen erhöht werden, wird diese Finanzierungsform weniger häufig gewählt werden.

Einen weiteren Nachteil hat die Umsetzung dieses Regelungsansatzes in England vor Augen geführt. Konsequent verfolgt hat eine Gleichbehandlung aller materieller Einlagen so starke Auswirkungen auf die Unternehmensfinanzierung, daß sich der englische Gesetzgeber letztlich genötigt sah, für Konzernsituationen Ausnahmen einzuführen, die zwar den Vertretern der Wirtschaft sehr willkommen sind, jedoch systematisch nicht mehr erklärt werden können. Die willkürliche Dotierung des Haftkapitals durch die Gesellschafter wurde am Ende von willkürlichen Ausnahmen durch den Gesetzgeber abgelöst. Manche in England weiterhin bestehende Ungleichbehandlung ist nicht willkürlich eingeführt worden, sondern ist rechtstechnisch bedingt, da im System des festen Nominalkapitals der Kapitalschutz des Nominalkapitals gerade hinsichtlich der Wertgarantie des Haftkapitals weiter reicht als dies bei materiellen Einlagen möglich ist, wenn für diese kein Referenzwert festgesetzt wird.

Aufgrund der Schwierigkeiten, die eine konsequente Umsetzung des Gläubigerschutzgedankens mit sich bringt, und der ökonomischen Nachteile, die strenge Vorgaben für die Eigenkapitalfinanzierung von Gesellschaften haben können, wird in England als Alternative diskutiert, die Ausschüttungssperre nicht von der Höhe eines eventuellen Agios abhängig zu machen, sondern von anderen Vorgaben, die nicht im Belieben der Gesellschafter stehen.[2481] Da entsprechende Vorgaben betriebswirtschaftlich nicht für alle Gesellschaften einheitlich begründet werden könnten, würde sich darüber ebenfalls kein optimaler Gläubigerschutz verwirklichen lassen, jedoch jedenfalls eine Verbesserung des Gläubigerschutzes, die ökonomisch mindestens gleichwertig wäre und weniger Nachteile hätte, da sie den externen Gläubigerschutz von der im internen Verhältnis der Gesellschaftern bedeutsamen Fragen nach einem angemessenen Entgelt abkoppeln könnte. Das nationale wie das internationale Steuer- und

2481 S. dazu eingehend o. Kapitel 4, S. 683 ff.

Gesellschaftsrecht kennen bereits ähnliche Eigenkapitalanforderungen wie beispielsweise in den steuerrechtlichen Regelungen über Zinsschranken, in gesellschaftsrechtlichen Anforderungen an Eigenkapitalquoten im Rahmen von Solvenztests oder auch die Thesaurierungsvorschrift des § 5a GmbHG.

Die Einführung einer Eigenkapitalanforderung, die vom Grundkapital, aber auch von anderen Eigenkapitalbeiträgen unabhängig ist, durch solche Eigenkapitalbeiträge jedoch erfüllt werden kann, könnte einerseits dem Gläubigerschutz unter Umständen effektiver und effizienter dienen als der Kapitalschutz von Agioleistungen und andererseits den Kapitalaufbringungsschutz als Optionsmodell für die Gesellschafter noch attraktiver machen, wenn sie diesen Vorteil nicht durch den Nachteil einer zwingenden Kapitalerhaltung erkaufen müssen. Eine Eigenkapitalquote kann daher den Kapitalaufbringungsschutz des Agios ergänzen und muß nicht den Kapitalschutz des Agios ersetzen. Allein eine Ausschüttungssperre des Agiokapitals wäre neben einer besonderen Eigenkapitalquote überflüssig.

Eine Eigenkapitalquote wäre konzeptionell unabhängig von Einlagen der Gesellschafter als Finanzierungsbeitrag und könnte auch durch eine Gewinnthesaurierung umgesetzt werden. Eben dadurch könnte der Gläubigerschutz von der Aufbringung der Einlagen entkoppelt werden. Die entscheidende Wertungsfrage ist, ob man darin einen ausreichenden Risikobeitrag der Gesellschafter sieht, oder ob man der Ansicht ist, das Haftkapital, das zum effektiven Schutz der Gläubiger erforderlich ist, müsse von den Gesellschaftern notfalls auch aus deren übrigem Vermögen aufgebracht werden und wenn eine solche Anforderung nicht gestellt wird, dann müßten die Gesellschafter jedenfalls hinnehmen, daß alles Eigenkapital, das sie der Gesellschaft tatsächlich zur Verfügung stellen, formelles Haftkapital werde.

C. Zusammenfassung

Es läßt sich mit verschiedenen Erwägungen begründen, ein Agio in den Kapitalschutz miteinzubeziehen. Die Erstreckung der Kapitalerhaltungsvorschriften auf das Agio lassen sich vor allem mit dem Gläubigerschutz erklären, eingeschränkt auch mit der Überlegung, der Kapitalmarktschutz profitiere von einem zweiten Schutzwall im Gesellschaftsrecht. Die Kapitalaufbringungsvorschriften lassen sich bei einem Agio mit dem Mitgesellschafter- und Investorenschutz begründen.

Gerade der Schutz der Mitgesellschafter ist sinnvoll auch als Optionsmodell zu denken, insbesondere wenn alle Gesellschafter einig sind, aber auch bei dissentierenden Gesellschaftern, sofern die Risiken von Finanzierungsbeiträgen, die außerhalb des Kapitalschutzrechts erfolgen, überschaubar sind. Die Einbeziehung des Agios in den Kapitalschutz ist nicht zwingend geboten. Es sind verschiedene Interessen abzuwägen, die sich teilweise überschneiden, teilweise widersprechen. Bei der Ausbalancierung der Interessen kommt es auch darauf an, welchen Beitrag andere Schutzmodule leisten können, wie beispielsweise die Regelungen des Kapitalmarktrechts oder die Sorgfaltspflichten der Organe.

Eine konsequente Umsetzung des Kapitalschutzes des Agio bedarf einer wirtschaftlichen Betrachtungsweise und muß verschiedene Finanzierungsmöglichkeiten, die wirtschaftlich vergleichbare Ergebnisse ermöglichen, berücksichtigen. Im Vergleich zum status quo in Deutschland wären weitreichende Änderungen bei verschiedenen Finanzierungsformen erforderlich und zudem ein Sonderbilanzrecht der Gesellschaftereinlagen. Eine weitreichende wirtschaftliche Betrachtungsweise würde die gesetzgeberische Grundentscheidung für ein System des festen Nominalkapitals infrage stellen. In diesem System behält das Nominalkapital notwendig eine Sonderstellung.

Statt eines weitreichenden Umbaus des Kapitalschutzes der Unternehmensfinanzierung durch Gesellschafterbeiträge kann alternativ ein formeller Ansatz, der auf formelle Einlagen abstellt, mit einer Eigenkapitalquote kombiniert werden. Durch die Mindesteigenkapitalquote würde ein Mindestmaß an Gläubigerschutz sichergestellt. Der Kapitalschutz des Agios stünde den Gesellschaftern als Option zur Verfügung, sei es daß sie dadurch einen höheren Standard an Verwässerungsschutz erreichen wollen, sei es auch, daß sie dadurch freiwillig das Haftkapital erhöhen wollen, ähnlich wie sie im Gründungsstadium durch die Wahl eines freiwillig erhöhten Nominalkapitals das Haftkapital beliebig erhöhen können.

Schluß

In der vorangegangenen Untersuchung ist deutlich geworden, daß die Frage, ob, warum und inwieweit das Agio in den bilanziellen Kapitalschutz einzubeziehen sein könnte, weder de lege lata noch de lege ferenda leicht zu beantworten ist.

A. Ausbalancierung widerstreitender Interessen erforderlich

Als Leistung eines Gesellschafters, die von diesem für die Ausgabe von neuen Gesellschaftsanteilen an die Gesellschaft zu erbringen ist, steht das Agio in Beziehung zu verschiedenen anderen materiellen Einlagen von Gesellschaftern, die nach geltendem Recht teilweise in den Kapitalschutz einbezogen werden, wie insbesondere die Einlagen auf das Grund- oder Stammkapital, teilweise nicht in den Kapitalschutz einbezogen werden, wie z.B. der Mehrwert einer nicht bezifferten Sacheinlage oder die Nebenpflichten nach § 55 AktG sowie auch die ohne gleichzeitige Anteilsausgabe erbrachten Einlagen von Gesellschaftern und eventuell von den Gesellschaftern bewußt stehen gelassene Gewinne, welche letzteren beiden Finanzierungsbeiträge ein Agio erfordern, teilweise auch ersetzen können und daher ebenfalls Berücksichtigung verlangen.

Den Leistungen auf das Nominalkapital schreiben sowohl das Aktiengesetz wie auch das GmbH-Gesetz eine besondere Funktion zu, da diese Leistungen nicht nur als Betriebskapital der Gesellschaft aufgebracht werden sollen, sondern zugleich als besonderes Haftkapital qualifiziert werden, welches nicht an die Gesellschafter zurückfließen darf, sondern zum Schutz der Gläubiger zu erhalten ist. Nicht zuletzt zum Schutz der Gläubiger kennen sowohl das Aktien- wie das GmbH-Recht besondere Kapitalschutzvorschriften, die für eine gesicherte Aufbringung des Nominalkapitals ebenso wie für dessen Erhaltung sorgen sollen.

Dem Nominalkapital kommt jedoch nicht nur für den Gläubigerschutz besondere Bedeutung zu, sondern ebenso für den Mitgesellschafterschutz. Denn das Gesetz geht von der typischen Interessenlage der Gesellschafter aus, daß die Rechte in einer Kapitalgesellschaft im Verhältnis zu dem eingebrachten Nominalkapital bestimmt werden sollen, und schreibt daher im System des festen Nominalwerts der Gesellschaftsanteile vor, daß die Mitgliedschaftsrechte grundsätzlich nach der Höhe des anteilig auf den Gesellschaftsanteil entfallenden Nominalkapitals zu bestimmen sind.

Im System des festen Nominalwerts von Gesellschaftsanteilen, in welchem dem Nominalkapital besondere Bedeutung für den Gläubigerschutz und für den Mitgesellschafterschutz zugesprochen wird, sind die Einlagen, die zur Aufbringung des Nominalkapitals erbracht werden, untrennbar mit verschiedenen Schutzzwecken des Kapitalschutzes verbunden. Wenn sich für das Agio, das zeitgleich mit den Einlagen auf das Nominalkapital erbracht wird, die Frage stellt, ob man es eher wie das streng geregelte Nominalkapital behandeln soll oder wie die ungeregelten Einlagen, hängt die Beantwortung dieser Frage von den Schutzzwecken ab, denen man mit einem möglichen Kapitalschutz von Agioleistungen dienen will.

Nicht notwendig verfolgt ein Kapitalschutz des Agios genau dieselben Ziele wie der Kapitalschutz des Nominalkapitals und sofern er grundsätzlich dieselben Ziele verfolgt, geschieht dies nicht notwendig in derselben Gewichtung. Die verschiedenen Regelungskonzepte, die in Deutschland, England und auf europäischer Ebene verfolgt werden und die teilweise nach den Gesellschaftsformen unterscheiden und teilweise im Verlauf der Zeit modifiziert worden sind, haben sehr deutlich gezeigt, daß ein Gleichlauf der Kapitalschutzregeln für Agio und Nominalkapitaleinlagen nicht aus der Natur der Sache folgt.

Das deutsche Recht stellte ursprünglich allein auf einen Schutz des Kapitalmarkts vor Agiotage ab und beschränkte sich daher auf Regelungen für die kapitalmarktorientierte Aktiengesellschaft, verzichtete hingegen auf entsprechende Vorgaben für die GmbH. Bei der Aktiengesellschaft führte dieser Regelungszweck konsequent gedacht zu einer nur teilweisen Gleichbehandlung von Agioeinlagen und Nominalkapitaleinlagen. Ähnlich verhält es sich mit dem europäischen Recht, welches aus Gründen des Mitgesellschafterschutzes für Agioleistungen und Nominalkapitalleistungen gewisse Übereinstimmungen im Kapitalaufbringungsrecht vorschreibt, jedoch fundamentale Unterschiede bei der Kapitalerhaltung macht. Das englische Recht wiederum will Agioeinlagen aus Gründen eines möglichst effektiven Gläubigerschutzes gleich wie Nominalkapitaleinlagen behandelt wissen und sieht dabei entsprechend seiner gesellschaftsrechtlichen Tradition in erster Linie auf die Kapitalerhaltungsvorschriften, erst in zweiter Linie auch auf Kapitalaufbringungsvorschriften.

Der Einlagecharakter von Agioleistungen allein genügt nicht, einen kapitalschutzrechtlichen Gleichlauf von Agioeinlagen und Einlagen auf das Grundkapital zu begründen. Von der Äquivokation des Einlagebegriffs sollte man sich nicht täuschen lassen und klar sehen, daß es einer eigenständigen Wertungsentscheidung bedarf, warum in einem System des festen Nominalwerts von Gesellschaftsanteilen über die Nominaleinlagen hinaus weitere Einlageformen dem Kapitalschutzregime zu unterstellen sein sollen. Ergebnis der erforderlichen Wertungsentscheidung muß ein Kompromiß sein, der die verschiedenen, sich gegenseitig teilweise ausschließenden Interessen verschiedener Interessensgruppen ausbalanciert.

Das Argument von der Gleichbehandlung aller Einlagen vermag de lege lata schon deshalb nicht zu überzeugen, da das Gesetz verschiedene materielle Einlagen kennt, die es nicht demselben Kapitalschutzregime unterstellt, wie beispielsweise im Aktienrecht die Nebenverpflichtungen nach § 55 AktG, im GmbH-Recht die Nachschüsse, in beiden Rechtsformen nicht sacheinlagefähige

Einlagen oder auch Einlagen, die ohne Zusammenhang mit einer Anteilsausgabe erbracht werden, sowie nicht zuletzt eigenkapitalersetzende Gesellschafterdarlehen, die ebenfalls als materielle Einlagen angesehen werden können. Gerade nach den Änderungen im Recht der eigenkapitalersetzenden Gesellschafterdarlehen durch das MoMiG, seit denen diese materiellen Einlagen nicht mehr dem Kapitalerhaltungsrecht der GmbH unterstehen, sondern aus der materiellen Einlagequalität nur mehr ein genereller Nachrang in der Insolvenz folgt, fällt es besonders schwer, einen Finanzierungsbeitrag eines Gesellschafters aufgrund dessen materieller Einlagequalität außerhalb einer Insolvenz dem Kapitalschutzregime des Aktien- oder des GmbH-Rechts zu unterstellen. In der Insolvenz haften alle Eigenkapitalleistungen der Gesellschafter im gleichen Maß und bedürfen keiner weiteren Angleichung.

B. De lege ferenda verschiedene Gestaltungsoptionen denkbar

Doch auch de lege ferenda erweist sich die richtige Behandlung des Agios aufgrund der verschiedenen Schutzzwecke, mit denen das Agio als materielle Einlage in Verbindung steht, als vielschichtiges Problem.

Im deutschen Aktienrecht beruhen die Vorschriften zum Kapitalschutz des Agios nach wie vor auf der Vorstellung des historischen Gesetzgebers, im Sinne eines Kapitalmarktschutzes die sogenannte Agiotage verhindern zu müssen. Soweit mit Agiotage im 19. Jahrhundert jede Form von Börsenspekulation gemeint war, ist dieser Schutzzweck mittlerweile überholt, da die Hoffnung auf Kursgewinne in modernen Wirtschaftsordnungen nicht mehr verpönt ist. Aktuell kann jedoch noch das Bestreben sein, über Kapitalschutzvorschriften für materielle Einlagen »Schwindelgründungen«, »Insiderhandel« und andere Formen von »Marktmißbrauch« zu adressieren. Allerdings ist nicht zu verkennen, daß sich diesbezüglich die Regelungslandschaft seit dem Jahr 1884 bedeutend gewandelt hat. Die Verfügbarkeit und Aussagekraft von Jahresabschlüssen sowie der Umfang der Finanzberichterstattung in den verfügbaren Medien haben sich deutlich entwickelt. Zudem kennen nationales und europäisches Recht mittlerweile umfangreiche Spezialvorschriften, die Gefahren für den Kapitalmarkt eindämmen sollen, so insbesondere auf europäischer Ebene die Marktmißbrauchsverordnung (MAR) und im nationalen Recht die Vorschriften über Prospektpflichten im Wertpapierprospektgesetz (WpPG). Diese Entwicklungen und Spezialregelungen lassen einen Kapitalmarktschutz durch gesellschaftsrechtlichen Kapitalschutz weniger dringlich erscheinen.

Die Schließung des »First Quotation Board«, zu der sich die Frankfurter Börse im Dezember 2012 veranlaßt sah, nachdem dieser Marktbereich zunehmend durch Schwindelgründungen ausländischer Aktiengesellschaften aufgefallen war, die sich von den bekannten Fällen des 18. und 19. Jahrhunderts nicht wesentlich unterscheiden, zeigt jedoch, daß kapitalgesellschaftsrechtliche Mindeststandards auch in Zeiten moderner Kapitalmärkte noch eine Berechtigung haben können. Mit dem Schutzzweck des Kapitalmarktschutzes lassen sich jedoch allenfalls Ausschüttungsbeschränkungen wie in § 150 AktG begründen, die zumindest eine Verlustverrechnung zulassen, und keine vollständige Gleichbehandlung von Agio und Nominalkapital, insbesondere keine Differenzhaftung oder vergleichbare Module eines Kapitalaufbringungsschutzes. Ein Kapitalmarktschutz vor Dividendenvortäuschungen, der nicht allein auf eine an sich ausreichende transparente Herleitung des ausschüttungsfähigen Gewinnes bauen will, sondern eine Ausschüttungssperre für Agiokapital vorsieht, setzt dabei voraus, daß alle Kapitalbeiträge, die bilanztechnisch in Gewinne überführt werden können, einer Ausschüttungssperre unterliegen. Die Möglichkeit frei verfügbarer Einlagen, wie sie das deutsche Recht in § 272 Abs. 2 Nr. 4 HGB vorsieht, fügt sich nicht zu dem Ansatz eines Kapitalmarktschutzes durch kapitalgesellschaftsrechtliche Ausschüttungssperren.

Aus Sicht der Gläubiger spricht für eine Gleichbehandlung von Agiokapital und Nominalkapital, daß jede Einlage in gleicher Weise dazu beiträgt, die haftungsabschirmende Gesellschaft in Gang zu setzen oder weiter in Gang zu halten. Die Forderung gleicher Finanzierungsverantwortung aller materiellen Einlagen läßt sich mit deren vergleichbarer faktischer Wirkung untermauern. Ein effektiver Gläubigerschutz bedarf einer Kapitalerhaltung zur Sicherung eines ökonomisch sinnvollen Haftungsfonds. Können die Gesellschafter völlig beliebig über die Höhe des Haftungsfonds bestimmen, indem sie Einlagen auf kapitalgeschützte Nominaleinlagen und nicht geschützte Agioeinlagen aufteilen können, droht der Gläubigerschutzgedanke entwertet zu werden. Die Einbeziehung von Agioleistungen in den Kapitalschutz kann den Haftungsfonds erhöhen und dadurch den Gläubigerschutz stärken. Zusätzlich erscheinen Regelungen zur Kapitalaufbringung sinnvoll, um nicht bei Bewertungskorrekturen von Sacheinlagen eine nachträgliche Reduzierung des einmal verlautbarten Haftungsfonds in Kauf nehmen zu müssen.

Aus Sicht der Mitgesellschafter spricht für eine Gleichbehandlung beider Einlageformen, daß das Agio genauso wie die Einlage auf das Nominalkapital dem Verwässerungsschutz dient, da erst durch beide Einlagen zusammengenommen der andere Investor eine faire Gegenleistung für den wahren Wert der Anteile erbringt. Daher sind bei allen Kapitalgesellschaften alle aktuellen und zukünftigen Mitgesellschafter daran interessiert, daß jeder Gesellschafter die von ihm versprochene Einlage in voller Höhe tatsächlich erbringt.

Gestützt sowohl auf den Schutzzweck des Mitgesellschafterschutzes wie auf den Schutzzweck des Gläubigerschutzes läßt sich mithin eine weitgehende Gleichbehandlung von Agioeinlagen und Nominalkapitaleinlagen sowohl im Recht der Kapitalaufbringung wie auch im Recht der Kapitalerhaltung rechtfertigen. Dabei könnte jedoch bei diesem kombinierten Begründungsansatz nicht zwischen den Rechtsformen der GmbH und der Aktiengesellschaft differenziert werden, da beide Schutzzwecke in der GmbH ebenso einschlägig sind wie in der Aktiengesellschaft, eine Stärkung des Gläubigerschutzes bei der GmbH und insbesondere bei der UG (haftungsbeschränkt) aufgrund deren geringeren Mindestkapitalanforderungen sogar erst recht geboten scheint.

Doch so ohne weiteres können die verschiedenen Schutzzwecke, die je für sich für einzelne Module des Kapitalschutzes eine Gleichbehandlung von Agioeinlagen und Nominalkapitaleinlagen rechtfertigen können, nicht kombiniert werden, da gewisse Wechselwirkungen und Einschränkungen zu berücksichtigen sind.

Mit dem Ziel des Mitgesellschafterschutzes kann man allein Kapitalaufbringungsregeln für Agioeinlagen begründen. Die Gesellschafter sind typischerweise nicht an Vorgaben zur Kapitalerhaltung interessiert. Diese Einsicht ist im Zusammenhang mit Agioeinlagen von besonderer Bedeutung, da ein Agio meist im Rahmen von Kapitalerhöhungen zum Schutz der Gesellschafter vor Anteilsverwässerungen verlangt wird. Ein Kapitalerhaltungsschutz eines einmal aufgebrachten Agios widerspricht nun gerade den Interessen der Beteiligten, derentwegen überhaupt ein Agio aufgebracht werden muß. Aus Sicht der Gesellschafter ist nicht erklärbar, warum die Ausgleichszahlung für thesaurierte Gewinne und andere nicht ausschüttungsgesperrte Einlagen kapitalschutzrechtlich strenger behandelt werden sollte als eben diese Finanzierungsbeiträge, deren Ausgleich die Zahlung dienen soll. Aus Sicht der Gesellschafter erscheint ein Kapitalerhaltungsrecht für Agioleistungen als unverdienter Glücksfall für die Gläubiger.

Derartige Fairneßprobleme sind in der Frage des Kapitalschutzes von Agioeinlagen, insbesondere bei der Frage nach einem Kapitalerhaltungsrecht von großer Bedeutung. Der Kapitalerhaltungsschutz von Agioleistungen beruht mit dem Gleichbehandlungspostulat aller Einlagen auf der Prämisse einer dem Nominalkapital vergleichbaren Finanzierungsverantwortung von materiellen Einlagen. Werden nicht tatsächlich alle materiellen Einlagen kapitalschutzrechtlich gleich behandelt, läßt sich eine nur teilweise Gleichbehandlung systematisch nicht mehr begründen, sondern allenfalls unter Praktikabilitätsgesichtspunkten.

Werden nicht alle Einlagen kapitalschutzrechtlich gleich behandelt, sondern nur bestimmte, stellt sich die Frage, warum man den Gesellschaftern zwingend vorgeben muß, neben den Nominalkapitaleinlagen, denen im System des Nominalwerts der Gesellschaftsanteile definitionsgemäß eine besondere Bedeutung zukommt, weitere materielle Einlagen in den Kapitalschutz einzubeziehen. Der Kapitalschutz materieller Einlagen kann auch sinnvoll als Optionsmodell ausgestaltet werden dergestalt, daß die Gesellschafter außerhalb des Nominalkapitals über die Intensität des Kapitalschutzes bestimmen können, indem sie weitere materielle Einlagen entweder als korporatives Agio verlangen, das im wesentlichen gleich zu behandeln sein soll, oder als andere Formen von verpflichtenden Beiträgen, die bewußt nicht dem Kapitalschutzregime unterstellt werden, weil die Gesellschafter alle oder einige Rechtsfolgen des Kapitalschutzes im konkreten Fall für unangemessen halten. Der Gedanke eines Optionsmodells ist den geltenden Kapitalschutzregimen nicht fremd, sondern in gewisser Weise schon inhärent über die Möglichkeit, neben dem gesetzlichen Mindestkapital freiwillig (und im Gründungszeitraum weitgehend frei von faktischen Zwängen) ein höheres Nominalkapital festzusetzen.

Ob man dem Gedanken eines Optionsmodells nähertreten will, hängt nicht zuletzt davon ab, welches Verhältnis von Flexibilität und strengen gesetzlichen

Vorgaben man für wünschenswert hält, und die Einstellung in dieser Frage wiederum wird auch von den in Rede stehenden Rechtsformen abhängen. Das Recht der GmbH wird häufig gerade wegen seiner Anpassungsfähigkeit an verschiedene denkbare Interessen von Gesellschaftern geschätzt. In das sehr flexible GmbH-Recht fügt sich ein Optionsmodell zwanglos ein. Im Aktienrecht, das vom Grundsatz der Satzungsstrenge geprägt ist und daher deutlich weniger Gestaltungsräume offen läßt, sieht es etwas anders aus. Der Grund für die vergleichsweise festen Vorgaben des Aktiengesetzes besteht darin, daß die Aktiengesellschaft typischerweise als Rechtsform für die kapitalmarktorientierte Publikumsgesellschaft gedacht ist. Daneben existieren jedoch auch nicht kapitalmarktorientierte, geschlossene Aktiengesellschaften, welche das Gesetz bewußt zuläßt. Immer wieder verweist im Recht des Kapitalschutzes das Aktiengesetz selbst die Aktionäre auf die Möglichkeit ergänzender Regelungen in der Satzung, wenn ihnen die gesetzliche Standardregel für ihren konkreten Fall nicht angemessen erscheint, so z.B. im Bereich der Gewinnverteilung, der Stimmrechte und des Liquidationserlöses.

Im Aktienrecht hängt daher viel davon ab, ob man die rechtlichen Vorgaben vor allem auf die Interessen der Aktionäre einer typischen kapitalmarktorientierten Publikumsgesellschaft ausrichten will oder die Interessen von Aktionären geschlossener Aktiengesellschaften ähnlich gewichten will. Im ersten Fall erhält der zwingend vorzusehende Minderheitsgesellschafterschutz ein höheres Gewicht und man wird tendenziell strengere, standardisierte Vorgaben bevorzugen. Im zweiten Fall wird man bestrebt sein, im Aktienrecht größere Gestaltungsfreiräume zu eröffnen und den Minderheitsgesellschaftern etwas größere Selbstschutzobliegenheiten aufbürden, ergänzt um entsprechende Schutzpflichten der Gesellschaftsorgane. Die Klagemöglichkeit des § 255 Abs. 2 und 4 AktG zeigt deutlich, daß schon das geltende Aktienrecht gewisse Selbstschutzobliegenheiten vorsieht und für solche auch argumentiert werden kann, solange den Aktionären entsprechende Selbstschutzmöglichkeiten tatsächlich zur Verfügung stehen.

Ein Verständnis des Kapitalschutzes von materiellen Einlagen als Optionsmodell hätte den Vorteil, daß manche wirtschaftlich sinnvolle Gesellschafterleistungen, die nur außerhalb des Kapitalschutzregimes für Nominaleinlagen möglich sind, auf diese Weise nicht verunmöglicht würden. Ein Beispiel für solche Leistungen sind die bekannten Milestone-Zahlungen bei Venture Capital-Finanzierungen, ein weiteres Beispiel sind nicht sacheinlagefähige Dienstleistungen. Ein weitreichendes Gleichbehandlungsgebot aller materiellen Einlagen auf nationaler Ebene hätte unter Fortgeltung der Gesellschaftsrechtsrichtlinie in ihrer jetzigen Form, an deren strengsten Vorgaben dann alle materiellen Einlagen auszurichten wären, beispielsweise zur Folge, daß ein Gesellschafter keine nicht sacheinlagefähige Leistungen mehr als verpflichtende Gesellschafterbeiträge versprechen könnte (da die Unterscheidung in Hauptleistungspflicht und Nebenleistungspflicht aufzugeben wäre und schuldrechtliche Agien als materielle Einlagen ebenso wie korporative Agien behandelt werden müßten) und sacheinlagefähige Leistungen nur innerhalb der dafür vorgesehenen Fünf-Jahres-Frist versprechen könnte.

Hält man insbesondere aufgrund der möglichen Vorteile für den Gläubigerschutz ein Gleichbehandlungsgebot aller materiellen Einlagen für angemessen, muß man sich die Konsequenzen eines solchen Gebots bewußt machen. Zunächst bedarf ein Kapitalschutz aller materiellen Einlagen ausdrücklicher kapitalgesellschaftsrechtlicher, von der bisherigen Bilanzierungspraxis abweichender Bilanzierungsvorgaben für Einlagen. Ferner muß man alle abweichenden gesellschaftsrechtlichen Vorgaben für materielle Finanzierungsbeiträge abschaffen, so insbesondere die Möglichkeit zu Nebenverpflichtungen, die nicht dem Kapitalschutzregime unterfallen, da andernfalls das Gesetz selbst der Kautelarpraxis Umgehungswege öffnen würde. Finanzierungsbeiträge mit wirtschaftlich vergleichbarem Ergebnis müßten ferner alle auf vergleichbare Weise behandelt werden, so daß z.B. bei Verkauf eigener Anteile durch die Gesellschaften ein annähernd vergleichbares Schutzniveau zu schaffen wäre, wenngleich mangels Eintragungsbedürftigkeit der Anteilsabtretung eine registergerichtliche Kontrolle nicht zu erreichen sein wird. Mit Blick auf solche Gestaltungsmöglichkeiten in geschlossenen Gesellschaften wäre ein »Recht der verdeckten Agioeinlage« ähnlich dem aktuellen Recht der verdeckten Sacheinlage zu schaffen, unter dem alle Austauschgeschäfte mit aktuellen und zukünftigen Gesellschaftern darauf zu prüfen wären, ob durch sie materielle Einlagen verschleiert werden. Wollte man auf ein solches umfassendes Recht einer »verdeckten Agioeinlage« verzichten, würde man sehenden Auges geschlossenen Gesellschaften und insbesondere Einmanngesellschaften und damit großen Konzernen faktische Vorteile gegenüber anderen Gesellschaften verschaffen, die systematisch nicht erklärt werden könnten, sondern allenfalls mit Kosten-Nutzen-Erwägungen zu rechtfertigen wären. Abgrenzungsschwierigkeiten würden sich jedoch im Recht der verdeckten Agioeinlage wohl ebenso stellen wie im Recht der verdeckten Sacheinlage, wodurch die Rechtssicherheit der Investitionsentscheidung unvermeidlich beeinträchtigt würde und die Transaktionskosten anstiegen. Zuletzt ist zu bedenken, daß insbesondere bei der Wertgarantie der Zeitwerte von Sacheinlagen durch Differenzhaftung eine Garantie des Sacheinlegers auf den von ihm nicht vorgegebenen Zeitwert zwar systematisch konsequent wäre, jedoch einen erheblichen Eingriff in dessen Finanzierungsfreiheit und Investitionssicherheit bedeutete und den Gesellschaftern oftmals nicht zu vermitteln wäre.

C. De lege lata vollständige Systematisierung nicht erreichbar

Wenn schon de lege ferenda die Entscheidung für oder gegen eine Einbeziehung des Agios in den Kapitalschutz des Aktien- bzw. des GmbH-Rechts nicht klar vorgezeichnet scheint, so fällt die Entscheidung, ob de lege lata eine weitere Angleichung des Rechts der Agioeinlagen an das Recht der Nominalkapitaleinlagen im Wege der Rechtsfortbildung unternommen werden soll, noch weniger leicht, da hier zu den Abwägungsschwierigkeiten erhebliche systematische Schwierigkeiten hinzutreten.

Von den zahlreichen Unterschieden in Detailregelungen des aktuellen Kapitalgesellschaftsrechts, die in dieser Arbeit analysiert worden sind, läßt sich als vielleicht prägnantestes Beispiel im Aktienrecht die Möglichkeit zu Nebenverpflichtungen nach § 55 AktG anführen, nach welcher Vorschrift nicht nur nicht sacheinlagefähige Dienstleistungen korporativ versprochen werden können, sondern ebenso teilbare Sacheinlagen außerhalb des Kapitalschutzes gestaltbar sind. Eine analoge Erstreckung kapitalschutzrechtlicher Anforderungen auf Sacheinlagen, die als faktisches oder als schuldrechtliches Agio geschuldet werden, wäre damit in Teilen auf gesetzlich vorgezeichnetem Weg umgehbar. Im GmbH-Recht läßt sich das völlige Fehlen einer dem § 150 AktG vergleichbaren Kapitalerhaltungsvorschrift für materielle Einlagen anführen. Wenn das Gesetz trotz der »materiellen Einlagequalität« eines Finanzierungsbeitrags nicht einmal näherungsweise eine Kapitalerhaltung wie bei »formellen Einlagen« vorsieht, kann es nicht überzeugen, allein wegen der »Einlagequalität« eine kapitalaufbringungsrechtliche Gleichbehandlung zu fordern, schon gar nicht unter Verweis auf den Schutzzweck des Gläubigerschutzes. Weitere Beispiele, die beide Rechtsformen gleichermaßen betreffen und bei denen das Knirschen im System des Kapitalschutzes unüberhörbar ist, wenn man diesen unter Berufung auf ein Gleichbehandlungsgebot aller Einlagen verstehen oder weiter ausgestalten will, sind die unzweifelhaft gegebene Möglichkeit von freien Einlagen ohne gleichzeitige Anteilsausgaben und die Anforderungen an Einlagefähigkeit und Bilanzierbarkeit von Sacheinlagen.

Im GmbH-Recht erscheint angesichts der nicht aufhebbaren Unterschiede zwischen dem Stammkapital und anderen, dem Gesetz ebenfalls bekannten Einlagen und angesichts des Fehlens besonderer, über das bloße Vorhandensein von Kapitalschutzvorschriften für das Stammkapital hinausgehender gesetzlicher Anknüpfungspunkte für eine analoge Erstreckung eben dieser Kapitalschutzvorschriften auf andere, gesetzlich nicht oder anders geregelte materielle Einlagen eine solche Analogie de lege lata nicht argumentierbar.

Anders verhält es sich im Aktienrecht. Nicht völlig ausgeschlossen erscheint es hier zunächst, wenn auch nicht überwiegend wahrscheinlich, daß eine punktuelle Analogie zu kapitalschutzrechtlichen Vorgaben bei materiellen Agioformen aufgrund europäischer Vorgaben erforderlich sein könnte. Legte man nämlich der Gesellschaftsrechtsrichtlinie einen weiten Einlagebegriff zugrunde, so wie die Richtlinie in England verstanden wird, wären die Vorgaben, die für alle ›Einlagen‹ im Sinne der Richtlinie gelten sollen, nicht nur für formelle Einlagen, sondern auch für materielle Agioleistungen verbindlich. Ebensowenig wahrscheinlich ist es andererseits, daß der Gesellschaftsrechtsrichtlinie ein enger Einlagebegriff zugrunde zu legen ist, mit dem ein Höchststandard erreicht werden soll, der strengeren nationalen Vorschriften entgegenstünde.

Im Aktienrecht läßt sich unter Verweis auf kapitalerhaltungsrechtliche Regelungen für andere materielle Einlagen, die dem Agio vergleichbar sind, zumindest für eine Einbeziehung von Agioleistungen in den Kapitalschutz argumentieren. So ist nach allgemeiner Ansicht ein von Banken aus Anlaß einer

Kapitalerhöhung auf schuldrechtlicher Grundlage geleistetes Emissionsagio in § 272 Abs. 2 Nr. 1 HGB zu verbuchen und damit dem Kapitalerhaltungsrecht des § 150 AktG unterworfen. Ebenso verhält es sich mit den in § 272 Abs. 2 Nr. 2 und 3 HGB zu buchenden Leistungen an die Aktiengesellschaft und mit den Mehrerlösen beim Verkauf eigener Anteile. In diesem Regelungskontext läßt sich dafür argumentieren, alle schuldrechtlichen Agioleistungen im selben Umfang dem Kapitalerhaltungsrecht zu unterstellen. Dazu bedarf es keiner Rechtsfortbildung, sondern dieses Ergebnis läßt sich durch eine entsprechende teleologische Auslegung von § 272 Abs. 2 Nr. 1 HGB erreichen.

Diese auf dem Weg teleologischer Auslegung der Bilanzierungsvorschrift des § 272 Abs. 2 Nr. 1 HGB erreichbare partielle Gleichbehandlung von korporativem Agio und materiellen Agioleistungen bleibt abhängig von den handelsrechtlichen Bilanzierungsgrundsätzen, in welche die teleologische Auslegung einer einzelnen Bilanzierungsvorschrift eingebettet ist. Das faktische Agio, das im nicht bezifferten Mehrwert einer Sacheinlage enthalten ist, wird auf diese Weise nicht notwendig erfaßt, da das nationale Bilanzrecht keine zwingende Zeitwertbilanzierung von Sacheinlagen vorschreibt. Für eine solche Zeitwertbilanzierung bräuchte es entweder eine klare Regelung im Handelsbilanzrecht oder eine aktienrechtliche Bilanzierungsregel ähnlich wie in England. Damit würde § 272 Abs. 2 Nr. 1 HGB auch bei der hier erörterten teleologischen Auslegung vor allem bare Mehrleistungen und Forderungserlasse erfassen können, jedoch nicht notwendig auch Sacheinlagen und jedenfalls keine nicht bilanzierbaren wirtschaftlichen Vorteile.

Sofern die Gesellschafter eine Ausschüttungssperre in Höhe des Zeitwerts einer Sacheinlage nicht hinnehmen wollen und dafür bereit sind, auf einen Ausweis des zugeführten Eigenkapitals in der Handelsbilanz zu verzichten, ist es ihnen stets möglich, eine unerwünschte Bilanzierung nach § 272 Abs. 2 Nr. 1 HGB durch Vereinbarung einer Sachübernahme zu einer geringen Gegenleistung zu vermeiden. Wollte man in einer solchen Gestaltung eine »Umgehung der Anforderungen an das Haftkapital« sehen, könnte eine solche Umgehung auf nationaler Ebene dennoch nicht verhindert werden, da jedenfalls die Bilanzrichtlinie nach Auffassung des EuGH einer Zeitwertbilanzierung von Sachübernahmen zwingend entgegensteht und für die Bilanzierung nach HGB maßgeblich ist.

Im übrigen steht die erörterte teleologische Auslegung von § 272 Abs. 2 Nr. 1 HGB in einem gewissen Spannungsverhältnis zu § 272 Abs. 2 Nr. 4 HGB, welche Vorschrift außerhalb von Anteilsausgaben freie, nicht von § 150 AktG erfaßte Einlagen ausdrücklich gestattet. Durch die Einführung der freien Kapitalrücklagen im Zuge des BiRiLiG wurde der gesamte Regelungsansatz des § 150 AktG unweigerlich infrage gestellt, denn zur Begründung von § 150 AktG war und ist heute noch darauf abzustellen, daß durch diese Vorschrift einer Auskehrung von Scheindividenden vorgebeugt werden soll. Mit der Einführung von freien Rücklagen, die zwar das Jahresergebnis nicht beeinflussen, jedoch jederzeit in Bilanzgewinn umgewandelt werden können, hat der Gesetzgeber nun selbst zum Ausdruck gebracht, daß der Gefahr von Scheindividenden schon dadurch ausreichend begegnet werden könne, daß eine Überleitung vom Jahresergebnis auf den Bilanzgewinn transparent erfolgt. In den Augen des Gesetzgebers von 1985 ist das Regelungskonzept des § 150 AktG eigentlich überholt.

Die beschränkte Reichweite einer teleologischen Auslegung von § 272 Abs. 2 Nr. 1 HGB, das im aktuellen Gesamtkontext fragwürdige Regelungskonzept von § 150 AktG und die nicht vermeidbare Umgehungsmöglichkeit durch Vereinbarung von Sachübernahmen ziehen diese Auslegungsmöglichkeit in Zweifel und lassen es möglich erscheinen, den Anwendungsbereich von § 272 Abs. 2 Nr. 1 HGB so zu verstehen, daß er auf das unstreitig erfaßte korporative Agio beschränkt ist. Selbst wenn man eine weite Auslegung der Vorschrift wählt, werden dadurch, wie bereits erwähnt, keinesfalls alle materiellen Agien und erst recht nicht alle materiellen Einlagen dem Kapitalerhaltungsrecht der Aktiengesellschaft unterstellt.

Selbst wenn man manche materiellen Agien den Kapitalerhaltungsvorgaben des § 150 AktG unterstellt, ist damit noch nicht über eine Anwendung der Kapitalaufbringungsregeln entschieden, die nicht mehr im Wege teleologischer Auslegung zu erreichen ist, sondern allenfalls im Wege der Analogie bzw. durch Umqualifikation schuldrechtlicher Vereinbarungen über Agien in korporative Vereinbarungen. Für und wider eine solche Analogie streiten nun dieselben Erwägungen zu den notwendigen Interessenskonflikten, die auch im Rahmen der de lege ferenda Überlegungen zu beachten sind und auf die daher an dieser Stelle verwiesen werden kann.

Wie man es dreht und wendet, eine vollständig systematische Ausgestaltung des Kapitalschutzes materieller Einlagen oder auch nur des Kapitalschutzes materieller Agioleistungen ist de lege lata nicht zu erreichen. Möglich sind allenfalls punktuelle Angleichungen mancher Agioeinlagen an das Kapitalerhaltungsrecht, das § 150 AktG vorgibt, und an manche Kapitalaufbringungsvorschriften, wie z.B. die Sacheinlageprüfung oder eine Differenzhaftung auch für schuldrechtlich vereinbarte Sacheinlagen.

Aufgrund der nur schwachen systematischen Fundierung bleibt eine Analogie jedenfalls angreifbar. Denn aus der Gesetzessystematik müßte sich die »Lücke« ergeben, deren Schließung mittels Rechtsfortbildung geboten wäre. Eine solche »Lücke« meint nicht die Diskrepanz der gesetzlichen Vorschriften zu einem vom Rechtsanwender vorgestellten gesetzlichen Idealzustand, sondern eine Lücke im Referenzsystem der schon bestehenden und wertungsmäßig vergleichbaren Vorschriften. Eine Einbeziehung von Agioleistungen in den bilanziellen Kapitalschutz erwies sich nun aber im Laufe der Untersuchung weder als ökonomisch allein sinnvoll (da andere ökonomisch vorteilhafte Alternativen denkbar sind), noch als eindeutig allein interessengerecht (da widerstreitende Interessen auszugleichen sind), noch als eindeutig systematisch geboten (da kein klares System erkennbar ist). Die Möglichkeit einer analogen Erweiterung des aktienrechtlichen Kapitalschutzes auf materielle Agioeinlagen hängt daher nicht zuletzt von der methodischen Grundhaltung ab, inwieweit man sich ohne klare Hinweise aus der Systematik oder der Teleologie des gesetzlichen Kontexts zu einer Rechtsfortbildung berechtigt sieht, wenn eine Rechtsfrage zweifelsfrei zu berücksichtigende, jedoch unterschiedliche gesetzliche Schutzzwecke berührt, die für die infragestehende Rechtsfortbildung in unterschiedliche Richtungen weisen. Aufgrund der Verwandtschaft der Argumentationsfiguren der teleologischen Auslegung und der Analogie gelten bei der Frage nach den Grenzen einer teleologischen Auslegung von § 272 Abs. 2 Nr. 1 HGB ähnliche restriktive Grundsätze.

Praktisch relevant werden dürften die vorgetragen Analogieüberlegungen (neben einer denkbaren weiten Auslegung von § 272 Abs. 2 Nr. 1 HGB) allenfalls in sehr engbegrenzten Fällen, da der Bundesgerichtshof traditionell die verfassungsrechtlich verbürgte Finanzierungsfreiheit hochhält. Insbesondere schuldrechtliche Vereinbarungen über materielle Agioeinlagen sind nach dieser Auffassung grundsätzlich zulässig und dies schon seit so langer Zeit, daß man für die Zulässigkeit schuldrechtlicher Vereinbarungen über materielle Einlagen eine gewohnheitsrechtliche Geltung annehmen kann. Seit dem MoMiG ist zudem eine Argumentation mit dem materiellen Einlagecharakter von Finanzierungsbeiträgen zur Begründung einer Einschränkung der Finanzierungsfreiheit der Gesellschafter außerhalb einer Insolvenz noch schwieriger geworden.

D. Alternativen erwägenswert

Wenn nun schon die Diskussion um Rechtsfortbildungen, die im aktuellen Kapitalgesellschaftsrecht möglich oder geboten sein könnten, wegen der fehlenden gesetzlichen Systematik an der Grenze einer Diskussion de lege ferenda verläuft, empfiehlt es sich besonders, zugleich andere Alternativen in den Blick zu nehmen.

Im Laufe dieser Untersuchung hat sich insbesondere die Kombination des festen Nominalkapitals mit einer flexiblen, nicht am Grundkapital sondern an Mindestkapitalanforderungen orientierten Ausschüttungsvoraussetzung als mögliche Alternative erwiesen. Die ökonomische Vorteilhaftigkeit einer nicht am festen Grundkapital orientierten, sondern an anderen Kriterien wie zum Beispiel dem Umsatz, der Bilanzsumme oder der Höhe des Anlagevermögens orientierten Ausschüttungssperre resultiert daraus, daß erstens eine solche Vorgabe auf alle Kapitalgesellschaften anwendbar und nicht von der Zufälligkeit einer Kapitalerhöhung unter Ausgleichung thesaurierter Gewinne abhängig wäre und daß zweitens über die gesamte Dauer der werbenden Tätigkeit einer Gesellschaft hinweg ein ökonomisch fundierter Ausschüttungsmaßstab erreicht werden könnte, nicht nur zum Zeitpunkt einer Kapitalmaßnahme. Dem Hauptanliegen, das in der modernen Literatur hinter der Forderung nach einem Gleichbehandlungsgebot aller Einlagen steht, nämlich der Besorgnis vor einer materiellen Unterbilanzierung der haftungsabschirmenden Kapitalgesellschaften, ließe sich demnach durch eine flexible Ausschüttungssperre wirksamer begegnen als durch einen Kapitalschutz mancher Agioeinlagen.

Aus der Tatsache, daß in der Betriebswissenschaft Einigkeit darüber besteht, daß sich für alle verschiedenen Arten von Unternehmen und Branchen keine übereinstimmende Empfehlung für eine bestimmte Mindesteigenkapitalquote angeben läßt, kann kein entscheidendes Gegenargument gegen eine flexible Ausschüttungssperre abgeleitet werden, da einer Verbesserung der aktuellen Regelung, die nach allgemein geteilter Ansicht ökonomisch wenig sinnvoll ist, nicht entgegen gehalten werden kann, nur eine Verbesserung zu bringen, noch keine optimale Lösung.

Der dogmatische und systematische Vorteil einer flexiblen Ausschüttungssperre bestünde vor allem darin, daß dadurch eine Entkoppelung des Gläubigerschutzes von der Leistung eines fairen Entgelts für die ausgegebenen Anteile erreicht werden könnte. Als reines Kapitalerhaltungsmodul wäre eine flexible Ausschüttungssperre eindeutig allein auf den Gläubigerschutz hin orientiert. Minderheitsgesellschafterschutzaspekte und Kapitalmarktschutzaspekte wären nicht zu berücksichtigen, insbesondere wäre die reine Ausschüttungssperre gegenüber der Herkunft des gesperrten Eigenkapitals neutral, dieses könnte also grundsätzlich ebenso durch Gewinnthesaurierung wie auch durch (im übrigen freie) Einlagen erbracht werden. Es drohen daher keine vergleichbaren Interessenskonflikte wie beim Kapitalschutz des Agios. Im übrigen behält bei einer solchen Kombinationslösung der Kapitalschutz des Nominalkapitals einen besonderen Sinn aufgrund des Risikobeitrags aus dem übrigen Vermögen des Gesellschafters, der nur bei einer festen zahlenmäßigen Begrenzung konsequent, d.h. insbesondere durch das Verbot der Unterpari-Emission und eine Differenzhaftung, ausgestaltbar ist.

Als reines Gläubigerschutzmodul wäre eine solche flexible Ausschüttungssperre nicht geeignet, zum Schutz der Minderheitsgesellschafter beizutragen. Sie kommt daher als Alternative zum Kapitalschutz des Agios nur in Betracht, sofern man grundsätzlich dem Gedanken einer Selbstschutzobliegenheit von Minderheitsgesellschaftern in Kapitalgesellschaften (auch in kapitalmarktorientierten Publikumsgesellschaften) gegenüber offen ist und die Möglichkeit der Minderheitsgesellschafter, ihre Interessen notfalls gerichtlich durchzusetzen, im Verein mit Sorgfaltspflichten der handelnden Organe grundsätzlich für ausreichend erachtet. Eine Möglichkeit zum Selbstschutz könnte dabei gerade auch ein Optionsmodell bieten, Agioeinlagen freiwillig dem Kapitalschutzregime zu unterstellen.

Eine verpflichtende flexible Ausschüttungssperre könnte daher auch gut als Ergänzung zu einer Möglichkeit zu freiwilliger Vereinbarung eines korporativen Agios fungieren und muß nicht zwingend in Gegensatz zu einem Kapitalschutz des Agios gedacht werden. Im Aktienrecht besteht aktuell schon weitgehend eine solche Optionsmöglichkeit, da nach ständiger Rechtsprechung des Bundesgerichtshofs neben korporativen Agiovereinbarungen auch schuldrechtliche Agiovereinbarungen zulässig sind. Bei Einführung einer flexiblen Ausschüttungssperre könnte jedoch § 150 AktG abgeschafft werden, dessen Schutzstandard aufgrund der Bezugnahme auf das feste Grundkapital ebenso willkürlich ist wie die Höhe des Grundkapitals selbst und der daher neben einer flexiblen Ausschüttungssperre keine sinnvolle Funktion mehr erfüllen könnte. Im GmbH-Recht wäre eine Option auf ein kapitalgeschütztes korporatives Agio noch zu schaffen.

Abkürzungen

aaO	am angegebenen Ort
Abs.	Absatz
AEUV	Vertrag über die Arbeitsweise der Europäischen Union
a.F.	alte Fassung
AG	Aktiengesellschaft
AktG	Aktiengesetz
Ak/Hk-Prinzip	Anschaffungskosten/Herstellungskosten-Prinzip
AnfG	Anfechtungsgesetz
Art.	Artikel
Aufl.	Auflage
BB	Betriebs-Berater (Zeitschrift)
BBankG	Gesetz über die Deutsche Bundesbank
BFHE	Entscheidungen des Bundesfinanzhofs
BFIT	Ein Rahmen für die Unternehmensbesteuerung in Europa
BGB	Bürgerliches Gesetzbuch
BGBl.	Bundesgesetzblatt
BGH	Bundesgerichtshof
BilanzRL	Bilanzrichtlinie
BilMoG	Gesetz zur Modernisierung des Bilanzrechts
BilRUG	Bilanzrichtlinie-Umsetzungsgesetz
BiRiLiG	Bilanzrichtliniengesetz
BR-Drs.	Bundesrats-Drucksache
BStBl.	Bundessteuerblatt
BT-Drs	Bundestags-Drucksache
BWNotZ	Zeitschrift für das Notariat in Baden-Württemberg
bzw.	beziehungsweise
CA	Companies Act
CCC	California Corporations Code
ch.	chapter
CLR	Company Law Review Steering Group
DB	Der Betrieb (Zeitschrift)
ders.	derselbe
d.h.	das heißt
d.i.	das ist
DStR	Deutsches Steuerrecht (Zeitschrift)
ebda.	ebenda
EBLR	European Business Law Review (Zeitschrift)
EBOR	European Business Organization Law Review (Zeitschrift)
ECFR	European Council on Foreign Relations

EStG	Einkommensteuergesetz
EStR	Einkommensteuer-Richtlinien
et seq.	und folgende
EU	Europäische Union
EuGH	Europäischer Gerichtshof
EUV	Vertrag über die Europäische Union
EWG	Europäische Wirtschaftsgemeinschaft
EWR	Europäischer Wirtschaftsraum
FD-MA	Fachdienst Mergers & Acquisitions (Zeitschrift)
ff.	folgende
Fn.	Fußnote
FS	Festschrift
GBP	Great British Pound
GesR	Gesellschaftsrecht
GewStG	Gewerbesteuergesetz
GbR	Gesellschaft bürgerlichen Rechts
GG	Grundgesetz
GmbHG	Gesetz betreffend die Gesellschaften mit beschränkter Haftung
GoB	Grundsatz ordnungsgemäßer Buchführung
GuV	Gewinn- und Verlustrechnung
Hdb.	Handbuch
Hg	Herausgeber
Hgg.	Herausgeber (Plural)
HGB	Handelsgesetzbuch
HMRC	His Majesty's Revenue & Customs
Hs.	Hauptsatz
IAS	International Accounting Standards
i.e.	id est
IFRS	International Financial Reporting Standards
insbes.	insbesondere
InsO	Insolvenzordnung
IStR	Internationales Steuerrecht (Zeitschrift)
iSv	im Sinne von
iVm	in Verbindung mit
JbFfST	Jahrbuch für Fachanwälte für Steuerrecht
Kfz	Kraftfahrzeug
KStG	Körperschaftsteuergesetz
li. Sp.	linke Spalte
lit.	Buchstabe
Ltd	Limited
MoMiG	Gesetz zur Modernisierung des GmbH-Rechts und zur Bekämpfung von Missbräuchen

MLR	The Modern Law Review (Zeitschrift)
MüKo	Münchener Kommentar
m.w.N.	mit weiteren Nachweisen
n.F.	neue Fassung
NJW	Neue Juristische Wochenschrift (Zeitschrift)
No	Number
Nr.	Nummer
NWB	NWB Steuer- und Wirtschaftsrecht (Zeitschrift)
NZG	Neue Zeitschrift für Gesellschaftsrecht
o.	oben
PLC	Public Limited Company
RegE	Regierungsentwurf
RG	Reichsgericht
RGZ	Entscheidungen des Reichsgerichts in Zivilsachen
Rz.	Randziffer
s.	siehe
S.	Siehe/Seite
s.	section
s.a.	siehe auch
ss.	subsection
SEK	Schwedische Kronen
sog.	sogenannt
SteuK	Steuerrecht Kurzgefasst (Zeitschrift)
s.v.	sub voce
Tz.	Teilziffer
u.a.	und andere
UA	Unterabsatz
UG	Unternehmergesellschaft
UK-GAAP	UK Generally Accepted Accounting Practice
UmwG	Umwandlungsgesetz
URN	Uniform Resource Name
WM	Zeitschrift für Wirtschafts- und Bankrecht
WPg	Die Wirtschaftsprüfung (Zeitschrift)
z.B.	zum Beispiel
ZGR	Zeitschrift für Unternehmens- und Gesellschaftsrecht
ZHR	Zeitschrift für das gesamte Handelsrecht und Wirtschaftsrecht
ZIP	Zeitschrift für Wirtschaftsrecht

Literatur

Adler, Hans/ Düring, Walther/ Schmaltz, Kurt (Begrr.) — Rechnungslegung und Prüfung der Unternehmen, bearb. von *Forster, Karl-Heinz u.a.,* 6. Aufl., Stuttgart 1995–2000; Teilband 5, 6. Aufl., 1997; Teilband 4, 6. Aufl., 1997
zitiert als: A/D/S, Bd.

Alber, Matthias u.a. (Hgg.) — Beck'sches Steuer- und Bilanzrechtslexikon, München 2021, Edition 55
zitiert als: Bearbeiter in: Beck'sches Steuer- und Bilanzrechtslexikon

Allen, William T./ Kraakman, Reinier/ Subramanian, Guhan — Commentaries and Cases on the Law of Business Organization, 3. Aufl. New York u.a. 2009
zitiert als: Allen/Kraakman/Subramanian, Business Organization

Andrianesis, Anastasios — Berichterstattung über konzerninterne Transaktionen: zu einer an angemessenen Werten orientierten Bilanzierung von konzerninternen Geschäften im HGB-Jahresabschluss, Stuttgart u.a., 2017
zitiert als: Andrianesis, Berichterstattung

Arminger, Josef — Bilanzielle Kapitalerhaltung – ein Auslaufmodell?, RWZ 2012, 285
zitiert als: Arminger, Bilanzielle Kapitalerhaltung

Arminger, Josef — Solvenztest – eine Alternative zur bilanziellen Kapitalerhaltung in der Europäischen Union?, IRZ 2012, 343
zitiert als: Arminger, Solvenztest

Atta, Jasmin — Schuldrechtliche Bar- und Sachaufgelder in der Aktiengesellschaft, AG 2021, 306
zitiert als: Atta, Schuldrechtliche Bar- und Sachaufgelder

Bachmann, Gregor/ Eidenmüller, Horst/ Engert, Andreas/ Fleischer, Holger/ Schön, Wolfgang — Rechtsregeln für die geschlossene Kapitalgesellschaft, ZGR-Sonderheft, Berlin u.a. 2012
zitiert als: Bachmann u.a., ZGR-Sonderheft 18

Baetge, Jörg/ Kirsch, Hans-Jürgen/ Thiele, Stefan — Bilanzen, 15. Aufl., Düsseldorf 2019
zitiert als: Baetge/Kirsch/Thiele, Bilanzen

Ballerstedt, Kurt — Kapital, Gewinn und Ausschüttung bei Kapitalgesellschaften, Tübingen 1949
zitiert als: Ballerstedt, Kapital

Baumbach, Adolf/ Hopt, Klaus — Handelsgesetzbuch, 40. Aufl., München 2021
zitiert als: Baumbach/Hopt-Bearbeiter, HGB

Baumbach, Adolf/ Hueck, Alfred — Aktiengesetz, 13. Aufl., München 1968
zitiert als: Baumbach/Hueck, AktG

Baumbach, Adolf/ Hueck, Alfred u.a. — Gesetz betreffend die Gesellschaften mit beschränkter Haftung – Kommentar, 19. Aufl., München 2010
zitiert als: BH-Bearbeiter, (19. Aufl.)

Baumbach, Adolf/ Hueck, Alfred u.a. — Gesetz betreffend die Gesellschaften mit beschränkter Haftung – Kommentar, 22. Aufl., München 2019
zitiert als: BH-Bearbeiter

Baums, Theodor — Agio und sonstige Zuzahlungen im Aktienrecht, in: FS Peter Hommelhoff, Köln 2012, 61
zitiert als: Baums, Agio und sonstige Zuzahlungen

Baums, Theodor — Eigenkapital: Begriff, Aufgaben, Sicherung, ZHR 2011, 160
zitiert als: Baums, Eigenkapital

Baums, Theodor — Recht der Unternehmensfinanzierung, München 2017
zitiert als: Baums, Unternehmensfinanzierung

Bayer, Walter — Kapitalschutz in der GmbH – eine Generalkritik, in: Schriftenreihe der Gesellschaftsrechtlichen Vereinigung (Hg.), Gesellschaftsrecht in der Diskussion, Köln 2012, 25
zitiert als: Bayer, Kapitalschutz – Generalkritik

Bayer, Walter/ Habersack, Mathias (Hgg.) — Aktienrecht im Wandel, Band II, Tübingen 2007
zitiert als: Bayer/Habersack, Aktienrecht im Wandel

Beatson, Jack/ Burrows, Andrew/ Cartwright, John — Anson's Law of Contract, 30. Aufl., London 2016
zitiert als: Anson's Law of Contract

Beck, Simon Markus — Kritik des Eigenkapitalersatzrechts (Dissertation Universität Frankfurt/Main), Frankfurt/Main 2006
zitiert als: Beck, Kritik des Eigenkapitalersatzrechts

Becker, Christian — Aktienrechtliches und handelsrechtliches Agio, NZG 2003, 510
zitiert als: Becker, Aktienrechtliches und handelsrechtliches Agio

Bell, John/ Engle, George — Cross Statutory Interpretation, 2. Aufl., London 1987
zitiert als: Bell/Eagle, Cross Statutory Interpretation

Bezler, Evelyn — Die Bedeutung des Stammkapitals für die GmbH – eine rechtswissenschaftliche Untersuchung anhand der Entstehungs- und Entwicklungsgeschichte der GmbH, der dogmatischen Grundlagen und der praktischen Funktion des Stammkapitals, Münster u.a. 2006
zitiert als: Bezler, Bedeutung des Stammkapitals

Bezzenberger, Tilman — Das Kapital der Aktiengesellschaft, Köln 2005
zitiert als: Bezzenberger, Kapital

Bezzenberger, Tilman	Erwerb eigener Aktien durch die AG, Köln, 2002 zitiert als: Bezzenberger, Erwerb eigener Aktien
Bitter, Georg u.a.	Scholz Kommentar zum GmbH-Gesetz, 12. Aufl., Köln 2018–2021 und 11. Aufl., Köln 2021–2015 zitiert als: Scholz/Bearbeiter
Blezinger, Ferdinand	Gewinnverteilung bei Personengesellschaften, Köln 2018 zitiert als: Blezinger, Gewinnverteilung
Bohn, Alexander	Zinsschranke und Alternativmodelle zur Begrenzung des steuerlichen Zinsabzugs, Wiesbaden 2009 (Dissertation Köln 2009) zitiert als: Bohn, Zinsschranke
Bork, Reinhard	Abschaffung des Eigenkapitalersatzrechts zugunsten des Insolvenzrechts, ZGR 2007, 250 ff. zitiert als: Bork, Eigenkapitalersatzrecht
Bösselmann, Kurt	Die Entwicklung des deutschen Aktienwesens im 19. Jahrhundert: Ein Beitrag zur Frage der Finanzierung gemeinwirtschaftlicher Unternehmungen und zu den Reformen des Aktienrechts, Berlin 1939 zitiert als: Bösselmann, Entwicklung des Aktienwesens
Brockhaus' Konversations-lexikon	14. Aufl. Leipzig u.a., 1894–1896 zitiert als: Brockhaus
Brodmann, Erich	Aktienrecht, Leipzig 1928 zitiert als: Brodmann, Aktienrecht
Brodmann, Erich	Gesetz, betreffend die Gesellschaften mit beschränkter Haftung – Kommentar, Leipzig 1924 zitiert als: Brodmann, GmbHG
Cahn, Andreas	»Andere Zuzahlungen« im Aktienrecht in FS Theodor Baums, Tübingen 2017, 169 zitiert als: Cahn, Andere Zuzahlungen
Calliess, Christian/ Ruffert, Matthias/ Blanke, Hermann-Josef	EUV/AEUV: das Verfassungsrecht der Europäischen Union mit Europäischer Grundrechtecharta – Kommentar, 5. Aufl., München 2016 zitiert als: Bearbeiter in Calliess/Ruffert, EUV/AEUV
Cavin, Adrian	Kapitalaufbringung in GmbH und AG (Dissertation Universität Freiburg), Berlin 2012 zitiert als: Cavin, Kapitalaufbrinung
Claussen, Carsten Peter/ Altenburger, Otto (Hgg.)	Kölner Kommentar zum Rechnungslegungsrecht, Köln 2011 zitiert als: Bearbeiter in KölnKomm-RL
Cohen Committee (Hg.)	Report of the Committee on Company Law Amendement, London 1945 (Cmnd 6659) zitiert als: Report of the Cohen Committee

The Company Law Review Steering Group (Hg.) Modern Company Law For a Competitive Economy – Company Formation and Capital Maintenance, URN 99/1145
zitiert als: CLR, Company Formation and Capital Maintenance

Davies, Paul L Gower's Principles of Modern Company Law, 8. Aufl., London 2008
zitiert als: Davies, Principles (8)

Davies, Paul L. Legal Capital in Private Companies in Great Britain, AG 1998, 346 ff.
zitier als: Davies, Legal Capital

Davies, Paul L./ Rickford, Jonathan An Introduction to the New UK Companies Act, ECFR 2008, 48
zitiert als: Davies/Rickford, Introduction I

Davies, Paul L./ Rickford, Jonathan An Introduction to the New UK Companies Act: Part II, ECFR 2008, 239
zitiert als: Davies/Rickford, Introduction II

Davies, Paul L./ Worthington, Sarah. *Gower's* Principles of Modern Company Law, 10. Aufl. London 2016
zitiert als: Davies/Worthington, Principles

Dietz, Fabian Aktien als Akquisitionswährung, Baden-Baden 2004
zitiert als: Dietz, Akquisitionswährung

Dittert, Christian Satzungsbegleitende Aktionärsvereinbarungen (Dissertation Universität München), Köln 2009
zitiert als: Dittert, Satzungsbegleitende Aktionärsvereinbarungen

Drescher, Ingo/ Fleischer, Holger/ Schmidt, Karsten (Hgg.) Münchner Kommentar zum Handelsgesetzbuch, München, 4. Aufl. 2016 ff., 5. Aufl. 2021 ff.
zitiert als: Bearbeiter in MüKo-HGB

Drinkuth, Henrik Die Kapitalrichtlinie: Mindest- oder Höchstnorm?, Köln 1998
zitiert als: Drinkuth, Die Kapitalrichtlinie

Drygala, Tim Haftung der Geschäftsleiter in den Mitgliedstaaten der Europäischen Union, in: *Lutter, Marcus (Hg.)*: Das Kapital der Aktiengesellschaft in Europa, 277
zitiert als: Drygala, Haftung der Geschäftsleiter

Dudenredaktion (Hg.) Duden – das Fremdwörterbuch, 11. Aufl. Berlin 2015
zitiert als: Duden – Fremdwörterbuch

Eberl, Tobias/ Hergeth, Armin Schuldrechtliche Zuzahlungspflichten bei der Kapitalerhöhung einer Akteingesellschaft, DStR 2002, 1818
zitiert als: Eberl/Hergeth, Schuldrechtliche Zuzahlungspflichten

Edwards, Vanessa EC Company Law, Oxford 1999
zitiert als: Edwards, EC Company Law

Eggert, Andreas — Auswirkung des Prinzips »true and fair view« in den Bilanzrichtlinien der EU auf das Recht der Mitgliedstaaten – EuGH, Urteil vom 3.10.2013 – Rs. C-322/12, GIMLE. IWB 2013, 112
zitiert als: Eggert, Auswirkung des Prinzips »true and fair view« in den Bilanzrichtlinien der EU

Eidenmüller, Horst/ Grunewald, Barbara/ Noack, Ulrich — Das Mindestkapital im System des festen Kapitals, in *Lutter, Marcus (Hg.)*: Das Kapital der Aktiengesellschaft in Europa, 17 ff.
zitiert als: Eidenmüller/Grunewald/Noack, Mindestkapital

Eidenmüller, Horst/ Schön, Wolfgang (Hgg.) — Efficient Creditor Protection in European Company Law, EBOR 2006, 1
zitiert als: Eidenmüller/Schön (Hgg.), Efficient Creditor Protection

Eidenmüller, Horst — Gesellschafterdarlehen in der Insolvenz, in: FS *Claus-Wilhelm Canaris* zum 70. Geburtstag, Band II, München 2007, 49
zitiert als: Eidenmüller, Gesellschafterdarlehen

Ekkenga, Jens — Einzelabschlüsse nach IFRS – Ende der aktien- und GmbH-rechtlichen Kapitalerhaltung?, AG 2006, 389
zitiert als: Ekkenga, Einzelabschlüsse nach IFRS

Ekkenga, Jens/ Bayer, Walter — Festes Kapital und seine Bedeutung für den Minderheiten- und Anlegerschutz, in *Lutter, Marcus (Hg.)*: Das Kapital der Aktiengesellschaft in Europa, 342
zitiert als: Ekkenga/Bayer, Minderheiten- und Anlegerschutz

Ellrott, Helmuth u.a. (Hgg.) — Beck'scher Bilanz-Kommentar: Handelsbilanz, Steuerbilanz, 7., völlig neu bearb. Aufl., München 2010
zitiert als: Bearbeiter in BeckBilKomm (7. Aufl.)

Engisch, Karl — Einführung in das juristische Denken, 8. Aufl. Stuttgart 1983
zitiert als: Engisch, Einführung

Erbe, Stephan Boris — Die Limited und Limited & Co. KG, Stuttgart 2008
zitiert als: Erbe, Die Limited

Erle, Bernd/ Sauter, Thomas (Hgg.) — Körperschaftsteuergesetz – Die Besteuerung der Kapitalgesellschaft und ihrer Anteilseigner, 3. Aufl., Heidelberg u.a. 2010
zitiert als: Erle/Sauter, KStG

Esser, Josef — Vorverständnis und Methodenwahl in der Rechtsfindung, Frankfurt/Main 1970
zitiert als: Esser, Rechtsfindung

Falkenhausen, Joachim von	Ausschüttungssperren für die Kapitalrücklage – eine rechtspolitische Betrachtung von § 150 III und IV AktG, NZG 2009, 1096 zitiert als: von Falkenhausen, Ausschüttungssperren
Fastrich, Lorenz	Ketzerisches zur sogenannten Finanzierungsverantwortung, in: FS Wolfgang Zöllner, Köln, 1998, S. 143 zitiert als: Fastrich, Ketzerisches
Ferran, Eilís	Company Law and Corporate Finance, Oxford 1999 zitiert als: Ferran, Company Law
Ferran, Eilís	The Place for Creditor Protection on the Agenda for the Modernisation of Company Law in the European Union, ECFR 2006, 178 zitiert als: Ferran, Creditor Protection
Ferran, Eilís	Principles of Corporate Finance Law, Oxford 2008 zitiert als: Ferran, Principles
Ferran, Eilís/ *Ho, Look Chanc*	Principles of Corporate Finance Law, 2nd Edition Oxford 2014 zitiert als: Ferran/Ho, Principles
Fleischer, Holger	Gläubigerschutz in der kleinen Kapitalgesellschaft: Deutsche GmbH versus englische private limited company, DStR 2000, 1015 zitiert als: Fleischer, Gläubigerschutz in der kleinen Kapitalgesellschaft
Fleischer, Holger/ *Goette, Wulf (Hgg.)*	Münchner Kommentar zum GmbHG, 3. Aufl., München 2018 zitiert als: Bearbeiter in MüKo-GmbHG
Gansen, Georg	Harmonisierung der Kapitalaufbringung im englischen und deutschen Kapitalgesellschaftsrecht, Frankfurt a.M. 1992 zitiert: Gansen, Harmonisierung Kapitalaufbringung
Gehlhausen, Hans Friedrich/ *Rimmelspacher, Dirk*	Wandel- und Optionsanleihen in den handelsrechtlichen Jahresabschlüssen des Emittenten und des Inhabers, AG 2006, 729 zitiert als: Gehlhausen/Rimmelspacher, Wandel- und Optionsanleihen
Geßler, Ernst/ *Hefermehl, Wolfgang/* *Eckard, Ulrich/* *Kropff, Bruno (Hgg.)*	Aktiengesetz – Kommentar, München 1986 zitiert als: Bearbeiter in GHEK, AktG
Goette, Wulf	Gedanken zum Kapitalschutzsystem der GmbH, ZHR 2013, 740 zitiert als: Goette, Kapitalschutzsystem der GmbH

Goette, Wulf/ Habersack, Mathias [Hgg.] — Münchener Kommentar zum Aktiengesetz, 5. Aufl., München 2019
zitiert als: Bearbeiter in: MüKo-AktG

Gosch, Dietmar (Hg.) — Körperschaftssteuergesetz – Kommentar, 4. Auflage, München 2020
zitiert als: Bearbeiter in Gosch, KStG

Grigoleit, Hans Christoph (Hg.) — Aktiengesetz – Kommentar, 2. Aufl. München 2020
zitiert als: Grigoleit/Bearbeiter, AktG

Grigoleit, Hans Christoph (Hg.) — Aktiengesetz – Kommentar, 1. Aufl. München 2013
zitiert als: Grigoleit/Bearbeiter, AktG (1. Aufl.)

Gröbshäuser, Uwe — Offene und verdeckte Einlagen in Personen- und Kapitalgesellschaften, NWB 2011, 4168
zitiert als: Gröbshäuser, Offene und verdeckte Einlagen

Groh, Manfred — Gesellschafterbeitrag und Gesellschaftsgewinn, in: FS Werner Flume zum 70. Geburtstag, Köln 1978, Bd. II, 71
zitiert als: Groh, Gesellschafterbeitrag

Groh, Manfred — Ist die verdeckte Einlage ein Tauschgeschäft? – Anmerkung zum BFH-Beschluß vom 9.6.1997 GrS 1/94, DB 1997, 1683
zitiert als: Groh, Verdeckte Einlage

Grottel, Bernd u.a. (Hgg.) — Beck‹scher Bilanz-Kommentar, 12. Aufl., München 2021
zitiert als: Bearbeiter in BeckBilKomm

Grundmann, Stefan — Europäisches Gesellschaftsrecht, 1. Aufl., Heidelberg 2011
zitiert als: Grundmann, Europäisches GesR (1)

Grundmann, Stefan — Europäisches Gesellschaftsrecht, 2. völlig neu bearb. Aufl., Heidelberg 2011
zitiert als Grundmann, Europäisches GesR

Grundmann, Stefan/ Habersack, Mathias/ Schäfer, Carsten (Hgg.) — Großkommentar zum Handelsgesetzbuch Bd. 5, 6. Aufl., Berlin, 2021.
zitiert als Bearbeiter in GroßKomm-HGB

Haas, Ulrich — Reform des Gesellschaftsrechtlichen Gläubigerschutzes Gutachten E, Verhandlungen des 66. Deutschen Juristentages Stuttgart 2006, Band I, München 2007
zitiert als: Haas, Gutachten

Habersack, Mathias/ Verse, Dirk — Europäisches Gesellschaftsrecht, 5. Aufl., München 2019
zitiert als: Habersack/Verse, Europäisches GesR

Habersack, Mathias — Gesellschafterdarlehen nach dem MoMiG – Anwendungsbereich, Tatbestand und Rechtsfolgen der Neuregelung, ZIP 2007, 2145
zitiert als: Habersack, Gesellschafterdarlehen

Habersack, Mathias/ Casper, Matthias/ Löbbe, Marc	Gesetz betreffend die Gesellschaften mit beschränkter Haftung (GmbHG) – Großkommentar, 3. Aufl., Tübingen 2019 ff. zitiert als: Bearbeiter in HCL, GmbHG
Habersack, Mathias	Grundfragen der freiwilligen oder erzwungenen Subordination von Gesellschafterkrediten, ZGR 2000, 384 zitiert als: Habersack, Grundfragen von Gesellschafterkrediten
Häcker, Birke	Das englische Common Law – Eine Einführung, JuS 2014, 872 zitiert als: Häcker, Das englische Common Law
Handelsrechtsausschuß des DAV	Stellungnahme zum RefE des KonTraG, ZIP 1997, 163 zitiert als: DAV zu RefE KonTraG
Handschin, Lukas	Risk-based Equity Requirements: How Equity Rules for the Financial Sector can be Applied to the Real Economy, Journal of Corporate Law Studies 2012, 255 zitiert als: Handschin, Risk-based Equity Requirements
Hanks, James J./ Mannings, Bayless	Legal Capital, 3. Aufl. New York 1990 zitiert als: Hanks/Manning, Legal Capital
Happ, Wilhelm u.a. (Hgg.)	Aktienrecht – Handbuch, Mustertexte, Kommentar, Köln, 5. Aufl. 2020 zitiert als: Happ, Aktienrecht
Happe, Rüdiger	Neue Aspekte bei Darlehen von Gesellschaftern einer GmbH – Teil 1, SteuK 2014, 379 zitiert als: Happe, Darlehen von Gesellschaftern einer GmbH
Harrer, Herbert	Konkursrisiken bei Verpflichtung zur Zahlung von Aufgeld mit Absicherung durch Verwendungsabrede in GmbH-Satzung?, GmbHR 1994, 361 zitiert als: Harrer, Konkursrisiken bei Aufgeld
Heckschen, Heribert/ Heidinger, Andreas (Hgg.)	Die GmbH in der Gestaltungs- und Beratungspraxis, 4. Aufl., Köln 2018 zitiert als: Bearbeiter in Heckschen/Heidinger, Die GmbH
Heidel, Thomas (Hg.)	Aktienrecht und Kapitalmarktrecht, 6. Auflage, Baden-Baden 2024 zitiert als: Bearbeiter in Heidel, AktR
Heidinger, Andreas/ Leible, Stefan/ Schmidt, Jessica (Hgg.)	Michalski, Kommentar zum Gesetz betreffend die Gesellschaften mit beschränkter Haftung (GmbH-Gesetz), 3. Auflage, München 2017 zitiert als: Bearbeiter in Michalski, GmbHG
Heinz, Volker G./ Hartung, Wilhelm	Die englische Limited, 3. Aufl. Baden-Baden 2012 zitiert als: Heinz/Hartung, Limited

Heinze, Stefan	Die Vermeidung von Sachgründungen und Kapitalerhöhungen bei der GmbH – Möglichkeiten und Grenzen, NJW 2020, 3768 zitiert als: Heinze, Vermeidung von Sachgründungen
Heller, Arne	Die Unternehmensfinanzstruktur der Aktiengesellschaft – zur Finanzverfassung einer Aktiengesellschaft im deutschen und englischen Recht unter besonderer Berücksichtigung haftungsbegründender Pflichten der Verwaltungsmitglieder bei Kapitalmaßnahmen, Berlin 2009 zitiert als: Heller, Unternehmensfinanzstruktur
Hennrichs, Joachim	Bilanzwahrheit, Realisationsprinzip und wirtschaftliche Betrachtungsweise nach EU-Bilanzrecht – Zugleich zur Bilanzierung bei verdeckter Einlage und Besprechung der Entscheidung des EuGH vom 13.10.2013 – C-322/12 (GIMLE), WPg 2015, 315 zitiert als: Hennrichs, Bilanzierung bei verdeckter Einlage
Hennrichs, Joachim/ Kleindiek, Detlef/ Watrin, Christoph	Münchner Kommentar zum Bilanzrecht, München 2013 zitiert als: Bearbeiter in MüKo-BilanzR
Henssler, Martin/ Strohn, Lutz (Hgg.)	Gesellschaftsrecht, 5. Aufl. München 2021 zitiert als: Bearbeiter in Henssler/Strohn, GesR
Herchen, Hilke	Agio und verdecktes Agio im Recht der Kapitalgesellschaften (Dissertation Universität Hamburg), Köln u.a. 2004 zitiert als: Herchen, Agio
Herchen, Hilke	Anmerkung zu BGH Urteil v. 15.10.2007 – II ZR 216/06, GmbHR 2008, 149 zitiert als: Herchen, Anmerkung
Hermann, Carl/ Heuer, Gerhard/ Raupach, Arndt	EStG, KStG – Kommentar, Köln Stand: Mai 2021 zitiert als: Bearbeiter in HHR
Hermanns, Marc	Gestaltungsmöglichkeiten bei der Kapitalerhöhung mit Agio, ZIP 2003, 788 zitiert als: Hermanns, Gestaltungsmöglichkeiten
Herzig, Norbert/ Bohn, Alexander	Internationale Vorschriften zur Zinsabzugsbeschränkung – Systematisierung denkbarer Alternativmodelle zur Zinsschranke, IStR 2009, 253 zitiert als: Herzig/Bohn, Internationale Vorschriften zur Zinsabzugsbeschränkung
Heuermann, Bernd/ Brandis, Peter	Blümich – EstG, KStG, GewStG, 156. Auflage, München 2021 zitiert als: Bearbeiter in Blümich
Hirte, Heribert	Kapitalgesellschaftsrecht, 8. Aufl., Köln 2016 zitiert als: Hirte, Kapitalgesellschaftsrecht

Hirte, Heribert/ Lanzius, Tim/ Mock, Sebastian — Tätigkeitsverbote für Organmitglieder als Gläubigerschutzinstrument, in *Lutter, Marcus (Hg.)*: Das Kapital der Aktiengesellschaft in Europa, 301
zitiert als: Hirte/Lanzius/Mock, Tätigkeitsverbote

Hirte, Heribert u.a. (Hgg.) — Großkommentar zum Aktiengesetz, Berlin, 4. Aufl. 2004 ff., 5. Aufl. 2015 ff.
zitiert als: Bearbeiter in Großkomm-AktG

HMRC (Hg.) — CG43500 – Capital contributions to companies: general, abrufbar unter http://www.hmrc.gov.uk/manuals/cgmanual/CG43500.htm.
zitiert als: HMRC, Capital contributions to companies: general

Höfer, Anette — Artikel Agiotage, Agioteur in *Reinhardt, Rolf/Schmitt, Eberhardt*, Handbuch politisch-sozialer Grundbegriffe in Frankreich 1680–1820, Oldenbourg 1992
zitiert als: Höfer, Agiotage

Hoffman-Becking, Michael (Hg.) — Münchner Handbuch des Gesellschaftsrechts, Band 4, Aktiengesellschaft, 5. Aufl. 2020
zitiert als: Bearbeiter in Münch. Hdb. AG

Hoffmann, Wolf-Dieter — Die Einlagen in Kapitalgesellschaften als Bilanzierungsproblem beim Einlegenden, BB 1996, Beilage 16 zu Heft 40, 1
zitiert als: Hoffmann, Einlagen in Kapitalgesellschaften

Holgate, Peter — Accounting Principles for Lawyers, Cambridge 2006
zitiert als: Holgate, Accounting Principles

Hölters, Wolfgang (Hg.) — Aktiengesetz, 3. Aufl., München 2017
zitiert als: Hölters/Bearbeiter

Holzapfel, Hans-Joachim/ Pöllath, Reinhard u.a. (Hgg.) — Unternehmenskauf in Recht und Praxis, 16. Aufl. 2021
zitiert als: Holzapfel/Pöllath, Unternehmenskauf

Hommelhoff, Peter — Eigenkontrolle statt Staatskontrolle – rechtsdogmatischer Überblick zur Aktienrechtsreform 1884, in: *Schubert, Werner/Hommelhoff, Peter*: Hundert Jahre modernes Aktienrecht, ZGR Sonderheft 4, Berlin, New York 1985, S. 53
zitiert als: Hommelhoff, Eigenkontrolle

Hommelhoff, Peter u.a. — Lutter/Hommelhoff GmbH-Gesetz, Kommentar, 20. Aufl. 2020
zitiert als: Bearbeiter in Lutter/Hommelhoff, GmbHG

Höng, Gregor — Der ertragssteuerliche Sanierungsgewinn beim Dept-Mezzanine-Swap im Lichte des § 8 III 2 Hs. 2 KStG, Dissertation Münster 2013, abrufbar unter: http://nbn-resolving.de/urn:nbn:de:hbz:6-14399572137
zitiert als: Höng, Dept-Mezzanine-Swap

Huber, Ulrich	Rückkauf eigener Aktien, in FS Bruno Kropff, Düsseldorf 1997 zitiert als: Huber, Rückkauf eigener Aktien
Huber, Ulrich/ Habersack, Mathias	Zur Reform des Rechts der kapitalersetzenden Gesellschafterdarlehen, in: *Lutter, Marcus (Hg.)*: Das Kapital der Aktiengesellschaft in Europa, 370 zitiert als: Huber/Habersack, Kapitalersetzende Gesellschafterdarlehen
Hüffer, Uwe	Aktiengesetz – Kommentar, 10. Aufl., München 2012 zitiert als: Hüffer, AktG (10. Aufl.)
Hüffer, Uwe (Begr.)/ Koch, Jens (Bearb.)	Aktiengesetz – Kommentar, 15. Aufl. München 2021 zitiert als: Hüffer/Koch, AktG
ICAEW (Hg.)	Memorandum of Evidence, in Minutes of Evidence taken before the Company Law Amendment Committee, London 1944 zitiert als: ICAEW, Memorandum of Evidence
Immenga, Ulrich	Einlagenschutz beim mittelbaren Bezugsrecht, in FS Karl Beusch, Berlin 1993, 413 zitiert als: Immenga, Einlagenschutz beim mittelbaren Bezugsrecht
Inhester, Michael/ Tönnies, Christian	Anmerkung zu BGH, Urteil vom 15.10.2007 – II ZR 216/06, beck-online, FD-MA 2008, 249472 zitiert als: Inhester/Tönnies, Anmerkung
Jehlin, Alexander	Die Zinsschranke als Instrument zur Missbrauchsvermeidung und Steigerung der Eigenkapitalausstattung, Berlin 2013 (Dissertation Tübingen 2013) zitiert als: Jehlin, Zinsschranke
Jung, Stefanie/ Krebs, Peter/ Stiegler, Sascha	Gesellschaftsrecht in Europa, Baden-Baden 2019 zitiert als: Jung/Krebs/Stiegler, Gesellschaftsrecht
Kasten, Roman/ Schlitt, Michael	Mittelstandsfinanzierung durch die Emission von börsennotierten Anleihen, Der Betrieb (Nr. 20/2011) Spezial vom 20.5.2011: Mittelstandsfinanzierung, M8 zitiert als: Kasten/Schlitt, Mittelstandsfinanzierung.
Kessler, Wolfgang/ Köhler, Stefan/ Knörzer, Daniel	Die Zinsschranke im Rechtsvergleich: Problemfelder und Lösungsansätze, IStR 2007, 418 zitiert als: Kessler/Köhler/Knörzer: Die Zinsschranke im Rechtsvergleich
Kersting, Christian	Verzicht auf den Unversehrtheitsgrundsatz im Recht der GmbH, ZHR 175 (2011), 644 zitiert als: Kersting, Verzicht auf den Unversehrtheitsgrundsatz

Kinzl, Ulrich-Peter	Gesellschaftervereinbarungen, München 2021 zitiert als: Kinzl, Gesellschaftervereinbarungen
Klette, Dieter	Die Überpari-Emission bei der Kapitalerhöhung gegen Einlagen, DB 1968, 2203 zitiert als: Klette, Die Überpari-Emission
Klette, Dieter	Die Überpari-Emission bei der Kapitalerhöhung gegen Einlagen, DB 1968, 2203 zitiert als: Klette, Überpari-Emission
Klinkert, Leif	Probleme der neuen Ansatzrechte im Sinne des § 268 Abs. 8 HGB und der entsprechenden Ausschüttungssperren: zugleich ein Vergleich zur kalifornischen Ausschüttungsregelung, Frankfurt am Main 2016 zitiert als: Klinkert, Ansatzrechte und Ausschüttungssperren
Koch, Jens	Aktiengesetz – Kommentar, 18. Aufl. München 2024 zitiert als: Koch, AktR
Koch, Jens	Die verdeckte gemischte Sacheinlage im Spannungsfeld zwischen Kapitalaufbringung und Kapitalerhaltung, ZHR 175 (2011), 55 ff zitiert als: Koch, Sacheinlage im Spannungsfeld
Koch, Jens	Höherrangiges Satzungsrecht vs. Schuldrechtliche Satzungsüberlagerung, AG 2015, 213 zitiert als: Koch, Höherrangiges Satzungsrecht
Krause, Rainer	Atypische Kapitalerhöhungen im Aktienrecht, ZHR 181 (2917), 641 zitiert als: Krause, Atypische Kapitalerhöhungen
Kropff, Bruno	Nettoausweis des Gezeichneten Kapitals und Kapitalschutz, ZIP 2009, 1137 zitiert als: Kropff, Nettoausweis
Kropff, Bruno/ *Semler, Johannes (Hgg.)*	Münchner Kommentar zum Aktiengesetz, Bd. 5/2, 2. Auf., München 2004 zitiert als: Bearbeiter in MüKo-AktG 2. Aufl.
Larenz, Karl	Methodenlehre der Rechtswissenschaft, 6., neu bearb. Auflage, Berlin 1991 zitiert als: Larenz, Methodenlehre
Larenz, Karl/ *Canaris, Claus-Wilhelm*	Methodenlehre der Rechtswissenschaft, 3., neu bearb. Aufl., Berlin 1995 zitiert als: Larenz/Canaris, Methodenlehre
Lieder, Jan	Eigene Geschäftsanteile im GmbH-Recht, GmbHR 2014, 57 zitiert als: Lieder, Eigene Geschäftsanteile

Lösekrug, Jens	Die Umsetzung der Kapital-, Verschmelzungs- und Spaltungsrichtlinie der EG in das nationale deutsche Recht, Jena 2004 zitiert als: Lösekrug, Umsetzung
Lubberich, Finn	Sachagio bei GmbH-Gründungen und Kapitalerhöhungen – Gestaltungsmöglichkeiten und Risiken im Überblick, DNotZ 2016, 164 zitiert als: Lubberich, Sachagio bei GmbH-Gründungen
Lüdenbach, Norbert/ Hoffmann, Wolf-Dieter	Das schwebende Geschäft als Vermögenswert, DStR 2006, 1382 zitiert als: Lüdenbach/Hoffmann, Das schwebende Geschäft als Vermögenswert
Lüssow, Björn	Das Agio im GmbH- und Aktienrecht, Berlin 2005 zitiert als: Lüssow, Agio
Lutter, Marcus (hg.)	Das Kapital der Aktiengesellschaft in Europa, ZGR Sonderheft 17, Berlin 2006 zitiert als: Lutter (Hg.), Kapital in Europa
Lutter, Marcus/ Bayer, Walter/ Schmidt, Jessica	Europäisches Unternehmens- und Kapitalmarktrecht, 6., neu bearbeitete und erweiterte Auflage, Berlin/Boston 2018 zitiert als: L/B/S, Europ. Unternehmens- und Kapitalmarktrecht
Lutter, Marcus	Kapital, Sicherung der Kapitalaufbringung und Kapitalerhaltung in den Aktien- und GmbH-Rechten der EWG, Karlsruhe 1964 zitiert als: Lutter, Kapital in der EWG
Lutter, Marcus	Verwertungsaktien, AG 1970, 185 zitiert als: Lutter, Verwertungsaktien
Maier-Reimer, Georg	Wert der Sacheinlage und Ausgabebetrag, in FS Gerold Bezzenberger, Berlin, New York 2000, 253 zitiert als: Maier-Reimer, Wert der Sacheinlage
Marenbach, Nicole	Die Erweiterung der Kapitalbasis einer GmbH: (Verdeckte) Einlage und Gesellschafterdarlehen (Dissertation Universität Saarbrücken), Hamburg 2006 zitiert als: Marenbach, Kapitalbasis
Marx, Philip	Der Solvenztest als Alternative zur Kapitalerhaltung in der Aktiengesellschaft (Dissertation Universität Hamburg), Baden-Baden 2006 zitiert als: Marx, Alternative Solvenztest
Meyers Koversationslexikon	4. Aufl. Leipzig u.a. 1885–1892 zitiert als: Meyers Konversationslexikon

Micheler, Eva — Länderbericht England in Lutter, Marcus (Hg.): Das Kapital der Aktiengesellschaft in Europa, ZGR Sonderheft 17, Berlin 2006, 511 ff.
zitiert als: Micheler, England

Mülbert, Peter O. — Neuordnung des Kapitalrechts, WM 2006, 1977
zitiert als: Mülbert, Neuordnung

Müller, Hans-Peter — Differenzierte Anforderungen für die Leistung von Sacheinlagen in das Eigenkapital von Kapitalgesellschaften, in FS Theodor Heinsius, Berlin, New York 1991, 591
zitiert als: Müller, Differenzierte Anforderungen

Napier, Christopher/ Noke, Christopher — Premiums and Pre-Acquisition Profits: The Legal and Accountancy Professions and Business Combinations, MLR 1991, 810
zitiert als: Napier/Noke, Premiums

Naraschewski, Alexander — Stichtage und Bilanzen bei der Verschmelzung, Köln 2001
zitiert als: Naraschewski, Stichtage und Bilanzen

Nebenius, Carl-Friedrich — Der öffentliche Credit, Karlsruhe, Baden 1829
zitiert als: Nebenius, Der öffentliche Credit

Neuling, Jasper — Deutsche GmbH und englische private company, Köln u.a. 1996 (zugleich Diss. Univ. Heidelberg)
zitiert als: Neuling, GmbH und private company

Noack, Ulrich — Gesellschaftervereinbarungen bei Kapitalgesellschaften, 1994
zitiert als: Noack, Gesellschaftervereinbarungen

Noke, Christopher — No value in par: a history of the no par value debate in the United Kindom, Accounting, Business & Financial History 2000, 13
zitiert als: Noke, History of the par value debate

Noke, Christopher — Why not distribute share premiums?, Accountancy 1981, 42
zitiert als: Noke, Why not distribute share premiums?

Osterloh-Konrad, Christine — Die Steuerumgehung: eine rechtsvergleichende und rechtstheoretische Analyse, Tübingen 2019
zitiert als: Osterloh-Konrad, Steuerumgehung

Osterloh-Konrad, Christine/ Schön, Wolfgang — Rechnungslegung in der Aktiengesellschaft, in Bayer, Walter/Habersack, Mathias (Hgg.), Aktienrecht im Wandel, Band II, Tübingen 2007
zitiert als: Osterloh-Konrad/Schön, Rechnungslegung in der Aktiengesellschaft

Otte, Sabine — Das Kapitalschutzsystem der englischen private limited company im Vergleich zur deutschen GmbH (Dissertation Köln), Hamburg 2006
zitiert als: Otte, Kapitalschutzsystem

Palandt, Otto (Begr.) — Bürgerliches Gesetzbuch, 80. Aufl., München 2021
zitiert als: Palandt/Bearbeiter

Parada, Leopoldo — Is It Debt or Is It Equity? The Problem With Using Hybrid FInancial Instrument, Tax Notes International 2014, 347
zitiert als: Parada, Is it debt or is it equity?

Peel, Edwin/ Treitel, Guenther — The Law of Contract, 14. Auflage, London 2015
zitiert als: Peel, The Law of Contract

Pennington, Robert R. — Company Law, 7. Aufl., London 1995
zitiert als: Pennington, Company Law

Pentz, Andreas/ Priester, Hans-Joachim/ Schwanna, André — Bar- und Sachkapitalaufbringung bei Gründung und Kapitalerhöhung, in: *Lutter, Marcus (hg.)*: Das Kapital der Aktiengesellschaft in Europa, ZGR Sonderheft 17, Berlin 2006, S. 42
zitiert als: Pentz/Priester/Schwanna, Bar- und Sachkapitalaufbringung

Petersen, Karl/ Zwirner, Christian — Bilanzrechtsmodernisierungsgesetz, München 2009
zitiert als: Bearbeiter in Petersen/Zwirner, BilMoG

Pitts, Marianne V. — The rise and rise of the share premium account, Accounting, Business & Financial History 2000, 317
zitiert: Pitts, Rise of the share premium account

Plassmann, Sebastian/ Schnorbus, York — Bilanzierung eines schuldrechtlichen Agios als andere Zuzahlung gem. § 272 Abs. 2 Nr. 4 HGB, ZIP 2016, 693
zitiert als: Plassmann/Schnorbus, Bilanzierung eines schuldrechtlichen Agios

Pohlhausen, Carlo/ Röder, Erik — Eigen- und Fremdkapital im Steuer- und Gesellschaftsrecht des Vereinigten Königreichs, in *Schön, Wolfgang (Hg.):* Eigenkapital und Fremdkapital, Berlin 2013
zitiert als: Pohlhausen/Röder, Eigen- und Fremdkapital

Priester, Hans-Joachim — Kapitalaufbringung bei mittelbarem Bezugsrecht, in: FS Hans Erich Brandner, Köln 1996
zitiert als: Priester, Mittelbares Bezugsrecht

Priester, Hans-Joachim — Kapitalaufbringungspflicht und Gestaltungsspielräume beim Agio, in: FS Marcus Lutter, Köln 2000, 617
zitiert als: Priester, Kapitalaufbringungspflicht beim Agio

Prinz, Ulrich/ Winkeljohann, Norbert (Hgg) — Beck'sches Handbuch der GmbH, 6. Aufl., München 2021
zitiert als: Bearbeiter in: Beck'sches Handbuch GmbH

Radbruch, Gustav — Einführung in die Rechtswissenschaft, 12. Aufl. Stuttgart 1969
zitiert als: Radbruch, Einführung

Raiser, Thomas/ Veil, Rüdiger — Recht der Kapitalgesellschaften, 6. Aufl. München 2015
zitiert als: Raiser/Veil, Kapitalgesellschaften

Rickford, Jonathan (hg.)	Reforming Capital – Report of the Interdisciplinary Group on Capital Maintenance, EBLR 2004, 919 zitiert als: Rickford-Report
Röhl, Klaus F./ Röhl, Hans Christian	Allgemeine Rechtslehre, 3. Aufl., Köln, München 2008 zitiert als: Röhl/Röhl, Allgemeine Rechtslehre
Rummel, Alexander von	Institutioneller Gläubigerschutz in der kleinen Kapitalgesellschaft, Tübingen 2008 zitiert als: von Rummel, Institutioneller Gläubigerschutz
Säcker, Franz Jürgen u.a. (Hgg.)	Münchner Kommentar zum Bürgerlichen Gesetzbuch, München, 8. Aufl. 2018 ff., 9. Aufl. 2021 zitiert als: Bearbeiter in MüKo-BGB
Saria, Gerhard	Schranken beim Erwerb eigener Aktien nach § 71 I Nr. 8 AktG, NZG 2000, 458 zitiert als: Saria, Schranken beim Erwerb eigener Aktien
Schäfer, Carsten	Schuldrechtliches Agio im Aktienrecht – Kapitalaufbringung ad libitum?, ZIP 2016, 953 ff. zitiert als: Schäfer, Schuldrechtliches Agio im Aktienrecht
Schäfer, Carsten	Zur Einbeziehung des Agios in die aktienrechtliche Kapitalaufbringung – Konsequenzen aus der Babcock-Entscheidung des BGH in FS Eberhard Stilz, München 2014, 525 zitiert als: Schäfer, Einbeziehung des Agios
Schall, Alexander (Hg.)	Companies Act Kommentar, München 2014 zitiert als: Bearbeiter in Schall, Companies Act
Schall, Alexander	Kapitalgesellschaftsrechtlicher Gläubigerschutz, München 2009 zitiert als: Schall, Gläubigerschutz
Schärtl, Christoph	Die Doppelfunktion des Stammkapitals im europäischen Wettbewerb – Reformüberlegungen zum deutschen GmbH-Recht, Baden-Baden 2006 zitiert als: Schärtl, Doppelfunktion des Stammkapitals
Schiebe, August (Hg.)	Universal-Lexikon der Handelswissenschaften, 1. Band (A-G), Leipzig, Zwickau 1837 zitiert als: Universallexikon
Schiller, Andreas	Die Prüfung von Sacheinlagen im Rahmen der aktienrechtlichen Gründungsprüfungen, AG 1992, 20 zitiert als: Schiller, Prüfung von Sacheinlagen
Schippel, Helmut	Die Leistung der Bareinlage bei der Erhöhung des Kapitals von Aktiengesellschaften, in FS Ernst Steindorff, Berlin 1990, 249 zitiert als: Schippel, Leistung der Bareinlage

Schmidt, Karsten — Gesellschaftsrecht, 4. Aufl., Köln u.a. 2002
zitiert als: K. Schmidt, GesR

Schmidt, Karsten — Nutzungsüberlassung nach der GmbH-Reform, DB 2008, 1727
zitiert als: K. Schmidt, Nutzungsüberlassung

Schmidt, Karsten/ Lutter, Marcus (Hgg) — Aktiengesetz Kommentar, 4. Auflage, Köln 2020
zitiert als: Bearbeiter in Schmidt/Lutter

Schmitt, Joachim/Hörtnagl, Robert — Umwandlungsgesetz, Umwandlungssteuergesetz, 9. Auflage 2020
zitiert als: Bearbeiter in Schmitt/Hörtnagl, UmwG, UmwStG

Schnorbus, York — Die Rechtsstellung der Emissionsbank bei der Aktienemission, AG 2004, 113
zitiert als: Schnorbus, Rechtsstellung der Emissionsbank

Schön, Wolfgang — The Distinct Equity of the Debt-Equity Distinction, BFIT 2012, 490
zitiert als: Schön, Distinct Equity

Schön, Wolfgang (Hg.) — Eigenkapital und Fremdkapital, Berlin 2013
zitert als: Schön, Eigenkapital und Fremdkapital

Schön, Wolfgang — The Future of Legal Capital, EBOR 2004, 429
zitiert als: Schön, Future of Legal Capital

Schön, Wolfgang — Gemischte Einlagen und Anschaffungskosten-Prinzip im Lichte des Unionsrechts – EuGH-Verfahren in der Rs. GIMLE, C-322/12 (Kongreßvortrag), JbFfST 2014, 2015, 17
zitiert als: Schön, Gemischte Einlagen im Lichte des Unionsrechts

Schön, Wolfgang — Vermögensbindung und Kapitalschutz in der AG – Versuch einer Differenzierung, in FS Volker Röhricht, Köln 2005, 559
zitiert als: Schön, Vermögensbindung

Schön, Wolfgang — Wer schützt den Kapitalschutz?, ZHR 2002, 1
zitiert als: Schön, Kapitalschutz

Schön, Wolfgang — Die Zukunft der Kapitalaufbringung/-erhaltung, Der Konzern 2004, 162
zitiert als: Schön, Zukunft

Schön, Wolfgang — Verdeckte Einlagen in Kapitalgesellschaften – unsichtbar für den EuGH?, ZHR 178 (2014), 373
zitiert als: Schön, Verdeckte Einlagen

Schön, Wolfgang u.a. — Debt and Equity: What's The Difference? A Comparative View, 2009, abrufbar unter www.ssrn.com
zitiert als: Schön u.a., Debt and Equity

Schorling, Peter/ Vogel, Frank	Schuldrechtliche Finanzierungsvereinbarungen neben Kapitalerhöhungsbeschluß und Zeichnung, AG 2003, 86 zitiert als: Schorling/Vogel, Schuldrechtliche Finanzierungsvereinbarungen
Schubert, Werner/ Hommelhoff, Peter	Hundert Jahre modernes Aktienrecht, ZGR Sonderheft 4, Berlin, New York 1985 zitiert als: Schubert/Hommelhoff, Hundert Jahre
Schulze-Osterloh, Joachim	Aktivierung, Ertragsausweis und Kapitalrücklage einer Kapitalgesellschaft beim kostenlosen oder verbilligten Erwerb von Vermögensgegenständen von ihrem Gesellschafter, NZG 2014, 1 zitiert als: Schulze-Osterloh, Aktivierung, Ertragsausweis und Kapitalrücklage
Schüppen, Matthias	Anmerkung zu EuGH, Urteil v. 19.11.1996 – C-42/95 (Siemsn/Nold), DStR 1997, 38 f. zitiert als: Schüppen, Anm. Siemens/Nold
Seibt, Christoph H./ Raschke, Thorsten/ Reiche, Felix	Rechtsfragen der Haftungsbegrenzung bei Garantien (§ 444 BGB n.F.) und M&A-Transaktionen, NZG 2002, 256 zitiert als: Seibt/Raschke/Reiche, Haftungsbegrenzung
Semler, Johannes/ Stengel, Arndt/ Leonard, Nina	Umwandlungsgesetz, 3. Aufl. 2012 zitiert als: Bearbeiter in Semler/Stengel/Leonard, UmwG
Seppelfricke, Peter/ Seppelfricke, Jürgen	Going Public im Rahmen eines Reverse Mergers – eine Analyse am Beispiel der Broadnet Mediascape Communications AG, BB 2002, 365 zitiert als: Seppelfricke/Seppelfricke, Going Public
Servatius, Wolfgang	Gläubigereinfluß durch Covenants, Tübingen 2008 zitiert als: Servatius, Gläubigereinfluss durch Covenants
Smith, A.T.H.	Glanville Williams: Learning the Law, 16. Aufl. London 2016 zitiert als: Smith, Williams: Learning the Law
Späth-Weinreich, Annette	Das Sachagio bei der Gründung oder Kapitalerhöhung einer GmbH, BWNotZ 2020, 98 zitiert als: Späth-Weinreich, Das Sachagio
Spindler, Gerald/ Stilz, Eberhard (Hgg.)	beck-online.Großkommentar zum Aktienrecht, Stand: 01.06.2021 zitiert als: Bearbeiter in Spindler/Stilz
Springer Gabler Verlag (Hg.)	Gabler Wirtschaftslexikon, Stichwort: Pooling-of-Interests-Methode, online im Internet: http://wirtschaftslexikon.gabler.de/Archiv/131645/pooling-of-interests-methode-v8.html

Strehle, Christopher	Meilenstein-basierte Venture Capital Finanzierungen (Dissertation Universität München), Baden-Baden 2007 zitiert als: Strehle, Venture Capital
Stürner, Rolf/ Eidenmüller, Horst/ Schoppmeyer, Heinrich (Hgg.)	Münchener Kommentar zur Insolvenzordnung 4. Auflage 2019 zitiert als: Bearbeiter in MüKo-InsO
Talbot, Lorraine	Critical Company Law, 2nd Edition London 2016 zitiert als: Talbot, Critical Company Law
Thommen, Jean-Paul/ Achleitner, Ann-Kristin u.A.	Allgemeine Betriebswirtschaftslehre, 8. Aufl., Wiesbaden 2017 (7. Aufl. 2012) zitiert als: Thommen/Achleitner, Allgemeine Betriebswirtschaftslehre
Tolksdorf, Herbert	Schenkungssteuer bei disquotalen Einlagen und Gewinnausschüttungen, DStR 2010, 423 zitiert als: Tolksdorf, Schenkungssteuer
Vella, John	Departing from the legal substance of transactions in the corporate field: The Ramsay Approach beyond the tax sphere, The Journal of Corporate Law Studies (JCLS) 2007, 243 zitiert als: Vella, Departing from the legal substance
Verse, Dirk A.	(Gemischte) Sacheinlagen, Differenzhaftung und Vergleich über Einlageforderungen, ZGR 2012, 875 zitiert als: Verse, Sacheinlagen und Vergleich
Wachter, Thomas	Kommentar zum Aktiengesetz, 3. Aufl. 2018 zitiert als: Wachter/Bearbeiter, AktG
Wagner, Franz	Gründung bzw. Kapitalerhöhung von Kapitalgesellschaften: Aufgeld auf satzungsmäßiger bzw. schuldrechtlicher Grundlage, Der Betrieb 2004, 293 zitiert als: Wagner, Aufgeld
Walter, Bernhard	Gesetzliches Garantiekapital und Kreditentscheidung der Banken, AG 1998, 370. zitiert als: Walter, Kreditentscheidung der Banken
Weitnauer, Wolfgang	Der Beteiligungsvertrag, NZG 2001, 1065 zitiert als: Weitnauer, Beteiligungsvertrag
Westermann, Harm Peter u.a. (Hgg.)	Erman – Bürgerliches Gesetzbuch, Handkommentar, 16. Aufl. Köln 2020 zitiert als: Erman/Bearbeiter
Wicke, Hartmut	GmbHG-Kommentar, 4. Aufl., 2020 zitiert als: Wicke, GmbHG
Wicke, Hartmut	Schuldrechtliche Nebenvereinbarungen bei der GmbH – Motive, rechtliche Behandlung, Verhältnis zum Gesellschaftsvertrag, DStR 2006, 1137 zitiert als: Wicke, Schuldrechtliche Nebenvereinbarungen

Wicke, Hartmut — Eilige Kapitalerhöhungen, DStR 2016, 1115
zitiert als: Wicke, Eilige Kapitalerhöhungen

Wiedemann, Herbert — Ausgabekurs und Bezugskurs beim mittelbaren Bezugsrecht, WM 1979, 990
zitiert als: Wiedemann, Ausgabekurs und Bezugskurs

Wiedemann, Herbert — Gedanken zum Inhalt der Juristischen Person im Zivilrecht, in FS Hüffer, München 2010, 1091
zitiert als: Wiedemann, Juristische Person

Wiedemann, Herbert — Gesellschaftsrecht Band I, München 1980
zitiert als: Wiedemann, GesR I

Wiedemann, Herbert — Gesellschaftsrecht Band II, München 2004
zitiert als: Wiedemann, GesR II

Wieneke, Laurenz — Die Differenzhaftung des Inferenten und die Zulässigkeit eines Vergleichs über ihre Höhe, NZG 2012, 136
zitiert als: Wieneke, Differenzhaftung und Vergleich

Winter, Jaap u.a. — Report of the High Level Group of Company Law Experts on a Modern Regulatory Framework for Company Law in Europe, Brüssel 2002
zitiert als: Winter-Report

Zander, Michael — The Law-Making Process, London 1980
zitiert als: Zander, The Law-Making Process

Ziemons, Hildegard/ Jaeger, Carsten/ Pöschke, Moritz — Beck'scher Online Kommentar GmbHG, 49. Aufl., München 2021
zitiert als: Bearbeiter in Beck'scher Online Kommentar GmbHG

Zippelius, Reinhold — Juristische Methodenlehre, 10. Aufl., München 2006
zitiert als: Zippelius, Methodenlehre

Zöllner, Wolfang/ Noack, Ulrich u.a. (Hgg.) — Kölner Kommentar zum Aktiengesetz, 3. Aufl. 2004 ff.
zitiert als: Bearbeiter in KölnKomm-AktG

Zwirner, Christian — Reform des HGB durch das BilRUG – Ein Überblick über die wesentlichen Änderungen im Einzelabschluss, DStR 2014, 1784
zitiert als: Zwirner, Reform des HGB durch das BilRUG

Sachregister

Abhandlungen zum deutschen und europäischen Handels- und Wirtschaftsrecht

Gegründet von Götz Hueck Marcus Lutter Wolfgang Zöllner
Herausgegeben von Peter Hommelhoff Ulrich Noack Marc-Philippe Weller

Band 1: Von Dr. Wilfried Haesen
Der Abhängigkeitsbericht im faktischen Konzern
1970. 8°. XXXI, 147 Seiten. Kartoniert. ISBN 3-452-17122-2

Band 2: Von Dr. Peter Sontag
Das Miturheberrecht
1972. 8°. XVIII, 85 Seiten. Kartoniert. ISBN 3-452-17455-7

Band 3: Von Dr. Volkmar Herms
Die Aktie und ihre Übertragung im französischen Recht
1972. 8°. XXII, 112 Seiten. Kartoniert. ISBN 3-452-17452-2

Band 4: Von Dr. Hans-Jochen Hüchting
Abfindung und Ausgleich im aktienrechtlichen Beherrschungsvertrag
1972. 8°. XXXVI, 156 Seiten. Kartoniert. ISBN 3-452-17461-1

Band 5: Von Dr. Dietrich von Stebut
Geheimnisschutz und Verschwiegenheitspflicht im Aktienrecht
1972. 8°. XXIII, 162 Seiten. Kartoniert. ISBN 3-452-17476-X

Band 6: Von Dr. Paul Nicknig
Die Haftung der Mitglieder einer BGB-Gesellschaft für Gesellschaftsschulden
1973. 8°. XXII, 160 Seiten. Kartoniert. ISBN 3-452-17518-9

Band 7: Von Dr. Hans-Peter Overrath
Die Stimmrechtsbindung
1974. 8°. XXVII, 145 Seiten. Kartoniert. ISBN 3-452-17724-6

Band 8: Von Dr. Klaus Wentzel
Das Scheckkartenverfahren der deutschen Kreditinstitute
1974. 8°. XXXVII, 281 Seiten. Kartoniert. ISBN 3-452-17862-5

Band 9: Von Dr. Eberhard Stengel
Die Traditionsfunktion des Orderkonnossements
Wechselwirkung zwischen Sachenrecht und Wertpapierrecht
1975. 8°. XXVI, 219 Seiten. Kartoniert. ISBN 3-452-17906-1

Band 10: Von Dr. Reinhard Frhr. von Dalwigk zu Lichtenfels
Das Effektenkommissionsgeschäft
1975. 8°. XXIII, 160 Seiten. Kartoniert. ISBN 3-452-17941-9

Band 11: Von Dr. Konrad Beyerle
Der unbeschränkt haftende Kommanditist
Ein Beitrag zur Rechtsposition des nicht eingetragenen Kommanditisten
1976. 8°. XXVII, 173 Seiten. Kartoniert. ISBN 3-452-17999-5

Band 12: Von Prof. Dr. Marcus Lutter
Mitbestimmung im Konzern
1975. 8°. XII, 82 Seiten. Kartoniert. ISBN 3-452-17998-7

Band 13: Von Dr. Peter Hommelhoff
Die Sachmängelhaftung beim Unternehmenskauf
1975. 8°. XXV, 132 Seiten. Kartoniert. ISBN 3-452-18036-0

Band 14: Von Dr. Hermann Wilhelm
Die Beendigung des Beherrschungs- und Gewinnabführungsvertrags
1976. 8°. XXIX, 146 Seiten. Kartoniert. ISBN 3-452-18140-5

Band 15: Herausgegeben von Prof. Dr. Marcus Lutter
Die Europäische Aktiengesellschaft
Eine Stellungnahme zur Vorlage der Kommission an den Ministerrat der Europäischen Gemeinschaften über das Statut für Europäische Aktiengesellschaften vom 30. April 1975
2., unveränderte Auflage
1978. 8°. XXI, 459 Seiten. Kartoniert. ISBN 3-452-18399-9

Band 16: Von Dr. Christine Windbichler
Unternehmensverträge und Zusammenschlußkontrolle
Aktienrechtliche Probleme der Auflösung eines Beherrschungs- und Gewinnabführungsvertrages im Rahmen der wettbewerbsrechtlichen Zusammenschlußkontrolle
1977. 8°. XXIV, 109 Seiten. Kartoniert. ISBN 3-452-18291-6

Band 17: Von Dr. Andreas Fallscheer-Schlegel
Das Lastschriftverfahren
Entwicklung und Rechtsprobleme
1977. 8°. XVI, 78 Seiten. Kartoniert. ISBN 3-452-18335-1

Band 18: Von Dr. Lutz Strohn
Die Verfassung der Aktiengesellschaft im faktischen Konzern
Zur Harmonisierung der §§ 31 ff. AktG mit den allgemeinen Bestimmungen des Aktienrechts
1977. 8°. XLII, 200 Seiten. Kartoniert. ISBN 3-452-18345-9

Band 19: Von Dr. Eberhard Hübener
Rechnungslegung bei sinkendem Geldwert
Die Rechtspflicht des Vorstands zur Ermittlung und Offenlegung von Scheingewinnen nach dem geltenden Aktienrecht
1978. 8°. XXXII, 135 Seiten. Kartoniert. ISBN 3-452-18374-2

Band 20: Von Prof. Dr. Wolfgang Zöllner
Maßregelungsverbote und sonstige tarifliche Nebenfolgenklauseln nach Arbeitskämpfen
Zugleich ein Beitrag zu den Grenzen der Tarifautonomie
1977. 8°. IX, 60 Seiten. Kartoniert. ISBN 3-452-18359-9

Band 21: Von Prof. Dr. Alfons Kraft und Prof. Dr. Horst Konzen
Die Arbeiterselbstverwaltung im Spannungsverhältnis von Gesellschafts- und Arbeitsrecht
1978. 8°. IX, 95 Seiten. Kartoniert. ISBN 3-452-18395-5

Band 22: Von Dr. Josef Dierdorf
Herrschaft und Abhängigkeit einer Aktiengesellschaft auf schuldvertraglicher und tatsächlicher Grundlage
1978. 8°. XXXIV, 275 Seiten. Kartoniert. ISBN 3-452-18403-X

Band 23: Von Prof. Dr. Horst Steinmann und Dipl.-Kfm. Elmar Gerum
Reform der Unternehmensverfassung
Methodische und ökonomische Grundüberlegungen
1978. 8°. XXIV, 96 Seiten. Kartoniert. ISBN 3-452-18475-7

Band 24: Von Prof. Dr. Klaus-Peter Martens
Die existentielle Wirtschaftsabhängigkeit
Eine Untersuchung im Spannungsfeld von Konzern- und Wettbewerbsrecht
1978. 8°. IX, 164 Seiten. Kartoniert. ISBN 3-452-18615-6

Band 25: Von Prof. Dr. Dres. h. c. Marcus Lutter
Information und Vertraulichkeit im Aufsichtsrat
3., völlig überarbeitete Auflage
2006. 8°. XX, 342 Seiten. Gebunden. ISBN 978-3-452-24657-8

Band 26: Von Prof. Dr. Walter F. Lindacher
Lockvogel- und Sonderangebote
Rechtliche Grenzen selektiver Niedrigpreisstellung
1979. 8°. VIII, 60 Seiten. Kartoniert. ISBN 3-452-18616-4

Band 27: Von Dr. Hans-Georg Gromann
Die Gleichordnungskonzerne im Konzern- und Wettbewerbsrecht
1979. 8°. XI, 138 Seiten. Kartoniert. ISBN 3-452-18636-9

Band 28: Von Dr. Jörg Oesterreich
Die Betriebsüberlassung zwischen Vertragskonzern und faktischem Konzern
Zum sog. Umgehungsproblem bei den Unternehmensverträgen der §§ 291, 292 I Ziff. 3 AktG
1979. 8°. XII, 180 Seiten. Kartoniert. ISBN 3-452-18686-5

Band 29: Von Dr. Adolf Großmann
Unternehmensziele im Aktienrecht
Eine Untersuchung über Handlungsmaßstäbe für Vorstand und Aufsichtsrat
1981. 8°. XVI, 282 Seiten. Kartoniert. ISBN 3-452-18790-X

Band 30: Von Dr. Wolfram Timm
Die Aktiengesellschaft als Konzernspitze
Die Zuständigkeitsordnung bei der Konzernbildung und Konzernumbildung
1980. 8°. XV, 266 Seiten. Kartoniert. ISBN 3-452-18806-X

Band 31: Von Prof. Dr. Johannes Semler
Leitung und Überwachung der Aktiengesellschaft
Die Leitungsaufgabe des Vorstands und die Überwachungsaufgabe des Aufsichtsrats
2., völlig überarbeitete und erweiterte Auflage
1996. 8°. XXI, 334 Seiten. Kartoniert. ISBN 3-452-23444-4
Gebunden. ISBN 3-452-23445-2

Band 32: Von Dr. Volker Voormann
Der Beirat im Gesellschaftsrecht
2., überarbeitete und ergänzte Auflage
1990. 8°. XV, 241 Seiten. Kartoniert. ISBN 3-452-21575-X

Band 33: Von Dr. Gerd-Werner Krieger
Personalentscheidungen des Aufsichtsrats
1981. 8°. XIV, 325 Seiten. Kartoniert. ISBN 3-452-18950-3

Band 34: Von Dr. Walter Paefgen
Struktur und Aufsichtsratsverfassung der mitbestimmten AG
Zur Gestaltungsmacht der Satzung und der Geschäftsordnung des Aufsichtsrats
1982. 8°. XIX, 432 Seiten. Kartoniert. ISBN 3-452-19142-7

Band 35: Von Dr. Stefan Motzer
Die »positive Vertragsverletzung« des Arbeitnehmers
Zugleich ein Beitrag zur Bestimmung von Inhalt und Rechtsnatur der Arbeitnehmerpflichten
1982. 8°. XI, 285 Seiten. Kartoniert. ISBN 3-452-19258-X

Band 36: Von Prof. Dr. Wolfgang Zöllner
Daten- und Informationsschutz im Arbeitsverhältnis
2., unveränderte Auflage
1983. 8°. XIII, 105 Seiten. Kartoniert. ISBN 3-452-19456-6

Band 37: Von Dr. Axel Fohrmann
Der Arbeitnehmer als Gesellschafter
1982. 8°. XIII, 165 Seiten. Kartoniert. ISBN 3-452-19307-1

Band 38: Von Dr. Christian R. Scharff
Der Nießbrauch an Aktien im Zivil- und Steuerrecht
1982. 8°. XII, 183 Seiten. Kartoniert. ISBN 3-452-19320-9

Band 39: Von Dr. Egon A. Peus
Der Aufsichtsratsvorsitzende
Seine Rechtsstellung nach dem Aktiengesetz und dem Mitbestimmungsgesetz
1983. 8°. XVI, 455 Seiten. Kartoniert. ISBN 3-452-19392-6

Band 40: Von Dr. Bernhard Schirmers
Konditionenempfehlungen, kartellrechtliche Kontrolle und AGB-Gesetz
1983. 8°. X, 109 Seiten. Kartoniert. ISBN 3-452-19378-0

Band 41: Von Dr. Ursula Stein
Das faktische Organ
1984. 8°. XIII, 233 Seiten. Kartoniert. ISBN 3-452-19862-6

Band 42: Von Dr. Peter Duvinage
Die Spaltung von Personengesellschaften
1984. 8°. XVIII, 242 Seiten. Kartoniert. ISBN 3-452-19864-2

Band 43: Von Dr. Wolfgang Theobald
Vor-GmbH und Gründerhaftung
1984. 8°. XI, 164 Seiten. Kartoniert. ISBN 3-452-19877-4

Band 44: Von Dr. Ulrike Wendeling-Schröder
Divisionalisierung, Mitbestimmung und Tarifvertrag
1984. 8°. XIV, 213 Seiten. Kartoniert. ISBN 3-452-20145-7

Band 45: Von Dr. Heribert Hirte
Bezugsrechtsausschluß und Konzernbildung
1986. 8°. XIII, 294 Seiten. Kartoniert. ISBN 3-452-20466-9

Band 46: Von Dr. Ulrich Bauer
Organklagen zwischen Vorstand und Aufsichtsrat der Aktiengesellschaft
1986. 8°. XIV, 147 Seiten. Kartoniert. ISBN 3-452-20501-0

Band 47: Von Dr. Michael Baumgartl
Die konzernbeherrschte Personengesellschaft
1986. 8°. XI, 173 Seiten. Kartoniert. ISBN 3-452-20528-2

Band 48: Von Dr. Michael Weller
Das Kreditkartenverfahren Konstruktion und Sicherung
1986. 8°. XVI, 257 Seiten. Kartoniert. ISBN 3-452-20543-6

Band 49: Von Dr. Michael Kort
Der Abschluß von Beherrschungs- und Gewinnabführungsverträgen im GmbH-Recht
1986. 8°. XII, 189 Seiten. Kartoniert. ISBN 3-452-20544-4

Band 50: Von Dr. Klaus Rellermeyer
Aufsichtsratsausschüsse
1986. 8°. XVI, 301 Seiten. Kartoniert. ISBN 3-452-20648-3

Band 51: Von Dr. Burkhard Bastuck
Enthaftung des Managements
Corporate Indemnification im amerikanischen und deutschen Recht
1986. 8°. XIV, 226 Seiten. Kartoniert. ISBN 3-452-20700-5

Band 52: Von Dr. Günther Hurlebaus
Fehlende Mitbestimmung bei § 87 BetrVG
1987. 8°. XII, 163 Seiten. Kartoniert. ISBN 3-452-20762-5

Band 53: Von Dr. Ralf Gissel
Arbeitnehmerschutz für den GmbH-Geschäftsführer
1987. 8°. XIII, 178 Seiten. Kartoniert. ISBN 3-452-20817-6

Band 54: Von Dr. Andreas Eickhoff
Die Gesellschafterklage im GmbH-Recht
Zur Durchsetzung von Ansprüchen der GmbH durch ihre Gesellschafter
1988. 8°. XIII, 320 Seiten. Kartoniert. ISBN 3-452-20985-7

Band 55: Von Dr. Martina Vomhof
Die Haftung des Liquidators der GmbH
1988. 8°. XV, 216 Seiten. Kartoniert. ISBN 3-452-21143-6

Band 56: Von Dr. Kilian Brodersen
Die Beteiligung der BGB-Gesellschaft an den Personenhandelsgesellschaften
1988. 8°. XIII, 135 Seiten. Kartoniert. ISBN 3-452-21159-2

Band 57: Von Dr. Adolf Maier
Wettbewerbsrechtliche Haftung geschäftsführender Organe
1988. 8°. IX, 154 Seiten. Kartoniert. ISBN 3-452-21199-1

Band 58: Von Dr. Martin Schockenhoff
Gesellschaftsinteresse und Gleichbehandlung beim Bezugsrechtsausschluß
1988. 8°. XIV, 135 Seiten. Kartoniert. ISBN 3-452-21217-3

Band 59: Von Dr. Klaus Hillers
Personengesellschaft und Liquidation
Die Auswirkung der Liquidation auf die vermögensrechtliche Stellung der Gesellschafter
1989. 8°. XXVII, 471 Seiten. Kartoniert. ISBN 3-452-21287-4

Band 60: Von Dr. Rainer Bommert
Verdeckte Vermögensverlagerungen im Aktienrecht
1989. 8°. XVII, 248 Seiten. Kartoniert. ISBN 3-452-21342-0

Band 61: Von Dr. Claudius Dechamps
Wertrechte im Effektengiroverkehr
Zum redlichen Erwerb stückeloser Effekten
1989. 8°. XII, 184 Seiten. Kartoniert. ISBN 3-452-21337-4

Band 62: Von Dr. Ulrich Noack
Fehlerhafte Beschlüsse in Gesellschaften und Vereinen
1989. 8°. XIX, 225 Seiten. Kartoniert. ISBN 3-452-21346-3

Band 63: Von Dr. Volker Matthießen
Stimmrecht und Interessenkollision im Aufsichtsrat
1989. 8°. XX, 554 Seiten. Kartoniert. ISBN 3-452-21460-5

Band 64: Von Dr. Axel Ketzer
Eigenkapitalersetzende Aktionärsdarlehen
1989. 8°. XIV, 221 Seiten. Kartoniert. ISBN 3-452-21382-X

Band 65: Von Dr. Hermann Peter Wohlleben
Informationsrechte des Gesellschafters
1989. 8°. XIV, 251 Seiten. Kartoniert. ISBN 3-452-21368-4

Band 66: Von Dr. Jürgen Ensch
Institutionelle Mitbestimmung und Arbeitnehmereinfluß
1989. 8°. XV, 271 Seiten. Kartoniert. ISBN 3-452-21391-9

Band 67: Von Dr. Barbara Kesselmeier
Ausschließungs- und Nachfolgeregelung in der GmbH-Satzung
1989. 8°. XVIII, 331 Seiten. Kartoniert. ISBN 3-452-21550-4

Band 68: Von Dr. Christoph Heller
Die vermögenslose GmbH
1989. 8°. XIII, 229 Seiten. Kartoniert. ISBN 3-452-21574-1

Band 69: Von Dr. Heiner Drüke
Die Haftung der Muttergesellschaft für Schulden der Tochtergesellschaft
Eine Untersuchung nach deutschem und amerikanischem Recht
1990. 8°. XIII, 213 Seiten. Kartoniert. ISBN 3-452-21821-X

Band 70: Von Dr. Günter Schumann
Optionsanleihen
Rechtliche Grundlagen und aktuelle Probleme
1990. 8°. XV, 378 Seiten. Kartoniert. ISBN 3-452-21896-1

Band 71: Von Dr. Kaspar Frey
Einlagen in Kapitalgesellschaften Gläubigerschutz und Gestaltungsfreiheit
1990. 8°. XV, 242 Seiten. Kartoniert. ISBN 3-452-21714-0

Band 72: Von Dr. Axel Gollnick
Gewinnverwendung im Konzern
1991. 8°. XVI, 232 Seiten. Kartoniert. ISBN 3-452-21951-8

Band 73: Von Dr. Rolf Friedewald
Die personalistische Aktiengesellschaft
1991. 8°. XVIII, 191 Seiten. Kartoniert. ISBN 3-452-21952-6

Band 74: Von Dr. Tilman Bezzenberger
Vorzugsaktien ohne Stimmrecht
1991. 8°. XVI, 215 Seiten. Kartoniert. ISBN 3-452-22083-4

Band 75: Von Prof. Dr. Marcus Lutter
Pflichten und Haftung von Sparkassenorganen
1991. 8°. XVI, 189 Seiten. Kartoniert. ISBN 3-452-22152-0

Band 76: Von Dr. Daniel Wulf
Der Verwaltungsrat öffentlich-rechtlicher Kreditinstitute
Befugnisse und Verantwortlichkeit des Verwaltungsrates öffentlich-rechtlicher Kreditinstitute des Bundes und der Länder
1992. 8°. XII, 161 Seiten. Kartoniert. ISBN 3-452-22219-5

Band 77: Von Dr. Johannes Weisser
Corporate Opportunities
Zum Schutz der Geschäftschancen des Unternehmens im deutschen und im US-amerikanischen Recht
1991. 8°. XVII, 293 Seiten. Kartoniert. ISBN 3-452-21953-4

Band 78: Von Dr. Jan-Peter Kecker
Fungibilisierung von GmbH-Anteilen
Grundlagen und rechtliche Umsetzung
1991. 8°. XVI, 249 Seiten. Kartoniert. ISBN 3-452-22153-9

Band 79: Von Dr. Detlef Kleindiek
Strukturvielfalt im Personengesellschafts-Konzern
Rechtsformspezifische und rechtsformübergreifende Aspekte des Konzernrechts
1991. 8°. XVIII, 373 Seiten. Kartoniert. ISBN 3-452-22084-2

Band 80: Von Dr. Roger Kiem
Die Eintragung der angefochtenen Verschmelzung
Aktienrechtliche und registerrechtliche Auswirkungen von Verschmelzungsblockaden
1991. 8°. XVI, 340 Seiten. Kartoniert. ISBN 3-452-22084-2

Band 81: Von Dr. Oliver Melber
Die Kaduzierung in der GmbH
1993. 8°. XIX, 343 Seiten. Kartoniert. ISBN 3-452-22362-0

Band 82: Von Dr. Marc Hermanns
Unverzichtbare Mitverwaltungsrechte des Personengesellschafters
1993. 8°. XIV, 192 Seiten. Kartoniert. ISBN 3-452-22482-1

Band 83: Von Dr. Peter Versteegen
Konzernverantwortlichkeit und Haftungsprivileg
1993. 8°. XX, 318 Seiten. Kartoniert. ISBN 3-452-22484-8

Band 84: Von Dr. Christopher Frantzen
Genußscheine
Zugleich eine Analyse der Genußscheinbedingungen deutscher Unternehmen
1993. 8°. XVI, 542 Seiten. Kartoniert. ISBN 3-452-22483-X

Band 85: Von Dr. Johann Kindl
Die Teilnahme an der Aufsichtsratssitzung
1993. 8°. XVIII, 236 Seiten. Kartoniert. ISBN 3-452-22636-0

Band 86: Von Dr. Hans Hanau
Individualautonomie und Mitbestimmung in sozialen Angelegenheiten
1993. 8°. XXIII, 259 Seiten. Kartoniert. ISBN 3-452-22637-9

Band 87: Von Dr. Astrid Ernst
Haftung des Erben für neue Geschäftsverbindlichkeiten
Zugleich eine Untersuchung zur Nachlaßeigenschuld und zur Nachlaßzugehörigkeit ererbter Handelsgeschäfte und Personengesellschaftsanteile
1994. 8°. XIV, 161 Seiten. Kartoniert. ISBN 3-452-22771-5

Band 88: Von Dr. Christoph Binge
Gesellschafterklagen gegen Maßnahmen der Geschäftsführer in der GmbH
1994. 8°. XIII, 217 Seiten. Kartoniert. ISBN 3-452-22774-X

Band 89: Von Dr. Christine Ullrich
Verdeckte Vermögensverlagerungen in den Aktien- und GmbH-Rechten Frankreichs, Belgiens und Deutschlands
1994. 8°. XVIII, 231 Seiten. Kartoniert. ISBN 3-452-22772-3

Band 90: Von Dr. Holger Fleischer
Finanzplankredite und Eigenkapitalersatz im Gesellschaftsrecht
1995. 8°. XVII, 379 Seiten. Kartoniert. ISBN 3-452-23046-5

Band 91: Von Dr. Henning W. Wahlers
Konzernbildungskontrolle durch die Hauptversammlung der Obergesellschaft
1995. 8°. XVII, 255 Seiten. Kartoniert. ISBN 3-452-23034-1

Band 92: Von Dr. Ulrich Schroeder
Finanzielle Unterstützung des Aktienerwerbs
Der § 71 a Abs. 1 AktG und sein Vorbild im englischen Gesellschaftsrecht
1995. 8°. XIX, 335 Seiten. Kartoniert. ISBN 3-452-23124-0

Band 93: Von Prof. Dr. Karsten Schmidt
Die Partenreederei als Handelsgesellschaft
Integration einer Sonderrechtsform in das Unternehmensrecht
1995. 8°. XII, 142 Seiten. Kartoniert. ISBN 3-452-23190-9

Band 94: Von Dr. Martin Wolf
Konzernhaftung in Frankreich und England
1995. 8°. XIV, 204 Seiten. Kartoniert. ISBN 3-452-23294-8

Band 95: Von Dr. Burkhard Binnewies
Die Konzerneingangskontrolle in der abhängigen Gesellschaft
1996. 8°. XXIII, 459 Seiten. Kartoniert. ISBN 3-452-23328-6

Band 96: Von Dr. Herbert Vossel
Auskunftsrechte im Aktienkonzern
1996. 8°. XV, 150 Seiten. Kartoniert. ISBN 3-452-23334-0

Band 97: Von Dr. Andreas Witte
Der Prüfungsbericht als Informationsträger im Konzern
Zum System konzerninterner Informationsrechte
1996. 8°. XXII, 272 Seiten. Kartoniert. ISBN 3-452-23364-2

Band 98: Von Dr. Andreas Cahn
Vergleichsverbote im Gesellschaftsrecht
1996. 8°. XIV, 170 Seiten. Kartoniert. ISBN 3-452-23371-5

Band 99: Von Dr. Jan Wittig
Das abstrakte Verpflichtungsgeschäft
Abstraktheit und Einwendungen des ersten Nehmers aus dem Grundgeschäft – insbesondere bei Wechsel und Scheck
1996. 8°. XIII, 200 Seiten. Kartoniert. ISBN 3-452-23465-7

Band 100: Von Dr. Viola Kruse
Sitzverlegung von Kapitalgesellschaften innerhalb der EG
Vereinbarkeit der einschlägigen Regelungen des deutschen Sach- und Kollisionsrechts mit dem EG-Vertrag
1997. 8°. XVII, 286 Seiten. Kartoniert. ISBN 3-452-23761-3

Band 101: Von Dr. Roland Pühler
Das Verbot der Anteilsfinanzierung in Belgien, Frankreich, Italien und den Niederlanden
1996. 8°. XVII, 330 Seiten. Kartoniert. ISBN 3-452-23466-5

Band 102: Von Dr. Jens Hüffer
Das Wertpapier-Verkaufsprospektgesetz
Prospektpflicht und Anlegerschutz
1996. 8°. XVII, 239 Seiten. Kartoniert. ISBN 3-452-23528-9

Band 103: Von Dr. Hans-Friedrich Müller
Das Austrittsrecht des GmbH-Gesellschafters
1996. 8°. XIV, 192 Seiten. Kartoniert. ISBN 3-452-23548-3

Band 104: Von Dr. Hildegard Ziemons
Die Haftung der Gesellschafter für Einflußnahmen auf die Geschäftsführung der GmbH
1996. 8°. XIX, 275 Seiten. Kartoniert. ISBN 3-452-23565-3

Band 105: Von Dr. Sabine Kick
Die Haftung des Erben eines Personenhandelsgesellschafters
1997. 8°. XV, 239 Seiten. Kartoniert. ISBN 3-452-23748-6

Band 106: Von Dr. Hans-Georg Bollweg
Die Wahl des Aufsichtsrats in der Hauptversammlung der Aktiengesellschaft
1997. 8°. XV, 558 Seiten. Kartoniert. ISBN 3-452-23782-6

Band 107: Von Dr. Jasper Neuling
Deutsche GmbH und englische private company
Monismus oder Dualismus im System des Kapitalgesellschaftsrechts
1997. 8°. XVIII, 266 Seiten. Kartoniert. ISBN 3-452-23583-1

Band 108: Von Dr. Oliver Schultz
Die Behebung einzelner Mängel von Organisationsakten in Kapitalgesellschaften
Eine Darstellung für die Aktiengesellschaft und die Gesellschaft mit beschränkter Haftung
1997. 8°. XVII, 347 Seiten. Kartoniert. ISBN 3-452-23936-5

Band 109: Von Dr. Carl-Heinz Witt
Übernahmen von Aktiengesellschaften und Transparenz der Beteiligungsverhältnisse
1998. 8°. XXII, 334 Seiten. Kartoniert. ISBN 3-452-23956-X

Band 110: Von Dr. Caroline Vedder
Zum Begriff »für Rechnung« im AktG und im WpHG
Eine Untersuchung der anteilsbezogenen Regelungen
1999. 8°. XVII, 237 Seiten. Kartoniert. ISBN 3-452-24100-9

Band 111: Von Dr. Carsten Rodemann
Stimmbindungsvereinbarungen in den Aktien- und GmbH-Rechten Deutschlands, Englands, Frankreichs und Belgiens
Eine rechtsvergleichende Untersuchung
1998. 8°. XXVIII, 463 Seiten. Kartoniert. ISBN 3-452-24101-7

Band 112: Von Dr. Matthias Schröder
Schiedsgerichtliche Konfliktbeilegung bei aktienrechtlichen Beschlußmängelklagen
1999. 8°. XXV, 384 Seiten. Kartoniert. ISBN 3-452-24157-2

Band 113: Von Dr. Arend von Riegen
Gesellschafterschutz bei Ausgliederungen durch Einzelrechtsnachfolge
1999. 8°. XVI, 172 Seiten. Kartoniert. ISBN 3-452-24252-8

Band 114: Von Dr. Esther Jansen
Publizitätsverweigerung und Haftung in der GmbH
1999. 8°. XVII, 344 Seiten. Kartoniert. ISBN 3-452-24338-9

Band 115: Von Dr. Friderike Bagel
Der Ausschluß des Bezugsrechts in Europa
1999. 8°. XIV, 407 Seiten. Kartoniert. ISBN 3-452-24423-7

Band 116: Von Dr. Marcus Michael Bechtel, LL.M.
Anlageberatung der Kreditinstitute im Wandel
Aufklärungs-, Beratungs- und Informationspflichten am Beispiel von Optionsgeschäften mit Privatkunden
1999. 8°. XIX, 368 Seiten. Kartoniert. ISBN 3-452-24327-3

Band 117: Von Dr. Tobias Tröger
Treupflicht im Konzernrecht
2000. 8°. XV, 378 Seiten. Kartoniert. ISBN 3-452-24348-6

Band 118: Von Dr. Georg Bitter
Konzernrechtliche Durchgriffshaftung bei Personengesellschaften
2000. 8°. XXVIII, 612 Seiten. Kartoniert. ISBN 3-452-24609-4

Band 119: Von Dr. Jakob Wulff
Aktienoptionen für das Management
Deutsches und Europäisches Recht
2000. 8°. XIV, 325 Seiten. Kartoniert. ISBN 3-452-24608-6

Band 120: Von Dr. Sönke Friedrichsen
Aktienoptionsprogramme für Führungskräfte
Gesellschaftsrecht – Kapitalmarktrecht – Steuerrecht – Bilanzrecht
2000. 8°. XXVI, 435 Seiten. Kartoniert. ISBN 3-452-24621-3

Band 121: Von Dr. Rolf Leinekugel
Die Ausstrahlungswirkungen des Umwandlungsgesetzes
2000. 8°. XV, 282 Seiten. Kartoniert. ISBN 3-452-24625-6

Band 122: Von Dr. Nirmal Robert Banerjea
Die Gesellschafterklage im GmbH- und Aktienrecht
Überlegungen zum deutschen und europäischen Recht vor dem Hintergrund der schweizerischen Verantwortlichkeitsklage und der US-amerikanischen Derivative Suit
2000. 8°. XXIII, 319 Seiten. Kartoniert. ISBN 3-452-24683-3

Band 123: Von Dr. Christian Kersting
Die Vorgesellschaft im europäischen Gesellschaftsrecht
Gemeinschaftsrechtliche Vorgaben und nationale Rechtsordnungen
2000. 8°. XXII, 412 Seiten. Kartoniert. ISBN 3-452-24697-3

Band 124: Von Dr. Marcus Willamowski
Bookbuilding
Die marktorientierte Emission von Aktien nach deutschem und U.S.-amerikanischem Recht
2000. 8°. XXVI, 263 Seiten. Kartoniert. ISBN 3-452-24698-1

Band 125: Von Dr. Magdalena Leinekugel
Die Sachdividende im deutschen und europäischen Aktienrecht
2001. 8°. XIV, 209 Seiten. Kartoniert. ISBN 3-452-24870-4

Band 126: Von Dr. Sandra Thiel, LL.M.
Spartenaktien für deutsche Aktiengesellschaften
Übernahme des US-amerikanischen Tracking Stock-Modells in europäische Rechtsordnungen
2001. 8°. XVII, 384 Seiten. Kartoniert. ISBN 3-452-24932-8

Band 127: Von Dr. Ulrich Bous
Die Konzernleitungsmacht im Insolvenzverfahren konzernverbundener Kapitalgesellschaften
2001. 8°. XVIII, 393 Seiten. Kartoniert. ISBN 3-452-24938-7

Band 128: Von Dr. Carmen Palzer
Fortwirkende organschaftliche Pflichten des Geschäftsführers der GmbH
2001. 8°. XVIII, 275 Seiten. Kartoniert. ISBN 3-452-24997-2

Band 129: Von Dr. Thomas Asmus
Die vinkulierte Mitgliedschaft
Der Schutz mitgliedschaftlicher Vinkulierungsinteressen und das Problem der Gesetzesumgehung
2001. 8°. XVI, 271 Seiten. Kartoniert. ISBN 3-452-25112-8

Band 130: Von Dr. Constantin H. Beier
Der Regelungsauftrag als Gesetzgebungsinstrument im Gesellschaftsrecht
2002. 8°. XX, 316 Seiten. Kartoniert. ISBN 3-452-25160-8

Band 131: Von Dr. Martin Tonner
Tracking Stocks
Zulässigkeit und Gestaltungsmöglichkeiten von Geschäftsbereichsaktien nach deutschem Recht
2002. 8°. XXI, 436 Seiten. Kartoniert. ISBN 3-452-25161-6

Band 132: Von Dr. Rainer Korch
Ringbeteiligungen von Aktiengesellschaften Gesellschafts- und kartellrechtliche Aspekte
2002. 8°. XXI, 372 Seiten. Kartoniert. ISBN 3-452-25175-6

Band 133: Von Dr. Karsten Krebs
Interessenkonflikte bei Aufsichtsratsmandaten in der Aktiengesellschaft
2002. 8°. XVI, 379 Seiten. Kartoniert. ISBN 3-452-25194-2

Band 134: Von Dr. Julia Nienhaus
Kapitalschutz in der Aktiengesellschaft mit atypischer Zwecksetzung
Eine rechtsvergleichende/europarechtliche Untersuchung für Deutschland, Frankreich, Belgien, Großbritannien und Irland
2002. 8°. XXI, 296 Seiten. Kartoniert. ISBN 3-452-25250-7

Band 135: Von Dr. Christian Meyer
Der Nießbrauch an GmbH-Geschäftsanteilen und an Aktien
2002. 8°. XIV, 326 Seiten. Kartoniert. ISBN 3-452-25278-7

Band 136: Von Dr. Thomas Eckhold
Materielle Unterkapitalisierung
Zur Gesellschafterverantwortlichkeit in der Gesellschaft mit beschränkter Haftung
2002. 8°. XVII, 821 Seiten. Kartoniert. ISBN 3-452-25321-X

Band 137: Von Dr. Mario Hüther
Aktionärsbeteiligung und Internet
Eine rechtsvergleichende Bestandsaufnahme korporativer Willensbildung im Zeitalter neuer Medien
2002. 8°. XVII, 481 Seiten. Kartoniert. ISBN 3-452-25341-4

Band 138: Von Dr. Ernst-August Baldamus
Reform der Kapitalrichtlinie
2002. 8°. XIII, 314 Seiten. Kartoniert. ISBN 3-452-25381-3

Band 139: Von Dr. Jan Link
Die Amtsniederlegung durch Gesellschaftsorgane
Eine rechtsformübergreifende Untersuchung des Spannungsfeldes zwischen Rücktrittsfreiheit, Bestandsschutz und Rechtssicherheit
2003. 8°. XVIII, 312 Seiten. Kartoniert. ISBN 3-452-25460-7

Band 140: Von Dr. Nils G. Weiland
Synergieefekte bei der Abfindung außenstehender Gesellschafter
2003. 8°. XIX, 340 Seiten. Kartoniert. ISBN 3-452-25511-5

Band 141: Von Dr. Karen Christina Pelzer
Das Auskunftsrecht der Aktionäre in der Europäischen Union
2003. 8°. XXII, 256 Seiten. Kartoniert. ISBN 3-452-25673-1

Band 142: Von Dr. Wolfgang Servatius
Strukturmaßnahmen als Unternehmensleitung
Die Vorstandspflichten bei unternehmerischen Entscheidungen der Hauptversammlung
2004. 8°. XXIII, 443 Seiten. Kartoniert. ISBN 3-452-25675-8

Band 143: Von Dr. Armin Barthel
Die Beschwerde gegen aufsichtsrechtliche Verfügungen nach dem WpÜG Eine verfahrensvergleichende Untersuchung des Rechtsschutzes gegen verwaltungsbehördliche Entscheidungen vor Zivilgerichten unter Berücksichtigung des Kartell-, Vergabe- und Patentrechts
2004. 8°. XXVIII, 385 Seiten. Kartoniert. ISBN 3-452-25670-7

Band 144: Von Dr. Klaus Schmolke
Organwalterhaftung für Eigenschäden von Kapitalgesellschaftern
2004. 8°. XXI, 424 Seiten. Kartoniert. ISBN 3-452-25674-X

Band 145: Von Dr. Heinrich von Bünau
Beratungsverträge mit Aufsichtsratsmitgliedern im Aktienkonzern
Eine Untersuchung zur Anwendung von § 114 AktG im Konzern
2004. 8°. XVI, 298 Seiten. Kartoniert. ISBN 3-452-25672-3

Band 146: Von Dr. Norbert Boese
Die Anwendungsgrenzen des Erfordernisses sachlicher Rechtfertigung bei HV-Beschlüssen
2004. 8°. XXI, 473 Seiten. Kartoniert. ISBN 3-452-25671-5

Band 147: Von Dr. Hilke Herchen
Agio und verdecktes Agio im Recht der Kapitalgesellschaften
2004. 8°. XVII, 430 Seiten. Kartoniert. ISBN 3-452-25709-6

Band 148: Von Dr. Marc-Philippe Weller
Europäische Rechtsformwahlfreiheit und Gesellschafterhaftung
Zur Anwendung der Existenzvernichtungshaftung auf Scheinauslandsgesellschaften nach »Überseering« und »Inspire Art«
2004. 8°. XXV, 383 Seiten. Kartoniert. ISBN 3-452-25898-X

Band 149: Von Dr. Corinna Mickel
Die Rechtsnatur der Haftung gespaltener Rechtsträger nach § 133 Abs. 1 und 3 UmwG
2004. 8°. XX, 282 Seiten. Kartoniert. ISBN 3-452-25960-9

Band 150: Von Dr. Yves Lakner
Der mehrstufige Konzern
2005. 8°. XVI, 373 Seiten. Kartoniert. ISBN 3-452-25977-3

Band 151: Von Dr. Tobias Böckmann
Gläubigerschutz bei GmbH und close corporation
Eine rechtsvergleichende Untersuchung nach deutschem und US-amerikani- schem Recht unter besonderer Berücksichtigung des Rechts von Delaware, Kalifornien und New York
2005. 8°. XVII, 405 Seiten. Kartoniert. ISBN 3-452-25994-3

Band 152: Von Dr. Alexander Kiefner
Konzernumbildung und Börsengang der Tochter
Die Teilhaberechte der Aktionäre einer Publikums-AG bei der Börsenein- führung von Tochtergesellschaften
2005. 8°. XXIII, 507 Seiten. Kartoniert. ISBN 3-452-26133-6

Band 153: Von Dr. Dirk Zetzsche
Aktionärsinformation in der börsennotierten Aktiengesellschaft
2006. 8°. XIX, 525 Seiten. Kartoniert. ISBN 3-452-26325-8

Band 154: Von Dr. Matthias Budde
Die Haftungsverwirklichung in der masselosen Insolvenz der Kapitalgesellschaft
2006. 8°. XI, 239 Seiten. Kartoniert. ISBN 3-452-26350-9

Band 155: Von Dr. Tom Kirschbaum
Entsprechenserklärungen zum englischen Combined Code und zum Deutschen Corporate Governance Kodex
2006. 8°. XVIII, 419 Seiten. Kartoniert. ISBN 978-3-452-26436-7

Band 156: Von Dr. André Meyer
Der Grundsatz der unbeschränkten Verbandsmitgliederhaftung
2006. 8°. XVI, 456 Seiten. Hardcover. ISBN 978-3-452-26523-4

Band 157: Von Dr. Norbert Bröcker
Nachgründung, Sachgründung und Kapitalschutz
2006. 8°. XVI, 288 Seiten. Hardcover. ISBN 978-3-452-26483-1

Band 158: Von Dr. Christian Gloger
Haftungsbeschränkung versus Gläubigerschutz in der GmbH
Rechtsvergleichende Studie zum deutschen und brasilianischen Recht
2007. 8°. XXIV, 450 Seiten. Hardcover. ISBN 978-3-452-26522-7

Band 159: Von Dr. Alexander Fenzl
Betriebspacht-, Betriebsüberlassungs- und Betriebsführungsverträge in der Konzernpraxis
2007. 8°. XV, 189 Seiten. Hardcover. ISBN 978-3-452-26590-6

Band 160: Von Dr. Tim Florstedt
Der »stille Verband«
2007. 8°. XX, 296 Seiten. Hardcover. ISBN 978-3-452-26600-2

Band 161: Von Dr. Andreas Löhdefink
Acting in Concert und Kontrolle im Übernahmerecht
2007. XX, 472 Seiten. Hardcover. ISBN 978-3-452-26435-0

Band 162: Von Dr. Jörn Jacobs
Die institutionelle Haftungsbeschränkung bei atypischen Erscheinungsformen der Außen-GbR
2007. XVI, 294 Seiten. Hardcover. ISBN 978-3-452-26637-8

Band 163: Von Dr. Frauke Möhrle
Gesellschaftsrechtliche Probleme der D&O-Versicherung
2007. XVI, 260 Seiten. Hardcover. ISBN 978-3-452-26690-3

Band 164: Von Dr. Rouven Redeker
Die Haftung für wrongful trading im englischen Recht
Eine vergleichende Betrachtung der deutschen und der englischen Geschäftsleiterhaftung für Insolvenzverschleppung
2007. XVIII, 280 Seiten. Hardcover. ISBN 978-3-452-26727-6

Band 165: Von Dr. Eva-Maria Wild
Prospekthaftung einer Aktiengesellschaft unter deutschem und europäischem Kapitalschutz
2007. XIV, 289 Seiten. Hardcover. ISBN 978-3-452-26766-5

Band 166: Von Dr. Andreas Stoll
Garantiekapital und konzernspezifischer Gläubigerschutz
2007. XXII, 392 Seiten. Hardcover. ISBN 978-3-452-26775-7

Band 167: Von Dr. Sebastian Mock
Finanzverfassung der Kapitalgesellschaften und internationale Rechnungslegung
2007. XXII, 386 Seiten. Hardcover. ISBN 978-3-452-26802-0

Band 168: Von Andreas Hoger
Kontinuität beim Formwechsel nach dem UmwG und der grenzüberschreitenden Verlegung des Sitzes einer SE
2008. XVIII, 396 Seiten. Hardcover. ISBN 978-3-452-26831-0

Band 169: Von Felix Brammer
Rückerwerbbare Aktien
2008. XX, 422 Seiten. Hardcover. ISBN 978-3-452-26839-6

Band 170: Von Dr. Carsten Wettich
Vorstandsorganisation in der Aktiengesellschaft
Zugleich ein Beitrag zum Kollegialprinzip und dem Grundsatz der Gesamtverantwortung
2008. XVIII, 334 Seiten. Hardcover. ISBN 978-3-452-26864-8

Band 171: Von Dr. Michael Beurskens
Haftung für enttäuschtes Aktionärsvertrauen
2008. XX, 533 Seiten. Hardcover. ISBN 978-3-452-26929-4

Band 172: Von Dr. Moritz von Schlabrendorff
Repricing von Stock Options
Wirtschaftliche Grundlagen - Gesellschaftsrecht - Insiderrecht - Bilanzrecht
2008. XVI, 252 Seiten. Hardcover. ISBN 978-3-452-26933-1

Band 173: Von Dr. Jens-Walter Lüpkes
Zulässigkeit und Zweckmäßigkeit aktienkursorientierter Vergütung von Mitgliedern des Aufsichtsrats
unter besonderer Berücksichtigung des MobilCom-Urteils des BGH vom 16. Februar 2004 zu Aufsichtsrats Stock Option Pragrammen
2008. XVIII, 482 Seiten. Hardcover. ISBN 978-3-452-27001-6

Band 174: Von Dr. Michael Voß
Gesamtschuldnerische Organhaftung
Die gesamtschuldnerische Haftung von Geschäftsleitern und Aufsichtsratsmitgliedern für Pflichtverletzungen und deren interne Haftungsanteile
2008. XVI, 248 Seiten. Hardcover. ISBN 978-3-452-27029-0

Band 175: Von Dr. Matthias Scharf
Umwandlung und Datenschutz
Das Schutzregime des BDSG bei Unternehmensrestrukturierungen nach dem UmwG
2008. XXVI, 452 Seiten. Hardcover. ISBN 978-3-452-27064-1

Band 176: Von Dr. Jens von Lackum
Die Gesetzesumgehung im Europarecht
unter besonderer Berücksichtigung des Europäischen Gesellschaftsrechts
2009. XX, 372 Seiten. Hardcover. ISBN 978-3-452-27054-2

Band 177: Von Dr. Heike Findeisen
Beteiligungserwerb durch genehmigte Sachkapitalerhöhung
2009. XVIII, 234 Seiten. Hardcover. ISBN 978-3-452-27094-8

Band 178: Von Dr. Ingo Fuchs
Der aktienrechtliche Squeeze-out
2009. XVIII, 558 Seiten. Hardcover. ISBN 978-3-452-27097-9

Band 179: Von Dr. Ferit Schnieders
Haftungsfreiräume für unternehmerische Entscheidungen in Deutschland und Italien
2009. XVI, 422 Seiten. Hardcover. ISBN 978-3-4

Band 180: Von Dr. Marco Staake
Ungeschriebene Hauptversammlungskompetenzen in börsennotierten und nicht börsennotierten Aktiengesellschaften
2009. XVI, 280 Seiten. Hardcover. ISBN 978-3-452-27197-6

Band 181: Von Dennis Schlottmann
Wegfall und Entmachtung des einzigen Komplementärs
2009. XX, 392 Seiten. Hardcover. ISBN 978-3-452-27198-3

Band 182: Von Björn Bork
Change of Control-Klauseln in Anstellungsverträgen von Vorstandsmitgliedern
2009. XIV, 272 Seiten . Hardcover. ISBN 978-3-452-27222-5

Band 183: Von Christina Maushake
Audit Committees
Prüfungsausschüsse im US-amerikanischen und deutschen Recht
2009. XX, 672 Seiten. Hardcover. ISBN 978-3-452-27221-8

Band 184: Von Georgios Psaroudakis
Acting in Concert in börsennotierten Gesellschaften
Eine rechtsvergleichende Untersuchung zum US-amerikanischen und europäischen Kapitalmarktrecht einschließlich rechtsökonomischer, kartell- und beweisrechtlicher Aspekte
2009. XXII, 582 Seiten. Hardcover. ISBN 978-3-452-27233-1

Band 185: Von Kristian Klosterkemper
Einflussmöglichkeiten Außenstehender auf den innerkorporativen Bereich der GmbH
Unter besonderer Betrachtung des Einflusses von Gewerkschaften und Banken
2009. XXII, 398 Seiten. Hardcover. ISBN 978-3-452-27240-9

Band 186: Von Christian Dittert
Satzungsbegleitende Aktionärsvereinbarungen
2009. XX, 358 Seiten. Hardcover. ISBN 978-3-452-27250-8

Band 187: Von Dr. Gerrit Forst
Die Beteiligungsvereinbarung nach § 21 SEBG
2010. XX, 474 Seiten. Hardcover. ISBN 978-3-452-27322-2

Band 188: Von Dr. Bastian Schoppe
Aktieneigentum
Verfassungsrechtliche Strukturen und gesellschaftsrechtliche Ausprägungen der Aktie als Gegenstand des Art. 14 GG
2011. XIV, 517 Seiten. Hardcover. ISBN 978-3-452-27497-7

Band 189: Von Dr. Jan Brosius
Die finanzielle Unterstützung des Erwerbs eigener Aktien
§ 71 a AktG im Gesamtgefüge des Kapitalerhaltungsrechts
2011. XIV, 338 Seiten. Hardcover. ISBN 978-3-453-27495-3

Band 190: Von Dr. Ansgar Wimber
Die Behandlung von Vorrats- und Mantelgesellschaften
2011. XIX, 345 Seiten. Hardcover. ISBN 978-3-452-27496-0

Band 191: Von Dr. Benjamin D. Ullrich
Gesellschaftsrecht und steuerliche Gemeinnützigkeit
Die gemeinnützige GmbH und andere Rechtsformen im Spannungsfeld von Gesellschafts- und Steuerrecht
2011. XIX, 395 Seiten. Hardcover. ISBN 978-3-452-27544-8

Band 192: Von Dr. Heike Weninger
Mitbestimmungsspezifische Interessenkonflikte von Arbeitnehmer- vertretern im Aufsichtsrat
2011. XX, 329 Seiten. Hardcover. ISBN 978-3-452-27665-0

Band 193: Von Dr. Thomas Bunz
Der Schutz unternehmerischer Entscheidungen durch das Geschäftsleiterermessen
Ein Beitrag zu mehr Rechtssicherheit im Umgang mit der Business Judgment Rule
2011. XIX, 305 Seiten. Hardcover. ISBN 978-3-452-27666-7

Band 194: Von Dr. Markus Fehrenbach
Der fehlerhafte Gesellschafterbeschluss in der GmbH
Allgemeines Beschlussmängelrecht und analoge Anwendung des Aktienrechts
2011. XIX, 455 Seiten. Hardcover. ISBN 978-3-452-27685-8

Band 195: Von Dr. Charlotte Elisabeth Grundmeier
Rechtspflicht zur Compliance im Konzern
2011. XI, 149 Seiten. Hardcover. ISBN 978-3-452-27686-5

Band 196: Von Dr. Matthias Schatz
Der Missbrauch der Anfechtungsbefugnis durch den Aktionär und die Reform des aktienrechtlichen Beschlussmängelrechts
2012. XVIII, 383 Seiten. Hardcover. ISBN 978-3-452-27687-2

Band 197: Von Dr. Timo Bernau
Unternehmensübernahmen im Spannungsfeld zwischen Übernahmerecht und Fusionskontrolle
Der Bieter in der Pflichtenkoinzidenz zweier gegenläufiger Verfahrensordnungen
2012. XXIII, 550 Seiten. Hardcover. ISBN 978-3-452-27733-6

Band 198: Von Dr. Michiel A. Huizinga
Die Machtbalance zwischen Verwaltung und Hauptversammlung in der Europäischen Gesellschaft (SE)
Eine rechtsvergleichende Untersuchung unter Berücksichtigung des deutschen, niederländischen und englischen Aktienrechts
2012. XVI, 485 Seiten. Hardcover. ISBN 978-3-452-27734-3

Band 199: Von Dr. Jan Hupka, LL.M.
Das Vergütungsvotum der Hauptversammlung
Eine rechtsökonomische und rechtsvergleichende Untersuchung zu § 120 Abs. 4 AktG
2012. XX, 400 Seiten. Hardcover. ISBN 978-3-452-27777-0

Band 200: Von Dr. Philipp Clemens
Das neue Recht der Gesellschafterfremdfinanzierung nach dem MoMiG
2012. XVII, 398 Seiten. Hardcover. ISBN 978-3-452-27793-0

Band 201: Von Dr. Moritz Heuser
Shareholder Activism
Aktienrechtliche Schranken für Anteilseigneraktivismus
2012. XIX, 309 Seiten. Hardcover. ISBN 978-3-452-27812-8

Band 202: Von Dr. Tobias Steber
Die Herabsetzung der Geschäftsführervergütung in der Krise der GmbH
2012. XVII, 224 Seiten. Hardcover. ISBN 978-3-452-27813-5

Band 203: Von Dr. Johannes Traut
Die *Corporate Governance* von Kapitalgesellschaften der öffentlichen Hand
Eine gesellschafts- und europarechtliche Betrachtung unter Einbeziehung rechtsökonomischer Erwägungen
2013. XVIII, 342 Seiten. Hardcover. ISBN 978-3-452-27884-5

Band 204: Von Dr. Philipp Dornbach
Die aktienrechtliche Anfechtungsklage zwischen subjektivem Rechtsschutz und objektiver Rechtskontrolle
Ein Beitrag zur Reform des Beschlussmängelrechts
2013. XXIV, 391 Seiten. Hardcover. ISBN 978-3-452-27850-0

Band 205: Von Dr. J. Frédéric Meilicke
Die Behandlung von Ertragsteuern im Rahmen der Unternehmensbewertung als Rechtsfrage
2013. XV, 268 Seiten. Hardcover. ISBN 978-3-452-27892-0

Band 206: Von Dr. Christian Strothotte
Die Gewinnverwendung in Aktiengesellschaften
Eine Untersuchung zum Recht Deutschlands und des Vereinigten Königreichs
2014. XIX, 571 Seiten. Hardcover. ISBN 978-3-452-28111-1

Band 207: Von Dr. Clara Gräfin von Spee
Gesellschafter im Reorganisationsverfahren
Die Sanierungsbeteiligung der Gesellschafter nach dem ESUG
2014. XVII, 253 Seiten. Hardcover. ISBN 978-3-452-28151-7

Band 208: Von Dr. Ramona Ruf
Leitung und Koordinierung im italienischen Konzernrecht
2014. XIII, 262 Seiten. Hardcover. ISBN 978-3-452-28152-4

Band 209: Von Dr. Dominik Heß
Investorenvereinbarungen
Eine Untersuchung der aktien- und übernahmerechtlichen Zulässigkeit und Schranken von Vereinbarungen zwischen Investor und Aktiengesellschaft
2014. XX, 427 Seiten. Hardcover. ISBN 978-3-452-28160-9

Band 210: Von Dr. Stephan Schneider
Gesellschafter-Stimmpflichten bei Sanierungen
2014. XXII, 399 Seiten. Hardcover. ISBN 978-3-452-28230-9

Band 211: Von Dr. Maximilian Goette
Der Exit der Minderheit aus der GmbH
2014. XXII, 339 Seiten. Hardcover. ISBN 978-3-452-28231-6

Band 212: Von Dr. Axel Hoppe
Gewährung zusätzlicher Aktien bei Unternehmenskäufen und Umwandlungen
2015. XXI, 449 Seiten. Hardcover. ISBN 978-3-452-28310-8

Band 213: Von Dr. Moritz Rademacher, LL.M. (Stell.)
Geschäftsführung und Unternehmensleitung im entflochtenen Energieversorgungskonzern
2015. XVI, 285 Seiten. Hardcover. ISBN 978-3-452-28253-8

Band 214: Von Dr. Arne Pidun
Public Corporate Governance Kodizes
2015. XV, 174 Seiten. Hardcover. ISBN 978-3-452-28333-7

Band 215: Von Dr. Henning Geerken
Erfolgsabhängige Aufsichtsratsvergütung
zugleich ein Beitrag zum Angemessenheitsgebot des § 113 Abs. 1 Satz 3 AktG
2015. XXII, 379 Seiten. Hardcover. ISBN 978-3-452-28313-9

Band 216: Von Dr. Carl Höfer
»Flex-GmbH« statt UG – Eine attraktive Schwester für die alte GmbH!
Vorschläge für eine weitergehende Modernisierung des Rechts der geschlossenen Kapitalgesellschaft
2015. XVI, 382 Seiten. Hardcover. ISBN 978-3-452-28643-7

Band 217: Von Dr. Dominik Kuhn
Zulässigkeit und Folgen der Verwendung von Drittnamen in der Personenfirma
2015. XVII, 424 Seiten. Hardcover. ISBN 978-3-452-28642-0

Band 218: Von Dr. Benjamin Fritz, LL.M. (London)
Die Zwangseinziehung von GmbH-Geschäftsanteilen
Eine dogmatische Untersuchung unter besonderer Berücksichtigung von BGHZ 192, 236
2015. XV, 240 Seiten. Hardcover. ISBN 978-3-452-28690-1

Band 219: Von Dr. Enrico Gätsch
Fiduziarität und Vergütungsautonomie im Vorstandsrecht
Zur zivilvertraglichen, aktien- und verfassungsrechtlichen Kohärenz einer Vergütungsobergrenze
2016. XVII, 397 Seiten. Hardcover. ISBN 978-3-452-28712-0

Band 220: Von Dr. David Cassian Markworth
Scheinsozius und Scheinsozietät
Die Auswirkungen des Rechtsscheins in GbR und PartG
2016. XXIII, 422 Seiten. Hardcover. ISBN 978-3-452-28742-7

Band 221: Von Dr. Velina Ziegler
Konzernleitung im Binnenmarkt
Eine vergleichende Untersuchung zum Recht der zweiten Kapitalgesellschaftsform in Deutschland, Frankreich und Bulgarien
2016. XV, 278 Seiten. Hardcover. ISBN 978-3-452-28771-7

Band 222: Von Dr. Lisa Marleen Guntermann
Das Zusammenspiel von Mindeststammkapitel und institutioneller Haftungsbeschränkung
Eine normative und ökonomische Analyse
2016. XX, 592 Seiten. Hardcover. ISBN 978-3-452-28779-3

Band 223: Von Dr. Anna Dominke
Einheitliche Gruppenleitung über die Binnengrenzen in Europa
Regelungselemente für das Gesetzgebungsprojekt
»Anerkennung des Gruppeninteresses«
2017. XVI, 272 Seiten. Hardcover. ISBN 978-3-452-28859-2

Band 224: Von Dr. Sascha Stiegler
Grenzüberschreitende Sitzverlegungen nach deutschem und europäischem Recht
2017. XIII, 559 Seiten. Hardcover. ISBN 978-3-452-28860-8

Band 225: Von Dr. Johannes Hieronymi
Die Haftung des aktienrechtlichen Vorstands bei Einholung externer Beratung
Eine Untersuchung von Entscheidungsfindung und Verantwortlichkeit der Vorstandsmitglieder einer Aktiengesellschaft im Spiegel höchstrichterlicher Rechtsprechung
2017. XVI, 249 Seiten. Hardcover. ISBN 978-3-452-28929-2

Band 226: Von Dr. Frauke Schmidt
Die Ausstrahlung aufsichtsrechtlicher Corporate Governance auf das Aktienrecht
Überlagerung in der Bankaktiengesellschaft, Entstehungsgeschichte und Perspektiven für die börsennotierte Aktiengesellschaft
2017. XVIII, 404 Seiten. Hardcover. ISBN 978-3-452-28945-2

Band 227: Von Dr. Marc Zuber
Die externe Pflichtenbindung von Aufsichtsratsmitgliedern
2017. XXV, 426 Seiten. Hardcover. ISBN 978-3-452-28951-3

Band 228: Von Dr. Johannes Fütterer
Der Drittanstellungsvertrag
Gesellschaftsrechtliche und arbeitsrechtliche Aspekte der Drittanstellung von Vorstandsmitgliedern und GmbH-Geschäftsführern
2017. XIX, 364 Seiten. Hardcover. ISBN 978-3-452-28967-4

Band 229: Von Dr. Andreas Tarde
Related Party Transactions
Empfehlungen zur Umsetzung der reformierten Aktionärsrechterichtlinie vor dem Hintergrund eines englisch-deutschen Rechtsvergleichs
2018. XIII, 331 Seiten. Hardcover. ISBN 978-3-452-29091-5

Band 230: Von Dr. Jan-Mark Steiner
Die Sanktionierung der flexiblen Frauenquote in Großunternehmen
2018. XXIII, 556 Seiten. Hardcover. ISBN 978-3-452-29147-9

Band 231: Von Dr. Jean Mohamed
Die Legitimationszession im Aktienrecht
Eine Untersuchung zu den Legitimations- und Strukturfragen der anonymen Repräsentanz
2018. XV, 308 Seiten. Hardcover. ISBN 978-3-452-29146-2

Band 232: Von Dr. Ferdinand Blezinger
Gewinnverteilung bei Personengesellschaften
2018. XX, 335 Seiten. Hardcover. ISBN 978-3-452-29145-5

Band 233: Von Dr. Claudius Eschwey
Contingent Convertible Bonds (CoCos)
Bedingte Pflichtwandelanleihen in Deutschland und der Schweiz
2018. XIX, 535 Seiten. Hardcover. ISBN 978-3-452-29181-3

Band 234: Von Dr. Jonas Wehleit
Das Unternehmen Musikgruppe
Eine Fallstudie im deutschen Gesellschafts- und Urheberrecht
2019. XV, 234 Seiten. Hardcover. ISBN 978-3-452-29266-7

Band 235: Von Dr. Isabelle Tassius
Die Innen-KG
Analyse einer neuen Interpretation von stillen Gesellschaften und Treuhandkonstruktionen
2019. XIII, 158 Seiten. Hardcover. ISBN 978-3-452-29299-5

Band 236: Von Dr. Lisa Engelhardt
Wissensverschulden
Eine Systematisierung und Begrenzung der Wissenszurechnung im Unternehmen
2019. XIV, 198 Seiten. Hardcover. ISBN 978-3-452-29310-7

Band 237: Von Dr. Julius Simon
Die Legitimation der CSR-Richtlinie in ihren Auswirkungen auf die Unternehmensverfassung der Aktiengesellschaft
Mit rechtsvergleichenden Bezügen zum Vereinigten Königreich
2019. XVI, 250 Seiten. Hardcover. ISBN 978-3-452-29319-0

Band 238: Von Dr. Pius O. Dolzer
Die Emanzipation des Prüfungsausschusses im Aufsichtsrat
Eine Vermessung im System der Corporate Governance unter Würdigung des Wettbewerbs zwischen dem dualistischen und monistischen Modell der Unternehmensverfassung
2019. XVI, 515 Seiten. Hardcover. ISBN 978-3-452-29559-0

Band 239: Von Dr. Henrik Gildehaus, LL.M.
CoCo-Bonds als Beitrag zur Vermeidung systemischer Risiken im Bankensektor
Eine rechtsvergleichende Untersuchung unter Berücksichtigung der Regelungen zur Sanierung und Abwicklung von Banken
2020. XV, 551 Seiten. Hardcover. ISBN 978-3-452-29308-4

Band 240: Von Dr. Florian Gröntgen
Operativer shareholder activism
Eine rechtliche Analyse des Zusammenspiels von aktivistischen Aktionären und Verwaltungsorganen unter Einbeziehung von Aktionärsrechterichtlinie und ARUG II (RegE)
2020. XVII, 386 Seiten. Hardcover. ISBN 978-3-452-29581-1

Band 241: Von Dr. Conrad Ruppel, LL.M.
Kompetenzabgrenzung bei der extern verwalteten Investmentkommanditgesellschaft
Umsetzung der europäischen AIFM-Richtlinie im EU-Mitgliedstaat Deutschland: Eine normativ-konfliktuelle Betrachtung aus investmentrechtlicher sowie zivil- und gesellschaftsrechtlicher Sicht
2020. XVII, 409 Seiten. Hardcover. ISBN 978-3-452-29638-2

Band 242: Von Dr. Kevin Eisenschmidt
Die Deanonymisierung der »Société Anonyme« in Europa
Eine Betrachtung von Inhaber- und Namensaktie vor dem Hintergrund der reformierten Aktionärsrechterichtlinie
2020. XV, 285 Seiten. Hardcover. ISBN 978-3-452-29667-2

Band 243: Von Dr. Kian Böhmer
Rechnungslegung und ihre Anforderungen an die Unternehmensorganisation
Zur Erforderlichkeit und Ausgestaltung eines wirksamen Compliance-Systems zur Sicherstellung einer ordnungsgemäßen Rechnungslegung
2020. XX, 458 Seiten. Hardcover. ISBN 978-3-452-29682-5

Band 244: Von Dr. Maximilian Selent
Unternehmensführung in börsennotierten Familienunternehmen
Vorstand und Aufsichtsrat im Spannungsfeld zwischen Familie und Corporate Governance
2021. XIX, 419 Seiten. Hardcover. ISBN 978-3-452-29765-5

Band 245: Von Dr. Thomas Kelm
Vom kontrollierenden Aktionär unabhängige Aufsichtsratsmitglieder
Eine Untersuchung von Kosten und Nutzen unabhängiger Aufsichtsratsmitglieder in der Überwachung von Related Party Transactions mit dem Kontrollaktionär
2021. XIV, 384 Seiten. Hardcover. ISBN 978-3-452-29842-3

Band 246: Von Dr. Maximilian Leydecker
Gläubigerschutz bei grenzüberschreitenden Umwandlungen
2021. XVII, 268 Seiten. Hardcover. ISBN 978-3-452-29892-8

Band 247: Von Dr. Dennis Fritz
Der Organhaftungsvergleich zwischen Aktien- und D&O-Versicherungsrecht
2021. XX, 300 Seiten. Hardcover. ISBN 978-3-452-29891-1

Band 248: Von Dr. Markus Lieberknecht
Die internationale Legalitätspflicht
Aktienrechtliche Organhaftung als Instrument globaler Rechtsdurchsetzung
2021. XVIII, 356 Seiten. Hardcover. ISBN 978-3-452-29894-2

Band 249: Von Dr. Nikolas Peter Kau
Zulässigkeit und Grenzen des Investorenkontakts durch den Aufsichtsrat
2021. XXIV, 634 Seiten. Hardcover. ISBN 978-3-452-29841-6

Band 250: Von Dr. Bastian Held
Die übernahmerechtliche Gleichbehandlungspflicht nach § 3 Abs. 1 WpÜG
Eine rechtsdogmatische und rechtsökonomische Untersuchung unter besonderer Berücksichtigung von BGHZ 216, 347
2021. XIX, 362 Seiten. Hardcover. ISBN 978-3-452-29898-0

Band 251: Von Dr. Benedikt Happ
Der fehlerhafte Beschluss in der Personengesellschaft
Allgemeines Beschlussmängelrecht und Institutionenbildung auf Grundlage des Anfechtungsmodells
2021. XVI, 323 Seiten. Hardcover. ISBN 978-3-452-29952-9

Band 252: Von Dr. Sebastian Schwind
Die Matrix im Gesellschafts- und Konzernrecht
Implementierung und Haftungsfragen
2022. XXVII, 582 Seiten. Hardcover. ISBN 978-3-452-29953-6

Band 253: Von Dr. Marcus A. Becker
Suspendierung und Verdachtsabberufung als Instrumente prospektiver Überwachungstätigkeit des Aufsichtsrats der AG
unter einschließender Betrachtung der Rechtslage in der GmbH
2022. XXXI, 971 Seiten. Hardcover. ISBN 978-3-452-29954-3

Band 254: Von Dr. Jan Stelzer
Die Überwachung des Aufsichtsrats durch den Vorstand in der Aktiengesellschaft
2022. XXII, 475 Seiten. Hardcover. ISBN 978-3-452-30063-8

Band 255: Von Dr. Simon Bahlinger
Grenzen der Rechtswahlfreiheit im Gesellschaftsrecht
2022. XVIII, 336 Seiten. Hardcover. ISBN 978-3-452-30064-5

Band 256: Von Dr. Christoph Beckmann
Das aktienrechtliche Mehrstimmrecht
Geschichte, Corporate Governance und Perspektive
2023. XVIII, 414 Seiten. Hardcover. ISBN 978-3-452-30275-5

Band 257: Von Dr. Ken Laws
Die Beschlüsse der Hauptversammlung über die Vorstandsvergütung nach dem ARUG II
2023. XVIII, 322 Seiten. Hardcover. ISBN 978-3-452-30302-8

Band 258: Von Dr. Elias Kehrel
Der Einfluss von Sustainable Finance auf die Nachhaltigkeitsziele deutscher Aktiengesellschaften
Eine Untersuchung vor dem Hintergrund der Nachhaltigkeitsberichtspflichten für institutionelle Anleger und Vermögensverwalter
2023. XIX, 369 Seiten. Hardcover. ISBN 978-3-452-30348-6

Band 259: Von Dr. Jana Christina Baumann
Ausstieg aus einem paritätischen Equity-Joint-Venture – Zur Zulässigkeit von Shoot-Out-Klauseln
2023. XX, 444 Seiten. Hardcover. ISBN 978-3-452-30349-3

Band 260: Von Dr. Carina Gabriella Schwarz, M.Jur. (Oxon.)
Vertragsgestaltung statt Treuepflicht im Recht der Personengesellschaften
Eine Auseinandersetzung mit der Spruchpraxis des Bundesgerichtshofs
2024. XII, 298 Seiten. Hardcover. ISBN 978-3-452-30365-3

Band 261: Von Dr. Philipp Treß
Die Errichtung ausländischer Rentnergesellschaften durch grenzüberschreitende Umwandlungen
Untersuchungen zum Betriebsrechtenschutz in der Umwandlungsrichtlinie und im UmRUG
2024. XIX, 358 Seiten. Hardcover. ISBN 978-3-452-30410-0

Band 262: Von Dr. Sina Allgeier
Nachhaltigkeit und Mittelstand
Stand und Fortschreibung der europäischen Nachhaltigkeitsgesetzgebung aus der Perspektive von KMU und Mittelstand
2024. XXVI, 538 Seiten. Hardcover. ISBN 978-3-452-30470-4

Band 263: Von Dr. Thomas Poschenrieder, M.A.
Das Agio im System des Kapitalschutzes der Unternehmensfinanzierung
Deutsches Aktien- und GmbH-Recht im Vergleich mit den Regelungen des englischen und europäischen Rechts
2025. XXXII, 1021 Seiten. Hardcover. ISBN 978-3-452-30469-8

Carl Heymanns Verlag

W0345455

Weltbild

Liebesnächte in Mexiko

Das einsame Strandhaus

Romane

Weltbild

Titel der nordamerikanischen Originalausgaben:
Midnight Rainbow / Diamond Bay

erschienen bei Mira Books / Silhouette Books, Toronto
Published by arrangement with
HARLEQUIN ENTERPRISES II B.V./S.àr.l.

Konzeption/Gestaltung: fredebold & partner gmbh, Köln
Umschlaggestaltung: zeichenpool Design und Kommunikation, München
Titelabbildung: Shutterstock
(© Giorgio Gruizza, © Daniel Zuckerkandel, © hvoya)
Redaktion: Stefanie Kruschandl
Satz: Buch-Werkstatt GmbH, Bad Aibling
Druck und Bindearbeiten: CPI – Ebner & Spiegel, Ulm
Printed in Germany
ISBN 978-3-89941-896-5

Genehmigte Sonderausgabe 2010
für Verlagsgruppe Weltbild GmbH,
Steinerne Furt, 86167 Augsburg

Cora Verlag GmbH & Co. KG,
Valentinskamp 24, 20350 Hamburg

Linda Howard

Liebesnächte in Mexiko

Roman

Aus dem Amerikanischen von
Emma Luxx

Weltbild

1. KAPITEL

Du bist wirklich zu alt für so einen Blödsinn, dachte Grant Sullivan verärgert. Warum zum Teufel kroch er hier herum, wo er sich doch geschworen hatte, nie mehr im Leben einen Dschungel zu betreten? Er war beauftragt worden, eine Tochter aus reichem Hause zu retten, aber jetzt, nach zwei Tagen, wurde er den Eindruck nicht los, dass die junge Dame gar nicht gerettet werden wollte. Im Gegenteil, sie schien ihr derzeitiges Leben, das aus Lachen, Flirten und am Swimmingpool in der Sonne Brutzeln bestand, in vollen Zügen zu genießen. Morgens schlief sie lange, dann stand sie auf und setzte sich zum Frühstück in den mit Steinplatten belegten Patio, wo sie den neuen Tag mit einem Glas Champagner begrüßte, während ihr Vater mittlerweile fast von Sinnen war vor Sorge um seine Tochter, weil er die Befürchtung hegte, ihre Entführer könnten sie schlimmsten Folterqualen unterziehen.

Der Einzige, der hier gefoltert wird, bist du, dachte Grant mit wachsender Verärgerung und schlug um sich, um sich der Moskitos, die ein williges Opfer gefunden zu haben glaubten, zu erwehren. Der Schweiß lief ihm in Strömen über den Rücken, und seine Beine schmerzten vom langen Sitzen. Eben, als er seine Marschverpflegung heruntergewürgt hatte, war ihm wieder einmal aufgegangen, wie sehr er Marschverpflegung hasste. Die Schwüle bewirkte, dass sich seine Narben bemerkbar machten, und er hatte nicht wenige davon. Nein, es gab keinen Zweifel, er war definitiv zu alt für so einen Job.

Er war jetzt achtunddreißig und hatte gut die Hälfte seines Lebens irgendwo, in irgendeinem Krieg, verbracht. Mit der Zeit war er müde geworden, so müde, dass er sich schließlich nur noch gewünscht hatte, jeden Morgen in demselben Bett aufzuwachen. Er war ausgebrannt und sehnte sich nach nichts weiter als nach Ruhe.

Nicht, dass er sich nun in die Berge in eine Höhle zurückgezogen hätte, aber immerhin hatte er daran gedacht. Stattdessen hatte er sich eine heruntergewirtschaftete Farm in Tennessee gekauft und sie wieder auf Vordermann gebracht. Er war ausgestiegen und hatte sein altes Leben hinter sich gelassen, doch offensichtlich nicht weit genug, um nicht ab und zu aufgestöbert zu werden. Immer wenn bei einem Fall Dschungelerfahrung gefragt war, erinnerten sich seine ehemaligen Vorgesetzten beim Geheimdienst an Grant Sullivan.

Ein Geräusch auf dem Patio riss ihn aus seinen Gedanken, und er schob vorsichtig ein großes Blatt beiseite, um sein Gesichtsfeld zu erweitern. Da kam sie, leicht bekleidet wie stets, mit Sandaletten an den nackten Füßen, in der einen Hand einen kühlen Drink und in der anderen ein Buch. Ihr Gesicht war fast zur Hälfte von einer überdimensionalen Sonnenbrille verdeckt, doch als sie jetzt den Wachen lächelnd zuwinkte, während sie sich in den Liegestuhl am Pool gleiten ließ, sah er ihre Grübchen.

Verdammt noch mal, warum hatte sie unbedingt umherreisen und aller Welt ihre „Unabhängigkeit" beweisen müssen, anstatt schön brav zu Hause unter Daddys Fittichen zu bleiben? Dann wäre das alles nicht passiert, und er, Grant, säße jetzt nicht hier, sondern könnte in aller Gemütsruhe auf seiner Farm herumwerkeln. Aber anscheinend hatte sie ein bemerkenswertes Talent, sich in gefährliche Situationen zu bringen.

Verdammt noch mal, ihr schien gar nicht klar zu sein, dass sie eine zentrale Rolle in einer hässlichen Spionagegeschichte spielte, in die mindestens drei Regierungen und verschiedene revolutionäre Splittergruppen verwickelt waren. Sie alle waren auf der Suche nach einem verschwundenen Mikrofilm. Das

Einzige, was ihr bisher das Leben gerettet hatte, war der Umstand, dass sich niemand so genau darüber im Klaren war, wie viel sie wusste. War sie in George Persalls Spionageaktivitäten verwickelt, oder war sie einfach nur seine Geliebte gewesen? Wusste sie, wo sich der Mikrofilm jetzt befand, oder hatte ihn Luis Marcel an sich gebracht? Sicher war nur, dass sich der Film noch kurz vor George Persalls Tod in dessen Besitz befunden hatte. Doch nachdem Persall einer Herzattacke erlegen war – und zwar in ihrem Schlafzimmer – war der Film nicht mehr auffindbar gewesen. Hatte Persall ihn bereits vorher an Luis Marcel weitergegeben? Marcel war zwei Tage vor Persalls Tod untergetaucht, ob mit oder ohne den Film war ungeklärt. Die Amerikaner waren hinter besagtem Film nicht weniger her als die Russen und die Sandinisten sowie alle möglichen Rebellengrüppchen in Zentral- und Südamerika. Teufel noch mal, dachte Sullivan jetzt, wahrscheinlich sind sogar die Eskimos scharf auf das Ding.

Und wer hätte jemals gedacht, dass George Persall, ein honoriger Geschäftsmann, der vorwiegend in Costa Rica seine Geschäfte tätigte, in Spionageaktivitäten verwickelt war? Das Einzige, was an ihm von jeher auffällig gewesen war, war seine Schwäche für auffallend attraktive, langbeinige „Sekretärinnen“, doch das war weiß Gott nichts Außergewöhnliches. Und dann war George, der zwar nicht mehr der Jüngste war, vor Gesundheit aber nur so strotzte, plötzlich einer Herzattacke erlegen … und der Mikrofilm war verschwunden. Jetzt herrschte bei den Amerikanern Alarmstufe eins, weil sie befürchteten, dass die Informationen über eine neu entwickelte Laserwaffe, die sich auf dem Film befand, in unbefugte Hände fallen könnten.

Manuel Turego, der Geheimdienstchef von Costa Rica, hatte am schnellsten geschaltet, indem er sich, ohne lange herumzufackeln, Priscilla Jane Hamilton Greer geschnappt und sie auf seine schwer bewachte Plantage in Costa Rica verschleppt hatte. Vielleicht hatte er ihr ja weisgemacht, er würde sie in „Sicherheitsverwahrung“ nehmen, und sie war möglicherweise naiv genug gewesen, ihm das abzukaufen und ihm dafür auch noch dankbar zu sein. Sicher war Turego schlau genug, um die Sache mit viel Fingerspitzengefühl anzugehen, denn zweifellos war ihm bekannt, dass Priscilla Jane Hamilton Greers Vater ein reicher Mann war, der zudem über eine Menge Einfluss verfügte. Turego hatte sich offensichtlich entschlossen abzuwarten, bis entweder Luis Marcel wieder auftauchte oder irgendeine Spur von dem Mikrofilm, und währenddessen hatte er Priscilla sozusagen als Unterpfand.

Nachdem James Hamilton erfahren hatte, dass sich seine Tochter in Turegos Gewalt befand, hatte er alle Hebel in Bewegung gesetzt, um sie freizubekommen, doch die amerikanische Regierung war wild entschlossen, ihre diplomatischen Beziehungen erst dann spielen zu lassen, wenn sich von Luis Marcel eine Spur gefunden hatte.

Da sich die Sache immer mehr in die Länge gezogen hatte, war James Hamilton schließlich verzweifelt genug gewesen, um die Angelegenheit selbst in die Hand zu nehmen, und so war er, Grant, ins Spiel gekommen. Hamilton hatte seine Verbindungen zum Geheimdienst genutzt, wo Grants ehemalige Kollegen ihm unter der Hand den Tipp gaben, sich an ihn zu wenden. Und er hatte sich idiotischerweise breitschlagen lassen, Priscilla Jane Hamilton Greer aus den Fängen ihrer Entführer zu befreien.

Sie hier auf der Plantage aufzuspüren, war geradezu lächerlich einfach gewesen, und Kell Sabin, dem Eiswasser statt Blut durch die Adern rann und den er noch aus alten Zeiten kannte, hatte ihm dabei gute Dienste geleistet.

So war er also jetzt hier im tiefsten Regenwald von Costa Rica. Dass die Grenze zu Nicaragua verdammt nah war, war nicht gerade ein Trost, weil umherschweifende Rebellentrupps, Revolutionäre oder auch einfach nur Terroristen die Gegend unsicher machten und man immer darauf gefasst sein musste, sich plötzlich einer Gruppe schwer bewaffneter Männer – oder auch Frauen – gegenüberzusehen. Priscilla jedoch schien diese Tatsache nicht im Mindesten zu berühren. Sie nippte Tag für Tag ungeachtet aller Gefahren, die im Dschungel lauerten, an ihren Eisdrinks und aalte sich in der Sonne.

Nun, er hatte genug gesehen. Heute Nacht würde er zuschlagen. Mittlerweile kannte er sowohl ihren Tagesablauf als auch den der Wachen bis ins letzte Detail und hatte sich seinen Plan genauestens zurechtgelegt. Das Einzige, was ihn störte, war, dass ihm nichts anderes übrig blieb, als ihn in der Nacht auszuführen, denn die Aussicht, hinterher mit ihr in der Finsternis durch den Dschungel zu stolpern, fand er nicht sonderlich erheiternd, aber eine andere Möglichkeit gab es nicht. Da sie morgens lange zu schlafen pflegte, würde sich niemand etwas dabei denken, wenn sie bis elf Uhr vormittags noch nicht aufgetaucht war. Bis dahin würden sie über alle Berge sein, weil Pablo sie mit seinem Helikopter kurz nach Sonnenaufgang an einer bestimmten Stelle, die sie genau abgesprochen hatten, einsammeln würde.

Grant rutschte vorsichtig auf Knien rückwärts tiefer in den Dschungel hinein, bis ihn ein dichter grüner Blättervorhang von dem Haus abschirmte. Erst dann richtete er sich auf und begann, aufmerksam nach Tretminen Ausschau haltend, um das Anwesen herumzuschleichen, um sich die örtlichen Gegebenheiten noch ein letztes Mal bei Tageslicht genau einzuprägen. Er wusste, wo Priscilla schlief, und er wusste auch, wie er in ihr Zimmer gelangen konnte. Der Zeitpunkt für die geplante „Entführung" hätte nicht günstiger sein können, denn Turego war gestern weggefahren und bis jetzt noch nicht wieder zurückgekehrt, und Grant hoffte inständig, dass sich das auch bis nach Einbruch der Dunkelheit nicht geändert haben würde.

Stunden später fand er sich an derselben Stelle wieder, an der er am Nachmittag gekniet und Priscilla beobachtet hatte. Mittlerweile war die Dunkelheit hereingebrochen, und der Dschungel spielte zu seinem nächtlichen Konzert auf, das Grant bestens vertraut war: Affen schnatterten, Nachttiere, die sich auf die Wanderschaft machten, zirpten und raschelten im Unterholz, und irgendwo, nah beim Fluss, schrie ein Jaguar, doch Grant schenkte ihm kaum Aufmerksamkeit, so zu Hause fühlte er sich hier.

Gegen Mitternacht erhob er sich und schlich die Route, die er im Kopf wieder und wieder zurückgelegt hatte, entlang. Er bewegte sich so geschickt im Dschungel, dass ihn die Tiere nicht als einen Eindringling in ihrem Reich wahrzunehmen schienen, was ihm die Möglichkeit gab, sich voll und ganz auf eventuell vorhandene Tretminen zu konzentrieren. Zu diesem Zweck hatte er einen langen Stock in der Hand, mit dem er den Boden vor sich behutsam abtastete. Als er die ersten Ausläufer der Plantage erreicht hatte, blieb er stehen, legte den Stock beiseite und kniete sich hin, um durch das Blätterwerk in die Richtung zu spähen, die er einzuschlagen gedachte. Aus dem Haus fiel ein schwacher Lichtschein auf die Wachen, die zwar auf ihrem Posten waren, aber vor sich hindösten – bis auf einen Mann, der am Zaun langsam auf- und abging. Sie schienen in dieser gottverlassenen Gegend nicht mit unerwünschten Besuchern zu rechnen, was sie zu einer Unachtsamkeit in hohem Maße verführte, wie Grant die vergangenen drei Tage bereits beobachten konnte. Und dennoch waren sie da, und die Gewehre, die sie bei sich trugen, waren zweifellos mit scharfer Munition geladen. Einer der wichtigsten Gründe, weshalb Grant die vergangenen achtunddreißig Jahre lebend überstanden hatte, war der, dass er einen Heidenrespekt hatte vor Schusswaffen. Leichtsinn und Tollkühnheit zahlten sich niemals aus, sondern konnten einen das Leben kosten. Er wartete. Die Nacht war sternenklar, deshalb blieb ihm keine Bewegung der Männer verborgen. Ihn störte die Helligkeit nicht, es gab noch immer genug Schatten, in dessen Schutz er sich bewegen konnte.

Der Wachposten an der linken Seite des Hauses hatte sich in der ganzen Zeit, in der Grant ihn beobachtet hatte, noch keinen Millimeter von der Stelle gerührt; offensichtlich schlief er den Schlaf des Gerechten. Der andere Wachmann, der bis jetzt auf- und abgegangen war, ließ sich nun auf den Boden nieder und lehnte sich mit dem Rücken gegen eine der Säulen am Vordereingang des Hauses. Der kleine, rot glühende Punkt in Nähe seiner rechten Hand sagte Grant, dass er rauchte. Seinen Gewohnheiten zufolge konnte es nun nicht mehr lange dauern, bis er sich, nachdem er seine Zigarette ausgemacht hatte, seine Baseballkappe tief in die Stirn ziehen und sanft entschlummern würde.

Leise wie ein Geist verließ Grant das schützende Dickicht und huschte, von Busch zu Busch springend, auf das Haus zu. Einen Augenblick später hatte er, ohne das geringste Geräusch zu verursachen, die Veranda erklommen und drückte sich eng gegen die Hauswand, während er mit Blicken die Gegend absuchte. Alles blieb ruhig.

Priscillas Zimmer lag nach hinten hinaus. Es hatte eine große, doppelt verglaste Verandatür, die möglicherweise abgeschlossen sein würde, doch diese Tatsache bereitete ihm wenig

Kopfzerbrechen. Mit Schlössern kannte er sich aus. Er schlich auf die Tür zu und drückte die Klinke herunter. Sie ließ sich anstandslos öffnen. Ausgesprochen entgegenkommend von Priscilla.

Leise, leise schob er die Tür Zentimeter für Zentimeter auf und schlüpfte lautlos durch den Spalt. Dann blieb er einen Moment stehen und wartete, bis sich seine Augen an die Dunkelheit gewöhnt hatten. Nach der mondhellen Nacht draußen erschien es ihm in dem Raum plötzlich so dunkel wie im tiefsten Dschungel.

Wenig später vermochte er bereits die ersten Umrisse zu erkennen. Das Zimmer war groß und geräumig eingerichtet, den Holzfußboden bedeckten Strohmatten. Das Bett, um das ein Moskitonetz gespannt war, befand sich an der Wand zu seiner Rechten. Durch das dünne Netz hindurch konnte Grant die Bettdecke sehen, unter der sich ein sanfter Hügel abzeichnete. Zu seiner Linken wurden die Schatten tiefer, aber er konnte eine Tür erkennen, bei der es sich wahrscheinlich um die Badezimmertür handelte, und an der Wand einen großen Kleiderschrank. Langsam und lautlos wie ein Panther tauchte er in den Schatten neben dem Kleiderschrank ein. Jetzt sah er neben dem Bett, in dem sie schlief, einen Stuhl, über dessen Lehne ein langes weißes Kleidungsstück hing, ein Nachthemd oder ein Morgenrock. Der Gedanke, dass Priscilla womöglich nackt schlafen könnte, entlockte ihm ein kleines, schiefes Grinsen, das jedoch keine wirkliche Belustigung enthielt. Angenommen, sie schlief tatsächlich nackt, würde sie sich wehren wie eine Wildkatze, wenn er Hand an sie legte, und ganz genau das konnte er im Moment gar nicht gebrauchen. Deshalb hoffte er zu ihrer beider Bestem, dass sie zumindest irgendetwas auf dem Leibe trug.

Er trat vorsichtig näher an das Bett heran, die Augen unablässig auf die schmale Gestalt unter der Bettdecke gerichtet. Sie lag so unnatürlich still da … Plötzlich stellten sich ihm die Nackenhaare auf, und bereits eine Sekunde später warf er sich zur Seite, sodass ihn der Handkantenschlag an der Schulter traf und nicht im Nacken. Er rollte über den Fußboden, und als er wieder auf die Füße kam, erwartete er, seinem Angreifer von Angesicht zu Angesicht gegenüberzustehen, doch er konnte niemanden entdecken. Nichts bewegte sich, nicht einmal die Frau im Bett. Grant versuchte, irgendwelche Geräusche auszumachen, ein Atmen, Kleiderrascheln oder sonst etwas, aber da war nichts. Die Stille im Raum wirkte betäubend. Wo war der Angreifer? Wie Grant hatte er sich in den Schutz der Dunkelheit zurückgezogen.

Wer war er? Und was hatte er in dem Schlafzimmer der Frau zu suchen?

Vielleicht stand er ja neben dem Kleiderschrank. Dort war es so dunkel, dass man kaum die Hand vor Augen sehen konnte. Grant zog das Buschmesser an seinem Gürtel aus der Scheide, schob es jedoch gleich darauf wieder zurück. Seine Hände waren genug.

Da … es war nur eine winzige Bewegung, sie genügte jedoch, um den Mann in der Dunkelheit auszumachen. Grant duckte sich zum Sprung. Einen Moment später machte er einen Satz und riss die schlanke Gestalt, deren Schatten sich dunkel neben dem Moskitonetz abzeichnete, zu Boden. Diesmal traf ihn der Handkantenschlag am Kinn, doch es gelang ihm, seinen Widersacher zu überwältigen, ein Knie auf dem Fußboden, das andere auf seiner Brust. Gerade als er zum entscheidenden Schlag ausholen wollte, um den Kampf zu beenden, spürte er unter seinem Knie etwas seltsam Weiches. Plötzlich ging ihm ein Licht auf. Der so merkwürdig ruhig daliegende Körper unter der Bettdecke war gar kein menschlicher Körper, sondern nur ein Haufen Decken. Die Frau war aufgestanden, als sie ihn hatte hereinschleichen sehen. Aber warum hatte sie nicht geschrien? Warum hatte sie ihn angegriffen, obwohl ihr doch hätte klar sein müssen, dass er sie überwältigen würde? Er nahm sein Knie von ihrer Brust und legte eine Hand auf die weichen Hügel, um sich davon zu überzeugen, dass sie noch atmete. Er spürte, wie sich ihr Brustkorb hob und senkte, gleich darauf hörte er sie leise keuchen.

„Es ist alles in Ordnung", flüsterte er, doch plötzlich begann sie, sich unter ihm zu winden, und eine Sekunde später schoss ihr Knie blitzschnell hoch und krachte so schmerzhaft in seine Magengrube, dass ihm für einen Moment die Luft wegblieb. Rote Spiralnebel tanzten vor seinen Augen, und seine Hand zuckte zu seinem Bauch, während er langsam zur Seite kippte.

Sie rappelte sich keuchend auf, und er erkannte undeutlich, wie sie nach einem dunklen, ausgebeulten Gegenstand griff und damit zur Verandatür hastete. Eine Sekunde später hatte die Dunkelheit sie geschluckt.

Der panische Schreck, der ihn durchfuhr, ließ ihn seinen Schmerz vergessen. Verdammt, sie versuchte, auf eigene Faust zu entkommen. Sie war dabei, alles zu ruinieren! Hastig rappelte er sich auf und sprintete hinter ihr her.

2. KAPITEL

Jane versuchte, mit den Augen die Dunkelheit zu durchdringen. Dort drüben musste sie hin. Jetzt floh sie weniger vor Turego als vor dem schwarzen Dämon, der versucht hatte, sie zu überwältigen. Sie rannte um ihr Leben. Seit Wochen hatte sie Pläne geschmiedet, wie sie Turego entkommen könnte, und nun war ihr Vorhaben auf eine ganz andere Art Wirklichkeit geworden, als sie erwartet hatte. Ihr Herz klopfte wie ein Presslufthammer, das Blut rauschte in ihren Ohren, und ihre Lungen schmerzten. Plötzlich fiel ihr auf, dass sie den Atem anhielt. Sie holte tief Luft und rannte weiter. In dem Moment, in dem sie ins schützende Buschwerk eintauchen wollte, stolperte sie über eine Wurzel und schlug lang hin. Nackte Panik ergriff von ihr Besitz. Oh Gott, jetzt würde sie der Angreifer überwältigen. Das Blut gefror ihr vor Schreck in den Adern, doch noch bevor sie die Kraft fand, einen Schrei auszustoßen, fühlte sie eine Hand auf ihrem Rücken. Gleich darauf fiel sie in ein tiefes schwarzes Loch.

Als ihr Bewusstsein nach und nach zurückkehrte, war es ihr im ersten Moment unmöglich, sich zu orientieren. Was war mit ihr? Wo befand sie sich? Stand sie wirklich kopf, oder bildete sie sich das nur ein? Sie fühlte sich durchgeschüttelt, als säße sie auf dem Rücken eines Pferdes, und seltsame Laute drangen an ihr Ohr, Laute, die sie nicht einordnen konnte. Selbst wenn sie die Augen öffnete, sah sie nichts als rabenschwarze Finsternis. Es musste ein Albtraum sein, und zwar der schrecklichste Albtraum ihres Lebens. Sie versuchte, ihre Arme und Beine zu bewegen, um den Traum zu beenden, doch es wollte ihr nicht gelingen. Als sie ein paarmal hilflos hin- und herzappelte wie ein Fisch im Netz, versetzte ihr jemand einen harten Klaps auf den Po.

„Beruhigen Sie sich“, drang eine schlechtgelaunte Stimme an ihr Ohr. Jane kannte die Stimme nicht, aber aus irgendeinem Grund gehorchte sie und hielt still.

Nach und nach gelang es ihr, die Dinge einzuordnen. Sie erkannte die Geräusche um sich herum wieder, und ihr wurde auch klar, dass sie nicht auf dem Rücken eines Pferdes saß, sondern über der Schulter eines Mannes lag, der sie durch den Dschungel schleppte. An Händen und Füßen war sie gefesselt, und in ihrem Mund steckte ein Knebel, sodass sie nur entweder summen oder grunzen konnte, wenn sie sich bemerkbar machen wollte. Da ihr nicht nach Summen zumute war, nutzte sie ihre eingeschränkte Stimmkraft zu einem hässlichen Grunzen, das ihre vornehme Mutter zum Erblassen gebracht hätte, um ihrer Meinung über den Mann, über dessen Schulter sie lag, Ausdruck zu verleihen. Wieder machte ihr Po Bekanntschaft mit der Handfläche des Mannes. „Seien Sie still“, grollte die Stimme. „Sie klingen wie ein grunzendes Schwein am Trog.“

Ein Amerikaner, dachte sie verblüfft. Er war Amerikaner. Bestimmt war er gekommen, um sie zu retten. Andererseits, wenn er die Absicht gehabt hätte, sie zu retten, wäre er dann wirklich so hart mit ihr umgesprungen, wie er es getan hatte? Wohl kaum. Als sie daran dachte, wie viele Gruppierungen hinter dem Mikrofilm her waren, überlief sie ein eisiger Schauer. Es hatte gar nichts zu sagen, dass er Amerikaner war, denn jedermann konnte sich schließlich einen Amerikaner für seine finsteren Zwecke anheuern.

Traue niemandem, nahm sie sich vor. Niemandem. Sie war in dieser Sache ganz auf sich allein gestellt.

Der Mann blieb stehen, ließ sie wie ein Paket von seiner Schulter rutschen und stellte sie auf den Boden. Jane zwinkerte. Dann riss sie die Augen auf in der Anstrengung, etwas zu sehen, doch es war so dunkel, dass sie nicht einmal die Hand vor Augen erkennen konnte. Wo war er? Was führte er im Schilde? Beabsichtigte er, sie mitten im Dschungel auszusetzen, damit die Jaguare sie zum Frühstück verspeisen konnten? Instinktiv nahm sie eine Bewegung wahr, konnte sie jedoch mit nichts in Zusammenhang bringen. Ein Wimmern stieg in ihrer Kehle auf, und sie versuchte, sich zu bewegen, doch als sie ins Taumeln geriet, fiel ihr ein, dass sie ja an Händen und Füßen gefesselt war.

„Bleiben Sie stehen, verdammt noch mal!"

Also war er noch da. Und er konnte sie sehen. Wieso konnte er sie sehen, wenn sie ihn doch nicht sah? Egal, was er tat oder auch nicht tat, Jane war im Moment dankbar, allein für seine Anwesenheit. Es gelang ihr nicht, ihre Panik vor der Dunkelheit zu überwinden, aber die bloße Tatsache, dass er bei ihr war, hielt sie zumindest in Grenzen. Sie gab ein leises Keuchen von sich, als er sie wieder hochhob, um sie sich erneut ohne das geringste Anzeichen von Anstrengung wie eine Gliederpuppe über die Schulter zu werfen.

Er bewegte sich mit traumwandlerisch anmutender Sicherheit durch die Finsternis. Ihr Kopf schlug rhythmisch gegen seinen Rücken. Vor und zurück. Vor und zurück. Als sie Übelkeit in sich aufsteigen fühlte, begann sie, wie wild zu zappeln in dem verzweifelten Wunsch, sich aufzurichten.

„Immer mit der Ruhe." Anscheinend war ihm nicht entgangen, wie sie sich fühlte, denn er blieb stehen und ließ sie sich langsam von der Schulter gleiten. Als sie schließlich auf ihren eigenen zwei Beinen stand, gelang es ihr nicht, ein Wimmern zu unterdrücken, weil ihr die Fesseln schmerzhaft in Arm- und Beingelenke schnitten. „Okay", sagte der Mann. „Ich nehme Ihnen die Fesseln ab. Aber wenn Sie Ärger machen, schnüre ich Sie zusammen wie einen gefüllten Weihnachtstruthahn und lasse Sie hier liegen, ist das klar?"

Sie nickte, wobei sie sich ein weiteres Mal fragte, wie er sie in der Dunkelheit sehen konnte. Denn offensichtlich konnte er das wirklich, weil er jetzt die Hand nach ihr ausstreckte und sie umdrehte, um ihr mit etwas, von dem sie vermutete, dass es ein Messer war, die Fesseln an den Handgelenken aufzuschneiden. Als er ihr anschließend die Arme zu massieren begann, schossen ihr vor Schmerz die Tränen in die Augen.

„Ihr Vater hat mich geschickt, um Sie hier rauszuholen", sagte der Mann, während er sie nun behutsam von dem Knebel befreite.

Ehe Jane den Versuch zu sprechen unternahm, bewegte sie erst einmal ihre schmerzenden Kiefer einige Male mühsam vor und zurück. „Mein Vater?", stieß sie schließlich heiser hervor.

„Ja. So, Pris, jetzt mache ich Ihnen die Fesseln an den Beinen auch noch ab. Aber kommen Sie bitte nicht wieder auf die Idee, mir einen Fußtritt zu versetzen. Es würde Ihnen nicht gut bekommen." Obwohl sich seine Worte nur so dahingesagt anhörten, entging ihr doch nicht der drohende Unterton in seiner Stimme.

„Wenn Sie mich nicht betatscht hätten, hätte ich Ihnen auch keinen Fußtritt versetzen müssen."

„Ich habe Sie nicht betatscht. Ich wollte nur sehen, ob Sie noch atmen."

„Davon haben Sie sich ziemlich gründlich überzeugt."

„Sie zu knebeln war eine verdammt gute Idee", gab er gelassen zurück, und Jane beschloss, zumindest fürs Erste, besser den Mund zu halten. Sie konnte von ihm noch immer nicht mehr erkennen als einen vagen Umriss, aber seine Stimme klang entschlossen genug, um ihr zu verdeutlichen, dass er keine Hemmungen haben würde, sie erneut zu fesseln und zu knebeln, wenn er es für angebracht hielt.

Er schnitt nun auch ihre Fußfesseln auf und begann, ziemlich unsanft ihre Fußgelenke zu massieren. Als er sie schließlich losließ, taumelte sie, und es dauerte einen Moment, ehe sich ihr Gleichgewichtssinn eingependelt hatte, da ihre Augen wegen der Dunkelheit nichts hatten, woran sie sich orientieren konnten.

„Wir haben es nicht mehr weit; bleiben Sie dicht hinter mir und verhalten Sie sich ruhig."

„Halt! Warten Sie!", flüsterte Jane verängstigt. „Wie kann ich Ihnen folgen, wenn ich Sie nicht sehe?"

Er nahm ihre Hand und legte sie an seine Taille. „Hier. Halten Sie sich an meinem Gürtel fest."

Sie tat, was er sagte, und krallte sich so fest in seinen Gürtel, dass er ein verärgertes Brummen von sich gab, doch sie dachte gar nicht daran, locker zu lassen. Nicht auszudenken, was ihr zustoßen könnte, wenn sie ihn hier mitten im stockfinsteren Dschungel verlieren würde.

Ihm mochte der Weg nicht weit erscheinen. Jane jedoch, die ständig über Wurzeln und Äste stolperte, kam er endlos vor. Endlich blieb er stehen. „Wir warten jetzt hier. Ein Stück weiter vorn ist eine Lichtung. Aber wir gehen erst rüber, wenn ich den Helikopter höre."

„Den Helikopter?"

„Ja. Irgendwie müssen wir schließlich hier rauskommen."

„Und wann wird das sein?"

„Kurz nach Sonnenaufgang."

„Und wann ist das?"

„In einer halben Stunde."

Sich noch immer an seinen Gürtel klammernd, stand sie die nächste halbe Stunde hinter ihm und wartete darauf, dass die Sonne aufging. Die Minuten dehnten sich ins Endlose, doch so bekam sie Gelegenheit, sich zum ersten Mal darüber klar zu werden, dass sie Turego wirklich entkommen war. Sie war in Sicherheit und frei ... nun, fast zumindest. Auf jeden Fall war sie Turegos Zugriff entronnen, und was diesen Mann hier vor ihr anbetraf, so wusste sie nicht recht, was sie von ihm halten sollte. Es konnte natürlich sein, dass ihr Vater ihn geschickt hatte, aber einen Beweis dafür gab es nicht. Alles, was sie hatte, war sein Wort, aber so naiv, sich auf das Wort eines Fremden zu verlassen, war sie nicht. Dazu war sie zu wachsam.

Da sie sich noch immer an seinem Gürtel festhielt, spürte sie, wie der Mann vor ihr begann, unruhig von einem Fuß auf den anderen zu treten. „Hören Sie, Honey, meinen Sie nicht, dass Sie meinen Gürtel jetzt langsam mal loslassen könnten?"

Jane spürte, wie sie errötete, und ließ hastig los. „Oh, entschuldigen Sie", flüsterte sie. „Ich war mir gar nicht bewusst, dass ich mich noch immer an Ihnen festhalte." Sie stand einen Moment wie erstarrt mit hängenden Armen da, dann fühlte sie Panik in sich aufsteigen. Sie konnte ihn in der Dunkelheit nicht sehen, sie hörte ihn nicht einmal atmen, und nun, da sie sich durch die Berührung nicht länger vergewissern konnte, dass er da war, war sie sich seiner Anwesenheit plötzlich nicht mehr sicher. Was war, wenn er sie allein gelassen hatte? Die Luft kam ihr auf einmal so stickig vor, dass sie Mühe hatte zu atmen. Sie war sich darüber im klaren, dass ihre Reaktion irrational war, doch sie kam nicht dagegen an. Auch wenn sie die Quelle ihrer Angst kannte, half ihr das doch nicht, sie zu überwinden. Sie hatte Finsternis noch nie ertragen können. Sie konnte im Dunkeln nicht einschlafen und betrat niemals ein Zimmer, ohne vorher das Licht einzuschalten, und wenn sie abends ausging und wusste, dass sie spät nach Hause kommen würde, ließ sie stets eine Lampe brennen. Und ausgerechnet sie, die immer ängstlich Vorsorge traf, sich niemals der Dunkelheit auszusetzen, stand nun hier inmitten einer so tiefschwarzen Finsternis, die es ihr nicht einmal erlaubte, die Hand vor Augen zu sehen, ganz so, als wäre sie blind.

Plötzlich spürte sie, wie ihre mühsam aufrecht erhaltene Selbstkontrolle zersplitterte, und sie streckte in panischer Angst die Hand nach dem Mann aus in dem Verlangen, sich an ihn zu klammern, um sich zu versichern, dass er noch da war. Ihre Finger tasteten Stoff, und im nächsten Moment hing sie von hinten an seinem Hals, schwer atmend in einer Mischung aus Angst und Erleichterung. Im selben Augenblick fühlte sie sich gepackt und durch die Luft gewirbelt, und gleich darauf fand sie sich auf dem Rücken liegend auf dem weichen Erdboden zwischen üppigen Farnen, die ihr übers Gesicht streichelten, wieder. Noch ehe sie eine Bewegung machen konnte, ja noch bevor sie überhaupt dazu kam, Atem zu holen, fühlte sie, wie ihr Kopf an den Haaren zurückgezerrt wurde. Dann senkte sich ein Gewicht auf ihre Brust, das sie Sekundenbruchteile später als sein Knie erkannte. Sie hörte ihn über sich atmen, und seine Stimme war nicht viel mehr als ein leises Schnarren, als er jetzt sagte: „Fassen Sie mich nie – *nie* – wieder von hinten an."

Jane wand sich unter ihm und versuchte, sein Knie wegzuschieben. Einen Moment später nahm er es weg und stand auf. Selbst über seiner Schulter liegend hatte sie sich besser gefühlt als eben, wo sie sich in der Dunkelheit allein gelassen glaubte. Deshalb streckte sie jetzt erneut die Hand nach ihm aus und umklammerte seine Knie, was ihn automatisch dazu veranlasste, ihr auszuweichen, doch sie hielt ihn mit Bärenkräften, die ihr die Angst verliehen, fest. Er stieß einen Fluch aus und versuchte, sein Gleichgewicht zu halten, schaffte es jedoch nicht und stürzte einen Augenblick später zu Boden.

Er lag so still, dass Jane Angst bekam. Was war, wenn er

sich verletzt hatte? Wenn er so unglücklich mit dem Kopf auf dem Boden aufgeschlagen war, dass er ohnmächtig geworden oder – nicht auszudenken – vielleicht sogar tot war? So etwas war bereits vorgekommen. Sie hatte von derart unglücklichen Stürzen schon oft in der Zeitung gelesen. Mit zitternden Händen betastete sie seine Arme und Schultern und flüsterte schließlich verängstigt: „Mister, ist mit Ihnen alles in Ordnung?“ Ihre Hände waren jetzt in seinem Gesicht und an seinem Kopf, um sich durch behutsames Tasten davon zu überzeugen, dass er nirgendwo eine Beule oder womöglich sogar eine offene Wunde davongetragen hatte. An seinem Hinterkopf spürte sie ein Gummiband, und als sie dessen Verlauf nach vorn verfolgte, ertastete sie über seinen Augen etwas, das sie für eine Brille hielt. „Sind Sie verletzt?“, wiederholte sie mit gepresster Stimme, nachdem er ihr noch immer nicht geantwortet hatte. Mittlerweile schlug ihr das Herz vor Angst bis zum Hals. „Verdammt noch mal, antworten Sie mir!“

„Lady“, kam es jetzt wütend zurück, „Sie sind wirklich total übergeschnappt. Wenn ich Ihr Daddy wäre, würde ich Turego noch Geld dafür zahlen, damit er sie nur ja behält.“

Er war ein Wildfremder für sie, deshalb berührte es sie seltsam, dass seine Worte ihr einen kleinen Stich versetzten. Sie saß einen Moment ganz still da, erschrocken darüber, dass ein Mann, den sie gar nicht kannte, imstande war, ihre Gefühle zu verletzen.

Da sie ganz nah bei ihm saß, spürte sie, wie er sich jetzt aufsetzte, und da sie keine Anstalten machte, auf seine Bemerkung einzugehen, seufzte er. „Warum zum Teufel sind Sie denn vorhin auf mich draufgesprungen?“, fragte er, mittlerweile etwas besänftigt.

„Weil ich Angst vor der Dunkelheit habe“, sagte sie mit ruhiger Würde. „Ich hörte Sie nicht mehr atmen und konnte nicht mal die Hand vor Augen sehen. Ich bin in Panik geraten. Es tut mir leid."

Er hüllte sich einen Augenblick lang in Schweigen, dann erwiderte er kurz angebunden: „In Ordnung." Damit sprang er auf, beugte sich zu ihr herab und zog sie an den Handgelenken hoch. Jane trat noch einen kleinen Schritt näher an ihn heran.

„Sie können nur deshalb etwas sehen, weil Sie diese Brille aufhaben, stimmt's?"

„Ja. Es ist eine Infrarotbrille."

Als plötzlich ein Affe über ihren Köpfen zu kreischen begann, zuckte Jane erschrocken zusammen. „Haben Sie noch eine dabei?", fragte sie.

Sie spürte, wie er zögerte, und einen Moment später legte er ihr den Arm um die Schultern. „Nein, nur die eine. Machen Sie sich keine Sorgen, Pris, ich werde Sie ab jetzt nicht mehr loslassen. Und in ein paar Minuten wird es sowieso hell."

„Es geht schon wieder", versicherte sie ihm, und das stimmte wirklich. Jetzt, wo sie spürte, dass er da war, und wusste, dass sie nicht allein war, hatte sich ihre Panik verflüchtigt. Jahrelang hatte sie versucht, gegen ihre Angst anzukämpfen, doch ohne Erfolg. Es hatte begonnen, als sie neun Jahre alt war, und mittlerweile hatte sie gelernt, damit zu leben, doch heute, in dieser Ausnahmesituation, in der sie keinen der Tricks, mit denen sie sich sonst über Wasser hielt, anwenden konnte, hatte sie die Nerven verloren. Es würde nicht wieder vorkommen. Der Mann, dessen Namen sie nicht einmal wusste, hatte ihr versprochen, sie festzuhalten, bis es hell war. Und dann würde auch gleich der Helikopter kommen, der sie zurück in die sichere Heimat brachte.

Ein paar Minuten später hatte sie tatsächlich das Gefühl,

etwas mehr sehen zu können. So tief im Regenwald, wie sie im Moment waren, ging die Sonne nicht strahlend auf, weil das dichte Blätterdach das Eindringen der Sonnenstrahlen verhinderte. Jane wusste, dass es im Dschungel selbst um die Mittagszeit, wenn die Sonne am höchsten stand, düster war, doch mittlerweile konnte sie zumindest die Umrisse der üppigen Vegetation, von der sie umgeben waren, erkennen. Sie starrte verblüfft ein riesiges Gewächs an, das ihr eine Kreuzung zu sein schien aus einem Farm und einem Baum. Es hatte einen dicken knorrigen Stamm, über dem sich in mehr als acht Fuß Höhe eine dichte Krone aus Farnblättern wölbte. So etwas hatte sie noch nie in ihrem Leben gesehen.

„Offensichtlich können Sie jetzt wieder sehen", murmelte der Mann neben ihr, der sie anscheinend beobachtet hatte, nahm den Arm von ihrer Schulter und setzte seine Brille ab, um sie anschließend sorgfältig in seinem Marschgepäck zu verstauen.

Jane starrte ihn mit unverhüllter Neugier an, wobei sie sich noch mehr Licht wünschte. Das Wenige, was sie von ihm sah, reichte jedoch aus. Er sieht gefährlich aus, durchfuhr es sie, wobei ihr ein wohliger Schauer den Rücken hinabrann. Sie konnte die Farbe seiner Augen nicht erkennen, doch das Glitzern, das in ihnen lag, entging ihr nicht. Sein Gesicht war braun gebrannt, was die Augen noch leuchtender erscheinen ließ. Das volle dunkelblonde Haar war entschieden zu lang, und um zu verhindern, dass es ihm in die Augen fiel, hatte er sich ein Stirnband umgebunden. Bekleidet war er mit einem schwarz getigerten olivgrünen Tarnanzug, dessen Hosenbeine er in seine kniehohen schwarzen Stiefel gesteckt hatte. Er bot das Bild eines Kriegers, das noch unterstrichen wurde von dem Buschmesser und der Pistole an seinem Gürtel sowie dem Gewehr, das er über der rechten Schulter trug. Ihr überraschter Blick wanderte hinauf zu seinem Gesicht, dessen stark ausgeprägte Züge keinerlei Gefühlsregung erkennen ließen, obwohl er sich ihrer ausführlichen Musterung zweifelsohne bewusst war.

„Sie sind ja bestens ausgerüstet“, bemerkte sie.

„Mein Motto heißt: allzeit bereit.“

Nun, er sah wirklich so aus, als sei er für alle Eventualitäten gerüstet. Sie ließ ihren Blick erneut über ihn hinwegwandern, aufmerksamer diesmal; er war bestimmt weit über einsachtzig groß und sah aus wie … wie … sie kramte einen Augenblick nach einem passenden Vergleich und hatte ihn gleich darauf gefunden. Sie fand ihn zwar schief, aber treffend. Er sah aus wie eine gut geölte, hervorragend funktionierende Kampfmaschine. Kein Gramm Fett, nur stahlharte Muskeln und straffe, glänzende Haut über den Knochen. Seine Schultern waren ungeheuer breit, weshalb es sie jetzt auch nicht länger verwunderte, dass er sie den ganzen Weg durch den Dschungel hatte tragen können, ohne auch nur den Hauch einer Anstrengung zu zeigen. Er hatte sie zweimal zu Boden geschickt, und der einzige Grund dafür, dass er sie nicht ernsthaft verletzt hatte, war wohl der, dass er seine Körperkraft wohldosiert einzusetzen wusste.

Einen Augenblick später entzog er sich abrupt ihrem Blick und hob den Kopf. Seine Augen verengten sich, während er lauschte. „Der Helikopter ist im Anflug. Lassen Sie uns gehen.“

Jane lauschte ebenfalls, doch sie hörte nichts. „Sind Sie sicher?“, fragte sie zweifelnd.

„Ich sagte, wir sollen gehen.“ Seine Stimme klang ungeduldig, er wandte sich zum Gehen. Jane brauchte ein paar Sekunden, ehe ihr klar wurde, dass er gleich hinter der üppigen Vegetation verschwunden sein würde, wenn sie sich nicht beeilte.

„He, warten Sie!", rief sie erschrocken aus und hielt ihn am Gürtel fest.

„Dann bewegen Sie sich endlich", befahl er mitleidlos. „Der Helikopter wird nicht ewig warten; Pablo pflegt es eilig zu haben."

„Wer ist Pablo?"

„Der Pilot."

Jetzt drang ein leises, fast unhörbares Brummen an ihr Ohr, und es dauerte noch immer einen Moment, ehe sie es mit dem Motor eines Hubschraubers in Verbindung bringen konnte. Wie war es ihm möglich gewesen, es schon so viel früher zu hören? Er schien extrem geschärfte Sinne zu haben.

Er bewegte sich geschmeidig und sicher. Da Jane sich auf den Weg konzentrierte, schenkte sie ihrer Umgebung keine Beachtung, sodass sie, als sie aufschaute, überrascht war, dass sie auf einer kleinen Anhöhe standen, von der aus sie auf eine Lichtung schauen konnten. Dort stand mit langsam kreisenden Propellern der Helikopter.

„Besser als ein Taxi", murmelte Jane erleichtert und ging schneller.

Seine Hand legte sich schwer auf ihre Schulter und riss sie zurück.

„Still!", befahl er, während er mit zusammengekniffenen Augen die Umgebung absuchte.

„Stimmt irgendwas nicht?"

„Halten Sie den Mund!"

Jane starrte ihn an, verärgert über seine unangemessene Grobheit, während seine Hand ihre Schulter noch immer so fest umklammerte, dass es fast schon an Schmerz grenzte. Der Griff erschien ihr wie eine Warnung, dass er, falls sie Anstalten machen sollte, die Sicherheit des Dschungels ohne seine ausdrückliche Genehmigung zu verlassen, entschlossen war, sie notfalls auch mit Gewalt zurückzuhalten.

Die Minuten zerrannen zäh. Der Pilot begann, unruhig zu werden, er verrenkte sich fast den Hals in dem Versuch, mit Blicken das Dickicht des Dschungels zu durchdringen. Gleich darauf schaute er auf seine Armbanduhr, um anschließend seine Aufmerksamkeit wieder dem Regenwald zuzuwenden, wobei er von Sekunde zu Sekunde sichtlich nervöser wurde.

Jane fühlte die Spannung, die von dem Mann neben ihr ausging. Was stimmte nicht? Wonach hielt er Ausschau, worauf wartete er? Er stand bewegungslos da, wie ein Jaguar, der seine Beute nicht aus den Augen lässt.

„Verfluchter Mist“, murmelte er plötzlich und zog sie wieder in den Dschungel zurück.

„Was ist denn?“

„Warten Sie hier und rühren Sie sich nicht von der Stelle.“ Er befahl ihr, sich hinter einen großen Baum zu ducken, und gleich darauf war er weg. Plötzlich war er mit dem Dschungel verschmolzen, so rasch und unmerklich, dass es ihr zuerst entgangen war. Sie fuhr herum, konnte jedoch nichts sehen, nicht einmal schwankende Blätter.

Sie ließ sich auf dem Boden nieder, schlang die Arme um ihre Knie und starrte gedankenverloren vor sich hin. Ein grünes Stöckchen mit Beinen schleppte eine große Spinne ab. Was war, wenn der Mann nicht mehr zurückkam? Warum hatte sie ihn nicht nach seinem Namen gefragt? Und wenn ihm nun etwas passierte? Würde sie je wieder aus diesem Dschungel herauskommen?

Warten Sie hier, hatte er gesagt. Wie lange? Bis zum Lunch? Bis Sonnenuntergang? Oder bis zu ihrem nächsten Geburtstag? Männer drückten sich immer so ungenau aus. Und dieser spezielle Mann hier schien, was Konversation anbelangte, sowieso nicht besonders begabt zu sein. Still, Mund halten, stehen bleiben, aufstehen waren offenbar die einzigen Highlights in seinem Repertoire.

Was für ein riesiger Baum, unter dem er sie da abgestellt hatte. Der Stamm lief in ein gewaltiges Wurzelwerk aus, das sich über den Boden breitete wie Arme.

Die Riemen ihres Rucksacks schnitten in ihre Schultern ein, deshalb nahm sie ihn ab und streckte sich. Dann zog sie sich den Rucksack heran und begann, nach ihrer Haarbürste zu kramen. Dass sie diesen Rucksack zufälligerweise in dem großen Schrank in ihrem Zimmer gefunden hatte, war ein großes Glück gewesen. Ansonsten hätte sie die Dinge, die sie sich im Lauf der Wochen für ihre Flucht vom Mund abgespart und heimlich gehamstert hatte, in eine Decke einwickeln müssen.

Als sie den Kopf hob, sah sie über sich in den Zweigen einen kleinen Affen schaukeln, der mit beleidigtem Gesicht auf sie herabschaute. Wahrscheinlich war er böse, dass sie in sein Territorium eingedrungen war. Sie winkte ihm freundlich zu.

Sich zu ihrem Weitblick gratulierend, steckte sie das Haar hoch und kramte eine schwarze Baseballkappe aus dem Rucksack, die sie sich nun aufsetzte. Sie zog den Schirm tief über die Augen herunter, gleich darauf schob sie ihn wieder zurück. Es gab keine Sonne hier drin. Wenn sie nach oben schaute, sah sie zwar helle leuchtende Pünktchen in dem dichten Blätterdach, doch unten am Boden herrschte nur ein diffuses, gefiltertes Licht.

Wie lange mochte sie nun schon hier sitzen? War er in Schwierigkeiten?

Weil ihre Beine einzuschlafen drohten, erhob sie sich und stampfte ein paarmal auf dem Boden auf, um ihre Blutzirkulation anzuregen. Die Warterei verunsicherte sie, und plötzlich hatte sie das Gefühl, dass gleich etwas passieren würde. Jane war ein sensibler Mensch, der die Atmosphäre um sich herum wie ein Barometer erspürte. Sie bückte sich nach ihrem Rucksack und hängte ihn sich um.

Als eine Maschinengewehrsalve die Stille zerriss, wirbelte sie herum. Das Herz klopfte ihr in der Kehle. Zu Tode erschrocken, lauschte sie dem Stakkato der Schüsse. O Gott, auf wen mochte da geschossen worden sein? Etwa auf ihren Retter? Es wäre nicht auszudenken.

Plötzlich wurde ihr kalt, und als sie auf ihre Hände schaute, bemerkte sie, dass sie zitterten. Und nun? Sollte sie warten oder wegrennen? Aber wegrennen wohin? Und was war, wenn er Hilfe brauchte? Rasch wurde ihr klar, dass sie ihm natürlich keine große Hilfe sein würde, da sie unbewaffnet war, und dennoch konnte sie ihn nicht einfach im Stich lassen. Er war zwar nicht unbedingt der liebenswürdigste Mann, den sie in ihrem Leben kennengelernt hatte, und im Grunde genommen traute sie ihm nicht einmal richtig über den Weg, aber immerhin war er im Moment der beste und einzige Freund, den sie hatte.

Obwohl ihr ihre Füße nicht recht gehorchen wollten und ihr Magen ihr vorkam, als sei er verknotet, verließ Jane den Schutz des Baumriesen und bahnte sich vorsichtig ihren Weg durch den Dschungel. Jetzt hörte sie nur noch sporadische Schüsse, die alle aus derselben Richtung kamen.

Plötzlich drangen weit entfernt Stimmen an ihr Ohr. Von Panik erfüllt, huschte sie hinter den nächsten Baum. Die raue Rinde bohrte sich in ihre Handflächen, als sie sich gegen den Stamm lehnte und vorsichtig dahinter hervorspähte.

Da legte sich eine harte Hand über ihren Mund. Ihr Schrei wurde in der Kehle erstickt. „Verdammt noch mal, ich habe gesagt, Sie sollen sich nicht von der Stelle rühren."

3. KAPITEL

Jane, die noch immer seine Hand über dem Mund hatte, starrte ihn mit aufgerissenen Augen an, und nach und nach verwandelte sich ihr Schreck in Erleichterung, vermischt mit Ärger. Dieser Mann missfiel ihr. Er missfiel ihr ganz entschieden, und das würde sie ihm, sobald dieses Chaos hier vorbei war, auch sehr deutlich zu verstehen geben.

Schließlich nahm er seine Hand weg und drückte Jane wortlos an den Schultern nach unten, bis sie auf Ellbogen und Knien war. „Kriechen!“, befahl er heiser flüsternd und deutete nach links.

Jane tat, was er sagte, und bemühte sich nach Kräften, das stachlige Unterholz zu ignorieren, und selbst als sie auf irgendetwas widerlich Glitschiges stieß, fühlte sie sich nicht sonderlich beunruhigt. Jetzt, wo er wieder da war, hatte sie das Gefühl, dass ihr nichts zustoßen konnte. Was er auch sonst für Fehler haben mochte, zumindest kannte er sich hier aus.

Er klebte ihr buchstäblich an den Fersen und scheuchte sie erbarmungslos vorwärts, wenn er der Meinung war, dass sie sich zu langsam bewegte. Als sie sich nach einiger Zeit an den Fußknöcheln gepackt und zurückgezerrt fühlte, verharrte sie und wandte den Kopf. Da sah sie in einiger Entfernung zu ihrer Rechten den Soldat mit einem Maschinengewehr im Anschlag stehen. Er war, seinem Aussehen nach zu urteilen, lateinamerikanischer Abstammung, trug einen Tarnanzug und auf dem Kopf eine Baseballkappe. Offensichtlich versuchten sie, einen Bogen um ihn zu schlagen.

Einen Moment lang bewegten sie sich nicht. Dann spürte Jane, wie ihre Fußknöchel wieder freigegeben wurden, und die Hand, die an ihrer Hüfte lag, drängte sie erneut vorwärts. Schritt für Schritt ging es weiter.

Es dauerte nicht lange, dann lichtete sich der Regenwald, und das Sonnenlicht malte in einiger Entfernung helle Kringel auf den Boden. Er griff sie am Arm und zog sie hoch. „Rennen Sie, aber bewegen Sie sich so leise wie möglich", zischte er ihr ins Ohr und deutete nach vorn.

Na toll. Renn, aber renn leise. Sie schleuderte ihm einen bösen Blick zu, und dann rannte sie wie ein aufgescheuchtes Reh in die angegebene Richtung. Das, was sie an der ganzen Angelegenheit am meisten ärgerte, war, dass er nicht das geringste Geräusch verursachte, während ihre eigenen Füße sich in Schlagstöcke verwandelt zu haben schienen. Ihr Körper begrüßte freudig erregt das bisschen Sonnenlicht, und sie fühlte, wie sie trotz der schlaflosen Nacht neue Energie durchströmte. Das Adrenalin schien ihr das Gewicht von den Schultern zu nehmen, und ihre Schritte wurden schneller und sicherer.

Nach einiger Zeit jedoch wurde der Busch wieder dichter, und sie mussten langsamer laufen. Nach fünfzehn Minuten veranlasste er sie zum Stehenbleiben, indem er ihr eine Hand auf die Schulter legte und sie hinter den dicken Stamm eines Dschungelriesen zog. „Ruhen Sie sich einen Moment aus", flüsterte er. „Die Schwüle wird Ihnen zusetzen, weil Sie nicht daran gewöhnt sind."

Bis zu diesem Moment war es Jane nicht aufgefallen, dass sie schweißüberströmt war, weil sie mehr damit beschäftigt gewesen war, ihre Haut zu retten, als sich über deren Feuchtigkeitszustand Gedanken zu machen. Erst jetzt bemerkte sie die unerträgliche Schwüle, die hier im Regenwald herrschte und ihr das Atmen schwer machte. Sie wischte sich den Schweiß von der Stirn, der in den kleinen Kratzern, die sie sich zugezogen hatte, brannte.

Der Mann kramte eine Feldflasche aus seinem Marschgepäck. „Hier, nehmen Sie einen Schluck. Sie sehen aus, als könnten Sie ihn vertragen."

Die Vorstellung, wie sie wahrscheinlich aussah, entlockte ihr ein kleines Grinsen. Sie nahm die Feldflasche entgegen und nippte kurz, dann gab sie sie ihm wieder zurück. „Danke."

Er schaute sie verblüfft an. „Sie können ruhig mehr trinken."

„Danke. Mehr will ich nicht." Als sie ihn jetzt anschaute, stellte sie fest, dass seine Augen von einem eigenartigen Goldbraun waren, wie Bernstein. Sein Gesicht war ebenfalls schweißüberströmt, aber er rang nicht nach Atem. Wer und was auch immer er sein mochte, er machte seine Sache verdammt gut. „Verraten Sie mir Ihren Namen?", fragte sie ihn in der Hoffnung, dass ihn ein Name zumindest ein klein wenig greifbarer machen würde.

Er warf ihr einen argwöhnischen Blick zu, und sie spürte, dass es ihm nicht passte, etwas von sich preisgeben zu müssen. „Sullivan", gab er widerstrebend zurück.

„Ist das Ihr Vor- oder Ihr Nachname?"

„Mein Nachname."

„Und Ihr Vorname?"

„Grant."

Grant Sullivan. Der Name gefiel ihr. Er war nicht ausgefallen, nein, das bestimmt nicht. Nichts Modisches. Er klang hart und gefährlich, und das erregte sie sonderbarerweise irgendwie. Hart und gefährlich, aber nicht hinterhältig. Der Name sprach eine klare Sprache.

„Lassen Sie uns weitergehen", sagte er. „Wir müssen noch ein bisschen mehr Abstand zwischen die Hunde und die Füchse legen."

Gehorsam folgte Jane seiner Aufforderung, doch bereits nach wenigen Schritten musste sie feststellen, dass die Wirkung des Adrenalinschubs deutlich nachgelassen hatte. Sie fühlte sich plötzlich wie ausgelaugt. Deshalb stolperte sie, weil sich ihr Fuß in einer Liane verhakt hatte, aber Grant rettete sie geistesgegenwärtig vor dem Sturz. Sie dankte ihm mit einem kleinen Lächeln und versuchte, sich seinem Griff zu entziehen und weiterzugehen, doch er hielt sie fest. Er stand wie angewurzelt da und starrte mit unbewegtem Gesichtsausdruck auf einen Punkt über ihrer Schulter. Als sie den Kopf wandte, schaute sie in einen Gewehrlauf.

Sie fühlte, wie ihr der Schweiß zwischen den Schulterblättern hinabrann. Einen schrecklichen Augenblick lang wartete sie auf den Schuss, doch der Moment ging vorbei, und sie war noch immer am Leben. Jetzt gelang es ihr, ihren Blick von dem Gewehrlauf zu lösen und ihn weiter nach oben wandern zu lassen. Sie starrte in das harte, dunkle Gesicht des Soldaten, der das Gewehr hielt und Sullivan mit zusammengekniffenen Augen fixierte. Jetzt sagte er etwas auf Spanisch, doch Jane war zu aufgeregt, um es zu verstehen.

Sullivan ließ Jane langsam und überlegt los und forderte sie, die Hände hebend, ruhig auf: „Gehen Sie einen Schritt zur Seite."

Der Soldat bellte ihm einen Befehl zu. Janes Augen weiteten sich vor Schreck. Sie war überzeugt davon, dass dieser Verrückte schießen würde, sobald sie auch nur mit der Wimper zuckte. Aber Sullivan hatte ihr befohlen, zur Seite zu gehen, also ging sie zur Seite. Ihr Gesicht war so weiß, dass die kleinen Sommersprossen auf ihrer Nase hervortraten. Der Gewehrlauf zeigte jetzt auf sie, und der Soldat sagte wieder irgendetwas. Er ist nervös, erkannte Jane plötzlich. Seine Stimme klang angespannt, und seine Bewegungen waren fahrig. Großer Gott, wenn er nun aus Versehen an den Abzugshahn kam …! Einen Augenblick später schwenkte er die Waffe herum, sodass der Lauf wieder auf Sullivan zielte.

Sullivan führte etwas im Schilde. Jane spürte es deutlich. War er verrückt geworden? Der Soldat würde ihn beim geringsten Versuch der Gegenwehr kaltblütig erschießen. Sie starrte auf die Hand des Guerilleros, die das Gewehr hielt, und plötzlich fiel ihr etwas auf. Die Waffe stand nicht auf Automatik. Es dauerte noch einen Moment, bis ihr klar wurde, was das bedeutete, dann reagierte sie, ohne nachzudenken. Ihr Körper, vom Ballett und unzähligen Selbstverteidigungskursen bestens durchtrainiert, neigte sich in einer fließenden Bewegung zur Seite. Dann schoss ihr linkes Bein hoch und kickte den Gewehrlauf nach oben, sodass sich der Schuss, der jetzt losging, irgendwo, weit über ihnen in dem dichten Blätterdach des Regenwalds, verfing.

Eine zweite Gelegenheit bekam der Guerillero nicht, denn Grant war bereits bei ihm und entwand ihm mit der einen Hand das Gewehr, während er ihm mit der anderen einen Handkantenschlag ins Genick versetzte. Die Augen des Mannes wurden glasig, und einen Moment später sackte er lautlos zu Boden.

Grant schnappte sich Janes Arm. „Nichts wie weg hier! Schnell! Dieser Schuss ruft mit Sicherheit seine Gefährten auf den Plan.“

Die Dringlichkeit in seinem Ton veranlasste sie zu umgehendem Handeln, obwohl sie sich fragte, ob sie überhaupt noch die nötige Kraft zum Wegrennen hätte. Ihre Beine waren schwer wie Blei, und ihre Stiefel schienen mehr als fünfzig Pfund zu wiegen, doch sie zwang sich, darüber hinwegzusehen; müde Muskeln hatten längst nichts so Unabänderliches an sich wie der Tod. Angetrieben von seiner Hand, die auf ihrem Rücken lag, stolperte sie über Wurzeln und Sträucher. Dornen zerkratzten ihre Haut, und ihre Lungen brannten, aber sie war so erschöpft, dass sie die Schmerzen nicht spürte.

Nachdem sie mit letzter Kraft eine Hügelkuppe erklommen hatte und den steilen, steinigen Abhang auf der anderen Seite hinunterschaute, fühlte sie sich plötzlich, als hätte ihr jemand den Boden unter den Füßen weggezogen. Ihr Kopf wurde leer, und sie schwankte. Grant streckte geistesgegenwärtig die Hand nach ihr aus in der Absicht, sie aufzufangen, doch es war zu spät. Sie stürzte bereits und zog ihn mit. Die Welt drehte sich vor ihren Augen, und als sie den Fluss, aus dem zerklüftete Felsen ragten, am Fuße des Abhangs sah, entrang sich ihrer Kehle ein heiserer Schrei. War es ihr Schicksal, an einem dieser Felsen zu zerschellen?

Grant, der instinktiv den Arm um sie gelegt hatte und dem die Gefahr nicht weniger deutlich vor Augen stand, versuchte, fluchend den Fall abzubremsen, und gleich darauf rutschten Jane und er in halb sitzender Position abwärts. Grant grub seine Stiefelabsätze in das Erdreich, und ihr Sturz verlangsamte sich weiter. Einen Augenblick später blieben sie sitzen. Einen Moment waren sie wie gelähmt.

„Pris?“, fragte er dann heiser, legte ihr die Hand unters Kinn und sah sie an. „Sind Sie verletzt?“

„Nein, nein“, versicherte sie ihm eilig, ihre Schmerzen ignorierend. Gebrochen war ihr rechter Arm bestimmt nicht, auch wenn er schrecklich wehtat; sie zuckte zusammen, als sie versuchte, ihn zu bewegen. Von ihrem Rucksack war ein Träger abgerissen, sodass er ihr jetzt einseitig über der rechten Schulter hing. Ihre Mütze war weg.

Er rückte das Gewehr an seiner Schulter gerade, und Jane fragte sich, wie er es angestellt hatte, es nicht zu verlieren. Ließ er nie etwas fallen oder verlor etwas, war er nie müde oder hungrig? Als sie daran dachte, dass sie bisher noch nicht einmal gesehen hatte, dass er aus seiner Feldflasche getrunken hatte, fiel ihr ihr Vergleich wieder ein. Natürlich, eine Kampfmaschine war weder hungrig noch durstig und ermüdete auch nicht.

„Meine Mütze ist weg", verkündete sie, während sie sich umdrehte und ihren Blick den steilen Abhang hinaufwandern ließ. Zwischen der Spitze und ihnen lagen mindestens dreißig Meter, und es grenzte an ein Wunder, dass sie den Felsen im Flussbett entgangen waren.

„Ich seh' sie." Er rappelte sich auf und kletterte behände wie eine Bergziege den Abhang ein Stück hinauf, um ihre Baseballkappe zu holen, die sich, wie Jane jetzt erst bemerkte, in den Zweigen eines Buschs verfangen hatte. Einen Moment später saß er wieder neben ihr und stülpte ihr die Mütze über den Kopf. „Meinen Sie, Sie schaffen's noch bis rüber auf die andere Seite?" Er deutete auf den Fluss. „Er ist nicht tief, wir können durchwaten."

Im Leben nicht, dachte sie. Ihr Körper weigerte sich, noch länger zu funktionieren. Sie schaute ihn an und hob das Kinn. „Selbstverständlich."

Er lächelte nicht, aber auf seinem Gesicht lag ein Ausdruck von Anerkennung.

„Wir müssen in Bewegung bleiben, sonst klappen wir zusammen", sagte er, nahm ihren Arm, zog sie hoch und drängte sie in Richtung Fluss. Sie kletterten die Böschung hinunter, und einen Moment später standen sie knietief im Wasser und wateten flussabwärts, während er bereits mit Blicken das gegenüberliegende Ufer nach einer zum Herausklettern geeigneten Stelle absuchte.

„Okay, lassen Sie uns dort raufgehen", sagte er schließlich und deutete nach vorn. Doch so sehr sich Jane auch bemühte, sie konnte beim besten Willen keine Schneise entdecken, die ihnen ein Durchkommen ermöglichen würde.

„Also wirklich, ich weiß nicht …“ erwiderte sie zweifelnd.

Er stieß einen Seufzer aus. „Hören Sie, Pris. Ich weiß ja, dass Sie müde sind, aber …“

Ob es die Übermüdung war oder die Anspannung, wusste sie nicht, auf jeden Fall rastete irgendetwas in Jane aus. Sie wirbelte herum und packte Grant vorn an seinem Hemd und schüttelte ihn. „Wenn Sie mich nur noch ein einziges Mal ‚Pris‘ nennen, mach ich Hackfleisch aus Ihnen, kapiert?“ Ihre Augen schossen Blitze. Niemand, nicht ein einziger Mensch auf dieser Welt, hatte es jemals gewagt, sie Priscilla, Pris oder auch Cilla zu rufen, und dass er es tat, ging ihr schon von Anfang an auf die Nerven. Bisher hatte sie dazu geschwiegen, aber jetzt war sie müde und hungrig und verängstigt, und genug war genug!

Er reagierte so rasch, dass sie nicht einmal die Zeit hatte zu zwinkern. Seine Hand schoss vor und legte sich um ihre Faust, die noch immer sein Hemd umklammerte. „Sind Sie noch bei Trost? *Ich* habe Ihnen diesen Namen doch nicht gegeben. Wenn er Ihnen nicht passt, müssen Sie sich schon bei Ihren Eltern beschweren, bei mir sind Sie an der falschen Adresse. Aber bis dahin gehen Sie weiter, bitte!“

Und Jane schleppte sich weiter, obwohl sie überzeugt war, dass sie jeden Moment zusammenbrechen würde. Wie in Trance kletterte sie auf der anderen Flussseite ans Ufer, und jetzt, da sie das schier undurchdringliche Dickicht aus der Nähe sah, jagte es ihr einen unsäglichen Schrecken ein. Was konnte sich darin nicht alles verbergen! Angenommen, ein Jaguar hielt sich darin versteckt, würde sie ihn erst bemerken, wenn ihre Hand in seinem Maul steckte. Plötzlich erinnerte sie sich, dass Jaguare das Wasser liebten und sich die meiste Zeit in der Nähe eines Flusses oder eines Baches aufhielten, und sie schwor sich, sich an Grant Sullivan zu rächen für die Ängste, die sie seinetwegen ausstehen musste.

Nachdem sie schließlich unter unsäglichen Mühen die Böschung erklommen hatten, lichtete sich der Dschungel, und sie kamen besser voran. Jane hängte sich ihren Rucksack über die andere Schulter und zuckte zusammen, als sie versehentlich einen frischen Kratzer auf ihrem Arm streifte. „Wohin gehen wir eigentlich? Zum Helikopter?"

„Nein", erwiderte er kurz angebunden. „Der Helikopter wird beobachtet."

„Was waren das denn für Männer?"

Er zuckte die Schultern. „Keine Ahnung. Vielleicht Sandinisten. Wir sind hier nur einen Steinwurf weit von der nicaraguanischen Grenze entfernt. Dieser verdammte Pablo hat uns verkauft."

Jane machte sich nicht die Mühe nachzufragen, was das heißen sollte; sie war viel zu müde, als dass es sie besonders interessiert hätte. „Wenn wir nicht zu dem Helikopter gehen, wohin gehen wir dann?"

„Nach Süden."

Sie presste die Kiefer aufeinander. Diesem Mann eine brauchbare Information zu entlocken war schwieriger als Zähneziehen. „Wohin nach Süden?"

„Nach Limon vielleicht. Im Moment gehen wir aber noch in Richtung Osten."

Jane kannte Costa Rica gut genug, um zu wissen, was im Osten lag, und dieser Gedanke behagte ihr gar nicht. Im Osten befand sich die Karibikküste, wo der Regenwald in ein trügerisches Sumpfgebiet überging. Wenn sie wirklich nur ein paar Kilometer von der nicaraguanischen Grenze entfernt waren, müssten es bis Limon, grob geschätzt, noch etwa hundert Meilen sein. Wie, um alles in der Welt, sollte sie in ihrem derzeitigen Zustand einen Fußmarsch von hundert Meilen hinter sich bringen? Und wie lange würden sie dafür benötigen? Vier oder fünf Tage? Und wie, bitte schön, sollte sie noch vier oder fünf weitere Tage mit Mr. Sunshine durchstehen? Sie kannte ihn noch nicht einmal zwölf Stunden und taumelte schon jetzt am Abgrund des Todes entlang.

„Warum können wir nicht einfach geradewegs nach Süden gehen?"

Er deutete mit dem Kopf in die Richtung, aus der sie gekommen waren. „Weil *sie* dort sind. Es sind zwar nicht Turegos Leute, aber es steht zu befürchten, dass er dennoch erfahren wird, welche Richtung wir eingeschlagen haben. Wir müssen vorsichtig sein."

Das leuchtete ihr ein, auch wenn es ihr nicht gefiel. Sie war bisher niemals in der karibischen Küstenregion von Costa Rica gewesen, deshalb wusste sie nicht, was sie erwartete. Aber giftige Schlangen, Alligatoren und Treibsand erschienen ihr immer noch besser als Turego. Und wegen der Sümpfe konnte sie sich Gedanken machen, wenn sie erst einmal dort waren. Mit diesem Vorsatz im Kopf wandte sie sich nun ihrem brennendsten Problem zu.

„Wann machen wir endlich Rast? Ich bin schon am Verhungern. Ganz zu schweigen davon, dass ich langsam wirklich dringend mal verschwinden müsste."

Um seine Mundwinkel zuckte es verräterisch. „Eine Pause können wir uns im Moment nicht leisten. Wenn Sie Hunger haben, müssen Sie schon im Laufen etwas essen. Und was Ihr zweites Problem anbelangt, gibt es dafür jede Menge geeigneter Bäume."

Nachdem sie einen Gewaltmarsch von mehreren Stunden zurückgelegt hatten, drohten Jane endgültig alle ihre Kräfte zu verlassen. Sie spürte ihre Beine nicht mehr, und der Schweiß rann ihr in Strömen über den ganzen Körper, ein

Flüssigkeitsverlust, den auch der Inhalt von Grants Feldflasche nicht ausgleichen konnte.

Gerade als sie ihm sagen wollte, dass sie keinen einzigen Schritt mehr weitergehen konnte, blieb er stehen.

„Bleiben Sie hier, ich suche uns einen Unterschlupf. Es wird in Kürze anfangen zu regnen."

Jane zog sich ihre Mütze vom Kopf und wischte sich mit dem Unterarm den Schweiß von der Stirn. Woher wusste er, dass es demnächst anfangen würde zu regnen? Natürlich, im Regenwald regnete es fast jeden Tag, um das zu wissen, brauchte man kein Hellseher zu sein. Aber sie hatte bis jetzt noch keinen Donner gehört.

Er kehrte nach kurzer Zeit zurück, nahm sie am Arm und führte sie zu einem Abhang, in dem sich eine kleine Höhle befand. Er schob sie hinein und begann dann in Windeseile mit großem Geschick, das Buschwerk über der Öffnung so zu arrangieren, dass es einen Moment später so gut wie regenundurchlässig war.

„Machen Sie es sich bequem", forderte er sie auf, während er sich neben ihr ausstreckte. Jetzt hörte sie in der Ferne ein leises Donnergrollen. Gleichviel, womit sich der Mann neben ihr auch seinen Lebensunterhalt verdienen mochte, auf jeden Fall kannte er sich im Dschungel aus, als wäre er hier geboren.

Grant zog jetzt seinen Rucksack zu sich heran. Anscheinend hatte er entschieden, die Wartezeit mit Essen zu überbrücken, denn nach einem Moment des Herumkramens förderte er zwei Büchsen zutage.

Jane beäugte sie misstrauisch. „Was ist denn das?"

„Essen."

„Was für Essen?"

Er zuckte die Schultern. „Keine Ahnung. Ich habe es mir

noch nie näher angeschaut und kann Ihnen nur den guten Rat geben, es genauso zu machen. Essen Sie es einfach."

Als er Anstalten machte, die Dose zu öffnen, legte sie ihm eine Hand auf den Arm. „Moment. Warum warten wir damit nicht, bis es unbedingt sein muss?"

„Es muss jetzt unbedingt sein", knurrte er ungehalten. „Wir *müssen* etwas essen."

„Ja, aber nicht unbedingt *das.*"

Sein Gesicht nahm einen verzweifelten Ausdruck an. „Honey, entweder geben Sie sich mit dem hier zufrieden, und wenn nicht, kann ich Ihnen gern noch zwei weitere Büchsen gleichen Inhalts servieren."

„Wie ich sehe, mangelt es Ihnen an Gottvertrauen", gab sie zurück, während sie ihren Rucksack zu sich heranzog. Einen Moment später förderte sie ein kleines Paket, das in ein Geschirrtuch eingewickelt war, zutage. Triumphierend packte sie es aus und legte zwei zwar leicht zerdrückte, aber durchaus noch essbare Sandwiches auf das Geschirrtuch. Dann wandte sie sich erneut ihrem Rucksack zu und begann, wieder darin herumzukramen. Errötend vor Freude und Stolz präsentierte sie Grant gleich darauf zwei Dosen Orangensaft. „Hier, nehmen Sie." Mit vergnügtem Gesicht reichte sie ihm eine Dose. „Ein Erdnussbutter-Marmeladensandwich und Orangensaft. Eine erstklassige Zusammenstellung: Proteine, Kohlehydrate und Vitamin C. Was wollen Sie mehr?"

Grant nahm ihr die Sachen ab und beäugte sie missmutig. Gleich darauf blinzelte er verblüfft, denn es geschah etwas für ihn völlig Überraschendes: Er lachte. Eigentlich war es gar kein richtiges Lachen, sondern eher ein rostiges Scheppern, aber es enthüllte seine gesunden weißen Zähne und ließ in seinen Augenwinkeln winzige Lachfältchen entstehen. Jane wurde es angesichts dieses Lachens ganz warm. Es war offensichtlich, dass er selten lachte; anscheinend hielt das Leben selten etwas für ihn zum Lachen bereit, und sie fühlte sich plötzlich glücklich, dass sie ihm einen Grund zum Lachen gegeben hatte, und traurig zugleich, dass er ansonsten so wenig zum Lachen hatte.

Während Grant auf seinem Sandwich herumkaute, spürte er, wie er sich zum ersten Mal seit dem Morgen entspannte.

Den letzten Bissen spülte er mit dem Rest seines Orangensaftes herunter, dann warf er Jane einen Blick zu, die sich gerade mit Hingabe die mit Marmelade beschmierten Finger ableckte. Anscheinend spürte sie, dass er sie anschaute, denn sie sah auf und schenkte ihm ein fröhliches Lächeln, bei dem ihre Grübchen zum Vorschein kamen, und wandte sich dann wieder ihren Fingern zu.

Ungehalten registrierte Grant, dass sein Körper begann, sich vor Verlangen anzuspannen. Vor Verlangen nach ihr. Okay, sie hatte tatsächlich eine gehörige Portion Charme, das war eindeutig und nicht von der Hand zu weisen, und das überraschte ihn. Er hatte eine hilflose, verwöhnte, ständig herumnörgelnde junge Frau erwartet, doch sie hatte einen sprühenden Geist und viel Witz und dazu auch ausgesprochen gute Nerven. Auch angezogen war sie absolut vernünftig: Sie trug feste Stiefel und eine khakifarbene Hose sowie eine schwarze kurzärmlige Bluse. Und obwohl sie nicht unbedingt so aussah, als sei sie einem Modemagazin entsprungen, konnte er nicht leugnen, dass es ein paar Momente gegeben hatte, als er hinter ihr hergegangen war, bei denen er sich von ihren runden festen Pobacken unter dem khakifarbenen Stoff abgelenkt gefühlt hatte.

Sie vereinigte eine Menge Widersprüche in sich. Obwohl zum Jetset gehörend, lebte sie doch so wild, dass ihr Vater sie Grants Wissen nach enterbt hatte, und außerdem war sie

George Persalls Geliebte gewesen. Irgendwelche Anzeichen eines ausschweifenden Lebens konnte er allerdings in ihrem Gesicht nicht entdecken. Im Gegenteil, es war offen und unschuldig wie das eines jungen Mädchens, und die kindliche Freude am Leben leuchtete ihr aus den dunklen, leicht mandelförmig geschnittenen Augen. Ihr langes Haar war von einem so dunklen Braun, dass es fast schwarz wirkte, und fiel ihr in einer wirren Lockenpracht über die Schultern. Auf ihrer Nase tanzten ein paar Sommersprossen, und ihre Wangenknochen waren stark ausgeprägt. Man hätte glauben können, sie hätte einen winzigen Schuss indianisches Blut in sich. Ihr Mund war weich und voll, die Oberlippe etwas voller als die Unterlippe. Alles in allem war sie zwar keine klassische Schönheit, aber sie strahlte eine Frische und Lebendigkeit aus, neben der alle anderen Frauen, die er je kennengelernt hatte, verblassten.

Ganz sicher jedoch war er mit dem Knie einer ihm im Grunde genommen fremden Frau noch nie so intim gewesen wie im Moment mit ihrem.

Dieser Gedanke verärgerte ihn plötzlich. Konnte sie nicht ein bisschen aufpassen, dass sich ihre Knie nicht berührten? Woher nahm sie diese Unbefangenheit? Oder war es Berechnung?

Auf einmal war ihm die ganze Operation, auf die er sich eingelassen hatte, zuwider. Sicher, er hatte die Verantwortung übernommen, sie ihrem Vater wieder heil zurückzubringen. Das Unangenehme war nur, dass sich die Dinge nun nicht mehr ganz so einfach darstellten. In dem Moment, in dem er Pablo bei dem Helikopter gesehen hatte, war ihm klar gewesen, dass irgendetwas schiefgelaufen war. Pablos Anspannung war an seiner Körperhaltung deutlich ablesbar gewesen. Hatte er gemeinsame Sache mit Turegos Leuten gemacht, oder hatte er ihn, Grant, warnen wollen? Er würde es wahrscheinlich nie erfahren.

Plötzlich erinnerte er sich daran, mit welcher Selbstverständlichkeit sie den Guerillero entwaffnet hatte. Die Tatsache, dass sie mit einer solchen Leichtigkeit agiert hatte, sagte ihm, dass sie gut durchtrainiert sein musste. Woher hatte ein verwöhntes Mädchen aus reichem Hause Kenntnisse in Selbstverteidigung? Ein weiteres Puzzleteil, das nicht passte. Er konnte ihr nicht trauen. Sie war nicht das, was sie zu sein schien, und das machte sie zu einer potenziellen Gefahr.

Er war ihr gegenüber wachsam, konnte jedoch seine Blicke nicht von ihr losreißen. Sie war so verdammt sexy, so üppig und exotisch wie eine Dschungelorchidee. Wie mochte es wohl sein, neben ihr zu liegen? Setzte sie die weichen Kurven ihres Körper ein, um einen Mann vergessen zu lassen, wer er war? Mit wie vielen Männern mochte sie wohl schon zusammen gewesen sein? Hatte Turego ihretwegen womöglich auch den Kopf verloren? Hatte sie gar etwas mit ihm gehabt?

Nun, er würde sich auf jeden Fall nicht die Finger an ihr verbrennen. Warum sollte er auch? Das war sie nicht wert, auch wenn sie noch so schöne Augen hatte.

Sie gähnte und blinzelte ein paarmal wie eine schläfrige Katze. „Ich glaube, ich werde versuchen, ein bisschen zu schlafen", kündigte sie an und streckte sich lang auf dem Boden aus, wobei sie ihren Arm als Kopfkissen benutzte. Sie schloss die Augen und gähnte erneut. Grant beobachtete sie mit zusammengekniffenen Augen. Ihre offensichtliche Anpassungsfähigkeit war ein weiteres Teil in dem Puzzle, das nicht zu passen schien. Eigentlich müsste sie jammern und stöhnen, wie unkomfortabel dieser erzwungene Ausflug sei. Stattdessen rollte sie sich einfach wie ein Kätzchen auf dem Erdboden zusammen und machte ein Nickerchen. Okay, die

Idee war nicht schlecht, ihm konnte ein bisschen Schlaf auch nichts schaden.

Grant schaute hinaus. Der Regen war in einen Wolkenbruch übergegangen, der auf das Blätterdach prasselte und den Boden des Dschungels wahrscheinlich bereits jetzt in einen reißenden Fluss verwandelt hatte.

Er streckte die Hand aus und berührte Jane an der Schulter, woraufhin sie sich aufrichtete und ihn mit schlafschweren Augen anschaute. „Rücken Sie ein bisschen, ich möchte mich auch hinlegen."

Sie machte ihm Platz, er schob die Rucksäcke beiseite und streckte sich neben ihr aus. Er lag auf dem Rücken, einen Arm unter dem Kopf, schloss die Augen und versuchte einzuschlafen. Jane drehte sich zu ihm um und warf ihm unter halbgeschlossenen Augenlidern einen schläfrigen Blick zu. Sie sah sein scharf geschnittenes Profil mit der ganz leicht gebogenen Nase und registrierte die dünne Narbe an seiner linken Wange. Woher er sie wohl hatte? Wangen und Kinn waren von Bartstoppeln bedeckt, weil er sich einige Tage nicht rasiert hatte. Sein Bart war um einiges dunkler als sein Haar, ebenso wie seine Wimpern und seine Augenbrauen.

Der Regen hatte kühlere Luft mit sich gebracht, und Jane begann plötzlich zu frösteln. Instinktiv rutschte sie näher an Grant heran, dessen Körper noch immer eine Menge Hitze abstrahlte. Er war so warm, und sie fühlte sich so sicher ... so sicher hatte sie sich in ihrem Leben nur als kleines Mädchen gefühlt. Sie stieß einen wohligen Seufzer aus und entschlummerte.

Als das Trommeln des Regens nachließ, erwachte Grant. Es war, als würde man einen Lichtschalter anknipsen. Er war auf einen Schlag hellwach und wollte aufspringen. Da bemerkte er, dass Jane halb auf ihm ruhte, ihr Kopf lag auf seinem Arm und eine Hand auf seiner Brust. Missmutig starrte er auf sie herab. Wie zum Teufel hatte sie es bewerkstelligt, sich ihm so weit zu nähern, ohne dass er aufgewacht war? Er hatte einen Schlaf wie eine Wildkatze, stets gefasst auf das kleinste Geräusch und die kleinste Bewegung – aber diese verdammte Frau hatte es doch tatsächlich geschafft, fast in ihn hineinzukriechen, ohne dass er es bemerkte. Sicher war sie enttäuscht, dachte er verärgert. Sein Ärger galt sowohl sich selbst als auch ihr, weil der Vorfall ihn mit der Nase darauf stieß, wie nachlässig er im vergangenen Jahr geworden war. Diese Nachlässigkeit konnte sie beide das Leben kosten.

Er lag bewegungslos da und war sich ihrer vollen Brüste, die sich in seine Seite drückten, nur allzu gut bewusst. Ihr Körper war weich und üppig, ihr rechtes Bein lag angewinkelt über seiner Hüfte. Alles, was er tun musste, war, sich umzudrehen. Dann würde er sich zwischen ihren Schenkeln wiederfinden. O Gott! Die bloße Vorstellung trieb ihm den Schweiß auf die Stirn. Heiß würde sie sein, heiß und eng. Zähne knirschend registrierte er das Begehren, das nun mit Macht in seine Lenden schoss. Ja, er wollte sie. Er wollte sie nackt und sich unter ihm windend mit einer Leidenschaft, die sein Inneres nach außen stülpte.

Er musste sich bewegen, sofort. Anderenfalls würde er Gefahr laufen, sie jetzt auf der Stelle, hier, auf diesem steinigen Boden, zu nehmen. Angewidert von sich selbst, zog er den Arm unter seinem Kopf hervor, dann gab er ihr einen leichten Klaps auf die Schulter. „Wir müssen weiter“, brummte er kurz angebunden.

näher kennenlernten, schien er auch nicht interessiert. Aber er riskierte schließlich sein Leben, nur um ihr zu helfen, und Rücksicht auf sie nahm er auch. Das war ihm hoch anzurechnen. In seinen Augen jedoch lag ein Ausdruck von Müdigkeit und Zynismus und Leere, der in Jane den Wunsch weckte, ihn in den Arm zu nehmen und zu beschützen. Als sie sich ihrer Gefühle bewusst wurde, schalt sie sich einen Dummkopf. Was für eine idiotische Vorstellung zu glauben, einen Mann beschützen zu müssen, der ganz offensichtlich sehr gut allein auf sich aufpassen konnte. Und dennoch, irgendetwas war da. Dieses Misstrauen, das sich in seinen Augen spiegelte, kam ihr nur allzu bekannt vor, und plötzlich erinnerte sie sich wieder an die Zeit, als sie ein kleines Mädchen gewesen war und es nicht gewagt hatte, irgendjemandem zu vertrauen. Sie war schrecklich einsam gewesen damals, und sie wusste, was Einsamkeit war. Deshalb fühlte sie mit ihm. Weil sie die Einsamkeit in seinen Augen entdeckt hatte.

Nachdem sie zusammengeräumt hatten, schulterte er sein Marschgepäck und sah sie an. „Fertig?" Jane war gerade dabei, sich ihr Haar unter ihre Mütze zu stopfen, deshalb beugte er sich nach unten und griff nach ihrem Rucksack. Als er ihn hochhob, malte sich Überraschung auf seinem Gesicht ab. „Was zum Teufel haben Sie denn da alles drin?", brummte er verblüfft. „Der wiegt ja ein paar Pfund mehr als meiner."

„Alles, was ich brauche", gab Jane kurz angebunden zurück und nahm ihm den Rucksack aus der Hand, um ihn zu schultern.

„Zum Beispiel?"

„Alles eben", wiederholte sie stur. Plötzlich begann sie zu befürchten, dass er verlangen würde, sie solle ihren Rucksack auspacken, damit er die Dinge durchgehen und das aussortieren könnte, von dem er meinte, dass sie es nicht unbedingt brauchte. Deshalb presste sie jetzt die Kiefer hart aufeinander und starrte ihn trotzig an.

„Nehmen Sie den Rucksack ab“, befahl er nach einem kurzen Schweigen und begann, sich sein Marschgepäck ebenfalls wieder abzuschnallen. „Wir tauschen. Ich trage Ihren und Sie meinen.“

Sie hob das Kinn. „Ich kann meine Sachen selbst tragen.“

„Hören Sie auf, mit dieser Herumstreiterei unsere kostbare Zeit zu verschwenden. Der Rucksack ist zu schwer für Sie. Sie werden dadurch zu schnell müde. Der Marsch durch den Dschungel ist ohnehin eine Ochsentour, auch ohne dass Sie sich so abschleppen. Geben Sie ihn mir, ich will nur rasch noch den Tragegurt annähen.“

Sie sah ein, dass Widerspruch zwecklos war, deshalb schnallte sie sich den Rucksack jetzt widerstrebend wieder ab und reichte ihn ihm. Er hatte mittlerweile aus seinem Marschgepäck Nähzeug herausgeholt und begann nun, den abgerissenen Schulterriemen an ihrem Rucksack zu reparieren. Jane sah ihm ehrfürchtig zu. Das Einzige, was sie konnte, war, einen Knopf anzunähen. „Lernt man bei der Army mittlerweile das Nähen?“, fragte sie und trat einen Schritt näher an ihn heran, um ihn besser beobachten zu können.

Er warf ihr einen seiner abweisenden Blicke zu. „Ich bin nicht bei der Army.“

„Vielleicht jetzt nicht mehr, aber Sie waren es, da möchte ich wetten.“

„Das ist lange her.“

„Und wo haben Sie dann nähen gelernt?“

„Einfach so nebenbei. Ist doch keine großartige Sache.“ Er biss den Faden ab; dann packte er Nadel und Garnrolle wieder weg und stand auf. „Also los, lassen Sie uns aufbrechen. Wir haben schon genug Zeit verschwendet.“

Nachdem sie einige Stunden gewandert waren, gelangten sie wieder an einen Fluss, der nicht breiter war als der erste, aber tiefer. Das Wasser würde ihr an manchen Stellen wahrscheinlich bis zu den Hüften reichen. Sehnsüchtig auf das glitzernde Nass starrend, stolperte Jane über eine Wurzel und konnte sich gerade noch rechtzeitig abfangen, indem sie sich an einen Baum klammerte.

„Oh, igittigitt", stöhnte sie auf, als sie spürte, wie etwas Glitschiges unter ihrer Hand zerplatzte. Sie nahm die Hand von dem Baumstamm und sah, dass ihre Handfläche blutbeschmiert war.

Grant blieb stehen. „Was ist denn?"

„Ich hab irgendein Vieh zerquetscht." Jane versuchte, sich ihre Hand mit einem Blatt abzuwischen, aber das Blut ging nicht ganz ab. Angewidert starrte sie von ihrer Hand zu Grant. „Meinen Sie, ich kann mir meine Hand in dem Fluss abwaschen?"

Er schaute sich um, und seine bernsteinfarbenen Augen suchten rasch und sorgfältig die Umgebung diesseits und jenseits des Flusses ab. „Okay. Kommen Sie zu mir rüber."

„Ich kann hier runtergehen", gab sie zurück. Die Böschung war nicht besonders steil und das Unterholz nicht dichter als anderswo. Sie bahnte sich vorsichtig ihren Weg über die Wurzeln eines Baumriesen mit ausladender Krone und lehnte sich für einen Moment gegen den Stamm, um sich den Schweiß von der Stirn zu wischen.

„Passen Sie auf!" Grants Stimme klang so scharf, dass Jane herumfuhr.

In diesem Moment stürzte etwas unglaublich Schweres wie ein Fallbeil auf ihre Schultern herab, etwas Langes, Glattes, Lebendiges, das ihr in Sekundenschnelle die Luft abdrückte. Sie stieß einen erstickten Schrei aus, und ihre Hand zuckte panisch zu ihrem Hals. „Grant!“, kreischte sie in Todesangst. „Grant! Hilfe!“

Sie kam ins Taumeln, und ihre Hände krallten sich in dem verzweifelten Versuch, sich von dem Würgegriff zu befreien, in den Körper der Schlange, deren Muskeln sich anspannten. Gleich würde das Tier ihren Brustkorb zerquetschen. Janes Beine gaben unter dem Ansturm des ungeheuren Gewichts und vor Todesangst nach, und sie stürzte zu Boden. Wie durch einen dichten Nebelvorhang, der die Geräusche schluckte, hörte sie Grants Fluchen und ihre eigenen Schreie. Grüne Blätter, braune Baumstämme und knorriges Wurzelwerk, alles tanzte kaleidoskopartig vor ihren Augen, bis Grants Gesicht, seltsam verzerrt, über ihr auftauchte. Er schrie ihr etwas zu, aber sie konnte nicht verstehen, was er sagte; ihr ganzes Sinnen und Trachten war einzig darauf gerichtet, sich aus der tödlichen Umklammerung dieses Ungeheuers zu befreien. Indem sie sich über den Boden gewälzt hatte, war es ihr gelungen, einen Arm und eine Schulter freizubekommen, aber die Boa verstärkte jetzt ihren Würgegriff um Janes Brustkasten, der Kopf mit dem weit aufgerissenen Maul, aus dem die gespaltene Zunge blitzschnell hervorschoss und sich wieder zurückzog, war direkt vor ihrem Gesicht. Jane schrie und schrie und versuchte, den Kopf des Tieres mit ihrer freien Hand wegzuschieben, aber die Schlange drückte ihr die Luft ab, sodass ihre Schreie nicht mehr als ein raues Keuchen waren. Jetzt schoss eine große Hand vor und umklammerte den Kopf der Boa, und dann sah sie ein silbernes Aufblitzen.

Einen Augenblick später lockerte sich der Würgegriff etwas, fast so, als wende sich die Boa ihrem neuen Opfer zu in der Absicht, es in seine tödliche Umarmung mit einzubeziehen. Jetzt sah Jane erneut ein silbernes Aufblitzen, dann spritzte ihr irgendetwas ins Gesicht. Vage registrierte sie, dass es Grants Buschmesser gewesen sein musste, das sie gesehen hatte. Grant stieß einen hässlichen Fluch aus, während er mit der Schlange kämpfte, und Jane wälzte sich über den Boden in dem Versuch, sich selbst aus der Umklammerung der Boa zu befreien. „Verdammt noch mal, halten Sie still!“, keuchte er. „Sonst verletze ich Sie noch.“

Es war ihr jedoch unmöglich stillzuhalten; die Schlange zuckte noch immer über ihren Körper, und Jane war zu sehr in Panik, um zu registrieren, dass die Zuckungen des Tieres Todeszuckungen waren, und nicht einmal dann, als sie sah, dass Grant etwas beiseitewarf und begann, die Boa von ihr abzuwickeln, war ihr klar, dass sie gerettet war. Erst als er sie ganz und gar von dem schauerlichen Ungeheuer befreit hatte, hörte sie auf, sich herumzuwälzen, blieb zu Tode erschöpft liegen und starrte schweigend mit kreidebleichem Gesicht zu ihm auf. Es war vorbei. Grant hatte die Schlange getötet.

„Es ist vorbei“, sagte er heiser und fuhr mit den Händen über ihre Arme und ihren Oberkörper. „Wie fühlen Sie sich? Glauben Sie, Sie haben sich irgendetwas gebrochen?“

Jane brachte kein Wort heraus, ihre Kehle war wie zugeschnürt. Alles, was sie tun konnte, war einfach nur still dazuliegen und mit bebenden Lippen und noch immer weit aufgerissenen Augen zu ihm emporzustarren. Als sie schließlich doch sprach, war ihr anzumerken, dass es sie eine schier übermenschliche Kraft kostete, die Worte zu artikulieren.

„Mir ... geht ... es ... gut.“ Ihre Stimme bebte, aber indem sie die Worte aussprach, schaffte sie es, auch selbst daran zu glauben. Jetzt setzte sie sich langsam auf und strich sich das Haar aus dem Gesicht. „Ich fühle mich zwar ein bisschen schwach, aber es ist nichts Ern...“

Sie hielt abrupt inne und starrte entsetzt auf ihre blutige Hand. „Ich blute ja“, sagte sie vollkommen verwirrt. Sie warf

Grant einen verunsicherten Blick zu, als müsste sie sich ihre Entdeckung von ihm bestätigen lassen. „Ich bin ja überall voller Blut", stieß sie gleich darauf mit bebender Stimme hervor und streckte ihm voller Entsetzen ihre zitternde Hand entgegen. „Hier, Grant, sehen Sie, lauter Blut."

„Es ist nicht Ihr Blut, sondern das der Schlange", gab er zurück in der Absicht, sie zu beruhigen. Allerdings bewirkte er damit das Gegenteil.

„Oh, mein Gott", schrie sie in heillosem Grauen, rappelte sich eilig auf und starrte, erneut von Panik ergriffen, an sich herunter. Ihre schwarze Bluse war durchtränkt von Blut, und auf ihrer Khakihose fanden sich ebenfalls große Blutflecken. Auch ihre Arme waren über und über blutverschmiert. Unsäglicher Ekel stieg in ihr auf. Als sie sich daran erinnerte, wie ihr vorhin etwas ins Gesicht gespritzt war, begannen ihre Finger nun, ihr Gesicht abzutasten, und fühlten die klebrige Nässe auf der Haut und in den Haaren.

Sie fing an, noch heftiger zu zittern, und gleich darauf strömten ihr die Tränen über die Wangen. „Ich muss es abwaschen", schluchzte sie vollkommen außer sich. „Ich muss es sofort abwaschen. Ich bin überall voller Blut, o Gott, o Gott, lauter Blut, so viel Blut, und es ist nicht meines. Es ist überall ... überall ... sogar in meinen Haaren!" Damit drehte sie sich um und raste wie von Sinnen zum Fluss hinunter.

Grant fluchte und setzte ihr nach. In dem Moment, in dem sie ihren Fuß in das Wasser setzen wollte, hatte er sie erreicht und hielt sie fest, aber ihr unstillbarer Drang, sich sofort das Blut abzuwaschen, veranlasste sie, wie eine Wahnsinnige um sich zu schlagen. Sie verlor für einen Moment das Gleichgewicht, sodass sie anfing zu taumeln, und stürzte gleich darauf zu Boden. Bevor sie sich wieder aufrappeln konnte, war Grant fluchend über ihr und hielt sie fest.

„Jane, beruhigen Sie sich!", befahl er ihr in scharfem Ton. „Ich wasche Ihnen das Blut ab, aber Sie müssen stillhalten, damit ich Ihnen wenigstens die Stiefel ausziehen kann, okay?"

Er musste sie mit einer Hand ruhigstellen, während er ihr mit der anderen die Schuhe auszog, aber als er sich daranmachte, sich seiner eigenen Stiefel zu entledigen, begann sie, wie eine Irre zu kreischen. Er betrachtete sie finster. Da hatte sie den ganzen Tag lang die Strapazen über sich ergehen lassen, ohne mit der Wimper zu zucken, und jetzt drehte sie durch. Das Blut an ihrer Kleidung war offensichtlich mehr, als sie ertragen konnte. Er riss sich eilig die Stiefel von den Füßen, dann wandte er sich ihr zu, machte ihr die Hose auf und zog sie ihr aus. Dann nahm er sie wie ein Kind auf den Arm und watete mit ihr durchs Wasser, ohne einen Gedanken darauf zu verschwenden, dass seine eigene Hose durchnässt wurde.

Als ihm das Wasser bis zum Knie reichte, ließ er sie runter, bückte sich und schöpfte mit den Händen Wasser, mit dem er sie bespritzte. Dann wusch er ihr sorgfältig die Blutflecken von Armen und Beinen. Die ganze Zeit über stand sie vollkommen bewegungslos, während ihr die Tränen in Strömen über die ebenfalls blutverschmierten Wangen rannen.

„Es ist alles in Ordnung, Honey", flüsterte er sanft und versuchte sie dann mit einschmeichelnder Stimme davon zu überzeugen, dass sie sich hinsetzen sollte, um sich das Blut aus dem Haar zu waschen, doch ohne Erfolg. Sie rührte sich nicht. Ganz offensichtlich stand sie noch immer unter Schock. Also schüttete er ihr Wasser über den Kopf, und die einzige Regung, die sie zeigte, war, dass sie sich das Nass aus den Augen blinzelte. Jetzt zog er ein Taschentuch aus seiner Gesäßtasche und wischte ihr vorsichtig das Gesicht ab. Langsam schien sie sich zu beruhigen, ihre Tränen waren versiegt.

„Sehen Sie, jetzt sind Sie wieder sauber", begann er, doch

dann sah er mit Schrecken, dass blutrotes Wasser ihre Oberschenkel hinabrann. Ihre Bluse war so blutdurchtränkt, dass er sie ihr ausziehen musste, um sie sauber zu bekommen. Ohne zu zögern, begann er, die Knöpfe zu öffnen. „Wir müssen das ausziehen, damit wir es waschen können“, sagte er wie zu einem Kind, wobei er darauf achtete, seine Stimme so ruhig wie möglich zu halten. Sie schaute nicht einmal auf seine Hände, die die Bluse aufknöpften und sie ihr dann über die Schulter schoben, um sie anschließend ans Ufer zu werfen. Jane heftete ihre Blicke auf sein Gesicht, als sei es ein Rettungsanker, der die Garantie dafür bot, nicht den Verstand zu verlieren.

Grant schaute zu ihr herunter, und sein Mund wurde trocken, als sein Blick auf ihre nackten Brüste fiel. Er hatte sich bereits vorzustellen versucht, wie sie wohl aussehen mochten, und nun wusste er es. Es war, als hätte ihm jemand einen Schlag in den Magen versetzt. Ihre Brüste waren rund und ein bisschen schwerer als erwartet, und die Knospen klein und braun und so verführerisch, dass er sich am liebsten heruntergebeugt und sie in den Mund genommen hätte, um von ihnen zu kosten. Jetzt war sie so gut wie nackt; alles, was sie noch auf dem Leib trug, war ein Slip, der durch die Nässe transparent geworden war. Als Grant das dunkle Dreieck sah, das sich zwischen ihren Schenkeln abzeichnete, erwachte das Feuer in seinen Lenden. Sie hatte einen atemberaubenden Körper, langbeinig, schmalhüftig und muskulös wie der einer Tänzerin. Ihre Schultern waren kräftig, die Arme schlank, die Brüste voll; er lechzte plötzlich danach, sie direkt hier zu nehmen, tief in sie einzudringen und sich mit ihr im Rhythmus der Liebe zu wiegen, bis er den Verstand verlor.

Nur mit Mühe riss er den Blick von ihr los und beugte sich nach unten, um das Taschentuch im Wasser auszuspülen. Doch das war ein schlimmer Fehler, weil jetzt sein Blick direkt auf das dunkle Dreieck zwischen ihren Schenkeln fiel, deshalb fuhr er schon einen Moment später wie von der Tarantel gestochen wieder hoch. Er musste sich zwingen, sich ihren Brüsten zuzuwenden, weil er die Tantalusqualen schon im voraus erahnen konnte. Qualen, die sich auch prompt einstellten, als er ihr mit dem nassen Taschentuch sanft die zarte Haut abrieb.

„Jetzt sind Sie aber wirklich sauber", sagte er heiser und warf das Taschentuch ans Ufer, wo es neben ihrer Bluse liegen blieb.

„Danke", flüsterte sie, erneut mit Tränen in den Augen, und warf sich mit einem leisen Wimmern an seine Brust. Sie klammerte sich an ihn und barg den Kopf an seinem Hals. Jetzt fühlte sie sich sicher und geborgen. Seine Gegenwart nahm ihr die Angst, und sie wünschte sich, für immer in seinen Armen verweilen zu können.

Seine Hände bewegten sich über ihren nackten Rücken und streichelten sanft ihre zarte Haut, wie um sich deren Struktur für alle Ewigkeit einzuprägen. Als Jane seinen männlichen Duft einatmete, fühlte sie sich plötzlich seltsam trunken, fast so, als würde sie schweben. Ihr Körper, an den starken Körper des fremden Mannes gepresst, wurde von eigenartigen, nie gekannten Empfindungen heimgesucht, während ihr das kühle Wasser um die Beine spülte und eine leichte Brise ihre nackte Haut umfächelte. Grants Hände hinterließen eine heiße Spur, als sie sich von ihren Schultern über ihren Rücken bewegten und wieder zurück. Dann streichelte eine Hand ihren Hals und legte sich um ihr Kinn.

Grant hob sich ihr Gesicht entgegen, beugte sich zu ihr herab und küsste sie. Seine Zunge schlüpfte zwischen ihre Zähne und suchte die ihre. Und Jane erwiderte seinen Kuss. Noch nie zuvor in ihrem Leben hatte sie einen Mann so leidenschaftlich geküsst wie ihn, und noch nie war sie von einem Mann so geküsst worden. Es hatte etwas höchst Beunruhigendes an sich. Alarmiert versuchte sie einen Moment später, den Kuss zu beenden, doch Grant gab sie nicht frei, und Jane öffnete ihm erneut ihren Mund und vergaß sofort, warum sie sich gegen ihn gewehrt hatte. Seit ihrer Scheidung hatten sie eine Menge Männer geküsst, aber sie hatten sie alle kaltgelassen. Warum also machte sie dieser raue ... Söldner oder was auch immer er sein mochte erschauern, wenn selbst die weltgewandtesten Männer nicht in der Lage waren, ihre Leidenschaften zu wecken? Sein Mund war warm und hart, seine Zunge kühn in ihrem Forschungsdrang, und sein Kuss rief ein unbekanntes Sehnen in ihr hervor.

Sie schlang ihm die Arme um den Nacken und drängte sich eng an ihn. Sie konnte ihm gar nicht nah genug sein, obwohl er sie fast erdrückte. Die Knöpfe seines Hemdes gruben sich in ihre Brüste, aber sie bemerkte den Schmerz nicht. Seine Küsse waren wild, hungrig und von einer Gier, die außer Kontrolle zu geraten drohte.

Kühn legte er jetzt eine Hand auf ihre Brust und begann, ihre Knospe zu streicheln, und Jane hätte fast laut aufgeschrien angesichts des heißen Verlangens, das über sie hinwegschwappte. So etwas hatte sie noch nie zuvor erlebt, und die Reaktion ihres Körpers überraschte sie. Vor langer Zeit schon hatte sie sich damit abgefunden, kein besonders sinnlicher Mensch zu sein, und damit war das Thema für sie erledigt. Sex war eine Sache gewesen, die sie niemals besonders interessiert hatte, doch die Gefühle, die Grant jetzt in ihr erweckte, brachten ihr Theoriegebäude zum Einsturz. In seinen Armen verwandelte sie sich in ein wildes Tier, das nur danach trachtete, seine Instinkte zu befriedigen.

Die Zeit verstrich, während sie eng umschlungen im Wasser standen und sich küssten. Jetzt glitten seine Hände abwärts zwischen ihre Schenkel und streichelten das geheimste Versteck ihres Begehrens. Die Kühnheit dieser Berührung riss sie aus ihrer Verzückung; augenblicklich versteifte sie sich und löste sich von ihm. Er gab einen tiefen, gutturalen Laut von sich, und für einen kurzen Moment befürchtete sie, ihn nicht von sich fernhalten zu können, doch dann stieß er sie mit einem Fluch von sich weg.

Jane taumelte leicht, und seine Hand schoss vor. Er bekam sie am Arm zu fassen und zog sie zu sich heran. „Verdammt noch mal, verschaffst du dir so deine Kicks?“, fuhr er sie wütend an. „Macht es dir Spaß zu beobachten, wie du einen Mann um den Verstand bringen kannst?“

Sie hob das Kinn und schluckte. „Nein, ganz bestimmt nicht. Es tut mir leid. Ich hätte mich dir nicht an den Hals werfen dürfen …“

„Da hast du verdammt recht, das hättest du wirklich nicht tun müssen“, unterbrach er sie wild. Und er sah auch aus wie ein Wilder, die Augen lodernd und schwarz vor Zorn, die Nasenflügel bebend und der Mund nur ein schmaler Strich. „Das nächste Mal solltest du dir besser vorher überlegen, worauf du hinausmöchtest, verstanden?“

Damit ließ er sie einfach stehen und watete ans Ufer. Jane, die sich plötzlich ihrer Nacktheit bewusst wurde, verschränkte die Arme über der Brust und starrte ihm schuldbewusst nach. Was für ein schreckliches Missverständnis! Sie hatte nicht mit ihm spielen wollen, aber sie war so von Panik erfüllt gewesen, und er wirkte so ruhig und stark, dass es ihr als die selbstverständlichste Sache der Welt erschienen war, sich an ihm festzuhalten. Diese leidenschaftlichen Küsse und Zärtlichkeiten hatten sie überrascht und aus dem Gleichgewicht gebracht, sie zitterte sogar jetzt noch. Aber natürlich wäre es ihr nie in den

Sinn gekommen, mit einem Mann, den sie kaum kannte, intim zu werden, und erst recht nicht, wo sie nicht einmal wusste, ob sie das Wenige, was sie von ihm kannte, überhaupt mochte.

Nachdem er das Ufer erreicht hatte, drehte er sich nach ihr um. „Kommst du jetzt, oder kommst du nicht?" Seine Stimme klang jetzt plötzlich rau und unwirsch. Jane gab sich einen Ruck und watete dann, ihre Brüste noch immer mit den Armen bedeckend, ebenfalls langsam aus dem Wasser.

„Mach dir keine Mühe. Ich hab sowieso schon gesehen, was es zu sehen gibt, und angefasst hab ich's auch", fuhr er sie in barschem Ton an. „Warum also so schamhaft?" Er deutete auf die Bluse auf dem Boden. „Du solltest wohl besser das restliche Blut rauswaschen, wo du doch so zart besaitet bist."

Jane warf einen Blick auf die blutdurchtränkte Bluse und erblasste leicht, aber sie hatte sich jetzt wieder unter Kontrolle. „Ja, das sollte ich wohl", erwiderte sie leise. „Holst du mir … holst du mir bitte meine Hose und meine Stiefel?"

Er schnaubte widerwillig, kletterte aber dann doch die Böschung hinauf und warf ihr die Sachen hinunter. Ihm den Rücken zuwendend, stieg Jane in ihre Hose und erschauerte, als sie die Blutflecken sah. Ihr Slip war nass, doch dagegen ließ sich nichts tun. Sie würde sich in Geduld üben müssen, bis er am Körper getrocknet war. Nachdem sie sich so weit angezogen hatte, ging sie barfuß ins Wasser zurück und begann, ihre Bluse auszuwaschen. Das Blut färbte das Wasser rot, und sie schrubbte sich fast die Finger wund, ehe sie mit dem Ergebnis ihrer Bemühungen zufrieden war. Dann wrang sie die Bluse aus und schüttelte sie anschließend aus. Als sie Anstalten machte, das Kleidungsstück überzuziehen, hörte sie Grants mürrische Stimme. „Hier", sagte er, und als sie sich umdrehte, sah sie, dass er ihr sein Hemd hinhielt. „Du kannst es haben, bis deine Bluse trocken ist."

Sie erwog einen Moment, sein Angebot zurückzuweisen, doch dann sagte sie sich, dass mit falschem Stolz nichts gewonnen war. Deshalb nahm sie das Hemd schweigend entgegen und schlüpfte hinein. Natürlich war es ihr viel zu groß, aber wenigstens war es trocken und nicht allzu schmutzig. Es roch nach Schweiß, vermischt mit dem Moschusduft, den seine Haut ausströmte, und sie empfand diesen Geruch als tröstlich. Als ihr Blick auf die rostroten Flecken fiel, erinnerte sie sich daran, dass er ihr das Leben gerettet hatte. Sie knotete die Enden über ihrem Bauch zusammen und ließ sich dann auf dem Boden nieder, um sich die Stiefel anzuziehen.

Als sie sich wieder nach ihm umdrehte, sah sie, dass er mit finsterem Gesicht direkt hinter ihr stand. Sie gingen gemeinsam zu der Stelle zurück, an der ihr Gepäck lag, wobei Jane sich bemühte, die geköpfte Boa zu übersehen. Nachdem sie ihre Rucksäcke geschultert hatten, sagte er: „Wir gehen nicht mehr weit. Lauf einfach hinter mir her, aber fass um Gottes willen nichts an und bleib genau in meiner Spur. Die nächste Boa gedenke ich nämlich nicht daran zu hindern, dich zum Abendessen zu verschlingen, also fordere dein Unglück nicht heraus."

5. KAPITEL

Sie schlugen um den Fluss einen Bogen von fünfundvierzig Grad, und es dauerte nicht lange, bis Grant sich nach Jane umschaute. „Hier rasten wir."

Jane blieb neben ihm stehen und fühlte sich schrecklich nutzlos, während sie zusah, wie er aus seinem Marschgepäck ein zusammengerolltes Päckchen zutage förderte, das sich unter seinen geschickten Händen in Kürze in ein kleines Zelt verwandelte. Nachdem es stand, begann er, es mit Laubwerk zu tarnen, sodass man es zum Schluss kaum noch sehen konnte. Während der ganzen Zeit gönnte er ihr kaum einen Blick.

„Wir können es nicht riskieren, Feuer zu machen, also schlage ich vor, dass wir jetzt etwas essen und uns anschließend gleich schlafen legen. Es wird uns nichts schaden, der Tag war schließlich anstrengend genug. Ich bin hundemüde."

Jane ging es nicht anders, aber sie fürchtete sich vor der kommenden Nacht. Das Licht ließ bereits sichtlich nach, und sie wusste, dass es in Kürze stockfinster sein würde. Als sie sich die undurchdringliche Schwärze der Nacht ins Gedächtnis zurückrief, rieselte ihr ein eiskalter Schauer den Rücken hinab. Nun, das war nicht zu ändern. Ihr würde nichts anderes übrig bleiben, als sich irgendwie damit abzufinden.

Sie kramte in ihrem Rucksack und brachte gleich darauf zwei weitere Dosen Orangensaft zum Vorschein, von denen sie Grant eine zuwarf; er fing sie geschickt auf und starrte mit wachsender Verärgerung auf ihren Rucksack. „Wie viele von den Dingern hast du eigentlich noch in deinem Reisesupermarkt?", erkundigte er sich sarkastisch.

„Das sind die letzten. Ab jetzt müssen wir Wasser trinken. Willst du einen Knusperriegel?" Sie reichte ihn ihm, fest entschlossen, seine Verärgerung zu ignorieren. Sie war müde, alle Knochen taten ihr weh, und sie sah einer langen, stockfinsteren Nacht entgegen. All dies ließ ihr seinen Ärger sehr unwichtig erscheinen. Er würde darüber hinwegkommen.

Nachdem sie ihren Schokoriegel aufgegessen hatte, war sie noch immer hungrig, deshalb begann sie erneut, in ihrem Rucksack nach etwas Essbarem zu kramen. „Willst du ein Stück Käse und ein paar Cracker?"

Als sie fragend zu ihm aufschaute, begegnete sie seinem ungläubigen Blick. Auf sein Nicken hin teilte sie den Käse und die Cracker zwischen ihnen auf und reichte ihm seinen Anteil. Er nahm ihn kopfschüttelnd entgegen und vertilgte ihn anschließend schweigend.

Jane sparte sich einen Schluck von ihrem Orangensaft auf, und nach Beendigung ihrer Mahlzeit kramte sie aus ihrem Rucksack ein kleines Fläschchen heraus. Sie schraubte es auf, schüttete sich eine Pille auf die Hand, warf Grant einen raschen Blick zu und fügte dann der ersten Pille eine zweite hinzu. „Hier", sagte sie und hielt ihm die Hand hin.

Er warf einen Blick darauf, machte jedoch keinerlei Anstalten, sich zu bedienen. „Was zum Teufel ist das?"

„Hefepillen."

„Warum sollte ich eine Hefepille einnehmen?"

„Damit dich die Moskitos nicht zerstechen."

„Das werden sie schon nicht."

„Natürlich werden sie es. Schau mich an. Ich habe keinen einzigen Insektenstich, und das kommt nur davon, weil ich Hefepillen schlucke. Also los, mach schon, nimm dir eine."

Widerstrebend nahm er eine der Pillen und sah Jane mit gepeinigtem Gesichtsausdruck zu, wie sie die ihre mit einem Teil des Orangensafts, den sie sich aufgehoben hatte, hinunterspülte. Dann reichte sie ihm die Dose, und er zerquetschte einen obszönen Fluch zwischen den Zähnen, ehe er sich schließlich dazu aufraffte, die Pille zu schlucken.

„Okay, Zeit zum Schlafengehen“, sagte er dann, erhob sich und machte eine Kopfbewegung zu einem großen Baum hin. „Dort drüben ist unser Badezimmer, falls du die Absicht haben solltest, es aufzusuchen, bevor wir uns zur Ruhe begeben.“

Jane verschwand hinter dem Baum. Dieser Grant! Er war grob, er war rüde, er war sogar manchmal ein bisschen grausam – aber er hatte ihr das Leben gerettet. Sie wusste gar nicht, was sie eigentlich von ihm erwartete. Sie wusste nur, dass er völlig unberechenbar war. Im einen Moment erschien er ihr wie ein ungehobelter Klotz, nur um sie im nächsten mit irgendeiner Freundlichkeit zu entwaffnen, auf die sie nicht gefasst war. Und wenn die Dinge allzu glatt zwischen ihnen liefen, konnte sie sich schon im Voraus darauf gefasst machen, dass er wieder einen Streit vom Zaun brechen würde.

Er wartete vor dem Zelt auf sie. „Kriech rein. Ich hab die Decke schon hingelegt.“

Sie kniete sich nieder und kroch durch die Öffnung in das kleine Zelt. Er hatte eine Decke über den Boden gebreitet, die die gesamte innere Fläche bedeckte. Nachdem sie sich hingesetzt hatte, schob er die Rucksäcke hinein. „Stell sie irgendwo in die Ecke“, wies er sie an. „Ich werfe nur noch einen schnellen Blick in die Runde.“

Sie schob das Gepäck in die entlegenste Ecke, legte sich dann auf den Rücken und starrte angespannt die dünnen Zeltwände an. Es war jetzt fast dunkel, und das Licht schimmerte nur noch schwach durch den transparenten Stoff. Draußen war es noch nicht ganz so dunkel, doch das Laub, mit dem Grant das Zelt getarnt hatte, hielt die letzte Helligkeit ab. Es dauerte nicht lange, dann teilte sich der Eingang, und Grant kroch, den Reißverschluss hinter sich zuziehend, ins Zelt.

„Zieh deine Stiefel aus und wirf sie zu den Sachen in die Ecke."

Sie tat, was er sagte, und legte sich anschließend wieder hin. Mit vor Anspannung weit aufgerissenen Augen lauschte sie seinem Gähnen und seinen Bemühungen, es sich bequem zu machen. Einen Moment später wurde ihr die Stille ebenso unerträglich wie die Dunkelheit. „Ein praktisches Zelt hast du da", sagte sie, einfach um etwas zu sagen. „Woraus ist es?"

„Aus Nylon", gab er zurück und gähnte erneut. „Es ist fast unzerstörbar."

„Wie viel wiegt es?"

„Drei Pfund und achthundert Gramm."

„Ist es wasserdicht?"

„Ja."

„Und auch insektendicht?"

„Ja, auch das", brummte er.

„Glaubst du, ein Jaguar könnte ..."

„Hör zu, es ist jaguar- und schlangendicht, zudem feuerfest, und verschimmeln kann es auch nicht. Ich gebe dir die Garantie darauf, dass dir darin nichts passieren kann, es sei denn, eine Horde Elefanten trampelt darüber hinweg, aber bisher habe ich noch nicht gehört, dass es in Costa Rica Elefanten gibt. Gibt es nicht irgendeinen anderen Quatsch, über den du dir Sorgen machen kannst?", explodierte er. „Und wenn nicht, dann sei jetzt still und schlaf endlich."

Jane lag angespannt da und erwiderte nichts. Sie ballte ihre Hände zu Fäusten in der Hoffnung, so ihre Nervosität besser unter Kontrolle zu bringen, und lauschte nach draußen. Affen kreischten und schnatterten, Insekten zirpten, und Laubwerk raschelte. Trotz ihrer Erschöpfung war sie überzeugt davon, dass sie nicht würde einschlafen können, zumindest nicht vor Sonnenaufgang, und dann würde dieser Satan neben ihr schon wieder putzmunter sein und darauf bestehen, dass sie ihren Gewaltmarsch fortsetzten.

Er lag vollkommen still neben ihr, sie hörte ihn nicht einmal atmen. Die alte Furcht stieg wieder in ihr auf und machte ihr das eigene Atmen schwer. Sie fühlte sich plötzlich vollkommen allein, und das war etwas, was sie einfach nicht ertragen konnte.

„Woher kommst du eigentlich?“

Er seufzte schwer. „Aus Georgia.“

Das erklärte seinen schleppenden Akzent. Sie versuchte, den Kloß, der ihr im Hals saß, hinunterzuschlucken. Solange sie ihn dazu bewegen konnte, mit ihr zu reden, fühlte sie sich wenigstens nicht so allein. Sie würde zumindest wissen, dass er da war.

„Aus welchem Teil Georgias?“

„Aus dem Süden. Schon mal was von Okefenokee gehört?“

„Ja, es liegt in einem Sumpfgebiet.“

„Dort bin ich aufgewachsen. Meine Familie hat dort eine Farm.“ Er hatte eine ganz normale Kindheit gehabt bis auf die Tatsache, dass man als Sumpfbewohner gezwungen war, Fertigkeiten zu erlernen, von denen die meisten anderen Menschen noch nicht einmal wussten, dass sie existierten. Möglicherweise hatte das sein ganzes späteres Leben beeinflusst und ihn zu dem Menschen gemacht, der er heute war. Aber er wollte nicht weiter darüber nachdenken, und einen Grund, darüber zu reden, gab es schon gar nicht.

„Warst du ein Einzelkind?“

„Was soll denn diese Fragerei?“, schnappte er. „Ist das ein Verhör?“

„Es interessiert mich nur, das ist alles.“

Er horchte, plötzlich wachsam geworden, auf. In ihrer

Stimme lang ein Unterton, den er nicht einordnen konnte. Es war dunkel, und er konnte ihr Gesicht nicht sehen; er musste sich voll und ganz auf sein Gehör verlassen.

„Ich habe noch eine Schwester“, gab er schließlich widerstrebend zurück.

„Ich wette, sie ist jünger als du. Du bist so aufbrausend. Sicher hast du sie immer rumkommandiert.“

Er überhörte den Seitenhieb und erwiderte lediglich: „Sie ist vier Jahre jünger.“

„Ich bin ein Einzelkind“, sagte sie.

„Ist mir bekannt.“

Sie suchte verzweifelt nach weiterem Gesprächsstoff, doch die Angst vor der Dunkelheit bewirkte eine seltsame Leere in ihrem Kopf.

Sie wollte die Hand nach ihm ausstrecken, doch dann erinnerte sie sich daran, dass er sie gewarnt hatte, ihm Angebote zu unterbreiten, die sie nicht einzuhalten gedachte. Zähne knirschend zog sie die Hand wieder zurück, was ihr jedoch so schwer fiel, dass ihr die Tränen in die Augen stiegen. Sie blinzelte sie weg. „Grant“, brachte sie schließlich mit bebender Stimme heraus.

„Was ist?“, brummte er.

„Ich will nicht, dass du glaubst, ich würde mich dir wieder an den Hals werfen, weil ich das wirklich nicht beabsichtige, aber … aber würde es dir sehr viel ausmachen … meine Hand zu halten?“, flüsterte sie. „Es tut mir leid, doch ich habe so schreckliche Angst vor der Dunkelheit, dass ich gleich durchdrehe.“

Er hüllte sich einen Moment lang in Schweigen, dann hörte sie, wie er sich zu ihr herumrollte. „Du hast wirklich Angst vor der Dunkelheit?“

Jane versuchte zu lachen, aber es hörte sich eher an wie

ein Schluchzen. „Angst ist stark untertrieben. Ich kann in der Dunkelheit nicht einschlafen, ich bekomme entsetzliche Panik."

„Wenn du so Angst hast vor der Dunkelheit, wie kommt es dann, dass du dich entschlossen hast, vor Turego zu fliehen?"

Vor ihrem geistigen Auge tauchte ein dunkles, gut geschnittenes, aber sehr grausames Gesicht auf. „Weil mir die Alternative, im Dschungel zu sterben, immer noch besser erschien, als bei Turego zu bleiben", erwiderte sie leise.

Grant gab ein Schnauben von sich. Ob Turego sich ihr sexuell genähert oder es zumindest versucht hatte? „Hattest du Sex mit ihm?"

Die freimütige Frage ließ sie erschauern. „Nein. Bisher habe ich es geschafft, ihn mir vom Leibe zu halten, aber mir war klar, dass das nicht mehr lange zu bewerkstelligen sein würde. Meine Schonzeit war abgelaufen, deshalb musste ich unbedingt weg."

Er schnaubte wieder, womit er wohl ausdrücken wollte, dass er das Gespräch als beendet betrachtete. Jane biss die Zähne zusammen, weil sie plötzlich anfingen zu klappern. Obwohl es heiß war und stickig in dem Zelt, rannen ihr Kälteschauer den Rücken hinunter. Warum sagte er nicht etwas, einfach nur irgendetwas, das sie zumindest wissen ließe, dass er da war?

„Wie geht's Dad?"

„Warum?"

„Ach, einfach nur so." Wich er absichtlich aus? Warum wollte er nicht über ihren Vater sprechen? Womöglich war es gar nicht ihr Vater gewesen, der ihn angeheuert hatte? Was war, wenn er nur, ebenso wie die anderen, hinter dem Mikrofilm her war?

Nachdem er sich einige Zeit in Schweigen gehüllt hatte, sagte er: „Er war ganz krank vor Sorge um dich. Überrascht?"

„Nein, natürlich nicht“, gab sie verblüfft zurück. „Im Gegenteil, es würde mich überraschen, wenn es nicht so wäre.“

„Es überrascht dich nicht, dass er ein kleines Vermögen ausgibt, um dich aus Turegos Händen zu befreien, wo ihr doch nicht das beste Verhältnis habt?“

Wovon redete er eigentlich? „Was soll das heißen? Mein Vater und ich verstehen uns bestens, und das war noch niemals anders.“

Sie konnte ihn nicht sehen und hörte ihn auch nicht, aber plötzlich spürte sie, dass sich etwas verändert hatte, so als ob sich die Atmosphäre plötzlich mit Elektrizität aufgeladen hätte. Ihre feinen Nackenhärchen stellten sich auf. Die Gefahr ging eindeutig von ihm aus.

Ohne zu wissen, warum, zog sie sich so weit wie möglich von ihm zurück, aber es gab kein Entrinnen. Er rollte sich lautlos über sie, schnappte sich ihre Handgelenke und nagelte sie mit seinen Händen über ihrem Kopf am Boden fest. „In Ordnung, Jane oder Priscilla oder wie immer du heißen magst, dann lass uns reden. Aber jetzt werde ich dir ein paar Fragen stellen. Du tust allerdings gut daran, mir auch wirklich ehrlich zu antworten, sonst handelst du dir Ärger ein. Ist das klar, Honey? Also, wer bist du?“

Hatte er jetzt den Verstand verloren? Jane versuchte, sich aus seiner Umklammerung zu befreien, doch sie merkte rasch, dass sie nicht die geringste Chance gegen ihn hatte. Er lag mit seinem ganzen Gewicht schwer auf ihr und kontrollierte jede ihrer Bewegungen. „W…was?“, stammelte sie entgeistert. „Du tust mir weh, Grant.“

„Antworte mir, verdammt noch mal. Wer bist du?“

„Jane Greer!“ Verzweifelt versuchte sie, ein Quäntchen Humor in ihre Stimme zu legen, doch ohne großen Erfolg.

„Ich mag es nicht, wenn man mich anlügt, Herzchen.“

Sein samtiger Ton jagte ihr eine Gänsehaut über den Rücken.

„Ich lüge nicht!“, protestierte sie verzweifelt. „Mein Name ist Priscilla Jane Hamilton Greer.“

„Wenn das so wäre, wüsstest du, dass dich James Hamilton bereits vor Jahren enterbt hat. Also was ist, kommst du wirklich so gut mit ihm klar, wie du behauptest?“

„Aber ja!“ Wieder versuchte sie, sich gegen ihn zur Wehr zu setzen, was allerdings lediglich dazu führte, dass er sich noch ein bisschen schwerer auf sie legte und ihr dadurch die Luft zum Atmen nahm. „Er hat mich enterbt, um mich zu schützen.“

Eine lange Zeit war es mucksmäuschenstill, und sie hörte nur das Rauschen ihres eigenen Blutes in ihren Ohren, während sie auf seine Reaktion wartete. Das Schweigen zerrte an ihren Nerven. Warum sagte er nichts? Sein warmer Atem streichelte ihren Hals, was ihr sagte, wie nah er ihr war, aber sie konnte ihn dennoch in der Finsternis nicht sehen. „Ein guter Witz, wirklich“, gab er schließlich zurück, und der eisige Sarkasmus, der in seiner Stimme lag, ließ sie zusammenzucken. „Zu schade nur, dass ich ihn dir nicht abkaufe. Nächster Versuch.“

„Ich sage die Wahrheit! Er hat mich enterbt, damit ich für Kidnapper weniger interessant bin. Damit jeder denken sollte, er wäre sowieso nicht bereit, für mich Lösegeld zu zahlen. Es war meine Idee, verdammt noch mal!“

„Ganz bestimmt.“ Seine Stimme triefte vor Hohn. „Also los, ein kleines bisschen mehr musst du dich schon anstrengen.“

Jane schloss die Augen und kramte verzweifelt in ihrem Kopf nach einem Beweis für ihre Identität, doch ihr fiel nichts ein. Sie hatte nicht einmal einen Pass, weil ihr den Turego abgenommen hatte. Das Einzige, was ihr jetzt noch blieb, war, ihrerseits zum Angriff überzugehen. „Ach ja, muss ich das?

Dann sag mir doch mal, was eigentlich mit dir ist. Wer bist du? Woher weiß ich eigentlich, dass Dad dich wirklich angeheuert hat? Und wenn er es getan hat, warum weißt du dann nicht, dass mich niemals irgendjemand Priscilla nennt? Du hast deine Hausaufgaben nicht gemacht."

„Nur für den Fall, dass du es noch nicht gemerkt haben solltest, Herzchen: Im Moment bin ich derjenige, der die Fragen stellt, verstanden?"

„Ich habe dir deine Fragen beantwortet, aber du hast mir nicht geglaubt", schnappte sie. „Entschuldige, dass ich meine American Express Card nicht bei mir habe, um mich auszuweisen. Um Himmels willen, sehe ich vielleicht aus wie eine Terroristin? Durchsuch mich doch, dann kannst du vielleicht besser schlafen heute Nacht. Wer weiß, womöglich habe ich mir ja eine Bazooka ums Bein geschnallt!" Ihre Stimme drohte vor Wut und Empörung fast umzukippen.

„Nein, du bist unbewaffnet. Ich habe dich bereits ausgezogen, erinnerst du dich?" Trotz der Dunkelheit errötete Jane bei diesem Gedanken, und ihr stockte der Atem, als sie sich seine Küsse und Zärtlichkeiten wieder ins Gedächtnis zurückrief. Er bewegte sich langsam auf ihr, und sein Atem verfing sich in ihrem Haar, als er sich tiefer zu ihr herunterbeugte. „Aber ich enttäusche eine Lady nur höchst ungern. Wenn du also unbedingt durchsucht werden willst, werde ich dir den Gefallen tun. Ich selbst allerdings wäre niemals auf so etwas gekommen."

Rasend vor Zorn unternahm Jane einen erneuten Anlauf, sich aus seinem Griff zu befreien, musste jedoch gleich darauf frustriert wieder zurückstecken. Plötzlich kam ihr eine neue Idee. „Warst du in Dads Haus, als er dich angeheuert hat?"

Er lag vollkommen still da, aber sie spürte sein wachsendes Interesse. „Ja."

„Warst du im Arbeitszimmer?“

„Ja.“

„Dann hast du ja sicher das Porträt über dem Kamin gesehen. Du bist doch darauf trainiert, genau zu beobachten, stimmt's? Das Bild zeigt meine Großmutter. Sag mir doch mal, was für eine Farbe ihr Kleid hatte.“ In ihrer Stimme lag Herausforderung.

„Schwarz“, erwiderte er gedehnt. „Das Kleid war schwarz, und die Rose war blutrot.“

Schweigen senkte sich auf sie herab; einen Augenblick später ließ er ihre Handgelenke los und rollte sich zur Hälfte von ihr herunter. „Also gut“, brummte er schließlich, „ich will dir deine Zweifel nicht krummnehmen ...“

„Oh – vielen Dank!“ Beleidigt rieb sie sich ihre Handgelenke, bemühte sich jedoch trotz ihrer übergroßen Erleichterung, ihren Ärger wachzuhalten. Anscheinend hatte ihr Vater ihn tatsächlich angeheuert, denn woher sonst würde er wohl das Porträt kennen? Wie ungehobelt er auch immer sein mochte, im Moment war sie froh, ihn an ihrer Seite zu haben.

„Jetzt hör schon auf, mir dauernd zu danken“, gab er erschöpft zurück. „Sei einfach nur still und schlaf, okay?“

Schlafen! Wenn das nur so einfach wäre! Natürlich wusste sie, dass sie nicht allein war, aber ihr Unterbewusstsein sperrte sich gegen diese Erkenntnis. Sie musste ihn entweder sehen oder hören oder ihn zumindest berühren. Ihn zu sehen kam nicht infrage. Sie bezweifelte, dass er es zulassen würde, die ganze Nacht eine Taschenlampe brennen zu lassen, vorausgesetzt natürlich, er hatte überhaupt eine. Genauso wenig würde er sich damit einverstanden erklären, sich noch weiter mit ihr zu unterhalten. Vielleicht aber konnte sie wenigstens ganz unauffällig ein bisschen Körperkontakt mit ihm suchen. Vorsichtig tastete sie nach seiner Hand – und fand umgehend ihr Handgelenk erneut von seinem eisernen Griff umschlossen.

„Huch!", schrie sie auf, und er gab sie frei.

„Was ist denn nun schon wieder?" Sein Ton ließ erkennen, dass seine Geduldsgrenze erreicht war.

„Ich wollte dich nur ein bisschen spüren", gestand Jane, mittlerweile zu müde, um sich den Kopf darüber zu zerbrechen, was er wohl über sie denken mochte. „Nur damit ich weiß, dass ich nicht allein bin."

„Wenn es denn unbedingt sein muss. Hauptsache, ich kann jetzt endlich schlafen. Ich bin nämlich wirklich hundemüde." Er nahm ihre Hand. „Ist es so besser? Glaubst du, du kannst so schlafen?"

„Ja", flüsterte sie erleichtert. „Danke."

Sie lag ganz still da und fühlte sich unaussprechlich getröstet von der Berührung dieser starken Hand.

Gleich darauf schloss sie die Augen und begann nach und nach, sich zu entspannen. Die Schrecken der Nacht waren gebannt. Endlich.

Als die ersten Strahlen des Tageslichts durch die Zeltwände schimmerten, berührte Grant Jane, die wieder halb auf ihm lag, sodass er es nicht wagte, sich zu rühren, behutsam an der Schulter. „Jane, wach auf."

Sie murmelte irgendetwas Unverständliches vor sich hin und schmiegte sich an seinen Nacken. Grant rutschte ein kleines Stück von ihr ab. „Bleib hier, geh nicht weg!", bat sie drängend. Dann wurde sie vom Klang ihrer eigenen Stimme wach. Sie öffnete die Augen und blinzelte ihn verschlafen an. „Oh. Ist es schon Morgen?"

„Ja. Glaubst du, du könntest mich jetzt vielleicht loslassen?"

Verwirrt starrte sie ihn an, und es dauerte einen Moment,

ehe ihr zu Bewusstsein kam, dass sie die Arme eng um ihn geschlungen hatte. Peinlich berührt, zog sie sich augenblicklich von ihm zurück, und obwohl im Zelt ein schummriges Zwielicht herrschte, sah er die feine Röte, die ihr in die Wangen kroch. „Entschuldige bitte“, sagte sie hastig.

Jetzt war er frei, das Zelt zu verlassen, doch seltsamerweise hatte er es plötzlich gar nicht mehr so eilig. Sein linker Arm lag noch immer unter ihrem Kopf und diente ihr so als Kissen. Der Drang, sie zu berühren, zwang seine Hand, unter ihr Hemd, das in Wirklichkeit ihm gehörte, zu schlüpfen und sich auf ihren flachen Bauch zu legen. Wie herrlich weich ihre Haut war!

Jane spürte, wie sich ihr Atem beschleunigte und ihr Herz rascher zu klopfen begann. „Grant?“, tastete sie sich zögernd vor. Seine Hand lag reglos auf ihrem Bauch, aber sie fühlte ein Ziehen in den Brüsten und wie ihre Knospen vor Erwartung hart wurden. Ihr Begehren erwachte. Es war dasselbe unverstellte Begehren, das sie gestern, als sie fast nackt in seinen Armen lag, verspürt hatte. Es machte ihr angst, ebenso wie der Mann, der es in ihr zu erwecken verstand, ihr aus irgendeinem unerfindlichen Grund Angst einflößte.

„Du brauchst keine Angst zu haben“, sagte er, als hätte er ihre Gedanken erraten. „Ich bin kein Vergewaltiger.“

„Ich weiß.“ Ein Killer vielleicht, aber kein Vergewaltiger. „Ich vertraue dir“, flüsterte sie und legte ihre Hand an seine mit Bartstoppeln bedeckte Wange.

Er lachte ein kleines, zynisches Lachen. „Vertrau mir nur nicht zu sehr, Honey. Ich bin nämlich ziemlich scharf auf dich, und ich bin mir gar nicht sicher, ob durch die Tatsache, dich beim Aufwachen in meinen Armen zu spüren, meine guten Vorsätze nicht verpufft sind.“

Damit wandte er den Kopf und presste schnell einen kurzen, atemlosen Kuss auf die Handfläche, die eben noch seine Wange gestreichelt hatte.

„Also los, lass uns aufbrechen. Jetzt, wo es draußen hell ist, komme ich mir vor wie eine brütende Ente in diesem Zelt."

Er hievte sich in eine sitzende Position hoch und angelte sich seine Stiefel. Jane hatte mehr Mühe, sich aufzusetzen, ihr ganzer Körper protestierte. Gähnend schüttelte sie sich ihr zerzaustes Haar aus dem Gesicht und schlüpfte in ihre Schuhe.

Als sie fertig war, hatte Grant das Zelt bereits verlassen, und sie kroch hinter ihm her. Als sie schließlich auf ihren Füßen stand, reckte und streckte sie sich ausgiebig und berührte ein paarmal mit den Händen ihre Fußspitzen. Währenddessen hatte sich Grant bereits darangemacht, das Zelt abzubauen. In Windeseile war er fertig.

„Hast du noch irgendwelche Köstlichkeiten in deinem Rucksack?", erkundigte er sich. „Wenn nicht, müssen wir uns mit der Marschverpflegung begnügen."

„Mit diesem widerlichen Zeug, das du dabeihast?"

„Ganz recht."

„Mal sehen, was noch da ist. Orangensaft gibt's keinen mehr, so viel steht fest …" Sie schnürte ihren Rucksack auf und spähte hinein.- Dann begann sie, darin herumzukramen. „Ah! Hier sind noch zwei Knabberriegel. Hast du etwas dagegen, wenn ich den Kokosriegel esse? Auf Rosinen bin ich nämlich nicht so besonders scharf."

„Tu dir keinen Zwang an", stimmte er großzügig zu. „Es sind schließlich immer noch deine."

Sie warf ihm einen irritierten Blick zu. „Es sind *unsere.* Warte … hier ist eine Dose …" Sie kramte eine Büchse aus dem Rucksack und studierte das Etikett. Einen Moment später grinste sie triumphierend. „Räucherlachs! Na, was sagst du jetzt? Und ein paar Cracker haben wir auch noch. Bitte nehmen Sie Platz, Sir, das Frühstück ist angerichtet."

Er folgte ihrer Aufforderung. Dann zog er sein Buschmesser aus dem Gürtel und streckte die Hand nach der Lachsdose aus. Jane fiel ihm in den Arm und versteckte die Dose hinter ihrem Rücken. „Moment, Sir, Sie befinden sich in einem erstklassigen Restaurant. Hier macht man die Dosen nicht mit dem Messer auf."

„So? Wie denn dann? Etwa mit den Zähnen?"

Sie hob das Kinn und begann, erneut in ihrem Rucksack zu kramen. Schließlich förderte sie einen Büchsenöffner zutage, den sie ihm reichte. „Wenn ich flüchte, dann tue ich es mit Stil."

Er machte sich daran, die Dose zu öffnen. „Wie man sieht. Wie bist du bloß an all dieses Zeug rangekommen? Ich glaube kaum, dass du den ganzen Kram auf Turegos Befehl hin gesammelt hast."

Ihr dunkles, heiseres Lachen hielt ihn für einen Moment von seinem Tun ab und veranlasste ihn, den Kopf zu heben und sie anzuschauen.

Ihre Augen blitzten schelmisch. „Ich habe mich mit dem Koch gut gestellt, und nach einiger Zeit hat er mir jeden Wunsch von den Augen abgelesen."

„Und dabei fiel zum Beispiel das hier ab?"

Stolz beäugte sie die Dose. „Zum Beispiel. Ist doch nicht übel, oder?"

Er erwiderte nichts, aber um seine Mundwinkel zuckte es verräterisch. Anschließend verspeisten sie in kameradschaftlichem Schweigen mit Genuss den Lachs und die Cracker und spülten das Ganze mit dem Wasser aus Grants Feldflasche hinunter.

Nach dem Essen bürstete Jane sich ihre schwarze, zerzauste Mähne und reinigte sich anschließend mit einem angefeuchteten Tuch Gesicht und Hände. „Willst du auch eins?“, fragte sie und hielt Grant eins der Erfrischungstücher hin.

Er hatte sie die ganze Zeit über mit einem Ausdruck erstaunter Belustigung beobachtet und streckte jetzt die Hand aus, um das kleine Päckchen entgegenzunehmen. Nachdem er es mit den Zähnen aufgerissen hatte, rieb er sich das Gesicht ab und fühlte sich wenig später angenehm erfrischt.

Als ein bekanntes Geräusch an seine Ohren drang, drehte er sich nach Jane um. Auf dem Boden neben ihr lag eine Tube Zahnpasta, während sie dabei war, sich intensiv die Zähne zu bürsten. Jetzt spuckte sie die Zahnpasta aus. Dann griff sie nach einer kleinen Flasche und nahm einen Schluck, spülte ihren Mund aus. Als Grants Blick erneut auf die Flasche fiel, wollte er seinen Augen kaum trauen. Er setzte sich wieder hin und begann, schallend zu lachen. Es war nicht zu fassen! Da spülte sich diese Frau doch tatsächlich mitten im Dschungel den Mund mit Mineralwasser von Perrier aus.

6. KAPITEL

Jane war einen winzigen Moment lang verärgert, dass er sich über sie lustig machte, doch dann freute sie sich plötzlich, ihn lachen zu hören, hockte sich auf ihre Fersen und lachte mit. Wenn er lachte, sah er richtig jung aus und fast schön, weil die dunklen Schatten, die sonst stets in seinen Augen lauerten, verschwunden waren. Plötzlich wurde ihr ganz warm ums Herz, und sie verspürte den Wunsch, ihn in den Arm zu nehmen, um so die schwarzen Schatten für immer zu bannen. Als ihr ihre Gedanken bewusst wurden, schüttelte sie über sich selbst den Kopf. Was für eine absurde Vorstellung. Wenn irgendjemand allein auf sich aufpassen konnte, so war es Grant Sullivan.

In dem Versuch, ihre Gefühle zu verbergen, packte sie rasch ihre Sachen zusammen, dann sah sie ihn fragend an. „Möchtest du vielleicht ein bisschen Zahnpasta?"

Er lachte noch immer. „Danke, Honey, mir reicht mein Zahnsalz, und anschließend spüle ich mir den Mund mit dem Wasser aus der Feldflasche aus. Großer Gott! Perrier!"

Gegen Mittag machten sie Rast, um zu essen, und diesmal blieb ihnen nichts anderes übrig, als auf Grants Marschverpflegung zurückzugreifen. Nach einem kurzen Blick auf den Inhalt der Dose beschloss Jane, ab sofort keinen Gedanken mehr daran zu verschwenden, was sie da aß, sondern sich auf Kauen und Schlucken zu beschränken. Und so grässlich, wie sie es sich vorgestellt hatte, schmeckte es gar nicht, es war einfach nur entsetzlich fad. Sie tranken zu ihrem Essen jeder eine Flasche Perrier, und nach der Mahlzeit bestand Jane darauf, dass sie eine weitere Hefepille schluckten. Als Donnergrollen den täglichen Wolkenbruch ankündigte, bestand

Grant darauf, umgehend unter einem ausladenden Felsvorsprung Schutz zu suchen.

Jetzt öffnete der Himmel seine Schleusen und ließ eine wahre Sintflut herabregnen. Jane und Grant hockten in ihrem Unterschlupf am Boden und sahen dem Naturschauspiel eine Weile zu, dann streckte Grant seine langen Beine aus und lehnte sich, auf die Ellbogen aufgestützt, zurück. „Was soll das eigentlich heißen, du hättest dich zu deinem Schutz von deinem Vater enterben lassen?“

Jane verfolgte mit Blicken den Weg einer kleinen braunen Spinne, die über den Boden huschte. „Ganz einfach. Da ich keine Lust mehr hatte, mit dieser Rund-um-die-Uhr-Bewachung zu leben, hielt ich es für das Gegebene, potenziellen Kidnappern den Anreiz zu nehmen.“

„Hinter jedem Baum einen Kidnapper zu sehen, erscheint mir doch reichlich paranoid, meinst du nicht auch?“

„Ja“, erwiderte sie ruhig, noch immer die Spinne beobachtend. Das kleine Tier verschwand schließlich in einer Felsspalte, und Jane seufzte leise. „*Er* ist ein bisschen paranoid, weil er Angst hat, dass ich beim nächsten Mal vielleicht nicht mehr so glimpflich davonkomme.“

Grant horchte auf. „Beim nächsten Mal? Bist du denn schon mal entführt worden?“

Sie nickte. „Ja, als ich neun war.“

Da sie keine Anstalten machte weiterzureden, vermutete er, dass sie das Thema nicht vertiefen wollte. Aber es interessierte ihn. Aus irgendeinem unerfindlichen Grund wollte er wissen, was in ihrem Kopf vorging, und jetzt, wo er so nah dran war, etwas Entscheidendes zu erfahren, war er nicht gewillt aufzugeben.

„Was ist damals passiert?“, erkundigte er sich so beiläufig wie möglich.

„Eines Tages haben mich nach der Schule zwei Männer entführt und in einem verlassenen Haus tagelang in einem dunklen Schrank gefangen gehalten. Sie ließen mich erst frei, nachdem Dad das Lösegeld bezahlt hatte."

Das erklärte ihre panische Angst vor der Dunkelheit.

„Haben sie dich auch vergewaltigt?" Jetzt bemühte sich Grant nicht mehr, seine Betroffenheit zu verbergen.

„Nein, das nicht. Sie haben mich einfach nur in diesen Schrank gesperrt. Es war so entsetzlich dunkel."

„Erzähl mir noch mehr davon", bat er.

Sie zuckte die Schultern. „Viel mehr gibt es dazu nicht zu sagen."

„Hat dein Vater das Lösegeld gleich bezahlt?"

„Ja. Aber Dad schaltete die Polizei ein, und es war ein Glück, dass er es tat. Ich hörte nämlich, wie sich die beiden Männer darüber unterhielten, wie sie meine Leiche am besten beseitigen könnten, weil ich sie gesehen hatte und identifizieren konnte." Sie senkte den Kopf und starrte konzentriert auf den Erdboden, als ob das, was sie ihm erzählen wollte, dort geschrieben stünde. „Glücklicherweise fand die Polizei schnell heraus, wo man mich gefangen hielt, und postierte Scharfschützen um das Haus. So nahm schließlich für mich doch noch alles ein gutes Ende."

Jane zuckte die Schultern, dann holte sie tief Luft. „Die beiden Männer wurden bei der Schießerei getötet. Sie versuchten, mit mir zusammen aus dem Haus zu entkommen, und dann … dann war plötzlich alles voller … voller Blut. Einer der Polizisten hatte den Mann, der mich als Schutzschild vor sich hielt, in den Kopf geschossen … Sein Blut spritzte über mich … mein Gesicht … mein Haar …" Jane schluckte schwer.

Für einen Moment sah Grant, wie sich die grauenhafte Panik, die sie damals empfunden hatte, auf ihrem Gesicht widerspiegelte. Und ihm fiel die Boa ein, der er den Kopf abgeschlagen hatte, und Janes Reaktion auf das viele Blut. Er sah, wie sie gegen ihre Angst ankämpfte und sich bemühte, die Schatten zurückzudrängen.

Einen Augenblick später hatte sie sich wieder in der Gewalt und bewerkstelligte sogar ein kleines Lächeln. „Okay, jetzt bist du dran. Erzähl mir etwas von dir."

Früher wäre er angesichts dieser Frage nicht zurückgeschreckt. Sein Leben war sein Leben, und er akzeptierte es, mit all den brutalen Erinnerungen, die dazugehörten. Sie waren ein Teil von ihm, waren ihm in Fleisch und Blut übergegangen, gehörten zu ihm wie die Farbe seiner Augen oder die Gestalt seines Körpers. Aber wenn er in Janes unschuldiges Gesicht schaute, wusste er, dass er ihr nicht einmal in Ansätzen von dem Leben erzählen konnte, das er geführt hatte. Janes Augen waren so rein und klar wie ein Bergbach und wussten nichts von der Schlechtigkeit der Welt. Das, was sie durchgemacht hatte, schien ihr inneres Wesen nicht berührt zu haben, bis auf die Tatsache, dass sie – wahrscheinlich durch die Schrecken, die ihr widerfahren waren – zu einem der mutigsten Menschen geworden war, die er kannte.

„Ich habe nichts zu erzählen", gab er mild zurück.

„Doch, das hast du. Ganz bestimmt." Sie drehte sich zu ihm um und schaute ihn an. Wenn dieser Mann nichts zu erzählen hatte, würde sie ihre Stiefel fressen. Wie zur Bestätigung ließ sie ihren Blick über ihr Schuhwerk wandern, das im Moment grün und schlammverschmiert war. Igittigitt. Nicht einmal ein Ziegenbock würde sich herablassen, daran herumzuknabbern. Gleich darauf richtete sie ihre Aufmerksamkeit wieder auf Grant. Sein Gesicht war hart, und einige Narben zeugten von einem gefährlichen Leben. Seine Haut war bronzefarben, und die hellen, wachsamen bernsteinfarbenen Augen erinnerten an die eines Adlers oder eines Löwen.

„Bist du ein Agent?", forschte sie neugierig. Die Idee, er könnte ein Söldner sein, hatte sie mittlerweile verworfen.

Er verzog den Mund. „Nein."

„Okay, dann lass es mich andersrum versuchen. *Warst* du ein Agent?"

„Was denn für ein Agent?"

„Hör auf, mir auszuweichen. Du weißt genau, was ich meine. Ich rede von diesen Männern in Trenchcoats, die vierzig Pässe mit sich rumschleppen, um sich, je nach Gelegenheit, mit diesem oder jenem auszuweisen."

„Nein. Deine Fantasie treibt wilde Blüten. Ich sehe nicht durchschnittlich genug aus, um ein guter Undercover-Agent zu sein."

Ganz unrecht hatte er nicht. Er würde sich ausnehmen wie ein Krieger beim Kaffeekränzchen. Plötzlich wusste sie es. „Bist du eine ... Waffe?" Sie hatte einmal gehört, dass Männer, die im Auftrag des Geheimdienstes in Krisengebieten operierten, so genannt wurden.

Er hüllte sich so lange Zeit in Schweigen, dass sie schon glaubte, er werde überhaupt nicht mehr antworten. Er schien in Gedanken ganz weit weg. Doch dann erwiderte er: „So etwas Ähnliches. Aber ich arbeite nicht mehr. Ich habe mich pensionieren lassen."

Sie beobachtete ihn nachdenklich. Sein verschlossener Gesichtsausdruck schmerzte sie. Seine Feinde hatten ihn ins Visier genommen, auf ihn geschossen und ihn observiert, um ihn zu zerstören, doch er hatte sich als unzerstörbar erwiesen. Dann hatte er irgendwann seinen tödlichen Beruf an den Nagel gehängt und war davongegangen, um sich zur Ruhe zu setzen.

Sie streckte die Hand aus und legte sie auf seine. Ihre Finger waren so zart und feingliedrig, dass er sie mit Leichtigkeit hätte zerquetschen können. Ein tiefer Atemzug ließ Grants Brustkorb anschwellen. Plötzlich hatte er Lust, mit ihr zu schlafen, direkt hier, auf dem verschlammten Erdboden. Er stellte sich vor, wie er ihr die Kleider vom Leib riss, sie auf den Boden warf und ganz tief in sie eindrang. Doch er wusste, dass sein Verlangen nicht auf die Schnelle zu befriedigen war. Dazu brauchte es mehr. Und für mehr war keine Zeit. Er spürte vage, dass sie es sich nicht leisten konnten, noch länger hier zu verweilen.

Aber es war nur eine Frage der Zeit, und sie wusste es ebenso wie er. Er zog seine Hand unter ihrer hervor und fuhr leicht mit der Daumenspitze über ihre Unterlippe. „Bald“, sagte er mit vor Begehren rauer Stimme, „bald werden wir uns lieben. Bevor ich dich zu deinem Daddy zurückbringe, werde ich dich nehmen, und wenn mir dann so zumute ist wie jetzt, könnte ich mir vorstellen, dass es sehr, sehr viel Zeit in Anspruch nehmen wird.“

Jane war regungslos wie ein im Lichtkegel eines Autoscheinwerfers erstarrtes Reh, unfähig zu irgendeiner Art von Protest, weil der raue Klang seiner Stimme die Erinnerungen an den Vortag, als er sie in seinen Armen gehalten und mit seinen Zärtlichkeiten ihr Verlangen wachgerufen hatte, weckte. Das Begehren stieg erneut mit aller Macht in ihr auf, und sie erkannte, dass sie sich zum ersten Mal in ihrem Leben nach einen Mann verzehrte. Und daran war er schuld. Gestern hatte er sie mit seinen Berührungen fast um den Verstand gebracht, und heute tat er es mit Worten. Dadurch, dass er offen zugab, was er wollte, setzte er ihre Fantasie in Gang, die nun Bilder in ihrem Kopf erzeugte, die ihr die Schamesröte in die Wangen trieb.

Mittlerweile hatte es aufgehört zu regnen, deshalb griff er

nach seinem Marschgepäck und schulterte sein Gewehr. Jane folgte ihm ohne ein Wort nach draußen, wo es schon wieder fast so heiß und stickig war wie vor dem Wolkenbruch. Vom Erdboden stiegen wabernde Nebel auf, die sie einhüllten wie in ein feuchtes Tuch.

Für den Rest des Nachmittags hüllte sie sich in Schweigen und hing ihren Gedanken nach. Als sie an einen kleinen Fluss kamen, blieb Grant stehen und schaute sie an. „Hast du Lust auf ein Bad? Besonders tief ist das Wasser zwar nicht, aber zum Abkühlen reicht es."

Ihr Gesicht hellte sich auf, und zum ersten Mal an diesem Nachmittag spielte ein Lächeln um ihre Mundwinkel. Es bedurfte keiner Worte, um ihn wissen zu lassen, was sie von einem Bad hielt. Er kramte ein kleines Stück Seife aus seinem Rucksack und hielt es ihr hin. „Ich passe unterdessen auf, und wenn du fertig bist, machen wir es umgekehrt."

Das Wasser war herrlich kühl, obwohl es ihr kaum bis ans Knie reichte. Sie ließ sich nackt auf einem kleinen Felsen nieder und schöpfte Wasser mit den Händen, das sie sich über den Kopf schüttete, bis ihr Haar triefend nass war und sich die von schweißverklebten Strähnen unter ihren Fingern wieder seidig anfühlten. Dann griff sie nach der Seife und seifte sich gründlich ein. Nachdem sie den Schaum abgespült hatte, fühlte sie sich wie neu geboren. Das Baden in dem klaren Wasser hatte einen besonderen Reiz, der wohl auch daher rührte, dass sie nackt war. Sie wusste, dass Grant ihr von irgendwoher zuschaute, auch wenn sie ihn nicht sehen konnte. Als sie daran dachte, spürte sie, wie sich ihre Knospen verhärteten.

Wie es wohl wäre, wenn er jetzt zu ihr herunterkäme und sie mit Wasser bespritzte? Und wenn er anschließend am Ufer die Decke ausbreiten und sie darauflegen würde? Bei diesem

Gedanken schloss sie erschauernd die Augen und stellte sich vor, wie sich sein harter Körper gegen den ihren presste, während er in sie eindrang. Es war schon so viele Jahre her, und Chris hatte es nicht verstanden, die Leidenschaft, die in ihr schlummerte, zu wecken. Bei Grant allerdings erkannte sie sich selbst nicht mehr wieder.

Das Herz klopfte ihr vor Erregung bis zum Hals, als sie nun aufstand und erneut Wasser schöpfte, um sich abzuspülen. Dann wrang sie ihr langes Haar aus und watete ans Ufer zurück. Zitternd, jedoch nicht vor Kälte, stieg sie in ihren frischen Slip und anschließend in die blutbefleckte Hose. Nachdem sie in ihre Bluse geschlüpft war, rief sie: „Ich bin fertig“ und angelte sich ihre Stiefel.

Er trat geräuschlos neben sie. „Geh genau an die Stelle, an der ich auch war“, forderte er sie auf und drückte ihr das Gewehr in die Hand. „Weißt du, wie man damit umgeht?“

Die Waffe war schwer, aber Jane hielt sie so geschickt in den Händen, dass Grant den Eindruck bekam, dass sie im Notfall durchaus damit zurechtkommen würde. „Ja, ich kann ganz gut schießen.“ Sie grinste leicht. „Auf Zielscheiben aus Pappe und auf Tontauben zumindest.“

„Das genügt.“ Er begann ungeniert, sein Hemd aufzuknöpfen, und es gelang ihr nicht, ihre Blicke von seinen Händen loszureißen. Jetzt hielt er inne und sah sie an. „Willst du hier unten stehen bleiben?“

Sie wurde rot. „Nein. Entschuldige.“ Hastig wandte sie sich um und kletterte die Böschung hinauf, dann setzte sie sich genau an die Stelle, an der er auch gesessen hatte. Von hier aus konnte sie bequem beide Ufer übersehen, ohne selbst gesehen zu werden. Instinktiv schien er sich den am besten getarnten Platz ausgesucht zu haben. Er mochte zwar im Ruhestand sein, aus dem Training war er ganz offensichtlich nicht.

Ein kurzes bronzefarbenes Aufblitzen, das sie nur aus dem Augenwinkel heraus wahrnahm, sagte ihr, dass er Anstalten machte, in den Fluss hineinzuwaten. Sie wandte den Kopf ab, doch allein das Wissen, dass er so nackt war wie sie eben, verursachte ihr Herzklopfen. Sie schluckte, dann befeuchtete sie sich die Lippen und zwang sich, ihre Aufmerksamkeit auf den Regenwald zu richten. Aber der Drang, ihn zu beobachten, hielt an.

Sie hörte Wasser plätschern und malte sich aus, wie er im Fluss stand – ein Wilder, der im Dschungel zu Hause war.

Sie schloss die Augen, doch das Bild wollte nicht weichen. Langsam und unfähig, sich zu beherrschen, öffnete sie sie wieder und warf einen verstohlenen Blick in seine Richtung. Sie sah ihn nur einen ganz kurzen Moment, und das war bei Weitem nicht genug. Plötzlich verzehrte sie sich danach, ihn anzuschauen, den Anblick seines herrlichen, starken Körpers ganz und gar in sich aufzunehmen und jeden Millimeter genau zu erkunden, und dies nicht nur mit den Augen, sondern auch mit den Händen, mit den Lippen … Sie erstarrte bei diesem Gedanken, doch sie wandte sich nicht ab, sondern schaute noch genauer hin. Er war schön, so schön, dass ihr der Atem stockte. Seine Schönheit war keine Schönheit im üblichen Sinne. Es war die unzivilisierte, erschreckende, Furcht einflößende Schönheit eines Raubtieres, das nur seinen Instinkten lebt. Er war am ganzen Körper braun gebrannt und wandte ihr nicht, wie sie es getan hatte, den Rücken zu, sondern präsentierte sich ihr unerschrocken vorn. Er nahm ein Bad; und sie konnte ihm dabei zuschauen oder auch nicht, ganz wie es ihr beliebte. Ihn beeinträchtigte es nicht in seinem Tun.

Seine Haut glänzte vor Nässe, und die Wassertropfen in seinem dunklen Brusthaar glitzerten wie Diamanten. Während er sich, auf dem Felsen sitzend, einseifte, konnte sie das Spiel seiner Muskeln beobachten; seine Beine waren lang, sehnig und kräftig, und von seinem flachen Bauch verlief eine schmale schwarze Linie abwärts, um sich schließlich in dem dunklen Dreieck, von dem sie nur den obersten Rand erkennen konnte, zu verlieren.

Nachdem er sich die Seife abgespült hatte, erhob er sich zu seiner vollen Größe und schaute zu ihr hinauf. Jane schaffte es nicht mehr, sich rechtzeitig zurückzuziehen. Es war zu spät, so zu tun, als widmete sie ihrer Umgebung mehr Aufmerksamkeit als ihm. Deshalb blieb ihr nichts anderes übrig, als seinem Blick standzuhalten. Er stand vollkommen reglos da und beobachtete sie, sich unverhüllt und ganz ohne Scham ihren Blicken darbietend, ebenso aufmerksam wie sie ihn. Das Wissen, dass sie ihn anschaute, schien ihn zu erregen, denn nun erwachte seine Männlichkeit und wuchs zu imponierender Größe.

„Jane“, rief er ihr mit ganz leiser Stimme zu, aber sie hörte ihn dennoch. Sie war sich jeder seiner Regungen so überdeutlich bewusst, dass es fast schmerzte. Selbst wenn er nur geflüstert hätte, hätte sie ihn gehört. „Willst du nicht runterkommen?“

Ja. Oh, Gott, sie wollte es mehr als sonst irgendetwas auf der Welt. Doch die Angst vor ihren eigenen Gefühlen hielt sie zurück. Es gab da offensichtlich einen Teil in ihr, der sich ihrer Kontrolle entzog, und das war etwas, das ihr Unbehagen einflößte.

„Ich kann nicht“, gab sie ebenso leise zurück. „Noch nicht.“

„Dann dreh dich um, Honey, solange du es noch kannst.“

Sie erschauerte, fast unfähig, die erforderliche Bewegung durchzuführen, doch schließlich gehorchten ihr ihre Muskeln doch, und sie wandte sich ab. Sie hörte, wie er aus dem Wasser watete, und in weniger als zwei Minuten war er geräuschlos hinter sie getreten und nahm ihr das Gewehr aus den Händen. Er war bereits angezogen und abmarschbereit und erwähnte – typisch für ihn – das eben Vorgefallene mit keinem Wort. „Wir sollten versuchen, so schnell wie möglich einen geeigneten Schlafplatz zu finden. Es wird bald dunkel werden."

7. KAPITEL

Als Grant am nächsten Morgen erwachte, lag Jane wieder halb auf ihm, doch diesmal wunderte er sich nicht. Er hatte geschlafen wie ein Stein und fühlte sich frisch und ausgeruht. Während er seine Hand gedankenverloren über ihren Rücken gleiten ließ, begannen ihre Augenlider zu flattern. Sie murmelte etwas vor sich hin und schmiegte sich noch enger an ihn, einen Moment später öffnete sie schlaftrunken die Augen. Sie blinzelte ein paarmal, und dann lächelte sie ihn an.

„Guten Morgen“, sagte sie gähnend. Sie streckte sich und erstarrte gleich darauf mitten in der Bewegung. „Oh, mein Gott, ich liege ja auf dir.“

„Wieder“, bestätigte er trocken.

„Wieder?“

„Vergangene Nacht hast du auch schon auf mir gelegen. Offensichtlich scheinst du das Gefühl zu haben, dass du mich niederhalten musst, während wir schlafen.“

Sie rollte sich von ihm herunter, setzte sich auf und strich ihre zerknitterte Bluse glatt. Verlegenheit färbte ihre Wangen rot. „Entschuldige bitte, ich bin mir natürlich im Klaren darüber, dass das nicht sehr bequem gewesen sein kann für dich.“

„Du musst dich nicht entschuldigen. Ich hab’s genossen“, gab er gedehnt zurück. „Aber wenn du wirklich der Meinung bist, Wiedergutmachung leisten zu müssen, können wir’s ja heute Abend mal mit einer anderen Stellung versuchen.“

Ihr stockte der Atem. Ihre Augen schimmerten samtweich in dem Halbdunkel, als sie ihn jetzt ansah. Ja. Alles in ihr schrie förmlich danach. Sie wollte ihm gehören; sie wollte jeden Millimeter seines Körpers erkunden und wünschte sich dasselbe von ihm. Das alles hätte sie ihm gern gesagt, doch ihr fehlten die Worte. Über ihr Gesicht huschte ein Lächeln. Dann streckte sie die Hand nach ihren Stiefeln aus und schlüpfte hinein. Nachdem sie nichts sagte, ließ er das Thema fallen, zog sich ebenfalls die Schuhe an und kroch nach draußen.

„Für eine Mahlzeit reicht es noch", sagte er, nachdem sie ihr Frühstück beendet hatte. „Dann muss ich auf die Jagd gehen."

Diese Vorstellung behagte ihr gar nicht. Wenn er auf die Jagd ging, bedeutete das, dass er sie über eine längere Zeit hinweg allein lassen würde. „Ich hätte nichts gegen eine vegetarische Diät einzuwenden", gab sie hoffnungsvoll zurück.

„Mag sein, dass uns gar nichts anderes übrig bleibt. Wir kommen langsam aus den Bergen raus, und wenn mich nicht alles täuscht, kann es nicht mehr lange dauern, bis wir den äußersten Rand des Regenwaldes erreicht haben. Möglicherweise stoßen wir bereits in Kürze auf die ersten Anzeichen von Zivilisation. Aber ich schlage vor, dass wir um alle Menschen einen Bogen machen, bis ich mir sicher bin, dass uns keine Gefahr droht, einverstanden?"

Sie nickte zustimmend.

Wie er vorausgesagt hatte, hörte der Dschungel am späten Vormittag abrupt auf. Sie standen hoch oben auf einem Felsen und schauten auf das von Straßen durchzogene Tal, das sich unter ihnen erstreckte und an dessen südlichstem Ende, romantisch eingebettet zwischen zwei Hügeln, eine kleine Ortschaft lag. Jane blinzelte in das helle Sonnenlicht. Sie hatte plötzlich das Gefühl, von einem Jahrhundert ins nächste gesprungen zu sein. Das Tal sah fruchtbar aus und erinnerte sie daran, dass Costa Rica trotz großer Dschungelgebiete das höchstentwickelte Land in Mittelamerika war.

„Oh", rief sie aus, „wäre es nicht herrlich, heute Nacht in einem richtigen Bett zu schlafen?"

Er brummte irgendetwas vor sich hin, während er mit zusammengekniffenen Augen das Tal nach Anzeichen ungewöhnlicher Aktivitäten absuchten. Jane stand neben ihm und wartete auf seine Entscheidung.

Plötzlich packte er sie abrupt am Arm, zerrte sie ins schützende Dickicht zurück und drückte sie gerade in dem Moment, in dem über ihren Köpfen das Röhren eines Helikopters ertönte, zu Boden. Der Hubschrauber flog sehr niedrig, und Jane erhaschte lediglich einen kurzen Blick auf ihn, ehe er hinter den Bäumen verschwand. Es war ein in Tarnfarben gespritzter Kampfhubschrauber gewesen.

„Konntest du erkennen, was das für eine Maschine war?", fragte sie erschrocken, wobei sie ihre Nägel in das feste Fleisch seines Unterarms grub.

„Nein." Er rieb sich sein Stoppelkinn. „Nein, aber wir dürfen kein Risiko eingehen. Auf jeden Fall wissen wir jetzt, dass wir nicht einfach seelenruhig durch das Tal marschieren können. Wir müssen unter allen Umständen in Deckung bleiben."

Ihr Weg wurde jetzt, soweit überhaupt möglich, noch beschwerlicher. Sie befanden sich am Rand einer zerklüfteten Vulkangebirgskette, und es ging entweder steil bergauf oder steil bergab, sodass sie sich nur im Schneckentempo vorwärtsbewegen konnten. Als sie schließlich Rast machten, hatten sie erst etwa ein Fünftel des Weges zurückgelegt, und Janes Beine schmerzten wie noch nie.

Gerade als sie ihre Mahlzeit beendet hatten, hörten sie das erste Donnergrollen. Grant sah sich nach einem Unterschlupf um, wobei er jeden Felsvorsprung in Betracht zog. „Da oben ist eine Höhle, wenn mich nicht alles täuscht. Sieht so aus, als hätten wir es dort so bequem wie noch nie. Eine luxuriöse Unterkunft sozusagen im Vergleich zu allem, was wir bisher gewohnt sind."

„Es sei denn, ein anderer vor uns war schneller."

„Genau aus diesem Grund wirst du jetzt hier unten warten, bis ich es ausgekundschaftet habe." Damit kletterte er, behände wie eine Gämse, den mit Farnen bedeckten Abhang hinauf, und es dauerte nicht lange, bis er ihr winkte. „Alles klar! Komm rauf! Meinst du, du schaffst es allein?"

„Habe ich bisher schon mal irgendetwas nicht geschafft?" Sie versuchte, einen scherzhaften Ton anzuschlagen, aber es wollte ihr nicht recht gelingen. Seit sie einen Blick auf das Tal geworfen hatte, wuchs ihre Verzweiflung, denn die Tatsache, dass die Zivilisation so nah war, hatte sie daran erinnert, dass ihre Zeit mit Grant begrenzt war. Solange sie im Regenwald waren, hatte sie das Gefühl gehabt, sie wären die einzigen Menschen auf der ganzen Welt, und ihr Zeitsinn war ihr vollkommen abhanden gekommen. Jetzt aber konnte sie die Tatsache, dass ihr nur noch ein oder zwei Tage mit Grant blieben, nicht länger verdrängen. Sie fühlte sich so, als hätte sie wertvolle Zeit vertan, als würde ihr Goldstaub durch die Finger rinnen, ohne dass sie imstande war, etwas dagegen zu unternehmen. Der Gedanke, eine einmal gefundene Liebe zu verlieren, nur weil es nicht genug Zeit gab, um sie wachsen zu lassen, versetzte sie in Panik.

Er streckte eine Hand aus und zog sie die letzten paar Meter hoch. „Mach's dir bequem, wahrscheinlich müssen wir eine Weile hier bleiben. Es sieht nämlich so aus, als käme ein böses Unwetter auf uns zu."

Jane schaute sich in dem Unterschlupf um, der gar keine richtige Höhle war, sondern eigentlich nur eine etwa acht Fuß tiefe Einbuchtung im Felsen mit nach hinten steil abfallender Decke und steinigem Untergrund. Direkt vor dem Eingang lag ein Felsbrocken, der so groß war wie ein Zweiersofa und die Form einer Erdnuss hatte. Den Unterschlupf als komfortabel zu bezeichnen, wäre eine Übertreibung gewesen, zumindest aber saßen sie hier geschützt und im Trockenen.

Da sie mittlerweile Grants ausgeprägten Sinn für Timing kannte, war sie nicht überrascht, als sie die ersten dicken Regentropfen draußen auf dem Boden aufklatschen hörte. Grant hatte eben hinter dem großen Stein die Zeltplane auf dem Boden ausgebreitet und forderte Jane jetzt auf, sich hinzusetzen.

Es dauerte nicht lange, bis ein dichter Regenvorhang den Blick nach draußen verstellte und Jane, die mit angewinkelten Beinen, das Kinn auf die Knie gestützt, auf der Zeltplane hockte, den Eindruck vermittelte, als stünde sie unter einem Wasserfall. Es war dunkel geworden, weil die schwarzen Regenwolken das wenige Licht, das sich normalerweise durch das dichte Blätterdach stahl, auch noch vertrieben hatten. Jane konnte Grant, der mit einer Schulter gegen die Wand gelehnt dastand und an einer Zigarette zog, kaum erkennen.

Der Wolkenbruch hatte die Luft abgekühlt. Jane erschauerte und zog ihre Beine enger an ihren Körper heran, während sie auf Grants breiten Rücken starrte. Er hatte kaum ein Wort gesprochen, seit sie hier waren, und sie dachte ein weiteres Mal, dass es gewiss nicht einfach war, ihn zu durchschauen. Seine Persönlichkeit war so verschlungen wie die Pfade im Dschungel, und dennoch flößte ihr allein der Anblick seines breiten Rückens Vertrauen und das Gefühl von Sicherheit ein.

Er zog ein letztes Mal an seiner Zigarette und trat sie dann sorgfältig aus. Obwohl es höchst unwahrscheinlich war, dass irgendjemand hier ihre Spuren entdecken würde, beseitigte er den Stummel mit Bedacht, wahrscheinlich weil es ihm zur zweiten Natur geworden war. Dann wandte er sich wieder um und schaute in den Regen hinaus.

Während sie ihn beobachtete, spürte sie, wie sich ihr Herz schmerzhaft zusammenzog. Er war so allein. Er war ein harter, einsamer Mann, aber irgendetwas an ihm zog sie an wie ein Magnet.

Ihre Augen verschleierten sich. Wenn erst alles zu Ende war, würde er sich für immer aus ihrem Leben verabschieden, als hätte es diese Tage im Dschungel nie gegeben. Für ihn war es nicht mehr als eine reine Routineangelegenheit. Was sie von ihm haben konnte, alles, was sie jemals von ihm bekommen würde, war das Hier und Jetzt und maximal zwei weitere Tage, dann war es vorbei. Und das war nicht genug.

Ihr war jetzt eiskalt, sie war durchgefroren bis ins Mark. Der undurchdringliche Regenvorhang brachte eine feuchte Kälte mit sich, und ihre düsteren Gedanken trugen auch nicht zu einer Besserung ihres Befindens bei. Instinktiv wie eine Katze, die Wärme sucht, erhob sie sich von der Zeltplane und trat auf ihn zu, in der Sicherheit, bei ihm zu finden, wonach es sie verlangte. Schweigend schlang sie die Arme um seine Taille und presste ihr Gesicht an seine Brust. Er schaute auf sie herunter und hob fragend die Augenbrauen. „Mir ist kalt", murmelte sie, lehnte sich an seine Schulter und starrte schwermütig in den Regen hinaus.

Er legte den Arm um sie und zog sie ganz nah an sich, um seine Wärme mit ihr zu teilen. Ein Schauer überlief sie, und als er es bemerkte, rubbelte er mit seiner freien Hand ihren Arm, wobei er spürte, wie kalt ihre Haut war. Einen Moment später wanderte seine Hand aufwärts, streichelte ihre samtige Wange und schob ihr das zerzauste Haar aus der Stirn. Ihm entging nicht, dass sie in melancholischer Stimmung war; ihr sonst so klarer Blick war umwölkt, und um ihren vollen, leidenschaftlichen, stets zum Lachen bereiten Mund lag ein trauriger Zug.

Er legte ihr eine Hand unters Kinn und hob ihren Kopf, sodass er ihr ins Gesicht sehen konnte. Seine Mundwinkel bogen sich nach oben zu einem winzigen Lächeln. „Was ist,

Honey? Macht dich der Regen schwermütig?" Noch bevor sie antworten konnte, beugte er sich zu ihr herab und küsste sie.

Janes Hände wanderten auf seine Schultern, wo sie sich Halt suchend festklammerten. Sein Mund war hart und verlangend und süß, oh, so süß. Ihn zu schmecken, ihn zu spüren, war alles, wonach sie sich sehnte. Sie erwiderte seinen Kuss und hieß seine Zunge willkommen, und gleich darauf begann tief in ihr ein Feuer zu lodern, sodass sie glaubte, sie stünde in Flammen.

Er beendete den Kuss und flüsterte ganz nah an ihren Lippen: „Honey, das kommt mir ja fast wie ein Angebot vor."

In ihren dunklen Augen lag ein leicht verwirrter Ausdruck, als sie jetzt zu ihm aufschaute. „Ich glaube, das ist es auch."

Er schlang die Arme um ihre Taille und hob sie hoch. Sie umarmte ihn leidenschaftlich und küsste ihn wild, ganz hingegeben an den köstlichen Geschmack seines Mundes, wobei ihr völlig entging, dass er sie zu der Zeltplane trug. Erst als er sie auf dem Boden absetzte, kam sie wieder zur Besinnung. Da es im hinteren Teil der Höhle fast dunkel war, konnte sie seine Augen zwar nicht sehen, sie spürte jedoch seinen intensiven Blick, als er begann, ihre Bluse aufzuknöpfen. Janes Mund wurde trocken. Dann fing sie an, sich im Gegenzug dazu an seinem Hemd zu schaffen zu machen.

Nachdem beide Kleidungsstücke offen waren, schlüpfte er aus seinem Hemd und warf es auf die Zeltplane, ohne den Blick von ihr zu nehmen. Dann zerrte er sein Unterhemd aus der Hose und zog es sich über den Kopf. Jetzt war sein Oberkörper nackt. Wie am Tag zuvor erregte Jane dieser Anblick, und sie hatte Mühe zu atmen. Ein Zustand, der sich noch verschlimmerte, als seine Hände unter ihre Bluse schlüpften und begannen, ihre Brüste zu streicheln. Seine heißen Finger auf ihrer kalten Haut ließen sie nach Luft schnappen. Sie schloss die Augen und gab sich seinen Zärtlichkeiten hin. Als er ihre Knospen zu liebkosen begann, entrang sich seiner Brust ein schwerer Seufzer.

Sie spürte die sexuelle Spannung, die zwischen ihnen herrschte. Er machte ihr ihren Körper und ihre Lust bewusst wie kein anderer Mann zuvor in ihrem Leben. Als es zwischen ihren Schenkeln zu pochen begann, presste sie sie instinktiv zusammen in dem Versuch, das Sehnen zu lindern.

So unmerklich ihre Bewegung auch war, sie entging ihm nicht. Seine Hand gab ihre Brust frei und wanderte tiefer, über ihren Bauch und die Hüften hinunter zwischen ihre zusammengepressten Schenkel. „Das wird helfen", murmelte er. „Du musst deine Beine spreizen, nicht schließen." Jetzt begann er, sie an ihrer intimsten Stelle zu streicheln, ein Streicheln, das ihre Nervenenden zum Vibrieren brachte. Sie keuchte. Dann entrang sich ihrer Brust ein tiefes Stöhnen, sie spreizte die Beine und wölbte sich seiner Hand entgegen. Obwohl sie noch ihre Hose anhatte, spürte sie seine Zärtlichkeiten so stark, dass ihr die Knie weich wurden und sie gegen ihn sank, wobei sich ihre nackten Brüste an seinen muskulösen Brustkorb drückten.

Er fing sie auf, ließ sie auf die Zeltplane gleiten und kniete sich über sie, um ihr die Hose auszuziehen. Er musste eine Pause einlegen, um sie zuvor von ihren Stiefeln zu befreien, doch im nächsten Moment war sie nackt bis auf die Bluse, die ihr noch offen um die Schultern hing. Die kühlfeuchte Luft ließ sie erschauern, und sie streckte die Arme nach ihm aus. „Mir ist kalt", beklagte sie sich weich. „Mach mich warm."

Sie bot sich ihm so offen an, dass er versucht war, umgehend in sie einzudringen, aber er wollte mehr. Fast nackt hatte er sie schon zuvor in seinen Armen gehabt, allerdings ohne die Gelegenheit, ihren Körper so zu erforschen, wie er es sich ersehnte. Ihr Körper war ein Geheimnis für ihn, er wollte jeden Millimeter davon berühren und auskosten und sich an der samtigen Oberfläche erfreuen.

Jane sah ihn mit verschleierten großen Augen an, als er sich vor sie hinkniete. Verlangend streckte sie die Arme nach ihm aus, aber er wehrte sie ab. „Noch nicht, Honey“, sagte er mit tiefer Stimme. „Lass mich dich zuerst anschauen.“ Er fing ihre Handgelenke ein und drückte sie über ihrem Kopf sanft auf die Zeltplane, was dazu führte, dass sie ihm ihre vollen Brüste, um Zärtlichkeiten bettelnd, entgegenwölbte. Er umklammerte ihre Handgelenke jetzt nur noch mit einer Hand und ließ die andere abwärts über diese verführerischen, sanft erschauernden Hügel wandern.

Jane keuchte erstickt. Warum nur hielt er ihre Hände auf diese Weise fest? Sie kam sich hilflos und zur Schau gestellt vor. Und doch fühlte sie sich gleichzeitig sehr sicher und beschützt. Sie spürte, wie er sie mit Blicken in sich aufnahm, aufmerksam beobachtend, wie sich ihre Knospen unter seinen Fingerspitzen verhärteten. Er war ihr so nah, dass sie die Hitze, die sein Körper abstrahlte, spüren und den Moschusduft seiner Haut riechen konnte.

Dann war sein Mund auf ihr und wanderte über ihre Brust zu der Knospe, die er mit seinen heißen Lippen eng umschloss. Als er daran zu saugen begann, schwappten schier unerträgliche Wellen des Verlangens über sie hinweg. Niemals, niemals in ihrem ganzen Leben hätte sie sich träumen lassen, dass der Mund eines Mannes so einzigartige Gefühle auslösen könnte. Sie stand in Flammen, ihre Haut brannte, und es war beides zugleich: ekstatisch und unerträglich. Sie wand sich unter ihm und presste die Beine zusammen in dem Versuch, ihr Begehren, das sie zu überwältigen drohte, in den Griff zu bekommen.

Jetzt wandte sich Grant ihrer anderen Brust zu, was die Sache jedoch nicht besser machte. Seine Hand wanderte nach unten zwischen ihre Beine, und sie öffnete sich ihm bereitwillig. Als er spürte, wie sich ihre Muskeln entspannten, spreizte er behutsam ihre Schenkel und ließ seine Finger sanft durch die schwarzen Löckchen gleiten, die ihn schon vorher so erregt hatten. Dann begann er, die zarte samtige Haut so geschickt zu erkunden, dass Jane sofort heftig zu beben begann. „Grant“, wimmerte sie. „Oh, Grant.“

„Ganz ruhig“, tröstete er sie und blies seinen warmen Atem über sie. Er begehrte sie so sehr, dass er glaubte, jeden Moment bersten zu müssen. Gleichzeitig jedoch konnte er nicht genug davon bekommen, sie zu berühren. Ihr Körper machte ihn trunken, und er musste sich erst an ihm sättigen, ehe er zu einer anderen Form der Befriedigung seiner Lust überging. Er nahm wieder ihre Knospe in den Mund, saugte daran und entlockte ihr einen neuerlichen Lustschrei.

Dann drang plötzlich ein Finger in das geheimste Versteck ihres Begehrens ein und jagte ihr einen Lustschauer nach dem anderen über den Körper. Jetzt konnte sie nicht mehr still liegen. Keuchend wand sie sich unter ihm, während sein Mund ihre Brüste in Flammen setzte. Als er mit dem Daumen ihre empfindlichste Stelle zu streicheln begann, dauerte es nicht mehr lange, bis ein gleißendes Feuerwerk vor ihren Augen explodierte. Nichts und niemand hatte sie auf dieses atemberaubend herrliche Gefühl vorbereitet.

Nachdem es vorbei war, lag sie ermattet, mit weit gespreizten Beinen da. Grant riss sich seine Hose vom Leib. Seine Augen glitzerten begehrlich in der Dunkelheit. Jane, noch immer nicht ganz in die Realität zurückgekehrt, schaute verwirrt zu ihm auf. Er kniete sich vor sie und winkelte ihre Beine an. Gleich darauf warf er sich über sie und drang in sie ein.

Janes Hände krallten sich in die Zeltplane, und sie unterdrückte nur mit Mühe einen Schrei. Grant hielt einen Moment bebend inne, um ihr Zeit zu geben, sich an ihn zu gewöhnen. Dann aber war plötzlich sie es, die die winzige Distanz, die es noch gab zwischen ihnen, überbrückte und sich ihm mit ausgestreckten Armen entgegenhob, um ihn ganz in sich aufzunehmen.

Danach lagen sie vollkommen erschöpft da und schwiegen. Fast schien es so, als hätten sie Angst, die friedvolle Stille mit Worten zu zerstören. Er lag schwer auf ihr, wodurch sie kaum Luft bekam, und dennoch hätte sie liebend gern den Rest ihres Lebens so zugebracht. Sie fuhr ihm mit den Fingern durch sein schweißnasses blondes Haar, während ihre Körper sich noch immer weigerten, einander freizugeben.

Es war gut möglich, dass sich die Dinge zwischen ihnen zu schnell entwickelt hatten, aber Jane bereute es nicht. Im Gegenteil, sie war überglücklich, dass sie sich ihm hingegeben hatte. Bisher war sie immer davon ausgegangen, dass es ihr an Sinnlichkeit mangelte, doch die vergangenen Tage hatten diese Vorstellung ins Wanken gebracht, und das, was sie eben mit Grant erlebt hatte, hatte sie restlos vom Gegenteil überzeugt. Jetzt war ihr, als hätte sie einen ungeheueren Schatz in sich entdeckt, und das versetzte sie in Hochstimmung. Nach der Entführung hatte sie sich sehr stark in sich selbst zurückgezogen, und das wurde auch mit den Jahren nicht besser. Der Schock hatte sie misstrauisch gemacht, und es gab nichts, was ihr geholfen hätte, dieses Misstrauen zu überwinden. Außer ihren Eltern und einer Handvoll enger Freunde ließ sie niemanden an sich heran. Das war wahrscheinlich auch der Grund dafür, dass ihre Ehe gescheitert war. Chris war ihr stets ein guter Mann gewesen, aber sie konnte ihn nicht glücklich machen.

Da sie sich selbst gegenüber meistens ehrlich war, vermochte sie es nicht, Chris die Schuld für das Scheitern ihrer Ehe in die Schuhe zu schieben. Es war ganz allein ihr Versagen, davon war sie überzeugt. Deshalb hatte sie irgendwann beschlossen, sich von ihrem Mann zu trennen. Chris hatte Besseres verdient. Nun aber sah sie, dass sie durchaus in der Lage war, einem Mann Leidenschaft entgegenzubringen – wenn sie ihn liebte. Sie hatte auf Chris' sexuelles Verlangen nur deshalb so unzureichend eingehen können, weil sie ihn nicht so geliebt hatte, wie eine Frau ihren Mann lieben sollte. Und das war weder seine noch ihre Schuld. Inzwischen wusste sie, dass man Gefühle nicht steuern konnte.

Doch mittlerweile war sie neunundzwanzig und nicht bereit, sich eine Zurückhaltung aufzuerlegen, die sie nicht empfand, nur weil es sich so gehörte. Sie liebte den Mann, in dessen Armen sie lag, und sie war wild entschlossen, diese Liebe bis zur Neige auszukosten, auch wenn ihr dafür nur noch ein paar Tage blieben.

Vielleicht bedeutete Grant das, was sich zwischen ihnen ereignet hatte, nicht so viel wie ihr. Sie spürte, dass sein Leben viel härter gewesen war als das Ihre, dass er Dinge gesehen hatte, die ihn verändert und das Lachen aus seinen Augen vertrieben hatten. Er war durch Erfahrung hart geworden – hart und übervorsichtig. Aber er hatte ihr ihr Leben zurückgegeben, durch ihn hatte sie nach zwanzig Jahren zum ersten Mal wieder gespürt, was es hieß, am Leben zu sein. Und dafür liebte sie ihn so sehr, dass sie bereit war, ihm alles zu geben, wonach es ihn verlangte.

Er bewegte sich auf ihr und hob den Kopf, um sie anzuschauen. Seine goldenen Augen waren verschleiert, aber es lag etwas in seinem Blick, das ihr Herzklopfen verursachte. „Ich glaube, ich bin zu schwer für dich."

„Ja, aber es macht mir nichts aus.“ Jane legte ihre Arme fester um seinen Hals und versuchte, seinen Kopf wieder auf ihre Brust herabzuziehen, doch es gelang ihr nicht.

Er gab ihr einen schnellen, harten Kuss. „Es hat aufgehört zu regnen. Wir müssen weiter.“

„Warum können wir nicht die Nacht über hier bleiben? Sind wir hier nicht sicher genug?“

Ohne zu antworten, löste er sich sanft aus ihren Armen und erhob sich. Sein Griff nach seinen Kleidern war Antwort genug. Sie seufzte, setzte sich auf und streckte ebenfalls die Hand nach ihren Sachen aus. Ihr Seufzer verwandelte sich in ein Stöhnen, als sie spürte, dass ihr vom Liebesspiel auf dem steinigen Boden alles wehtat.

Er fuhr herum. „Habe ich dir wehgetan?“

„Nein. Mit mir ist alles in Ordnung.“ Er schien nicht recht überzeugt, sagte jedoch nichts.

Beim Abstieg hielt er sich ganz nah vor ihr, um sie auffangen zu können, falls sie ins Rutschen käme. Die letzten paar Meter, die besonders unwegsam waren, bestand er darauf, sie zu tragen, obwohl sie heftig protestierte.

Der Nachmittag verlief schweigend. Zweimal hörten sie einen Helikopter über den Bäumen kreisen, und beide Male zog Grant Jane ins dichte Unterholz, wo sie warteten, bis das Motorengeräusch verklungen war. Zweifellos wurden sie verfolgt.

Grant sprang über einen umgestürzten Baumstamm, drehte sich dann nach Jane um, umfasste sie an der Taille und hob sie mühelos über das Hindernis. Dann strich er ihr in einer überraschend zärtlichen Geste das Haar aus der Stirn. „Was ist los mit dir?“, brummte er. „Du bist so still.“

„Ich denke nur nach“, gab sie zurück.

„Das habe ich befürchtet.“

„Wenn Turego uns zu fassen bekommt …“

„Das wird er nicht", erwiderte Grant kategorisch. Oh nein, dafür würde er schon sorgen. Jetzt mehr denn je. Er war bereit, sein Leben aufs Spiel zu setzen, um zu verhindern, dass dieser wunderbaren Frau, die es geschafft hatte, nie gekannte Gefühle in ihm zu erwecken, etwas passierte.

Wären die Dinge nach Plan gelaufen, wäre sie jetzt schon lange wieder sicher zu Hause. Aber dann hätte er sie niemals richtig kennengelernt; er hätte sie bei ihrem Vater abgeliefert und wäre seiner Wege gegangen. Stattdessen waren sie jedoch gezwungen gewesen, Tage im Urwald zu verbringen, wo sie aufeinander angewiesen waren. Sie hatten Seite an Seite geschlafen, zusammen gegessen, gefährliche und heitere Momente miteinander geteilt. Sie hatte ihn zum Lachen gebracht und damit sein Herz gewonnen. Zumindest einen Teil davon.

Plötzlich begann er, sie zu verfluchen dafür, dass sie so war, wie sie war – lebendig und zuversichtlich und mutig, wo er doch eine verwöhnte, ständig jammernde junge Frau erwartet hatte. Und er verfluchte sie auch dafür, dass sie imstande war, Begehren zu wecken, *sein* Begehren zu wecken. Zum ersten Mal in seinem Leben verspürte er eine rasende Eifersucht. Er wusste, dass er sie wieder hergeben musste, doch bis dahin wollte er es auskosten, dass sie nur ihm ganz allein gehörte.

Als er sich wieder ins Gedächtnis rief, was es für ein Gefühl gewesen war, ihren schlanken, biegsamen Körper unter sich zu spüren, erwachte erneut heftiges Verlangen in ihm. Seine goldenen Augen verengten sich bei der Erinnerung an die Wonnen, die sie ihm beschert hatte, und plötzlich wollte er nur noch das eine. Er musste sie um jeden Preis ein weiteres Mal besitzen, und wenn es das letzte Mal war.

Er hatte schon zu viel verloren; seine Jugend, sein Lachen, sein Vertrauen in andere Menschen, sogar einen Teil seiner Menschlichkeit. Er konnte es sich nicht leisten, noch mehr zu verlieren. Er war ein verzweifelter Mann, der versuchte, seine Seele zu retten. Er sehnte sich danach, wenigstens einen Teil des kleinen Jungen aus Georgia wiederzufinden, der barfuß über die warme Erde frisch gepflügter Felder getrottet war und der es gelernt hatte, in den unergründlichen Tiefen der Sümpfe zu überleben.

Jane mit ihrem Humor und ihrer beherzten Tapferkeit war es als erster und einziger Frau gelungen, ein bisschen Wärme in ihm zu erzeugen.

Ohne zu wissen, was er tat, streckte er die Hand aus und packte sie von hinten am Kragen. Überrascht wandte sie den Kopf und sah ihn fragend an. Das kleine Lächeln, das auf ihrem Gesicht lag, erstarb, als sie seine Augen sah.

„Grant? Ist irgendwas?"

Halb besinnungslos vor Verlangen riss er sie an sich und presste seinen Mund auf ihre vollen, vom Liebesspiel noch immer geschwollenen Lippen. Er nahm sich Zeit für den Kuss und drang mit seiner Zunge tief in ihre warme Mundhöhle ein. Jane gab ein leises Stöhnen von sich, schlang die Arme um seinen Hals, drängte sich eng an ihn und rieb ihren Schoß begehrlich an ihm.

Sie war die Seine, sie würde niemals einem anderen Mann gehören. Grant beendete den Kuss und flüsterte ihr mit rauer Stimme ins Ohr: „Du gehörst jetzt mir. Ich werde auf dich aufpassen."

Jane lehnte ihren Kopf an seine Brust. „Ich weiß", flüsterte sie.

8. KAPITEL

Die folgende Nacht veränderte Janes Einstellung zur Dunkelheit grundlegend und für immer. Die Angst vor der Finsternis würde vielleicht niemals vorübergehen, doch sobald Grant seine Hand nach ihr ausstreckte, war sie vergessen. Ihr war, als breitete er eine dunkle, warme Decke über sie, unter der sie sich sicher und geschützt fühlte.

Er küsste sie, bis ihr die Sinne zu schwinden drohten und sie ihn anflehte, das Verlangen, das er in ihr geweckt hatte, zu stillen. Nachdem er sie und sich selbst ausgezogen hatte, legte er sich auf den Rücken und forderte sie auf, sich mit gespreizten Beinen auf ihn zu setzen. „Ich habe dir heute morgen wehgetan“, sagte er mit tiefer, rauer Stimme. „Diesmal darfst du bestimmen; mach alles so, wie es dir am liebsten ist.“

Das Liebesspiel mit ihm war wirklich einmalig und unvergesslich, und sie erlegte sich keinerlei Beschränkungen auf. Sie tat genau das, wonach ihr der Sinn stand, und als sie lange Zeit später vollkommen ermattet und wunderbar beseligt über ihm zusammensank, konnte sie noch immer nicht fassen, dass wirklich sie es gewesen war, die all diese herrlichen, aber unaussprechlichen Dinge getan hatte.

Am nächsten Morgen setzten sie bei Morgengrauen ihr Liebesspiel gleich nach dem Aufwachen fort, als hätte es die Stunden dazwischen gar nicht gegeben.

Erst lange Zeit später konnten sie sich dazu aufraffen, ihre Zelte abzubrechen und sich wieder auf den Weg zu machen.

Gegen Mittag, als die Schwüle fast unerträglich geworden war, blieb Grant stehen und wischte sich mit dem Ärmel den Schweiß von der Stirn. „Wir sind jetzt fast auf gleicher Höhe mit dem Dorf. Warte hier auf mich. Ich bin in einer Stunde oder so zurück, versprochen.“

„Wie lang ist ‚oder so'?", erkundigte sie sich höflich, aber ihr nicht zu überhörendes Zähneknirschen veranlasste ihn zu einem Grinsen.

„Bis ich wieder da bin." Er zog die Pistole aus dem Holster und reichte sie ihr. „Ich nehme an, du weißt, wie man damit umgeht?"

Jane nahm die Waffe mit finsterem Gesicht entgegen. „Ja. Nach der Entführung bestand Dad darauf, dass ich lernte, mich selbst zu verteidigen." Sie bedachte die Waffe mit einem respektvollen Blick. „Ich habe noch nie so eine Pistole gesehen. Was ist das denn für eine?"

„Eine Bren 10 Millimeter", brummte er.

Sie hob erstaunt eine Augenbraue. „Befindet die sich nicht noch im Versuchsstadium?"

Er zuckte die Achseln. „Ja. Aber ich trage sie schon eine ganze Weile, und sie macht genau das, was ich will." Er schaute Jane einen Moment forschend an, dann runzelte er nachdenklich die Stirn. „Glaubst du, du kommst damit zurecht, wenn es sein muss?"

„Ich hoffe es." Ein leicht unsicheres Lächeln zuckte um ihre Mundwinkel. „Vertrauen wir darauf, dass ich sie nicht brauche."

Er berührte zart ihr Haar, dann beugte er sich zu ihr herab und küsste sie zum Abschied. Gleich darauf war er im Unterholz verschwunden. Jane starrte lange auf die Pistole in ihrer Hand, dann spazierte sie zu einem umgestürzten Baumstamm hinüber und ließ sich darauf nieder.

Es gelang ihr nicht, sich zu entspannen. Ihre Nerven lagen bloß, und jedes Vogelzwitschern oder Affengeschnatter ließ sie zusammenfahren. Sie hatte sich daran gewöhnt, Grant ganz in ihrer Nähe zu wissen, und jetzt brachte ihr seine Abwesenheit ihre Verletzlichkeit schmerzlich zu Bewusstsein.

Die Angst fraß an ihr, aber sie machte sich weniger Sorgen um sich selbst als vielmehr um Grant. Wenn ihm nun etwas zustieß? Sie war sich nicht sicher, ob sie das ertragen würde. Wie konnte er davon ausgehen, dass er durch ein kleines Dorf spazierte, ohne dass man auf ihn aufmerksam wurde? Alles an ihm war auffällig, angefangen von seiner hochgewachsenen, durchtrainierten Figur über sein blondes, langes Haar bis hin zu seinen goldenen Augen. Sie war sich im Klaren darüber, dass Turego zielstrebig nach ihr suchen würde, und da er bestimmt inzwischen wusste, dass sie mit Grant unterwegs war, war sein Leben nicht weniger gefährdet als ihres.

Mittlerweile musste Turego wissen, dass sie im Besitz des Mikrofilms war. Gedankenverloren verflocht Jane ihre Finger ineinander. Sie hatte schon daran gedacht, den Film zu vernichten, um sicherzustellen, dass er niemals in unbefugte Hände fallen konnte, aber da sie nicht wusste, was sich darauf befand, hatte sie sich bisher noch nicht dazu entschließen können. Sie wollte keine Informationen zerstören, die wichtig waren für ihr Land.

Es war so schwül, dass ihr das Haar feucht an den Schläfen klebte und kleine Schweißperlen zwischen ihren Brüsten hinabrannen. Seufzend fragte sie sich, wie lange sie wohl schon warten mochte. Dann kramte sie eine Haarspange aus ihrem Rucksack und steckte sich das Haar hoch, um sich so wenigstens eine kleine Erleichterung zu verschaffen. Was für eine Affenhitze! Die Luft war stickig wie in einem Treibhaus und lag wie ein warmes, feuchtes Tuch auf ihrer Haut.

Nach mehr als einer Stunde begann in der Ferne der Donner zu rollen. Bald würde es anfangen zu regnen wie jeden Tag um diese Zeit.

Von einem leisen Knacken im Busch hinter ihr aufgeschreckt, wirbelte sie herum, aber zu spät. Noch bevor sie die

Pistole in Anschlag bringen konnte, war der Mann auch schon bei ihr und schlug ihr die Waffe aus der Hand. Dann drehte er ihr die Arme auf den Rücken und zwang sie, sich mit dem Gesicht auf den Boden zu legen. Sie keuchte. Das Knie in ihrem Rücken nahm ihr die Luft zum Atmen, und sie spürte den feuchten, halbverwesten Bewuchs, der den Boden bedeckte, in ihrem Mund. Sie schaffte es mühsam, den Kopf zur Seite zu drehen, und versuchte, ihren Arm, den der Angreifer noch immer festhielt, freizubekommen, doch ihre Anstrengungen waren vergeblich. Je mehr sie sich wehrte, desto eiserner wurde der Griff.

In einiger Entfernung rief irgendjemand etwas, und der Mann antwortete, doch Jane hörte nur das Blut in ihren Ohren rauschen. Einen Moment später fühlte sie sich grob abgetastet. Nachdem sich der Mann davon überzeugt hatte, dass sie keine weitere Waffe bei sich trug, ließ er ihren Arm los und drehte sie auf den Rücken.

Sie wollte aufspringen, doch er richtete sein Gewehr so nah auf sie, dass die Laufmündung fast ihr Gesicht berührte. Jane warf einen Blick darauf, dann taxierte sie den Angreifer forschend. Vielleicht gelang es ihr ja, den Mann aus der Ruhe zu bringen. „Wer sind Sie?“, verlangte sie in wütend-beleidigtem Tonfall Auskunft, wobei sie den Gewehrlauf wie ein lästiges Insekt beiseiteschob. In den dunklen Augen des Mannes leuchtete für einen Moment Überraschung auf. Dann kehrte die alte Wachsamkeit zurück, doch Jane hatte die Gelegenheit bereits genutzt und war aufgesprungen. Jetzt brachte sie ihr Gesicht unerschrocken ganz nah vor das des Mannes, während sie ihre Spanischkenntnisse aus der hintersten Gedächtnisschublade hervorkramte und dem Mann aufgebracht das, was sie von ihm hielt, ins Gesicht schleuderte. Dabei stieß sie ihm wiederholt wütend den Zeigefinger in die Brust.

Der Mann war vollkommen perplex und wich langsam zurück. Erst als der andere Soldat, dessen Stimme sie bisher nur aus der Ferne gehört hatte, neben ihn trat, gelang es ihm, seine Fassung wiederzufinden.

„Halten Sie den Mund!“, brüllte er.

„Ich denke überhaupt nicht daran!“, schrie Jane zurück. Dann fühlte sie sich von dem anderen Mann am Arm gepackt. Instinktiv streckte sie ihr Bein aus und versetzte ihm einen Fußtritt, der ihn am Schienbein traf. Er brüllte laut auf vor Schmerz, dann wirbelte er herum und hob die Faust. Gleich darauf jedoch ließ er sie wieder sinken.

Jane schüttelte sich das zerzauste Haar aus den Augen und starrte die beiden Guerilleros wütend an. „Wer sind Sie? Und was wollen Sie von mir?“

Ohne ihre Frage zu beachten, packte sie der eine Guerillero erneut am Arm und stieß sie grob vor sich her. Als sie über eine Wurzel stolperte, konnte sie sich nicht mehr rechtzeitig abfangen und stürzte mit einem kleinen Schrei nach vorn. Instinktiv griff der eine Soldat nach ihr. Da stellte sie ihm geistesgegenwärtig im Fall ein Bein, sodass er in einen Busch taumelte, während sie mit dem Kopf auf der knorrigen Wurzel aufschlug.

Er kam aus dem Nichts. Plötzlich war er da und streckte den zweiten Soldaten mit einem Handkantenschlag zu Boden. Der Guerillero, dem Jane ein Bein gestellt hatte, versuchte, sich aufzurappeln und sein Gewehr in Anschlag zu bringen, doch Grant donnerte ihm seine Stiefelspitze ans Kinn, sodass sein Kopf zurückgeschleudert wurde. Der Mann sackte in sich zusammen und lag still.

Grants Atem ging kaum schneller als gewöhnlich, aber sein Gesicht war hart und verschlossen, als er Jane jetzt am Arm packte und sie hochzog. „Warum bist du nicht dort geblieben, wo ich dich zurückgelassen habe?", fuhr er sie wütend an. „Wenn ich dich nicht schreien gehört hätte ..."

Sie wollte lieber nicht daran denken, was dann geschehen wäre. „Weil ich mich hinsetzen wollte", gab sie kleinlaut zurück. „Und dann waren plötzlich diese beiden hinter mir ..." Sie brach ab.

Ohne etwas zu erwidern, packte Grant Jane am Handgelenk und zerrte sie hinter sich her. „Los, beeil dich, wir müssen hier weg."

„Wohin gehen wir denn?"

„Sei still!"

Als jetzt ein lautes Krachen ertönte, drückte Grant Jane blitzschnell zu Boden und warf sich über sie. Ihr erster Gedanke war, dass er sich von einem Donnerschlag des herannahenden Gewitters hatte irremachen lassen, doch als ihr gleich darauf dämmerte, dass es sich bei dem Krachen um einen Schuss gehandelt hatte, wurde ihr die Brust eng vor Angst. Panik stieg in ihr auf, und sie klammerte sich an Grant.

„Grant! Ist mit dir alles in Ordnung?"

„Ja", brummte er, schlang seinen rechten Arm um sie und veranlasste sie, mit ihm zu einem riesigen Mahagonibaum zu kriechen. „Was ist denn mit der Bren passiert?", erkundigte er sich, nachdem sie dort angelangt waren.

„Er hat sie mir aus der Hand geschlagen ... dort drüben." Sie zeigte zu der Stelle, an der ihr die Pistole abhanden gekommen war. Grant schaute sich um und versuchte, das Risiko einzuschätzen, das der Versuch, die Waffe wieder an sich zu bringen, mit sich bringen würde. Einen Augenblick später stieß er einen Fluch aus; es war zu hoch.

„Es tut mir leid", sagte Jane bedrückt.

„Vergiss es." Er nahm das Gewehr von seiner Schulter und legte es an. Seine Bewegungen waren weich und geschmeidig, und Jane, die sich noch immer auf dem Boden duckte, beobachtete ihn fast ehrfürchtig. In diesem Augenblick sah er wieder aus wie ein wilder Krieger.

Die nächste Kugel schlug knapp vor Grants Gesicht in den Baumstamm ein. Rinde spritzte auf, und als Jane, zu Tode erschrocken, den Kopf hob, sah sie, dass Grant, der blitzschnell zurückgesprungen war, an der Wange blutete. Wahrscheinlich hatte ihn ein Holzsplitter erwischt.

„Bleib so dicht wie möglich am Boden und kriech in Richtung Gebüsch“, befahl er knapp. „Wir müssen sofort hier weg.“

Sie war blass geworden angesichts des Blutes auf seiner Wange, sagte jedoch nichts, sondern nickte nur und begann, dicht gefolgt von ihm, auf dem Bauch durchs Unterholz zu robben.

Das Gewitter war mittlerweile so nah, dass die Erde bei jedem Donnerschlag bebte. Grant schaute zum Himmel auf. „Komm, Regen“, brummte er. „Komm schon endlich.“

Ein paar Minuten später begann es, wie aus Kübeln zu schütten, und Donnerschläge krachten. Innerhalb von Sekunden waren sie bis auf die Haut durchnässt. Grant gab ihr das Zeichen zum Halten, indem er seine Hand auf ihren Oberschenkel legte. Sie hatten mittlerweile ungefähr hundert Meter kriechend zurückgelegt. „Wir rennen jetzt!“, schrie Grant ihr ins Ohr, wobei er Mühe hatte, das laute Prasseln des Regens und das Donnern zu übertönen.

Jane fragte sich, wie sie unter diesen Umständen rennen sollte, aber sie unternahm zumindest den Versuch. Obwohl ihre Knie noch immer weich waren vor Angst und sie sich vollkommen desorientiert fühlte, weil sie durch den dichten Regenvorhang kaum etwas sehen konnte, schaffte sie es doch, die Beine zu heben und in die Richtung zu stolpern, in die Grant sie zerrte.

Und dann standen sie plötzlich am Rande des Urwalds, wo menschliche Hände das Dickicht zurückgeschnitten hatten in dem Versuch, die Ausläufer des tropischen Regenwalds zu kultivieren. Jane konnte sich kaum noch aufrecht halten, als sie über die Felder, die der Wolkenbruch in Morast verwandelt hatte, taumelte. Allein Grants fester Griff hielt sie aufrecht. Jedes Mal, wenn sie zusammenzusacken drohte, zerrte er sie wieder hoch und schleppte sie weiter vorwärts. Doch als er bemerkte, dass sie am Ende ihrer Kräfte angelangt war, hob er sie ohne ein Wort hoch, warf sie sich wie eine Gliederpuppe über die Schulter und trug sie ohne sichtliche Anstrengung weiter.

Sie schloss die Augen und klammerte sich an ihn, wobei sie spürte, wie sich zu ihrem Schwindel jetzt auch noch Übelkeit hinzugesellte, weil sich seine Schulter schmerzhaft in ihren Magen bohrte. Sie fühlte sich wie in einem Albtraum, aus dem sie nicht aufwachen konnte, während endlose graue Wassermassen auf sie niederfielen und sie zu ersticken drohten.

Nach einer Zeit, die ihr wie eine Ewigkeit erschien, blieb er endlich stehen, ließ sie von seiner Schulter gleiten und lehnte sie gegen etwas Hartes, Kaltes. Als Jane die Hand ausstreckte, um sich festzuhalten, erkannte sie verschwommen, dass es sich um Metall handelte. Dann öffnete er die Tür des heruntergekommenen Pick-ups, hob sie hoch und setzte sie auf den Beifahrersitz. Anschließend ging er um den Wagen herum, klemmte sich hinters Steuer und knallte die Tür zu.

„Jane“, stieß er hervor und rüttelte sie leicht an der Schulter. „Bist du okay?“

Sie schluchzte, aber ihre Augen waren trocken. Jetzt streckte sie eine zitternde Hand nach ihm aus und berührte die Blutspur, die an seinem regennassen Gesicht hinabrann. „Du bist verletzt“, flüsterte sie, ohne dass er sie verstehen konnte, weil der Regen so laut auf das Dach des alten Pick-ups prasselte. Doch er las ihr die Worte von den Lippen ab und nahm sie ganz fest in die Arme.

„Ist nur ein Kratzer, Honey“, versicherte er ihr. „Was ist mit dir? Alles in Ordnung?“

Mühsam bewerkstelligte sie ein Nicken, während sie sich an ihn klammerte und die Wärme genoss, die sein Körper trotz der vollkommen durchweichten Kleidung ausströmte. Grant hielt sie noch einen Moment lang fest, dann befreite er sich behutsam aus ihrer Umklammerung und schob sie ein Stück von sich weg. „Halt dich gut fest während der Fahrt, denn dass diese alte Karre eine Federung hat, ist höchst unwahrscheinlich. Wir müssen weg hier, bevor der Regen aufhört.“

Er steckte den Kopf unters Armaturenbrett und zog ein paar Drähte heraus.

„Was machst du denn?“, fragte sie benommen.

„Die Zündung kurzschließen“, erwiderte er und bedachte sie mit einem kleinen Grinsen. „Pass gut auf, wie man es macht, damit du es weißt, falls du es mal brauchen solltest.“

„Du kannst doch bei dem Regen überhaupt nichts sehen“, wandte sie in demselben hilflosen, halb betäubten Tonfall, der ganz untypisch für sie war, ein.

„Es reicht, um uns hier rauszubringen, Honey.“

„Wohin fahren wir?“

„Nach Süden. Nach Limon oder zumindest so weit, wie wir mit dieser Karre hier kommen.“

9. KAPITEL

Wie befürchtet, hielt der alte Pick-up natürlich nicht bis Limon durch, sondern machte unterwegs auf einer Anhöhe schlapp und war durch nichts zu bewegen, es noch einmal zu versuchen. Deshalb blieb Grant und Jane nichts anderes übrig, als die restliche Wegstrecke zu der Ortschaft unten im Tal zu Fuß zurückzulegen. Als sie sie fast erreicht hatten, blieb Grant stehen, setzte seinen Rucksack ab und ließ sich wortlos daneben auf dem Boden nieder, was Jane dazu veranlasste, ihm einen erstaunten Blick zuzuwerfen.

„Wir warten hier, bis es richtig dunkel ist", erklärte er und streckte sich der Länge nach auf dem Boden aus. Jane starrte erst auf die blinkenden Lichter des Ortes und dann auf Grant, hin- und hergerissen zwischen einer vagen Unsicherheit und der Sehnsucht nach dem Komfort, den eine Ortschaft, wie klein sie auch immer sein mochte, zu bieten hatte. Sie sehnte sich nach einem Bad und einem Bett, doch würde man ihnen freundlich begegnen? Da sie wusste, dass es ihr nicht gelingen würde, sich so zu entspannen wie Grant, blieb sie auf den Beinen.

„Du solltest dich auch ein bisschen ausruhen, statt wie eine nervöse Katze herumzustreichen."

„Ich bin eben nervös. Meinst du, wir finden eine Übernachtungsmöglichkeit?"

„Wer weiß?"

Sie schaute auf ihn hinunter. Er hatte eine wahre Meisterschaft darin entwickelt, ausweichende Antworten zu geben. Es war bereits so dunkel, dass sie sein Gesicht nicht erkennen konnte, aber sie war sich sicher, dass sich seine Mundwinkel in diesem für ihn typischen Fast-Lächeln leicht nach oben bogen. Sie war im Moment allerdings zu erschöpft, um sich darüber zu amüsieren, deshalb ging sie wortlos ein paar Schritte von ihm weg und setzte sich dann ebenfalls auf den Boden, legte den Kopf auf die angewinkelten Knie und schloss die Augen.

Es gab nicht das geringste Geräusch, das sie hätte warnen können, doch plötzlich war er hinter ihr und begann, mit seinen kräftigen Händen ihren Nacken zu massieren. „Würdest du denn heute Nacht gern in einem richtigen Bett schlafen?“, flüsterte er ihr ins Ohr.

„Ich wüsste nicht, was ich lieber täte. Und ein richtiges Bad nehmen. Und etwas Richtiges essen“, gab sie zurück, ohne sich ihres schwermütigen Tonfalls bewusst zu sein.

„Bestimmt gibt es in diesem Ort auch so was wie ein Hotel, aber ich fürchte, wir können dieses Risiko nicht auf uns nehmen. Wir müssen versuchen, jemanden zu finden, der uns ein Zimmer vermietet, ohne allzu viele Fragen zu stellen.“

Er griff nach ihrer Hand und zog sie hoch. „Komm, wir gehen. Ein Bett klingt gut.“

Während sie über ein Feld auf das Städtchen zutrotteten, fragte sich Jane, wie sie wohl aussehen mochte, und fuhr sich mit den Fingern durch das nasse, zerzauste Haar. Ihre Kleider waren in einem verheerenden Zustand, und ihr Gesicht war bestimmt schmutzig. „Wahrscheinlich ist niemand bereit, uns ein Zimmer zu vermieten, so wie wir aussehen“, prophezeite sie.

Seine Antwort wurde vom Geräusch eines Zuges geschluckt, das sie ein weiteres Mal daran erinnerte, dass sie die Isolation des Regenwaldes hinter sich gelassen hatten. Seltsamerweise fühlte sich Jane plötzlich fast nackt, was sie nach Grants Hand tasten ließ und sie veranlasste, sich für einen Augenblick ganz eng an ihn zu pressen. „Ich weiß, dass es dumm ist, aber ich habe Angst“, flüsterte sie.

„Das ist nur ein leichter Kulturschock. Wenn du erst in einer Wanne mit heißem Wasser liegst, wirst du dich gleich besser fühlen."

Wenig später hatten sie den Ortseingang erreicht, und kurz darauf trotteten sie erschöpft die mit Geschäften gesäumte Hauptstraße entlang, auf der trotz der späten Stunde noch immer Hochbetrieb herrschte. Irgendwo jaulte unverkennbar eine Musikbox – eine weitere Komponente der Zivilisation, die an Janes Nerven zerrte. Das allgemein bekannte rot-weiße Logo eines alkoholfreien Getränks, das an einer Hauswand prangte, vermittelte ihr den Eindruck, wie Strandgut von einer Welle an ein ihr unbekanntes Ufer angespült worden zu sein. Zweifellos hatte sie einen Kulturschock.

Jetzt blieb Grant stehen und begann, mit einem alten Mann, der keinen Anstoß zu nehmen schien an ihrem Aufzug, ein Gespräch, in dessen Verlauf er sich nach einer Übernachtungsmöglichkeit erkundigte.

„Die Tochter der ältesten Cousine meiner Schwägerin vermietet Zimmer", gab der Alte zurück, und Jane verschluckte sich fast an ihrem Lachen.

„Und können Sie mir auch sagen, wo die Tochter der ältesten Cousine Ihrer Schwägerin wohnt?"

„Sicher." Es folgte eine Wegbeschreibung, die so umständlich war, dass Jane ihr nicht zu folgen vermochte. Doch Grants Vorstellungskraft und Merkfähigkeit schien trotz seiner Erschöpfung noch ungebrochen, denn er nickte.

Ganz wie zu erwarten, hatte er dann auch keine Schwierigkeiten, die Pension zu finden. Jane lehnte sich gegen die weiße Adobemauer, die den Garten umgab, während er läutete und anschließend mit der kleinen molligen Frau, die an die Tür kam, über ein Zimmer verhandelte. Sie schien nicht sonderlich angetan von der Vorstellung, derart verwahrloste Gäste bei sich aufzunehmen. Erst nachdem Grant ihr ein Bündel Geldscheine in die Hand gedrückt und ihr erklärt hatte, dass er und seine Frau für einen amerikanischen Pharmakonzern Feldstudien im Regenwald betrieben hätten und dass ihr Auto unterwegs den Geist aufgegeben hätte, sodass sie gezwungen gewesen wären, den Rest des Weges zu Fuß zurückzulegen, taute Señora Trejos auf und bat sie herein. Und als sie die Erschöpfung auf Janes Gesicht sah, gewann ihre Warmherzigkeit schließlich die Oberhand. „Armes Lämmchen", sagte sie und legte Jane ungeachtet ihrer verschmutzten Kleidung einen molligen Arm um die Schultern. „Sie sind ja vollkommen am Ende, nicht wahr? Ich habe ein schönes kühles Schlafzimmer mit einem weichen Bett für Sie und den Señor, und dann mache ich Ihnen etwas Schönes zu essen. Hinterher werden Sie sich gleich besser fühlen."

Wider Willen musste Jane lächeln. „Das klingt wundervoll", gab sie in ihrem nicht besonders flüssigen Spanisch zurück. „Aber vor allem brauche ich ein Bad. Meinen Sie, dass das möglich ist?"

„Aber natürlich!" Señora Trejos strahlte vor Stolz. „Wir haben hier sogar warmes Wasser."

Die Frau führte sie in das komfortable Haus mit dem angenehm kühlen Kachelboden. „Die oberen Räume sind leider belegt", sagte sie entschuldigend. „Ich habe nur noch ein Zimmer im Erdgeschoss, aber es ist bequem eingerichtet und vor allem schön kühl. Und es liegt ganz in der Nähe des Badezimmers."

„Vielen Dank, Señora", sagte Grant. „Ich denke, wir werden sehr zufrieden sein."

Und das waren sie tatsächlich. Das Zimmer war klein, mit schmucklosen weißen Wänden und einem gekachelten Fußboden. In der Mitte stand ein breites Doppelbett und am Fenster ein Schaukelstuhl, in einer Ecke hatte ein kleiner Waschtisch mit einer Wasserkanne und einer Waschschüssel seinen Platz. Jane warf mit unverhülltem Verlangen einen Blick auf das schneeweiß bezogene Bett mit den weichen Kissen, das kühl und einladend aussah.

Grant dankte Señora Trejos noch einmal, die gleich darauf das Zimmer verließ. Dann waren sie allein. Als Jane Grant anschaute, fand sie seinen Blick auf sich gerichtet.

„Nimm doch als Erstes ein Bad", schlug er schließlich vor. „Aber schlaf nicht ein in der Wanne."

Das ließ Jane sich nicht zweimal sagen und machte sich auf den Weg ins Bad, wobei sie den Umweg über die Küche einschlug, um Señora Trejos um ein Nachthemd zu bitten.

Als sie ins Zimmer zurückkehrte, fand sie Grant neben dem Fenster an die Wand gelehnt vor. Er hatte die Fensterläden zugezogen, sodass es in dem Raum fast dunkel war. Jane warf ihr Waschzeug aufs Bett. Plötzlich fühlte sie sich befangen und wusste nicht, warum. Schließlich hatte es zwischen Grant und ihr schon wesentlich intimere Momente gegeben als diesen. Aber es war offensichtlich ein Unterschied, mit ihm allein im Dschungel zu sein oder in einem Hotelzimmer. Als er sie jetzt musterte, verschränkte sie unbewusst die Arme vor der Brust, um sich vor seinen Blicken, die das dünne Nachthemd zu durchdringen schienen, zu schützen. Sie räusperte sich. „Das Bad ist jetzt frei."

Er straffte langsam die Schultern, ohne den Blick von ihr zu nehmen. „Warum gehst du nicht schon mal ins Bett unterdessen?"

„Ich würde lieber auf dich warten", flüsterte sie.

„Ich weck dich, wenn ich zurückkomme." Der Ausdruck, der in seinen Augen lag, enthielt ein Versprechen.

„Mein Haar … ich muss erst noch mein Haar trocknen."

Er nickte und verließ dann das Zimmer. Jane, der plötzlich

die Knie weich geworden waren, ließ sich auf den Rohrstuhl sinken. Sie beugte sich vor und rubbelte sich mit dem Handtuch das Haar ab, um es anschließend trocken zu bürsten. Es war jedoch so lang und dick, dass es noch immer feucht war, als Grant aus dem Bad kam. Er sah sie vorgebeugt auf dem Stuhl sitzen, die feuchte schwarze Mähne, durch die sie mit gleichmäßigen Strichen die Bürste zog, vor dem Gesicht. Als sie hörte, dass die Tür ging, setzte sie sich aufrecht hin und warf das Haar zurück. Dann starrten sie sich lange Zeit schweigend an.

Sie hatten sich schon vorher geliebt, doch nun sprang der Funke des Begehrens zwischen ihnen über, ohne dass dafür die geringste Berührung erforderlich gewesen wäre. Allein ihre Blicke erzeugten ihre Lust, beschleunigten ihren Herzschlag und erhitzten ihre Haut.

Er hatte sich rasiert, vielleicht mit dem Rasierapparat, den sie im Bad liegen gelassen hatte. Jetzt sah sie ihn das erste Mal ohne Dreitagebart, und plötzlich stockte ihr beim Anblick seines harten, kantigen Gesichts fast der Atem. Er war nackt bis auf ein Handtuch, das er sich um die Hüften geschlungen hatte. Während sie ihn anschaute, tastete er, ohne den Blick von ihr zu nehmen, nach den beiden Enden und zog sie auseinander. Einen Augenblick später fiel das Handtuch lautlos auf den Fußboden. Er drehte sich um und verriegelte die Tür. „Bist du bettfertig?“

„Mein Haar … es ist noch nicht ganz trocken.“

„Lass es sein, es trocknet von selbst.“ Er kam auf sie zu.

Die Bürste fiel klappernd zu Boden, als er ihre Hand nahm und sie hochzog. Gleich darauf lag Jane in seinen Armen, und ihre und Grants Lippen begegneten sich zu einem hungrigen Kuss. Jane wühlte in seinem nassem Haar und klammerte sich an ihn, als wollte sie ihn nie wieder loslassen. Sein Atem schmeckte frisch und heiß, und als seine Zunge tief in ihren Mund eindrang, erschauerte sie bis ins Mark.

Sie spürte seine harte Männlichkeit an ihrem weichen Schoß und drängte sich noch enger an ihn. Seine Hände kneteten ihre Pobacken und streichelten ihren Rücken. Jane beendete den Kuss, holte keuchend Luft und ließ ihren Kopf an seine Schulter sinken. Sie glaubte, das wilde Verlangen, das er in ihr erzeugte, keinen Moment länger ertragen zu können. Sie hatte jegliche Kontrolle über ihren Körper verloren, der sich nur noch danach verzehrte, mit ihm gemeinsam den Gipfel der Lust zu erstürmen. Er war so wild, so atemberaubend schön und frei wie die Jaguare, die majestätisch das Dickicht des Dschungels durchstreiften. Seine Wildheit suchte nach Entsprechung, und das war eine Versuchung, der sie nicht widerstehen konnte. Es kostete ihn keinerlei Anstrengung, die ihr innewohnende Leidenschaft aus ihr herauszulocken; ein Kuss genügte, und sie war ihm mit Haut und Haar verfallen.

„Dieses Ding stört“, flüsterte er und zerrte an ihrem Nachthemd. Nur widerstrebend löste sie sich von ihm. Er zog ihr das Kleidungsstück über den Kopf und ließ es auf den Stuhl fallen. Einen Moment später lag sie wieder in seinen Armen, und er trug sie zum Bett.

Grant und Jane wurden erst von den hellen Strahlen der Morgensonne, die durch die Ritzen der Fensterläden Einlass begehrten, geweckt. Grant stand auf und ließ die Sonne ins Zimmer. Als er sich wieder umdrehte, fiel sein Blick auf Jane, die sich, vom goldenen Licht übergossen, verschlafen blinzelnd reckte und streckte. Ihre Wangen waren gerötet, ihre Lider noch schwer vom Schlaf.

Schlagartig erwachte sein Begehren, und er konnte es keinen Augenblick länger ertragen, von ihr getrennt zu sein. Deshalb stieg er umgehend wieder ins Bett und legte sich auf sie. Während er langsam in sie eindrang, ließ er sie keinen Moment aus den Augen. Als sie einen leisen, wohligen Seufzer ausstieß und ein freudiges Strahlen über ihr Gesicht huschte, wurde ihm die Brust aus irgendeinem unerfindlichen Grund so eng, dass er Mühe hatte zu atmen. Einen Augenblick später verlor er sich in den weichen Tiefen ihres Schoßes.

Als sie beim Anziehen waren, klopfte es, und herein kam eine von Señora Trejos Töchtern und brachte ihnen das reichhaltige Frühstück, das aus duftendem Kaffee, frischem Brot, Käse und Früchten bestand.

Jane errötete, als ihr bewusst wurde, dass Señora Trejos am Abend vorher auch schon mit einem beladenen Tablett vor ihrer Tür gestanden haben musste, sich vermutlich jedoch angesichts der aus dem Zimmer dringenden Geräusche diskret wieder zurückgezogen hatte. Ein rascher Blick auf Grant, der Mühe hatte, sich ein Grinsen zu verbeißen, sagte ihr, dass er denselben Gedanken hatte wie sie.

Sie nahm sich ein Stück Orange von dem Teller und sah Grant zu, wie er sich sein dunkelgrünes Unterhemd über den Kopf zog.

„Du wirst auffallen in diesen Tarnklamotten“, sagte sie nachdenklich und schob sich das Orangenstück in den Mund.

„Ich weiß.“ Er küsste sie auf den Mund, der nach Orangensaft schmeckte. „Pack alles zusammen und warte, bis ich zurück bin.“

„Zurück? Wo gehst du denn hin?“

„Ich will versuchen, irgendwo ein Auto aufzutreiben. Das wird nicht ganz einfach sein um diese Tageszeit.“

„Wir könnten den Zug nehmen.“

„Mein Gewehr würde sich bei einer Bahnfahrt aber nicht besonders gut machen, Honey.“

„Und warum kann ich nicht mitkommen?"

„Weil du hier sicherer bist."

„Als du mich das letzte Mal allein gelassen hast, bin ich aber in böse Schwierigkeiten geraten", wandte sie ein.

Dieser Erinnerung hätte es jedoch nicht bedurft. Er bedachte sie mit einem finsteren Blick, während er die Hand nach einem Stück Melone ausstreckte. „Solange du auf deinem kleinen Hintern da sitzen bleibst, wo ich es dir sage, wird dir nichts zustoßen."

„Ich will aber mit dir mitgehen", beharrte sie trotzig.

„Hör jetzt sofort auf, dich mit mir herumzustreiten, verdammt noch mal!"

„Ich streite nicht mit dir herum. Was ich sage, ist Fakt. *Du* bist's, der sich herumstreitet."

In seinen Augen loderten plötzlich gelbe Flammen. Er beugte sich zu ihr herab und brachte sein Gesicht so nah vor ihres, dass sich ihre Nasen fast berührten. Man sah ihm an, dass er Mühe hatte, sich zu bezähmen. „Wie du es zu Hause geschafft hast, nicht jeden Tag eine gehörige Tracht Prügel zu beziehen, ist mir ein Rätsel", stieß er zwischen zusammengebissenen Zähnen hervor.

„Ich habe überhaupt nie Prügel bezogen", protestierte sie.

„Das merkt man."

Sie ließ sich in den Rohrstuhl fallen und machte einen Schmollmund. Grant ballte unbewusst die Hände zu Fäusten; dann öffnete er sie wieder und streckte sie nach Jane aus, um sie an sich heranzuziehen und ihr einen harten Kuss auf den Mund zu geben. „Sei doch einfach zur Abwechslung mal ein braves Mädchen, was meinst du?" Verwundert hörte er, dass seine Stimme fast flehend klang. „Ich bin in einer Stunde ..."

„... oder so zurück", beendete sie unisono mit ihm den

Satz. „Also gut, wenn es denn unbedingt sein muss, warte ich hier auf dich. Aber gern tue ich es nicht!"

Er verließ sie, ehe er endgültig die Geduld verlor, und Jane machte sich heißhungrig über das Frühstück her, wobei sie entschied, nach dem Zusammenpacken die Señora zu einem Schwätzchen aufzusuchen. Grant hatte ja sicher nicht gemeint, dass sie die ganze Zeit über in ihrem Zimmer bleiben sollte. So wie sie ihn verstanden hatte, hatte er ihr nur untersagt, das Haus zu verlassen.

Als Grant zurückkehrte, fand er Jane in der Küche. Bei ihrem Anblick huschte ein erleichterter Ausdruck über sein Gesicht, weil er erst in ihrem Zimmer gewesen war und sie dort nicht angetroffen hatte. Jane, die mit dem Rücken zu ihm saß, spürte seine Gegenwart und drehte sich nach ihm um. „Hast du erreicht, was du erreichen wolltest?"

„Ich denke schon. Bist du so weit?"

„Ja. Ich muss mir nur noch die Hände waschen."

Sie verabschiedete sich herzlich von der Señora und dankte ihr für alles, während Grant im Türrahmen stand und Jane beobachtete. Offensichtlich verstand sie es, das Herz eines jeden Menschen im Sturm zu erobern. Auf die Señora jedenfalls schien sie großen Eindruck gemacht zu haben, denn die Frau strahlte übers ganze Gesicht, wünschte ihr eine gute Reise und äußerte die Hoffnung auf ein Wiedersehen mit der Versicherung, dass für die reizende Señora und ihren Ehemann in ihrem Haus immer ein Zimmer frei sein werde.

Sie holten ihr Gepäck, und Grant schulterte sein Gewehr. Damit riskierte er es zwar, die Aufmerksamkeit der Leute auf sich zu ziehen, aber er sah keine andere Möglichkeit. Mit einem bisschen Glück würden sie bereits heute Abend im Flugzeug sitzen, doch bis es so weit war, durfte er kein Risiko eingehen. Der Vorfall gestern hatte bewiesen, dass Turego nicht bereit war aufzugeben.

Draußen auf der Straße sah Jane ihn an. „Und nun?"

„Ich habe uns bei einem Farmer eine Mitfahrgelegenheit organisiert."

Gemessen an den Abenteuern der vergangenen Tage erschien diese Aussicht fast langweilig, was Jane jedoch durchaus nicht ungelegen kam. An Aufregung hatte es ihr in letzter Zeit nicht gemangelt, und eine ruhige, gemütliche Autofahrt war genau das, wonach sie sich jetzt sehnte. Was für ein gutes Gefühl musste es sein, einmal nicht gejagt zu werden.

Als sie das Ende der Straße fast erreicht hatten, sprang plötzlich ein Mann hinter einem Baum hervor und verstellte ihnen den Weg. Grant reagierte blitzschnell und schob Jane beiseite. Doch noch bevor er dazu kam, sich das Gewehr von der Schulter zu reißen, schaute er in den Lauf einer Pistole, und einen Augenblick später schon sah er sich von einem halben Dutzend Männern umzingelt, die alle ihre Waffen auf ihn richteten. Jane stockte der Atem, ihre Augen weiteten sich in Panik. Als sie den Mann in der Mitte erkannte, blieb ihr fast das Herz stehen. Musste Grant jetzt womöglich ihretwegen sterben?

Dieser Gedanke war ihr unerträglich. Sie musste etwas unternehmen, und zwar sofort. Irgendetwas.

„Manuel!", schrie sie, freudige Erregung vorschützend. Sie rannte auf Turego zu und warf sich in seine Arme. „Ich bin ja so froh, dass du mich gefunden hast."

10. KAPITEL

Es war ein Albtraum. Grant hörte nicht auf, sie mit zusammengekniffenen Augen anzustarren, und der Hass in seinem Blick bewirkte, dass sich ihr der Magen zusammenkrampfte. Doch sie sah keinen Weg, ihn wissen zu lassen, dass sie nur ein verzweifeltes Theater aufführte. Sie klammerte sich an Turego und schilderte ihm in den blühendsten Farben, was sie angeblich für Angst während der vergangenen Tage ausgestanden hätte, nachdem dieser Verrückte sie mit Waffengewalt zum Verlassen der Plantage gezwungen hatte. Jane wusste, dass sie und Grant nur dann eine Chance zum Entkommen haben würden, wenn es ihr gelang, sich Turegos Vertrauen zu erwerben.

Die ganze Situation balancierte auf Messers Schneide; die Dinge konnten sich sowohl in diese als auch in jene Richtung entwickeln. Jane sah die Wachsamkeit in Turegos dunklen Augen, die einherging mit tiefer Befriedigung, dass es ihm gelungen war, seine Beute aufzuspüren. Er wollte sie leiden lassen für die Schmach, die sie ihm angetan hatte, das spürte sie genau. Aber noch mehr interessiert war er an dem Mikrofilm, ein Umstand, der ein taktisches Vorgehen erforderte. Jane war sich ziemlich sicher, dass ihr Leben nicht bedroht war, um so mehr jedoch Grants. Deshalb musste sie ihn beschützen, komme, was da wolle.

Jetzt legte Turego einen Arm um ihre Taille und zog sie an sich. Dann beugte er sich zu ihr herab und küsste sie. Es war ein langer, intimer Kuss, bei dem Jane sich verzweifelt sagte, dass sie ihn um Grants willen über sich ergehen lassen musste, auch wenn er sie noch so schaudern machte. Sie wusste genau, was Turego bezweckte; er wollte seine Macht demonstrieren, um sie als Waffe gegen Grant einzusetzen. Als er schließlich den Kuss beendete und den Kopf hob, verzerrte ein grausames Lächeln seinen schön geschwungenen Mund.

„Jetzt habe ich dich ja gefunden, *chiquita,*“ versicherte er ihr aalglatt. „Jetzt bist du in Sicherheit. Dieser ... Verrückte, wie du ihn genannt hast, wird dich nicht wieder belästigen, das verspreche ich dir. Aber ich bin wirklich beeindruckt, Señor“, fuhr er dann, an Grant gerichtet, fort. „Ich habe schon von Ihnen gehört. Der Mann mit den gelben Augen, der wie ein Jaguar durch den Dschungel schleicht.“ Turego lachte böse auf. „Sie sind eine Legende, aber bisher dachte ich eigentlich, Sie seien tot. Zumindest war das das Letzte, was ich von Ihnen gehört habe. Doch nun muss ich feststellen, dass ich einer Fehlinformation aufgesessen bin.“

Grant hüllte sich in Schweigen. Seine ganze Aufmerksamkeit galt jetzt Turego, und Jane behandelte er wie Luft. Er zuckte mit keiner Wimper, sein Gesicht wirkte wie aus Granit gehauen. Er schien nicht einmal zu atmen. Seine vollkommene Bewegungslosigkeit hatte etwas Beunruhigendes an sich. Er nahm sich aus wie ein mächtiger Tiger, umringt von Schakalen, und man konnte seinen Widersachern ihre Nervosität deutlich ansehen.

„Wäre ziemlich interessant zu wissen, von wem Sie bezahlt werden.“ Turegos Stimme klang wie das sanfte Schnurren eines Katers. Als er sich an seine Leute wandte, wurde sie jedoch um einen Ton schärfer. „Fesselt ihn und schafft ihn ins Auto“, befahl er, den Arm noch immer um Jane gelegt. Sie zwang sich, nicht hinzusehen, als die Männer Grant fesselten und ihn dann zu einem Militärjeep schleppten. Stattdessen warf sie Turego ihr verführerischstes Lächeln zu und lehnte den Kopf an seine Schulter.

„Ich hatte ja so furchtbare Angst“, flüsterte sie.

„Das glaube ich dir aufs Wort, *chiquita*“, gab er gefährlich sanft zurück. „Hast du dich deshalb so gegen meine Männer gewehrt, als sie dich gestern im Dschungel aufgestöbert haben?“

Sie hätte wissen müssen, dass er zu gewieft war, um ihr zu glauben. Jetzt waren ihre schauspielerischen Fähigkeiten einmal mehr gefragt. Scheinbar überrascht riss sie die Augen auf. „Waren das *deine* Männer? Warum haben sie das denn nicht gesagt? Sie haben mich herumgeschubst, und ich hatte Angst, sie würden mich ... sie würden mir etwas tun. Da hatte ich es endlich geschafft, diesem Verrückten zu entkommen, und dann hat mich der Lärm, den sie veranstaltet haben, ihm direkt wieder in seine Arme getrieben.“ Ihre Stimme bebte vor Empörung.

„Es ist vorbei; und ich verspreche dir, dass ich ab jetzt besser auf dich aufpassen werde, *chiquita.*“ Damit führte er sie ebenfalls zu dem Jeep und half ihr beim Einsteigen. Anschließend gab er dem Fahrer ein paar knappe Instruktionen.

„Wohin fahren wir?“, fragte sie mit unschuldigem Augenaufschlag. „Zurück zur Plantage? Hast du mir nicht ein paar frische Sachen zum Anziehen mitgebracht? Ich laufe schon seit Tagen in denselben Kleidern herum.“ Sie zog einen Schmollmund.

„Ich muss gestehen, dass ich daran wirklich nicht gedacht habe, *chiquita.* Dazu habe ich mir viel zu viele Sorgen um dich gemacht.“ Sein Arm lag immer noch um ihre Schulter, und Jane blickte zu ihm auf. Er sah außergewöhnlich gut aus. Seine makellosen Gesichtszüge erinnerten eher an die einer Statue als an die eines Menschen. Aber vielleicht war er ja gar kein richtiger Mensch. Man konnte nicht einmal sein Alter schätzen. Er sah aus wie Ende zwanzig, aber Jane wusste, dass er die Vierzig bereits überschritten hatte.

„Wer ist er eigentlich? Es hat sich so angehört, als würdest du ihn kennen.“

„Hat er sich dir denn nicht vorgestellt? Du hast doch immerhin einige Tage mit ihm verbracht, mein Herz. Sicher wirst du doch wenigstens seinen Namen kennen."

Wieder war sie gezwungen, innerhalb eines Sekundenbruchteils eine Entscheidung zu fällen. War Grants Name allgemein bekannt? Und war es überhaupt sein richtiger Name? „Er hat mir erzählt, dass er Joe Tyson heißt. Stimmt das?"

Turego zögerte einen Moment, seltsamerweise. „Vielleicht nennt er sich ja derzeit so. Aber wenn er der ist, für den ich ihn halte, wird er der Tiger genannt."

Der Tiger! Jane konnte sich gut vorstellen, wie er zu diesem Namen gelangt war. Angesichts seiner bernsteinfarbenen Augen und seines geschmeidigen, lautlosen Ganges drängte sich dieser Vergleich geradezu auf.

Jane lachte ein perlendes Lachen. „Das klingt ja äußerst geheimnisvoll. Glaubst du, er ist ein Spion?"

„Nein, natürlich nicht. Ganz so romantisch ist es auch wieder nicht. Er ist nur ein mieser Söldner, der sich für irgendwelche dreckigen Jobs anheuern lässt, weiter nichts."

„Dreckige Jobs? Wie zum Beispiel mich zu entführen? Warum sollte er das tun? Ich meine, für mich bezahlt doch niemand Lösegeld. Mein Vater spricht nicht einmal mehr mit mir, und ich selbst besitze keinen Cent."

„Vielleicht will man ja etwas anderes von dir", vermutete er.

„Aber ich habe doch nichts." Sie riss in gespielter Naivität die Augen auf. Turego lächelte dünn.

„Vielleicht hast du ja doch etwas und weißt es nur nicht."

„Was denn? Was soll ich denn haben?"

„Das werden wir in Kürze herausfinden, Darling. Wart es nur ab."

„Mir sagt nie jemand was." Sie verzog schmollend den

Mund und verharrte einen Augenblick so. Dann fuhr sie wie ein beleidigtes Kind auf: „Wohin fahren wir eigentlich?"

„Nur ein Stück die Straße runter, Baby."

Sie hatten jetzt den Stadtrand erreicht und hielten vor einer verfallenen Lagerhalle, deren zerkratzte blaue Stahltür schief in den Angeln hing. Offensichtlich waren sie an ihrem Bestimmungsort angelangt, denn Turego wies seine Männer an, Grant in die Halle zu bringen. Jane sah zu, wie man ihn mit roher Gewalt aus dem Jeep zerrte. In seinem Mundwinkel klebte getrocknetes Blut, und seine Lippen waren geschwollen und aufgesprungen. O Gott! Sie hatten ihn geschlagen, ohne dass er auch nur die geringste Chance gehabt hätte, sich zur Wehr zu setzen, weil man ihm die Hände auf den Rücken gefesselt hatte. Jane war außer sich. Es dauerte jedoch nicht lange, dann verwandelte sich ihr Mitgefühl in rasenden Zorn. Diese Verbrecherbande! Das sollten sie ihr büßen. Bevor sie sich wieder zu Turego umwandte, riss sie sich zusammen, weil er unter keinen Umständen merken durfte, wie sie zu Grant stand.

„Was tun wir denn hier?"

„Nichts Besonderes. Ich will unserem Freund nur ein paar Fragen stellen."

Man eskortierte sie in die Halle. Die Hitze, die ihr beim Übertreten der Schwelle entgegenschlug, war fast unerträglich. Die Lagerhalle war der reinste Brutofen, die Luft war so heiß wie in einer Sauna. Jane brach augenblicklich der Schweiß aus allen Poren.

Allem Anschein nach schien Turego die Halle als irgendeine Art Stützpunkt zu nutzen. Nachdem er dafür gesorgt hatte, dass Grant weiterhin unter ausreichender Bewachung stand, führte er Jane in den hinteren Teil des Gebäudes, wo sich verschiedene ineinander übergehende Räume, wahrscheinlich ehemalige Büros, befanden. Hier war es zumindest etwas kühler, weil ein kleines Fenster wenigstens für ein Minimum an frischer Luftzufuhr sorgte. Der Raum, in den Turego Jane führte, war mit Riesenstapeln alter Zeitungen vollgestopft, auf denen der Staub zentimeterdick lag, und in einer Ecke stand ein ramponierter Schreibtisch, der sich schräg zur Seite neigte, weil ihm ein Bein fehlte. Jane zog angewidert die Nase kraus. „Igittigitt!“ Das war die erste ehrliche Meinungsäußerung, die sie gegenüber Turego kundtat.

„Ich bitte vielmals um Entschuldigung, mein Herz.“ Turego präsentierte ihr sein schönstes Zahnpasta-Reklame-Lächeln. „Glücklicherweise beabsichtigen wir nicht, uns sehr lange hier aufzuhalten. Alfonso wird dir Gesellschaft leisten, während ich mich mit deinem Freund unterhalte.“

Was er damit sagen wollte, war, dass sie ebenfalls unter Bewachung stand. Jane protestierte nicht, weil sie seinen Verdacht nicht noch mehr erregen wollte, aber sie war alarmiert. Was für eine Art von „Unterhaltung“ mochte er wohl im Schilde führen? Sie musste sich etwas einfallen lassen, und zwar schnell. Doch ihr Kopf war leer vor Angst. Angst, die überhand zu nehmen drohte, als Turego sich nun zu ihr beugte und sie erneut küsste. „Ich bleibe nicht lange weg“, flüsterte er. „Alfonso, pass gut auf sie auf. Ich möchte nicht erleben, dass sie mir ein zweites Mal abhanden kommt.“

Jane glaubte, in Alfonso einen der Wachmänner von der Plantage wiederzuerkennen. Nachdem Turego die Tür hinter sich zugemacht hatte, schenkte sie ihm einen verführerischen Blick. Er war noch sehr jung und sah bemerkenswert gut aus. Eigentlich hätte er gewarnt sein müssen, doch er schaffte es nicht, ihr Lächeln unerwidert zu lassen.

„Haben Sie mich nicht auch schon auf der Plantage bewacht?“, fragte sie auf Spanisch.

Er nickte widerstrebend.

„Dacht ich mir's doch, dass ich Sie schon gesehen habe. Einen gut aussehenden Mann vergesse ich nämlich nicht so leicht." Sie hatte versucht, einen enthusiastischen Tonfall in ihre Stimme zu legen. Ihre Aussprache war so mangelhaft, dass Alfonso sich ein belustigtes Lächeln nicht verkneifen konnte. Sie fragte sich, ob er in Turegos Pläne eingeweiht oder ob er einfach nur ein niederer Befehlsempfänger war.

Wie auch immer es sich verhalten mochte, auf jeden Fall schien er nicht geneigt, sich auf eine Unterhaltung einzulassen. Jane schaute sich unauffällig in dem Raum um auf der Suche nach etwas, das sie als Waffe benutzen konnte. Dabei lauschte sie angestrengt nach draußen, doch sie konnte nichts hören. Was trieb Turego? Wenn er Grant etwas antat ... Ihre Nerven waren gespannt.

Wie viel Zeit mittlerweile wohl vergangen war? Fünf Minuten? Zehn? Sie wusste es nicht. Und noch weniger wusste sie, was sie hätte unternehmen können. Plötzlich jedoch konnte sie es nicht mehr länger aushalten und machte Anstalten, zur Tür zu gehen. Alfonso streckte den Arm aus und schnitt ihr den Weg ab.

„Ich will zu Turego", sagte sie ungeduldig. „Hier drin ist es mir zu heiß. Ich bin kurz vorm Ersticken."

„Sie müssen hier bleiben."

„Ich will aber nicht! Seien Sie doch nicht so stur, Alfonso, er hat bestimmt nichts dagegen. Sie können mich ja begleiten, damit Sie sichergehen, dass ich nicht abhaue."

Sie duckte sich unter seinem Arm hindurch und hatte die Tür aufgerissen, ehe er sie daran hindern konnte. Einen gedämpften Fluch ausstoßend, setzte er ihr hinterher, doch Jane war schon zur Tür hinaus und rannte durch die angrenzenden Büros. In dem Moment, in dem sie die Haupthalle erreichte, hörte sie, wie eine Faust gegen Knochen krachte.

Dann fiel ihr Blick auf Grant. Zwei Männer hielten ihn fest, während ein dritter mit erhobener Faust vor ihm stand. Turego hielt sich ein wenig abseits; um seine Lippen spielte ein kleines, grausames Lächeln. Jetzt sackte Grants Kopf nach vorn auf seine Brust, und Jane sah, wie Blut neben seinen Füßen auf den Boden tropfte.

„Durch dein Schweigen machst du alles nur noch schlimmer, mein Freund“, sagte Turego sanft. „Sag mir, wer dich bezahlt. Mehr will ich im Moment gar nicht von dir wissen.“

Als Grant weiterhin verbissen schwieg, packte ihn einer der Männer, die ihn festhielten, an den Haaren und riss seinen Kopf hoch. In dem Moment, in dem Alfonso ihren Arm ergriff, sah Jane Grants Gesicht und begann, wild um sich zu schlagen.

„Turego!“, kreischte sie und zog damit die Aufmerksamkeit aller auf sich. Turego hob die Augenbrauen.

„Was tust du hier? Alfonso, bring sie sofort zurück.“

„Nein!“, schrie sie und versetzte Alfonso einen Rippenstoß. „Es ist zu heiß da hinten, ich kann es keine Sekunde länger aushalten! Wirklich, es ist einfach zu viel. Du musst das verstehen. Ich habe eine schreckliche Zeit im Dschungel hinter mir und bin vollkommen am Ende. Ich bestehe darauf, dass du mich in ein Hotel bringst.“

„Halt den Mund, Jane. Du verstehst nicht, was hier vorgeht.“ Turego trat an sie heran und nahm ihren Arm. „Noch ein paar Minuten, und er wird mir erzählen, was ich wissen will. Interessiert es dich denn nicht, wer ihn angeheuert hat?“ Er zog sie weg, um sie wieder nach hinten zu führen. „Bitte hab noch ein wenig Geduld, mein Herz.“

Jane beschloss fürs Erste, sich nicht länger gegen Turego zu wehren, der sie in Richtung Büro zog. Als sie einen letzten

Blick auf Grant und seine Peiniger warf, sah sie, dass die Männer offensichtlich auf Turegos Rückkehr warteten. Grant hing mit eingeknickten Knien zwischen ihnen wie ein nasser Sack, unfähig, sich allein aufrecht zu halten.

„Du rührst dich nicht von der Stelle, verstanden?“, befahl Turego ihr streng, nachdem sie das Büro erreicht hatten. „Versprichst du mir das?“

„Ich verspreche es“, sagte Jane und wandte ihm lächelnd das Gesicht zu. Er sah den Schlag nicht kommen, der seinen Kopf nach hinten schleuderte und ihn Blut spucken ließ. Bevor er nach Hilfe schreien konnte, rammte sie ihm ihren Ellbogen in den Solarplexus, und er fiel mit einem Grunzen langsam vornüber. Wie in einem gut einstudierten Ballett schoss jetzt ihr Knie hoch und traf sein ungeschütztes Kinn. Das gab ihm den Rest. Turego klappte wie eine Stoffpuppe zusammen und stürzte zu Boden. Jane dankte im Stillen ihrem Vater dafür, dass er darauf bestanden hatte, sie in all diese Selbstverteidigungskurse zu schicken. Dann bückte sie sich und riss die Pistole auf Turegos Holster.

Gerade als sie wieder nach vorn gehen wollte, peitschte ein Schuss auf, und sie blieb vor Schreck erstarrt stehen. „O nein“, stöhnte sie entsetzt und raste dann, wie von Furien gehetzt, in Richtung Halle zurück.

Noch nie im Leben hatte sie eine so grauenhafte und alles verschlingende Angst verspürt wie im Moment. Sie fühlte sich wie in einem Albtraum und hatte das Gefühl, nicht vom Fleck zu kommen. Es war, als ob sie durch knöcheltiefen Sirup waten würde. O Gott, was war, wenn sie ihn getötet hatten? Dieser Gedanke war so entsetzlich, dass sie ihn nicht ertragen konnte, aber er ließ sie nicht los und jagte ihr eine solche Panik ein, dass sie kaum mehr Luft bekam. Nein, dachte sie. Nein, nein, nein.

Sie stürzte in die Halle, die Pistole im Anschlag, halb verrückt vor Angst und bereit, für den Mann ihres Herzens zu kämpfen bis zum letzten Atemzug. Bei ihrem Eintritt bot sich ihr ein erschreckendes Bild. Auf dem Fußboden lagen mindestens fünf Männer und rührten sich nicht. Wie war das möglich? Sie hatte doch nur einen Schuss gehört.

Dann spürte sie, wie sich von hinten ein Arm um ihren Hals legte und ihr Kopf zurückgezerrt wurde. Eine Hand griff nach ihrer Pistole und nahm sie ihr weg.

„Es ist zwar zum Lachen, aber ich fühle mich sicherer, wenn du unbewaffnet bist, Sweetheart", zischte ihr jemand ins Ohr.

Sie erkannte die Stimme bei der ersten Silbe und schloss die Augen. Die Tränen schossen ihr in die Augen. „Grant", flüsterte sie.

„Sei still. Du kannst mir später sagen, wie glücklich du bist. Jetzt müssen wir von hier verschwinden."

Er ließ sie los, doch als sie versuchte, sich umzudrehen, um ihn anzusehen, packte er sie am Arm und drehte ihn ihr auf den Rücken Zwar nicht so hoch, dass es schmerzte, aber hoch genug, dass es dahin kommen könnte. „Beweg dich!", bellte er sie an und stieß sie vorwärts. Jane geriet ins Taumeln und stieß einen unwillkürlichen Schrei aus.

„Du tust mir weh", wimmerte sie, noch immer zu benommen, um zu begreifen, was vor sich ging. „Grant, warte!"

„Halt den Mund!", fuhr er sie an und schubste sie, nachdem er die Tür aufgestoßen hatte, nach draußen in das grelle Sonnenlicht. Der Jeep stand noch da, und Grant zögerte keine Sekunde. „Steig ein. Wir machen eine kleine Spazierfahrt."

Er riss die Tür auf und beförderte Jane unsanft auf den Beifahrersitz. Der leise Schrei, der sich ihr dabei entrang, schnitt ihm für den Bruchteil einer Sekunde ins Herz, doch dann rief er sich zur Ordnung. Sie brauchte keine Rücksichtnahme. Wie eine Katze landete sie immer wieder auf den Füßen.

Jane, die auf dem Sitz halb umgekippt war, rappelte sich hoch; in ihren dunklen Augen standen Tränen, als sie in sein zusammengeschlagenes und blutiges Gesicht schaute. Sie wollte ihm sagen, dass alles nur Show gewesen sei, ein verzweifeltes Spiel, um ihrer beider Leben zu retten, aber er schien nicht geneigt, ihr zuzuhören. Als sie sich anschickte, die Hand nach ihm auszustrecken, erhaschte sie aus dem Augenwinkel heraus eine Bewegung in der Tür und stieß einen Schrei aus, um ihn zu warnen.

„Grant!"

In demselben Moment, in dem er herumwirbelte, hob Turego sein Gewehr und feuerte. Der ohrenbetäubende Krach des Schusses zerriss die Stille. Soch alles, was Jane hörte, war Grants unterdrückter Schmerzensschrei, während er auf die Knie sackte und seine Pistole hob. Turego wich, blitzschnell Deckung suchend, zur Seite, aber es war zu spät. Grants Pistole spuckte Feuer, und an Turegos rechter Schulter malte sich ein Blutfleck ab. Rückwärts taumelte er durch die geöffnete Tür ins Innere der Halle.

Jane hörte weit entfernt einen Schrei, dem sie jedoch keine Beachtung schenkte. Ihr einziger Gedanke galt Grant. Sie sprang aus dem Jeep und kam neben ihm auf. Er kniete auf dem heißen, steinigen Boden, den Kopf gegen das Trittbrett gelehnt und die rechte Hand, zwischen deren Fingern Blut hindurchsickerte, um den linken Unterarm geklammert. Er schaute zu ihr auf, und seine gelben Augen loderten noch immer kampfesbereit.

Das machte sie halb verrückt. Sie packte ihn, ohne zu zögern, an seinem Unterhemd und zog ihn mit aller Kraft, die ihr zur Verfügung stand, auf die Füße. „Steig ein!", schrie sie ihn an und schob ihn zur Tür. „Verdammt noch mal, steig ein! Willst du dich umbringen?"

Er zuckte zusammen, als die Kante des Sitzes seine geprellten Rippen streifte; Jane schob ihn von hinten und schrie auf ihn ein wie auf einen lahmen Gaul. „Halt endlich den Mund!“, brüllte er, während er sich unter Schmerzen auf den Sitz hochzog.

„Ich kann reden, wann ich will!“, schrie sie zurück, während sie mit aller Kraft schob, bis er schließlich auf dem Sitz saß. Dann wischte sie sich die Tränen aus dem Gesicht und kletterte selbst in den Jeep. „Rutsch rüber, damit ich ans Steuer kann. Gibt es hier irgendwo Schlüssel? Wo zum Teufel sind die Schlüssel? Oh, verdammt.“ Ihr Kopf verschwand unter dem Steuerrad. Sie tastete unter dem Armaturenbrett herum, bis sie schließlich die entsprechenden Drähte gefunden hatte und sie herausriss.

„Was machst du denn da?“, brachte Grant, dem ganz schwummerig war vor Schmerz, mühsam heraus.

„Ich schließe die Zündung kurz“, schluchzte sie.

„Einen Teufel tust du. Du reißt lediglich die verdammten Drähte heraus.“ Falls sie die Absicht haben sollte, das einzige ihnen zur Verfügung stehende Transportmittel außer Gefecht zu setzen, machte sie ihren Job gut. Gerade als er sich anschickte, sie beiseitezustoßen, um die Sache selbst in die Hand zu nehmen, kam sie mit ihrem Kopf hoch, trat auf die Kupplung und führte dann zwei Drähte zusammen. Der Motor begann zu röhren, und Jane schlug krachend die Tür zu. Dann legte sie einen Gang ein und ließ die Kupplung kommen. Der Wagen machte einen so gewaltigen Satz nach vorn, dass Grant gegen die Tür geschleudert wurde, und blieb dann wieder stehen.

„Geh in den ersten Gang!“, schrie Grant, während er sich wieder in eine sitzende Position hochrappelte.

„Ich weiß nicht, wo der erste Gang ist! Ich muss nehmen, was kommt.“

Fluchend legte er die Hand auf die Gangschaltung, und der Schmerz in seinem Arm brachte ihn fast um, als er den Schaltknüppel umklammerte. „Kupplung", brüllte er sie an. „Ich lege jetzt den Gang ein. Los, Jane, tritt endlich diese verdammte Kupplung!"

„Hör auf, mich anzuschreien!", kreischte sie wütend, tat jedoch, was er ihr sagte. Grant legte den passenden Gang ein, und sie ließ die Kupplung kommen; diesmal fuhr der Wagen langsam an. Sie gab Gas und manövrierte den schweren Jeep mit quietschenden Reifen um eine Kurve.

„Dort vorne rechts", dirigierte Grant sie, und sie bog an der nächsten Kreuzung rechts ab.

Als sie das Gaspedal noch weiter durchtrat, begann der Motor Furcht erregend zu röhren.

„Du musst schalten!"

„Ich kann nicht, mach du's!"

„Kupplung!"

Gehorsam befolgte sie seine Anweisung, und er schaltete in den nächsthöheren Gang. „Ich sage dir, wenn du kuppeln sollst, und dann schalte ich, okay?"

Sie nickte schweigend. Noch immer liefen ihr die Tränen übers Gesicht, die sie in unregelmäßigen Abständen abwischte. „Bieg links ab", befahl Grant jetzt schroff, und sie lenkte den Jeep so schwungvoll um die Kurve, dass der Fahrer des Pick-up vor ihnen vor Schreck ganz dicht an den Straßenrand floh.

Die Straße führte stadtauswärts, aber sie hatten erst ein paar Meilen zurückgelegt, als Grant barsch sagte: „Halt an." Ohne zu fragen warum, fuhr sie an den Straßenrand und brachte den Wagen zum Stehen.

„Okay. Aussteigen." Wieder gehorchte sie ihm ohne Widerrede, kletterte aus dem Jeep und sah zu, wie Grant sich vorsichtig aus der Fahrerkabine gleiten ließ. Sein linker Arm war blutverschmiert, doch Jane entnahm seinem Gesichtsausdruck, dass er diesem Umstand so wenig Beachtung wie möglich zu schenken gedachte. Er schob die Pistole in seinen Hosenbund und schulterte sein Gewehr. „Los, komm."

„Wohin gehen wir denn?"

„Zurück in die Stadt. Dein Liebhaber wird nicht mit unserer Rückkehr rechnen, aber du kannst deswegen trotzdem ruhig aufhören zu heulen", fügte er grausam hinzu, „ich habe nicht die Absicht, ihn umzubringen."

Jane wirbelte herum. „Er ist nicht mein Liebhaber."

„Kam mir aber ganz so vor."

„Ich habe nur versucht, ihn abzulenken. Einer von uns beiden musste sich schließlich seine Bewegungsfreiheit erhalten."

„Spar dir deine Lügen." Sein Ton klang gelangweilt. „Ich hab' dir die Show ein Mal abgekauft, ein zweites Mal tue ich es gewiss nicht. Also was ist jetzt, gehen wir?"

Sie entschied, dass es im Moment keinen Sinn machte, mit ihm zu streiten. Wenn sie dies alles erst einmal hinter sich gebracht hätten, war noch immer Zeit, ihm alles zu erklären. Als sie sich von ihm abwandte, fiel ihr Blick auf einen Gegenstand unter der hinteren Sitzbank. Ihr Rucksack! Sie kletterte noch einmal in das Fahrzeug zurück und zerrte das Gepäckstück unter dem Sitz hervor; in der Aufregung hatte sie den Rucksack völlig vergessen.

„Lass das verdammte Ding da!", herrschte Grant sie an, als sie neben ihm auf den Boden sprang.

„Ich brauche ihn aber", schnappte sie, während sie mit wild entschlossenem Gesicht den Rucksack schulterte.

Er zog die Pistole aus dem Gürtel, und Jane schluckte, die Augen weit aufgerissen. Mit ruhiger Hand gab er einen Schuss auf einen der Vorderreifen des Jeeps ab, dann steckte er die Pistole wieder in den Gürtel zurück.

„Was soll das?“, flüsterte sie und schluckte erneut.

„Ich will, dass es so aussieht, als wären wir gezwungen gewesen, den Jeep stehen zu lassen.“

Er packte sie hart am Unterarm und zerrte sie feldeinwärts.

„Wann wird Turego wieder hinter uns her sein, was meinst du?“ Ihr Atem ging keuchend vom schnellen Laufen.

„Schon bald. Du scheinst es ja gar nicht mehr erwarten zu können.“

Zähne knirschend überhörte sie seinen bissigen Kommentar. Nach etwa zwanzig Minuten waren sie am Stadtrand angelangt, doch Grant schlug nicht den Weg in die Stadt ein, sondern machte einen großen Bogen um sie. Jane wollte ihn fragen, was er vorhatte, aber da sie davon ausging, dass seine Antwort ohnehin nicht befriedigend ausfallen würde, zog sie es vor zu schweigen. Noch lieber allerdings hätte sie die Arme um ihn gelegt, doch dieser Versuch würde sich erst recht als Fehlschlag erweisen, deshalb unterließ sie ihn.

Lange Zeit danach machte er vor einer verfallenen Scheune, die hinter einem nicht weniger verfallenen Haus stand, halt und befahl ihr hineinzugehen. Nachdem sie sich erschöpft auf den mit Heu bedeckten Boden hatte fallen lassen, fragte sie: „Und nun?“

„Wir müssen das Land verlassen, und zwar so schnell wie möglich“, gab er zurück. „Dein Daddy hat mich angeheuert, um dich nach Hause zurückzubringen, und genau das werde ich tun. Je früher die Übergabe stattfindet, umso besser.“

11. KAPITEL

Bleiben wir den ganzen Tag über hier?", erkundigte sich Jane nach einer ihr endlos erscheinenden Zeit des Schweigens, in der sie, ebenso wie Grant, ihren Gedanken nachgehangen hatte. Ihr war schleierhaft, was er mit dem Aufenthalt in der Scheune bezweckte. Vor Kurzem hatte es angefangen zu regnen, und sie war aufgrund der nervenzermürbenden Warterei schon so verzweifelt gewesen, dass sie begonnen hatte, die Regentropfen, die auf das Dach platschten, zu zählen.

„Warum nicht? Ich habe nichts Besseres zu tun. Du etwa?"

Sie verweigerte die Antwort und stellte auch keine weiteren Fragen, da sie erkannte, dass es zwecklos war. Sie war so hungrig, dass ihr schon ganz schlecht war, aber in ihrem Rucksack befand sich nichts mehr zu essen, und sie hatte auch keine Lust, sich zu beklagen. Deshalb ließ sie ihren Kopf auf die angezogenen Knie sinken und versuchte zu schlafen; so würde sie wenigstens vergessen können, wie traurig sie war.

Anscheinend war es ihr tatsächlich gelungen einzuschlafen, denn er rüttelte sie wach. „Wir müssen weiter", sagte er und zog sie hoch. Janes Herz machte einen kleinen Satz, weil angesichts seiner Berührung, die kräftig zupackend und sanft zugleich war, die verrückte Hoffnung in ihr aufkeimte, dass er sich während ihres Nickerchens vielleicht wieder beruhigt haben könnte. Doch dem war nicht so. Gleich darauf ließ er mit verschlossenem Gesicht ihren Arm fallen, und ihre Hoffnung zerstob.

Sie trottete in einiger Entfernung wie ein Hündchen hinter ihm her, blieb stehen, wenn er stehen blieb, und ging weiter, wenn er weiterging. Als ihr dämmerte, dass er ungerührt die

Stadtmitte ansteuerte, bekam sie einen Schreck. Was hatte er vor? Sicher würden sie auffallen, und das war etwas, das sie ganz und gar nicht gebrauchen konnten. Jane war überzeugt davon, dass sie ein höchst seltsames Bild boten: ein großer blonder Mann mit einem zerschlagenen und geschwollenen Gesicht, dem ein Gewehr über der Schulter hing, als sei es die selbstverständliche Sache von der Welt, gefolgt von einer Frau mit einer wilden schwarzen Mähne, verdreckter Kleidung und einem Rucksack auf dem Rücken. Nun, im Moment erschien ihr alles seltsam. Als plötzlich grelle Neonblitze über sie hinwegzuckten, fühlte sie sich, als wären sie Figuren, die einem Videospiel entsprungen waren. Gleich darauf erkannte sie, dass es sich bei den Blitzen um den Namen einer Bar handelte, der abwechselnd in Neonpink und Neonblau aufleuchtete.

Was führte er im Schilde? Sie zogen so viel Aufmerksamkeit auf sich, dass Turego nicht verborgen bleiben konnte, dass sie wieder in der Stadt waren. Fast erschien es Jane so, als würde Grant sich wünschen, dass Turego sie aufstöberte.

Er bog in eine Seitenstraße ein und blieb vor einer kleinen Bar stehen. „Bleib dicht an meiner Seite und halt deinen Mund", befahl er ihr kurz angebunden, während er sie ins Innere zog.

Hier war es verräuchert und stickig, die Luft war mit Alkoholdunst und mit dem Geruch von Achselschweiß geschwängert. Bis auf die Kellnerin, ein leicht verwahrlost aussehendes Mädchen, und zwei Prostituierte waren keine Frauen in dem Lokal. Jane wurde von verschiedenen Männern abschätzend taxiert, doch als sie auf Grant aufmerksam wurden, wandten sie sich, offensichtlich zu dem Ergebnis gelangt, dass sie den Aufwand nicht lohne, wieder ihren Drinks zu.

Grant schlenderte zu einem Tisch im hinteren Teil des Raumes und setzte sich. Als die Kellnerin kam, um die Bestellung aufzunehmen, orderte er, ohne Jane nach ihren Wünschen zu fragen, zwei Tequilas.

Jane hielt die Kellnerin auf. „Warten Sie – haben Sie Limonensaft?" Als die junge Frau nickte, seufzte sie erleichtert auf. „Dann bringen Sie mir statt des Tequila ein Glas Limonensaft, bitte."

Grant zündete sich eine Zigarette an. „Bist du Abstinenzlerin, oder was?"

„Ich trinke nicht auf leeren Magen."

„Wir essen später etwas. Hier gibt's nichts."

Nachdem die Bedienung die Getränke gebracht hatte, schaute Jane ihn an und fragte: „Ist es hier nicht zu gefährlich für uns? Irgendjemand von Turegos Leuten könnte uns sehen, meinst du nicht auch?"

Er starrte sie mit verengten Augen durch den blauen Rauch seiner Zigarette hindurch an. „Warum sollte dir das etwas ausmachen? Hast du Angst, dass er dich nicht wieder mit offenen Armen empfangen könnte?"

Jane beugte sich vor, die Augen ebenfalls zusammengekniffen. „Jetzt hör mir mal gut zu. Ich musste unbedingt Zeit gewinnen vorhin und habe deshalb das Erstbeste getan, was mir in den Sinn kam. Es tut mir wirklich leid, dass ich keine Gelegenheit hatte, dich vorher von meinen Plänen in Kenntnis zu setzen, aber ich glaube kaum, dass mir Turego eine ‚Auszeit' gegeben hätte, um erst noch ein bisschen mit dir zu kuscheln! Und wenn er mich ebenfalls gefesselt hätte, wären wir verloren gewesen."

„Danke, Honey, aber ich komme recht gut ohne diese Art von Hilfe zurecht", gab er gedehnt zurück und betastete sein rechtes Auge, das blutunterlaufen und geschwollen war.

Zorn flackerte in ihr auf; sie hatte nichts Unrechtes getan, und sie war es leid, wie eine Sünderin behandelt zu werden.

Einen kurzen Augenblick erwog sie, ihm ihren Limonensaft ins Gesicht zu schütten, aber ihr Magen knurrte so lautstark, dass ihr Rachebedürfnis zurückstehen musste. Sie musste unbedingt etwas zu sich nehmen, selbst wenn es nur Saft war.

Die Minuten tröpfelten zäh wie dickflüssiger Sirup dahin, und Jane spürte, wie sich ihr Nacken versteifte. Ihr Ärger wuchs von Sekunde zu Sekunde, weil sie überzeugt war davon, dass jeder Augenblick, den sie hier vertrödelten, für Turego die Chance, ihrer habhaft zu werden, erhöhte. Er würde sich von dem stehen gelassenen Jeep nicht lange in die Irre führen lassen.

Als sich ein Mann auf dem freien Stuhl neben ihr niederließ, sprang Jane auf, das Herz klopfte ihr plötzlich in der Kehle. Er gönnte ihr kaum einen Blick, sondern wandte seine Aufmerksamkeit sofort Grant zu. Er hatte ein Dutzendgesicht, seine Kleidung war abgetragen, und in seinem Gesicht spross ein Dreitagebart. Der Alkoholdunst, den er ausströmte, veranlasste Jane zu einem Naserümpfen. Als er jedoch ein paar Worte zu Grant sagte, die so leise waren, dass sie sie nicht verstehen konnte, fiel bei ihr der Groschen.

Grant hatte ihre Ankunft nicht deshalb, weil Turego sie finden sollte, quasi öffentlich bekannt gegeben, sondern weil er wollte, dass jemand anders ihn aufstöberte. Er hatte ein gewagtes Spiel gespielt, aber es hatte sich ausgezahlt. Grant war zwar nicht mehr im Geschäft, doch er war in bestimmten Kreisen noch immer bekannt genug, um darauf bauen zu können, dass irgendjemand sich bemüßigt fühlte, mit ihm in Kontakt zu treten.

„Ich brauche ein Auto", sagte Grant jetzt. „In einer Stunde. Können Sie das bewerkstelligen?"

„*Sì*", gab der Mann zurück und nickte langsam zum Zeichen seiner Bereitschaft.

„Gut. Stellen Sie es hinter dem Blue Pelican ab und legen

Sie die Schlüssel unter den rechten Sitz."

Der Mann nickte erneut. „Viel Glück, *amigo*."

Ein hartes, leicht schiefes Lächeln spielte um Grants Mundwinkel. „Danke. Ich kann es brauchen."

Der Mann stand auf, schob seinen Stuhl zurück und war einen Augenblick später in der Menge untergetaucht. Jane drehte ihr Glas langsam in den Händen, die Blicke auf die Tischplatte geheftet. „Können wir jetzt endlich gehen?"

Grant hob das Tequilaglas an die Lippen, und sein Adamsapfel hüpfte, als er die scharf schmeckende Flüssigkeit schluckte. „Wir müssen noch einen Augenblick warten."

Er hatte recht. Es wäre unklug, dem anderen Mann allzu rasch zu folgen. George hatte ihr wieder und wieder eingeschärft, wie wichtig es war, von der Kontaktperson so weit wie möglich Abstand zu halten. Grant hatte vorhin keine andere Möglichkeit gehabt, als ziemlich offen zu agieren, weil sie sich in einer verzweifelten Situation befunden hatten, doch jetzt war wieder Vorsicht am Platz.

„Glaubst du, dass wir irgendwo einen Waschraum finden?", erkundigte sie sich in so leichtem Ton wie möglich.

„Hier drin? Das bezweifle ich."

„Irgendwo."

„Wir können's ja versuchen. Hast du ausgetrunken?" Er schüttete den Rest seines Tequila hinunter, und Jane tat dasselbe mit ihrem Saft. Ihre Haut begann wieder zu kribbeln. Sie spürte es vorwiegend an ihrem Nacken, und als sie aufstand, verstärkte sich dieses unangenehme Gefühl.

Sie bahnten sich ihren Weg durch das Gewirr von Füßen, Tischen und Stühlen und gingen zur Tür. Sobald sie draußen waren, sagte Jane: „Ich glaube, wir werden beobachtet."

„Ich weiß. Deshalb gehen wir jetzt in die entgegengesetzte Richtung des Blue Pelican."

„Was, um Himmels willen, ist denn der Blue Pelican?“ Sie sah Grant an. „Warum kennst du dich hier so gut aus? Warst du schon mal hier?“

„Nein, aber ich bin es gewöhnt, meine Augen offen zu halten. Der Blue Pelican war die erste Bar, an der wir vorbeigekommen sind.“

Jetzt erinnerte sie sich. Es war das Lokal mit dem Neonschild, das ihr dieses seltsame Gefühl von Unwirklichkeit vermittelt hatte.

Sie gingen eine schmale Seitenstraße hinunter in ein gähnendes schwarzes Loch. Die Straße war nicht asphaltiert, und Bürgersteige gab es ebenso wenig wie Laternen. Nicht einmal ein fehl am Platz wirkendes Neonschild spendete sein schreiend buntes Licht. Der Boden war uneben unter Janes Füßen, und fauliger Abfallgestank stieg ihr in die Nase. Ohne zu wissen, was sie tat, suchte sie an Grants Gürtel Halt.

Sie spürte sein Zaudern. Dann entschloss er sich jedoch, ohne ein Wort weiterzugehen. Jane schluckte, weil ihr plötzlich bewusst wurde, dass sie sich ohne Weiteres auf seiner Schulter hätte wiederfinden können, so wie es ihr beim ersten Mal passiert war, als sie sich von hinten an seinem Gürtel festgehalten hatte. Was würde sie tun, wenn sie sich in der Dunkelheit nicht länger an ihm festhalten konnte? Dastehen und die Hände ringen? Sie war einen langen Weg gegangen von dem Kind, das wie erstarrt vor Angst in der Dunkelheit hockte, hin zu der Frau, die sie heute war. Vielleicht war es jetzt langsam an der Zeit, einen weiteren Schritt zu wagen. Langsam und bedächtig ließ sie Grants Gürtel los. Ihr Arm fiel herab.

Er blieb stehen und drehte sich nach ihr um. „Ich habe nichts dagegen, wenn du dich an meinem Gürtel festhältst.“

Sie schwieg. Sie spürte seine widerwillige Neugier, fühlte

sich jedoch unfähig, eine Erklärung abzugeben. Sie war es gewohnt, die Dinge, die sie und ihre innere Entwicklung betrafen, mit sich allein abzumachen. Nicht einmal mit der Kinderpsychologin, zu der sie ihre Eltern nach der Entführung gebracht hatten, hatte sie uneingeschränkt über ihre Gefühle sprechen können. Alle wussten von ihrer Angst vor der Dunkelheit und von den Albträumen, die sie quälten, aber Details waren ihr niemals zu entlocken gewesen.

Mit Grant jedoch verhielt es sich anders. Plötzlich spürte sie, dass es wahrscheinlich nichts gab auf der Welt, das sie ihm nicht anvertrauen würde, und dass ihre Angst vor der Dunkelheit gering war im Vergleich zu der Angst, ihn womöglich zu verlieren.

Nachdem sie an einer öffentlichen Toilette halt gemacht hatten, erreichten sie den Blue Pelican, auf dessen hinterem Parkplatz ein alter Ford Kombi geparkt war. Grant öffnete die Kühlerhaube und leuchtete mit seinem Feuerzeug in den Motorraum. Jane fragte nicht, wonach er Ausschau hielt, weil sie es zu wissen glaubte. Einen Moment später schloss er die Haube wieder so geräuschlos wie möglich. Er schien beruhigt.

„Steig ein und hol die Schlüssel unter dem Sitz hervor."

Sie öffnete die Beifahrertür. Das Deckenlicht ging nicht an, aber das war nicht anders zu erwarten. Sie tastete unter dem Sitz nach dem Schlüssel. Jetzt ging die Fahrertür auf, und einen Augenblick später ächzte der Wagen unter Grants Gewicht. „Mach schon", fuhr er sie an.

„Hier ist kein Schlüssel." Ihre tastenden Finger stießen auf Sand, ein paar Schrauben, eine leere Papiertüte, doch auf keinen Schlüssel. „Vielleicht sind wir im falschen Auto."

„Unmöglich. Schau noch mal genau nach."

Sie ging in die Hocke und tastete weiter nach hinten. „Da ist nichts. Schau unter deinem Sitz nach."

Er beugte sich vor und suchte unter seinem Sitz. Einen Augenblick später fischte er einen Schlüssel, der mit einem Stück Draht an einem Holzstöckchen befestigt war, hervor. Über die Idioten fluchend, die nicht in der Lage waren, sich an eine simple Anweisung zu halten, schob er den Schlüssel in die Zündung und startete.

Obwohl der Ford rein äußerlich in einem beklagenswerten Zustand war, schnurrte der Motor ruhig und gleichmäßig vor sich hin. Jane lehnte sich aufatmend in ihren Sitz zurück und versuchte, sich klarzumachen, dass sie es tatsächlich geschafft zu haben schienen, Turego zu entkommen. Seit dem Morgen war so viel passiert, dass ihr ihr Zeitsinn abhanden gekommen war. Aber später als zehn Uhr abends konnte es kaum sein. „Willst du noch immer nach Limon?"

„Warum fragst du? Hast du das deinem Liebhaber erzählt?"

Jane knirschte wütend mit den Zähnen und versuchte, ruhig zu bleiben. Okay, zweiter Versuch. „Er ist nicht mein Liebhaber, und ich habe ihm nichts erzählt. Ich wollte ihn lediglich ablenken, das habe ich dir vorhin schon gesagt. Was glaubst du wohl, wie ich an die Pistole gekommen bin, die du mir abgenommen hast?"

Sie spürte, dass das ein Punkt war, den er nicht einfach ignorieren konnte, aber er tat ihn mit einem Schulterzucken ab. „Hör zu, du bist mir keinerlei Erklärung schuldig", gab er in gelangweiltem Ton zurück. „Ich bin nicht daran interessiert …"

„Halt an!", schrie sie außer sich.

„Werd jetzt bloß nicht hysterisch", warnte er sie, ihr einen bösen Blick zuwerfend.

Jane machte Anstalten, nach dem Steuer zu greifen, doch er fiel ihr in den Arm. Sie duckte sich blitzschnell unter ihm weg, bekam das Lenkrad zu fassen und riss es herum. Grant trat in die Bremsen, der Wagen geriet leicht ins Schlingern, und Grant, mit der einen Hand Jane abwehrend und mit der anderen lenkend, hatte große Mühe, ihn in der Spur zu halten. Schließlich brachte er ihn zum Stehen. Noch im Ausrollen riss Jane die Tür auf und sprang heraus. „Ich finde meinen Weg nach Hause auch allein!“, schleuderte sie ihm fuchsteufelswütend entgegen und knallte die Tür zu.

Grant stieg ebenfalls aus. „Jane, komm sofort zurück“, brüllte er ihr hinterher.

„Ich fahre keine einzige Meile mehr mit dir!“ Sie rannte weiter.

Er setzte ihr nach. „Das wirst du aber müssen, ansonsten muss ich dich leider fesseln.“

Sie blieb nicht stehen. „Das ist deine Rache, stimmt's?“

Jetzt legte er ohne Vorwarnung einen Zahn zu. Er sprintete so schnell, dass Jane keine Chance gegen ihn hatte. Als er einen Moment später auf gleicher Höhe mit ihr war und ihr eine Hand schwer auf die Schulter legte, stieß sie einen überraschten Schrei aus und versuchte erbost, sich aus seinem Griff herauszuwinden, doch umsonst.

Er fing ihre Handgelenke ein und drehte ihr die Arme auf den Rücken. „Verdammt noch mal, warum versuchst du es eigentlich immer auf die harte Tour?“, knurrte er.

„Lass mich … los!“, schrie sie, woraufhin er zwar ihre Handgelenke freigab, dafür jedoch seine Arme wie eine Krake um ihren Oberkörper schlang. Sie versetzte ihm einen Fußtritt und schrie wie am Spieß, aber er war ihr kräftemäßig überlegen. Deshalb konnte sie es nicht verhindern, dass er sie jetzt hochhob und zum Wagen zurückschleppte.

Dort angelangt, musste er sie mit einer Hand loslassen, um die Tür zu öffnen. Wieder begann sie, zu zappeln und wild um sich zu treten, und diesmal hatte sie Glück. Es gelang ihr unter Aufwendung all ihrer Kräfte, sich aus seinem Griff zu befreien und unter seinem Arm hindurchzuschlüpfen. Blitzschnell streckte er die Hand aus und bekam sie am Ausschnitt ihrer Bluse zu fassen. Der Stoff spannte sich unter der Belastung an, dann riss er entzwei.

Jane schossen vor Wut die Tränen in die Augen, und sie versuchte, so rasch wie möglich ihre Blöße zu bedecken. „Da siehst du, was du gemacht hast!" Schluchzend wandte sie sich von ihm ab. Ihre Schultern bebten.

Die rauen Schluchzer schnitten Grant so ins Herz, dass er die Arme fallen ließ. Müde rieb er sich übers Gesicht. Warum zum Teufel konnte sie nicht einfach still in sich hineinweinen? Musste sie unbedingt so herzzerreißend schluchzen, dass man hätte meinen können, er hätte sie geschlagen? Trotz allem, was geschehen war, verspürte er plötzlich den unwiderstehlichen Drang, sie in die Arme zu nehmen und zu trösten. Er sehnte sich danach, ihr beruhigend übers Haar zu streichen und ihr ins Ohr zu flüstern, dass alles gut werden würde.

Plötzlich wirbelte sie wieder herum und wischte sich mit einer Hand die Tränen ab, während sie mit der anderen die ruinierte Bluse über der Brust zusammenhielt. „Denk mal über ein paar Dinge nach!", fuhr sie ihn heiser an. „Überleg dir, wie ich an die Pistole gekommen sein könnte. Und denk über Turego nach. Erinnerst du dich, dass ich dich gewarnt habe, als er sich dir mit dem Gewehr von hinten genähert hat? Ist dir gar nicht aufgefallen, dass seine Nase geblutet hat? Weißt du, was du bist? Ein sturer, blinder und tauber Dickschädel, nichts weiter! Ein kompletter Idiot." Wutentbrannt schüttelte sie ihre Faust vor seinem Gesicht. „Verdammt noch mal, zeigt dir das alles denn nicht, dass ich dich liebe?"

Grant stand wie erstarrt, und kein Muskel zuckte in seinem Gesicht, weil ihm für einen Moment die Luft weggeblieben war. Es kam ihm so vor, als hätte ihm jemand einen Schlag in den Magen versetzt. Sie hatte recht. Turegos Gesicht war tatsächlich blutig gewesen, aber er hatte es in diesem Moment nicht registriert. Er war so verdammt wütend und eifersüchtig gewesen, dass es ihm unmöglich war, auch nur einen einzigen klaren Gedanken zu fassen. Alles, was er in diesem Augenblick hatte tun können, war, auf ihren vermeintlichen Verrat zu reagieren. Sie liebte ihn. Verdammt noch mal, *sie liebte ihn!* Er starrte wie betäubt auf sie herunter, sah die kleine Faust, mit der sie bedrohlich nahe unter seiner Nase hin und her fuchtelte. Sie wirkte sehr beeindruckend, wie sie da, wild ihre schwarze Mähne schüttelnd, mit Zorn sprühenden Augen vor ihm stand und ihn anschrie, mit einer Hand diesen lächerlichen Fetzen Stoff zusammenhaltend und ihn mit der anderen bedrohend. Unbezwingbar. Mutig. Und verdammt begehrenswert. So begehrenswert, dass er plötzlich von einem heftigen Verlangen geschüttelt wurde.

Er fing ihre Faust ein, zog Jane so eng an sich, dass ihr für einen Moment die Luft wegblieb, und vergrub das Gesicht in ihrem Haar.

Sie wehrte sich wie eine Wildkatze und trommelte, jetzt wieder in Tränen aufgelöst, mit den Fäusten auf seinem Rücken herum. „Lass mich los, verdammt noch mal", schluchzte sie. „Lass mich sofort los!"

„Ich kann nicht", flüsterte er, legte ihr die Hand unters Kinn und hob ihr Gesicht zu sich empor. Als er ihr einen harten Kuss auf den Mund drückte, versuchte sie, ihn in die Lippen zu beißen. Er beendete den Kuss, warf den Kopf in den Nacken und lachte. Er lachte und lachte und konnte gar nicht mehr aufhören, und dabei wurde er plötzlich von einer

Woge unbändiger Freude überspült. Die zerrissene Bluse war Jane von den Schultern gerutscht, und als er sich ihrer nackten Brüste, die sich gegen seinen Oberkörper drückten, bewusst wurde, erinnerte er sich daran, wie herrlich es mit ihr war, wenn sie keinen Anlass hatte, gegen ihn anzukämpfen. Er küsste sie noch einmal, und wieder war es ein harter Kuss. Dann umschloss er ihre Brüste mit den Händen und rieb mit seinen Daumen rau über ihre samtigen Knospen, die umgehend auf die Berührung reagierten und sich versteiften.

Jane lag wimmernd in seinen Armen und erwiderte leidenschaftlich seinen Kuss. Ihr Zorn war verraucht, und sie drängte sich, überglücklich über den Umstand, dass sie mit ihren Argumenten zu ihm durchgedrungen war, an ihn. Seine Berührungen entfachten in ihrem Schoß ein Feuer, das sie zu versengen drohte.

Schließlich beendete er den Kuss und presste seine Lippen auf ihre Stirn. „Dein Wutanfall war berechtigt", flüsterte er. „Bist du bereit, mir noch einmal zu vergeben?"

Das war eine idiotische Frage, denn was sollte sie eingedenk der Tatsache, dass sie wie eine Weihnachtsgirlande an seinem Hals hing, schon anderes sagen als Ja? „Nein", erwiderte sie und rieb ihre Wange an seinem Hals, wobei sie seinen herben männlichen Duft tief einatmete. „Ich hebe es mir auf für den nächsten Kampf, den wir miteinander ausfechten." Gern hätte sie gesagt, für alle kommenden Kämpfe im Lauf unseres Lebens, aber sie wagte es nicht. Obwohl seine Arme sie fest umschlossen, hatte er ihr bisher noch nicht gesagt, dass er sie liebte. Und sie wollte ihn nicht drängen.

„Das ist typisch für dich", erwiderte er lachend. Nur widerwillig ließ er sie los und löste ihre Arme von seinem Nacken. „Ich würde nichts lieber tun, als noch ein Weilchen so stehen bleiben, aber ich fürchte, wir müssen los."

In den frühen Morgenstunden erreichten sie Limon. Jane warf einen Blick aus dem Seitenfenster auf die dunkel und verlassen daliegenden Straßen und umklammerte ihren Sitz. Waren sie jetzt in Sicherheit? Hatte sich Turego von dem verlassenen Jeep in die Irre führen lassen, oder war er ihnen doch heimlich gefolgt?

„Was machen wir jetzt?"

„Ich werde versuchen, mit jemandem Kontakt aufzunehmen, der uns jetzt gleich außer Landes bringen kann. Ich will nicht das Risiko eingehen, bis zum Morgen zu warten."

Also schien er davon auszugehen, dass Turego nicht lockerlassen würde. Hatte dies alles denn niemals ein Ende?

Offensichtlich war Grant bereits früher in Limon gewesen, denn er kannte sich aus. Als er vor dem Bahnhof anhielt, warf Jane ihm einen verwirrten Blick zu. „Fahren wir mit dem Zug?"

„Nein. Aber hier im Bahnhof gibt es ein Telefon. Komm mit."

Limon war kein abgelegenes Dschungeldorf in der Wildnis und auch keine kleine Ortschaft am Rande des Regenwalds, sondern eine richtige Stadt mit Regeln, an die man sich tunlichst zu halten hatte. Deshalb war Grant gezwungen, sein Gewehr in dem Ford Kombi zurückzulassen; und seine Pistole versenkte er in seinem Stiefelschaft, um sie den Blicken zu entziehen. Doch selbst unbewaffnet waren sie ein auffälliges Paar; sie erweckten den Eindruck, als wären sie geradewegs einer Schlacht entronnen, was ja auch tatsächlich der Fall war. Der Mann am Schalter beäugte sie mit unverhohlener Neugier, aber Grant ignorierte seine Blicke und ging schnurstracks auf die Telefonzelle zu. Er rief jemanden namens Angel an, und seine Stimme klang scharf, als er um eine Nummer bat. Nachdem er eingehängt hatte, fütterte er den Apparat mit weiteren Münzen und wählte erneut.

„Wen rufst du denn jetzt an?“, flüsterte Jane.

„Einen alten Freund.“

Der alte Freund hieß Vincente, und als Grant diesmal auflegte, lag auf seinem Gesicht ein hochzufriedener Ausdruck. „Sie holen uns hier raus. Noch eine Stunde, dann sind wir in Sicherheit.“

„Und wer sind ‚sie‘?“, erkundigte sich Jane.

„Du stellst zu viele Fragen.“

Sie warf ihm einen finsteren Blick zu, doch dann wandte sie sich anderen Dingen zu. „Ehe wir jetzt hier eine Stunde nutzlos rumhängen, könnten wir uns ja ein bisschen frisch machen, was meinst du? Du hast es bitter nötig.“

Es gab einen öffentlichen Waschraum, der glücklicherweise leer war, wie Jane erleichtert feststellte. Während Grant sich das Gesicht abwusch, bürstete sie sich das Haar und flocht es dann zu einem losen Zopf zusammen. Anschließend befeuchtete sie ein Papierhandtuch und machte sich behutsam daran, Grants Wunde am Arm zu reinigen. Die Kugel war zwar nicht ins Fleisch eingedrungen, aber die Verletzung war dennoch tief und sah gar nicht gut aus.

Nachdem Jane die Wunde mit der streng riechenden Seife ausgewaschen hatte, kramte sie aus ihrem Rucksack eine kleine Erste-Hilfe-Schachtel heraus.

„Eines nicht mehr allzu fernen Tages werde ich nachschauen, was du da in dem Ding alles mit dir rumschleppst, das schwöre ich dir“, brummte Grant.

Jane entnahm der Blechschachtel ein Fläschchen mit Alkohol. Als sie etwas von der Flüssigkeit in die Wunde schüttete, zog Grant scharf die Luft ein und stieß einen ungehörigen Fluch aus. „Stell dich nicht so an“, rügte Jane. „Sei lieber froh, dass Turego so schlecht gezielt hat.“

Nachdem sie die Wunde desinfiziert hatte, schmierte sie

eine antibiotische Salbe darauf und wickelte anschließend eine Mullbinde um Grants Arm, deren Enden sie sorgsam verknotete.

Als sie alles wieder in ihrem Rucksack verstaut hatte, öffnete Grant die Tür, warf sie jedoch sogleich wieder zu. Jane, die dicht hinter ihm gestanden hatte, geriet ins Taumeln, als er gegen sie prallte, und er bekam gerade noch rechtzeitig ihren Arm zu fassen, um sie am Sturz zu hindern. „Turego und ein paar seiner Leute sind eben in den Bahnhof reingekommen." Er sah sich um. „Da bleibt uns nur noch das Fenster."

Ihr Herz begann zu rasen, während sie bestürzt auf die kleinen Fenster starrte, die so hoch lagen, dass es ihr unmöglich erschien, sie zu erreichen. „Ausgeschlossen, da komme ich nie im Leben rauf."

„Aber sicher kommst du da rauf." Grant beugte sich zu ihr hinunter und legte ihr die Arme um die Knie. Dann hob er sie so weit hoch, bis sie ans Fenster hinaufreichte. „Mach es auf und klettere durch. Beeil dich! Wir haben nur noch eine Minute."

„Aber wie kommst du …"

„Ich schaff das schon. Los, Jane, tu jetzt endlich, was ich dir sage."

Sie öffnete wie befohlen das Fenster und zog sich dann am Fensterbrett hoch. Ohne einen Gedanken daran zu verschwenden, wie tief wohl der Boden auf der anderen Seite liegen mochte, zwängte sie sich durch die kleine Öffnung und sprang ins Ungewisse. Sie landete auf Händen und Knien auf einem mit Schotter belegten Weg, und es gelang ihr nur mit Mühe, einen Schmerzensschrei zu unterdrücken, weil ihr die scharfen Steinchen in die Handflächen schnitten.

Schnell rappelte sie sich auf und trat einen Schritt zurück, und einen Moment später landete Grant neben ihr.

„Alles okay?“, fragte er.

„Ich denke schon. Auf jeden Fall habe ich mir nichts gebrochen“, gab sie ein wenig atemlos zurück.

Er nahm sie bei der Hand und zerrte sie um die Hausecke. Dann begann er zu rennen. Einen Moment später hörten sie einen Schuss, aber sie blieben nicht stehen und schauten auch nicht zurück.

Jane stolperte und wäre fast gestürzt, wenn sein starker Arm sie nicht davor bewahrt und sie festgehalten hätte. „Können wir zum Ford zurück?“, keuchte sie.

„Nein. Wir müssen zu Fuß weiter.“

„Wohin denn?“

„Zu dem Treffpunkt.“

„Wie weit ist das denn?“

„Nicht besonders weit.“

„Geht’s vielleicht ein bisschen genauer?“

Er bog jetzt um eine Ecke und zog sie in einen Hauseingang. Er lachte. „Vielleicht eine Meile“, sagte er und küsste sie hart und hungrig.

„Was du auch immer mit Turego angestellt haben magst, Honey, auf jeden Fall sieht er bös mitgenommen aus, wie ich eben festgestellt habe.“

„Ich habe ihm das Nasenbein gebrochen.“ In ihrer Stimme schwang ein bisschen Stolz mit.

Er lachte wieder. „Davon bin ich fest überzeugt. Sie ist so geschwollen, dass man von seinem Gesicht fast nichts mehr erkennt. Das wird ihm noch lange Zeit in Erinnerung bleiben.“

12. KAPITEL

Es war ein kurzer Flug. Als sie aus dem Helikopter ausgestiegen waren und über das Rollfeld rannten, erkannte Jane den Flughafen wieder und blieb wie angewurzelt stehen. Aufgeregt rüttelte sie Grant an der Schulter. „Wir sind ja in San José!“, entfuhr es ihr entsetzt. In San Jose hatte alles angefangen. Hier hatte Turego eine Menge Verbündete sitzen.

„Wir fliegen gleich weiter“, beruhigte Grant sie. „Komm, wir müssen uns beeilen. Die Maschine nach Mexico City startet in fünf Minuten.“

Mexico City! Das hörte sich schon wesentlich besser an. Der Gedanke gab ihr Kraft.

Der Terminal lag um diese Zeit verlassen da, vor allem deshalb, weil der Flug nach Mexico City bereits aufgerufen worden war. Der Mann am Ticketschalter schaute ihnen erstaunt entgegen, was Jane ein weiteres Mal an ihr abenteuerliches Aussehen erinnerte. „Grant Sullivan und Jane Greer“, sagte Grant knapp. „Für uns sind zwei Tickets hinterlegt.“

Der Bedienstete erlangte seine Fassung wieder. „Ja, Sir. Die Fluggäste sind bereits an Bord. Die Maschine wartet auf Sie. Ernesto wird Sie zum Flugzeug begleiten“, gab er in korrektem Englisch zurück.

Ernesto stellte sich als ein Mann vom Bodenpersonal heraus, der sie zu dem Flieger brachte. Die lächelnde Stewardess begrüßte sie an Bord, als wäre an ihnen nichts Ungewöhnliches. Jane musste ein Kichern unterdrücken. Vielleicht sahen sie ja gar nicht so abenteuerlich aus, wie sie es sich einbildete. Möglicherweise hielt man sie für Journalisten, die eine harte Recherchereise hinter sich hatten.

Sobald sie ihre Plätze eingenommen hatten, rollte das

Flugzeug zur Startbahn. Nachdem sie es sich in ihren Sitzen bequem gemacht hatten, kreuzten sich ihre Blicke. Jetzt hatten sie es wirklich und wahrhaftig hinter sich gebracht, aber ihnen blieb noch ein bisschen gemeinsame Zeit. Der nächste Stopp war Mexico City, eine pulsierende Großstadt mit Geschäften, Restaurants und ... Hotels. Janes Körper sehnte sich nach einem Bett, aber das Kribbeln, das der Gedanke, dass sie dieses Bett mit Grant teilen würde, auslöste, verscheuchte ihre Müdigkeit. Er schob die Armlehne zwischen ihren Sitzen hoch, legte ihr den Arm um die Schultern und zog sie ganz eng an sich. „Bald", murmelte er gegen ihre Schläfe. „Bald sind wir in Mexico City."

Als sie in Mexico City landeten, herrschte auf dem Flughafen rege Betriebsamkeit. Grant winkte ein Taxi herbei, das sie in einer halsbrecherischen Fahrt zu ihrem Hotel brachte.

Die Stadt mit ihren breiten Straßen, die gesäumt waren von duftenden Bäumen und weißen Gebäuden, bot einen atemberaubenden Anblick. Als sie nach geraumer Zeit ihren Bestimmungsort erreichten, wölbte sich der Himmel wie eine umgestürzte blaue Schale über ihnen, und die Luft war weich wie Samt. Sogar durch den Gestank der Abgase hindurch konnte Jane den süßen Duft der Orangenblüten riechen, und Grant neben ihr strahlte, einen starken Arm beschützend um ihre Schultern gelegt, eine verlässliche Wärme aus.

Sie hatten ein schönes großes Zimmer mit Balkon und einem erstaunlich modernen Bad. Jane steckte den Kopf durch die Tür und zog ihn gleich darauf mit einem glückseligen Lächeln wieder zurück. „Das Bad hat alles, was das Herz begehrt", verkündete sie strahlend.

Grant war eben dabei, die Speisekarte zu studieren. Einen Moment später griff er zum Telefon und bestellte ein Riesenfrühstück. Jane lief das Wasser im Mund zusammen. Immerhin waren fast vierundzwanzig Stunden vergangen, seit sie zum letzten Mal etwas gegessen hatten.

Während sie auf das Essen warteten, ließ Jane sich von der Vermittlung mit ihren Eltern in Connecticut verbinden, um ihnen mitzuteilen, dass sie in Sicherheit war. Nachdem auch Grant mit ihrem überglücklichen Vater gesprochen hatte, klopfte es, und der Zimmerkellner brachte das Frühstück.

„Oh, schau doch bloß", rief sie freudig erregt aus und beugte sich über das Tablett, das der junge Mann auf dem Tisch abgestellt hatte. „Orangen und Melone. Eier, Butter, Weißbrot, Aprikosenmarmelade und Kaffee. Richtiger Kaffee!" Den Kaffeeduft, der die Luft erfüllte, tief einatmend, drehte sie sich vor Freude mit ausgebreiteten Armen einmal im Kreis und schaute Grant, der bereits dabei war, die Sachen auf den Tisch zu stellen, strahlend an.

„Jetzt fühle ich mich fast wieder wie ein richtiger Mensch", seufzte Jane beseligt, nachdem kein Krümel von dem Frühstück mehr übrig und die Kaffeekanne bis auf den letzten Tropfen geleert war. „Und nun eine heiße Dusche."

Sie zog ihre Stiefel aus und krümmte, einen wohligen, tiefen Seufzer ausstoßend, ihre Zehen. Als sie Grant einen Blick zuwarf, bemerkte sie, dass er sie mit diesem schiefen Grinsen, das sie so sehr an ihm liebte, beobachtete. Ihr Herzschlag beschleunigte sich sofort. „Hast du nicht Lust, mit mir zu duschen?", fragte sie mit unschuldigem Augenaufschlag, während sie ins Bad schlenderte.

Sie ließ sich bereits den köstlich warmen Strahl ins Gesicht regnen, als die Tür der Duschkabine aufgeschoben wurde und Grant sich zu ihr gesellte. Sie drehte sich lächelnd zu ihm um und wischte sich die Wassertropfen aus den Augen. Doch als ihr Blick auf die blauen Flecken auf seinen Rippen und seiner Bauchdecke fiel, erstarb ihr Lächeln. „Oh, Grant", flüsterte sie und fuhr mit den Fingerspitzen leicht darüber. „Es tut mir so leid."

Er schaute sie fragend an. Gewiss, er fühlte sich nicht gerade in Höchstform, und die blauen Flecken schmerzten, aber er hatte schon weitaus Schlimmeres in seinem Leben durchgemacht. „Wir haben beide Schrammen davongetragen, Honey, nur für den Fall, dass es dir bisher noch nicht aufgefallen ist. Ich bin okay." Und dann küsste er sie.

Ihre nassen nackten Körper heizten sich auf in gegenseitigem Verlangen. Der normalerweise nicht sonderlich erregende Vorgang des Einseifens wurde zu einem sinnlichen Abenteuer. Janes Hände glitten über Grants muskulösen Körper, und seine Hände fanden die weichen Kurven des ihren und erforschten seine verlockenden Tiefen. Er hob sie hoch und küsste ihre Brüste, saugte an ihren Knospen, bis sie hart waren und gerötet, und kostete von der Süße ihres Fleisches, die kein Seifenduft jemals überdecken konnte. Jane wand sich vor Lust in seinen Armen, und als sie schließlich, kopflos vor Verlangen und vollkommen benebelt von dem Wasserdampf, den der heiße Wasserstrahl erzeugte, die Beine um seine Hüften schlang, erschien ihm das Bett plötzlich viel zu weit weg, und er drang er mit einem heiseren Aufstöhnen in sie ein.

Sich nach ihm verzehrend, wölbte sie sich ihm entgegen. Er nagelte sie gegen die Wand, und sie versuchte, ihre Beine noch mehr zu spreizen, damit sie ihn ganz und gar in sich aufnehmen konnte. Er vergrub seine Finger in ihrem Haar und küsste sie in wilder Leidenschaft. Seine Zunge verband sich mit ihrer ebenso wie der Beweis seines Begehrens mit ihrem hungrigen Schoß. Seine Stöße waren so kraftvoll, dass es ihr fast die Sinne raubte, aber sie klammerte sich an ihn und bettelte flüsternd weiterzumachen. Selbst wenn sie ihn angefleht hätte aufzuhören, wäre er nicht in der Lage gewesen dazu, nicht einmal an ein Langsamerwerden war zu denken. Sein Begehren peitschte ihn, auf Erlösung drängend, gnadenlos vorwärts, dem Höhepunkt entgegen. Die roten Nebel in seinem Kopf blendeten bis auf die heißen Wellen der Ekstase, die über ihn hinwegschwappten, alles aus.

Jane schrie ein ums andere Mal auf, als eine fast unerträgliche Welle der Lust über ihr zusammenschlug und sie unter sich begrub. Sie hing an seinem Hals, total erschöpft, keuchend und zitternd wie Espenlaub, und als Grant spürte, wie sich ihr Schoß unter den Nachbeben der Lust zusammenzog, ließ auch er sich fallen und verströmte sich in ihr, wobei er das Gefühl hatte, einen kleinen Tod zu sterben. Doch zugleich fühlte er sich so lebendig, dass er am liebsten laut aufgeschrien hätte vor Glück.

Wie sie anschließend ins Bett gekommen waren, wussten sie später nicht mehr. Erst als die kühlen Laken ihre Körper streiften, nahm die Welt vor ihren Augen wieder Gestalt an. „Komm unter die Decke", flüsterte er und zog sie eng an sich. Beseligt schmiegte sie sich an ihn und schloss die Augen. Sie war so müde ... „Jetzt können wir schlafen", sagte er weich und vergrub seine Lippen in ihrem Haar.

Es war unerträglich heiß, als sie erwachten. Die unbarmherzige mexikanische Sonne drang durch die zugezogenen Vorhänge und verwandelte das Zimmer in einen Brutofen. Ihre Haut war mit einem Schweißfilm bedeckt, und ihre Körper klebten aneinander. Grant kletterte aus dem Bett und schaltete die Klimaanlage auf Hochtouren, dann stand er einen Augenblick vor dem Luftschacht und genoss die angenehme Kühle, die seinen nackten Körper umfächelte. Wenig später war er wieder bei Jane und drehte sie auf den Rücken.

An diesem Tag verließen sie das Bett so gut wie gar nicht.

Sie liebten sich, um anschließend wieder einzuschlafen und sich nach dem Aufwachen erneut zu lieben. Sie konnte ebenso wenig genug von ihm bekommen wie er von ihr. In ihrem Liebesspiel lag jetzt keinerlei Dringlichkeit mehr, sondern nur noch ein tief sitzender Widerwille, voneinander getrennt zu sein. Durch Grant lernte Jane ihren Körper zum ersten Mal im Leben richtig kennen. Er lehrte sie, dass Sinnlichkeit Grenzüberschreitung war, und wenn seine Lippen und seine Zunge sie an den intimsten Stellen liebkosten, erlebte sie das Wunder der körperlichen Liebe stets aufs Neue.

Erst als der Abend nahte, beschlossen sie, ihr Zimmer zu verlassen. Sie spazierten Händchen haltend durch die mexikanische Nacht und tätigten in Geschäften, die lange geöffnet hatten, einige Einkäufe. Jane kaufte sich ein pinkfarbenes Sonnentop, das ihre gebräunte Haut wie Honig leuchten ließ, ein Paar Sandaletten und Unterwäsche. Grants Leidenschaft fürs Shopping hielt sich ausgesprochen in Grenzen, aber immerhin konnte sie ihn dazu bewegen, sich eine Jeans, Laufschuhe und ein Polohemd zuzulegen. „Du brauchst unbedingt ein paar andere Klamotten“, drängte sie und schob ihn erbarmungslos in die Umkleidekabine. „Ich möchte nämlich nachher mit dir essen gehen.“

Als er ihr schließlich vor einer Flasche Wein in einem kleinen Restaurant gegenübersaß, wurde ihm bewusst, dass er zum ersten Mal seit Jahren mit einer Frau ganz privat beisammensaß. Sie hatten nichts anderes zu tun, als zu essen, zu plaudern, ab und zu einen Schluck Wein zu trinken und sich zu überlegen, was sie nach dem Essen anstellen könnten. Nachdem er in den Ruhestand gegangen war, hatte er sich auf seine Farm zurückgezogen, oft ohne wochenlang einen Menschen zu Gesicht zu bekommen. Nur wenn ihm die Vorräte auszugehen drohten, sah er sich veranlasst, in die Stadt zu fahren, der er dann jedoch jedes Mal so schnell wie möglich wieder den Rücken kehrte, und das oftmals, ohne auch nur ein einziges Wort mit irgendjemandem gewechselt zu haben. Er konnte es nicht ertragen, wenn er sich von Menschen umzingelt fühlte. Doch jetzt war er entspannt und schenkte den Fremden um sich herum keinerlei Aufmerksamkeit. Er wusste zwar, dass sie da waren, aber es interessierte ihn nicht. Das Einzige, was ihn interessierte, war Jane.

Auf ihrem Gesicht lag ein Strahlen, und sie barst schier vor Energie. Ihr dunkles Haar glänzte, und ihre gebräunte Haut glühte, ihr Lachen perlte. Ihre prallen Brüste drohten das Sonnentop fast sprengen, und als sein Blick auf ihre Knospen fiel, die sich unter dem dünnen Stoff abzeichneten, erwachte sein Begehren erneut. Sie hatten nicht mehr viel Zeit, und wenn sie erst wieder in den Staaten waren, war sein Auftrag beendet. Es würde bald sein, viel zu bald, und er hatte noch längst nicht genug von ihr.

Kaum waren sie in ihrem Hotelzimmer angelangt, fielen sie erneut mit einer wilden Leidenschaft, der fast etwas Verzweifeltes anhaftete, übereinander her. Diese starke Verzweiflung rührte daher, dass sie beide wussten, dass ihre gemeinsame Zeit ihrem Ende entgegenging.

Als sie schließlich, eng aneinandergeschmiegt, erschöpft in den Kissen lagen, begann Jane, von sich zu erzählen. Geschichten aus ihrer Kindheit, wo sie zur Schule gegangen war, was sie gern aß und welche Schriftsteller sie mochte.

Nachdem sie am Ende angelangt war, sah Grant sich genötigt, im Gegenzug dazu nun auch etwas von sich zu preiszugeben, und er begann mit leicht heiserer Stimme ein Bild von dem kleinen Jungen mit der sonnenverbrannten Haut zu zeichnen, der in den Sümpfen Georgias zu Hause gewesen war.

„Und dann?“, fragte Jane sanft, als er nicht weitersprach.

„Dann kam Vietnam. Ich war noch keine achtzehn, als ich mich freiwillig meldete. Ich verstand es verdammt gut, mich im Dschungel zu bewegen, deshalb waren sie interessiert an mir. Zum Glück dauerte der Krieg nicht mehr lange."

„Und wie bist du zum Geheimdienst gekommen oder wie man das nennt, wo du gearbeitet hast?"

„Der Krieg war beendet, und als ich nach Hause kam, gab es keine geeignete Arbeit für mich. Vielleicht hätte ich mich ja nach einiger Zeit im normalen Leben wieder zurechtgefunden, aber ich hatte keine Lust, herumzuhängen und darauf zu warten. Außerdem merkte ich, dass ich meine Kumpel, die nicht in Vietnam gewesen waren, beschämte und ein Fremder für sie war. Als mich irgendwann ein ehemaliger Vorgesetzter kontaktierte, nahm ich sein Angebot an."

„Aber jetzt bist du im Ruhestand. Bist du wieder nach Georgia zurückgegangen?"

„Nur für ein paar Tage, um meine Familie wissen zu lassen, wo sie mich finden konnten. Ich wollte mich nicht in Georgia niederlassen. Dort kannten mich zu viele Leute, und ich sehnte mich nach Ruhe. Deshalb habe ich mir diese Farm in Tennessee gekauft, auf der ich seitdem Winterschlaf halte. Bis dein Dad mich angeheuert hat, um dich wieder nach Hause zurückzubringen."

„Warst du jemals verheiratet? Oder verlobt?"

„Nein", sagte er und küsste sie. „Jetzt ist es aber genug mit der Fragerei. Schlaf jetzt."

„Grant?"

„Hmmm?"

„Glaubst du, er hat wirklich aufgegeben?"

„Wer?"

„Turego."

Seine Stimme klang belustigt. „Honey, ich kann dir zuverlässig versichern, dass man ihn gut unter Kontrolle hat. Du brauchst dir keine Gedanken zu machen. Jetzt, wo du in Sicherheit bist, kann man die notwendigen Schritte ergreifen, um ihn unschädlich zu machen."

„Du sprichst in Rätseln. Was heißt ‚gut unter Kontrolle haben' und ‚unschädlich machen' in diesem Zusammenhang?"

„Das heißt, dass er einige Zeit in einem dieser ungemein komfortablen Knäste in Mittelamerika, von denen wohl schon jeder mal gehört hat, verbringen wird. Und jetzt schlaf endlich."

Sie gehorchte, schloss mit einem zufriedenen Lächeln die Augen und kuschelte sich in seine Arme.

Sie verbrachten noch einen weiteren, traumhaft schönen Tag in Mexico City, doch dann war Jane klar, dass ihre Zeit abgelaufen war. Sie musste wieder nach Hause zurück, und auf Grant wartete in Tennessee das Leben, das er geführt hatte, bevor sich ihre Wege kreuzten. Sie konnten nicht länger in Mexico City bleiben.

Als sie an Bord der Maschine nach Dallas gingen, brannten Janes Augen vor ungeweinten Tränen. Sie wusste, dass Grant von Dallas aus getrennte Flüge für sie gebucht hatte. Sie würde den Flieger nach New York nehmen, während er nach Knoxville weiterflog. Was bedeutete, dass sie sich auf dem Flughafen in Dallas Lebewohl sagen mussten. Dieser Gedanke war Jane unerträglich, und sie musste sich alle Mühe geben, Haltung zu bewahren und nicht loszuheulen wie ein Baby, weil sie sich sicher war, dass es ihm nicht gefallen würde. Hätte er ein weitergehendes Interesse an ihr, hätte er es nur zu sagen brauchen. Doch da er es sorgsam vermieden hatte, die Sprache auf eine eventuelle gemeinsame Zukunft zu bringen, nahm sie an, dass er, aus welchen Gründen auch immer, nicht an einer

Weiterführung ihrer Romanze interessiert war. Sie hatte gewusst, dass der Zeitpunkt der Trennung irgendwann kommen würde, und jetzt war er da. Nun wurde ihr die Rechnung präsentiert, und ihr blieb nichts anderes übrig, als die Zähne zusammenzubeißen und zu bezahlen.

Es gelang ihr, ihre Tränen unter Kontrolle zu bringen. Sie blätterte in dem Magazin der Fluglinie herum, auch wenn sie kaum wusste, was sie da eigentlich las. Dann hielt sie eine ganze Weile Grants Hand, doch als die Stewardess das Essen brachte, ließ sie sie los. Sie bestellte sich einen Gin Tonic und stürzte ihn herunter, dann bestellte sie sich noch einen zweiten.

Grant musterte sie eingehend, was sie Zuflucht zu einem strahlenden Lächeln nehmen ließ. Denn sie war fest entschlossen, ihn nicht merken zu lassen, dass sie innerlich zerbrach.

Bald, viel zu bald, landeten sie in Dallas. In der Halle angekommen, umklammerte Jane ihren verdreckten, arg mitgenommen aussehenden Rucksack, sich zum ersten Mal wieder daran erinnernd, dass sich darin neben ihren Sachen auch Grants Stiefel und seine Tarnkleidung befanden, weil er seinen eigenen Rucksack bei dem Sprung aus dem Waschraumfenster hatte zurücklassen müssen. „Du musst mir noch deine Adresse geben", sagte sie mit gespielter Munterkeit. „Damit ich dir deine Sachen nachschicken kann." Nach einer kurzen Pause fügte sie hinzu: „Es sei denn, du kaufst dir jetzt hier auf dem Flughafen eine Tasche. Zeit genug haben wir noch."

Er warf einen Blick auf seine Armbanduhr. „Deine Maschine startet in achtundzwanzig Minuten. Du gehst jetzt wohl besser zu deinem Gate. Hast du dein Ticket?"

„Ja. Und was ist mit deinen Kleidern?"

„Mach dir darüber keine Gedanken. Ich bleibe mit deinem Vater in Kontakt."

Ja, natürlich. Die Rechnung dafür, dass er sie aus Costa Rica herausgeholt hatte, stand ja noch offen. Sein Gesicht war hart und ausdruckslos, seine bernsteinfarbenen Augen blickten sie kühl an. Sie steckte die Hand aus, ohne zu merken, wie sehr sie zitterte. „Nun ... tschüs dann. Es ..." Sie brach ab. Was konnte sie sagen? *Es war nett, dich kennengelernt zu haben?* Sie schluckte krampfhaft. „Es hat mir Spaß gemacht."

Er schaute auf ihre ausgestreckte Hand, dann wanderte sein Blick langsam zu ihrem Gesicht empor. In seinen Augen lag plötzlich ein ungläubiges Staunen. „Was du nicht sagst", gab er langsam zurück, schnappte sich ihre Hand und zog Jane ganz eng an sich. Und dann lag sein Mund auf ihrem, und seine Zunge schlüpfte zwischen ihre Zähne, gerade so, als wären sie nicht von vielen neugierigen Leuten umgeben. Sie klammerte sich zitternd an ihn.

Einen Augenblick später beendete er den Kuss und gab sie frei. Seine Kiefer waren fest aufeinandergepresst. „Geh jetzt, sonst versäumst du noch deinen Flug. Ich melde mich in ein paar Tagen." Der letzte Satz war ihm gegen seinen Willen herausgerutscht; eigentlich war er entschlossen gewesen, die Sache hier und jetzt zu beenden. Aber in ihren Augen sah er so viel Verlorenheit und Schmerz, und sie hatte seinen Kuss so hungrig erwidert, dass er es nicht geschafft hatte, die Worte zurückzuhalten. Eine kleine Verschnaufpause, ja. Er hatte sowohl ihr als auch sich selbst noch eine kleine Verschnaufpause verschafft.

Sie nickte, und er sah ihr an, wie sehr sie sich zusammenriss. Er wusste, dass sie nicht weinend vor ihm zusammenbrechen würde, obgleich er es sich wünschte, denn das würde ihm die Gelegenheit geben, sie noch einmal in den Arm zu nehmen. Aber sie war zu stark, um sich so gehen zu lassen. „Auf Wiedersehen", brachte sie mühsam heraus. Dann drehte sie sich um und ging davon.

Sie sah kaum, wohin sie ging, und die Leute um sie herum wirkten verschwommen. Erst als sie ein paarmal blinzelte, war ihre Sicht wieder klar. Nun, jetzt war sie wieder allein. Er hatte zwar gesagt, dass er sich melden würde, aber sie wusste, dass er ihr damit nur den Abschied hatte erleichtern wollen. Es war vorbei. Das musste sie akzeptieren, und sie sollte dankbar sein für die schöne Zeit, die sie mit ihm zusammen verbracht hatte. Schließlich war vom ersten Moment an klar gewesen, dass Grant Sullivan kein Mann war, dem man Fesseln anlegen konnte.

Irgendjemand berührte sie von hinten am Arm. Es war eine warme, starke Berührung, die Berührung eines Mannes. Sie blieb stehen. Wilde Hoffnung keimte in ihr auf. Doch als sie sich umdrehte, sah sie, dass es nicht Grant war, der sie aufgehalten hatte. Der Mann hatte schwarzes Haar und schwarze Augen, seine Haut war dunkel. Ein Mann lateinamerikanischer Abstammung offensichtlich. „Sind Sie Jane Greer?", erkundigte er sich höflich.

Sie nickte und wunderte sich, woher der Mann ihren Namen wusste. Seine Hand lag noch immer auf ihrem Arm. Jetzt verstärkte sich sein Griff. „Würden Sie bitte mitkommen?" Obwohl seine Stimme noch immer genauso höflich klang, war Jane klar, dass seine Frage keine Frage war, sondern ein Befehl.

Plötzlich schrillten bei ihr alle Alarmglocken. Mit einem Lächeln auf den Lippen riss sie sich blitzschnell den Rucksack von der Schulter und haute ihn dem Mann über den Kopf. Sie traf ihn an der Schläfe, sodass er ins Taumeln geriet. Aus dem harten ‚Klack' schloss sie, dass sein Schädel mit Grants Stiefeln Bekanntschaft gemacht hatte.

„Grant!", schrie sie mit gellender Stimme. „*Grant!*"

Der Mann rettete sich in letzter Sekunde vor dem Fall

und machte einen Satz auf sie zu. Jane begann, wie von wilden Hunden gehetzt und Leute beiseitestoßend, in die Richtung zu rennen, aus der sie gekommen war, doch sie war nicht schnell genug – der Mann holte sie ein. In dem Moment, in dem er sie am Arm packte, war Grant bei ihr. Frauen kreischten und Männer brüllten, und zwei Flughafenpolizisten kamen auf sie zugesprintet. Grant schickte den Mann mit einem donnernden Kinnhaken zu Boden. Dann ergriff er Janes Arm und rannte mit ihr, die Aufforderung der Polizisten, stehen zu bleiben, ignorierend, auf den nächsten Ausgang zu.

„Was zum Teufel hatte das zu bedeuten?", fuhr er Jane an, als sie sich schließlich draußen in der gleißenden texanischen Sonne, keuchend vom schnellen Laufen, wiederfanden.

„Ich weiß es nicht. Dieser Mann hielt mich auf und fragte, ob ich Jane Greer sei; dann packte er mich am Arm und forderte mich auf mitzukommen. Deshalb haute ich ihm meinen Rucksack auf den Kopf und begann, wie am Spieß zu schreien."

„Kann ich gut verstehen", brummte Grant und winkte ein Taxi herbei.

„Wohin, Leute?", fragte der Taxifahrer.

„In die Innenstadt."

„Und wohin da?"

„Ich sag' Ihnen, wenn Sie halten sollen."

„Soll mir recht sein."

Während sie um die Ecke bogen, kamen einige Leute aus dem Terminal herausgerannt, aber Jane schaute nicht zurück. Sie zitterte noch immer. „Glaubst du, dass es jemand von Turegos Leuten war?"

Grant zuckte die Schultern. „Keine Ahnung. Ich muss telefonieren. Vielleicht wissen wir dann mehr."

Da hatte sie gedacht, sie wäre in Sicherheit, sie wären beide in Sicherheit, und dann das. Sie konnte nicht aufhören zu zittern.

Noch bevor sie die Innenstadt von Dallas erreicht hatten, befahl Grant dem Taxifahrer, vor einem Einkaufszentrum zu halten. „Was willst du denn in dem Einkaufszentrum?“, fragte Jane.

„Hier gibt es sicher ein Telefon. Komm.“

Er entlohnte den Taxifahrer und hastete dann gemeinsam mit Jane ins Einkaufszentrum zu einem Telefon. Nachdem er mit jemandem ein paar Sätze gesprochen hatte, denen Jane nichts entnehmen konnte, hängte er, in den Mundwinkeln sein schiefes Grinsen, wieder ein.

„Und?“, fragte Jane.

„Nun, jetzt ist die Sache klar. Es war nur ein Agent, dem du deinen Rucksack auf den Kopf gehauen hast.“

„Was?“ Jane riss überrascht die Augen auf. „Ein Agent?“

„Ganz recht, ein Agent. Wir müssen leider einen kleinen Umweg machen. Sie wollen dich verhören. Man hatte entschieden, dich abzufangen, nachdem wir uns auf dem Flughafen getrennt hatten, aber leider ging die Sache in die Hose. Sabin wird dem Mann die Ohren langziehen.“

„Sabin? Ist er dein Freund?“

Er lächelte auf sie herunter. „So ist es. Mein einziger.“ Er streichelte ihr mit dem Handrücken sehr sanft über die Wange. „Und das ist ein Name, den du ganz schnell wieder vergessen solltest, Honey. Am besten rufst du jetzt deine Eltern an und gibst ihnen Bescheid, dass du erst morgen kommst.“

„Wohin fahren wir denn?“

„Nach Virginia. Aber erzähl das deinen Eltern nicht, sondern sag einfach, du hättest die Anschlussmaschine verpasst.“

Also wusste man von dem Mikrofilm. Jane gab ihre Kreditkartennummer ein. Sie würde aufatmen, wenn das alles erst einmal hinter ihr lag. Doch auf diese Weise hatte sie zumindest noch einen weiteren Tag mit Grant. Noch einen ganzen Tag! Ihr Herz jubilierte. Es war ein Aufschub; ob sie allerdings die Kraft für einem zweiten Abschied haben würde, wusste sie nicht.

13. KAPITEL

Kell Sabins Büro befand sich da, wo es immer gewesen war, und auch ansonsten war alles noch genau so, wie Grant es erinnerte. Der Agent, der sie hergebracht hatte, klopfte verhalten an die Tür. „Sullivan ist da, Sir."

„Schicken Sie ihn rein."

Das Erste, was Jane auffiel, war der altmodische Charme des Raumes. Die Decke war hoch, und der Glühstrumpf war bestimmt noch derselbe wie vor hundert Jahren, als das Haus erbaut worden war. Bis zum Boden reichende Fenster, vor denen ein ausladender Schreibtisch stand, ließen die späte Nachmittagssonne ins Zimmer.

Der Mann am Schreibtisch stand auf und trat auf sie zu. „Na, du siehst ja ziemlich wild aus, Sullivan", sagte er und schüttelte Grant die Hand. Dann wanderte sein Blick zu Jane weiter. Seine tiefschwarzen Augen schienen alles Licht zu absorbieren. Sein Haar war voll und ebenfalls tiefschwarz, sein Gesichtsausdruck ernst. Er strahlte eine Energie aus, die Jane augenblicklich in ihren Bann zog.

„Tag, Ms. Greer", sagte er und hielt ihr die Hand hin.

„Guten Tag, Mr. Sabin", gab sie zurück und schüttelte seine Hand.

„Mein Agent in Dallas ist tief beschämt."

„Dafür besteht kein Anlass", mischte sich Grant ein. „Sie hatte Glück."

„Grants Stiefel waren in dem Rucksack", erklärte Jane. „Damit habe ich ihn etwas unglücklich am Kopf getroffen."

Sabin nahm Jane jetzt genauer unter die Lupe. Sein Blick wanderte nachdenklich über ihr offenes Gesicht mit den frechen Sommersprossen. Dann schaute er Grant an, der sich wie der Fels von Gibraltar hinter ihr aufgebaut hatte. Sicher, er konnte Jane Greer befragen. Aber so, wie er die Sache einschätzte, würde Sullivan es nicht zulassen, dass er sie in die Enge trieb.

„Ms. Greer", tastete er sich behutsam vor, „wussten Sie, dass George Persall einer unserer ..."

„Ja, das wusste ich", unterbrach sie ihn lebhaft. „Ich habe ihm manchmal geholfen, aber nicht oft." Sie machte eine kleine Pause und lächelte ihn an. „Ich glaube, ich habe etwas für Sie", fuhr sie dann fort, schnürte ihren Rucksack auf und begann, darin herumzukramen. „Ich weiß doch genau, dass er da ist. Ah ... hier!" Sie förderte eine kleine Filmdose zutage und legte sie auf den Schreibtisch.

Beide Männer starrten, wie vom Donner gerührt, darauf. „Die haben Sie die ganze Zeit mit sich rumgeschleppt?", fragte Sabin nach einiger Zeit fassungslos.

„Nun, es blieb mir ja nichts anderes übrig. Auf Turegos Plantage habe ich sie immer am Körper getragen für den Fall, dass er mein Zimmer durchsucht. George hat mir beigebracht, dass das Naheliegendste oft das Sicherste ist."

Grant konnte jetzt nicht mehr an sich halten und begann, leise zu lachen. Diese Frau! Es war wirklich nicht zu fassen. „Aber warum zum Teufel hast du mir denn nichts von dem Mikrofilm erzählt, Jane?"

„Weil ich dachte, dass es sicherer für dich ist, wenn du nichts davon weißt."

Wieder schaute Sabin wie vom Donner gerührt drein, so als hielte er es für völlig unmöglich, dass irgendjemand den Drang verspüren könnte, Grant Sullivan zu beschützen. Grant sah, dass Jane Kell Sabin aus dem Gleichgewicht gebracht hatte, und verkniff sich ein Grinsen, wohingegen Sabin ein leises Hüsteln von sich gab, um seine Reaktion zu kaschieren.

„Sagen Sie, Ms. Greer", fragte er vorsichtig, „wissen Sie, was auf dem Film drauf ist?"

„Nein. Ebenso wenig, wie George es gewusst hat."

Jetzt lachte Grant laut heraus. „Na, mach schon, Kell. Erzähl's ihr. Oder besser noch, zeig's ihr. Sie wird ihre helle Freude daran haben."

Noch immer kopfschüttelnd, griff Sabin nach der Filmrolle und zog den Film heraus. Grant kramte sein Feuerzeug aus der Hosentasche, beugte sich vor und hielt die Flamme an den Film. Dann beobachteten die drei, wie sie sich durch das Zelluloid fraß, bis sie fast oben bei Sabins Fingern angelangt war und er den verkohlten Filmstreifen in den Aschenbecher fallen ließ. „Der Film war eine Kopie eines Films, der keinesfalls in unbefugte Hände fallen durfte. Alles, was wir wollten, war, ihn in unseren Besitz zu bringen, um ihn zu vernichten, bevor ihn sich jemand ansehen konnte, für dessen Augen er nicht bestimmt war."

Jane, den Gestank verbrannten Zelluloids in der Nase, starrte fassungslos auf die verkohlten Überreste des Films. Alles, was sie gewollt hatten, war, den Film zu zerstören, und sie hatte ihn durch den Dschungel und über den halben Kontinent geschleppt, nur um zuzusehen, wie er am Ende verbrannte. Ihre Mundwinkel hoben sich, und sie gab sich alle Mühe, sich ein Lachen zu verbeißen, doch umsonst. Es stieg unaufhaltsam in ihr auf und brach sich schließlich Bahn. Lauthals lachend drehte sie sich nach Grant um, und als sie seinen Blick auffing, rollte der ganze Film der vergangenen Tage vor ihrem geistigen Auge ab, und sie erinnerte sich der Abenteuer, die sie gemeinsam bestanden hatten. Sie machte einen Schritt auf Grant zu und klammerte sich an ihn, weil sie so unbändig lachte, dass sie sich kaum mehr auf den Beinen halten konnte.

Grant stimmte in ihr Gelächter ein und hielt sie fest. „Ich

habe mir um ein Haar das Genick gebrochen, weil ich einen Abhang hinuntergestürzt bin", keuchte sie. „Wir haben einen Pick-up gestohlen … einem Jeep die Reifen zerschossen … und Turegos Nasenbein musste dran glauben. Und das alles nur, um den Film schließlich *verbrennen* zu sehen!"

Ein paar Stunden später lagen sie, wohlig erschöpft vom Liebesspiel, in einem Hotelbett in Washington D.C. Sie hatten es gerade noch geschafft, die Tür hinter sich abzuschließen, dann waren sie sich auch schon in die Arme gefallen, wobei sie sich nur der notwendigsten Kleidungsstücke entledigten.

Doch das war bereits vor Stunden gewesen. Mittlerweile waren sie splitternackt und kurz vorm Einschlafen.

Grant streichelte träge ihren Rücken. „Wie weit warst du denn in Persalls Aktivitäten involviert?"

„Nicht weit", murmelte sie. „Sicher, ein bisschen was wusste ich schon, weil er mich manchmal als Kurier eingesetzt hat, aber das kam nicht so besonders oft vor. Ab und zu hat er mir etwas erzählt. Er war ein seltsamer, sehr einsamer Mann."

„War er dein Liebhaber?"

Sie hob überrascht den Kopf.

„George? Natürlich nicht."

„Warum ‚natürlich nicht'? Schließlich war er ein Mann, oder etwa nicht? Und immerhin ist er in deinem Schlafzimmer gestorben."

Sie zögerte einen Moment. „George hatte ein Problem. Er … er konnte niemandes Liebhaber sein."

„Dann war dieser Teil des Berichts auch falsch."

„Das war Absicht. George hat mich als eine Art Tarnung benutzt."

Er fuhr ihr mit der Hand durchs Haar. „Das erleichtert mich. Er war zu alt für dich."

Jane schaute ihm tief in die Augen. „Und selbst wenn er es nicht gewesen wäre, ich war nicht interessiert. Auch wenn du es nicht glauben willst, aber du bist wirklich der erste und einzige Liebhaber, den ich jemals hatte. Außer meinem Mann natürlich, doch das war etwas anderes. Ich wollte nie einen Liebhaber."

„Und als du mich dann getroffen hast ...?", murmelte er schläfrig.

„Dich wollte ich." Sie beugte sich zu ihm hinunter und küsste ihn. Dann schlang sie die Arme um seinen Hals und schmiegte sich an ihn.

„Ich wollte dich auch", sagte er so leise, dass es nicht viel mehr war als ein Hauch, der über ihre Haut hinwegging.

„Ich liebe dich." Es gelang ihr nicht, die Verzweiflung aus ihrer Stimme herauszuhalten. Das Schicksal hatte ihr eine letzte Chance gegeben. Sie musste einfach versuchen, sie zu nutzen, komme, was da wolle. „Willst du mich heiraten?"

„Jane, mach das nicht, ich bitte dich."

„Was soll ich nicht machen? Dir sagen, dass ich dich liebe? Oder dich fragen, ob du mich heiraten willst?" Sie schob ihr rechtes Bein über seinen Bauch, drehte sich dann halb herum und setzte sich, ihre schwarze Mähne in den Nacken schüttelnd, auf ihn und starrte ihm herausfordernd in seine goldenen Augen.

„Wir passen einfach nicht zusammen", erklärte er. „Ich kann dir nicht geben, was du brauchst. Ich würde dich nur unglücklich machen."

„Ich werde eh unglücklich sein", erwiderte sie sachlich und zwang sich zu einem leichten Ton. „Und deshalb würde ich lieber mit dir unglücklich sein als ohne dich."

„Ich bin ein Einzelgänger, Jane, ein einsamer Wolf. Die Ehe ist eine Partnerschaft, so etwas liegt mir nicht. Ich mache meinen Kram lieber allein. Sieh den Tatsachen ins Auge, Honey. Wir haben im Bett viel Spaß miteinander gehabt, aber das ist auch alles."

„Vielleicht für dich. Für mich nicht. Ich liebe dich." Der Schmerz in ihrem Tonfall war unüberhörbar.

„Tust du das wirklich? Wir hatten eine Menge Stress in den vergangenen Tagen. Da ist es eine vollkommen natürliche Reaktion, dass man sich einander zuwendet. Es hätte mich sehr verwundert, wenn wir nicht im Bett gelandet wären."

„Bitte, erspar mir deine Westentaschenpsychologie. Ich bin kein Kind mehr, und ich bin auch nicht blöd. Ich weiß sehr gut, ob ich jemanden liebe oder nicht. Und ich liebe dich eben – verdammt noch mal! Es muss dir ja nicht gefallen, aber versuch bitte nicht, es mir auszureden." Ihre Augen sprühten Funken.

„Ich hab's ja kapiert." Er hielt ihrem zornigen Blick stand. „Soll ich mir ein anderes Zimmer nehmen?"

„Nein. Dies ist unsere letzte Nacht, und ich will, dass wir sie *zusammen* verbringen."

„Auch wenn wir uns streiten?"

„Warum nicht?"

„Ich habe aber keine Lust, mich zu streiten", gab er zurück und setzte sich so blitzartig auf, dass Jane keine Zeit mehr hatte zu reagieren. Einen Moment später fand sie sich auf dem Rücken liegend wieder und blinzelte überrascht zu ihm auf. Er schob ihre Beine auseinander und drang dann langsam in sie ein. Sie schloss die Augen und genoss die Wellen lustvoller Erregung. Er hatte recht; sich zu lieben war eine weitaus bessere Alternative, als zu streiten.

Ein zweites Mal schnitt sie das Thema einer gemeinsamen Zukunft jedoch nicht an, weil sie aus Erfahrung wusste, wie stur er sein konnte; falls er wider Erwarten doch interessiert sein sollte, würde er schon selbst die Initiative ergreifen müssen.

Deshalb konzentrierte sie sich jetzt nur noch darauf, ihm so viel Lust wie möglich zu verschaffen. Das sollte ihr Abschiedsgeschenk an ihn sein in der Hoffnung, dass er sie nicht vergaß.

Am nächsten Morgen kroch Jane frühzeitig aus den Federn, ohne ihn zu wecken. Sie wusste, dass er einen zu leichten Schlaf hatte, um nicht aufzuwachen, während sie duschte und sich anzog. Doch da er durch nichts zu erkennen gab, dass er wach war, blieb ihr nichts anderes, als die Distanz, die er jetzt anscheinend dringend benötigte, zu akzeptieren, und sie schlüpfte, ohne ihn zum Abschied noch einmal zu küssen, leise aus dem Zimmer. Sie hatten sich schließlich in der vergangenen Nacht lange genug verabschiedet.

Als das Klicken des Türschlosses ertönte, wälzte sich Grant herum und starrte blicklos an die Decke.

Es war seltsam, wie sehr Grant Jane vermisste. Obwohl sie niemals auf seiner Farm gewesen war, sah er sie an allen Ecken und Enden. Ständig bildete er sich ein, sie etwas sagen zu hören. Doch wenn er sich umdrehte, war da natürlich niemand. Und nachts ... Oh, Gott, die Nächte waren ein einziger Albtraum. Er tat kaum ein Auge zu und vermisste ihren weichen Körper so sehr, dass es schmerzte.

Er versuchte, sich mit körperlicher Arbeit abzulenken, doch der Erfolg war keineswegs durchschlagend. So hart er auch arbeitete, das gewünschte Ergebnis blieb aus. Weder verschwand Jane aus seinen Gedanken, noch fiel er abends todmüde ins Bett, so wie er es sich ersehnte. Er schuftete wie ein Wilder in der größten Mittagshitze, zäunte sein Grundstück neu ein, deckte das Dach und reparierte den alten Traktor, doch alles war vergebens. Obwohl er sich noch nie in seinem

Leben einsam gefühlt hatte, begann nun die Einsamkeit, an ihm zu fressen wie eine tödliche Krankheit.

Er hatte Jane gesagt, dass sie ihren Versuch, ihn von einer gemeinsamen Zukunft zu überzeugen, aufgeben sollte, und sie hatte ihn aufgegeben. Sie war gegangen, weil er ihr gesagt hatte, dass sie gehen sollte. Sie liebte ihn, dessen war er sich sicher. Am Anfang hatte er sich vorzumachen versucht, dass ihre Gefühle für ihn anderen Ursprungs seien, dass der Stress sie zusammengebracht hätte, doch natürlich wusste er es besser. Und sie wusste es nicht weniger.

Nun, zum Teufel! Er vermisste sie so entsetzlich, dass es schmerzte, und wenn das keine Liebe war, dann konnte er nur hoffen, die richtige Liebe niemals kennenzulernen, denn das würde er nicht aushalten. Es gelang ihm nicht, Jane aus seinem Kopf zu vertreiben, und ihre Abwesenheit erzeugte einen dumpfen Schmerz in ihm, gegen den es kein Heilmittel gab.

Grant hätte niemals geglaubt, dass es so schwierig sein würde, Jane zu finden. Irgendwie hatte er sich eingebildet, es wäre ein Leichtes, über ihren Vater ihre Adresse in Erfahrung zu bringen, doch dem war nicht so. Er hätte es wissen müssen. Mit Jane war nichts so, wie es sein sollte.

Allein drei Tage musste er sich gedulden, ehe es ihm endlich gelang, mit ihrem Vater Kontakt aufzunehmen. Janes Eltern waren verreist gewesen, und die Haushälterin wusste nicht, wo sich Jane aufhielt, oder sie hatte Anweisung, ihren Aufenthaltsort nicht preiszugeben.

Nach drei langen Tagen des Wartens endlich erfuhr Grant von James Hamilton, dass seine Tochter sich, nachdem sie sich eine Woche lang zu Hause von den Strapazen erholt hatte, zu einer Reise nach Europa aufgemacht hatte und sich derzeit in Monte Carlo amüsierte.

Europa! Sie machte es ihm wirklich nicht leicht.

Jane lächelte Felix über den Spieltisch hinweg an. Er war wirklich ein netter Junge und half ihr auf eine angenehme Weise, sich die Zeit zu vertreiben, die ihr ungeachtet dessen dennoch mittlerweile zu lang wurde.

Als sie sich auf die Reise gemacht hatte, war sie aus irgendeinem unerfindlichen Grund felsenfest davon überzeugt gewesen, dass in der Beziehung zu Grant das letzte Wort noch nicht gesprochen war. Sie glaubte fest daran, dass er irgendwann versuchen würde, Kontakt mit ihr aufzunehmen, und das selbst in Monte Carlo, wenn es sein musste.

Doch er ließ sich Zeit. Und wenn er nun doch nie wieder von sich hören ließ? Dann blieb ihr nichts anderes, als seine Entscheidung zu akzeptieren. Ja, sie würde sie ebenso akzeptieren, wie sie die tränennassen Wangen akzeptierte, mit denen sie fast jede Nacht aufwachte. Sie vermisste ihn. Sie vermisste ihn schrecklich. Es war, als ob mit ihm ein Teil ihrer selbst dahingegangen wäre. Jetzt hatte sie außer ihren Eltern wieder niemandem mehr, dem sie uneingeschränkt vertrauen konnte, niemanden, in dessen Armen sie Ruhe fand.

Felix gewann schon wieder, so wie er jede Nacht gewonnen hatte, seit er und Jane sich kennengelernt hatten. Er behauptete, sie wäre sein Talisman. Das elegante Kasino summte vor Betriebsamkeit, und die Kronleuchter funkelten mit den Diamanten an den Dekolletés und den gepflegten Händen der elegant gekleideten Frauen um die Wette. Jane passte mit ihrem engen schwarzen, schulterfreien Abendkleid, den langen Ohrgehängen und dem hochgesteckten Haar bestens in den vornehmen Rahmen. Sie trug weder Halsschmuck noch ein Armband, nur diese Ohrringe, die ihre Haut schimmern ließen wie flüssiges Gold.

Weil es bereits spät war und sich zudem der leichte Kopfschmerz, der sie seit Tagen plagte, wieder bemerkbar machte, erhob sie sich jetzt, ging um den Spieltisch herum und legte Felix leicht die Hand auf den Arm. „Ich glaube, mir reicht es für heute", sagte sie lächelnd. „Ich habe ein bisschen Kopfschmerzen, sodass es wohl besser sein wird, wenn ich mich zurückziehe."

Er schaute sie bestürzt an. „Hoffentlich werden Sie nicht krank."

„Nein nein, bestimmt nicht. Ich glaube, ich war heute nur ein bisschen zu lange in der Sonne. Sie müssen mich nicht begleiten, es sind ja nur ein paar Schritte bis zum Hotel. Viel Glück noch. Vielleicht gewinnen Sie ja ohne mich doppelt so viel, wer weiß?"

Felix schaute leicht zweifelnd drein, doch dann zwang er sich zu einem charmanten Lächeln und wünschte ihr eine gute Nacht.

Jane verließ eilig das Kasino und ging hinüber zu ihrem Hotel. In dem Moment, in dem sie sich anschickte, ihre Zimmertür zu öffnen, legten sich von hinten zwei starke Arme um ihren Hals. „Ssch", flüsterte ihr eine raue Stimme ins Ohr. „Ganz leise."

Sie fühlte sich in das dunkle Zimmer gezerrt, einen Augenblick später fiel die Tür hinter ihr ins Schloss. Alles ging so schnell, dass sie gar nicht dazu kam, einen klaren Gedanken zu fassen. Dann ging das Licht an, und der Mann ließ sie los. Im nächsten Moment lag sie in seinen Armen.

„Grant", schluchzte sie. „Grant. Was tust du denn hier?"

„Ich hatte Sehnsucht nach dir", erwiderte er schlicht.

EPILOG

Grant lag auf dem Rücken, die Arme um Jane gelegt. Ihr Haar ergoss sich wie eine schwarze Flut über seine Schulter und seine Brust, und er streichelte ihren Kopf, ihren Rücken, ihre sanft gerundeten Pobacken. „Ich konnte ohne dich einfach nicht schlafen“, murmelte er. „Ich habe mich daran gewöhnt, dass du mich als Kopfkissen benutzt.“

Sie sagte nichts, aber er wusste, dass sie nicht schlief. Sie waren müde, aber zu aufgedreht, um zu schlafen. Nachdem sie in Paris gelandet waren, erschien es ihnen plötzlich gar nicht mehr so wichtig, die Anschlussmaschine, die sie über London nach New York bringen sollte, zu erreichen. Stattdessen hatten sie sich ein Hotelzimmer genommen, und ihr Liebesspiel war schöner gewesen denn je.

„Was hätte ich wohl getan, wenn du nicht hinter mir hergekommen wärst?“, flüsterte sie, wobei sich die Verzweiflung der einsamen Tage ohne ihn wieder in ihren Augen spiegelte.

„Du wusstest, dass ich kommen würde.“

„Ich habe es gehofft. Aber ganz sicher war ich mir nicht.“

„Von jetzt an kannst du dir meiner stets ganz sicher sein“, flüsterte er, während er sich über sie rollte. „Ich liebe dich nämlich. Ich hoffe nur, dass du in Tennessee glücklich werden kannst, weil ich nicht glaube, dass ich in einer Stadt leben kann. Zumindest im Moment noch nicht. Das ist das Einzige, was mir ein bisschen Sorgen macht.“

Um ihre Lippen spielte ein leises Lächeln. „Weißt du noch immer nicht, dass ich nicht unbedingt an Städten hänge? Ich kann überall glücklich sein, Hauptsache, du bist bei mir. Und ganz nebenbei denke ich, dass es für Kinder schöner ist, auf dem Land aufzuwachsen.“

„Darüber haben wir noch gar nicht gesprochen, nicht wahr? Ich wünsche mir nämlich so bald wie möglich Kinder, aber wenn du damit noch warten möchtest, ist es mir auch recht."

Sie zeichnete seine Oberlippe mit ihrer Fingerspitze nach. „Jetzt ist es zu spät, um darüber nachzudenken, ob man besser noch warten sollte oder nicht. Wenn es dir lieber gewesen wäre zu warten, hättest du schon im Dschungel die Finger von mir lassen müssen. Und in Mexico City. Und in Washington."

Er schluckte und starrte sie an. „Willst du damit andeuten, dass …?"

„Ich denke schon. Ganz sicher bin ich mir zwar noch nicht, aber alle Anzeichen sprechen dafür. Macht es dir etwas aus?"

„Ob es mir etwas ausmacht? O Gott, nein!"

In seiner Stimme lag so viel Gefühl, dass es ihr ganz warm ums Herz wurde. Beseligt legte sie die Arme um ihn, schmiegte sich ganz eng an ihn und schloss die Augen. Jetzt brauchte sie nie mehr Angst vor der Dunkelheit zu haben, denn Grant war für immer bei ihr.

– ENDE –

Linda Howard

Das einsame Strandhaus

Roman

Aus dem Amerikanischen von
Roy Gottwald

Weltbild

1. KAPITEL

Die strahlende, goldene Sonne brannte ihm immer noch heiß auf der Haut, auf seiner nackten Brust und den langen Beinen, obwohl es schon auf den Abend zuging. Er starrte gebannt auf die in den länger werdenden Strahlen aufblitzenden Wellenkronen. Es war weniger das schimmernde Wasser, das ihn so faszinierte, als vielmehr die Tatsache, nichts Wichtigeres zu tun zu haben, als bloß daraufzuschauen.

Einen wundervollen ganzen Monat konnte er sich in der Einsamkeit entspannen und er selbst sein. Konnte fischen, wenn ihm der Sinn danach stand, oder in den warmen, faszinierenden Gewässern des Golfs herumfahren, falls die Ruhelosigkeit ihn überkam. Wasser übte eine ungeahnte Anziehungskraft auf ihn aus. Das Gewässer hier war mitternachtsblau, dort leuchtend türkis, weiter hinten schimmerte es in blassen, hellgrünen Tönen.

Er hatte genügend Geld für Benzin und Proviant, und nur zwei Menschen auf der Welt wussten, wo er sich befand und wie man ihn erreichen konnte. Am Ende dieses Ferienmonats würde er in die von ihm gewählte graue Welt zurückkehren und wieder Teil ihrer Schatten werden. Jetzt jedoch konnte er in der Sonne liegen, und mehr wollte er nicht.

Kevin Sabin war müde. Er hatte den endlosen Kampf, die Geheimnistuerei und die Machenschaften, die Gefahren und Täuschungen seiner Arbeit satt. Sein Job war von lebenswichtiger Bedeutung, doch in diesem Monat konnte ein anderer ihn ausführen. Dieser Monat gehörte ihm. Jetzt konnte er verstehen, was seinen alten Freund Grant Sullivan, den besten Agenten, den er je hatte, in die geheimnisvolle Stille von Tennessees Bergwelt gezogen hatte.

Kevin selbst war ein Topagent gewesen, ein legendärer Name, zuerst im Goldenen Dreieck, später dann im Mittleren Osten und in Südamerika, an allen Krisenorten der Welt.

Jetzt war er als Abteilungsleiter tätig, die graue Eminenz hinter einer Gruppe von erstklassigen Agenten, die seinen Anweisungen und Befehlen gehorchten. Man wusste wenig über ihn. Die ihn umgebenen Sicherheitsmaßnahmen waren so gut wie undurchlässig. Kevin hatte es lieber so. Er war ein Einzelgänger, ein verschlossener Mensch, der den Realitäten des Lebens mit Zynismus und Sachlichkeit gegenüberstand. Er kannte die Gefahren und Rückschläge, die seine von ihm eingeschlagene Laufbahn mit sich brachte. Er wusste, wie schmutzig und niederträchtig dies Geschäft sein konnte, aber er war Realist und hatte sich, als er sich für diese Arbeit entschied, damit abgefunden.

Und dennoch ging es ihm manchmal auf die Nerven, und er ergriff die Flucht, um eine Zeit lang wie ein normaler Sterblicher zu leben. Dann zog er sich auf seinen speziell für ihn gebauten Kabinenkreuzer zurück. Wie alles, was ihn betraf, standen auch seine Ferien unter höchster Geheimhaltungsstufe, doch die Tage und Nächte auf See gaben ihm wieder das Gefühl, ein Mensch zu sein, und waren der einzige Zeitpunkt, wo er sich entspannen und nachdenken konnte, wo er nackt in der Sonne lag und sich wieder auf sich selbst besann, in der Nacht zu den Sternen hochschaute und mit sich ins Reine kam.

Mit einem klagenden Schrei segelte eine Möwe über ihm dahin. Kevin sah ihr nach, wie sie schrie und ungebunden im wolkenlosen Blau des Himmels davonflog. Der leichte, vom Meer kommende Wind strich sacht über seine nackte Haut, und vor Wohlbehagen trat ein seltener, lächelnder Ausdruck in seine Augen. Er hatte etwas Ungezähmtes und Wildes an sich, das er normalerweise sehr beherrscht zurückhielt, doch hier draußen, wo es nur die Sonne, den Wind und das Wasser gab, musste er diesen Teil seines Wesens nicht länger unterdrücken. Sich in dieser Umgebung etwas anzuziehen, war fast wie ein Sakrileg, und Kevin widerstrebte es immer, in irgendwelche Kleidung schlüpfen zu müssen, sobald er einen Hafen für neues Benzin aufzusuchen hatte oder wenn ein anderes Boot längsseits kam, dessen Besatzung, wie es hier häufig der Fall war, gern ein Schwätzchen halten wollte.

Die Sonne stand jetzt noch tiefer und tauchte ihren goldenen Rand in das Wasser, als er plötzlich das Geräusch eines anderen Motors vernahm. Er drehte den Kopf und sah einen Kabinenkreuzer, der etwas größer als sein eigener war, gemächlich durch die Wellen auf sich zukommen.

Kevin hielt den Blick auf das Boot gerichtet und bewunderte dessen schnittige Linie und das gleichmäßige, kraftvolle Geräusch des Motors. Er liebte Boote, und er liebte die See.

Sein eigenes Schiff war ein wohlbehüteter Schatz, und obendrein ein gut bewahrtes Geheimnis. Niemand wusste, dass es ihm gehörte. Es war auf den Namen eines Versicherungsvertreters aus New Orleans zugelassen, der von Kevin Sabins Existenz nicht die geringste Ahnung hatte. Selbst der Name des Schiffes, *Wanda*, besaß keine Bedeutung. Kevin kannte niemanden mit diesem Namen, er hatte ihn sich einfach so ausgedacht. Doch die *Wanda* war ganz sein Eigentum, mit ihren Geheimnissen und Überraschungen. Jeder, der ihn wirklich kannte, hätte auch nichts anderes von ihm erwartet, doch nur ein einziger Mensch auf der Welt hatte je den Mann hinter der Maske kennengelernt, und Grant Sullivan verriet kein Geheimnis.

Das Geräusch des anderen Schiffsmotors veränderte sich, als das Boot die Fahrt verlangsamte und die Richtung auf Kevin einschlug. Verärgert schimpfte er los und sah sich nach den ausgeblichenen, abgeschnittenen Jeansshorts um, die er für solche Gelegenheiten gewöhnlich an Deck hatte.

Der Klang einer Stimme drang über das Wasser zu ihm, und wieder sah er zu dem anderen Boot hinüber. An der vorderen Reeling stand eine Frau, die mit erhobenem Arm gemächlich zu ihm herüberwinkte. Es wirkte nicht dringlich, wahrscheinlich hatte man dort kein Problem und war nur auf einen kleinen Schwatz aus. Die untergehende Sonne spiegelte sich auf dem roten Haar der Frau wider und ließ es wie eine flammende Lohe wirken. Dieser ungewöhnlich glühende rote Ton erregte Kevins Aufmerksamkeit, und er starrte ihn einen Moment lang gebannt an.

Während er schnell in seine Shorts schlüpfte und den Reißverschluss zuzog, runzelte er die Stirn. Das Boot war noch zu weit von ihm entfernt, um das Gesicht der Frau erkennen zu können, doch das rote Haar hatte eine verborgene Erinnerung ausgelöst, die erst noch deutlichere Formen annehmen musste. In seine schwarzbraunen Augen trat ein Ausdruck gespanntester Aufmerksamkeit, als er ihr und dem sich langsam nähernden Boot entgegenblickte. Irgendetwas war doch mit diesem Haar gewesen …

Plötzlich waren Kevins sämtliche Sinne hellwach, und er warf sich flach auf das Deck, ohne lange über das eigenartige Gefühl nachzudenken, das ihn befallen hatte. Seine schnelle Reaktionsfähigkeit hatte ihm schon oft genug das Leben gerettet. Er presste sich eng an die von der Sonne erwärmten Planken. Vielleicht machte er jetzt einen Narren aus sich, aber er war lieber ein lebender Narr als ein toter weiser Mann. Das Geräusch des anderen Motors erstarb, so als hätte das Schiff seine Fahrt noch mehr verlangsamt, und Kevin fasste rasch einen anderen Entschluss. Immer noch auf dem Bauch liegend, kroch er, während ihm der Geruch des Firnis in die Nase stieg und das Holz ihm über die nackte Haut schrammte, zu seinem Lagerraum hinüber.

Er fuhr nie irgendwohin, ohne ein Mittel zu seiner Verteidigung bei sich zu haben. Jetzt zog er ein leistungsstarkes und zielgenaues Gewehr aus dem Lagerraum hervor, obwohl er wusste, es würde ihm nur kurzfristig als Abschreckungsmittel dienen können. Falls seine Instinkte ihn getäuscht haben sollten, dann hätte er gar keine Verwendung dafür. Falls er aber recht behielt, dann verfügten die Leute auf dem anderen Boot über ganz andere Schussmittel als nur ein Gewehr dieser Art, denn dann hätten sie sich auf diesen Zwischenfall vorbereitet.

Leise vor sich hinfluchend, kontrollierte Kevin, ob das Gewehr automatisch schussbereit war, und kroch wieder zur Reeling zurück. Ruhig ging er in Deckung, brachte den Gewehrlauf in Sichtweite und hob gerade so weit den Kopf, um das andere Schiff sehen zu können. Es näherte sich ihm noch immer und war nur noch weniger als hundert Meter entfernt.

„Das ist nahe genug!“, schrie er, obwohl er nicht wusste, ob seine Stimme laut genug über den Motorenlärm dringen würde. Doch das war eigentlich auch unwichtig, solange man da drüben mitbekam, dass er etwas gerufen hatte.

Das Boot wurde noch langsamer und trieb jetzt nur etwa fünfundsiebzig Meter von ihm entfernt im Wasser. Plötzlich schienen aus allen Ecken Leute aufzutauchen, und keiner von ihnen machte den üblichen Eindruck eines Fischers aus dem Golf oder eines Vergnügungsfahrers, da jeder bewaffnet war, selbst die rothaarige Frau. Kevin musterte sie schnell, und sein gut geschulter Blick nahm alle Einzelheiten an Größen und Formen auf. Es war ihm möglich, die Waffentypen ohne großes Nachdenken zu identifizieren, weil er mit allen so lange vertraut war. So achtete er mehr auf die Menschen, und sein Blick glitt immer wieder zu einem Mann zurück. Selbst auf diese Entfernung und trotz des Umstandes, dass er hinter den anderen stand, kam Kevin etwas an dieser Gestalt vertraut vor, ähnlich, wie es ihm bei der Frau gegangen war.

Es bestand kein Zweifel mehr. Wie immer in kritischen Situationen, überkam ihn eine eisige, tödliche Ruhe. Er verschwendete keine Zeit damit, darüber nachzudenken, wie groß die Übermacht war, sondern überlegte in Sekundenschnelle, welche Möglichkeiten ihm blieben.

Ein flacher Knall zerriss die Dämmerung – das Geräusch eines über das Wasser abgefeuerten Gewehrschusses. Kevin nahm den schwachen, warmen Druck der über seinen Kopf durch die Luft fliegenden Kugel wahr, die gleich darauf hinter ihm in das Holz der Kabine einschlug. Mit kühler Routine zielte er und feuerte los und zog im selben Augenblick rasch den Kopf ein. Es hätte des unwillkürlich scharfen Aufschreis, der zu ihm herüberdrang, nicht bedurft, um ihm zu sagen, dass er sein Ziel nicht verfehlt hatte. Im Gegenteil, er wäre überrascht und wütend auf sich gewesen, falls er danebengeschossen hätte.

„Sabin!“ Der Ruf einer durch einen Verstärker klingenden Stimme tönte blechern über die Meeresoberfläche. „Sie wissen: Sie haben keine Chance. Ergeben Sie sich!“

Mit diesem Angebot hatte Kevin gerechnet. Seine größte Chance bestand darin, sich mit dem Boot auf und davon zu machen, denn die Geschwindigkeit der *Wanda* war eines ihrer herausstechendsten Merkmale. Aber um das tun zu können, hätte er an das Schaltbrett in der Führerkabine kommen müssen. Das hätte bedeutet, sich beim Hinaufsteigen über die Leiter dem gegnerischen Feuer auszusetzen.

Kevin wog die Lage ab und fand, er habe eine fünfzig zu

fünfzig Chance, den Führerstand zu erreichen, vielleicht sogar etwas weniger, je nachdem, wie überrascht die andere Seite auf seinen Schachzug reagieren würde. Andererseits hatte er überhaupt keine Chance, wenn er nur einfach da sitzen blieb und versuchte, die Meute mit einem einzigen Gewehr abzuhalten. Zwar verfügte er über genügend Munition, aber die anderen würden mehr davon haben.

Sich zu bewegen, war ein Risiko, das er eingehen musste. Also verschwendete er keinen weiteren Gedanken mehr an seine sich verschlechternden Chancen. Er holte tief Luft, hielt den Atem an, atmete sehr langsam aus und spannte jeden Muskel zum Sprung an. Mit dem ersten Satz musste er so weit wie möglich die Leiter hinaufkommen. Er schloss seine Finger fest um das Gewehr, holte noch einmal tief Luft und sprang ab.

Noch in der Bewegung zog er den Abzug. Das Automatikfeuer brachte die Waffe in seiner Hand zum Schwanken und zwang jeden auf dem anderen Boot, sofort in Deckung zu gehen. Mit der ausgestreckten rechten Hand griff er nach der obersten Leitersprosse, und seine nackten Füße berührten kaum die Stufen, als er sich hochschwang. Aus dem Augenwinkel nahm er im Moment, wo er sich auf das Oberdeck schwang, das Mündungsfeuer von Schüssen wahr, und zwei brennend heiße Einschläge trafen seinen Körper mit aller Wucht. Nur durch seinen Schwung und seine Willenskraft schaffte er es, auf dem Deck anzukommen und nicht wieder auf das Unterdeck herabzustürzen. Ihm wurde schwarz vor Augen, und er verlor fast die Sicht. Das Geräusch seines eigenen Atems dröhnte ihm in den Ohren.

Kevin ließ das Gewehr fallen. „Verdammt!“, stieß er wütend aus. Er holte tief Atem, zwang sich, einen klaren Blick zu bekommen, und nahm alle Kraft zusammen, um den Kopf zu wenden. Er hielt das Gewehr noch immer fest mit der linken

Hand umklammert, konnte es aber nicht mehr fühlen. Über seine linke Körperhälfte strömte das Blut, das im schwindenden Tageslicht fast schwarz wirkte. Schwer atmend griff er mit der rechten Hand zur Seite und nahm das Gewehr auf. Es wieder in der Hand zu halten, machte die Sache etwas besser für ihn, aber auch nicht allzu viel. Der Schweiß brach ihm aus, rann ihm in kleinen Bächen über den Körper und mischte sich mit seinem Blut. Er musste sofort etwas unternehmen, oder man würde ihn überwältigen.

Sein linker Arm und sein linkes Bein gehorchten seinem Willen nicht mehr. Er achtete nicht weiter darauf, sondern kroch nur mithilfe seines rechten Armes und Beines zur Seite. Dann stemmte er das Gewehr gegen seine rechte Schulter und feuerte wieder auf das andere Boot, damit man dort wusste, dass er noch am Leben und mit ihm zu rechnen sei und sich nicht einfallen ließ, ihn einfach zu überrumpeln.

Mit einem Blick erfasste er seine Verletzung. Eine Kugel hatte den äußeren Muskel seines linken Oberschenkels durchschlagen, und eine zweite war in seine linke Schulter gedrungen. Jede für sich war schon gefährlich genug. Nach dem ersten stechenden Schmerz hatte er im Arm und in der Schulter jedes Gefühl verloren, und seine Beine schienen sein Gewicht nicht mehr tragen zu können. Aus Erfahrung wusste Kevin jedoch, dass die Betäubung bald aufhören und der erneut einsetzende Schmerz ihm bald wieder Gewalt über seine verletzten Muskeln geben würde, falls ihm so viel Zeit bliebe, darauf warten zu können.

Er riskierte einen weiteren Blick und bemerkte, dass das andere Boot hinter ihm kreiste. Das Oberdeck war nach hinten hin offen und brachte ihn so gut in ihr Schussfeld.

„Sabin! Wir wissen: Sie sind verletzt. Bringen Sie uns nicht dazu, Sie zu erschießen!“

Nein, am liebsten hätten sie ihn lebend gehabt, um ihn zu „befragen", aber Kevin wusste, man würde dort drüben kein Risiko eingehen.

Sie würden ihn eher erschießen, als ihn fliehen zu lassen.

Er biss die Zähne zusammen, schleppte sich zum Armaturenbrett hin und drehte den Zündschlüssel um, und der kraftvolle Motor sprang stotternd an. Kevin konnte nicht sehen, wohin das Boot fahren würde, aber das spielte auch keine Rolle, selbst wenn er den anderen Kreuzer rammte.

Keuchend ließ er sich wieder auf die Planken fallen und versuchte, seine Kräfte zu sammeln. Er musste unbedingt an den Steuerknüppel heran, und dazu blieb ihm nur wenig Zeit. Ein wühlender Schmerz breitete sich über seine ganze linke Körperhälfte aus, aber sein Arm und sein Bein fingen an, ihm wieder zu gehorchen. Er hoffte, es würde gut gehen.

Kevin ignorierte den wachsenden Schmerz, stemmte sich auf seinem rechten Arm hoch und zwang sich, den linken Arm so lange hochzuheben und zu suchen, bis seine blutigen Finger den Steuerknüppel gefunden und ihn in den ersten Gang gelegt hatten. Langsam begann der Kreuzer, im Wasser an Fahrt zu gewinnen, und gleichzeitig hörte Kevin die Schreie vom anderen Boot herüberdringen.

„So ist es gut, Mädchen", keuchte er und streichelte die Planken. „Mach schnell, beeile dich." Er streckte sich wieder aus. Die Anstrengung ließ jeden Muskel in seinem Körper aufschreien. Aber es gelang ihm, nah genug nach vorn zu kommen, um den Steuerknüppel noch weiter herumzulegen. Das Boot unter ihm machte einen Satz, und sein Motor heulte unter dem plötzlichen Kraftansturm dunkel dröhnend auf.

Bei voller Geschwindigkeit musste Kevin sehen, wohin das Schiff fuhr. Er musste ein neues Risiko eingehen, aber mit jedem Meter Entfernung, die er zwischen sich und das andere Boot brachte, wurden seine Chancen größer. Mit einem Schmerzensschrei quälte er sich auf die Beine. Salziger Schweiß stach ihm in die Augen. Kevin musste das größte Gewicht auf sein rechtes Bein verlagern, aber wenigstens brach ihm das linke nicht weg, und mehr verlangte er gar nicht.

Er warf einen Blick über die Schulter auf den anderen Kreuzer zurück. Er blieb mehr und mehr hinter ihm, obgleich man dort die Jagd nach ihm aufgenommen hatte.

Auf dem Oberdeck des anderen Bootes konnte Kevin eine Gestalt ausmachen, die eine unförmige Röhre gegen ihre Schulter stemmte.

Kevin musste nicht erst lange darüber nachdenken, was das war. Er hatte zu oft transportable Raketen gesehen, um sie nicht mit einem Blick zu erkennen. Knapp eine Sekunde vor dem Aufblitzen des Anschussfeuers und kaum zwei Sekunden, ehe die Rakete in seinem Boot explodierte, ließ sich Kevin rechts über die Seite seines Schiffes in das türkisfarbene Wasser des Golfes fallen.

Er tauchte, so tief er nur konnte. Aber er hatte nicht viel Zeit, und der Raketenaufschlag warf ihn wie ein Spielzeug durch die Wellen. Ein jagender Schmerz durchfuhr ihn, und alles um ihn wurde wieder schwarz. Es dauerte zwar nur eine oder zwei Sekunden, aber das genügte, um ihn vollkommen orientierungslos zu machen. Er würgte und wusste nicht mehr, wo die Wasseroberfläche war. Jetzt war das Meer nicht länger türkisgrün, und es drückte ihn nach unten.

Nur sein jahrelanges Training rettete ihn. Kevin war nie in Panik ausgebrochen, und jetzt würde er es ganz sicher nicht tun. Er hörte auf, im Wasser um sich zu schlagen, und zwang sich, die Nerven zu bewahren. Sein ungebrochener Lebenswille trug ihn an die Oberfläche zurück. Sobald er wusste, wohin er sich zu bewegen hatte, begann er, so gut es ging, darauf zuzuschwimmen, obgleich er kaum seinen linken Arm und das Bein benutzen konnte. Seine Lungen brannten, als er endlich an die Oberfläche stieß und die warme, salzhaltige Luft einatmete.

Die *Wanda* brannte. Schwarze Rauchwolken quollen aus dem Rumpf in den perlmuttfarbenen Himmel, der von den allerletzten Lichtstrahlen erhellt wurde. Die Dunkelheit hatte sich bereits über Land und Wasser gesenkt, und Kevin war dankbar dafür, weil darin sein einziger Schutz bestand. Das andere Boot umrundete die *Wanda* und suchte mit seinen Scheinwerfern das brennende Wrack und das Meer in seiner Nähe ab.

Kevin spürte die Vibration der Motoren im Wasser. Falls man nicht auf seinen Körper – oder auf das, was davon übrig geblieben sein mochte – stieß, würde man die Suche nach ihm fortsetzen. Sie konnten gar nicht anders. Man konnte es sich nicht leisten, einfach beizudrehen.

Schwerfällig drehte er sich auf den Rücken und begann, mit einem Arm rückwärts zu schwimmen. Erst, als er eine genügende Strecke außerhalb der Reichweite der Bootsscheinwerfer war, hielt er inne. Seine Chancen standen nicht sehr gut, denn er war mindestens zwei, wenn nicht drei Meilen von der Küste entfernt. Der Blutverlust hatte ihn geschwächt, und er war kaum fähig, seine linke Körperhälfte zu gebrauchen. Obendrein bestand die Möglichkeit, dass er durch seine Wunden Raubfische anlockte, ehe er überhaupt den ersten Streifen Land erblickte.

Er lachte leise und zynisch auf, spuckte umgehend Wasser, als eine Welle ihn im Gesicht traf. Jetzt saß er zwischen den Raubfischen im Wasser und den menschlichen Haien an Bord des Schiffes in der Falle. Doch um ihn zu fassen, würden sie sich verdammt anstrengen müssen, wo immer es auch sein mochte. Kevin hatte nicht vor, es ihnen leicht zu machen.

Er atmete tief durch, ließ sich auf dem Wasser treiben und versuchte krampfhaft, die Shorts auszuziehen. Doch sein Gestrampel trieb ihn wieder unter Wasser, und er musste sich zurück an die Oberfläche kämpfen. Er hielt das Kleidungsstück zwischen den Zähnen fest und überlegte, wie er am besten vorgehen sollte. Der Stoff war alt, abgetragen und fast fadenscheinig. Es müsste ihm möglich sein, ihn zu zerreißen. Das Problem war nur, dabei an der Wasseroberfläche zu bleiben. Er würde seinen linken Arm und sein linkes Bein einsetzen müssen, oder es würde ihm nie gelingen.

Kevin blieb keine andere Wahl: Trotz der Schmerzen musste er sich damit abquälen.

In dem Augenblick, als er anfing, im Wasser auf der Stelle zu treten, kam es ihm vor, als würde er gleich wieder ohnmächtig werden. Doch der Moment ging vorbei, aber der Schmerz blieb. Verbissen zerrte er mit den Zähnen an dem Stoff, um einen kleinen Riss in das Material zu bekommen. Er verdrängte seine stechenden Schmerzen, als das Gewebe unter seinen Zähnen nachgab. Hastig riss er das Material bis zum Gürtelband auf. Durch die doppelte Stofflage und den Zweifachstich kam er nicht weiter. Wieder biss er in den Jeansstoff, bis er vier lose Streifen hatte, die nur noch vom Bündchen zusammengehalten wurden. Dann fing er an, am Gürtelsaum entlang zu kauen. Der erste Stoffstreifen ging ab, und er hielt ihn in der Faust fest, bis er auch den zweiten losgerissen hatte.

Wieder legte er sich auf den Rücken und ließ sich treiben. Die Erleichterung, die er seinem Bein verschaffte, ließ ihn aufstöhnen. Schnell verknotete er die beiden Streifen, um eine genügend lange Binde für sein Bein zu bekommen. Dann legte er sich den selbst gefertigten Verband um den Oberschenkel und achtete darauf, dass die Ein- und Ausschussstellen damit bedeckt waren. Er zog ihn so fest wie möglich zusammen, ohne die Blutzufuhr zu unterbrechen, aber es war unbedingt erforderlich, die akuten Blutungen durch Druck zu verhindern.

Mit seiner Schulter würde es schwieriger werden. Kevin zerrte und riss, bis er zwei weitere Stoffstreifen vom Bündchen gelöst hatte, und verknotete auch sie. Ihm war nicht ganz klar, wie er sich diese Bandage anlegen konnte. Er wusste nicht einmal, ob er im Rücken eine Ausschusswunde hatte oder ob die Kugel noch in seiner Schulter steckte. Langsam, linkisch fuhr er mit der Rechten nach hinten, aber seine aufgeweichten Finger spürten nur die glatte Haut. Das bedeutete, die Kugel saß noch im Fleisch. Die Wunde lag hoch auf der Schulter, und es schien fast unmöglich, sie mit dem vorhandenen Material zu verbinden.

Selbst zusammengeknotet würden die beiden Stoffstreifen nicht ausreichen. Erneut fing er an, an dem Gewebe herumzukauen, und riss zwei weitere Fetzen ab, die er mit den ersten beiden verknotete. Es glückte ihm, den Streifen über den Rücken zu legen, ihn unter der Achsel durchzuziehen und ihn fest auf der Schulter zu verknoten. Dann ballte er die Reste seiner Shorts zusammen und schob sie unter der Schlinge über seine Wunde.

Nachdem Kevin sich diese unbeholfene Bandage angelegt hatte, war ihm schwindlig, und er fühlte sich grenzenlos ermattet. Doch er ließ sich nicht unterkriegen und zwang sich, gen Himmel auf die Sterne zu starren, um sich etwas zu orientieren. Er würde nicht aufgeben. Er konnte sich treiben lassen und kurze Zeit hindurch auch etwas schwimmen. Er würde lange brauchen, und falls ihn in der Zwischenzeit kein Hai anfallen sollte, dann würde er auch die Küste erreichen. Er legte sich auf den Rücken und ruhte sich einige Minuten lang aus, ehe er die langsame, qualvolle Strecke gen Land zurückzulegen begann.

Selbst für Mitte Juli war es eine heiße Nacht in Florida. Rachel Jones hatte ihre Gewohnheiten ganz dem Klima angepasst. Sie erledigte ihre Aufgaben ohne Hast entweder früh am Morgen oder verschob sie auf den Spätnachmittag. Sie war bei Sonnenaufgang aufgestanden, hatte in ihrem kleinen Gemüsegarten Unkraut gejätet, die Gänse gefüttert und ihr Auto gewaschen. Als die Temperatur über dreißig Grad stieg, war sie ins Haus gegangen und hatte einen Arm voll getragener Sachen in die Waschmaschine gesteckt. Anschließend hatte sie einige Stunden darauf verwendet, sich auf den Journalistikkurs vorzubereiten, den sie zugestimmt hatte, abends mit Beginn des Herbstsemesters in Gainesville zu halten.

Trotz der Hitze fühlte Rachel sich hier drinnen wohl. Der Ventilator summte beruhigend über ihrem Kopf, sie hatte sich das Haar hochgesteckt und trug nur eine weite weiße Bluse und ein paar alte Shorts. Neben ihrem Arm stand stets griffbereit ein Glas Eistee, aus dem sie während ihrer Lektüre immer wieder einen Schluck trank.

Die Gänse schnatterten friedlich, während sie von einer Grasfläche zur nächsten watschelten, allen voran Ebenezer Duck, ihr streitsüchtiger alter Anführer. Einmal gab es kurz einen Aufstand, als Ebenezer und Rex, der Hund, darüber in Streit gerieten, wer ein Anrecht auf den Flecken kühlen Grases unter dem Oleandergebüsch besaß. Rachel ging zur Fliegentür und rief ihre wild lärmenden Haustiere zur Ordnung. Das war auch das aufregenste Ereignis des ganzen Tages. Im Sommer verlebte sie die meisten ihrer Tage auf diese Weise. Im Herbst, wenn die Touristensaison begann und Rachels zwei Andenkenläden auf Treasure Island und in Tarpon Springs viel zu tun hatten, wurde alles lebhafter.

Der Journalistikkurs würde ihre Zeit noch mehr als üblich ausfüllen, und deshalb entspannte sie sich jetzt während der Sommermonate. Sie arbeitete mit Unterbrechungen an ihrem dritten Buch und hatte keine große Eile, es zu beenden, da ihr Abgabetermin erst zu Weihnachten und sie ihrem Zeitplan schon um Etliches voraus war. Man konnte sich leicht in Rachels Energie täuschen. Sie erreichte sehr viel, ohne dabei gehetzt zu wirken.

Hier war sie daheim, tief mit der sandigen Erde verwurzelt. Das Haus, in dem sie lebte, hatte einst ihrem Großvater gehört, und das Land war seit hundertfünfzig Jahren im Besitz der Familie.

Bei ihrem Einzug hatte Rachel das Innere neu gestalten lassen, und dennoch vermittelte ihr dieser Ort noch immer das Gefühl des Dauerhaften. Sie kannte das Haus und die umliegende Gegend so gut wie ihr eigenes Gesicht. Vielleicht sogar noch besser, denn Rachel gehörte nicht zu den Menschen, die sich dauernd im Spiegel bewunderten. Das hohe Kieferndickicht vor dem Haus war ihr ebenso vertraut wie die gewellten Wiesen dahinter. Durch die Kiefern schlängelte sich ein Pfad hinunter zum Strand, über dem die Wellen des Golfes ausrollten.

Der Strand war nicht für den Tourismus erschlossen, zum Teil der ungewöhnlichen rauen Küste wegen und teilweise deshalb, weil er seit Generationen im Besitz von Leuten war, die es ablehnten, vor ihrer Nase Apartmenthäuser und Motels aus dem Boden schießen zu sehen. In dieser Gegend widmete man sich vor allem der Viehzucht. Rachels Besitz wurde fast ganz von einer riesigen Ranch umschlossen, die John Rafferty gehörte, und auch Rafferty widerstrebte es, ebenso wie ihr selbst, das kleinste Stückchen Land als Baugrundstück zu verkaufen.

Der Strand war Rachels Lieblingsort. Dort konnte sie spazieren gehen, nachdenken und sich bei der unaufhörlich und endlos hereindonnernden Brandung entspannen. Man nannte diesen Ort die „Diamantenbucht“, weil das Licht sich auf eine besondere Art in den über die unter Wasser liegenden Felsen hinwegtosenden Wellen brach, die sich vor dem Eingang der kleinen Bucht befanden. Das Wasser sprühte und glitzerte wie Tausende von Diamanten, bis es über dem Sand ausrollte. Ihr Großvater hatte ihr in der Diamantenbucht das Schwimmen beigebracht. Manchmal kam es Rachel vor, als hätte ihr Leben in diesen türkisfarbenen Fluten begonnen.

Mit Sicherheit war die Bucht Mittelpunkt ihrer goldenen Kinderzeit gewesen, als ein Besuch bei ihrem Großvater das Schönste war, was Rachel sich vorstellen konnte. Als sie zwölf Jahre alt war, starb ihre Mutter, und die Bucht wurde zu ihrem ständigen Zuhause. Der Ozean hatte etwas an sich, das ihren Schmerz linderte und ihn für sie leichter zu ertragen machte. Außerdem war ihr Großvater bei ihr, und selbst jetzt brachte der Gedanke an ihn Rachel zum Lächeln. Welch wunderbarer alter Mann er doch gewesen war! Nie war er zu beschäftigt oder zu verlegen, um die gelegentlich unmöglichen Fragen eines heranwachsenden Mädchens zu beantworten. Er hatte ihr alle Freiheit gelassen, sich selbstständig zu entfalten, ohne dass sie dabei den gesunden Menschenverstand verlor.

Er starb in ihrem letzten Collegejahr, doch auch noch im Sterben bewahrte er die ihm eigene Haltung. Er war müde, krank und akzeptierte seinen Tod mit solcher Gelassenheit und Geduld, dass Rachel bei seinem Hinscheiden selbst noch Frieden empfand. Sicher, sie hatte getrauert. Aber ihr Schmerz war durch das Wissen erleichtert worden, ihr Großvater habe seinen Tod herbeigesehnt.

Dann hatte das alte Haus leer gestanden, solange Rachel ihre Karriere als Kriminalreporterin in Miami verfolgte. Sie hatte Bobby Bill Jones kennengelernt und ihn geheiratet, und ihr Leben war schön gewesen. Bobby Bill war mehr als nur ihr Ehemann, er war ein guter Freund gewesen, und sie hatten geglaubt, die ganze Welt läge ihnen zu Füßen. Dann hatte Bobbys grausamer Tod diesem Traum ein abruptes Ende bereitet und Rachel im Alter von fünfundzwanzig Jahren zur Witwe gemacht. Sie gab ihre Stellung auf und kehrte hierher in die Bucht zurück.

Erneut fand sie ihren Trost in der Gegenwart des endlosen Meeres. Ihr Gefühlsleben hatte einen großen Einbruch erlitten, aber die Zeit und das friedvolle Leben heilten ihre Wunden. Trotzdem verspürte sie nicht mehr den Drang, wieder in ihr altes, hektisches Leben zurückzukehren. Hier war ihr Heim, und sie war glücklich bei dem, was sie jetzt machte. Die beiden Souveniergeschäfte ermöglichten ihr ein angenehmes Leben, und sie verbesserte ihr Einkommen durch gelegentliche, von ihr verfasste Artikel und ihre Abenteuerromane, die so überraschend erfolgreich geworden waren.

Dieser Sommer war fast wie all die anderen Sommer, die sie je in der Diamantenbucht verlebt hatte, nur war er viel heißer. Die Hitze und die Feuchtigkeit erstickten einen fast, und an manchen Tagen stand ihr nach nichts Anstrengenderem der Sinn, als sich in die Hängematte zu legen und Kühlung zuzufächeln. Sobald die Sonne untergegangen war, wurde es etwas erträglicher, doch auch das war eine relative Angelegenheit. Nachts wehte eine leichte Brise vom Golf her, die ihr die erhitzte Haut kühlte, aber es war doch viel zu heiß zum Schlafen.

Rachel hatte bereits kalt geduscht und sich jetzt in die Hollywood-Schaukel auf der vorderen Veranda gesetzt. Ab und zu gab sie ihr mit einem trägen Schubs wieder neuen Schwung. Das Quietschen der Ketten mischte sich in das Zirpen der Grillen und das Gequake der Frösche. Rex lag dösend und gefangen in seinen Hundeträumen vor der Fliegentür auf der Veranda.

Rachel schloss die Augen. Sie genoss die frische Brise auf ihrem Gesicht und überlegte, was sie am nächsten Tag tun sollte. Es würde mehr oder weniger dasselbe wie heute oder wie gestern sein, doch sie hatte nichts gegen die Wiederholung einzuwenden. Die Aufregungen der früheren Zeiten hatten ihr gefallen, aber jetzt behagte ihr der Frieden ihres gegenwärtigen Lebens ebenso.

Obwohl sie nur Shorts und eine weite Bluse trug, deren lange Ärmel sie hochgerollt und von der sie die drei obersten Knöpfe des Ausschnitts geöffnet hatte, fühlte sie doch, wie sich kleine Schweißperlen zwischen ihren Brüsten bildeten. Die Hitze machte sie ruhelos, und schließlich sprang sie auf. „Ich gehe spazieren", erklärte sie ihrem Hund. Er zuckte zwar mit einem Ohr, aber seine Augen blieben geschlossen.

Eigentlich hatte Rachel nicht damit gerechnet, dass er mit ihr kommen würde. Rex war kein sehr anhängliches Tier, nicht einmal bei ihr. Er war unabhängig und ungesellig und wich zähnefletschend und mit aufgestellten Haaren vor einer ausgestreckten Hand zurück. Rachel war überzeugt, dass er, bevor er vor einigen Jahren auf ihrem Hof aufgetaucht war, misshandelt wurde.

Mittlerweile hatten sie eine Art Waffenstillstand geschlossen. Sie fütterte Rex, und er nahm seine Pflichten als Wachhund wahr. Noch immer ließ er sich nicht von ihr streicheln, doch kaum näherte sich ein Fremder, war er sofort an ihrer

Seite und starrte den Eindringling finster an, bis er selbst fand, es bestehe keine Gefahr, oder der Fremdling es vorgezogen hatte zu verschwinden. Arbeitete Rachel in ihrem Garten, war Rex für gewöhnlich dicht in ihrer Nähe. Ihre Partnerschaft fußte auf gegenseitigem Respekt, und beide waren zufrieden.

Rex hat wirklich ein leichtes Leben, dachte Rachel, während sie den Hof überquerte und den Pfad einschlug, der sich durch die hohen Kiefern zum Strand hinunterwand. Er musste nicht oft auf sie aufpassen, da nur wenige Besucher zu ihr kamen, den Briefträger ausgenommen. Ihr Haus lag am toten Ende einer nicht asphaltierten Straße, die durch den Raffertyschen Besitz schnitt, und andere Häuser gab es nicht. John Rafferty war ihr einziger Nachbar, aber es lag ihm nicht, andauernd auf ein Schwätzchen zu ihr zu kommen.

Manchmal kam Honey Mayfield, die ortsansässige Tierärztin, nach einem Besuch auf der Rafferty-Ranch bei ihr vorbei. Sie hatten sich beide recht gut angefreundet. Von ihr abgesehen war Rachel so gut wie für sich allein und fühlte sich deshalb ganz wohl, nachts nur so leicht bekleidet in der Gegend herumzustrolchen.

Der Weg wand sich leicht abschüssig durch das Kieferndickicht. Die Sterne standen klar und deutlich am Himmel. Da Rachel diesen Pfad schon seit ihrer Kindheit kannte, verzichtete sie auf eine Taschenlampe. Selbst unter den Bäumen konnte sie noch gut genug sehen, um voranzukommen. Der Strand lag eine Viertelmeile von ihrem Haus entfernt, nicht weiter als einen bequemen Spaziergang. Sie schlenderte gern nachts am Strand entlang. Sie bevorzugte diese Stunde, um der Gewalt des Meeres zu lauschen und den bis auf ihre matten Schaumkronen schwarzen Wellen zuzusehen.

Außerdem war es gerade Ebbe, und Rachel hatte es lieber

so. Denn bei Ebbe enthüllte das zurückflutende Wasser die Schätze, die es wie Liebesgaben an den Strand schwemmte. So hatte Rachel schon viele Fundstücke geborgen und hörte nie auf, sich an den Kostbarkeiten zu erfreuen, die die türkisfarbenen Wogen des Golfes ihr zu Füßen spülten.

Es war eine wunderschöne, mondlose Nacht ohne Wolken. Die Sterne funkelten noch strahlender, als Rachel sie seit Jahren gesehen hatte, und ihr Licht brach sich auf den Wellen und funkelte wie zahllose Diamanten.

Diamantenbucht ... Der Name traf wirklich zu. Der Strand war schmal und uneben, an seinen Rändern wuchs Seegras, und die Mündung der Bucht war von zerklüfteten Felsen umgeben, die besonders bei Ebbe sehr gefährlich waren. Doch trotz aller Unzulänglichkeiten vermittelte die Bucht mit ihrer Mischung aus Licht und Wasser einen ganz eigenen Reiz. Rachel konnte stundenlang dastehen, gebannt von der Macht und Herrlichkeit des Meeres, und dem glitzernden Nass zuschauen.

Der grobe Sand kühlte ihr die nackten Füße, und sie wühlte ihre Zehen tiefer hinein. Der Wind frischte plötzlich etwas auf und blies ihr das Haar aus dem Gesicht. Rachel atmete die klare Salzluft tief ein. Sie war mit dem Meer allein.

Der Wind drehte sich, umspielte sie und blies ihr die Haare in das Gesicht. Rachel hob die Hand, um sich eine Strähne aus den Augen zu wischen, und hielt mit leicht gerunzelten Brauen mitten in der Bewegung inne, während sie auf das Wasser starrte.

Sie hätte schwören können, dort etwas gesehen zu haben. Einen Moment lang war eine Bewegung zu erkennen gewesen, doch jetzt nahm ihr angestrengter Blick nichts anderes als das rhythmische Auf und Ab der Wellen wahr. Vielleicht hatte es sich nur um einen Fisch oder ein großes Stück Treibholz gehandelt. Da sie ein wirklich gutes Stück für ein Blumengesteck zu finden hoffte, ging sie bis zum Rand des Wassers vor und hielt sich die Haare zurück, damit sie besser sehen konnte.

Da war es wieder! Etwas hüpfte auf der Wasseroberfläche. Sie machte einen eifrigen Schritt nach vorn und bekam in der schaumigen Brandung nasse Füße. Dann bewegte sich das dunkle Objekt wieder und nahm eine eigenartige Form an. Im Schein des silbrigen Sternenhimmels sah es fast wie ein Arm aus, der matt nach vorn ausgriff, wie bei einem erschöpften Schwimmer, der das Letzte aus sich herausholte. Es war ein kräftiger Arm, und die dunkle Masse daneben konnte gut ein Kopf sein.

In plötzlicher Erkenntnis fuhr Rachel wie elektrisiert zusammen. Ehe sie es recht begriff, war sie auch schon im Wasser und kämpfte sich gegen die Wellen auf den um sich schlagenden Mann zu. Das Wasser hinderte sie, voranzukommen. Immer wieder rissen die Wellen sie mit unglaublicher Kraft um, da die Flut gerade einzusetzen begann.

Rachel verlor den Mann aus den Augen. Sie gab einen erstickten Schrei von sich. Entschlossen bahnte sie sich ihren Weg nach vorn. Mittlerweile stand ihr das Wasser bis zur Brust, und die Wogen schlugen ihr ins Gesicht. Wo war der Mann? In der schwarzen Nässe war kein Anzeichen von ihm zu entdecken. Sie kam an der Stelle an, wo sie ihn zuletzt gesehen hatte, aber ihre wild suchenden Hände fanden nichts.

Die Brandung würde ihn an den Strand spülen. Rachel drehte sich um und stolperte ans Ufer zurück. Wieder sah sie den Körper eine Sekunde lang, ehe sein Kopf erneut unter Wasser verschwand. Mit kräftigen Stößen schwamm sie auf ihn zu, und zwei Sekunden später ergriff ihre Hand dichtes Haar. Mit aller Kraft riss sie den Kopf über Wasser, aber der Mann war schlapp und hatte die Augen geschlossen.

„Stirb mir ja nicht unter den Händen weg!“, stieß Rachel hervor, fasste ihn unter den Schultern und zog ihn auf das Land zu. Zweimal riss die hereinkommende Flut die Beine unter ihr weg, und jedes Mal befürchtete sie, ertrinken zu müssen, bis sie sich von dem erdrückenden Gewicht des Mannes befreit hatte.

Dann war sie in knietiefem Wasser, und der Körper des Fremden sackte leblos weg. Sie zerrte so lange, bis sie ihn so gut wie ganz aus dem Wasser hatte, und fiel dann keuchend und nach Luft ringend auf Händen und Knien auf den Sand. Mit vor Anstrengung schmerzenden Muskeln kroch sie auf den Unbekannten zu.

2. KAPITEL

Er war nackt. Rachels Verstand nahm diesen Umstand kaum war, ehe sie ihn wieder wegen wichtigerer Dinge verdrängt hatte. Obwohl sie selbst noch um Atem rang, zwang sie sich dazu, die Luft anzuhalten, während sie dem Mann die Hand auf die Brust legte, um den Herzschlag oder das Auf und Ab des Atems festzustellen. Er lag still da, viel zu still. Sie konnte kein Lebenszeichen an ihm entdecken, und seine Haut war so kalt …

Natürlich musste sie sich kalt anfühlen. Hastig richtete sie sich auf und schüttelte den Kopf, um ihre erschöpften Sinne wieder klarzubekommen. Der Himmel mochte wissen, wie lange er im Wasser gewesen war. Aber als sie ihn zum ersten Mal erblickt hatte, war er geschwommen, wenn auch sehr schwach, und nun vergeudete sie kostbare Zeit, wo es zu handeln galt.

Sie brauchte die letzte ihrer Kraftreserven, um den Körper auf den Bauch zu drehen. Der Mann war nicht gerade klein, und im klaren Sternenschein sah man, dass er kräftig gebaut war. Keuchend spreizte sie seine Arme und begann mit dem rhythmischen Auf und Ab, das seine Lungen wieder aktivieren sollte. Das war auch etwas, das ihr Großvater ihr beigebracht hatte, und zwar sehr genau. Sie hatte von der Gartenarbeit und dem Schwimmen selbst kräftige Arme und Hände, und sie bearbeitete den Leblosen so lange, bis sie durch ein würgendes Keuchen und einen Schwall Wasser, der ihm aus dem Mund schoss, belohnt wurde.

„Na endlich“, sagte sie matt, ohne mit ihren Bemühungen aufzuhören. Der Mann bekam einen Hustenanfall. Sein ganzer Körper erbebte unter Rachels Händen. Dann stöhnte er erstickt auf, ein Zittern durchrann ihn, und er sank wieder in sich zusammen.

Schnell drehte Rachel ihn auf den Rücken und beugte sich ängstlich über ihn. Sein Atem war jetzt hörbar, wenngleich viel zu hastig und rasselnd, aber wenigstens atmete der Mann. Seine Augen waren geschlossen, und als Rachel ihn schüttelte, sank sein Kopf zur Seite. Er war bewusstlos.

Sie ging in Hockstellung, fröstelte, als der Wind vom Meer ihr durch die nasse Bluse fuhr, und starrte auf die leblose Gestalt vor ihr. Erst da fiel ihr die unbeholfene Schlinge um die Schulter des Mannes auf. Sie wollte sie entfernen, da sie annahm, es handele sich um die Reste eines Hemdes, das er bei dem wie immer gearteten Unfall getragen hatte. Aber das nasse Gewebe, das ihre Finger berührten, war Jeansstoff, viel zu schwer für ein Hemd zu dieser Jahreszeit, und außerdem war es verknotet worden. Sie zog noch einmal daran, und ein Teil des Stoffes löste sich ab. Er war zusammengefaltet und unter den Knoten oben an der Schulter geschoben worden, dort wo Rachel ein tiefes, rundes, grässliches Loch entdeckte, das in dem fahlen Licht schwarz wirkte.

Rachel starrte die Wunde an. Die Erkenntnis traf sie wie ein Schlag. Der Mann war angeschossen worden! Sie hatte zu viele Schussverletzungen gesehen, um das nicht zu erkennen, selbst im bleichen Licht der Sterne, in dem alles wie ein silberner Schimmer oder tiefschwarzer Schatten wirkte.

Sie starrte angestrengt auf die See hinaus, um das verräterische Lichtpünktchen zu entdecken, das die Anwesenheit eines Schiffes erkennen ließ. Aber es war nichts zu sehen. All ihre Sinne waren hellwach, ihre Nerven zum Zerreißen gespannt, und sie wurde augenblicklich argwöhnisch. Menschen wurden nicht grundlos angeschossen, und es war nur logisch, anzunehmen, dass wer immer auf diesen Mann geschossen hatte, es auch wieder tun würde.

Er benötigte dringend Hilfe. Doch Rachel konnte ihn sich

nicht einfach über die Schulter werfen und ihn zu ihrem Haus hinauftragen. Wachsam suchte sie noch einmal die dunkle Meeresfläche mit den Augen ab. Aber die See erstreckte sich weit und glatt bis zum Horizont. Rachel würde den Mann zurücklassen müssen, wenigstens so lange, wie sie brauchte, um zum Haus hinauf und wieder zurück zu rennen.

Kaum hatte sie ihren Entschluss gefasst, fasste Rachel den Mann unter den Armen und stemmte ihre Füße tief in den Sand. Vor Anstrengung keuchend, zerrte sie ihn weit genug aus dem Wasser, dass die Flut ihn nicht mehr überspülen würde.

Der Mann musste sogar tief im Unterbewusstsein den Schmerz verspürt haben, den Rachel ihm durch das Zerren an seiner verwundeten Schulter zufügte. Er stöhnte heiser auf. Als sie glaubte, ihn weit genug auf den Strand hinaufgeschleppt zu haben, ließ sie seine Schulter so sacht wie möglich auf den Sand sinken und murmelte eine atemlose Entschuldigung vor sich hin, obwohl sie wusste, dass er sie nicht hören konnte. „Ich bin gleich wieder zurück“, beruhigte sie ihn und berührte sein nasses Gesicht. Dann rannte sie los.

Normalerweise war der Pfad über den Strand und durch das Kiefernwäldchen eigentlich recht kurz, heute Abend aber schien er sich endlos dahinzuziehen. Rachel kümmerte sich nicht darum, dass sie sich die nackten Zehen an herausragenden Wurzeln stieß, und achtete nicht auf die kleinen Zweige, die gegen ihr Gesicht schlugen.

Das aus den Fenstern ihres Hauses dringende Licht war wie ein Willkommensgruß in der Nacht, das Haus selbst eine Oase der Sicherheit und Vertrautheit. Aber da draußen war etwas Furchtbares passiert, und Rachel konnte nicht einfach in ihre eigenen vier Wände flüchten und so tun, als ob nichts geschehen wäre. Von ihr hing das Leben des Mannes am Strand ab.

Rex hatte sie kommen gehört. Er stand am Rande der Veranda, hatte die Nackenhaare aufgestellt und gab ein leises, warnendes Knurren von sich. Während Rachel über den Hof hetzte, sah sie die Silhouette des Hundes sich gegen das Verandalicht abzeichnen, aber ihr blieb nicht die Zeit, ihn zu beruhigen. Doch die Aufmerksamkeit des Hundes war nicht mehr auf sie gerichtet, als sie die Stufen hinaufstürmte und die Fliegentür so hart hinter sich zuwarf, dass sie in ihren Angeln erzitterte. Der Hund blieb auf seinem Wachposten und behielt die Bäume und den Strand im Auge. Mit zitternden Flanken stellte er sich schützend zwischen Rachel und das, was ihre Flucht durch die Nacht verursacht hatte.

Rachel griff zum Telefon und bemühte sich, wieder zu Atem zu kommen, damit sie zusammenhängend sprechen konnte. Mit bebenden Händen blätterte sie im Telefonbuch herum und suchte nach der Nummer einer Ambulanz oder eines Rettungswagens – selbst der des Sheriffbüros. Jeder war ihr recht. Das Buch entglitt ihr, und mit einem wilden Fluch bückte sie sich, um es wieder aufzuheben. In einem Rettungswagen waren Sanitäter, und der Mann benötigte eher medizinische Versorgung als einen über ihn verfassten Polizeibericht.

Sie fand schließlich die Nummer und begann, sie ins Telefon zu geben, als sie mitten in der Bewegung innehielt und den Apparat anstarrte. Einen Polizeibericht! Sie wusste nicht, warum sie es tat, und konnte sich auch selbst keine logische Erklärung dafür geben, aber unvermittelt wusste sie, dass sie – wenigstens für den Augenblick – die Sache für sich behalten musste. Ihre in den Jahren als Polizeireporterin entwickelten Instinkte warnten sie … und sie gehorchte ihnen, so wie sie ihnen früher nachgegeben hatte. Rachel knallte den Hörer auf die Gabel zurück, blieb eine Sekunde vor dem Telefon stehen, um ihre Gedanken zu ordnen.

Keine Polizei. Nicht zum jetzigen Zeitpunkt. Der Mann am Strand war hilflos und keine Bedrohung für sie oder irgendeinen anderen. Er hätte nicht die geringste Chance, falls es sich hier um mehr als nur eine einfache Schießerei handelte, einen außer Kontrolle geratenen Streit. Er konnte ein Drogenhändler sein – oder ein Terrorist. Alles war denkbar. Andererseits war er vielleicht auch nichts dergleichen, und sie war seine einzige, ihm verbliebene Chance.

Selbst als sie eine gesteppte Decke aus dem obersten Fach ihres Schlafzimmerschrankes riss und wieder, mit Rex direkt auf ihren Fersen, aus dem Haus stürzte, schossen ihr verworrene Bilder aus ihrer Vergangenheit durch den Kopf. Erinnerungen an Dinge, die nicht rechtens waren, bei denen man die glatte Oberfläche akzeptierte und sie ordentlich ablegte, deren wirkliche Geschichte damit aber für immer verbarg. Außer dem normalen Alltagsleben der meisten Leute gab es ganz andere Welten, reich an Gefahren, Betrug und Verrat, die man sich nicht einmal vorstellen konnte. Rachel kannte auch diese Schattenseiten. Sie hatten Bobby das Leben gekostet …

Ihre Arbeit als Kriminalreporterin hatte dazu geführt, dass Rachel den Leuten auf die Zehen trat, und alles, was sie anfasste, machte sie gut. Bobbys Posten beim Rauschgiftdezernat war der Sache nach sehr gefährlich.

Vielleicht hatte Bobby eine Vorahnung gehabt. Einmal sagte er zu ihr: „Liebling, falls mir je etwas zustoßen sollte, denke daran, dass ich die Gefahren meiner Arbeit kenne und willens bin, die Risiken einzugehen. Ich halte meine Tätigkeit für wichtig und werde mein Bestes dabei geben. Genauso wie du nicht vor einer unbequemen Geschichte zurückschrickst. Auch Menschen, die nie ein Risiko eingehen, widerfahren Unfälle. Auf Nummer sicher zu gehen, ist keine Garantie. Wer weiß? Bei dem Dreck, den du aufrührst, kann deine Arbeit noch gefährlicher sein als meine."

Das waren prophetische Worte. Innerhalb eines Jahres war Bobby Bill tot. Nachforschungen, die Rachel über den Hintergrund eines Politikers anstellte, hatten eine Verbindung zu illegalen Drogengeschäften an den Tag gebracht. Sie verfügte zwar nicht über Beweise, aber ihre Fragen hatten den Politiker offensichtlich nervös gemacht.

Eines Morgens verspätete sie sich für einen Flug nach Jacksonville. Und da in ihrem Wagen nicht genügend Benzin war, hatte Bobby ihr die Schlüssel für sein Auto zugeworfen. „Nimm meinen", sagte er. „Ich habe genügend Zeit, um auf dem Weg ins Büro zu tanken. Bis heute Abend, Liebling."

Aber er hatte keine Zeit mehr dazu gefunden. Zehn Minuten, nachdem ihre Maschine vom Boden abgehoben hatte, startete Bobby Bill ihren Wagen, und eine mit der Zündung verbundene Bombe tötete ihn auf der Stelle.

Von Kummer gequält, war sie ihren Ermittlungen weiter nachgegangen. Dieser Politiker verbüßte nun eine lebenslange Freiheitsstrafe ohne Begnadigungsmöglichkeit wegen seiner Rauschgiftgeschäfte und der Beteiligung an Bobbys Tod.

Der Mann am Strand mochte auch ein Schurke oder ein Opfer sein, doch sollte es sich bei ihm um einen Kriminellen handeln, dann bliebe Rachel genügend Zeit, ihn den Behörden zu überantworten, noch ehe er sich von seiner Verwundung erholt hatte. War er aber ein Opfer, dann könnte sie sein letzter Rettungsanker sein.

Er lag noch so da, wie sie ihn verlassen hatte. Die Flut lappte nur bis auf wenige Zentimeter zu seinen Füßen herauf. Nach Luft ringend, sank Rachel neben ihm im Sand auf die Knie und legte dem Mann die Hand auf die Brust. Sie seufzte vor Erleichterung, als sie das stetige Auf und Ab spürte, durch das sie feststellen konnte, dass er noch am Leben war. Rex stand mit gesenktem Haupt und zurückgelegten Ohren neben ihr und grollte drohend, ohne den Blick von der liegenden Gestalt zu lassen.

„Alles in Ordnung, Rex", sagte Rachel und klopfte dem Hund ganz automatisch beruhigend auf den Rücken, und zum ersten Mal wich er nicht vor ihrer Berührung zurück. Sie breitete die Decke auf dem Sand aus, kniete sich hin, schob die Hände unter den schlaffen Körper und rollte ihn auf die Unterlage. Diesmal gab der Mann keinen Laut von sich, und sie war dankbar, dass er den Schmerz nicht spürte, den sie ihm zufügen musste.

Sie brauchte etliche Minuten, bis sie ihn in die richtige Lage gebracht hatte. Danach musste sie sich ausruhen. Wieder starrte sie unsicher auf das Meer hinaus, doch noch immer war nichts zu sehen. Dort draußen befand sich niemand, obwohl es nicht ungewöhnlich war, die nächtlichen Positionslichter vorüberziehender Schiffe zu sehen. Rex strich ihr wieder grollend um die Beine, und sie sammelte ihre ganze Kraft.

Dann bückte sie sich, nahm die beiden Enden der Decke am Kopf des Mannes hoch und stemmte sich mit den Fersen in den Sand. Vor Anstrengung stöhnte sie auf. Selbst wenn sie ihr ganzes Gewicht in den Ruck legte, brachte sie den Mann nur wenige Schritte voran. Er war mit seinen etwa achtzig Kilo einfach zu schwer für sie.

Vielleicht würde es leichter werden, sobald sie den Strand hinter sich hatte. Auf den schlüpfrigen Tannennadeln müsste es leichter gehen. Wenn es noch schwieriger wurde, würde sie nicht einmal in der Lage sein, ihn zu bewegen. Rachel war sich im Klaren gewesen, dass ihr Vorhaben beschwerlich sein würde, aber sie hatte nicht damit gerechnet, dass es ihre körperlichen Fähigkeiten zu übersteigen drohte. Sie war stark und gesund, und das Leben des Mannes hing von ihr ab. Bestimmt konnte sie ihn die Steigung hinauf zum Haus zerren, selbst wenn es nur Schritt für Schritt gehen sollte.

Die Steigung war nicht steil, und normalerweise nahm Rachel sie ohne Schwierigkeiten, aber jetzt hätte die Erhöhung ebenso gut vertikal sein können, bei der Anstrengung, die sie aufbringen musste, um diesen muskulösen Mann hinaufzubefördern. Sie ruckte und zerrte und fiel einige Male auf die Knie. Ihre Lungen schienen manchmal dem Platzen nahe, und bis sie ihn halb den Hügel hochgeschleppt hatte, spürte sie schmerzhaft jeden Muskel.

Rachel legte eine Atempause ein, lehnte sich an eine Kiefer und kämpfte gegen die durch die Überanstrengung unvermeidliche Übelkeit an. Wäre nicht der stützende Baumstamm gewesen, so hätte sie sich vielleicht nicht einmal mehr halten können, weil ihre Beine und Arme so heftig zitterten.

Aus der Nähe erklangen der Schrei einer Eule und das unaufhörliche Zirpen der Grillen, die sich von den Ereignissen dieser Nacht nicht berühren ließen. Nur Rex zeigte so etwas wie Mitgefühl. Er wich nicht von ihrer Seite, und jedes Mal, wenn sie eine Rast einlegte, drückte er sich gegen ihre Beine. Das war bei ihm ganz ungewöhnlich.

Rachel holte tief Luft, bereitete sich auf eine neue Anstrengung vor und klopfte Rex auf den Rücken. „Braver Kerl, braver Junge“, sagte sie zu ihm.

Dann bückte sie sich, um die Decke wieder aufzunehmen. Da machte Rex etwas Ungewöhnliches. Er nahm den Zipfel Decke zwischen die Zähne und knurrte. Rachel starrte ihn an und fragte sich, ob er es sich in den Kopf gesetzt habe, sie daran zu hindern, die Decke mitsamt dem Mann über den Sand zu schleifen. Vorsichtig spannte sie die zittrigen Beine, lehnte sich zurück und zog mit dem letzten Rest an Kraft, der ihr noch verblieben war. Immer noch knurrend, stemmte auch Rex die Beine auf den Boden und zerrte mit. Mit seiner Unterstützung rutschte die Decke etliche Fuß weiter.

Erstaunt hielt Rachel inne und sah verblüfft auf ihren Hund. „Braver Kerl“, sagte sie noch einmal. „Braver Junge!“ War das nur ein plötzlicher Einfall des Tieres gewesen, oder würde es das noch einmal tun? Rex war ein großer, kräftiger Hund. Honey Mayfield hatte sein Gewicht auf ungefähr vierzig Kilogramm geschätzt. Falls Rachel ihn dazu bringen konnte, zusammen mit ihr an der Decke zu ziehen, dann würden sie den Mann schnell genug den Hügel hinaufbekommen.

„Okay“, flüsterte sie und nahm ihr Ende der Decke fester in die Hand. „Lass uns doch einmal sehen, ob du mir wieder hilfst.“ Sie zog, und auch Rex zerrte, noch immer vor sich hingrollend, als missbillige er ihr Tun. Aber er schien bereit, sie zu unterstützen, wenn sie entschlossen war, ihr Vorhaben durchzuführen.

Mithilfe von Rex ging es viel leichter, und bald hatten sie den kleinen Kiefernwald hinter sich gebracht. Sie mussten nur noch die Schotterstraße und den Hof überqueren, um beim Haus anzukommen. Rachel richtete sich auf und starrte zum Haus hinüber. Die Frage war: Wie sollte sie den Mann jemals die zwei Stufen zur Veranda hochbekommen? Nun, sie hatte ihn bis hierher geschleppt, sie würde ihn also auch in das Haus bekommen, irgendwie. Sie bückte sich und zog wieder an der Decke.

Seit er am Strand einmal aufgestöhnt hatte, war kein Laut mehr von dem Mann zu vernehmen gewesen, selbst dann nicht, als er über die hervorstehenden Wurzeln oder die losen Steine der

Straße gezerrt wurde. Rachel ließ die Decke los, hockte sich daneben in das kühle, feuchte Gras und beugte sich erneut über die Gestalt.

Der Fremde atmete noch. Nach den Anstrengungen, die sie ihm zugemutet hatte, war das mehr, als sie erwarten konnte. Wieder warf sie einen Blick auf die Treppe und runzelte die Stirn. Ihr fehlte ein Förderband, um ihn dort hinaufzubekommen.

Nervöse Unruhe drängte sie zur Hast. Der Mann musste nicht nur versorgt werden, sie musste ihn so schnell wie möglich ins Haus bekommen, um ihn zu verstecken. Hier draußen an der Diamantenbucht lebte sie recht isoliert. Es war deshalb nicht wahrscheinlich, dass jemand zufällig vorbeikommen würde. Aber jemand, der nach dem Mann Ausschau hielte, wäre auch nicht gerade ein zufälliger Besucher. Sie musste den Verletzten so lange verbergen, bis er wieder bei Bewusstsein war und sie mehr über ihn in Erfahrung gebracht hatte.

Der einzige Weg, ihn die Treppe hinaufzubekommen, war, dem Mann unter die Arme zu greifen und ihn hochzuziehen, so wie sie ihn aus dem Meer gezerrt hatte. Dabei würde Rex ihr keine Hilfe sein können. Sie würde den Kopf, die Schultern und den Oberkörper des Bewusstlosen anheben müssen – damit den schwersten Teil des ganzen Körpers.

Rachel war wieder zu Atem gekommen. Wenn sie noch länger so im Gras herumsaß, würde sie ihr Ziel nie erreichen. Aber sie war entsetzlich müde, und ihre Glieder waren schwer wie Blei. Sie fühlte sich wie zerschlagen und taumelte etwas, als sie wieder auf die Beine kam. Behutsam schlug sie die Decke um die liegende Gestalt, stellte sich an das Kopfende und fasste ihn unter die Achseln. Rachel spannte all ihre Kräfte an, zog ihn in eine halb sitzende Stellung und stützte ihn schnell mit ihren Beinen ab. Er war drauf und dran, zur Seite zu kippen, und mit einem Aufschrei umfasste sie seinen Oberkörper, presste die Arme um ihn und verschränkte ihre Hände vor seiner Brust. Sein Kopf sank nach vorn. Neben ihr knurrte Rex und lief aufgeregt hin und her, als er keine Möglichkeit fand, die Decke wieder zwischen die Zähne zu bekommen.

„Schon gut, Rex", keuchte Rachel. „Ich muss es jetzt so machen." Sie fragte sich, ob die Bemerkung eher an den Hund oder an den Mann gerichtet war. Beides war albern, aber in diesem Moment erschien es ihr von großer Bedeutung.

Die Treppe war hinter ihr. Rachel stemmte ihre Füße fest auf die Erde, hielt den Oberkörper des Bewusstlosen fest umschlungen und gab sich einen kräftigen Schubs nach hinten. Mit einem dumpfen Schlag landete sie rücklings auf der ersten Stufe und schlug sich dabei an der Kante der obersten Stufe schmerzhaft den Rücken auf. Ein stechender Schmerz durchzuckte sie vom Rücken bis zu den Zehen, als ihre Muskeln auf die Anstrengung reagierten. „Ich darf jetzt nicht schlappmachen", flehte sie leise. „Gleich werde ich mich ausruhen, aber jetzt noch nicht."

Rachel biss die Zähne zusammen, stellte sich wieder auf die Füße und legte diesmal ihr Gewicht mehr auf die Oberschenkel als auf den schmerzenden Rückenmuskel. Wieder hob und zerrte sie und drückte mit den Beinen nach, bis der Mann noch ein Stück höher lag. Endlich hatte sie die oberste Treppenstufe erreicht und ließ sich, während der Schmerz und die Überanstrengung ihr die Tränen in die Augen trieben, matt darauf fallen. Der Oberkörper des Mannes lag noch immer auf den Stufen, während seine Beine noch in den Hof ragten. Aber wenn es ihr gelänge, ihn auf die Veranda zu bringen, wäre der Rest einfacher. Sie musste die ganze quälende Prozedur wieder aufnehmen.

Rachel wusste nicht, wie sie es fertigbrachte, woher sie ihre Kraft nahm. Sie sammelte sich, zerrte und schob. Plötzlich gaben die Beine unter ihr nach, und sie fiel schwer rücklings auf die Holzdielen der Veranda, während der Mann auf ihre Beine fiel. Wie betäubt blieb sie einen Moment so liegen und starrte auf das gelbe Verandalicht, das von winzigen Fliegen umschwirrt wurde. Das Herz klopfte ihr zum Zerspringen, und ihr Atem ging rasselnd, als sie tief durchatmete, um neue Kraft zu schöpfen. Das Gewicht des Unbekannten drückte schwer auf ihre Beine. Aber wenigstens lag sie der Länge nach auf dem Fußboden der Veranda, und damit hatte sie es endlich geschafft. Sie hatte den Fremden die Stufen hinaufbekommen!

Stöhnend, unter Tränen rutschte Rachel so weit unter dem Mann weg, bis sie sich aufsetzen konnte, obwohl sie am liebsten auf der Stelle eingeschlafen wäre. Sie brauchte eine Weile, bis sie sich von dem auf ihr liegenden Mann befreit hatte, und da sie zu schwach war, sich auf die Beine zu stellen, kroch sie zur Fliegentür, stieß sie auf und kroch wieder zu dem Mann zurück. Nur noch wenige Meter. Durch die Tür hindurch und nach rechts abbiegen, in ihr Schlafzimmer. Sechs, neun Meter, zu mehr wäre sie auch kaum in der Lage.

Sie nahm wieder, wie sie es vorher getan hatte, das Ende der Decke in die Hand und zerrte daran, während Rex sich wieder willig zeigte, ihr zu helfen. Aber da Rachel nur noch wenig Kraft verblieben war, musste der Hund die meiste Arbeit leisten. Langsam, mühsam, brachten sie den Mann Zentimeter für Zentimeter über die Veranda. Rex und sie konnten nicht gleichzeitig durch die Tür kommen. So ging sie als Erste und kniete sich hin, um die Decke zu fassen zu bekommen. Knurrend und jeden Muskel seiner stämmigen Gestalt anspannend, zerrte Rex mit seiner ganzen Kraft, und die Decke glitt mit dem darauf liegenden bewusstlosen Mann durch die Tür.

Rachel griff sofort zu und zog so lange an der Decke, bis sie ihr Schlafzimmer erreichte. Eine knappe Minute später lag der Mann neben ihrem Bett auf dem Boden. Kaum hatte sie ihren Zipfel losgelassen, gab auch Rex die Decke frei, stellte die Nackenhaare auf und wich in der ihm ungewohnten Umgebung des Hauses nach hinten zurück.

Rachel versuchte gar nicht erst, ihn jetzt zu streicheln. Sie hatte bereits so viel von ihm verlangt, hatte ihn dazu gebracht, seine von ihm gesetzten Grenzen zu überschreiten, dass jeder weitere Annäherungsversuch für ihn einfach zu viel wäre.

„Hier entlang", sagte sie und brachte das Tier zur Vordertür. Begierig auf seine Freiheit, schoss der Hund an Rachel vorbei und verschwand in der Dunkelheit. Langsam schloss und verriegelte sie die Fliegentür.

Mit schleppenden Schritten ging sie dann zum Vordereingang, schloss auch hier ab und zog die Vorhänge vor die Fenster. Dann ließ sie die altmodischen Jalousien in ihrem Schlafzimmer herunter. Nachdem das geschehen war, schien ihr das Haus so sicher zu sein, wie sie es irgendwie machen konnte. Ihr Blick fiel auf den Mann, der nackt auf dem Schlafzimmerboden lag. Er brauchte dringend ärztliche Hilfe, und zwar die eines erfahrenen Arztes. Aber sie traute sich nicht, einen Doktor anzurufen. Für jeden Arzt war es Pflicht, Schussverletzungen der Polizei zu melden.

Jetzt gab es wirklich nur einen einzigen Menschen, der Rachel helfen konnte, nur eine vertrauenswürdige Person, die ein Geheimnis für sich behalten würde. Sie ging in die Küche und rief Honey Mayfield an. Im Stillen betete sie darum, dass Honey nicht wegen eines Notfalles bereits außer Haus gerufen worden sei. Beim dritten Klingeln wurde der Hörer abgenommen, und eine unüberhörbar schläfrige Stimme sagte: „Mayfield."

„Hallo, hier spricht Rachel. Kannst du herkommen?"

„Jetzt?" Rachel gähnte. „Ist etwas mit Rex passiert?"

„Nein, dem Hund geht es gut. Aber ... kannst du deine Tasche mitbringen? Und versteck sie in einer Einkaufstüte oder etwas Ähnlichem, damit niemand sie sehen kann."

Honey war sofort hellwach. „Ist das ein Scherz?"

„Nein. Beeile dich."

„Ich bin bei dir, so schnell ich kann."

Sie legten beide gleichzeitig auf, und Rachel ging in ihr Schlafzimmer zurück. Sie hockte sich neben den noch immer bewusstlosen Mann. Die Behandlung, die ihm widerfahren war, hätte eigentlich einen Toten aufwecken müssen. Vielleicht hatte er jedoch so viel Blut verloren, dass er im Koma lag und womöglich dem Tod nahe war.

Angst überkam Rachel, und sie strich dem Unbekannten mit zitternden Händen über das Gesicht, als könne sie ihm mit dieser Berührung neues Leben vermitteln. Er fühlte sich jetzt wärmer als vorher an, und der Atem ging langsam und stoßweise. Aus seiner Schulter sickerte Blut, und Sand klebte an ihm, selbst in den Haaren, aus denen noch das Meerwasser rann.

Rachel versuchte ihm, mit der Hand den Sand aus dem Haar zu bürsten, als sie etwas Klebriges unter ihren Fingern verspürte. Stirnrunzelnd starrte sie auf die wässrig-roten Flecken an ihrer Hand. Ihr wurde klar, dass der Mann auch noch eine Kopfwunde hatte. Und sie hatte ihn über den Hügel und über die Treppen auf die Veranda befördert! Es war ein Wunder, dass sie ihn dabei nicht umgebracht hatte.

Mit klopfendem Herzen eilte sie in die Küche, füllte eine große Schale mit warmem Wasser, kehrte in ihr Schlafzimmer zurück und hockte sich neben dem Verletzten auf den Boden. So behutsam wie möglich wusch sie ihm den Sand und das Blut aus dem Haar und löste ihm die verklebten Strähnen. Unter ihren Fingerspitzen fühlte sie eine starke Schwellung an der rechten Seite seines Kopfes, direkt am Haaransatz an der Schläfe.

Sie schob das Haar zurück und entdeckte klaffende Haut, die aussah, als hätte der Fremde sich den Kopf an einem der großen, zerklüfteten Felsen an der Mündung oder Bucht gestoßen.

Sie blickte ihn mit tränenfeuchten Augen an. Sacht strich sie ihm über die Schulter, als wolle sie sich entschuldigen, und ließ die Finger weich über seine warme, sonnengebräunte Haut gleiten. Was für eine Närrin war sie nur! Das Beste, was sie für diesen Mann tun konnte, war, sofort den Rettungswagen anzurufen und zu hoffen, ihm durch die raue Behandlung keinen größeren Schaden zugefügt zu haben.

Rachel wollte aufstehen und ihren Gedanken in die Tat umsetzen, als ihr plötzlich auffiel, dass der Mann am linken Bein einen verknoteten Verband aus Jeansstoff trug, so ähnlich wie er ihn um die Schulter gehabt hatte. Ihr Rückgrat tat ihr schrecklich weh, als sie ihre Stellung an seinem Kopf verließ und mühsam zu seinen Beinen kroch. Sie ahnte bereits, was sie finden würde. Rachel konnte den Knoten nicht lösen. Er war zu fest zusammengezogen und vom Wasser noch fester geworden.

Sie holte sich aus ihrem Nähkorb eine Schere und schnitt das Gewebe vorsichtig auf. Die Schere entglitt ihren Fingern, als Rachel auf den Oberschenkel hinunterstarrte, auf die hässliche Wunde an der Außenseite. Er hatte also auch einen Schuss in das Bein abbekommen. Sie untersuchte es sorgfältig und fand sowohl die Stelle, an der die Kugel eingedrungen war, als auch das Ausschussloch. Wenigstens saß das Geschoss nicht fest. So viel Glück hatte der Fremde mit seiner Schulter nicht gehabt.

Niemand wurde durch Zufall von zwei Kugeln getroffen. Jemand musste absichtlich versucht haben, ihn zu töten.

„Ich werde es nicht zulassen!“, sagte sie entschlossen und erschrak vor dem Klang ihrer eigenen Stimme. Sie kannte den Mann nicht, der unbeweglich und teilnahmslos auf dem Boden lag, aber sie sorgte sich um ihn wie eine Löwenmutter um ihr Junges. Solange sie nicht herausfand, was eigentlich vorgefallen war, würde sie niemandem erlauben, sich ihm auch nur zu nähern.

Soweit es ihr möglich war, reinigte sie ihn. Seine Nacktheit brachte sie nicht in Verlegenheit. Unter diesen Umständen wäre es albern gewesen. Der Mann war verwundet, hilflos. Natürlich wäre es anders, wenn sie ihn so am Strand getroffen hätte. Jetzt brauchte er ihre Hilfe, und sie würde sich von ihrem Schamgefühl nicht davon abhalten lassen.

Rachel hörte das Geräusch eines die Straße herunterkommenden Wagens und stand hastig auf. Das musste Honey sein. Obwohl Rex sich normalerweise Frauen gegenüber nicht so feindselig verhielt wie zu Männern, konnte er nach den ungewöhnlichen Ereignissen der Nacht doch reizbar geworden sein und sich der Tierärztin in den Weg stellen. Rachel schloss die Vordertür auf, öffnete sie und trat auf die Veranda hinaus. Sie konnte Rex nirgendwo sehen, aber ein verhaltenes Knurren kam unter dem Oleandergebüsch hervor. Sie sprach beruhigend auf das Tier ein, während Honeys Wagen in die Auffahrt einbog.

Ihre Freundin stieg aus und griff nach zwei auf dem Rücksitz liegenden Einkaufstüten, die sie eng an sich drückte, als sie über den Hof auf Rachel zukam. „Vielen Dank, dass du auf mich gewartet hast", sagte sie deutlich. „Tante Audrey möchte gern, dass du dir diese Stickmuster für deine Geschäfte ansiehst."

„Komm herein", forderte Rachel sie auf und öffnete ihr die Fliegentür. Rex grollte wieder, als Honey die Stufen hinaufging, blieb aber unter den Büschen liegen.

Honey stellte die beiden Tüten auf dem Boden ab und sah Rachel zu, die die Eingangstür wieder sorgfältig abschloss. „Was ist hier los?", fragte sie neugierig und stemmte ihre kräftigen sommersprossigen Hände in die Seiten. „Warum muss ich meine Utensilien als Stickrahmen ausgeben?"

„Hier herein", sagte Rachel und ging ihr ins Schlafzimmer voran. Er bewegte sich noch immer nicht, außer dem Heben und Senken, während er atmete. „Er ist angeschossen worden", sagte Rachel und kniete sich neben ihn.

Honeys Gesicht verlor seine gesunde Farbe, sodass ihre Sommersprossen auf der Nase und den Wangen besonders deutlich hervortraten. „Lieber Himmel, was geht hier vor? Wer ist er? Hast du schon den Sheriff benachrichtigt? Wer hat auf ihn geschossen?"

„Um gleich drei deiner Fragen zu beantworten: Ich weiß es nicht", antwortete Rachel angespannt, ohne Honey anzusehen. Sie hielt ihren Blick auf das Gesicht des Mannes gerichtet und wünschte, er möge die Augen aufschlagen und ihr die Antworten auf die Fragen geben, die Honey gestellt hatte. „Und den Sheriff werde ich nicht anrufen."

„Was soll das heißen – du wirst ihn nicht anrufen?" Honey schrie fast. Der Anblick des nackten, auf dem Fußboden von Rachels Schlafzimmer liegenden Mannes hatte sie aus ihrer üblichen Ruhe gebracht. „Hast du ihn angeschossen?"

„Natürlich nicht! Er wurde an den Strand geschwemmt."

„Umso mehr hast du Grund, den Sheriff zu benachrichtigen!"

„Das geht nicht!“ Rachel hob den Kopf. Ihre Augen blickten entschlossen und zugleich seltsam ruhig drein. „Ich kann sein Leben auf diese Weise nicht gefährden.“

„Hast du den Verstand verloren? Er braucht einen Arzt, und der Sheriff muss Nachforschungen anstellen, warum auf den Mann geschossen wurde! Er könnte ein geflohener Verbrecher sein oder ein Rauschgifthändler. Oder sonst etwas!“

„Das weiß ich auch.“ Rachel atmete tief durch. „Aber bei der Verfassung, in der er sich befindet, gehe ich wohl kein Risiko ein. Der Mann ist hilflos. Und wenn die Sache … nicht so planmäßig … verläuft, dann hat er im Krankenhaus, wo man ihm leicht beikommen könnte, keine Chance.“

Honey fasste sich an den Kopf. „Ich begreife nicht, wovon du redest“, sagte sie schwach. „Was meinst du mit ‚planmäßig‘? Und warum glaubst du, dass jemand ihm beikommen will? Um das auszuführen, was man angefangen hat?“

„Ja.“

„Dann ist es erst recht eine Sache für den Sheriff!“

„Hör zu“, sagte Rachel beharrlich. „Als ich noch Reporterin war, habe ich manches gesehen, das … eigenartig war. Eines Abends war ich dabei, als man einen Toten fand. Der Mann war in den Hinterkopf geschossen worden. Der Bezirkssheriff machte seinen Bericht, und der Tote wurde zur Identifizierung ins Leichenschauhaus gebracht. Als aber zwei Tage später eine winzige Meldung darüber in der Zeitung gebracht wurde, hieß es, der Mann sei eines natürlichen Todes gestorben! Sicher, ich nehme an, es ist irgendwie natürlich, an einer Kugel im Kopf zu sterben. Doch ich wurde neugierig, steckte meine Nase tiefer in die Sache und wollte die Akten einsehen. Die aber waren verschwunden. Beim Büro des Leichenbeschauers lag nichts über einen Mann vor, dem man in den Kopf geschossen hatte. Schließlich wurde mir zugetragen, ich solle mich um meine eigenen Angelegenheiten kümmern und dass bestimmte Leute in der Regierung die Sache in die Hand genommen hätten und wünschten, nichts darüber verlautbart zu sehen."

„Das ergibt keinen Sinn", murmelte Honey.

„Jener Mann war ein Agent."

„Welche Art von Agent? Des Rauschgiftdezernates? Vom FBI? Oder woher?"

„Du bist schon auf der richtigen Fährte, aber du musst noch tiefer schürfen."

„Ein Spion? Willst du damit sagen, er war ein Spion?"

„Er war ein Agent. Ich weiß nicht, für welche Seite er arbeitete, aber die ganze Sache wurde vertuscht und ungeschehen gemacht. Danach bemerkte ich, dass es auch noch andere Dinge gab, die nicht das waren, als was sie erschienen. Ich habe zu viel miterlebt, um heute einfach anzunehmen, dieser Mann hier befinde sich in Sicherheit, sobald ich ihn den Behörden überantwortet hätte."

„Meinst du, der hier ist ein Agent?" Honey starrte auf den Mann hinunter. Ihre braunen Augen waren weit aufgerissen.

Rachel zwang sich, ganz ruhig zu antworten. „Ich halte es für denkbar, und ich glaube, wir würden sein Leben gefährden, wenn wir ihn dem Sheriff auslieferten. Damit würde die Sache in die Öffentlichkeit dringen, und jeder, der hinter ihm her wäre, könnte ihn aufspüren."

„Er könnte immer noch ein Drogenhändler sein. Du könntest dein Leben aufs Spiel setzen, wenn du ihn beschützt."

„Das wäre eine Möglichkeit", räumte Rachel ein. „Aber er ist verletzt, und ich bin es nicht. Abgesehen von allem, was ich ihm geben kann, hat er überhaupt keine Chance. Falls das Rauschgiftdezernat einen Drogenring hat auffliegen lassen, wird es bestimmt in den Nachrichten im Fernsehen oder in der Zeitung erwähnt. Ist er ein entflohener Sträfling, dann melden es auch die Nachrichten. Er ist gar nicht in der Verfassung, jemandem Leid anzutun. Ich bin also sicher."

„Und wenn mit einer Drogenlieferung etwas schiefgelaufen ist und irgendwelche anderen obskuren Typen hinter ihm her sein sollten? Dann wärst du nicht mehr sicher, weder vor ihm noch vor der anderen Seite."

„Dieses Risiko muss ich eingehen", sagte Rachel und hielt Honeys beunruhigendem Blick stand. „Ich weiß, worauf ich mich einlasse, und kenne mein Risiko. Vielleicht sehe ich Gespenster, wo keine sind, aber stell dir vor, wie furchtbar es für ihn wäre, wenn ich recht behielte."

Honey atmete tief durch und machte erneut einen Versuch. „Es ist höchst unwahrscheinlich, dass an deinem Strand ein Spion angeschwemmt würde. So etwas passiert nicht im normalen Leben, keinem normalen Menschen, und du bist recht normal, auch wenn du dich leicht exzentrisch gibst."

Rachel konnte nicht glauben, was sie soeben gehört hatte.

Ausgerechnet Honey, die sonst einer der vernünftigsten Menschen in der ganzen Gegend war, musste ihr das sagen. Die Ereignisse brachten offenbar jeden durcheinander. „Es ist unwahrscheinlich, dass überhaupt ein Verwundeter an meinen Teil des Strandes angetrieben wird, ganz gleich, welchen Beruf er hat. Er aber wurde es! Er ist hier, und er braucht Hilfe. Ich habe getan, was ich konnte, und nun braucht er medizinische Versorgung. Er hat immer noch eine Kugel in der Schulter. Bitte, Honey!"

Honey wurde noch eine Spur blasser. „Du willst, dass ich mich um ihn kümmere? Er braucht einen Arzt! Ich bin Tierärztin!"

„Ich kann keinen Doktor hinzuziehen. Ärzte sind gehalten, alle Schussverletzungen der Polizei zu melden. Du kannst es tun. Kein lebenswichtiges Organ ist in Mitleidenschaft gezogen. Nur seine Schulter und das Bein sind betroffen, und ich glaube, er hat eine Gehirnerschütterung. Bitte!"

Honey sah auf den nackten Mann hinunter und biss sich auf die Unterlippe. „Wie hast du ihn hier heraufbekommen?"

„Rex und ich haben ihn auf dieser Decke hergezerrt."

„Wenn er eine ernstzunehmende Gehirnerschütterung mit einem Bluterguss hat, muss er operiert werden."

„Ich weiß. Wenn das erforderlich ist, werde ich mich darum kümmern. Ich werde mir etwas einfallen lassen."

Ein paar Minuten schwiegen sie beide und sahen den Mann an, der so still und hilflos zu ihren Füßen lag. „Na schön", sagte Honey schließlich in nachgiebigem Ton. „Ich werde tun, was in meinen Kräften steht. Heben wir ihn auf das Bett."

Das war ebenso schwer, wie ihn vom Strand hochzubringen. Da Honey die Größere und Kräftigere war, fasste sie ihn unter den Schultern, während Rachel einen Arm unter seine Hüften und den anderen unter seine Schenkel schob. Er war ein hochgewachsener, muskulöser Mann, wie Rachel schon vorher bemerkt hatte. Außerdem war er durch seine Bewusstlosigkeit noch schwerer, und sie mussten sehr auf seine Verletzungen achten. „Lieber Himmel", keuchte Honey, „wie hast du ihn bloß den Berg hinauf und ins Haus bekommen, auch wenn Rex dir geholfen hat?"

„Ich musste einfach", antwortete Rachel, weil das die einzige Erklärung war, die ihr einfiel.

Schließlich hatten sie ihn auf das Bett gehoben, und Rachel ließ sich auf den Boden gleiten, restlos erschöpft von allen Anstrengungen der Nacht. Honey beugte sich über den Mann, um ihn zu untersuchen. Der Ausdruck ihres sommersprossigen Gesichts war sorgenvoll.

3. KAPITEL

Es war drei Uhr morgens. Honey war vor einer halben Stunde abgefahren, und Rachel hatte sich so lange aufrecht gehalten, bis sie die ersehnte Dusche nehmen und sich das Salz aus den Haaren waschen konnte. Die Hitze des Tages hatte so weit nachgelassen, dass die Luft erträglicher geworden war. Bald jedoch würde die Sonne aufgehen, und die Hitze würde von Neuem wachsen. Rachel brauchte den Schlaf sofort, solange es noch ging, doch ihr Haar war nass. Seufzend stützte sie sich auf ihren Frisiertisch und machte den Fön an.

Der Mann schlief immer noch – oder er war bewusstlos. Er hatte zweifellos eine Gehirnerschütterung, aber Honey hielt sie für nicht sehr schwer oder gar für ein Koma. Sie war zu der Schlussfolgerung gelangt, seine anhaltende Bewusstlosigkeit sei auf eine Mischung aus Erschöpfung, Blutverlust, Schock und den Schlag auf seinen Kopf zurückzuführen. Honey hatte ihm die Kugel aus der Schulter geholt, die Wunden genäht und bandagiert, ihm eine Tetanusspritze und Antibiotika gegeben. Anschließend hatten sie und Rachel ihn gewaschen, die Bettwäsche gewechselt und es dem Kranken so bequem wie möglich gemacht.

Nachdem sie sich zur Hilfe entschlossen hatte, war Honey wieder ganz die tüchtige, unbeirrbare Person geworden, und Rachel war ihr unendlich dankbar dafür. Sie hatte das Gefühl, bis an die Grenzen ihrer physischen Leistungskraft gegangen zu sein, und trotzdem fand sie noch die Kraft, Honey während ihrer nervenaufreibenden Operation bei der Entfernung der Kugel zu assistieren und ihn zu verbinden.

Nachdem ihr Haar trocken geworden war, zog sie sich die saubere Bluse über, die sie in das Bad mitgenommen hatte. Das Gesicht, das sie aus dem Spiegel anschaute, wirkte nicht wie ihr eigenes, und sie starrte neugierig ihre bleiche Haut und die dunklen, blauen Ränder der Ermüdung unter den Augen an. Sie war ganz durcheinander vor Erschöpfung. Es wurde Zeit, dass sie ins Bett kam.

In ihrem Schlafzimmer stand sie vor dem Bett mit der frisch überzogenen Decke und dem schneeweißen Laken und starrte auf den Mann, der so still dalag.

Sie musste Schlaf finden, und sie musste in der Nähe des Verletzten sein, damit sie ihn hörte, falls er aufwachte. Sie war Witwe, dreißig Jahre alt und kein naives Mädchen mehr. Das Vernünftigste wäre, sich neben ihn ins Bett zu legen und sich auszuschlafen. Nachdem sie den Mann einen Moment länger angesehen hatte, traf sie ihre Entscheidung und knipste das Licht aus. Dann ging sie zur anderen Seite des Bettes und schlüpfte vorsichtig und ohne ihn anzustoßen unter die Decke. Sie konnte ein leises Stöhnen nicht unterdrücken, als ihre müden Muskeln sich endlich entspannen konnten, und drehte sich auf die Seite, um dem Schlafenden die Hand auf den Arm zu legen. Sollte er unruhig werden, würde sie aufwachen. Dann schlief sie endlich ein.

Als Rachel erwachte, war es bereits heiß, und sie war schweißgebadet. Nachdem sie ihre Augen geöffnet hatte, durchfuhr sie ein kurzer Schreck, als sie das dunkle, männliche Gesicht neben sich auf dem Kissen erblickte. Aber schnell fielen ihr die vergangenen Ereignisse wieder ein, und sie stützte sich auf den Ellbogen, um den Mann zu betrachten.

Trotz der Hitze schwitzte er nicht, und sein Atem schien ein wenig zu schnell zu gehen. Neue Besorgnis regte sich in ihr. Sie setzte sich auf und legte ihm die Hand auf die Stirn, um zu sehen, ob sie heiß war. Unruhig bewegte er den Kopf. Er fieberte, was sie nicht überraschte.

Schnell verließ Rachel das Bett. Es war, wie sie bemerkte, bereits nach zwölf Uhr mittags. Kein Wunder, dass es im Haus so heiß war. Sie öffnete die Fenster und stellte den Ventilator an, um etwas von der heißen Luft aus den Räumen zu bekommen, ehe sie zur weiteren Kühlung die Klimaanlage einschaltete. Sie selbst benutzte die Klimaanlage nicht sehr häufig, aber ihr Patient benötigte die Abkühlung.

Erst musste sie sich um ihn kümmern, ehe sie an etwas anderes denken konnte. Sie löste zwei Aspirintabletten in einem Teelöffel voll Wasser auf und hob sanft seinen Kopf an, um ihn nicht zu erschüttern. „Machen Sie den Mund auf“, sagte sie wie zu einem Baby. „Schlucken Sie das, tun Sie es für mich. Dann lass ich Sie in Ruhe.“ Sein Kopf lag schwer an ihrer Schulter, die Lider mit den schwarzen Wimpern waren noch immer geschlossen. Sein dichtes, glattes Haar fühlte sich warm unter ihren Fingern an und erinnerte sie an sein Fieber. Rachel drückte den Löffel gegen seinen Mund, bemerkte die klar geschnittene Linie seiner Lippen. „Machen Sie schon“, flüsterte sie. „Öffnen Sie den Mund.“

Der Mann versuchte, sich zu ihr hinzudrehen. Sein Kopf ruhte an ihrer Schulter, und sein Mund öffnete sich ein wenig. Mit klopfendem Herzen brachte sie ihn dazu, die Medizin zu schlucken, und hoffte nur, er würde keinen Erstickungsanfall erleiden. Es ging so gut, dass sie ihm noch weitere drei Teelöffel Wasser einflößen konnte, ehe er wieder in tiefe Bewusstlosigkeit fiel.

Sie feuchtete einen Waschlappen in kaltem Wasser an, faltete ihn und legte ihn dem Mann auf die Stirn. Dann schlug sie die Bettdecke bis zu seiner Hüfte zurück und begann, ihn mit kaltem Wasser abzureiben. Langsam, fast mechanisch fuhr sie mit dem nassen Tuch über seine Brust und Schultern, über seine kräftigen Arme bis zu seinem schlanken, harten Bauch, wo die Brusthaare in einer dünnen, seidigen Linie ausliefen. Rachel atmete tief durch. Sie war sich bewusst, dass sie zitterte. Sie hatte nie zuvor einen attraktiveren Mann gesehen.

Er hatte ein gleichmäßiges und gut geschnittenes Gesicht mit einer schmalen, geraden Nase. Sein Mund war fest, und doch weich mit der perfekt geschwungenen Oberlippe, die auf Entschlossenheit, vielleicht sogar Skrupellosigkeit hindeutete, während die Unterlippe Sinnlichkeit ausdrückte. Das Kinn war eckig, und auf seinen Wangen zeigte sich der erste Ansatz eines Bartes. Sein Haar war wie dicke Seide, dunkel mit einem roten Schimmer. Seine sonnengebräunte Haut hatte einen olivbraunen Ton.

Er war sehr muskulös, ohne die protzige Muskulatur eines Bodybuilders zu haben. Seine Muskeln zeugten von harter Arbeit und körperlicher Beschäftigung. Es waren die Muskeln eines Menschen, der auf Kraft und Schnelligkeit trainiert war.

Rachel hob eine seiner Hände an und hielt sie zwischen ihren eigenen fest. Er hatte lange, schlanke Finger, die zweifellos zupacken konnten, auch wenn sie jetzt schlaff herunterhingen. Seine Nägel waren kurz und gepflegt. Rachel strich leicht über die Schwielen an den Fingerspitzen und an der Innenfläche seiner Hand. Dabei fiel ihr noch etwas anderes auf: wie hart seine Hand sich an den Kanten anfühlten. Sie atmete schneller, und wieder überkam sie ein Gefühl, das Rachel nur mit „Vorsicht“ bezeichnen konnte. Sie legte seine Hand an ihre Wange, griff vorsichtig nach vorn und berührte die Narbe auf seinem Bauch – eine geschwungene, glänzende Linie, die sich krass von seiner dunklen Haut abhob. Sie verlief über seinen Bauch, zur rechten Seite hinüber, wo sie irgendwo auf dem Rücken endete. Das war eine Operationsnarbe. Sie erstarrte bei der Vorstellung eines mit aller Wildheit und Brutalität geführten Messerkampfes. Wahrscheinlich hatte er sich mit einer schnellen Drehung der Klinge entziehen wollen und so den Schnitt in die Seite und in den Rücken bekommen.

Ein Mann mit einer solchen Narbe und mit derart vielsagenden Schwielen an den Händen war kein gewöhnlicher Mann, der einem gewöhnlichen Job nachging. Kein normaler Mensch hätte mit solchen Verletzungen zur Küste schwimmen können. Das hatte ihm ungeheure Kraft und Entschlossenheit abverlangt. Wie weit war er geschwommen? Rachel hatte keine Lichter auf dem Meer sehen können, wie ihr einfiel. Und trotz all seiner Entschlossenheit war er jetzt hilflos. Sein Überleben hing von ihr ab.

Die Medizin und das Abreiben mit dem kalten Wasser hatten sein Fieber gesenkt. Er schien jetzt tief zu schlafen. Dennoch fragte Rachel sich, wie sie den Unterschied zwischen Schlaf und Bewusstlosigkeit feststellen konnte.

Honey hatte ihr versprochen, am selben Tag wieder vorbeizukommen und nach dem Patienten zu sehen, um sicherzugehen, dass die Gehirnerschütterung nicht schlimmer war, als sie ursprünglich angenommen hatte. Im Moment konnte Rachel nichts weiter tun, als zu ihrer gewohnten Beschäftigung überzugehen.

Sie wollte sich Khakishorts und ein ärmelloses, weißes Baumwollhemd anziehen. Doch nach einem raschen Blick auf den Schlafenden ging sie, obwohl es ihr idiotisch erschien, in ihr Bad und schloss die Tür hinter sich ab. Bobby Bill war seit fünf Jahren tot und Rachel nicht daran gewöhnt, einen Mann um sich zu haben, besonders keinen Fremdling.

Anschließend schloss sie alle Fenster und stellte die Klimaanlage an. Dann trat sie vor das Haus. Ebenezer Duck und seine Gefolgschaft watschelten auf sie zu. Ebenezer verlieh laut schnatternd seinem Protest darüber Ausdruck, so lange auf sein Getreide warten zu müssen, das Rachel ihm sonst gleich morgens als Erstes hinstreute. Ebenezer war ein rechter Nörgler vor dem Herrn, wie sie fand, aber dennoch hatte er etwas Majestätisches an sich, so groß, fett und weiß, wie er war, und Rachel mochte seine Launen. Rex kam um die hintere Hausecke und blieb beobachtend stehen, während sie die Gänse fütterte. Wie üblich, wahrte er seine Distanz zu Rachel. Sie schüttete ihm sein Futter in seine Schüssel und goss ihm frisches Wasser in den Napf. Dann trat sie zur Seite. Rex kam niemals näher, solange sie noch bei seinem Futter war.

Anschließend erntete Rachel die reifen Tomaten in ihrem kleinen Garten und merkte, wie ihr Magen vor Hunger knurrte, weil ihre übliche Frühstückszeit längst überschritten war. Ihr ganzer Tagesablauf war durcheinandergeraten, und es schien wenig sinnvoll, wieder in seinen Rhythmus hineinzukommen. Wie konnte sie sich auf ihr Schreiben konzentrieren, wenn sie in Gedanken ständig bei dem Mann in ihrem Schlafzimmer war?

Rachel ging ins Haus und sah nach ihm, aber er hatte sich nicht bewegt. Sie tauchte den Waschlappen in kaltes Wasser und legte ihn wieder auf die Stirn des Mannes. Dann wandte sie die Aufmerksamkeit ihrem hungrigen Magen zu.

Mit einem Glas Eistee in der einen und einem Sandwich in der anderen Hand setzte sie sich neben das Radio, stellte es an und hörte den Nachrichten zu. Es wurde nichts Ungewöhnliches gemeldet – die üblichen örtlichen wie nationalen politischen Verwicklungen – ein Häuserbrand – ein Prozess von lokalem Interesse – dann das Wetter, das keine Änderung versprach. Keine dieser Meldungen enthielt den Schimmer einer Erklärung für die Anwesenheit und Verfassung des Mannes in ihrem Schlafzimmer.

Dann stellte sie den Fernseher ein und hörte fast eine Stunde lang zu, doch auch da kam nichts durch. Es war ein ruhiger Tag, und die Hitze brachte die meisten Leute dazu, im Haus zu bleiben. Es gab keine Meldung über eine Suchaktion oder Festnahmen in der Rauschgiftszene. Als Rachel ein Auto vor ihrem Haus halten hörte, stellte sie den Fernseher ab, stand auf und schaute aus dem Fenster. Honey verließ gerade ihren Wagen, eine neue Einkaufstüte in der Hand.

„Wie geht es ihm?“, fragte sie, sobald sie das Haus betreten hatte.

„Er hat sich immer noch nicht bewegt. Als ich aufwachte, hatte er Fieber. So habe ich mit einigem Glück zwei Aspirintabletten und etwas Wasser in ihn hineinbekommen. Danach habe ich seinen Körper mit kaltem Wasser abgerieben.“

Honey ging ins Schlafzimmer und kontrollierte die Reflexe seiner Pupillen. Dann sah sie nach seinen Verbänden an der Schulter und am Oberschenkel und erneuerte sie. „Ich habe ein Thermometer mitgebracht“, murmelte sie, schlug es herab und steckte es dem Mann in den Mund.

Rachel war ängstlich in der Nähe geblieben. „Welchen Eindruck macht er auf dich?“

„Seine Reflexe sind besser geworden, und die Wunden sehen sauber aus, aber er wird noch lange brauchen, bis er über den Berg ist. Er wird etliche Tage sehr krank sein. Im Übrigen ist es besser, wenn er länger so ruhig bleibt. Er ruht seinen Kopf aus und strengt seine Schulter und das Bein nicht an.“

„Und das Fieber?“

Honey fühlte seinen Puls, nahm dann das Thermometer aus seinem Mund und las es ab. „Neununddreißig Grad. Nicht kritisch. Gib ihm alle vier Stunden eine Tablette und so viel Wasser, wie du in ihn hineinbekommst. Verschaff ihm Erleichterung, indem du ihn mit kaltem Wasser abreibst. Ich komme morgen wieder. Aber ich kann nicht zu oft herkommen, sonst wirkt es verdächtig."

Rachel brachte ein Lächeln zustande. „Bist du sicher, dass deine Einbildung micht mit dir durchgeht?"

Honey zuckte die Schultern. „Ich habe Radio gehört und die Zeitung gelesen. Nirgendwo wurde etwas über diesen Mann erwähnt. Vielleicht wirfst du mich hinaus, aber ich kann mir nur noch zwei Möglichkeiten vorstellen. Einmal, dass er ein Agent – und zum anderen, dass er ein Drogenhändler ist, der sich auf der Flucht vor seinen eigenen Leuten befindet."

Rachel sah auf sein zerrauftes Haar und schüttelte den Kopf. „Ich glaube nicht, dass er etwas mit Rauschgift zu tun hat."

„Weshalb nicht? Haben solche Leute identifizierbare Tätowierungen oder etwas Ähnliches?"

Rachel erzählte Honey nichts über seine Hände. „Wahrscheinlich will ich mir nur einreden, das Richtige getan zu haben."

„Soweit ich es beurteilen kann, hast du das. Gestern Abend war ich nicht dieser Ansicht, aber heute habe ich darüber nachgedacht und habe heute morgen eine Unterhaltung mit einem Polizisten angefangen. Er hat nichts Ungewöhnliches erwähnt. Falls diese Besuche hier oben etwas mit Rauschgift zu tun haben sollten, bleibt dir Zeit genug, das herauszufinden, ehe er wieder in der Verfassung ist, in der er gefährlich werden könnte. Also, ich denke, du hast recht."

„Wie lange wird es noch dauern, bis er aufwacht?", murmelte Rachel.

Honey zögerte. „Ich weiß es nicht. Ich bin Tierärztin, vergiss das nicht. Bei dem Fieber, dem Blutverlust und dem Schlag auf den Kopf ... kann ich es wirklich nicht sagen. Er sollte eigentlich am Tropf hängen und intravenös Flüssigkeit zugeführt bekommen. Sein Puls geht schwach und schnell. Vermutlich müsste er eine Blutübertragung haben. Und dann hat er einen Schock, aber er kommt da heraus. Er könnte jederzeit aufwachen, oder es könnte auch morgen sein. Wenn er aufwacht, könnte er desorientiert sein, was nicht überraschend wäre. Pass auf, dass er sich nicht aufregt. Und was immer du machst, lass ihn nicht aufstehen."

Rachel sah zu dem Mann hinunter, auf seinen kräftigen Körper, und fragte sich, ob sie überhaupt die Möglichkeit hätte, ihn von etwas abzuhalten, wonach ihm der Sinn stand.

Honey holte Gaze und Klebeband aus ihrer Tasche. „Wechsele seine Verbände morgen früh. Ich kann nicht vor morgen Abend wieder hier sein, außer wenn du meinst, dass es ihm schlechter ginge und du mich aus diesem Grund anrufen müsstest. In diesem Fall wäre es allerdings besser, einen Arzt herbeizurufen."

Rachel lächelte verkrampft. „Danke. Ich weiß, es war für dich nicht einfach, die Sache zu handhaben."

„Wenigstens hast du für etwas Aufregung in diesem Sommer gesorgt. Ich muss gehen, sonst reißt mir Rafferty die Haare aus, falls ich ihn warten lasse."

„Richte ihm Grüße von mir aus", sagte Rachel, als sie auf die Veranda traten.

„Das hängt von seiner Stimmung ab." Honey grinste, und ihre Augen glänzten bei der erfreulichen Aussicht auf ein Wortgefecht. John Rafferty und sie lagen sich stets in den Haaren, seit Honey ihre Praxis in dieser Gegend eröffnet hatte. Rafferty hatte seiner Meinung deutlich genug Ausdruck verliehen, dass eine Frau für diese Tätigkeit viel zu schwach sei, und Honey hatte ihm bewiesen, dass er sich irrte.

Rex stand an der Hausecke und passte argwöhnisch und sprungbereit auf, als Honey in ihr Auto stieg und abfuhr. Normalerweise hätte Rachel beruhigend auf ihn eingeredet, aber heute war selbst sie angespannt und mitgenommen. „Pass auf", sagte sie leise, ohne zu wissen, ob er ihren Befehl begreifen würde. „Braver Junge. Pass schön auf das Haus auf."

Einige Stunden arbeitete Rachel an ihrem Manuskript, obwohl sie sich nicht recht darauf konzentrieren konnte. Ständig achtete sie auf jedes aus dem Schlafzimmer kommende Geräusch. Am Spätnachmittag stieg das Fieber des Patienten wieder und schien diesmal noch schlimmer zu werden. Seine Haut glühte unter Rachels Händen, und hektische Röte war in sein Gesicht gestiegen. Während Rachel seinen Kopf anhob, sprach sie beruhigend und besänftigend auf den Mann ein. Mit ihrer freien Hand streichelte sie seine Brust und seine Arme, um ihn so wach zu rütteln. Ihre Bemühungen waren erfolgreich, als der Mann plötzlich aufstöhnte und sein Gesicht an ihren Hals schmiegte.

Das Geräusch und die Bewegung von jemandem, der so lange still dagelegen hatte, ließ sie zusammenfahren. Ihr Herz klopfte heftig, und einen Moment lang war sie unfähig, sich zu rühren, hielt ihn nur fest und spürte das Kratzen seiner Bartstoppeln an ihrem Nacken.

Es war ein eigenartiges erotisches Gefühl. Erinnerungen kamen auf und trieben ihr die Röte in die Wangen. Wie konnte sie nur auf die unbewusste Berührung eines kranken Mannes so reagieren?

Wie zuvor, kühlte sie ihn dann geduldig mit einem mit kaltem Wasser getränkten Tuch und flößte ihm neue Medizin ein. Das Medikament tat seine Wirkung, und das Fieber fiel wieder. Bald schlief der Kranke fest.

Nach einer unruhigen Nacht, in der Rachel wiederholt aufwachte und den Patienten versorgte, stöhnte er gegen Morgen wieder und versuchte, sich auf die Seite zu legen. Da sie annahm, dass seine Muskeln sich verspannt hatten, weil er so lange in einer Stellung gelegen hatte, half Rachel ihm, sich auf die rechte Seite zu drehen. Dann kühlte sie seinen Rücken mit dem feuchtkalten Tuch. Der Mann beruhigte sich augenblicklich. Sein Atem ging tief und gleichmäßig. Rachel rieb seinen Rücken, bis sie überzeugt war, dass er in einen erholsamen Schlaf gesunken war. Dann kroch sie wieder ins Bett zurück. Sie war so grenzenlos müde ... Und sie war auch im Nu eingeschlafen.

Der folgende Tag sah nicht sehr viel anders aus als der erste. Rachel pflegte den Kranken und wartete auf Honey, die versprochen hatte, vorbeizukommen, um nach dem Mann zu sehen.

„Wie geht es unserem Patienten?“, fragte die Ärztin, als sie abends vorbeischaute.

Rachel schüttelte den Kopf. „Keine große Veränderung. Er bewegt sich etwas und dreht sich unruhig hin und her, wenn das Fieber höher steigt, aber er ist noch nicht aufgewacht.“

Honey kontrollierte die Verbände und seine Augen. „Alles in Ordnung“, murmelte sie. „Lass ihn schlafen. Genau das braucht er.“

„Aber das tut er schon so lange“, flüsterte Rachel.

„Er hat eine Menge durchgemacht. Der Körper sorgt von ganz allein dafür, dass er sich erholt.“

Rachel lud ihre Freundin zu einer Tasse Kaffee ein, weil sie nicht zum Essen bleiben wollte. Dann warf Honey einen Blick auf ihre Uhr. „Es ist noch nicht zu spät. Ich glaube, ich werde bei Rafferty vorbeifahren und nach einer seiner Stuten sehen, die fohlen soll. Vielleicht erspart es mir, den Weg wieder zurückzumachen, sobald ich zu Hause angekommen bin. Danke für den Kaffee.“

„Gern geschehen. Ich weiß wirklich nicht, was ich ohne dich hätte tun sollen.“

Honey sah sie einen Moment lang an, ihr sommersprossiges Gesicht war ernst. „Du wärst schon klargekommen, nicht wahr? Du gehörst zu den Menschen, die tun, was sie tun müssen, ohne großes Aufhebens darum zu machen. Der Mann da drinnen schuldet dir eine ganze Menge."

Rachel wusste nicht, ob er das auch so sehen würde oder nicht.

Nachdem sie geduscht hatte, blickte sie ihn eindringlich an, als wolle sie ihn zwingen, die Augen zu öffnen und zu ihr zu sprechen, ihr einen Hinweis auf den Mann zu geben, der sich hinter den geschlossenen Lidern verbarg. Mit jeder Stunde, die verstrich, wurde das Geheimnis um ihn größer. Wer war er? Wer hatte ihn angeschossen und warum? Warum wurde in den Medien nichts erwähnt, das einen Hinweis auf ihn hätte abgeben können? Ein verlassenes Boot, das steuerlos im Golf oder an die Küste getrieben wurde, würde in den Nachrichten gebracht werden. Eine vermisste Person hätten die Zeitungen gemeldet. Eine Rauschgiftrazzia, ein entsprungener Sträfling, all dies wäre eine Durchsage wert gewesen, aber nirgendwo gab es einen Hinweis, warum der Mann mit der Flut angetrieben worden war.

Rachel legte sich ins Bett neben ihn und hoffte auf wenigstens wenige Stunden Schlaf. Ihr schien, der Kranke schliefe ruhiger und das Fieber sei nicht mehr so hoch, wie es zu Anfang gewesen war. Sie legte die Hand auf seinen Arm und schlief ein.

Das Schwanken des Bettes weckte Rachel auf und riss sie aus dem tiefsten Schlaf. Mit klopfendem Herzen setzte sie sich auf. Der Man bewegte sich unruhig hin und her, versuchte, die Decke von sich zu strampeln. Seine Haut war heiß, und er atmete schwer.

Sie knipste ihre Nachttischlampe an, ging ins Bad und holte neue Medizin und frisches Wasser. Diesmal schluckte er leichter. Sanft drückte Rachel seinen Kopf in die Kissen zurück und fuhr ihm zärtlich über das Haar.

Sie musste ihm Kühlung verschaffen. Im Badezimmer feuchtete sie einen Waschlappen an und beugte sich dann über den Kranken, um seinen Oberkörper langsam abzureiben.

Eine Hand berührte ihre Brust. Rachel erstarrte und riss die Augen auf. Ihr ärmelloses Nachthemd war lose, und der tiefe, runde Ausschnitt bot einen besonders guten Einblick, als sie sich über den Mann gebeugt hatte. Langsam glitt seine rechte Hand hinein, und mit der Rückseite seiner schlanken, kräftigen Finger strich er beharrlich über ihre Brustspitzen, vor und zurück, bis die rosa Knospen sich zusammenzogen und Rachel bei dem unerwarteten, angenehmen Genuss die Augen schließen musste. Dann bewegte die Hand sich tiefer, so langsam, dass Rachel den Atem anhielt, bis er die samtweiche Unterseite ihrer Brust streichelte. „Hübsch", murmelte er. Seine Stimme war tiefer, auch wenn das Wort undeutlich herauskam.

Abrupt wurde Rachel sich bewusst, was das bedeutete: Der Mann war wach! Einen Augenblick lang starrte sie in seine halb geöffneten Augen, die so schwarz waren, dass man den Eindruck hatte, sie würden alles Licht aufsaugen. Dann senkte er langsam die Wimpern und war wieder fest eingeschlafen. Seine Hand glitt von ihrer Brust und sank auf die Bettdecke.

Rachel war so verwirrt, dass sie sich kaum zu bewegen vermochte. Ihre Haut brannte noch von seiner Berührung, und der Moment, als sie ihm in die Augen geschaut hatte, war wie festgefroren. Er hatte sich ihrem Gedächtnis derart eingeprägt, dass sie sich wie gebrandmarkt vorkam. Seine schwarzen Augen waren schwärzer als die Nacht, ohne eine Spur von Braun. Fieber und Schmerz hatten seinen Blick getrübt, aber der Mann hatte etwas gesehen, was ihm gefiel und wonach er gegriffen hatte. Sie sah an sich herunter und bemerkte, dass der Ausschnitt ihres losen, bequemen Nachthemdes ihre Brüste seinem Blick und seiner Berührung vollkommen ausgesetzt hatte. Unabsichtlich hatte sie ihn zu beidem aufgefordert.

Ihre Hände zitterten, als sie mechanisch fortfuhr, ihn mit dem kalten Lappen zu kühlen. Alle ihre Sinne waren in Aufruhr geraten, und ihr Verstand versuchte, sich an die Tatsache zu gewöhnen, dass ihr Patient wach gewesen war und gesprochen hatte, wenn auch nur ein einziges Wort. „Hübsch", hatte er gesagt. Die Hitze stieg ihr in die Wangen.

Dann wurde ihr plötzlich die Folgerung bewusst, die sich aus diesem einen Wort ergab, und sie setzte sich kerzengerade hin. Er war Amerikaner! Wäre er das nicht gewesen, dann hätte er in seinem halb bewusstlosen und fieberhaften Zustand das erste Wort in seiner Muttersprache gesagt. Aber er hatte Englisch gesprochen, und der Akzent, obwohl undeutlich, war entschieden amerikanisch gewesen.

Ihr Herz klopfte immer noch aufgeregt. Selbst dann noch, nachdem sie das Licht ausgeschaltet und sich neben den Kranken ins Bett gelegt hatte, zitterte sie und konnte keinen Schlaf finden. Er hatte seine Augen geöffnet und zu ihr gesprochen, hatte sich aus eigenem Antrieb bewegt. Er war auf dem Wege der Besserung. Bei dem Gedanken fiel ihr eine schwere Last von den Schultern.

Rachel drehte sich auf die Seite und betrachtete ihn. In der Dunkelheit des Zimmers konnte sie sein Profil kaum erkennen, aber mit jeder Faser ihres Seins nahm sie seine Gegenwart wahr.

Er war warm und lebendig, und so etwas wie Schmerz, aber auch Begeisterung erfüllten sie, weil er irgendwie wichtig für sie geworden war, so wichtig, dass der Verlauf ihres Lebens unwiderruflich verändert wurde. Selbst wenn er sie verlassen würde, wie ihre Vernunft es ihr sagte, könnte sie niemals mehr dieselbe sein.

4. KAPITEL

„Ich sage dir, er ist tot."

Der schlanke Mann mit dem grau werdenden braunen Haar und dem hageren, angespannten Gesicht, das im Gegensatz zu der erzwungenen Ruhe und dem beherrschten Benehmen stand, warf dem Sprecher einen geringschätzigen, belustigten Blick zu. „Glaubst du, wir können uns diese Annahme leisten, Tod? Wir haben nichts gefunden – Ich wiederhole: nichts, das seinen Tod bestätigt."

Tod Ellis kniff die Augen zusammen. „Es ist ausgeschlossen, dass er überlebt haben kann. Dieses Boot explodierte wie ein Benzintank."

Eine elegante rothaarige Frau hatte den beiden schweigend zugehört. Jetzt lehnte sie sich vor und drückte ihre Zigarette aus. „Und was ist mit der Meldung eines der Männer, der angeblich etwas oder jemanden über Bord gehen sah?"

Ellis errötete zornig. Diese beiden hatten sich seinem Befehl unterstellt, als es darum ging, die Falle zu stellen, und nun behandelten sie ihn wie einen blutigen Amateur. Das gefiel ihm nicht. Er war alles andere als ein Anfänger, und sie waren verdammt auf ihn angewiesen gewesen, als sie hinter Sabin her waren. Der Plan war nicht nach Wunsch gelaufen, doch Sabin war ihnen auch nicht entkommen, und nur darauf kam es an. Falls sie geglaubt haben sollten, es sei leicht, Sabin zu fangen, dann waren sie bestenfalls Dummköpfe. „Selbst wenn er ins Wasser entkommen sein sollte", sagte er geduldig, „so war er doch verletzt. Wir haben gesehen, dass er getroffen wurde. Und das passierte Meilen vor der Küste. Er kann in gar keinem Fall an Land gelangt sein. Entweder ist er ertrunken oder von einem Hai angefallen worden. Warum sollten wir durch eine Suche nach ihm das Risiko der Aufmerksamkeit auf uns ziehen?"

Der andere Mann sah mit seinen blassblauen Augen an Elfis vorbei. „Ja. Aber wir reden von Sabin, nicht von irgendeinem normalen Mann. Wie oft ist er uns entwischt? Viel zu oft, als dass ich darauf baue, wir hätten ihn so leicht töten können. An Bord haben wir keine Überreste gefunden, und falls er, wie du sagst, entweder ertrunken oder von den Haien angefallen wurde, müsste es dafür irgendwelche Anzeichen geben. Zwei Tage lang sind wir hier herumgefahren, ohne etwas zu finden. Mir erscheint es nur logisch, jetzt unsere Suche auf die Küste auszudehnen."

„Falls wir das tun, setzen wir uns der Gefahr aus, entlarvt zu werden."

Die Frau lächelte. „Nicht, wenn wir es richtig anstellen. Wir müssen nur vorsichtig genug sein. Die größte Gefahr besteht für uns darin, dass er von einem anderen Schiff aufgelesen und in ein Krankenhaus gebracht wurde. Falls er Gelegenheit hatte, mit jemandem zu reden oder zu telefonieren, werden wir uns ihm nicht nähern können. Zuerst einmal müssen wir ihn ausfindig machen. Ich bin mit Charles einer Meinung. Für uns steht zu viel auf dem Spiel, als dass wir einfach voraussetzen könnten, Sabin sei tot."

Elfis machte ein grimmiges Gesicht. „Hast du eine Vorstellung von der Größe des Gebietes, das wir absuchen müssen?"

Charles zog die Karte von Florida näher zu sich heran. „Unsere Position war hier", sagte er und bezeichnete die betreffende Stelle mit einem X. „Unter Berücksichtigung der Entfernung und der Gezeiten, die ich bereits überprüft habe, meine ich, wir sollten unsere Suche auf dieses Gebiet hier konzentrieren." Er zeichnete ein großes Oval auf die Karte und klopfte mit seinem Kugelschreiber darauf. „Noelle, überprüfe alle Krankenhäuser dieser Gegend und auch die Eintragungen der Polizei, damit wir herausfinden, ob jemand wegen einer Schusswunde behandelt wurde. Während du damit beschäftigt bist, werden wir jeden Zentimeter der Küste absuchen." Charles lehnte sich zurück und beobachtete Ellis mit eiskalten Augen. „Kannst du mit deinen Leuten in Verbindung treten und herausfinden, ohne gleich Verdacht zu erregen, ob er jemanden angerufen hat?"

Ellis zuckte die Schultern. „Ich habe einen verlässlichen Kontaktmann."

„Dann tu das. So wie die Dinge liegen, haben wir vielleicht schon zu lange damit gewartet."

Er würde den Kontakt aufnehmen, das beschloss Ellis, aber er war überzeugt, dass es reine Zeitverschwendung wäre. Sabin war tot. Diese Leute hier taten gerade so, als wäre er eine Art Supermann, der in der Luft verschwinden, dann wunderbarerweise wieder erscheinen könnte. Okay, Sabin hatte einen legendären Ruf gehabt, als er noch aktiv tätig war, doch das war Jahre her. Mittlerweile würde er bei dem langweiligen Schreibtischjob, den er jetzt hatte, an Schärfe eingebüßt haben. Nein, Sabin war tot. Ellis zweifelte nicht daran.

Rachel saß mit einer auf dem Schoß ausgebreiteten Zeitung auf der Verandaschaukel und schälte grüne Bohnen. Auf dem Fensterbrett stand das Radio, aus dem Musik klang. Sie hatte es leise gestellt, weil sie den Patienten nicht stören wollte. Er schlief friedlich.

Sie hatte den ganzen Morgen über damit gerechnet, dass er endlich aufwachen würde, aber stattdessen wechselten tiefe Schlafphasen mit unruhigen Perioden ab. Bisher hatte er weder die Augen geöffnet noch wieder gesprochen. Einmal jedoch hatte er aufgestöhnt und die rechte Hand an seine Schulter geklammert, bis Rachel seinen Griff gelöst, ihm die Hand gehalten und mit tröstenden Worten beruhigend auf ihn eingeredet hatte.

Mit einem dumpfen Grollen kroch Rex von seiner Stelle unter dem Oleandergebüsch hervor. Rachel warf einen Blick auf ihn, dann ließ sie den Blick über den Hof nach links zur Straße hinüberschweifen, konnte aber nichts Ungewöhnliches entdecken. Es sah Rex gar nicht ähnlich, auf Eichhörnchen oder Kaninchen zu reagieren. „Was ist denn?“, rief sie besorgt.

Der Hund reagierte auf ihren Zuruf, indem er sich auf sie zubewegte und direkt vor den Treppenstufen stehen blieb. Sein Grollen war jetzt zu einem warnenden Knurren geworden, und er starrte auf das Tannendickicht hinüber, zum Hügel hin, der zur Diamantenbucht hinunterführte.

Zwei Männer kamen aus dem Dickicht.

Rachel fuhr damit fort, die Bohnen zu schälen, als wäre ihr nichts aufgefallen, aber sie spürte, wie sich jeder Muskel in ihr anspannte. Schließlich sah sie zu ihnen hinüber, weil sie fand, dies entspreche einem normalen Verhalten. Die Männer trugen Freitzeitgarderobe, leichte Sommerhosen und Strickhemden, und darüber weite Baumwollblousons. Rachel warf einen zweiten Blick auf die Jacken. Es war noch nicht einmal Mittag, und das Thermometer war bereits auf neununddreißig Grad geklettert, und es versprach, noch heißer zu werden. Blousons waren da alles andere als praktisch – außer, man wollte darunter ein Schulterhalfter verbergen.

Als die Männer die Straße überquerten und auf das Haus zukamen, wurde Rex’ Knurren bösartig. Er duckte sich leicht auf den Vorderbeinen und stellte die Nackenhaare auf. Die Männer blieben stehen, und Rachel fiel die Bewegung auf, die einer von ihnen unter seiner Jacke machte, ehe er anhielt.

„Tut mir leid“, rief sie, stellte gemächlich die Bohnen zur Seite und stand auf. „Rex kann keine Fremden ausstehen, und Männer schon gar nicht. Er lässt nicht einmal den Nachbarn auf den Hof. Ich nehme an, er muss einmal von einem Mann misshandelt worden sein. Haben Sie sich verlaufen, oder hat Ihr Boot Sie im Stich gelassen?“ Während sie sprach, kam sie die Treppe hinunter und legte Rex beruhigend die Hand auf den Rücken. Er rückte etwas von ihr ab.

„Weder, noch. Wir suchen jemanden.“ Der Mann, der ihr antwortete, war hochgewachsen und gut aussehend, mit hellbraunen Haaren und einem offenen, jugendhaften Lächeln, das seine weißen Zähne im sonnengebräunten Gesicht aufblitzen ließ. Er sah zu Rex hinunter. „Hm, könnten Sie den Hund auch festhalten?“

„Er wird Ihnen nichts tun, solange Sie sich nicht weiter dem Haus nähern.“ Rachel hoffte, das möge der Wahrheit entsprechen. Sie klopfte Rex noch einmal besänftigend auf den Rücken, ging an ihm vorbei und auf die Männer zu. „Ich glaube, er schützt weniger mich als sein eigenes Terrain. Nun, was sagten Sie gerade?“

Der andere Mann war kleiner, schlanker und dunkler als der Schönling neben ihm. „FBI“, sagte er knapp und hielt ihr eine Dienstmarke vor die Nase. „Ich bin Agent Lowell, und dies ist Agent Ellis. Wir suchen einen Mann, von dem wir annehmen, dass er sich in dieser Gegend aufhält.“

Rachel krauste die Stirn und hoffte, sie würde dabei nicht übertreiben. „Einen entlaufenen Strafgefangenen?“

Agent Ellis hatte seinen Blick anerkennend über Rachels lange nackte Beine gleiten lassen.

Jetzt sah er ihr in die Augen. „Nein, aber wir wollen ihn ins Gefängnis bringen. Wir glauben, dass er hier irgendwo an Land gekommen sein muss.“

„Ich habe hier keine Fremden gesehen, aber ich werde gut aufpassen. Wie sieht er denn aus?“

„Etwa einen Meter achtzig groß, vielleicht größer. Schwarze

Augen und dunkelbraunes Haar."

„Ein Seminole?"

Beide Männer sahen sie verblüfft an. „Nein, kein Indianer", antwortete Agent Lowell schließlich. „Aber er ist dunkelhäutig wie ein Indianer."

„Haben Sie ein Foto von ihm?"

Die beiden tauschten einen schnellen Blick. „Nein."

„Ist er gefährlich? Ich meine, ein Mörder oder so etwas?" Rachel saß ein Kloß im Hals und schnürte ihr die Kehle zu. Was würde sie tun, wenn die Männer ihr erklärten, er sei ein Mörder? Wie könnte sie das ertragen?

Wieder tauschten sie einen Blick, als wüssten sie nicht recht, was sie sagen sollten. „Man muss davon ausgehen, dass er bewaffnet und gefährlich ist. Falls Ihnen etwas Verdächtiges auffallen sollte, dann rufen Sie uns unter dieser Nummer an." Agent Lowell kritzelte eine Nummer auf ein Stück Papier. Sie warf einen Blick darauf, faltete den Zettel zusammen und steckte ihn in ihre Tasche.

„Das werde ich tun", sagte sie. „Es war nett, dass Sie vorbeigekommen sind."

Schon im Gehen begriffen, blieb Lowell stehen, drehte sich wieder um und sah sie aus zusammengekniffenen Augen an. „Da unten am Strand sind so seltsame Spuren, so als hätte man etwas darüber gezerrt. Wissen Sie etwas davon?"

Rachel gefror das Blut in den Adern. Warum war sie nicht an den Strand gegangen und hatte die Spuren restlos verwischt? Die Flut hätte ein Übriges getan und das Blut weggewaschen, wo der Mann gestürzt war. Mit Absicht runzelte sie die Stirn, um sich Zeit zum Nachdenken zu geben. Dann sah sie die beiden strahlend an. „Oh, vermutlich meinen Sie die Stelle, wo ich Muscheln und das Treibholz einsammle. Ich schichte das alles auf einer Decke zusammen und zerre sie hier herauf. Auf diese Weise muss ich nur ein Mal den Hügel hinauf."

„Und was machen Sie damit? Mit diesen Muscheln und dem Treibholz?"

Die Art, wie Lowell sie ansah, gefiel Rachel gar nicht. Er schien ihr kein Wort zu glauben. „Ich verkaufe sie", antwortete sie, und das war die Wahrheit. „Ich besitze zwei Souvenirläden."

„Ach so." Lowell lächelte sie an. „Nun, dann viel Glück bei der Muschelsuche." Die beiden wandten sich wieder zum Gehen.

„Soll ich Sie irgendwohin bringen?", fragte Rachel mit erhobener Stimme. „Sie sehen schon sehr erhitzt aus, und es wird noch heißer werden."

Die beiden blickten hinauf in die stechende Sonne am wolkenlosen blauen Himmel. Ihre schweißüberzogenen Gesichter glänzten. „Wir sind mit dem Boot gekommen", sagte Agent Elfis. „Wir müssen die Küste noch weiter absuchen. Trotzdem vielen Dank!"

„Gern geschehen. Oh, passen Sie auf, wenn Sie die Richtung nach Norden nehmen. Dort wird es sumpfig."

„Ja, nochmals vielen Dank."

Rachel blickte ihnen nach, bis sie zwischen den Kiefern und hinter den Hügel aus ihrer Sicht verschwunden waren. Trotz der Hitze hatte sie eine Gänsehaut. Alles, was sie erfahren hatte, ging ihr im Kopf herum, und sie versuchte, ihre Gedanken zu ordnen und die richtigen Schlüsse daraus zu ziehen.

FBI? Das war denkbar. Aber die Männer hatten ihre Dienstmarken so schnell gezückt, dass es ihr unmöglich war, sie zu identifizieren. Die beiden wussten zwar, wie der Gesuchte aussah, hatten aber kein Bild, keinerlei Unterlagen von ihm, was dem FBI eigentlich keine Schwierigkeiten bereiten durfte. Außerdem waren sie ihrer Frage nach dem Vergehen des Fremden ausgewichen, als hätten sie damit nicht gerechnet und wüssten nun keine passende Antwort. Sie hatten gesagt, der Unbekannte sei vermutlich bewaffnet und gefährlich, doch stattdessen war er nackt und hilflos. Wussten sie nicht, dass er angeschossen war? Warum hatten sie nichts darüber erwähnt?

Wenn sie aber nun doch einem Kriminellen Zuflucht gewährte? Diese Möglichkeit hatte immer bestanden, obwohl Rachel sie von der Hand gewiesen hatte. Nun kam sie ihr wieder in den Sinn, und das machte sie ganz krank.

Sie holte die Bohnen und warf auf dem Weg in die Küche einen besorgten Blick durch die offene Schlafzimmertür. Gerade das Kopfende des Bettes und das braune Haar des Fremden auf dem Kissen waren sichtbar. Wenn er wieder aufwachte und sie in diese nachtschwarzen Augen schaute, würde sie dann in die Augen eines Verbrechers sehen? Eines Mörders?

Verbissen wusch sie sich die Hände und blätterte dann im Telefonbuch. Sie wählte die gesuchte Nummer, und nach dem ersten Klingeln sagte eine genervte Stimme: „Sheriff-Büro."

„Andy Phelps, bitte."

„Einen Augenblick."

Sie hörte ein neues Klingeln, doch diesmal kam die Antwort geistesabwesend, als ob die Person ganz andere Dinge im Kopf hätte. „Phelps."

„Andy, hier ist Rachel."

Augenblicklich erwärmte sich sein Ton. „Hallo, Liebes. Ist alles in Ordnung?"

„Bestens. Heiß, aber sonst alles prächtig. Wie geht es Trish und den Kindern?"

„Den Kindern geht es wundervoll, aber Trish betet darum, die Schule möge wieder anfangen."

Rachel lachte und empfand Mitgefühl für Andys Frau. Ihre Jungen trieben ihr wildes Betragen wirklich auf die Spitze. „Hör mal, gerade waren zwei Typen bei mir zu Haus, die vom Strand hochgekommen sind."

Andys Ton wurde schärfer. „Haben sie dich irgendwie belästigt?"

„Nein, nichts dergleichen. Sie sagten, sie seien vom FBI, aber ich konnte ihre Dienstmarken nicht gut erkennen ... Angeblich suchen sie nach jemandem. Sind sie echt? Ist dein Büro darüber informiert worden? Ich bilde mir vielleicht etwas ein, aber ich befinde mich hier am Ende der Straße, und Rafferty lebt meilenweit weg. Nach Bobbys Tod ..." Der plötzliche Schmerz der Erinnerung überkam Rachel, sie konnte nicht weitersprechen. Es war zwar schon fünf Jahre her, aber es gab noch immer Augenblicke, in denen der Verlust und die Trauer sie heimsuchten und eine große Leere sie überfiel.

Andy verstand wie sonst kein anderer. Er hatte mit Bobby Bill beim Rauschgiftdezernat zusammengearbeitet. Die Erinnerung daran machte seinen Ton spröde. „Ich weiß. Du kannst nicht vorsichtig genug sein, Liebes. Hör zu, uns wurde Order von oben erteilt, mit einigen Leuten zu kooperieren, die auf der Suche nach jemandem sind. Alles wird sehr heruntergespielt. Es sind keine Männer vom hiesigen FBI. Ich zweifle, ob sie überhaupt dem FBI angehören, aber Order ist Order."

Rachel umklammerte den Hörer noch fester. „Und Behörde ist Behörde?"

„Ja, so ungefähr. Halt den Mund darüber, aber halte deine Augen auf. Ich habe bei dieser Sache kein sehr gutes Gefühl."

Er war nicht der Einzige. „Das werde ich. Vielen Dank."

„Nicht der Rede wert. Hör mal, warum kommst du nicht einmal abends zum Essen zu uns? Es ist eine Weile her, seit wir dich gesehen haben."

„Gern, mit Vergnügen. Trish soll mich anrufen."

Sie legten beide auf, und Rachel atmete tief durch. Wenn Andy diese Männer nicht dem FBI zurechnete, dann sollte ihr das genügen. Sie ging in das Schlafzimmer, blieb neben dem Bett stehen und beobachtete den schlafenden Mann. Seine breite Brust hob und senkte sich beim Atmen.

Seit dem Abend, da sie ihn in ihr Haus gebracht hatte, waren die Jalousien geschlossen geblieben, daher war es dämmrig und kühl im Raum. Doch ein dünner Sonnenstrahl drang durch zwei Stäbe und fiel schräg über seinen Bauch. Die lange, dünne Narbe glänzte im Licht. Wer immer er auch sein mochte, was immer er auch getan hatte – er war kein gewöhnlicher Verbrecher.

Rachel pflegte ihn bereits den dritten Tag. Er musste endlich Nahrung zu sich nehmen. Wenn er Tee trinken konnte, dann würde er auch Suppe vertragen. Sie hätte längst auf diesen Gedanken kommen können.

Entschlossen ging Rachel in die Küche und öffnete eine Büchse Hühnersuppe mit Nudeln, goss sie in einen Topf und stellte ihn zum Heißwerden auf den Herd. Das dauerte weniger als fünf Minuten. Sie stellte einen gefüllten Teller auf ein Tablett und trug es ins Schlafzimmer hinüber. Fast hätte sie es fallen lassen, als der Fremde sich plötzlich auf seinen rechten Ellbogen aufrichtete und sie mit seinen durchdringenden, fiebrig glänzenden schwarzen Augen anstarrte.

Rachel stellte schnell das Tablett auf den Fußboden, verschüttete dabei etwas von der Suppe aus dem Teller, und eilte zum Bett, um dem Mann behilflich zu sein. Sacht stützte sie seinen Kopf und versuchte, nicht gegen seine Schulter zu stoßen, als sie ihren Arm hinter seinen Rücken schob und seinen Kopf gegen ihre Schulter legte. „Legen Sie sich wieder hin", sagte sie in beruhigendem Ton, den sie ihm gegenüber immer angewandt hatte. „Sie können noch nicht aufstehen."

Der Mann zog die Augenbrauen zusammen und widerstand Rachels Bemühungen. „Es ist Zeit für die Party", murmelte er. Die Worte kamen noch immer wie bei einem Betrunkenen undeutlich heraus.

Er war wach, aber sicher nicht ganz klar. Fieberträume hielten ihn noch gefangen. „Nein, die Party hat noch nicht angefangen", versicherte sie ihm, ergriff seinen rechten Ellbogen und zog ihn nach vorn, damit er sich nicht darauf stützen konnte. Sein Gewicht lag schwer auf ihrem untergeschobenen Arm, als sie ihn wieder auf das Kissen zurücklegte. „Sie können noch einschlafen."

Schwer atmend blieb er liegen und starrte sie unter zusammengezogenen Augenbrauen her an. Sein Blick flackerte nicht, als Rachel das Tablett vom Boden nahm und auf dem Nachttisch abstellte. Der Mann hatte seine Aufmerksamkeit ganz auf sie gerichtet, als versuchte er, die Dinge um sich zu begreifen, sich von den Nebeln, die seinen Verstand umwölbten, zu befreien.

Ruhig sprach Rachel auf ihn ein, während sie ihn mit zusätzlichen Kissen abstützte. Sie wusste nicht, ob er ihre Worte verstand, aber ihre Stimme und ihre Berührungen schienen ihn zu beruhigen. Auf der Bettkante sitzend, begann sie, ihn zu füttern, und sprach die ganze Zeit auf ihn ein. Folgsam öffnete er den Mund, sobald sie den Löffel an seine Lippen setzte, aber bald fielen ihm die Augen vor Müdigkeit zu.

Rachel zog die Kissen wieder fort, damit er flach liegen konnte, und rückte ihm den Kopf bequem zurecht. Plötzlich kam ihr ein Gedanke. Es war den Versuch wert. „Wie heißen Sie?"

Der Mann runzelte die Stirn, und sein Kopf zuckte ruhelos hin und her. „Wer?", fragte er. Aus seiner tiefen Stimme klang Verwirrung.

Rachel blieb über ihn gebeugt stehen, mit der Hand unter seinem Kopf. Ihr Herz klopfte schneller. Vielleicht würde sie einige Antworten bekommen! „Sie! Wie heißen Sie?"

„Ich?" Die Fragen reizten ihn und machten ihn aufgeregt. Er starrte Rachel an, als er sich um Konzentration bemühte, und sein Blick glitt über ihr Gesicht und dann tiefer.

Sie versuchte es noch einmal. „Ja, Sie. Wie ist ihr Name?"

„Meiner?" Er holte tief Luft, und sagte noch einmal: „Meiner?" Beim zweiten Mal klang es wie eine Feststellung, nicht wie eine Frage. Er bewegte sich langsam, hob beide Hände und zuckte unter dem Schmerz in seiner Schulter zusammen. Dann legte er beide Hände über ihre Brüste und strich mit dem Daumen über ihre Spitzen. „Meine", sagte er wieder und meinte eindeutig das, was er für sein Besitz hielt.

Einen Moment lang, nur einen winzigen Moment lang, war Rachel hilflos dem unerwartet brennenden Vergnügen bei seiner Berührung ausgeliefert. Sie konnte sich nicht dagegen wehren. Jeder Nerv in ihr war in Aufruhr, und das Blut schoss ihr heiß durch die Adern, als ihre Brustspitzen unter seinen Daumen hart wurden. Dann kehrte die Wirklichkeit zurück, und Rachel zuckte vor dem Mann zurück und sprang vom Bett auf. Sie war wütend auf ihn und verärgert mit sich selbst. „Das könnte Ihnen so passen!", fuhr sie ihn an.

Schläfrig schloss er die Augen. Rachel stand da und starrte auf ihn hinunter. „Ich muss schon sagen, Sie haben eine sehr einseitige Fantasie", sagte sie leise und vorwurfsvoll.

Seine Lider hoben sich flatternd, und er sah Rachel wieder

an. „Ja“, sagte er deutlich. Er schloss die Augen und schlief ein.

Hin und her gerissen zwischen Lachen und Zorn stand Rachel mit geballten Fäusten neben dem Bett. Es war zweifelhaft, dass der Mann etwas davon verstanden hatte, was sie sagte. Das letzte, provozierende Wort mochte eine Antwort auf ihre Beschuldigung gewesen sein oder auf irgendeine Frage, die nur in seiner nebelhaften Vorstellung existierte. Jetzt lag er wieder in tiefem Schlaf, war vollkommen entspannt und sich des Aufruhrs, den er hinterlassen hatte, gänzlich unbewusst.

Kopfschüttelnd nahm sie das Tablett auf und verließ leise das Zimmer.

Sorgfältig schloss Rachel das Haus ab, bevor sie sich auf den Weg machte, um für den Mann einige Kleidungsstücke zu besorgen, da von Bobbys Sachen nichts mehr übrig war. Sie hielt Rex an, gut aufzupassen, und stieg in ihren kleinen Sportwagen. Ihr Patient schlief friedlich. Sie hatte ihn versorgt, und nun hatte sie Zeit für ihre Einkäufe. Dennoch fuhr sie so schnell, wie es zulässig war, denn zum Trödeln fehlte ihr die Ruhe. Ganz sicher würde sie sich wohler fühlen, wenn sie wieder zurück im Haus wäre.

Obwohl der örtliche Supermarkt gerade erst geöffnet hatte, war er bereits voller Kunden, die sich alle entschlossen zu haben schienen, ihre Besorgungen noch vor der größten Hitze am Tag zu erledigen.

Rachel fuhr mit dem Einkaufswagen durch die Regalreihen und warf Unterwäsche, Socken, Tennisschuhe, die ihr groß genug erschienen, Hemden und einen Frotteepullover hinein. Dann wählte sie ein Paar Jeans und vorsichtshalber auch noch schwarze Bermudashorts aus, sollten die Jeans sich als zu unbequem am verletzten Bein erweisen, und fügte ein paar Bastsandalen dazu. Sie war auf dem Weg zur Kasse, als ein Prickeln ihr am Rückgrat entlanglief, und sie hob den Kopf. Sie sah sich um und entdeckte einen Mann, der angeblich die ausgestellten Waren betrachtete, und das Prickeln verwandelte sich in Gänsehaut. Der Mann war Agent Lowell.

Ohne stehen zu bleiben, schob Rachel den Einkaufswagen in die Damenabteilung, griff hastig nach einigen Spitzenhemdchen und Satinhöschen und warf sie auf die Herrenartikel.

Aus dem Augenwinkel sah sie, wie Lowell sich ihr zwanglos näherte und ab und zu stehen blieb, um die Waren geistesabwesend zu betrachten. Er verstand sein Handwerk. Er glitt durch die Menge der Käufer, ohne selbst Aufmerksamkeit zu erregen. Er verfolgte eine Spur, ohne sich das Ansehen eines Jägers zu geben.

Wieder näherte Lowell sich Rachel. Sie passte den richtigen Moment ab, wendete ihren Einkaufswagen und rammte ihn in Lowells Knie.

„Oh, du meine Güte, das tut mir leid!", entschuldigte sie sich atemlos. „Ich habe Sie nicht gesehen ... Oh", sagte sie noch einmal, und aus ihrer Stimme klang überraschtes Wiedererkennen. „Ag..." Sie unterbrach sich, sah sich um und senkte ihre Stimme zu einem kaum hörbaren Flüstern. „Agent Lowell."

Die Vorstellung war grandios, aber an Agent Lowell völlig verschwendet, der damit beschäftigt war, sich heftig sein Knie zu reiben. Er richtete sich mit einem schmerzvollen Blick auf. „Hallo, Miss ... Ich fürchte, ich habe gestern Ihren Namen nicht ganz verstanden."

„Jones", antwortete Rachel und hielt ihm die Hand hin. „Rachel Jones."

Er hatte eine kräftige Hand, aber die Handfläche war ein

bisschen feucht. Agent Lowell war nicht ganz so entspannt, wie er erschien.

„Sie sind schon früh auf den Beinen“, meinte er.

„Bei der Hitze ist es das Beste, früh einkaufen zu gehen, oder bis nach Sonnenuntergang zu warten. Sie sollten wirklich eine Schirmmütze aufsetzen, wenn Sie wieder so wie gestern in der Gegend herumlaufen wollen.“ Da er bereits einen Sonnenbrand im Gesicht hatte, kam dieser gute Rat zu spät.

Lowells ausdrucksloser Blick senkte sich auf den Inhalt ihres Einkaufswagens, ehe er sich wieder abrupt auf Rachel richtete. Sie verspürte einen Augenblick lang grimmige Zufriedenheit über ihre Auswahl. Die Gegenwart Lowells konnte reiner Zufall oder auch absichtlich sein, aber er war in jedem Fall neugierig. Das gehörte zu seinem Beruf. Sie spürte heraus, dass er von ihrer aufgesetzten Nonchalance und der Unschuldsmiene weniger beeindruckt war als der andere Agent.

„Sie werden, hm, wohl einen Kredit aufnehmen müssen, um all das zu bezahlen“, meinte er nach einer kleinen Pause, in der er den Wageninhalt genauer gemustert hatte.

Rachel warf einen sorgenvollen Blick auf ihre Einkäufe. „Da könnten Sie recht haben. Jedes Mal, wenn ich verreisen will, sieht es so aus, als würden mir selbst die wichtigsten Sachen fehlen.“

Seine Augen verrieten Wachsamkeit. „Sie wollen verreisen?“

„In etwa zwei Wochen. Ich habe auf den Key Islands Nachforschungen anzustellen, und es ist immer besser, sich vor Ort umzusehen.“

„Nachforschungen?“

Rachel zuckte die Schultern. „Ich tanze auf mehreren Hochzeiten. Ich habe meine Souvenierläden, schreibe ein bisschen und halte einige Abendkurse. Das hält mich davon ab, vor Langeweile zu sterben." Sie sah zu den Kassen hin, an denen die Schlangen immer länger wurden, und sagte unbekümmert: „Ich glaube, ich stelle mich lieber an, ehe ich jeden hier im Laden vor mir habe. Oh ... waren Sie gestern erfolgreich?"

Sein Gesicht war eine ausdruckslose Maske, obwohl er schon wieder prüfend in ihren Einkaufswagen blickte. „Nein. Wahrscheinlich war es eine falsche Spur."

„Nun, dann viel Glück. Denken Sie daran, kaufen Sie sich eine Schirmmütze, solange Sie hier sind."

„Gewiss. Vielen Dank für den Rat."

Rachel stellte sich an das Ende einer Käuferschlange vor einer der Kassen und blätterte während des Wartens in einer Illustrierten. Langsam schob sie ihren Wagen voran. Lowell war zur Seite getreten und sah sich interessiert die Taschentücher an. Verdammt, wollte er denn nie verschwinden?

„Einhundertsechsundvierzig Dollar und achtzehn Cents", sagte die junge Frau und griff nach einer großen Tragetasche.

Rachel bezahlte mit ihrer Kreditkarte. Lowell war an einer Kasse vorbeigegangen und kam vor den Kassen wieder auf sie zu. Rachel riss die bereit gelegte Tüte an sich und begann, hastig ihre Einkäufe hineinzuwerfen. Dann stellte sie die Tragetasche in ihren Einkaufswagen und schob ihn aus dem Geschäft.

„Kann ich Ihnen behilflich sein?", fragte Agent Lowell und passte sich ihrem Schritt an.

„Nein, es ist leichter, den Wagen mit den Sachen vor sich herzuschieben, als sie zu tragen. Trotzdem, vielen Dank."

Sie öffnete den Kofferraum ihres Wagens, stellte die Tüte hinein und knallte ihn wieder zu, während sie Lowells neugieriger Blick aufdringlich verfolgte.

„Auf Wiedersehen“, sagte sie leichthin.

Er stand immer noch da und starrte ihr nach, als sie den Parkplatz verließ. Rachel wischte sich die Schweißperlen von der Stirn.

5. KAPITEL

Eine riesige schwarze Gewitterwolke hing am Himmel, als Rachel wieder vor ihrem Haus vorfuhr. Sie blickte hinauf und überlegte, ob die Wolke wohl schon über dem Meer abregnen oder ihre Wasserfluten über Land ergießen würde. Der Regen würde in Bächen herunterrauschen und die Temperatur abrupt fallen, doch kaum wäre die Wolke vorübergezogen, käme die Hitze zurück, und die Feuchtigkeit würde in einer atembeklemmenden Dampfwolke verpuffen.

Ebenezer Duck und seine Mannschaft stoben mit empörtem Geschnatter auseinander, als sie ihren Wagen im Schatten der Eiche abstellte, wo das Federvieh träge am Gras gezupft hatte. Rex hob den Kopf und sah kurz zu ihr hinüber, ehe er sein Nickerchen fortsetzte. Alles war friedlich, ganz wie sie es bei ihrer Abfahrt zurückgelassen hatte. Erst in diesem Augenblick verließ sie ihre innere Nervosität.

Rachel nahm die Tragetasche aus dem Kofferraum und stieg, mit der Tüte in der einen und ihren Schlüsseln in der anderen Hand, die Verandastufen hoch. Vor der Tür blieb sie stehen, schob ihre Sonnenbrille auf den Kopf, hielt die Fliegentür mit der Hüfte auf und schloss die Eingangstür auf. Die Kühle, durch die Klimaanlage erzeugt, war ein krasser Kontrast zu der gleißenden Hitze von draußen, sodass sie eine Gänsehaut bekam, und ihr fröstelte. Sie atmete tief durch, ließ die Tüte und ihre Handtasche auf einen der Sessel fallen und wollte nach ihrem Patienten sehen.

Gerade als sie die Hand auf den Türknauf legte, legte sich ein harter Arm über ihre Kehle, und Rachel wurde nach hinten gerissen. Ein glänzendes Messer wurde vor ihr Gesicht gehalten. Rachel war viel zu erschreckt, um zu reagieren, aber jetzt überkam sie grenzenlose Angst, als ihr Blick auf das Messer fiel. Wie waren sie hier hereingekommen? Hatten sie ihn bereits umgebracht?

„Wenn Sie sich nicht wehren, werde ich Ihnen nichts tun", murmelte ihr eine tiefe Stimme ins Ohr. „Ich will ein paar Antworten, aber ich gehe kein Risiko ein. Falls Sie nur eine falsche Bewegung machen sollten …" Er beendete den Satz nicht, aber das war auch nicht nötig. Wie ruhig die Stimme klang! So kalt und gefühllos wie Stein. Es ließ ihr das Blut gefrieren.

Der Arm unter ihrem Kinn nahm ihr die Luft, und sie hob automatisch beide Hände, um den Arm zu umkrampfen. Das Messer bewegte sich drohend näher. „Nein, lassen Sie das", flüsterte er, sein Mund direkt an ihrem Ohr.

Rachel zuckte vor dem Messer zurück, drückte entsetzt den Kopf gegen seine Schulter, drängte sich mit dem ganzen Körper gegen seinen, in dem verzweifelten Versuch, von dieser blitzenden Klinge wegzukommen. Jedes Detail seines Körpers nahm sie wahr, und plötzlich registrierte ihr benommener Verstand, was sie spürte. Er war nackt! Und wenn er nackt war, dann konnte es nur …

Vor übergroßer Erleichterung, die fast so schmerzhaft wie die eben ausgestandene Angst war, fing Rachel an zu zittern. Und ihre Hände lockerten den Griff um seinen Arm.

„So ist es besser", murmelte die dunkle Stimme. „Wer sind Sie?"

„Rachel Jones", antwortete sie atemlos, weil der Druck auf ihrer Kehle noch nicht nachgelassen hatte.

„Wo bin ich hier?"

„In meinem Haus. Ich habe Sie aus der Brandung gezogen und hierher gebracht." Rachel spürte, wie er zögerte. Vielleicht ließen aber auch nur seine Kräfte nach. Unter den Umständen zeigte er eine erstaunliche Kraft, doch er war sehr krank gewesen, und seine Ausdauer musste schwinden. „Bitte“, hauchte sie. „Sie hätten nicht aufstehen dürfen.“

Das war die Wahrheit, dachte Sabin grimmig. Langsam zog er den Arm von ihrem Hals zurück und ließ die Hand, die das Messer hielt, sinken.

Statt entsetzt vor ihm zurückzuweichen, drehte Rachel sich vorsichtig um, als fürchtete sie, so könnte sie ihn zu einem neuen Angriff reizen, legte seinen rechten Arm über ihre Schulter und umfasste ihn dann mit beiden Armen, um ihn zu stützen. „Halten Sie sich an mir fest, ehe Sie hinfallen“, sagte sie, noch immer etwas außer Atem. „Es wäre schlimm, wenn die Nähte wieder aufgingen.“

Langsam half sie ihm in das Schlafzimmer und stützte ihn ab, als er auf der Bettkante förmlich zusammenklappte. Sie half ihm auch dabei, sich bequem auf den Rücken zu legen, schob das Kissen unter seinen Kopf und deckte ihn bis zur Hüfte zu. „So ist es gut“, sagte sie weich und strich mit der Hand – wie sie es in der letzten Zeit so oft getan hatte – beruhigend über seine Brust.

Er fühlte sich viel kühler an. Das Fieber schien endlich zurückgegangen zu sein. Das Messer hielt er in seiner linken Hand. Als Rachel es ihm wegnehmen wollte, krallte er seine Finger fester darum, riss die Augen auf und sah sie böse an.

Ohne das Messer loszulassen, begegnete sie seinem Blick. „Wozu brauchen Sie das?“, fragte sie. „Falls ich Ihnen hätte schaden wollen, dann wären dafür schon früher genügend Gelegenheiten gewesen.

Kevin Sabin sah in graue, klare Augen. Diese Frau mit diesen Augen hatte seine Träume mit einer zarten Sinnlichkeit ausgefüllt, die ihn erregt hatte. Aber – waren es wirklich nur Träume gewesen? Die Frau war kein Traum. Sie war Wirklichkeit, warm und lebensnah, und sie hatte die Hände mit einer gewissen Vertrautheit über seine Brust gleiten lassen. Sie benahm sich nicht wie eine Wächterin, aber er musste ganz sicher gehen. Wenn er ihr das Messer überließ, würde er es womöglich nie zurückbekommen. „Ich werde es behalten“, sagte er.

Rachel zögerte und fragte sich, ob sie beharrlich bleiben sollte, aber etwas an seinem ruhigen, entschiedenen Ton brachte sie zu dem Entschluss, ihm nachzugeben.

„Nun gut. Haben Sie Hunger?“

„Nein. Ich habe eine Banane und einen Apfel gegessen.“

„Wie lange sind Sie schon wach?“

Er hatte nicht auf die Uhr gesehen, aber er besaß ein gutes Zeitgefühl. „Fast eine Stunde.“ Er ließ Rachel nicht aus den Augen, und sie hatte das Gefühl, er versuche, ihre Gedanken zu lesen.

„Sie sind schon früher ein paarmal aufgewacht, aber stets im Fieber, und Sie haben Unsinn geredet.“

„Welchen Unsinn?“, fragte er scharf.

Rachel sah ihn ruhig an. „Keine Staatsgeheimnisse oder etwas Ähnliches. Sie glaubten, Sie gingen zu einer Party.“

Sollte das eine doppeldeutige Äußerung über Staatsgeheimnisse sein? Wusste sie etwas, oder war es reiner Zufall? Am liebsten hätte Kevin Sabin sie ausgehorcht, aber dazu war er viel zu erschöpft und müde. Als wüsste sie darum, berührte sie sein Gesicht. Ihre Finger waren kühl und zart. „Schlafen Sie jetzt“, sagte sie. „Ich werde hier sein, wenn Sie wieder aufwachen.“

Es war lächerlich, aber diese Bestätigung brauchte er, um friedlich einzuschlafen.

Leise verließ Rachel den Raum und ging in die Küche, wo sie sich schwach und mit zitternden Knien gegen die Anrichte lehnte. Es war noch nicht einmal Mittag, und so viel war bereits passiert. Und trotzdem wusste sie noch immer nicht, wer ihr Patient war. Er hatte die Fragen gestellt und ihr ganz unvorbereitet ein Messer an die Kehle gesetzt. Sie war ganz hilflos gewesen, unfähig, etwas gegen seine Stärke zu unternehmen, die er trotz seiner Verletzungen immer noch besaß. Und sie war nicht auf den Blick dieser dunklen Augen vorbereitet gewesen, dem sie nicht lange standhalten konnte …

Sie beschloss, sich zu beschäftigen, und holte aus dem Garten frisches Gemüse, um eine Suppe zu machen. Die Hitze, der wenige Schlaf und ihre hastigen Bewegungen verursachten ihr Übelkeit, und sie kehrte ins Haus zurück.

Sie stellte die Suppe auf und versuchte, in der Zwischenzeit etwas an ihren Abendkursvorträgen zu arbeiten. Obwohl sie sich ganz in ihre Unterlagen und Notizen vertiefte, war sie doch so auf ihren Patienten eingestellt, dass sie das leichte Rascheln der Laken sofort wahrnahm, als er sich bewegte. Rachel wusste, er war aufgewacht. Sie warf einen Blick auf ihre Uhr und stellte fest, dass er etwas länger als drei Stunden geschlafen hatte. Auch die Suppe war längst fertig, falls er jetzt essen wollte.

Der Mann hatte sich aufgesetzt, gähnte und rieb sich die Bartstoppeln, als Rachel das Schlafzimmer betrat. Sofort richtete er seine ganze Aufmerksamkeit auf sie.

„Sind Sie jetzt hungrig? Sie haben drei Stunden lang geschlafen."

Er überlegte einen Moment und nickte dann kurz. „Ja. Aber vorher würde ich gern duschen und mich rasieren."

„Duschen können Sie noch nicht, solange die Fäden noch drin sind", sagte Rachel und eilte an seine Seite, als er die Decke zurückschlug und die Füße aus dem Bett schwang.

Er fuhr vor Schmerz zusammen und fasste nach seiner linken Hüfte.

Rachel legte ihm hilfreich den Arm um die Schulter und

wartete, bis Sabin fest auf den Beinen stand. Dann ließ sie den Arm sinken, weil sie spürte, dass ihr Patient lieber aus eigener Kraft ins Bad gehen wollte. Besorgt beobachtete sie ihn, wie er einen Schritt vor den anderen setzte. Dieser Mann war ein Einzelgänger. Er war keine Hilfe gewohnt und schätzte sie auch nicht. Trotzdem musste er begreifen lernen, dass er im Augenblick in vieler Hinsicht auf sie angewiesen war.

„Ich werde eine neue Klinge holen. Soll ich Sie rasieren?", fragte sie deshalb.

„Ich kann es allein, und ich werde die Klingen schon finden", antwortete er ruhig. Rachel fand sich mit der Abfuhr ab und verließ das Zimmer.

Nach all den Tagen, in denen ihr Patient so hilflos und von ihr abhängig gewesen war, schmerzte sie seine Zurückweisung ganz besonders. Während sie den Tisch deckte, bemühte sie sich, diesen Schmerz zu überwinden, mit ihm fertig zu werden. Schließlich war sie ihm fremder als er ihr, und es war nur natürlich, dass er seine Körperbeherrschung zurückgewinnen wollte, so schnell wie möglich.

Doch als sie schließlich hörte, wie das Wasser im Bad abgestellt wurde, zögerte sie nur eine Sekunde, ehe sie ihrem Impuls nachgab, nach ihm zu sehen.

Kevin Sabin stand mitten im Badezimmer und sah sich um, als überlegte er sich seine Möglichkeiten. Er hatte ein Handtuch um seine schmalen Hüften geschlungen, und unlogischerweise wirkte er damit noch nackter als vorher, wo er überhaupt nichts angehabt hatte. Rachels Herz tat einen Sprung. Sogar mit den weißen Verbänden an Bein und Schulter wirkte er so unglaublich kraftvoll und so männlich, dass ihr Puls sich beschleunigte.

Er hatte sich rasiert, und die Linie seines markant geschnittenen Kinns ließ in ihr den Wunsch aufkommen, sacht darüberzustreichen – eine weitere Geste, die ihm wohl nicht gefallen hätte.

„Gibt es hier irgendetwas, das ich anziehen könnte, oder muss ich nackt in der Gegend herumrennen?", fragte er schließlich, als Rachel keine Anstalten machte, sich ihm zu nähern oder etwas zu sagen.

Mit der flachen Hand schlug Rachel sich gegen die Stirn, als sie sich plötzlich erinnerte. „Ich habe heute Morgen, als ich fort war, etwas für Sie zum Anziehen eingekauft." Die Tragetasche lag noch da, wo sie sie im Wohnzimmer hatte fallen lassen. Rachel holte sie, brachte sie ins Schlafzimmer und stellte sie auf dem Bett ab.

Er öffnete die Tüte, und ein seltsamer Ausdruck erschien auf seinem Gesicht. Dann zog er ein Paar Spitzenhöschen heraus und hielt sie zur Begutachtung hoch, ehe Rachel zu einer Erklärung kam. „Größe sechsunddreißig", meinte er und warf Rachel einen abschätzenden Blick zu. Dabei wirbelte er das winzige Ding aus Spitze und Nylon an einem Finger herum. „Hübsch. Nur, ich glaube kaum, dass es mir passen wird."

„Das soll es auch nicht", sagte Rachel ruhig, obwohl ihr ein kleiner erotischer Schauer den Rücken hinunterlief. „Das war nur Tarnung, sonst nichts. Alles, was Sie sonst noch in dieser Tüte finden und nicht gebrauchen können, legen Sie einfach wieder zurück." Sie lehnte es ab, deswegen verlegen zu sein, weil sie nur getan hatte, was sich nicht hatte vermeiden lassen.

Sie überließ ihm die Auswahl seiner Kleidung und ging in die Küche zurück. Erst schob sie frisch gebuttertes Brot in den Ofen und stellte dann die Suppe auf den Tisch. Anschließend goss sie Tee in hohe Gläser, in die sie viele Eisstücke getan hatte.

„Sie müssen mir mit dem Ding helfen."

Rachel hatte nicht gehört, wie er sich ihr näherte, und fuhr, erschreckt von seiner Gegenwart und seinen Worten, herum. Er stand direkt hinter ihr, trug die schwarzen Bermudashorts aus Jeansstoff und hielt den Pullover aus Frottee in der Hand. Sie hatte seine breite, muskulöse Brust, bedeckt mit schwarz gelocktem Haar, und dem Verband um seine linke Schulter voll vor Augen.

„Setzen Sie sich, damit ich an Sie heranreichen kann“, sagte sie und nahm ihm den Pullover aus der Hand. Behutsam half sie ihm, erst den einen und dann den anderen bandagierten Arm in die Ärmel zu stechen, und zog dann das Kleidungsstück ganz über seinen Kopf.

Das getan, wandte Rachel sich rasch von ihm ab, ging zum Ofen, um das Brot herauszunehmen, legte es in den mit einer Serviette ausgeschlagenen Brotkorb, stellte ihn auf den Tisch und setzte sich selbst. „Möchten Sie Brot zur Suppe?“

„Ja, bitte.“

Er hat großes Talent, einsilbige Sätze von sich zu geben, dachte Rachel, während sie das Brot schnitt und es ihm auf den Teller legte. Eine Weile lang aßen sie schweigend, und der Mann zeigte bei der dicken Fleisch- und Gemüsesuppe einen überraschend großen Appetit.

Die Terrine war fast leer, als er seinen Löffel hinlegte und Rachel eindringlich aus seinen ebenholzfarbenen Augen ansah. „Also, erzählen Sie mir, was hier los ist.“

Das war eine Aufforderung, der nachzukommen Rachel nicht viel Neigung hatte. Sorgfältig legte sie ihren Löffel hin. „Ich glaube, die Reihe ist eher an mir, Fragen zu stellen. Wer sind Sie? Wie heißen Sie?“

Ihre Gegenfrage schien ihm zu missfallen. Sie spürte es, obwohl sich kein Muskel in seinem Gesicht regte. Er zögerte kaum eine Sekunde, aber es entging Rachel nicht, und sie hatte sofort den Eindruck, dass er ihr nicht antworten würde. Sie stand auf und räumte den Tisch ab.

Er beobachtete sie eine Weile und sagte dann ruhig: „Setzen Sie sich."

Er hatte die Stimme nicht erhoben und seinen ruhigen, endgültigen Ton nicht geändert, aber es klang wie ein Befehl. Rachel starrte ihn einen Moment lang an, reckte dann das Kinn vor und ging zu ihrem Stuhl zurück. Als sie dort wartend stehen blieb und ihn nur schweigend ansah, seufzte er leicht auf.

„Ich weiß Ihre Hilfe zu schätzen, aber je weniger Sie wissen, desto besser ist es für Sie."

Rachel hatte es schon immer gehasst, wenn jemand zu wissen meinte, was für sie gut sei und was nicht. „Ich verstehe. Hätte ich nicht bemerken sollen, dass Sie zwei Löcher von Einschüssen hatten, als ich Sie aus der Brandung zog? Hätte ich wegsehen sollen, als zwei Männer, die vorgaben, FBI-Agenten zu sein, hierherkamen, um Sie zu suchen, und Sie einfach an sie ausliefern? Hätte ich nicht zur Kenntnis nehmen sollen, dass Sie mir heute Morgen ein Messer an die Kehle gesetzt haben? Ich gebe zu, ich bin etwas neugierig. Ich pflege Sie seit vier Tagen, und ich würde wirklich gern Ihren Namen kennen. Oder verlange ich zu viel von Ihnen?"

Bei ihrem Sarkasmus hob der Mann seine schwarzen Augenbrauen. „Das könnte sein."

„Na schön, dann vergessen Sie es. Spielen Sie Ihr kleines Spiel. Sie antworten nicht auf meine Fragen, und ich werde nicht auf Ihre antworten. Einverstanden?"

Er musterte sie noch eine Weile lang aufmerksam, und Rachel hielt seinem Blick unbeirrt stand. „Ich heiße Sabin", sagte er schließlich. Die Worte kamen so langsam heraus, als bedauere er jede Silbe.

„Und wie weiter?“, fragte Rachel.

„Ist das so wichtig?“

„Nein, aber ich wüsste es trotzdem gern.“

Für den Bruchteil einer Sekunde zögerte er. „Kevin Sabin.“

Sie streckte ihm die Hand hin. „Nett, Sie kennenzulernen, Kevin Sabin.“

Langsam ergriff er ihre Hand, und seine kräftigen, warmen Finger schlossen sich um sie. „Vielen Dank, dass Sie sich um mich gekümmert haben. Ich bin jetzt seit vier Tagen hier?“

„Das ist der vierte Tag.“

„Informieren Sie mich über das, was passiert ist.“

Dieser Kevin Sabin hatte eine befehlsgewohnte Art an sich. Statt zu bitten, kommandierte er, und es war klar, dass er mit der Ausführung seiner Befehle rechnete. Rachel entzog ihm die Hand. Die Wirkung dieser unschuldigen Berührung auf sie beunruhigte sie.

„Ich habe Sie aus dem Wasser gezogen und hergebracht. Wahrscheinlich haben Sie sich den Kopf an einem der Felsen gestoßen, die die Mündung der Bucht eingrenzen. Sie hatten eine Gehirnerschütterung und einen Schock. Die Kugel steckte noch in Ihrer Schulter.“

Kevin runzelte die Stirn. „Ich weiß. Haben Sie sie entfernt?“

„Ich nicht. Ich habe den Tierarzt angerufen.“

Immerhin gab es etwas, was ihn aus der Fassung bringen konnte, obgleich seine Verblüffung schnell wieder verschwunden war. „Einen Tierarzt?“

„Ich musste etwas unternehmen, und ein Arzt muss alle Schussverletzungen melden.“

Kevin sah sie nachdenklich an. „Und Sie wollten es nicht gemeldet haben?“

„Ich dachte mir, Ihnen könnte das nicht recht sein!“

„Da haben Sie richtig gedacht. Was ist danach geschehen?“

„Ich habe Sie gepflegt. Sie waren zwei Tage lang bewusstlos. Dann wurden Sie langsam wach, aber sie wurden vom Fieber geschüttelt. Sie wussten nicht, was um Sie herum vorging."

„Und die FBI-Agenten?"

„Sie waren nicht vom FBI. Ich habe es überprüft."

„Wie haben Sie ausgesehen?"

Rachel kam sich vor, als würde sie verhört. „Der eine, der sich Lowell nennt, ist dünn, schwarzhaarig, ungefähr einen Meter sechsundsiebzig groß, Anfang vierzig. Der andere, Ellis, ist hochgewachsen, hat hellbraunes Haar, blaue Augen und sieht mit seinem Reklamelächeln recht gut aus."

„Ellis", sagte er wie zu sich selbst.

„Ich habe mich dumm gestellt. Das schien mir das Vernünftigste zu sein, bis Sie wieder bei sich waren. Sind das Freunde von Ihnen?"

„Nein."

Schweigen trat ein. Rachel betrachtete sich angelegentlich ihre Hände und wartete auf neue Fragen. Als keine kamen, versuchte sie es selbst mit einer. „Hätte ich die Polizei anrufen sollen?"

„Für Sie wäre es sicherer gewesen, wenn Sie es getan hätten."

„Ich bin ein überlegtes Risiko eingegangen. Mir schien, dass ich gegenüber Ihnen im Vorteil war." Rachel atmete tief durch. „Ich bin Zivilist, aber früher war ich einmal Kriminalreporterin und habe meine Erfahrungen gesammelt. Sie hätten Rauschgifthändler oder ein entflohener Strafgefangener sein können. Aber da gab es keinen Hinweis darauf in den Medien. Sie hätten ebenso gut ein Agent sein können. Sie sind zweimal angeschossen worden, waren bewusstlos und konnten sich nicht selbst schützen oder mir irgendetwas mitteilen. Falls … man … hinter Ihnen her war, dann hätten Sie im

Krankenhaus nicht die geringste Chance gehabt."

Kevin hatte die Lider gesenkt und verbarg so den Ausdruck seiner Augen. „Sie haben eine blühende Fantasie."

„Nicht wahr?", stimmte sie ihm milde zu.

Er lehnte sich zurück und verzog das Gesicht bei dem Versuch, seine Schulter in eine bequeme Lage zu bekommen. „Wer weiß sonst noch, dass ich hier bin, außer dem Tierarzt?"

„Niemand."

„Wie haben Sie mich dann hier herauf bekommen? Oder half Ihnen der Tierarzt? Sie sind keine Superfrau."

„Ich habe Sie auf eine Decke gelegt und mithilfe des Hundes heraufgezerrt. Vielleicht hat er es für ein Spiel gehalten." Ihre grauen Augen verdunkelten sich bei der Erinnerung an die übermenschliche Anstrengung, ihn ins Haus zu bekommen. „Nachdem Honey hergekommen war, haben wir Sie auf das Bett gehoben."

„Honey?"

„Die Tierärztin. Honey Mayfield."

Kevin Sabin musterte ihr Gesicht und fragte sich, was sie ihm nicht gesagt hatte. Vielleicht log sie, wenn sie behauptete, niemand sonst habe ihr geholfen. Aber eigentlich hatte sie dazu keinen Grund. Er konnte nur versuchen, zwischen ihren Worten zu lesen. Immerhin hätte jeder, der einen bewusstlosen Menschen am Strand vorfand, sofort die Polizei verständigt, doch sie hatte es nicht getan.

Welches Leben hatte diese Frau geführt, um sie so vorsichtig und doch klar reagieren zu lassen?

Die umsichtige Art, mit der sie der Situation begegnete, ließ doch auf einige Erfahrung schließen.

Sie hörten beide zur selben Zeit das sich nähernde Auto. Sofort sprang Rachel auf und legte Kevin die Hand auf die Schulter. „Gehen Sie ins Schlafzimmer und schließen Sie die

Tür", sagte sie ruhig und bemerkte nicht, wie er bei ihrem Befehl die Augenbrauen hochzog. Sie ging ans Fenster und sah hinaus. Sichtlich erleichtert drehte sie sich wieder um.

„Es ist Honey. Alles in Ordnung. Ich glaube, die Neugierde hat sie hergetrieben."

„Was machen die Kopfschmerzen?", fragte die Tierärztin und sah in Kevins Augen. Sie war eine stattliche, kräftige Frau mit einem freundlichen, sommersprossigen Gesicht und einfühlsamen Händen. Kevin merkte, dass er sie mochte. Sie konnte gut mit Kranken umgehen.

„Immer noch vorhanden", brummte er.

„Hilf mir, ihm den Pullover auszuziehen", sagte sie zu Rachel, und die beiden Frauen zogen ihm behutsam und geschickt den Pullover aus. Kevin war froh, dass er die Shorts gewählt hatte, sonst hätten sie ihm womöglich auch noch die Hosen ausgezogen.

Die Verbände wurden erneuert, und dann hatte er auch bald wieder den Pullover an. „In einigen Tagen komme ich noch mal vorbei, um die Fäden zu ziehen", sagte Honey, während sie ihre Arzttasche schloss.

Kevin fiel auf, dass sie nicht ein einziges Mal nach seinem Namen gefragt oder eine Bemerkung gemacht hatte, die nichts mit seinem Gesundheitszustand zu tun hatte. Entweder war sie bemerkenswert wenig neugierig, oder sie fand, dass je weniger sie wisse, es desto besser für sie sei. Er wünschte, Rachel würde diese Ansicht teilen. Kevin hatte es sich stets zur Regel gemacht, keine unschuldigen Bürger in seine viel zu gefährliche Arbeit hineinzuziehen.

Rachel verließ mit Honey das Zimmer, und Kevin humpelte zur Tür. Von dort aus sah er sie zusammen an Honeys Wagen stehen und leise miteinander sprechen. Der Hund stellte sich an den Fuß der Treppe und knurrte, während er sich zuerst dem in der Tür stehenden Kevin zuwandte, dann zu Rachel, so als ob er sich nicht entscheiden könnte, auf wen er seine Aufmerksamkeit richten solle. Instinktiv wollte er Rachel beschützen, aber dieser gleiche Instinkt erlaubte ihm nicht, die Gegenwart des Mannes an der Tür zu ignorieren.

Honey stieg in den Wagen und fuhr davon. Rachel winkte ihr ein letztes Mal zu und kam zur Veranda zurück. „Beruhige dich“, ermahnte sie leise den Hund und wagte es, ihm über den Nacken zu streichen. Sein Knurren wurde lauter, und als Rachel aufsah, bemerkte sie Kevin, der auf die Veranda trat.

„Kommen Sie Rex nicht zu nahe“, warnte sie ihn. „Er kann Männer nicht leiden.“

Kevin betrachtete den Hund mit leichter Neugier. „Woher haben Sie ihn? Das ist ein geschulter Wachhund.“

Erstaunt blickte Rachel auf Rex, der dicht neben ihrem Bein stand. „Er ist mir einfach eines Tages zugelaufen, ausgehungert und misshandelt. Wir sind zu einem Übereinkommen gelangt. Ich füttere ihn, und er passt auf. Das ist kein trainierter Wachhund.“

„Rex“, befahl Kevin scharf, „Platz!“

Rachel fühlte, wie das Tier zitterte, als habe man ihn geschlagen, und er fletschte die Zähne und knurrte wütend, während er den Mann anstarrte. Jeder Muskel seines Körpers zitterte, als ob er sich danach sehnte, auf den Feind zu stürzen, aber sich verpflichtet fühlte, an Rachels Seite zu bleiben. Ohne an die Gefahr zu denken, kniete sie sich hin und legte ihm den Arm um den Hals. „Es ist ja gut“, besänftigte sie ihn. „Er tut dir nichts, das verspreche ich dir. Es ist alles in Ordnung.“

Als Rex wieder ruhiger geworden war, ging Rachel auf die Veranda und streichelte absichtlich Kevins Arm, damit das

Tier es sehen sollte. Furchtlos beobachtete Kevin den Hund, aber er bedrängte ihn auch nicht. Es war wichtig, dass Rex ihn akzeptierte, wenigstens so weit, dass Kevin das Haus verlassen konnte, ohne sofort von ihm angefallen zu werden.

„Wahrscheinlich wurde er von seinem Besitzer gepeinigt", sagte er. „Sie hatten Glück, dass er Sie nicht zum Frühstück verspeist hat, als Sie zum ersten Mal Ihr Haus verließen."

„Ich glaube, Sie irren sich. Es ist möglich, dass er zum Wachhund erzogen wurde, aber nicht, um Menschen anzugreifen. Sie sind ihm viel schuldig. Wäre er nicht gewesen, dann hätte ich Sie nicht vom Strand heraufbringen können." Plötzlich fiel ihr auf, dass sie noch immer über Kevins Arm strich, und sie zog die Hand zurück. „Wollen Sie wieder hineingehen? Sie müssen mittlerweile müde geworden sein."

„Gleich." Mit aufmerksamem Blick musterte er das Kieferndickicht zur Rechten und über die sich linkerhand in einer Kurve hinziehende Straße. Er prägte sich die Einzelheiten und die Entfernung für zukünftige Zwecke ein. „Wie weit sind wir von der Hauptstraße entfernt?"

„Ich schätze, fünf oder sechs Meilen. Dies ist ein Privatweg. Er mündet auf die von Raffertys Ranch kommende Straße ein, die zur U.S. 19 führt."

„In welcher Richtung liegt der Strand?"

Rachel wies auf die Kiefern. „Dort durch die Bäume."

„Haben Sie ein Boot?"

Rachel sah ihn an, offen und mit klarem Blick. „Nein. Die einzige Fluchtmöglichkeit wäre zu Fuß oder mit dem Auto."

Ein angedeutetes Lächeln spielte um seine Mundwinkel. „Ich hatte nicht die Absicht, Ihren Wagen zu stehlen."

„Wirklich nicht? Wissen Sie, ich habe keine Ahnung. Ich weiß immer noch nicht, warum Sie angeschossen wurden und ob Sie kein Verbrecher sind."

„Warum haben Sie bei all den Zweifeln nicht die Polizei benachrichtigt?“, erwiderte er kühl. „Sie konnten mir doch nicht ansehen, wer ich war, als Sie mich fanden. Aber jetzt werde ich wieder ins Bett gehen. Können Sie mir mit dem Pullover behilflich sein?“

„Natürlich“, sagte Rachel und ging vor ihm in das Schlafzimmer.

„Lassen Sie mich zuerst die Bettwäsche wechseln.“

Vor Erschöpfung lehnte Kevin Sabin sich an den Ankleidetisch, um das Gewicht auf das gesunde Bein zu verlagern. Mit nachdenklichem Blick verfolgte er Rachels Bewegungen, die das Bett frisch bezog, und ging alle ihm gebotenen Möglichkeiten durch.

Er hatte kein Geld, keinen Ausweis, und er wagte nicht, sich von jemandem hier abholen zu lassen, weil er nicht wusste, in welchem Ausmaß seine Dienststelle kompromittiert worden war oder wem er noch trauen durfte. Ohnehin war er noch nicht in der Verfassung, etwas zu unternehmen. Er musste sich erst erholen, und das konnte er genauso gut hier tun. Das kleine Haus hatte seine Vorteile: Der Hund draußen war ein verdammt guter Schutz, die Schlösser waren solide, er hatte zu essen und medizinische Versorgung.

Und dann gab es noch Rachel.

Es machte Freude, sie anzusehen. Das konnte leicht eine dauerhafte Gewohnheit werden. Sie war schlank und sah gesund aus. Ihr honigfarbener Teint verlieh ihrer Haut einen sinnlichen Glanz. Das Haar war voll, mittellang und schimmerte seidig. Es passte gut zu ihren großen, klaren, hellgrauen Augen. Rachel war nicht besonders groß, eher mittelgroß, doch sie hielt sich so aufrecht, dass sie hochgewachsen wirkte. Und sie war weich und hatte runde Brüste, die gut in seine Handfläche passten.

Er durchlebte noch einmal das Gefühl ihrer Hände auf seiner Brust, die ihn zart, mit der selbstverständlichen Intimität von zwei Liebenden, streichelten, und er hatte entweder seine Hände auf ihr gehabt, oder seine Einbildungskraft hatte ihm einen Streich gespielt.

Rachel klopfte die Kissen auf und drehte sich zu Kevin um. „Wollen Sie in Ihren Shorts schlafen?“

Als Antwort zog er den Reißverschluss auf und ließ die Hose fallen. Dann setzte er sich auf das Bett, damit Rachel ihm den Pullover über die verbundene Schulter streifen konnte. Ihr warmer, blumiger Duft hüllte ihn ein, als sie sich vorbeugte, und instinktiv drehte er den Kopf zu ihr hin und presste seinen Mund und die Nase gegen ihre Schulter. Rachel zögerte, half ihm dann rasch aus der Kleidung und rückte von Kevin ab. Sie faltete den Pullover ordentlich zusammen und legte ihn auf einen Stuhl. Dann nahm sie die Shorts an sich und legte sie darauf.

Als sie Kevin wieder ansah, lag er auf dem Rücken, hatte das rechte Bein angewinkelt und den rechten Arm über den Bauch gelegt. Sein weißer Slip kontrastierte stark mit seiner bronzefarbenen Haut und ließ sie daran denken, dass er nahtlos gebräunt war. Innerlich stöhnte sie auf. Warum musste sie ausgerechnet jetzt daran denken?

„Soll ich Sie zudecken?“

„Nein, der Ventilator ist sehr angenehm.“ Er hob die rechte Hand und hielt sie Rachel hin. „Setzen Sie sich eine Minute zu mir.“

Rachel, hielt sie sich vor, das ist kein guter Einfall. Und dann setzte sie sich neben ihn, wie schon so oft, seit Kevin in ihrem Bett gelegen hatte.

Er legte den Arm über ihre Schenkel und die Hand auf

ihre Hüfte, als wollte er sie eng an sich ziehen. Langsam glitten seine Finger zärtlich über ihren Po, und Rachels Herz fing heftig an zu schlagen. Sie blickte in seine Augen und konnte, gefangen von dem faszinierenden, schwarzen Feuer, nicht mehr fortsehen.

„Ich kann Ihnen nicht alle gewünschten Antworten geben", murmelte Kevin. „Ich weiß sie selbst nicht. Selbst wenn ich Ihnen erklärte, ein ordentlicher Mitbürger zu sein, hätten Sie dafür nur mein Wort. Warum also sollte ich mir selbst ein Bein stellen und Ihnen etwas anderes sagen?"

„Spielen Sie nicht des Teufels Advokaten", sagte Rachel scharf und wünschte, sie könnte sich von der verführerischen Macht seiner Augen und seiner Berührung befreien. „Lassen Sie uns bei den Tatsachen bleiben. Sie wurden angeschossen. Von wem?"

„Ich wurde in die Falle gelockt, die von einem meiner eigenen Männer geplant war – Tod Ellis."

„Dem angeblichen FBI-Agenten Ellis?"

„Von eben diesem, der Beschreibung nach, die Sie mir von ihm gegeben haben."

„Dann gehen Sie ans Telefon und lassen Sie ihn auffliegen."

„So einfach ist das nicht. Ich bin für einen Monat in Urlaub gegangen. Nur zwei Männer meiner Dienststelle kennen meinen Aufenthalt, und beides sind meine Vorgesetzten."

Rachel saß ganz still. „Einer davon hat Sie verraten, aber Sie wissen nicht, welcher von beiden."

„Vielleicht beide."

„Können Sie nicht mit jemandem in einer höheren Position Kontakt aufnehmen?"

Ein kalter, und zorniger Glanz trat in seine Augen. „Meine Liebe, sehr viel höher geht es nicht mehr. Ich bin nicht einmal sicher, ob man mich durchstellen würde. Jeder von beiden könnte mich zu einem Verbrecher stempeln, und wenn ich von hier aus anriefe, brächte ich Sie in Gefahr."

„Was wollen Sie tun?"

Er ließ seine Finger von ihren Hüften auf ihren Schenkel gleiten, strich den Saum ihrer Shorts entlang und fuhr dann sacht darunter. „Mich erholen. Im Moment bin ich leider noch zu gar nichts fähig, nicht einmal, mich selbst anzuziehen. Das Problem ist, dass ich Sie gefährde, durch meine bloße Anwesenheit."

Rachel war nicht in der Lage, den Atem oder den Pulsschlag zu kontrollieren. Hitze stieg in ihr auf und zerstörte ihre Fähigkeit, klar zu denken, und ließ sie nur noch instinktiv reagieren. Sie wusste, sie hätte Kevins Hand fortschieben sollen, aber seine rauen Fingerspitzen verursachten ihr einen solchen Genuss, dass sie nichts anderes tun konnte, als still dazusitzen und wie ein Blatt im leichten Frühlingswind zu zittern. Schließlich riss sie sich zusammen und legte ihre Hand auf seine, um ihn davon abzuhalten, sie noch intimer zu berühren.

„Sie haben mich nicht in Gefahr gebracht", sagte sie etwas heiser. „Ich habe meine Entscheidungen ganz ohne Sie getroffen."

Trotz ihrer wachsamen Hand glitten seine Finger noch höher, bis an den Rand ihres Höschens. „Ich habe eine Frage, die mich ganz verrückt macht", gestand er leise. Er bewegte seine Hand wieder. Diesmal ließen seine forschenden Fingerspitzen die kleine Barriere ihres Höschens außer Acht.

Rachel wimmerte leicht auf, ehe sie sich auf die Unterlippe biss und den kleinen, wilden Laut zu unterbinden suchte. „Hören Sie auf", flüsterte sie. „Sie müssen aufhören."

„Haben wir miteinander geschlafen?"

Ihre Brüste fühlten sich auf einmal voll und schmerzhaft straff an, als sehnten sie sich nach seiner Berührung. Rachel wünschte sich, er möge sie für sich in Anspruch nehmen, wie er es bereits getan hatte. Seine Frage zerstörte das letzte bisschen Konzentration, das ihr noch geblieben war. „Dies ... es gibt nur dieses eine Bett. Ich habe keine Couch, sondern nur die kleinen Zweisitzer ..."

„Wir haben also vier Tage lang dasselbe Bett miteinander geteilt", unterbrach Kevin sie. Seine Augen hatten wieder diesen Glanz, doch jetzt leuchtete ein anderes Feuer darin, und sie konnte ihren Blick nicht davon wenden. „Sie haben mich gepflegt."

Rachel holte tief Luft. „Ja."

„Ganz allein?"

„Ja."

„Sie haben mich ernährt?"

„Ja."

„Und mich gewaschen?"

„Ja. Ihr Fieber ... Ich musste Sie mit kaltem Wasser abreiben, um es herunterzubekommen."

„Sie haben alles Notwendige für mich getan und mich wie ein Baby gepflegt."

Rachel wusste nicht, was sie sagen oder tun sollte. Sie fühlte seine Hand auf ihrer weichen Haut.

„Sie haben mich berührt", sagte Kevin. „Überall."

Rachel schluckte. „Das war notwendig."

„Ich kann mich an Ihre Hände auf meinem Körper erinnern. Es gefiel mir, aber als ich heute Morgen erwachte, hielt ich es für einen Traum."

„Sie haben geträumt", sagte sie.

„Habe ich Sie nackt gesehen?"

„Nein!"

„Woher weiß ich dann, wie ihre Brüste aussehen? Wie sie sich unter meinen Händen anfühlen? Das war nur ein Traum, Rachel. Oder nicht?"

Das Blut schoss ihr heiß in die Wangen und gab ihm die Antwort, noch ehe sie ein Wort gesagt hatte. Ohne Kevin anzusehen, weil ihre Verlegenheit sie endlich aus dem Bann löste, den der Blick aus seinen schwarzen Augen auf sie ausübte, sagte Rachel: „Zweimal, als Sie aufwachten, haben Sie … hm … nach mir gegriffen."

„Und ich habe sie gesehen?"

Rachel zeigte mit einer hilflosen Bewegung auf ihren Nacken. „Mein Nachthemd rutschte, als ich mich über Sie beugte. Der Ausschnitt war sehr tief …"

„War ich grob?"

„Nein", flüsterte sie.

„Hat es Ihnen gefallen?"

Dieses Gespräch musste ein Ende finden, auf der Stelle, obwohl es Rachel vorkam, als wäre es dafür schon viel zu spät. Sie hätte sich nie auf die Bettkante setzen dürfen. „Nehmen Sie die Hand weg", sagte sie, bemüht, ihrer Stimme einen festen Klang zu geben. „Lassen Sie mich aufstehen."

Kevin gehorchte ohne Zögern. Triumph zeichnete sich auf seinem markanten, dunklen Gesicht aus. Rachel sprang mit glühenden Wangen vom Bett auf. Wie hatte sie sich nur so zur Närrin machen können! Wahrscheinlich würde er nicht einschlafen können, weil er so über sie lachen musste. Sie war an der Schlafzimmertür, als er sprach. Der Klang seiner Stimme ließ sie stehen bleiben.

„Rachel."

Eigentlich wollte sie sich nicht umdrehen und ihn ansehen, aber die Art, wie er ihren Namen ausgesprochen hatte, war ein Befehl, der sie zu gehorchen zwang.

„Wenn ich könnte, würde ich hinter Ihnen herkommen. Sie kämen mir nicht davon."

Ihre Stimme klang so ruhig wie seine und übertönte nur wenig das Geräusch des im dämmrigen, kühlen Zimmer surrenden Ventilators. „Vielleicht doch", sagte Rachel, verließ den Raum und schloss leise die Tür hinter sich.

6. KAPITEL

Um sich zu beschäftigen und abzulenken, beschloss Rachel, Unkraut im Garten zu jäten. Sie arbeitete bis zum Spätnachmittag und war mit ihrer Arbeit fast zu Ende, als sie plötzlich das Quietschen der Hintertür vernahm. Sofort sprang Rex, der am Ende des Beetes neben ihr gelegen hatte, auf und schoss zur Treppe. Rachel schrie hinter ihm her. Rex zögerte eine Sekunde, rannte dann aber weiter und blieb mit gesträubtem Nackenfell etwa vier Schritte vor den Stufen stehen.

Kevin hatte sich nicht beirren lassen, sondern sich auf die Treppe gesetzt, und wirkte damit für den Hund weniger bedrohlich. Rachel war aufgestanden und näherte sich den beiden.

„Bleiben Sie stehen“, sagte Kevin ruhig zu ihr, und sie blieb, wo sie war. „Platz, Rex“, befahl er dann dem Hund.

Das Tier reagierte nicht, reckte nur den Hals vor, stellte die Ohren auf und knurrte.

Kevin probierte es noch mehrere Male, ohne Erfolg.

„Warum gehen Sie nicht einfach wieder ins Haus, und ich versuche, Rex festzuhalten?“, fragte Rachel nervös.

„Weil ich sonst so lange, wie er mich nicht akzeptiert, als Gefangener hier lebe. Es könnte sein, dass ich in aller Eile verschwinden muss, und dann will ich nicht auch noch auf den Hund achtgeben müssen.“

„Rex, Platz“, sagte Kevin erneut.

Rachel hielt den Atem an, weil das Tier die Ohren zurücklegte und zu zittern begann. Kevin wiederholte den Befehl. Der Hund setzte zum Angriff an. Dann, unvermittelt, ging er zu Kevin und setzte sich neben ihm auf die Hinterpfoten.

„Braver Kerl, so ein braver Junge!“ Unbeholfen strich Kevin ihm mit der linken Hand über den Schädel. Einen Moment lang legte Rex wieder die Ohren an und knurrte leise, aber er machte keine Anstalten, zu beißen. Rachel atmete erleichtert auf. Ihre Knie zitterten.

Kevin warf ihr einen Blick zu. „Setzen Sie sich neben mich", rief Kevin ihr zu.

„Genau wie der Hund?", spottete sie, ließ sich aber dankbar neben ihm auf der Stufe nieder. Sofort sprang Rex auf und stellte sich vor den beiden auf. Seine Ohren zuckten hin und her.

Kevin legte Rachel seinen rechten Arm um die Schulter und zog sie an seine nackte Brust. Dabei behielt er sorgfältig den Hund im Auge, dem die Bewegung zu missfallen schien, denn er begann wieder zu knurren.

„Er ist eifersüchtig", bemerkte Kevin.

„Oder er denkt, Sie könnten mir wehtun." Es irritierte sie, wie vertraut Kevin und sie nebeneinander saßen. Um sich abzulenken, hielt sie Rex die Hand hin. „Ganz brav, Rex. Komm her. Sei lieb und komm zu mir."

Zögernd kam Rex näher, schnüffelte an ihrer ausgestreckten Hand und dann an Kevins Knie. Nach einem Augenblick ließ er sich vor den beiden fallen und legte seinen Kopf auf die Vorderpfoten.

„Es ist eine Schande, dass man ihn misshandelt hat. Er ist ein intelligentes und teures Tier, und er ist nicht alt. Ungefähr fünf Jahre."

„Das nimmt Honey auch an."

„Hatten Sie schon immer einen Hang dazu, Streunende bei sich aufzunehmen?", fragte Kevin, und Rachel wusste, dass er sich nicht nur auf Rex bezog.

„Nur die interessanten." Ihre Stimme klang gepresst, und Rachel fragte sich, ob Kevin das hören konnte und auch den

Grund dafür erahnte. Mit der rechten Hand strich er leicht über ihren bloßen Arm. Es wäre eine harmlose Berührung gewesen, hätte sie in Rachel nicht ein solches Wohlbefinden verursacht. Ein Aufblitzen am dunkel gewordenen Himmel ließ sie aufblicken. Sie war froh über die Unterbrechung.

„Es sieht nach einem Gewitter aus." Wie auf ein Stichwort donnerte es, und ein paar dicke Regentropfen fielen auf sie herab. „Ich glaube, wir gehen besser ins Haus."

Kevin ließ sich von ihr auf die Füße helfen, ging aber aus eigener Kraft die Treppe hoch. Rex sprang auf und suchte unter dem Auto Schutz. Gerade, als Rachel die Fliegentür verriegelte, krachte ein ohrenbetäubender Donnerschlag direkt über ihnen, und der Himmel öffnete seine Schleusen. Die Temperatur sank mit dem herabrauschenden Regen, während Rachel und Kevin in der offenen Tür standen und die frische, kühle Luft genossen. Als leichter Sprühregen bis zu ihnen drang, schloss Rachel lachend die Holztür und verriegelte sie. Als sie sich umdrehte, fand sie sich in Kevins Armen wieder.

Er sagte kein Wort, griff nur in ihr Haar und bog ihr den Kopf zurück. Dann schloss sein Mund sich über Rachels Lippen. Ihre Welt schien ins Wanken und außer Kontrolle zu geraten. Sie hatte ihre Hände auf Kevins Brust gelegt, stand still da und gab sich seinem Kuss hin. Sie war unfähig, an etwas anderes zu denken als an das Vergnügen, das sie ihm schenken konnte. Seine festen Lippen suchten hungrig ihren Mund, und er küsste sie langsam und betont erregend, spielte mit ihrer Zunge und biss sie sanft in die Unterlippe.

Der ungeahnte Reiz überraschte Rachel. Sie riss sich von Kevin los und starrte ihn aus weit geöffneten Augen an.

Er legte die Hand fester um ihren Kopf. „Hast du Angst vor mir?", fragte er rau.

„Nein", flüsterte sie.

„Warum bist du dann zurückgewichen?"

Rachel konnte nicht anders, sie musste ihm die Wahrheit sagen. Während über ihnen das Unwetter tobte, sah sie ihm in der wachsenden Dunkelheit fest in die Augen. „Weil es zu viel war."

Seine schwarzen Augen funkelten und leuchteten leidenschaftlich auf. „Nein", entgegnete Kevin. „Das war noch nicht genug."

Rachel wurde sehr langsam munter. Sie fühlte sich so ausgesprochen wohl, dass es ihr schwerfiel, die Lider zu öffnen und dem neuen Tag ins Auge zu sehen. Nie hatte sie in den letzten Jahren besser geschlafen als in der vergangenen Nacht.

Doch wo war Kevin? Ihr fiel sofort auf, dass er nicht neben ihr lag. Sie schlüpfte rasch aus dem Bett. Da die Badezimmertür offen stand, konnte er drinnen nicht sein. „Kevin?", rief sie und eilte aus dem Schlafzimmer.

„Hier draußen."

Die Antwort kam von der Hinterseite des Hauses, und Rachel rannte fast zur Tür, die offen war. Kevin saß, nur mit seinen Shorts bekleidet, auf den Stufen, und Rex lag zu seinen Füßen im Gras. Ebenezer Duck und seine treue Gefolgschaft watschelten im Hof herum und jagten friedliche Insekten. Der Regen der vergangenen Nacht hatte alles sauber gewaschen, und das Grün leuchtete in neuen, frischen Farben. Ungehindert strahlte die Sonne vom wolkenlosen, tiefblauen Himmel herab. Es war ein bemerkenswert friedlicher, warmer und schöner Morgen.

„Wie bist du aus dem Bett gekommen, ohne mich zu wecken?"

Kevin stemmte die Hände auf eine Stufe, drückte sich nach oben und stand auf. Er schien sich leichter zu bewegen als noch am Tag zuvor. Er sah sie durch die Fliegentür an. „Nachdem du mich vier Tage gepflegt hast, warst du sehr müde."

„Du erholst dich aber gut."

„Ich fühle mich kräftiger, und meine Kopfschmerzen haben aufgehört." Kevin machte die Fliegentür auf und zögerte einen Augenblick, während sein Blick über ihren Körper glitt.

„Ich bin es nur zu sehr gewohnt, mich wie eine Glucke aufzuführen", sagte sie mit einem kleinen Lachen. „Als ich dich nicht mehr im Bett vorfand, geriet ich in Panik. Aber da es dir gut geht, werde ich mich anziehen und das Frühstück machen."

„Meinetwegen musst du dich nicht anziehen", meinte Kevin gedehnt. Rachel ignorierte die Bemerkung und ließ ihn stehen.

Kevin sah ihr nach, bis sie seinem Blick entschwunden war, und ging dann langsam über die Stufen ins Innere des Hauses. Er verschloss die Fliegentür hinter sich. Rachel machte ihm nichts vor, indem sie verführerische Nachthemden trug und dann so tat, als wäre sie über das, was darunter zu sehen war, in Verlegenheit geraten. Das hatte sie nicht nötig. Sie sah in ihrem rosa Blümchennachthemd und mit den zerzausten Haaren so warm, so schläfrig und so reizvoll aus, dass er sich am liebsten in sie versenkt hätte.

Genau diesen Wunsch hatte er verspürt, nachdem er aufgewacht war und feststellen musste, dass ihr Nachthemd hochgerutscht war und er sich gegen ihren bloßen Schenkel presste. Nur ihr zartes Höschen war ihm noch im Wege. Kevin hatte sich so erregt, dass er einfach aus dem Bett flüchten und sich den Verlockungen ihres Körpers entziehen musste. Er war selbst über seine Schwäche unzufrieden, weil sie ihn davon abhielt, Rachel so zu nehmen, wie er es sich wünschte – hart, schnell und tief.

Rachel kam nach wenigen Minuten in die Küche zurück. Sie war barfuß, trug verblichene Shorts und eine übergroße Hemdbluse, die sie um die Taille geknotet hatte. Ihr sonnengebräuntes Gesicht war ungeschminkt, und sie wirkte sehr selbstsicher, was Kevin gefiel. Er selbst hatte eine so beherrschende Persönlichkeit, dass man schon eine sehr willensstarke Frau sein musste, um nicht restlos von ihm unterdrückt zu werden – sowohl im als auch außerhalb des Bettes.

Rachel bereitete das Frühstück und fing an, eine Wassermelone zu teilen. Ihre grauen Augen richteten sich auf Kevin. „Das ginge sehr viel leichter, wenn ich mein bestes Messer wiederhätte", sagte sie strafend.

Kevin war selten belustigt oder lachte gar, aber der trockene, anklagende Tonfall ihrer Stimme brachte ihn zum Lächeln. Er lehnte sich gegen die Anrichte, um das Gewicht von seinem verletzten Bein auf das gesunde zu verlagern, ging aber auf ihre Bemerkung nicht ein. Immerhin brauchte er etwas zu seiner Verteidigung, auch wenn es nur ein Küchenmesser war. „Hast du eine Schusswaffe hier im Hause?"

Rachel wendete schwungvoll den Schinken in der Pfanne. „Ich habe ein 22er-Gewehr unter dem Bett liegen und im Handschuhfach einen 357er-Revolver."

Er war etwas irritiert. Warum hatte sie die Waffen gestern nicht erwähnt?

Dann sah Rachel ihn wieder mit einem dieser direkten, langen Blicke an, und er wusste, sie wartete auf eine Entgegnung. Warum hätte sie auch einem Mann, der sie mit einem Messer bedroht hatte, ihre Waffe aushändigen sollen? „Und wenn ich sie während der Nacht benötigt hätte?"

„Ich habe nur Gaspatronen für den 357er, keine andere Munition und habe ihn deshalb unberücksichtigt gelassen", antwortete sie ruhig. „Das Gewehr lag in Reichweite, und ich weiß nicht nur, wie man damit umgeht, sondern habe auch zwei gute Waffen gegen deine eine.“ Rachel fühlte sich in der Diamantenbucht sicher, aber der gesunde Menschenverstand hatte ihr geraten, doch etwas zu ihrer Verteidigung bei sich zu haben, da sie allein und ohne direkte Nachbarn hier lebte.

Kevin zog die Augenbrauen zusammen und schwieg einen Moment. „Und warum erzählst du es mir jetzt?“, fragte er dann.

„Erstens, weil du mir gesagt hast, wer du bist. Zweitens, weil du danach fragtest. Drittens, weil du selbst ohne das Messer nicht unbewaffnet wärst. Benachteiligt, aber nicht hilflos.“

„Wie meinst du das?“

Rachel sah auf seine kräftigen, bloßen Füße hinunter. „Du hast Schwielen an Füßen und Händen, und das haben nicht viele Leute. Du arbeitest barfuß, nicht wahr?“

Als er antwortete, war sein Ton geschmeidig und sachlich, und Rachel lief ein Schauer über den Rücken. „Dir fällt wirklich sehr viel auf, meine Liebe.“

Sie nickte zustimmend. „Ja.“

„Die meisten würden sich über Schwielen keine Gedanken machen.“

Einen winzigen Augenblick zauderte Rachel und überlegte, ehe sie damit fortfuhr, den Tisch zu decken und das Essen aufzustellen. „Auch mein Mann hatte Schwielen an den Händen. Das lag an seiner besonderen Ausbildung.“

Kevin spürte, wie sich etwas in ihm zusammenkrampfte, und er ballte die Hände zu Fäusten. Nach einem schnellen Blick auf ihre schlanken, sonnengebräunten Hände, an denen Rachel keinen Ring trug, fragte er: „Du bist geschieden?“

„Nein, ich bin Witwe.“

„Das tut mir leid.“

Rachel nickte noch einmal, setzte Eier und Schinken auf

den Tisch und sah anschließend nach den Brötchen im Ofen. Sie waren gerade richtig, an der Oberfläche goldgelb, und Rachel nahm sie heraus und legte sie in den Brotkorb. „Es ist schon lange her“, sagte sie schließlich. „Fünf Jahre.“ Dann fügte sie mit veränderter Stimme hinzu: „Fang an zu essen, ehe die Brötchen kalt werden.“

Kevin aß mit großem Appetit. Als nichts mehr übrig war, stand Rachel auf und schenkte ihm neuen Kaffee ein. „Wie lange willst du eigentlich hierbleiben?“, fragte sie leichthin.

Er wartete, bis sie die Kanne wieder auf die Wärmeplatte zurückgestellt und sich hingesetzt hatte, ehe er ihr antwortete. „Bis ich mich restlos erholt habe, wieder gehen und meine Schulter benutzen kann. Außer du möchtest, dass ich gehe. Es liegt ganz bei dir, wann du mich hinauswirfst.“

Nun, das war deutlich genug, dachte Rachel. Er wollte nur so lange bei ihr bleiben, bis er wieder ganz genesen war, und länger nicht. „Hast du eine Ahnung, was du dann machen wirst?“

Kevin stützte die Unterarme auf den Tisch. „Wieder gesund werden, das ist das Vordringlichste. Dann muss ich herausfinden, wie weit unser Vorhaben gefährdet ist. Es gibt immer noch einen Mann, den ich anrufen kann, wenn ich ihn brauche, aber damit werde ich warten, bis ich wieder ganz auf dem Posten bin. Ein Mann allein hat keine große Chance. Mir bleiben noch drei Wochen von meinem Urlaub. Drei Wochen, in denen sie den Mund halten müssen, es sei denn, mein Körper wird ganz ‚zufällig‘ irgendwo angespült. Ohne meine Leiche sind ihnen die Hände gebunden. Man kann nichts unternehmen, um mich zu ersetzen, bis ich offiziell für tot oder vermisst erklärt wurde.“

„Was geschieht, wenn du nach drei Wochen nicht zum Dienst erscheinst?“

„Meine Personalakten werden vernichtet, der Code geändert und den Agenten neue Order erteilt, und ich höre offiziell auf zu existieren."

„Als verschollen registriert?"

„Als tot, gefangen oder für einen Überläufer gehalten."

Drei Wochen. Ihr blieben noch maximal drei Wochen mit ihm. Das war ein erbärmlich kurzer Zeitraum, aber wenn diese drei Wochen alles sein sollten, was sie noch von Kevin hatte, dann würde sie lächeln und ihn pflegen, sich selbst mit ihm streiten, falls ihr danach zumute war, und ihm auf alle erdenkliche Art behilflich sein ... ihn zärtlich lieben ... dann diesem dunklen Krieger zum Abschied winken und still in sich hineinweinen, nachdem er gegangen war. Es war Rachel kein großer Trost, dass Frauen seit Jahrhunderten genau das getan hatten.

Mit gesenkten Augen starrte Kevin in seine Kaffeetasse und dachte nach. „Ich möchte, dass du noch einmal einkaufen fährst."

„Sicher", antwortete Rachel ungezwungen. „Ich wollte dich sowieso fragen, ob die Hosen die richtige Größe haben."

„Es passt alles. Du hast ein gutes Augenmaß. Nein, ich möchte, dass du Hollowpoint-Munition für den 357er besorgst, und zwar reichlich. Ebenso für das Gewehr. Die Auslagen werden dir zurückerstattet."

Das war Rachels kleinste Sorge, und sie ärgerte sich ein bisschen, dass Kevin diesen Punkt überhaupt erwähnt hatte. „Bist du sicher, dass ich nicht noch ein paar Hirschgewehre mitbringen soll, wenn ich schon einmal dabei bin? Oder eine 44er-Magnum?"

Zu ihrer Überraschung nahm Kevin ihren Sarkasmus ernst. „Nein. Ich will vermeiden, dass dein Name durch einen Waffenkauf seit dem Datum meines Verschwindens registriert wird."

Die Bemerkung verunsicherte Rachel, und sie lehnte sich zurück. „Du meinst, solche Eintragungen könnten überprüft werden?"

„Bei jedem in dieser Gegend."

Rachels Blick blieb eine lange Zeit an seinem markanten Gesicht und dem abweisenden Ausdruck seiner Augen hängen. Schließlich flüsterte sie: „Wer bist du, dass man sich solche Mühe macht, dich zu töten?"

„Lieber hätten sie mich lebend", erwiderte Kevin trocken. „Es liegt an mir, dafür zu sorgen, dass es nie der Fall sein wird."

„Warum gerade du?"

Ein Mundwinkel zuckte leicht nach oben, als wolle Kevin lächeln, aber er wirkte völlig ernst. „Weil ich der Beste auf meinem Gebiet bin."

Das war nicht gerade eine umfassende Antwort, aber dann war er ja besonders gut darin, Fragen zu beantworten, ohne jegliche Information zu geben. Die Details, die er ihr mitgeteilt hatte, waren von ihm gründlich überlegt und darauf angelegt worden, die gewünschte Reaktion aus ihr herauszuholen.

Sie trank ihren Kaffee aus und stand auf. „Ich habe noch eine Menge zu erledigen, ehe die Hitze zu groß wird. Willst du mit mir nach draußen kommen oder dich ausruhen?"

„Ich muss mir Bewegung verschaffen", sagte Kevin, stand ebenfalls auf und folgte ihr. Er humpelte langsam im Hof herum und prägte sich jedes Detail ein, während Rachel Rex und die Gänse fütterte und sich dann wieder an die Gartenarbeit machte. Als Kevin ermüdete, setzte er sich auf die Hintertreppe und sah Rachel durch halb geschlossene Lider bei ihrer Beschäftigung zu.

Rachel Jones hatte eine ausgeglichene Art an sich, bei der Kevin sich sehr wohl fühlte. Ihr Leben verlief friedlich, ihr kleines Haus war gemütlich, und die heiße Sonne des Südens brannte ihm auf die Haut ... Hier war alles irgendwie verführerisch, auf die eine oder andere Weise. Die Mahlzeiten, die sie bisher gekocht und mit ihm geteilt hatte, brachten ihn dazu, darüber nachzusinnen, wie schön es wäre, jeden Tag mit ihr zu frühstücken. Aber solche Gedanken waren für ihn noch gefährlicher als jede Waffe. Er hatte schon einmal versucht, ein normales Privatleben zu führen, es war ihm nicht gelungen. Kevin hatte nicht das von ihm erwartete Zugehörigkeitsgefühl in der Ehe gefunden. In sexueller Hinsicht war alles bestens gewesen, aber nach dem Akt war er sich immer noch einsam und wie ein Außenseiter vorgekommen. Er hatte seine Frau gern gehabt, aber das war auch alles. Sie war nicht fähig gewesen, die Wand zwischen ihm und ihr einzureißen, um in sein Innerstes einzudringen.

Vielleicht war ihr seine Anwesenheit nie recht bewusst geworden. Ganz sicher hatte sie entweder das, worum es in seiner Tätigkeit ging, nie begriffen oder nicht begreifen wollen. Marilyn Sabin hatte in ihrem Ehemann nichts anderes als einen der tausend Männer gesehen, die in Washington im Dienst des Staates einen Schreibtischjob verrichteten. Kevin fuhr morgens ins Büro und kam – für gewöhnlich – nachts zurück. Seine Frau war mit ihrer wachsenden Anwaltspraxis vollauf beschäftigt und arbeitete selbst noch bis in die späte Nacht. Daher hatte sie Verständnis für ihn. Da sie recht anspruchsvoll war, gefiel ihr Kevins kühles, distanziertes Wesen, und sie unternahm nie einen Versuch, den komplizierten Mann zu ergründen.

Kevin hielt das Gesicht in die Sonne und spürte, wie er sich entspannte. Marilyn ... Es war Jahre her, seit er an sie gedacht hatte, ein Beweis dafür, wie wenig sie ihm bedeutet hatte. Die Scheidung hatte nur ein Schulterzucken bei ihm hervorgerufen. Nach all dem, was passiert war, wäre sie dumm gewesen, sich nicht von ihm zu trennen.

Einmal waren sie in einem dieser erstklassigen Restaurants zum Essen gewesen. Beim Verlassen dieses Restaurants hatte er den Heckenschützen sofort erblickt, seine Frau zu Boden gestoßen, selbst hinter einem Auto Schutz gesucht und sofort geschossen. Dadurch hatte er Marilyn das Leben gerettet, denn der vom Attentäter abgegebene Schuss traf sie so nur in den Arm.

Von dem Augenblick an sah Marilyn ihren Mann in einem ganz neuen Licht, und das, was sie sah, mochte sie überhaupt nicht. Sie war gewohnt, sich in aller Öffentlichkeit, auch mit ihrem Mann, zu zeigen. Und die Aussicht, mit einem Mann verheiratet zu sein, an dessen Seite sie ihr Leben riskierte, missfiel ihr.

Am folgenden Tag, als Kevin sie aus dem Krankenhaus abholte, bestand ihre Ehe nur noch auf dem Papier. Das Erste, was Marilyn zu ihm gesagt hatte, war, dass sie die Scheidung wolle.

Kevin hatte seine Lehre aus dem Vorfall gezogen. Er hatte es nie wieder zugelassen, dass jemand mit ihm vertraut wurde, um auszuschließen, dass er erpresst werden konnte. So hatte er auch nie mehr den Wunsch verspürt, wieder zu heiraten oder sich auch nur eine Geliebte zu halten. Sex war eine flüchtige Angelegenheit geworden, bei der er sich nie lange nur mit einer Frau aufhielt. Das hatte funktioniert.

Bis Rachel in sein Leben getreten war. Sie brachte ihn in Versuchung. Und wie er sich zu ihr hingezogen fühlte! Rachel war Marilyn überhaupt nicht ähnlich. Sie war umgänglich und zwanglos, wo Marilyn anspruchsvoll und elegant gewesen war. Rachel wusste – irgendwie wusste sie es – auf welche Weise sein Leben verlief, wohingegen Marilyn in all den Jahren ihrer Ehe nicht das Geringste über ihn begriffen hatte.

Doch es würde trotzdem nicht gut gehen. Er durfte es nicht zulassen. Er beobachtete Rachel, die zufrieden ihrer Gartenarbeit nachging. Der Sex mit ihr wäre wild und anhaltend, und sie würde nicht dagegen protestieren, wenn er ihr Haar zerwühlte oder das Make-up verschmierte. Um Rachel zu schützen, musste er sicherstellen, dass Sex das einzige Bindeglied zwischen ihnen blieb. Sobald er sie verlassen musste, würde es für immer sein – und zu ihrem Besten. Er war ihr zu viel schuldig, um sie auch nur dem geringsten Risiko auszusetzen.

Rachel richtete sich aus ihrer gebückten Haltung auf und reckte sich mit hochgehobenen Armen. Durch die Bewegung zeichneten sich ihre Brüste unter dem dünnen Stoff ihrer Bluse ab. Dann nahm sie den Korb auf und kam zwischen den Beeten auf Kevin zu.

Rex, der sich in ihrer Nähe niedergelegt hatte, sprang auf, folgte ihr und suchte unter der Hintertreppe Schatten. Rachel hatte ein Lächeln auf den Lippen, als sie sich Kevin näherte. Ihre grauen Augen sahen ihn hell und freundlich an.

Kevin blickte ihr entgegen, und ihm entging keine Bewegung ihres graziösen Körpers. Nein, er durfte sie keineswegs dadurch einer Gefahr aussetzen, dass er länger als nötig bei ihr blieb. Aber die wirkliche Gefahr bestand darin, dass er hungrig genug nach Rachel war, um dem Versuch eines Wiedersehens zu erliegen, und das durfte nie geschehen.

Die nächsten Tage verstrichen friedlich und gemächlich. Jetzt, wo Kevin auf dem Weg der Besserung war und ihre ständige Aufsicht nicht mehr benötigte, nahm Rachel ihre gewohnten Beschäftigungen wieder auf.

Sie besorgte für Kevin Hollowpoint, die gewünschten extra

starken Patronen, und danach legte er den 357er nie außer Reichweite.

Honey kam vorbei und gestand, wie überrascht sie sei, dass die Wunden so gut verheilt waren. Sie hatte nicht mit der Wimper gezuckt, als Kevin die Pistole aus dem Gürtel gezogen und sie auf dem Tisch abgelegt hatte, während sie die Fäden zog und Rachel ihr dabei zusah. Dann hatte Kevin sich wieder angezogen und die schwere Waffe erneut an die gewohnte Stelle hinter dem Gürtel am Rücken gesteckt.

Während Honey ihre Tasche packte, sah Rachel Kevin an und meinte: „Du bist kein Südstaatler, nicht wahr? Du hast zwar einen gedehnten Akzent, aber er ist nicht typisch südlich."

„Ich habe lange Zeit mit jemandem aus Georgia verbracht. Wir waren zusammen in Vietnam. Ich wurde in Nevada geboren."

Das war wohl das Höchstmaß an Information, die er über sich zu geben bereit war. Deshalb stellte Rachel auch keine weiteren Fragen.

Beim Gehen lächelte Honey ihm zu und reichte ihm die Hand. „Falls wir uns nicht mehr sehen sollten, alles Gute."

Kevin nahm ihre Hand. „Danke, Doc. Sie haben prachtvolle Arbeit geleistet. Viel Glück." Rachel fiel auf, dass er sich nicht über ein längeres Verweilen äußerte.

Honey sah ihn prüfend an. „Ich platze förmlich vor Fragen, aber ich glaube, ich werde meinen eigenen Grundsatz befolgen und sie nicht stellen. Ich will gar nichts wissen. Aber passen Sie auf sich auf, hören Sie?"

Kevin verzog den Mund zu einem seiner schiefen, angedeuteten Lächeln. „Ganz sicher."

Honey blinzelte ihm zu. „Falls jemand mich fragt, habe ich von nichts eine Ahnung."

„Sie sind eine kluge Frau, Doc. Sobald ich weg bin, kann Rachel Ihnen die Einzelheiten erzählen."

„Vielleicht. Aber vielleicht reime ich mir auch meine eigenen Antworten zusammen. Auf diese Weise kann ich so wild und romantisch werden, wie es mir passt, und gehe trotzdem auf Nummer sicher."

Wahrscheinlich ist Honeys Einstellung zu diesem Thema die Beste, dachte Rachel, nachdem sie mit Kevin wieder allein war. Sie bemerkte, dass er sie auf seine beharrliche, irritierende Art ansah, und reckte ihr Kinn. „Was ist denn?"

Statt einer Antwort näherte er sich ihr, fasste sie unter das Kinn, beugte sich vor und küsste sie. Einen Moment lang stand Rachel wie gebannt da. Kevin hatte sie seit dem ersten Mal nicht wieder geküsst, obwohl ein gewisses Besitzergreifen in der Art zu spüren war, wie er sie nachts hielt.

Rachel verriet nicht, welche Lust es ihr bereitete, in seinen Armen einzuschlafen. Aber nun konnte sie das heftige Verlangen nicht mehr verheimlichen, das der Kuss in ihr hervorrief, ihre Lippen öffneten sich unter seinem Mund. Mit den Händen strich sie ihm über die harte, muskulöse Brust. Kevins Zunge spielte mit der ihren. Sie stöhnte sanft, als ihre Brüste sich anspannten, als hätte Kevin sie berührt.

Langsam schob Kevin Rachel vor sich her, bis sie mit dem Rücken zum Schrank stand. Sie unterbrach den Kuss und fragte atemlos: „Was hat dich dazu bewegt?"

Er küsste ihr Kinn und liebkoste die empfindliche Haut unter ihrem Ohr. „Hör auf, den Kopf wegzudrehen", murmelte er. „Küss mich. Öffne deine Lippen." Sie tat es, und er küsste sie so tief, so lange und so schwindelerregend, dass sie ihn vorn am Hemd packte, sich auf die Zehenspitzen stellte und sich an ihn drängte. Ihr war, als würde dieser Kuss nie ein Ende finden. Kevins Hände glitten über ihren Po, und mit einem sanften Ruck hob er Rachel an zu einem noch intimeren Kontakt.

Mit diesem Kuss waren alle Vorwände überflüssig geworden. Sie klammerten sich in offener Leidenschaft aneinander, voller Begierde, sich näher und näher zu kommen. Die Leidenschaft hatte sich seit Tagen in der Erinnerung an die zärtlichen Berührungen aufgestaut, die normalerweise nur nach den ersten, tastenden Küssen gekommen wären. Doch sie hatten unter Umständen zueinandergefunden, die jede Regel aufhob.

Rachel hatte seinen harten, schönen Körper gesehen und berührt, während sie ihn pflegte und seinen Schmerz milderte. Kevin hatte sie unter seinen Händen gespürt und sich schon an ihren ganz eigenen, süßen Duft gewöhnt, noch ehe er Rachels Namen kannte. Vier Nächte lang hatte er sie im Schlaf in seinen Armen gehalten, und ihre Körper waren sich nicht mehr fremd. Aus dieser Situation heraus wurden zwischen ihnen all die natürlichen Hindernisse beseitigt, mit denen Menschen sich umgeben, um ihre Intimsphäre zu wahren. Zur gleichen Zeit entwickelte sich um sie eine Art Treibhausatmosphäre, die sie berauschte.

Die Kraft ihrer Empfindungen erschreckte Rachel ein wenig, und wieder löste sie ihre Lippen von Kevins Mund und barg ihr Gesicht in seiner Halsbeuge. Es durfte nicht alles so schnell gehen, sonst verlor sie ihre Beherrschung. „Du bist ein rasanter Mann“, flüsterte sie und bemühte sich um Fassung.

Kevins Hände glitten ihren Rücken hinauf, und er zog sie fest an sich heran. Dann knabberte er an ihrem Ohrläppchen und sagte heiser und verheißungsvoll: „Nicht so rasant, wie ich am liebsten vorgehen würde.“

Unkontrollierbare Schauer rannen Rachel über den ganzen Körper, und ihre Brüste waren so fest geworden, dass sie schmerzten. Kevin riss sie an sich und drückte ihre Brüste gegen seinen harten, muskulösen Körper. Er rieb seine Wange an Rachels Kopf, aber in der Gier nach mehr dauerte diese Zärtlichkeit nicht lange.

Er vergrub seine Finger in ihrem Haar und bog ihren Kopf nach hinten. Sein Mund ergriff von Neuem Besitz von ihren Lippen, und seine Zunge schob sich wie im Liebesspiel dazwischen. Rachel fuhr zusammen, als Kevin seine andere Hand über ihre Brust legte, dann in ihre Bluse griff, ihre Brust umfasste und mit seinem rauen Daumen über die erregte Spitze strich. Rachel hatte das Gefühl, ihr Schmerz würde gleichzeitig gelindert und vergrößert.

„Ich will dich nehmen", murmelte er heiser und hob den Kopf, um dem Spiel seines Daumens zuzusehen. „Ich bin vor Sehnsucht nach dir fast verrückt geworden. Willst du mit mir zusammen sein, solange mir die Zeit bleibt?"

Gütiger Himmel, war er ehrlich! Sie musste sich zusammenreißen, um ihre Qual nicht herauszuschreien. Selbst in diesem Augenblick, wo ihre Körper sich in fiebrigem Begehren aneinanderpressten, unterließ Kevin die tröstenden Versprechungen, die er doch nicht hätte einhalten wollen. Er würde gehen, und alles, was ihnen blieb, konnte nur von kurzer Dauer sein. Um wie viel leichter wäre alles, wenn sie die Zukunft außer Acht ließe und mit ihm in ihr Schlafzimmer gehen könnte! Doch seine Ehrlichkeit erinnerte sie daran, dass sie an die Zukunft und an den Tag, an dem Kevin sie verlassen würde, denken müsste.

Langsam legte sie die Hände auf seine Brust und drückte sich weg von ihm, und Kevin wich zurück, um ihr den Abstand, den sie brauchte, zu geben. Mit zitternder Hand strich sie sich die Haare aus der Stirn. „So leicht ist die Sache für mich nicht", versuchte sie zu erklären, aber ihre Stimme bebte ebenso wie ihre Hand. „Ich hatte nie einen Liebhaber … nur meinen Mann."

Kevin sah sie mit aufmerksamen Augen an, und er wartete.

Rachel machte eine hilflose Geste. Seine Ehrlichkeit erforderte, dass auch sie ihm gegenüber offen war. „Ich … habe dich gern."

„Nein", sagte er absichtlich scharf, „lass das sein."

„Erwartest du von mir, dass ich mein Gefühl wie einen Wasserhahn abstelle?" Rachel blickte ihm voll ins Gesicht.

„Ja. Das ist Sex, nichts weiter. Rede dir nicht ein, es könnte zu mehr führen, denn selbst wenn dem so wäre, hätten wir keine Zukunft."

„Oh, das weiß ich." Sie lachte kurz auf, wandte sich von ihm ab und sah aus dem Fenster. „Wenn du von hier fortgehst, ist es das Ende unserer Beziehung."

Sie wünschte, er würde ihr widersprechen, aber wieder zerstörte seine brutale Offenheit jede ihrer Hoffnungen. „Ganz recht. Und so muss es auch sein."

Es wäre sinnlos, mit ihm über diesen Punkt zu streiten. Rachel wusste seit Langem, dass Kevin ein einsamer, verschlossener Wolf war. „Nun, siehst du es, aber ich habe nicht diese Art von Kontrolle über meine Gefühle. Ich glaube, ich liebe dich … Oh, verdammt, warum soll ich auf Nummer sicher gehen?" Ihre Stimme war erfüllt von hilfloser Enttäuschung. „Ich fing an, dich zu lieben, in dem Augenblick, wo ich dich aus dem Ozean zog! Das klingt albern, nicht wahr? Aber meine Liebe würde nicht einfach aufhören, nur weil du mich verlässt."

Kevin beobachtete sie. Sie war verkrampft, das konnte er an ihrer Haltung, ihren zu Fäusten geballten Händen sehen. Was mochte es Rachel gekostet haben, ihm dieses Geständnis zu machen?

Sie hatte das direkteste Wesen, das er je an einer Frau kennengelernt hatte, gebrauchte keine Spielchen, machte keine Ausflüchte. In all den Jahren würde sie die einzige Frau sein, die zu verlassen ihm leidtäte. Allein der Gedanke ging ihm gegen den Strich, aber damit konnte er viel leichter fertig werden als mit dem Wissen, durch eine gemeinsame Existenz ihr Leben in Gefahr zu bringen. Rachel bedeutete ihm zu viel, um sie leichtfertig und nur zu seinem Vergnügen zu gefährden.

Kevin legte ihr die Hände auf die Schultern und massierte sanft die angespannten Muskeln. „Ich werde dich nicht drängen", murmelte er. „Du musst tun, was du für richtig hälst. Aber wenn du dich für mich entscheidest … ich bin hier."

Rachel musste nicht erst darüber nachdenken, ob sie Kevin wollte. Sie brannte vor Sehnsucht nach ihm. Wenigstens ließ er ihr Zeit, das Ganze zu durchdenken, statt sie einfach zu verführen, wie er es auch leicht hätte tun können. Sie machte sich keine Illusionen über ihre Selbstbeherrschung … Sie legte ihre Hand auf seine und verschränkte ihre Finger mit ihm.

7. KAPITEL

Es gab einen dumpfen Laut, als Rex aus dem Schatten unter der Treppe sprang und um die Seite des Hauses schoss. Kevin sah sich hastig um. Rachel blieb wie gebannt stehen. Dann gab sie sich einen Ruck und eilte zur Vordertür. Es war unnötig, Kevin zu bitten, im Hintergrund zu bleiben. Sie wusste, wenn sie sich umdrehen würde, wäre er nicht mehr zu sehen, sondern würde leise durch das Haus schleichen.

Rachel öffnete die Tür und trat auf die vordere Veranda. Erst in diesem Augenblick erinnerte sie sich daran, dass Kevin ihr die Bluse bis zur Hälfte aufgeknöpft hatte. Rasch knöpfte sie sich wieder zu und sah sich nach dem um, was den Hund aufgebracht hatte. Da hörte sie das den Privatweg herunterkommende Auto. Honey konnte es nicht sein, da sie gerade hier gewesen war, und Rafferty kam bei seinen seltenen Besuchen zu Pferd und nicht per Fahrzeug.

Der vor dem Haus haltende Wagen war ein blassblauer Ford, ein Dienstwagen. Rex lag sprungbereit und mit zurückgelegten Ohren am Boden und knurrte ihn an.

„Ruhig, ruhig", murmelte Rachel ihm zu und bemühte sich, sich auszumalen, wer in dem Wagen saß. Aber die Sonne spiegelte sich auf der Fensterscheibe und nahm Rachel die Sicht. Dann wurde die Wagentür aufgestoßen, und ein hochgewachsener Mann stieg aus. Er blieb jedoch vor der geöffneten Tür stehen und sah Rachel über das Wagendach hinweg an. Es war Agent Ellis, ohne Jackett und mit Sonnenbrille, hinter der seine Augen verborgen blieben.

„Oh, hallo", rief Rachel, „nett, Sie wiederzusehen." Warum war er wohl wieder hier? War Kevin gesehen worden, als er auf dem Hof gewesen war?

Ellis strahlte sie mit seinem Reklamelächeln an. „Wie nett, Sie wiederzusehen, Miss Jones. Ich dachte, ich fahre einmal bei Ihnen vorbei und sehe nach dem Rechten."

Das war eine recht dürftige Entschuldigung für einen meilenweiten Umweg. Rachel ging um Rex herum und auf den Wagen zu, um Ellis davon abzuhalten, dem Haus zu nahe zu kommen. Es war unwahrscheinlich, dass Kevin sich blicken lassen würde, aber sie wollte kein Risiko eingehen. „Ja, alles ist in bester Ordnung", sagte sie fröhlich, ging um den Wagen herum und stellte sich so, dass Ellis dem Haus den Rücken zukehren musste, um Rachel anzusehen. „Es ist heiß, aber sonst alles okay. Haben Sie je den Mann ausfindig gemacht, den Sie suchen?"

„Nein, nicht die Spur. Sie haben auch nichts bemerkt?"

„Nicht einmal aus der Ferne. Rex schlägt sofort an, wenn jemand in der Nähe ist."

Die Erwähnung des Hundes ließ Ellis herumfahren und sehen, wo er sich befand. Das Tier stand noch mitten auf dem Hof, ließ den Eindringling nicht aus den Augen und knurrte leise vor sich hin. Ellis räusperte sich und wandte sich wieder an Rachel. „Wie gut, dass Sie ihn haben, so weit draußen, wie Sie hier leben. Man kann nicht vorsichtig genug sein."

Rachel lachte. „Nun, eigentlich kann man das doch. Ich fühle mich mit Rex als Wachhund hier ganz sicher."

Rachel war sich nicht ganz sicher, weil die dunkle Sonnenbrille seine Augen überschattete, aber es kam ihr so vor, als würde Ellis ihre Beine und ihre Brust begutachten. Entsetzt überlegte sie, ob sie auch alle Blusenknöpfe geschlossen habe. Wenn nicht, war es jetzt dazu zu spät, und Ellis hatte keinen Grund zur Annahme, sie habe im Haus den Mann geküsst, hinter dem er her war.

Plötzlich lachte er auf, nahm die Sonnenbrille ab und ließ

sie von den Fingern baumeln. „Ich bin nicht hergekommen, um Sie zu überprüfen." Er stützte den Unterarm auf das Dach des offenen Wagens. Seine Haltung war entspannt und selbstbewusst. Bei seinem guten Aussehen war er es gewohnt, von Frauen anerkannt zu werden. „Ich bin hier, um Sie zum Dinner einzuladen. Ich weiß, Sie kennen mich nicht, aber mein Leumund ist respektvoll. Was meinen Sie dazu?"

Rachel musste ihre Verwirrung nicht einmal spielen, sie war echt. Sie wusste nicht, was sie ihm antworten sollte. Falls sie mit Ellis ausginge, hätte sie die Gelegenheit, ihn davon zu überzeugen, nichts über Kevin zu wissen. Andererseits konnte Agent Ellis aber dadurch ermutigt werden, sie wieder aufzusuchen, und das wollte sie nicht. Warum waren diese Leute überhaupt noch hier? Warum waren sie auf der Suche nach Kevin nicht weiter südlich die Küste hinuntergefahren?

„Ja nun, ich weiß nicht recht", erwiderte sie leicht stotternd. „Wann?"

„Heute Abend, falls Sie nichts anderes vorhaben."

Himmel, das brachte sie noch um den Verstand! Falls man Kevin entdeckt hatte, dann könnte dies ein Trick sein, um sie aus dem Haus zu bringen, damit es keine Zeugen gab. Wenn nicht, dann könnte sie Ellis argwöhnisch machen, wenn sie sich verdächtig benahm. Schließlich gab Rachel ihrem Instinkt nach. Agent Ellis hatte beim ersten Treffen keinen Hehl aus seiner männlichen Bewunderung für sie gemacht. So würde sie seine Einladung in dem Glauben annehmen, dass er sie tatsächlich aus diesem Grunde ausführen möchte. Vielleicht könnte sie dabei die eine oder andere Information aus ihm herausholen.

„Ich glaube, ich sage zu", antwortete sie schließlich. „Was schwebt Ihnen denn vor? Ich gehe nicht sehr häufig aus."

Er schenkte ihr sein jungenhaftes Lächeln. „Sie können beruhigt sein. Ich gehöre nicht der Punk-Szene an. Ich bin viel zu empfindlich, um mir Sicherheitsnadeln durch die Wangen zu stechen. Nein, was ich im Sinn habe, ist eher ein ruhiges Restaurant und ein gutes, dickes Steak."

Und danach eine Nummer im Bett? Rachel würde ihn enttäuschen müssen. „Einverstanden", sagte sie. „Um wie viel Uhr?"

„Sagen wir, so gegen acht? Dann ist die Sonne untergegangen, und es ist kühler, hoffe ich."

Rachel lachte. „Ich würde sagen, Sie gewöhnen sich an die Hitze, aber alles, was Sie tun werden, ist, sich darauf einzustellen. Die Luftfeuchtigkeit macht einen fertig. Also gut, um acht Uhr. Ich werde bereit sein."

Er nickte ihr freundlich zu und setzte sich wieder hinter sein Steuerrad. Rachel trat ein paar Schritte zurück, um nicht vom Staub eingehüllt zu werden, als er abfuhr, und sah dem blauen Ford hinterher, bis er ihrem Blick entschwunden war.

Kevin hatte Rachel vom Haus aus zugesehen. Sein Blick war misstrauisch und kalt. „Was wollte er?"

„Er hat mich zum Dinner eingeladen", antwortete Rachel langsam. „Ich wusste nicht, was ich sagen sollte. Wenn ich mit ihm ausgehe, schöpft er vielleicht keinen Verdacht. Es kann natürlich auch sein, dass er mich nur gebeten hat, damit ich außer Haus bin. Möglich, dass man dich gesehen hat. Möglich ist auch, dass die nur das Haus durchsuchen wollen."

„Die haben mich bestimmt nicht gesehen", antwortete Kevin. „Sonst wäre ich nicht mehr am Leben. Welche Entschuldigung hast du benutzt?"

„Ich habe angenommen."

Rachel hatte gewusst, dass Kevin nicht begeistert sein würde, aber auf die Reaktion war sie nicht gefasst. In seinen Augen brannte ein Feuer, das ihr beinahe Angst einjagte. Mit seiner üblichen kühlen Distanziertheit war es vorbei. „Zum Teufel, nein, du wirst nicht gehen. Schlag dir diesen Gedanken aus dem Kopf, Lady!“

„Dazu ist es jetzt zu spät. Er könnte sonst wirklich argwöhnisch werden, wenn ich ihm mit einer faden Ausrede komme.“

Kevin schob die Hände in die Taschen, und fasziniert beobachtete Rachel, wie er sie zu Fäusten ballte. „Er ist ein Mörder und Verräter. Seit ich ihn erkannt habe, bevor man mein Boot in die Luft jagte, habe ich eine Menge nachgedacht. Mir sind einige Details eingefallen – Situationen, bei denen etwas schiefgelaufen war, ohne dass ein Grund dafür bestand –, und ich habe versucht, sie auf einen Nenner zu bringen. Bei jedem dieser Pläne steckt Ellis irgendwie mit drin. Du wirst nicht mit ihm ausgehen.“

Rachel ließ sich nicht einschüchtern. „Doch“, entgegnete sie, „ich werde. Womöglich bekomme ich einige Informationen, die dir nützen ...“

Mitten im Satz brach sie ab. Ruckartig hatte Kevin die Hände aus den Taschen genommen und so schnell nach Rachel gegriffen, dass es ihr nicht möglich war, zurückzuweichen. Er schloss die Finger so fest um ihre Schultern, dass es wehtat, und schüttelte sie leicht. Sein Gesicht war weiß vor Zorn und der Ausdruck grimmig.

„Verdammt“, stieß er leise durch die Zähne hervor, „wann begreifst du endlich, dass diese Sache nichts für Amateure ist? Du bist bis über beide Ohren drin und hast nicht den Verstand, es zu begreifen! Du bist nicht mehr in der Schule und spielst Räuber und Gendarm, Süße. Merk dir das endlich! Verdammt noch mal!“ Er ließ Rachel los und fuhr sich mit der Hand durchs Haar. „Bis jetzt hast du Glück gehabt, dass du noch nichts verpfuscht und vermasselt hast. Aber wie lange, glaubst du wohl, wird dieses Glück anhalten? Du hast es hier mit einem kaltblütigen Berufskiller zu tun."

Rachel trat einen Schritt zurück und rieb sich die schmerzende Schulter. Bei seinem Anpfiff war sie innerlich ganz kalt geworden, und diese Kühle spiegelte sich in ihrem Gesicht wider. „Von wem sprichst du?", fragte sie schließlich ruhig. „Von Ellis ... oder dir?"

Damit drehte sie sich um, ließ Kevin stehen, ging in das Badezimmer und zog die Tür heftig hinter sich zu. Das war der einzige Raum, wohin er ihr nicht folgen würde.

Rachel atmete tief durch und versuchte, sich wieder zu beruhigen. Wo sie schon einmal im Badezimmer war, könnte sie genauso gut duschen. Möglich, dass sie zu ihrer Verabredung mit Ellis wie zu einer Exekution gehen würde, jedenfalls würde sie ihm nicht das Gefühl geben, sich nicht darauf gefreut zu haben. Was bedeutete, dass sie so reizvoll wie nur möglich aussehen musste.

Nur auf einen Gedanken durfte er nicht kommen: sie wieder zum Essen einzuladen. Falls es doch der Fall sein sollte, müsste sie sich eine Entschuldigung ausdenken. Sie hatte Agent Lowell gegenüber bereits erwähnt, dass sie auf die Key Islands fahren wolle. Zwar war das reine Erfindung gewesen, aber vielleicht könnte sie diese Lüge als Ausrede für Vorbereitungen und Packen benutzen.

Sie stellte die Dusche ab, zog ein Handtuch von der Tür der Duschkabine und wickelte es sich um den Kopf. Sie war gerade dabei, die Tür zu öffnen, um aus der Dusche zu treten, als sie durch die Milchglasscheiben Kevins verwischte Gestalt erblickte, und sie zuckte zurück, als hätte sie sich verbrannt.

„Mach, dass du hier herauskommst", sagte sie scharf, riss das Handtuch vom Kopf und wickelte es sich um die Körpermitte. Das Milchglas schützte sie zwar vor Kevins Blick, aber wenn sie ihn sehen konnte, würde er das auch. Das Gefühl, er habe ihr beim Duschen zugesehen, machte sie schrecklich verletzbar. Wie lange hatte er schon dagestanden?

Rachel sah, wie er die Hand auf den Türknauf legte, und wich zurück, während er sie aufschob. „Du hast nicht geantwortet, als ich nach dir rief", sagte er kurz angebunden. „Ich wollte nur sicher sein, dass du in Ordnung bist."

Rachel hob den Kopf. „Das ist eine dünne Entschuldigung. Sobald du gesehen hast, dass ich dusche, hättest du gehen sollen."

Er wandte keinen Blick von ihr, nahm alles an ihr wahr, von den nassen, zerzausten Haaren über die feucht schimmernden Schultern bis hin zu ihren schlanken, nackten Beinen, an denen kleine Wassertröpfchen hingen.

Plötzlich bewegte sich Kevin, legte ihr den rechten Arm um die Taille und hob sie aus der Dusche. Instinktiv klammerte sie sich an ihn, um Halt zu finden. „Pass auf! Deine Schulter …"

Er stellte Rachel auf die Badematte und sah sie mit ernster, verschlossener Miene an. Mit dem rechten Arm hielt er noch immer ihre Taille umschlungen. „Ich will nicht, dass du mit ihm ausgehst", sagte er schließlich mit belegter Stimme. „Verdammt, Rachel, ich will nicht, dass du meinetwegen ein Risiko eingehst!"

Das Handtuch fing zu rutschen an, und Rachel griff nach den Enden, um es festzuhalten. „Warum kannst du mir nicht zugestehen, dass ich erwachsen bin und für meine eigenen Entscheidungen geradestehen kann?", rief sie. „Du hast mir gesagt, Ellis sei ein Verräter, und ich glaube dir. Meinst du nicht, ich hätte eine moralische Verpflichtung, alles in meinen Kräften Stehende zu tun, um ihn aufzuhalten und dir zu helfen? Ich glaube, die Situation ist kritisch genug, um das Risiko wert zu sein! Es ist meine Entscheidung, nicht deine!"

„Du hättest da nie hineingezogen werden dürfen!"

„Warum nicht? Du hast selbst gesagt, du brauchst Hilfe. Du hast ja auch andere Leute in gefährliche Situationen gebracht, nicht wahr?"

„Das waren geschulte Agenten", entgegnete er unwirsch. „Und, weiß der Teufel, ich habe nie nachts vor Sehnsucht wach gelegen, um mit einem von ihnen zu schlafen!"

Rachel wurde still. Sie sah Kevin aus weit geöffneten Augen an. Sein Gesichtsausdruck verriet nichts anderes als Zorn und leichte Überraschung, als hätte er das gar nicht sagen wollen. Er zog sie näher an sich heran, obwohl es ihr gelungen war, einen ihrer Arme zwischen ihre Körper zu schieben, um das Handtuch festhalten zu können. Nur ihre Zehenspitzen berührten die Badematte. Mit ihren Schenkeln stand sie zwischen seinen leicht gespreizten Beinen, und ihr blieb seine Erregung nicht verborgen.

Keiner von ihnen sagte ein Wort, weil sie sich beide bewusst waren, was zwischen ihnen vorging. Jeder atmete tief und schnell, und Rachel wurden die Knie weich, je deutlicher sie Kevins Absichten spürte.

Kein Muskel zuckte in seinem Gesicht, als er in rauem Ton weitersprach. „Ich habe dich in der Küche davonkommen lassen. Aber, weiß der Himmel, noch einmal schaffe ich es nicht. Nicht jetzt!"

Mit einem Ruck riss er ihr von hinten das Handtuch fort und ließ es auf die Badematte fallen. Nackt stand Rachel vor ihm, eingeschlossen in seinem Griff, zitternd und nach Atem ringend.

Mit einem wilden, besitzergreifenden Laut bückte sich Kevin und warf sich Rachel über die rechte Schulter. Das Blut dröhnte ihm so laut in den Ohren, dass er ihren überraschten Schrei gar nicht hörte.

Mit wenigen Schritten war er beim Bett und ließ Rachel darauf fallen, war sofort über ihr, drückte ihre Schenkel auseinander und kniete sich dazwischen, ehe sie recht begriffen hatte, wie ihr geschah. Rachel streckte ihm die Arme entgegen, sie schluchzte fast vor Verlangen. Mit einem Ruck zog er das Hemd aus und warf es zu Boden. Dann zerrte er an dem Reißverschluss seiner Shorts, bis er ihn aufhatte, und senkte sich auf Rachel.

Als er in sie eindrang, bäumte sie sich heftig unter ihm auf. Der stechende, zugleich ungeahnte Wonnen verursachende Schmerz ließ sie aufschreien. Sie schloss ihre Schenkel und wand sich unter seinen tiefen, gleitenden Stößen.

So war es für sie noch nie gewesen, so schmerzhaft intensiv, dass es fast unerträglich war. Sie hatte noch nie so geliebt. Rachel wusste, dass ihr Herz aufhören würde zu schlagen, wenn Kevin je etwas zustoßen sollte. Wenn das alles war, was er von ihr haben wollte, diese Momente reiner Lust, dann würde sie sich ihm frei und schrankenlos hingeben, ihn mit ihrer eigenen Begierde verzehren.

Kevin drang mit wilder Leidenschaft immer wieder in sie ein, und plötzlich war es zu viel für Rachel. Jeder ihrer Nerven war zum Zerreißen gespannt, und die Sinne schienen ihr schwinden zu wollen. Sie stöhnte und schrie auf, bewegte sich mit einer Lust unter ihm, die Kevin mitriss. Rachel konnte nichts mehr sehen, nicht mehr atmen, nur noch fühlen und empfinden. Seine kraftvollen Stöße schienen sie zu zerreißen, seine heiseren, ungezügelten Schreie drangen halb erstickt an ihr Ohr. Dann gingen sie in ein raues Stöhnen über. Langsam beruhigte Kevin sich und wurde still. Sein Körper entspannte sich, und er lag schwer auf ihr. Aber sie hielt ihn glücklich in den Armen und strich ihm zärtlich über den Rücken.

Besorgnis überfiel sie, als die Vernunft zurückkehrte. Sie erinnerte sich an die Art, wie Kevin sie über die Schulter geworfen und sie anschließend so zügellos geliebt hatte. Sein Kopf ruhte an ihrer Schulter, und sie fuhr ihm mit den Fingern durch sein seidenweiches Haar. Mit kaum wahrnehmbarer Stimme hauchte sie: „Kevin? Deine Schulter ... ist alles in Ordnung?“

Er stützte sich auf den rechten Ellbogen und sah auf sie herab. In ihren hellen, grauen Augen stand nur Besorgnis – um ihn, nachdem er sie so wild und ungebärdig geliebt hatte.

Er hatte nicht einmal ihre weichen, zitternden Lippen geküsst, nicht ihre hübschen Brüste gestreichelt und seinen Mund darauf gesenkt, wie er es sich in seinen Träumen ausgemalt hatte. Aus diesen Augen sprach die Liebe, eine reine und vertrauensvolle Liebe. Sein Herz krampfte sich zusammen, und tief in seinem Inneren und in seiner Seele brach etwas entzwei und machte ihn so verletzlich, wie er es noch nie vorher gewesen war.

„Wer ist eigentlich diese Frau, nach der Ellis so verrückt ist?“, fragte Charles ruhig und hielt den Blick aus seinen blassgrauen Augen stetig auf Lowell gerichtet. Charles wirkte wie immer gleichgültig, aber Lowell wusste, dass ihm nichts entging.

„Sie lebt in einem kleinen Haus in Strandnähe. Eine verlassene Gegend, meilenweit gibt es nichts. Als wir anfingen, nach Sabin zu suchen, haben wir sie befragt.“

„Und?“, fragte Charles beinahe sanft.

Lowell zuckte die Schultern. „Und nichts. Sie hatte nichts gesehen.“

„Sie muss etwas Außergewöhnliches an sich haben, um Ellis’ Aufmerksamkeit zu erregen.“

Lowell dachte eine Minute über die Bemerkung nach und schüttelte dann den Kopf. „Sie ist hübsch, das ist aber auch alles. Kein Make-up, ein ländlicher Typ. Aber Ellis hört nicht auf, über sie zu reden."

„Mir scheint, Freund Ellis hat seine Gedanken nicht bei dem auszuführenden Auftrag." Die Anmerkung klang täuschend nebensächlich.

Wieder zuckte Lowell die Schultern. „Er meint, Sabin sei umgekommen, als das Boot in die Luft flog, und zeigt deshalb bei der Suche nach ihm keinen großen Ehrgeiz."

„Und was denkst du?"

„Es wäre möglich. Wir haben keine Spur von ihm gefunden. Er war verletzt. Selbst wenn er wie durch ein Wunder zur Küste gelangt sein sollte, hätte er doch Hilfe gebraucht."

Charles nickte. Sein Blick wurde nachdenklich, nachdem er Lowell fortgeschickt hatte. Er arbeitete seit vielen Jahren mit Lowell und kannte ihn als zuverlässigen und tüchtigen, aber fantasielosen Agenten. Er musste auch tüchtig sein, um überleben zu können.

Lowell war ebenso wenig davon überzeugt, dass Sabin überlebt hatte, wie es Ellis war, und Charles fragte sich, ob er zugelassen habe, dass Sabins Ruf seinen eigenen gesunden Menschenverstand ausgeschaltet hätte. Niemand sollte das überlebt haben, aber Sabin … Sabin war eine Ausnahme, abgesehen von dem blonden Teufel mit den goldbraunen Augen, der verschwunden war und von dem es hieß, er sei tot, trotz der im vorigen Jahr in Costa Rica aufgetauchten Gerüchte. Sabin war wie ein nicht fassbarer Schatten, instinktiv gerissen und vom Glück gesegnet. Nein, nicht vom Glück, korrigierte Charles sich selbst. Er war geschickt. Sabin nur als „vom Glück begünstigt" zu bezeichnen, hieße, ihn zu unterschätzen. Diesen fatalen Fehler hatten viel zu viele seiner Kollegen gemacht.

„Noelle, komm her“, rief er, ohne die Stimme zu erheben. Das war auch nicht nötig, denn Noelle war nie weit von ihm entfernt. Er sah sie mit Vergnügen an, nicht etwa, weil sie außergewöhnlich schön war, sondern weil er den Widerspruch zwischen ihrem zerstörerischen Wesen und dem reizvollen weiblichen Äußeren so genoss. Ihre Aufgabe war zweifach: Charles zu beschützen und Sabin zu töten.

Noelle betrat mit der Grazie eines Mannequins und mit weichem, schläfrigem Blick den Raum. „Ja?“

Er wies mit seiner dünnen, gepflegten Hand auf einen Stuhl. „Setz dich bitte. Ich habe mit Lowell über Sabin gesprochen.“

Noelle ließ sich nieder und schlug die Beine wirkungsvoll übereinander. Sie beherrschte das Verhalten, mit dem sie einen arglosen Mann zu fesseln vermochte, wie eine natürliche Begabung, weil sie es lange und intensiv geübt hatte. „Ah, Agent Lowell“, sagte sie lächelnd. „Mutig, verlässlich, aber ein bisschen kurzsichtig.“

„Wie Ellis glaubt auch er, dass wir mit unsere Suche nach Sabin nur unsere Zeit verschwenden.“

Noelle zündete sich eine Zigarette an und inhalierte tief, ehe sie den Rauch durch ihre geschwungenen Lippen blies. „Es spielt doch keine Rolle, was sie glauben, oder? Es kommt doch nur darauf an, was du denkst.“

„Ich frage mich, ob ich Sabin keine übernatürlichen Kräfte zuschreibe, wenn ich so widerstrebend an seinen Tod glaube“, sagte Charles nachdenklich.

In Noelles Augen trat ein funkelnder Glanz. „Wir können es uns nicht leisten, etwas anderes anzunehmen, bis uns nicht ein Beweis für seinen Tod vorliegt. Der Vorfall ist jetzt acht Tage her. Falls er doch irgendwie überlebt haben sollte, wird er sich jetzt hinreichend erholt haben, um wieder auftauchen zu können, und damit wachsen unsere Chancen, seiner habhaft zu werden. Die logischste Sache wäre, unsere Suche zu verstärken, statt sie schleifen zu lassen."

Ja, das war wirklich logisch. Andererseits schien es auch denkbar, dass Sabin die Explosion überlebt und irgendwie zur Küste gelangt war. Nur – warum hatte er sich dann nicht mit seinem Hauptquartier um Hilfe in Verbindung gesetzt? Ellis' Kontaktmann in Washington war absolut sicher, dass Sabin keinen Versuch unternommen hatte, mit jemandem in Verbindung zu treten. Diese schlichte Tatsache hatte jeden von seinem Tod überzeugt ... Nur Charles konnte sich nicht davon überzeugen.

Es war reine Intuition, die ihn dazu brachte, seine Männer weitersuchen, warten und zum Schlag ausharren zu lassen. Er mochte nicht glauben, dass es so einfach gewesen sein sollte, Sabin zu töten, nicht nach all den Jahren, in denen Versuch auf Versuch fehlgeschlagen war.

Abrupt schlug er einen knappen Ton an. „Du hast natürlich recht", sagte er zu Noelle. „Wir werden unsere Suche verstärken und jeden Quadratmeter abgrasen. Wir haben ihn irgendwie und irgendwo übersehen."

Kevin schlich durch das Haus, und seine Miene spiegelte seine grimmige Stimmung wider. Er hatte einige schwierige Dinge im Leben hinter sich gebracht, aber nichts davon war so unangenehm gewesen, wie Rachels Vorbereitungen für das Treffen mit Tod Ellis mitanzusehen. Es ging ihm gründlich gegen den Strich. Aber nichts, was er eingewendet hatte, konnte Rachels Sinn ändern, und er war hilflos und konnte nichts gegen die Umstände unternehmen. Außerdem durfte er nichts tun, was die Aufmerksamkeit auf Rachel gelenkt hätte, denn dadurch wäre die Gefahr, in der sie sich befand, nur noch größer geworden.

Er musste mit allem einverstanden sein, um ihre Sicherheit zu gewährleisten, selbst wenn es bedeutete, seinen Stolz und seinen Besitzerinstinkt herunterzuschlucken. Sie war so lange bei Ellis sicher, wie der Agent keinen Grund fand, Rachel wegen irgendetwas zu verdächtigen. Sie aus dem Haus zu zerren und noch vor Ellis' Ankunft fortzubringen, wie Kevin es am liebsten getan hätte, hätte dessen Argwohn bestimmt erregt.

Kevin kannte den Mann und wusste, wie gut er seinen Job machte ... viel zu gut, denn sonst hätte er seine anderen Umtriebe nicht so lange verheimlichen können. Außerdem war Ellis ziemlich eingebildet. Wenn Rachel ihn versetzte, würde es ihn wütend machen, und er würde es nicht so einfach hinnehmen. Er würde wiederkommen.

Kevin machte nirgendwo im Haus Licht an. Es schien ihm zwar unwahrscheinlich, dass man das Anwesen beobachtete, aber er konnte es nicht darauf ankommen lassen. Rachel und Ellis konnten frühzeitig zurückkommen, und ein erleuchtetes Haus könnte bei Ellis einen Verdacht auslösen. So schlich Kevin nur leise durch die Dunkelheit, unfähig, trotz der Schmerzen in seiner Schulter und im Bein irgendwo still sitzen zu bleiben. Seit dem Nachmittag hatte ihn die Schulter stark geschmerzt, und er massierte sie geistesabwesend.

Ein sprödes Lächeln lag um seinen Mund. Er hatte nichts gespürt, als er mit Rachel im Bett gewesen war; alle seine Sinne waren nur auf Rachel eingestellt gewesen und hatten nur die überwältigende Leidenschaft ihrer sich vereinenden Körper wahrgenommen. Doch seitdem erinnerte ihn seine Schulter schmerzhaft daran, dass er noch weit von einer endgültigen Heilung entfernt war. Welch ein Glück, dass die Naht nicht wieder aufgeplatzt war!

Er fluchte unvermittelt vor sich hin und humpelte durch die Küche zur Hintertür. Er war so nervös, dass er es nicht mehr länger im Schutz des Hauses aushielt. Kaum war er auf die Veranda getreten, als Rex seinen Wachplatz unter dem Oleanderbusch verließ und still durch die Schatten schlich. Kevin rief dem Tier beruhigende Worte zu. Er fürchtete sich nicht mehr vor einem Angriff. Rex hatte sich mit seiner Anwesenheit abgefunden. Trotzdem hatte Kevin nicht genug Vertrauen in den Hund, um sich nicht doch vorher bemerkbar zu machen, ehe er die Hintertreppe hinunterging.

Kevin hielt sich automatisch selbst im Schatten, als er um das Haus herumging und das Kieferndickicht einer Kontrolle unterzog, um sicherzugehen, dass man das Gelände nicht beobachtete. Rex trottete ungefähr zehn Schritte hinter ihm her und blieb stehen, wenn Kevin anhielt, oder wanderte weiter, wenn Kevin es tat.

Der Neumond ging als dünne Sichel am Horizont auf. Kevin sah zum klaren Himmel auf, der so hell wie Rachels Augen war. Die unendliche Weite schien ihm so fast greifbar zu sein.

Sein Herz zog sich wieder zusammen, und er ballte die Hand zur Faust. Leise fluchte er in die Nacht hinaus. Es bestand immer noch die Möglichkeit, dass er nicht lebend aus dieser Sache herauskommen würde, aber er mochte nicht darüber grübeln. In den vergangenen Tagen hatte er viel nachgedacht und seine Chancen überlegt und abgewogen. Sein Plan stand fest: Jetzt hieß es warten, dass seine Wunden noch besser verheilten, bis er körperlich wieder bei Kräften war, warten auf Ellis und seine Kumpane, dass sie einen Fehler machten, bis der richtige Zeitpunkt gekommen war … Warten. Wenn es so weit war, würde er Sullivan anrufen, und der Plan würde in die Tat umgesetzt werden. Er hatte lieber Sullivan bei sich als zehn andere Leute. Niemand würde damit rechnen, dass sie beide je wieder zusammenarbeiteten.

Nein, seine einzige Ungewissheit war Rachel. Er wusste,

was er zu ihrem Schutz zu tun hatte, aber zum ersten Mal in seinem Leben fürchtete er sich davor. Es war eine Sache, sie zu verlassen, mit ihr zu leben etwas ganz anderes.

Er war stets im tiefsten Innern ein Einzelgänger gewesen und hatte es nie anders gewollt. Vielleicht hatte er schon seit seiner Kinderzeit gespürt, wie weh es tat, jemanden zu lieben.

Das war es, was er fürchtete. Die Worte hatten sich wie von selbst in seiner Vorstellung geformt, und auch das war bereits so schmerzvoll, dass er zusammenzuckte. Er besaß ein viel zu intensives Empfinden, als dass ihm eine oberflächliche Liebelei, ein flüchtiger Flirt genug gegeben hätte. Er hatte sich hinter den Schutzschild aus gefühlsmäßiger Distanz zurückgezogen, doch Rachel hatte ihn zum Einsturz gebracht. Und das tat weh.

8. KAPITEL

Rachel saß lächelnd und plaudernd Ellis gegenüber und zwang sich, den Hummersalat zu essen. Doch jedes Mal, wenn Ellis sie mit seinem Reklamelächeln ansah, verschlug es ihr den Appetit. Sie wusste, was sich hinter diesem Lächeln verbarg. Er war ein Lügner, Mörder und Verräter, der versucht hatte, Kevin umzubringen. Sie musste sich sehr zusammenreißen, um so zu tun, als amüsiere sie sich köstlich, denn ihre Gedanken glitten immer wieder zu Kevin zurück.

Nichts hätte sie lieber getan, als diesen Nachmittag weiterhin in seinen Armen zu liegen und ihren erschöpften, pochenden Körper von Kevins rauer, schneller und überwältigender Besitznahme zu erholen. Sie hatte längst vergessen, wie das sein konnte ... aber vielleicht war es früher auch nie so gewesen. Ihre Ehe mit Bobby Bill war fröhlich, liebevoll und herzlich gewesen. Doch sobald Kevin sie berührte, schien eine brennende Hitze sie zu verzehren, und sie wurde schon unter einem Blick, einer Berührung weich und heiß. Kevin war ein harter, leidenschaftlicher Mann, dessen kraftvolle Persönlichkeit sie in Bann schlug.

Nein, Kevin war kein sehr bequemer Mann oder gar einfach zu lieben, aber sie vergeudete nicht die Zeit damit, sich gegen ihr Schicksal aufzulehnen. Sie liebte ihn und akzeptierte ihn so, wie er war. Sie sah zu Ellis hinüber und kniff die Augen etwas zusammen. Kevin war wie ein von Schakalen umzingelter Löwe, und dieser Mann vor ihr war einer der Schakale.

Rachel legte ihre Gabel hin und lächelte ihn breit an. „Wie lange, glauben Sie, werden Sie sich noch hier bei uns in der Gegend aufhalten? Oder hat man Sie auf Dauer diesem Gebiet zugeteilt?“

„Nein, ich bin viel unterwegs“, sagte er und unterstrich seine Worte durch ein neues aufgesetztes Lächeln. „Ich weiß nie vorher, wann ich versetzt werde.“

„Ist das hier ein besonderer Auftrag?“

„Es ist eher die Jagd nach einem Phantom. Wir haben nur unsere Zeit verschwendet. Und dennoch, hätten wir nicht den Strand abgesucht, wäre ich Ihnen nie begegnet.“

Seit Ellis sie abgeholt hatte, fielen Andeutungen dieser Art, und Rachel hatte sie absichtlich überhört. Er hielt sich offensichtlich für einen modernen Don Juan. Wahrscheinlich fanden ihn auch eine Menge Frauen attraktiv und charmant, aber die wussten ja auch nicht, was Rachel von ihm wusste.

„Oh, ich bin überzeugt, dass Sie nicht auf der Jagd nach flüchtigen Verabredungen sind“, sagte sie leichthin.

Er griff über den Tisch und legte seine Hand auf ihre. „Vielleicht betrachte ich dies nicht als eine flüchtige Verabredung.“

Lächelnd entzog Rachel ihm die Hand und griff nach ihrem Weinglas. „Ich wüsste zwar nicht, als was Sie es sonst betrachten könnten, wenn man davon ausgeht, dass Sie jederzeit versetzt werden können. Selbst wenn es nicht der Fall sein sollte, ich fahre bald in die Ferien und werde wohl für den Rest des Sommers fortbleiben.“

Das gefiel Ellis gar nicht. Es versetzte seinem Selbstgefühl einen kleinen Rückstoß, dass Rachel nicht willens war, so lange zu bleiben, wie er sich hier aufhielt. „Wohin fahren Sie?“

„Auf die Key Islands. Ich werde bei jemandem wohnen und Nachforschungen in der Gegend anstellen. Ich habe vor, so lange dort zu bleiben, bis ich für meine Abendkurse in Gainesville zu Beginn des Herbstsemesters zurück sein muss.“

Jeder hätte sie nun nach diesen Abendkursen gefragt, aber Ellis machte eine finstere Miene und fragte: „Ist dieser Jemand männlichen oder weiblichen Geschlechts?“

Einen Moment lang spielte Rachel mit dem reizvollen Gedanken, ihm zu empfehlen, sich zum Teufel zu scheren, doch sie wollte sich ihn nicht zum Feind machen ... noch nicht. Wenn es ging, wollte sie erst noch ein paar Informationen aus ihm herausholen. So warf sie ihm einen kühlen Blick zu, der ihm klarmachte, dass er zu weit gegangen war, und sagte ruhig: „Es ist eine Frau, eine alte College-Freundin.“

Ellis war nicht dumm. Arrogant und eingebildet, ja, aber nicht dumm. Er grinste auf eine Weise, die wohl charmant sein sollte, Rachel aber kalt ließ.

„Oh, Entschuldigung, ich habe wohl meine Grenzen überschritten. Es ist nur, dass ... nun, von dem Augenblick an, wo ich Sie gesehen habe, fühlte ich mich wirklich zu Ihnen hingezogen, und ich möchte Sie einfach besser kennenlernen.“

„Das scheint wenig sinnvoll“, erklärte Rachel ihm. „Sie werden ohnehin bald abreisen, selbst wenn ich nicht in die Ferien fahren wollte.“

Er sah aus, als wolle er ihr widersprechen, aber er hatte ihr ja gesagt, dass er viel unterwegs sei. „Es kann sein, dass wir noch ein paar Wochen hierbleiben“, sagte er hoffnungsvoll.

„Um die Sache zum Abschluss zu bringen?“

„Ja. Sie wissen selbst, wie das so ist. Papierkram.“

„Nur Sie und Agent Lowell?“

Ellis zögerte. Die Gewohnheit saß zu tief in ihm verwurzelt, als dass er unüberlegt über seine Arbeit gesprochen hätte. Rachel hielt den Atem an und fragte sich, ob seine gekränkte Eitelkeit ihn dazu bringen würde, den Boden, den er durch seine ungezogene Bemerkung verloren hatte, wieder wettzumachen. Schließlich war es doch unglaublich schmeichelhaft, wenn man über seine Tätigkeit ausgefragt wurde. Auf diese Weise lernte man sich besser kennen, und die harmlosen Fragen zeugten von persönlichem Interesse. Sie war interessiert, gewiss, aber nicht an Agent Ellis.

„Wir sind neun Mann, die hier im Moment Nachforschungen anstellen“, antwortete er schließlich. „Jeder von uns wurde besonders für diesen Job ausgesucht.“

Weil sie skrupellos waren? Rachel strahlte ihn aus großen Augen schmeichelhaft an. „Das muss aber eine große Sache sein, wenn so viele Leute daran beteiligt sind.“

„Wie ich sagte, wir sind die aktiven Untersuchungsbeamten. Falls nötig, können wir noch ungefähr zwanzig andere Männer zu unserer Unterstützung heranziehen.“

Rachel wirkte gebührend beeindruckt. „Aber Sie glauben, dass nichts bei dieser Geschichte herauskommt?“

„Wir haben nichts gefunden, aber unser oberster Boss ist noch nicht zufrieden. Sie wissen, wie das ist. Die Schreibtischhengste glauben immer, mehr als die Leute vor Ort zu wissen.“

Rachel zeigte viel Verständnis und erfand ein paar Geschichten, um ihn bei Laune zu halten und das Gespräch von seiner Arbeit abzulenken. Falls sie zu direkt und beharrlich nachfragte, könnte das seinen Argwohn erregen. Sich mit ihm zu unterhalten, gab ihr ein klebriges Empfinden, und sie wollte ihn so schnell wie möglich verlassen. Die Vorstellung, er könne versuchen, sie zu küssen oder womöglich zum Sex zu überreden, erfüllte sie mit Entsetzen.

Doch als nach einer Stunde endlich die Teller abgeräumt waren und der Kaffee serviert wurde, streckte sie ihre Fühler noch einmal aus. „Wo wohnen Sie eigentlich? Das hier ist keine Gegend für Touristen, und es ist schwierig, ein Zimmer zu bekommen.“

„Wir sind alle über die Küste verstreut“, erklärte Ellis. „Lowell und ich teilen uns ein Zimmer in diesem mickrigen kleinen Motel, Harran’s.“

„Ich weiß, wo das ist“, sagte Rachel und nickte.

„Seit wir hier sind, haben wir nur im Schnellimbiss gegessen. Es ist eine Wohltat, zur Abwechselung einmal etwas Vernünftiges zu speisen.“

„Das lässt sich denken.“ Rachel schob ihre Kaffeetasse zurück und sah sich im Restaurant um. Hoffentlich verstand Ellis den Wink, dass sie gehen wollte.

Die dürren Einzelheiten, die sie erfahren hatte, mussten reichen. Sie konnte einfach nicht mehr länger hier mit ihm herumsitzen und so tun, als gefiele er ihr. Sie wollte nach Hause und die Tür hinter sich zumachen und damit Ellis und seine Bande aus ihrem Leben verbannen.

Kevin wartete auf sie. Rachel sehnte sich nach ihm, obwohl sie sich seiner Laune wegen Gedanken machte. Er war kühl und still geblieben, als sie das Haus verließ. Seinen Zorn hatte er kaum zurückhalten können. Er war es nicht gewohnt, dass man seine Befehle ignorierte, und mochte das ganz und gar nicht.

Selbst Ellis hatte nichts dagegen, etwas eher zu gehen. Rachel nahm an, er hoffte, den Rest des Abends auf eine eher intimere Art zu verbringen. Nun, er würde eine Enttäuschung erleben.

Auf der Fahrt nach Haus sprach Rachel wenig, weil es ihr widerstrebte, sich mehr als nötig mit Ellis zu unterhalten, und weil ihre Gedanken sich wieder ganz auf Kevin konzentrierten, obwohl er ihr den ganzen Abend über nicht aus dem Kopf gegangen war.

Ellis bog auf die Privatstraße ein, die zu ihrem Haus führte, und hielt wenige Minuten später an. Das Haus lag im Finstern, aber Rachel hatte es auch nicht anders erwartet. Niemals würde Kevin seine Anwesenheit leichtsinnig dadurch verraten, dass er Lichter anmachte.

Sie stiegen aus dem Wagen. Als Ellis zu ihrer Seite herumkam, hörten sie das leise Knurren. Dem guten Rex entging auch nichts.

Ellis fuhr sichtlich zusammen. Im fahlen Licht der offenen Wagentür konnte sie den großen Schrecken sehen, der sich auf seinem Gesicht abzeichnete. Er blieb auf der Stelle stehen. „Wo ist er?“, murmelte er.

Rachel sah sich um, konnte den Hund aber nicht entdecken. Da er braunschwarz war und das typische Aussehen eines Schäferhundes hatte, war er schwierig in der Dunkelheit auszumachen. Das Knurren kam von links, wo Ellis stand, aber sie hatte ihn immer noch nicht bemerkt.

Rachel nutzte die Gelegenheit aus. „Hören Sie, bleiben Sie stehen, ohne sich zu rühren, während ich ein paar Schritte auf den Hof zumache. Der Hund ist hinter Ihnen. Gehen Sie also nicht weiter auf ihn zu. Sobald ich aus dem Weg bin, steigen Sie auf dieser Seite in den Wagen. Dann wird Rex wohl nicht mehr auf Sie losgehen.“

„Dieser Hund ist bösartig. Sie sollten ihn an die Leine legen“, sagte Ellis ärgerlich, widersprach Rachels Anweisungen aber nicht. Er blieb stocksteif stehen, während sie sich wenige Schritte von der offenen Beifahrertür fortbewegte.

„Es tut mir leid“, entschuldigte sich Rachel und hoffte, er möge die Heuchelei nicht aus ihrer Stimme heraushören. „Ich hatte nicht an ihn gedacht. Aber er ist ein guter Schutz. Noch nie hat er einen Fremden auf den Hof gelassen.“

In diesem Augenblick bewegte Rex sich und verriet seine Position. Böse knurrend, stellte er sich zwischen Rachel und Ellis.

Am liebsten hätte sie losgelacht. Jetzt war es mit jeder Gelegenheit für einen Gutenachtkuss vorbei, und an seinem Gesichtsausdruck konnte sie erkennen, dass er sich nichts sehnlicher wünschte, als ins Wageninnere zu kommen und den festen Stahl zwischen sich und das Tier zu bringen. Hastig rutschte er auf den Sitz und knallte die Tür zu. Dann kurbelte er das Fenster halb herunter. „Ich rufe Sie wieder an, ja?“

Rachel tat, als würde sie überlegen, statt ihm gleich „Nein!“ zu sagen, was ihr auf der Zunge lag. „Ich werde mit den Vorbereitungen für meinen Urlaub beschäftigt sein. Außerdem muss ich noch vor meiner Abreise ein paar Sachen erledigen. Ich werde wohl kaum einen freien Moment übrig haben.“

Jetzt, wo Ellis den Hund nicht mehr fürchten musste, kam seine Großspurigkeit zurück. „Aber essen müssen Sie doch, oder? Ich rufe wieder an, und wir gehen essen oder so etwas.“

Am Telefon könnte sie Ellis leicht abwimmeln. Nur wollte sie nicht, dass er unangemeldet hier auftauchte. Doch solange Rex hier war, wäre damit wohl auch kaum zu rechnen.

Sie blieb so lange auf dem Hof stehen, bis die Rücklichter nicht mehr zu sehen waren. „Braver Junge“, lobte sie Rex. Sie drehte sich zum Haus um und wunderte sich, dass Kevin kein Licht für sie anmachte, nachdem Ellis verschwunden war. Sie wollte auf die Veranda zugehen, hatte aber noch nicht den ersten Schritt gemacht, als sich ihr ein kräftiger Arm um die Taille legte und sie nach hinten riss.

„Hast du dich gut amüsiert?“, flüsterte eine tiefe, verärgerte Stimme in ihr Ohr.

„Kevin!“ Erleichtert lehnte Rachel sich an ihn, und trotz seines Ärgers war sie froh, ihn nahe bei sich zu spüren.

„Hat er dich angefasst? Hat er dich geküsst?“

Rachel hatte damit gerechnet, ausgefragt zu werden, aber doch nicht gleich darüber. Kevin klang rau, fast böse.

„Du weißt genau, dass es nicht der Fall war“, antwortete sie gelassen. „Immerhin hast du uns ja zugesehen.“

„Und vorher?“

„Nein, auch da nicht. Ich hätte den Gedanken nicht ertragen können.“

Kevin durchlief ein starkes Zittern. Für einen normalerweise so beherrschten Mann war das eine höchst ungewöhnliche Reaktion. Als er weitersprach, hatte er seine Stimme wieder in der Gewalt. „Lass uns hineingehen.“

Während Rachel sich im Schlafzimmer die Schuhe auszog und ihre Handtasche weglegte, schloss Kevin hinter ihnen ab und kam dann zu ihr hinein. Seine schwarzen Augen sahen ihr ausdruckslos zu, als sie ihre Ohrringe abnahm und den Schmuck in eine Samtschatulle legte. Wie recht er doch hatte – Rachel verwandelte sich in eine elegante, raffinierte Frau ebenso leicht, wie sie barfuß im Garten herumlaufen konnte, und in jedem Fall war sie unglaublich sexy.

Kevins Schweigen und sein beobachtender Blick machten Rachel unsicher. „Ich habe ein paar Informationen herausbekommen“, sagte sie schließlich, während sie ein Nachthemd aus der Kommode nahm und dann zu Kevin hinübersah. Irgendwie wirkte er ... wütend, obwohl er ein gleichgültiges Gesicht machte und ausdruckslos vor sich hinsah. Er hatte die Arme vor der nackten Brust gekreuzt. Er trug nur Jeans und Tennisschuhe – und sah so einfach hinreißend aus.

Er stellte keine Fragen, aber Rachel berichtete ihm trotzdem. „Im Augenblick sind neun Mann hinter dir her. Ellis ließ die Bemerkung fallen, dass, falls notwendig, noch ungefähr zwanzig weitere zur Verfügung stünden. Sie sind auf ihrer Suche über die ganze Küste verstreut. Ellis und Lowell wohnen im Harran's Motel. Er glaubt, du seist tot und dass sie nur ihre Zeit verschwendeten, aber der Boss des Unternehmens will nicht aufgeben.“

Das musste der geheimnisvolle „Charles“ sein. Von dem

Moment an, wo Kevin diese Rothaarige, Noelle, auf dem Boot gesehen hatte, wusste er, wer hinter der Sache steckte. Er wusste auch, dass es nur eine Frage der Zeit war, bis sie wieder aneinandergerieten.

Charles war das Oberhaupt einer internationalen Terrororganisation, deren Aktivitäten ständig dreister und bedrohlicher geworden waren, während sich Charles gleichzeitig diskret im Hintergrund hielt, wo er durch ein Netz aus Sicherheitsanlagen und politischen Manövern geschützt war. Nun war er aus seinem Versteck hervorgekommen, um Kevin Sabin zu fassen. Aber ihm war ein fataler Fehler unterlaufen: Sein erster Anschlag war fehlgeschlagen, und so wusste Kevin jetzt, dass in den Reihen seiner eigenen Mannschaft ein Verräter saß. Charles konnte es sich gar nicht leisten, die Suche abzubrechen, ehe man Kevin nicht gefunden hatte – tot oder lebendig.

Da Kevin ihr keine weiteren Fragen mehr stellte, zuckte Rachel mit den Schultern und ging ins Bad, um ihr Make-up zu entfernen und sich das Nachthemd anzuziehen. Kevins Schweigen ging ihr auf die Nerven. Er setzte es wahrscheinlich als Mittel ein, um die Leute aus der Ruhe und in eine Abwehrstellung zu bringen. Nun, sie war nicht einer seiner Lakaien – sie war eine Frau, die ihn liebte.

Fünf Minuten später kam Rachel mit ihren Sachen über dem Arm wieder aus dem Badezimmer. Kevin saß auf der Bettkante und zog sich die Schuhe aus. Er ließ sie nicht aus den Augen, als Rachel ihre Kleider im Schrank aufhängte, nicht einmal, als er aufstand und den Reißverschluss seiner Jeans aufzog.

„Das Nachthemd ist reine Zeitverschwendung", sagte er gedehnt. „Du kannst es gleich wieder in die Schublade zurücklegen."

Verwirrt drehte Rachel sich nach ihm um. Kevin stand mit offenen Jeans neben dem Bett und sah sie herausfordernd an.

Augenblicklich fühlte Rachel sich zu ihm hingezogen. Ihr Herz schlug schneller, und ihr Atem ging heftiger. So war es ihr von Anfang an ergangen, und sie konnte jetzt ebenso wenig dagegen tun wie vormals. Kevin wollte sie – das war unübersehbar. Aber gleichzeitig wehrte er sich innerlich dagegen, und dieses Wissen schmerzte.

Sie schluckte, schloss die Schranktür und lehnte sich dagegen. „Es ist dumm“, sagte sie und bemühte sich vergeblich um einen belanglosen Ton. Ihre Stimme klang belegt und zittrig. „Nach heute Nachmittag sollte man meinen, dass es mir leichter fallen müsse, mit dir ins Bett zu gehen. Aber das ist nicht der Fall. Ich weiß nicht, was ... was zwischen uns ist, wenn überhaupt etwas zwischen dir und mir ist. Ich hatte geglaubt, wir hätten die Verhältnisse geklärt, aber das stimmt nicht. Was willst du eigentlich von mir?“ Sie machte eine kurze, abwertende Geste. „Außer Sex?“

Kevin sah ihr in die Augen. „Alles. Ich will alles von dir. Aber ich kann es nicht haben.“

Rachel zitterte, und Tränen traten ihr in die Augen. „Du weißt, du kannst alles haben, was du dir wünschst. Du musst nur die Hand ausstrecken und es dir nehmen.“

Langsam ging er auf sie zu und legte ihr die Hand auf die Schulter. Er ließ seine Finger unter den Träger ihres Nachthemdes gleiten und strich ihr mit seinen rauen Fingerspitzen über die warme samtweiche Haut.

„Und dein Leben riskieren?“, fragte er leise. „Nein, damit könnte ich nicht leben.“

„Du klingst, als sei es eine unumstößliche Tatsache, dass in deiner Nähe jeder zur Zielscheibe wird. Andere Agenten ...“

„Andere Agenten sind nicht ich“, unterbrach er sie ruhig,

ohne den Blick von Rachel zu lösen. „Es gibt etliche korrupte Regierungen und Terroristengruppen, die ein Kopfgeld auf mich ausgesetzt haben. Glaubst du wirklich, ich könnte eine Frau bitten, diese Art Leben mit mir zu teilen?"

Rachel lächelte ihn durch ihre Tränen an. „Versuch nicht, mir einreden zu wollen, du würdest wie ein Mönch leben. Ich weiß, es hat auch andere Frauen …"

„Aber keine so nah. Keine, die mir etwas bedeutet hätte. Keine, die man entführen oder bedrohen könnte in dem Versuch, an mich heranzukommen. Ich habe es probiert, Liebes. Ich war verheiratet, Jahre bevor die Lage so gefährlich wurde. Meine Frau wurde verletzt bei einem Mordanschlag, der mir galt. Und da sie eine gescheite Frau war, hat sie so schnell wie möglich das Weite gesucht."

So gescheit kann sie nicht gewesen sein, dachte Rachel. Sie wusste, dass sie sich niemals von Kevin hätte vertreiben lassen. Sie konnte die Tränen nicht länger zurückhalten und ließ sie ungehindert über die Wangen rollen, als sie Kevin ansah und mit erstickter Stimme sagte: „Mir wäre es das wert, um bei dir zu sein. Ich würde das Risiko eingehen."

„Nein", antwortete Kevin und schüttelte den Kopf. „Das lasse ich nicht zu. Ich will dieses Risiko nicht auf mich nehmen. Nicht, wenn es um dein Leben geht." Er wischte ihr mit dem Daumen die Tränen aus dem Gesicht.

„Muss nicht ich diese Entscheidung treffen?"

Kevin legte beide Hände an Rachels Kopf und zog ihr Gesicht näher zu sich heran. „Nicht, wenn du keine echte Vorstellung von den damit verbundenen Gefahren hast. Als Kriminalreporterin hast du zwar ein paar Erfahrungen gesammelt, und dir fällt auch mehr auf, als für dich gut ist, aber wenn es darum geht, zu beurteilen, wie meine Tätigkeit wirklich aussieht, dann bist du so unerfahren wie ein neu geborenes Kind.

Natürlich gibt es Agenten, die ein verhältnismäßig normales Leben führen, aber ich gehöre nicht dazu. Ich bin ein Teil einer sehr kleinen Gruppe. Für die Öffentlichkeit existiere ich nicht einmal."

Rachel war sehr bleich und ernst geworden. „Ich weiß mehr über die möglichen Risiken, als du denkst."

„Nein. Du kennst es nur vom Kino, den beschönigten, romantischen und verherrlichenden Unsinn."

Plötzlich entzog sich Rachel seinem Griff und ballte die Hände zu Fäusten.

„Meinst du?", fragte sie mit rauer Stimme, aus der Schmerz klang. „Mein Mann wurde von einer Autobombe getötet, die mir galt. Und daran war nichts Schönes, Romantisches oder Herrliches. Er starb statt meiner! Ich möchte wissen, wer sonst noch den Preis für ein Risiko zahlen möchte, das ich einzugehen bereit bin!" Wieder liefen ihr die Tränen über die Wangen. Wütend wischte Rachel sie sich fort und sah Kevin erbost an. „Oh, verdammt, Kevin Sabin! Glaubst du, dass ich dich lieben will? Aber wenigstens bin ich entschlossen, das Risiko auf mich zu nehmen, statt einfach davor wegzurennen, so wie du es tust!"

Sie weinte, und sie so aufgelöst zu sehen, war, als hätte er einen Schlag in die Magengrube erhalten. Rachel war kein Mensch, der leicht in Tränen ausbrach, und sie bemühte sich heftig, nicht zu weinen. Während sie Kevin in die Augen schaute, wischte sie die Tränen ärgerlich weg.

Langsam streckte Kevin die Hand aus und strich ihr das Haar aus dem feuchten Gesicht. Dann zog er sie in die Arme und legte ihren Kopf gegen seine unverletzte Schulter. „Was auch geschehen mag, ich darf dich nicht gefährden", sagte er leise, mit gequälter Stimme.

Seine Worte klangen endgültig, und Rachel wusste, sie

würde ihn nicht vom Gegenteil überzeugen können. Kevin würde sie verlassen. Und wenn er ging, war es für immer.

„Lass uns in die Stadt fahren“, sagte Kevin am nächsten Morgen nach dem Frühstück.

Rachel atmete tief durch und hielt einen Moment lang inne, ehe sie sich wieder dem Abwasch zuwandte. Sie reichte Kevin den letzten abgetrockneten Teller und spürte, wie die aufsteigende Angst ihr die Kehle zuzuschnüren schien. „Weshalb?“

„Ich muss telefonieren. Das kann ich nicht von hier aus machen.“

Rachel brachte die nächsten Worte nur mit größter Mühe heraus. „Willst du den Mann anrufen, zu dem du Vertrauen zu haben meinst?“

„Ich weiß, dass ich ihm vertrauen kann“, antwortete Kevin brüsk. „Darauf verwette ich mein Leben!“ Mehr noch – er verwettete auch Rachels Leben dabei. Ja, er hatte volles Vertrauen zu Grant Sullivan.

„Ich dachte, du wolltest damit warten, bis du restlos genesen bist.“ Als Rachel ihn ansah, waren ihre Augen voll Trauer und Schmerz. Ihr Anblick machte Kevin zutiefst betroffen.

„Das wollte ich auch, bis Ellis wieder vorbeikommen würde. Grant wird ein paar Tage brauchen, um einiges für mich zu klären und die Sache zu organisieren. Das möchte ich nicht länger hinauszögern.“

„Grant? Ist das der Mann?“

„Ja.“

„Aber dir wurden doch erst gestern die Fäden gezogen“, wandte Rachel heftig ein. „Du bist noch immer schwach, und du kannst nicht ...“Sie biss sich auf die Unterlippe und brachte sich selbst zum Schweigen.

Ein Streit würde Kevins Sinn auch nicht ändern. Und sie

konnte ihm auch nicht gut vorhalten, noch zu schwach zu sein, nachdem er sie in der letzten Nacht schließlich zwei Mal geliebt und sie am Morgen wieder genommen hatte. Sie fühlte sich steif und wund, und jeder ihrer Schritte erinnerte sie an seine Kraft und Ausdauer. Zwar war er noch nicht wieder im Vollbesitz seiner eigenen Kräfte, aber trotzdem war er wahrscheinlich stärker als die meisten Männer.

Rachel schloss die Augen. Sie schämte sich ihrer eigenen Schwäche, die sie dazu brachte, sich an ihn klammern zu wollen, wo sie doch von Anfang an gewusst hatte, dass sie es nicht durfte. „Es tut mir leid“, sagte sie ruhig. „Natürlich kannst du. Wir können gleich fahren, wenn du möchtest.“

Kevin beobachtete sie schweigend. Wenn es einen Augenblick gegeben hatte, der die Stärke dieser Frau erkennen ließ, dann war es jetzt, und es erschwerte ihm den Abschied nur noch mehr. Eigentlich wollte er Grant gar nicht anrufen. Er wollte nicht durch den Tag hetzen, an dem alles zu Ende sein würde. Am liebsten hätte er diesen Zeitpunkt endlos hinausgezögert, um mit Rachel träge in der Hitze am Strand zu liegen und jede Nuance ihres Wesens kennenzulernen – und sie zu lieben, wann ihnen der Sinn danach stand. Und mit ihr die Nächte – diese langen, schwülen, dufterfüllten Nächte – im Liebesspiel auf den klammen, zerwühlten Laken zu verbringen. Das war es, was er sich wünschte. Nur das sichere Wissen, dass Rachel in erhöhter Gefahr war, zwang ihn zu diesem Anruf bei Grant Sullivan. Er fühlte instinktiv, dass die Zeit knapp wurde.

Rachel schlug die Augen auf, weil Kevin so lange nichts gesagt hatte und sie merkte, dass er sie auf seine eindringliche Art ansah. „Was ich möchte“, sagte er nachdenklich, „ist, wieder mit dir zu schlafen.“

Mehr brauchte es nicht, nur diesen Blick von ihm und

seine Worte, und Rachel fühlte, wie ihr williger Körper wieder warm wurde. Aber sie wusste auch, dass sie nicht mehr fähig sein würde, sich ihm ganz hinzugeben. Sie sah Kevin mit deutlichem Bedauern an. „Ich glaube, ich kann nicht."

Er berührte ihre Wange, und seine kräftigen, rauen Finger strichen unglaublich zärtlich über ihr Gesicht. „Es tut mir leid. Ich hätte es selbst merken sollen."

Rachel lächelte ihn unsicherer an, als ihr lieb war. „Ich will mich nur schnell umziehen und mein Haar bürsten. Dann können wir fahren."

Weil Rachel zu den wenig eitlen Frauen gehörte, waren sie schon fünf Minuten später unterwegs. Kevin nahm wachsam jedes Detail seiner Umgebung wahr und achtete auf jedes Fahrzeug, das sie trafen. Rachel ertappte sich dabei, wie sie in den Rückspiegel schaute, falls sie verfolgt wurden.

„Ich brauche eine abseits der Hauptstraße liegende Telefonzelle, weil ich nicht von sechshundert Leuten auf dem Wege zum Einkauf beobachtet werden möchte." Seine Worte klangen kurz angebunden, seine Aufmerksamkeit galt dem fließenden Verkehr.

Gehorsam hielt Rachel Ausschau nach einer Telefonzelle in der Nähe einer Tankstelle am Straßenrand und parkte den Wagen davor. Kevin öffnete die Tür und schloss sie gleich wieder, ohne auszusteigen. Mit einem wirklich amüsierten Lächeln auf den Lippen wandte er sich an Rachel. „Ich habe kein Geld."

Sein Lächeln nahm ihr die Spannung, und kichernd griff sie nach ihrer Handtasche. „Du könntest meine Kreditkartenummer angeben."

„Nein. Falls jemand den Anruf überprüfen sollte, könnte man auf Grants Spur stoßen."

Er nahm das Wechselgeld entgegen und ging in die Telefonzelle. Rachel sah zu, wie er das Geld in den Schlitz warf, und schaute sich dann um, ob jemand sie beobachtete. Doch der einzige Mann in Sicht war der Tankstellenwärter, der vor seinem Büro auf einem zurückgekippten Stuhl saß und die Zeitung las.

Kevin war nach nur wenigen Minuten zurück. Während er neben ihr Platz nahm und die Tür zuzog, ließ Rachel bereits den Motor des Wagens an. „Das war aber nicht lange", sagte sie.

„Grant verschwendet keine Worte."

„Kommt er?"

„Ja." Plötzlich lächelte Kevin wieder, dieses seltene, echte Lächeln. „Er muss erst seine Frau mit den Kindern zu ihren Eltern schicken, weil sie ihn nicht allein gehen lassen will. Aber sie wird nachkommen."

Sein Humor bei ausgerechnet diesem Thema kam für Rachel unerwartet. „Hat sie keine Ahnung, was sein Job ist?"

Kevin schnaubte durch die Nase. „Es ist nicht sein Job – er ist Farmer. Und es wird Jane ganz wild machen, wenn er sie nicht mitnimmt."

„Farmer!"

„Er ist vor einigen Jahren aus dem Dienst ausgeschieden."

„War seine Frau auch Agentin?"

„Nein, glücklicherweise nicht", antwortete Kevin mit echter Überzeugung.

„Magst du sie nicht?"

„Es ist unmöglich, Jane nicht gern zu haben. Ich bin nur froh, dass Grant sie auf seiner Farm so gut im Auge behalten kann."

Rachel sah ihn zweifelnd an. „Taugt er etwas? Wie alt ist er überhaupt?"

„Er ist in meinem Alter. Er hat freiwillig den Dienst quittiert. Die Regierung hätte ihn noch gern weitere zwanzig Jahre behalten, aber er wollte nicht mehr."

„Versteht er sein Handwerk?"

Kevin hob die Augenbrauen. „Er ist der beste Agent, den ich je hatte. Wir wurden gemeinsam in Vietnam ausgebildet."

Das beruhigte Rachel. Mehr als ihre Angst vor Kevins Fortgehen fürchtete sie die Gefahr, der er sich aussetzen würde. Keine Zeitung würde je eine Zeile darüber bringen, aber in Washington würde eine Art Krieg ausbrechen. Kevin würde nicht eher ruhen, bis seine Dienststelle von jedem Verräter gesäubert war, und koste es sein eigenes Leben. Dieses Wissen zehrte an Rachel. Wenn sie könnte – und sie könnte, wenn Kevin sie ließe –, würde sie mit ihm gehen und alles Erdenkliche tun, um ihn zu schützen.

„Halt bei dem Drugstore", wies er sie an und drehte den Kopf nach hinten, um zu sehen, ob sie verfolgt wurden.

„Was willst du denn im Drugstore?" Rachel sah zu ihm hin und stellte fest, dass Kevin sie leicht belustigt anschaute.

„Geburtenkontrolle. Oder ist dir nicht aufgefallen, welches Risiko wir eingegangen sind?"

„Doch, das war mir klar", räumte Rachel leise ein.

„Du wolltest nichts darüber sagen oder etwas dagegen unternehmen?"

Mit den Händen umspannte sie das Lenkrad so fest, dass die Knöchel sich weiß abzeichneten. „Nein!"

Dieses eine, ruhig dahergesagte Wort brachte ihn dazu, den Kopf zu heben. Rachel spürte seinen brennenden Blick. „Ich will nicht, dass du schwanger wirst. Ich kann nicht bei dir bleiben, Rachel. Du wärst allein und hättest ein Kind aufzuziehen."

Rachel bremste vor einer roten Ampel und wandte den Kopf, um Kevin in die Augen zu sehen. „Mir wäre es das wert, ein Kind von dir zu haben."

Kevin biss die Zähne zusammen und fluchte leise vor sich hin. Er sehnte sich danach, ein Kind zu haben. Er wünschte sich, Rachel mitnehmen und jeden Abend zu ihr nach Haus zurückzukehren zu können. Aber er konnte seinen Aufgaben und seinem Land nicht einfach den Rücken zudrehen. Rachel in Gefahr zu bringen, brachte er auch nicht über sich.

Ihre grauen Augen waren dunkel vor Schmerz und Liebe. „Ich werde es dir nicht leicht machen, mich zu verlassen“, flüsterte sie. „Ich werde meine Gefühle nicht verstecken und dich mit einem Lächeln auf den Lippen verabschieden.“

9. *KAPITEL*

Kevin bezahlte und wollte gerade den Drugstore verlassen, als Rachel durch die Tür kam. Sie wirkte verstört und sah Kevin beschwörend an. Er drehte sich ohne Zögern um, ging etliche Gänge weiter und interessierte sich angelegentlich für die Auslage der Dampfbügeleisen und Haartrockner. Rachel schlenderte betont lässig an ihm vorbei in die Kosmetikabteilung.

Kevin wartete, und einen Moment später ging die Tür erneut auf. Er erhaschte einen Blick auf hellbraune Haare und duckte sich. Automatisch langte er hinter seinen Rücken nach der unter dem Hosenbund steckenden Pistole. Aber er griff ins Leere. Die Pistole lag im Auto. Er zog die Augen zusammen, und sein Gesicht nahm den Ausdruck tödlicher Entschlossenheit an. Geräuschlos fing er an, Ellis nachzugehen.

Rachel hatte den blauen Ford die Straße herunterkommen sehen und sofort gewusst, dass es sich um Ellis handeln musste. Ihr einziger Gedanke war, Kevin zu warnen, ehe er aus dem Drugstore trat und Ellis in die Arme lief. Wenn der Agent ihnen gefolgt war, war es ohnehin zu spät. Sie zweifelte aber nicht daran, dass er nicht hinter ihnen her war. Es war nur ein unglücklicher Zufall. Es durfte gar nicht anders sein.

Sie hatte vorgegeben, ihn nicht zu sehen, war aus dem Auto gestiegen und in den Drugstore gegangen, als wäre sie soeben erst vorgefahren. Beim Hineingehen hörte sie hinter sich, wie eine Tür zugeschlagen wurde, und sie wusste, Ellis würde in wenigen Sekunden hier sein. Kevin hatte nur einen Blick in ihr Gesicht geworfen und sich sofort umgedreht. Jetzt musste sie nur noch Ellis abhängen, selbst wenn sie dadurch gezwungen war, wieder in ihren Wagen zu steigen und ohne Kevin abzufahren. Dann würde sie den Block umrunden und ihn abholen kommen.

„Ich dachte mir doch gleich, dass Sie es wären. Haben Sie mich nicht rufen gehört?“, fragte Ellis hinter Rachel, während sie die angebotenen Lippenstifte begutachtete.

Sie fuhr herum und gab vor, überrascht zu sein. „Ellis! Haben Sie mich erschreckt!“ Sie schloss für einen Moment die Augen und hielt sich die Hand vor die Brust.

„Entschuldigung. Ich dachte. Sie wüssten, dass ich hinter Ihnen stand.“

Ellis schien an diesem Morgen reichlich viel zu denken. Rachel hoffte, er würde sich dabei nicht überanstrengen. Sie lächelte ihn zerstreut an. „Ich habe so viel im Kopf, dass ich wie benommen in der Gegend herumlaufe. Ich will alles für meinen Urlaub einkaufen, und das Gefühl, ich könnte etwas vergessen, macht mich ganz nervös.“

Er warf einen Blick auf die Auswahl von Lippenstiften und grinste sie breit an. „Ich nehme an, Lippenstift ist dabei unerlässlich.“

„Nein, aber ein Fettstift, und ich dachte, ich könnte ihn hier finden.“ Dieses eingebildete Monster! Rachel fragte sich, welches Gesicht er wohl machen würde, wenn sie ihn aufforderte, sich zum Teufel zu scheren. Das Problem bei Egozentrikern war, dass die kleinste Abfuhr sie stocksauer machte und ihren grenzenlosen Widerspruchsgeist herausforderte. Es war ihr nicht ganz gelungen, die Schärfe aus ihrem Ton herauszuhalten, und Ellis sah sie überrascht an.

„Stimmt etwas nicht?“

„Ich habe furchtbare Kopfschmerzen“, murmelte Rachel. Ihr Blick fiel auf Kevin, der direkt hinter Ellis vorbeiging.

Was sollte das? Eigentlich sollte er sich aus dem Blickfeld halten, bis sie Ellis losgeworden war, und ihn auf keinen Fall angreifen! Alle Farbe wich aus ihrem Gesicht, als Ellis sie verwundert anstarrte.

„Sie sehen krank aus“, räumte er schließlich ein.

„Ich glaube, ich habe gestern Abend zu viel Wein getrunken.“ Rachel drehte sich auf dem Absatz um und ging die Reihe hinunter, weg von Kevin. Sie hielt erst wieder bei den Insektenvernichtungsmitteln an, griff sich eine Flasche und studierte die Gebrauchsanweisung auf der Rückseite.

Ellis war noch immer hinter ihr. „Würden Sie sich gut genug fühlen, um mit mir heute Abend auszugehen?“

Verzweifelt biss Rachel die Zähne zusammen. Sie konnte kaum fassen, wie dickschädelig dieser Mensch war. Es kostete sie Mühe, tief Luft zu holen und ruhig zu bleiben. „Ich glaube nicht, Ellis. Trotzdem vielen Dank für die Einladung. Ich fühle mich wirklich elend.“

„Sicher, dafür habe ich Verständnis. Ich rufe Sie in ein oder zwei Tagen wieder an.“

Irgendwie gelang es Rachel, matt zu lächeln. „Ja, tun Sie das. Vielleicht geht es mir dann besser, es sei denn, ich habe mir irgend so einen Virus eingefangen.“

Wie die meisten Leute machte Ellis bei der Erwähnung von etwas Ansteckendem unwillkürlich einen Schritt zurück. „Ich überlasse Sie jetzt Ihren Einkäufen. Aber Sie sollten wirklich nach Hause fahren und sich ausruhen.“

„Das ist ein guter Rat. Wahrscheinlich werde ich ihn befolgen.“ Wollte er denn nie verschwinden?

Aber er hielt sich weiterhin in ihrer Nähe, plauderte und kehrte all seinen Charme heraus, sodass Rachel fast übel wurde. Dann sah sie Kevin wieder, der sich leise an Ellis heranschlich und ihn dabei nicht eine Sekunde aus den Augen ließ. Verzweifelt presste sie die Hand auf den Magen und sagte deutlich: „Ich glaube, mir wird schlecht.“

Es war wirklich erstaunlich, wie schnell Ellis den Rückzug antrat und sie argwöhnisch anblickte. „Sie sollten wirklich nach Hause“, sagte er hastig. „Ich rufe Sie später an.“ Die letzten Worte sagte er bereits an der Tür. Rachel wartete, bis er in seinem Wagen saß und abgefahren war, ehe sie sich umdrehte und Kevin entgegensah, der auf sie zukam.

„Bleib hier“, sagte sie knapp. „Ich werde um den Block fahren, um sicher zu sein, dass er verschwunden ist.“

Sie verließ den Drugstore, noch ehe er etwas sagen konnte. Sie kochte innerlich vor Zorn, und um den Block herumzufahren, gab ihr Zeit, sich wieder abzukühlen. Sie war wütend, dass er jetzt ein solches Risiko eingehen wollte, wo er gesundheitlich noch nicht über den Berg war. Im Auto legte sie den Kopf einen Moment auf das Lenkrad. Sie zitterte. Was wäre, wenn Ellis nicht zufällig in den Drugstore gekommen war, sondern Kevin gesehen hätte und es jetzt seinem Boss berichtete? Sie glaubte nicht an diese Möglichkeit, aber der bloße Gedanke erschreckte sie zutiefst.

Nervös umrundete sie den Häuserblock und kehrte wieder zum Eingang des Drugstores zurück. Kevin kam aus der Tür und stieg schnell in den Wagen. „Hast du jemanden gesehen?“

„Nein, aber ich weiß nicht, welche Autos die anderen fahren könnten.“ Rachel nahm die entgegengesetzte Richtung von der, Ellis gefahren war. Das hatte sie zwar nicht vorgehabt, aber sie konnte ja jederzeit wenden.

„Er hat mich nicht bemerkt“, sagte Kevin ruhig und hoffte, ihr damit etwas von ihrer offensichtlichen Anspannung zu nehmen.

„Woher willst du das wissen? Ebenso gut hätte er sich entschließen können, deine Anwesenheit zu melden und auf Unterstützung zu warten, statt zu versuchen, dich mitten in einem Drugstore zu packen, in dem es von Kunden wimmelt.“

„Entspann dich, Liebes. So gerissen ist er nicht. Er würde versuchen, mich selbst zu fassen.“

„Wenn er so dumm ist, warum hast du ihn dann eingestellt?“, fuhr Rachel Kevin an.

Er machte ein nachdenkliches Gesicht. „Das war ich nicht. Jemand anderer hat ihn angeworben.“

Rachel warf ihm einen Blick zu. „Einer der beiden Männer, die wussten, wo du warst?“

„Ganz recht“, sagte Kevin grimmig.

„Damit richtet sich der Verdacht nur auf eine Person, nicht wahr?“

„Ich wünschte, es wäre so, aber ich kann es mir nicht erlauben, das als gegeben hinzunehmen. Bis ich nicht absolut sicher bin, halte ich beide für verdächtig.“

„Weshalb bist du so um ihn herumgeschlichen? Warum bist du nicht einfach außer Sicht geblieben, bis ich ihn loswurde?“, fragte sie gereizt, und ihre Fingerknöchel auf dem Lenkrad waren wieder weiß.

„Gesetzt den Fall er hätte mich entdeckt, dann hätte er planen können, dich zu packen und als Köder zu benutzen, um mich herauszulocken. Das hätte ich nie erlaubt.“ Die ruhige, kühle Art, mit der Kevin das sagte, jagte Rachel einen Schauer über den Rücken, als sei plötzlich ein kalter Windstoß durch den Wagen gefahren.

„Du hättest dich auf keine Schlägerei einlassen können, weil du noch nicht wieder fit für so etwas bist. Ist dir der Gedanke nicht gekommen, dass etwas schieflaufen könnte?“

„Sicher, aber wenn er dich gepackt hätte, wäre mir keine andere Wahl geblieben, und deshalb wollte ich vorbereitet sein. Sei beruhigt. Ich lasse mich auf nichts ein, wenn ich nicht sicher bin, dass ich Sieger bleibe.“

Rachel schwieg, bis sie zu Haus ankamen und sie den Wagen unter dem Baum abstellte. „Ich glaube, ich werde schwimmen gehen", sagte sie verdrossen. „Willst du mitkommen?"

„Ja."

Rex kam wie immer an die Wagentür gelaufen und beobachtete sie aufmerksam. Mittlerweile war er zutraulicher geworden und trottete neben ihr her, als sie die Stufen zur Veranda hochstieg. Er hatte sich auch erstaunlich schnell an Kevins Gegenwart gewöhnt und blieb gelegentlich sogar bei ihm im Haus. Wie würde er sich verhalten, wenn Kevin nicht mehr da wäre?

Entschlossen verdrängte Rachel den Anfang von Selbstmitleid. Das Leben würde weitergehen, auch ohne Kevin. Es tat weh, daran zu denken, und sie versuchte, es zu vermeiden. Aber gleichzeitig wusste Rachel, dass sie irgendwie weiterleben würde, obwohl ihr Dasein durch die Zeit, die sie mit Kevin verbracht hatte, unweigerlich verändert worden war.

Sie schlüpfte in einen eng anliegenden schwarzen Badeanzug, während Kevin sich die Jeans-Shorts überzog, nahm einige Handtücher und ging mit ihm durch das Kieferndickicht zum Strand hinunter. Rex folgte ihnen nach und ließ sich im spärlichen Schatten des Strandhafers nieder. Rachel breitete die Tücher auf dem Sand aus und wies auf die Stelle der Bucht, wo sich die Wellen über den unter Wasser liegenden Felsen brachen.

„Siehst du die Linie, wo die Gischt aufspritzt? Da sind die Felsen. Ich bin davon überzeugt, du hast dir damals an einem davon den Kopf gestoßen. Die Flut kam gerade erst herein, deshalb war der Wasserstand niedrig." Sie wies auf eine andere Stelle. „Da habe ich dich herausgezogen."

Kevin sah über den Strand, drehte sich dann um und starrte auf den Hügel mit seinen hohen und schlanken Kiefern. Irgendwie hatte Rachel ihn dort hinaufbekommen und ins Haus gebracht. Wenn er auf ihre schlanke Gestalt schaute, konnte er sich diese Leistung kaum vorstellen. „Du musst dich beinahe selbst umgebracht haben um mich da hinaufzubekommen", bemerkte er leise.

Rachel wollte nicht an jene Nacht erinnert werden, und auch nicht daran, welche körperlichen Anstrengungen sie ihr abverlangt hatte. Zum Teil hatte sie die Ereignisse bereits verdrängt. Sie wusste zwar, dass sie Schmerz empfunden hatte, aber an die eigentliche Ursache erinnerte sie sich nicht mehr. Sie warf Kevin einen langen Blick zu, wandte sich dann ab und ging ins Wasser.

Er sah ihr nach, bis das Meer ihr bis zu den Knien reichte, zog dann die Pistole aus dem Gürtel, legte sie sorgsam auf ein Handtuch und ein zweites darüber, um den herumfliegenden Sand abzuhalten. Schließlich ließ er seine Hosen fallen und stieg nackt hinter Rachel ins Wasser.

Sie war eine gute Schwimmerin, die die meiste Zeit ihres Lebens am Golf verbracht hatte, doch Kevin zog trotz seiner steifen Schulter mit ihr gleich. Als Rachel mitbekommen hatte, dass Kevin ihr gefolgt war, wollte sie einwenden, dass seine Wunden nass würden, aber sie schluckte den Protest. Schließlich war er mit offenen Verletzungen im Meer gewesen, und Schwimmen wäre eine gute Therapie.

Sie schwammen eine ganze Weile, bis Kevin fand, dass er genug hatte, und mit Rachel an den Strand zurückkehrte. Erst, als das Wasser ihm nur noch bis zur Hüfte stand, stellte Rachel fest, dass Kevin nackt war, und das gewohnte Zittern überlief sie, während sie ihn dabei beobachtete, wie er aus dem Meer watete. Er hatte einen so sehnigen, festen und perfekten Körper, war sonnengebräunt und sehr muskulös. Sie sah ihm zu, wie er die Pistole beiseiteschob, sich auf das Handtuch legte und seinen nassen Körper der Sonne darbot.

Sie kam ebenfalls aus dem Wasser und bückte sich, um die

Nässe aus ihren Haaren zu wringen. „Zieh den Badeanzug aus", sagte Kevin weich.

Rachel warf einen Blick über das Meer, aber es waren keine Boote in Sicht. Dann sah sie wieder zu Kevin hinunter, der wie eine nackte Bronzestatue dalag, nur dass Rachel nie eine Statue im Erregungszustand gesehen hatte. Langsam griff sie zu ihren Trägern und zog sie von den Schultern. Augenblicklich spürte sie die heißen Sonnenstrahlen auf ihren feuchten Brüsten. Plötzlich wehte eine leichte Brise und umspielte die empfindlichen Brustspitzen. Kevin hielt den Atem an. Er streckte Rachel die Hand hin. „Komm her."

Sie ließ den Badeanzug fallen und ging dann auf die Handtücher zu. Kevin richtete sich auf und griff nach Rachel, zog sie zu sich hinunter und ließ sie sich ausstrecken. Seine schwarzen Augen funkelten amüsiert, als er auf sie heruntersah. „Rate mal, was ich mitzubringen vergessen habe."

Er beugte sich über sie und verdunkelte mit seinen breiten Schultern die Sonne, als er Rachel auf den Mund und dann am ganzen Körper küsste.

Sie musste lachen. Es klang hell und voll in dieser Welt, wo nur sie zwei sich befanden.

Rachel dachte nicht an die ihr verbliebene Zeit. Vielleicht waren es noch ein paar Tage, bis dieser Grant Sullivan seine Vorkehrungen getroffen und sich auf den Weg zu Kevin gemacht hatte. Sie lebte nur für die Gegenwart und genoss alles, was sie gemeinsam mit Kevin tat. Er half ihr bei der Gartenarbeit und beschäftigte sich viel mit Rex, der ihm mehr und mehr vertraute und oft nicht von seiner Seite wich.

Nach dem ersten Schwimmausflug gingen sie noch häufiger zum Strand hinunter und schwammen frühmorgens oder nachmittags, wenn die schlimmste Hitze vorbei war. Das war eine wunderbare Therapie. Kevin wurde mit jedem Tag kräftiger, seine Schulter beweglicher, und er humpelte nicht mehr.

Zehn Tage, nachdem Rachel Kevin am Strand gefunden hatte, joggte er bereits behutsam und mit fest bandagiertem Oberschenkel um das Haus. Nach der ersten Verärgerung schloss Rachel sich ihm an und lief neben ihm her. Es hätte ohnehin wenig Sinn gehabt, ihn anzuschreien, denn es war wichtig für ihn, sich all den Forderungen zu stellen, die ihm abverlangt würden, nachdem er von hier fort war.

Und sie redeten über alles, was sie taten. Kevin war zurückhaltend, wenn es um ihn ging – wohl von Natur aus und als Resultat seines Trainings. Aber er kannte viele faszinierende Einzelheiten über die politischen und wirtschaftlichen Ansichten aller möglichen Regierungen in der ganzen Welt. Wahrscheinlich wusste er auch mehr über deren militärischen Stärke und Rüstungspotential, aber darüber ließ er sich nicht aus. Rachel lernte ebenso viel aus dem, worüber er nichts sagte, wie aus den Themen, die er mit ihr besprach.

Was sie auch taten, ob sie Unkraut jäteten, kochten oder um das Haus joggten, stets waren sie in ihrem gegenseitigen Begehren wie mit einem unsichtbaren Band verbunden. Rachels Sinne waren auf Kevin gerichtet. Sie kannte seinen Geschmack, seinen Geruch, seine Haut und jede Nuance seiner tiefen Stimme. Da er normalerweise wenig von sich preisgab, achtete sie auf die kleinste seiner Regungen, ein Heben der Augenbrauen oder ein Zucken seiner Mundwinkel. Obwohl er sich in ihrer Gegenwart entspannt gab und viel öfter lächelte, ja sie manchmal aufzog, lachte er doch wenig, und wenn er es tat, liebte Rachel es umso mehr. In der Liebe waren sie beide unersättlich, weil der Antrieb mehr als nur körperliches Verlangen war. Da Rachel wusste, dass ihr nur das Heute blieb, gab sie sich Kevin voll und vorbehaltlos hin.

Am dritten Tag nach Kevins Anruf bei Grant Sullivan liebte er Rachel mit einer solchen Wildheit, dass sie wusste, dies würde ihr letzter gemeinsamer Tag sein. Sie klammerte sich an Kevin und schlang ihre Arme um seinen Hals, als er schwer und erschöpft auf ihr lag. Die Kehle war ihr wie zugeschnürt, und sie presste die Augen zu, als wollte sie den Lauf der Zeit nicht wahrnehmen. Der Gedanke, Kevin zu verlieren, war ihr unerträglich.

„Nimm mich mit dir", sagte sie halb erstickt, unfähig, den Dingen einfach ihren Lauf und Kevin davonziehen zu lassen. Rachel war eine zu große Kämpfernatur, als dass sie ihn hätte gehen lassen können, ohne zu versuchen, seine Meinung zu ändern.

Kevin versteifte sich, löste sich von ihr und legte sich neben Rachel auf den Rücken.

Mit dem Unterarm bedeckte er seine Augen. Der surrende Ventilator wehte kühle Luft über ihre erhitzten Körper und ließ Rachel leicht zusammenschauern. Sie schlug die Augen auf und sah Kevin verzweifelt an.

„Nein", antwortete er nach einer Weile und ließ es dabei bewenden. Die eine Silbe klang so endgültig, dass es Rachel fast das Herz brach.

„Wir könnten uns etwas einfallen lassen", drängte sie ihn. „Schlimmstenfalls würden wir uns nur gelegentlich sehen. Ich bin nicht an einen Ort gebunden. Ich kann überall arbeiten ..."

„Rachel", unterbrach er sie müde. „Nein. Hör auf damit." Er nahm den Arm von seinen Augen und sah sie an. Obwohl der Ausdruck seines Gesichtes sich kaum verändert hatte, merkte Rachel doch, dass Kevin sich über ihre Hartnäckigkeit ärgerte.

Sie war zu verzweifelt, um einfach aufzugeben. „Wie kann

ich aufhören? Ich liebe dich! Ich spiele kein Spiel mit dir und kann nicht einfach meine Figuren einsammeln und nach Hause gehen, wenn ich dessen überdrüssig bin!“

„Verdammt, ich spiele auch kein Spiel!“, fuhr er auf. Er setzte sich und schüttelte sie am Arm, weil er sich nicht länger beherrschen konnte. Seine Augen funkelten Rachel böse an, und er biss die Zähne zusammen. „Du könntest meinetwegen getötet werden! Hast du denn nichts aus dem Tod deines Mannes gelernt?“

Rachel wurde blass und starrte ihn an. „Ich könnte auf der Fahrt in die Stadt bei einem Unfall umkommen“, sagte sie dann zitternd. „Wäre ich dann weniger tot? Würdest du weniger um mich trauern?“ Plötzlich entriss sie den Arm aus seinem Griff und rieb sich die Stelle, die seine Finger ihn umspannt hatten. Rachel war so weiß im Gesicht geworden, dass ihre Augen groß und schwarz darin zu brennen schienen. „Würdest du überhaupt trauern?“, fragte sie nach einer kleinen Pause in leichterem Ton. „Ich bin reichlich eingebildet, nicht wahr? Vielleicht bin ich die Einzige hier, die betroffen ist. Wenn das stimmen sollte, dann vergiss alles, was ich gesagt habe.“

Schweigend sahen sie sich gegenseitig an. Kevin blickte grimmig drein und Rachel gequält. Offenbar wollte er sich nicht dazu äußern. Nun, sie hatte versucht, seinen Sinn zu ändern, eine bindende Antwort von ihm zu erhalten. Jetzt hatte sie alles … verloren.

Rachel hatte geglaubt, Kevin habe sie gern, liebe sie, auch wenn er nie von Liebe gesprochen hatte. Sie hatte das seiner natürlichen Zurückhaltung zugeschrieben. Aber nun musste sie der unangenehmen Wahrheit ins Auge sehen, dass es seine brutale Ehrlichkeit war, die ihn davon abhielt, über Liebe zu reden. Er war nicht der Mensch, der hübsche Nichtigkeiten von sich gab, nur um ihre Gefühle nicht zu kränken. Kevin mochte sie. Sie war eine recht attraktive Frau, und obendrein verfügbar für seine starken sexuellen Bedürfnisse. Das Interesse, welches er an ihr nahm, lag also auf der Hand, und sie hatte sich restlos zum Narren gemacht.

Das Schlimme war nur, dass nicht einmal die ungeschminkte Wahrheit sie davon abbringen konnte, ihn zu lieben. Das war die Wirklichkeit, und Rachel konnte sie nicht einfach wegwischen.

„Entschuldige", murmelte sie, stieg aus dem Bett und griff, plötzlich verlegen durch ihre Nacktheit, nach ihren Sachen. Die Situation war nun eine ganz andere.

Kevin beobachtete sie. Er litt unter ihrem Verhalten, dieser abrupten Verlegenheit, dem plötzlichen Erlöschen des Lichtes in ihren Augen. Gefühle machten ihn stets unsicher. Er war nicht daran gewöhnt. Aber den Ausdruck in Rachels Gesicht konnte er nicht ertragen. Vielleicht konnte er ihr nicht viel geben, aber er konnte sie nicht in dem Glauben zurücklassen, sie sei für ihn nichts anderes als das Objekt seiner sexuellen Wünsche gewesen.

Rachel war schon aus dem Zimmer, ehe er ihr nachrennen konnte; und Kevin hörte die Fliegentür zuschlagen. Als er an der Tür ankam, sah er sie eben noch unter den Kiefern verschwinden. Rex trottete neben ihr her. Kevin fluchte laut, zog sich rasch seine Shorts über und folgte ihr. Sie würde ihm jetzt nicht zuhören wollen, doch sie würde es müssen, selbst wenn er sie festhalten musste.

Am Strand angekommen, ging Rachel einfach weiter und dachte darüber nach, woher sie die Kraft nehmen sollte, wieder zum Haus zurückzukehren und so zu tun, als wäre nichts gewesen. Wahrscheinlich musste sie nur noch einen weiteren Tag so durchstehen, und das sollte ihr wohl gelingen. Zum Teil war sie sogar froh darüber, dass der nur mit Stunden gemessen wurde, dann brauchte sie die äußere Fassade nicht mehr aufrechtzuerhalten, sondern sich von Herzen ausweinen. Doch ein anderer Teil von ihr – der größere – schrie vor Schmerz auf bei dem Gedanken, Kevin nie wiederzusehen, gleichgültig, was er für Rachel empfand – oder nicht fühlte.

Eine rosafarbene Muschel lag halb verborgen unter einem Haufen Seegras. Rachel blieb stehen und schob es mit dem Fuß fort. Vielleicht würde die schöne Muschel sie durch ihren Anblick erfreuen. Aber sie war zerbrochen und nur ein kleiner Teil davon vorhanden. Enttäuscht schlenderte Rachel weiter. Rex lief von ihr fort und erkundete die Gegend allein. Seit Kevins Ankunft hatte er sich sehr verändert. Zum ersten Mal akzeptierte er noch jemand anderen als Rachel. Sie sah dem Hund hinterher und fragte sich, ob auch er Kevin vermissen würde.

Sie spürte eine warme Hand auf der Schulter. Auch ohne sich umzudrehen, wusste Rachel, dass es Kevin war. Sie kannte die Art seiner Berührung, seine rauen Fingerspitzen. Sobald er in ihrer Nähe war, spürte sie einen Schauer der Erregung über den Rücken rieseln. Sie musste sich ihm zuwenden, um den Kopf an seine Schulter zu lehnen, sich in seine Arme zu flüchten und ihm ganz nahe zu sein. Aber Kevin wollte ja nicht, dass sie bei ihm war. Aus Angst, in Tränen auszubrechen, drehte sie sich um, blieb mit dem Rücken zu ihm stehen.

„Auch mir fällt es nicht leicht …“, sagte Kevin rau.

„Entschuldige“, unterbrach Rachel ihn, um das Gespräch von vornherein zu unterbinden. „Ich wollte dir keine Szene machen und dich auch zu nichts zwingen. Vergiss das Ganze, falls du kannst.“

Mit festem Griff drehte Kevin Rachel zu sich herum, legte ihr die Hand um den Kopf und neigte ihn leicht nach hinten, um ihr in die Augen schauen zu können. „Siehst du nicht selbst, dass es zwischen uns beiden nicht gut gehen kann? Ich kann meinen Job nicht aufgeben. Was ich mache ... ist ein schweres und schmutziges Geschäft, aber es ist notwendig."

„Ich habe dich nicht gebeten, deinen Job aufzugeben", sagte sie beherrscht.

„Ich sorge mich nicht um den verdammten Job!", schrie Kevin wütend. „Ich sorge mich um dich! Himmel, es würde mir das Herz brechen, wenn dir etwas zustieße. Ich liebe dich!" Er schwieg, atmete tief durch und fuhr dann ruhiger fort. „Das habe ich noch nie zu jemandem gesagt, und auch jetzt sollte ich es nicht eingestehen, weil es sinnlos ist."

Der Wind blies Rachel die Haare ins Gesicht, als sie Kevin mit unergründlichem Blick ansah. Langsam lockerte er den Griff um ihren Kopf und ließ die Hand an ihrem Nacken entlanggleiten. Sanft strich er über den Puls an ihrer Kehle. Rachel schluckte. „Wir könnten es wenigstens für eine kurze Zeit probieren", flüsterte sie. Doch Kevin schüttelte den Kopf.

„Ich will wissen, dass du in Sicherheit bist. Ich muss es einfach wissen, oder ich kann nicht mehr so leben, wie ich sollte. Ich kann mir keinen Fehler erlauben, denn wenn ich das täte, müssten vielleicht andere Menschen, gute Männer und Frauen, deswegen ihr Leben lassen. Und wenn man dich entführt ..." Er unterbrach sich und sah sie aufgewühlt an. „Ich würde alles darum geben, dich in Sicherheit zu wissen."

Rachel fühlte, wie etwas in ihr zerbrach. „Nein, so kann es nicht sein. Keine Argumente ..."

„Ich liebe dich", sagte Kevin heiser. „Ich habe noch nie jemanden so wie dich geliebt, nicht einmal meine frühere Frau. Ich bin immer anders als die anderen gewesen, ein Einzelgänger. Mein einziger Freund, den ich je besaß, ist Grant, und er ist ein Außenseiter wie ich. Glaubst du wirklich, ich könnte dich aufopfern? Wirklich, süße Rachel, du bist die Chance meines Lebens …“ Er brach ab und biss die Zähne zusammen, als er ihr in die Augen sah. „Und ich wage es nicht, sie zu ergreifen“, beendete er ruhig seinen Satz.

Rachel verstand. Aber es wäre ihr lieber gewesen, sie würde es nicht tun. Weil er sie liebte, fürchtete er, sein Land zu verraten, wenn Rachel gekidnappt werden sollte, um sie als Waffe gegen ihn zu gebrauchen. Er gehörte nicht zu den Menschen, die schon einmal geliebt hatten und wieder lieben würden. Er lebte zu sehr in sich selbst. Aber jetzt war der Eispanzer um ihn aufgebrochen, und es würde das einzige Mal in seinem Leben sein, wo er Liebe für eine Frau empfände. Denn für einen Mann wie ihn war die Liebe zugleich überwältigend und furchterregend.

Kevin nahm ihre Hand, und stumm gingen sie ins Haus zurück.

Am späten Nachmittag ging Rachel in den Garten, um frische Tomaten für die Spaghettisoße zu holen. Kevin duschte, und Rex lag in der Küche unter dem Tisch im Schatten. Die Temperatur hatte vierzig Grad erreicht, und die Luftfeuchtigkeit war noch angestiegen. In dieser Gewitterstimmung fühlte der Hund sich selbst auf seinem gewohnten Platz unter dem Oleanderbusch nicht mehr wohl. Rachel schloss die Fliegentür, um Insekten fernzuhalten, ging mit ihrem Körbchen an das Ende des Beetes und begann, einige der reifen Früchte zu pflücken.

Später konnte sie nicht mehr sagen, woher er eigentlich gekommen war. Sie hatte niemanden gesehen, und in ihrer Küche war auch kein geeignetes Versteck gewesen.

Doch als sie sich mit ihrem vollen Korb wieder auf den Weg zum Haus machen wollte, war er plötzlich hinter ihr, hielt ihr die Hand über den Mund und riss ihr den Kopf zurück. Den anderen Arm hielt er ihr auf fast die gleiche Art wie Kevin vor das Gesicht, nur dass kein Messer, sondern ein Revolver in seiner Faust glänzte.

„Geben Sie keinen Laut von sich, und es wird Ihnen nichts geschehen", flüsterte er ihr leise ins Ohr. „Ich suche einen Mann, der angeblich hier im Haus sein soll."

Rachel zerrte am Arm des Mannes und versuchte, Kevin durch einen Schrei zu warnen. Aber wenn er noch unter der Dusche stand, würde er sie nicht hören. Und wenn er doch aufmerksam würde, was wäre dann? Er konnte erschossen werden bei seinem Versuch, ihr zu helfen. Der Gedanke lähmte Rachel, und sie fiel gegen den Mann. Verzweifelt überlegte sie, was sie tun konnte.

„Pssst, so ist es gut", sagte der Kerl mit seiner leisen, weichen Stimme, die ihr ein Frösteln über den Rücken jagte. „Und jetzt gehen Sie über den Hof und öffnen brav die Tür."

Rachel blieb keine andere Wahl, als langsam auf die Fliegentür zuzugehen. Wenn der Mann sie töten wollte, hätte er es bereits getan. Aber er könnte sie noch immer bewusstlos schlagen, und dann wäre das Ergebnis das Gleiche: Sie wäre nicht in der Lage, Kevin zu helfen, wenn die Gelegenheit sich dazu bot.

Der Mann presste sie so eng an seinen kräftigen Körper, dass sie sich ihm nicht entwinden konnte. Sie starrte auf die Waffe in seiner Hand. Sollte er versuchen, auf Kevin zu schießen, könnte sie seinen Arm wegstoßen, damit er sein Ziel nicht traf. Wo war Kevin nur? Sie bemühte sich, das Geräusch des laufenden Wassers zu hören, aber ihr rasendes Herzklopfen dröhnte ihr so in den Ohren, dass sie nichts anderes vernehmen konnte. Hatte Kevin denn nicht gehört, dass sie die Fliegentür zugemacht hatte? Warum fiel Rex nichts auf?

Der Hund schlug plötzlich an, als sie die Treppe hinaufgingen und der Mann sie auf die Tür zuschob. Wütendes Gebell hallte durch das ganze Haus. Unversehens wurde die Zwischentür aufgerissen, und Kevin stand, nur mit seinen Jeans bekleidet und dem Hemd in der Hand, im Rahmen.

Er blieb wie angenagelt stehen, während Rex aufgebracht laut bellend aus der Küche schoss und an Kevin und Rachel vorbei auf den Hof rannte. Dann drehte er sich knurrend um und wartete, angriffslustig und wachsam lauernd, auf den richtigen Augenblick zum Sprung.

Kevin sah mit steinerner Miene erst auf den Mann, der Rachel festhielt, und dann auf die vor Schreck geweiteten Augen über der Hand, die Rachels Mund verschloss.

„Du erschrickst sie zu Tode“, sagte er in seinem kühlen, gefassten Ton. „Schon gut, Rex“, wandte er sich dann beruhigend an den in geduckter Haltung verharrenden Hund. „Es ist ja alles in Ordnung. Schön brav. Leg dich brav hin.“ Sichtlich widerstrebend folgte das Tier seinem Befehl.

Der Mann lockerte den Druck auf Rachels Lippen, nahm aber seinen Arm nicht fort. „Gehört sie zu dir?“, fragte er erstaunt.

„Ja.“

Erst da ließ der kräftige Mann Rachel los und schob sie sacht zur Seite. „Du hast mir von einer Frau erzählt, aber ich wollte kein Risiko eingehen“, sagte er zu Kevin, und da begriff Rachel, wer er war.

Sie blieb still stehen, atmete langsam tief durch und versuchte, ihre Fassung wiederzugewinnen. Als sie glaubte, ohne Zittern in der Stimme sprechen zu können, sagte sie mit bewundernswerter Ruhe: „Sie müssen Grant Sullivan sein.“

„Ja, Ma’am.“

Sie hatte keine Vorstellung, wie Sullivan sein würde, aber

das hatte sie nicht erwartet. Er und Kevin waren sich so ähnlich, dass es sie überraschte. Es lag nicht an Sullivans Aussehen, sondern mehr an derselben Gelassenheit, der gleichen Ausstrahlung, die er mit Kevin gemein hatte. Sein Haar war sonnengebleicht und struppig, und er hatte den stechenden, hellen Blick eines Raubtiers. Über seine linke Wange lief eine Narbe, Zeugnis eines vergangenen Kampfes.

Er war eine Kämpfernatur, drahtig, hart und gefährlich … ganz wie Kevin.

Während sie Grant betrachtete, tat er das Gleiche mit ihr, musterte sie aufmerksam, während sie um ihre Beherrschung rang. Er zog einen Mundwinkel leicht nach oben und deutete ein Lächeln an. „Es tut mir leid, dass ich Sie erschreckt habe, Ma'am. Ich bewundere Ihre Selbstbeherrschung. Jane hätte mich gegen das Schienbein getreten."

„Wahrscheinlich hat sie das auch gemacht", meinte Kevin, seine Stimme immer noch kühl, aber mit einem jetzt leicht belustigten Unterton.

Grant furchte seine dunklen Brauen. „Nein", sagte er trocken, „da hat sie mich nicht hingetreten."

Die Geschichte versprach, interessant zu werden, aber obwohl Kevin immer noch amüsiert dreinblickte, ging er nicht weiter darauf ein. „Das ist Rachel Jones", sagte er und hielt ihr mit einem stummen Befehl die Hand hin. „Sie hat mich aus dem Ozean gezogen."

„Nett, Sie kennenzulernen." Grants Akzent war weich und rauchig. Erstaunt bemerkte er, wie Rachel auf Kevin einging. Sie ergriff seine ausgestreckte Hand.

„Ich freue mich auch, Sie zu treffen, Mr. Sullivan … Jedenfalls glaube ich es."

Kevin klopfte ihr kurz und beruhigend auf die Hand. Dann zog er das Hemd über, womit er noch immer Schwierigkeiten hatte wegen seiner Schulter. Grant sah die blassrote, frische Narbe, wo die Kugel in Kevins Schulter eingedrungen war. „Welchen Schaden hat das angerichtet?“

„Ich bin nicht mehr ganz so beweglich. Aber sobald die Schwellung abgeklungen ist, werde ich wohl wieder ganz hergestellt sein.

„Bist du sonst noch verwundet worden?“

„Am linken Oberschenkel.“

„Wird es heilen?“

„Das wird es müssen. Ich jogge schon ein bisschen.“

Sullivan gab einen unmutigen Laut von sich. Rachel spürte sein Widerstreben, frei und offen in ihrer Gegenwart zu sprechen. Das war seine zwangsläufige Vorsicht, die auch Kevin kennzeichnete. „Sind Sie hungrig, Mr. Sullivan? Wir wollten Spaghetti essen.“

„Ja, Ma'am. Vielen Dank.“ Sein weicher Akzent und sein höfliches Benehmen standen in starkem Kontrast zu seinem stechenden Blick. Rachel fühlte sich aus dem Gleichgewicht gebracht. Warum hatte Kevin sie nicht vorgewarnt? „Ich werde mich jetzt um das Essen kümmern, während ihr miteinander redet“, sagte sie. „Lassen Sie uns ins Haus gehen.“ Dann drehte sie sich zu ihrem Hund um, der abwartend die Szene beobachtet hatte, und rief ihn zu sich. Beruhigend klopfte sie ihm auf den Rücken, und nach einem Augenblick trottete Rex wieder auf den Hof zurück.

Rachel betrat hinter Kevin und Grant das Haus, begab sich in die Küche und nahm ihre Arbeit wieder auf, während die Männer ins Wohnzimmer gingen. Leises Stimmengeräusch drang aus dem Wohnzimmer zu ihr herüber. Jetzt, da sie Grant Sullivan kennengelernt hatte, begriff sie das Vertrauen, welches Kevin in ihn setzte. Er hatte eine unglaubliche Ausstrahlung. Aber wenn sie die beiden Freunde zusammen sah, kam ihr erst recht zu Bewusstsein, was sie an Kevin ganz besonders liebte, und die Erkenntnis beunruhigte sie noch mehr.

Fast eine Stunde später rief sie die beiden zu Tisch. Die Sonne stand als glühender Feuerball tief am Horizont und erinnerte Rachel daran, dass ihre gemeinsame Zeit mit Kevin sich dem Ende näherte.

Um nicht dauernd daran denken zu müssen, hielt sie das Gespräch in ständigem Fluss. Das war bemerkenswert schwierig, so wenig redselig, wie die beiden Männer waren, bis sie schließlich das richtige Thema traf. „Kevin hat mir erzählt, Sie seien verheiratet, Mr. Sullivan."

Grant nickte, und ein liebevoller Ausdruck trat in seine Augen. „Jane ist meine Frau." Er sagte das in einem Ton, als müsse jeder sie kennen.

„Haben Sie Kinder?"

Der unglaubliche Vaterstolz, der jetzt aus seinem markanten Gesicht strahlte, war nicht zu übersehen. „Zwillinge. Jungs. Sie sind jetzt sechs Monate alt."

Aus irgendeinem Grund wirkte Kevin wieder belustigt. „Ich wusste nicht, dass es in deiner Familie Zwillinge gibt, Grant."

„Gibt es auch nicht", meinte Sullivan finster. „Auch nicht in Janes. Selbst der verdammte Arzt wusste es nicht. Sie hat jeden damit überrascht."

„Das ist nicht ungewöhnlich", sagte Kevin, und die beiden grinsten sich an.

„Das Unglück war nur, dass Jane ihre Wehen zwei Wochen zu früh bekam, mitten in einem Schneesturm. Alle Straßen waren gesperrt, und ich konnte sie nicht ins Krankenhaus bringen, sondern musste sie entbinden." Eine Sekunde lang trat ein verzweifelter Ausdruck in seine Augen, und leichte

Schweißperlen zeigten sich auf seiner Stirn. „Zwillinge!“, sagte er schwach. „Auch das noch. Ich habe Jane erklärt, sie solle mir das ja nie wieder antun. Aber du kennst sie ja.“

Kevin lachte laut auf, und Rachel hörte dieses seltene, männliche Lachen mit Vergnügen. „Beim nächsten Mal wird sie wahrscheinlich Drillinge bekommen.“

Grant sah ihn drohend an. „Erwähne es bloß nicht!“, murmelte er.

Rachel rollte geschickt ihre Spaghetti auf die Gabel. „Ich glaube nicht, dass es Janes Schuld war, Zwillinge zu bekommen, oder dass es gerade schneite.“

„Logischerweise nicht“, räumte Sullivan ein. „Aber mit der Logik ist es vorbei, sobald Jane den Raum betritt.“

„Wie haben Sie sie kennengelernt?“

„Ich habe sie entführt“, antwortete Grant gelassen. Rachel starrte ihn fassungslos an, weil er keine weitere Erklärung dazu abgab.

„Wo steckt sie jetzt?“, fragte Kevin.

„Sie bringt die Jungen zu meiner Mutter.“ Er lehnte sich zurück und warf Kevin einen vorsichtigen Blick zu. „Ich hielt es für besser, dass sie mir nachkommt. Wir könnten Verstärkung brauchen. Es wird unverfänglich aussehen, wenn sie sich als Freundin von Rachel ausgibt, falls jemand sie fragen sollte. So kann sie ganz offen hier ins Haus kommen und erregt keinen Verdacht.“

Kevin sah äußerst betroffen aus und wollte etwas erwidern, aber Grant sprach schnell weiter. „Außerdem habe ich sie gebeten, noch Waffen und Munition mitzubringen, die ich nicht gut bei mir haben konnte, als ich herkam. Sie versteckt sie in ihrer Reisetasche.“

Kevin machte eine abwehrende Geste. „Wie kannst du nur deine Frau in diese Sache hineinziehen …“

„Ich weiß, was du sagen willst“, unterbrach Grant ihn. „Aber vergiss nicht, wir haben es nicht nur mit einem Gegner zu tun, sondern mit mehreren. Und möchtest du Rachel unbedacht einer Gefahr aussetzen?“

Das brachte Kevin zum Schweigen.

10. KAPITEL

Charles studierte den hastig zusammengestellten Bericht über Rachel Jones. Nachdenklich rieb er sich mit dem Zeigefinger über die gerunzelte Stirn. So wie Lowell und Ellis sich ausdrückten, war diese Rachel Jones eine gut aussehende, aber ansonsten unbedeutende Frau, obwohl Ellis sich in sie verliebt hatte. Aber Ellis verliebte sich in jede Frau, daran war nichts Besonderes. Das Problem war nur, dass dem Bericht zufolge diese Rachel Jones alles andere als durchschnittlich erschien. Sie war gebildet, hatte viele Reisen unternommen und besaß vielfältige Begabungen. Doch damit kam man der Sache auch nicht auf den Grund. Denn Rachel Jones hatte als außergewöhnlich talentierte Kriminalreporterin gearbeitet, verfügte über Mut und Ausdauer, und das hieß, sie war hinsichtlich der Dinge, die normalerweise an die Öffentlichkeit drangen, viel beschlagener als ein Durchschnittsbürger.

Ihr Mann war bei einem Bombenattentat ums Leben gekommen, das ihr gegolten hatte, als sie damit begann, Ermittlungen anzustellen über die Verbindung eines mächtigen Politikers zur Rauschgiftszene. Sie hatte nicht nur bewiesen, dass er verwickelt war in Rauschgiftschmuggel und -handel, sie hatte auch belegen können, dass er für den Tod ihres Mannes verantwortlich war.

Sie war nicht die eher harmlose Frau, wie Lowell und Ellis sie beschrieben. Was Charles ganz besonderes Unbehagen bereitete, war die Frage, warum sie dieses Bild abgab. Sie musste Gründe haben. Warum hatte diese Frau es darauf angelegt, die beiden hinter das Licht zu führen? Zu ihrem Spaßvergnügen, oder steckte eine gezielte Absicht dahinter?

Charles war nicht überrascht, dass Rachel Jones gelogen

hatte. Seinen Erfahrungen nach logen die meisten Leute. Auch in seinem Beruf musste man lügen. Was ihm nicht gefiel, war, dass er nicht wusste, warum, denn das Warum war der Kern der Sache.

Sabin war verschwunden und vermutlich tot, obgleich Charles sich zu dieser Annahme nicht durchringen konnte. Man hatte keine Spur von ihm gefunden, weder Charles' eigene Leute, noch ein Fischkutter oder ein Vergnügungsschiff oder gar die Polizei. Auch wenn Sabins Boot explodiert war, hätte man menschliche Überreste finden müssen – falls Sabin auf dem Boot gewesen war. Die einzige Erklärung lag darin, dass er über Bord gegangen und an Land geschwommen war. Es widersprach fast jeglicher Logik, dass er es in seinem verletzten Zustand geschafft haben sollte, aber hier drehte es sich um Sabin und nicht um irgendeinen Mann.

Er musste an Land gekommen sein, aber wo? Warum war er noch nicht wieder aufgetaucht? Niemand hatte einen verletzten Mann gefunden. Keiner hatte der Polizei Schusswunden gemeldet. Er war in kein Krankenhaus der Gegend eingeliefert worden. Sabin hatte sich schlicht in Luft aufgelöst.

„Noelle“, sagte er leise. „Ich möchte mit Lowell und Ellis sprechen. Sofort. Bring sie her.“

Eine Stunde später saßen die Männer vor ihm. Charles faltete die Hände und lächelte die beiden geistesabwesend an. „Gentlemen, ich möchte mich über diese Rachel Jones unterhalten. Ich will alles wissen, woran ihr euch erinnern könnt.“

Ellis und Lowell tauschten einen Blick, ehe Ellis mit den Schultern zuckte. „Sie ist eine attraktive Frau ...“

„Nein, ich bin nicht an ihrem Aussehen interessiert. Ich möchte wissen, was sie sagte und tat. Als ihr damals den Strand in ihrer Nähe abgesucht habt, seid ihr da auch in ihr Haus gegangen?“

„Nein", antwortete Lowell.

„Weshalb nicht?"

„Sie hat diesen verdammten großen Wachhund, der Männer hasst. Er lässt keinen Mann auf den Hof", erklärte Ellis.

„Selbst als du mit ihr zum Essen gefahren bist?"

Ellis wirkte verlegen, weil er nur ungern zugab, dass der Hund ihn zu Tode erschreckt hatte. „Sie kam zum Wagen. Als ich sie wieder nach Hause brachte, lauerte mir der Hund auf, bereit, mich zu beißen, wenn ich auch nur einen Schritt in die falsche Richtung machte."

„Es war also niemand in ihrem Haus?"

„Nein", räumten beide ein.

„Sie leugnete auch, einen Mann, einen Fremden gesehen zu haben?"

„Es ist ganz ausgeschlossen, dass Sabin sich bei diesem bissigen Hund auch nur dem Haus hätte nähern können", sagte Ellis ungeduldig, und Lowell nickte zustimmend.

Charles tippte die Fingerspitzen aneinander. „Selbst wenn sie den Mann selbst ins Haus gebracht hätte? Vielleicht hat sie erst den Hund angebunden und dann Sabin hereingeholt. Das wäre doch möglich, oder?"

„Sicher, das wäre möglich", meinte Lowell und runzelte die Stirn. „Wir haben aber kein Anzeichen dafür entdeckt, dass Sabin an Land gekommen ist, nicht einmal einen Fußabdruck. Das Einzige, was wir gefunden haben, waren die Spuren, wo sie die Muscheln auf einer Deck…" Er unterbrach sich und sah Charles in die Augen.

„Ihr Narren!", zischte Charles. „Etwas wurde vom Strand heraufgeschleppt, und ihr habt nicht nachgeprüft, was es war?"

Den beiden Männern war nicht wohl in ihrer Haut. „Sie behauptete, es seien Muscheln gewesen", murmelte Ellis. „Sie hatte auch tatsächlich Muscheln auf den Fensterbrettern."

„Sie hat sich auch nicht so benommen, als hätte sie etwas zu verheimlichen", warf Lowell entschuldigend ein. „Ich bin ihr am nächsten Tag zufällig beim Einkaufen über den Weg gelaufen. Sie hat sich mit mir unterhalten, über die Hitze und solche Sachen ..."

„Was hat sie eingekauft? Hast du in ihren Einkaufswagen gesehen?"

„Ach, Unterwäsche, nun ja, Frauensachen. Als sie den Laden verließ, fielen mir ein Paar Joggingschuhe auf, weil sie ..." Plötzlich wich alle Farbe aus seinem Gesicht.

„Weil?", forderte Charles ihn trocken auf.

„Weil sie zu groß für sie zu sein schienen."

Charles starrte die beiden aus kalten Augen zornig an. „Soso. Sie zerrte etwas vom Strand herauf, was ihr nicht nachprüft. Keiner von euch beiden war im Haus. Sie kauft Schuhe, die ihr zu groß sind, wahrscheinlich Herrenschuhe. Falls Sabin die ganze Zeit vor unserer Nase verborgen war und jetzt wegen eurer Schlamperei entkommen sein sollte, verspreche ich euch höchstpersönlich eine wenig rosige Zukunft! Noelle!", schrie er dann.

Sie erschien umgehend an der Tür. „Ja, Charles?"

„Ruf alle Leute zurück. Wahrscheinlich haben wir Sabin gefunden."

Lowell und Ellis machten einen niedergeschlagenen Eindruck und hofften beide, man möge Sabin diesmal wirklich nicht finden. „Und wenn Sie sich irren?", fragte Ellis.

„Dann wird sich die Frau ängstigen und aufregen, aber sonst nichts. Wenn sie nichts weiß und auch Sabin nicht geholfen hat, haben wir keinen Grund, ihr etwas anzutun."

Aber Charles lächelte, während er das sagte, und seine Augen hatten einen eiskalten Glanz bekommen. Ellis glaubte ihm kein Wort.

Rachel mochte Jane Sullivan gleich vom ersten Blick an. Sie war am selben Abend spät mit ihrer weißen Limousine vor den Hof gefahren, hatte Ebenezer Duck und seine Herde durch die Gegend gescheucht und Rex aufgeschreckt, der sofort mit wütendem Gebell auf ihren Wagen zugestürzt war. Noch ehe Rachel hineilen konnte, war Jane ausgestiegen und auf den Hof gekommen. „Braves Hündchen", sagte sie fröhlich und klopfte Rex im Vorübergehen freundlich auf den Kopf.

Jeder, der so mit ihrem Hund umgehen konnte, musste ein bemerkenswerter Mensch sein. Die beiden Frauen machten sich bekannt und gingen auf das Haus zu, wo die zwei Männer bereits auf der Veranda warteten.

Jane begrüßte ihren Mann und fiel dann Kevin begeistert um den Hals. „Wie schön, dich wiederzusehen. Bist du in Schwierigkeiten?"

„Ein wenig", antwortete er lächelnd.

„Dann bin ich ja gerade richtig hier", meinte Jane verschmitzt.

„Lasst uns ins Wohnzimmer gehen", schlug Rachel vor. Kevin und sie gingen voran, doch die beiden folgten ihnen nicht. Rachel drehte sich um. Grant hatte seine muskulösen Arme um Jane geschlungen, und sein blonder Kopf war über ihren schwarzen gebeugt.

Seltsam, aber dieser Anblick trug nur noch zu Rachels Kummer bei.

Kevin legte ihr den Arm um die Taille und zog sie an sich. „Er ist nicht mehr im Dienst, denke daran", sagte er leise. „Er hatte ihn schon quittiert, ehe die beiden sich kennenlernten."

Rachel wollte ihn fragen, warum nicht auch er den Dienst verlassen könne, aber sie unterließ die Frage. Was für Grant Sullivan richtig war, war es noch lange nicht für Kevin Sabin.

Kevin war ein Mann für sich. Laut fragte sie nur: „Wann wirst du hier weggehen?“

Eigentlich hätte sie stolz sein können, dass ihre Stimme so sicher klang, aber unter diesen Umständen legte sie auf Stolz keinen Wert.

Sie hätte ihn auf Knien angefleht, wenn sie sich davon Erfolg versprochen hätte. Aber seine Hingabe an seinen Beruf war mehr als nur ein Lippenbekenntnis.

Er schwieg einen Augenblick, und Rachel wusste, seine Antwort würde ihr nicht gefallen. „Morgen früh“, sagte er schließlich.

Ihr blieb also noch eine weitere Nacht. Es sei denn, Kevin und Grant hatten vor, die Nacht mit dem Ausarbeiten von Details für ihr Vorhaben zu verbringen.

„Wir verlassen das Haus in aller Frühe“, sagte er und strich Rachel über das Haar. Sie wandte den Kopf, um in seine nachtschwarzen Augen sehen zu können. Kevin machte eine undurchdringliche Miene, aber er hatte Verlangen nach Rachel – sie konnte es an seinem Blick erkennen.

Jane und Grant kamen dazu. Jane strahlte über das ganze Gesicht. Sie machte vor Überraschung große Augen, als sie Rachel in Kevins Armen sah, aber etwas in ihren Mienen hielt sie davon ab, eine Bemerkung fallenzulassen.

„Eigentlich weiß ich noch gar nicht, was hier gespielt wird“, sagte sie nach einem Moment laut und vernehmlich. „Grant hat mir noch keine Einzelheiten mitgeteilt.“

„Dann sollten wir uns alle setzen“, erwiderte Kevin, „und ich werde dir berichten, worum es geht. Zwar kann ich nicht in alle Nebenumstände gehen, aber in großen Zügen werde ich dich informieren.“

Sie setzten sich um den Tisch, und Kevin erklärte, was passiert war und warum er Grants Hilfe benötigte. Nachdem er geendet hatte, sah Jane die beiden Männer eine ganze Weile an und nickte schließlich langsam. „Ihr müsst es tun." Dann beugte sie sich vor, legte die flachen Hände auf den Tisch und maß Kevin mit einem unnachgiebigen Blick, dem er nicht auswich. „Aber eines will ich dir sagen, Kevin Sabin: Falls Grant dabei etwas passiert, rücke ich dir auf den Pelz. Ich habe mir nicht so viel Mühe gemacht, um ihn mir zu angeln, nur um ihn jetzt durch so etwas zu verlieren."

Kevin gab ihr keine Antwort, aber Rachel wusste, was er dachte. Sollte etwas schiefgehen, würde auch er nicht überleben.

Grant stand auf und zog Jane zu sich hoch. „Es ist Zeit, dass wir ins Bett kommen, da wir morgen sehr früh los wollen.

Auch Rachel stand auf. Morgen früh war alles zu Ende. In der Zwischenzeit musste sie sich um die Unterbringung der Sullivans kümmern, und sie war dankbar, dass sie eine Beschäftigung hatte und nicht ständig an Kevins Abreise denken musste.

Sie entschuldigte sich bei Jane, kein weiteres Bett zur Verfügung zu haben. Aber das schien Jane überhaupt nicht zu stören. „Machen Sie sich um uns keine Gedanken", sagte sie freundlich. „Ich habe mit Grant in Zelten, Höhlen und Schuppen genächtigt. Ein netter Fußboden im Wohnzimmer ist für uns also keine Katastrophe."

Mit Janes Hilfe richtete Rachel aus Decken und Extra-Kissen, die sie aus ihrem Schlafzimmer holte, ein Bett her. Jane musterte sie neugierig von der Seite an.

„Sie sind in Kevin verliebt, nicht wahr?"

„Ja." Rachel sagte dieses eine Wort mit aller Entschiedenheit. Der Gedanke zu leugnen war ihr gar nicht erst gekommen. Für sie war es eine Tatsache, die so gut zu ihr gehörte wie ihre Augen oder ihre Hände.

„Er ist ein harter, ungewöhnlicher Mensch. Aber erstklassiger Stahl ist auch hart, wenn er von erster Qualität sein will. Ich weiß, es wird für Sie nicht leicht werden. Sehen Sie sich den Mann an, den ich mir ausgesucht habe."

Sie blickten sich an und verstanden einander, wie nur zwei Frauen in der gleichen Lage sich verstehen können. Ob im Guten oder Schlechten, die Männer, die sie liebten, waren anders als die übrigen, und sie würden nie das sichere Leben führen können, das die meisten Frauen erwarteten.

„Wenn er morgen geht, ist alles vorbei", sagte Rachel gepresst. „Er kommt nicht zurück."

„Kevin will, dass es aus ist", stellte Jane richtig. Ihre braunen Augen verdüsterten sich leicht. „Aber sagen Sie nicht, er würde nicht wiederkommen. Auch Grant wollte mich nicht heiraten. Er meinte, es werde nicht gut gehen, weil unsere Lebensart zu unterschiedlich sei und ich nie in seine Welt passen würde. Kommt Ihnen das bekannt vor?"

„Oh ja", sagte Rachel tonlos.

„Ich musste ihn gehen lassen, aber am Ende war er hinter mir her."

„Grant war ja nicht mehr im Dienst. Kevin jedoch will nicht ausscheiden, und sein Job ist das Problem."

„Das ist ein großes Problem, aber kein unüberwindbares. Jemanden zu lieben, ist für Männer wie Grant und Kevin schwer zu akzeptieren. Sie waren immer Einzelgänger."

Ja, Kevin war stets allein gewesen und auch entschlossen, es dabei zu belassen. Auch wenn Rachel seine Beweggründe verstand, war es doch nicht leichter, sie zu akzeptieren. Sie ließ Jane und Grant im Wohnzimmer zurück und ging mit Kevin in ihr Schlafzimmer. Nachdem sie die Tür hinter sich zugemacht hatte, blieb sie mit fest gefalteten Händen stehen und sah ihn mit traurigen Augen an.

„Wir hätten heute schon fortgehen sollen“, sagte er ruhig. „Aber ich wollte noch eine Nacht mit dir zusammen sein.“

Sie würde nicht weinen, nicht an diesem Abend. Gleichgültig, was auch geschehen mochte, sie würde damit bis zum nächsten Morgen warten, bis Kevin gegangen war.

Er machte das Licht aus und kam durch den dunklen Raum auf sie zu, legte seine kräftigen Hände auf ihre Schultern und zog Rachel an sich.

In dieser Nacht konnte Kevin einfach nicht genug von ihr bekommen. Immer wieder kam er zu ihr, als könne er damit die Zeit aufhalten, wenn er mit Rachel in Liebe verbunden war.

Als Kevin morgens die Augen öffnete, lag der Raum im fahlen Licht des beginnenden Sonnenaufgangs. Er richtete sich auf und sah auf Rachel hinunter, die rosig wie die aufsteigende Morgenröte neben ihm lag. Vielleicht war ihr letztes Zusammensein ein Fehler gewesen, weil Kevin auf seine üblichen Vorsichtsmaßnahmen verzichtet hatte, aber er bereute es nicht. Jede Art der Trennung ihrer Körper beim Liebesakt wäre ihm zuwider gewesen.

Rachel lag erschöpft in den Kissen und hatte die Augen geöffnet. Grenzenlose Liebe sprach aus ihnen. Sie fühlte sich wunderbar erschöpft, und ihr Pulsschlag beruhigte sich nur langsam. „Du wirst vielleicht nie zurückkommen“, wisperte sie. „Aber ich werde hier trotzdem auf dich warten.“

Nur ein leichtes Zucken an seiner Wange verriet Kevins Reaktion. Er schüttelte den Kopf. „Nein, verschwende nicht dein Leben. Such dir jemanden anderen, heirate und hab ein Haus voller Kinder.“

Irgendwie brachte Rachel ein Lächeln zustande. „Sei kein Narr“, erklärte sie ihm mit herzzerreißender Zärtlichkeit. „Als ob ich nach dir jemand anderen haben könnte.“

Kevin und die Sullivans waren zur Abfahrt bereit. Rachel fühlte sich innerlich so mitgenommen, dass sie glaubte, zusammenbrechen zu müssen, falls jemand sie berühren sollte. Sie wusste, es würde keinen Abschiedskuss geben, keinen letzten Gruß, den sie in ihrer Erinnerung bewahren könnte. Kevin würde einfach fortfahren, und alles wäre zu Ende.

Kevin nahm nicht einmal die Pistole mit, um so eine Entschuldigung zu haben, sich wieder mit Rachel in Verbindung zu setzen. Die Waffe war auf Rachel eingetragen, und Kevin wollte nichts bei sich haben, durch das man die Spur zu ihr zurückverfolgen könnte, falls die Sache nicht wie geplant verlief.

Grant hatte seinen Mietwagen irgendwo an der Straße verborgen, Jane sollte die beiden Männer zu ihm bringen und dann möglichst allein zu ihrer Farm zurückfahren.

Rachel würde in dem leeren Haus allein sein, und sie dachte bereits darüber nach, wie sie ihre Zeit ausfüllen sollte. Nach der Gartenarbeit würde sie sich in der Stadt einen Film ansehen und einen Schaufensterbummel machen, um ihre Rückkehr so lange wie möglich hinauszuzögern. Vielleicht wäre sie dann so müde, dass sie sofort einschlafen würde, obgleich ihr das unwahrscheinlich schien. Sie musste über die Trennung hinwegkommen, ihr blieb gar keine andere Wahl.

„Ich werde Sie informieren“, flüsterte Jane Rachel ins Ohr, als sie sich zum Abschied umarmten. Rachel brannten die Augen vor ungeweinten Tränen. „Vielen Dank.“

Grant öffnete die Tür und trat auf die Veranda. Sofort sprang Rex auf und knurrte ihn an. Ruhig beobachtete Grant das Tier. „Aber, aber“, sagte er leicht vorwurfsvoll.

Jane schnaubte verächtlich durch die Nase. „Hast du etwa Angst vor diesem Hund? Dabei ist er doch so lieb.“

Kevin folgte ihnen auf die Veranda. „Platz, Rex“, befahl er dem Hund.

Es gab einen eigenartig singenden Knall! Von einem abgefeuerten Gewehr, und knapp hinter Kevins Kopf zersplitterte das Holz der Verandasäule. Kevin warf sich herum. Gleichzeitig war Rachel auf ihn zugesprungen, und er riss sie mit seinem Sprung zur offenen Tür hin zu Boden. Ein weiterer Schuss ertönte, und im selben Augenblick hatte Grant Jane förmlich durch die Tür gestoßen und sich über sie geworfen.

„Alles in Ordnung?“, stieß Kevin zwischen den Zähnen hervor und sah Rachel besorgt an, während er mit einem Fuß nach hinten trat und die Tür zuknallte.

Rachel hatte sich den Kopf am Boden gestoßen, aber keine ernsthafte Verletzung davongetragen. Ihr Gesicht war weiß, sie klammerte sich an Kevin. „Ja, a-a-alles in Ordnung“, stotterte sie.

Kevin rollte sich auf die Füße und kroch unter den Fenstern entlang. „Du legst dich mit Jane in den Korridor“, ordnete er mit heiserer Stimme an und holte die Pistole aus dem Schlafzimmer, wo er sie gelassen hatte.

Grant hatte Jane aufgerichtet. Jetzt strich er ihr das Haar aus dem Gesicht, drückte ihr einen flüchtigen Kuss auf die Lippen und schob sie zu Rachel hinüber. „Schnell, hol die Reisetasche mit dem Gewehr. Mach schon, beeile dich“, sagte er scharf und zog seine eigene Pistole aus dem Gürtel.

Es knallte wieder, und das neben Grant liegende Fenster zerbarst. Die Glassplitter flogen ihm um die Ohren. Er stieß einen grässlichen Fluch aus.

Rachel starrte die beiden Männer an und versuchte, ihre Gedanken zu ordnen. Jane war auf Händen und Knien zur Wand neben der Tür gekrochen und hatte die Reisetasche herangezerrt. Sie holte eine Pistole heraus und legte sie neben sich auf den Boden. Dann zog sie ein in Handtücher eingewickeltes Paket hervor und schubste es über den Boden auf

Grant zu. „Hier! Ich weiß nicht, wie man das Ding zusammensetzt."

Rachel fiel ihr 22er-Gewehr ein, das auch im Schlafzimmer lag. Geduckt rannte sie hinein und holte es mit der verfügbaren Munition, die zu besorgen Kevin sie gebeten hatte. Das Gewehr hatte zwar nicht die Feuerkraft einer Pistole, aber es hatte bei einer größeren Reichweite mehr Zielgenauigkeit. So viel verstand Rachel von Waffen, um das zu wissen.

„Da, nimm", rief sie und schob Kevin das Gewehr über den Fußboden zu. Er drehte sich um und schnappte sich sofort die Waffe.

„Danke", sagte er knapp. „Geh wieder in den Korridor, Liebes."

Mittlerweile hatte Grant mit einem Handgriff sein Gewehr schussbereit gemacht. Rachel robbte an Janes Seite. „Nehmen Sie die Pistole", forderte Jane sie auf und reichte ihr die Waffe herüber.

Kevin warf einen Blick über die Schulter. „Hast du zufällig eine C4 oder Handgranaten mitgebracht?"

„Nein", antwortete Jane bedauernd, „ich habe in der Eile nicht alles das bekommen, was ich wollte."

Rachel kroch zum Seitenfenster und hob vorsichtig den Kopf, um hinauszusehen. Kevin fluchte. „Runter!", fuhr er sie an. „Halte dich hier raus. Verschwinde wieder in den Korridor, wo es sicherer ist!"

Rachel war bleich, aber ruhig. „Ihr seid nur zu zweit, aber das Haus hat vier Seiten. Ihr braucht uns."

Jane ergriff Grants liegengelassene Pistole. „Sie hat recht. Ihr braucht unsere Hilfe."

Kevin machte ein steinernes Gesicht. Genau das hatte er vermeiden wollen, und nun wurden seine schlimmsten Befürchtungen wahr. Seinetwegen geriet Rachels Leben in Gefahr. Verdammt! Warum war er nicht am vergangenen Abend weggegangen, wie er es hätte tun sollen? Er hatte seinen gesunden Menschenverstand von seinen sexuellen Wünschen beiseiteschieben lassen, und jetzt war Rachel in Gefahr!

„Sabin!" Die Stimme kam aus dem Kieferndickicht.

Kevin antwortete nicht, sondern suchte mit zusammengekniffenen Augen die Bäume ab, um den Sprecher ausfindig zu machen. Er selbst würde nicht antworten und seine Position verraten. Das sollten die Angreifer selbst herausfinden.

„Hören Sie, Sabin, ziehen Sie die Sache nicht hinaus!", fuhr die Stimme fort. „Wenn Sie sich ergeben, haben Sie mein Wort, dass den anderen nichts geschehen wird."

„Wer ist dieser Spaßmacher?", brummte Grant.

„Charles Dubois, alias Charles Lloyd, alias Kurt Schmidt, alias diverse andere Namen", murmelte Kevin.

Die Namen sagten Rachel nichts, aber Grant hob die Augenbrauen. „Endlich hat er also beschlossen, selbst hinter dir her zu sein." Er sah sich um. „Wir sind in keiner sehr guten Lage. Er hat seine Männer um das ganze Haus verteilt. Es sind zwar nicht sehr viele, aber wir sitzen in der Falle. Ich habe auch das Telefon überprüft – es ist tot."

Man musste Kevin nicht erst sagen, wie kritisch ihre Lage war. Sollte Charles Dubois Raketen einsetzen, wie er es beim Boot getan hatte, waren sie alle schon so gut wie tot. Aber dann wiederum würde er zuerst einmal versuchen, Kevin lebend zu bekommen. Lebend war er eine Menge Geld wert für eine Menge Leute, die jede Summe zahlen würden, um sich seiner zu bemächtigen.

Er versuchte, einen Plan zu finden, aber unleugbare Tatsache war, dass es für sie keine Möglichkeit gab, das Haus zu verlassen. Auch wenn sie bis zum Einbruch der Nacht warten und dann einen Ausfall versuchen würden, hatten sie außer durch das Gebüsch nur wenig Deckung, und das wuchs direkt am Haus. Um das Haus lag in jeder Richtung eine freie Fläche, die es jedem erschwerte, ungesehen zum Gebüsch vorzudringen, aber das traf auch in umgekehrter Hinsicht zu. Und Dubois würde niemals einen Zeugen des Vorfalls am Leben lassen. Das wusste Kevin, und Grant wusste es ebenso. Es blieb nur die Hoffnung, Rachel und Jane würden nicht erkennen, wie aussichtslos ihre Lage in Wirklichkeit war.

Ein Blick auf Rachel zerstörte diese Hoffnung. Sie wusste um ihre Situation sehr gut Bescheid. Das war von Anfang an das Problem mit Rachel gewesen: Sie war viel zu aufmerksam. Am liebsten hätte er sie jetzt in die Arme genommen, ihren Kopf an seine Schulter geschmiegt und ihr versichert, alles werde gut gehen. Aber so wie sie ihn mit diesen grauen Augen ruhig ansah, konnte er sie nicht belügen, auch nicht, um sie zu trösten. Kevin wollte nicht, dass je eine Lüge zwischen ihnen beiden stand.

Ein Schuss klang aus dem Schlafzimmer, und Grant wurde leichenblass. Aber ehe er eine Bewegung machen konnte, rief Jane ihm zu: „Grant! Ist es nicht die Kniescheibe dieser Leute, auf die ich zielen soll?“

Wenn es möglich gewesen wäre, hätte Grant noch mehr die Farbe verloren. Er fluchte leise und anhaltend.

„Nun, es spielt ohnehin keine Rolle“, fügte sie gleichmütig hinzu. „Ich habe sowieso daneben geschossen. Aber ich habe seine Waffe erwischt, falls das etwas nützt.“

„Sabin!“, schrie der Mann wieder. „Strapazieren Sie meine Geduld nicht! So kann es nicht weitergehen! Es wäre doch schade, wenn der Frau etwas passiert!“

„Der Frau“, hatte er gesagt, nicht „die Frauen“. Dann fiel Kevin plötzlich ein, dass Rachel ja gar nicht auf die Veranda herausgekommen war. Man hatte Jane gesehen und sie für Rachel gehalten. Sie waren beide schlank und hatten dunkles Haar, nur war Jane größer und hatte längere Haare. Aber auf die Entfernung würde das niemandem aufgefallen sein. Dieser Umstand war zwar kein großer Vorteil, aber es konnte nützlich sein, wenn Dubois die Anzahl der Bewaffneten im Haus unterschätzte.

„Sabin!“

„Ich überlege!“, schrie Kevin, ohne sich am Fenster zu zeigen.

„Diesen Luxus können Sie sich nicht leisten, mein Freund. Sie wissen, Sie können nicht gewinnen. Warum machen Sie es sich nicht leichter? Die Frau hat freies Geleit, das verspreche ich Ihnen.“

Dubois' Versprechungen waren den Atem nicht wert, und Kevin wusste es. Er musste einfach Zeit gewinnen. Er hatte keine Vorstellung, wie es weitergehen sollte, aber jede Sekunde vergrößerte die Möglichkeit, dass der Zufall ihnen zur Hilfe kam.

„Und mein Freund?“, schrie er zurück.

„Er auch.“ Die Lüge ging Dubois glatt über die Lippen. „Mit ihm habe ich keinen Streit.“

Grants Lippen verzogen sich zu einem höhnischen Grinsen. „Natürlich nicht. Er hat mich ja auch überhaupt nicht erkannt!“

Welchen Coup Dubois doch damit landen könnte, sowohl Sabin als auch den Tiger zu fangen, diesen kräftigen, blonden Kämpfer mit den goldbraunen Augen, der mit Sabin den Dschungel durchstreift hatte und später dessen Hauptagent geworden war. Jeder für sich war schon eine Legende, aber gemeinsam waren sie unbesiegbar gewesen, so aufeinander abgestimmt, dass sie wie eine einzige Person gehandelt hatten. Sullivan hatte vor einigen Jahren Dubois' Männer eine Schlacht geliefert. Nein, Dubois würde das nicht vergessen haben, wenn man bedenkt, wie Grant Sullivan aus ihm einen Narren gemacht hatte. Eine Bewegung unter den Bäumen erregte plötzlich Kevins Aufmerksamkeit, und er kniff die Augen zu engen Schlitzen zusammen. „Sieh zu, ob du ihn dazu bringen kannst, weiterzusprechen", forderte er Grant auf und schob den Lauf seines 22er-Gewehrs minimal durch die zerborstene Fensterscheibe, ohne dabei die Stelle unter den Kiefern aus den Augen zu lassen.

„Hören Sie, Dubois", rief Grant laut, „lassen Sie die Mätzchen. Ich weiß, dass Sie mich erkannt haben."

In der folgenden Stille spannte Kevin vorsichtig den Abzug. War Dubois tatsächlich überrascht, dass sie wussten, wer er war? Zwar stimmte es, dass er seine Machenschaften stets aus dem Hintergrund geführt hatte, statt seine Sicherheit aufs Spiel zu setzen, doch Kevin war jetzt seit so vielen Jahren hinter ihm her, seit Dubois seine Dienste den Terroristen zur Verfügung gestellt hatte.

„Sie sind das also, Tiger."

Da war sie wieder, diese leichte Bewegung. Kevin zielte genau und zog sachte am Abzug. Der Knall des Schusses hallte im ganzen Hause wider und überdeckte jeden Schmerzensschrei. Aber Kevin wusste, er hatte getroffen. Doch wusste er nicht, ob es Dubois war oder sonst jemand.

Ein Kugelhagel ging über das Haus nieder. Sämtliche Fensterscheiben zerbrachen, und große Splitter wurden aus den hölzernen Außenwänden und Fensterrahmen gerissen. Aber die stahlverstärkten Türen hielten stand. „Das hat ihm wohl nicht gefallen", murmelte Kevin.

Grant hatte sich zu Boden geduckt und hob nun wieder den Kopf. „Weißt du, dieser Spitzname ging mir immer gegen den Strich“, meinte er belustigt und hob gleichzeitig sein automatisches Gewehr. Wie ein gut trainierter Soldat gab er drei Schüsse schnell hintereinander ab und nutzte so seine Feuerkraft aus, ohne zu viel Munition zu verschwenden. Aus dem Schlafzimmer und aus Rachels Büro fielen Pistolenschüsse. Dann brach die Hölle wieder los. Salve auf Salve schlug in das Haus ein, und Kevin ergriff die nackte Angst, weil Rachel diesem Sperrfeuer ausgesetzt war.

„Rachel?“, schrie er. „Alles in Ordnung?“

„Ja“, rief sie ruhig zurück.

„Jane!“, brüllte Grant über den Krach hinweg, bekam aber keine Antwort. „Jane!“, schrie er noch einmal und fing an, sich mit aschfahlem Gesicht zum Schlafzimmer hin zu bewegen.

„Ich bin beschäftigt!“

Grant sah aus, als würde er vor Wut gleich platzen, und trotz der Umstände konnte Kevin sich ein Grinsen nicht verkneifen.

In der folgenden kurzen Feuerpause riss Grant sein leeres Magazin heraus und schob ein neues ein.

„Sabin, meine Geduld ist zu Ende!“, schrie Dubois, und Kevin schnitt eine Grimasse. Schade, er hatte wohl jemand anderen getroffen.

„Sie haben mir noch nicht das richtige Angebot gemacht“, rief er zurück, um wieder Zeit zu gewinnen.

Jane kam aus dem Schlafzimmer gekrochen. Das Haar stand ihr wirr um den Kopf, und sie hatte die Augen weit aufgerissen. „Ich glaube, die Kavallerie naht“, sagte sie.

Die beiden Männer achteten nicht auf sie, aber Rachel rutschte an ihre Seite. „Was?“, fragte sie.

„Reiter“, sagte Jane und gestikulierte zum Schlafzimmer hin. „Ich habe sie gesehen, dort aus der Richtung.“

Rachel wusste nicht, ob sie lachen oder weinen sollte. „Das ist Rafferty“, sagte sie und zog damit die Aufmerksamkeit auf sich. „Mein Nachbar. Er muss die Schießerei gehört haben.“

Grant ließ sich auf die Knie fallen und robbte durch die Küche zur Hintertür, von wo aus er einen besseren Blick hatte. „Wie viele?“, fragte Kevin.

„Zwanzig oder mehr“, antwortete Grant. „Verdammt, sie reiten genau in die Schusslinie. Schießt los und zwingt Dubois, darauf zu antworten.“

Rachel kroch an ein Fenster, hielt die schwere Pistole hinaus und feuerte, bis das Magazin leer war. Schnell lud sie nach und schoss wieder wild darauf los. Kevin und Jane ballerten ebenfalls in die Gegend. Hatten sie Rafferty genügend Zeit gegeben, um hinter Dubois und dessen Leute zu kommen? Wenn sie wie jetzt weiterschossen, könnten sie ihre Retter treffen.

„Hört auf“, befahl Kevin. Sie warfen sich flach auf den Boden und hielten sich während des folgenden Kugelhagels die Arme schützend über den Kopf. Die Lampe krachte herunter und zerbarst auf dem Boden. Grant fluchte auf, und als sie zu ihm hinsahen, lief ihm aus einer Wunde das Blut über die Wange. Jane stieß einen dünnen, hohen Schrei aus und wollte trotz des anhaltenden Gewehrfeuers zu ihrem Mann hinrennen, aber Kevin hielt sie fest und zwang sie wieder zu Boden.

„Ich bin in Ordnung“, schrie Grant. „Nur eine kleine Schnittwunde.“

„Bleib liegen“, herrschte Kevin Jane an und ließ sie los.

Dann, plötzlich, war es still bis auf vereinzelte Schüsse, und auch sie hörten unvermittelt auf. Rachel lag auf dem Fußboden und wagte kaum zu atmen. Der beißende Geruch verbrannten Pulvers stieg ihr in Nase und Mund. Kevin legte ihr die Hand auf den Arm und betrachtete ihre blassen Gesichtszüge so genau, als wolle er sie sich für immer einprägen.

„Heh!“, dröhnte eine tiefe Stimme. „Rachel, bist du da drinnen?“

Rachels Lippen fingen zu zittern an, und auf einmal standen ihr Tränen in den Augen. „Das ist Rafferty“, flüsterte sie, und dann hob sie den Kopf und rief: „John! Ist alles in Ordnung?“

„Das hängt davon ab“, war die Antwort. „Diese Mistkerle hier sind anderer Meinung.“

Langsam stand Kevin auf und zog Rachel auf die Beine. „Er klingt, als würde er mir gefallen.“

Rachel kam sich wie die Überlebende einer Schiffskatastrophe vor, als sie, von Kevin gestützt, auf die Veranda trat. Jane und Grant kamen hinterher. Jane betupfte die Wunde an der Wange ihres Mannes und weinte etwas, während sie sich um ihn sorgte.

Rachel schrie entsetzt auf, als sie drei ihrer Gänse mit Blut auf ihren weißen Federn auf dem Hof liegen sah. Aber sie brachte keinen Ton heraus, als sie Rex reglos an der Ecke der Veranda hingestreckt sah. Kevin zog sie in die Arme und drückte ihr Gesicht gegen seine Schulter.

John Rafferty, bewaffnet mit einem Jagdgewehr und umgeben von seinen Männern, die ebenfalls bewaffnet waren, trieb etwa fünfzehn Männer vor sich her. Die Augen unter seinen buschigen Brauen blickten finster auf einen schlanken, grauhaarigen, vor ihm stehenden Mann. „Wir haben die Schießerei gehört und wollten sehen, was hier los ist“, erklärte er. „Ich hab es nicht so gern, wenn Gesindel auf meine Nachbarin schießt.“

Charles Dubois war weiß vor Zorn und starrte Kevin an. Neben ihm stand Noelle, mit einem Ausdruck der Langeweile in ihrem schönen Gesicht. „Die Sache ist noch nicht ausgestanden, Sabin“, zischte Charles Dubois. Sanft schob Kevin Rachel von sich fort und zu Grant hinüber. Jetzt musste er sich um die ordnungsgemäße Abwicklung dieses Vorfalls kümmern. Es vor dem Gesetz erklären und trotzdem Stillschweigen wahren, würde ihm einiges abverlangen.

„Für Sie ist sie zu Ende“, sagte er kurz angebunden.

An Charles' Seite lächelte Noelle langsam und träge, dann riss sie sich plötzlich los, weil der hinter ihr stehende Cowboy sie nur für eine ungefährliche Frau gehalten und nicht fest genug gepackt hatte. Unversehens hielt sie eine Waffe in der Hand, einen kleinen, hässlichen Revolver.

Rachel nahm das Ganze wie in Zeitlupe wahr. Mit einem Schrei riss sie sich von Grants Arm los und warf sich auf Kevin. Ein Mann griff nach Noelles Arm, und der Schuss fiel in dem Moment, wo Rachel auf Kevin fiel und ihn zur Seite schubste. Wieder schrie sie auf, diesmal wegen des brennenden Schmerzes in der Seite. Dann wurde ihr schwarz vor den Augen.

11. KAPITEL

Kevin lehnte sich gegen die Wand des Krankenhauses. Sein Gesicht wirkte ernst und abweisend, und nur an seinen Augen sah man die Qual, die er empfand. Jane und Grant standen wartend neben ihm. Jane sah mit ihrem ausdrucksvollen, jetzt bleichen und elenden Gesicht ganz eingefallen aus, und Grant ging von Zeit zu Zeit unruhig hin und her.

Wie er sich auch bemühte, Kevin bekam das Bild von Rachel, die blutend auf dem Boden lag, nicht aus dem Kopf. Sie hatte so klein und zerbrechlich ausgesehen. Ihre Augen waren geschlossen und ihr Gesicht kalkweiß. Zusammengekrümmt hatte sie dort gelegen, und eine ihrer Handflächen war nach oben gedreht. Kevin war mit einem leisen, heiseren Schrei neben Rachel auf die Knie gesunken, ungeachtet des Durcheinanders und der Schießerei hinter ihm. Im Stillen rief er ihren Namen, aber kein Laut kam über seine Lippen.

Dann, unglaublich, hatten ihre Augen sich geöffnet. Sie war benommen und hatte Schmerzen, aber diese hellen, klaren Augen hatten sich auf Kevin gerichtet, als wäre er ihr Rettungsanker, und ihre zitternden Lippen hatten Kevins Namen gehaucht. Erst in diesem Augenblick begriff er, dass sie noch lebte. Miterleben zu müssen, wie sie die für ihn bestimmte Kugel abfing, war für ihn ein Albtraum, der Wirklichkeit wurde. Er hatte sich von diesem Schock noch nicht erholt. Er erwartete auch nicht, dass er sich jemals davon erholen würde.

Und doch hatte er es fertiggebracht, die Kleidung über der scheußlichen Wunde in ihrer Seite zu reißen und sie mit Janes Hilfe notdürftig zu verbinden. Grant hatte die Aufgabe übernommen, nun das zu tun, was notwendig war: dafür zu sorgen, dass kein Wort über den Vorfall laut werden würde.

Dubois war tot, Noelle lebensgefährlich verwundet. Die Ironie des Schicksals war, dass die tödlichen Kugeln aus der Waffe von Ellis gekommen waren. Nachdem Noelle ihren Schuss abgegeben hatte, hatte Ellis sich in dem folgenden Durcheinander losgerissen und ein Gewehr geschnappt. Seine Motive waren unklar. Vielleicht wollte er sich Dubois' entledigen, damit niemand erfuhr, auf welche Weise Ellis ihm behilflich gewesen war, oder vielleicht hatte er am Ende seine eigene Handlungsweise nicht mehr ertragen können. Vielleicht war es auch Rachels wegen geschehen. Mit diesem letzten Beweggrund konnte Kevin sich identifizieren. Mit Freuden hätte er Dubois und diese verräterische Hexe mit seinen eigenen Händen erwürgen können für das, was sie Rachel angetan hatten.

Man hatte Honey gerufen, die sich um Rex kümmerte, und sie hatte die größte Hoffnung, dass er überleben würde. Rachel würde ja auch extra jemanden brauchen, an den sie sich klammern konnte, auch wenn es nur ein Hund war. Ihr Haus war so schlimm verwüstet worden, dass es Wochen dauern würde, um es wieder herzurichten. Ihre Tiere waren getötet oder angeschossen, ihr Leben auf den Kopf gestellt, sie selbst verwundet worden – und der Mann, den sie liebte, war der Anlass für all das.

Kevin litt höllische Qualen. Fast hätte es Rachel seinetwegen ihr Leben gekostet. Lieber wäre er gestorben, als ihr solches Leid zuzufügen. Er hatte die Gefahr gekannt und war doch geblieben, unfähig, sich von Rachel loszureißen. Dieses einzige Mal hatte er seinen Verstand vom Herzen leiten lassen, und das hatte Rachel beinahe getötet. Niemals wieder. Gütiger Himmel, niemals wieder.

Er würde nur noch so lange bleiben, bis sie aus dem Operationssaal kam, und er wusste, dass sie genesen würde. Keineswegs könnte er weggehen, bevor er das wusste, bevor er sie wieder gesehen und sie berührt hatte. Aber dann würden Grant und er verschwinden. Die Lage war kritisch. Er musste wieder in Washington sein, bevor die Nachricht über den Vorfall durchsickerte und der – oder die – Verräter die Spuren verwischen konnten.

„Jane", sagte er leise, ohne den Kopf zu wenden, „wirst du hierbleiben?"

„Natürlich", antwortete sie, ohne zu zögern. „Die Frage hättest du dir sparen können."

Kevin hatte alles in seinen Kräften Stehende getan, um die örtlichen Behörden zur Zusammenarbeit zu bewegen. Wäre da aber nicht der Sheriff namens Phelps gewesen, der Rachel kannte, dann hätte jeder davon erfahren. Doch Phelps hatte sich zu helfen gewusst und mit den amtlichen Stellen lange, intensive Gespräche geführt, um nichts an die Öffentlichkeit dringen zu lassen. Rafferty verbürgte sich für die Verschwiegenheit seiner Leute, und Kevin bezweifelte, dass jemand sich gegen Rafferty stellen würde.

Der Chirurg kam in den Aufenthaltsraum. Sein hageres Gesicht wirkte erschöpft. „Mr. Jones?"

Kevin hatte sich als Rachels Mann ausgegeben und an ihrer Stelle die Einlieferungspapiere unterschrieben, um die Behandlung zu beschleunigen. Die Ungesetzlichkeit seines Tuns kümmerte ihn nicht. Jede Minute Verzögerung hätte einen größeren Blutverlust bedeutet. Er drückte sich von der Wand ab und fragte gespannt: „Ja?"

„Ihrer Frau geht es gut. Sie wird sich wieder erholen. Die Kugel hat die rechte Niere gestreift. Sie hat viel Blut verloren, aber wir haben eine Transfusion gemacht, und so stabilisiert sich ihr Zustand wieder. Ich war in Sorge, ob sich die Niere würde retten lassen, aber der Schaden war nicht so groß wie angenommen. Keine Komplikationen vorausgesetzt, sehe ich keinen Grund, warum ihre Frau nicht in ungefähr einer Woche wieder zu Haus sein sollte."

Die Erleichterung war so groß, dass Kevin nur krächzend die Frage herausbrachte: „Wann kann ich sie sehen?"

„Wahrscheinlich in einer Stunde. Ich werde sie heute Nacht auf der Intensivstation behalten, aber das ist eine reine Vorsichtsmaßnahme. Ich rechne nicht damit, dass die Niere wieder anfangen wird zu bluten. Sollte das aber der Fall sein, will ich sie dort haben. Sobald sie verlegt wird, schicke ich eine Schwester zu Ihnen her."

Kevin nickte und schüttelte dem Arzt die Hand. Dann blieb er wieder steif stehen, unfähig, sich sogar jetzt zu entspannen. Jane trat an seine Seite, legte ihre Hand auf seine und drückte sie beruhigend. „Mach dir keine Vorwürfe."

„Es war meine Schuld."

„Wirklich? Wann hat man dich zum Herren der Ereignisse gemacht? Ich muss die Schlagzeile verpasst haben!"

Er seufzte matt auf. „Lass das."

„Warum sollte ich? Wenn du dir diese Gedanken nicht aus dem Kopf schlägst, wirst du nicht in der Lage sein, die wirklich wichtigen Sachen zu erledigen."

Jane hatte natürlich recht. Sie schlug zwar nicht immer denselben Weg wie alle anderen ein, aber am Ende behielt sie doch stets recht.

Als man Kevin zu Rachel ließ, war er auf den Schock vorbereitet. Er hatte viel zu viele Verwundete gesehen, um nicht zu wissen, dass die Krankenhausumgebung oft alles viel schlimmer wirken ließ. Er wusste über die Apparate, an denen sie angeschlossen sein würde, um die Funktion ihrer Körperorgane zu überwachen, und er wusste, dass Schläuche zu ihrem Körper führen würden. Aber nichts kam dem Schock gleich, den er beim Betreten des Zimmers empfand – als Rachel ihre Augen öffnete und Kevin ansah.

Es war unglaublich, aber sie hatte ein Lächeln auf ihren blutleeren Lippen und versuchte, Kevin die Hand hinzustrecken. Aber in ihrem Arm steckte eine Kanüle, die mit dem Tropf verbunden war. Einen Moment lang war Kevin wie erstarrt, und er schloss die Augen, damit man die große Bewegung nicht sah, die ihn erfüllte. Dann ging er auf die andere Seite des Bettes und hob Rachels andere Hand an seine Wange. „Es … ist … gar nicht … so schlimm“, brachte sie fast unhörbar heraus. „Ich … habe … gehört, wie … der Doktor … das sagte.“

Himmel, sie versuchte, ihn zu trösten. Kevin musste schlucken und rieb Rachels Hand gegen seine Schläfe.

„Ich liebe dich“, murmelte er rau.

„Ich weiß“, wisperte sie und schlief ein. Kevin blieb etliche Minuten über ihr Bett gebeugt stehen und prägte sich Rachels Gesicht ein letztes Mal ein. Dann richtete er sich auf, und sein Gesicht wurde wieder zu der üblichen harten, ausdruckslosen Maske. Rasch verließ er das Zimmer und ging den Korridor auf Grant und Jane zu, die auf ihn warteten. „Lass uns gehen“, sagte er entschlossen.

Rachel schlenderte wie jeden Nachmittag am Strand entlang und hielt automatisch auf der Suche nach Muscheln den Blick auf den Sand gerichtet. Rex streifte vor ihr her, kam regelmäßig zurück, als ob er nachprüfen wolle, ob alles stimmt, ehe er sich wieder seiner eigenen Betätigung hingab. Noch Wochen, nachdem sie ihn bei Honey abgeholt hatte, war er nicht von ihrer Seite gewichen, aber diese Phase war längst vorbei. Für Rex war es so, als wären die Ereignisse des Sommers nie geschehen.

Jetzt war es Anfang Dezember, und Rachel trug ein leichtes Jackett, um sich vor dem kühlen Wind zu schützen. Die

Herbstvorlesungen im Gainsville-College waren bis auf die Abschlussexamen vorüber, aber sie hatte genug Arbeit, um sich zu beschäftigen. Seit Juli war sie sehr fleißig gewesen, hatte ihr Manuskript noch vor dem Abgabetermin beendet und sofort mit einem neuen begonnen. Sie hatte Abendkurse zu halten, und die nach den Tagen der brütenden Hitze zunehmende Zahl der Touristen hatte ihren beiden Souvenirläden gutes Geschäft gebracht, was bedeutete, dass sie manchmal zwei bis drei Mal in der Woche dorthin fahren musste.

Nur die Narbe an ihrer rechten Seite erinnerte sie an die Vorfälle des Juli. Das und ihre Erinnerungen. Das Haus war repariert und neue Drahtgeflechte mit Verkleidungen eingezogen worden, weil der Schaden zu groß war, um ihn einfach zu übertünchen. Die Fensterrahmen waren erneuert, und sie hatte eine andere Lampe im Wohnzimmer. Auch neue Möbel und Teppiche, weil sie die Hoffnung aufgegeben hatte, aus den alten jemals die Glassplitter entfernen zu können. Das Haus machte wieder einen normalen Eindruck, so als wäre nie etwas geschehen, was eine wochenlange Renovierung notwendig gemacht hatte.

Ihre Genesung war gut und in verhältnismäßig kurzer Zeit abgelaufen. Innerhalb eines Monats konnte sie wieder ihren gewohnten Beschäftigungen nachgehen und auch versuchen, ihren vernachlässigten Garten wieder in Ordnung zu bringen. Trotzdem hatte ihre schmerzende Narbe ihr einen Eindruck davon vermittelt, was Kevin bei den Übungen mit seinem Bein und der Schulter durchgemacht haben musste, als er seine Beweglichkeit wiedererlangen wollte.

Rachel hatte nichts mehr von ihm gehört, kein einziges Wort. Jane war bis zu Rachels Entlassung aus dem Krankenhaus bei ihr geblieben und hatte ihr mitgeteilt, dass in Washington alles gut über die Bühne gegangen sei. Rachel wusste nicht, ob Jane weniger sagte, als ihr bekannt war, oder ob man ihr nicht mehr berichtet hatte. Dann war auch Jane abgereist, um ihre Kinder abzuholen und zu Grant auf die Farm zurückzukehren.

Eine Zeitlang hatte Rachel den Eindruck, von ihrem letzten Zusammensein mit Kevin schwanger zu sein, aber es hatte sich als falscher Alarm herausgestellt. Ihre körperliche Verfassung war ganz einfach durch den Schock in Mitleidenschaft gezogen worden.

Nicht einmal ein Kind war ihr geblieben, nichts als nur ihre Erinnerungen, die sie nie verließen.

Sie hatte überlebt, aber mehr auch nicht, und ihre Tage freudlos verbracht, weil sie keine Freude finden konnte. Bestenfalls würde sie Frieden finden – vielleicht.

Rachel hatte das Empfinden, als hätte man einen Teil von ihr fortgerissen. Bobby Bill zu verlieren, war schrecklich gewesen, aber jetzt war es noch schlimmer. Damals war sie noch jung und vielleicht nicht fähig, so tiefe Liebe zu empfinden, wie sie es jetzt tat. Der Schmerz hatte sie reifen lassen und ihr eine ganz andere Gefühlswelt geschenkt, aus der heraus sie Kevin jetzt liebte. Es verstrich keine Minute des Tages, in der sie ihn nicht vermisste, in der ihr nicht schmerzhaft bewusst wurde, dass er nicht bei ihr war.

Sie konnte nicht einmal über Jane etwas in Erfahrung bringen. Um Kevin Sabin lag ein Ring des Schweigens. Er war in seine graue Schattenwelt zurückgekehrt und völlig darin verschwunden, als hätte es ihn nie gegeben. Sollte ihm etwas zustoßen, würde sie es nie erfahren.

Diese Ungewissheit war das Schlimmste. Kevin gab es, aber er war unerreichbar.

Manchmal überlegte sie, ob sie geträumt habe, dass er zu ihr ins Krankenhaus gekommen sei und sich über sie gebeugt habe, mit einem Blick so voller Liebe, wie sie es nie an ihm gesehen hatte, und ihr zugeflüstert habe, dass er sie liebe. Als sie wieder erwacht war, hatte sie erwartet, ihn zu sehen. Denn wie konnte ein Mann eine Frau so anschauen und dann einfach verschwinden? Doch genau das hatte Kevin getan. Er war fortgegangen.

Manchmal hasste Rachel ihn beinahe. Sicher, sie kannte seine Beweggründe, aber wenn sie darüber nachdachte, schienen sie ihr einfach nicht stichhaltig genug. Mit welchem Recht traf er Entscheidungen für sie? Er war so ungeheuer arrogant, so sicher, alles besser zu wissen, dass sie ihn am liebsten geschüttelt hätte, bis ihm die Zähne klapperten.

Tatsache war, dass Rachel sich von ihrer Verletzung erholt hatte, aber sie hatte sich nicht davon erholt, Kevin zu verlieren. Dieses Wissen nagte Tag und Nacht an ihr, raubte ihre Lebensfreude und ließ ihren Blick matt werden.

Rachel verging nicht vor Gram – dazu war sie zu stolz –, aber sie lebte nur so vor sich hin, ohne Pläne oder Hoffnungen.

Während sie am Strand entlangschlenderte und auf die hereinkommende Flut starrte, wurde ihr klar, dass sie etwas unternehmen musste. Sie hatte zwei Möglichkeiten: Sie könnte versuchen, Kevin zu erreichen, oder sie könnte gar nichts tun. Aber einfach aufzugeben und nichts zu tun, ging gegen ihr Wesen. Kevin hatte Zeit genug gehabt, seine Meinung zu ändern und zu ihr zurückzukommen, wenn er gewollt hätte. Sie musste sich damit abfinden, dass er es aus eigenem Antrieb nicht tun würde … es sei denn, sie griff ein. Kam er nicht zu ihr, musste sie zu ihm gehen.

Nachdem Rachel sich zu diesem Entschluss durchgerungen hatte, fühlte sie sich wohler als in all den Monaten vorher, lebendiger. Sie rief Rex, drehte sich um und ging energisch über den Strand zu ihrem Haus zurück.

Rachel hatte keine Ahnung, wie sie Kevin erreichen konnte.

Aber irgendwo musste sie anfangen, und so rief sie die Telefonauskunft nach der Nummer der Dienststelle in Virginia an. Das war einfach genug, aber Rachel bezweifelte, ob man sie auch so leicht zu Kevin durchstellen würde. Sie rief an, doch die Telefonistin, die den Anruf entgegennahm, leugnete, dass jemand mit diesem Namen dort angestellt war. Trotzdem bestand Rachel darauf, eine Nachricht für ihn zu hinterlassen. Falls ihm bekannt wurde, dass sie sich gemeldet hatte, würde er vielleicht zurückrufen. Die Neugier würde ihn möglicherweise dazu verleiten.

Doch die Tage verstrichen, und kein Anruf kam. Rachel versuchte es aufs Neue und erhielt die gleiche Antwort. Sie nahm ihre Kontakte zu den Leuten, die sie aus ihrer Reporterzeit kannte, wieder auf und befragte sie nach den Möglichkeiten, zu jemandem vorzudringen, der vom Geheimdienst geschützt wurde. Sie ließ Kevin durch fünf verschiedene Leute Nachrichten zukommen, wusste aber nicht, ob sie ihn je erreicht hatten. Sie rief wiederholt im Amt an und hoffte, die Telefonistin würde schließlich so genervt sein, dass sie Rachels Mitteilung irgendwann jemandem übergab.

Rachel versuchte es einen Monat lang. Weihnachten kam und ging vorbei, ebenso die Neujahrsfeiern. Aber ihr Lebensziel bestand darin, mit Kevin Kontakt aufzunehmen. Sie brauchte einen Monat, bis sie sich eingestand, dass es keine Möglichkeit gab, ihm eine Nachricht zu übermitteln, oder dass er sie alle bekommen und nicht darauf reagiert hatte.

Nachdem sie sich so heftig bemüht hatte, war der Gedanke, wieder aufgeben zu müssen, mehr, als Rachel ertragen konnte. Eine Weile lang hatte sie Hoffnung gehabt. Nun hatte sie nichts.

Sie hatte es sich selbst nicht erlaubt, viel zu weinen, weil es ihr sinnlos erschienen war. Und sie hatte wirklich versucht, ihr altes Leben wieder aufzunehmen und einfach weiterzumachen. Doch in dieser Nacht weinte sie, wie sie nie zuvor geweint hatte. Sie lag in ihrem Bett, das sie mit Kevin geteilt hatte, und fühlte sich unendlich einsam und verlassen. Sie hatte Kevin alles geschenkt, was sie hatte und empfand, und er war einfach auf und davon gegangen. Während die langen Stunden der Nacht langsam dahinkrochen, lag sie mit weit geöffneten, brennenden Augen da und starrte in die Dunkelheit.

Rachel hatte kein Auge zugetan, als am nächsten Morgen das Telefon klingelte und sie mit matter Stimme antwortete.

„Rachel?", fragte Jane zögernd. „Bist du es?"

Rachel riss sich mühsam zusammen. „Ja. Hallo, Jane, wie geht es dir?"

„Gut", sagte Jane zufrieden. „Fühlst du dich zu einem Besuch bei uns aufgelegt? Ich warne dich aber, ich habe einen Hintergedanken. Du kannst auf die Zwillinge aufpassen, während ich mich von ihnen erhole."

Rachel wusste nicht, wie sie den Anblick von Jane und Grant mit ihren beiden Kindern ertragen sollte, aber es wäre kleinlich gewesen, einfach abzusagen. „Ja, natürlich", war ihre gezwungene Antwort.

Jane schwieg, und viel zu spät erinnerte Rachel sich daran, dass Jane nichts entging. Und da Jane ein geradliniger Mensch war, kam sie gleich zum Kern der Sache. „Es liegt an Kevin, nicht wahr?"

Rachel hielt den Hörer fester in der Hand und schloss bei der bloßen Erwähnung seines Namens vor Schmerz die Augen. So viele Leute hatten seine Existenz geleugnet, dass sie sich wunderte, dass ausgerechnet Jane das Gespräch auf ihn brachte. Sie wollte sprechen, doch ihr versagte die Stimme, und plötzlich brach sie in Tränen aus. „Ich habe versucht, ihn anzurufen", sagte sie gebrochen, „aber ich komme nicht zu ihm durch. Niemand will zugeben, ihn überhaupt zu kennen. Selbst wenn er meine Nachricht erhalten haben sollte, so hat er doch nicht zurückgerufen."

„Ich glaubte, er hätte mittlerweile nachgegeben", meinte Jane nachdenklich.

Rachel hatte sich wieder gefangen und entschuldigte sich bei Jane, ihr etwas vorgeweint zu haben. Sie biss sich auf die Lippen und schwor sich, es nie wieder vorkommen zu lassen. Sie musste sich mit Kevins Verlust abfinden und mit ihrem Selbstmitleid aufhören.

„Hör zu, vielleicht kann ich dir helfen", sagte Jane. „Ich werde Grant ins Vertrauen ziehen müssen. Ich rufe dich wieder an."

Rachel legte auf, aber sie lehnte es ab, darüber nachzugrübeln, was Jane gesagt hatte. Sie durfte es nicht. Wenn sie sich ihren Hoffnungen wieder überließ, um sie nur wieder aufgeben zu müssen, wäre es ihr Ende.

Jane machte sich auf die Suche nach Grant und fand ihn im Schuppen am Traktor beschäftigt. Trotz der Kälte arbeitete er nur im Hemd und hatte die Ärmel aufgerollt. Zwei kleine Jungen mit weizenblonden Haaren und hellbraunen Augen spielten, sorgsam gegen die Kälte eingepackt, zu seinen Füßen. Grant hatte damit begonnen, sie mit sich nach draußen zu nehmen, damit Jane auch gelegentlich Ruhe vor den beiden wilden, lärmenden Kindern fand.

Als er sie sah, richtete er sich auf. In der Hand hielt er einen Schraubenschlüssel, den er beiseitelegte. Dann wischte er sich die Hände an der Arbeitshose ab.

„Wie kann ich mich mit Kevin in Verbindung setzen?", fragte Jane ohne Umschweife.

Grant warf ihr einen vorsichtigen Blick zu. „Weshalb möchtest du das?“

„Rachels wegen.“

Nachdenklich betrachtete Grant seine Frau. Kevin hatte gleich nach seiner Rückkehr seine Privatnummer ändern lassen, und Grant hatte aufgepasst, dass seine Frau sie nicht herausbekam. Es war zu gefährlich für sie, solche Dinge zu wissen, denn sie hatte ein echtes Talent, in Schwierigkeiten zu geraten.

„Und was ist mit Rachel los?“

„Ich habe soeben mit ihr gesprochen. Sie weinte, und du weißt selbst, dass sie das nie tut.“

Grant sah sie schweigend an und überlegte. Nicht viele Frauen hätten das getan, was Rachel getan hatte. Sie und Jane waren keine gewöhnlichen Frauen, und trotz aller Unterschiede im Wesen war es nicht zu leugnen, dass sie beide willensstark waren. Dann blickte Grant auf die vor ihm glücklich spielenden Kinder. Langsam zog ein Grinsen über sein hageres Gesicht. Kevin war ein guter Mensch. Er sollte auf ein solches Glück nicht verzichten müssen.

„Nun gut“, sagte er und nahm die Zwillinge auf die Arme. „Lass uns ins Haus gehen. Ich werde den Anruf vermitteln. Aber auf gar keinen Fall gebe ich dir Kevins Nummer.“

Jane streckte ihm die Zunge heraus, folgte ihm aber mit einem zufriedenen Lächeln nach.

Grant ging kein Risiko ein. Er ließ Jane im angrenzenden Zimmer warten, während er anrief. Als er das Klingeln in der Leitung hörte, rief er sie zu sich herüber. Jane war im Nu im Nebenzimmer und riss ihm den Hörer aus der Hand. Es klingelte noch dreimal, ehe der Hörer am anderen Ende abgehoben wurde und sich eine tiefe Stimme meldete: „Sabin.“

„Kevin“, sagte sie fröhlich, „hier spricht Jane.“

Einen Moment lang herrschte tödliche Stille, und sie nutzte

die Pause für sich aus. „Es geht um Rachel."

„Rachel?", fragte er argwöhnisch.

„Rachel Jones", half Jane ihm nach. „Erinnerst du dich nicht mehr an sie? Sie ist die Frau aus Florida ..."

„Verdammt, du weißt genau, dass ich mich an sie erinnere. Stimmt etwas nicht?"

„Du musst sie treffen."

Er seufzte. „Hör zu, Jane, ich weiß, du meinst es gut, aber es hat keinen Sinn, darüber zu reden. Ich tat, was ich tun musste."

„Du musst sie aufsuchen", sagte Jane wieder.

Offenbar war Kevin etwas an ihrem Ton eigenartig vorgekommen, denn plötzlich bekam seine Stimme einen scharfen Klang. „Warum? Ist etwas nicht in Ordnung?"

„Sie versucht, sich mit dir in Verbindung zu setzen", wich Jane ihm aus.

„Ich weiß. Ich habe die Nachrichten erhalten."

„Warum hast du nicht zurückgerufen?"

„Dafür habe ich meine Gründe."

Kevin war der dickköpfigste, unverbindlichste Mensch, der Jane je über den Weg gelaufen war, Grant Sullivan ausgenommen. Darin waren sie sich beide gleich. Aber steter Tropfen höhlt selbst den härtesten Stein, und deshalb gab Jane nicht nach. „Du hättest sie anrufen sollen."

„Das würde zu nichts führen", entgegnete er scharf.

„Wie du meinst", erwiderte Jane ebenso scharf. „Aber wenigstens hat Grant mich geheiratet, als er erfuhr, dass ich schwanger war!" Damit knallte sie den Hörer auf die Gabel, und ein fröhliches Lächeln breitete sich über ihr ganzes Gesicht aus.

12. KAPITEL

Kevin durchquerte rastlos sein Büro und fuhr sich nervös durch sein schwarzes Haar. Rachel war schwanger, sie trug sein Kind! Er rechnete die Monate nach. Sie musste im sechsten Monat sein. Warum hatte sie so lange gewartet, bis sie versuchte, ihn zu erreichen? War etwas schiefgegangen? War sie krank? Lief sie etwa Gefahr, das Kind zu verlieren? Stimmte etwas mit dem Kind nicht?

Die Sorge zermürbte ihn. Das war noch schlimmer, als was er seit dem Tag, da er sie im Krankenhaus verlassen musste, durchgemacht hatte. Seine Wünsche und sein Verlangen hatten nicht nachgelassen, im Gegenteil, sie waren noch stärker geworden. Aber jedes Mal, wenn die Versuchung anfing, seinen gesunden Menschenverstand zu untergraben, rief er sich das Bild wieder in Erinnerung, wie Rachel mit ihrer blutbefleckten Kleidung auf dem Hof gelegen hatte. Dann wusste er, dass er nicht so leben konnte, wenn seine bloße Anwesenheit sie wieder einer derartigen Gefahr aussetzen würde. Er liebte Rachel mehr, als er sich jemals hätte vorstellen können. Dass ein Mensch zu einer solchen Liebe fähig sein konnte, war für ihn die größte Entdeckung seines Lebens. Er war Rachel verfallen. Wenn er einschlief, verfolgte ihn die Erinnerung an sie in seinen Armen, aber meistens lag er wach, gequält von der Sehnsucht, dass Rachel ihn in ihre Weichheit aufnahm.

Er schlief schlecht, sein Appetit ließ nach, und seine Launen wurden fast unerträglich. Mit anderen Frauen ging er nicht mehr ins Bett, weil eine andere Frau ihn einfach nicht mehr zu erregen vermochte. Schloss er nachts die Augen, sah er Rachel vor sich, ihr mittelbraunes Haar und ihre grauen, klaren Augen.

Und nun würde Rachel ein Kind von ihm bekommen.

Ihre Nachrichten, die man ihm übermittelt hatte, waren stets dieselben gewesen: Ruf mich an, Rachel.

Wie schon so oft zuvor, nahm er den Hörer auf und wählte ihre Nummer. Aber noch vor dem ersten Klingelzeichen legte er wieder auf. Schweißperlen traten ihm auf die Stirn. Er wollte Rachel sehen und sicher sein, dass alles in Ordnung war. Er musste sie sehen, nur ein Mal, schwer und gerundet mit seinem Kind, und wenn es das letzte Mal in seinem Leben war.

Als Kevin am nächsten Tag über die schmale Privatstraße fuhr, die zum Strand und Rachels Haus führte, regnete es. Der Himmel war grau und verhangen, und der Regen schien nie aufhören zu wollen. Aber wenigstens hatte der Wetterbericht eine Besserung für den nächsten Tag vorausgesagt.

Kevin war bis Jacksonville geflogen, hatte dann eine kleinere Maschine nach Gainesville genommen und sich dort einen Wagen gemietet. Zum ersten Mal hatte er sein Büro so kurzfristig verlassen, aber nach den Ereignissen des vergangenen Sommers stellte ihm niemand Fragen. Das hätte auch wenig Sinn gehabt, denn wenn Kevin Sabin sich zu etwas entschloss, führte er es auch durch.

Er hielt vor dem Haus an, stieg aus und duckte sich vor dem Regen. Rex stand knurrend vor den Verandastufen, und alles schien so wie früher zu sein. Kevin konnte ein Lächeln nicht unterdrücken. „Rex, Platz", sagte er. Beim Klang dieser Stimme stellte der Hund die Ohren nach vorn und sprang bellend und schwanzwedelnd auf Kevin zu.

„Welch eine Begrüßung", murmelte Kevin und bückte sich, um den Kopf des Tieres zu streicheln. „Hoffentlich freut Rachel sich ebenso, mich zu sehen."

Nachdem er alle ihre Nachrichten ignoriert hatte, konnte es gut sein, dass sie ihm die Tür vor der Nase zuschlug. Trotz der Kühle fing er zu schwitzen an, und sein Herz klopfte heftig. Rachel war auf der anderen Seite dieser Tür, und er war voller Vorfreude – und er konnte es nicht verleugnen – voller Erregung.

Da er langsam nass wurde, rannte er über den Hof und sprang mit einem Satz auf die Veranda. Er klopfte an die Fliegentür, und gleich danach noch einmal und lauter.

„Einen Augenblick bitte."

Beim Klang ihrer Stimme und der sich nähernden Schritte schloss Kevin die Augen, öffnete sie aber gleich wieder, weil er keine Sekunde Rachel anzusehen verpassen wollte. Sie machte die Tür auf, und stumm sahen sie sich beide durch die Fliegentür an. Rachel bewegte die Lippen, aber kein Laut war zu hören. Da im Wohnzimmer kein Licht brannte, konnte Kevin nur das blasse Oval ihres Gesichtes erkennen.

„Darf ich hereinkommen?", fragte er schließlich ruhig.

Wortlos stieß Rachel die Zwischentür auf und trat zurück, um Kevin hereinzulassen. Er schloss die Tür und knipste das Licht an. Helligkeit flutete durch den Raum. Schmal, zierlich und sehr schlank stand Rachel vor ihm. Sie trug enge Jeans, einen fülligen schwarzen Pullover und hatte ihr länger gewordenes Haar zurückgekämmt und hinter den Ohren festgesteckt. Sie sah bleich und mitgenommen aus.

„Du bist nicht schwanger", stellte er mit belegter Stimme fest. Hatte sie das Baby verloren?

Rachel schluckte und schüttelte den Kopf. „Nein. Ich hoffte, dass es so wäre, aber es war nicht geschehen."

Beim Klang ihrer Stimme erzitterte er, aber ihre Worte ließ ihn innehalten. „Du bist nicht schwanger gewesen?"

Rachel wirkte jetzt verwirrt. „Nein."

Kevin ballte die Hände zu Fäusten. Er wusste nicht, was schlimmer für ihn war – die Erkenntnis, dass Jane ihn ange-

ßen. „Ich kann nicht warten!“, flüsterte er und zog den Reißverschluss seiner Hose auf.

Rachel wollte gar nicht, dass er wartete. Sie brauchte ihn und streckte Kevin die Arme entgegen. Er drückte ihr die Schenkel auseinander und nahm sie, gerade nur so rücksichtsvoll, dass Rachel keinen Schmerz dabei empfand. Mit einem leisen Schrei der Wollust gab Rachel sich ihm hin.

Sie blieben den Rest des Tages im Bett, liebten sich und sprachen miteinander. Aber meistens hielten sie sich in den Armen und genossen die Gegenwart des anderen. „Was ist geschehen, nachdem du wieder in Washington warst?“, fragte Rachel irgendwann am Nachmittag.

Kevin lag auf dem Rücken, einen Arm unter den Kopf geschoben, und noch ganz trunken vom Liebesspiel, aber bei ihrer Frage sah er sie an. „Ich kann dir nichts berichten“, warnte er. „Es wird mir nie möglich sein, dir viel über meine Arbeit zu erzählen.“

„Ich weiß.“

„Aber Ellis hat geredet, und das war eine große Hilfe. Grant und ich haben eine Falle gestellt, in die einer meiner Vorgesetzten hineingestolpert ist. Das ist alles, was du wissen darfst.“

„Waren noch andere Leute aus deiner Abteilung darin verwickelt?“

„Noch zwei andere.“

„Fast hätten sie dich gekriegt“, sagte sie und erzitterte bei dem Gedanken.

„Sie hätten mich gekriegt, wenn du nicht gewesen wärst.“ Kevin wandte den Kopf und sah Rachel an. Der Glanz war wieder in ihre Augen zurückgekehrt, dieser Glanz, den nur er hervorrufen konnte. Nie wieder wollte er dieses Strahlen erlöschen sehen. Er streckte die Hand aus und streichelte ihre

Wange. „Ich war enttäuscht, dass du nicht schwanger warst", sagte er leise.

Rachel lachte. „Vielleicht bin ich es jetzt."

„Nun, dann noch einmal zur Vorsicht", murmelte er und legte sich auf sie.

Rachel hielt den Atem an. „Ja, unbedingt, noch einmal als Vorsichtsmaßnahme!"

– ENDE –